长篇小说《古全和》第一册

苦难的童年

傅希春 著

中国社会科学出版社

图书在版编目（CIP）数据

古全和：全四册/傅希春著 . —北京：中国社会科学出版社，2017.7
ISBN 978 - 7 - 5203 - 0499 - 3

I. ①古… Ⅱ. ①傅… Ⅲ. ①长篇小说—中国—当代 Ⅳ. ①I247. 5

中国版本图书馆 CIP 数据核字（2017）第 103697 号

出 版 人	赵剑英
责任编辑	耿晓明
责任校对	万文华
责任印制	李寡寡

出　　版	中国社会科学出版社
社　　址	北京鼓楼西大街甲 158 号
邮　　编	100720
网　　址	http://www.csspw.cn
发 行 部	010 - 84083685
门 市 部	010 - 84029450
经　　销	新华书店及其他书店

印　　刷	北京明恒达印务有限公司
装　　订	廊坊市广阳区广增装订厂
版　　次	2017 年 7 月第 1 版
印　　次	2017 年 7 月第 1 次印刷

开　　本	710 × 1000 1/16
印　　张	128.25
字　　数	2036 千字
定　　价	398.00 元（全四册）

凡购买中国社会科学出版社图书，如有质量问题请与本社营销中心联系调换
电话：010 - 84083683

写在卷首

在工作和生活中有了一点儿对于人生的观察和感悟之后，就想把它们写下来和朋友们交流。这个愿望一直保留到退休。在职时忙于教学和教材编写，无暇顾及写作，退休后有了时间，就花重金购置了计算机和打印机，着手实现这个愿望。然而事情并不顺利。先是有学生请我为他创办的民办大学聘请大学语文教师。当时许多人还不看好民办大学，难得有人应聘。按计划星期一他们的那所民办大学开学，第一堂课就是大学语文，而到此前的星期六我还没能完成他所托的这件事，只好亲自去代课救急。当时有些民办大学生也不看重民办大学，迟到早退，无故缺课，听课时随意进出教室，在课堂上说话，吃东西，甚至抽烟等，都很平常，严重影响他们学习的进步和人格的养成，于是我又做起了他们的义务班主任，给他们讲学习成才和做人的道理，帮助他们总结学习经验，给他们讲述科学的学习方法，在这个过程中我渐渐地了解了这些高考落榜的民办大学生，发现其中有大量的可育之材，他们中间的有些人受应试教育的消极影响比较少，有些任性但是有独立思考能力，其中有些人可能成为帅才，因而认识到民办大学工作意义重大，就从代课教师变成每课时酬金 20 元的正式教师，把大部分时间和精力投入其中，除参与讲授大学语文、外国文学和美学常识等课程外，还兼做一些管理、研究和宣传活动，写过一些讨论和宣传民办大学的文章，而计算机和打印机就成了我从事民办大学工作的重要工具，而写作就被挤到第二位。不过由于有了计算机这样的好帮手，《古全和》一书的草稿在上世纪末之前也陆续完成，共分四部分，第一部《人祸》，写古全和的家世，他的幼年和童年，他思想性格的萌芽；第二部《鬼屋》，写古全和一家流落关外的苦难经历，古全和好学的少年时代;第三部《蹉跎》,写古全和的精神探索,和他在中国共产党的教育下阶级意识觉醒,并成长为共产党员;第四部《困惑》,写古全和在错误路线下的曲折经历和不断成长。四部书稿相对独立,又互相关联,古全和贯穿其中。故事的背景详略浓淡不一,从清末民初断断续续延伸到上世纪七八十年代。

　　事情更不顺利的是在《古全和》修改过程中又遭遇意外——2004 年春,我老伴因糖尿病突发脑血栓并留下后遗症,我不得不放弃民办大学的工作,转行当起了专职的保姆兼护士,因而仍然不能全力以赴地进行写作,而只能利用“工余时间”继续《古全和》的修改工作。转眼十几年过去,人在不知不觉中变老,能用来修改稿件的时间和精力越来越少,工作的效率也越来越低,年届 80 时,身体部分失能,只能用两个指头操作电脑,终于无力继续修改下去了,所以奉献给朋友们品尝的只能是一个难免有些生涩的青苹果。无奈,抱歉!

傅希春

2013 年 8 月于昌平瑞明小区

1

这则故事的主人公古全和，小名叫根儿，于民国二十二年古历六月初五，出生在平度县西北乡田庄镇古家庄。

古家庄地处山东胶东半岛中部的丘陵地带。从古家庄往东南，地势高低起伏，步步升高，直到城南的顾家庄；从古家庄往西北，地势高低起伏，步步走低，直到莱州湾。

古家庄地下水丰富，水位高，住在低洼处的人家，掘地三四尺就是水，几乎家家天井里都有水井。盛夏雨季，有些人家有时用瓢就能从井里舀水来用。老人们传说，古家庄古时候不叫"古家庄"，而叫"洼里"，她改名"古家庄"，是在浑河东岸古庄的古氏子孙迁移到这里，繁衍起来很久后的事。古家庄树多，可能这也是一个原因。

古家庄非集非镇，常住人口不过百户，是个不起眼儿的小屯落，她小有名气，最初是因为她在大清朝同治年间出了一位脾气古怪的秀才，大号古天清，是根儿的曾祖父。古秀才和一般读书人不一样，他熟读四书五经、诸子百家，写得一笔好字和一手好文章，却不肯随俗，去应试求官，而是在古家庄以西十几里路的西官庄的大户人家蓝秀才家默默地坐馆教书，先后教出了六名秀才和三位举人，其中的一位焦姓举人名列乡试榜首，还在聊城地区做过一任县官，而且官声不错，古秀才因而被一些读书人誉为名师，远近闻名。古秀才去世后，家道中落，他的独生儿子古文元落难流落关外，客死在吉林省扶余县，后来古秀才的孙子，也就是根儿他爹古世才，中兴家道，万里寻父，把他父亲古文元的遗骨请回老家，风风光光地葬入祖坟，他的孝行深深地感动了众乡亲，古秀才一家因而再次扬名乡里，古世才的孝名远扬附近许多州县，他因而被众乡亲盛誉为"二十五孝"，传扬数十载，至今老人们还在讲古世才兄弟万里寻父的动人故事，以教化后生子孙。

古家庄小有名气还因为她庄前庄后树木特别多，更有大片的杨树林。而她周围的村庄只有北面濒临柳河的姜家庄沿河一带有野生的成片的垂柳，每到春末夏初，柳丝轻飏，山雀齐鸣，算是一景。其他像北面的傅家庄、东南的白家庄、正南的田庄，西南的小古家庄和西面的高家庄，都没有种树的好传统，庄里庄外树木都不多，更没有成片的林地。而古家庄的人自古好种树，据说这是他们古姓先人从浑河镇的古庄带来的好习惯。古家庄不仅家家房前屋后都有树，庄南还有混杂着洋槐、梧桐、柳树、榆树、臭椿和国槐等树木的成片的高大茂密的加拿大杨树林，和生长在树荫蔽天的林间空地上的葛藤等野花杂草，总面积不下百亩。春末夏初，各种鸟雀纷纷到来，洋槐花盛开，香气四溢，那时古家庄就是一座鸟语花香绿荫遍地的大花园。夏秋时节，整个儿的古家庄，都荫蔽在绿树丛中。据老人们传说，古家庄南的这片杨树林是由坟地发展演变而来的。如今庄里各家的坟茔都修在自己家的地里，大多在村北。但是早些年，比如几百年也许是上千年以前，古家庄人的墓地都在庄南，这片树林所占土地就曾经是公共墓地，各姓都有先人埋葬在这里。虽说如今庄南的几乎所有的古墓主人的后人都已不知去向，早就没有人知道它们各属谁家，逢年过节也没有人到墓前来给它们添土烧纸致祭了，但是人们依然保持着对于故去的先人的敬畏，极少有人敢于想到平掉这些老坟茔。只是大清宣统年间，古秀才本家的一个侄子，也就是后文将提到的母老虎黎氏的孙子，古文元的一个堂兄，如今的暴发户古文举，曾经勾结官府，编造故事，伪造文书，强词夺理，试图仰仗青岛日本人的恶势力，平掉林中的古墓，把这块土地据为己有，结果引发全庄各姓男女老少的公愤。古文举见众怒难犯，只能作罢，这些古老的坟地也就和掩映着它的这片树林一起，继续被作为公共土地和景观保留下来了。

古家庄小有名气还有一个原因，那就是古家庄的子孙外出谋生和移居外地乃至外国如朝鲜、印度、南洋等国家和地区的多。有人说这可能是由于古姓人家的子孙有迁徙流浪的习惯。传说他们的远祖曾从山东西部迁往大西南的四川，几百年前，他们的有些后人又从四川迁回山东。传说古姓从四川迁回山东的是兄弟三人，落户在古家庄以西40里路浑河边上的始祖是他们三兄弟中的老三，他在那里繁衍子孙，尔后那里就出现了一个新的村庄——古庄。若干年后，古庄的有些古姓子孙又从那里往东迁，迁到这里，并改"洼里"为"古家庄"，如今古姓子孙仍然在往东扩散。古姓的男性成年子孙，每年大年除夕都不远十里百里从东往西结伴赶到浑河镇古庄去祭奠他们的先祖。不过多数人不认同这种把古姓子孙外出谋生的原因归结为他们流浪成性，而是认为因为平度天灾多，有民谣为证："平度州，十年九不收，收一收，吃九秋。"有些人家，遭遇天灾，欠下重债，面对绝路，不得不痛别热土，流落他乡，这也有民谣为证："死逼梁山闯关东，走投无路下崴子。""崴子"就是"海参崴"，原本是中国的土地，后被俄罗斯强占，此刻"下崴子"就是"背井离国"了。根儿的祖父和父亲，以及他们所有的姑父舅父等男性亲眷，都闯过关东，下过俄罗斯，去过朝鲜等国家和地区。因此在古家庄人的日常用语中，混杂着一些外国语词汇，比如，他们把邋里邋遢、格调低下的穷苦人叫"嘎杂子"，把炉子叫"别列气"，把大口有横梁儿提手儿的小铁桶叫"维达罗儿"，把穷苦劳工叫"老勃代"① 等等。

外出逃难谋生的古姓儿孙，极少数人像古世才一样挣了几个钱，回到了故乡，重振家业，过上了好日子，而更多的人则不得不在外国或是外地落户，有的甚至下落不明，无声无息地消逝在异国他乡。

古秀才一家在根儿的高曾祖父古云松当家的那会儿，家有砖瓦堂屋五间，砖石地基、土坯垒墙，麦秸草封顶的东西厢房各三间，好地近 50 亩，雇用一大一小两个长工，有二手儿大车一辆，马骡和驴骡各一头，算得上是庄里的一个二等富户。

古云松有两个儿子。老大叫古顺之，老二叫古顺起，一家老老少少十几口，都住在他们在庄东头的老宅里。大儿子古顺之，一表人才，聪明好学，书念得好，有望参加科举考试，求个功名，古云松本人和古氏族里的长辈们对他也有所期待，希望他能为古家光耀门庭。可是古云松体弱多病，未老先衰，无力继续经管家业，古顺之不得不在 16 岁上辍学，接掌家政。古顺之为人老成，忠厚，办事公道，持家勤俭，深受本家老少和庄上人的尊重。老人们都说，有古顺之治家，古云松家一定会发达兴盛

---

① 均为音译的俄语词汇。如"嘎杂子"，是俄文"哥萨克"的音译，在古家庄是对于格调儿低下、不讲义信的男人的蔑称。

起来。

　　古云松的二儿子古顺起比古顺之小 3 岁，古云松对他也曾抱有希望，想多供他念几年书，能念出个名堂来。可是很遗憾，他虽然并不鲁笨，却天生不爱读书，念了 6 年零 7 个月，挨了数不清的戒尺、藤条和训斥，勉强磕磕巴巴地背过了《百家姓》和《三字经》。在他入学后的第 6 个年头上，他得了一种怎么都治不好的怪病，一拿起书本来他就犯困，厉害的时候，看见书本就头晕，呕吐，甚至昏倒。在第 7 个学年上，他就死也不肯再进学屋所在的古氏祠堂了。古云松见他实在不是个念书的料儿，只好叫他退了学，在家里跟着长工学务农。那年古顺起 15 岁。也许是因为他和土地有缘，天生喜欢侍弄庄稼，也许是因为在他饱受数年鞭打羞辱之苦以后，逃出学屋，投身生机勃勃的田野，对他是一种解脱，因此而智慧大开，也许是因为他本来就命该如此，反正他种地很入门儿，3 年之后，在他 18 岁的时候，就成了古家庄种地的一把好手，连庄里的老把头们都很佩服他。

　　古顺起本人有些愚懦，而他的妻子却机巧过人。她娘家姓黎，没有大号，小名儿叫"劝"，是古家庄以西的黎家埠人。她爹娘死得早，是好心的叔叔和婶子把她养大成人。算命先生说她命硬，妨爹妨娘还克夫。她伶俐，任性，嘴馋，懒散，爱虚荣，女红平平，可是人长得出众，论容貌，论身段，论模样，论举止，论心眼，论口齿，在古家庄当年的新媳妇里面都数第一，真是坐立行走都风流，百里以内，独一无二。她在街上一走，男女老少的眼神都跟着她转，从头看到脚，从脚看到头。遗憾的是她在做闺女的时候不大规矩，名声不算好。风传她跟本村的一个尤姓的布贩子关系不大清楚。据说那个布贩子也是个风流鬼，招惹过好些大姑娘小媳妇，干过不少的花花事。这并不奇怪，布贩子勾搭大闺女，在古家庄一带，并不稀罕。女人就是女人，她们眼眶子浅，贪小儿，爱虚荣，心路儿窄，多数喜欢和姓贾（假）的和姓钱的靠近。要是有个混帐男人别有用心地胡说她长得俊，招人爱，他会对她好，她是他的命根子，甚至说他离了她就活不了；许她一辈子幸福，她就连东南西北都分不清楚了。要是再让她沾点小便宜，她就连香臭好歹都不知道了。有些浅薄的女人，有谁给她几个小钱，一点儿针头线脑，三尺五尺花布头，就能买得她"你说咋好就咋好，叫俺干啥就干啥"。现如今也是如此，有些女人打扮得花里胡哨，露胳膊露腿，就是为了招摇过市，高价批发，或是低价零售，她们说的爱，那只是爱钱的一种说法。不过关于黎氏的种种非议，都是传闻，不足信。事关一个女人的名誉，关乎着一个人的性命，她到底有没有这一类的勾当，古家庄的人谁也不敢当众去乱说。

古顺起遇事没有主见，可是他媳妇"劝"的主意大得吓人。她得意的时候，常常会狂野凶狠，没有理性，不顾一切。她在嫁到古家庄之初，担心古家庄有人知道她的底细，处处察言观色，小心谨慎，尊敬公婆，和睦妯娌，礼让小姑，少言寡语，手脚勤快，家务活总是和她的老实巴交的嫂子古马氏抢着干。俗话说，一好遮百丑，更何况黎氏所具有的还不止是一好儿呢，过门儿不到半年，人们就喜欢上了这个俊秀得让全村人眼热，哄得一家老少团团转的新媳妇了。不少小伙子都在心中默默地祷告着，求老天爷保佑，让自己也能寻上像黎氏这样的一个天仙一般的好媳妇。

在古家庄，母鸡不下蛋不叫人喜欢，女人不生孩子不叫人喜欢；生个女孩都不算合格，不生个男孩不算完美；如能男女各生两个，那就算十全十美了。而黎氏连连得子。她婚后第二年生了大儿子龙儿，古云松给他起大号叫古天龙；第二年晚些时候生了二儿子虎儿，大号古天虎。他们个个虎头虎脑，古云松喜欢得不得了，不顾年老多病，撂下这个就抱起那个，天天乐得合不拢嘴。黎氏如此风流可爱，又这般"向前"①，一年一个地生养大胖小子，谁还想到再去说道有关她过去的那些花花事儿呢？更何况那也只是一些无凭无据的传闻！常言说得好啊，"母以子贵"，皇帝他娘为娼，人们也得说她是纯洁无比的圣母娘娘啊。就是有人真的知道黎氏的底细，想说三道四，他也不能不想一想她的那两个大儿子呀。龙儿和虎儿转眼之间就会长大成人，你这会儿不知深浅地顺着嘴胡咧咧，说人家亲娘的短处，甚至是瞎话，到了时候人家会不记恨你，报复你吗？庄稼人辈儿辈儿活在同一块土地上，最怕得罪左邻右舍和南庄北疃的人。中国到处可见的"老好人"，主要就产于像古家庄这样的一些地方。

古顺起种地是一把好手，作为丈夫，对于黎氏说来，却并不是个理想的角色。像尤某人那些哄弄女人的本事，他一点都没有，至于风流倜傥，就更谈不上了。古云松老夫妇自知小儿子跟媳妇不大般配，有意扶持黎

————————

① 向前：胶东方言词语，"有出息"的意思。比如，母鸡下蛋多，就说它"向前"。

氏，而黎氏起初也觉得自己能够嫁进古云松这样一个正经的富裕人家，丈夫是干活的好手，一辈子也算是有了着落。比上不足，比下有余吧，嫁汉嫁汉，穿衣吃饭。想到这里，她的心里也觉得宽慰。在娘家，叔叔和婶子对自己不错，可他们毕竟不是自己的爹娘，就是爹娘也不能养活自己一辈子。所以虽然眼前的这个男人不称心，她心里常常会涌起阵阵骚动，总的说来日子过得还算平静。那时她也曾想过灭掉胸中的欲火，从此循规蹈矩，做个贤妻良母。可是在她连连得子，备受称赞，身价腾升之后，到底还是失去了内心的平静，常常感觉心里空空荡荡，有时狂躁不宁。虽然尤某人已经在她嫁到古家庄的那个冬天和别人成了亲，和她断绝了来往，而她旧情难忘，还是常常想起他。一想到和姓尤的相处的往事，她的心就噗噗地直跳，恨不得一把把他拉过来，抱在怀里，吞进肚儿里。

　　黎氏在觉得自己在古家的地位巩固了以后，对古顺起的不满，就在眉眼和神情之间，有所流露，不久就形之于言语和举动，在只有他们夫妻二人的时候，不时甩给他一些酸话臭话。古顺起心里自然明白，不幸的是他生性懦弱，又被老师在同窗们面前打骂羞辱了六七年，男人在几百万年的历史过程中养成的主宰世界的雄性特征丧失殆尽，个人尊严全无，总觉得自己愧不如人，根本不敢管束黎氏，为求得和平和温暖，什么事情都顺着她。这样，在人前他是个丈夫，而在黎氏面前他已经沦落为性奴了。黎氏从小就养成了我行我素的恶习，不知道尊重别人。如今又有公公婆婆撑腰，有笨头笨脑的嫂子马氏陪衬着，有两个大儿子壮胆儿，也就越来越不把古顺起放在心上了，觉得他作为男人，连尤某人的替代用品都够不上，内心的空白越来越大，心情也越来越烦躁，固有的野性终于萌动。起初她在苦闷的时候可以亲亲儿子，在心里骂一骂忘恩负义、始乱终弃、不肯娶她的尤某人，解解她的心头之恨，最后她就开始物色新的袭击目标了，不久就跟一个偶尔到古家庄这一带来揽生意干活的吴姓铁匠勾搭上了。

　　吴铁匠，不知其名，山东潍县人，据称世代打铁为业。铁匠给人的印象常常是性情耿直，力大无穷，粗鲁黑壮。而吴铁匠却是个"优良品种"。他不仅不粗不黑、不鲁不野，而且面色白净，身材高大，相貌堂堂，眉眼鲜活，能说会道，举止风流，在对付女人方面，欲望强，胆子大，经验多，简直是一头四处游荡的野公牛，跑到哪里，野到哪里。他只在从古家庄的庄南走进古家庄的路上，一边走，一边和正要赶到庄南菜园子里去割韭菜的黎氏擦肩而过的一刹那，彼此闪电般对看了一眼，就断定自己是被对方看中了。有意思的是他并没有弄错，黎氏不只是看上了他，而且也断定他也看上了她，心里不禁一阵骚动。黎氏是古家庄引人注目的人物，所以她跟吴铁匠的来往开始不久就被一个心活、眼尖、本身也不大规矩的马姓老光棍给发现了，他伙同古家的一些好事的后生，在庄南古云松家场院屋里把他们俩当场给捉了起来，拉到古家祠堂，绑在祠堂门前的那棵千年老槐树上。

在古家庄的女人中，也有东瞅西望偷偷摸摸干过一点儿不合礼数的勾当的，不过那是一两个带着年幼的儿女日子过得艰难的小户人家的寡妇，对于她们，大家都是睁一只眼闭一只眼，就当没看见。而像黎氏干的这等伤风败俗的勾当，据说古家庄以前从没发生过。事关古氏一族的脸面，古顺起自己不管，古家的老老少少也要管呀。一时间古家庄沸腾了。一生清白、忠厚、老实，如今体弱多病的古云松，受不了这突如其来的羞辱，一天早晨，一口痰上不来，憋死了。庄上的人都说老人是叫黎氏气死的，这又加重了黎氏的罪名。那些嫉妒黎氏的小媳妇们，平时在黎氏的比照之下，无光无彩，无声无息。当年，她们在新婚当年，和黎氏同作新媳妇，一起排着长队走过古家庄街头，接受本家老少和友好人家宴请的时候，所有的人的眼睛都盯着黎氏，而不肯看她们一眼，以至于事后本家的老老少少都不认识她们。这本来不是黎氏的过失，可是如今她们却不约而同地把这笔账也算到了黎氏的头上，认为是黎氏有意巧打扮，招摇过市，抢了她们的风头。如今黎氏落难，她们怎么会错过这样一个"报仇雪恨"、显示自己清白、抬高自己身价的好机会呢？于是她们便像夏天雨后夜里的蛤蟆似地突然咕呱咕呱地到处叫个不停，争相抬高女人贞洁的价码。此时，在古家庄，女人的美丽和风流行市大跌，而女人清白的价格却陡然猛涨。

古氏家族里的很多年轻人被这突发的事件所弄晕，惹恼，个个怒不可遏，可是他们中间的许多人最恨的竟并不是美丽的黎氏不贞，而是那个勾引了黎氏的外乡人吴铁匠的可恶，发誓要打死他。而古顺之和古氏一族云字辈儿的长辈们却不同意他们的这种想法和做法。他们认为，母狗不摇尾巴，公狗不会来，吴铁匠固然有罪，可是自家的媳妇也有过错。再说，害人一命，非同小可。重责甚至打死吴铁匠，他的亲人和后代不会不记仇。一旦结下死仇，就会给古家后代留下灾难。最后商定：把吴铁匠赶出古家庄，永远不许他再来；同时命令古顺起当众鞭打黎氏，教训她恪守妇道，而且今后不许她一个人离开古家庄一步。

黎氏是那种有了错误就到别人的身上去找原因的人，她受到族人和丈夫的制裁之后，表面上不声不响，心里却并没有服输。她愤愤地想，在古家庄有花花事儿的女人不只俺一个，为什么人们不折腾别人，却偏偏要这样来整治俺呢？她认为这是有人嫉妒她，蓄意借机找茬害她。她觉得自己的罪过没有人们数落的那么大。她原本不过只是想跟吴铁匠偷个情，发泄一下自己的情欲，并没有抛弃丈夫和儿子，跟上吴铁匠私奔的坏心肠。吴铁匠曾多次哄骗她说，他老婆3年前死了，他无儿无女，孤身一人，他打心眼儿里喜欢她，发誓要和她白头到老，劝她跟着他私奔。虽然吴铁匠说的那些话让她痴迷心醉，她却无意丢下丈夫，舍下她的那两个欢实可爱的儿子，跟着他私奔。可是到头来她却遭到丈夫的鞭打和古家庄所有人的羞辱，她觉得委屈，觉得自己在古家庄一辈子都不会得好儿了，心里萌生了私奔的念头。她抱着两个儿子哭诉了自己的委屈、数落和谩骂了古顺之和整个儿的古家庄以后，就蒙蔽古顺起，借故偷偷回了一趟黎家埠，联络上了吴铁匠，约好和他私奔。她回到古家庄，悄悄地收拾好了自己的东西，做好了私奔的准备，日夜盼着吴铁匠派人来接她。从盛夏盼到深秋，从深秋盼到初冬，眼看冬天就要过去，可是吴铁匠或是他派来接她的人一直没有来。起初她想这可能是因为古家的人看得紧，吴铁匠找不到来接她的机会；时间一长，她就想到吴铁匠是不敢来，不肯为她冒被抓被打的风险；再后来，她就想，说不定吴铁匠在别的什么地方又找到了和他相好的女人；最后她听说，吴铁匠有家室，而且儿女双全，她就认为是吴铁匠骗了她，现在又把她扔了，心里生出了对吴铁匠的切齿痛恨！她跟世界上许多短见识的女人一样，把尤某人和吴铁匠当成了世上所有的男人，觉得世上的男人都是些靠不住的坏东西，开始仇视天底下所有的男人。

黎氏从来都是不容许任何人对不住她的。她是个有仇必报，无事也要生非的人，失望之余，她就想到了报复。她像一些本来就没有过真情而又心地不善的女人一样，对于抛弃了自己的情人也非常凶狠。她悄悄地用布做了一个有大拇指头那么大的小人，把它当成吴铁匠和尤某人，在夜深人静的时候，一次次地用绣花针扎他们的嘴，头和心，扎他们的生殖器。她听人说，这会把仇人扎成残废，扎死。她相信结果一定会是这样的。

人类是在新一代自然地承袭着老一代的经验的基础上不断地演化和进步的。无条件地迷恋老一代的规则，人们会变得守旧；而离开人类在生存过程中形成的规则，人们就会倒退，乃至再现某些兽性。

黎氏是像小狗小猫一样自由自在地长大成人的。她缺少常人的是非观和想事的方法儿。在她绝了对吴铁匠的念头之后，就陷于孤独苦闷之中。有一天，她猛然间想当然地认为，让她在和吴铁匠的事情上蒙受羞辱的罪魁祸首就是她的大伯子古顺之。一股复仇的狂热便从她的胸中陡然涌起。这对于蒙在鼓里的古顺之，无异于天降横祸。

黎氏的心里生出"报复"古顺之的怪念头并非偶然。在黎氏嫁进古家稳定下来以后，第一个相中的情人不是别人，正是古顺之。她总想，自己要是能够嫁上古顺之，那可就十全十美了。在她认定了这个念头之后，就想到了和古顺之偷情的好主意。

黎氏的叔叔和婶婶，可怜她自幼失去父母，对于她的种种愿望，总是千方百计地让她得到满足。所以她从小就养成了想要什么，就一定要得到什么，想怎么样，就一定得怎么样性情。她觉得自己刚刚二十出头，容貌出众，光景正好，远胜过她那个呆头呆脑的嫂子古马氏，不相信她大伯子对她会无动于衷。由于她向往古顺之，也就厌恶古马氏，把她看成她的情敌，常常想，为什么自己就没有摊上古顺之，而偏偏摊上古顺起这块榆木疙瘩呢？自己哪儿赶不上那个呆头呆脑的嫂子？黎氏常常分不清想象和事实之间的区别，把想象当事实，她想什么就是什么。古顺之的婚姻本来和她无关，可是她想来想去，竟把自己婚姻上不顺心的原因弄到古马氏的身上，认为事情就出在古马氏过早地和古顺之成了亲，使得她失去了嫁给古顺之的机会。她愤怒地想，要不是这样，她叔叔和婶婶一定会给她选上古顺之！她越想越生气，越想越委屈，心里竟生出这样的想法，认为是马氏夺去了她的爱，心里恶狠狠地对嫂嫂马氏说："哼，凭你？一个老木瓜？你能看住古顺之?！你看姑奶奶俺怎样把他抢过来！俺不能名正言顺地把他弄到手，就偷偷摸摸地把他弄到手！大伯子背兄弟媳妇的故事虽说不多，可也不是没有！"她下定决心跟古马氏争夺古顺之，而危险的游戏也就这样开始了。

古顺之做梦也没想到聪明伶俐的兄弟媳妇会打他的歪主意。他原本不相信兄弟媳妇在做闺女的时候曾经有过毛病的传闻。他想，一个闺女长得俊秀，难免让人嫉妒，招来一些闲话。而且兄弟媳妇嫁进古家以来，孝顺公婆、和睦妯娌、勤快简朴、礼让谦和，言行举止，并无不妥。所以他根本就没想过她会有不轨的念头，没注意她的一些反常的举动。黎氏常常对他笑脸相迎，古顺之觉得那是兄弟媳妇善待他。黎氏在和他单独相处的时候，常常夸他一表人才，他感到莫名其妙，觉得一家人，用不着这样奉承。黎氏总是和古马氏抢着给他盛饭，在把饭碗递到他手上时，黎氏常常用她的手碰他的手，他也没往坏处想。就是黎氏几次用肩膀撞他，也没有引起他的注意。他受的是孔夫子非礼勿视、非礼勿听、非礼勿动的教导。而有过挑逗男人"成功"经历的黎氏却因此而产生了天大的误解，以为古顺之对她有意。于是，她就放开了胆子，对大伯子动手动脚了。这时，古顺之才猛然警觉，联想到关于黎氏作闺女时的一些传闻，意识到兄弟媳妇的确不大规矩。不过他没有声张，更没有责备黎氏，而是佯装不懂，不动声色，只是谨慎地和她保持着距离。他采取这样的态度，一是给弟弟和弟妹留面子；二是不想把家丑张扬出去；三是为了叫侄儿们长大了好做人。再说，他心里也为兄弟媳妇抱委屈。他也觉得自己的兄弟配不上弟妹，委屈了弟妹，真是像人们常说的那样："有好男儿无好妻，秃子娶了个上画儿的"。从那以后，他就常常嘱咐古顺起要好好地照顾黎氏。

古顺之息事宁人，装糊涂，完全是一番好意，可是黎氏对于古顺之的这种善意并不领情，而是觉得他不识抬举，担心他会把她不轨的举动传扬出去，再让她丢人显眼，心里便生出了戒心和怨恨，蓄意报复他。

黎氏没有承受过父母之爱，也不懂得三从四德，更不知道善待他人。她叔叔和婶婶，心疼她孤苦伶仃，也相信"树大自然直"的老话，相信黎氏自然会长成个好闺女，从不以做女儿的规矩严格要求她。他们不知道，人如果离开了做人的规矩，就会变成兽。黎氏长大后，不只贪吃，贪玩，懒惰，任性，自私，还特别爱猜忌人。最可怕的是她常常会把她一厢情愿地想象出来的东西当成事实，进而又根据这些所谓的"事实"琢磨人，对待人，报复人，害人。有这种毛病的女人不少，不过像黎氏这样厉害的并不多见。比如，明明是因为黎氏有悖妇德，和吴铁匠鬼混被揭发，激怒了古氏一族，使得她受到惩罚，这件事情和古顺之毫不相干，可是黎氏却毫无根据地把这件事和古顺之挂拉在一起，认为她和吴铁匠的好事是古顺之暗中指使人跟踪他们破坏的，古氏家族的人惩罚她，使得她挨打挨骂，没有脸面见人，是古顺之在背地里策动操纵的，因此心里暗暗大骂古顺之狗咬耗子多管闲事。她这样想了，也就认定事情就是这个样子了。于是，古顺之就成了她不共戴天的仇人，她也就发誓要报复古顺之，弄臭古顺之，弄死古顺之。

还有，黎氏与人相处从来都是只记怨，不记恩，而且有"仇"必报，有报必狠。无论别人为她做过多少好事，为了做这些好事付出了多少辛苦和代价，受过多少委屈，她都不以为然。她只记住别人在哪些地方或是哪件事情上没有满足她的愿望和要求，也就是所谓"对不起"她，"欠"了她什么。而且这一切都是用她自己的标准去衡量的，衡量的结果自然都是别人处处对不起她。所以，在她眼里，人人有缺点，除了她叔叔婶婶之外，人人欠她的。

黎氏从来都不想为别人做好事。偶尔心血来潮、一时糊涂，给别人干了一丁点儿好事，牢记不忘，时时念叨，不断夸大，期待别人给她以无限的报答。所以她又认为自己对许多人都有大恩，总骂别人忘恩负义。

在黎氏心里没有朋友而只有仇敌。

5

黎氏一经瞄准了古顺之这个复仇的对象，精神就为之一振，日子好像又有了奔头。她先向古顺起猛吹枕头风，说古顺之调戏她，图谋挑起古顺起的妒意，制造他们兄弟之间的不和，和分家的借口。可是古顺起对黎氏的为人已经有所了解，对哥哥的信任不可动摇，并不相信黎氏的胡言乱语。于是黎氏就在女人中间散布闲话，说古顺之口是心非，行为不轨，而古顺之为人正派，在古家庄有口皆碑。黎氏无计可施，就想到了古顺之是个"男人"，而她是个"女人"。在古家庄，大伯子对于兄弟媳妇说来，算是个准长辈，大伯子调戏兄弟媳妇是一大恶。黎氏就想从这个方面把古顺之拉下水，打算找个机会，赤身露体，披头散发，大闹一场，向全庄的人哭诉古顺之对她图谋不轨，当头给他扣上一个屎盆子，让他沾满一身臊臭，颜面扫地，没脸见人，然后逼他分家，借机多捞些好处，从古顺之的眼皮底下走开。让黎氏感到遗憾的是她对古顺之的这口恶气终于没能出得了。对黎氏有所了解的古顺之，对她有了防范，她的计谋一直没有机会施展。而更让黎氏感到失望的是，在3年之后的一个冬天的早晨，正当壮年的古顺之，突发心口儿疼，没等医生赶到家里来看，他就咽了气。古顺之的突然离世使黎氏报仇雪恨的打算落空。而她认为古顺之的夭折是因为他害了她，犯了罪，上天不容，让他损阳折寿，提前把他收回阴间去了。她这样一想，也算多少满足了自己复仇的欲望，平复了她的嫉妒心。黎氏不喜欢别人比自己好，不喜欢别人拥有比自己好的东西。古顺之在世时，她嫉妒她嫂子古马氏。古顺之死了，古马氏沦为寡妇，跌落到不幸的地位，不再是她嫉妒的对象。不过黎氏报复古顺之的渴望并没有完全得到满足，她心中仍然常常感到不快。每当她听人们说到古顺之的美德，说到他是由于操持家务、家庭不和、劳累过度而猝死，心里就老大不痛快，很想扑上去吐对方两口唾沫，撕扯对方的嘴巴。而特别让她不能容忍的是有人公开说古顺之是被她气死的。她很想找个机会抓住一个说她这种闲话的人，大闹一场，出出她心中的这口恶气，顺便修补修补她被毁坏的形象。可是没有人给她这样的机会，所有的人都像躲瘟疫一样地躲着她。

古顺之死后，当家的自然是古顺起。而古顺起只能是个摆设儿，大权落在了黎氏的手里。公公不在了，婆婆聋聋磕磕，几年之后也离开了人世，黎氏没有人管了，就开始耀武扬威。不过这只让黎氏的心情舒服了一阵子。积聚在她心里的仇和怨实在是太多了。跟她有过关系的4个男人都让她伤心窝火。丈夫是个臭长工，想起来她就觉得恶心。尤某人是个软骨头。他巧嘴滑舌，徒有其表，懦弱无能，占有了她，却不敢娶她。吴铁匠不讲信义，嘴巴张得老大，说要和她白头到老，到底也没敢到古家庄来接她。古顺之不知好歹，辜负了她的一片美意，还断送了她和吴铁匠的好事，让她身败名裂，丢人现眼。她恨男人！恨所有的男人！她觉得她的不幸和痛苦都是男人给他造成的。她恨不得把这些男人一个个地撕得粉碎！如今能让她解恨的古顺之偏偏又死了！她对男人的仇和怨到此为止，再也不想和男人发生任何关系。于是她就把她对于古顺之的仇和怨撒在了古马氏和她的儿女们的身上。她天天对古马氏和她的儿女，摔摔打打，指桑骂槐，闹得家中鸡犬不宁。她还不停地编造浸满她对古顺之的仇恨的瞎话，讲给她的还不懂事的儿子听，在他们的心里播撒仇恨，制造古家内部的生死纷争。

古顺之的儿子古天清不忍心看着老娘日夜受黎氏折磨，就提出分家。黎氏撒泼耍赖，满地打滚，大喊古马氏母子容不得她和她的一群儿女，要把他们赶出家门活活饿死，极力反对分家，目的是借机提高她分家的条件。古天清是长门长子，理应留在老宅。而黎氏大喊她家男丁多、人口多，不吃不喝，大闹三天，迫使主持分家的人对她让步，把老宅留给她，还多分给她不少的家产，而把古顺之一家塞进西厢房。众人虽知不公，怎奈黎氏无赖成性，谁也不愿意拿新鞋去踩她这泡臭狗屎，管这种管不了的闲事。

一年后，古天清劝说他娘变卖了他家分得的西厢房，在村子的西头盖了几间草房，从村东搬到了村西，过起了清静的日子。转过一年，他考中了秀才。

黎氏虽然行为不端，却有生财之道。她在古家庄周围的五六个村庄放印子钱，得利不少。她当年的相好尤某人对她说过，贩卖洋布的生意只赚不赔，她记在心里。古天龙不满16岁，她就把他赶到青岛去做布匹生意，而古天龙竟因此和一家姓"光石"的日本洋行的经理光石宪秀有了来往，做了光石洋行在古家庄一带的代销商，开了他家和日本人勾搭的头儿。就这样，古顺起一家在黎氏的把持下，靠放印子钱、贩卖东洋货、做不法生意，又赶上高家庄的"高万亩"败落，甩卖土地，廉价买进了高万亩的几十亩好地，而发达起来，到黎氏晚年，她家大业大，成了庄上仅次于孙春杨的第二个大富户。

6

黎氏的脾气随着她家财势的增加而变得日见暴躁和蛮横。由于她行为不端，横不讲理，贪得无厌，得着谁诋谁，就有人给她起了一堆外号儿。有人叫她"滚刀肉"，有人叫她"母夜叉"，有人叫她"母老虎"。不过后来人们在背地里叫开来的只有一个："母老虎"。

庄稼人并非人人都有外号，而且有外号的庄稼人大多是男性。这种人大致可分为三类。一类是好得出奇的人；一类是坏得出奇的人；一类是怪得出奇的人，反正都不是一般人物。庄稼人的外号常常带有众人给他所做鉴定的意思。所以并不是所有的庄稼人都喜欢自己有外号。有些庄稼人的外号到处可叫，而有些人的外号只能在背地里叫。古黎氏的外号就属第二类。她的外号一经产生，便立刻取代了她的一切称谓，并迅速传开，一直传到如今。现在，古家庄的人说到黎氏的孙子古文举、说到她的重孙子古世发和古世财、说到她的曾孙古廷辅等，还常常要捎上她老人家的这个外号，称他是"母老虎"家的什么人。

在黎氏获得"母老虎"这个雅号的同时，大权旁落的古顺起，也被连带着落了个不雅的外号，人们在背地里开始叫他"土鳖"。不仅黎氏不拿他当人，他的两个儿子对他也毫无敬意。他实际上是以一个老长工的身份，在母老虎的控制下，过日子，直到晚年。

黎氏"母老虎"的名声远扬，淫威危及乡里。古家庄和小古家庄老少近百年不和，彼此武斗连连，就是由黎氏和她的大儿子古天龙在小古家庄制造的"驴踩冬韭菜事件"造成的。

小古家庄在古家庄的西南方，彼此相距不过一里路，两个庄里的古姓人家同姓一个"古"字。不过按照祖谱的记载，他们不是出于同一个祖系。小古家庄的古姓人家都是本地人，祖系可上溯到唐代，而古家庄却是源于四川的外来户。不过毕竟是血浓于水，一笔写不出两个古来。所以，虽然两个村庄的习俗和风气有些不同，但是大小古家庄的古姓子孙自古相处和睦，在周围各村中，他们之间的关系最融洽，每逢新年，两庄都派出代表互拜。但是后来他们却起了纷争。纷争从年轻人开始，尔后扩大到全村，年年正月都有一战，有时彼此打得头破血流。

据说两庄的冲突起于黎氏和他的大儿子古天龙。有一年的正月初六，"母老虎"黎氏由她家的长工牵着牲口送她回娘家黎家埠给她叔叔婶婶拜年。路过小古家庄时，小毛驴使脾气，不听约束，牵着不走，打着倒退，连蹦带跳地蹿进了人家培育冬韭菜的暖畦里，折腾了好一阵子，一连踏烂了七八家的十六七个暖畦的冬韭菜。小古家庄的冬韭菜远近闻名，是专门培育在新年前后上市的，是小古家庄人重要的来财之道。时在正月，短粗肥胖、黄中透绿的冬韭菜最值钱，受害的主人家心疼得不得了。几家菜畦的主人一齐出来和黎氏说理，要她赔偿损失，而母老虎在指桑骂槐地痛骂过长工是块废物以后，又对受害的菜农高声叫嚷着讲歪理儿说："韭菜是驴踩的。驴就在这里，你们要打要骂要杀都对着驴说！"母老虎身体健康，营养状况良好，声音洪亮，吵闹的声音这样大，以至于连古家庄西头的人都听见了。有嘴快腿也快，想讨好母老虎捞点好处的人，飞跑到庄东头，把这个消息传给了黎氏的大儿子古天龙。古天龙立刻带上他的家人、长工和几个闲汉七八人，气势汹汹地赶到小古家庄，挥舞着棍棒镢头，跟小古家庄的人吵作一团。他狂妄地高叫："你们听着！俺镇上有人，县里有人，州里也有人，要打官司，就请你们在头里走！俺奉陪到底！要赔钱？没门儿！……是你们弄惊了俺家的驴，要是俺的驴有个好歹，一定找你们算账！"吵架的人群占满了半条街，齐声指责黎氏母子蛮不讲理。可是黎氏母子到底也没有赔偿人家菜农的损失，连句道歉的话都不肯说。

有权有势的富人可以打人骂人，而无权无势的普通百姓，常常是连骂人的资格都没有。他们当面不能骂，就背地里骂；骂一回不解气就变着法儿骂。小古家庄的人气不过，就给古天龙母子俩编了两段顺口溜。

一段是骂古天龙放肆狂妄的：

古家庄，雾气腾腾，
牛皮出在年轻，
二十来啷当岁儿，
吹得最凶！

一段是骂黎氏全家的：

> 古家庄，杨树多，
> 杨树底下垒鳖窝。
> 大鳖一抻头儿，
> 小鳖一拖落！

真是"无心栽柳柳成行"！这两段顺口溜竟在古家庄周围的乡村传唱开了，母老虎也因此而声名大臭。起先是小古家庄的年轻人对着古家庄的黎氏和她的儿子唱，后来传到高家庄、傅家庄和姜家庄及周围其他的村庄。小古家庄的年轻人在气头上编唱这两段顺口溜，本意是骂古天龙母子的，却在无意中羞辱了古家庄所有的老少爷们，得罪了古家庄的几代人，成了这一带那些好事的人挖苦古家庄人的民谣，一传就是近百年，伤了古家庄老少爷们的心，导致大、小古家庄之间年轻人几十年间无数次的流血械斗。十年有八九年是小打，双方隔着两村之间的那条叫作"小泉沟"的小水沟拉弓射箭，打弹弓，甩石头，扔土坷垃。也有大打的时候。碰上哪一年，不巧，谁家的孩子的头被打破了，以至于大人们也参了战。那时，两村的老祖宗们就不得不出面了。一般是打伤了人的一方，摆个席面，请挨打一方的家长和村里的老祖宗们吃上一顿，赔个礼，了事。往往是大闹一次，和平几年。直到 20 世纪 40 年代，共产党八路军开到这里，开展了土地改革，大、小古家庄之间的怨恨和械斗才算了结。当时，乡里的干部专门把这两段顺口溜的来龙去脉向群众做了详细说明，说这两段顺口溜有碍大、小古家庄两个村庄和这一带劳动人民内部的团结，要求各村的干部回去关照村里的年轻人，不要再唱了，也不要再对立打斗了，事情才算告一段落。

7

母老虎的大儿子古天龙死于梅毒，留下两个儿子，老大古文举，老二古文刚。接替古天龙在光石洋行角色的是他的弟弟古天虎。古天虎学会了一些日本话，也更能钻营，最后混到洋行副经理兼本县业务总代理的位子，靠这块东洋招牌，他又和本县官员拉上关系，扩大了来财之道。按说他应该是母老虎之后理所当然的当家人。可是任性的母老虎偏爱古文龙的儿子——长孙古文举，她竟然异想天开，扬言要让古文举接替她掌管家政。古天虎深为不满，和黎氏大闹一场，一怒之下，丢下妻子匡氏，远走日本，至死未归。母老虎没想到古文虎的性情如此暴虐，竟和她大闹，尔后出走日本，让她颜面扫地，为维护自己的脸面，她假说古文虎的妻子匡氏不贤，气走了她的宝贝儿子，一纸休书把匡氏赶回娘家。蒙冤受屈，郁郁寡欢的匡氏，3 年后病死在娘家。

母老虎让年仅 15 岁的长孙古文举去青岛接了古天虎在日本光石洋行的班，不过因为他性情顽劣、心胸狭窄、阴狠粗暴，大字识不了几个，没能承袭他叔叔在光石洋行的职务，而只当了洋行运输队的一个管工的小头目儿，整天和搬运工人们为伍，所获不多，后因无故打伤了山东日照帮的几个搬运工人，惧怕他们报复，要他的命，而悄悄地溜回古家庄，协助他奶奶管理家务，最后接了他奶奶的班。

黎氏格外喜欢古文举，古文举也继承了他奶奶黎氏为人处事的一套，和黎氏一样地赖，一样地贪，一样地恶，一样地黄，一样地无耻。不管谁触犯了他，不管对方是否有意，是否有理，他都要报复。他也承袭了黎氏要她的儿孙向古顺之的后代报仇，"讨还"家产的"教诲"。古文举经常学说他奶奶的这一类的假话，向他的儿孙诉说他奶奶的冤屈，说当年是古顺之对他奶奶无礼，尔后又恶人先告状，毁坏他奶奶的名声，害得他奶奶一辈子抬不起头来，他说要向古顺之的子孙报这个仇，还他奶奶一个清白，讨还古顺之当家时从大家族里"窃取"的那些财产。从他先后当上本村的村长和保长之后，就利用权势，处处刁难古顺之的后人。庄上健在的"天"字号的老一辈人虽然知道母老虎的风流故事，知道古文举玩的这一套把戏，主要不是出于他对他奶奶的孝心，而是想掩盖他的家丑，给自己的脸上涂脂抹粉，趁机掠夺他人的家产，可是谁肯重提一位已故的儿孙健在的长辈的丑事呢？再说眼下是个乱世，古文举有钱有势，又和日本人有勾结，是个惹不起的人物，谁敢去捅他这个马蜂窝？古家庄的古姓人中几乎没有人敢公开指斥和反对他的恶行，外姓人就更不敢对他说三道四了。敢顶撞古文举的只有他的弟弟古文刚。古文刚被迫和他哥哥分了家，

在分家中吃了大亏，他气不过，落下了个气喘病，着气儿就犯。古文刚从
小就和他大伯父古天清的独生儿子古文元要好，知道他大祖父古顺之为人
宽厚，人望很高，绝非贪婪之人，所谓他盗窃家产一说纯属乌有。他从来
都不说他大祖父古顺之的坏话。他还风闻他祖母黎氏年轻时的确不大正
经，他爹古天龙品行不端，曾勾结青岛的日本人，干过一些不仁不义的
事，他哥哥当过光石洋行日本人的打手。

　　古文举从青岛溜回古家庄很多年以后，他的大儿子古世发才去接了他
在青岛光石洋行的差事，不过他仍然是个打杂的角色，而且他更不争气，
在 28 岁上就夭折了，死因不明，隐约听说，也是死于梅毒。他留下一子，
叫古廷辅。但是他的妻子梅氏并没有孤守，在他死后当年就悄悄地改嫁到
外县去了。因为古世发在世时，绯闻不少，对不住梅氏，人们觉得梅氏不
为他守，情有可原，但是仍然觉得她在丈夫刚刚死去，就扔下不满十岁的
儿子匆忙改嫁有些不近人情。几年以后，人们才知道古世发的妻子当年慌
忙出走另有隐情。

　　古文举的二儿子古世财生前无子。他是在 26 岁上闹痢疾不治暴死的。
他死后不到 3 个月，他媳妇月花也急忙走人，嫁给了古家庄南七里路的前
疃庄的老光棍郝宝昌。丈夫刚刚去世，月花就不顾一切地慌忙改嫁，再次
引发乡邻们对古家女人的强烈非议，都说母老虎家亲情淡薄，指斥月花不
顾脸面、无情无义，不该亡夫尸骨未寒就忙着嫁人。让人们感到奇怪的
是，一向待人苛刻的古文举，在这件事上却一反常态，显得格外宽容，没
对任何人抱怨过月花。这反倒让乡亲们起疑。过了一些日子，有人开始私
下里嘀咕，说古文举对新寡的儿媳妇有过"爬灰"的企图，月花是因为
受不了他的骚扰才慌忙改嫁逃走的。这个传闻符合古文举的人性，解开了
月花和当年她嫂子梅氏急于走人的疑团。他奶奶和他爹古天龙都干过这类
事。人们相信古文举也能干出这种肮脏勾当。不久，关于月花嫁人的议
论，从暗转明，立刻被人们接受，并且传播开来，最后成了定论，人们的
同情也就转到了月花和她嫂子梅氏一边。人不正，影子就歪。至于事情到
底如何，人们没有见过，谁也说不准。不过因为事情牵涉到古文举，人们
是宁可信其有，也不愿信其无。

　　月花改嫁到前疃后不到半年就生下一个胖胖的男孩儿。郝宝昌当然知
道这孩子是个"带犊"，可是他仍然欢天喜地。他是个老光棍，已经年过

40，家里最缺的就是人手，孩子长得又好，长大了是他种地的好帮手，他怎么能不高兴呢？他亲自给孩子取名叫"天福"。消息不久就传到了古家庄，古文举听了大吃一惊，后悔莫及。他知道"天福"肯定是他古家的骨血，而古家人丁不旺，有后继无人的忧虑，立刻慌慌张张地扑到前瞳庄，发疯似地向月花磕头作揖要这个孩子，低声下气地恳求月花把天福还给他，月花不给；后来又说他愿意出大价钱把天福赎回去，月花还是不给；最后威胁说他要带着人来抢人。郝宝昌本家老少立刻摆出了和古文举对抗的架势。月花说，儿子是她的，谁也别想从她手里把他抢走，要夺走她的天福，除非把她杀了。古文举告到乡里，说他儿子刚刚去世几个月，天福肯定是他儿子的遗腹子。而月花说儿子是早产，屈宗昌还拉来接生婆作证。古文举拿不出证据证明天福是他的孙子。古家庄和前瞳庄的好心人，都替月花说好话。乡长面对这个案子直摇头，他收了古文举的钱，想成全他，无奈古文举人缘太不济，没有人愿意昧着良心站出来给他作证帮腔。结果是古文举白白送给乡长一百多块银元。事后丢人窝火的古文举大病一场，差点儿丧命，还落下了个头晕头疼的病。他总想到前瞳庄去看他流落在外的孙子，可是他每窥伺一次"天福"，就犯一次病。他到县城里去看过洋医生，医生说，他得的是高血压，不能生气。为了弄回他的孙子，古文举什么法子都想过，一直没能得手，只好作罢。他的孙子古廷辅的媳妇说，古文举临死的时候，昏迷中不停地喃喃自语说"报应"。人们猜想，他指的报应很可能就是他因为戏弄他的两个儿媳妇遭上天惩罚而失去了他的一个孙子天福这类的事。

庄上的聪明人常常议论古云松老人的子孙，认为古家内争不断就是因为古顺之死后，古顺起接手家政，大权旁落，黎氏当家，阴盛阳衰。黎氏毫无教养，心地不正，重财轻义，带坏了家风。黎氏偏爱长子古天龙，歧视小儿子古天虎，也开了个坏头。从黎氏算起，古顺起的儿孙，每涉及财产的事，必定火拼，好处总是落在长门手中。这是母老虎家代代兄弟不和的一个原因。

8

根儿的曾祖父古天清是古家庄一带有名的读书人和教书先生，至今人们还习惯于把他的孙子古世才家叫"古秀才家"。在他当家的那个年月，他们家也曾兴旺过一阵子。那时他有岗地洼地近20亩，土坯草屋两栋，有前后两个天井，并留有朝南扩建新屋的宅基地。古天清在外村教书，有钱粮收入，家中请有长工一人，夏秋农忙时节还得请短工帮忙，也算是个殷实之家，被本村和南庄北疃的人另眼看待。论家产，他们不如母老虎，但是要讲声誉，并不比母老虎家低。

古天清读书多，字和文章都写得好，还会武艺，文武全才，村里的老人们都以为他会从县里考到府里，再从府里考到京城，连考连中，考出个大人物来，连风水先生都说他家祖坟风水好，古家将要出高官。可是古天清在考得个秀才之后竟再也不提赶考的事，而是悄悄地跑到远离古家庄的西官庄蓝秀才家当了他们家的教书先生。谁也不知道他为什么要这样做。直到他过世后多年，人们才从老人们的闲谈中风闻事情跟他的妻子，也就是根儿的曾祖母有关系。

古天清的妻子古姜氏是古家庄北3里姜家庄小财东姜望的小女儿。姜望也曾是个教书先生。古姜氏当闺女的时候，跟着她爹念过几天书，识几个字，有个大号叫姜秀鸾。老一辈儿人说，她颧骨突出，两肩高耸，两腿细长，女红不通，烹调不善，嘴碎心粗，爱串门子，惹是非，才貌德行都无可取之处，却满脑子功名利禄，还爱摆秀才夫人架子，四处张扬说她要当举人夫人、进士夫人、县太爷夫人。古天清这个秀才，根本不在她的眼里。她经常没分寸地数落古天清没有出息，说她爹瞎了眼，把她嫁给他这样一个穷书生，酸秀才，算她倒了大霉。古天清曾无数次地耐心开导过她。可是她生性愚鲁，智能低下，油盐不进，他越说她，她就越来劲，以至于夫妻失和，常常口角，导致武斗，古天清打过她不止一次。而她就要赖装疯，混撅乱骂，又撕又咬，弄得古天清无可奈何，就不再和她同房。姜氏嚎啕大哭，四处张扬，信口雌黄，诬称古天清有外遇，逼她守活寡，而且乱点鸳鸯，波及庄上几个寡妇。古天清因此更加厌恶她，干脆不再理睬她，也不再提去参加科举考试的事。村里古氏长辈深为此事感到遗憾。他们对姜氏，说不通、吓不住，没有法子帮助自己这个大有希望的后生上进，叹气之余，就想请他在本村教书。古天清不肯，说他不愿意看见姜氏，后来就接受了西官庄的聘请，到那里去任教了，一年四季除农忙时节外，都住在那里。人们背地里都说，古天清的不幸是他没有摊上一个贤惠的老婆。

古天清家被人们另眼相看还因为他有一个好儿子。他的独生儿子古文元，5岁入学，念了近十年书，熟读四书五经、诸子百家，和他爹一样，也写得一笔好字和一手好文章，是方圆百里人们公认的才子。古天清当年放弃参加科举，是因为妻子不贤，也是因为他年轻气盛，并不知道看重功名官位。可是他毕竟是孔孟之徒，成年之后，懂得了读书人考不上功名，当不上官，学问再大，也不算个人，即使著成了名文大作，留下了创造发明，皇帝老子也不拿他们当回事。因为皇帝关心的是从千千万万的读书人里面选拔出给他们看家护院、管理奴才的奴才。赶考落第的读书人，最好的前途也就是自学而后当个医生，或是像他一样，当个孩子王，哄哄小孩子，或是像蒲松龄那样，在应试落榜灰心丧气之余，闲极无聊，写点小故事消遣，博个微不足道而又夹带着"不务正业"和"玩物丧志"之类贬义的文名。所以他也希望儿子能争得个功名，弄个一官半职。而古文元对于自己的前程，也满怀信心，深信自己定能一鸣惊人，光宗耀祖。可是很不幸，在古文元14岁那年，古天清因为主持公道、惩罚了一个多次欺压蓝姓穷家学童的蓝姓富家子弟，而遭到那顽劣子弟家长的诬陷。他们利用他夫妻不和、长年分居这件事，派人四处张贴无头告示，诬他品行失检，有辱斯文，不能为人师表。一向自爱的古天清，本来心情郁闷，突遭诬陷，欲辩不能，怒火攻心，一病不起，大病一年，撒手而去。他死后不久，折磨了他半辈子，被他常年冷落在家的妻子姜氏，忽然醒悟，深感孤独，悔恨不已，抑郁成疾，不治而亡，留下一儿一女。

古文举插手古天清家的事务是古天清一家不幸的重要原因。按照常理，无论男女，都不愿意、不应该介入夫妻不和的家庭事务，所谓"疏不间亲"，古文举自然懂这个道理。但是他别有用心，乘机打入古天清家，私下里一再对于古天清的妻子，他的这位婶婶，表示"同情"和"关心"。经常来向她问寒问暖，替她不平，非议他的伯父古天清，而愚昧无知的古姜氏因此把古文举当成她知心的好侄子，对他无话不谈，无保留地向他诉说她对古天清的怨恨。古天清越是提醒姜氏说，家丑不可外扬，古文举人品不好，劝她不要和他打连连，她就越是把古文举当成她的知心人。姜氏得知古天清在西官庄遭谤大病，卧床不起，拍手称快，兴奋之余，就把这个消息告诉了古文举。古文举大肆张扬其事，兴师动众，带领古家子弟，浩浩荡荡，到西官庄去把古天清接回古家庄。时昏时醒的古天清，明知古文举不怀好意，心里发急，有苦说不出，病情加重，怎奈儿子尚小，年幼无知，自己已失去行动的能力，古文举有姜氏做内应，他无法让古文举远离自己，这样古文举也就成了古天清家的义务大总管，全权处理他家的事务。古文举派人为古天清请医生、抓药，到处张扬，说他的天清大爷是本地名人，劳累半生，他的病一定得好好地治，所用开支都由他支付。古天清死后，他又说他大爷的后事必须大办，开支自然又是由他支付。后来姜氏病故，她的治疗和死后的丧事，也是古文举一手操办的。古家庄有些人因此而开始对古文举另眼相看。有的人颇有感慨地说："到底还是本家的人亲啊，古文举在他大伯父和大伯母有难的时候，不计前嫌，出钱出力，这份孝心，实在是难得啊！谁说古顺起家不出孝子？"直到后来人们得知古文举为古天清夫妇求医购药、办理丧事的开支都是他自己花钱、自己记账、花一记十，使得古天清的儿子欠下了他大笔的债务，而不得不变卖家里几乎所有的土地偿还他的时候，才恍然大悟，看清了他玩的是一个圈套。而在古文元变卖土地的时候，古文举又扬言，说古文元是他的叔伯兄弟，他家的房地产都来自他的祖父古云松，只要本家有人要买，外人就不得插足，地价得由他定，他有权优先购买。别人慑于习惯的束缚和古文举的淫威，不敢问津。年幼无知、无依无靠、不谙经济的古文元，几乎是被迫把他的土地白送给了古文举，只留下了古文举不敢买的他家的4分坟地。就这样，古文元的主要家产土地，在短短不到两年的时间里，就被古文举抢光了。这时，人们才看清了古文举依然是古文举。

　　失去了父母和土地的古文元突然从天上落到了地上，从大有希望的才子，沦落为让人见了摇头叹气的穷小子。他不得不中断学业，为自己和刚满6岁的小妹妹叶儿的衣食奔波。善良的人们替他惋惜，嫉妒他的人感到得意。所幸古文元的岳父，西官庄的蓝秀才一家，待他一如既往。这一来是因为蓝秀才仗义，二来也是因为他的女儿蓝雁容矢志恪守婚约，非古文元宁死不嫁。有些人原以为古文元西官庄的这门亲事算是吹了，而蓝秀才却成全了他们，提前给女儿和女婿办了喜事，让这一家人的日子继续过下去。

俗话说，"人穷志短，马瘦毛长。"马瘦毛长是实，人穷未必志短。古文举掠走了古文元的土地，阻断了他的前程，就等着看他的笑话，还想伺机把他家的房产也弄到手，把他们小夫妻和妹妹3人逐出古家庄。他认为，如今古天清死了，秀才的光彩没有了，古文元一贫如洗，他在他的面前应该低三下四了。可是出乎他的意外，古文元依然故我。有人说他处惊不乱，而古文举却笑话他，说他穷到了这个地步还摆臭架子，太不自量。

其实，古文元不是硬充好汉，而是因为他本来就是这样一个人。俗话说："江山易改，本性难移。"他自幼要强，经常受人赞扬，久而久之，就养成了一种对自己的信心，不肯向权贵低头。他不相信自己就再也没有出头之日了。他觉得，他失去家产，既不是由于吃喝玩乐，也不是由于经营不善，而是由于遭遇天灾，外加有人趁火打劫，暗算他。他也知道，眼前自己既没有钱财，也没有土地，更没有有钱有势的亲戚，一家人要活下去不容易，心里常常有一种面临深渊的恐惧。他想读书求官，可是没有钱；要务农，他既没有土地，也没有力气。因此他只能靠帮人抄抄写写，承人施舍，得到一些微薄的收入，维持生活。可是，大儿子栓儿出世了，小儿子柱儿来了，大女儿小桃来了，二女儿小荷也来了，家中人口越来越多，转眼之间成了7口之家，而生路却越来越窄，他的心情自然也就越来越紧张，自信心也越来越小了，开始感到绝望。

古文元和蓝雁容成亲之初，蓝秀才常常派人送钱送物，接济他们，古文元觉得脸上无光。可是岳父毕竟是自己的至亲，吃他的喝他的，总还有些道理。岳父母先后去世后，大舅子当家，对他们的接济就越来越少了，自己也不好意思接受他们的帮助。他想教书，没有人聘他；要当长工，没有人雇他。妻子和妹妹日夜操劳，拼命地编织草编活儿换钱，还是不能养活这个7口之家。他没有向谁借过钱粮，可是人们却开始有意疏远他，回避他，不给他张口求告的机会。他终于看清楚了自己的真实处境，知道在古家庄，他是没有办法养活自己的妹妹、妻子和儿女了。这时，古文举趁机逼他，几次上门来说，他愿意出高价买他的房子。在被欺诈、掠夺的过程中突然长大了的古文元，知道古文举这是在羞辱他，逼他净身出户，他宁死也不能屈从他，万般无奈，他就选择了下关东这条穷苦人求活命的老路。可是他难以对妻子启齿，提出这个主意，怕她不同意，他也舍不下妻子儿女，不放心未成年的小妹妹，展望前景，倍感凄凉。他发现这个世界并不看重人品和学问，看重的只是金钱和权势。除了背井离乡下关东，他已经无路可走了。

好像是大清朝光绪二十八年三月初六，天蒙蒙亮儿，蓝雁容含泪送走了古文元。那年她 25 岁。从那时起，他们夫妻就天各一方了。古文元离家之后的头一两年，还常常不定期地捎钱回来，数目都很小，到第三年，他的钱和消息就都没有了。蓝雁容和小姑子叶儿及孩子们的衣食越来越没有着落。古文元最疼爱的小女儿小荷，在古文元走后第二年春荒的时候在饱受痛苦折磨之后悲惨地死去了。蓝雁容看着在饥饿中默默无语的小姑子和几个儿女，心如刀割。

大清朝宣统年间就有人传说古文元死了。此后，这样的消息不断传来。蓝雁容不愿意相信这些传闻，可是渐渐地，关于丈夫的消息毕竟是没有了，人们都认为古文元已经不在人世了，开始把蓝雁容看成寡妇。蓝雁容仍然不愿意相信这是事实，对丈夫的健在仍然抱有信心，可是后来心里也渐渐地认可自己是个寡妇了。她哥哥不愿意看着年轻的妹妹这样苦下去，亲自到古家庄来劝她，说她不能这样苦熬下去，3 个孩子他可以接过去抚养，她另找个人家儿过日子。好心的长辈古天骥、古天骏和古天琦等老人也这样劝说过她。面对亲人和长辈们的善意劝说，蓝雁容泣不成声。她谢过哥哥和长辈们，却始终没有接受人们劝她改嫁的说辞。也曾有些亲友前来劝她把她的小姑子叶儿和女儿小桃送给人家当童养媳，她也都一一谢绝了。她说，她宁肯孤独一生，为小姑子和 3 个儿女耗尽青春，也要把他们养大成人。蓝雁容誓不再嫁并不是因为她想做贞节烈女，求一个从一而终的好名声，也不是因为她对于丈夫活在世上还抱有多大的希望，而是因为她怎么也忘不了她的古文元。她不能想象还有什么男人可以代替他在她心中的位置，不能设想自己还可以和另一个男人生活在一起。从她 16 岁那年在古家庄大庙前偷偷地见过他一面之后，她就由衷地爱上了他。她内心深处对于他的那种刻骨铭心的爱，他们婚后的夫妻深情，她是到死也不会忘记的。她一闭上眼睛就会看见他站在她的眼前。她宁愿忍受种种苦难也要在内心深处永远保留着她心爱的丈夫古文元的位置。

从关外回来的人大都说古文元不在人世了。蓝雁容也不再反对人们的这种说法，可是她心里总觉得丈夫还活着。因为没有一个人亲口对她说，他曾亲眼看见她的丈夫离开了人世。她相信自己的心。她认为她的亲人生老病死她的心里不会毫无感觉。她感觉丈夫还活着，愿意相信丈夫还活着。她的 3 个儿女都很听话。母子和姑嫂间的真挚亲情也冲淡了她的孤独。小姑子叶儿在一天天长大，她温顺、勤快、聪明、美丽，能跟她说知心话儿。她在日夜不停地编织草编活计，挣钱补贴家用，分担她的苦闷和忧愁。只有在深夜，叶儿和她的一个个儿女都进了梦乡，周围一片寂静的时候，她才痛苦地意识到自己的心里和身边，少了许多宝贵的东西。她只能在对于往日夫妻恩爱的回忆中寻求安慰和温暖。

蓝雁容从不怨恨她一去不回、杳无音信的丈夫。她相信丈夫是个顾家的人，深信他爱她。她相信他没有捎钱回来，一定是因为他有难处。她常常对有些懂事的大儿子栓儿说："栓儿，你爹是个好人。你爷爷奶奶在世的那会儿，谁都说你爹好。他学问好，人品好，同窗们没有一个人不夸他的。他就是穷瞎啦。爷爷奶奶去世后，咱们家除了几间草屋和几分坟地，一无所有。他要念书，家里没有钱；要种地，家里的地都被人家骗走了，不下关东怎么办？"她不许任何人说丈夫的坏话，常常说丈夫和一家人的不幸都是因为她命不好，是她连累了丈夫。她总是把家里不幸的根源归到她自己身上。她信命。

蓝雁容出身名门，念过几年书，能读能写，虽然年近三十，依然端庄，美丽，整洁，优雅，古家庄没有哪个女人能比得上她。不幸落难的她，自然是本村和外村那些浪荡公子、地痞流氓不会忽视的人物。许多好色之徒打过她的主意。就连她本家的大伯子古文举也没放过这个机会。有一段时间，古文举常常光顾她家，对她和孩子们表示关切，说一些不咸不淡不三不四的话，送一些不怎么值钱的东西。蓝雁容佯装糊涂。已经懂事的叶儿，平时从不和人争吵。可是她不忍心眼看着这个不要脸的堂兄让嫂子受委屈，竟破口大骂古文举，数落他不像个大伯子，骂他图谋乱伦，硬把他从家里赶走。后来古文举又改变主意，想迫使蓝雁容改嫁，借机把她赶出古家庄，把古文元名下的房屋和那 4 分坟地也划归到他的名下。蓝雁容看透了古文举的居心，一再向长辈们诉说自己的难处，表示死也要把几个孩子抚养成人，帮他们成家立业，等着古文元回来。对于她的这番痴情和决心，没有人敢非议，因为她有儿子，有资格留在家里孤守。老人们称赞她有志气，全村的好人都维护她，尊重她，使那些歹人和古文举之流不敢对她无礼。

　　丢人的事不能干，不丢人的事儿无处找，蓝雁容一家的日子越来越艰难了，连灯都点不起，夜里她和小姑子只能用一根燃着的长长的谷草香照个亮，提提神，通宵达旦地在黑暗里摸索着编织草帽辫儿①，换钱买点谷糠、瓜干之类的东西，糊口活命。

　　家里可以变卖的东西几乎都卖光了，连当年蓝雁容的爹娘陪嫁她的两床红缎子大花被和她亲手绣的一对儿"鸳鸯戏水"枕头也卖了。家里值几个钱的东西，只有祖宗留下的 7 间草屋，和丈夫留下的书籍、文稿和上面留有丈夫笔迹的大量的成本成册的字纸了。书籍和文稿她不肯卖，她说要留给儿孙们用。她把一小部分字纸分送给许多前来求字的读书人，其余的也说要留给儿孙。两个儿子还小，家里无地可种，她说要卖掉家里的那几件农具救急。栓儿恳求她不要卖，说那些农具不值钱，换不回几斤粮食，以后总会有用的。她从儿子的话里知道他有志气兴家立业，心里感到一些宽慰。

　　人穷了，亲戚就少了。常常来看望和帮衬他们姑嫂母子的，只有她娘家的哥哥和本家和外姓的老邻居中家境还好的一些长辈。他们不忍心眼看着古天清这一支子人被生生地饿死，可是这些帮助对于他们的这个 5 口之家，只能是杯水车薪！

　　实在无路可走了，蓝雁容注意到了庄南树林里那些扔得到处都是的干透了的烂地瓜。古家庄有一半人家儿的地瓜井子挖在树林里。各家从地瓜井子里清理出来的烂地瓜都就手扔在那里。时间一长，它们就干了。蓝雁

---

　　①　草帽辫儿：是制作草帽的原材料，以麦秸草编成。编制草帽辫儿是某些地区妇女挣钱养家的一种家庭劳作。

容带领孩子们把那些干透了的烂地瓜收集起来，上碾子碾碎、过箩，制成地瓜面，再把这些地瓜面放进水里搅动。腐烂的杂质飘在水上，少量可吃的地瓜面儿沉淀下来。蓝雁容把它们收集起来，晒干，食用。从一百斤烂干地瓜里只能清理出一两斤勉强能吃的地瓜面。

古文举总惦记着古文元的那两栋草房和两个天井，琢磨着怎样把古文元一家赶出古家庄。母老虎曾经无数次地对他说过，古文元家的那两处房产，是古文元的爷爷古顺之管家的时候从大家庭里盗走的钱财修建的，那些房产应该是大家庭的财产，至少有他们家的一多半儿，应该物归原主。虽然古文举的叔叔古天虎老早就曾亲口告诉过他，说他奶奶说的不是实情，可是他不愿意听，而愿意相信他奶奶的话，即使那是瞎话，他也愿意相信，因为他喜欢说古天清家人的坏话，觊觎着古文元家的那两个天井和7间草屋。这些日子他听说古文元家揭不开锅了，觉得这是个机会，就又唱起了那个老调儿，说他和古文元是一个爷爷的孙子，古文元家有难处，他不能看着不管，说他愿意把叶儿接到他家抚养，高价买下他家的房子，资助蓝雁容带着孩子到关外去找古文元，还委托古天骥老人出面说服蓝雁容接受他的好意。但是古天骥老人没有理睬他。

蓝雁容家已多日不见粮食，到了举借无门、走投无路的地步。她想唯一的活路就是典当或是变卖房产，而卖房子不是小事，她久久拿不定主意。最后她想："一家人总不能活活饿死在这几间房子里呀。'留得青山在，不怕没柴烧'。"可是房子就是家，事关子孙后代，她不敢擅自做主，决定去请教长辈，求得他们的指点和支持。当天晚上，她就悄悄地来到对门儿的古天骥老人家。

"二叔，有件事想请你老帮俺拿个主意。"蓝雁容说。

"是想卖房吧？"古天骥声音低沉，一脸悲愁。

蓝雁容默默地点点头儿，说："实在是没有法子啦……"

老人沉默良久，长叹一声，伤心地说道："俺这些日子也在琢磨你和孩子们这个春天怎么过。……有什么法子？卖就卖吧！走一步算一步！顶要紧的还是人啊。还是那句老话，'留得青山在，不怕没柴烧。'……古文举在外面放风说，他想买你家的房子，托我给你们说合。不过他这个人没有正经话，谁知道他是不是又在玩什么鬼花样啊?!"

蓝雁容听古天骥老人提到古文举，眉头紧皱，很不情愿地说道："叔叔，不能找别的买主吗?"。

"论起来，你家和古文举最近，卖房子绕不过他。"老人无奈地说。

"为什么呀?"

"咱们这里卖房子卖地有个规矩。说定了价钱之后，要让五服以内的本家儿先买；本家的人说不买了，本姓的其他人家才可以买；本姓的人家都说不买了，外姓旁人才可以买。古文举家大业大，又是村长，还和日本人有勾搭，他不说话，谁敢买呀? 不光这样，你家卖房，价钱得由他定。你想，房价由他定，他有权先买，能有咱们的公道吗? 这个坏种的坏点子多着哪。孩子，这是掐着脖子的买卖啊! 可是你不卖给他又能卖给谁呢?"

"那就没有别的法子了吗?"

老人摇摇头，感慨地说："俺'天'字辈儿的弟兄们无德，古家出了古文举这么个坏种! 净干缺德事儿。他连儿媳妇都不想放过，还有什么坏事他干不出来呢? 这就叫为富不仁哪!"

"那你老说怎么办?"

老人沉吟半晌说道："要救急，只能找他。"

"那就……请你老跑一趟吧。您是长辈，他不会无所顾忌。"

"傻孩子，你错啦，古文举眼里只有官府，日本人和钱! 哪有长辈? 他连他一奶同胞的弟弟古文刚都坑害，还能对谁好呢? 他是唯利是图，六亲不认啊!"老人愤怒地说，"你不必犯难。房子要卖你就卖吧，混过这个关口再说! 有朝一日，栓他参回来了，俺替你说话! 卖了房子，你就带着叶儿和孩子们搬到俺这里来住。俺家的西厢房原本是给俺家你世春兄弟盖的。他去了俄罗斯，至今音信全无，怕是没有这个人啦! 你嫂子香叶儿她娘常住娘家，你和孩子们过来，俺和你姊子也有个人好说话。"

"那就请你老受累吧。"

第二天晚饭后，古天骥老人用衣襟兜着一包高粱面饼子和一些煮熟的地瓜，进了古世才家。孩子们齐声叫爷爷，向他问好。他看着蜷缩在炕上的一堆孩子，心中阵阵难过。

蓝雁容把老人让到炕上。

古天骥坐在炕沿上，把兜里的干粮和地瓜分给孩子们。然后说道："古文举说他愿意买你家的房子。还说，为了家族和睦和古家的家产不外流，他愿意出高价买下你们所有的两个天井和 7 间房，帮助你们度过春荒，要是你想带着孩子们下关东去找栓儿他爹，他愿意再帮衬你们 50 元路费，要是你同意，说办就办，明天就请上本家的老人和学屋里的苗老先生，一起立字据。"

真要卖房子了，蓝雁容又犹豫了。她痛苦地想："卖了房子，日后让孩子们何处栖身？那他们就只能四处讨要流浪了！"

古天骥老人又说："古文举出价 400 元。这个价码儿还算公道。可是谁知道他说话算不算数儿？俺说房款得一次付清，他就没接俺的话茬。他这个人诡计多端，向来心口不一，谁敢说他在这件事上会不会捣鬼呢？"

蓝雁容说："二叔，南屋是老宅，不能卖。俺只想卖北屋。北屋俺也不想卖，最好是能先典出去，给俺留下一个赎回来的机会。"

"那俺明天再去找他说说。"

"都怪俺想得不周，劳动叔叔来回跑。"

古天骥老人对蓝雁容摆摆手说："栓儿他娘，不说这个。没有能耐帮助你和孩子们，俺就觉得心中愧得慌啊！"

第二天晚上，古天骥老人又摸着黑来到古文元家。

"栓儿他娘，古文举说，他只买不典。你要是不想都卖，他就想买你们家的南屋，出价 300 元。要是南北两处房子都卖，他愿意加价一百，总共 500 元。"

蓝雁容知道，古文举不惜高价收买他们的房子，就是想把他们一家赶出古家庄，灭掉他们这一支子人，便气愤地说："俺只卖北屋！不卖南屋！"

"也好，不卖就不卖吧，咱们再想别的法子。和他讲买卖，讲不出个好结果！他们娘们儿向来是乘人之危敲人竹杠。"老人气愤地说。

"让你老人家受累，俺心里实在不落忍……"

"千万别这么说，俺听了心里难过。孩子们天天围着俺叫爷爷，俺却拿不出什么东西来给孩子们吃。想起你和孩子们，……唉！不说啦，家家有本难念的经！"古天骥老人忽然说，"古文举说，让栓儿过去给他家放猪，按半个长工开劳金，你看……"

蓝雁容不假思索地说道："不去！宁死也不让孩子到他家为奴！"

11

古文举原以为古文元一家已经山穷水尽，古文元媳妇是个妇道人家，他家的房子他能够唾手可得，便虚出高价，企图诱骗蓝雁容上当，而蓝雁容竟没有上他的圈套，他贼心不死，就打栓儿的主意，想把栓儿控制在手，相机把他除掉，让他后继无人。古天骥老人虽然已经把蓝雁容不肯让大儿子给他扛小活儿的意思转达给了他，他仍然不死心，今天，竟贸然闯进古文元家来说这件事。

叶儿正在聚精会神地掐草帽辫儿，小桃坐在窗下帮着他姑姑破草①。古世才弟兄二人天不明就外出到通往县城的大道上拾粪去了，还没有回来。

蓝雁容觉得有个人影在眼前闪了一下儿，一抬头，见是古文举站在自己的面前，心中老大不高兴，她想："你个大老爷们，进一个孤儿寡母之家，连个招呼都不打，这不明明是欺负人吗！"不过她没有把自己的这种不满表现出来，而是平静地笑着说道："文举大哥，你怎么有闲工夫到俺这里来啊？"

"听说你有难处，俺不放心，过来看看。"古文举面带忧虑，说着，就坐在炕沿上。

叶儿坐在窗前，头也不抬。她不想理睬这个不正经的哥哥。

"叶儿妹妹，在掐辫子哪？"古文举搭讪着说。

"你不是看见了吗！"叶儿没好气地顶撞他说。

古文举尴尬地笑笑，没有再说话。

蓝雁容继续掐她的草帽辫儿。3个人无话，彼此尴尬地对坐着。最后

---

① 破草：编织草帽辫儿的一道工序。就是用一种铜制的三棱或是四棱的破草刀子，把编织草帽辫儿用的麦秸草破成三股或是四股儿，加工成编织草帽辫所需要的原材料。

还是古文举开了口。他说："栓儿他娘，俺很想帮帮你们。俺想，送些钱财给你们吧？你是个刚强的人，不会收。而出大价钱买你的房子，你又不想卖。那怎么办呢？俺想，你家大侄子已经 7 岁了，能做个小营生儿了，就叫他到俺那边帮着俺看着那几头猪吧，劳金按半个成人算，按季度预付，要粮要钱随你说，好歹帮你们度过这个春三月。你看怎么样？"

"谢谢大哥的好意。栓儿还小，过几年再说吧。"

"咱们是同一个爷爷的后人呀。你们有难处，俺看着，心中不忍，也让外人笑话。你就让栓儿到俺那边去吧，算是给俺个面子。"古文举装出真诚的样子恳求说。

蓝雁容没说话，古文举误以为她同意了，便又说道："就这样说定了吧，过两天，你就叫栓儿搬到俺那边去住。住处俺都给他安排好了。"古文举说着，就要告辞。

"办这种事还有个说道儿吧？"蓝雁容说。

"说道儿嘛，倒是有，一般是要立个字据。不过咱们是一家人，也未必按照老规矩办，立不立字据都行。"古文举的本意是不想立字据。他觉得立字据对他是个束缚，而不立字据他能为所欲为，整死栓儿，无凭无据，别人也无话可说。

"字据里面要有些什么条款呢？"

"也就是一年给多少劳金啦，是先付、后付，还是分期付啦，是给粮食还是给现钱啦，误工怎么扣工钱啦等等，这样一些事情。这件事好说。"

"那咱们要不要立个字据呢？"蓝雁容装出认真的样子问道。

"你说了算。要是你想立，到时候俺去请上学堂里的苗老先生和中间人，让他们帮着咱们立一个。"古文举故意装出漠不关心的样子，意思好像说，他古文举不在乎立不立字据，而他心里却在想："立字据你也捞不到什么好处，人到了俺手里，到时候就由不得你了！"他见蓝雁容在等着他说下去，又说道："栓儿上工后就在俺家吃住，每月劳金算二升，粗粮细粮各一半儿，按季支付，年底加二升，全年二斗六升，核二百四五十斤粮食，是一亩好地一年的净收成呀。至于别的项目，就按照咱这里的规矩写，别人怎么写，咱就怎么写。嗨，其实，这就是走个过场，都是自己家的孩子，什么字据不字据？"

蓝雁容心里明白，古文举这是要一箭三雕：在众人面前落个好儿；羞辱古文元一家；把栓儿的性命攥到他的手心里，随时可以找机会谋害了他。她记得丈夫临行前千叮咛万嘱咐，一再说，"古文举心术不正，千万不要让孩子们和他家来往。"

"大哥，按照咱们这里的规矩，字据里是不是还得包括'意外事故，责任自负'这样的意思？"蓝雁容不动神色地说道。

古文举听蓝雁容这样说，心中一惊，想起蓝雁容念过书，识字，这些事她懂，就笑嘻嘻地说："这个意思，写不写都行，到时候再和苗老先生商量吧。"

蓝雁容没有说她是否同意栓儿去给古文举打工。她断定古文举这样做是别有用心。如今庄里的人几乎都认为古文元不在人世了，如果他把栓儿害了，再查清了柱儿的身世，证明古文元家后继无人，她就没有理由再守在这里了，古文举就会用造谣诬陷等各种办法诽谤她，糟践她，煽动、收买、裹胁一些人逼迫她改嫁，把她赶出古家庄，把他们一家拆散，把她家的房屋等一切都据为己有。

古文举估计蓝雁容看破了他的计谋，再也无话好说，便搭讪着，站起来，像对待男人一样，对蓝雁容点点头，告辞了。

蓝雁容这样揣摩古文举并非恶意度人。过去古文举曾多次对栓儿下过毒手。栓儿5岁那年伏天的一个炎热的中午，庄里的男孩子们齐集在庄西边的"西南亩田"①。栓儿和他弟弟柱儿在大湾南岸的树丛里玩耍。古文举的大儿子古世发，趁他不注意，猛然从他的背后把他从西南亩田南岸的高地上推进大湾里。大湾的那个地方是几家浇菜地取水的地方，水深过一房。事情发生得突然，等栓儿意识到自己被推进湾里的时候，他已经沉到湾底。古世发知道只有5岁的栓儿不会水，站在岸上得意地拍手大笑，威胁别人说，不许救他，让他自己浮上来，明明是想淹死他。栓儿憋着气，

---

① 西南亩田：是古家庄对他们庄西头的一个足有一亩地大的大水湾的叫法。据说古家庄还叫洼子庄的时候，这里出过一个造反起义的农民首领，据说他姓张，他的名字，由于官府禁止提起他，也由于年代久远，而被人们淡忘了。他造反失败后，被官方捉住，遭满门抄斩，官府还派人来挖掉了他家被叫做张家坟的祖坟，把他家面积过一亩地大的坟地，变成了现在的这样一个大湾。造反起义的风波过去，百姓们就把这位农民领袖和他全家几代人的尸骨都偷偷地埋在了这个大湾的西头，不再叫张家坟，而给它起了一个奇怪的名字，叫"西南亩田"，算是对他的纪念。大湾周围绿树环绕，里面生长着各种常见的鱼类，一年四季水源充沛，古家庄许多人家的菜地都开辟在这里。

拼命挣扎，才浮出水面，爬上岸，得到柱儿报信赶来的蓝雁容把栓儿领回家。

6岁那年春天的一天，栓儿带着他弟弟在庄南的树林里拾柴，十七八岁的古世发伙同他弟弟古世财，一起把他们塞进古文举家修筑在庄南杨树林里的地瓜井子里，又用一片废石磨盖上井口，还把两个磨眼堵上，想把他俩闷死毒死在地瓜井子里。多亏赶田庄集回来路过那里的古天骥等人，听见呼救，把他们救出来。事后古文举一家人到处造谣，说栓儿到他们家的地瓜井子里去偷地瓜，当场被古天骥老人抓住。古天骥老人听了怒不可遏，拼上命当众为两个可怜的小孙子洗白。他说："栓儿和柱儿兄弟俩加到一起不满10岁，他们怎么能挪开世发家地瓜井子口儿上的那片几十斤重的废石磨？他们怎么能把自己堵在世发家的地瓜井子里？"在场的人一听，什么都明白了。古文举心虚，怕犯众怒，没敢顶撞古天骥老人，事情也就不了了之了。

还是在6岁那年，阴历七月的一天，栓儿上树去采集能入药的槐花卖钱。在他爬到槐树高处细枝上的时候，古世发从树下朝古世才扔石头砍栓儿，栓儿在树上躲闪，慌忙中轧断了脆嫩的槐树枝子，失手从树上摔下来，当场摔死，在大人们用破席把他卷起，抬到老坟，准备埋葬的时候，他缓过气来，落下了个终生腰背疼的毛病，好在保住了一条性命。

蓝雁容在经历了类似的一些事情以后，就时刻提防着古文举对她的孩子们下毒手，一再嘱咐两个儿子：不要到背静的地方去玩，离古文举家的人远一点。

12

早饭的时间已过，不满4岁的小桃，饿着肚子在用破草的刀子把一根根细长的麦秸草破成三股儿。她娇嫩的小手儿上被麦秸草割出一道道细细的血道子。蓝雁容和叶儿，机械地舞动着双手，编织草帽辫儿。她们的心思全在手里的活计上，常常一两个时辰不说一句话。她们的拇指、食指和中指经常红肿着，还是挣不出一家的糠菜饭钱。随着春荒的逼近，日子越来越难过，终于揭不开锅了。家里仅有的两个地瓜叶团子让一早外出拾粪①的栓儿和柱儿带走了。

蓝雁容已经有两天没吃什么东西了，她感到阵阵眩晕，干瘦的脸上透着亮闪闪的金色，靠着码在炕里的被窝才能勉强坐住。可是她不敢让孩子们发现自己病了，还是装着没事儿似的，在编织着草帽辫儿。

叶儿面色蜡黄，全无少女的娇媚，不时咳嗽，双手依然在舞动着，编织着，一分一寸地延长着手中的草帽辫儿。她的青春，幸福，婚事，都顾不上考虑，只想着怎样帮助嫂子把3个侄儿女养大。

初春温暖的阳光透过灰白色的窗户纸上，使得屋子里变得明朗，似乎也有些暖意。然而这里的人们并没有感到此刻已经是万物复苏的季节。小桃好像是累了，也许是困了，更或者是饿了。她一手抓着一把麦秸草，一手捏着一把破草刀子，靠在叶儿的身边睡着了。

蓝雁容心里不时涌起一种莫名的困惑，一个让她感到委屈和愤怒的念头挥之不去："俺什么地方对不住天老爷？他为什么叫俺一家妻离子散？不给俺一家一个活路儿？"她开始觉得老天爷不公。

"娘，俺饥困……"昏睡中的小桃在朦胧中呻吟道。

"娘去找东西给你吃。"蓝雁容不由地说道。可是她并不知道能从什么地方找到给孩子吃的东西。面对饿昏的小桃，她不禁想到几年前小荷的死。那也是一个春天，是因为她没有可吃的东西给她吃。小荷是因为吃了家里仅有的一些谷糠拉不出屎来而被生生憋死的。每当想到小荷，她都感到刀剜一样的心痛，深感自己对不住孩子。可是她能有什么办法儿呢？

"娘，俺不饥困了。"清醒了的小桃的脸上浮起一丝可怜的笑容。穷人的孩子早当家。她显然是在宽慰她娘和姑姑。她知道家里没有吃的东西。蓝雁容和叶儿无奈地看着懂事的小桃，泪如泉涌，心里又闪出了卖房的念头。

"俺到对门儿去想想法子……"叶儿说。

"不要去让老人为难了……"蓝雁容低声说。

蓝雁容做梦也没想到自己会落到这步田地。她绝望了，不止一次地想

---

① 拾粪：就是捡拾在野外和大路上的狗屎和牛驴骡马等的牲口粪。有地的农民拾来肥田，无地的农民拾来卖钱。这是一种不需投入本钱的劳动。

到过死。可是，她想，自己一死了事，那叶儿呢？孩子们呢？他们还能活吗？她觉得那么做对不住儿女，对不住丈夫，对不起古家的祖宗，也有悖于已故老爹的教诲，也不想让古文举看笑话。"怎么办？"她想，"那就只能去讨要了！"想到自己将要挨门挨户，沿街乞讨，她羞得无地自容，忍不住心酸落泪。可是，想到丈夫的恩情，想到可怜的小姑子叶儿，想到3个幼小的儿女，想到要给古家保住栓儿这条"根"，想到要和古文举治这口气，她的心情渐渐地平静下来，决心为了故去的和活着的亲人活下去。在古文元离家后的第五个年头的春荒时节，蓝雁容拖起了打狗棍，挎着饭筐，勇敢地迈出家门，走进了另一个世界，变成了另一个人，一个卑贱的人。她擦干眼泪，用庄重和冷漠面对一些不正经男人贪婪的目光和无耻的挑逗，把感激的目光投向善良的人们，一年四季，风里雨里，低垂着头，扭动着一双小脚儿，艰难地从一个村庄游荡到另一个村庄，几乎跑遍了方圆百里所有可能救助他们的人家。不过她始终没有去过西官庄和她附近的那些村庄，她不愿意让她娘家的亲人们看见她，让日子过得并不富裕的哥哥和嫂子一家难堪。

叶儿满15岁了，已是待嫁的大闺女了，可是她不忍心让嫂子一个人承担这份苦难，一再劝说嫂子同意她出去要饭。今天早晨，姑嫂二人又为这件事争执起来。叶儿拉住嫂子的手不肯放她出门，她说侄儿女们还小，家里离不开嫂子，该由她出去讨饭！栓儿也跪在地上不肯起来，不肯让他娘出门，说他不怕狗咬，不怕丢人，恳求娘允许他领着弟弟出去要饭。姑嫂和母子们互不相让，哭成一团。蓝雁容一个一个地把他们从地上拉起来。妹妹不顾如花儿般待嫁的年纪，要替自己出去讨要，两个儿子小小的年纪就这样懂事，这样有孝心，都叫她感到欣慰。可是，她还是不肯叫他们出去讨饭，而是强令他们呆在家里。她对叶儿说："妹妹，你都快16岁了，说好明年春天过门。你出去讨要，不光你自己脸上不好看，嫂子脸上不好看，就是你婆家的人，脸上也不好看啊！你今天外出乞讨，明天到了魏家，怎么做人？难道你能扔下打狗棍就上花轿吗？天无绝人之路！嫂子能行！丢人就丢俺一个！你留在家里看好孩子，过些时候，天暖和了，俺就叫栓儿去给孙春杨家放猪，带出去一张嘴，挣几升粮，咱们能活下去。你们要是不听俺的话，私自出去要饭，俺就死在你们的面前！"就是在蓝雁容带病外出讨要的时候，她也不带儿女。她甘愿自己承受耻辱和危险，而决不叫儿女们蒙羞冒险。她不能让她的儿女在四乡留下个"小要饭儿的"的名声，不能让他们身上脸上留下狗咬的疤痕。那会妨碍他们长大以后的前程和婚事。她觉得那么做对不起丈夫，也对不住儿女。她说："千羞万羞，羞俺一个！千罪万罪，让俺一个人去赎！"只有一次，她病重卧床3天不起，万般无奈，允许栓儿出去要了3天饭，可是她死也不允许柱儿和他同去。谁都不知道她为什么总是偏爱柱儿。

春末夏初的时候，蓝雁容把刚满8岁的大儿子栓儿送到古家庄的大财主孙春杨家做了小帮工，给他家放猪。古文元离家的时候对她说过，"万般无奈了，你可以去求孙春杨。"孙春杨的姥姥家也是西官庄，是蓝秀才的本家。孙春杨小的时候，他娘体弱多病，他曾常年跟着他娘住在西官庄他姥姥家，断断续续地在蓝家祠堂跟随古天清念过几年书，和古文元曾是同窗好友。

13

在讨要生涯中，蓝雁容不知道挨过多少次狗咬，遭受过多少人的轻蔑，面对过多少人的嘲弄和羞辱，但是她也感受过无数善良人们的同情。她娘家和婆家祖上的声望，她一家的不幸，让许多好心人唏嘘感慨。她常常听见有人在她背后发出善意的议论："她就是西官庄蓝家大门儿蓝公明老先生的大小姐啊，她男人闯关东一去不回，她带着一窝孩子，也真叫人可怜哪！""听说她公公就是古家庄的古秀才古老先生呀，谁能想得到她会落到这步田地呢？""听说她有3个儿女，还有一个待嫁的小姑子，……真是'落配的凤凰不如鸡'呀！"有些好心人，不忍心看着她这样一个可怜的、虽然憔悴却依然美丽的少妇，默默地锅在自己的家门口儿爷爷奶奶大娘婶子地叫着等待施舍，总是尽量抢在她刚刚挨到自家门口，还没有开口求告，就把干粮、地瓜装进她的饭筐里。每逢年节，有些人家还特地为她准备一些细干粮，肉菜，让她带回家去和她小姑子和孩子们一起过年过节。她公爹的好友和门生，本村的好邻居也常常趁她外出乞讨的时候，悄悄地送些钱物接济他们。后来，蓝雁容曾无数次深情地对人们诉说："俺的3个儿女都是众乡亲帮着俺养大的！"每逢新年，她都在正北供桌家谱的下面，供上一本《百家姓》，为那些真诚地帮助过他们一家的、健在的和已故的好人，上香发纸默默祷告他们幸福平安。她家的这个规矩一直延续了几十年，直到栓儿的晚年，社会不兴这样做的时候。

蓝雁容天天在外面四处奔走，而她的心，却时刻挂念着她留在家里的几个孩子，怕他们受人欺负，也怕他们不懂事惹祸招灾。她的小儿子柱儿有时一个人出去拾粪拾柴，经常会遭到庄东头一些有钱人家孩子的奚落和打骂。后来他渐渐地悟出了一个道理：他小，没有力气，无法对抗他们的欺负，而要想让他们怕他，不敢欺负他，就必须狠狠地报复那些欺负他的人，狠狠地撕他们、咬他们、往死里打他们，打他们怕疼的地方，打一回让他们怕一辈子！他做到了这一点，也落下了一个"手狠"的坏名声，连一些大孩子都不敢惹他。

脸色苍白瘦弱矮小的栓儿，比他弟弟柱儿大两岁，却和他一般高。他聪明，自知家境不好，自己力气不如人，凡事让人三分，从不触犯别人，即使自己吃亏，只要能够和解，也不愿意与人争斗，只有在忍无可忍的时候，才和欺负他的人拼命。由于无人庇护，他就成了古世发弟兄等人捉弄的对象。他们总想把他弄成一个谁都可以随便踢来踢去、骂来骂去的玩物，他们煽动和唆使孩子们羞辱他，折磨他，恨不得把他弄死。在栓儿到孙春杨家之后，他外出放猪，常常遭受古世发他们的欺负。特别让他感到伤心的是，不光是那些富家子弟欺负他，就连有些穷苦人家的孩子也跟着古世发兄弟等人欺负他们。古家庄的孩子打架有点儿像狗打架。在一群狗里面，如果有一条狗得罪了狗里面的"领袖"，而且被咬输了，别的狗就都来咬它，以显示他们对有权势的"狗领袖"的投靠和忠诚。古家庄的孩子们打架也是这样。一个孩子被里面的坏头头儿欺负下来了，就会有许多孩子扑上去打他、骂他、侮辱他；如果有谁敢站出来说句公道话，那他也可能沦落到被冷落、被孤立、被打击、被羞辱的下场。而且一个孩子，一旦被欺负下来，他就会天天被欺负，处处被欺负，除非他肯低头求饶，卖身投靠，甘愿为奴，或者沦落为头头儿的新打手。而那会是一个孩子整个儿的青少年时代，乃至一生的不幸。而像栓儿这样的孩子，如果落到古世发们的手中，即使投降求饶、献礼纳贡，也难脱身，因为他们不仅仅是要让他为奴，更要把他当成家族复仇的对象，整死他。栓儿虽然身材矮小，但是他的心智却并不低于他的同龄人。他明白古世发弟兄俩的企图，也知道自己不是他们的对手，只能采取"惹不起，躲得起"的办法对付他们。他不听他们的甜言蜜语，不参与他们的任何游戏。

可是即使这样，也难免有狭路相逢的时候。一天上午，古世发和他弟弟古世财一起到村南玩耍，见栓儿正赶着一群猪在去年种过地瓜的地里寻找残留的地瓜。古世发便带领着他的那一伙儿人，把他的猪轰得四处乱跑，逼得栓儿不得不到处追赶那些猪。后来，古世发一伙人又围绕着栓儿跑来跑去，一再挑逗他。栓儿一让再让，一躲再躲。古世发见无机可乘，便佯装跌倒，却硬说他是被栓儿推倒的，爬起来扑到栓儿身上就打，闻讯赶来的柱儿，见哥哥躺在地上，满脸是血，便发疯一样地一头撞向正在用脚踢他哥哥的古世发，伸手薅住他的小鸡鸡儿，死死地攥住，不停地用力拉来扯去，疼得古世发仰面躺到地上，杀猪一样地嗷嗷儿直叫，连连求饶，发誓不再欺负人。可是事情没有完结。当天傍晚，古文举恶人先告状，领着他的两个老大不小的儿子来找蓝雁容，冷冷地说道："我说栓儿他娘，你是怎样教导你的两个儿子的？你是要叫俺们断子绝孙啊?！你问问你家的我那两个侄子干的是什么下流勾当?！俺不能看着自己的侄子变成流氓，你不管教他们，俺可要替文元管管他们啦！"说着就来拉栓儿。

"慢，请问他们怎么啦，劳动大哥上门指教？"蓝雁容冷冷地说道。

"你知道吗？你家的栓儿和柱儿把俺家的世发打啦！柱儿差一点儿把俺家世发的小鸡鸡儿给薅下来，真是太野蛮，太下流啦！"

蓝雁容强忍住笑，说道："大哥是亲眼所见吗？"

"是孩子们亲口对俺说的，这还有错吗?！"

"栓儿和柱儿都在这里，大哥你看，栓儿身材矮小，骨瘦如柴，推倒爬不起来；柱儿刚刚6岁，他们敢和你家的两个侄儿动手吗？再说，孩子们的事，今天恼了，明天又好了，用不着大人为他们的事儿说三道四……。"

"可是柱儿他！……"古世发面露痛苦的样子，指着柱儿说。

蓝雁容对古世发说："柱儿能把你怎么样？俺听说，俺家的栓儿在庄南放猪，你和世财先是把猪轰得四处乱跑，栓儿没说什么。可是你们还是不肯放过他，就赖他绊倒了你，你们就动手打他。很多孩子都说，你们打俺家栓儿的时候，俺家柱儿不在场。柱儿是听人说他哥哥在庄南挨了打才赶到庄南去的。世发，你是个好孩子，你说，是不是这样？"

古世发低头不语。

蓝雁容转身朝拥进天井里的人们，指点着栓儿身上的处处伤痕激动地说道："大家都来看看，栓儿的脸上、胳膊上、腿上都是伤。鼻子被打出了血，胳膊上被抓破了 3 处，腿上有两块青。"然后转向古世发弟兄俩，说道："你们俩的伤在什么地方？亮出来让婶婶和大家伙儿看看。"

古世发和古世财互相看看，低下头，悄悄地退到古文举的身后。

在栓儿家的天井里看热闹的人越聚越多。古文举无理好讲，情急之中脱口说道："俺家世发受的是内，内，内伤！"他的话一出口，惹起众人的一阵哄笑。

"内伤也亮出来看看嘛！"有人取笑说。

古文举发觉自己的话说得不得体，赶忙指着蓝雁容说："算啦算啦！你是念过书的人，俺说不过你。不过俺还是劝你一句，你得好好教育好你的两个孩子！要是他们再惹是生非，惹出了大事，你可不要后悔！"古文举说着吓人的大话，推开众人，带领着他的两个儿子溜出了古文元家的天井。

14

叶儿的婚期，因为她舍不下嫂子和 3 个孩子而一再推迟，直推到栓儿下了关东的那年的冬天。她的未婚夫是古家庄东 20 里的魏家庄人，叫魏长贵，在黑龙江林区伐木。他本打算结婚后就带上叶儿去黑龙江，可是叶儿死活不同意。她说她要留在家里和她嫂子做伴儿，帮助嫂子抚养几个孩子。两年后，经蓝雁容一再说服，叶儿才在魏长贵那年冬天回家探亲的时候跟着他去了黑龙江。临行前，她不顾婆家的阻拦，硬是把能留下的东西，包括她结婚时婆家给她置办的一些衣被，全留给了她嫂子和孩子们，连她日常戴的两只银制的耳环也摘下来，给了小桃。她几乎是空身一人下关东的。她到黑龙江后每年都给她嫂子捎些钱。蓝雁容托人捎信捎话儿，一再劝她不要给家里捎钱，说孩子们都大了，家里的日子还能混。可是叶儿还是往家捎钱和吃的用的。她一直惦念着嫂子和孩子们，知道他们的日子过得艰难。

　　栓儿给孙春杨家当了 4 年多的小帮工儿，今年满 13 岁，而他的个头儿比他同年的男孩子矮半个头，但是他在饥饿、劳累、被羞辱和无声的思索中度过了奴隶般的幼年和童年，对于古家庄，对于人生，有比古家庄一般人更清楚、更深切的感受，养成了他外绵内刚、爱动脑、有打算、是非分明，乐于助人，不甘人下的性格。

　　孙春杨见栓儿做事有板有眼，知道他将来一定是个好庄稼把式，很想留住他，帮他管家。从栓儿 11 岁那年，孙春杨就给他开整劳力的劳金，一是念他和他爹的同窗情谊，一是他看重栓儿本人的为人。古文元一家的生活因此而有了一些改善，他娘可以不去讨饭了。但是栓儿并不想当一辈子长工。替别人种地，种得再好，那收成也只能是人家的，春杨叔心善，也不过多给他几斤粮食。庄上的老人们常常对他诉说他爹、他爷爷和他老爷爷的故事，说他爹和他爷爷都是十里八乡人们景仰的才子。他因此也曾幻想过能像他爹和爷爷那样念书，相信自己能念出个名堂。但是他知道这是不可能的。念书的事，他只能在心里想想。于是他想学手艺。耍手艺能挣钱养家，钱多了可以买地，恢复家业。他把自己的打算对他娘说了，他娘含着眼泪点点头儿，相信儿子将有所作为。

　　柱儿依然天天起早外出拾粪卖钱，拾草打柴，照料妹妹小桃。小桃满头细细的黄毛渐渐变粗变黑。她娘说这是因为她吃饱了。小桃也能掐草帽辫儿挣钱帮娘了，有时也跟上二哥上坡剜菜。蓝雁容只在青黄不接的时候，日子实在过不去了，才外出讨要。

　　在栓儿 13 岁那年的夏秋时节，卢姓铁匠师傅和妻子杜氏，女儿巧曼，侄儿卢宝仓、卢宝库，一家老少 5 口，来到古家庄。卢师傅大号卢宝善，潍县人，和几十年前被赶出古家庄的吴铁匠是同乡。古家庄是卢师傅常来常往的地方，他什么铁器活儿都干。他为人忠厚，活儿干得好，很受雇主们尊重，对古文元的家世和蓝雁容的为人，以及他们一家的不幸遭遇，早有耳闻。他佩服蓝雁容矢志孤守、抚养儿女的为人。他说过，自己年纪大了，不再招收徒弟，可是栓儿他娘领着他去向他拜师的时候，他二话没说，立刻就收下了他。他是有意救助他们这不幸的一家啊。

　　栓儿刚满 13 岁，卢师傅就把他当个大人尊重，开始叫他的大号古世才。打铁是个累营生儿，可是铁匠吃的顿顿都是"二干饭"，也就是一种半干不稀的小米儿稠饭，古家庄一带俗称"二干饭"，而且徒弟们顿顿都吃不饱。师娘已故的老爹也是铁匠。卢师傅是师娘父亲的大徒弟。师娘小的时候对于铁匠的这种生活感到奇怪。她不明白，为什么家里有粮食，却不叫那些跟着爹学手艺的小哥哥们吃饱呢？她问她爹，她爹告诉她说，这是祖宗传下来的行业的规矩，铁匠的徒弟就得吃这样的饭，祖祖辈辈都是这样，这样他们才会知道生活的艰难，肯吃苦，用心学手艺。

古世才身子骨儿单薄，力气也小，起初，他连铁匠炉旁的那个大风箱都拉不动，卢师傅就让他干些收拾炉灶、端茶送水、帮师娘摘菜等等的小活儿。卢师傅发现古世才善良、聪明，很快就喜欢上了他。师娘杜氏年老心善，见古世才长得端正，老实勤快，又正在长身体，常常偷偷塞点儿干粮给他吃。卢师傅知道老伴儿偏爱这个小徒弟，假装看不见。他觉得自己年纪大了，以后也不再收徒弟了，不怕别人说他偏心。而且他想老伴儿这样做也许不仅仅是因为她心疼古世才，可能还有别的打算。他们夫妻二人生了3个女儿，唯独没生个儿子。杜氏总觉得遗憾，对不住卢家，也特别喜欢男孩。大女儿和二女儿，先后嫁给了卢师傅的两个徒弟。原本都曾想过让他们当上门儿女婿的，可是后来一个跟着丈夫回了丈夫的老家掖县，一个跟着丈夫去了青岛的李村。眼下他们身边就只有这么一个小三儿了。小三儿"巧曼儿"，今年15岁，比古世才大两岁，也已到了谈婚论嫁的年龄。而古世才又是兄弟俩，家里又很穷，卢师傅猜想老伴儿又在琢磨着招养老女婿的事了。

古世才吃上了小米儿饭，又有师娘的特殊照顾，个头儿猛长，在短短一年多的时间里，就长了半个头，力气也大了，手艺长进很快，提前打上了二锤①。卢师傅看着既高兴，又吃惊。他从没遇见过这样聪明懂事的好徒弟。他老伴儿也越加喜欢古世才，巧曼儿心里也有了这个小女婿，天天都喜滋滋地看着他，上赶着和他说话。

卢宝善像慈父一样待承古世才。别人学徒3年零一节，学徒期间只管吃，没有劳金，出徒以后要是留在师傅身边干活，才能拿到为数不多的劳金，要是学得不好，还得延长学徒的期限。古世才虽然身体弱，力气小，但是他聪明好学，努力上进，在第二年末，卢师傅就破例开始给他发劳金

---

① 铁匠学徒考核标准有一锤、二锤和三锤之分。学徒从干杂活儿开始，然后进入打三锤、二锤……直到出师。

了，而且数目不小。古世才月月如数把师傅给他的劳金交给他娘。他娘把钱接到手中，感动不已。她心里明白，这劳金并不完全是她的儿子份有应得，而是卢老师傅他老人家在变着法儿地周济他们一家。老人家用提前给她儿子发劳金这种办法周济他们，是有意照顾她的脸面。她能说什么呢？只有教导儿子永世不忘师恩，自己天天在菩萨面前烧香磕头，为这位善良的老人祷告，请天老爷保佑卢师傅康健长寿。

　　今年春天，孙春杨破格儿租给古世友一亩庄南的岗地，说好秋后二五分成。谁都知道，庄南的岗地旱涝保收。蓝雁容心里明白，这是孙春杨对她丈夫的一片同窗真情。这地名义上是租给柱儿的。柱儿只有12岁，哪能种地？他这明明是租给栓儿和柱儿兄弟俩，租给他们一家的啊。开头一年，这地，都是由古天骥老人张罗人帮着栓儿和柱儿兄弟二人耕种料理的。有了古世才的劳金，又有了地里的收成，蓝雁容和她的儿女们，总算能够勉强吃上几顿饱饭了，她也扔下了打狗棍，不再外出乞讨。

　　此刻，在古家庄，没有几个人把古世才当回事儿。而只有16岁的古世才却比谁都有心计，有打算。他看透了，古家庄的事情是富户、村长古文举说了算，在这里要改变自己一家的艰难处境，是没有希望的。他思量再三，打定主意，决心学徒期满之后，再走他爹走过的那条老路：外出谋生，下关东，去寻找老爹。他想，老爹是死是活总要弄出个究竟，就是他故去了，也要把他的遗骨请回家乡，回归祖坟。他把自己的这个打算对他娘说过并得到他娘的同意之后，就报告了他的师傅。老人没有拦阻他。他看重他敢外出闯荡的志气，更看重他千里寻父的孝心，在沉默了很久过后，老人说道："孩子，既然这样，你就去吧……，到外面去闯荡闯荡，但愿你能找到你爹，一家团圆，过上好日子。"

　　巧曼儿听说古世才要走，偷偷地哭了一宿。

　　卢师傅亲自给古世才打制了一副样样儿家什俱全的上好的铁匠担子。

15

　　古世才的行期一改再改，从正月初六推迟到二月初六，又从二月初六推迟到三月初六。他放心不下他娘和弟弟妹妹。他走后家里就没有来钱的地方儿了，地里的收成，即使风调雨顺，粮食也得等到秋天才能到手，那他娘和弟弟妹妹们怎样度过眼前的这个春荒呢？他一度想到推迟行期到明年，是他娘让他下定了今年就走的决心。他娘说："谁能保险明年就没有春荒呢？你早走晚走家里都会有难处。如今家里还有些吃的，你弟弟妹妹都大了，天也渐渐地暖和了，坡里有野菜，树上有树头①，你放心地就走吧，三月初六就动身。"古世才点点头儿，表示同意，可是他还是放心不下，担心他娘和弟弟妹妹熬不过这个春三月，决定去向东家孙春杨求告。在临行前两天的晚饭后，他悄悄地跨进孙春杨家熟悉的黑大门儿。

"春杨叔在家吗？"古世才站在孙春杨家的天井里问道。

"是世才？快屋里坐吧。"孙春杨在堂屋里说道。古文举从来不叫栓儿的大号。但是孙春杨不同，他从古世才到他家扛活的那个时候起就叫他的大号。"你不是下关东了吗？怎么还没走？"

"有几件事，还没办妥，过一两天就走。"古世才说着，默默地走进堂屋，坐到堂屋的八仙桌旁。过了好一阵子才说明来意，说他是来求他借给他二斗高粱的。

孙春杨听古世才把话说完，沉默不语。他想，二斗高粱差不多就是一百七八十斤，是好年景一亩好地的纯收成，不是个小数目儿，借给了他，十之八九是"羊肉包子打狗，有去无回。"可是他不好意思说不借，怕以后万一古文元还活着，或是古世才发达了，大家再见了面，脸面上说不过去。在古家庄，对古世才另眼相看的只有孙春杨一个人。他总觉得古世才不是个平常的人。他常常想，古世才家连续3代都差一点儿出了大人物儿。要不是他老奶奶和后人没有福气，古天清会连考连中，会当大官。古文元也是个才子，看来也是因为先人无德、后人没福，他才没能成就个气候儿。古世才没念过书，可是他聪明，有志气，谁敢说他将来不会发迹呢？几年前曾经整天地在这一带走街串巷喊叫着"破烂头发换洋火儿"，收废品的张宗昌，不是发迹了，当了督军了吗？孙春杨总觉得古世才有点儿特别，觉得他好像有什么来历，因为他发现古世才家天井里南墙下的那棵老槐树气势浩大，繁茂无比，越长越像一条张牙舞爪的巨龙，让人看了觉得庄重威严、阴森恐怖，感到头皮发紧。他常常特地走到古世才家的南

---

① 树头：即能吃的树叶，如柳树叶，榆树叶，榆树钱儿，杨树叶等。

墙外，站在那棵老槐树前观望，越看越害怕，总觉得古世才家不会这样败落下去。他这样想着，看着古世才，摇了摇头，叹了一口气，说道："大侄子啊，俺和你爹同在西官庄俺姥姥家念过书，接受过你爷爷他老人家的教导，和你爹是好朋友。那会儿你爹是俺们的大学长，待俺不错。"他停了停，咬了咬牙，说道："叔叔会尽力帮你。"

"谢谢叔叔！"古世才说着，站起身给孙春杨鞠了一躬。

"行，明天你就过来拿。不必说借，以后你有了就还，没有嘛，就算啦。"而他心里却在想："小东西啊，也许你的命比你爹好？会成龙成凤，也许你连你爹的命运也不如啊！俺今天就豁出这两斗高粱和你赌一把吧！"

三月初五的晚上，古世友和小桃都不肯睡觉，他们舍不得哥哥，想和哥哥说话，要等着送哥哥上路。可是掌灯后不大一会儿，小桃就睡着了。午夜过后，古世友也沉沉睡去。

古家庄的人们出门远行，行前讲究要吃一顿饺子，所谓"送行饺子，迎风面"，图的是个吉利。蓝雁容用对门儿讲究礼数的老奶奶听说孙子要下关东特地送来的粗面为儿子包了六六三十六个粗面饺子，就止了灯，安排大儿子睡下，一个人坐在黑暗里想心事。过了一个时辰，她悄悄地走到天井里，看看星斗，知道已是后半夜了，想到儿子就要离家远行，心中倍感依恋和伤感。这样痛苦的经历她已经有过一回了。十年前，她送走了丈夫，如今又要送走儿子。丈夫至今音信皆无，儿子将会怎么样呢？她不敢想下去。

蓝雁容把大儿子叫醒，心情沉重地低声说道："栓儿啊，明天你就要上路了，娘有些话要对你说，你要好好儿地记在心里。"

古世才看着他娘伤心痛苦的样子，眼睛里涌出泪水。他悄悄地下了炕，双膝跪倒在地，低着头，恭恭敬敬地听着。

"孔夫子说：'己所不欲，勿施于人。'不要为一己之私，违背良心，做出对不住别人的事情。不仁不义、伤天害理的事，就是对自己有天大的好处，也不能做。"

"娘，俺记住了。"古世才发誓一样地说。

"要记住：人比钱贵，出门在外，平安就是福。一路之上，要早睡晚起，做事要量力而为。"

"娘，俺记住了。"古世才哭泣着说。

即使在微弱的灯光下，古世才也能看出他娘头上的白发。她的两鬓几乎全白了。听着娘的教导，他心如刀割。"娘今年才 30 多岁啊！可是她挨了多少饥困，受了多少折磨呀！娘的背已经有些驼了！娘原本有个多么好的身板儿啊！"他暗暗发誓："拼上命也要挣钱孝敬娘，让娘和弟弟妹妹们吃上饱饭！吃上不掺糠菜的精粮食①。一定要把爹找回来，一家团聚，让娘欢喜！"

"要善心待落魄的人，救人急难。穷死不偷，饿死不抢。"

古世才跪在地上，激动得说不出话来，只是连连点头。

"孔夫子说：'外财不富命穷人。'不贪不义之财。"②

"娘，俺记住了。"

"找到你爹，一定劝说他回来。"停了一会儿，她艰难地抑制住眼泪，低声说："无论他是个什么样子，都要把他接回来……"

她说完了这句话，沉默了很久。她害怕自己会放声大哭。十多年的贫穷、孤独和磨难，那么多说不清、道不明的苦楚，此刻都涌上她的心头。

她小心翼翼地摘下那只她常年戴在右边耳朵上的银制的小耳环儿。用一块她事先准备好的红布包好，又装进一个小小的蓝布口袋儿里，小心翼翼地递给古世才，古世才从他娘微微颤抖的双手和在她眼睛里打转转儿的泪珠儿猜想，这可能是他娘和爹的信物。

"你把这只圈子带在身上，务必保存好，千万不要丢失。"她说完这句话，又一次陷入长时间的沉默。她怕自己会哭出来。这里有个规矩，送亲人远行，不能哭。过了好一会儿，她才继续说道："你爹离家的时候，你还不满 4 岁，到如今已经过了十多年，你们父子相见，未必能够认识……见了你爹，你把这只圈子交给他，他就会认你了……"

古世才早就注意到他娘只有这一只耳环儿。他曾经给她买过一对儿银质的新耳环儿，可是她总是不肯戴，依然只在右边的耳朵上戴着这只旧耳环儿，但是她没有对他说过这是为什么。

---

① 精粮食：即如小麦、高粱、小米儿、玉米等纯粮食。在旧社会，能吃上精米细面的人家儿不多，许多人家儿都要在精粮食里面掺和上一些如米糠、麸皮、豆皮、地瓜叶和各种瓜菜。

② 这是民间谚语，与孔子无关。引用孔子的言论证实自己的说法儿，是山东有些地方许多无知无识的老人的习惯。他们"引用"的有时并非孔子的言论。

16

　　古家庄一带的人们出行，喜欢选定在阴历每月的初三、初六、初九……俗话说："待要走，三、六、九"，认为"三、六、九"出行吉利。但是蓝雁容并不大信奉这一套。她把儿子的行期选定在三月初六，仅仅是出于习惯，因为 10 年前的那个让她铭刻在心的"三月初六"，她送走了丈夫，而他竟一去不回。

　　古世才借着微弱的洋油灯光，又检查了一次行装。

　　古世友和小桃也醒了，他们围坐在哥哥的身边。

　　古世才只吃了十几个饺子就不再吃了。他娘和弟弟妹妹怎么劝他，他都不肯多吃一个，执意把其余的饺子留给弟弟和妹妹吃。

　　古世才他娘说，她要一个人去送古世才。可是他弟弟和妹妹都嚷嚷着要去。蓝雁容知道孩子们的心思，想道："大儿子一走，何时才能回来，能不能回来，他们兄弟姊妹能不能再见，都在两可。这也许是他们最后的一别。"只好同意他们和她一同去送大儿子。

　　这里下关东的人都是天不亮就动身。他们之所以要趁着黎明前的黑暗离开家乡，一是为了减少自己远行时对故乡景物的依恋，一是为了逃避面对众乡亲的羞愧！所有下关东的人都是在万般无奈的时刻才走出这一步的。这是不得已的生死选择啊！热土难离，但凡有一线生路，谁肯离开家乡呢！

　　外面刮着西北风。街上一个人也没有。古世才一家人，伴着沙沙的脚步声，默默地穿过门前的小胡同儿，朝北走，踏上后街，再沿着后街朝西，朝着村西北角儿上的大庙走去。转过大庙就是村后的小石桥儿了。古家庄所有下关东的人，都是在这里接受亲人的送别。

　　古世友斜挑着一盏修补过的木制骨架糊着黄纸的方形的灯笼，侧身走在最前面。西北风把灯笼吹得不停地在空中悠荡。土黄色的、模模糊糊的、暗淡的灯光，不停地在地面上飘动，扫荡和吞噬着周围的黑暗。黑暗顽强地跟灯光争斗着，彼此不停地追来逐去。

　　近处偶尔有几声狗叫。

古世友一直高挑着灯笼走在前面。古世才和他娘并排走在后面。小桃夹在她娘和大哥中间，紧紧地拉着大哥的手，不愿意松开。

古世才在村后的小石桥头上站住了。

"娘，就送到这里吧，风大，天冷，回去吧。"

蓝雁容没有说话。她感觉到的并不仅仅是寒冷。

黑暗依然笼罩着一切。昏暗的灯光并没有拓宽人们的视野。亲人们谁也看不清楚谁的面容，只是他们的身影随着灯光的变化，时大时小、时左时右不停地在地上移动。

年幼的小桃顾不上亲人出行的禁忌，不停地抽泣。

"记住：要早住店，晚起床。"蓝雁容深情地嘱咐道。

"娘，俺记住了。"

古世才亲过泣不成声的妹妹。对弟弟说："柱儿，妹妹还小，家里的事就靠你啦。不要惹娘生气，小心躲避古文举家的人。俺在外面一站住脚儿，就回来接你出去学手艺。"

"放心吧，哥哥，俺一定照你说的做！"柱儿抽泣着断断续续地说道。

古世才双膝跪在冰冷的土地上，恭恭敬敬给他娘磕了3个响头，然后站起身来说道："娘，俺……走了！"他终于忍不住，无声地流下了眼泪。

古世才挑上恩师送给他的那副铁匠担子，踏上没有尽头、也不知道将会通往什么地方，是生是死的黑暗的道路。

蓝雁容看着儿子模糊的身影渐渐地消失在灯光照不到的黑暗里。她的泪水如泉涌般地落下来。她突然感到，好像以后再也见不着这个儿子了！她感到恐惧。当年她不也是在这里送走丈夫的吗！这样想着，她的心紧缩起来，一阵和儿子生离死别的痛苦袭上心头。她忍不住要呼喊儿子留下！恨不得追上去一把把他拉回来！可是，她没有这样做。她把已经张开的嘴又合上了，把呼唤儿子停步的渴望压回到她的心的深处。儿子回来又能怎么样呢？走出去也许会找到一条活路儿，而留在家里是死路一条！

儿子模糊的身影，溶化进无边的黑暗里，消失了。而她依然迎着早春黎明前的西北风，站在那里。她想：她的儿子还在看她。她从小儿子的手里接过灯笼，高高举起，缓缓挥动。

"娘啊，回—去—吧……"

这充满哀痛的声音，在这美好季节的黎明前的夜空里悠悠飘荡。

她知道，儿子走远了！

"儿啊！你可要回来啊！"她在心里喊道。

不幸的预感在折磨着她。往事在她的心里激荡。她的心怎么能平静呢？当年她的丈夫也是在春天，也是在三月初六，也是在这样一个黎明前的黑暗里，也是在这个小石桥头……和她…分手的！可是他一直没有回来啊！

她提起脚跟儿，高举着那盏灯笼，想象着正在远去的儿子。

古世才不住地抽泣，不断地回头张望。他见那盏不停地抖动着的灯，还在那里，知道他娘和弟弟妹妹们还站在那座小石桥儿上，站在寒冷的晨风里。他已经走到高家庄了。再走几步，越过高地，就要下坡了，下坡后他娘和弟弟妹妹就看不见他了。他不能让他们在那里痴痴地挨冻。他撂下担子，掏出取火用的火镰、火石和火纸，燃着了火绒，高高地举起，飞快地在空中挥舞。那已经燃着了的带着火绒儿的火纸，吸足了空气中的养分，爆出了明火儿，颤抖的火苗儿在夜空中闪烁。

蓝雁容看见远处有一个火环在空中跳动，知道儿子就站在那里。那是从古家庄通往西官庄的一个十字路口儿，从那里往北是个下坡儿。

"娘，俺哥哥走过高家庄了，下了高家庄的那个高岗儿他就看不见咱们的灯笼了。咱们回吧。"古世友说，那里是他和哥哥拾草剜菜常去的地方。

蓝雁容平静下来，把灯笼交给小儿子，默默地回转身，顺手牵上小桃，踏着坚实的步伐，朝南，然后朝东，朝家的方向走去。

堂屋里正北供桌上的洋油灯还亮着。小小的灯头儿，在一上一下、一左一右、忽大忽小地跳动着。蓝雁容走到供桌前，恭恭敬敬地给观音菩萨烧上三炷高香，又恭恭敬敬地跪在地上。她的一对儿女也跪在她的身边。她心中默默地念诵道："大慈大悲的观音菩萨啊！俺古家没有做过不敬神明的事情……俺公公一辈儿是单传，俺孩子他爹是单传，俺栓儿又是单传！您老人家就发发慈悲，给俺们古家保住这条根吧！"她久久地跪在供桌上的那尊小小的、泥塑的、上了油彩的、慈祥地看着她的观世音菩萨像前，反反复复地这样默默地祷告着。

17

古世才奔的第一个目的地是天津。

天津在古家庄的千里之外，但是她对于古家庄一带的人说来并不陌生。这里有许多人在天津谋生，有的还在那里发了大财。古世才听说天津是水陆码头，那里有火车，有轮船，顺着铁路走，就能走到关外，走到沈阳、长春、哈尔滨。他一路打听，一路走，逢集就赶，有活儿就干，走到哪里，干到哪里。从三月初到四月初，在一个多月的日子里，他没吃过一顿热饭，没进过一家旅店，没睡过一次热炕，总是这里住3天，那里住两天。荒山上的破庙，富有人家废弃的车棚，避风的草垛，他都住过。难以忍受的春寒，黑夜里的恐怖，对亲人的思念，常常使他整夜不得安宁。在4月中旬的一个夜晚，他还险些被饿狼吃掉。那一夜，他栖息在山东禹城境内旷野里的一座小小的瓜窝棚儿里。那个瓜窝棚儿茅草盖顶，墙壁是用泥坯垒成的，里面还有一盘能容一个人的土炕。它离周围的村庄比较近。那一带的穷人多，补锅修碗的活儿也就多。古世才打算在那里多住几天，多揽些活儿，多挣几个钱，到了天津，可以坐上火车，直奔关外。

那是一个有风的夜晚。时间已经是后半夜，弯弯的月亮一会儿钻进云层，让黑暗笼罩大地，一会儿又高悬在空中，映出远近村庄的暗影。小瓜窝棚儿的门框上有一扇门，那门破得几乎只剩下一副用粗细不一的木棍儿绑成的骨架儿了。原先绑在那上面遮风挡雨的山草已所剩无几。夜风从南风转成北风，时大时小，柴门被吹得呱哒呱哒一个劲儿地响。一连劳累了几天，一直没得好睡的古世才，倒头就睡着了。不知过了多久，被一股难闻的腥臊气味儿弄醒，他的心在不由自主地噗噗乱跳。他睁开睡眼朝外张望。见天空乌沉沉的，并没有发现什么异常，只是有一股浓重得刺人的狗腥味儿不时迎面扑来，使他感觉浑身发紧，有些恶心和恐怖，便不由自主地坐起来。他借着时有时无的淡淡的月光，透过柴门，见有一头小毛驴儿堵在窝棚儿的门前。他开始清醒，不由地想道："这是谁家的牲口？怎么跑到这里来了？这会儿正是春耕春种用牲口的时候，丢了驴的人家儿该有多么着急啊。"他想继续睡觉。可是一种说不清楚的异样的感觉使他心神不定。而当他注意到那头驴子的两只眼睛，发现从那里面闪出来的是绿幽幽的光亮儿的时候，他的头"嗡"的一声胀大了，浑身的毛发猛然竖起，不禁打了一个寒战，忘记了自己在什么地方。"狼！一条大狼！"他惊恐地意识到，头脑立刻完全清醒了。他在老家的时候不止一次地见过狼，从对门老奶奶那里听过很多狼的故事，可是从来没有见过这么大的狼，更没有一个人在深夜里面对这样的一匹大狼。他头脑里闪过一个念头："破碎的柴门挡不住狼！……那狼为什么没有趁他睡着的时候扑进来呢？"恐惧使他一时不能把思路集中到怎样对付面前的这条大狼上面。他知道那狼随时都可能朝他扑过来，把他咬死。就在那只狼慢悠悠地站起来，开始朝他移动的时候，他忽然想起，天骥爷爷家的奶奶在好些故事里讲到过"狼怕火，怕圈儿，怕响器！"他这样想着，就强制自己定下心来，目不转睛地盯着面前的狼，同时悄悄地伸手摸到火石、火镰和火绒儿，用微微发抖的左手摸索着捏住火绒，把它靠到火石上，右手捏紧刀状的火镰，挥动右臂，"嚓嚓"地用火镰打火石。火镰在火石上撞得火星儿四射。那狼有些不安，从原地往后移动了一下儿，再慢慢地狗蹲下来。古世才在慌乱中把火绒儿碰掉了，这就是说，他不可能把火纸点燃，用火把狼赶走了！① 这时，狼又站起来，开始朝前移动，然后再狗蹲下来，两只眼睛直直地盯着他。无计可施的古世才惊出一身冷汗。他忽然想到，狼不是也怕响器吗？就急忙摸到了一把铁锤，在铁砧上重重地敲起来。狼听到铁锤敲击铁砧尖利的声音，猛地站起来，后退几步。而在他停止敲击铁砧的时候，狼就又站起来，朝前移动几步，然后坐下，两个绿荧荧的光点儿直直地逼视着他。而在他又敲打起铁砧来的时候，那狼就再后退几步，……他就这样和那只大狼对峙了半夜。在东方发白的时候，那只狼才拖着长长的尾巴，一颠一颠地离去。这时他才发现，那是一条瘌狼。天一亮，古世才就离开了那座窝棚。他担心那条大狼还会再来找他。

---

① 燧石取火有 3 个条件：要有火镰、火石和火绒儿。这里所说的"火绒儿"是在卷成直径约两厘米的火纸卷儿燃烧后留在纸卷儿前端的"灰烬"。火镰敲击火石，产生火星儿，火星儿只有落到"火绒儿"上，才能在火绒儿上引发暗火，挥动火纸卷儿，火绒上面的暗火儿才能变成明火儿。所以火绒儿掉了，就不可能用火镰和火石取火了。

古世才穿过山东德州，进入河北地界。

春光明媚，溪水清清，河边万千柳丝在微风中悠悠飘荡。古世才挑着沉重的担子蹒跚在河堤上，心中虽然觉得凄苦，却也感受到了一些春天的暖意。他举头远眺，远近是一个个沉寂的村庄，田野里散落着春耕春种的人们。而浮现在他心中的却依然是古家庄的景象。他想，此刻庄前杨树林里该是一片片娇小细嫩的杨树叶在阳光下闪光，杨树的树干像敷了白粉一样地洁净和美丽，林中散发着醉人的大自然的芳香。洋槐花儿把茉莉般甜丝丝的气息洒向四面八方。各种外来的山雀，欢快地在林间和草丛中穿梭。在湿润、温暖、明亮的树林里喊一声就会有亲切的回声。对于远离故土的古世才，此刻这一切竟变得如此诱人，就好像是古天骥家奶奶在冬夜里讲述的故事里面的仙境一样。而当他睁开眼睛四处张望的时候，却满眼都是陌生的异地风情，听到的是陌生的异地的乡音。

越走离古家庄越远，而他却依然习惯于用古家庄人的眼睛观看和品评周围的景物，用古家庄人的耳朵聆听周围的声音。一切都让他感到陌生和孤独。他看不见熟悉的面孔，听不见亲切的乡音，不知道自己将走到什么地方，能不能到达关东，找到活路儿，找到他爹，会不会像爹那样从此再也回不了家乡，见不到亲人，死在外乡的土地上……。驱不散的恐惧和孤独不时袭扰他，好像在这无边的天底下只有他一个人。每当这种时候，他就觉得肩上的那副铁匠担子变得格外沉重。

在古家庄，在那些总是跟饥饿和耻辱连在一起的苦难黑暗的岁月里，他从来不哭，也不想哭。哭给谁看呢？有谁愿意看他哭呢？难道要让瘦得脸上连一点点儿肉都没有、脸色跟上面贴了金纸一样光亮、动一动都气喘吁吁的亲娘难受吗？叫弟弟妹妹们学他的坏样子，叫那个害了他一家的古文举看他的笑话吗？除了天骥爷爷奶奶和善良的亲朋好友们，有谁会可怜他呢？那些真心可怜他的人，都和他一样地贫穷，而在富人中，除了孙春杨叔叔，是没有几个人可怜他的！可是现在，他变了。他想哭，一闲下来，想到远方的亲人，就想哭。在劳累了一天之后，一个人，像一条狗一样地蜷缩在随便什么地方，度过难熬的漫漫寒夜时，他就想娘，想弟弟妹妹。刻骨铭心地想啊！恨不得一步就能跳到他们的身边，立刻见到他们！他几乎天天夜里梦见他们。娘那花白稀疏的头发，弟弟妹妹那又黄又瘦的面容，时刻在他的面前晃动。他怎么也忘不了他和亲人们离别时的那个昏暗、清冷的黎明。而当他意识到此刻要和他们相见是不可能的，而且可能再也见不着他们的时候，他就流下了伤心的泪水。夜里，他的眼睛常常是哭湿了又干，干了再湿……

他总是不由自主地把他经过的每一个村庄和古家庄相比，总想从他经过的每一个地方看出古家庄的影像，找出一些使他觉得亲切的东西来。他不止一次地在一刹那间把他偶尔遇见的一个陌生人看成是自己的亲人。而就在他神情恍惚、激动得心跳、要上前打招呼儿的刹那，忽然伤心地意识到自己是在外乡……于是，一股近乎绝望的悲痛就袭上心头。他心里不止一次地浮起过掉转身往回走，回到古家庄的念头。可是紧接着他就责备自己没有志气。他心里清楚：回头的路是没有的。对于他，古家庄那里有的只是饥饿和羞辱。前面的路，也许是一条死路，而后面的路却一定是条死路！

他知道，娘和弟弟妹妹在受苦，期待着他的援救。一家人生的希望和团圆的梦想都寄托在他的身上。每想到这里，他就发誓：朝前走！拼命干活儿，拼命挣钱！一定要叫娘吃上饱饭！叫弟弟妹妹长大成人！一定要打听到爹的下落，找到他，把他接回家！

19

古世才按着一些好心人的指点，步步"直奔"天津。而他竟在不知不觉中走过了天津，只好掉头朝南，再奔天津。阴历五月初的一天，他终于赶到了天津，看见了大得无边的城市，和真的火车和轮船。

他在这些艰难跋涉的日子里，居然积攒起了能买上百个火烧的铜钱！这是他有生以来挣到的数目最大的一笔钱！他一遍一遍地数着这些叮当直响的宝贝，觉得又亲切，又难过，不由地想到了一句谚语："树挪死，人挪活"，相信凭自己的手艺和力气，一定能够活出个人样儿来。这时，他心里生出了一个强烈的愿望，很想一口气儿跑回古家庄，买上一筐火烧，让娘，弟弟、妹妹，饱吃一顿！……他想到了他不满两岁就被活活饿死、憋死的妹妹小荷。她那皱皱巴巴的小脸儿，黄黄的面皮，很大很大的、呆滞无神的眼睛，她那缓缓地，无力地挥动着的干枯的小手儿，她那叫人心碎的嘎嘎的声音……这一切仿佛就在面前。他的鼻子里一阵难以忍受的酸痛，泪水止不住流下来。

日出日落，天气总算变暖了。

他从天津出发，沿着铁道朝东北走，下一个目标是山海关。

一个个村庄，一条条河流，一片片树林，都留在了他的身后。

离家越来越远了。懂事的人们告诉他：他的家乡在东南方。他常常朝东南方张望，但是他只能看到天边，那里没有古家庄。不过古家庄的影像依然清晰地刻印在他的心里。那是他最熟悉、最亲切的地方。那里有他慈祥的亲娘，有他正在挨饿的弟弟和妹妹！他们永远深藏在他的心里，日日夜夜和他在一起！而此时此刻，他的另一个亲人，他十多年不见的亲爹，又激起了他一定要找到他的渴望。古家庄的人都说他爹已经不在人世了。可是他娘却相信他爹还活着。他愿意相信他娘的话，急于打听到他爹的消息。他赶到山海关后，就买了一张 3 等车的火车票，直奔长春。

他在长春停留了半个多月，在城乡各地干活儿的同时，走访了他能够找到的所有的乡亲。后来，他又从长春到了吉林，在那里停留了一些日子，又从吉林往北，到了虎林，哈尔滨，到处打听他爹的下落，从热切的希望，到痛苦的失望，经历了一次又一次难以忍受的内心的折磨。最后，他听说有人在俄罗斯见过他爹，立刻动身赶到俄罗斯，先到崴子，后来又去了伯力。这时，已经是深秋时候了。他记得他到达伯力时，那里已经落过一场没到膝盖的大雪。

古世才到达伯力的第三天，就急不可耐地把自己半年来积攒下的钱，给他娘寄上了。这是他第一次给他娘寄钱。当天夜里，当他想象到娘见到他寄去的这些钱会多么高兴的时候，激动得久久难以入睡。他在求人给他娘写的信里说，要先还上孙春杨叔叔那两斗高粱的本钱和利钱，不能失信于人。他还请他娘托人捎给师傅和师娘一块钱，以表达他对师傅和师娘的孝心。他说他能有今天，一是因为有娘的苦心教养，一是因为有恩师的培育。想到自己的亲人们能免受饥饿和死亡的威胁，他有生以来第一次体会到轻松和欢喜是个什么滋味儿。他想，只要娘和弟弟妹妹们生活得好，就是让他下地狱，让他立刻去死，他也心甘情愿啊！半年的劳累奔波坚定了他活下去的信心。他相信自己能行，一定能闯出个模样儿来，能养活娘，能把弟弟妹妹养大成人，能光复家业！遗憾的是他至今还没有打听到他爹的准信儿。多少好心人说见过他爹，给过他希望和寻找的勇气，可是没有一个人说出过他爹现在具体在什么地方儿。那些叔叔大爷们说，他爹给人家当过账房先生，当过泥瓦匠，教过财主家的孩子，做过小生意……，也有人含含糊糊地说，他爹闹过大病，吐过血……每当他想到人们的这些说法儿，他就觉得浑身发冷。

古世才到达伯力之初，曾在一家中国人开的纺织厂做过机械维修工，管吃管住，月薪核两块银元。从古世才第一次拿到工资的那一天起，他每月都是只留下自己极少的几个零用钱，其余的都积攒起来，按时如数给家里寄去。他求人写信对他娘说，一定要买些鱼和肉给弟弟妹妹吃。不管在什么时候，一想起他的小妹妹小荷的死，他的心都会颤抖。他知道，娘和姑姑都最疼小妹妹。她从能吃饭的时候起，就没吃几口粮食。在她离开这个世界的那个春荒，家里最好的东西就是米糠。娘把家里仅有的一点儿米糠，搀上干地瓜叶做成菜团子给小妹妹吃。饥饿的小妹妹吃下去就拉不下来屎。娘总是一边流泪，一边劝说小妹妹忍着疼，一边用细细的小木棍儿从她的肛门里给她往外拨拉那些跟羊粪一样硬结的粪便。小妹妹是饿死的，也是憋死的！她死在娘的怀里。停止呼吸的时候，她的脸上，曾经浮起过一丝淡淡的可怜的微笑。在小荷病危的时候，古世才听人说，小荷没有病，她是饿的，她肚子里没有油水。古世才一怒之下就打算去偷一只鸡来给她吃。这件事被他娘知道了，就板着脸，狠狠地数落了他一气。她说，穷死不偷，饿死不抢，冤死不告状。小妹妹就这样死了！每当他想到小妹妹的惨死，都后悔当时不该听娘的话。为了小妹妹，他心甘情愿去当一回贼。他常常自责："那会儿俺为什么就没有去偷一只鸡呢?"古世才从不埋怨什么人，更不敢有对他娘的不敬，唯独在对待小妹妹小荷的这件事情上，他觉得自己不该听娘的话。每想到小妹妹的惨死，他就会发狂一样地憎恨这个不公平的世道。他曾恶狠狠地骂过老天爷不公，对娘这样的好人他不管不顾，也不可怜小妹妹。从那时起他就不再相信鬼神天理，不再相信自己生来就是个穷命。他想："爹是个多么好、多么有学问的人呀！就因为被人抢走了土地，没有活儿可干，没有饭吃，被逼下了关东，落得一家骨肉分离，至今不能团聚。小妹妹多么可爱啊！她是在夏天荷花盛开的时候来到这个世界的，爹给她起名儿叫小荷。可是她被活活地折磨死了！"一口饭把一家人逼得妻离子散！如今他自己也被迫流落到了这个远离家乡和亲人的荒凉的俄罗斯。他深深地知道，人世间最可怕的事情就是挨饿。几十年后，在他的儿子根儿，问他"世界上什么事情最可怕"的时候，他连一秒钟都没有迟疑就回答他说："饥饿！"有一次，根儿问他："老鸹肉能吃吗？"他觉得儿子的问话好笑，就理所当然地回答他说："能！当然能！所有的鸟雀都能吃——那都是肉啊！"

第二年，古世才离开了纺织厂，进入天津人于大头开办的铁工厂。他在这里结识了他的第二位恩师霍廷秀先生。霍先生见他正直，善良，有头脑，聪明好学，就悄悄地对他说："小兄弟，俄国的兵工技术赶不上英美和德国，但是比咱们强，学好了将来对咱们的国家可能大有用处，你愿不愿意去学啊？"古世才兴奋地说："愿意！"不久，古世才就进了俄国有名的涅都斯基兵工厂。他人精手巧，勤奋好学，仅仅用了两年多的时间就熟悉了制造轻武器的多种工艺和技术，还学会了俄国话。他连俄罗斯某些地区的方言他都能掌握。十月革命后，他进了工人夜校，在那里，他学习了俄文，读书写字、加减乘除样样行。在俄国，他已经是一个有文化的熟练的技术工人了。

为了多挣钱，古世才做工，也做生意，包括在中俄之间干些像贩卖私酒之类的违法生意，还曾冒险倒卖过枪支。他不断地把弄到的钱往老家寄，几元，几十元，几百元……连续不断，越寄越多。古家庄的钱庄"三合永"一度几乎成了古世才家的专用钱庄。人们像看戏法儿一样地看着古世才家神奇的变化，眼睛里渐渐地又有了古文元一家人。

古世才最想得到的是土地。他在给他娘的信里一再说，要买地，买好地，买庄南的岗地，也要买庄北的洼地，将来要旱涝保收，免受饥饿。古世才的钱一笔笔地往家捎，他家的土地也一亩一亩地增加，在短短十几年里，他娘买下了十几亩好地，在此期间，他家还翻修了房子，重修了两个门楼儿，日子过得蒸蒸日上。人们都夸古世才能挣钱，也夸他娘善于治家，对他们笑脸儿相迎的人多起来，谁也说不准他家将会发达成个什么样子，古世才他娘的脸上又浮起了自信的笑容，古世才成了古家庄人们议论的重要人物儿，他和他弟弟的大号也传进了前后庄众多待嫁的大闺女、小寡妇儿的耳朵里，他们家成了媒婆儿们喜欢光顾的人家，冷清了多年的天井，又热闹起来。

21

　　古世才改变了他一家的命运，也改变了他自己。他初到俄罗斯的时候，对于俄罗斯的一切都感到陌生和不可接受。俄罗斯人看不起作为中国人的他，而他也看不惯俄罗斯的习俗和俄罗斯人。中国人首先想的是家庭，而俄国人首先想到的是自己。中国人过日子想得长远，而俄罗斯人注重的是眼前的利益。俄罗斯人过日子不像古家庄人那样有章法，有打算，勤俭，规矩。他们有钱的时候要吃，要喝，要玩儿；没有钱的时候借了钱也要吃，要喝，要玩儿，过了今天不管明天，说话做事不计后果，与人交往，相处得好的时候，彼此什么都不论，而一旦翻脸，往日的情分就都不算数儿了，有时还要刀兵相向，进行决斗。他最讨厌的是俄罗斯人的酗酒。他滴酒不沾，讨厌抽烟，后来一再告诫他的儿子根儿不要喝酒，就是因为他从俄国人的身上看见了酗酒的丑陋和可怕。他也看不惯俄罗斯人男女之间的关系。他们说好，就在一起睡了；说不好，打一架就分手了，而不像古家庄人那样讲究白头到老，从一而终。可是在他学会了俄罗斯人的话，和俄罗斯人有了交往，了解了俄罗斯人以后发现，俄罗斯人并不像他感觉到的那么不可接受，他们有自己待人处事的规矩，那些规矩并非样样儿都不好，正像自己家乡的规矩不是样样儿都好一样。最让他感动的是他们中间的多数人都不要命地热爱他们的国家和民族，提到有关祖国命运的话题，他们中间的许多人都会激动不已。而在古家庄，多数人的心里只有他们自己狭小院墙里面的那个小小的家，琢磨的是怎样过好自己的日子，有些人的心里容不下国家和民族这样庄严的意识，甚至连什么是国家和民族都不知道，心里只有个人和他一家一族的利益。而这正是在中国背叛国家民族的汉奸卖国贼等败类层出不绝的一个主要原因。他还发现，俄罗斯人热情、豪爽、真诚，很少有人像某些中国人一样干那些鬼鬼祟祟的勾当。于是，他开始和俄罗斯人交朋友。他和拉古尔洛夫一家的友谊，险些让他滞留在俄罗斯。

40 多岁的拉古尔洛夫是古世才在涅都斯基兵工厂劳动时的第一位师傅。他身材高大，长一头亚麻色的头发，和乌黑浓密的络腮胡子。看他的发色和面相儿，像俄罗斯人，而他又黑又密的络腮胡子，又让他像亚洲人。他的样子有些凶恶，而实际上却非常善良。

拉古尔洛夫一家 3 口：妻子尼娜·彼得罗夫娜·拉古尔洛娃和女儿玛丽亚·米哈依洛夫娜·拉古尔洛娃。尼娜性情温和，说起话来优美动听，是古世才的俄语老师之一。玛莎刚满 15 岁，而她的身材却比古世才高出半个头。在古世才头一次到她家的时候，她一直好奇地看着他，就像在看一只稀有的动物。这是她头一次面对面地看一个中国人。

古世才在和拉古尔洛夫相处的日子里，对他们一家产生了敬意和好感。他觉得他们善良，乐于助人，而更重要的是他们不歧视中国人。拉古尔洛夫也很看重古世才，说他聪明、灵巧，无论什么难做的活儿，都是只教一遍他就会做，还干得非常漂亮。他还说古世才能吃苦、记性好，简直是一个天才。他教古世才学俄语，每句也常常都是只教一遍他就能牢记不忘。拉古尔洛夫可怜古世才这个漂泊在外谋生的大孩子，常常邀请他到家里做客。他是古世才的师傅，更是他的救命恩人。

那是 1917 年底，俄国社会发生巨变。人们说，彼得堡的工人和造反的士兵攻打了冬宫。古世才先后居住和工作过的伯力和崴子也建立了苏维埃。可是不久，俄国的白军和日本干涉军就逼近了伯力，他们合伙儿打红军。红白两军外加日本人，你来我往的拉锯战，一打就是四五年。工厂的头头儿不断更换，生产时断时续，给普通人带来的是深重的痛苦。人们遭受的灾难不仅仅是战争和杀戮，还有饥饿和疾病。

好像是 1920 年的冬天，涅都斯基兵工厂完全停产。本地的俄国工人，有的回家，有的投亲靠友。工厂的工棚里只剩下那些无家可归的人。而古世才这时却不幸感染了可怕的伤寒。他和外面断绝了联络，一个人孤零零地躺在工棚里，没有医药，没有吃的，没有人照料，只能等死。他有生以来第一次失去了生的信心。他觉得他是不可能活着回到古家庄了，再也见不到他远在万里之外的慈祥的老娘和可怜的弟弟妹妹了，他反反复复地这样想着，伤心地哭了。

尼娜·彼得罗夫娜听丈夫说工厂停工，就想到了古世才。"你的可爱的徒弟'古'很久没有来了，他好吗?"尼娜说。

妻子的话提醒了拉古尔洛夫。他急忙赶到工厂。

奄奄一息的古世才一个人躺在空荡荡的通铺的一个角落里。

"孩子，你醒醒，我来晚了。"拉古尔洛夫伤心地叫道。

古世才一动不动，好像已经停止了呼吸。拉古尔洛夫想到正在流行伤寒，猜想他可能感染了流行病，看来是无望了。他靠近古世才，发现他还有脉搏，立刻跑回家，叫上妻子和女儿，拉上爬犁，赶回工厂，冒着一家人被感染伤寒的危险，把古世才接回家。

在拉古尔洛夫一家的精心照料下，古世才奇迹般地死里逃生，重新站起来。他非常感激拉古尔洛夫一家，把拉古尔洛夫夫妇当作自己再生的父母，而尼娜也给他起了一个俄国名字，叫"弗拉基米尔"，彼此亲密得就像一家人。

白党的军队被红党打垮了。1923 年，仇视新俄国，喜欢侵占别国土地的日本军队，也被红党的军队给赶走了。在动荡的几年中，伯力的苏维埃巩固起来，生活发生了翻天覆地的变化。古世才也又回到涅都斯基兵工厂。

22

古世才连做梦都惦记着发财致富。他听说俄国的新政府允许私人开工厂，就动了自己办铁工厂的念头。为积累资金，他加紧在中俄之间做违法生意，主要是倒腾粮食和白酒。有一次，他在轮船上结识了同乡柳林庄的胡大珂。一路闲话，无所不谈。农民没有复杂的历史和心曲，同行几个时辰，彼此就了如指掌，亲如兄弟了。胡大珂甚至委托古世才替他难于出嫁的妹妹物色女婿。他说他的妹妹闺名儿秀姑，由于老娘特别娇惯她，没有给她裹脚，成了个大脚闺女，一直找不到合适的人家儿，已经 20 好几了，还没有婚配。为成就此事，避免造成误解，胡大珂隐瞒了秀姑曾经许配过人，她的未婚夫因病夭折的事。

这些年来，古世才日思夜想的就是挣钱置地，此刻胡大珂的几句闲话触动了他的心，使他意识到自己也老大不小，萌生了要娶媳妇的念头，决定回一趟山东老家，一是看望老娘，顺便把弟弟领出来送他去学徒；二是妹妹已经出嫁，不能把老娘一个人留在家里，得娶个媳妇，留在家里照顾她老人家。

古世才告别拉古尔洛夫一家的时候，他们一家人都哭了。

尼娜·彼得洛夫娜难过地拥抱着古世才说。"孩子，看过你的妈妈和弟弟妹妹，一定要回来呀，我们都喜欢你。"

"一定！一定回来！"古世才也很伤感。

当古世才告诉拉古尔洛夫夫妇说，他这次回国可能会结婚的时候，拉古尔洛夫夫妇并没有表示高兴，而玛莎却忽然离开他们，一个人跑到厨房里伤心地抽泣起来。古世才知道玛莎为什么这样难过，但是他没有办法安慰她。

古世才 16 岁离开古家庄。那正是人的情爱萌发的岁数儿。不过那会儿的古世才既没有想过结婚，也不注意女人，不知道天底下还有人们叫作爱情的东西。爱是有条件的。吃饱了才能爱。那时折磨着他和他们一家的是难挨的饥饿，他关心的只有自己面前的空空的饭碗。他眼睛里有了女人那是他来到俄罗斯很久以后的事，而关于爱情，是他在和玛莎交往和阅读俄罗斯故事的过程中慢慢地感受到的。他有过和玛莎要好儿的念头。这不仅是因为玛莎一家人对他有恩，也不是由于他独身一人在异国他乡感到孤单，而是因为他真喜欢玛莎。玛莎的美丽、纯洁、温柔、善良和真诚，使他感受到了俄罗斯女人性格的美好，消除了他的民族偏见，而不再认为她是异类。他曾不止一次地想过向玛莎表白他的这种心意。而每一次他都是在面对玛莎的时候退缩了。他害怕，怕自己以后会出于不得已而做出对不住她，让她不幸福不愉快的事情。

痛苦的经历让古世才养成了一种独特的思想方法，面对大事，他习惯于事先理智地把事情一切失败的可能都想到，特别是要考虑到最坏的结果，然后才去考虑事情的一切成功的可能，并努力去争取最好的结果。这也就是他经办的事情几乎件件都能成功的一个重要原因。关于他和玛莎的感情，他曾反反复复地思虑过很久，而他始终不敢让自己爱她的这个念头在自己的心里活跃起来，因为虽然他相信自己能做到一生对她忠实，却不能保证她会生活得富裕，快乐和幸福。他深知，完美的生活不仅需要忠诚，而且要有物质条件，而他只是一个普通工人，以后也许能在这里开办一个工厂，挣到一些钱，但是他不敢想象自己会成为一个有能力养活玛莎的财主。而且事情还不仅如此，更重要的是如果他和玛莎结婚，那他们两个人之中必定有一个人要离开自己的祖国，而他是做不到这一点的。他从没想过自己会离开古家庄，留在俄罗斯，做一个俄罗斯人。俄罗斯让他进了工人夜校，念了书，学会了读书写字和加减乘除，也使他懂得了爱国，长了见识，给了他很多好处，他对新俄罗斯也曾有过好感和期待，但是他还是没有从根本上改变他对俄罗斯的看法。他喜欢他的那些俄罗斯朋友，但是不喜欢俄罗斯这个国家。因为他知道俄罗斯欺负过中国，杀害过他的先人，强占过他广大的领土，伯力、崴子等比整个儿的东三省还大的一大片富饶的土地，是不久前才被俄罗斯人硬从自己祖先手中抢去的，野心勃勃的老沙皇还曾妄想继续扩张，吞并中国整个儿的东三省，把她变成他们的"黄俄罗斯"！在当年欺负过中国的外国列强中，真正弄走中国大量土地，极大地危害过中国的，就是俄罗斯！从他知道了这些历史事实的时候起，他就觉得俄罗斯是个强盗国家，对它产生了恶感。在俄罗斯红党革命的那会儿，他也曾高兴过一阵子，对她抱过希望。他熟悉列宁、斯大林、斯维尔德洛夫等老布尔什维克的名字，听说红党的领袖列宁曾经说过，要废除俄罗斯帝国和被压迫国家签订的不平等条约。他想，新的俄罗斯会把俄罗斯皇帝从中国吞并去的土地都吐出来，还给中国。那时他还曾萌生过学习老乡杨明轩，参加红党的念头。可是后来并没有发生这样的事情，新俄国并没有归还他们从中国掠夺去的土地。他失望了，觉得自己太不懂事。而且他发现，在土地这种事情上，新老俄罗斯并没有什么不同，他们都特别喜欢占有别人的土地，就连他们中间的一个伟大人物车尔尼雪夫斯基①也在他写的《怎么办？》那本书里鼓吹把俄罗斯的边界不断地往南推

---

① 尼古拉·加夫里诺维奇·车尔尼雪夫斯基（1828—1883？）：伟大的俄国革命民主主义者，著名的唯物主义美学家、哲学家、经济学家和文学家，著有《艺术对现实的美学关系》、《资本与劳动》和《怎么办？》等。

进，推进到别国的领土。俄国从前是这样，现在还是这样。① 他总觉得俄罗斯对中国有野心。后来，在 20 世纪 50 年代赫鲁晓夫当政的时候，他曾跟他当时在大学里读研究生、学世界文学的共产党员的儿子根儿——古全和争论过。那时候，苏联被许多中国人亲切地称为"老大哥"，人们只能说苏联好，不能说她不好，连说她有缺点也是弥天大罪。可是他的儿子始终也没能说服他放弃对俄国的这种看法。他每次和儿子谈到俄国，都会摇头叹气，忧心忡忡，自言自语："老毛子对我们没安好心啊！"想到国家的安危，他总会不由自主地想到俄罗斯。当年他没有参加俄国的红党，后来他在 1945 年不肯给苏联红军当翻译，都是因为他不喜欢俄罗斯这个国家。而且他也不相信新俄罗斯会长久，认为俄罗斯的富人不会甘心把天堂让给穷人。穷人也不可能就这样登上天堂。他对他儿子说，他曾经上法庭给许多遭遇官司的中国人做过辩护，见过许多俄罗斯官员。他觉得他们个个儿精明机巧，远不是无知无识的穷苦人所能对付得了的。他曾经详细地给他的儿子讲述过当年他替他的好朋友刘玉山辩护的经过和他的感受。他说：审判刘玉山的那个俄国法官，文质彬彬，在同一次审判中，他一连 7 次，从不同的角度，用不同的方法，突然向刘玉山提出同一个话题，目的是想从中找出茬口，抓住刘玉山，好从重判他。好在刘玉山不大会俄国话，他代刘玉山做了同样的回答。他不相信这些精明机巧的俄罗斯官员和他们背后的富人，会甘心忍受穷人的管制。他认为他们早晚会把这个世界翻过来。他这样的念头在他的头脑里一直保持了 70 多年，直到 1990 年 9 月 1 日中午，他生命结束的那个时刻。

古世才曾经小心翼翼地对玛莎透露过他不能留在俄罗斯，而玛莎却说，她愿意跟随他到世界上的任何地方。古世才相信玛莎说的是心里话，相信她能够实践自己的诺言。可是他能把玛莎从她父母的身边带走，把孤

---

① 十月革命后成立的人类历史上第一个社会主义制度的国家颁布了一些重要的对外政策文件，包括两次对华宣言，首先主动宣布废除沙俄同中国订立的一切条约，放弃沙俄在华的侵略利益和特权，体现了社会主义国家对外政策的宗旨。《中俄解决悬案大纲协定》是中国自鸦片战争以来，第一个收回国土最多的平等条约。比如，宣布将沙俄与中国所订立的条约、协定等"概不实施"，另定平等新约，沙俄与第三者所订一切条约、协定等，有碍中国主权及利益者，概为无效，苏联放弃沙俄在中国一切租界特权、庚子赔款、治外法权及领事裁判权、两国关税平等，等等。但是这些文件当时古世才并不了解。转引自李方祥《中华魂》2008 年第 6 期，第 38 页。

独和寂寞留给有大恩于他的两位老人吗？"一日为师，终生为父。"他能
让他的老师和师娘遭受思念远离自己的女儿之苦吗？即使玛莎的父母也同
意女儿跟随他去中国，那玛莎到了古家庄又会怎么样呢？她愿意下地种庄
稼吗？即使她愿意，那她一个在城市里长大、受过教育的外国女子，能干
得了老家的庄稼活吗？还有，老娘和古家庄的乡亲们能接受她吗？若是有
人，比如古文举，胡说她是妖怪，借机兴风作浪，煽惑庄里的糊涂人加害
于她怎么办？他相信，肯定会有人把她当成怪物，跑到他家里来看她！那
时，他一个普通农民，能保护她吗？他和玛莎的爱情还能维持吗？再说，
自己不是孙蓝亭。孙蓝亭娶了俄罗斯老婆，可他是富家子弟，他家虽说已
经破落了，可他毕竟出身于大户人家，去过济南府，进过北京城，念过很
多书，见过大世面，人也风流。而他自己只是个穷工人，中国字只认识自
己的姓名，还不会写，一旦回到老家，成为土里土气的农民，玛莎还会觉
得他可爱吗？他想来想去，总觉得他不能拿玛莎的一片真情和终身幸福当
儿戏。他就怀着这种惶惑矛盾恋恋不舍的心情，离开了俄罗斯，回到了他
日夜思念的古家庄。

23

　　古世才回国前曾打算在老家陪伴老娘和弟弟多住些日子，一直住到第
二年春暖花开，再带上弟弟回俄罗斯。在此期间，寻个媳妇，娶过来，留
在家里，伺候老娘，而在他回到古家庄，看过老娘和弟弟以后，却又变了
主意，忙不迭地想尽早带上弟弟赶回俄罗斯，因为他突然发现，他是多喜
欢玛莎，恨不得立刻跑到她的面前，向她求婚。可是，他想到妹妹小桃已
经远嫁城南顾家庄，他不能把老娘一个人留在家里，就想给弟弟说亲，等
弟弟成亲后，让弟媳留在家里伺候老娘。但是古世友不理解他的心思，怎
么都不同意这样做，坚持说要等哥哥成亲后他再成亲，说这是古家庄的规
矩，他娘赞成他弟弟的主张，坚持要他先成亲。她说："栓儿啊，你和柱
儿都该成家啦！咱们家也该添人进口啦！先办你的亲事，接着就办柱儿的
亲事。"
　　古世才不能把他的心事告诉老娘，他相信她不会同意他娶一个外国女

人，而他又不能说他不同意现在就成亲，而只好搪塞说："我的事……不急！"

"你不急俺急呀！"他娘不满地说。

"等我下趟回来再说吧。"古世才心里想的是玛莎。

"不行！"老人有些恼怒地说，"你这会儿就得成亲！"

"娘，这会儿你让俺到哪里去找现成的媳妇啊？"

"俺不管！你娶不回媳妇来就别走！"他娘眼泪汪汪，"俺都是往五十上数的人了，身边连个人芽儿都没有，两个大天井，7间草屋，到如今还空空荡荡，没有孩子的动静儿，俺丢不起这个人哪！"她说着，伤心地哭起来。

"娘啊，成亲是终身大事，眼看就过年了，哪能说办就办呢？到哪儿去找现成的媳妇啊？"古世才无奈地说。

"哥哥，你不是说柳林庄有个闺女吗？"古世友说。

听弟弟这样说，古世才想起了胡大珂的妹妹。

"柳林庄的闺女就中！"古世才他娘不加思索地说。

古世才想了想，说道："柳林庄的那个闺女咱们谁都没见过，她的秉性脾气咱都不知道，再说我都这个岁数啦，人家也未必能看得上咱呀，怎么能说娶就娶呢？"

古世才他娘听大儿子这样说，犹豫了一会儿，接着又发着狠说道："男人大几岁算什么，至于女方，能做营生，能生养就中！明日俺就打发媒人到柳林庄去把这门亲事定下来，年前就办喜事！接着就给你弟弟办！双喜临门！"老人说着，脸上露出了幸福的笑容。

古世才不敢违抗老娘的命令，又不能应承这件事，心里发急，连连低声说道："娘，你老总得让俺去柳林庄相一相，看看她长得是高是矮，是胖是瘦，聋不聋，瞎不瞎吧？"

古世才他娘不容反驳地说："儿女的亲事，爹娘说了算！这些事用不着你管，媒人会替俺去相看。明天俺就派媒人去柳林庄说亲！"

古世才感到非常苦恼。可是老娘为他们4个兄弟姊妹受了半辈子的苦，她的意愿是不能违背的，即使他娘给他娶个夜叉他也不敢不接受。那怎么样才能让娘改变主意呢？他忽然想到了柳林庄姑娘的年龄和大脚，便说道："娘，胡大哥说，他妹妹今年二十四五了！……"

"你也不年轻啦！"古世才他娘赌气顶撞他说。

"娘，您想，她要是没有毛病，能拖到这个岁数吗？"

古世才他娘迟疑片刻后说道："俺会派媒人去访听的。"

"听说她的脚大。"古世才说。

古世才他娘以为儿子是在推托，赌气说道："能有多大？"

古世才说："胡大哥说，他妹妹和他们弟兄俩穿一样的鞋。"

在古世才这样说过以后，他娘没有说话，而且以后没有再提柳林庄闺女的事。她思忖再三，觉得无法容忍一个长着一双和男人一样的大脚女人在自己的面前走来走去。

但是古世才最终还是娶了柳林庄的闺女，不过那是一年以后的事。

新年过后，古世才把老娘和家务交代给妹妹小桃和妹夫顾云山，带着弟弟匆匆赶回俄罗斯。不过他并没有向玛莎求婚，也没有开办工厂，而是又带着弟弟进了涅都斯基兵工厂。他相信霍先生说的话，这些手艺将来对于国家会大有用处。国家和民族的利益在古世才的心里占有了主宰一切的地位，这是他到俄罗斯以后最大的变化。

24

古世才常常对家人和亲朋好友念叨他一生的两大幸事，一是巧遇恩师卢宝善，一是有幸得遇霍先生，聆听过他的教诲。恩师给了他谋生的本事，而霍先生的教导让他开阔了眼界，心里有了国家和民族。

霍先生，大号霍廷秀，三十多岁，祖籍山东平度，生长在天津，大家子弟。他祖父（一说是曾祖父），是大清咸丰年间朝廷里的一位高官，后来寓居天津，他爹是天津的一个大生意人。霍廷秀本人曾在北京的一所大学堂里念过书。没有人知道像他这样尊贵富有的人为什么会落魄到这种地步，以至于流落到遥远荒漠的俄罗斯，给大字不识的粗人于大头当账房先生，只是听说，好像他和他爹政见不合，他来俄国前在国内招惹过某个大人物，闯过大乱子，因此为当局所不容，不得已逃来了俄罗斯。

霍廷秀，又高又瘦，面容白净安详，性情平和，两条胳膊又细又长，两只手和手指头也是又细又长，走路不怎么摆动两条细长的胳膊，脚步缓慢从容，很文静，有大人物的风度。他不讲究吃喝，也不讲究穿戴，平日在屋里的时候从不穿俄罗斯式的服装。夏天他总是穿着一件用天津出产的月白色的棉布做成的宽宽大大的大褂儿。冬天，在屋里的时候，也是这个打扮，只是在外出时才穿上厚重的俄罗斯式的毛皮大衣。他虽然受雇于于大头，可是于大头却很敬重他，每遇大事，总要向他讨主意。全厂四十几号人，只有他一个人和于大头一起用饭。他们俩的饭菜，由厨师单独做。霍廷秀不吸烟，却爱喝酒，但是酒量不大，从不喝醉。他不喝俄国的伏特加。伏特加是世界名酒，而他却说伏特加有一股子泔水味。他只喝中国白酒。霍廷秀从没有和于大头提过劳金，可是人们听说全厂他的劳金最高。年长的师傅们说，于大头是靠着霍廷秀的智谋发达起来的，他是这个工厂的灵魂。

平时，霍廷秀除了记账，就是看书报。看华文报纸，也看俄文和英文报纸。有时躺着看，有时坐着看，很少说话。古世才初到铁工厂的那段时间，工人之间常常发生大大小小的口角，但是霍廷秀从不介入。可以说他根本不关心工人们的争吵，就好像没听见，没看见一样。而工人们争吵到最后，却常常要找他给评理。而他也总能说得让大家重归于好。大家伙儿都为工厂里有这么一个宝贝而感到庆幸和骄傲。

古世才没念过书，可是他深知读书识字的重要，以他爹和爷爷是读书人而感到骄傲，特别敬重有学问的人，觉得霍先生挺神，不知道他怎么会把彼此争吵得脸红脖子粗、甚至激动得动手动脚的老师傅们安抚得服服帖帖。有一次，他悄悄地问他："霍先生，你老是怎样叫师傅们和好的？"霍廷秀微笑着，摸着古世才剃得光光的秃头顶，低声反问道："小老乡，你说，他们为什么不应该和好呢？"停了停，忽然变得伤感起来，难过得几乎要流泪，哽咽着说道："你是为什么忍心离开你的老娘和可怜的弟弟妹妹，从山东老家跑到这遥远的俄罗斯来的？"没等古世才回答，就又说道："为了自己和一家人活命啊！是不是？所以呀，咱们都是一些可怜的人哪！……你说，咱们这些人，哪个不可怜？！既然是这样，那咱们有什么理由互相争吵、自己折磨自己呢？咱们国弱民穷，列强掠夺咱们，外国人看不起咱，咱为什么还要出洋相给人家看呢？难道连这点儿事都看不明白吗？就那么不顾脸面？"

霍廷秀平时很少说话。但是他也有话多的时候。他高兴了，说起来就没个完。什么三国呀，水浒呀，西游呀，红楼啊，聊斋呀，美利坚，英吉利，大鼻子，小鼻子，高丽棒子，臭糜子，北京城，天津卫，义和团，以及姜太公，秦琼，程咬金，武松，岳飞，康熙，乾隆，西太后，美国总统华盛顿，俄罗斯皇帝尼古拉……老虎怎么样跟熊瞎子打架，东三省的小咬儿为什么能咬死人……嗬，从天上到地下，从眼前到将来，从中国到外国，他什么都讲，没有他不知道的事情。啊，他可真是个有学问的人啊！他的聪明也是没有人能比得上的。谁都没怎么见过他学俄罗斯话，可是他就会说了，比于大头说得还好。他还会说英国话，看英国书。他要是说起故事来，那工厂里就像是过大年，工人们没有一个不喜欢听的。霍先生讲三国，西游，聊斋，熊瞎子和老虎打架……总是谈笑风生。可是讲到那些丧权辱国的往事，就常常泪流满面，泣不成声，甚至不欢而散，有时难过得连饭都不肯吃。古世才最爱听的，就是这一类的故事。他在老家的时候，听老人们给他讲过这样的故事。在古家庄一带，关于反对洋人斗争的故事多得很。他听说他爹当年就参加过红枪会。他们的县城是八国联军进北京那会儿被当地的红枪会给攻下来，又占领了一个多月。古家庄一带，差不多家家户户都有那时留下来的兵器。这一带全村秋收后习武的风气，就是从那个时候兴盛起来的。

霍廷秀讲的故事，有的叫古世才高兴，有的叫他难过。最叫他痛心的是那些列强逼迫中国满清政府跟他们订立不平等条约，强占中国土地的悲惨故事。老俄罗斯政府的皇帝曾经图谋把中国的东三省变成俄国的"黄俄罗斯"，这罪恶企图和阴谋活动，他就是听霍先生说的，当时他被气得破口大骂。

古世才喜欢听霍廷秀说古论今。只要有机会，他就凑到霍廷秀跟前，听他说点儿什么。一天的晚饭后，外面飘着大雪。大家都睡下了，而霍先生还躺在床上看书。古世才悄悄地靠到霍廷秀卧室的门口低声问道："你老还不睡吗？"

"你为什么也没睡？"霍廷秀反问古世才。

"想听你老说说话儿。"古世才笑着悄声说。

霍廷秀笑了笑。他喜欢这个老乡。在中国人中，大字不识却这样关心国家命运的人不太多。他的书本来是正看到劲头儿上，听古世才这样说，觉得他不能不对他说点儿什么，沉思片刻后自言自语道："那你看咱们说点儿什么好呢？"

"你老说什么俺都爱听。"古世才见霍廷秀开口说话，心里一阵高兴，立刻凑到他的跟前儿。

"我们天津那儿有好多人是从山东过来的。你知道吗？"

古世才摇摇头说："不知道。"

"我们老家也是山东。"

"是嘛！"古世才惊讶地说。霍先生竟是自己的老乡，重乡情的古世才听了，更觉得霍先生可亲可敬。

"你想听点儿什么呢？"霍廷秀笑眯眯地看着古世才说。

"霍先生，您总说咱中国历史悠久，地大物博，人有能耐，有孔子，孟子，孙子，汉武帝，唐太宗，康熙爷……什么地方都不比别人差，那咱们为什么老受人家欺负，连自己的家乡和土地都保不住呢？"古世才突然问道。这个问题他已经想过很久了。

听古世才这样说，霍廷秀神情激动，眼睛湿润，很久没有说话，只是透过模糊的泪眼，深情地看着古世才，然后重重地叹了一口气，说道："好兄弟！你说的是一个大题目啊！"他沉默了一阵子以后说道："是的，每一个中国人都应该好好地想想这个题目。现如今的中国算是民国了，可是和过去相比，除开没有皇帝，什么都没变。自私自利、鼠目寸光之徒比比皆是。他们有权的弄权，有钱的玩钱！少数恶人，承袭中国的坏传统，勾结外人，祸害国家，谋取私利！中国落到今天这个地步，就是因为社会不好、官吏腐败啊！那些当官的，为宦的，几乎都是一些利禄之徒。他们想的是个人升大官、发大财，抽大烟、玩女人！为了自己的私利，甚至出卖国家！满清末年是这样，民国了还是这样。"

霍廷秀说到这里愤怒地站起来，在屋里走来走去。

"您是说，咱们国弱民穷是因为当官的不好？"古世才低声问道。

"也不全是这样……"

"那您是说……"

霍廷秀想了想，欲说又止，无奈地看着古世才。他想说，也有老百姓的问题。可是他知道，他很难让这个不识字的小伙子了解更多的东西。他思忖着，有些难为情地说道："怎么对你说呢？比如说，在你看来，在俄罗斯最不抱团儿的是什么人？"

"中国人!"

"你想,若是所有的中国人想的都是个人和自己的家庭,而不顾别人和国家,那会是个什么景象?俄罗斯有这样一句谚语:'人人为自己,上帝管大家'。中国也有类似的说法儿,叫作'各人自扫门前雪,莫管他人瓦上霜'。中国和俄国不同的是中国没有'上帝'。所以中国是只有'人人为自己',而没有人'管大家'。连皇帝关心的也首先是他的那个家。当然,不能说中国人不好。这不是个人的过错,而是历史造成的。咱们老祖宗定居早,几千年前就开始一家一户地过日子,许多人的眼光慢慢地就局限在自己狭小的天井里,养成了思想片面,目光短浅,只顾自己,不顾他人,没有国家民族意识,或是国家民族意识淡薄,和'人不为己,天诛地灭'等等腐朽观念,造成了今天'一盘散沙'的局面。若是人人心里有国家和民族,都把国家和民族的利益放在前头,那还有'一盘散沙',汉奸卖国贼成群结队、连绵不绝的这种可悲的局面吗?外国人还敢欺负咱们吗?"

古世才感到若有所悟,好像明白了霍廷秀的意思。

霍廷秀夸古世才,说他聪明懂事,将来会有出息,要教他识字读书,让他成为一个有文化的人,将来更好地为国家出力。古世才也把霍廷秀看成是自己的长辈和师傅,决心向他学习念书识字,即使在兵工厂学徒的那段时间,他也常常去看望霍廷秀,求他指点,听他讲故事和世界大事。让他深感遗憾的是,在日本军队开始进攻俄国后的第3年,大约是公元1921年或是1922年,霍先生突然回国了。工厂里的伙计们说,霍先生是当天中午走的。上午,霍先生收到一封从国内寄来的信,他看了信,兴奋得不得了,中午喝了酒,头一次喝醉了,又说又唱,下午就起程回国了。

古世才一直想念霍先生。他觉得霍先生是最有学问、最明事理、最爱国、最好的人。在过了半个世纪以后,他有幸得到了霍先生的消息。那消息是他的一个徒弟告诉他的。古世才离开涅都斯基兵工厂后,又回到于大头铁工厂,收过几个徒弟,有山东人,北京人,沈阳人,其中的一个是天津人,姓汪,叫汪平。汪平1976年得知师傅还健在,就急不可耐地从天津坐火车赶到潍坊,又从潍坊坐汽车到了浑河镇,从浑河镇一路打听着步行到了古家庄。汪平只比古世才小5岁,那年已经70多岁,他还是要在自己的有生之年千里迢迢远走山东再见师傅一面,给古世才行跪拜礼!汪平告诉古世才,霍先生在天津,他见过几回。他说霍先生每回都对他说起古世才。他说，霍先生回国后不久就参加了国民党，后来又参加了共产党，去过延安，见过毛主席，当过兵，打过仗，左胳膊残了。新中国成立后他当过不小的官，听说也不顺利……他有两个儿子，都不让他省心，常常惹霍先生生气。他说霍先生1943年带领部队到过浑河镇，到处打听他，还派人到古家庄找过他，想介绍他到八路军兵工厂工作。古世才听了非常后悔。他想，要是霍先生早来一步，他就不会流落关外，苦恼半生，他的弟弟、弟妹和女儿也不会遭难。

古世才终生崇拜霍廷秀。在他得到霍先生的地址以后，立刻用俄文给他在江城东湖师范学院工作的儿子古全和写信，让他立刻赶到天津，代他去看望霍先生，听霍先生的教导。古世才在古全和小的时候就经常给他讲述霍先生的故事，在古全和的心里，霍爷爷是个神奇伟大的人物儿。但是他在文化大革命中到天津串联时，在霍廷秀所在机关看过写他的许多大字报，知道霍廷秀出身大官僚地主家庭，社会关系复杂，曾经是饶漱石的部下，有重大政治问题，因此没有按照他爹的嘱咐，去天津看望他。而在几年之后，他赶到天津去拜访霍先生的时候，他已离开人世。这也是古世才父子二人深感遗憾的一件大事。

古世才家的日子一天天好起来，而他对于老爹的思念也一天比一天感到急切，没有一天不在痴迷地寻找他的老爹。无论走到哪里，是在车上或是船上，也不管是他认识的或是不认识的人，只要对方是山东人，他就会向他打听他爹的下落。牡丹江，佳木斯，吉林，长春，延吉，大连，丹东，沈阳等，整个儿东三省的大中小城市，凡有山东人聚居的地方儿，他都去过了。他姑姑和表弟居住的伊春，他先后去过3趟，他日夜盼望的就是能见到他的老爹，把老爹迎接回家，让爹娘团圆。这是他最大的心愿。梦是心头想。他不止一次地梦见过他们父子相逢的欢乐景象，一次次激动得从梦中笑醒。

不断有关于古世才父亲的消息传来。有人说他爹在吉林的什么地方。而当他风风火火地赶到那里的时候，人们说他早就离开了那里。有人说他爹在满洲里，他又赶到那里……他就这样从南到北、从东到西地跑过很多回，每回都是空欢喜一场。

越来越多的消息证实他爹不在人世了。可是古世才不信。他愿意相信他娘的话，相信他爹还活着。从他小妹妹死后，他就不大相信神佛保佑的事了，可是近来他曾多次走进庙里，跪到菩萨面前，磕头许愿，希望得到神灵的指点，帮助他找到他老爹。

现在寻找老爹已经成了古世才的一块心病。他日思夜想的就是寻找老爹，连办厂的心思也没有了。古世友见他哥哥无心做工挣钱，整天愁容满面，魔魔道道，就想索性撂下工作，花些时间，再拉网式地在全东三省找一次，争取有个结果，让哥哥的心安定下来。古世才同意弟弟的想法儿。今年秋天，古世才辞掉了工作，决心和弟弟一起，走遍东三省的每一座城镇、每一个屯落、每一幢茅屋，从八月中秋到如今的隆冬，先后奔波数月，跋涉了上千万里，一次次寻访过黑龙江、吉林和辽宁的无数个大小城镇和偏远村庄。只要有一点线索，他们就不放过。能去的地方都去过了，能找的人都找过了，依然没有打听到他们老爹的下落。古历腊月初头儿，他们再次来到安东。有一个乡亲对古世才说，听说他爹到高丽去行医了。第二天他们就过了鸭绿江。新义州、平壤、汉城、釜山，他们都去过。只要听说哪里有中国人，他们就一定要去。他们从高丽的北方找到南方，又从南方找到北方。到处都打听过了，依然没有他们老爹的消息。他们失望了，弟兄俩抱头痛哭。古世才悲伤过度，病倒了，不得不滞留在鸭绿江南岸新义州附近的一个村庄里休养。几天以后，古世才的病情好转，决定起程回国养病，等病情好转，身体复原，再作打算。兄弟二人冒着大雪，垂头丧气地蹒跚在高丽国的乡间小路儿上。

"哥哥，你说咱爹到底在哪里？"古世友说。

"东三省这么大，我想总有咱们没找到的地方。"

古世友知道，哥哥还要继续找下去。

26

一个大雪天，鹅毛大雪漫天飞舞，周围白茫茫一片。古世才兄弟二人在路过一个小村庄的时候，有一个人急匆匆从对面走来，和他们擦肩而过，然后突然又停住脚步，回转身问道："你们是中国人吗？"

"是的，你老是山东人吧？"古世才赶紧说。

"是啊！"老人的话里透着惊喜。

"'老乡见老乡，两眼泪汪汪'！能在这里碰见你们，缘分啊！"老人兴奋地说，"到家里暖和暖和吧。"说着，转身迈开脚步就朝前走。

他国巧遇老乡，也算是一乐，冲淡了古世才心中的沮丧和失望，他和弟弟不假思索地跟着老人走进村头的一幢没有院落的草房前停住脚步。三个人拍打掉身上和帽子上厚厚的积雪，走进堂屋。老人朝里屋喊了一声，从里屋走出一位高丽打扮儿的中年女人。

老人指着古世才对高丽女人说："这是咱们的老乡。"

高丽女人对古世才弟兄俩微笑鞠躬，用生硬的中国话说："欢迎！"然后含笑安然离去。

"你贵姓？怎么称呼？"老人在客人落座后问道。

"免贵姓古，古世才。这是俺兄弟，古世友。你老贵姓？"

"免贵姓鲁，鲁余添，"老人说。

"你老是山东高密人吧？"古世才说。

"不错。"老人说。"寒冬数九的，你们到这里来干什么？"

古世才长叹一声说道："找俺爹。"

"找到了吗？"老人关切地问道。一家人因为遭遇灾难而各自东西，亲人们彼此互相到处寻找的事情并不新鲜。

古世才伤心地摇摇头，紧锁双眉，低头不语。

鲁余添很久没有说话。

"府上是什么地方？"老人转变话题。

古世才恭敬地回答了老人。

老人显得很激动，说道："俺有个好朋友就是古家庄的，他叫古文元。"

"那就是俺爹啊！"古世才急不可耐地说道，兄弟俩同时站起来，两眼充满期待地望着鲁余添。

"啊呀，俺是你爹的磕头弟兄啊！"老人说着眼泪汪汪地站起来，紧紧地拉住古世才弟兄二人的手，"俺和你爹一起在建筑行做过工，一起进深山老林挖过参……"老人激动得说不出话来。过了好一会儿才又哽咽着继续说道:"你爹的命好啊!有你们这样两个大儿子,千里迢迢地到高丽来找他。……可是俺呢?俺是回不了山东老家啦!"说着,放声大哭。

古世才记得有人说过,他爹有一个姓鲁的结拜兄弟,便安慰老人说:"你老不必难过。您是俺爹的兄弟,也就是俺们的长辈。俺们一定会把你老人家接回山东老家。"

鲁余添长叹一声,擦干眼泪,真情地说道:"你们俩和你们的老爹一样地仁义!你爹对待有难处的乡亲也是有求必应。"

这时,那位高丽女人端来了茶水。古世才发现她好像已有身孕,估计是鲁余添的妻子,却不敢冒昧地这样称呼她。鲁余添老人介绍说:"这是你们的婶婶,她祖上是山东蓬莱,是她爷爷那一辈儿到这里的。咱们的话,她能听懂,可是已经不大能说了。"

高丽婶婶和善地朝他们点头微笑,显得很亲切。

古世才弟兄二人再次慌忙站起来给高丽婶婶鞠躬。

鲁余添关照妻子给客人准备饭。

"你爹人品好,有学问,乡亲们都敬重他。可是这个混账年头儿,学问,人品算什么?用得着的时候值钱,用不着的时候一文不值。你爹的那笔字谁不说好?走到哪里都有人求他写字。可是好又怎么样?能顶饭吃吗?还不是照旧受穷!他体格儿不大好,干不了重活儿,轻活儿又不好找,挣不着钱……他一直不走运。有时候,碰上一个好差事,能多挣几个钱了,往往赶上他生病。他心重,总惦记着家,惦记着你娘和你们兄弟姊妹。他总想多挣钱,可是总也挣不到几个钱。他常常生病,有时天天不离药罐子,只能靠乡亲们接济。他到你姑姑那里去过。你姑姑劝他把家从山东接出来,到她那里去种地。他说他干不了庄稼地里的营生儿。你爹人缘儿好。乡亲们里只有他识字。他走到哪里,哪里的乡亲们的家信就都是请他给写,给念。他从不要钱,乡亲们过意不去,常常会留他吃顿好饭。你爹在这里的那会儿身体也不好,也是只能给人看个病,帮人写写家信。后来实在呆不下去了,俺就劝他说:'大哥,你还是回山东老家吧,路费你不用愁,俺给你张罗。'可是他不肯。他宁肯死在外面也不肯回家。他说,回家只会给老婆孩子丢人、添累。在这里活不下去,回到老家更活不下去。他总说他对不住你娘,没有脸回家。"

"叔叔，俺爹现在什么地方儿？"古世才忍不住打断了鲁余添关于他爹的往事的述说。

鲁余添沉思片刻后说道："算起来你爹离开这里该有些年头儿啦。俺记得他好像是在民国头几年到过这里，后来被吉林省扶余县四间房儿的一位姓蒯的大财主请去了，说是到那里去教他的几个孙子孙女儿。那会儿俺心里想，你爹该交好运啦。"

"他有信来吗?! 他这会儿还在那里吗?!"古世友急切地问道。

"他托人给俺捎过一个口信儿，说蒯老先生人很厚道，待他不错。捎信儿的人说，你爹呆的那个地方儿在两条松花江汇合的地方，是江边的一个小屯落儿。不过以后就再也没有听到他的消息。"

"那你老是说俺爹还在那里吧?!"古世才激动地问道。

鲁余添没有立刻回答他。他不知道该说什么。过了一会儿才喃喃自语道："不好说。不过俺想他应该还在那里……他是光绪六年的生人，只比俺大 1 岁，怎么会不在了呢？"

"哥哥，快给娘写信吧！"古世友兴奋地说。

"不慌，"鲁余添说，"先不要惊动你娘。"

古世才点点头儿，对弟弟说道："听叔叔的。"

鲁余添一再挽留古世才弟兄俩在他家住些日子，让古世才养养身体，一家人亲热亲热。高丽婶婶也在忙着往餐桌上拾掇饭。古世友有意在这里住几天，可是古世才无论如何都不肯在这里停留。他觉得是他们的孝心感动了神灵，是神灵指点他们来到高丽，在这里碰上了鲁叔叔，打听到了他爹的下落，他一分钟也不想耽误，恨不得插翅飞到吉林扶余，见到他日夜思念的老爹。

27

古文元只在吉林省扶余县"四间房儿"停留了短短 3 年多的时间，但是他已经是这里家喻户晓的名人了。这里地处偏僻，人烟稀少，关里饱读诗书的人很少到这里来任教。而这里的居民很多是山东移民的后代，看重来自山东的教书先生。古文元学问大，人品好，字写得好，很快就被这里的人们尊崇为学问家、教育家和书法家了，方圆百里的读书人，没有不知道他的大名的，许多人不远百里赶到这里来向他讨墨宝。

古文元是这一带有史以来的第一位从山东来的教书先生。他原本是蒯老先生请来在蒯家祠堂开班教导蒯姓子弟的。开明豁达、关心乡里子弟教育的蒯老先生见古文元学识渊博、人品高尚，就把家塾扩大，变成学堂，让周边的一些屯落儿里的子弟也来接受古文元的教导。古文元先后教过的学生上百人。附近的读书人都很尊敬他。他留下的墨迹，是读书人搜求的宝物，至今还在这一带流传，人们都称颂说，古先生为人忠厚耿直，学识渊博，热爱学生，教学有方。

古文元在来到四间房儿头一年的冬天，就发了腰腿疼的老毛病，行动困难，曾多次告辞，请蒯老先生另请高明。但是蒯老先生和许多学生的家长并无嫌弃之意，而是一再执意挽留。他的学生们也不愿意更换老师。古文元深受感动，坚持带病给学生上课，不少的功课都是他坐在火炕上讲授的。后来，古文元病重，无力离开这里。他就只吃派饭，拒绝领取薪金，义务给学生授课，直到他离世。

古文元死后，他的弟子们按照他生前的嘱咐，把他的遗体葬在松花江南岸的高地上，每逢年节和他的忌日，都到他的墓前来聚会，来祭奠他，寄托他们的哀思。

古世才弟兄俩到达扶余县城的当天晚上，就听说他们的父亲几年前就去世了。这个消息让他们弟兄二人再次从无限的希望之中跌落到深深的悲痛里。古世才倍感悔恨，悔恨他没能在他爹的有生之年找到他老人家。四年前，他来过扶余县，那时他爹应该还在，可是他没有来过四间房儿这一带地方。他反复痛苦地想："怎么俺就没到这里来打听呢？难道这就是娘常常说的命吗？"古世才两眼发呆，默默地流泪。他原本不大信命，而此刻他愿意信命。

古世才弟兄俩在得到父亲已故的这个消息后，没有在县城的旅店里停留喘息，而是立刻动身，一路打听着直奔四间房儿。外面北风劲吹，飞雪狂舞，十步以外就什么都看不见了。下午3点多钟，天就完全黑下来了，家家户户都掌起了油灯。大雪一连下了3天。古世才兄弟二人几经周折，在第3天的傍晚，摸着黑儿找到了位于松花江边的那个小屯落四间房儿，并拜见了蒯老先生。

已故山东古老先生的两位少爷来到四间房儿的消息，成了这个大雪覆盖下的偏僻静谧的小屯落儿的头号新闻，古文元教过的学生奔走相告，从四面八方云集到这里来面见古世才兄弟。

28

第二天中午，蒯老先生在家中设宴接待了古世才弟兄二人，并劝说他们先在他家住下，休息几天，见见他老爹的学生，并安排了各个屯落轮流宴请他们弟兄二人的日程，等雪后天晴再去给他们的父亲扫墓。可是古世才急于见到他父亲的坟墓，想年前把他爹的遗骨迎回老家安葬，让他老人家和一家老小儿一起过个团圆年，就委婉地谢绝了蒯老先生的好意，当天下午，就在他爹当年的得意门生蒯连仲、桂廷松等十多人的陪同下，迎着刺骨的寒风，赶到了松花江边。

古文元的坟墓坐落在松花江南岸的高地上，由几十株显然是从别处移过来的一人多高的小柏树构成的一个"U"字形的墓园。立在坟前的汉白玉墓碑有近 5 尺高。墓碑面向东南，朝着莱州湾的方向。正中鲜明地刻着一行大字"恩师古文元先生之墓"几个大字。石碑的右上角上刻着古文元的生卒年月日。左上角上刻着"中华民国十二年九月二十九日立"一行小字。在立碑人的位置上，是 44 名捐资立碑人的姓名。古世才看到，他爹的坟墓比周围其他所有的坟墓都更高、更大、更壮观。他知道，这是因为他爹的学生们年年都来给他扫墓添土的缘故。他的眼睛又湿润了，泪水流过他的面颊，结成冰粒儿，落到地上，跌进松软的积雪中。他为他爹的为人感到骄傲，更感激这里的朋友。他这样想着，就拉着他弟弟，双双跪在桂廷松等人的面前，泣不成声地说道："俺们弟兄俩给各位先生磕头了！感谢你们在俺爹生前和走后对他无微不至的照顾！"

"啊呀，老哥，不可不可！"蒯连仲等人七嘴八舌地嚷着，慌忙把古世才弟兄俩从雪地上拉起来。"古老先生是俺们的恩师！孝敬他老人家是俺们分内之事……惭愧的是俺们没能够照顾好他老人家。"

风小了。雪也渐渐地变成了米糁子。天开始放晴，同时渐渐地黑下来。

古世才对蒯老先生说明了他想尽可能赶在年前把他爹的遗骨运回老家安葬的心愿，蒯老先生表示诚意支持。古世才他们到达四间房儿的第3天，就着手办这件事情。古文元在四间房的学生几乎都参加了起灵的劳动。但是起灵的工程非常艰难。两三尺深的冻土，比石头更难对付，镐头刨到冻土上，一镐一个白点儿。开出的工作面儿，工间休息的时候，特别是夜里，要加盖厚厚的谷草保护，以免冻土层继续往下延伸。在夏秋时节，只要两三个人用一两天的时间就能办成的事，如今，十几个人轮流上阵，苦干了3天，才破开冻土层，到第4天的中午，才看见棺木。

古世才在他爹的遗物里发现了一只银制的小耳环儿、一幅绘制得十分精美的中国墨笔画儿，和一大包叠得整整齐齐的字纸。

蒯连仲看着古文元的这些遗物说："老师临终前嘱咐俺们，说一定要让他把这只耳环、这包东西和这幅画儿带走。当时，俺们是按照老师的嘱咐，把包裹耳环儿的这个布包给他老人家放在手里的。"

古世才注意到，那只小耳环儿就在他爹遗骨右手里侧的位置上，外面包着一块已经退了色，朽烂了的红布，装在一个小小的也是已经退了色的蓝布口袋里，那口袋和他娘用来装她的那只耳环儿的口袋的布料儿、尺寸、规格一模一样儿，显然是原配的一副！他记得，打从他注意到他娘戴耳环儿的那个时候起，她就总是只戴着这样一只耳环儿，戴在她右边的耳垂儿上。她左边的耳朵总是空着的。他明白，娘这是在思念着他的老爹啊！等着他回到她身边给她戴上左边的那只耳环儿啊！

"娘啊！"古世才在内心深处痛苦地高喊。他断定这双耳环就是他们老夫妻俩的信物，"你老人家时刻都在想念着俺爹！期待着俺爹能亲手把另一只耳环儿给您戴上！您就是在这漫长痛苦的期待中度过了自己的半生的啊！可是……"几个月来，风尘劳累，疲惫不堪的古世才，想到自己错过了找到老爹的机会，使娘不能跟爹团聚，一阵近乎绝望的悔恨之情猛然从他的心头涌起，眼前一黑，周围的一切就都模糊起来，几乎晕倒。

古世才在神智渐渐恢复之后，又小心翼翼地在丝丝的寒风中展开了夹藏在厚厚的字纸中间的那幅大约有一尺高、两尺宽的水墨画儿。满眼的泪水使他觉得画面景物朦胧不清，不过他还是能看出，那上面画的是他们家南屋的草房和天井，连西墙边上的那一丛老辈人留下的香椿树都画在上面。一个年轻的女人站在草房的门口，模样很像他娘，旁边站着一个半大闺女，样子很像他叶儿姑姑。上面还画着三个小人儿，一个男孩儿，两个女孩儿。他想，这幅画儿上画的就是他们一家人啊！看来爹画这幅画儿的时候，还不知道小荷在他离开老家后的那年春天饿死了。"可是，为什么少一个小人儿呢？弟弟呢……"古世才感到奇怪。

那些字纸叠得整整齐齐，但是周边多已朽烂，只有包裹在里面的一些还算比较完整。他把字纸递给桂廷松，问道："桂先生，你看这是什么？"

桂廷松接过纸包，说："这……这都是老师写的家信。"

古世才明白，爹一直惦念着他们，他想家，可是没有钱寄回家，也不敢让家里的人知道他病困在这里！他为他老爹没能把信寄到他的手里而深感遗憾。他把信稿儿重新包好，然后招呼弟弟跪下，一起向他老爹的遗骨和那一副神圣的耳环儿及其他遗物，磕了3个头，并说道："爹啊，俺们来接你老人家回家啦！"

"俺爹临终前说过什么话吗？"古世才哽咽着问道。

"老人家说让他的坟墓朝着他家乡的方向……"桂廷松说。

古世才无心在四间房儿停留。他想尽快把他爹的遗骨运回老家，入土为安。在桂廷松和蒯连仲等人的帮助下，他们请人买来上等红松寿材，重新装殓好老人的遗骨和部分遗物，租好了车马，择日启程。

应蒯连仲等人的请求，古世才同意把部分字纸留在原来的墓穴里，恢复坟墓的原貌，把那通汉白玉石碑仍然立在原地，作为纪念，让他们对于老师的怀念有个寄托。

古文元的弟子们护送古文元的灵柩到20里外，跪别了恩师。

古世才弟兄二人，不避风雪严寒，亲自跟车步行近两个月，跋涉几千里，一路烧香，发纸，叩拜，在除夕的前几天，平安地把老人的遗骨运回了古家庄，隆重安葬，在除夕的那天下午，他们又和本家子侄一起到他们老爹的墓前，请他老人家和祖先们一起回家过年，接受儿孙们的孝敬和祭拜。

29

古世才闯荡俄罗斯近20年，学到了军工手艺，开阔了眼界，增长了见识，而他最大的变化就是在他的心里有了祖国和民族，有了热爱祖国和民族的神圣真挚的感情。不过古家庄的人，并不知道他内心的这种深刻的变化，也不看重他的这些长进。古世才让古家庄的老少爷们感动不已的是他不惜花费能买几亩好地的钱，带领他的弟弟万里寻父，并把他们老爹的遗骨迎回老家，隆重安葬的动人的孝行。人们毫不吝啬地盛赞他们是"二十五孝"①。

古家庄的人，特别是古姓人家的人，都把古氏兄弟的孝行当成自己的荣耀，一度曾经是他们日常闲谈和走亲访友时的热门话题，就连一向贬斥古世才的古文举也凑上来沾他们的孝行之光，到处说古世才弟兄二人的孝行承继和发扬了古家子孙代代行孝的古老家风，给古家祖宗增了光，在街上见了古世才弟兄，也不再不理不睬，更不是白眼相向，而是爽爽快快地叫他们的大号，还在大号的后面加上"侄儿"的昵称。古世才和他弟弟的大号，从此算是被古家庄的官方正式认可了。

农民是天生的文学艺术家。不管什么传闻，一经他们的耳朵、眼睛和头脑，那传闻就会渗透进他们自己的爱憎，打上他们自己的印记，成为他们自己的创作。这一创作又会成为别人创作的依据，这样的创作会无限地延长下去，形成同一个故事大同小异的种种版本儿。而且他们论人说事，就像在集市上买卖货物一样，常常是贵了吆喝头儿，贱了吆喝尾；要说好，就好极了；要说坏，就坏透了。几经他们这样的连环创作，古世才兄弟的故事就面目全非，近乎神话了。比如，有的版本儿说，古世才弟兄二人能够找到他们老爹的遗骨，是因为他们的孝心感动了上天，有神明给他们指路。又比如有的版本儿说，古世才所在的那个兵工厂是俄罗斯最大的兵工厂，占地好几百亩，比县城还大，古世才的手艺高超无比，枪炮火药都能造，还能造飞机轮船，在他们工厂里，什么事都是他说了算，俄罗斯的皇帝和红党的首领都接见过他。有的版本儿还有这样的内容：说有十几位漂亮富有的俄罗斯贵族小姐都带着金银财宝，争先恐后地向他求婚，他连看都不看她们一眼，等等等等。其实，古世才只不过是一个孝子，一个

---

① 二十四孝是我国民间关于孝道的传说，流传极广，可谓家喻户晓，里面讲的是历史上24位孝子行孝的故事。人们把古世才兄弟和"二十四孝"并列，称他们为"二十五孝"，是对他们人品的最高赞誉。

勤奋好学、聪明能干、关心国家和民族的命运、想发家致富的手艺人，是有俄罗斯姑娘爱过他，但她并不是贵族小姐，而是工人的女儿玛莎。古世才感到奇怪：乡亲们为什么要把本来没有的东西放到他的身上呢？多年以后，他念世界文学的儿子给他解开了这个谜：他说：那些善良的乡亲们是在借着他的故事宣扬他们自己的心愿啊！而这些人们出于善意编造出来、传遍四方的神话后来给古世才一家带来的是想象不到的灾难，是他们背井离乡、三下关东的一个重要原因，而这却是谁都没有想到的。

老爹回归了祖坟，古世才的心踏实了，旧历新年过后，他就和弟弟一起回到俄罗斯。他们为筹措办厂的资金，奔波在俄国各地和中俄之间，一心一意做起了生意。一天，刚从莫斯科回到伯利的古世才正在和他弟弟闲谈他在俄国各地的见闻，忽然收到了他娘的一封电报，"见字速归。"古世才担心老娘的身体，不敢马虎，立刻打发弟弟回国探问，若是老娘平安无事，他就兑下俄国人米洛诺夫的铁工厂，在这里干上三年五载，挣一大笔钱，告别俄罗斯，回到古家庄，添置土地，翻盖住房，打新车，拴大牲口，实现自己重建家业、光宗耀祖的梦想。

转眼之间古世友走了就有半个多月。古世才估计弟弟已经到家，但是不见弟弟有电报来，以为家中并无大事，心情渐渐地松弛下来，而就在这时，他接到了加急电报："娘病危速归"，他的心情立刻紧张起来。他曾经对他娘说过，俄罗斯离古家庄路途遥远，从古家庄到俄罗斯，来回一趟要花很多时间和路费，没有特殊的事情，不要打电报。他想，如果不是他娘的病情严重，有弟弟、弟媳和他妻子秀姑照料，他娘是不会给他打这样的电报，更何况弟弟并不糊涂，知道他留在俄国有要紧的事情要办。

古世才在接到电报的当天就动身往家赶。他在回家的路上，吃不好，睡不安，生怕不能和老娘见上一面，打个瞌睡也做恶梦。每当他想到自己赶到古家庄时娘已不在人世就心慌意乱。他想，娘一辈子受尽苦难和屈辱，未老先衰，体弱多病，全都是叫儿女们拖累的。如今日子过好了，自己还没有来得及孝敬她老人家，她就……每想到这里，他的心里就感到恐慌。

古世才从山东潍县下了火车就慌忙往家赶，两天的路程他只用了一天半。跨过古家庄西北角的那座小石桥，他的心就咰咰地狂跳不止。已经站在自己的家门口了，他却不敢上前去敲门。就在他神思恍惚地在门前磨蹭的时候，听见从天井里传出来他妻子秀姑爽朗的笑声，同时闻到了一股奇鲜无比的味道，那是他非常熟悉的鲜猪肉、海米、鸡蛋和冬韭菜拌成的三鲜饺子馅儿的味道，他心里的一块石头落了地。他知道，娘还在，而且可能她并没有病，或是她的病已经好了。他推开大门，跑过天井，冲到堂屋前，见妻子正站在热气腾腾的锅灶旁，满面红光，一边跟他娘说笑，一边在从锅里往外捞饺子，而他的老娘正笑眯眯地坐在灶火门前烧火呢。他觉得自己好像是在梦中。半个月的渴，饿，困，劳累和恐惧，突然都反上来，他正想叫一声娘，腿一软，眼前一黑，就晕倒在堂屋门前，不省人事儿了。

"是他！"秀姑扔下笊篱，跳过婆婆就朝堂屋门外跑。

古世才他娘见秀姑这副跳马钻猴的野样儿，心里不由地想道："这个冒失鬼！真是本性难移，总是这样山①！"而当她顺着秀姑奔去的方向看的时候，发现门前倒着一个人，不知道发生了什么事情，惊得瞪大了眼睛。

"娘！是他！"秀姑激动地对婆婆说。

古世才他娘直起身子，转过脸，看见被秀姑从地上扶起来的正是她的大儿子栓儿，见他又黄又瘦，心里一阵疼痛，立刻想到他这一定是一路上提心吊胆，急急忙忙往家赶，才累成这个模样儿的，后悔自己不该让老二给他发那样狠的电报。

秀姑把体重比她小的古世才抱到西屋的炕上。古世才他娘跟着也进了他们的房间。老人举起衣袖儿擦掉眼泪，心疼地说道："孩子，让你受苦了，都怪娘想得不周到。"

"不要紧，"古世才赶紧从炕上坐起来，气喘吁吁，却毫无怨意地对他娘说，"娘身体康健比什么都好！"说着流着眼泪笑了。

"快躺下，歇着！"他娘连连说道。

---

① 山："野"的意思。

"娘，您的病好了吗?"古世才关切地问道。

秀姑听丈夫这样说，忍不住哧哧地笑起来。

古世才看着笑得前仰后合的妻子，再看看有些不好意思的娘，想到这回大概是娘诓他回来的。不过即使他娘错了，他也不怨她。他知道，娘是个明白人，她做什么都是出于对于儿女无私的爱，娘不会无缘无故给他添麻烦。

老人瞪了大儿媳妇一眼，忍住笑，说道:"你傻笑什么?"

秀姑听婆婆这样说，笑得更厉害了。

在北屋筛簸粮食的古世友夫妇听说古世才回来了，赶来看望他。

这时，古世才忽然想到锅里的饺子，顾不上对弟妹的问候表示感谢，忽然从炕上坐起来，大声说道:"饺子!锅里煮的饺子!"

剩在锅里的那些饺子都煮成了片儿汤，但是一家人吃得也很高兴。

古世才见他娘身体康健，心中纳闷儿，就想，他娘为什么要给他拍加急电报说她病重呢?

说起来真是让人哭笑不得，古世才他娘要小儿子打电报把大儿子从千里万里以外的俄罗斯诓回来，为的就是让他回来给她生孙子。前些年，穷怕了饿怕了的她，一心想的是鼓励儿子在外面挣钱，她在家里置地，快快把日子过起来。可是今年春天，她忽然觉得自己老了，感到身边冷冷清清，觉得家里仍然缺钱，可是更缺人。古文举的几句话更触痛了她的心。前些日子，古文举在前街上当着众人的面儿扬言:"有些暴发户，又修房子又买地。钱财，房子地，算什么?要紧的是人哪!"她知道，古文举的这些话是说给她听的，是在笑话她后继无人。她一气之下就给两个儿子发了电报，没想到回来的是古世友一个人，就又让古世友给他哥哥发加急电报。有什么办法儿?古世友只好按照老人的主意办。

关心古世才一家下一代的不只是古文举。古世才他娘的那些老妯娌们也在善意地嘀咕这件事。她们个个都有孙儿女和外孙儿女们围在身边"奶奶""姥姥"地叫了!有的已经抱上了重孙子。可是她呢?至今身边连个人影儿都不见!古世才他娘是个明白人，知道生儿育女跟种庄稼是一个理儿，过了季节就没有收成了!两个儿子和儿媳妇都不年轻了，家里却还只有齐刷刷的几个大人，里里外外连个孩子哭的声音都听不见!一个大家，两个天井，空空荡荡。像古世才这样的人家，在古家庄也只有他们一家，就是十里八乡，也未必还有第二家。古世才他娘觉得古文举虽然心术不正，但是他的话并不错。土地房屋再多有什么用？挣下的家业留给谁？百年之后，每逢年节，谁给自己上坟烧纸添土？老人想到这些，忽然感到孤独和恐惧，觉得"绝户头子"的命运就摆在自己的眼前，威胁着古家香烟的延续！想到这些，她就急得心惊肉跳，连连给观世音菩萨和送生娘娘烧香磕头，恨不得立刻让她的媳妇们给她生出一大堆孙子来。

其实，两个儿媳妇的心里又何尝不急呢？她们都是晚婚，更盼望着当娘，可是心里有苦说不出。丈夫远在俄罗斯，自己怎么会有孩子？从去年起，古世才家就形成了一个心照不宣的禁忌：除了老人自己提到孩子，她们妯娌俩谁都不提孩子的话题。有人说让两个儿媳妇去看看医生。有人劝她们到庙上给送生娘娘许个大愿。她们什么话都不说。有些老奶奶背地里说古世才他娘糊涂，两个儿子远在天边挣大钱，光烧香拜佛有什么用？

从今年秋天起，古世才他娘就很少外出串门儿了。她觉得跟那些拖大带小的老妯娌们坐在一起羞得慌，也让她们难为情，弄得她们说话都得避着有关儿孙的话题。偶尔上街，她也总是躲着人走，生怕碰见谁。在街上，和人家打招呼不好，不打招呼也不好。她一向刚强，就是当年沿街乞讨，也没有像如今这样感到自卑。自从她觉乎到自己没有孙儿女的尴尬处境以后，她连抱一抱、亲一亲别人家的小孩子心里都有顾虑，生怕人家嫌弃她。一个女人，到了她这个年纪，还没有第三代，在古家庄人的眼里，就算很不幸了。谁愿意让这样一个带着"绝户气"的老女人亲近自己的孩子呢？如今她最大的心愿就是让媳妇们快快给她生孙子，越快越多越好。而这也只能是她的一个愿望。

31

古世友回到古家庄之后，二儿媳妇的肚子就成了古世才他娘关注的对象。她随时随地都注意她的衣食住行的变化，把古世友媳妇吴玉兰看得心里发毛。大儿子回来过后，老人的目光又扩大了关注的范围，把更多的注意投向大儿媳妇，整天神神道道，脸色随着她观察的心得而时阴时晴。古世友的媳妇因为婆婆特别关心她嫂子的肚子而感到困惑，她想："丈夫和大伯子都是婆婆的儿子，她为什么偏向大嫂呢？是不是因为大伯子比自己的丈夫更能挣钱呢？"可是她又觉得事情好像也不是这样，因为谁都知道，婆婆一向偏爱她的小儿子。

新年过去了，古世才他娘没发现两个儿媳妇的肚子有什么变化。但是在正月十五前后，老人终于有了惊人的发现，她估计大儿媳妇是怀上了，立刻张罗医生来给秀姑看病。医生说秀姑有喜了，秀姑在老人的心里立刻就变得尊贵了。她觑觑着红红的老花眼，时刻窥视着秀姑的肚子，弄得秀姑很不好意思，也让玉兰感到难堪。古世才他娘当然知道女人十月怀胎，一朝分娩的道理，可她却恨不得秀姑的肚子一下子就涨大起来，给她生出一个大孙子。她严厉地命令秀姑，不得再干重活儿了！

大儿媳妇怀上了，古世才他娘又开始关心她生男生女。她相信"酸男辣女"之类的说法儿，天天盼着秀姑说她想吃酸的，可是秀姑的妊娠反应不明显，她既不说要吃酸的，也不说要吃辣的。老人忍不住，就开口试探了。二月二的那一天，古世才家吃年糕和饺子，秀姑刚端起饭碗，老人就眯缝起眼睛，看着秀姑，忐忑不安地问道："他嫂子，你想吃蒜吗？"

"想。"秀姑毫不在意地随口答道。

老人的心里一激灵，觉得浑身发冷。

"你要'忌讳'① 吗？"老人不死心，又怀着希望，小心地问道：

"要！"秀姑爽快地说道。

老人心里一热，赶紧给秀姑倒上半碗醋。

秀姑忽然明白了婆婆的意思，心里不禁暗暗发笑，心想："婆婆这是盼孙子盼红了眼啦！"不过这也让她感到担心，担心自己到头来生了闺女，会让老人感到失望。

这些日子，老人眼里只有秀姑，无意间冷落了二儿媳妇，古世友媳妇的脸色有些难看。她和秀姑同岁，同一年嫁进古家。她娘家姓吴，小名儿叫"粉儿"，因为念过几天书，有个大号叫吴玉兰。她是她娘的独生女儿。她家小有资产，她娘在她3岁时开始守寡。娘儿俩互相依恋，使得吴玉兰迟迟没有嫁人。她大门不出，婚前没正眼儿看过什么男人，也没被哪个男人看上过，直到24岁上，才不得不怀着上刀山，下火海，背井离乡的恐惧心情，嫁到古

---

① 忌讳：醋。为避讳"吃醋"的说法儿，有些地方把醋叫"忌讳"。

家庄。吴玉兰做闺女的时候，她娘把她周理①得头是头脚是脚，小脚儿不足三寸，举止文静，穿戴讲究，笑不露齿，行不抬头，说话低声细语，显得秀气，安详，跟秀姑形成鲜明的对比，在当年亲朋好友宴请新媳妇的时候，她曾被庄里的老少娘们一致评为一等一的标准的人物儿，所受到的称赞仅次于她的二祖奶奶，古文举他奶奶当年的"母老虎"。

"请新媳妇"是古家庄一带的一种民俗，即每年的正月初六到正月十五这段时间，宴请新媳妇的活动。这种习俗，由来已久，不知始于哪朝哪代，在平时彼此有来往的人家儿之间进行，主要是宴请当年成婚的新媳妇。这是一桩盛事，是乡亲们互帮互助、增进情谊、展示新媳妇的才貌、让她们和亲朋好友互相认识、熟悉新的生活环境的一种有益的交际活动。在古家庄，登堂入室，吆五喝六，吃吃喝喝，一向是男人们的特权，没有女人们的份儿。女人们被郑重其事地捧上席面儿，在她们一生中，只有这么一回。人缘儿好、平日和左邻右舍来往多的人家的新媳妇，走动的人家儿就多。当年结婚的新媳妇，不分姓氏，都在被请之列。婚后第二年和第三年的媳妇，只要还没有怀上孩子，也可以连续受请。不过，爱脸面的人家的新媳妇，在婚后的第二年，无论是否生育，都不再进新媳妇的行列。请新媳妇的活动由庄上有人望、会办事的老奶奶们主持。她们考虑到家族来往、邻里关系、平日感情和礼尚往来等种种情况，把新媳妇们组成一个个的"小队"，每队七八个人，由有经验的老奶奶引领活动。届时她们个个盛装，排成一路纵队，一个跟着一个儿，走过大街小巷，接受人们的祝贺、宴请和欣赏。届时走在大街小巷里的新媳妇，大多面容安详，举止从容。即使在做闺女的时候有过"假小子"和"野丫头"这类雅号儿的粗野或是豪放的新媳妇，如秀姑之类，此刻也都会装出一副娴静的模样儿，接受庄上男女老少的欣赏和品评。

吴玉兰在新婚后的那个新春正月，也曾羞羞答答地被请来请去，备受人们的尊重，成为古家庄老老少少面带笑容，指指点点，窃窃私语，夸赞喜爱的对象儿。在那年被宴请的新媳妇里，她和她的嫂子大脚儿秀姑，排在一个行列里，是引人注目的一对儿：她以小巧秀美着人爱，秀姑以脚大无比让人们感到新奇。吴玉兰走过一家又一家，很光彩了一回。从闺女变成媳妇，让她欢喜和新鲜了半年多。她总也忘不了自己当新媳妇的那会儿

---

① 　周理：胶东方言。含有整理、培养、教育等意思。在这里是管理、培养的意思。

走百家、吃百家、十人看、百人瞧的好光景。她婚后一年未孕，第二年本来是可以再排到新媳妇的行列里去的，可是她谢绝了邀请。眼下她想起当年的景象，心里就不是个滋味儿。她关心的不再是做新媳妇的风光，而是自己的肚子。嫂子的身子已经显形，一定会有生养。有了儿女，就算是一个真正的女人了。而她的肚子却一点儿动静儿都没有。由于她特别秀气，左邻右舍的妯娌们也就特别关注她。有的人开始投她以可怜或是猜疑的目光。更让她感到吃惊的是有人风言风语，怀疑她做闺女的时候不规矩，以致丧失了生养的能力。有人说她的手相不雅，像鸡爪子，"主贱"，还说她面带绝户相儿，将无儿无女，操劳一生。这些风言风语使她心惊肉跳。从拜天地的那会儿起，人们就一声声地祝愿她"早生贵子"。她在夜深人静的时候，也曾跪在地上，默默地向送生娘娘祷告，保佑她早生儿子。一年、两年过去了，她竟连个女儿也没有生出来。一丝不祥的预感开始浮上她的心头，觉得自己好像真是像有人说的那样，是个生不了孩子的女人。

　　让吴玉兰心里乱糟糟的另一件事，是丈夫前天夜里突然对她说，他们过了三月三就得跟着大伯子一起到俄罗斯去，去给丈夫和大伯子做饭，照料他们的生活。她愿意跟着丈夫去。她喜欢丈夫。结婚以后她才知道男人是少不了的东西。再说，离开了古家庄也可以少被那些刻薄的妯娌们议论。要是以后能从俄罗斯带回一两个儿子来，那该有多么体面！可是她舍不得她娘。再说，自己到了俄罗斯就一定能生养吗？她常常会突然觉得自己好像真地是个不幸的女人。

32

　　转眼间，古世才兄弟二人在家里呆了4个多月。古世才急于赶回俄罗斯去办工厂。可是他提起出走的话题，他娘就伤心流泪。吃饱穿暖了，上了年纪了，老人就不想让她的儿子们远行了。不过秀姑怀孕后，老人有了新的指望，心情有所好转，古世才估计他娘也许不会再强留他呆在家里了，便小心翼翼地再次试探着对他娘说道："娘，你看俺们是不是该回去了？开办工厂的事耽误不得……"

　　古世才他娘看看儿子，没说话，心里在想："孙子得生，钱也得挣啊。"便有些不情愿地说:"娘的心事你是知道的,如今俺白天黑价想的就是孙子。咱家已经几代单传了,如今你是一家之主,你就看着办吧。"说罢,伤心地叹了一口气。

古世才他娘的话,又让他心中浮起疑云。他想:"俺这一代明明有俺和弟弟二人,娘为什么说连俺这一代也是单传呢?"他想,娘这是过早地糊涂了,这是娘半生过度劳累所致,想到这里很伤心,发誓今后要好好地孝敬老娘,不惹娘生气,让娘吃好穿好。

原本说好古世才兄弟二人要带吴玉兰去俄罗斯的,可是在他们动身的前夕事情有变,古世友才对玉兰说,叫她不去俄罗斯了,娘说如今嫂子带着个身子,干不了多少营生儿,再过些时候她就要生了,怕到了时候她一个人照顾不过来,误了大事。玉兰听了这个消息,又喜又忧。忧的是不能和丈夫同行,心里总有些不痛快;而喜的是她可以免受远在万里之外思念老娘之苦。

古世才兄弟二人是阴历三月初离开古家庄前往俄罗斯的。不过他们没有直奔俄罗斯,而是先去了哈尔滨。他们风闻俄罗斯那里的情况有些变化,想在哈尔滨打听一下,弄清情况再决定是不是去俄罗斯。但是他们一直得不到俄罗斯那边的准信儿,因此没敢贸然前往,在哈尔滨稍作停留之后,又返回了古家庄,想等俄国那边有了确切消息过后再走。

他们返回古家庄后,转眼又是几个月。阴历八月,古世才的头生女儿出世,古世才他娘给孩子起名儿叫"改莲"。"莲"表现的是孩子的性别和长辈们对于孩子容貌性情的期待;起名"改",意思是秀姑以后不再生女孩,而是要改生男孩儿。

古世才他娘日夜期盼的男孩儿没有来,来的是个让大家失望的"丫头片子"。不过如今古世才家的天井里总算有了孩子的哭声,而且哭声响亮,古世才他娘也当上了奶奶。生了一个女孩子,在别的许多人家儿根本不算一回事儿,甚至不受欢迎,被说成"赔钱货",而在古世才家却是件特大的喜事,奶奶欢喜得闭不上嘴。好心的左邻右舍也为古世才家终于开始添人进口而感到高兴,纷纷向古世才他娘和他们一家表示祝贺,还送来鸡蛋、猪蹄儿、鲫鱼等有助于产妇"下汤"的礼品。为答谢众乡邻,古世才他娘,在改莲满月的那天,办了几桌酒席招待亲朋好友,到场的多半是女客,男客只有古文举等少数几个人。古文举是村长,又是孩子的长辈,古世才他娘特地向他表示感谢。但是第二天,古文举却四处扬言说,古世才他娘给改莲办满月是小事大办，他说："栓儿媳妇添的不过是个丫头片子，不值得这么张扬。"他的话传到古世才他娘的耳朵里，让她老大不高兴。当天下午，古文举又在古世才家对面的井台上当众唠叨这些话。古世才他娘觉得他欺人太甚，就去和他说理。她说："女儿怎样？女儿也是古家的后代！俗话说：'有了带毛儿的，不愁没有秃子来。'"她的意思是说，既然能生女孩子，也就能生男孩子；另一层意思是，有了女儿就能招"养老女婿"，生养后代、繁衍子孙。

古文举毫无歉意，反而恶语相向，说道："丫头就是不顶用！"

古世才他娘气不过，就不留情面地顶撞他说："你娘就是丫头，你就是丫头养的！"这等于说，他是私生子。

古文举大怒，反唇相讥："你才是丫头养的呢！"

古世才他娘不想当众和他纠缠，便笑着解嘲说："丫头养的有什么不好？天下所有的人都是丫头养的！"

她的话惹得众人哈哈大笑，古文举也笑了。

敢说敢道的崔德昌他娘，也站出来替她的好朋友古世才他娘说公道话。她毫不留情地说道："自己生养的，男孩儿女孩儿都一样，只要不流落到二姓旁人家里去就好啊。"

古文举和在场的人都知道崔德昌他娘的这些话是就古文举失散在前疃庄的孙子天福说的。古文举脸上有些挂不住，怒气冲冲地哼了一声，扭头离开了井台，快步朝东走去。

33

古世才日夜惦记着去俄罗斯办工厂的事，到处打听俄罗斯的情况，可是一直得不到俄罗斯那边的准信儿，不知如何是好，心里有些着急。

在改莲满月过后的第三天，古世才的好友孙兰亭突然来了。古世才想，这会儿非年非节，他来肯定是和俄罗斯那边的情况有关，急忙问道："你是从俄罗斯那边来的吗？"

孙兰亭满脸沮丧地说："我是从哈尔滨来的。俄国那边的政策变了，生意不能做了，住在那里也不安全。我就把家安在哈尔滨了。张学良在捅鼓老毛子。中俄边境上可能要出事儿，我特地趁这个机会回来探亲，顺便把这个消息告诉你，免得你们白跑一趟。"

古世才说："谢谢你。"

孙兰亭说："咱们弟兄你还客气什么？我回来还要办一件挠头的事。俺娘总逼着我回来娶亲。我和索菲亚已经结婚3年，女儿都两岁了，怎么好再结婚呢？可是她硬是要再给我娶一房中国媳妇！我是回来看看情况，开导开导她老人家，劝她改变主意的。"

孙兰亭人长得体面，精明，健谈，俄国话说得好，已经是半个俄国人，站在白党一边，在伯力和崴子的华人中是个大红人，即使在俄国人眼里，他也是个知名的人物儿。他的妻子索菲亚是当地交际界有名的俄国贵族女子，念过大学。

"老毛子那边到底发生了什么事？"古世才急切地问道。

"说法儿很多，我也不大清楚。反正日本人狼性难改，老毛子反复无常，张学良年轻气盛，说不定那一天他们就会干起来。要是到那时俄国人把咱们扣在那里，或是发到俄国的南部，回不了家，那就麻烦啦。"

古世才听孙兰亭这样说，知道他们暂时是去不了俄罗斯了，而且以后能不能再去俄罗斯也说不定，感觉在俄国发财的机会可能就这样过去了，心里觉得有些沮丧。

孙兰亭的说法儿不虚，后来中俄发生了武装冲突，中俄边界封闭了。中俄关系的变动结束了古世才到俄国去发家致富的美梦，也结束了他和俄罗斯的缘分。这件事使他深感人世间的事情难以预料，谁也不知道明天会发生什么事情，对于一个人的命运会产生什么影响。社会的变动，对于个人的命运，就好像是地震，海啸，排山巨浪，一瞬间就能把他的如意算盘冲得无影无踪。可是，古世才怎么也忘不了俄罗斯和他的那些俄罗斯朋友，特别是拉古尔洛夫一家。他在此后很长的一段时间里总是闷闷不乐，常常一个人坐在自家堂屋的门口，低声哼着俄罗斯的民歌，沉思着，凝视着滨海明净的天空，深情地回忆着他在俄罗斯的往事，思念着他的那些俄罗斯朋友，无数次地想到拉古尔洛夫一家和可能已经结婚生子的玛莎。

俄罗斯在古世才心里和生活中留下了深深的印记。在俄罗斯的那些岁月里，古世才的身心是分裂的。他是世界著名的俄国涅都斯基兵工厂最出色的技术工人。那里的生活和他在那里所受的教育使他的心灵发生了许多重要的变化。他不再认可古家庄人所说的"不干不净吃了没病"等许多老话，不再喜欢小脚女人，说起话来甚至也会像俄罗斯人那样，夸张地表达自己的感情，自然地耸一耸肩膀儿，摊开双手……最重要的是，在他的心里有了祖国，和他想为祖国做些什么事情的渴切的热望。俄罗斯使古世才摆脱了贫穷，使他成了一个有文化的人，但是他从来都没有想过要留在俄罗斯。若是他有意留在那里，他就会去向玛莎表达他对她的爱。他的心始终在自己的祖国，在自己的家乡，在古家庄。他喜欢家乡的父老乡亲，家乡的山水，家乡的风俗，家乡的房屋，家乡的衣着，家乡的乡音，家乡的饮食，家乡的一切。就连夏日里海滨特有的那种几乎落到屋顶上的隆隆滚动着的沉雷，野马般纵横奔驰，上下翻飞，让人感到恐怖的层层黑云，庄前杨树林夜里发出的狂涛般的轰鸣声，他都爱，都觉得美。他觉得哪里都不是家，哪里都不如家乡好，世界上最美的地方就是古家庄。他在俄罗斯的时候，梦里梦见的也都是古家庄的景象。他想再回俄罗斯，那只是为了到那里去挣更多的钱，然后回到古家庄，买更多的地，打造他梦寐以求的崭新的铁轮大车，拴回像孙春杨和古文举家那样的成群的大牲口，把他家的两幢草房翻修成比孙春杨和古文举家的房子更高、更大、更壮观的青砖大瓦房，筑起高大的门楼儿，生几个儿子，给儿子们娶上几房媳妇，让他们生上几个，十几个孙子，让他成为古家庄的首户！他是要和横行霸道、为富不仁的古文举比试比试，在古家庄活出个样儿来给人们看看。这就是他的灵魂，是他从祖宗那里承袭下来的使命。多少年来，正是这个藏在他内心深处的愿望，激励着他，支持着他去钻研技术，勤奋劳动，忍受种种苦难，甚至冒险犯罪。几天前，他好像已经望见了他为之奋斗的那个美好的目标，然而就在转眼之间，那个美好的景象就又消失了。在经历过长时间的失望的内心的苦痛之后，他的心终于渐渐地安定下来，把目光转到了他们家为数不算很多的土地上。

34

三年之后，在公历 1933 年的古历六月初五，古家的命根子，古世才的宝贝儿子出世了，古家的这条根得以延续。古世才他娘给他取了个小名儿叫"根儿",意思他就是古家的"根";取了个大号叫"古全和",意思是他来了,古家老少三代就"全和"了。她还一再说根儿命好,他属鸡,出生在麦收时节,这时到处散落着可吃的麦粒儿;他出生在人们歇晌的时刻,正是鸡吃饱了,喝足了,卧在树荫凉里面歇晌的时候,所以他有福,一辈子都有饭吃,有衣穿,有钱花,而不必受苦受累。

在根儿出生的这年秋天,无望再去俄罗斯的古世才,提议和他弟弟分了家。这件事出乎古家庄所有人的意外,因为在众人看来,他和弟弟没有分家的理由。大家庭分家多半是由于兄弟不和、妯娌不睦、财物分配不均等原因所引发,而古世才家母慈子孝,兄友弟恭,婆媳和睦,妯娌亲如姐妹,日子蒸蒸日上,他们为什么要分家呢?再者,通常提出分家的总是觉得自己在大家庭里过日子吃亏的那一方。按照这个常规,在古世才家,提出分家要求的应该是古世友夫妇。事实上古家庄的那些私心重、舌头长、见识短、自以为聪明、爱管别人家的闲事、喜欢拨弄是非、唯恐天下不乱的人,早就在唠唠叨叨地"开导"古世友夫妇、挑唆他们和他们的哥哥嫂子分家了。有人对古世友说:"你哥哥他们拖儿带女,两个人挣,四张嘴巴吃,你们和他们搅和在一起是个无底洞,亏可就吃大发啦!为什么要替他们拉这个冤枉套,不趁着自己年轻力壮多为自己攒下点儿呢?你们两口子,眼下还是两个单身人儿,无牵无挂,分开过,两个人挣,两张嘴吃,年年有余,用不了几年,小日子就过起来了。你们以后也是要生儿育女过日子的啊!""好心人"振振有词,可是古世友却毫不动心。古世友只比他哥哥小两岁,可是在他的心里哥哥对他有大恩,他是哥哥一手扶持大的,哥哥就是他的长辈,他从没有过和哥哥分家另过的念头。

而当人们听说古世才分家的要求是古世才本人提出来的时候,就更加感到困惑,因为现在分家明明对古世才一家不利,那他为什么要求分家呢?不过多数人在认真地想过之后,就又回到了他们的老思路上了:古世才家的人办事跟别人不一样,古世才这样做准有他的道理。

其实,人们的猜测和议论都不对,分家的要求是秀姑提出来的。她提出这个要求恰恰是为了不拖累弟弟和弟妹,在钱财上不占他们的便宜。打从小莲出世,秀姑就不能像往常那样坡里家里地干活儿了。等根儿一出世,家务活儿大都压到了她弟妹吴玉兰一个人身上。这虽然是奶奶的安排,玉兰也没有怨言,可是秀姑还是心有不安。她不愿意拖累弟弟和弟妹。早在改莲出世后的那段日子，她就觉得自己对不住弟妹，如今自己一窝四口儿，她就更觉得对不住弟弟和弟妹了。想来想去她就想到了分家。分家单过自己要多受些累，可是心里踏实，也免得让外面的人误解，说三道四，闹得兄弟、妯娌不和。古世才理解秀姑的心思，他同意分家，还有深层的考虑。他想弟弟自幼依附于他，如今三十好几了，还不知道怎样过日子。可是总有一天他们要分家单过，既然如此，就不如早把家分了，好让弟弟和弟妹独立门户，学学治家理财过日子的本事。他把这个想法对奶奶说了，奶奶觉得他说得有理，就同意了他们夫妇分家的提议。

当奶奶把大儿子分家的要求告诉古世友的时候，他感到非常惊讶。他喜欢在大家庭里过省心日子，从来没想过要和哥哥分家。他告诉奶奶说，哥哥和嫂子要求和他分家之后，他心里浮起的第一个念头就是他本人或是他的妻子玉兰近来做错了什么事，说错了什么话，得罪了哥哥或者是嫂嫂，引起了误会。他反复想过，也问过妻子，始终不知道哥哥为什么要和他分家。直到奶奶把他哥哥和嫂子的想法告诉了他，而且说她也同意让他们分家，他才糊里糊涂勉强表示同意分家。

主持分家的长辈有3位：对门的古天骥和北大门儿里的古天骏，外加古世才的娘舅蓝修成。

古文举听说古世才兄弟俩要分家，想插一腿，先后找到古天骥和王天骏两位老人，说他和古世才是本家，还是他们弟兄俩的长辈，又是一村之长，有权过问他们分家的事情。两位老人知道古文举为人诡诈，一定是别有用心，便对他说，做分家的主持人，要经古世才他娘同意。

奶奶听说古文举要插足她两个儿子分家的事，就想到了古世友的身世，立刻警觉起来，公开表示反对。她说分家是民间的私事，跟官府无关，已经有古姓长辈和当事人的娘舅主持，就不再需要别人费心了。奶奶总感觉古文举好像知道古世友的身世，知道高家庄高树荣他媳妇"罕"怀的是他的孩子。她产后上吊自杀了，那她生下来的孩子，无论是男是女，总该有个着落吧？可是他始终没有听说过那个孩子的下落。奶奶记得，在柱儿两岁跑到街上玩耍的时候，人们都说他长得像古文举，古文举也曾起过疑心。那些日子，他三天两头往村西头儿跑，来端详柱儿的长相。奶奶记得，古文举还曾"诈"过她一回。有一天，他忽然嬉皮笑脸地对奶奶说："大嫂，你家的柱儿是你们拣来的吧？"奶奶听了，大吃一惊，以为古文举知道了柱儿的身世，立刻否认道："你胡说些什么啊！他是俺亲生的！"古文举又死皮赖脸地说："别人都说柱儿长得像俺。"奶奶当众骂他放屁。奶奶估计古文举愿意认养他。因为他家缺人，他又不要脸，不在乎孩子是合法的还是私生的。连他当年在青岛和妓女们鬼混的那些肮脏勾当他都有脸当着众人当笑话儿说，他还能在乎什么呢？可是奶奶和柱儿已经有了感情，也不想把天老爷送给她的这个儿子交给古文举这样的人。在奶奶坚持说古世友是他亲生的，也没有谁有证据证明他不是她亲生的以后，就没有人再议论古世友的身世了。眼下柱儿要和他哥哥分家了，古文举又来瞎掺和，奶奶担心古文举可能又想在柱儿身世的事情上做文章。要是柱儿分得一半儿家产，而古文举又能证明柱儿是他的私生子，那他就连人带财产一起捞到他的手中了。她不能容许任何人伤害她的柱儿的名声！不能让古文举的图谋得逞，趁机抢夺她家的财产。柱儿是她从他像一只老鼠那么大的时候，一口一口地喂大的。柱儿从来就认为她是他的亲娘，她不能让别人知道他是古文举这种坏东西的私生子，让他跟着他丢双份儿的人。她心疼大儿子，更心疼小儿子。在大儿子离家外出挣钱的那些艰难的岁月，是小儿子天天围在她的身边娘呀娘呀地叫着，里里外外，小心谨慎地照顾着她。他哥哥捎信说让他到俄国去学手艺，起初他怎么也不肯去，因为他放心不下他娘。直到他已经出嫁的妹妹小桃说，她可以照顾老娘，他才跟上他哥哥去了俄罗斯。她怎么能不亲他呢？养个狗啊猫儿的，时间长了，都有感情，何况是个有情有义的人呢？奶奶相信她能保住她的柱儿和她家的财产，不受古文举侵害。她想，柱儿他娘早就不在了，没有人能够证明柱儿是古文举的儿子。

其实，奶奶并不想永远隐瞒古世友的身世。她心里不止一次地转过把古世友的身世告诉他本人的念头。她想这样做并不是为了古文举，而是为了柱儿和柱儿的亲娘。她想说破柱儿的身世，他就好去给他苦命孤单的娘上坟发纸、烧香、添土，孝敬他的亲娘了。要是古文举本人为人忠厚，她也会不计较他家祖上的恶行和两家几代人的恩怨，说破谜底，一无所求地把古世友还给他。可是古文举是个报复心重、品行不端、为富不仁、男盗女娼、仗势欺人的坏种，她不想让她的小儿子跟着他去蒙受耻辱，丢人现眼，遭人唾骂。

古世友也发觉他娘对待古文举的态度有些奇怪。他感到不解的是，娘明明知道古文举欺负人，无理打骂、坑害过他和哥哥，可是她却一再关照他，不许他骂古文举。她说："古文举也姓古，和咱家是一个老祖宗，是你们的长辈，你不能骂他。"古世友记得他娘很少打他，就是打，也只是装装样子。可是在古文举诬陷他偷了他们家的地瓜，打他骂他的时候，他骂过古文举是一个死不要脸的"老王八蛋"。他娘因此而狠狠地打过他一回，还厉声让他发誓不再骂古文举。他始终想不明白，他娘为什么不让他骂古文举。

主持分家的长辈，经和奶奶商议，决定先分住宅、后分土地。

古家庄总共有百十户人家儿，没有出过做官为宦、骑马坐轿的大人物，也没有出过土地千顷传世几代的大财主。地过百亩的富户只有古文举和孙春杨两家。孙春杨是本村的老财主，古文举家是近几十年来仰仗着日本人的势力和放高利贷发迹的暴发户。所以古家庄没有像西面的高家庄和南面的田庄那样整洁体面的宽街大道，勉强算得上是街道的，只有一条半。从庄西头儿起，经过古世才家的南墙外，一直通到庄东头儿的道路，是古家庄的一条弯弯曲曲的完整的街，人称"前街"，实际上是街而兼河，总长不过千百步，大部分地段儿只能单行一辆大车，两车对开，彼此就得商量好错车的地方。她平时是一条街，雨天是一条河。古家庄盛夏时节山洪从东南方下来，往西流。前街就是泄水的河道。由于历经多年雨水的冲刷，混杂着石头的街心比两边的地面儿低两尺多。每当大雨，这条街筒子里水深常过 3 尺，小孩子们可以在里面玩水，洗澡。古全和小的时候就在这里练习过"狗刨儿"。雨量大的时候，街筒子里水流日夜不断，流出古家庄后，奔西北，进柳河，经浑河，进莱州湾。庄里的几家富户，像孙春杨家、古文举家，都住在这条前街的东头儿风水好的"龙头"上。多亏先人们在这条街被冲成真正的河道以前想出了个好主意：把街面儿和大街两侧高出街面儿二尺多的人行道都用大块儿的花岗岩石砌了起来，把这条"龙"给锁住了，要不然现在的前街早就被雨水冲刷成真正的河道了，那古家庄现在就被分成隔河相对的南北两部分了。

　　后街是一条半截子街，实际上就是一条大胡同。这条胡同的尽西头是一座坐西朝东一丈多高规格较大的关帝庙。在关帝庙的北面，是一座没有人知道建于何年何月的大庙。庙门朝南，庙门里面左侧是一座钟楼，钟楼旁边是一棵枝叶繁茂的千年古槐，庙墙外面的右侧是一座一立方米那么大小的用石头筑成的漂亮的土地庙，相当于人世间管户口的警察派出所，人死了要到这里来报庙。坐落在大庙北边的正殿是 5 间高大的青砖瓦房，西墙里面是一排比大殿矮小得多的厢房，屋顶上长着杂草，原本是庙里的和尚住的地方，民国初年，和尚走了，庄上在这里办起了学堂。大庙的正殿、厢房，高高的南墙和东墙，把整座大庙围成一个整体。半截子街就从关帝庙和大庙的前面开始往东延伸，到庄子的中间，经一条斜街，又接插到前街上去了。

　　古世才家的两栋草房夹在前后两条街的中间，位置和成色都有不同。如今古世友夫妇住的北房，共 4 间，中间是堂屋，东西各有卧室一间，东面的卧室连着一个小套间儿。房后是后街，前面是个百平方米大小的天井。古世才住的南房是 3 间，但是天井比北屋大，留有修建新房的空地儿。在南房堂屋的后墙上有中门，除去刮风下雨，一年四季都开着，把南、北两个天井连在一起。南房南墙的外面就是前街。北房和南房的院门都朝西，开在同一条南北向的小胡同里。但是北房的院门不开，全家都走前门。

　　南房是老宅，敞亮，出了大门就是小胡同儿的南口，朝南拐几步就是前街。跨过只有几尺宽的前街就是水井。这是古家庄唯一的一口甜水井，连住在古家庄东头儿有钱或是有人力的人家儿，也到这口井上来打水吃。这口井的水不只是口味好，水位也高，夏秋两季，常常是水面离地只有一两尺，取水方便。住在南屋，出行、打水都方便。而且南屋比北屋间量面积也大，天井也大，据老人们说，南房建房用的木料也比北房好得多，将来翻修成砖瓦房的时候还能用得上。

　　南北房怎么分，这是主持分家的长辈们碰上的第一道难题。

　　古世才和古世友兄弟二人彼此谦让。奶奶心里虽然想让两个儿子按照古家庄的规矩分家，不分亲生的和拣来的，两个人抓阄儿平分，可是她也觉得老大是长子，他受苦多，挣钱多，已经有了儿女，更主要的，他是古文元和她亲生的儿子，是古家的根，想照顾他，就建议把南房分给大儿子。奶奶的这个要求让主持分家的老人们为难。照理说，既然要均分，就不该照顾谁；而要照顾老大，就算不上均分。古天骥老人知道奶奶不是个糊涂人，她提出这样的要求，必有隐情。对于奶奶的要求，他不好说赞成，也不敢说不赞成。奶奶是古家的大功臣，他不想让劳累了一辈子的这个贤惠的侄媳妇为难。正在他左右为难的时候，古世友表示同意奶奶的提议。既然当事人古世友赞成把南房分给哥哥，主持分家的人也就顺水推舟，满足了奶奶的要求。可是古世才觉得事情不公，不想让弟弟吃亏，就表示异议，请求他娘和主持分家的长辈们把南房分给弟弟，或者允许他和弟弟用抓阄儿的办法分配房子。他想他娘一向偏爱弟弟，教导他遇事要让着弟弟，认为她一定会同意他的这个提议。可是他想错了。奶奶听他这样说，满脸不高兴，冷着脸子说道："这件事就这样定了！"

奶奶当着古姓长辈和他舅舅的面这样呵斥古世才这是头一回。古世才感到十分惶恐，不知道自己错在什么地方儿，娘为什么生这么大的气，想问又不敢问，就跪倒在地，低声嗫嚅道："俺糊涂，是俺不对！"说完就怔怔地跪在那里，连大气儿也不敢出，等待着他娘发落。

"哥哥，就照娘的意思办吧！"古世友着急地说。

面对这样的局面，主持分家的老人们感到很为难。

"起来吧。"奶奶看着大儿子冷冷地说道。

古世才小心地从地上爬起来，恭恭敬敬地垂手站立。

奶奶又说："当年你爷爷住的是南房，后来俺和你爹住的也是南房。你就生在南房。"奶奶的口气缓和下来，显然，她是想给大儿子挽回一点儿面子，"把南房分给你，有什么不好！"

"好！好！娘说好就好！"古世才赶紧附和道。

这个插曲让古天骥老人想起了当年有关古世友身世的一些传闻。当时有人说古世友是奶奶拣来的野孩子，有人说古世友是奶奶的私生子。人们不相信奶奶是那种不守妇道的女人，而且那时古文元还在家，古世友不会是奶奶的私生子。曾经有人怀疑过柱儿和高家庄自杀的那个媳妇有关，但是那也只是一种猜测，人们到底也没弄清楚古世友到底是怎么回事儿。时过境迁，古世友已长大成人，人们早就淡忘了他的身世之谜。奶奶今天突然做出这样偏向大儿子的举动，让古天骥老人想到这件往事，古世友可能是她捡来的，而且多半和古文举有牵连。古文举想插手他们分家的事，可能也跟这件事有关。

分配田产的议程也碰到了麻烦。

在古家现有的 18 亩 4 分地里，有祖产坟地 4 分。后来，奶奶为古世才的姑姑叶儿出嫁，卖掉了祖坟占地中唯一能卖的那一分地。在古世才弟兄俩把他们老爹的遗骨从关外请回老家来的那年，古世才说，老人留给自己的东西，一点儿也不能丢，宁肯出卖价十倍的价钱也要赎回那一分地，为了买回那一分地，就是给崔德昌下跪，他也心甘情愿。他的孝心深深地感动了崔德昌一家。当年崔德昌买古世才家的那 1 分地，并非乘人之危捡便宜，而是古世才他娘一再恳求人家崔二奶奶，崔二奶奶也想成全她办好叶儿的婚事，才硬叫她儿子出高价买下的。崔德昌得知古世才的意思，亲自到古世才家，按原价退回了那 1 分地。

在祖产以外的 18 亩地里，有秀姑用她从娘家带来的体己钱买进的 3 亩好地。秀姑和古世才成亲时，有言在先，这 3 亩地是秀姑的个人财产。这些年来，那 3 亩地一直是作为大家庭的土地使用。古世友多次提出，要把这 3 亩地上的收益拨给嫂子，秀姑一直不同意，她说，"什么你的我的！一家和睦比什么都好，"后来她又说，"那 3 亩地上的收益就算是孩子的口粮吧。"

主持分家的长辈们说，祖产坟地 4 分两家共有，不分；秀姑带来的那 3 亩地，地随人走，归古世才。这些，弟兄俩都表示同意。分歧发生在对于古世才当家以来买进的那 15 亩好地的分配上。主持分家的老人们觉得，要是弟兄俩均分，古世才吃亏；而要是有多有少，怕古世友夫妇不满意。正在老人们为难的时候，古世才提出，两家均分，每家 7 亩半，岗地洼地搭配，保证弟兄两家都能旱涝保收，有饭吃。可是古世友不干，他说，哥哥家人口多，侄儿也已出世，这份家业主要是哥哥挣的，连他自己也是哥哥培养成人的，哥哥理应多分。而古世才不同意弟弟的说法儿。他说，当年父亲不幸流落在外，自己年长，理应多承担家务，多操劳，这不是多分土地的理由。弟弟家人口少是暂时的，以后定会添人进口，不能因此少分。就这样，聚会一次，两个人争辩一次，互不相让，争执不下，弄得奶奶和主持分家的长辈们既感动，又为难。

平头百姓家里很少有金银珠宝，分家主要是分地产和房产。土地是庄稼人的命根子。兄弟分家让地产的事，在古家庄没有先例，老人们不知道该怎样解决这个难题，致使古世才弟兄分家的事拖了下来。最后，经主持分家的老人和奶奶商议，多分给古世才洼地半亩，共 8 亩，古世友得 7 亩，理由是古世才这边有个男丁。古世才勉强表示服从，但是却提出了一个保留条件，他说等弟弟家添人进口的时候，无论是男是女，他都将把他多分得的那半亩地如数儿还给弟弟。众人对于这样的条件，没有表示可否，也没有给他们立什么字据，事情就算这样不了了之了。

36

古世才家行事历来与众不同，他们家的人和事，总会引发庄里人们的感慨、好奇和议论。分家的事也是这样。古世才兄弟二人为分房、分地发生的争执不是你争我夺，而是你推我让，而当人们听说古世友提出分家只分土地和住房，而不分牲口和农具，不然他就反对分家，而他的哥哥和嫂子，乃至奶奶居然也同意了他的这个亘古没有的奇怪条件的时候，人们就更感到离奇。主持分家的人虽然认为这种做法儿不合常规，可是既然事主坚持，他家的老人也不反对，也不好硬套死规矩，而不照他们的意思办。所以人们又说，古世才兄弟二人的家只分了一半儿，叫作"半半分家"。

古世才兄弟分家的奇怪故事还不止于此。他们分家后过日子的来头儿也与众不同。比如南屋上连接他们两家的中门他们没有封，两家的天井依然通着，两家人依然可以在两座草房、两个天井间自由往来。也还不止于此，两家的日子还常常在一起过。地里的活儿，两家人一起干；牲口两家分着喂，合着使，古世友喂牛，古世才喂驴。吃的用的两家都不大分。古世才家改善生活，吃包子吃面，就把古世友夫妇请过去一起吃；古世友家吃好的，就把古世才夫妇请过来一起吃。碰上一起铁工活儿，自然又是哥哥领着弟弟一起去干。而古世友外出干活儿的时候，改莲就到北屋去和她胆儿小的婶婶做伴儿。有些时候，两家完全合成一家，一起吃饭。说是分了家，实际上还是一家人。不同的是，古世友家启用了北院西墙上的院门，两家地里的收成各自分管，也不再天天顿顿在一口锅里摸勺子了。

主持分家的老人们说好奶奶在两家轮住，每家住一集，也就是 5 天，顿顿吃面食熟菜，在一集的 5 天里饭食变换 3 次花样儿。古世友提出说，根儿也随奶奶吃面食，所需粮食也由两家分担。所以分家后，根儿有时在自己家里吃饭，有时就跟着奶奶在叔叔家里吃饭。

玉兰一直没有生养，而且他们添人进口的希望越来越小。而根儿在一天天长大。两棵大树一条根，古世才兄弟俩就一起守着根儿这个宝贝疙瘩，两家人的目光越来越集中到家中的老奶奶和唯一的男孩子根儿的身上，两家之间本来就没有界线，分家后的界线也不清楚。根儿反倒更喜欢跟他叔叔、婶婶在一起，因为他们比爹娘对他更平等，更亲热，更和气。

古家庄虽然有些名气，但是她既不临水路，也不通公路，更没有铁路经过这里，离这里最近的浑河镇汽车站也有 40 里，一年四季，除去年节或是遇上红白喜事，总是静悄悄的。庄上没有几个识字的人。在识字的人里面，也没有几个人能读会写，除了从外地和外国回到庄上的人，几乎所有的人都不知道报纸是什么东西。人们只能从外面回来的人那里打听到一点儿消息，议论几天，品评一阵子。平常日子听不见什么像样儿的新鲜事儿。在日本鬼子占领浑河镇以前，那些从来没有离开过古家庄的人都不知道古家庄以外还有个大世界。中国对于他们中的许多人说来，只是一个名词，就连几十年前，前清皇帝下台那样大的事，也没有在这里引起过多么大的风波。在剪不剪辫子的事情上闹腾了一番，后来说剪也就剪了，留着的也没有人管，古天骥老人的辫子剪去了多半截儿，如今留的是披散在脑后的披肩发。一些老人至今还怀念前清时候租税少，一亩地 3 钱银子，天下太平，日子好过。这里人们日常议论的话题，无非是谁家的儿子闯关东，走俄国，下南洋，跑印度，发了财，或是倒了霉；谁家的儿子娶了个俊媳妇，或是丑八怪；谁家的儿女孝顺，或是不孝顺；谁家的日子兴旺了，或是败落了……像古世才兄弟二人分家的这种传闻，就算是大新鲜事儿了，大家伙儿很议论了一些日子，还勾起了人们关于分家的种种悲惨痛苦的记忆。分家常常是和亲人之间的争吵、哭闹、殴斗、流血、不幸和死亡相连。老人们从古世才兄弟分家的事，联想到古世才的父亲、祖父、曾祖和高曾祖父的为人，说到他们这一支子人的家风，都说古顺之的儿孙和黎氏的儿孙不一样。古顺之的儿孙，辈辈儿仁义，有天分，爱念书，出孝子，爱独出心裁。古世才兄弟的仁义，谦和，厚道，与众不同。可是古顺起的后代就不是这样，他们辈辈儿不爱念书，辈辈都出像古文举这样的嘎里嘎气、脏了吧唧的一两个坏东西，他们每次分家都是你争我夺，大打一场，闹得死去活来。古文举的亲兄弟古文刚就是因为分家不公叫古文举气死的。古家庄的这些议论传进了古文举的耳朵，他大为不满，说这是对他家祖宗的不敬。可是有什么办法呢？人们心里有话总是要说，当面不能说，就在背地里说，背地里也不能说，就编故事，编笑话儿，变着法儿说，他没有办法堵住众人的嘴巴。

　　人们习惯了遵守老规矩，凡是跟祖宗传下来的办法不一样的，都会被说成怪诞，不可接受。古世才弟兄分家的故事，也被人们认为是古家庄的一大怪。不过人们在细细想过之后，也就觉得可以容忍，乃至可以效法了，因为人们认为古世才家本来就不是个正儿八百的庄户人家儿。古世才他爷爷古天清是读书人，教书先生，他爹古文元也是读书人，也当过教书先生，他奶奶和他娘都念过书，古世才弟兄俩下过关东，跑过俄罗斯，并且曾常年工作和生活在俄罗斯，都会说俄罗斯话，古世才还认识俄罗斯字。因此他和他弟弟也不是正经的庄稼人。秀姑的那双大脚，不仅在观瞻上与众不同，也让她的性格和别的农妇不一样，就连根儿他舅舅也不是凡人。所以人们觉得，他们家的人处事的路数和别人不一样也就不足为奇了，所谓见怪不怪。1949 年新中国成立，20 世纪 50 年代，新中国开始实行社会主义的农业集体化。庄上的老人们忽然联想到了古世才兄弟二人当年分家过日子的来头儿，都不约而同地笑谈这件往事，说古世才他们有先见之明，他们当年分家后过日子的那个行止，就很像如今的农业'互助组'，或是初级农业合作社。有意思的是古世才也只赞成建立农业互助组，而不大赞成初级社。至于高级农业合作社和人民公社，他心里始终反对。他不相信农业合作社会办好。他说土地就是农民的命根子，失去土地的农民就不再是农民，合作化收走了农民的土地就是收走了农民的希望，破坏了农民生活的奔头儿。他说庄稼人个个有私心，兄弟和睦都不容易，外姓旁人怎么能一条心呢？他自愿参加了互助组，后来也参加了初级社和高级社，随大溜儿混进了人民公社，但那不是出于他的自愿，而是为了不妨碍他在江城的大学里念书和工作的儿子进步，不想让人们说他的儿子有一个思想落后的爹。

37

　　古世才在绝了去俄罗斯的发财梦之初，一度感到苦闷。根儿他大舅胡大珂建议他重操旧业，和弟弟一起开个铁匠炉，打制农用器具，可是他不愿意再干那些给牲口挂掌之类又脏又累的营生，就在家里学着种了一年地，后来又想到大城市去做白俄①的生意。他先于1931底去了上海，发现做俄罗斯人的生意，他不是土生土长的上海人的对手，在那里呆了两个多月，目睹和参加过"一·二八"淞沪抗战之后，又闷闷不乐地回到古家庄。不久，他又先后去过长春和哈尔滨。定居长春的俄国人为数不多，都住在二道沟一带的狭小区域，以养牛为业，没有什么生意好做。哈尔滨的俄国人已经和当地社会融合，外来的人难以介入其中。他带着失望的情绪回到古家庄，除了和弟弟一起经管土地之外，也揽一些铁工活儿做做，挣几个现钱。他见老娘康健，秀姑能干，两个儿女天天长大，一家老少和睦平安，开始感受到农村生活的乐趣，渐渐地安于农村平静的日子。唯一让他感到不安的是他的宝贝儿子根儿的事故不断，他从落地的那会儿起，就没有让一家人安心过。而更让他深感不安的是，根儿的种种反常表现搅得他老娘心神不定，让他心疼着急。

　　奶奶心里只有她的宝贝孙子，整天琢磨唠叨的就是她的根儿。她总觉得根儿的来历不明，怕他不好养，会给家里带来灾难。她原本说根儿的生辰好，他属鸡，生在麦收时节，在中午人和鸡都歇晌儿的时候，主着一生富裕，安闲。可是后来她的想法儿变了，说根儿和关公关老爷的生日是同一天。奶奶说，根儿出生的前夕，还烈日高照，转眼之间就黑云翻滚，电闪雷鸣。而根儿就生在这个时候。她说，根儿的种种怪诞举动是有原因的，他不是神仙下凡，就是妖精转世……奶奶怕自己的命不好，担不起这个宝贝孙子，怕他吃够了，喝够了，穿够了，玩够了，娇够了，然后扬长而去，把她变成个可怜的老绝户头子留在这个世界上，叫古文举那样的歹人任意地数落嘲笑。她不怪别人，而总是说自己的命不好。她已经年过五十了，而满口的牙齿依然完好无缺，头发不仅没有继续变白，变稀，反而变密，变黑。按照人们的说法儿，这都是主贱，主着儿孙不旺。古世才对她解释说，奶奶牙齿好、头发变黑是因为家里的日子好过了，饭菜有营养了，是有福气的表现，可是奶奶不信，她盼望着她的牙齿快快脱落，她的

_____

　　① 白俄：俄国十月革命后，因种种原因逃离和被驱逐出苏联的俄国侨民。

头发快快变白。①

　　奶奶怕别人说根儿和别人家的孩子不一样，而根儿偏偏就是和别人家的孩子不一样。别人家的孩子生下来的时候，头心儿是虚着的，软软的，随着心跳而跳动的，而根儿生下来就是个实头心儿。别人家的孩子是"三翻六坐八爬"，而根儿出生后四十几天就能用两个小小的脚后跟蹬着炕席，从炕东头儿一直蹭到炕西头儿，刚满6个月就能爬，刚满8个月就能走。虽然老人们都说根儿沾了他娘的光，胎里壮，长得结实，可是奶奶的心里却直犯嘀咕，怕他不好养，整天目不转睛地盯着她的根儿，忧心忡忡。根儿百天时，奶奶的脸上愁云密布。她发现根儿的哭声发直，她嘴里不好说不吉利的话，而心里却深感不安，怀疑孙子言语方面有毛病，可能是个半哑，或者就是哑巴。她还发现，根儿好像不知道饥饱。他娘喂他奶，他就吃；不喂他，他不哭也不叫。在他半岁时，他娘因故断奶，喂他面糊儿，不久，他娘又来了奶水，他却不肯再吃奶，而只认面糊儿。奶奶担心根儿随他二舅胡大林，缺心眼儿。俗话说："外甥随舅，不随不随，也随一绺儿"。她想，要是她的根儿是个"傻种""哑种"，那谁家的闺女愿意嫁给他？将来就是多花钱也未必能给他说上个像样的媳妇。

　　不过古世才和秀姑起初并不担心这些事。古世才猜想根儿不找奶吃可能是因为他胎里壮，秀姑的奶水浓，他吃了抗饿。他相信根儿他姥姥说的话，孩子说话有早晚，不担心根儿是个哑巴。他劝说奶奶宽心，可是奶奶的心就是宽不了。

　　根儿到一岁多牙就差不多长齐了，而且他腿脚儿利落，走路很稳，常常一个人跑到街上去玩耍。按说小孩子的"嘴"应该随着"腿"，根儿说话也应该早。可是他依然只会"啊啊"的喊叫，不会说话，不肯吃奶，大人怎么哄，他都不肯吃。秀姑只好做白面疙瘩鸡蛋汤给他吃，每天3顿，每顿1个鸡蛋，饭量大得和三四岁的孩子一样。奶奶看着怪诞的根儿，怀疑他可能是个饿死鬼转世。没听说谁家的孩子不恋着他娘的奶。那些下面没有弟弟、妹妹紧跟在后面的孩子，有的吃奶要吃到五六岁呢，当娘的为了摆脱孩子的纠缠，也为了让孩子健康成长，不得不把乳头儿上抹

---

　　①　有些地方儿这样的说法，认为人上了岁数牙齿还不落，头发还不掉，不利于子孙繁衍。这是一种迷信传说。

上辣椒把他们吓跑。

没有孙子的时候，奶奶天天盼孙子；有了孙子，她又怕他不好养，怕他是个哑巴，痴呆。有时她也宽慰自己说："俺一辈子没有做过坏事，天老爷不会给俺个哑巴孙子。"而当她想到根儿是个哑巴的时候，心里就觉得委屈，觉得自己半生行善，天老爷不该给她个哑巴孙子。有时她怀疑自己前生有罪，天老爷让她今生来赎，就又无数次地对神佛表示自己苦修的诚意，从过去初一十五吃花斋，改成吃长斋，敬奉给菩萨的香火儿，也越来越大越贵重。

在根儿周岁以前，奶奶最喜欢做的事情就是抱上孙子去找老妯娌老伙伴儿们玩耍，让老伙伴们夸奖她的宝贝孙子。仅仅就根儿是个实头心儿这件事，老人们就夸奖了他好些日子。老人们都说，根儿是沾了他娘的光啦。秀姑健壮，所以根儿也才能是个实头心儿。

根儿满两岁的时候，已经能跑了，无论在天井里，还是在大街上，他从来都不走，总是撒腿就跑，到处追赶鸡狗。庄里所有的狗都怕他。这也是让奶奶心惊胆战的一件事。她想，"没有谁家的孩子不怕狗，即使大人，不怕狗的也不多。那为什么庄里所有的狗都怕根儿呢？奶奶想，根儿前生可能是个老虎，是条狼，或是个什么神灵儿！"她把自己的心事说给儿子听。古世才对她说，根儿还小，不知道狗会咬人，所以才敢去追赶狗。而狗呢，大概不觉得一个小孩子会害它，所以就不咬他。奶奶觉得儿子说得好像有理，可是心里仍然感觉不踏实。

如今根儿能跑了，照说奶奶可以领着他上街玩耍，显示她做奶奶的幸福和得意了，可是她却不再领着根儿上街了，因为她发现，早在根儿不满周岁的时候，她的那些早就已经做了妈妈，如今又做了奶奶或是姥姥的老伙伴儿们已经开始注意到根儿哭不像哭，笑不像笑，出个声儿也跟别的孩子不一样了。说到根儿说话的话题，她的那些老伙伴儿就安慰她说，孩子说话有早晚，而她们的心里却已经在担心根儿是不是个哑巴了。有的说，根儿至少是个半哑。后来，为了不让奶奶伤心，大家就有意回避这个话题。而奶奶意识到老伙伴儿们的这个良苦用心以后，就不好意思出来和她们相聚了，就连初一、十五和她一同修行的老伙伴儿们的聚首会餐，她也不到场了。因为人们认为，儿孙有残疾是神灵对他们的父母和祖父母等亲人往世和今生罪过的惩罚。

在人们最初嘀咕根儿是不是个哑巴的时候，秀姑常常笑着说："不用担心！俗话说，'贵人话语迟呀。'"可是过了一些日子，她心里也开始打鼓了，担心根儿真是个哑巴。在古家庄，一个女人，不生育就没有脸；生个女儿算是有了半个脸，证明她有生育；只有生个儿子才算露了脸。根儿两岁前，又结实又漂亮，人见人夸。那年古世才已经 36 岁，她也已 28 岁。缺少为贵，母以子贵，那时，她在古世才面临后继无人的这样的一个人家儿，显得多么光彩啊！她是古家的大功臣哪！奶奶给她的总是笑脸儿。妯娌玉兰羡慕她。可根儿要是个哑巴呢？想到这些，秀姑的俏皮话儿也说不出口了，她看人的眼神儿也变得闪闪烁烁，并且开始烧香拜佛，求告天老爷保佑了。

根儿一天天长大，家里的气氛也日渐沉重。连古世才弟兄二人也感到沮丧，不时唉声叹气。但是也有不着急的人。一个是根儿自己，他依然天天默默地在炕上玩耍，玩到高兴的时候就手舞足蹈，"啊啊"那么几声。另两位就是根儿他姥姥和大舅。他姥姥和大舅都懂医道。姥姥长于正骨，走南闯北，见识过各种各样儿的孩子。她说："逢聋必哑。根儿出生前后母子都没有生过什么病症，眼下孩子长得结结实实，又不聋，所以他不会哑，就是言语迟。这样的孩子俺见过不少。"

奶奶愿意相信亲家母的话，可是她心里依然很不踏实。

根儿过了 3 岁还一言不发，家里所有的人都沉不住气了。古世才家愁云密布，所有人的脸上都没了笑容，都担心根儿是个哑巴，又都回避这个话题。

民国二十六年初春一天的后半夜，满心愁苦的秀姑老早就醒了，近来她常常整夜不能安睡，还常常作恶梦。根儿快满 4 岁了，还不会说话，弄得她什么心思都没有，干活儿办事常常丢三落四，连去年冬天给奶奶过生日这样的大事，都差一点儿给忘记了。几年来，给奶奶办寿的事都是由她主持操办。

已经是鸡叫的时候，窗外依然黑洞洞的。根儿在他娘的身边翻来覆去。她想他这是要撒尿，她叫过他，可是他没有醒，她又蒙眬睡去。

谁家的一只小公鸡儿嘶哑地叫了一声，接着全村的公鸡都叫了。这时，睡梦中的秀姑仿佛听见根儿也拉着长腔儿，模仿着鸡叫，"咯咯"地叫了一声。她被惊醒了，拿不准是梦是幻，心嘭嘭地跳起来，跳得让她觉得心慌。她相信这是儿子发出的声音，但又不敢确信这是真的，怀疑是自己盼望儿子说话心切，听疑了，也可能是自己在做梦。她期待着儿子再叫一次，来证明自己没有听错。可是根儿没有再叫。她不甘心，就怀着希望说道："根儿，你再学一回鸡叫？"而根儿并没有回应她。她希望丈夫能证实刚才根儿学过鸡叫，便忍不住推醒了古世才，并且说道："你听见有根儿学鸡叫了吗？"

"你说什么？"突然被推醒的古世才有些惊慌，他没听清秀姑说的是什么，严厉地告诫秀姑："不要掌灯！"同时飞快地披上棉衣，伸手从身边操起他从俄罗斯带回来的那把漂亮的"马铳子"①，顺手打开枪栓。接着又伸手摸到了炕沿底下的荆条筐，把它拉到自己跟前儿。那里面装有6颗他自制的木把儿手榴弹，白天他把它们藏到庄南的地瓜窖里，夜里就提进屋里备用。近来附近几个村庄连连发生绑票案和抢劫案。有几个财主家的男孩子先后被绑架，有的已被杀害。所以古世才也做了防盗的准备。他被秀姑弄醒，以为是天井里有人，弄出了什么动静儿。

秀姑听丈夫说不让点灯，就知道他误解了自己。古世才曾多次告诉家里的人，夜里发现坏人进来，不要点灯。她后悔自己惊动了劳累了一天的丈夫，心里有些不安。而更让秀姑感到不安的是她和丈夫惊动了睡觉很轻的奶奶。老人顾不上点灯，也顾不上披衣穿鞋，只穿着衬衣、袜子，就下了地。她那些被窝在脚掌子底下的被损坏了的脚趾，被高低不平的硬地硌得生疼。她强忍着疼痛，摸着黑儿，慌慌张张，跌跌撞撞地跑进了儿子和媳妇住的西屋。

---

① 马铳子：一种比较原始的燧发手枪。

"根儿他娘，你怎么啦？"奶奶战战兢兢地问道。

"娘，根儿学鸡叫啦！"秀姑脱口而出。她的心思还在儿子身上。

这时，古世才点上了洋油灯。

"娘，天明了吗？"被吵醒的改莲睡眼蒙眬地问道。

"快了，你再睡会儿吧。"秀姑悄声儿对她说。

改莲又倒头睡去。

在暗淡的灯光下，根儿赤裸着上身儿，两只小眼睛有些吃惊地打量着他娘和奶奶，两只小手儿无意识地彼此搅来搅去地玩耍。

"根儿，你学个鸡叫吧。"秀姑满怀期待地说道。

根儿闭上眼睛，转过脸，不说话。

秀姑一再诱导根儿说话，可是他始终没有说。

奶奶摇摇头，轻轻地叹了一口气，打了一个冷战。

"娘，您回去歇着吧。"古世才说。对于秀姑惊动了他的老娘，他有些不满，但是他也为妻子担心。根儿的事情把她弄得神魂不定。他担心她会为儿子的事急出毛病来。

"惊吓了你老人家，怪俺冒失。"秀姑说。

"孩子，你的心思俺知道。"奶奶叹息一声，说着，无精打采地挪回东屋，慢慢地爬上炕，拉过被子盖好。她为孙子发愁，也替媳妇担心。"她这一准儿是叫根儿的事愁糊涂了！可怜的孩子啊。梦是心头想，你这是在做梦啊！"

奶奶怎么也睡不着了。她的心思离不开孙子。她想，根儿论长相儿，论个头儿，都不比和他一般大的孩子差，他怎么就是个哑巴呢！秀姑事事要强，怎么能受得了这样的折磨啊！谁愿意把自己的闺女嫁给一个哑巴？奶奶想到孙子的婚事就发愁。已经给根儿说好的一桩娃娃亲，人家一听说他是个哑巴，立马派人来退了。

鸡叫三遍，天已经亮了，秀姑开始穿衣服，准备起来做饭。

"娘，俺尿炕啦！"根儿突然呜呜啦啦地说道。

秀姑本能地在根儿的身子底下摸了一把，发现他真尿炕了。这一回，她确信自己没有听错！瞪大眼睛，期待着儿子再说第二回，第三回……。

"娘，俺尿炕啦！"根儿呜呜啦啦似是而非地说道。

"根儿真的说话了！"秀姑无比激动地在心里这样一字一句地对自己说。她觉得这是她听过的天底下最要紧、最宝贵的话！它比迎亲的喇叭、新年的鞭炮更动听！"俺的根儿总算是说话了！至少不是个全哑！也许他根本就不哑！"秀姑咬紧牙关，再次在心里对自己证实着这个让她无比激动的事实。两年来的羞愧、耻辱、愁苦，刹那间掠过她的心头，然后通统消失得干干净净。回忆的痛苦和眼前的欢乐交织在一起。她惊喜地注视着她的宝贝儿子，一动不动地期待着根儿能再说些什么。

"俺不是故意的！"根儿呜啦呜啦地哀告道。

儿子的这个表白使秀姑想到，过去在根儿尿炕的时候，她曾经严厉地吓唬过他，打过他的屁股，说过："要是你再尿炕我就狠打不饶！"因此她立刻连连讨好地对儿子说道："不怪你，不怪你，尿炕好，尿炕好！"她语无伦次，忙不迭地这样安慰着儿子，欢乐的泪水止不住地流下来。她很想再说几句安慰儿子的话，可是激动使她的喉咙梗塞，怎么也说不出话来，只是把儿子光溜溜的身子紧紧地搂在怀里，忍不住呜呜地大哭起来。

"又怎么啦？"古世才翻一个身儿，有些不耐烦地说。

秀姑沉浸在从没有过的欢乐里，无心回答丈夫的问话和责难。她什么都不愿意想，不愿意说。刹那间，她就从一个不幸的女人变成了一个骄傲光彩的母亲！这时她才意识到儿子被怀疑成哑巴以来的这一两年间，她是多么悲惨和可怜。一个女人，生了一个哑巴儿子，在众人看来，这就表明她是个有罪的人。若不是今世有罪，就是前世有罪。没有人会这样对她说，可是她知道，许多人都会这样想。她这样想着，不禁失声地嚷道："儿啊，你可给娘长了脸，争了气啦！"她放肆地、大声地、絮絮叨叨地自言自语，把积压在她心头的那些说不清、道不明、数不尽的痛苦和羞愧，通统发泄出来了！

古世才慌忙坐起来，披上棉袄。他的心情从不满变成恐惧。他听不懂妻子唠叨些什么，想不出家里有谁让她受过委屈，担心她是让孩子给急疯了，他见过急疯了的人，早就注意到，从根儿过了两岁的生日以后，她就变了一个人，她的情绪一天比一天不安定。说话的声音变低了，神情变犹豫了，不再豁达，不再爽快，不再自信，看人的目光闪闪烁烁，连话也说得很少了，夫妻间的亲热也没有了。她的心思全在儿子身上，有时夜里会无缘无故地哭起来。他能体会妻子的痛苦，怕她会急出病来。此刻他最关心的不是儿子，而是妻子。

"要保重自己，"古世才温和地劝说道，"根儿会好的。"

秀姑看着丈夫在晨曦映照下的模糊不清的异样的面容，听着他透着惊恐的关切的话语，觉得他比任何时候都更招人喜欢。他从来都不把儿子是个哑巴这件事说成是由她的过失或是罪过造成的，他总是想法宽慰她，消释她的痛苦和忧愁。看着有情有意的丈夫，想着眼前欢实可爱的儿子，她感到幸福，感到满足。她感谢天老爷给她的这份福气。

秀姑哭喊的声音惊动了奶奶。她又悄悄地来到了西屋。

"根儿他娘，你怎么啦？"她靠到炕边小心地问道。

"娘，根儿他说，说，说话啦！"秀姑哭泣着，断断续续地说道。

秀姑的这些话使奶奶那颗衰老的心因为吃惊而加快了跳动。她害怕儿媳妇会有个三长两短儿。她想，母子连心啊。她疼孙子，也疼儿媳妇。要是秀姑有个好歹，她到哪里去找这样善良能干的好儿媳妇呀！

奶奶侧坐在炕沿上，琢磨着怎样安慰秀姑。

秀姑挪动身子，让出还有些温热的炕头儿，把婆婆拉上炕，让她坐在自己的身边，再细心地给她盖好被子。

古世才坐在秀姑的另一边。他想劝解秀姑，又不知道说些什么好。

"根儿他娘，千万不要着急，也不必难过，人不能和命争啊。"老人没有勇气把那句让全家人都伤心的话：根儿是个哑巴，说出来。她停了停才又说道："万一孩子有个长短，那也得认命。"

婆婆的这些话秀姑不记得她听过多少遍了，但是此刻听了觉得特别感动。她觉得婆婆心肠好，明白事理，一直没有把根儿哑巴这件事算在她的账上，婆婆总是说，这都怪她的命不好，带累了儿孙。两年来，人们对根儿是不是个哑巴的种种善意和恶意的猜测和议论，秀姑都听进了耳朵，把她的心挤得满满的。有人可怜她，有人同情她，也有人幸灾乐祸。现在，这一切都过去了，欢乐和泪水噎住了她的喉咙。她只能在心中默默地感激婆婆，祝婆婆长寿，却一句话都说不出来。而她的沉默让婆婆担心。

"好孩子，你千万要想得开，"奶奶拉住秀姑的手，"俺知足啊！俺有两男一女，有两个贤惠的儿媳妇，有孙子孙女儿，俺知足啦！俺打心眼里感谢菩萨！万一根儿有什么毛病，俺也不怨天怨地！不管怎么说，根儿总是个人种啊！有了他，咱们家就能儿孙满堂。"

"娘说的是。"古世才赶忙谨慎地附和奶奶。

有明达、慈祥的婆婆，有宽容、体贴的丈夫，有十全十美的一对儿女！秀姑还求什么呢？她觉得幸福，满足。她渐渐地恢复了平静，握紧婆婆的手，缓慢而清晰地说道："娘，根儿说话啦。"

小屋里面静悄悄的。

古世才担心秀姑说的是疯话。

过了好一会儿，奶奶才怯怯地低声问道："这是真的吗？"

"是真的！"秀姑肯定地回答道。

"你没听错？"奶奶忍住眼泪问道。

奶奶惊喜地看看孙子，激动地想道："你这个坏东西，到底开口啦！"然后对秀姑说："好孩子，可苦了你啦！娘心里什么都明白啊！"奶奶抱住秀姑放声大哭。她的泪水不断地落到秀姑的手上。其实，奶奶并不是没有埋怨过秀姑。她也曾经想过：如果秀姑是个命好的人，根儿也不会是个哑巴。只是她没有把她心里的这些话说出来。

天大亮了。玉兰做好了早饭还不见哥哥嫂子那边有动静儿，担心是不是嫂子病了，打算来帮她做饭。她把自己的想法儿说给丈夫。古世友赶紧穿好衣裳，和她一起来到南屋，见老娘、哥哥和嫂子都已经起来了，个个欢欢喜喜。奶奶立刻把家里的大喜事告诉了他们，还朗声说道："他叔！到集上割肉去！"

"哎，吃过饭俺就去！"古世友兴冲冲地答应道。

"他婶子，杀鸡，晌午吃面！"奶奶命令道。

"知道了！"玉兰喜气洋洋地答应着。

消失了一年多的欢笑声又充满了古家。

早饭后，奶奶细心地梳妆打扮起来，穿上她过新年的时候才穿的蓝布裤褂儿、黑布面儿木底的三寸小鞋儿，扎上亮光光的黑绸子腿带儿，戴上镶着一块绿色的椭圆形的宝石的黑剪绒的护耳帽箍儿，领上根儿，走出大门，上了大街。

有谁家的孩子在远处指指点点地说："看哪，哑巴出来了！"

奶奶自信地看了他一眼，满不在乎，扭动着身子，大模大样儿地在古家庄的前街上走着，木底鞋踏在硬地上，发出"喀喀"的响声儿，她在心里说："哼，你才是个哑巴呢！"

但是，古世才一家的欢乐没有持续多久。

民国二十六年冬天特别冷。冬至月底下的雪至今没化。往年很少结冰的柳河，也结了厚厚的冰，秀姑回娘家柳林庄可以从冰上走过。老人们都说，好多年没有这样冷的冬天了。屋顶上有些背阴处的积雪花花点点，至今还没有化完。

古家庄一带没有冬天生火取暖的习惯，就连古文举和孙春杨那样的大财主家也是这样。讲究的人家也只是在早饭和午饭后，用灶坑里的余烬装一个用纸浆、泥土和糨糊制造的具有保温作用的火盆，放在炕上，让老人们烤一烤手，赶一赶屋子里的寒气。古世才家也是这样。

秀姑从去年入冬以后，每当奶奶轮住到他们家的时候，每天做晚饭的时候，都用灶膛里的余火儿煨一块砖头，然后用厚厚的旧布包起来，再用麻绳成十字花儿地牢牢绑扎好，预先放进奶奶的被窝里，把她的被窝儿烫热乎。这样，老人在入睡的时候就可以免受冷被窝之苦了。根儿把他娘的举动看在眼里，就学着他娘的样儿，给奶奶和他娘暖被窝儿。每天晚上临睡觉前他都脱光了身子，钻进奶奶的被窝儿里，从上到下地推动着热砖给奶奶暖被窝儿，然后再光着身子欢欢喜喜地从东屋跑回西屋，用他自己的身子给他爹娘暖被窝儿。最后才钻进自己的小被窝儿。根儿的举动让他奶奶和他娘感动得治不了。奶奶一再嘻嘻地笑着说，根儿随他爹呀，天生孝顺。她忍不住心中的欢喜，就把根儿行孝的故事说给她的老伙伴儿们听。她们自然都非常感动，赞不绝口，并且赶紧回家把根儿的故事说给她们的儿孙们听，为的是启发他们的孝心。可是不久，根儿的这种孝行就被他奶奶制止了。聪明的秀姑猜到了奶奶的心思，她认为奶奶是怀疑根儿缺心眼儿。

正月十四日下了一场埋汰雪。雪后的晚上天气转冷。老大的月亮把古家庄里外照得通明。爱玩爱闹的崔德昌带领着一大群孩子，在庄南积雪的杨树林子里放了一个多时辰的烟花爆竹。掌灯以后老半天改莲才带着根儿回来。睡觉前，奶奶来到秀姑的房间。

"娘，您还不歇着？"古世才说。

"不忙。"奶奶说。

"娘，您上炕吧。"秀姑说着就给奶奶腾地方儿。

"俺这就回去。"奶奶说。然后就转向根儿问道："根儿，被窝儿里凉不凉啊？"这时根儿刚刚钻进被窝儿。

"不凉。"根儿呜呜啦啦地笑着说。

奶奶心里一哆嗦，一股寒气穿过她的全身。

"一点儿都不凉吗？"奶奶怀着不安和希望的心情问道。

"还有点儿热乎呢，嘿嘿。"根儿笑嘻嘻地说。

奶奶的心提到了嗓子眼儿了。

"你说的是真话吗？"奶奶又小心地问道。

"不知道。"根儿说完就不再理睬奶奶了。

微弱的灯光映在根儿的小脸儿上，他的脸上透着恬淡的笑容。

奶奶心情沉重，一声不响地回到她的东屋。奶奶伤心地想，家里的被里子都是秋天洗过、浆过、捶过的，上面挂足了面浆，这会儿又硬又凉。在这冬末春初、滴水成冰的季节，怎么会不凉呢？根儿连冷热都不知道，他这不明明是缺心眼儿吗！

其实，秀姑早就怀疑根儿缺心眼儿。古世才家喜欢吃包子、饺子、盒子等等的馅儿活。无论是吃什么样儿的馅儿活都是分两种或是3种。一种是头罗白面的，这是最好的，是给奶奶、古世才弟兄二人和根儿吃的。一种是一罗到底的粗面的，是二等的，是秀姑和玉兰她们吃的。吃包子的时候，还做一种米面包子，是用半熟的小米儿掺上白面揉好擀皮儿包成的，味道略带一点甜味儿，算是三等的，自然主要也是秀姑和玉兰吃。可是秀姑注意到，每逢吃馅活的时候，根儿都是抢着吃粗面的，或是米面的。秀姑问他："根儿，你怎么不吃白面的？"根儿说："都一样，粗面的也挺好吃。"秀姑想，连头罗面的饺子比粗面饺子好吃都分不清楚，他这不明明是缺心眼儿吗！根儿已经五岁了，可是他的手指僵硬，不能灵活地弯曲，不会使筷子，总是用手抓着饭吃！根儿不知道怕狗，全庄的狗都怕他，见了他夹起尾巴就跑。她想，古家庄辈辈儿出缺心眼儿的孩子。崔德魁的二小子寇智。他娘的娘家是当庄，他爹和他娘是亲上做亲。他痴得比根儿重，今年已经18岁多，还不知道驴有几条腿。而古姓里"廷"字辈里的孩子，可能就出在根儿的身上了。

在人世间，有些人说什么，做什么，乃至他们的生老病死，人们都不在意；而对于另外一些人的一举一动，大事小情儿，却会倍加关注。古世才家属于后者。根儿缺心眼的事儿，有人一哄，全庄的人就都知道了。有的人不满足于说根儿缺心眼，干脆就说他是个痴騃。这个消息不久就传到了外村。头年秋天崔二奶奶给根儿提的那桩娃娃亲，一度因为怀疑根儿是个哑巴吹了，后来听说根儿能说话了，又成了，这会儿听说根儿是个痴騃，又吹了。奶奶也又吃起了长斋。街上又不见了奶奶和根儿同行的身影。奶奶的好友，路南的崔二奶奶目睹古世才家的新愁，替根儿他奶奶难过，无限感慨，自言自语道："她操劳一生，到老又摊上了一个痴騃孙子，这就是命呵！"

42

古家庄的人都说根儿傻，古世才是个例外。他注意到根儿会动脑，手巧，能用秫秸棒棒儿瓢儿仿制手枪、眼镜和武装带等各种玩具，还能用橡皮筋作动力造自动小车子。他和别人比赛摔泥娃娃①总是赢家。

古世才家心情最好的是根儿自己。他照常在炕上边唠唠叨叨边制作玩

---

① 摔泥娃娃比赛是某些地区农村孩子们玩的一种传统的竞赛游戏。具体做法儿是：参赛的孩子不分男女，每人分到一块同等大小的泥巴。然后各自把分得的泥巴做成盆状物，这盆状物就叫作泥娃娃。比赛的下一个项目是参赛者依次把自己的泥娃娃口朝下猛力摔到平地上。泥娃娃圆形的边沿接触地面，把空气密闭在娃娃里面，而泥娃娃下面的空间由于它被猛烈的摔下而骤然变形，缩小，里面的气压因此而突然加大，把泥娃娃的底部冲破，使之变成一个大小不等的窟窿。这个窟窿要参赛的同伴儿用泥块儿来堵。比赛的胜负视每人最后所有泥块儿的大小而定。决定胜负的条件是两个。一个是泥娃娃要制造得好，具体说是泥娃娃里面的空间要大，底部要薄，这样摔下时破裂成的窟窿就大。第二个是泥娃娃要摔得正，用力要猛，要大，使得里面的空气要多，压力要大。所以在比赛的每一个环节上都考验着参赛者的耐心、智慧、技巧和力量。而根儿总能赢，就表明他在这些方面都高于他的玩伴，他不傻。

具，有时跑到街上去追狗赶鸡，偶尔还跑进前街西头儿古家庄小学校去看大孩子们上课，和他们玩耍。学生们都知道根儿缺心眼，经常逗弄他，欺负他，叫他痴厮，还有人扔土块砍他。每逢这种时候，根儿的样子都显得有些伤心，可是他从来不理睬他们。常常和根儿一起玩耍的，只有崔二奶奶家的小红。他和小红从不打架。人们说，这可能是因为小红也有点缺心眼儿的缘故。

阴历六月初五，奶奶招呼全家一起给根儿过生日。做早饭的时候，奶奶关照秀姑煮上一把①鸡蛋。奶奶觉得，不管根儿是精是怪，是人是妖，是孙子，还是讨债鬼，既然祖孙走到一起了，就是缘分，就该好聚好散，厚待他。

玉兰把两个最大的鸡蛋染成红蛋，交给根儿拿着玩耍。

早饭后，根儿一手攥着一个红蛋跑上前街，一边跑跳，一边唱："一一如一，一二如二，二二如四，……九九八十一。"他的喊叫惹得满大街的大人像看怪物一样地看着他。在古家庄，就是大人，也不是人人都会背诵《九九歌儿》。而根儿刚刚6岁，还没进过学堂，是大家公认的痴厮，怎么就会背《九九歌儿》呢？他忽然从"痴厮"变成了"神童"。这件事在古家庄轰动一时。有些聪明人，凡事都能拿出自己的解释。有的说，根儿天生聪明，他们家自古出有天分的人。先前说根儿是"痴厮"特别起劲的人，这会儿说根儿是"神童"同样特别起劲。真是人嘴两张皮，说啥由自己。不过也有人另有所见。他们在背地里悄悄地说："再有天分的人，要背通'小九九儿'也得经过一段时间的学习。"言外之意是事情有些奇怪。有这种看法儿的，大多是一些上了年纪而又所谓特别懂事、特别聪明的老奶奶。她们认为根儿一定不是凡人，他不是什么精灵转世，就是记前生，在投胎的路上没有喝过"迷魂汤"，要不他怎么能不学就会呢？也有人断然认为，根儿和关公关老爷是一个生日，绝不会是无缘无故的，他不是神就是妖。这种说法竟成了庄里一些人的共识。有些谨慎的家长开始悄悄地关照自己的儿女不要和根儿来往，连根儿的好朋友、崔二奶奶的小孙女儿小红也得到了这样的"指示"，不大敢理睬根儿了。人们担

---

① 一把：是当时一些地方鸡蛋的计量单位，专用在计算鸡蛋等可以论个计量的东西。一把鸡蛋是10个。

心根儿身上的妖气会传到自己的孩子身上。这样，根儿就只好独来独往，和鸡狗做伴了。

　　一些人关于根儿神秘的窃窃私语终于传进了奶奶的耳朵。老人对于根儿的来历本来就有所怀疑，这些议论吓得她六神无主。她想：是啊，根儿只有 6 岁，没进过学屋，没有人教过他，他怎么就会背《九九歌儿》呢？直到本庄儿小学的陶贵民陶老师揭开谜底，这场风波才算平息，奶奶心里也一块石头落了地。

　　陶老师是此地南乡人，县立师范学校的高才毕业生，前年毕业，应聘来本村任教。他一表人才，村民们都说他人品好，有学问，能唱歌儿，会跳舞，招学生喜爱，加之他家富有，他爹做过山东省利津县长，是个清官，在本地有名望，对他就更加尊敬。本庄和外庄的一些好姑娘和她们的父母都惦记着他。有些家境富裕、有头有脸又疼爱女儿的父母，悄悄地托人上赶着找到陶老师家的老人，说他们愿意不要财礼，自备嫁妆，把女儿嫁给陶老师。陶老师表示感谢长辈们的好意，说他决不在自己工作的村子里谈婚事。这更增加了村民们对他的信任和敬意。

　　陶贵民老师说，入夏以来，常有一个小男孩跑到学校里玩耍。学生们都说他是个痴厮，爱逗弄他。今年端午节前，他教学生背《九九歌儿》，小男孩儿常常跑到校园，坐在教室的门槛上听。班里二年级的学生大多数还没有背过《九九歌儿》，他就倒背如流了。陶老师说，他得知小男孩叫根儿，家长是古世才大叔之后，本想登门拜访他，建议他送根儿入学。后来听说根儿是古家一根独苗苗，他奶奶时刻离不开他，就没敢贸然行事。

　　对于根儿学会背诵《九九歌儿》这件事最感觉高兴的是古世才。他断定根儿继承了根儿他爷爷和老爷爷的天分。关于天分，古世才有自己的想法，他认为人"天分"应该包含两个主要内容：一个是记性好，过目不忘，他老爹和爷爷的记性都好，他爷爷书念过一遍就倒背如流，赛过了他的几任老师；一个是算术好，头脑清楚。他一些有学问的俄国朋友对他说，算术是世界上所有大学问的基础，古世才注意到，素常人们夸一个人精明也常常说他"心中有数"，相反，则说对方"心中无数"，他想，"小九九儿"里包含着乘法。而他的儿子就同时具备记性好和在数字问题上头脑清楚这样两个长处，因此他可能像他的爷爷和老爷爷那样成为一个有学问的人，将来为官为宦，光宗耀祖。

$$43$$

　　春末初夏，是古家庄人吃大鱼的时节，根儿他姑父顾云山牵着他家的那头高大的黑叫驴来把奶奶接走了。这是奶奶第二次去城南顾家庄看望根儿他姑姑一家。路太远，奶奶去一趟得骑在驴背上来回晃悠两天，路上还得歇息几次，吃一顿晌午饭。奶奶说，她这回要在根儿他姑姑家多住些日子，跟闺女和两个外甥女儿多亲热亲热。每逢这种时候，奶奶就后悔把她的宝贝女儿小桃嫁得太远，唠叨大儿子，说都怪他当年把个顾云山夸得那么好，让她上了当，糊里糊涂地点了头儿，把闺女嫁到了天边。

　　顾云山也是古世才在俄罗斯时结识的朋友。当年是古世才坚持主张把妹妹嫁给他的。不过奶奶这会儿对于闺女的婚事还是满意的，顾云山为人忠厚，知道疼人，对于奶奶的孝心也不比儿子差。往年都是顾云山送根儿他姑姑来看望奶奶，奶奶只能看见闺女；这回奶奶去了闺女家就能和她的外甥女们好好地亲热亲热了。

　　在奶奶走后第二天晚上，根儿突然自言自语说："大人都爱说假话。"

　　"你说谁呀？"秀姑赶紧随口问道。她记得前些日子根儿曾经说古廷辅不是东西，这会儿他又说大人都爱说假话，他关心和品评周围的大人，和他的年龄不相称，觉得有些好奇。

　　根儿回答说："姥姥家的三舅妈，娘，奶奶都说假话。"

　　古世才本来没在意秀姑和根儿的闲话，听根儿说奶奶说假话，对老娘不敬，立刻瞪起眼睛，瞅着儿子，准备发作，而秀姑拦住了他。她想听听儿子想些什么，说些什么，就鼓励根儿说："那你说出来让俺听听。"

　　根儿说："娘在家里说对门香叶姑姑长得不好看，可是当着香叶姑姑的面儿就说：'啊呀，香叶妹妹呀，你越长越俊啦！'"

　　秀姑和古世才听根儿这样说，忍不住哈哈大笑。

　　根儿继续说："有一回，俺爹到柳林庄姥姥家去接俺，三舅母答应把俺藏起来，可是她后来把我藏的地方告诉了俺爹。这件事俺一辈子都忘不了。奶奶和别人家的奶奶们聚在一起吃斋饭，明明是因为她们嘴馋，可是她们偏说自己那是在行善，在修行，在给儿孙求福……。"

古世才打断根儿并呵斥道："你怎么敢这样说奶奶!"

秀姑感觉好奇，说道："你就让孩子说嘛。"

根儿得到他娘的庇护，大着胆子说道："俺说的是真话。"

在古家庄，长辈们的话，无论对错，做晚辈的都得恭顺地听着。就像老人们常常说的那样："孝顺孝顺，要紧的就是'顺'嘛。做儿孙的对老人不'顺从'，还说什么'孝顺'呢?"有长辈在，晚辈就没有说话的资格。不过古世才家的家风与众不同，改莲和根儿可以和他们的父母平等对话，他们不认为孩子非服从大人不可。他们重视是与非，而不是老少尊卑。可是除了古世才的内兄胡大珂，没有谁赞成他们家的这个规矩。这在古家庄的人们看来也是一件怪事。不过古世才对奶奶却严格地奉行老规矩，不容许任何人对他的老娘不敬。在这一点上，他又是服从古家庄老规矩的模范。眼前儿子说出对奶奶不敬的话，他当然恼火。可是儿子为什么偏偏说奶奶嘴馋呢?不过古世才也注意到，近一年来老娘对待根儿的态度有了一些变化，比如分家的时候说好根儿跟着奶奶吃细粮，这会儿限制根儿吃细粮，让他再吃一些粗粮。又比如小桃妹妹送来的大鱼她一直和根儿分享，而去年她改变了主意，一个人儿独吃了。古世才知道他娘心疼孙子，她也不是个嘴馋的人，那她为什么要这样做呢，想必一定有她的道理。但是无论如何，他都不允许儿子说奶奶不好。所以他还是严厉地警告儿子说，不许说奶奶的坏话!

"俺没说奶奶的坏话，俺说的是真话。"根儿有些委屈地嘟囔道。

"你还敢再说!"古世才举起了巴掌。

秀姑拨开古世才的手臂，板起面孔儿说道："孩子有话，就叫他说嘛，反正奶奶也听不见。"

在管教孩子方面，秀姑平时事事附和丈夫。即使丈夫说得不对，她也不当着孩子的面儿反对丈夫。而今天晚上，奶奶不在，她想听听儿子有些什么想法。做母亲的，对待小儿女，比一般人更敏感。奶奶对根儿态度的变化，秀姑也有察觉。她对婆婆当着根儿的面儿，独吃小姑子送来的大鱼，有些不满。她想，"根儿还是个不懂事的孩子，他爹兄弟姊妹3家儿就这么一个宝贝疙瘩，你做奶奶的，给他一口不就把他打发了吗?怎么好意思那样头不抬眼不睁地吃那两条鱼呢!"为这件事，秀姑曾经赌气亲自跑到田庄集上，用私房钱，买了两条3斤多重的新鲜鲅鱼，割了一斤鲜猪肉，一斤韭菜，回来焖了一锅小米饭，熬了一锅鲜鲅鱼，把弟弟、弟媳请到南屋，全家 7 口儿，足吃了一顿。奶奶知道儿媳妇误解了自己，她是在和她赌气，默默地摇头叹气，却没有说什么。后来秀姑忽然想到，婆婆那样对待根儿，可能另有深意，感到有些后悔。而当她听对门儿识多见广的天骥家的奶奶忧心地对她说："你婆婆的这些变化可不是小事儿啊！她一辈子受尽了苦，也伤了身子，怕会损伤她的寿限，你婆婆这是不是'改肠'① 了啊？你们心里可得有个数儿啊。有些事情得早做准备。"秀姑听了更是后悔不迭。此刻根儿的话，又勾起了她的这些回忆，很想听听儿子是怎么想的。

古世才对着根儿吼道："说吧，说不出个道道儿来，我饶不了你！"

根儿不再说话，但是也没有服软儿的意思。根儿认准了的事儿，谁说他都不会改变主意，要打要骂他都不怕，从懂事的时候起，他就这样。其实，这正是古世才和根儿他舅舅教育的结果。一个小孩子怎么会明白爹娘和舅舅的毛病可以说，而奶奶的毛病就不能说呢？

过了一会儿，根儿才慢悠悠地说："奶奶们只在每个月的初一、十五两天凑在一起吃素，剩下的那 28 天鸡鸭鱼肉什么好东西她们都不少吃。"

秀姑忍不住拍手大笑。

根儿的这些话，让古世才觉得惊讶。他自己从来没想过老太太们吃花斋有什么不对，而且他相信，可能没有人认为老人们吃花斋是因为嘴馋，而根儿小小的年纪竟注意到了这件事，而且这样看。他想诱导他把他的真实想法儿都说出来，便说道："奶奶们吃素，是为了替儿孙修福，你怎么能说她们嘴馋呢？"

"修什么福啊，修她们自己的口福吧。"根儿不以为然地说，"她们要是真心修行，为什么不天天吃素？再说她们吃的那是些什么素啊！是白面饽饽，蘑菇，木耳，黄花，海带和油炸豆腐……，都是好东西，里面还放了那么多的黄黄的豆油！要不是嘴馋，她们为什么不吃地瓜和高粱面的红饼子和素熬大白菜和胡萝卜咸菜呀？"

---

① 有些地区的人，把高龄老人性情习惯的突然变化叫作"改肠"，而"改肠"是不祥的征候，意味着一个人的生命行将结束。所以说某个老人"改肠"了，就等于说，这个老人的来日不多了。

古世才为儿子小小的年纪就这样有头脑懂道理而感到高兴，预感到他一定会有出息，而他并不知道，在中国，聪明、诚实、独立，自古以来就不经常是一种普遍受人尊重的美德，根儿的诚实和聪明未必会给他的人生带来平安和幸福。在根儿的性格的萌芽中，既蕴含着他的成功，也潜伏着他的不幸。因为在中国，说实话、办实事，有独立见解，有时常常寸步难行。因为这样的思想性格中包含着抗上的因素，而抗上在中国是不受欢迎的，事实上几乎所有有权在握的人都厌恶有"抗上"倾向的人，即使这个人有才，有个性，是个无可指责的正人君子，往往也不被容忍。

古世才默认了儿子包含着对于老娘不敬的独立自由思想萌芽的错误言论，但是他仍然警告他说，不许说奶奶的"坏话"。

根儿不满地嘟囔道："俺没说奶奶的坏话。"

根儿觉得爹和大舅舅不一样。爹有的时候不诚实，不讲道理。而大舅舅不是这样。大舅舅敢说真话，而他种地，打围，捞鱼等等，什么都会，还会武艺。他更喜欢大舅舅。

44

根儿4岁那年，发生了"七七事变"，隔年的秋天日本强盗的铁蹄就踏进山东的胶东，并在古家庄西北40里的浑河镇设立了据点儿。不久，消息就传到了古家庄，在古家庄有些走南闯北、经多见广、明白事理的老爷们儿中间引起强烈反响，纷纷议论怎样抗击日本人的侵略。但是多数人只是听听而已，他们的生活并没有因此而发生什么变动。他们中间的很多人没去过浑河镇，觉得古家庄离浑河镇很远，没有意识到吃人的日本恶狼就卧在自己的家门口儿。

驻防浑河镇的国军不战而逃，有的投靠了日本人。爱国的人们在组织反抗。同时，有些大财主在琢磨着怎样保护自己的家产。有些地痞流氓假借抗日的名义兴风作浪。一时间"抗日"成了一种时髦儿，在短短几个月的时间，古家庄一带地方就出现了三十支队，四总队，独立团，八团，九团等抗日队伍，他们都声言自己通着中央政府，都在国军编制。灰色的，草绿色的军装，到处可见。催款的，要粮的，你来我往，走马灯一般到处流窜，闹得周围的村庄鸡犬不宁。他们还征民工修围子墙，挖战壕，摆出和日本人血战到底的架势，但是他们都不曾和日本兵接火，而他们之间倒是不断为争地盘儿而经常动武。

　　眼下是有枪就有权，有权就有钱，就能保家产。这个现实反映在社会风气上。不久在古家庄一带就流传起了这样的小调儿：

　　　　曼儿呀曼儿你快长，
　　　　长大了跟营长，
　　　　穿皮鞋，甩大氅，
　　　　走起来，嘎儿嘎儿响。

　　时局的骤变还影响和改变着人们的习惯，如今枪炮成了古家庄一带人们常见的东西。步枪声，机关枪声，偶尔传来的迫击炮声，天天不断。起初它们使人心惊胆战，不久就成了人们生活中不可缺少的音响，哪天没有听见枪炮声，人们反倒会觉得生活中好像缺了点儿什么。

　　时局的变化也反映在孩子们的身上，在古家庄一带各个村庄的男孩子们中间刮起了一阵造枪、玩枪风。谁有一支"手枪"，即使是木制的，也骄傲得不得了，夜里睡觉都要把它搂在怀里。陶老师说，小学校里的男生至少有一半上学腰里别着"枪"。就连有些整天光着屁股满街傻跑的小家伙儿，手里也攥着一支大人给他用弯弯树枝削成的小木枪儿，嘴里"pia，pia"地喊叫着，互相追逐，满街疯跑。有的小孩子弄不到枪，就找一根青干秫秸，当作枪挥舞着，或是夹在裆里当马骑，嘴巴里高喊着"杀杀"地在街上互相追逐。大一点儿的、有本事的男孩子，就自造火枪，而小小的根儿也被卷进了这股爱枪和造枪风。

　　古家庄远离城市，要找到一根铁钉都难，想弄到一段可以用来做枪筒的钢管和做枪机用的发条几乎是不可能的。大孩子们大多是用步枪的子弹壳儿做枪筒儿。

　　根儿连做梦都惦记着把舅舅给他做的那把弹弓儿换成一支"小手枪"。他本来是可以向他爹要一把枪的。可是他从来不向大人要东西。他所有的玩具都是自己造的。他吹的"埙"，他用秫秸棒棒做的手枪、眼镜儿、自动小车儿、用杏核儿做的"老汉子吐细粉儿"、用废梳头篦子做成的抡起来嗡嗡响的响器等，都是他自己做的。他喜欢自己做的玩具，手枪他也要自己做。可是到什么地方去弄做枪的材料儿呢？找爹去要吗？他是大人，又会做枪，一准儿有办法弄到子弹壳儿，可是他不想去求他，而且他觉得他也未必肯帮他，因为他事事都听奶奶的，而奶奶早就说过，枪是个凶险的东西，玩不得，让奶奶知道了事情就办不成了。他打过叔叔的主意，他想叔叔和气，也许会帮他，就偷偷地对叔叔说："叔叔，你给俺找个子弹壳儿吧。""你要子弹壳儿干什么？"古世友待答不理地问道。"做枪啊。"根儿诚实地答道。古世友觉得他好笑，对他说："你个小孩子，做什么枪啊！"根儿的弹弓是舅舅给他做的，他相信舅舅会给他找个子弹壳儿，帮助他做枪，可是舅舅这会儿在柳林庄，而他这会儿就急着想做枪。

一件偶然的事启发了根儿。今天早晨，古世才见对门的小红拿着一个子弹头玩耍，他一时心血来潮，就对根儿和小红讲解起步枪子弹的构造来。他说："这是一个'七九'步枪的子弹头，比日本造的'三八'枪和俄国造的连珠枪的子弹头都大。它的外壳是红铜做的，里面装的是铅。铅碰上高热会熔化……"根儿记住了他爹的这句话。他想："成了空壳的子弹头不是就可以当枪筒吗？"想到这里，他兴奋极了。他有很多子弹头，都是舅舅送给他的。在他娘做晌午饭的时候，他就把一个七九步枪的子弹头放在一块烧红了的火炭儿上面，不一会儿，里面的铅果然流出来了。"哈哈！"他高兴极了。等那子弹头凉了，他就用他爹工具箱里面的小铁锉在子弹头的尖端一侧锉出一道沟，再用铁钉在那条沟的中间部位，钉出一个能用来发火药的小眼，枪筒就算做成了。

根儿连续几天都处在兴奋之中。为找到一块适合他做"枪托儿"用的树杈，他走遍了庄南的整个树林，观察过每一株小洋槐树。他第一次体会到一个人追求一个目标时的那种欢乐。他日夜琢磨着这支"手枪"，即使只是想象着自己将有一支手枪都让他欢喜不已。

他用来做枪托的是一块带弯儿的粗粗的洋槐树枝子，是他从庄南的树林里面选好，用舅舅给他打制的刀子，足足砍了一顿饭的工夫才砍下来，又用了半个上午的工夫修好。枪机是用粗铁丝弯成的，用橡皮筋代替发条。火药是从他爹的猎枪的火药筒里找到的，发火药用普通火柴的火柴头代替。根儿日思夜想，终于做成了一把巴掌大的"小手枪"。

　　古世才听古世友说根儿在造枪有些吃惊，立刻关照古世友为根儿保守秘密，特别是不要让奶奶知道这件事，而自己则怀着兴奋的心情关注着儿子的造枪活动。他老早就注意到在儿子的性情中有一种独立创造的精神，总是独出心裁的制造一些小玩意，他从来不要求大人给他买玩具，他的玩具都是他自己制作的。古世才很看重儿子的这种精神，为儿子这样小小年纪竟然想到造枪而感到振奋，时刻在暗地里注意着他的活动，保障着他的安全，希望他坚持下去，有始有终，因为最后成功或是失败都有助于他的成长。古世才并不担心根儿的安全，因为他知道，一个子弹头里面的空间能容下的黑色火药威力有限，即使根儿的枪能造成打响，它威力也不及一个豆楂鞭炮①威力的十分之一，不会伤害到人，更何况根儿多半不能弄出来一个动静来。他还暗地里给根儿提供一些条件，像制作枪机用的铁丝和试枪用的火药就都是他悄悄地摆放到根儿能找得到的地方的。最后他怀着激动的心情，躲在树丛中偷偷地观赏了根儿成功的试枪活动。

　　根儿试枪的活动是在庄南雨后的杨树林里进行的。

　　雨后林中的沙质的小路儿并不泥泞。树林里空气清爽新鲜。一株株高大的白杨树得意地伸展着它们粉白色的躯干，把大片的碧绿撒向神秘高远的天空；积留在宽大的杨树叶子上面的水珠，不时滴落下来。

　　根儿躲在一个林木深处的僻静角落，他左手握枪，屏住呼吸，对着一棵大杨树黑色的根部，右手一次次紧张地拉动着"机头"，击打"炮台"上面的发火药。他害怕枪响，又盼望着枪响，而枪却总是不响。他尝试过无数次，又累又急，满头是汗，渴切的期待变成了沮丧和恼恨，心情越来越坏。就在他已经绝望的时候，击发了用火柴头儿制造的引火药，引燃了那小小的枪管里的黑色火药，"轰"的一声，枪响了！那棵杨树的根部，被轰黑了枣儿般大的一块地方。他被自己的成功弄糊涂了。一切都像在梦中。欢乐和怀疑同时搅在他的心里。他明明听到了自己的枪响，可是却怀疑这不是真的。"俺的枪真响了吗？"他问自己，然后看一看树根上那被火药熏黑了的依稀可辨的痕迹，摸一摸还有些发热的小小的枪筒儿，闻一闻那小小的"枪筒"里正在散发的、让他感到香得出奇的火药味儿，终

_____

　　① 豆楂鞭炮：一种连续燃放的小鞭炮，因其每个都很小，状如残留在地里的豆棵子根儿而得名。

于确信自己的枪真响过了！"哈哈，俺有枪啦！"他不由自主地欢呼起来，兴奋地在空地上跳跃，刚才有过的失望、苦恼和愤怒，一下子就不知跑到哪儿去了，他好像本来就没有过什么失望、苦恼和愤怒。他一次次地反复端详着自己心爱的小手枪，怎么看都看不够。

"嘿！太漂亮了！"他得意地自言自语。他不知道自己这样在树林里逗留了多久，直到天色黑下来，远处响起他姐姐呼唤他回家吃饭的有些气恼和不耐烦的声音，他才觉得身上有点儿凉，意识到已经是吃晚饭的时候了。他小心地掀起衣襟儿，把"手枪"别在他娘用破布条子给他拧成的裤腰带上，走了几步，又停下，把它从裤腰带上拿下来，攥在手里，笑着，跳着，跑了几步，又停下来，再把"手枪"别在裤腰带上。然后就沿着夹在茂密的洋槐树丛中的弯弯曲曲、被踩得沙沙作响的羊肠小道儿，朝家的方向跑去。

古世才心情激动，憧憬着儿子长大读书做官，光宗耀祖。

45

最先得知根儿有了"手枪"的，还有崔德昌的小女儿小红。小红比根儿小一岁多。在根儿4岁时，有一天，崔二奶奶笑嘻嘻地跟根儿他奶奶开玩笑说："根儿喜欢俺家的小红，你就把小红娶过去吧！"奶奶也笑嘻嘻地说："那感情好！"根儿听奶奶们这样说心里很高兴。根儿喜欢小红，觉得小红心眼儿好，不欺负人。打那以后根儿就一再催问奶奶，什么时候把小红娶到自己家里来。直到他发现他每次提起这件事都惹起大人们遏制不住的轰笑声，才意识到大人们说的不是真话，而是在取笑他。根儿说大人爱说假话，这也是他的一个根据。

根儿在打响了小手枪以后的当天晚饭后就偷偷地跑到小红家里，把她叫到树林里，把小手枪拿给她看，还特地领上她到那棵大杨树前面去看过那树上的"枪伤"。根儿一连划了三根洋火照着叫小红看那被火药熏黑的地方。可惜，天太黑，被火药熏黑的那个地方儿太小，小红始终没能看清楚。不过小红相信根儿说的是真话。根儿让她替他保密。但是小红当天晚上就悄悄地把这个好消息告诉了她大哥望富、二哥望起，而根儿造成了手枪的消息也就传开了。庄里的人对于这件事七嘴八舌。有的说："六七岁的孩子能造出枪来，他这不是成了人精了吗？"有人不相信枪是根儿自己做的，猜想那一定是他爹给他做的，或是他爹帮着他做的。直到有人说，古世才和他兄弟这些日子经常一起外出做工挣钱，哪有时间小哄孩子，这样的议论才算没有人听了。

最后知道根儿做成"手枪"的是奶奶。她听说孙子做成了一支枪，吓坏了，害怕那枪会伤着他，立刻命令古世才把它从根儿那里强行"缴"下来。古世才当然执行了他老娘的命令。

胡大珂毫不掩饰自己对外甥做成小手枪这件事的高兴心情。他总是热情赞扬外甥的长进。他把小外甥造的"手枪"拿在手里，兴奋得眼睛发亮，看了又看，一连声地说："好！好！真好！太好了！根儿是好样儿的！"奶奶知道胡大珂是个能人，孙子受到他的称赞，她觉得脸上光彩。她眯缝起她的那双红肿的老眼，看着胡大珂那个手舞足蹈的高兴劲儿，也乐了。不过胡大珂这样一个半大老头子，为这样的一件小事高兴得这般模样儿，也让她觉得好笑。她瞅瞅胡大珂，心想："多大的岁数了啊，可他简直就像是个孩子！"胡大珂说根儿的小手枪就是个玩具，只能装一丁点儿火药，碰巧儿弄响一回，也伤不着人，努力说服奶奶同意把小手枪发还给根儿。而奶奶那些"懂事"的老姐妹们却都劝她说，枪是不祥的东西，还是把它烧了好。奶奶听从她们的劝说，到底也没有把小手枪发还给根儿，惹得根儿嘤嘤地哭了大半天，只是她也没有照那些老奶奶的意思办，把小手枪烧掉。

古家庄的老人，对于过于聪明伶俐的孩子并不看好。古天骥家的老奶奶就当着根儿他奶奶忧心忡忡地说："根儿这个孩子精得过了头啦，叫人不放心哪。"奶奶明白她的意思，她这是说，精得过头的孩子不好养，而这正是根儿他奶奶所担心的。事后古天骥老人申斥她说："你瞎叨叨些什么呀！怎么好当着文元媳妇的面儿叨叨这些不吉利的话呢？你没看见她为了这个孩子整天提心吊胆吗？！"天骥家老奶奶说："俺就是担心孩子有个好歹才忍不住这样说的。"古天骥的儿媳妇替婆婆说话。她说："俺娘说的是实话，人们都说，机灵过了头儿的孩子不好养，不是克爹就是妨娘。"古天骥老人瞪了儿媳妇一眼，没好意思申斥她。他儿子古世春去了俄罗斯，十几年了，至今消息全无，生死不知，儿媳妇一直守在家里，照顾他们夫妇二人和他们的孙女儿香叶，老人心中有愧，一向对她都很宽容。

奶奶越是怕人家说她的孙子精，根儿就越干那些不合常情、叫人家说他精的事情，奶奶也就越害怕，她没有一天不为她的宝贝孙子牵肠挂肚。根儿是古家的一条独根儿，他要是有个好歹她死后怎么去见她的丈夫和公婆呀。

根儿在人们的夸奖、怀疑和非议中度过了他的幼年，进入了童年，平安地到达了上学的年龄，奶奶的心情儿也渐渐地平复下来，感受到了她真实的孙子。

按照古家庄的习惯，孩子入学的年龄是 6 岁或是 8 岁，说 6 和 8 都是双数，图的是个吉利。新派老师陶贵民去年刚到古家庄时，曾有意改革，废除这个老规矩，实行孔圣人"因材施教"的教导，按孩子发育的实际情况入学。他还希望有更多的女孩子入学。对于陶老师的主张，庄里公开赞成的不多，表示反对的不少，改革没能办成。今年报名的有 3 个女生，来上学的只有一人，这个人也只念了半个月就退学了，而孩子们入学的年龄，家长们仍然各行其是。

根儿 6 岁时，古世才曾经提议送他上学，奶奶不依，说孩子第一重要的是长身体，然后才是念书。今年 8 岁，不过按实生日算，是 7 岁零 6 个月。要论个头儿，他在同龄的男孩子们里面，算是长得高的。他目光专注，能长时间一眨不眨地投向一个目标儿，像个功夫很深的武术家，而不像一般小孩子那样灵动活泼。当年人们怀疑他痴，这也是一个根据。不过古世才并不认为这是儿子的缺点。他认为根儿目光专注是他的优点，说他的这个习惯和他从小就独自全神贯注地制作各种小玩意有关。

新年过后，古世才一家人的头等大事就是忙着准备送根儿上学。直到开学的前一天，古世才才好说歹说，连劝带唬地给根儿剃掉了他头顶上的那一小片儿"头发"和脑后的那一小撮儿"老毛"。古家庄一带的人，把男孩子头顶上前部的那一小片儿呈方形的头发叫"娃娃檐儿"，从男孩子出生后头一次剃头就开始留，一直留到孩子长到五六岁，有的留到八九岁。"老毛"指的是留在小男孩儿脑后的那一小撮儿头发。古家庄一带的习惯是，男孩子入学前，要剃掉头顶上的"娃娃檐儿"和脑后的"老毛"，表明孩子已经长大，可以入学念书了，只有极个别人家过分娇惯的孩子带着"娃娃檐儿"和"老毛"入学，入学后再慢慢说服他剃掉它们。根儿就为这件事大闹了一场，哭得很伤心，谁都劝不住。

　　生活中的有些事情，大人以为理所当然，而孩子们却往往无法接受，因为他们还没有养成尊重传统和习惯的意识，没有进入世俗的人生轨道。此时，他们无视社会舆论的褒贬，不顾人们关于美丑的议论，不知道计较个人和家庭的利害得失，该以为羞的他们可能不以为羞，而不该以为羞的他们又可能很在意，而且他们常常不计后果，为所欲为，一意孤行。

　　古世才说要剃掉根儿脑后的"老毛"，根儿并不在意。"老毛"长在脑后。别人的"老毛"他是看得见的。那就是拖在脑后的一小撮儿散乱的头发，让人想到驴的尾巴，一点儿都不好看，也没有人夸。可是，要剃掉他头顶上的那一小片儿"娃娃檐儿"，把他的头剃成个秃瓢儿，却让他很伤心。他的"娃娃檐儿"又黑又亮又顺溜儿，大姐姐、小姑姑们都夸他的"娃娃檐儿"好看。而且"娃娃檐儿"对于他还有特殊的用处，它能把他"丑陋"的大脑门儿给盖起来。根儿很在意人们对他的长相儿的议论。从他懂事儿的时候起，人们就非议他的大嘴巴和大脑门儿。他记不清有多少人笑话过他的大嘴巴和大脑门儿了。所以他时刻不忘记收紧自己的嘴角儿。到后来，事情走到了反面，他成年后竟成了一个嘴巴偏小的人，而且由于他嘴巴部分的肌肉和神经常常处在紧张状态，他成年后也不会舒展自然地笑了，这甚至影响到了人们对他性格的非议和他的婚恋问题。他念大学时，有一个姓蔺的女生竟因此而嫌他过于严肃。可是对于他的大脑门儿，他毫无办法让它变小，因此而深感烦恼，唯一的办法就是用"娃娃檐儿"把它盖起来。古家庄的人喜欢五官端正、体态匀称的孩子。根儿的那个尖尖的头顶和高高的脑门儿，在古家庄的人们看来就算是一丑。有些说话不知深浅、不计后果的大娘婶子和老嫂子，常常当着根儿本人和众人的面儿，不屑地撇着嘴，斜着眼睛，露出一副半笑不笑的怪样子，拉着长腔儿，信口开河地说："哎呀，你看根儿那个'大门楼儿'噢，可真够大的，人没有到脑门儿就先到了！这倒也好，下雨就浇不着他的眼睛了！哈哈哈哈……”面对这种尴尬，根儿既伤心又无可奈何，只好听着。一些小伙伴儿也笑话他脑门儿大，还给他起了一个不太好也不太坏的外号，叫“寿星老儿”。他们说，根儿的脑袋有点儿像年画上的那个南极仙翁。这个外号弄得根儿有好些日子不敢上街。他想，有“娃娃檐儿”遮盖着人们还这样笑话他，要是剃掉了“娃娃檐儿”，那不是更可怕吗！

奶奶最大的乐事就是谈论根儿的亲事，说起孙子的亲事她总是眉飞色舞，显得年轻。从根儿两三岁的时候起，奶奶就正式开始操持孙子的婚事，至今已经先后给他说过四五个对象儿了。她总是说，“咱家里人儿稀呀，根儿十岁就得娶亲！”秀姑听了婆婆的话，总是偷偷地笑，心里在暗暗地想：“十岁的孩子，懂个屁！”根儿发现叔叔也很关心他结婚的事，不止一次地对奶奶说，他也要给根儿娶一房媳妇。他说，哥哥给根儿娶一房，放在南屋里，他给根儿娶一房，放在北屋里。每当这种时候，玉兰婶婶总是低头不语。要有古世才在场，他就会训斥他说：“你胡咧咧些什么呀！你们还年轻，一定会添人进口的！”古家庄一带兴说娃娃亲。那些家境好的男孩子有的不满三岁就定了娃娃亲，指腹为婚的也有。可是一些好心的大娘、婶婶们，觉得根儿小，也不回避他，当着他的面儿就说，根儿那个大脑门儿，怕会妨碍他说亲。起初根儿并不把人们对他的这些议论当回事儿。他觉得大人们说的不都是真话。再说他也想不出媳妇对他有什么用处，娶来了媳妇就得和她在一盘炕上睡觉，而他有尿炕的毛病，要是夜里不小心尿湿了裤子，那该多么不好意思！所以他并没有要娶媳妇的意思。不过，奶奶、大娘婶婶、嫂子们，以及所有的人都把娶媳妇说成是人生的一件大事，他也就觉得对于娶媳妇的事儿不能马虎对待了。而想到娶媳妇，他就想到他的“大门楼儿”。不过婆媳妇是以后的事情，而眼前剃掉了“娃娃檐儿”，露出了自己的大秃脑门儿，怎么好见人呀！可是，不剃不行！爹要干的事，谁能挡得住？！从他爹提出要给他剃掉“娃娃檐儿”的时候起，他就发愁，一再反对，可是他的“娃娃檐儿”到底还是被剃掉了。

47

　　古家庄小学校开学的日期是阴历"二月二"。开学的第一天，全校师生和家长都到学校里聚会祭孔，而对于所有的学生和多数家长说来是聚餐。与会的家长和学生每人各带一个炒菜。村上的头面人物和老师及家长们在教室里交谈，互相品尝各自带去的菜肴，喝酒，不吃饭。学生们则端着自己的炒菜在校园里走来走去，说笑，互相品尝各自带去的菜肴。祭孔是大人们对孔夫子表示敬意，宣示奉行孔老夫子的教导，而更重要的它还有村里管事的人、教师和家长，彼此交换意见，交流感情，增进了解，增进友谊，团结一致，协力办好学校教育的作用。而对于小学生说来，祭孔就是品尝别人的菜肴，实际上是"祭嘴"。

　　开学的当天，秀姑起了个大早，玉兰也来帮忙，做了两大青花盘子炒菜：一盘子炒肉丝黄花鸡蛋，一盘子炖肉片儿松蘑。两个盘子都装得满满的，足够两个人吃。她相信，在古家庄，这算是上等菜了，期待着人们对她家的称赞。

　　古世才他爷爷和爹都是读书人，他娘也识字。要说上两代，古世才家算得上是书香门第，至今人们还经常以赞美的口吻议论古世才家的两位不幸的先辈。根儿他奶奶和他爹都以此为荣，因而也非常重视根儿上学念书的事。因为古世才弟兄二人都没进过学校，所以根儿入学的事就成了古家重振家风、光耀门庭的一件大事。此刻，古世才心潮起伏，觉得古家又要回到使他感到骄傲的那个书香门第的行列了！他相信儿子有天分，能够继承他爹和他爷爷的门风，并发扬光大。

　　"好啊，今天根儿就要进学堂啦！"奶奶颇有感慨地说。

　　根儿像往常那样，按照古家庄的习惯——男孩子要蹲着吃饭，女孩子要坐着吃饭，无精打采地蹲在饭桌的东北角儿上。喜气洋洋的大人们一直在不停地说笑。而根儿却一言不发，饭吃得也少。

　　"俺和你叔叔都有大号，可是一辈子没进过学校的门儿，大号也没用上。"古世才有些伤感地沉思着对儿子说道，"从今天起，你就要用大号了！我希望你能好好念书，长大了扬名四海，给你老爷爷、爷爷和咱古家庄增光!"

早饭有肉有菜,吃的都是白面饽饽,还有二月二的年糕①。大家心里高兴,说说笑笑,都吃得不多。饭后秀姑招呼根儿换衣裳。可是根儿挂搭着脸,蹲在那里,一动不动。

"叫你呢!快来换衣裳呀!"秀姑笑着对根儿说。

"俺不穿。"根儿愁眉苦脸地说。

"孩子们上学都得穿新衣裳呀。"玉兰对根儿说,"你看别人家的孩子不都是穿着新衣裳去上学吗?"

"俺不穿。俺也不去上学。"

"你不是愿意上学么?"古世才感到奇怪。

"俺今天不愿意。"

"那你什么时候愿意去啊?"古世才发火儿了。

"等俺的头发长出来以后……"

大人们你看我,我看你,不知道该怎么办。谁也没想到根儿的脸皮儿这么薄,这么固执,这么在乎他的那几根儿头发,意识到,过去有些人那样没深没浅地议论和数落根儿的长相是多么地不应该。再说,孩子的长相是天生的,数落他有什么用?! 脑门儿大一点儿又算得了什么毛病呢? 像奶奶说的,"女大十八变",说不定以后根儿长大了他的脑门儿还会变小呢。

根儿平时很听话,可是这一回谁说他也不听。古世才劝一阵,喊一阵,甚至扬言要揍他,都不管用。根儿心里明白,奶奶能管他爹,有奶奶在场,爹是打不成的。

根儿到底也没有在开学的当天和别的小朋友一起去上学。这件事改变了全家人对根儿的看法。原先大人们都说根儿是个温顺,沉默,听话的孩子。这时他们才看出来,他们错了。根儿很有主意,而且他会不顾一切地坚持自己的主意。其实,奶奶老早就说过,根儿随他爹,人儿小主意大。不过连奶奶也没有想到孙子会这样固执。她本来就并不很在意孙子什么时

---

① 年糕是过年必不可少的供品,意思是希望在新的一年里,步步登高。直到出了正月,收起家谱和财神画像,才从供桌上撤下,洗净、切开、在阴历二月初二这一天,上锅蒸透,一家吃掉。这里讽刺某人有不切实际的幻想时,常常会说:"他还想着二月二的那碗糕呢!"

候去上学，见他这样不听话，也生了气。而秀姑却喜欢儿子的这股子犟劲儿。她跟婆婆不一样，她喜欢有主见的孩子，她自己就是这样的人。可是她不知道，在中国，服从，顺从长者和尊者的意愿，是社会对一个人第一的、甚至是唯一的要求，关系着他一生的祸福、荣辱。一个人在中国，如果他有主见，并且坚持自己的主见，即使他的主见是正确的，他的生活也将充满风险，可能要为他的主见而付出重大的代价。但是现在，在古世才家，谁舍得让这个宝贝疙瘩受委屈呢？要是硬把他赶到学校里去，能有什么好处呢？把他折腾病了怎么办！僵持的结果是大人们对根儿做出了让步。

开学的那天，古世才专门到学校里去拜见了陶老师，原原本本地对他说明了古全和没能按时入学的原因，一再说自己教子无方，并向陶老师表示道歉。而陶老师好像并不在意这件事。他听了古世才讲述的情况，只是淡淡地笑了笑，说道："不必责怪孩子。这不是孩子的过错，也不一定是孩子的缺点，就让他晚来几天吧，实在不行，我会亲自到府上去领他的。"

秀姑对于儿子念不念书也不很大在意，她喜欢看着儿子随时随地都能在她的面前跑来跑去。奶奶关心孙子念书的事，更关心他的生长发育。她对根儿没有按时入学也不很在意。为根儿没能按时上学感到着急的是古世才。根儿给他提出了一个难题：等他的头发长起来以后才去上学，那怎么行呢？他的头发长起来至少得三个月，再说学校有个要求，孩子要剃掉"娃娃檐儿"才好上学。所以他一直在琢磨着怎样说服根儿尽早去上学。文斗和武斗的办法儿他都想过，只是一时拿不定主意。

48

开学后的第二天，古世才一家人刚吃过早饭，满桌子的碗筷儿还没有来得及收拾，大家正坐在饭桌前说闲话儿，陶贵民老师就来了。

"爹，你看！"蹲在饭桌东北角儿上的根儿最先看见陶贵民。

古世才见陶贵民站在大门外，立刻站起来，跨出堂屋门，快步赶到天井里，表示热情欢迎。陶贵民微笑着从容地跨进大门，越过天井，迎着古世才走来，并向他问好，和他握手，一起走进堂屋。

根儿自然地学着小学校里学生的样子，直直地站在堂屋地上，两只眼睛一眨不眨地望着陶老师，偶尔看一眼爹娘和奶奶。

"奶奶您好！"陶老师先给坐在东屋炕角儿上的奶奶鞠了一个大躬，然后说道。奶奶笑着对陶老师点头儿还礼，觑觑着老眼望着陶老师，但是她到底也没有认出来向她行礼的人是谁。古世才家只有奶奶不认识陶老师。古世才向奶奶介绍说，向她行礼问好的是庄里学校的陶老师，奶奶点点头儿，表示明白了，对陶老师笑笑。古世才又笑着对陶老师说："俺娘的眼神儿不大好。陶先生不要见怪。"然后恭恭敬敬地指指自己让出来的那张当年他卢师傅给他打制的两头儿往上翘着的小板凳儿招呼道："陶老师请坐。"古世才心怀歉意，根儿没能按时入学，是因为他没尽到教育好儿子的责任，而陶老师一开学就来家拜访，让他既感动，又惭愧。

秀姑平日快言快语，什么人都不怕，今天面对面地见了庄里人们尊敬的文质彬彬的陶老师，也有些拘谨。她是第一次和陶老师靠得这样近。她微笑着，注视着陶老师，想说几句客气话，又不知道说什么好。在她心里，老师是古家庄里最尊贵的人。

陶老师从容地寒暄还过礼后，就在古世才对面的一个空着的蒲团上盘腿儿坐下。别人也都先后谨慎地坐下了。只有根儿还毕恭毕敬地站在那里。

古世才和陶老师很熟。他关于抗日前线的消息差不多都是从陶老师那里打听来的。他知道陶老师消息灵通，很注意陶老师的行踪。只要陶老师在那里一站，他就凑上去听他说话。这一带只有陶老师的老父亲订有一份在济南出版的报纸。那是这里有关前线消息的主要来源。而陶老师也正是由于常常见古世才听他讲前线的消息才认识他的。古世才觉得陶老师是他见过的第二个有学问的人。他发现陶老师很爱国，他讲的话，有好些和霍先生说得差不多。当古世才问他为什么有些人平时挺老实，为人也不坏，可是日本人一来就当了汉奸的时候，陶老师给他讲了很多道理。他从古代一直讲到张宗昌和韩复榘。古世才听来听去，只有一句话他记得最清楚：中国人不觉醒的多，私心重的多，眼眶子浅的多。他说，几千年来，中国的老百姓一直是一家一户地过日子，从小就锁在一个一个小小的天井里，他们的眼睛总在自己和家人之间打转转儿，说中国人是"一盘散沙"，就散在许多人的心里没有国家民族的观念。皇帝老儿也喜欢老百姓这个样子，免得他们明白了造反的道理，聚集起来造他的反。所以在有些普通老百姓看来，只要别触动他个人的私利，谁当皇帝他并不在乎，为了私利可以干种种坏事，直到卖国求荣。人们平时常说"国家国家"，"国"在前，"家"在后。可是在有些"老实人"的心里，连个"国"的影子都没有，他们的心里只有个人和他的那个家。陶老师说，中国人最应该加强的就是国家民族的意识。对于陶老师的高论，古世才深有同感，这个道理他早就从流落外国的苦难和屈辱的经历之中感受到了，霍先生也这样教导过他。大字不识的古世才特别关心抗日前线的消息，也给陶老师留下了深刻的印象。起先陶贵民以为古世才关心抗日战局是因为他有亲朋好友在前线，后来才知道，古世才下过关东，闯过俄罗斯，走过很多地方儿，还主动参加过"淞沪抗战"①，是古家庄最识大体最关心国家民族命运的人，也就产生了对他的敬意，把他看成是自己的长辈。

陶老师转向古全和和蔼地笑着说道："咱们早就认识了，算是老朋友了，你小名儿叫根儿，大号叫古全和，对不对？"

根儿连连点头儿，学着学生的样子，回答说："是。"

陶老师招呼根儿走到自己的面前。根儿有些难为情，但还是学着学校里的学生的样儿，乖乖地挪动到陶老师的面前，等着陶老师教训，心里有些打鼓，他想陶老师一定会数落他没按时入学的事。然而陶老师根本没有数落他的那件事，而是对大家说："古全和爱学习，喜欢学校，常常到学校里去玩耍，听我讲课，"然后又笑着指指古全和的前额说："瞧，这个大脑门儿，多丰满、多漂亮啊！这就叫'天庭饱满'。人们都说脑门儿大的人聪明。"他又用赞许的口气对大家说，"古全和前年他就会背小九九了，是个聪明孩子。"

古世才马上会意地点头儿。秀姑难为情地笑笑。那笑容里透着得意和羞涩。她为自己的好儿子感到得意，而坐在陶老师的面前，她又觉得有些

① 1932年1月28日，日本侵略者进攻上海，驻守在上海的国民党第十九路军在全国人民抗日高潮的影响下，在总指挥蒋光鼐、军长蔡廷锴的指挥下，奋起抵抗，淞沪抗战开始。在不到两个月的时间里，击溃了日军的多路进攻，毙敌一万余人，迫使日军三易主帅。由于国民党政府顽固坚持不抵抗政策，十九路军后援无继，抗战失败。

害羞。她平时天不怕地不怕，可这会儿觉得脑袋发胀，身上发紧，觉得自己笑也不是，不笑也不是，怎么坐都不舒服。她平时那些说不尽的话，这会儿不知道一下子都跑到哪里去了。老师，特别是庄上人人都敬重的陶老师，在她心里的地位太神圣了。她有生以来第一次跟有学问的老师坐在一起。她看着丈夫稳重得体的举动，平和舒展的神情，从容不迫的谈吐，心里感到骄傲。她想："还是根儿他爹行，人家见过大世面，见了谁都不发怵，有话说。"

奶奶不说也不笑，而是安详地坐在炕上，向前探着身子，觑觑着老眼，听陶老师说话。她的耳朵不背，能听见陶老师说话的声音，可是她有时听不懂陶老师说的是什么意思。

根儿听陶老师夸自己聪明，还说这和大脑门儿有关，头就抬起来了，眼睛也睁大了。他看看爹，看看娘，看看奶奶，小脸儿一下子就舒展开了，最后又把目光投向陶老师。从他懂事的时候起，没有人替他的大脑门儿说过一句好话，连奶奶都嫌他脑门儿大。过去有人夸他聪明，也没说那是因为他的脑门儿大呀。再说，他们也不是老师啊！此刻他觉得庄上的人说他什么都不重要，老师的话最重要。那些对他的大脑门儿说三道四的也不是老师，老师可不是平常的人呀！大脑门儿是不是聪明，他不知道，反正这会儿有人说它好了。

陶老师对根儿说："古全和，我问你，你知道为什么男生的'娃娃檐儿'到了上学念书的时候要剃掉吗？"

根儿摇摇头，两眼凝视着陶老师，期待着他给他讲解。

"男孩子小的时候留'娃娃檐儿'是为了保护头，让它安全地生长。大多数小孩儿出生的时候，头心儿部分的头骨都还没有发育好，留'娃娃檐儿'的那个地方儿正是头骨没有长好的地方儿，一旦有谁不小心碰着伤了它，就可能让孩子的大脑受到伤害，让孩子落下毛病，变成哑巴。留上一片儿'娃娃檐儿'，用它盖住小孩儿的头心儿，就好像提醒大家说：'这个地方儿还没长好，请你小心，不要碰它，让它好好地生长。'所以男孩儿小时候留'娃娃檐儿'是有用处的。等到人长大了，头骨长好了，头盖骨变结实了，用不着保护了，娃娃檐儿就没有用处了。"他望着根儿专注的眼睛，笑嘻嘻地说，"小男孩儿留'娃娃檐儿'好看，大人留那种东西就可笑了。你想想看，要是我现在头顶上还留着'娃娃檐儿'

那该……"

　　没等陶老师把话说完，根儿就放声大笑起来。大家都笑了。古世才不知道陶老师讲的是不是科学，反正觉得他的话有道理，能说服根儿去上学。仍然有些怕羞的秀姑，顾不得陶老师在场，忘情地大笑不止，心想："陶先生真不是凡人，人家连'娃娃檐儿'都琢磨过了！难怪庄里的人都说他有学问呢。"唯独刚刚从北屋过来的玉兰没有笑出声来，她是她娘按照"笑不露齿"的标准教导出来的。

　　这时，陶老师对根儿说道："那好，咱们上学去吧？"

　　"哎！"根儿爽快地答应着，连衣裳也没换，就跟上陶老师欢欢喜喜地上学去了。

　　奶奶看着离去的陶贵民和根儿，心有所动。她想："如今的先生也和过去不一样啦。过去的先生是靠戒尺和藤条约束学生……"

　　古全和惴惴不安地跟在陶老师的后面跨进教室门槛儿，小心地扫视了一眼整个儿的教室，见小同学们的头也都剃得光光的，一个个欢笑着，正用力地拍着巴掌欢迎他呢。他舒心地笑了。

49

　　古家庄小学坐落在原古家庄"三和永"钱庄的旧址。房子的主人，年过花甲的古天琦老人，孤身一人住在这里。他关心孩子们的成长，主动提出把他的房产和天井的大部分无偿地提供给小学校使用。这幢高大宽敞的建筑是古家庄西头儿唯一的一处砖瓦房，共6间。靠东头儿的3间原本就自成一体，里面有客厅、卧室，还配有厨房，当年是古天琦一家的住处，现在仍然由古天琦老人一个人占用。其余3间当年是"三合永"的柜房，现在被改装成大小两个房间。紧西头儿的一间是陶老师的办公室兼卧室，其余两间打通，改装成面积近60平方米的大教室。房前是个面积数千平方米，能停放几十辆大车的大天井，沿着天井院墙的东、南、西三面，是排列成倒"U"字形的一排高大挺拔的杨树。这个天井现在是小学校的操场。

　　教室正面的中央，高悬着孙中山先生的画像，左面是文圣人孔子和孟子的画像，右面是武圣人关公和岳飞的画像。老师的讲台就放在孙中山先生的画像下面。教室南面的墙上悬挂着一组七八张博物挂图，上面画着彩色的各种常见的和稀有的动植物。北面的墙上悬挂着一套彩色的战争宣传画。有宣传防毒防空知识的，上面画着戴着防毒面具正在忙碌的人们。有表现战争场面的，上面画着中国军队在台儿庄战场上和日本鬼子厮杀的悲壮场面。开学的头一天，陶老师就对着这些宣传画儿，激动地一一对同学们进行讲解，教导大家努力学习，锻炼身体，快快长大，好上前线，杀敌报国。

古家庄小学共有学生 30 名。一年级 12 名，二年级 9 名，三年级 8 名，四年级只有孙魁梧一名。他是孙春杨的侄子，是学校里的大级长，虚岁儿 18，只比陶老师小一岁。古全和感到奇怪，觉得他已经是个大人了，娶了亲，还有一个儿子，为什么还要来念书呢？

一年级的新生坐在前排。二、三、四年级的老同学，顺序坐在后儿排。但是有两个同学特殊。一个是小红他大哥崔望富，一个是古文举的重孙子古宏宝。他们都在念二年级，按理应该和他们二年级的同学坐在一起，可是他们俩却坐在最后的两个特设的书桌前，和陶老师之间只隔着一条蓝布门帘儿。最初古全和觉得奇怪，但是他很快就明白了，这是因为他们俩不守纪律，爱闹事。他们几乎天天挨揍。开学后的第二天上午。在陶老师给新生上唱游课的时候，他们俩连连出怪调儿，逗得大家狂笑不止，破坏课堂秩序，又不听老师约束，陶老师给他们每人几藤条。一次是隔天上午的课前几分钟。大家都在念书，他们俩互相对打着玩儿，而且大喊大叫，把整个儿教室搅得乱哄哄的。陶老师又打了他们一回。这一回是用头儿上带着疙瘩的藤条敲打他们剃得光光的秃头。他们天天挨打，可是天天瞎折腾。古全和觉得奇怪。他想："他们为什么要惹得老师惩罚他们呢？"直到许多年后，他才明白，崔望富和古宏宝那时没有把学校当成学习的地方，也不关心学习。他们追求的是让别人注意自己。出洋相，出风头，逗人乐，是他们惹人注意的一种办法。为了满足这种廉价的虚荣心，即使挨打他们也在所不惜。古全和发现，类似的人到处都有，形形色色，不一而足。他曾经怀疑这有可能是一种病症。

学校里的课程有国文、算术、珠算、大字和唱游，都由陶老师一个人轮流着教。开学后的第二天，一年级上的第一课就是唱游，由陶老师教大

家学唱和表演"起来，不愿做奴隶的人们!"。古全和喜欢唱游，最先学
会了老师教的歌儿是"起来，不愿做奴隶的人们!"和"云儿飘，星儿摇
摇"，陶老师夸他学得快，唱得调儿对头，还让他站在前面给大家示范。
根儿一上学就被老师夸奖，他觉得很高兴。他喜欢陶老师，喜欢学习，也
喜欢学校。

学过唱游，陶老师就去给大同学讲算术，过后又回来给一年级的同学
上国文课。陶老师站在讲台上，笑着说："谁会写自己的名字啊?"古全
和立刻举手。陶老师把他叫到前面。古全和在黑板上写了奶奶教他写的老
大的3个字："古全河"，每个字都有一尺见方儿那么大。一年级的新同
学眼睛直直地看着他写在黑板上的那3个字，面露羡慕。而二三四年级的
老同学则交头接耳，哈哈大笑。原本得意的古全和，被大同学们笑得心里
发毛，想不出他哪儿做得不对。

陶老师问道："古全和，是谁教你写自己的名字的啊?"

古全和说："俺奶奶。"

陶老师又问："'古全和'里面的'和'字是什么意思啊?"

古全和说："不知道，俺奶奶没说。"

课后，古全和问大级长孙魁梧说："大哥，你说大家为什么笑俺写
字?"孙魁梧说："大家笑你字写得太大。"

古全和把这件事牢记在心，在以后多年的学习过程中，时刻注意把字
往小里写，一直坚持到中学毕业，结果走到了事情的反面，他的字虽然写
得小了，但是不舒展，带着小学生书写习惯的明显痕迹。

古全和上学的第二天，就花了一个上面有龙文，面值20文的大铜子
儿，求大级长孙魁梧给他抄了一份《九九歌儿》，然后就一连几天用铅笔
在方格作业本上一连抄了4遍。他这样做是想让他奶奶和爹娘高兴。他把
作业本拿给他娘看。他娘说："俺不识字!"他又拿去给他爹看。古世才
接过作业本儿，翻来覆去，一字一句认真地看起来。秀姑笑眯眯地看着不
识字的丈夫，取笑他说："嚄，装得还挺像呢!"

古世才没有理睬秀姑，继续看了好一阵子，然后摇摇头，有些遗憾地
对古全和说："你写了四大篇，可是里面没有几个字儿呀。这就好像用一
碗米熬一锅粥，里面没有几粒米呀……"

根儿不高兴地说："你怎么能这样说呀?总共有六百多字呢!"

古世才笑着说:"哪有那么多呀?这里面不一样的字只有 11 个嘛。"

这时奶奶说话了:"根儿啊,你爹说得对。在《九九歌儿》里面只有'一二三四五六七八九十'和'如'这样 11 个字啊。"

古全和愣怔了一会,点点头,觉得奶奶说得有理,说:"爹真聪明!"

奶奶长叹一声说道:"你爹要是念书,一定是个好学生。"

奶奶识字。可是她的眼睛不好,不想看根儿的作业。但是她喜欢看孙子唱歌跳舞。"起来,不愿做奴隶的人们!"和"云儿飘,星儿摇摇",古全和已经给奶奶演唱过好多遍了,而奶奶还是喜欢听,喜欢看,一有空儿就让他给她表演。她夸根儿唱得好听,演得好看。不过她并不想让孙子成为一个卖唱儿的。她只让孙子演唱给她和家里的人看,而不允许他到街上去演唱给外人看。奶奶说,根儿长大了一定有出息。秀姑和古世才问她为什么。她说:"俺小的时候,跟着根儿他老爷爷念过书。他老人家说过:心里想学习的学生,你不教他,他也能学会;而那些不想学习的学生,再好的先生也没法儿让他成才。他老人家说,这是孔夫子说的。而咱们根儿天生好学。"

古全和喜欢学习和学校,只要有机会,他就往学校里跑。每天下午放学后,他就盼望着第二天去上学。许多人说学校的天井里有条吓人的大蟒,常常在夜深人静的时候出来。可是古全和不怕。他每天早晨天不亮就跑到学校里去和同学们一起跑步和早读。晚饭后,他又带着油灯按时到教室里去念灯书,风雨不误。遗憾的是古家庄小学并不是天天上课。虽然盘踞在浑河镇的日本鬼子还没有把他们的魔爪伸展到古家庄,现在这一带还驻扎着号称国军的几支游击队,还算是中国人的地方儿,但是这些所谓的抗日游击队并不抗日,而是躲着日本人走。日本鬼子像一条恶狼,蹲在浑河桥头,控制着山东胶东中东部的这个交通要道,窥视着周围的村庄。去年陶老师在日本鬼子占据浑河镇之初就说过,驻扎在浑河镇的日本鬼子只有一个小队,十几个人。他们现在不向东边古家庄方向扩展,是因为他们的兵力不够。只要他们的兵力得到补充,说不定什么时候就会蹿过来咬人。陶老师的话,不久就应验了。很快日本鬼子就在除夕制造了小古家庄的惨案。从那以后,古家庄和周围的村庄就不平静了,大家随时准备逃难,古家庄小学也时办时停。忽然传来消息,说浑河镇的日本兵和都鸿勋的汉奸队儿出动了,正朝着古家庄这个方向开过来,而驻扎在高家庄的游击队八团，也已经朝东北方向逃走了。古家庄一片惊慌。学生家长们都跑到学校里来领自己的孩子，有的学生的父母和爷爷奶奶都来了，学校操场上聚满了人。古世才和古世友兄弟俩也来了。但是，古文举满不在乎。他摇摇摆摆地来到小学校，笑着说："慌什么呀？日本人也是人。咱们不去惹他们，他们不会惹咱们。"

古文举的话激怒了古天琦老人，他不顾一切地怒斥古文举说："屁——话！难道小古家庄的人招惹过日本人吗？中国人招惹过日本人吗？！你在替谁说话？！"

"俺只是说……"古文举耷拉着脸子耍赖。

"你还想说什么？！要不要去欢迎日本人？"古天琦老人逼问道。

古文举无话可说，便转向陶老师，命令道："陶老师，叫学生们把《百家姓》《三字经》那些老书拿出来，戴上红蓝白黑满地黄的五色瓜皮帽儿，向日本人表示友善。"

古家庄小学按照古文举的要求，国文课本准备了两套，一套是中国政府教育部门审定出版的法定教材，一套是《百家姓》《三字经》《千字文》和《论语》等老书。游击队当局说，平时学生念县里早先发下来的国文课本，日本人来了，就念老书。日本人的势力一直没有伸展到古家庄一带，只路过这里一次，而且是在天蒙蒙亮的时候，所以这套东西一直没用得上。今天终于有了机会，古文举要显示一下他对日本人的亲善态度，要求学生把古书摆出来。

陶老师没有理睬古文举，他对家长们说："先把孩子们领回去。什么时候上课，等学校的通知。"

古世才兄弟二人领着根儿，默默地回到家里。

秀姑迎着他们问道："日本鬼子真要来吗？"

古世才面无表情地说："听说是。"

玉兰想到日本人在小古家庄的兽行说道："那咱们就赶紧躲躲吧！"

古世友说："往哪儿躲？听说周围都有鬼子的据点儿！"

　　每当这种时候，古世才的胸中就会涌起去和日本鬼子拼命的冲动。他曾经在上海目睹了十九路军英勇抗击日本鬼子的壮烈场面，并有幸参加了支援抗日将士们的战地服务，给他们往火线上送过子弹和给养，从火线上抢救过伤员，还跳进战壕，朝日本鬼子开过枪，亲手击毙过敌人。他曾当场报名参加十九路军，可是军医官说他身上有伤残，不适宜当兵。他以为军医是有意为难他，就要求到军队里去给战士们做饭喂马。可是军医坚持说，他根本就不够当兵的条件。对于这件事，他心里一直很纳闷，不知道军医为什么这样对待他。十几年后，他才明白军医对他并无恶意。

　　古世才激愤地说："日本鬼子这样欺负咱，真叫人咽不下这口气！就是能去给抗日战士们做饭俺也愿意。"

　　根儿说："俺也去，去帮爹烧火。"

　　秀姑笑着说："你们都去抗日，那家呢？不要家啦？"

　　古世才说："现在日本人，堵在咱们家门口儿，哪还有家?!"

　　秀姑长叹一声，她知道古世才心里难受，可是想不出怎样宽慰他。

　　从"九一八"事变起，古世才的心情就没有平静过，他有时兴奋，有时沮丧，有时愤怒。他除了关心自家地里的那点儿庄稼活儿，偶尔外出打个零工之外，就是到处打听抗日前线的消息。他跑得最勤的地方就是古家庄小学校，因为那里人来人往，消息灵通。要是有谁从东三省或是南方正在打仗的地方回来，即使那人和他素不相识、没有交情，他也会想方设法儿登门拜访，打听抗日前线的消息。从东三省到内地，所有抗击日本鬼子的战役他几乎无一不知。黑龙江省代省长马占山率部奋起抗日，二十九军在卢沟桥大战日本鬼子，"八一三"上海军民团结奋战保卫大上海，国军血战台儿庄等等，他都知道。杨靖宇、赵尚志、赵登禹、佟麟阁、张自忠、冯玉祥等抗日将领，都是他由衷敬仰、常常提到的英雄的名字。他心里不止一次地涌起过上前线杀敌的冲动。现在日本鬼子已经逼到家门口了，他感到忍无可忍。他的军工技术无处使，又想不出个替国家出力的别的道道儿，只能骂骂日本鬼子和汉奸，解解心头之恨。让他感到痛心的是身边的有些人精神麻木、不关心国家大事。日本人占领了浑河镇，有些人还觉得日本鬼子离自己很远，连别人鼓动抗日，骂日本鬼子都有人出来说风凉话。和日本鬼子有勾搭、靠着日本人的势力发了大财的古文举，公然到处胡说"日本人并不像有些人说的那样吓人，日本人也是人，你不去惹他，他就不会来惹你。"有些人居然相信古文举的鬼话，对日本人抱幻想，想躲着日本人走。直到去年除夕夜小古家庄的惨案发生之后，有些人才看到日本人的凶恶面目。

小古家庄和古家庄以及周围许多村庄的人家过年的习俗稍有不同。比如别的村庄是在除夕夜子夜以后出来迎接财神，过后就是吃年夜饭，彼此拜年，而小古家庄人接财神的时间比周围的村庄早半个时辰，意思显然是想早把财神接到他们家，保佑他们发财。每年都是周围村庄的人还在睡觉呢，他们那里已经鞭炮齐鸣，灯火辉煌了。周围村庄的人对于他们的这种做法很不以为然，说他们小气，而且他们自己也并没因此而富裕起来，但是他们无意改变这种习俗。去年他们也是最先出来迎接财神。可是正当他们一家家挑着灯笼、捧着香纸、端着饺子，小心翼翼地外出迎接财神，燃放鞭炮表达他们接到财神的欢乐的时候，一伙子鬼子闯进他们庄里，朝他们开枪，打死十几个人，又闯进一些人家儿，往饺子锅和面缸里撒尿。折腾了大半个时辰，才离开那里。路过古家庄的时候，还杀死了到街上看光景的崔二奶奶等好几个人。这件事震惊了大小古家庄的老百姓。虽然古文举到处替日本人辩解说，日本人在小古家庄开枪杀人是出于误会，是小古家庄的人迎神时放鞭炮惊吓着了日本人，但是他的瞎话没有几个人听了，人们开始用警惕的目光注视着他们祖孙二人。

51

有古家庄到浑河镇赶集的人回来证实说，浑河镇的确只驻有十几个日本兵，可能是一个小队，为首的是个军曹，姓黑田。据说黑田是个中国通，能说中国话，连浑河地区有些什么名胜古迹他都知道，早年就潜伏在中国胶东一带活动。这件事让古世才想起当年霍先生说过的话。霍先生说，几百年来日本就奉行扩张立国的政策，掠夺成性，早在明朝他们就曾掠夺我国沿海地区，并曾盘踞在中国东南沿海某些岛屿和地区，早有蚕食和吞并中国的狼子野心和侵略活动，1895 年侵占了我国的台湾，1905 年实际上占领了我们的辽东半岛，还曾像丈量自家的菜园儿一样，在大清国皇帝和一大帮饭桶官员以及不觉醒的民众的眼皮底下，大模大样儿，一寸一寸地丈量过中国的土地，编制了他们准备侵犯中国用的军用地图，泱泱中华大国的山川河流、城镇村庄，一一记录在册，有些名胜古迹也标在那上面，其中就包括本县境内的那通古老的魏碑。

在日本侵略军占领浑河镇之前，浑河镇曾驻有国军的一个团。有人说是一个师，他们风闻日军从潍坊方向开来，就扔下浑河镇的数千百姓和周围的广大地区，逃之夭夭了。镇长都鸿勋恋着他的万贯家产，继续留在本镇。黑田带领的日军不费一枪一弹，就占领了交通要道浑河镇和它周围的广大地区，在他指挥着喽啰们随意砍杀过一阵抗日的和无辜的中国老百姓之后，就开始物色他们的帮凶和代理人，并且很快就相中了浑河镇头号大财主、镇长和新近组织起来的浑河镇抗日自卫队队长都鸿勋，并"请"他出面维持浑河镇的社会秩序，建立由日本人指挥的"浑河镇治安队"，而浑河镇抗战派的头号儿领袖都鸿勋居然接受了日本人的任命，出来当了日本人的浑河镇镇长兼治安队队长。这条新闻震动了整个浑河地区，许多人感到不可理解。按照人们习惯的想法，甘当日本人汉奸走狗的人，应该是一些品格低下的利禄小人，政治上的糊涂人，卖国求荣之徒，他们投靠日本人，图的是钱财，而都鸿勋饱读诗书，知书达礼，富甲一方，并不缺钱，他的大儿子还是国军的军官，正在前线和日本鬼子血战，他为什么要去当日本鬼子的走狗呢？

都姓是浑河镇的第一大姓，镇上过半数的人家都姓都。

传说浑河镇的都姓始祖是元朝的一位战功赫赫的大将军。后来不知为什么触怒了皇帝，被贬到山东胶东，择姓都。其中的一支又移到浑河镇，繁衍至今，已有几十代。有些识字的老人，读过县志，知道都氏家族的来历，而不识字的平头百姓并不知道姓都和姓张王李赵的人家有什么不同。只有那些走南闯北、经多见广的能人，才能从个别都家儿孙的面相儿和体态上看出一点儿他们祖先的点滴特征。有些老年人对都姓子弟还有一种朦胧的敬意，因为他们毕竟是一位曾经是皇帝跟前的大人物的后代。当然，这也是一种糊涂想法。其实，在漫长的岁月里，一个个都家的女儿嫁给汉家、满家、回家，又有一个个汉家、满家、回家等的女儿被娶进都家，这样嫁出去又娶进来的次数儿，数也数不清，过了几百年，那位大人物的血脉还能传下来多少呢？人世间的糊涂想法实在是太多了。

　　浑河镇上的有些人另眼看待都家子弟，还和都氏家族在大清朝的乾隆年间曾先后出过两位举人有关。虽说那两位举人老爷都因为名次平平而没有当上什么官，可是，在远离京都的莱州湾的无知无识的百姓眼里，上了县志的"举人老爷"也算得上是一些了不起的大人物了。当然，县志上也说，本镇还曾出过一个比举人更大的人物，他姓刘，是进士，据说浑河桥头上的那块上书"浑河大桥"的石碑上的字就是他老人家写的。不过，那是老八辈子的事了，而且他老人家的光辉也没有照到浑河镇。人们传说，这位刘姓的进士老爷在南方的什么地方当过县官，为官清正勤勉，颇得当地百姓的好评。后来当了京官，但是没有当好。按照本镇博学的莽东宏老先生依据县志记载所做的剖析，这位刘老前辈之所以没能当好京官，据说是因为他出自平民百姓之家，生长在浑河镇这个偏僻的小地方，生性善良，较少城府，没能及时悟透为官之道在于不失时机地说假话、拍马屁、替自己的顶头上司创造政绩，善使顺风舵，能妥协投降，主要是不懂如何甘心为奴，而更有可能的是他还不识抬举、爱说实话，常常在不知不觉中挡住了一些聪明人的升迁之路，甚至触怒了上司，所以才被什么人兜头泼了几盆狗屎，赶回了浑河镇。不管怎么说，反正从前清年间算起，此地功名最高，名声最火的，就是都家的那两位举人老爷。他们曾给都家增光不小，激起了都家儿孙们再次飞黄腾达的热望。在那以后，都家代代族长都想大振家风，期望儿孙中能有人金榜高中，重回京都，做官扬名，再现祖上的荣光。可是，在乾隆之后，经嘉庆、道光、咸丰，同治，一直到光绪，一代代都姓老人们的愿望都没能实现。

　　生在光绪年间的都鸿勋，在十二三岁时，就身高近五尺。他言语不多，举止稳重，喜欢结交当地富贵人家儿子弟，书读得好，写一笔好魏碑，却从不言志，对两位举人先辈，好像也并无敬意，却不时暗中打听他们被贬来胶东的始祖，那位大将军的事迹。族里的长辈们看出来了：这个后生胸有大志，也就对他寄托着很大的希望。都鸿勋本人也跃跃欲试。可是，天不从人愿，就在他要振翅高飞的时候，科举废除了，再后来就发生了辛亥革命，不久中国历史上的最后一个皇帝宣统也被赶下了台，科举的事也就无从提起了。都鸿勋和他的长辈们做了一半的好梦破灭了。为这件事，年轻气盛的都鸿勋，一度常常喝得醉醺醺，大骂革命党，反复吟诵李

白的《将进酒》和《行路难》①。有时痛哭流涕，泣不成声。都家想重振
家风的那些老人之所以特别憎恨辛亥革命，大骂孙中山，也主要是因为这
件事。这些老人都怀着深深的遗憾先后离开了人世。可是，都鸿勋却并没
有放弃他光宗耀祖的宏大志愿。

过去都鸿勋在浑河镇的百姓中口碑不错。他没有纨绔习气，好学，
《四书》、《五经》、《史记》、《汉书》、《资治通鉴》、唐诗、宋词，无所不
读。好些书他都不仅仅读过一两遍，有些能倒背如流。古往今来，治乱兴
衰的故事和道理，他多有所涉猎。富人们觉得都鸿勋出身名门，家大业
大，比自己体面高贵，高看他三分。穷人呢，虽然知道他有些假仁假义，
也不觉得他有什么大毛病。谁都知道，在富人中老实厚道的人本来就不
多。要不怎么会有"为富不仁"和"假仁假义"之类的成语呢。而且他
爹、他爷爷，都是这样的人。他爷爷外号"大白脸"，变相抢男霸女的事
儿干得不少。而都鸿勋只有一个老婆，也没听说他有越轨的行为。他大儿
子都本英是国军军官。二儿子都本雄在国立七中读书时是学校里的好学
生。小三儿都本杰还是个孩子。人们觉得都鸿勋在镇上的财主里面还算是
个正经人。在日本鬼子占领浑河镇以前，他是本镇头号儿主战派。从
"九一八"到"七七事变"，直到日本人占领浑河镇前夕，他的调子一直
是"中国不会亡"，到处宣扬说，泱泱中华，人口众多，地大物博，历史
久远、文明伟大，绝不会亡，谁想吞并中国，就会自取灭亡。他还有一个
高明的见解，他说，中国的老百姓有几千年的家史，把"家"和"乡"
看得比性命还重，谁想捅中国人的"老窝"，他就必定会死无葬身之地！
在本地名人聚会和与友人宴饮的交谈中，他到处慷慨陈词，发表爱国高
论。"七七事变"后，都鸿勋发出抗日的号召，说他愿意拿出一半家产，
购买武器，组织抗日义勇军。全镇多数儿贤达，普通百姓都知道，都大爷
不仅爱国，而且有他的理论和行动，有些有志青年，积极参加他的抗日队
伍。他自任队长的浑河镇自卫队已经聚集起了几十号人，初具规模。他大
儿子都本英英勇牺牲在保卫台儿庄的血战中，政府来文表彰都家的那些日
子，都大爷的爱国形象可说是达到了光芒四射的地步。在日本鬼子逼近浑
河镇的时候，人们都等着他振臂一呼，有所作为。可是，人们想象不到的

① 《将进酒》和《行路难》都是李白仕途失意时的作品。

事情发生了，就像川剧的"变脸"一样，转眼之间，都鸿勋就从主战派的领袖蜕变成了本镇的汉奸头目儿，日本统治下的浑河镇镇长，兼日本人治安队的队长！这在浑河镇简直就像是晴天霹雳，人们怎么能想得通呢？事过3年后，浑河镇上依然有人在议论这个话题。那么都鸿勋为什么会投靠日本人呢？关于这个问题，仁者见仁，智者见智，什么说法儿都有，但是说来说去，谁也说不清楚。因为说不清楚，所以也就一直在说。不过人们共同的感觉还是有的，那就是：都鸿勋这个人，城府很深，叫人琢磨不透。

让百姓们难以理解的还有一件事，那就是在都鸿勋当上汉奸头目儿之初，镇上的另外7大富户曾经齐声痛骂都鸿勋无耻卖国，而也儿乎就在转眼之间，他们又都齐集到都鸿勋的家里，去祝贺他的高升高就。富人们在日本鬼子占领浑河镇前后眼花缭乱的表演，弄得镇上的平头百姓晕头转向。

52

日本鬼子靠着都鸿勋和他的伪治安队控制着浑河镇，而都鸿勋也靠着日本人当他浑河镇的儿皇帝。但凡有一点儿中国人味儿的人都不说他的好话，恨不得杀了他的也大有人在，就连参加过庆贺他高升伪治安队长宴会的有些富户，背地里也骂他是汉奸，他们阿谀他仅仅是为了仰仗着他保护他们的家产。当然，也有和他气味儿相投的，这类人在富人里有，在穷人里也有。那些心里没有国家和民族，不知羞耻，一心只想为自己个人和家庭捞好处的人都是都鸿勋的同类，私心、无知、无耻把他们联结在一起。

都鸿勋当了汉奸让百姓们鄙视，而他本人似乎并没有什么特殊的感觉，仍然像往常一样若无其事地经常在大街上闲逛。人们在想，都鸿勋不可能不知道汉奸是什么东西，他在当了汉奸之后总该有点儿羞愧之感吧。可是好像没有，他依然和往常一样在大街上走来走去，说东道西。他的街坊老友在街上碰上他，觉得尴尬，唯恐避之不及，而他却上赶着来和他们打招呼，而且依旧笑容满面，呼兄唤弟，谈笑自如，好像当了汉奸的不是他，而是别人。也有胆大妄为的人对他指桑骂槐，他也听见了，心里明白别人骂的是他，但是并不搭茬儿，也不发怒，而只是在心里不屑地骂道："哼，燕雀之类！"

人不知羞耻，已属悲哀；如果还以耻为荣，那就不算人了。要说都鸿勋对于当汉奸一点儿都不在乎，那也不是事实。他本家的侄子、给他当副官的都本初说，都鸿勋在是否做日本人的浑河镇镇长兼治安队队长这件事上，也很犯过一些思量。他知道他接受日本人的任命会遭人唾骂。所以黑田小队长"请"他出来维持浑河镇的秩序，任命他当镇治安队队长的时候，他的第一反应是愤怒地大叫这是对他的侮辱。不过最后他还是顺从了日本人。他这样做不仅是为了保护他庞大的家产，还和他精神方面的毛病有关。正像莽秀才说的那样，读书做官是中国读书人的噩梦，而"怀才不遇"又是中国读书人的心结。这类似于一种精神疾病。中国古书中不乏读书人因为不得志而发出的这种呻吟声。大诗人杜甫梦想当个大官，以便他能"致君尧舜上，再使风俗淳。"另一位大诗人李白在政治上和杜甫一样是个外行，连政治常识都不懂，却梦想要当一人之下、万人之上、治理天下百姓的伊尹那样的大官。他曾沉痛地诉说过他"怀才不遇"的失落和悲愤，还在"仕途"上栽过跟头，因为在混乱中站错了队、跟错了主子，被皇上重判流放到遥远的夜郎，几乎要了他老人家的性命，所幸蒙赦半路返回。不止李白老前辈为自己抱不平，后世无数文人墨客也为他老人家抱不平，直到如今。怀才不遇是中国知识分子的通病，都鸿勋也有这种病。他做梦都想飞黄腾达。得意时就张狂地吼叫："大风起兮，云飞扬；威加海内兮，归故乡！"受挫时就丧魂落魄地哀鸣"行路难，行路难……"当年都鸿勋的忘年好友莽秀才说过，都鸿勋自视很高，若是有人让他当山东督军，他都不会推辞。不过，作为一个偏僻乡镇的土财主，他在本县、本省，乃至中华民国里的位置，是铁定了的，他想大展宏图、扬名四方、光宗耀祖，在历史上留下一点儿痕迹，就他的年龄、才智、家产和社会地位来说，已经有些难了。然而他的野心不死，遗憾的是在他谋得镇长和县参议的位子时，已年近不惑，眼见飞黄腾达的好时光就要过去。就在这个节骨眼上，日本人来了，频频朝他招手。他意识到这也许是他发迹的最后机会，他想借力于日本人实现自己的梦想，于是就走上了遗臭万年的道路！

然而都鸿勋从来不承认自己有错，总能把错的说成对的。他像中国的某些有学问的人一样，面孔可以一日三变，而且怎么"变"都能振振有词，说出个道理来，所谓翻手为云，覆手为雨。都鸿勋先是拉古人的故事来为自己辩护，说，成吉思汗和努尔哈赤等当年不是也曾被当成侵略者加以反对过吗？可是后来呢？后来他们不是也被说成是真龙天子，接受读书人的叩拜吗？而且在中国历史上借外力夺得大权取得王位或是维护自己的权位的，也不乏其人。从大清国末年到如今，有几个当大头头儿的人背后没有外国人？张作霖，吴佩孚，段祺瑞，孙传芳，张宗昌，汪精卫，哪个没有借用过外力？大清朝的末代皇帝宣统不是在东三省当了满洲国的皇帝了吗？现如今，为保家财、捞官位而投靠外国人的人，比比皆是！如今在中国最兴旺的买卖就是"卖国"。一批批国军将官投靠了日本人。日本人怎么啦？日本人难道比共产党更可怕吗？日本人可以让我独霸一方，而共产党却会要我的命！他认为，只要自己有了军队，独霸一方，就没有谁敢说他个不字！更何况他原本就不把俗人的议论放在心上呢。他觉得，在眼下这个年月儿，最要紧的是刀枪在手。有钱没有兵，只是一场空。他越想越觉得自己有理，也就越喜欢日本人给他的这些"美差"。

都鸿勋投靠了日本人，他以前组建的抗日的浑河自卫队一变而为日本人的浑河镇治安队。而且就像一堆骨头就能招来一群野狗，他在短短一个多月的时间里就又从周围的十里八乡搜罗了百十号人，建起了他的治安队。在这个过程中，他并没有欺骗过谁，他的那些部下几乎都是自投罗网的。这也是一些只想自己、不知道还有国家和民族、不知道廉耻为何物的人，对于这些人说来，只要有利可图，给什么人当走狗，他们并不很在意。如果有人能叫他们加房加地，添人进口，甚至仅仅是让他们吃饱肚子，他们就会对他感恩戴德，山呼万岁。浑河镇治安军里的人，多属此类。自私不分穷富，各有各的自私。他们原本是中国主人的奴才，千年为奴，奴性十足。如今又当日本人的奴才，自然不难习惯，而且一旦穿上日本人恩赐的"二尺五"，扛上日本人配发给他的"七斤半"，甚至"荣幸地"背上日本人配备给他的"王八盒子"，能带着满身的狗腥味儿，在人们的冷眼下出风头，心里就会生出一种阴阴阳阳的得意。都鸿勋的那几百名治安队的官兵，就是这样的一些人中的垃圾。至于混在他队伍里面的那些平日东游西荡，偷鸡摸狗，寄食人间的社会渣滓，他们本来就没有什么人味儿，在当了汉奸之后，连狗味儿也没有了，有的只是一种让人感到恶心的尸臭味儿!

不过都鸿勋不是那种急功近利、迎风而起的草莽。他和胶东大大小小、多如牛毛的国民党杂牌军游击队不同。这一带的所谓抗日游击队,大多是一些土财主和地痞流氓鼓捣起来的,旨在保护自己的家产,或是趁乱而起,干些抢男霸女,吃喝玩乐的勾当。他们既无良心,也无野心。而都鸿勋并不完全是这种人,更不是酒色之徒。他有野心,想乘机而起,扶摇直上,大干一场,独霸一方,建立他的都家军和都姓王国。他天天操练他的那些官兵,不许他们胡来。他刚刚组建起了治安队,就着手创办他的枪械修配所,实际上是建兵工厂。可是,办兵工厂比搜罗汉奸走狗要难。办兵工厂,一要有设备,二要有技术人才。设备不是说买就能到手,人才更是难得难求。这里只有打制小农具、给牲口挂掌的铁匠,到哪里去找能制造武器的技术人才?都鸿勋曾派人在四乡走访,也曾派人到烟台、青岛、潍坊等地打听过。一个月,半年,一年过去了,一直没有访听到他需要的人才,他的兵工厂也只能作为计划,保存在他的心里。就在他无计可施的时候,他忽然想起了"二十五孝"的故事。故事里说,在浑河镇东南乡有兄弟二人。他们曾闯荡过俄罗斯,精通武器制造,还能造飞机。想到这里,立刻派人打听古氏两兄弟的下落,得知故事里的两兄弟家住古家庄。事有凑巧,他的侄女儿娟子的婆家就是古家庄。他便命令他的副官都本初,去把娟子的父亲、他的堂弟都鸿奎请来。都鸿奎告诉都鸿勋,"二十五孝"里面的两兄弟,哥哥叫古世才,弟弟叫古世友,他们是他亲家古文举的本家侄子。都鸿勋听了喜出望外,遗憾的是古家庄不在他管辖的地区,只好派都鸿奎到古家庄去求古文举帮他收拢古世才兄弟。而古世才做梦也没想到,他的军工技术会给他一家带来灭顶之灾!

53

古文举听说都鸿勋要使用古世才,心中窃喜,恶狠狠地想道:"小子,你总算落到俺的手里了!这回俺要叫你家破人亡,死无葬身之地!"不过他没有立刻就这件事情表态。他想报复都鸿勋,拿他一把,当年都鸿勋曾经破坏过他的孙子古廷辅的婚事,便不冷不热地对都鸿奎说,浑河镇离古家庄四五十里，恐怕古世才未必愿意去，他得听听古世才兄弟俩的意思，要是他们愿意去，他会派古廷辅到浑河镇去给都鸿勋回话。

古文举对于古世才恨之入骨，恨不得立刻把他绑到浑河镇，交给都鸿勋。他奶奶母老虎在世的时候曾无数次地对他诉说过她和古顺之的仇和恨，胡说古世才他老爷爷古顺之为人虚伪阴险，不讲亲情，造她的谣言，编造她的瞎话，往她身上泼脏水，毁坏她的名誉，使他们全家蒙羞，还说，古顺之当家的时候，从大家庭中盗走了大量的钱财，古文元家的那两个天井和 7 间草房，都是他爹古天清用他爷爷古顺之盗走的那些钱修建的，那些房子应该归她家所有。她还说，她和古天清分家的时候，他娘依仗她是个寡妇，撒泼耍赖，多赖去了不少的土地和钱财。古文举从小就立志要替他奶奶报仇，把被古顺之从大家庭中盗走的那些钱财追回来。虽然他长大以后也听说过有关他奶奶的为人和他们大家庭的另外的一些说法，可是他对古顺之及其子孙的仇恨已经生根于心，而且他爱财如命，不愿意放弃追索那些所谓被古顺之和古天清盗走和占有的财产。

古文举对古世才一家不仅有旧恨，更有新仇。二十年前，古文举曾勾结青岛日本光石洋行的经理光石宪秀到浑河镇东的大山里来盗运传说是老八辈子的人留下来的那些字迹依然清晰完整的魏碑。他和日本人谋划好，利用当年新年除夕中国人忙于扫墓祭祖、迎神拜年的机会，把那些石碑盗运到青岛，然后再从青岛秘密运到日本，他从中大捞一笔。可是他们的密谋被光石洋行的一个中国雇员听到了。那个雇员姓都，家住浑河镇，在年前和朋友们在浑河镇桥头"玉山饭店"相聚酒醉后闲谈中透露了这个秘密。饭店掌柜刘玉山是个走南闯北见过世面的人，知道魏碑是文物，是国家的宝贝，觉得事情严重，马上把生意交给伙计，赶到古家庄，把这个消息告诉了他的老友，从俄罗斯回国探亲的古世才。古世才正在吃饭，听到这个消息，大吃一惊，立刻撂下饭碗，去找到了长辈古天骥、古天琦和古天骏等几位老人，说明情况，老人们得知古文举这等卖国败家的丑恶行径，感到震惊，大骂他胆大包天，胡作非为，勾结外人盗卖国宝，败坏古家名誉，立刻派人把这个消息通报山前山后的十几个村庄。当年闹过"红枪会"的乡亲们，得到这个消息，群情激愤，数百人携带棍棒刀枪，齐集东山，守护石碑。古文举勾结日本人盗卖古碑的勾当被制止，他眼看到手的几百块银元不翼而飞，还遭众人唾骂。事后，古文举听说，坏他好事的竟是古世才，发毒誓一定要报这个仇。

让古文举恼恨古世才的，还和当年这一带轰动一时的拐卖孩子案有关。就在古文举勾结日本人盗运古碑的事情以后不久，古家庄一带一连发生了几起五六岁的男孩子被拐卖的命案。当时风传，青岛有一所外国人开的医院，拿活人做医学研究，那些丢失的孩子就是被那家医院弄去做实验用了。有人见过用那些被害孩子各种器官制作的标本。它们被泡在大玻璃缸的药水里。当时古文举的大儿子古世发在光石洋行干事儿，古文举又刚刚勾结日本人闹了一回盗卖古碑的勾当，人们怀疑拐卖孩子的勾当就是古文举家的人干的，丢孩子的人家儿对他们指桑骂槐的人不少，有的人跑到古文举家门前骂街，闹得古文举半个多月不敢露面儿。

古文举家和日本人的勾结虽然早在古文举他爹古天龙的那会儿就开始了，但是当时一般老百姓不太注意他们，也不认为和日本人有来往有什么不好。相反，有些人还羡慕他们，觉得他们有本事，能挣大钱，是有本事。以前没有几个人把那块石碑当回事，认为它就是一些没有主儿的破烂石头，孩子们割草、挖菜、放牲口时，常常在碑前拉屎撒尿，瞎折腾。若不是古世才张罗着保护古碑，没有谁把魏碑当宝贝，古文举勾结日本人盗碑的勾当就办成了。古文举认为，如果没有古世才挑头闹起石碑事件，那些石碑不会被说成国家的宝贝，人们也不会因为那几块石头就把仇恨的目光盯到他家，不会怀疑到拐卖孩子的事是他大儿子干的。人们虽然没有证据定他们的罪名，也让他们的名声臭上加臭，以至于后来古文举的孙子古廷辅在古家庄附近找不到媳妇，而不得不到几十里外的浑河镇去攀亲，娶回了浑河镇都鸿奎的大闺女都本娟。古文举对古世才恨之入骨。古文举感觉古世才对他是个威胁。自从日本人占领东三省以后，古世才在庄里特别活跃，天天骂日本人，骂汉奸。古文举认为他那就是在骂他，弄得他不敢让他的日本朋友到古家庄来，心里的这份窝囊气无处发泄。现在，古文举觉得机会到了，要老账新账一齐算，把古世才弄到浑河镇去替日本人干事儿，让他也当当汉奸，他的嘴巴就张不开了。他恨不得立刻把古世才押解到浑河镇，交给都鸿勋，让都鸿勋把他关起来。

都鸿奎返回浑河镇3天后，古廷辅从青岛赶回古家庄。他还没有来得及喘口气儿，古文举就急不可耐地把都鸿奎来过古家庄，说都鸿勋要雇佣古世才的消息告诉了他，并说他要借都鸿勋之手，把古世才发到日本国去当劳工，让他们家破人亡，给奶奶报仇，收回被他们侵吞的家产。

古廷辅听到这个消息并不气恼，还喜出望外。他的想法儿和他爷爷不同，他从这件事里看到的是生意。他对他爷爷的复仇计划不大感兴趣。而且他小的时候就听老人们说过，他祖奶奶在做闺女的时候就不规矩，她和潍县的那个吴铁匠也是有过瓜葛。古廷辅认为，这也许是他们的家传。他爷爷在青岛混的时候逛过窑子，还打过他娘和他二婶儿的坏主意，以至于他娘和二婶都慌忙嫁人出走。他爹勾搭姜家庄的那个小寡妇的时候，他已经懂事了，他还曾跟着他娘到姜家庄去捉过奸。他爹死于梅毒这件事也证明他在这方面有毛病。至于他本人在这方面的作为，他心里更清楚。他觉得男人和女人之间就是那么一件事儿，犯不上在这上面和别人计较。而且他认为爷爷是个聪明人，关于他祖奶奶的为人，她干的那些花花事儿，他肯定也有耳闻。如今他极力鼓吹家族复仇，与其说是为了祖奶奶和家族的名誉，还不如说是为了他自己脸面上好看。他认为他爷爷这么干是想倒打一耙，用这种办法来冲淡人们对于他祖奶奶、他爷爷和他爹等人的恶感，使他们能站在众人面前显得不那么不体面。

古廷辅是光石洋行的地区代理人，而光石洋行的业务中就有军工方面的生意。都鸿勋办兵工厂，必定要采购设备和原材料，这刚好是他的业务，和都鸿勋做买卖，将是他发大财挣大钱的好机会。他不仅反对他爷爷加害古世才，还要力保古世才平安，把他推荐给都鸿勋，至于以后是不是要满足他爷爷的愿望，消灭古世才和他们一家，那要看他生意上的需要。他老丈人本来是叫他立刻就赶到浑河镇去见都鸿勋的。可是古廷辅不想在都鸿勋面前充当一个言听计从的小人物，为抬高身价，他故意拖延去浑河镇的时间，直等到他老丈人离开古家庄以后的第九天，才赶到浑河镇去见都鸿勋。

54

都鸿勋听都本初说古廷辅到了，立刻派人赶到都鸿奎家把古廷辅请过来，顾不上寒暄，开门见山就说到了古世才。他说："最近俺才听说你世才叔叔就是有名的'二十五孝'啊，这让俺这个做亲家的也觉得是莫大的荣耀！"

"谢谢大爷夸奖！"古廷辅面无表情矜持地说。

都鸿勋得意地笑着说："想必你爷爷对你说过了，俺决定为治安队兴办一个枪械修配所，想请你世才叔来帮忙。这件事俺已经托付你岳父去你们庄上和你爷爷谈过了，怎么样，说妥了吧？"

古廷辅迟疑良久，连连摇头，并没有如实转达他爷爷的意思，说让都鸿勋派人到古家庄把古氏兄弟二人抓走，而是故作为难地说道："这件事不大好办呀。"

对于古廷辅的回答，都鸿勋略感意外。他原本以为古世才是他亲家的本家，又有钱可赚，古文举跟他打个招呼儿事情就妥了，以为古廷辅给他带来的是好消息。他想不出事情难办在什么地方，估计是劳金问题，于是坦然一笑，说道："都是要紧的亲戚，什么都好说。"

都鸿勋并不知道古文举和古世才两家的恩恩怨怨，不知道在这件事情上他找错了媒人，也忽略了他和古文举和古廷辅相处得并不和睦这个事实，古廷辅除开过年，不得不来给都鸿奎和都鸿勋拜年，平时从不进都鸿勋家的门。都鸿勋想古文举他们未必肯一心一意替他办事，说不定他们还会从中作梗，趁机为难他。

在日本人占领山东胶东以前，都鸿勋是浑河镇一带抗日派的一个首领，一度红得发紫，而古廷辅一家几代人和日本人打连连，名声不好，彼此水火不容。当年古文举托媒人到浑河镇来给古廷辅说亲，都鸿勋一百个不愿意，一再对都鸿奎说，古家和青岛的日本人勾勾搭搭，臭名远扬，古廷辅为人轻狂，不能把娟子嫁给这样的人家，险些把古廷辅和都本娟的婚事给搅黄了。"九一八"以后，特别是"七七事变"以后，都鸿勋抗日的调门更高，而古廷辅和他爷爷则被众人公开地指责为汉奸亲日派，有时有人当面羞辱他们，都鸿勋甚至曾经命令都鸿奎不要和古文举一家来往，弄得都本娟好长时间不敢回娘家。此刻都鸿勋也想到了这一层关系，认为这可能也是事情的难办之处。而古文举祖孙虽然对于自己从事的勾当，不以为羞，对于来自都鸿勋的慢待和羞辱心怀不满，当时也只能忍气吞声。如今世道变了，浑河镇一带是日本人的天下，都鸿勋也投靠了日本人，当了汉奸，古文举祖孙们以为自己和日本人交往早，和日本人更亲、关系更铁，而都鸿勋是后来者，在日本人面前，他的辈分比他们低，不再把他放在心上，现在都鸿勋有求于他们，便摆出个姿态，向他示威。古廷辅之所以来见都鸿勋，有他重要的个人考虑，他认为在都鸿勋筹建的枪械修配所的过程中有他的商机，他可能是他生意上的一个伙伴，一个有利可图的客户。

古廷辅说古世才的事情"不好办"，有为难都鸿勋，抬高自己的意思，不过也是实情。他深知古世才坚决抗日，不会听他爷爷和他的摆布，心甘情愿地到浑河镇来给都鸿勋效力，这就是说，他得和都鸿勋策划怎样强行把古世才弄到浑河镇来。而这样的话他不能说在都鸿勋当面。

都鸿勋重复说："都是要紧的亲戚，劳金好说。"

古廷辅再次摇头，没有说话。他不能把古世才真实的政治态度，他们两家的恩怨，以及他自己处理这个问题的真实想法都一拢总地说出来，那面子上不好看，暴露出他的无能，甚至失掉都鸿勋这个大客户，他得想出一个三全其美的办法。他此次来见都鸿勋，要说的就是这件事情"不好办"，为下一步的工作做准备。

都鸿勋等来了古廷辅，却没有听到好消息，觉得有些扫兴。可是他急需古世才这个能人。而古世才在他管辖的地区之外，又是儿女亲家，不好派人去捉，再说抓来的技术人员也不能重用，因此需要古文举和古廷辅去给他说合，便压抑着心中的不耐烦笑着说道："都是自己人，好说，你费心跟你世才叔叔好好谈谈，劳金好说，事成之后必有重谢。"

古廷辅说道："您老托付的事，俺会全力去办。"

55

古廷辅当面对都鸿勋大包大揽地保证说，都鸿勋委托他的事，他会全力去办，回去说服古世才来浑河镇，而他说的是假话。他和古世才从无个人交往，除去每年的大年初一早晨，不得不随从本家同辈兄弟礼节性地去给古世才的老娘磕头，顺便也给古世才磕一个头，叫他一声叔叔，平时他和古世才根本就不过话，他不可能突然接近古世才，更何况他完全知道古世才是个什么人，他不可能和他谈出他所希望的结果，因此也就不会去找古世才谈话，自取其辱。

　　古文举原本要古廷辅去浑河镇对都鸿勋说，古世才是个死心塌地的抗日分子，他自己说在上海淞沪战争时上过前线，亲手杀过日本人，他古文举和古世才两家有深仇大恨，让都鸿勋立刻派人来把古世才弄到浑河镇，打着用，骂着用，过后把他发配到东三省或是日本国，让他下煤窑，下铁矿，饿死、累死在那里，尸骨无存，不得还乡。古文举恨不得一刀把古世才杀了。而古廷辅回到古家庄却对他爷爷谎称一切都按照他说的办妥了，过一些日子都鸿勋就派人来带人。而实际上他对都鸿勋说的是另一套，他隐瞒了古世才对日本人的仇视，强调他和古世才是五服以内的要好的本家，大讲古世才在军工技术方面的本事。同时又强调说，要古世才到浑河镇帮都鸿勋办枪械修配所的事情难办，这样说目的是玩弄都鸿勋，抬高他在这件事情上的作用，以便将来从中捞到更多的好处。

　　古廷辅蒙骗他爷爷，是由于担心爷爷急于报仇雪恨、抢占古世才的家产而鲁莽行事。万一爷爷对都鸿勋透露了他们及古世才家的仇恨及古世才是个顽固的抗日分子的实情，使得都鸿勋不肯用古世才，办不成枪械修配所，把他赚大钱的如意算盘给砸啦。

　　这会儿古世才对于都鸿勋和古廷辅都是香丸子。都鸿勋急于把古世才弄到手，办起他的枪械修配所，壮大他的势力，古廷辅急于拉上都鸿勋这个客户，古廷辅是为了钱，都鸿勋是为了权，归根到底也是为了钱。

　　都鸿勋给古廷辅提供了一个发大财的好机会，也给他出了一个大难题。古廷辅在都鸿勋面前摆出一副自己是古世才本家的侄子，他能跟古世才说上话，保证说服古世才去帮助都鸿勋办枪械修配所，而事实上他又不可能顺顺当当地把古世才弄到浑河镇。而且都鸿勋一旦知道古世才是个抗日分子也未必肯接受他。在这件事情上，古廷辅只能两头儿骗，特别担心他爷爷有意无意坏了事，也担心他老婆都本娟不小心对都鸿勋说漏了嘴，泄露了他的秘密，关照她近来不要回娘家。

　　古廷辅毕竟是个新派人物，不缺少鬼点子，总算琢磨出了一个面子上勉强说得过去的主意，就急不可耐地赶回了浑河镇见都鸿勋。

　　"怎么样？你世才叔答应啦？"都鸿勋笑迎古廷辅。

　　古廷辅眉头紧皱，故作难为情，摇摇头说，"事情难办。"

　　"是劳金问题吗？"都鸿勋想当然地说。

　　古廷辅摆摆手说："劳金可以商量，再说你老也亏待不了俺世才叔，事情难办在政治上。您知道，眼下国军三十支队八团还盘踞在古家庄一带，俺世才叔守旧，跟不上时代，受周围那些愚昧的庄户人的影响，对于日本人缺少了解，不愿意和咱们这些人共事……"

都鸿勋听古廷辅这样说，心里也有些嘀咕。枪械修配所是军事单位，有抗日思想的人不宜在这样的单位做事。可是他想难得有古世才这样合适的人选，而且人的思想是可以改变的，他本人不就是这样吗？古世才毕竟是个手艺人，只要厚待他，肯出大价钱，不怕他不动心，有钱能使鬼推磨嘛，于是大度地说道："这算不上难题，都是亲戚，事情好办。"

古廷辅听都鸿勋这样说，心里有了底，接着说道："世才叔叔是个大孝子，到浑河镇来干活儿，放心不下他家的奶奶。"

都鸿勋不假思索地说道："这好办，把老人家接来浑河镇，和你世才叔住在一起，咱们派专人侍候。你对你世才叔说，只要你世才叔肯来帮俺这个忙，什么事都好说。约个时间，你陪你世才叔来谈谈。"

古廷辅说道："俺世才叔也不是个呼之即来，挥之即去的无名小辈，在俺古家庄一带，他也是个知名的人物，请他来浑河镇也不仅仅是亲戚朋友之间的私事，让俺这个晚辈去叫他，是不是合适？"

都鸿勋爽快地说："说得对，你看怎么办好？"

古廷辅说："您得派人去'强请'，一方面表示对他的尊重，另一方面也让庄里的人知道俺世才叔不是贪图金钱，不请自来，面子上好看。俺说过，俺们那里眼下还是游击队三十支队八团的地盘儿，周围的百姓也不开通，对于给日本人干事儿的人有误解，俺世才叔叔又是个守旧的人，很在意乡亲们对自己的看法儿。俺的意思是，事不宜迟，马上就办，听说有些游击队在张罗着办兵工厂，他们肯定也会打俺世才叔叔的主意，要是让别人捷足先登了，就可惜了。"

古廷辅最后说的游击队也在筹办兵工厂是瞎话，却正是都鸿勋所最担心的，连连称赞古廷辅想得周到。不过他也有顾虑，古世才兄弟是名人，事情牵涉到儿女亲家，得考虑以后大家怎样相处，不好对古世才来硬的，就说道："这样吧，咱们还是'先礼后兵'吧。你回去好好儿和你世才叔谈谈，尽量说服他自动地来帮俺这个忙。俺亏待不了他。要是说不通，再派人去'强请'，你回去再跟你世才叔好好谈谈，俺听你的信儿。"

古廷辅以随便的语气试探说："还有一件事有必要提一提。俺世才叔有一个男孩，小名叫根儿，今年 8 岁，在俺庄的小学校念书。眼下世才叔兄弟二人就顶着这么一个男孩。他是俺世才叔全家的宝贝疙瘩，命根子，奶奶和他形影不离。要是能把奶奶和根儿和世才叔一起接来浑河镇，让根儿在这里念书，俺世才叔会更加安心地在这里工作。俺这是替你老想……"古廷辅说着闪电般地瞅了都鸿勋一眼，察看他的反应。

古廷辅的这番话让都鸿勋感觉吃惊，他这是为了讨好他而建议他把古世才的老娘和儿子通统掳来当人质，其用心之狠之绝之毒之没有人性，是出了格儿的，他想到了古廷辅的家世，相信面前这个笑眯眯的古廷辅是一个谁都可以出卖的人，告诫自己和这样凶残的人相处，得倍加小心，提防落入他的圈套，吃他的大亏，便不动声色地笑笑说："你的建议不错，不过我想，事情还是一步一步地来吧。现在咱们先把你世才叔请来，奶奶和根儿的事，往后放放再说。你回去代俺向你爷爷和世才叔家的奶奶问好，对你世才叔说，俺请他帮俺这个忙，一定亏待不了他。他来浑河镇工作，他家的老人和孩子以及家里其他的人都可以来住，吃的住的用的开销都由俺负责。"

古廷辅大包大揽地说："俺回去再摸摸俺世才叔的心思，尽量说服俺世才叔同意来浑河镇，实在不行，那就只好'强请'，你老就等俺的好消息吧。"

古廷辅走后，都鸿勋反复琢磨古廷辅的话，认为古廷辅所谓"强请"就是绑架，说明他没有办法儿说服古世才来帮助他办枪械修配所，而要绑架古世才，势必伤害他和古世才的亲戚感情，也有碍于他的侄女都本娟在古家庄做人，将来古世才的工作也不好做。所以都鸿勋虽然已经感觉到古廷辅在古世才面前无足轻重，古世才未必听他的，但他还是幻想古廷辅能说服古世才自愿到浑河镇来，而不想采取"强请"的办法，去绑架古世才。这几天他一直盼望着古廷辅的好消息。可是五天过去了，古廷辅本人没来，也没有派人来关照他如何对待古世才。

其实，古廷辅根本就没回古家庄，而是直接从浑河镇去了青岛，在那里躲起来，观望都鸿勋的举动。他相信都鸿勋急于得到古世才，他关于游击队也在搜罗古世才这样的专门人才的瞎话，足以撩起都鸿勋和游击队争夺古世才的邪火儿，现在即使没有他的帮助和配合，都鸿勋也一定会派人到古家庄把古世才弟兄二人弄到浑河镇。而他不想目睹都鸿勋把古世才兄弟二人从古家庄绑架走，不想在众乡亲，特别是古姓一族老少面前落个伙同都鸿勋绑架他本家叔叔的骂名，更不想因为这件事触犯游击队，他知道在游击队里有一些无法无天，干事儿不计后果的亡命徒，他们会伪装抗日，拿这件事做文章，办他个汉奸罪，勒索他的钱财，危及他的性命。

都鸿勋久久得不到古廷辅的消息，心急如焚，生怕夜长梦多，古世才被游击队抢走，终于耐不住性子，派出他的副官都本初和特务连长黄鲲穿便衣赶到古家庄去"强请"古世才。

56

在古家庄，古世才兄弟两家的日子过得年是年节是节，幸福温暖，哥儿俩种地，打下般般样样儿的粮食吃不完，隔三岔五地外出做工能挣到现钱，两家的钱粮年年有节余，虽说算不上富有，却是蒸蒸日上，是庄上日子过得最温馨的人家。在古家庄，六七口人的人家，一年能吃上两斤油的不过两三成，而古世才和古世友两家 7 口，一年吃的油合起来有 10 斤之多。而且他们专吃豆油，而不吃花生油。花生油不如豆油香，也不耐吃。其他食材像鱼、肉、鸡、豆腐、猪血、海带、对儿虾、蛏子、海螃蟹、时令蔬菜等，他们也不少吃。一般人家儿很少吃的 10 文钱俩的火烧，以及洋糖，关东糖，桃梨瓜果儿等，他们一家儿也经常吃。秀姑每年在吃大鱼的季节给她娘送的大鱼都是分量很大的脂鱼或是家鲫鱼。他们最让人们羡慕的是母慈子孝，兄友弟恭，一家和睦，日子过得蒸蒸日上。要不是天下不太平，日本鬼子来捣乱，如今古世才家临前街的那幢南屋早就盖起来了，两家土坯房也该翻修成砖瓦房了，两家的地亩也会有所增加。时逢乱世，有钱也不敢张扬。奶奶感觉唯一美中不足的是家里少了几个男丁，不过老人信命，上天不给的，她也不敢强求，为了不让古世友媳妇玉兰难堪，她从不把自己的这个遗憾在人前表露出来。

冬至就要到了。忙过了秋收冬藏，劳累了一年的人们，终于可以歇歇气儿，干点家里的零星杂活，等着过新年了。男人们，有的在清理场院，有的在整修农具，有的在修补夏秋时节被雨水冲刷出缺口儿的土坯围墙。女人们筛簸干净了新粮，装缸装囤过后，就开始忙着为一家老少拆洗翻新准备冬装，或是赶制过年时要穿戴的衣裳和鞋帽。一些年轻的媳妇就趁着这个空闲时光走走娘家。像古天骥等上了年纪的一些老爷爷们在天气好的时候，常常提留着马扎儿、小板凳儿，鸟笼，聚集到古世才家南墙外面宽敞平整干净的空场上，下五道儿棋，下土围棋，扯闲话儿，抬杠，晒太阳，看光着膀子穿着棉背心儿的半大男孩子们摔跤，重温自己少年时代你争我斗的乐事。要是有崔德昌他爹在场，还会讲三国。他老人家关心国家大事，常常叹息如今国家缺少关云长那样的英雄好汉。他断言，若是关老爷、赵子龙和张飞他们在，小鬼子也进不了中国。老人们都认同崔德昌他老爹的高论，而年轻人多笑老人们守旧。农闲时间他们经常聚集在小学校的操场上练武术。

早饭后，奶奶带着根儿到对门找古天骥家老奶奶玩去了。

秀姑昨天傍黑听说她哥哥病了，便心急火燎地让改莲陪着她赶去了柳林庄。胆儿大的人，也有胆儿小的时候，秀姑就是这样。这一阵子她最害怕她哥哥生病。从她二哥胡大林去年不幸叫河西的一个汉奸杀害以后，她就变成了这个样子。其实，胡大珂今年刚满 45 岁，身子骨还算结实。去年他听说外出做生意的弟弟被害，突发心口疼，差一点要了命。打那以后，秀姑一听说哥哥病了就往柳林庄跑，生怕哥哥再出意外。

前天晌午饭后，古世友牵着他哥哥的大黑驴送玉兰到马蓝庄走娘家去了。从古家庄到马蓝庄，路不算太远，但是要过一块高地，一条大河，两道深沟，道儿上不大好走。原说好他们今天一早回来，可是此刻已经日上三竿了，还不见他们的人影儿。大黑驴脾气不好，古世才对他们有点儿不放心。

此刻古世才家只有他一个人，两个天井里的活儿都得他干，要喂他这边的大黑驴生下来的那头浑身乌黑的小驴驹子，喂他弟弟那边的黄牛和那头小牛犊儿。春天奶奶给他们两家赊了 20 只小鸡儿，每家 10 只，都活了，而且七成是母鸡，有的已经开腔了。母鸡得子的欢笑声时有起落。新下的鸡蛋他可以让它们躺在鸡窝里，等根儿回来去拣，可是那大小几头牲口他得照料啊。一直忙到傍中午，他才有工夫坐下来干点别的营生儿。他先拿起一支本地造的老式猎枪。那枪是根儿他大舅胡大珂送来要他修的。他说等枪修好了，用它打大雁。柳河滩是大雁秋天起落的地方。这一带的人用大雁血治疗婴儿的"掩口疮"，特别有效。办法是用温开水把指甲盖大的一点干成片片儿的大雁血化开，给病儿喝下去发汗。这是胡大珂他老娘传下来的偏方儿，百发百中。胡大珂和古世才家一年四季都保存有大雁血。这一带十里八村的人家儿都知道他们家里有这种东西。胡大珂每年秋天都要打几只大雁。打大雁的时候要带上一个大碟子。碟子浅，滴到上面的雁血干得快，不会坏。大雁身上的血很少，中弹落到地上，得赶紧跑上去，用碟子接下它的血，错过时间，雁血就流光了。

古世才正神情专注地修枪，忽然听见好像门外有人说话，而且不像是本地口音。他抬头一看，果然见大门外站着两个人。前面的人手扶脚踏车站在大门外，后面的人只露出一只手。古世才停下手里的活儿，警惕地打量着门外的陌生人，见他们不声不响、一前一后地提着崭新的德国造的脚踏车，跨过门槛儿，进了天井，把脚踏车支在天井里，解下脚踏车货架子上面的东西，提在手里，朝堂屋走来。古世才立刻站起来，注视着来人。

"你老就是世才表叔吧?"走在前面的那个高个子停在堂屋的门前笑嘻嘻地说道。

"你是?"古世才反问对方，同时打量着他。见他二十岁上下，身高过 5 尺，偏长脸，上嘴唇很短，一笑，一口黄牙就露出来，几颗包金的门牙闪闪发光，古世才断定他是河西人，那里的水土不好，生长在那里的人的牙都是这样黄黄的。他的打扮也不俗，头戴崭新的黑礼帽，脚蹬黑礼服呢面儿的千层底儿便鞋，穿着宽宽大大的黑斜纹儿布的夹大褂，前大襟儿叠起，掖在腰间，袖口儿挽过腕子以上，露出里面雪白的衬衫。为骑车方便，他右边的裤脚儿高高卷起，用卡子卡住。从打扮上看，他有点像买卖人，可是缺少买卖人的那股子精明和气劲儿，眼睛里透着杀气。走在后面的那个矮个儿的，穿着打扮和高个子一样，但是长得比较单薄，身高不满 5 尺，是个白净子儿，鼻梁儿不高，两个鼻翅儿微微向左右横向扩展，占去了小半个脸。胶东一带的男人，多是鼻梁儿高高的通天鼻子，有这种鼻翅横宽的趴趴鼻子的男人很少见。从他的脸色看，他好像常常喝酒。他走起路来，颤颤巍巍，哆哆嗦嗦，就像踩在棉花上，左右摇晃，也就是有点儿"点"，或者说是"瘸"，一看就知道他是个念过几天书，没出过大力的人。他手里提着个蓝色印花布的小包袱，包袱的个头儿不大，可是看样子分量不小。

"这都是谁呢?"古世才想，心里有点儿犯嘀咕。自从日本人侵入本地以来，街面上乌七八糟的人多起来，绑票儿的，破门抢劫杀人的事也屡屡发生。他怕他们是坏人，下意识地提起了手中里面并无火药和铁砂的枪，做出防范的样子，目不转睛地盯着来人，两位不速之客警惕的目光立刻聚集到古世才手中的枪上。

"您就是世才表，表，表叔吧？"高个子第二次发问，然后自我介绍说："俺叫都本初，从浑河镇来，古廷辅的媳妇是俺的叔伯姐姐。咱们以前没见过面，你老不认识俺。俺可是听说过你老的大名和"二十五孝"的故事。"高个子故作亲近，谦卑地，大大咧咧地傻笑着说。

古世才想起古廷辅媳妇的娘家是浑河镇，而浑河镇现在被日本人和汉奸头目都鸿勋占据着，来人衣帽整齐，都骑着崭新的德国造的脚踏车，官不像官，民不像民，和他素不相识，贸然登门，故作亲热，心里不免有点儿犯嘀咕，不过他想，他们既然是古廷辅的亲戚，就应该去找古廷辅，为什么来找他呢？可见他们是奔着他来的，那又是为什么呢？不过既然来人自称是自家的亲戚，自己也不能失礼，便笑笑说："哦，是浑河镇的亲戚呀，快屋里请。"

这时，根儿从外面跑进来。

"这是？"都本初两只眼睛紧盯着根儿问道。

"我的小子。"古世才笑着说。

根儿打量了一眼二人，没有说话，转身打开锅，拿上一块棒子面儿的黄饼子，转身穿过天井跑到街上去了。

古世才和都本初等三双彼此猜忌的眼睛尴尬相对。最后古世才试探地问道："二位找我有什么事吗？"

都本初说："是这样的，是这样的……俺们都团长听说你老会造枪炮，想请你老到浑河镇去帮着俺们办枪械修配厂。这件事俺鸿奎叔说他已经和你家古文举表叔和古廷辅姐夫说妥了。"

古世才明白来人是都鸿勋派来的汉奸，事情和古文举和古廷辅有关，看来他们是有备而来。修造枪械是他喜爱的行当，但是帮着汉奸都鸿勋办枪械修配厂，当汉奸，是万万不可以的。不过他不想当面触怒来人，他既不说同意，也不说不行，而是张罗着烧水泡茶。

古世才不表态，都本初不知如何是好。他一再给小个子使眼色，意思是他能说会道，让他再对古世才谈谈他们的来意。可是小个子一言不发，都本初有些生气，只好重复说，他们是奉都鸿勋都团长之命来请他去浑河镇的。

古世才笑着说："啊呀，俗话说'十里路无准信儿'，一点儿不假，俺就是个铁匠，在俄国的一家兵工厂干过活儿，说俺懂军事技术，会造枪炮，那是误传。眼下俺娘上了年纪，离不开人儿了，连离家远的铁匠活儿也干不了啦，请你们回去报告都鸿勋亲家，让他另请高明吧。"

这时，小个子神秘地淡然一笑，说道："古师傅，您就不要推辞了。您是兵器专家，方圆百里，无人不知。"他的声音不大，语调平缓，但是里面蕴含着一种不容反驳的味道。

这时都本初忽然插话说："啊呀，你看俺，真是二五眼，忘记了给你们介绍了，"他面露难为情，指指小个子说道："他，他是我们特务连的黄连长。"

黄鲲故作谦恭地躬身说道："在下黄鲲，'鲲鹏'的'鲲'。"

古世才不知道什么是鲲鹏，装出谦和的样子说道："黄长官，失敬了。"

黄鲲继续一字一句地说："俺们都团长很看重您的为人和技术，特地派俺们来请您到我们那里去主持枪械修配所的工作。您有什么要求只管说。"

古世才装出随便的样子笑着说："我哪里是什么兵器专家呀。当年学徒学的就是铁匠，后来为了混饭吃在俄国的兵工厂里干过几年粗活儿，回国后一直种地，隔三岔五地找点儿铁匠活儿干干，现在连个正经的铁匠也算不上了。"

"你老太客气了，"黄鲲说，"您的情况俺们了解，您的确是个能人。您在俄国的时候不是普通工人，而是技术员。像你老这样的能人，全山东也少见，怎么好埋没在庄稼地土坷垃里呢？您还是应了这个差事吧。俺们亏待不了您。"黄鲲的语气有点儿咄咄逼人，脸色也有些难看。

"是啊，俺们团长亏待不了你老人家。"都本初用哀求的口气说。

"感谢都团长的抬举，有钱谁都想挣，更何况是给亲家帮忙，俺实在没有那个本事。再说俺都这个岁数儿了，家里又有老人，实在不能到外地去干活儿了。孔夫子说，父母在不远游嘛。"古世才坚持说。

古世才觉得奇怪，他在俄国兵工厂当过技术员的情况，在国内只有刘玉山和孙兰亭两个人知道，他黄鲲是怎么知道的？后来他听刘玉山说，孙兰亭和黄鲲是亲戚，估计是孙兰亭对黄鲲说的。

黄鲲笑笑说："浑河镇离古家庄不远，来去方便，骑脚踏车只是个把钟头的路。你老去了浑河镇，俺给您配备新脚踏车。什么困难我们都能帮您解决，您家的老人可以接到浑河镇，我们派专人伺候，您全家都搬到浑河镇去也行，吃住开销都有我们负责，您就不要推辞了。"

黄鲲的这些话难住了古世才。他最怕他们把他的全家都弄到浑河镇去。如果他坚持说不去，他们很可能撕下亲情的伪装，露出凶恶的汉奸本相，强行把他和他全家都押解到浑河镇去。他们既然会背叛国家，当汉奸，还有什么坏事不能干呢？他想，不能和他们硬顶，要留有回旋的余地，得先稳住他们，再做计较。想到这里，便笑着对都本初和黄鲲说道："浑河镇亲家的这个忙俺是应该帮。可俺真是没有什么本事。这样吧，既然你们对俺抱着这么大的期望，俺就去浑河镇见见亲家，容我和家里的人商量商量，安排安排，过几天俺亲自去浑河镇见你们都团长，说明情况。"

都本初高兴地说："那就这样说定了。到时候俺们来接您。"

黄鲲说："这样吧，再过三天就是冬至了。冬至的那天俺们来接您。"然后提起他手里的那个小包袱儿，对古世才说："这是俺们预付给你老的一个季度的劳金。每月五十块现洋，总共一百五十块，你老点点。"黄鲲说着，就把那个蓝色的小印花儿布包袱哗啦一声撂到供桌上，"今后您的劳金，一律按季度用现洋支付。"说完，站起来，好像一切都定下了，根本没有商量的余地。

古世才看了黄鲲一眼，有些不满地说："这钱，你先带回去吧。"

但是黄鲲根本没有答理古世才，大步走出堂屋。他心里有气，觉得古世才推三阻四，不识抬举，给脸不要脸。他一直是在压着心头的怒火和古世才打交道。按照他的脾气，他会闯进古世才家，二话不说，用枪顶着古世才的脊梁骨，押上就走。可是都鸿勋在他们行前曾反复叮嘱过他，对于古世才，只能说"请"，而不可以鲁莽行事。都鸿勋这样安排有多方面的考虑，主要是为他以后笼络古世才留有余地。他物色的是他兵工厂的技术人员，这个人必须是他的亲信，能为他所用。如果他强行把古世才绑架到浑河镇，撕破脸，把事情做绝，以后就难有回头的余地，不利于他笼络住古世才，而如果他不能把古世才变成他的亲信，他也就不能把枪械修配所，实际上是兵工厂交给他，那他要古世才有什么用处？再说，古世才是远近闻名的"二十五孝"，众人的舆论他也不能不考虑，而且他知道手艺高超的工匠大多脾气都很大，你想用他，就不能招惹他。这方面他有教训。在他刚接手家务的时候，家里打制过两辆新车。这一带最有名的制车师傅是掖县的梁百年。本地百年老车都出自梁家。梁百年是梁家的第四代传人。他脾气很大，不仅不阿谀任何雇主，而且要价儿很高，对于工作期间的饭菜酒类，样样儿都有严格要求。做面食用的面必须是头罗的，菜顿顿要四荤四素一汤，酒要即墨老酒。年轻气盛的都鸿勋决心给梁百年改改这个脾气，硬是不肯按照他的要求给他上菜、上酒、上饭。梁百年什么都不说，不动声色地给他打制好了第一辆车。都鸿勋心中暗自得意，心想："你梁某人不过是个手艺人，耍什么威风？！俺不听你的这一套，你还不是老老实实地给俺把活儿干了吗！"这件事激怒了他的老爹。他爹申斥他说："你这就叫因小失大！"然后细细地对他讲解了这件事情上的利弊得失，命令他亲自去向梁百年道歉，并且决定第一辆车的车轮重打，付双份工钱。这件事给他留下了深刻的印象。眼前的古世才，对他说来，比梁百年更重要，他要依靠他办兵工厂，所以必须小心对待，因此他才一再嘱咐都本初和黄鲲，非万不得已，不可动粗。

黄鲲已经走出古世才家大门口了，又返身回来，笑着对古世才说道："古师傅，您有什么要求只管说话，嘿嘿。"他口气缓和，神态谦卑，显然，他是想给古世才留下一个不坏的印象。古世才毕竟是都鸿勋的亲家，他不能不考虑他以后怎样和古世才相处。

客人们走了，古世才心里陡然生出一种祸从天降的沉重感觉。如今山河破碎，国难当头，自己常常为不能为保卫国家效命疆场而感到遗憾，而都鸿勋这个狗汉奸却想用重金来收买他去给他办兵工厂，修理和制造枪炮弹药，这是危害国家民族，对不起祖先和儿孙的事，是宁死也不能干的。

几年来，古世才目睹了一队队国军投靠民族敌人，做了日本人的帮凶，在山东胶东就有数不清的这类汉奸队伍，土匪司令。古世才认为偷盗、抢劫、强奸、杀人，放火，都是犯罪，都应该受到惩罚，而最应该受到惩罚的就是投敌叛国罪。他认为所有投敌叛国分子，都在可杀之列。应该让子子孙孙记住，人生最不能对不起的，就是自己的国家和民族。可是他该怎样应对面前的这个都鸿勋呢？他头脑中闪过向驻扎在古家庄一带的国军三十支队八团或是九团请求保护的念头，但是立刻他又打消了这个想法儿，因为这些游击队从来没打过日本鬼子，每有日本人要来古家庄一带扫荡的消息，他们总是撒腿就跑，说不定那个早晨，他们就会去投靠日本人，变成汉奸。他痛苦地感到孤立无援。他想，都鸿勋怎么就看上了他呢？让他感到不安的是，他估计他已经处在都鸿勋的监视之下了，古文举和古廷辅就是他的耳目，现在想逃走也难了。

面对突然出现的灾难，古世才感到人生无常，有时你喜欢什么，偏偏就没有什么，而你不喜欢什么，偏偏就来什么，不幸的事情可能给你带来好运，而美好的事情却会使你落入黑暗的深渊，你日夜为之奋斗的那个成功，可能是个失败，而你确认是失败的东西可能会把你引导到你意想不到的成功，他连做梦也没想到他的手艺，在给他带来家道中兴之后，还会给他带来眼前这种天大的灾难。他一生最恨的就是外国帝国主义和他们在中国的走狗，而如今偏偏就有人要逼迫他去给凶恶的日本鬼子和汉奸效力，当汉奸，他怎么能不愤怒、不苦恼、不焦虑呢。对于那些心里只有个人私利而不顾国家民族兴亡的人说来，月薪50块现洋的"工作"是天赐的美差，求之不得，而对于古世才说来，这却是天大的耻辱，他一时想不出个应对的办法，但是有一点他心里是清清楚楚的：那就是死也不能替敌人干事情。国家和民族在他的心里和生命一样宝贵。

古世才信奉过"人生一世，为了吃穿"的人生追求。吃饭曾经是他的头等大事。因为许多普通百姓终生劳作而不得温饱。他也曾为一家人能够吃上饱饭而痛别亲人，远走俄罗斯。那时他心里只有饭碗，而没有国家民族。国家太大，离他太远。那会儿国家不管他，他也不关心国家。在去俄罗斯之前，他心中只有他的那个穷得几乎一无所有的家和那个小得在地图上找不到的古家庄，对于家门以外的事，他根本就不关心，连自己是山东人他都没有意识到。后来他流落到关东，意识到自己是山东人，听着东北本地人和外州府县的人们称赞说山东是礼仪之邦，是圣人和诸多英雄好汉的家乡，开始为自己是山东人而感到骄傲。而到了俄罗斯，他才知道自己原来还是个被几乎所有的外国人都看不起的中国人。他感觉，在俄罗斯的远东地区，最叫人看不起的是高丽人，高丽人以下就是中国人了。英国人，美国人，法国人，德国人，俄罗斯人，几乎所有的外国人，都可以蔑视中国人，就连由中华文化滋养大、忘恩负义、同是黄种人的日本人，也贱视中国人。他开始感到愤怒和不平。霍先生擦亮了他的眼睛，郑重其事地告诉他说，中国伟大，比任何国家都伟大。在世界上自古到今绵绵不断的文明大国只有中国，中国的文明滋养了整个世界，在孔夫子"己所不欲勿施于人"等教导中蕴含着人类最崇高的理想和希望。他相信霍先生的话，确信中国伟大。他就怀着这样的自豪和信念度过了自己的半生。他常常想："俄国人，英国人，日本人，法国人……他们抢了我们的钱财，杀了我们的人民，占了我们的土地，还用毒品来害我们的人民，而到头来还贱视我们，真他娘的王八蛋！"他开始感受到了做一个中国人的耻辱和责任。从那以后，那种被贱视，被侮辱的感觉一时一刻都没有离开过他。他对于侵略过、掠夺过、欺负过自己的国家和人民的那些外国强盗，恨之入骨。他也憎恨那些为外国人效力、危害国家利益的汉奸走狗。他觉得中国的好多苦难和耻辱都是外国帝国主义和他们在中国的汉奸走狗们一起制造的。他常常想，汉奸也是人生父母养的，也披了一张人皮，为什么就那么不要脸呢？怎么就甘心为了自己个人和家庭的私利而去替那些外国势力卖命，掉过头来祸害自己的国家和百姓呢？为什么他们当了外国人的猪狗还洋洋得意呢！可是如今他自己就要被强行拉入汉奸卖国贼的行列了！而且事情来得这样突然，使得他不知如何应对。他从没遭遇过这样大的灾难，有生以来头一次感到什么是祸从天降。

　　傍晌，奶奶带着根儿回来了。古世才忙着做好了午饭。饭后奶奶带着根儿回到她的房间里睡了。古世才的心思又回到浑河镇的事情上来。他想，三天后黄鲲和都本初会不会再来呢？这里是游击队八团的地盘儿，也许他们只是说大话，吓唬人，未必敢到这里来抓人。但是他立刻就放弃了这种幻想。他想，都鸿勋他们并不害怕游击队，说不定他们和游击队早就有勾结。都鸿勋不就是由抗日游击队变成汉奸队儿的吗？自己是中国人，生活在中国的土地上，身边有中国的军队，却要受日本鬼子和汉奸的气。他感到窝囊。午觉他没有睡，也忘记了给几头牲口添草料，一直坐在堂屋的门槛儿上，琢磨怎样摆脱困境。直到奶奶午睡后，带着根儿外出玩耍，路过他身边的时候，他才站起身，装出一副平安无事的样子，让奶奶带着根儿离开堂屋。

古世才冥思苦想了一下晌，也没有想出一个解困的办法。

58

古世友夫妇是当天傍晚回到古家庄的。他们赶在今天回来是因为明天奶奶该轮住到他们家了。他们一回来就把奶奶和根儿一起接到北屋去了。

秀姑和改莲直到太阳落山才赶回古家庄。

"爹，你怎么啦？"聪明敏感的改莲觉得她爹的情绪不对。

古世才对她摆摆手，没有说话，连眼睛都没有睁。

"怎么，不舒服吗？"秀姑也感觉丈夫有些不对劲儿。

古世才也没有回应秀姑，依然两手捧腮，双眼紧闭，背靠那扇厚厚的、黑漆漆过的、岁数比家里人都大的旧屋门，蹲坐在那里打瞌睡，实际上是在想心事。

秀姑看着古世才，开始感到有些不安，担心他病了，或是这期间家里发生了什么事情。她想："昨天俺走的时候他还好好儿的呢，怎么一天就变成这个模样了呢？"秀姑这样想着，忍不住又问道："你到底是怎么啦？"她说着，就把她哥哥为她新割的一罐儿新鲜蜂蜜从篮子里取出来，撂到北墙下的供桌上。

"别问了，做饭吧。"古世才有些不耐烦地说着，站起来，无精打采地走进西屋，靠到炕尾堆放着的被窝上歪下来。

秀姑旋风般地在屋里屋外地转了一圈儿，发现什么都乱糟糟的，就在天井里嚷道："牲口槽里连一根儿草都没有了，怎么不给牲口添草料？根儿呢？"

古世才这时才说："跟着他奶奶去他叔叔那里去了。"

往常秀姑从娘家回来，丈夫总是问这问那，从来不像今天这副模样儿。从她嫁进古家，家里遇见过不少叫人烦心的事，她从没见丈夫的脸上有过愁容，她猜想家里肯定是发生了大事。可那会是什么事呢？

　　古家庄的女人，除了家里没有男性当家的，或是寡妇人家儿，几乎所有的女人都不参与决定家中的大事。一般夫妻之间平日交谈的，不外乎吃饭穿衣、男女私情、生老病死、左邻右舍、家长里短之类的生活琐事，在决定家政大事的时候，没有谁家的男人会把老婆的话当回事。在男人们的心里，老婆就意味着头发长，见识短，对自己言听计从，任打任骂。然而古世才家例外。古世才经常主动和秀姑商量家务事。这也算是古家庄的一怪。有些人曾经误解，以为古世才怕老婆，而有些女人却羡慕秀姑能当家做主。那古世才为什么和别的男人不一样呢？有人说这可能是因为他下过关东，去过俄罗斯，见过世面，受过外国人的影响，也有人说可能是因为古世才自幼就过穷日子，没有养成古家庄男子汉的气魄。还有人说可能是因为秀姑身上有功夫，又很能干，古世才管不了她。仁者见仁，智者见智，这些议论好像都有道理，其实都是人们的猜想。虽然古世才在妇女问题上比较开明，但是在古世才和秀姑结婚之初，他也不怎么跟秀姑谈论家中重要的事情，只是在秀姑问到的时候，他才跟她随便唠叨唠叨。后来他发现秀姑常常会说出一些不错的主意，也就愿意和她交谈了，久而久之，就形成了他们家男女平等的这种家风。

　　晚饭后，古世才把改莲支到北屋她叔叔家，招呼秀姑到卧室，一五一十地对秀姑诉说了上午家里发生的事情，秀姑也感觉事情严重。她知道丈夫关心国家大事，最恨日本鬼子和汉奸，不会到浑河镇去给都鸿勋造枪炮打自己的人，要是他们把他抓去，强迫他给他们修造枪炮，他会跟他们拼命，她想来想去，觉得保全丈夫的办法只有一个，那就是逃走，想到这里，便不顾一切地说道：“你赶紧逃吧！”在秀姑心里，只要丈夫平安，她什么都不在乎。至于丈夫逃走后，婆婆怎么办，她和儿女怎么办，她连想都没来得及想。在她的心里，丈夫就是她的家，她的天，她的命，丈夫没了，就好比是天塌了，她就没法儿活了。在古家庄的庄前庄后，在通往县城的大路两旁，立着三十八座高大的汉白玉的节烈碑和几处规模宏大的节烈牌坊，那上面镌刻着几百年来这一带的几十位已婚的和未婚的、善终的和夭折的母亲、祖母、曾祖母的节烈故事。她们被尊奉为女人的楷模。不过秀姑并不羡慕她们，不想落个守寡或是殉节的悲惨下场，像先辈们那样用半生，乃至一生的悲哀、孤独和冷清换来死后的荣耀。面临危难，她首先想到的就是怎样保全丈夫，怎样让丈夫好好地活着。

古世才也想过逃跑，可是他很快就放弃了这种想法儿，跑了和尚跑不了庙，怎么能扔下老娘和他和弟弟几十年来辛辛苦苦地经营起来的这个幸福美满的家呢？他理解妻子的想法儿。她处处为他和一家老少着想，平时就连吃饭她都是看着饭笸箩、菜碗和一家人的嘴巴吃。别人不愿意吃的，她吃。别人喜欢吃的，她让给别人吃。好菜她很少去夹，剩饭剩菜大多是她吃。偶尔饭菜做少了，她就少吃，不吃。她让他逃跑，是因为她把他看得比什么都重要。古世才觉得今生能遇上秀姑这样的好妻子是他莫大的福气。他觉得逃跑不是万全之计，周围的许多镇店都有汉奸和日本人，他能逃到哪里去，在短短三天的时间里怎样来得及逃走？他自己逃跑了，鬼子和汉奸能放过他一家的老小吗？他想得有一个能够保住这个家，让全家能够平安的办法。他相信，这样的办法是有的。他对秀姑的提议，没有说啥，而只是说："你到北屋去把老两叫来，咱们一起商量商量。"然后又提醒她说："千万不要惊动老人和他婶婶。"

古世才对弟弟细细地叙说了事情的来龙去脉。古世友也觉得事情严重，心里发慌，但是想不出个逃避的办法儿，可是他知道哥哥不会去浑河镇。

"老两，俺说先让你哥哥出去躲一躲。"秀姑想说服小叔子支持自己，尽快让丈夫逃走。古世友连连点头儿，可是又自言自语："往哪儿躲？"

古世才深深地叹了一口气，说道："是啊，往哪儿躲？再说，俺走了，都鸿勋能善罢甘休吗？老人、孩子、家里的人，能平安无事吗？要是他把咱娘和根儿抓去怎么办？鬼子、汉奸都是些丧尽良心、猪狗不如的畜牲！他们为了私利连祖宗都能背叛，还有什么坏事不能干？！"

"这可怎么好啊！"听丈夫这样一说，秀姑也没了主意。

"这件事得报告保长古文举。"古世友说。

秀姑表示反对，说："那不是自投罗网吗？！"

"那也得告诉他。"古世友坚持说。

"他正在找碴儿，怎么还要向他报告？！"秀姑气愤地说。

古世友坚持说："咱们现在不报，会给古文举留下把柄，他会说咱们私通浑河镇，那罪名就大了。国民党游击队自己不打日本，说不定什么时候就去投靠日本人，可是他们为了欺骗老百姓，总是标榜自己抗日，常常污蔑别人是汉奸，现在不向他们报告，到时候有理说不清。"

古世才说："老两说得对，是得去报告，就说求游击队来保护咱。"。

古世才兄弟俩的顾虑有道理。驻扎在古家庄一带的游击队没和日本人交过手。但是他们就曾以日本人的密探的罪名杀害过一个走四乡收废品的中年男人。那个人姓吕，是吕家集人，在这一带做生意有很多年了，古家庄一带的人都认识他，没有人相信他是日本人的密探。

59

古文举得到古世才的报告，激动地想，"你这不是找死吗！"心里说不出的痛快，觉得他又多了一个整死古世才，灭掉他们一家的机会。这会儿，从都鸿勋那头儿说，能治他抗日的罪，而从游击队这面说，可以治他汉奸罪，两头儿都是死路，他是死定了。前几天，国民党游击队三十支队八团就把一个姓吕的冤死鬼说成"汉奸"，当众把他绑在五六尺长的槐木长板凳上，用磨得飞快的镰刀，豁开他的胸膛，挖出他的心肝。那颗心盛在盘子里还嘣嘣跳呢。尽管古廷辅千叮咛万嘱咐不要他插手古世才的事，他还是压制不住报仇雪恨的疯狂欲望，决定立刻去向八团的长官告古世才的通敌罪。为这件事他特地关照孙子媳妇提前做早饭，今天他也起了一个大早，匆匆吃过早饭，饭后立刻动身奔八团驻地高家庄。他一路上轻快地迈动着小碎步儿，走在去高家庄的羊肠小道儿上，感到满心欢喜，短短的三里路，一袋烟的光景就赶到了。他相信八团的头头儿们会喜欢他的报告，派人到古家庄去把古世才抓起来，说不定就会把他杀了。

接待古文举的八团的参谋长高树芬，是古文举的老熟人儿。高树芬小时候常来古家庄讨饭，这会儿他们又有工作关系。古文举走进八团团部的时候，高树芬正一个人儿斜靠在办公桌旁玩弄着一支乌黑铮亮的小手枪儿。

"啊呀，高参谋长啊，不得了啦！"古文举故作惊讶大声嚷道。

"什么大事值得你这样大呼小叫？"高树芬爱搭不理，没动地方，仍然靠在办公桌旁玩弄他的手枪。

"古家庄出了汉奸啦，有人通敌啊！"古文举故作惊讶。

"谁？是谁？"高树芬坐直了身子，两眼瞅着古文举。

"俺庄上的古铁匠，古世才啊！"古文举双手一拍说道。

高树芬认识古世才，也知道古世才张罗着抗日，他认真地看着古文举，说道："到底是怎么回事儿？"

"浑河镇的都鸿勋派人来和古世才联络啦。"古文举说。

"来了多少人？现在哪里？"高树芬把手枪收起来。

"好些人呢，就在古世才家！"

"什么时候？"

"昨天上午。"

高树芬瞪了古文举一眼，不满地说道："你当时干什么啦？"

"他们是秘密来的啊，当时俺不知道，俺是昨天晚上才听说的。"古文举辩解道。他原以为高树芬会称赞他，现在见他不冷不热，还指责他来晚了，心里感觉很不痛快。

高树芬以指责的口吻说："牵驴的贼人走了，连拴驴的橛子也叫人家拔走了，你才来报告，有什么用处？"

古文举无话可说，尴尬地站在高树芬面前。

"他们找古世才干什么？"

"叫他去帮着他们建兵工厂。"

"古世才去吗？"

"他是个见利忘义的小人，能不去吗?!"古文举又兴奋起来。

"古世才现在哪里？"高树芬看着古文举说。

"就在家里！赶紧去抓吧！"古文举挥舞着双手，情绪又亢奋起来。

可是高树芬并没有呼叫卫兵，下达抓捕古世才的命令。他从椅子上站起来，开始在屋子里慢慢地踱步。事情牵涉到日本人和都鸿勋，事关他个人的前途，他不能不冷静地考虑考虑。

古文举期待的目光随着高树芬转动，急切地等待着他下命令抓人。

高树芬回到自己的座位上，冷冷地说道："你是保长，应该办好收粮、收款、派夫、募兵这些事，当然也要及时报告敌情。古世才是个手艺人，他爱给谁干给谁干！给日本人干事儿也不一定是通敌。你孙子古廷辅不是也在给日本人干活儿吗？大惊小怪。"然后挥挥手说："好啦，好啦，回去吧！"

古文举失望地看着高树芬，不知道他为什么这样厚待古世才。

古文举不知道高树芬和都鸿勋很熟，而且都鸿勋对高树芬有大恩，高树芬不想也不敢得罪都鸿勋。都鸿勋年轻的时候和高树芬他爹高玉亮有过来往。高玉亮死后，高家败落，都鸿勋周济过高树芬。十年前年轻的高树芬一度走投无路，又梦想暴富，也曾学着他爹当年的坏样子，与人合伙在昌邑寒亭绑票儿落网，差一点被砍了头，是都鸿勋托人花大钱把他从监狱里搭救出来的。高树芬远走东三省，也是都鸿勋给他出的盘缠。都鸿勋在浑河镇投靠日本人后，曾多次秘密派人和从东三省回来的高树芬联络，要他去浑河镇当差。高树芬觉得都鸿勋投靠日本人，走的是一步险棋，没敢轻举妄动。不过他并没有放弃投靠都鸿勋的打算，而只是在观风向，衡量得失，等待时机。

古文举原以为高树芬会下令逮捕古世才，至少会罚他一大笔款，说不定还会杀他的头。而这一切都没有发生，没承想事情会这样，觉得很沮丧，无精打采地回到古家庄。

古廷辅得到他埋伏在田庄镇镇公所的耳目的电话报告，说浑河镇都鸿勋的人来过古家庄，他爷爷去向游击队八团去告发古世才通敌，古廷辅听说又气又急，担心他和都鸿勋的交易告吹，担心他爷爷的报告提醒八团，他们真地要办兵工厂，那古世才花落谁家可就难说了。虽然周围的镇店都是日本人，可是古家庄一带名义上毕竟还是中华民国，还被八团控制着，古世才还攥在游击队的手中，而古廷辅不愿意和游击队做买卖。游击队就是一些土匪，他们没有可靠的经济来源，不讲信用，和他们做生意风险太大，弄不好会搭上性命。他在考虑怎样补救他爷爷造成的变故和损失，当天就飞车赶回古家庄，一见到他爷爷连称呼也不叫，便连珠炮般问道："你去八团报告过古世才的事？你是怎么说的？八团的人说什么啦？"

古文举怒气冲冲地坐到炕上，过了好一会儿，才长叹一声，说道："官场上的事儿，真他娘的叫人没法说。古世才的事，高树芬硬是不管！还说古世才是个手艺人，干活儿吃饭，爱给谁干给谁干！你说他娘的怪不怪。"

　　古廷辅听古文举这样说，长出了一口气，心里一块石头落了地。古文举还想发点儿议论，但是古廷辅没有容他继续说下去，而是非常不满地教训他说："不是俺说你，你是又糊涂又不听话！俺不是跟你说过吗？古世才的事你别插手！这么大的事情，您怎么不等俺回来商量商量就向八团报告?!"古廷辅越说越气，"要不是高参谋长把你顶回来，你就把俺的事情给弄糟啦！"

　　心里窝火的古文举赌气对古廷辅说："你少对俺瞎叨叨！俺就是愿意去报告！和你有什么相干?!"古廷辅这样不关心给先人报仇雪恨，追回家产，还这样指责训斥他，让他感到不可忍受。

　　而古廷辅也不买他爷爷的帐，毫不客气地顶撞他说："怎么和俺不相干？关系大啦！这是俺的一大笔买卖！告诉你吧，是俺叫浑河镇的人到古家庄来'请'古世才的！"

　　古文举怒气不减，不顾一切地恶狠狠地吼道："俺管你什么大买卖，俺恨不得立刻就掐死古世才，灭掉他们一家！"

　　古廷辅担心他爷爷犯病，不敢继续顶撞他，口气缓和地说："你杀了他，都鸿勋就办不成兵工厂，那咱们挣谁的钱？要整治古世才也不能选在这个节骨眼儿上啊！等他帮着宝儿他大姥爷办起枪械修配所，咱们把钱赚到手，您想怎么整治他就怎么整治他！要是现在八团把他扣起来，办了他，宝儿他大姥爷到哪里去找古世才这样的技术人才，他的兵工厂怎么办得成？咱们到哪里去挣这份儿大钱?!您知道吗，办好了这笔生意咱能挣上万块大洋呀！您啊，真是老糊涂啦！"

　　古廷辅提到上万块大洋钱，让古文举冷静下来，觉得孙子说得在理儿，报仇重要，挣钱也重要，先挣钱，再报仇，也没有什么不好，也就不再和孙子争论了。

　　古廷辅估计都鸿勋会按时派人来"请"古世才，连夜离开古家庄，步行到田庄镇镇公所，交代他的耳目，及时报告这里的消息，骑上电驴子赶回青岛，继续从那里观望古家庄的动静儿。

　　第二天早饭后，古文举去回复古世才说，他已经把都鸿勋派人到古家庄来找古世才的事报告给了八团的长官，并一再恳求长官到时候派人来保护他们，长官已经答应了他的请求。古世才愿意相信古文举的话，希望游击队会为了维护自己的面子而出面来保护他们。八团有五百多人枪，只要他们肯出面保护，都鸿勋未必敢远到四十里外的古家庄来抓人。但是他心里清楚，古文举的话不可信，他不会替他说好话，八团也未必会派人来保护他们，他们没有这个胆量，有日本人当靠山的都鸿勋也不会听八团摆布，如果他没有把握把他弄到浑河镇，他们是不会给他留下一百五十块银元的定金的。当汉奸为了啥？说来归去不就是为了钱吗？一百五十块银元对谁都不算个小数儿。

61

古世才关照秀姑和他弟弟，浑河镇来人的事，暂时不要让奶奶、弟媳和孩子们知道。他说，改莲和根儿小，不懂事，容易把事情张扬出去，节外生枝，惹来麻烦。奶奶虽然明白事理，可是她年纪大了，经不住折腾。弟媳胆儿小，知道了会无谓地担惊受怕。

明天就是冬至，后天浑河镇就可能来人。古世才家的三个当家人心里都不是个滋味儿。他们都知道不能相信古文举的话，也不能相信游击队会来保护他们，但是仍然幻想出现奇迹，游击队八团会为了标榜自己抗日而为民做一回主，到时候派人来保护他们。

古家庄有在冬至这一天吃饺子的习俗。秀姑无心张罗这件事。吴玉兰高高兴兴地来到南屋，说道："嫂子，咱们动手吧？"

"好，"秀姑装出高兴的样子说，"今天咱们都包一样儿的，都用头罗面！"同时却在伤心地想："反正日子是过不下去了！还节省什么！"

玉兰看着秀姑，心想，"今天她怎么这样大方？"

饺子的面好，馅儿好，味道也好。改莲和根儿都说饺子好吃，奶奶夸玉兰包的饺子小巧，周正，秀气，玉兰听了高兴得抿着嘴笑。可是古世才和秀姑等三个当家人都吃得不多，也没有和往常那样说笑。古世才在短短一两天就瘦了，黑了。奶奶发现两个儿子和大儿媳妇有心事，猜想家里可能发生了什么大事。

古世才想，面对这场灾祸，光愁闷心焦不行，该有一个应对的准主意，不能傻等着让别人来随意摆弄自己。希望浑河镇的人不来，可是不能抱侥幸心理，得从最坏处打算，考虑他们来了该怎样应对。晚饭后，他又把秀姑和古世友招呼到自己的卧室里来，继续商讨对策。

搁在间壁墙上灯窝儿里的洋油灯，静静地散发着微弱的光亮儿和难闻的煤油味儿，三个人面对面地坐着，谁也拿不出个准主意。

秀姑心里还在转着让丈夫逃跑的念头，可又觉得那不是个好办法儿。古世才认为等着都鸿勋派人来抓不行，逃跑也不是个万全之计。逃跑了总要再回来，那得等到什么时候？他深信中国有无数个抗日英雄，日本人早晚得从中国滚出去，可是那得等到哪年哪月？

古世友分家后没有多少长进，遇事仍然听哥哥的。他考虑过他嫂子的主意，也考虑过哥哥关于他们逃走可能会给一家老少带来的灾难，最后觉得只有远离都鸿勋，逃出他管辖的地方儿，逃到他管不着的地方儿，才是万全之计，便脱口说道："全家一起逃走！逃到一个叫都鸿勋这个坏蛋找不到也管不着的地方儿去！"

古世友的话让古世才和秀姑大吃一惊。

古世才怔怔地看着弟弟，好像是在看一个初次见面的陌生人。弟弟的话使他有豁然开朗的感觉，想到他小的时候尊奉的那句俗话："惹不起，躲得起"。觉得这是个办法儿。他想："我怎么就没朝这个方面想呢？"

有的时候，一个智者面对绝境思索再三，找不到个出路，而一个旁观的常人却能一下子抓住要害，拿出解围的好办法。古世才和秀姑都没有往"全家都逃走"这个方面动脑筋，可能是因为他们是当家人，家在他们的心里占的地位太大，要舍掉这个家的想法儿不容易从他们的心里产生出来。

秀姑立刻表示同意小叔子的主意。全家都走，她就可以和丈夫、儿女、婆婆在一起！她觉得这比什么都重要。平时她省吃俭用，一粒米，一棵菜，在她的心中都占有个位子。而这时，在关乎一家人生死荣辱的严重时刻，对于家业，她忽然不再那么看重了。

古世才紧锁双眉，没有说话。要舍弃这个家，他心痛啊！家里的一草一木都是他和娘带领着弟弟、妻子和弟妹，吃苦受累置办起来的！眼前的好日子是一家人用血汗换来的。从他懂事儿的时候起，他就渴望得到的土地如今有了，牛和驴有了。吃的，穿的，用的，都有了。一对儿女在顺利成长。要不是日本鬼子跑来作恶，他和弟弟两家的泥坯草房早已变成青砖大瓦房了，车也可能拴上了，说不定儿子的亲事也早就说成了。这份家业，就是他的血肉，他的生命。他对于凝结着全家人心血的一切，有一种特殊的感情，怎么会想到要扔下这个家出走呢！不错，今天抛弃这一切，以后可以重建，可是那容易吗？如今他已年过40，也没有像当年的俄罗斯那样容易挣钱的地方儿。要不是弟弟说出全家出走的话，恐怕他不会想到这一步。弟弟的话叫他的心里多了一条思路儿，但是就是现在，他的心里也依然是七上八下。舍下家里的财产就够叫他心痛的了，而这样的一大家子人，老的老，小的小，天寒地冻，该怎么逃呢？逃到哪里去？有谁会接待保护他们？奶奶会怎样看待这件事，她肯走吗？她要是不走怎么办？

秀姑在等待丈夫说话，希望他能同意小叔子的办法，而古世才却久久低头不语。她有些不耐烦地对他说："就照老两说的办吧！"

古世才点点头儿，低声说道："老两说的是条路。"然后长叹一声继续说："'穷家值万贯哪！'这么大的一个家，不是说走就能走的。"古世才的声音有些凄凉。想到要离家出走，他心里感觉空荡荡的，好像突然被人扔进了孤独无助的寒冬的旷野里，很想大哭一场。此刻离家出走不同于年轻时外出闯关东、走俄罗斯。那时在家中没有生路，离家出走是去找好日子，而如今是要抛下家里的好日子，远走他乡去逃难，而且能不能逃得出去，他心里也没有底。

"人要紧啊！家具牲口可以再置。房子地，谁也拿不走！"秀姑想的没有那么多，见丈夫神情犹豫，就打破沉寂说道。

"你说的也是，"古世才神情黯淡地说。可是这个家，这个一家人用血汗换来的家，仍然罩在他的心上，阻塞着他的思路。

"想不替鬼子干，只有逃走。"古世友坚持说。

秀姑说："大家都说，日本鬼子在这里长不了！总有一天会滚蛋！"

"看来是得走了……"古世才无奈地说道，"当年听从了霍先生的教导，进涅都斯基兵工厂学艺，一是为发家致富，一是想为国家效力。可是现在这手艺给咱招来了祸患，不得不背井离乡，外出逃难！"古世才嘴上这样说，心里却仍然在苦苦寻求他的那个万全之计，"咱们能到哪里去呢？怎么个走法儿？能不能走得了？这都是事儿啊，"古世才沉思着说，"要走，得先说服咱娘，让老人心里有个准备。还得想法子变卖部分家产，选定一个合适的去处，琢磨出一个能逃得出去的办法儿。从这里到青岛、烟台、潍县，沿路的镇店都有日本鬼子的据点儿。他们有电话，有骑兵和电驴子，要想逃脱他们的拦截、追捕，不是一件容易事。要想逃出去，非从长计议不可。要做好准备，得有时间。马上逃走是不可能的。说不定都鸿勋已经秘密派人监视咱们了。"

秀姑和古世友一声不响地听着古世才的述说，连连点头儿。

古世才最怕的是都鸿勋把他的老娘和全家都掠到浑河镇去。如果那样，他们就没有办法逃走了。他想，必须先稳住都鸿勋，悄悄做准备，等条件成熟了，抓住时机，突然出走，逃到一个他们找不到也管不着的地方去。

"要是他们明天来了咱怎么办？"古世友说。

"那我就先跟着他们去。"古世才说，"你在家里做出逃的准备。"

"那会有人说闲话。"古世友说。

古世才扬起头坦然说道："'路遥知马力，日久见人心。'总有一天大家会知道这是怎么回事儿。"

"也许八团会派人来保护咱们呢。"秀姑苦笑着说。

古世才和古世友都没有回应秀姑的话。他们希望会这样，但是他们不相信八团敢和都鸿勋对抗。他们怕日本人，当然也就怕汉奸。古世才再次强调说："这件事暂时不能让咱娘知道，也不能叫他婶儿和孩子们知道。"然后又对秀姑说："你到柳林庄去一趟，把这件事跟根儿他舅舅细细地说说，听听他的主意。要注意，不能走漏风声儿，不能让孩子他舅母知道。"

"娘，俺困了。"改莲从外面磨蹭进来，懒洋洋地说道。

"困了就去睡吧！"秀姑说。

古世友领上改莲回了北屋。

秀姑一直不能入睡。她希望会发生奇迹：到时候游击队八团的人会开进古家庄来保护他们。白天，她恨不得一家人立刻出走，而现在，她又忍不住嘤嘤地啜泣起来。她受不了这突如其来的打击。想到丈夫的安危，她什么都舍得，而想到当真要扔掉这个家，流落到外乡，她就又犹豫了。

"难过也没有用！"冷静下来的古世才宽慰她说。

"俺——懂，就是心里难受。"秀姑抽泣着说。

古世才长叹一声，没有说话。他知道女人和男人不一样。成熟的男人，遇见磨难会闷着头儿苦思苦想找出路，因为他们千百年来都是家里的

主人，养成了当家做主、养成了勇于面对灾难的习惯。俗话说："男儿有
泪不轻弹"，因为男人有泪无处可"弹"。能向谁弹呢？向女人和孩子们
"弹"吗？向命运"弹"吗？都没有意义。而一般女人遇见磨难的时候却
往往会忘记理性，丧魂落魄，昏天黑地，不顾死活，张开大口，号啕大
哭，哭晕哭傻，忘记痛苦，因为千百年来她们一向依附男人，从来都没有
独立的人格儿，哭泣是她们减轻痛苦，麻痹自己，博取同情，表达诉求的
唯一的办法儿。男人们从苦思苦想中获得了智慧，而女人们却在哭泣中放
弃独立，陷于无奈。当然，女人式的男人，和男人式的女人都是有的。秀
姑就不是一个一般的女人。她平时并不这样，在日常生活的狭小圈子里，
她常常是事事有主意。可是在她突然面对全家外逃这种天大磨难的时候，
还是显露出了女人的天性。她真是个特殊的女人，但是特殊的女人也是
女人。

古世才和蔼地开导说："我知道你是心疼咱们这个家。谁不心疼呢？
可是有什么办法？咱们总不能因为舍不下这个家而去干对不起祖宗、对不
起子孙后代、对不起国家的事吧？……那就得暂时舍弃这个家，到外面去
躲一躲。世界上没有人能灭亡中国，过去没有，现在没有，永远没有。霍
先生就是这样说的。我相信他的话，相信我们的国家和人民。日本人在中
国呆不长，多则三年五载，少则一年两年，到了时候他们一定会滚蛋，我
们也一定会回来重建家园。"

"俺天天听你说国家大事，知道你把国家看得和自己的性命一样。为
了你，俺能舍得下这个家。你到哪里俺就到哪里，死活一家人在一起。"
秀姑哽咽着，断断续续地说。

62

第二天一大早就阴云密布，天好像是在捂雪。

早饭后，古世才把根儿领到北屋奶奶住的房间，对老人说："娘，今
天俺想里里外外地打扫一下，到时候家里免不了爆土扬尘，想请你老带着
根儿到道南崔德昌家去躲躲，等俺们打扫干净了，就去接你们回来。晌午
饭你们就在德昌兄弟家里吃吧。我已经对德昌和他媳妇说过了。"古世才

担心黄鲲一伙儿来了，一旦撒野耍熊，会惊吓着奶奶，也担心他们连根儿也一把薅走，就特地找个说辞，把他们祖孙二人转移出去。他事先已经派秀姑把浑河镇可能来人的事如实地告诉了崔德昌夫妇，并托付他们照顾好老人，管好根儿，特别嘱咐他们，不要让根儿到外面乱跑，更别让他回家，到时候她会去接他们回来。

根儿说道："俺不上学啦？"

古世才说："陶老师去镇上开会，学校放假。"

奶奶怀疑孩子们有事瞒着她，心情沉重地看看大儿子，心里在想："天阴得乌黑，说不定还会下雪，这会儿不年不节的，打扫什么屋子呀。"不过她相信，她的儿子不会干坏事，什么话都没说，领上根儿就走了。

"娘，俺要是饥困了怎么办？"根儿回头问道。

"望富家你婶婶会给你东西吃的。"秀姑摸着根儿的头顶说。

奶奶和根儿走后，秀姑又指派改莲到北屋去和婶婶做伴儿。

这会儿聚集在南院里的就只有古世才弟兄俩和秀姑。他们像犯人等待判决一样，时刻谛听着外面的动静儿，等着浑河镇的不速之客。

平时人们讨厌游击队，因为他们来了，不是要粮，就是要钱，再不就是抓人挖那些没有用处的战壕。今天秀姑却幻想着游击队能来，可是现在已经半晌了，还不见他们的人影儿，估计他们是不会来了。

日头儿从东南朝正南移动。每一分钟灾祸都可能降落到古世才一家的头上。秀姑为分散对于不幸期待的痛苦，提前动手裁剪根儿新年要穿的新棉袄的面子，说些和面临的灾难无关的话。她裁好了根儿棉袄的面子，天就傍晌了，又忙着做晌午饭。

午饭吃过了，玉兰带着改莲回到北屋去休息。

眼看着日头儿偏西了，浑河镇的人还是没有来。秀姑开始给根儿的棉袄配里子。心里有些侥幸地想："也许他们不来了。"

古世才靠着一扇堂屋的房门，坐在那张两头儿翘起的小板凳上，那是他师傅留给他的纪念物儿。他合着眼睛，像在打瞌睡，实际上是在想心事。古世友坐在古世才夫妇住的西间屋的门槛上。他听从哥哥不准抽烟的要求，没有染上烟瘾，像许多不吸烟的农民手里喜欢有点小玩意儿一样，在一段儿一段儿认真地撕扯着一根长长的麦秸草玩耍。

"他叔，也许那些坏种不会来了，你回北屋去歇一会儿吧。"秀姑忍不住说道。这是她对于小叔子的关心，也是她的希望，希望都鸿勋的人不来。

"俺不困。回去也睡不着。"古世友笑笑说。

日头转到西南上去了，浑河镇那个方向还是没有动静儿。古世才虽然不敢相信浑河镇的人今天不会来了，心里毕竟也松快了一些。他知道，当兵的大多是一些爱胡吹乱谤偷抢赌骗的痞子，说不定都本初和黄鲲也是这一类的人，也许他们不敢到这里来抓人。可是他一想到那一百五十块大洋，马上就放弃了刚才的想法儿。他认为他们不会白白地送给他一百五十块大洋。

晚饭，秀姑做的是地瓜面和高粱面的两合面儿的萝卜疙瘩汤。古家庄能吃上饭的普通农家，常常吃这种两合面儿的疙瘩汤。这种干稀搭配、粮菜搭配的疙瘩汤，既好吃，又省粮食，冬天吃了身上还暖和。

"俺去叫咱娘和根儿回来吧。"秀姑想都鸿勋的人今天不会来了。

"俺去。"古世友说着就站起来。

"不忙。"古世才说。他又想到了那一百五十块银元。

吃晚饭的时候，古世才他们各想各的心事。古世友和秀姑估计至少浑河镇的人今天不会来了。但是古世才估计都鸿勋有可能为了避免和游击队发生冲突，而在晚上派人来带人。再说，他们今天不来也不等于以后不来。即使他们改变了主意，从别处找到了他们需要的人，也不会不派人来取回他们的那一百五十块银元的定金。不过他没有把自己的这个想法说给妻子和弟弟。他想，就是让他们松一口气儿也好。

"咱娘也真沉得住气，这么晚了还不回来。"古世友笑着说。

"我觉得咱娘……好像知道了这件事。"古世才思忖着说。

"不会吧?! 怎么会呢?"古世友说。

"咱娘念过书，比一般老爷们儿都懂事。"古世才说。

秀姑觉得丈夫的话在理儿，心情又沉重起来。

古世才已经和妻子和弟弟商量好了对策：如果都鸿勋的人来抓人，第一，是好言相对，想方设法儿推迟去浑河镇的日期。只要能有十天半个月的时间做准备，就有办法逃走。第二，如果古世才被弄去浑河镇，古世友就在家里悄悄地做准备，找机会外逃。第三，如果他和弟弟同时被抓走，可以请根儿他大舅帮助料理出逃事宜。第四，不能让根儿落到他们手里。

一旦古世才弟兄二人被抓走，立刻把根儿转移出去。第五，无论如何都不能让他们把全家都弄到浑河镇去。

天黑下来了，起风了，云散了，看样子今夜雪下不来了。

改莲吃过饭就要往外跑。

秀姑叫住她说："又要到哪儿去疯啊？为什么不和婶婶做伴儿？"

改莲说："是俺婶婶同意俺去的。今天晚上对门儿香叶家老奶奶讲牛郎织女的故事。她还教俺们唱《七巧歌儿》呢。"说着，就蹿出屋门，越过天井，跑了。

过了一顿饭的工夫儿，对门儿就传出了孩子们的欢快悠扬的歌声：女孩子们唱道，"飘飘摇摇，织女姐姐教导，教导俺针，教导俺线，教导俺莲花穿牡丹，教导俺赶饼不绽边，教导俺赶面如丝线。"然后是男孩子们的声音："飘飘摇摇，织女姐姐教导，教导俺锄，教导俺割，教导俺上树摸老鸹！"

秀姑听着孩子们欢快的歌唱，感慨道："天骥家奶奶真是个能人。她老人家每年冬天都给孩子们讲故事，每个晚上都讲一个，总也讲不完。她心里装了多少故事啊！有多少人听过她老人家讲的故事啊。她还会唱歌儿呢……"

"奶奶还会武艺呢，你知道吗？当年她和天骥爷爷是比武招亲。闹义和拳的时候，她是名闻乡里的女英雄！"古世才的心情也轻松了一些。

"俺去接奶奶和根儿回来睡觉吧？"秀姑轻松地说。

"晚上那里路不好走，还是我去。"古世友说。

古世才没有说话。他想都鸿勋的人今天不会来了。

这时，奶奶一个人扭扭嗒嗒地回来了。

古世才、古世友和秀姑慌忙站起来。

"您怎么一个人回来了？！摔着怎么办？！"秀姑心疼地说。

"怎么会呢。这条路，俺走了一辈子了。"奶奶坦然说道。

"根儿呢？"秀姑赶忙扶住婆婆说。

"就让他在德昌家的孩子一起睡吧。"奶奶不动声色地说着去了北屋。

古世才、秀姑和弟弟，彼此看了看，断定奶奶知道家里发生了大事。

对门儿老奶奶家的故事会散了。小胡同里响起了孩子们的说笑声和散乱的脚步声。改莲风风火火地跑进来，跑到北屋找奶奶去了。

秀姑在卧室里做睡觉的准备。

古世友准备回北屋休息。

古世才走到天井里，深深地吸了一口气，仰头一看，云彩散尽，满天星斗。这时，庄西头儿谁家的狗狂吠起来，接着周围的狗都叫起来，过了一会儿，他家南墙外有车马活动的声音。古世才想："浑河镇的人来了！"他朝院门的方向一看，见有人站在大门外。接着就传来都本初的声音："表叔！俺们来接您来了。"说着，走进古世才家的天井，站在他的面前。他背后还有两个人，一个好像是黄鲲。

"劳动各位长官啦，实在是过意不去。"古世才爽快地说。他想推迟去浑河镇是不可能了。

秀姑和古世友也先后走到天井里，站在古世才身边。

"这是表……表婶儿吧？"都本初问道。

"请屋里坐吧。"秀姑吃力地辨识着对方模糊的面容说。

"改日，改日，师母，时候不早了，动身吧。"黄鲲说。

都本初和黄鲲还是惧怕游击队，不敢在这里久留。古世才说道："好。"然后嘱咐古世友说，"世友，家里的事就交给你了。"

黄鲲马上说："不，师叔也去。"然后像猎狗一样东瞅西望说道，"少爷呢？带他到浑河镇去玩几天吧。去看看浑河，看看大海。"说着就让都本初到屋里去找根儿。几条人影儿在南北两个天井里乱窜，所有的地方都找遍了，也不见根儿的人影儿。

"根儿不在家。"秀姑说。

"他到哪去了？"黄鲲怀疑古世才早有准备，语气中透着不满。

"他到他姑姑家去了。"秀姑机敏地说。

黄鲲说："他姑姑离这里远吗？"

秀姑说："城南顾家庄，离这里60里。"

黄鲲没逮着根儿，感到遗憾。

这时，秀姑搀扶着奶奶从北屋走来。古世才快步迎上去笑着说道："娘，俺和老两去一趟浑河镇，那里有些活计，干完了就回来。"顺势凑到秀姑耳边急促地低声说："立时把根儿送到他姥姥家去。"

"你们去吧，不必惦记着俺。"奶奶平静地说。谁都没想到奶奶会坦然面对这个局面。古世才知道奶奶已经知道家里发生了什么事情，而且有了应对的准备。她知道，仇家把对方的儿子当人质是常事。她把根儿留在崔德昌家，使得黄鲲绑架他的图谋没能得逞。

63

在古世才和古世友被都本初和黄鲲强行带走之后，秀姑立即赶到崔德昌家，把根儿从睡梦中叫醒，说马上就送他到柳林庄他姥姥家去。朦胧中的根儿说他要睡觉，哪儿都不想去，醒了之后又说他天明要去上学，舍不得陶老师和小朋友，这会儿不想去姥姥家，放假后才去。秀姑厉声说，他非去不可，马上就走，说柳林庄那里也有学校。根儿又说他不认识那里的老师和同学。他娘说，到了那里过些日子就认识了。根儿又说等天明了向陶老师告个假再走。他娘说不行，还教训他说，这件事不能对任何人说。根儿觉得奇怪。从前他去姥娘家，不怕别人知道，这会儿为什么就不能对人家说呢？根儿就这样糊里糊涂地被他娘趁黑夜强行送到柳林庄。

外甥住姥姥家不新鲜，根儿特别爱住姥姥家，住姥姥家的时间比谁都多。他断奶早，从两岁起，他每年都有两三个月，甚至半年的时间是在柳林庄他姥姥家度过的。他亲近姥姥家的人，对柳林庄的一草一木都喜欢，而对于古家庄，他可就没有这样的情分了。不过他感觉从去年开始，他姥姥和舅舅好像就不怎么欢迎他了。每次他娘带他去看望姥姥，他都盼望着他姥姥或是舅舅会留下他，他娘会像过去那样把他撂在姥姥家。可是从去年春上起，姥姥和舅舅都不说留他的话，他娘也不说把他留在柳林庄。他也只能郁郁不乐地跟着他娘回到古家庄。这让他感到很伤心，还曾不止一次大哭大嚎示威恳求过姥姥和舅舅把他留在柳林庄。不过时间一长，他也就习惯了。上学以后，他开始依恋夸他爱他的陶老师和他喜欢的一些小朋友，心里有了学习，就不像往常那样留恋姥姥家了。

不让根儿继续长时间住在柳林庄是姥姥的主意。姥姥说，根儿大了，不能再住姥姥家了，这会让他疏远了他和家里人的感情。胡大珂遵照老娘的意思，和妹妹妹夫说好，为增进根儿和他爹娘以及奶奶、叔叔、婶婶和姐姐的感情，除开年节探望，根儿就不再住姥姥家了。而现在非年非节，秀姑忽然半夜三更带着根儿闯进来，他姥姥和舅舅、舅母都感到意外，猜想古家庄那边可能发生了小古家庄那样可怕的事情。

"秀儿，你们怎么这个时候来啦？"姥姥没等秀姑坐下就问道。

秀姑说："俺庄的学校停课了，不知道什么时候再开学，说不定这就算是放寒假了，让根儿到咱这里来念几天书。"

"快上炕吧。"姥姥说。

秀姑说："俺住不下，这一集俺婆婆轮住在俺家，俺得回去照顾她。"

这时，根儿的大舅母也起来了，说道："天这样黑，路上也不太平，住下吧，明天早饭后再走。"

胡大珂始终没说话，也没劝说妹妹留下，他不相信妹妹的话，断定古家庄发生了大事，根儿是转移到这里来避难的，说道："改莲她娘惦记着她婆婆，住不下，就让她回吧。"说着，把根儿抱上炕，交给姥姥。睡眼蒙眬的根儿没听清他娘和舅舅、舅母说些什么，头一挨枕头就睡着了。

胡大珂送妹妹来到大门外，悄声问道："发生了什么事？"

秀姑低声说："出大事啦！"然后诉说了都鸿勋派人来绑架走了古世才兄弟，又想绑架根儿的事。

"什么时候的事，为什么？"胡大珂耐心地问道。

胡大珂猜想是古世才鼓吹抗日，冒犯了他们，他们把他们兄弟俩抓走，又来抓根儿，他们这是要杀一儆百，赶尽杀绝，斩草除根，恐吓打击抗日力量呀，古世才有性命之忧。

秀姑说："说是要叫他们去帮着他们开办什么枪械修配所。他们本来是要连根儿也一把薅去的，是根儿他奶奶多了个心眼儿让根儿在邻居家躲起来，没让他们得手，根儿他爹嘱咐俺把根儿送到你这里藏起来，浑河镇的人前脚儿一走，俺后脚儿就来了。根儿他爹嘱咐说，这件事不要告诉咱娘和他舅母，免得让她们担惊受怕，走漏了消息。"

胡大珂听妹妹这样一说，觉得事情虽然严重，但是并不可怕，沉思良久之后说道："应该把孩子转移出来。不过根儿藏在这里也不是个万全之计。他们早晚会想到来柳林庄来找他。你放心，我有办法儿对付这些王八羔子。你走后我就先把根儿转移到石桥庄石祝三那里，让根儿在他那里住上一些日子，扬言说他跟随便人儿去了黑龙江他老姑家了，等事情平复了，我再把他接回来。"

胡大珂的这种顾虑古世才也有，他也估计到都鸿勋派人来抓根儿，在古家庄扑空后，会到柳林庄和城南他妹妹家去找。城南他妹妹家路远，时间紧迫，来不及把根儿送到那里去。古家庄离柳林庄虽近，可是在古家庄和柳林庄之间有亲戚的只有他们一家，而且古家庄和柳林庄曾经分属两个行政区划，两个村庄之间还隔着傅家庄、姜家庄等几个村庄和一条柳河。柳河是一条东西向的大河。它从东山下来，往西流，直奔浑河，汇入浑河后，在莱州湾入海，因为两岸长满数不清的柳树而得名。而且因为是一条季节性很强的河，水量只在夏秋时较大，所以人们至今没在古家庄和柳林庄之间的柳河段上修上一座像样儿的桥，虽然一年里的多数时间可以涉水过河，但是柳河南北两岸的人来往毕竟多有不便。由于交通不便、行政区划不同，柳河南北两岸的习俗和口音也不大一样。比如，柳林庄人把"那个"念做"孬个"。而这里的人，都觉得自己家乡的习俗和口音才是正宗；凡是和自己不一样的，都被认为好笑，不能接受。所以人们不愿意把女儿嫁到对岸，也不愿意娶对岸的闺女。因为这样的一些原因，柳河南北两地结亲的人家儿也少。古世才跟秀姑结亲，是因为有古世才和胡大珂早在俄罗斯时就认识这样一层关系，要不然他也未必会去柳林庄攀亲。当年胡大珂他娘迟迟不肯同意把独生女儿远嫁到古家庄，有两个考虑。一个是嫌古世才的岁数儿太大，一个就是嫌从古家庄到柳林庄，来回不顺脚儿。两地的亲戚少，来往的人也就少，两地之间的消息也就比较闭塞。所以古世才觉得把根儿藏在柳林庄不大容易被发现，而且除此之外，根儿一时也没有更好的去处。

"你们打算怎么办？"秀姑临行时胡大珂关切地问道。

"起初俺叫根儿他爹逃走，可是他不肯，说他逃了，浑河镇的人会折腾家里的人，逼迫他回来。最后根儿他叔叔说全家都走，俺和根儿他爹都表示同意。"

胡大珂沉思良久之后才说道："也只能这样了。不过举家外逃不是件小事。现在到处都是鬼子、汉奸，大一点儿的镇店都有日本人的据点儿。世才弟兄俩从浑河镇逃出来不容易，你们一家人逃过他们的追捕更不容易。无论走旱路，还是走水路，都很难闯过鬼子和汉奸设置的关卡。再说，现在走也不是个时候，谁家会在年终岁末的这个时候儿出远门儿？你们一家老的老，小的小，外地又没有托实的亲戚好去投奔，能逃到哪儿去？……举家外逃要做很多准备。牲口得卖吧？粮食得折腾出去换成钱吧？古文举和你们家有过节，他多半会趁机使坏。要在他们爷们儿的眼皮底下，办好这些事情，很不容易。一旦被察觉，就寸步难行了。"

"你说怎么办？"秀姑原本觉得一家人下个狠心，丢下房子地，就能逃走，现在听哥哥这样一说，心里也没了主意。

胡大珂宽慰秀姑说："办法总会有的，走着瞧吧。"

秀姑忽然说道："根儿有个老姑在伊春，不知道他们是不是还住在那里，日子过得怎么样，能不能接待俺们。"

"你说的这个去处很好。伊春我去过，那里山高林密，人烟稀少，土地肥沃，山上野物很多，只要肯出力，吃饱饭不难，日子好过。听说那里有抗日义勇军活动，你把他老姑的地址告诉我，我想法儿和他们联络，看他们那里能不能栖身。"

"他老姑的地址俺不知道。"秀姑有些着急地说。

"根儿他奶奶知道吗？"

"她兴许知道。"

胡大珂想了想说道："尽快弄到根儿他老姑的地址。"

秀姑已经匆匆走远，胡大珂又追上她嘱咐说，"回去就放风说根儿到黑龙江他老姑那里去了，要在那里住些日子。我在这里也这么张扬。"

秀姑心情沉重，连夜赶回古家庄。

胡大珂断定都鸿勋会到柳林庄来抓人，第二天就四处张扬说，古家庄的外甥根儿来了，从这里跟随便人儿去了黑龙江他老姑那里，同时就悄悄地把根儿送到他的好友柳林庄北石桥庄石祝三家里躲起来，抓捕根儿的风潮过后，他才把根儿接回柳林庄常住。

根儿回到柳林庄的当天，就嚷嚷着要去上学。胡大珂说，再过些日子就放寒假了，明年春天开学以后再去上学吧。可是根儿一再央告他去上学，胡大珂知道外甥脾气拧，他爱学习是好事，只好把他送进了柳林庄小学校，关照学校的老师，根儿的表姐，随时注意根儿的安全，防范歹人拐骗绑架根儿。

都本初和黄鲲等 6 人押解着古世才兄弟二人到达浑河镇已是午夜时分。黄鲲匆忙安顿古世才兄弟二人在总部的客房住下，排好岗哨，就以关心的口气吩咐都本初赶紧回家休息，说他一个人留在总部"侍候"两位古师傅。困倦已极的都本初巴不得就地倒头就睡，一再对黄鲲说谢谢，忙不迭地离开了总部。而黄鲲这样做，并不是出于善意，照顾都本初，而是为了天明后他好一个人去向都鸿勋报功，显示他尽职尽责，有始有终，任意编造他请古世才兄弟的动人的故事，邀功求赏。

此刻都鸿勋还没有睡下，他一直在等待着都本初和黄鲲的消息，时间已过半夜，却不见他们回来，他担心他们在古家庄或是路上遇到了麻烦，比如可能遭遇了游击队八团的人，事情有变，说不定是八团的人得到消息，捷足先登，弄走了古世才，同时扣留了都本初和黄鲲。都鸿勋记得古廷辅说过，有些游击队也在筹办兵工厂。都鸿勋心情烦躁，骂古廷辅失信，没有及时向他报告有关古世才的准确消息，使他不得不贸然行动，以致造成失误，坏了他的大事。

有些失望的都鸿勋合衣躺到炕上，琢磨如果古世才落入他人之手，他将如何把他弄回来。他想到了高树芬，想天亮后就秘密派人去高家庄，和高树芬取得联络，摸清情况，再做考虑。他怀着窝囊气恼无奈的复杂心情沉入梦乡。他刚刚入睡，大门外一阵爆炸般的摩托车的马达声，把他惊醒。他愤怒地骂道："是那个混蛋半夜三更把摩托车开到俺家门前，搅扰俺的好觉！"卫兵报告说是古家庄的女婿古廷辅先生求见。都鸿勋想到古廷辅失信误了他的大事，怒气横生，不想见他，迟疑片刻，想到也许他可能带来什么消息，便压下满心的怒火，叫卫兵放他进来。

古廷辅满面喜色地说道："大爷，俺世才叔他们早就到了吧？您见过他们了吗？"

都鸿勋本想听古廷辅怎样替自己的失信辩解，听他这样说，心里陡然升起了希望，立刻从炕上坐起来，嘟噜着的脸子也舒展开了，说道："你坐下说，坐下说，你是说他们朝浑河镇这里来啦？"

古廷辅肯定地说："他们早就该到啦，昨天晚饭后俺世才叔叔他们就从古家庄动身奔浑河镇来了，俺是眼看着他们离开古家庄的呀。"

都鸿勋心中长长出了一口气，心想，有了古世才俺就等于有了兵工厂，心中油然浮起了这样一个念头：古世才被顺利地请来，说明他未必像古廷辅说的那么顽固。他本来就不相信大字不识的古世才能懂得爱国抗日的大道理，而不看重金钱。他想，古世才愿意来浑河镇多半是他的那一百五十块大洋发挥了作用。他相信，只要给古世才他们足够的好处，他们就一定会心甘情愿地为他所用，他手下的官兵哪个不是奔着他的饭碗和他的军饷来的？

古廷辅见都鸿勋一言不发，以为古世才他们还没到，心中生疑，自言自语道："他们离开古家庄的时候不到 8 点，虽说晚上道不好走，按说早就该到了，是不是路上碰见游击队啦？"

而这正是都鸿勋所担心的，又紧张起来，心中又升起一片阴影，认为很有这种可能，心情一变，转喜为忧。

摩托车马达声也把黄鲲惊醒，他估计可能有紧急情况，立刻来见都鸿勋，却见古廷辅在场，都鸿勋面露狐疑，猜想古廷辅的到来可能和古世才有关，心想，俺去古家庄你不露面儿，这会儿你来干什么？马上高声地报告说："古世才和古世友两位两位师傅'请'来了，现在总部休息，您什么时候接见他们？"

都鸿勋听黄鲲这样说，心中一块石头落了地，然而却气呼呼地质问黄鲲说："我问你，他们是什么时候到的？"

黄鲲说："昨天半夜就到了。"

"为什么不及时报告？"

黄鲲说："不敢打扰团长休息。"

都鸿勋狠狠地瞅了黄鲲一眼，心里说，"你弄得俺一宿没睡！"

古廷辅故作惊讶地问道："黄连长，你怎么没把根儿一起接来呀？"

古廷辅这是蓄意制造黄鲲的过错。他知道黄鲲诡计多端，是都鸿勋的得力干将，是他愚弄都鸿勋的一个障碍，因此时刻琢磨着揭他的短儿，打击他的威信，离间他和都鸿勋的关系。这会儿古廷辅拿根儿说事儿就是有意贬斥恶心他。而黄鲲确实没把根儿弄来，无话可说，但是他不甘示弱，而是不满地瞪了古廷辅一眼，装出爱搭不理样子说道："俺们也想到了，可是没找到他呀！"

古廷辅进一步挑衅黄鲲说："老大的一个活人，怎么会找不到呢？"

黄鲲冷笑一声，不无讽刺地说道："当时你躲到哪儿去了，为什么不出来指点指点俺们呀？"

都鸿勋心情很好，不愿意看见自己得力的帮手不和，也不想委屈了黄鲲，便说道："黄连长请来古世才和古世友两位亲戚是一大功劳，根儿的事以后再说。"

古廷辅不敢对黄鲲赶尽杀绝，他知道黄鲲是个无恶不作的亡命徒，在他们老家有过命案，担心他会对自己下黑手，要他的命，听都鸿勋这样说，连连点头儿，表示附和，肯定黄鲲的功劳。黄鲲没有理睬古廷辅的善意表白。他瞧不起古廷辅，认为他文不能写三篇文章，武不能上阵拼命，只是个小白脸儿，靠的是他那张会说几句日本屁话的嘴巴和讨好日本女人的鸭子本事。

古廷辅和黄鲲关于根儿的争吵提醒了都鸿勋，他认为古世才是有意把他儿子转移出去的，表明他来浑河镇并非自愿。他原以为古廷辅所说古世才抗日，只是喊喊抗日口号儿，只要多给些钱，他是会心甘情愿地来给他干活儿的。而古世才居然把他儿子藏起来，这显然是因为他怕他儿子被弄到浑河镇来当人质，也就是说，他有逃跑的打算，必须采取措施，把古世才的儿子弄来浑河镇控制起来。想到这里，就命令道："黄连长，明天你带几个弟兄，穿便衣，再去一躺古家庄，把古世才的儿子接来，就说是古师傅派你去的，让他来这里玩几天。尽量不要惊动他家的老人。如果根儿不在家，你再带领弟兄们奔根儿他姑姑和舅舅家跑一趟，务必把他接到这里来。"

古廷辅插话说："这就万无一失了！"他比都鸿勋更怕古世才逃跑。

黄鲲说道："就派古先生去吧，古家庄他熟，免得俺上当误事。"

古廷辅笑着摆了摆手，表示不可，但是没有说话。

黄鲲立功心切，又要和古廷辅赌气，半夜刚过就把他的几个随从吆喝起来，穿戴整齐，骑脚踏车从浑河镇出发了。他想赶个大早，奔袭古家庄，把根儿堵在被窝里，一举抓获。路上黄鲲关照他的随从，到了古世才家，机灵点儿，可看他的眼色行事。鸡叫二遍，天还黑咕隆咚的，他们就赶到了古家庄。黄鲲浑身是汗，心情却格外兴奋，自信这次万无一失，一定能逮住根儿，再立一功。想到上次古世才事先有了防备，把孩子藏起来，耍了他，让他被古廷辅嘲笑了一回，心中暗暗地发狠说："古世才啊，古世才！你自以为有心计，耍了俺，俺杀你个回马枪，看你还有什么把戏好耍！"

黄鲲行前，都鸿勋也曾关照他：人要带回来，办法儿要说"接"，就说是古世才派他们去的。不过黄鲲有他自己的打算。他想："你都鸿勋要的就是孩子，俺的任务就是把孩子给你带回来。逮住了孩子，怎么说都有理，逮不着孩子，说什么都不好听！"他打定主意，"文"的不行就来"武"的，反正是一锤子买卖，要不惜一切地把根儿弄到手。

黄鲲来到古世才家的门前，撒开他的人，守住古世才家前后两个天井的院门，然后他亲自悄无声息地拨开古世才家的院门，推开大门，蹑手蹑脚儿地走进古世才家的天井，丢给扑上来"大黑儿"一个肉包子，然后突然朝着堂屋大声喊道："家里有人吗？"连叫三声。

"谁呀，半夜三更这样大呼小叫！"秀姑声音嘶哑地嘟囔道，声音里透着不满。她昨夜很晚才从柳林庄回来，刚刚睡着，就被惊醒。

过了一小会儿，屋里亮起了灯。接着，秀姑匆忙抻展着没有穿熨帖的衣裳从堂屋走出来。直走到黄鲲的跟前儿，她认出来，他昨天夜里来过，是要带走根儿的那个人，立刻想到了他的来意。

"是你啊！"秀姑不卑不亢地说道。

"俺叫黄鲲，你老是师母，咱们见过。"黄鲲冷静地说。

"有事吗？"秀姑明知故问。

"少爷还睡着呢吧？！"黄鲲确信根儿就在屋里，恨不得立刻把他抓起来，并以公然挑衅的口吻，冷笑着问道，心想，"哼，看你这会儿还怎么说！"

秀姑得意地笑着说："到他黑龙江他老姑家去了。"

黄鲲一愣，瞪起眼睛说道："你不是说他到他姑姑家去了吗？！"

"长官听错了，是到黑龙江他老姑家去了。"秀姑笑着说。

黄鲲无可奈何，气愤地想道："昨天夜里她明明说根儿是到顾家庄他姑姑家去了，这会儿怎么又变成是去了黑龙江呢！"他不相信秀姑的话，认为根儿一定是藏在家里，不想错过抓住根儿的机会，就顾不上都鸿勋的嘱咐，决心撕破脸皮，暗示他的部下搜查。秀姑捻亮煤油灯配合着他们搜查。但是毫无结果。黄鲲又扑了个空。他心有不甘，不相信秀姑的说法儿，可又无可奈何。

"弟兄们要在这里吃饭吗？"秀姑礼节性地问道。

黄鲲装出恭顺的样子说："不麻烦师母，俺们是路过这里。"说着，告别了秀姑，带领着他的那伙子人离开了古世才家。为了证实他们是路过这里的，他们没有出门往西，而是顺着古世才家门前的小胡同儿往北，再沿着北街往东，然后奔古家庄北口儿。

黄鲲相信秀姑有了防范，没有去城南顾家庄和根儿的姥姥家柳林庄。"一个人藏，十个人找。"这会儿他是不可能找到根儿的，只好扫兴地返回浑河镇交差。这件事更加让都鸿勋知道古世才不是等闲之辈。经验告诉他，有文化不等于有智慧，古世才有可能真像古廷辅说的那样，是个有头脑、难对付、顽固坚持抗日主张的人。他有逃跑的准备，他不得不防，后悔小看了他，没听古廷辅的话，通盘考虑，一下子把古世才兄弟父子3人一起抓来。都鸿勋不相信古世才的儿子去了黑龙江，认为他多半就藏在附近的什么地方儿。老大的个古家庄，藏个把人不难。可是古廷辅却对他说，古世才确实有一个姑姑去了黑龙江的伊春，她小名儿叫叶儿，是由古世才他娘亲手抚养成人的，后来嫁到了古家庄以东的魏家庄，跟着她丈夫去了黑龙江，已经在那里落户了。他还说，在古家庄一带在东三省有亲戚的人家儿很多，常有人在关内外走动，根儿很有可能是跟着便人去了黑龙江他老姑那里。对于古廷辅的这番话，都鸿勋半信半疑。

66

都鸿勋治安队的武器和弹药有日本人供给，他筹划创办枪械修配所的真实目的不是修配枪械，而是要建立他能够独立制造武器和弹药的兵工厂，壮大他的实力，抬高他在胶东多如牛毛的杂牌军中的地位，储备政治军事资本，为有朝一日，他能独霸一方，左右山东，成为张宗昌、韩复榘那样的人物做准备。

都鸿勋相信古廷辅的话，相信古世才有抗日思想，但是他不相信古世才是不可驯服的，他认为，中国的老百姓，特别是大字不识的庄稼人，信奉的就是"人生在世，为了吃穿"，心里能装下国家的人不多，古世才不会是个例外，也是可以收买的，他有办法笼络他，把他变成自己的驯服工具。他是个孝子，只有一个独生儿子，控制他的老人和儿子就是驯服他的一个好办法。他认为即使他儿子根儿真去了黑龙江，他也不会长期住在那里。他还是个孩子，不可能不想爹娘。再说他的老娘还在，而且年老多病，离不开家人的照料，更不能远行，古世才轻易不会冒险选择逃跑这条路。不过他还是严令黄鲲和古廷辅，暗地里严密监控古世才兄弟，严防他们逃跑，同时注意古世才一家的动向，一旦根儿出现，立刻把他弄到浑河镇来。他还秘密派人和游击队八团参谋长高树芬取得联络，要求他一有古世才儿子的消息，立刻派人向他报告，或是策划一个绑架案，秘密绑架他，等他派人去解围，并接来浑河镇，以此钳制和笼络古世才，为他效力。

古家庄的人听说根儿到黑龙江他老姑那里去了，并不在意，不过古文举觉得这件事情有些蹊跷，为什么在黄鲲抓走古世才弟兄俩的当天夜里，根儿就不见了呢？在这以前并没有听说根儿要去黑龙江啊？他一个8岁的小孩子，正在学校里念书，不年不节，不跟爹娘在一起，跑到黑龙江的深山老林里去干什么？再说，让一个小孩子千里迢迢地去黑龙江是要有个准备的，不能说走就走呀。外地捎到古家庄的信都送到村公所。近来他没见古世才家有来自黑龙江的信件。古世才跟他叶儿姑姑至少有几个月没有联络了，叶儿如今是不是还在伊春都说不定，那他们是在什么时候、又是怎样联络的呢？还有，古世才家的那条黑狗是根儿的爱物儿，平时和他形影不离。它早上送他去上学，放学的时候又去学校门口儿接他回家。而在根儿离开古家庄的同时，那条黑狗也不见了。这几天它回来了，可是锁起来了，这是为什么？古文举翻来覆去地琢磨这件事。最后他想：肯定是古世才担心都鸿勋会把他和根儿一起弄去当人质，把他藏到什么地方了。可是根儿会藏在什么地方呢？古文举知道和古世才家经常走动的亲戚有两家。一家是柳林庄他大舅子家，一家是城南顾家庄他妹妹家。他想古世才办事谨慎，不会把儿子藏在柳林庄。柳林庄离古家庄太近，容易被人发现，他认为最大的可能是他把根儿藏到他妹妹家去了。于是，他就派人偷偷地到城南顾家庄去打听，但是没发现根儿的踪影。古文举一度相信根儿是去了黑龙江。可是几天之后他又有了新的想法儿，认为古世才可能是利用柳林庄和古家庄很少有人来往的情况，而把根儿藏在柳林庄了，就又悄悄地派人去柳林庄打听，得到的消息是，根儿的确到过柳林庄，但是第二天一早就跟着一个下关东的便人儿走了，听说是到黑龙江看望他老姑去了。古文举觉得很沮丧，他想，要是先去柳林庄，说不定能逮住根儿。

都鸿勋在根儿身上下功夫提醒了古文举，使得他心里闪过这样的一个念头：要是把根儿弄死了，古天清这一支子人不就后继无人了吗！那在古家庄"世"字辈儿的人都离开这个世界之后，继承他们家的房地产的人，按照族里的规矩，就只能是他的两个孙子大宝和二宝了，到那时，他的新仇旧恨不是就全报了吗！想到这里，他心中一喜，生出了绑架谋杀根儿的恶念。

都鸿勋的所谓枪械修配所，除去刚刚被绑架来的古世才兄弟二人，一无所有。古世才弟兄二人在治安队总部暂住了两天，后被安排在浑河镇新汽车站附近一条小胡同里的一栋只有半个天井的一处民房里。古世才以为这里是工厂的宿舍，枪械修配所的车间或是厂址在别的地方儿，他们来了就要工作，就要给他们修造枪炮，制造弹药，心情沉重，不知道该如何应对。但是一连几天，只有人每天3次来给他们送饭，征求他们对于伙食的意见，问他们有什么需要，却没有人来和他们谈工作的事。昨天黄鲲告诉他们说，枪械修配所正在筹办，所需机械设备，原材料正在抓紧采购。这时古世才才知道，都鸿勋的所谓枪械修配所还没有影儿，心里感到轻松了许多，开始琢磨如何逃走的事情。他灵机一动，就提出要求说，既然暂时他们在这里没有事情好干，白白地耗费治安队的钱财，给长官们添麻烦，不如先让他们返回古家庄，料理家里的事情，等枪械修配所建立起来之后，他们再来上班。黄鲲慌忙说，那可不行，筹建枪械修配所，进设备材料，建厂房，都需古师傅指点，不肯放他们离开浑河镇。过了一些日子，古世才从黄鲲的闲谈中听说，给都鸿勋采购设备和材料的是古廷辅，知道古廷辅要做这笔生意，他们被弄到浑河镇来可能和古廷辅也有关系。

不能给敌人造枪炮，这是古世才不可改变的主意。他在来浑河镇的路上，就琢磨着怎样逃走，而当他想到逃跑可能遭遇种种困难，万一逃不出去怎么办的时候，就感到极度苦恼和忧愁。他想，就是死，也不能替汉奸修造枪械，制造弹药，危害自己的同胞。

今天黄鲲来说，枪械修配所的厂址已经选好，就在鲤鱼河入浑河的入河口北面。那里林木茂密，风景很好。厂房的设计图也已由本镇的工匠绘制出来，送请青岛的设计师审定，采购工厂设备和原材料的事情也办得有了一点儿头绪。枪械修配所就算是八字有了一撇儿。都鸿勋恨不得明天就把修配所建起来，而古世才的心情刚好相反，希望事情拖下去，办不成最好。

古世才最放心不下的是他的老娘，怕她惦念着他们兄弟二人，经不住这个折腾而上火生病，有个好歹，发生意外，可是又身不由己，没有办法去宽慰老娘，逃跑的心情更加急切。而现在没有办法和外面联络，逃跑的事，一点儿头绪都没有。

古世才兄弟在浑河镇，好吃好喝，清闲自在的，实际上是被严密地监控着。生活的这一突然变化使得没有经历过多少挫折的古世友吃不下，睡不好，焦虑不安。古世才宽慰他说，既然已经落到了都鸿勋的手里，就得面对现实，气愤，苦恼，着急，都没有用，要紧的是想法儿逃出去。

古世才曾多次路过浑河镇，但是从没在这里停留过。在他的心情稳定下来以后，就想熟悉一下周围的环境，为逃离浑河镇做准备。他请求黄鲲安排他们四处走走看看。黄鲲把他的这个要求报告了都鸿勋，都鸿勋得知古世才有心情逛风景，很高兴，立刻表示同意，还派他的副官都本初做向导，并恳求熟悉浑河镇山水、建筑和历史掌故的莽东宏老先生给他们作陪。莽老先生是决心不和都鸿勋来往的。可是他考虑到古世才是客人，是在浑河镇一带有名的人物，也想趁机宣扬一番自己家乡的山水文明，就破例接受了这个差事。

古世才发现浑河镇原来是一处很大很漂亮的镇店，而且地势非常重要。她的西面有滔滔的浑河，东南两面有清澈的鲤鱼河，东北面有高高的桑柞山，城墙周长足有二三里，城外有几丈宽的护城河。除去东门之外，其余三座城门都在，城墙基本完整，只有东南城墙上有一个能过空行人的豁口儿。都本初说，越过那个豁口儿，往南走二三里路，就是镇南的古庄。这个豁口儿就是来往于古庄和城里的人们有意无意地豁开造成的。

莽东宏老先生说，浑河镇是一座南北长、东西窄，沿着宽阔的浑河的东岸和桑柞山的西南侧，在东南和西北这个方向上逶迤伸展的镇店，因濒临浑河而得名，传说已有千年的历史。镇上住着一千几百户人家儿，是胶东地区的一个大镇。日本人派出一个小队驻扎在这里，就因为这里是交通要道。他说，浑河流经几个县。她先由山东腹地向东而流入本县；然后转向东北；再朝北，在离浑河镇不远的龙王庙附近，流进莱州湾。在涨潮的时候，海水会大量倒灌进浑河，漾过浑河镇，一直往上漾去。所以浑河镇附近一带的河水里含有浓重的盐分，生长着许多只有在这种被人们叫作"阴阳水"的水域里才有的特殊的海物儿。这里出产的蛏子，短胖鲜嫩肥美，味道纯正，远近闻名。

莽东宏老人站在浑河桥头，指着微波起伏缓缓北去的浑河说，流经浑河镇一带的浑河段，河床宽过数百步，一年四季不断流，穿过浑河镇西侧的浑河大桥，紧贴着浑河镇流过，因受海潮影响，浑河镇附近，几乎常年不结冰。冬春两季流量变小，有时河身的有些河段变得弯弯曲曲，浅的地方，清澈见底，水下砂石历历可数。夏秋两季，雨量丰沛，水流宏大，河面宽阔，远远望去，上上下下，黄浪滚滚，汹涌澎湃，烟雾蒙蒙，汪洋一片。雄伟的浑河大桥，是远近闻名的古老建筑。桥身长近三百米，两侧修有多处扩展到桥身以外的行人可在其上观赏大河风光的平台。桥身笔直，结构匀称，雄美如画。桥面平整宽阔，并行两辆铁轮大车时，行人还可以从容地在大桥两侧来回走动。大桥全部用上等花岗石筑就。无数精确、讲究、美观的榫卯，把数以万计的长大宽厚、规格划一、琢磨精细的石料，牢固地咬合在一起，就是到了千百年后的今天，虽然经历了多次地震的摇撼和海啸的冲击，铺在桥面儿上的大部分巨石也已被一代代人们的双脚踏磨得像镜子一样光亮，桥身的背阴处长满厚厚的、暗绿色的、滑腻的青苔，而她却依然牢固坚实，纹丝儿不动。

古世才看着老态龙钟的莽老先生，听他娓娓动听地讲解，深有感触。觉得一个古稀老人，住在偏远的乡镇，能这样通达事务，实在难得。

莽老先生说，中国的皇帝们只看重那些给他们看家护院、催租收税、辩护取乐儿的读书人，而并不看重工匠和他们所创造的伟大业绩，所以浑河大桥建桥的年代和工匠们的英名都已无从查考。有人说她建于宋朝，也有人说她的历史更久远。而老人们却说这座大桥是鲁班爷修建的，并且常常深情地对他们的儿孙演说鲁班爷当年修桥、护桥、和企图破坏石桥的女妖、恶龙斗法等等一连串神秘动人的故事。据老人们说，在浑河大桥中央部位水下的深处，还筑有一座庄严宏大的殿堂；在殿堂的中央，安放着一张巨大的石桌；在石桌上面，供奉着一柄威力无边的斩妖剑，任何企图偷偷溜进大海成龙而后兴妖作怪、危害百姓的蛇精虫怪都不能从这座大石桥下溜过。古世才听着莽东宏老人的讲解，感叹不已，他愿意相信这座壮观美丽的大桥是靠着神力建造起来的。

古世才走遍了整个儿的浑河镇，他想象在夏秋时节，浑河两岸，桑柞山上，一定到处是茂密的林木，远远望去，整个儿镇子像古家庄那样，掩映在一片绿色之中。虽然时下已是严冬，在桑柞山坳里低洼地上的几株垂柳上，依然残留着几片略带黄色的绿叶儿。

地处本镇中心、依山傍河的是一幢幢用青砖青瓦筑就的高大华贵的院落；散落在这些深宅大院周围的是一幢幢用土坯和麦秸草搭建而成的整洁的茅屋，屋顶披的是麦秸草，由于它们的新旧程度不同，呈现出从鲜黄到灰黑的层层颜色。每一栋房屋都是精心筑就的。无论是瓦房还是茅屋，她们的格局、样式和线条儿，都是那样清秀、明朗、敞亮、舒展、朴素、自然，那样赏心悦目。它们有和谐、秀美的轮廓，高高耸起的屋脊，长短适度的屋檐，和用白灰泥抹过的洁白光亮、比例恰当的等腰三角形的山墙，在山水的背景上，优美如画。这一切的美妙组合，就构成了这里民居的外观的美。这是浑河沿岸百姓百年千年的创造；这创造，又培育了人们对于这里的房屋建筑美的爱恋。这里的人们，一代一代、成千成万地流落到四面八方、天涯海角，却总是有一些人，或是他们的子孙，一拨儿一拨儿地从遥远的俄罗斯、新加坡、印度、印度尼西亚、日本、高丽、香港、澳门和关外的东三省等地，不远千里万里，再回到这里来。就是那些最后把自己的尸骨和儿孙撒在异国他乡的人们，当年在他们万般无奈、为活命而哭泣着告别家乡的时候，也没有想过自己要永远留在外地和外国！他们原本也都是想在他乡渡过难关、挣些资产后活着回到这里来的呀！在他们停止呼吸的一刹那，残存在他们意识里的最后一个念头，也还是对于故乡的思念和向往，是因为他们意识到活着的时候再也回不了家乡而不得不把自己的尸骨和儿孙扔在异国他乡时所产生的那种无法排遣的痛苦和无法补偿的遗憾啊！他们当年在面对绝路不得不一步三回头、恋恋不舍地离开家乡的时候，为宽慰自己、鼓励亲人，曾激动地说过"树挪死，人挪活"，"哪里的黄土不埋人？"而在此刻，在他们的弥留时刻，他们反反复复叮嘱儿孙们的最后一件大事，却是要他们无论如何都要把他们的遗骨背回故乡，埋葬在祖先们的身旁啊！他们留恋的是什么呢？难道仅仅是掩埋着祖宗遗骨的那一堆堆黄土吗？也许还有故乡的那些善良勤劳的乡亲和淳朴仁厚的习俗，以及由他们的父亲、祖父、曾祖父和高曾祖父们亲手筑就的一幢幢可爱的老屋吧？古世才想到自己又将被迫逃亡，鼻子一酸，心中涌起一种混合着愤怒、无奈的深深的悲痛。

古世才他们走遍了浑河镇的大街小巷，发现浑河镇只有一条沿着浑河河岸曲折伸展的滨河大道。莽老先生说，本镇的都、曲、丛、于、刘、孙、姜、亓等八大家的宅第，都坐落在这条大路中段的东西两侧，有的依山，有的傍水。让古世才感到奇怪的是他们各家门前的石砌路面虽然高低宽窄规格一样，可是所用石料的颜色和质地却有一些不同。莽老先生说，这是因为他们各家发迹、建宅的时间有早有晚，建屋、筑路所用的石料不大一样。老人说，乡下的路和乡下的女人一样，没有官名儿。可是，这里的老百姓却有兴趣善意地给这条虽然平整宽阔，却有点儿花里胡哨的滨河大道起了一个挺合适的名字，叫"彩缎路"，意思是，这是一条由一段一段色彩不尽相同的石砌路面儿联结而成的彩缎一样美丽的大路。但是镇上的八大富户异口同声地表示反对这样的叫法儿。他们说，"彩"字和"财"字是一个读音，"缎"字跟"断"字是一个读音，叫"彩缎路"听起来就成了"财断路"，不吉利。于是，他们就请莽东宏的父亲莽元吉给这条路起了一个名字，叫"五彩路"。人们也就跟着把这条街叫"五彩路"了。从那以后，"五彩路"也就成了浑河镇上的另一个"风景"，它和浑河大桥一样远近闻名。方圆百里的人都知道，浑河镇的"五彩路"是富户们聚居的地方儿。纯朴的平民百姓，在讽刺那些家里有适龄的女儿、又有见钱眼开的母亲的时候，就常常鄙夷地说："啊呀呀，她是想把自己的闺女送到'五彩路'上去享清福的哟！"

古世才和古世友走遍了浑河镇，熟悉了浑河镇的大街小巷，特别细心地观察了东南城墙上的那个逃命的豁口儿，还试着攀登上去，朝城南古庄观望了一会儿。古世才悄悄地对他弟弟说，有朝一日，他们就将从这个豁口儿逃离浑河镇。

68

古世才人在浑河镇，而他的心却游荡在浑河镇和古家庄之间，惦记着家里的事，不知道秀姑是不是按照他的嘱咐把根儿转移出去，他是否平安。他怕在浑河镇这里见到根儿和他的老娘。直到他得知根儿已经及时转移到柳林庄，老娘康健，孩子平安，他的心才踏实下来。

古世才弟兄二人每天三顿饭，吃过饭就闲坐在空空的屋子里想心事，说闲话。偶尔有人送来一两支长短枪要修，古世才都借口说没有设备、材料和零件，无法修理而给挡了回去。

古世才从来没有经历过这种无事可干的无聊生活。时光就在愁闷和有关外逃准备的种种考虑中过去，转眼已是腊月上旬。黄鲲说枪械修配厂的设备和材料已经定妥，有望近日运来，古世才的心情又紧张起来。他在考虑枪械修配所开工，他和弟弟将如何应对。有一点他心里始终清楚，那就是：无论如何，就是死，也不能当日本人和都鸿勋祸害自己同胞的帮凶，不能给他们制造枪炮弹药。

这些日子古世才反复考虑了他一家的处境和出路，心里常常冒出一种他的生命已经到了最后关头的那样一种悲愤的感觉。这种感觉他在 10 年前保卫大上海的战场上朝着日本鬼子射击的时候有过，此刻再次涌起，并且占据了他整个儿的心灵。他想，他来浑河镇的最后结局无非是两个，一个是逃出去，一个是逃不出去。要是逃不出去，他只能和都鸿勋的兵工厂同归于尽，在兵工厂开工的时候炸掉它，为抗击日本鬼子、保卫国家做最后一次贡献。不错，他舍不下老娘，舍不下妻子儿女，可是事情真要是赶到这一步，也只能这样。他希望能在兵工厂开工前全家一起逃走。为保护弟弟，只要有机会，他就对黄鲲等人说，他弟弟不懂军工技术，要求都鸿勋放他回去，种地和管理家务。

　　都鸿勋按部就班地实行着他收买和软化古世才的措施。他用来收买古世才的手段有二：金钱和美食。用金钱收买的办法儿他已经采用，他向古世才预付了高额的劳金。他不相信并不富有的古世才面对哗啦哗啦响的大包的银元，会无动于衷。现在他又用上美食这一招儿。都鸿勋知道，穷人追求的幸福生活就是不愁吃穿，他们理想的生活，就像一则民间故事里说的那样，"两个饽饽一碗菜，外加一个老婆"①。都鸿勋关照军需处，古世才他们的饭菜顿顿都要花样儿翻新，包子、饺子、鸡鸭鱼肉、应时蔬菜，要应有尽有。

　　古世才住处的门外日夜有哨兵把守，要逃出这个住处就不容易。即使能逃出浑河镇，也难逃脱都鸿勋的追捕。再说，一家老小7口儿，能逃到哪里去呢？眼前最让他们感到憋闷的是没法儿和家里的人联络商量。

　　黄鲲天天来枪械修配所。他见古世才情绪稳定，谈笑风生，一副心满意足的神态，也没有再向他提过回古家庄的话题。都鸿勋得到黄鲲的汇报，相信他收买古世才的措施奏效了。用吃喝玩乐、小恩小惠拉拢穷人，这是都鸿勋的家传。他不相信大字不识的古世才会痴心抗日到不为钱财和吃喝所动的地步。他认为，他给他开出的是让人看了眼红的劳金，又有大鱼大肉好吃，他们不可能不顺从他，古世才早晚会自觉自愿地帮他办兵工厂。都鸿勋除了关照大伙房好好款待古世才弟兄之外，还不时以他本人的名义派人给他们送点心，还叫黄鲲给古世才捎话儿，说他忙过这一阵子，会亲自来看望他们。

　　古世才也感觉到他麻痹都鸿勋的办法儿见了成效，都鸿勋和黄鲲放松了对于他们的监控，开始把监控的重点转移到他的身上，古世友被允许外出活动，包括会见古家庄前来赶集的乡亲。浑河镇是个大集，五天一集，逢二、逢七有集。每集都有古家庄一带的农民到这里来做生意。在这以

---

　　①　这则故事流行在山东胶东等地，大致是说：有一个年轻人，孤身一人。他勤劳勇敢，心地善良。一天，他上山打柴，路遇一患病老者，他诚心相助，老人以一幅美女画儿相赠。他将画儿带回家中，挂在堂屋的墙壁上。此后，年轻人每天打柴回来，都见锅灶热气腾腾，打开一看，锅里有两个饽饽一碗菜，他吃了正好。年轻人感到奇怪。一天，他走出家门后却没有像往常那样上山去打柴，而是躲在门外，从门缝儿里窥视着屋里的景象。到了做饭的时候，见从画儿上飘下一个美女，生火做饭。他猛地推开房门，闯进屋里，抱住了这个美女，并和她成了夫妻。从此他就过上了幸福的生活。

前，有前来赶集的人，受秀姑的托付，前来和古世才联络，黄鲲一直不准他们和古世才他们见面。古世才就势提出要回古家庄看望老娘的要求，黄鲲口头上答应，可是没有下文。后来几经恳求，他们才同意放古世友回家看看。

　　枪械修配所的门前日夜有士兵站岗。白天是单岗，夜里是双岗。岗哨明明是为古世才兄弟所设，但是黄鲲却说，那是因为有消息说，有人要绑架古世才兄弟，他们是为了防范绑匪、保护古世才兄弟而在枪械修配所门前设岗的。这当然只是大孩子糊弄小孩子的说辞，没有人相信。但是既然都鸿勋和黄鲲这样说，古世才也只能这样听，并硬装糊涂，还表示感谢。其实这种情况，都鸿勋心里明白，古世才心里也明白。都鸿勋至今没有来"看望"他的这两位被"囚禁"的儿女亲家，就是由于这种令人尴尬的原因。

69

　　都鸿勋在掳得古世才之后，加快了筹办枪械修配所的步子，黄鲲说，阴历年前古廷辅就能从日本把设备运进来。古世才听黄鲲这样说，心里有些发急，他想一旦工厂投产，周围都鸿勋的耳目会更多，要脱身就更难了。他每天深夜都和弟弟议论外逃的事。最让他们为难的是他们将到哪里落脚儿。古家庄周围是藏不住人。能逃到抗战的大后方去最好，可是那些地方他们没有亲戚朋友，也没有远行的财力。他们也想过再下关东，去黑龙江深山老林，投奔他们的姑姑。他们的姑姑一家落户伊春，伊春古世才去过，那里地广人稀，山高林密，土地肥沃，容易躲藏，能有饭吃，更重要的是听说那里有抗日的队伍，大表弟和二表弟都参加了抗日义勇军，去年秋天他们还有信来。可是从那以后就断了和他们的联络，不知道现在那里还有没有抗日的队伍，日本人的势力是不是已经伸展到那里了，他们老姑和表弟能不能接待他们一家老少7口儿，怎样取得和他们的联络，秀姑和根儿他大舅是不是想到了这个去处，有没有想法儿和他们联络。

　　古世才虽然拿定了在必要的时候和都鸿勋的兵工厂同归于尽的决心，可是他眼见枪械修配厂就要建成，外逃的事毫无头绪，心中仍然感到焦躁不安。和鬼子汉奸拼命毕竟是一种不得已的选择。他想，也许秀姑是对的，当时他应该听她的，立刻逃走。都鸿勋要的是他，他不在了他就失去了捕捉的目标儿。那样做，家里的老少肯定会受一些苦，但是事情能有一个回旋的余地。

都鸿勋经常过问古世才的事。黄鲲为表功，说明他对古世才的工作有成绩，总是向他报告说，古世才没有逃跑的迹象。都鸿勋听了微微一笑，心想，这主要不是你黄鲲的功劳，而是钱大爷和饭大爷的功劳，古世才毕竟是个小人物儿，决定进一步放松对古世才的监控，以示亲善。白天修配所外不再设岗，只在夜里设单岗。可以让古世才在修配所附近随便转转，也可以会见古家庄前来赶集的熟人儿，不过仍然派便衣暗中监视，防范他们乘机逃走。

古世才再次向黄鲲提出让他们定期回家看望老人的要求。黄鲲把古世才的这个要求报告给了都鸿勋。都鸿勋想到他既然口称古世才兄弟是亲家，那古世才的老娘也就是他的长辈，他不能让别人说他不讲孝道，思忖再三对黄鲲说道："可以同意古世友定期回去探亲，隔集一次。但是古世才不能离开这里，理由是修配厂的设备说不定什么时候会运来，古世才得随时准备验收这些设备。"黄鲲自然理解都鸿勋的用意，他这是想放开古世友，严控技术大拿古世才。而古世才也明白他关于古世友不懂军械修造技术的宣传见了成效，这对保护弟弟的安全很重要。

都鸿勋为对外宣扬他有枪械修配所，派人从青岛、天津等地买进几台旧车床，又从治安队里选拔出孙孝武、屈宗昌、丛世才和焦文和等几个念过几天书的年轻人，让古世才教他们学技，任命黄鲲兼任枪械修配所的所长，同时挂出了治安队枪械修配所的招牌，这样，都鸿勋的兵工厂就算建立起来了。

早饭后，古世才对黄鲲说，他想到镇南古庄去拜拜他们的古家祖坟。黄鲲立刻去请示都鸿勋，并安排人"陪伴"前往。今天一早，正当古世才他们要出门儿的时候，都鸿勋在副官和护兵的簇拥下到枪械修配所来看望古世才了。他一进门儿，就按照都本初的指点，快步朝古世才走来，满脸堆笑地说："啊呀，俺的好亲家哟，早就想来看望你们呀！杂事太多，一直没有得空儿，慢待慢待，请多包涵！"说着就向古世才伸出了双手。

古世才也满面笑容地迎上去和都鸿勋握手，并说道："都团长太客气了。都是自己人，用不着这么多的礼数儿，快请坐吧！"说着，就把都鸿勋让到屋里唯一的一张半新的红漆杌子上，他和弟弟都坐在马扎儿上。

"这是世友表弟吧？"都鸿勋手指着古世友说。

古世友起立对都鸿勋微笑点头儿还礼。

都鸿勋的护兵站在都鸿勋背后和两侧保护着他。

在浑河镇，都鸿勋算是头号大人物儿，但是古世才并不把他当回事儿。在他看来，一个人投靠了敌人，出卖国家和民族，就没有什么地位和尊严好说了。

都鸿勋坐定后说道："'万事开头儿难'啊。修配所的事正在一步步筹办。这里是临时的住处和办公地点，暂时将就着。新的厂址已经选好，厂房的图纸也已经送到青岛请专家审定，转过年一开春儿就动工建新厂房，秋天建成。机械、铸造、火药配制等的设备，正在联络订货。还要招募一两位有关火药配制方面的技术人员。老弟，修配所的事，就托付你了。"

"一定尽力！"古世才说。

都鸿勋说着，看了一眼屋里的地铺，瞪了黄鲲一眼，说道："这是怎么回事儿？为什么让两位亲家睡地铺啊？！荒唐！立刻给换上大木床！配上桌椅。马上就办！"又转向古世才继续说："老弟，以后要长期在这里工作了，生活上需要什么只管说，可以找黄连长，找俺的副官，也可以直接找我。俺家就在西街上，离这里很近。过些日子，请二位到家里做客。"

古世才表示感谢，欢送都鸿勋离开了枪械修配所。

第二天，黄鲲就派人来全面清扫了古世才兄弟二人的住处，配备了一套半新的桌椅，但是没有给他们换上木床，他说他已经派木工备料赶制去了。黄鲲说过给他们装汽灯，也没有下文。黄鲲看重的是都鸿勋的脸色，古世才在他的眼里只是个穷工匠。

都鸿勋突然来枪械修配所看望古世才弟兄，打破了他们去古庄瞻仰古家庄古氏一族在胶东始祖祖坟的安排。当天夜里，古世才反复认真地回想了这件事情的前前后后，揣度着都鸿勋此举的用意，首先感觉他这样做和亲情无关，他若讲亲情就不会强行把他们弄来浑河镇，而且他早就该来看望他们。古世才认为，都鸿勋来和他们套亲情，真实的目的至少有两个，一个是麻痹他们，一个是破坏他们的古庄之行，阻止他们离开浑河镇，即使到浑河镇附近的古庄也不行，表明他时刻都在防范他们逃走，他设在他们住处房前屋后的岗哨是撤了，但是暗地里肯定有便衣特务监视着他们，看来逃离浑河镇，逃出都鸿勋的魔掌不容易。

古世友说："都鸿勋是来和咱们套近乎儿，是想糊弄咱！"

古世才说："霍先生说过，这叫'恩威并施'。他装他的，咱干咱的，将计就计，他跟咱们套近乎儿，咱们也和他套近乎儿，看到头来谁糊弄得了谁。"

"天快亮了。眯一会儿吧。"古世友说。

古世才翻了个身儿，对弟弟耳语道："新年前后必须逃出浑河镇，以后设备和材料到了，修配所开了工，人多了，耳目也多了，脱身就更难了。眼下最大的难题是解决咱们外逃的落脚点儿，和咱姑姑取得联络，看看她那里能不能接待咱们。你嫂子不识字，又得防着古文举爷儿俩，给姑姑的信又不能求人写，也不知道根儿他舅舅是不是会想到这件事。"

古世友宽慰哥哥说："胡大哥经多见广，足智多谋，会想到这件事的。"

"但愿如此。"

几只老鼠吱吱地叫着，忽东忽西地在他们的被子上乱蹿。

古世才感到孤独、无奈和悲哀，久久不能入睡。一家的好日子就这样叫日本鬼子和都鸿勋给毁了！如今，有家不能回，又无处可逃！忽然，他想起了近来关于八路军的传闻，说他们来无影，去无踪，神出鬼没，专打鬼子汉奸，他们的首领叫朱德，他前心背铁，后心背钢，刀枪不入，是现如今的赵子龙，所向无敌。有人说八路好，说他们打日本鬼子，也有人说他们杀人放火、共产共妻，众说纷纭，影影绰绰，是非真假难辨。八路军抗日这件事让古世才动心，心中闪过投奔八路的念头。可是八路在哪里？他们到底是些什么人？他无处了解。

午饭后，经黄鲲允许，到浑河镇来赶集的崔德昌来到古世才的住处。他只站在门外对古世才说了三句话："家里的人都好；根儿去黑龙江他老姑家了，他表叔捎信儿说，根儿他老姑和他的两位表叔都很好。"古世才明白，根儿他大舅胡大珂已经和他黑龙江的姑姑和表兄弟取得联络，伊春一带仍然有抗日的队伍，他们欢迎他们去伊春。这个消息让古世才满心欢喜，根儿安全，他心里踏实了许多，看到了一家外逃的希望，晌午饭吃了6个每个二两重的白面馎馎，还喝了两大碗杂面汤，几天来脸上第一次露出了笑容。

72

根儿被从胡大珂的好友石桥庄石祝三家接回柳林庄后就在这里住下了，在古家庄一带，外甥住姥姥家并不新鲜，不过像根儿这样长时间地住姥姥家，迷恋姥姥家，不愿意回自己家的孩子，也不多见。往常夏秋两季的大部分时间，根儿都是在姥姥家度过的，初冬时候，古世才才按照他姥姥和舅舅的意思，牵着牲口来把他接回古家庄。

柳河是一条古老的季节性的悬河，河床高出两岸地面三四尺之多，过河要先爬上高高的河堤，然后再下到水边儿过河。站在河堤上，就能看见二三里路以外的柳林庄的景象。古世才骑在驴上，从老远的地方儿就看见头戴五色小帽儿的根儿，在他姥姥家门前的那棵大槐树底下奔跑跳跃，和孩子们一起玩耍。他望见了根儿，而根儿也望见了他，知道他爹是来接他回古家庄的，便飞一般地钻进了他姥姥家对门儿的三舅舅胡大成家，并且哀告他三舅母说："三舅母，你把俺藏起来吧！俺爹来接俺回古家庄啦！俺不愿意回去。"三舅母神秘地笑着，满口答应了他的要求，指点他悄悄地藏在房门后面。可是后来，在古世才到她家来找根儿的时候，她笑着朝房门后面努了努嘴儿，古世才就把根儿从那里揪出来了。这是三舅母第二回出卖根儿了。根儿没想到三舅母会这样不讲信用。他明白大人都是一伙儿的，说话不算数儿，不可信任，后悔没有像去年秋天那样藏进秫秸垛里躲起来。

古世才带着根儿走在回古家庄的路上。根儿骑在驴背上，古世才牵着驴走在地上。古世才不知道儿子为什么这样依恋姥姥家而不愿意回古家庄自己的家，便平心静气地问他说："你在姥姥家过得好吗？"

根儿爽快地答道："好！"接着就兴致勃勃地诉说住在姥姥家的好处。

"你愿意回咱们古家庄吗？"

根儿讷讷地说："不知道。"

"你不想奶奶吗？"

"也……想。"

"为什么是'也想'呢？"

根儿不说话。

"你是不愿意回古家庄咱们自己的家吧？"

"也…不…是。"根儿勉强说。

"那你为什么看见我就逃跑呢？"

根儿低头不语。

"你说实话，俺不打你。"

"俺就是愿意和姥姥家的人在一起嘛。"

"那你就不愿意和咱们家的人在一起吗？"

"也愿意。"根儿说，然后又说："古家庄和柳林庄都是俺的家，古家庄是爹的家，柳林庄是俺娘的家。"

…………

古世才心里明白，儿子这会儿还分不清自己的家和别人的家，他的心思离着姥姥家近，离着自己家远，只是他不肯说出他为什么会这样。古世才记得，奶奶早就对他说过："栓儿啊，根儿和你们不是一条心哪。不相信你们的话。这样下去，你们怎样教育他呀？"古世才明白，奶奶不赞成让根儿常住姥姥家，只是怕秀姑不理解，不想把她的这个想法儿明明白白地说出来。根儿的姥姥也已经注意到了这种情况。所以她才关照根儿他舅舅，不要再留根儿在柳林庄常住。

那根儿到底为什么会这样呢？难道仅仅是因为根儿在姥姥家住的日子

长吗？古世才对大舅哥胡大珂提过这个话题。胡大珂觉得这件事不是三言两语能够说清楚的，有些话也不好说，只是对他笑笑，并没有回答他。古世才觉得大舅哥说话办事不痛快，很不满意。古世才在俄罗斯，由于精通俄罗斯话，能写会算，有高超的手艺，能挣钱，在当地的中国人里面算是个有能耐受尊重的人，而那时的胡大珂不过是个出大力的"老勃代"。但是在山东老家，胡大珂的能耐可就大了，而非古世才所能比得了的。他交游广泛，多才多艺。然而古世才不这样看待胡大珂，他认为胡大珂既不是个正经的手艺人，也不是个正经的庄稼人。他虽然好像什么都懂，可是他是样样儿通，样样儿松，没有过硬的本事，他在古世才的心里不占什么地位。

73

根儿为什么愿意住姥姥家呢？根儿自己心里明白，只是不想对他爹娘说。他和别的孩子一样，天生喜欢自由平等，谁对他好他就对谁好，喜欢疼他、爱他、尊重他，而又有趣的人，喜欢姥姥而不大喜欢奶奶。他觉得姥姥真心亲他爱他，事事为他着想，从不叫他干他不愿意干的事情，不羞辱，而奶奶不是这样。他觉得奶奶对他是冷一阵儿热一阵儿，有时亲他，有时冷淡他。奶奶叫他做事的时候，从来都不管他是不是愿意，动不动就叫他穿好衣服，戴好帽子，打扮得整整齐齐，跟上她去会见她的那些和她一样聋聋磕磕没有意思的老奶奶，还总是要他老老实实地坐在她的身边，不许他随便走动。比如有一天上午，一只漂亮的花蝴蝶飞到他的面前，他高兴地站起来去追，奶奶就慌慌张张地对着他喊道："你抓它干什么呀！不要跑！小心摔着！"根儿觉得他就好像是奶奶手里的一件东西，她只知道把他摆弄来摆弄去，向人家显示，叫人家夸奖，从来都不想他心里是不是愿意。他在古家庄的家里，有时连笑一笑都会惹来一阵训斥。奶奶总说他这也不能干，那也不能干，这么做不好，那么做也不好，弄得他很难受。而姥姥从来都不申斥根儿。根儿做错了事，姥姥就让他懂得错在什么地方儿，怎样改正。有时娘当着姥姥的面数落根儿，申斥他，贬斥他，羞辱他，姥姥就会安详地对他娘说："你对孩子唠叨什么？俺这样数落羞辱过你们兄弟姊妹吗？还是那句老话：不要难为孩子，相信孩子会长大成人，'树大自然直'！"根儿觉得奶奶说的话有的不是出于真心，他不敢相信。可是姥姥的话他完全相信。好比说，舅母常用灶坑里的余火给根儿和他的表妹巧曼儿烧东西吃。秋天烧老玉米，冬天烧花生、地瓜、麻雀。根儿有时出于好奇或是嘴馋，忍不住凑近灶坑，去寻找舅母给他烧的那些香喷喷的好吃的东西。每当这种时候，姥姥就会和蔼地提醒他说："根儿啊，你离着灶火门儿远一点儿。"根儿知道，姥姥是怕灶坑里的什么东西忽然爆炸，伤着他。西屋二表姐绣绣嘴馋，偷偷地在灶坑里烧鸡蛋吃，鸡蛋爆了，崩伤了她的一只眼睛，左眼皮上留下一个难看的疤，得了一个难听的外号叫"疤瘌眼儿"。又好比，姥姥提醒他说："根儿，你不要去逗弄咱家的那个大花狗。"根儿明白，姥姥这样提醒他，是因为姥姥知道大花狗脾气不好，怕它急了眼会咬他。狗毕竟是个畜生，平常听话，可是它被气急了的时候，也会咬人。大花狗已经咬伤过好几个人了。还比如西屋胡秋月大表姐家的那只高大的花公鸡。它的脖子老长老长，没有几根毛儿。它的腿老长老长，也是没有几根儿毛儿。可是它身上的毛儿却是火红翠绿的，亮晶晶的，特别好看。它走起路来总是昂着头，迈大步，像个大英雄，神气着呢。根儿特别喜欢它。可是，那个公鸡很凶，会高高地飞起来拧人。姥姥嘱咐他不要去惹它，说那是一只"斗鸡"，会撕破人的耳朵，叨瞎人的眼睛。"斗鸡"是什么样的鸡呢？它是不是真会伤人？根儿不知道，不过他相信姥姥的话，因为姥姥从来不说瞎话。

根儿记得，他小的时候，奶奶不像现在这个样子。那时她很疼他，奶奶的脾气是这两年才变的。娘说，在分家的那会儿，叔叔说，根儿跟着奶奶吃，吃细粮，所用的麦子由两家儿合着出，爹和叔叔都同意。他记得，他小的时候就是这样儿吃饭的。可是后来变了，吃饭的时候，白面饽饽，要由奶奶分给他吃，奶奶给多少，他就吃多少。奶奶有时只掰一小块儿饽饽给他，他也就只能再吃棒子面儿的饼子，地瓜，地瓜干儿。后来，他一赌气就不吃饽饽了。他想，人不能像狗那样让人喂。再说，吃什么不是一样？吃棒子面儿做的黄饼子不是也能抗饿吗。让根儿不满的是奶奶这样做还有她的歪理儿。她常常唠唠叨叨地说，小孩子不能享福，他们要受磨炼，说什么"少儿受贫不算贫，老来受贫贫死人。"想到吃大鱼的事儿，根儿心里就更难受。

古家庄离海近，有"吃大鱼"的古老风俗。每到春暖花开的春夏之间，除了很穷很穷的佃户儿和要饭吃的人家儿，差不多家家儿都要吃一两次鲜鱼，这就叫"吃大鱼"。这里说的"大鱼"专指海鱼，而不包括淡水鱼。这里的人不大喜欢吃淡水鱼，有些人家儿在喜庆日子讲究吃鲤鱼，图的是个吉利。

吃大鱼自然也分穷富。有钱的人家儿吃脂鱼和海鲈鱼一类的名贵鱼。中等人家儿吃鲅鱼、黄姑鱼。穷人就只能吃吃黄花儿鱼了。穷人和富人吃的鱼，不光品种不一样，分量和次数儿也不一样。富人家儿可以天天吃，足吃，而穷人呢，也就是买上一两条，煎一煎，或是熬一熬，一个人吃上几筷子，应应景儿。

每逢吃大鱼的季节，出嫁了的女儿都要给亲娘送"大鱼"。无论穷富，只要自己还有口饭吃，都得送，就是自己吃不起鱼，也要想方设法儿给娘送大鱼。这是闺女的孝心。有些好心的"替头儿闺女"①，为了行善和安慰失去女儿的老人，也给丈夫前妻的生母送"大鱼"。家里富有，自己又能当家做主的，或是婆婆开明、看重亲情的，和家境不好，或是自己不能做主，婆婆也不开明的，送的"大鱼"就不一样。有的是品种名贵，分量也大；有的是品种低下，分量也小。

每到吃大鱼的季节，根儿他姑父就赶着驴，送他姑姑来给奶奶送大鱼，每回都是两条，有时送脂鱼，有时送海鲈鱼。啊，那大鱼打扮的可真好看！鱼头呀，鱼尾巴呀，都完完整整，煎得黄黄的，盛在带着蓝色花纹儿的长长的大鱼盘里，上面还插着几根儿绿绿的菠菜或是香菜，用一个大柳编饭篮子盛着，"大鱼"盘的下面总是先垫上好些又白又大、顶上点着园园的红点儿的饽饽。每当姑姑送大鱼来的时候，奶奶总是感动地拖着长腔儿得意地说道："哦，这就是俺当娘的养闺女一场的好处呵！"

根儿记得，他小的时候，奶奶是和他一起吃姑姑送来的"大鱼"的，可是这两年，奶奶变了，她总是一个人儿坐在她东屋的炕上，就着姑姑送来切成片儿的白面饽饽吃鱼，她的一举一动坐在地桌上吃饭的人都看得清清楚楚。她常常是一边吃一边唠叨："根儿还小，以后吃好东西的日子多

---

① 替头儿闺女：是指闺女死后女婿又续娶的妻子。她们中间的有些人，出于善意和对失去女儿的老人的同情，自觉自愿地对丈夫已故前妻的母亲行闺女之礼。

着呢。"根儿知道,这些话奶奶是说给他听的。根儿觉得,这种时候奶奶好像就不认识他了!他不知道奶奶为什么会变成这个样子。他有些生气,后来就赌气不看奶奶。姑姑送来的鱼,蒸了一遍又一遍,每天三顿,顿顿都是这样,要吃好几天呢。奶奶总是先从鱼肚子那里吃起,一直吃到鱼头和鱼尾。她一条一条地吃,最后,鱼盘里就只有多少带点儿鱼肉的鱼头和鱼骨头了,她才说:"根儿呀,来吃鱼呀。"根儿就难过地说:"奶奶吃吧,根儿不馋。"根儿觉得奶奶变了,一点儿都不疼他,他的心离奶奶也越来越远了。

秀姑比她大哥胡大珂小十岁。她的上头曾经有过两个姐姐,都在她们几岁的时候不幸夭折了,因此,秀姑虽然是她娘唯一的闺女,而晚辈们却都称她为三姑。秀姑她娘和她的哥哥们都很疼爱她。她从小儿任性,爱对哥哥们撒娇儿,可是无论她说什么,做什么,哥哥们都不恼。胡大珂爱妹妹,因此也爱外甥。加之胡大珂看重男孩儿,他的晚生女儿巧曼儿出生又比根儿晚几年,她出生时,胡大珂对外甥根儿已经有了很深的感情,所以根儿在胡大珂的心里占有很重要的位置。

根儿的二舅胡大林也很疼爱根儿,但是根儿很少住在他家,因为二舅舅和二舅母不和,经常争吵。二舅母嫌二舅舅长得不俊,说他缺心眼儿,说当年是根儿他姥姥勾搭媒人蒙骗了她,把她诓到柳林庄来的。根儿他姥姥怎么解释,都不能消除她的这个误会。她对婆婆有气,难免殃及外甥,对根儿也没有多少感情。当年主持胡大珂兄弟分家的长辈们考虑到他们家的这个情况,为回避婆媳矛盾,征得大舅和二舅以及二舅母的同意而后说定,姥姥长住在根儿他大舅家,二舅补贴老人的部分口粮。但是由于二舅母作梗,二舅不能主事,他们不肯把姥姥的口粮拨给大舅,胡大珂也不和她计较,实际上是大舅一家赡养姥姥。根儿跟着姥姥住,自然也就经常住在大舅家,只是偶尔到二舅家去住两天。二舅胡大林因此而不能像他哥哥那样有机会和根儿朝夕相处,他也不像他哥哥那样多才多艺,所以根儿也不像他喜欢大舅那样喜欢二舅。

胡大珂已故的父亲在世时给本村财主李宝堂家扛过二十多年的大活，胡大珂从 6 岁起就下地干间苗儿薅草等小活儿，他爹早逝，他 11 岁当家，种地是一把好手。他扶耧^①播种大田的庄稼能节省一小半儿的种子，苗儿还出得比别人家的齐。不过他种地的路数儿与众不同，在柳林庄没有谁像他那样种庄稼。他家只有 7 亩多地，可是他家的小日子过得蛮好。他几乎什么都种，有些作物只种那么一点儿。除了家家都种的大路庄稼如地瓜、高粱、棒子、谷子、黄豆、小麦以外，他还种黍子，粘高粱，红小豆，绿豆，青豆，芝麻，花生，山药等。他家的地瓜、高粱、谷子、棒子、黄豆、小麦等主要作物自然是种在大田里。而像黍子，粘高粱，红小豆，绿豆，青豆，芝麻，花生，山药等，就种在他家的菜园子里，他家场院的周围，和天井里。连他家大门里面的那堵用泥坯筑成的五尺多高的照壁墙头上，他也种上了五六株扫帚菜。夏天和初秋，可以一茬一茬地采摘扫帚菜上面的细枝嫩叶儿，撒上豆面，蒸着吃。中秋过后他就用草绳子把它们扎成扫帚的模样儿，到冬天就把它们连根儿拔下，当扫帚用。过年的时候，他家能吃上大黄米做的黄年糕，粘高粱做的红年糕和自产的蜂蜜。他还喜欢种各种瓜果。芝麻香瓜儿呀，顶心红呀，西瓜呀，他多多少少都种一点儿。夏秋两季，他家都能吃上时令瓜果儿。

胡大珂是柳林庄的一个能人，春夏秋冬，每个季节都有他能干的事。春暖花开，他安排好农活儿后，就步行到山东的北部和西部，江苏的北部，河北的南部等地方行医，主要是去给那里的小孩子种牛痘儿，常常是空着手儿从家里出发，最后赚头毛驴儿骑着回来，赶到集上换一笔钱。秋天，在高粱晒红米的时候，河蟹正肥，胡大珂常常在夜里到柳河边上去捉蟹。傍晚的时候，他提上风灯、罗圈儿和水梢走了。半夜捉来了成半桶的螃蟹，连夜蒸上，第二天一大早，一股扑鼻的清蒸河蟹的香味儿，把根儿从睡梦中扰醒。秋收过后，田野一望无际，他就推上独轮车，扛起猎枪，带上渔具和水桶，四处巡游，打大雁，猎野兔儿，捕鱼捞虾。冬季，黄鼠狼的皮毛儿值钱，他就四处下夹子，捕捉黄鼠狼，取皮换钱。河湾结冰以后，他又破冰潜水到鱼洞里掏狗鱼。秋冬两季，他们家兔肉，大雁肉，野鸡肉不

---

① 耧：一种有千年历史的古老但是曾经非常先进的双脚儿播种机，一次播两垄。"扶耧"即操控这种播种机，内含很强的技术性。

断。冬天，根儿住在姥姥家，几乎天天可以吃到麻雀肉。在某个黄昏，成百上千的麻雀，飞回住地，挤在他家大门外那棵大槐树的光秃秃的密密麻麻的树枝上开大会，估计是讨论军国大事，一个个激动得不要命地跳来跳去，争着发表高论，哇哇地响成一片，远在柳河大堤上就能听见。胡大珂就轰它们几洋炮，上百只死的和伤的麻雀就落到地上，他就用细细的麻绳儿把它们一个一个地拴成一串，挂在屋门的门框上。那儿冷，坏不了，猫、狗、黄鼠狼和老鼠也够不着。根儿他舅母每天早晨都用灶火里的余火烧儿只给他和巧曼儿吃。胡大珂说，早在宋朝的时候麻雀就是补品啦，说是能补血呢。临近年关，胡大珂就扛起他专为磨刀磨剪子制作的、上面固定着磨石等工具的长长的板凳，吆喝着"磨剪子戗菜刀"，走四乡，揽活儿干，挣个年钱。胡大珂还会做木工、铁工、烤火烧、炒花生，繁殖珍奇的观赏鸟类。他能开笼养鸟儿。每到鸟儿繁殖季节，在小鸟儿破壳之后，他就打开鸟笼，放飞老鸟儿，任它们外出捕食小虫儿回来喂养小鸟儿。在他家的天井里还有一个直径近三尺的特大的灰泥盆子，里面养着几株荷花，年年开花儿，也算是他家的一景。他家的这个"荷花池"和水缸里，一年四季都养着他捕来的一些半大的鲤鱼和鲫鱼。这鱼可不是为自己养了吃的，而是准备送给别人用来治病的。这是他老娘兴起来的家风。这里的人相信鲤鱼和鲫鱼有助于治疗某些病症。每到冬天，他就把这些鱼从"荷花池"移进水缸里。根儿看见水缸里的鱼游来游去，荡起许多尘埃杂物，就说道："大舅啊，鱼养在水缸里多埋汰啊，那水还能吃吗？"舅舅说："傻小子，不脏，鱼能吃水缸里面的害虫啊。"胡大珂还捕养蜜蜂儿。他在靠近锅灶的南墙上，开了一个一尺见方儿的大洞，砌上带有密密麻麻圆孔儿的门板，后面挂上蜂箱，养着一窝蜜蜂。他养的蜜蜂冬天从来不死。他家里一年到头儿都有蜂蜜吃，还常常送给左邻右舍、亲朋好友。就连他养猪的办法，也和别人不一样。他养猪，不拴不关。他要下地了，就对它们说："走了走了。"那两头半大的壳郎猪就顺从地跟着他下地。他下工的时候，又对猪说："走了走了。"那猪又顺从地跟在他的后面，乖乖地回到家里。

　　胡大珂出名和他的家世也有关。庄上的老人们说，胡大珂祖上是武术世家，传说他们家还出过武举和镖师。大清末年闹红枪会的那会儿，他爹是红枪会的一个首领，第一个飞身冲进县城。至今他家里刀枪棍棒之类的兵器还不少。老人们都说，他们家本来有家传的正骨和治红伤的秘方，治好了不少病人，远近闻名。遗憾的是他爹死得早，他小的时候只来得及跟着他爹练习了一些拳脚儿，农闲时常常比划比划，有时也教教他的弟弟和妹妹。但是他没有来得及承袭他爹正骨和治红伤的医术。他家正骨和治红伤的秘方，只传到他娘，到他这一代就失传了。

胡大珂不仅是个能人，还是个怪人。他有好多奇谈怪论和特别的爱好。他竟胆敢捕捉能够迷惑人的神秘的黄鼠狼剥皮换钱，还喜欢吃鳝鱼，黄鳝和黑鳝他都吃。这不仅让柳林庄的人们感到奇怪，觉得他有点儿不可接近。人们想啊，难道那有着一对儿圆圆的、小小的、令人感到恐怖的眼睛的鳝鱼也是可以吃的吗？！有人甚至在背地里说，他少儿缺女，说不定就是因为他触犯了"黑鱼精"和"黄三太爷"①。可是根儿不在乎人们的这些议论，他觉得舅舅什么都会、什么都能，比谁都好。

胡大珂总是笑眯眯地，从容不迫地忙着他自己或是朋友们托付给他的事情。他交游很广，有打猎的朋友，捕鱼的朋友，养鸟的朋友，习武的朋友，这一带各个行当里都有他的好朋友。他虽然并不富有，却是这一带的名人。周围百里，场面上的人没有不知道河北柳林庄有个胡大珂的。他唯一的毛病就是年轻的时候一度好赌。有一次，他竟要用他家仅有的那头毛驴儿下注儿。赌友们不想让他乐于助人的善良的老娘生气，拒绝和他赌，才没有让他输掉那头毛驴儿。

胡大珂靠着他的聪明才智和勤奋劳动，几十年间，把他爹留下的土地扩大了一倍多，使自己成了一个朋友遍乡里、不愁吃穿的殷实人家儿。

从去冬以来，胡大珂就尊奉他老娘的教导，不留根儿在柳林庄长住了，不过这次秀姑把根儿藏到他家，他还是赞成的。他妹妹只有这么一个儿子，是古家的命根子。他断定都鸿勋还会打根儿的坏主意。

75

人的品德、知识、技能和生活习性，是古往今来一代代传承下来的。

---

① 迷信神道儿的人认为狐狸和鼬鼠有神灵，能魅惑人，把鼬鼠（俗称黄皮子、黄鼠狼）叫"黄三太爷"，把狐狸叫"胡三太爷"。

　　孩子要在大人的教导、呵护下长大成人。大人的自由是有限的，孩子的自由也是有限的。离开了长辈们的教导，任孩子们自由生长，奉行儿童中心主义，他们会由于得不到祖先智慧和德行的滋养而退化，重新变成为两条腿的兽类，那些人事儿不懂，危害人群，打爹骂娘的孽种就是这样养成的；而压制他们的天性，毁坏他们的神智，则可能把他们变成懦弱无能、毫无用处的废物。

　　古世才从根儿出生的那天起，就盼望着他长大后送他去念书，把他培养成和他爷爷、老爷爷一样有出息的人，光复祖上的光荣，所以他时时注意教导他，约束他。而胡大珂认为根儿就是个孩子，他希望他长大后能成为一个和他一样的庄稼人。他是把他当成他的小伙伴儿来对待的。他的话根儿愿意听，听了心服。不过根儿也有不听话的时候。伏天的中午，暑热难当，许多小伙伴儿们，都到河里湾里玩水纳凉，而胡大珂有时带着根儿去玩水，有时则带着根儿在堂屋地上的过堂风里铺了草帘子午睡，嘱咐根儿安心睡觉，不要到庄南或是庄西的大河大湾里面去洗澡，说河里水流急，那些湾都很深，湾底不平，到那里面去玩耍太危险。根儿点点头儿，表示听话，悄悄地睡在他舅舅的身旁。可是等他舅舅"睡着了"，他就忍不住偷偷地溜到庄南的河里或是庄西的湾里去玩水，洗澡。他洗完了澡，玩够了水，估计他舅舅该睡醒了，就光着小屁股儿，急急忙忙，偷偷摸摸，提心吊胆地跑回家，悄悄地躺回自己的老地方儿，装着睡觉。就在他庆幸舅舅没有发现他的时候，原本呼呼大睡的舅舅突然说话了："根儿，你是从庄西的大湾里回来的吧？"

　　根儿吓了一跳，偷偷地看了舅舅一眼，没敢说话。他以为舅舅没有发现他偷偷地出去玩过水。

　　胡大珂坐起来，神秘地笑着，滑稽地用右手食指的指甲，在根儿的小腿肚子上轻轻地划了一下儿，那上面立刻就出现了一道长长的白印儿，然后笑着说道："你这是怎么啦？"

　　根儿不好意思地低下了头。

　　"你今天犯了两个错误，你知道都是什么吗？"

　　"没听舅舅的话，去洗澡啦。"

　　"还有呢？"

　　"还想瞒着舅舅。"

"好孩子!"胡大珂高兴地笑着说,"那以后怎么办?!"

"俺改就是了。"

"说话算数儿?"

根儿点点头儿。可是有时他实在经不住小伙伴儿们的挑逗、引诱和逼迫,偶尔还会背着舅舅偷偷地跑到大湾里去洗澡,一边玩耍,一边东瞅西望,看看神秘的舅舅是不是跟着他来了,藏在什么地方儿。而他什么都没有发现,洗过澡后,高高兴兴地小跑着往家赶,可是回头一看,舅舅正笑嘻嘻地跟在他的后面呢。

根儿喜欢舅舅,舅舅讲道理,办事公道,从不冤枉他,还能保护他。在古家庄,他可没有这么畅快。有些比他大的叔叔和哥哥,常常逼迫他干坏事,比如叫他回家偷他爹做肥料用的花生饼给他们吃啊,唆使他撒谎啊,指使他去欺负比他小的小朋友啊。他不干,他们就造他的谣言,说他的瞎话,向他爹告他的冤状,有时还打他。他爹常常不分青红皂白地申斥他。他在外面受了欺负,气不过就和欺负他的人打架,他爹知道了,不管他对不对,总要厉声对他说:"你为什么和人家打架呀?再到外面去给我惹是生非,得罪人,我非打你不可!"根儿觉得委屈,就生气地说:"爹呀,是他先打俺的呀!古廷辅家的君宝都10岁啦,俺才6岁,俺敢打他吗?"他爹气愤地说:"他打你,你也不要还手!"根儿委屈地说:"那俺怎么办呀?"他爹说:"你就往家跑啊!"根儿无奈地说:"要是跑不迭呢?"爹就对他摆摆手,皱起眉头,不再理睬他了。根儿觉得他爹不讲道理!可是,有什么办法呢?他是"爹"呀!根儿向舅舅告过他爹的状。舅舅听了只是笑,却不说话。胡大珂知道妹夫并不是个软弱的人。他遇事总是先退让,到无路可退的时候,才会展示出他那种无所畏惧的拼命精神。他记得,妹夫在崴子的时候,打过一个俄罗斯警察。俄罗斯的法律规定:打警察是重罪。那个警察发现他贩卖私酒,趁机讹他的钱财。起初,古世才想给他点儿钱了事。可是那个警察要价儿很高,得寸进尺,一次次地纠缠不休,还一个劲儿地骂中国人,终于惹恼了古世才。一次,两个人说来说去,古世才的火上来了,那个俄国警察刚刚说"中国人是黄猴子",他的话音刚落,古世才一闷棍就把那个警察给打倒了……可是这些道理他怎么可能给小小的外甥说得清楚呢?

76

柳林庄小学的规模比古家庄小学大，共有男女学生 41 人，校舍也是由民房改建而成的，实行复式教学。教师姓胡，叫胡秋月，是根儿的叔伯表姐。根儿在学校里叫她胡老师，放学后回到家里就叫她姐姐。胡秋月是柳林庄的才女，柳林庄进县城念过中学或是师范的，至今只有她一人。她和古家庄小学教师陶贵民同是县立师范学校的高材生，还是同窗好友。

虽然有浑河镇等周围日本鬼子的威胁，有祸国殃民的游击队的搜刮和骚扰，天下很不太平，可是老百姓的日子还是要过。冬至过后，孩子们就开始盼望着过新年了。胡大珂家重视年节的传统，是根儿他姥姥重新振兴起来的。姥姥小的时候，家境贫寒，她一年到头，四处乞讨，节日常常是一家的难关，每个新年他们都是在缺吃少穿的困境中度过的。在姥姥幼年的记忆里，没有年节的欢乐。那会儿根儿他姥爷在本庄富户李宝堂家扛活，日子也很艰难，胡家也不重视年节。姥姥和根儿他姥爷拜堂成亲后，根儿的大舅、二舅、大姨、二姨先后出世，一天天长大，她心里生出了要让儿女们和别人家的孩子一样过年过节的愿望。后来，公公婆婆先后故去了，根儿他姥爷也去世了，她当了家，家境也有些好转，她为了叫孩子们享受节日的快乐，开始筹办年节，凡属大家都过的节日，比如，正月十五，二月二，五月端午，七月七，八月十五，以及冬至、腊八、辞灶等都过，新年更要大庆大贺，虽不能说丰盛，也算热闹，这个家风就这样延续下来了。

根儿来到柳林庄之后不久，胡大珂去赶过一趟吕家集，买回来一斤雪白的关东糖和半斤玉红色的橘子瓣儿洋糖。虽说这糖在名义上是为根儿和巧曼儿两个人买的，可是巧曼儿还小，吃不了多少，主要是买给根儿吃的。根儿最爱吃的东西有 4 样儿：炒花生，糖，又软又甜的大柿子，和隆冬时候煮得烂烂的，和柿子一样甜的，白皮红瓤儿的大地瓜。胡大珂赶集经常买糖。

今天是星期天，学校放假，早饭后，根儿手里攥着一把橘子瓣儿糖，欢欢喜喜蹦蹦跳跳出了大门，来到门外大槐树下玩耍。没有风，日头儿很大，阳光照到身上暖洋洋的，根儿觉得浑身清爽，心里特别高兴。他嘴里含着糖，哼着陶老师教唱的"三国战将勇，首提赵子龙"的调调儿，踏着槐树粗大枝条落在地上的淡淡的影子，一个人在那里扭来扭去地玩耍。

不一会儿，对门儿胡大成家的门开了。根儿的表哥大宗走出来。

大宗他爹胡大成和胡大珂是叔伯兄弟，胡大成他爹娘死得早，他是根儿他姥姥养大的，和根儿他姥姥一家有父母兄弟般的深情。胡大成在柳林庄胡家的"大"字辈儿里排行老三，根儿叫他三舅。

大宗比根儿大一岁，今年九岁，但是他发育不大好，个头儿比根儿矮半个头，体格儿也不如根儿壮实，不爱活动，冬天常常一个人蹲在他家南墙根儿下晒太阳。这也是他娘特别疼爱他，娇惯他，护犊子的一个原因。

"你吃的是什么东西呀？"大宗的两只眼睛直勾勾地盯着根儿鼓动着的嘴巴说道。根儿知道，他这是明知故问。橘子瓣儿糖有玉红的颜色、有橘子的清香，只要鼻子和眼睛没有毛病，一看或是一闻，就知道它是什么了。大宗爱向别人要东西，即使别人吃的是一块生地瓜，他也稀罕，就好像是别人家的东西更香更甜更好吃似的。他向别人要东西，总是从这样假里假气阴阴阳阳的问话开始，特别让人感到讨厌。

"糖呗。"根儿爱搭不理地说。他连看也不看大宗，仍然低着头，看着落到地上的不断变化着的槐树枝桠的淡淡的阴影儿，用一只脚站稳做轴，另一只脚在地上划来划去地玩耍。根儿不喜欢要小心眼儿的人，讨厌大宗的这一套。大宗此时难看的贱样儿，他不看也能想象得出来。

"俺知道，你吃的是橘子瓣儿糖。"大宗自己回答了他自己。

"知道了还问？"根儿不耐烦地说。

"甜吗？"大宗说着，朝根儿凑过来，仍然盯着根儿的嘴巴。

"不甜还能叫糖吗？"根儿轻蔑地说。

"哈哈，还有橘子的清香味儿呢！"大宗讨好儿地自言自语。

根儿笑了笑，眼睛望着远处，还是没有理睬他。

大宗凑到根儿的跟前儿，几乎和他脸对着脸，两只眼睛贪馋地盯着他的嘴巴，好像根儿的嘴巴有多么好看似的。根儿知道大宗希望他能像往常那样，主动送给他几块糖。可是根儿今天不想理睬他，他想看看大宗还会要什么鬼把戏。

"给一点儿尝尝吧，行吗？一块儿，一小块儿，一丁点儿，行吗？"大宗忍不住向根儿伸出了手，脸上似笑非笑，一副乞讨的样子。他的手是黑黑的，伸得也不直，像一只动物的爪子，也像一个朝上仰着的长了锈的破笊篱。根儿看着他，觉得很厌恶，心想："连手都不肯洗，还是学生呢，真懒！"为了摆脱他的纠缠，他给了他两块糖。大宗一下子就把它们一齐塞进嘴里，紧跟着就咯嘣咯嘣地大嚼起来，同时又呜啦呜啦不满地说道："哼，就给两块，真小气，再给一点儿！"

"你还没吃完，怎么又要？"根儿生气地说。

"两块！就两块！"大宗把手伸到根儿的眼前。

"不给！"根儿气愤地说。

"你敢！"大宗呜啦呜啦地嚷道。

根儿知道他这是老一套，不想和他纠缠，回身就朝姥姥家的大门走。他不是舍不得几块糖，而是觉得大宗太赖，太不要脸，太让人讨厌。

"你给俺站住！"大宗恶狠狠地吼道，一把揪住根儿的衣领儿，同时大叫："你是个'外户子'！为什么赖在俺们柳林庄不走，滚回你们的古家庄！"

大宗经常欺负根儿。每当他没有理的时候，就会对根儿大喊大叫，威胁他，骂他是"外户子"，赶他回古家庄。"外户子"是什么意思？没有人对根儿说过，他猜想"外户子"就是像他这样的人，是外来的，没有资格住在柳林庄。根儿认为姥姥家也是他的家，他不是外户子，可是大宗一叫他"外户子"，他就觉得心虚，他毕竟还有古家庄那个家。大宗摸准了他的这种心思，总用这个办法儿来挤对他。

"外户子！外户子！你就是个外户子！快滚回你们的那个破古家庄吧！"大宗嗥叫着扑上来抢根儿手里的糖。

"哼，你还敢抢？你是土匪吗？！"根儿也吼起来。

"俺就是土匪！你能怎么样？！"大宗嗥叫着和根儿撕打在一起。

根儿虽然比大宗小一岁，可是他的力气比大宗大，然而他们历次的争斗，都是以根儿的让步或是失败而告结束。大宗一嚷"外户子"，根儿心里就发慌，手就发软，而且他心善，又不肯伤人，所以每斗必败。另外，根儿不敢得罪大宗还有一个重要原因，那就是三舅母爱向他爹娘告他的冤状。每回大宗和根儿打了架，不管谁是谁非，大宗他娘都会向古世才或是秀姑告状。秀姑不理她的这一套,而根儿他爹一贯不准儿子跟别人打架。

"你给不给?!"大宗左手揪着根儿的衣领儿,右拳高高举起。

"你不知好歹,不知足,没有良心!"根儿挺起胸脯,愤怒地叫道,一手攥着糖,一手抓住大宗的手腕子,想摆脱大宗的纠缠。

"俺不要良心,俺就要你的糖!"大宗连珠炮般呜啦呜啦地吼着,像一些没有文化,没有教养,智能不高,语言贫乏,无理取闹的市井女人那样重复着简单无聊的语句。这类愚昧的女人在跟丈夫吵架的时候,常常会玩这一手儿。这样的傻老婆不知道和丈夫讲道理,而是只会撒泼耍赖,一连声儿地叫着:"你打!你打!你打!你打死我吧!你打死我吧……啊呀,我的命好苦啊,我不活啦,你这个没有良心的王八蛋!"于是,她就被激怒了、失去理智的王八蛋丈夫痛打了一顿,有的人甚至丢掉了性命。

根儿刚刚拽开抓住他胸前衣裳的手,就觉得左半边脸火辣辣地疼起来,眼睛也看不清东西了。受左眼的牵连,右眼也睁不开了。大宗趁机把他手里的糖抠走,溜回他自家的天井。

根儿怎么也没有想到大宗会打他的眼睛。他被激怒了,想狠狠地揍他一顿。可是当他清醒过来的时候,大宗已经不见了。差不多就在这时,他听见从大宗家天井里传出了他三舅母和大宗说笑的声音。

大宗得意地说:"嘿,俺又把他打败啦!他的糖都被俺弄来了!"

大宗他娘咯咯地笑着说:"啊呀,俺的好儿子,你可真行!"

根儿听三舅母这样夸奖大宗心里很难过。他想,自己对大宗那么好,处处都让着他,有好东西都给他吃,他为什么这样欺负人呢?难道"外户子"就该受欺负吗?爹说不要跟别人打架,说别人打他的时候,他可以往家跑,可是跑得了吗?自己在古家庄受大孩子们的气,受了欺负还不许他对人说,说出去,他们就威胁说要惩罚他。他气不过,总是想法儿把他们干的坏事说出来,叫大人们来整治他们。于是,有些欺负人的大孩子就恨上了他,唆使小伙伴儿们不跟他一起玩儿,找借口打他,还不怀好意地给他起外号儿,叫他"洋鬼子"!现如今,"洋鬼子"指的就是日本人哪,古家庄只有他一个人有"洋鬼子"这样可恶的外号儿,多么叫人讨厌啊!他有时问自己:自己真的"鬼"吗?过了好多年,在他走过了人生漫长的道路之后才明白:他的不足不是太鬼,而是太老实了。天底下没有私心的人不多,凡事只顾自己的不少,只要你说的话、做的事,触犯了那些土鬼子或是洋鬼子，不管你多么善良，多么正直，多么有理，多么让人同情，他们都会不择手段地害你。如果你有些过失，他们更会恶意夸大歪曲，到处乱讲，直到把你搞臭搞死；假如你没有过失，他们会给你制造"过失"，引导你犯错，或者干脆往你的脸上、身上泼脏水，肆无忌惮到处说你的瞎话，把你弄得比坏人还臭。这本来是再简单不过的社会现实，是某些人害人常用的手段，可是直到根儿的不惑之年，他才恍然大悟，知道用恶意给人起外号这样的方法害人，也是坏人毁坏好人的名声的一种办法。

77

根儿强忍着疼痛，慢慢地磨蹭回姥姥家的天井，躲在土照壁的后面，强忍着抽泣，伤心地流泪，他觉得委屈，窝囊，无助。

"大战胜败如何？"胡大珂正在聚精会神地修补渔网，头也不抬地笑着对外甥说。刚才根儿和大宗在门前的争吵，喊叫和厮打，大宗母子的对话，他都听见了。胡大珂不反对男孩子打架，认为不敢打架、不会打架的男孩子，算不上是合格的男孩子。对于根儿在与别的男孩子的争斗中挨打，只要事情并不严重，他也并不在意，认为打架就难免挨打，能忍受击打，在被打的条件下仍然能坚持抗击对方，是男人的一种重要的品格。

根儿听见舅舅叫他，没有从土坯照壁后面走出去，也没回答舅舅，忍不住抽泣起来。他想，说什么呢？说自己挨了打，受了冤枉？那有什么用？最让他觉得窝火的是，他明明能够打得过大宗，却总是不敢和他对打。他害怕给姥姥和舅舅添麻烦；害怕三舅母向他爹娘告状，也不忍心打疼了大宗。他是表哥呀，而且他常常生病，身体不好，他可怜大宗。

"是下雨了吧？"胡大珂感觉情况不对，就停下手里的活儿，但是仍然和根儿开玩笑，而当他挪动脚步转身侧视根儿的时候，他脸上的笑容立刻消失了，然后三步两步赶到根儿的跟前儿，伸手托起他的下巴，吃惊地问道："是他打的吗？"

根儿默默地点点头儿，流下了委屈的眼泪。

"抬起头来！"胡大珂大声命令道。

　　根儿顺从地抬起头。他想睁开眼睛，可是没做到。左眼睁不开，右眼受到左眼的牵连，也睁不开。

　　胡大珂紧皱眉头，心疼地看着根儿红肿模糊的左眼，一股怒气从胸中升起。他生大宗的气，更生大宗他娘的气，认为她这样不讲是非，偏袒自己的儿子，委屈外甥。"她怎么能这样放纵孩子？差一点儿把他的眼睛打瞎了！这还了得！"胡大珂心痛得连连摇头，叹气，自言自语。他想，根儿无缘无故忍受大宗的欺负，已经不是一天两天了。这样下去，会惯坏了大宗，让他变得不自量力，蛮横无理，欺压弱小，也会伤了根儿的自信心，自尊心，和男子汉的锐气，变得胆小，怕事，懦弱，任人欺负，成为一个无用的人。他感到根儿的软弱和妹夫的教育有关。妹夫小的时候，家境贫寒，体弱多病，老爹远在关外，他娘无力保护他，使得他面对不公，常常躲避退让，不敢与人争斗，只在无路可退时才拼命反抗。他觉得在这件事上他自己也有责任，妹夫征求过他的意见，他没好意思把自己的这个想法说出来。

　　"你说说大宗为什么打你？"胡大珂压着心中的怒火，和蔼地说道。

　　根儿述说了事情的经过，终于忍不住，放声大哭。胡大珂见根儿这副模样儿，心情沉重，心想一个男孩子，被人欺负，受了委屈，只会哭泣怎么行呢？对于男人说来，懦弱是最坏的品质。每个男人都应该是个英雄，面对强暴，即使是刀架在脖子上，也不能像多数女人那样珠泪涟涟，哀哀悲泣。想到这里，他有些害怕，担心已经错失了教育根儿的时机。

　　"你再说一遍，三舅母是怎么说的？"

　　"她说：'啊呀俺的好儿子，你可真行！'"

　　胡大珂愤愤地想道："这个糊涂婆娘！她这是作孽呀！"两道浓眉一下子纵了起来，眉梢挑得高高的，嘴巴闭得紧紧的，样子很可怕，在天井里走来走去。

　　"舅舅，是不是'外户子'就不能住在柳林庄？"根儿怯怯说。

　　"胡说八道！"胡大珂吼道，把根儿吓了一跳。根儿从没见舅舅这样生气。他平日对人说话，总是笑盈盈的。一双有点儿狡猾的，叫你琢磨不透的，细细的，弯弯的眼睛，充满善意，轮廓鲜明、微微偏厚、偏小的嘴巴，向左右伸展着，嘴角儿微微上翘，就好像在配合着他那双多情的眼睛。而此刻，这一切都消失了。他那冷冷的，闪闪的目光，那紧闭着的嘴唇，使根儿想到了舅舅讲的他幼年见识过的红枪会的故事，想到了舅家屋门后面的那把二尺多长的，总是磨得亮光光的大刀，想到关于姥爷反抗洋人的传说。

胡大珂在天井里踱了一阵子，心情渐渐平和下来，停住脚步，温和地说道："你怕大宗吗？"

"不怕！一点儿都不怕！"根儿挺起胸脯儿，毫不犹豫地高声答道。他脸上挂着泪花儿，但是委屈无助的神情不见了。小孩子的脸，真是像夏日海滨多变的天气，阴晴变幻不定。

"你能打得过大宗吗？"胡大珂平静地说，瞪得老大的眼睛，凝视着根儿，脸绷得紧紧的，上面浮动着一丝神秘的、有点儿吓人的笑意。

"能！"根儿说。他心里感到有些惶惑，也有些冲动。这是头一次有人和他商量打架的话题。"俺一准儿能打过大宗！"

"那好！"胡大珂那双一眨不眨的、微带栗色的黑眼睛，直视着小外甥儿，严肃地、一字一顿地说道："以后，他再欺负你，你就好好地教训教训他！"

根儿惊讶地看着舅舅，想到了他爹，没有点头儿，也没有摇头。他弄不清楚舅舅是什么意思。他想："舅舅这不是叫俺去打架吗？他说的是真话呢，还是反话呢？爹是不让俺和别人打架的呀。"他不敢相信这话是舅舅说的。从他记事儿的时候起，从来没有人说，在他受人欺负的时候，他可以还手。

"今后再有谁欺负你，只要你能打得过他，就和他打！不过你不能打人家的脸。俗话说：'打人不打脸，骂人不揭短嘛'，也不要把人打伤，记住了吗？"胡大珂说完，坦然地笑了，转身继续修补他的渔网去了，好像什么事情都没有发生过。

当天下午，根儿就一连三次把大宗摔倒在老槐树下。

"俺把他摔倒了三回！"根儿气喘吁吁地跑到舅舅面前得意地说道，"俺摔倒他一回，他不服，就又打；俺又摔倒他一回，他还是不服，就再打；俺再把他摔倒一回，他就跑回家去找俺三舅母告状去了。三舅母说：'根儿这个小狗日的，敢在这里撒野，娘去找他算账，给俺儿子出气！'"

胡大珂心情愉快，满意地微笑着，默默地点点头儿。亲切地摸摸外甥的头，问道："你没狠狠地揍他一顿吗？"

"你说什么呀？"根儿疑惑地说。

"他总欺负你，你没向他报仇吗？"

"他是俺表哥，俺为什么要打他？"根儿不解地望着舅舅说。他不知道舅舅为什么对他说这样的话。

胡大珂温情地看着根儿，心里很感动。把他揽在怀里，说道："孩子，你和你爹一样地善良，是个好人啊，长大了会有出息的！"

78

胡大珂刚刚夸奖过根儿，大宗他娘就一手拖着大宗，一手胡乱地挥舞着，嘴里"小杂种"长，"小杂种"短地骂着，发狂一般地冲进胡大珂家的天井。恼怒使她平日娴静的面容变得难看，往常对胡大珂的尊重和礼数儿也不见了，直冲着他扑过来。

"欺负人哪，是要把俺儿子摔死呀，这是不叫俺娘们儿活啦！"大宗他娘哭着冲到胡大珂的面前。

胡大珂知道大宗他娘是为了孩子的事而来的，但是她会为自己的孩子偶尔吃了一点儿小亏就这样大呼小叫，要死要活地上门来放赖还是让他感到很意外。她平时是个很温和贤惠的女人。他耐着性子安抚她说："大宗他娘，不要这样，有话好好说。"

"你说得轻巧，都要出人命啦，还要俺怎么好好地说啊！刚刚根儿一连打倒了俺大宗好多回，摔得他浑身是伤，活不下去了啊！"大宗他娘哭诉着，期待着胡大珂替她惩罚根儿。

胡大珂对于大宗他娘的表现很不以为然。此前大宗和根儿争斗过无数回，每回争斗大宗都是赢家，抓伤根儿的手和脸也不止一两次，她从没替根儿说过公道话，更没申斥过大宗，实际上是纵容大宗欺负根儿，今天大宗仅仅是被根儿惩罚了一下儿，摔倒了几回，她就大放悲声，带着孩子跑来告状，意思显然是要他申斥根儿，惩罚根儿，给她儿子出气，叫他让根儿以后继续任大宗欺负。他认为她这样偏心，是非不分，太不应该。所以他想冷淡她一会儿，让她清醒清醒，等她平静下来，再让她看看根儿的伤，然后开导开导她，给她讲讲为什么不能纵容孩子为所欲为的道理，让她带着孩子体面地回去。所以他虽然看见她站在自己的面前，却故意没有理睬她，而是依然弯着腰，在那里清理他的那个小小的"荷花池"。池里的鱼已在初冬时转移到水缸里去了，他现在清理的是那里面的败叶和杂草。

昏头昏脑的大宗他娘，抱着来给孩子争气的冲动，闯进胡大珂家，本以为她来一闹，胡大珂全家都会出来，齐声训斥根儿一番，命令根儿给大宗赔不是，哄她和大宗回去，而胡大珂竟对她不理不睬，连看都不看她一眼，根儿他姥姥和舅母也没有出来说话，让她感觉事情有点儿不妙，心里有些打鼓。可是她又想，既然已经来了，就不能灰溜溜地回去，好歹得让胡大珂对他说个软话儿，给她个面子，给大宗出了这口气，便鼓起勇气，失声地对胡大珂嚷道："大哥，根儿撒野，打了俺家大宗，你管不管啊?!"

根儿站在胡大珂的身边，一会儿抬头看看他舅舅，一会儿看看大宗和他娘，不知所措地等待着事情的结果。大宗得意地站在他娘的身旁，紧闭着嘴，高扬着脸，不时做个鬼脸儿，向根儿示威。

大宗他娘见胡大珂无意训斥惩罚根儿，愣怔了片刻，然后再次怒气冲冲地质问胡大珂说："俺在问你呢!"不再尊称胡大珂大哥，"根儿打伤了俺家大宗，你管不管啊?!"

胡大珂慢慢地站起身，抬起头，严厉地看着大宗他娘，一字一句地说道："你的话我都听明白了。本来想和你好好地说道说道，可是看起来你不愿意听。"胡大珂平静地说，"上午大宗打了根儿，抢了根儿的糖，打伤了根儿的眼睛，可是你夸大宗能干；下午根儿摔倒了大宗，又没伤着他，你却找上门来，又哭又嚎，大喊大叫，要俺替你的儿子出气，你觉得这样做公道吗?"胡大珂转向大宗，说道："大宗，你是个好孩子，不说瞎话，你说大爷说得对不对?"

大宗点点头儿，然后又说道："可是他摔疼了俺啦!"

"你听见了吗，你听见了吗? 根儿摔疼了他啦!"大宗他娘嚷道。

胡大珂又说："两个孩子摔跤，谁把谁摔疼了，摔伤了，这是常有的事，男孩子锻炼锻炼有什么不好? 我问你一句：'大宗打伤了根儿的眼睛，你想不想看看根儿的伤啊?"

大宗他娘犹豫片刻说道："俺没有那么多的闲工夫。"

胡大珂说：“我再问你，上午大宗回到家里，你对他说了些什么。”

大宗他娘自知理亏，却不想面对，反而蛮横地说道：“俺在自己家的天井里，俺爱说什么就说什么！谁也管不着！”

胡大珂有些生气地道：“在哪里说话都要讲道理。在自己家的天井里也不能胡说八道？！别忘了，你是个母亲，是根儿的舅母。”

大宗他娘低头不语。

胡大珂把根儿从身边推出来，推到大宗他娘的面前，说道：“你自己好好儿地看看吧，看受伤的是大宗呢，还是根儿！”

大宗他娘不由自主地斜着眼睛瞅了一眼根儿红肿得睁不开的左眼，心虚了。可是在渐渐地聚拢起来看热闹的人们的面前，她不想认错儿，灰溜溜地离开这里，便蛮不讲理地冒出了这样一句话：“谁知道他是怎么弄的！说不定是他自己碰伤的……！”

“你说的是人话吗，”被激怒了的胡大珂说，“你平常是个明白人，怎么一牵连上孩子就糊涂啦？你以为你说什么就是什么吗？你错啦！今天上午，根儿没做错任何事情，可是大宗把他打成重伤，你在天井里说的那些混账话俺们都听见啦，那些话伤了根儿的心。今天的事儿算是万幸。要是根儿的眼睛给打瞎了，你怎么办？往常大宗和根儿打架，大宗总占上风儿，你以为那是因为大宗有本事吗？你错啦，那是因为根儿让着他。这样下去，时间长了，大宗会越来越蛮横，根儿会越来越胆儿小，对两个孩子的成长都不利。这个道理你懂不懂？我告诉你，今天下半晌儿是我有意默许根儿去教训大宗的。我要让大宗知道，他不是根儿的对手，以后不要再欺负人。根儿知道善待大宗，他只是摔倒了大宗三次，并没有打过大宗，没伤着大宗。你应该教育大宗向根儿学习。可是你呢？你却找上门来，净讲歪理儿！你给孩子做了个什么样子？回去问问大宗，好好地想一想。”

大宗他娘明知胡大珂的话在理儿，吃亏的是根儿，自己不该再闹下去，可是她发现这时门里门外聚集起几十号看热闹的老老少少，自己不想当众丢脸，叫人家笑话，就想把事情闹大，把根儿他姥姥和舅母都逗出来，让她们替自己说话，数落胡大珂几句，迫使胡大珂对她说个软话儿，给她个面子，让她有个退路儿，便放着胆子高声嚷道：“那俺家大宗就白白地挨打了吗？！你总得给俺说出个子午卯酉来吧？”

胡大珂丢下手里的活儿，愤怒地质问大宗他娘：“那根儿的眼睛怎么办？你是不是也得给他说出个子午卯酉来啊？"

这时，大宗拉着他娘的衣襟儿说："娘，别惹大爷生气，咱们回家吧！"

大宗他娘不知如何是好，便对着大宗指桑骂槐道："你这个孬种！你就不该到这里来！你为什么还不早早地滚回家去啊！"

胡大珂说："你少对孩子们玩弄指桑骂槐的这一套！"

大宗他娘无计可施，又不甘心灰溜溜地离开，就想破罐子破摔，便对胡大珂嚷道："胡大珂，你说，难道俺儿子的打就白挨了吗？！"

胡大珂说："你为什么不说说根儿的眼睛怎么办？"

大宗他娘说："他不是没瞎吗？"

"你放屁！"胡大珂怒不可遏，"你的心长到哪里去啦！像个舅母吗！"

"胡大珂！你敢骂人！你混蛋！"大宗他娘疯狂叫道。

"骂人算是好的！我还敢打人呢！"胡大珂愤怒地说。

大宗他娘愣怔了一会儿，知道自己说走了嘴，骂了胡大珂。她想，全村的人都高看他胡大珂，丈夫把他当亲哥哥、当长辈尊敬，她怎么能骂他混蛋呢？她想到自己不该来。可是她心里的气没有地方出，就把火儿朝根儿发来，声嘶力竭地冲着根儿叫道："古全和！你这个野种！你给我滚回你们的古家庄！"

胡大珂一步跨到大宗娘跟前儿，用手指点着她的鼻子，厉声质问她："你把话说清楚，你骂谁是野种？！"

大宗他娘知道自己骂走了嘴，事情严重，突然停止了哭泣。骂根儿是'野种'，这不光是骂孩子，也是骂大人，骂胡大珂一家！她的心乱了，一时想不出个退路儿。情急之下就想道："俗话儿说，'打人没好手，骂人没好口！'今天俺就和你对着骂了，看你能怎么的！"她这样想着，就泼上命地嚷道："嘴长在俺身上，俺想骂谁就骂谁！你管不着！"她嚎叫着，拿出了女人的看家本领，三下两下扯开头发，一屁股坐到地上，两条腿胡乱地蹬踏着，叫着胡大珂的小名儿"马儿"，哭诉道："俺敬你是个大伯子，可是你不装大伯子，你欺负人！气死俺啦！俺不想活啦！"她一面嚎叫，一面偷偷地看着胡大珂，盼望着他来劝她，哄她，对她服软儿，数落根儿几句；也希望根儿他姥姥或是舅母会出来替她解围，把她从地上拉起来，多少给她一点儿面子，离开这里。可是根儿他姥娘和舅母还是没有出来，看热闹的人也没有谁站出来给他们说合，给她设台阶儿，她期待的台阶儿一个都没有出现！

胡大珂厉声说道："我今天要管管你这个不懂事的媳妇了！"

"你敢，你敢！你敢！你敢！俺骂你了！骂你了！骂你了！你能怎么样！你能怎么样！你，你能怎么样！"她坐在地上，胡乱地踢蹬着双腿，一连高声喊叫，心里有一种天不怕地不怕，从来没有过的痛快劲儿。她想一不做，二不休，把左邻右舍的人都招了来，把事情闹大，让胡大珂难堪，不得不向她赔礼求饶。但是她心里也有些害怕，因为她知道胡大珂敢吃狗鱼、鳝鱼，敢夹黄皮子卖钱，他是个什么都不论的人。她希望胡大珂就此打住，把她扶起来，给她个台阶儿下。可是胡大珂没有给她这样的机会，而是跨上一步，一手抓住她的衣领儿，一手抓住她的大红布裤腰带，一用力就把她提起来，提到了大门外，放到地上，并训斥她说："平时我看你挺灵精的，没想到你会这样糊涂！不好好地教育孩子，还有脸到这里来撒野！你披头散发地吓唬谁?！从哪里学来的这一套！回去好好地想一想吧。秀姑妹妹待你不错，根儿尊重你是舅母，可是你骂根儿是野种，你知道你是在说什么吗?"

大宗他娘失魂落魄地坐在胡大珂的大门外，一句话都说不出来。她知道自己错看了胡大珂，错打了算盘，不该只顾庇护自己的儿子，不问根儿的伤痛，急急忙忙来告状，更不该撒野放赖，张口骂人，骂胡大珂混蛋，骂根儿是野种。可是她也没想到一向宽厚的大伯子，会这样对待她。在她心中，大伯子从来都是温和的，宽容的，寡言少语的，就跟亲哥哥一样。可是今天他竟露出了老虎一样的凶相。她知道胡大珂不会买她的账，丈夫也不会替她说话，再折腾下去只能更丢人。想到这里，立刻从地上爬起来，拉上大宗，溜进了自家的大门。

看热闹的人，彼此推推搡搡说说笑笑，心满意足地散去了。

这一天的事，根儿终生不忘，它让他懂得了人生的一个大道理：打架并不总是坏事；人受了欺负，是可以反抗的！即使欺负人的人是长辈、是舅母，也是可以反抗的。然而直到晚年他才明白，在中国，犯上，反抗长者和尊者，特别是反抗大权在握的人，即使有理，也会被说成是一种罪恶，从前是这样，现在还是这样，在相当长的未来，仍然会是这样。

79

大宗他娘走后，胡大珂渐渐地冷静下来，有些后悔，觉得自己对待兄弟媳妇不该这么凶，大伯子怎么好去揪兄弟媳妇的裤腰带呢？而当他看到根儿红肿的眼睛，他可能落下的严重后果，想到大宗他娘那股子蛮不讲理的邪劲儿的时候，就又原谅了自己。他想，他要是对大宗他娘让步，向他赔礼道歉，就混淆了是非，对大宗的成长不利，对根儿的成长有害，对大宗他娘以后教育孩子也没有好处。这些道理大宗他娘以后是会懂的。他这种矛盾心情一直持续到当天的晚饭以后。

胡大珂和大宗他娘在天井里的争吵，根儿他姥姥和舅母都听见了。根儿他舅母从来不管男人的事，她完全信赖丈夫，不想插手丈夫和大宗他娘的争吵。姥姥听见了儿子和大宗他娘的争吵，觉得大宗他娘纵容大宗撒野，打伤了根儿，事后又找上门来胡搅，太不讲理，有意让儿子教训教训她，没有出面干涉，可是老人也觉得儿子做得有些过分，不该当着大宗和众人那样对待大宗他娘。大成虽说是自己亲手拉扯大的，他的媳妇也是她给他娶的，可是他毕竟不是自己亲生自养的，侄儿媳妇也不就是儿媳妇。即使是自己的儿媳妇，也不能让儿子当着孙子和外孙的面儿伤害她的脸面。她指责胡大珂不该对大宗他娘动手动脚儿，说他给孩子们做了个坏样子，让大宗他娘受了委屈，担心把她气出毛病来，坏了两家的情分，要他去大宗家看看，向她说个软话儿，赔个不是。胡大珂说晚饭后他就去向大宗他娘道歉。

晚饭后，根儿他舅母站在锅台前，借着从把锅台和姥姥房间隔开的半截子墙上的那个两面散光的灯窝儿里的洋油灯透出来的黯淡的灯光儿，洗涮碗筷。姥姥催促胡大珂赶紧去大宗家向大宗他娘赔礼，胡大珂不敢辩驳推托，连连说是，说他就去。就在这时，大宗他爹胡大成领着大宗他娘和大宗径直从外面走进来。大宗走在前面，一进门就甜甜地叫奶奶、大爷、大娘。大宗他娘低着头，羞答答地紧跟在胡大成的后面，无声地痴痴地难为情地笑着，什么话也不说。

根儿他舅母见大宗一家进来了，赶紧用力甩掉手上的水，招呼他们，欢欢喜喜地说道："啊呀，都来啦，快到奶奶屋里坐！"说着，就挽上大宗他娘，走进姥姥住的东屋。

"宗他娘，炕上坐，这里热乎。"姥姥笑着拍拍她坐的炕头说。

"嗳。"大宗他娘甜甜地答应着，爬到炕上，靠在姥姥的身边。

胡大珂见胡大成一家人说笑着进来，知道胡大成教训过大宗他娘，两口子没有记恨他，不再担心他和大宗他娘的争吵会坏了两家的情意，心里涌起一股歉疚之感，赶忙从他的房间里走出来，热情地招呼道："都上炕吧，俺这就炒花生、切青萝卜咱们吃！"

"快别忙活啦，大哥。"胡大成笑着说。

大宗他娘笑着瞅了胡大珂一眼。

大家刚在炕上坐定，胡大成就对大宗他娘说："你自己说吧！"

小屋里的气氛立刻紧张起来。

姥姥猜想胡大成是要大宗他娘就今天上下午发生的事向胡大珂认错儿，立刻打岔说道："大宗他娘，你们家井子里的地瓜保存得好吗？"

"好，挺好的，大娘，前天又倒腾过一次，没发现有坏地瓜。"大宗他娘知道姥姥在帮她解围，立刻凑到老人耳边笑着说道。姥姥的耳朵有点儿背。

姥姥说："得勤查看着点儿，别嫌麻烦。按时把地瓜倒腾出来晾一晾。发现有坏地瓜，马上检出来，一刻都不能耽搁。只要里面有一个地瓜坏了，没能及时发现，几天的时光地瓜病传开了，就不得了啦。"

"知道了，大娘。"大宗他娘说。

根儿他舅母已经把火升起来，堂屋里响起了炒花生翻动沙石发出来的哗啦哗啦的难听的噪音。

姥姥不停地东家长西家短儿地大声和大宗他娘说闲话，不给胡大成插话的机会。她不想让大宗他娘当着孩子们的面儿认错儿，而且她认为错儿并不都在她的身上。

大宗和根儿并排坐在姥姥对面的东山墙下，彼此推来搡去地说笑玩耍，好像他们今天上午和下午都不曾争吵打闹过。

"眼睛还疼吗？"大宗小声问根儿。

"怎么不疼？两个眼睛都疼啊。"根儿有些委屈地说。

"都怪俺不好。"大宗真诚地说。

"你咋能打眼睛呀。打坏了眼睛，俺怎么念书啊。"根儿不满地说。

"俺不是有意的。"大宗不好意思地说。

"'打人不打脸，骂人不揭短'嘛。"根儿转述他舅舅的话说。

"行，以后俺打你别的地方儿。"大宗说。

"哪儿都不许打！"巧曼儿生气地说。

"去去！男人们的事儿，你掺和什么？"大宗蛮横地说。

"就掺和，就掺和！气死你，气死你！"巧曼儿气呼呼地说。

"来啦！"胡大珂端来了一小笸箩花生，哗啦一声，倒到炕上。

接着，根儿她舅母又端来了茶水和切好的大青萝卜。

"大宗，吃花生！"根儿他舅母说着，捧了一大捧花生搁到大宗的衣襟儿上，"你大爷炒的花生，个个儿酥脆喷儿香！"

胡大成对大宗说："大爷炒花生的手艺，全县没有第二份儿。他炒的花生，从外表上看好像是生的，可是个个儿都熟透了，又香又脆，搁上一个月也不回潮。"

大宗撒娇，有些无理地对他爹说："这谁都知道，还用你说？"

姥姥申斥大宗说："大宗，你这是怎么和你爹说话呢？！"

大宗吐吐舌头儿，躲到根儿的背后。过了一会儿，就又和根儿你挤我、我挤你，嘻嘻哈哈地闹起来，白天的事儿他们早忘光了。

"大哥，俺一时糊涂……"大宗他娘难为情地开口说道。

"快吃萝卜，吃花生，自己拿。炒花生就着青萝卜吃，牛肉味儿啊！"胡大珂指着大青萝卜说。他想，他自己和大宗他娘都有错儿。她人来了，大家和和气气地说说笑笑，事情就算过去了。他不想向大宗他娘道歉，也不想接受大宗他娘的道歉，想在说笑之中忘掉今天发生的一切。

大宗他娘见胡大珂不睬她，心里有些打鼓。大宗他爹因为她叫了胡大珂的小名儿，骂胡大珂混蛋而对她不依不饶，逼着她立刻来给胡大珂道歉。她担心胡大珂不肯原谅她。

胡大珂坐在炕沿儿上。颤抖的煤油灯光照着他那让人琢磨不透的脸。

"三妹夫的事怎么样了？"胡大成对胡大珂说。

胡大珂没有回答胡大成。胡大成意识到这件事情不便当着别人说，就没有再提这个话题。

"你再别骂俺'外户子'啦，行吗？"根儿对大宗说。

"行。"大宗爽快地说。

"你说话算数儿?"

"算数儿!"大宗认真地说,"再骂你'外户子'俺就是个小狗儿!"

"这就对了!"胡大珂拍拍大宗的头高兴地说。

"大宗叫俺们惯坏啦。"胡大成说。

胡大珂说:"这也难怪。眼下你们就这么一个宝贝疙瘩,免不了会溺爱他。护犊子是许多做爹娘的通病,做娘的护犊子更厉害。"胡大珂说着笑眯眯地瞧了大宗他娘一眼,大宗他娘笑着点点头儿。胡大珂继续说,"等你们儿女成群了,就顾不上护犊子啦。"他说着,把盛花生的筐箩朝大宗他娘的面前推了推说,"大宗他娘最爱吃俺炒的花生,多吃,回去的时候再多带一些。"

大宗他娘又看见了往常的那个和蔼的大伯子,松了一口气。

"你大哥脾气不好。你们来的时候,俺娘正在数落他。他也正想去给你赔不是呢。……都是为了孩子,你别怪他。你知道,他偏爱他的这个宝贝外甥呀。"根儿他舅母拉着大宗他娘的手,诚恳地说。她平时很少说话。

"是俺不对!"大宗娘抢着说道,心里一块石头落了地。

两家人和好如初。不过大伯子揪兄弟媳妇的红裤腰带的故事,人们此后多年都没有忘记,作为一件趣事,它还借着胡大珂的名气,传到了外村,证实着人们关于胡大珂什么都不论的议论。农闲季节,人们常常会说起胡大珂和他兄弟媳妇的这段故事,笑闹一番。男人们说:"只有胡大珂这种怪人可以干这种荒唐事,要是换了别人,非落闲话不可。"女人们聚在一起,常常拿这件事儿取笑大宗他娘:"唉,大宗他娘,你说说看,他摸着你的身子了吗?"从那以后,大宗他娘见了胡大珂也常常会露出羞答答的神色。无论在古家庄,还是在柳林庄,一个年轻的女人,面对抓过自己裤腰带的男人,总是难免有些不好意思。

这段故事一直延续到大宗离开人世。大宗小的时候儿得了气喘病,始终没能彻底治好,在他念高小二年级那年的冬末春初,不幸严重发作,抢救不及,离开了人世。从那以后,伤心的人们就再也不提胡大珂和大宗他娘的故事了。大宗死后,大宗他娘一病不起,卧床半年多。好在后来他们又添了一个晚生的儿子。大宗他娘忘不了她可怜的大儿子,就给这个晚生的儿子起名儿叫"小宗儿"。

80

根儿在柳林庄转眼住了七八天，在柳林庄结识了新伙伴儿，他奶奶、娘、婶婶和姐姐，以及古家庄的老师和同学的影像黯淡下来，恋着姥姥家的心情再次萌发，不再想着回古家庄了。

盘踞在浑河镇的日本鬼子和都鸿勋的治安队，虎视眈眈地窥视着它周围的地方儿，随时都可能窜出来咬谁一口。不时变换着旗号的杂牌儿军游击队，无节制地搜刮老百姓，为各自的地盘儿而互相撕咬争斗。平民百姓在惊恐、忧虑和被宰割中打发着艰难痛苦屈辱的日子。一天，胡大成从东边带回来消息说，温虎的游击队和于化龙的游击队，为争夺地盘儿，在离这里二十多里路外的昌里镇附近的半山区打了一仗，温虎大败，他的败兵像潮水一样朝柳林庄这边泻下来，沿路到处抢劫，祸害百姓。

提起温虎，这一带的人没有人不知道的。他原本是个无恶不作的土匪头子，日本人侵入胶东地区后，他打起了抗日的旗号，在此后一年多的时间里，先后两次投降日本人，又两次回归中央军。这一带的老百姓都知道温虎和于化龙之类的杂牌儿军是些什么东西。他们交战也不是头一回，无论谁胜谁败，对于老百姓说来都是灾难。打胜的一方会耀武扬威，不可一世，向老百姓要粮、要款、要犒赏，要是再来一个"放假三天"，那就更不得了。而打败的一方就会变成土匪，一路混撅乱骂，打人，抢东西，作践老百姓，无恶不作。仅今年一年柳林庄就遭受过三次败兵的劫掠，光是大牲口就被他们先后拉走了18头。经人说合，他们勒索去了几百块钱，放回来12头驴，那6头牛就被他们杀掉吃了肉。

柳林庄的老百姓得到温虎的败兵要来的消息，在一阵惊慌之后，就开始忙着疏散牲口，埋藏财物。有些为人谨慎的人家儿，连年貌相当的大闺女、小媳妇也转移到远处的亲戚家藏起来。

面对乱世，老百姓也有应对的招数儿。这一带的老百姓，家家儿都有藏东西的地方儿。精明过人的胡大珂，自然也早有准备，他埋藏的东西，从来都不曾被土匪和败兵找到过。有人曾向他请教藏东西的秘诀，他只神秘地微笑，却默不作声。这让有些人觉得奇怪。因为人们都知道，胡大珂

　　一家，都是好行善事、乐于助人的，他爹娘在世的时候就是这样。他娘不求名利，常年奔波在附近的一些村庄，有时还去临近的外州府县，解除了无数病人的痛苦，从不取报酬。胡大珂本人也是这样，就连他那个心眼儿不大够使的弟弟胡大林，也袭了他们的家风。所以，人们觉得胡大珂在这件事上的表现有些反常。不过后来人们也想明白了：秘密公开了就不是秘密了，在这个年月儿，这种和一家人生死攸关的秘密，是不能随便公开的。十个指头不一般齐，好心也会办坏事，好人也有犯糊涂的时候。谁能保准儿秘密不会在无意间传到坏人耳朵里去呢？

　　胡大珂家藏东西的地窖，不像许多人家那样，修在卧室里，炕洞里，或是供桌下，而是修在茅房和牲口圈之间的磨房里，地窖口就开在磨盘下面向四方倾斜伸展着的四条粗大的木头腿子之间。地窖口是圆形的，比水筲稍微粗一点儿，一个人勉强能够上下。上面压着一块重重的石板。石板上面盖着杂土。杂土上面撒上牲口粪。这个地洞老早就有，最初是为防土匪修造的。

　　几天过去了，败兵并没有来。柳林庄的人们在惊慌忙乱了几天以后，又恢复了平静。疏散出去的牲口，牵回来了。大姑娘、小媳妇，有的骑着牲口回来了，有的拐着小脚儿，扭扭嗒嗒地走回来了。兵灾这里常有，几天以后人们就把温虎败兵的事儿给忘了，把藏好的东西从地下挖出来，摆到天井里晾晒。这样的虚惊年年都有。先是唯恐藏之不及，过后就为自己的惊慌忙乱白搭工感到后悔。这回也是这样。有些不知好歹的人还在背地里说些非议胡大成的闲话。而胡大珂却没有把地窖里的东西取出来。他了解胡大成，知道他一向谨慎，从不打诳语。俗话说，无风不起浪。在这个兵荒马乱的年月儿，小心一点儿总是没有坏处的。

　　在柳林庄恢复平静后第二天晚上的下半夜，自幼习武睡觉很轻的胡大珂忽然听到一声清脆的枪响。他觉得那是快枪的声音，而有快枪的只能是土匪或是军队。他立刻披衣走到天井里，凝神听动静儿。天空星光闪烁，周围一片漆黑，远处隐隐传来一声长长的马嘶。这加强了胡大珂的怀疑，因为这一带的庄稼人不养马，而是养牛、驴或是骡子。牛、驴和骡子吃料少，皮实，病少，有耐力，好伺候；而马贵，吃料多，饲料要求高，好生病，脾气大，耐力差，不好伺候。他开始怀疑可能是败兵来了。这时，马踏大地的震动隐约可感。他断定这是骑兵。过了一会儿，马蹄声大作，接着，房前屋后突然响起了人们奔跑和马匹跑过的声音。接着，老婆哭孩子叫，鬼哭狼嚎的声音响遍整个儿的柳林庄。

根儿跟着他姥姥睡在东屋的炕上。他头朝南，睡在南窗下。他正在梦中，梦见自己在和大宗打架。大宗用手紧紧地捂住他的嘴，弄得他喘不过气来。他拼命挣扎，大声呼喊，可是他喊不出声来，最后被憋醒了，发现自己正被姥姥紧紧地抱在怀里，紧紧地捂住他的嘴，朦胧中，他听见姥姥用微弱的声音呼唤着舅舅的小名儿"马儿"……

大街上，胡同里，天井里，到处是人们奔跑声，叫骂声，受难者的哀告声，撕心裂肺的哭叫声，远处近处狗的狂吠声和它们遭到痛打或枪击后的惨叫声。成群的败兵冲进胡大珂家的天井，点燃了天井里柴火垛，燃着的柴草噼啪作响，火光冲天，照得整个儿的天井及其周围通明。

根儿他姥姥房间的窗户，先是被弄得啪啦啪啦地响，接着就发出咚咚的撞击声，好像有人在用木棍一类的东西猛捣窗棂子。胡大珂家的窗户是用从关东运来的山榆做成的，用料大，结实得很，原本也是为了防匪防盗。谁想得到今天夜晚它会给这些"抗日"的国军平添了这么多的不方便！

"真他娘的结实！"一个年轻的声音在窗外叫骂。

朦胧中，根儿觉得有一个凉森森的硬东西，一次次地在他耳朵的后面蹭来蹭去。事后他舅舅说，那一定是败兵从窗棂子中间伸进来的刺刀，姥姥就是被那刺刀扎伤的。

根儿觉得自己的身子被人朝炕沿儿那里拖去，一直被拖到炕沿儿下，又被按到地上。

"别说话！"舅舅说，"就趴在这儿！"

根儿终于清醒了，见天井里红通通的，闻到一股子燃烧柴草的味道，听见一些人在胡乱叫骂，知道是败兵进了天井。他低声叫姥姥，姥姥不应，就小心地爬出姥姥住的房间，凑到锅台旁边，趴在地上，仰起头，朝屋门的方向张望。火光从门缝里透进来，屋里的有些东西朦胧可见。他见舅母无声地靠在西屋房间的门框上。舅舅正斜着身子，用肩膀扛住门板。门闩发出咯吱咯吱的叫声。

"开门！"一个粗野的声音。

"快开门！"另一个粗野的声音，是外地口音。

"你他娘的不开门，等爷爷冲进去，宰了你!"

"放火烧! 烧!"

"蠢话! 都烧光了，你能捞到什么?" 一个有点儿年纪的声音。

"送个'甜瓜'给他们尝尝!" 一个公鸭嗓儿嚷道。

"对! 给他们扔进去一个!" 外地口音说。

"中!" 一个孩子般的声音。

"头顶上有天哪! 不怕枪子儿找上你啊?" 一个老男人的声音。

"他妈的，你替谁说话呢?" 公鸭嗓儿骂道。

败兵们在天井里跑来跑去，不时发出叮叮咣咣的声音。

放在天井里的大花狗发疯一样地狂吠。在一声枪响过后，惨叫几声，就不叫了。根儿猜想大花儿被打死了。根儿不由地想道："多亏把大黑儿弄回古家庄了……"

屋门被撞得嗵嗵直响。

"娘!" 舅舅趴到炕上低声叫道。

姥姥没有应声儿。

"娘!!" 舅舅发狂一般高声叫道。

姥姥还是没有应声儿。

胡大珂不顾一切地纵身跳到炕上，哭着叫道："娘! 娘!"

"马儿啊，一定要看护好根儿。" 姥姥呻吟般地嘎声说。

根儿要站起来看看姥姥，舅舅把他摁在炕沿下面，严厉地说："别动!"

门外沉默了片刻。

"开门!" 公鸭嗓儿又叫道。

门和窗又嗵嗵地响起来。

根儿见舅母仍然依在西屋的门框上，一动不动，好像在哭泣。

"里面的人听着，再不开门爷爷就要开枪啦!" 公鸭嗓儿叫道。

胡大珂又跳回堂屋地上，死死地扛着屋门不放他们进来。可是他害怕败兵会往屋里扔手榴弹，伤到大人和孩子。就在他犹豫不决的时候，公鸭嗓儿又叫了："小子，限你三分钟，再不开门俺就往你屋里扔手榴弹!"

这时，根儿听见"喳啷"一声，见舅舅用脚把立在门后面的那三尺多长的铡床子上的穿钉踢了出去，"噌"的一声，把磨得风快的大铡刀从铡床子里面抽出来，哗啦一声，大开屋门，几步蹿到天井里，挥舞着铡刀，奔跑，同时怒吼道："来吧！来吧！不怕死的就来吧！"

"跑呵，这个家伙疯了！"公鸭嗓儿惊恐地嗥叫道。

根儿冲到天井，见舅舅赤裸着身子，挥舞着铡刀，满天井里追着砍败兵。刀光随着舅舅的动作在燃烧过后的草垛的余烬的光照下闪动。败兵被这突如其来的景象惊呆了，忘记了自己手里也有刀枪，纷纷逃走。根儿又一次看见了他跟大宗打架那天的那个舅舅，只是他这时的吼声里充满了愤怒和仇恨。舅舅的背影，勾起了他心中关于梁山好汉和瓦岗英雄的故事。舅舅过去给他讲过很多很多那样的故事。他不再害怕，不由自主地喊道："舅舅，杀了他们！杀了他们！"

败兵跑光了。大门洞开，天井里又静下来。

"舅舅，关门吗？"根儿说。

"孩子，关门还有用吗?！"胡大珂伤心地说。

"他们还会来吗？"

"会的！你赶紧到大宗家去躲起来！"

"俺不，俺要和舅舅在一起！"

但是败兵没有再来。他们朝西，朝浑河镇的方向泄下去了。

一阵混乱过后，庄里又渐渐平静下来。

胡大珂扔下手里的铡刀，冲回屋里，跳到炕上，点上了油灯。灯光下，姥姥满脸是血。

"娘！娘！娘啊！"舅舅撕心裂肺般痛苦地哭叫着。

"马儿，记住，天明你就把根儿交给他爹娘。"姥姥无力地说。

姥姥是在睡梦中被败兵用刺刀捅伤后流血过多死去的。天明后人们发现，在靠近姥姥右太阳穴的地方儿，有一条3指长的深深的口子。

"娘啊，你老人家一辈子行善，一辈子做好事，竟死在这些恶人手中！天老爷不公啊！"一向敬奉神明、胆儿小、见血就晕的舅母，不顾一切地扑到婆婆身上，抱住老人满是血污的头，放声大哭。

"姥姥怎么啦？"根儿吃惊地问道。

"姥姥叫那些坏蛋害死啦！"平时默默无语的舅母痛哭失声。

"姥姥啊，俺再也没有姥姥啦！"根儿愣怔了好一会儿，终于明白发生了可怕的事情，立刻爬上炕，猛扑到姥姥身上，放声痛哭。

在这个可怕的夜晚，根儿失去了他最爱、也最爱他的姥姥！看见了像梁山好汉一样的了不起的舅舅！成年后，每当面临险恶关头，他都会想到这个悲愤、壮烈的夜晚，想到火光中挥舞着大铡刀横扫败兵的舅舅。在他所有的亲人里，他最敬最爱最感激的就是他的大舅。他成年后认为，是他爹的爱国心和他舅舅的英雄气概铸就了他一生不肯屈服的灵魂！

在给姥姥办丧事的三天里，根儿不吃不喝不睡不说话，只是哀哀的哭泣。哭累了就昏昏睡去，醒来又哭，谁劝他都不听，他舅舅强令他吃饭，他才抓了几根面条儿放进嘴里。大人们都说，根儿大了，懂事儿了，担心他会哭出毛病来。

在办完丧事的当天下午，胡大珂就按照他老娘最后的嘱咐，亲自把他妹妹和外甥一起送回了古家庄。

81

古世才家有两大节日，一个是他老爹古文元的忌日，一个是奶奶的生日，古世才家年年都隆重纪念和庆祝。这些活动都由秀姑主持操办。

奶奶的生日是腊月十五，眼看就到了，但是由于古世才兄弟二人被都鸿勋掳走，前些日子根儿他姥姥又被败兵所害，一家人的心情不同往年，欢乐不起来，奶奶说，今年的生日不过也罢，而秀姑坚持说要和往年一样，还要大办，不能让古文举等那些坏东西看笑话儿。在自己的生日即将到来的时候，唯一让老人感到宽慰的是她的宝贝孙子根儿这会儿回到了她的身边。

今天没有风，天气晴朗。早饭后，奶奶领着根儿去庄南地瓜窖去取白皮红瓤儿的甜地瓜。这种地瓜，形状大多短粗胖，皮白瓤儿红，味道甜美，大火煮熟之后，看着美观，吃着绵软可口，但是产量低，不耐吃，劈成瓜干儿制粉出面也少，所以很少有人在大田里大量栽种。而奶奶特地关照她的两个儿子，每年都专门为根儿栽种几分地的白皮红瓤儿地瓜，因为根儿爱吃，而吃地瓜又不会让根儿养成贪馋的坏毛病。秀姑怕减少地瓜的产量，也担心这样会惯坏了根儿，使他养成以为自己特别和任性的毛病，不赞成奶奶这样做，可是她不敢把自己的想法儿说出来。

地瓜在这一带占平常人家儿口粮的一多半儿，即使像孙春阳和古文举那样一些财主家，也离不开地瓜。这里的老百姓有许多收藏和食用地瓜的方法儿。深秋收获地瓜之后，人们就把一部分地瓜经过晾晒除去一些水气之后存放进地瓜窖或是地瓜井子里，把其余的部分劈成地瓜干儿晒干后存放起来。地瓜干儿可以蒸着吃、煮着吃，也可以磨成面，掺和上别的面做成饼子、面条儿等各种食品，还可以把地瓜煮熟后晒成干地瓜保存起来，需要的时候，洗净，蒸着吃。但是地瓜在这里算不上什么好东西，不算正经粮食，地位只比豆皮、麦麸、糠菜等高一等。这里土生土长的成年人大多不喜欢吃地瓜。若是谁家当年娶进来的新媳妇不肯多吃地瓜，会遭到人们的非议，说她嘴馋，或是不懂事。可是根儿喜欢吃地瓜，常吃不厌，可以靠吃地瓜过日子。冬天，他住姥姥家，他舅舅会煮出像熟透了的柿子一样软、一样甜的地瓜给他吃，还送给他一个外号儿，戏称他为"地瓜鸟"。根儿一回到家里，奶奶立刻就想到了根儿的这种爱好，亲自去地瓜窖取地瓜，还关照秀姑做晌午饭的时候蒸上。秀姑默默地把奶奶和根儿拿回来的地瓜洗干净，拾掇进了锅里。

"你忙去吧。俺来烧火。"奶奶说着，就坐到灶前。

"那俺就到地窖里去取些葱回来。"秀姑说着，提上荆条筐走了。

锅刚烧全了气儿，根儿就从外面跑进来，说道："地瓜蒸上了吗？"

"你猜呢？"奶奶得意地反问根儿。

根儿闻了闻，高兴地说："有甜味啦，蒸上了！"

奶奶高兴地看着在她身边跳来跳去的根儿，笑眯眯地说。"真是馋人鼻子灵啊。"然后又说："你姐姐呢？怎么一个上午没见她的人影儿？她又野到哪去了？"

"在后天井里跳房儿①呢。"

"你去告诉她，不要到处瞎跑啦，过一会儿就要吃饭了。"

"哎！"根儿答应着，撒腿就往后天井里跑。转眼间又跑回来说道："奶奶，地瓜行了吧？"

"差不离啦。"奶奶忍着笑说道。

_____

① 跳房儿：一种有益于发展儿童的智力、体力、技巧和竞争精神的游戏。喜爱这种游戏的主要是女孩儿。

"揭锅吧。"

"等你娘和你姐姐回来，咱们就吃饭。"奶奶从灶前站起来，拍打着身上的灰土和草屑，习惯地抻展着衣裳，笑着说道。

这时，大门外面有陌生人说话："谁在家呀？"

奶奶抬起头，影影绰绰地见有人站在大门外朝堂屋这里张望。

根儿正要蹿出去看看，奶奶一把抓住他，顺手把他推进他爹娘住的西屋，低声对他说："记住！别吱声儿！俺不叫你，你别出来！"

这些日子绑票儿的案件时有传闻，有些罪犯就在大白天作案。这会儿家里没有个顶事儿的男人，忽然来了生人儿，奶奶担心他们是坏人，会危害到她的孙子。

奶奶的疑虑不是多余的，来人实际上正是绑票儿的，一个是都鸿勋的副官都本初，一个是他的特务连长黄鲲。他们拿着自己不当外人，没等奶奶说话，就跨进天井。奶奶见他们是两个年轻人，每人都挎着一个上面盖着白布的崭新的竹编大篓子，在天井的中间停住了脚步，探着身子朝屋里张望了一会儿，就朝堂屋走来。

"奶奶，你老不认识俺啦？咱们见过一面的呀。"都本初站在堂屋门口儿，笑眯眯地说，说着就跨进屋里，走到堂屋北墙下，把竹编大篓子撂到供桌上。奶奶闻到了一股子油炸食品的肉香味儿，她猜想篓子里装的是烧鸡。黄鲲跟着也跨进屋门，冲着奶奶笑笑，也把他的大篓子放到供桌上。

奶奶眯起红肿模糊的眼睛，吃力地看着他们，想不起他们是谁，为什么不年不节地带着这么多的礼物来，又不好问他们是哪里来的亲戚。当家主事的大儿媳妇不在家，老二媳妇不经事儿，她不知道该如何应对，心里觉得很不自在。这个年头儿谁都不欢迎生人儿光顾自己家。

根儿透过门缝儿，看见那个大个子带来的大篓子里装的是烧鸡，一只油黑的鸡爪子伸在外面。从那个小个子的大篓子里散发出来的是茶食的味道。他吃过那种茶食。那种茶食是油炸的，黄黄的，有长圆形儿的，也有圆形儿的，大个儿的有小鸡蛋那么大，小个儿的和枣儿那么大，上面滚着很多很多的芝麻和白糖，吃起来又酥又香又甜，他在姥姥家吃过。根儿看完了客人带来的礼物就看人。面前的这两个人他都见过。冬至以前他们来过一次。

　　奶奶心里一直在搜索着记忆，她怎么也想不起站在自己面前的是谁。客人说他来过这里，是自家的亲戚，而她却不认识人家，觉得对不住客人，很难为情！为自己的衰老无能而感到无奈和悲哀，便有些不好意思地说道："人老了！不中用了！"

　　都本初和黄鲲在前些日子的那个晚上来"请"古世才的时候，和奶奶打过一个照面儿。他们认识奶奶，但是奶奶记不得他们了。

　　"俺姓都，是浑河镇的。俺妹妹的婆家是咱庄儿的，俺妹夫叫古廷辅。"

　　奶奶听说都本初是古廷辅家的亲戚，心里像是明白了一些。她听说过，古廷辅媳妇的娘家是浑河镇，便说道："哦，你们是浑河镇的亲戚啊。你们先坐一会儿，等俺儿媳妇回来泡茶给你们喝。"

　　"奶奶，他们来过的啊！"根儿从里屋蹿出来大声说。

　　黄鲲见根儿跳出来，一阵惊喜，心说："小东西，可逮着你啦！"

　　奶奶早就感到她的儿子碰上了为难的事，在黄鲲和都本初来抓她两个儿子的那天，古世才把她和根儿支到崔德昌家。崔德昌他老婆说漏了嘴，透露了浑河镇来人的真情，奶奶就明白了一切。她想，眼前的这两个人，一定是和那天夜里把她的两个儿子弄走的人是一伙儿的。想到这里，她的心情紧张起来。她想他们不会无缘无故带来这么多的礼品，预感到又要发生不幸的事，说不定他们是冲着她的宝贝孙子来的，她得想法子把根儿支走，让他找他娘，他娘听说客人是打浑河镇来的，就一定会想法儿再把他藏起来。

　　"人老了，不中用了。"奶奶重复着这句话，"俺大儿媳妇到南边去了。一会儿就回来。根儿，快去叫你娘回来，就说家里来了浑河镇的亲戚。"

　　"不急！"黄鲲慌忙站起来，伸手拦住根儿，"俺们可以等师娘回来。"

　　黄鲲担心根儿再从他身边溜掉。可是他不能强行把根儿留在自己跟前，都鸿勋有指示，非不得已不要对古世才家的人来硬的。可是怎样才能把根儿控制在身边呢？他灵机一动，想到现在的男孩子大多喜欢玩刀枪，便说道："小弟弟，你见过真正的手枪吗？"

　　根儿不好意思地摇摇头说："没见过，叔叔见过吗？"黄鲲说到手枪，根儿激动起来。

"当然见过!" 黄鲲故作得意地说,"俺这里就有。"

"俺不信!" 根儿的目光飞速扫遍黄鲲的全身。

"根儿,你怎么还不走啊?!" 奶奶气愤地说。

根儿看也不看他奶奶地说:"俺姐姐在后天井里,您让她去吧。" 他的心思全在黄鲲说的手枪上,像看变戏法儿一样聚精会神地关注着黄鲲的一举一动,等着看黄鲲怎样变出手枪来。

"你看!" 黄鲲从腰里掏出了一把短枪在根儿的面前一晃,根儿的两只眼睛直勾勾地盯着那把光亮的小枪儿,什么都不顾了。

"你这个孩子,真不听话!" 奶奶生气地说,然后又无奈地高声叫道:"改莲,你来啊!"

改莲正玩得高兴,听奶奶叫她,就嘟噜着个脸子磨蹭进堂屋。

"奶奶,什么事儿啊?" 改莲不耐烦地问道。

"快去叫你娘回来,就说浑河镇的亲戚来啦。" 奶奶说。

改莲见弟弟两只眼睛跟着那个客人的手枪转,就用手指点着他的脑袋说道:"懒虫! 你就吃枪喝枪去吧!" 说着,穿过天井,一阵风似的跑出去了。

奶奶睁大眼睛,吃力地盯着黄鲲手里拿的东西,认定那是盒子枪,知道来人是当兵的,和把她的儿子弄走的人是同伙儿,心情更加紧张。

黄鲲退出子弹,把枪递给根儿,说道:"喜欢吗?"

"喜欢! 太喜欢啦!" 根儿激动欢跳着,满脸喜色、翻来覆去地端详着他手里的那把枪。

"想闹一把吗?" 黄鲲说。

"想,很想! 做梦都想,能吗?" 根儿满眼是期待。

"嘿,小事一桩儿!" 黄鲲得意地说。

"就像……这样儿的?" 根儿激动地小声儿问道。

"比这个要好!" 黄鲲神秘地说。

根儿以感激的目光看着黄鲲,问道:"叔叔,这叫什么枪?"

"这叫'张口等'三号撸子。"

"那你给俺弄把什么样儿的?"

黄鲲对都本初挤挤眼睛说道:"俺给你弄一把德国造的'扒眼儿望'!"

"也是撸子吗？"根儿急切地问道。

"比撸子好。"都本初插嘴说，"打起来像机关枪，满意吗？"

"满意，满意！谢谢叔叔！"根儿深信黄鲲的许诺。

奶奶看着根儿的这个疯样儿，气不得，恼不得，干着急。

奶奶想到两个儿子被弄到浑河镇已有一个多月，一直没有回来看望她，估计是他们身不由己。眼下这两个东西又来，打的一定是根儿的主意，要是根儿也叫他们弄走，那可怎么得了啊！想到这里，心急如焚，不知如何是好。

这时，改莲气喘吁吁地跑进来，说道："奶奶，俺叫过俺娘啦，她说一会儿就回来！"然后掀开锅，捞了一个地瓜，在两只手上倒来倒去，用力吹了吹，咬了一口，嘴里嘶嘶啦啦地，跑到后天井里玩儿去了。

在等候秀姑回来的这段时间，都本初和黄鲲想讨好老人，轮番和老人拉家常，套近乎儿，刺探古世才家的秘密，而老人总是装糊涂，不肯接他们的话茬儿，她生怕自己说错了话给孩子们带来麻烦，眼巴巴地盯着大门，盼望着大儿媳妇一步闯进来，把根儿弄走，保护起来。

如今奶奶对于大儿媳妇的信任达到了迷信的地步，秀姑的话，她言听计从。可是当年她死活不愿意娶秀姑，她的固执使得秀姑和古世才的婚事拖了好几个月，从民国十七年秋，直拖到当年的新年。当年她不愿意娶秀姑有多方面的原因。第一，嫌她命硬，克夫。她听说她的前一个未婚夫是在他们就要成亲的时候突然暴死的。第二，嫌她岁数儿大，当时她已经年近25岁，怕她生养有困难。第三，嫌她出身贫寒，她爹当了几十年的长工，她娘要过饭。第四，这是奶奶最不能容忍的，是嫌她的脚太大。她听说她有一双和男人一样的大脚。她无法想象在她的家里有这样一个大脚女人出出进进的那种让人难堪的景象。当年她是强压着对秀姑的厌恶心理勉强让她跨进自家的门槛儿的。

秀姑那双大脚是她娘溺爱她的结果。爱子之情富人穷人都有，所不同的是各有各的爱法儿。穷人没有条件叫自己的儿女任意地吃喝穿戴玩乐，

而只能用自己的善意、真情和宽容去温暖他们的心。根儿他姥姥就是这样
爱她的儿女的。

　　从女人落到男人奴仆地位的那个遥远的年代起，她们就已经沦为男人
占有、欣赏、玩乐和驱使的对象儿了。男人按照自己的需要和标准要求女
人，而女人就以同样的标准要求自己和别的女人。所谓女性美就是这样形
成的。中国有女人的小脚儿，这一度是中国其些男人的玩物。有的地方儿，
明码实价，古家庄有所谓"摸一摸脚，四两长果儿（花生）"的黄色民谚，
连闻女人的脚臭也是某些男人的癖好。西方有束腰、穿高跟儿鞋等等摧残
女人的恶习，至今不改，如今也传染到了中国富有阶层的女人之中，她们
刚刚扔掉裹脚布又垫起了脚后跟儿，从拧着脚儿走路变成跷着脚走路，假
文明，真愚昧，走给男人们看，享受着新的残废痛苦的所谓的美。

　　在秀姑小的时候儿，这里的女孩儿从四五岁起就开始裹脚，就是用长
长的一寸多宽的"裹脚布"，把脚紧紧地裹起来，把每只脚上的食指、中
指、无名指和小指都紧紧地裹压在脚的大拇指的下面，使它们慢慢地折下
来，一个挨着一个儿顺序压在脚掌下面，成一个锥形，变成残肢。那时，
"三寸金莲儿"是女人不可缺少的美。女人的脚比女人的容貌更重要。一
双小脚儿，身价倍增。女人的脚是非裹不可的，不然她们长大了就没有人
愿意娶她们做妻子。就是脚大一点儿的闺女，人家也不愿意娶。

　　秀姑她娘娘家贫寒，自己从小儿四处乞讨，没能像别人家的女孩儿那
样裹成一双小脚儿，而是落下了一双被人们蔑称作"地瓜脚"的难看的
半大脚，虽然她容貌不俗，却半生被人笑话，所以她决心要给女儿裹出一
双周正好看的小脚儿。可是秀姑从小儿任性，死活都不肯受裹脚的这份儿
罪。开头儿，她娘硬给她把脚裹上，她就扶着墙壁或是其他的东西，一瘸
一拐地走进村前的柳树丛，把长长的裹脚布抖落下来，挂在水塘边上的柳
树枝子上，跑到别处去玩耍。后来，她娘担心把她急出毛病来，竟依从了
她，不再给她裹脚。所以秀姑的脚跟她哥哥们的脚差不多一样大，可以和
他们穿一样的鞋，成了柳林庄乃至周围一些村庄独一无二的大脚闺女。再
加上她娘是这一带有名的正骨医生，她大哥也远近闻名，她也就名传乡里
了。她学过女红，能做一般的衣裳鞋袜，会编草帽儿辫儿和巴拿马草帽
儿。不过她的女红样样儿通，样样儿松，在女伴儿们中间算不上个手巧的
闺女。她热衷的是跟上两个能干的哥哥进山捕鸟打猎，下河捞鱼捉虾。她

还跟大哥学过一些拳脚，会使单刀、长枪。一般女人不学棍。她的齐眉棍耍得虎虎生风，一两个壮汉不是她的对手。在她十五六岁以前，虽然她的一双大脚已经是她的亲人和朋友们的一桩心事，可是她自己并不觉得脚大有什么不好，反而觉得很得意。一双大脚，能跑能跳，自由自在，谁都不敢欺负，多么好啊！那时她看见女伴儿们走起路来痛得蹙眉咬牙，摇摇晃晃，还觉得好笑呢。可是仅仅过了几年，到了她面对嫁人这件人生大事的时候，麻烦就来了。这双大脚差一点儿误了她的终身大事。她因脚大出名，后来又受大脚的牵连，连她的武功，也成了人们嘀咕的话题。有些性情懦弱天生怕老婆的小伙子就想啊：这样的一个闺女，性情一定好不了，跟她成亲，丢人现眼不说，怎么管得住她呀！弄不好还会挨她的揍呢！这样的话一旦有人说出来，就有人相信，原本只是某人的一种想法，此刻就成了公认的事实。世界上人人有头脑，但是会独立想事情的人不多，人们很容易接受这样的一些所谓的"事实"。她所有的女伴儿的终身大事都在十几岁的时候就有了着落，而她年过18还没有人上门来提亲。这时她才意识到大脚对于她是怎么一回事儿。好歹在她22岁那年，总算有人上门来给她提亲了。对方姓布，家在邻村，在天津的一家绸缎庄当伙计，年纪偏大，但是人品还好，她娘赶紧给她应下，说好当年七月成亲，不幸的是七月之前不久，布某在天津海河游泳时溺水身亡。未婚夫没了，还让她背上了一个"克夫"的黑锅，恶名远扬，更难嫁人。转眼间已过24岁，女人的春天就要过去，而她还没有着落儿。幸运的是，在她25岁那年初，她有幸遇见了不嫌弃她脚大的古世才，急急忙忙和他成了亲。

　　古世才小的时候，他周围所有成年女人都是小脚儿。但是他根本没想过女人脚大脚小这样的事情，因为那会儿折磨着他一家人的是饥饿，他的眼睛盯着的是饭碗，根本没有心思去注意女人的脚。他意识到家乡女人的脚与众不同是他到了关外和俄罗斯以后的事。关外的本地女人不裹脚。俄罗斯女人也不裹脚。而让他关心中国女人脚的美丑的是他的那些俄国朋友。他们不笑本国女人的高跟儿鞋，却认为女人裹脚是一种不可想象的陋习，像议论稀奇动物儿一样，饶有兴趣地议论中国女人的小脚儿，问他能不能给他们弄一双中国女人的鞋来让他们见识见识。他们关于中国小脚女人的议论带有十足的蔑视的意味，这种议论渐渐地让古世才感到难堪，认同了他们的非议，意识到裹脚是一种陋习，是对女人的一种折磨，女人的小脚儿是一种丑，开始讨厌小脚女人。那年他回国探亲，媒婆听说他是回来娶亲的，蜂拥而至。古世才当时已年近30，属老光棍之类。有给他介绍"回头子①"的，有给他介绍年轻寡妇的，也有给他介绍黄花闺女的。奶奶催促他赶快选定一个黄花儿闺女。可是古世才谢绝了所有的媒人，忙不迭地托人去说秀姑。

　　奶奶有一双小巧周正标致的小脚儿，她一想到秀姑那双大脚就觉得恶心，迟迟不肯认可这门亲事。古世才要娶秀姑，可是他不想违背老娘的意愿。最后是他娘做了让步。她想，有什么办法呢？自己家境不行，财力不够，儿子已经年过三十，早就过了结婚的好岁数儿，如今到家里来提亲的媒人不少，可是合适的闺女不多。那些十七八岁儿、又品貌双全的好闺女，因为儿子年龄大，对方儿要价儿太高，自己娶不起。年龄相当又愿意嫁给儿子的，又都是些品貌不如意的。有几个寡妇和回头子倒是品貌端庄，可是她又不愿意娶那样的女人。再说，她也不好强迫儿子娶什么人哪。虽说儿子的婚事她当娘的可以做主，儿子也一再表示请她做主，可是她觉得心虚。家产都是儿子挣的，儿子明明白白地表示自己想娶柳林庄的那个大脚闺女，自己还能说什么呢？再说，秀姑虽说脚大，年纪也大了一点儿，可毕竟是个正经的黄花儿闺女，总比回头子或是寡妇强呀。儿子是应该听娘的，可是儿子也是一家之主。已故的老爹在她很小的时候就教导她：女人在家要从父，出嫁后要从夫，丈夫不在了要听儿子的。她想来想去只好说，儿子看着好就行。她最关心的还是早抱孙子！只要能给她生孙子，什么女人她都愿意要！误了儿子的亲事，断了古家的香烟，那她可就是古家的罪人了！她这样一想，也就顾不上挑三拣四、厌恶未来的儿媳妇的那双吓人的大脚了。

　　秀姑还没过门儿，她的'威名'就传到了古家庄。庄上的大闺女小

---

　　①　有些地方把离过婚或者被丈夫休弃但是前夫仍然活着的女人，叫"回头子"，按迷信的说法儿，属命运不济、有些不祥的女人。

媳妇，听说古世才要娶个二十四五的大脚儿闺女，都眉飞色舞、喊喊喳喳，说个没完，像等着看稀罕光景儿那样等着见识见识新媳妇的那双大脚。人们的这些议论，传到奶奶的耳朵里，羞在她的心里，觉得自己的脸不知道该往哪儿搁，心里一点儿大办喜事的快乐都感觉不到。

古世才和秀姑的婚礼格外热闹。古家庄办喜事的章程以本地婚俗为主，又混杂着一些人们从东三省等地带回来的陋习。吹吹打打，燃放鞭炮，骑马坐轿，是少不了的，不只是红火，还有些野蛮。闹新房的人胡说八道不犯法。闹出事故、闹出人命来的事例也曾有过。为遏制某些恶习，以至于解放后本地人民政府不得不诱导群众和干部对此类陋习加以改革。按照这里的规矩，新郎的哥哥以上辈分的人是不能闹新房的。而实际上有些新郎哥哥乃至叔叔辈儿的人也来凑热闹。他们的依据是这里的一段顺口溜儿："想要闹，无老少，分出老少不热闹。"当然，这些身为长者的人来凑热闹得瞒下自己的真实辈分。这一天是自由的日子。只要不说不吉利的话，说什么都行，就连迎亲的轿夫也常常会多嘴多舌。秀姑的大脚自然是人们笑闹的一个重要话题。

迎亲的活动简直就是一次音乐舞蹈表演。吹鼓手和轿夫都是半专业的。他们平时务农，有活儿的时候当差。花轿每过一村，吹鼓手都要根据事主的奖额吹打，轿夫们要抬着轿子翩翩起舞。新娘的花轿从柳林庄起轿，本来可经过姜家庄、傅家庄，直奔古家庄，全程七八里路。可是主持喜事的古天骥老人为张扬其事，彰显家族风光，特地带领着迎亲的人群出柳林庄的西门，绕道吕家集、马戈庄、刘庄和三十里铺，再朝东奔姜家庄、傅家庄，再朝西绕道过高家庄，最后回到古家庄，全程近30里。每到一处，轿夫们都要表演"踏街儿"①，进入古家庄，迎亲的活动达到高潮，身穿红背心儿的轿夫们一进庄就舞动起来，在古家庄的前街，进行了最卖力最精彩的表演。前街人山人海。剃着光头的年轻的轿夫们，和着欢快的唢呐声，一面对周围的观众眉飞色舞，逗乐儿取笑，一面不停地变换着动作和身姿。一会儿四个人挺直身躯，甩开双手，用刚刚剃过的光光的秃头顶着轿杆前进后退；一会儿又几乎同时半蹲着，用一个大姆指把轿杆高举过头顶；一会儿又使出全身的力气有节

---

① 踏街儿：轿夫们在迎亲过程中表演的一种特殊的街头舞蹈。

奏地把长长的轿杆颤成不断上下变动的一个个弓形儿，使轿子在空中忽上忽下大幅度的颠簸，同时口里还不停地说唱着吉利的和逗趣儿的话语。走在前面的那个二十多岁儿的俊秀的轿夫是个歌手，他调皮地、反复地高声说唱着：

　　　　红花轿，坐千金，
　　　　颤颤悠悠迎新人。
　　　　坐在轿里黄花女，
　　　　跨出轿门是新人。
　　　　新人还在庄子外，
　　　　丈八金莲进了村！

　　每当那个轿夫唱到最后一句的时候，他都把声音就拉得很长，调子也变得滑稽可笑。他的歌唱和舞蹈，在塞满大街的人群中，激起阵阵欢乐的轰笑声。

　　新人走出轿门的那一刹那，是古世才婚礼的狂潮。所有的人，目光都射向不时从新娘漫过脚面的长裙下闪露出来的那双穿着特制的红绣花儿鞋的惊人的大脚，紧接着就爆发出众口一吼的"啊呀"的惊叹声。此后人们的目光就再也不肯离开那一双穿着绣花儿红鞋的惊人的大脚。新娘的大脚是古世才婚后好些日子古家庄街谈巷议的话题。古世才结婚后好些日子，他娘都不敢上街，偶尔上街，也是见人就避。不过很快人们就改变了对这个新媳妇儿的看法。她并不像有些人想象的那么鲁莽可怕。论针线活儿，她谈不上手巧，可也没有什么活计是她不会干的。要说庄稼地里的力气活儿，古家庄没有一个女人能比得上她。她为人坦诚大度，有男子汉的气概，孝敬婆婆，侍候丈夫，和睦妯娌，事事处处得体。她的大脚自然让婆婆在很长一段时间里感到难堪，可是要论人品，左邻右舍没有人不说秀姑好的。不久，奶奶的心思也变了。她想："儿子不嫌弃就好。"几年之后，她就把当家做主的位子让给了秀姑。现在，在奶奶的心里，秀姑比她的亲闺女都亲，儿子不在，每有大事她都听秀姑的。

81

秀姑听改莲说，客人是从浑河镇来的，心里咯噔一下子，立刻翻腾起一阵慌乱，猛地意识到这几天大家在痛苦忙乱中忽略了一件天大的事，忘记根儿的安全，浑河镇的人肯定是奔着根儿来的，后悔得不得了，不知道如何是好。不过她也有侥幸心理，认为事情未必像她想的这样，他们也许不是为根儿来的，因为根儿刚从柳林庄回来，都鸿勋不可能这样快就知道根儿回到了古家庄。而她的这种侥幸心理并没又让她感觉宽慰，希望这会儿根儿不在家，只要根儿不在家，她就有办法对付他们，他们毕竟是外来的人，不熟悉古家庄的情况，乡亲们也不会替他们说话。她心里翻腾着这些杂乱的念头，急匆匆地往回赶，想看个究竟。

秀姑跨进自家天井，把荆条筐丢在地上，三步两步跨进堂屋。她的动作这样快，以致两位客人还没来得及站起来向她问好，她就站在他们面前了。让秀姑大感失望的是根儿在家，而且他毫无警觉，正在和黄鲲说笑，她的心立刻紧缩起来，先怪根儿不懂事，接着就觉得不怪孩子，意识到这件事瞒着根儿，把他蒙在鼓里的做法儿不对，但是一切都晚了，这会儿能做的就是怎样把根儿从家里支走。她觉得他们不会放他。

秀姑认识都本初和黄鲲。在古世才他们被抓走的那个晚上，她见过他们，第二天一早，她又见过一次黄鲲和他的那几个随从。上一次他透着气急败坏，这会儿他洋洋得意。

都本初见秀姑进来了，慌忙站起来甜甜地口称表婶儿，鞠躬问好，黄鲲也站起来讨好地对秀姑笑着给秀姑鞠躬。

"不客气，坐吧！"秀姑扫了客人一眼坦然地笑着说道。

都本初和黄鲲来"请"古世才弟兄二人是在夜里，他们的心思都在古世才兄弟二人身上，几乎没有看清楚秀姑是个什么模样儿。黄鲲第二次来古家庄抓根儿的时候，天蒙蒙亮儿，而且来去匆匆，也没大注意秀姑。不过他听古廷辅对他描述过秀姑，他把她说成个穆桂英式的人物儿，此刻一见，真所谓"耳听是虚，眼见为实"，秀姑的确不同一般。三十多岁儿的年纪，身高不下五尺，一双大脚，长圆脸儿，面色红润，略显粗犷却又透着精明，两道眉毛乌黑，眉梢儿长而微微上扬，胸部饱满，结实，神情自信而满足，动作坚定而迅速，目光流星般闪动，毫无拘束地扫荡着他们这两个大男人，俨然是一个穆桂英式的女人。

秀姑见来人带了大量的礼物，确信丈夫和小叔子那里平安无事，他们会继续和自己套儿女亲家关系。如果丈夫那边碰上麻烦，面前的这两个坏东西不会这样客气，更不会带来这么多的礼物。

"请喝茶，"她一边擦汗，一边察言观色。

"谢谢师母。"黄鲲点头儿赔笑还礼。

"路上好走吗？"秀姑没话找话说。她那明亮尖利的目光在他们身上、脸上，无所顾忌地扫来扫去，弄得两位不速之客有点儿手足无措，只是坐在那里傻笑。这样用目光扫视男人的女人，他们以前没见过，俗话说，"仰头老婆低头汉"，意思是低头琢磨事儿的男人难对付，仰脸朝天，无所顾忌的女人难对付。

奶奶不安地坐在炕上，看着儿媳妇和这两个坏东西周旋。

"两位长官是路过这里吗？"秀姑急于弄清他们的来意，希望出现奇迹，他们不是为了根儿来的。

"不，不……"都本初欲说又止，目光闪烁，不敢直视秀姑。

"有话只管说。"秀姑表面镇静，内心不安。她想把根儿支走，而根儿的心思全在枪上。他一会儿用枪瞄瞄这儿，一会儿瞄瞄那儿。秀姑一再给他使眼色，他连看都不看。秀姑气不得，急不得，只能怪自己。

改莲气喘吁吁地从外面跑进来，嚷道："怎么还不吃饭？！"她见奶奶和娘都不理睬她，掀开锅，一手抓上一个地瓜，嘶嘶啦啦地吹着，吃着，直愣着眼睛看看客人，再看看奶奶和娘，返身撒腿又跑出去了。

秀姑严厉地说："根儿！把枪还给叔叔！大人说话儿，你在这里瞎折腾什么？找望起玩儿去！"她想崔德昌夫妇知道古世才被都鸿勋弄到浑河镇的前前后后，也许根儿到了他家，提到浑河镇来了客人，他们会从中悟到根儿处境危险，帮助他躲起来。

"望起到他姥娘家去了。"根儿头也不抬，眼睛没有离开那把手枪。

"听话！快把枪还给叔叔！"秀姑生气地说。

"没关系，没关系，让他拿着玩儿吧！"黄鲲笑着说。

"这个孩子，真不听话！"秀姑无可奈何。

　　黄鲲终于说出了他们的来意，他说："师母，古师傅派俺们来接小少爷的。他说他想孩子啦，派俺们接小少爷到浑河镇去住几天。"同时用探询的目光瞅了瞅奶奶和秀姑。

　　"根儿得念书啊，放寒假再说吧。"秀姑没好气儿地说。

　　"俺愿意去看看俺爹和俺叔叔，"根儿立刻说道，"俺今天去明天就回来！"根儿想的不是他爹和叔叔，而是黄鲲答应给他弄的那把"张口等"或是"扒眼儿望"牌儿的手枪。

　　"你小孩子懂什么?!"奶奶气愤地说。她眯缝着红肿流泪的老眼，急切地看着儿媳妇，等着她把面前的这两个瘟神送走，不让他们把她的孙子弄到浑河镇去。

　　黄鲲和都本初在等着秀姑的回答，而秀姑却只说闲话，不再提根儿去浑河镇的事。她在竭尽全部的心智寻求保护儿子的办法儿。

　　"师母，您看，是不是?"黄鲲忍不住再次催促说。

　　"别听你们古师傅的。他是个老半吊子！"秀姑满面春风，好像是突然想起了这个话题，"奶奶离不开根儿，他是老人的一个伴儿。她老人家一时一刻都离不开他！别说是要他到大老远的浑河镇，就是他到街上去玩耍，时间长了，老人都不放心，担心他摔着，一天到晚不知道要派俺出去找他多少回！你们古师傅想儿子，就让他回来看，为什么非把孩子弄到他那里去不可呢?"秀姑已经意识到他们是一定要把根儿领走了，但是她仍然幻想争取事情能有个变化。

　　"说的是啊！"奶奶立刻直起了她那平常总是佝偻着的身子，"根儿还小，离不开家，要去就叫改莲去吧。改莲也想她爹和叔叔。她也不念书，去了还能帮着她爹和她叔叔洗洗涮涮。"

　　正在后天井里玩耍的改莲，听奶奶提到她，一阵风儿蹿进南屋，嚷道："上哪儿去？奶奶，你要俺上哪儿去?!"改莲天生野，有点儿随她娘，好动，喜欢在外面野跑。

　　"去浑河镇，找你爹和你叔叔。听说那儿有大河，还有海呢。天天吃白面卷子，有鱼有肉有熟菜，好着呢！你一定愿意去吧?"奶奶朝前探着身子说，巴不得孙女儿会说她愿意去。

　　"愿意！愿意！奶奶，俺太愿意去啦！"改莲跳着高儿嚷道。

　　改莲比根儿大 3 岁。她的大号叫古爱莲，是她爹为了让她上学念书，求庙里的教书先生给她起的。在她6岁上学的时候，古家庄还没有洋学堂，而只有一所私塾，设在庄西头儿的大庙里。老师是一位好心的糊涂老秀才，他不喜欢教女学生。庄上只有古世才一个人送女儿上学。古爱莲上学的第一天，男生们就闹哄她，惹得她先后跟几个男生打过架，把小红儿他大哥崔望富的鼻子打破了，流了不少血，弄得私塾的老先生很为难。他本来就不赞成女子读书，这会儿古爱莲又惹得男生们瞎起哄，还打伤了人，他害怕因此丢了饭碗，有意为难古爱莲，就给她出了一个怪题考她。老先生说："你知道什么是'国文、国本'吗？"她自然无法回答，便遭到了许多男孩子的嘲笑。一向刚强好胜的改莲，觉得老师有意跟她为难，就气呼呼地对老师说："俺看你就是个国文、国本！"说完就离开了大庙里的那个私塾，以后再没进过学校。她的大号也就没有叫起来，家里家外的人还是叫她的小名儿改莲。古世才夫妇图叫着省事，就叫她"莲"。只有奶奶不肯省掉那个"改"字，"改莲"这个小名儿就是奶奶给她起的。古家庄一带女孩儿的名字里面有个"莲"字的不少。像"粉莲"呀，"红莲"呀，"玉莲"呀，多的是。叫"改莲"的只有她一个。奶奶给她起名叫"改莲"，有她特殊的用意，那意思是说，在她以后，大儿媳妇不再生女孩儿，而要"改"生男孩儿了。那会儿奶奶日日夜夜盼望的就是抱孙子。她认为孙子才是古家的根。改莲出生的那会儿，她已五十多岁，连孙子的影子还没看见呢，她能不急吗？

古世才夫妇对待女儿的态度跟奶奶不同。小莲出生的那年，秀姑25岁，古世才33岁。在古家庄，在他们的同龄人中，他们算是生育最晚的了。他们当然也希望生个男孩儿，可是生了女孩儿他们也高兴。在改莲出生3年以后，他们才又生了根儿。所以，改莲虽然是个女孩儿，当时不大受奶奶的欢迎，可是在她爹娘面前还是很娇贵的。古世才家虽然不很富有，满足这个晚生女儿的要求，还算不上难事儿。一个乡下女孩儿，能有什么了不起的要求？无非是要买几块糖吃和要一两件花衣裳。这些古世才他们都能满足她。所以改莲也是在爹娘的娇惯下长大的。她3岁以前，除去刮风下雨天，每晚睡觉前，都要她爹抱着在胡同里来回走动，在走动中入睡，然后抱回家里，放到炕上。其实，奶奶也并非不亲改莲。改莲毕竟是她的亲骨肉啊。而且改莲伶俐、懂事儿，会哄人儿，招人喜欢。改莲没有像根儿那样跟着奶奶吃过细粮。可是她知道奶奶是她最亲近的人。要是

　　拿奶奶和姥姥相比，她更亲奶奶。她跟弟弟不一样，不愿意住姥姥家。她5岁那年，奶奶逼着给她裹脚，叫她受了不少的苦。为这件事，奶奶还和秀姑红过脸。奶奶执意要给小莲裹脚，秀姑坚决不同意。秀姑曾为自己小的时候没有裹脚后悔过。可是后来她还是觉得当年没有裹脚好。再说这几年世道也变了，不裹脚的女孩子越来越多了。从关外回来的女孩子都没有裹过脚。她听说俄罗斯女子，关东女子和高丽女子都不裹脚。她自然就不主张给改莲裹脚了。婆媳二人在这件事上一度互不相让，奶奶嘟囔了好一阵子，最后还是依了儿媳妇，因为古世才站在秀姑一边，奶奶觉得一家之主是儿子，再说老人也不愿意伤了婆媳们的和气，就不管孙女儿裹脚的事了。

　　改莲不光长着一双大脚，性格也像她娘。她胆大，敢说，敢干，爱冒险，出了名的"山"（即是"野"的意思），夏天，大雨一停，改莲就把裤脚儿挽过膝盖，赤着脚儿，甩着粗大的独根儿辫子，端着里面放了盐水的灰色瓦罐儿，钻进村前的大树林子，到那里去拣那些被雨水灌出来的知了猴儿；傍晚再去抠那些就要从地下的洞里爬出来的知了猴儿，拣那些爬到树上变成知了和正在变成知了的知了猴儿，把它们塞进瓦罐儿里腌起来，留到第二天早起用油炒了吃。第二天一早，天刚蒙蒙亮儿，她又端着柳编的小笊笠，趟着露湿的花草儿，钻进树林里去拣和抠那些拱开湿地钻出来的白嫩的杨树蘑菇，回到家里，让她娘洗净，切碎，加上葱花儿、油、盐，蒸了吃。秋天，青纱帐起。晚上，她又和女伴儿们一起，端着里面装了盐水的瓦罐儿，钻进一人高的玉米地里去摸"瞎撞儿"（一种昆虫，可吃，味道类似知了和蚱蜢），弄回家炒着吃。她总是那么风风火火，有说有笑。爬树，游水，摸鱼，她都行。她手巧，嘴硬，跟同年龄的男孩子打架，敢动手，不落下风，谁都知道她厉害，不要命地维护她弟弟。她爹娘疼她，可是奶奶看不上她那股子野劲儿。在根儿出世以后，她的心里就只有她的宝贝孙子根儿了。所以这会儿她就想叫改莲去浑河镇。

　　秀姑明白婆婆的心思，暗笑婆婆偏心，知道在老人心里只有她的孙子。只要不动她的宝贝孙子，谁去都行。不过，在这件事上，她和婆婆的想法儿是一样的。她知道黄鲲他们不会同意，但是也说道："改莲愿意去，就去吧。家里也不少她。"

　　"太好啦！太好啦！哈哈哈哈！俺这就回去收拾东西！"改莲拍着巴

掌跳着嚷着，蹿过中门，一阵风儿似的跑回到北屋去了。——改莲在她叔叔去了浑河镇后，就到北屋去和婶婶一起住了。

"表叔是派俺们来领表弟的，没让俺们领表妹。"都本初装出一副可怜相儿说道，"表弟不去，俺们回去不好跟表叔交代呀。"

"那你们就让他自己来领吧！"秀姑故作姿态，"他都40多岁啦，还好意思来和老人争个孩子！"

"对，就叫他滚回来！看俺怎么收拾他！"奶奶失声吼道。

"为人在世第一要紧的不就是孝顺父母吗！"秀姑冷冷地说。她虽然知道根儿是留不下，但是仍然在做最后的努力。她明白，老百姓斗不过当官的。这件事都本初和黄鲲都做不了主，他们奉命来抓根儿的。

"混账东西！他这是想找打啊！"奶奶高声骂她的儿子。

黄鲲听了秀姑和奶奶这些硬邦邦的话，不禁有些恼怒，就想来硬的：抢！他斜视了秀姑一眼，见秀姑正坐在灶门前清理烧柴。一把粗的干杨树枝子，在她的手里就好像是细细的秫秸棒棒儿，她毫不费力地就把它们撅得一段一段的了。他耳闻古世才的老婆有武功，想不到她这样有力气，要是动硬的，撕打起来，他们俩也未必够她一个人收拾的。要真是叫一个乡下女人整治住了，弄个鼻青脸肿，传出去，还有脸见人吗？再说即使她不动手，而只是拿出老娘儿们的看家本领，披头散发，跑到街上，大放悲声，寻死寻活，招来一大群老百姓，暴露出他们的身份，那他们不仅领不走孩子，连自己也未必好脱身。这里不是浑河镇，没有人维护他们。激怒了这里的老百姓，后果不堪设想。庄户人的火儿上来了，会不计后果。他在河西老家，常常听说这一带的人野，闹"红枪会"的那会儿连和洋人勾结的县太爷都叫他们给收拾了。再说，事情闹大了，惊动了此地的国民党游击队，叫他们把自己当汉奸抓起来怎么办？不错，游击队和都鸿勋暗中有联络。可是这里毕竟不是日本人的地盘儿。而且都团长在他们动身的时候还特地对他们交代过，叫他们穿便衣，谨慎行事，不要叫八团的吕团长和高参谋长为难。再说古世才现在是都鸿勋用得着的人，又是他的亲家，得罪不得。这会儿不小心得罪了古世才，说不定以后自己就会因此而丢了饭碗。人啊，十年河东，十年河西。这个年头，谁知道明天会出什么事儿？他想来想去，觉得还是得智取。想到这里，他那颗躁动的心，又平静下来，脸上露出了笑模样儿，絮絮叨叨地说，他们在队伍上当差，也是身不由己，办事情得听长官的，都团长要满足古师傅的心愿，派他们来接小兄弟到浑河镇去住些日子，他们就这样两手空空地回去了，长官还会叫他们再来，师娘不让领孩子，他们回去没法儿交差。黄鲲好话说了三千六，最后亮出了他的杀手锏，"这样吧，既然奶奶离不开小少爷，就请她老人家陪小少爷到浑河镇去住些日子，顺便看看师傅和师叔。"他边说边瞅两个妇女，观察着她们神情的变化。

奶奶两眼直瞅秀姑，期望她拿出好主意，而秀姑被黄鲲的最后一句话惊呆了。她想，要是奶奶也落到都鸿勋手里，那他们一家人逃走就更难了，他们就是为孩子来的，孩子他们是领定了，今天领不走根儿他们是不会走的，软的不行，他们一定来硬的，要是他们把这一老一小儿一把薅到浑河镇，以后他们要从浑河镇逃出来就难了，无论如何不能把事情弄僵，大家撕破脸皮，让他们露出汉奸土匪的凶相，那后果不堪设想，丈夫和小叔子还在他们手里。想到这里，她一边若无其事地给客人续茶周旋，一边笑着说道："你们也不能怪俺不开面儿，你们替你们的古师傅着想；俺呢，俺是替俺婆婆着想……"

黄鲲从秀姑的话里听到了希望，赶紧笑着说："那是那是。"

奶奶明白黄鲲的意思，打断他的话说："不行！根儿不能去！"她的身子忽然直起来，嘴唇直哆嗦，声音因为激动而有些沙哑，满是白发的头也在不停地微微颤动。

奶奶的心情秀姑理解。她心疼孩子，也疼老人，然而苦于无奈，强忍着愤怒，装出笑容说道："娘，就叫根儿到他爹那里去耍几天吧，有他本初表哥和黄叔叔领着，咱们还有什么不放心的？"

"是是是是，请老人家一百个放心！"黄鲲和都本初齐声说道。

"不是说好了叫俺去吗?！怎么又变啦？"从后院儿赶来的改莲，手里提着一个小包裹，站在堂屋的中央，气呼呼地嚷道。

"娘，俺愿意去！"一直痴情地摆弄手枪的根儿说道。

秀姑冷淡地看了他一眼，没有说话。

"好，小弟弟，一会儿咱们就走！"黄鲲赶紧说。

改莲气恼地说道："哼，浑河镇有什么好？不让去拉倒！俺才不稀罕那个破浑河镇呢！老大的一个人，说话不算数儿！"她说着，瞪了她娘一眼，就跑出去了。

　　奶奶听秀姑说让两个客人把根儿带走，急得连气都喘不上来。她不明白儿媳妇为什么要让他们把她的宝贝孙子带走。可是她知道，自己得听儿媳妇的，她相信秀姑这样做一定有她的道理。奶奶和别人家的奶奶不一样。别人家的奶奶是既管儿子和儿媳妇，也管孙子。奶奶是只管儿子，不管孙子。她说，管孙子是儿子的事。儿子不在，儿媳妇说了算。这也是古世才家的一怪。有时，古世才，或是秀姑申斥打骂根儿，奶奶心疼得坐不住，直落泪，可是她也不去干涉。实在忍不住了，她就悄悄地走到天井里，一个人偷偷地流泪。经历不同，想法也不一样。她在做闺女的时候，是个小姐；嫁到古家以后，受了半辈子穷，如今又成了这个殷实人家受人尊敬的老祖母。人生的沉浮，她经历得多了，对于一些老规矩，看得就不那么重了。关于奶奶对待儿孙的这种态度，庄里的人看法不一。老年人大多不赞成，而年轻人却说老奶奶开通，因为他们深知奶奶和姥姥们溺爱他们的第三代对于做爹娘的教育他们的儿女是多么大的障碍。

　　奶奶伤心地看着儿媳妇，那意思好像说："根儿他娘，你就看着办吧！"浑浊的泪水从她红肿的眼睛里涌出来，沿着她脸上的那些纵横交错的、深深的，水网般弯弯曲曲的皱纹流下来。

　　秀姑强忍着眼泪，痛苦地想："这不是明目张胆地绑票儿嘛！"她始终想不明白，都鸿勋是怎样知道根儿回来了，是谁在这短短几个时辰里把消息报告给40里外的都鸿勋的。

　　客人们故作亲近，一再说他们不在古家吃饭。秀姑也违心地笑着说一些迎合他们的客气话。其实她和奶奶本来就无意留他们吃饭。

　　根儿完全不理解他奶奶和他娘此刻的心情，恨不得一步就跨到浑河镇，见到他爹和叔叔，拿到"张口等"或是"扒眼儿望"牌儿的小手枪。他狼吞虎咽地吃了一个大地瓜，就催着都本初和黄鲲动身。

　　黄鲲和都本初带上秀姑匆忙给根儿准备的几件替换和御寒的衣裳，急忙领着他离开了古世才家。奶奶和秀姑把他们送到村北的小石桥头。虽然根儿只是到40里外的浑河镇去找他爹和叔叔，而秀姑却觉得儿子好像是要去天涯海角，到一个他的生命和安全会遇到威胁的地方，心中感到阵阵悲愤和凄凉。

　　客人和根儿高高兴兴地走远了，秀姑和奶奶还在那座小石桥上站了很久，一直到奶奶看不清根儿的影子了，她们才转身往回走。

"这是什么世道!" 秀姑愤怒地想,心中浮起一种愤怒无奈的感觉。

古世才家的男人们都走了,家里只有她们老少三代四个女人。

85

此刻世界上最得意的人也许就是黄鲲了。他之所以要急匆匆地带着根儿逃离古家庄,是担心秀姑反悔变卦,继续和他纠缠。他恨不得一步跨到浑河镇,把根儿交给都鸿勋,请功领赏。

黄鲲和都本初一离开古家庄就从他们的挎包里掏出了用一层层油纸包裹着的烧肉和火烧。一股子烧肉的诱人的香味儿冲向了肚子里只有一个地瓜的根儿,他的小鼻子被刺激得禁不住直吸气。黄鲲他们一再让他吃,他也很想尝尝烧肉是个什么味道。烧肉根儿见过。姥姥给人家看病,每逢年节,总有人给她送东西。送什么的都有。有送猪头的,有送烧鸡的,有送月饼的,有送茶食的,有送水果儿的,也有送烧肉的。但是他姥姥从来什么都不收。有一回,有一个人送来一只长着胡子的小山羊儿,根儿喜欢得不得了,可是姥姥也没有收下。今天根儿是头一回这么近地闻到烧肉馋人的香味儿,很想尝尝,但是他还是谢绝了。他想,自己刚刚和他们认识,怎么好意思吃人家这么贵重的东西呢。

刚走出古家庄,根儿就发现黄鲲走路有点儿"点",心想他一定走不快,会拖累他和都表哥。可是等上了大路他才发现,黄叔叔走路一点儿都不慢。他觉得奇怪。黄叔叔的右腿比左腿短一点儿,是个瘸子,为什么反而走得比好人快呢?他想若是他爹在场,一定会这样问他。后来他发现,黄叔叔的两条腿,走起路来不能像平常人那样平平稳稳地迈步,而是得让身子一上一下,一左一右地轻轻摇晃,因此他的两条腿替换得比平常人快,所以也就走得快。这让根儿觉得很新鲜。

从古家庄到浑河镇,中间要经过高家庄、吕家集、焦家庄子等好些个村庄,还要过一座柳河大桥呢。根儿从来没有走过这么远的路。从他记事儿的时候起,最远他就去过柳林庄。他去过三姨姥姥家,三姨姥姥家比柳林庄远,不过那不算数儿,那回他去给三姨姥姥家的二表叔结婚贺喜是骑着驴去的。

黄鲲他们出古家庄先奔西奔高家庄，然后再往西北，直奔吕家集。头十里路，根儿走得很快。他恨不得一步就跨到浑河镇。至于他这次去浑河镇对于全家有什么关系，奶奶和娘为什么不愿意让他去，他不仅不知道，连想也没有想过。他想的是到古家庄以外的地方去跑跑，能见到爹和叔叔，看看浑河和大海，而他最关心的是能弄到一把手枪。他不时跑跑跳跳，问长问短。有时还唱一唱陶老师教的"起来，不愿做奴隶的人们"、"三国战将勇，首提赵子龙"和"云儿飘，星儿摇摇"等等的歌儿。虽说他只穿了一件薄棉袄，也浑身都是汗津津的。不过，一过柳河大桥，他就觉得有点儿不大行了。其实，从古家庄到柳河大桥，只是路程的一小半儿。等他们走到离浑河镇还有三四里路的古庄的时候，他就走不动了。

"黄叔叔，浑河镇离这里还远吗？"根儿忍不住问道。

"快啦！"黄鲲笑笑说，知道他累了。

黄鲲一直在扒拉着他心里的小算盘儿，一遍遍地想象着自己可能因为抓到了根儿会得到的奖赏，说不出的高兴，至于根儿累不累，他并不关心。他从浑河镇动身的时候，都鸿勋向他交代过：最好是用"文"的一手儿把古世才的儿子骗来；实在不行了，就来"武"的，绑也得把孩子给他绑了来！但是尽量用文的一手儿。如今他就是用"文"的一手儿把古世才的儿子弄来了。半个多月前，他带人"请"走了古世才兄弟二人，如今又抓住了根儿，他觉得很得意，不免生出了对于自己前途的一点儿非分之想，想能够混上个营长干干。他和许多在偏僻乡野农家狭小的天井里长大、念过几天书，又没能念出个道道儿来的年轻人一样，虽然心胸狭窄，却自以为自己很豁达，此刻处在兴奋头儿上，更是如此。他甚至想："营长算什么？司令也是他娘的人当的！"然后就扯起嗓子，唱起了他天天都唱的那半支流行小曲儿：

　　　　现如今的人儿呀，
　　　　眼皮儿薄呀，
　　　　没有那个现钱，
　　　　你捞也捞不着，
　　　　俺的大妮儿呀。
　　　　…………

　　黄鲲和都本初的心里都没有根儿，而根儿却把他们当成是亲戚和长辈，一路上叔叔长，哥哥短地叫着他们。黄鲲渐渐地觉得根儿有点儿可怜。他想，古世才弟兄俩都是老实人，跟自己无仇无怨，而自己却把人家的独生儿子抓来给都鸿勋当人质，弄得人家老少不安，真是有点儿缺德。他这样想着，心里有点儿不是滋味。可是，转念一想，他又觉得心安理得了。"哼，如今就是这个熊年头儿！作恶的不是俺一个人，上指下派，俺能有什么法子！"他看着根儿无精打采的样子，就想到了前些日子扔下他和他爹，带着女儿回了娘家不肯回来的媳妇，那个郎呀妹呀的浪荡调调儿就唱不下去了。

　　"喂，本初，背上他！"黄鲲指指根儿对都本初说。

　　"你说什么?!"都本初朝着黄鲲瞪起了眼睛。他觉得自己虽说职务不高，可好赖也是都鸿勋的本家和副官，黄鲲给他下这样的命令是当着根儿的面儿羞辱他，很想顶撞他几句，可是想到他的官儿比自己大，而且他走过黑道儿，心狠手黑，枪法好，怕以后吃他的亏，也就忍了。好在根儿并没让他背，也算给他保住了面子。

　　有一件事让根儿觉得奇怪。他发现黄叔叔一路上又说又唱，而都表哥却是不说也不唱。黄叔叔对都表哥说话的时候就叫他的名字，而都表哥和黄叔叔说话的时候却叫黄叔叔连长，刚才黄叔叔还要都表哥背他。他想，这都是因为黄叔叔官儿大。官儿大的人就能训人，而官儿小的人就得挨训。虽然黄叔叔答应给他弄枪，可是他还是喜欢都表哥。他觉得黄叔叔霸道，都表哥老实，他有点儿可怜。

　　日头儿平西的时候，黄鲲一行赶到了浑河镇。

　　根儿从老远的地方就看见了浑河镇西边的那条从南往北流着的大河。它不像柳河，没有高高的河堤，但是比柳河大得多，像一条宽宽窄窄的带子，黄黄的河水在落日的余晖下闪着粼光，无声地流着。数不清的光点儿在河面上不停地跳动。黄鲲告诉根儿说，那就是浑河。他说浑河通北海。

北海离浑河镇不远。大海涨潮的时候，海水就会漾到浑河里；大海落潮的时候，浑河的水又会退回到大海。这里的河水是咸的，里边生长着蛤蜊呀，蛏子呀，和各种各样的鱼类。

根儿心情激动。他从来没见过这么大的河。

"这叫什么河？"根儿指着他们面前的一条不太宽、从东往西流，流进浑河的一条清水河问道。眼前的景象使他忘记了疲劳。

"这条河叫鲤鱼河。"都本初抢先说道。

"为什么鲤鱼河里的水是清的，而浑河里的水是浑的呢？"

都本初生长在浑河镇，从小儿就在河边转悠，可是他从来没有想过为什么鲤鱼河的水是清的，而浑河里的水是浑的，无法回答根儿的问话。不过他不愿意在一个孩子面前丢了面子，就硬着头皮胡诌道："浑河嘛，河水当然是浑的喽，要不怎么叫浑河呢？鲤鱼河呢……你没见鲤鱼都是青青的吗？鲤鱼河里的水当然也就是清的了。"

根儿想了想，觉得都表哥关于浑河的回答有道理，而他关于鲤鱼河的回答就没有道理，鲤鱼不可能把那么多的河水都染清，都表哥是在逗着他玩儿呢，便也想逗弄一下儿都表哥，就说道："表哥，那鲶鱼住的河里的水就该是粘的了吧？"

"这……"都本初不敢再信口胡说。

"哈哈哈哈……"黄鲲忍不住大笑起来。

根儿知道黄叔叔是在笑都表哥。

"河里有鱼吗？"根儿问道。

"多得很哪！伸手就能捉到！"黄鲲朝都本初挤挤眼睛说。

"有蟹子吗？"

"有。"黄鲲随口答道。不过他有点儿心不在焉了。

根儿指指鲤鱼河对面那座青灰色的，庞大的，阴森的庙宇问道："那是什么庙啊？"

黄鲲心信口胡诌说："庙里边住着两条大蟒，一公一母儿，都有几丈长，梢口一般粗，每当夜深人静的时候，它们就从庙里的那座钟鼓楼上的黑洞洞的大窗口里钻出来，尾巴缠在钟鼓楼上，探过身子，把嘴扎进鲤鱼河里，嗯噜嗯噜地喝水。"黄鲲说得很神秘。根儿听了，觉得头皮发麻。这样的故事，他在对门老奶奶家听过很多。

"是真的吗?"根儿低声问道。他想,它们把嘴扎到鲤鱼河里,吱吱地叫着,连一群一群的鲤鱼都喝进了嘴里,多吓人呀!

没有人回答他的问题。他发现都表哥和黄叔叔忽然紧张起来。

根儿随着都本初和黄鲲的目光,发现鲤鱼河上面的那座大石桥上,站着几个正在脱衣裳的大男人,有的已经脱光,光着身子站在石桥上,有的只脱了上衣,正在脱下衣。那两个已经脱得浑身一丝不挂的男人,正在咧着大嘴说笑,叽里咕噜地说着什么话,他黑乎乎的蛋子,吊在小肚子下面,根儿看了替他们害羞,感到奇怪,便问道:"叔叔,他们是什么人?说的是哪乡的话?大冬天的,他们光着腚不怕冷吗?当着桥上来来往往的人,郎当着个蛋子,不害羞吗?"

黄鲲伸手拉上根儿,悄声对他说:"那是日本人!你就别问了,快走吧!"说着,走上石桥,急匆匆地从几个日本人的身边走过。

根儿常常听他爹骂日本人。今天他是第一次面对面地见到日本人。"这就是日本鬼子呀。"他想,"他们跟中国人长得一模一样儿。可是他们为什么这样不要脸呢?天这样冷,洗的什么澡啊!"根儿一边走,一边侧着身子,回头斜视着那些日本人。

不一会儿,黄鲲他们来到了浑河镇的东门。根儿抬头一看,面前的土城墙,比他家天井里的那棵老槐树还高,上面到处稀稀拉拉地长着一些小榆树儿,小松树儿,青苔,杂草。后来他听说,这道城墙是反长毛儿(指镇压太平天国)的时候由都鸿勋的一个老爷爷领着头儿修的。

根儿他们进的是浑河镇的东门。这里已经没有城门。所谓东门实际上只是一个足有几丈宽的大豁子。根儿在东门口又看见了日本兵。他们正在督催着一帮堵在城门口的中国兵,挨个儿地检查进出城的人。

87

根儿被领进治安队枪械修配所院子的时候,天色已经黑下来了。根儿发现,在修配所的大门外,站着一个兵,怀里抱着一杆长枪。

肚子里没有饭,又经过长途跋涉,根儿觉得疲倦极了,步子都迈不开了。他糊里糊涂地随着黄鲲和都本初走进修配所的大门。天井里黑洞洞的，朦胧中感觉北面是一栋高大的瓦房，房门大开着，黯淡的灯光从门和窗户透出来，里面没有动静儿，好像也没有人，他感到从没有过的孤独和凄凉，他想娘，想奶奶和婶婶，想家，恨不得立刻回到家里，躺在炕上睡上一觉儿。

突然，从对面的屋子里传出低低的一声咳嗽。那声音是沙哑的，呲呲啦啦的。根儿听得出，那是他爹的声音。他爹有咳嗽病，据说是因为他小的时候挨饿留下的，叫"饿痨"，饿了的时候就这样咳嗽，厉害的时候还会昏倒。根儿不知道"饿痨"是什么病，也不知道有没有这种病，但是他知道发出咳嗽声的人是他爹。这时，有人从昏暗的屋子里走出来。根儿从他的轮廓和动作就断定那是他爹！他很想扑过去，可是他腿脚儿沉重，使不上劲，无力奔跑，也不能大声喊叫。从没有过的困倦和疲劳，使得他连说话的气力都没有了。

"古师傅！您看谁来啦？"黄鲲看出站在对面的是古世才，心怀恶念，挑衅性地说道。他觉得前两次他没逮着根儿是古世才要了他，而他终于逮住了根儿，算是报复了古世才，感到很得意，很想看看古世才的狼狈相儿。

刚刚从明处走进黑暗的古世才，没有看清楚站在对面的黑暗里的都是谁，听黄鲲这样一说，心里一惊，知道家里发生了大事，黄鲲他们把根儿弄到这里来了，感到事情非常严重，意识到逃走更加艰难了。"他们是怎样发现根儿住在柳林庄的呢？"但是他明白，现在他必须控制住自己的感情，装出高兴的样子，对他们表示感谢，便高声说道："啊呀，太好啦！你们想得真周到，俺也正要请个假回去领他呢。谢谢，谢谢！快到屋里歇歇吧！"

根儿随着黄鲲和都本初走进屋里。

在朦胧的灯光下，根儿感到屋子很大，里面没有隔断，屋子中间偏西一点儿放着一张大桌子，桌子上立着一盏洋油灯。灯头儿很大，冒着浓浓的黑烟，轻轻摇动。桌子的周围有几把椅子。大桌子的东边一点儿放着一张地桌，地桌儿上好像摆着一些碗筷，他知道他爹和叔叔刚吃过晚饭，还没有来得及收拾。屋子深处灯光照不到，看不大清楚。

古世才把都本初和黄鲲让到大桌子周围坐下。他和弟弟坐在地桌周围的马扎儿上。

　　根儿又困又累又饿，昏昏沉沉，呆呆地靠在屋门口。他原本以为他爹和叔叔看见他会很欢喜，可是他们连看都没有看他一眼，心里感到委屈，很想哭，手枪的事也不能让他高兴起来。

　　"古师傅，俺们进城，路过府上，小少爷要来玩玩儿，俺就把他领来了，让他在这里住些日子，给你们二位做个伴儿！要是小少爷愿意长住在这里，俺可以把他送进这里的学校去念书。"黄鲲嘻嘻哈哈地说道。他心里却在得意地想："看是你能还是俺能！你儿子到底也没逃出俺的手心儿！"

　　根儿听黄鲲这样说，心里感到纳闷儿。他记得黄叔叔他们对娘和奶奶不是这样说的。他说是他爹叫他来的。他又想到大人爱说假话的事。他不明白他们为什么要说假话。

　　古世才知道根儿将长时间地作为人质被扣留在这里，内心充满愤怒，但是他仍然满面笑容地说："好，很好。不过上学的事得等来年开学了。真是太感谢二位了！"

　　"不客气！"黄鲲和都本初都得意地笑着齐声说。

　　古世才送走了黄鲲和都本初，回到屋里。

　　"土匪！"古世才骂道。

　　"这些坏蛋！"古世友愤慨地说。

　　根儿从来没见他爹和叔叔发过这么大的火儿。他一直呆呆地在屋门的跟前儿站着，感到两条腿都麻木了。他不明白，他来看看爹和叔叔有什么不好，为什么娘和奶奶不让他来，爹和叔叔也不欢迎他来。他困了，困极了，眼前的东西模糊起来，觉得好像有点儿站不住了。

　　古世才的注意终于转移到儿子身上，看着可怜巴巴的根儿感到心疼。"一个不满 8 岁的孩子，跟着两个大人，一气儿赶了 40 里路，累坏了！"他这样想着，就赶忙招呼道："根儿，过来。"

　　根儿缓慢地蹭到古世才跟前儿。古世才仔细端详着根儿，从头看到脚，又从脚看到头，可能是由于多日不见了，他觉得儿子好像长了。

　　"累了吧？"古世友满面笑容，把根儿拉到自己跟前。

　　"不累。"根儿回答得很利索，有了一点儿精神。可是，他的两条腿却不听使唤，他不由自主地扑进叔叔的怀里。古世友明白，孩子是累过劲儿了，就让他骑在自己的腿上。

"叔叔，俺来了你们不高兴吧？"

"怎么会呢？高兴，太高兴啦！"古世友笑着说道。

"奶奶好吗？"古世友问道。

"好，"根儿说，"婶婶也好。"

古世才弟兄俩都笑了。

"你是怎么来的？"古世才笑着问道。

"是都表哥和黄叔叔领着俺来的。他们说，爹和叔叔想俺啦。"

"你是吃过晌午饭来的吗？"

"前半晌儿吃了一个生地瓜，临来的时候又吃出一个熟地瓜。"

"可了不得啦！把孩子饿坏了！"古世友着急地说。

古世才赶紧拿来了点心。

"那咱们什么时候回家呀？"根儿边吃边说。这时，想家的心情占据了他整个儿的心胸，不再惦记着手枪的事了。

"怎么刚刚进门，就要回家呀？这里不是挺好吗？"

"好是好，可是俺想奶奶，想娘，想婶婶和姐姐呀！"

古世友心想："傻小子，你回不去了！"

古世才看着叔侄俩亲热地斗法，也在想着在根儿被弄来以后，一家该怎样脱身。一个新的想法儿浮上他的心头："将计就计！利用这件事，麻痹都鸿勋，让他放松对自己的监控。"他这样想着，就对根儿说道："你来得正好。我和你叔叔都很忙。你在这里，一边念书，一边帮着俺们打饭，行不行？"

"行！"根儿高声地答应说。

"明年一开学就送你到这里的学校去念书。"古世才说。

"俺明天就去！"根儿说。

"过些日子就放寒假了。"古世友说。

"那俺也要去。"根儿坚持说。"俺先去看看，报个名！"

"好！那明天我就送你到学校去看看，给你报个名！"儿子这样喜欢念书，让古世才感到高兴。陶老师说过：孩子学习好不好，主要是看他自己想不想学。奶奶也这样说过。儿子时刻想着学习，可见他是会学习好的。

88

根儿洗过脸，吃过饭，两条腿就不那么木了，精神也清爽了，屋子里好像也不那么暗了。这时，他才注意到，他和叔叔都坐在地上，爹和叔叔干活儿的这个地方儿，空空荡荡。这个屋子比自己家的屋子高大得多，原本也是三个房间，现在中间的两个间壁墙都拆掉了，成了一间大屋子。屋里没有炕，南墙的东西两侧各有一个大窗，上面都糊着封窗纸。和南面的两个大窗相对应的北墙的高处，各有一个约有一尺见方儿的小窗户，上面也糊着封窗纸。屋子的顶棚拆掉了，房梁和檩条，都露在外面，像人的肋巴骨，挺难看。西边的南窗下，排着两个黑乎乎的大家伙，根儿不知道那是什么东西。他有些失望地想："原来'工厂'就是这个样子呀。"他觉得自己一点儿都不喜欢这个地方儿。

"叔叔，晚上咱们在哪里困觉呀？"

"在地铺上睡呀。"他叔叔抚摸着他的头，说道。

"地铺在哪里？"

"咱们这不就是坐在地铺上吗？"

根儿翻了翻他坐的地方儿，发现"地铺"是用秫秸、谷草和炕席做成的。先在地上铺上一层秫秸，在秫秸上面铺上一层谷草，再在谷草上面放上席子，地铺就成了。他不喜欢"地铺"，便不屑说道："地铺有什么好啊？"

古世友笑着说："在地铺上可以翻跟头打把式呀。"

根儿说："俺不喜欢。为什么不盘一面炕呢？"

古世友无心回答根儿的问话。黄鲲许诺他们办的事，大多没办，木床没送来，汽灯没给安装。他想这不是黄鲲个人没有尽职尽责，而是都鸿勋的主意。都鸿勋在等着他们对他表示顺从，效力，投靠他。

有人进来了。还是黄鲲。他对古世友说："古师傅，修一下这把枪。"

古世友指指他哥哥说："给他吧，俺不会修。"

"急等着用。"黄鲲说，把枪递给他古世才。

古世才把枪接到手，说道："得等明天了，晚上看不清楚。"

　　怠工是眼下古世才对付都鸿勋唯一的办法儿。

　　黄鲲装出大人物的架势，背着手，围着那张大桌子晃悠。他映在墙上的模糊的身影，不断变幻着位置和大小。黄鲲兼管枪械修配所，实际上他的任务就是监视古世才兄弟二人。他天天到这里来，一天不知道要来几次。孙孝武等4个年轻人来到这里后他还是不放心。

　　"古师傅，咱们工厂的设备快到了。"黄鲲说，像是向古世才报喜。

　　古世才笑着点点头儿，没有说话。这对他并不是喜讯。他一想到自己将不得不给敌人制造枪炮弹药，心情就特别沉重。他不明白，黄鲲为什么会把开办日本鬼子汉奸的兵工厂当成喜事，他心里是怎么想的。他觉得黄鲲大概从来都没有想过他是哪国人，在为哪国出力，不知道卖国是最大的罪恶和耻辱，他关心的只是他本人和他的家庭能捞到什么好处。面对黄鲲和都鸿勋这一伙子美丑不辨、香臭不分的汉奸卖国贼，古世才常常会想起霍先生十多年前在一个下大雪的夜晚对他说过的一段话，他说，强国总想叫弱国的百姓贱视自己民族的历史、语言、文字、风俗和习惯，忘记自己的国家和民族，诱使甚至强迫他们崇拜强国的历史、语言、文字、风俗和习惯，因为只有这样，才会使他们成为强国死心塌地的奴才。这样的事情正在中国发生，有些中国优秀分子藐视自己的民族和文化，以西方的尺度衡量和否定中国，连中国神圣的文字也在他们否定之列。有人断然发出了"汉字不灭，中国必亡！"的荒唐的论断，有人发泄他对于祖宗遗物的无知和仇视，说"中国文字的起源是极野蛮，形状是极奇异，认识是极不便，应用是极不经济，真是又笨又粗，牛鬼蛇神的文字，真是天下第一不方便的器具。"民族精英如此，怎么能让芸芸众生尊敬自己的祖先和文化，出路只有一条，全盘西化。古世才心想："霍先生啊，您老人家说得太对啦！如今瞧不起自己的正是许多中国人最大的毛病，有些人甘愿为洋奴，而且不以为耻，反以为荣。"

　　古世才认为黄鲲就是霍先生说的这种死心塌地给日本鬼子当奴才的人！他的心里从来都没有过中国和中华民族这样一些神圣的事物，从来都没有想过要去分清哪是自己，哪是敌人；哪是人，哪是鬼；哪是天堂，哪是地狱。在他看来，都鸿勋每月给他几块银元，他能够靠着自己身上的那身"虎皮"到处混吃混喝，他家的饭桌儿上常常有鱼有肉，那就是他的天堂了。至于谁被打死了，谁又骂他了，中国啦，日本啦，他可能根本就没想过这和他有什么关系。他连当汉奸丢人都不知道！相反，他还为自己能号令一伙子人，是本镇的一个人物，而感到得意和骄傲。他想不通，他那个念过几年书的媳妇为什么嫌他给她丢脸，嚷嚷着要和他打八刀（离婚），抱上孩子回了河西娘家。他骂他媳妇是个贱种，说人生一世为了吃穿，不当汉奸哪能有好吃好喝好穿？！每当他得意忘形，对他媳妇大发谬论的时候，他爹就忍不住凶狠地嚷他一嗓子："你他娘的就别瞎喳喳啦！你的书算是白念啦，你赶不上你媳妇！"

机械修配所西院儿寡居的江大娘说，黄鲲他娘死得早，他是他爹一手拉扯大的。他爹可怜他没有娘，在他小的时候，在吃穿用方面都尽量纵着他。到了他念书的时候，还送他进了学堂，念了几年书。而当他发觉他好吃懒做，不肯念书，爱和镇上的几个小流球一起鬼混，终于被学校开除，再想约束他的时候已经晚了。这件事让黄老汉悔恨不已。江大娘说，黄鲲也有值得称道的地方儿，他孝顺。不管他爹打他骂他，他都不回嘴。除开当汉奸这件事儿以外，他什么都听他爹的。有了好吃的都是先孝敬他爹。有些求黄鲲办事的人，也都是先去找他爹求情儿。事情办成了，事主也说黄鲲几句好话，他爹听了，总是羞愧地皱起眉头，摆摆手，摇摇头，叹口气，一句话都不说。事主送给他的礼物，他从来不收。乡亲们理解黄老汉的为人和心情，从不在他面前谈论有关日本人和汉奸一类的话题。在家里，老汉也不和黄鲲说什么。爷儿俩，一天到晚说不上几句话。

黄鲲的父亲叫黄文欢，祖籍安徽，传说他的先人有过功名，在大清乾隆年间做过职位不高的京官，后来官运不佳，弃官从商，就来到了这里，留下这样一支子人。黄老汉没读过书，从小务农，耕种祖上留下的几亩土地。他为人忠厚，不善交际，黄鲲当了汉奸，他觉得自己脸上无光，就更不主动跟亲友和邻居们来往了。儿大不由爷，他管不了儿子。老汉多次劝说儿子，对他说，人过留名，雁过留声，人生一世不能做对不起祖宗的事。可是老人的这些话黄鲲根本就听不进去。他当面诺诺连声，背后却拍拍胸脯儿对人说："还留什么名呀，俺现在就有名！俺是都大爷手下的特务连长，在浑河镇的地位仅次于都大爷！"

古世才听人说，为人孝顺的最高标准是给父母增光添彩，光宗耀祖。他想到黄老汉的不幸，想到面前的这个不知羞耻的黄鲲和他给他老爹造成的痛苦，深感教育孩子的重要，不由地长叹一声。

"古师傅，您不舒服吗？"黄鲲问道。

"不，"古世才赶忙搪塞说，"我在琢磨怎么修理你的这支枪呢。这支枪是德国造，咱们这里没有这样的零件儿，眼下也没有加工这种零件儿的设备和材料，能不能修好，恐怕还难说。"

"尽量修吧，"黄鲲说，"俺明天再来。"他说着，就走出了屋子。穿过天井，走到大门口，又回头说："明天俺派人来给你们安装汽灯。"这是他第三次说这种话。

"叫你费心了！"古世才站在堂屋门前说。

古世才和古世友把黄鲲送到大门外。

天井里漆黑，但是天上的星星又多又亮，浑河的流水声隐约可闻。根儿站在他爹和叔叔身边，朝大门外张望，见大门外还有一个兵，木桩一样地站在那里。"白天一个兵，下黑两个兵。"根儿心里这样想着，觉得很奇怪。在回到屋里后，回首指指哨兵说："叔叔，天这么黑啦，那两个兵怎么还不回去困觉啊？"

古世友听了笑着说道："他们是哨兵啊。"

"哨兵是干什么的？"

"哨兵是站岗的。"

"啥叫站岗？"

"站岗就是放哨啊。"

"啥叫放哨？为什么要放哨？"

古世友想了想，难为情地摇摇头，笑着说道："放哨就是站岗，是保护……什么人，或是保护什么东西。"

"那他们保护啥呀？"

"保护……"古世友想了想说："保护工厂。"

根儿没有再问下去，心想："这叫啥破工厂呀，有什么好保护的！"

根儿熄灯后立刻沉沉睡去。他太累太困了。

89

秀姑在根儿被黄鲲等人掳走之后，后悔得一个人在房间里偷偷地哭了好一阵子，直到她想到和她一样伤心的奶奶，担心老人想不开，憋闷出毛病来，才忍住悲愤，强打精神，回过头来劝说奶奶，说请老人放心，过两天她就去赶一次浑河镇集，亲自去看看根儿在那里过得怎么样，顺便把根儿领会来。奶奶点点头儿，什么也没说。秀姑知道奶奶什么都明白，根儿是被当作人质弄到浑河镇去的，他一时半会儿是回不来的，老人点头儿表示同意她的说辞是在宽慰她呀。

对于根儿被都鸿勋掳走这件事，胡大珂久久不能原谅自己，真所谓智者千虑，必有一失。老娘突然不幸遇难，使他痛苦不堪，精神恍惚，一时糊涂，未及思考，只想着实行老娘临终的嘱咐，就糊里糊涂地把根儿送回了古家庄。送走了秀姑娘儿俩的当夜他就发觉自己错了，第二天就赶到古家庄去领根儿，而根儿已经被黄鲲和都本初他们领走了！

秀姑惦念着根儿，担心他在浑河镇受委屈，在根儿被掳走后的第三天就去了一趟浑河镇。由于古世才和秀姑是夫妻见面，都鸿勋认为老娘们见了自己的男人，没有什么大事好说，无非是说些家长里短的闲事儿，亲亲爱爱一番，而又碍于亲戚关系，没好意思派人监听他们的会面和交谈，秀姑就趁着这个机会向古世才述说了家里的情况。她说根儿他舅舅正在转移变卖粮食，两家的牲口已经牵到柳林庄喂养，他正在给他们一家办理外逃时要用的证件，选择他们外逃的路线。秀姑还说，根儿他舅舅说，都鸿勋把根儿弄到浑河镇是坏事，增加了外逃的难度，可是也可以将计就计，让根儿在浑河镇念书，拉出一个长期给他干事的架势，麻痹他。她还说，根儿他舅舅说，对咱们一家逃走最要紧的事是你能够在浑河镇和古家庄之间来去自由，让都鸿勋相信你不会逃走。他舅舅说让俺常常托人给你谎报军情说奶奶生病，迫使他放你回家探望，次数儿多了，就有机会逃跑了。根儿他舅还说，外逃的节骨眼儿有两个，一个是奶奶的生日，你是个有名的大孝子，奶奶的生日年年过，逢五逢十大庆。你是长子，都鸿勋不好意思不放你回家主持奶奶的寿诞。根儿是奶奶唯一的孙子，都鸿勋有可能放他回家给奶奶过拜寿。奶奶今年59，就说她今年60岁，这会儿就开始张罗着给老人过60大寿。另一个外逃的节骨眼儿就是新年。过年是一家团聚的节日。都鸿勋大讲亲戚关系，碍于习惯和儿女亲家这层关系，到时候他不大可能明目张胆地把他们爷儿仨扣在浑河镇，不让他们回古家庄祭祖和陪奶奶过年，等等。

古世才听着秀姑的述说，深受感动，在自己大难临头的这个节骨眼上，胡大珂不怕受牵连，替自己一家想得这样周到，实在难得。胡大珂的桩桩提醒都让他心里开窍，觉得他和大舅哥的距离忽然拉近。古世才和胡大珂是在俄罗斯时的老朋友，后来又是至亲，但是他们的经历不同，彼此并不真正了解。根儿他姥爷去世早，胡大珂从11岁就是一家之主。他熟悉农活儿，熟悉农村，熟悉农民，交游广泛，多才多艺。而古世才只在十来岁的时候给孙春杨家当过小帮工，并不熟悉农活，不是真正的农民，不知道农活里面的奥妙，也不看重农活，只在个别农活上有点儿心得，他从俄罗斯回国后，也是一边种地，一边耍手艺，仍然算不上是个正经的农民，还是不理解农民，因而并不看重自己的这个大舅哥。他和胡大珂的性情也不一样。他从小学徒，后来在国外做工，一直和工人在一起，说话做事，喜欢直来直去，并不喜欢胡大珂那种常常浮动在眉宇之间的诡秘的笑容，和他爱调和，有些狡猾，让人捉摸不透的做派。过去他和秀姑对胡大珂的看法很不一样。秀姑认为她哥哥豪爽侠义，文武双全，刚强正直，多才多艺，聪明能干，十全十美。而古世才却并不这样看重胡大珂。现在，胡大珂不顾一家的安危，挺身而出，帮助他一家出逃，让他看到了胡大珂重亲情、讲义气、刚强、果敢的一面，感到胡大珂在这样的事情上，办法儿比自己多，对他开始另眼相看。

不久学校就要放寒假了，古世才为了给都鸿勋一个他要留在浑河镇工作的错觉，还是在根儿到达浑河镇的第二天一早就派弟弟去给根儿到学校里报了名，买了书、书包儿和文具，把他送去上学。

90

都鸿勋得知根儿进了学校非常高兴，认为古世才的态度有了变化，是有意留在浑河镇给他工作，认为这是他安抚他们的措施发生了作用。不过他仍然不敢粗心大意，关照黄鲲继续派人暗地里严密监视古世才兄弟二人和根儿的活动。

黄鲲对古世才说，根儿初来乍到，年纪小，不熟悉这里的环境，怕他走失，也怕有人欺生，欺负他，派孙孝武形影不离地陪伴他。根儿就这样在孙孝武的保护下上下学。

古世才和古世友的一日三餐，最初由军需处勤务兵按时送，后来由徒弟们轮流到军需处大伙房去打。古世才说，不再麻烦军需处的勤务兵和徒弟们，就由根儿去打饭，让他锻炼锻炼，黄鲲没有请示都鸿勋就同意了他的这个要求。

根儿断断续续总共念了一两个月的书，可是他已经念过三个学校。在这三个学校里，他最喜欢的是古家庄小学校，因为那里有他喜欢的陶老师。浑河镇小学他也喜欢。她比古家庄小学和柳林庄小学都大。浑河镇这里有山有水，有树林，比古家庄和柳林庄都更好玩儿。他到这里不几天就在孙孝武的陪同下跑遍了整个儿的浑河镇。古世才有意让根儿到处走走，熟悉浑河镇的环境，为出逃做准备，而他让根儿给他和弟弟打饭，是要培养他起早、负责、守时和爱劳动的习惯，使他中午和晚上放学后都能按时赶回到枪械修配所，减少他在外面遭遇意外的可能。还有一点，也很重要，就是通过他了解镇上的动静儿。根儿每次从外面回来，他都问他在外面的见闻。根儿因此也开始关心周围的人和事，天天放学回来，都主动对他爹和叔叔报告他的见闻。

打饭是一件小事儿，但是对于一个不满 8 岁的孩子，也并非无足轻重。根儿每天都得起早，按时做好准备，把饭打回来，匆匆吃过，赶去上学。中午一放学他就得往回赶，赶到厨房去打饭。晚上也是这样。根儿做事认真，每天都做得挺好。古世才感到很高兴，他相信儿子会有出息。

今天是个晴天。根儿天不亮就起床，太阳刚冒红他就走出枪械修配所，一只手提着黑灰色的陶制的沉重的双耳小粥罐儿，另一只胳膊上拐着一个崭新的元宝形儿的白色柳编大筤子，顺着修配所门前的小胡同儿，一直朝南，奔军需处。

从莱州湾吹来的冰冷的西北风几乎天天不断，一霎时根儿就感觉浑身冰凉。一连几天都没有出过太阳。今天虽说是个大晴天，日头儿高悬，但刮的还是西北风，依然很冷。根儿是突然被弄到浑河镇来的。因为走得仓促，也因为他娘是在愤怒、忧虑、匆忙和慌乱中送他上路的，没有给他带够御寒的衣裳。他在薄棉衣外面套的是他叔叔的黑夹袄。夹袄的袖子过长，穿起来好像戏装上的那种水袖。夹袄的下摆也过长，垂过膝盖，像是肥大的夹袍儿。

　　根儿快步走到小胡同的南口儿，像往日那样，小心翼翼地转脸朝东面望望。那里是一块方方正正的平整的空地，约有两三亩地那么大，是镇中心地带唯一的一块整修得寸草不长的空地，听说那原本是都姓祠堂的地产，是都氏族人每年祭祖时聚会的地方。空地的后面就是坐北朝南的都家祠堂。祠堂的后面是一条东西向的大道，大道的对面就是日本鬼子的驻地。三年前，日本人占领本镇，为了他们自己进出本镇上下车方便，也为了便于监视来往的行人，就把长途汽车站从浑河镇的桥头改到了这个地方。此刻，那里正停着两辆土黄色的日本造的破旧的大客车，车身的好多地方漆皮都已脱落，露出了里面红褐色的铁皮胎子，有的地方已经锈迹斑斑。车是用木炭做燃料的。每辆车后都背着一个有三四尺高的红褐色的圆桶形的大铁炉子。炉子的顶部，不停地往外渗着黑白混杂的烟气。烟气在晨风中轻轻地漾动，忽白忽黑，忽浓忽淡，忽东忽西，摇摇摆摆，袅袅娜娜，逍遥自在地升到天空，越来越淡，最后就消散得无影无踪了。

　　两辆汽车都发动起来了。它们发出来的响动儿，就像垂危的大牲口发出来的那种凄凉、急促的喘息声，让人听了感到难受。两辆客车的型号儿、规格一样，破旧程度也差不多，都是只在前头的右侧开有一个狭窄的、已经变了形的破门，马达一响，全身哆嗦，像是正在发高烧的疟疾病人。根儿看着面前的破汽车，想到他爹常常爱说的一句话：东洋人做出来的玩意儿中看不中用，不如西方人作的结实。根儿回到枪械修配所对他爹和叔叔描述过这些汽车破旧寒酸的样子，他爹和叔叔听了都很高兴。他爹说："这就快了！"叔叔连连点头儿，表示同意。根儿不明白，他爹和叔叔为什么喜欢破汽车，他爹说"这就快了"是什么意思。他问过他爹和叔叔，他们只笑不答。

　　几个排在队列前面的男女乘客，不声不响地钻进汽车。虽然许多人有"车前船后"的乘车经验，都愿意坐到前排，可是为了离日本兵远一点儿，他们还是悄悄地坐到了最后的那排座位上。正在上车的男女乘客从车门口那里开始往后面排下去，成蛇一样的队形，向前蠕动。没有人说话，也没有人加楔儿，就连交头接耳的都没有。他们就好像是都站在月黑深夜寒冷的旷野里，谁也看不见谁似地。

　　日本人占领浑河镇以前，长途汽车站设在浑河大桥桥头"玉山饭店"前面的空地上。那曾经是个非常热闹的地方。吃饭的，喝酒的，送人的，接人的，哭哭啼啼的，欢欢喜喜的，什么样儿的都有，就是你推我搡、互相争吵、叫骂撕打的场面也并不少见。然而眼下那样的场面是看不见了，少惹是非，以避免遭受意外的侵害是人们现在第一件要注意的事情。队列里有各种各样的面容，只是看不见谁的神态是自然的，更看不见谁的脸上有笑容。有几个庄户人模样的人，满脸惊恐，好像在不远的什么地方有一条大毒蛇，正在凶恶地吐着血红的信子，瞪着阴险的小眼睛，死盯着他们，随时都会窜过来，把他们咬死似地。也有的人神色黯淡，莫测高深。人们梦游般地默默地随着人群朝前移动。他们的视线好像都投向车门，而实际上又都随时用眼睛的余光警惕地侧视着站在车门旁边的那些日本兵。他们都端上了闪光的刺刀的三八步枪，头戴黄色布料儿制成的战斗帽儿。帽子的两侧和后面，在脖梗子的周围，拖着多半圈儿近一尺长的黄绿色的布片儿，那布片儿一直齐到脖子根儿上，样子很像我国北方有些地方的人家儿在冬天给穿开裆裤的幼儿下身儿扎着的那种用来挡风防寒的、人们叫作“屁帘儿”的东西。两个日本兵不时凶巴巴地吼叫那么一两声，咕噜那么几句，谁也不知道他们是什么意思。平时这里只有一个日本兵，今天一大早就放上了两个，看来他们又得到了什么让他们感到不安的消息。

几个衣衫褴褛的半大男孩子在停车场上的人群旁边走来走去。有的臂上挎着竹编的或是柳编的篮子或是篼子，上面蒙着看来已经洗过许多水，却始终没洗干净，现在变成灰白色的白布。有的双手端着柳编的小笸箩儿，那上面也蒙着同样的不白的白布。他们都是在车站上兜售五香花生米、煮鸡蛋、热火烧、肉包子等等食品的小贩儿。根儿认出了枪械修配所西院儿寡居的江大娘的独生儿子小顺子。他比根儿大 3 岁，在念小学二年级，早起在车站做点小生意，挣几个小钱儿自己花。

根儿和小顺子虽然住在同一个院子里，又在同一个学校里念书，头几天小顺子也曾常常来找根儿玩耍，一起上学，可是根儿并没有和他成为好朋友，他爹和他叔叔也没有鼓励和劝说他和小顺子做朋友。根儿一点儿都不喜欢小顺子。他说不清这是为什么，可能就是因为他不喜欢小顺子的那个下贱样儿吧。小顺子的长相儿也真怪，根儿从没见过他这样的人。他的眉毛就好像是什么人用毛笔在他两个眼角儿的外上方顿了那么两顿，留下了指头肚儿那么大的两片儿没有什么长度、宽度和角度的黑毛毛儿，谁看了都会发笑。而且小顺子好像几乎没有屁股，两条腿细细的，走起路来一扭一扭，像个举止不稳重的女人。他在听人说话的时候，总是向上耸着两个尖削的肩头，向前探着身子，脸上露出讨好儿的笑容，两只离得挺近的小圆眼睛直勾勾地盯着对方儿，像那种驯熟了的小麻雀儿在期待着主人给他一点儿施舍时抖动着翅膀的那个样子。从表面上看，小顺子好像没有自己的主意，总是俯就别人的意思。可是后来古全和发现，什么事儿他都心中有数儿。江大娘让小顺子上学念书，是想让他长大了好去哈尔滨，或是长春，或是天津学做生意，挣大钱。可是小顺子不爱念书，念过四年书，现在还在二年级，而且成绩不好，有继续降级的危险。小顺子最爱到汽车站上去转悠，做小生意。特别叫根儿讨厌的是小顺子小小的年纪就喜欢打听别人的隐私，特别爱打听男人和女人之间的那些秘密，说起来还斜愣着他的那一对儿圆圆的母狗眼，神神秘秘，煞有介事。最近他还喜欢上了两句日本话，一句叫"哈依"，一句叫"八嘎"。跟同伴们吵起来，他就骂"八嘎"。日本兵一对他嚷嚷，他就"哈依"个没完，常常把日本兵弄笑。他说他认识日本黑田小队长，还和他交了朋友。谁也说不准他说的是不是实情。四十年后他和日本人合伙儿做起了生意，人们才相信他当年说的不完全是假话。这会儿小顺子正双手端着里面盛着他娘亲手做的肉包子和熟鸡蛋的小笸箩，围着汽车，张着讨好的眼睛，低声叫卖，不时抽一抽险些流进嘴里的稀鼻涕，睃一睃那两个日本兵。他的生意并不好，客人们不喜欢买他的东西。他不知道这是为什么，根儿觉得这和他鼻涕沟儿里上下流动着的那些清鼻涕有关。

江大娘母子二人和治安队枪械修配所的古世才兄弟同住一个套院儿。这处宅子是小顺子他爷爷留下来的，以前他们和小顺子他大爷同住，他们住里院儿，小顺子他大爷一家六口儿住外院儿，两家共走一个大门儿，里外院儿之间，只隔着一道一人高的半截子青砖短墙。今年秋冬间，都鸿勋张罗着建立枪械修配所，"请"走了小顺子他大伯一家，占用了这个外院儿。

据说江大妈的老公公，祖籍河南西部，曾经当过土匪，同治年间，带着妻小儿，避难来到河西傅家庄。她老公公死后，她公公江文涛曾带领全家去过关外，但是从关外回来时，他们没回傅家庄，而是落户浑河镇，并在这里置业。江大娘是江家落户浑河镇以后嫁到江家来的。那时他们家算得上是本镇八大富户以外数得着的二等富户。镇上风闻江家祖上有人不大干净，一些有心计的人，特别是几家富户，一直用怀疑和警惕的眼光关注着他们，怀疑和揣度他们是不是在关外干过什么不体面的勾当，比如当过"红胡子"，或是卖过大烟等等。后来没有发现他们有什么不轨的举动，议论也就消失了。不过因为他们是来到本镇没过一代的外来户儿，家里也没有做官为宦的，所以在镇上也没有什么势力。她公公死后，江家的家产一劈为二，她跟她大伯子两家就都成了不太显眼的富裕人家儿。打从她丈夫在六年前去世以后，江大娘家的日子就一年不如一年了。如今她家里只雇有一个长工，大号王宝山，人们都叫他王老六，经管她家的部分土地，其余部分土地都租给佃户耕种。江大娘的丈夫去世的时候，她刚二十出头儿。那会儿好心人劝她改嫁，也有她相中的人儿，她大伯子也没说要阻拦她改嫁，只是说．不许她把儿子带走。最后她没有嫁人，因为她舍不得儿子。后来她大伯子改变了主意，说她可以带着孩子改嫁，但是孩子必须姓江，土地和房屋要留在孩子的名下，她百年之后，孩子要回到江家。可这时又没有合适的人家儿了。镇上倒是有几个总惦记着她的半老光棍，偏偏都很穷，不中她的意。她不想让别人骂她"倒贴"。不过有人说她和她家的长工王老六不大清楚。事实如何，没有人知道。

小顺子他娘，经常到治安队枪械修配所里来问长问短。她像许多庄稼人一样，特别想知道的是古世才弟兄二人的"劳金"到底是多少，再就是夸她的儿子，夸他懂事儿，顾家，能挣钱。根儿发现，每当这种时候，他爹和叔叔都只是不时地笑着点头儿，却并不附和江大娘说的那些夸奖小顺子的话，意思只是有礼貌地表示他们在听江大娘说话。根儿觉得爹和叔叔对江大娘很客气，可是好像也有点儿提防她。根儿很快就明白他爹和叔叔为什么提防江大娘了，她有个可怕的外号，叫"闲话篓子"。

91

根儿不敢在汽车站旁边停步，他害怕会遭遇不幸。他来到浑河镇不满十天，就听说过三次日本兵无故在这里杀害中国人的惨事。江大娘说，三个月前，有一个中年男人叫日本兵放狼狗给活活咬死了。他们硬说那个人是抗日分子。其实，他哪里是什么抗日分子，镇上的好多人都认识他，那是个一年到头拉四乡做小买卖儿的，姓姚，是河西姚家村的人，当时他正挑着蟹子酱在浑河桥头老汽车站那里叫买。日本人看着他不顺眼，硬说他是抗日分子，放出三条大狼狗咬他，足足折腾了一顿饭的工夫儿，把他撕扯的那个惨样儿都没法儿看了。衣裳全都给撕碎了，脸上，手上，浑身的肉被撕扯得血淋淋的，肠子都给掏出来了，拖了一地，弄得满地都是血。江大娘还说，三年前，日本人刚到浑河镇的那会儿，杀了五六个"抗日分子"。他们疑神疑鬼，看着谁不顺眼，就放狼狗咬谁，开枪打谁。那一阵子，这里白天黑夜枪声不断，街上轻易见不到个人影儿。过了一些日子，有些小伙子就不见了。有的是轻易不上街了。有的到外地去了。听说一些念过书的有钱人家的子弟，都往南去了。普通人家的儿女，有的到东边很远很远的大山里去了，有的下了关东，到北大荒人烟稀少的深山老林开荒种地避难去了。江大娘说的这些事给根儿留下了可怕的印象。他爹和叔叔也都一再嘱咐他，不叫他在外边看热闹，生怕他碰上什么意外的灾祸，受到牵连，遭遇不幸。

眼前儿的这两个日本兵不禁让根儿想起了小胡同北口上的那座炮楼。浑河镇上没有楼房。日本人修的那个炮楼就是本镇最高的建筑，他站在枪械修配所的门前就能看见，足有两房高，是用青砖砌成的，顶上有个瞭望台，瞭望台的周围是一圈儿围墙。围墙有半人多高。瞭望台上总有一个日本兵，端着上了刺刀的步枪，来回游动。从那里可以鸟瞰全镇。三天前的早晨，瞭望台上的日本兵开枪杀死了两个要饭的，也说他们有反抗日本人的举动。其实那是祖孙二人，靠乞讨为生，是河西卜庄的老百姓，镇上的很多人都认识他们。

根儿斜视着停车场上的景象，脑海里闪动着一些日本人施暴的场景，径直朝南走去，横过一条东西向的宽宽的土路，就进了路南的黑漆大门。治安队的军需处就设在这座黑大门里。他走进弥漫着饭香和白色烟雾的大伙房，见到了大伙房的厨子刘伯伯。

刘伯伯大号刘玉山，本地人，五十来岁，高大健壮，但是头顶全秃了，残留在周围的一圈儿头发算是他曾经有过漂亮的头发的纪念。他的老伴儿早已故去，两个儿子也不在身边，现在他是孤身一人。他本不姓刘，而是姓都。他家改姓刘是从百十年前开始的。

都姓是浑河镇第一大姓，在这里繁衍已有几百年的历史。虽说在一个姓氏中辈分大的几乎总是族中的"穷大爷",但是每个姓氏里的族长却总是要由本姓中最富有人家的长者来做。据本县县志和都氏家谱记载,浑河镇都姓一族的族长从清朝早期就一直由都鸿勋家这一支的先辈们包揽着。老人们说,乾隆年间,刘玉山的一位叫都一元的祖先,在一次土地纠纷中,替外姓的一位穷长辈抱不平,触怒了当时的族长。后来,这位族长捏造事实,公报私仇,硬说都一元性情顽劣、目无尊长、祸乱族规,而故意羞辱他们,剥夺了他们一家人参加新年家族聚会的权利,而且不准他们再进都家祠堂。都一元性情刚烈,疾恶如仇,一怒之下在全镇人面前公开宣布,自己不再姓都,而改姓了刘。从那以后,浑河镇上就多了一家特殊的刘姓人家。在都一元的后人中,也出了几个敢和都鸿勋家分庭抗礼的富户。与此同时这一带就兴起了一个规矩:都、刘两姓不通婚。年轻人不了解这段历史,可是老人们大都知道浑河镇上有一些姓刘的跟姓都的原本是一家,也知道他们两姓不和的根由。

刘玉山年轻的时候也闯过俄罗斯。他就是在俄罗斯的时候结识古世才的,那时他们是很要好的朋友。不过自从十年前古世才请他到古家庄去主持筹办他老娘的五十寿宴以后,他们彼此就一直没有再见过面。这一来是因为两地路途远,两人都在忙自己的营生,二来也是因为刘玉山和古世才都是那种不爱讲究虚礼儿的人。古世才弟兄俩被绑架到浑河镇治安队枪械修配所之初,刘玉山感到奇怪,听从古家庄传来的消息说,他们是为钱财而来的,一度对他们很冷淡,没有主动到枪械修配所去看望他们。他知道古世才有制造枪炮的手艺,不过他纳闷儿:古世才弟兄俩都是正派人,怎么肯给日本鬼子和汉奸队儿制造枪炮火药,帮助他们来祸害自己的人呢?他古世才在俄罗斯的时候不是挺爱国嘛,他还念过俄国红党办的工人夜校,好像还参加过俄国红党嘛,怎么能为了几个钱就连中国人的良心都不要了呢?!……古世才猜到了刘玉山冷淡他的心思,先去看望了他,试探着叙说了事情的经过,消除了误解,从那以后,刘玉山就常常来找古世才弟兄玩耍,三个人在一起一说就是老半天。有时说得哈哈大笑,有时说得一把鼻涕一把泪;有时用中国话说,有时用外国话说。根儿猜想,他们用外国话说的一定是背人的事儿,因为他们在说外国话的时候,总是一边说一边朝天井里张望,好像怕别人听见。根儿知道他们说的是俄罗斯话。在家的时候,爹和叔叔就常常说这种话。爹对他说,俄国人把狗叫"撒

巴克"，笔记本儿叫"瘸腿儿老鸡"，小小的叫"鸡屎鸡屎"，大大的叫
"玻璃屎玻璃屎"……根儿觉得娘好像也懂俄罗斯话。每当爹和叔叔感慨
地说到"玛莎"的时候，他娘常常会对他爹咪咪地笑。有一次根儿问他
娘："娘，'玛莎'是什么东西？也是活物儿吗？"这时他娘就装出生气的
样子，神秘地笑着对他说："问你爹去！"可是他爹也只是笑，并不回答
他的问话。根儿觉得刘玉山伯伯说起俄罗斯话来，不像爹说得那么顺溜
儿，那声音也总是噼里啪啦的，还常常停下来着急地比画一阵子。根儿听
他爹说过，刘伯伯那时在俄罗斯开过饭馆儿，卖的是山东的家乡菜，自称
"鲁菜"。这自然是言过其实，因为刘玉山没有学过烹饪的手艺，对中国
的几大菜系一无所知，不可能知道什么是"鲁菜"。不过要说他做的菜是
"鲁菜"的味道，那肯定是不错的，因为他从小吃的就是鲁菜，他做出来
的也只能是海味类的鲁菜，而不可能是别的什么菜。他爹说，刘伯伯的餐
馆儿那会儿在当地很有名气，中国人有个大事小情儿都到他那里去聚会。
餐馆里最有名的食品之一是山东生煎包子，不光中国人爱吃，俄罗斯人也
爱吃。刘伯伯也卖过苦力，还"背"过包袱，就是走四乡卖杂货，类似
中国的货郎，主要是卖一米两米一块的碎布头儿。他爹说，有一次，刘伯
伯还差一点儿叫俄罗斯的一伙老娘们给合伙儿杀了。当时在那里的乡下发
生过"背包袱"的中国人被杀害的事情。那些俄罗斯娘们杀人，一不为
仇，二不为恨，就是为了抢到他们背的那一点点儿微不足道的布头儿。听
说刘伯伯在俄罗斯干了8年，攒下了在穷苦老百姓看来算是数目不小的一
笔钱，后来因为贩私酒犯了案吃了官司，把那点儿钱给折腾去了一多半
儿。那次还多亏了古世才。刘玉山被送上法庭，是古世才替他当翻译，做
辩护的。要不然，说不定他的那些钱就给折腾光啦。俄罗斯的官府和中国
一样，吃私受贿的贪官也不少。

"刘伯伯！"根儿欢快地跳着叫着，跑进大伙房，扑向刘玉山。他觉
得刘伯伯随和，真诚，从见过刘伯伯第一面，他就喜欢上了他。

"来啦，爷们儿！"刘玉山嘻嘻地笑着，接下根儿手里的家什，顺手

放在锅台上，拉起他冰凉的小手儿，心疼地抚摸着。

刘玉山没有亲生儿女，却特别喜欢孩子。江大娘说，他先后收养过两个儿子，一个是本地人，一个是外乡来的流浪儿，如今都已长大成人，而且都很孝顺。老大刘福儿是本镇人，去年跟着他亲生的父母下关东了，听说是去了黑龙江的镜泊湖。刘福儿本来是死活要留在刘玉山跟前儿孝敬他的。他亲生的爹娘知恩知义，也执意要把刘福儿留给刘玉山。可是刘玉山怎么都不同意，到底把刘福儿撵走了。刘玉山说，"孩子有这份孝心，俺就知足了，孩子大了，在这个兵荒马乱的年头儿，还是跟亲生的爹娘和兄弟姐妹在一起好，免得相隔千里，彼此挂念。"老二刘来，生身父母早已不在人世，连个亲近人儿都没有。他心重，性子烈，却比老大刘福儿聪明，有胆量。他念过六年书，在班里常常考第一。刘玉山人前人后地夸奖他的老大忠厚老实，老二有天分。他原本想供老二多念几年书的。日本人占领浑河镇的那年刘来16岁，刚刚升入初中一年级。可是日本人占领浑河镇不久的一天，刘来就不声不响地离家出走了，而且去向不明。从念高小时，刘来每天上学都带着锄头镐头之类的农具。早起提前上学，先到地里干一会儿活儿，然后再去上学。下午放学后直接下地劳动，天黑后回家吃饭。他的同学说，他出走的那天下午，和往常一样，放学后就到自家的地里去干活儿，老半天没说话，该回家吃晚饭了，他愤怒地大叫一声，骂道："他娘的！欺人太甚！日本鬼子爬到咱们头上拉屎撒尿啦！没法儿活啦！"把锄头扔在地里就走了。他托他的同伴儿给刘玉山捎了一句话，说："爹，俺不会辜负你老人家的疼爱！忠孝不能两全，等俺报了仇，就回来孝敬你老人家！"他是个孤儿，谁也没听说过他有什么仇人。有人说他上了东山，投八路去了。也有人说他下了关东，学手艺去了。有人私下里说，刘玉山好像知道刘来在什么地方。更有人说，有一天的晚上，他在浑河镇南的古庄见过刘来。可是刘玉山一再否认，说刘来根本就没有回来过，说那个见过刘来的人一定是看花了眼。

刘玉山的烹调手艺，在浑河镇，人人说好，全镇第一。他回国后就在浑河大桥头开了个"玉山饭店"，生意不错，在这一带很有名气，本镇的富户们常常光顾他那里。不过饭店里的"名吃"不再是"山东生煎包子"，而是"俄罗斯大菜"了！谁知道他做的那是不是正宗的俄罗斯大菜呢？反正这里也没有几个人吃过"俄罗斯大菜"。说起来也怪，本镇首富都鸿勋从来没离开过浑河镇，更没吃过俄罗斯的饭食，可他却偏偏就喜欢吃刘玉山做的"俄罗斯大菜"。他家里本来雇有两位大师傅专门伺候他。一位老家山东蓬莱，擅长海鲜；另一位老家济南，擅长山珍。可是自从刘玉山的小饭铺儿开张以后，他就很少在家里吃饭了。他总想出高价把刘玉山弄到他家里专门伺候他。照说这对刘玉山是一桩美差，要是换了别人巴不得有这样一个能挣大钱又自在的好差事，可是刘玉山就是不干。他不肯专门伺候祖宗仇人的子孙。再说他也自由惯了，不愿意听什么人指使，更舍不得常常夸赞他手艺好的那些老顾客。而都鸿勋这个人是外表上文质彬彬，骨子里却很恶的人，镇上的一些明白人，私下里都说他是"肚子里长牙"的那种人，他想要的东西是非弄到手不可。日本人占领浑河镇以后，都鸿勋当了治安队长，借口说要在刘玉山小饭铺儿的那个地方儿修个岗楼儿，设岗检查过往行人，抓抗日分子，指使他手下的人硬逼着刘玉山把那个"玉山饭店"拆了，把刘玉山弄到治安队军需处。先是专门给他做饭。刘来出走后，都鸿勋风闻他可能是跑到东边去投了八路，虽说那不过是传闻，真假难辨，可是城府很深又特别怕死的都鸿勋还是把他打发到了大伙房。他担心刘玉山会谋害他。

刘玉山看着根儿问道："小伙子，浑河镇这里好吗？你住惯了吗？"

根儿不好意思地对他笑笑，却没有说话。他不想对刘伯伯说假话，又不好意思对他说真话。要是让他说心里话，那他就会说，他是为了看看爹和叔叔，得到一把手枪才来的，可是他不喜欢这个地方儿，想回古家庄，他想娘，想姐姐，想婶婶，想奶奶，想陶老师，想他古家庄的那些小伙伴儿，想小红儿……可是他不想叫刘伯伯不高兴，所以就什么话也没说。

根儿的心情儿刘玉山自然能够猜到。像根儿这样小的孩子哪有不想娘的？这会儿刘玉山已经知道根儿是怎么来的。可是，他能对孩子说些什么呢？只能伤心地摇头叹气。

刘玉山默默地给根儿拣上了5个白面卷子，3个熟鸡蛋，打足了香喷喷的小米稀粥，用长长的竹筷子夹上了一碗胡萝卜咸菜丝儿，又在那上面甩上厚厚的一层香油。最后，朝四下里瞅了一瞅，又给他夹上了老大的一块咸大马哈鱼，悄悄地对他说："这是给黄鲲连长他们准备的，伯伯也给你夹上一块，别叫当官儿的看见！"停了停，又摇摇头，笑了，有些不好意思地说："看见了咱也不怕！"

根儿告别了刘玉山，默默地走出军需处的黑大门儿。

在回修配所的路上，根儿想起了他来的时候在鲤鱼河的大石桥上看见的那些光腚撒野的日本人，想起了被日本人在去年除夕夜拿刺刀捅死的望起家的奶奶，想起了好多日本人的罪行，想到爹在家的时候总骂日本鬼子，还总说要上前线去打日本鬼子。可是他不明白，爹和叔叔为什么又到浑河镇来给都鸿勋干活儿呢？难道他们真地象别人说的那样，是为了挣钱多才到这里来的吗？他不敢问他爹和叔叔，想等回到古家庄去问问他娘。根儿怀着这样的疑惑和不满，回到枪械修配所。这时，古世友已经把屋子的里里外外收拾得干干净净，吃饭用的小地桌儿和碗筷也摆放整齐了。

"吃饭！"古世才说着，把擦脸手巾搭到木制的洗脸盆架儿上。

"嗬，有马哈鱼？"古世友说，"稀罕玩意儿，多年不见了！这是马哈鱼腰上的一段儿，又肥又嫩又香，最好吃！"

古世才看着那段大马哈鱼，不禁想起了他在俄罗斯的往事，便对儿子说道："俺们在俄罗斯的时候，经常吃大马哈鱼。常常是吃咸的，有时也吃过鲜的。差不多天天吃，顿顿吃。那时候俺们就是把大马哈鱼当咸菜吃的。"古世才有些激动地说，语气中透着得意和伤感。他的这些话在家里人面前已经说过多次。可是他还是喜欢说。"听说大马哈鱼是江里生海里长的呵，一年能长好几斤哪。当年，大马哈鱼得意地对龙王爷说大话：'俺一年长 10 斤，十年赶上你老龙王！'龙王听了又气又怕，所以每年秋天它都派出'炮鱼'，也就是鲸鱼，来赶大马哈鱼，把它们赶进江里，趁着他们产卵繁育后代的时候，让渔民把它们捉走，不等它们长到赛过龙王，就把它们弄死。俄罗斯渔民秋天收大马哈鱼的那个情景，就跟咱们的庄稼人秋天收庄稼似的。大盐、大木桶、收拾鱼的案板，就摆放在江边，捕捞到的鱼，就地加工，一层鱼，一层大盐，腌制起来，热闹得很哪！"

古世才最喜欢谈论俄罗斯。他总也忘不了俄罗斯。许多事情都会让他想起他在俄罗斯的那些改变了他本人和全家人命运的难忘的岁月。他对俄罗斯有过多么大的期望啊！当年霍先生教导他学习军工技术，准备为国家出力，而如今他的这种手艺竟把他一家人引向灾难。此刻他最关心的事情就是怎样逃出日本人和汉奸给他们一家制造的这个困境。

古世友盛好了一碗小米儿粥，双手端起，递给哥哥。古世才下意识地接过弟弟递给他的这碗小米粥，却并没有要喝的意思。他依然沉浸在关于往事的回忆里。

古世友叔侄二人端起了饭碗，拿起了筷子。

根儿说："爹，你吃鱼呀。"

古世才没有听清儿子对他说的话，连看也没看他一眼。他随手把弟弟递给他的那碗小米儿粥放到饭桌儿上，又顺手摸起了一双筷子，抓起了一个白面卷子，机械地咬了一口。他想，秀姑来过浑河镇之后又过了一集，奶奶的生日快到了，年关也不远了，不知道黑龙江的姑姑和表弟那里有没有变化，伊春一带有没有抗日的队伍，想到这些，他感到焦躁不安。不过这两天也有让他感到宽慰的事情。他发现都鸿勋对他们的监控明显放松。夜里的岗撤了，根儿也说他上下学的时候好像没有人偷偷地跟着他了。黄鲲奉命在现在暂作枪械修配所的江家大院的后面，给古世才安排了新的住处，还给他们三人独立开伙，调刘玉山来给他们做饭。刘玉山也搬来古世才宿舍，和他们同住。黄鲲还散风儿说，都鸿勋说古世才父子叔侄三人可以一起回古家庄过年。古世才认为这都表明都鸿勋认为他们是安心在这里工作了，有了逃离这里的希望，但是他知道，此刻应该小心谨慎。他托崔德昌给秀姑捎话，两家两大两小四头牲口，转移到外地亲戚家喂养，暂时不要卖，要等到他们逃走以后再卖，千万不要惊动了古文举祖孙二人，暴露了他们外逃的意图。

93

根儿插班进初一（1）班，和都鸿勋的小儿子都本杰同班，头一周，没有人注意他。可是小顺子在学校里瞎嚷嚷，说古全和是从古家庄来的铁匠的儿子，他跟他爹和叔叔就住在他大爷家的房子里，他们家是都鸿勋的亲家，他爹是枪械修配所里的师傅，给治安队修造枪炮，挣钱特别多，一个月能挣几百块现大洋。这样一来，根儿就引起了班上一些大同学的注意，有的同学跑来问他，他家是不是都本杰家的亲戚，他爹是不是每月挣几百块大洋，根儿说不知道，他们就说他不诚实，背地里说他爹和叔叔是汉奸。根儿最怕别人说他不诚实，更怕别人说他爹是汉奸。特别让他不能忍受的是有些同学开始疏远他，不和他一起玩耍。他觉得委屈，丢人，怨恨小顺子给他使坏，心里原本就想家，这会儿恨不得立刻就离开这里，回到古家庄。

昨天中午放学前，有一队百十人的日本兵路过本镇，他们在"五彩路"上吃过午饭。一些胆儿大的男生午休的时候跑去看热闹。下午不知是谁把一个卵圆形的扁平空沙丁鱼罐头盒儿塞到根儿的书桌里，里面还残留着一些鱼肉，装着一张用铅笔写的纸条儿，上面写着："留给一等汉奸崽子古全和。"落款儿是："你的日本爷爷。"根儿把纸条儿拿给原本和他要好的二年级的同学顾永财念给他听，顾永财难为情地摇摇头，低声说他不认识。在放学回家的路上，小顺子告诉了根儿那字条儿上的内容，根儿又羞又气，没有到工厂去找他爹和叔叔，而是直接回了宿舍。同学到宿舍叫他吃晚饭，他也不肯去。古世才以为他病了。饭后，古世才和古世友回到宿舍，见根儿一个人在那里哭。

"怎么啦？"古世才问他。

根儿没有理睬他。

"不舒服啦？"古世友关切地说。

根儿还是不说话。

"学校里有人欺负你啦？"古世友问道。

"都怪你们！"根儿猛地抬起头愤愤地说。

"俺怎么啦？"古世友笑着说。

刚刚被派到枪械修配所专门伺候古世才兄弟父子三人的刘玉山特意给根儿烙了一张单饼，煮了两个鸡蛋，笑嘻嘻地对他说："你看哪，刘伯伯做的这头罗面的单饼，多白，多软，多薄，多香，多有咬劲儿啊！你再看看这鸡蛋，又大又红，又好吃又好看！"

"不稀罕。"根儿瞅了刘玉山一眼，冷冷地说。

"怎么对刘伯伯说话呢！"古世才申斥道。

"俺不是对刘伯伯有气。"根儿说。

"那是谁对不起你啦？"古世友把根儿拉到身边笑着问道。

"叔叔，咱们回家吧！"根儿悲伤地恳求说。

"放了寒假咱们就走。"古世友笑着说。

"俺这会儿就要走！"根儿嘟囔道。

"为什么？"古世友笑着问道。

根儿不说话。

古世才怀疑有人欺负他，便耐着性子问道："你为什么要急着回家？"

根儿看看他爹和叔叔，气愤地说："你们为什么到这里来给都鸿勋干活儿，叫俺在学校挨人家骂！"

古世才和古世友互相严肃地看了一眼。

"他们骂什么啦？"古世友凑到根儿面前谨慎地低声问道。

根儿哭诉了他在学校里蒙受的那些羞耻。他想，他爹和叔叔听说了他在学校里受的委屈，一定会说，他们要到学校里去找那些欺负他的同学，替他出气。可是，出乎他的意料，他爹和叔叔听了他的话，没有生气，也没有说那些同学做得不对，更没说他们要到学校里去教训那几个同学，给他出气，而只是劝他不要理睬那些同学。他越想越气，就对着他爹嚷道："当汉奸有什么好？叫人家骂！"

"你嚷什么？！"古世才严肃地训斥他，"谁是汉奸？"

"你们为什么要给都鸿勋干活儿？！"根儿说着呜呜地哭起来。

古世才心疼儿子，又不能对他实话实说，就和蔼地对他解释说："爹和叔叔都不会干对不起人的事。你看爹和叔叔是坏人吗？你还小，大人的事儿你不懂。一定要听话。你要知道，胡说八道是会惹大祸的。你一定要和那些骂你的同学交朋友。他们也是好孩子。你懂吗？"

"你相信伯伯吗？"刘玉山说。

根儿点点头儿。

"我向你保证，你爹和叔叔都是好人。"刘玉山说。

古世友看着古世才，意思是想对根儿说明真情。古世才立刻对他摆手制止。他觉得根儿还小，不能把真情告诉他，以免他在和同学争斗时，一时冲动，把事情透露出去，坏了一家出逃的大事。

根儿用审视的目光看看爹，再看看叔叔。他相信他们不会干坏事，他们留在这里大概是有他们的难处。他记得舅舅对他说过，大人的事小孩子不懂。

"记住！不许再提汉奸的事！对谁都不要提！这是人命关天的大事，胡说八道要杀头的，你懂吗？！江大娘说的那些可怕的事情你都忘了吗？要听话啊！"古世才说着，本能地朝门口儿看了一眼，担心被人听见。

根儿抽抽搭搭，低头不语。

"这里不是咱们古家庄！不能随便说话，你明白吗？"古世友抚摸着根儿的头，和蔼地说道。

古世才严肃地说："对你不友好的那些同学不是坏孩子，你不要恨他们。老师不会看着有人欺负你不管，你懂吗？"

根儿好像明白了什么。他感觉爹和叔叔好像有说不出口的话，心情渐渐地平和下来，开始怀疑是自己错了。

古世才说："我说的话你都记住了吗？"

根儿默默地点点头儿，然后有些不好意思地问道："还能吃饭吗？"

"当然能！"刘玉山笑着说，"单饼和鸡蛋都扣在碗里蒙在被子里呢！"

根儿不好意思地看着刘玉山，脸上挂着泪珠儿，笑了。

浑河镇小学校初一（1）班班主任解玉环老师找到二年级的小顺子等捉弄和羞辱过根儿的个别同学，严厉地教训了他们，而根儿在学校里的处境不仅没有改善，反而有更多的同学冷落他，疏远他，嘲笑他。根儿感到羞愧，想等手枪到手以后就离开这里，爹和叔叔不让走，他就偷着走，他想他自己能回家。

根儿曾无数次地向黄鲲要过手枪，黄鲲总说，过些日子再说。这几天根儿天天向黄鲲要手枪。黄鲲先是笑嘻嘻地继续搪塞他，后来就说他是逗着他玩的。可是根儿就是奔着小手枪儿到浑河镇来的啊，黄鲲这样对待他，他怎么能不伤心恼火呢。他当着工厂里许多人的面儿指斥黄鲲是个骗子。可是黄鲲并不在意，反而得意地哈哈大笑。

古世才申斥根儿，说不许对黄叔叔无礼！

但是根儿指着黄鲲说："他骗人！"

古世友说："到底是怎么回事儿？"

根儿气愤地说："他黄叔叔说话不算数儿。他说等俺来到浑河镇，他就给俺弄一把手枪，这会儿他又说那是闹着玩儿的！他这不是骗人吗！"

"什么手枪？就像你做的那种吗？"古世友问道。

"不，是真正的手枪，'张口等'牌儿的！"根儿气恼地说。

在场的人哈哈大笑，说世界上没有所谓"张口等"牌儿的手枪。

手枪的事没有希望了，在学校里又要受气，根儿不再喜欢浑河镇这个地方，越发儿想娘，想奶奶，想婶婶，想姐姐，想陶老师和古家庄的同学，恨不得立刻离开这里。今天是浑河集，午饭后，根儿对他爹说："这会儿有刘伯伯给你们做饭了，你到集上去找个熟人儿把俺捎回家吧！"

"等等吧，等过年的时候咱们一起回家。"古世才劝说道。

"俺这会儿就走。"根儿固执地说。

"这会儿你走不了！"古世才有些不耐烦地说。他不知道该怎样劝说根儿。如果对他说明了事情的真相，说他们没有自由，都鸿勋不会放他走，他未必能懂，说不定还会把事情闹大，而吓唬他，申斥他，也不是个办法儿。他知道，根儿想干的事别人难以制止。他想了想，说道："你走了，我和你叔叔在这里多孤单啊！"

"是啊，我们会想你的。"古世友接着说。

"过些日子俺再来看望你们。"根儿低声说。

"从这里到咱们庄儿，来回80里，跑一趟容易吗？放寒假过年的时候咱们一起回家。"古世才说。

"俺不，俺这会儿就走。这里的人坏，净骗人，作践人，俺讨厌这个地方儿！"根儿伤心地说着，哭起来。

"你怎么不听话呀！"古世才气愤地说。"怎么能说走就走呢?！"

古世友也说："你这会儿走，也没有合适的人去送你。"

根儿赌气说："用不着送，俺自己会走。"

古世才强压着心头的怒火儿说道："你得听话。你还小，这会儿又不太平，一个人走在路上，被人拐走了怎么办?！"

"俺不怕，被人拐走了也比在这里受气丢人好！"根儿嘟囔道。

"不要啰嗦了！你不能走！"古世才严厉地命令说。

根儿没有再和他爹争论，第二天早饭后照旧背上书包去上学。古世才和古世友以为事情就这样过去了，直到过了吃午饭的时间根儿还没回来，古世才猛然想到，根儿任性，他是不是偷偷地回古家庄啦！立刻派古世友赶到学校里去找。学校里连个人影儿都没有，他估计根儿十之八九是回古家庄了，既感到恼火，又很着急，担心根儿在路上碰见坏人，遭遇意外，或是饿出毛病来，更担心这件事会惊动都鸿勋，误以为根儿是他们有意放跑的，引起他的警觉，加强对他们的监控，搅乱了他们外逃的部署，增加外逃的困难。他和弟弟商量后，决定采取主动，立刻把根儿走失的事报告给都鸿勋，要求他派人帮助找孩子，以消除他的怀疑。

都鸿勋得到黄鲲的报告，说根儿不见了，立刻吃惊地想到古世才和古世友可能要逃跑。但是几乎就在这同时，古世友跑来向他报告，说根儿走失了，请求他派人帮助寻找，都鸿勋转忧为喜，相信事情和古世才逃走无关，立刻命令黄鲲派人在浑河镇周围和去古家庄的道路上寻找根儿。黄鲲还亲自带领几个士兵，穿便衣，骑脚踏车，赶往古家庄。他们一路上没有见到根儿，在古世才家也没见到根儿，便对秀姑谎称他们是路过这里，顺便来看看，就匆匆返回浑河镇交差。秀姑猜想黄鲲来去匆匆，一定是浑河镇那里出了什么大事，决定亲自赶到浑河镇去看个究竟。她不想惊动婆婆，便悄悄地对弟媳玉兰谎称她娘家哥哥身体不大好，她得去柳林庄一趟，让她好好儿照顾婆婆和改莲，然后就直奔浑河镇。她放开大脚板儿，疾走一阵，跑一阵儿，只用了不到一个时辰就赶到了浑河镇，她见根儿不在，便问道："根儿呢？"

古世才沮丧地长叹一声，说明了根儿下午放学后未归的情况。

秀姑听丈夫这样说，立刻慌了，气愤地说："你是怎么管孩子的？！孩子不见了，为什么还不去找啊？！"

"大家都在找呢……"古世友低声解释说。

秀姑见饭菜和碗筷都原封不动地摆在饭桌上，知道丈夫和小叔子都没吃饭，想到他们心里一定和她一样着急，后悔自己不该没头没脑地指责他们。

根儿丢了，所有的人都着急。都鸿勋怕失去根儿这个人质。古世才为根儿的性命担忧，更怕老娘知道了着急上火。这一带早在日本人到来之前就曾屡次发生过丢孩子的事件，日本人侵占浑河镇之后，绑票儿风四起，像根儿这样的家境比较富裕的人家儿的独生子正是绑架的对象儿。早在根儿在古家庄的时候，古世才就担心根儿可能被绑架，因此养了大黑儿，自制了六颗手榴弹，装好弹药的马铳子夜夜放在身边。如今他和弟弟来到浑河镇，外面传扬说他们每月有几百块大洋的收入，他想根儿会更加惹人注意，被绑架的可能更大。秀姑到来之前他想根儿也许回古家庄了，心情还算平静，现在知道根儿不在古家庄，有可能真的落到坏人手里了，加之眼下的绑匪，为了不被抓获，往往是既要钱又要命，撕票儿的案件很多，心里感到极度不安。

"咱不能在这里傻等啊！"秀姑焦急地说。

"已经派人四处去找了。"古世友再次解释说。

这时，黄鲲进来了。

"黄连长，有消息吗？"秀姑迎着黄鲲问道，说着就哭了。

"师娘放心，俺一定要找到小弟弟！"黄鲲发誓般地说。

"黄连长，根儿是你带来的！俺就朝你要人！"秀姑激动地说。

黄鲲连连点头儿，表示认可。

95

孙孝武去过小学校之后回来说，初一（1）班班主任解玉环老师说，根儿今天上午最后一节课后，和他同桌的一个刘姓男生打过一架。那个刘姓同学嘴贱，无故骂根儿是汉奸崽子，根儿就给了他一拳，之后两个人就厮打在一起。根儿和那个同学同时被指定在操场上罚站。根儿说事情是刘姓同学挑起的，认为解老师处罚不公，擅自离开操场，回到教室，取了书包儿，离开了学校，等班长把这个情况报告给解老师，根儿已不知去向。解老师想根儿一定是回了修配所，并没在意，打算课后到枪械修配所找根儿谈谈。晚饭后她正要出门儿，刚巧碰见古世友，才知道根儿没有回枪械修配所，心里也很着急。

根儿离开学校就奔古家庄去了。他记性好，凡是去过的地方，都能记住路，相信自己能回到古家庄。可是这回他是跟着黄鲲和都本初来浑河镇的，一路上观看风景，说说笑笑，想象着得到手枪时快乐的情景，没注意记路，所以这会儿不知道回古家庄该怎么走，只好一路打听一路走。可是这里很少有人知道古家庄在什么地方儿，有的人连古家庄这个庄名儿都不知道，为问路他耽误了很多时间，几次走错，赶到吕家集的时候，日头已经偏西，有人告诉他说，古家庄在吕家集的东南方。可是根儿迷了路，他顺着柳河大堤朝东北方走下去了。他走了很久，周围村庄的灯光一个个地亮起又熄灭，可还是不见古家庄，他连自己在什么地方儿，该往哪儿走都不知道了，担心碰见马虎——狼，心中感到发毛。他想到古家庄附近没有河，而自己走的路离着河不远，开始怀疑自己走错了路，很想找个人问问，可是远近都不见个人影儿。汗湿过的衣裳贴在身上，冰凉冰凉的。不时从什么地方儿传来一两声奇怪的响动，让他害怕，感到沮丧，怕遇见坏人，碰上野兽和妖魔鬼怪。对门儿天骥老奶奶说的那些故事里的可怕的无影魔、万花魔白骨精、耷拉着长长的血红的舌头的吊死鬼儿，好像就在眼前。他感到浑身无力，两腿酸软，头皮发麻，迈不动脚步。这时，脚底下被什么东西绊了一下儿，就不由地跌坐在地上。他觉得冤枉，委屈，气恼，不知道该往哪里走，很想哭。过了好一会儿，心里渐渐地平静下来，想到呆在这儿危险，会被冻死，被狼吃了，得奔个有人家儿的地方儿。这时，他听见后面有缓慢沉重的脚步声和腊杆子碰撞地面上发出的嘎啦嘎啦的声音，立刻警惕起来，担心来的是坏人。他蹲起来，闪在路旁，睁大眼睛看着来人的方向，发现朝他走来的好像是一位老人，腊杆撞地的声音，就是他弄出来的，他紧张的心情松弛下来，觉得碰上了救星，就从地上站起来。他正准备迎上前向老人问路，老人已来到面前，见站在面前的好像是个孩子，先开口问道："你是哪庄儿的？这么晚了，你一个人儿在这里干什么？不知道这里经常有马虎出没吗？"

"老爷爷，俺迷路啦。"根儿可怜巴巴地说。

"你这是从哪里来？"老人问道。

"从浑河镇来。"

"啊呀，浑河镇离这里可不近啊。你要到哪去？"

"古家庄。"

"孩子，你走错路啦，古家庄从这里往西南，离这里还有七八里地呢。"

"那是个什么庄儿？"根儿指着远处的那个黑乎乎的村庄问道。

"那是柳林庄。"

根儿听老人说那是柳林庄，心里很高兴，便说道："谢谢老爷爷！俺就去柳林庄。"说着，转身就走。可是就在他转身时候，再次摔倒在地，他饿坏啦，也累坏啦。

老人赶紧上前摸索着把根儿拉起来，问道："你怎么啦？"

根儿习惯地摇摇头，不好意思说他饿啦，而说道："俺困啦。"

"从浑河镇到这里，足有40里路，把孩子累坏啦！"老人心疼地自言自语，接着又问道："饥困了吧？"

根儿没说他不饿。

老人说："你爹和你娘都该打呀！他们怎么能放心让你一个人走这么远的路呢?！见了你爹娘，你就告诉他们说，你路上碰到一个老爷爷，骂他们糊涂！"老人说着，从肩上的褡裢里掏出一个火烧，递给根儿，说道："吃吧！"

根儿连谦让和感谢的话都没有顾得上说，接过火烧就是一口。吃过半个火烧之后，才歇歇气儿，说道："谢谢老爷爷！"

"你叫什么名字？"

"俺小名儿叫根儿，大号叫古全和。"

老人指指远处说："俺家就在前面不远的地方儿，你就到俺家住一宿，吃过饭，睡一觉儿，歇息歇息，明天早饭后，俺送你回古家庄。"

"谢谢老爷爷，俺就去柳林庄。"

"柳林庄有亲戚吗？"

"俺姥娘家是柳林庄。"

"是谁家？"

"俺大舅叫胡大珂。"

"哦，你爹叫古世才吧？"老人高兴地说。

"您怎么知道？"根儿感到奇怪。

"傻小子，连你娘的小名儿俺都知道啊。"老人笑着说。

老人领着根儿向柳林庄走去。

他们走到胡大珂家门前，根儿上前叫门。

大门开了。淡淡的月光下胡大珂见是根儿，一愣，连连问道："你怎么来啦?！谁叫你来的?！是你一个人儿来的吗?！"

根儿低头不语，不想当着老爷爷的面儿，说自己是偷着跑回来的。

这时，胡大珂才注意到根儿身后还站着一个人，赶忙问道："和你一起来的是谁？"

老人说："大珂，你告诉秀儿和她女婿，叫他们对孩子上心点儿！怎么能让他一个人儿走这么远的路呢？要不是让俺赶巧碰见，孩子就得在河边转悠一宿，万一碰上了坏人或是野牲口怎么办？想起来都让人后怕啊！"

胡大珂连忙说："多亏他碰上了你老人家！你老的话我一定转告秀姑和她女婿。天太晚了，你老今晚就在我这里住下吧。"

"不啦，几步就到家了，俺这就回去，免得家里的人惦记着。你赶紧叫巧曼儿她娘弄点儿东西给孩子吃！"老人说完，转身走了。

"他是谁？"根儿指着远去的老人问道。

"他是俺和你娘的表叔，你应该叫他表姥爷。"

"表姥爷再见！"根儿在老人的背后说道。

老人没有回应，他已经走远了。

胡大珂把根儿领进天井，对屋里说道："赶紧起来做饭，做疙瘩汤，撒上点儿姜末儿，打仨鸡蛋！"

"这就好！"根儿他舅母听见胡大珂和根儿说话，已经在穿衣裳。

胡大珂急不可耐地问根儿："为什么一个人回来啦？你爹知道你到这里来了吗？"他担心浑河镇那边发生了变故，古世才来不及和他联络，临时决定让根儿一个人先逃出来。如果是这样，他就必须立刻把根儿转移到别处去。

根儿无精打采地把他想家，在学校里挨欺负，和姓刘的同学打了一架，解老师处罚不公，他生气逃走，路遇表姥爷的事儿对他舅舅述说了一遍。

胡大珂沉思良久然后严厉地说道："你怎么能说走就走呢?！你知道你这样做会给你爹和叔叔，给你们全家人惹多大的祸吗？你已经七八岁了，不是小孩子啦！该懂事啦！"胡大珂早就说把古世才一家外逃的事告诉根儿。不过他认为要不要对根儿说，这得由古世才兄弟决定。

根儿信赖舅舅，没想到舅舅会和爹一样严厉地申斥他，开始怀疑自己的行为。

"你怎么没回古家庄啊？"

"俺迷路啦。"

胡大珂很高兴，觉得根儿长大了，有主意了。一个 8 岁的孩子，能这样有志气，有胆量，有耐力，饿着肚子走了 40 里路，很不简单。他为根儿的成长感到高兴，但是担心根儿的行动可能给他爹和叔叔的出逃带来麻烦，就说道："你实在不该这样偷偷地跑回来啊！"

根儿相信舅舅说的话一定是对的，觉得事情可能很严重，相信自己给他爹和叔叔添了麻烦，心里感到有些后悔。

胡大珂为了不把事情闹大，惊动都鸿勋，必须立刻把根儿送回浑河镇。但是不能伤着孩子，得给他讲清道理，让他自觉自愿地回去。

"你应该马上回浑河镇。"胡大珂认真地说。

"俺不！不回去，俺好不容易跑回来。"根儿固执地说，然后又述说了黄鲲骗人，学校里有人欺负他等理由。

胡大珂笑着说："一个人上当受骗，被人欺负，那得怪自己没有能耐，怪别人有什么用呢？你受了骗不想自己的错儿，而是怨别人，那你以后还得受骗。挨了欺负就逃跑，那算什么英雄？"

根儿想了想，觉得舅舅说得有道理。

胡大珂说："你是个大孩子了，要能管住自己。该干的事，不愿意干，也得去干；不该干的事，想干也不能干。小孩子不懂事，得听大人的。你怎么能动不动就偷着逃跑呢？别人欺负了你，你就逃跑，你跑了，人家会笑话你无能，笑话你爹娘和舅舅教子无方，叫你爹娘和舅舅跟着你丢人。"

根儿想，爹要是这样对他说，他就不会逃跑了，他说："舅舅那俺这会儿该怎么办？"

"马上回去！向你爹和叔叔认错儿！"胡大珂坚定地说。

根儿沉默良久过后嘟囔道："俺好不容易走回来……！"

胡大珂说："错了就得改。这才是好孩子，你说对不对？"

过了好一会儿，根儿才说道："那俺能去看看奶奶吗？"

"能！"胡大珂高兴地说，"我送你去古家庄。"

"天明了俺自己回古家庄。"根儿说。

"你爹和叔叔正在浑河镇那里着急呢，咱们马上就得走，尽早赶回浑河镇，好让你爹和你叔叔放心。"胡大珂安详地说。胡大珂想说的是让都鸿勋放心，但是这话他不能对孩子说。

"吃饭吧!"根儿他舅母说着,就把葱花儿鸡蛋疙瘩汤端到饭桌儿上。转身对胡大珂说:"这会儿已经是后半夜了,就叫孩子睡一觉儿,天明了再送他回古家庄……。"

"你不懂,这件事一分钟也不能耽误!"胡大珂对妻子摆摆手儿说。"让他在路上睡。你准备好被褥,放到车上。"

胡大珂趁着根儿吃饭的这个时间,准备好了眼下柳林庄独一无二的胶皮轱辘的独轮儿车。

饭后,根儿顺从地告别舅母,背上书包儿,走出大门。

"上车。"胡大珂指指独轮儿车对根儿说。

根儿摇摇头说:"俺自己能走。"

"快上车吧,你能从浑河镇走回来,就不简单了。"胡大珂夸奖他说。

根儿听舅舅这样说,心里很高兴。他觉得舅舅办事公道,赏罚分明。

胡大珂把根儿抱进独轮车的偏篓里,再用棉被把他从脚到头严严实实地包裹好,推起了独轮车,奔柳河大堤而去。离开柳林庄不多远,根儿就睡着了。

胡大珂把根儿推到古家庄的时候,鸡正叫头遍。刚刚从浑河镇赶回来的秀姑没敢把根儿走失的事情告诉奶奶。她见儿子回来了,眼泪唰地就下来了,立刻把他领到奶奶面前,高兴地说:"娘,根儿回来啦!"

根儿欢叫着扑到奶奶身上。

"哎呀俺的宝贝疙瘩,你一走就是十多天,奶奶想你啊!"老人把根儿揽在怀里,喜泪纵横,泣不成声。

"俺这就派人去告诉根儿他爹!"秀姑说着就往外跑。

"不用去了。"胡大珂说。

"为什么?"秀姑不解地问道。

"得立刻把孩子送回去。"胡大珂冷静地说。

"不行!好不容易逃出来,咱再也不叫孩子去那个地方啦!"奶奶气愤地说,"根儿他娘,今天是浑河集。你托人给根儿他爹捎个信儿,就说根儿不去啦!"

"离着过年不远了,既然已经回来了,就别再回去啦!"玉兰也说。

"叫俺去换根儿吧!"睡眼蒙眬的改莲高兴地说。但是没有人理睬她。

胡大珂冷静地对奶奶说:"表婶子,您信得过我吗?"

"那还用说？你是根儿的亲娘舅啊！"奶奶毫不迟疑地说。

"这件事，我三言两语对你老说不明白。我只想说，根儿必须立刻赶回浑河镇。要是咱们不这样做，不知道会惹出多大的麻烦。"

奶奶沉默良久，知道事情和儿子们外逃有关，就长长地叹了一口气，点点头儿，说道："他舅啊，你就和根儿他娘商量着办吧！"

"俺不去了！"根儿哭咧咧地说。

胡大珂严肃地对根儿说："男子汉能说话不算数儿？"

"俺这会儿不想去了嘛！"根儿哭着扭扭捏捏地说。

"你知道去年秋天你爹到柳林庄去接你回古家庄，三舅母为什么会'出卖'你吗？"胡大珂忽然问道。

根儿摇摇头。他不知道舅舅为什么问起这件事。

"你记得我对你说过吧？大人的事，有很多是小孩子不懂的吗？比方说，你爹和你叔叔为什么要到浑河镇去干活儿？你奶奶、你娘为什么不愿意让你去浑河镇？浑河镇的黄叔叔和都表哥为什么非把你弄到浑河镇去不可？这些事情，你都懂吗？"

根儿连连摇头。

胡大珂说："还记得舅舅刚才在柳林庄对你说的话吗？不该做的事，就是自己想做，也不能做；该做的事，就是自己不愿意做，也得去做。你说这件事情是由着你的性子办呢，还是按照大人的意思办呢？"

根儿低头不语。

"你相信舅舅吗？"胡大珂说。

"相信！"根儿毫不迟疑地说道。

"你爹和你叔叔正为你偷偷地离开浑河镇，在那里着急为难呢。他们见到你回去了一定会非常高兴。"胡大珂恳切地说。

"听舅舅的话，回去吧。过几天再回来。"奶奶和蔼地说。

这时，秀姑从外面推来一辆脚踏车。

"再过两天不行吗？"根儿望着他舅舅说。

"你不怕你爹和你叔叔着急吗？"胡大珂严肃地说。

"你爹和你叔叔在浑河镇那里急得连饭都吃不下！"秀姑说。

根儿低头不语。

天已经蒙蒙亮儿。胡大珂和根儿骑着脚踏车行进在通往浑河镇的路上。胡大珂问根儿说："要是有人问你为什么一个人儿偷偷地跑了，你怎么说？"根儿不知道怎么说。胡大珂说："就说想奶奶啦。"根儿默默地点点头儿。

开早饭的时候，胡大珂和根儿欢欢喜喜地回到浑河镇，胡大珂立即悄悄地对古世才说明了情况，要他继续麻痹都鸿勋，古世才会意，连连点头儿。

都鸿勋听说根儿是因为想念奶奶，私自出走，是他舅舅亲自把他送回来的，夸胡大珂懂事，特地让黄鲲关照军需处大伙房，为感谢胡大珂，准备了一桌丰盛的酒席，席间一再称赞胡大珂明白事理。

根儿走失的风波平息后，都鸿勋不仅进一步解除了他对古世才的怀疑，还放宽了对古世才兄弟二人的监控，不再以古世才工作离不开的理由不批准他回古家庄看望他生病的老娘，而是也允许古世才回古家庄探亲。后来，古世友的探亲假，也从两集一次增加到每一集（五天）一次，还给他们俩配备了一辆专用的脚踏车。这样，古世友在浑河镇和古家庄之间穿梭就更方便了，两地消息能随时交流，而古世才也有了离开浑河镇的机会。

也许是因为心里有事，也许是因为过于清闲，古世才兄弟二人每夜都睡得很少。今夜又是这样。从古世友从古家庄探亲回来后，古世才一直很兴奋。古世友说，家里在做出逃的准备，胡大珂还亲自骑着脚踏车踏看过他们外逃的几条路线。他和古世才的证件也已经办妥。古世才顶着胡大珂的名字，古世友顶着已故的胡大林的名字。古世友说，胡大珂连他们外逃用的车辆和赶车的人也已经做了安排。把牲口转移到柳林庄这件事，引起了古文举和古廷辅的注意。秀姑就对外应对说，她和玉兰都不会喂牲口，怕把牲口咔嗒坏了，明年开春儿种地没法儿使唤，才暂时送到亲戚家代为喂养。事情也就这样遮盖过去了。不过引起了古文举祖孙二人的注意，他们家的牲口是得古世才一家出走之后再卖了。

古世友从家里带回的最重要的消息是胡大珂收到了黑龙江的回信。信里说，他们的姑姑和表弟都欢迎他们去黑龙江，说他们那里和过去没有太大的变化，那里有活儿干，吃的住的用的都不难解决。胡大珂说，在信里的"没有太大的变化"这些字的下面还划了两道杠杠，猜想意思也许是说，日本人还没有完全占领伊春，至少是那里还有抗日的队伍。

古世才和胡大珂相识多年，曾经是朋友，后来是亲戚，但是过去因为各有自己的行当，隔行如隔山，只是作为亲戚来往，而并没有一起共过患难。这次他一家大难临头，胡大珂费心费力，一个人操持他们一家外逃的各种事情，还骑着脚踏车，往返奔波几百里去探路，让古世才很受感动。他知道，胡大珂这样做要担极大的风险。即使他们逃出虎口，一旦都鸿勋发现是他帮助他们逃走的，也不会放过他，他是舍上一家的性命来帮助他们逃出虎口的啊！当然，他这样做不完全是出于亲情，也是为了国家。现在古世才认为那个面带诡秘笑容，有点儿狡猾的胡大哥，是个了不起的人物儿。他的智谋，他的胸怀，他的眼界，他的胆量，他为了亲人和国家，不顾身家性命的牺牲精神，都是少见的。这个年头儿，即使至亲好友，也难得有谁肯这样帮助一个落难的人！难怪他有那么多的朋友，根儿那样亲近他，崇拜他。他为自己有这样的好亲戚而感到幸运。他往日对于胡大珂的成见和误解，此刻都烟消云散了。

古世友对哥哥说："根儿他舅舅说，咱们出走的时间就暂定在咱娘的生日或是新年，都鸿勋到处张扬说他和咱们是亲戚，到时候他很难说不同意咱们回家去给咱娘过生日和过年，他不是亲口说过放咱们一起回家过年吗？"

古世才默默地点点头儿，觉得胡大珂和弟弟的想法儿靠谱儿。

98

古廷辅来说，工厂的设备和材料，新年前后就将陆续运来，设备一到，可以先在现在的这个地址上开工试车。都鸿勋说，场地不够用，就把院子里的江大娘家迁走。军需处长说，不必了，新厂房用地已经划定，里面包括职工宿舍用地，所需厂房和建材也已备齐，只等明年春暖花开动工，如有必要，可先盖职工宿舍。

枪械修配所的筹建工作已经就绪，组建管理班子的事提上日程，都鸿勋为了进一步笼络古世才，把他们变成自己的亲信，一再对古世才兄弟表示善意，有意让古世才担任修配所的所长，还一再放话说，新年期间古世才可以带上古世友和根儿一起回古家庄和全家老少一起过年。古世才觉得都鸿勋未必会同意他们兄弟父子三人一起回古家庄，这多半是他口头儿上的干人情，说不定还是试探，因此古世才回应说，新年前后会有工厂的设备和材料运进来，厂里不能没有人验收，主动对黄鲲表示，新年前后这段时间，他和古世友不能同时离开修配所，要轮流留厂值班。黄鲲立即把古世才的这番表示报告给了都鸿勋，都鸿勋感到放心满意，立刻放风说准备任命古世才作枪械修配所的所长。

今天秀姑托人捎信说奶奶病重。都鸿勋犹豫再三，决定放古世才回古家庄探视。面临寒假，几个徒弟都说，根儿就要放寒假了，劝他带上根儿回家过年。古世才考虑到都鸿勋最关心的就是对他本人和根儿的控制。如果他们一起离开这里，难免会引起都鸿勋的疑心，说不定他会反对根儿和他同行，把彼此正在缓和的关系弄糟，古世才说，根儿不久前见过奶奶，他此行顺路要去赶个吕家集，带着根儿行动不便，谢绝了徒弟们的好意。都鸿勋对于古世才的这种举动很满意，还特地让古世才捎上他给奶奶办的一份礼物。

古世才早饭后从浑河镇动身，赶到古家庄时天已经晌午了。从冬至后离家到现在，仅仅过了一个来月，可是他感觉自己好像离家已经很久了。他从后街，穿过他家门前的小胡同儿，直奔家门。大门是掩着的。天井里静悄悄的。他推门进了天井。秀姑见丈夫回来了，一阵惊喜，激动地冲着他嚷道："你像个猫一样，猛然间冒出来，吓了俺一跳！根儿呢？他怎么没回来呀？！"

古世才没有回答秀姑，而是问道："咱娘怎么样？"

"挺好，就是想孩子。"

"我去看看。"

"她睡了，别去打扰她了。"

"根儿他舅来过吗？"

"来过。他说一切都准备妥帖了，就等你们的信儿了。"

秀姑忙着给丈夫打好洗脸水，端到天井里，放在地上，又给他拿来了手巾和猪胰子肥皂，趁古世才洗脸的时候，对他唠叨了近来家里发生的事情，说这几天古文举三番两次地到家里来闹腾，说八团要成立兵工厂，叫古世才和他弟弟到他们那里去干活儿，还命令他们一定要在十天以内，到团部报到，过期不去报到，他们随时会来抓人，办他们个汉奸罪。

秀姑谈的这个情况给古世才添了一大愁。八团名义上是国军，是抗日的队伍，而实际上他们和都鸿勋的治安队没有多少区别，近来风传他们正在和都鸿勋的代表谈判合编的事情。可是八团是古家庄一带的土皇帝，掌握着这里的生杀大权，有权命令它统治下的百姓干这干那，而八团的头目多是些地痞流氓，说话办事更没有规矩，如果落到他们手里，处境会更难，连工钱他们都未必会给开，而且说不定明天他们就会变成汉奸。现在他们和都鸿勋同时朝他伸手，让他没有躲闪的余地，他觉得家里是没法儿呆了，必须尽快离开这里。古世才不想惊扰秀姑，没有把他的这些顾虑说给她，而只是说："不用害怕，游击队不敢到浑河镇去抓人。说不定什么时候他们就会去投靠都鸿勋。"

奶奶听见古世才和秀姑说话，就叫小儿媳妇陪伴着赶到南屋来，远远望见儿子，她就泣不成声。古世才见奶奶朝自己走来，赶紧迎上去，激动地说"娘，您好吗？"说着也流下了眼泪。

"好，好。"奶奶哽咽着说。

"大哥什么时候回来的？"玉兰说。

"刚到。这些日子叫你受累啦。"古世才说。

吴玉兰腼腆地笑笑，没有说话。

"根儿呢？他怎么没回来？"奶奶说。

"根儿等过年的时候回来。"古世才说。

秀姑和玉兰扶奶奶坐下。

"俺一直没回来看您！"古世才羞愧地说。

"不怪你，娘不糊涂！"奶奶说着就伸手去摸索站在她面前的古世才的头和脸，就好像他还是个孩子。十多年来，儿子几乎天天都在她的身边，如今隔了好些日子才见上一面，老人心里怎么会不难过呢！

"根儿他娘，做饭吧？"奶奶说。

"这就做！"秀姑爽快地答应道。

"嫂子和哥哥说话儿，俺做。"玉兰说。

从古世才兄弟二人被抓走之后，玉兰就不再单独起火，两家又变成了一家，都在南屋里吃饭。

中午吃的是细细的豆面汤。一家人有说有笑。奶奶夸豆面汤切得细，做得好，多吃了几口，玉兰听了心里很高兴。

99

游击队八团团长吕立大，柳河北吕家集人，都鸿勋的姑表兄弟，这一带有名的大财主之一，年幼时曾在浑河镇都家祠堂和都鸿勋一起念过书。都鸿勋投靠日本人，当了浑河镇治安队长之后，曾经联络过他，拉他入伙儿。吕立大以为自己是这一带有头有脸儿的人物儿，不屑于当汉奸，更不想受都鸿勋的辖制，没有靠拢都鸿勋。但是不久他也联络了附近几个村庄的大小富户，捐钱拉起了一支三四百人的队伍，并且和驻扎在当地的杂牌儿军三十支队挂上钩，获得了三十支队八团的番号儿，名正言顺地当上了团长。这对三十支队和吕立大来说，是两全其美的事情。三十支队因此而扩充了自己的势力，而吕立大有了八团的名分。

八团的主要骨干都是吕立大小时候的要好的同学，都是富家子弟。下面的班排骨干是按照他们招到士兵的数目确定的。招满十人的当班长；招满三十人的当排长。全团的班排长有一多半儿是地痞流氓，真心抗日的不多。吕立大曾把他国立第七中学高中毕业的大儿子吕亦烟安排在团部当参谋长，打算以后让儿子接他的班。可是吕亦烟只在八团呆了一个多月，得知他爹和都鸿勋有勾结，就不告而别了，去向不明。国立第七中学里有共产党，吕立大担心吕亦烟受了他们的蛊惑投奔了共产党，也有人说他去了四川。在这件事上，吕立大和都鸿勋有同病相怜之苦。

八团成立后，都鸿勋曾再次派人去拉拢吕立大入伙儿，说日本人同意让他到浑河镇去当治安队上校衔儿的副队长，武器装备和粮饷，全由日本人供应，他的队伍仍然可以继续驻扎在吕家集一带。吕立大没说同意，也没说不同意。他不想轻易跟都鸿勋挂拉上，也不敢随便得罪日本人。近来国军投降日本人成风，他也有意靠拢都鸿勋。

吕立大没有都鸿勋那样大的政治野心，他拉队伍的初衷只是为了对付当地蜂起的杂牌儿军和暴民，保护他的家产。当然，这并不是说吕立大不会有野心，因为野心是可以生长出来的。他当的仅仅是个只有几百人枪的所谓团长，时间不过一两年，就感受到生杀大权在握，财源滚滚而来的好处，自然就想当师长、军长等更大的官了。野心是人的一种精神病，一旦生成，就要发作，一旦膨胀，就无止境，就会精神失常，进而发展为癫狂，而结局大多不妙，康复的很少。野心家的可悲就在这里。吕立大书念得不如都鸿勋，但是他务实。都鸿勋惦着光宗耀祖。吕立大不仅要光宗耀祖，还要名利双收。为了这个目的，他也学都鸿勋的样儿，计划筹办自己的兵工厂，只是苦于没有这方面的人才。他听说都鸿勋兵工厂里的两位师傅原来是他管区里古家庄的"二十五孝"，而铁匠古世才居然曾经是俄国一个大兵工厂的技术员或是工程师，不由地心生妒意，悔恨自己迟了一步，让他们被都鸿勋掳走，心有不甘，决心把古世才弟兄俩从都鸿勋那里挖回来，并把这件事情交给他的参谋长高树芬去办。高树芬脚踩两只船，表面上命令古家庄保长古文举到古世才家通知秀姑，叫古世才弟兄二人到高家庄游击队八团团部去报到，限期十天，过期不到，按汉奸论罪，而实际上他并不想让古世才离开浑河镇。他的心是向着都鸿勋的。

关心古世才花落谁家的还有古廷辅。他盼望八团办兵工厂，这有利于他拓展业务，两头儿赚钱。不过都鸿勋和吕立大在他的心里的分量有所不同。他偏爱都鸿勋，因此不想让古世才离开浑河镇，他觉得和都鸿勋做买卖挣钱多，更有把握，而游击队和土匪差不多，有的就是土匪，给他们进设备和材料，到时候儿他们一瞪眼，硬是不给钱，你能把他怎么办？不过他也舍不得八团的这笔买卖。他想把古世友从都鸿勋那里挖出来，让他去帮助八团建立兵工厂，帮着他创建一个新客户儿。

古世才的动向牵动着古文举的心。他一度把向古世才报仇雪恨的希望寄托在都鸿勋身上。可是他发现，都鸿勋和他的孙子古廷辅各有他们自己的打算，图的都是私利，根本就没把他报仇雪恨的大事放在心上。近来他听说，都鸿勋对古世才弟兄俩百般优待，给他们很高的劳金，和他们拉亲戚关系，彼此称兄道弟，打得火热，重用古世才，封他当枪械修配所的所长，虽然古廷辅一再向他保证说，以后他和都鸿勋一定会狠狠地整治古世才，把他们弟兄二人送到日本或是关东的煤矿去当劳工，叫他们有去无回，可是古文举知道古廷辅是个见利忘义的人，不可信任。而更重要的是他自知自己来日不多，说不定那个早晨一口痰上不来就玩儿完啦，这个仇就永远都报不了啦，所以他不想把他报仇雪恨的希望寄托在别人身上。正在他不知如何是好的时候，古世才找上门来，说都鸿勋要他到他那里干活儿，他认为这也是他整治古世才的一个好机会，只要给古世才栽上个汉奸的罪名，他就难逃一死。可是，高树芬让他碰了一鼻子灰。不只如此，他听说八团也把古世才当成香丸子，正在争夺古世才，眼见古世才就飞黄腾达，碰不得了，他有生之年可能报仇无望，于是他心里又浮起了他绑架谋杀根儿，把古世才一家斩草除根的恶念。

午饭后，秀姑一再劝古世才上炕歇一会儿，他说不累。正在他们争执不下的时候，小学校的陶老师来了。古世才年过不惑，是个文盲，而陶老师刚满19岁，是古家庄最有学问的人，他们在抗日这件家国大事上结成了忘年交。陶老师午饭前听说古世才回来了，饭后撂下饭碗就来到古世才家。古世才见进来的是陶老师，非常欢喜。他被圈在浑河镇一个来月，抗日前线的消息一点儿也听不见，心里闷得慌，很想听陶老师讲讲抗日前线的战况。

"听说你老回来啦，特地来看望您。"陶贵民乐呵呵地说。

"我在浑河镇那边也常常想到陶老师，很想听你谈抗日前线的好消息。"古世才紧紧地握住陶贵民的手，兴奋地说。由于古世才的祖父和父亲都曾经是教师，教师在古世才的心里有特殊的地位。陶老师出身名门，爱国敬业，他登门来拜会他，他感到很光彩。

古世才夫妇把陶老师让进屋里，在堂屋落座。

"全和在浑河镇那里总念叨你。"古世才诚挚地说。

"我也惦记着他。古全和是个好学生。"陶贵民笑着说。

"我被圈在浑河镇，很久没得到你的指点了。"古世才说。

"你老可别这么说！"陶老师不安地说，"您是长辈！"

"啊呀，可不敢这么说，"古世才有些惶恐地说，"俗话说：'有智不在年高，无智空活百岁。'"

"古大叔，"陶贵民恳切地说，"你老是用行动教导我怎样做人啊。我对我的老父亲叙说了您关心国家大事的言行，他很感动，一再说'难能可贵'，嘱咐我多多向你老请教。他还想见见您呢。"

"我是个草莽之人，不配老先生夸奖。"能受到曾经做过县太爷的陶老先生的夸奖，古世才激动不已。秀姑看着得意的古世才，也在分享他的荣耀。

"古大叔，我在这里也呆不长了，"陶贵民说，"日本人步步进逼，蓄意灭我中华，我一个年轻人，怎么能猫在这里教书呢！"

"啊，陶老师，你可不能走！教育孩子们，让他们懂得爱国，和上前线打日本一样重要，"古世才说，"古家庄孩子们的教育就指望你啦。学生和家长们都很敬重你，你可不能走！"

"我也留恋乡亲和孩子们。可是日本鬼子就在眼前，虎视眈眈地盯着咱们，说来就来，说杀人就杀人。小古家庄的惨案不就摆在眼前吗！这是血仇，能忘吗！光教几个孩子、让他们识几个字儿，能有多大用处！说不定什么时候浑河镇的鬼子就扑过来，难道我一个年轻人要当日本鬼子的顺民吗！"陶贵民越说越激动，"赶走了日本鬼子我再回来教书。"

陶贵民的一席话引发古世才的共鸣，他更加敬重他。

秀姑端来了茶。笑着说："没有好茶，将就着喝吧。"

这是陶贵民第二次到古世才家，秀姑已不那么难为情了。

"谢谢婶婶！"陶贵民赶忙站起来，双手接过秀姑递过的茶碗。

"听说你和柳林庄俺侄女儿是同学？"秀姑笑着说。

"是的，念师范的时候，我们同班。"陶贵民高兴地说。

"陶老师今天来，有什么新闻？"古世才不想让秀姑把话题扯到家长里短儿上。他希望陶贵民给他谈谈抗战前线的情况。

"我就是来看望你老的。"陶贵民笑笑说。

"多谢，多谢！"古世才由衷地表示感激。

陶贵民突然问道："大叔，庄里最近有谁去青岛吗？"

"陶先生那里有亲戚？"秀姑问道。

"俺叔叔在青岛。"陶贵民说。

"也是先生？"秀姑说。

"不，他是做生意的，是青岛裕长栈的经理。"

"有事吗？"古世才问道。

"想请他给我叔叔捎封信。"

古世才关切地问道:"急吗?"

陶贵民说:"也不太急。"

古世才不假思索地说道:"那就交给我吧!"古世才自己不能去青岛,他也不知道最近有谁要去青岛,可是他帮人成瘾,特别想帮他敬重的陶老师干点儿什么,一时激动,就答应下来了。

秀姑看着古世才,心里暗笑,笑他像个好心勤快的孩子,只要别人有难处,求到他的面前,他就答应帮忙,而且常常是放下自己手里的事情,先去帮助别人,即使和他没有交情,甚至平时和他相处得不大好,只要不是坏人,他都会帮助,有时还搭上自己的钱和材料,自己干不了,还去求人帮忙干。可是这会儿他被圈在浑河镇,去不了青岛,也没有人好求,怎么好应承陶老师呢?她担心他耽误了陶老师的事情,也担心他到头来坐蜡。可是她又不好当着陶老师的面儿,把自己的这种担心说出来。

"谢谢古大叔。"陶老师说着,把信递给古世才,起身要走。

"再坐一会儿吧!"秀姑真诚地说。

"不啦。得回去给学生们检查作业。"陶贵民笑着说,"以后你老要是去青岛,就住裕长栈。您一提我,他们就会照顾您。"

"谢谢!"古世才硬着头皮说,"你托的事,一定办到!"

秀姑陪古世才送走了客人,回到屋里,就开始埋怨他,说道:"你真是个老半吊子,你怎么好干这种猫肝儿的事儿(比喻靠不住的事)呢?你能去青岛吗?你有人好托付吗?你怎么帮陶老师把信捎到青岛去啊?就等着丢人坐蜡吧。"

古世才摇摇头有些不好意思,笑着说道:"你说得是,这件事办得是有点儿冒失。"愣怔了一会,又信心十足地说:"'车到山前必有路',总会有办法儿的!"

101

陶贵民走后,古世才在秀姑一再催促下,脱鞋上炕,顺手拉过一床蓝地儿白花儿的印花被子盖在身上。他见到了身体康健的老娘,见到了尊贵的朋友陶贵民，一家出逃也有了眉目，心情轻松了许多，脑袋一沾枕头就睡着了。

不多时，外面有人敲门。

"谁呀，连个觉都不叫人家睡！"秀姑不满地嘟囔着走出堂屋，想把来人拦在门外，让丈夫好好休息。她走到大门口儿，打开大门，见门外站着两个兵。一个是当官儿的，大约有三十多岁，个头儿很高，瘦长脸，大鼻子，两只蔑视一切的眼睛，腰里别着短枪。另一个很年轻，中等个头儿，披着崭新的红色牛皮武装带，挎着盒子炮，显然是个护兵。秀姑见他们穿的是灰军装，断定他们是游击队八团的，估计是冲着她丈夫来的，心里有些紧张，担心他们把古世才当汉奸抓走。

"长官找谁？"秀姑问道。

"这是古世才家吗？"当官儿的神情冷淡，姿态傲慢，操混杂着本地口音的关外口音，答非所问。

"长官有事吗？"秀姑小心地问道。

"我在问你呢，这里是不是古世才的家！"当官儿的态度蛮横，有点儿不耐烦，没等秀姑说话，就擅自冲进天井，大摇大摆地朝堂屋走去。那个当兵的紧跟在他的后面。秀姑也不由自主地跟着他们回到堂屋。

古世才已经醒了，听见有人在和秀姑说话，直呼其名，心里很不舒服，气愤地想道："哪来的野种，这样呼名唤姓，真是没有家教！"古世才虽然出身穷苦，在国内没念过书，可是穷人辈儿大，他辈分高，走南闯北见过世面，是行孝的模范，家道中兴的功臣，在古家庄还算是个受人尊敬的人物儿，庄里早就没有人对他直呼其名了。

古世才走到堂屋的时候，来人已经站在堂屋门前，他见是两个当兵的，猜想他们可能是八团的，说道："我就是古世才，你们有什么事？"

当官的似笑非笑地说："那好，我告诉你，我奉三十支队第八团吕团长的命令，来请你出山。"

古世才感到有些奇怪，他回来不过一顿饭的时间，他们是怎么知道他回来的消息的呢？是碰巧儿呢，还是有人给他们报了信儿？他打量了一番那个当官的，觉得他有些面熟，但是想不起来他是谁。

当官儿的没有正眼看古世才，而是径直走进堂屋，一屁股坐在北墙下供桌旁的杌子上，架起了二郎腿，好像这里是他的家。

秀姑走进堂屋，坐到奶奶的炕沿儿上。

"古世才，我们已经多次命令你们兄弟俩到我们团部来报到，你们充耳不闻，是什么意思?! 不愿意为抗日出力吗? 这可不好啊!"

古世才听当官儿的操的是混杂着本地和关外中满或是北满口音的东北话，断定他是本地人，曾经在吉林或是黑龙江一带生活过几年。由于他不是小的时候去到那里的，可能也没有学话的天分，所以他的东北话说得不地道，只能算是南腔北调，这类人在这里并不少见。古世才想，他对他撇关外腔儿，是为了抬高自己，吓唬别人，忍不住笑了。秀姑猜到了古世才为什么发笑，忍不住哈哈大笑。

"你笑什么?!" 当官儿的有点儿心虚发毛。

"没什么……" 古世才随口说道。"我……想起了一个笑话儿……" 古世才说着又忍不住笑了[①]。

当官儿的也想到了这个笑话儿，脸唰地红了，一直红到脖颈子。

"长官贵姓?" 古世才想岔开话题。

"这是俺们高树芬参谋长。" 当兵的说。他不知道发生了什么出事。

"哦，原来是高参谋长，失敬了。" 古世才不卑不亢地说。

这时，被他们的谈话惊醒的奶奶，从东屋走出来。高树芬见了奶奶不由自主地站了起来。他认识奶奶，当年他四处乞讨的时候，奶奶没少周济他。奶奶也认出了他，当年。他小名儿叫"屎腚"，他爷爷外号"高万亩"，他爹叫高玉良。奶奶在高树芬面前停住脚步，看了他一眼，没有说话，扭头儿跨出堂屋，朝大门走去。

102

高树芬是高家庄人。高家庄在古家庄西偏北方向，离古家庄不到三里

---

① 这个笑话儿嘲笑的是那些蔑视乡音和忘本的人。大意是：有一山东小伙子，去关东闯荡了几年。衣帽整齐地回到家乡，自以为了不起。有一天，他跟着他爹下地收荞麦。他走进荞麦地，硬装不认识面前的庄稼，手指荞麦，撇着半半拉拉的东北腔儿，故作惊讶地问他爹："爹呀，这三块瓦合成一个庙（荞麦籽实的形状）的是玩意儿呀?"他爹气愤地看了他一眼，随手给了他一个嘴巴。他立刻高声呼救："来人哪，荞麦地里打死人啦!"

路，跟古家庄东北面的傅家庄、姜家庄和古家庄构成一个不规则的四边形，彼此相望。据老人们说，高家庄原本没有姓高的，地势也不高。人们猜想，可能古代高家庄的地势曾经比周围的村庄高过，或是庄上住过高姓的家族，要不怎么会叫高家庄呢？不过现在高家庄的地势的确不高，也没有几家姓高的人家儿。也许这就像古家庄古代曾经是涝洼地，现在不洼了一样。关于这一带的地势，民谣里是这样唱的：

> 高家不高，
> 洼子（指古家庄）不洼，
> 傅家不富，
> 姜家不辣。

不过高家庄不同于周围所有的村庄。高家庄出过一个名扬半个胶东的大财主，有一条当年匆匆修起的宽大街道，和全村的街道很不协调，横贯全村东西、用上等大块儿的花岗石铺就，在这条街道的中段，有一座和全村的房屋建筑很不协调并配有宽大花园儿的高屋大院。修筑这宽大街道和高屋大院的，就是高树芬的爷爷"高万亩"。"高万亩"和他的儿孙的故事，至今仍在高家庄周围的村庄，乃至附近一些州县传播，是许多长辈教育儿女如何做人的重要材料儿。

高树芬的爷爷本名"高德发"，一生大起大落。要说高德发，几乎无人知晓，而提起"高万亩"，几百里之内，无人不知。他就像夏夜天空中的大流星，突然灿烂闪现，刹那辉煌，转瞬之间又消失在茫茫夜空，留在人世的是"高万亩"这个外号儿和他神奇的故事。而他的故事里包含丰富的政治、经济和人生哲学的内容，是"外财不富命穷人"这句民谚的一个生动的注解。

老人们说，高德发老家山东曹州府，曾经是一个流浪儿。为生活所迫，他乞讨过，下过关东，当过土匪，在招远金矿采过金，到不惑之年仍然只身一人，无家无业，两手空空，再次沦为说唱乞讨的乞丐，流落在田庄镇一带，栖息在高家庄的一处关帝庙里，和关老爷为伴，睡在周仓或是关平的脚下。

有一天，高德发在田庄集上"砸牛骨头"（一种在集市上说唱乞讨的形式,以上面挂着铜钱、铃铛等响器的牛肩胛骨打节奏进行说唱乞讨),见有人卖石头。当他的目光投射到装在独轮车上的那两个偏篓里的那些臭烘烘脏兮兮的石头上的时候,惊得瞪大了眼睛,有如突然堕入梦中仙境,欢喜得心跳到嗓子眼儿,激动得挪不动脚步,说不出话来,脑袋轰然一声,几乎晕倒在地。他相信,在他面前的是高品位的金矿石!意识到他的好运到了!他强迫自己镇定下来,站稳脚跟,压抑着难以遏制的暴富的冲动,装出无动于衷的样子,艰难地挪步到卖主面前,努力镇静过后,小心翼翼地颤声问道,"你这些石头要几个钱啊?"

"你想要吗?"卖主见他是个乞丐,爱搭不理地看了他一眼,随口问道。他根本没把他当成买主。他想,一个砸牛骨头要饭的人,不可能花钱买石头,他要这些石头干什么?便心不在焉地说道:"你就随便给个价儿吧。"

"俺是要修个茅房。"高德发装出漫不经心的样子说道。

"俺这就是从八百年前的老宅子里的茅房里拆下来的。"

"那你就说个价儿吧……。"高德发不敢抬头看卖主,生怕他从他的眼神儿里发现他内心的秘密。

"看着给个价儿吧。"卖主懒懒地说,仍然不相信他是个买主。

"十个钱吧?"

"少了点儿。"卖主怀着好奇的心情,开始认真地瞅了他一眼。

"那就再加两个!"高德发心情紧张,生怕引起买主的怀疑,不敢多加,又怕周围突然出现一个识货的人和他争购,随时准备再加,同时目不转睛、惴惴不安地窥视着卖主和周围的人,揣度着卖主的心情。

"成啦!"卖主感到满心欢喜,笑着摇摇头,心想,"怪啦,一个要饭的,买这些石头有什么用?"

"能给俺送回家吗?"

"好说。"

高德发没有家。他大着胆子,悄悄地把卖石头的人领进高家庄紧西头儿关帝庙后一个无人管理的破败的院子。院子的主人多年前阖家下了关东。

"你家里还有石头吗?"高德发在结清账目过后,谨慎地问道。

"有,估计还能有这么五六车吧。"

"正好够俺砌个茅房，都送来吧。"

"行。"卖石头的爽快地答应道。他非常高兴，没想到这些石头能一次脱手，还卖了个好价钱。

六七车石头在天井里堆成了一座小山儿。在高德发的眼睛里，这是一座真正的金山。他心中一片辉煌，想得很多很多，很远很远。他想："这些金矿石一定是几百年前人们还没有开发这一带金矿以前，被当做石材运到这里来的。幸运的是它们一直被埋在茅坑里，没有被懂行的人发现！"

高德发深知贸然占用别人宅院的罪名，事后第二天一早就登门拜访了院子主人的叔伯侄子廖春芳，谎称自己的家属要来，他打算长期租住这个院子。院子主人廖德福三十年前阖家下了关东，委托他堂兄廖德魁管护他家的房屋院落，可是廖德福早就没了音信，他的堂兄廖德魁也已不在人世，廖德福宅院无人管顾维修，已经破败不堪，廖春芳不敢出卖，又不能不管，而管又管不起，常遭本家的一些人非议，很是苦恼，现在有人要长期租用，这对他是个难得的机会。他问高德发他要租多久，高德发说先租五年。廖春芳乐得挣了这个包袱，并白得一大笔租金，爽快地和高德发立下了租赁字据。

高德发亲自把这些石头抛进了废弃的茅坑里，又用土把它们盖起来，接着又请人帮忙整修和加高了围墙，然后悄悄地远到潍县去请来了一位姓庞的金银匠来给他提炼黄金。他在潍县时就跟金银匠讲好条件，工期两年，工钱加倍。在他和庞师傅回到高家庄时，又对庞师傅说：他管吃管住，完工以后，工钱凭他要，但是活儿干不完不许他走出他家的天井一步。如果违约，他就别想活着离开这里。庞师傅明白，他碰上了富人，有发大财的机会，就答应了他的条件，在高墙里面整整干了两年另两个月。在庞师傅离开高家庄的前夕，高德发问他："庞师傅，咱们相处两年多，成了朋友，你就按照你们这个行业的规矩要个价儿吧。"

庞师傅恳切地说。"你就把这些炉渣送给俺吧。"

"就依你！不过有一个条件，你对谁都不能提起你在这里的经历，若是你泄漏了俺的秘密，咱们就不再是朋友，你和你一家的安全也不再有保证。"

庞师傅说："你放心，俺不会做对不起朋友的事。"

　　高德发请来木匠给庞师傅用槐木打了一辆独轮车，雇人帮着庞师傅把全部矿渣悄悄地送到他的潍县老家。庞师傅因此也成了潍县的一个大富户。

　　一夜暴富的高德发出天价买下了高家庄中心地带的四家老住户的宅院，大兴土木，盖起了他的豪华的宅院，雇佣管家，突击成亲，从外乡买进了几丫鬟和一些小子，开始联络当地的乡绅，大量购买土地。他不讲价钱，有地就买，高家庄附近几个村庄的地价因此翻倍增涨，在短短一两年的时间里，他就把附近村庄的大量土地买到自己的名下，又把他搜罗土地的手伸展向临近的外县，得了一个响彻小半个胶东的雅号——"高万亩"。

　　高万亩突然发迹，爆炸式扩张，咄咄逼人，像一头腾空而起的独角巨兽，冲击着全县财主们既定的格局，震惊了附近几个州县的朝野。他们目瞪口呆地盯着他的血盆大口，和好像是无穷无尽的金钱，隐隐感到了他可能把他们当成新的吞并对象儿。然而暴发户儿高万亩毫无理财经验，更没有意识到暴富给他带来的危险，不知不觉成了老财主们的众矢之的。就在他天天膨胀，乍成气候儿，忘乎所以的时候，他家死了一个丫鬟。这本来是再平常不过的事，然而头脑发胀的高万亩想摆摆阔气，抖抖威风，特地关照他的管家说："咱是大户人家儿，办事得讲究个规矩，这件事要经经官，你去到县里备个案。"管家是周围的老财主们派进高家的奸细。老财主们得知这个消息喜出望外，立刻联合起来，勾搭上县衙的大小官员，收买了死者的哥哥，大做文章，判定那个丫鬟是受高家虐待致死，判罚高德发维修县城城墙。这个工程前后折腾了好几年。周围的财主和本县所有重要官员都参与了趁机掠夺高万亩家财产的阴谋勾当，发了大财。他们采取抬高工程的承包工价，同一个工程重复承包，虚报佣工人数儿，延长工期，最可怕的是无限重复登记建材等种种的作伪的办法骗取高万亩的财产。他们把同一车砖石或是木料，从早到晚一次次地从县城的前门进入，登记一次，然后从后门出去，绕到前门，再来登记一次。就这样，同一车建材，从早到晚，无数次地"卖给"高万亩。高万亩的现金用完，就廉价甩卖土地。古家庄古文举的奶奶母老虎抓住了这个时机，购进了大量的土地。维修县城城墙的工程，直拖到第三个年头儿。后来是由于官绅们分赃不均，发生内讧，才算告一段落。

高德发当代发迹、当代败落。但是传到他独生儿子高玉良手上的时候，他家还有好地近百亩，三进青砖大瓦房院落一处，长工三名，大车两挂，骡马成群，银钱数万。但是高万亩政治上无知，理财无道，教子无方，他的晚生儿子高玉良自幼饭来张口，衣来伸手，享尽豪华，15岁就是全县有名的阔少，吃喝嫖赌抽，无所不为。高万亩没管住他的家产，也没教育好他的儿子。高玉良的风流故事很多，光老婆就有 7 房半，那半房老婆是和他同居的一个年轻的寡妇。高万亩去世后不到十年，他就把一个挺大的家业给踢蹬光了。他走投无路，又恶习不改，竟伙同外村的几个地痞绑架了昌邑县一个大财主的儿子，后来透了风，他们撕了票儿，案发后他被判死刑，砍了头。高玉良死后不久，他原配的妻子自缢身死，其余的六个老婆是从外县弄回来的，高玉良在世的时候，随着他家境的败落，都陆陆续续地离开了他。他的独生儿子小名儿"屎腚"的生母，在高玉良的妻妾中，排行老五，她也扔下儿子远嫁到天津去了。高玉良的那半个寡妇老婆在他死后也嫁了人。风光一时的高家就这样四散了。

高玉良的独生儿子高树芬，孤苦无依，先是被他家一个好心的光棍长工卞某收养，后来卞某在下地瓜井子去取地瓜的时候，不幸中毒死在里面，就没人再肯养活他了。只有 5 岁的高树芬，只好四处讨要。当时人们常常在他背后指指点点，讲述他爷爷和他爹的故事，教训后人。这一带，所有的人，在教育儿孙的话题中，最重要的两条要求就是从高玉良和姜家庄的姜文雍的身上总结出来的，一条是不能赌钱，一条是不能抽大烟。

高树芬长到十多岁的时候，就开始在这一带收废品。先是跟着师傅干，后来就自己干。前些年，突然不见了。有人说他下了关东，有人说他死了，也有人说他当了土匪。但是没有人知道他是因为犯了命案，逃到关外去了。而当人们再次见到他的时候，他已经是游击队里的一个军官了。他小的时候曾无数次地到过古世才家，得到过当时并不富裕的奶奶的多方周济。他相信奶奶会认识他，而这就是他见到奶奶突然感到不安的原因，表明他的人性还没有完全泯灭。

103

　　高树芬的护兵不时伸手去摸一摸挎在他左面的那把盒子炮，不知是他想表明自己随时保持警觉呢，还是要显示一下他的威风。古世才出于礼貌，几次请他坐，他都不理不睬，像块木头橛子一样蓋在高树芬的侧后方。古世才看着他，感到厌恶，不由地想道："不知好歹！就这么一个庄户孙，浑身一股子土腥味儿，刚刚套上那么一身虎皮，成了一个狗腿子，就不知道自己姓什么了！"

　　秀姑不认识高树芬。她给客人端来了白开水，高树芬连看都没看她一眼，好像这里根本没有她这么一个人。他不时朝天井里张望，古世才不知道他是担心奶奶回来。

　　"听说到浑河镇去挣大钱啦？"高树芬改操本地口音阴阳怪气地说。

　　"身不由己呀，老百姓设什么办法儿。"古世才不冷不热地说道。

　　"日本人的钱可不好挣哟。"高树芬语含讽刺和恐吓。

　　古世才说："俺们并不愿意远离老娘跑到大老远的浑河镇去挣这份儿钱。浑河镇来人找俺们的当天晚上，我们就把这个情况报告了古家庄古文举保长，求政府保护。保长告诉我们说，他把这件事报告了八团的长官，可是……嗨！"

　　高树芬装糊涂，并指责说："你们不还是去了嘛！"

　　"身不由己呀。"古世才含糊其辞地说。

　　"给鬼子汉奸造枪炮就是汉奸！"高树芬语带威胁。

　　古世才不动声色地说道："有多少乡亲被日本人捆绑着双手，装进轮船运到日本，赶进矿里，在那里被累死，饿死，病死，被日本人打死，杀死，能说他们是汉奸吗？"

　　"你这是胡搅蛮缠！"高树芬怒气冲冲地说，"要是谁上赶着去给日本人干事儿，我就毙了他！……回来给八团干吧，你们两家的钱粮捐税和公差全免，'劳金'也不少给。浑河镇给多少，我们给多少。"高树芬的口气有所缓和。

　　古世才不能说他不去八团，也不能说去八团。他估计高树芬和八团惧怕都鸿勋，他们自知没有办法儿从都鸿勋手里抢到他，才想到趁他回家探亲的机会把他截留在这里，而他相信，若是他们来给八团干，处境将更糟，他们连工钱都不会给，而且说不定哪一天他们也会投靠日本人。他担心高树芬把他扣留在这里，那将破坏他们出逃的计划。

高树芬说道："怎么样，同意啦？"

古世才淡然说道："我同意有什么用？你们要用俺，就请长官派人去浑河镇把俺兄弟和孩子接回来，俺们全家都感谢长官。"

"你什么意思？俺们国军怎么能和汉奸勾勾搭搭！"高树芬一本正经，"听着，年前你们必须到八团来报到，过期不来报到，要小心你的脑袋！"

古世才听高树芬这样说，知道他无意扣留他，揪揪着的心松开了。

高树芬虽然口出狂言，却并无意把古世才兄弟二人弄到八团。他来找古世才，唱高调儿，说大话，只是奉命行事，做给吕立大看。他的心向着都鸿勋，有意投靠都鸿勋。他对古世才有气仅仅是因为原先他不知道古世才是何许人也，只以为他是个平头老百姓，见了他会低眉顺眼，唯唯诺诺，而古世才竟敢当着他护兵的面儿顶撞他，嘲笑他，给他出难题，让他下不来台，才想说几句硬话吓唬吓唬他。

高树芬走后，古世才心事重重，对秀姑说："八团手里操持着咱们的生杀大权，要是他们两家都朝咱们下手，咱们就无路好走了。咱们出逃的时间得提前，提前在咱娘过生日的时候行动。"

古世才深知外逃能否成功事在两可。他们兄弟父子三人逃出浑河镇，逃出都鸿勋和黄鲲等人的魔掌不容易，一家老少七口儿避开古文举一家的日夜监视，逃出古家庄也不容易，而摆脱都鸿勋的追捕就更难。沿途有日本人的据点儿，无论从龙口、青岛走水路，还是经潍县、河北、出山海关，走旱路都很难。可是得走，就是死，都不能给敌人干事。

古世才有三天的假期，他担心吕立大派人来抓他，只在家里停留了半天，晚饭后，就动身奔浑河镇方向而去，到吕家集，摆脱古文举的跟踪，沿柳河北岸东行，悄悄去了柳林庄，向胡大珂报告了高树芬登门逼迫他去八团工作的事，说打算提前出逃，胡大珂表示同意。他们谈论了一夜，早饭后古世才小睡片刻，午饭后就从柳林庄赶回浑河镇。他一路上都在琢磨胡大珂关于他们出逃的计划和安排，盘算着出逃的种种事情，担心高树芬会派人来绑架他家里的人作人质，迫使他们就范。

古世才回到浑河镇已是掌灯的时候。天井里依然黑洞洞的。古世才在枪械修配厂的大门口儿碰见了孙孝武，和他擦肩而过，而孙孝武竟没有和他打招呼儿，而是急匆匆地走出院门。古世才走进屋里，见大家都在，但是没有人说笑，和他打招呼儿，问长问短，而是个个闷声不响，他忽然意识到在他离开这里的这一天一夜，这里可能发生了重要的事情。能是什么事情呢？这时他忽然发现根儿不在场，往常这会儿是根儿和徒弟们说笑逗闹的时候，想到这里，心中立刻一惊，忙问："根儿呢？"大家低头不语，他觉得事情不妙，又急切地问身边的屈宗昌："根儿呢？"

屈宗昌沮丧地嘟囔道："他下午放学后就没回来。"

古世才的心猛然狂跳起来，想道，根儿出大事了！他马上联想到奶奶的生日和外逃的计划，心头一阵混乱。他见古世友也不在，又问："师叔呢?!"

几个徒弟齐声回答说，他又去找根儿了。

焦文和给古世才端来了饭菜，说道："您先吃点儿东西吧。"

古世才嘴说好好，但是无心吃饭，又问："到学校去找过吗？"

徒弟们七嘴八舌地说；"找过了，见过解老师。他同学家也都去找过。"

古世才说："解老师是怎么说的？"

孙孝武说："她说今天中午放学时，她是亲眼看着根儿走出校门的。"

古世才点点头儿，没有说话。这时，古世友回来了。古世才见他愁容满面，一脸哭相，知道他没有得到孩子的消息。

古世才想，根儿是个懂事听话的孩子，平时他和弟弟都反复教育他，放学后一定要按时回到住处，不许他到任何老师和同学家里去玩耍。根儿也从来都是按时回来。这会儿外面已经戒严，而根儿还没有回来，肯定是发生了意外，一定是落到什么人的手里了。

孙孝武对古世才说，他走访过小学校看门的裘老师傅。裘师傅说，中午放学前后，他见有个老头儿在浑河桥头附近转悠，觉得奇怪，他说那个老头儿肯定不是本镇的人。他本想把这个情况报告给教导主任栗老师，偏巧当时栗老师不在。古世才问孙孝武，"裘师傅说，是个什么样儿的老头儿？"孙孝武说："他说，他中等身材，黑瘦黑瘦的，戴一顶火红色的水獭皮火车头帽子，穿得挺讲究，很像闯关东回来的。"

　　古世才觉得裴师傅说的那个老头儿可疑，不过他想，绑匪未必敢蹿到都鸿勋的老窝来绑架他枪械修配所职工的家属，那弄走根儿的会是什么人呢？他们是为钱，还是别有所图呢？他想过是高树芬所为，他想用这种办法儿逼迫他就范，可是接着他又否定了这个念头，他觉得他们不会想不到，都鸿勋不会理睬他们，无助于他们得到他本人和他弟弟。最后他想到事情可能是都鸿勋编造的一个圈套儿，他制造根儿被绑架的险情，恐吓他，然后再救回根儿，让他对他感恩，借机进一步拉拢他。他希望事情能是这样。而当他的思虑最后还是落在根儿是被绑架了的时候，心中再次涌起一种极度不安的感觉。因为他知道，如今的绑匪，完全不讲江湖规矩，撕票儿的事屡屡发生，落在绑匪手里，往往是人财两失。他想，现在他只能向都鸿勋求助了。

　　"都怪我，没及时到学校里去找孩子！"古世友悲伤地自言自语。

　　古世才开导古世友说："怎么能怪你呢？干这种事的人都是早有预谋，防不胜防。就是我在这里事情也照旧会发生。你不要太难过，现在要紧的是救孩子。你立刻去见都团长，把根儿失踪的事情报告给他。请求他派人帮助咱们找孩子。"

　　古世友应声走了。古世才又对徒弟们说："大家都忙活了半天了，累啦，去休息吧，有事情我会请大家来帮忙。"他见几个徒弟眼泪汪汪，不肯离去，又开导他们说："不要着急。要是作案的人是绑匪，他们会派人来和咱们来讲价钱。我在这里等他们。你们先回去睡觉。睡好了，才有力气到处跑啊。"

　　徒弟们离去后，古世才回到宿舍，见刘玉山正坐在他的床边，低着头，抽闷烟儿，见古世才进来，抬起头，用期待的目光看着他，希望他带来好消息。

　　古世才刚坐下，古世友就回来了。

　　"都鸿勋怎么说？"古世才急忙问道。

　　"他说根儿可能是被绑架了，他马上派人救孩子。"古世友说。

　　"只能靠他了。"古世才无奈地自言自语。

　　古世友非常懊恼，沮丧地一屁股坐到炕沿上。古世才再次宽慰他说："有人存心作恶，背地里捣鬼，防不胜防啊。"

　　刘玉山思忖着说道；"是什么人干的呢？是为钱，还是为仇呢？要是为钱，这会儿就应该有个动静了。"

古世才听得出，刘玉山怀疑绑架根儿的人是为仇，而这是最可怕的。不过他觉得自己没得罪过谁，不会有人打他儿子的坏主意。他估计是绑匪是为钱。说不定是最近江大娘到处说他和弟弟在这里挣大钱，引起了绑匪的注意。可是事情已经过了七八个钟头，现在已经是深夜，为什么一点儿消息都没有呢？想到这里又觉得刘玉山的担心不无道理，心情变得愈加沉重。

"你家老辈人有人和谁结过疙瘩吗？"刘玉山沉思着说。

古世才想了想说："老辈家中有过不和，可那是几十年前的事了……。"

古世友忽然冒出一句，"会不会是古文举干的？！"

古世才说："不至于吧？他是根儿的叔伯爷爷，未必敢这样干。"

古世友说："难说。他不是害过咱们好多回吗？他什么坏事不敢干？"

刘玉山沉思良久，然后认真地说道："这可难说，老两的怀疑不能不考虑。俺家和都鸿勋家不和，是百十年前的事了，都鸿勋至今耿耿于怀，事实是当年他们家的先人欺负了俺们，可是他却扬言是俺们家的先人对不起他们。……而要是为仇，孩子就……"刘玉山不忍心把他心里的想法儿说出来。

古世才觉得刘玉山的话有道理，心情更加沉重。

"会不会是都鸿勋闹鬼呢？"古世友说。

"也不是没有这种可能，"刘玉山说，"他制造一个孩子被绑架的案子，叫咱们着急上火，去求告他。然后他派人把孩子搭救回来，让咱们感他的恩，去报答他。他们家的人很爱玩这种收买人心的把戏。要真是这样，咱们可就算烧高香了！"

三个人怀着恐惧和无奈的心情琢磨了一夜，也没能琢磨出个大家认可的结果来。他们希望这是都鸿勋策划的一个圈套儿，而让他们深感不安的是至今没有根儿的消息，这就意味着绑架根儿的人，不是为钱，因此随着时间的推移，他们的心情也就越来越沉重，担心根儿性命难保。可是寻仇的是谁呢？

104

都鸿勋非常关心根儿失踪一事。绑匪在他治安队的眼皮底下作案有伤他的面子，而如果根儿遭遇不幸会使他失去他控制和驯服古世才的重要手段，而抓获绑匪、救出根儿，古世才会对他感恩戴德，镇上的百姓也会称赞他治理浑河镇有方。所以他得到报告后，立刻命令黄鲲派骑兵分多路在浑河镇周围百里之内寻找孩子，追捕绑匪。

半天一夜过去了，浑河镇周围都找遍了，没有发现根儿和绑匪的踪迹。天刚亮，黄鲲就赶来修配所，了解有关根儿的新情况。古世才伤心地摇摇头说，他没有得到任何有关根儿或是绑匪的消息。

孙孝武说："浑河镇真乱！好好儿的一个孩子就这样丢啦！"

黄鲲听孙孝武这样说立刻立愣起眼睛瞪着孙孝武说道："你这叫什么话？眼下浑河镇天下太平，你怎么能说浑河镇乱呢？不就是丢了一个孩子吗？"

孙孝武回敬黄鲲说："连你也丢了才算乱吗？"

黄鲲威胁说："少说几句吧，小心风大闪了你的舌头！"。

"少吓唬人，俺说的是实话！"孙孝武毫不退让。

黄鲲冷笑一声，不屑地摇摇头，瞪着孙孝武，一副瞧不起人的样子。黄鲲识字不多，却开始表现出了某种政治上的悟性。他遇事考虑的不是事实如何，孰是孰非，而是个人的利害得失：任何时候，哪怕是昏君当政，上司错了，都说上司英明。

孙孝武狠狠地白了黄鲲一眼，气愤地说道："你瞪什么眼呀?！8岁大的孩子，大天白日在大街上就丢了，还能说社会治安情况好吗！"

孙孝武和黄鲲是一个村的，他比黄鲲小七八岁，彼此从小就认识，加之他和都鸿勋是亲戚，并不把黄鲲放心上。

"你知道孩子是怎么丢的吗？"

"那你知道吗?！"

"别争了，这不是闲磨牙的时候，找孩子要紧！"刘玉山插嘴说。他不知道孙孝武和都鸿勋是远亲，担心他在气头上，话说多了走板儿，让黄鲲抓住把柄儿，到都鸿勋那里去告他的冤状，给他黑亏吃。

"再派人到根儿所有的同学家去找找吧！"黄鲲说。

"废话！都找过8遍了，还找什么?!"孙孝武不以为然地说。

已经日上三竿了，一点儿消息都没有，古世才越来越觉得是坏人绑架了根儿，而且是为仇，担心根儿性命难保。他不能想象一家人没有根儿的日子怎么过。他恨都鸿勋，也怨自己粗心，没有坚持天天派人接送孩子上下学。

刘玉山特地给古世才包的饺子，他也无心吃，回到宿舍，直挺挺地躺在床上。心中翻江倒海，为自己无力救助孩子而感到痛苦和懊恼，希望这是一个梦，会有神仙保佑，儿子能安全地回来。他担心儿子可能已经被害了，怎么都摆脱不了这种恐惧的念头！

古世友看着哥哥着急，不知如何是好。

古世才长叹一声说："根儿要有个好歹，咱娘怎么办！"

"都团长来了！"有人大喊。

古世才立刻起来赶到前院儿车间。

都鸿勋已经在车间，见古世才兄弟二人来了，就站起来，迎着他们抱拳说道："古老弟，对不住啊，没想到会发生这样的事！"

"都怪我没管好孩子，给都团长增添麻烦。"古世才说道。

都鸿勋故作亲热地说："咱们是至亲啊。根儿是你的孩子，也是俺的孩子，俺已经派出上百的人分头到四面八方去追捕绑匪，只要孩子还在胶东，俺就一定会把孩子找回来！"

古世才对都鸿勋表示感谢，一再说多多拜托。

105

古世友的怀疑不错，雇凶绑架杀害根儿的就是古文举。

三天前，古文举又一次偷偷地溜到前疃庄去看望过他漂泊在外的孙子天福，结果白跑一趟，失望而归，中午回来，突发头疼病，一连折腾了几天，连县里的洋医都请来了，才算是保住了他的一条老命。这一病让他心里产生了自己命在旦夕，朝不保夕的恐惧，强烈地感到他报仇雪恨灭掉古世才一家的时间不多了。

古世才弟兄二人被弄到浑河镇之初，古文举一度喜出望外，以为他报仇雪恨的时机到了。古世才是个抗日分子，是都鸿勋的死对头，都鸿勋饶不了他，再说都鸿勋是他家的儿女亲家，论起来还是他的晚辈，他也不会不听他的招呼儿，只要到时候他把古世才发配到日本国去当劳工就行了。可是事情的发展让他感到意外。他发现古世才变了，他在古家庄天天高喊抗日、大骂汉奸，如今见了都鸿勋的大洋钱，吃上都鸿勋的鸡鸭鱼肉，就服服帖帖地替都鸿勋效力了，而都鸿勋也把他当成了宝贝，重用他，安排他当枪械修配所的所长。而他的孙子古廷辅见利忘祖，鼠目寸光，只想发财，不把报家仇当回事儿，还护着古世才，替古世才说好话。让他着急的还有八团。他听说吕立大和高树芬也看上了古世才，把他当成香丸子，这样，他想动古世才一根毫毛儿都办不到，说不定有朝一日古世才还会发达起来，成为他们里面的一个头目儿。到那时，他就更奈何不了他了。特别让他心慌的是他年纪大了，说不定哪天早晨，一口气儿上不来，就得去见他奶奶，仇就报不了啦，被古天清盗走的家产也弄不回来了。每想到这些，他就觉得恨难消，气难平，心不甘。思量再三，觉得这件事靠谁都不行，只能靠自己，要趁自己还不糊涂，亲自动手，拼上老命，想法儿弄死古世才。可是古世才远在浑河镇，眼下有都鸿勋护着，他摸不着他。他苦苦思索了好几天，终于想起了前些日子曾经闪现在他心里的一个念头：朝着根儿下手！他想：古世才兄弟姊妹 3 人顶着一个根儿，要是把根儿弄死了，那他古天清这条根断了！古世才后继无人，在他和他弟弟死后，他们的家产，按照族里的规矩，自然也就要归他的孙子或是重孙子了。他为自己想出了这么个好主意而兴奋得一夜没睡踏实，先后三次把孙子媳妇叫醒，给他炒菜烫酒，直喝得分不清东西南北，昏睡了一天一夜。第三天，日上三竿，他才醒来，心情也平静下来。他想到杀人得偿命，不能亲自动手，决定雇凶杀人。可是找谁呢？他想到青岛去物色杀手。但是他在青岛没有熟人，这件事情得瞒着古廷辅，古廷辅也不会帮他，去青岛路途遥远，往返劳累，要用三四天的时间，而他又恨不得立刻把根儿除掉，也算是急中生智吧，他忽然想到了姜家庄的姜文雍。他是他年轻时的好友，后来姜文雍家破落了，他们就没有来往了。他了解姜文雍，知道他是个杀手，在鲁西和鲁西北有命案，而且如今他已年老体衰，穷困潦倒，猪狗不如了，凭他古文举的财势和地位，他会招之即来，俯首听命，给几个钱儿他就会乖乖儿地去干需要他干的事情。找他比去青岛雇人既方便，又省钱，是个好主意。

第二天晚上掌灯后，古文举就急不可耐地走出家门，赶到古家庄北4里多路的柳河边上的姜家庄。姜文雍家的新宅就在柳河的南岸。

姜文雍是本县西北乡有名的惯盗、赌徒和酒鬼，和本县和外县的一些不三不四的人有秘密往来，正经人不敢沾他，也不敢惹他，就是乡镇的头头儿们，担心他报复，如果不是上峰有命令，轻易也不敢触动他。姜文雍酗酒，赌博，嫖娼，抽大烟，偷鸡摸狗儿的勾当，当地人无人不知，而他还是个职业杀手，拐卖过孩子这样一些罪恶，除开古文举等极个别头面人物之外，当地的人就没有人知道了。

三十多年前，古文举、高玉亮和姜文雍，是当地有名的三大花花公子。姜文雍家是姜家庄的一个大户。那时的姜文雍，富有，大方，风流，潇洒，经常出入赌场、饭店和半掩门子的女人家。在他22岁那年的冬天，因为他爹姜兴河霸占了他家长工徐良的妻子而被徐良在一个大风天的深夜放火把临时住在姜家老宅的姜兴河烧成重伤，不治身亡，姜文雍他娘也葬身火海，他接手了家产。当时他家还有好地近80亩，新旧大宅各一处，新旧大车各一挂，长工二人。他当家后，恶习大发，除了赌博、酗酒、玩女人，又抽上了大烟，在短短几年的光景，家产就让他给踢蹬光了，只剩下他家庄西头儿背靠柳河的那处带有花园儿的青砖大瓦房。要不是他爹有先见之明，垂危前当众立下字据，把这处新宅委托姜家祠堂代管，写明在任何情况下都不得出卖，如果姜文雍不肖或后继无人，归姜家祠堂所有，姜文雍也早就把它卖了，他如今就连个存身的地方都没有了。这大概就是所谓"知子莫如父"吧。姜文雍的妻子和他原本是娃娃亲，因为受不了他的羞辱和冷落，也不想受他牵连，一气之下走人。此后就只剩下他孤身一人。家财散尽几年以后，由于他好吃懒做成性，不务正业，最后混进了跨县的犯罪团伙儿。拦路抢劫，拐卖孩子，受雇杀人，绑票儿，他都干。不过他奉行"兔子不吃窝边草"的经典，不在本地作大案。在本地只干些偷鸡摸狗的勾当。附近一带各个村庄人家的牲口拴在外面必须有人看管。就是这样，这里丢牲口的事也常常发生。他们连猫和狗也不放过。各家养的猫和狗都得圈起来养。猫不许出门儿，狗要锁在天井里。凡放养的猫狗，几乎都让他和他的那些狐朋狗友逮住连夜吃了。失主不愿意，也不敢招惹他们，明明知道事情是他们干的，也不敢声张。但是不管怎么说，姜文雍在本地人的眼里还算不上是个大恶人，他只是为小偷小摸的勾当坐过几次牢，每次时间都不长。

姜家新宅很深，前有天井，后有花园，是一处三进的大宅院。在姜文雍他爹在世的时候，天井和后花园里种有梧桐、杨柳、白杨、银杏、石榴和桃李花红等上百株树木，眼下一棵像样儿的树也没有了。成材的被姜文雍卖了，有些被人盗走了。

古文举见姜家大院儿的街门大开着。周围可以感受到一点儿淡淡的年味儿，而这里却冷冷清清，什么人间的气味儿都没有。古文举站在门外朝天井里张望，里面黑洞洞的。他不声不响地走过天井里长过几十步的砖砌甬道，穿过两个门洞儿，发现正房堂屋东面的一个窗户上有灯光。他迈过姜文雍家堂屋的高门槛儿，走进堂屋靠近东面的房间，朝里一看，见姜文雍正像见过沸水的对儿虾那样蜷缩成一堆儿，歪在炕上抽大烟呢。

由于常年处在被追捕中，姜文雍变得有点儿神经过敏，他听到外面有动静儿，眼珠子一转，朝来人瞄了一眼，见是古文举，心中暗笑，想道："这个倒霉蛋儿总算来了！"心里感到非常高兴。

古文举已有近二十年不和姜文雍来往了。就是在集市上彼此走对了面儿，古文举也是扭头儿和他擦肩而过。姜文雍知道，古文举是怕和他交往降低了他的身份，怕向他借钱，担心他犯了案子会牵连上他。其实姜文雍根本不把古文举放在心上。他觉得古文举并不比自己干净。

姜文雍断定古文举此来一定有求于他，而且肯定不是办好事，也不会是办小事儿，而可能是人命关天的大事。他高兴地想："有大生意好做了！得狠狠地宰他一刀。"他并没有起身招呼古文举，而是依旧抽他的大烟。

"老伙计，过得好吗？"古文举以阔财主的高姿态，用轻慢的腔调儿，笑嘻嘻地说道。

"你不是看见了吗？活着哪。"姜文雍说着，缓慢地放下烟具，坐起身，用狼一样的眼睛，直勾勾地瞪着古文举，上上下下地打量了他一番，不阴不阳地回答道。

姜文雍早年破产后曾多次登门向古文举求告。古文举每次都是一毛儿不拔。姜文雍骂他见死不救，不够朋友。如今古文举求到他的面前，他认为这是他报复他的好机会，想趁机羞辱他一顿，讹他一家伙。他满心嫉恨地想道："俺是完蛋了，你小子也难免有这一天！"

姜文雍的这种得意洋洋的表现让古文举深感意外，他尴尬地嘿嘿一笑，没有说话。他原本以为眼下这里是日本人的天下，而他是日本人的大红人儿，本乡的大财主，古家庄的保长，姜文雍会低三下四地来欢迎他，对他说小话儿，求他庇护，而姜文雍对他却这样傲慢无礼，他挑衅性的神态和腔调儿，阴暗的目光，都让古文举感到不自在。

姜文雍冷嘲热讽地说："俺不能和你老兄比哟。你是大财主，老汉奸，日本鬼子的大红人儿，可是俺呢？俺是个要饭花子！"姜文雍像是在打量一头肥猪的膘情儿一样，上上下下地打量着古文举，等待着古文举向他提出要求，准备着朝古文举开刀。他想："你小子进了俺这个门儿，就别想干干净净、一毛不拔地离开这里。"

姜文雍当面骂古文举，古文举听了当然不舒服，可是他不能反驳他。因为他说的都是事实，而只好以玩笑的口吻搭讪着说："唉，这个年头儿，谁的日子都不好过。"

"得了吧！客气什么？浑河镇就驻扎着日本鬼子，那可是你们家的亲人哪。你们祖祖辈辈儿当汉奸，你孙子古廷辅还嫖上了有钱有势的日本娘们儿，你亲家公都鸿勋是浑河镇的汉奸头目儿。如今正是你们这些混账王八蛋的好时光哟！"姜文雍坐到那张古老的大红木太师椅上，油腔滑调地说。古文举放印子钱、拐卖孩子、盗卖石碑等等的勾当他都知道，又知道他现在有求于他，所以连个座位都没给他让。"你老兄是个忙人儿，无事不登三宝殿啊。有什么事儿，就直说吧，俺的烟瘾还没过足哪。"

"怎么，连个坐的地方都不给吗？"古文举尴尬地笑着说。

"咱们俩是什么关系，还用得着客气吗？俺的家，就是你的家，随便坐嘛。你瞧，这里的哪一把椅子的辈分儿和身价都比你我高哟！"

古文举只好自己找个地方坐下。

姜文雍自己破落了，就特别嫉妒和敌视所有还没有沦落的富人，而且他也觉得自己有傲视古文举的本钱，他没有勾结外国人，不是汉奸，身份不比古文举低。古文举有钱有势，可是谁都知道他们一家子都是汉奸。所以他就特别想在古文举的身上显显自己的傲慢，以弥补自己内心的空虚。

　　古文举原本觉得姜文雍已经堕落到猪狗不如的地步，只要给钱，让他干啥他都会乖乖地去干。而事情并不像他预想的那样，姜文雍根本没把他放在眼里。他的无礼让他感到难以忍受，而且他还不知道他肯不肯替他办事，将和他讲什么条件，后悔没有事先托人摸摸他的底细就贸然闯进来，几次想爬起来，袖子一甩走人。可是古文举有求于他，在这一带他没有别的人好选择，而且进了姜文雍家的这个门就难以干干净净地离开。他连夜会见姜文雍的消息很快就能传开。

　　"俺想求你帮忙……"

　　"说呀，该不是杀人放火吧？"姜文雍阴阳怪气儿地说，脸上浮起似有似无的得意的笑容。他的那一对黄眼珠儿也亮了，飞快地旋转起来。他的这副腔调儿和神态吓得古文举浑身一激灵。他不知道他为什么这样想，不好说是，也不能说不是。此刻的姜文雍已经不同当年。他满脸诡诈，藐视一切，让古文举琢磨不透。但是有一点他清楚：姜文雍是在羞辱他，"转"他口袋里的钱。

　　"是买卖就要挣钱。你出钱，俺卖命，杀人放火咱都干。你就说杀谁吧。"姜文雍的手指轻轻地弹着桌子，淡淡地说，就像在谈论一笔无足轻重的生意一样。

　　古文举低声说："是，是，是……个孩子……"

　　姜文雍笑了，两颗黄黄的小眼珠像火苗儿一样盯着古文举，像是在审问他。古文举被他看得浑身发冷，毛骨悚然，觉得姜文雍好像已经看透了他的心思。

　　"谁家的孩子碍着你老人家啦？"

　　"俺…俺本家的…孩子……"

　　古文举语无伦次，惹得姜文雍哈哈大笑。他干瘦无肉的脸上满是得意，大笑着说道："老哥呀，你是怎么啦？干么要杀自己的孩子？你就说是谁吧，俺刀下不杀无名之辈。用人不疑，疑人不用。你不必害怕。俺的耳朵只进不出，俺的嘴巴就是一口棺材！这是俺们道儿上的规矩！没有这点儿修养就不能吃这口饭，凡事你知我知，有什么话你就实说吧。"

　　古文举干过许多见不得人的勾当。但是事关人命，关乎他的钱财，他还是有些害怕，话不敢轻易出口。可是事情已经弄到这一步，也不由得他不说了。

"那你想，你想这件事怎么办？"古文举不知该说什么好。

姜文雍得意地笑笑说道："俺要是告诉了你怎么办，你可就是俺的同谋了！你想做杀人犯的同伙儿吗？"

"不不！"古文举知道姜文雍一切都明白。他的心怦怦直跳，感到他好像赤裸裸地站在姜文雍的面前，任他盯瞅耍笑，又好比是一条上了钩的鱼，想脱钩也不可能了。

"我在问你，你到底要杀谁？！"

"古世才…的……儿子……"

姜文雍脸上的笑容消失了，认真地看着古文举，沉思良久，连连慨叹摇头，他认识古世才，说道："古世才的儿子，不是你的侄孙吗！你为什么要杀他啊！"

古文举面对姜文雍的奚落，不知道自己该不该继续说下去，终于说道："你有所不知……。"古文举不知怎样答对姜文雍。

"古世才是个好人！俺姓姜的和他无冤无仇！他岳母对俺还有恩。"

这时，古文举脸上的汗下来了。他害怕姜文雍把今晚的谈话捅出去。

"那就到此为止吧……"古文举说着就想起身走人。

"慌什么？买卖刚刚开始做呢，再说你以为你走得了吗？"姜文雍恶狠狠地说，"你对俺提到这个话题本身就是犯罪。你想干干净净、分文不给就走人，这可能吗？俺告诉你，杀人是俺的生意，只要价码儿合适，杀谁都行。要是有人要俺杀你，只要他肯多出钱，俺也会干。你就说想出多少钱吧！"姜文雍确信这笔生意跑不了，他连头都不抬，一副无所谓的腔调儿。

"你先…说个，个价儿……吧？"古文举从没这样狼狈过。

"也好，那俺就说个价儿，"姜文雍说着举起右手的食指。

古文举说："一百？"

姜文雍冷笑着说："你以为这是一头猪嘛？一千个大头！要民国三年、七年和十年的！"心里恶狠狠地骂道："我操你奶奶，你今天也落到爷爷俺的手里了！当年俺向你借三块钱，请朋友们吃顿好饭，你都不肯给，让俺当众丢人。"

"太……多了吧？"古文举试图讲价儿。

"孩子有什么罪？俺和古世才有什么仇？俺告诉你吧，和古世才相比，你我都不算人！他是大孝子，他爱自己的国家！俺杀他的儿子等于杀自己的良心啊！你小子这不是杀一个人，而是要断人家一家的根哪！俺是无路可走了，要不才不干这种死后要上刀山下油锅，来生变牛变马变畜牲的勾当呢！"

姜文雍的话像一股冰冷的风，直扑古文举的心窝。

"咱们是朋友……"古文举说。

"笑话儿！"姜文雍冷笑一声说道，"俺有钱的时候咱们是朋友，如今不是了！如今你是雇主，俺是杀手。你是报仇，俺是卖命！咱们算什么朋友？"

"你看……"古文举有生以来第一次面对一个使他胆怯的人，不得不用商量的口气和对方周旋，"五百块怎么样？"

"不必讲价儿了！一千块钱不多！明天你就把钱送来，一次付清，一文也不能少，约好日期。你放心，就是死，俺也不会给你添麻烦。这是俺们的规矩。现钱交易！一个独生儿子，一条小命儿，一千块钱！多便宜啊！你还争讲什么呀！要是有人雇俺杀你的孙子，俺可以少收几块。"

"你，你，你要是把人送到博济医院，还会赚一大笔呢……"古文举自以为聪明，诡谲地一笑。他想揭露姜文雍将把根儿卖给青岛某外国医院当试验品再捞一笔好处，特地这样说，是想报复姜文雍，出出心中的恶气。

姜文雍纵声大笑，说道："俺早就知道，这条道儿上的生意你比俺熟！俺是想多弄点儿钱花，这和你没有关系，你就不必操心了，俺把你要的东西给你弄来就是了！"姜文雍的话把古文举堵得无话可说。

"俺先付一半，余下的一半事后再付，怎么样？"

"必须一次付清。先付一半儿，那是平常的规矩。可是你这个人办事不地道，不客气地说，俺信不过你。你们家的人，个个儿不讲信义。再说事关人命，俺办完了事，能不能平安地回来都难说。你必须先付给俺现钱，俺也好在自己还能喘气儿的时候儿，用这些钱报答报答俺自己的嘴巴和俺江湖上的朋友。"姜文雍说着对古文举一笑，古文举看了吓得浑身发抖。

古文举感到姜文雍在他面前毫不自卑。古文举嫉妒他、蔑视他，也憎恨他。他觉得自己小看了姜文雍，把自己的底牌亮给了他。他不应该贸然闯进姜文雍的住处，现在自己已经没有回身的余地，既不能和他讨价还价儿，也不能说事情到此为止，只能任他宰割，而要除掉他也不容易，更何况现在自己正用得着他呢，只能硬着头皮朝前走，一切照姜文雍说的办。

"你给我办好了这件事，拿什么做凭证？"古文举说。

"你这是仇杀，你要的不就是那个屈死的孩子的小鸡鸡儿吗?!"姜文雍天真地微笑着说。

古文举点点头儿，没有说话。

姜文雍不怀好意地说："你也稀罕那个玩意儿?!"

"那你什么时候给俺？"

"三天后。"

"在什么地方？"

"俺给你送货上门儿。"

"不不！就在青岛光石洋行的门前见面吧！"古文举急忙说。

姜文雍诡谲地笑了笑说道："老地点，不见不散。"

古文举吓了一跳。他断定姜文雍和光石洋行也有来往。

"不瞒你说，都是老熟人儿了！"姜文雍含糊其辞地说，暗含着承认他和光石洋行有来往。

古文举看着眼前这个恶魔般的家伙，猜想他很可能知道自己拐卖孩子给博济医院的勾当，担心有朝一日他会把这件事捅出去，或是用这件事讹自己的金钱，那将会让自己身败名裂，家破人亡，心中再次萌生了除掉他的念头。

即使在暗淡的油灯下，姜文雍也能从古文举的目光中感到他的杀机，便冷冷地说道："你可别打俺的坏主意。咱们井水不犯河水。你的朋友只有几个日本鬼子，他们在中国的日子长不了，而俺的朋友可是多得很呀，周围府县都有，个个比俺能干。"

古文举知道姜文雍看透了他的心思，说的是真话，不敢再说什么。

"明天这个时候把钱送来，要是你违约，咱们今夜的谈话就会传遍四乡，登上青岛、济南的报纸。俺是臭肉一块，不怕再臭。俺把你我今夜的谈话公之于众，还能赚个好名声，可是你呢？"

古文举尴尬地笑笑，无奈地点点头儿，表示同意。

"老哥，照江湖上的规矩办事！别玩儿邪的。俺浑身是毒，你咬俺一口，俺身上只大多几个牙印儿，可是俺咬你一口，能把你咬死！你信不信？"

古文举离开姜文雍时，没有说告辞的话。他是昏昏沉沉、跌跌撞撞地离开姜文雍的那个空空荡荡、黑咕隆咚、显得宽大无边的大天井的。他觉得自己像是发了一次昏，一点儿都不为终于可以灭掉古世才一家而感到痛快。他没想到姜文雍竟会变成这样一个人，后悔自己太莽撞，竟自投罗网，找了姜文雍。直到此刻，他依然觉得姜文雍那双满含嘲笑的黄黄的眼珠子在他的眼前飞快地转动，死死地盯着他的五脏六腑，他那将会刺进根儿的身体的血淋淋的尖刀，好像也指向了他，而且他感到自己没有躲闪的地方儿。他躲姜文雍躲了几十年，后悔自己不该老了老了又跟他挂拉上。他害怕以后会吃姜文雍的大亏。

古文举雇人暗杀根儿这件事，古廷辅一无所知。古文举是有意瞒着他，因为他知道，古廷辅不大关心他祖奶奶和他们全家的名誉。古廷辅不觉得他祖奶奶的名声有多么重要，即使他祖奶奶真的和那个卖布的和打铁的有那种勾当，他也不在意。至于古世才家的那点儿家产，他也看不上眼。他关心的是从都鸿勋那里拿稳军工设备和材料的一份份订单，挣更多的钱。只有古世才能在浑河镇扎下来，他发财的计划才能实现。他并不想现在就让古世才弟兄俩去当劳工。这些大道理他给他爷爷讲过。他认为他爷爷不会不懂，根本就没想到他爷爷会去雇凶杀人。

106

古文举并没有如约在第二天的夜里，把一千块银元送到姜文雍家。他割舍不得这么多的现大洋，一再念念有词："这是三亩好地啊！"而且按照姜文雍的要求，挑选出一千块民国三年、七年和十年的银元，也要费些工夫。这些钱有几十斤，背这么重的东西，走三四里夜路，他有些力不从心，又不能让长工代劳，怕他泄露了秘密，还担心半夜里碰上劫匪，更担心姜文雍诡计多端，会设套儿派人半路上劫走这些钱，他犹豫再三，才避开他和姜文雍约定的时间，在第三天的夜里，亲自背着一千块银元，提心吊胆，气喘吁吁地赶到姜家庄，悄悄地闪进姜文雍家的大门。

　　姜文雍面带得意的微笑，捻亮了洋油罩子灯，在灯光下，不慌不忙，一块一块，敲敲打打，看看听听，辨认着每块银元的年代，谛听着银元发出的动人的声音，用了足足有一个多时辰的时间，一一验看和数过，确认钱数和品质无误之后，才允许古文举离开他的那个阴森森的家。姜文雍想到他能在有生之年报复古文举，折磨他一番，宰他一刀，心中感到格外满足。

　　"是不是得写个凭据啊？"古文举眼睁睁地看着自己的大洋钱姓了姜，心疼得犯糊涂、吞吞吐吐地说。他生怕姜文雍说话不算数儿，白白地骗走他的这一千块银元。

　　"好啊，你写收条，俺签收！"姜文雍大笑过后爽快地说道，"居然有你这样一个大财主愿意和俺有银钱上的来往，这真让俺觉乎着高兴。"

　　古文举忽然醒悟，连连摆手摇头，表示不要姜文雍开收条儿了。

　　古文举被姜文雍嘲笑、挖苦、宰割了个够，心里甜酸苦辣什么滋味儿都有。他心疼他那能买三亩好地的一千块现大洋，担心姜文雍反复无常，说了话不算数儿，讹走他的钱，却不给他办事，还会无休无止地讹他的钱财，甚至揭发他，把他拖下水，让他身败名裂，一路战战兢兢，跌跌撞撞地回到古家庄。

　　姜文雍拿到一千块现洋之后，并没有如约在第二天赶到浑河镇去拐骗根儿，而是溜进了县城，和他的那些狐朋狗友欢聚了一天。这样，古文举和姜文雍约定的"交货"时间，自然就不算数儿了。但是心急如火、既怕丢人又怕丢钱、更怕沾上官司，惴惴不安的古文举却如期在第三天一早就出高价租了一辆"二等"，也就是载客的脚踏车，赶到他们约定的会面地点，幻想能有一个他所期望的结果，了却他一生的这件大事。可是那里并不见有姜文雍。他想自己是上当了，心里非常懊恼，大骂姜文雍，只好又坐上"二等"垂头丧气地返回古家庄。他恨姜文雍不讲信用，可是又无可奈何，后悔自己明知姜文雍是个无信无义之人，却去和他约定。他整天地谋划着如何报复姜文雍。可是告发姜文雍会牵连到自己，贼咬一口，入骨三分，他想忍了认了，又咽不下这口气，想来想去还是觉得，为了灭口，免除后患，也为了出这口恶气，得雇凶杀了姜文雍，而这又得花更多的钱，冒更大的风险。

　　姜文雍在县城里折腾了一天之后，就赶到浑河镇，栖息在浑河桥头老汽车站旁边的一个小客栈里。小客栈离小学校不远，从这里可以看见小学生们从校门出出进进的情形。他凭着古文举给他的一张模糊不清的照片，当天就认出了根儿。他原本想他到达浑河镇的当天，趁学校中午放学的时候把根儿诱骗出来，捞上就走，可他发现一直有人和根儿同行，后边还有人尾随，没有机会下手，只好等下午放学后再想办法儿。他想，放学后，多数学生懒懒散散，边走边玩儿，走走停停，天也快黑了，下手的机会多，得手后逃离此地也比较方便。他在当天下午小学放学前的半个多小时就离开了客栈。先装着观赏浑河风景，在浑河桥头漫步，到小学放学的时候，他就转悠到学校跟前儿，装成来接学生的家长，站在学校的大门外，聚精会神地盯着小学校的门口儿，辨认着一个个离开校门的小学生。

一个女教师和根儿说笑着一起走出校门，在校门口和根儿说了足足有一袋烟的工夫儿，还不时朝他这里瞅瞅，一直站在校门口儿，目送根儿朝东走去，直到根儿走到军需处的大门前，将要拐进新车站旁边通往枪械修配所的那条小胡同儿的时候，她才返身回到学校的院子里，姜文雍没能得手。他有些焦躁和沮丧。

第二天下午小学放学后学生都要走光了，他才找到一个机会。这时校门口儿只有根儿一个人，他好像在等人。姜文雍立刻悄悄靠近校门，走近正要往东拐到军需处前面那条横街的根儿。

"根儿，你怎么才出来啊！你可把姨姥爷俺急坏啦！"姜文雍脸上做出焦急懊恼的样子，以指责的口气说道。

"你是谁？"根儿警惕地看着姜文雍。

"啊呀，你怎么连姨老爷都不认识了？俺是你三姨老爷呀！不记得了吗？去年你二表叔娶媳妇的时候，你不是到俺们那里去喝过喜酒吗？想起来了吗？"

根儿去年新年前曾代表全家到他三姨姥娘家去给二表叔贺过新婚之喜，记得姨姥娘家是有一个姨姥爷，但是他不记得他是个什么模样了。想到爹和叔叔一再嘱咐他：不跟不认识的人说话，他就什么话也没说，回身就往军需处的方向走。

"你爹和你叔叔不在工厂啦，你还回去干什么呀?!"姜文雍装出生气的样子急切地说道。

听姜文雍这样说，根儿站住了，问道："你怎么知道？"

"俺刚从那里过来！是你爹让俺在这里等你的。你奶奶病啦！说不定这会儿已经不行啦！你奶奶要见你们一面，你娘派俺来接你们回去。你爹和你叔叔都在东门外等着咱们呢，要和你一起回古家庄去看望你奶奶！赶紧去东门外吧！晚了就见不着你奶奶啦！"姜文雍厉声说道。

根儿听说奶奶病了，难过得流下眼泪，问道："奶奶得的是什么病？"

姜文雍迟疑片刻说道："说是老毛病，俺来的时候就已经不省人事了，连连地喊着你的名字！"

"是心口儿疼吗？"根儿哽咽着说。

姜文雍说："就是呀。"

根儿禁不住抽泣起来。

"快走吧！"

"奶奶！"根儿忍不住放声大哭。

这时，姜文雍从上衣口袋里掏出一块白手巾给根儿擦眼泪，手巾在根儿的鼻子上停留了一会儿。根儿闻见一种奇怪的香味儿，感觉头有点儿晕，然后就陷入了梦境，心里只想着奶奶要死了，觉得害怕，跟上姜文雍就走。姜文雍拽着他急匆匆直奔东门外，出东门，朝北拐，赶到后山下，上了预先等在那里的一辆驴车，就直奔镇南古庄的方向走了。

姜文雍杀过人，贩过烟土，拐卖过人口，有过种种犯罪勾当，但是他从不犹豫动心，而这一次他感觉和往次不同。自从古文举和他说好拐杀根儿的事以后，他的心就没有平静过。想到根儿他姥姥一辈子行善，救过很多人，老人家就只有这样一个外孙，他的心里就感到不安。更让他不安的是根儿他姥姥于他有大恩。十年前，他在掖县作案，逃跑中从高处跳崖，导致股骨头脱臼，疼痛难忍，不能活动，被同伙儿搭在毛驴背上送到柳林庄胡大珂家求治。他名声不好，周围的人都劝根儿他姥姥不要理睬他。而根儿他姥姥说，他和别人不一样，可是他的病是和别人一样的，俺不能眼睁睁地看着他受罪，落下残疾，毫不犹豫地抱起他从驴背上奔拉下来的那条伤腿，猛一用力，让他的股骨头回归原位，解除了他的痛苦。姜文雍一直难忘老人的那两句话和她的恩情，一连三年，年年新年和八月节都携带重礼登门感谢，而根儿他姥姥从来都没有收过他的礼物。姜文雍想到他急等着用钱，就想杀了根儿，而想到根儿他姥姥的恩情和善行就又犹豫了，甚至闪过放了根儿，赖古文举一把的念头，可是又怕坏了江湖上的规矩，遭人指责，也怕古文举会勾结日本人谋害他，后悔接了这笔生意。他原想连夜赶路，在隔天天黑前赶进青岛，把根儿转卖出去，但是由于他心神不定，犹豫不决，耽误了时间和行程，没能按计划行动，当天天黑的时候才赶到离浑河镇仅40多里路的杨家山。他估计会有人四处追捕他，不敢住旅店，就借住进村边一家姓毛的农户家，看好逃跑的路线，然后睡下。第二天天不亮上路，继续走小道儿奔青岛，一路上走走停停，躲躲闪闪，走了整整两天，到第三天的晚上，才赶到青岛。他决定把根儿卖给博济医院，可是医院已经关门，只好先躲进青岛郊区四方镇近郊的一家小客栈先猫起来，想等第二天再进市区去探听出售根儿的消息。

浑河镇治安队枪械修配所古铁匠的儿子被绑架的消息，经"闲话篓子"江大娘一张扬，一传十，十传百，第二天就轰动了浑河镇，家有幼小儿女的人家儿立刻紧张起来。到小学校门前接送孩子的人成群结队。有钱的家长来了，没有钱的家长也来了。因为人们不只担心绑匪，还担心人贩子。绑匪只绑有钱人家儿的孩子，而人贩子是逮着谁算谁。有些家长已经不让孩子上学了。

都鸿勋派出捉拿绑匪搜救根儿的骑兵，搜遍了浑河镇附近百里方圆的村庄，树林，水井、山洞和通往烟台、潍县和青岛公路沿线所有的村庄、客栈等可能藏人的地方。一天一夜过去了，没有发现根儿和绑匪的踪影。都鸿勋为表示他对古世才的同情和关怀，今天一大早再次亲自到枪械修配所来安抚古世才兄弟。这时，有人来报告，说有人看见昨天下午小学校放学的时候，有一个中等身材的黑瘦的老头儿领着一个小男孩儿出东门，上了北山。前后有3个人前来报告了这个消息，其中的一个人说，他看见那个黑瘦的老头儿把一个半大男孩儿抱上了一辆驴车，朝南赶去了。

都鸿勋当即命令黄鲲派人沿着浑河镇通往青岛的路线前进，盘查所有的驴车，同时严密搜索周围的村庄、沟壑、洞穴和树林，并与青岛警方取得联络，搜查各个客栈旅店，有情况立刻报告。

　　黄鲲觉得这是他立功补过的机会，亲自带领骑兵班，沿路搜索前进，但是仍然没有发现绑匪和孩子的踪影。在青岛也没有发现可疑的线索。他感到失望，立即打电话给都鸿勋，汇报搜索结果。在得到都鸿勋的指示后，就返身往回搜查，但仍无所获。

　　古文举从青岛闷闷不乐地回到家里。往常他外出回来总要酒要菜，又吃又喝，可是今晚他只喝了一碗小米粥，就唉声叹气，忧心忡忡地回到他的屋里，爬上炕，准备睡觉。可是他怎么也睡不着，后悔雇了姜文雍，心疼那一千块银元，也怕姜文雍连累上他，拖他下水。

　　往常古文举外出回来，常常给他的两个重孙子带些好吃好玩儿的东西，这一次他什么都没有带。大宝他娘感到奇怪。大宝猜想老爷爷是忘记了把他给他们带来的好东西拿给他们了，想来提醒他一下儿，就靠到古文举的房门上，想引起他老爷爷的注意，把礼物拿出来，分给他们，便没话找话说："老爷爷，去浑河镇赶集的人回来说，根儿叫人家绑走了。"

　　宝儿他娘都本娟气愤地把大宝拽走，并数落他说："多嘴！不说话能憋死你吗?！听见个风儿就是个雨，你胡说八道些什么呀！都快十岁了，还没有个人形儿！老爷爷累了，要睡觉，你还来折腾他！"

　　"谁胡说八道来的，街上的人都这么说。"大宝强辩道。

　　"等等！"古文举忽然从炕上坐起来，"宝儿你回来！"

　　大宝以为老爷爷有东西给他，赶紧跑进古文举的房间。

　　古文举激动地问大宝说："你刚才说什么?"

　　大宝说："人家都说根儿叫人家拐走啦。"

　　"别听孩子瞎嚷嚷，"大宝他娘说："下晌儿俺在井台上碰见过世才叔叔家的婶子，她有说有笑。根儿要是被绑架了，她还笑得出来吗?"

　　古文举对孙子媳妇摆摆手。他想："根儿他娘有说有笑不等于根儿平安无事。坏消息常常是当事人最后听见。这样的闲话不会瞎传。"古文举立刻下了炕，声音颤抖地对大宝儿他娘说："宝儿他娘，俺这阵子有点儿饥困了，你赶紧炒个葱花儿鸡蛋，再炸一盘子花生仁儿，烫一壶酒来！"

　　"知道啦，"宝儿他娘答应道，接着就小声儿嘟囔道："半夜三更的，喝的什么酒啊！"

　　古文举的酒量不大，两吊子即墨老酒下肚，话就多了。

　　"总算办成了一件大事！"古文举激动地自言自语。

宝儿他娘笑着说:"您是说又做成了一笔大买卖?"

古文举说:"不错,是一笔大买卖!"古文举的嘴巴说话有些不大利落了。他白发苍苍的头微微颤动,自言自语道:"一笔大买卖,……叫他断子绝孙!"

"你老说得多吓人啊!说谁呢?"宝儿他娘一边收拾餐具,一边随口说道。她心里有些害怕,担心老公公又在外面干了什么坏事。

古文举吃饱喝足,面带微笑,舒展四肢,仰在炕上,独自唠叨:"哼,俺叫你断子绝孙,家破人亡!"

宝儿他娘看着老公公凶巴巴的样子,断定他是对什么人使了坏,可那会是谁呢?她试探着说:"你老这是说醉话呢。"

"谁醉啦?你说谁醉了?是说俺吗?……小鳖羔子,你不听话啦!俺自己也能把事情办成!"

宝儿他娘想,老公公的激动由根儿的话题引起,可见事情跟根儿和世才叔叔家有关。这些日子老公公和宝儿他爹争论,也是为世才叔家的事。她忽然感觉老公公可能早就知道有人要绑架了根儿,说不准这件事就是他雇人干!宝儿他娘敬重古世才和秀姑,觉得他们为人正派,待人宽厚,乐于助人。宝儿他老爷爷给人家亏吃他们从不计较。宝儿他爹的猎枪还是世才叔给修的呢。去年春天,秀姑婶婶听说二宝儿病了,亲自找上门来,用大雁血帮着她治好了二宝儿的病。要不是治得及时,二宝儿就被掩口疮活活地憋死了。她不忍心眼睁睁地看着老公公害人。可是她又担心老公公说的是醉话,未必是实,自己冒冒失失地把这些话传给世才婶儿,难免让她和奶奶虚惊一场,将来让宝儿他爹和老公公知道了,会骂她吃里爬外,不肯饶她。而当她想到事关根儿兄弟的性命,想到老公公爬灰,丈夫和日本女人鬼混,自己活得没有个人样儿的时候,就什么都不怕了。她见古文举瘫睡在炕上,就安排大宝和二宝睡下,悄悄地走出家门,来到古世才家。

"大婶子,是俺呀。"宝儿他娘径直闯进了古世才家的天井。

"是宝儿他娘啊?快进来。"秀姑猜想她准又是为孩子的病。

"俺不进去了,"宝儿他娘慌慌张张地说,"根儿兄弟在家吗?"她不知道话从那里说起,就冒出了这样一句。

"他早就去浑河镇了,有事吗?!"秀姑感到疑惑。

宝儿他娘就把古文举听说根儿在浑河镇被绑架的消息后的反常举动和

言辞如实说给了秀姑，最后说：“俺不想惊动你老，可是事关根儿兄弟的安危，俺不敢大意，但愿什么事儿都没有，根儿兄弟平安无事……。”

秀姑觉得这个消息未必是谣言，根儿很可能出事了，立刻紧张起来。她紧紧地拉住宝儿他娘的手，激动地说：“好媳妇，你心眼儿好，会有好报的！不管你世才叔和你根儿兄弟有没有事，婶子都真心实意地感谢你！你赶紧回去，俺这就去浑河镇！”

“大婶子，您千万别说俺到过您这里啊。”

“放心吧，婶子不糊涂！”秀姑边说边做去浑河镇的准备。

宝儿他娘急匆匆赶回家，见古文举仍然在呼呼大睡。

秀姑来到北屋，轻轻推醒玉兰，说道：“他婶儿！你在家照顾好咱娘！俺去一趟柳林庄，听说根儿他大舅不大舒服。”说完，没等玉兰回话，顺手从门后抓起一根哨子棍，撒腿出了门儿。她不顾一切，直奔浑河镇。她在白天去过一次浑河镇，但是这会儿是下黑，她辨不清去浑河镇的路，只记得从古家庄去浑河镇步步西北，要路过吕家集，过柳河大桥。吕家集她去过。她就朝着吕家集和浑河大桥的方向猛跑，有时不得不敲开素不相识人家儿的门，叫醒沉睡中的人问路。她一路打听着，只用了一个多钟头就跑到了浑河镇。这时，已经是根儿被绑架后两天的后半夜了。她冲进古世才宿舍，不见根儿，只见古世才兄弟和刘玉山三人都没睡，心里咯噔一声，知道宝儿他娘说的可能是实情，根儿是出事了。

古世才见秀姑大汗淋漓、气喘吁吁，突然出现在眼前，担心家里出了事情，心里浮起‘祸不单行’的成语，猛地站起来，急切地问道：“家里怎么啦?!”

“根儿呢?!”秀姑激动地反问古世才。

“根儿……丢啦！”古世才难过地说。

秀姑听丈夫这样说，一屁股坐到炕上，眼泪唰地下来了，愤怒地说：“是古文举那个老东西干的！”

“你怎么知道?!”古世才惊讶地说。

秀姑说：“别问啦！赶快想办法儿救人！晚了就来不及啦！老东西昨天从青岛回来，他肯定是到那里去和绑匪接头的！”

古世才指着刘玉山说：“这是刘大哥，不是外人，有话只管说。”

秀姑把宝儿他娘对她说的话重复了一遍。

刘玉山和古世才都认为绑匪是古文举雇佣的，他们约定的会面地点是青岛某地，根儿很可能被弄去了青岛。古世才关照秀姑马上赶回古家庄，照顾好老人、弟妹和孩子，小心有人趁机在古家庄那里使坏。接着就派古世友把秀姑带来的消息报告给都鸿勋。都鸿勋得知事情和古文举有关，沉默良久，反复斟酌过事情对他的利弊得失，才命令刚从青岛返回的黄鲲，掉转马头，再奔青岛，一定要抓到绑匪，救出孩子。

黄鲲飞马再奔青岛。可他跑遍青岛市区所有的客店和医院，依然不见根儿的踪影。失望之余，他想到绑匪带着孩子，坐的是驴车，可能走的是小路儿，路上还要防范被抓，现在也许还没有赶到青岛，或者像自己一样，也刚刚赶到这里，暂时躲藏在某个角落。想到这里，他又觉得有了希望，决定再次遍查青岛几所医院和客栈，特别是郊区的小客栈。他在青岛郊区四方一座小桥旁边的一家很小的客店里，发现了姜文雍和昏迷不醒的根儿。

"绑了！" 黄鲲兴奋地吼道。

108

绑匪姜文雍落网的消息在第二天就传开了，街头巷尾议论纷纷，轰动一时。正在青岛鬼混的古廷辅从报纸和电台得知惯匪姜文雍因绑架古家庄的一个小男孩儿而落网的消息，就断定被绑架的男孩儿多半是根儿，事情一定是他爷爷策动的，事情关乎他的生意和安危，他顾不上弄清楚消息的虚实，揣上手枪，跳上摩托车，连夜朝古家庄飞奔，只用了两个多小时，在吃早饭的时候就赶回古家庄，闯进家门，见他爷爷已经吃过早饭，正坐在炕沿儿上，得意地哼着小曲儿穿衣戴帽，准备出门儿呢。他回身把房门关上，气愤地说道："您到哪去？"

"去青岛呀。" 古文举连看也不看古廷辅。

"去青岛干什么？" 古廷辅急切地问道。

"自然有要事要办啦！" 古文举爱搭不理地赌气说。

"你就去吧，那里有人正等着你呢！" 古廷辅气愤地说。

这时，宝儿他娘已经给古廷辅打好了洗脸水，招呼他赶紧出来洗脸吃饭。古廷辅没有理睬她。这时大宝和二宝跑到古文举房间的门口儿，推门进来拉着古廷辅叫爹，看他给他们带回来了什么好东西。古廷辅连看也没看他们一眼，顺手把他们推出门外，重新把门关好。

大宝和二宝乜斜着眼睛，吃惊地看着他老爷爷的房门，溜走了。

古廷辅继续追问他爷爷："你说，你去青岛干什么?!"

古文举气愤地说："你管不着!"

古廷辅冷冷地问道："您是去找姜文雍吧?!"。

古文举先是一惊，然后说道："你怎么知道?"

古廷辅压低声音，愤怒地说："姜文雍在青岛落网啦!"

古文举坐起来，说道："孩子呢?!"

"孩子被救走啦!"古廷辅的声音里饱含着蔑视和愤怒。"你真是糊涂到家啦!你怎么想到一出就是一出，竟想到雇凶杀人，人命关天哪!"

古文举长叹一声沮丧地说道："姜文雍误了俺的大事啦!"

"你快算了吧!"古廷辅怒气冲冲地瞪着他爷爷嚷道，"算你走运!要是那个孩子死了，你就掺和进命案里面去了!现在全青岛都知道这起绑架案啦!你怎么就不想一想，姜文雍是好惹的吗?怎么敢和他嘎拉上，纸里包不住火，这件事早晚得张扬开来，全家都得跟着你丢人现眼，你让俺们以后怎么在古家庄做人哪!"

"完啦!"古文举说着，瘫在炕上，面对孙子的蔑视和指责，无言以对。他恨他孙子不肯帮他报仇，恨都鸿勋不讲亲情，不肯把古世才送到日本去当劳工，逼得他不得不铤而走险。他心疼那一千块白花花的大洋，更害怕姜文雍把他招出来，为减轻他自己的罪行，抖落出前些年他拐卖孩子的案子，那他就老命不保了，便无奈地说："你，你看这件事情怎么了啊?"

"能怎么了?!听天由命呗!"古廷辅对他爷爷不听他的招呼，破坏他的生意，让他在亲戚朋友面前丢人，满怀怨恨，便没好气儿地说道。

古文举可怜巴巴地说："宝儿他爹，咱总不能伸长脖子去挨刀啊!"

"这会儿你知道害怕啦?!早干什么啦?"古廷辅气愤地说，"你是昏了头啦，连杀人要偿命这样的道理你都不想一想!你以为你是什么人?你口口声声儿地说你要还俺老奶奶一个清白!你自己说，俺老奶奶清白吗?她干的那些丑事儿谁不知道?你害死了根儿，俺老奶奶就清白了吗?俺看你关心的是你自己的脸面，你是想报古世才破坏你和日本人一起买卖古碑的仇，惦记着古世才家的那一点儿财产！你这就叫不识大体，因小失大！你怎么能为几个小钱儿去雇凶杀人呢！"

古文举胆怯地说："总得想个法子平复这件事啊……！"

"你说怎么办?!"古廷辅反问古文举。

古文举感到他的整个儿头脑像块木头，什么主意也想不出来。

"你就老老实实地在家里呆着吧！"古廷辅用教训的语气说，"算是万幸啊，姜文雍落到宝儿他大老爷的手里啦。不过你的保长是不能当了。这几天你不要上街，什么人也别见，什么话也别说，什么事儿也别干，等我的消息！"古廷辅没好气儿地数落过他爷爷，转身冲到天井里，推上摩托车，急匆匆地赶出大门。

大宝他娘听见古廷辅祖孙二人的激烈争吵，断定雇佣姜文雍绑架根儿的就是她老公公，觉得他心太狠，人太坏。见丈夫怒冲冲急匆匆跑出老公公的房间，跑出堂屋，追到天井里喊道："不吃饭啦?"

"命都难保了，还顾得上吃饭！"古廷辅气愤地说着冲出大门外。接着，是一阵摩托车启动时的爆炸般的马达声。

109

古廷辅连夜赶回古家庄，稳住他爷爷之后，就饿着肚子驱车直奔浑河镇，他想抢在姜文雍绑架杀人案审判之前，对都鸿勋说明事情的真相，劝说他大事小办，以免这个案件危及他爷爷的性命，坏了他的名誉，影响他的生意。

都鸿勋和黄鲲原打算召开全镇百姓公审大会，大吹大播大办姜文雍绑架杀人案，张扬都鸿勋治理浑河镇的政绩，显示黄鲲擒获姜文雍解救根儿的功劳。都鸿勋已经把审问姜文雍的事情全权交付黄鲲办理，黄鲲当天就向都鸿勋报告了他审问和召开全镇大会宣判姜文雍的安排。

古廷辅在黄鲲审判姜文雍之前一天赶到浑河镇，秘密会见了都鸿勋，如实地对他述说了姜文雍绑架根儿一案的真实情况，坦言雇凶杀人的是他爷爷古文举，建议都鸿勋秘密处死姜文雍。都鸿勋听了古廷辅的述说，久久沉默不语，明白事情肯定也会牵连上他本人，觉得古文举心胸狭隘，不识大体，险些坏了他的大事，而不得不改变主意，公审大会取消，公开审判姜文雍的工作也不再让黄鲲参与，而由都鸿勋亲自主持秘密进行。这样的变化让黄鲲大为不满，怀疑是古廷辅挑唆都鸿勋改变了主意，坏了他出头露面的机会。

姜文雍自认为他属绑架谋杀未遂，犯的不是死罪，为自己落网后被押解回到浑河镇而感到庆幸。他想都鸿勋和古文举是儿女亲家，都鸿勋会因为案件要牵涉到古文举和他本人而不得不掩护古文举，只要他咬住是古文举雇用他绑架杀害根儿的，都鸿勋就不得不从轻处理他，放他一条生路。所以他破了江湖上的规矩，没有践行他对古文举许下保守秘密的诺言，而是绘声绘色添油加醋地述说了古文举用一千块银元雇佣他绑架谋杀根儿的情景和细节，遗憾的是他忘记了这是什么时代，忘记了如今浑河镇是日本人和都鸿勋的天下，中华民国的法律不灵了，揭发古文举等于揭发都鸿勋，而都鸿勋会杀他灭口。聪明反被聪明误，狡诈的姜文雍就这样愚蠢地结束了他罪恶的一生。

古世才是古文举雇凶杀人的苦主，他恨古文举。但是多年来他总想淡忘仇恨，唤回家族亲情，一直把古文举看成长辈，从不提当年古文举加害他和他弟弟的那些往事，没想到古文举恶性不改，要灭他一家，认为古文举不可留，希望都鸿勋或是游击队当局能严办他，至少把他管起来，关他三年五载。作为苦主，他有权提出这样的要求。但是想到古文举和都鸿勋的亲戚关系，想到眼前对自己一家说来，最要紧的是怎样逃出浑河镇，不能因小失大，就没有过问姜文雍的事，而是一再对于都鸿勋搭救根儿这件事表示感激。都鸿勋也以为自己对于古世才一家有大恩，相信古世才对他的感恩是真情，他和古世才的关系会因此而更近一步。

世界上最自以为是的大概就是得势的奴隶主和地主。他们霸占着天，霸占着地，霸占着世间的生灵，只要没有难以抗拒的天灾人祸，他们的地位就不可动摇。他们因此而不知天高地厚，自以为生而尊贵，久而久之，他们就以为世界上只有他们最聪明、最高尚，最有力量，而能够主宰一切，因而可以不顾事实，指鹿为马，无所不能，而为所欲为。此时都鸿勋的心态就是这样。古廷辅一再提醒他说，古世才是个顽固的抗日分子，不可改变，不会心甘情愿地帮着他办兵工厂，要严加看管，控制着使用，随时防范他逃跑。都鸿勋有点相信他的话，相信古世才有抗日思想，但是他不相信古世才不可驯服，而且认为驯服古世才是小事一桩。

都鸿勋相信人不为己天诛地灭，人为财死鸟为食亡，钱能通神，有钱能使鬼推磨等等的这样一些老话，而且愚弄吓唬人，是他都家兴盛百年的重要经验，都家代代当家人都留有所谓和睦乡里、"厚待下人"等等的家训，都鸿勋认为他就承袭了他祖上的这种真传，他一定能驯服古世才，为我所用。

都鸿勋"厚待下人"有他深层次的考虑。他知道这样一个真理：觊觎他们都家在浑河镇的霸主地位的是镇上的几大富户，而能毁灭他都家的是穷人。穷人平时默默无语，可是他们并非个个糊涂，人人软弱，他们就像他身边的浑河，有时是涓涓细流，而有时却会是狂涛骇浪。都鸿勋认为那些一无所有的家伙最可怕。一旦激怒了这样的人，他们会铤而走险，一把火毁掉他的半个家业，或是弄走他的儿孙，杀给他看，叫他家破人亡。他和他的先人明白，一旦得罪了这些人，儿孙们的安全就没有保证了。所以，怕穷人是都鸿勋和镇上其他所有富人不同的地方儿；笼络穷人，是都家连富百年的治家秘传之一。都鸿勋从来不和赤贫的人群为仇，而是怀柔一切有可能威胁到他霸主地位的人。

在日本人占领浑河镇之前，都鸿勋是镇上最常见的人物儿。他几乎天天在人前露面。这是他讨好民众，展示他在本镇存在的一种手段。全省全国性质的政治人物要天天在报纸和电台上露面儿，表示他们在政治上还活着。都鸿勋也懂得这个道理，他也有展示自己的办法。只要是晴天，他总要在日上三竿，人们走出家门的时候到大街上走一走，看一看，表明他是本镇的主人。他逢人就打招呼儿。当然，他的招呼儿有尊卑、远近、亲疏之分。对于有的人，他是认真地点头儿，乃至度数深浅不等地鞠个躬；有的更进一步，站下来，和对方拉拉手，说上几句话；而有的则只是朝对方抱拳点头儿，或是笑着招一招手儿；有的是边走边哼哈几声儿；有的是连看也不看对方，只是似是而非地边走边点头儿。他的笑也有讲究儿。有的是哈哈大笑，有的是微微一笑，有的只有那么个笑的意思。总之一句话，看人下菜碟儿。不过，不管是什么样儿的招呼儿、什么样儿的笑容，毕竟都是他礼貌待人的善举。在浑河镇，除去傻子和像刘玉山这样的"狂人"，谁都知道自己的分量，没有人敢期望浑河镇首富、本镇的学问家、镇长都大爷会过分厚待自己。对于那些无钱无权无势的平头百姓说来，都大爷眼里有自己，认识自己，就算不错了。再说，老大的一个浑河镇，在八大富户里，除了都大爷，谁能这样做呢？都大爷这样对待自己，在小老百姓看来就很知足了。他用这种怀柔的手段成功地笼络了一些身边的崇拜者，他贴身的副官都本初就是一个见证。

论起来都本初是都鸿勋远房的一个侄子。他家也曾辉煌过。都姓中的一个举人就是都本初的先祖。不过到他曾祖父一代他家就败落了。都本初是本镇有名的"三只手儿"，无所不偷。他娘的娘家是当庄儿，他娘和他爹做的是换亲，他舅舅同时也就是他的姑父。他从小儿没有离开过浑河镇。他和镇上的普通人一样，并不关心家门以外的事情。他娘奉为经典的是这样一句话："人生在世，为了吃穿。"所以什么国家呀，民族呀，都本初连想都没有想过，根本不知道当汉奸丢人。他心里想的就是嘴里吃的和身上穿的。谁给他钱花，给他饭吃，他就说谁好，就给谁干，为谁卖命。如今都鸿勋给他"官"做，给他钱花，还认他是侄儿，都鸿勋就是他的恩人了。这会儿如果有谁说都大爷不好，就是跟他过不去，他就要和他拼命。所谓"忠实走狗"就是都本初这样的人。

浑河一带，人们冬天贮存地瓜、蔬菜的井子和地窖都修在比较干燥的高地上，只把芹菜、菠菜之类少量青菜埋在自己的天井里过冬。都鸿勋的地瓜井子和菜窖也都修在他家后面浑河边上的高地上。3年前的一个冬天，都鸿勋家经常丢白菜，每次都是一两棵，隔几天就丢一次。有人说，亲眼看见偷白菜的是都本初。但是都鸿勋关照家人说，这件事谁都不要到外面声张。

都鸿勋一直保持着少年时养成的早睡、早起、早练、早读的习惯，每天鸡叫头遍起床，梳洗过后，先在天井里打一趟拳，然后读一阵子书，在天傍亮儿的时候就到外面转一转。有一天，他瞄见都本初钻进了他家的菜窖，急忙赶过去，把他堵在菜窖口儿上。都本初连吓带羞，一句话也说不出来，双手抱头，两眼一闭，等着挨打。挨打对他说来是家常便饭，每偷被捉，都得挨打。可是都鸿勋没有打他，也没有羞辱他，而是和善地对他说："那是本初吗？"都本初木木地停在菜窖口儿下，不敢应声儿，恨不得把头扎进地里。都鸿勋温和地说："拿吧，多拿几棵。"都本初浑身冒汗，头嗡嗡地响。他干这种勾当，被捉被打，不计其数，已经不知羞臊为何物了，可是这会儿他觉得自己满脸发烧，两眼模糊，扔下怀里抱的两棵白菜，蹿出菜窖，撒腿就跑。当天晚上掌灯后，都鸿勋派人悄悄给都本初家送去 4 棵又大又结实的大白菜，每棵都在 15 斤以上，总共不下 60 斤。而且还要来人关照都本初，他吃完了自己到窖里去拿。可是从那以后，都鸿勋家没有再丢过白菜。而都本初也就把都鸿勋当成了他的恩人。都鸿勋在日本人占领浑河镇前办抗日自卫队的时候，都本初头一个报名，后来抗日自卫队解散，都鸿勋投靠了日本人，成立治安队时，都本初也是头一个报名参加的。都鸿勋就安排他当了他的贴身副官。

眼下都鸿勋又在古世才身上重复着驯服都本初的经验，要把他驯服成另一个都本初，替他掌管枪械修配所，而且他毫不怀疑自己一定能够成功。

新年就要到了，都鸿勋觉得过去的这一年他有喜也有忧。喜的是他的队伍不断壮大，得到了古世才，他的兵工厂年后就要动工修建。当初他接受日本人"委派"，当上浑河镇治安队长的时候，周围骂声四起，那些扛着"抗日"旗号却并不抗日的游击队，纷纷发表声明讨伐他。如今情况变了。成团、成旅的中央军像黄鼠狼搬家一样，一个跟着一个地投靠了日本人，有的正在和他秘密谈判合并事宜，八团正在和他进行秘密谈判，就连温虎和于化龙也派人来和他谈判合并的事情。如果这些谈判获得成功，他的队伍就能具备师级乃至军级的规模，他有可能弄个师长军长干干。此刻他很有一点儿先知先觉的感觉，效法他的大有人在。唯一让他感到不安的是，他不知道他的二儿子都本雄现在哪里，是死是活，是在中央军一边呢，还是投靠了共产党八路军。

想到他的老二都本雄，都鸿勋就感觉后悔。都本雄是他最看重的一个孩子。他聪明，俊秀，有志气，书念得好，是他心目中接替他掌管都家大业的人。可是他没有管教好他。在他升入中学的时候，他曾经为他骄傲过。国立第七中学集中一批优秀教师，有来自全国各地的优秀青年，孩子能进这样的学校，是一大幸事，是他和家族的荣耀。即使在他得知国立第七中学有共产党活动，是共产党活动的窝点儿之后，也不曾让都本雄转学离开那里，他相信他的儿子不会糊涂到分不清东西南北的地步，然而，近朱者赤，让他揪心的事情还是发生了，虽然他说不准都本雄是不是共产党，但是他感觉他的思想好像已经发生了变化，他发现都本雄偶尔会冒出一些叛逆的言辞，比如他不再说中央政府和中央军的好话，对于蒋委员长，也毫无敬意，总是直呼其名，在他投靠日本人不久就离家出走了，至今没有消息，是死是活都不知道。他最担心的是他投了八路！那些人六亲不认啊。

都鸿勋的大儿子都本英牺牲了，都本雄去向不明，他身边只有都本杰这个小儿子了。他很为都家后继无人担忧！

112

都鸿勋决定利用他救回根儿这个由头，趁热打铁，破格儿举办家宴宴请古世才兄弟，并正式任命古世才做枪械修配所的所长，进一步拉近古世才和他的关系，劝说他参加治安队，连给他的官衔儿他都想好了。

午饭前，都本初来到枪械修配所，古世才正在给徒弟们讲解钳工技术，见都本初进来，赶忙起身迎接，故作亲近地笑着说："本初大侄，有事吗？"

都本初眉开眼笑，说道："俺叔叔请两位表叔过去坐坐。"

"都团长那么忙，怎么好打扰他呀！"古世才装出感动的样子说。

"都是自己人，客气什么呀。"都本初说。

孙孝武给都本初搬来椅子，让他坐，古世友亲自给他上茶。都本初对他们摆摆手，然后对古世才说："那边酒菜都齐了，咱们这就走吧。"

"那……就好吧。"古世才感激地说。

"表弟呢？"都本初问道。

"小孩子不懂事，有他刘伯伯照顾，就不去添麻烦了。"古世才说。

"那怎么行呀？俺叔叔吩咐过的，一定要去！"

"他还没放学。"古世才推托说。

"顺路到学校里把他叫上就得了嘛！"都本初说。

从枪械修配所到都家大院，只有几分钟的路。出修配所门前无名小胡同儿南口儿，就是军需处门前的丁字路口儿。从那里往西不远，就是南北向的五彩路。小学校就在"五彩路"的南端。都本初跑进小学校，不一会儿，就把根儿领出来了。

从小学校往北不远，在"五彩路"的中段，浑河东岸，五彩路的西侧，有一座三进的大宅院，近乎新漆过的厚重的黑漆大门上，成行成列成图案地镶满金钉，高大森严、满是雕花儿的门楼儿坐落在高高的花岗岩台阶和同样是花岗石的墙基上，门楼以磨砖对缝儿的青砖筑就。门楼儿的南北两侧，是两人多高的磨砖对缝儿的青砖院墙。门前的高台阶下，是一对儿高大的灰白色的石狮子。越过墙头可以看见院子里一幢幢高大的屋宇的屋顶。这就是远近闻名的都家大院儿。

古世才一抬头，见都鸿勋已经等候在大门前的高台阶上，正手搭凉棚儿眯缝着眼睛朝他们这里张望呢。他本来就很细很长的眼睛，在正午阳光的照射下，显得更细更长，从远处看，只能看出他眼睛的轮廓。前几次都鸿勋到枪械修配所穿的是军装，今天穿的是中式便装：头戴紫红色水獭皮的窝瓜帽儿，身穿黑礼服呢面儿的、齐脚面子的火狐狸皮长袍，外罩一件黑呢子的坎肩儿；脚上穿着崭新的黑礼服呢面儿、白千层底儿的厚底儿布便棉鞋。他大老远地就对古世才弟兄二人露出笑容，胸前抱拳，表示欢迎。他一笑，他的眼睛就完全看不见了，样子非常滑稽。

"呵，两位亲家！欢迎光临啊！"都鸿勋满面春风。

古世才快走几步迎上去，谦和地笑着拱手说道："谢谢，打扰了！"

都鸿勋闪到一侧，让过古氏弟兄，同时说："请，请进！"他指指根儿问道，"这是少的吧？"没等回答，又问道："叫什么名字啊？念几年级了？"

根儿笑着说："俺小名叫根儿，大号叫古全和。在俺庄儿念半年级，在这里念一年级。"

古世才故作谦逊地说："孩子没见过世面，不懂事，没有礼貌。"事先他曾嘱咐过根儿，对都鸿勋、黄鲲和都本初，要讲礼貌，少说话，不许使性子。

"好啊，一派福相哟。寡言少语是好事嘛。俗话说得好：'老要张狂少要稳'！人老了，经历的事多了，吃的亏多了，容易守旧，所以要'张狂'；而年轻人不知世事艰险，容易妄自尊大，所以要'稳重'。"

"蒙都团长夸奖！"古世才喜欢听都鸿勋这些话。他趁机说道，"全和被绑架，多亏都团长搭救。俺们全家都感激你的大恩大德啊！您救了根儿，也就救了俺们全家。若是根儿有个好歹，奶奶就没法儿活啦。"

都鸿勋得意地说："你看，见外了吧？咱们是儿女亲家，你的儿子就是俺的儿子。不过想起来也真有些后怕。再晚一天，晚半天……，事情就大差啦（严重了，不得了啦），当时急得俺连觉都睡不着啊！"

古世才决定抓住这个机会宣扬给奶奶过生日的事，便夸张地说："根儿要是有个好歹，她老人家的六十大寿也就办不成了。俺娘的生日，腊月十五，是俺们家最重要的日子，每年都过，今年逢十，是大庆，到时候亲戚们也都来祝贺。"

都鸿勋听古世才说到奶奶的生日，停住脚步，站在前院堂屋的门前郑重地说道："你的孝行十里八乡无人不知，感动了无数儿孙，成为大家做人的楷模。表婶六十大寿，表侄平安归来，双喜临门，可喜可贺，多亏你今天提到这件大事，也好让俺有个准备。"

古世才和古世友连连表示感谢。

都鸿勋忽然高声说，"哦，俺那个小东西也在念一年级，"说着，就高声喊道："本杰！你的同学来啦！"

后天井里有个清脆的童音应了一声，接着，就从里面跳出一个小男孩儿，边跑边说道："俺认得古全和，俺们是一个班的。"接着就和根儿嘻嘻哈哈地闹在一起，把大人丢到一边了。

古全和不明白，都本杰他爹是真正的汉奸，是汉奸头目儿，可是学校里没有人当面骂他是汉奸崽子，而他爹不是汉奸，有些同学却骂他是汉奸崽子，这是为什么？不过根儿并不讨厌都本杰，他学习好，对同学和气有礼貌。

113

古世才弟兄二人在都鸿勋的陪同下，拾级跨进北屋彩砖铺地的正厅。都鸿勋招呼古世才在客厅正中餐桌的客位的太师椅上就座，古世友挨着哥哥就座。都鸿勋张罗着叫根儿上桌，古世才执意谢绝，都鸿勋吩咐给两个小家伙儿另设一席。

都副官给客人上了茶。

"你贵庚？"都鸿勋笑着问古世才。

"光绪二十四年生人。"

"哦，俺是二十三年，痴长老弟一岁。"

"您是兄长。"古世才谦恭地说。

都鸿勋随便问些修配所里的事。过了半袋烟的功夫儿，一个小女孩儿无声地走进客厅。她个子不高，面色黄瘦，大约有十三四岁儿，穿着半新的、洗得干干净净的蓝地儿白花儿的印花儿布小棉袄，扎着白围裙，拖着一条淡黄色的、细细的小辫儿，一看就知道是都家的丫鬟。她一动不动地站在那里，张着温顺的大眼睛，看着都鸿勋，等待他吩咐。

"翠儿，上菜！"都鸿勋说。

翠儿点点头儿，转身无声地出去了，像一个影子。

菜很快上齐了。席面儿上除了红焖肘子、大碗儿红烧肉、坛儿肉和四喜丸子等当地人喜欢的荤菜以外，大多是本地产的新鲜海味。青菜也不多。即墨老酒摆了好几坛子，现喝现烫。都鸿勋听黄鲲说过，古世才弟兄二人都不喝酒，他这样摆设，讲的是招待贵客的派头儿。

"请！"都鸿勋起身说道，"为咱弟兄们的欢聚干杯！"

古世才弟兄二人跟着也举起了茶杯。

"感谢都团长的盛情款待！"古世才笑着说。

"早就想请两位到家里来叙叙，只是因为傻哥哥整天瞎忙，一直没能如愿。今天能得一聚，真是万分高兴啊！"都鸿勋说道，看起来很真诚。

"太谢谢都团长啦！"古世才连连说。

"咱们这是家宴，不说官衔儿。什么团长啊，司令的，保一方平安就是了。听说过八路吗？他们正在东边大山里闹腾哪！厉害啊！烧杀抢掠，'共产共妻'，无恶不作！"都鸿勋紧皱眉头，满脸憎恨。

古世才很想听些有关东山里的八路的消息，可是都鸿勋没有再提有关八路的话题。古世才猜想，都鸿勋可能也是道听途说，未必真的见过八路。

古世才不敢贸然和都鸿勋套近乎儿，担心有伤他的尊严。他称都鸿勋"团长"是因为全浑河镇的人都称他"都团长"，而都团长这个官衔儿并不是日本人封的，日本人只是任命他为"浑河镇镇长兼治安队队长"，他团长的官衔儿是有人特意给他制造出来的。都鸿勋手下的有些头目，以前是流氓土匪，酒肉之徒，现在靠都鸿勋作威作福，混吃混喝，是他们把都鸿勋哄抬成"团长"的。他们之所以这样做，既不是因为他们认为都鸿勋配作团长，也不表明他们对都鸿勋尊敬，而是基于他们个人的需要。如果都鸿勋只是个可大可小的"队长"，那他们作为他的部下，在老百姓面前吆五喝六的本钱就有限了。为了抬高他们自己的身份，恐吓老百姓，他们就想出了抬高都鸿勋的主意，把"都队长"叫成"都大队长"。后来发现老百姓不知道"大队长"是个什么官儿，有多么重要，就想出来叫他都团长。浑河镇的大多数老百姓没见过大世面。在他们的心里，"连长"就是一个可以娶好几个老婆，能要粮、要款、打人、抓人、杀人的挺大的官儿了；"营长"就有点儿大得叫他们感到吓人了；"团长"就大得让他们弄不清楚有多么大了。"聪明人"叫了第一声"都团长"，都鸿勋的这个莫须有的"官衔儿"就叫开了。不仅都鸿勋的部下这么叫，老百姓也跟着这么叫。面对部下操作的这个结果，都鸿勋表面上无动于衷，而内心里却很得意。他梦寐以求的不就是这种东西吗？起初人们当面这样叫他，他还谦虚几句，后来他既不答应，也不谦辞，算是默认了。至于日本人，他们关心的是都鸿勋给他们守好浑河镇这个军事重镇，至于人们叫他什么，他们根本不关心。

席间，都鸿勋眉开眼笑，满口亲家长亲家短，亲热得不得了，而古世才心里想的是怎样迎合他，麻痹他，制造逃跑的机会。都鸿勋的酒一杯接着一杯，话越说越多，古世才只是微笑点头儿称"是"。

"咱们是儿女亲家，要紧的亲戚！"都鸿勋说着，自己笑了起来。这笑里面没有他平日居高临下的傲气，而是带有讨好小人物儿的那种伪善的谦卑。

古世才笑着点点头儿，连连称"是"。

都鸿勋又提到古世才的孝行，说作为亲家也觉得荣耀。古世才赶紧笑着摇头摆手，表示不好意思，说道："那都是老八辈子的事了，再说做儿女的就该那么做。当年俺们把俺老爹的遗骨迎回老家重新发送，就是因为不想让老人在外乡受孤单。"

都鸿勋说："俺建立枪械修配所的这个想法儿老早就有了，苦于请不到懂行的师傅，是两位老弟成全了俺的这个愿望，现在万事齐备，东风已至，年后枪械修配所就要开工。这在胶东几十支队伍中是头一份儿！"都鸿勋骄傲满足之情溢于言表。古世才称赞说都团长有远见，重复了他有关修配所建设和管理的建议，都鸿勋打断他笑着说："这些事情就交给老弟你喽，我安排你当修配所的所长。"

古世才慌忙摆手儿笑着说："啊呀，我可担不了这么大的责任。"

醉意渐浓的都鸿勋继续说："修配所长，你是正当其人，所长非老弟莫属，俺还要封你的官，给你个军衔儿，配发你军装和武器，给你派勤务员呢，你就放手干吧，哈哈哈哈。"

古世才听出来，都鸿勋要拉他入伙儿，但是并没有谢绝都鸿勋的封赏，依然点头儿称是，表示感谢。而这件事在二十年后竟成了他的儿子根儿——古全和入党的障碍，把他入党的时间推迟了近2年的时间。

都鸿勋眯缝着一双有些醉意的细长的眼睛，看着古世才，像欣赏一件心爱的宝贝，心想："这一带只有俺都某人有兵工厂，有军事工程专家，全胶东也未必还能找到第二个，而他却属于俺都某人！只有俺才有这样的眼光，这样的胸怀，这样的手段！能把他们弄到手，把他驯教成自己的亲信！"人即使到了老年，在得意的时候，也会显出他少年时的某些特点。此时此刻的都鸿勋就是这样。他手舞足蹈、夸夸其谈的得意劲儿，跟他年近半百的岁数儿很不相称。

"爹呀，蛏子没了！古全和喜欢吃蛏子！"都本杰嚷道。

"上蛏子！"都鸿勋兴冲冲地朝外面喊道。

"知道了。"翠儿答应着快步走出去。

"老弟，今后有什么困难和要求只管说。"都鸿勋说。

古世才对都鸿勋委婉地表示他会安心在浑河镇工作，迟疑片刻，低声说道："困难倒是有，我想在这里安个家，能不能给俺们一家租一个住处？房子好赖没有关系，离修配所远近也没有关系，最好是一个院落，带两三个房间，有正房，有厢房，一家男女老少住着方便，租金俺们自己出。这样，根儿平时能有个念书的地方儿，农闲的时候，家里的人也可以到这里来住上一些日子。"

都鸿勋听古世才这样说，满心欢喜，得意之余，夸夸其谈道："是啊，你们本来就是浑河镇古庄这里人的人嘛，县志里有记载，说八百年前，从四川过来的古家三兄弟里面的小兄弟，也就是古家庄古姓子孙的祖先，就落户在浑河边上，尔后这里才有了古庄和古姓子孙，你们来到浑河镇就算返回老家了！安家的事俺包啦！"都鸿勋巴不得古世才一家立刻搬来浑河镇，因此马上派都副官都本初去安排这件事，说房子要好，院子要大，要有树，选好几处，请古世才和古世友去看看。看好了，满意了，就叫那里的住户搬走，然后派人去打扫干净，粉刷一番，配上家具，交付古世才所长，并限他十天之内把这件事办好。还嘱咐说，要对原来的住户说清楚，他们是暂时借用，明年盖了新房子就腾出来还给他们，要帮助他们租好临时的住处，租金由他们出。

古世才连忙说，今冬来不及了，住房的事不急，接着转变话题，建议说："修配所应当有个管理条例，物资管理、保密安全、人员劳金发放、年节假期等等，都要定出规矩。将来厂子大了，人多了，没有个规矩，事情不好办。俗话说："'离了规矩，不成方圆'嘛。"

都鸿勋立刻说道："好，你是所长，你就编制一个厂规吧！"

在家宴就要结束的时候，古世才试探说："俺娘的 60 大寿就要到了。每年的庆祝活动都是由俺主持。本来世友和根儿都应该回去给老人拜寿，可是这段时间可能要进设备进材料，这里离不开人儿，古世友得留在这里协助黄鲲连长工作。根儿还没放假，他也不回去啦。俺主持过老人的寿诞就回来，这期间有问题随时派人叫我，或是给田庄镇镇公所打电话通知我，我立刻赶回来。"

都鸿勋警觉地看着古世才笑着说："你想得很周到，"接着说："带上表侄吧。"

古世才说："不啦，不能耽误他的学习。"古世才想都鸿勋这是试探。

都鸿勋微笑着点点头儿说："你就安排吧。"

临别时，古世才一再对都鸿勋表示感谢，都鸿勋则破例把他们送出大门外，站在高高的台阶上，目送他们走远，直到古世才他们消失在五彩路南头儿的拐角儿处。

都鸿勋破格儿厚待古世才，设家宴盛情款待古氏兄弟，任命古世才为枪械修配所所长，并说将授他们以军衔儿等等的举措，抬高了他们在都鸿勋喽啰中间的身价，治安队里的大小头目儿都不再叫他们古铁匠，而恭敬地称他们古师傅。但是浑河镇的平头百姓对于古世才兄弟的印象与此有所不同。根儿前些日子一度走失，和近来绑架被救轰动浑河镇，有关古世才兄弟和根儿的故事，以及他们和都鸿勋家的特殊关系，经闲话篓子江大娘的夸大宣扬，闹得众百姓知镇上有古家庄来的古铁匠两兄弟，他们是都鸿勋的亲家，月薪几百块现大洋。无知无识的老百姓虽然无声地生活在日本人和汉奸们的刺刀之下，暂时也没有谁跳出来，冲上去，杀几个日本鬼子或是汉奸走狗，但是如何对待都鸿勋这样的人乃至他的亲信，心里还是有数儿的。汉奸头目儿都鸿勋在人们的心里很臭，他的亲家古铁匠自然也香不了，连根儿被绑架这样的事情都没有几个人表示同情，有人甚至公然说"活该！"有人贱视他们，当然也有人羡慕他们每月拿多少劳金。江大娘猜想，古世才兄弟俩每月的"劳金"是五百块现洋：老大三百，老两二百。这样算起来他们一年的劳金应该是五六千块银元，合 30 万斤麦子，是 300 亩好地一年的收成。试想枪械修配所还没开工，他们就能拿这么多的钱，怎么能不叫人眼红呢？起先人们不相信这样的传闻，后来又觉得，这个年头儿，什么事儿不会发生？那么爱国的都大爷可以当汉奸，古师傅弟兄每月拿几百块银元的劳金有什么奇怪的！最关心这件事的就是房东江大娘。她像着了魔似地打听古世才的劳金到底是多少。古世才一次次地告诉她说，他的劳金是每月三十块，弟弟是二十块。这个数目已经够吓人的了，浑河镇上没有谁一个月能挣这么多的钱。可是江大娘就是不相信，因为这个数目和她想象中的数目儿差得实在是太远了。她一再套问古世才，他和他弟弟的劳金到底是多少，好像他们的劳金归她所有似的。她就是要证实古世才弟兄二人的月薪是五百。这件事弄得古世才很难受。他想，老大一个人，一辈子没撒过谎，如今却让邻居怀疑自己的人品，这可怎么好啊！为了证明自己说的是实话，他甚至对她赌咒发誓。但是江大娘还是坚持认定古世才没对她说真话，不够朋友。她认为坏人绑架根儿为的就是钱。死心眼儿的男人可怕，死心眼儿的女人更可怕。她越是打听不到她想要的那个钱数儿，就越是想打听。这就像一个上了年纪身体又不大好的人被蚊虫叮了一口，觉得痒得要命，便伸手去挠，越挠越痒、越痒越挠，挠来挠去竟不知道痒在什么地方儿了！好在后来江大娘不再逼问他们的劳金这件事了。这倒不是因为她相信了古世才的话，而是因为她想明白了一个道理：在这个兵荒马乱的年头儿，除了当大官儿，掌大权，爱张扬，不知死活的半吊子，谁会夸富呢?! 那会招灾惹祸的呀！古世才的儿子不就是因为这个缘故才被坏人绑架的吗？

　　关于古家弟兄劳金的议论还没有得到人们满意的结果，新的传闻又出来了。有人说都鸿勋的二儿子都本雄的未婚妻就是古世才的闺女，他们是亲上加亲。这个消息使得许多人恍然大悟，认为都鸿勋厚待古世才是自然而然的事。这则消息的版权归江大娘和她隔壁的邻居李二婶儿。江大娘在和李二婶儿闲聊的时候说过这样的话："都鸿勋和古师傅两家走动得很近，都鸿勋常常请他们吃饭，儿女亲家也不过如此。"李二婶儿一边干活儿，一边心不在焉地听着。在江大娘的话里，她只听见"儿女亲家"这样的意思，经她消化就变成了"都鸿勋和古师傅是儿女亲家"。她们无意间合编的这个崭新的版本就这样传开了。传疯了的谣言比神话更神，简直可以不顾常情。其实，江大娘明明知道都鸿勋和他家的老二不和，都本雄三年前就离家出走，至今音信全无，他怎么能和什么人定亲呢？可是，只要气氛合适，社会需要，什么谣言都可以传播开来。

　　这些传闻最终都传进了当事人的耳朵。不过都鸿勋和古世才都没有站出来辟谣。都鸿勋不在乎这些事，关于他的传闻多着呢。而古世才正需要这样的传闻，即使有人说他是都鸿勋的亲爹他也不会站出来辟谣。

115
❧❦

古廷辅赶去浑河镇之后，古文举的心里七上八下。他害怕姜文雍一案可能牵连上他，要了他的老命，惶惶不可终日。他一会儿相信姜文雍会信守诺言，一会儿又觉得姜文雍为立功减轻自己的罪责而抖搂他当年拐卖孩子的旧案，激起十里八乡百姓的众怒，苦主们打上门来，把他活活打死。而当他想到姜文雍现在都鸿勋的手中，都鸿勋不会不顾亲情，任凭姜文雍胡乱咬他，让他身败名裂的时候，又觉得祖宗们会保佑他平安度过这一难，心里平静一会儿。他平日诡计多端，胆大妄为，此刻面对姜文雍的威胁，他不敢不听从古廷辅的嘱咐，老老实实猫在家里，急切地等待着姜文雍一案的动静儿。

姜文雍绑架杀人案结案后，古廷辅并没有立刻回到古家庄，把事情的结果告诉古文举，解除他的恐惧之苦，而是有意折磨他，教训他，让他以后不敢不听他的话而任意胡为，干扰和破坏他的生意。古廷辅在都鸿勋秘密处决姜文雍的当天就赶回了青岛。而古文举却仍然提心吊胆地猫在家里，吃不好，睡不好，噩梦连连。几天后他才忍不住，大着胆子问他孙子媳妇都本娟说："宝儿他娘，外边有什么消息吗？"

宝儿他娘随口说："都在议论绑架谋杀根儿的事呢。"

古文举低声问道："都说些什么呀？"

宝儿他娘恨恨地说："姜文雍该杀，买凶杀人的坏蛋更该杀！"

古文举偷偷地瞅了宝儿他娘一眼，没有说什么。他估计她可能知道事情和他有关。可是过了一会儿，忍不住又问道："为什么宝儿他爹还不回来？"

都本娟没好气儿地说："俺怎么知道？大概是事情还没办完吧。"她知道古家庄的人已经猜到雇凶杀人的是古文举，背地里都在骂古文举，可是她不想把这个消息告诉他，担心他听了吓犯了老毛病给她添麻烦。

猫在家里的古文举一直得不到姜文雍一案的消息，终于坐不住了，早饭他不肯吃，一再要宝儿他娘派人到浑河镇去把古廷辅叫回来。宝儿他娘说："俺不敢去，他也不会听俺的。"

有些恼怒的古文举忽然吼道:"你今天怎么这么别扭啊?你不好去说是我让他回来吗?!"

古文举态度蛮横,激怒了宝儿他娘,心想,"你雇凶杀人,犯了大罪,本来就该杀,还神气什么?!"就赌气说:"俺可不敢假传圣旨。您不就是想打听姜文雍的消息吗?那俺就实话告诉您,姜文雍被枪毙啦!"

古文举听了怒火中烧,破口大骂古廷辅说:"这个小杂种真他娘的可恨!这么大的事,他为什么不回来告诉俺呢?!他这不是有意要俺着急上火吗!"然后又转向宝儿他娘,质问道:"你为什么不早把这个消息告诉俺?!"

宝儿他娘早就不敬重她的这个扒灰作恶的老公公了,这会儿更把他看成是个恶魔,一怒之下就大着胆子说道:"庄里的人骂您的话多着呢,俺能对您学说吗?!"

愤怒的古文举气急败坏地嚷道:"你说嘛!"

都本娟也不顾一切地嚷道:"都咒雇凶杀人的人不得好死!"

古文举没有再对宝儿他娘嚷嚷,他知道姜文雍已经伏法,他没有出卖他,他的老命保住了,可是他并没有感觉轻松。庄里的人已经知道了他的恶行,他丢了钱又丢人,连孙子媳妇都不把他当人,想到他现在是个人人恨,今后不能外出见人,实际上是个活着的死人的时候,突然觉得脑袋嗡的一声,精神一时恍惚,紧接着就感到天旋地转,浑身发麻,说声"不好!"就歪倒在地,不省人事儿了。都本娟慌忙出去叫人,人们把古文举抬到炕上,给他脱下鞋袜,盖上被子。此后,他再也没有走出他的房间。他刚躺倒的时候,还能呜呜啦啦地说话,后来就无声无息,连吃喝拉撒都不知道了。古廷辅得到消息,立刻赶回古家庄,给他请医生。有一位半农半医的老医生有个偏方儿,说可以用鞋底猛打他的头部,如果见好还有希望,不然就没救了。古廷辅不想落个不孝的名声,没有实行那位医生的办法儿。

古文举偶尔清醒的时候要求古廷辅送他去青岛就医。古廷辅担心这会勾起姜文雍绑架案和他爷爷以及家族其他人的旧案,牵连上自己,影响到他的声誉和生意,不肯送他去青岛。古文举怪声嗥叫,古廷辅听出他在骂他,在他不得不同意送他去青岛就医的时候,古文举已经不懂人事儿了,连他心爱的重孙子大宝、二宝都不认识了。第二年正月初六的凌晨,古文举呜呜啦啦地嗥叫一阵，惨叫一声，离开了人世。

古文举死因不明。县医院的日本医生说，古文举有严重的高血压，由于受了惊吓，急火攻心，诱发中风，导致瘫痪，最后死于突发心脏病。古天骥老人颇有感慨地说，老天爷一时糊涂便宜了古文举这个孽种，他一辈子干了那么多的坏事，肮脏事，缺德事，却得善终，死在自家的炕上。可是天骥家的老奶奶有不同的说法儿，她说文举死得够惨的，没有人想念他，没有人说他好，死前遭够了罪，他比她奶奶死得更惨，留给子孙后代的只有骂名，和人们对他的憎恨。

116

在古世才第三次回古家庄之前，他忽然想起一件事，在根儿被绑架的前几天，孙孝武曾经找过他，说有要事和他谈。后来根儿遭绑架，他没顾得上及时找他，觉得冷落了他，有些过意不去，决定行前约他谈谈。

孙孝武如约来到古世才的住处，依次随手小心翼翼地掩上院门、屋门、和古世才卧室的门。落座后，古世才首先向孙孝武表示歉意。孙孝武拦住古世才说：“你老不必客气，你老忙，后来发生了根儿被绑架的事，顾不上。”

古世才说：“你姐姐的病好些了吗？”

孙孝武说：“犯病的次数好像少了，也轻了一点儿。”

他们的谈话断断续续，古世才问一句，孙孝武答一句，常常欲言又止。古世才感到纳闷儿，他想谈话是孙孝武约的，显然是有话要说，那他为什么又吞吞吐吐呢？他想孙孝武是有事向他求助，又不好意思开口，便主动说道：“你有什么困难只管说，只要是我能办的，一定去办。”

这时，孙孝武突然说道：“师傅，您赶紧带着师叔和根儿逃走吧！都鸿勋他们都知道你老是顽固的反日分子，他们和古廷辅说好，等你老帮着他把兵工厂建起来，他就把你老和师叔送到日本去当劳工。”

古世才不动声色。他不知道孙孝武怎么会知道都鸿勋的这样秘密的谋划，为什么在这个时候把这个秘密透露给他，是出于师徒情分，还是奉命前来刺探。他觉得不能掉以轻心，便笑着说：“怎么会呢？俺和都团长是亲戚。"

孙孝武认真地说:"这是俺亲耳听都鸿勋和古廷辅说的。你老可能不知道,俺和都鸿勋是亲戚,都鸿勋他奶奶和俺老奶奶是亲姊妹。论起来俺爹和都鸿勋是亲姨表兄弟。俺家在俺爷爷那一辈上败落了。到俺爹这一代两家就不大走动了。都鸿勋把俺派进枪械修配所,一为学手艺,一为监视您、师叔和根儿,在古家庄监视您家的是古文举和古廷辅。根儿从柳林庄他姥姥家回到古家庄的消息,就是古文举亲自连夜跑到浑河镇来报告给都鸿勋,都鸿勋立刻派都本初和黄鲲去古家庄把根儿骗到浑河镇的。"

孙孝武最后的一句话揭开了他心中的一个谜团,表明孙孝武对于都鸿勋的秘密的确知情。但是他仍然不敢接孙孝武的话茬儿,便答非所问地说道:"厂里的设备和材料新年前后就会运来,明年春天解冻后就开工建厂,兵工厂很快就能办起来。你们一定要安心工作,好好学手艺,好接俺们的班儿,将来你们就是咱们修配厂——兵工厂的元老呀。"

孙孝武满怀焦虑地说道:"师傅!请您相信俺,赶紧离开这里吧,晚了就走不成了!"孙孝武见古世才不把他的话当回事儿,很着急。

"你是个好孩子。"古世深情地说,"听师傅的话,把心思放在工作上,用心学手艺,以后不要再提这件事了。"

孙孝武痛苦地看着古世才,连连摇头,想象着他和师叔及根儿凄惨的下场,神色有些凄凉,几乎是乞求地说道:"你和师叔都是好人,赶紧逃出这个是非之地吧!越早越好!师傅,您要相信俺。俺也念过几年书,懂点儿道理,不想替日本鬼子干事。俺当治安队,就是为了混碗饭吃。到时候俺会表明自己是个中国人的!"

古世才感激孙孝武的好意,但是他神情漠然。

孙孝武愣怔了好一会儿,失望地说:"师傅,你老就多多保重吧。"

孙孝武等四人当初被送到枪械修配所的时候,黄鲲曾对古世才说过,他们是都鸿勋给他选派的徒弟。古世才表示欢迎。不过他相信,这些徒弟肯定也是都鸿勋的耳目。刘玉山来到枪械修配所以后曾经对他说过,这些孩子他都认识,他们的父母都是浑河镇和附近一些村庄的庄稼人,他们本人进治安队以前,也都是在家里种地,他们给都鸿勋当兵,就是为了混口饭吃。在他们中间,孙孝武初小毕业,其他三人,都只念过两三年书，认识不了几个字。经过一段时间的观察，古世才觉得这些徒弟不像坏人，就开始慢慢地开导他们，教他们一些钳工和车工技术，讲一些枪械知识，空闲的时候也讲一些他的经历和他从霍先生那里听来的道理，在不知不觉中，师徒之间就有了感情。当然，他对于这些徒弟的戒心是一直都有的，有关他们要逃走的话题，他从来不说。他怀疑他们里面有奸细。

古世才的怀疑并非多余。都鸿勋选派这些年轻人来枪械修配所的主要目的是培养他自己的技术人才，同时也是为了监控古世才兄弟二人。孙孝武就是都鸿勋安插在枪械修配所的奸细。都鸿勋相信他能驯服古世才，把他变成自己的亲信，让他掌管枪械修配所。但是他也有另外的一种准备，那就是，如果古世才死不改变他敌视日本人的态度，那他就在古世才把这些年轻人培养出来之后，把他和他兄弟一起送往东三省或是日本去当劳工。都鸿勋的这个计划，只有都鸿勋本人、古廷辅、古文举和孙孝武4个人知道，连黄鲲都不知道。都鸿勋是从黄鲲和孙孝武这样明暗两条线掌控古世才的动向的。孙孝武初来枪械修配所的那段时间，每天晚上都按照都鸿勋的要求，溜进治安队大队部，去报告古世才弟兄当天活动的情况，后来还有根儿的活动。孙孝武是个老实人，他对都鸿勋说的都是实话，天天报平安，都鸿勋对古世才他们的戒心也渐渐淡了下来。他相信他驯服古世才的措施起了作用。在根儿被弄到浑河镇，进了学校之后，都鸿勋以为古世才弟兄开始顺从他，对孙孝武监视古世才的活动不再重视。终于有一天，在孙孝武去向他报告古世才的情况时，对孙孝武说："孝武啊，以后有什么意外的情况，你随时来报告，要是没有新情况，你就不用来了。"又过了一些日子，在小学教导主任栗耀庭向他报告了根儿一直在学校里安心学习之后，他又对孙孝武说："古师傅的事，你就不用管啦，你就好好地跟着他学手艺吧。古世才是个难得的手艺人。"这时，孙孝武已经了解了古世才的来历，他巴不得早一天摆脱这种鬼鬼祟祟盯着师傅的脚后跟的丑恶勾当。

在都鸿勋要孙孝武监视古世才之初，并没对他说出实情，而是谎说，古世才兄弟俩预支了他三千多块银元的工钱，担心他们会拐带他的这笔钱中途逃跑，所以要派他监视他们。后来都鸿勋才对孙孝武说了真话，说古世才是个顽固的抗日分子，随时可能逃跑。孙孝武得知师傅和师叔是爱国反日的好人，心里就产生了对他们的敬意。都鸿勋说他不必再管古世才的事了，他觉得如释重负，开始默默地亲近师傅，向师傅述说自己穷苦的家世，亮出自己的政治态度，大着胆子劝说古世才他们逃走。

孙孝武的关心坚定了古世才利用奶奶寿诞的机会外逃的决定。

腊月初十、十一和十二都过去了，离奶奶的诞辰仅只还有三天，古世才焦急地等待着都鸿勋主动安排他回古家庄操办奶奶生日的庆祝活动，而都鸿勋毫无表示。古世才担心他灵机一动改变了主意，不放他回古家庄，误了他的大事。

同时都鸿勋也正在伤脑筋，他相信古世才顺从了他，而且他已经和古世才认了儿女亲家，也封了他的官，古世才也接受了他的封赏和优待，正在尽职尽责地为他工作，两次回古家庄探望老娘都如期和提前返回浑河镇，他就应该大度一点儿，放古世才父子三人回古家庄去参加奶奶生日的庆典，那对于古世才是一大善举，他更会对他感恩，为他出力。然而他还是担心会有个万一，就连放古世才一个人走一两天他都不放心。他想设备和材料可以花钱买，而人才是无处去求的，古世才就是他的兵工厂，万一古世才逃跑了他怎么办？再说他不能不注意古廷辅对他的提醒，古廷辅和古世才毕竟是本家，祖祖辈辈生活在一个庄里，低头不见抬头见，他对他更知底，古廷辅总在他的耳朵根子上嘟嘟，说古世才是个顽固的抗日分子，不会心甘情愿地替他出力，他是一定要逃跑的，他不能不防，而他不放古世才回家主持他娘的生日庆典，不近情理，失信于人，会冷落了刚刚热乎起来的亲情，思忖再三，横下决心，大度一回，在腊月十三，亲自安排古世才回古家庄去操办和主持他娘的生日庆典，还送上一份很重的寿礼。不过他不敢粗心大意，立刻派人把他的这个决定通知古廷辅，关照他严密监视古世才在古家庄的行动，如有异常情况，立刻打电话向他报告，唯恐发生意外。

118

古廷辅和古文举监视古世才不遗余力，平时监视古世才家的一举一动，每次古世才或是古世友回古家庄探亲，他们都如临大敌。这会儿古廷辅比都鸿勋更怕古世才逃跑，古世才逃跑了，都鸿勋可以另选高明，而他古廷辅就没有这样轻松了。枪械修配所的设备和部分材料是他向生产商订购的，要是古世才逃跑了，都鸿勋的枪械修配所一时办不成，不仅他挣大钱的机会没有了，更可怕的是他可能倾家荡产。他和日本人的军工设备和原材料的合同已经签订，牵涉十几万元的资金。如无意外，他会大赚一笔，而如果古世才逃跑了，都鸿勋的兵工厂办不成，那他可就惨了。

往常监视古世才兄弟的主要是古文举，这会儿古文举已经病倒卧床，神志不清，不能言语，监视古世才的差事就落到古廷辅一个人的身上了，在古世才回到古家庄的时候，他不敢离开古家庄半步，连光石洋子一再电话催促他回青岛，他都没敢离开古家庄。

前些日子，古廷辅发现胡大珂用独轮车从古家庄往庄外运东西，担心他们是在为外逃做准备。古文举说，古世才兄弟二人常常外出做工，他家的粮食都是由胡大珂帮着他们弄到集上去粜，换回钱，或是籴回别的粮食，打消了古廷辅对他们的怀疑。胡大珂把古世才和古世友两家的大小牲口牵走，也曾经引起过古廷辅的疑心，而秀姑笑着对他解释说，家里没有个男人，女人喂不好牲口，所以要托根儿他舅代他们喂养，开春种地时再牵回来。虽然每年冬天，特别是新年将近的时候，胡大珂都会来给他妹妹一家送一些他自种自收自制的蜂蜜、年糕、笤帚等吃的和用的东西。但是古廷辅对于胡大珂的行动仍然倍加注意，不敢大意。

和古文举相比，古廷辅监视古世才有很大的难处。过去古文举监视古世才名正言顺，他是保长，可以随时闯进古家庄的任何人家儿，而古廷辅监控古世才就不那么方便了，因为他除了每年大年初一的早晨，照例要和同辈的兄弟们一起到古世才家给古家的奶奶磕头拜年之外，平时从来不到古世才家，他们两家几乎没有来往。可是为了监控好古世才一家的活动，他必须临时突击重建他家和古世才家的亲情关系，进入古世才家，于是就借口探视生病的奶奶，派出平时和古世才家有些联络的宝儿他娘给他打前阵，让她给奶奶送些他从青岛捎回来的像凤梨罐头，冰糖和西洋点心等稀罕玩意儿，表示孝心。奶奶和秀姑虽然觉得古廷辅的表现事出突然，怀疑他别有用心，但是心里也还是高兴。奶奶说："两家的仇恨是从老辈儿人拖拉下来的，古廷辅家的祖爷爷留下的也不都是坏种，如今在'文'字辈儿里，也就是古文举心地不好，总瞎折腾，带坏了他的儿孙。如今他重病在身，朝不保夕，不再管事了，宝儿他爹愿意忘记过去，大家和好，这是好事。疙瘩能解开最好。大家都是一个祖宗的儿孙，怨恨不该代代相传。"这样，秀姑也就微笑着把宝儿他娘送来的礼物收下了，古廷辅也就厚着脸皮，堆着笑脸儿，带着礼物出进古世才家了。古世才听说了这件事，也不相信古廷辅的善意，但是表面上也表示欢迎。

古世才腊月 13 日中午回到古家庄，古廷辅立刻紧张起来，他按照都鸿勋的要求，不错眼珠儿地盯着古世才的活动和进出他们家的亲戚朋友。都鸿勋给他的任务是监视古世才回到古家庄所有的活动，直到腊月 15 日晚上他办理完了奶奶的庆典离开古家庄，回到浑河镇。

古廷辅经常在古世才家周围转悠，随时盯着古世才的活动。

腊月 15 日，奶奶的生日庆典如期隆重举行。几十家亲朋好友都到了，都本娟也奉古廷辅之命前来帮忙，在古世才家的天井里摆了 6 桌，庆典和宴席从中午一直延续到日头儿偏西。古廷辅始终在场。下半晌约 3 点，古世才再次讲话，对于前来祝贺的亲朋好友表示感谢，客人们陆续散去。

天渐渐地暗下来，月亮还没露面儿。古廷辅从古世才家的外面听见古世才家的天井里有搬动脚踏车的声音，听秀姑说："今天别走啦，明天再回去吧。"古世才说："不行，军械所有事情等我去办，我是所长。"然后他又对奶奶说："娘，俺这就走啦。"奶奶说："去吧。嗨，都鸿勋这个人真不仁义，他不该不让柱儿和根儿爷儿俩给俺过生日，还好意思说咱们是亲家呢。天这就黑下来了，月明还得些工夫儿才能上来，黑灯瞎火的，道上千万小心。"古世才高声说道："车子上有灯照亮儿，您放心吧。"

古廷辅听古世才推着脚踏车走出家门，顺着小胡同儿朝北走去，便转身溜回家，推上自己的脚踏车，跟踪古世才，赶到古家庄西，发现古世才已经走到三里路外的高家庄，立刻尾随上去，然后保持着和古世才的距离。一刻钟后，古廷辅发现古世才在远处停顿下来，从隐约可闻的流水声，他判断那里应该是柳河大桥。古廷辅也停顿下来。在古世才再次驱车前行的时候，初升的圆月在云层间穿梭，夜色时明时暗，古世才脚踏车上的电灯在经历过一阵闪闪烁烁之后熄灭了。

古世才离开柳河大桥之后，古廷辅也赶到柳河大桥，站在桥头，目送在时明时暗的月光下的古世才沿着通往浑河镇的大路远去，直到他消失在他的视野里，几天来他一直揪揪着的那颗心才松弛下来。他打了一个大呵欠，吐出了一口闷气，掉转头，推着脚踏车，步履艰难地往回走。三天三夜的不休少眠和极度紧张，弄得他疲惫不堪，此刻他连上脚踏车的力气都没有了，恨不得就地儿躺下，大睡三天三夜。然而他的心里仍然感觉不安，不放心古世才，回到古家庄，又去古世才家扒墙头观察了一番，见古世才家的天井里残席仍在，依然灯火辉煌，一件件的寿礼整齐地摆放在磨坊西墙前面的条桌上，秀姑欢快响亮的说笑声不时从天井里传出来，一派喜庆欢乐的景象。古廷辅确信古世才此刻已经回到了浑河镇，平安无事了。他身心轻松地回到家里。老婆孩子都睡了。他独斟独饮，随心所欲地很喝了几杯没有温过的即墨老酒，睡意袭来，便和衣倒头睡下，一觉睡到大天亮。

119

古廷辅在监视古世才，古世才也在监视古廷辅。古世才推着脚踏车，步行走到庄后小石桥儿，骑车离开古家庄。他时刻注意是否有人跟踪。走过高家庄不远，他听见后面有脚踏车的声音，那声音不大不小，隐约可闻，他猜想那可能就是跟踪他的人。流云遮挡着月亮，周围一片漆黑，他继续亮着车灯前行，直奔柳河大桥。到柳河大桥是去浑河镇路程的一半儿。古世才在柳河大桥上停下，看后面的人怎样动作。他停在桥上，后面脚踏车的响动也消失，古世才确信后面的人就是为他而来，可能是古廷辅，或是他雇佣的什么人。古世才离开柳河大桥，重新上路。月亮不时钻出云层，照亮了面前的道路。古世才下车把车灯关掉，乘机回头观察，看见柳河大桥栏杆上靠着一人。他担心跟踪他的人会跟他到浑河镇，前行中不时回头窥视，发现后面的人跟上来了，所幸他脚踏车的响动渐远渐小，终于消失在他的身后。古世才确信跟踪的人不是都鸿勋的人，而是古廷辅或是别的什么人。若是都鸿勋的人，他会跟进浑河镇。古世才不敢大意，他没有按原路返回古家庄，而是一直走到浑河镇附近，才掉头返回，沿着柳河朝柳林庄的方向奔去，然后朝右转朝南，经姜家庄、傅家庄，绕了半圈儿，返回古家庄。此刻胡大珂正在古世友家的套间里焦急地等着他。

古世才在外逃这件事情上担心的是三件事：第一件是刘玉山能不能瞅准时机，帮助古世友带着根儿从浑河镇逃出来；第二件是他们一家人能不能躲过古廷辅的耳目逃出古家庄，转到柳林庄；第三，这是他最担心的，是他们能不能逃出都鸿勋的追捕，因为无论走水路经青岛、烟台或是龙口，走旱路，经河北奔山海关，都难逃过鸿勋的拦截和追捕。沿路有鬼子据点儿，他们有电话和骑兵，隆冬时节，树木都光秃秃的，除了贴着地皮的麦苗儿，大田里光光的，一望无边，一家老少 7 口儿，大天白日，走在路上，追捕的人从 10 里以外就能看见，怎么能躲过他们的眼睛？

胡大珂见古世才心事重重，面带犹豫，说道："要想改变主意这会儿还来得及，还有回旋的余地，干这种事不能三心二意。"

古世才说："走，别无出路，机会难得，成败都要碰一头！"

胡大珂说："那就横下一条心，和都鸿勋斗一斗！月亮已经升起，能不能逃离古家庄，就看能不能在云遮月的短短几分钟躲过古廷辅的眼睛，离开古家庄。你不必担心世友和根儿，他们没有事，我断定他们已经逃出浑河镇，正走在去柳林庄的路上。"

秀姑听说根儿和他叔叔已经逃出浑河镇，心中一阵欢喜，她好奇心重，遇事爱问个为什么，忍不住问道："你是怎么知道根儿他们已经逃出来啦？"

古世才不耐烦地对秀姑说："什么时候啦，你还有心思格物（琢磨，研究）这些事情！"

秀姑笑笑说："问问怎么啦，俺就是想知道嘛。"

胡大珂微微一笑说道："道理很简单，现在已过 8 点半，浑河镇 8 点戒严，根儿和他叔叔肯定要在戒严前离开那里，若是都鸿勋发觉世友他们逃跑了，一定会派出骑兵或是电驴子追，这会儿他们已经到了这里，而都鸿勋并没有派人来，说明都鸿勋他们没发觉根儿和他叔叔已经逃离浑河镇。按时间算，我估计他们正走在半路上。"

秀姑为哥哥的智谋感到骄傲。

胡大珂说："大成赶的大车，停在庄外的小树林里！"

"马上就走！"古世才忍着内心的痛苦果断地说。

这时，有人轻轻敲门。大家立刻紧张起来。胡大珂和古世才重又避到后天井的屋檐下草堆的后面。秀姑悄悄走过天井，见古天骥老人站在门外。她开了门，把老人请进来。古世才也从屋檐下的黑影儿里闪出来。老人走到奶奶面前，心情沉重地说道："栓他娘，这就走？"老人眼泪汪汪，声音苍老沙哑。

"二叔，没有法子。俺不能在你老的身边孝敬你老人家啦，感谢你老多年来对于俺们一家的关怀和帮助。"说着就要跪下去磕头谢恩。古天骥老人赶紧前来搀扶阻拦，劝慰说："栓他娘，别难受，先出去躲一躲，看看叶儿，这些坏东西长不了！家里的事有俺照应。老天爷会保佑你们一路平安，祝愿你们早去早回。"

秀姑低声说道："二爷爷，俺们走后，你老就把这些东西都收拾起来，俺就不过去和俺奶奶告别啦。"

古天骥老人点点头儿，长叹一声。

"天井里的保险灯不要止，就让它亮着。"古世才说。

"明白。"古天骥点头儿说。

"二爷爷，留步吧。"古世才有些伤感。

"俺给你们探路！"老人说。

"会给您老添麻烦的呀。"古世才说。

"这把年纪了，还怕什么？古廷辅那个小兔崽子还敢杀了俺不成？"古天骥激动地说。

"好，这就万无一失了，老人家想得周到！"胡大珂说。

"嫂子，咱这是要上哪去？"玉兰惊讶地问道。

"到了地方儿你就知道了。"秀姑说。

"俺还什么都没收拾呢！"玉兰茫然地看着秀姑。

"俺已经帮你收拾好了！"秀姑笑着说。

古世才对秀姑说："你领上他婶子和改莲，背上咱娘先走！"

古天骥和古世才他们保持着距离，远远地走在前面。秀姑背着奶奶摸着黑儿沿着小胡同往北走，玉兰和改莲糊里糊涂地跟在后面，古世才和胡大珂走在最后，一行人无声地奔向大庙。他们在庄后的小石桥旁无声地告别了古天骥老人。女人和孩子们在胡大成的帮扶下上了车。

大车启动，直奔正北。他们走近姜家庄时，月亮从云层中飘出。古世才他们顺利地赶到柳林庄。但是他们没有进胡大珂的家门，而是按照胡大珂的吩咐，与大宗他娘和胡秋月等亲友在大槐树下寒暄几句，趁机宣扬说他们要经龙口过海下关东，然后，就穿过胡大珂东墙外的小胡同儿，落脚儿在村北胡大林家的空房子里。胡大林死后，胡大珂提议和弟媳一起把弟弟留下的两个孩子养大。可是胡大林媳妇不愿意，一个人带着儿女下了关东，行前变卖了房屋，胡大珂让别人顶替他买下了这处房子。他想有朝一日，兄弟媳妇和孩子们可能回来，得给他们留下个住处。根儿他舅母事先已经把那里打扫得干干净净，开水也准备好了。

胡大珂之所以把古世才一家会合的地点定在胡大林家，是因为他担心万一都鸿勋察觉古世友叔侄逃走后派人来追，他们会先奔古家庄，扑空之后定会直奔柳林庄，而胡大林的老宅名义上已属别人，他们不会到这里搜查。他把古世才等一行藏在这里，立刻赶到庄南等候古世友叔侄。推断不等于事实，他担心他们赶到这里的时候和都鸿勋赶来追捕他们的人遭遇，落到他们的手中。他想抢先接到古世友叔侄，并及时把他们藏起来。现在，古世友叔侄二人能不能逃出浑河镇，是古世才外逃的一个关键。胡大珂和古世才一次次到庄南，站到高处，朝柳河的方向张望。

120

在腊月 13 日，古世才回古家庄给奶奶办寿之前，曾经和古世友约定：他主持过奶奶的诞辰活动之后，当天下午就赶回浑河镇；要是他腊月 15 日晚饭前没有赶回浑河镇，也没有派人来说明原因，那就是他们外逃的时间提前在腊月 15 日的夜里，他必须在当天晚上戒严前，带上根儿逃出浑河镇，奔柳林庄去和等在那里的家人聚齐。百密一疏，遗憾的是古世才一时疏忽，没有告诉古世友，说到时候刘玉山大哥会帮助他们逃走。这件事让他深感不安，担心古世友和刘玉山发生误会误事。

古世友没经历过这类违法冒险的事，腊月 15 日那天，从日头偏西他就心神不定，说话办事有些心不在焉，有时答非所问。他想象不到将发生什么事，担心根儿到时候犯糊涂，怕逃不出浑河镇，或是逃不脱都鸿勋的追捕等等。有关外逃的事，他们弟兄俩唠叨了一个来月，古世友态度坚决，决心也挺大，可是真要行动了，他又心事重重，甚至希望哥哥忽然一步闯进来，说今天不走啦。而这会儿已经是掌灯的时候，可是古世才还没有回来，也没派人来说明原因。他想到今夜要带着根儿逃走，心里感觉发怵，这会儿他才知道，他和哥哥不同，哥哥办事，一旦反复认真想好，说干就干，从不犹豫，而他就有点儿前怕狼后怕虎，婆婆妈妈。

根儿这两天也闹情绪。古世才回家操办奶奶的寿诞行前，徒弟们都劝说古世才带上根儿回家给奶奶祝寿，而古世才担心惊动了都鸿勋，借口不耽误根儿的学习，执意留根儿在浑河镇和他叔叔做伴儿，这件事让根儿老大不高兴，今天一整天闷闷不乐，放学后屈宗昌约他去浑河口玩儿，古世友也没有同意，更让他感觉扫兴，一天没露出个笑模样儿。

天渐渐地黑下来了，徒弟们都回家了，屋里点上了煤油灯，而古世才还是没有回来，古世友断定今夜就要外逃，他的心也揪得更紧了，开始琢磨怎样逃出浑河镇。

日本人规定晚上 8 点戒严，戒严后任何人不得外出，否则格杀勿论。古世才对古世友说过，出逃的时间，要选在戒严前的那一小会儿。走早了，容易被察觉；走晚了，有生命危险。可是只有车间里有钟，而那里有徒弟值班，他不能去看，动身的时间只能靠看星星估计。这件事也让古世友心里很不安。

晚饭后古世友带着根儿回到宿舍，安排根儿睡下后，就不断地到大门口观察外面的动静儿，等着有人喊"戒严啦"，估计着出逃的时间。

让古世友感到焦虑不安的是刘玉山。刘玉山在吃晚饭的时候说，一再说今晚他要回一趟古庄的家里，去取衣裳和大儿子刘福托人从牡丹江捎回来的关东叶子烟末儿。可是戒严的时间在分分秒秒地接近，而刘玉山一直在宿舍里磨道，并没有离开宿舍的意思。古世友还注意到，刘玉山今天一整天都很少说话，中午过后他也很注意时间，他感觉刘玉山好像知道他们今晚要逃走。他相信刘玉山是他哥哥的老朋友，是个好人，而且他和都鸿勋有家仇，哥哥好多事都不回避他，在根儿被绑架那段时间他也很着急，帮着他们出谋划策救孩子，估计他不会坏他们的事。可是人心隔肚皮，他毕竟是外人，逃走的事得防着他。而他们住对面屋，要防他很难。他希望刘玉山尽快离开这里，可是刘玉山好像没有要走的意思。

刘玉山的心里也在犯嘀咕。古世才关照他帮助古世友和根儿逃走。按照古世才和他的约定，古世友今夜必须逃离浑河镇。他感觉古世友好像也在准备逃走，可是他为什么闷声不响呢？难道古世才没有对他交代清楚？可是戒严就要开始，时间不等人，他决定对古世友挑开这件事。他在炕沿上磕磕烟袋锅儿说道："该动身啦。你哥哥关照我帮着你和根儿逃走。"

刘玉山把古世友吓了一跳，古世友喜出望外，觉得有了主心骨，高兴地说道："啊呀，刘大哥，你可把俺急坏了！有你帮俺事情就好办了！"

刘玉山把他和古世才事先商定的办法儿告诉了古世友：由他把古世友叔侄送出城外，他自己顺路回古庄。如果他们叔侄不幸在浑河镇城里被鬼子汉奸发现，他就给他们作证，说是根儿突然病了，他陪他们到古庄去看医生；如果他们叔侄俩在逃走的路上被捉回来，他就出来作证，说古家庄来人说，根儿他奶奶突然发病，要他叔侄俩立刻赶回古家庄去安慰老人，因为事情突然，来不及向黄连长报告，托他代他们请假。刘玉山说，这都是他哥哥交代的。这时古世友才知道，刘玉山下午说他晚饭后要回古庄家里取东西是为他夜里的这些行动打埋伏。

刘玉山在镇上原有草房三间。小儿子刘来出走以后不久，刘玉山就把家搬到了围子墙外的古庄，为的是便于和小儿子联络，而对外就说，是因为他的一个本家的侄子住在那里，他搬到那里，是想爷儿俩早晚彼此有个照应。有人说他这是穷折腾，因为大家知道，他的侄儿刘全缺心眼，不会照顾他，他也不需要刘全照顾。昨天晚饭前刘玉山不见古世才回来，断定古世友叔侄二人今夜外逃，就故意当着大家伙儿的面儿，向古世友请假，说他的烟叶末儿抽完了，内衣也该换了，今晚要回古庄去取点换洗的衣服和旱烟叶儿。他的这些话，是说给徒弟们听的，目的是到时候，让他们出来给他作证。实际上他根本就无意回古庄。

"外面有动静儿吗？"刘玉山低声问。

"没有。屈宗昌值班，睡着了。"古世友说，"俺这儿就叫醒根儿。"

"不急，再商量商量。"刘玉山说，"最要紧的是怎样走出门前的这条小胡同儿。胡同的北口有鬼子的炮楼儿，上面日夜有日本兵站岗瞭望，戒严以前走，外面人多，容易被人看见；戒严后走，有危险，炮楼儿上的日本兵听见动静儿就开枪，被他们打死的人不少。现在就要戒严了，街上已经没有人走动，正是出走的时机。"

"听大哥的。"

"我先出去探探路。"刘玉山说。

"我去！"古世友坚持说，他不想让刘玉山冒险。

"不，还是我去。你人生，惹眼。"刘玉山说，"要是你们爷儿俩有个好歹，俺对不起你们一家老少的一片爱国心啊！"刘玉山动情地说着，就走出房间，消失在黑暗里。片刻之后，又回到屋里。

121

"根儿，快醒醒！"古世友压低声音叫道。

"怎么不点灯啊？"根儿翻了个身儿，以为叔叔叫他起来撒尿。根儿哪儿都好，就是有个尿炕的毛病，秀姑说根儿尿炕是因为他懒，该狠狠地打他，让他记住，而姥姥和舅舅说秀姑小的时候也尿炕，是病，不能打。所以每天夜里都得有人叫他起来撒尿。

"快穿衣裳！"

"撒尿还用穿衣裳吗？"根儿说话的声音很大。

"小点儿声儿！"古世友喝道。

"天明了吗？"根儿一边穿衣裳一边说，声音依然很大。

"快醒醒吧！"刘玉山说。

根儿听出来说话的是刘玉山，就问道："早饭做好了吗？"

"听着！咱们要回家！"古世友耳语般地说。

"那也得天明了才能走啊？"根儿懒洋洋地说。

"听话！快醒醒！"古世友有些不耐烦地说。

根儿睁开眼睛，磨蹭着穿衣裳。

根儿终于听明白了他叔叔的意思，他们要逃离浑河镇，立刻惊醒，振奋起来。近来他不止一次在夜里听爹和叔叔商量一家逃走的事。古世友把他拉到自己面前，对着他的耳朵，低声地把他和刘玉山商量好的安排和遭遇各种情况时的说辞，一字一句地对他细说了三遍，最后问他听明白了没有，记住了没有。根儿说："明白了。"古世友说："你重说一遍。"根儿一字不差地重复了两遍。

古世友说："大哥，走吧？"

"走！"刘玉山说。

"书包儿！俺的书包儿！"根儿嚷道。

"什么都不带！"古世友严厉地说。

根儿想到家里还有一个书包儿，没有坚持要带书包儿。

刘玉山站起身，和古世友握了握手，亲了亲依在他身边的根儿，悄悄地走出房门，走到天井里，又悄悄地踱到修配厂的后窗下，在那里站了一会儿。听了听屈宗昌时高时低的鼾声。然后悄悄地靠近大门口儿。

院门是木制的，平时开门和关门时都吱嘎山响，动静儿很大。古世友在哥哥走后当天的夜里就悄悄地给所有的门闩都上足了油。他晚饭后回来的时候，又特意没有关院门和屋门。

外面的寒气明显见重。根儿从屋里走出来的时候，打了个寒战。

小胡同北口岗楼上的日本兵，不时吼叫一声，可能是为了吓唬别人，也可能是为了给自己壮胆儿。近来常有关于八路到这一带活动的传闻，说他们穿钩子鞋——一种布鞋，走路无声无息，过后留下一条羊肠小道儿。

刘玉山俯在古世友的耳朵上说："俺先出去。要是北边炮楼上没有动静儿，你就带上根儿出去。出了大门以后，两个人不要并排着走，而要一前一后，把根儿放在前面，你跟在根儿的后面。不要在小胡同的中间走，而要贴着东墙根儿走。这条小胡同儿不直，只要注意靠墙走，鬼子的手电光不容易照到人，放枪也不容易打着人。走到小胡同儿的南头儿，拐进停车场就安全了。千万不要弄出动静儿来，以免惊动了日本人。"

"记住了！"古世友说。

"世友老弟，要记住，不管发生什么事，都要把根儿带出去。"刘玉山的声音里透着伤感。"俺无儿无女，无牵无挂。一个孤老头子，什么都不怕，能把你们送出去，也算是办了一件大好事。"

古世友有生以来头一次遭遇这样的场面和危险，心中激动不安，不知道怎样表达他对刘玉山的敬佩和感激之情。

刘玉山站在大门口儿，探头朝胡同南北两个方向看了看，小心地跨出大门，转身就消失在黑暗里。

古世友拉住根儿的手，再次叮咛说："千万不要弄出动静来！"

"知道。"

"要是碰见人问，怎么说？"

"就说俺肚子疼。"

古世友牢牢地牵着根儿的手，蹑手蹑脚儿地横过小胡同儿，靠在东面的墙上，用自己的身子掩护着根儿，侧耳听了听炮楼儿那边的动静儿。

流云汇聚，掩蔽了月亮，偶尔有月光一闪，瞬间又把月亮掩蔽。周围有时伸手不见五指。古世友见南面有一个似有似无的模模糊糊的影子，从那里传来似有似无的脚步声。他确信刘玉山没有引起鬼子的注意，便领上根儿，紧贴着东墙根儿，轻手轻脚儿地往南走。

古世友看不见刘玉山，只能听到他的脚步声，判断他所在的位置。他们在停车场的西侧赶上了刘玉山。他在等他们。

刘玉山说："从这个高坡上走下去！跟着我走！"

根儿从高坡上滑下时，蹬落了土坡上的一块土块儿或是石头，引起几声犬吠。炮楼儿上的鬼子嚎叫一声，接着就响起枪声。

"哎哟！"在后面护着根儿的刘玉山惊叫一声，跌倒在地。

"大哥！"古世友慌忙伸手朝刘玉山的方向摸索，低声问道，"怎么样?！"同时退后一步，摸着了刘玉山。

"我动不了啦，你赶紧带上孩子走！"刘玉山吃力地命令古世友。

古世友抓住刘玉山的胳膊，要把他拉起来。

炮楼儿上的日本兵连声吼叫。

"快走！"刘玉山吃力地说。

古世友不知所措，最后决定放弃外逃，说道："我背上你回去！"

刘玉山气愤地说："你真糊涂！你救得了我吗？马上就会有人赶过来！到时候谁也走不了！你们一家就得给都鸿勋当奴才。赶紧带着孩子逃走吧！"

"大哥，俺不走了！"古世友不顾一切地说。

刘玉山愤怒地说："你不走只能陪俺一起在这里等死！你真不中用！"

"刘伯伯……"根儿压抑着哭出声来。他想到爹和叔叔深夜的谈话，想到一家被逼外逃，想到他见过和听说的日本鬼子的恶行，仇恨日本鬼子，关心国家民族命运的思想嫩芽突然萌发，迅猛滋长。

"俺不能丢下你！"古世友说着又去拖刘玉山。

刘玉山又急又气，无可奈何，压低声音骂道："你简直像他娘的是个老娘们儿！你怎么这样浑啊?! 难道你看不出来你救不了俺嘛！带上孩子走吧！"

胡同的北口响起了脚步声。

刘玉山不再理睬古世友。

古世友含着满眼的泪水，拉上根儿，恋恋不舍地离开了刘玉山。

刘玉山担心自己落到日本人和都鸿勋手里，派人去搜查他的房间，发现古世才兄弟二人和根儿都不在，发觉他们已经逃走，派人去追捕他们，就使尽最后的气力滚到汽车站西边的土坎儿下，拼上最后的气力，爬进那里的地沟。

122

古世友紧紧地牵着根儿的手，快步赶到镇南城墙上的那个豁口儿。这时，根儿已完全清醒。他心里惦记着他的刘伯伯，不断抽泣，忍不住问道："刘伯伯，不，不，不要紧，紧吧？"

古世友也正惦记着刘玉山的安危，长叹一声，无言以对。

古世才始终没有把阖家外逃的事告诉根儿。他和古世友也不知道根儿已经知情，外逃前古世友最担心的就是根儿糊涂，任性，到了行动的时候犯迷糊，闹别扭，耍脾气，哭闹误事。而事到临头根儿一点儿都不糊涂，根儿这样机灵、大胆、听话、懂事，让古世友感到宽慰。

"害怕吗？"古世友悄声问道。

"不怕！"根儿低声答道。

根儿这是第三次冒险。第一次是在柳林庄过温虎的败兵的那个可怕的夜晚，他追随着舅舅驱赶过败兵。舅舅挥舞着大铡刀驱赶败兵的景象深深地刻印进了他的心里，让他终生不忘。第二次是他孤身一人离开浑河镇，在黑夜里去了柳林庄。这会儿是第三次。

古世友拉着根儿的手，从豁口儿的高处慢慢地蹭下去。在他们淌过结了薄冰的护城河的时候，冰层破裂的声音惊动了远处的哨兵，从鲤鱼河那边传来了粗野的吼声："什么人？"接着是一阵枪声。子弹"噗噗"地落在他们的周围。古世友知道枪是朝着人打的，随即把根儿按倒在河堤下躲避。

"快出来吧，看见你们啦！"还是那个粗野的声音。

古世友和根儿伏在河堤内的斜坡上。根儿问道："他们看见咱们了吗？"

"不，他们是诈咱们呢。"

枪声停了，那个粗野的声音没有再响，夜又恢复了平静。古世友断定在鲤鱼河方向上的哨兵没有发现他们，便轻轻地拉起根儿，爬上河堤。这时枪声又响，古世友再次把根儿按倒在河堤上，古世友觉得远处的哨兵发现了他们。过了好一会儿，古世友在月亮透过薄薄的云层透过的月光亮起的刹那，发现在鲤鱼河方向出现了一个阴影，他断定那是哨兵，是冲着他们来的，立刻紧张起来。他带着根儿在河堤的半坡上朝着和鲤鱼河岗哨相反的方向爬行，趁月亮钻进云层周围一片黑暗的片刻，猛地爬起来，越过河堤，顺着在低矮的河堤外面人们踩出来依稀可见的小路儿，朝古庄的方向紧走。不过他们没有穿过古庄，而是从它的西面绕过去，然后奔南，再奔东南，朝向柳河的方向疾走。月亮升起来了，在云层中穿梭，周围时明时暗。古世友他们在护城河堤内外耽搁了很长的时间，此刻大约在夜里9—10点钟光景，他感觉他们已经逃出了险境，就放缓了脚步。他伸手摸摸根儿的头，发现他满头是汗，汗水冰凉，便问道："冷吗？"

"不冷！"

"怕吗？"

"不怕。"根儿毫不犹豫地说，"那会儿柳林庄过温虎的败兵，他们害死了俺姥姥，点着了俺姥姥家天井里的草垛，打死了姥姥家的大花狗，喊叫着要往屋里扔手榴弹，俺大舅，光着身子，打开屋门，冲到天井，抢着大铡刀，满天井里追着砍败兵，俺也跟着俺舅追赶过那些败兵。"

"你大舅是好样儿的，你也是好样儿的！"

根儿忽然又问道："叔叔，刘伯伯不要紧吧？"他心里放不下他的刘伯伯。这让古世友很感动。他也非常惦记着刘玉山。可是他能对根儿说些什么呢？古世友估计刘玉山伤得不轻，可能伤在腿上，也可能伤在肚子上，也许他的腿和肚子都受了伤，性命难保！

古世友从没去过柳林庄，只听说柳林庄大致的方位，知道她在柳河的北面，在古家庄的东北方，姜家庄的后面。他们在柳河背面的大堤上，从西到东，从西到东，来回走过几趟，时刻注意着柳河北面一个个轮廓模糊的村庄，拿不准哪是柳林庄，当他们最后一次走到柳林庄对面的时候，月亮穿出云层，根儿忽然叫道："前面那黑乎乎的一片就是柳林庄。"

古世友说："不会错吧？"

"不会！俺那天夜里就是在这里遇见表老爷的。"

古世友带领根儿走下河堤，朝着柳林庄的方向走去，心想，"家里的人等不着他们，不知道这会儿该急成个什么样子了！"

"要到俺姥姥家去吗？"

"嗯。"古世友应道。

"为什么不回咱古家庄？"

古世友想到自己有家不能回，心里阵阵酸痛。过了好一阵子，才强忍着内心的痛苦说道："咱们家的人都在你姥姥家呢。"根儿知道他们全家要从柳林庄外逃，但是他什么都没说，他不想让叔叔知道他听了他们夜里的谈话，偷听大人的谈话不是好孩子。

古世友突然放慢了脚步，聚精会神地倾听从柳林庄方向传来的声音，他担心像哥哥预想的那样，都鸿勋的人有可能可能赶在他们的前面追到了柳林庄。他哥哥还曾经嘱咐过他，如果他们发现都鸿勋的人已经先他们进入柳林庄，那就是说家里的人没能逃出古家庄，没在柳林庄，他们就该立即改奔古家庄，这样都鸿勋的人要是问起，他们为什么去柳林庄，就说是他们是赶回古家庄看望生病的奶奶，夜里迷了路，误走柳林庄，以掩饰他们外逃的企图，迷惑都鸿勋，给今后再次出逃留下一个机会。古世友这样想着，就带领根儿重新登上柳河大堤，在大堤上来回走动取暖耗时间，观察柳林庄的动静儿，直到天色微明，发现柳林庄并无异常，才走下河堤，朝着朦胧中的柳林庄走去。

一直等在柳林庄前的胡大珂的心情越来越紧张。他计算古世友叔侄应该在午夜 12 点前后赶到柳林庄，这会儿日头已经冒红，天就要亮了，还不见他们的人影儿，他估计他们路上遭遇了意外。不过他仍然相信他们平安，不然都鸿勋的人马早就追赶到柳林庄来了。就在这时，他发现柳河大堤上晃动着一大一小两个人影儿，他断定那就是古世友叔侄，心中大喜，快步迎上去，兴奋地说："你们怎么才来呀！"疲惫困倦的古世友和根儿都没有说话。胡大珂也没有继续追问他们迟到的原因，而是立刻把他们领到胡大林家。

根儿见奶奶、娘、婶婶和姐姐都在，心里很高兴，有了精神。他为自己跟着叔叔冒着危险逃出浑河镇，走了40里路，来到柳林庄，感到很骄傲，觉得他已经是个大人了。他觉得有点儿不好意思的是，他在路上曾经在叔叔的背上打过一段时间的瞌睡……

古世友见到家里的人，心里一点儿高兴的感觉都没有，一大堆混乱的思绪搅扰在他的心头。他惦念着刘玉山，担心一家人出走会不会顺利，会不会遇到什么不幸，老娘是不是能受得了一路之上的折腾，玉兰总惦恋着老岳母，会不会愁闷出病来，自己一家出逃，会不会给胡大哥一家带来麻烦……数不清的忧虑把他的心塞得满满的。他有生以来头一次考虑这样一些重要的事情。

"他二表叔，快坐下歇歇吧。"根儿他舅母说。

胡大珂说："不能在这里停留，人已经齐了，这就走，天明后你到街上去说，大成送妹夫他们一家奔龙口下关东。"胡大珂没有把根儿一家是外逃的事告诉她，而只对她说，他们是下关东路过这里。

"她三姑，莲儿不大舒服，把她留下吧。"根儿他舅母说。

"莲儿，你留在舅母家吧？"秀姑心神不定地说。

"俺不，俺要和奶奶在一起。"改莲开始发烧。

"就由着她吧，嫂子。"秀姑又转向胡大成说，"三哥，走吧。"

天已经蒙蒙亮，好在路上还没有行人。胡大珂关照大家，要是路上有人问，就说奔龙口下关东。

胡大成把车赶出柳林庄，他们直奔西北，进入离柳林庄6里路的石桥庄。胡大珂的好友石祝三家就在石桥庄。

胡大珂急匆匆赶来说："赶快进庄，不敢在这里耽搁！"

石祝三把古世才一家安顿在自家后院儿的空房里，稍作停留又转移到石祝三家的菜园子里。

胡大珂笑笑说道："咱们要在这里猫儿天，吃住听石大哥安排。"

古世才真诚地对石祝三说："让石大哥一家受累担惊受怕……"

石祝三笑着说："都是自己人，不说这些。你们的事俺都听说了，对付鬼子汉奸，也是俺分内的事，你们就踏踏实实地住下吧。"

古世才一家，在石祝三菜园子里面的场院屋里猫了整整两天两夜。

腊月 16 日一大早，孙孝武到枪械修配所来换曲恒昌的班，路过汽车站，发现在汽车站的西南角儿地沟附近有一摊鲜红的血，血迹点点滴滴，朝着南伸展，但是不见受伤的人。他对屈宗昌学说了这件事。不过他们都没把这当作一回事儿，这种事这里常常发生，而只是关心受伤的人是不是本镇的熟人，和自己有没有关系。屈宗昌说，大概是八路昨夜光顾过本镇，受伤的人被他们的同伙儿带走了。孙孝武不以为然，因为关于八路的种种风传，现在只是人们口耳之间神乎其神的传说儿，就像《三国演义》和《水浒传》里的故事一样，没有谁说他曾经亲眼见过八路。

屈宗昌回家吃饭休息了，孙孝武开始清扫收拾车间兼办公室。这个活儿往常都是师叔提前抢先在大家上班前干的，今天师叔没来，给了他这个替师叔分担劳务的难得的机会。

没到上班的时间焦文和、丛世才就到了，而古世才和古世友仍然没来，这是从前没有过的事情。大家的目光在探询同一件事：难道师傅昨天没回来？可是师叔也没有来车间，刘玉山师傅也不在，那是谁给根儿做的早饭？孙孝武忽然想到："是不是师傅听了俺的劝说，知道了都鸿勋的歹意，带着师叔和根儿逃走啦？!"

焦文和说，他要到职工宿舍去看看，孙孝武马上劝阻他说："就让他们多睡一会儿吧。"他担心这里的情况传到黄鲲耳朵里，而一旦证实师傅没回来，师叔和根儿真的逃跑了，就会派人去追捕，那师叔和根儿就危险了！"咱们就按照师傅的要求干吧。"

孙孝武念书多，懂事，稳重，厚道，和都鸿勋是亲戚，在徒弟们中间有威信，听他这样说，就各奔自己的工作台，凿的凿，锉的锉，默默地干起来。而孙孝武就悄悄地走出车间，转到车间后面的职工宿舍。他见宿舍院子的门是开着的，堂屋的门也是开着的，所有的门都是开着的。他先到师傅、师叔和根儿住的东侧的房间，见根儿的花书包挂在老地方，根儿的行李打开过，胡乱地堆放在那里，表明根儿昨夜在这里睡过，起床后没有收拾被窝，也没有去上学。师傅和师叔的行李都卷得好好儿的，靠在南墙下，表明师傅没回来，师叔昨夜可能没有上炕！他认为师叔多半是带着根儿逃走了。他想到都鸿勋这样厚待师傅，封他当修配所的所长，他还是不肯替他出力，而是要冒死逃走，而他自己仅仅是为了吃都鸿勋的一口饭就甘愿听他驱使，替日本人守护这个浑河镇，实在是丢人。师傅和师叔关心师兄弟们的事迹也让他难忘，师傅和师叔多次在钱财上接济过他，就连他姐姐的病师傅都放在心上。他曾在闲谈中提到，把啄木鸟裹上泥烧熟了吃，能治他姐姐的羊角风。师傅就说，古家庄庄前的树林里就有啄木鸟，后来指派师叔利用回古家庄探亲的短暂的时间，用火枪打了大大小小、花色不同的 7 只啄木鸟，还按照偏方儿，炮制好，带到了浑河镇，送给他。虽说他姐姐的病没有治好，可是师傅和师叔的心是尽到了。师叔平日话不多，但是照顾几个徒弟很周到。他已是年近 40 的人了，又是长辈，可是一点儿架子都没有，天天起早生火，拾掇屋子。按说这都是徒弟们分内的事，可是师叔不论那套旧理儿，总是亲自动手干这些杂活。想到这些，他心里就涌起一股狂热，决心豁上命也要保护师傅和师叔！可是能为师傅和师叔做些什么呢？他想，都鸿勋发现师傅他们逃走之后，一定会派人四处追捕。在这件事上，时间最重要。推迟都鸿勋发现师叔和根儿逃走的时间，是帮助师傅和师叔最好的办法儿。他这样想着，就悄悄地回到车间，决定守在这里，稳住几位师兄弟，应付黄鲲和都本初的视察。而幸运的是黄鲲和都本初都没有到枪械修配所来巡视。

124

昨夜许多人都听见了枪声，有消息说，昨夜在停车场受伤的是日本人占领本镇前在浑河镇桥头开过"玉山饭店"的刘玉山，听说他是在从枪械修配所回古庄，经过汽车站的时候被打伤的。刘玉山是浑河镇的名人，是浑河镇敢和都鸿勋作对的少有的一个人，他手艺好，为人和气，乐善好施，备受乡邻尊敬。即使在都鸿勋的心里，刘玉山也算是个人物儿。

消息传到都鸿勋的耳朵里，他听说刘玉山被冷枪打伤了，感到奇怪。

他想，刘玉山是本镇的老住户儿，知道本镇晚上 8 点戒严，为什么在戒严后出门儿？接着，他听说刘玉山是在回古庄取旱烟叶儿末儿的路上被打伤的，更不以为然。他想，刘玉山已过知天命之年，是个大度的人，怎么会为这样一些小事儿而去冒生命的危险呢？他忽然想到，刘玉山现在是枪械修配所厨子，他的儿子有八路嫌疑，刘玉山受伤是不是与枪械修配所有关，就派人找来了黄鲲查问。

黄鲲喊过报告后走进都鸿勋的办公室。

都鸿勋问道："古世才回来了吗？"

黄鲲坦然答道："应该是回来了吧。他从不超假。"

黄鲲在近几个月里，为都鸿勋立了三大功。第一大功是他给都鸿勋把古世才、古世友弄到了浑河镇；第二大功是他奉命把根儿掠来浑河镇；第三大功是他逮着了姜文雍，并解救下了根儿。但是都鸿勋并没有及时给予他褒奖，没升他的官，也没加他的饷，他心怀不满，工作消极，有时一连几天不到枪械修配所。其实，黄鲲本来就不关心都鸿勋的枪械修配所和古世才等人的去留，他监视古世才只是奉命行事，关心的是他能从都鸿勋那里得到什么奖赏。他见都鸿勋和古世才已经认了亲戚，彼此你来我往，打得火热，监控古世才的工作都鸿勋不再那么重视，他也因此而无利可图，也就放松了对于古世才的监控。近来他又恋上了本镇的风流寡妇"小白鞋儿"，他的大部分时间都在她那里度过，就更不关心修配所了。

都鸿勋说："听说修配所的大师傅刘玉山受了枪伤？"

黄鲲听都鸿勋这样一问，吓了一跳。他并不知道刘玉山受伤的事。但是枪械修配所归他管，刘玉山是修配所的大师傅，他不能说他不知道这件事，便含糊其辞地"嗯"了一声。

"修配所那里怎么样？"都鸿勋随便问道。

黄鲲感觉修配所那里肯定是出了毛病，但是他仍然硬着头皮说，修配所那里没什么事，还说古廷辅在电话里说，这两天可能有设备运进来。

黄鲲敷衍过都鸿勋，就直奔修配所，走到半路儿，想到都鸿勋在他立了那么多的大功竟不给他升官，又不让他发财，不忿地想："修配所又不是俺个人的，所长古世才是你都某人的儿女亲家，刘玉山死不死，修配所有没有事，关俺屁事！"黄鲲这样想着，转身朝他的姘头小白鞋家走去，小白鞋儿说，今天早饭她给他包一口一个的肉丸儿的饺子。

125

古世友带着孩子逃跑了的消息是浑河镇小学的教导主任栗耀庭最先察觉并向都鸿勋报告的，而他是偶然从初一（1）班的班主任解玉环老师的一番话里悟出来的。

由于根儿先后失踪、被绑架，尔后又被解救，由于古世才的好房东江大娘关于古世才和都鸿勋的关系的创造性的宣扬，古家庄来的古铁匠兄弟和他们的宝贝根儿在浑河镇成了知名人物儿，不过他们的名声并不算好。叛国投敌的都鸿勋在一般老百姓的心目中不是个好鸟儿，古氏兄弟也就难免受到他的牵连，对于古氏兄弟，有人羡慕嫉妒，有人厌恶贱视。不过人们关于古铁匠的印象都是听来的，对于他们成见不深。小学老师解玉环曾家访过古世才，她对古世才的印象不错，不相信有关他们种种的反面传闻。近来班内外少数不明事理的学生让古全和受了委屈，导致古全和被逼出走的严重后果，让她深感失职和不安。为教育那些学生和古全和友好相处，她决定利用早自习时间专门给同学们讲讲团结友爱的问题，引导同学们正确对待新同学，帮助古全和融入班级的生活。早自习的时间就要到了，同学们都按照解老师的要求，提前一刻钟到校，人齐了，唯独古全和没来。解老师亲自跑步到枪械修配所去叫他，值班的孙孝武支支吾吾，只是爱搭不理地说古全和不在，解老师以为古全和到学校来了，赶紧回到学校，发现古全和并不在班上，忽然想到，再过几天就是小年儿，古全和是不是跟随他的父亲和叔叔提前回家过年去了。班会的主角儿缺席，班会开不成了，让古全和带着委屈离开学校，她觉得自己失职，有点遗憾。这时，教导主任栗耀庭老师巡视到一年级，问她说，"你找古全和谈过吗？他的情绪怎么样？这个学生情况特殊，要多多关心。"解老师对栗耀庭说了她的打算和做法儿，说古全和今天没来上学，枪械修配所值班的那个兵也说不清楚到哪去了，她以为古全和到学校来了……栗耀庭听了解老师的诉说，若有所思，警觉起来，心想，不会是逃跑了吧？想到这里，心里涌起一阵兴奋，有一种低头发现了一块狗头金的感觉。

在古全和进入浑河镇小学之初，栗耀庭曾受命于都鸿勋"照顾"过古全和。都鸿勋对他说，古全和是外乡人，是他亲戚的孩子，随他爹到浑河镇来念书，托栗耀庭费心照顾，有什么情况，及时向他报告。机灵过人的栗耀庭很快就弄清楚，都鸿勋是要他监视古全和，借以控制他的父亲和叔叔。

栗耀庭名义上是浑河镇小学的教导主任，实际上他就是浑河镇小学校的负责人。日本人占领浑河镇以前，浑河镇的小学校长是当地驻军团长的夫人。她在日本人占领浑河镇以前就跟着国民党的大部队逃跑了。都鸿勋投靠日本人之后，曾任命他的老师和好友莽东宏老先生当校长。莽先生是大清同治年间生人，是本镇最后的一位秀才，是都鸿勋父亲的同窗，当过都鸿勋的老师，是浑河镇上都鸿勋唯一看得起的人物儿。莽老先生也曾把都鸿勋看成是他最有出息的学生和忘年之交。民国二十五年，这里的老镇长去世，莽老先生利用自己的声望，极力推举都鸿勋当上了镇长。在日本人占领浑河镇以前，他们彼此常有来往。在浑河镇，只有莽老秀才能够随便出入都鸿勋的高门楼儿。早年他们一起谈学问，论书法。"九一八"以后，又一起谈抗日讲爱国。可是人心隔肚皮，都鸿勋竟认贼作父，投靠日本人，当了汉奸！从那以后，莽老先生就有意疏远都鸿勋。表面上他们一如既往，实际上他和都鸿勋的来往渐渐地减少了，半年之后，莽老先生就不再跨进都鸿勋家的高门槛儿了。都鸿勋不愿意失去他的这位老师和好友，曾多次登门拜访莽东宏，私下里委婉地向老人透露过他给日本人干事儿的个人意图，想求得他的理解和认可，请老先生帮助他治理浑河镇，成就他的一番事业，但是老先生总是以沉默相对。

莽东宏了解都鸿勋的为人，知道他表面上谦恭有礼，骨子里高傲自大。但是老人觉得，像都鸿勋这种几代富有，家财万贯，人又聪明，书读得也好，有点儿狂妄和野心，是可以理解的，而都鸿勋竟投靠了日本人，想趁民族危难时刻，借助外力，乱中称雄，图谋独霸胶东，堕落为民族罪人，是莽老先生所没有想到的。莽东宏认为，他都鸿勋说一千道一万都不能说他不是在为倭寇出力。倭寇丧心病狂，掠夺成性，屡屡乱我中华，占我土地，掠我财物，杀我同胞，所有读书人，无人不知，提起倭寇，无不切齿。老秀才认为，不管都鸿勋本人是怎么想、怎么说，只要他危害国家民族、替倭寇效力，就是最大的失节，他就绝不能和他为伍。不过，他最后还是没有逃出都鸿勋的魔掌。野心大发的都鸿勋，竟不顾莽老先生的意愿和他们往日的情谊，硬把浑河镇小学校长这顶小小的乌纱帽儿扣到他的头上，强行把老人拉上他的贼船，想利用老人的名望，笼络民心，扩大他的势力，为实现他的野心服务。而他的这个举动也就最后毁掉了他和莽东宏老先生几十年的师友情谊。老先生确信，镇上的明白人都会知道这是怎么一回事儿。在无可奈何之下，老人采取了"三不"政策：不进小学校的门，不过问小学校的事，不领取小学校发给他的薪俸，连他的几个小孙子也被他送到外地亲戚家中去念书。栗耀庭每月都亲自给老先生送薪俸，老人总是在第二天就派人给他们原封退回，风雨不误。这样，都鸿勋也只能暂时在浑河镇以外的那些地方儿利用老先生的名望，在本镇他是没有办法再给他添麻烦了。莽老先生虽然家境不富，但是要论威望，并不在都鸿勋以下。镇上中年以上的财主，都跟着老先生读过书，敬仰老先生的为人，都鸿勋也不敢把事情做绝，再强迫老人干些什么。所以浑河镇小学校实际上没有校长，掌管学校日常工作的就是教导主任栗耀庭。而栗耀庭也正觊觎着校长的位子，这也是他听命于都鸿勋的一个重要原因。

都鸿勋在根儿入学之初曾派孙孝武陪伴根儿上下学。而根儿在学校里的活动，就由栗耀庭负责监管。这样，白天黑夜都有人盯着根儿这个七八岁的孩子。都鸿勋命黄鲲关照栗耀庭，如果根儿和生人接触或离开学校，要立刻报告，即使根儿迟到早退，也要报告，不得疏忽。为这件事，都鸿勋特地给小学校安装了一部电话。这就是为什么当时全县48所小学校只有浑河镇小学有电话的原因。为这件事，都鸿勋还另外给栗耀庭加了一份"奖金"。栗耀庭当然知道自己替汉奸头目儿都鸿勋盯着自己的一个小学生不光彩。但是他自欺欺人，说保护学生是他分内的事。

在栗耀庭受命监视根儿之初，都鸿勋要求他无事天天报，有事随时报。过了一些日子，都鸿勋又说古全和对浑河镇已经熟悉了，他不必再来报告了，栗耀庭也就不再把古全和的事放在心上了，那笔"奖金"也就没有了。今天他听解老师说了修配所和古全和的情况，立刻跑去报告了都鸿勋。他惦记着浑河镇小学校长的那顶乌纱帽，也没有忘记那笔"奖金"。

都鸿勋听了栗耀庭的密报大吃一惊，怀疑黄鲲说枪械修配所平安无事的报告，立刻派都本初亲自到枪械修配所去查看。

都本初跑步赶到枪械修配所，见孙孝武在值班。他问："古师傅回来了吗?"孙孝武说,"不知道,俺值的是上午的班,想必是回来了吧,师傅从不超假,可能筹办他姥娘的寿诞,太累了,在宿舍里休息呢。"

都本初要孙孝武陪他到宿舍去看看。情况很快弄清,宿舍里空无一人,他认为古世才根本就没回来,古世友和根儿已经逃走了,跑步去向都鸿勋报告。都鸿勋深感意外,后悔没有听从古廷辅的提醒,不能面对温顺的古世才兄弟逃走这个事实,不相信会发生这种事。他觉得他给了古世才那么多的好处,那么抬举他们,几天前他还和他们欢聚一堂,认了亲戚,彼此称兄道弟,古世才还接受了对他的所长的任命,向他要房子,说要把家搬来浑河镇,提议扩大兵工厂的规模……,他怎么会逃跑呢?他古世才会那么爱国,竟对好吃喝儿和成堆的大洋钱不动心?他怀着这种矛盾的、似是而非的复杂心情,关照都本初秘密调查古世友和根儿的去向,弄清楚到底发生了什么事,暂时不要说他们逃走了。他已经把他创办了兵工厂的消息,张扬得无人不知,而古世才逃跑了,就等于说他建立兵工厂的计划落空了,他的兵工厂已不存在,就是另请高明,建成兵工厂,那也是很久以后的事。这会让他在全胶东多如牛毛的游击队的头目儿面前丢人现眼,他竟被一个大字不识的庄稼汉劈头盖脸地打了一巴掌,打得他鼻青脸肿,面目难看,严重地破坏了他先知先觉、足智多谋的形象,破坏了他兼并其他游击队的谋划。

在古世才逃走这件事情上,都鸿勋自己有责任。因为他迷信自己,认为他能够驯服古世才为我所用,而不肯相信古廷辅的一再提醒,可是他不肯承认,而是迁怒于管理枪械修配所的黄鲲,强压着心中的怒火,把黄鲲叫来,大骂他谎报军情、欺瞒长官,让古世友和根儿逃跑了,还错过了追捕他们的时机。黄鲲口头儿上承认错误,而心里大骂都鸿勋愚蠢,认为都鸿勋本应该立刻派人追捕古世才,而他却在这里嚼舌头,朝他发威。黄鲲认为古世才如果经龙口,奔大连,下关东的水路,他现在可能已经在海上,不过他也有可能还隐藏在附近的什么地方,伺机逃走,他认为现在应该做的是立即派人追捕古世才,抓不到古世才就抓他的家属,迫使古世才回来自投罗网。不过他不想提醒都鸿勋这个自以为是的书呆子。他目睹都鸿勋优柔寡断,手足无措,混撅乱骂,不想帮助都鸿勋,巴不得让都鸿勋在这件事上栽一个大跟头。

都本初小心翼翼地试探着说道:"古世友和根儿一准儿是逃跑了,赶紧派人追吧！"

　　都本初的话把都鸿勋从暴怒和幻想中唤醒，他估计古世友和根儿的逃走不是突然发生的，逃跑的一定不仅仅是古世友叔侄二人，当务之急是派人追捕。但是他仍然心怀侥幸，关照黄鲲和都本初，古世友和根儿逃走的事暂时保密，追捕他们的活动秘密进行。

　　都本初和黄鲲分头行动，奉命出发了。

　　都鸿勋一个人在办公室里陷入了深深的悔恨之中。一向自以为是的都鸿勋，不得不承认自己无能，平生第一次体会到什么叫自卑。他觉得自己虽然书读得多，可是在处理这件事情上，远不如古文举祖孙二人懂事。他们从来都不认为古世才会改变自己的反日态度。而他却不认为古世才会那么爱国，甚至怀疑古世才是不是懂得爱国。他想，他手下的官兵几乎都是和古世才一样的庄稼人，哪个不是为了吃饭挣钱而来听他吆喝的？他一直认为古世才不过是个出过洋的有专长的工匠，他和都本初等所有的庄稼人没有太大的不同，不会不爱钱。他认为无知无识的穷人就是认吃的，喝的，穿的，用的，认钱。他不明白，他给了古世才弟兄那么多的好处，那么抬举他们，把他们说成是自己的亲戚，而他们竟会毫不动心，根本不买他的账，不领他的情，毫不留情地羞辱了他，抛弃了他，从他的眼皮底下悄悄地逃跑了！他相信古世才的逃走是蓄谋已久，经过周密策划的，而古世才有这样的胆量、心计和耐心，是他连想都不曾想过的。前年的这个时候，他的老师、好友莽东宏老先生把他抛弃了，如今他又被一个庄户孙抛弃了。这是为什么？就因为他们爱自己的国家，不肯给日本人干事儿，而他却是人们在背地里痛骂的汉奸卖国贼！他从来都觉得自己比谁都高贵，而如今他意识到，他在人们的心里比谁都矮一块，所有的普通百姓都在心里用白眼瞅他，把他看成一个贱种。杂乱的思绪使他不能平静，更不能让他再像往日那么傲视一切。而当他平静下来，想到他手里还有几百名官兵，有日本人撑腰，占领着方圆百里的地盘儿，他独霸胶东的野心又扑棱扑棱地跳起来。他想当官，想当大官，想威震胶东，在胶东，乃至整个儿山东称王！他宽慰自己说，他有办法儿追捕古世才，愤愤地想，"跑了和尚跑不了庙！你们跑了，俺就抓你的妻儿老小！"

　　古家庄来的古铁匠带着他的兄弟和儿子逃走了的消息是浑河镇人们今天的主要话题，和他们逃跑的事情有关的还有刘玉山。人们对于古铁匠的态度发生了一个一百八十度的转变。都鸿勋不得不给他们捏造个罪名，说他们携带巨额公款和军事机密文件逃跑了。而人们并不相信都鸿勋的瞎话。人们自然而然的想法儿是：对于汉奸头目儿都鸿勋的说辞，要反着听。

有人说，有人在南城墙根儿发现了刘玉山，看样子他是想回家，当时他已昏迷不醒，听说是他本家的一个侄子刘全带人把他抬回古庄家中的。都鸿勋怀疑刘玉山的伤和古世友和根儿逃跑有关，立刻命令把刘全带来。

只过了一袋烟的工夫，刘全就被带到治安队部。他20多岁，光着头，披着一件多处露花的破旧的黑棉袄，赤脚儿穿着一双破蒲窝（一种用蒲草编成、笨拙但是轻暖的草鞋），佝偻着身子，揣着双手，战战兢兢地站在那里，两只小猪眼儿胆怯地窥视着都鸿勋和周围的人，在都鸿勋看他的时候，又闪电般地把目光移开。

"刘玉山是你叔叔吗？"都鸿勋厉声问道。

"是，是俺叔叔。"

"是亲叔叔吗？"

"不是，是俺叔伯叔叔。"

"是你把他弄回古庄的吗？"

"是，有人说俺叔叔躺在城墙根儿，俺就把他弄回家了。"

"是你一个人把他弄回家的吗？"

"俺还找了一些人帮忙。"

"你叔叔伤在什么地方儿？"

刘全手指着自己的肚子说："就在这儿。"

"他死前说过什么话？"

"没……没说什么。"

"他提到什么人吗？"

"记不得了，他好像没说话。"

"好好想想！"都鸿勋厉声问道。

"他，他咽气前还笑呢……"刘全忽然说道。

"笑什么?!"都本初追问道。

"不知道。"刘全摇摇头说。

都鸿勋示意把刘全赶走。

"滚!"都鸿勋的几个卫兵齐声喊道，一个小矬子踹了刘全一脚。

都鸿勋感觉刘玉山的死和古世友和根儿的逃走有关。他想，刘玉山是个精明人儿，不会为了抽一袋烟而在戒严后冒险外出。都本初也曾报告说，刘玉山的烟荷包就在他宿舍的炕上，还鼓鼓的，和抽烟用的火镰火石放在一起。都鸿勋不禁联想他家老辈儿人和刘玉山家的仇怨，想到他和刘玉山半生的争斗，想到刘来的去向，断定是刘玉山帮助古世友和根儿逃走的。古世才他们逃跑很可能是刘玉山蛊惑策动的，他这是蓄意报复他，破坏他的兵工厂。不然古世才兄弟二人也许未必会有意逃跑。都鸿勋这样想，感觉是一种解脱，意思是古世才他们逃跑责任主要不在他措施不当，而在有人从中破坏。想到这里，他厉声命令都本初："告诉古庄的保长，不给刘玉山坟地!把他的尸首扔到乱葬岗子上;让野狗把他撕了!"

不过古庄的保长并没有听从都鸿勋的命令。他偷偷地用一领新苇席把刘玉山的遗体卷起，捆扎好，深埋在地下，并在那上面埋了一块无字的大石头，目的是便于来日他的两个养子回来好辨认埋葬他的地方儿。他认为刘玉山是个好人，若是他真帮着古铁匠他们逃跑了，那他干的也是好事。而且他相信他的两个养子早晚会回来隆重地发送他，和都鸿勋算这笔账。

127

都鸿勋在心慌意乱，不知所措了一阵子之后，又恢复了他往日的自信，开始梳理他驯服古世才的过程，不得不承认，古世才是个顽固的抗日分子，从来到浑河镇的那天起，他就琢磨着逃跑，不是他都鸿勋驯服了他，而是古世才驯服了他都鸿勋。他相信古世才逃跑是蓄谋已久，有周密的计划，此刻古世才已经在某个事先约定的地方等候古世友叔侄，三人聚齐后将一起外逃，他认为古世才和古世友带着个孩子走不快，逃不远，此刻他们仍然在这附近的某个地方儿，他一定能把他们抓回来。他甚至开始考虑将怎样吸取教训，怎样监督使用古世才。他派兵四路追捕，他们插翅难飞，更何况他还有家小儿在这里。万一一时抓不到古世才，就抓他的家属，折腾他的老娘，迫使古世才自投罗网。他目送一队队人马从自己的身边穿过，扑向四面八方，心中涌起胜券在握的感动。

黄鲲先选定古家庄有他自己的小算盘儿。他并不认为古世才他们会愚蠢到等着他去抓他们，但是他相信古世才的家小会在古家庄，他抓不到古世才兄弟和根儿，就抓他们的老人和家小，古世才是个孝子，他不能不管他的老娘，他不会白跑一趟，空手而归。他兴冲冲地闯进游击队八团的地盘儿，直奔古家庄，但是让他失望的是古世才兄两家都街门大开，古世才家的天井里的一张张八仙桌上杯盘狼藉，已经人去家空，他大失所望。

黄鲲砸开古天骥家的大门，把老人拖到大街上，质问老人，古世才哪去了。古天骥手里攥着一支黄铜水烟袋，咕噜咕噜地抽着，面无表情地摇摇头，淡淡地说他不知道。

黄鲲挥舞着马鞭子，蛮横地说："他和你住对门儿，你会不知道吗？"

老人毫无惧色，从容地说道："不知道就是不知道嘛！这个年头儿，各人过各人的日子，谁会去打听别人家的事情，俺怎么知道他们到哪去了。"

黄鲲吼道："古世才拐走了俺们十几万块大洋，盗走了军事机密！"

老人摇摇头说："这些事俺怎么会知道。"

"你知道什么？！"黄鲲蛮横地说。

"俺是个庄户人什么也不知道。"老人软中带硬。

黄鲲冷笑一声，说道："老——混——蛋！"

古天骥语调儿平和地说："人人都会老，家家有老人，老了都是混蛋。"说着一笑。黄鲲听得出古天骥在变着法儿骂他和他家的老人，但是他不想把话说破，自找不自在。

崔德昌媳妇担心老人吃眼前亏，小心翼翼地说道："长官，你别理他。他是俺庄儿上有名儿的扛子头，没有人爱搭理他。"

在当初古世才弟兄俩突然被弄去浑河镇的时候，古文举曾经四处张扬，恶意宣传说，古世才弟兄俩到浑河镇给日本人和汉奸干活儿，奔的是人家的大洋钱，有的人信以为真，怀疑过古世才他们的人品，受过日本人祸害的小古家庄儿有些人公开骂古世才不要脸。不过多数人对于这件事都保持沉默。当时古天骥老人替佢孙辩白说，"孔圣人说过：'日久见人心，路遥知马力。'"① 如今古世才全家都逃走了，都鸿勋派人来抓他们，一切都清楚了。有些老百姓，心里装不下国家和民族，但是他们热爱自己的家乡和乡亲，不管是谁，只要他和祸害他们的鬼子和汉奸做对，他们就会敬重他们，起来保护他们。黄鲲明知道古天骥老人说的不是实话，也无可奈何。俗话说得好："一问三不知，神仙治不得。"

黄鲲想到都鸿勋命令古廷辅监视古世才，现在古世才一家从他的眼皮底下逃跑了，而都鸿勋却只是申斥他，追究他的责任，打他的板子，感觉窝囊，心中有气，他原本就不佩服古廷辅，觉得他只长了一张讨日本女人喜欢的小白脸儿，和一张好嘴，其实屁事不顶，现在古世才已经逃走，盛怒之余，不顾都鸿勋要给古廷辅在古家庄监视古世才的活动保密的命令，决定质问古廷辅古世才是怎样逃跑的，叫他一起来追捕古世才，羞辱他一番出气，便放肆地对周围的人吼道："古廷辅住在哪里？谁去把他给俺叫出来！"

崔德昌媳妇朝东一指说道："他住在庄东头儿。"

黄鲲没好气儿地命令他的一个班长："去把他给俺叫来！"

黄鲲不能体会这会儿最害怕古世才逃跑，最想抓到古世才的就是古廷辅，古世才的动向关乎着古廷辅的身家性命，在监视古世才这件事上，他比他黄鲲上心百倍。有古世才，才有都鸿勋的兵工厂；有都鸿勋的兵工厂，才有古廷辅的生意。为了监控古世才，古廷辅宁可不去青岛和光石洋子聚会。从他爷爷病倒后，他一直没离开过古家庄，时刻盯着古世才一家。在根儿他奶奶生日庆典的这几天，古廷辅几乎是日夜不眨眼儿地盯着古世才一家的活动，直到他亲眼见古世才去了浑河镇。在黄鲲赶来古家庄前，他刚刚轻松了一小会儿，打了一个瞌睡，听说黄鲲率领人马来到古家庄，并叫他前去说话，他猛然惊醒，本能地感觉出了大事，而当黄鲲的那个班长对他说古世才全家逃走了的时候，他就感觉有人当头给了他重重一棒，立刻全身麻木，头脑空空，站立不稳，几乎跌到。过了好一会儿，才在那个班长的搀扶下，跌跌撞撞地赶到古世才家的南墙外来见黄鲲。

---

① 古家庄一带的老年人，喜欢引用孔子的话证明自己的看法儿，以说服别人。但是他们常常误把某种自以为正确的道理，或是某种为人之道，当成圣人的教诲引用。

"你是干什么吃的！古世才全家都逃跑啦！"黄鲲当众高声质问古廷辅，把他平日对他的嫉妒、怨恨和不满一股脑儿地发泄出来。"古世才哪去了?!"黄鲲不顾一切地吼叫道。

此刻占据古廷辅头脑的是破产的恐惧，他整个儿的人都被这个突然得到的消息吓傻了，他的心智闭塞了，他的头脑凝固了，感到眼前雾蒙蒙，黑乎乎，什么都看不见，听不清，忘记了自己在什么地方儿，黄鲲的无理叫嚣没能把他的灵魂唤回来，平日的巧言令色，风流潇洒不见了，连步儿都迈不开了，心里只有"倾家荡产"这样几个凶神恶煞般可怕的字。没有人知道和能体会古廷辅此时此刻的心情。他对都鸿勋说，兵工厂的设备是经光石洋行订购的，而事实上他是以个人的名义和对方签订的合同，是买空卖空，这笔生意做成了，他能从中获得几千元的好处。现在古世才跑了，兵工厂停摆了，兵工厂的部分设备已经运抵浑河镇，部分现在青岛和日本，生意搁浅了，可能做不成了。如果都鸿勋赖账，那数万货款，就得由他古廷辅支付，摆在他面前的是破产的威胁，而且事情来得这样突然，他怎么能不惊恐万状丧魂失魄呢！

古廷辅 16 岁接他叔叔的班，在青岛日本光石洋行给光石洋行老经理跑腿儿。他没和他爷爷那样打打杀杀，也不像他爹和叔叔那样靠阿谀逢迎、拍马溜须混日子。他聪明伶俐，走的是另一条路。他苦学日本话，钻研经商之道，24 岁上就升到洋行本县代理人，胶东副代理人。1936 年 4 月，光石洋行老经理光石宪秀病死，他的女儿光石洋子接替她父亲，做了光石洋行的经理。古廷辅开始和光石洋子打交道，后来和她发生了特殊关系。1938 年，日本人侵入山东地界，古廷辅觉得他大发横财的机会来了，跑青岛的次数儿越来越多，有时竟得意忘形，公开替日本人侵略中国说话。庄上许多人在背地里骂他是汉奸坯子、婊子，有点儿人性的人都不愿意和他来往。好心的古世才，觉得他毕竟是本家的一个晚辈，行为不检有伤家族脸面，出于他本人前程的考虑，曾悄悄地劝他不要替日本人说话，不要和日本女人勾勾搭搭。古廷辅不知好歹，他本来对古世才就没有好感，如今他又当面这样"羞辱"他，就增加了他对古世才的怨恨。他把古世才弟兄弄到浑河镇的目的之一就是为了让他当上汉奸，以羞辱他们，解他的心头之恨。每想到这些他都觉得非常得意。可是现在呢？古世才一跑，他就要家破人亡了。前一分钟他还在天堂里，此刻他就落进了地狱。

这笔生意的金额，不算利钱，光本金就相当于他的全部家产！这笔生意是经光石洋子成交的，牵涉到日本的几家公司，说好阴历年底交货。眼下第一批设备已经运到青岛。不日运抵浑河镇。古世才弟兄二人一走，都鸿勋的兵工厂只能暂时停办，那他定购的这批货物卖给谁？他虽然和光石洋子有点儿那个，那他也仅仅是光石洋子的一个玩物儿，她能为他蒙受重大财产损失吗？他敢去和她谈退货，或是叫苦连天地和她讲合同吗？光石洋子连大活人都敢买卖、宰杀，她还怕他古廷辅吗？都鸿勋他也不敢惹。不错，他和都鸿勋有过书面协定，按说都鸿勋理应接受那些设备，或是承担部分损失。可是，他敢和拿枪的汉奸头子都鸿勋去讲这个道理吗？都鸿勋是什么人他心里明白。他和都鸿勋的关系，就是他靠都鸿勋发黑财，都鸿勋靠他发展自己的势力，他是不是破产，都鸿勋是不会管的！青岛的日本人和浑河镇的汉奸，这两头儿他都惹不得。所以古世才弟兄逃跑等于要了他的命！悔恨！悔恨！无可挽回地悔恨！此时此刻，一个钱字死死地控制着他的心智，"倾家荡产"四个字幻化成利剑悬在他的头上，让他变傻，变呆，无心，无力，弄不明白黄鲲在对他说什么。

"古廷辅！"黄鲲直呼其名，"你说，古世才哪去了？！"

这时，古廷辅恍惚间感觉黄鲲好像是在和他说话，但他听不懂他说什么，木然地反问黄鲲："你，你，你说什么？"

被囚禁在破产的恐惧里的古廷辅，木木地站在那里，仍然在痴迷地计算着他的家产，在绝望中挣扎。"七七事变"前，一亩好地值 400 块银元，如今连 300 元也卖不上。他全部的土地都变卖了也只能勉强抵得上合同上部分本金的一小部分！要是日本人和都鸿勋都赖账，他就得变卖了他所有的土地赔偿！那时，他将一无所有！想到这里，他的心疼得直哆嗦。他后悔。他想，要是他不贪财，而是依照他爷爷的意思，把古世才和古世友送了劳工，就不会落到今天这个下场。他就这样木木地沉浸在混乱迷惘之中，根本没有意识到黄鲲在对他说些什么，

"俺在问你，古世才他们哪儿去啦？！"黄鲲不耐烦地嚷道。

"是啊，古世才他们哪去啦？"古廷辅仿佛是在回答黄鲲，又好像是自言自语。

"俺是在问你呢！古世才他们哪去啦！"心急火燎的黄鲲继续吼道。

"是呀，他们能跑到哪去？"古廷辅梦游般地说。

　　黄鲲愤怒的目光，粗暴的态度，连连的质问，终于把古廷辅拉回到眼前的事务中，使他挣脱了破产的恐惧，兴奋中心转移到面前的话题上，开始考虑古世才一家的去向，怎样追捕古世才，便说道："他们能上哪去呢？最大的可能是下关东。他家几代人下关东，关外有亲戚。"

　　"他们会从哪儿走？"黄鲲问道，语气平和下来。

　　古廷辅摇摇头说："说不好。从这里下关东有三条路。一条往西，奔潍县，走旱路，出山海关。一条往南，奔青岛，过海，去大连。一条往北，走龙口，去大连。这里离龙口最近……。"

　　黄鲲高声喊道："上马！奔龙口！"

　　古廷辅急忙拦阻说："黄连长，等等！"

　　"有话快说！"黄鲲瞪着古廷辅说。

　　古廷辅朝周围巡视了一下，凑到黄鲲耳边低声说道："古世才很精，不会想不到会有人追赶他，他们十之八九不会直奔龙口……"

　　"他会去哪里？！"黄鲲无理地质问道。

　　"多半会先在什么地方藏起来，找机会再外逃。"

　　"那他们会躲到什么地方呢？！"黄鲲的语气平静下来。

　　"说不准。古世才有两家要紧的亲戚。一家是他妹夫家，在城南，离这里有六十里路。时间紧迫，路途遥远，他们带着老人、妇女和孩子，行动不便，不大可能奔他妹妹家。一家是根儿他姥姥家，在柳林庄，离这里七八里路。他们有可能先到柳林庄，再奔青岛或是龙口。"古廷辅的眼神儿专注，脸上开始有了一点儿人的颜色。

　　黄鲲想道："这个小子真有脑筋，难怪日本娘们儿稀罕他呢！"黄鲲这样想着，便对古廷辅说："那好，古先生，上马带路！"

　　古廷辅显得有些难为情。他巴不得亲自去抓古世才，可是他不敢，怕惹起族里老老少少的愤怒。他心里明白，帮着日本人捉自己本家儿的叔叔，是天大的罪名，就是他能把古世才和古世友抓回来，也未必是福，也许暂时能保住他的家产，可是以后可能会要了他的命；要是他抓不回古世才，那他可就是既破财，又丢人，他和他的子子孙孙就没法儿在古家庄活下去了。他觉得黄连长太粗俗，不应该给他出这样的难题。他凑到黄鲲的耳朵上说："黄连长，俺和古世才还没出五服……"

　　"什么他娘的五服六服！这会儿还顾得上这一套？！"黄鲲嘴里不干不

净地唠叨着，丢下古廷辅，一挥手，带领着他的那一伙子人，出古家庄北口，奔柳林庄去了。

古廷辅看着轰然而去的黄鲲和他的马队心情复杂。他为防止古世才逃跑尽心尽力，而古世才一家还是从他的眼皮底下逃走的。他悔恨自己没跟踪古世才到浑河镇，悔恨回来之后喝酒打了那么一个香香的瞌睡。正是那个瞌睡让古世才有机会全家出逃，让他倾家荡产。不过他也想，要是都鸿勋不放古世才他们回来给根儿家奶奶办寿，就不会发生这样的事。他从来不相信古世才会和都鸿勋一条心，曾无数次提醒都鸿勋，要他防止古世才逃跑。可是狂妄的都鸿勋自以为是，一个劲儿地和古世才套近乎儿，讲亲情，拉关系，结果是麻痹了自己，也麻痹了他古廷辅，让他放松了对古世才的监视，打了那么一个让他倒了大霉的瞌睡！而当他想到自以为足智多谋的都鸿勋也没能笼络住古世才，而让他们一家逃之夭夭的时候，他的心里竟然感觉到一种快乐和安慰。

128

从古家庄到柳林庄，骑马只是十几分钟的路程，而黄鲲走了近一个钟头，他们经过的地方，人们躲之唯恐不及，家家忙不迭地关门闭户，找个问路的都要费一番周折，绕来绕去浪费了时光，赶到柳林庄已经晌午后了。

一些人饭后聚集在胡大珂门前的大槐树下说闲话，忽然有人发现从柳河大堤上下来一溜儿十几个骑兵，朝着柳林庄跑来。这会儿的兵，除了游击队就是二鬼子，没有不欺负老百姓的，有些人慌忙回家关门，留在大槐树下的是几个胆儿大好奇又有些年纪的人和一群不懂事的孩子。

大宗他娘，习惯地手搭凉棚儿眺望过一会儿后说道；"穿的是黄衣裳，不是游击队儿。游击队穿灰军装。"

胡大成经常去浑河镇赶集，见过那里的治安队，他说来的是二鬼子，是都鸿勋的人。有些人听他这样说，想到去年除夕夜日本鬼子和汉奸队制造的小古家庄惨案，悄悄地溜走了。

胡大珂正在天井里清理蜂巢，胡大成夫妇的对话他都听见了，就撂下手里的活儿，走到大门外，站到门前的高地上，朝南张望，肯定他们是都鸿勋的队伍，是奔着古世才来的。他回到天井，继续清理蜂巢，考虑怎样应对来人。

胡大成见骑兵已经进入庄前的柳树林，就对大宗他娘说："回家吧。"他担心她多嘴，把古世才一家在柳林庄的事情透露出去。

"怕什么？看看嘛。"大宗他娘说。

大槐树下只剩下大宗他娘等几个大人和一群孩子。

黄鲲来到大槐树前的空地上，马踏大地的震波传进胡大珂的天井里。

"喂！胡大珂住在什么地方儿？"黄鲲用马鞭子指着大宗他娘问道。

"你们找他做什么？"大宗他娘胆怯地低声问道。

"少说废话，俺在问你，胡大珂住在哪儿！快说！"

大宗他娘担心他们祸害胡大珂，想不清该怎么说。

"说！"黄鲲吼道。

"那儿。"大宗指着胡大珂家说道。他怕他娘吃亏。

黄鲲一声令下，他的人马立刻从四面把夹在前后两条大街和左右两条胡同之间的胡大珂的住宅包围起来。人们看见这个阵势，嗡的一声四散了，不过仍然有几个胆儿大的凑到胡大珂家的大门外看光景儿。

黄鲲大步闯进胡大珂家天井，走到胡大珂面前，玩弄着马鞭子，冷冷地瞅着胡大珂，久久没说话。他在向胡大珂示威。胡大珂直起腰，细心地扑打干净身上的泥土和木屑，转过身，从容地打量黄鲲，见他脖子很细，发基很低，下巴颏儿又尖又长，像一把尖头儿的铁铲，两只老鼠耳朵又小又薄，有点儿透明，朝后扒着，一幅低能儿的怪模样儿，心想，这个小子真的是贼眉鼠眼，这样想着，不由地笑了。黄鲲见胡大珂这副满不在乎的模样儿，还对着他笑，不知道他是什么意思，心里不由地有些发毛，从示威的姿态变成胆怯和猜疑，他记得古廷辅说过，古世才他大舅子胡大珂诡计多端，想到这里远离浑河镇，周围是游击队，担心胡大珂会耍什么花招儿，给他亏吃，让他丢脸难堪，便壮壮儿鼓起勇气嚷道："你叫胡大珂吗？"

"不错，俺就是胡大珂。"胡大珂坦然说道，"你找俺有什么事？"

"古世才来过你这里吗？"

胡大珂点点头儿。

"他们现在哪里?!"黄鲲急切地问道。

胡大珂摇摇头说道:"这会儿不好说,也许在路上,也许在海上。他们是下关东路过俺们这里,说是从龙口上船,这会儿可能在奔龙口的路上,也许已经在开往大连的轮船上了。"

黄鲲打断胡大珂说:"你为什么放他们走?!"

胡大珂笑笑说:"你这是怎么说的。不错,古世才是俺妹夫,可是各家过自己的日子,再说俺是个平头百姓,凭什么不放人家下关东去求个活路儿?!俺们这里下关东的人多啦……"

黄鲲嚷道:"古世才拐走了大笔的公款和重要的军事机密。"

胡大珂摇摇头说:"没人对俺说,再说俺也管不着。"

黄鲲找不到发火儿的由头儿,又急于抓到古世才,不想继续和胡大珂纠缠,便问道:"他们是什么时候走的?"

胡大珂装出迟疑的样子说道:"是半夜光景路过这里的,这会儿该到达龙口了吧,说不定已经上了船啦。"

胡大珂还想继续唠叨,但是"客人们"不想听了。黄鲲带领他的骑兵穿过胡大珂家东墙外面的小胡同儿,一溜烟儿地朝北跑下去了。马踏大地震得胡大珂家天棚顶哗哗地往下掉土。

胡大珂暗暗发笑,知道这些家伙一定会上他的当。因为这一带的人谁都知道,从这里下关东,有三条路:走龙口,走青岛和走潍县。如果走水路,从莱州湾的龙口上船最合算。柳林庄离龙口只有八九十里路,而离胶州湾的青岛,却有二百多里的路程。从龙口走,前半夜动身,天明赶到龙口,如果再赶上顺风,当天就能到大连。要是从青岛走,光旱路,坐车也得走两天。而走潍县要路过浑河镇,在浑河镇上汽车,那自然不可能是古世才的选择,这些情况,黄鲲心里也明白。

胡大珂只在小的时候念过两个冬学(冬学指旧时秋收过后,农闲时间举办的短时间的读书识字班),认识一些字,能连猜带蒙地看闲书儿,能写简短的平安家信,记豆腐帐。他爱看戏,爱听书,还念过他能找得到的各种说唱话本儿,熟悉三国、西游、水浒、东周列国、封神演义、聊斋,会讲许多神道鬼怪故事,11岁当家,半生走南闯北,经多见广,三教九流,无所不交。都鸿勋虽然饱读诗书,好像足智多谋,可是要论计谋,他和胡大珂相比,充其量也不过是个还没有毕业的小学生。至于黄鲲，那只能算得上是一个雏儿了。胡大珂根本不把他们放在心上。

黄鲲率领着他的骑兵，直奔龙口，他们赶到龙口码头时，有人说，从龙口到大连的班船已经开走半天了，这会儿可能停靠在大连港。

古世才弟兄二人曾经由于是都鸿勋的"亲家"，受到都鸿勋厚待而遭受浑河镇众多老百姓的关注和窃窃非议。而就在关于他们的议论沸沸扬扬的时候，突然有消息说，古世才的兄弟古世友带着他的侄儿根儿逃离了浑河镇，古氏兄弟一家老少七口，抛弃自家土地、房屋和好日子，一起逃走了，都鸿勋正派兵四处追捕，但是毫无所获。这时人们才听说古铁匠就是当年风传一时的"二十五孝"，他们和都鸿勋并非儿女亲家，他们的劳金也不是每月几百块银元，他们不是为挣钱而来，而是被都鸿勋派人从古家庄强行抓来的，都鸿勋以优厚的待遇，和他们拉关系，套近乎儿，封官许愿，千方百计笼络他们，而他们宁死也不肯替日本人和都鸿勋效力，人们从内心深处涌起了对他们的真诚的敬意。人们听说，帮助古世友和根儿逃跑的是原先在浑河桥头开"玉山饭店"的刘玉山，他原本就以豪侠、仁义、善良、敢和都鸿勋作对而受人尊敬，这会儿他又因为舍命帮着古师傅叔侄二人逃走而被众人从大好人升格为英雄豪杰。人们很想知道更多的消息，期待着古世才的邻居、浑河镇有名的"闲话篓子"江大娘能站出来说些什么，然而她什么都不说。说古世才兄弟月薪五百块大洋，古世才贪图钱财，和都鸿勋是儿女亲家等闲话的都是她，这会儿她深感羞愧，不好意思在公共场合露面儿。

都鸿勋宣扬说，古世才弟兄二人伙同刘玉山，盗走了治安队大量的银元，但是人们不愿意相信他的鬼话，假使古世友和刘玉山真盗走了都鸿勋的银元，人们也会称赞他们有本事，把他们看成绿林好汉。

都鸿勋原本相信他能把古世才抓回来，但是黄鲲和都本初等几路人马当天晚上都失望而归，他们连古世才的消息也没得到，都鸿勋感觉抓回古世才的希望已有些渺茫。平时文质彬彬、自以为是"儒将"的都鸿勋，今天突然变得骂声不断。他骂黄鲲色迷心窍，玩忽职守，骂他派进枪械修配所的那些年轻人毫无用处，骂古廷辅是个死人，古世才一家就从他的眼皮底下逃走了，骂古世才哥儿俩不识抬举，忘恩负义，骂人成了他发泄胸中苦闷、宽慰自己的一个办法。他整天坐立不安，不时跑到天井里，犹如笼中困兽，从南到北，又从北到南地踱来踱去。中午他还相信黄鲲他们能给他带来好消息，吃了一些东西。傍晚黄鲲等都无功而返，报告说古世才一家已经乘坐轮船去了大连，他连晚饭也没吃。创办浑河镇治安队枪械修配所这件事，被他张扬得满天下无人不知，修配所的部分设备已经运到，厂房年后就要动工，人员也已齐备，眼看就要建成，而突然之间它就变成了泡影儿！丢人哪！他怎么能不觉得丧气呢？浑河镇上的头号儿大人物儿栽在两个"老勃代"（俄语音译：苦力）的手里，这不是笑话儿吗？他怎么做得了这个瘪子，咽得下这口气呢！

晚上，清冷的西北风越刮越大，天井里滴水成冰，而都鸿勋还在屋里屋外唉声叹气地折腾。都本初一再劝他宽心，连他的老伴儿也大着胆子劝说他要想得开，可是他还是不肯吃饭，就好像中了邪祟，发了疯病一样，连他老婆也感到奇怪，为什么两个铁匠能让他这样六神无主。

都本初自言自语："怪啦，难道他们真的漂洋过海去了大连？"

都鸿勋忽然悟到了什么，说道："是啊，难道古世才他们真的是从龙口走的？如今海上不平静，从龙口到大连的船行期不定，古世才怎么就正好赶上班船呢？"想到这里，心中又萌生了一线希望，激动起来，立刻派都本初到汽车站打听从龙口开往大连客船的班次，而当都本初报告说，从龙口开往大连的班船每天只有一趟，开船的时间是早晨8点，他断定黄鲲上当了，因为从柳林庄到龙口有八九十里的路程，古世才拉家带口，行动缓慢，半夜动身，最快也得到傍晌儿前后赶到那里，赶不上班船，也许他们根本就没有走龙口，而是从别处走的，或者他们根本就没走，而是躲在什么地方儿。都鸿勋听都本初这样说，愤愤地想："只要你古世才还在胶东地面儿上，俺就能把你捉回来！"他立刻召集特务连，命令都本初、黄鲲等，各带一个骑兵班，一路奔青岛，一路去龙口、烟台一线，又派便衣特勤人员奔潍县，沿路细心查访！要盘查路上所有可疑的人，搜遍沿路所有的大小村庄和旅店！一定要把古世才活着捉回来！谁捉到古世才，赏现大洋五百块！几路人马天蒙蒙亮出发，分头行动。现在能不能捉到古世才，不仅关乎着都鸿勋的修配所，更关乎着他的面子。

古历腊月十六、十七两天，黄鲲和都本初等几拨人马跑遍了浑河镇通往外地的大小道路，搜遍了沿路的村庄和客栈，盘问了每一个可疑的人，两天过去了，还是一无所获，几路人马疲惫不堪、无精打采地回到浑河镇来交差。都鸿勋觉得他驯服和追捕古世才的努力都失败了。

胡大珂和古世才通过胡大成和孙孝武保持着联络，得知都鸿勋兴师动众的追捕活动已经告一段落。胡大珂笑着说："都鸿勋的招数儿使完了，不过他不会死心，咱们就趁着他追捕失败犹豫不决的这个空当儿出走。"

腊月十八入夜，古世才一家怀着感激之情，拜别了好心的石祝三，从容地离开了石祝三家菜园子里面的场院屋，踏上了漫漫的逃难之路。

古老的铁轮大车带着咯噔咯噔的不规则的响声，在同样古老的乡间土路上不停地颠簸着前进，震荡着古世才一家人流血的心。他们没有按照这里人们的习惯走龙口，从那里奔大连，然后从大连奔黑龙江，而是远去路途遥远的青岛，准备从那里登船过海去大连，然后从大连乘火车去黑龙江的伊春。

在上路之后，古世友才对玉兰说明了他们外逃的实情。吴玉兰想到自己要远离老娘和家乡，到遥远的黑龙江的深山老林去，说不定今生今世再也见不到老娘了，忍不住流下了伤心的眼泪。虽然有丈夫在身边，她仍然感到孤独，每向前走一步对她都是一种难以忍受的痛苦。她埋怨丈夫不该事到临头才对她说出外逃的真情。可是转念间她又觉得丈夫和哥哥没有做错，他们这样做也是为了她好，要是早让她知道了事情的真相，除开让她遭受更多的惊吓和痛苦又能怎么样呢？难道自己还能因此而离开丈夫和这个家吗？她没有三兄二弟可以依靠，没有亲生的儿女可以仗恃，常常为没有给古家生下一男半女而感到羞愧。缺少了儿女这条纽带的联结，使她觉得她和丈夫之间不那么亲密，因此也更加依恋老娘。她觉得只有老娘不嫌弃她，无私地爱护她。她愿意留在家里和老娘做伴，侍候姥娘。在当年她准备跟随丈夫去俄罗斯的时候，她曾对她娘表示过这样的意愿，当时老人连连惊恐地对她摆手，说，"做妻子的不能离开自己的男人，你要真是这样做，娘就不活了！"此时此刻，她又想起了这段往事。她坐在步步远离家乡的大车上，默默地忍受着思念老娘的痛苦，无望地随着一家人远去。

秀姑相信"车前船后"的说法儿，知道大车的前部行进中颠簸得比较轻，特地安排奶奶面对着驾辕的大青骡子，仰坐在大车的前部。她和玉兰一左一右坐在奶奶的侧后方，小心地保护着老人。

奶奶身子底下垫着叠得厚厚的褥子，上身儿裹在厚厚的印花被子里，肩背和脖子上围着早年儿子从俄罗斯给她捎回来的毛料子的漂亮的大披肩，头上戴着上面镶着绿宝石的黑色的棉帽箍儿，任大车颠簸摇动。

鸡叫二遍了，黎明时的黑暗弥漫在隆冬的大地上。细细的西北风强一阵儿弱一阵儿地吹着，有如一把毛刷儿在人们的脸上、心上无情地刷着，刷着。

根儿全身裹着被子，依在他婶子的怀里。

改莲的病情不见好转，她是全家的心病。秀姑把她揽在怀里，心情沉重，后悔没有把她留在哥哥家里。这些日子全家人心绪不定，疏忽了对于她的管护，也没有机会到外面去找医生给她诊治。

除了根儿和改莲，所有的人都忧心忡忡，愁眉不展。

胡大成默默地走在大车的旁边，不时挥动一下鞭子，低声吆喝着牲口。驾辕的骡子和拉套的驴不时地打着响鼻儿。牲口身上的铃铛摘掉了，只有蹄声嗒嗒，挽具上面的那些金属部件，彼此碰撞着，随着牲口的动作，和着蹄声发出并不响亮的金属的动静儿。

"一个好端端的家，就这么给毁了！"古世才心情沉重。他不敢再想下去。他知道，现在他应该想的是自己一家怎样逃出日本人和都鸿勋的罗网，保住一家老少的性命和清白。

胡大珂默默地跟在大车的后面。平时他爱说笑，而在和妹妹一家生离死别的此刻，他什么也没有心思说。已经离家几十里，秀姑、古世才多次劝他回去，他都不听。他知道，他对妹妹一家已经尽了力啦，该想的都想到了，该说的都说到了，该做的都做过了，事情到了这一步，他在不在这里，跟妹妹一家的安危，没有多大的关系了。可是他还是不放心，担心他们一家遭遇不测，还想护送他们一程，恨不得把他们送到青岛，送上轮船，送过大海，送到遥远的黑龙江那无边的茂密的森林，送到他们平安的地方。他认为他在紧急的关头比妹夫更有主意，更有办法。他已经失去了弟弟，弟妹和一对侄儿女也不知去向，他不能再失去妹妹和外甥，经受不起那样的打击。对亲人的依恋，对鬼子的仇恨，在他的心里搅在一起。他愤怒地想道："都鸿勋呀，你这个为富不仁、不知羞耻的坏东西，你把人逼到什么份儿上了啊！你等着吧，总有那么一天老百姓会和你算账！"

胡大珂的弟弟胡大林去年秋天不明不白地死在浑河西傅家庄一带。直到前些日子，他才从一位姓康的织布师傅那里得到了他弟弟被害的准信儿。康师傅是寒亭有名的布商武兆富的雇工。他说，去年秋天，胡大林到武兆富家买布，在价钱上彼此发生争执。这本来是一件平常的小事儿。可是偏巧叫掌柜的小舅子给碰上了。那个混小儿子原本是个娇生惯养的二流子，平时吃喝玩乐，屁事儿不懂，后来拉拢了十几个混混儿，投奔了都鸿勋，混了个班长。他不问青红皂白，张口就骂胡大林不识抬举，说来说去，就动了手。强壮的胡大林制服了他，但是并没有叫他难堪，而他还是记了仇。第二天，他就在从寒亭到浑河镇的半路上把胡大林杀害了。眼下他唯一的妹妹一家又要远走他乡，下落不明，他的心情怎么能平静呢？

131

大车从向东而改为朝南，行进在山脚下的碎石路上。车轮子不时发出时高时低的咣当咣当的响声。四个男人在车前车后默默地走着，发出单调儿的脚步声。坐在车上的人的影像渐渐变得朦胧可辨，他们在随着大车的颠簸前后左右地晃动。所有的人都默默无语。能说什么呢？伤心的话，愤怒的话，担心的话，安慰的话，鼓励的话，吉庆的话，该说和能说的，都说过了，还说什么呢？

奶奶惦恋着女儿和外孙女儿，秀姑惦恋着哥哥和嫂嫂，玉兰惦恋着她的老娘。难舍难分的骨肉亲情，折磨着每一个人的心。生离死别的悲哀，对于前途的恐惧，笼罩在大车的周围，萦绕在人们的心上。

"回去吧，大哥。"古世才对胡大珂说。他的声音有点儿异样儿。一个月来的经历把他和大舅哥变得比亲兄弟还亲。他现在才真正认识了足智多谋、肯于承担、敢于牺牲、英雄一般的大舅哥。

胡大珂没有回应古世才，而是答非所问地说："不敢粗心大意啊。"

"您放心。"古世才说。

"想不到的事情总会有。"胡大珂说，"咱们在石桥庄躲了两天两夜，应该是躲过了都鸿勋追捕的风头。可是，若是他们悟到了咱们的计谋，想到咱们是按兵不动，有意和他们错开活动的时间，再次派人来追捕呢？只要你们还没有到达黑龙江，没在那里安顿下来，没解决好吃住和安全的事情，没在那里扎下根，就不算是最后躲过了这一劫。"

胡大珂和所有经验丰富、务实求真、做事谨慎的人一样，办事习惯于从最坏的可能出发考虑问题。危机感应该是眼前这个并不光明、并不稳定的世界上所有成熟男人的一个共性。没有危机感就是不懂人生。

古世才点点头儿，表示同意胡大珂的想法儿。

西北风依然在刮，空中飘起了雪花儿。天空又由明转暗。

大车走在山石路上，车轮子继续咯噔咯噔地朝前滚动。

"就送到这里吧。"古世才又一次催促胡大珂往回走。

"哥哥，别送了……"秀姑强忍着眼泪说。她看不大清楚哥哥的面容，可是能想象得出哥哥难过的样子。她舍不得哥哥。老娘和二哥去世后，在这个世界上，哥哥就是她娘家最亲近的人了！谁能想得到，日子过得好好儿的，转眼之间就得骨肉分离呢！

胡大珂依然默默地跟在大车后面走着。

鸡叫三遍，天亮了。

"回吧。天就要大亮了。"古世才说。这时，他才注意到，胡大珂还撅着一只粪筐。他是把自己装扮成一个早起拾粪的人来掩饰自己的，应对突发事件的。

古世才叫把大车停住。

"改莲她舅啊，回吧。千里相送，终有一别！"奶奶伤心地说，"多亏了你呵！婶子感谢你啊！"

"这都是俺该做的。俺这就回。"胡大珂恭敬地对奶奶说，"您老一路上多多保重！先出去躲一躲。日本鬼子和汉奸咋呼不了几天！说不定一年半载你们就能回来。到时候我再和根儿他三舅一起赶着大车来接您老人家。"

"借你的吉言。但愿这些伤天害理的东西早早死光！"奶奶气愤地说。慈祥的老人对日本鬼子和汉奸并不慈祥。

"舅舅!"根儿睡醒了,从被窝里抬起头来说。他想到就要和他最亲爱的舅舅分离,难过得呜呜地哭起来。

"喂,不要哭呀。你已经是一年级的学生了,在从古家庄到浑河镇的四十里的大路上勇敢地走过三趟,是个大小伙子啦,怎么好意思哭呢?"胡大珂笑着说,好像他对于眼前的别离并不难过,"说不定你们明年秋天就回来了。那时,我就教你打围,好不好?"

"好!你给俺买一杆枪!"根儿又高兴起来。古家庄的家,在他的心中还不像对大人们那么难舍难离。

根儿他叔叔也哄他说,他老姑住的地方有无边无际的树林,树林里有各种各样儿的野兽和鸟雀,用弹弓就能打到野鸡、松鸡和兔子,一只松鸡有五六斤重……。

听叔叔这样说,根儿开始盼望着能早一天赶到伊春,见到老姑,到树林里用弹弓儿打野鸡、松鸡和兔子。他觉得只要能和爹娘、奶奶、叔叔、婶婶和姐姐在一起就好。他的世界就是由这些人构成的。

雪花纷纷扬扬,远近依然有些朦胧。

"就到这里吧。"奶奶对胡大珂说,"回吧。"

"哎,俺这就回,"胡大珂爽快地答应着。

根儿从车上跳下来,扑向舅舅,抱住舅舅不放。他想留在舅舅身边,也想跟家里的人一起走。两个想法儿在他的心里打架。

胡大珂无言地站在清冷朦胧的晨曦里,抚摸着外甥的头和脸。在他的头脑中,清晰地闪过外甥从光溜溜的胖胖的婴儿,到哑巴、傻瓜、神童儿,直到眼下紧紧抱着他的这个半大小子的成长的过程。这个乡野里的智者,此刻也有点儿不大理智。他头脑里转动着和外甥一样不切实际的念头,很想把外甥留下来,虽然他知道这是危险的和不可取的。他的泪水不停地流。他压抑着激动的心情儿,低声说道:"上车吧,天亮了就麻烦了。"他这好像是对根儿说的,又好像是对所有的人说的。

古世才知道处境依然危险,便过去把哭乏了的根儿抱上车。

"一路平安!"胡大珂说,"到了青岛就住裕长栈。那里有人照应你们。"

胡大珂站在原地。车轮重新响起来。大车模糊的轮廓,带着它的隆隆声,缓缓地向远方移动。

·

朦胧中响着远去的亲人们凄凉的声音："回去吧！……"

"早早回来啊！"胡大珂嘶哑地喊道。

胡大珂久久地站在清晨飘雪的寒风里，目送着亲人们越来越模糊的身影。大车滚动的声音，越来越小，终于听不见了。他身上的热汗早已化为冰冷，空荡荡的心里只有失落和凄凉。他在这里站了很久。

大车去远了！很远了！听不见了！看不见了！在很远很远的地方，渐渐地化为一团模糊，消失了。

雪不知什么时候渐渐地停下来了。而风似乎变得更冷了。

胡大珂长叹一声，懒懒地撅起了粪筐。

132

小莲的病情不见好转，奶奶感到揪心。平日小莲总爱在奶奶面前跑来跑去，而奶奶心里装的却总是孙子。她好像从来都没有像疼爱根儿那样疼爱过小莲。而在小莲病重的此刻，奶奶忽然感觉，原来小莲也和根儿一样地牵动着她的心哪。她发现改莲是那么可爱，她是那么心疼奶奶。

改莲不像根儿那么敏感。她好像从来都没有想过奶奶是不是爱她，也不在乎奶奶是不是偏心，奶奶是不是偏爱弟弟，因为全家人都偏爱弟弟，她自己也偏爱弟弟。她亲奶奶，相信奶奶也亲她。什么时候她都没有忘记奶奶是她最亲近的人。她总是一团火似的围着奶奶转。此刻奶奶感到她对不起孙女儿，心里只有孙女儿。小莲平日喜欢闹腾，只要她醒着，她就在说，在笑，在屋里屋外地跑，跳。奶奶嫌她野，嫌她山，嫌她叫人心烦。这会儿她病了，不说，不笑，也不闹了，奶奶反倒觉得冷清了。她害怕孙女儿有个好歹，头一次觉得这样心疼孙女儿。

看着折腾了一夜的小莲终于安静下来，秀姑松了一口气。在离开柳林庄的时候，小莲就有些咳嗽，有点儿发热，她曾有意把她留在哥哥那里。可是小莲不愿意。她知道女儿不喜欢住姥姥家，也不怎么亲舅舅。就是姥姥，她也不怎么亲。她亲自己家里的人，亲奶奶、娘、叔叔、婶婶和弟弟……在小莲病重的那一阵子，秀姑曾经后悔没有把她留给哥哥和嫂子。

现在小莲的情况好转了，她又庆幸没有把小莲留在哥哥和嫂子家，免去了母女天各一方，彼此无尽的思念。

偶尔有几个赶早出门的人，低着头，瑟缩着，默默地和他们擦肩而过，或是一路并行。偶尔有人在意地看看他们，有的还和他们打个招呼儿，而更多的人是连看都不看他们一眼。

新年近了，再过几天就是辞灶了，偶尔有零星的鞭炮声。

秀姑的目光，越过婆婆的肩膀儿，茫然地眺望着前方，而她的心思却朝向着她的背后，想着家中的老屋，天井，她喂养的黑驴和驴驹子，小叔子家喂养的黄牛和牛犊子，她结婚时在屋后栽的那两棵如今已经长得高过屋顶的细高细高的槐树。这一切，都在不知不觉中变成了影子。一度使她觉得幸福的家，如今没有了。有的是这些在严冬的荒野里垂头丧气的亲人，心里倍感凄凉。想起往年的此时，哥哥已经给她家送来了蜂蜜和年糕。根儿正手里攥着舅舅送给他的爆仗，屋里屋外地奔跑，喊叫。南院儿和北院儿不时响起他和小莲的欢笑声。这一切，如今都已成了往事。此刻，她心里只有刚刚离她而去的哥哥。她是在哥哥的庇护下长大成人的！哥哥是她做人的榜样。从幼年到如今，她从来也没有远离过哥哥。她和哥哥亲密相处的那些数不清的岁月，说不完的往事，像潮水一样地在她的心里汹涌。在她离开哥哥的那一刻，她有一肚子的话要对哥哥说！可是她不敢说。她怕。她怕管不住自己，会放声大哭，惹哥哥伤心，让大家扫兴。她又想到了嫂子，嫂子那善良、哀伤的面容就在她的眼前浮动。她恨不得立刻就能见到她！在离开哥哥的时候，她很想让哥哥给嫂子捎去几句问候的话，可她没能说出口。嫂子在嫁给哥哥、进入胡家近 20 年间，在她的身上没做过一件错事。嫂子留给她的全是疼和爱啊！她能舍下嫂子吗?!可敬的嫂子！可怜的嫂子！好心的嫂子啊！她记得，嫂子刚嫁过门儿的时候，又俊又巧，爱说爱笑。可是嫂子没有生育男孩儿，因此一直闷闷不乐。她怎么也忘不了她离开柳林庄的那个夜晚。她和嫂子面对面地坐在嫂子房间的炕沿儿上。洋油灯光微微地闪动，嫂子不说话，也不抽泣，只是轻轻地拉着她的手，默默地流泪，泪水滴在她的手臂上。"嫂子满脸是细细的皱纹儿，她已经老了！"秀姑这样想着，泪水又止不住地流下来。

133

在清冷起伏的旷野里，远近常常只有古世才们这男女老少一行八人。

一个身躯佝偻的人在车前不太远的地方缓慢地朝前移动着。他艰难、痛苦连续不断的咳嗽声表明他是个上了年纪的老人，有严重的痰喘病，最不宜在这个季节的早晨外出活动。古世才猜想他一定是个起早拾粪的人。拾粪这个营生儿他熟悉。他想："临近年关出来拾粪，一定是个穷人。穷人没有年节！"古世才想到自己当年也是这样过年的。那时，他大年初一一早就出来拾粪，因为这种时候很少有人出来和他争抢大路上过往车辆留下的牲口粪。古世才他们靠近了老人，他就是个拾粪的。古世才替这个不相识的老人感到难过，很想对老人说几句同情的话，不过他什么也没有对老人说，因为他眼前的处境并不比老人好。老人好歹还不用背井离乡去逃难。

大路两边景物的轮廓越来越清楚了。

太阳还没有出来，霞光刺破了东方的地平线。远处和近处的村庄，高高低低的丘陵和起起伏伏的田野都呈现在眼前，不断被缓慢地甩到后面。三个大男人轮流着在车头车尾坐坐，歇歇脚儿。

在刚刚过去的这些日子里，古世才一家人深陷在荣辱和生死的慌乱中，恐惧统治着一切。这会儿他们坐在南行的大车上，心情渐渐地平静下来，胸中涌起种种思绪。奶奶不再担心儿孙们沦落为不仁不义的人，开始想自己的心事。她惦念着留在家里的闺女和外孙女儿，感慨着几十年来自己和一家老少的不幸遭遇。

"命呵！"老人自言自语。认命是苦难的人对自己最后的安慰。她说着，就用小儿媳妇给她拴在衣襟儿上的白布小手巾，擦去脸上罕见的泪水，"俺都是 60 岁的人啦，还是得背井离乡下关东！说不定还得把这把老骨头扔在外乡！这都怨谁呢？……这些日本鬼子、汉奸走狗，他们害苦了多少好人家儿呀！"

儿孙们能拿什么话去安慰老人呢？只能默默地听她絮叨。

"根儿他老姑一家子下关东的那会儿，根儿他爹还没有出徒。他老姑劝俺带上孩子，和他们一起走。她舍不得俺，俺也舍不得她呀。他老姑说：'嫂子，栓儿他姑父说，黑龙江那边儿地广人稀，土地肥沃，刨一个坑儿，扔进几颗种子，秋天就能打粮食，日子好混，咱们就一起去吧，你和孩子们留在家里俺不放心。'根儿他老姑说着，就哭啦，哭得泪人儿似的。那会儿俺也动过去黑龙江的念头。"

"过了几年，根儿他老姑又捎信来，说他们在那里的日子过得不错，吃穿不愁，又叫俺们去，俺也没去。那会儿咱们家的日子就好过了。那年根儿他爹捎回来几十块钱，家里不愁吃穿了。后来，咱们家就开始置地，根儿他叔叔也能挣钱了，再后来，他叔叔也去了俄罗斯。根儿他爹来信还说要置车，拴大牲口，翻盖房子呢。'誓死不离寸土'啊，日子过好了，俺也就没有走的意思了。等到根儿他爹把根儿他爷爷请回来，重新发送了，咱家也富裕了，俺就更不想走了。热土难离啊！日子过得好好儿的，谁愿意下关东呢？常言说：'树挪死，人挪活。'可是人不到了活不下去的时候是不想'挪'的啊！嗨，人算不如天算，老了老了还得'挪'，这就是命呵！根儿他老姑当年也没打算在黑龙江那里落户。后来根儿的两个表叔娶了当地人家儿的闺女，他们也就回不了山东老家了！俺这不是也在奔他老姑那里去吗？黄巢造反，在劫难逃，该走的总是得走呵！"

老人自己絮絮叨叨地说着，没有人应和她。好像她也没有期望别人回应她的意思。她只是想把此刻在她心头浮起的念头，说给儿孙们听听。

天大亮了，升起在东方的却是一个模模糊糊、乌乌突突的太阳。

大车沿着东山脚下的小路儿朝前走。车轮子在碎石路上咕噜咕噜地左右晃悠，缓慢地朝前移动。老人回转身，面朝着古家庄的方向，半闭着双眼，倒坐在大车上。她的两个儿子和媳妇明白，她是舍不得离开自己的老家。

"命呵。要不天底下怎么会生出一伙子没有心肝、不通人性的日本人和吃里爬外的都鸿勋呢？要是没有这些坏东西，咱们的日子过得好好的，怎么至于背井离乡往外逃呢！"奶奶也许是在说给自己听。也许正是这种认命的想法淡化了她的痛苦，让她的内心得以平静。

"娘，都怪俺们没有本事，让您跟着俺们受苦。"古世友总算找到了一个安慰奶奶，减轻老人痛苦的机会。

奶奶慢慢地睁开眼睛，微笑着，慈祥地看看小儿子，温和地说道：

"傻小子，你说什么呢，这怎么能怪你们呢？你们都是俺的好孩子。这就是劫数儿呵。记得娘给你们讲过黄巢造反的故事吧？那个藏在树洞里避难的人，偏偏就让黄巢拿来祭了刀！这就叫'在劫难逃'啊！"她慢慢地环视了一下身边的儿孙，又说："你们弟兄俩费尽千辛万苦，好不容易把根儿他爷爷请回家来，吹吹打打地发送了他。那会儿咱们多欢喜啊！可是如今俺又得下关东，去他去过的那个地方儿。这不是命吗？……该去的都得去啊，'在劫难逃'嘛。"老人说着坦然地笑了。

古世才和秀姑都知道，奶奶最怕的就是死在外乡。

"娘，您老人家不用难受。"古世才走到奶奶坐的那边说道，"日本鬼子长不了。咱们不会在外头住很长的时间。说不定很快就能回来。家里的房子和地，能撂下不管吗？"

奶奶听了大儿子的话，点点头儿，悠悠儿地说："'无情无义'啊，大清朝不是亡了吗，日本鬼子也逃不出灭亡的命运。"然后又闭上眼睛，陷入沉思。她那被艰难的岁月损坏了的微微佝偻的身子，随着车身前后左右地摇动。老人心境平和。她年纪大了，从小姐，到乞丐，再到儿孙、亲友和乡亲们敬重的老奶奶，无数的苦难和屈辱践踏过她的身心。在几十年的生活中，她从来没有像现在这样平静。家没有了，房子地丢在那里了。地里的活儿，家里的活儿，通统都没有了，今天在家乡的土地上，明天自己会在哪里呢！还会有明天吗？她不知道。不知道为什么，她竟想到了自己做闺女的那些美好的岁月，想到了四十多年前的一些往事。一股热潮从她枯槁的心底涌起。

131

"啊，那会儿多么好呵！"奶奶激动地想，"有那么多知心的女伴儿！小姐妹们在一起，总有说不完的体己话儿！"她想起了她家对门儿林家的娟子，娟子比她大一岁，脸儿白嫩透亮得像糯米打糕，高高的个子，像一棵初夏时候的白杨。她心眼儿好，爱说爱笑。想起了西街的绣绣，她手巧，心细，总是那么安详，梦想嫁个如意的女婿。想起了后街的带弟，她总盼望着她娘能给她生个弟弟。伙伴儿们秀美结实的身影，天真羞涩的面容，温柔善良的性情，此刻都活生生地在她的面前闪动。她好像听见了她们喊喊喳喳的年轻的声音，看见了她们神秘的笑容，闻到了她们青春的气息。她们的那一条条粗粗的、长长的、黑黑的，垂过臀部、在大腿的后面甩来甩去的大辫子，都好像就在她的眼前。可是娟子已经不在人世了。她女婿在她生过三个儿女以后离开了人世，她没有再嫁，半生守寡，三年前得痨病死了。绣绣没能嫁到如意郎君儿，日子过得一直不富裕。带弟没能当成姐姐，后来嫁到了龙口，去年被日本人打死了，留下两个儿女，和一个穷家。

"那会儿多么好呵！"她在心里重复着这句话，心潮起伏。她笑了，她的心年轻了，觉得又回到了少女时代。想起了她头一回见到她的未婚夫古文元的光景，激动得几乎笑出声来，连她干枯粗糙的脸上的密密麻麻的皱纹儿，也显得舒展了一些，并且在微微地耸动。

她记得，那年她虚岁 16 岁，古文元 13 岁。那时他公爹已因病重被家人接回古家庄，古文元也随着公爹回到古家庄，当时正在大庙里的学屋里念书。那年她跟着她娘到古家庄去看望过她表姨姥娘，行前她很希望能见到她的未婚夫。她去古家庄的前一天的夜里，一直没能安睡。女伴儿们的笑闹，弄得她不知道她的古文元如今到底变成了什么模样儿。

从 13 岁起，她就开始关心人们关于她未婚夫的传闻和议论。她表面上好像并不关心自己的亲事，而实际上她最关心的就是她的亲事。离结婚的年龄越近，她就越关心这件事。周围的人们关于她未婚夫的每一句话，每一个消息，她都偷偷地听进耳朵里，暗暗地记在心里。她盼望着能有机会见到他，可是又害怕见到他。每当她想象见到未婚夫的情景，就觉得像喝醉了酒，浑身发热，头昏脑胀，心突突地跳个不停，生怕被什么人看见。可是她又禁不住一次次地在内心深处去寻求那种情景和感觉，想象着未婚夫的模样儿。

奶奶当年和古文元结的是娃娃亲，是蓝秀才主动提议和古天清结成儿女亲家的。那时，古天清在西官庄蓝秀才家教书，古文元随他爹在那里念书，奶奶也曾跟着她后来的公爹古天清念过书，那时她和古文元常常一起玩耍。不过那时她还小，不懂事儿，不知道男女有别。她和古文元定亲后不久，她就离开了学屋，并且彼此有意回避。虽然同在西官庄儿，却没能再见一面。转眼六七年过去了。小的时候她并不关心未婚夫的长相人品，如今儿时的印象已经淡忘，她不知道他长成个什么模样儿。她娘和姨们都说她女婿多才多艺，一表人才，她能摊上这样的好女婿是因为她命好。而她的那些女友们可不是这样说的，说什么的都有！有的嬉皮笑脸儿地说："雁容呀，你女婿俺见过啦，吓死人啦！小个子！小得可怜！身高不满4尺，听说他从六七岁以后就没怎么再长，如今比锅台也高不了多少，是个矮子喽！都这么大了，看样子是长不高啦！"有的说："你女婿，在你们定亲以后不久闹过天花儿，满脸都是麻子，脸上的麻子堆成堆儿，摞成摞儿，一堆靠着一堆，一摞儿挨着一摞儿！个个都比黄豆大，满脸都是坑呀！真像人们说的那样：'麻子不说麻子——坑人。'说不定他的身上也是疤疤癞癞的呢！哈哈哈哈！"有的说："你那个女婿呀，模样还中，就是说话不大利落，结巴得厉害，一句话得说一袋烟的工夫儿！脾气还不好，是个驴脾气。听说还是个气蛋子（疝气）。"有的说："你女婿长相还行，就是缺心眼儿，连板凳有几条腿儿都数不清。"……她能相信谁呢？他到底变成什么样儿了？她有些害怕。怕他长得丑，怕他是个小个子，怕他脾气不好。在她到古家庄前一天的晚上，她的那些耍伴儿们还狠狠地闹了她一气，硬说她到古家庄是去看女婿的。她就发誓赌咒一再否认。而她心里可真是希望能够见到那个她已经多年没见过的他呀！

那是一次她永生难忘的单方面的会见。每当回想起那个情景，她就热血沸腾。就是此时此刻，想起当年她和他的会见，在她那已经衰竭了的心的深处，也还是汹涌着幸福的热浪，使得她忍不住在心里暗暗地笑起来，觉得自己没有白活一世，感到很知足。

"俺大他3岁，那年他13，可是已经是个五尺高的大汉子了。他多俊呀！"她记得清清楚楚，那时，古家庄的学屋就设在庄西头儿的那座大庙里。庙门左侧是一棵繁茂的千年老槐树，老槐树的后面就是高大的青砖建成的钟鼓楼。那是初夏时节，正当夕阳西下。学屋里已经放了学。学生们一个个从庙门里端着笔砚、夹着用蓝色的包袱皮儿包裹着的书本儿，或是提着木制的或是皮制的小书箱儿走出来。他是最后一个。他从容地跨出庙门，在庙门前最上面的一级青石台阶上停住了。她记得，那天，他穿的是一件天蓝色的合体的长衫，头戴黑缎子瓜皮帽儿，帽子崭新，顶上缀着一颗在夕阳下闪光的鲜红鲜红的琉璃疙瘩。他面朝西南，面带愁容，沉思地望着远方，像在想着什么心事，也许是在等什么人。当时她就站在大庙东面路旁那片枝叶茂盛、繁花似雪、香沁心脾的洋槐树丛的后面，和他隔着一条街，离他只有几十步远。她屏住呼吸偷偷地看了很久很久，心中的疑惧，烟消云散。满足、幸福的狂潮冲击着她的心，使她浑身燥热，不能自制，连羞臊都忘记了，也忘记了自己是在什么地方。尽管身边还有表妹，但是她仍然想多看他几眼，舍不得离开那个地方，恨不得走上前去和他说上几句话。直到表妹把她拉转身，对她刮脸皮，连珠炮似的说她不嫌害羞，她才意识到自己的失态。后来表妹常常拿这件事取笑她。

从见到她未婚夫的那天起，她就盼着出嫁，连做梦都梦着出嫁。那会儿，她的那些待嫁的女友们，谁不羡慕她啊！可是，在那以后不久，天大的不幸发生了：他的公爹和婆婆先后不幸离世。

"唉！"她轻轻地叹了一口气深有感触地自言自语："人生一世，转眼就是百年呵。"她觉得她的婚礼好像就在昨天。那时，古家已经一无所有。她的嫁妆和婚礼都是她娘家筹办的。她终生感激自己的父母。是他们两位老人成全了她和丈夫的姻缘。她和丈夫只共同生活了不到七年，他给她留下了一男二女。不幸的是小女儿小荷夭折了。她为他和他们的儿女受尽苦难，可是至今无悔，始终深信丈夫喜欢她。每当她想到这里，总是在心里说："这就够了！不要说是七年，就是七个月，七天，俺也知足啊！"她觉得丈夫是百里挑一的好男儿。在他离家出走的那个她永远都忘不了的夜晚，他一次次地拥抱她，亲吻她，一个个地亲着三个已经睡熟了的儿女和不幸的小柱儿。他的泪水在昏暗的豆油灯光下微微闪光！"那，那会儿有多么好啊！"她沉浸在对于往事的回忆里，泪水湿润了她干枯的眼睛。她一再唤回这些难忘的回忆，享受这些回忆。"都怪俺的命不好，带累了丈夫和一家老小儿。"

她永远都忘不了她送丈夫下关东的那一刻，记得那是一个春天的黎明，她让小姑子叶儿在家里看护着沉睡中的四个孩子，一个人把丈夫送过大庙后面村西北角儿上的小石桥儿。她久久地站在那里，任寒风吹打，不愿说出让丈夫离去的话。她要多留他在自己的身边一会儿，哪怕是一小会儿。他用他那两只细长柔软的大手，紧紧地握住她的手，又紧紧地拥抱她，一再说："俺很快就会回来。一有活路儿，俺就回来接你们！太难为你了！实在对不住你啊！"

当年，古文元在下定离家出走的决心时，曾十分为难。他怎么能把他的五个亲人和柱儿留在这空空荡荡的家里呢？怎么能叫年轻的妻子一个人挑上这副重担呢?! 妻子会同意他这样做吗？可是，出乎他的意料，蓝雁容平和地同意了他的决定。她舍不得他。真是舍不得他呀。一天也离不开！哪怕家里只有一口汤喝，她也劝他留下。她知道他有能力，比谁都强。可是，古家庄没有他的活路儿啊。家里的土地，让古文举连诓带骗地弄走了。古天骧叔叔提议让他留在庄上教书，古文举死活不准，胡说她公公行为不轨，有其父必有其子，他也不配为人师表。她想，他留在古家庄，天天得受古文举的白眼，怎么能长久地忍受这样的折磨呢？他一再对她说，一个男人，靠岳父接济过日子丢人。她也知道，靠爹娘接济也不是长远之计。这样下去，会引发爹娘和嫂子不和，丈夫也会由于羞愧、犹豫而生病。想到丈夫要离她远行，她心里一片黑暗。她得养活四个孩子和一个妹妹啊！自己能行吗？她不知道。可是，她明白，丈夫今天走了，明天还会回来，是条活路；而让丈夫留在家里，是条死路。她不能眼睁睁地看着丈夫毁在自己的面前。她把丈夫看得比自己的性命还重。只要能保住丈夫，就是下地狱，她也心甘情愿！

"文元啊，十多年前，孩子们把你接回来，如今，俺又得走啦！这都是怎么一回事呢？是咱们一家三代人里面连一个命好的人都没有，还是老天不公呢？"

大车摇晃着，车轮继续朝东南方向滚动。

隆冬的田野，空空荡荡，一望无边，一片片暗绿色的麦苗儿匍匐在地。原先设想年前会有人走亲访友，可至今还难见几个人影儿。这时如果都鸿勋派出的人马赶到，一眼就会看见他们。幸运的是都鸿勋没有想到他们会在古世友和根儿逃离浑河镇后两天才动身外逃，走的又是人们平常不走的偏僻的小路儿。

天晴了。高悬的太阳把周围照得通亮。

路上的行人终于多起来，多少赶走了一些孤独和寂寞，增加了一些安全感。不过像古世才一家这样老少一车的行人，只有他们一家，行走在乡间的小路儿上，仍然特别惹眼。

一个个村庄无声地静卧在远处和近处的田野里。偶尔传来几声犬吠。车道两旁是稀疏枯黄的干草。近处一些村庄的上空还残留着缕缕炊烟。周围的一切既熟悉又陌生，有些像古家庄，又不是古家庄。奶奶觉得，自己好像已经远离了家乡。她在想："他爹啊，俺还能回来吗？咱们活着的时候，分在天南海北，难道死后也不能团圆吗？老天爷的眼睛就那么不管用吗？！"她一生敬神。她把一切苦难都说成是神对自己的惩罚。可是，她怎么也不明白，老天爷怎么就总是惩罚她呢！她到底有什么罪恶？自己的前生是怎么过的，有没有不可饶恕的恶行，她是不是应该受到这样的惩罚？她不知道。可是她确信自己今生没有做过坏事。那么天老爷为什么要这样对待她，让她在垂老之年还要流落外乡？

奶奶从浑河镇的人第一次来过古家庄，就发现她的两个儿子和大儿媳妇心神不定，猜想他们大概是遇见了为难的事了。后来她从他们的言谈话语中得知浑河镇的人是替日本人干事的汉奸，他们要拉她的儿子去给他们干活儿。她相信她的儿子不会去给坏人干不仁不义的事。冬至的那天，古世才把她支到崔德昌家。崔德昌他老婆对她透露了浑河镇要来抓她儿子的秘密。她把根儿藏在崔德昌家过夜，躲过了黄鲲他们的黑手。结果是她的两个儿子跟着浑河镇的人走了。过了一些日子，根儿也叫他们弄走了。她发现根儿他舅舅经常来，还不断地往外运粮食，后来还牵走了她家的4头牲口，就断定儿子们是要全家出逃了。直到奶奶寿诞的前一天，古世才和胡大珂才试探着向她透露了全家出逃的意思。古世才说，他是来和她商量的，事情还没有定下来。她点点头儿，笑了，她不想拖累儿子，让他们留骂名，丢祖宗的脸。不过她自己不想走。她害怕把她的老骨头扔在关外。活着的时候她和丈夫不能长相聚，死后总该在一起呀！再说，自己这把年纪了，常常生病，行动不便，会拖累儿孙，还是不走的好。她想搬到城南女儿那里去。女儿离这里远，浑河镇的那些坏东西未必会到那里去找她这样一个老婆子。就是找到了，她落到了他们的手里，他们能把她怎么样呢？难道他们真敢弄死她这个老婆子吗？就是他们真这样干，她也不怕，都这把年纪了，还怕什么？她也想到过为减轻儿子的负担和牵挂去死。上吊、跳湾、服毒，死则死了，死了就不会拖累儿孙们了。可是那会让他们伤心，给他们留下骂名啊！寻死上吊死后是不能上家谱、进祖坟、和丈夫在阴间团聚的呀！而且她也舍不得儿孙。后来是胡大珂让她改变了主意。他说："你老知道根儿他爹和叔叔是什么样的人。您想，他们能撇下您老人家走吗？您老要是不走，他们是宁死也不会走的呀，那他们就得去给日本鬼子汉奸造枪炮打咱们的人了，那会是个什么后果呢？"胡大珂的话打动了她。她又想起她已故的老爹曾经教导过她的话，女人应该在家从父，出阁后从夫，丈夫死后从子。她还认为，寄居在女儿家，名不正，言不顺，会让人家笑话她的儿子，说儿子和媳妇不孝。她虽然最怕把自己的老骨头扔在关外，还是决心跟上儿孙们走。如今，她已经走在下关东的路上了。家，是越走越远了！

老人的叹息使她的儿孙深感不安。

"他爹呀，你就保佑咱们一家平安吧！"老人默默地祈祷着。

奶奶吃力地张开眼睛，默默地环视一下身边的儿孙，见他们都默默不语，改莲还在昏睡，只有睡够了的根儿在不停地转动着他的那双黑亮黑亮的小眼睛，观看着远处和近处的没有声音、没有色彩、没有人烟的、空旷的田野。这时，她又一次想到了日本人。就是他们逼得她和她的儿孙们不得不逃离家乡啊！

"唉！"她长叹一声，觉得自己好像麻木了。

135

今天是腊月20日，是古世才一家逃离石桥庄的第二天。天蒙蒙亮儿，他们就离开客店上路，继续沿着胡大珂事先探索过的东山脚儿下的小路儿朝前行进。两天来，一切顺利，一路平安。唯一让大家发愁的是改莲的病。她只勉强喝一点儿水，一直高烧不退，日夜昏睡，奶奶看着，难受得流泪。

"娘，您别难过，小莲会好的。"古世才说。

"娘，再过些日子，咱们就能见着俺大姑啦！"秀姑强作笑容。

"奶奶，到了老姑那里，俺就拿弹弓到山上的树林里去打松鸡！俺叔叔说，一个松鸡够咱一家人吃一天的了！"根儿说着，就从布袋里掏出他用脚踏车内胎制作的弹弓给奶奶看。奶奶知道那是根儿他舅舅那个老顽童给他做的，让她感到稀奇的是，根儿居然用那个家什打下了一只家雀儿。

提到根儿他老姑，奶奶的脸上浮起了一丝活气。这会儿她最想见的人就是她的小姑子叶儿了。她已经有10多年没有见到她了，希望生前能再见她一面。奶奶记得她嫁到古家庄的时候，叶儿好像是6岁，正在拉痢疾，病得很厉害，已经奄奄一息，不省人事。叶儿说她想吃葡萄。医生说叶儿不能吃葡萄。奶奶想到叶儿已经无望活下去了，就不顾一切地把一粒去了皮的葡萄拿去给她舔，而叶儿从此竟开始吃东西，活了下来。奶奶是把无父无母的小姑子当作亲妹妹抚养成人的，记得好像是在光绪末年，还是宣统初年，她把她的这个叶儿妹妹嫁到了魏家庄。她出嫁的时候，古文元已经没有消息了。叶儿的婚事，是奶奶一手操办的。为了把小姑子的婚事办得体面，让她到了婆家好做人，她卖掉了庄北祖坟上那一分地。当时那是她家唯一可以卖的东西！乡亲们都夸她贤惠，说：叶儿的亲娘在世，又能怎么样？叶儿的女婿在伊春林区伐木，挣了些钱，才回来娶了叶儿。婚后他本想顺便就把叶儿带去黑龙江，可是叶儿死活不肯去。后来他女婿一再写信催叶儿去黑龙江，叶儿还是迟迟不肯动身。她舍不得嫂子。她像依恋母亲一样依恋嫂子。魏家庄离古家庄二十里。叶儿婚后过不了十天就要拧着一双小脚儿，来回跑四十里路，回一趟娘家。她想嫂子，挂念着几个侄儿女。叶儿出嫁后，奶奶年年给她过生日。她对小姑子的爱也影响到了她的儿女们，他们都叫她"大姑"。其实，古世才只有这一个姑姑。他们叫叶儿"大姑"，是因为他们特别尊敬她。

"是呵，"奶奶说："根儿他老姑比俺小十一岁，算起来今年也该有五十岁了。嗨，人生如梦，转眼就是百年啊！"

起风了，是那种洁净、湿润的清冷的风，从北面、从家乡的方向、从莱州湾刮来的风。古世才任这冷风吹拂，觉得无限畅快，好像几个月来的愁闷都给这风吹走了。这是只有家乡才有的风呵！他这样想着，不禁感到凄凉。他多次离家，又多次从异国他乡归来。离去时，总是无尽依恋，一次次回顾古家庄孙春杨家后花园里的那两棵笔直高大的白杨树，直到看不见它们的时候为止；回来时，总是归心似箭，孙春杨家的那两棵高耸入云的白杨树使他从20里路以外就加快了脚步！他走过很多地方。然而，在他的心里，世界上只有这里，只有莱州湾和胶州湾之间的这块平原和丘陵交错的地方才是他的家乡。现在，他又得离开家乡了。这次是全家外出，不是去发财，而是去逃命，去避祸，去保清白，而且还没有自己能够做得了主的归期！

傍晌，路过邻县的县城。他们不敢进城里歇息用饭，也不敢找医生给小莲看病。大车从县城的西门外擦过。城门已经不知去向，只留下城门残破的垛口儿。垛口的两边站着几个日本兵和伪军，都端着上了刺刀的三八步枪。看来这里也并不"太平"。听人说，城东40里就有八路活动，半个月前他们曾经摸进县城，炸毁了鬼子的军火库。古世才从没见过八路，但是他对八路的印象越来越好，越来越向往他们，越来越想见到他们。凡是抗日的人他都觉得亲。

古世才从破败的城门豁口儿和残缺不全的城墙，扫视着城里的房屋和街道。一条东西向的土路伸展到城里，土路的两旁是一幢幢灰砖灰瓦的整洁的平房儿，也有几处二层的楼房。街上没有多少行人。几个衣衫褴褛的老人和孩子，在低着头，转来转去，寻找着什么。往日他路过这里时的繁华，连影子也没有了。整个县城都是灰色的，凄凉的。

过了县城，一家人都松了一口气。这里离古家庄有近百里，离浑河镇近一百五十里。古世才觉得大难可能已经过去，紧张的心情松弛下来。

"不知道刘大哥怎么样了……"古世友心情沉重地说。

"好人哪！他的恩情一辈子都不能忘。"奶奶说。

"都鸿勋会不会找胡大哥的麻烦？"古世友忧愁地说。

"大哥不会有事。"胡大成这样说是想让古世才一家宽心。一路上他很少说话。他爱唱河北梆子，曾经萌生过唱几段儿给大家取乐儿解闷儿，可是他几次想唱都张不开口。面对这不幸的一家，他不知道说些什么，做些什么能让他们欢喜。秀姑对她哥哥的才智也满怀信心，相信他一定能应付得了都鸿勋。不过她想到古廷辅可能知道她哥哥帮着他们家变卖粮食和牲口，也怕都鸿勋会找他的麻烦。

"爹，后边来了一个马队。"根儿挺直身子嚷道。

古世才听儿子这样说，心中一惊，立刻朝根儿指的方向望去。除了奶奶和改莲，所有的人都警觉起来。古世才他们见远处的确有一队骑兵在朝县城这边跑来。他担心他们是都鸿勋派来追捕他们的队伍，在这前不着村后不着店儿的空旷的野地里，无法躲避，心情立刻紧张起来，后悔一时大意，过早地从朝东南转向正南的方向，离开了东山的山脚。这突然出现的情况，吓着了玉兰，她紧张得浑身发抖。

大家见那队骑兵进了县城又松了一口气。根儿为他没有来得及数清楚那队骑兵总共有多少人马而感到有点儿遗憾。

"看哪，那些骑兵又出来啦！"根儿喊道。

大家又都紧张起来。

古世才发现，他们骑的都是高头大马，不像是汉奸队儿。

"怎么办?"古世友有些慌张。

"不要慌，"古世才说："都鸿勋现在用得着咱们，就是落到他的手里，无非是回去给他干活儿，以后还可以找机会再逃!"当着一家人的面，他没敢说，如果无路可走，他就炸毁都鸿勋的兵工厂。

秀姑听丈夫这样说，想到一家人有可能回到古家庄，心中涌起一股复杂的情绪。她愿意跟着丈夫逃走，可是也留恋她的那个熟悉的家，忽然觉得，被都鸿勋的人抓住了好像也并不那么可怕。

转眼间骑兵就来到他们的跟前儿，把大车围了起来。二十几匹高大的战马喷着鼻子，在大车的周围不停地转动。沉重的马蹄落在地上，咚咚作响。古世才见他们是日本人，心里松了一口气。

吴玉兰从来没有见过这样的场面，吓得浑身嗦嗦发抖。

奶奶用昏花的老眼吃力地扫视着周围的这些人。她对这些迫使他们背井离乡的强盗只有恨。她知道眼前的危险，可是她不害怕，只是为她的儿孙们担忧。

根儿在数着日本兵的人数儿，总共二十个，不算翻译。

一个穿西装的人像猎狗一样地审视着车上的每一个人。

"你姓什么，有证明吗?"西装凶狠地问古世才。

古世才知道西装是个翻译官，说道："姓胡。"

"你叫什么?"西装问古世友。

"胡大林。"

"你呢?"西装问胡大成。

"俺叫胡大成。"

"证明上怎么没有你的名字?"

"俺不下关东。俺是他们雇的脚夫。"

"你们这是到哪去?!"西装打量着古世才问道。

"接家眷下关东!"古世才笑着说。

"去什么地方?"

"牡丹江。"

西装围着大车转了一圈儿，自言自语道："马上就要过年，你们为什么在这个时候走啊？"

古世才笑着说："这会儿路上人少，坐车坐船方便。"

"路上碰见过什么队伍吗？"

"没有。"古世才说。

"你哆嗦什么？"西装问玉兰。

"她病了，正在发烧呢！"秀姑抢先说。

"喂！上青岛怎么走？"

"从这里奔西南。"胡大成挥手说道。

翻译官对日本军官咕噜了几句，在日本军官手中的地图上指指点点。

骑兵回到大路上，一阵风似地朝西南跑下去了。

古世才目送鬼子骑兵跑远，知道他们是问路的。

大家你看看我，我看看你，好像死里逃生。

"俺娘胆子真大！"根儿说道。

"老天爷保佑吧，怕也没有用。"秀姑笑笑说。

"娘，让你老人家受惊啦。"秀姑安慰奶奶说。

奶奶笑了，说道："娘活到这个岁数了，还怕什么？怕死吗？早就该死啦。活着有什么用？净给你们添麻烦。"

"你老可别这么说。您老长寿是俺们的福分呵！"秀姑急忙说。

"就是呵！"刚刚镇定下来的玉兰附和着嫂子说。

"'豆腐'吧！"奶奶笑着说。她虽说不留恋人生，可是儿孙们这样尊敬她，宽慰她，疼爱她，还是让她心里感到欢喜。

和日军的遭遇，吓了大家一跳。古世才想，哪怕只差一步，也不算逃离险境。他让胡大成按照胡大珂的嘱咐，把大车朝着东南方向的山区赶。在这平原地区，遇上鬼子汉奸，连个躲闪的地方都没有。古世才原来以为他们已经远离了浑河镇，就安全了。可是这场虚惊提醒他，就像根儿他舅说的那样，只要没在黑龙江的深山老林，在那里安顿下来，就谈不上安全。他决定按照根儿他舅说的办，朝东南绕，然后再朝南，朝西南，最后奔青岛。

前面突然响起了枪声。仅仅过了几分钟光景，枪声就停止了。古世才猜想是刚刚过去的日本兵跟什么人遭遇了。"难道拦击鬼子的是八路？也许这里已经是八路的地盘儿了。"他希望能碰上八路，看看他们到底是些什么人。

136

"看哪！大黑儿又撵上来了！"根儿激动地挥舞着双手，大声喊叫着，摇摇晃晃地从大车上站起来，那样子好像要从车上往地上跳。古世友大声嚷着叫根儿坐下，同时三步两步蹿到根儿的一侧，伸出双手护着根儿。

根儿的好朋友大黑儿，不知什么时候，又出现在大车的后面。它一次次地赶上来，又一次次地被呵斥回去，现在又追了上来。这是它第6次追赶上它的主人了。它知道主人们叫它回去，可是它不愿意回去，总是又偷偷地跟上来，悄悄地跟在大车的后面，幻想着能追随主人，和他们呆在一起。平时它从没违背过主人的意思，惹得主人们像现在这样厌烦它。这两天，他们一再申斥它，驱赶它，恐吓它，让它伤心，让它害怕，让它苦恼。它不知道自己做错了什么事，主人们为什么突然不喜欢它了。它不敢正视主人，总是低着头，夹着尾巴，离着他们远远的，慢步跑着，不时胆怯地窥视一眼主人，期望他们能够回心转意，同意让它跟他们同去。现在它依然在离大车后边挺远的地方，侧着身子，一会儿在路的左边儿，一会儿又闪到路的右边儿，走走停停，慢步跑动着，希望主人们不再呵斥它，不再赶它回去。

"爹，就叫大黑儿跟咱们一起去吧！"根儿又一次恳求道。

"傻孩子，爹不是不愿意带它，真是没有办法带它呵。轮船、火车，都不让带活物儿。"古世才再次耐心地对儿子解释说。他也为大黑儿的忠心所感动，和儿子一样舍不得大黑儿。他小的时候，家境困难，天天处在饥饿中，讨厌所有和人争食的动物儿。狗能看家护院，可是那时他家一无所有，无需守卫，人都没得吃，怎么会想到养狗呢。这几年他同意养狗，一是因为根儿喜欢狗，一是因为天下不太平，养只狗，以便夜里一旦有事，天井里能有个动静儿。可是此刻他第一次被狗的忠义举动所打动，体会到"忠实的走狗"是什么意思，想带上它一起下关东，而他知道这是不可能的。他只能一次次地开导儿子，让他相信自己的话。

"坐车坐船，都不叫带狗。"古世友重复着不能带狗的理由。

"那就没有狗坐的车吗?" 根儿哭丧着脸说。根儿没见过火车和轮船,也不知道世界上有没有狗坐的车,他这样说只是想找个理由把大黑儿带上。

古世才和古世友都笑了。笑声的后面是无处排遣的凄凉。大人们注视着大黑儿,沉默着。伤感和对于迫使他们逃亡的日本鬼子和汉奸的仇恨同时激荡在他们的心头。

古世友给根儿擦掉眼泪,说道:"世界上有狗拉的车,可是没有狗坐的车。"

古世友的话转移了根儿的注意。他的思路转到了狗车上。他问道:"真的有狗拉的车吗?"

"真的。"

"你见过吗?" 根儿坐直了身子。

"当然," 古世友神秘地说,"不光见过,还坐过呢!"

根儿把身子朝叔叔的方向靠靠说道:"狗能拉车?"

"能。狗拉的是雪车,关东叫'爬犁',俄罗斯啊,加拿大啊,美国啊,好多地方有这种狗车,咱们中国的东三省也有,是冬天在雪地上跑的车,它没有轮子,用好几条狗拉。"

"也像套骡子那样把狗套上去吗?"

"差不多。"

"快吗?!"

"飞快!比马车还快。" 古世友得意地说。

狗车的事情说完了,根儿的心思又回到大黑儿身上。

"叔叔,真的没有办法把大黑儿带走吗?"

大人们没有回答他的话,因为该说的道理已经说过多次。根儿心里也明白大人为什么不回答他的问话。

"爹," 根儿眼泪汪汪地看着古世才说,"能下去看看大黑儿吗?"

"能!" 古世才爽快地答应道。他知道孩子是要跟大黑儿告别。

大车停下了。根儿下了车,倒动着麻木的腿脚儿,晃晃悠悠地朝着大黑儿跑去。大黑儿也立刻扬起头,甩出一直藏着的尾巴,卷起来,迎着根儿跑来。它又有了希望。

根儿搂住大黑儿的脖子,大黑儿伸出舌头舔根儿的脸。

秀姑和玉兰也下车活动腿脚儿。只有奶奶和改莲留在车上。

"根儿，该走啦。"古世才叫道。

根儿恋恋不舍地放下大黑儿，从怀里掏出一块白面饼，送到大黑儿的嘴边。大黑儿看也不看，而只是定定地看着它的小主人。根儿把那块饼放在地上，含着泪水，一步一回头地离开了大黑儿。大黑儿原先是蹲坐在那里的，这会儿也站起来，目送着小主人，但是并没有去追赶他，它好像明白这是主人们最后和它告别。而它也许就是为了这最后的一别才又跟着大车跑了一百多里路。

"你回去吧！"根儿朝大黑儿挥挥手，哭丧着说道。

大人们没有再给大黑儿下过什么命令，大车就继续前进了。

大黑儿没有再追随主人们。它先是蹲在那里，而后又站起来，久久地目送着主人们渐渐远去。只有奶奶一个人仍然面朝前坐在大车的前部闭目养神，其余的人都不断地回头望一望家里的这个不会说话的朋友。直到大车走远了，大黑儿才掉转头朝着来的方向跑去。它跑跑停停，一次一次地回头望望远去的主人们。大黑儿的影子终于消失了。主人们也默默地转过身。

"爹，大黑儿到哪里去吃食呵？"根儿担心地问道。

没有人回答他，因为没有人能够回答他。

古世才深深地叹了一口气，心里愤愤地想："在这个年头儿，人受罪，畜牲也跟着受罪！"他又想到了都鸿勋这条日本鬼子的走狗。

过了很久，古世友说道："老毛子说狗是人类的朋友，看来有道理。"

古世才说："西方人都这么说。"

古世友说："他们认为高丽人吃狗肉很不文明。"

古世才不以为然地说："那是西方人的偏见，吃不吃狗肉和是不是文明无关。有些中国人也跟着西方人说，狗是人类的朋友，那是鹦鹉学舌。中国人历来贱视狗，除了猎人和牧民，没有什么人把狗当朋友。中国人最看不起的就是狗，沾上'狗'这个字儿的就没有好话，谁都不愿意当狗。像'狼心狗肺''猪狗不如''狗仗人势''狐朋狗友''狐群狗党''狗里狗气''狗汉奸'等等。霍先生说过，人们的好恶和他们的生活有关系。他说欧洲人过游牧生活的时间很长，他们放牲口用得着狗，天天和狗在一起，狗就成了他们的朋友。可是中国人不是这样。中国人定居早，主要的营生儿是居家种地，用不着狗。世界上不光高丽人吃狗肉，中国有些地区也有人吃狗肉。在古代，狗肉可以上市，有人还以杀狗为职业，刘邦的妹夫樊哙当年就是个杀狗的。狗肉味道鲜美，营养丰富。霍先生说，在《三字经》里写的六种家养的牲畜中，狗列在第五位，比鸡的地位还低。西方人喜欢狗是出于真心，而有些中国人喜欢狗是学样儿装样儿。有些阔太太，以为养上一条狗，她就高贵了。霍先生说，那叫'人仗狗势'。有些所谓爱狗的中国的阔太太，骨子里还是中国人，她们中间的大多数也是天生不爱狗，所以她们"爱"了一些日子，表演够了，显示够了，就暴露出中国人的本色，把她们心爱的狗赶出家门。中国大城市里到处可见可怜的流浪狗就是这些阔太太们扔掉的。"

古世才继续说："霍先生说得对，人们的好恶就是和他们的生活有关联。世界上有许多民族喜欢鹰，拿鹰比英雄，可是咱们这一带的老百姓讨厌鹰，把鹰当贼来防，看见鹰来了就赶紧提醒大家：'看好自己家的鸡啊！'。"

"那咱们家为什么还养狗呢？"根儿说道。

"为了让它和你做伴儿，也为了让它帮着咱看家呀。"古世才说。

"俺不管你怎么说，反正俺和大黑儿是好朋友！"根儿有些不满地说。他又想起了他的大黑儿，"这会儿它在哪里呢？它能跑回家吗？它吃什么？它会不会叫人家打死吃了？"根儿哭泣着说。他恨那些爱吃狗肉的人。

"放心吧，咱们这一带正经人不兴吃狗肉。"古世友说。

古世才再次看见大黑儿是 6 年后的 1948 年。1948 年江城解放后仅仅过了两个月，滞留在江城 6 年多的古世才就背着他老娘的遗骨赶回古家庄。在他重新隆重发送了老人之后，又赶去三家子，迎回他弟弟和弟媳的遗骨和田姓老人给他们二人立的一通上面没有墓主的名字和生卒年月，也没有立碑人的姓名，只在正中写着"胡氏夫妇之墓"几个墨笔字，在石碑的右上角上刻有"中华民国三十一年十二月二十六日"的字样儿。古世才将古世友夫妇的遗骨运回古家庄后，向族人公布了古世友的身世，经族人同意，把他们的遗骨葬进祖坟。然后就着手修缮房屋，打扫庭院。在清理开在大门旁边院墙下的出水阳沟的时候，发现阳沟被堵，里面塞着一捆干枯的狗皮。他把它拖出来，细细地看了看，发现它竟然是一条风干了的狗。他想："狗怎么会死在阳沟里呢？"他见这条狗的头上有一块白，惊讶地发现这竟然是大黑儿！后来他听古天骥老人说过，当年大黑儿在他们走后几天就回到古家庄，日夜卧在他家的大门口，谁唤它都不动。乡亲们可怜它，给它送来吃的，喝的，可是它不吃也不喝。胡大珂听说了这件事，很感动，特地跑到古家庄，把它领回柳林庄。可是它当夜就跑回古家庄，依然趴在他家的大门外，不吃也不喝。胡大珂一连三次来领大黑儿，它也一连三次跑回古家庄。古天骥老人可怜它，要收养它。它也不肯进他家。后来，人们就不知道它到什么地方儿去了。古世才想，当年大黑儿是想回家，回到天井里，可是门是关着的。它就想从阳沟钻进去。可是阳沟狭窄，它被卡在阳沟里。由于它长时间不吃不喝，没有力气，既钻不进去，也退不出来，最后就卡在阳沟里死去了。如今它已经是一张狗皮了！想到这里，他心中十分伤感，忍不住流下了眼泪。他想，欧洲人称赞狗也许有些道理。他用他的一件半新的衬衣，把大黑儿的遗体裹起来，用麻绳扎好，把它当作家中的一员，埋葬在天井东南角儿上的那棵高大繁茂的大槐树下。他看着大黑儿的墓地，伤心地说："在那个血腥的年月儿，人遭殃，你也跟着遭殃啊！要不是日本鬼子和汉奸都鸿勋作恶，咱们怎么会遭那份儿罪呢！"

137

古世才他们依然沿着山脚前行。

古世才由于紧张、劳累、缺觉感到非常困倦，边走边打瞌睡，思绪亦梦亦幻，飘忽不定。他想到刘玉山，不知道他伤在哪里，是不是要紧，古世友和根儿逃跑的事是不是会牵连到他，他会怎样应对。他觉得刘玉山好像知道八路的秘密。他又想到根儿他舅舅，他平时总是笑嘻嘻的，好像一点儿钢火儿都没有，可是到了紧要关头，有胆有识，有勇有谋。陶老师也是好人，他年轻，有学问，一定会上前线去打日本。

睡足了觉的根儿在东张西望地看风景儿。

"娘，你看，血！那么多的血呀！"根儿嚷道。

古世才被根儿的喊声从梦幻中惊醒。

"看，地上，一摊一摊的血呀！"根儿指点着路面儿说。

玉兰朝地上一看，赶紧用双手蒙住眼睛。

"铁帽子！四个铁帽子！三匹死马！"根儿嚷道。

"会是谁打的呢？"古世才自言自语。

"会不会是游击队啊？"胡大成说。

"他们没有这个胆子。"古世友说。

古世才同意弟弟的想法儿，接着就想到，他们逃往黑龙江是不是对头。他和弟弟曾动过投奔八路的念头。可是他们没有见过八路，也不知道到哪里去找八路，而且即使八路真好，也未必会愿意收留他们这老少一大家子人，当时想来想去，最后还是决定奔伊春，去投奔他们的姑姑。现在，古世才觉得这个决定也许并不妥当。

眼前的鲜血引起了古世才的警觉，关照胡大成继续朝南走。

大路的右边是平原，左边是连绵起伏的小山包儿和高地。在一个山包儿的山坡上有一个村庄，村庄的景象一目了然，里面只有十几幢低矮的草房。

天傍晌了。一家人几天没有进过汤水，改莲的病一直也不见好。古世才想在这个小山村落落脚儿，弄点儿热饭热汤吃，找个医生给女儿看看病。便对胡大成说："三哥，咱们到前面的小店儿打个尖儿吧。"

"好！"胡大成答应着，把车赶到村口小店儿前面停住。

小店儿是一幢依山而建的独立的泥坯茅草小屋，门前挂着饭铺的招子。那招子用红纸做成，像两把倒挂着的巨大的刷子。古世才想，饭铺的掌柜可能在关外开过饭铺，本地饭店用的都是白布招子。

车还没有停稳，店掌柜就出来了。他大约有四十上下岁儿。

"几位客人要住店吗？"店掌柜满面笑容。

"想弄点儿热汤热饭吃。"古世才笑着说。

"好说，有面条儿，有烩火烧①，大米粥，炒菜，请到屋里吧。"店掌柜说着就来搀扶奶奶。秀姑抢先把奶奶从车上抱下来。店掌柜就把根儿抱

---

① 火烧：本地特产，一种具有当地风味儿的叉子火烧，用呛面制作，木模制坯，在烤炉上方的整子上定型后，再用叉子送进烤炉，翻转烤熟。造型美观，外焦里嫩，口感好，耐放，便于携带，可热吃、冷吃、加肉加菜烩着吃，是这一带有名的面食品种。因制作工序复杂，费工费时，现在已经不多见了。

下车。

"谢谢，让老哥受累！"古世才过意不去，赶过来帮忙。

店掌柜笑着说："不客气。'店家，店家'，这里就是客人的'家'！"

小饭铺儿的店面不大，东西两个窗下各有一盘大炕。中间是一个南北向的连灶，上面有3个灶眼儿，一个上面炖着水，一个坐着盛了水的大炒瓢，另一个是一个蒸锅。北墙下西面是两张黑色的八仙桌儿。桌子很旧，但是擦得很干净，显然这是客人用饭的地方儿。东北角儿上，是一座用泥坯砌成的烤炉。

秀姑把一家人安排在东面的大炕上。

"把改莲给俺吧。"奶奶说。

"你老年纪大了，一路劳累，她太沉，俺抱吧。"秀姑说。

"嫂子照顾大家，俺抱小莲。"玉兰忙说。

"俺说给俺你就给俺嘛！"奶奶很生气。秀姑不知道婆婆为什么生气，只好把改莲抱给奶奶。奶奶预感到孙女儿有些不妙，很怕小莲会有个好歹，想多亲亲她。

"老哥，想吃点儿什么？"店掌柜问道。

"烩火烧吧。"古世才说。

"烩多少？荤的，素的？用什么菜？"

"烩三斤，加一斤猪肉，就用白菜吧。多来点儿汤。"

"放心，错不了！"

老板娘儿给送来了茶水。一行八人，两天多滴水没进，一大壶滚开的茶水，一袋烟的光景就喝光了。老板娘笑了，她从来没见过这样能喝水的客人，便立刻又给续上一壶。

烩火烧眨眼间就做好了。店掌柜先盛了七大碗，每人一碗。根儿不停地吹着，唏唏啦啦地吃起来。接着，古世才他们也吃起来。奶奶抱着改莲，在闭着眼睛想心事。

"改莲，吃饭吧？"奶奶说。

改莲在昏睡，对奶奶的话没有反应。

"娘，把小莲给俺吧。"秀姑说着就去接改莲。

"让小妹妹到炕上躺一会儿吧。炕是热的。"老板娘说。

"感情好。"秀姑把改莲抱到炕头儿上，让她躺好，盖上棉被。

最后一个端起饭碗的是奶奶。她心里放不下改莲。

大家觉得脱离了虎口，心情轻松，又干渴了这么久，都吃得很多。

"这一带太平吗？"古世才随便问店掌柜。

店掌柜打量着古世才，迟疑了一会儿，说道："俺这里是个三不管儿。东边是八路，北边是游击队，西边和南边是日本人。不过老哥放心，他们轻易不到俺们这里来。"

"前一阵子响枪是怎么回事儿？"古世才说。

"听说是日本人碰上八路了，双方儿交了火儿。日本人吃了点儿亏，打死了一些，剩下的朝南边溜下去了。"店掌柜说得很平淡，而他的眉眼间却透着得意。

古世才听店掌柜这样说，又想到了刘玉山。他觉得刘玉山很可能和八路有联络，他曾含含糊糊地对他说过，他们可以去投奔八路。这时，他心里又浮起了那个念头：也许他们可以通过刘玉山找到八路。可是事情已经走到这一步，刘玉山也不在跟前儿，不好改变了，只能顺着这条路走下去。

"晚饭怎么安排？"店掌柜问道。

"俺们歇息一会儿就走。"古世才说。

"这么急？"

"这里有医生吗？"古世才说。

"没有。"掌柜的有些为难，"山里有一位，离这里太远。"

古世才说到改莲，奶奶和秀姑又愁上心头。

138

这几天都鸿勋是在歇斯底里的间歇发作中度过的。他追捕古世才的种种努力都失败了，这对他说来是一大挫折。他怎么都不愿意接受这个事实。几十年来，他除了自以为官运不佳之外，事事如愿，而在创建兵工厂这件事上，却遭遇挫折，被古世才愚弄，丢人现眼，怒气难消。在黄鲲最后一次追捕古世才失利后返回浑河镇的第二天都鸿勋就病倒了。他躺在炕上还骂声不绝。骂古世才诡诈，骂黄鲲玩忽职守，骂古廷辅眼瞎。他不明白，他先后派出那么多人，像箅虱子一样在古世才一家逃跑的各条大小道路上箅来箅去，反反复复地箅了两三天，怎么就逮不着他们呢？此刻正是隆冬季节，又是新年临近的时候，这里并没有高山深谷，路上行人稀少，放眼望去，数里之内，一览无余，他们怎么就逃走了呢？难道他们会上天入地？工厂的设备进来了，可是懂行的人不见了。每想到这件事，他就感到窝囊，心里堵得慌，就恼怒，就骂人。他放不下古世才，就好像一个人丢失了一件能让他借以傲视他人的宝贝，而宝贝不见了，可是他却怎么都忘不了它，此刻捉住古世才是他最大的心愿。而他感觉这已经不可能了。

今天是腊月二十一，辞灶——小年儿在即，周围年味儿渐浓，而都鸿勋的心里却不能平静。他很想找谁谈谈，诉诉他心中的郁闷。他想到了他的老友莽东宏。但是他明白，他和莽东宏的友谊已经不存在了，莽东宏不会接待他，他们也无话可谈。他相信莽东宏的同情在古世才一边。

都鸿勋要修补他的脸面，补救古世才逃跑给他造成的损失，想及早办成他的兵工厂，派人、打电话，到处联络，访听军工人才，可是至今没有消息，更加后悔失去了古世才。这些日子他经常想到刘玉山，觉得是刘玉山为报复他而煽动古世才兄弟二人逃跑了，如果没有刘玉山的教唆和帮助，古世才不会逃跑。他怀疑刘玉山和八路有牵连，如果他不是共产党，光凭他和古世才的友情，他未必会舍上性命帮助他们逃跑。每想到这里，他就悔恨不已。自己既然怀疑刘玉山和八路私通，为什么还要把他派到枪械修配所去呢？黑田少尉多次问他，刘玉山是不是共产党。他当然不敢说出他现在的这个想法儿，落个纵容共产党的罪名，让日本人奚落。都鸿勋虽然做了黑田的奴才，心里却并不把黑田当回事儿。他怕的不是黑田，而是怕他自己在对待共产党的事情上出错儿，给他留下后患，影响他将来飞黄腾达。因为他知道，不仅日本人重视共产党，汪主席和蒋委员长也重视共产党，否则蒋介石为什么要"攘外必先安内"呢？

都本初给都鸿勋送来茶水。

"放在这里吧。今天是腊月二十几？"都鸿勋和善地说。

"腊月二十一。"都本初答道。

"新年这就到了。"都鸿勋随口说道。

"你老好些了吗？"都本初说。

都鸿勋没有回应都本初，而是问道："有古世才的消息吗？"

都本初说："没有，你老不用再惦记着那个丧良心的古世才了。修配所咱们照旧办。古铁匠逃跑了，怨他不知好歹。咱们再去找别人嘛！两条腿儿的蛤蟆没有，两条腿的人有的是！多给钱呗！""

都鸿勋叹了一口气，说道："傻孩子，你不懂啊，像古世才这种两条腿儿的人就是难找啊。有钱就能办成事吗？咱花了大价钱，人家还不是跑了！"

"哼！喂不熟的白眼儿狼！少了鸡蛋就做不成槽子糕了吗？俺就不信这个邪！咱们可以再到青岛、烟台、济南、上海去雇人嘛！"

尽管都鸿勋觉得都本初的想法儿幼稚，他听了还是感到很舒服。他想到放跑了古世才和根儿的是黄鲲。如果他尽职尽责，古世友和根儿他们逃不出浑河镇，古世才就不可能带领全家逃跑。都鸿勋爱把古世才逃跑的责任加到黄鲲身上，而现在都鸿勋感到黄鲲在看他的笑话儿，言行举止间透着对他的不敬，他追捕古世才回来，竟没有向他复命。都鸿勋的心里在滋生着杀机，他想除掉黄鲲。而都本初和他是一条心。他不仅来安慰他，还给他出主意。往日在都鸿勋心里并没有都本初的地位，此刻都鸿勋却忽然想和他说说心里话儿。

"本初，你说咱们派出那么多的人，四处撒网追捕古世才，追了几天几夜，也没发现他们的踪影，这是为什么，难道他们能飞到天上、钻进地里去吗？"

都鸿勋把都本初当成平等对话的对象儿，让都本初受宠若惊，赶紧应对说："是啊，怎么会是这样呢？这会儿外面天寒地冻，行人很少。古世才他们一家人在外面走，从大老远的地方儿就能看见他们，那为什么就没抓到他们呢？难道这几天他们根本就没走，而是猫在什么地方儿躲起来啦……？"

都本初的最后一句话，像一道耀眼的闪电，照亮了都鸿勋的心，他觉得都本初说得有道理，事情很可能是这样，心中又生出了希望。这两天他一心想一把抓住古世才，而从没想过他们会猫在什么地方躲起来，躲过他追捕的风头。他觉得小看了古世才，没想过他会有这样的心计，古世才的确不是一个平常的人，他的的确确是个顽固的抗日分子，他从来就没有驯服于他，而是一直在耍笑他，筹划逃跑。此刻都鸿勋的心中又燃起了抓回古世才，办起他的兵工厂的希望，但是他不敢再小看古世才，他相信古世才会有新的对策，也许古世才这会儿已经逃离出了胶东，尽管如此，他还是决心把握住这个机会，继续追捕古世才，并立即召集特务连开会，部署追捕古世才的行动。

139

古世才逃走已经多日，都鸿勋追捕古世才没有消息，古廷辅至今还没有从古世才逃跑的打击中解脱出来，破产的威胁一直像一把要命的利剑在他的面前晃来晃去，威胁着他的生命。他冷静地想来想去，能够救他的只有都鸿勋。

兵工厂的设备已经部分运抵浑河镇，日本的卖方在催他付款，而都鸿勋根本不提付款的事。为了逃脱破产的下场，他不得不放下他傲视都鸿勋的老资格儿汉奸的架势，低声下气地讨好都鸿勋，表示他愿意把他从这笔生意中应得的部分，甚至全部的好处让给都鸿勋。他想都鸿勋的兵工厂还是要办的，都鸿勋还用得着他，光石洋行的名头他也不能不有所顾忌，让都鸿勋认下这笔账是有可能的。古廷辅听说都鸿勋病了，认为这是他讨好都鸿勋的一个好机会。后天是辞灶——小年儿，这一带过年的习俗是出嫁的女儿不能在娘家过年，女婿自然也不例外——女儿给父母拜年要在大年初三送归，在大年除夕的下午从祖坟请回家过年的祖先们的神灵之后，所谓"初三姥娘初四姑，初五初六拜丈母"，作为都家的女婿，古廷辅给都鸿勋问安拜年应该选在新年的正月初五以后。可是古廷辅这会儿度日如年，急于摆脱破产的威胁，顾不上这些礼数儿，就在腊月二十三日辞灶——小年儿的当天赶到浑河镇，来向都鸿勋问安。

古廷辅走进都鸿勋家的时候，都鸿勋正躺在炕上，面露不屑，想到古世才一家从古廷辅的眼皮底下逃走，坏了他的大事，他心里的气就不打一处来。

古廷辅满脸孝敬讨好地说道："听说大爷不大舒服，放心不下，特地来看望。"说着，把装有苹果、香蕉和凤梨罐头的几个花花绿绿的网兜儿轻轻地放到都鸿勋炕头旁边的茶几上。

都鸿勋心情复杂，自知没听古廷辅的一再提醒，放松了对于古世才兄弟和根儿的监控，粗心大意，一厢情愿地和古世才讲亲情、拉近乎儿，搞些封官许愿等一些小动作，最后导致蒙骗古世才不成而被古世才所蒙骗。现在古廷辅心中一定觉得他很可笑，看不起他。想到这些他就感觉羞愧，而另一方面他又痛恨古廷辅无用，让古世才一家从他的眼皮底下逃出了古家庄，坏了他的大事。他不想对古廷辅认错，也不好意思过分责备古廷辅。他不想让古廷辅认为他的病是因古世才逃走的事懊躁所致，显得他胸怀狭窄，鼠肠鸡肚，特地说明他是感冒风寒，算不得什么病，不要紧，意思是他的病和古世才逃走无关。

古廷辅希望都鸿勋能就古世才的事发发牢骚，以便他有机会引出兵工厂的话题。可是都鸿勋态度冷淡，只说天气寒暖，家常琐事，而不触及追捕古世才的事情，让他找不到插话的机会。

都鸿勋的老伴儿走进来，见古廷辅站在地上和躺在炕上的都鸿勋说话，有点儿过意不去，不无歉意地笑笑说道："宝儿他爹，你坐呀。"

古廷辅明白她的意思，笑着说："站着离大爷近，说话方便。"

古廷辅注意到都鸿勋对他态度冷淡，连坐儿都不让，有意回避兵工厂的话题，估计即使他提出军工设备的话题，也未必能谈出个让他满意的结果，不如另找机会。他这样想着，便说："俺就是来看看大爷。看过了，知道大爷康健，就放心了，俺这就回去了。你老想吃什么，有什么需要，就派人，或是打电话告诉俺。"

这时都鸿勋忽然说道："若是你爷爷监视古世才，他未必跑得了。"

古廷辅明白，都鸿勋这是在指责他，他觉得都鸿勋这样说不公道。不错，古世才一家是从古家庄逃走的，放跑古世才他有责任。但是他认为这件事情的主要责任应该由都鸿勋和黄鲲承担。如果古世友和根儿逃不出浑河镇，古世才一家也不可能逃走。不过古廷辅明白，都鸿勋是想把古世才逃跑的责任推到他的身上，让他背这口黑锅，而这正是他讨好都鸿勋，满足都鸿勋的虚荣心求之不得的美差，便立刻谦卑地说道："您说得不错，是俺的错！是俺误了你老的大事。为这件事，俺已经有几天几夜睡不着吃不下了。俺早就想来向你老人家认错儿，可是怕惹您生气，没有脸来见您！"古廷辅说着，就努力流下了几滴眼泪。

都鸿勋听古廷辅这样说，心里感到很舒服，便宽容大度地说道："这也难怪，谁能想得到古世才会这样顽固狡猾呢？"他这是在替古廷辅开脱，也是为自己开脱。

都鸿勋态度的变化，古廷辅都看在眼里，决定趁机为自己叫苦，以减轻都鸿勋对他的恶感和怨恨，谋取自己的利益，便说道："俺怎么也没想到俺这个叔叔这样不识抬举，不讲亲情，不知好歹，那些日子俺是连眨眼的工夫也没敢放松对他们的监视啊。俺爷爷病倒以后，俺一直就没去过青岛，日夜监视着古世才他们家的活动。俺还专门从青岛雇来了一个人，让他整宿在古世才家周围转悠。从黄连长派人告诉俺，腊月十三古世才要回古家庄给古世才家的奶奶办寿那会儿起，俺就一天 24 小时不错眼珠儿地盯着古世才。腊月十五日夜里古世才回浑河镇的时候，俺亲自骑车跟踪他过了柳河大桥，一直跟踪他到古庄，可是，没想到他又从那里返回了古家庄带领全家逃跑了。事关你老人家的大事，俺怎么敢马虎？"然后自卑自贱地说，"年轻啊，缺少历练，'嘴上没毛，办事不牢'，……要说俺也已经不算年轻了。"

都鸿勋宽容地说："你也不容易。大爷不会亏待你，叫你为难。"

古廷辅终于听见了他最想听的话，心花怒放，装出心情沉重的样子发誓赌咒般说："错误都在俺身上，俺愧对你老人家的信任！这件事俺想起来就后悔！悔死啦！你老不生俺的气，俺就阿弥陀佛了，再说俺为你老的事跑跑腿儿是理所应当的，本来就没惦记着靠这笔生意赚钱，事情弄成这个样子，就是你老人家想奖励俺几个钱，俺也没有脸伸手接啊！"

都鸿勋从炕上坐起来，睁开细细的眼睛，满意地看着古廷辅，觉得他懂事。从腊月十六日上午他得到古世友和根儿逃走了的消息，特别是后来听说古世才全家逃走了，他心里就一直感到很丧气，堵得慌，听了古廷辅这几句顺耳的话，心情好多了。自从他当家主事以来，他从没有犯过错误，因为他犯了错误总有人站出来替他背黑锅。可是，在古世友和根儿逃走以后，一直没有人站出来替他背这个黑锅。都本初背不动，黄鲲不肯背，还或明或暗看他的笑话儿，黑锅只能由他自己背，让众人嘲笑，如今古廷辅站出来替他背，既然错误是别人犯的，他对外就有了说辞，顿时感受到了一种解脱后的轻松，得意之余，就大度地对古廷辅说："你也不必过分自责，事情还有希望，古世才前些日子也许仍然没有离开胶东，俺已经第二次派出人马追捕，但愿能抓到他们。"

古廷辅表示高兴，连连说，一定能把古世才抓回来。

　　都鸿勋招待古廷辅在家里吃了午饭，等待着出现奇迹。

　　晚饭后，都本初等人都两手空空地回来了。

　　黄鲲没有回来。也没有他的消息。

140

　　古世才一家这几天是在颠簸惊恐中度过的，连不大懂事的根儿都常常被从睡梦中惊醒。好在有惊无险，如今已经远离了浑河镇，就要到达青岛，古世才松了一口气，一家人也不再像前两天那么担惊受怕了，加之中午用过热汤热饭，解除了腹中的干渴，驱散了身上的寒气，除开奶奶、根儿和病中的改连，所有的人都感到极度疲倦，有了浓浓的睡意。古世才从胡大成的手里接过长鞭，亲自赶车，让一路奔波的胡大成坐到车上去打个瞌睡。几天来，胡大成按照胡大珂的部署，在浑河镇、古家庄和柳林庄等地往返奔波，然后又踏上奔青岛的长途，一直到此刻。他要赶路，要喂牲口，要协助古世才兄弟二人照料老人和孩子，一直没得安睡，实在是太疲倦了。困倦已极的胡大成连一句礼让推辞的话都没说，就把鞭子交给古世才，跳上车尾，斜靠在行李上，倒头睡去。胡大成睡了，古世友睡了，大家都安静下来。只有根儿一个人在东瞅西望。

　　根儿说道："爹，后边又有一个马队。"

　　古世才走在大车的左侧，心思在招呼牲口上，没听见根儿的话。

　　根儿又自言自语道："这回人少。"

　　古世才回头瞅了一眼，没发现什么，就教训儿子说："你别一惊一乍地，叫你三舅和叔叔好好睡一会儿！"

　　根儿没有理睬他爹的话，回头望着远处说："还是马队！"

　　这时古世友醒了，朝着根儿指点的方向望了望说道："好像是骑兵。"

　　古世才回头一望，也发现了那些骑兵。他们正在从一条线儿集结成一个点儿。过了几分钟，又从一个点儿重新拉成一条线儿，估计在十里开外，初看时好像原地不动，参照周围的房屋和树木看，发现他们在朝着他们的这个方向移动，而且移动的速度好像越来越快。这时古世才想到胡大珂的提醒，都鸿勋有可能识破了他们的计谋，再次派人追捕，心里有些紧张，开始聚精会神地盯着他们的动向。他很快发现，他们离开了大路，切进了大路旁边的麦田，朝着他们的这个方向直扑过来。他意识到他们是冲着他们来的！很可能是都鸿勋的人，多半是从望远镜里认出了自己。他看看周围，右边是稍有起伏的平地，也有一些高岗儿，左边是连绵起伏的小山，最近的一个山口离这里还有几百米的距离。他记得饭店掌柜说过，这里是三不管儿，东边是八路，这里偶尔有八路出没，他想，只要逃进山里，他们就未必敢再追！

古世友紧张地说："怎么办？"

古世才坚定地说："进山！"说着，就把鞭子交给胡大成。

胡大成甩响长鞭，吆喝着牲口，驱车朝前飞奔。

后面的骑兵，在夕阳的光照下，已清晰可见。跑在前头的那个骑白马的人在挥动胳膊，像是在向他们喊话。古世才估计他们离自己不过三里路，三八枪够得着自己了，在十几分钟就能追上来，他们可能开枪。

古世才问儿子："他在喊什么？！"

根儿说："好像在叫爹的大号。"

古世才喊道："三哥！往山里赶！"

"好！"胡大成催动着牲口朝前猛跑。

古世友和秀姑，为减轻大车的负担，都从车上跳下来，跟在车后奔跑。

离进山的路口儿只有几百步了！

"爹，跑在前面的那个人是黄骗子。"根儿嚷道。

太阳就要落山。右侧一个孤立的山头儿在晚霞的光照下映出的影子拖得老长，覆盖了整个儿的路面儿，古世才他们就奔跑在小山的阴影儿里。

古世才回头望着步步逼近的黄鲲，愤怒地想，"你要追上俺至少还得三分钟，那时俺就进山了！看你敢不敢追！"

大车强烈地跳荡着朝前飞奔。车上的人一次次地被颠到空中，又落到车上。改莲因为剧烈的震动和惊吓而大声喊叫。

"古一师一傅！"黄鲲喊道，"有一事一好一商一量！"

古世才听得很清楚，是黄鲲在喊叫。

古世才心里嘟囔道："和你有什么好商量的！"

大车的铁轮滚过高低不平的碎石路面儿，几乎是跳跃着前进。

"古师傅，俺要开枪了！"黄鲲喊道。

"进山！"古世才气喘吁吁地高喊。

大车接近了山口，后面响起了枪声。

古世才听得出，这是警告。

大车总算拐进了山口，车轮滚动的声音和它的回声在山谷中轰响。车上的人任大车前后左右上下颠簸。改莲不再喊叫。惊恐中的玉兰一手抓住车帮，一手搂住根儿。

山的阴影覆盖了山谷。山上树木的轮廓已模糊不清。

黄鲲已接近山口。子弹开始在大车周围嘶叫。古世才发现他们在对着人射击！就朝着车上的人高喊："趴下！趴下！趴下！"

从来没有经历过这种枪声大作惊险场面的吴玉兰，已经失去了自制的能力，只知道紧紧地抱着根儿，直直地坐在大车上。跑在前面的古世友像一个影子，飞身蹿到车上，扑向玉兰。

大车向右猛拐，倾斜着闪进一个小山的背后。

天黑下来。古世才听到身后枪声大作，但是黄鲲没有追进山口。古世才三步两步赶上大车。大车已经停在山后，朦胧中见古世友趴在玉兰身上，一动不动，古世才担心弟弟是受了伤，急切地喊道："伤着没有？！"

古世友和玉兰一动不动，没有说话。

古世才急忙上前推古世友一把，古世友的身体瘫软，颓然从车上滚落到地上。古世才大声叫道："世友！醒醒！"

古世友仍然一动不动。

古世才发现弟弟死了，弟媳也死了！他抱起弟弟，精神恍惚，像是在做梦，一句话也说不出来。

惊呆了的根儿颓坐在奶奶身边。

秀姑和胡大成木呆呆地站在古世才的身边。

古世才抱着古世友的遗体，呆坐在地上，不哭也不动。

"他爹！你说话啊！"秀姑用力推搡着古世才呼叫道。

"妹夫，可要挺住啊！"胡大成低声说道。

"你快去看看咱娘吧！"秀姑对古世才说。

秀姑提到老娘，古世才清醒过来，轻轻地把弟弟的遗体放到地上，流着眼泪走到车前，对老人说道："娘，他叔叔和婶子都……"

"让这些畜牲不得好死！"奶奶第一次发出诅咒的声音，然后自言自语，"柱啊，俺苦命的儿啊！你生得苦，活得苦，死得也苦啊！你用你和你媳妇的命，报答了俺为娘的和你哥哥嫂子对你们的恩情。可怜的孩子啊，你为什么要到这个世界上来受这份儿苦呢？难道就是为了给你那个不仁不义的爹赎罪吗？你们说走就走，走得痛快，可是娘呢？你们为什么不带娘一起走呢？你们把娘扔在这个乱哄哄的天底下，叫娘怎么办？……你不是娘亲生的，可是你是吃着娘的奶长大的啊！你连着娘的心啊！老天爷啊，你为什么不把俺一起带走呢？"

奶奶老泪纵横，泣不成声。

"娘！"秀姑抱住奶奶，她担心奶奶经不住这样的折腾发了魔怔！

"娘，您要保重啊！"古世才也担心把奶奶急出病来。

"妹夫，咱们怎么办？"胡大成问道。

古世才想到弟弟和弟妹的后事要料理，就说道："住下吧。"

古世才和胡大成把古世友的遗体放到车上，驱车来到山脚下的一个村庄。朦胧中看到，这个村庄好像只有七八户人家儿，而且大都住在半山腰儿，只有一家住在山脚下。古世才走近这家，上去叫门："请开门啊。"

过了好一阵子，大门才吱呀一声半开了。借着来人背后照过来的灯光，古世才看见出来的是一位上了年纪的老头儿。他一手扶着门框，一手扶着那扇半开着的门，说道："请问找谁？"

"老人家，俺们一家逃荒路过这里，遭遇不幸，俺兄弟和兄弟媳妇都被不明身份的人乱枪打死了。俺娘上了年纪，女儿有病，儿子还小，想在这里借住一宿，料理俺兄弟和兄弟媳妇的后事，一家老少也缓一口气，就请你老人家给个方便吧。"

老人站在门口，好久没有说话。

古世才明白，年关将近，没有谁愿意招待死了人的人家儿。

"大珂呀，别让老人家为难啦，再到前面看看吧。"奶奶说道。

"请稍等。"老人说着，转身掩上门回到屋里。

又过了好一会儿，老人又开了门，提着一盏保险灯走到门外，随手关上门，然后说道："实不相瞒，俺重孙子前天出世，不便留各位在俺家里住下。"

奶奶说："祝贺老人家四世同堂。根儿他爹，还是到前面去看看吧。"

"哦，请等一等，听俺把话说完。"老人赶忙说，"再往东就进山啦，十里路以内没有人家儿。在前面不远的地方儿有俺家的场院屋。俺一年春夏秋三季都住在那里。里面有火炕，有锅灶。能不能委屈你们到那里凑付几天？人生在世，相逢便是缘分啊。就要过年了，若是让你们老少一家人这么走了，俺心里会难受一辈子。为了上天又给了俺一个重孙子，俺也得留你们住下呀。"

"多谢啦，你老真是菩萨心肠啊！"古世才激动地说。

老人提着灯笼走在前面。胡大成赶着大车紧跟在后面。

"这是什么庄儿？"古世才问道。

"三家子。"

"你老贵姓？"

"免贵姓田。"

"你老高寿？"

"痴活八十有五。"

古世才也和老人通报了姓名。

老人把保险灯挂在场院屋儿的门上，动手收拾里面的东西。

"老爷爷，你老歇着，俺自己来吧。"秀姑说着就开始打扫屋子，铺好了炕，放开了被窝，从车上把奶奶扶下来，扶到炕上。

田老汉亲手生着灶坑里的火，并对古世才说："胡贤侄，做饭用的家什都在这里。外面有柴禾，把炕烧热。'炕热屋子暖'，解乏儿。不要心疼草，人要紧。少什么你再来拿。"

"真是太感谢老爷爷啦！你老回去歇着吧。"古世才说。

田老汉把保险灯留在场院屋，自己摸着黑儿走了。

过了一会儿，田大爷又送来了油盐米面白菜和一匣洋火儿。

"小莲，小莲，"秀姑轻声叫道。

小莲没有应声儿。秀姑感到心慌。

"小莲！小莲！醒醒！快醒醒啊！"秀姑一边往炕上抱小莲，一边大声呼叫，而小莲还出一声不吭，一动不动。秀姑感到害怕。

"小莲！你醒醒！小莲！你可不能吓唬娘啊！"秀姑的眼泪流下来了。她后悔没把小莲留给嫂子。她把改莲放在炕头儿上，给她盖上被子。这时，小莲哼了一声，秀姑长长地出了一口气。

"根儿他爹，把他叔叔、婶子抬进来吧。外面也许会有野牲口。"奶奶叹了一口气，忽然惊叫道："根儿？根儿呢!？根儿在哪里?!"

一路上叽叽喳喳的根儿，此刻一声儿不吭地呆坐在车上。大人们忙着和田老汉说话，安排住处，慌乱中忘记了根儿在哪里。

根儿想到姥姥死啦，刘伯伯叫日本人打伤啦，叔叔和婶婶也没啦。他分不清这是真事儿呢还是梦境。有好些时候，在梦中人死了，可是醒来却什么事情都没有发生。他想他是在梦中，叔叔和婶婶没有死。

"根儿!"古世才说着就去拉他。根儿哇地一声哭了。他知道面前发生的事情都是真的，叔叔和婶婶真的死啦!

古世才一家的不幸，让善良的田老汉悲伤不已。第二天，他主动让出为自己和老伴儿准备的两口薄薄的杨木寿材，联络左邻右舍好心的乡亲，帮着古世才和胡大成安葬了古世友夫妇，用乱石在山坡上给他们建了坟。田老汉说，他是个石匠，他答应，他将亲手用他积攒下来的石料给他们刻两通石碑。遗憾的是田大爷忘记了问一问古世友夫妇二人的年庚和名字。

古世才一家没有在三家子村久住，第二天下午，他们就给老人留下了粮食、柴草、蔬菜和棺材钱，告别了好心的田老汉和众乡亲，悄悄地离开了三家子村。行前，古世才让根儿给他叔叔和婶婶磕头。奶奶坐在小儿子和媳妇的坟前泪流满面地说道："孩子们，没有法子，都是这个年头儿赶的，俺这会儿只好把你们俩撂在这里。让这里好心的乡亲们照顾你们。等娘回来了，一定来把你们接回家。"

奶奶对送他们上路的田老汉说："田大叔，多谢你老人家和众乡亲们给俺们一家的照料，俺打心眼儿里感激你们啊。俺给你老人家磕头啦。"说着就跪下去。田老汉慌忙说道："使不得!使不得!不值一谢!"急忙来搀扶奶奶，并说："谁都有个为难的时候!"

秀姑搀扶奶奶上了大车。

古世才问田老汉："田大爷，昨晚枪响是怎么回事儿?"

老人伸手做了个"八"字说："听说是鬼子碰上这个了。"

"这里有八路吗?"

老人摇摇头说："没有，他们在东边，有时游荡到这里，多数是在夜里，碰上小股儿鬼子，收拾了就走。……俺也没见过八路是个什么模样儿。"

六年后，也就是在 1948 年底，在古世才带着贵重的礼物到三家子迎接古世友夫妇遗骨的时候，他听田老汉的大儿子说，那年的腊月二十三日的下半晌儿，有一支八路军的游击队盯上了黄鲲带领的那些伪军，发现他们在追赶一辆上面坐着老百姓的大车，就悄悄地尾随在他们后面，看他们想干什么，在发现他们朝古世才他们的大车开火的时候，就从后面向黄鲲他们开了火。黄鲲发现有人抄了他们的后路，仓皇逃窜。事后八路军的长官听说古世友夫妇被伪军打死，感到非常遗憾，后悔他们动手迟了，给乡亲们造成损失。古世才明白，当年他们下关东走的是一步错棋。

黄鲲和他的残部没回浑河镇，而是一起投靠了温虎。温虎给了他一个上尉副营长的官衔儿。而都鸿勋也就把他当成了古世才逃跑一案的替罪羊。

141

古世才的七口之家突然变成五口。青岛就要到了，可是他们高兴不起来。根儿低着头，呆坐在车上，对周围的一切都失去了兴趣，想到叔叔和婶婶，就流泪。他明明知道这是真的，可是他总希望这是梦。

失去了温顺悲哀的妯娌玉兰，秀姑深感孤独，总想弟妹的好处，想她遭受的委屈，想起往日妯娌间同胞姐妹般亲密相处的情景，心如刀绞，感激她不顾一切地保住了根儿。

弟弟和弟妹的死，使得古世才极度悲痛，后悔当初没有千方百计地去找八路。他认为刘玉山肯定和八路有来往，要是投靠了八路，弟弟和弟妹也许就不会死。这个念头反复顽固地在他的心里出现。可是为了活着的人，他不得不强制自己关注眼前的事情！家不能回了，和所有的亲戚朋友都失去了联络，除了投奔姑姑，没有别的出路。

青岛就在眼前，古世才决定先奔青岛裕长栈，亲手把陶老师托他捎的信交给他叔叔，要是方便，再请他叔叔帮忙买几张船票。

青岛的裕长栈，十多年前古世才住过，但是他不记得它的具体地点了。他问过胡大成。胡大成说他也记不清了。他们只能小心翼翼地边走边打听。

奶奶对于小儿子和儿媳妇的惨死并没有显示出太大的悲痛。她依然微闭着眼睛，随着颠簸前进的大车摇动，不时自言自语。"报应啊！都是你那个不仁不义的爹造的孽！"奶奶嘟囔道。

秀姑从没听婆婆埋怨过她的公公，那她为什么说弟弟和弟媳的死是公公造的孽呢？是不是婆婆心疼儿子疼糊涂啦？她不解地问道："娘，你老人家说什么呢？"

"根儿他叔叔不是俺亲生的。"奶奶所答非所问。

秀姑和古世才心情沉重地看着奶奶，担心她病啦。

"娘，您刚才说什么？"秀姑再次小心地问道。

奶奶没有回答，而是唠叨道："柱儿不是俺亲生的。他是当年俺从高家庄南边沟崖边上的那条小路儿上捡回来的。"

古世才和秀姑惊讶地彼此看了一眼，他觉得奶奶真的病啦。

"那是个正月，好像是正月初六。日头儿快落山了，天很冷。俺去给你姥爷、姥姥拜年回来，心里惦记着根儿他爹和他的两个姑姑，慌忙走在高家庄南面的那条小路儿上，不小心被什么东西绊了一跤，低头一看，是个小小的印花布行李卷儿，打开一看，里面裹着一个孩子，还是个很小很小的小小子儿，小到鞋壳里就能装得下他，眼睛还没有睁开。俺把手伸进被子里一摸，他的手脚儿都凉了，只是心口儿还有点儿温乎儿，知道孩子被扔下已经有些时候了。俺想，天快黑了，未必再有人路过这里，就是有人路过这里，大家的日子都过得紧巴巴的，也未必有人捡起他，俺要是不带上他，或是遇上四处游荡的野牲口，他就活不成了。

"那是你爹离家的前两年，咱家的日子已经很艰难了。俺担心把孩子抱回家，你爹会埋怨俺。可是你爹看着柱儿，笑了，他说：'这个小东西愿意来到咱们这个穷家，和咱们一起受苦，那就留下他吧。'那时你还不满两岁，小荷正在吃奶，俺就顺着你的小名儿，给他起名儿叫'柱儿'"。

"当时不知道柱儿的身世。小古家庄的闺女名声不好，过去有过小古家庄的闺女生私孩子的丑事，俺们就猜想孩子是小古家庄扔出来的。可是俺和你爹都想错了。直到第二年的春天，俺才在西官庄你姥姥家听说，柱儿的生母是西关庄儿的娘家，是俺本家的一个妹妹，小名儿叫'罕'。罕的女婿是高家庄人，叫高树荣。高树荣父母早死，他十三岁上投奔亲戚去了长春，就是这会儿的新京，在一个姓东乡的日本人开的菜市场里当伙计，管送货。几年后，他攒了一些钱，回到老家娶了'罕'。他们成亲后不到一个月高树荣就又回了长春，仍然给那个日本洋行送货。他走的时候对'罕'说，过一两年他攒够了在长春安家的钱，就回来接她。可是他回到长春后不久，就因为剖洗一种什么鱼中毒死了。'罕'一年后才知道丈夫不在了。高家庄的人好赌，是从高玉良那个年月开始的，那里常年有赌局。古文举、姜文雍都是那里的常客。在赌徒们的胡说八道中，古文举得知'罕'新寡，就起了歹意。他凭着他的财势和花言巧语让'罕'上了他的当。她的失足招来了乡邻们的嘲讽和一些野男人的欺负。她受不了羞辱，生下孩子，把他丢到村前，就上吊自杀了。

　　"古文举听说'罕'丢下一个孩子，知道那是他的种。他家人丁不旺，他又不要脸，不在乎那个孩子是不是私生子，四处打听孩子的下落，打算收养他。那时柱儿已经在咱家，他当然找不到。咱家很穷，除了西官庄儿你姥爷家，没有什么人和咱家来往，谁也不知道俺拣了一个孩子。再说，那会儿咱吃了上顿儿望不见下顿儿，谁会想到俺会拣个孩子回来养着呢？直到柱儿长到两岁，跑到街上去玩耍，外面的人才注意到你还有个弟弟。细心的人都说柱儿和你长得不像。有人怀疑过你弟弟的身世。有些多事的人，说柱儿长得像古文举，古文举也怀疑你弟弟就是'罕'丢下的那个孩子，多次到咱家来试探俺，也说柱儿像他，意思是怀疑柱儿就是'罕'的孩子，想收养他。俺硬装糊涂，不接他的话荐儿。可是'罕'留下的孩子，活不见人，死不见尸，一直没有下落，古文举总怀疑柱儿的身世，怀疑就是他的私生子。这就是他在你和弟弟分家的时候总想来掺和的原因。可是他没有证明，俺对谁都没有提起过柱儿的身世。"

　　古世才听奶奶这样说，恍然大悟，知道为什么他爹留下的那张"全家福"的画儿上面少了一个男孩儿。

　　"俺为什么偏爱你弟弟呢？就是因为他命苦啊。你有亲爹娘。后来你爹下了关东，杳无音信，人们都说他没啦，可是你还有亲娘呀。那柱儿呢？他什么亲人都没有！他的命最苦，最叫人可怜，所以俺宁可委屈你，也不叫柱儿受委屈。俺一直向着他，就是因为这个缘故。谁能想得到呢？俺偏爱他，到头来也害了他。他孝顺，听话，勤快，可是不如你懂事，机灵。他要是机灵一点儿，知道躲闪，也许能躲过这一场劫难。都是命啊！"

古世才为老娘的善心所感动，含泪点点头儿。他从小的时候就知道娘偏向弟弟。那时他觉得自己是哥哥，弟弟小，做娘的偏爱小儿子是自然而然的事，没想到事情还有这样一些动人的曲折。

奶奶伤心地哭着唠叨说："柱儿啊，俺没白养活你啊。你从小儿孝顺，从不惹俺生气。你为古家立了大功！你和你媳妇用性命保住了咱古家的一条根啊！算是报了娘收留养育你的恩了！"

一直在听着奶奶和爹说话的根儿，泪流不止。他总不愿意相信叔叔和婶婶已经不在人世了。根儿一哭，全家人都伤心，胡大成也忍不住流泪。

"这都是为什么啊？！咱古家做过什么对不住人的事！天老爷不睁眼哪！"奶奶擦干眼泪，把根儿揽进怀里。根儿是唯一让她感到宽慰的人。她想到小儿子走了，小儿媳妇也走了！他们都是为了不帮着恶人造枪炮杀自己的人，才不惜一切，和一家人一起逃走的。想到这里，她就不再恋家了。她愿意到任何地方去，即使把自己的骨头扔在外乡也在所不惜，只要不落在都鸿勋手里给儿孙们添麻烦。

142

辞灶当天入夜，古世才一行进入青岛市区。胡大成按照好心人的指点，赶着大车寻找裕长栈，几经周折，在一处半新的二层楼前停下来打听观望。在明亮灯光下，透过不深的门洞儿，可以看见裕长栈楼房门洞儿里面由四面的楼房合围而成的方方正正的天井和面对的一楼和二楼的一部分房间的门。

根儿忽然指着固定在楼房大门上方的"裕长栈"三个砖雕的阳文大字，高声叫道："爹，这就是裕长栈吧？那里面有个'长'字。"

"你认识上面的字？！"沉浸在失去亲人的痛苦中的古世才，忽然听儿子说他认识砖雕里面的字，一阵惊喜。

根儿有些难为情地摇摇头笑笑，没有说话。

奶奶抬头吃力地望着根儿指认的地方儿，发现那匾额上刻的正是

"裕长栈"三个字，便和蔼地开导他说："根儿啊，说话不可以望风扑影。孔夫子说：'知之为知之，不知为不知，是知也。'他老人家说的意思是：懂就说懂，不懂就说不懂，这才是明智的态度。念书识字不能蒙事儿呀。"

古世才听老娘教训儿子，转喜为怒，严肃地说："不能蒙事儿。"

"俺没蒙事儿。"根儿委屈地辩解说，"俺认识中间的那个'长'字，就猜想那三个字可能是'裕长栈'。"

奶奶立刻笑笑说："奶奶委屈你了。"

这时，从门洞儿里走出一个中年男人笑着问道："老哥住店吗？"

"请问这里是裕长栈吗？"古世才说。

"正是，里面请吧？"中年人笑呵呵地说。

"陶掌柜在吗？"

"我就是，你老贵姓？"

"好说，姓胡。"古世才说着，赶紧把陶老师托他捎的信掏出来，递给陶掌柜。陶掌柜打开信，忍不住笑了，说道："啊呀，是亲家来了！"紧接着就回头朝楼里高喊："贵民，你三姑到啦！"

古世才和秀姑莫名其妙，不知道对方为什么称他们亲家。

这时根儿指着对面二楼的走廊，兴奋地说："爹，你看，陶老师！"

古世才猛抬头，见陶贵民正站在对面的走廊上，隔着栏杆朝他招手呢。他心头一热，像在危难中碰上了救星。

"古大叔！三叔！"陶贵民兴奋地喊着，嗵嗵嗵地从木楼梯上跑下来，冲过门洞儿，站在古世才他们的面前。

"陶老师是什么时候到的?!"古世才高兴地说。

"前天，先住下再说话。"陶老师立刻张罗着让伙计帮着古世才他们从大车上卸下行李，把一家男女老少安排进二楼西南角儿上的一个僻静的大房间，又给胡大成另开一个单间。接着，陶贵民又指点伙计们安排古世才等人的洗漱，他带领胡大成把大车停放妥当，喂上牲口，然后又亲自去张罗古世才一家的晚饭。

晚饭后，陶贵民提着水果儿和点心来到古世才一家的住处看望他们。古世才和秀姑连忙起身热情招待。陶贵民听胡大珂说，古世才家是拔窝外逃的，却不见根儿他叔叔和婶婶，便问道："二表叔和二表婶儿呢？他们没来吗？"

古世才伤心地低声说："我们在三家子遭遇了都鸿勋的人……"

"都鸿勋这个坏蛋，该千刀万剐！"陶贵民愤愤地说。

大家沉默很久之后，古世才说："信我交给你叔叔了。"

"那封信不重要了。"陶贵民笑笑说，"胡大珂伯伯告诉我，你们走青岛，派我帮助你们。我担心到时候我不在青岛，特地写信给俺叔叔，让他接待你们。可我还是不放心，担心发生误会误事，又骑车赶来。我动身时，胡伯伯嘱咐说，不能在青岛停留。"

古世才听陶贵民这样说，觉得胡大珂简直就是个诸葛亮！

"陶老师是怎么认识俺哥哥的？"秀姑问道。

陶贵民不好意思地笑着说："你老还不知道吧？俺和根儿他表姐胡秋月是县立师范学校的同班同学，俺们俩……从秋月论起来俺该叫你老三姑啊……。"

"啊呀，你原来是俺老胡家的女婿啊！"秀姑高兴地双手拍着巴掌儿说道。她的拘谨、客气立刻变成了亲切和欢喜。

陶贵民心有余悸地说："真为你们捏着一把汗哪！他们来这里搜查过三次，说是追捕逃犯。"

古世才安排奶奶、改莲和根儿在房间里休息，就和秀姑一起去看望胡大成，拜谢陶贵民的叔叔，顺便商量了托他们购买船票的事。然后又一起赶到临清路去找李宝堂，一是礼节性的探望，也是为钱财上的事。李宝堂是柳林庄人。他爹是柳林庄的老财主李东奇。秀姑的老爹曾在他家扛过二十多年的大活。胡大珂和李宝堂小的时候是玩伴儿。李宝堂在青岛经营一家货栈海源仓，做海产生意。古世才和古世友变卖部分家产所得总共七百块银元就存在他的柜上，因为是熟人儿，连个字据都没立。

奶奶说："根儿，咱们先睡觉吧。你去把灯吹灭了。"

根儿走到电灯下，仰起头，对着电灯泡儿用力地吹，而电灯照旧明亮。他觉得奇怪，皱起眉头说道："奶奶，这个灯吹不灭呀。"

"靠近点儿吹，使劲儿吹。"

"奶奶，俺使劲儿也吹不灭呀。"

"那就等你爹回来吹吧。"

"俺爹他们为什么还不回来？"

"一定是你李宝堂表舅家离这里远。"

"俺去望望他们好吗？"

"不要走远，别走丢了。"

根儿下了楼，走出门洞儿，站在门前四处张望，不见他爹娘的身影。周围到处灯光闪烁。一辆辆由两匹马拉着的怪模怪样儿的车从他的面前来往穿梭，让他感到新奇。他沿着楼前的人行道朝南走去，边走边看，仍然不见爹娘的影子。他担心回去找不到住处儿，开始往回走，想回到客栈的门前等爹娘。可是马路的这一侧都是大楼，他觉得所有的楼房都一样。他来回走动，就是找不到裕长栈，急出了一头大汗。他冷静下来想了想，感觉自己没有走远，裕长栈就在附近，决定停在原地不动，等着家里的人来找。过了一会儿，他见他爹慌慌张张地朝他的这个方向走来，赶紧喊道："俺在这里！"

古世才气愤地说："告诉你不要乱跑，你怎么不听话？"

"你和娘不回来，俺在屋里着急嘛。"

秀姑给改莲喝了一点儿水。古世才关闭了电灯，一家人睡下了。

第二天，天不亮，古世才就起床和秀姑一起做动身的准备。这时，陶贵民送来了船票，早饭已经备好，吃过早饭就动身去码头上船。

古世才告别了陶经理，离开了裕长栈。陶贵民和胡大成一起送古世才一家去码头。为防意外，陶贵民特地租用了两辆带篷的欧式马车，秀姑小心翼翼地扶着奶奶上了马车，坐在正座儿上。古世才把昏迷不醒的改莲抱给秀姑，然后和根儿一起坐在马车的倒座儿上。陶贵民拉上车棚，他和胡大成搭乘另一辆马车跟在他们的后边。

在登船之前，古世才和陶贵民和胡大成一一握手告别，表示感谢。他深情地对胡大成说："三哥，这些日子让你跟着俺们担惊受怕，受苦受累，俺心里是说不出的感激。"他看看陶贵民和胡大成，继续说："没有你们这些至亲好友的帮助，俺们是逃不出来的。"

"应该的，都是应该的。"胡大成憨厚地连连说，然后走到奶奶的面前说道："表婶子，多多保重吧。你老什么时候回来，就叫妹夫给俺捎个信儿，俺好来迎接你老人家。"

奶奶说："老三啊，谢谢你啦！请你向根儿他大舅、大舅母、你家他三舅母和他秋月表姐转达俺对他们的谢意。"

胡大成和陶贵民目送古世才一家上了船，转回客栈。陶贵民请胡大成在青岛多住些日子，到处走走看看。胡大成谢绝了陶贵民的好意。他说，他得马上返回柳林庄，胡大珂大哥肯定在家里等得着急了。

古世才背着行李，抱着改莲，秀姑提着包裹，背着奶奶，根儿脖子上挂着干粮袋，紧跟在他娘的身后，一家人小心翼翼地走过那块不断颤动着的只有几十厘米宽的长长的跳板，登上轮船。轮船的甲板上到处是肮脏腥臭的泥水。他们和成百的拖儿带女、扶老携幼外出逃荒的中国人一起，被日本人像赶牲口一样往客货轮的底舱里赶。那底舱狭小的入口儿不是门，而是甲板上只能容一个人进出的一米见方儿的口子，接在这个入口下面的，也不是牢固的楼梯，而是一张摇摇晃晃的长长的木梯。乘客们像猪羊一样地被从这个狭小的舱口塞进船舱。

这是一艘从青岛开往大连的客货轮。古世才一家买的是三等舱的船票，而坐的却是装煤炭的底舱。底舱里装的是煤，煤堆像一座座小山儿，而煤堆之间是水，散发着一股强烈的硫磺味儿。来自各州府县的几百名男女老少，都挤坐在一个个煤堆上，有的无处栖身，只能泡在煤水里。底舱里面有几个度数极小的灯泡高吊在空中，不停地摆动，微弱的灯光下一片昏暗。人们要靠着呼叫名字把一家人找到一起，保持联络。这里没有窗户，分不清白天和黑夜，不供应吃的、喝的，也没有厕所。厕所在甲板上，孩子、老人和体弱多病的人去不了。他们吃喝拉撒睡，全在底舱里。煤臭味儿，几百人呼出的气味儿，和种种排泄物的气味儿，充满这个狭小的空间，折磨着每一个人，使许多人不时作呕。到处是呻吟声，哭叫声，吵闹声。

轮船在风浪中颠簸。小莲在三家子受了惊吓，病情加重，两天来只能喝一点水，这会儿已经叫不应，不省人事了。

"小莲！你醒醒啊！等到了大连娘就带你去看病。"秀姑在黑暗里不停地摸索着女儿渐渐冷却的瘦弱的躯体，不断嘶哑地呼叫着她的名字。但是小莲一直一动不动。秀姑试试小莲的鼻息，发现她气息微弱。

"娘对不住你啊！俺不该把你带出来啊！是娘害了你啊！"秀姑不顾一切地号啕大哭。悔恨和愧疚折磨着她的那颗慈母的心。

根儿在呜呜地哭。叔叔、婶婶死啦，他害怕姐姐也会死。

古世才不停地叹气。

奶奶默默地擦着近乎枯干的眼睛，劝慰秀姑说："根儿他娘，不要哭啦，别吓着孩子。'是儿不死，是财不散。'这都是命啊。如今咱们全家人就靠你和根儿他爹啦。咱们要活下去，要等着看那些害人精的下场！"

船在风高浪大的海上颠簸，不断有人在这臭气熏天的浊气里失去生命。小莲是在她还有些气息的时候，被日本人强行抢走抛进大海的。她天真的笑容，她对亲人的爱，她活泼可爱的天性都夭折啦！她要看看老姑的愿望不能实现了！

轮船在狂风巨浪里疯狂颠簸，不知道有多少人最后能够逃出这口活棺材，也不知道古世才一家能不能赶到他们向往的红松之城伊春，奶奶能不能见到她日夜思念的小姑子——叶儿？

1994 年 3 月 8 日动笔。
第一次修改完成于同年秋。
第二次，2007 年 5 月。
第三次，2007 年 10 月。
第四次，2008 年 3 月。
第五次，2009 年 3 月。
第六次，2013 年 9 月于北京师范大学。

长篇小说《古全和》第二册

战火下的青春

傅希春　著

中国社会科学出版社

　　胡大珂一家乘坐的急行列车，于腊月 24 日下午，到达江城市火车站。由于落脚江城是胡大珂一家临时的决定，无法提前通知秀姑在江城唯一的亲属，她的叔伯侄儿胡学信，所以没有人来车站迎接他们。好在胡大珂少年时代来过江城，并在江城停留过，记得胡学信家的住址，所以他们才得以顺利地找到胡学信家。

　　胡大珂一家，路费用尽，两手空空，突然来到胡学信家，胡学信嘘寒问暖，热情欢迎，而他媳妇儿麻子红儿和他们的儿子都明显地透着老大的不高兴。胡大珂和秀姑看在眼里也很难为情，可是又别无落脚儿的地儿。

　　胡学信来江城多年，怎奈他在老家没念几天书，没有多少文化，又没能学成什么手艺，只能跑腿儿，近两年在一家日本水产品商店当配送，整天风吹日晒，雪里雨里骑着自行车到处跑，上门送货，挣钱不多，受累不少，一家三口勉强糊口，无力招待胡大珂一家在家里常住，更没有办法安排胡大珂的工作。胡大珂从胡学信夫妇焦虑的神色看出了他们的为难之处，表示他们只是在胡学信家落落脚儿，并请胡学信尽快给他们一家安排个住处，越快越好。胡学信媳妇儿知道胡大珂一家不会挤在他家过年，如释重负，委婉地摆明了他们一家的处境，答应尽量想办法儿帮助他们安顿下来。可是要把胡大珂一家安排在城里，帮他找到养家糊口的工作，谈何容易。胡学信记得在送货的路上他见过一则招租启事，上面说有一处房子出租，优待住户，免收租金，可是他没太在意，却怎么都想不起来是在哪里见过那份招租启事了。后来他想起那是他在替同事小孙值班，去二里沟的路上见过那份启事，就去问小孙。小孙说，他在二里沟和宋家屯镇都见过那份启事，胡学信立刻赶到宋家屯镇，找到了贴启事人曹宪章，问明情况，实地里里外外地察看了房子，并和曹宪章达成认租的口头儿协议，租下了宋家屯镇黑狗大街附近的一幢小平房儿。奶奶听说房子是砖瓦房，却免收房租，猜想房子多半是死过人的凶宅，不过这会儿顾不上讲究这些了。胡学信要陪胡大珂去看看房子，奶奶不想打扰胡学信，说道："不必去看了，能遮风挡雨安身就好，这就动身去宋家屯镇吧。"

胡学信媳妇儿听奶奶这样说，松了一口气，可是又觉得过意不去，想留胡大珂一家在家里休息几天，而奶奶坚持要立刻动身去宋家屯镇。胡学信说，那就留奶奶和根儿在城里住两天，他带着胡大珂和秀姑先去宋家屯镇那里收拾收拾，安顿下来，再来接他们。奶奶心疼孙子，同意留根儿在城里住几天，但是她要和儿子和媳妇儿一起去宋家屯镇。秀姑不明白一向通情达理和气谦让的奶奶，今天为什么这样固执，不过她知道奶奶的意愿是不能违背的。

胡学信陪同奶奶和胡大珂夫妇去了宋家屯镇。

奶奶和胡大珂一家的通情达理出乎胡学信媳妇儿的意外，反而感觉愧对秀姑这个本家儿的小姑子，想善待根儿这个外甥作为补偿，以后乡亲们说起来好听，当天晚上特地包了牛肉芹菜馅儿的饺子招待根儿。可能是由于根儿一路上走得心里有火，突然饱吃了一顿牛肉馅儿的饺子，当天夜里大泄不止，折腾了半宿。胡学信的儿子胡宝文硬说根儿贪吃撑破了肚子。根儿感觉这对他是莫大的羞辱，后悔没有跟着奶奶一起去宋家屯镇。

胡宝文和根儿同岁，他穿日式学生装，戴羊皮的空军帽儿，在江城名牌儿小学打井路小学念三年级，而根儿是乡下人，刚上学念书。胡宝文觉得他比根儿高一等，瞧不起山东乡下来的这个土里土气的表弟，而根儿也是娇生惯养，自由自在长大的，自尊心不比胡宝文弱，所以两个人一见面就彼此看着不顺眼。根儿不想在胡学信表哥家常住。

奶奶惦记着根儿，她一时都离不开她的根儿，第二天一早就打发秀姑进城来接根儿，可是胡学信媳妇儿不肯放根儿走。秀姑见胡学信媳妇儿一片诚意，就同意留根儿在城里再住几天，立即告辞坐马车返回宋家屯镇。

根儿不能忍受胡宝文的轻蔑和羞辱，决心跟他娘回自己家，他不顾胡学信表哥和表嫂的挽留和阻拦，冲出胡学信家，去追赶他娘，而他娘已经坐上马车走了。马车套的是匹生马，跑得很快，根儿不顾一切，撒腿就追，边追边哭边喊，引得周围的人驻足观看。根儿的蒲窝（草鞋）不跟脚儿，跑不快，他就甩掉蒲窝，光着脚儿追，周围的人齐声呼喊停车，终于引起他娘的注意，叫停马车，等根儿追上来。好心人给秀姑送来根儿的蒲窝。秀姑把根儿拉上马车，掀起自己棉袄的前大襟，不顾一切地强行把根儿的双脚放到自己的肚子上。

马车直奔宋家屯镇。

2

宋家屯镇坐落于江城市西北郊一条宽大的古河道上，离市中心区有十多里路。没有人知道人们是从什么年代开始在这里聚集繁衍的。20世纪初，她还是中长铁路路边上一个只有几十户人家的不起眼儿的小屯落，如今镇上人口早已过万，她出息成现在这样一个大镇子只是近几十年间的事。

承载着宋家屯镇的这条古老大河的河道肯定是早在这里有人类活动以前就干涸了，因此没有人给她起过名字，知道它的历史。眼下依然淙淙流淌在她宽过数百米的河道中间的那条弯弯曲曲时宽时狭的涓涓小溪，和河道一起显示着她曾经有过的辉煌，由西而东的流向，是她古远生命的一个延续和象征。

关于这条不知名的大河，在当地居民中一直流传着一则可怕的传说。据说在这条大河下面黝黑的深渊潜伏着一条孽龙，说不定在哪一天的什么时候，它就会轰然拱开地面，腾空而起，直上云霄。那时候这里一定又会是一条波涛汹涌的大河。

说起来这条古河道也真是有点儿奇怪。河道中间的那条清澈的小溪，无论旱涝，从不干涸，一年四季，长流不息，除开夏季多雨季节，水量不增也不减，而据说河道下面却是黏黏糊糊、深不可测的黑色泥浆。每当夏秋季节，纵贯本镇南北的兴隆大街穿越古河道的那段百多米的路面儿，就会变得像胶皮糖一般柔软。空行人可以从上面走过，但是由于人们不免会想到泥浆深处的那条可怕的黑色孽龙的存在，心中也不免会生出一种随时都会陷进无底深渊的恐惧，而穿越古河道的车马，在夏秋时节根本就不能通过那段路面儿进出宋家屯镇。届时，原本设在古河道北岸的菜市街和兴隆大街交叉路口儿上的汽车站，也只好临时把车站改在古河道的南岸。南来北往的各种车辆，如果必须穿过本镇，只能沿着古河道南岸或是北岸东行七八里，通过那里的国道大桥，绕道进出本镇。好在每年一过阴历八月，这里就开始落雪结冰，所以一年里有七八个月，来往的车马行人都可以顺畅地通过那段路面。

不知道出于什么原因，人们不把这条古老的大河叫作"河"，而是降格儿而称之为"沟"。又以沟划线，把河床以南宽过百十米、呈慢坡状的河堤及其以南的地区，称作"沟子南"；把河床以北同样宽过百十米、呈慢坡状的河堤及其以北的地区，称作"沟子北"。而本镇的居民就居住在古河道的两侧。住在"沟子南"和靠近沟子中心地带北侧的，大多是本地居民，其中有钱的人家儿比较多；而住在"沟子北"，特别是其偏远地带的，基本上是近几十年来从山东、河北等地移来的居民，几乎都是穷人。

中长铁路就从离古河道南面一里多路的高地上通过。客车和货车，从南到北、从北到南，日日夜夜，带着隆隆的轰鸣声，在宋家屯镇人的眼前跑来跑去。

繁华的菜市街位于"沟子北"的最南端，紧靠着古河道并占有部分河道，是本镇第一条东西向的大街，全长一里多路，其最繁华的地段儿也有二三百米，本镇的大小商店、鱼肉粮菜市场，羊羔儿、猪崽儿和牛驴骡马等的交易场所，大多集中在这里。她是和本镇中心大路兴隆大街垂直交叉的第一条东西向的大街。

和菜市街平行的第二条东西向的大街是位于本镇中部的柳影路。本镇主要的政治、经济、文化和教育机构，如本镇的餐饮交际活动中心"协和饭店"，本镇唯一的公立完全小学校柳影路小学，本镇唯一的一家只有一名院长、医生兼护士的助产医院"玉春助产医院"等，都在这条大街上。本镇的警察派出所，也像一只恶狼一样蹲坐在柳影路和兴隆大街交叉的十字路口上，它的门前，挑着一个涂抹得血红血红的球形大电灯，向周围散布着威胁和恐吓。

本镇和兴隆大街交叉的第三条东西向的大街是和柳影路平行的黑狗大街，它是近些年开辟出来的一条比较平整的土路，宽约 30 米，两侧挖有上宽下窄、横切面呈梯形的整齐的排水壕沟。据说早先这里曾经有一条凶猛无比，连狼都怕的特大的神秘的黑狗经常出没，因而得名。近乎笔直的黑狗大街，比菜市街和柳影路都更宽更长，但是目前她远不如菜市街和柳影路那么繁华。这里不仅没有像样儿的学校和商店，就连房屋建筑和居民也不多，仅有的店铺是两家中医药店，算得上文化机构的是只有二十几名小学生的王万伯私塾。近几年，由于大量的山东难民和少量的河北难民不断涌来，这里才渐渐地热闹起来。由于这里的新居民主要来自山东，所以当地人习惯于把这一带地方叫作山东庄。"山东庄"也就这样子叫起来了，被列入了宋家屯镇的街市图。

从黑狗大街再往西是一块宽约一二百米、长约三四百米的平展的空地，分属于当地好几家财主。三年前这片空地被划进本镇后，就成了建房盖屋的好地方，人们普遍看好这块地皮，地价一涨再涨。

越过这片空地再往西，就是本镇近郊的庄稼地了。

近来黑狗大街一带叫人感到毛骨悚然的是有关"鬼屋"的传闻，所谓"鬼屋"其实就是两幢单砖砌墙、油毡盖顶的简陋的平房儿。"鬼屋"的主人叫曹宪章，是本地的一个小财东儿，在家排行老二。他个子小，脸黑，背驼，家世平平。大财主们看不起他，从不叫他的大号，人前叫他"曹老二"，背地里叫他"曹小个子""曹罗锅儿""曹黑子"。穷人们也不拿他当回事儿，当面称他"曹先生"，背地里叫他"曹罗锅子"。虽然曹宪章其貌不扬，却有点儿小聪明，善于理财，在本地的财主中，他最早把来自山东、河北等地的流民当成他捞钱的对象儿，最先在他的土地上修建了后来被人们叫作"鬼屋"的两幢简易住房，租给这些流民居住牟利。

"鬼屋"建于1937年，五月动土，八月完工。进入九月，炕还没烘干，曹宪章就急急忙忙贴出招租启事。两幢平房儿相距二三十米，一南一北，一前一后，一倒一正，两侧都有一人多高的砖围墙相连，构成一个长方形儿的院落，院落公用的大门开在东面的围墙上。不过住户儿都走自己的家门，院门经常是关着的。

两幢"鬼屋"用的是一张图纸，规格一样，每幢号称三间，其实它们的总面积都仅有三十几个平方米。其建筑格局是：东西各有一个仅八九平方米的卧室，两个卧室之间是堂屋。堂屋的面积约十多个平方米，前后各有一个门，一个通后面的院子，一个通房前的马路。堂屋虽小，却都盘有东西两个锅灶。东面锅灶的烟道走东边卧室的炕洞,西面锅灶的烟道走西边卧室的炕洞。曹宪章把这六间牢房般低矮简陋的小屋盖成两幢,每幢里又设有两个卧室、两处锅灶,是为了把房子分租给四户人家儿,向那些不得不租用这些小屋的穷房客多收租金。

"鬼屋"最初叫"六间房儿"。最先住进"六间房儿"北面那三间房子的房客,来自河北省乐亭县,户主姓谭,叫谭定华,三十来岁,妻子缪氏,夫妻俩带着一位年近60岁的老奶奶和一个七八岁儿的小女儿。稍后住进"六间房儿"南面那三间的住户来自山东。两幢房子的月租都是每幢三元,说好按季度提前半个月交纳,一次交清。这样算起来,曹老二每年从这两幢房子得到的收益可能有七八十元,相当于他经营几垧好地的净收入,效益实在是不错。

曹老二盖出租房子赚了钱,别的财主看着眼红。凡是这里有地皮的财主就都在忙不迭地张罗着第二年开春儿就搭盖这一类简陋的小房子出租赚钱。

经营"六间房儿"的成功,很让曹老二得意了一阵子。他决定再筹集些钱,第二年开春儿再盖几幢新房。可是事有偶然,那家山东房客,刚刚交齐了九块钱的房租,连户口都没来得及到派出所报上,一天夜里,一家六口儿,突然都死了,除了曹宪章,左邻右舍的人都不知道他们的来历和姓名。面对这突如其来的灾祸,曹宪章感到丧气。他关心的不是房客的死活,而是他的房子里死过人,以后不好出租,租不出好价钱。他悄悄地叫上他家的那个长工,在第二天的深夜,偷偷地用爬犁把那一家山东人的遗体弄到野外,扔到积雪深过几丈的深沟里。不过他也有些额外的收入:他白得了九元钱的房租,还白捡了这家房客留下的一些破衣烂衫和旧被褥,把它们变卖了,又得了七八块钱。接着,他就隐瞒了房子里死过人的这个事实,又招来了一家新住户儿,还是山东人。让人不解的是他们一家也是刚刚交过房租就无声无息地死了!这件事对曹宪章的打击更大。他还想隐瞒。可是纸里包不住火。在不到一个月的时间里,先后有两家人都死在这幢小屋里,不能不让周围的人们感到吃惊和疑惑。于是,议论四起,传扬开来,死过人的那三间房子就没有人敢再搬进去住了。不久,住在"六间房儿"北面那三间里的谭定华一家也悄悄地搬走了,整座"六间房儿"都空起来了。曹老二原本并不富有,难得有点儿土地以外的收入,如今投到六间房上的资金变成了死钱，他心里怎么能不急呢。更让曹老二着急上火的是外面流传起了关于"六间房儿"闹鬼的传言。有人甚至干脆就说"六间房儿"是凶宅，谁住谁死。这话越传越玄，越说越让人怕。有人说，六间房儿里就是有鬼，他曾亲眼看见死过人的那三间房子里的烟囱冒烟，夜里窗户上还有亮光儿。于是有人开始把"六间房儿"叫作"鬼屋"。"鬼屋"的叫法儿一下子就传开了，闹得远近闻名。这样一来，就更没有人敢进去住了。曹宪章为了把房子租出去，到处张贴招租启事，说愿意行善事，谁住他的"六间房儿"，三年不收房租，可还是没有人肯进去住。到后来，就连到"六间房儿"跟前儿去走走看看的人都没有了。老家山东的蔺大爷家的大儿子虎儿有点缺心眼儿，曾趴在"六间房儿"的窗玻璃上朝里面望了望，人们就给他起了个外号叫"蔺大胆儿"。现在一些人连走路都绕着鬼屋，生怕里面的冤死鬼魂儿会附到身上，使自己害病死人。

其他财主新建的房屋，都因此而有意远离"鬼屋"，也不再沿用"鬼屋"的样式和青砖，而是改用了新的设计图纸和红色的砖瓦。

两年来，"鬼屋"一直孤零零地空在那里。

纷纷扬扬的鹅毛大雪下了一天一夜，直到昨天中午才停下来。但是风还在刮，刚过下午三点钟，天就黑下来了。俗话说："雪前暖，雪后寒"，入夜气温骤降五六度，低达零下 40 多度。贯穿东三省全境的一组近三十条的国际电话线，通过这里，它们在凌厉的西北风的威逼下，不停地颤抖，发出哀哀的合鸣声。宽大的黑狗大街上难得见到一个人影儿。

晚饭后，在山东庄低矮阴暗的小屋里，再次传说着"鬼屋"的烟囱又冒烟的消息。这个消息在一两袋烟的工夫儿就传遍了山东庄，家家户户的老老少少都在不安地议论这件事。第一个发现"鬼屋"烟囱冒烟的是孙孝友的 11 岁的儿子道士。他气喘吁吁地跑回家，一进门儿就喊："娘！鬼屋的烟囱又冒烟啦！"

　　道士他娘和他大姐荣荣正在灯下聚精会神地接线头儿，① 道士的二姐变在洗涮碗筷，听他这样一咋呼都停下手里的活儿，用疑惑的目光看着他，几乎齐声问道："你又在叭瞎！"

　　道士委屈地辩解说："这回是真的！是俺亲眼看见的！"

　　道士他娘不想羞辱儿子，漫不经心地笑着说道："你是看花眼了吧？"

　　道士叫道："怎么会呀！不信，你自己去看嘛！"

　　道士贪玩儿，有时玩疯了，回家晚了，就编造一些离奇古怪的瞎话来蒙骗他爹娘，以逃脱训斥和责打。所以家里的人对他说的这些话半信半疑。不过她娘也想，道士刚刚撂下饭碗儿，他出去玩儿是经她同意的，他没有必要撒谎。

　　道士终于想到了证明自己说的是实话的人证。他说；"素桂和玉屏姐姐也都看见啦，不信你们可以去问她们嘛！"

　　道士他娘相信了儿子的话，自言自语道："这到底是怎么回事啊？"

　　"鬼屋"烟囱冒烟的传闻不是头一次，年初有过一回，曾轰动一时。因为山东庄的人都知道，"鬼屋"已经好久没有住人了，它的烟囱不可能冒烟，屋里也不可能有灯光。所以有些上了年纪的老奶奶就嘀咕说："'鬼屋'里死过十好几口子人，里面能没有屈死鬼吗？看样子咱们这里要出事了。"有些人家张罗着搬家，也真有几家儿悄悄地搬走了。

　　可是也有不信邪的。老家山东菏泽的刘书成，当过土匪头子，杀过人，他就不相信"鬼屋"里有鬼。他猜想那里面可能藏着盗贼之类的坏人，担心他们夜里出来作案害人，曾在一天夜深人静的时候悄悄地撬开"鬼屋"的门，偷偷地溜进去，端着小油灯儿，里里外外细细查看了一番，发现里面空无一物。他本想在第二天对大家说说他夜探"鬼屋"的见闻，消除大家的恐惧心理，可是转念一想，觉得还是不说为好，怕会引起别人对他的注意，把他过去干过的杀人放火的勾当给抖漏出来，遭到警察的追究。不过后来他还是悄悄地对他身边的个别人说了他夜探"鬼屋"的见闻。对于他的话，有人相信，也有人不信，有人甚至怀疑是房东曹老二雇用他给招揽房客的。

---

　　① 接线头儿：当时有些穷人的一种营生，就是把纺织厂甩下来的短纱一段段地接在一起，以便继续使用，按斤计酬，酬金极少。

年前的那回"鬼屋"烟囱冒烟的传闻，大家议论了一阵子也就过去了。这会儿又传"鬼屋"的烟囱冒烟，而且是老实得出名的两个好闺女素桂和玉屏亲眼所见，人们怎么能不信呢？现在"鬼屋"闹鬼的事全镇闻名。

5

大雪之后又刮了一天一夜的白毛儿大北风。大风把落地不久的层层积雪重新攫起，疯狂地抛到空中，任意地搅来搅去，把它们搬到背风的地方，筑起高高低低的雪岗子和大大小小的雪山包儿。好些人家儿的屋门都被飞来的积雪堵得严严实实。今天早起，树梢，屋顶，远处，近处，到处一片洁白，周围是一个凝固了的无声的银色世界。

天蒙蒙亮了，可是太阳还没有出来。大街上静得叫人感到寂寞。偶尔有一两条无视严寒的狗，溜到大街上，高昂着头，翘着尾巴，得意扬扬地在雪地上颠来颠去，这儿蹲一蹲，那儿站一站，到处拉屎撒尿留纪念，表示"来此一游"，并把它们梅花形儿的爪印儿，印在松软的雪地上。

林奶奶家的门被雪堵了一大截子。从她家里不断传出咕咚咕咚的响动，好像有人在从里面朝外推门。过了好一阵子，林奶奶家的屋门被推开一道缝儿，瘦小的林奶奶吃力地从屋里挤出来。林奶奶六十多岁，山东郯城人，娘家姓李，没有大号，户口本儿上写的是"林李氏"，1938年初冬，跟随老伴儿，带着儿孙，逃来本市。他们一家原本是想去满洲里投奔她表哥的。十年前，她表哥一家流落到黑龙江满洲里的一个小镇，先是种地，后来就在那里开了一家小饭馆儿，日子过得不错。不幸的是，她老伴儿林大爷路上感染风寒，高烧不退，呼吸困难，一家只好暂住本市，想等到第二年春暖花开，林大爷病好后，再继续北上。可是当年冬天林大爷就病故，葬在了这里。她不忍心把他一个人留在这儿，就和她的独生儿子林树昌、孙子碗儿、孙女花儿和儿媳妇林马氏都滞留在江城了。

林奶奶是山东庄起得最早的人。无论春夏秋冬，只要不是大雨倾盆、沙尘满天、大风刮得叫人站不住脚儿、睁不开眼，她总是一大早就要走出家门，在街上站一站，走一走。就是雨雪天，她也要打着伞，到户外转一转。自从老伴儿死后，她就留下这个毛病，每到鸡叫头遍醒后就不能再次入睡。想到去世的老伴儿心里难过，便起床到外面散心，时间一长，就成了习惯。

林奶奶乐于助人。来自山东、河北、河南等地的流民，初来乍到时，大都得到过她的指点和周济。她家里很穷。可是只要她自己有口饭吃，她就不忍心让她身边的穷乡亲饿着。她常说，"穷不帮穷谁帮穷？"她的善举带动了山东庄的乡亲，邻里间互相帮助在这里已成风气。

东方已经冒红儿了，新雪的反光刺得林奶奶睁不开眼睛。她站在门前，手搭凉棚儿，眯起老眼，朝四下里张望。然后开始在深可没膝的雪地里朝"鬼屋"的方向跋涉。她想趁雪后早起外面没有人，亲自到"鬼屋"跟前儿去看个究竟。她抬起头朝"鬼屋"的方向一望，心里不由地"咯噔"一下，"鬼屋"的烟囱真的是在冒烟！窗上好像还有亮儿！她不由地停住脚步，慢慢地揉了揉眼睛再看。还是那样，那里的烟囱真的是在冒烟。她的心不禁怦怦地跳起来。"难道'鬼屋'真的是在闹鬼?!"她有些不相信自己的眼睛。可是她看了又看，"鬼屋"的烟囱确实是在飘飘摇摇忽左忽右地冒着黑白间杂的淡淡的烟雾。她心里七上八下，停住了脚步，很想过去看个究竟，可是觉得有些发怵，于是就改变了主意，决定找个胆儿大的人和自己做伴儿，一起到"鬼屋"跟前儿去看看。于是，她就想到了她的同乡和好朋友，兰兰她奶奶。新雪松软如绵，积雪有深有浅。浅的地方深仅没膝，深的地方儿齐到大腿根儿。林奶奶急促地喘着气，吃力地朝兰兰家的方向艰难地爬行。

"兰兰奶奶！"林奶奶站在兰兰家门前高声嚷道。

林奶奶像许多来自山东乡下、身体康健的老奶奶一样，声音高亢而嘹亮，在全无人迹的清晨，她的喊叫声响彻整个儿的山东庄。

"你个老东西，怎么一大清早就满处提名道姓地瞎叫唤呀？"兰兰她奶奶在屋里唠叨着。真是棋逢对手。兰兰她奶奶的嗓门儿也不小。

兰兰家的前门完全被雪堵死了。积雪高过她家的上门框，几乎高到屋檐。要清理掉这些积雪，打开她家的前门，至少得用个把钟头儿的时间。兰兰她奶奶是从后门儿转过来的。她一边吃力地朝林奶奶这里"爬"，一边嘟囔道："有什么军国大事值得你一大清早就这样大呼小叫地来折腾俺呀！"

　　"你……你看那！"林奶奶手指"鬼屋"说道。

　　气喘吁吁的兰兰她奶奶，抬起头，顺着林奶奶指的方向，定定地看着"鬼屋"的烟囱，立刻浑身发麻，头皮发紧，愣在那里了。过了好一阵子，才讷讷地说道："这是什么景儿啊？……莫不真的是那些屈死的人的阴魂不散？"

　　"靠上去看看，你敢不敢？"林奶奶说着，看了兰兰她奶奶一眼。

　　"去就去，有什么不敢的！"兰兰她奶奶嘴上说，而她的心里却在打鼓。

　　"那好，走！"林奶奶说着，就迈开脚步，带着她那颗加快了跳动的心，朝"鬼屋"挪动。兰兰她奶奶也鼓起勇气，默默地跟在林奶奶的后面。

　　"这里连个脚印儿都没有，里面怎么会有人呢？"林奶奶说着，停住了脚步。她忘记刚刚刮过一天一夜的白毛风，是风雪把地面儿敷平了。

　　"说的是啊。"兰兰她奶奶说，她也相信"鬼屋"里闹鬼。

　　两位老奶奶的耳朵都不算太灵光，说话的声音都很高，在这雪后静谧的早晨，更显其声音之大之嘹亮。受了她们惊动的人们，纷纷从附近的几个大杂院里走出来，其中多数是中老年妇女和孩子。他们和两位老奶奶保持着一段距离，尾随在她们后面，有的在指指点点，喊喊喳喳地耳语着什么。

6

　　"走，过去看看？"林奶奶以征询的目光看着兰兰她奶奶说道。

　　"看看就看看！"兰兰她奶奶颇有点儿英雄气概，虽说她的心仍然在突突地一个劲儿地跳。

　　不知道是因为她们心里发怵呢，还是改变了主意，林奶奶和兰兰她奶奶并没有立刻动身朝"鬼屋"靠拢，跟在她们后面的人群也停住了脚步，就连有名的"蔺大胆儿"也站在那里观望，因为"鬼屋"的烟囱毕竟是正在冒烟啊。

　　最后还是林奶奶第一个朝前迈出了一步，兰兰她奶奶也紧跟在后面。

　　林奶奶小心翼翼地跨过"鬼屋"前面的东西向的小马路，走到"鬼屋"的南门外。南门密闭得紧紧的，门缝儿被冰雪塞满，没有打开过的迹象。她们又走到南窗下。林奶奶大着胆子把脸紧贴到窗户的玻璃上朝里面张望。小小的双层窗玻璃里面凝结着构图复杂的冰花儿，有的像花草树木，有的像山川河流……稀稀落落，密密麻麻，美丽奇特，但是它们透光不透明，从外面朝里看，什么也看不见。不过林奶奶断定，屋里一定是有人动了烟火儿，不然玻璃窗上不会有这样厚实的冰花儿。

　　"什么也看不见。"林奶奶语气平和地说，"好像里面有人。"

　　"怎么会呢？没听说有人住进来呀？谁会住这种地方儿？"兰兰她奶奶随口说道。

　　林奶奶和兰兰她奶奶又绕到"鬼屋"的东面，走进敞开着的院门，绕到"鬼屋"堂屋的北门外。林奶奶吃惊地发现，北门的门缝没有被冰霜黏死，门和门框没有冻结在一起，而且没有关严，肯定是最近有人进出过，也就是说，屋里可能有人。她回头看了兰兰她奶奶一眼，见她紧跟在自己的后面，而兰兰她奶奶的身后是十几个左邻右舍的孩子。林奶奶走到门前，轻轻地敲了敲门。

　　里面没有动静儿。

　　"有人吗？"林奶奶用力敲门，高声喊道，可能是由于激动，声音有些颤抖。

　　屋里仍然没有回应。

　　林奶奶的心跳突然加快，怕又有人死在里面。她回头看了看兰兰她奶奶，又看看她们身后的人群。人们都已挤到门前，翘起脚尖儿，伸长脖子朝前面张望。

　　"谁啊？"屋里传出一个中年女人沙哑的声音。

　　"俺！是俺呀！是你们的邻居呀！"林奶奶一阵激动，一连声儿地应道，希望里面的人立刻把门打开。由于意外的惊喜和过分的激动，她的声音有些颤抖，而且慌乱中也忘记了此刻是滴水成冰的寒冬腊月，竟不顾一切地伸手去拉铁制的门把手儿。门开了，可是她的手却被冻结在门把手儿上了！当她意识到自己的失措，慌忙用力把手从门把手儿上拽下来时，手指头上的一块皮已经留在铁制的门把手儿上了。

　　门被从里面用力朝外推开，站在门里的是一位中年妇女。她头发散乱，面色憔悴，一双大而疲惫的眼睛问询地看着她们。站在她身后的是一个中年男子，也是一副极度疲倦的模样。没等他们邀请，林奶奶就跨进"鬼屋"的门槛儿。兰兰她奶奶也跟进来。后面的人见林奶奶和"鬼屋"里面的人搭上了话，呼啦啦挤到了"鬼屋"的门口，争着探头探脑地朝屋里张望。"鬼屋"的传说他们听了不少，但是谁也没有见过"鬼屋"里面是个什么模样儿，都想着抢先挤进去看看。

林奶奶和兰兰她奶奶站在转身都不自由的堂屋中间，抬头四处张望，见堂屋的顶棚低矮，里面空空洞洞，只在堂屋的西南角儿上戳着几捆陈年的秫秸，上面落满厚厚的灰尘，她估计那可能是死去的那家山东人留下的。站在她面前的两个男女，都是人瘦眼大，谦卑、善意地对她们苦笑，一看就知道他们都是些老实人。

"两位老人家……?"中年女人难为情地笑着问道。

"俺们是你们的邻居，就住在前面的大院儿里，看见这里的烟囱冒烟了，就过来看看……"林奶奶没有完全说出他们的来意。

大人孩子争先恐后地挤进屋门，挤在堂屋，好奇地东张西望。林奶奶由于心里意外地高兴，竟忘记了问问主人姓字名谁。还是兰兰她奶奶想到了这件事，就问那个中年女人道："你贵姓?"

"好说，免贵姓……胡。"站在女人背后的男人抢先回答道。

"怎么称呼?"

"俺叫胡大珂。"

"是从山东来的吧?"

"不错，俺是山东莱州府的。"胡大珂答道。

林奶奶自我介绍说："俺是郯城人。"

兰兰她奶奶说："是什么时候到的?"

中年女人接着说："俺们是前天下的火车，当天俺娘家的一个叔伯哥哥就把俺们送到这里来了。"说着就退后一步，闪出一个空当儿，把林奶奶和兰兰她奶奶让进东面的卧室。后面的人也就跟着挤到卧室的门口好奇地朝屋里张望。

林奶奶和兰兰她奶奶跨进东面的卧室，见顶棚，四壁，窗户，满屋冰霜，灯光之下，闪闪发光。在炕上围着被子坐着一老一小两个人，林奶奶不禁摇头叹气，眉头紧皱，显出一副心疼着急的样子。

胡大珂指着坐在炕头上的奶奶说道："这是俺娘，她的眼神儿不大好，"然后又指着他身边的女人说："这是俺……孩子他娘。"

中年女人爽快地笑笑说："俺叫秀姑。"由于过度消瘦，她眼角儿上聚起无数细细的皱纹儿。她的爽快和疲惫引起了林奶奶和兰兰她奶奶的好感和怜爱。

根儿他奶奶听秀姑向邻居介绍自己的名字，不禁咯咯地笑起来。在山东老家，人们习惯借助亲情关系称呼有儿女的成年女人，如称谁谁他娘，谁谁他嫂子，谁谁他媳妇儿等等。女人的小名儿是保密的，而秀姑竟把自己的名字告诉了刚刚相识的邻居，让奶奶感到好笑。她指指秀姑，笑着说道："这是俺的大儿媳妇儿，她就像是俺的亲闺女。从她嫁过来，俺就叫她的小名儿。如今孙子都八九岁啦……她还对两位老姐姐自报家门！"奶奶说着，又咯咯地笑起来，逗得林奶奶和兰兰她奶奶也都笑了。

"奶奶好。"奶奶怀里的男孩子主动问候林奶奶和兰兰她奶奶。

"小孙孙好，"林奶奶说，"你叫什么？"

"俺的小名儿叫根儿，大号叫古…胡全和。"

奶奶拍拍炕沿儿亲热地招呼道："炕上坐吧。"

林奶奶和兰兰她奶奶对奶奶笑笑，一边一个，坐到炕沿儿上。

根儿他奶奶朝炕里挪了挪，又拍拍炕席说道："里面坐吧。"

林奶奶和兰兰她奶奶不客气地上了炕，坐到根儿他奶奶的身边。

"俺娘眼神儿不大好。"秀姑强调说，她怕老人失礼。

"都是老姐妹，不必拘礼。"林奶奶说道。

"对不住……连杯水都……"秀姑难为情地说。

"都是穷乡亲，初来乍到，没有那么多的说法儿。"林奶奶赶忙说道。

林奶奶端详着根儿他奶奶，见她神态平和，言谈从容，脸上既没有倦容，也没有愁容，她猜想她是一位大度的老人，儿子和媳妇儿都孝顺，照顾得好，一路上没有受过什么劳累和委屈。

林奶奶听见身子底下发出清脆的响声儿，伸手一摸，摸到了被她坐碎的冰块儿。她朝四下里一看，再次注意到满屋冰霜，寒气逼人。南北两面的双层窗户上面结满层层冰花儿。斜射到窗玻璃上的初升的阳光，变得五光十色。但是屋里还是很暗，白天也不得不开着电灯。

"老姐姐，一路上受累啦。"林奶奶安慰根儿他奶奶。

"还好，受累的是俺的这两个孩子！一路车船，上上下下，把他们俩累踢蹬了！"根儿他奶奶心疼地说，"有什么办法儿？这都是命啊！"

"打算在这里常住吗？"兰兰她奶奶问道。

胡大珂说："原先是想奔黑龙江去投奔根儿他老姑。从青岛到大连的海上碰上大风浪，耽搁了三天，在大连又耽搁了一些日子，赶到这里，路费用光啦，天也太冷，俺娘身体又不大好，不敢再往北走啦。先在这里住下，混过这个冬春再说。"

炕上坐着三位老奶奶和根儿。胡大珂站在南窗下，秀姑靠在门框上。几个孩子挤在他们之间。秀姑很想把站在堂屋的几位老人请到里屋和炕上，可是里屋和炕上都没有容人的地方儿，只好对几位老人难为情地笑笑，自言自语道："地方儿太小……"

奶奶们都连连摆手，表示理解她的难处。

"你们是怎么找到这所房子的？"林奶奶试探地问。她担心根儿他奶奶一家不知道"鬼屋"的隐情，吃曹老二的亏，再遭不幸。

胡大珂说；"孩子他舅舅给找的，说这里不收房租。"

根儿他奶奶知道林奶奶担心什么，坦然说道："城里的亲戚说过，这幢房子不大干净。俺对他说，'一福压百祸'，一家人已经落魄到连饭都吃不上的地步了，鬼还有什么好怕的？"老人说着，居然心无挂碍地笑了。

林奶奶看着根儿他奶奶，知道她不是个平常的人，可能出身大户人家儿。

胡大珂说："我已经检查清理了锅灶和烟道，不会出事了，请二位老人家放心。"

林奶奶和兰兰她奶奶听胡大珂这样说连连点头儿说好。

"全家拔窝儿都来啦。"林奶奶说。

根儿他奶奶伤心地长叹一声说道："能来的都来啦，不能来的再也来不了啦，嗨！"奶奶吃力地睁大眼睛，看着林奶奶和兰兰她奶奶，指点着胡大珂和秀姑他们说道，"这是俺大儿子，这是俺大媳妇子，这个是俺的小孙子。"

"您有几个儿子？"林奶奶问道。

奶奶没有回答林奶奶，脸上的平静和笑容消失了。

林奶奶知道自己失言，没有再重复自己的问话。

"还没吃早饭呢吧？"林奶奶问道。

胡大珂和秀姑难为情地笑笑，没有说话。

根儿天真地说道："还没呢。"

林奶奶看看兰兰她奶奶，猜想这一家人初来乍到，人地生疏，缺东少西，还没安顿下来，得想法子帮助接济他们！便对根儿他奶奶说道："老姐姐，这是个冷屋子，地方儿小，你就和小孙子暂时跟俺去住些日子吧！俺家里有火墙，① 暖和，叫大侄子趁这个空当儿好好收拾收拾，烧烧炕，化化屋里的冰霜。"

"还是到俺家去吧！俺家宽敞一些。"老家河南的刘奶奶挤过来说。

"到俺家去吧！"老家山东昌邑的亓奶奶也说。

"让小孙子到俺家去吧，和俺家的二驴子就伴儿，俺家人口儿少。"老家河北的于大妈说。

老人们的话语温暖了胡大珂一家人的心。秀姑透过泪眼深情地看着这些素不相识的亲人。

根儿他奶奶说道："老姐妹们的心意俺领啦，就不给大家添麻烦啦。"

林奶奶说："老姐姐不用愁。天无绝人之路。咱总能活下去。有什么难处只管说，大家一起想办法儿。"说着起身告辞。人们也都说说笑笑，随着她纷纷离开胡家。

众乡亲们离开胡家不久，林奶奶又带领着众人端着盆盆罐罐儿，提着大包小裹返回来了，带来了白面，大黄米，小黄米，小米儿，高粱米，玉米面儿，土豆，萝卜，白菜，油盐，秫秸，木柴，煤炭，炊具和炉具，还有包好的冻饺子……摆了满满的一屋子。根儿他奶奶心情激动，不禁想起了三十多年前她沿街乞讨的往事，无限感慨地想道："几十年了！有多少好心人帮衬过咱啊！"

胡大珂被涌进来的女人和孩子们挤在堂屋的角落里，感动得不知道说什么好。秀姑眼睛里含着泪花儿，不停地说着感激的话，一个个接过人们递给她的大包小包儿盆盆罐罐儿。

---

① 火墙：高寒地区取暖的一种设备，让火炉或是锅灶的余热进入里面有通风空洞的墙壁，使墙壁升温，以达到提升室内温度的目的。

"根儿他娘，缺什么只管说！"林奶奶爽朗地说道。

"大侄子，别见外。出门在外，哪有万事不求人的？"兰兰她奶奶说。

小气得出奇的房东曹老二也给胡大珂一家送来了一坨子足有三四斤重的黄米年糕，不少的人称道曹老二有善心。而总闹眼病的刘书成微笑不语。他心想：胡大珂一家人住进"鬼屋"，得利最大的就是他曹老二。他总算又有了获得收入的希望了。

第二天，赵凤山、孙孝友、桂云暖、郑祥麟等十几位男客先后拜访了胡大珂。赵凤山是泥瓦工，听胡大珂说原先在这里住过的两家人是被煤气熏死的，当天下午再次亲自检查、疏通了一遍"鬼屋"的烟道。

为了保暖，为了节省柴草，也为了集中做饭产生的全部余热烘烤东屋那盘冰冻的炕，胡大珂一家只占用了鬼屋三间屋子里面的两间：堂屋和东面的那间卧室，一家三代四口都挤在不到四个平方米的土炕儿上。

眼看就是新年了。往年的这个时候，根儿他舅舅已经把红年糕、黄年糕、蜂蜜等各种年货背到古世才家，秀姑也已经把鸡冻和鱼冻打好，屋里屋外打扫得干干净净，根儿手里攥着他舅舅送给他的鞭炮到处欢叫着疯跑。可是此刻，胡大珂家连一点过年的味道都没有，好像新年不会光顾他们。一家之主的胡大珂愁眉不展，他在考虑，好心的邻居们送来的东西对付不了几天，年后的残冬和寸草不生的春天该怎么过。这里到阳历五月野地里才有野菜树头好采。

奶奶阖着眼背靠着把锅灶和土炕隔开的墙壁，静静地坐在炕头上，神态平和，而内心里却充满着说不出的凄凉。这样艰难的新年她已经有好些年没有经历过了。在这一年里，她失去了她心爱的小儿子、小儿媳和可怜的孙女儿改莲。眼前的儿子和媳妇儿愁容满面，只有偎依在她身边的根儿，不知忧愁，在眨动着小眼睛，一个个地数着小朋友们送给他的各式各样儿大大小小的鞭炮。

奶奶自言自语地说："年还是要过的。就是大人不过，孩子也得过。"

秀姑立刻说道："娘说的是，俺这就去操办。"

胡大珂说："去请灶王爷"。①

①　请灶王爷：即购买上面印有灶王爷和灶王奶图像准备张贴在灶台后面墙壁上的一种年画儿，新年家家必备。

7

　　胡大珂闷坐在堂屋灶前的那张两头儿向上翘起的小板凳儿上，那是他的恩师留给他的宝贝，走到哪里带到哪里，双臂抱在胸前，想着一家的生计，不时轻轻地叹息。他从来都没有像现在这样发愁过。外面天寒地冻，什么活路儿都没有，即使有天大的本事也无处去使。房东曹老二满口答应说开春儿他可以到他家去扛活，根儿可以给他家放猪。而这里到阳历五月初头儿才开犁下种，要等四个月才能拿到劳金。赵凤山说明年开春儿这里要盖很多房子，会有铁匠活儿可干，不过那也是四个多月以后的事。远水解不了近渴，难熬的春三月怎么过呀！这会儿唯一的出路儿是跟上赵凤山下乡去贩私粮挣钱。

　　赵凤山，山东菏泽人，有胆有识，急公好义，有一身好武艺，从不叫苦犯愁。他是最早来拜访胡大珂的男人。有些人相处多年，彼此也无恩怨，却总是人心隔肚皮，不能知心，而胡大珂和赵凤山是一见如故。胡大珂感谢赵凤山的帮衬，但是在是否下乡背粮这件事上，他游移不定。他知道，日本人对所谓满洲人实行粮食配给制。所谓满洲人，也就是中国人，只准吃磨过一两遍的粗糙发涩的红虾虾的高粱米和难咽难拉的橡子面儿，其他粮食不许买卖。买卖大米、白面和鸡蛋叫"国事犯"；贩卖小米儿、大豆、玉米等杂粮叫"经济犯"。可是老百姓还是要吃杂粮。关里来的成年人，特别是山东的老年人，初来乍到，几乎都不习惯吃高粱米。奶奶吃了高粱米就心口疼。而且大米、白面、杂粮、鸡蛋人们也是要吃的。江城有数以万计的山东人。他们把山东煎饼带到了这里。这里到处是门前飘动着上书"山东大煎饼"的白布黑字的幌子的煎饼铺。它们卖高粱米煎饼，也卖小米儿煎饼，制作小米儿煎饼的原料就是黄豆和小米儿，而黄豆和小米儿就来自粮食贩子。所以冒着生命的危险"贩私粮"挣钱谋生养家，就成了那些走投无路的穷苦人的一条生路。贩私粮本儿小利大，但是很危险。一旦落到警察手中就会血本无归，更可怕的是人会被发往煤矿去当劳工，而当劳工就是下地狱，几乎是有去无回！现在摆在胡大珂面前的就是这样的火坑，他不跳他一家老小儿就得挨饿，等死。

胡大珂信任赵凤山，反复地考虑过赵凤山的建议，觉得贩私粮见效快，跑一趟就能挣出一家人十几天的口粮。不过这是拿命去换粮，跑一趟，要在零下40度的茫茫的雪原上，在警察的围追堵截下，奔波一百几十里路，一旦落到警察手里，性命难保。如今弟弟不在了，大舅哥和妹妹两家远在山东，要是自己有个闪失，老娘怎么办？秀姑和根儿怎么办？而要是不去呢，一家老小儿眼前就得挨饿，胡大珂一时拿不定主意，而又不能和家里的人商量。

"根儿他爹，你不用发愁。俗话说得好，'车到山前必有路'。"奶奶眼见儿子愁得连饭都吃不下，怕他会愁出病来。"娘什么都不怕，如今还能帮衬着你们过日子。实在无路可走了，俺就再拖上棍子出去讨饭！"

根儿说道："俺和奶奶一起去，去给奶奶打狗！"

胡大珂听奶奶和儿子这样说，想起老娘当年为了把年幼的姑姑和自己兄弟姐妹四人养大成人所受的苦难和羞辱，忍不住一阵心酸，眼泪"唰"地就流下来了。他想说点儿宽慰和感激老人的话，可是想说的话却都噎在喉咙里说不出来。

秀姑急忙拦住奶奶，说道："娘，俺们不能再让你老人家受累啦！"

奶奶睁开眼睛心疼地看看儿孙，后悔自己在这年关时候说出了让儿孙们难受的话。原本想宽宽儿子和媳妇儿的心，反倒让他们伤心流泪。

这时北面响起了敲门声，有人叫道："胡大哥在家吗？"

胡大珂听出是赵凤山，急忙站起身，转身打开屋门，把赵凤山让进来。

秀姑笑着从炕沿儿上站起来，让出地方儿给赵凤山坐。

赵凤山四年前带领妻子和女儿来到本市。先在潘家油坊大财主潘老三家扛过一年长活，后来又到炮手屯杨大琢磨家当了一年的把头。从前年冬天起，夏秋两季干瓦匠活儿，入冬后就伙同一些山东老乡下乡贩私粮。

赵凤山说："胡大哥，怎么样，去吗？"然后又说，"去吧，俺保驾。"

胡大珂想，下乡背粮的穷哥们儿谁不是舍命去挣口饭吃！为了让老娘和妻儿吃上饱饭，就是去冒天大的风险他也心甘情愿，一拍大腿，断然说道："去！"

8

赵凤山走后，奶奶就对胡大珂说："根儿他爹，咱们不去背粮。"奶奶知道贩私粮危险，不同意儿子去干这种要命的营生，刚才她是因为当着赵凤山的面儿，不好意思驳赵凤山的面子，管束自己的儿子。

"娘说的是！"秀姑立刻接上奶奶的话茬儿。

根儿也说："爹，我上街去卖烟卷儿！我见街上有和我一般大的小孩儿卖烟卷儿。"

胡大珂不想违背老人的意思，可是，这会儿一家人已经到了山穷水尽、取借无门的地步，实在是没有别的路好走。再说，看看左邻右舍，谁家的男人不是两个肩膀扛着一张口，拼上命去为一家老少挣这口活命的饭吃！前面就是个火坑，他也得跳，总不能眼睁睁地看着一家人饿死！他自言自语道："这些该杀的强盗把咱们逼到这个份儿上，只有豁出去，闯开一条生路！"激动不安的胡大珂在巴掌大的堂屋里转来转去，愤愤地说道。

奶奶无奈地长叹一声，不再说话。

秀姑反对让丈夫下乡背粮，而是说她要下乡去背粮。奶奶和胡大珂以及根儿都坚决反对。奶奶说，一个女人家，和一大群大男人黑灯瞎火地在野地里折腾，说出来不好听，还是让胡大珂去吧。

这时胡大珂后悔一家人滞留在这里，要不是在三家子折腾了一天一夜，耽误了行期，这会儿他们该在黑龙江的姑姑那里了。那里是深山老林，人烟稀少，一家安全，有姑姑接济，至少吃住不会困难。

"命啊！"奶奶长叹一声。

根儿说："爹，俺和你一起去！"

三个大人都没有注意根儿说的话。根儿怎么能去呢？他还是个不满 9 周岁的孩子，他怎么能去背粮呢。不要说是小孩子，就是成年人，一天一夜在雪地上跑上百里的路程也够呛！更何况回程时还要背上粮食走旷野漫地呢！但是根儿的话让奶奶感觉既温暖又心酸。她想要不是让日本人逼到这一步，这些事还用得着他一个小孩子操心吗？她又想到了根儿念书的事。可是现在连饭都吃不饱，也没有顶用的衣裳让他穿着外出，哪里说得上去念书呢！

"俺一定去！"根儿见大人们都不理睬，很不高兴。

"你还小，不能去。"奶奶抚摸着他的头说道。

"俺就是要去！"根儿说。

"听奶奶的话！你连双像样儿的棉鞋都没有，外面滴水成冰，你怎么出得了门儿？前天你穿着蒲窝到酱园儿去买咸菜，回来不是冻了脚，疼得在炕上打滚儿吗？"

胡大珂见儿子真的要和自己一起下乡背粮，意识到儿子懂事了，就耐心地对他说："下乡背粮要跑很远的路。你赵叔叔说，去的时候可以在白天走大道，半天要走四五十里路，比从浑河镇到咱们古家庄还远。回来的时候，是夜里，为了躲避警察，得绕道儿，只能走小道儿，走漫地儿，要走更远的路，还得背着粮食。小孩子吃不了这个苦。"

"那俺也要去！俺不是从古家庄走到浑河镇，又在黑夜里跟着俺叔叔从浑河镇走到过柳林庄吗！"根儿固执地说。

全家人都知道根儿犟。可是像下乡背粮这种事他明明干不了，却不知轻重，非去不成，这也出乎大人们的意外。

"你怎么这样犟！"秀姑有些生气地说。

"俺知道背粮是怎么回事儿！俺不放心爹！"根儿说着放声哭了。

秀姑看着儿子，眼圈也红了。奶奶干枯的老眼里也溢出了泪水。她拉起根儿的手，缓缓地安抚说："好孩子，你去背粮的事过些日子再说吧。"

胡大珂午饭后趁根儿打瞌睡的工夫儿跟随赵凤山等人离家出走，直奔50里外的炮手屯。他人走了，也把一家老少的心都带走了。奶奶和秀姑都知道他干的是"犯法"的营生，种种不祥的预感在奶奶和秀姑的心里交替出现。奶奶不断地默念阿弥陀佛，求神佛保佑她的儿子平安回来。婆媳俩整整一个下午都没说一句话。能说什么呢？喜歌儿唱不出来，不幸的结局都不愿意说。心里失去着落的秀姑心不在焉地做了晚饭。但是她吃不下，奶奶也没吃，根儿知道他爹干的是多危险的事，也只喝了一碗玉米面粥。

胡大珂家卧室的南北两面的窗户上都挂着用厚厚的黑油漆纸制作的防空用的窗帘儿。这是按照黑狗大街的居民班长王凤池医生的要求，在赵凤山的帮助下突击制作出来的。江城市当局实行灯火管制，要求家家户户挂窗帘儿是为了防空，防范老毛子和美国的飞机来轰炸。

山东庄老百姓家的防空窗帘儿都制作得很认真，很标准，家家的窗户夜晚都密不透光，不仅在夜里使用防空窗帘儿，在冬季的白天也使用防空窗帘儿，不过那并不是为了响应当局的要求，应对老毛子飞机和美国飞机的轰炸，而是为了防范警察和电业局的人发现他们偷电罚款。官方规定，平民百姓家的房间只能用 15 瓦的灯泡儿照明，而山东庄的居民冬季用的灯泡儿大多数儿都在二百瓦以上，有的是五百瓦，而且有些人家儿用的不只是一只，而是两只，三只，主要不是为了照明，而是为了取暖。一个五百瓦的灯泡儿简直就是一个小电炉子，一米之外就能感觉到它的热度。胡大珂家七八个平方米的小小的卧室，在二百瓦大灯泡儿的强光照射下，四壁和天棚上的冰霜更显白亮。"炕热屋子暖"，卧室里潮乎乎暖融融的。奶奶闭目养神，坐在靠近锅灶的热乎乎的炕头上。秀姑呆呆地坐在炕沿上想心事，不时无目的地到堂屋里去转一转。根儿依在奶奶身边呆呆地想着什么。

夜深了。平时此刻一家人已在梦乡，而现在他们都没有睡意。奶奶和秀姑几次催根儿去睡觉。秀姑还哄他说："根儿啊，你先睡吧。等你一觉醒来，你爹就回来啦。"可是根儿还是不睡。秀姑让根儿躺在奶奶的被窝里等，而根儿就是不肯进被窝儿。他说他一定要等他爹回来再睡。可是不久他就靠在奶奶的身上睡着了。

秀姑一再宽慰奶奶，劝说她早睡觉。奶奶默默地点点头儿，却依然合着眼坐在炕头上。她唯一的儿子，为了一家活命，冒着生命的危险，在滴水成冰的漫漫的雪地里艰难跋涉，和坏蛋警察周旋，眼下生死不保，她怎么能睡得着呢？秀姑听说丈夫来回要走一百多里路，就是顺利，也要等到后半夜才能回来，她是可以先睡过一觉再起来给丈夫做饭的，可是她总是幻想着丈夫可能会突然闯进屋里来，不时跑到门外朝黑洞洞的远方倾听和张望。因为她想，人们想象不到的事情多的是，说不定丈夫就会提前回来。秀姑还不时小心地体察自己的心境，看是不是心慌意乱，是不是有什么异常的感觉。因为她相信亲人之间的心是相通的，如果丈夫在外面遇到不幸，神佛会把丈夫的消息传到他妻子的心里。而此刻她的心里没有任何异样的感觉。照说她应该相信她的丈夫平安无事，可是她做不到。她因为无事可做，而不时地往锅灶里添煤，炕烧得很热，奶奶坐的炕头那一块地方儿，已经烤干。屋子顶棚和四壁上的冰霜也开始融化，无数细小的水珠儿凝聚在天棚和墙壁上，缓慢地集结起来，滴到炕上，或是顺着墙壁慢慢地流下来，卧室里的湿度明显地有所加重。

家里没有钟表，夜里要知道时间，只能靠看星星。可是窗户的玻璃上结满冰花儿，即使关上电灯，也不可能透过玻璃看到天空，更何况今夜天气时阴时晴，星星不时被厚厚的云层遮住，即使在室外，也不可能随时都能看见星星。不过现在秀姑并不讨厌阴天。因为黑暗能保护丈夫和他的同伴儿们躲过警察的堵截追捕，保护他们的平安。

奶奶一再劝说劳累了几天的秀姑到炕上暖和暖和，歇息歇息，可是秀姑一直没有上炕。她一次次地跑出去看星星。有时能看见，有时扫兴而归。有时，她感觉好像过了很久，可是她出去一看，那些星星并没有挪动地儿。

奶奶身披厚棉袄，头戴棉帽箍儿，背靠着儿子特地给她塞在背后隔潮的那捆谷草，坐在被窝儿里，心里在默默地念佛。她好像睡着了，可是秀姑知道她没有睡。

已经是后半夜了。根儿，每次醒来都张开蒙眬的睡眼东瞅西望，大声问道："俺爹回来了吗？"然后就埋怨他娘不该骗他，让他爹趁他打瞌睡的时候偷偷地走了。

"根儿他娘，什么时辰了？"奶奶也有点沉不住气了，但是她并没有睁开眼睛。

"三星偏西了。"秀姑说道。

"后半夜了……"奶奶自言自语。

秀姑知道，婆婆心里和她一样着急。

婆媳俩的心情随着黎明的临近而紧张起来。

秀姑想让奔波劳累了半天一夜的丈夫一进门就能吃上热饭，也因为她无事可做，一直没有让锅灶里的火熄灭。

奶奶听见秀姑不停地出来进去，知道她心里发慌，便宽慰她说："好孩子，不要着急，有菩萨保佑呢。"奶奶是在宽慰儿媳妇，也是在宽慰自己。她从古世友夫妇和改莲惨遭杀害之后就不再像过去那样信奉神灵了，花斋她早就不吃了，菩萨也不拜了，而今夜她又念起了佛，这也许是一种习惯和寄托。

"外头什么响?!"奶奶忽然抬起身子，她的动作和年轻人一样敏捷。她的耳朵几年前就开始有些背了，可是今夜格外灵敏。

"是风。"秀姑说。

奶奶听秀姑这样说又仰靠到谷草上，默默地念佛。

秀姑闭上电灯，掀开防空窗帘儿，发现窗玻璃开始发白，天快亮了，心突然提到嗓子眼。她想，没有了黑暗的掩护，丈夫的处境就更危险。一年来一家人就没有遇到过什么幸运的事情。女儿走了，弟弟和弟媳不在了。如今一家人……她已经习惯了遇事往坏处想了。她觉得天大的不幸正在逼近她，好像丈夫已经不再属于她。奶奶看出她的恐惧和不安，不停地宽慰她。可是老人的话她已经听不进去了。左邻右舍传说的那些被警察抓走后送了劳工，下了煤窑，一去不回的兄弟们的影子让她感到恐惧。她觉得自己的精神有些恍惚，平日刚强的秀姑禁不住偷偷地在堂屋里啜泣起来。

"给孩子做个好样子吧!"奶奶听到秀姑的哭声，严厉地申斥她说，她觉得秀姑哭哭啼啼不吉利。

"听，有人敲门!"奶奶猛地抬起身子，动作快得像年轻人。

"回来啦!"秀姑兴奋地喊了一声，疾步冲到门前。

站在门外的是赵凤山的独生女儿素桂。秀姑猜想素桂她娘也没睡，她是派女儿来打听消息的。秀姑想，在下乡背粮的这些人里面，赵凤山是个头儿，素桂家的消息应该最灵通，而素桂她娘反倒派素桂来她这里探问消息，足见她也沉不住气了，急糊涂了。秀姑见来人是素桂，从惊喜跌落到失望，以至于没有意识到素桂是站在北风呼啸的冰冷的雪地里，她应该立刻把她让到屋里来。

"是谁啊?"奶奶问道。

"是他凤山叔叔家的素桂。"秀姑糊里糊涂地说。

"赶紧让孩子进来暖和暖和呀!"奶奶急切地高声说。

"哎，哎！"秀姑忽然醒悟，"素桂，快进来！"说着把素桂拉进屋里。

"上炕！"奶奶命令道。

素桂顺从地脱掉布棉鞋，挤在根儿的身边。她的脚被奶奶拉进自己的被窝儿。

根儿醒了，发觉素桂坐在自己身边，觉得有些不好意思。奶奶和娘总说给他娶媳妇儿的事儿，根儿渐渐地意识到男孩子和女孩子不一样，知道害羞了。这会儿素桂就坐在他的身边，他很想和她说说话儿，可是不好开口，也不敢正眼儿瞧素桂。

天就要亮了。一夜没有入睡的秀姑，眼皮直跳，坐立不安。她打开屋门，走到门外，冒着刺骨的寒风，侧耳静听外面的动静儿，朝西北丈夫回来的方向张望。可她看不见一个人影儿，也听不到什么动静儿，总是一次次失望地回到屋里。

素桂说："这一回俺没跟着俺爹去，俺娘说天太冷了，怕把俺冻坏。她原本也是不让俺爹去的，可是俺爹非去不行。他说，新来的胡大爷家有难处，得带他去一趟，挣点儿钱回来过年。"

"俺爹这是头一回去背粮。"根儿总算得到了一个说话的机会。可是他说完了，一想，就后悔了，因为他觉得他说的这是一句废话。

素桂说："用不着害怕，俺爹他们那一伙子人都是山东老乡，个个儿都是好样儿的，三两个警察也不敢招惹他们。俺爹说，小警察带刀，可是那刀是没有开刃的，大警察带枪，可是那枪里面没有子弹，只是用来吓唬人的。俺爹的武艺好着呢，十几个人靠不到他的身上，像咱们住的这样的房子，他一纵身就上去了。"

根儿打心眼儿里敬仰赵叔叔，觉得他是和舅舅一样的人，和舅舅一样地仁义，和舅舅一样地英雄。根儿羡慕素桂知道那么多的事情。

孩子们的话，秀姑好像没有听见。她的心里满是恐惧，越想越怕，越怕思路越窄，好像不幸已经发生，她绝望地回到里屋，靠在门框上喘息，她有生以来这是头一回。一向豁达的秀姑，这时才知道自己的心并不宽。

奶奶听见鸡叫头遍，想到天就要亮了，心里也开始发慌。她睁开眼，看看秀姑，猜想她也已经有些扛不住了，忽然灵机一动，不动声色地命令说："根儿他娘，根儿他爹过会儿就要回来啦，赶紧给他准备饭。"

秀姑以为奶奶听到了什么，问道："娘……"

奶奶不容秀姑说下去，督催她说："你就挑开火热饭吧，他这就要到家了。"

秀姑懵懵懂懂地按照婆婆的嘱咐，又一次拨旺了灶塘里的煤火。几乎就在这同时，屋门突然被冲开，胡大珂带着一股浓重的寒气扑了进来，急促地喘息着对秀姑说道："来！帮我把粮食卸下来！哎呀，累坏了！"

秀姑立刻扔下拨火棍，忽地从地上站起来，转身迎住丈夫，双手把胡大珂背上百多斤重的粮食口袋托起来，让丈夫把两只胳膊从"高丽背"里（双肩背）的两条绳子里脱出来。

丈夫突然归来，秀姑喜出望外，好像再生了一回，止不住兴奋得热泪直流。

"大爷，俺爹也回来了吧？"素桂急忙问道。

"回来啦！快回去看看吧！"胡大珂气喘吁吁地说。

素桂赶忙下了炕，什么话也顾不得说，趿拉着棉鞋，撒腿就往家跑。

"爹！"根儿光着身子扑到胡大珂的身上。

"快回被窝儿！我身上凉！"

"俺不怕！"

"不行！快回去！"

根儿笑嘻嘻地回到了奶奶的被窝儿里。

"累坏啦吧？"秀姑心疼地对丈夫说。

"还行！快做饭，饿坏啦！"胡大珂抖落着帽子上的冰霜，兴奋地说。

"饭一直热着！"秀姑说着，就忙着揭开锅往地桌上收拾饭。

胡大珂一步跨进东屋，对奶奶说："娘！俺回来啦！"

"快歇歇吧。"奶奶睁开眼睛，吃力地打量着儿子，示意叫儿子坐。

胡大珂坐到炕沿儿上，想和老娘说说话儿。可是奶奶却又闭上了眼睛，一会儿就发出轻轻的鼾声。胡大珂心疼地看看老娘，知道她一夜没睡，心情感觉沉重起来，觉得都是自己无能，让老娘受累，鼻子一阵发酸，不禁想道，"要不是日本强盗和汉奸走狗作恶，俺用得着作这样的瘪子，拖累老娘跟着俺受这份罪吗？！"

"快吃饭吧。"秀姑满面笑容，觉得一家人又生离死别过一回。

10

在茫茫的雪原上奔波了半天一夜的胡大珂此时并无睡意。秀姑几次催他睡一会儿，他都不肯上炕。一天前他为一家人的生计而一筹莫展。昨天中午他忧心忡忡地离家出走，不知道在此后的一天一夜里会发生什么事情，自己能不能平安归来，和一家老少团聚。而此刻他对于自己一家今后一段日子的吃喝心里有了一点儿底。在这短短的三五天里，特别是在刚刚过去的这一天一夜，他感到自己已经融入了这个以赵凤山为首的穷哥儿们之中，心里有了依靠，摸到了一条求生的险路。但是他清楚，贩私粮不是个正经营生儿。他这样想，并不是因为"满洲国"当局说贩私粮违法。在他心里，日本人的"法"不算数儿。他根本不把日本人的粮食配给制当回事儿。他认为他们占领中国的土地就不合法！他之所以认为贩私粮不是个正经营生儿，仅仅是因为这个营生儿太危险。有些人已经被警察抓走送了劳工。可是眼下这是他和穷哥们儿唯一的生路。他这次背回来一百斤小米儿，能净挣 50 斤，要是换成别的粮食，可换 80 斤棒子面儿，一家人能对付到十天半月。有了这样一群好兄弟，和这样一条出路，他的心里踏实多了。即使万一碰上警察，可以逃跑；逃不了，可以拼命，杀警察。不过年前他是不想再去了。半年多的劳累和惊吓，弟弟和弟妹的不幸，女儿的夭折，外逃前后几个月的谋划准备，一路的辛苦，已经让他筋疲力尽了，而且他估计他的老娘再也经不住惊吓折腾了。他想缓一口气，阖家老少一起过个平安年。

丈夫平安回来了，吃的有了着落，秀姑的心里也踏实了。她虽然一夜提心吊胆，跑出跑进，忙着一遍遍地给丈夫热饭菜，可这会儿也没有睡意。她坐在睡过一觉醒来的婆婆身边纳鞋底儿，给根儿赶做棉鞋。想起婆婆在丈夫回来前说过的那句话，觉得婆婆很神，她说根儿他爹回来，而根儿他爹真的就回来了，是不是奶奶修炼得像诸葛亮一样能掐会算啦？她想这是可能的，平时有人丢了东西常常来找奶奶给算一卦，算算那丢失的东西能不能找回来，到什么地方儿去找。奶奶常常都是算得很准。奶奶说，她算卦的本事是公公教的，说她公公精通《易经》，奶奶用的是经公公简化的《易经》。秀姑想，奶奶要是真有这种本事那可就太好了。便问道："娘，刚才您怎么知道根儿他爹就要回来了？"

奶奶睁开眼，笑眯眯地看看儿媳妇儿，神神秘秘地说道："天机不可泄露啊，这里面的奥妙俺不能对你说。"

秀姑猜想婆婆一定是故弄玄虚，便逗弄婆婆说道："您早就知道根儿他爹平安无事，那您昨天夜里一定睡得很香吧？"

奶奶笑得前仰后合，说道："你个鬼丫头，又来要笑俺！"

"爹，昨天你为什么偷偷地走啦？！"根儿缠着胡大珂问道。

"因为不愿意看见你哭鼻子。"胡大珂笑着说。

一家人正在说笑，就听外面有人叫门："胡大哥在家吗？"

"哦，是凤山兄弟，快请！"胡大珂慌忙站起来迎接。"在家靠父母，出门靠朋友"的道理，流浪半生的胡大珂深有体会，像赵凤山这样耿直、实在、可靠、能干、热心肠、救人急难、一见如故的好朋友，他碰见的并不多。朋友大多像路上遇见的人，同行一段路程就分手了。孙兰亭和他相知多年，后来也由于他投靠俄国当局危害自己的同胞和慢待他的俄国妻子而成了陌路人。胡大珂很看重他和赵凤山的友情。

"快请！"在外屋忙着做早饭的秀姑已经开门把赵凤山让了进来。

"胡大哥，怎么样，累坏了吧？"赵凤山笑呵呵地说着就走进了东屋，没等主人礼让，就在南窗下的秫秸堆上坐下来。除了炕沿以外，堆放在南窗下面的十几捆秫秸是胡大珂家唯一可以坐的地方。

"还行吧。"胡大珂笑着说。

奶奶对赵凤山说："大侄子，多亏了你啊。俺真不知道怎么感谢你和众乡亲啊。"

赵凤山说："您老言重啦，这都是俺应该做的。"

"大兄弟，吃烟吧。"秀姑说着，把一枝半尺多长装配着精美的黄铜烟袋锅儿和白玉石烟嘴儿的旱烟袋递给赵凤山。烟袋上还拴着一个上面绣了一枝荷花和一对鸳鸯儿戏水的烟荷包。这是当年玉兰赠给古世友的礼物。古世友不抽烟，但是他一直把这套烟具当成宝贝珍藏着。弟弟和弟妹所有的东西，秀姑都把它们随着弟弟和弟妹埋葬了，只留下了弟弟的这套烟具和弟妹的一个白铜的顶指做纪念。

赵凤山好奇地玩弄着这套烟具，笑着问道："大哥不吃烟，怎么会有烟袋？"

　　赵凤山的问话让秀姑一家人的神色为之一变。赵凤山意识到自己这样问有些冒昧，就没有再重复这个话题，而转向胡大珂问道："胡大哥，咱们年前再走一趟，挣个猪头回来过年怎么样？"赵凤山见胡大珂神色犹豫，又说道："要不，就年后再说吧。"

　　秀姑突然问道："凤山兄弟，你说俺去行不行？"

　　奶奶听秀姑这样说，猛地睁开眼睛，吃惊地看着秀姑，心想："这个野丫头，真是想到一出是一出，她怎么能想到下乡去背粮呢！"

　　胡大珂不以为然地说道："这就不是女人干的营生儿！"

　　赵凤山愣了一会儿，然后半开玩笑半认真地说道："怎么不行？"

　　秀姑认真地强调说："俺说的是真话呀！"

　　赵凤山笑呵呵地说："俺也不是说笑话儿呀。"

11

　　秀姑萌生下乡背粮的念头儿并非偶然。胡大珂一家来到宋家屯镇第一个外出谋生的不是胡大珂，而是秀姑。她在来到山东庄的第二天就忙不迭地进了日本人丸山氏在本镇开设的灭蝇水公司洗涮玻璃瓶子。在这里打工的全是外地来的女工儿，主要是山东人，多数是十五六岁的女孩儿，也有少数中年妇女。她们即使在三九天也在露天下工作，而且没有任何劳动保护措施。洗涮玻璃瓶子的水泥池子里的水时刻在结冰，水面上不时浮起针一样的丝丝冰凌，女工们要一边清理水池子水面上的冰凌，一边工作，公司的要求苛刻，百般挑剔，而报酬极低，每洗涮一个瓶子，里里外外验收合格儿后才只给一分钱，多数女工一天挣不到一块钱。失手损坏了玻璃瓶子要扣工资赔偿。秀姑全天猫在水池子边上苦干，还挣不出一家人的饭钱。这份儿工作好找，可是没有谁能坚持干，干得长久，人员走马灯似的轮换，没有人能坚持连续干上半个月。秀姑在上工的头一天双手和手臂就冻伤了，几天之后伤处开始化脓，痛痒难忍，离开了那里，一家人又面临绝路，胡大珂是逼上梁山，不得不冒险下乡去背粮。可是秀姑又忍受不了彻夜为丈夫的安危担忧的痛苦的折磨，害怕他被抓了劳工，一去无回。她想，她的老哥哥和小姑子两家都在千里之外，他们的姑姑一家远在黑龙江的深山老林，在这里他们只有一个和自己一样穷的叔伯哥哥，丈夫一旦有个好歹，一家人就完了。昨天夜里，她无数次地想象过丈夫在漆黑寒冷的雪地里奔波，和他可能遭遇的种种不幸，寻思着摆脱这种痛苦和不幸的出路，想到了自己下乡背粮的这个主意。她不怕抓劳工，有一双和男人一样的大脚，力气比丈夫大，身上有功夫，遭遇警察动起手来也不会吃亏。

胡大珂犹豫再三，决定再下乡背儿趟，积攒下一些粮食，好让一家人平安地混过这个冬春。可是奶奶和秀姑都不同意他去。秀姑坚持说她要去，一再对奶奶和丈夫述说她去背粮的好处。奶奶和胡大珂虽然觉得她说得有理，可还是不同意她去。奶奶想，眼下冷冬数九，要是秀姑出点儿意外，伤了，残了，冻死在野外……她怎么对得起自己的孙子？再说，一个妇道人家，和一群大老爷们儿白天黑夜地在一起滚，以后说起来也不好听啊。根儿更是又哭又嚷，死活不肯放他娘走，还说他要跟他爹一起下乡背粮。一家人齐声反对，秀姑只好暂时放弃下乡背粮的打算。

今天是个晴天。隔两天就是大年初一了。一家人说好同意胡大珂再次下乡背粮。这回根儿没闹着要去，他说孙孝友叔叔家的道士找他有事，饭后就出去了。

午饭后，赵凤山、胡大珂等一行男女老少 12 个人，把背粮食用的口袋和绳子裹缠在身上，带着饭后的余温，迎着刺骨的西北风，说说笑笑地上了路。他们有的是三四年前来到这里的，有的是不久前才来到这里的。可是他们中间没有谁混上一身像样儿的御寒的行头，穿的还都是从山东、河南、河北老家带来的那些不知道拆洗过多少遍的并不保暖的棉袄棉裤。他们在老家能够靠着这些行头勉强过冬，而根本不能靠它们抵挡松辽大地上寒冬腊月刀剑一般的西北风，眨眼间他们身上的体温就被搜刮得干干净净。这时，他们就像赤裸着身子，迎着冰冷的寒风在雪地里行走。仅只一两袋烟的光景，他们的双手就冻木了。接着，面部的肌肉和五官也冻僵了。与此同时，他们的思路儿也渐渐变得狭窄了，头脑失去了自由思考的能力，所有人的脸都不再能够自如地展示自己的喜怒哀乐。孙孝友不满11 周岁的儿子道士只穿了一件棉袄，下身穿的还是不知补过多少回的两条套在一起的夹裤，脚上穿的是家做的布棉鞋，他简直就是光着下身儿走在这冰冻的世界里。比根儿大 3 岁的素桂戴的是一顶遮到她的眼眉的男式的旧火车头棉帽儿。这样的帽子在她的老家山东菏泽可以靠它过冬，而在这滴水成冰的松辽平原上，就几乎什么也不顶了！人们吐出来的唾沫，几乎在离开双唇的同时就凝结成冰块儿，落到地上时就跌得粉碎！

所有的人都本能地侧着身子，尽量避开迎面刮来的凌厉的西北风，急匆匆地穿过离宋家屯镇只有一两里路的国家营子屯，继续朝正北的两家子屯挺进。

"赵大叔，唱一段儿吧？"道士背着风，揣着手，吃力地笑着提议。

人们用冻僵了的双手拍出并不响亮的掌声来表示附和道士的提议。

"好！你说唱，咱就唱！"赵凤山爽快地说道。"说吧，要听什么？"

"先唱河北梆子，再唱河南梆子！"道士说。

"小老妈儿在上房，自思自叹……"赵凤山唱起了河北梆子。

"哎！看哪！根儿，根儿！"素桂朝远处一指，惊叫起来。

众人一齐惊异地抬起头，见站在路旁一幢废弃了的瓜窝棚前面的果然是根儿！他穿着平时穿的那身棉袄棉裤，戴着上面只有栽绒的男式的旧火车头棉帽儿，穿着旧棉鞋，腰里系着一根麻绳儿，肚子鼓鼓的，不用说，那里面肯定是裹着装粮食用的面袋子。胡大珂看了根儿又气又恼又急又疼又为难。他明白，根儿是动了脑筋才想出这个主意的：他谎称找道士玩耍，一个人先偷偷地到半路上来等他们，逼迫胡大珂同意他去背粮。可是，天这么冷，他这么小，来回要在冰天雪地里奔波上百里的路，他怎么受得了呢！

"你奶奶和你娘知道你来了吗？"胡大珂没有申斥根儿。他很伤心，也很感动。孩子是因为不放心他才来的！是一片孝心！而且他的举动也表现了他的决心和心计。

根儿说："俺对于清海家大婶儿说过了，让她告诉俺奶奶和俺娘。"

"真有心眼儿。"素桂说。

"好孩子，回去吧。"胡大珂温和地劝说道，"天太冷，路太远，你太小，来回上百里的路，你是连走都走不下来的呀，就更别说背粮食了。"

根儿冷静地说："那你得和俺一起回去！俺明天就去戳烟卷卖挣钱养家。"

胡大珂耐心地说："我和赵大叔说好了要去的，怎么好说了话不算数呢？"

"俺不管!"根儿固执地说。

"好孩子,听话,回去吧,你还小呀。"赵凤山说。

"俺不小!俺比素桂姐姐高!"

"俺比你大3岁!"素桂大声说道,"你还不到9岁呢!"

"俺是个男的!"根儿凑到素桂面前嚷道。

"半天一宿要在雪地里走一百几十里路,你怎么受得了呢?!"赵凤山摸着根儿冰凉的脸蛋儿说道。他喜欢根儿。根儿的孝心,聪明,勇气,都让他喜欢。

"俺不怕!"根儿不哭也不闹,就是不肯回去。

"你怎么这么不听话呀!"胡大珂有些气恼。

"爹,你就别去了吧,俺一天吃一顿饭就行,喝粥也中。"根儿说着哭了。

孙孝友听根儿这样说,深深地叹了一口气。

赵凤山无言地看着根儿。

"不行!你非回去不可!"胡大珂火了。

根儿不再说什么,一个人回身就朝北疾走。

"你站住!你爹和你一起回去!"赵凤山无可奈何。

胡大珂也有意和根儿一起回去。赵凤山说过,有次他们在回来的时候,在潘家油坊以北撞上警察。在月黑夜里,警察看不见他们,就放警犬追他们。距离越来越小,眼看就要追上了。赵凤山朝警犬扔去事先准备好的熟肉,可是警犬根本不理,还是穷追不舍。这时赵凤山抽出围在腰里的七节钢鞭,朝狗叫的方向猛力挥舞。警犬惨叫几声,就不再狂吠了。没有了警犬,警察就失去了追捕的方向,赵凤山才得以带领着他的穷哥们儿脱险。胡大珂想到上次赵凤山肯定打伤,或是打死了警犬,警察肯定会报复他们。这次背粮风险很大,带着根儿这样小的孩子,一旦遭遇警察,行动不便,容易落到警察手里。可是他不想扫大家的兴,也不想当着众人的面儿听孩子摆布,只得无奈地说道:"那你就去吧。"

"到时候,俺背他!"赵凤山说。

"去吧,去吧,和俺做伴儿。"道士和素桂齐声说道。

在这冰冻的荒野里,这些衣衫褴褛的人,谁都没有一丝一缕的衣物可以拿出来接济别人,包括自己亲生的儿女。成年人对孩子们唯一能给的照顾，就是让他们走在自己的身后，用自己的躯体构成一道透风的人墙，给孩子们挡一挡刺骨的寒风。在这生与死的交界线上，穷人对于儿女的爱只能有这样的一点点！

前面不远的地方儿就是潘家油坊，这个地区的警察派出所就设在那里。潘家油坊周围十几里路以内没有别的屯落，赵凤山他们可以从容地绕过潘家油坊继续北行。

过了潘家油坊，前面不见行人，也没有屯落，在辽阔的高低错落的雪原上，只有赵凤山他们这十个大人和三个孩子，总共 13 个衣衫褴褛的人！在周围无所不在的寒冷的高压下，他们都想把自己收缩得最小，缩成一团儿，抵抗严寒的侵袭，个个都深深地揣着双手，手已经摸到胳膊肘子了，可是还想再往里面揣，总觉得自己所遭受的寒冷是由于没有揣好双手。每个人都感觉脖子是多余的，恨不得把它缩进脖腔子里面去保护起来。他们感觉脖子受到的不再是寒冷，而是像被开水烫过一样，火烧火燎，麻木僵硬，又痒又疼。

西北风凄厉地号叫着，顽固地阻挡着他们前进的脚步，好像要把他们冻死在无边的雪地里。他们本能地朝前倾斜着身子，低着头，侧着脸，以求尽量减少前进的阻力，忍受着挟带着砂粒的寒风对于他们的鼻子和眼睛的撞击，艰难地向前移动着脚步。

路旁是一条低标准不规则的电话线。电线杆子是一些规格不一的柳木、杨木、桦木杆子。它们高矮不齐，粗细不一，歪歪扭扭，使得电话线以一条波浪线的形态向着远方延伸。在夏秋季节，那上面的电话线是松弛的，安静的，无声的。而如今它们也收紧了自己的身躯，嗡嗡地哀号着，构成"寒冷的旋律"，刺激着这些悲惨的人们的神经，加重了他们对于寒冷的痛苦的感受。视野所及，到处是雪。雪原随着地势起伏，构成雪的丘陵，雪的沟壑。在可见的距离内，活着的只有这 13 个人。26 只大大小小的脚踏在厚厚的雪地上，积雪发出嘎吱嘎吱的呻吟声，留在雪地上的是人生的悲哀。

残忍的西北风继续不停地搜刮着人们身上的余热，他们冰冷的皮肤上已经感觉不到寒冷，能感受到的只是难以忍受的刺痛。

风向变了，从西北而正北。它不再呼啸，而是悄悄地擦过硬结的积雪，横扫大地，像支支利箭，穿进每个人的心。寒风不断地剥蚀着人们身上残留的丝丝体温。大自然就像是一只贪婪的野兽，它好像已经下定决心，硬是要舔尽这些可怜的人们身上的每一丝热度，把他们变成冰雪世界的一部分。人们的脖子越缩越短，虽然如此，却总觉得脖子是露在外面的。他们竭力把躯体紧缩，把自己紧缩到最小的地步，连他们的容貌都变了样儿了。

寒冷成了人们唯一的感受。它等在每一个人的面前。谁一张口，它就冲上来，把他的口严严实实地堵住。没有人说话，也没有人想说话。人人都被寒冷压缩进很小很小的意识里，模模糊糊、朦朦胧胧地想着自己的心事。

胡大珂心里说不出的难受。一种愤怒和仇恨在他的胸膛里汹涌。老娘和妻子在家里为他和儿子提心吊胆。可怜的儿子只有八周岁多，也要跟着他受这份儿不是人受的痛苦。他觉得自己尽力了，可又觉得自己谁都对不起。他委屈，可又想不明白委屈的是什么。他心里在暗暗地骂日本人，想到了满脸都是胡子的黑田小队长，想到野心勃勃没有廉耻的都鸿勋，想到他们为了自己的私利给自己一家和许多中国人造成的苦难，他就恨。他的头脑冻僵了，思路也变得狭窄了。就连他最疼爱的儿子就在身后的这种感觉也有些模糊了。

根儿紧跟在他爹的身后。他已经失去了对疲劳的感觉，只是机械地朝前挪动着脚步。他的手指早就不能伸缩了。他面部的血液好像已经凝固了，嘴唇已经冻僵。眼睫毛不时冻结在一起，他不得不一再伸出已经失去了感觉的麻木的右手，用力把睫毛上小小的冰块儿捏碎，融掉，以保持眼睛能够开合。他感觉不到自己身上穿着衣服，觉得自己是在赤裸着身子走路。细细的风丝儿，像无数密集排列的利箭，不停地朝他的全身发射，阵阵剧痛使他颤抖。寒风扑进他矮矮的衣领儿，扎到他的脖子上，脖梗子立刻就麻木了，说不清是冻的还是烫的。他被包围在痛苦里，无处躲藏，无法解脱，无人能救。他的头麻木了，里面空空的。痛苦也变得模糊不清，恍惚间觉得自己进入了另一个世界。他的思路开始紊乱。奶奶、娘、叔叔、婶婶、舅舅、舅妈、小红、老家的和浑河的学校……一个个影像在他的头脑中闪烁,不能停留,无法连贯。只有两件事是清楚的:爹和他在一起,爹是平安的,他必须继续朝前走。

"根儿,冷吧?"胡大珂吃力地说道。他这是明知故问,表达的只是他内心的不安和对儿子的疼爱。根儿不听话,让他不满;但是他并不怨恨儿子。儿子是出于孝心和无知,这时埋怨儿子等于折磨他。

"不冷!一点儿都不冷!"根儿全力活动着僵硬的双唇和整个儿的口腔,装得毫无痛苦,用满不在乎的声调儿说道。他想表示出一点儿笑意,让他爹看了宽心,可是他没能做到,他面部的肌肉早已失去了笑的功能。

胡大珂知道儿子是在安慰自己。他发现儿子的面颊已经冻裂,上面出现了许多细细的蚂蚱纹儿,不禁默默流泪。泪珠立刻变成了冰块儿,跌落地上。他转回身,抓住儿子的一只小手儿,不顾他的挣扎,硬塞进自己的怀里,贴到自己的肚子上。他后悔自己没有带着儿子回去,以致让他遭受这样的痛苦。

"讲个故事,想不想听啊?"走在最前面的赵凤山脸朝后,倒行着提议说。

"好!"三个孩子和半大小伙子二吉等年轻人七嘴八舌地答道,显出了一点儿活人的气息,马上凑到赵凤山的身边。

赵凤山一边倒退着,一边缓慢地、高声地、一字一句地说道:"从前啊,在俺们老家菏泽那一带有一个老财主,叫季福海。他家有良田百亩,骡马成群,还有三个儿子。大儿子叫来福,二儿子叫来禄,小三儿子叫来寿。

"老财主一天天变老了,自知活不了多久,就开始考虑自己的后事。你们猜,最让这个老财主放心不下的是什么?"

"是他的三个儿子!"道士说道。

"不对。"赵凤山说。

"是他老婆。"素桂说。

"他老婆早就死了。"

"他的房子和地!"根儿说道。

"对喽!还是根儿聪明。财主嘛,他最爱的当然是钱喽。

"老财主把大儿子来福儿叫到自己的面前,问道:'来福儿啊,俺死后你准备怎样发送俺呀？'来福立刻恭恭敬敬地回答道：'你老人家劳苦一世，置办起这样大的一个家业。您百年之后，俺一定大操大办，好好儿地发送您老人家。给您买最好的木料，请最好的工匠，打最好的寿材；在门前搭起四个大席棚，请两台大戏，两拨子吹鼓手，道士和尚都请到，让他们对着唱，对着吹，给您老诵经，送你老人家上西天。'老财主听了，失望地摇摇头，深深地叹了一口气，说道：'来福儿啊，俺白疼你了！你可真是不中用啊！'

"来福儿疑惑地从他父亲的房间里走出来。

"来禄正在门外等着他，见他出来了，就问道：'大哥，爹和你说什么啦？'

"来福一五一十地对来禄学说了他爹对他说的话。来禄点点头儿，以为自己心里有了底，高高兴兴地等待着他爹的呼唤。"

"后来呢？"根儿问道。

这时，一阵挟带着积雪沙石的旋风刮过，堵住了赵凤山的嘴。故事中断了。

"说呀！叔叔你快说呀，来禄怎么啦？"道士焦急地催促道。

"快说快说！"二吉也急等着听下文。

"听故事得有耐心啊。"赵凤山笑笑，接着说道："过了一些日子，老财主把二儿子来禄叫到跟前儿，问道：'我说来禄啊，等俺百年之后，你打算怎样发送俺呀？'来禄胸有成竹，立刻回答道：'你老人家一向简朴，俺不能违背你老人家树起的勤俭的家风。你老生前穿什么、用什么，您百年之后俺就给您穿什么、戴什么，一定从简办好您的后事。'老财主沉吟片刻，先点点头儿，然后又摇摇头儿，说道："嗨，来禄啊，你也不是个有用的人哪！"

"这个来禄太不孝顺啦！老财主当然要生气。"道士忍不住发开了议论。

"根儿，你说呢？"赵凤山问道。

"怎么能怪来禄呢？是老财主不让他孝顺嘛。"根儿吃力地回答道。

"根儿说得对。"素桂附和道。根儿听了，心里挺高兴。他喜欢素桂。她让他想起他被日本人扔进大海里的当时还活着的姐姐。

"后来呢？"道士催促道。

"来禄从他爹的房间里走出来，等在门外的来寿急忙问道：'二哥，咱爹对你说了些什么呀？'老二来禄一五一十地对来寿学说了他爹对他说的话。来寿点点头儿，觉得自己心里有数儿了。

"又过了一些日子，老财主又把他的老三来寿叫到自己的跟前儿，问道：'来寿啊，等俺百年之后，你打算怎么发送俺呀？'来寿说：'爹，你老百年之后，俺要把你老人家浑身剥得一丝不挂，洗得干干净净，切成一块一块的，放进咱家的大锅里煮了，拿到街上去卖！'老财主听了老三的话，激动得一拍大腿，从炕上跳起来，泪流满面地说道：'啊呀，你才是俺的好儿子啊！俺后继有人了！'"

"来寿真的把他爹给煮了吗？!"道士吃惊地问道。

"老财主的话还没说完呢，"赵凤山说，"你们猜老财主对来寿说的是什么？"

被来寿的回答惊傻了的孩子们，不知如何回答赵凤山。

赵凤山继续说："老财主千叮咛万嘱咐地对他的老三说道：'来寿啊，你千万要记住，你不要到你姥娘家的那个庄里去卖，你舅舅家的秤大，而且他好赖账，吃了肉也不会给钱！'"

旷野里终于响起了干涩的笑声。

13

太阳从正南而西南，从西南而正西，眼下它正在徐徐下沉。硕大的红太阳，只给人以精神上的安慰，而并不使人觉得温暖。它在地平线上迟疑了一会儿，抖了一抖，就跌落下去了。一道晚霞从天边升起。

夜幕徐徐降临，雪原渐渐缩小，终于消失在黑暗中。星星一个个地闪现出来。人们已经看不清彼此的面容。长辈们不停地低声叫唤着孩子们的名字，怕的是落下他们中的什么人，被冻死在雪夜里。

根儿觉得自己好像被扣进了一口巨大的铁锅里，他的腿好像不是自己的，他已失去了对它的支配能力，他只是机械地，梦游般地，一脚深一脚浅地朝前走着，生怕落在后面。

从远处的什么地方传来了几声犬吠，这让根儿感到很亲切。他想，

"有狗的地方就有人。"他想到他和叔叔从浑河镇逃出来的那个有过一点儿月亮的夜晚，想到老家的草屋，想到自己家干爽的热炕，想到古家庄庄西头儿学校天井里的那些大树，想到他念过的一个个学校。而当他想到"书是念不成了"的时候，觉得很伤心。最后，他想到了他家的那条瘦瘦的懂事的黑狗。"大黑儿怎么样了？它还活着吗？"他悔恨自己去年冬天打过它一回。叔叔家有条身上有着黑白花儿的小花狗儿叫花花儿，那天花花儿与别人家的狗咬架，在花花儿被欺负的时候，大黑儿竟扔下花花儿，自己跑回了家。那天他用柳树条子把大黑儿打了一顿。一边打，一边训斥它，数落它不该扔下花花儿逃走，骂它是个孬种。从那以后大黑儿就再也没有干过那种背叛逃跑的丑恶勾当。他觉得狗比人好。人里面有汉奸，都鸿勋和黄骗子都是汉奸，但狗是忠实的，里面没有"狗奸"。

"累了吧？"素桂推推根儿的胳膊低声问道。

"不，不累。"根儿从往事的沉思中清醒过来，腿好像也有了劲儿。

"快到了。"素桂低声说。

根儿看见前面有灯光。显然，那里是一个屯子。

"前面就是炮手屯。"素桂习惯地朝前指指说。

"就是咱们要到的地方儿？"根儿问道。

"嗯。"

"不要出声儿！"赵凤山低声关照大家。

"总算到了！可以歇歇啦！"根儿想道，自己走了五十里路，感到骄傲。

胡大珂拉住根儿的手，紧跟在赵凤山的身后。

"要进屯子了，跟紧俺，不要说话！"赵凤山低声命令道。

队伍在屯子的西边停顿了片刻。赵凤山在静静地观察了一会儿之后，就带领大家悄悄地溜进屯子最西头儿的一个很大的院落。这就是赵凤山过去的东家杨大琢磨的大院儿，是他们这一次落脚儿歇息和买粮食的地方。

胡大珂上次跟着赵凤山去的是蛤蟆屯，在炮手屯的北面，离这里大约有三四里路。胡大珂是第一次到炮手屯杨大琢磨家。

杨大琢磨家院子的中央竖着一根高高的木杆，木杆子的顶端悬挂着一盏灯笼。借着灯笼淡淡的黄光，胡大珂看出这是一个此地常见的财主大院儿，呈长方形。北墙的前面是一排起脊的正房，东西两面各有一排平顶的厢房。正房里亮着灯，厢房黑洞洞的。院落的四个角上各有一座高高的炮楼子，那显然是早年用来防土匪用的，可见这家财主家里养过枪和炮手。从屯子的名字"炮手屯"看，这里是个"出产"给财主们看家护院的"炮手"的地儿，或者曾经有著名的炮手在这里生活过。

赵凤山带领众人钻进了西厢房儿。一股强烈的、暖烘烘的、刺鼻的腺臭气息，扑面而来。根儿不禁嚷道："这是什么味儿啊！"

从屋里的什么地方传来"咯嘣咯嘣"的声音。根儿听出，那好像是牲口咀嚼草料的声音。这声音、这气息都说明，这里是个牲口棚。

"都来啦？"一个男人操山东口音和大家打招呼儿。他手上挑着一个长圆形的、里面有铁丝网的纸糊的灯笼。他模糊的身影映在背后的墙壁上。这时，根儿才看清楚，这里真的是个牲口棚。他们这会儿就站在牲口棚的大门口。牲口棚的右边砌着一道半人多高的老长的矮墙。矮墙后面是一个至少有三个炕那么大的装牲口草的大草池子。池子里面装满了已经铡好的喂牲口的草。草池子的对面儿是一排牲口。

"赵大哥，你们先歇息歇息，我去告诉东家。"打灯笼的男人说。

素桂对根儿耳语道："他是这里的长工，和俺爹要好，姓梁，大号叫梁永财，俺叫他梁大叔，杨掌柜叫他梁老三，他也是咱们山东人，和俺是同乡，心眼儿挺好。"

"你怎么知道？"根儿问道。

"俺们在这里住过。"素桂说。

根儿觉得素桂懂事，很羡慕她，喜欢听她说话。他想，"姐姐要是还在，也会跟着爹下乡来背粮。她一定比素桂姐姐能干。"根儿想到姐姐，有些伤心。

姓梁的叔叔把灯笼挂在马槽头上的木桩子上，匆匆地离去了。

胡大珂把素桂和根儿抱进草池子里，给他们各挖了一个草坑，让他们坐进去，再用碎草把他们埋起来。根儿觉得渐渐地暖和起来，身上开始有了一点儿活气，脸从冰冷麻木变得热胀滚烫，渐渐恢复了知觉。手和脚又痒又痛，难以忍受。他怕爹知道了心里难受，就一声不响。其实，胡大珂什么都知道。他给根儿脱去布袜，强把他的两只冰块儿一般的脚，放在自己的肚子上面暖着。

"爹，俺的脚不疼了。"根儿说着，就想把脚从他爹的怀里抽出来。

胡大珂强把他的双脚摁在自己的肚子上。

过了一小会儿，梁永财带着一个小女孩儿回来了。小女孩儿手上端着一个装干粮用的筐笭。素桂说，她的筐笭里盛的是贴饼子和一些胡萝卜咸菜疙瘩。梁永财跟在女孩儿的后面，一手提着一筐碗筷，一手提着一桶小米粥。

小女孩儿躲在灯影里，好奇地偷偷看着比她小的根儿。

胡大珂领了两份儿贴饼子，打了两碗小米粥，要了两块胡萝卜咸菜。他知道，卖饭是财主的来财之道。他的咸菜不收钱，可是他的贴饼子和小米粥比饭馆里卖得还贵。蛤蟆屯的财主也是这样干的。他听赵凤山说，炮手屯这里只有一个简陋的小饭馆儿，天一黑就关板儿了。再者，他们走私粮食，是犯法的，也不敢在街上露面儿，只能在天黑以后进屯。而他们要在漫漫的雪地里东奔西跑劳累一夜，不吃饭是不行的。财主们"琢磨"透了这个理儿，就想出了在这上头再掳这些穷人一把的这个办法儿。他们既卖私粮又卖饭，挣双份的钱。

杨大琢磨，叫杨光文，兄弟四人。他是老大，在家经管土地。二弟杨光华，六年前病故，他的妻子改嫁走人，丢下一个女孩儿。老三杨光武，留学日本，在日本成家，入了日本国籍。四弟杨光明，南满医大毕业，后留学日本，擅长眼科，回国后在城里开办了明明眼科医院。

杨光文爱财如命，而且很有心计。他谁都琢磨，连他老婆的钱他也琢磨。炮手屯一带有很多人吃过他的亏。于是人们就送他一个外号，叫他"杨大琢磨"。要说杨光文，没有多少人知道，提起"杨大琢磨"，这一带就没有人不知道的了。他也有不如意的地方，那就是他只有一个女儿，而没有儿子。有人说他缺德，所以连个儿子都没能琢磨出来。

小女孩儿发完了饼子和咸菜，就端起筐笭往回走。走到牲口棚的门口又停住脚步，靠在门框上打量着正在吃饭的根儿。她不明白，他这样小，怎么也来背粮食。根儿不由自主地抬头看了她一眼。她有些不好意思，突然快步走到根儿跟前儿，隔着矮墙，探过身子，把剩在筐笭里的一个贴饼子塞到根儿的手里，抬腿快步走出牲口棚。根儿愣愣地目送着她，感激她的善心，然后把那个饼子一擘两半儿，一半留给自己，一半儿送给素桂。

过了一会儿，听正房里一个女孩儿的声音："大妈啊，这回来了三个小孩儿。里面有一个挺小挺小的小崽儿，是个小小子儿，比俺都小，挺可怜的！俺送给他一个贴饼子。"

"那个小小子儿好看吗？"一个中年女人的声音。

"灯影儿里看不清楚。"小女孩儿说。

"你看上他啦？要不要大妈去给你说合说合呀？"中年妇女边说边笑。

"你说啥呢呀，大妈！"小女孩不高兴地大声嚷道。

这时根儿说道："刚才来的那个小闺女儿心眼挺好，她是谁呀？"

素桂说："她是东家的侄女，小名叫丫蛋儿，大号杨雅范。她爹早就死了，她娘后来嫁人啦，她跟着她大爷大娘过。你没看见她头上系着白头绳儿吗？还戴孝呢。"

根儿没有注意到丫蛋儿戴着孝。

"她念书了吗？"根儿问道。

"听说毕业啦。"

根儿羡慕丫蛋儿有书念。心想：自己什么时候才能上学呢？想到这里，感到伤心。

赵凤山压低声音说道："有要解手儿的，跟我出去，回来就睡觉。"

草窝儿又宽大，又松软，又暖和，不冷也不热，比睡在鬼屋里的那面又小，又硬，又湿的炕上舒服多了。根儿吃饱了，暖和过来了，困乏压过了浑身的痛痒，在不知不觉间就睡着了。

"他才八九岁，这么小，真可怜！"素桂看着沉沉睡去的根儿，这样想着，心里也很难受。她把根儿伸到外面的一只手，轻轻地埋进草里。素桂一直盼望着自己会有一个弟弟，可是她就是没有。

14

赵凤山知道，杨大琢磨只在钱财的事情上动脑筋，琢磨人，而他平时与人交往却从不剑拔弩张，盛气凌人，即使对待长工，他有时也称兄道弟。所以也有人叫他笑面虎。往常赵凤山带领穷哥们儿到炮手屯来背粮，杨大琢磨都是亲自出来寒暄问候一番，然后亲自监督长工梁永财给他们过秤，装粮食，亲自收钱。而今天他竟没有露面儿，粮食过秤和收钱都由梁永财一个人经手，赵凤山在想，他今天为什么这样大方呢？

赵凤山像往常一样亲自悄悄地出去打探过他们出屯要经过的道路，然后回到牲口棚，靠在牲口草池子的围墙上打了一个瞌睡，又走到院子里，见"大毛愣星"已经升起，心想："该动身了。"

梁永财带来的那盏灯笼还挂在牲口棚中间的那根柱子上。牲口棚里光线暗淡，到处是腥蒿蒿，臭烘烘的气味儿，响着骡马"咯嘣咯嘣"嚼草的动静儿，和伙伴们此伏彼起、旋律各异、高低错落的鼾声。赵凤山低声招呼道："喂，伙计们，醒醒吧，该动身啦！"

接着，牲口草池子里就响起了唰啦唰啦的声音，人们纷纷从草里钻出来，抖落掉粘在身上的草叶子和尘土，懒懒地跨出草池子，然后你帮我，我帮你，把早已捆绑好的粮食口袋发到背上，习惯地聚拢到赵凤山身旁，等待他发话。

赵凤山低声说："都听好了！出屯子的时候一定要多加小心！今天的情况有点儿不妙。"

大家听赵凤山这样说，立刻清醒起来，残留的睡意消失得干干净净，因为大家都知道赵凤山是个谨慎人，他给杨大琢磨当过长工，了解杨大琢磨的为人，熟悉贩私粮路上的情况，他说情况不妙肯定不是瞎说，不会无缘无故地吓唬大家。再说，哪回背粮是一帆风顺的？

"听着，一个跟着一个走，跟紧，不要拉下。"赵凤山说。

"知道啦，就快走吧！"二吉说。他显然有些不耐烦。

二吉今年22岁，姓郭，大号郭大用，二吉是他的小名儿，山东昌邑郭家埠人。16岁那年背着父母，从山东昌邑跑到本市来学艺谋生。昌邑人在本镇大多从事半机械化木机织布的行业。二吉本可以学成织布的手艺，成为师傅，成家立业。可是由于他家境富裕，又是家中的老小儿，从小娇生惯养，吃不得苦，服不得管，没有耐心，就中断了学徒生活儿，在社会上游荡，至今仍然只身一人，一无所长，没干过正经营生儿。在山东庄大人们的心里，他是个大孩子，而在孩子们中间他又算是个大人，没有人叫他的大号，有人甚至不知道他姓郭，而都叫他的小名儿。好在他生性豁达，心地善良，人缘儿不错，东跑西踮儿，混个吃喝儿，自以为活得不错。近两年，他夏秋两季在建筑工地上打卯子工，冬天就跟着赵凤山贩私粮，琢磨着攒些钱，说个媳妇儿，过上好日子。他佩服赵凤山，但是嫌赵凤山胆儿小怕事，说话啰唆。

赵凤山停顿了一下。人们知道他在生二吉的气。

"都听凤山的！"孙孝友有些不满地说。

"一定要带好孩子！千万不能把孩子弄丢在野地里！"赵凤山反复低声嘱咐着。

三个孩子中，根儿最小，而且他是头一次来，胡大珂认为赵凤山最不放心的是根儿。他是在提醒自己，所以立刻应答赵凤山说："你放心，我一定把根儿带好。"

人们无声地挤站到牲口棚的门里，等待着赵凤山出发的命令。

胡大珂见长工梁永财和丫蛋儿站在大门口儿，知道这是东家派他们来监视大家的，防范他们会趁机顺走他家的东西。其实，牲口棚里面能有什么好顺的东西呢？他知道，在有些富人的眼睛里，穷人个个儿都是贼。

"走啦！"赵凤山用压抑的声音说着，第一个走出牲口棚，朝大门走去。

虽然牲口棚里并不明亮，可是乍一走出来，却感觉周围一片黑暗，什么也看不见。懵懵懂懂的人们，紧跟在赵凤山的身后，急匆匆，悄无声息地鱼贯溜出杨大琢磨家没有门楼子而只有门框和两扇对开的白茬子白松门板的大院儿，朝黑暗的旷野的深处走去。

今夜没有风雪，但是空气干冷干冷的，胡大珂估计气温低于零下40度以下。

没有月亮，但是星星又多又亮。根儿回头一看，见挂在杨大琢磨家院子中央的那根高高的杆子上面的灯笼还亮着。"难道他们家的那个灯笼整宿整宿都那么亮着吗？多费油啊。"他想。

根儿感觉素桂就走在他的身边。他能听见她细细的，好听的喘息声。他很想和素桂说话。可是想到赵叔叔不让说话，就打消了这个念头儿，加快脚步朝前走。

"今夜特别冷！"在赵凤山靠近梁永财的一刹那，梁永财用他家乡山东平度口音飞快地对他说了这么一句话。这是他们约定的信号儿，意思是路上有警察拦截，证实了赵凤山的怀疑。

杨大琢磨的大女婿叫马希升，现在是这里潘家油坊派出所的所长，而在他还是个一般警察时，杨大琢磨曾经对赵凤山说过，他女婿会保护他们，让他多联络一些人，放心大胆地干。可是后来他们连续几次被警察堵住，只好丢下粮食逃跑，上千斤的粮食就被马希升没收，又运回杨大琢磨家的粮库，而更严重的是他们先后有三个伙伴儿被警察抓去发了劳工，拆散了三个家庭。赵凤山断定是杨大琢磨在闹鬼，是他向他女婿透露了他们的行踪。以后赵凤山就将计就计，向马希升透露假消息，让他们上当。但是他的这个计谋很快就被杨大琢磨翁婿二人识破了。

祸害贩私粮的这些可怜的穷苦人是杨大琢磨和他的女婿升官发财的一个缺德办法儿。他们总是先让他们顺利地跑上几趟，得到一点儿好处，然后就设卡捉他们一回，截下他们从他那里买走的粮食，抓到个把儿的人，押送给日本人当劳工报功求官。可是现在他们很少能堵住赵凤山。赵凤山和他们捉迷藏。梁永财告诉赵凤山说，马希升为这件事很生气，埋怨杨大琢磨提供的消息不可靠。特别让他恼火的是这些"山东棒子"竟敢多次打死打伤他的警犬，打伤警察，让他在日本人面前丢脸。那警犬是时任警察第二分局的芥川局长因为他抓劳工有功奖给他的，马希升下决心为他的警犬报仇。

赵凤山在炮手屯南七八里路的一个大坟圈子里停住了脚步。他把伙伴们拢到身边，说道："今晚得绕道儿走！走险路，跟着我！不要拉下！"

"胡大哥，孝友？"赵凤山叫道，"千万带好孩子！"

"放心吧！"胡大珂低声答应道。

15

根儿吃了一些东西，又在牲口棚里睡了一觉，虽然仍然感觉浑身酸懒，但是背上的 20 斤小米儿，并没让他感觉多么沉重。最让他高兴的是他爹就在他的身边，他不必为他爹的安危提心吊胆。想到自己能替大人分忧心里有说不出的得意。但是他轻松的时间并不长。身上的热气儿很快消散，严寒从四面八方袭来。根儿感觉吸进鼻子里的好像不是空气，而是数不清的细细的钢针，呼吸变成了一种他必须小心承受的痛苦。走了一阵子后，他感到背上的米袋子也开始变得沉重起来。

一切都融化在黑暗里。谁也看不见谁。没有人说话。人们脚踏积雪的嘎吱声，因为负重和不时的奔跑而发出的粗重的喘息声，和由于汗湿和冷冻而变得僵硬的衣服自相摩擦发出的沙沙声……所有的这些声音都显得出奇地大，好像从很远的地儿就能听见，在周围死一样的寂静里而显得特别可怕，加重了他们内心的恐惧。

赵凤山走在最前面。孩子们被夹在大人中间。根儿紧跟在他爹的身边。大家一会儿爬上高坡，一会儿又走进低地。不时有人跌倒，又在同伴儿的拉扯下爬起来，人们的呼吸声越来越响，心情也越来越紧张。

"小心！前面是高粱地！"赵凤山警告道。

赵凤山的提醒，让胡大珂紧张起来。他知道，这里收秋的习惯和山东家不一样。在山东家，吃的和烧的都十分珍贵，粮食要颗粒归仓，庄稼的秸秆儿也要尽可能地收拾回家。收高粱的办法儿是先把高粱穗子一个个地用特制的锋利的刀子割下来，捆扎成一个个方方正正的高粱头运回家，然后用三尺手镐把高粱秸一棵一棵地从地里刨出来，打掉根儿上的泥土，运回家贮藏起来，用作烧柴和手工编织的材料。而本地人做饭取暖有木柴和煤炭，人们并不特别珍惜高粱秸。他们收高粱的办法是用镰刀把高粱从离地一尺多高的地方斜抹茬着削下，留在地里的那些近一尺高的高粱楂子，像支支利剑成行地竖立在一条条垄背儿上，有谁不小心摔倒，坐上去，就会被刺伤，如果刚好刺中要害地方，比如说扎进肛门或是其他要紧的部位，会有生命危险。胡大珂想到这些，就攥紧根儿的手，一刻也不敢放松，几乎是提着他在高粱地里的垄间朝前奔走，不时悄声儿提醒他说："不要慌！小心！别摔倒！"

惊恐和紧张使根儿忘记了寒冷，但是他仍然觉得背上的米袋子越来越重，挂在两肩上的两根"高丽背"上的绳子像是要杀进肉里，腿又好像不是他自己的了，挪动脚步开始有些困难，身子也总是摇摇摆摆，一脚深，一脚浅，把握不住方向和平衡。这时他才明白他爹说的"远路无轻载"是什么意思，他爹为什么不准他和道士和素桂一样，也背25斤小米儿了。根儿知道到前面的路还长，说不定还会碰上警察，但是他不后悔。他觉得，就是像现在这样受苦受累，也比在家里整宿整宿地为爹担惊受怕要好受些。

"还行吗？"素桂问他。

"行！"他不愿意让人觉得他不行，尤其是素桂。

远处传来了犬吠声。有人说那是警犬的叫声。

"趴下!"赵凤山命令道。

根儿急忙趴在地上,猜想发生了什么事情。他的心怦怦地跳起来,强烈地震动着他的耳鼓。他尽力屏住呼吸,生怕被人听见。他突然觉得这里好像只有他一个人。他觉得孤独,想家,想古家庄那个家。就连"鬼屋"里的那个家他都觉得亲切,那里有奶奶和娘。

几道手电的光柱儿从远处朝他们这里扫来扫去。

"出来吧,你们跑不了啦!"远处有人高声喊叫。

"老一套!"赵凤山气愤地说。

"再不出来我们可要放狗啦!"一个年轻的声音。

周围死一样地静。即使碰响一片地上干枯的高粱叶子,那声音也像雷鸣,让人心惊。

"不理他们,他们在诈咱呢!"赵凤山严厉地提醒道。

手电光终于熄灭了,喊声也停止了。赵凤山知道,在日本人眼里狼狗比满洲警察的命更值钱,担心狼狗再次被他们打死打伤,不会轻易放狗。

赵凤山没有命令大家起来。他知道警察仍然在附近盯着他们,他要等警察耐不住寒冷而离开这里以后再动身。他相信,虽然警察吃的是大米白面、鸡鸭鱼肉,有皮鞋、皮帽和皮大衣,可是他们仍然扛不过他们这些不要命的人。

根儿觉得浑身冰凉,汗水把衣裳紧紧地粘在身上。

随着一阵窸窣声,一只大手停在他的身上。根儿知道,这是他爹的手。他顿时觉得周围温暖了许多,孤独的感觉消逝了。胡大珂摸索着卸下根儿背上的粮食,让他站起来轻轻地活动活动身子。根儿感到从没有过的轻松。

16

已经是后半夜了。赵凤山他们绕经李家油坊等屯子,赶到了被他们看成是鬼门关的潘家油坊。这里是潘家油坊派出所的所在地。大路从潘家油坊屯子的中心穿过,警察常常在这一带设卡。潘家油坊东西两侧,沟壑纵横，地势复杂，有些大沟深达十几丈。如今这些深沟已被入冬以来的一场场积雪填平，生长在沟底的十几丈高的杨树都被埋在积雪里，只有树梢露在外面。这些被积雪覆盖着的深沟，表层的积雪因受风吹日晒融化而结成了一层薄薄的硬壳儿，硬壳的下面却是层层积雪。狐兔鸟兽可以从上面通过，而人一旦失足掉进去，落到深处，甚至谷底，再被周围挤过来的积雪层层埋住，就无法脱身，也难以营救了。所以没有人敢在靠近这些沟壑的边缘上行走，即使在白天，警察也不敢到这里来。赵凤山抗活的第一个东家，潘家油坊的头号大财主潘老三的大部分土地都在这一带。他对这一带的地形了如指掌。为了避开警察的堵截，他常常带领着他的伙伴儿们走这条险路。今晚赵凤山估计杨大琢磨可能会在潘家油坊一带设卡拦截他们，就决定再走这条险路。有什么办法呢？对于穷人，世界上没有安全的路好走。

宋家屯镇就在他们的正南方。如果照直走，离这里只有不到 20 里路，可是要绕道马家沟，穿过这个危险地带，然后再从拉拉屯儿朝南，奔宋家屯镇，要多走十多里路。

一听说进入了地势复杂的地段，曾经走过这里的人们都紧张起来。

赵凤山提醒说："跟着我！小心！靠左！向后传！"

人们一个个地把赵凤山的话传下去，一个紧跟着一个小心地走着。

胡大珂紧紧攥住根儿的手，小心地朝前迈着小步儿。

孙孝友让道士走在自己的前面，他从后面用一只手抓住他"高丽背"上的绳子。

积雪在人们的脚下咯吱咯吱地响着。

"哎呀……"有人惊叫。

"谁?!"胡大珂低声惊问。

"我!"从路旁的雪坑里传出瓮声瓮气儿的声音。

周围一片漆黑。人们只能靠着声音判断彼此的位置。

赵凤山慢慢地挪到胡大珂面前。

"谁?"他问道。

"好像是二吉!"胡大珂说。

"又是他，真他娘的丧气!"赵凤山骂道，"叫他靠左，他偏偏往右!"

救人需要时间！而耽误了时间大家就很有可能落到警察的手里，能不能救出二吉，谁也说不准。人们的心都紧紧地揪起来。

"看好孩子！不要叫他们乱动！"赵凤山再次嘱咐道。

赵凤山趴到雪地上，借着积雪映出的星光，仔细地察看着地形，参照残留在雪地上的树梢判断着他们所在的确切位置。然后招呼人们站到安全的地方，又对胡大珂说："赶紧让大家都把粮食卸下来，把绳子解下来，成双股儿牢牢地接到一起。这件事请胡大哥亲自办！"

"明白！"胡大珂说着，接过人们递给他的绳子，飞快地一一做过检查，摸索着一段段地接到一起，确信牢固可靠了，就把绳子的一头儿系在自己的腰上，说道："我下！"

"不行！我下！"赵凤山坚持说。

"大家伙儿靠你带路，还是我下！"胡大珂坚持说。

"不！还是我下！我有经验。"赵凤山不由分说地把绳子抢到自己手里。

胡大珂把绳子交给赵凤山，相信他比自己有办法。

赵凤山把长长的绳子的一头儿牢牢地系在自己的腰上，嘱咐胡大珂说："大哥，上边的事情就交给你了。俺要是顿两次绳子，你就放放绳子；俺要是连顿三次，你就往上拉。"

胡大珂宣誓般地说："放心！不会误事！"

赵凤山小心地爬进雪窝子，一步步地朝深处摸索了好一阵子，可是他什么也没摸着，也听不见里面有什么响动，担心二吉肯定是已经落入积雪的深层，多半是性命难保了。

跌落雪坑的二吉，感觉到有人来救他，也听见有人在叫他，可是由于他是突然跌入雪坑，吓得魂飞魄散，已经说不出话来，无力回应赵凤山的呼唤。

"二吉……！"赵凤山展开左臂，扒住左侧的积雪，以防身体下陷，又用右手挡着落到嘴边的积雪，连连叫道。

"俺在这里！"二吉的声音很沉闷。赵凤山一阵惊喜。

赵凤山小心地顿顿绳子，继续朝传来声音的方向坠落，同时警告二吉，千万不要动，等着救援！继续交替把两只手臂朝左右两方向伸展，让身体慢慢下落，试着去触碰二吉。

"知道。"二吉哭咧咧地应道。

　　"千万别动！我正在向你靠拢！"赵凤山嘴上宽慰二吉，心里却很恼火。他知道二吉怕死，担心他乱动，滑落到积雪的深处，无法搭救。"注意，你一旦抓住我的什么地方儿就不要撒手！"

　　周围有雪层错动的声音，过后却听不到二吉的声音了。赵凤山的心重又紧缩起来。他顾不上生二吉的气，只想把他救出来，担心二吉有个好歹，那会让他在老家的爹娘更加痛心。

　　赵凤山不断地顿绳子。胡大珂不断地放绳子。他估计放下去的绳子有三四丈多了，一旦绳子断了，赵凤山和二吉就都完了！他一边放绳子，一边检查绳子的接头儿，生怕有接得不牢靠的地儿。

　　赵凤山的身子不断地往下沉。周围的积雪也不断地随着他的活动而朝他身上滑落，他开始感到呼吸困难。但是他坚持继续朝深雪里摸索。他觉得气闷，心跳在加速，更加着急，怕救不出二吉，怕绳子出毛病，怕胡大珂失手……

　　"二吉！"赵凤山高声叫道。

　　没有回音。

　　赵凤山浑身是汗，呼吸更加吃力，心里不禁痛苦地想道："完了！二吉完了！"

　　赵凤山再顿顿绳子，继续下沉。

　　绳子放过五六丈了。胡大珂担心绳子就要放完。

　　赵凤山估计他可能已经接近沟底。

　　绳子放完，胡大珂浑身是汗，感到绝望。他想，二吉完了！

　　赵凤山到了沟底。周围什么动静儿都没有，他开始感到头晕，但是仍然不想放弃二吉。

　　胡大珂从赵凤山不时掣动绳子，知道他还活着。但是他越来越担心赵凤山的安全。如果周围的积雪大量落到他的身上，他喘不过气来，那时想拉也拉不上来，他就会憋死在里面。他想，不能死了二吉，再搭上一个赵凤山！他想过把赵凤山拉上来，让他缓一口气，再下去找。可是那样二吉生还的希望就更小了！最后他想，还是按着约定，听赵凤山的。他相信他的经验。

　　绳子连续轻轻地动了三次。胡大珂心情激动，立刻说道："拉！"

　　赵凤山和二吉被一起拉上来，躺在雪地上，不说也不动。昏迷不醒的赵凤山死死地抱着二吉。

"好了!"胡大珂高兴地自言自语。

"凤山!凤山!"胡大珂和孙孝友轮番呼叫。

可是赵凤山和二吉都一动不动。

过了好一会儿,赵凤山才长长地出了一口气,缓缓地坐起来。

"摸了一次阎王鼻子。"赵凤山自嘲地说道。

"老天保佑!"人们七嘴八舌地说道。

又过了一会儿,二吉也醒过来了。

事情只经历了几分钟,而人们却觉得好像过了几个钟头。

17

为了逃避警察的堵截而绕走险路,致使二吉失足落进雪坑,险些丢了性命。这件事使赵凤山更加憎恨贪婪恶毒的杨大琢磨和马希升。马希升和杨大琢磨合谋打劫贩卖私粮的穷苦人,把赵凤山当成诱子,引诱贩私粮的穷苦人上套儿,截粮时,故意放走赵凤山。赵凤山发现了他们的阴谋,就利用他们对他的信任,散布假消息,破坏他们截粮的计划,痛打过截粮的警察,打死了他们从关东军退役下来的警犬。赵凤山和马希升的仇越结越深,赵凤山计划除掉马希升,而马希升也图谋报复赵凤山,送他去当劳工。

马希升只是偏远乡村地区的一个派出所所长,他在日本人和汉奸的官僚体系中,只是一个微不足道的芝麻官儿,可是在当地的老百姓眼里,他却是个一手遮天的大人物儿,而且他野心很大,爬劲儿十足,自以为前途无量。这一带许多人都知道他只是一个没有毕业的"国高生"①,但是他爬得很快,三年多的时间就从一个普通警察爬上了警尉和派出所所长的位置。赵凤山听住在煎饼铺的郑祥麟先生说,当官儿和做学问是两回事。做官不需要什么学问,中国外国都是这样。他说,皇帝也有不识字的。中国当大官的大都没有真学问。真正做学问的人大多不能当大官。因为做学问

---

① 即中学生。伪满洲国时中学的简称,全称是"国民高等学校",学制四年。

的人，遇事都爱辩论个是非，历来不受当权者的欢迎。郑先生说，当官儿的人大多认为，有"利"就是有"理"。所以当官的第一个条件就是不说实话，不要脸，甘心为奴。学问越少，奴性越大，越不要脸，就越能当大官。赵凤山认为，按照郑先生的这个说法儿，马希升有当官儿的条件。马希升当官还有另一个一般人没有的条件，那就是他有上层关系，他有一个拐弯儿的表舅在"满洲国国务院"当官。俗话说，朝里有人好做官。这也是马希升爬得快的一个原因。马希升日夜惦记着立功受奖升官。所以抓劳工、抓反日嫌疑犯，催粮催款，他都特别卖力气。

在赵凤山他们准备从拉拉屯儿西侧往西南拐，从西南面绕过潘家油坊的时候，赵凤山又一次把根儿、素桂和道士三个孩子拉到一起，对他们说："孩子们，离家不远了，不过还是要小心。你们要记住：要是碰上警察，把咱们冲散了，你们躲过警察后一定要奔东南走。"他指指东南方向高空中的盏盏红灯继续说道："你们看见远处天空中那些红灯了吧？那是无线电铁塔上的灯，你们就照直奔着那些红灯的方向走。咱们的家就在从这里到红灯的这条线儿上。只要对着红灯走，就能走回家。千万要记住：不管多累、多困，都不要停下来，更不能坐下来休息！就是再困再累，就是受了伤，只要能爬，也一定要朝着红灯的方向爬！要是一坐下来，一旦睡着了，就会冻伤，冻死在雪地上！"他又把脸转向胡大珂和孙孝友，说道："千万把孩子带好！"

"你放心！"胡大珂和孙孝友齐声说道。

赵凤山的这些话，素桂和道士已经听过，不很在意。而根儿听了却受到了很大的震动，心里生出了一种生离死别的感觉。叔叔和婶婶都死了，姐姐也死了。他有生以来第一次想到死，心里有些怕，怕再也见不到奶奶和娘。

回家的路，六停儿已经走完了五停儿，红灯好像就在眼前。赵凤山估计，从这里到家，只有七八里路。再绕过东面的两家子和国家营子，就算到家了。

根儿累极了，可是听赵叔叔说就要到家了，心里高兴，感觉腿脚儿也轻快了，背上的粮食也不那么沉重了。他激动地想，就要见到奶奶和娘了！她们见他背回了粮食，一定会很高兴，夸他能干。他觉得自己长大了，能和爹一起下乡背粮了，一路的痛苦忽然变成了骄傲。他想，以后，素桂姐姐和道士他们也一定会更看重他。这时，赵凤山要大家站下。

人们停住脚步，围聚到赵凤山周围。

赵凤山低声说："过去警察在宋家屯镇跟前儿设过卡子，有人吃过他们的亏。咱们今天不从北面进镇子，要朝西绕，从镇子的西南角儿进去。这样会安全一些。"

"对，小心无大错。"胡大珂附和道。

"干吗要走那么多的冤枉路啊！"二吉不满地嘟囔道，声音挺高。

"不怕一万，就怕万一。"赵凤山和气地说道。

"警察也是人。都这个时候了，谁还会傻站在野地里受罪?!"二吉嚷起来。

"你嚷什么！怕警察听不见吗！"赵凤山很生气，压低声音申斥二吉。

这时，黑暗里，突然有人高叫："站住！"

"警察！"赵凤山说，"快跑！"然后骂道："就是你他娘的娇贵！"

原本以为已经平安无事的人们，突然受了惊吓，一时分辨不清声音来自何方，不知道自己该往哪里跑。几乎就在这同时，几支手电筒白亮的光柱儿把人们的视线引到正南方，警犬狂吠起来。

"散开跑！带好孩子！"赵凤山说道，然后又毫无顾忌地高声骂二吉道："就他娘的你是个明白二大爷！你少说几句谁还会把你当哑巴卖了不成?!"赵凤山边跑边骂。

正是二吉的高门儿大嗓儿惊动了远处的警察。

周围是一片杂乱的脚步声，人们摸黑儿四散胡乱奔跑。

胡大珂、孙孝友和赵凤山都和他们的孩子失去了联络。

胡大珂听见有沉重的脚步声朝他站立的地方响过来。他想无论如何都不能落在警察手里，可是他舍不下他的儿子。正在他犹豫的刹那，手电光扫到他的身上。他想借警察手电的光亮儿寻找儿子。可是他什么也看不见。这时一个警察朝他奔来。他不敢迟疑，转身拼命奔跑，总算摆脱了那个警察。当他停住脚步，想到根儿被丢在这个冰雪的黑夜里的时候，心乱如麻，后悔昨天就没能带上根儿一起回去！不觉放慢了脚步。

被吓坏了的道士迷失了方向，竟朝着警察所在的方向傻跑。

素桂摸到了根儿，拉上他的手，朝有红灯的方向跑。手电筒的光柱儿在他们的周围扫来扫去。素桂停住脚步，拉着根儿，趴在地上，想躲过警察，再带领根儿朝红灯的方向走。突然，犬吠声在他们周围响起。接着，手电筒的光柱儿集中到他们俩的身上，照得他们睁不开眼睛。

"站起来！"一个年轻而骄横的声音在他们面前响起。

根儿看不见站在光亮后面喊叫的那个人。

素桂把根儿从雪地上拉起来。

"逮着了几个小崽儿！"年轻的声音说道。

"他妈的，又叫他们溜了！这个赵凤山，跟泥鳅似的。"一个中年人的声音。

根儿借着闪动的手电光，看见那个人腰上挂着一把长刀，但是分辨不清楚刀带的颜色。

"弄到几个小崽儿顶屁用？！"中年男人不满的声音。

"那有什么办法儿……？"年轻人说。

"把粮食留下，叫他们滚蛋！"中年人不耐烦地说。

一个年老的男人说道："先把他们带回派出所，明天再收拾他们吧。"

中年男人没好气儿地说："你们爱咋咋办，我不管！"说着，牵上警犬离开了现场。在他转身的时候，根儿借着手电的亮光儿，发现他的刀带好像是蓝色的，他可能是个警尉，就是大人们说的叫马希升的派出所所长。他想，"抓他们的一共三个警察。一个小的，一个老的，一个不老不小的。"

胡大珂希望根儿能逃离虎口，顺利地回到家中。而他想得更多的却是孩子可能遭遇的种种不幸，翻来覆去痛苦地回味着刚刚过去的选择，说不清自己做得对不对。他叹息着，孤独沮丧地朝红灯的方向走去。

"多走几步路就累死你啦？……挺好的一件事，叫你给弄砸啦！老老少少十几口子，好不容易回到了家门口儿！……你害了大家伙儿！根儿和道士都是独生子，要是他们有个好歹，你怎么面对人家的老老少少啊！"

胡大珂听出是赵凤山的声音。他在训斥二吉。

"俺这就回去找孩子！"二吉声音沮丧。

胡大珂听赵凤山低声吼道："站住！你疯啦！要去送死吗！丢了三个孩子，再搭上你这个大人！亏你想得出这样的好主意！"

赵凤山察觉附近有动静儿，警惕地朝胡大珂的方向问道："谁？！"

"是我。"胡大珂答应着，凑到了他们跟前。

"后悔也没有用处,二吉兄弟是一时糊涂。"胡大珂劝解赵凤山。

"天快亮啦,得赶紧走!"赵凤山说,"要是孩子们落到警察手里,他们会迫使孩子们说出咱们的住处,然后顺藤摸瓜,到家里来抓咱们,得赶在警察的前面,做些安排,到外面躲一躲!"

18

昨天午饭后,根儿突然闯进大杂院儿的于清海家。于清海已经跟着赵凤山他们走了,根儿一本正经地对于清海媳妇儿说:"大婶儿呀,俺要跟着俺爹下乡去背粮了,来不及告诉俺娘和俺奶奶,请你对她们说一声儿,就说俺跟着俺爹走啦。谢谢你。"说完,回身走了。

于清海媳妇儿看着根儿急匆匆离去的背影儿愣了好一阵子,忍不住笑起来,觉得滑稽。她想,根儿这样小,他爹娘怎么会舍得让他去背粮呢?他一准儿是说着玩儿的,也许是见道士和素桂这些大孩子下乡去背粮食,挣了钱,心里也有了下乡背粮的想法儿,就把这种想法儿当成真事儿说出来了。于清海媳妇儿对根儿的印象不错,觉得他是个老实孩子,没想到他会编出这样的故事来蒙她。可是她细细一想,觉得这也不算什么。这种半大不小的男孩子,有的就有点儿吹吹乎乎,有时会把自己想干的事说成是他能干的事,和干成了的事。有的男孩子甚至会把夜里梦见过的东西当成真事儿对别人诉说。所以她根本没把根儿的托付放在心上,转眼间就忘得一干二净,直到后半晌儿,秀姑满街大呼小叫地叫着根儿的名字找孩子,她才忽然想到根儿说的那也许是真话,觉得事情严重,万一孩子真的跟上他爹走了,那事情可就大了!想到这里,她撒腿就往外跑,一口气儿跑到胡大珂家。

"找到根儿了吗?"于清海媳妇儿气喘吁吁地问道。

"没有啊,"秀姑刚从外面回来,一面解围巾,一面说,"大冬天的,他能到哪去?"

"可了不得啦!"于清海媳妇儿惊叫道。

"你见过根儿?!"秀姑急忙问道。

"他可能跟着他爹下乡背粮去啦!"于清海媳妇儿急得直跺脚儿。

秀姑愣怔了一会儿说道："不会吧?!"

"晌午饭后,根儿到俺家里栖了一头儿,说他跟着他爹下乡去背粮,托俺对你和你家奶奶说一声儿。俺只当他是说着玩儿的,就没有把他的话当真!"

秀姑听于清海媳妇儿这样说,一屁股坐到炕沿上,说："糟了!一准儿是跟着他爹走了!"

秀姑和于清海媳妇儿在堂屋里说话,奶奶听不清楚她们说的是什么。

"都怪俺粗心!"于清海媳妇儿懊悔地说。

秀姑赶忙说道："哪能怪你呢?只能怪这个孩子自己不着调。"不过秀姑心里不着急,她相信根儿他爹不会带他去背粮,而是一定会把他带回来。

但是事情并不像秀姑想的那样,半个时辰过去了,胡大珂父子没有回来。一个时辰过去了,他们还没有回来。秀姑如坐针毡,断定根儿是跟着他爹去了。想到天这样冷,路这样远,根儿穿得这样单薄,她心急如火,心里埋怨胡大珂不着调。她想瞒住奶奶,可是那怎么能瞒得住呢!奶奶离不开她的宝贝孙子。老人已经耳闻于清海媳妇儿说根儿跟着他爹下乡背粮的话了。她和秀姑一样,认为胡大珂不会带根儿去背粮,而会把他带回来。可是时间一长,老人心里也开始犯嘀咕,便问秀姑道："根儿他娘,他于婶儿方才来做什么?"

秀姑知道事情瞒不过奶奶,便以实相告,并说："您放心,他爹会把他带回来的。"

奶奶摇摇头说："日头儿已经偏西了,根儿他爹走了一个多时辰了,根儿怕是跟着他爹去了。这个混账东西!他心里怎么这样没个数儿!根儿小,不懂事,他也不懂事吗?为什么不把孩子领回来呢?!"

秀姑说："娘,是根儿偷偷跑去的。"

奶奶听秀姑这样说,生气了,说道："你不用护着他!"然后就把矛头指向秀姑,"你们是怎么管教孩子的?根儿明明说过,他要跟着他爹去背粮,你为什么不好好地看护好他呢?"

秀姑觉得委屈,恨根儿不听话,但是不敢为自己辩解,而是连忙认错儿说："怪俺,都怪俺,怪俺粗心,没有看护好根儿。"

奶奶长长地叹了一口气,想到孩子已经去了,再怎么数落他娘,孩子一时也回不来，何必再让儿媳妇儿为难呢？老人这样想着，就宽慰秀姑说："根儿这样小就有孝心，懂得心疼爹娘，肯为一家人去吃苦，也难得。让孩子吃点儿苦，也不是坏事，只要平安回来就好。"

秀姑原本只惦记着丈夫，如今又加上了一个更让她不放心的儿子。

秀姑一再劝奶奶睡觉，而奶奶整夜都坐在炕头上不动。

灶里的煤火一直压着。锅里热着饭菜。

"根儿她娘，什么时候啦？"奶奶问道。

"三毛愣星出来一会儿了。"秀姑说。

"天这就亮了。"奶奶自言自语，语气中透着焦虑。此刻的奶奶和秀姑都喜欢黑夜，因为黑夜能够掩护她们的亲人逃脱警察的追捕，平安归来。

19

胡大珂丢了孩子，心里非常沮丧，后悔不该迁就他，让他跟着自己下乡背粮。他设想过根儿可能遭遇的各种不幸，他可能迷失在冰天雪地里冻伤，冻死，可能落在警察手里，而此刻他更希望他落在警察的手里。他不敢想象根儿迷失在雪地里的严重后果，他将怎样向老娘和秀姑交代。

在鸡叫二遍的时候，胡大珂回到黑狗大街。他走到自己家门外，但是没敢上前敲门。他轻轻地把背上的粮食卸下来，藏到院子的一个黑暗的角落里，一个人在门外转悠，希望能听见儿子在屋里说笑的声音。但是除了秀姑和奶奶的叹息声，他什么也听不见。他在考虑，这会儿他该不该回到屋里，怎样安抚老娘和妻子。他想，如果老娘和秀姑见他一个人回来，她们一定会更加惦记着根儿的安危。他知道，在老人心里，少了谁都行，就是不能少了她的根儿。

鸡叫三遍，天大亮了。秀姑坐立不安。她再次打开房门走到前街，朝北张望，仍然不见丈夫和儿子的身影。而当她转身要回屋时，见丈夫正站在自己面前。她急切问道："根儿呢？"

"跑丢啦。"胡大珂垂头丧气地说。

胡大珂的回答惊得秀姑一时说不出话来。她想到儿子落到警察的手里受折磨，想到他一个人儿被丢在野地里，可能冻伤，冻死，感到一阵眩晕，不敢继续想下去。她想质问丈夫，他为什么要带孩子去背粮，为什么没有带好孩子，而当她看见他眼圈儿发黑，眼睛通红，嘴唇干裂，面容憔悴，衰老了许多的时候，一股怜爱之情涌上心头，她所有的恨话都说不出口了。

"你背的粮食呢？"秀姑平静地说。

胡大珂朝院子的角落里指了指。

秀姑提起粮食，回到堂屋，胡大珂也跟着进了堂屋。

"你在和谁说话呢？"奶奶问道。

"根儿他爹回来了。"秀姑强忍着啜泣，语调儿平和地说。

"根儿呢？"奶奶急切地问道。

秀姑和胡大珂都没有回答老人。奶奶什么都明白了。她不由地想道："小儿子没啦，小儿媳妇儿没啦，孙女儿没啦！难道老天连这个孙子也不给俺留下吗？!"她觉得自己命苦。不过她没有训斥儿子，而是用平和的语气对秀姑说道："快给根儿他爹收拾饭。"

"知道了！"秀姑擦干眼泪答应着。她知道，婆婆疼孙子，也疼儿子。

胡大珂呆坐堂屋里，没敢走进东屋去见奶奶。

"吃饭吧！"秀姑装出若无其事的样子说。

"我出去看看。"胡大珂说着站起来。

奶奶觉得自己身边少了孙子，就什么乐趣都没有，活着也没有意思了。她怨儿子不懂事，四十多岁的人竟干出这样的蠢事！她想骂他一顿。可是她克制住了自己。她想，"孙子丢了，儿子心里就好受吗？他愿意这样吗？骂他一顿有什么用呢？"她这样想着，又合上眼睛。过了好一阵子，又想到她应该宽解宽解儿子，便说道："栓儿啊，孩子跑丢了，不是你的错。他会平安回来的。"奶奶一字一句地说道，"不过你不该由着孩子的性儿带他去啊。"

"娘教训得对。"胡大珂立刻说道。

奶奶睁开眼睛，看着满脸憔悴的儿子站在自己的面前，心里一阵难过，忍不住流下了老泪。

胡大珂低着头，不知道怎样做才能减轻老娘的痛苦。

秀姑理解奶奶的痛苦，奶奶怕呀！怕古家绝后！

"娘，你老别生气……"秀姑胆怯地说。

"都是俺的错。"胡大珂低声说道。

"但愿老天保佑，让根儿平安归来！"奶奶说着，老泪纵横。

胡大珂和秀姑从来没见奶奶这样伤心过，不知道该怎样宽慰老人。

宋家屯镇的鸡叫连成一片，天就要亮了。

赵凤山和孙孝友把粮食丢进家里就赶到胡大珂家看根儿是不是回来了。

"素桂和道士都回来了吧？"秀姑急忙问道。

"没有。"孙孝友平淡地说。

秀姑发现赵凤山和孙孝友不太在意孩子的事，觉得根儿也许不会有危险。

赵凤山看着秀姑和胡大珂焦虑的神色，猜想他们心里一定惦记着孩子，便说道："孩子们不会有事，他们十有八九是落到警察手里了。从潘家油坊到咱们这里，走直道儿，只有七八里路。要不是都落到警察手里，不会一个都没回来，孩子们不会有事。"

秀姑和胡大珂听赵凤山这样说，心里踏实了许多，奶奶也松了一口气。

赵凤山又说："要真是孩子们落到警察手里了，他们会强迫孩子们给他们带路，到家里来捉人。前几天咱们打了警察，打死了他们的警犬，一旦落到他们手里，他们非把咱们送去当劳工不可，得赶紧躲一躲。"

秀姑听了赵凤山的这番话，又开始为丈夫的安危担心，立刻催促他说："那就赶紧出去躲躲吧！"

赵凤山和胡大珂等人来到代家煎饼铺的时候，二吉、于清海、林树昌等人已经在那里了。

代家还叫谈家煎饼铺，不只卖煎饼，还卖各种时令小菜儿和劣等烧酒，是黑狗大街一带穷苦人聚会的地儿。掌柜的原本姓谈，叫谈家贵，山东掖县人，四十来岁儿，幼年丧父，母亲改嫁，去了天津。他是跟着他的一个扛长工的光棍儿叔叔长大的。掖县人重视经商，因此也重视教育。他叔叔想让他长大有个好前程，省吃俭用供他念了几年书，认了不少的常用字。能写一笔好字，算盘儿也打得挺利落。14岁那年，他叔叔托亲戚把他带到本市当伙计学买卖。经乡亲介绍，他来到宋家屯镇柳影路上的春城饭馆跑堂儿。饭馆掌柜叫代文成，满洲镶黄旗人，祖上有身份儿，夫妻俩只有一女，叫代慧媛。代慧媛小的时候和本家的哥哥们跟着从山东请来的一位老先生念过几年书，比较开通，对山东人有好感。代文成见谈家贵和女儿年貌相当，模样俊秀，身材高大，老实厚道，聪明能干，就把女儿许配给了他。他本人也因得益于谈家贵的有力配合而很快地发达起来，几年后春城饭馆就发展成位于本镇中心地带的春城大饭店，他也成了本镇的富商之一。"九一八"事变后，本镇协和会的头目，会长满洲人金铭，仰仗日本人的势力，笼络一批流氓地痞，栽赃陷害代文成，说在春城大饭店里发现了大批反满抗日的标语，强行拆除春城大饭店，在春城饭店的旧址上盖起了现在的协和饭店大楼。代文成有苦说不出，半年后郁闷而死。谈家贵也悄悄地搬到当时周边还都是庄稼地的黑狗大街这一带，开了一个煎饼铺，折腾到现在，他除了这一处煎饼铺之外，还有平房三处共36间半，六间半自己用，其余30间出租，如今他也算是这里外来户中的一个小财东儿了。赵凤山一家和流浪汉郑祥麟就租住在谈家贵的房子里。

人要发财，一靠勤奋，一靠心计。上到皇帝，下到小财东儿，得了权的，赚了钱的，都是这样。即使是暴发户儿，发了财而又能看住他的钱财的，他也不会是个傻瓜。谈家贵也是这样。眼下谈家贵还没有富到看不起穷人、和穷人作对儿的地步，而且他有乡土观念，不忘自己是山东人，对山东老乡讲交情，同乡们有难处，他愿意帮一把。赵凤山躲到他这里，一是因为谈家贵人好，靠得住，一是因为煎饼铺是个人来人往、不引人注意的地方儿。这里这会儿已经开板儿做生意，除了已经摊出的厚厚的一摞煎饼，还准备好了客人们爱吃的腌芹菜、盐渍黄豆芽、卤煮黄豆芽儿、炒土豆丝儿、炸辣椒酱和豆腐脑儿等小菜和小吃儿，而上早班的人也已经陆陆续续地来买煎饼，吃早点了。

赵凤山不仅是谈家贵的房客，还是他生意上的伙伴儿。他们背回来的小米儿和黄豆大多卖给了谈家贵。谈家贵见赵凤山等人一大早就空着双手来到他的煎饼铺，觉得有些奇怪。往日他们是来送粮食，今天他们什么都没带，这是为什么？

赵凤山招呼大家坐下，然后说道："来二斤煎饼，两盘儿卤煮黄豆芽儿，10碗豆腐脑儿。"

"今天赵师傅请客？"谈家贵说着神秘地笑了。平时赵凤山从来不到他这里来买煎饼。谈家贵知道，他们不是来吃饭的。

21

素桂、道士和根儿三个人被警察带进潘家油坊派出所。

潘家油坊派出所设在屯子尽西南角儿上的大路旁，是一座孤零零的独门独院儿坐北朝南的一溜儿五间红砖瓦平房儿，前后有方方正正的砖砌围墙，前后院儿的围墙都很矮，院内景象一目了然。院门朝南开，门楼儿上也挑着一个篮球般大小的血红血红的大电灯，灯泡儿的瓦数儿很大，放射着血红血红的光，给人一种恐怖的感觉。中国的百姓天生怕官，好像还遗传。根儿从来都没有靠近过警察派出所，更没有进过派出所，心里也感觉有些害怕。灯光下他发现，这里先后出现过的总共有三个警察。一个警察穿便衣，年纪比较大。另一个穿警服，很年轻，像个学生。他想，走了的那个大警察大概就是赵叔叔常常说的很坏很坏的派出所所长马希升。

"他妈的，白折腾了半宿！"小警察沮丧地说，"把粮食留下，把这些小崽儿放了。"

"别价呀！好容易逮着他们，干吗要这么轻易地放了他们呀？"穿便衣的那个老警察忙说。

根儿偷偷地看了那个老警察一眼，觉得他很坏，又怀疑他就是派出所的所长马希升。

"进去！"小警察没好气儿地从屁股上踢了根儿一脚，嚷道。

根儿第一个走进堂屋。堂屋的东西两面各有一条长椅，东西各有一个房间。堂屋后面的西侧有一个角门儿，根儿猜想后门外还有房间，从里面飘出来一股诱人的肉香味儿，根儿猜想那是厨房，里面正在炖肉。

"进去！"小警察蛮横地嚷着，把根儿推进东面的房间。

根儿走进东屋，素桂和道士也跟着进来了。屋里没有火炉，却暖烘烘的。根儿想，这屋子准是靠着像林奶奶家那样的火墙取暖。可是火墙在什么地方呢？他看不出来，也顾不上再仔细地去琢磨。他现在想的是，警察会拿他们怎么办，会不会打他们，是不是要没收他们的粮食，能关他们多久，什么时候放他们回家，会不会押解着他们到家里去抓大人。

东屋里只有一个朝南的窗户。双层的窗玻璃的下半截儿结着密密麻麻的厚厚的冰花儿，而上半截儿挂着由上面的冰花儿化出来的水，透过上半截玻璃，能看见外面有一层横竖交叉的铁栅栏。铁栅栏上的铁棍儿，有大拇指那么粗，显然是防人逃跑的。屋子的地面上铺着青砖，中间栽着一段两三寸高的粗铁桩子，铁桩子上面联结着一个碗口大的粗铁环，铁环子上面联结着两条三四尺长的铁链子，每条铁链子的尾巴上都有一个可以开合、上面可以加锁的铁环子。根儿想，这一定是用来锁犯人的，这里是个关人的地方儿，看样子自己也要被锁到这上面去了。"可是这里只有两个铁环，俺们是三个人，他们会锁谁呢？"他想，"最好是锁我和道士，不要锁素桂姐姐。她是个女的。"

屋子里再也没有别的东西，连一张板凳也没有。根儿卸下背上的粮食，素桂和道士也卸下了粮食，他们就一起靠西墙站着，不安地等待着警察来折腾他们。

"怕吗？"素桂低声问道士。

道士没有说话。根儿发现他在哆嗦，不知道是在外面冻的，还是由于害怕。

"你呢？"素桂问根儿。根儿小，她担心他会害怕。

根儿对她笑笑，没有说话。她想，也许他还不知道害怕。

小警察儿摇摇晃晃地走进来。

根儿发现小警察儿摘掉帽子以后显得更小了，简直就是个学生，而他却装出个大人的模样儿。根儿觉得他好笑。小警察儿的手里没拿锁头，根儿猜想他也许不会锁他们了，再说铁链子只有两根，他没法儿把他们仨都锁起来。

小警察突然吃惊地看着摘掉帽子的素桂，说道："原来你是个丫头啊！"

小警察细心地看过他们中间的每一个人，然后突然问根儿说："你们家住在什么地方儿，家长叫什么，快说！"

道士连头也不敢抬，哆嗦得更厉害了。

素桂偷眼看看小警察，低着头不说话。

小警察凶狠地踢了根儿一脚，嚷道："快说！"

根儿不说话，眼睛盯着地上的铁锁链。

小警察儿伸手拍着他的脸蛋儿嚷道："你看那条铁链子干什么！喜欢吗？要不要我把你锁上去？说，你家住哪里，你爹叫啥，是干甚么的，说！"

根儿抬起头，看着小警察儿，他不忍心看着小警察儿锁他素桂姐姐，就说道："锁吧。"

"什么什么，你说什么？"小警察不知道根儿这样说是什么意思。

根儿指指地上的锁链说道："你不是说要锁俺吗？那就锁吧。"

小警察儿突然笑了，心想："这个小崽儿还挺有意思。"便说道："不锁你，你也跑不了。我在问你呢，你家住在什么地方儿？你爹叫什么名字！快说！"这时小警察儿不像刚才那么凶了。

在过去的几个月里，根儿经历过许多凶险的事情。温虎的败兵烧了他姥姥家的草垛，害死了他姥姥。日本鬼子和黄骗子当着他的面儿打死了他叔叔和婶婶。他姐姐还活着就被日本人强行扔进了大海。他们一家被迫逃来了这里。在他幼小的心灵里，人已经分成了两种。一种是像他爹、叔叔、舅舅、刘伯伯这样的好人，一种就是日本鬼子、黄骗子、都鸿勋、古廷辅、温虎那样一些害人的人。他的心里已经萌发了对于恶人的仇恨和戒心，觉得面前的这个小警察儿和黄骗子是一样的人。他问他的家住在哪里、他爹叫什么名字肯定是不怀好意，他不能对他说真话。他这样想着，便说道："俺不知道俺家住的地方叫什么街。"

"你总会知道你爹叫什么吧?！"小警察儿嚷道。

"俺不知道，听俺奶奶叫他'糖'。"

"什么'糖'？"

"俺不知道，俺奶奶就这样叫他。"

"屁大点儿的孩子也来当经济犯！"小警察儿扒拉了一下根儿的头嚷道。

"人都快饿死啦，不来怎么办？"根儿慢声慢语儿地说道。

"你姓什么？你也不知道吗?!"小警察说着，又扒拉了根儿一把。

"姓王。"根儿说道。

"你爹叫什么?!"

"俺不是说过了吗，叫'糖'。"

"我问的是大号!"

"俺不知道。"

"你怕不怕?"

"怕什么？你是说怕你吗?"

小警察儿又笑了，有些和气地问道："你家里都有什么人?!"

"奶奶和娘。原先有叔叔婶婶和姐姐，他们都死啦。"

"那你爹呢?!"

"俺爹回山东老家啦。"

素桂突然转过脸，睁大眼睛，吃惊地看着根儿。

"谁带你们来的?!"

"一个叔叔。"

"他叫什么?"

"俺不知道。"

"你怎么会不知道呢?!"

"俺就叫他叔叔，没问过他的大号。"

"你不说实话，我杀了你!"

"你杀了俺，俺也是不知道。"根儿满不在乎地看了小警察儿一眼，笑了笑。

素桂又看了根儿一眼，心想："他的胆子可真大呀！还笑得出来。"

小警察儿又转身问素桂和道士。

道士不说话。素桂也不肯说出大人的姓名和住处。

小警察儿又返回来问根儿:"你多大了?"

"虚岁儿是9岁，周岁儿是八岁多一点儿。"

小警察儿打量着根儿，惊讶地说道："我的天啊，你才8岁啊！你妈的心也真狠！在这个冻死人的大冬天儿，肯把你这样的小崽儿放出来！真像人们唱的:'山东棒子不可交，拿着鸡巴当辣椒!'"

"孔圣人也是山东人。"根儿听小警察儿骂山东人，忍不住顶撞他说。

小警察儿突然转身认真地看着根儿。

道士的心狂跳不止，他狠狠地瞅了根儿一眼，嫌他话多，担心他得罪了小警察儿连累了自己。

"哈哈，小东西，"小警察儿笑嘻嘻地对根儿说，"你还知道孔圣人！"

"俺们庄没有人不知道孔圣人的，"根儿两眼直直地看着小警察小声儿说，"在俺们学校的教室里，在老师讲台后面的墙上，就挂着孔子，孟子，关公和岳飞的像。俺陶老师说，孔子和孟子是文圣人，关公和岳飞是武圣人。"

"嗬，你知道的还不少呢，念过书吗？"小警察笑着问道。

"念过几天。"提到念书，根儿心里感到难过。

"你为什么不在老家念书？"

根儿低下了头。他能说什么？能说他们一家是被鬼子汉奸逼到这个地步的吗？能说眼下自己一家人这会儿连口饱饭都吃不上吗？这些困苦和仇恨能对谁说呢？他忍不住伤心地哭起来。

"哎，你别哭啊。"小警察儿面露同情。

"嗨，你逗弄个小孩子干啥呀！"那个穿便衣的警察站在房间的门口儿对小警察说。根儿见他腰里扎着围裙，手里拿着锅铲，一派厨房大师傅的打扮儿，就像浑河镇的刘伯伯那样，知道他是个大师傅。

小警察儿摇摇头，不声不响地走了。

根儿觉得身上暖和过来了，也不再害怕。他看看素桂，再看看道士，指指地上的那两条粗大的铁链子，笑了笑，悄悄地对他们说："他们不会锁咱们了。"

22

潘家油坊派出所只有两个警察，所长马希升，警员小马儿，另外有两条警犬和十几个不在编的棒子队。一度被根儿误认为所长的是派出所的大师傅庾修福。警员小马儿大号马长荣，是马希升的叔伯侄子，念书不入门儿，国高二年级肄业后就当了警察。庾修福祖籍贵州，五十多岁，年轻时跟着经营药材的父亲来到东三省，生意做赔了，他父亲懊恼致病，死在这里。他也没能再回到贵州老家。他懂些医道，起初做过小生意，有时也给附近的老百姓看看病，开开方儿，渐渐有了一点儿名气，就重操父业，开了一个小小的中药店"庹家药房"，专心靠行医卖药为生。"九一八"事变后，一个姓井田的日本人在这里开了一家名叫"共荣医院"的西医医院，硬说"汉医"是骗人的，强迫他停止营业，光复后人们才听说，"共荣医院"是本市日本人的一个秘密研究所的分部。从"共荣医院"转送到那个研究所的几十号病人，都成了日本人秘密研究所的实验品，没有一个活着出来。

年过五十的庹修福能到潘家油坊派出所混碗饭吃，靠的是杨大琢磨。15 年前杨大琢磨闹过一场伤寒。眼看不行了，是庹修福救了他一命。"庹家药房"被日本人挤垮以后，杨大琢磨就悄悄地收留了他，做了他家廉价的家庭医生，兼当他家管家的帮手。在马希升当了警察以后，他就把庹修福推荐给派出所，做了派出所的大师傅，仍兼杨大琢磨的家庭医生。庹修福敢提醒和数落小警察马长荣几句，就因为他和杨大琢磨一家有这样一层特殊的关系。

今夜马希升原本是想把赵凤山他们背的一千多斤粮食截下来，顺便抓几个倒霉的粮食贩子送给日本人报功。他组织一些棒子队儿，沿路设卡，都没能截住他们，最后只逮住了几个小孩儿，觉得丧气，一气之下，就一个人回家睡觉去了。

小警察儿马长荣到外面巡视了一圈儿，又回到所里，嗅了嗅屋里的气味儿，高兴地说："今夜的夜宵儿又是猪肉炖酸菜粉条子、粘饽饽。"①

庹修福问他："你二叔来吃饭吗？"

"他没说，"小警察儿说，"好了咱们就吃！"

饭香飘进了东屋。根儿的肚子也咕噜咕噜地叫起来。"半大小子壳囊猪。"晚上他虽然多吃了半个贴饼子，可是奔跑了几十里路，肚子早就空了。素桂和道士彼此看了看，他们的眼睛里说的也是这件事儿：饿啦！

过了一会儿，小警察儿一手端着满碗的猪肉酸菜粉条子，一手拿着筷

---

① "粘饽饽"：东北某些地方儿的人喜欢吃的一种比较精美的主食，又叫粘干粮，或粘豆包儿。用大黄米面和玉米面混合制成，内包红小豆馅儿，软硬适度，好吃耐饥，多在年节和农忙时节食用。

子，同时还攥着一个粘饽饽，来到根儿他们呆的这个房间，靠在门框上，看着根儿他们几个人，得意地稀里嗯噜地吃起来。

根儿想了想，悄悄地走到堂屋，见庹修福端着饭菜从后面的厨房里走出来，准备去西屋，便大着胆子对他说道："大爷，俺也饥困啦。"

小警察儿转身对根儿说道："你也知道'饥困'啊？"然后转向庹修福，嚷道："我说让他们滚蛋，你偏偏说要留下他们。现在好了，他们要吃饭啦，你看怎么办吧。"

"能让他们冻死在野地里吗？老天不容啊！"庹修福说道。

"好，那你就'修福'养着他们吧！"小警察儿无可奈何地说。

庹修福给根儿他们每人三个热乎乎的粘饽饽，一块胡萝卜咸菜。

星星开始隐退，东方隐隐发白，天要亮了。

小警察儿吃过饭，一副心满意足的神态，对庹修福说道："我去打个瞌睡。"说完没等庹修福说话就离开了房间。根儿从小警察儿的脚步声得知，他们东边的那几个房间是警察的宿舍。

小警察儿走了，根儿和素桂以及道士的精神都松弛下来，加之屋子里温暖，肚子里有了饭，身上的疲劳劲儿反上来了，他们都靠到墙上打起了瞌睡。等他们醒来的时候，见小警察儿懒洋洋地斜靠在门框上打量着他们，立刻打起精神，看着小警察儿。这时庹修福也来到临时拘留所，对根儿他们说道："天亮了，都走吧。"

根儿他们彼此看了看，不知道他说的是不是真心话，都没动。

庹修福笑着说："怎么？舍不得离开这里啊？"

根儿笑了笑，走到自己的米袋子跟前儿。素桂跟着过去帮着根儿把粮食背到身上。

"把粮食留下！"小警察儿蛮横地说。

根儿想了想说："那俺们回家吃什么呀？"

"我管不着！"小警察儿说，"你们总不能在这里白吃白喝吧？"

庹修福说："你要那几斤粮食干啥呀！"

　　小警察儿转向庹修福说道："是你说了算，还是我说了算？"

　　庹修福半开玩笑半认真地说道："老天爷说了算。"

　　小警察儿沉思了一会儿，说道："那好，你们就过来给庹大善人磕个头吧。"

　　根儿立刻走到庹修福跟前儿向他鞠躬。

　　小警察儿哈哈大笑。

　　根儿知道小警察儿是说着玩儿的，就说道："谢谢大爷，谢谢叔叔！"

　　小警察儿看着根儿自言自语道："小家伙儿真会说话，小嘴叭叭儿的。"。

　　这时，根儿忽然明白了：大师傅硬是要把他们带回派出所，不是图他们的粮食，也不是要惩罚他们，而是怕他们冻死在野地里。想到这里，他心生感激，又真诚地给庹修福鞠了一个大躬。

　　庹修福把根儿他们送出屋门外，朝正南的方向指了指，说道："看见远处天空中的那些红灯了吧？就朝着那些红灯走。要快走！要在天亮前赶回家。要是在路上再碰上警察，可就麻烦了。"

　　"谢谢大爷！"三个孩子齐声说。

　　"这叫啥鸡巴事儿！白忙活了半夜，还搭上一堆粘豆包儿！"小警察儿不以为然地说。

　　庹修福笑着说："老天有眼哪！今天积了德，以后会有你的好处。你就等着瞧吧，你准会升官发财，还能娶到一个贤惠漂亮的好媳妇儿！"

　　"你净扯他妈的犊子！"小警察儿高兴地笑着说。

　　根儿他们离开派出所不一会儿，马希升就披着大衣赶到派出所。他站在东屋的门口朝里面看了看，问道："人呢？"

　　"什么人？"小警察儿问道。

　　"那几个小崽儿啊！"

　　"放啦。"小警察儿漫不经心地说。

　　"谁叫你放的?!"

　　"您不是说叫他们滚蛋吗？"小警察儿说。

　　"我糊涂你也糊涂？"

　　"您是什么意思？"小警察儿问道。

　　"顺藤摸瓜啊，去抓他们家的大人呀！"

"我问过呀，他们都不说。"小警察儿说。

"你不好尾随着他们去抓吗？"

"我哪想那么多啊！"小警察儿觉得委屈。

"这件事怪我。是我说放他们的。"庹修福说。

"以后遇事多动动脑子。"马希升用教训别人来掩饰自己的失误。他是今天早起才想到这个主意的。他为错过了这个立功报仇的机会而感到可惜，可是又无可奈何，就把火儿发到小警察身上了。

小警察儿表示他会记住所长的话，以后遇事一定注意动脑筋。

"这些山东棒子，真他妈地没有人性，连自己的儿女都不顾，扔下孩子就炝了！"马希升转换了话题，不再计较小警察儿和庹修福放走三个孩子的事。

24

道士属羊，比根儿大两岁。他已经融入本地的孩子，能说带山东味儿的南腔北调的本地话，在山东庄的孩子们中间算得上是个人物儿。在今夜以前，道士从没把小他两岁，来到这里不久，满口山东话，土里土气的根儿放在眼里。素桂也以为道士比根儿有胆量，懂事儿。可是现在她的看法儿变了，知道根儿比道士懂事儿。他知道隐瞒家住址和大人的姓名，敢顶撞小警察儿，向警察要吃的，要求把粮食背走。

"天亮了！"根儿朝东一指说道。

"快走！"素桂说。

"咱们跑吧！"根儿提议说。

"对！"素桂不假思索地附和道。

他们赶到黑狗大街的时候，天已大亮，街上开始有行人。

"鬼屋"的位置最靠北，根儿最先到家。他们在鬼屋前面分手。

"娘，开门！"根儿浑身汗湿，气喘吁吁，但是格外兴奋，忘记了疲劳。

秀姑听到儿子的声音，心头猛地一热，觉得母子间生离死别过一回，顾不得答应，三步两步蹿到门口，猛地把门拉开，冲到门外，张开双臂，把满头热汗的儿子连同他背上背的那半面袋子粮食，一块儿紧紧地抱起来，转身回到屋里，放到地上，顺手解下套在根儿双肩上的绳子，任粮食布袋滑落到地上，就捧起儿子的脸，看了又看。当她看到根儿两腮、鼻子和前额上被冷风吹裂成的丝丝血道子的时候，心疼得忍不住流下了眼泪。

"俺爹回来了吗？"根儿关切地问道。

儿子开口就问他爹，秀姑听了心里觉得格外温暖，连连笑着点头儿。

"根儿，过来叫奶奶看看！"奶奶嘶哑地叫道，忍不住打断秀姑母子的亲热。

根儿丢下他娘，跑进屋里，骄傲地说道："奶奶，有你爱吃的小米儿啦！是俺背回来的。"

"好！俺的根儿有本事了！"奶奶笑起来，心疼地说，"上炕来暖和暖和吧！"

"俺不冷。"根儿得意地说。其实此刻他觉得自己的脸、手和脚都火辣辣、麻酥酥，痛痒无比。但是他不愿意让奶奶和娘为他心疼难过。

秀姑给根儿脱鞋的时候，发现他穿的两只单袜子都吞进旧棉鞋里，脚后跟和脚脖子都露在外面，两只脚冻得紫红肿大，一直肿到脚脖子。脚后跟已经磨破，正在朝外渗血水。她本想埋怨儿子不听话，可是话到嘴边又改口连连心疼地说："再也不能去啦！"

秀姑把根儿抱上炕。在根儿准备站起来走到奶奶身边的时候，他跌倒了。

"你怎么啦？！"秀姑吃惊地问道。

"没怎么。"根儿感到他的腿好像不是他的了。

秀姑把儿子抱到奶奶身边，心中的高兴劲儿全没了。

"快到煎饼铺去告诉他爹，说孩子回来了！"奶奶说。

"俺这就去！"秀姑答应着，跑出去了。

根儿腿脚的正常的感觉很久以后才恢复，但是他脚上的伤却一直不好。他的脚后跟和十个脚指头多处溃烂，行走困难，整整养了两个多月，直到阳历五月才结痂，双脚上都留下了一块块的伤疤，脚上的冻疮，此后多年，年年复发，直到他高中毕业的时候，穿上他爹特地给他买的毡鞋，才不再复发。念大学时，每到冬天，他都穿着那双引人注意的船型儿的宝贵的毡鞋。

早饭后，根儿瘸着两条腿出去找素桂玩儿。半天一夜的共同遭遇，让他们增加了彼此的了解和感情，变成了亲密的朋友。根儿需要一个姐姐，而素桂也需要一个弟弟。

丈夫和儿子的遭遇几乎同时让秀姑失去他们，这件事彻底粉碎了她心中的犹豫，使她下定决心，联络起那些放了脚①的中年姐妹，用妇道人不怕警察抓这个理由说服她们，拉起了一支妇女背粮队，给警察出了难题。妇女没有社会地位，但是无论是谁，欺负妇女，都不得人心，警察奈何不了她们。她们一连下乡背了好多次粮食，秀姑一家暂时摆脱了饥饿的威胁，她因此也成了山东庄女人们的领袖人物儿。

25

今天是除夕。从午饭后，山东庄周围，劈劈啪啪的鞭炮声就响个不停，山东庄也隐约有了一抹儿淡淡的年味儿。不过不是山东庄所有的人家儿都喜欢过年。那些没有办法在年前还清债务，连饱饭都吃不上的人家儿害怕过年。蔺大胆儿他爹一进入腊月就开始东躲西藏，和前来讨债的人转磨磨儿，生怕被堵在家里受人数落羞辱痛骂。但是对于小孩子们，新年总是他们一进入腊月就日夜盼望着的大事。过年总会有一些好吃的和好玩儿的东西。当然，新衣新帽，各种玩具，并不是所有的孩子都有希望得到的。

穷人过年可以没有鱼肉，没有年糕，没有白面馒头，却不能没有敬财神、敬祖宗用的香烛纸马儿。为了置办过年用的东西，胡大珂今天下午特地跑了一趟菜市街，除开香烛纸马儿，还狠了狠心，给根儿买了五个慢芯儿小爆杖。

爆杖是男孩子们过年时最喜爱的东西，是他们借以向伙伴儿们显示自己富有的宝贝。不过山东庄的孩子们大多捞不着鞭炮。只有日子过得好一些的人家儿，赶巧儿大人高兴，才肯花上几毛钱，给孩子们买几个小爆

① "放脚"：裹过脚的妇女，丢弃裹脚布，不再裹脚，叫放脚。放脚后，她们的脚能部分恢复形态和功能，这样的脚，人称"解放脚。"

杖，那些爆杖到了孩子们的手里，就难得噼啪一声，昙花一现。孩子们把它们揣在衣兜儿里，一次次地掏出来向伙伴儿们显媚，一天不知道会这样折腾多少回。到了晚上，他们又把爆杖放到自己的枕头底下，还不时拿出来在灯光下欣赏，这样折腾到正月十五甚至二月二，当他们被大人允许去燃放的时候，那些爆杖引芯儿里面的火药就被抖落得剩得不多，点不响了。所以山东庄的孩子们的爆杖是看的，玩儿的，而不是放的。只有那些家境富裕、大人又比较宽容的人家儿，孩子们才能随心所欲地放一些爆杖。

从午饭后，胡大珂就忙着做过除夕夜的准备。在山东老家，家家供奉财神和族谱的供桌都设在堂屋的北墙下。胡大珂特地开了南门，临时封上了北门，把供桌安放在北门的位置上，把"财神"的画像张贴在上面挂了布帘子的北门上。

秀姑看重年节，年货办得还算齐全。白面啊，荞麦面啊，猪肉啊，白菜啊，都有，还买了两块用大黄米面掺和着少量玉米面制成的年糕，弄来了两条一斤重的黄花儿鱼。秀姑把黄花鱼收拾得干干净净，按照家乡的习惯，用盐卤过之后，加上调料，挂上面浆，煎得黄黄的，并在它们的嘴里插上绿绿的菠菜，供在正北的供桌上。供品并不丰富，但是竖立在供桌两侧的那两支红蜡烛和在老家时用的一样高大神圣。它们淡黄色的火舌在欢快地上下蹿动，有节奏地变动着亮度，弄得屋里也闪闪烁烁，加上蜡烛燃烧时散发出来的独特的味道，就构成了年夜的神秘气氛。

在除夕夜里，胡大珂一家人各有一番滋味儿在心头。

从冬至以来，胡大珂一家是在动荡、恐惧、悲痛、不安和饥饿中度过的。在这期间，他们失去了三个亲人。奶奶想到这些亲人，忍不住常常叹息。胡大珂和秀姑知道老人的心思，每当这种时候，连大气也不敢喘，还千叮咛万嘱咐地关照根儿，不要提起他叔叔和婶婶以及他姐姐的话题，生怕哪句话说得不当让老人伤心。

秀姑连续下乡背了几趟粮，吃的有了，手头儿上也有了几个现钱。想到婆婆、丈夫和儿子平安，她心里感到宽慰，可是想到自己那个原本美满富裕的家，如今变得残缺不全，难得温饱，心里也高兴不起来。

奶奶有意不去想小儿子、小儿媳妇儿和孙女儿，可是他们的影像却总是不肯从她的心头离去。她把他们赶走了，他们又从她的心底浮起来。奶奶抬头看看正北的供桌，看见那里摆着煎好的鱼、摆成小山模样儿的一些白面馒头，还有几块年糕和一个半生的猪头，看不清那里是不是摆上了刘玉山和古世友夫妇等的牌位，便忍不住问道："根儿他娘，那本《百家姓》供养上了吗？"

"供养上了。"秀姑大声说。

古世才家过年供《百家姓》是从他们兄弟姊妹成家立业的时候开始的。奶奶说，根儿他老姑、父亲、叔叔和姑姑，都是吃百家饭长大的，是众乡亲帮她把他们养大成人。为了感恩，她过年时除供祖宗牌位之外还供《百家姓》。不过今天她问秀姑供没供《百家姓》，是另有所指。秀姑明白，奶奶是在问，她供没供她小儿子、小儿媳妇儿和刘玉山的牌位。

奶奶叹了一口气，不再说话。

"奶奶，你给俺讲个故事吧。"根儿偎在奶奶身边央告道。

奶奶睁开眼睛看看孙子，根儿朦胧的笑脸使她感到宽慰。

"奶奶的故事讲完了。让你娘给你讲吧。"奶奶抚摸着根儿的小脸儿说道。

"才不呢！奶奶有的是故事！一辈子也讲不完。"

26

在除夕夜，山东庄家家户户用的都是大瓦数的电灯泡儿。

在"满洲国"，除去麻木愚昧、自私自利、卖身投靠日本人的少数儿中国人之外，没有哪个真正的中国人和日本人一条心。他们干活儿磨洋工，而在能浪费原材料的地方儿他们绝不会给他们节省。官方规定，老百姓家照明用的电费按灯头儿的个数儿计算，各家各户儿都只能点 15 瓦的白炽灯，而山东庄的人，实际上谁都不听这一套。夏秋两季，家家使用小瓦数的灯泡儿，多数人家儿夏秋两季根本不点灯，吃过晚饭，太阳落山，就上炕睡觉。而冬春时节，昼短夜长，情形正好相反，家家都使用大瓦数的灯泡儿，一为取暖，二为照明。

胡大珂家的卧室已经烘干了。俗话说，"炕热屋子暖。"除夕夜里，他们关门闭户，挂着密不透亮儿的门帘儿和窗帘儿，屋里有热炕，还有大瓦数的灯泡儿，使得他们的密封得像罐头一样的小卧室，亮得超过白昼，暖得如山东老家的春三月。奶奶不再围被子，而是穿得整整齐齐，坐在炕头儿上。她面前放着那张由孙孝友特地给他家赶做出来的炕桌儿。秀姑站在地上，有节奏地揉着搁在炕桌儿上面准备包饺子用的面。面少就更显得珍贵。也许一年就吃这么一两顿饺子。二斤干面和成的湿面，她揉个不停。

"娘，你怎么老揉那块面呀？"根儿不解地问道。

秀姑笑着看看儿子，说道："俗话说，'打到的曼姑（丫鬟）揉到的面'嘛。面揉到了，合了人的意愿了，才好吃呀。"她边说边揉，直到她完全满意才放手。

奶奶轻轻地叹了一口气，心里在想："为什么要不停地揉呢？还不是因为东西少！一家四口过个年，只有五斤白面！蒸给财神爷和祖先上供的馂馒用去一斤多，剩下的只够除夕夜和初三吃两顿饺子呀！"

胡大珂看着供桌上的供品，想到在老家过年的情景，觉得桌面儿不算丰盛，但是见竖立在供桌两侧的两支红蜡烛和在老家时用的一样高大壮观，心里多少感到有些满足。

胡大珂安排好了堂屋里的事，就忙着准备迎接财神的事宜。

往常的这个时候，根儿早已睡过一觉了。而这会儿他却坐在炕桌儿的一头儿，硬撑着看他娘揉面、包饺子，还一再表示，他今夜要守岁到天明。可是不一会儿他的上下眼皮就不停地打架。秀姑不断瞅他一眼，心里觉得好笑。

"根儿，睡一会儿吧。到时候，俺叫醒你去接神。"奶奶说。

"不嘛！俺不困！"根儿用力睁大眼睛，证明自己真的很精神。胡大珂发现，半年来，特别是来到江城以后的这些日子，根儿懂事了，自制力也有所增强。

远处的鞭炮声越响越密，爆豆儿一般。二踢脚一响接着一响儿。这都是本地人家儿放的。火药味儿，饺子味儿，燃烧香烛纸钱儿的味儿，弥漫在空气中，感染着每一个人，增强着人们的年的感觉。

"娘，你看，那个饺子，'挣'了。"

秀姑发现根儿手指的那个饺子的一角儿张开了一个小口儿，就悄悄地把那上面的裂缝儿捏合，重新摆好，看看儿子，笑笑，心想，儿子又有了长进，知道除夕夜不能说不吉利的话，而不再像前年那样，说饺子"破"了。"破"字让人联想到破财，不吉利。而"挣了"暗含着挣钱、发财的意思，这样说吉利。老人们说，除夕夜，众神出巡，祖宗们的神灵也回来和子孙们一起过年，接受儿孙们的香火和享祭，不吉利的话不能说。在古家庄是这样，在这里的山东庄也是这样。

接财神用的香、纸、托盘和从老家带来的木制方形玻璃灯笼，胡大珂都准备好了。

鞭炮声越来越密，周围也响起稀稀落落的鞭炮声，外面已经有人说笑走动，而根儿却依偎在奶奶的身边睡着了。

从根儿懂事儿的时候起，每年除夕夜接财神，古世才都带上他，教导他熟悉迎接财神的礼仪和规矩。秀姑贴近根儿的耳朵小声叫道："醒醒吧，接财神的时候到了。"她怕惊吓着根儿，犯糊涂，说出不吉利的话，招神灵和祖宗责怪。

根儿醒了，睡眼蒙眬地说道："娘，俺睡着了吗？"

"你说呢？"秀姑笑着反问他。

"你怎么不叫俺醒醒呀。"他揉着眼睛说。

"快起来，和你爹一起接财神去。"秀姑一边招呼根儿，一边往锅里下饺子。

胡大珂已经把香、纸和火柴端端正正地摆放到长方形儿的木托盘上。

这是除夕夜最神圣的时刻。秀姑一声不响地、庄重地站在锅灶前看着锅里不停地翻滚着的饺子，生怕锅里会出现什么怪异的事情。关于在除夕夜的饺子锅里发现驴粪、鲜血、人头的传说，她从小儿就听说过，而且确信那真的是发生过的事情。那是神灵、鬼怪、狐仙和黄仙在惩罚得罪过他们的人。她虽然相信自己一家老少三代一心向善，从不干坏事，神仙不会责怪自己，可也还是有些担心。谁能保证自己没有在不知不觉中说过什么对神仙或是鬼怪不敬的话呢？

秀姑恭恭敬敬地盛出浅浅的第一碗带着饺子汤的饺子，碗上横着一双崭新的竹筷子，双手端好，默默地，虔敬地交给胡大珂。胡大珂同样默默地，虔敬地双手接过，然后面南而立，恭恭敬敬地拜了三拜，把饺子碗里的一些汤水浇奠到地上，算是敬天地神灵，然后把这碗饺子放到迎接财神用的托盘上，无声地看了根儿一眼，意思是带他去迎接财神。除夕夜最要紧的是少说话。"话多有失",这在敬神时也是至理名言。根儿明白他爹的意思,立刻小心地提起灯笼,走在前面,给他爹照明带路。

皇历上说,今年财神东南,这就是说,财神从东南方向来。胡大珂带领根儿出南门,朝东南方走了十几步,然后就小心翼翼地把托盘放在雪地上,把燃着的香插到积雪里,借助灯笼,引燃纸张,端起饺子,朝财神来的方向拜了三拜,浇奠了一回,带着儿子磕了三个头,虔诚地低声祷告道:"咱请到财神了,请财神爷到咱家过年,保佑咱们四季发财!"然后,就一声不响地、头也不回地回到家里,把那碗饺子供奉到正北的供桌上,请祖宗享用。接着,一家人的年夜饭开始了。

"娘,俺吃到银钱啦!"根儿惊喜地说道。

"根儿发财!全家发财!"秀姑和胡大珂齐声祝贺。

根儿不断地吃到硬币。大人们不断地祝贺他好运发财。年夜饭就在一家人对根儿的祝贺声中进行。所有包有俄罗斯硬币的饺子都让根儿吃到了。因为秀姑在每一个包有银币的饺子上面都做了记号儿,又把所有里面有俄国银币的饺子都拣到根儿的碗里,让他吃到。秀姑这样做,为的是让儿子高兴,而胡大珂这样做却有更深的用意。他在用这样的方法儿培养儿子的自信心和努力向上的性格儿。他教育儿子的方法儿主要有五种。除了上述这一种之外,还有四种。一种是夸儿子。他只说儿子行,而从来不说儿子不行。一种是考儿子,每遇问题,他总要问他几个为什么,他答对了他就夸。一种是给儿子讲道理,比如要儿子爱国家,爱自己的民族,不抽烟,不喝酒,不要钱,诚实,守信,善良等等。最后一种是以身作则。而让他没有想到的是,他儿子的这种爱国家,爱民族,正直,善良,自信,求实,独立,爱动脑筋,和遇事喜欢追根问底的性格,在他成年后,在崇尚说假话的年代,竟给他带来了那么多的麻烦,铸成他半生的不幸,弄得他左右不是人。

27

山东庄的居民,除去少数几家儿当地的穷人,都是来自山南海北的外地人,绝大多数来自山东,山东庄因此得名。在山东庄,把人们联结在一起的是贫穷、善意、同情和互助。山东庄过年没有古家庄"初三姥娘，初四姑，初五初六拜丈母"的规矩，左邻右舍大年初一就可以互相拜年。拜年自然也要讲究个辈分儿，而辈分儿大多是按照年龄认定的。年过五十的奶奶和爷爷们，是庄上所有孩子们的爷爷和奶奶。其他如叔叔伯伯，大娘婶子，哥哥姐姐，弟弟妹妹，也是按照年龄排定的。

胡大珂想到年前自己家里死了那么多亲人，又都是暴死的，觉得自己不便外出拜年。可是奶奶说，这个年头儿，顾不上那么多了，众乡亲们大力救助咱们的恩情不能不报答。所以胡大珂一大早就走出家门，挨家挨户儿去给庄上的长辈们拜年。那些和他同龄的男人们，也都陆陆续续地到他家来给根儿他奶奶磕头。

赵凤山一进门，迎面碰上胡大珂和秀姑，扑通一声跪倒在他们的面前，同时高喊："给大哥、大嫂磕头啦！"弄得秀姑一时不知所措。站在堂屋门口的根儿，吃惊地目睹着这种景象，不禁咯咯地笑起来。秀姑立刻给他使眼色制止。根儿头一次看见人们这样拜年。在古家庄和柳林庄拜年的规矩是：平辈彼此不磕头。晚辈给长辈磕头。磕头的时候，也不是对着人磕，而是对着悬挂在正北面供桌上方墙上的家谱和财神爷的画像磕。磕头的程序是：先在家谱和财神爷画像前面恭恭敬敬地站好，作个揖，跪拜家谱上的祖宗和财神，然后站起来，重新作揖，口呼长辈的称谓，跪倒在供桌的前面磕头，而并不像赵凤山这样对着人磕头。

走南闯北的赵凤山知道根儿为什么发笑，并不在意。他从胡大珂夫妇面前爬起来，跨上两步，走进卧室，给奶奶磕头。胡大珂立刻跟上去，和赵凤山一起跪倒在奶奶面前。赵凤山对奶奶说道："俺给大娘磕头啦！"胡大珂也陪着他给奶奶磕头。

"免了吧，凤山。"奶奶赶忙笑着大声说道，"根儿他爹，快把凤山扶起来！"

"凤山兄弟，快坐！"秀姑招呼道。

"改日，俺还得到处走走。"赵凤山说笑着，离开了胡家。

"娘，赵叔叔怎么那样磕头啊！"根儿笑着问道。

"各地有各地的风俗，不要少见多怪。"胡大珂耐心地对根儿说道。

根儿默默地点点头儿。

"根儿！"道士在门外喊道。

根儿立刻答应着把道士迎进来。

道士在供桌前面作了一个揖，磕了一个头，然后大声说道："给奶奶磕头啦！"说着，就跪倒在地上，朝着供桌，磕了一个头。然后站起来，作了一个揖，说道："给大爷大娘磕头！"又跪倒在地，磕了一个头。

根儿学着他爹的样子，陪着道士一次一次地给奶奶和爹娘磕头。

秀姑给道士一个红纸包儿，那里面是压岁钱。

道士自从在潘家油坊派出所和根儿一起度过了那个夜晚以后，就不再傲视根儿了。

"嗨！道士穿上新袍子啦！"秀姑拍拍道士的肩膀儿说道，"是自己挣的吧？"

道士只是笑，没有说话。他和刘书成家的广聚不同。广聚嘴甜，道士不善言谈。

"玩去吧？"道士对根儿说。

"那就去吧。"秀姑发了话，顺便给他掸了掸身上的土。

根儿穿的也是阴丹士林布袍子，和道士不同的是，他在袍子外面套了一个厚厚的黑呢子坎肩儿，那是用他爷爷小的时候穿过的旧坎肩儿改成的。

28

宋家屯镇没有电影院和戏院。平时在黑狗大街上，除了几个浪里浪气的小丫头儿哼哼"春风吹，吹洋鬼①，小妹多娇媚"之类的流行歌曲之外，就没有什么歌声。夏秋时节，有从关里来的说唱艺人在菜市街大柳树下说唱西河大鼓，说《施公案》，讲胜英、黄三太和黄天霸的故事。不过山东庄没有人有钱，也没有工夫儿去听。每逢过年，宋家屯镇的当地人都办高跷，扭大秧歌儿，不过他们从来都不到山东庄来表演。因为这里除了谈家煎饼铺，没有像样儿的店铺和有钱的人家儿，他们讨不到赏钱。

---

① 应为"槐"，江城地区不生长洋槐树，而"槐"字里面有一个"鬼"字，就被识字念半边儿的丫头们唱成"鬼"了。

在新春正月，山东庄人参与最多的是形形色色的赌博。无家无业的单身汉，聚集在郑祥麟的住处摸牌九，有赌的，有看的，不时传出人们摔打牌九和激动吼叫的声音。为输赢而争吵打斗起来的事情时有发生。不过郑祥麟本人从来不赌。一些中老年男人聚集在刘书成家，玩儿麻将牌。在刘书成隔壁的狗儿家，聚集着一些好赌的大娘婶子，她们只赌几毛钱的输赢，小打小闹儿斗纸牌。而小字辈儿的男孩子们就聚集在桂有富家掷骰子。

胡大珂担心儿子学坏，每逢新年都会不厌其烦地给儿子讲赌博的害处。他说赌博坏人性，给他讲山东老家姜家庄的姜文雍和高家庄的高玉亮吃喝嫖赌沦落败家的故事。他说："喝酒误事，赌钱坏人品。"

年前根儿问他爹："爹，你赌过钱吗？"

胡大珂坦然说道："赌过一回。"

"那你赢钱了吗？"

胡大珂说："赢了，但是我没要。"

"为什么呀？"

胡大珂认真地对儿子诉说了事情的经过。他说："在我小的时候，集上有一种赌博，叫'跌博儿'。为什么叫'跌博儿'呢？因为这种赌博是要'跌'的。赌具是一块一尺见方儿的黑石板和五个中间儿有方形窟窿的制钱儿。赌客把五个制钱儿在手掌上摆好，然后轻轻抛起，让它们跌落到石板上。如果五个制钱儿都落在石板上，而且它们中间的距离符合输赢的尺寸，那赌客就赢了。不过这些制钱儿很难跌得合乎规定的尺寸，所以很难赢。赌客的赌资很小，每跌一个制钱儿，但是庄家的赔本儿很大，比如有的是一只几斤重的大烧鸡，或是一条几斤重的大鲤鱼，或是两只三尺长的大梨膏儿（糖葫芦儿）等等，超出赌资的百倍，很馋人。

"那年我15岁，已经是你卢爷爷的徒弟了。年前你卢爷爷刚好领着俺们转悠到咱们古家庄一带干活儿。他老人家知道咱们家境困难，就悄悄地塞给俺10个大铜子儿，说放俺两天假，让俺去赶个集，买两棵白菜，买斤肉，买几斤白面，送回家，让你奶奶、老姑和叔叔、姑姑们吃顿饺子，过个年。

"我在集上碰见了'跌博'的。庄家面前放着一个竹编的元宝形的大篮子。篮子里放着一只用鲜荷叶覆盖装点着的足有三斤重的火红色的油汪汪儿的大烧鸡，旁边还插着一枝三尺多高的红鲜鲜亮晶晶的大梨膏儿。我看着眼馋，心想：'要是能把这些东西赢回家，给奶奶他们过年吃，该有多好！'

"我掏出一个铜子儿，换成制钱儿，'跌'了一次，没中；又'跌'了一次，还是没中。我不敢违背你卢爷爷的嘱咐。他老人家是叫我给你奶奶他们买年货的呀。可是我很想弄到那只烧鸡和那枝大梨膏儿！

"我按照你卢爷爷的嘱咐，在集上买了菜、肉和面，交给了你奶奶，手里还剩下几个钱。我总忘不了那只烧鸡和那枝大梨膏儿。我反反复复地琢磨'跌博儿'的事。第二天，我就摸到了'跌博儿'的秘密，每跌两三次就能'跌'中一次。我立刻赶到集上。

"我见那个'跌博儿'的人还在，烧鸡也在，只是那梨膏儿没有了。那庄家看着我笑，向我招手儿，意思是让我过去'赌'。

"我第二次就'跌'中了！

"那个庄家惊讶地看着那块黑石板发呆，看样子他很想找个理由拒绝赔我，可是他是个老实人，没有想出一个说得出口的理由来拒绝赔我。我高兴极了，提起那个篮子就走。这时，我见那个庄家无声地哭了。嘴里呐呐地说：'俺是借了本钱置办的这些东西，想弄几个钱过年……'

"我在原地站了很久，想自己该不该要那只烧鸡。"

"是他自己来和你赌的，他该认输！"根儿说道。

"我没有要他的那只烧鸡。我想：'我拿走了他的鸡，他们一家怎么过这年？'"

"那要是他说的是假话呢？"根儿说。

"可是，那要是他说的真话呢？凡事都得先替别人想一想。"胡大珂温和地笑着说。

根儿点点头儿，觉得他爹做得对。

29

山东庄的男孩子不赌钱的只有两个人，一个是虚岁17的刘广聚，一个就是胡全和。刘广聚是他爹不许他赌。所以真正不赌钱的只有胡全和一个人。不过胡全和常常到赌场去看热闹，像斗纸牌，推牌九，掷骰子，叉麻将，他也都会，只是他从不参赌。

正月十八日的午饭后，道士来邀根儿到桂有富家去看掷骰子的。根儿跟着道士奔大杂院儿南院儿的桂有富家。在路过中院儿的时候，听见从郑祥麟叔叔的住处传来了号啕大哭的声音。

"是谁在哭啊，哭得这样伤心！"根儿问道。

"还能有谁？二吉叔叔呗！"道士不屑地说。

"午饭前俺见他还好好的嘛。"根儿觉得奇怪。

"他准又是喝醉了，赌输了。"道士说，"俺爹说，二吉叔叔好赌，可是他输不起，赌输了就哭娘，耍赖，谁都不愿意和他玩儿，可是又不能不和他玩儿。"

根儿和道士经过狗儿家门前的时候，听见里面有人说话。

"二吉这个孩子也真可怜，他总觉得他对不起他爹娘，想到他娘就哭。"是道士他娘的声音。

"他也该哭，他娘是生生想他想死的。"于清海媳妇儿说。

"和啦！"好像是林奶奶欢快的声音。

"快走吧！有富家那里已经开始了！"道士催促根儿。

根儿惦记着二吉叔叔，便说："我去看看二吉叔叔！"

"老人们的话他都不听，你去顶什么用？"道士对于二吉毫不同情，强拉着根儿继续朝桂有富家走去。这时他们已经能听见从桂有富家传出来的骰子落在碗里发出的"叮呤叮呤"的声音。道士拉上胡全和就往桂有富家跑。

桂有富他娘先后生过六胎，都是男孩儿，可是只活了他一个。为了好养，他爷爷给他起了个小名儿叫"狗剩儿"，意思是说，他是连狗都不喜欢吃的人，神鬼要他干啥？桂有富小的时候常常生病，几次生命垂危，他爹娘只顾保他的命，没在意对他的管教，养成了他任性的毛病，现在他大了，他爹娘再想管他，已经来不及了，凡事总是由着他，而他也就把赌场安在自己的家里了。

"六六六！"从桂有富家里传出桂有富狂热的喊叫声。

"哈哈，豹子！给钱！"还是桂有富激动的声音。

根儿和道士走进桂有富家，见七八个男孩子剃得亮光光的秃头聚在一起，组成一个圆洞儿。根儿站在旁边，从高处透过那个由亮光光的一个个小秃瓢儿构成的洞口儿，低头朝碗里一看，见里面有三个骰子，它们都是有六个眼儿的那一面朝上。掷骰子中输赢的标准和"么二三"、"四五六"、"豹子"等名堂，根儿都懂，但是他不明白"豹子"怎样分大小输赢。

"哈哈，根儿也来啦？"桂有富一面往自己面前搂钱，一面招呼他。

广聚、兆紫等听说根儿来了，都回头看他，因为根儿很少到这种场合来。

"你爹让你来吗？"广聚问道。

根儿笑笑，没有说什么。他爹只是不让他赌钱，没说不让他看赌钱的。

孩子们的头又构成一个圆洞儿，他们的目光又投到那个碗里。

"三个六个眼儿叫'豹子'，那三个一个眼儿……是不是也叫'豹子'？"根儿低声问道士。

道士得意地对根儿解释说："凡是三个眼儿都朝上的都是'豹子'。六个眼儿的'豹子'最大，一个眼儿的'豹子'最小。"

根儿点点头儿，表示他明白了。

道士面露不屑，说道："啊呀你怎么连什么是'豹子'都不懂啊！"

"根儿，下！"连赢三把的桂有富像指挥员一样张牙舞爪地向根儿招手儿。

"下什么？"根儿问道。

根儿的话引起一阵轰笑声。

"下赌注嘛！"道士脸上露出明显的蔑视。

"俺就是来看看……"根儿不好意思地笑笑。

"你是怕你爹知道吧？！"桂有富连看也没看根儿，"俺们给你保密。"

"何必勉强他呢？自愿嘛！"广聚为根儿抱不平。他是偷着来的。

根儿挤坐在一个角落里，看着伙伴儿们兴奋地玩着。道士一连赢了四把，他的两个一角的硬币变成了16个。根儿看在眼里，有些心动。他伸手摸摸兜里的那两个一角的硬币。那是他到赵凤山叔叔家拜年的时候，赵婶儿给他的磕头钱。秀姑允许他过年的时候拿着玩儿，说年后要把这两角钱收走，攒起来，给他买布做新衣裳。现在他也想让自己的这两个硬币变成 16 个，甚至更多。

道士用力搡了根儿一把，激动地说道："下！谁告密是三孙子！"道士连连赢钱，两眼盯着地桌上面的那只蓝花大瓷碗，很兴奋。

根儿也想赢钱。他的心在怦怦地跳。赢钱的欲望和他爹的教导在他心里打架。他猛然伸手摸了摸他口袋里的那两个硬币，几次想把它们掏出来押上去，又几次重新把它们放下。

"过年嘛，老老少少都在玩儿，下嘛，怕什么?! 谁都不会去对胡大爷说。"道士催促道。

根儿感觉道士的话里带有看不起他的味道，很生气。他看了道士一眼，心想："不就是赌钱吗？有什么了不起的？"他悄悄地摸了摸他衣兜儿里的两个硬币，可是没有把钱拿出来。他不想让他爹生气失望。

"不下注儿就靠后一点儿。"由于连续赢钱而兴奋，赌局又是设在自己的家里，桂有富有点儿忘乎所以，也怕根儿会把他的好运气挤跑了，顺手把根儿推开。平时桂有富不敢惹根儿，他文斗武斗都不是根儿的对手。

根儿猛地从口袋里掏出一个硬币，放到道士那四角钱的旁边。

根儿赢了！他的两个硬币变成了三个！接着他又押上了一个硬币，又赢了！他的两个硬币变成了四个。根儿兴奋起来。他原本想赢了就走的，可是赢钱的渴望迫使他一次押上了两个硬币，可是他输了！一度属于他的四个硬币失去了两个！他后悔赢了钱之后没有立刻就走，渴望把刚刚输去的那两个一度属于他的硬币再捞回来。不过他知道，他也可能把他原有的那两个硬币也输掉。可是他捞回那两个一度属于他的那两个硬币的欲望太强烈了，决心冒险。他不敢把两个硬币一次押上去，想一个一个地赢回来。于是，他悄悄地押上了一个硬币，可是他输了！眼睁睁地看着桂有富欢欢喜喜地把他的那一个硬币搂到自己的面前。他的头有点儿发晕。"我回家怎样对娘说呢？爹知道了会怎么说我呢？"他后悔自己不该来，更后悔赢了两个硬币的时候没有及时离开这里。然而他又想："为什么要捞呢？不捞不是就输不了吗？那不是就可以把自己原来的那两个硬币带回家去交给娘了吗?! 现在倒好，少了一个！再说，爹早就嘱咐过自己，不可以去赌博，赌钱不光会输钱，更会输人。而且爹最讨厌明知故犯的行为。他越想越后悔，又无可奈何。怎样补足这两角钱呢？素桂姐姐待他好。可是怎么好意思向她借呢？能说自己赌钱赌输了吗？再说，借了钱来堵这个窟窿，那不是欺骗爹娘吗？"他不知道如何是好。这时，他心里闪出一个念头儿："再赌一把！也许会赢的！"他顾虑重重地把手里仅有的一个硬币押上了，瞪大眼睛看着放在地桌上的那个可怕的细瓷碗，心惊胆战地期待着结果。可是，他又输了！现在，他除了认错之外，没有办法儿面对爹娘了，心中非常难过。

赢走了他的钱的桂有富欢喜得合不拢嘴。他得意地想："打架俺不是你的对手，赌钱你可不行！"

人们的心思都在碗里叮当响着的那几个骰子，和怎样把别人的钱变成自己的，没有人注意根儿是怎样离开现场的，更没有人理解他此时此刻的痛苦心情。他一个人无精打采地离开了桂有富家，伤心地走在回家的路上。骰子在碗里跳动的声音和伙伴儿激动的喊叫声他还能听得见。他觉得没有脸对爹娘说这件事，可是娘一定会问的呀："那两角钱哪儿去啦？！"难道自己要说谎，错上加错吗？！他想到爹给他讲过的赌博的故事，开始觉得赌钱真是一种缺德的事。"我为什么要赌钱呢？为什么要往上押钱呢？难道仅仅是为了和别人赌气吗？不是，是想赢别人的钱！"他回忆着自己在赢得那两角钱时高兴的心情，输光了钱后那种悔恨和痛苦的心情，他想，要赌钱就会有输赢。输了钱，自己伤心，别人高兴；赢了钱，自己高兴，别人伤心；两种结局都让人不好受！正像他爹说的那样，赌钱不光会输钱，更会输人。他想他再也不会参与赌博这种最自私最丑恶的勾当了。

当天晚饭后，根儿如实对奶奶和爹娘述说了自己赌博的事情。他原本以为他们会齐声训斥他。可是他们没有这样做，爹反而说："输了比赢了好！"这段经历深深地留在根儿的记忆里。这是他头一次，也是最后一次赌博。这次经历让他看透了赌钱，体会到了赌徒阴暗丑恶的心理。他一生最看不起的就是赌徒。让他感到遗憾的是，他在后来的经历中碰见过许许多多形形色色的赌徒，特别是政治赌徒。他们有些赢了，但是更多的是输了，有的还输得很惨，甚至连性命都输掉。

30

　　胡大珂一家住进"鬼屋"还不到一个月，就已经和这里的穷乡亲们混熟了。胡大珂和秀姑已经是山东庄受尊重的人物儿。胡大珂为人厚道，足智多谋，重要时刻肯为乡亲们卖命，肯冒死下雪坑去救和他不沾亲带故的二吉，给众乡亲留下了忠实可靠、救人急难的好人的深刻的印象。但是最先和这里的人们混熟了的不是胡大珂，而是秀姑。她热情，好交往，爱帮助人，不怕事儿，连老虎一般威风的刘书成都不敢惹她。她带头下乡贩粮食的举动更是给女人们创造了一个养家糊口，保护男人的好办法儿，弄得警察没了章程，提高了女人们在家庭生活中的地位，不知不觉中成了山东庄的头面人物儿。

　　胡大珂和多数工人一样，不大爱交际。除了当年给奶奶办过五十大寿之外，他从没请过客。昨天奶奶说，要不要办桌酒席，宴请众乡亲，报答他们的救助之恩。胡大珂立刻表示同意。但是秀姑说："去年咱们家出了那么多的事，请客的事是不是以后再说？"

　　奶奶说："如今是个乱世，老礼儿讲不得啦。去年已经过去，如今是新的一年。"

　　根儿从被窝儿里探出头来说道："请！把赵大叔、林大叔和孙大叔他们都请来！"

　　婆婆、丈夫、儿子都说要办，秀姑只好同意。

　　二月初一上午，胡大珂亲自挨家登门请客。凡是帮助过他们的人家儿都请到了。所有的人也都高兴地接受了他的邀请。穷苦人无权无势，既没有资格被别人请，也没有条件请别人。有些人一辈子也没有上过席面儿。新来的胡大哥竟会想到办酒席请客，而自己也忽然成了客人，有了身份，怎么能不高兴呢。

　　二月初三是个大晴天。傍晌儿，胡大珂家里欢声笑语，热闹非常。桌面儿就摆在堂屋地上。八仙桌和小方凳儿都是赵凤山从煎饼铺老谈家借来的。赵凤山、林树昌、于清海、郑祥麟、谈家贵、道士他爹孙孝友、桂有富他爹桂云暖，和二吉等都到了，把个小小的堂屋挤得满满的。此刻，六七条曾经日夜为一口饭而愁容满面、忍辱负重、挣扎在生死线上的大汉，不怕警察抓，不怕有人骂，忽然成了席面儿上的人物儿，意识到自己有说说笑笑的权利，个个兴奋不已。

这是山东庄的一次盛会。到场的都是男人，在山东庄有名的人物中，只有刘书成没有被邀请。这是赵凤山的主意。他说，刘书成来历不明，城府很深，听说他当过土匪，少和他来往，免得他一旦犯事儿，受他牵连。

秀姑里里外外忙着上酒端菜，三荤四素一个炒鸡蛋八大碗，把一张八仙桌儿挤得满满的，两瓶白酒只能搁在锅台上。对于富人，这算不得什么，而对于穷人，这已经算得上是丰盛的席面儿了。

胡大珂满怀真情地诉说过聚会的意思，说自己一家人寒冬腊月，流落到山东庄，多亏有众乡亲热心帮衬，才渡过难关，安顿下来，为表示他们一家对大家的谢意，请各位兄弟到家里来，同饮一杯。众人齐声敬过奶奶，奶奶也笑着说，她感谢众乡亲，请大家多吃多喝。众人七嘴八舌地说些客套话。有人说，"不值得感谢，谁都有为难的时候。"有的说，"都是乡亲，人不亲土亲。"有的说，"远亲不如近邻，穷不帮穷谁帮穷？这都是鱼帮水水帮鱼的事儿，是应该的"，等等。

但是大家共同关心的是在新的一年里大家的日子怎么过。而这正是胡大珂办酒席的又一个目的。他说："冬天算是过去了，咱们跟杨大琢磨和马希升结了仇，抓劳工这股风越刮越猛，好几个兄弟被他们抓走了，看起来倒腾粮食这个营生儿是干不得了。女人们背粮也不是个长远的办法儿。时间长了，警察必定会琢磨出坏点子来对付她们。看起来咱们得另想出路儿了。"

赵凤山知道胡大珂是个有心人，也说，贩私粮风险太大，不是长远之计，是得找点正经营生。

孙孝友说："曹小个子说，'武道局'日本人小林今年要在这里盖个电影院儿。"

赵凤山也说："盖房子，咱们是全班人马！孝友大哥是木匠，树昌兄弟是瓦匠，胡大哥是铁匠……二吉和道士一伙儿小兄弟当壮工！这就齐啦！"

胡大珂和秀姑一再劝大家喝酒吃菜，可是每个人都只是抿了几口酒。菜呢，也吃得不多。鸡鸭鱼肉只是尝了尝。饭是谁都没有吃。谁都知道胡大珂一家人操办这个酒席不容易。

聚集在山东庄的几乎都是穷人，大都做着低贱的营生。有杀猪卖肉的，有给财主扛活的，有掏大粪的，有在日本人的会社里跑外卖的，而更多的是木匠、铁匠、泥瓦匠和小贩儿。山东庄也有名人。个别来得早，又有心计，混好了，积攒了一些钱，有了自己的产业，煎饼铺的谈掌柜就是这样的人。

在山东庄活得体面的还有在火车餐车上当服务员的卢子堂。他是山东即墨人，仪表堂堂，总是身着笔挺的铁路制服出进山东庄，是山东庄唯一的体面人物儿。他一家三口儿，有寡母老娘和妻子卢狄氏，但是无儿无女。在外人看来，一家人无争无吵，和睦融洽，其乐融融。老母亲22岁守寡，把独生儿子养大成人，为人稳重豁达，安详谦和，急公好义，常常为人平息纠纷，很受庄里人尊敬，全山东庄的孩子都亲热地称呼她卢奶奶。卢狄氏身材高挑，体态优美，面容姣好，举止文雅，一双丹凤眼，朦胧含笑，有如烟卷儿公司宣传画儿上面的大美人儿。山东庄谁都说，卢子堂夫妇，是郎才女貌，好好儿的夫妻，一家人让人羡慕。而让人们没想到的是他们家也有不如意的事情，听说卢子堂有外遇。根儿说，他见过和卢叔叔相好儿的那个女人，说她矮小瘦弱，背还有点儿驼，并不好看。他感觉奇怪，不知道卢叔叔为什么不喜欢画上的美女一样好看的卢婶儿，而去喜欢一个罗锅子女人，而更让他想不明白的是，卢婶儿也不喜欢体面帅气的卢叔叔，江城解放，新中国建立，刚刚公布婚姻法的第二年，她就义无反顾地提出和卢叔叔提出离婚。这一直是根儿心中的一个解不开的谜，直到晚年，他在经历了人生的诸多过程，类似的情爱的故事他见过许多，并且有了他自己的体会之后，才意识到，思想性格对于他们的婚恋生活有决定意义，真正理解了梁山伯和祝英台的故事。

郑祥麟先生是山东庄的独一无二的公众人物。他虽然是个有妇之夫，却是山东庄光棍儿们的首领。他和煎饼铺的谈掌柜是同乡，也是山东掖县人。他性情温和，为人和气，与人交往不笑不说话，一笑就露出一口整齐洁白的牙齿。他爱穿黑色的衣裳。冬天穿黑棉袍儿，春秋两季穿黑大褂儿。关于他的家世和经历，人们所知很少，也不关心，只风闻他出身书香门第，毕业于齐鲁大学，在山东的一所中学当过教书先生，两年前来到这里。听说他结过婚，妻子在山东老家，没有儿女。他来到关东并不是因为贫穷，而是因为婚姻不如意。他不做工，不种地，也不下乡贩粮食，只在菜市街上摆了个小摊儿当"代书"，代人写书信、契约之类的文字，还帮着谈家贵写写账目，借住在煎饼铺后院儿的一间空房子里，混个不愁吃穿住。这里除开山东莱阳人牛家有人识字能写信，其余家家儿的信都是请他给写、给念。有关红白喜事儿、酬神送鬼，写写算算，也少不了他。他为乡亲们干事儿从不收报酬，是这里家家户户儿离不了的人物儿，却又是家中有大闺女小媳妇儿的人家儿不愿意招待的人物儿。连这里的小孩子都知道他夜里会跳过中院儿和后院儿之间的那段矮墙，到北院儿来找狗儿他娘。有意思的是，狗儿他娘和狗儿的爹，都不拿他当外人。有人说，可能是狗儿他爹有毛病。有些已婚的中年女人聚在一起的时候，最喜欢叨咕的就是郑祥麟和狗儿他娘的故事，就是当着狗儿他娘的面儿，有些人也敢和她开玩笑。而狗儿他娘从来都既不点头儿，也不摇头，不羞不怒不恼，给人一种大大咧咧，不辨香臭的印象。

狗儿他爹叫田玉才，是最早带领山东庄走投无路的穷乡亲们干贩卖粮食生意的人。那时赵凤山还在杨大琢磨家当长工，孙孝友刚刚来到山东庄。那年冬天，田玉才带领孙孝友和后来在日本人的一个秘密工程中被害死的匡雨生、宋家齐等几个伙伴儿干起了贩私粮的营生儿。那时潘家油坊还没设置派出所，杨大琢磨也不像后来那么贪财，田玉才他们干得挺顺利。可是好日子不长。在那年腊月底，他们在背着粮食往回走的路上，碰上了警察。他们一行人，二吉等三个人逃出去了，刘万兆、田玉才、匡雨生和宋家齐落到了警察手中。在他们和警察撕打的过程中，一个警察用穿着军用皮靴的脚，猛踹已经被打倒在地的田玉才，把他给踹成残废，后来病死了。从那以后，山东庄有一段时间没有人敢干贩卖粮食的营生儿。狗儿他爹死后，山东庄上的人猜想，郑祥麟该和狗儿一家走到一起了。可是出人意料，田玉才死后，郑祥麟和狗儿一家的来往反而少了。

山东庄还有一个神秘的人家儿，牛家。这里的人都觉得牛家很怪。去过牛家的孩子们说，他们家顿顿吃的都是鸡鸭鱼肉、大米白面，可是他们什么营生儿都不干，那他们家的钱是从哪里来的呢？

刘书成老家菏泽，也算得上是山东庄的一个人物儿。他身材魁梧，神态凝重，动作缓慢，声音低沉。他常闹眼病，眼睛总是红红的，平时很少睁大眼睛，总是从眼睑间的细缝儿里看人，别人常常弄不清楚他是不是在看自己。因为他的眼睛不好，走夜路不便，虽然他家不富裕，他也没有下乡贩过粮食。他话不多，从不谈自己的过去。比如他念没念过书，识不识字，过去干过什么，他有些什么朋友等，谁都不知道。偶尔有人来看望他，也是来去匆匆。谁都觉得他是个有心计，有胆识，看不清，摸不透的人。他的妻子赵秀英，老家海城，是半个旗人，平时爱说爱笑，可是涉及她家的过去和有关刘书成的往事，也是只字不吐。人们越是觉得他们神秘就越是想了解他们，而越是想了解他们，他们就越是要和人们保持距离。不过时间一长，对于刘书成的来历人们还是渐渐地有了一些耳闻。听说他从十几岁儿就从山东老家跑到东三省来闯荡，在长白山挖过参，当过胡子，曾经是长白山"青山好"绺子里的二当家。他武艺高强，枪法百发百中，杀人不眨眼。他就是在那个得意的时候娶的赵秀英。后来"青山好"一伙归顺了张作霖，他也就成了官军里的一个下级军官。再后来是他为维护他的一个把兄弟而暗杀了他的团长，带着妻子携枪逃回山东老家。前些年他再次来到关外。为了远离寻仇的人，他没有再去吉林和辽南一带，而是来到了江城。在山东庄，有人敬他，有人怕他。他也很少和人来往，偶尔在街上遇见近邻，也只问一句"吃过饭了吗？"之类的应酬话。他有意避免和人发生冲突。只在去年冬天胡大珂他们刚来的时候，他和秀姑碰撞过一回。

事情是因为孩子打架引起的。

在"鬼屋"和大杂院儿之间有一块方圆十几丈的空地。井台就在那块空地上。每到冬天，井台周围都会结冰，形成一块高低不平不规则的天然冰场，孩子们可以在上面支爬犁、赶冰球、打冰咪溜儿。根儿来到这里不久就喜欢上了在井台上打冰咪溜儿，晴天时常到那里玩儿。刘书成的儿子刘广聚比根儿大 6 岁，是山东庄孩子里面的一霸，有人到冰上玩儿，必须经过他同意。而根儿偏偏不买他的账，硬是在那上面玩耍。刘广聚多次把他摔倒在冰上。秀姑闻讯赶来，申斥了广聚，说他太霸道。广聚当众丢了脸，恼羞成怒，竟用头去撞秀姑。秀姑闪身躲过，顺势一拨，刘广聚落了个狗吃屎，扑倒在地，撞破了鼻子。广聚在他爹娘面前，温顺如猫，而对外人却凶悍如虎。秀姑当着孩子们的面儿让他出了丑。他不敢再冲撞秀姑，就把他爹搬出来了。刘书成教子有他自己的规矩：他自己管教儿子严厉到不近人情的地步，但是绝不许别人触动他的儿子一个指头。刘书成一到冰场就一反平时的老实温和，怒目冷对秀姑，嘴里还"臭娘们儿长，臭娘们儿短"地骂起来。秀姑初来乍到，不想得罪人，主动上前述说事情的经过，说明她并没有打过刘广聚，是他自己扑倒在地。可是刘书成听也不听，拉开架势就要动手。秀姑见势不妙，立刻退后一步，站好丁字步，两眼冷冷地逼视着对方儿。刘书成从秀姑的眼神儿和架势感到对方是个练家子，她要是没有两下子就不敢和他叫板，又考虑到男人和女人斗，先就失了礼，要是再栽到她的手里，就更不好看了，而更重要的是不想暴露自己的身份，只好作罢。

小凤儿一家，应该叫葛永德家，也不平常，关于他们的来历大家也不清楚。

根儿他大舅从山东托人捎信儿对胡大珂说，都鸿勋散布谣言，说古世才兄弟二人拐走了他三万大洋，发誓要追捕他们到案治罪。胡大珂认为都鸿勋有可能这样干，曾考虑继续北上。只是因为奶奶身体不好，不便移动，伊春的情况也有变化。大表弟牺牲了，姑姑身染重病，秀姑和根儿都不愿意去伊春，没有成行。他们小心谨慎，提心吊胆地过了几个月，什么事情也没有发生，胡大珂意识到都鸿勋是虚张声势，恐吓他的喽啰，心情渐渐地安定下来，安排自己的生活。遗憾的是他没能让他的老娘和他的姑姑见上一面。

听说小林电影院要开建，山东庄的男人们都感到振奋。赵凤山来找胡大珂，说已经给他找好了活计，让他到小林电影院的工地上干些铁工活儿。他还说，根儿也可以和道士他们一起去工地上当壮工儿，学点儿手艺，混几个钱。胡大珂说，根儿岁数小，怕监工嫌弃他，担心他会拖累大家。赵凤山说，根儿的岁数儿是小了一点儿，可是他个头儿不矮，让几个大人把他夹在中间就行。奶奶不同意根儿到工地上去干活儿，怕把他累出毛病来，影响他长个儿。而根儿惦记着念书，也不愿意去当壮工儿。可是秀姑坚持让根儿去挣这份儿钱。而且道士、有富、兆紫、广聚他们都去了，根儿也不好意思不去。不过能和爹一起挣来钱养家，也让他感到高兴。

谭定华重又搬回"鬼屋"，他的女儿谭景珠天天背着书包上学。根儿看着，非常羡慕。

小林电影院儿的规模不大，设计是一座能容七八百人的普通砖木结构建筑，计划夏初开工，年内建成营业。但是，从五月初开工算起，一个多月的时间过去了，眼下只挖好了地基槽子。"磨洋工"是所有给日本人干活儿的中国人表示不满的最常用的手段。上周小林派他的狗腿子苟志芳到工地上来监工，孙孝友才领着一些人开始搭建脚手架儿，准备起墙。

进入阳历六月，大墙开始见长，两周之后就半人高了。道士等一些壮工开始上岗。他们的活路儿是"挖灰"。"挖灰"的活儿包括和灰泥和给砌墙的师傅供灰这样两件事。按照一定的比例，把洋灰和沙子等材料，放进木制的灰泥"槽子"里，再放进一定比例的水，然后用铁锨和二齿钩子把几十斤重的灰泥翻来翻去，直到把灰泥翻"熟"。这是个重活儿，像根儿这样小的孩子干不了。孙孝友本来是木工，现在他干的是泥瓦工的活儿，由根儿给他打下手儿。根儿用的灰泥，孙孝友已提前代他合好了，根儿只管给他送灰泥。给师傅供应灰泥，就是用装在四五尺长的腊竿子的长柄上的马勺，一勺一勺儿地把合好的灰泥高高举起送到站在脚手架上砌墙的师傅的托泥板儿上。把五六斤重的灰泥，举到空中，准确地扣到师傅的托泥板儿上，对于根儿来说，并不容易。孙孝友总是把手中的托泥板远远地伸向根儿，根儿也总是拼命地把铁勺子朝他的面前送，可还是不能每回都把灰泥准确地扣到孙孝友手中的托泥板儿上。

太阳升高过屋顶的时候，根儿脱掉了棉袄，只穿着衬衣和棉背心儿干活儿。到傍晌儿的时候，根儿又脱掉棉背心儿，只穿着衬衣干活儿，可是他还是汗流不止。

"还行吗？"孙孝友偷偷地瞅一瞅监工，不安地低声问道。

"行！"根儿咬紧牙关说道。

孙孝友见灰池子里的灰泥快用完了，根儿也坚持不住了，就心疼地对他说道："回去吧。"

"不！"根儿强忍着手臂和腰背的疼痛说道。

孙孝友心疼根儿，又想让他挣到这半天的工钱，决定让根儿将就着干到中午。他见苟志芳不在，就飞快地从脚手架上跳下来，匆匆地替根儿合好了半池子灰泥。

根儿总算熬到了中午下班的时间。

午饭后，奶奶说："根儿啊，你过来，让奶奶看看！"

根儿强打精神，站到奶奶面前。

奶奶抚摸着根儿的手臂，心疼地说道："肿啦！滚烫滚烫的！"她忍不住流下了眼泪，生气地叫着胡大珂的小名儿说道："栓儿呀！你是块木头吗?！你怎么让孩子累成这个样子啊！"

胡大珂赶紧凑到奶奶面前，拿起儿子的胳膊，一再摇头叹气，表示认错，请奶奶饶恕。可是奶奶还是唠唠叨叨地数落了他好一阵子。

根儿当壮工的时间只有一周，此后他再也没去过小林电影院工地。

根儿离开小林电影院工地以后，没能去念书。基本不收学费的公立学堂他去不了，私立学校每月要交一元五角至三元不等的学费，每年不算吃穿用，光学费就得花几十块钱，哪有这么多的钱呀？他们家每人每月的生活费也不过一两元。

根儿离开工地后的第二天就到市上去趸了老刀牌儿和大前门等的几种烟卷儿，第三天就上街去叫卖了。他用来装烟卷儿的家伙儿是卢子堂家的奶奶送给他的一个木制的点心盒子。他在点心盒子的两端拧上带环儿的螺丝，在螺丝上的环儿里穿上绳子，把装着香烟的盒子挂在脖子上，沿街叫卖。孙孝友叔叔答应他，等他有空儿的时候给他做一个大的、漂亮的烟卷儿盘子。根儿听了很高兴，日夜盼望着孙叔叔给他做成那个盘子。

根儿觉得自己半路上离开小林电影院儿工地是件丢人的事。他想道士他们只比他大一两岁，和他一般高，而他们还在工地上，只有他不得不离开。每当有人问他："根儿今天没上工吗?"他都不知道该说什么好。只是在卖烟卷儿挣了钱，而且挣得比在工地上干活挣得多的时候，他才壮起胆子来说，他改行卖烟卷儿了。

今天晚饭后，孙孝友叔叔给根儿送来了一个二尺多长、一尺多宽、半尺多厚的崭新的烟卷儿盘子。根儿他娘当天夜里就给它配上了一条蓝色的宽宽的背带。这个烟卷盘子是用三合板儿和猪皮胶等材料做成的，里边还有隔断，好用又轻便，根儿非常喜欢。他爱动脑筋，卖烟卷儿也和别人不一样。他把烟卷儿盘子擦得干干净净，而且还请工地上的油漆工叔叔给他上了清漆。他把各种牌子的烟卷儿摆得整整齐齐。

卖烟卷儿比在工地上干活儿轻省，自由。不过根儿并不喜欢干这个营生儿，还是想念书，看着上学念书的谭景珠眼馋。宋家屯镇只有柳影路一所公立学校。谭景珠就在柳影路小学念书。根儿非常羡慕她，常常会幻想自己也能进柳影路小学校。有时他夜里梦见自己真的进了柳影路小学，而且和谭景珠在一个班。早饭后，他常常一边收拾烟卷盘子，一边不时朝对面张望，直到看着谭景珠背着书包儿走了才伤心地挎上烟卷盘子出门。

根儿和谭景珠差不多大，经常见面，彼此也认识，知道谁是谁，可是他们从不说话，两家的大人也没有来往。根儿觉得，谭景珠他们家和自己不一样。他听说谭景珠他爹在他们乐亭老乡开办的东发合油坊当账房儿先生，挣钱挺多，穿戴举止都比较体面。根儿想，这很可能也就是谭景珠能进公立柳影路小学校的原因。

在老家的时候，根儿虽然也喜欢学校，却并没有像现在这样感觉到学校这样可爱。如今他觉得学校就是天堂。他记忆中的古家庄小学校，教室和天井那么大、那么干净，校园里外有那么多的树……那么漂亮。夏天的时候，雪堆一样的洋槐花盛开，校园里弥漫着清新淡雅的香气，让人心醉。

根儿知道柳影路小学校最好，那里学生多，老师多，学校大，操场大，学生穿一式的黑色的校服，戴硬盖儿的学生帽儿，不收学费，买校服价钱优惠，可他听说像他这样的穷孩子进不去。从外面望一望柳影路学校也让根儿感觉高兴，即使只是在柳影路学校里走一走，也让他感觉欢喜，他一度天天一路叫卖着到那里去转悠，看学生打球，玩丢手绢儿的游戏……直到遭该校管理人员的驱赶，说禁止小贩儿和闲杂人员在校园里游荡，他才遗憾地作罢。

宋家屯镇上的私立学校他都去过，有的学校他几乎每天都光顾。这会儿根儿什么学校都愿意念，只要有学上他就高兴，而他觉得自己能念的只能是私立学校。宋家屯镇总共有三所私立学校。在黑狗大街的西头儿有一所私塾，校名儿叫"乐土国民学校"，取"王道乐土"之意。校长和老师是一个人，叫高也平，三十多岁，学着日本人的样子，留着日本式的八字胡儿，走路有点儿跛，姓印，叫印兴亚，有人说他曾是日军里的翻译官，在关内随日军扫荡八路军解放区的时候左腿受伤致残。"乐土国民学校"占平房儿两间，有十几个小学生，都念《百家姓》，学日语，收费少，每月一元五角。老师每天给学生指定《百家姓》的一行书，八个字，要求他们做到会念、会背、会写。这样的学校根儿也不嫌弃，不过他讨厌那个姓印的老师，不想认一个汉奸当自己的老师，也嫌他给学生指定的学习内容太少。他想，一天只念八个字，有什么意思？

私立"惠民国民学校"在宋家屯镇的西南角儿上，在古河道的北面，靠近菜市街，是一所小有规模的、正规的、协和式的私立学校，念《百家姓》《三字经》《庄农杂字》和四书五经，要背书，也念法定的教材《满语》和日语，有排名次的考试，有升留级制度，包括初级小学所有的四个年级。校长叫柳惠民，老家锦州，归国日本留学生，个子不高，爱穿洋服，留中分头。校舍和老师的住宅是柳惠民校长自建的一处砖坯混合、油毡盖顶的简陋的四间平房儿。西头儿的一间是老师兼校长柳惠民先生一家三口儿的住宅，另外三间被修成一个大教室。教室里没有真正的课桌儿椅，充当"课桌"的是一块块刨得比较光滑的木板。每块木板都长约两米、宽约40厘米，厚约3厘米。这样的"课桌"是单腿的，也就是每张"课桌"的腿子，从横向里看，都是深栽在教室地面上的一排木头柱子，桌面儿就固定在这些柱子上。学生坐的板凳也是这样做成的。每一条"桌面"和它相匹配的板凳，平时坐四个人，如果学生招多了，就再挤上一个人。根儿数过，大教室的右面有六排桌凳儿。出入教室的门开在左面，左面有五排桌椅，最多能容五六十人。他听说这里的学生，多数是外地人的子弟。惠民国民学校有体罚，教师对于违规和背不过书的学生，可以用脚踢，打学生的耳光和脖子拐，用戒尺打学生的手板儿，但是只许骂学生混蛋，而不许骂太难听的话。

惠民国民学校和公立的柳影路小学不同。柳影路小学上满语、日语、算术、体育、音乐、念《国民训》、朝日本神社参拜，但是不念四书五经。而惠民国民学校虽然也规定学生要念满语、日语、算术、念《国民训》、朝日本神社参拜，但是不上体育课、音乐课，念日语只是应景儿，只念日语字母，不考试，还念四书五经。

惠民国民学校和一般私立学校也不同。一般私立学校不读"满洲国"当局规定的满语，不学日语和算术，不念《国民训》，不上建国体操，不分年级，而只读《百家姓》《三字经》和四书五经，而惠民国民学校按满语和算术考试的成绩升留级，毕业后可以报考国民高等学校，即中学。

在惠民国民学校教室的后面有一个四百多平方米的院子，算是学校的操场。但是操场上没有任何体育设备，学生不能跑步，只能做"建国体操"和玩耍。根儿最想进的就是这所学校。无论贩卖瓜果、蔬菜、香烟或是别的什么东西，他几乎天天都到这里来转悠一回。别人来这里上学，他是到这里来"看学"。看一看别人念书，他心里也觉得舒服。一天不来，他就觉得好像少了什么。他在"看学"的时候也能学到一些字。可是他只能站在学校临街教室的外面朝里面望一望，听听从教室里断断续续地传出来的学生念书的声音，却看不到教室里的具体情形，听不清老师讲课的声音。他知道自己也进不了这所学校：惠民国民学校收费高，一个月三元！三元钱能买一百个鸡蛋，能让他们家四口过半个多月的日子。而要是他不念书，在外面做生意，他每月还能挣到几块钱。

在宋家屯镇黑狗大街的最东头儿，还有一所私立学校，"王万伯私塾"。这所学校的校舍、规模和设备，远不如惠民国民学校。校舍只有一大一小两间房。外间是教室，里间是老师们的卧室。"课桌"和"坐凳"类似惠民国民学校的设置，不同的是这里的"桌椅"都是用木工厂的下脚料——廉价的"板皮"做成的：板皮朝上的一面是"课桌"的桌面儿和板凳面儿，朝下的一面就是树皮了！"王万伯私塾"不设校长，任课的是从河北乐亭流落到这里的祖孙二人：80 高龄的祖父老秀才王万伯，和他刚满 16 岁的孙女儿王秋兰。这里不讲算术，不学日语和满语，不念《国民训》，不做《建国体操》，不分年级，只念中国的古书，眼下的在校生只念《百家姓》和《三字经》，但是有唱歌儿。全校学生三十多人，教材文具学生自理，每人每月收费两元。根儿觉得，能进这样的学校，他也就知足了。

根儿一年四季不得闲。春末夏初到野外去挖野菜，采树头；盛夏时节卖冰糕，秋季卖瓜果儿蔬菜，秋末冬初到财主的地里去拣他们收剩的土豆和白菜。他还在菜市街设摊儿卖过炸鸡蛋和油炸豆儿。家里取暖做饭烧的煤和柴草靠他去拣。而常年沿街叫卖香烟是他主要的营生。他的劳动和收入已经是他家重要的经济来源。他爹娘怎么会轻易让他去念书呢？可是他10周岁的生日已经过了，离他11周岁的生日也已不远。两年间，他没有一天不想念书，看见那些背着书包来来往往的小朋友，心里非常羡慕。他不止一次地向他爹娘诉说他希望念书，他爹有时叹气，他娘就好像没有听见他的诉说，倒是他奶奶有时会说他该去上学念书了。

现在是1944年的初夏。家住在根儿对面的谭景珠已经换上了柳影路小学校统一制作发放的黑色学生制服。根儿听说她和自己同岁，可是她已经升入二年级了。根儿羡慕她，觉得自己念书的时光就要过去，担心这一辈子念不成书了，感到伤心，也产生了对爹娘的不满，终于忍不住，发了脾气。

"爹，俺念不念啦！"晚饭后根儿气呼呼地说。

"你这是怎么跟你爹说话呢？"他娘指责他说。

根儿没有理睬他娘，等他爹回答。

"书还是要念的……"胡大珂难为情地说。

"那俺什么时候去上学？"

"还是再等等吧……"

"等到什么时候？"

胡大珂无言以对，只是叹气。

秀姑想送根儿去学手艺，将来有碗饭吃，儿子迷上念书，让丈夫为难，也让她感到生气，便训斥他说："根儿啊，你真不懂事。你这会儿还小，先这样跑跶着，不少挣钱，过两年去学个手艺，不是挺好吗？念什么书啊？你看咱们这里有谁家的孩子念书？道士和有富不是都想去学手艺吗？"

"北屋的谭景珠就念书!"根儿有气,故意顶撞他娘。

"人家是小姐,可是咱们呢?咱们不是念书的人家儿!"秀姑说。

"小姐也是人。俺老爷爷是念书的,俺爷爷是念书的,俺奶奶念过书。俺爹在俄罗斯念过书。咱们家里的人,除了你,都念过书。咱们怎么就不是念书的人家儿?"

秀姑蛮横地说道:"俺就是不让你去念书!"近来根儿常常在念书的事上和他娘拌嘴,早就让她憋了一肚子气。现在他竟敢当着婆婆和丈夫的面儿顶撞她,把她堵得无话可说,气不过就摆出了老娘的架势对儿子耍横。

"你不讲理!"根儿高声说道。

"俺就是不讲理,你能怎么样?!"秀姑愤怒地吼道。

"别吵啦!有话好好说!"胡大珂嚷道。

秀姑见丈夫站在儿子一边,就质问他说:"你替谁说话?!"

"不要斗嘴啦,"奶奶忍不住插话说,"常言道:'头伏萝卜二伏菜,三伏过了种荞麦。'种庄稼讲个节气,念书也是这个理儿。根儿大了,再不念书就念不成书啦,就让他去念书吧。"

婆婆也站在儿子一边,秀姑不敢再申斥儿子。

"娘,俺一定想法子送根儿去念书!"胡大珂赶紧说。

"还想什么法子呀,这会儿一家人有口吃的了就叫他去吧!"奶奶的语气不容反驳。

"娘,您看,再等些日子好不好?"秀姑小心地说道。

"等什么?!等到他七老八十吗?糊涂!"奶奶气愤地说。

"可是……。"胡大珂胆怯地说。

"你就是不听话!俺不是老早就叫你去求求道士他爹,请他给俺打一架纺车吗?你怎么就不听话呢!你是不是要让俺亲自去向道士他爹张这个口啊?!"奶奶气愤地说。

"娘,您年纪大了,眼神儿也不大好,不能再操劳了!"胡大珂低下头,把脸蒙进手里,讷讷地说。他觉得对不住儿子,也对不住老娘。

"娘知道你难。要不是流落在外,咱用得着受这个憋屈吗?俺是老了,眼神儿不济,可是还能动弹,纺不了一等线,可以纺二等线,三等线,总能挣几个钱吧?咱老少一齐干,让孩子去念书。"

"您吃的苦太多了！"胡大珂忍不住哽咽着说道。

奶奶有些伤感地说："再苦也不能误了孩子的前程。"

秀姑知道奶奶念过书，懂得念书的事，不敢再说什么。根儿念书的事，就这样定下来了。

胡大珂想到一家人出门在外，老娘已年过六十，常常生病，不知道什么时候会用钱，他不能不事先有个准备。而且回老家是早晚的事，到时候也需要一笔路费和安家费，他也得考虑。送根儿去念书，不仅一年要交几十元的学费，还得舍出他这个小劳力。这两年，家里吃的菜，烧的柴，都是根儿去拾回来的。他每月还能挣到几块钱补贴家用。送根儿去念书，这些收入就都没有了，家里的开支也要增加。想到这里，胡大珂又试探地对奶奶说："娘，根儿念书的事儿，是不是能过些日子再说?"

奶奶不再理睬儿子，怒气冲冲地说道："根儿啊！去请你孙孝友叔叔来一趟！就说俺请他！"

"娘，俺错啦，俺错啦!"胡大珂诚惶诚恐地说道。

根儿没有去请孙孝友叔叔给他奶奶打纺车，胡大珂也没有送根儿去上学。奶奶知道儿子有难处，根儿也不想惹奶奶和爹娘生气，他仍然天天沿街叫卖香烟，而他的心思已经不在生意上，打定主意自己挣钱攒学费，连下雨天也打着伞出去卖香烟。在根儿能够从事的各种营生中，夏天卖冰棍儿最挣钱，他盼望着盛夏时节快快到来，能在那短短的一两个月中多挣点儿钱。

在卖烟卷儿的过程中顺路到学校附近转转仍然是根儿的一大乐趣。进入阳历五月以来，他经常跑王万伯私塾，站在教室的窗外看教室里师生们教学的光景，听学生念书，有时竟会忘记了自己是个小贩儿，而以为自己也是这里的学生，而当他为了做生意而不得不离开这里的时候，他就觉得伤心。

近来根儿每天都在走着一条固定的路线。这条路线是由几所私立学校所在位置的联结线构成的。他每天都是先沿着黑狗大街朝西，奔黑狗大街紧西头儿的高也平先生办的"乐土国民学校",在那里站一站,听一听,然后叫卖着往南,奔私立惠民国民学校,再从那里沿菜市街朝东,然后顺着兴隆大街往北,到黑狗大街,再沿着黑狗大街朝东,走不多远,王万伯私塾就到了。他在王万伯私塾的外面逗留的时间越来越长,这里得看得听,他萌生了想到这里来念书的想头儿。这里老师和气,学生比较多,学费比较少。他已经认识这里所有的学生,知道他们都叫什么名字,谁学习好,谁学习差,谁调皮捣蛋,谁爱耍活宝,谁因为背不过书而经常挨打。这里的学生和老师也认识他。

王万伯私塾的教室南临黑狗大街,窗户大而低,在门窗打开的时候,根儿站在窗外就能看见教室里面的情形,听见王秋兰老师讲课和学生念书的声音。近来,根儿每天都会在学生背书和老师给学生"识课"的时候赶到这里,听老师讲读课和学生背诵课文,他自己也念念有词注意记忆。他发现这里的三十几个学生,二十多人念的是《百家姓》,另一些人念的是《三字经》。五月中旬的一天,根儿在王万伯私塾窗外听王老师讲课的时候,忽然想起小凤儿家婶婶讲的"听书"的故事,说有的人靠着听书得到了大学问,而且说,这样学习的有男人也有女人,他便想道,"俺不是也可以靠着在这里听书得到大学问吗?!"他为自己的这个发现感到惊喜和鼓舞,从那以后,他就不再无目的地到各个学校那里去转悠,而是开始按照老师的教学活动来安排自己的生意,每天按时到这里来听老师讲课,听学生背书。念《百家姓》的学生有十几个,他们每人背上一遍,根儿就跟着他们听十几遍。老师常常要求学生从头儿背,从"赵钱孙李"背起,一直背到老师指定的新课,根儿也跟着他从头默诵,所以他默诵的次数儿和时间比谁都多。他这样学习《百家姓》,也这样学习《三字经》,同时学习两本书。他为自己悟到这样的学习方法儿而感到高兴,不再向他爹娘唠叨念书的事。秀姑见儿子不再闹腾念书的事,脸上也有了轻松的笑模样儿,觉得儿子长大了,懂事了,知道生活的艰难,能体谅大人的难处,就考虑转过一年就让他去学徒。"可是学什么好呢?"她想让他跟着道士他爹学木匠。木匠活儿干净,活路儿多。后来又想让他去跟着赵凤山学泥瓦匠,学泥瓦匠用不着写写算算,省心,一时拿不定主意。她跟丈夫商量,而胡大珂不说话。他还是想让根儿去念书,承袭他爷爷和老爷爷念书做学问的传统,为官为宦,光宗耀祖。

根儿每天回到家里嘴里都在不停地嘟囔着什么。奶奶警觉起来，担心孙子念书心切，得了魔怔，一天的晚上，小心地问道："根儿，你嘟囔什么呢？"

"背书。"根儿说。

"背什么书？"奶奶吃惊地问道。

"背《百家姓》《三字经》。"

"背给我听听。"

根儿照奶奶的要求做了。

"你是从哪里学来的？"

根儿把他在王万伯私塾窗外听课的事和他的想法儿告诉了奶奶，奶奶感到心酸，她什么话也不说，就不声不响地去找了孙孝友。几天后，"鬼屋"里就响起了嗡嗡的纺车声。胡大珂心疼老娘，又不敢干涉老人的举动，只能小心地劝说她不要累着。可是奶奶一连几天都不肯理睬他。

就在这时，二吉在自己的住处被警察抓走送了劳工。这件事震惊了山东庄。往常警察只是在大街上抓所谓的"无业闲散人员"，所谓闲散人员，就是来自山东、河北等地的流民。而他们闯进家里来抓人，这在山东庄一带是头一回。山东庄所有的青壮年男人都紧张起来。胡大珂没有再去考虑根儿念书的事。

秀姑悄悄地对丈夫说："根儿没有心思做生意了，你该说说他啦。"

胡大珂心情沉重地说："说什么？孩子该念书啦！可是，眼下警察抓劳工已经抓到老百姓的家里来，今后青壮年男人不能随便上街找工作了，怎么让孩子念书？也许当年咱们不该留在江城！"

根儿念书的事情又耽搁下来。

"路到窄处往宽处想。"奶奶停下纺车安详地说，"怕也没有用。已经留在这里了，就不要再想别的。谁也没有前后眼，用不着后悔。日子总得过。走到哪里算哪里，车到山前必有路。"

"娘说的是，"胡大珂说，"不过咱们得搬家了。"

"这里独门独户儿，不是挺好吗？"秀姑说。

胡大珂说："这里四面不靠人家儿，一旦让警察堵在家里，连个躲闪的余地都没有。"

秀姑突然醒悟，说道："那咱们马上就搬！"

　　胡大珂一家在"鬼屋"住了两年多，帮着曹小个子破除了关于鬼屋的谣传。他们和房东曹宪章有言在先，免交房租，他们随时可以搬出鬼屋。家里只有一张吃饭用的地桌和简单的锅碗瓢盆儿，不多的被褥和衣物，第二天，胡大珂一家只用了个把钟头就把家搬进了在鬼屋南面约百十步远的大杂院儿。

　　大杂院儿是彼此相连的三个居民大院儿。胡大珂住进去的是其中的北院儿。这是一排半工字型的红砖红瓦的平房儿，和中院儿的后墙联结在一起，构成一个长方形的院落。南端坐北朝南的一套三间临黑狗大街，是门市房，房东汉医王凤池老先生自用，他在那里开了一个药房，叫"凤池药房"。北头儿的一套三间北临和黑狗大街平行的一条无名的小马路儿。整个大院儿总共有住房五套15间，住着八户人家。八家的天棚互相连通。胡大珂住的是北头儿三间正房。奶奶和根儿住东屋，胡大珂夫妇住西屋。在他们搬进这里的当天夜里，胡大珂就打开天棚口，提着灯笼从南到北、从东到西认真地探查了一遍，初步有了一个改造天棚，使之变成一个能藏人躲警察的地方。

36

　　只要不是刮大风和下雨天，根儿天天都按时到王万伯私塾去听王秋兰老师讲课和听学生背书。遇上暖和天，教室的窗子开着，他就趴在窗上听。赶到冷天，教室的窗户不开，他就站在教室的门外听。他感觉自己已经是王万伯私塾的学生了。他几次发现王老师朝他这里张望，担心老师会赶他离开那里，随时准备走人，但是王老师并没有赶他。

　　根儿背诵《百家姓》和《三字经》的进度已经领先所有的学生，但是他不认识那里面的字，更不会写。他想去买书来念。让他没有想到的是，他在王万伯私塾窗外听课的事情传到狗儿他娘相好儿郑祥麟叔叔那里，昨天晚上给他送来了崭新的《百家姓》和《三字经》，还在书的封面儿上写上了他的大号胡全和，说以后他有什么不懂的地方儿，可以去问他。根儿想，都说郑祥麟叔叔不正经，和狗儿家婶婶有那个事儿，可是他却关心他的学习，花钱买书送给他，还说他有不懂的地方儿随时都可以去问他。不过他很少去找郑叔叔。他娘不愿意和郑叔叔走动，不让他去找他。

今天没有风，日头儿很大，天有点儿热了，根儿连帽子都没戴。他心情很好，吃过早饭，小心翼翼地把《百家姓》和《三字经》装进烟卷儿盘子，就高高兴兴地上了街，一路上低声哼唱着王老师新近教的歌儿"桃花红，红艳艳，梨花白，真是一个光明的、美丽的世界，风小心一点儿吹，不要把花吹坏……"一边叫卖着烟卷儿，沿着固定的路线转了一圈儿，做了几笔生意。日上三竿的时候，他转到王万伯私塾。这时，学生念书和背书的时间已过，王老师开始讲课。

王万伯私塾是以王万伯老秀才的名义开办的。但是老人家年事已高，身体欠佳，乡音很重，不能上课。实际给学生上课的是他17岁的孙女儿王秋兰。王老师，圆圆的脸儿，大大的眼睛，个子不高，梳着两条短短的微微上翘的小辫儿，显得比她的实际年龄更小。她口齿清楚，说普通话，话略带一点儿类似唱歌儿的好听的河北乐亭口音。根儿看着她，常常会联想到他死去的姐姐。他估计她至多比他姐姐大三岁。

根儿今天和往常一样，把香烟盒子靠到教室的窗台上，打开书，就趴在窗台上听老师给一些学生讲读《三字经》。他认真地听着，在心里反复地默诵着老师领诵和讲解的语句。遗憾的是他不知道老师领读的语句在书里的什么地方儿，而更让他没有想到的是，他带着书来听课惹恼了一些学生，有好几个学生出来推搡他，说他捣乱，赶他离开这里。他明白，他们是误以为他这样做是贪便宜，不想让他要滑头，白听课。就在那些学生和他纠缠不休的时候，王秋兰老师出来了。

王秋兰老师早就注意到教室的窗外常常有个男孩子朝屋里张望。起初她以为他是个路过这里的小贩儿，顺便来看看热闹。上音乐课的时候常常会招来成群的孩子在这里看热闹。后来她发现根儿几乎每天都来，又猜想他可能是班上某个学生的亲属或是朋友，是在等他放学后一起回家的。而当她发现他嘴里念念有词，认真听她讲课，今天还带着书来的时候，就想到他可能是个好学的穷孩子，不禁有些感动，心口闪过一个想帮助他的念头儿。

真正的教师都喜爱好学的学生。

当根儿看见王秋兰老师离开讲台向他走来时，就想到王老师也是来赶他离开这里的，想到自己的这种行为可以说是"蹭课"，占老师和学校的便宜，和"蹭吃蹭喝"一样丢人，感到很羞愧，就背起烟卷儿盘子，快步离开窗台，沿着黑狗大街北侧宽大的人行道，朝着回家的方向疾走，一面走，一面回头看，生怕被老师追上。

王秋兰老师在后面喊道："喂，小朋友，我有话对你说！"

根儿心里想："能说什么？她要是追上我，准会数落我，羞辱我，要我补交学费！"

根儿心里这样想着，加快了脚步。但是他背着烟卷儿盘子，行动不便，年轻腿快的王秋兰老师还是追上了他。他只得站住，回过身，给王秋兰行了一个鞠躬礼，羞愧地低下头，等着她数落。

"你叫什么名字？"王秋兰气喘吁吁地问道。

根儿偷偷地看了王秋兰一眼，觉得她比站在讲台上的时候更不像个大人，简直和素桂姐姐差不多高。"要是姐姐活着，也有她这么高了。"根儿不由自主地想道。姐姐伶俐、强壮、好动、总护着他，可是她没有了。

"小朋友，不要害怕。"王秋兰笑着说。

根儿慢慢地抬起头，小心地察看着王秋兰的神色。以前他从没面对面地看过王老师。这时她就站在他的面前。他发现，虽然她鼻子的两侧有几个淡淡的雀斑，而人却长得既端庄，又清秀。更让根儿喜欢的是王老师亲切和蔼的态度。他觉得她对他没有恶意，也没有向他要钱的意思，便喃喃地说道："俺姓胡，小名儿叫根儿，大号叫胡全和……俺不该白，白，白听老师的课。可是俺真没想过要沾老师的便宜……俺得挣钱养家，可是俺也想念书！"

"想念书不是过错。老师讲课就是给学生听的。以后你就来听吧。在外面听，进屋里听，都行！"王秋兰说着，眼圈儿就红了。她从没见过这样痴迷于学习的学生。面对这个做了沿街叫卖的小贩儿还不忘念书的穷学生，王秋兰心潮起伏。她看着这个比自己小不了几岁的根儿，继续说道："你不要害怕。我来找你，就是要对你说，欢迎你来听我讲课。不收你的学费，你愿意来吗？"

"愿意！"根儿兴奋地挺起胸膛笑着说，"可是那？"

"没有什么可是，你就来吧。"王秋兰和蔼地笑着说。

根儿难为情地低下头，不再说话。

"你以前念过书吗？"

"在山东老家庄上的学校里念过几天书，还学过《云儿飘星儿摇摇》和《起来，不愿意做奴隶》的唱歌儿和跳舞。"

"那你为什么不继续念书？"

根儿又低下了头。

"是你爹娘不叫你来吗？"

根儿难为情地摇摇头。

"那是为什么？"

根儿低着头，不说话。

"免你的学费，你来吧。"王秋兰用近乎祈求的语调儿低声说。

根儿抬起头，大滴的泪水扑啦啦地落下来。他双手扶住烟卷儿盘子，又深深地给王秋兰鞠了一个大躬，压抑着内心的喜悦，按照古家庄学校的陶老师教导他的，有礼貌地后退三步，然后转身，撒腿就往家跑。

"等一等！"

根儿站住，回到王秋兰面前。

王秋兰走近胡全和对他耳语道："我这里免费的学生只有你一个，懂吗？"

胡全和激动地说："我懂！"

王秋兰会心地笑了。

37

根儿一口气儿跑到家门口，擂鼓般地敲门。

胡大珂警觉地站起来，示意秀姑去开门，同时赶到天棚口下，靠近卡在天棚口上的特制的梯子，随时准备爬进天棚口。这是山东庄青壮年男人对付警察抓劳工的一种新办法，一旦被堵在家里就进天棚。天棚上有盖房施工时留在那里的大量的刨花儿，有错综复杂的木结构，而且整排建筑的天棚是联通的，可以藏人，警察也不敢进天棚搜查，一旦有谁和警察遭遇，就和他们拼命。胡大珂正在小林电影院工地上干活儿，小林工地上的监工苟志芳说，警察不抓小林工地上的工人，但是他不相信日本人和他们的狗腿子的保证。事实是有些警察为了邀功请赏，什么坏事都干。

秀姑靠近门缝儿小声问道："谁？"

"我！"根儿有些不耐烦地嚷道。

"就你一个人吗？"

"是！快开门吧！"

秀姑开门放进根儿，嘟囔道："什么紧急军情用得着这样一惊一乍？"

根儿没有理睬他娘，径直跑进里屋来见奶奶。

奶奶说："看你满头大汗的样子，怎么啦？"

根儿依然很兴奋，气喘吁吁地说："王老师叫我去念书，免我的学费！"

胡大珂摸不着头脑，问道："哪里的王老师？免什么学费？"

奶奶训斥胡大珂说："叫孩子喘喘气儿，慢慢地说。"

根儿忘记了放下挂在他脖子上的那个烟卷儿盘子，喘着大气，兴奋地说道："就是王秋兰老师。她让我到王万伯私塾那里去念书！说是不要钱！"

秀姑讨厌儿子说念书的事，不耐烦地申斥他说："越说越糊涂，哪里的王老师？念什么书？……你还挎着那个大盘子干什么？有劲没处使啦？一听说念书，你就和痴了似的，念书就那么要紧？"

这时，胡大珂帮着根儿卸下烟卷儿盘子，问道："到底是怎么回事儿？"

根儿平静下来，一板一眼地述说了他在王万伯私塾听课的前前后后，和王秋兰老师对他说过的话。

听了根儿的诉说，奶奶和胡大珂夫妇久久无语。

奶奶长叹一声说道："遇见好心人了。"

根儿等着他爹说话。可是胡大珂什么也不说。他是一家之主，心里装的是全家。眼下日子虽说是过得好一些了，也只是吃饭不像刚来的时候那么艰难了。可是奶奶老了，常常生病，却吃不上面食，他深感愧对老娘。谁知道明天会出什么事？手里没有点儿余钱怎么行？小林工地的活儿，三天打鱼两天晒网，干不了多久。抓劳工的风越刮越凶，等小林工地上的活儿干完了，自己白天也就出不了门儿了，一家的生活靠谁？可是现在老娘说叫根儿去念书，根儿也实在是不能再耽误下去了。他看了儿子一眼，根儿棉袄上的一个个颜色不一样的补丁让他觉得刺眼。由于根儿常年背筐、提篮、挑担、挎烟卷儿盘子，他的脖梗子上、手臂上都留有道道紫红色的印迹和疤痕，他觉得对不起儿子。他想不能再耽误孩子了。

胡大珂说："那你就去念书吧。"

根儿激动地说："放学后，放假等等时候，俺还去卖烟，卖冰棍儿，拾柴禾、拣煤核儿，到财主家的地里去拾土豆儿、白菜！俺还可以去当小工儿！！"

奶奶说："学费不能不交。王老师祖孙二人也不容易，不能亏待了先生！"

根儿自信地说道："俺自己去挣学费！"

秀姑也笑着说："娘给你做个新书包儿！"。

根儿说："奶奶教我念书吧。"

奶奶笑笑说："奶奶念的书早就就着饭吃了。"

根儿记不得他昨天夜里醒过多少回，他感觉他只在天亮前打了一个盹儿。窗外还黑乎乎的，他就睡不着了。他不断地朝南窗张望，盼望着早一刻天明。

根儿像大多数劳动家庭的子弟一样，有起早和吃早饭的习惯。他早饭吃得和午饭一样多。可是今天早晨他一点儿都不觉得饿，强使自己喝了一碗玉米面儿粥，撂下饭碗，背上他娘连夜给他赶制的蓝色棉布书包儿，端起砚台，就要去上学。

秀姑叫住他，说道："怎么，说上学就连饭也不好好吃啦?!"

根儿悄悄地撂下背到肩上的书包儿，重新坐回到炕沿儿上，伸手拿起一块玉米面儿饼子，就着葱和酱吃起来。吃完了，抬头看看爹娘和奶奶，试探着缓缓地站起身，重又背上书包儿，端起砚台，给奶奶和爹娘行了一个鞠躬礼，走出家门。

1944 年，阳历 6 月 18 日，根儿在辍学三年之后，重新走在上学读书的路上。他连跑带跳地奔上黑狗大街，朝王万伯私塾赶去。两年来天天挎在脖子上的那个沉重的烟卷盘子，已经换成崭新的蓝布书包儿。他觉得浑身轻快，阳光格外明亮，不由自主地唱起了"桃花红，红艳艳……"他挺起胸膛，咳嗽一声，感到喘气都特别顺溜儿，好像真的进入了一个"光明的、美丽的世界"。他要进的虽然只是一所只有二十几个人的小小的私塾，可是这丝毫都没有减低他内心的欢乐。他本来就没有想过自己要进公立柳影路小学校。他知道，那不是他可以进的学校。能念书他就觉得知足。山东庄的几十家乡亲的孩子里，只有他一个人上了学，他怎么能不满足呢？

　　根儿为什么喜欢念书呢？没有人知道，他就是喜欢学校，喜欢念书。念书能让他认识字，知道很多道理。他觉得念书比干什么都好。这两年，他天天出去挣钱，那是因为他要帮着他爹养家，而并不是因为他喜欢干那些营生儿，喜欢挣钱。只要有书念，像吃的啊，穿的啊，他都不在意，就是让他天天吃糠咽菜，吃豆腐渣，他也愿意！在老家的时候，他娘常常笑嘻嘻地对他说，根儿啊，你好好念书，长大了当个大官儿，挣很多钱，好好儿地孝敬俺们。"他听了很不高兴。他没想过念书是为了挣钱。奶奶没有像娘这样对他讲过当官挣钱的话。奶奶喜欢对他说："根儿啊，好好念书，念好了书，挣个一官半职，光宗耀祖，至少也得像你老爷爷和你爷爷那样，考个功名，当个先生。"胡大珂没有对儿子说过升官发财的话，他给儿子讲岳飞精忠报国的故事，讲中国军队血战台儿庄，歼灭日军数万，在"淞沪战役"中保卫大上海，迫使日本四换主帅，损兵折将万余等英雄故事。他希望儿子将来能报效国家，为中国人争气。他曾无数次地对儿子说过他在国外的经历，他在那里蒙受的耻辱，说外国人怎么欺负中国人。有一次，他忽然问根儿："根儿，你说一个人活在世上，最不能对不起的是谁呀？"根儿回答说："是奶奶，是爹娘！"胡大珂点点头儿，然后又摇摇头。根儿想了想又说道："还有叔叔和婶婶！"胡大珂又摇摇头。根儿不知道怎样回答他爹的问话，就问道："那你说是谁呢？"胡大珂严肃地说道："人最不能对不起的是自己的民族和国家啊！一个心里没有国家的人，就好比是一条流落在街头的野狗，连狗都不如！当年在俄罗斯，最让人瞧不起的就是高丽人和中国人。"根儿从来没有想过这样的事情。国家离他太远了。但是他相信他爹的话，相信国家是最不能对不起的！胡大珂还对他说："等你长大了，国家有难，我会亲自送你上战场，去保卫国家！"他这样说着，眼睛里涌出了大滴的泪水。这泪水，都滴进根儿的心里了。他爹的这些话，和他舅舅当年在月光下挥舞着铡刀，横扫败兵的景象，都铭刻在他的心里，他就是学着他舅舅的英雄榜样，遵奉着他爹的教导，踏上了自己的人生道路的。

　　根儿走在上学的路上，心里感觉痛快极了。想到念书，他就想到奶奶。他想，要是没有奶奶坚持，也许他就念不成书啦。在老家的时候，他说不清自己是不是喜欢奶奶。因为他说不清奶奶是不是喜欢他。他觉得奶奶那会儿有时喜欢他，有时不喜欢他，奶奶更心疼她自己，有了好吃的东西，她常常是自己一个人儿吃。不过在他上学以后奶奶变了，变得特别亲他了，来到山东庄以后就更亲他了，她贪吃的毛病也改了，不再经常唠叨"少时受贫不算贫，老来受贫贫死人"那些莫名其妙的话了，碰上他倒霉的时候，就出来护着他。这会儿根儿喜欢的是奶奶，而不是他娘。在山东老家的时候，除了舅舅，他最喜欢的就是他娘。那时，娘宽容，开通，快乐，能干，会武艺。每当爹无缘无故数落他的时候，娘总出来替他说话。可是娘来到江城以后也变了，变得爱钱了。娘在家乡的时候从来不说钱的事儿。她放出去的钱，有的债户儿"折了色"①，她从来都不到人家家里去拿东西。可是现在她把钱看得比什么都重，见别人家的孩子到城里去挣钱，就眼红，巴不得让他也去。她喜欢那些能挣钱的孩子，而不把根儿念书的事放在心上。根儿心里因此和他娘有了距离。

　　根儿这样想着，不知不觉来到了王万伯私塾的门口儿。

　　教室里最后的一排"课桌"就靠近教室的门口儿。淘气包儿谢文杰就坐在这最后一排的最后一个位子上。根儿早就发现，不爱学习和学习不好又爱淘气的学生，都喜欢坐在最后一排或是某个角落。

　　谢文杰发现根儿今天没有背烟卷儿盒子，而是背着一个瘪瘪的蓝布书包儿要进教室，就站起来，堵在门口，挡住他的去路。

　　"喂，你要干什么？"谢文杰无理地对胡全和说。

　　"我是来……"根儿低声说。

---

　　① 旧时债户的生意或是日子过瘪了，落到资不抵债的地步，没有能力还债。在这种情况下，债主可以到债户家里去拿任何东西抵债。但是债主能拿到的东西，只能抵消部分本金，等于本金被打了"折扣"，所以人们把这种情况叫"折色"。

谢文杰打断根儿蛮横地说："这是学校！你来干什么?!"

"我是来……"根儿说。

谢文杰再次打断根儿说道："这里不是山东棒子能来的地方儿！"

根儿认识谢文杰，知道他家住在黑狗大街的西头儿，离山东庄不远。他常常因为背不过书而挨老师打手板儿，不想和他纠缠，再次说道："我是来念书的。"

"让他进来！"坐在谢文杰前排的崔汉民瞪了谢文杰一眼低声说。

胡全和认识崔汉民，知道他是班长。

"不！就不！你管得着吗?!"整个儿的人细瘦得象麻秆儿一样的谢文杰，站在自己的位子上，伸长着脖子，斜视着崔汉民，嚷道。

崔汉民朝谢文杰跨上一步，凑到他的面前，脸对着他的脸，两眼凶狠地逼视着他说："你总欺负新同学，算啥玩意儿！"

崔汉民身材高大，老家黑龙江依兰县，三代前搬来宋家屯镇。他有个外号叫"崔大鼻子"。他头发是黑的，可是长相儿有点儿像"老毛子"。根儿听说，他高曾祖是山东人，年轻时流落到黑龙江，后来和黑龙江北逃过来的一个俄国哥萨克姑娘结了婚，繁衍出了一大家子人，到他是第五代了，他高曾祖母留给了他一个老大的鼻子，算是纪念。所以他还有一个谁都不能当面叫的地下外号："二串子"。叫"二串子"，就等于叫他"杂种"，那就算是骂人了。崔汉民他爹是个小财东儿，小的时候也念过几年私塾。他家的田产就在离宋家屯镇不远的国家营子。"九一八"事变后，他一度回老家参加过抗日游击队，后来右腿负伤，行动困难，离开了队伍，心里深藏着对日本强盗的仇恨，回到本市的国家营子务农。他敌视一切和日本有关的事物，不喜欢公办的学校，反对儿子学日语，连惠民国民学校那种和日本人有些牵连的私立学校，他都不能容忍，所以才把他的儿子送进不念官书、不学日语、也不诵读《国民训》的王万伯私塾。他给儿子起名"崔汉民"就是要让儿子记住自己是中国人。崔汉民学习成绩平平，性情有些粗鲁，可是心地好，因此人缘儿也好。胡全和很快就发现他和谢文杰这样的本地学生不同。他不欺负关里来的穷学生，知道自己是中国人。就凭这几点，胡全和就很敬重他，希望和他交朋友

没有人出来替谢文杰说话。这不仅是因为谢文杰学习和人缘儿都不大好，还因为他骂"山东棒子"不得人心。大多数本地学生都听家里的老

人说过，自己的祖先也来自山东，有人甚至知道他们的祖籍是哪府哪县。他们的长辈教育他们，不许他们骂山东棒子。

谢文杰见班里没有人出来给他帮腔儿，崔汉民又真的要和他动手，而他又不是崔汉民的对手，为了不致挨揍，只好给根儿让开路。

崔汉民让胡全和坐到自己身旁，笑着对胡全和说："你叫啥名儿？"

"胡全和。"根儿笑着说。

胡全和原本想先到王老师的那个房间去报名交学费。崔汉民让他坐，他不好辜负他的一番好意，只好先坐下，把瘪瘪的书包儿挂到"课桌"腿子上的一个铁钉上。

周围等着看谢文杰和胡全和争斗的学生失望地散开了。

"有谁欺负你，你就找我！"崔汉民这话是说给谢文杰等几个欺生的学生说的。

"他是俺们班长！"一个外号叫"老疙瘩"的学生说。胡全和也认识他，他叫靳元儒，在家里排行老六，是兄弟姐妹中最小的一个，所以同学们都叫他"老疙瘩"。

胡全和对崔汉民点点头儿，他放下手里的砚台，打开书包儿，拿出铅笔、小刀儿和自制的白纸本儿，放到只有一尺来宽的"课桌"上，准备去向王老师报到。

这时，王秋兰老师从卧室里走出来，见胡全和已经坐在那里，就介绍说："同学们，今天又来了一位新同学，大家认识，他叫胡全和，大家欢迎！"

教室里响起一片掌声。谢文杰也鼓了掌。

39

王万伯私塾和胡全和念过和见过的学校都不一样。这里的学生念书要拉长腔儿，像唱歌儿一样，还要有节奏地左右摇动着身子，届时教室里和市场一样，一片嗡嗡声。早起念书过后是背书，每天背一次，按照老师的要求，背过老师指定的章节或是段落。背书的顺序，谁先谁后，学生可以自己选择。但是如果自己不主动，那老师就点名把他叫到讲台前面去背。

背不过，老师就用两尺多长的戒尺打手心儿。若是罚得轻，就悬空着打；若是罚得重，打得次数儿多，就让学生把手放在摆放在老师讲台上的那厚厚的一摞书上打。这样的景象胡全和早就见识过无数次了。他想谢文杰不欢迎他到这里来念书，可能就是因为他曾亲眼见过他挨打的狼狈相儿。谢文杰从不主动要求背书。轮到他背书的时候，他总是把头低到桌面儿上，还不时窥视着老师，希望老师把他忘记，让他混过背书这一关。而王老师从来都没有忘记过他。他几乎天天挨板子。这是他学校生活中的一个主要的项目儿。

"谢文杰。"王秋兰叫道。

胡全和想，又轮到谢文杰挨打了。

谢文杰慌忙答应一声，同时站起来，习惯性地缩了缩脖子，伸了伸舌头，抓起书本儿，慢慢地蹭到讲台前，可怜巴巴地瞅了王老师一眼，回头对同学们一笑，扮了一个鬼脸儿，露出两颗尖尖的虎牙。即使挨打能引起同学们的注意，谢文杰也不放过表现自己的机会。他的这个举动让胡全和想到古家庄学校里的崔望富和王宏宝。陶老师几乎天天用头上带疙瘩的藤条敲打他们的秃脑袋，而他们也天天重复同样的错误，为的就是逗同学们一乐。

根儿知道，这里同学们的等级是用他念的书划分的。初次入学的同学念《百家姓》，然后念《三字经》，再念《庄农杂字》、《千字文》等。他听说和谢文杰一起入学的同学大都已经背过《百家姓》和《三字经》，有的已经背过了《庄农杂字》，开始念《千字文》了，而谢文杰还刚刚开始背《三字经》。

"开始吧。"王老师说。

"老师，从那儿背起啊？背您昨天给我指定的吗？"谢文杰讷讷地说。

"从头儿背起。"

谢文杰背诵道："人之初，性本善。性相近，习相远。苟不教，性乃迁。教之道，贵以专……教之道，贵，贵，贵……"

"昔孟母！"王老师提示道。

"昔孟母，择邻处。子不学，断机杼……"

"往下背！"王秋兰老师催促道。

谢文杰满头大汗，不时紧张地溜一眼老师手边的戒尺。

"谢文杰，要用心哪。用心学业才能有进步。"王秋兰亲切地劝导谢文杰说。

"老师，明天，明天我一定……"谢文杰已经做好了挨打的准备，手都伸出来了，听老师这样一说，心里有一种起死回生的感觉，脸上露出了讨好儿老师的笑容。

现在轮到靳元儒了。靳元儒也不爱念书，到了背书的时候他心里才有书本儿。谁都说他聪明，而他几乎天天挨打。他姐姐在柳影路小学念书，而他却进了王万伯私塾。根儿才听说，他老家河南，他爷爷是个秀才，看不起洋学堂，他念私塾是他爷爷的主意。

靳元儒双手捧着《百家姓》，沮丧地挪到讲台前，偷偷地看了老师一眼，展现出一副可怜相，双手把书捧给王老师，低下头，躬起腰，身材忽然变小了。

"开始吧。"王老师说。

"我……"

"我什么?!"王老师严厉地说，她的神色变得吓人，她的年纪好像也变大了。胡全和不禁想道："我背不过书也是会挨打的啊。"

"背!"王老师命令道。

靳元儒深深地垂下头，他的俏皮不见了，变得像一段木头。

"调皮捣蛋少不了你，要背书了，你就没有精神了! 把手伸过来!"

靳元儒不情愿地伸出右手，习惯地把手放到王老师面前的那一摞书上。

"左手!"王老师严厉地说道。

靳元儒立刻顺从地换成左手。

硬木制成的戒尺打在靳元儒的手上"啪啪"作响。

每打一板，靳元儒都闭紧一下眼睛，"哎呀"一声。

教室里鸦雀无声。

靳元儒眉头紧皱，用右手捂着左手，回到自己的位子上。

余怒未息的王秋兰，满脸绯红，瞪着那双一眨不眨的圆圆的黑眼睛，目光闪电般地扫视着所有的学生。这时胡全和才看到了人们所说的厉害的王秋兰老师。

"胡全和同学，到前面来!"王秋兰厉声说道。

靳元儒听见老师叫到胡全和的名字，好像冤魂碰见了替死鬼，知道他的痛苦已经过去，下面要有好戏看了，立刻眉开眼笑，相信王老师会给初来乍到的胡全和来一个下马威，杀杀他的野性，让他服服帖帖。他希望胡全和是他的同类，以便自己不再孤独。他用冰凉的砚台焐着被打得通红的小手儿，忍受着疼痛，等待着看王秋兰老师怎样教训胡全和。他由于兴奋而忘记了胡全和今天是头一天来上学，老师不会让他背书。他想，胡全和昨天还在街上卖烟卷儿，今天就来背书，一定背不过，他的洋相他是看定了！他模仿着菜市街上"拉洋片"的调调儿，低声唱道："看了一篇又一篇，请看要挨打的山东……少年！"

"靳元儒，你的手不疼了吧？！"王秋兰严厉地瞪着靳元儒说道。

靳元儒立刻低下头，把脸贴到桌面儿上。

胡全和不知道老师叫他到前面干什么，也没有听清靳元儒唱的是什么歌儿。他站起来，惴惴不安地走到讲台前。

"你从今天起念《百家姓》，每天背10行，记80个字。"王秋兰温和地说，"打开书，翻到第一页，跟着我念。"

王秋兰老师带领胡全和一连念了三遍她指定的那十行书，然后问道："这些字你都记住了吗？"

胡全和说："记住了。"

"明天你能背过吗？"

"现在我就能背。"

靳元儒忍不住冒了一句："嗨，真他娘地神啦！没念就会背啦！"

"靳元儒！"王老师厉声说道。

靳元儒再次把脸贴到桌面儿上。

"你能背得过《百家姓》吗？"王秋兰问道。

"能背过一部分。"胡全和低声说。

胡全和的话，在教室里引发一片嗡嗡声。

王秋兰问道："你在山东老家念过《百家姓》吗？"

胡全和摇摇头，说道："没有。"

"神啦，没念就会背？！"靳元儒扬起头阴阳怪气儿地说道。

胡全和低声补充说："只会背，不认识里面的字。我是在窗外听会的。"

王秋兰心情激动，她对面前这个留着长长乱发的好学的学生，满怀怜惜。她想用胡全和好学的例子来教育大家，便说："你能背一段给同学们听听吗？"

"对嘛，光说不练是假把式！"靳元儒念秧儿，声音像蚊子。

王秋兰心情激动，不再理睬靳元儒。

胡全和点点头儿，顺畅地背诵起《百家姓》。

教室里鸦雀无声。同学们个个面露惊讶。

王秋兰老师聚精会神地听着，目光在胡全和黑褂子上面的那些补丁之间移动。过了一会儿说道："好，就背到这里吧。从今天起，我每天给你指定20行书，每行抄写10遍，做到能认、会写。第二天背书的时候，我考你认读课文和默写，不许错。错了也要打板子。你能做到吗？"

"能！"胡全和低声说，松了一口气。

王秋兰最后说："不会的可以请教你周围的同学，也可以来问我。"

一天的学习使胡全和对王秋兰老师产生了新的感觉。她并不是无条件的庇护他的好心的姐姐，而是严格要求他的厉害的老师。她的脸好比二八月的天气，一会儿是寒风凛冽，一会儿是春暖花开。然而这丝毫都没有妨碍他对她的感激、尊敬和喜欢。他记得他爹常常深情地说，他一生最幸运的是遇见了他的恩师卢爷爷，他想，王老师可能就是他的恩师，虽然她比他大不了几岁，要论年龄，她仅仅相当于他的姐姐。

胡全和不是念书，而简直是"吃书"，他不仅按时达成老师的要求，还请教同学，念会抄过了《百家姓》他原先没有背过和抄过的部分，提前背过、抄过《百家姓》全书，进入学习《三字经》的过程。

胡全和上学的消息第二天就传遍了山东庄。家里有半大男孩子的人家儿都在议论这件事，称赞胡大珂夫妇有远见。道士他爹孙孝友，广聚他爹刘书成，和桂有富他爹桂云暖等，都说要叫自家的孩子去念几天书，识几个字，不当睁眼儿瞎。有些女孩子也动了心。素桂一再央告她爹，送她去念书，就去胡全和念书的那个学校。赵凤山也同意了，可是她娘不同意。

她说素桂岁数大了，过不了几年就要嫁人，不能再去和一些半大小子混在一起，名声儿要紧。

山东庄不打算送孩子去念书的，只有来自河北省乐亭县的铁蛋儿他娘，和老家山东海阳的牛占德家。铁蛋儿他娘是个寡妇。铁蛋儿他爹前年冬天下乡贩粮食的时候，不小心跌落进雪坑，没能救出来。第二年天暖时，她带领铁蛋儿到那个山谷去给他爹收尸，发现那里只有一堆白骨。人们估计，铁蛋儿他爹是在化雪之后被路过那里的野兽给吃了。铁蛋儿他娘每次提起这件事，都非常后悔，责备自己没能早一点儿去看看。好心的邻居们劝她要想得开，说谁也不知道铁蛋儿他爹跌落的准确地方儿，难说那里的雪什么时候化完，铁蛋儿他爹的遗体什么时候才能显露出来，这都是命里该当的事，凡人做不了主，等等。经左邻右舍好心人的开导，铁蛋儿他娘的心才渐渐地安定下来。现在，铁蛋儿是她唯一的亲人。她怕孩子到学校里吃亏受委屈，有个什么闪失，不敢让他去念书。

牛占德不上学是因为他娘不同意。她离不开她的这个晚生的独生儿子，也是怕牛占德在学校里吃亏受委屈。她说牛占德他姐姐和姐夫都念过几年中学，识字不会比学校里的老师少，他们可以在家里教牛占德念书识字。

山东庄第二个送儿子上学的是刘书成。刘广聚在山东老家念过书，送儿子进的是惠民国民学校二年级。刘书成对他的儿子抱有很大的希望，希望他长大后能够成为一个大权在握的军界人物儿。他让刘广聚去念书，心里也不是很踏实，担心刘广聚到学校里说出些不该说的话，给他惹来麻烦。这也是他此前不曾送儿子去念书的一个重要原因。

刘广聚今年16岁，在山东庄算是个大孩子。他身材高大，面容洁净，举止文雅，穿着整洁，爱笑，一笑就露出一口洁白、整齐的牙齿，两颗虎牙特别引人注意。他对长辈们很有礼貌。但是多数大人心里都不喜欢他，因为孩子们说他心地不大好，常常欺负比他小的孩子。今年开春儿后，刘广聚又添了一个新毛病，那就是他的眼里有了女孩子，越来越频繁地朝玉屏姑娘和小他3岁的素桂姑娘使劲儿。他爹娘也希望早抱孙子，正在给他物色对象儿，他们也喜欢玉屏或是素桂。玉屏她娘同意和刘书成家结亲，但是玉屏他爹不同意。赵凤山不想得罪刘书成，借口素桂还小，她不想出嫁而谢绝了这门儿亲事。

接着，道士，有富等一些男孩子也先后入学，进的都是惠民国民学校。他们嫌王万伯私塾寒碜，学生少，王老先生太老，王秋兰是个小丫头儿，觉得念王万伯私塾不体面，担心学不到东西。他们劝说胡全和也去惠民国民学校。但是胡全和没有同意。他说，王秋兰是个好老师。

41

王万伯私塾的确是既狭小又简陋，可是胡全和热爱这所学校，因为这里有好心的王秋兰老师和崔汉民等很多讲义气的好同学。他天天都是第一个来到学校，到校后就带领几个来得早的小同学打扫教室，然后坐在自己的位子上一笔一画地抄书练字。

同学们都说胡全和聪明。有的家长还特地跑到学校里来看他。不过王秋兰老师从不夸奖他，只是她看他的眼神儿和对他说话的神态和对别的同学有点儿不一样。也有人觉得胡全和有点儿怪，甚至不相信他说的都是真话。有人说："趴在窗台上听上几耳朵就能背通《百家姓》吗？笑话儿！哪有这样的事儿！"谢文杰曾不止一次地背地里这样对班上的一些同学说。"那你认为胡全和是怎么回事儿？"崔汉民质问他。谢文杰只是神秘地对崔汉民笑笑，并不回答他的问话。但是他心里认为胡全和早先念过《百家姓》。他对大家说他没念过《百家姓》，是想让大家认为他是个"神童儿"。他相信胡全和早晚有露馅儿的一天。他在等着看他的笑话儿。

王万伯私塾是按照学生背书的进度分层教学的。刚入学的新生念《百家姓》。念过《百家姓》就念《三字经》。念通了《三字经》之后念《千字文》或是《庄农杂字》。再后就念《四书》了。现在的学生都在念《百家姓》和《三字经》，只有个别人在念《千字文》。靳元儒和谢文杰都是去年入学的，照理他们现在该背《三字经》，甚至是《千字文》。可是这会儿靳元儒还在背《百家姓》，而谢文杰刚刚开始背《三字经》。

王秋兰老师今天给新同学讲解《三字经》成书的故事。

谢文杰趴在课桌上用双手捧住嘴呜呜啦啦地低声说道："俺呀，是在窗台上学会《百家姓》的，《三字经》俺也会背，你们信不信啊……"他的话在他周围的同学中引起一片压抑的笑声。大家知道他这是在取笑胡全和。

"谁在出怪调儿？"王秋兰严肃地说。

谢文杰满脸不在乎，慢悠悠儿地站起来说道："我说的是真话。你老不信，可以问问胡全和，他说他什么都会背。"

胡全和慌忙站起来说道："俺没这样说过，没说过什么都会！"

谢文杰为什么敢这样目无纪律，信口开河呢？王秋兰心里明白。王万伯私塾所在的这栋两大间校舍是谢文杰他爹好意无偿地借给王老先生的。谢文杰深信王秋兰要惩治他的时候不能不考虑这层关系。事实也是这样。尽管谢文杰他爹一再真心实意地关照王万伯老先生和王秋兰老师，要他们严厉管教谢文杰，该打就打，该罚就罚，可是王秋兰每逢要惩治谢文杰，都因为考虑到这种关系而罢手，或是高高举起，轻轻放下。这是公开的秘密，有些学生也明白。

王秋兰看了谢文杰一眼，和缓地对胡全和说："胡全和，你会背《三字经》吗？"

胡全和有些慌张地说："我……"

王秋兰笑着说："说老实话。"

胡全和难为情地说："我会……背一些。"

其实，谢文杰并不知道胡全和会背《三字经》，他胡说胡全和什么都会是想出他的洋相。而胡全和竟真的会背《三字经》。这就更让他怀疑胡全和过去念过书，他本来就会背《百家姓》和《三字经》，便以嘲笑的口气说道："《三字经》你也是在窗台上听会的吧？"

胡全和对谢文杰点点头儿说："是。"

谢文杰不无嘲讽地说："好家伙，你可真神啊！"

靳元儒好奇地说："那你背一个吧？！"

王秋兰相信胡全和的话。而如果她压下这件事，有人会怀疑胡全和，在同学中间留下混乱。再说她自己也不知道胡全和会不会背《三字经》，她认为了结这件事情最好的办法儿就是让胡全和背一背，于是，便和蔼地说道："胡全和，你愿意背一段《三字经》给大家听听吗？"

靳元儒听平时对他特别厉害的王秋兰竟用商量的口气对胡全和说话，很不服气，趁她不注意，就对她翻了一个白眼儿。这是靳元儒的绝技。翻白眼儿、做逗眼儿、摇耳朵、耸头皮，他都会，常常表演，全班无人能比。他为自己有这样的一些谁都不能和他比试的本事而感到骄傲。

"从头儿背吗?"胡全和难为情地问道。

"随你。"王秋兰说。

教室里鸦雀无声。

胡全和顺畅地背诵起了《三字经》。

王秋兰突然提示:"若梁灏……"

胡全和接下去背诵:"二十七,始发愤,读书籍……"

"好,就背到这里。"王秋兰老师说。

教室里窃窃私语,竖起一片大姆指。唯独谢文杰不服气。他仍然怀疑胡全和作假。在爱作假的人看来,所有的人都是不真实的。他别有用心地说道:"咱们学校的窗台有灵气啊!"

王秋兰谨慎地问道:"有人帮助你学习吗?"

胡全和摇摇头。

"那是谁教你的?"

"俺就是在窗外听的。背不过的就去问郑叔叔。"

"郑叔叔是谁?"王秋兰好奇地问道。

"他是俺们山东庄的邻居,在煎饼铺里当账房先生,念过齐鲁学校。"

"是'齐鲁大学'吧?"王秋兰认真地问道。

"俺不知道。"胡全和说。

42

几个男孩子进了学校,给山东庄的一些家庭带来了文明景象。根儿每天上学前,都按照老师的教导,立正站在奶奶和父母的面前,毕恭毕敬地向他们行个鞠躬礼,说道:"奶奶,爹,娘,俺上学去了。"下午放学后回到家里也向长辈们敬礼,说一声:"奶奶,爹,娘,俺放学回来了。"别的学生也是这样。这让大人们感到新鲜,体面,整个儿的山东庄也提高了一个等级。如今看孩子们写字,比孩子们的学习也是一些家长的乐趣。遗憾的是他们大都不识字,看不出孩子们的字写得好不好,不知道孩子们学习得怎么样。他们评价孩子们学习好坏的标准只有两个:第一,看他们认字多少；第二，看他们的毛笔字写得是不是周正，顺眼。第三，看孩子们考试的名次。如今孩子们学习的成绩也成了大人们脸面的一部分。为人谦和的胡大珂，常常掩饰不住地骄傲，对人学说根儿学习神奇的进步，和在学校里如何受到老师的称赞。

遗憾的是山东庄的新气象没有持续多久。三个月后，有富和道士先后离开了学校。道士说，待在学校里闷得慌，念书一点儿意思都没有。桂有富嫌柳惠民老师厉害，不光常常数落人，还打过他三回。孙孝友和桂云暖都说自己的儿子不是念书的种，让他们待在学校里也是白花钱，不如叫他们去学手艺，或是干点儿小营生儿，挣几个钱。道士离开学校后，没有再去学徒，而是进城做起了小生意。桂有富退学后不久，他爹桂云暖从电影院工地的脚手架上摔下来，跌伤了脊椎，行动受到影响，家里生活的重担就落到他的肩上。暑假以后，山东庄继续上学的就只有谭景珠、胡全和和刘广聚三个人了。

小林电影院是砖木结构，几乎没有铁匠的活儿。胡大珂在这里无事可干，被辞退后干起了自己的老本行，到蓝警尉他爹蓝凤梧开办的大车店，干起了挂马掌的营生儿。工作又脏又累，可毕竟是个固定的职业，又有蓝警尉保护，不会有人抓他的劳工，每月有工资收入，日子宽裕了一些。不过这也只是混日子，捱时光。他日夜期待的是日本人早早完蛋，他好带领一家回山东老家，种地做工，把日子再过起来。

43

江城的春天短得像青蛙的脖子。人们几乎在脱下棉衣的同时就换上了夏装。阳历五月初，冰雪开化，转眼间马路上一片泥泞。柳丝好像是在一夜之间就变绿的。在初夏温暖阳光的照耀下，路旁裸露出来的黑土地显得松松软软，热气蒸腾，散发着泥土的芳香。背风儿向阳的一些角落，萌发出点点新绿，让人感受到生的欢乐。几天之后，郊外就有野菜和树头好采了，山东庄的乡亲们吃饭又变得不那么艰难了，算是又活过了一个冬春。

越过鬼屋西行一里路，就是大片的庄稼地。在分属于不同财主的一片片土地之间，有一条条丈把宽的南北向的长长的柳树。这是财主们地界上的标志。在柳树上生长着一墩连着一墩的柳树茅子。它们每年夏初萌发，经过一个夏秋，到初冬时就长成一人多高细长的柳树条子。那时财主们就会派人来把它们割走，用来编制柳条筐或是做建筑材料，运到市场上去，这也是财主们的一笔收入。而到第二年的初夏，那些柳树又会窜出千千万万条柳树芽。这些柳树芽在一两尺高的时候呈紫红色、宝石一般亮丽、脆嫩得一碰就断、散发着一股既苦又甜的特有的气息。这些柳树芽儿，能充饥，还有明目清热等保健作用，是山东庄穷苦人这个季节重要的主副食食材的来源。山东庄的孩子们，每到这个季节就到野地里去采摘这些柳树芽儿、杨树叶、榆树叶，而榆树钱儿和小根儿蒜（薤）、苦母菜、荠菜和夏初的灰灰菜，简直就是穷苦山东庄人的美食。届时，山东庄的大闺女，小媳妇儿，半大小子，会蜂拥奔赴万物萌发的郊野大地。胡全和当然也要投入这个挖野菜、采树头的大军。与此同时，山东庄所有的人家儿的家里家外都在一个个的大盆里浸泡着经开水焯过的柳树芽和杨树的嫩叶儿等野菜。有些野菜，如柳树芽和杨树叶都很苦，不经多次泡洗是不能吃的。

昨天胡全和请假一天，和伙伴们一起去采树头、挖野菜。今天他一到学校就注意到有几个身穿公立学生制服的男孩子在王万伯私塾的门前游荡，将近八点才懒洋洋地离去。中午放学时，他们又醉汉一般前来学校骚扰。崔汉民说，他们都是柳影路小学的学生。

下午放学前，那几个男生又来骚扰，而且停留的时间很长。一个目光呆滞，表情邪恶的男孩子挡在教室门口儿，指点着正在讲课的王秋兰老师说道："喂，我说小姑娘儿，你站在那里瞎白话什么？你告诉我，你今年几岁？怎么还没出阁呀？你是要警察还是宪兵？你看我怎么样儿？喜欢就只管说，别不好意思！"

"他是谁？"胡全和问道。

崔汉民说："他叫齐进才，是柳影路小学的学生，念三年级，经常欺负低年级的女生，外号儿叫'泡卵子'，一肚子坏水儿！他爹是本镇派出所的所长齐怀远。"

"什么是'泡卵子'？"胡全和好奇地问道。

崔汉民忍不住笑了。过了一会儿才悄悄地说："'泡卵子'就是没割掉那个玩意儿的公猪。"

　　"那个玩意儿是什么？"胡全和问道。

　　崔汉民朝着胡全和的裆里抓了一把，笑着说："你这里就有。"

　　胡全和点点头儿说："在俺们老家没有'泡卵子'一说儿，就叫公猪。"

　　一个瘦高个子男生，一只脚踏在教室门里，另一只脚跨在门外，身子斜靠在教室的门框上，用醉汉一样的腔调儿，冲着教室里的学生，骂骂咧咧地嚷嚷道："喂，我说小子们，你们不饿吗？该喂脑袋去啦，为什么还在这里听那个小丫头儿瞎白话？散伙儿吧！回家米西米西地干活吧！"

　　学生们的目光一齐投向瘦高个子。

　　"他是谁？"胡全和小声儿问崔汉民。

　　"他叫苟大川，外号'猴子'，也在柳影路小学念三年级。他爹叫苟志芳，在日本人开的'武道局'里干事儿，是日本人小林的狗腿子！"

　　"他们要干什么？"胡全和又问。

　　"谁知道呀，捣乱呗！"崔汉民说。

　　胡全和他爹在"武道局"的大院儿里当过搬运工。胡全和去过"武道局"大院儿。"武道局"在黑狗大街西段路南，和山东庄隔一条马路相对。那是个独立的大院子，四面是用红砖砌成的一人多高的花墙。沿着大墙的里侧种着一圈儿向日葵。"武道局"能进出汽车的大铁门朝北开，铁门用黑漆漆过，轻易不开。院子里的北墙下是一溜儿十间东西向的高大的红砖房儿，那是日本人和高丽人办公和住家儿的地方儿。院儿里东西两面各有一溜平房儿。东面的那趟房子里有许多机器，是车间，几十个工人在那里面干活儿，用山榆、水曲柳和柞木等硬杂木材旋制和真枪真刀一样大小的木枪和木刀，还制造操练格斗用的护面和护胸等各种护具。西面那一趟房子是仓库，做好的东西就存放到那里面，定期有汽车来运走。"武道局"的头头儿是个日本人，姓小林，叫小林一郎。他也是小林电影院的主人。小林有一个漂亮、温和、年轻的妻子和一个十多岁的儿子，叫小林辉。他和他七八岁的妹妹天天进城里的日本学校上学。住在"武道局"里的高丽人姓金，叫金东振，家里也有一个男孩儿，叫金长顺，说日本话，也在城里的日本学校念书。他想，"武道局"里管杂务和运输的那个"满洲"人应该就是苟大川他爹苟志芳了。苟大川家也住在"武道局"的大院儿里，但是不和日本人和高丽人住在一起，而是住在仓库南头儿的一间屋子里。

"大满洲，就是新天地……"猴子和"泡卵子"见人们不理睬他们，就在教室门前排成队，来回走齐步，放肆地胡舌喊叫。

放学的时间快到了，课也没法儿上了。王秋兰不得不离开讲台，走出教室，和蔼地对苟大川他们说："同学们，我们还没放学，请你们不要在这里喧哗。"

"你说啥呢！黑狗大街不是你们家的！老爷子我就是喜欢在这里喧哗，你管不着！你嫌喧哗吗？那你就回你们乐亭老家去吧！""泡卵子"用邪恶的眼神儿死盯着王秋兰，怪腔怪调地说。

"学生要守规矩，讲礼貌。"王秋兰劝导他们说。

"你懂什么叫礼貌？！"齐进才说着冷不防朝王秋兰怀里抓了一把，同时说道，"这就是礼貌！"王秋兰后退一步躲过。

胡全和抢上去挡住齐进才保护王老师。崔汉民，谢文杰和靳元儒等也一齐冲到教室门外，保护他们的王老师。

"怎么，想动手吗？！"崔汉民握紧拳头逼近苟大川和齐进才。

"你要干什么？"苟大川虚张声势，步步后退。

崔汉民怒冲冲地跨上一步，和猴子脸对脸，怒视着他。

齐进才指点着全班的学生，恶狠狠地说："你们这些没有人要的垃圾，还有脸在这里耀武扬威？"他的话激怒了所有的学生，一齐冲出教室，把齐进才团团围住，准备动武。

"不许动手！"王秋兰厉声喝道。

齐进才和苟大川等见王万伯私塾的学生这样抱团儿，敢斗，自知不是对手，弄不好会挨揍，只好虚张声势，高叫："老爷子还会来的，现在要回家米西米西地干活了！明天见了！"说着，胡乱嗥叫着，扬长而去。

苟大川等人离去后，王秋兰把同学们招呼回教室，说道："同学们，他们无礼，我们不能无礼。放学后要直接回家，不要在路上停留玩耍，免得家里的人惦记着你们。"

王秋兰发现谢文杰不肯离去，便问道："你有事吗？"

谢文杰说："老师，您知道他们为什么来捣乱吗？他们说要把咱们学校搅黄。"

"你是怎么知道的？"

"齐进才他爹齐怀远到我们家找过我爹。让我爹把您和师爷赶走。"

"他们为什么要这样做？"

谢文杰说："'乐土国民学校'的校长和老师高也平是苟大川的姨父。高老师说，他们的学生都叫咱们给拉来了，'乐土国民学校'办不下去了。他们要把咱们学校搅黄，把咱们学校的学生拉到他们那里去。"

王秋兰说："我知道了。你说的这个情况很重要。谢谢你爸爸对咱们学校的支持。你要用心学习，争取在本学期把《三字经》背过。回家吧，别在路上玩儿，以免让你妈惦记着你。"

谢文杰给王秋兰鞠了一躬，离开了教室。

第二天下午临近放学的时候，苟大川一伙又来折腾。这回带来了两个日本孩子和一个高丽孩子，而且声言以后天天来"玩儿"，非把王万伯私塾搅黄不可。王秋兰老师和全体学生，都很愤怒。但是大家心里明白，日本人惹不得。王秋兰估计，苟大川和齐进才拉日本孩子一起来闹，就是要制造事端。而管好自己的学生是她避免冲突、保护好学校所能采取的唯一的办法儿。

苟大川等人隔三岔五地到王万伯私塾来闹，常常辱骂老师和同学，声言一定要闹垮王万伯私塾。崔汉民约胡全和等几个大个子同学冲出教室把苟大川他们赶走。胡全和保持沉默。他想到前些日子他大舅的来信，信里说都鸿勋还追捕他爹。而且现在这里是"满洲国"，打日本人是重罪，可能给他一家和学校惹来很大麻烦，后果不堪设想。崔汉民嫌他胆小怕事，不敢起来保护学校和王老师。

苟大川和齐进才破坏王万伯私塾的恶行变本加厉。苟大川和齐进才笼络了十几个孩子来闹，他们不仅早晨上学路过这里时来闹，下午放学前来闹，学生放学后也来闹。说脏话，骂老师，晚上还朝教室和老师的宿舍扔石头，打破教室和老师宿舍的玻璃，影响上课，影响老师休息，威胁老师的人身安全。因为苟大川他爹苟志芳是日本人的红人，齐进才他爹是派出所的所长，又有日本孩子混在里面，没有人敢站出来替学校和王老先生祖孙二人说公道话，王万伯私塾眼看就办不下去了。

在苟大川和齐进才大闹王万伯私塾后的第三天的夜里，黑狗大街小林电影院工地发生了一件震惊全镇的窃案。小林电影院工地上备用的30多方木料突然不见了。监工苟志芳立刻到派出所"报案"。派出所所长齐怀远断言作案的是工地上的那些山东棒子，并立即亲自带领警察到山东庄来抓人。

苟志芳的堂兄苟志义在派出所当大师傅，听到这个消息非常着急，担心妹夫黄自成被抓走送了劳工，立刻溜回家，叫醒已经睡下的儿子，顾不上对他说明事情的原委，只简单地对他说："小毛儿！赶紧去山东庄告诉你姑父，就说警察马上要到山东庄去抓人！让他赶紧逃走！跑步去，越快越好！"

黄自成听到这个消息，急忙跑去找赵凤山。

"孩子是怎么说的？"赵凤山问道。

"他就说警察马上要到山东庄来抓人！"

赵凤山认为可能是孩子恶作剧，就说："不会吧，咱们在小林电影院工地上给日本人干活儿，就算是当劳工，警察说好不抓咱们的劳工。不过小心点儿不吃亏。这么办吧，你去通知大家立刻逃走，我到路口去迎住警察，和他们纠缠，拖延时间！"赵凤山一边穿衣裳一边说。

黄自成走后，赵凤山也赶到兴隆大街和黑狗大街的交叉路口。周围没有任何动静儿。他在十字路口儿站了足足有一刻钟，仍然不见动静儿，心想一定是小毛儿恶作剧，很生气，就在他转身往回走的时候，听见从派出所那个方向传来了杂乱的脚步声，接着就看到了警察的身影，赵凤山意识到小毛儿说的不是瞎话。转眼之间，齐怀远等几个警察和一伙儿棒子队员就站在他的面前。

齐怀远厉声质问赵凤山："你是干什么的？！半夜三更在这里干什么？"

赵凤山说："老百姓。找狗，俺们家的狗丢啦。"

"良民证！"齐怀远的声音依然严厉。

赵凤山在身上上下左右摸索，拖延时间。

齐怀远打着手电看过赵凤山的良民证后问道："你就是赵凤山?!"

"是。"

"拷起来!"

"我是小林工地上的工人!"赵凤山奋力和他们纠缠。心想自己糊涂，相信了日本人和苟志芳以及警察的许诺，上了他们的当，其实这些坏蛋是从来都不讲信用的。

警察赶到山东庄的时候，那里的青壮年男人已经跑光了。

胡大珂离开小林电影院工地后，在马警尉家开的大车店挂马掌，有马警尉的保护，不怕抓劳工，本来不想躲避，秀姑坚持让他出去躲躲，可是犹豫之间错过了时机。秀姑急中生智，把他扛上肩，推进天棚口。警察果然来过他们家。要不是秀姑，胡大珂也就被他们抓走了。秀姑担心警察再来，就让他悄悄地逃进了宋家屯镇北面国家营子前面的那片生长着杨树、柳树、榆树等杂树的沼泽地。胡大珂爬到一棵大柳树上，蹲在树杈上反复琢磨刚刚发生的事情，想不出警察为什么会突然来抓人的原因。他想也许是有谁在外面犯了法，引得警察来抓人。可那会是谁呢？他找不到答案。

周围黑得伸手不见五指。不时传来夜猫子让人感到恐怖的阴森森的叫声。

本来就不大的风，不知什么时候停了。偶尔能听见树上的嫩枝生长时发出来的那种轻微的动静儿。周围的花草树木散发着奇特而又多样的香气，使他不由自主地回想起自己小时候儿在端午节前夜，和弟弟一起到村南树林里去采艾蒿和各种树枝，第二天到集市上去叫卖的景象，觉得自己好像又回到了童年时代。可是心爱的弟弟已经不在人世了！而他自己也隐名埋姓，流落到这里，如今又莫名其妙地被人追捕，半夜逃出来，像贼一样地躲在这里！不禁感慨地想道，"中国人什么时候才能叫人家当个人儿来看待！老百姓什么时候才能过上平安的日子！"他三十年前就有了这样的愿望，可是三十年后的今天，这依然是他的愿望！他常常幻想中国会出现一个能人把国家治理好。可是哪个能人在哪里呢？到处是不知死活、只知争名夺利的大大小小的贪官污吏和汉奸卖国贼！

虽然是夏天，树林里夜深后仍然有些凉意。

附近的什么地方有压抑的咳嗽声。那声音有点儿耳熟。有谁会深更半夜待在这荒郊野外的树林子里呢？胡大珂感觉他们多半是自己的伙伴儿。

又是一次压抑的咳嗽声。

"好像是道士他爹！"胡大珂这样想着便低声叫道："是孝友吗？"

"胡大哥吗？"

"过来吧。"

过了一会儿，有人爬到胡大珂这棵树上来，不只有孙孝友，还有林树昌、黄自成和汪兆紫他爹汪道明。他们原先都猫在附近的草丛里。入夜后，那里潮湿得待不住人儿，就又爬到树上。

"是怎么回事儿？"孙孝友刚在树杈上坐稳就问道。

黄自成说："俺也不知道。小毛儿就说警察马上要到山东庄抓人。俺立刻跑去把这个消息告诉了凤山，凤山让俺通知大家赶紧跑。"

"无风不起浪。天明就知道了。"林树昌说。

"得有人回去看看有什么动静儿。"汪道明说，"天亮了这里就藏不住人了。"

"不要说话！"胡大珂警告说，"有人来了！"

远处的确有动静儿，是小孩子们的脚步声。声音近了，就在树下。

"是根儿吗？"

"是我！"

胡大珂急忙从树上滑下来，别人也跟着从树上滑下来。

"素桂也来啦？"孙孝友说。

"俺娘说叫俺来给根儿做伴儿。"

"你爹在家吗？"胡大珂关切地问道。

"没有。"

"他到哪去了？"

"不知道。"

听素桂这样说，胡大珂心里犯了嘀咕，担心赵凤山落在警察手里了。

"警察又来过吗？"

"没，没再来。"胡全和说。

"天这么黑，你们不害怕吗？"汪道明问道。

"不怕，"胡全和笑笑说，"有素桂姐姐和我做伴儿呢。"

胡大珂问道："警察为什么到咱们山东庄来抓人？听说了吗？"

素桂说："警察说电影院儿工地上木头都叫人偷走啦。"

胡大珂说："坏了，警察可能要给咱们栽赃！"

"不错！肯定是这样！"林树昌说。

胡大珂说："工地上的木头总共有二三十方，把这么多的木头弄走，得有车有马有人有时间，偷了木头得有地方儿藏，这和咱们有什么关系？这分明是有人做了案，要拿咱们当替罪羊啊。"

孙孝友说："是呀，那么多的木材，白给，咱们也弄不走！"

桂云暖说道："这件事下一步会怎么样？"

没有人接他的话茬儿。

过了好一阵子，胡大珂才说，外面的人很难把这么多木材弄走，可能是"武道局"的苟志芳伙同齐怀远干的。他们是贼喊捉贼，想把咱们当替罪羊，蒙骗日本人，抓咱们当劳工灭口。

桂云暖骂道："这些坏蛋，真歹毒！"

胡大珂他们在树上和高粱地里猫了七天七夜，直到这场风波平息。

小林电影院工地的木材失窃案，来得突然，去得也突然。事情正像胡大珂猜测的那样，苟志芳和齐怀远的如意算盘正是一举两得，他们窃得大批木材，拿山东庄的青壮年当替罪羊，送他们去当劳工灭口。可是他们没能如愿。先是苟志义向黄自成泄露了他们到山东庄抓人的阴谋，他们也从山东庄没有搜到物证，再就是有王凤池老先生出面，联合马美髯等当地有影响的老先生出面作证，证明案发当夜没有人离开山东庄，也没有人把所说的木材运回山东庄。王凤池老先生是山东庄的班长（注：伪满洲国最基层的行政人员，相当于国民党统治时期的保甲长），本地名医，坐堂"凤池药房"，乡下有大量土地，家中有人在伪满洲国做官，本人德高望重。马美髯老先生也是当地的财主，儿子是二里沟警察分局的警察。其他几位也是当地有头有脸儿的人物儿，他们的证词，齐怀远不敢不采，只能放弃原来的如意算盘，虚张声势，到处高喊抓贼。小林电影院是小林的私产，他所用的木材盗自"武道局"，所以丢失木材的事他也不敢张扬。结果这一木材失窃案虎头蛇尾，最后不了了之。1951年冬终于查清，小林电影院工地上的木材就是苟志芳伙同齐怀远盗走的。苟志芳为偷走这些木料，不只调来了自己家的两挂胶皮轱辘儿大马车，还借用了他老丈人家的两辆胶皮轱辘大马车，整整干了一夜。工地附近的有些住户亲眼看见了他们的盗窃行动。不过当时人们不知道面前发生的是盗窃案，以为是工地的主人要外运这些建材。这些木材是被运到百里以外的乌沙子出手的，卖给了那里的商会会长大马牙马运昌。当时他正在修建自己的小型电影院儿。

让山东庄老少痛心的是赵凤山，他为掩护大家伙儿落入了齐怀远之手，被送了劳工。几个月后传来消息，说他死在密山煤矿！噩耗传来，乡亲们无不感到痛心。

由于小林没有新的资金投入，也不可能继续从"武道局"那里盗用大量木材，小林电影院最后没有建成。电影院的地基和周围那将近完成的砖墙，在那里撂了很长时间。1945年日本无条件投降后，小林被中国的一些老百姓痛打过后，去向不明，小林电影院成了残余的敌产。有些中国的官员和老百姓在化公为私方面历来热心，只要有一线机会他们都不会放过。电影院工地附近的人们很快就把那里的砖墙变成了自己的房屋、院墙，或是鸡窝狗窝的建筑材料。

"乐土国民学校"的校长兼教师高也平，高小学历，曾应征入伍当了伪满洲国的"国兵"，受伤致残回到本市后，满以为自己可以混进柳影路小学弄碗饭吃。无奈正直的中国人并不认为他在跟中国军队作战中受伤是什么光彩，柳影路小学校长汪骏也嫌他学历太浅，身有残肢，形象不雅，借口教员超编，不肯收他。苟志芳和齐怀远都曾出面给他说情，汪校长就是不肯答应。后来，他就在苟志芳和齐怀远的帮助下办了个"乐土国民学校"。

"乐土国民学校"和"王万伯私塾"是同一年办起的，后者比前者只早办了一个多月。王万伯私塾现在有近30个学生，而"乐土国民学校"却只有6名学生。高也平和齐怀远自认为自己是"满洲国人"，可是没有几个所谓的成年的中国人甘愿永远做日本人的顺民。宋家屯镇有过百学生的家长，宁可牺牲掉自己的孩子念公立学校的好处，也要花学费送孩子进私立学校，念古书，接受孔孟的遗教。他们对于高也平这类人并不同情，一听"乐土国民学校"的这个名称就心生厌恶，不愿意把子女送进去。

所以"乐土国民学校"越办人越少，终于濒临垮台。高也平眼见一些学生跑去"王万伯私塾"，心中有气，就去找苟志芳要主意，苟志芳又去找了齐怀远，让齐怀远派人叫"王万伯私塾"停办。齐怀远说，"王万伯私塾"是在市里备了案的，不能公开解散它，只能想法儿让它办不下去，自动解散。他们去找过谢文杰他爹，想通过他给王万伯私塾撤火，收回王万伯私塾的校舍，可是谢文杰他爹不干，他说，人要讲信用，也不能不考虑几十个孩子的学习。于是，他们就想出了派苟大川一伙孩子大闹"王万伯私塾"的馊主意，想搅黄王万伯私塾。可是王万伯私塾的学生坚决维护老师和学校，不惜与苟大川和齐进才打架，而打架苟大川和齐进才不是王万伯几十名学生的对手，而且事情闹大，暴露出事情的真相，苟志芳等人面子上也不好看，结果可能适得其反。于是他们就想到了利用日本孩子来震慑王万伯私塾师生的办法儿。谁都知道，日本人是打不得的。那些日本孩子并不知道自己的作用，而苟志芳和齐怀远等人却收到了预期的效果。

胡全和考虑过崔汉民的主意，和同学一起痛打齐进才和苟大川，但是他怕连累了老师和他爹。他爹一再嘱咐他在外面不要惹事儿。胡全和劝说崔汉民不要轻举妄动。崔汉民不以为然。但是在苟大川和齐进才领来了几个日本孩子给他们自己壮胆儿之后，崔汉民也打消了和苟大川他们动手的打算。他不怕苟志芳和齐怀远，他也有亲戚混官事儿，地位比他们高。但是他怕那几个日本孩子。他知道日本人是碰不得的，就连高丽孩子也碰不得。他思前想后，一直没能想出个保护老师和学校的好主意。

胡全和感到崔汉民对他有些冷淡，估计可能是和他对待苟大川他们的态度有关。今天下午放学后，胡全和特地约崔汉民和他一起走。崔汉民冷冷地看了他一眼，很不情愿地对他点点头儿。平时他们在一起的时候，崔汉民的话多，而今天崔汉民一言不发。两个人默默走到黑狗大街和兴隆大街交叉路口，胡全和说："到小树林去遛遛好不好？"崔汉民又冷冷地点点头儿。

小树林是块没有主儿的土地，方圆约有几十亩，里面有一些没有主儿的野坟荒墓，还生长着一些不成才的柳树、杨树、榆树，地势高低不平，夏秋季节这里林木茂盛，常有各种山雀飞来飞去，是黑狗大街一带的一处野景，是孩子们爱来的地方。

"有话就说吧，我该回家了。"崔汉民停住脚步冷冷地说。

"苟大川他们的事儿就算完了吗？"胡全和说。

"没那么便宜！"一提苟大川和齐进才崔汉民立刻激动起来。"自己的老师叫人家当着面儿欺负，能连个屁也不敢放吗？丢死人啦！我爹说：'一日为师，终身为父。'老师就等于是自己的爹妈！这样的仇能不报吗？！能任凭他们把咱们的学校搅黄吗？！"

崔汉民这些话是自责，也是在责备胡全和。崔汉民觉得王秋兰老师待胡全和那么好，对他有大恩，而他面对苟大川和齐进才侮辱老师的下流举动不吭不哈，太不仁义。

"那你想怎么办？"胡全和说。

"等哪天我把苟大川和齐进才堵在旮旯里狠狠地揍一顿！"

"齐进才他爹可是派出所所长啊！"

"那有什么了不起的？你们外来户儿怕他，我们不怕，谁家没有几家混官事儿的亲戚？！孩子打架，家长能怎么样？！白揍！"崔汉民越说越气。

胡全和提到日本孩子，崔汉民愁眉不展，不再说话。

胡全和说："咱们让小林辉和他妹妹离开苟大川他们怎么样？"

崔汉民打断胡全和说："那怎么可能？他们就住在一起呀。"崔汉民瞪大眼睛看着胡全和。他没想到胡全和敢打日本孩子的主意，真是胆大包天。在"满洲国"没有人敢让日本人听自己的话。他发誓赌咒般地说："要是没有小林辉兄妹俩搅和在里面，我能勾一帮哥们儿把苟大川和齐进才揍扁了。"

"我有办法，你敢干吗？！"

"敢！脑袋掉了碗大个疤瘌！"崔汉民好奇地看着胡全和鼓足勇气说道。

"你能保证不出去瞎说吗？"

"王八犊子才瞎说呢！不讲信用还叫人吗！我爹说过，咱们是中国人，不是'满洲国'人！他连日本话都不让我学！他说，日本人早晚得滚蛋！要是变心，不得好死。"

胡全和诉说了他考虑已久的办法。他说，苟大川和齐进才勾结日本孩子来学校捣乱，他们也可以跟苟大川和齐进才他们捣乱。他说小林兄妹天天上下学路过飞机场，那里有一条通往市区的捷径。因为那里靠近飞机场，警卫森严，很少有人经过。原先那里都是庄稼地。现在那里到处是杂草、杂树棵子和柳树茅子。他到那里去采过柳树芽，挖过野菜，打过柴，现在礼拜天他还常常去割牲口草卖钱，那里是小林辉他们每天进城上学必经之路。那段路上很少有人，那里这会儿蒿草有一人高，便于隐蔽，他们可以在那里拦截他们，吓唬他们，让他们上学迟到，给他们制造麻烦，迫使他们进城去念书。

"要打他们吗？"崔汉民犹豫起来。

"也有可能，你害怕就算啦。"

崔汉民迟疑片刻后，拍着胸脯儿说："鳖犊子才怕呢！"他开始用异样的目光端详胡全和，想到大人们给他讲的《水浒传》的故事，内心深处生起了一种对胡全和的敬意，觉得他聪明，胆子也大，居然敢调理日本孩子，这种事他连想都没有想过。

"就咱们俩吗？"

"就咱们俩。"

"能行？"

"能行。小林辉念四年级，他妹妹念二年级，那个高丽小崽儿念三年级。能动手的只有小林辉一个人。一旦动手，他也不是你我的对手。"

"好！干啦！"

46

天蒙蒙亮儿，胡全和和崔汉民就手提镰刀和麻绳，装作打草的，朝飞机场的方向走去。平时很少有成年人接近飞机场，飞机场附近野草很深，露水很重，他们进入飞机场附近几分钟，裤子就都湿过膝盖，头上和衬衣上也沾满了露水，浑身都弄得湿漉漉的。他们赶到飞机场边缘的时候，太阳刚刚升起。胡全和估计那几个日本孩子也快来了。他们选择在飞机场西北角儿上的一个蒿草、杂树和柳树茅子高过人头的路段上停留下来，学着武侠小说故事里"白马剑客"和"黑脸贼"等的打扮儿，用黑布裹头，蒙住半个脸，猫在草丛中。胡全和嘱咐崔汉民，尽量不动手，更不要轻易伤人。崔汉民点头儿表示同意。

"来啦！"胡全和说。

气氛立刻紧张起来。

一男一女两个日本孩子和一个高丽男孩儿说笑着急匆匆地朝他们走来。

"站住！"崔汉民猛然站出来，手持镰刀拦住他们。

三个孩子受了惊吓，突然站住，不知道发生了什么事情。小林辉紧皱眉头，审视着胡全和和崔汉民。其余的两个孩子站在他的背后。从周一到周六，他们天天从这里经过，从没遇见过这样的场面，不知道他们要干什么。

"八嘎！"天生自以为优越的小林辉愤怒地骂道。

"说中国话！"胡全和逼视着小林辉，操着本地口音说道。

"八——嘎！"小林辉再次骂道。他发现从对方儿黑色面罩上面的洞洞里露出来的一个个眼睛里闪射出来的是满不在乎的目光，想到这里前不着村儿后不着店儿，有些气馁，希望尽快弄清对方的意图，顺利通过这里，以免耽误了上学，只好收起唬人的架势，说起了"满洲话"。

"你们是什么人？想干什么？！"小林辉口气有些缓和。

崔汉民从没想过和日本孩子平起平坐。此刻心里有些畏惧。小林辉发觉了崔汉民有些畏惧，又来了精神，凶狠地对他嚷道："你们要干什么！"说着，就怒冲冲地逼近崔汉民，伸手来撕扯崔汉民的面罩儿。崔汉民不由自主地后退半步。胡全和发觉崔汉民胆怯，抢上一步紧贴到小林辉的右边，决定先发制人，就在小林辉吃惊地朝他侧过身，准备对他动手的一刹那，胡全和的右胯骨微微朝小林辉一碰，小林辉的身子突然失重，就直挺挺地朝左边摔倒下去。其余的两个日本孩子惊叫一声，连忙朝后退去。

小林辉不知道对方用什么招数儿让他突然摔倒在地，胡全和也没有扑上来打他，而是一动不动地站在原地，等着小林辉站起来。

小林辉从没遭遇过满洲孩子的反抗，现在突然被一个满洲孩子弄倒在地，愤怒至极，猛然从地上跳起来，突然朝胡全和撞过去。胡全和立即退步闪过，顺势从背后轻轻推了他一把，小林辉朝前猛跑几步，直挺挺地扑倒在地。

小林辉慢慢地从地上爬起来，用野兽一般的目光，直逼胡全和，下意识地搓着擦伤的左手，向胡全和移动。就在胡全和目不转睛地看着他，猜想他要干什么的一刹那，小林辉突然狂吼着伸右手来捋胡全和的左手，意思是要摔他。胡全和就势用左手狠狠地拿住小林辉的右手腕，出右腿插到他的背后，伸右手紧紧锁住他的喉咙。就要倒地的小林辉立刻觉得呼吸困难，精神恍惚，不由地仰起头，翻起白眼儿，无奈地斜视着胡全和，脸上露出求饶的神色。胡全和放松右手，顺手把小林辉从自己的身边推开。

"还想打吗？"胡全和和善地对小林辉说道。

"你们为什么要拦住我们？！"小林辉邪气耗尽，平静地问道。

"因为你们欺负人！"崔汉民愤怒地说道。

"你们是什么意思？"小林辉问道。

胡全和说道："听着！我们是奉命前来警告你们的。如果你们再在宋家屯镇横行霸道，欺负满洲人，你们就别想进城念书了。你们也不用想报复我们。我们随时会出现在你们的面前！小心你们的脑袋。"

小林辉不声不响地领着他的两个小伙伴儿，急匆匆地朝城里跑去。

崔汉民看着匆匆远去的小林辉等，说道："没想到小林辉这样不经打，还会求饶。"

胡全和说："有人说，日本人就是这个德行，他们不懂得礼义廉耻，得势的时候像疯狗，被打倒在地的时候就是癞皮狗。"

没有人知道小林辉是怎样为他和他妹妹和那个高丽孩子在飞机场遭不明身份的人拦截上学迟到解释和辩护的，不过这件事在江城军警宪特当局却引起一阵不小的骚动。不久前江城警宪当局刚刚破获了一个抗日的地下组织，也许他们是误以为大敌当前，也许是他们故意夸大宣传，竟说有抗日分子从北满潜来本市飞机场附近，袭击日本人。这个消息迅速传遍全市，轰动一时。而出乎他们意外的是，不忘祖国的中国人听了这个消息，热血沸腾，并不愿意追究它的真假，而是兴奋地口耳相传，说抗日的队伍过来了，一度占领了飞机场。这件事情的真相，直到1945年东北光复之后才为人们所知。胡全和和崔汉民也当了一回无名英雄。

小林辉和他的妹妹因为这件事从走读改为住校。苟大川和齐进才失去了日本孩子的支持，气焰大减。几天后的一个晚上，崔汉民带领着谢文杰等几个当地的孩子，把苟大川和齐进才骗进小树林的坟圈子里，痛打了一顿，逼迫他们发誓赌咒不再到王万伯私塾捣乱。事后崔汉民还带领学校的全体同学到柳影路小学找到汪校长，状告苟大川和齐进才到他们学校捣乱，对他们的王秋兰老师动手动脚儿耍流氓。崔汉民和谢文杰等人还到处散布说是"乐土国民学校"的老师高也平指使苟大川和齐进才到王万伯私塾学校捣乱，声言要搅黄王万伯私塾。当地有些名流也站出来替王万伯私塾说公道话。齐怀远和苟志芳怕犯众怒，忙不迭地站出来撇清自己，而不敢利用自己的权势庇护他们的儿子。苟大川和齐进才因为流氓行为受记过处分，高也平也名誉扫地，"乐土国民学校"因此散伙儿，那里仅有的几个学生都转到了王万伯私塾。

赵凤山被抓走后，素桂和她娘立即陷入了困境，素桂她娘在得知赵凤山死在煤矿之后，一度精神失常，整天念念有词，好像在跟什么人说话，除了素桂，即使是熟人，也常常不能相认，连家务事都不能干，日常生活全靠素桂照顾。

山东庄的人知道赵凤山是为了保护众乡亲才落入警察之手被发了劳工死在煤矿上，大伙儿的心里都很难过。胡大珂、刘书成、孙孝友和桂云暖等商量，在山东庄发起募捐，给素桂母女凑个饭钱，把他们母女养起来。好心的汉医王凤池老先生说素桂她娘的病是急火攻心，痰迷心窍，多次免费给她开方抓药，她的病情渐渐有所缓解。王老先生建议她换个地方住，以免见景生情，再受刺激让病情反复，同时辅之以药物治疗，假以时日，有望继续康复，最后痊愈。大家伙儿求煎饼铺的谈掌柜帮忙，在城里给素桂母女找了住处，帮她们母女搬进城里，并按时派人把乡亲们捐助的钱给她们送去。素桂她娘的病渐渐好转，居然能到街上摆摊儿缝穷了。缝穷做的是穷光棍儿的营生儿，也挣不到几个钱，她不肯拖累众乡亲，就托人把素桂介绍到二里沟的"五福"面条厂去看轧面机。五福面粉厂是日本关东军辖下的半军事单位，生产出来的面条儿全部供日本军官食用，所用材料是从面粉中提炼出来的面筋，抽走面筋的面粉，不能用来擀面条包饺子，而只能用来烙饼蒸馒头，广场以低于粗高粱米的价格儿卖给中国人。素桂她娘让素桂进五福挂面厂，一是图挣几个工钱，一是图从那里买制作面条儿甩下来的这些便宜的下脚料。素桂在面条厂看轧面机，工时长，活儿累，有危险，工资少。可是有什么办法呢？一个十三四岁的女孩子，有个活儿干，能挣碗饭吃，就算不错了。素桂她娘只期待着将来有一天素桂能嫁个好人家儿，母女能有个依靠和安定的生活。

　　胡大珂时刻注意着中国和世界的战况，盼望着胜利一天的到来，再就是关注着儿子的成长。胡全和的书越念进步越快，他总共只用了两个多月的时间就能背、能认、能写《百家姓》和《三字经》两本书了，还能念山东老家的来信。听儿子念家信是胡大珂的一大乐趣，一封家信他能让儿子给他念十遍八遍，百听不厌。他庆幸家里又有了念书识字的人，让胡大珂感到骄傲。他常常给儿子讲根儿他老爷爷念书的传闻，说他老人家在几年的时间里，先后念走了六个老师，就是说，六个老师会的书都不如他老爷爷多，鼓励胡全和上进。近来胡大珂又增添了一件乐事，那就是让儿子给他写家信。有人不相信胡全和念了两个月的书就能写信，但是胡大珂相信儿子，舍上信封信纸和邮票，让胡全和给他妹妹和内兄写信。舅舅得知信是外甥写的，非常高兴，特地让代写信的人告诉胡全和，说他写的信一看就懂。郑祥麟也夸胡全和，说他写的信通俗明白。这样，山东庄就又出了一个会写信的人。可是秀姑心疼信封、信纸和邮票，经常唠叨胡大珂，为这件事，他们夫妻俩经常发生小争小吵，可是胡大珂就是不肯让步，根儿他奶奶也站在儿孙一边，秀姑拿他们也没有办法儿。

　　放暑假前的最后一天放学时，王秋兰把胡全和留下。她平时从不夸奖胡全和，今天却有些不同。她夸奖胡全和学习用心、进步快，接着就问他下学期有什么打算。

　　"下学期我想念会《千字文》、《庄农杂字》。"胡全和兴奋地说。

　　"你还想在我这里念吗？"王老师笑着问道。

　　"当然啦！"胡全和不假思索地答道，"您为什么问这个问题呀"。

　　王秋兰认真地说道："你该换个学校了。"

　　胡全和听王老师这样说，不解地问道："为什么？"他想到他和崔汉民吓唬日本孩子，和崔汉民痛打苟大川和齐进才的事，便恳切地说："我有错误可以改！"

　　王秋兰摆摆手笑着说："你没做错什么，大家都很喜欢你。"

　　"那是为什么？"他难过得流下了眼泪。

"我是想让你到一个更好的学校去学习。"

"我就喜欢在这里念书!"

"我这里只念古书,不念新书,也不学算术。"

"我愿意念古书!"

"糊涂话!光念古书,不学算术怎么行呢?"

"那您就给我们讲算术嘛!"

"我们学校的学生少,程度不齐,不能分班分科授课。你是个好学生,应该深造。你要念中学,念大学,将来成为对社会有用的人才。"

胡全和心怀感激,好像明白了老师的意思。

"你就去惠民国民学校吧。那里学生多,也念古书,但是学算术。算术很重要。你长大了要学物理、化学、几何、代数,不学算术就不能学习这些课程。惠民国民学校那里分年级、分科目教学。那里的柳惠民老师留学日本,人很好,很有学问。你到那里念书,进步会更快,会更有出息。你到那里不必从一年级念起,可以插班念二年级。……我也舍不得你,可是我得为你的前途着想啊。"

胡全和明白王老师的一片苦心。可是他舍不得王老师,不愿意离开这里,迟迟不肯表示接受王老师的指点。

"惠民国民学校离这里不远。你可以常常到这里来玩儿啊。"

"让我想想。"胡全和想到自己将离开王老师,很伤心。

"明天就到惠民国民学校去报名。你已经耽误了很多时间,不能再耽误了。错过了深造的机会,你会终生后悔的。把这封信交给柳老师。"

胡全和恋恋不舍地离开了王万伯私塾和他敬爱的王秋兰老师。

王秋兰只比胡全和大六七岁。但是在他的心中,她是他最尊敬的老师。

48

胡全和没有按照王秋兰老师的要求在放暑假后的第二天到惠民国民学校去报名。他明白王老师的好意,但是他舍不得离开王老师,也留恋那里的那些好同学。他想先找个活儿干,一边挣学费,一边认真地想一想,他到底要不要去惠民国民学校。

胡全和计划暑假期间至少要挣到 20 元钱。按照惠民国民学校的要求，半年的学费是 18 元，余下的两元钱用来买文具。放暑假后的第二天一早，他就按照事先的约定，到田园酱园去上工。和他搭伴儿的还是道士。现在道士知道胡全和心地好，聪明，愿意和他搭伴儿干活儿。

坐落在黑狗大街中段的"田园酱园"，门脸儿朝北，背后是个足足有半个足球场那么大的院子，里面摆满了一排排的酱菜缸，是本镇最大最有名的酱菜铺子，掌柜叫苗春望，河南人，年近 60，德高望重，没有人叫他的名字，年轻人都尊称他苗大伯，小孩子称他苗爷爷。放暑假前几天苗大伯就到胡全和家找过他，请他在暑假期间，带上他的那个瘦高个子伙伴儿，到他家去帮他踩麴子。苗大伯家去年用的麴子就是胡全和带领道士和有富去给他们踩的。苗大伯说，踩完麴子他还可以在那里干些杂活儿，每天的工钱是五毛，一天管三顿饭，午饭和晚饭有面食和肉菜。当时胡全和不在，胡大珂按照儿子事先的交代，应下了这个差事。

夏末秋初，是腌制某些酱菜的季节。田园酱园的大院儿里，摆放着各种用来腌咸菜的蔬菜。鲜嫩短粗、绿中透黄的地黄瓜堆积如山。苗家的老老少少和几个伙计，都在忙碌着挑选、加工各种准备腌制的菜蔬。

酱和醋是酱院儿里的大宗产品。制作酱瓜、酱萝卜等等各种酱菜，都离不开各种酱和酱油。而制作酱油、面酱、黄酱、大酱、辣酱和各种食醋，都得用麴子。胡全和他们到这里来干的活儿，就是踩麴子。

做麴子的主要原料是麦麸。踩麴子的工具是一个长过一尺、宽约七八寸、厚在二寸多的木制的长方形的结结实实的框子。踩麴子的过程很简单：先把坯框子平平正正地放到一块平整的大木板上，然后在坯框子的底部和周围铺上一层苘麻叶子，再把苗大伯调配好的原料填进坯框子里面，填一层，踩一层，直到踩成长方形的麦麸坯子。最后在上面盖上苘麻叶，一块块地搬进让麴子发酵的房间里。踩麴子的理想人选是半大男孩儿。小孩子的平衡能力强，脚小，灵活，适于在小小的坯框子里面转身和踩来踩去，能踩出结实整齐的好麴子坯。而且雇用小孩子省钱。踩麴子看起来活儿不重，实际上很累。尽管胡全和他们的活路儿全部在屋里干，徐徐的过堂风儿让人感到快意，但他们还是汗流不止。

为了省钱，在这个季节，即使在阴雨天，苗大伯也整天光着膀子。他人老经验多，田园酱园全靠他张罗。听说他刚到本市的时候也是个穷人，曾经靠捡破烂儿为生，如今算得上是宋家屯镇的富户了。他人长得喜相，银白色的胡须飘在胸前，不笑不说话，俨然是一位忠厚长者。看起来，他待胡全和、道士如同自己的亲孙子，但是即使对这些孩子，他也要使心眼儿，从他们身上多捞点儿油水。

和去年一样，胡全和和道士吃的第一顿早饭是小米稀粥，窝窝头，香油拌新鲜的红白萝卜咸菜。小米稀粥随便喝，窝窝头管够吃，一个人外加一个白面卷子。伺候他们的是苗大伯正在念小学四年级的小孙女儿苗金凤。苗金凤和胡全和同岁。胡全和认识她，他们经常在路上相遇，不过彼此没有来往。苗金凤很傲，不把胡全和他们当回事儿。她认为胡全和和道士都是一些没有出息的野孩子，她是怀着喂猪喂狗的心情来伺候他们的。胡全和也不看重她。在胡全和的心里，除开长辈，大家都是平等的。

胡全和干这个营生儿不是头一次，苗掌柜本来没有必要向他们说明劳动的要求和程序。但是苗春望老人还是一刻也不肯离开工作的现场，不断地提出种种要求和注意事项，亲眼看着这些孩子全力以赴，把每一块坯子踩得方方正正、结结实实，再亲自一块一块整整齐齐地把它们码放到指定的地方儿。他不肯白花一分钱的工钱。

"苗大伯，俺渴了。"道士说。

"吃黄瓜呀，傻孩子，为什么不吃黄瓜呢？都是自己人，这种事还用得着问吗？"老人慷慨地说，那意思好像是在责备道士见外。胡全和记得去年也发生过这样的事，当时苗大伯也是这样说的。

道士立刻撂下手里的活儿，奔到院子里，从山一样的黄瓜堆上抓了几根嫩黄瓜，大口大口地吃起来，边吃边干，直到吃饱。

晌午正点开饭，吃的是肉丝炒黄瓜，鸡蛋炒黄瓜、凉拌黄瓜粉皮儿、鸡蛋黄瓜汤。主食全是白面卷子，小米绿豆粥随便喝。菜和汤里的肉和蛋不多，但是都能看得见。胡全和见所有的菜里都有黄瓜，就想，这是因为现在黄瓜最便宜！这让他想到上午苗大伯让他和道士吃黄瓜解渴的事，意识到苗大伯那是想在饭前用一分钱一斤的黄瓜撑饱他们的肚子，让他们在吃晌午饭的时候省下他的白面馒头和肉菜。他觉得有钱人就是有这样的心眼儿，正是因为他们有这样的心眼儿，他们才发了财。

下班后胡全和关照道士，第二天带绿豆汤来上班。

第二天，苗大伯见胡全和和道士都自带绿豆汤，知道他们识破了他的妙计，觉得不好意思。为掩饰他算计小孩子的不光彩的行为，维护自己在左邻右舍间的面子，便假装糊涂，大声说道："啊呀！你们这些孩子，在大伯家还有什么不好意思的？爱喝绿豆汤就说话嘛！干吗要自己带呀！你们苗大伯就舍不得一把绿豆吗？"接着，他就对屋里喊道："凤儿，赶紧熬绿豆汤！"

苗大伯连叫三声，苗金凤才不耐烦地嘟囔道："听见啦！干吗不早说！"

苗金凤觉得干体力活儿丢人，伺候胡全和和道士这些野孩子更丢人，一整天嘟噜着个脸子，不时摔摔打打使脾气。

49

踩麹子要在一尺见方儿的面积上不停地转动身体，踏动双脚，每天干十来个钟头儿，一干就是一个月，弄得胡全和从脚到头没有一个地方儿不难受。他大腿根儿上发起的筋疙瘩有核桃那么大，长时间不消。在那些日子里，他每天都是爬着上炕。可是他心里高兴。活儿总算干完了，学费也凑齐了。

暑假期间，胡全和三天两头儿去看望王秋兰老师。在他结束了酱园儿的活计之后，只歇了几天，就邀上崔汉民、谢文杰和靳元儒一帮同学，一起去粉刷了王万伯私塾的教室和老师卧室的墙壁。能为贫贱的母校做点儿事情，他感到特别高兴。

临近新学年开学的前夕，胡全和总算从对王秋兰老师和王万伯私塾的依恋中解脱出来，决定到惠民国民学校去念书。

离开学还有十多天，他想找点活儿，再挣些书本儿文具费。刚好，赶马车的郭金城大叔让他去给牲口割青草，每天给六毛钱，只是不管饭，胡全和答应了。他白天到郊外去打青草，晚上就念书，听他爹给他讲算术。他"小九九儿"早在6岁的时候就背得溜熟，卖烟卷儿、冰棍儿和瓜果蔬菜锻炼了他的心算能力，他爹只用了一两个晚上，就在说笑写画之间教会了他整数的加减法。

　　几乎所有的学生都喜欢放假，可是胡全和喜欢待在学校里。他只有在寒暑假开始的那些日子喜欢逍遥几天，但是不喜欢漫长的假期。他觉得假期生活寂寞无聊，没有长进。两个月的暑假总算挨过去了。胡全和恨不得马上就去上学。

　　开学一大早胡全和就来到惠民国民学校，见到了柳惠民老师。

　　柳惠民老师，四十多岁，留中分头，上穿雪白的西式衬衣和黑色绸马夹儿，扎领带，操锦州口音，说话轻微有点儿结巴。他是惠民国民学校的校长兼教师。城里的日本中学和"满洲"中学都曾派人来请他去任教，柳影路小学的汪校长也多次来请过他，他都谢绝了。他的理由是妻子身体欠佳，自己难以全力工作，无力承担重任。而实际上，他是不愿意帮助日本人奴化中国的新一代，而所有公立学校的教材都是围绕着日本人奴化中国新一代的阴险宗旨编写的，到公立学校任职，不管你愿意不愿意，实际上都是在帮助日本人奴化中国新一代。他办私塾的真正目的是让学生念中国古书，向新一代中国人传播中华文化。惠民国民学校，表面上按当局的规定，学"满洲国"当局规定的教材，如满语、算术、日语，按照满语和算术考试的成绩升留级，而实际上他们使用的主要教材是《百家姓》《三字经》《千字文》和四书五经，在学习过程中要求学生背书，背不过也要打手板儿。日语有课无时，无要求，不考试，不计成绩，实际上只念"啊、依、乌、耶、奥"那几个日文字母，就连记忆力很强的胡全和在惠民国民学校念了一年书，也只是认下了那几个日文字母。那些有爱国心的家长，和柳校长心有灵犀，宁愿多交学费也把自己的儿女送到惠民国民学校来学习。现在惠民国民学校的在校生已近百人，教室人满为患，柳惠民校长正在筹划开办分校。

　　劳累了一个假期的胡全和，衣着破旧，头发老长，双手粗糙，脸色黑红，有些污秽，但是他神情安定，目光炯炯。柳惠民从头到脚细心打量着胡全和，知道他来自穷家。

　　"你叫什么名字？"柳惠民问道。

　　"胡全和。"

　　"今年多大？"

　　"11 周岁。"

　　"是山东人？"

"是的。"

"念过书吗?"

"是的。"

"在哪儿念的? 念过什么书?"

"在山东老家的时候念过几天书,后来失学,上个学期又在王万伯私塾复学,念了《百家姓》和《三字经》。"

"你为什么不继续在那里念啦?"

"王老师让我到您这里来念书。"

"你说的是王秋兰老师吗?"

"是的。"

柳惠民点点头儿,沉思良久,心中涌起对王秋兰的敬意。他想:"王万伯老先生祖孙二人,流落异乡,生活艰难。王秋兰小小的年纪,就能独立支撑着一个学校,而且越办越好,在日本统治下,依然念念不忘培养中国的下一代,宁愿自己每年少收入几十元,也要把好学生送到我这里来,为的是让他更好地成长! 也是对我柳惠民的信任和尊重,这样的胸怀和气度令人尊敬,我不能辜负她的一片好意啊!"他这样想着,激动得说不出话来。过了好一会儿,才继续问道: "你背过《百家姓》和《三字经》吗?"

"是的。"

"能背一段给我听吗?"

胡全和点点头儿,按照柳老师的要求,背诵了一段《三字经》。

柳惠民长叹一声,说道:"胡全和同学,遇见王秋兰这样的好老师,是你一生的幸福啊。希望你一辈子都不要忘记她的教导,以她为自己做人的榜样!"

胡全和认真地点点头:"俺会的,一定!"

"你想念几年级?"

"王老师叫俺来念二年级。"胡全和说着,把王秋兰给刘惠民的信捧给他。

柳惠民看过王秋兰老师的信后,点点头儿,问道:"学过算术吗?"

胡全和摇摇头,然后说道:"我刚刚学会了加法和减法。"

"你不是说王老师不教算术吗?"

"是我爹教我的。"

"你爹干什么工作？"

"铁匠。也当皮匠。"

"交学费有困难吗？"

"俺已经准备好了学费。"

素桂还在二里沟五福挂面厂干活儿，今天下班后特地弯到山东庄来看望众乡亲。

奶奶拍拍炕沿高兴地说："是素桂来啦？有些日子没见了，到奶奶身边来坐，让奶奶好好地看看你。"

"奶奶好。"素桂说着在奶奶身边坐下。

奶奶一边摸索，一边打量，然后说道："长高了，长壮了。你娘好吗？"

"好，让你老人家惦记着。"素桂说着，把一把包装纸上印着一个蝙蝠图案的"五福牌"挂面递到奶奶手上说："这是俺给你老人家带来的挂面。"

奶奶把挂面接到手，吃力地看着包装纸上面的字，闻了闻，说道："这就是福寿面哪，是贵重的东西。要不是孙女儿孝顺，俺可吃不着这种东西！"

"五福牌"挂面不进市场，一般日本人也吃不到，是专供日本高级官员食用的。

奶奶心疼地摩挲着素桂粗糙的手，深情地端详着素桂。她喜欢素桂，想要素桂做她的孙子媳妇儿。秀姑嫌素桂比全和大，不愿意。奶奶说："傻孩子，说什么呢！俗话说：'女大三，黄金顶着天'呐。"奶奶本想和素桂她娘提提这件事。因为素桂她爹被警察抓了劳工，奶奶怕被人误解，就没好意思开口。她总惦记着办成这件好事。

"活儿累吧？"奶奶问道。

素桂点点头儿说："还行，就是那里的工头儿太坏，总欺负人！"

"他们打你啦?!"奶奶关切地说,"这些伤天害理的坏东西!"

"俺没挨打。道士他二姐被打啦。"

"你是说'变'吗?她是个多么老实的孩子啊!"奶奶心疼地说。

素桂不敢对奶奶说,工头儿为讨好日本人,诬赖'变'偷他们的面条儿,变不服,他就打伤了她的一条腿,现在虽然好了,行动至今仍然不利落,她已经被赶出了工厂。

胡全和放学回来,见素桂来了,高兴地说:"素桂姐姐好!婶婶好吗?"

"好,谢谢你!"素桂见全和长高了,念书了,心里很高兴。她觉得山东庄的男孩子,胡全和最老实,也最聪明。他心眼儿好,不惹是生非,也不怕事儿。前年冬天胡全和在潘家油坊派出所里的举动给她留下了深刻的印象。她爹离家后的这半年多,素桂懂了好多事,感觉男人在家里特别重要,心里萌动了对男孩子的关注。在山东庄的男孩子中,她最喜欢的就是胡全和。她爹死了,她没有机会念书。可是她看重学习,古全和学习好,这也是她看重胡全和的一个原因。

"听说你到惠民国民学校去念书啦?"

"嗯。"

"还跳了一级?"素桂的脸上透着喜悦。

"嗯。老师让我跳的。"胡全和感到得意。

奶奶闭着眼睛,听着两个孩子的对话,不时高兴地觑一眼这一对小儿女,心想:"老了,转眼间他们就会长大成人,生儿育女!人生如梦啊!"

51

在山东老家的时候,奶奶有两个能干的儿媳妇儿,早就远离了家务活儿。今年春天,她为了孙子念书而重新摇起了纺车。她的眼睛已经不行了,这会儿她纺线主要是凭经验,凭全身的感觉,而不只是靠眼睛和双手。奶奶是纺线的能手,纺线是她的乐趣,她的骄傲。即使现在,她纺的线也是又细又匀又快,总是一级品。来给闺女媳妇儿和老奶奶们送活儿和收活儿的包工头儿,还曾经因为奶奶的线纺得特别好而给她加过工钱呢。

可是上月初的一天早晨，奶奶的手突然不听使唤了，纺出的线疙疙瘩瘩，粗细不匀，人家不要了。她不能纺线了，这怎么能不让她伤心呢？王凤池老先生来给她看过，说她是由于上了年纪，劳累过度而发生了轻微的中风，得歇息吃药。奶奶只好离开纺车。她想到自己再也不能帮衬儿孙了，感到很遗憾，总是唠唠叨叨地说，自己不中用了，净给孩子们添麻烦，不如死了好。秀姑安慰她说，她为儿孙劳累了一辈子，该歇歇了，再说，不纺线了屋里也安静，她可以静静地养神儿，和儿孙们说说话儿。不管秀姑怎么哄她，她的心情都没有再好起来。奶奶反常的言语和举动多起来，有些熟人她也不认识了。她的眼睛经常红肿，流泪，看东西更加模糊不清，总是把一个东西看成两个，三个。奶奶的饮食习惯也有变化。她不吃肉了，天天吃素，特别爱吃大葱蘸大酱。但是饭量明显见少。秀姑听说，老人饮食习惯突变，表明他们的寿限不多了，深感不安。胡大珂想到奶奶在他们小的时候，四处讨要，经常吃不上喝不上，受苦受累，长期焦虑，伤了身体，未老先衰，也很难过。这些日子奶奶常常问，浑河镇的都鸿勋是不是还活着，有没有熟人回山东老家。胡大珂猜想老人是想回老家。昨天奶奶终于说出了她的心愿。她说："要是都鸿勋死了，有便人回山东老家，就托他把俺带回去，俺可以住到根儿他姑姑那里。"今天早起她又说："都鸿勋活着俺也可以回去。他也是人生父母养的，未必敢当着众乡亲欺负俺这个老婆子。"

秀姑劝她说："娘，咱们一家人都在这里，你老人家还想什么啊？"

奶奶流着泪说："俺想古家庄，想咱们家的老屋，想根儿他爷爷。"

秀姑心里明白，奶奶是害怕把自己的尸骨扔在外地。

从秀姑嫁到胡家到如今，她和婆婆一直处得很融洽。奶奶疼爱儿媳妇儿，秀姑体贴婆婆。她们不仅从没吵过嘴，就连红脸儿的时候都没有过，只在改莲是不是要裹脚那件事上有过几天的不愉快。胡大珂是有名的二十五孝，对奶奶更是一百个孝顺。而老人对孙子的爱又胜过爱她自己的性命。可是近来奶奶变啦。她的心情时好时坏，就是对她最心爱的孙子的感情，也有些冷淡了。往常每到根儿放学的时候她都会关切地问："根儿还没回来吗？准是又到什么地方野去了。"如今她很少这样问。有时胡全和上学去了，她却会突然发问："根儿呢？根儿到哪去啦？"急不可耐地要胡大珂立刻把根儿给她找回来。每逢这种时候，秀姑就说："娘，根儿上学去啦。"奶奶听了秀姑的话，恍然大悟，感到不好意思，说道："啊，是啦，俺想起来啦，根儿是上学去啦。"胡全和每次放学回来，都是先跑到奶奶面前，恭恭敬敬地给奶奶行个鞠躬礼，说："奶奶，我回来啦！"往常奶奶会把他拉到自己跟前儿，握住他的手，摸摸他的头，吃力地睁大眼睛，细细地打量他。而如今在根儿照例问候奶奶的时候，她却常常是神不守舍，似听非听，不冷不热。胡大珂和秀姑发现奶奶感情淡薄，不知道怎样才能让老人高兴起来。

阴历八月十五以后，奶奶又经常闹着要回老家，而且心情儿急切，说她想闺女了。昨天夜里鸡叫头遍时，她忽然起来，摸黑儿梳妆打扮得整整齐齐，背上斜背着一个包袱，跑进西屋儿媳妇儿的卧室，扑通一声双膝跪在儿子和媳妇儿面前，恳求他们赶快备牲口，送她去顾家庄看闺女和外甥女儿。胡大珂来不及穿衣裳就从炕上跳到地上，把奶奶扶起来，抱到炕上。他知道老人糊涂了，想到奶奶明白刚强了一辈子，如今变成这个样子，心里很伤感。秀姑忙说："你不要着急，我看咱娘是一时糊涂，会好的。"回头问奶奶道："娘，您说咱们这会儿是在什么地方？"

奶奶迟疑良久然后说道："在自己家里。"

"在什么地方的家里呀？"秀姑笑着问道。

"古家庄啊。"奶奶回答说。

秀姑大声说："娘，咱这会儿是在关外，在关外的江城市宋家屯镇啊！"

奶奶迟疑片刻，无奈地点点头儿说："啊，是啦，咱们是在关外……回山东老家得坐火车，坐轮船。"然后喃喃地说，"俺回不了家了……"说着，老泪纵横。

眼看着奶奶变成这个样子，胡大珂心如刀割。"娘连自己是在千里之外的东三省都不知道了！"他痛苦地想道，"娘过去多么精明啊，她怎么会糊涂到这个样子呢！都是被穷苦的日子折磨的。"

奶奶要回她的东屋。秀姑赶忙扶着她下了炕，把她送回东屋的炕上。

奶奶犯糊涂是从当年古世友夫妇遇难的那个时候开始的。古世友夫妇遇害，加上一路惊吓劳累，来到江城之初，奶奶曾大病过一场。从那以后，老人很少有笑容，偶尔会犯糊涂，常常突然问胡大珂："你兄弟呢？他到哪去啦？"好多往事奶奶都忘记了，可是她小儿子和小儿媳妇儿的忌日她从来没有忘记过。每逢他们的忌日她都给他们烧纸祭奠。过去她烧香念佛，总是祷告上天保佑儿孙平安。后来小儿子和儿媳妇儿没啦，她就祷告老天爷惩罚害死她儿子和儿媳妇儿的恶人。古世友在世的时候，奶奶从来不说她的老二不是她亲生的，也不许别人这样说。如果有谁说古世友不是她亲生的，她会去和他拼命。可是古世友死后，她却常常对胡大珂和秀姑比画着说："俺拾到柱儿的时候，他只有一只老鼠那么大，浑身红虾虾的，一只鞋壳就能装下他。是俺一口一口地把他喂大的……就是一只鸟儿，你把它养大，你也会心疼它啊，更何况他是个有情有义的活人呢！柱儿又是那样的孝顺！"奶奶对小儿子的爱，因为他不幸暴死而变得格外强烈，胜过她对亲生儿子的疼爱。每逢过年，她都不忘要胡大珂和秀姑供上小儿子和小儿媳妇儿的牌位，虽然这是不合古家庄过年的规矩的。按说，过年的时候，正北的供桌上，只能供奉家谱，而不能供奉晚辈和外姓人的牌位。小儿子虽然不是外姓人，可他是晚辈。而奶奶不管这些，她硬是要供奉小儿子和小儿媳妇儿的牌位。此外，奶奶还供奉《百家姓》，供奉恩人刘玉山。奶奶说，没有根儿他刘大爷，就没有古家的香火儿了。

今天一大早，胡大珂和秀姑又议论起奶奶的事。

秀姑说："你看咱娘的事怎么办？"

胡大珂没有说话。他不知道这件事该怎么办。关于奶奶的事，他们议论过好多回，也征求过林奶奶和于奶奶一些长辈们的意见。牵涉父母儿女亲情的事，外人不好说三道四，胡大珂和秀姑一直也没有想出一个妥善的办法。

秀姑说："要不，就送咱娘回山东家？"

胡大珂说："要是娘回到老家，过些日子，想孙子了，又要回来呢？那不是要给咱妹妹家添麻烦吗？妹夫不在了，从山东到这里，送来送去，咱们两家受得了吗？"

"那你说怎么办？"

胡大珂没有说话。

"林奶奶说要咱们带娘到医院去看看？"秀姑试探地说。

胡大珂看了秀姑一眼，觉得她提的这个办法挺新鲜。他从山东到俄国，直到如今，从来没有去过医院，也没动过去医院的念头儿。他觉得医院是给有钱的人办的，他从没看过医生，医院和自己这样的穷人没有关系。而且他觉得伤风感冒、头疼、牙疼、肚子疼之类小小毛病都不算病，山东庄的人都像他这样对待疾病，没有人进医院看医生。

"我怕咱娘不肯去。"胡大珂说。

"哄着她去嘛！"秀姑坚持说。她心疼婆婆，也担心左邻右舍非议她不孝。

奶奶明白的时候一天比一天少。可是不管秀姑和胡大珂怎么劝说，她都不肯进城去医院看医生。胡大珂知道，她是怕花钱，怕给儿孙添累。秀姑请林奶奶来开导过她，她也不听。虽然她有些糊涂，可是在去不去医院这件事上，她始终明白，就是不肯去医院。她明白的时候对大家说："俺是个熟透了的老棉瓜，到了该走人的时候啦，还赖在这个世界上干什么。"

林奶奶只比奶奶小一岁，可是她什么都明白，说笑起来，声音清朗，神态自如，面部肌肤依然灵动，走路一阵风儿，连眼神儿都是活泼泼的。林奶奶小时候给富人家买去当过丫鬟，经多见广，心眼儿活，事事有主意。秀姑让奶奶到林奶奶家去玩儿，奶奶不肯去，说："俺身子骨儿不好，老得都掉渣儿了，太埋汰，去了让人家讨厌。"秀姑只好常常把林奶奶请到自己家里来和奶奶玩儿，宽她的心。

"老姐姐，你好啊？"林奶奶一进门就招呼奶奶。

奶奶见林奶奶来啦，很高兴，但是忘记了她比林奶奶大，口称"老姐姐"，说道："啊呀，你可来啦？俺可真想你啊！"说着就不由自主地朝炕里挪动，同时伸手来拉林奶奶上炕。

"凤山有消息吗？"林奶奶还没有坐稳，奶奶就突然问道。秀姑知道奶奶是误把林树昌和赵凤山弄混了。从去年秋天她说话就没有个准头儿，常常前言不搭后语，张冠李戴，这会儿又把林树昌和赵凤山弄混了。

"没听说他有什么消息。"林奶奶忍不住笑笑说。

"凤山仁义，是个好孩子！就像古时候的梁山好汉一样！他是为大家伙儿遭难的啊，连累了小凤和她娘。"奶奶深深地叹了一口气。

"没法子。老天爷不睁眼啊！"林奶奶只能顺着她说。

"凤儿还在面条儿工厂吗？她好久没来看俺啦。"

秀姑知道奶奶说的是素桂。在山东庄的孩子中，除了根儿，奶奶最疼的就是素桂。在赵凤山被抓走以后，她就更疼她了。

"你说的是素桂吧？"林奶奶笑着对奶奶说。

"啊，是素桂……素桂呢？"

"素桂家搬到城里去啦。"正在给林奶奶倒水的秀姑说道。

奶奶有些感慨地说："她有些日子没来看俺了。"然后突然转变话题，对林奶奶说，"俺还想纺线呢，可根儿他娘就是不让俺纺！"

"媳妇儿疼你啊。"

"是啊，媳妇儿是好媳妇儿。"奶奶还想说些什么，可是她的思路断了。

"抽空儿到俺家来玩吧，"林奶奶把脸凑到奶奶面前说道。

"那感情好！"奶奶高兴地说，"要是天好，叫根儿他爹牵着牲口送俺去。"

林奶奶偷偷地看看秀姑，见秀姑在笑，也忍不住笑了。她想，胡奶奶真是糊涂了。

"俺到你那里，顺便去看看素桂她娘。"奶奶高兴地说。"俺记得，素桂家和你们家住对门儿，是吧？"

"娘，素桂家早就搬到城里去啦！"秀姑笑嘻嘻地说道。

"是啊，你看，素桂家搬到城里去啦。"奶奶笑了，显得有点儿不好意思。

每逢听奶奶这样颠三倒四地说话，胡大珂都会伤心地想到奶奶年轻的时候受的那些苦，想到这几年一家遭受的磨难。他想，要不是弟弟和弟妹暴死，小莲被活着扔进大海，一家担惊受怕，被迫逃到关外，整天吃不上，喝不上，她也许不会老得这么快。

奶奶始终没有到林奶奶家去串过门儿。

阳历十月初头儿一天的早晨，根儿上学去了。秀姑到奶奶屋里去叫奶奶起床，她连叫三声，奶奶都不应。她凑到奶奶面前，发现奶奶已经说不出话来，呼吸似有似无，身子一动不动，眼睛直直的朝向秀姑，像凝固了一样，好像是有话要说。秀姑惊慌高叫："娘！娘！"如泉的泪水模糊了秀姑的眼睛，她紧张得连话都说不出来，接受不了老人突然离去的这个可怕的事实。从根儿他姥姥去世后，秀姑在不知不觉中就把自己的孝心转移到奶奶身上，把婆婆当亲娘看待。此刻她意识到，没有按照老人的意愿，及时把婆婆送回老家，让老人遗憾地死在外地，是自己不孝，忍不住放声痛哭："娘啊！俺的亲娘！你这样走啦，俺会后悔一辈子啊！"

胡大珂听到秀姑的哭声猛地扑进东屋。

"娘！娘！娘！"他扑到奶奶面前拼命呼叫。

"栓儿……"奶奶的眼珠儿变成了淡蓝色，一动不动，好像在看他，可是他估计她已经看不见他了！"你，千万把俺带回家！和你爹……"老人怀着死在外乡的遗憾，停止了呼吸。

胡大珂发誓般地哭诉道："娘啊！俺一定把你老人家带回老家！"

1944 年 10 月 15 日（星期六）下午，惠民国民学校张榜公布秋季考试成绩，教室内外立刻像开了锅。名列前茅的自然得意，名列中等的心情平和。而那些"打狼儿"①的人却并不都感到羞愧。有的人回回考试"打狼"，已经习惯了。

胡全和面对考试的结果，没有什么特别的感觉。他在古家庄小学、柳林庄小学和浑河镇小学，念书的时间，多则一两个星期，少则几天，从没参加过考试，不知道名列前茅是什么滋味儿，也不知道自己这次会考个第几。

榜文张贴在校舍后面小操场北面邻居的后墙上，一二三四年级从西到东依次分列。榜文用的是整张整张的大红纸，上面的姓名是柳惠民老师亲笔书写的。其中二年级学生共 22 名，胡全和名列第十，刘广聚名列 16。柳惠民校长在全校大会上表扬了胡全和，说他用功，一个跳级生，只念了一个半月的书，就能名列年级第十名，应该受到表扬。

胡大珂从懂事儿的时候起，就听过一些有关科举考试的故事，相信儿

---

① 打狼的：指榜上最后一名。

子有才，看重儿子考试的名次，梦想他总考第一，将来考个头名状元。所以他对于儿子仅居中等，感到遗憾。不过他想到儿子是越级进入惠民国民学校的，刚刚入学一个多月，又有名列16名的刘广聚比着，心里也就平和了。

刘广聚进惠民国民学校比胡全和早，他在惠民国民学校算是个特殊学生。他岁数最大，个子最高，而且讲究穿戴，给人的印象他是个大人，连柳惠民校长也给他留面子。有时他背不过书，老师见他面有难色，就免打，放他一马。有些新来的插班生还曾错把他当成老师呢。刘广聚像所有智力较差、学习成绩不好的学生一样，对于自己学习的状况，没有自知之明。他以为自己这次考试的成绩一定比胡全和好，对自己名列中下，排在胡全和的后面，觉得脸面上过不去，到处对人解释说，他这次考试成绩不好，是由于他没有考好，说考试也有窍门儿，有人会考，有人不会考。

刘书成对儿子的期望很高，相信他会比自己有出息。听说儿子考试的成绩还不如小他6岁的根儿，觉得脸上无光，怀疑儿子考试成绩不好和自己当年杀过人、做过恶有关，一定是有鬼魂到考场来和儿子捣乱。这样的故事他听过很多。不过他也想，他当年杀的都是抢男霸女的恶霸，他也干过不少救苦救难的善事。他也想到自己的家传，想到他们刘家至少近几十年以来没有人进过学堂，觉得也许儿子不是个念书的"种"，心里萌生了不让儿子继续上学的念头儿。不久，刘广聚也就离开了惠民国民学校，进城卖电车票去了，他图的是他私售废票能有些外快收入。

桂有富他爹桂云暖的腿伤没能完全恢复，留下了残疾，而这竟成了他的长处。他不怕抓劳工了。日本人抓到劳工，要一一进行严格体检，有残疾的人他们不要。现在桂云暖可以自由自在地找工作，挣钱养家，又想让儿子去念书。有富从来不想念书，可是见胡全和、刘广聚胸前佩戴着上面印着学校里发的长方形的白布名签儿，高高兴兴地去上学，心里也不平静。他想，别人念书识字，说不定将来还能找到个好营生儿，自己天天东跑西颠儿，长大了屁事不懂，谁看得起?! 所以他就和道士、汪兆紫商量好，第二年春天再进惠民国民学校。可是广聚退学的事又让他们改变了主意。兆紫想，与其到学校里去受累丢人，不如像现在这样在外面跳跶着，做个小买卖，挣点儿钱花好，就打消了继续上学的念头儿。山东庄念书的孩子又只有胡全和一个人了。

54

"电戏匣子"，也就是收音机，对于普通百姓来说是贵重的东西，稀罕玩意儿，全宋家屯镇，除开官员和少数公教人员，没有人家里有，而日子过得紧紧巴巴的胡大珂却从旧货店里买回来一台标准 11 号的电戏匣子，对外说是为了听唱歌儿和听唱戏，而他真正的目的是听新闻。"满洲国"当局审定的标准 11 号的电戏匣子原本没有中、短波儿，只能听江城市播放的节目儿，而胡大珂硬是把它调理得能收到莫斯科电台的新闻。他白天听江城广播电台日本人编造的消息，夜里就听莫斯科电台的广播。这很危险，是通敌叛国行为，一旦被查获，就有生命危险。

近来宋家屯镇上的警察，不仅像往常在闹市上抓所谓的"闲散人员"，即非本地生人、来自山东、河北等地的流民送到密山等去当劳工，而且开始像围猎野物儿那样，集中大批警力，突然包围某些街道或是某个小区，把其中所有的男人都抓起来，把里面所有所谓的无业游民通统送密山煤矿当劳工。现在大街上已经很少见到所谓的闲散青壮年男人。

这些日子待在家里也不安全啦，警察突然冲进家里抓人的事连续发生，夜里，青壮年男人也不敢像往常那样踏踏实实地在家里睡大觉。胡大珂认为，这表明日本人的战争资源严重匮乏，他们不得不拼命开掘煤铁等物资，因而急需更多的劳动力，因此抓劳工之风会越刮越盛，他们会越来越不择手段。他曾经想去黑龙江他姑姑那里避一避。前不久他二表弟来过。他说，伊春那里也不太平，经过日本人疯狂扫荡后，剩下的小股儿抗日队伍常常要躲到俄国人那边去，那里抓劳工之风也很盛，所有的所谓闲散青壮年，都在抓捕之列，胡大珂只好放弃北上的打算。

山东庄的青壮年男人不敢上街工作谋生，女人们被生活逼出家门，走上街头，男人和女人在家里的地位发生了变化。原本是男人的山东庄，这会儿变成了女人的山东庄。她们出头露面、走南闯北，增长了见识，意识到自己的人格儿，在家务事上有了发言权，成了许多人家的家庭支柱，而男人们有劲无处使，失去了自己在家庭生活中的主导地位，日夜被圈在家里，不时受女人的数落，心情郁闷烦躁，常常和自己的女人争吵。山东庄夫妻打架的事情增多，给有威望的林奶奶等奶奶们带来了发挥调解作用的机会。

秀姑连买米买菜都不放心让胡大珂去。她一出门儿就把门反锁上，还反复叮嘱胡大珂不许上街。这样，洗衣做饭就成了胡大珂的差事。好在胡大珂从少年时就离家在外，独立生活，打光棍儿多年，缝缝连连，洗洗涮涮，炒菜做饭等等样样儿都行。

为了对付可能突然袭来的灾祸，胡大珂重新制作了一张只有一人半高、尺寸和形制跟天棚口配套的精致的小梯子。平时把梯子顺放在床下，紧急的时候，竖起梯子，捅开天棚口，几秒钟就能爬进天棚，再顺手把梯子抽进天棚，藏在天棚里。

临黑狗大街的一排门市房把大杂院儿前、后、中三个大院儿连接在一起，所有房间的天棚都是联通的，拐弯抹角儿全长过一百几十米，里面一片黑暗，可以藏人的地方很多。天棚里建房时留在那里的大量的刨花儿，当时用作保温防寒，现在可以用来藏人。大杂院儿男人们商定，在天棚上布置了一个个"床位"，并准备了棍棒、利斧等武器，需要时在天棚上过夜。一旦警察爬进天棚，就和他们拼命，反正当劳工也是死。胡大珂还把他家所在住处的山墙中间部分的砖一块块拆下来，刮掉上面残留的灰泥渣滓，再一一插回原处，平时可以用来通风换气，情况紧急，无处可逃时，可以从山墙上面的这个出口儿逃生。他家的门白天黑夜都锁着，窗上挂着防空窗帘儿。外面一有什么动静儿，他就拉起梯子，钻进天棚。大杂院儿所有的青壮年男人都设计了自己藏身和逃生的办法。

小林电影院儿停工以后，宋家屯镇再也没有兴建什么新设施。原有一家山东昌邑人开的半自动的木机织布厂，曾是本镇仅有的"工业"，也在他们的两个徒弟被抓了劳工以后倒闭了，整个儿的宋家屯镇死气沉沉。男人不能上街，街上也没有男人可干的活儿。女人的活路儿也不多。面对这种局面，胡大珂很着急，也很高兴。他感觉，苏联人在斯大林格勒取得了胜利，日本人和他们的"满洲国"也快完蛋了，他回老家的日子不远了。

心地善良的"汉医"王凤池老医生，知道胡大珂一家有难处，秀姑也很能干，曾介绍秀姑到苟志芳家去当老妈子，只管做饭、洗衣两件事，早去晚归，月薪10元，管吃。这是一个好差事，可是秀姑谢绝了王老先生的好意。她听说苟志芳住在"武道局"的大院儿里，和日本人住在一起，到那里面去干活儿，叫人不放心，担心会像许多老妈子一样招惹来一些说不清道不明的是非，给一家带来不快和不幸。可是，除此之外，什么可干的营生儿都没有。她只能到街上去摆摊儿给人家缝穷。如今到处是穷人。富人不需要缝穷，穷人没有钱雇人缝补衣裳，她在街上等了三天，也没有等到有人来给她活儿干。丈夫出不了门儿，一家三口儿要吃饭，秀姑又动了让根儿退学的念头儿。但是胡大珂坚决反对。秀姑越想越急。她想来想去，又想到了去干非法生意，就是去贩卖鸡蛋。前年她下乡背粮的时候，顺便捎过一些鸡蛋，在菜市街顺利出手，挣了一些钱。现在她想重操旧业，专门到乡下去收购鸡蛋背回镇上来卖。可是胡大珂说，贩卖鸡蛋是"国事犯"，风险大，不同意她去冒这个险。秀姑说："这会儿已经活不下去了，也就用不着怕死了，不冒险就没有饭吃！"

秀姑开始下乡背鸡蛋到本镇菜市街市场上去卖，一个鸡蛋能赚一分钱。

昨天秀姑听卢子堂说，日本人爱吃鸡蛋。他们搜刮到的鸡蛋都配做军用，城里日本人专卖市场不供应鸡蛋，到那里去卖鸡蛋一定能赚大钱。第二天秀姑就悄悄地进城到日本人专卖市场去转了转，发现那里鸡鸭鱼肉水产蔬菜样样儿齐全，就是不供应鸡蛋，隔天她就带上一百个鸡蛋，去了一趟日本人专卖市场，日本女人不讲价钱，转眼之间，被抢购一空，卖价比宋家屯镇高出三倍，很赚了一把。紧接着，秀姑又带了 120 个鸡蛋进城，也顺利脱手，晌午饭以前就回来了。秀姑一连去了三次，每次都很顺利。一家人总算有了一条生路，秀姑心里很高兴。但是不久她就听说，从前日本人专卖市场门前有过卖鸡蛋的，后来被第二警察分局给打垮取缔了。有一个卖鸡蛋的姑娘被抓走后，没有下落，从那以后就没有人敢到那里去卖鸡蛋了。是不是要继续进城去卖鸡蛋呢？这件事成了胡大珂一家争论的话题。胡大珂坚决反对秀姑进城，他说，宁可吃糠咽菜，也不去冒这个风险。根儿说要退学去卖烟卷儿，做小生意挣钱养家。而秀姑说她一定要去。争论的结果是秀姑做了让步，她只在本镇菜市街市场上卖鸡蛋。可是在本镇卖鸡蛋，一天只能挣几毛钱。几年来攒下的两张绵羊票①儿不敢动，日子没法儿维持，她不顾丈夫和儿子的反对，决定再次进城去卖

---

　　①　绵羊票：伪满洲国发行的百元钞票。

鸡蛋。

晚饭后，秀姑开始做第二天进城卖鸡蛋的准备。她把鸡蛋一个个地在电灯下照过，把个别贴壳儿变黑的剔出来，把没有毛病的按照个头儿大小和皮色的深浅分类，分别装进两个扁篮，每个扁篮装一百个。

胡大珂第二天要起早给秀姑和儿子做饭，早就睡下了。秀姑在做好了第二天进城的准备以后，也要上炕睡觉。这时就听南窗的护窗板"嗵嗵"地响了几下。声音很轻。她立刻紧张起来。"这个时候，除了警察，会有什么人来叫门呢?!"她担心警察听到了她在贩卖鸡蛋的消息，更担心他们是上门儿来抓劳工的!

秀姑轻轻推醒丈夫，胡大珂急忙起来，准备进天棚口。

敲门声又响，依然很轻。

胡大珂悄声儿说："可能是熟人儿。"

"警察也会骗人啊!"秀姑说，"你还是上去吧。"

胡大珂拉过梯子，搭到天棚口上，推开天棚盖进了天棚，顺手把梯子拉进天棚口。

"谁?!"秀姑低声问道。

"是我，凤山。"

"凤山?"秀姑不敢相信自己的耳朵。怎么会是凤山呢? 担心对方有诈，便再次低声问道："你是赵凤山吗?!"

"是我，大嫂!"

秀姑听清是赵凤山的声音，便急忙去开门。

"等等!"胡大珂趴在天棚口上说，"让凤山看看周围是不是有人。"

"就你一个人吗?"秀姑问道。

"就俺一个。"

"快开门!"胡大珂激动地吼道，慌忙顺着梯子下到地上。

"你吼什么! 吓死人啦!"秀姑说，顺手关上了电灯。

胡大珂敞着怀，赤着脚，几步赶到门口。

"胡大哥!"赵凤山挤进门里，一股凉气随着他扑进来。

"真是做梦也没想到!"秀姑激动地说着，回身把门关严，然后打开电灯。

"小声点儿!"胡大珂提醒妻子，他断定赵凤山是逃出来的，肯定有警察在追捕他。

"看把你吓得!"秀姑不满地说。

"你懂什么!"胡大珂生气地说。

"大哥,大嫂,我是杀了几个日本人逃出来的,警察宪兵正在四处追捕我,我是个活死人,不该来连累你们。可是我实在是无路可走了,你们要是害怕的话,俺立刻就走…!"

"怕什么?!兄弟一场连这点风险都怕吗?糊涂话!更何况你是有功之臣。坐下说话!"胡大珂兴奋地说,然后转向秀姑:"快弄饭!不是还有一把粳米吗?都熬上!……别用风箱!"

秀姑特别喜欢丈夫这股子仗义爽快的精细劲儿,赶紧忙着给赵凤山准备吃的去了。不大一会儿,她就端来了窝窝头和咸菜,转身又去熬粥。

赵凤山见了吃的就不再说话,一手抄起一个窝窝头,一手抓起一块白萝卜咸菜,张口就啃。"可把俺饿踢蹬啦!"赵凤山笑着说,"半个多月来,光钻庄稼地,啃青棒子,嚼生高粱米,喝生水,把肚子也吃坏了,这些日子没吃过一口正经东西!"

"好兄弟,苦了你啦!"胡大珂看着骨瘦如柴的赵凤山,心疼地说。

"别提啦!下了一回地狱!"赵凤山说着抹抹嘴,枯瘦的脸上露出豪爽的笑容。

"喝粥。"秀姑把一大碗大米粥递到赵凤山手里。

"还有粳米粥啊!这可是'国事犯'呀!"赵凤山笑着说。

胡大珂见赵凤山谈笑风生,更加觉得赵凤山是条汉子。

"根儿呢?"

"在西屋,早睡啦,不要惊动他。知道你到这里来过的人越少越好。"胡大珂说着,站起身,去把西屋的门关严。奶奶去世后胡大珂夫妇按照家乡的习惯,就搬到奶奶原先住的东屋,根儿去了西屋。

"奶奶呢?"赵凤山见炕上没有人,就问道。

"老人不在啦……"胡大珂伤心地说。

赵凤山长叹一声。

55

"你是怎么逃出来的?"在赵凤山吃过饭后,胡大珂问道。

"别提了,简直是一场噩梦!"赵凤山说,"矿上的人,饿死的,累死的,老鼻子啦!天天死人。和我一起被抓进去的人,一年多下来,死了一多半儿!大家伙儿都说,反正是死!只要有一口气儿就逃!光俺们矿上,在最近几个月里,就暴动逃跑过三次。可惜,逃出去的人不多。有的暴动,在准备的时候,就因为有人告密被鬼子发现破坏了。有的暴动成功,但是有些人在逃跑的时候被鬼子开枪打死了,有的被电网电死了,有的又被抓回去了。矿上什么人都有。有当汉奸的软骨头,也有领导大家反抗逃跑的英雄好汉。最可恨的是叛徒告密。过去俺只知道奸臣可恨,这会儿最恨的就是叛徒。"

"暴动的都是些什么人?"胡大珂问道。

"让凤山兄弟睡觉吧。"秀姑说。

"俺不困。"赵凤山兴奋起来,很想把憋在心里的话对好朋友说说,"我说不好。他们的活动都是秘密的。有人联络过我,我觉得他好像是关里来的八路,有抗联的人,也有国民党的人……都是被日本人俘虏的。"

"密山那里还有抗日的队伍吗?"胡大珂问道。

"听说有,"赵凤山说,"和我在一个班的就有在密山附近被俘的抗联的人。有一个是这次和俺一起逃出来的。俺本打算跟着他去干抗联的,可是俺们跑散了。"

"抗联的人还多吗?"胡大珂关切地问道。

赵凤山说:"听说不多了,有的已经过江,到老毛子那边去了。"

胡大珂目不转睛地听赵凤山说话。

"这次逃出来多少人?"

"说不准,估计有百十来人吧。大家一冲出来就钻了庄稼地,谁也看不见谁。"

秀姑一直坐在炕沿上打量赵凤山,心想:"人瘦得变了模样儿,要是在街上碰见了恐怕都认不出来了!一条壮汉短短的一两年就被折腾成这个模样儿！日本人太可恨啦！"

"你是怎么逃出来的?"胡大珂说。

"事情很偶然。俺们矿上有个大头目儿，姓饭冢，是个退役大佐，大家背地里都叫他"饭桶"。他是个瘸子，听说是在河北的什么地方打仗的时候叫咱们的人打瘸的。这个小子拿咱中国人连猪狗都不如。他自己是个瘸子，可是他恨别人的腿好，打人专打腿，叫他打伤、打瘸、打断腿的工友儿就有十多个。俺叫他打过三次。是个人人恨的坏蛋。

"外逃的那天俺们是白班儿。天不亮下井干活儿，天漆黑了才收工。时间一长，就过糊涂了，连初一十五都说不准了。估计是阴历七月底的一天，俺和伙伴儿从矿井里钻出来。大伙儿都松了一口气，总算又活着出来了。人都累坏了，饿踢蹬了，步都迈不开了，都急着回窝棚里去躺一躺，喘口气儿，吃点儿东西。俺们路过矿区大门口儿的时候，刚好碰上'饭桶'。他带着四个鬼子，迎面挡住俺们的去路。不知道是他弄错了呢，还是有意害人，他硬是把俺们当成夜班儿的人，挥舞着皮鞭赶俺们再下井。俺们已经下班儿，肚子里没饭，人站着都直打晃儿，怎么能再接着下去干夜班呢?！那不是要俺们的命吗！俺当时被他气糊涂了，听他这么一说，心里的火腾地冒起来了，头嗡嗡地响，千仇万恨充满胸腔，集中到"饭桶"的身上，心想：'×你奶奶！你这不是不让俺活了吗！下去是个死，杀了你也是个死！早晚是个死，俺先宰了你这个王八羔子再说!'俺自己也不知道哪来的胆量和力气，突然抢起手里的铁锹，照准'饭冢'的脑袋就是一家伙！他的头立刻被劈掉一小半儿，他连哼也没来得及哼一声儿，咕咚倒在地上不动了。"

"好！好样儿的!"胡大珂激动地喊道。

"又来了劲了！半夜三更的，嚷什么……!"秀姑有些生气。

"鬼子做梦也没想到俺会来这一手儿。俺自己也没想过要这样干。当时对自己的死活，家里的老婆孩子，什么都不想啦，心里只有一个念头儿：杀了他，报仇雪恨！

"工友们和剩下的几个鬼子和两个日本门卫都惊呆啦，一个个像木头橛子一样地傻站在那里。俺就想：已经是这样了，一不做，二不休，俺就把你们一起收拾了吧！想到这里，俺抢起铁锹朝着鬼子的头横扫过去。这时伙伴儿们也醒过梦儿来，几十把锹镐同时抢起来，只一眨眼的工夫，连在大门口儿站岗的那两个鬼子，总共是七八个，都叫俺们给收拾了，鬼子连枪都没来得及举起来。当时俺长长地出了一口气，心里就别提多么痛快了！个人的死活，连想都没想。"

"真行！"秀姑竖起大拇指兴奋地赞叹道。

"俺们总共杀了七八个鬼子，也算抗了一回日，就是死，也值了。这时俺突然想到：'难道要在这里等死吗？跑吧！'想到这里，撒腿就往门外跑。事先大伙儿谁也没商量，可是俺这一跑就是命令，上百号的人像潮水一样飞出了矿区的大门。等鬼子醒过梦儿来，调来队伍，俺们已经都钻进了秋庄稼地。"

"喝茶。"秀姑说。"这是陈茶。不知道还有没有味儿。"

赵凤山笑着说，"嫂子泡的茶一定好喝。吃了半个多月的生高粱、生苞米，喝了半个多月的脏水、臭水，这会儿就什么都好吃好喝了。"

"你穿的是谁的衣裳？"这时秀姑才注意到赵凤山的高丽人的打扮儿。

"多亏了这身衣裳啊。俺装了半个多月的老高丽。"赵凤山深情地说道。"这身衣裳就是那个高丽老人送给俺的。他是豁着性命帮俺逃走的！要是俺能逃过这一劫，将来一定专程到密山去报答他老人家的救命之恩！"

56

"你有什么打算？"胡大珂急切地问道。

赵凤山激动地说。"麻烦嫂子先到俺家去探探路，俺想见见素桂她们娘儿俩。"

胡大珂沉思良久之后说道："素桂娘儿俩一年前就搬进城里去了。"

赵凤山显得很失望，好长时间没有说话。

"她们住在什么地方儿？"赵凤山说。

"明天晚上俺领凤山去一趟？"秀姑试探地问丈夫。

"见一面，当然好……"胡大珂难为情地自言自语。

赵凤山知道这样做很危险，也很犹豫，说道："大哥看怎么办好？"

胡大珂说："你们杀了那么多的日本人，做的是个大案，我估计密山警宪当局追捕你们的通告已经传遍'满洲国'，江城警宪已经到咱们这里来了解过你的家庭情况，知道素桂她们娘儿俩现在的住处，也已经在那里设伏。"

赵凤山连连点头儿，说道；"大哥的意思俺明白。"

胡大珂说："来日方长，不可因小失大，我想你该连夜离开江城！"

赵凤山自言自语： "很想见见她们啊！……听大哥的，马上离开这里。"

胡大珂补充说："眼下是阴历八月。东三省从南到北庄稼陆续熟了。南部地区可能已经开镰收秋庄稼。你从北往南跑，庄稼从南往北熟。你火车汽车轮船都不能坐，只能趁夜里步行。要是耽误了时间，等你赶到山海关的时候，那里的庄稼就收完了。大庄稼一收，野外远近都光秃秃的，没有什么遮挡，碰上意外，无处躲闪。我的意思是，你立刻动身逃走，赶在庄稼收秋以前逃进山海关。逃出"满洲国"，回到山东老家，就安全多了。兄弟，要相信，一家人总有团聚的一天。"

秀姑说："素桂母女，有俺们和乡亲们照料，你只管放心。"

"好！就照哥哥嫂子说的办！"赵凤山说。

"俺出去筹集点儿钱。"秀姑低声说道。

"不，不行。半夜三更，外出借钱，你不觉得这很反常吗？谁敢说那些狗东西不等在门外？也不能保证这里就没有坏人和胆小怕死的人。能少牵连一家就少牵连一家。这是人命关天的大事。"

"可是，凤山走远路，身上没钱怎么行？！"

胡大珂说："从这里到奉天是六七天的路程。你煮上一把鸡蛋，贴上一锅饼子，捞上几块胡萝卜咸菜！让凤山路上吃。从奉天往南再买着吃，有几十块钱就够用了。"

"我去炒几个鸡蛋给凤山吃！"

"不行！炒锅儿会有香味儿。谁会半夜三更炒菜？你煮一些鸡蛋，让他吃一些，带上一些。不要用大灶，就在炉子上煮。"胡大珂看看赵凤山，说道： "凤山，你睡一会儿，养养神儿，缓缓劲儿，明天一早好赶路。你的样子很难看，容易引起人们的注意。"

赵凤山坚定地说："不，俺这就走！"

胡大珂说："你杀敌有功，俺不怕受牵连，睡一觉，歇一歇再走。"

这时外面响起"咚咚咚咚"的猛烈的敲门声。

胡大珂、秀姑和赵凤山，面面相觑，感到大祸临头。深更半夜谁会来敲门呢？除了警察，谁敲门会是这个动静儿?!

"不要慌！"胡大珂神情严峻，举手示意秀姑不要答应。他想，窗上盖着防空纸，灯上罩着防空罩儿，从外面朝里看，什么也看不见。

秀姑示意赵凤山钻天棚，胡大珂点点头。

赵凤山和胡大珂飞快地上了天棚。

"根儿他娘，开门啊！"

秀姑听出叫门的是前院儿里的兰兰她娘。

"你娘的个腿啊！你可把俺吓死啦！"秀姑心里狠狠地骂道。

"你明天进城吗？"兰兰她娘问道。

秀姑没好气儿地说："不去！"

"那好吧。"兰兰她娘走了。

"警察到处抓人，她半夜三更跑出来干什么，糊涂蛋！"胡大珂气愤地嘟囔道。

"俺的心都蹦到嗓子眼儿了！"秀姑说。

"兰兰她爹有信儿吗？"赵凤山问道。

"没有。多半是没有这个人了。"胡大珂说。

"凤山，你到天棚上去睡。那里有行李。"秀姑问道。

胡大珂把赵凤山带到天棚上，嘱咐他，不管家里发生什么事，都不要出来，还向他交代了遇上意外情况逃生的办法儿。

57

胡大珂和秀姑通宵没睡，他们时刻警觉地倾听着外面动静儿，为赵凤山做着出逃前的准备。胡大珂说要让赵凤山带上一些钱。秀姑表示同意，但是说家里没有零钱。胡大珂说，让赵凤山带上那两张绵羊票儿。秀姑说，家里就有那么点儿钱，赵凤山路上也用不了那么多钱。胡大珂说，赵凤山一路上难说会碰上什么人。一旦遭遇警察，可以用这些钱买命。秀姑觉得丈夫想得周全。

　　鸡叫头遍，胡大珂就把赵凤山叫醒起来吃饭，做动身的准备。他反复考虑赵凤山出发的时机，认为动身早了或是晚了都容易引起警察的注意，决定在街上已经有了行人，但是行人还不多的时候出门。

　　秀姑早就把饭做好了。赵凤山路上要带的饼子、咸菜、鸡蛋和钱，也都准备齐了。胡大珂认为赵凤山眼前的穿着打扮很可能已经引起警方的注意，高丽老人的衣裳不能再穿，就脱下自己的衣裳让他换上，同时关照秀姑把高丽老人的那件衣裳填进灶坑里烧掉。赵凤山接过胡大珂的衣裳，摇摇头，叹了一口气。他知道"窝藏匪类"是什么罪过，很想说点儿什么感激的话，可是他觉得说什么都难以表达他对胡大珂夫妇对他的救命之恩，就无声地把胡大珂的衣裳穿到自己的身上。

　　秀姑把窝窝头、稀饭、鸡蛋和咸菜，都摆到赵凤山的面前，赵凤山匆匆吃过，胡大珂夫妇把赵凤山路上吃的用的，捆绑成一个行李卷儿，让他背在身上，打扮成一个跑腿子和行商的模样儿，送他上路。赵凤山和胡大珂面对面地站在堂屋地上，想到走出这个家门，不知今后能不能再见，心里都很悲痛。

　　胡大珂有些伤感地说："好兄弟，逃命去吧！弟妹和素桂有俺和乡亲们照顾，你不用担心。只要你平安躲过这场灾难，一切都会好起来！俗话说，'留得青山在，不怕没柴烧。'鬼子的好日子不长了，用不了多久咱们就会再见面。"

　　"把这些鸡蛋都带上。"秀姑发现赵凤山没有带鸡蛋。

　　"留给孩子吃吧。"

　　"糊涂话！这会儿是大人要紧！"秀姑说。

　　赵凤山心里明白，胡大珂夫妇是冒着全家老小儿性命的危险救自己的！他深切地体会到什么是生死之交，心中暗暗发誓，有朝一日定要重重报答这两位比亲哥哥、亲嫂嫂更亲的亲人！

　　胡大珂说："再带上这些钱，贴身装好。"

　　赵凤山见是两张绵羊票儿，执意不收。

　　秀姑恳切地劝说道，"穷家富路。在家千日好，出门一时难。命比钱贵！"

　　胡大珂认真地说："你大嫂说得对。"

　　赵凤山激动地说："这个钱俺说什么都不能收！"他知道，两百元，对于一个穷苦人家儿的意义。胡大珂一家一个月的生活费不过五六块钱，二百元是他们一家人两三年的生活费，这是他们拿命换来的钱。他们舍命相救，送他上路，恩重如山，他怎么能把他们养家、糊口、保命的钱一把都薅走呢?!

"你听我说，"胡大珂严肃地说，"你从这里到奉天，再从奉天进关，一直到你们郓城老家，是用不了几个钱，可是你不能露出逃犯的样子，你得住店吃饭，不能显得太寒酸。不能不防范意外。要是碰上警察，可以用钱买命。你嫂子说得对，命比钱贵，能平安地逃出去，比什么都重要!"

赵凤山，含着热泪收下了秀姑塞给他的这救命的两张绵羊票儿。

"不要走大路，也不要走野地，要走偏僻的小路儿。路过小村庄的时候，要特别小心。越是人少的地方，越容易显露出生人。鸡叫二遍了，外面开始有人走动，该动身啦。一到家就把这身衣裳烧了，不要舍不得。你们郓城也在日本人和汉奸的手里。"胡大珂说。

"大哥大嫂，俺记住了!"硬铮铮的山东大汉赵凤山泣不成声。

秀姑让丈夫和赵凤山躲上天棚，她到门外房前屋后地看了看，发现周围没有可疑的人，马上回到屋里，招呼胡大珂他们下来，然后把赵凤山送到门外上路。这时天已经放亮儿了。

根儿按时起床。他昨天夜听了大人们的谈话，觉得赵凤山叔叔是和舅舅一样的英雄好汉，他爹娘舍命出钱帮着赵叔叔逃走，也是英雄好汉。

秀姑一夜没睡，但是精神很好。赵凤山活着回来了，而且已经平安地离开了这里，秀姑心里感到高兴，见儿子这样兴奋，便笑着对他说道："你今天早起怎么这样欢喜，昨天晚上做了个什么好梦?"

根儿得意地笑着说："你们昨天夜里说的话俺都听见了!"

秀姑和胡大珂听根儿这样说，吓了一跳。胡大珂严肃地说："这件事人命关天，不可胡说! 咱们家昨天没有人来过。"

"俺知道!"根儿得意地说。

胡大珂夫妇为自己疏忽让儿子知道了这件事而深感不安。

赵凤山走后，胡大珂和秀姑心里一直惴惴不安。他们注意到不断有陌生男人到山东庄来转悠，担心警察发现赵凤山曾经在这里停留。这种提心吊胆的日子过了半个多月，又开始担心赵凤山在路上是不是平安，是不是已经平安回到家乡。

58

今天秀姑是第四次进城卖鸡蛋。

江城火车站的站前街一带是日本人的聚居区，江城有权势和有地位的日本人，大多住在这里。这里的菜市场，是江城市唯一的一家大型副食商场，供应肉类、禽类、水产、蔬菜和干鲜果品等，是日本人专卖市场，即使是所谓有身份的中国人也很少光顾这里。中国有"百补蛋为首"的古训，日本人也爱吃鸡蛋，既喜欢熟吃，也喜欢生喝，而这里唯独不供应鸡蛋，可能就像卢子堂说的，鸡蛋都被征做军用了。秀姑的到来，刚好补充了市场的这个不足，而买卖鸡蛋是犯法的，一旦被警察发现，将被抓捕，受到严厉的惩罚。

到专卖市场来采购的都是日本的家庭主妇。她们吃过早饭，送走了上学的孩子和上班的丈夫，收拾好餐具，整理好房间，梳妆打扮一番，就到专卖市场来采购。这时，市场里外，到处是踢踢踏踏的木屐声。

秀姑手提着人们常用做菜篮子的原色的柳编扁篓，里面装着少量鸡蛋，警觉地巡视着附近的动静儿，在确信周围没有警察之后，就小心地靠近市场开在一个胡同里朝西的正门，等待买主。日本女人都是在从市场里买齐了菜蔬和鸡鸭鱼肉之后，在离开市场的时候顺路到这里来买鸡蛋。

前两次秀姑是把装鸡蛋的扁篓寄存在素桂家，把少量鸡蛋装在左大襟儿腋下的衣袋里，手里拿着一个鸡蛋作幌子，小心翼翼地招揽生意，两次都没碰见警察，胆子就大了，今天干脆就提上扁篓来了。她第一趟带来的一百个鸡蛋转眼就卖完了，而且卖了好价钱。

傍晌儿，一个中年日本女人从市场走出来，走到秀姑的面前，一面对她比画，一面对她说："勾干勾干地干活的有？"秀姑猜想，日本话"勾干勾干"大概就是"换换"的意思，也就是说，她想让秀姑去到她的家里，用什么东西和她换鸡蛋。一般人不敢和日本人打交道，更不敢到日本人家里去。但是秀姑想到这种生意可能更有利可图，就大着胆子对她点点头儿，跟上她，到了她的家，用十几个鸡蛋就换到了一件半新的和服、一床被胎和十几斤大麦米。秀姑无意中发现了这样一条挣钱的新路子，心里很高兴。

日本人居住区里警察很少。偶尔遇见个把警察，他们由于想不到在满洲女人和日本女人之间会有这样以物易物的鸡蛋生意，而不会注意这样的事，所以到日本人家里做生意，不仅更有钱可挣，也更安全。

需要出智慧。动机产生毅力。秀姑为了挣钱养家，竟靠着日本女人的手势和表情，悟出了有关鸡蛋生意的一些常用的日本话。这件事让山东庄精通日语的葛永德感到吃惊。秀姑把她才学到的日本话说给葛永德听，葛永德几乎句句点头儿称是。葛永德平日无事可做，如今有他尊敬的胡婶儿向他求教，他很高兴对她指指点点。正像有人说的，只要想学，没有学不会的。不久，秀姑就能用日语和日本女人谈生意了。她发现，日本女人大多善良和气，并不歧视中国人，而且她们买鸡蛋好像不是为了家用，至少有些人不是为了家用。她们买鸡蛋、换鸡蛋是为了给自己解馋。只要可能，她们就会把家里的麦片啊，"特勒"——山东庄的女人们就这样称呼日本的"和服"，被胎啊，等等拿出来换鸡蛋吃。这让秀姑想到了馋老婆烧乳猪吃的故事。故事说的是：从前有一对夫妻，丈夫性情粗暴，常常无缘无故打骂妻子，妻子因此和他离心离德。有一天，丈夫发现，家里母猪下的小猪羔儿天天见少，隔几天就少一个。他原以为是被狼拖去了。一天，他下地提前回到家里，在到灶坑里拨火点烟的时候，发现里面有一块老大的硬东西，掏出来一看，是一个泥球。他用烟袋锅子敲开一看，里面竟裹着一只小猪羔儿。他恍然大悟，明白了一个个小猪儿的去向。他狠狠地痛打了妻子一顿后，自言自语道："咱也尝尝这小猪羔儿的味道。"尝过之后，点点头儿笑着说道："真香啊！"他媳妇儿哭得满脸是泪，听他这样说，就说道："你蘸上一点儿盐吃更香。"她丈夫听了忍不住哈哈大笑。

59

秀姑的鸡蛋生意做得很顺利，在短短半个多月的时间，就摸索到了鸡蛋销售和交换的一些门道，还学会了生意上用得着的日本话，她的经营方式也从自己下乡去收买鸡蛋、背鸡蛋，到找人代她从乡下收鸡蛋，送鸡蛋。她通过黄自成联络上黄自成的岳父苟克正，老人巴不得有这样一个捞外快的机会，欣然接下了秀姑想出来的这个营生儿，在白龙镇一带的一些屯落儿给秀姑收买鸡蛋，然后用麦秸防震把鸡蛋装箱，骑自行车送到宋家屯镇。

秀姑在本镇菜市场卖鸡蛋，又进城到日本人专卖市场卖鸡蛋，还用鸡蛋换日本人的衣物和粮食，挣了百多元，这在山东庄的人看来，是发了大财。她把换来的旧衣裳拆洗过后，改做成大人孩子的衣裳，用换来的粮食改善饭食，小日子又过起来了。山东庄有些闺女媳妇儿也看上了贩卖鸡蛋这个营生儿，跃跃欲试，想冒险去挣这份玩命的钱。

周围的人看着秀姑挣钱眼热，可是秀姑和胡大珂的心情却不轻松。秀姑知道自己随时可能被捕，胡大珂天天为她提心吊胆，一再提醒她小心谨慎，宁肯少挣，也不冒险。秀姑在外面心里也不踏实，她时刻惦记着关在家里的丈夫，怕他耐不住寂寞，不听话外出，被警察抓走，也怕家里发生火灾。为了迷惑警察，表明家里没人，家门在秀姑和根儿走后反锁上。

胡大珂无事可干，天天在家里琢磨饭菜制作，如怎样用豆油把土豆丝儿炒出花生的味道，怎样焖麦米饭等等。除此之外，他还有自己的乐趣，那就是把耳朵贴在电戏匣子上听关于东西方战场前线战事的报道。日本人拼命鼓吹他们的伟大胜利，而胡大珂却认为他们天天在败退。他常常琢磨日本人的民族性，追究他们为什么这样让人讨厌。他记得霍先生曾经考问过他："你说为什么中国人把日本叫'小日本儿'呢？"胡大珂记得他当时回答霍先生说："可能是因为日本人个子小。"霍先生连连摇头说："你说的可能是一个原因。不过我想主要是因为日本人对中国作恶多端，中国人讨厌他们，因为日本人国小、人小、心眼儿小。而心眼儿小是日本这个民族的主要不足。"霍先生说，日本人生性狭隘，野蛮残忍，掠夺成性，欺软怕硬，不知廉耻，固执己见，一意孤行，记怨不记恩，爱搞阴谋诡计小动作，不知天高地厚。和日本人打交道最要紧的是不能以中华道德相待。和日本人相处就得'打'字当先。而历届中国的领导人都不明白这个道理。"胡大珂同意霍先生的说法儿，他认为现实的日本就是这样。屁大点儿的一个小日本儿会同时攻击中国、苏联、美国和英国，恰好证明霍先生对日本民族性的论述。这让胡大珂想到蛇吞象的比喻。他从中看到了日本的狂妄和愚蠢，以及他们必然失败的结局。

秀姑换回来的粮食里没有大米。前些日子还有麦片儿，而这几天就只有精制高粱米了。日本人吃的精制高粱米以黏高粱打磨三到四遍精制而成，口感次于大米。这种变化表明他们的粮食供应严重不足。近来市面儿上有人用纸币交换镍币，一角镍币换一块纸币，表明日本人用来制造飞机的材料已经到了山穷水尽的地步。而且他们缺少的肯定不仅仅是粮食和铝材，而是一切资源都匮乏，整个国家面临崩溃。

虽然山东庄的有些闺女、媳妇儿求秀姑带她们去卖鸡蛋。秀姑对她们说，到城里去卖鸡蛋很危险，一旦有个闪失就不得了。可是那些求财心切、见闻又少的闺女媳妇儿们不肯听，有人甚至怀疑秀姑这样说是为了做她的独家生意，多赚钱。于清海媳妇儿就说："有钱不能一个人挣，为什么她能去别人就不能去？"玉屏说："胡婶儿身上有功夫，警察不敢抓她。"于清海媳妇儿不以为然地说："什么功夫？不就是脚大跑得快吗？"秀姑越说到日本人专卖市场卖鸡蛋危险，于清海媳妇儿就越想去。两天后，她就从黄自成他老丈人苟克正老人那里趸了鸡蛋。而苟克正老人的生意也因为贩卖鸡蛋的人多起来而做大，从用自行车运鸡蛋换上了手推车。

日本人专卖市场地处江城第二警察分局管区，离第二警察分局只有百多步远，在市场前卖鸡蛋的人一多，再次引起了警察们的注意。这两天不断有警察光顾日本人专卖市场。他们最先盯上的是秀姑，几次抓她，都没能得手。他们越是抓不到她，就越想抓她。秀姑感到有危险，一连几天没有进城做生意，而只在本镇菜市场卖鸡蛋。她一再提醒兰兰和玉屏，暂时不要进城，可是她们不听，一心一意想挣钱。

秀姑离开市场的这几天，专卖市场前的鸡蛋生意格外好。兰兰、玉屏和于清海媳妇儿，都挣了一些钱。于清海媳妇儿说："怎么样？俺说的对吧？根儿他娘就是吓唬人，她就是想吃独的！"

于清海媳妇儿越是得意，秀姑心里就越是不安，担心警察已经黑上她们。她知道，于清海媳妇儿、兰兰和玉屏，平时都坐在炕上绣花儿做针线，不了解外面的世界，难以想象日本人专卖市场门前卖鸡蛋有多么危险。她们也不像她这样警觉敏捷，她担心她们会落到警察的手里，一再提醒她们暂时别去日本人专卖市场。而她越是提醒她们有危险，她们就越是怀疑她是别有用心，越是满不在乎。可怜的是，几天后，玉屏和兰兰就一起被警察抓进了警察第二分局，而且当天没有放她们。这是电影院工地木材被盗案后山东庄第二次有人被警察抓走，山东庄人心惶惶。胡大珂执意不让秀姑再去那里做生意，而秀姑想趁日本人过阳历年这个机会多赚些钱，一次从黄自成他岳父手里趸下了两千个鸡蛋。第二天，她起了个大早，带上200个鸡蛋进了城。

她先到日本人专卖市场，发现附近有便衣警察活动，就决定先到日本人家里去换些吃的用的东西。她有好些日子没到那些地方去了，估计那里生意会多。事情果然和她估计的一样。天还不到半晌，她就换出了60多个鸡蛋，换到二十多斤精制高粱米和一些衣裳，而不得不雇车拉到素桂家存起来。她把余下的鸡蛋带到日本专卖市场，想到那里脱手。

新年前夕，专卖市场里外人潮涌动。

秀姑怀揣一些鸡蛋来到专卖市场，小心地察看了进出专卖市场所有的道路。

专卖市场有两个门，一个朝西，是正门；一个朝南，是便门。便门临大路，通地下室和仓库。顾客大多从正门进出。正门前是一条南北向的胡同，宽约一丈多，长约百十步，南北两头儿都连着大街，叫"鲤鱼胡同"。这里天天熙熙攘攘，挤满了前来采购年货的日本女人。鲤鱼胡同的西侧连着一条东西向、只容两个人勉强对行的无名的小胡同儿，这条小胡同斜对着专卖市场西面的大门，和鲤鱼胡同构成一个丁字路口儿。

南门是安全门。菜市场的货物大多从南门运入。秀姑头一天到专卖市场就细心地查看了这个便门儿以及与便门儿相连的地下室，还结识了在这里干活儿的一个山东老乡龚大爷。

一些高丽小姑娘坐在鲤鱼胡同的北侧摆地摊儿，卖的是一种用糯米和红豆泥制成的白白净净、又糯又甜的小食品，中国人叫"打糕"，日本人叫"磨吉"。虽然"磨吉"和大米有关，但是警察不管，所以那些高丽女孩儿个个神情自然。而卖鸡蛋却是犯法的。秀姑时刻神情紧张，随时准备逃脱警察的突袭抓捕。

秀姑卖完手里的鸡蛋后，又回到素桂家取来鸡蛋，谨慎地走进鲤鱼胡同儿，前后左右巡视了好一阵子，觉得没有异常情况，就开始接触日本妇女，很快就卖出了40多个鸡蛋。突然，她发现在那条无名小胡同口儿上出现了一个身着便衣、身体强壮、神情异常的男人。她断定那是个警察，心中立刻紧张起来，开始移动自己的位置，拉大和那个人的距离。接着，她发现在鲤鱼胡同的南北两头儿都有可疑的男人，他们都在盯着专卖市场的门口儿。她意识到情况不妙，准备脱身。可是已经来不及了。她想："俺不能傻等着你们来抓俺！"她回头一看，发现有一个人在人群中挤来挤去，极力向她靠拢。她认为他是警察，就快步挤进专卖市场，混在拥挤的日本女人中间，准备从专卖市场南门逃脱。这时她听见背后一个男人蛮横地高喊："让开！让开！"她发现，那个人的手朝她伸过来了！她使足了力气，拨开众人，加快脚步，通过市场的地下室，跑到市场南门。她冲出南门后，龚大爷顺手把一辆运货的手推车推过门口儿，迟滞了警察追赶的步伐，帮助他摆脱了警察的追捕。

60

胡大珂为防被警察发现屋里有人，不能出声儿，不能弄出动静儿，电戏匣子只能把耳朵靠上去听。做饭不能用风箱，菜要等秀姑回到家里再炒。一个走南闯北的壮年男人，无病无灾，又有手艺，有劲无处使，不能挣钱养家，却让老婆在外面冒险奔波，每想到这里心中都不是个滋味儿。每天早晨秀姑一走，他的心就吊起来，秀姑回来迟了，他就胡思乱想，虽然天天有饭吃，也很清闲，却比什么时候都难受。他天天盼望着日本人垮台，早一天结束这种窝囊生活。

兰兰和玉屏被抓走了，胡大珂觉得秀姑的处境危险，一再劝她在本镇菜市街的市场上把趸下的那两千鸡蛋折腾掉，不要再进城了，可是秀姑不听。她想，儿子要念书，一家人要吃穿用，丈夫不能出门儿，她不干，谁来养家？天天有人被警察抓了劳工，她能不害怕吗？除了丈夫和儿子，她还有什么？即使丈夫猫在家里，她在外面也不放心。她担心他憋闷坏了，忍不住，会跑到街上去，被人抓走。她每天都这样提心吊胆地打发日子，每天一卖完鸡蛋就往家赶，跨进家门，夫妻们见了面，她那颗悬着的心，才算放下。

阳历年前是一年中卖鸡蛋最能挣钱的日子，秀姑不肯放过这个机会，可是兰兰和玉屏被抓走已过三天，还没被放出来，也没有她们的消息。往常警察抓了人，没收鸡蛋，打骂一顿就放了，这次为什么至今还不放人呢？秀姑想，大概是警察局有了新章程，或者是来了新头目儿，也许会迫使她们领着他们到山东庄来抓人。想到自己也会落到警察手里，也很害怕。她心里很乱。要进城去做生意吧，实在危险；可是不去呢，又不想错过这个挣钱的机会。那么多的鸡蛋怎么处理，总不能留着自己吃吧？胡大珂执意劝她不要再去了，说家里的鸡蛋可以腌一批，以后卖咸鸡蛋，其余的拿到菜市街市场去卖，留一些孝敬庄上的老人。秀姑理解丈夫的心情，知道他说得有理，可是她想来想去还是决心进城去把这些鸡蛋卖给日本人。不过她想等兰兰和玉屏回来，看看情况再说。

第三天的傍晚，兰兰一个人回来了。三天不见，她变得黑又瘦，衰弱得几乎连步子都迈不开。脸上、手上、脖子上，到处是伤。她说她已经三天没吃东西了。

"玉屏呢?!"秀姑急忙问道。

兰兰有气无力地说，她没和玉屏关在一起，玉屏当时就被警察弄走了。

为救玉屏，山东庄的老老少少都动起来了，可是山东庄的穷苦人没有富亲戚、阔朋友，和官府搭不上关系，弄不清玉屏的下落。她娘急得滴水不进。她后悔啊！后悔没听秀姑和玉屏爹的劝说，同意让玉屏去了日本人专卖市场。

61

秀姑几经考虑还是坐着郭师傅的马车进城去了。她一出门儿，胡大珂的心就吊起来了。他知道，她一旦被抓，后果不堪设想。他恨不能提上一挺机关枪，冲出家门，走上街头，横扫这些日本强盗和狗警察。

现在，唯一让胡大珂感到宽慰的就是他的儿子根儿。他善良，聪明，知道用功。他教他学习整数儿的乘法和除法，只用了几个晚上，他就学会了。他听说柳老师很器重他，同学们喜欢他，选他做分校的班长。常常有学生来向根儿请教功课，根儿也总是热情地帮助他们。他发现儿子随他，愿意帮助人。想到儿子，他就觉得日子有奔头儿。他总惦记着去找活儿干，想到乡下去给财主扛活，挣一家人一年的口粮。可是秀姑不同意。她不想让四十多岁的丈夫去给财主当牛做马，听人吆喝，更担心丈夫被黑心的财主卖了当劳工。有的财主，在年底结账时，不仅不给长工发工钱，还背地里串通警察，把长工抓走送去当劳工。有时他们夫妻俩因为这件事争执起来。根儿就说："娘，你就让俺爹去试试吧。"这时，秀姑就会愤怒地瞪着儿子骂道："你懂个屁！这种要命的事是可以去试的吗?！你光知道念书，什么事儿都不懂！"

卢子堂说城东的关东军仓库属下的一个兵工厂用人。在那里干活儿，他们给证明文件，不怕抓劳工。胡大珂不想去。他就是为了不给日本鬼子和汉奸修造兵器才抛家舍业，跑到这里来的。为了这件事，他的弟弟、弟媳和女儿都死在逃亡的路上，他的老娘也长眠在这里，他怎么能为了活命而去给日本人干这种营生儿呢。每逢这种时候，胡大珂常常会不由自主地想起往事，后悔当年没有去找八路。他听说，他们离开家乡的第二年的春天，八路军的势力就伸展到古家庄一带了。

秀姑在家务事儿上一向有发言权，但是过去决定家里的大事，最后她都是听丈夫的。而在胡大珂是不是出去找活儿干这件事情上，她是寸步不让，非当这个家不可。她硬是不许胡大珂走出家门，还恶狠狠地对他发誓说："你要是私自出去干活儿，俺就立刻带上儿子回山东老家！俺说到做到！"胡大珂知道妻子是一片好心，她的担心不是多余的，离家外出的确危险，而且她真的是能说到做到，只好继续忍受着内心的痛苦，把自己关在家里，老老实实地干家务。

秀姑坚持做鸡蛋生意。有时在菜市街，有时进城。在菜市街挣钱少，危险也小。她听说警察二分局新来了一个日本局长，叫芥川一雄，是个杀人不眨眼的魔鬼。他接任局长后，在二分局辖区内策划过多次围捕劳工的阴谋，抓走了好几十人。他对在二分局眼皮底下的日本专卖市场做鸡蛋生意的妇女也很凶，连续进行过多次抓捕。做鸡蛋生意的这些女孩子，一旦落入他的手里，都备受折磨。兰兰这次被打得遍体鳞伤，玉屏至今下落不明，听说都和这个芥川有关。胡大珂听到这些消息，再次苦苦劝说秀姑不要再去冒险受罪，说明年开春儿他一定要下乡去给财主扛活。秀姑还是不同意。她宁肯自己去受苦、冒险、遭遇不幸，也不能让丈夫有什么闪失。她伤心地说："俺被他们抓去不过是多受些罪，你要是被他们抓去，就回不来了！熬着吧。俺信你说的，日本人长不了，咱们总有出头的日子。"

　　胡大珂天天在苦闷愤怒中过日子，仅仅半年，就两鬓花白了。他想家，想回山东老家。现在他觉得能平安地生活在祖宗留下来的草屋里是莫大的幸福。

62

　　再过几天就是阳历年了。

　　从昨夜开始的大雪纷纷扬扬下个不停，没有风，天乌涂涂的。

　　六天过去了，玉屏还没有回来。能托的人都托过了，能找的关系都找过了，王凤池老先生也尽了最大的努力，托付了他所有混官事儿的亲友，打听玉屏的下落，还是得不到玉屏的消息。人被弄到哪儿去了？玉屏是不是还活着？谁也说不准。

　　人们一再宽解玉屏她爹娘，说玉屏善良，神灵会保佑她，她会平安回来。可是大家的心里却都觉得玉屏活着回来的可能不大了。一个黄花儿姑娘，落到虎狼般的日本人的手里，几天不见她的人影儿，也没有她的消息，人们怎么能不往坏处想呢？人们的经验是，凡是落到日本人手里又长时间没有消息的人，到头来都没有回来。

　　玉屏她娘精神恍惚，四肢无力，已经下不了炕了。神志清醒的时候，她总是不停地说："悔死啦，悔死啦！俺为什么要让孩子去干这个营生呢？她已经到了成亲的年纪了！她说去跑几趟，挣套被褥嫁妆钱，俺就同意了。俺为什么这么糊涂？为什么要同意她去啊！"她怎么也想不通，孩子进城卖个鸡蛋会有这么大的罪过。

　　现在人们不只是挂念玉屏的安危，也担心她爹娘会急出毛病来。

　　玉屏虚岁儿17岁，要长相儿有长相儿，要身材有身材，温和善良，聪明伶俐，针线活儿在山东庄数第一，是山东庄最俊秀灵巧的姑娘，好多小伙子的眼睛都看着她。从去年春天，关于玉屏的婚事就已是这一带大人们的一个热门儿话题，前来求婚的有关里人，也有本地人，她爹娘说，非山东人不嫁。

　　本地人很少有人瞧不起流落到此的山东人，而山东人在内心里却瞧不起当地人，嫌他们不讲信义，不文明，不可靠，若非走投无路、绝了返回家乡的梦想，都不会和当地人结亲。

雪还在纷纷扬扬地下。外面朦朦胧胧，十几步之外，就看不清楚对面是谁，现在还不到下午三点，有的人家儿都已经亮起了小瓦数儿的电灯。为防警察突然闯入抓劳工，所有家中有青壮年男人的人家儿都是屋门紧闭。

胡大珂坐在灶前烧火，锅里熬着白菜。秀姑正在往热锅上贴苞米面儿饼子。猛听外面有人喊："玉屏回来了，玉屏回来了！"秀姑立刻把手里正在做的一个玉米面饼子摔到面盆里，对丈夫大喊一声："关好门！"就带着满手的湿面，拨开门上的双重插销儿，推门出去，冲出大杂院儿北院的大门，撒腿朝前院儿奔去。见大杂院儿门前的马路上停着一辆马车。车夫郭金城师傅手里提着马鞭子，沮丧地呆站在马车旁。车辕里刚刚狂奔过后的大白马嘴里冒着白沫，不停地摆动着脖子，倒动着蹄子，身上散发着一股因为汗湿而生成的腥气味儿。马车周围已围了一群人，因为惧怕被狂躁不安的马伤着，都不敢靠近马车。

秀姑不顾一切地扑到马车跟前儿，见玉屏瘫倒在马车的后座儿上，头发散乱，一动不动，从印花儿新棉袄上被撕破的地方，露出一堆堆的棉花。

"郭师傅，您是从哪儿把玉屏接回来的？!"秀姑急切地问道。

"关东军仓库前面的马路旁。"郭师傅伤心地说，"我从火车站前拉上两个座儿就往回赶。路过关东军仓库时，影影绰绰见路东墙根儿下好像躺着一个人，到跟前儿一看，果然是个人，身上盖着几条装大米用的草袋子，一时好奇，掀开草袋子一看，是个女的，凑到跟前儿，细一打量，吓了一跳，竟是玉屏！她已不省人事。两个客人主动让出正座儿，帮俺把玉屏抬到车上……"

秀姑顾不上再听郭师傅的诉说，跨上马车，抱起玉屏，连连呼叫："玉屏，玉屏！"玉屏毫无反应。秀姑大声叫道，"玉屏！玉屏！俺是你胡婶儿！"玉屏仍然毫无反应，秀姑伤心地哭了。

周围的人把玉屏抬到秀姑的背上。

这时，道士他娘和碗儿他娘架着玉屏她娘朝马车这里挪过来。

"玉屏啊！俺可怜的孩子！俺糊涂啊，对不住你啊！"玉屏她娘见玉屏趴在秀姑背上，忍不住号啕大哭，瘫倒在地，众人赶紧把她搀扶起来，送回家。

秀姑把玉屏背回家，小心地放到炕上。

郭师傅救回了昏迷不醒生命垂危的玉屏，在众人忙着安置玉屏的时候，伤心地赶上他的马车离开了大杂院，谁也没顾得上对他说声谢谢。

"都是娘不好啊！俺不该叫你去做这个营生儿啊！"玉屏她娘伏在玉屏的身上哭诉道。

"别哭了，先把孩子安顿下来再说吧！后悔有什么用处?!"玉屏她爹说，他曾极力反对玉屏去贩鸡蛋，骂她老娘们儿见识，眼眶子浅，不知道死活。但是现在他不想埋怨可怜的老伴儿。

王凤池先生的老伴儿招呼人们到外面去撮雪回来，七手八脚地用雪给玉屏搓胳膊腿，从里面往外拔寒气，整整忙碌到后半夜。

63

从第二警察局里的一个满洲警察透出消息说，那天，玉屏和兰兰被警察带回第二警察分局。局长芥川一雄见玉屏年轻美丽，就心生歹意，想把她留给自己，只是因为担心激怒局里的"满洲"警察，才没敢对她下手。三个"满洲"警察挥舞着用橡胶和棉线混合制成的宽大、沉重，一头儿带有大钢钎子的日本军用皮带抽打兰兰，直打得她满地滚，遍体鳞伤，昏死过去，然后又把她扣留在警察局，不给饭吃，强迫她给他们干杂活儿，两天之后才把她放出来。玉屏没有挨打。芥川暗中派他的亲信把她送到远在城外的关东军仓库，那里有他的一个姓玉的色狼朋友。玉屏当天就被糟蹋了，此后被轮奸。第六天天亮前被扔到关东军仓库的墙外。那是从城里到宋家屯镇的必经之路，不断有车辆行人经过那里。可是，谁都知道，那儿不能停留，一不小心，就会丢掉性命。在郭师傅路过那里的时候，玉屏已经冻僵了。如果不是他及时赶到，冒着生命危险把她救回来，让她再在那里熬一夜，她就会被活活地冻死了。在玉屏被救回来的当天，人们就已经猜测到玉屏的遭遇了。

玉屏一直昏迷不醒。山东庄的老奶奶们都到她家去看望过她，为她的康复出力。就连住在附近的一些本地人家的老奶奶，也赶到玉屏家来看望她，给她送来了猪肉、鸡蛋和疗伤的偏方儿。她们看过玉屏，都担心她的性命怕是保不住了。

玉屏的手脚都已发黑，不知道饥渴拉尿，只有微弱的气息。老奶奶们围坐在臊烘烘的土炕上，个个满面愁容。老汉医王凤池老先生主动来过三趟。头一趟说，要用雪搓玉屏的手脚，拔出里面的寒气，后来又送来一些烫洗用的药材，但是嘱咐说要在她体内的寒气拔出、恢复知觉以后才能使用。

当地人关奶奶多次来看望玉屏，还送来两只老母鸡，她一再嘱咐护理的人，"炕不要太热。要想法儿保住孩子的两只脚啊！"关奶奶是旗人，和林奶奶是好朋友，很喜欢玉屏。

玉屏她娘已经糊涂了。照顾玉屏的都是左邻右舍的妇女。

日本人的暴行激怒了山东庄所有的人。

"该杀！该杀！真该杀！"平时很少说话，近来痴心向善，经常烧香念佛的葛永德，愤怒地在院子里走来走去，反复低声重复着这句话。葛永德是山东庄公认的好人，同时也认为他是个怪人、废人，背地里都叫他"葛魔怔"。

秀姑一天几次去看望玉屏，每回都是哭着离开。

玉屏的遭遇震惊了所有的人。胡大珂一再说鸡蛋生意不能干啦！而秀姑只是听他唠叨，但是一言不发。她有她的打算。

胡全和也说："娘，你不要再去啦！"

秀姑笑着说："那咱们吃什么？你怎么念书？"

胡全和说："我不念书啦！我跟爹到乡下去给人家放猪！"

晚上，秀姑不声不响地做着进城的准备。

"你不要命啦！？"胡大珂气愤地说。

"娘，你就别去了吧！"根儿哭着说。玉屏姐姐的事把他吓坏了。

"我不是玉屏，他们抓不住我。"秀姑宽慰丈夫说。

胡大珂说道："真是老娘们儿见识！那里是警察的天下，是钱要紧还是人要紧！"

"人要紧，钱也要紧。"秀姑说，"没有钱就不能活！总不能饿死！"

胡大珂说不服妻子，无奈地蹲在地上抱头发愁。

秀姑看着可怜无能痛苦的丈夫，伤感地说道："宁可俺遭难，也不能叫你有个闪失。俺不出去挣，你就得出去。那不是更可怕吗？"她宽慰丈夫和儿子说："你们尽管放心，俺把鸡蛋存到素桂家。先带上一些到几个日本人家儿走走，换些衣服和粮食回来。瞅准机会到市场去卖。俺能看出谁是警察。警察都长着一双猎狗一样的可恨的眼睛。就是和他们撞上了，三两个警察也抓不住俺！"

胡大珂长叹一声，痛苦地忍受着一个男子汉的屈辱。

人们听说秀姑还要进城去做鸡蛋生意都很吃惊。和她要好儿的姐妹们都上门来劝她，可是话说到最后只好叹气离去。因为谁都知道胡大珂家没有什么积蓄，两千鸡蛋对于他们一家不是个小数儿。

晚饭后，兰兰瞅准街上没人，偷偷地闪进胡大珂家。

"婶子，你还去？"

秀姑说："没法子。"

"太危险！"兰兰说，"有个警察头儿说，他非抓住你不可！"

"火坑俺也得跳。"秀姑无奈地说，"不能让家里的这点儿东西瞎了。"

兰兰很难过。她觉得秀姑明天就是去送死。

秀姑心里另有想法儿，她觉得在警察狠抓过鸡蛋贩子过后会放松几天，现在又面临阳历年，是她挣大钱的好机会。她和玉屏不一样。她不是黄花闺女，也不是弱女子。警察轻易逮不住她，即使她落到警察手里，无非是损失一些钱，挨一顿臭揍，不会遭遇玉屏那样的不幸。

64

今天秀姑坐的仍然是郭金城师傅的马车。

郭师傅，五十多岁儿，山东泰安人，老光棍儿，性情豪爽激烈，为人耿直仗义，是全镇有名的车老板子，专爱使生马。生马野，力气大，跑得快，而价钱便宜不及熟马的六成。把生马驯成熟马，转手卖出，能挣一笔大钱。但是一般马车夫不敢、也没有本事使唤生马。生马难以驯服，使生马危险。而郭师傅却专爱使生马。熟马就像久经战阵的老兵油子，套在车上，只会扭扭答答地往前蹭，巴不得有个机会停下来歇一歇。生马就是野兽，野性十足，怒气冲冲，口吐白沫，目光凶恶，高昂着愤怒的头，甩动着长长的鬃毛，放肆地狂奔着，车后是一片烟尘，一辆辆马车被它甩到后面。碰上生马拉的车，行人躲闪，车马让路，连警察也不敢轻易上前拦阻。胆大的秀姑爱坐郭师傅的车，图的就是他人野马猛车快，警察轻易不敢拦阻。她从没在路上被截住过，这也是一个原因。郭师傅使车还有一个与众不同的地方儿。他不像一般车老板子那样跑从宋家屯镇到城区这段专线，而是在江城内外到处奔跑，到处都有他的朋友。

早晨，郭师傅把车赶到胡大珂家门前，像往常一样支起车棚。秀姑把两扁篓共二百个鸡蛋放置在马车前后座位之间的"U"型部位，然后坐到马车的正座儿上，把两篓鸡蛋夹在两腿之间，再用长衫的下摆盖好。郭师傅坐上驾驶台，扬鞭催动前几天才起用的性情激烈的青鬃马，马车一路飞奔，见车就超，甚至还超过一辆大巴，只用了短短二十几分钟的时间，就赶到了素桂家的门口。秀姑见附近没有人，就和郭师傅一起，把两扁篓鸡蛋提进素桂家。

素桂娘见了秀姑，笑得合不拢嘴，素桂也笑容满面，显得比平日更活泼。秀姑猜想他们碰上了什么喜事，多半是山东老家传来了有关赵凤山的消息，便问道："有什么喜事让你们娘儿俩这么欢喜啊？"

"俺爹逃出来啦！"素桂忍不住笑着说。

"大喜呀，来信啦？"秀姑谨慎地说。

"嗯！"素桂她娘表面上平静，声音里却透着压抑不住的激动。

秀姑说："他凤山叔心好命大，你们娘儿俩有福气！"她按照胡大珂的嘱咐，对于赵凤山曾在自己家里落脚儿的事一字不提。

素桂说，"俺爹还嘱咐俺常常去宋家屯镇看望你和大爷呢。"

胡大珂曾经考虑，赵凤山走后，就把他逃出密山煤矿的消息告诉素桂母女，让她们高兴，可是他没有那样做，担心素桂或是她娘沉不住气，不小心把消息泄漏给邻居或是乡亲。因为赵凤山对于日本人说来，不是一般逃犯，日本人不会轻易放弃对他的追捕。只要日本人在，这笔账他们就不会不想算。而赵凤山一旦落入日本人之手，那遭难的不仅是他们一家，而会牵涉到好心的高丽老人和胡大珂一家。

赵凤山回到山东老家后并没有立刻给素桂母女写信。他担心日本人的追捕令也可能已经传到老家。他是在老家站稳脚跟之后才把消息报告给家里的。他不知道素桂母女现在的信址，也不敢求亲友转告，而是把素桂她娘给他缝的一件白布衬衣托人捎回给素桂母女，向他们透露他还活着的消息，表明他现在山东老家。

"她爹回到老家啦！"素桂娘低声重复着这句话，欢喜得合不拢嘴，连水都忘记了给秀姑倒一杯。而秀姑并不是特别高兴，也不再接触赵凤山的话题。秀姑想，赵凤山活着就是秘密，一旦让日本人知道，后果不得了。她担心素桂母女一是激动，不知深浅，把赵凤山在山东老家的消息传出去，惹出大祸，便严肃地说道："凤山是怎么逃出来的，谁也不知道，只要日本人在，这件事就不能算完。凤山在老家的事，对谁都不能说！只要日本人还在，这就是天大的秘密。"

素桂她娘听秀姑这样说，觉得有点儿丧气，可是她知道秀姑说这些话是一片好意，就说道："大嫂说得在理儿。素桂记住：对谁也别说你爹逃出来了，更不能说他在山东老家。"

素桂随口说道："知道。"说着，给秀姑送上一杯茶水。

"不喝啦，俺得走啦。"秀姑说着就离开了素桂家。

秀姑这趟生意做得很顺利。光在火车站的站前街的日本人家就换出一百多个鸡蛋，换得的东西雇车拉到素桂家。专卖市场门前的生意也很顺利。她的鸡蛋是独一份儿，日本女人疯抢着买，价码儿翻番，卖到九分一个，不到晌午就卖完了。秀姑心里说不出的高兴。回到宋家屯后，她居然狠心割了半斤鲜猪肉，称了一斤山东高密老乡在这里的暖窖里培育出来的鲜嫩的韭菜，准备回家包饺子！

刚过晌午，胡大珂就听见门锁响。秀姑在门外说："是我！"

"啊呀，你可回来啦！"胡大珂兴奋地说。妻子提前回来，对他是一大解脱。

秀姑满面春风，回身把门插上，说道："你从来没这样高兴。"

"你怎么知道？！"胡大珂说着就把秀姑抱起来。

"都什么岁数了，还来老毛子的这一套！"秀姑咯咯地笑着说。

胡大珂拉妻子坐到炕上，端详了好一阵子，好像久别重逢。

"看什么！变成老妖精了！"秀姑憋不住地笑着说。

"着急啊，像等待死刑判决。"

"别胡说，不吉利！"

"顺利吗？"

"你说呢？今天俺是蝎子巴巴——独一份儿。不到晌午就折腾完了。换回来的东西都搁在素桂家，钱在这里！"她说着，掏出一卷票子，摞到炕上，身子一歪，倒在炕上。

秀姑说："凤山来信儿啦。"

"我嘱咐过你的话，你都对她们说啦？"

"说啦。素桂她娘好像不大高兴。"

"以后她会明白的。"

秀姑下命令似地说："包饺子。全包白面的！"

"好，全包白面的！"

65

阳历年的前几天，秀姑天天坐着郭金城师傅的马车进城，每天鸡蛋都卖了好价钱，她从苟克正老人手里趸下的两千鸡蛋所剩不多了。她想明天再去一趟折腾掉手里的鸡蛋就不去专卖市场做生意了。

晚饭后，兰兰她娘来了。先是谈笑风生地夸了一气秀姑能干，然后就说托秀姑带着她家的兰兰进城去做鸡蛋生意。这让秀姑很为难。她明白兰兰她娘的心思，她是既不想放过这个挣钱的好机会，又怕兰兰进城做生意出了事自己心里不安，而是让秀姑事先替她背上这个包袱。这让秀姑联想到人们所说兰兰她娘心眼儿不好的说法儿。有人说当年兰兰她爹遭难和她有关，说那天兰兰她爹身体不好，不想下乡背粮，是兰兰她娘赶着他去的。兰兰她娘嘟囔他娇贵自己，没有出息，而兰兰她爹就在那天的夜里被警察抓走送了劳工，一去无回。秀姑觉得，兰兰的伤还没好，玉屏死活难说，兰兰她娘实在不应该让兰兰去冒这个风险，更不应该耍小心眼儿，把这样重大的责任加到她的身上。秀姑觉得兰兰她娘不像个娘，怀疑她是糊涂呢，还是兰兰不是她亲生的。秀姑婉转地对兰兰她娘说，这会儿进城做生意风险很大，要不是她手里窝下这么多的鸡蛋，她是无论如何都不想再去冒这个风险的。兰兰是个闺女，刚刚受过折磨，伤还没有养好，更不应该去冒这个险。

可是兰兰她娘执迷不悟，强辩说："俺家的兰兰还小，又有你的保护，不会有事。"

秀姑觉得兰兰她娘这样说表面上是在抬举她，而实际上是在套拢她，把兰兰安全的责任套到她的身上，一旦兰兰有失，就拿她是问，因此她不得不澄清和反驳兰兰她娘。她说："兰兰满 15 岁了，是个大姑娘啦，而且她刚刚被放出来。再说在日本人专卖市场那种地方做生意，人人自身难保，谁都没有能力保护谁。兰兰去不去卖鸡蛋是天大的事，你得自己拿主意。"

兰兰她娘见秀姑把话说破，不肯替她背这个包袱，就倒打一耙，耷拉下脸来说道："都是乡亲嘛，你们刚来的时候大家伙儿都没少帮衬你们，求你办这点小事儿你都推三挡四！真不够意思。"

秀姑不想落这个埋怨，毫不客气地反驳兰兰她娘说道："兰兰她娘，这可不是小事儿，而是人命关天的大事，玉屏还躺在炕上，不省人事儿，能不能保住性命还在两可，怎么能说是小事儿呢？"

兰兰她娘和秀姑的谈话不欢而散。秀姑的心里久久不能平静。她没想到兰兰她娘这样贪财，这样糊涂，这样不正派。她生兰兰她娘的气，又可怜她，不希望兰兰再遭遇不幸。她没有答应保护兰兰，可是要是兰兰她娘硬要赶着兰兰去冒这个风险，她一定要尽最大努力保护兰兰。而兰兰她娘到底还是赶着兰兰进了城。秀姑也一直警惕地观察着专卖市场的门前的情况，随时提醒她提防警察。一连两天，秀姑和兰兰都平安无事。兰兰挣了钱，她娘喜上眉梢，特地跑到胡大珂家来对秀姑表示感谢。秀姑一再谢绝她的谢意，明明白白地对她澄清说，她没有照顾过兰兰，兰兰平安无事完全因为兰兰自己机灵懂事。

二分局的警察没想到在大围捕的时候还有人敢到日本人专卖市场门前卖鸡蛋，一连几天都没派人到专卖市场那里去巡查。在大围捕后的第四天，就是阳历年的 12 月 29 日的中午，芥川一雄派人到专卖市场前去查看，发现还有日本女人从那里买到鸡蛋，他很恼火。

12 月 30 日，秀姑和兰兰一大早就到了专卖市场。

这天是阳历新年的除夕，到专卖市场采购的日本妇女很多。市场门口只有两份儿鸡蛋。那些日本妇女连价钱都不问，只想把鸡蛋拿到手，任秀姑、兰兰要价儿。不到中午，秀姑手里的鸡蛋就卖完了。这时她发现周围有些目光异常的人，她本来可以从容逃脱。可她想不忍心丢下可怜的兰

兰，便朝兰兰使眼色。可是兰兰的心思在生意上，别的什么也不顾，没注
意秀姑的眼色。秀姑只好朝她大声喊叫"跑！快跑！"兰兰听到秀姑的喊
声，心思一时没能从生意上转过来，她一面收起买主交给她的钱，一面东
瞅西望，弄不清发生了什么事情。秀姑不顾一切地冲到她的跟前，拉上她
就跑。三个便衣警察拔腿就追。秀姑在前，兰兰跟在她侧后，两个人飞
奔，进了那条和鲤鱼胡同成丁字形的无名的小胡同儿。警察脚穿皮靴，行
动不便，被甩到后边，放弃了对她们的追捕。秀姑刚要放慢脚步喘一口
气，一抬头，发现小胡同儿上站着一个年纪很轻的警察。他正在得意地对
她微笑，好像在说："哈哈，这回你可跑不了喽！"秀姑不由自主地放慢
了脚步。

"你可真难逮呀！这回我看你往哪儿跑！"小警察大模大样儿站在远
处，得意地瞪着秀姑笑嘻嘻地说。显然，他是在庆幸自己获得了一个立功
的机会。

秀姑心里的第一个念头儿是："糟啦！"小胡同儿狭窄。警察就堵在
胡同口上。她心中闪电般地现出玉屏惨遭摧残的可怕景象，想到兰兰就要
蒙受和玉屏同样的耻辱，她心中又急又恨，高声骂道："×恁娘！你和俺
过不去，俺也不叫你好受！今天俺就叫你看看奶奶的手段！"

小警察见秀姑怒气冲冲，嘴里念念有词，却听不清楚她说的是什么意
思，就在这时，秀姑突然拔腿朝着小警察猛跑，同时把全身的力量都聚集
在右肩上，带着她对恶人的仇恨，瞪着冒火的双眼，朝小警察左前胸撞
去。那个警察正在笑嘻嘻地琢磨刚才秀姑说的是什么意思，等待着她向他
求饶，连脸上得意的笑容都没有来得及收起来，突然发现秀姑猛虎般地朝
他扑来。他以为秀姑要逃跑，本能地张开双臂上前拦截她，就在这刹那
间，秀姑那经过锻炼的、强壮有力的，挟带着愤怒和仇恨的，男子汉般的
肩膀，就撞到了小警察的左胸，把他撞出一丈多远，他连倒退几步的机会
都没得到，而是腾空往后飞起几步，尔后就跌落到地上，一动也不动了。

这是秀姑最后一次到专卖市场做鸡蛋生意。后来她听说，那个警察的
左锁骨被撞断，还撞断了三根肋骨，他因此而离开了警察队伍。不久，
"鸡蛋大嫂斗警察"的故事就像讲《水浒》里的英雄一样，到处传颂，而
且不断地添加新的动人细节。

在那些普通的中国人不被当人看待的黑暗的岁月里，只要有一个中国

人，在一件很小很小的事情上表示出我中华民族的豪情，人们也不会放过借以显示自己得意的机会。伟大的中华民族遭受凌辱的时间太久太久太久了！这样的历史实在是该结束了。

66

破门而入抓劳工已是警察常干的勾当。前、中、后三个大杂院儿的大门经常是关着的。胡大珂家堂屋临街的北门用钢材加固过，还上了两道铁制的腰杠。东西两个房间南北两面的四个窗户，也都悄悄地加固过。

外面是冰雪的世界，而胡大珂家里却是暖意融融。小小的火炉儿不大，可是铁匠出身的胡大珂把它调理得炉火熊熊。双层窗玻璃上结着厚厚的冰花儿，即使在白天，从外面朝屋里看，也是什么都看不见，白天不必用窗帘儿把窗户挡上。秀姑为一家人活命四处奔波，今天总算能坐在炕上干些家务活儿了。她在给儿子赶做一双新棉鞋，好让他过新年的时候穿。根儿脚上三年前留下的冻疮，年年复发，有时甚至溃烂。胡大珂估计毡鞋可能会帮助儿子养好冻疮，很想给他去买一双毡鞋，再给他缝上个自行车轮胎底儿，让他穿了试试，可是他不能出门，又不想给妻子添累，这件事就拖下来了。

现在对秀姑说来，他们一家能不愁吃、不愁喝、心不惊、眼不跳、舒展地坐在自己温暖的家里，守着儿子和丈夫，而不再像往日那样冒着被抓、遭打、蒙受侮辱、甚至死亡的风险在外面奔走，备受担惊受怕、身心分离之苦，她就已经很幸福，很满足了。这是近三年来从没有过的好日子。胡大珂在山东老家的时候也常常外出干活儿，他们夫妻俩闲坐在一起的时间也不多。但是那时没有像眼下这样一家人随时都有妻离子散的危险，所以她那时也没有这样幸福的感觉。

好比长时间关在笼子里的鸟儿，习惯了笼子里的生活，胡大珂这会儿也已经习惯了蜗居斗室的日子，心情平和多了。这些日子他居然有心思翻阅当年他从俄国带回来的那些俄国小说。这些书在他手里已经有很多年了，由于他保存得好，依然很新。契诃夫和高尔基的短篇小说，他不知道看过多少遍，有些段落他都能背出来。他特别喜欢高尔基的《伊席吉尔老婆子》，喜欢里面的那个舍命为部族找出路的但柯，他认为人就该像但柯那样活着。如今这些小说又把他带回到他在俄罗斯的那些岁月，使他沉浸在对往事的回忆里，想着自己一家几代人的由折经历。爷爷和爹，都是有天分有学问的人，却都被埋没在平庸的生活里，潦倒一生。自己飘泊半辈子，命运也并不比老一辈儿人好。如今已年近半百，兴家立业、光宗耀祖的雄心虽然仍在，但是能不能回到家乡，重振家业也难以预料。想到发家致富，他心里依然很热；而想到也许难得如愿，又灰心丧气，有时觉得这一辈子是没有什么奔头儿了，所希望的也就是儿子能成就一个人物儿，而不再像自己这样，半生当牛做马。

有人敲门。秀姑知道是儿子回来了。

"就你自己吗？"秀姑问道。

"嗯。"根儿说。

"为什么这么早就回来了？"胡大珂说。

"放假了，今天提前放学！"胡全和气喘吁吁，看来是一路跑着回来的。

秀姑放下手里的活儿，下了炕，转到堂屋，准备做饭。

"有什么高兴的事儿吧？"秀姑笑眯眯地看着儿子问道。

"发榜啦！"胡全和得意地说道。

"你考第几？"胡大珂装出满不在乎的样子谨慎地问道。

"你猜吧！"胡全和神秘地说。

"第八！"秀姑一边择菜一边心不在焉地信口说道。她并不关心儿子的学习成绩。

"不对！"胡全和笑眯眯地说。

"第十！"秀姑依然心不在焉。

"更—不—对！……是第一！"胡全和得意地说，高高地举起了一打绿色的六棱铅笔，说道，"看，这是学校发的奖品。"

胡大珂很在意儿子考试的成绩，听说儿子考了第一名，满脸是笑，感到骄傲，想到了自己家曾经是书香门第。秀姑不懂考第一名对于念书的人有多么重要，而当她看见儿子手里举着的奖品的时候，忍不住哈哈大笑，不经意地说："啊呀，俺当第一有多么重要，原来就值一把铅笔呀！一个鸡蛋就能换一支铅笔！"

胡全和跑回家报喜，满以为爹娘会高兴，而他娘却劈头给了他一瓢凉水，让他心里很难受，拿着那打儿铅笔，呆呆地站在堂屋里，不知如何是好。

胡大珂见妻子扫了儿子的兴，说道："东西不在多少，要的是体面！"

秀姑停住手里的活儿，愣愣地看着满脸委屈的儿子，意识到自己说了错话，有点儿后悔。可是想到丈夫当着儿子的面儿申斥自己，心里也不舒服，就对丈夫嚷道："怎么啦？俺说的不对吗？俺不就是说铅笔不值钱吗？"

胡大珂说："一车鸡蛋也换不来第一名。"

秀姑没有再数落丈夫，她知道"第一"对于丈夫和儿子很重要。

胡大珂也觉得自己当着儿子的面儿数落妻子不对，便讪讪地笑着对秀姑说："孩子考第一名，要是今后能连考连中，就能升中学、升大学，到外国去留洋。听说前清那会儿，考上进士就能当县官。我想在大学里考个第一，至少也能当个省长！"胡大珂有些激动，他的两眼闪闪发光。他得意的神采感染了秀姑。她早先不知道丈夫还懂这么些道理，知道世界上有中学和大学。

"要是儿子当上省长，咱们的日子就好过了。"胡大珂做起了白日梦。

"省长的劳金多吗？"秀姑笑眯眯地问道。

"那当然！"胡大珂认真地说，"当官还会有别的进项呢！"

"你是说还有人送礼吧？"

胡大珂认真地点点头儿。

"哈哈哈哈！"秀姑忍不住大笑。

"你笑什么？"胡大珂疑惑地问道。

"要是儿子收人家送的礼，那他不就成了赃官了吗？！"

"那，那，那倒也……"胡大珂知道妻子的话在理儿，有些不好意思，可是他没有办法儿向妻子证明，在什么条件下收受礼物不是贪污，就反问她说："你怎么知道接受人家的礼物就是贪官？那要看……"

秀姑打断丈夫的话，得意地说道："唱戏里就是这样讲贪官的。"

67

阳历年前秀姑攒下几个钱，缓解了生活的困难，胡大珂也不必下乡去扛活了，山东庄的人都夸秀姑能干，而秀姑并不觉得自己有多么光彩，巴不得忘掉那些心惊肉跳的日子。她说但凡有个活路儿都不会去干那种倒霉的营生儿。想到玉屏的遭遇，想到她阳历年前那天中午在无名小胡同儿里和那个小警察的遭遇，她就心跳。她感激娘和哥哥对她的教育。要不是娘让她保住了一双大脚，哥哥教她习武，带她下水摸鱼，上山打猎，使她有胆量、有手段，她是没有勇气去冲撞那个警察的。而要是落到那些警察的手里，她和她的一家就难说会怎么样了。有人说她这样说是故弄玄虚，有意把贩卖鸡蛋的营生儿说得吓人，是怕别人去抢夺她的生意，而秀姑说的是真心话。大年前秀姑给玉屏家送去了50个鸡蛋，其余长辈每家10个，以表达她对老人们的孝心。

秀姑觉得她眼下能挣钱的生意只有贩卖鸡蛋。不过日本人专卖市场她是不能去了。她不光犯了他们的法，还和他们结了仇，一旦落到他们的手里，不仅会受苦受罪，连性命也难保。她只想做做日本人聚居区和本镇菜市街的生意。

秀姑挣了有限的几个钱，而在山东庄的有些人的眼里，她是发了大财。"人为财死，鸟为食亡。"对于挣扎在生死线上的穷人说来，更是这样。到日本人专卖市场卖鸡蛋危险，谁都知道，而有些人还是要去。兰兰她娘又来磨秀姑，求她再带兰兰进城去卖几趟鸡蛋。秀姑对她说，她不想再去冒险，还提到玉屏的悲惨遭遇，劝说不要让兰兰去做那份儿要命的生意，兰兰也一再说她不敢去了，而她娘着了迷似地想推女儿去挣这份儿玩儿命的钱。兰兰无奈便对她娘说，有人和她做伴儿，她才去。兰兰她娘就去找于清海的媳妇儿庾秀珍，挑拨说，秀姑不肯带兰兰去卖鸡蛋是她想独霸日本鸡蛋市场，吃独食。本来就嫉妒秀姑人缘好、能挣钱的庾秀珍，一听这话就火了，说卖鸡蛋谁都会干，自己又不是没干过，她愿意和兰兰做伴儿，一起去日本人专卖市场。

在山东庄，于清海和他媳妇儿庾秀珍是一对儿"老夫少妻"。于清海现年 34 岁，庾秀珍小他 10 岁。她长着一张红红胖胖的娃娃脸，更显格外年轻。像山东庄绝大多数的夫妻一样，于清海和庾秀珍也是同乡，都是山东日照人。于清海 16 岁来到江城，和孙孝友一起学瓦匠手艺。就在他出徒的那年，他的爷爷去世，拉下不少饥荒。两年后，发送他爷爷的债务还没有还清，他爹又中风残废。他奶奶和他爹娘，一家三位老人都靠他挣钱赡养。在他奶奶和他父母去世后，他才有了一些积蓄，开始考虑成家。六年前，也就是在他 28 岁那年，他回老家娶了庾秀珍。因为他年龄大，他向庾秀珍父母下的聘礼也重，给人造成一种印象，好像他很富有。庾秀珍也以为自己嫁了一个阔丈夫，自己会有福好享。她跟随丈夫来到江城后才发现，丈夫原来是个穷光蛋，心里老大不高兴，骂他骗了她。在有些女人的眼睛里，丈夫的价值和他钱包儿里的东西相等。而于清海的钱包儿经常是空的，她也因此而不把于清海当回事儿。庾秀珍人很单纯，心地也不坏。她和二吉当年的处境差不多，孩子们不把她当长辈，老奶奶们不把她当大人，就连秀姑这样一些中年妇女也都把她当个孩子。而庾秀珍自己却觉得她比谁都懂事，比谁都能干，不佩服任何人，喜欢炫耀自己，有时还说假话，有点儿不着调，因而也就不相信别人，对于别人的话也打折扣，还爱随心所欲地揣度人，背地里嘀咕人，久而久之就养成了喜欢和别人耳语的习惯，声音还特别小，样子很神秘，好像怕别人听见，她因此而莫名其妙地得了个"人精"的外号。其实她一点都不精。前年秀姑带头儿下乡背粮，庾秀珍第一个响应。秀姑进城卖鸡蛋挣了钱，她也去过几次。近来秀姑卖鸡蛋挣了大钱，受人称赞，她又心动，加之兰兰她娘又拿话抬举她，表示看重她，求她帮忙，她就不顾于清海的劝说和反对，决心再次闯出家门，挣一大把钱回来，让丈夫和左邻右舍看看。

秀姑听说庾秀珍要进城去卖鸡蛋，心里非常着急。她知道庾秀珍虽然有一双解放脚，能跑能跳，能说会道儿，实际上她是在炕头上娇生惯养长大的，不是个机灵人，现在这个时候，到了日本人专卖市场那种地方，十之八九会落到警察手里，后果会比玉屏更惨，自己不能眼看着她吃亏不管。她多次登门相劝。不幸的是庾秀珍根本不相信秀姑的话，认为秀姑劝她不要去，是担心她去抢秀姑的生意。她心里说："你想吃独的？没门儿！等到了那里，咱们面对面的时候，俺看你还怎么说！"她这样想着，就好像看见了秀姑的那时的窘态。秀姑越劝，她越觉得秀姑别有用心，对秀姑的态度也越冷淡，急得秀姑坐立不安，就云找于清海。于清海知道庾秀珍的毛病，常常提醒她不要随便揣度人。对于世俗的妻子说来，没有钱的丈夫，就是没有权的丈夫，再英明高尚也难为妻子所敬重。在有些妻子心里，丈夫就是饭票儿。因为生活艰难而抛弃丈夫扬长而去的妻子并非绝无仅有。于清海的话她根本不听，还羞辱于清海，数落他无能，胆小如鼠。秀姑无奈，提出带庾秀珍去用鸡蛋换日本女人的东西。庾秀珍更加怀疑秀姑，认为她就是不想让她去日本人专卖市场做生意挣这份儿大钱。秀姑实在没有办法，就去请这里人人尊重的林奶奶出面劝说她，给她讲玉屏的痛苦遭遇。庄稼人重视辈分，在山东庄，爷爷奶奶、大爷叔叔、大娘婶婶、姑姑姨姨、哥哥弟弟、姐姐妹妹，处来处去，叫来叫去，叫出了感情，就和亲的一样。年轻人对于老年人的指点一般都很尊重。可是庾秀珍没有听从林奶奶的劝告，她知道林奶奶是秀姑请来劝说她的，更觉得秀姑有私心，决心要让秀姑出丑，显示一番她的聪明才智。她确信，她一定能在日本人专卖市场那里见到秀姑，看见她的狼狈相儿！

68

庾秀珍进城前一天的傍晚，忽然想起了玉屏的那个惨象，心里感到恐惧。她的心忽然从空中落到地上，承认秀姑不是个心术不正的人，秀姑一再劝阻她，不让她去专卖市场，也许真的是出于好意。可是她已经把大话说出去了，也已经做好了进城去做生意的准备，面子要紧，临时变卦，会惹人笑话。她很想去摸摸秀姑的底，弄清楚秀姑明天到底是不是会去日本人专卖市场，她说的是不是瞎话。她忽然想到，秀姑进城坐的是郭师傅的马车呀，去问问郭师傅事情不就清楚了吗？她立刻走出家门，快步赶到郭师傅的住处，对郭师傅说："郭师傅，胡大嫂预定的是哪一天的车呀？"

郭金城说："你说的是根儿他娘吗？她没定过俺的车。"

"您说的是真话？"

"这还能有假？"

听郭师傅这样说，庾秀珍心里开始打鼓，觉得秀姑说的是真话，后悔自己不知好歹，对她说了那么多难听的话。可是转念间她的想法儿又变了，认为这也许是秀姑和郭师傅两个人做的扣儿！"俗话说，'车船店脚牙，无罪也该杀。'郭师傅这个人也未必靠得住！指定是秀姑和姓郭的做的扣儿！俺只要看看郭师傅肯不肯明天拉俺就知道了！"她这样想着，又返回郭师傅的住处，问道："郭师傅，俺明天进城，想雇你的车，行吗？"

郭金城说："那怎么不行，不过俺套的是生马，你敢坐吗？"

郭师傅答应得这样爽快，表明秀姑的确没有预定郭师傅的车，秀姑明天可能真的是不去专卖市场，庾秀珍心里又嘀咕起来。接着，她心里又生出了一个念头儿："难道秀姑就不能去租别人的马车吗？对！她一定是租了别人的马车！胡婶儿，你真是聪明一世，糊涂一时啊！这样的小把戏也能骗人？明天咱俩在市场门前面对面的时候，俺看你怎么说！"庾秀珍轻快地走在回家的路上，心里得意地这样想着。

爱虚荣的人，特别是年轻女人，为了满足虚荣心，有时一个心眼儿，一根筋，不知好歹，不辨真假，不计后果，不顾死活，不顾一切。

第二天一大早，庾秀珍就赶到了日本人专卖市场。市场门前空空荡荡。大门还没开，没有顾客，没有警察，也没有见到秀姑。这时她想，秀姑说的也许是真话。不过她总觉得秀姑过一阵子会来。她避在无名的小胡同口里等着秀姑，也等着日本妇女出现。

庾秀珍虽然曾到过这里，可是并不熟悉市场的地形，看看附近的进出口和小胡同儿，心里忽然紧张起来，觉得哪里都可能突然冒出个警察来，心里开始发毛。玉屏的凄惨遭遇不可抑制地在她的心里闪现。

日头儿老高了，市场门前人来人往。可是秀姑还是没有来。庾秀珍开始相信秀姑对她说的是实话。这时，她的生意来了，一个日本妇女踢里踏拉地走到她的面前，看看她，比画一番，表示要买鸡蛋。庾秀珍从沉思中醒来，感到兴奋，赶忙接待生意。那个日本妇女买到了鸡蛋，显得很高兴。

从前些日子秀姑冲撞过警察过后，有些日子没有人来这里卖鸡蛋了。抢着买鸡蛋的日本女人把庾秀珍围起来，价钱随她要。她带来的一百多鸡蛋不到中午就卖光了，天刚刚过午她就回到家里。她兴奋极了，话多得吓人。秀姑没去专卖市场做生意的事，她连提都不提，而是一再对丈夫说，她连个警察毛儿都没看见，数落秀姑胆儿小，搁着大钱不挣，奇怪人们为什么都说秀姑胆大能干。

兰兰她娘是为给女儿找伴儿才去找庾秀珍的。可是今天兰兰并没和庾秀珍同去。庾秀珍进城卖鸡蛋挣了钱的消息，又打动了兰兰她娘，再次赶着兰兰去日本人专卖市场。可是兰兰宁可挨打也不肯再去专卖市场。她娘骂她胆儿小无能，她就说她娘"见钱眼开"。

第二天，庾秀珍带了二百鸡蛋，希望去卖个大价钱。果然不出所望，生意真的是比头一天更好，不到中午就卖得差不多了。兴奋使她忘记了警察的存在。她躲在小胡同口内，背靠着墙，悄悄地数着钱，准备卖完了手里的几个鸡蛋就回家，明天歇一天，后天再来。这时她一抬头，发现面前站着三个警察，六道冷冷的目光直直地盯着她。她的头嗡的一声，眼前乌黑，浑身从头麻到脚，人就僵在墙上不会动，连后悔都不知道了。

"是她吗？"一个老警察问道。

"不是。"一个左臂吊在胸前的年轻警察说。

"走吧。"老警察冷冷地说。

庾秀珍没有动。她已失去了活动的能力。

"你们就放了俺吧。俺是头一回来！"她忽然哀求道。

"有话到警察局里去说！"老警察的脸上露出了凶相儿，同时嘟囔道："还敢打警察！简直是反了！胆大包天！"

三个警察的面孔在她的眼前晃来晃去，她觉得自己眼睛有些模糊。

两个警察把她架到警察第二分局。

路上庾秀珍听着警察们说话，却听不懂他们说的是什么。她想再对警察说点儿什么，可是她已经说不出话来了。

"俺真地是头一回来呀。"她像在梦中一样说，头脑中闪现出玉屏的惨象。

"少废话！"年轻的警察凶相毕露。

庾秀珍曾多次路过警察二分局，还曾朝里面张望过。她虽然从没和警察局打过交道，可是每当路过那里，她都不由自主地觉得毛骨悚然。她知道警察局不是老百姓随便可以去的地方儿。

警察局位于中央大街和黄河路的交叉路口儿，大门面朝西南开。高大的中门足有一丈宽，两侧各有一个便门儿。那个年轻的警察把庾秀珍拖进正门，拖进正厅。正厅很大，很高，是个菱形的大屋子，正面摆放着一张特别大的办公桌。周围摆放着几张小桌子。有七八个警察在里面晃动。庾秀珍到了这个陌生的地方，心里只有恐惧，无心细看周围的环境。

"抓来了！"那个年轻的警察得意地说道。

一个满脸黑胡子的日本警官走到庾秀珍面前。他就是芥川局长。庾秀珍觉得他的小眼睛好像两把锋利的锥子，直刺进她的心。

"你的武术的会？"芥川问道。

庾秀珍不知道他问的是什么。

"你会武术吗？"年老的满洲警察问道。

庾秀珍用力地摇头。

黑胡子再朝她逼近一步。

庾秀珍颤抖着后退一步，本能地侧身防卫。

"你的不会武术？"芥川再次问道。

庾秀珍应该点头儿，而她却摇了摇头。

"八个牙路！"芥川露出狼一样的嘴脸，嗥叫起来，"你的心的坏了坏了的，打坏了我的警察的！"

"俺没有打过警察啊！打警察的不是俺！"庾秀珍急忙辩解。

"她的谁的？！"芥川嗥叫道，"说出来，你的回家！"

"她……"庾秀珍想到秀姑，可是她死也不想说出好心的胡婶儿。

"她是谁？！"

"真的不是俺啊！"

"她的谁的？！"

"真的不是俺！"

庾秀珍只觉得被什么人拉住胳膊提起来，脑袋撞到了什么东西，以后她就什么都不知道了。等她醒来的时候，发现自己仰面躺在地上。

"站起来！"芥川吼道。

可是，庾秀珍已经站不起来了。从她记事儿的时候起，从来没有人这样对待过她，她受不了这突如其来的摧残。愤怒和仇恨开始在她的心里积聚，挤走了恐惧，不再害怕。

庾秀珍用力从地上爬起来。

她觉得天旋地转，站立不稳。

"姑娘，说出来吧。"老警察劝说道。

"俺不知道。"

"你怎么会不知道呢？你们七八个人不都是一事的吗？你把她们都说出来，不就找出打警察的那个人来了吗？"

"放你娘的屁！"仇恨赶走了恐惧，庾秀珍开始清醒，心里骂道。

"不肯说，你就别想活着离开这里了！"那个年轻的警察威胁道。

"俺是头一回来，俺谁也不认识。"

黑胡子日本人在大厅里来回走动。

"你住在什么地方？"

庾秀珍一句话也不说。

"把她的衣服扒光！"芥川疯狂了。

几个"满洲"警察难为情地彼此看看，没有动手。

"八个牙路！"芥川更疯狂了。

那个年轻的警察上来拉庾秀珍。

"你是老母猪下的吗?!"庾秀珍怒吼道。

那个年轻的警察后退了一步。

芥川气呼呼地解下关东军特有的厚重的皮带，朝庾秀珍抢去。庾秀珍本能地伸手去挡，手臂立刻失去了知觉。

"打死她！"芥川越来越疯狂。

几个满洲警察也解下皮带，挥舞起来。

庾秀珍又一次被打倒在地。

她觉得自己的肚子好像被什么压扁了，疼痛难忍。她的上衣和下衣都被打烂了。头发被一缕缕地撕掉。为避开那可怕的皮带，她钻进办公桌下。办公桌的腿子被打断了，桌面儿被打烂了。她无处躲避，也没有力气躲避了。

她觉得自己好像是尿了，大厅的地面上到处是血。

几个警察把她架到二分局的后面，扔到警察分局的后院里。

庾秀珍被冻醒的时候，天色已近黄昏。她不知道自己在什么地方，没有力气挪动身子，也没有活动的愿望。她想，她会被冻死在这里，也许他们就是想让她冻死在这里。她想她必须离开这里。她试着往临街的大门那里爬。她刚一用力，就又晕过去了。她醒来后继续往外爬，终于爬出分局的后院儿，爬上马路旁边的人行道。一个年近六旬的人力车夫路过那里，发现了她。但是弄不清她的住址，只好把她拉回家，到第二天早晨，她才说出自己的住址，老人就把她送回山东庄。

汉医王凤池老先生听说庾秀珍回来了，立刻赶来看她。第二天，他又托人到城里请来他的好友西医仇大夫来看过她。仇大夫一再摇头，非常遗憾地说，她的左臂骨折，颅骨严重损伤，浑身伤处数不清。特别让仇大夫伤心的是，她肚子里的孩子没了，而且她再也不能生育了！

69

庾秀珍被打断了左臂，被打掉了难得怀上的孩子和失去了生育的能力，这件事再次激起了山东庄老少对于日本人和警察的仇恨，个个咬牙切齿，恨不得立刻去杀了芥川一雄和他手下的那些丧尽天良的满洲警察。

一波未平又起一波。在庾秀珍被送回山东庄的第二天，葛永德又忽然失踪了。他平时整天猫在家里，不为人所注意。在他走失的当天，人们关注的是可怜的庾秀珍，而没有人注意到他是否在山东庄，直到她娘第二天从城里回来，发现儿子不在了，到处找孩子，人们才意识到"魔怔"葛永德不见了。

提起葛永德，人们不知道该怎么说他。因为他跟这里的谁都不一样。没有人夸他是个好人，有什么美德；也没有人说他是个坏人，有什么毛病。要说他是个孩子吧，他已经年过 20，身高五尺；而要说他是个大人呢，他又满身都是孩子气。他至今还心安理得地靠他老娘养活着，天天无所事事，干的都是些和他的年龄和他穷苦的身份儿不相称的勾当，比如念经，画画儿，玩弹弓儿，等等。

葛永德学历不高，在青岛念过两年中学。不过在小字辈儿里，他念书算是多的，学问之大，仅次于大学毕业的郑祥麟。他很少与人交往，几乎天天猫在家里，平日外出见了熟人，也是羞涩地笑笑，默默地与人擦肩而过。山东庄好像没有他这么个人。郑祥麟一度和他走得很近，但是他们也没能成为好朋友，改变他的为人之道。他是他娘唯一的儿子，按照这里的习惯，人们应该称他娘为"永德他娘"。可是人们习惯从他妹妹小凤儿的角度称呼他娘，称她为"小凤儿她娘"。不过有一点是大家公认的：葛永德非常聪明，他仅在青岛念过两年日本学校，而他的日语呱呱叫，连日本人也听不出他是个"满洲人"。他曾戴上日式的战斗帽儿，说着日本话，冒充日本人，惩罚过为非作歹欺负中国人的满洲警察。他娘说他随他爹，说他爹就聪明过人。人们感到奇怪，就凭他这口日本话也足可以出去混些钱来养家，他娘为什么还天天拧着两只三寸金莲儿，城里城外地为他和他妹妹操劳呢？大家都说不是葛永德不能干事，而是他娘不让他干事。可是他娘为什么要这样做呢？没有人知道。人们觉得他是个怪人，他娘也是个怪人，他们一家很怪，而没有人知道，是葛永德他娘誓死不让他给日本人干事儿。

葛永德吃喝穿戴全不讲究，只是爱画国画儿，主要是画马，画八马图。他家的墙上到处都挂着他画的马。他还有一个爱好，就是打弹弓儿。他的弹弓几乎是指哪儿打哪儿。他已经起了不算茂盛的小胡子，可是他的裤腰带上却还别着一把他自制的强力弹弓。

没有谁知道，葛永德他娘就是为她的这个儿子活着的。当年她丈夫去世的时候，她还很年轻，原本是个大家闺秀，又念过书，知书达礼，模样也不俗，又聪明能干，要和她好的体面男人不少。可是她决意守寡，要守的就是他们的这个宝贝儿子和她对丈夫的那一份情意。她丈夫只给她留下这么个念想儿。儿子是她生活的寄托。葛永德的妹妹小凤儿嘴甜心善，长相儿不在玉屏以下。可是她娘并不把她放在心上。她爱儿子不只因为他是葛家的根，还因为她看着儿子就像看见了她的丈夫。人们都说，葛永德性情古怪和他娘对他过分溺爱有关，说她处处精明，唯独在儿子身上犯糊涂。

在山东庄的孩子里，葛永德唯一的朋友就是小他七八岁的胡全和。他说胡全和纯洁、正直、聪明、好学。他喜欢胡全和，还和弹弓儿有关。胡全和也喜欢玩弹弓。他从六七岁儿的时候他舅舅给他做了弹弓儿，玩弹弓至今已有五六年的时间。葛永德说，打弹弓凭的是一个人全部的能力，和一个人的才智密切相关，只有目测能力，判断能力，毅力、体力和协调能力都不一般的人，才能做到百发百中。胡全和打弹弓比葛永德准，葛永德因而佩服他。他和胡全和的弹弓都是特制的，用两厘米宽的载重汽车的内胎做动力，用粗钢条制弹弓架儿，要侧着身体才能拉开，力量特别大，可以说就是一种兵器，落在平房屋顶的鸽子，可一弹毙命。不过近来葛永德开始反对杀生，常常像有些中老年的神道儿信徒一样，哼哼呀呀地感叹社会黑暗，而且他好像是信奉了什么神灵。去年入秋以来更是神神道道，常常对着某个方向念念有词，反复跪拜，而且开始吃素，和胡全和比打弹弓儿也不再比打鸟儿，连树也不再作为练弹弓儿的目标儿，他说树也有生命，就比打搁在屋顶砖砌烟囱上的那半块方砖。

葛永德的亲事也是他娘的一大心事。去年有人给他说玉屏。他娘问他："有人来给你说亲啦，你看玉屏怎么样？"他说："玉屏是个好姑娘，将来会找个好婆家。"他娘很生气，对他说道："人家是在给你说亲呀！"他说道："给我说什么亲？我还能成亲吗？我还得你老养活着呢，成什么亲呀！"弄得他娘哭笑不得。玉屏遭遇不幸后，他有好几天不说话。后来嘟嘟囔囔自言自语："欺人太甚！该杀！该杀！"那些日子他天天去看玉屏。到玉屏家来的那些媒人不再来了，而他却说他和玉屏有缘分，要他娘去给他说说，他要娶玉屏。

照说葛永德已经是个大人，他娘用不着担心他会丢了。可是这个葛永德也有不叫人放心的地方儿。他表面文静，骨子里暴躁；表面讲佛论道，碰上他不能容忍的人和事，会不顾一切地去拼杀，胆子大得出奇。伪装日本人痛打满洲警察，他干过多次，可谓生死不惧，胆大包天。

葛永德不见了，第一个着急的是他娘，而第二个着急的人就是胡全和。在山东庄的男孩子中，胡全和最喜欢的就是他的永德哥。他让他娘陪着他去小凤儿家，打听他永德哥哥的情况。

"永德哥哥有消息吗？"胡全和一进门就问道。

"还没有。"小凤儿难过地说。

"你哥哥离家前说过什么话吗？"秀姑问道。

"当时俺不在家呀！"小凤娘焦急地说。

"他去看过玉屏姐姐和于婶儿，回来后就骂个不停，说'欺人太甚，真是欺人太甚！这是叫俺们断子绝孙哪！''天理难容！'还说过一些别的话，后来就在神龛儿前烧上了整整一子儿香，跪在那里磕了好些头。"

小凤儿她娘想到葛永德曾经打过警察，担心他又要惹祸，感到心情沉重，心头闪过一个念头儿，担心他一时激愤跑进城里去打警察。想到这里，吓得心里直哆嗦。

平日从不和女人来往的刘书成，破例在当天晚上掌灯后很长一段时间，突然悄悄来到小凤儿家，关心起小凤儿她娘来。他阴阴阳阳地说：

"不要到处张扬葛永德离家出走的事了。他是个聪明孩子，干事儿心里有数儿，要是有人问起他，你就说他走亲戚去了。"

小凤儿娘急忙问道："大哥有话明说。"

刘书成连看也没看小凤她娘，转身就离开了小凤家。

小凤儿娘知道刘书成是个不和凡人说话的人，怎么在这种时候突然闯进她这个寡妇家，撂下这样几句话返身就走。她断定他知道她儿子的下落，决定接受他的忠告，不再对人诉说她儿子失踪的事情。

第三天掌灯后葛永德不声不响地回来了，进门就问："没有人来找过我吧？"

"没有。"他娘眼泪汪汪上上下下地看着他说，"你这个不着调的孩子，你到哪去啦，怎么也不说一声儿？你想把娘急死吗？！"

"老娘何必担心，小道非等闲之辈，自有上天保佑。俺去会见孝子，在那里逗留两天。"葛永德神秘地说。

葛永德他娘知道在江城中央大道上有一个去处，占地二十几个平方米，上有老坟一座，老坟旁边有棵大柳树，树下有三间小屋，常有道士和和尚及俗家信徒留住，是江城神道活动的地点之一，传说更有"狐仙"聚居于此，很有神灵，多有去那里上香许愿求神问卜参拜修行之人，是葛永德之类的人心目中的圣地，葛永德过去也曾去过，还在那里停留过。

小凤儿娘说："快别胡说啦！你到底到哪去啦？"

"天机不可泄露，你老不问也罢。"

葛永德回到家中，依然烧香拜佛，神神道道儿，天天闷在家里画马。

当晚，江城市全市查户口，闹腾了一夜。第二天，一个惊人的消息在市民中传开：江城警察第二分局现任日本局长芥川一雄在他的官邸附近被杀，颅骨被载重汽车滚珠儿击成粉碎性骨裂，当场毙命，一说是被反满抗日分子暗杀，一说暗杀芥川的可能是猎人，用的好像是猎熊用的独弹火枪，江城警察部门到处缉拿凶犯，闹腾了足足一个月，最后不了了之。而没有人想到用来击毙芥川一雄的竟是孩子们玩儿的特制的强力弹弓儿。

"是你干的吧？！"在一个夜深人静的时候，小凤儿她娘战战兢兢问他。

一向诚实的葛永德笑笑说："善恶到头终有报，何须凡人多操心。孩儿岂能做此等凶险之事让老娘担惊受怕？"

不过小凤儿她娘想到刘书成的提醒、事情的前前后后，和葛永德的脾气秉性，以及那两天他的情绪，猜想事情就是他干的。他在是替玉屏和他于婶儿报酬呀。儿子的举动让她想到了他爹，感慨地想："天性，这是天性啊！"她从儿子得意的神情中看到了丈夫的影子。她的丈夫为了国家，抛下他们，到深山老林里去打日本，战死在大兴安岭的密林里。她跪在丈夫的画像前，满含热泪，在心中默默地念诵道："他爹啊，永德是咱们的好孩子，他和你一样疾恶如仇，热爱国家，正直勇敢。"

葛永德依然如故，天天猫在家里画画儿，偶尔会自言自语说，"卖鸡蛋犯什么法？中国上下五千年，什么时候不许卖鸡蛋来的？"

山东庄没有人提葛永德失踪的事，也没有人再说他是个废人。

玉屏她爹大号谷满囤。六年前，老家遭灾，一家三口儿从山东单县逃来本市，如今又遭遇这样的不幸。在玉屏被警察抓走的那些日子，他就像疯了一样。胡大珂、刘书成、林树昌和孙孝友等都曾经到他家里去宽慰他。孙孝友说："谷大哥，日子还得过呀，你得挺得住啊。他们越是不让咱们活，咱越是要活下去！眼下最要紧的是救孩子。有什么难处你只管说。用钱，咱们大家伙儿凑；要人！随叫随到！"

规矩，听话，花儿一样的女儿，突然被虎狼一般的日本鬼子糟蹋了，变成了废人，他怎么能受得了呢。他是在40岁上才得到这样一个宝贝女儿的，他用无限疼爱的目光整整看了她17个春秋！正当他可望抱外孙的时候，却遭遇不幸，他能说什么呢？说女儿不该去吗？她是为了帮衬着他过这个穷日子才去的啊。说老伴儿不该放女儿进城吗？眼下这还有什么用呢？他内心深处的痛苦无处发泄，只短短十来天，他原本黑灰的头发，就全白了。面对人事不省半死不活的女儿，他的精神崩溃了，没有能力，不知道怎样挽救女儿，抢救玉屏的事，全靠好心的穷乡亲。

最痛苦的是玉屏她娘。她整天唠唠叨叨自言自语，说是她毁了女儿，说玉屏她爹是不同意让孩子去卖鸡蛋的，她胡婶儿也一再劝说玉屏不要去，说玉屏大了，到了嫁人的年纪了，有个闪失会后悔一辈子。可是她看见别人家的孩子卖鸡蛋挣了钱，一时糊涂，就让孩子去了，把孩子毁了！林奶奶劝她说："这怎么能怪你呢？你有什么错？孩子去卖个鸡蛋，挣几个钱，有什么罪过？卖鸡蛋怎么就算犯法呢？这都是那些警察不好，怪他们伤天害理！你就等着瞧吧，天老爷饶不了他们！光难受不行，这会儿你得振作起来，得救孩子啊！"好心人的关心和开导让玉屏娘心里亮堂了一些。她开始吃饭，还劝说玉屏她爹宽心。

玉屏的身体有所好转，总算恢复了知觉。但是她已不再是往日的那个玉屏了。她瘦得皮包骨。原先温润美丽的大眼睛，如今变得呆滞干涩，而且大得出奇，给人一幅惊恐悲哀无助的感觉，让所有熟悉她、爱她的人看了都感到伤痛。她原本是山东庄最美的一朵鲜花儿。从她进入虚岁十四五岁的时候起，她就是山东庄所有的人都关注的姑娘。大人们把她当女儿喜欢，姑娘们把她当伙伴儿羡慕，小伙子们梦想她会成为自己的未婚妻。所有和她年龄相仿的男孩子的长辈，都希望她能走进自己的家。在她进入17岁以后，到她家求婚的媒人，就和赶集一样，来来往往，川流不息。山东人，河北人，河南人，当地人，都喜欢她。她的婚事成了山东庄所有的人都关注的一件大事。可是，从阳历年前发生了那桩罪恶以后，一切都变了。她天天躺在炕上。衣食、大小便全靠她娘和好心的大娘婶子们料理。媒人不再登门，她的婚事无人提起。只有葛永德大哥对她依然如故。他常常来看望她，小心地开导她。她知道他喜欢她，她也真的是曾经暗暗地爱过他。可是现在她从他的善意里感觉到的并不再是往日的爱慕，而是兄长的爱护，是他为亲人所做的牺牲。她感激他，却不再有往日的那种舒心和朦胧的爱。她谢绝他的看望，因为他的到来总让她想起往日的温暖和快乐。夜里，她常常被噩梦惊醒。每当她在不知不觉中尿湿裤子的时候，她都会伤心地哭泣。绝望和仇恨日夜折磨着她。她不再温柔安详，而是喜怒无常。有时就连对待她的亲娘也不再有往日那样的孝心。爹娘对她无微不至的照顾，对她无尽的宽容，更加使她不安，让她觉得羞愧。善心的人们常常送些钱物来接济他们。她也觉得过意不去。谁都知道，山东庄除了牛占德家，家家的日子都不好过。住在这里的当地人，也没有几家是富裕的。她经常深陷在痛苦的回忆里。她觉得她好像做了一个噩梦，也常常幻想事情真的是这样，真的是个梦。可不幸的是这不是梦。每当她想到那几个地狱般的夜晚，想到那些恶魔般的日本军官，想到他们给她造成的痛苦,她都会恨得浑身发抖。在她的心目中,日本人和野兽之间的界限消失了。她曾经是一个不知道仇和恨的女孩子。可是现在她变了。她不再宽容,内心充满复仇的渴望。她恨所有的日本人。想到未来她就想哭。自己什么也不能干,炕上拉、炕上尿,全靠老娘伺候,自己还会有什么未来呢?她眼看着老爹为她日夜操劳,老娘整天为她擦屎擦尿,觉得心疼难忍。"死了好!"她越来越想到死,觉得死是她最好的归宿。死可以让爹娘解脱。可是她现在连死都办不到。她能有什么办法去死呢?她连跳湾、上吊的能力都没有啊。

71

春天到了!春天是穷人的季节。

当柳丝轻扬,绿草萋萋,阳光明媚的时候,山东庄又像往年的此时一样活跃起来。妇女和孩子们又成群结队地挎着装野菜和树叶用的篮子、筐子和布袋,到野外去采摘柳树芽、杨树叶、榆树叶、榆树钱儿等各种野菜了。家家户户门前又都摆起了一个个泡洗焯过野菜的、灰色的、大大小小的瓦盆。

春天给摆脱了严冬的孩子们带来欢乐。贫穷没有窒息他们积极向上的天性,他们衣衫褴褛,而脸上却洋溢着发自内心的笑意,充满着生的希望和欢乐。他们望着远处和近处的柳树、杨树、榆树,望着那上面吐露的嫩叶和野地里星星点点的绿色,确信死亡的威胁已经离他们而去了。

往年的这个时候,玉屏都是和她的这伙小弟弟小妹妹们在一起,是他们中间最活跃的一个,而今天她只能孤独地躺在炕上,也许再也不能走在他们中间了。

玉屏和葛永德的亲事曲曲折折。在玉屏罹难前,人们说葛永德配不上玉屏,玉屏她娘嫌葛永德他娘名声儿不好,嫌葛永德没有挣钱的能耐,不想把女儿嫁给他,这会儿事情颠倒过来了,玉屏她娘愿意,而玉屏和小凤儿他娘不愿意了。小凤儿她娘嫌玉屏没有生育能力,而玉屏也不愿意拖累她好心的永德哥。最后是秀姑撮合成了这门亲事。秀姑说,医生说的话不一定都对,是不是能生儿育女那是命。说不定怀上一个男孩子还会冲掉百病呢。既然两个孩子愿意，当老人的就不该再管他们。小凤儿他娘溺爱儿子，也只好同意。她心里暗想，要是玉屏真的不能生育，将来就再给儿子房里添个小儿。

玉屏失去生育能力的事，人们一直瞒着玉屏。可是王凤池老先生的小儿子小三儿无意中把这件事透漏给了玉屏。玉屏痛苦地想道："一个女人，要是不能生育，还有什么用处？俺不能连累永德哥！断了葛家的香火儿。"她趁她娘到野外剜菜的空隙，用腰带吊死在房门的把手儿上。

玉屏的死像一片乌云压在山东庄老少的心上，冲淡了初夏给人们带来的欢乐。玉屏她爹忍受不了这突然的打击，跳了井。玉屏她娘疯了，从早到晚呼唤着玉屏的名字，在大街小巷奔跑，寻找她永远失去了的女儿。

"这可怎么好啊！"林奶奶伤心地说，"这个孩子怎么就想不开呢？为什么就不想想她的爹娘呢？她要是不在了，她爹娘怎么活下去啊！"

秀姑伤心地说："这也难怪，玉屏是个要强的孩子，昨天是一朵花儿，今天被踩进烂泥里。她怎么受得了！"

葛永德对于玉屏的死好像无动于衷。他笑着对他娘说："死了好，一了百了。"这些日子人们都在夸葛永德重情重爱，而玉屏死后他竟说出了这样无情无义的浑话，因此人们仍然觉得他是个魔怔，怪人。

72

在胡全和等人上学之前，当地的孩子，除了来打架闹事的，很少到山东庄来玩儿。而在山东庄有了学生之后，当地的孩子和山东庄的孩子才有了来往，渐渐地融合到一起。

当地有些人在背地里把山东人叫"山东棒子"。这大概是因为他们觉得山东人鲁，直，路遇不平，口到手到，说打就打。而山东人背地里习惯把本地人叫"臭糜子"。这可能是因为当地人喜欢吃一种特制的玉米淀粉，而在这种玉米淀粉制造过程中包括让玉米发酵，在玉米发酵的时候有强烈的酸臭味儿。在两地孩子发生冲突时，在文斗阶段，当地孩子就会骂："山东棒子不可交，拿着鸡巴当辣椒。"而老家山东的孩子就会笑骂："臭糜子，不可交，拿着鸡巴当辣椒！"

　　山东人知道自己是外地人，而对方是"地主"，所以对当地人表面上都比较谦恭，并和他们保持着距离，而内心里却觉得当地人在待人接物、经营土地、劳动技巧、过日子的计算、节庆风俗和吃喝礼数儿等方面，都不如自己，觉得自己文明，而当地人比较粗俗。比如山东人请客，桌面上有山珍海味，八大碗，和各种面食，而本地人大多只知道酸菜猪肉炖粉条子，小鸡儿炖蘑菇和黏豆包儿之类。因此，山东人除了老家无立锥之地、返乡无望的人家儿之外，都不想留在关外。山东庄至今没有谁家和当地人有亲戚关系。

　　聚居在山东庄的，大多数是新近几年来到这里的山东人，中老年人都操山东口音，小孩子在家里也操山东口音。就连常常到山东庄来找小孩子玩耍的本地孩子，也撇山东腔儿。警察对山东庄也另眼看待。他们不敢轻易惹弄这些人。山东人大多老实厚道，能吃苦，但是多数爱抱不平，打架闹事，不是越骂越远，而是越骂越近，口到手到，生死不怕。

　　当地的老年人大多不歧视山东人，因为他们大多数祖籍山东，几乎都能说出他们的祖先来自山东的那个府县乃至村镇，有些人虽然已经不知道他们的先人来自山东何州何府，却知道自己是山东移民的后代，认为骂山东人等于骂自己。他们对于玉屏和于清海媳妇儿遭难也深表同情，全力相助，这密切了本地人和山东庄居民的感情。象胡大珂、刘书成这样一些曾经在关外生活过多年、经多见广的山东人，对于当地人，有看法儿，但是没有偏见。他们在本地人中有很多朋友。而且，从1945年春起，不仅山东庄和本地的孩子们彼此的来往多起来，本地的中老年人和山东庄的中老年人的来往也多起来。因为他们有共同的经历和爱憎，共同的希望和憧憬。胡全和吃惊地发现：原来本地的叔叔、伯伯们和他爹一样仇恨日本人，爱自己的国家。

　　山东庄是个不起眼儿的"穷人庄"。但是穷人并不是在所有的方面都一无所有。山东庄有做工的、务农的、经商的、念书的，其他如杀猪的、淘粪的、开饭铺的、住日本洋行的、做小生意的，还有像郑祥麟的这样的流浪汉。这些人散布在全市各地各行各业，联系着山南海北，更有胡大珂得自莫斯科电台的国际消息，以及秀姑从一个个日本家庭看到和听到的日本人的状况，所以这里消息非常灵通。高华忱、李大用、马美髯、方家栋都是当地人，他们不怕抓劳工，也凭着爱国的本能，闻风走进山东庄，找胡大珂交朋友，他们的话题就是估计日本人什么时候完蛋，东三省何时光复！

73

日本人在电戏匣子里天天讲"大东亚圣战"的"胜利"，而胡大珂从莫斯科电台和秀姑述说中听到的却是日本人在走下坡路。他想，老毛子已经把德国人打出俄罗斯本土，正在向柏林进军，日本人离垮台的日子也不远了，种种迹象都表明日本人在垂死挣扎。前两年抓劳工只抓青壮年人，这段时间连 50 岁的男人也抓。过去只在街上抓，偶尔破门抓人，现在常常用拉大网抓人的办法，成批地抓。胡大珂认为这是日本人煤不够用，铁不够用，需要用更多的劳工替他们开采，现在他们已经撕破了自己"王道乐土"的脸皮，露出了强盗的凶残本相。逃回来的劳工说，日本人在北面边境线上修工事，说明俄国人可能要有动作，战争就要打到"满洲国"。胡大珂认为这是胜利的前夕，也是危险的时刻。警察天天到这里来转悠。山东庄的青壮年男人天天闭门不出，经常在天棚上过夜。就是白天，只要外面一有动静儿，他们马上就钻天棚。胡大珂家的天棚成了他乐意待的地方。那里有电灯，有舒服的地铺，他可以躺在地铺上反反复复地看俄国小说，听莫斯科新闻。他和刘书成、孙孝友等商量过了，要是警察敢钻天棚抓人，就和他们拼！他们从那里进入，就把他们杀死在那里，反正被抓了劳工也是死。

情况变化很快，秀姑说街上的警察少了，也不那么凶了，抓劳工也不那么起劲儿了。胡大珂说，警察狗仗人势，只有他们的主子出了毛病，他们的模样儿才会有变化。去年冬天秀姑从日本女人那里换回来的粮食大多是大麦片儿，偶尔能换到一些精制高粱米。精制高粱米用黏高粱经多次加工而成，对于"满洲人"来说是最好的粮食，而对于习惯吃大米的日本人，却是难以下咽的东西。有这样一句歇后语："日本人吃高粱米——没有法子"。这件事让胡大珂高兴得手舞足蹈。他认为，只有大米不足用，日本人才会吃大麦片，而如今连大麦片儿他们也吃不上了，得吃高粱米了，说明他们的粮食储备严重不足！秀姑还告诉他说，日本人聚居区里平时很少看见青壮年日本男人，几乎家家都是女人、老人和孩子；日本人家里摆放的骨灰盒儿一天比一天多，哭哭啼啼的日本女人也多起来。胡大珂认为，这表明日本的兵源枯竭了，前线上被打死的日本兵多了，认为日本人真的是快要完蛋了。

从去年春天起，官方就开始回收镍质硬币，一角面值的硬币可兑换一元钱的纸票儿。从飞机场逃出来的劳工说，本市飞机场上的教练机，机舱是用竹材做骨架蒙上帆布制造的。胡大珂认为，日本人是要用收回的硬币回炉制造飞机！这说明他们的军用物资已经枯竭。让他感到疑惑的是，近来硬币突然不收了，这是为什么呢？难道他们有了新的材料来源？他想这不大可能。他们跟美国和英国也干上了，谁会卖给他们铝材呢？俄国不会卖，美国和英国也不会卖。他想可能是日本人用不着制造飞机了！想到这些，他心里有说不出的高兴。

胡大珂感觉死亡和恐怖的威胁在远离自己，个人的安全似乎要有保证了，虽然仍然是一个人闷坐在家里，心情却比以前平静多了。他开始想自己的心事，盘算着回老家，回去修缮自家的老屋，再把南屋盖起来，添置牲口，给儿子娶亲。几年来，他第一次有心展望自己一家的好日子。他认为不管世界上发生什么事，他的那十亩半好地和三间半草房是跑不了的，弟弟留下的那七亩半好地也要归到他儿子的名下，一旦太平了，他还可以回到古家庄过他的好日子，深信他会实现过富裕体面日子和光宗耀祖的心愿。

虽然胡大珂认为日本人的好日子不长了，心情越来越好，遗憾的是他什么戏也不会唱。高兴的时候，就哼哼俄罗斯民谣和情歌儿，惹得秀姑和儿子发笑。

74

今天秀姑的生意做得特别好，一百个鸡蛋转眼就脱手了，换回来的特勒、被套、精制高粱米装了半马车，老早就回到了宋家屯镇，路过菜市街还买了肉和菜，准备晌午饭吃饺子。

马车一直赶到家门口儿。秀姑忽然发现房门开着，她的心立刻提到嗓子眼儿，快步走进屋里，见屋里没有人，早饭用的碗筷还在饭桌儿上。心想：出大事了，她最怕的事情发生了，丈夫叫警察抓走了！立刻觉得天旋地转，心里空空，没了主意。郭师傅看见这种情况，也很着急，就安慰她说："别慌，先弄清楚到底发生了什么事，然后再考虑怎么办。"秀姑呆呆地站在堂屋里，好像没有听见郭师傅的话。郭师傅难过地摇摇头，不声不响地帮着她把车上的东西搬进屋里，就吆喝着牲口走了。直到马车走远，秀姑才意识到她没有付给郭师傅车钱。她说不上心里是个什么滋味，她该埋怨谁，只是痛苦地想："两年来，时刻谨慎小心，临了儿也没有逃过这一劫！"一屁股跌坐在炕沿儿上，泪如雨下，绝望地想道，"离开老家的时候，一家老少七口儿。而如今只剩下俺和根儿娘儿俩了！"胡大珂对她说过，俄国人可能和日本人开战，现在抓的劳工，大多数被派去边境上修军事工程，工程修完，劳工通通活埋。她不敢继续想下去，只梦想神佛保佑，会出现奇迹，事情不会像她看见的这样，丈夫并没被警察抓走，而是因为有急事外出了。然而她的这个念头儿只在她的头脑里停留了一刹那就消失了。她相信她的丈夫是被警察抓走了！而且再也回不来了！

　　面对这个厄运，秀姑没有大哭大叫，而是开始琢磨自己该怎么办。她想，得先弄清楚他到底是怎么啦，仍然幻想能有一个万一。这时道士磨蹭到门口，好像有话要说。秀姑以为他是来找根儿的，就对他说："根儿还没回来。"

　　道士哭丧着脸儿吞吞吐吐地说："俺不是来找根儿的，俺娘叫俺来看看。"

　　"有事吗？"秀姑说。

　　"俺娘叫俺告诉大娘，你家俺大爷叫警察抓走了，是俺亲眼看见的。"

　　道士的话，打破了秀姑的幻想，她又忍不住啜泣起来。在她想到她该对道士和道士他娘说点儿什么的时候，道士已经悄悄地走了。她想："俺该怎么办？到哪里去打听丈夫的下落？"她想去派出所去问问，可是担心可能招来新的灾祸。她想不出有谁能帮助她打听到丈夫的下落，只是无助地呆呆地坐在那里，直到根儿放学回来。他见门开着，觉得奇怪，一进门儿，见他娘眼泪汪汪，便问道："俺爹呢？！"

　　秀姑哽咽着说道："你爹叫警察抓去啦！"

　　"去找马大爷呀！"胡全和着急地说，"马大爷家的大哥哥是警察！"

胡全和说的马大爷叫马美髯。他家是在他曾祖父一代从山东蓬莱逃荒来到江城的，他已经是土生土长的本地人了。马美髯年轻的时候在张作霖的队伍里当过兵。两年前，胡大珂在谈家煎饼铺里认识了他，还认了老乡，开始来往。早些时候，马美髯经常在晚上悄悄地到胡大珂家来谈论战争形势。胡大珂和秀姑以前都不知道他有个儿子是警察。

秀姑想，马美髯的儿子未必会帮自己的这个忙，可是别无出路，只好试试，就跟着根儿来到马家。马美髯的儿子说今天抓的劳工都关在二里沟警察分局，在进行过体检后就押送劳动场所，不过他没有办法儿把胡大珂弄出来。

总算知道了胡大珂的下落，知道人还在本市，秀姑的心里有了一点儿希望。回到家里，强打精神，做了晚饭。饭后，山东庄的邻居们都来宽慰秀姑，但是没有人有办法儿救助秀姑母子救出胡大珂，只能眼睁睁地看着他们妻离子散，家破人亡。被抓了劳工的穷苦人，没有谁能逃脱这个命运。

刘书成的眼睛不好，他不怕抓劳工。在众人离去之后，他登门来看望秀姑母子，打听胡大珂的情况。他瓮声瓮气地问道："听说有消息啦？"

秀姑安排刘书成坐下之后，平静地说："听说关在二里沟警察分局。"

刘书成点点头儿说："知道人关在什么地方儿就有希望。"

"大兄弟有什么好主意？"秀姑说。

"能有什么好主意？没有兵马，不能劫狱！"刘书成说，"你明天领着根儿到二里沟警察分局去见他们的长官，去哭，说你重病在身，恳求他们放人，"沉默片刻之后又感叹道："但愿能碰上一个有良心的中国警察能发发慈悲，嗨！"他说完，无奈地摇摇头，走啦。

秀姑相信警察中也有好人。根儿碰见过，马老先生的儿子是好人。但是她知道刘书成的办法未必有用，可是也没有更好的办法儿。第二天一早，她就领着根儿奔二里沟警察分局。

二里沟警察分局地处二里沟镇的南部，坐落在二里沟通往市区的大路中段的北侧，是一幢白色的二层洋楼。秀姑和根儿迎着这座洋楼走去，她只是想撞一头试试，并没抱多大的希望。她来跑一趟，仅仅是为了将来不后悔。

天气晴朗，阳光明亮。远处的白楼显得特别白，周围连一个人都没有，她感到从没有过的孤独和凄凉。就在他们距离白楼一箭之地的时候，她见有一个人从警察局的大门走出来。她心里想的是丈夫的安危，无心去看他是谁。可是那个人的影像让她感到熟悉，像在梦中一样的感觉那就是她的丈夫！

秀姑看见的正是胡大珂。他怀着如梦如幻、死里逃生的天大喜悦，漏网之鱼般急匆匆离开警察分局，恨不得像鸟儿那样展翅飞回家里，锁上大门，钻进天棚，躲起来。他居然能逃出虎口，这是他做梦也没想到的。他激动地回忆着刚刚发生的事。当时他排在那些被抓来的不幸的浑身脱得一丝不挂的伙伴儿们的行列里，一个挨着一个地接受那些护士和医官的检查。那个日本医官反复敲打他的脊椎骨，后来还把他推到一架机器上，让他转来转去，最后就把他赶出了警察局。胡大珂第一次意识到他的身体有残疾，他想那应该是他小的时候采槐花的时候从槐树上掉下来留下的残疾。现在他明白了，他在上海淞沪战役时报名参军，为什么人家不要他了，就因为他身体有残疾。他想他的毛病在脊椎骨上，"可是那会是什么毛病呢？"他不知道他的脊椎骨断裂过，后来自然康复，但是发生了错位，有一段脊椎骨高高隆起，朝左后方倾斜。他8岁受的伤，没有人说他受过伤，更没经过治疗，他自己也不知道身有残疾，他说他从来没生过病，而他就带着那条曾经断裂过并且没有完全复位的脊椎度过了几十个春秋，走遍山南海北，而今天他又因此而幸免于难。

"看！俺爹！"根儿也发现了胡大珂。

这时，秀姑也认出了迎面走来的是她的丈夫，撒腿朝着他跑去。"天哪！你可回来啦！"秀姑这样呼喊着，猛地冲向丈夫，泪流满面。

胡大珂坦然地笑着，一手拉着妻子，一手牵着儿子，什么话也没说。

秀姑说："这一定是因为马美髯他儿子替咱说了好话！"

胡大珂说："我的身体不合格儿。"

"是嘛？"秀姑感到奇怪。

胡大珂对秀姑述说了他当年上树采槐花儿从树上摔下来的经过。

"天老爷保佑！"秀姑感动地想，心里百感交集。她佩服丈夫。他靠着断了的脊梁骨学了要用大力气的铁匠手艺；带着断过的脊梁骨下关东，闯俄罗斯，万里寻父，尽了孝道，创出了一份家业。他经受的痛苦不知有多少，可是他自己根本就不知道他是个残疾人。她觉得他是一个了不起的人。可是她又觉得好笑，她竟和一个连日本人都不要的残废过了多半辈子！她想，要是当年她知道他是个残废，她准定不会嫁给他。就是她愿意，她娘也不会同意。可是她现在一点儿都不后悔。她有些惶惑地想："他小的时候留下的残疾，竟让他逃过了一劫，当年的'祸'却变成了眼前的'福'，人世间的事情，真是叫人说不清啊。"

"娘，咱们雇辆马车赶快回家吧，别再叫别的警察抓着！"根儿说。

胡大珂摇摇头说："没有人来抓俺了。"

秀姑立刻说："孩子说得对，雇辆马车！"

胡大珂回来了，可是他也并不觉得以后就平安无事了。他想到了根儿说过的那句话，别的警察还会抓他。要是再被警察抓住，不经检查就装上火车，直接送到煤矿，那就完了！他不想第二次落到警察手里，干脆让秀姑对外宣称，他回了山东老家。秀姑问他为什么忽然变得这样胆儿小。他说，凡事都得想到万一。秀姑觉得丈夫的想法儿有道理。她忽然想到了一个让她纳闷儿的问题，便问道："昨天警察是怎么闯进咱们家的？"

"别提了！"胡大珂难为情地说，"送走根儿去上学，俺忘记了插门！"

75

一个喜讯传遍山东庄，庾秀珍能说话了，大小便也能够自理了，奇迹般恢复了健康。女人们都来看望她。乡亲们听说她被抓到第二警察分局后的一些可怕的经历，知道她死也不肯说出秀姑等山东庄的乡亲，不肯带领警察到山东庄来抓人，不再觉得她是个娃娃，而认为她是个了不起的女英雄。最佩服她、最感激她的当然是秀姑和他们一家。秀姑让根儿认她做了干娘，胡于两家成了亲戚，秀姑主动带领庾秀珍进城去做生意挣钱。

庾秀珍的凄惨遭遇又引发胡大珂对于日本大和民族某些特点的议论。他一再要求秀姑不要去做日本人的生意了。他说，霍先生说过，日本人把当强盗作为他们的国策，侵略别人，抢劫别人，杀人放火已经是他们民族的一种本性，他们掠夺、祸害中国有几百年的历史。为蚕食中国、侵略中国、占有中国，他们在人力、物力、文化、教育等方面做了很多年的谋划和准备。他们公然在课堂上教唆学生到中国来抢劫。抢劫中国的土地和财产。他们有计划地派大量的细作潜入中国，长期隐蔽，进行破坏。他说在他小的时候，他曾经亲眼看见日本人来丈量中国的土地，编制详细的中国地图，为侵略中国做准备。乡镇一级的村庄地图上有名。邪恶的人天生恨善良的人，就像坏人天生恨好人，强盗天生恨衙门里的捕头一样。他们都有自己的歪理儿。德国的希特勒垮台了，日本人也要完蛋了。但是他们不会因此而突然变得善良，不会立地成佛，而是会由于失败而变得疯狂；报复他们害过的人，发泄他们莫名其妙的怨恨，你就不要到日本人那里去做生意了。

专卖市场水产部的山东老乡马师傅也托人关照秀姑，不要再到日本人专卖市场做生意，说警察到处打听她的消息。秀姑猜想，那一定是差一点儿被她撞死的那个小警察。想到那件事她就觉得痛快，就想笑。每当这种时候，她就会想到她的老娘和哥哥。要不是开通的老娘宽容，疼爱她，让她保住了一双大脚，她就跑不快；要不是大哥当年纵着她上山爬树，下河捞鱼，教她武艺，她就没有那么大的胆量和力气。不过她也后怕，要是那次她被逮住，可就不得了啦，不死也得脱一层皮。她理解丈夫和马师傅的担心，决定不再去日本人专卖市场做生意。但是日本人居住区的生意她还在做。不做怎么办？一家三口儿总得吃饭，还得积攒一些钱备用。碰上三灾八难需要钱，儿子念书需要钱，儿子娶亲需要钱，回老家路上也需要钱。用钱的地方多着呢。不过她不再去日本人专卖市场，而只和庾秀珍搭伙儿到日本人居住的南关和头道街一带去换鸡蛋。这也有危险。但是有日本女人保护，比去日本人专卖市场和警察周旋要安全得多。遗憾的是日本人聚居区的生意也不好做了。要换鸡蛋的日本女人一天比一天少。大米是换不着了，连大麦片儿也换不到了，只能换到精制的高粱米和一些旧衣裳。而且日本妇女的情绪越来越紧张不安。秀姑感到，她们的心思已经不在吃上了。

秀姑常常碰上日本人进行防空演习。每当这种时候，那些日本女人都头戴着像日本兵戴的那种带"屁帘儿"的布帽子，推着人力压水车，有的手提口大底儿小的小洋铁水桶，有的挥舞拖布，个个神情紧张地听着他们的头目的口令，嘴里"哈依"个不停，在她们住地附近往复奔跑，进出防空洞。遇见这种情形，秀姑和庾秀珍就算白跑一趟。

76

胡大珂一家时刻不忘他们在遭都鸿勋追捕。胡大珂夫妇这几年干的都是"违法"的生意。所以胡全和特别注意警察的活动。每遇警察他都会本能地想到，他是不是冲着他和他家的人来的。他注意到，进入这年阳历8月以来，大街上很少见到警察，偶尔见到一个也不像往常那么神气。秀姑也发现，往常在菜市街卖鸡蛋警察要轰赶，踢翻她的鸡蛋筐，而这些日子他们连看也不看，前天一个警察买她的鸡蛋如数儿付了钱。她还发现，日本人聚居区的生意也不好做了，日本女人几乎个个愁眉苦脸，垂头丧气，心神不定，她们用来换鸡蛋的东西也不多了。大米完全不见了，大麦片儿和精制高粱米也不多了，被套等东西偶尔还能换到，好像她们也没有心思吃了。

胡大珂从莫斯科电台听到，苏联军队攻克柏林，日本垮台就在早晚之间。

阳历8月12日，也许是13日，秀姑和庾秀珍照常进城到日本人聚居的地方去换鸡蛋。往常，这个时候日本人居住区已经热闹起来，街上到处可以看见成群结队的日本小学生去上学。日本女人也已经在大街上匆匆走来走去采购日用品。可是今天有些不同。学生虽然照旧上学，但是他们欢乐的神色不见了。街上很少有日本女人，好像她们都得到了今天不上街、不采购的命令似的。不知道她们在家里忙什么。

秀姑和庾秀珍走过几个熟悉的日本人家儿，里面的女主人都心不在焉，秀姑刚刚进屋，她们就有礼貌地和她们说再见，好像个个儿都有心事。

熟悉的人家儿她们都走过了，一个鸡蛋也没换出去。秀姑从没碰见过这种情形。为什么所有的人家都变成这样子了呢？在她们中间发生了什么事情？她觉得奇怪。她在路上遇见一个姓小山的日本女人，请秀姑到她家里去喝了一杯茶。秀姑问她发生了什么事。她只是摇头叹气，没有说什么。这时防空警报突然响起，而且警戒警报刚刚响完，紧急警报就响了。小山不顾一切地冲出家门，站在门口，稍稍迟疑了一会儿，就朝防空洞跑去。

满街都是不声不响、有秩序地拼命朝防空洞奔跑的日本女人和孩子。就是认识秀姑的日本人也不和她打招呼儿，就好像她们根本就没有看见秀姑。秀姑满不在乎地站在街上看热闹，以为她们又在进行防空演习。可是她很快就发现，眼前往防空洞里跑的成年人都不像平时那样带着防空用具，比如水桶、准备用来扑火的拖布等，也没有人戴防空帽，穿防空服，个个儿神情紧张，如临大敌。秀姑觉得事情不对，好像真有敌国的飞机来了。她抬头看看，天空并没有飞机；细心听听，也听不见有飞机飞来的轰鸣声。

秀姑离开小山家。街上有成群的中国老年人和成年人，面露微笑，满不在乎，不慌不忙，聚精会神地朝天空张望，好像在寻找什么稀奇玩意儿。有些中老年男人还仰面朝天，指指点点，在激动地说着什么。

"飞机！飞机！看见了吗?!"一个瘦瘦的老头儿，高举手臂，指向天空，激动地对他身边的一个中年男人兴奋地说道。

"哪儿？哪儿？我怎么没看见?!"一个中年男人急切地说。

"那不是嘛！瞧你那个眼睛！"瘦老头儿不耐烦地指着天空，气愤地说。

"我怎么看不见?"中年男人焦急地说。

老头儿理也不理睬他，不耐烦地说："瞪大眼睛看嘛，别妨碍别人！"

"啊，看见啦！看见啦！两架！两架！还有一架！白色的！那么小，像钻天的燕子一样！"中年男人兴奋地指着头顶上的天空激动说，"看哪看哪，冒白烟儿啦，冒白烟儿啦……拐弯儿啦……"

"看见啦！看见啦！和钻天的燕子一样！"周围的人齐声欢呼。

"怎么一点儿声音都没有啊?"另一个老头儿问道，"是飞机吗?"。

"飞得高呗！鸟儿还能冒白烟儿吗?"瘦老头儿说，算是权威的解释。

"是日本人的?"中年男人说。

"不可能！你是什么眼睛啊！"周围的人立刻七嘴八舌地反驳他，好像他委屈了天上飞的那些小飞机儿，"日本人的飞机能飞得这么高?"

"是美国人的！"一个人悄悄地说。

"美国人离咱们这里远，来不了，大概是老毛子的！"另一个人低声说。

"管它呢，只要不是日本人的就好！"瘦老头儿不顾一切地说。

所有的人都肯定天上飞的飞机不是日本人的。仅只这一点，就让他们中的一些老人抽泣起来。这种景象他们盼望了十四年了！他们透过泪眼无所顾忌地看着高空中的这些小飞机儿，早就把生死抛到脑后去了，即使飞机把炸弹扔到他们自己的头上他们也不在乎。

秀姑手搭凉棚，用力朝人们指点的方向张望。是的！看见了！是两架，三架，白色的小飞机儿在高空盘旋，像初夏时节飞来的小柳燕儿那么小，尾巴上拖着长长的淡淡的白烟，但是一点儿声音都没有。

"今天是白来了。"秀姑对庾秀珍说，决定提前回家。没等空袭过去，她们就离开了日本人居民区，朝巴斯站走去。

天上的飞机消失了。解除警报响起。日本人从一个个防空洞里垂头丧气地走出来，个个面色阴沉，好像刚刚参加过什么人的追悼会。

秀姑提前回到宋家屯镇。胡大珂听见外面有人敲门。弄清楚是秀姑，就小心地开了门，心里有点儿纳闷儿。平日秀姑要到傍晚才回来，为什么今天回来得这样早呢？他看着妻子，见她手里提着沉重的鸡蛋篓子，猜想生意没做成，估计可能是发生了什么事情。

"你怎么啦？"一进门他就问道。

"出事啦！"秀姑说。

"什么事了？"胡大珂心里一惊。

"飞机！"

"什么飞机？！"

"小飞机儿！"

"什么小飞机啊？"胡大珂越听越糊涂。

"俺到日本人住宅区，走过几个日本人家儿，防空警报和紧急警报紧接着响起来。起初俺以为还是防空演习，没在意。后来俺见日本人都慌啦，女人和孩子们不顾一切地疯跑，钻防空洞，才觉得真的是发生了什么事。俺见有好些人朝天上看，俺也看，看见天上有几个小飞机儿，飞得很高很高，很小很小，比钻天燕子还小，连声音都听不见。"

"是谁的飞机？！"胡大珂急切地问道。

"俺怎么知道！有人说是美国的，有人说是老毛子的。"

"只要不是日本的就好！"胡大珂惊喜得失声说道。

"好什么?! 又不是你的飞机!"

胡大珂兴奋不已,没有理睬妻子的嘲弄,忍不住推门走到门前的小路上仰面朝天张望。可是,他什么也没看见,失望地回到屋里,笑自己一时糊涂,飞机不可能长时间停留在天空等着他去欣赏。

77

胡全和被柳老师指定为了惠民国民学校分校的班长。刘广聚是胡全和管辖下的一个学生,他觉得自己在老师、同学和山东庄的伙伴儿们面前没有面子,不想继续待在惠民国民学校了。这也让刘书成感觉失望,他想也许儿子不是块念书的材料,而且他也过了念书的年龄,念不出个什么名堂来,心中产生了让他退学的念头儿。

刘广聚在惠民国民学校也的确是鹤立鸡群,他的唇髭已经乌黑一片,在学校里不仅是绝对的大哥,简直就是年轻的叔叔。每周一全校聚会,他都是同学们中间的第一高人,展览的对象儿。他的优势只表现在学校运动会拔河的项目上。老师把他看成大人,他背不过书柳老师也不好意思打他的板子。柳老师的优待曾经让他骄傲,然而很快他就意识到这是一种羞辱。他曾经十次百次地下决心改变这种狼狈的处境,但是他就是不喜欢学习,也约束不住自己。近来他又有了和其他男生不同的要求,喜欢接触女同学。惠民国民学校盛行男女授受不亲,而刘广聚多次放学后陪同年级的大龄女生丁瑞环同学回家,遭人非议,有些女生开始躲他,柳老师也在私下里提醒他注意影响。消息传到刘书成夫妇的耳朵里,他们也觉得面子上不好看,就想与其这样混下去,不如早给他成亲,也好早抱孙子。不久,刘广聚就离开了惠民国民学校,结束了他的学生时代。

广聚离开学校之后不到半年就结婚了,不过他的婚事经历了一些曲折。他和他爹娘曾经打过玉屏的主意,玉屏的爹娘和她本人都不同意。现在玉屏不在了,他们就瞄上了素桂。刘书成托人试探素桂她娘的口气。素桂她娘记得赵凤山对于刘书成的看法儿,对刘书成不知底,嫌他来路儿不正,刘广聚也不大规矩,不愿意和他们结亲,委婉地说素桂和广聚年龄差得太多,不相当。刘书成就到山东庄以外去物色了个儿媳妇儿,连说带娶一个月。新娘是他们的同乡，小名儿叫秋儿，没有大号，模样儿不怎么好看，还特别爱显摆自己。

广聚毕竟算是个念过书的人，离开学校后就到市里去找了个电车售票员的工作。这个工作在山东庄的人眼里是个沾官气儿的正经的职业，而且有外快可捞，可以偷偷地卖废旧的电车票弄钱。

道士和有富离开学校后一起到日本人开的商店里当了小伙计。他们能挣钱了，穿戴讲究了，说话开始拿腔拿调，也有了派头儿。道士为了装大人、摆谱儿，还偷偷地抽上了烟卷儿，学会了喷烟圈儿，和胡全和在一起的时候，就装模作样儿地眯起眼睛，不停地喷烟圈儿，显得挺骄傲。他们常常找胡全和玩儿，有意当着他的面儿说些他们干的风流事儿，以显示他们的阔绰和成熟。比如他们说，在俱乐部枪坊里赌博打用软硬木做子弹的气枪时，如何不打成包的烟卷儿，而专打女服务员的乳房，又如显摆他们一次吃下了多少碗冰激凌，说日本人叫作"卡里巴斯"那种洋香肠儿多么好吃，等等。而胡全和并不羡慕他们，反而觉得他们俗气，后来就不愿意多和他们来往。

山东庄继续念书的只有胡全和一个人了。这又让秀姑动了让胡全和去学徒的心思。她总觉得念书不是穷人的事，事实也是这样，山东庄的孩子们都陆陆续续地离开了学校。她把自己的这个想法儿对胡大珂描了描，希望动摇胡大珂让根儿念书的痴心，而胡大珂根本就不理睬她。

胡全和随着学习的进步，交往的扩大，性格也更加开朗。经常有同学们来找他请教学习问题。每当同学们在大街上喊胡全和"大第一"和"大班长"的时候，胡大珂都觉得很骄傲，对于儿子的前途充满希望。他想到自己少年时经常被人踢来骂去，没有尊严，悟出一个道理，穷人受人尊敬只有两条路，一条是发家致富，他半生走的就是这条路，至今前途渺茫；一条是读书成才，成名成家，为官为宦，这就是他儿子正在走的这条路。他至今仍然是个穷人，感激儿子继承了先人的天分，他的希望寄托在儿子身上。

78

这天胡全和放学早，胡大珂和秀姑还没做好午饭他就会来了。他笑嘻嘻地进得门来，给爹娘行了鞠躬礼，说道："爹，娘，我回来了。"

"这么早就回来了？"胡大珂说。

"俺柳老师病了。"胡全和说。

"什么病？"秀姑在做饭，顺便问道。

"不知道，"胡全和说，"柳老师接了个电话就病了，叫师母去打酒炒菜。

"什么病，要喝酒吃菜呀？"秀姑关切地问道。

"俺师娘说是精神病。"胡全和顺口说道。

胡大珂心里感觉不安。他觉得柳老师关心胡全和，不收家长的礼物，买秀姑的鸡蛋不占便宜，是个难得的好人，他很关心柳老师，便又问道："柳老师是怎么发的病？"胡大珂问道。

"不知道，"胡全和说，"俺师娘说，老师接到城里的朋友的一个电话就放声大哭，哭得鼻涕一把泪一把，谁劝也不行，还嘟嘟囔囔地背诗。"

"背什么诗？"

"不知道。"

"看过医生吗？"胡大珂问道。

秀姑说："后来呢？"

胡全和说："后来他就说放学啦。"

这时，孙孝友风风火火地闯进来。

"大哥！日本人完蛋啦！"

"有什么消息？"

"老毛子的飞机过来啦！"

"你看见啦？！"

"进城的人回来说看见啦！"

"俺也看见啦！"秀姑说。

胡大珂断定柳老师家有无线电，他能听国际新闻，知道俄国人已经对日宣战。他兴奋地想："美国的飞机、俄国的飞机，都来吧！炸吧！把'满洲国'炸个稀糊烂！"性情平和的胡大珂忽然狂躁地挥舞着双手，高声地喊叫着，激动地在狭小的堂屋地上转来转去。他猜想柳老师就是因为得到了这个惊人的消息才发"病"的！心里不禁增加了对他的敬意。"中华好儿孙，个个都爱国。"他激动地想着，泪如泉涌。

"咱们也打酒！炒菜！"胡大珂发狂般地对妻子说道。

"你也疯啦！"秀姑欢喜得笑出了眼泪，心里浮起了一种历尽无数痛苦而后获得解脱的快乐。在难熬的四年里，她一家背井离乡，流落关外，失去了四个亲人，整天被煎熬在失去丈夫的恐惧里，如今终于就要摆脱这种难以忍受的痛苦了。她是多么高兴啊！

尽管此刻东三省还叫"满洲国"，插在宋家屯镇派出所门前的那面红蓝白黑满地黄的旗子还在秋风中懒懒地招摇，电戏匣子里还在报告皇军前线的胜利，但是关心中华民族命运的人们确信，日本人这回真的要完蛋了！自己当牛做马的年月儿就要过去！原本密藏在心里的"中华民国"又浮到了人们的脸上，说在人们的口上了。

宋家屯镇实质上已经处在权力真空状态。派出所里已经没有警察，有些胆大的青壮年男人开始试探着走出家门，走上街头，山东庄又成了男人们的世界。高华忱、李大用、马美髯、方家栋等一些上了年纪的当地人，得知好友胡大珂"从山东老家回来了"的消息，当天晚上就赶到他家里来找他唠嗑儿。胡大珂告诉他们说，老毛子已经出兵打关东军了。这个消息让他们喜忧参半。他们希望老毛子帮助中国人打老毛子，可是担心请神容易送神难，老毛子的脾气他们早就领教过了，世界上掠夺中国领土最多的就是老毛子。他们还曾妄想吞并中国整个儿的东三省。他们希望中央政府和蒋委员长有法子对付老毛子。对于东北光复的期待，冲淡了对于老毛子的怀疑和担心，对于胜利的期待压倒了一切。他们放开胆子骂警察，骂日本强盗，无数次地说到美国或是老毛子的飞机，这些过时的消息和话题，他们仍然觉得新鲜，说了一遍又一遍，你告诉了我，我再告诉你，直说得一个个热泪盈眶。这些年过半百、当了父亲，甚至也当了爷爷的人们，一改平日的庄严神态，而变得年轻，变得无形，变得放肆，反反复复说说笑笑哭哭啼啼地诉说着14年亡国奴的屈辱。马美髯激动地握着胡大珂的双手哭诉道："胡老弟啊，为人在世什么都可以没有，就是不可以没有自己的祖国啊！"

秀姑呆呆地坐在炕沿上，听着男人们忘形的议论，看着他们由于过度的欢乐而变得喜怒无常的神色，伤心地想着自己的心事。她想到了婆婆。她被迫流落关外，把尸骨留在这里。她想到弟弟和弟妹。他们为保护自己的儿子惨死在那个黄昏时刻的山沟儿里。她深情地思念他们。弟弟是那样忠厚，那样善良，那样疼爱根儿。他什么好事都是先想到别人，有一口好吃的也要留给侄儿。她想到了弟妹短暂和不幸的一生。结婚后，她久久没有生育，因此在人们面前一直抬不起头来，而在她刚刚怀上盼望已久的孩子，就要完善自己人生的时候，母子俩又为根儿而惨遭日本人杀害！她没有留下儿女，死后只有他的侄儿祭奠她。她想到了性情最像她的爱女改莲。要不是被逼外逃，改莲也不会被扔进大海。她若是活着，如今该是出嫁的年纪了！想到这些，她不禁热泪盈眶。

79

虽然大街上不见了警察的身影，麇集在本镇协和饭店大楼里的那些"协和会"的头头儿们，已经不再穿"协和服"，他们有如热锅上的蚂蚁，开始窥伺方向，准备改变自己的颜色、寻找新的靠山和主子，然而人们知道，现在这里仍然是日本人和汉奸警察的天下，本镇的警察派出所还在，所长齐怀远还龟缩在那里面，它的门前还挑着那个篮球那么大的圆圆的血红血红的大电灯还在，因此人们还不得不把空前巨大的欢乐密藏在心里。山东庄大多数儿的男人仍旧把自己关在家里，忍受着最后的黑暗的日子，但是个别胆大的青壮年男人已经试探着走上大街，体验久违了的自由。胡大珂牢记霍先生的教导，日本人是不仁不义、是非颠倒、记怨不记恩的民族，即使他们抢劫不成也会怨恨受害者，他家临街的门开着，但是通往大院儿的门也开着，以备遇事有个躲闪的余地。

太阳快要落山了，胡全和家满屋洋溢着甜瓜的清香。家里有了几个余钱，根儿爱吃甜瓜，秀姑高兴，破例一次买回来七八个带着金黄色的花纹儿的顶心红甜瓜，每个都在一斤以上，准备晚饭后吃。熟透了的甜瓜的香味儿弥漫在小屋里，飘到大街上。

胡大坷家的晚饭是西葫芦荞面疙瘩汤，干稀搭配，瓜菜搭配，是古家庄能吃上饭的普通人家儿夏秋时节的家常便饭。一家人刚端起饭碗，一个年轻的女人的声音在门外响起："胡大婶儿在家吗？"

"是谁啊？"坐在临街的位子上的秀姑扭头朝外张望。但是门口没有人。秀姑放下饭碗，站起来，走到门外，见门外站着二老三少五个人，位居中间、被众星捧月般簇拥着的是一位矮矮胖胖比自己稍长的妇女。她蟹壳儿脸，削肩，小脚儿，细腿儿，鼓肚子，面部敷过厚厚的脂粉，颜面肌肤细嫩，两道描过的黑眉毛底下是一双圆圆的杏核儿眼，正冷蔑地逼视着自己，透着蛮横和凶狠。此刻正值夏末，离立秋还有些日子，而她的头上就戴上了黑剪绒的棉帽箍儿，身穿黑衣黑裤儿，扎黑腿带儿，脚登黑棉鞋。她的这个打扮儿让秀姑想起了古家庄臭名远扬的王文举他老婆"大乡绅"。她和"大乡绅"不同的地方儿是她的太阳穴上没有贴上园园的黑膏药，说明她还没有得偏头疼的毛病。秀姑从没有见过这个女人。这个女人使她感到厌恶。她的经验是：正经女人都干活儿，而干活儿的女人没有这么胖、这么白、夏秋季节穿冬天的衣裳。这个季节，除了坐月子的产妇和病人以外，没有人怕风怕寒戴棉帽箍儿，她猜想这个女人多半是个大户人家儿的奶奶太太之类的人。秀姑越看越觉得她不顺眼。可是她是谁呢？她和自己家有什么关系，她来干什么？

站在黑帽箍左边的是一个比老女人年纪稍轻、有些面善、留着五绺短胡须的老头儿，老头儿的右边是一个和根儿年纪相仿的男孩儿。那个男孩儿头大，脸大，嘴大，耳朵大，肚子大，让人想到牛犊子。他怒气冲冲，得意扬扬，旁若无人，透出一副骄纵成性的少爷模样儿。老头儿的左边是一个面容白净、中等偏高的年轻男子。站在他旁边的是一个年轻的女人。秀姑想，刚才叫门的看来就是她。

秀姑让胡大坷躲进院子里，小心地打开临街的门，左右远近地瞅了瞅，见周围没有可疑人员，就对年轻的女人说道："有事吗？"

年轻的女人面带笑容指指牛犊子说："这是俺弟弟牛占德。"又指指黑帽箍儿和她站在一起的老头儿说："这是俺爹和俺娘。"

秀姑猜想那个年轻的男人多半是她的丈夫。她笑着点点头儿。当年轻的女人说到"这是俺弟弟牛占德"的时候，秀姑认真地看了牛占德一眼，想起根儿经常在家里说到牛占德，他说他横行霸道，经常欺负比他小的孩子，强迫铁蛋儿喝他的尿等等。

"有事吗？"秀姑猜想他们的到来可能和孩子有关，再次用试探的口气问道。

"大婶儿，你们家的根儿兄弟打了俺弟弟。"年轻女人语调儿平和地说。

秀姑知道他们是来告状的，便回头问道："根儿，你打过牛占德吗？"

"没有，"胡全和在屋里说道，"我放学回家，在井台上碰见牛占德在打铁蛋儿，我上去把他们拉开，让铁蛋儿回家，我没打牛占德，谁敢惹他啊！他们家的人动不动就全家出动到别人家放赖。"根儿的语调里带着讽刺和不满。

"胡全和！你给俺滚出来！"牛犊子高声叫道。

"大婶儿，你看俺弟弟头上的这个包。"年轻女人手指牛占德的头说。

秀姑见牛占德前额的一角上果然有一个核桃大的浅浅的鼓包。

"根儿，是你打的吗？！"秀姑愤怒地问道。

"我没打他，"胡全和从屋里冲出来嚷道，"当时牛占德正骑在铁蛋儿身上左右开弓地打他的脸和头，我上去把牛占德从铁蛋儿身上拉开，放走铁蛋儿。牛占德没占着便宜，就朝我撞来，我闪身躲过，他就撞到了井台旁边的那棵大柳树上了。"

"活该，活该！"凑上来看热闹的孩子们齐声嚷道，同时劈劈啪啪地鼓掌。

"牛占德，是不是这样？"秀姑问牛占德。

"不是！不是！不是！"牛犊子挥舞着双手跳着嚷道。

"就是！就是！就是！"铁蛋儿气愤地说。

"占德是俺家的独苗儿！他受了你家根儿的欺负，气得发了一个昏。你必须当着俺占德的面儿重重地惩罚根儿，给俺的孩子出了这口气！要是俺的占德有个好歹，俺要叫你偿命！"老女人凶恶地说，声音很响。

秀姑听了牛占德他娘的这一番话，忍不住笑了。她想，孩子们的事，何必这样闹腾，便说道："老嫂子，咱们不能听孩子的一面之词。根儿说没打，占德说打了，咱们听谁的？孩子们的事，不能太认真。他们今天恼了，明天又好了。再说，占德这不是好好儿的吗？说什么偿命啊！"

"混账话！难道非得把俺的孩打死不可吗！"牛占德他娘怒不可遏。

孩子们在嘻嘻哈哈地朝着牛占德吐唾沫，齐声喊道："牛犊子，欺负人！牛犊子，欺负人！"

"一群王八蛋！"牛犊子一面追着打铁蛋儿等小孩子，一面破口大骂。

"牛犊子，你要赖！牛犊子，你要赖！'大乡绅'，不讲理！'大乡绅'，不讲理！'"孩子们跳着脚儿齐声叫嚷。

秀姑听孩子们把牛占德他娘叫大乡绅，觉得孩子们有眼力，忍不住笑了。

围聚在胡大珂家门前看热闹的人越来越多，阻断了他家门前的小马路。

牛占德他娘出来了的消息很快传遍山东庄，山东庄的人都想见识见识她，纷纷跑出家门，奔到胡大珂家门前。牛氏一家平时不和任何人来往。在他们一家中，人们常见的只有牛占德一个人。他不上学，几乎天天在外面转悠，经常欺负比他小的孩子，一旦占不了上风儿，就跑到别人家里去向大人放赖告状，所以山东庄的大人几乎都认识他。偶尔也能见到他姐姐或是姐夫不声不响地出来采买吃的用的。而关于牛占德他爹娘的印象，人们是从一些孩子们的学说中获得的。到过牛占德家的孩子们说，牛占德家很有钱，他娘身材不高，胖得出奇，白得吓人，很厉害。所以她虽然从没在人前露面儿，但是她已经是这里的名人。人们听说牛占德一家人露面了，他爹娘也出来了，都跑来看光景儿，主要是看看牛占德他娘到底是个什么模样儿。

"看什么又不是耍猴儿的！"大乡绅怒气冲冲地对于围观的人们嚷道。

"比看耍猴儿的还好看！"一个孩子油腔滑调地说。

"人生下来不是为了挨别人打的！牛占德打谁也不行！"胡全和大声说道。

"撞死活该！撞死活该！"铁蛋儿气愤地说。

"牛头上撞了几个包啊？"一个孩子问道。

"撞死了就有牛肉好吃啦！"另一个孩子说完哈哈大笑。

"胡大珂！你给俺滚出来！你个隐名埋姓的坏东西！"大乡绅叫骂道。

胡大珂不喜欢和老娘们儿打交道，也在防范着警察，一直没有露面儿。

"德他娘，说说就算啦，咱们回去吧。"老头儿低声劝解道。

"放你娘的狗臭屁!"大乡绅怒斥老头儿。接着又朝秀姑吼道:"牛占德是我们牛家的命根子!你们这不是要绝俺们的后啊?!"

胡大珂历来反对自己的孩子和别人打架。今天根儿惹得这么多的人来闹腾,他觉得脸上无光。听"大乡绅"骂"隐名埋姓的坏东西"也有些担心。现在毕竟还是"满洲国",不能因小失大。他走到门外,准备对牛家表示歉意,平息冲突。

牛占坤担心她娘给胡大珂招来麻烦,便劝解她娘说:"娘,咱们回去吧。"

"孬种!滚!"大乡绅又把火儿发到女儿身上。

"大嫂,那你说这件事怎么了?"秀姑冷冷地说道。

"根儿就站在那里!你给我打!也打他的头!"她伸手指着胡全和对嚷道。

"教育孩子的办法不光是打。再说要惩罚孩子也得先问明是非。那么多的孩子都说牛占德头上的包是他自己撞的,俺家根儿没做错什么,俺为什么要打他呢?您的孩子是独苗儿,俺的孩子也是独苗儿。您还是回去吧。"秀姑毫不客气地说。

"不行!"大乡绅火冒三丈。

"你想怎么样?!"秀姑厉声说。

"俺家牛占德和别的孩子打架,和你们家的根儿何干?!他插的什么手?他不插手俺儿子能撞他吗?!他不撞他,他能撞到树上吗?!"大乡绅振振有词,"你不教训他,俺替你教训!"说着就恶狠狠地朝胡全和扑上来。

秀姑跨步站到根儿的前面,厉声说道:"你少撒野!你敢动俺儿子一根毫毛儿,俺叫你当场难堪!"

"德他娘,咱们还是回去吧!"老头儿恳求道。

"牛宝文!俺 X 你奶奶!"大乡绅把火发向丈夫,"俺为的是谁?!为的是你们牛家!你装他娘的什么好人!一身软骨头!难怪儿子叫人家欺负呢!"

"你们不让俺活,那就打死俺吧!"牛占德号叫着,冲向胡全和,双手朝胡全和的脸上抓过来。胡全和赶紧闪身躲过。

"都来看哪!'牛犊子'发疯啦!"孩子们跳着叫着。

"俺不活啦！"牛占德躺倒在地上打起滚儿来。

"大乡绅"见秀姑不理睬她的纠缠，破口大骂胡全和："胡全和，你个有养没教的狗杂种！老天爷饶不了你，你们全家都不得好死！"

"你少在这里撒野，老娘也不是好惹的！"秀姑恼怒了。

"娘，多丢人啊！咱们快回家吧。"牛占坤不顾一切地来拉大乡绅。

"娘，回吧……"牛占坤她女婿也来劝。

"你个贱货！"大乡绅破口大骂，说不清她是骂女儿还是骂女婿，"俺今天非抖落抖落他姓胡的不可！你们是什么人?！干过什么见不得人的勾当?！为什么要隐名埋姓逃到这里来?！"大乡绅疯了一般。她觉得自己有生以来从没受过这么大的委屈，恨不得把秀姑撕得粉碎。

"你才是贱货呢！"胡全和骂道。

秀姑申斥根儿说道："不可以这样对待长辈！"

"占坤！把你娘拉回去吧！"老头儿大着胆子说道。

牛占坤夫妇俩都上来拉大乡绅。

"大乡绅"就势躺倒在"牛犊子"的旁边。

孩子们一齐拍手欢呼："老牛倒了！老牛倒了！"

看热闹的人都希望秀姑斗斗大乡绅，觉得打架比唱戏好看。唱戏是假的，而打架是真的。人们喜欢看打架的，还常常参与其中，褒贬当事的双方。

人越围越多，连路过这里的人也停下来观看。人群中居然还有一个警察。他没带佩刀，只穿着制服。街上几乎见不着警察了，偏偏这里有一个警察。胡大珂不能容忍儿子当着这么多的人骂长辈，也担心大乡绅给他招来是非，便高声申斥儿子道："不许这样对待长辈！"

"大乡绅不配当长辈！"胡全和愤怒地顶撞他爹。

"你还敢叫牛大娘的外号儿？简直反了你啦！"胡大珂气愤地说。

"我说的是实话！"胡全和见他爹不替他说公道话，反而骂他，心里觉得很窝火。每当这种时候，他爹总是站在欺负他的人一边，从他小的时候就是这样，他非常不满，觉得他爹窝囊，而他舅舅就不是这样。

"实话也不许你说！"胡大珂蛮不讲理。儿子当众顶撞他，让他下不了台。他说着，就朝胡全和扑来。

秀姑见丈夫要动手，就对他嚷道："你想干什么?！讲不讲道理！"

"有理走遍天下，无理寸步难行！"胡全和重复了他娘常说的话。

胡大珂怒不可遏，顺手抄起身边的一根孩子们从野外带回来的青高粱秸朝胡全和抡去，正好抽在胡全和的左眉骨上。胡全和忍着委屈、疼痛、羞愧和愤怒，转身冲出人群跑了。

"你疯啦！"秀姑抢上一步，夺下胡大珂手中的高粱秸，顺势一拨拉，就把胡大珂拨拉了一个趔趄，在人群中引发了一阵哄笑。

秀姑愤怒地瞪着胡大珂说："你还讲不讲是非？根儿保护小朋友没有错儿！他牛家这不明明是来胡闹吗?！你为什么要打孩子？！"

胡大珂出手过后就后悔了，长叹一声，沮丧地回到屋里。

秀姑双手叉腰，转身朝向大乡绅厉声说道："大乡绅你听着：不管是什么牛，都别想骑到别人头上拉屎撒尿！老娘不吃这一套！你的孩子是什么东西你自己知道！自己撞破了头诬赖别人，跑到这里来撒野！你是打错了主意，看错人啦！这里没有你家的奴才！"她愤愤地指指大乡绅，叫道："你说！你想怎么样!？动刀动枪由着你！老娘奉陪到底！"

真是软的怕硬的，硬的怕愣的，愣的怕不要命的。面对秀姑的一番硬话，大乡绅竟无言以对。秀姑无意中讲到"奴才"二字，触到了她的痛处，把她吓着了。她老家山东海阳，属八路军占领的山东胶东解放区，他们一家逃来关外和"奴才"的事情有关，她担心秀姑知道她的底细，当众给她抖搂出来，所以女儿一拉，她就顺势从地上爬起来，被女婿和女儿架着走了。

秀姑回到屋里，不停地数落胡大珂。

"你把孩子给俺找回来！"秀姑喊道。

太阳落山了，天渐渐地黑下来，胡大珂仍然蹲在堂屋地上一动不动。他知道自己错了，孩子本不该打，而自己又打得那么狠。他最担心的是，他是不是伤着了孩子的眼睛，是不是给儿子破了相儿，那会影响到他的亲事和前途。

山东庄的人都向着胡全和。听说根儿被打了，逃跑了，都帮着他们找。"根儿！""胡全和！"呼叫声响遍山东庄和庄北边的庄稼地。广聚、道士、有富和兆紫等几十个人，打着手电、提着灯笼，四处寻找胡全和。孩子们平时藏猫猫儿的地方他们都找遍了，可是还是没有找到。

夜深了，胡大珂和秀姑都无心吃晚饭，也没有睡意，他们时刻听着外面的动静儿，希望会听到儿子叫门的声音。可是儿子一直没有回来。

胡全和并没有走远。他趁人们的心思都在他爹娘和大乡绅争执的当儿，一口气儿跑进山东庄北面的玉米地里躲起来，而在人们大呼小叫找过他一轮儿，天色渐渐地黑下来，人们纷纷散去之后，他又悄悄地溜回他家的北门外，躺在门口儿的那片一个平方米大小的水泥地上。这个门通门后面的马路，为了安全，平时不开。

刚刚过去的场景让胡全和感到十分委屈和恼火。他恨牛占德他娘蛮不讲理，也恨他爹不分青红皂白地当众打他。他觉得自己没有做错什么。他想到牛占德逼迫石头儿和铁蛋儿吃他的鼻涕，舔他的屁股，喝他的尿，指使林奶奶家的碗儿回家偷包子给他吃，剥光了小兰的衣裳……就生气，想惩罚牛占德，现在牛占德又造他的谣言，带着他们全家人到他家里来放赖，让他挨了他爹的打。他想要是他的大舅碰上这种事，他一定会鼓励他去惩罚这个可恶的牛犊子！可是他爹却不分青红皂白地打了他，让他在大家伙儿面前丢了脸。他摸摸被打伤的左眼的上方，觉得那儿离眼睛只有半指，已经肿得老高。他怨恨他爹，他想，若是他爹不向他认错儿，他就不再回家，他要离家出走，到随便什么地方儿去流浪。他听说北山上有得道的老道，头脑中就闪过到北山去向老道学艺，将来做个行侠仗义的英雄好汉的念头儿。

秀姑想到这些日子镇上很乱，夜里野地里常常有狼和熊瞎子等野牲口出没，担心儿子遭遇不测，再次外出寻找根儿。

"我去。"胡大珂说。

"你就快拉倒吧！你只能添乱！"秀姑气愤地说，"临了你再叫警察给捞了去送了劳工，俺的日子就更没法儿过了！再说，孩子听见你叫他，他也不会答应你。"

初生的月亮只是一丝弓形儿的白线，外面仍然很黑。道士他娘、庾秀珍和广聚、道士等好些人，听见秀姑在外面呼叫根儿，也再次纷纷挑着灯笼、打着电棒儿，四处呼叫根儿。他们一边呼叫，一边七嘴八舌地数说胡大珂的不是，一个个从根儿的跟前儿走来走去，可是谁也没有想到根儿会躺在他家门外的墙根儿边。

已经是午夜时分了，人们失望地散去，山东庄又平静下来。秀姑也回到了家里。

胡全和只听见他娘在不停地数落他爹。而他爹只是不断地叹气。

"都是你手贱！就是孩子真有错处，你也不该当着那么多的人打他呀！更何况孩子干的是仗义的事。大乡绅是个什么玩意儿？难道你就看不出来吗？她算个什么长辈？你怎么能听她的？人老实到不分是非的地步就不是老实，而是窝囊了，你哪里像个大男人！"秀姑凶狠地说。

根儿站起来，透过护门板上的缝隙朝屋里观看，见他爹抱头坐在爹娘房间的炕沿儿上，不断长吁短叹，一动不动。过了一会儿，长叹一声，站了起来。

"你干什么去?!"秀姑喊住他。

"我再出去找找！"胡大珂沮丧地说。

"能找的地方儿大家伙儿都找遍了，你还去找什么？"秀姑的语气平和了一些，"看起来孩子是走远了！根儿是个有主意的孩子，说不定他再也不会回来啦！"她说着抽泣起来，"你打孩子也不看个时候，这会儿正乱，要是孩子出点儿什么事情，或是叫坏人拐走，在野地里碰上狼，那可怎么得了啊！"

胡全和知道，他娘是担心他爹半夜三更出去会遇见意外。他看着他娘抽抽哒哒哭泣伤心的样子心里难过。接着，他又听他娘嚷道："你蹲在那儿干什么？能把儿子蹲回来吗？上炕歇着吧！根儿比你精，也许他出不了事儿。你个快 50 的人啦，整天琢磨国家大事，好像是个大人物儿，遇事会这么不深沉！"

胡大珂无言以对。根儿从护窗板的缝隙里见他爹顺从地上了炕。他知道，他爹干了错事，在别人指责他的时候，从不替自己辩解。根儿也承袭了他爹的这个脾气，在成年以后因此而吃过不少的苦头儿。

水泥地上的热乎劲儿渐渐地消失了。胡全和的心情也冷静下来，开始感到又饿又渴。放在屋子里的甜瓜淡淡的清香味儿从门窗缝儿里溢出来。那些顶心红甜瓜是他娘下午买回来，准备晚饭后吃的。那些瓜都熟透了，在墨绿色的瓜皮上是一道道鲜亮的金线，每个都有一两斤重，是他最喜欢吃的一种甜瓜，现在他就很想吃。他悄悄地往屋里张望。在灯光下，屋里的一切都看得清清楚楚。他爹仰卧在炕上，不断叹气。他娘低垂着头，眼泪汪汪，坐在炕沿上。他心疼他娘，不忍心看着她着急，几次想去敲打窗板。可是想到爹，他的气就来了。而且他也不想这样灰溜溜地回到家里去。他想，要是有个什么办法儿让他娘知道他平安无事，光让爹着急就好了。可是他想不出这样的好办法。

81

胡全和不知不觉睡着了，也不知道睡了多久。他被一阵有节奏的"嚓嚓嚓"的声音从睡梦中惊醒。这声音从远而近，由小而大，渐渐朝他逼来。他怀疑自己是在做梦。可是他觉得这不是梦，确有行进的人群经过他的面前。他清醒了，确信这是行进着的士兵的皮靴落地的脚步声。他记得宋家屯镇没驻过日本兵，也没驻过"满洲国"兵，那这是哪来的兵？他们来干什么？

中国的老百姓天生怕兵，根儿也是这样。他本能地屏住呼吸，一动不动地躺在原地，生怕被他们发现被害。他侧视着传来声音的方向，发现在离他只有几步远的马路上，一排模糊的人影儿随着"嚓嚓"声，有节奏地从西往东摇动，挟带着和步伐一致的轻微的金属碰撞声。"这是日本兵！"他想，"可是他们到这里来干什么？难道要在这里打仗？"胡全和朦朦胧胧地预感到周围正在发生什么大事情，一种恐怖的感觉传遍他的全身，生怕自己会引起他们的注意，遭遇生命危险。他连喘气儿都觉得会被面前的这些兵听见。他轻轻地活动了一下身子，希望面前的这些兵尽快走过，他好回家。可是这"嚓嚓"声却总也响不完，更糟糕的是他们在离他不太远的地方停住了。接着，就响起了另一种声音，铁锹铲动土地的"嚓嚓"声。胡全和想他们在挖战壕。他在老家见过士兵挖战壕的景象。"干么要在这里挖战壕？难道真是要在这里打仗吗？那是和谁打呢？"胡全和怎么也想不明白。他一动也不敢动，连大气儿都不敢喘。他爹说过：不能知道坏人的秘密，不然的话，就会有生命的危险。他怕被日本人发现了他，为了保密而把他杀了。"都怪牛占德这个坏小子！要不俺怎么会被憋在这里呢！非治治他不可！"他愤愤地想。时间在一分一秒地过去。胡全和紧张地倾听着从那里传来的声音，等待着脱身的机会，可是竟在不知不觉中打了一个瞌睡，梦见奶奶说让他去念书，他爹不同意，奶奶拿笤帚疙瘩赶着他爹打……醒来后觉得后怕，怕自己在睡梦中发出声音，被那些兵发现自己。庆幸的是面前的这些兵没有发现他。"要是北门开着该有多好！那我就能悄悄地爬进屋里去了。"他想。可是这门是不常用的。他也不能敲门。敲门会引起这些兵的注意。这些兵离他太近了。

"嚓嚓"声停止了，周围重新归于寂静。可是胡全和知道离他不远的地方儿那里有很多兵，可能有几百人。他警觉地听着从那里传来的声音。不知道过了多久，那里又响起了"嚓嚓嚓"的整齐的脚步声。那脚步声从东而西，朝他走来，经过他的面前，渐渐地消失在他们来的方向。一度紧张得大气儿都不敢喘的胡全和，在不知不觉中进入了梦乡。

胡大珂和秀姑在焦躁、恐惧中度过了一夜。他们时刻期待着听到儿子叫门的声音，多次听疑了，觉得听到了门响，慌忙赶着去开门，可是门外并没有根儿。他们最怕的是儿子跑进西边的庄稼地，碰上狼群。

天刚蒙蒙亮，秀姑就坐不住了。她打算天明后再到儿子的同学家去打听儿子的消息，希望能在儿子的同学家中找到他。她打开门，在门外的水泥地上发现了熟睡着的儿子。她悬着的心落了地，两眼溢出了快乐的泪花儿。儿子平安无事让她高兴，只是担心他会受凉得病。

"根儿！"她轻声叫道，生怕惊吓着儿子。

"根儿在哪里?!"胡大珂慌忙跑出来。他见儿子昏昏沉沉地依在妻子的怀里，又悄悄地回到屋里。他做了蠢事，不好意思向儿子道歉，也没有勇气再摆出他当爹的架势。

"爹，昨天夜里咱们这里来过很多兵。"胡全和揉着眼睛说。他渴望把昨夜奇怪的见闻告诉爹娘。至于他对他爹的怨恨，他好像已经忘记了。

"傻孩子，你在说梦话呢！这里哪来的兵？"胡大珂讨好地笑着对儿子说。他不相信儿子说的话，以为他还没有睡醒，说的是梦话。

"就是兵，听声音有好几百人。"胡全和坚持说。

"这里不是前线，军队来干什么？"胡大珂仍然认为儿子说的是梦话。要在平时，他会和儿子开玩笑，取笑他。根儿小的时候曾经把梦境当真事儿，说他见过狼，而他描绘的狼和小牛儿一样，大人们常常拿这事取笑他。可是现在他不敢。他怕儿子对他产生误会。他要讨好儿子，要利用这个机会对儿子表示歉意。儿子不提他昨天的过失，没有怨恨他的表示，就已经让他很感激了。

"好像还挖过战壕！"胡全和不停地说。

"越说越悬了，半夜三更哪来的兵啊！"秀姑说，"好儿子，回家吃饭，然后睡觉"。

"真的呀！"胡全和坐起来，睁大眼睛，看着秀姑认真地说道。

胡大珂不想和儿子争辩。儿子平安，他就满足了。

秀姑笑着说："你还记得，你小的时候说过，你见过狼的事吗？那年你6岁，一天早晨起来对奶奶说，你见过狼，说狼长得像小牛儿一样，还记得吗？"

胡全和笑了，说道："那是我把梦里见到的东西当成真的了。香叶儿姑姑家的老奶奶总讲狼的故事，听得多了就梦见了狼……"

"这会儿也是这样啊。你是睡毛愣了，那有什么日本兵呀！"秀姑说。

"这回是真的呀！"胡全和坚持说，爹娘都不相信他，让他感到委屈。

"快拉倒吧?！越说你越来劲啦！"秀姑笑着说。

"走，咱们去看看！"胡全和说着，站起来就朝东走。要在平时，胡大珂和秀姑不会理睬根儿的瞎话，今天迁就失而复得的儿子，特别有耐心，就跟在他的后面，等他清醒起来，明白自己说的梦话。

胡全和走到昨夜铁锹响过的地方，指着面前的一个个没有修成的战壕坑说："看，这不是战壕是什么？"

胡大珂看着面前足有几百米长的战壕群，不再和儿子争辩。面对眼前的景象，他联想到老毛子军队已经和日本关东军开战，认为日本人是要在这里抵抗。可是他们为什么战壕只挖了一半儿就停了呢？他认为老毛子可能已经逼近这里了。这里已经是前线！这一两个连的人显然是奉命到这里来设防的，后来得到命令又开走了！那就是说，日本人就要完蛋了！他对老毛子的军队进入东三省存有戒心。不过他也想，不管是谁，只要打日本，就是朋友，就应该欢迎，应该感谢。

82

在第二天的夜里胡大珂从莫斯科电台听到两个重大消息，一个是美国人在日本本土扔下了原子弹，日本天皇发表了无条件投降的讲话。几天之后，他就从他的电戏匣子里听到俄语播音的呼叫："嘎瓦力，江城！嘎瓦力江城！"胡大珂立刻意识到老毛子的军队已经占领了江城，关东军被粉碎了！他把干粮扔在饭桌上，像疯了一样大声狂呼："鬼子完蛋啦！鬼子完蛋啦！"

秀姑生气地说："你吓了俺一跳！"

古全和看看爹，再看看娘，不知道发生了什么事情。

胡大珂说："苏联军队已经占领了江城，鬼子完蛋啦！"他说着立刻狂奔到大街上，发疯般地高声喊道："鬼子完蛋啦！鬼子完蛋啦！东北光复了，中国胜利啦！"

山东庄眨眼间沸腾了。接着，宋家屯全镇沸腾了！

日本人和狗一样的伪警察，像鬼魅一样通统消失了。

14年的噩梦结束了。屈辱的岁月过去了。

宋家屯镇人潮涌动，满街是泪水，满街是欢笑。

人们彼此的祝贺声，充溢着大街小巷。

强劲欢快的中华锣鼓，爆豆儿一样的鞭炮声，响遍全镇。

一支支高跷队突然出现在街头，伴着昂扬的锣鼓声，在全镇四处游走，不图施舍，不图馈赠，图的就是同胞们共享胜利的欢乐。胡大珂是古家庄第一鼓手，他抢过一支高跷队的鼓手的鼓棒，疯狂地打起来。他激动狂热的动作，迸发着欢乐的表情，花哨多样的鼓点儿，吸引着众多的观众。

菜市街、柳影路、黑狗大街，到处是鞭炮声，到处是燃放鞭炮留下的花花绿绿的纸屑，到处洋溢着鞭炮燃放后留下的火药的香味儿。胡全和觉得奇怪：那么多的锣鼓家伙都是从哪里来的？人们是从哪里弄来了那么多的鞭炮？一支支高跷队是什么时候扮起来的？所有这一切好像是突然从地底下冒出来的。哦，他明白了，感情无数爷爷奶奶、叔叔大爷都和他爹一样，在日夜关注着抗日战争的进程，期待着光复的这一天哪。他们也和他爹一样，早就感到胜利的逼近，预先默默地做好了欢庆的准备。

家家户户刀勺齐鸣。酒香，肉香，到处飘荡。一向斤斤计较的饭店老板们，不再吝啬，免费招待来往的顾客，仿佛天南地北的中国人突然融成了一家。

山东庄到处响着"光复了！光复了！"的祝贺声和狂呼声。男人们像拜年一样一家一家地彼此走动起来。他们反反复复地向对方报告着彼此都早已知道了的好消息，而对方又总是像刚刚听到那个消息一样地喜悦和感激。就连平日彼此不曾走动、甚至一度并不和睦的人们，好像也忘记了过去的怨恨，忽然变成了亲人。

刘书成的眼睛睁得比平时大，话也多了。他平日很少和胡大珂来往。他总觉得胡大珂那双眼睛看透了他的过去和内心。虽说他觉得胡大珂对自己没有什么恶意，可也还是有些畏惧。因为在他看来胡大珂毕竟是一个干干净净正正经经的人，而他自己过去是曾经干过一些说不出口的勾当的。此刻他竟开口邀胡大珂到他家去做客，共同庆祝东北光复，祖国胜利，而胡大珂居然也不假思索地欣然前往，而且从不喝酒的胡大珂还在刘书成家里喝醉了。

"胡大哥！光复啦！熬出头啦！哈哈哈哈！"孙孝友兴奋地说。他像喝醉了似地第二次到胡大珂家来向他表示祝贺。他早晨已经在井台上和胡大珂见过面、彼此祝贺过一回了。

"孝友兄弟，从现在起，俺不姓胡啦！也不叫胡大珂啦！哈哈哈哈！"胡大珂觉得自己年轻了许多，好像明天就可以回山东老家了，数不清的希望在他的心头闪动，他简直有点儿得意忘形了。

"俺早就知道你的秘密，你姓古，你是古大哥！咱们中午一起喝一盅儿吧?！"孙孝友笑嘻嘻地说着，两个人面对面地彼此对看着，眼睛里都溢出了泪水。胡大珂扑到孙孝友的身上，把他紧紧地抱在怀里。

小凤儿他娘含着眼泪告诉她的儿女，说他们的父亲是在抗击日本鬼子的战斗中牺牲的。她还在供奉丈夫的神龛前烧上三柱高香，带领着儿女在他的像前跪拜，告诉他东北光复啦，中国胜利啦！

秀姑在忙着包饺子。她想起了死在日本人和汉奸手里的弟弟、弟妹、女儿和刘玉山大哥，想起了去年去世的婆婆。"要是他们还活着该多么好啊!"她想,心里充满了对日本鬼子和汉奸的仇恨。

"胡全和在家吗?"崔汉民、靳元儒和谢文杰在门外叫道。

"是你们啊!"胡全和欢笑着跳出来,热情地招呼他们,"我不叫胡全和了。我们家不姓胡,我现在叫古全和啦!"

"原来你是个冒名顶替的家伙啊!"靳元儒笑着说。

"你们从哪里来?"古全和说。

"从学校来。"崔汉民说。

"王秋兰老师和师爷好吗?"

"好!"靳元儒说,"他们要回老家啦!"

"那咱们去送他们吧。"古全和说。

"你们学校放假了吗?"靳元儒问道。

"放啦,"古全和说,"我们柳老师说可能要放长假呀。"

"什么叫长假?"谢文杰问道。

"谁知道呢,反正不只是一周两周。街上人多吗?"

"多着哪!人山人海,都跟疯了似的!"谢文杰挥舞着双臂高声说道。

"哎,胡……古全和,我问你,'光复'是什么意思?"谢文杰问道。

"'光复'……就是我们又是中国人啦。"古全和说。

"咱们不是'满洲人'吗?"谢文杰皱起眉头问道。

"咱们祖祖辈辈都是中国人!满洲人也是中国人。我爹说,1931年,日本鬼子侵占了咱们的东三省,第二年制造了'满洲国'。'满洲国'是假的呀!"

"啊呀,原来咱们是中国人哪!你早就知道吗?"靳元儒说道。

古全和点点头儿说:"其实大人都知道,就是不说。"

人们的笑脸刚刚绽开,一个可怕的消息瞬间传遍了宋家屯镇,说日本人和那些仗着日本人的势力欺压中国人的高丽人要反扑,要报复,要杀中国人!这个消息在全镇激起了一阵恐慌,接着就转变为愤怒,全镇立刻掀起了团结自救的狂潮。山东庄的男人和女人一致奋起,实行自卫,一个个顺手抄起身边的棍棒、锹镐、擀面杖、菜刀，冲出家门，朝日本人和高丽人集中的"武道局"大院儿冲去。胡全和穿着一条短裤儿，手持一根没有用过的手镐的镐把，和伙伴们一起涌入了这一自卫和复仇的行列。山东庄的老奶奶们也不甘落后，一个个踮着小脚儿，怒气冲冲、手持菜刀，或站在自家门口，或在住宅附近游荡。

"武道局"神秘坚固的大铁门被砸开，几百人闯进"武道局"的大院儿。秀姑英姿勃勃，手执木棍，率领妇女们，随着愤怒的人流涌进"武道局"的院子。

愤怒的呐喊声吞噬了每一个人的声音，只有几个大嗓门儿的男人和声音很尖的女人的声音有时可以听出来。

"把小林那个狗东西拉出来！"一个操山东口音的女人尖声叫道。

"把他拉出来！拉出来！"许多人齐声应和。

愤怒的吼声带着14年被欺凌、被摧残、被杀戮的仇和恨，从男人和女人大张着的喉咙里喷发出来，如排枪，如火焰，到处飞扬。

孙孝友手提着小林一郎的衣领把他拉出来了。小林一郎头发散乱，脸色苍白，浑身瘫软，比孙子还孙子，往日耀武扬威的派头儿一点儿也不见了。

"打呀！打呀！打死这个坏蛋！"愤怒的人潮涌动。手臂如林，一齐朝小林挥舞。

"你这个畜生！你们害死了我们多少中国人哪！"玉屏她娘冲到小林的跟前儿，发疯般地挥舞着手中的擀面杖，不停地朝他的身上、头上猛打。小林双手护头，缩成一团儿，迎着数不清的拳头和棍棒，盲目地挣扎着朝院子的大门口移动，好像只要能挤出大门，他就会平安无事似的。人潮跟着他朝门外滚动。

"把那只母狗也拉出来！"是一个女人尖细的声音。

"拉出来！把那个狗崽子也拉出来！"一个男孩子的声音。

两个女人把一郎的妻子小林美惠子架了出来。她双手合十，眼睛里充满惊恐，一步一鞠躬。小林一郎的儿子小林辉和他的妹妹牵着他母亲的衣裳，瞪着惊恐的眼睛，朝四下里张望。

"打死这条母狗！打死这两个狗崽子！"潮涌般的吼声此伏彼起。无数复仇的手臂朝他们挥动。但是人们对小林美惠子和小林辉等的威胁多于真打。小林美惠子弯腰护住小林辉和他的妹妹，渐渐地颓倒下去。

"住手！住手！"秀姑奋力拨开众人，挤到前面，把小林美惠子和小林辉他们保护起来。"不要打女人！不要打孩子！"秀姑用她有力的手臂架开一只只挥向小林美惠子母子的拳头和棍棒，高叫道，"美惠子是个好人！孩子没有罪！"

"你是什么人？为什么要护着日本人？"有人愤怒地质问。

秀姑高声喊道："俺和这个女人和孩子非亲非故。俺一家有三口死在日本人手里。"

"美惠子是个好女人！"许多中老年女人附和道。

复仇的狂潮把小林一郎卷出"武道局"大门，朝远处涌去。

秀姑把小林美惠子和小林辉兄妹领回自己家中，"武道局"风波平息之后，秀姑亲自护送他们进城，交给他们的亲戚。

宋家屯镇民众自发的复仇和自卫的怒潮轰动一时，不过当天下午就平息了。传说日本人和高丽人反扑的消息不实，关于小林的说法儿不一。有人说他被乱棍打死了，有人说他被什么人接走了，有人说下落不明。事过第二天就没有人再关心小林的死活，而围攻"武道局"的斗争转眼之间就从为公的正义之举而一变为为私的公然抢劫。"武道局"里所有的木料、布匹、木工工具和成品，汽车，马车，所有有用的和值钱的东西，包括小林家的私产，都是抢劫的对象。成群的男男女女只用了不到半天的时间，到当天晚饭前，"武道局"里所有能变成他们私有财产的东西就都被抢光了。有人竟在这样短的时间里，把停放在"武道局"大院里的三辆完好的载重大汽车上的18个胶皮轱辘给拆走了，把三辆汽车变成了废物。那些汽车轮子可以装到马拉大车上，废弃的轮胎可以剖成薄片儿做鞋底儿。过了一些日子，"武道局"大院儿的砖砌花墙和房屋也经历了一个"化整为零"，尔后又"化零为整"的过程，而从原来的地方儿消失了，留在那里的是一片杂乱无章的空地。

抢劫风从"武道局"开始，一发而不可收，并且获得了一个带有时代色彩的名称："拣洋落儿"，而横扫宋家屯镇附近所有的公共财物，前后持续了半年之久，直到抢光抢净为止。所谓"拣洋落儿"其实就是一次疯狂的抢劫公物的风潮。在有些中国人的心里，私人的东西不可以拿，但是公家的东西可以拿。这是许多中国人实际上奉行的一条原则。一些人把贪婪的目光投向镇内外所有的公共财物，从米面布匹，到砖瓦木石，一切都在可抢之列。

宋家屯镇的一些居民抢掠的第一个大目标是江城面粉厂。这家制粉厂是伪满洲国最大的制粉厂之一，俗称"火磨"。它位于宋家屯镇南二里路的空地上，占地过数百亩，主建筑是一座四层高的、面积近万平米的方方正正的红砖楼，周围是高高的围墙，墙头拉有电网，有专用常规铁路和外面联结，原粮和面粉是用火车运进运出，当时存有大量的小麦和面粉。日本人投降后的第二天，在胜利的狂欢的同时，一些并非饥饿的贪婪的眼睛就盯上了这些小麦和面粉，并向她伸出了罪恶的双手，然后成百上千的男人和女人，大人和孩子，就急不可耐地，像蚂蚁一样地拥进这座苏联军队也正忙于接管的大面粉厂，一袋，两袋，三袋，四袋，五袋……蚂蚁搬家般的人们把那里成万吨的面粉和小麦抢光，据为己有。迟到的苏联驻军来不及控制"火磨"，就出动空军，在面粉厂的上空盘旋，反复扫射，企图阻止抢劫活动。但是他们没有能够遏制住生死不惧的疯狂的中国人。面粉抢光了，人们就抢麦子。麦子抢光了，就抢机器。就连机器上一条条长长的特制的线胶混合制成的动力设备上的导带，也被人们割断卷起背走。据说那是可以切割成一段一段做鞋底儿用的！只要是能够变成私产的东西，都在人们的抢劫之列。最后抢劫的对象是面粉厂的围墙！不过把面粉厂的围墙和整座大楼也抢光，把面粉厂重新变成一片空地，那是以后的事情，因为面粉厂太大，更有更有利可图的地方可抢。那座大楼凄凉地在那里矗立了足足有两年。

抢红了眼的人们在抢光了制粉厂之后又像蝗虫一样地冲进了飞机场，而当他们冲击巨大的关东军仓库的时候却碰上了对手，俄国人已经捷足先登了。他们手持轮盘枪，控制了里面所有的仓库，并且先后用了几个月的时间，把那里面所有的东西都一批批地装上火车运回他们的俄罗斯。俄国人是把中国当成战败国对待的！这件事让古世才骂不绝口，足足骂了好几年。

巨大的制粉厂被毁了，飞机场，关东军仓库，以及所有的公共库房和建筑，都在抢劫风中消失了！一辆辆汽车的轮胎不见了！凡是能拆走的，都拆走了！房屋的梁木拆走了！门窗拆走了！屋瓦拆走了！最后，连砖结构的墙壁也拆走了。所有这一切都变成了一幢幢私有的小屋，或是属于私人的种种建筑！有些人吃着抢来的大米白面，欣赏着抢得的东西，和邻人对比着，为自己抢得的东西比别人多或值钱而感到得意。在这些人中，没有谁想过这些东西本来都是国家的。他们刚刚做了中国人，却忘记了中国是自己的祖国，而是把刚刚光复的祖国当成了和俄国人合伙儿抢劫的对象儿！俄国人抢大宗的，中国人抢残余的！

中国人啊，每当乱世就烧！就抢！就毁坏！这一次没有烧，因为留在那里的是不能点燃的残垣断壁！

85

在"武道局"和"拣洋落儿"风中最得意的曾经是刘书成一家。

刘书成曾经是 20 年代活动在长白山地区的红胡子"草上飞"的二当家。抢劫是他的看家本领。"武道局"的风波一起他就他盘算"武道局"里有近 40 名工人做工，大量的木料、布匹和制成品都用大汽车运出运进，里面会有值钱的东西和大笔的现金。"武道局"风波起时他第一个冲进"武道局"的大门，直奔小林一家住宅门外。他没有让儿子参与揪斗小林的活动，而是把他留在身边。群众痛打小林的风潮汹涌，人群随着小林涌出"武道局"大院儿，抢劫即将开始，刘书成和他的儿子不失时机地闯进了小林夫妇的卧室。在别人忙着从"武道局"里往外扛木材、家具和被褥、衣服的时候，他带领儿子抢得了密封在他们夫妇卧室日式壁橱里的一个特大的紫红色的牛皮箱。刘广聚扛着皮箱在前面奔跑，刘书成手持棍棒瞪大眼睛断后。在场的有些人，以惊讶和羡慕的眼光儿目睹他们父子俩冲出人群，离开现场。

刘书成父子二人把皮箱扛回家里藏好。刘书成想，谁会把不重要的东西保存在这么好的皮箱里呢？他确信，小林家值钱的玩意儿肯定就都在这里面了！如果不是这样，小林美惠子为什么会不要命地护着这个皮箱，苦苦哀求他们放下这个皮箱呢？

　　刘书成寸步不离地坐在他卧室的炕沿上，不错眼珠儿地凝视着那个摆放在北墙下新年时供奉财神和祖宗的供桌上的那个紫红色的大皮箱，想象着密藏在那里面的宝贝，做着发家致富的美梦。他想这一回他一定是要大发了，靠着这笔外财他可以顺利地回到老家，置房子置地，拴车，买牲口。他连吃饭的时候都不肯离开这个大皮箱，上茅房都步履匆匆。儿子要替他看守，他不放心，生怕刹那间发生意外。他深知绿林"贼吃贼"的把戏，知道许多类似的故事。他很怀疑有人可能注意了他和儿子的举动，注意了这个大皮箱，会突然闯进来把皮箱抢走。他恨不得立刻把皮箱打开，见见里面的宝贝，可是他抑制着自己的这种渴望，就好像赌徒不愿意轻易翻牌、贪馋的人不愿意草率地吃完一桌好饭菜一样。他想好好地享受享受这暴富的欢乐和惊喜。他不想在白天打开皮箱，怕消息暴露，遭人暗算。广聚的心情和他老爹一样，不同的是他没有他参那样有耐心，一再说要打开皮箱看看。

　　刘书成一家在期待和渴望中度过了整整两天两夜，直到"拣洋落儿——抢劫"的旋风滚出宋家屯镇，刮向面粉厂、飞机场、关东军仓库等各地的公共财产以后，他才决定依据皇历，选定吉日良辰，打开这个皮箱。而今天就是吉日，晚饭前刘书成郑重宣布，今天夜里子时开箱。为表示庆贺，他特地关照老伴儿，晚饭准备酒菜。

　　晚饭后，他就让儿子安排嘴碎心粗、爱显媚的儿媳妇儿早早睡下。在全院儿各家的灯火都熄灭之后，他关照儿子放下防空窗帘儿，拉下防空灯罩儿，准备开箱。

　　刘书成亲自点燃了三柱二尺多高的谷草香，恭恭敬敬地拜过关公和祖宗，小心翼翼地把香一炷炷地插进香炉里。香烟笔直上升，香味儿渐渐迷漫开来。

　　"把皮箱打开！"刘书成命令儿子。

　　一家三口儿，六只眼睛，目不转睛地盯着面前的这个大宝箱，期待着看见这个皮箱里大量的金银财宝和成捆的百元大额绵羊票儿，刹那间梦想成真，变成巨富。

　　皮箱被轻轻打开了。里面是排列整齐的十几个用天然漆漆就的黑色的、精美的、长方形的木头盒子，每一个盒子上面都有用毛笔书写的一些汉字。

刘广聚心花怒放，顾不上看那上面的文字，相信这些精美的盒子里装的一定是宝贝，急不可耐地笑着说道："爹，打开看看吧?!"

"盖上！"刘书成突然愤怒地吼道。

广聚娘、广聚怔怔地看着愤怒的刘书成，不知所以，面面相觑。

"您是说再关上? 这会儿不看啦?"广聚怯怯地问道。

"你给我把皮箱盖上！马上送回！"刘书成吼道，"真他娘地丧气！"

刘书成把儿子扒拉到一边，亲自来捆绑皮箱。嘴里念诵着"误会啦，误会啦，惊动了各位，对不住啊！"然后小心翼翼地皮箱盖好，重新系好皮箱上的腰带，命令广聚扛起，连夜送回小林家的空空的卧室。为表示他们对惊动小林一家祖先的歉意，他在大皮箱上贴一张两本书那么大的一块干净的包装纸，在那上面用毛笔郑重其事地写上这样一些字：

"皮箱里装的是小林一郎祖先们的骨灰。望善心的人们不要惊动他们。"

被人们称作"拣洋落儿"的风潮正在过去。几乎所有山东庄的孩子都在这次风潮中捞到了一些好吃好玩儿好用和可以换钱的东西。有的"捡"回来了特等面粉，做成雪白的馒头。有的"捡"回来了磨光大米，焖成了香喷喷颤悠悠儿的大米饭。一些"捡"回来了日本军靴，已经穿在脚上。其他如，有的"捡"回来了日本人的手电筒儿；有的"捡"回来了绸缎布匹；有的从日本军营里"捡"回来了里面含有兴奋剂的军用薄荷糖，孩子吃多了，兴奋得整宿睡不着觉；有人误把"捡"回来的泄盐当咸盐用，导致全家人腹泻不止，等等等等。而古世才则因为"捡洋落儿"之风而家生不和。

古板的古世才说敌伪仓库里的东西都属国家，要等中央政府派人来接收。他自己不去"捡洋落儿"，也不许他的儿子根儿去干这种勾当。根儿听他爹的。可是秀姑看着别人抢回来的粮食布匹等等值钱有用的眼红。她说，面粉厂、关东军仓库和其他许多地方的财物，不姓张，不姓李，谁家的都不是，你不拿别人拿，不拿白不拿。她一再催促古世才和根儿去"捡"，并且因此而和古世才争吵。而古世才坚决不去。丈夫她管不了，她就催促儿子去。古全和说"捡洋落儿"和去偷去抢差不多，不是个光彩的事儿，不肯去。秀姑觉得儿子越大越蠢越不听话，开始唠叨丈夫把儿子教成了一个四六不分的废物。而古世才却说儿子不贪"外财"是美德。

古全和不忍心看着爹娘争吵，不想当个"爹派"让娘生气，也去"捡"过几回。在抢面粉厂的第二天，他淋着蒙蒙细雨去过面粉厂，在通往制粉厂的半路上，捡回来一袋子白面。那是别人背多了，背不动，扔在半路儿上的，上面还沾着很多泥。秀姑用捡回来的面粉做成了雪白的馒头。她指着这些馒头，笑嘻嘻地对古世才说："你尝尝，这馒头有没有贼腥味儿？"古世才知道妻子是在取笑他，只好长叹一声，摇摇头，心里说："女人见识！"他觉得妻子在这两年卖鸡蛋挣了钱，长了精神，也不像过去那样对他言听计从了。

古全和心里很难过。他不知道娘为什么变得这样爱贪便宜，这样不想后果。可是为了不让娘生气，不使爹娘争吵，他只好跟上他的那些小伙伴儿跑了几个地方儿。不过抢飞机场他是自愿去的。他听说飞机场的仓库里有很多手枪，想去捡一枝真枪玩儿。可是他去晚了。他到飞机场的时候，所有的手枪都已被人抢光了，现场有几摊血。有人对他说，日本人在被迫离开飞机场的时候，给所有的手枪都上了顶门火儿。从来没有弄过枪的人，不懂枪的使用方法，拿到枪，高兴地对准自己的某个伙伴儿，一扣扳机，枪就响了。先后有两三个孩子因此丧命。古全和难以理解，日本人为什么这样坏，他们到中国来抢土地，抢东西，杀人放火，无恶不作，罪行累累，为什么不知道羞耻，不感到惭愧，临了儿临了儿还要祸害这些无辜的孩子，难道日本人天生是一些坏种？世界上真有天生就坏的人吗？《三字经》里明明写着"人之初，性本善"，难道有人"性本恶"吗？他想起了他爹的一番议论。他爹说，这些害人的日本人想让中国亡国灭种，因为最后失败反而更仇视中国人。这就好比是盗贼闯进失主家，没有抢劫到他们想得到的东西而肆意毁坏失主的东西泄恨一样。贼盗有贼盗的想法儿，他们和好人不一样。现在的日本就是一个贼盗控制的国家，他们国家的一些人偷盗抢劫成性，已经和好人不一样了，等等。古全和觉得他爹说的有道理。

　　道士等一些孩子从关东军仓库"捡"回来成匹的绸缎，秀姑看着眼红，一再撺掇着古全和也去"捡"一些值钱的东西回来。古全和摇摇头说，他不想去。秀姑不满地说："为什么不去？"古全和说："那里有苏联兵看守，还不断打枪。"秀姑说："怕什么呀，去的人多着哪。"古全和说："谁爱去谁去，反正我不去。"

　　古全和说着，就开始看书。

　　秀姑不耐烦地说道："你这会儿看的什么书啊！"

　　古世才气愤地说："孩子不愿意去，你就不要让他去嘛！"

　　"你别管！"秀姑气愤地瞅了丈夫一眼。

　　"女人见识！"古世才愤愤地自言自语。

　　"你是男人见识！你为什么不去弄一些值钱的东西回来？！"她想，别人家的孩子都去抢，道士弄回来那么多值钱的东西，根儿怎么就不能去？

　　古全和为一家和睦又违心地答应他娘，说他愿意去关东军仓库，就跟着道士去了关东军仓库。

　　关东军仓库是苏联军队抢先占领的地方儿。看来他们早先就注意了关东军仓库等地方。这不是出于他们军事上的需要，而是因为关东军仓库等地贮存着大批的粮食、布匹、伪币、枪械、木材、办公用品等，可以说应有尽有。他们占领这个占地数千亩的巨大的仓库之后，就日夜不停地把仓库里的物资就地装上停靠在仓库里的火车，直接运往苏联。宋家屯镇的有些民众，也不时冲进仓库，去抢粮食、布匹之类的东西。他们"捡"的是小鼻子和大鼻子的双重"洋落儿"。

87

　　秀姑老早就把晌午饭做好，等着儿子满载而归。可是日头儿已经晌歪了，别人家的孩子都回来了，而根儿还没有回来。古世才想到上午关东军仓库那个方向响过三次轮盘枪连射的枪声，感觉不安，秀姑嘴里不说什么，而心里也有些发毛，担心儿子碰上倒霉的事。

　　古世才久久伫立在门外，朝西南方向张望，期待着儿子的身影出现。他抬头看看日头儿，眼见它朝西偏去，忍不住跑到道士家去打听儿子的消息。道士说，到了关东军仓库他们就走散了，不知道根儿为什么还没回来。

睡午觉的时间都过去了，根儿还没有回来。古世才开始担心根儿的安危。在关东军仓库被打伤的人已经有好几个。

"人要紧呢，还是钱要紧？去抢回来仨瓜俩枣儿就富了吗？死乞白赖地撺着孩子去偷，去抢，干他不想干的勾当！把孩子往什么道儿上领？！"古世才自言自语，实际是责备秀姑。他平时不爱埋怨人。无论是大人还是孩子做错了事，只要他们自己知道错了，他从不指责，不埋怨。可是他就这么一个儿子，而且他聪明好学，为人正派，是被迫去干这种偷偷摸摸的勾当的。古世才一向认为女人大多不识大体，贪图小利，但是秀姑是个例外。现在他发现秀姑也有这样的禀性，就更加觉得女人不能管大事，在家里主事儿的应该是男人。他后悔自己这些日子总迁就妻子，没有拿定主意，当好这个家。

丈夫的神情，秀姑都看在眼里，他的唠叨，她只能听着。她知道事情可能很严重，后悔自己不该为"捞"点儿外快而硬赶着儿子去冒这个风险。她也一次次地跑到门外朝西南张望，每次都是失望而归。

刚才路过这里的一个人说，今天上午关东军仓库外面有两男一女三个孩子受了伤，秀姑听了就想到了根儿，心里不由地慌张起来，即使根儿只是落下个残疾也不得了，丈夫会埋怨她一辈子！也许他再也不会理睬她了！

秀姑在街上碰见有富。有富说："碗儿的胳膊被流弹打伤了！"

"还有谁？！"秀姑赶紧问道。

"不知道。"有富说着，走了。

"都是我不好！"秀姑终于忍不住，哭丧着脸儿说道。

"后悔有什么用？"古世才反转来安慰她。

秀姑再次跑到门外张望。古世才也跟了出去。

"那不是根儿吗？"古世才手指远处，笑着说。

"啊，是根儿！"秀姑见儿子背着沉重的东西，低垂着头，吃力地朝自己走来，心里一阵惊喜，高声叫着儿子的名字，跑着迎上去。

"你背的是什么？"秀姑这会儿关心的不再是儿子，而是儿子背回来的东西。她希望儿子能像道士他们那样，弄回一些布匹、绸缎等值钱的东西。

古全和兴冲冲地说:"纸!都是纸,好纸,三五年用不完。"

"根儿啊,你可真傻呀!"秀姑没等儿子把东西撂下就失望地说,"你为什么不背些绸缎回来?"

"我要绸缎干什么?"古全和不高兴地说。

"绸缎值钱哪!"秀姑说。

古世才,摇摇头,叹了一口气,说道:"你就先让孩子喘口气吧!他能平安回来就算不错了!要是孩子真有个好歹……嗨!"

此后,古全和没有再去拣过洋落儿。不过后来俄国人和中国人还是把关东军仓库打扫干净了。大部分要紧的、有用的和值钱的东西,都被俄国人拉走了,剩下的一些零七八碎的东西则让有爱家美德的中国人收拾走了:先是抢光了仓库里残留的东西,再是拆光了仓库房屋上的木料,最后是拉光了建成仓库的砖石。到1946年的春天,原先占地几百亩关东军仓库,连同它高高的围墙,就都从地面上消失了!留下来的只是遍地的残砖碎瓦和人们关于它的血腥、黑暗、森严恐怖的记忆。

88

城里来人说,城里到处是俄国兵,火车站前停放着十几辆俄国的大型坦克。而古世才对于军械,特别是俄国陆军的装备很感兴趣。他自我禁闭两年多,这会儿也很想进城去散散心,而主要还是想去看看俄国军队的装备有什么变化。他是步行进城的。从宋家屯镇到城里,一路之上变化很大。第一个让他感到痛快的是威胁着人们生命安全的日本宪兵和警察不见了,不再怕抓劳工,可以自由走动了。噩梦虽然早已过去,但是现在想起来,仍然感觉屈辱和心情沉重。第二是通往城区的大路两旁的关东军仓库变得残破不堪,那两个坐落在大路南北两面、彼此相对的鬼门关一样的大门和守卫它们的日本兵都不见了。而当他想到俄国人正在把本来属于中国的东西当成他们的战利品抢运回他们自己的国家的时候,不由地想起老沙皇掠夺中国广大土地的罪恶的往事,心中的怒火猛然升起。他愤怒地想道:"谁都来抢!日本人刚刚抢过了,俄国人又来抢!"此刻他对那些正在扫荡和抢劫过这座巨大军用仓库的贪婪的中国人，不再像原先那么厌恶了。他想，他们把中国的东西抢回家，肥了他们个人，瘦了国家，虽然可悲可恨，也比被俄国人抢走要好。从光复到如今，在怎样对待苏俄这件事情上，他心里一直不知道该怎样想。他想，他们帮助中国人打垮了日本关东军，有功，应该感谢；可是他们正在抢劫东三省，也让他感觉愤怒和羞耻。

古世才特地走到一年前玉屏被弃置的那个地方站了一会儿，默默地悼念她，心里不禁伤感起来。"孩子啊，要是日本人早完蛋一年你就不会惨遭横祸了！"

古世才一踏上通往火车站的大路，就看见远处停放在站前广场周围的一辆辆巨大的苏军坦克。他赶到坦克车的跟前，认真地观察着这些坦克和那上面的文字和符号儿。他看出，这些坦克吨位很大，感慨俄国军工事业的巨大进步，希望自己的国家有朝一日也能像俄国一样，有自己先进的军工事业，以保卫自己的国家不受侵犯。这时一个头戴船形帽儿、身挎轮盘冲锋枪的俄国士兵走上来，拦住他的去路，向他挥手，意思让他离开。

古世才笑着说："难道这样坚固的坦克还怕看吗？"

那个俄国士兵一愣，然后兴奋地说："啊哈，你会俄语？！"立刻变得亲热起来。

古世才坦然地笑着对他说："你是莫斯科一带的人吧？"

"不错，您怎么知道？"士兵兴冲冲地走近古世才。

"你操的是莫斯科的口音。"古世才说。

这时，一个俄国军官走过来。古世才从他的肩章上看出他是个大校。

"你是在哪里学的俄语？"军官问道。

"在俄国，我曾经在聂都斯基兵工厂做过工。"古世才说。

"啊哈，难怪你关心这些坦克！"军官颇有感慨地说。

"您是什么时候到过俄国的？"大校问道。

"第一次世界大战的前一年，那是沙皇统治下的俄国。"

"太好啦！"大校说，"你欢迎我们吗？"

"感谢你们帮助我们打败了日本关东军！"古世才回避了大校的问题。

大校意识到古世才在回避问题，狡猾地一笑，然后询问古世才当年在俄国生活的情况。然后问道："您知道毛泽东吗？"

"听说过。"古世才说。

"你赞成毛泽东，还是蒋介石？"

古世才说："蒋介石先生是我们国家的领袖，至于毛泽东，很遗憾，我不了解。"

大校耸起双肩，再次狡猾的一笑。

古世才想，看来国民党的宣传说，中国的共产党和苏联是一伙儿，这是真的，开始怀疑中国共产党对于自己国家和民族的政治态度。

古世才告别两个俄国官兵，走进城里的闹市区，看见到处是俄国兵。单个儿的，成群的，带武器的，不带武器的，衣帽整齐的，邋里邋遢的，喝得醉醺醺的，胡喊乱唱的，和女人拉拉扯扯的，打架闹事的，和中国人讲生意的，用冥币强买东西的，……形形色色，满街都是。除了手中的武器，他们什么都敢卖。古世才关注的是他们携带的轮盘冲锋枪。这种武器他以前没见过，觉得很新鲜。他想，这种枪使用方便，装弹量应该在50到70发之间，可以连发，能顶轻机枪用！我们也可以制造这样的武器。

目睹这一切，古世才心中百感交集。他想，俄国人是来过的呀，他们曾经梦想过把我们的东三省变成他们的黄俄罗斯！他们今天又来了！来打日本人，他打心眼儿里感谢他们。可是他们却也来抢我们的东西，什么都抢……他们还会干些什么呢？会不会又赖在这里不走呢？俄国人是一直念念不忘我们的东三省啊！国民政府会怎样对待他们呢？要是赶走了狐狸却又引来了狼，那就糟了！这样的教训不是没有过的啊！想到这里，他心情沉重。

商人们在做俄国人的生意。到处响着形形色色的俄国话。有真正的俄国话，也有中国人自己制造拼凑的"协和式的俄国话"，像"很哈拉绍"，"哈拉绍的好"，"上高哈拉绍"等。① 到处可以看见商贩们指点着或是挥舞着货物，高喊着"上高，上高"招揽生意。中国的商人认为"上高"在俄国话里是"顶好"的意思。而俄国人也认为"上高"在中国话里是"顶好"的意思。谁也说不清中国商人是怎样把俄国话里的什么词语误解

---

① "哈啦绍"俄语"好"的意思。把汉语中的副词"很"，人为地加到俄语"哈啦绍"上，构成"很哈啦绍"，被理解为"很好"。俄国话里没有"上高"之类的词语，汉语里"上高"也不是常规的搭配，更没有"好"的意思。而这里被赋予"好"的意思，并且和"哈啦绍"搭配，被赋予"很好"的意思。

成"上高"，就和谁也说不清俄国人是怎样把"上高"误认为是中国话里的"很好"一样。而一笔笔的买卖就在彼此呼喊的"上高"之类的叫喊声中做成了。

从城区到宋家屯镇，俄国兵抢劫中国人财物的事时有所闻。因为语言不通产生误会引起的买卖纠纷的事也时有发生。俄国兵强奸中国妇女的丑闻虽属个别，却四处传扬，激起民愤。中国人对俄国人的老恶感和新恶感重叠到一起，和俄国人的对立情绪与日俱增。

古世才几乎天天到市里去转转，常常和俄国官兵打交道。许多俄国高层军官都委婉地或是直率地对他说毛泽东好，蒋介石不好。他从中进一步了解到苏联和中国共产党的真实关系，证实国民党宣传说中国共产党的后台是俄国人并不是瞎说，中国共产党真的是和俄国人一气儿。这让他感到忧虑和不满。

古世才今天一大早就赶进城里。他在拦截一个抢了中国人的手表而后逃跑的俄国兵的时候，认识了俄国维持军纪的宪兵大校诺维科夫。诺维科夫当场逮捕了那个违纪的俄国士兵，把表归还给中国人。这又给古世才一个很好的印象，觉得苏联军队和当年纪律涣散的俄国军队不一样。

"您怎么称呼？"古世才问道。

"米哈依尔·米哈依洛维奇·诺维科夫。您呢？"

"古世才。"

"您是高加索一带的人吗？"古世才问诺维科夫。

诺维科夫吃惊地打量着古世才，久久没有说话。他想，对方当然不会认识自己。那他怎么会知道自己是高加索的人呢？

"您怎么知道我是高加索一带的人？"

古世才笑笑说道："你的口音是高加索一带的。"

"您去过那里吗？"诺维科夫满脸惊诧的神情还没有完全消失。

"我在俄国工作过很多年。列宁、斯大林、莫洛托夫、斯维尔德洛夫、卡冈诺维奇的名字我都熟悉。那时我是聂都斯基兵工厂的技工。在我的同事中有一些高加索人。我自己也到过高加索，在那里生活过一段时间。"

"啊！古世才同志！"诺维科夫激动地扑到古世才身上，热烈地和他拥抱，很有一点儿"他乡遇故知"的意思。

"我们到岗亭里说话好吗？"

"当然。"

"您的俄国话说得太好啦！能读会写吗？"诺维科夫问道。

古世才点点头儿。

一个俄国士兵给他们搬来了两把椅子。

"您现在干什么工作？"诺维科夫问道。

"战乱时期，没有工作。"

"您住在什么地方？"

古世才迟疑片刻后，把自己的住址写在了诺维科夫递给他的一张纸片上。

"啊，您的字写得很美啊！"诺维科夫高兴地说。

"你们的装备很好。"古世才没有回应对方的赞美。

"您感兴趣吗？"诺维科夫说。

"非常喜欢！"

"古世才同志，我们出兵到你们的东北，您欢迎吗？"

"当然。非常欢迎，很感激！"古世才说。接着，他就提出了他最担心的问题："你们要在这里驻扎很久吗？"因为他知道，新俄国没有放弃老俄国在中国抢劫到的权利，有可能趁机扩大他们在中国的权利。当时他还不知道苏联已经和英美已达成了瓜分对日作战成果的协议，承认外蒙独立、恢复俄国在中国东北的权益，但是他已经在担心俄国人要再次趁机占领东三省，特别是旅顺口了。

诺维科夫耸耸肩膀，神秘地笑笑，没有作答。

古世才面露犹豫，心想："但愿你们改恶从善！"

"您怎么看你们的蒋介石先生？"

"他是我们国家的领袖。"古世才说。

"您赞成毛泽东吗？"

古世才笑笑说："对不起，我不了解毛泽东，无可奉告。"古世才知道共产党坚决抗日，原本对共产党抱有良好的印象，还曾想过去投奔八路军。可是他现在开始怀疑共产党，担心共产党是在替俄国人出力，帮助他们占领中国的土地。

诺维科夫失望地耸耸肩膀。

诺维科夫请古世才吃饭，他委婉地谢绝了。

古世才认为诺维科夫是个文明人，对他个人的印象不坏。当古世才对他提到红军纪律问题的时候，诺维科夫告诉他，斯大林大元帅和苏联红军总部很看重他们和中国人民的友谊，很尊重中国人民的感情，正在大力整顿军纪。

古世才仇视一切外国势力，反对一切和外国人有勾连的中国政治团体和个人。诺维科夫再次证实中国共产党和苏联的关系，使古世才对中国共产党的印象变坏。他认为俄国人绝对不会白白地为别人干好事，而且他们不讲信义，反复无常。这是历史事实。他担心俄国人会赖在中国不走，向中国提出领土要求。

诺维科夫说，他是犹太人，战前是喀山大学的学生，随军从斯大林格勒打到柏林城下，然后转战中国东北，现在属伏龙芝坦克旅，宪兵执法队长是他临时的职务，很看重他和古世才的交往，能在遥远的中国结识一个有话可说的中国朋友，很不容易，一再说，在他认识的中国人里，没有一个人俄语说得比他更好。古世才的深沉、他的爱国心，都让他倍加尊重。

诺维科夫请他到他那里去做客。古世才接受了他的邀请。

89

早饭后，古世才给林树昌修好他卖货用的手推车之后，就带上儿子直奔五里路外的二里沟。诺维科夫大校的坦克旅就驻扎在那里的江城火车站旧址和原先的俄国侨民小学一带。

二里沟是白俄侨民聚居的地方，古世才在那里有很多俄国朋友。他们都是俄国十月革命后逃到中国来的白俄，多数以养奶牛为业，江城的牛奶大都是他们生产的。他们中间也有些人是高级技术人员。本市的东大桥，就是俄侨工程师马卡洛夫设计监造的。在日本人疯狂抓劳工之前，古世才经常去二里沟看望他的俄国朋友，一起谈论他们共同经历过的往事。光复后，中国人疯抢一切的时候，那些抢红了眼的中国人，也不知羞耻、不顾邻里交情地光顾过二里沟的俄国人。这不仅是因为俄国人也是外国人，而主要是俄国人那里有东西可抢。他们抢走了他们的奶牛和值钱的东西。古世才听说后，立刻赶到那里去看望，而他们已经被抢得一无所有，他很伤心。

诺维科夫的坦克旅分住在两处。少部分驻扎在二里沟原中长铁路上的一个废弃的车站的一排长长的仓库里。大部队就驻扎在二里沟小学。这是当年白俄们为自己建立的子弟学校，是一处规模很大、规格很高的俄罗斯式的学校。二里沟一度住有大批的俄国人，后来有的去了上海，有的去了哈尔滨，有的去了其他城市，留在这里的俄国人就只有百十家了。在苏联红军撤离中国的时候，他们也奉命回国，二里沟侨民村随之消失，俄国侨民小学就改成二里沟区中心小学了。

古世才赶到俄国教民小学俄国军营的时候，正赶上他们开饭。黑面包和同样黑乎乎的熏猪排已经摆到桌子上。诺维科夫在看报纸。他听说古世才来了，非常高兴，立刻站起来迎接，并说道："啊，古世才同志，很高兴见到您，非常欢迎！"

"多谢！"古世才说着，就带着儿子走进了军营。

"这是您的儿子吗？"诺维科夫拍拍古全和的肩膀儿问道。

"是的。"古世才笑笑说道。

"和您一样地漂亮啊！"

"谢谢！"古世才说着，坐到大校指给他的一把椅子上。古全和就靠在他爹的身边。对古全和说来，这里所有的一切都是新鲜的。他没有见过面包，也没见过这样黑乎乎的一条条的猪排。

"请和我们一起用餐吧！"诺维科夫热情地说道。

一个士兵笑着递给古世才饭食：两条黑乎乎油滋滋的烤猪排，两块黑面包。古世才接到手里，对那个士兵点点头儿，说"多谢！"一份递给儿子，一份自己吃起来。可是当他从和大校的交谈中得知制作这猪排的猪不是俄国军队花钱买来的，而是他们随便开枪打死的中国老百姓养的猪的时候，他心里立刻升起了怒意。他对儿子说："咱们不是战败国！他们没有权利抢劫咱们的老百姓，不吃啦，走！"古世才有礼貌地告别了诺维科夫大校。

古世才的心情复杂。想到俄国人抢劫自己的国家和百姓，他对俄国人的好感就消失得干干净净。而他不得不天天无奈地看着俄国人抢劫自己的国家。山东庄位于宋家屯镇沟子西的高处。中长铁路正好横亘在沟子南的高地上。古世才每天早起或是闲暇的时候，都忍不住站在家门前观看中长铁路上南来北往的列车。从北面开来的列车几乎都是空的，而北去的列车却趟趟超载！那上面粮食、木材、机器、车辆，堆积如山。古世才愤怒地想，这些东西都是中国的，是中国人在日本统治时期流血流汗创造的。它们已经回到中国人的手里，俄国人为什么要把它们通统运走？这不是抢劫又是什么？他认为这不是他们个别官员的过错，而是他们的国策。日本人抢劫中国，俄国人抢劫日本人抢劫过的中国，是贼吃贼。这让他联想到1904年的日俄战争，列强们在中国的土地上争夺对于中国的统治权，心里倍感凄凉。俄国人明目张胆地抢劫作为同盟国的中国，令古世才再次看到俄国人向朋友两肋插刀的不仁不义的丑恶面目。

古世才父子二人在回家的路上一度被北去的列车拦在铁道南。古世才指点着超载的列车，心情沉重地对儿子说："孩子，看见了吧？国家弱了，就受人家欺负啊！老毛子这是明抢明夺我们啊！他们和日本鬼子没有什么不同！"他忍住眼泪，继续伤感地对儿子说："一定要有志气，要让我们的国家强大起来！我们强大了也不欺负别人，可是别人也不能欺负我们！"他说着，终于流下了伤心的眼泪。他对于中国共产党的疑虑更深了。古世才的这些话深深地烙印在他儿子的心里。他发誓：长大了一定要造原子弹！

秀姑在给古全和赶做秋天穿的夹袄。丈夫和儿子回来了，她连头也没抬。她对古世才天天到城里去跟老毛子打连连，冒着风险，替别人抱不平，很不满意。今天古世才还把儿子也带了去，她就更加不满。她对他们爷儿俩不放心，怕他们吃老毛子的亏。这几年心惊肉跳的日子弄得她的胆子越来越小，总怕丈夫或是儿子出事儿。她不懂外面的事，可是觉得"大鼻子"未必比"小鼻子"好，当兵的没有好东西，中国外国都一样。他们手里有枪，一旦嚷嚷起来，就要出人命，还是离他们远一点儿好。

"俺回来啦。"古世才主动打招呼儿，为的是缓和紧张气氛。

"在外面跑吧，回来干什么？"秀姑不冷不热地说。

"二里沟那里的老毛子真多。"古世才答非所问。

"加上你们爷儿俩不就更多了吗？"秀姑说，连看也没看丈夫一眼。

古世才知道老伴儿不满意他整天地在城里替别人抱不平，便以和婉的口气笑着说："咱既然会讲他们的话，给大家帮点儿忙也是应该的。"

"人家管饭吗？总不能白干吧？要是惹恼了老毛子，他们给你一枪怎么办？谁会说你个好？你犯得上替素不相识的人去玩命吗？"秀姑说着下了炕。她做了几年的生意，想事儿的路数儿开阔了，说话的腔调儿也和过去不一样，什么事儿都讲究个利害得失。

"嗨，也是为了出去散散心。"古世才笑着说。

"见了老毛子就心花怒放了。"秀姑说着笑了。她理解丈夫的心情。知道他爱管闲事帮助人，她喜欢，只是对于他和老毛子打交道不放心。"怎么样，饿了吧？"

"俺们吃过啦。"古全和说，"吃的是黑面包，和黑不溜秋的烤猪肉，真咸！"

"吃了就算啦。"秀姑笑眯眯地看了儿子一眼，回到炕上做针线。

古全和揭开锅一看，高兴地说："是包子！娘，我还能吃吗？"

秀姑笑眯眯地看看儿子说道："你自己看着办吧。"

"半大孩子，壳囊猪。"十多岁的男孩子，吃过饭，一眨眼，换个地方儿就饿。古全和把包子端出来，放到原本就放在堂屋地上的饭桌上，吃起来，一点儿都没比平常少吃。秀姑看了心里非常高兴。她下了炕，盛上三碗大米稀粥，也坐到饭桌前。她也没吃饭。

"听说菜市街兰子家的事了吗？"秀姑忍不住开始讲她的故事。

"哪个兰子？"古世才问道。

"还能有哪个兰子？麻子猴儿邓宝昌他媳妇儿嘛。"

"我知道，他们家在菜市场卖布。"古全和补充说。

"什么事儿？"古世才问道。

"昨天夜里打了一宿呢。"秀姑眉飞色舞，有些激动。

"哥儿俩又打架啦，为什么？"古世才开始关心妻子讲的故事。

"是和'老毛子'打！"秀姑有点生气，"还没老耳朵就不管用了。"

"怪你没说明白。"古全和替他爹帮腔。

"你插什么嘴？一个黑面包，一块咸猪肉，就吃得你不认识娘啦？"

秀姑笑着说。

古全和不好意思地笑笑，不再说话。

"前天的前半晌，从二里沟那边来了两个老毛子兵，都背着轮盘枪，在菜市街上转悠。不知怎么，他们就看上了兰子。四只眼睛直勾勾地盯着兰子不肯走开，直到邓宝昌他兄弟生气地挥手轰赶他们，他们才趔趔趄趄地离开那里。当天傍晚又来过一次，还跟到他们在兴隆大街的住处。"

"后来呢？"古全和问道。

"邓宝昌兄弟俩估计他们不怀好意，说不定会有不轨的举动，睡觉前就做了一些准备。果不其然，昨天夜里他们来叫门了。邓宝昌弟兄俩不开。他们就砸窗户，想从窗户冲进去。窗户被砸开了。老毛子一靠近窗户，邓宝昌兄弟俩就朝他们扔东西。事先准备的砖头扔光了，就揭起铺地的砖往外扔。地砖也扔光了，就扔锅碗瓢盆儿。一直折腾了多半夜。天亮了，两个老毛子才走了。"

"好样儿的！"古全和兴奋地说。

秀姑忍不住笑着说："听说他们白天又来了，头上都缠着纱布。"

秀姑很气愤，而古世才并不在意。他知道俄国军纪历来不好，比中国的旧军队更无耻。他们也有打了胜仗"放假三天"之类的坏传统，在大街上当众强奸妇女的事例都不算是个别的。诺维科夫的部下开枪打老百姓的猪吃，就属这类事情。

91

古世才进城原本只是想去看看苏联军队的装备，散散心，可是他第一次进城就碰见了苏联士兵抢夺中国老百姓手表的场面，在后来的几天他又多次碰见苏联士兵和中国人发生的纠纷，有的是由苏联士兵抢劫引起的，有的是因为个别苏联士兵对中国人强买强卖引起的，有的是不法的中国商人欺骗苏联士兵，用冥币买了他们的东西，而后苏联士兵又用这些冥币去强买中国人的东西引起的，等等。每遇这种纠纷，古世才都主动上前去帮助调解。他觉得他应该在这方面尽力，维护老百姓的利益，后来这竟成了他的工作。他天天进城，干的就是这事。近来苏军执法队活动加强，苏联士兵和中国人之间的纠纷日渐减少，他也觉得自己无职无权，和拿枪的人打交道不安全，不想让妻子为他担心，一连几天没有进城。

"不进城啦？"秀姑笑眯眯地斜视着古世才语带嘲讽地问道。

"想去，可是不敢呀。"古世才听出她是在俏皮自己。

"算了吧，你怕谁！"秀姑说。丈夫尊重自己，她心里感觉很得意。

这时，外面传来了嘈杂声。

"是找谁的呀？"秀姑听出是道士在街上说话的声音。

"找古大爷的。"碗儿回答说。

秀姑正要出去看看，古全和气喘吁吁地跑回家说道："爹！二里沟的那个老毛子来啦！还带着别的一些老毛子！"

秀姑有些惊慌地说："你这不是烧香引鬼吗？有麻烦啦！"

古世才自言自语道："他们来干什么？"赶忙下炕，走出家门。

这时，诺维科夫已经到了，和他一起来的还有一名上校和两个士兵，另有一个中国人，可能是带路的或是翻译。他们的背后站着山东庄成群的孩子和路过这里的几个大人。

"请进！"古世才招呼道。

诺维科夫一行四人低着头小心翼翼地钻进古世才家狭小的屋门。

"请允许我介绍，"诺维科夫手指着同来的军官说，"这位是弗拉吉米尔·弗拉吉米洛维奇·维诺格拉多夫上校，红军驻江城司令部参谋。"

"您好！"维诺格拉多夫主动来和古世才握手。

"欢迎！"古世才说，回身指指秀姑说："这是我的夫人。"

"认识您很高兴。"诺维科夫和维诺格拉多夫同时向秀姑鞠躬示好。古世才给秀姑翻译了他们二人的意思。

秀姑呆呆地站在那里尴尬地笑。一股特殊的，类似粘蚂蚁发出来的气味儿让她觉得恶心。她在城里见过"大鼻子"，那都是些女的，而且都和她离得老远。这是她第一次面对面地观看男"大鼻子"，心里不禁想道："他们的鼻子可真大！"更让她吃惊的是他们手上和脸上都长着密密的长毛。有的人，脸上和手上的毛还不是一样的颜色。

古世才没有地方儿请他们坐，只好站着说话，感到有些难堪。

"古世才同志，今天我们来拜访您，是想请您到我们司令部去工作，给我们做翻译。"维诺格拉多夫善意地笑着对古世才说道。

"他说什么？"秀姑怕丈夫上当，忍不住问道。

"他说请我去给他们当通事。"古世才对秀姑说。

维诺格拉多夫又说："我们需要您的帮助，会给您优厚的报酬。我们那里有大量的"满洲国"的货币。您知道，这种纸币现在可以用来购买任何东西。您要多少都可以，我们可以用汽车给您运来。"他不相信一个普通的中国人，面对这种能够神话般地在瞬间致富的机会，会无动于衷。

秀姑瞪大眼睛看着丈夫，猜测着俄国人的意思。

命运使古世才突然面对这个转眼就能暴富的机会，他心潮起伏。他几十年来背井离乡，吃苦受累，四处奔波，流落东三省，远走俄罗斯，甚至冒险走私白酒和枪支，为的不就是挣大钱，发家致富，能过得上象孙春杨家那样体面富有的日子吗？而他从来都没有真正的富有过，今后也不会再有这样的机会，很想去挣这份儿大钱。如今"满洲国"的纸币在东三省还到处通用，用它可以买黄金白银、高楼大厦、汽车轮船、飞机火车！要是像俄国人说的那样，给他一汽车绵羊票儿，那他能够买下整个儿的平度，成为平度县的第一大富户！可是他知道，俄国人这样做不是出于他们的慷慨，更不是出于他们对他的善意，而是因为这些纸币，在中国的中央政府来到东三省兑换成中国货币之后，将完全变成废纸。他想："全伪满洲国的东西都属于中国。能拉走的粮食、布匹、机器、木材等等，你们都拉走了，这会儿你们又想用这些对你们毫无用处的废纸来拉拢我替你们干事儿，让我借你们的力量掠夺自己国家的财富，成为不义之人，你们也太小看中国人了！"他骄傲地笑着对维诺格拉多夫说："谢谢您的好意。对不起，我不能从命。"

维诺格拉多夫遗憾地耸耸肩，告辞了。

俄国人刚走，秀姑便急忙问道："你都和那个姓魏的咕噜了些什么呀？"

"他不姓魏。"古世才笑着说。

"你不是总叫他'魏'什么吗？"秀姑说。

"'维诺格拉多夫'是那个俄国人的姓儿，是'葡萄'的意思。"

"老毛子真怪，姓儿也这样啰唆！"秀姑说。"他们跟你说什么啦？"

"他们说，要我去给他们当通事。"古世才说。

"给工钱吗？"秀姑说。

"给，"古世才说，"要是我肯去，他们答应给一汽车绵羊票儿。"

秀姑听丈夫这样说，惊得瞪大了眼睛，好长时间闭不上嘴。她不知道丈夫说的是不是真话，想不清楚那会是多少钱。过了好一会儿，她才平静下来，激动地说："天哪！那么多的钱啊！盖十间瓦房，拴十辆大车，给儿子娶十个媳妇儿，也使不了啊！那你就成了'古万亩'啦！"她细心地打量着丈夫，好像第一次看见他。她无法想象丈夫怎么能值这么多的钱。

"看什么？不认识了？"古世才笑嘻嘻地说。

"那个姓魏的真是这样说的吗？"

"真是这样说的！"

秀姑半信半疑关切地说道："那你去吗？"在秀姑心里，绵羊票儿就已经是一个很大的数目儿，能买两千个鸡蛋，上千斤粮食，她一年也挣不到几张绵羊票儿！靠着它一家人能过一年的日子。若是不算老家的土地和房产，眼下她全部的家产也不过合几张绵羊票儿。她想象不出一汽车绵羊票儿能买多少东西，只知道那是个她无法想象的天大的数目儿，能让他们全家一步登天。面对这个发大财的机会，她感觉自己像在梦中。她想发大财，可是她知道和老毛子打交道不是个好事儿。她常常听丈夫讲俄罗斯，觉得俄罗斯人不是很仗义。

"不去。"

"为什么?!"

古世才知道秀姑的心思，她是想让他去捞这份儿外快。他说："来路儿不正的钱不该拿。娘在世时常说：'外财不富命穷人'。替俄国人干事儿，拿不义之财，不是小事儿。当年咱们抛家舍业，逃来关外，为的不就是不给日本人干活儿吗？那咱们能为了挣大钱而去给老毛子干事吗？"

秀姑有些惋惜和遗憾，说道："你爱去不去，俺不管。"

古全和不记得他爹说过俄罗斯国的好话。这些日子他爹几乎天天早晨站在门前朝着南面中长铁路经过的高处张望，看着满载着各种货物的一列列货车隆隆北去，开往俄罗斯，不时无奈地叹气，常常怒骂俄国人，说他们在大清国时掠夺中国的土地，屠杀中国人民，如今又来掠夺中国的财富。古全和觉得俄国人不好，他爹不为钱财动心，是好样儿的。

92

"八一五"光复带来的狂欢转眼间就过去了。宋家屯镇的许多百姓"拣"来的大米、白面、薄荷糖等都吃完了。接踵而来的是萧条、混乱和期待。期待着中央国民政府快派人来接管江城，期待着能有活儿好干，有饭吃，有太平日子过。但是期待只是期待。日本人统治时期经济已经破产，如今连这破产的经济也不复存在。宋家屯镇兴旺了短短几个月的家庭手工卷烟小作坊，也如昙花一现，消失了，只有谈家煎饼铺门前的幌子依然迎风飘荡，生意如旧。老百姓的生活又成了问题。

阳历九月初的一天，林奶奶听说远在孟家屯的女儿粉莲病重，急得心里火烧火燎，死活要去伺候女儿，照料几个外孙。从宋家屯镇到孟家屯，来回60里。年过60的林奶奶，怎么去得了呢？林树昌也急得不行。他惦记着妹妹和外甥，更怕老娘会急出病来。还是古世才给他出了个好主意：去和煎饼铺的谈掌柜换驴使，办法是：由古世才带着根儿去给谈掌柜推磨，腾出驴来由林树昌赶着送老人去孟家屯看闺女。林树昌连夜把林奶奶送到孟家屯。而在他们赶到孟家屯的时候，他的妹妹粉莲已经死了。林奶奶等着女婿料理完了闺女的后事，回到山东庄的家里，也趴到炕上起不来了。她先是觉得恶心，接着就上吐下泻、高烧不退。第二天早晨，老人就昏迷不醒。林树昌赶忙请来了王凤池老先生。王先生说老人得的是瘟症，给开了三副汤药，这时林奶奶已经水米不进了。傍晌儿，老人在儿媳妇儿的怀里闭上了眼睛。胞妹和老娘接连突然离去，林树昌夫妇痛不欲生。他请来古世才、刘书成和孙孝友等，帮着他张罗老人的丧事，买来了寿材，装殓了，送往本镇西南的"义地"埋葬。

好心的林奶奶突然过世，古世才一家和山东庄所有的人都伤心不已。在古世才一家陷入绝境的时候，第一个向他们伸出援助之手的，就是好心的林奶奶。他回到家里，坐在小板凳儿上不停地长吁短叹。

"林奶奶的事都弄妥啦？"秀姑问道。

"妥啦。还得给老人立一通木碑。将来好把老人带回老家。"

古世才说完又陷入沉思。

"你在想什么?"秀姑问道。她像许多精明过头而又痴爱丈夫的女人一样,不肯让丈夫保留一点儿秘密,什么事都得问清楚。这类女人常常弄巧成拙失去丈夫,不过秀姑没有这样的顾虑。古世才虽然在俄国生活了许多年,却没有养成像西方人那样对于隐私权的爱好,他对妻子也没有什么秘密好保。

古世才心情沉重地说。"我总觉得林奶奶和粉莲死得怪。老人临去孟家屯的时候还好好儿的,怎么突然就一病不起了呢?她得的是什么病?为什么发病这样快?"

"你是什么意思?"秀姑随便问道。

"我觉得林奶奶得的好像是叫作霍乱的瘟疫。"

"王老先生不也是这么说的吗?"

"这和王先生说的春瘟、秋瘟不一样。我说的瘟疫是指传染病。我在俄国的时候,赶上过流行传染病。有一种瘟疫,病人得了,就是上吐下泻发高烧,一两天就死人,官方说那是'虎力拉'。"

"'虎力拉'是什么?"秀姑依然心不在焉。

"'虎力拉'又叫霍乱,闹起来,传得很快,人得上了,一两天就完了!"

"那可怎么办啊!"秀姑停下手里的活儿,着急地说。

"胡大哥在家吗?"

"谁呀?"秀姑问道。

"是我,树昌!"林树昌站在门外,面色黯淡,神情沮丧,"碗儿他娘不行啦!"

"你先走一步,我随后就到!"古世才说。

"你还去吗?"林树昌走后,秀姑说道。她害怕丈夫被传上。

"怎么能不去?都是乡亲。"古世才说,"我越想越觉得这是'虎力拉'!今天晌午饭吃面条儿,多捣一些蒜。这几天咱们顿顿吃蒜拌面!"

秀姑赶忙拿来了大蒜,急忙剥开。古世才喝着凉水吃了一头。

古世才走近林树昌家门口儿的时候,就听到从他家里传出来的哭声。他加快脚步,赶进屋里,见碗儿他娘已经咽了气。碗儿蹲在门口儿流泪。他妹妹花儿趴在她娘的身上号啕大哭。林树昌在妻子遗体的前面站了一会儿,弯腰拉起女儿,抱在怀里。

林树昌没有提买棺材的事。古世才猜想，他是办不起棺材了。他很想张罗张罗这件事，让大家凑钱给碗儿他娘办口棺材。这时刘书成、孙孝友、汪道明等已经把门板、绳索都扛来了，一个个难过地站在那里，等着林树昌发话。古世才知道给碗儿他娘买棺材的事无从说起了。没有钱，也来不及了。

"又得辛苦几位老哥……。"林树昌苦笑着伤心地说道。

古世才、刘书成、孙孝友等都默默地走进屋里，小心地把碗儿他娘的遗体抬到外面，用破席卷了，放到门板上，搭好绳索，抬起来，朝埋葬林奶奶的义地走去。

林奶奶的死来得这样突然，以致碗儿他娘没有来得及给全家大小准备孝服就躺倒了，所以这会儿碗儿和花儿也都没有戴孝。

古世才伤心地回到家里，见儿子不在，就问道："根儿呢？"

"他说是到崔汉民家借书去了。"

"从今天起，哪里也不要让他去，就让他待在家里，小心躲过这些日子。"古世才说，"要真是那种病，可就不得了啦！"

"你觉得怎么样？"秀姑不安地审视着古世才问道。

"还好。"

"要到王凤池先生那里去看看吗？"

"王先生治不了这个病。"

"那可怎么办啊！"

"多加小心，听天由命吧。"古世才说。

"大爷，俺爹不行啦！"碗儿靠在门框上哭泣着说。

古世才猛地出站起来惊慌地说道："不好！"

秀姑问道："怎么啦？"

古世才顾不上回答秀姑，慌忙闯出家门，等赶到碗儿家的时候，林树昌已经咽了气。古世才断定正在流行的就是"虎力拉"！他见花儿趴在林树昌身上，就着急地说："碗儿，把妹妹拉走，到外边去！没有我的话你们都不要进来！"

奶奶、姑姑和爹娘突然去世，碗儿兄妹突然成了孤儿，如在梦中。花儿只知道哭，碗儿也无法接受生活的这个突然的变化，不知如何是好，只能顺从地按照长辈们的要求做，带着花儿，站在门外，看着大爷们料理他爹的后事，号啕大哭着，硬拉走了他妹妹。

赶来帮忙的刘书成和孙孝友等听古世才说林奶奶他们得的可能是传染病，都面面相觑，意识到事情严重。

古世才揭起林树昌家的炕席，和刘书成一起把林树昌的遗体用炕席卷起来，再用草绳子扎好，送到了"义地"埋葬了，各自回家。

古世才对秀姑和古全和说道："最近几天你们谁到过碗儿家？"

秀姑看看根儿，然后摇摇头。根儿也连连摇头。

"今天晚上吃面条儿！多捣两头蒜！"古世才说完就要走。

"你去干什么？"秀姑问道。

"去看看碗儿和花儿。"古世才说着，匆匆地走了。

古世才没有在林树昌家找到碗儿兄妹。他忽然想到，他们可能是到义地去了。

古世才在"义地"找到了碗儿和花儿。他耐心地说道："碗儿，你要懂事。你是个大孩子，是哥哥，要带好妹妹。你们的奶奶和爹娘不在了，还有大爷叔叔，有咱山东庄的好多乡亲，大家都会照顾你们。"古世才说到这里，忍不住流下了眼泪，"你奶奶、你爹和你娘得的大概是传染病。你们俩也得小心。"

古世才把碗儿和花儿领进林树昌家的柴房，嘱咐道："天黑了。你和妹妹先住在这里。我一会儿就给你们送饭来。明天我再和孙叔叔、刘伯伯他们商量怎样安排你们俩的事。好吗？"

碗儿含着眼泪点点头儿。

可是花儿没有活过第二天。

市里传来消息：说本市流行"霍乱"，也就是"虎力拉"，疫情严重！

今年瓜果丰收。霍乱属肠道传染病，病从口入，甜美的瓜果儿无人问津，大都烂在地里。

在山东庄临时设置的防疫站，开始免费给人们注射防疫药。可是人们不相信本市临时政府机关，有人说那预防针里装的是蒸馏水。躲在家里成了人们回避死神唯一的方法儿，就好像死神不敢进他们的家门似的。

宋家屯镇哭声四起，日夜不断。有的人家儿几天内全家死绝。死亡威胁着所有的人。谁也说不准死神什么时候会光顾自己。在短短的半个多月的时间里，山东庄就死了16口儿！林奶奶一家只活下来一个碗儿。亓奶奶、于奶奶、道士他姐姐瘸腿变、于爷爷、蔺大爷和他的独生儿子蔺大胆儿、汪道明和他的儿子汪兆紫，都先后不在了。年轻力壮的于清海夫妇也没能逃过这次劫难。他媳妇儿婚后多年没能怀孕。后来怀过一个孩子，被第二警察分局的芥川和他的党徒打掉了。医生说她不能怀孕了。可是她又怀上了孩子。正当大家替他们夫妇高兴的时候，她和她的孩子又被霍乱夺去了生命。这时，她怀孕已经七个多月。

很快进入深秋，苍蝇没有了，疫情逐渐缓和下来。

当地的老年人都说，这里从没闹过瘟疫，怎么会突然发生这样的事情呢？有学问的郑祥麟先生说破了这次瘟疫的秘密：原来在本市的西南郊，有过一个日本人研究病菌的地方，那里专门制造病菌，运往关里去害人。日本人逃跑的时候把那里的苍蝇、老鼠都放出来。到那里去"捡洋落儿"的人把病菌带到四面八方。

霍乱肆虐的这些日子，古全和不说不笑不看书，一直闷闷不乐。他眼睁睁地看着疼爱他的林奶奶和山东庄的许多奶奶、爷爷、叔叔、婶婶和林家小妹妹，都因为闹霍乱突然死去，心里一直非常难过。郑祥麟叔叔说，他们的死和日本人的细菌研究有关，也就是说，他们是被日本人害死的。这让他想起了他叔叔婶婶和姐姐的死，想到了飞机场里那些上了顶门火儿的手枪。他感到困惑：日本人是些什么人呢？他们为什么不在自己的家里种地做工，好好过日子，却要跑到别人的国家里来抢劫、杀人、放火和放病菌害人呢？更让他感到困惑的是，他们明明是强盗，却为什么不知道羞耻，反倒辱骂、残害被他们抢劫、杀害的人呢？他们为什么这样颠三倒四，不讲道理？难道他们和别的国家的人不一样吗？他苦苦思索，却得不到答案。

"你怎么啦，根儿？"秀姑问道。

"没怎么。"古全和随便说道。

秀姑猜想儿子是为林奶奶的死感到难过，这些日子她心里也不是个滋味儿，就劝解他说："林奶奶他们已经死啦，这都是命，你就别难过了。"

古全和说："娘，你说日本人都是些什么人？为什么他们干了那么多的坏事还觉得好像是别人亏待了他们？别人害了他们似的？"

秀姑想了好一会儿，随口说道："日本人横竖和咱们中国人不一样，天生就不是些好东西呗！"

古全和又去问他爹。古世才也被儿子问住了，不知怎样回答，沉思很久以后才说道："你霍廷秀爷爷讨论过这个问题，要是他老人家在这儿，他准会说出一套道理来。"

"你净说一些没有用的废话！孩子这会儿是在问你嘛，你拉扯上他霍爷爷干什么呀！"秀姑觉得在古世才的心里，霍廷秀简直就是个无所不知的神圣。

古世才没有理睬妻子的奚落，其实霍廷秀在他的心里比神圣还神圣。他继续说道："我在俄罗斯的时候也交往过一些日本人。他们并不都是坏人。比较起来说，日本人多数和我们中国人一样是工人农民，是好人，坏的是少数。可是为什么日本这个国家的有些人几百年来总干坏事呢？我想，人都是一样的，恐怕就是他们的国家有些人不好……"

秀姑笑着讽刺他说："你是个百事通，还用得着想？"

古世才没有理睬妻子的嘲讽，继续思忖着说："我想人不可能天生就坏，日本人也是这样，他们大概是后来变坏的。"

古全和插话说："《三字经》里说：'人之初，性本善。'"

古世才接着说："我想也是。日本人天生也是善良的，他们一定是从哪年哪月起，一点点儿地变坏的。比方说，有这样的一个人家儿，他的太爷爷开始当强盗，他爷爷接着又当强盗，他爹还当强盗，他们家一连几辈儿都当强盗，靠着杀人放火抢劫别人过日子，这样一代代地传下去，时间长了，他们就不再觉得自己是强盗了，就会把杀人抢劫当成他们的正经营生儿了，就好比是农人看待种地，工人看待做工一样，就心安理得地杀人放火抢劫别人了，认为他们杀人放火抢劫有理了。这样，他们的心也就变坏了，变得和正常的人不一样了，认为别人天生该被他们杀，被他们抢，有谁不让他们杀、不让他们抢，他们就把人家看成仇敌。久而久之，他们还会替他们的抢劫和杀人的勾当编造出一些理由，说他们抢劫有理，杀人有理。我想一家人是这样，一村人是这样，一国人也是这样。为什么飞机场的有些日本人在逃走之前还要干那种伤天害理的事，故意把手枪上了顶门火儿，蓄意伤害过去他们伤害过的人呢？为什么研究传染病的日本人临了儿临了儿还把他们那些带着病菌的苍蝇、老鼠放出来祸害中国人呢？就是他们的这种强盗的坏思想作怪。这就好比是强盗闯进了一个人家儿，没找到值钱的东西，心里就恨这个人家儿，胡乱糟蹋人家的桌椅板凳锅碗瓢盆儿泄愤一样。你霍爷爷说过，日本人祸害中国人由来已久，早在几百年前，有些日本人就开始成群结伙儿地到中国沿海一带来占领中国的土地，抢劫杀人，老辈儿人把他们叫'倭寇'。照你霍爷爷的说法儿，日本人，人小野心大，总惦记着吞并咱们整个儿的国家。咱们摊上这样的邻居是够倒霉的，只能时刻准备着消灭这些敢于来祸害我们的日本强盗。"

秀姑撇一撇嘴，笑着看了丈夫一眼，不以为然地对儿子说道："听你爹这样一说，好像他亲眼看见过那些做贼的日本人的爷爷似的！你爹是咱们中国头号儿的明白二大爷，中国倒霉就倒在没让你爹去掌管国家！"

古全和没有附和他娘的意思。他觉得他爹的比喻有道理，便关切地问道："那咱们为什么不能让自己比日本人更凶？为什么不把他们都杀光了呢?!"

古世才会心地笑了笑，说道："我年轻的时候也这样想过。可是你霍爷爷说，靠杀人抢劫兴旺一时的民族，都没有好结果，这样干的民族，有的自消自灭了，有的落后贫穷了。霍爷爷说，孔夫子讲'仁'，讲'仁者爱人'。孟子讲性本善，讲'义'。中国人天生善良宽厚，中华民族从不欺负别人，不恶意待人。就是对待害过自己的人，也是后发制人。你看日本人有多可恶，可是我们对他们不是也很宽容吗？你还记得你娘解救小林一郎的老婆和孩子的事吗？当时许多人都支持你娘，那就是性本善啊。世界上像咱们中华民族这样子孙繁荣，国家历史绵延五千年不断，只有我们中国一家，难道这是偶然的吗？"

秀姑听丈夫这样说得意地笑了。她想，丈夫就是没念过书，不识字，要不然他还真的能成为一个大人物儿。

"爹，什么叫后发制人？"古全和问道。

古世才说："比方说，两个人打架。一方本来没有理，却先动手打了另一方。在这以后，另一方才就回敬他的对手，并且取得了胜利。我想，咱们对日本强盗就是后发制人。"

古全和说："可是为什么总是有人来欺负我们呀！"

古世才从儿子愤懑沮丧的神态和语气，感觉儿子关心国家的命运，有爱国心，心里很高兴，就鼓励和宽慰他说："将来我们的国家强大了，就没有人敢来欺负我们了。爹这一代人老了，让国家强盛，就要靠你们了。"

古全和听他爹这样说，很激动，心里涌起了为国家强盛而奋斗的冲动。

秀姑听丈夫说"将来我们的国家强大了就没有人敢来欺负我们了"的时候，就笑眯眯地瞅了丈夫一眼，心想，你说的那不是废话吗？谁不知道自己强大了别人就不敢欺负自己？她很想把自己的这个意思说出来，给丈夫泼泼冷水，显示显示自己，可是她见儿子听得那么认真，丈夫说的也在理儿，就没有把她心里的这些话说出来。她希望儿子尊重丈夫，认为教导儿子还得靠丈夫。

古全和觉得他爹关于日本人为什么欺负中国所打的比方很有道理，可是比方只能是比方，听了心里觉得不踏实。至于日本人究竟为什么这样坏，他们能不能改好，什么时候才能改好，他想等开学后再去向柳老师请教。柳老师曾经留学日本，一定能给他一个满意的回答。

93

古世才从地下转到地上，从姓胡返回到姓古，能光明正大地在宋家屯镇生活了。不过他仍然没有落户江城的打算。即使在梦中他也想着回山东老家。他惦记着他家的那两栋草房，惦记着他和他兄弟名下的那些土地。那些土地和房产是他生命的一部分，他一闭上眼睛好像就能看见它们，一伸手就能摸着它们。连南屋天井里西墙下的那一丛并不茂盛的老香椿树，也好像长在他的心上。他对儿子说，"那丛香椿树是你老爷爷年轻的时候栽种在那里的。"他深信这一切谁也夺不走。如今日本人滚蛋了，他回老家的心愿也就要实现了。从"八一五"光复到现在，他天天念叨着要回老家，多次做过动身的准备。可是社会变动不断。俄国人来了，又走了。人民自治军来了，和日本人留下的、投靠了中央军的伪军"铁石部队"打了一仗，在这里待了一些日子，留下了《三大纪律八项注意》和"青天蓝天这个蓝蓝的天"等几只好听好唱的歌儿，也走了。不久，国民党军队来了，和人民自治军打了一仗，占领了江城。在这个前前后后，那些靠着政治混饭吃的人像热锅上的蚂蚁，时刻窥测着方向，更换着面孔和腔调儿，投靠过一个又一个的主子。战事连连，社会混乱，交通不便，路上不太平，古世才一直没能成行。

关于回到老家以后的打算，古世才有过很多。比如怎样到青岛李宝堂那里提出那七百块大洋，怎样用这些钱把旧草屋翻修成砖瓦房，新建起南屋，拴上一挂大车，买上两头大牲口，他都像做梦一样地反复想过无数次，连给儿子娶亲时的热闹场面他都想过，还兴奋地对妻子唠叨过他的这些想法儿。他期待着中央国民政府管好江城，希望国家太平，铁路修通，那时他就可以背上他的姥娘，带领全家回老家享受太平日子了。

秀姑每次听古世才着了迷似地唠叨他回老家的这些梦话都忍不住笑起来。她觉得奇怪：丈夫是个实在人儿，可是他为什么总爱做梦呢？世道不好，没有钱，光想有什么用？不过她不想泼他的冷水，打他的高兴，总是耐心地听他唠叨。

可能是因为秀姑认为自己不是家里的主人吧，她不像她丈夫那么痴情于回老家。她有时也想家，不过没有古世才那么着迷，更没有他那么多的想法儿。她只是想念柳林庄和古家庄，不过她想的主要不是那里的土地和房屋，而是那里的亲朋好友，特别是她的老哥哥和老嫂子。虽然当年被迫逃离家乡的时候，她也曾恋恋不舍，可是在外边漂泊了几年以后，她对老家的思念渐渐地淡薄了。她对于土地，房屋，从来就不像她丈夫那么眷恋，就是在她名下的那三亩土地，她也不认为是自己的。她觉得她嫁给了古世才，她就是古世才的人了，那些地也就是古世才的了。她也不像丈夫那样有一个关于未来的家的设想，更没有光宗耀祖、和什么人较量的热望。她像多数女人一样，丈夫和儿女就是她的一切，丈夫和儿子在哪里，哪里就是她的家。她觉得在江城比在古家庄更好过。在古家庄，支撑那么一个家，很不容易。春耕夏锄，秋收冬藏，照料牲口，下地上场，养鸡养鸭，喂猪喂狗，一年四季，风里雨里，实在辛苦。可是丈夫要回家，她也得跟着回。

奶奶在世的时候，总说要早早地给根儿娶亲。那时，秀姑虽然口头儿上附和奶奶的说法儿，实际上并不把儿子的亲事放在心上。她想，一个小孩儿崽子，懂什么媳妇儿？就是早让他成亲，他像一粒没有灌足浆水的麦子，也养不出个结实孩子来，有什么用？可是现在根儿大了几岁，他的亲事也开始成为她的一桩心事了。古世才总把根儿的亲事和回老家连在一起。他觉得只有老家的女孩儿才配做他的儿媳妇儿。而秀姑却说，身边的山东老乡中，就有她中意的女孩儿，她说素桂就不错，小凤儿也是个好孩子。江城当地人的有些闺女也不错。

古全和也不想回老家。他对老家的印象并不都是美好的。他不喜欢古家庄的那些有钱人家儿的大男孩子。他们总欺负人。你什么都得听他们的。他们干坏事，你也得跟着他们干，不然他们就诽谤你、侮辱你、欺负你，瞅个机会合伙儿打你一顿，要不就给你起外号儿，叫你"洋鬼子"或是别的难听的什么东西，羞辱你。老家最让古全和怀念的是对门儿老奶奶那些讲不完的神奇的故事和村南的那一大片杨树林。每想到老家，他就会想到那片杨树林。春末夏初，背部呈暗绿色的小小的柳燕儿，最先来到这里，叽叽喳喳地叫着，穿梭在低矮的柳丝之间。夹杂在高大挺拔的杨树之间的成片的洋槐树，万花齐放，叶绿花白，如云如雪，香赛茉莉，可看可吃。每想到杨树林，他就会想到他能干的姐姐……可是姐姐已经死啦！小的时候，夏天雨后的傍晚，姐姐常常带上他，提着里面放了盐水的小瓦罐儿，到树林里挖知了猴儿，用盐水腌起来，第二天早晨娘就会用油炸了给他吃。早起天蒙蒙亮儿的时候，姐姐又带着他到杨树林里去采蘑菇，做早饭的时候，娘就会把新拾来的鲜蘑菇洗净切碎，放上油盐，蒸给奶奶、他和姐姐吃。秋天夜晚，姐姐就带他到棒子地里去捉瞎撞儿，一种花生米般大的、深褐色的、和知了猴儿一样好吃，和蚂蚱一样香的昆虫儿。他对于古家庄的许多印象都淡漠了，就连小红的影象也模糊了，只有亲爱的姐姐和神秘的杨树林总是活在他的心里。他也想舅舅。每当他遇到难处的时候，他总会想到舅舅。舅舅是他最亲近、最敬爱、最佩服的人。

回老家是古世才最大的心愿，可是眼前一家人得吃饭啊。电厂在战争中被炸坏了，洋油没有供应，夜里照明又开始用豆油灯了。为了谋生，古世才不得不干起了用啤酒瓶子制作豆油灯盏的活计。把一个烧红了的钢圈儿，套到啤酒瓶子的脖子上待一会儿，然后突然把啤酒瓶子放进冷水里，啤酒瓶子就会从钢圈儿烫过的地方炸开，他就用啤酒瓶子脖子上碗状的部分做成灯盏，做成豆油灯。可是只做油灯也难以维持生活，更不能攒钱，他只好再背起掌鞋的箱子，做个兼职的修鞋匠。后来他发现掌鞋收益多，就放弃了别的营生儿，专干掌鞋的生意，成了一个专职的皮匠。

94

偶尔有被抓走的劳工突然活着回来了。遗憾的是山东庄被抓走的六个人一个都没回来，而且连他们的准确的消息都没有，只听说二吉被弄到国境线上去修工事，在修工事的过程中，他讨好日本人，挺卖力气，还当上了一个劳工班长，对工友态度蛮横，意思是希望日本人给他一些好处，最后能放他一条生路，而他在工事修完后，也被日本人活埋在他和工友们自己挖掘的万人坑里了。有关二吉的消息是一个被日本人误认为患有霍乱而被抛尸荒野却幸存下来的劳工带回来的。那个劳工姓牟，烟台福山人，逃生后在大山老林里躲藏了二十多天，赶上日本投降，才得以逃回江城，讲述了被日本人押去修工事的劳工的情况。

1946 年初夏，中央国民政府给江城市派来了一个市长，叫高君迈，听说是四川人。随他来的是一群"接收大员"。高君迈市长上台伊始，就发布告示说，他特设"人民接待日"，亲自接见老百姓。当牛做马 14 年的老百姓欢呼着高君迈青天大老爷，流着眼泪欢迎了国民党军队，感觉自己不再是亡国奴，而是国家的主人翁了。

这给江城带来几个以前人们没听说过的新词儿，一个是"搞"，搞工作，搞对象儿，搞土改，等等；一个是"老子"，动辄"老子"如何。这类新词儿立刻流行起来。官兵最爱讲的话就是"老子抗战八年"。即使十八九岁儿的士兵也自称"老子抗战八年"，尽管老百姓不愿意当他们的"儿子"。对于他们把全市唯一一个游乐场所"儿玉公园"占做兵营感到不满，有人还在报纸上写文章，对这件事表示非议，说他们不该占据本市百姓唯一的这一处游乐场所，但是他们还是把"老子"们看成是抗日救国的有功之臣，带上烧鸡、煮鸡蛋、点心、白酒，到兵营里去慰劳他们，向他们诉说 14 年的奴隶生活之苦。

不久他们又给江城人民带来了另一件新鲜事儿，那就是选举国大代表。一些人坐在装饰得花里胡哨的欧式马车上，在宋家屯镇的大街小巷里游走，有的擂洋鼓，有的吹洋号，有的手舞足蹈夸夸其谈，号召人们投柳影路小学校校长马光复先生一票。除去少数儿有儿孙在柳影路小学念书的家长知道马光复其人的姓名之外，没有几个人知道马光复是谁，但是投马光复先生一票可以领到一毛钱一碗的大卤面的餐券，有些半大孩子就干起了冒领打卤面餐券的生意。

古世才多年不见中国军队。听说中央军开来了，心里压抑不住地激动，决定带着儿子进城去见识见识。电台说，今天的天气是晴间多云。可是他们上路不久，天就下起了细细的小雨。不过天气不好没有减低他瞻仰"国军"的热情。

一路之上，到处是舒展的面容。"满洲国"完蛋了，中央国民政府回来了，社会混乱的阶段已经过去，人们又有了安定的生活。爱国的人们都期待着国家好起来，都说希望在孩子们身上。没有人启发，没有人号召，没有人组织，不知是由哪个车老板兴起了一种新时尚：本市中小学生坐车一律不收钱。古世才觉得世道真是变了，国家大有希望，连无知无识的老百姓也知道国家的希望在年轻一代，关心起孩子们来了。不过古世才父子二人没有坐车。古世才不想沾这个便宜。

"柳老师那个学校怎么样了？"古世才问走在身边的儿子。

"不办啦，镇上所有的私立学校都不办了。柳老师要回锦州老家，听说那里的一所大学请他去当教授。"

"教授是个什么角色？"

"不知道，应该也是一种老师吧。柳老师让我去上柳影路小学，插班念三年级。"古全和深情地说。古全和随他爹，念旧，和柳老师有了感情，也留恋惠民国民学校。

古全和的话又触动了古世才，他说："咱们也该回老家了！"

古世才和儿子说着闲话，不知不觉走到了二里沟。

"二里沟"是江城城区和宋家屯镇之间的一个千把人口的小镇。镇上有东西向和南北向的大路各两条，彼此交叉成一个不太规则的"井"字形。东西的路，从南到北排列称一道街、二道街；南北向的路，从东到西排列叫一马路、二马路。二道街联结着经过关东军仓库通往市里的东西大道。古世才他们刚从二马路拐上二道街，正准备直奔城里，就听有人惊叫："看哪，'国军'来啦！"

古世才听到喊声，精神一振，立刻停住脚步，伸手牵紧古全和，急忙转向人们视线投去的方向，看见迎面跑来一队骑兵，总共有几十个人，估计是一个排，骑的是清一色的火红色的高头大洋马，排着整齐的二列纵队，缓步朝这里跑动。马蹄得得，清脆悦耳。马大人高，分外英武。骑兵们腰间挎一把盒子炮，肩背一杆短短的冲锋枪，头戴船形帽儿，脚蹬黑马靴，身著他从没见过的新款的军装，昂首挺胸，面向正北，并不旁视，也不说话，颇有目空一切、所向披靡的气概。他们穿过二里沟，加快速度，沿着北去的国道，飞驰而去。古世才看着面前的国民党军队，骄傲的热泪泉涌而下。

"他们这是去追赶人民自治军。"一个爱说话的人自言自语。古世才看了他一眼，见是一个面容喜相的老头儿，是那种把说话当乐趣，有话不说出来就会难受的人。

"多雄壮啊！"古世才激动地想，感觉鼻子酸得难受，想哭出来。

"他们是去追赶人民自治军的。人民自治军就是从关里来的八路。"面部表情喜相的老头儿进一步阐述他的高见。不知是他了解"国军"和八路的军情，还是他自己的猜测。不过古世才相信他说的话。

"好！真好！比日本兵和老毛子的兵都更威武！"古世才兴奋地说。他觉得国民党军队和老毛子的部队相比，那老毛子的兵简直就是些乌合之众。他为自己国家的军队感到骄傲。

本打算进城看国军的古世才，在二里沟碰见了国民党军队后就没有再进城。在回家的路上他一直很兴奋。他想国民党军队来了，天下就要太平了，自己一家该回老家过好日子了。

然而事实是天下并不太平。"国军"就是来打人民自治军的，而自治军据说就是当年的八路军。于是，"国军"和"自治军"谁胜谁负的猜测就成了关心国家和自己命运的百姓们经常议论的话题。古世才认为八路打日本有功，可是他们和俄国人有勾搭，"国军"才是正统，他盼望"国军"胜。可是有关"国军"和国民党官员的消息一个个传开，当年冬天他就开始感到犹豫。他听说开明的江城市长高君迈在调职回四川老家的时候，他的一个大皮箱在上飞机的时候被摔破（有人说是有人蓄意破坏），人们吃惊地发现，里面装的全是金银财宝等值钱的东西。在此前后，国民党军队中的"老子"们，当官的侵吞公产、嫖娼、纳妾的比比皆是；当兵的打骂抢劫老百姓的事层出不穷。他们比伪警察更加无法无天。接着，抓兵之风猛吹，和伪满洲国抓劳工并无两样，连他刚满13岁的儿子古全和都曾两次被误抓。家有男丁的人家无不感到忧虑。古世才并不反对儿子当兵。他常常对儿子说，有朝一日，如果国家需要，他会亲自送他上战场。可是现在他担心儿子误解他，不得不对儿子解释说："如今国共两党打仗都是为了争权夺利，'国军'的兵不能当，八路的兵也不能当。"

95

中央国民政府牢牢地掌控了江城，一切都在走上正轨。私立学校都被明令取消，古全和插班进了柳影路小学校。柳影路小学是白龙区唯一的一所完全小学，校长马光复。

马光复，旗人，三朝元老，本地名流。他爹汉姓马，妈是汉族，娘家姓汪。近20年来，他一直是这所小学校的校长。不过他患有终生不愈的"怀才不遇症"和"寡廉鲜耻症"，为自己半生屈居小学校长之位而感到遗憾。中华民国他不曾发达，伪满洲国时他仍然不曾发达，如今虽已年过不惑，可是心性不老，上进心依然很强，仍想有个升进，期望在蒋委员长的领导下，官运亨通，当上个教育局长之类的大一点儿的党政头面人物儿。

马校长像许多中国政客一样，通晓中国的为官之道，即"为主为奴"的大学问。他懂得，对上他永远是奴才；上司，总是对的。皇上说杀你的头，你要高呼："谢主隆恩！吾皇英明！"皇上说你是个王八蛋，你也要高呼："谢主隆恩！皇上英明！"皇上要封你的官，你当然更要高呼："谢主隆恩！皇上英明！"各等官员之间的关系，依此类推。为此，主子是可以随时选择的，信念是可以不断改变的，政绩是可以任意捏造的，而态度应该是模糊不清的。中华为官之道，千年不变，不要人格，不说实话，不要脸，是此道的核心。而马校长的为官之道更有其独创之处，那就是：他还有更名变姓术，使得他的姓氏适应政治气候的变化。他本名叫马奔，字"大骉"，知道的人不多。在前中华民国时期他叫马占海。当时许多人背地里喊喊喳喳，为验明马校长的"正身"，有人把问题提到马校长的面前，问他是不是黑龙江省省长马占山将军的本家。马校长不说是，也不说不是，给人的印象是：他是。这个有关他祖系的传闻，在当时，对他从政自然有利。"九一八"事变后，日本人来了，他还是本校的校长，只是不再叫马占海了，因为马占山是东三省最先奋起抗日的中国将领，马校长的新领导日本人和马占山有仇。他便改姓妈姓汪，叫汪骏。"骏"者，好马也。"汪骏"兼有他爹妈双方姓氏的意思。后来又有多事的人问他，为什么要改名换姓。他笑而不答，因为谁都知道汪精卫和日本人的关系不错。去年东北光复，他还是这所小学校的校长，只是又改名"马光复"了！这次更名改姓和上次有所不同。上次他是在日本人侵占了我国的东三省，并于1932年制造了伪满洲国之后改的，而这一次是在日本人垮台以前改的。这是因为，当年他没有想到日本人会弄出了个"九一八"和"满洲国"，而这一次呢，他年岁大了，人生经验丰富了，消息也灵通了，在日本人垮台之前他就知道日本人不行了，他的姓名也就提前"光复"了。

对于马校长的更名术，人们的看法不一。多数人心中有数儿，不予理睬。个别年轻人佩服他有眼光儿，也有人在背地里偷偷地笑，不过他们对他也没有太大的恶感。谁都知道，中国时局多变，想当官，又要脸，是不可能的。"寡廉鲜耻""钻营善变"，理应是中国许多"官员"难以缺少的品格儿。想当官，就不能讲究操守。中国的老百姓怕官而不敬官，这是原因之一。

马校长现行的姓名，有两种叫法儿。一种是用在公开的场合儿，不作"儿化"处理，叫"马光复"；一种是用在私人交谈中，加以"儿化"处理，叫"马光复儿"。要说人们热爱马校长，那不是事实；但是要说人们憎恨马校长，那也不切实际。马校长虽然没干过多少好事，可也没干过多少太出格儿的坏事。中国汉奸多如牛毛，当汉奸的又不是他一个。在中国的官员中，他至少不算是一个太坏的。他能做本校的"三朝"的校长，除了他经验丰富之外，善变，恐怕也是一个原因吧。

还有一点应该说到，马校长讲话的风格儿也是随着时代和政治气候儿的变化而变化的。在伪满洲国那会儿，他讲话的风格是"大和"式的，即那种面不带笑、表情僵硬、声色俱厉、近乎诈尸，或是类似神经病发作一样的风格；而"光复"以后他就改成了装腔作势、故作平等的"国民党"式的伪民主平等风格，喜欢称兄道弟，讲话往往这样谦恭温和地开始："兄弟，我，马光复……"等等。

柳影路小学是伪满洲国初年始建的日式建筑，位于柳影路东段南侧小横街的东西两侧，现在的校舍包括路东和路西两部分。路西部分是老校，建于伪满洲国成立之初，校舍是一排东西向的红砖平房，规格很高，是全镇最好的建筑。所有的六个大教室和几个办公室都是红油漆红松地板。教室的地面儿高出外面的地面近三尺，门前筑有台阶。校长室、教导处和高级小学部分都在老校。近年来，附近乡村人口大量进入本镇，外来人口也不断增加，原有的校舍已不够用，就在路东新建了三列新校舍。新校的建筑规格比老校低，属简易平房，但是规模比老校大。初级小学部分的几十个班都在新校。

在伪满洲国时期，江城实行日本人的春季始业制；从 1946 年春季复课后，又学习美国人，改为秋季始业制。因时局变动耽误的一个学期算学历。古全和插班进入柳影路小学三年级一班，念三年级下学期。他的心情和春天一样，觉得自己进入了一个新世界。

阳历五月中旬，冰雪化完，天气变暖。街上的人多起来。年轻人开始轻装。爱美而又有钱的女孩子们换上了普通人家的女儿视为宝贝的红红绿绿的毛衣。柳影路小学三年级一班最早换上夏装的是班长初丽云。有钱人家的风尚就是时代的风尚。世界上的多数人是靠着听风闻味儿过日子的。某个有钱的或是有名的（当然也是有钱的，没有钱的名人难成其为名人）人物儿兴起了某种样式的衣服、鞋帽或是发式，人们就会群起而争相仿效。古今中外莫不如此。虽说奴隶制早已成为历史，但是精神上的奴隶制实际上一直存在。多数穷人跟着富人瞎跑。今年夏初女孩子兴扎蝴蝶结。风头刚起，小家碧玉初丽云也赶忙扎上了一个鲜红的大蝴蝶结。接着，校园就到处是鲜红的蝴蝶结了。

初丽云老家河北乐亭，现住本镇闹市区的菜市街。她家在菜市街最热闹的中段儿上开有一家小百货店。她在三年级一班的学生中算是有钱的，又是家里唯一的女孩儿，还是老小儿，父母都娇惯她，哥哥们宠她，在柳影路小学，在穿戴方面，她常常代表新潮流儿。那些酷爱打扮和痴情追星的少男少女，因为他们过早地关心起了自己的那一身未必美丽的羽毛，心思和精力都用到描画自己的那张让他们倒霉的小脸儿上了，学习成绩普遍不好。但是初丽云和这些人不一样。她聪明，好强，既爱打扮，又爱学习，国文、算数和体音美，样样儿成绩都好，考试成绩全班第一，还是本学区百米跑冠军。她歌儿唱得好，音乐老师张韵海特别喜欢她，常常让她在班上和学校里表演。她是三年级一班的一朵鲜花儿，在全校也算得上是个知名的人物儿。

　　初丽云从小学一年级起就当班长，已经习惯了管人，出了名的厉害，全班51名同学，除了苗三儿，谁都怕她。而新来的古全和却没有对她表示格外的尊敬。初丽云感到他傲慢，浑身上下没有一点儿值得她一看的。他的穿着打扮就让她讨厌。日本人滚蛋了，而古全和却穿日本大兵穿过的军用皮鞋。日本人炮制的汉奸组织"协和会"瓦解了，而古全和偏偏穿着一身和他的年龄和身份都不相称，而且也不合身的"协和服"来上学。"协和服"是用草绿色的马裤尼制作的类似中山装的服装，是汉奸组织"协和会"头目的专用的官服。古全和留光头，头发却不按时修剪，长得挺长，头顶上又黑又粗又亮的厚厚的头发纵了起来，鼓得高高的，像公鸡的冠子。不过最让初丽云感到无法忍受的是他眼里没她。在初丽云看来，象古全和这种从私塾来的穷插班生，学习成绩肯定好不了，进了公立学校，就该低声下气，求得别人的同情、怜悯和帮助。可是古全和不是这样，他对她这个班上人人尊重的班长和好学生，连个笑模样儿都不给，每天早晨彼此相遇，如果她不向他问"早安"，他是从不先向她问好的。她越是向他示威，他就越是不理睬她。而且不只如此，他还不时地用看怪物的大眼睛直不愣瞪地睃一眼她头上的那个让她感到骄傲的大红蝴蝶结，弄得她心里直发毛。

　　古全和也意识到初丽云对他没有好感。不过他并不把这件事放在心上。他不像一般穷苦人家儿的孩子那样，在有钱人的面前会感到自卑。他从来都不认为贫穷、吃得不好、穿得不好，就低人一等，他甚至认为自己的父母种地做工，自己在小小的年纪就曾经在冰天雪地里下乡背过粮食，沿街叫卖过烟卷、蔬菜和瓜果，当过小工儿，拣过煤核儿，帮助爹娘养家……是自己光彩的经历。他对谁都不隐瞒自己的家世和经历。相反，他从懂事的时候起，就瞧不起那些娇弱无能的少爷小姐。他绝对相信自己不比任何人差，无论动手还是动脑，他都敢和任何同龄人比一比。所以初丽云的无理虽然让他觉得反感，他却并没有把它当作一回事。他相信他会和同学们处好。

三年级一班的班主任姓常，叫常树新，三十多岁，个子很高，面庞黑瘦，为人和善。班上有同学私下里嘀咕说，他曾经抽过大烟。是真是假，初来乍到的古全和不好说，但是他觉得常老师说话和气，讲课明白，不歧视穷学生，是个主持公道的好老师。

常老师教班上的国文和算术。他头一天和同学们见面就让古全和出了个大洋相。他坐在讲台前面，填写学生的学籍卡。最后轮到插班新生古全和的时候，他问道："古全和，你的原籍是哪里？"

"山东莱州府。"古全和站起来毕恭毕敬地回答说。

"山东棒子！"苗三儿低声嘀咕道。

"谁在说话？为什么不尊重同学？！没有礼貌！"常老师申斥了苗三儿，又继续问道："你父亲是干什么的？"

"皮匠。"古全和恭恭敬敬地回答道。

他的话音刚落，教室里就爆发了一阵大笑。几乎所有的人都笑得前仰后合。班上最小的同学靳长起竟激动得离开座位，狂乱地满教室跑起来。

常老师也忍不住无声地笑了。

古全和没意识到大家在笑他，他左顾右盼，以为班上发生了什么可笑的事情。

"屁匠？！啊哈哈哈哈……！"苗三儿忘形地狂笑着。

"'屁匠'！哈哈哈哈！"一些同学重复着苗三儿的话。

古全和恍然大悟，知道同学们在笑他，却又不知道自己错在什么地方儿，忽然想到可能是自己发音不对。而当他再次试图改正自己的发音的时候，由于把握不好，竟重复了原先的错误，再次激起同学们的狂笑，有的人笑出了眼泪。

在古全和的老家，"皮匠"的读音，在这里恰好是"屁匠"的读音。而且恰巧这些日子在柳影路小学初级小学部，特别是在三年级的男生里，兴起了一股"赛放屁"的风气。那些淘气的男同学，说到"放屁"，就会把屁股一扭，让屁股朝向对方儿，"咕咕咕"地放起屁来。古全和明明知道他们"放"的不是真屁，而是人为地弄出来的一种像是放屁的声音，可是他到底也不知道他们的"屁"是怎么弄出来的。想到这里，他自己也笑了。

古全和面对同学们对他的嬉笑所表现出来的坦然和宽容，使不少同学对他产生了好感，连初丽云对他的看法儿也有所改变，觉得他大度，有涵养，而并不是个没有教养的野孩子。

97

私立学校对于学生的着装和所使用的文具没有要求；只要交足了学费、不违反学校的规矩，就可以上学。而在伪满洲国时期，念公立学校，不收学费，但是学生必须要穿校服、用学校规定的笔记本儿。如今是中华民国了，可是公立学校的规矩没变，学生还是要穿统一样式的黑色的校服，但不再是日式的，而是美式的了，其中包括配有一顶船形帽儿。但是笔记本不再要求一律了。古全和特别讨厌船形帽儿。好在柳影路小学的新校服还没有发下来，以后发不发也不知道，现在新老学生穿衣戴帽形形色色，古全和的穿戴和他所用的文具也不能算是不合法。

插班生融入一个新的团体要有一个过程。谁都要闻一闻他是个什么味道，看一看他是个什么样儿的人物，考虑该怎样对待他。古全和身高全班第一，坐在后排的角落里。至于他的学习和为人如何，人们还有待观察。不过他给班主任常老师和多数同学的印象并不坏。开学的头一个周末，班里打扫卫生，古全和干活儿不惜力，不怕脏，不怕累，会干，肯干，干得多，干得好，就受到同学们的称赞。一个月后，三年级一班的多数同学算是接受了他。

最早对古全和表示好感的是女生。她们觉得古全和朴素，老实。在男人的诸多品行中，聪明正派的女人天生喜欢的正是男人的老实可靠，至于男人是否有钱、能干，那是大龄女孩儿注意的东西。班里的多数男生也为古全和的勤劳、忍让和宽容所感动，不再捉弄他，开始同情他，接近他。少数对他仍有恶意的男生，见他身强力壮，也不敢冒犯他。

一件偶然的事情使古全和的威信骤然提高。

全班年纪最小的男生是回族同学马鸣川，他刚满9岁，个头儿也小，是家中的老小儿，他上面有六个姐姐，全家人都拿他当宝贝疙瘩。他妈给他准备的午饭经常是夹着大片儿香喷喷的酱牛肉的半发面的大火烧。和他坐同桌儿的是苗中正。他和古全和同岁，长得五大三粗，外号苗三儿。"三儿"在江城一带，是"狼"的意思。"苗三儿"意味着苗中正厉害，像狼，惹不得。苗三儿比马鸣川大三岁，本镇近郊国家营子人。他爹是个小财主，他哥哥在伪满洲国的时候当过警察。他是班上的一霸，骂人打人是经常的事，连初丽云也惧他三分。她是靠向老师告三儿的状来遏制他。和他一伙儿的是和他住同村的杨玉林和方志斌，他们三人号称全年级的"三剑客"，同学们私下里叫他们"三把刀"，在全校有名。苗三儿常常带领他的一伙人捉弄、欺负小同学和女同学，马鸣川受气最多。苗三儿隔三岔五地诡称他把猪肉皮塞进了马鸣川的烧饼里去了，有时也真的是把猪肉皮塞进马鸣川的饭盒里。每当这种时候，马鸣川就只好把夹肉烧饼让给"三剑客"吃，自己挨饿。马鸣川惧怕他们，不敢给他们告老师，回到家里拼命用碱水洗饭盒儿，还不敢对他爹妈诉苦。同学们心怀不平，可是自知不是"三把刀"的对手，不敢站出来制止，也不敢给他们告老师。久而久之，这种事就习以为常了。

星期一上午第二节课后课间休息的时候，"三剑客"就把马鸣川的烧饼给分着吃了。古全和初来乍到，本不想惹事。可是他看着小同学挨欺负气不过，就瞪了苗三儿一眼。苗三儿发现了，就凑到他跟前儿，阴阳怪气地说道："怎么？眼睛有毛病？不认识这是什么东西吗？"他说着，就把吃了一半儿的烧饼杵到古全和的眼前。

全班同学的目光立刻集中到古全和身上。古全和笑着对苗三儿说："都是同学，马鸣川又是个小弟弟，你怎么好叫他挨饿？"

"哈哈，'屁匠'的儿子还挺讲义气！"苗三儿一边往嘴里塞夹肉烧饼，一边两眼死死地瞪着古全和，嬉皮笑脸儿，恶狠狠地骂道，"你是不是觉得自己算个人物儿？你他妈算个屁，管这些闲事干个屌！是不是身上觉得不舒服？！"

古全和听着苗三儿的流氓腔调儿，看着他的流氓相儿，瞪起了公牛一样的逼人的眼睛，冷冷地说道："苗同学，你听着！我好言相劝，请你赔马鸣川的烧饼！老老实实地向他道歉！"

古全和满面怒容，苗三儿看了有些发怵。

没有人站出来劝解他们。大家想看"三剑客"怎样降服古全和，更希望古全和是个吃生米的人，能让"三剑客"倒霉。

苗三儿自以为身高马大，又有两个帮手，对古全和毫不让步，示威似地大口吃烧饼，并把最后一口烧饼吐到古全和的脸上，骂道："哼！裤带没扎紧，把你小子给露出来了！你白白地长了他妈的一个傻大个儿！算个什么东西！"被激怒了的苗三儿朝古全和翻着白眼儿。"赔什么?！你知道吗?！这是马鸣川送给我们吃的！不信你问问他。你要是送给我，我还不要呢！"

这时，杨玉林和方志斌早已从左右两方靠上了古全和，把古全和挤到无处可退的墙根儿上，把他夹在中间，要迫使古全和服软让步。一场撕打就要发生。班里没有人敢说话。班长初丽云偷偷地跑去报告常老师，被苗三儿伸手拦住。

古全和一动不动，用眼睛的余光儿扫视着两侧的杨玉林和方志斌。

"你以为自己是条好汉吧？嘿嘿，不过是个穷'山东棒子'！"苗三儿把脸逼近古全和，几乎贴到古全和的脸上，两只眼死死地盯着古全和。然后又用力地拍拍自己的胸脯儿，高声叫道："你算他妈的个老几，敢管老爷子我的闲事?！你到处打听打听老爷子是谁！我他妈的跺跺脚儿全宋家屯镇都会乱颤！"

"少废话！说！你赔不赔吧！"古全和根本不把苗三儿放在眼里。

苗三儿朝杨玉林和方志斌使了一个眼色，喊道："上！"

杨玉林和方志斌闻声朝古全和靠上来。古全和立即丢下苗三儿，双肘同时向左右发力，把杨玉林和方志斌捣翻在地，撞倒了好几张桌子，引起一阵骚乱。苗三儿乘机来抓古全和的头发。古全和出左手掐住苗三儿的右手腕子，伸右手卡住苗三儿的喉咙，把右腿插到苗三儿的背后，把他窝倒在地。苗三儿透不过气，想高喊求饶发不出声，难受得直翻白眼儿。挨了重重的一拐的杨玉林和方志斌不敢再靠近古全和来解救苗三儿。

古全和威胁杨玉林和方志斌说："你们再敢动手，我就掐死他！"

"活该！"有人能制"三剑客"，同学们敢说话了。

古全和松开手，平静地说："我不打你，也不骂你，就要求你赔偿马鸣川。先道歉，再赔烧饼，加倍赔！赔现钱，总共六毛！你要和我讲价钱，我就掐死你，我说到做到！"古全和逼问被窝在地上的苗三儿。

疼痛难忍、呼吸困难的苗三儿连连点头儿。

古全和稍稍放松了一些右手，说道："马鸣川小，大家应该爱护他。他是回民，不吃猪肉。可是你们却搭帮结伙儿地欺负他！连饭都不让他吃！你们还有良心吗！"

周末，班里选举参加本学年度高小和初小毕业典礼的代表，古全和当选为三年级一班的代表。

98

马校长特别重视组织那些轰轰烈烈引人注意的活动，而且善于找出那些活动的特殊的政治意义。在中华民国、伪满洲国，直到现在，他都是这样干的。比如，在中华民国时，他组织师生背诵《总理遗嘱》竞赛。在伪满洲国时期，他组织师生背诵日本人用来奴化中国人的《国民训》的竞赛，还独出心裁地创造了一种仪式，每个周一的朝会上，他都带领着全校的师生，朝着江城城里日本神社所在的西南方行大鞠躬大礼。现在他则要求师生员工在听到蒋委员长的名讳时一定要来一个立正，等等。

将在今年暑假前夕举行的初小和高小的毕业典礼是本校光复后开学以来头一个毕业典礼，马校长倍加关注，决定大搞，自任毕业典礼筹备会主任，天天张罗这件事。马校长说，"今年的毕业典礼不同于往常任何一届的毕业典礼，具有特别重要的意义，她是我们东三省光复后学校举行的第一个毕业典礼，也是学校实行秋季始业后的第一个毕业典礼，所以一定要办好，办得比往年更隆重。"马校长竭力张扬毕业典礼一事的真实意图是他想利用这个机会遍请区上乃至市里当政的新贵，构建自己新的关系网。他明白，上级喜欢有政绩的下属，因为下级的政绩就是上级的政绩。办好毕业典礼并大力宣扬还有利于掩饰他在伪满洲国时的丑行，巩固他现有的地位，图谋今后的高就。为给毕业典礼造声势，马校长提出要办几件大事。一件是办毕业班学生作业展览，一件是编辑出版毕业生作文选，一件是排练将在毕业典礼上演出的百人大合唱。马校长特别重视能给这次盛会造声势的这个百人大合唱，特地安排聪明干练的青年教师董文华担任大合唱的指导教师，具体操办这件事。

董文华是伪满洲国军校学员，多才多艺，光复后到柳影路小学担任音乐教师。他长圆脸儿，留小分头儿，身材修长，腰板儿笔直，身穿崭新的日式学生装，动作轻快有力，目光活泼灵动有如少女。古全和从没见过这样秀气的男老师。

今天是董老师第一次组织学生进行大合唱的排练活动。他说从本周起，合唱队每周一三五下午的课余时间练唱，地点在校本部高二（1）班教室。高二（1）班的教室宽大整洁，红漆木地板擦得溜光铮亮。同学们按着董老师的要求，一二三四五六各个年级的代表，按年级排列在教室的南北两侧，站成六列纵队，女生在前，男生在后。教室中间留有一条通道。古全和是三年级代表中最高的一个，他站在队列的最后，有如鹤立鸡群。

"注意啦！"董文华高声说道，接着扫视所有的学生，高喊"立正！"教室里立刻鸦雀无声，所有的同学都站得笔直，连一年级的小同学也安静下来。刹那间，古全和觉得董文华好像变了一个人。他目光专注、神态威严，有如军人，这里进行的好像不是文娱活动，倒像是军训。只是董老师的声音，仍然让他感到纯净响亮优美动听。古全和喜欢威风凛凛又有点儿潇洒的董老师。

"我们将在毕业典礼上演唱的是《毕业歌》。这是校长分派给我们的光荣任务，我们必须练好。现在，我们开始练歌！"董文华再次威严地扫视了一遍所有的同学，脸上一丝笑容都没有。"先唱歌谱儿，然后再唱歌词。三年级以上的同学看着歌片儿，随着我唱，一二年级的小同学跟着我哼哼。"

古全和从来没见过"歌片儿"，也不知道什么是"歌谱儿"。惠民国民学校没有唱歌儿的课，在古家庄小学和王万伯私塾学歌儿，都是老师一句一句教，他不知道董老师为什么把"1234567"，唱成高低错落的"哆唻咪发索拉西"，一句话，他根本不认识歌谱儿，他只能和一二年级的小同学一起跟着董老师哼哼。

在老师领唱歌谱儿的时候，他跟着老师哼哼，而在老师要求大家看着歌片儿自己唱的时候，他就无法张口而只能随着大家哼哼了。董老师开始朝他张望，古全和被老师看得心里发慌，冷汗把衬衣湿透。他想，班上的同学只是选他当参加毕业典礼的代表，并没说他要到这里来学习唱歌儿。他后悔自己糊里糊涂地来到这个教室。他想离开这里，可是他站在队列里，这时离开会搅乱队伍，而且不经老师同意，他是不能离开的。他想先在这里站一会儿，等中间休息的时候，再对老师说明情况，然后离开这里。他有意站得笔直，一动不动，尽量不影响别人。但是他发现董老师的脸色越来越难看，开始对他怒目而视。他知道老师是因为他不张口而对他不满。他想装出唱歌儿的样子，平复老师对他的不满。可是他做不到。他不会装假。

"有人不张嘴啊！"董老师瞪着古全和怒吼道。

只过了几秒钟，董老师又用冒火一样的眼睛盯着古全和，吼道："我说你呢！你为什么不张嘴?!"然后愤怒地命令道："唱!!"

周围的同学从董老师的目光中断定老师申斥的是古全和。古全和心里又急又气又无奈，很想能有一个向老师解释的机会，说明他不是不肯唱，而是不会唱。

"唱！都要唱！……你不张嘴！是不是欠揍?!"董老师愤怒地高声说，两眼死死地盯着古全和，弄得古全和更加不知道如何是好。教室里的空气紧张起来。古全和浑身燥热，心里乱糟糟的，头在嗡嗡地响，汗顺着面颊流下来。焦急、羞愧使他低下了头，看着手里的歌片儿，两眼冒金星儿，想装出唱歌儿的样子来应付老师。

这时，董文华怒不可遏，突然跳下讲台，直奔古全和而来。古全和看着步步逼近的董老师，心情紧张，觉得事情不妙。

董文华三步两步跨到古全和面前儿，不容他做任何解释，伸手把他从队列里拉出来，挥手就是一个脖子拐。古全和在一阵眩晕过后突然感到左半边脸，连带到脖子，火辣辣的疼痛麻木。他对董文华的好感和期待，连同他心中因为不能在老师的教导下唱歌儿而涌起的歉意，刹那间都消失得干干净净，同时委屈、冤枉和愤怒从他的心里猛然升起，反抗的念头儿立刻充满他的胸膛。他下意识地握紧双拳，紧缩起全身的肌肉，准备抗击董文华的第二次打击。

董文华从古全和的举动和愤怒的目光里，清楚地看到对方准备向他还击，他担心和学生对打，有失尊严，没敢再打古全和，而只是站在他的面前大口地喘着粗气，断断续续地吼道："你，你，你，为什么不唱?!"

"我不会！"被激怒了的古全和厉声吼道。

"你为什么不学?!"愤怒的董文华质问道。

"我学不会!"古全和厉声说道。

董文华从没遇见过这样的阵式。面对毫无畏惧的古全和,他不知所措。

"为什打人?!你以为现在还是日本法西斯统治下的'满洲国'吗?!"被激怒的古全和质问董文华。他凶狠的目光、反抗的姿态和强硬的质问,使董文华感到陌生和意外。他不知道这个学生为什么敢这样对待他,他有什么后台和背景儿。他相信,如果他再次动手,面前的这个并不比他矮的强壮的学生肯定会还手,有可能把他打翻在地,让他出丑。而如果他不能制服这个学生,他的威信就会受到严重的损害。从他背起书包儿上学的那天起,在他受到老师责罚的时候,从来没有像面前的这个学生这样问过老师为什么要责罚他,就连高年级同学无缘无故地打了他,他也没有想过要求对方对他说明为什么要打他。十几年的学生生活使他认为,老师打学生、高年级的同学打低年级的同学,是理所当然的事,并不需要理由。"老师和高年级的学生,总是有理",这就是日本人留下的规矩。

不知道为什么,"你以为现在还是日本法西斯统治下的'满洲国'吗?"这句话一直在董老师的头脑里回旋。过了好一阵子,他才想到一句话:"你为什么不唱歌?!"那语气中已经包含着某些犹豫,而不完全是指责。

"我想唱,可是我不认识您说的歌谱儿,过去我念的是私塾,不会唱歌儿。同学是选我来当学生代表的,不是派我来唱歌儿的!"古全和说着流下了委屈的眼泪。

他的说明引起了一阵压抑的议论。董文华若有所悟,知道自己错了。但是他不想当众认错。老师不需要向学生认错儿,高年级学生不需要向低年级的学生认错儿,这也是规矩。他强打精神地说:"不会唱,你可以学嘛!"

"我对你说过,我学不会!"古全和心中的怒火又起,想到董文华对他无理责罚,让他当众出丑,他不想给董文华台阶儿。

董文华恼羞成怒,难以自制,脱口骂道:"混蛋!"

"好啊!你骂人!你不配当老师!"古全和愤怒地嚷道。

惶惑、愤怒使董文华浑身发抖。学生竟敢当众指斥老师。他又下意识地举起了手,想再次痛打面前这个穿着破烂、头发很长、敢于和自己对抗的学生,发泄他胸中的愤怒,挽回自己的面子。可是当他准备抡起手臂的时候，古全和后退一步，和他拉开了距离，站成丁字步。他意识到，他有功夫，准备和他对打，立刻又打消了刚刚占据过他头脑的这个念头儿。他想，他未必是这个学生的对手，自己也不能成为当众和一个学生打架的一方，更不能被打倒在学生们的面前。

"滚！课后我再找你算账！"董文华以进为退，摆脱了古全和。

"放心吧，我会去找你的！"古全和说着，愤怒地离开了教室。

古全和的举动让所有的同学感到惊诧。所有的学生都认为错在学生。

董文华训斥了，也打了古全和，可是他还不知道他打的学生是谁。他想到古全和不服从他的要求，觉得他该打。而当他想到古全和也许真的是不识谱儿不会唱，又觉得自己也许做得不对，又感到有些后悔。可是他又想不出自己在这件事上有什么错误。他认为面对刚才的情况，所有的老师都会像他那样做。学生必须无条件地服从老师，低年级的学生必须无条件地服从高年级的学生，责打和体罚学生是教育学生的必要手段，这都是天经地义的。他认为古全和不仅不唱歌儿该打，就凭他对待老师的那种态度也该打。他自己从小儿受的就是这样的教育。可是他又觉得自己好像做错了什么。让他困惑的是古全和为什么那么理直气壮、那么激烈地反抗他，甚至准备和他对打。不过他认为古全和离开教室时愤怒地对他呼喊"你等着吧，我会去找你的！"只是虚张声势，古全和不敢再来找他的麻烦。

董文华老师心事重重地回到办公室，把自己的疑惑告诉了坐在他身边的谷老师。谷老师叫谷建城，是董文华在军校时的军事教官，现在本校任军体课。谷建城没有听完他的叙述就愤然而起，吼道："这还了得！简直是造反！必须狠狠地揍他！对这种学生，就得揍！直到把他打得服服帖帖。"他本来想说，"我驯服学生出身的兵，就用这个办法儿，直打得他忘记了自己，心里只有教官。"可是他想到，这是日本人驯服新兵的办法儿，现在光复了，不能这样讲了。但是他还是忍不住地说："你把他叫来！我来整治他！看他还敢不敢闹腾！"

谷建城对董文华的支持并没有消除董文华心里的疑惑。他总觉得古全和不是个平常的学生，在这件事情里面有他还没有弄明白的东西。他不认为事情像谷建城老师说的那么简单，不能说打服学生是解决这个问题的好办法，甚至不认为错误都在古全和身上。所以他一时还不想把这件事告诉三年级一班的班主任常树新老师。

出乎董老师的意外，古全和真的在下午放学前到教员办公室来找他了！

光复重新开学后，学生人数儿猛增，学校教室紧张，柳影路小学的教员办公室和学校行政机构暂时集中在同一个大教室办公。校长、教导主任、训育主任和总务主任，以及各个年级的班级主任和教师总共近40人，都在这里办公。办公室东西两端各有一个朝南开的门。进西边的门，迎面是一个南北向的大讲台。讲台上有一排桌椅，形制有如法庭审判席。那是校长、教导主任、训导主任和总务主任的位子。高台下面，顺着南北东西四面墙，排了一圈"U"字形的桌椅。教师们按年级分坐在自己的位子上。

时近放学的时间，马校长召开全体教职工大会，部署下一段有关毕业典礼的筹备工作。人齐了，会议就要开始，古全和来了。他进的是西面的门，即靠近"审判席"的那个门。他走进办公室，站在董文华的面前，平和地对董文华说："董老师，我来啦！我愿意听您的教导，请您告诉我，你为什么骂我混蛋，为什么打我一个脖子拐？"

古全和的声音很大，惊动了他背后的马校长和所有的学校领导和教师。老师们的精神为之一振，目光都不由自主地投向这个满头乱发、穿着破烂、诉求清晰的大个子男学生。

马校长和教导主任李文华都深感意外，不由地停下了手头儿的工作。

面对古全和的质问，董文华不由自主地站起来，却不知该怎样回答他。他原本想只要他不再去找古全和算账，古全和是不会再来找他的，因此并没有认真地考虑过怎样应对古全和。可是古全和真的找到了教员办公室，而且正在当着校长和全校同事的面质问他。

谷建城斜倚在椅子上，轻蔑地斜视着古全和。古全和刚把话说完，他就猛地站起来，隔着他面前的办公桌，挥手就给了毫无准备的古全和一个大嘴巴，怒视着古全和骂道："你给我滚出去！……你的胆子也真不小，居然敢找上门来！反了你啦！我看董老师的手是太软了！"

谷建城想，古全和在受到他的惩罚之后会在他的面前打哆嗦，认错求饶，夹着尾巴溜出教员办公室。这种手段他用过无数次，一向灵验。可是这次他错了，古全和不仅没有哆嗦，也没有走。古全和在谷建城突如其来的重击下，脑袋发晕，身子晃了一晃，等他意识到发生了什么事情以后，立刻就把愤怒的目光投向谷建城，一步跨到他办公桌的前面，愤怒地高声对他嚷道："我告诉你：现在不是'满洲国'了！日本帝国主义的那一套不兴啦！像你这种法西斯分子再也不配当老师！"

古全和的吼声震惊整个儿的办公室。常树新老师惶恐不安。"现在不是'满洲国'了……"这是现实，而在座的老师都知道，谷建城曾经是伪满洲国某军校的教官。古全和的这句话击中了谷建城的要害，也震动了所有老师的心。他们都吃惊地目睹着眼前发生的事情，模模糊糊地意识到，老师可以任意打骂学生、高年级的学生可以任意地打骂低年级的学生，这是日本人和"满洲国"的规矩！而"现在不是'满洲国'"了！

马校长意识到事关政治问题，灵机一动站起来，快步走下高台，走到古全和的面前，和蔼地问道："你是哪个班的呀？叫什么名字？"

"三年级一班，叫古全和。"

"是山东人吧？"

"是的。"

"山东是礼仪之邦啊，是个出英雄好汉的地方！你父亲在哪儿工作啊？"

"我爹原来是铁匠，现在是皮匠。"古全和小心地说出"皮匠"二字。

"在本市有什么亲戚吗？"

"没有。"

马光复在弄清楚古全和没有政治背景之后，沉吟片刻，继续说道："你的事情我们知道了。现在我们正在开会，你先回去吧，我会弄清事情的情况，认真处理这件事情的。"

马光复在事关师生关系的问题上，无论学生是否有理，他都站在教师一边。今天的事情有所不同，这个学生打上门来，喊出了"现在不是'满洲国'了！"。这牵涉政治问题，他要维护教师的面子，却不能站在教师一边训斥学生，办法只能是安抚，保证教师不当众出丑。

"我和董老师的事情的是非是明摆着的，一句话就能解决问题，只请董老师说一句话：他在课堂上无理打骂学生不对！"他把目光转向谷建城愤怒地说道："至于他，我不想说什么，也不想听他说什么，他不配当老师！他连向我道歉的资格都没有！他就是个法西斯。"

"古全和同学，你怎么不讲道理啊？学校的事是听你的，还是听我的呀？"马光复板起面孔儿说道，他想压服古全和。

"不讲道理我就不来了。谁对听谁的。"古全和毫不让步。他想到了舅舅，想到了舅舅和那些败兵拼命的那个激动人心的夜晚。他继续说："本市的学校不是只有柳影路小学一所！如果这里不讲道理，我可以不在这里念书，可是事情必须说清楚！如果在这里说不清楚，我可以到街上去说，到市教育局去说！"

老师们面露惊讶，议论声四起。

马校长心中一惊。

要把柳影路小学教师无理打骂学生的事情和伪满洲国联系起来，把这件事嚷到社会上去，报告给教育局，马校长就不能不在意了。他不能让这个学生带着愤怒和问题走出这个办公室。他看看各位主任。主任们也在看他。董文华一直尴尬地站在那里。古全和没把矛头指向他，而是指向由于为董文华抱不平而惹来麻烦的谷建城，让他深感过意不去。

谷建城依然侧坐在自己的座位上，怒气冲冲，一言不发。他不仅生古全和的气，更生马校长的气。他认为马校长就该无条件地支持自己和董文华，立刻把古全和打出办公室，开除他的学籍，而马校长却要安抚这个可恶的穷小子。

"我是插班生。在伪满洲国，我们不能进公立学校。所以我进了王万伯老先生的私塾。后来那里好心的王秋兰老师指导我进了惠民国民学校。我不懂得什么是歌谱儿，不知道当学生代表要练习唱歌儿。董老师也没说我们是合唱队。我当然认为自己可以不唱。不过我还是想按照董老师的要求学着唱。董老师不问青红皂白，伸手就打，张口就骂，是不对的。我知道董老师误解了我，以为我故意和他作对，我并不怪他。我只想对他说清楚，我不是故意和他作对，求他理解。"古全和又愤怒地指着谷建城高声说道："可是他呢？他算什么老师？事情和他有什么关系?！他为什么无缘无故打人?！"

老师们再次彼此交头接耳，不知道这个尴尬的场面将如何结束。觉得现在真的不是"满洲国"了。

马光复不想为难董文华和谷建城，而面前的这个学生又不肯让步，让他进退两难。他对给他惹来麻烦的董文华和谷建城以及古全和都很不满。

董文华明白是自己误解了古全和，打人骂人也不是今天的老师应有的行为，便离开自己的位子，走到古全和的面前，诚恳地对他说道："古全和同学，我向你道歉！我不了解情况，没听你解释，是我不对！请你原谅。"

古全和看着董老师诚挚的神情，心中的委屈和对知错能改的董老师的尊敬，同时涌上心头，眼泪哗地流下来，恭恭敬敬地给董老师鞠了一躬，哭泣着说道："我骂您不配当老师也不对，请您原谅。"

"谷老师喝多了酒，你不要怪他。好吗？"董文华以祈求的目光看着古全和说道。"我误解了你，谷老师也误解了你。这都怪我。我们受的都是'满洲国'的奴化教育……"

谷建城怒气冲冲自坐在那里，一动不动。

古全和没有理睬谷建城，向董文华鞠了一个大躬，转身离开了办公室。

一家人饱受日本强盗和汉奸走狗摧残的古全和，一时激愤，说出了"现在不是'满洲国'了"的这样一句话，触动了马光复的政治神经。他像古往今来一切真正的政客一样，对于有助于构成他政绩的任何事物都非常敏感。柳影路小学师生间冲突的这个小小的插曲，一下子就被他的政治智慧给照耀得光辉灿烂。一场师生矛盾风波过去了，而马校长却从中看到了它重要的政治意义。他在此后的好些日子里，在校内校外的大会小会上，反复引用古全和的那句脱口而出的"名言"："现在不是'满洲国'啦！"他反复谈论这件事，并且大加渲染，显示柳影路小学在他的领导下出现的全校师生政治思想上"光复"的新气象。他还依据这件事，拟就了一份长达两千五百多字的题为《关于白龙区宋家屯镇柳影路中心完全小学校清除14年奴化教育遗毒成果的报告》，郑重其事地报送区教育局领导。而区教育局又把他的报告，作为本区清除奴化教育影响的成果，上报市教育局。这个时髦儿的话题，立刻传遍整个江城教育界。马光复校长的大名也跟随着这份报告走向了市里和省里。他相信这是他改换门庭、另谋高就、步步高升的一张天梯。所以，古全和不仅没有受到打击报复，还作为马校长政绩的"人证"被小心地保护起来。遗憾的是为董文华抱不平的谷建城老师被马校长弄成了牺牲品，在事发后不久，马校长把他给解聘了。不过马校长并没有因此而飞黄腾达，捞到更多的好处，因为瓜分光复后的江城政治经济利益的，另有来自重庆和南京的团队。马校长的良苦用心只在保有他现有的职位上发挥了作用。像他这种在敌我之间，几次更名换姓、改换门庭的人，也难得有人愿意和他挂拉上关系，把名利双收的机会赐给他。

100

　　1947年秋，古全和已满14周岁，身高已近五尺。他爹说，他将长成一个真正强壮有力的山东大汉。他爹说得不错，现在古全和就已经能抬起装有220斤粮食的大麻袋，60斤的重物他能轻而易举地单手举过头顶，能帮助他爹干一些抬抬搬搬的重体力活儿。不过他的心还留在童年。他还不知道修饰自己的羽毛儿，不知道讲究穿戴。夏天放学回到家里，总是赤着脚儿，光着头，穿着家做的白布短裤儿。他给店铺当小工儿，到野外去拾柴草，拣煤核儿，手持弹弓儿，追打麻雀，都是这种打扮儿。他还没有意识到自己已经长大，但是在山东庄一些懂事的女孩子的眼睛里，他已经是个男人了。秀姑担心他被流里流气的男孩子和风流的女孩子带坏，天天目不转睛地盯着他的一举一动。古世才说她是多此一举。他说，古全和是个正经孩子，不会变坏。而秀姑却认为丈夫麻木不仁。她听说古全和常常往小凤儿家里跑，心里老大不放心。她不担心小凤儿她哥哥葛永德。她说葛永德是个在家修行的和尚或是道士，是个英雄好汉。她担心的是小凤儿和小凤儿她娘。

　　小凤儿一家很神秘，是山东庄来历不明的一个人家儿之一。小凤家在江城没有房产土地店铺，她娘没有正当职业，没有人知道她进城去干什么，不知道他们一家靠什么生活。山东庄的男女老少没有人公开非议小凤儿一家，事实上小凤和她娘也没有什么失德的言行，人们对于小凤儿和小凤儿她娘的戒备完全是出于他们没有根据的防范心理。

　　小凤儿和古全和同岁，个头儿比古全和略矮，她的言谈话语性格做派有些随她娘。和她娘一样地体态匀称，一样地面容秀美，一样地眉眼活泼，一样地举止轻捷，一样地快言快语，一样地一脸聪明。山东庄的一些半大男孩子都喜欢她。古全和觉得她灵精，真诚，自然，漂亮，和她待在一块儿不拘束，有话说。小凤儿也喜欢古全和，常常到他家里来找他玩儿。在他们之间有一种和钱财、地位、利害、荣辱毫不相干的，纯粹自然的友谊和彼此的喜爱。

其实，秀姑心里也喜欢小凤儿，觉得她是个有头有脸儿聪明伶俐的好闺女，能讨到小凤儿这样的儿媳妇儿，也是她和儿子的造化。小凤儿她娘念过书，重视学习，听说古全和曾在王万伯私塾的窗外听书，就想到她已故的好学的丈夫，认为古全和长大了一定会有出息，曾经当着秀姑的面儿，以开玩笑的口气，说要招古全和做她家的女婿。可是秀姑装没听见，搪塞过去。她听说小凤儿她娘当年是跟着小凤儿她爹私奔的，担心儿子和小凤儿交往多了会遭人非议，影响儿子的名誉。其实，这也是山东庄许多当娘和当奶奶的共同的顾虑，她们都把小凤儿和她娘看成异类，不愿意让自己的儿女和男人与小凤儿和她娘来往。

山东庄招人议论的女人有两个。一个是狗儿他娘，一个是小凤儿她娘。狗儿他娘和郑祥麟相好，尽人皆知，大家伙儿可以公开议论，狗儿他娘自己也不在乎。而小凤儿她娘就不同了。表面上山东庄的女人们都说她是个正派的女人，说她孤身一人带着两个孩子过日子不容易，但是却在背地里述说她的风流故事，有的人甚至把小凤儿她娘看成邪恶的女人。越是自己不太干净的女人，越是在意这件事，越是想借别人的"过失"表现自己的清白，抬高自己的身价。这些人面对一个漂亮、能干、有学问、风流过，并且现在依然漂亮的寡妇，不敢粗心大意，担心自己的丈夫受她蛊惑，一旦失足，和她私奔了，后果不堪设想。由于这样的缘故，男人们也不敢和小凤儿她娘走得很近，但是他们心里大都佩服小凤儿她娘，觉得她是个不同寻常的女人，并不认为她有什么错儿，巴不得自己也曾有过小凤儿他爹所经历过的那种惊天动地的风流故事。

人的经历和心思越简单，他的秘密就越少。有些人可以说就没有什么秘密。比如两个素不相识、没有文化、诚恳朴实的农民，彼此相遇，有一袋烟的工夫，就可能把彼此的身世和隐秘说得清清楚楚。山东庄的人，即使有些神秘的刘书成，也算不上有什么城府。这里的人来自四面八方，大家相处的时间也不算太长，可是谁家的底儿大家都比较清楚。人们真正琢磨不透的只有郑祥麟和老牛家，而小凤儿她娘的故事表面上连孩子们都听说过，其实真正了解他们一家的并不多。

小凤儿她娘出身大户人家儿，虽已年近 40，却依然是山东庄最清秀最有风度的女子，而且她认字，能读能写，丈夫死后她矢志不嫁，整日为一对儿女四处奔波操劳。在场面上谁也说不出她有什么不清白不检点的地方。要论男女情爱，山东庄所有的男人都配不上她。人们影影绰绰听说她当闺女的时候有过一段风流故事。

小凤儿娘的娘家姓边，大号边玉坤，后来自己取名边照清，表示她敬仰著名的宋朝山东历城多情的女词人李清照。她娘家是山东掖县城南的大户人家儿，她爹边齐英，有好地三百多亩，在天津还有三家生意，家中养有武装家丁三四名，长工五六个。边照清是边齐英的独生女儿，她爹对她珍爱非常，自幼让她和族内男孩子一起学习，读四书五经，练习武功，使唤洋枪。要论容貌，即使今天，她也是山东庄最出众的女人。她小脚儿周正，长方脸儿，眉眼儿清秀，目光专注、含蓄、安详、有神，体态匀称丰满，举止从容大方。虽说女红欠佳，但穿着讲究，两个儿女都打扮得整整齐齐。丈夫死后，她离开了她和丈夫一起生活多年的林区小城伊春，来到本市，多年来，一直靠做小生意、帮人管账等养活两个儿女，对众多仰慕者，从不在意。她对山东庄女人们对她的议论，心里一清二楚，却根本不放在心上。她知道，这里所有的女人都不是她的同类。

1916 年春，边齐英的管家从邻县山东平度雇来了一个小长工儿，姓葛，叫葛英海，时年 13 岁。葛家代代习武，其父葛春霄年轻时曾在京城做过镖师。洋枪兴起后，镖局解散，他回到家乡务农。葛家地亩不多，家境贫寒，葛春霄靠秋冬农闲时教授武艺补贴家用。葛英海 4 岁开始习武。在他 12 岁那年，葛春霄在本村富户葛秉贵安排的一次比武中被暗器所伤，不治病故。后一年，葛英海的母亲也因悲伤过度离世。葛家为数不多的土地，被葛秉贵伪造文书，假称葛春霄欠他的银两，据为己有，葛英海只能净身出户，流落外乡，靠乞讨和为人做短工为生。后被边齐英收留。葛英海体态魁梧，相貌出众，聪明过人，武功不凡。他被安排在葛家书院清扫前后左右的几个套院的天井。他喜欢读书，每天都把清扫边家子弟读书的院落的活儿安排在上午老师给学生们识书讲书的时候，一边打扫，一边细心听学生背书、老师说书，并且一一记在心里，闲时不断咀嚼。五年之后，能对老师讲过的四书五经一一倒背如流，而且还能讲解文章的大意。

葛英海夜间练习家传武艺，风雨无阻、寒暑不辍。

边照清自幼娇生惯养，自由任性，加上年轻幼稚，身处深宅大院，与人交往极少，贫富尊卑的等级偏见尚不明晰，对葛英海坚持习武颇有好感。葛英海渐渐显露出来的俊秀的面容和健美的身材和他舞动枪棒的英姿更让她动心，终于产生了对他的好奇心。一天晚上，她悄悄地走到葛英海的跟前儿，问道："你是姓葛吧？"

葛英海默默地点点头儿，并没有停止他的动作。

"你的武艺是谁教的？"

"俺爹。"葛英海收式站住，不卑不亢地回答说。

"你为什么到俺家来干活儿？"

葛英海没有理睬她。他觉得她问得荒唐可笑。

"俺在问你话呢。"

"这还用问吗？"

"俺不知道嘛！"

"为了吃饭！"葛英海怀疑她是在取笑自己。

边照清听了葛英海的回答，哈哈大笑。

刚满15岁的边照清内心充满幻想，不知道什么是饥饿，有什么愿望是她不能实现的。她是个还没有被世俗的偏见和习俗浸染过的少女，不知道人生和财富之间的关联。葛英海的影像在不知不觉中刻上了她的心坎儿。

一个偶然的机会让边照清对葛英海的好感发生突变而成为同情、景仰和爱慕。那是他们私奔前一年初夏的一个早晨，那年边照清16岁。她在花园里散步，低诵着她学过的唐人王维的《山居秋暝》。当背诵到最后一句的时候，卡住了。这时正在打扫花园儿的葛英海看了她一眼，接着背诵道："随意春芳歇，王孙自可留。"

"你念过书吗？！"边照清惊奇地问道。

葛英海摇摇头。

"那？"

"俺是在天井里听的。"

葛英海的话在边照清听来，像是《聊斋志异》里的鬼怪故事。她从没听说过这样的怪事，难以相信这是真的。她呆呆地看着站在即将消逝的淡淡的月影下面的葛英海，觉得自己像是在梦中。过了好一会儿，她才问道："那你都学会了什么？"

"你们念过的俺都会……就是不认字。"

边照清相信葛英海的话，在惊讶之余陷入了沉思，忽然觉得葛英海是人们传说的那种奇人。她相信，她所有的堂兄弟姊妹都远不及面前的这个健美的长工。而他们有好饭吃，好衣穿，有书念，有好的前程，而葛英海却什么都没有！她内心深处涌起了对葛英海的深深的同情。从那个清晨以后，边照清和葛英海彼此成了师生。边照清帮葛英海认字，葛英海给边照清讲书。

边齐英做梦也没想到自己的宝贝女儿会爱上一个寄食他门下的长工，常常当着他的朋友们夸奖葛英海聪明，懂事，好学，有出息，武艺高强，是个奇人。天真的边照清以为父亲也喜欢葛英海。而当她对父亲说出自己的心思和她和葛英海的来往时，边齐英大吃一惊，有如突然在自己的天井里发现了要把他劫掠一空的江洋大盗，立刻决定把葛英海从家里赶出去。任性的边照清大哭大闹，要死要活，发誓赌咒，非葛不嫁。为断掉女儿对葛英海的私情，边齐英决定杀死葛英海。边照清得知这个消息，毅然决定私奔。她不动声色地挑选了两匹快马，擦好了她的盒子枪，在 1925 年秋末的一个黑夜，和葛英海一起打马冲出家门。边齐英得到消息，立刻派出武装家丁骑马持枪追赶。双方连连交火儿，边照清一连击中两个家丁，逃了出来，逃到了人烟稀少的关外林区小城伊春。

边照清在离家的当时，原本打算先悄悄地和心爱的人逃走，等过些时候，再请父亲原谅，回到父亲身边。她爱她的父亲。可是她没想到父亲会派兵追杀他们，她又被迫击中两个家丁，后来听说那两个家丁都死了，致使父女难以相认，她就绝了和父亲重归于好的念头儿。

葛英海学识渊博，他本可以靠学识混饭吃。但是他的学问主要是在他的头脑里和嘴巴上。他不善书写，不能设馆授徒，只能靠在伊春一带州县的各个有山东先生任教的学馆游学，维持生活。每到一处，逗留几天，解答师生疑难，获取一些生活补贴，然后匆匆离开。为了设馆教书，他努力读书识字和练字。可是好景不长。在他的头生儿子葛永德 3 岁的那年，日本人打到了东三省。目睹日本强盗的暴行，葛英海怒不可遏，立刻参加了抗日武装。三年后，边照清生下了他们的女儿小凤儿。不久，葛英海离开了伊春地区，此后他就和边照清断绝了音信。她常常听到一些有关他的传闻，知道他作战英勇，屡建奇功。1938年冬季的一天，传来了一个不幸的消息：葛英海牺牲了。

丈夫死后，边照清誓死不嫁，立志把丈夫留下的一对儿女养大。

边齐英得知葛英海已死，女儿已是一对儿女的母亲，曾多次派人来东北接她回家，她也有过回家和老父相聚的意思。可是，就在她丈夫牺牲的那年，日本人侵占了她的老家掖县城，边齐英投靠了日本人。她不愿意做对不住国家和丈夫的事，打消了回家的念头儿。后来她爹说要在钱财上接济他们，她也不肯给她爹这样的机会，连信也没有回过他一封。

101

初小三年级的学年考试结束了。古全和考试的成绩名列全班第六。对于这个成绩，古世才不太满意，因为儿子在惠民国民学校念书的时候回回考试第一。可是，常老师和班里的同学们却都称赞古全和学习好，进步快，好强的初丽云开始感到古全和可能是她的竞争对手。

秋季开学后，三年级一班升为四年级一班。班上的第一个变化就是换了班主任。新班主任陈昌老师出身小财主家庭，国民高等学校毕业后就到柳影路小学当了教师。他圆脸盘儿，留中分头，大眼睛，个子不高，爱整洁，穿学生装，穿褐色原胶包底儿的红皮鞋，举止从容，喜欢思索，轻易不笑，很少说话，眼睛总在观察着什么。古全和感觉他出身有钱人家儿，但是他和谷建城老师不同，他不歧视穷孩子。

班上的第二个变化是同学们选举古全和当了副班长。小同学们说，古全和仗义，为人厚道，爱护同学，关心班级，办事公道，善于打斗，他当副班长，外班调皮捣蛋的学生就不敢欺负他们了。同学们选古全和当副班长还有一个谁都不肯说出来的重要原因，那就是古全和胆子大，不怕事，敢顶撞办事不公的老师。他曾经把一个最厉害的老师谷建城给赶走了。学生对待老师，是既爱又怕又恨又无奈。老师冤枉学生的事情常常发生。而老师冤枉了学生，就像爹妈冤枉了儿女，被冤枉的学生有冤无处诉，只能忍受，心中难免对老师有恨。同学们想，古全和当副班长，不讲道理的老师就得好好地想一想，规矩一点儿，想到他们的副班长古全和可不是好惹的。

班长初丽云命令古全和分管班上的清洁卫生。古全和欣然从命。他干活儿细致，不惜力，天天放学后都跟值日生一起打扫教室和公共场所的卫生。四年级一班的内外环境卫生面貌大变，连连获得在全校 24 个班级轮流在教室里悬挂的"卫生模范奖状"。古全和人缘儿好，威信日日提高，让班长初丽云感到不快，担心他会取代她班长的位子，总想找个机会唆使同学们罢免他，可是她找不到这样的机会。相反，她越说他不好，大家反而越喜欢他。

今天下午第一节是张韵海老师的音乐课。张老师毕业于本市音乐专科学校，人又高又瘦，脸偏长，而且稍欠端正，脖子不仅长，还有点儿歪。据说他是私生子，他爹不敢把他领回家，就寄养在一家佃户家里，佃户忙于田间劳动，照顾不周，所以睡歪了他的脖子和半边脸。教音乐的男老师大多偏爱女学生，因为女生爱唱歌儿，听话。偏爱女生就意味着慢怠男生，男生自然不高兴，有人就想法儿反抗他。在这件事上，苗三儿和他的几个哥们儿办法儿多。苗三儿在给老师起外号、编排老师的瞎话儿和捉弄老师方面，有特殊的才能。外号有褒有贬有夸张和写实之分。他针对张老师的脖颈子和脸有点儿歪这一生理缺憾，给他起了一个写实加贬损的外号儿，叫作"十二点过五分儿"。这个外号生动贴切，师生们听了点头儿发笑，张老师听了大发脾气。他一再追究恶作剧的人，无奈无人向他告密，他越追究这件事，他的那个不雅的外号儿就传得越快，终于传遍了全校。现在张老师简直神经过敏，课上课下，很怕听和"十二点过五分儿"里面的相关词语。即使有人在无意间说到这几个字，他也会感到恼火，以致大发雷霆。不过张老师的这个外号儿扩散的范围有性别特点。传播外号儿的主要是男生里面的那些淘气包。而女生给他的是安慰。这更让他感到女生可爱。

古全和不赞成苗三儿给老师起外号儿，可是他也不喜欢张老师。最让他感到难以忍受的是张老师不仅偏爱女生，而且常常毫无道理地奚落所有的男生。

后来，张老师总算查到了"十二点过五分儿"的原产地是四年级一班，而且他断定作恶的肯定是男生，但是他始终查不到"首犯"是谁。他气呼呼地找陈昌老师告状，骂学生丑化他，对他进行人身攻击，太缺德，太可恶。陈昌老师好意劝他不要理睬，说时间长了，就没有人叫了，说这就好像让臭虫、跳蚤、蚊子咬了，你越挠就觉得越痒，你不挠它，时间一长，也就忘了。可是张老师说他做不到。

今天又有音乐课。张老师准备找碴儿整整四年级一班的男生，出出心中的恶气。他踏着上课铃跨进四年级一班的教室。同学们随着初丽云残留着日本味道的响亮的喊声，起立、敬礼过后，开始上课。张老师警惕地巡视了一遍全班的同学，特别盯了苗三儿一眼。没有发现异常现象，就把他课前用白报纸抄好的大歌片儿挂到黑板上。

"同学们！今天我们学习《雪夜》。"张老师说完，又巡视了一遍班上的同学，还是没有发现异常现象，就又说道："《雪夜》是一首抒情歌曲，描写雪夜的景色，抒发作者的感情，真实优美，是一首好歌儿。下面我先给大家唱一遍，请注意听，用心体会其中的意境。

> 纷纷的雪花漫天飞，
> 漫漫的长夜冷凄凄。
> ··········

他示范过后，接着说："好！看黑板！先跟着我熟悉歌谱儿！"

张老师带领大家唱了几遍《雪夜》的乐谱，然后教唱歌词，然后又齐唱了几遍，就说道："好！现在我们分男女生各合唱一次，看谁唱得好！"

四年级一班有51名同学，其中女生12名。说是男女合班，实际上是男女生分坐。12名女生，占据着教室靠南窗光线好的那两行座位，她们中的多数人爱唱歌儿，但是唱的都是那些腻腻歪歪、卿卿我我、情情爱爱的流行歌曲，象《千里送京娘》《蔷薇处处开》《何日君再来》《五月的风》和《春风吹》等，女生大多会唱。她们唱得多，也就唱得熟练，唱得好。而男生几乎没有人喜欢那些酸不溜溜的歌儿。可是街上流行的几乎全是这种诉说情爱的歌儿，不唱这些东西差不多就等于不唱歌儿了，所以男生擅长唱歌儿的人也就少。有张老师的鼓动和庇护，女生们个个精神百倍。初丽云更是兴奋。她们唱得整齐，嘹亮，充满感情。比赛的结果，不言而喻。张老师得到了一个贬斥男生的机会，便得意地笑问大家："谁唱得好啊？"

"女生！"女生欢笑着齐声响亮地回答。

张老师喜笑颜开地总结道："唱得齐，唱得响亮，唱得有感情！"

男生你看看我，我看看你，虽然心中不服，但是个个低头无语。音乐课就是男生丢人现眼的课，班班如此。

"女生人少！"古全和低声念诵道。

"是谁！？是谁在说怪话儿？！谁说女生唱得齐是因为她们人少？！"张老师估计说话的肯定是苗三儿之类，恨不得扑上去揍这个不知趣的学生一顿。

"我！"古全和站起来平静地说。

张老师见是古全和，立刻想到了董文华的故事。这个古全和当着校长和全校教师的面，都敢跟董文华和谷建城两位老师对阵，迫使董文华当众向他认错儿，谷老师还因此犯了"法西斯作风"的错误，最后丢了工作，他怎么敢造次呢？可是他也不想咽下这口气，便压制着内心的冲动，迫使自己用平和的声音说道："那……你一个人……唱！"

教室里，50双眼睛盯着古全和，女生们在喊喊地笑，等着看笑话儿。

"是！"古全和认真地说，一板一眼地唱了一遍《雪夜》。

"他唱得好不好？！"张老师朝女生们问道。

"不好！"女生们善意地笑嘻嘻地齐声答道。

张老师看看男生，问道："你们说，他唱得好不好？！"

男生们面面相觑，默默不语。

"你还有什么话说？！"张老师说。他以为他难住了古全和，满心欢喜。

"可是，齐！"古全和低声说。

同学们哄然大笑。连女生们也笑了。

张老师气得面红耳赤，嚷道："你一个人唱，能不齐吗！"竟忍不住也笑了。

古全和诉苦般地说道："老师，你老别生气。您总说我们男生唱得不好，我们就越唱越没劲，越唱越不想唱，连音乐课都不想上了，您想我们能唱得好吗？"

张老师听古全和说到男生们"连音乐课都不想上了"，心中一动，他想："'学生连音乐课都不想上了'，那是自己最大的失败！"

"老师，下课了。"马鸣川说。

"已经过了'五分钟了'！"苗三儿终于找到一个折腾张老师的机会。

教室里一片喊喊喳喳的低语声和压抑不住的嬉笑声。

张韵海老师没有计较他原本非常讨厌的苗三儿，课后也没有向陈昌老师告古全和的状。他觉得古全和意在提醒他不要偏爱女生，注意启发男生对于上音乐课的兴趣，而并非无理取闹。再说，古全和是全校有名儿的学生，陈昌也不会轻易指责或是惩罚他。自己应该学学马校长，赶个时髦儿，宽待古全和，显示一下自己的民主风度。

马校长因为利用古全和和董文华的故事而受到市教育局的表彰。在本学期开展的学生自治活动的风潮中，他老人家又一马当先，大张旗鼓地宣传学生自治，领先在柳影路小学建立了校学生会，把"班长"改称"班主席"，并且准备在全校开展校学生会主席和各班班主席的民主选举活动。

102

四年级一班期中进行了班长的改选，古全和当选班主席。初丽云说男生结伙儿欺负女生，选举不公，阴谋夺走了她班长的位子，到处告状，还大哭了一场。

古全和当选班主席后不久就病了。他肚脐儿下面长一个倒扣着的小碗儿一般大的肿块儿，紫红色，摸着发烫，带得他脸色通红，嘴唇暴起片片干皮，体温高过摄氏 39 度，他仍然天天坚持来上学，但是听课精神不集中，有时神志恍惚，引起了班主任陈昌老师的注意。

"古全和，你怎么啦？"陈昌老师关切地问道。

"不知道，"古全和说，"小肚子不舒服。"

"到医院去看看吧！"陈老师说。

古全和点点头儿，没有说话。他家里没有人上过医院。遇上感冒发烧，喝碗姜汤，发发汗，就混过去了。上医院要花钱。除了吃饭穿衣，他爹不在任何地方儿花钱，他自然也不想到医院去花钱。

古世才和秀姑发现儿子得了病，都很着急，左邻右舍的叔叔大爷、大娘婶子也为他担心。可是谁也说不清楚他肚子上长的是个什么东西。道士他娘说可能是个火疖子。可是疖子哪有碗口这么大？再说疖子长到这个分上也该有个头儿了呀。人们都说，不出头儿的疖疮就不是好东西。秀姑请王凤池老先生看过。他说这种毛病得找西医外科的医生看看。

从星期一到星期四，古全和的病情一天比一天加重。今天一早他就浑身滚烫，神志不清。秀姑让古世才到学校里去给儿子请假，可是古全和不同意。他还是坚持去上学，一节课也不肯耽误。

今天古全和放学后回家，走路摇摇晃晃，在半路上就晕倒过一次。他觉得鼻子口里往外蹿火，浑身的皮好像要裂开。古世才和秀姑急得吃不下、睡不着，看着儿子肚子上那高高隆起红肿光亮的东西很害怕。他们盼望着那个东西快出头儿，只要出了头儿，里面的脓水流出来，就会好起来。可怕的是它如今就没有个头儿啊！

郑祥麟一再叫古世才夫妇马上送古全和到医院去看看，说钱上有困难他想办法儿，千万不要耽误了治疗。可是本镇只有一个助产医院，那里未必能看这样的病。要看就得进城奔大医院。古世才和秀姑不知道进大医院要花多少钱，他们能不能负担得起医药费。

古全和今天下午放学回家的路上碰见了小凤儿她娘。

"孩子，你的脸红得像关公，这是怎么啦？"她说。

"肚子上长了个东西，总是不出头儿。"古全和说。

"婶婶看看行吗？"

"埋汰，大婶儿就别看了。"古全和有些不好意思。

"婶婶不在乎。"

小凤儿她娘蹲在地上，掀起古全和的衬衣，伸手抚摸着古全和的肚子，啧啧有声，惊讶地说："孩子啊，你发烧就是这个东西带累的，这个东西再不出头儿就有性命危险啦！俺告诉你个偏方，叫你娘给你试试，就是把公麻雀儿的巴巴用温水调成糊状，糊到红肿的地方儿，让它烂出一个头儿来，把里面的脓血引出来，就好了。"

"谢谢婶婶，"古全和说，"可是公麻雀儿的巴巴什么样儿？"

小凤儿她娘说："俺也没见过那种东西。听说公麻雀儿的巴巴是一个个的长条儿，母麻雀儿的巴巴是一个个的圆坨儿。"

古全和再次谢过小凤儿她娘，就摇摇晃晃回到家里。撂下书包就搭着梯子上了房。他发现，屋顶瓦片上面到处是麻雀粪便，真的是有成条儿的和成坨儿的两种，就更相信小凤儿她娘说的这个偏方儿。他小心翼翼地伏在屋顶上，一条儿一条儿地拾着公麻雀儿的粪便，直到拾够了数目，才小心翼翼地顺着梯子爬下来。当天晚上就让他娘把调制好的麻雀儿巴巴给他糊到红肿的小肚子上。

几天来，由于高烧和疼痛，古全和一直不能安睡。而今晚他在昏迷中度过了一夜。第二天鸡叫头遍，他就醒了，觉得身上轻松了，烧好像退了一些，头脑也清楚了，可是发现身子下面湿乎乎的，他以为自己尿炕了，觉得不好意思。当他伸手去摸那尿湿的地方的时候，发现那不是尿湿，而是粘乎乎的东西，知道疖肿破了头儿，流出来的脓水，心里高兴极了。大人们都说，疖子出了头儿就好了，兴奋地嚷道："娘！快开灯！"

古世才和秀姑猛地坐起来，秀姑慌忙开了电灯，和古世才一起凑到儿子跟前儿。他们发现，在古全和小腹上面的那红肿部位的中心，出现了一个小窟窿，足有大个儿的黄豆粒儿那么大。红白相杂的脓血流出了一大摊，染脏了他一大片褥子。小肚子上的红肿的部位缩小了，原先亮光光的红皮肤开始起皱变暗。秀姑满心的愁闷消散了。她轻轻地擦干净了儿子身上的脓血，再小心地用温水把红肿的地方儿洗净，然后用从破衣裳上撕下来的旧布把他的伤口包扎起来。

古全和早饭吃得比前两天多。他有好几天吃不下饭了。

"歇一天吧，我去给你请假。"古世才说。

"对，歇一天吧。"秀姑也说。

"不，昨天我能上学，今天就更能上学了。"古全和说。他从没耽误过课，也不想为这件事耽误课。

早饭后，古全和照旧背起书包儿高高兴兴地去上学。

古全和觉得自己的精神明显见好，只是觉得很疲倦。到第四节课他就有些坚持不住了。他觉得奇怪，为什么疖子破了头儿，出了脓，退了烧，自己反而这样疲倦呢。他有过向老师请假的念头儿。可是他没有那样做。他觉得他应该坚持上完上午的课程。

第四节是体育课。王海潮老师给大家讲解篮球运动的规则，古全和觉得浑身无力，到后半节课，练跨步上篮的时候，他觉得一阵眩晕，就摔倒在地。

"怎么啦?!"王海潮老师急忙赶到古全和面前问道。

"没事儿，就是有点儿晕……"已经清醒了的古全和不好意思地说。

"怎么会晕呢?"王海潮还是不放心，想弄个究竟。

王海潮和陈昌是好朋友，而古全和是陈昌的得意门生，王海潮个人也对古全和有好感，因为古全和曾经当众惩治了横行霸道的谷建城，给他出了气。谷建城家是宋家屯镇的大户，他爹在伪满洲国时是宋家屯镇协和会会长。在伪满洲国时谷建城简直就自诩为半个日本人，风云一时，光复后沦落到小小的柳影路小学任教，臭架子放不下，对学校同事仍然很傲慢。当年王海潮考入国高不久就发现自己得了肺结核，只好休学，一时心灰意冷，觉得既然康复无望，不如破罐子破摔，干脆玩儿起来。此后他就天天和篮球打交道。这种无所事事的日子过了两年多，他的病居然好了。可是念书的时机错过了，学业也荒废了，他干脆就当起了小学体育老师，哄着小同学们玩球儿。他学历低，家世也远不如谷建城阔绰，谷建城常常当众奚落他，说他是在学校里混饭吃。可是王海潮也有少爷脾气，并不觉得自己低人一等，不肯忍受谷建城的奚落，就常常顶撞他，骂他奴性不改。而古全和无意中给他出了气，谷建城最后被赶出了学校。

"我肚子上长了个东西……"古全和有些不好意思地说。

"要紧吗?"

"歇一小会儿就行了。"

"用得着那么娇气吗!"站在远处的初丽云笑嘻嘻地说风凉话儿。她失掉了班长的宝座，心里一直不痛快。

"古全和才不娇气呢。"商继盛看了初丽云一眼说道。

"你多什么嘴?"初丽云努起嘴巴说。她和商继盛都是河北乐亭人。

商继盛一家来本市已经三年多了，可是乡音不改。同学们笑他顽固，学他说话时唱歌儿一样的腔调，开他的玩笑。他只是笑笑，并不在意。他不是那种伶牙俐齿的人，平时很少和人拌嘴。他和古全和是好朋友，听了初丽云的话，觉得她不公道，就出来替他抱不平。

"你怎么知道他不娇气?!"初丽云不依不饶。

"你怎么知道他娇气？"马鸣川跳到初丽云跟前质问她。

"你怎么知道他不娇气？"初丽云在耍嘴皮子。

王海潮老师凑到古全和的耳边说："我看看！"

"别看啦！"古全和难为情地说。

王海潮把古全和拖到背静的地方，小心地解开包扎在他伤口上面的旧布，看着他腹部足有碗口大的紫红色的患处和中间那个黄豆粒儿大小的伤口，吃惊地停住了手。

"多久了？！"

"一个星期了。"

"你不要命啦！为什么不去医院！"王海潮有点儿生气。

古全和低下头，什么也没说。

"你爹妈知道吗？！"

古全和点点头。

王海潮觉得不可理解，自言自语道："他们真粗心！"

"不怪他们……"古全和立刻解释说。

"你们陈老师知道吗？"

古全和说："我不想耽误功课。"

王海潮骂道："糊涂虫！人没了还谈什么功课！"

"它出了脓了，自己会好的。"

"胡说！会感染的！"王海潮说，"马上去医院！"

古全和什么都没说。他觉得为难。上医院得花钱啊！

陈昌听王海潮说古全和有生命危险，吃了一惊，立刻去找傅也蓓老师，对她说明了古全和的病情和家境，请她想法儿帮忙救助。

傅也蓓是一年级一班的班主任，初级师范毕业，去年春季开学的时候才来到本校任教。她在校部办公室见过古全和，觉得他是个很特别的学生。傅老师的表姐温玉春是"玉春助产院"的院长兼医生。这也就是陈昌老师找她的原因。

"玉春助产医院"离柳影路小学约有半里路，在柳影路和兴隆大街交叉路口儿的东北角上，和派出所是隔壁。

傅也蓓把古全和领到"玉春助产医院"，给她表姐介绍了古全和的情况，说明了来意，温医生很为古全和的耿直、坚强和好学所感动，就让他躺到手术床上。

"解开裤子。"温医生说。

面对两个年轻的女人解开裤带，古全和觉得不好意思。

温医生抹下古全和的裤子，轻轻地打开裹在伤口上的破布。

"太可怕啦！"温医生惊讶地说道。"再晚一两天不破头，就可能造成腹膜儿穿孔，那可就危险了！"傅也蓓对她表姐说过古全和自救的事。所以温医生笑着对古全和说："你还懂医道，咱们算是同行啦。你是自己救了自己的一条命啊！"

"这个办法儿是我们那里的小凤儿家婶婶告诉我的。"古全和说。

温医生细心地给古全和清理了伤口，在创口里下了足有半尺长的黄色的药捻子，嘱咐他过两天再来换药。

"收多少钱？我回家去拿。"古全和望着温医生，难为情地问道。他担心医生会要很多钱。傅老师领他来的时候，他心里一直为钱的事打鼓。

"一万！"温医生笑着说。

古全和吓了一跳，呆呆地看着她，不知说什么好。

"安心养病吧。"温医生说。古全和知道她没有要钱的意思。古全和心里涌起一股对傅老师和温医生的感激之情。可是他说不出感激的话，只对她们深深地鞠了一个大躬，说了声谢谢。

古全和走出医院大门的时候觉得一身轻松。他听见温大夫在屋里说："这个孩子很坚强，将来会有出息。"

在他工作之后的几十年里，古全和经历过很多事情。但是他始终没有忘记这两位善良的女性。在那些动荡的岁月里，他像所有关心国家命运而又有独立见解的人们一样，经常处在一种一会儿被赞美，一会儿被丑化，一会儿被重用，一会儿被打击，从一个政治漩涡儿到另一个政治漩涡儿的颠簸动荡之中，人之常情被压到了脑后，压到了心的深处。而当生活又回复到它的正轨的时候，两位恩人善良圣洁的面容就浮上他的心头。他渴切地想见到她们，向她们表达他由衷的感激之情。他记得她们比他大不了几岁。他深信她们应该还活着，他多次去宋家屯镇到处打听她们的下落，但是一直没有结果。她们现在哪里？！几十年的经历告诉他，好人未必一生平安啊，她们还健在吗？

马光复校长把学校里师生间的一次误解和冲突，夸大渲染成为一个严重的政治事件，到处张扬，闹得满城风雨，使得地处江城一角的宋家屯镇柳影路小学和她的校长马光复的知名度陡然提高，也给柳影路小学的老师们留下了既深刻又复杂的印象。他们宾服马校长的为官之道，同时也意识到世道真是变了，再也不能延续日本人的法西斯教育思想，象在伪满洲国时代那样随便打骂学生了。

其实，要说心里话，多数老师都认为，在教育思想和教育方法方面，马校长对于古全和的态度和谷建城并无区别，在伪满洲时代大家都是这样干的，马校长的真正同情实际上是在谷建城一边，按照他的本意，他会和谷建城一样，立刻重责古全和，并把他开除出学校。老师们对于古全和的举动也并非人人都认可，他们中间的多数人只是觉得这件事情前所未有，比较新鲜，对于古全和被董老师误解，无故被打，感到同情，而并不认为古全和是个反对日本法西斯教育的先锋，也不认为董文华有多大的错误，更不认为谷建城应该被开除出学校，而是认为，马校长应该引导师生双方提高认识，化解矛盾，共同进步，做到皆大欢喜。在老师中间，真正欣赏古全和的是陈昌、王海潮和常树新等少数人。所以老师们对于陈昌胆敢接受古全和所在的初小四年级一班班主任的工作，都持观望态度。他们担心这个来自私塾的古全和，还会弄出些新花样儿来，让陈昌难堪。然而陈昌并不认为古全和是个调皮捣蛋的学生，而认为他是个有个性，有头脑，有主张，可造就的好学生。

在古全和被选做班主席之后，陈昌找他谈过一次话。

"同学们选你当班主席，你有什么想法儿?"陈昌说。

"带领大家把班上的事办好。"古全和淡然答道。

"可不能翘尾巴呀!"陈昌笑着说。

"我们家穷，我学习也不好，没有尾巴好翘。"古全和说。

"记住我的忠告!"陈昌严肃地说。谈话就这样结束了。

"陈老师是什么意思?"古全和突然想到了马校长对他的表扬!他从

没想过自己和骄傲有关系，也没有人说过他骄傲。但是他愿意接受陈老师的提醒，不能惹是生非，给陈老师添麻烦。他觉得马校长的心太狠，他既然对谷老师狠，说不定什么时候就会掉过头来整他，他不能给马校长折腾他留下借口。

古全和从"白丁儿"升到副班长，现在又当选了班主席，陈昌也默认了这个选举的结果。这件事很让一些老师犯思量。他们不仅觉得古全和这个学生难以琢磨，连班主任陈昌也成了他们琢磨不透的对象。有人说，"陈昌重用这种爱闹事的学生是自找麻烦。"马校长也觉得不能把班级交给像古全和这种有"犯上"思想的人，担心陈昌会把这个班级弄乱。个别有探密癖好的女老师到处打探：陈昌是不是和董文华有过节，要借机让董文华出丑？而事实让他们感到意外，原来陈昌和董文华是姑表兄弟，他们的关系一向很好，董老师支持陈昌老师的工作。

事实很快让一些人们改变了看法儿。柳影路小学平时激励学生集体上进的办法，只有精神奖励，而没有物质奖励。全校初小和高小总共24个班，设有两个镶在漂亮的金边镜框儿里的奖状。一个是"风纪模范"奖状，一个是"卫生模范"奖状，每周一评一奖，在周一全校的朝会上宣布。四年级一班在古全和担任副班长以后的短短的一个多月里，争取到了全校独一无二的双模范班奖。近一个月来，四年级一班几乎每周都得风纪、卫生双奖。

在学期初改选副班长的时候，投古全和赞成票的，大多是男生，特别是小同学。他们喜欢那种能主持公道、有"杀富济贫"绿林好汉气质的人物儿。女生习惯顺从，不敢奉承古全和这样的同学。而在期中选班主席的时候，赞成古全和的女生占了女生的一多半儿。

古全和不像初丽云那样喜欢高高在上，指手画脚，他什么事儿都带头儿干。他不光肯干，也能干，会干。别人每周当一次值日生，而他是天天参加班级扫除，每天都是等学校检查组检查过本班卫生状况以后，才亲自锁好教室的门，最后一个离开学校。第二天又是第一个到校，组织同学，准备和迎接学校的风纪晨检。

初丽云在班长和班主席的选举中连续失利，她的子民纷纷倒戈，连女生也不支持她了。往日给她唱赞歌儿的，向她讨好儿的，给她送小礼物的，都没有了。过去她在班里说一不二，如今她成了"平民"，说话没有人听了。她受不了，心情难以平静，常常无缘无故发小姐脾气。可是有什么办法呢？现在"民主"了，班长叫班主席了，不再是由老师指定，而是要由全班同学选举了。虚荣心谁都有，女人更甚。而女人一旦有了虚荣心，她们就管不住自己，为了满足虚荣心，她们会想入非非，不择手段，无所不为。初丽云总想能在什么地方压古全和一头。她仔细一想，觉得自己比古全和强的地方不少。比如，她跑得快，是地区百米跑纪录保持者。她学习好，经常考第一。她想古全和光复前念的是私塾，那里没有图画、音乐和体育课，他在这些方面肯定不如她，算术成绩也不会太好。她相信，在即将到来的秋季会考中，他的成绩肯定比不上她。她心里这样想着，得到了一些满足。最近她最爱说的一句口头禅是："当学生头儿有什么意思？学生嘛，主要是得学习好，别的都不重要。'无官一身轻'！"

104

光复后，江城市取消了私立学校，原先在私立学校就读的学生都陆续进公立学校，柳影路小学的学生成倍猛增，形成大肚子年级。四年级，总共编成14个班，总共七百多人，会考前几名的荣誉因此而显得特别尊贵。

秋季会考过后，在老师阅卷的那些日子，初丽云一连几天，天天跑教务处。她相信自己的成绩比古全和好，不过也担心出现意外。同学们也知道她是去打听她考试的成绩。最近这两天她的情绪有些低落，也不再往教务处跑了。同学们估计她已经打听到了她考试的成绩，看来她的成绩不怎么理想。

今天一大早就下起了蒙蒙细雨。已是中秋时分，有人穿上了毛衣。

陈昌老师说，今天公布秋季会考成绩。同学们听到这个消息，个个心里惴惴不安。即使成绩优异的学生，面对公布考试成绩，也不都是无动于衷，因为他们希望自己的成绩更好，能名列前茅，担心自己的名次下滑。学习成绩差的学生情绪波动更大，他们担心成绩不好，会拉低期末考试的总成绩，影响升级。满不在乎的是苗三儿等少数人。他们回回考试"打狼儿"，已经习惯了，对于留级也不在乎。四年级一班只有两名同学心情比较平静。第一个是商继盛。他是一个只求努力念书，不计考试名次，容易满足的人。而且他知道自己的成绩不会太差。第二个人就是古全和。他相信自己的成绩不错，可是也不敢期望会有多么好，对于自己的名次，他心中无数。他这是第三次参加公立学校的考试，第一次参加年级的会考。

　　雨一直在断断续续地下。要在平时，这样的天气，课间没有人到户外活动。可是今天不同，第一节下课铃刚刚响过，一些同学就蜂拥挤出教室，四处去找榜文了。可是外面并无榜文。他们只好无精打采地回到教室。

　　第二节课间，雨仍丝丝缕缕地在下。有人说，今天下雨，可能不会张榜了。但是第二节下课铃刚一响，一些同学还是争先恐后地冲出教室到处去找榜文。

　　"第一！你第一！"在邻近第三节课上课铃响的时候，苗三儿风风火火地跑进教室，高举着大拇指对古全和嚷道。

　　苗三儿平时爱闹，说谎骗人对他是家常便饭，说话没有准头儿。古全和认为他可能是在做圈套儿捉弄他，让他空欢喜，出他的洋相。他想，四年级有 14 个班，七百多人，自己是个插班生，刚刚在这里念书不到一年，会考第一名轮不上他，不要说年级第一名，就是班上的第一名也未必会是他。他相信初丽云的成绩肯定比他好。

　　"谁骗你是这个！"苗三儿说着，用手做成一个王八样儿朝他挥舞。

　　初丽云也不相信苗三儿的话，认为古全和不可能是第一名。

　　古全和嘴上不搭苗三儿的话茬儿，心里却希望他说的是真话，也很想出去看看。可是这时第四节课的上课铃响了。

　　课间雨小了。下课铃一响，老师刚离开教室，苗三儿就嚷："古全和！你去看哪！"他现在把古全和当成是自己的好朋友，为他考第一而表示高兴，而古全和却不敢把他的话当回事儿，怕上当受骗，让他取笑。

　　古全和是上午最后一节课后出来看榜的，这时榜文周围的人已经不多了。

　　四年级会考的榜文很长，张贴在校役室兼水房周围的红砖墙上。从东山墙贴起，再拐到北墙，又从北墙，经西山墙，甩到南墙上，长度估计有二三十米。古全和出教室门朝右一拐就能看见校役室南山墙上的那部分榜文。这是榜文的最后部分，他决定从这部分榜文看起，从后面往前看。他相信自己的成绩不会太差，所以没有在这一部分停留很久，而是粗粗地浏览了一遍，就转到校役室的西山墙，匆匆看过之后，就转到房后。他一直没发现自己的名字，开始怀疑是不是他漏过了自己的名字，心情有些紧张。要是自己名列百名之外会让他爹失望和伤心。可是他想，东墙上的那部分榜文，即榜文的最后一部分，不过四五米，那上面只有百多个名字，那里面会有他的名字吗？他转到东山墙，在这里看榜的人很少。古全和越来越觉得他可能是漏过了自己的名字，他的心不禁紧缩起来，担心自己考试的成绩不好，比如在几十名以外，不好向他爹娘交代。他知道，他爹唯一的乐事就是能看见他学习成绩优秀。而当他认为自己的名次就在前面，在几十名以内的时候，他就感到激动。他希望能考到一个好名次，让他爹娘欢喜，他娘也不再唠叨让他去学徒，为他的事和他爹争吵。他当上班主席，他爹高兴，而最能让他爹高兴的是他能考个好名次。在七百人中，能考到十名以内，他爹听了，就一定会很高兴。

在榜文快到尽头儿的地方儿，他看见了"初丽云"三个字！她名列第十，刚好是古全和期望的那个名次。平时心境平和的古全和，这时有点儿不敢继续往前看了。他觉得他的名字肯定是漏过了，不可能在前面。他这样忐忑不安地想着，再去接触前面的那些名字。这时，他仿佛是梦见的，那排在榜首的就是"古全和"三个字！他走上前去，睁大眼睛再看。是的！是的！第一名就是古全和！他不愿意在同学们面前显得那么浅薄，努力抑制着狂跳的心，控制着脸上的笑容。但是他的心跳无法控制。他觉得这一切像在梦中。他居然在这次会考中获得了第一名！爹知道了一定欢喜！

古全和稳定了一下情绪，回到教室。正在吃饭的同学们都拥上来祝贺他。连一些女生也上来和他握手。这是男女生间罕见的举动。

初丽云站在自己的位子上看着他。在她的神色中，有佩服，有遗憾，也有嫉妒，忍不住说道："古全和的第一是争来的。"说完，尴尬地笑笑。

"这有什么？"苗三儿说，"所有的第一名都是争来的。"

初丽云的话的含义只有她自己、古全和和陈昌老师三个人明白。初丽云知道古全和为算术考试的成绩找过陈昌老师。他算术的试卷上没有错误，但是卷面不整，陈老师因此扣他一分，给他 99 分。古全和不服，他为了让他父亲高兴而去找过陈老师。他认为算术不是作文和书法，不能因卷面不整而扣分。陈昌老师觉得古全和说得对，改判他算术考试成绩为满分。而初丽云算术和国文考试的总分是 199 分，比古全和只少 1 分。一分之间，就差十个名次。

古全和忽然发现陈老师站在讲台后面看他。他原以为陈老师得知这个消息会高兴。可是他脸上连一点笑容都没有，也没有要对他说话的意思，他好像根本不把他考得第一名的好成绩当作一回事儿。不过古全和相信，陈老师心里一定高兴，只是不想把他的这种心情表现出来，更不想夸大他的这个成绩，让它成为他新的骄傲的"尾巴"。

让古全和永生不忘的是，在第二天的国文课上，陈昌老师讲授的是他临时新加的文章《卖柑者言》。他感到，这篇课文是为他而选的。

学生的生活是单纯的。小学生的生活更单纯。成年人看重名位和财富。而就人的天性而论，财富并不神圣。而在较少精神污染的小学生看来，品行好，学习好，强壮有力就是一切。贫穷、衣衫褴褛都没有妨碍四年级一班的同学们喜欢古全和。

初丽云对于古全和秋季会考的名次感到不服和困惑。她知道，古全和对体音美三科只注意体育课，完全不重视音乐和图画，他的音乐和图画课考试成绩肯定不好，那他会考的总成绩为什么在全年级是最高的呢？后来她听四年级三班的谭景珠说，秋季会考前，古全和天天在家里唱《雪夜》，练习画马和书包。图画老师留给同学们的图画作业就是画书包和马，而会考中图画课考的就是画书包！她觉得古全和是个不达目的誓不罢休的人。而这正是她自己应该向他学习的地方儿。

古全和在此后不久的校学生自治会选举中，被选为学生会副主席，分管检查学校各班的风纪和卫生，他认真、公正，以身作则，为众人所认可。

105

因为下雨，今天全校卫生检查暂停，古全和认真检查过本班教室的卫生之后，提前离开学校回家。雨不大，但是下个不停，路上几乎没有行人。黑黑的土地已经浸得透透的，踏上去有如胶泥。古全和一个人冒着丝丝细雨，在恼人的泥泞里艰难地跋涉。不知什么时候，谭景珠从后面赶上来，悄悄地用她的小花雨伞罩上了他。古全和惊奇地看着她，心中满怀感激，不禁有些拘谨。谭景珠和古全和同岁，她给他的印象是文静，平和，大方，安详。他喜欢这类性格的人，一直想和她认识，做朋友，可是总也没有这样的机会，连彼此看一眼，相视一笑的经历都没有过。而现在，她突然来到他的身边。他想这是由于他们曾经住过邻居，是同学，更由于她有善心，不忍心看着他淋雨。这样的关心落到他的头上，让他感到受宠若惊，也有些难为情。他很想对她说声谢谢，却没有张得开口，而只是对她笑了笑。她也有些腼腆地对他笑了笑。他们无言地并肩走着，直到在"鬼屋"附近分手。分手时，谭景珠又对他笑了笑，而他竟没有对她表现出自己内心真诚的感激，只是拘谨地对她点点头儿。但是她对他的善意和关心刀刻般地留在了他的记忆里，构成他人生经历中的一个重要的起点。那些很少得到人们关怀的人，在别人善待他的时候，他的心里就特别容易涌起这种感情。在以后漫长的岁月里，古全和曾无数次地重温过这次在秋雨中艰难跋涉的经历，一辈子都没有忘记他在她的小花雨伞下度过的那十几分钟和那种亲切、新鲜的感觉。那是一种纯洁美好的感觉。遗憾的是，谭景珠和古全和在柳影路小学期间的友好往来仅只有过这样一回。第二天他们的故事就被曾经见过他们雨中同行的一个男生传扬开来，弄得他们彼此连话都不敢再说了，他们本来可能延续的美好的交往，就这样被毁坏了。他们再次走近是十年以后他们在大学里相遇的时候。

古世才得知儿子在全年级会考中得了第一名，欢喜得眼泪汪汪。

"这回发的奖品还是一打铅笔吗?"秀姑嘻嘻哈哈地问道。她不了解什么是会考，对于会考第一名的意义也不知道，只是觉得儿子在几百人中排在第一名很光彩。

"还不知道会不会发奖品呢。"古全和淡淡地说。

"老娘们儿见识! 那点儿东西有什么要紧?! 光彩的是孩子考了全年级七百人中的第一名啊! 这差不多就是前清时代的半个秀才了，也许就能顶一个举人呢! 怎么能够和铅笔拉扯到一起，俗气，小气。"

"你大方! 一根铅笔也得花钱买呀!"秀姑装出生气的样子说。

"算啦! 和你说不清!"古世才觉得妻子不可理喻，"做饭吧，孩子饿了!"

古全和越来越觉得娘不懂事。

"我是和对面的谭景珠一起回来的，我们一起打着她的伞。"古全和也不知道自己为什么要说出这件事。有时人们会把自己心里特别重视的事情和感受在不相干的场合儿下不知不觉地随口说出来。

对于秀姑说来，古全和的这句话比他会考得了个第一名重要百倍，她立刻兴奋地瞪大眼睛追问说："你说的是老谭家的那个闺女吧？那可是个好闺女呀！你们俩挺好吧？"她盼望着谭景珠会像梁山伯和祝英台的故事里唱的那样，喜欢上她的根儿。

"娘，好什么呀！平时我们连话都没说过！"古全和意识到自己说错了话。娘的这些话若是传扬出去，让左邻右舍的人知道了，再传到学校里去，让谭景珠和同学们知道了，那事情就大了。

"净想些不着边儿的事儿！"古世才不满地说。

秀姑对丈夫的数落不以为然，便说道："怎么叫不着边儿？根儿都满15啦！要是奶奶还在，说不定他早就当了爹啦！"

"越说越难听！"古世才有些生气。

"娘，你千万可不要出去乱说呀！"

"怕什么！'男大当婚，女大当嫁'，不丢人。"秀姑依然很兴奋。

"别唠叨啦！做饭吧！"古世才不耐烦地说。

"做什么饭？"

"包饺子！"

"没有肉啊。"

"我去割！你先和面吧。"

"外面下雨呢！"

"下刀我也去！"

106

古全和当选为校学生自治会副主席，分工负责的又是经常和全校24个班的干部和同学们打交道的工作，不久就成为全校许多同学关心和熟悉的人物儿，愿意和他交朋友的同学也就多起来。江城地区兴磕头拜把子，这种风气也传进了柳影路小学。四年级三班的班长马天荣出面联络柳影路小学高年级有影响的六名男生和古全和磕头拜把子。马天荣比古全和大两岁，学习成绩平平，但是爱交际，家庭背景特殊，他家是当地的大户，著名抗日将领马占山和他是本家，论起来他还是马占山的长辈。他健谈，俗话"好白话"，外号"马铁嘴"。古全和不赞成烧香磕头拜把子，他参就不爱拉帮结派，他谢绝参与拜把子的仪式，但是不好意思冷落马天荣的好意，就默认了马天荣的提议，承认马天荣按年龄排序，让他在柳影路小学"七兄弟"中排行"老四"。

在"七兄弟"中排行老大的自然是马天荣，高二（1）班的张阳春大古全和一岁，排行老二，中间的几兄弟年龄只差几个月、几天。老七是高二（2）班的赵永凯。这件事引起了古全和的班主任陈昌老师的注意，他悄悄地提醒他说，少和外班的同学来往，古全和感觉，陈老师指的外班同学就是张阳春和赵永凯。可是他想，自己是校学生会的副主席，不好拒绝和他们来往，至少不能拒绝和赵永凯来往。他是校学生会的文娱干事，马校长的得意门生。后来他明白，陈老师只是不赞成他和张阳春打交道。古全和不知道张阳春有什么不好，但是他相信陈老师提醒他是出于好意。

古全和知道张阳春和赵永凯都是柳影路小学的特殊学生。比如，学校明文规定，女生不准烫发，男生不许留头。全交的男生几乎都是秃瓢儿，只有两个男生留分头，一个是张阳春，另一个就是赵永凯。古全和不明白，他们俩有什么特别？为什么他们就可以留长发呢？

张阳春和古全和一般高，都是大小伙子了。他家住城里，骑的是崭新的英国凤头儿26变速脚踏车。这样的好车，在整个儿宋家屯镇他也没见过第二辆。张阳春吃的零食都是些离奇古怪的玩意儿，大多是美国货。他每天午饭都吃油炸糕、肉饼等最好的东西。古全和感到奇怪，他想，凭他的家庭条件，他可以随便在城里的哪个学校念书，那他为什么要到郊区的柳影路小学来呢？另外，他在学生会里没有什么职务，而他几乎天天放学后都陪着他检查各班的卫生情况，课前课后也常常来找他玩儿。他这样做图的是什么呢？难道仅仅是因为他喜欢和自己交朋友吗？陈老师为什么那么严肃地提醒他不要和他来往呢？张阳春多次请古全和去饭馆儿吃饭，他都谢绝了。他参说过，朋友相处，要讲求礼尚往来。自己吃了人家的，就得有所回报。可是他拿不出什么东西来回报人家，因此他只能谢绝别人的请吃和馈赠。他只在夏天的时候在他的好友商继盛家里吃过两次熬西葫芦小米干饭。

古全和并不愿意和张阳春这样的人来往。他觉得和他这样的人交往太累。在山东庄，和道士、有富等在一起，什么都是明明白白的，而和张阳春在一起，说话办事都得动心眼儿，防范着他。可是张阳春总是主动来找他，他又不好意思拒绝和张阳春来往。

古全和在担任校学生会副主席的同时，还兼着本班的班主席。过去陈昌老师把班级工作交给他以后就很少过问，只是站在旁边看着他做。自从张阳春和他有了来往以后，陈老师便常常找他谈话，每次谈话都扯到他和外班同学的交往，最后总是拐弯抹角儿就扯到张阳春，并提醒他说："现在社会上很乱，放了学就回家，不要在外面转悠，免得你父母在家里惦记着你。"古全和觉得陈老师的话中有话，意思是不要和张阳春这样的人在外面吃吃喝喝，打打闹闹。可是他拿不准陈老师对他说这些话的真正用意是什么。让他感到奇怪的是，王海潮老师也关心他和张阳春来往，对他说过类似陈老师对他说的那样的话。古全和想，为什么他心目中的好老师都不喜欢张阳春呢？

古全和对赵永凯并没有恶感。他听说赵永凯祖籍就是江城，旗人，他高曾祖父一代进京做官。赵永凯生长在北平，光复以后来到江城，和他同时于1946年春插班进入柳影路小学。听说他父亲混过伪事儿，光复后去向不明。他随母亲回到江城。风传他家和马校长有关系。赵永凯他娘，古全和没见过，听说她是个唱戏的。在古全和离开柳影路小学以后很久，才听说，赵永凯他娘是官宦人家儿的小姐，小的时候爱好京戏，常在戏院子里混日子。后来家道中落，她就登台当了戏子，因为嗓子坏了，才离开舞台，回到老家，投奔亲戚。

赵永凯个头儿不高，身材单薄，有一张女人似的白白净净的小圆脸儿，说话爱用女人腔儿，还掺杂进一些鼻音。与人交谈时，喜欢让自己的目光飘来飘去。走路一步三颤，更像女人。他爱黏糊女同学。出风头好像是他唯一的追求。他唱歌时也故意用鼻音制造娇味儿，声音里含着一点儿鸭子叫的味道。他自以为是全校第一歌手，第一美男子。但是他在全校出名并不是因为他的歌儿唱得好，而是因为马校长让他担任了周一朝会时全校师生唱国民党的党歌时的指挥，给了他这样一个出头露面的机会。按照规定，柳影路小学每个礼拜一学校都开"朝会"。这是从"满洲国"时代传下来的。在"朝会"上，马光复校长要训话，全校师生要像念经文一样地齐唱"三民主义，吾党所宗……"的国民党的党歌，而指挥就是赵永凯。每当这种时候，赵永凯都以他最美的少女般的独特步伐，拾级跑上主席台，端起肩膀儿，摇头甩一下并不散乱的偏分的头发，然后举起手中的那根特制的黑色指挥棒儿，指挥大家唱歌儿。人们爱用"人怕出名猪怕壮"来警示那些爱出风头的人。而生活的事实却是很多人都爱出名，为了出名儿而不惜一切！

　　古全和可怜赵永凯，替他难过。他常常想，赵永凯为什么要把自己弄成一个女里女气的人呢？他想他肯定以为自己这样很美，而古全和认为许多人都不会这样看他。古全和认为，男人就该像个男人，正像女人就该像个女人一样。把男人弄得像个女人，就像把女人弄得像个男人一样地丑陋。而让古全和没想到的是，赵永凯不只是爱玩风流，还很懂事。在关键的时刻，赵永凯提醒他说，张阳春有背景，他专和大龄同学交往，肯定有政治目的。古全和第一次听说"有政治目的"这样的说法儿。他感觉赵永凯人不坏，相信他的话。他想赵永凯来自故都北平。他觉得城里的孩子再傻，也比乡下的孩子精，至少在政治问题上是这样，所以才有"城里的孩子，乡下的狗"这样的说法儿。城里的孩子厉害，乡下的狗厉害。

107

　　日本人重视学校的体育教育。但是在伪满洲国时代，只有日本人的大中小学校里体育设备齐全。当时的柳影路小学校全校只有一副简陋的篮球架子和几个足球、篮球、排球。虽然学校地处郊区，没有占地问题，却连个正规的操场都没有修，只留了一块供修筑操场用的空地，面积不下40亩。每年运动会，师生们都要走几里路到二里沟小学的操场上去开。抗战胜利了，国家有了希望，人们开始关心自己儿女的前途。马光复校长摸准了家长们的这种心理，号召他们出钱赞助学校，增设学校的文体活动设备。几乎所有的家长都响应马校长的号召，出钱出力，连古全和他爹也狠了狠心，捐了10元钱。这是他们家一个月的生活费啊。不仅柳影路小学有了一个简易操场，还为学生增添了几件体育设施，在柳影路小学大操场的东南角，树立起了两架秋千和两副滑梯。操场立刻因此而热闹起来。课外活动时，这里欢声笑语不断，连整个镇子都显得有了活气。遗憾的是不久操场上就搭起了几个帐篷，住进了一队兵，这些文体活动器材就被"抗战八年"的年轻"老子"们独占了。

今天下午，古全和在检查完教室和公共场所的清洁卫生后，也想到游艺场上来玩玩秋千。和他同来的，除了学生会的两个分管学校卫生的干事，还有张阳春和赵永凯。古全和牢记陈老师的提示，有意疏远张阳春，而张阳春近来找他的次数却反而越来越多，课余简直和他形影不离。

古全和赶到秋千跟前儿的时候，见一高一矮两个"国军"士兵同时嬉笑着站在秋千板儿上来回地悠荡，质量欠佳、树得又不牢固的铁制秋千架子，随着他们的动作而前后摇晃，发出吱吱嘎嘎的声音。秋千是给孩子们玩儿的，两个大人上去荡，怎么行呢?! 古全和担心他们把秋千弄坏，忍不住跑过去和气地对他们说道："长官，这个秋千是我们学校的家长凑钱树起来的，是给小同学们玩儿的，请你们不要同时上去两个人，好不好?"

那两个士兵看了他一眼，理也不理，依然在那里叽里呱啦地说着他听不大明白的南方话，荡来荡去。秋千架子也随着他们的动作而前后晃动，发出吱吱呀呀地响声。

"下来!"被激怒了的古全和不顾一切地喊道。

那两个士兵停下了，但是却没有从秋千上下来。

"龟儿子! 你活够了?! 老子枪林弹雨，抗战八年，连个秋千都玩不得吗?!"高个子士兵摇晃着脑袋凶巴巴地说着就下了秋千，走到古全和面前，眼睛逼视着古全和，同时挽起了袖子。古全和突然感到他像伪满洲国的警察! 而且比伪满洲国的警察更凶。

"你想干什么?"张阳春冲到古全和的前面冷冷地质问对方。

"我要让这个龟儿子认识认识老子是啥子人!"高个子蛮横地说道。

"你是谁的老子?"张阳春逼近高个子，摆出要动手的架势。

"我就是你的老子，怎么样?!"高个子蛮横地指着张阳春的鼻子吼道。

"小鬼，你们管那么多的闲事干啥子嘛! 这又不是你们家的东西!"矮个子士兵靠近张阳春说，口气还算和气。

"这是全校学生家长捐钱修的！"古全和嚷道。

"我们也是孩子嘛！"高个子嬉皮笑脸地说。

"你们是那个部分的？"张阳春阴沉脸儿问道。

"好嘛，你敢打听老子的军事机密！你是共军的奸细？是不想活了吗?!"高个子忽然摆出一副吓人的样子高声嚷道。

"一个小丘八，知道个屁军事机密！"张阳春不客气地说。

"你敢骂老子?!"大个子嚷着，冲到张阳春面前。

在操场西南角儿上宿营的士兵听见这里争吵，也都在朝这里张望。

"马上滚开！"张阳春命令道，"你敢动手，我就送你回四川老家！"

高个子迟疑片刻，试探着问道："你是干啥子的？"

张阳春从口袋里掏出一个蓝色的小本儿，厉声说道："老子是干这个的！"

高个子急忙倒退几步，连连说道："对不起，对不起哟。"

这时，古全和才明白，张阳春不是个普通学生，他真的是有背景。

第二天，赵永凯悄悄地告诉古全和，张阳春他爹是江城市督察处的处长。

"督察处是干什么的？"古全和悄悄地问道。

赵永凯对他耳语道："是专门对付共产党的，管抓人关人杀人！"

古全和恍然大悟，开始疏远张阳春。

三天以后，张阳春在古全和回家的路上等着了他。

"喂，古全和，你听说宋德勤的事了吗？"张阳春说。

宋德勤是四年级四班的班主席，校学生会学习委员。她和古全和同岁，也是四年级的大龄学生。她老家辽宁熊岳，他们家来到本市不到二年，她说话还"咱爹咱妈"的，有一股特别的韵味，人们都把那种语调儿叫作"曲母菜味儿"。她脸很白，白得出奇，就和高丽人做的那种透亮的江米凉糕那么白。她总像很疲倦，显得特别让人怜爱。她梳娃娃头，前额上总有那么几根儿头发不听话，在那里飘来飘去。从古全和当上学生会副主席以后，因为工作的关系，他和宋德勤见面的机会就多了。宋德勤不算聪明，可是人好，学习用功，成绩也不错，在年级百名之内。

"宋德勤怎么啦？"古全和担心她遭遇了什么不幸。最近他们班有好几个同学由于家里遭遇不幸而突然退学了。古全和的同班同学党建人，老家山东聊城，他爹靠卖切糕维持一家的生活。前些日子他爹闹痢疾，没钱治，病死了。留下13岁的党建人，只得退学，推起了他爹留下的笨重的木制独轮儿车，卖起了切糕，路上相遇，他几次要送古全和切糕吃。古全和爱吃切糕，而他总是坚持谢绝。党建人辍学让他很难过，吃不下他送的切糕。

张阳春说："她走啦！"

"你是说她回老家了吗？"

"她考上松北联立中学啦！"张阳春兴奋地说。

古全和听说宋德勤考上中学，心里有一种说不出来的滋味儿，有羡慕，有祝贺，也有失落。他想，宋德勤和自己同岁，学习不如他，却悄悄地进了中学！而自己呢，老大的个子，还在初小里晃荡。"中学"是古全和做梦都向往的地方儿，要是他这会儿也上了中学，那他爹该有多欢喜！

"她考的是哪个中学？"古全和的心情稍稍平静过后问道。

"松北联中，全称是松北联立中学。在那里念书，管吃管住管穿管用，每月还发不少的零花钱。"张阳春装出很随便的样子说道。

古全和听说"管吃管住管穿管用"，心花怒放。

"松北联中在什么地方儿？"

"凤城别墅！"

"是大汉奸苑家风的别墅吗？"

"对，离凤凰岭不远，那里风景很好。"

古全和在1945年光复的时候去过凤城别墅。它位于本市东南郊，占地数百亩，背靠凤凰山，小清河从园中穿过，园中有山有水，树木繁茂，夏秋两季，野鸟成群，非常幽静。光复后一度被市长高君迈占用。听了张阳春的一番话，古全和表面上不露声色，心里却非常激动。如果能念上这样的中学，既可以减轻父母的负担，又能尽早念上大学，这是他梦寐以求的好机会！

"机会难得啊。咱们学校高年级有20多人报考了。要是想去，就赶紧去。咱们是好朋友，有困难找我，我那里有熟人儿。名额有限，这可能是最后一批了。"张阳春说着，跨上自行车走了。

放学后，古全和没有直接回家，而是先去了陈昌老师家。他要把这个好消息报告给陈老师，请他指点。他相信陈老师听到这个消息会和他一样高兴，鼓励他去报考。

他赶到陈老师家的时候，正赶上他们吃饭。虽然已经是晚秋时候，天气已经凉了，他们吃的仍然是本地人喜欢吃的那种过水的高粱米饭。陈师母知道古全和不喜欢吃这种过水饭，就不声不响地递给他几个黏豆包儿。

古全和坐到他往常坐的老地方，就着葱酱吃起来。

"陈老师，宋德勤考上松北联立中学了。"

"知道了。"陈昌说，头也没抬，"是张阳春告诉你的吧？"

"您怎么知道？"古全和有些惊讶。

陈昌老师没有回答古全和。

"我就是来和您商量这件事的。"古全和停下筷子认真地说道。

"你想去吗？"陈昌老师并没有像古全和想象地那么高兴。

"想先听听您的意思。"

"我没有什么意思。"陈昌仍然很冷淡。

"松北联中那里管吃管穿管住……"古全和依然很兴奋。

陈昌认真地看了古全和一眼，吃完了最后的一口饭，放下碗筷，抹抹嘴，冷静地问道："你知道松北联中是一所什么样儿的学校吗？"

古全和摇摇头，说不知道。

"你听我说，"陈昌平心静气地说，"'松北联立中学'是政府出钱为从松花江以北共军占领区逃到这里来的青年学生们办的。念这所学校，管住、管吃、管穿，还发一些零用钱。但是得住校，不经学校允许，不能随便离开。这些你都知道吗？"

"那您的意思呢？"古全和问道。

陈昌老师还是那句话："我没什么意思。"过了一会儿，他才冷淡地说，"你在这里念书不是挺好吗？现在兵荒马乱的，瞎跑什么呀！"

陈昌没有正面回答古全和的问题，但是古全和清楚地感觉到，他是不同意他报考松北联中的。他觉得奇怪，念中学明明是好事，陈老师为什么不赞成呢？

"您不赞成我去报考？"古全和很想得到老师一个确切的回答。

陈昌老师语含讽刺地说："既然松北联中是政府为从共产党统治区逃来的青年学生办的，你就不该去沾这个便宜。"

陈昌老师的话让古全和感到很不舒服。他认为既然国家办了学校，自己就可以去念，怎么能说这是去沾国家的便宜呢？陈老师不想让他去考松北联中，可以明说嘛。

陈昌好像是猜透了古全和的心思，又说道："我对你说的话，哪里说哪里了。你不要说你跟我商量过这件事，特别是不能对张阳春说这件事。如果你失约，我会否认咱们曾经讨论过这个问题。"

古全和听他敬爱的陈昌老师说出这样疏远自己的话，感觉好像他突然猛推自己一把，和自己拉开了距离，觉得事情好像还挺严重。

陈昌老师又说："你回家好好地和你的父母商量商量吧。"

古全和说："我爹没念过书，不懂学校里的事。"

"谁对你说，没念过书就不懂学校？！你爹是老工人，半辈子走南闯北，我看他比你懂事。"陈昌严肃地看着古全和，明显是在责备他。古全和觉得今天陈老师的情绪不对。他说一句陈老师就顶他一句，好像故意和他作对儿，可是陈老师称赞他爹。他记得古家庄小学的陶老师也称赞过他爹。他觉得奇怪：为什么好老师，都那么敬重他爹呢？难道他爹真的是那么了不起吗？他默默地点点头儿，表示他重视陈老师的教导。

在回家的路上，古全和心里一直默叨着陈昌老师的训斥。他知道陈老师不赞成他去报考松北联立中学。"可是他为什么不明说呢？"他带着这样的疑问回到家里。

古世才听儿子说他可以去念中学，很高兴。眼下不仅山东庄没有谁家的孩子念上中学，就是整条黑狗大街也没有几个中学生。不要说儿子真的会念上中学，仅仅是儿子提出这件事情，就让他觉得振奋。

古全和把他去陈老师家的前前后后对古世才述说了一遍，说他觉得陈老师好像并不支持他去报考松北联中。

"那还用说？你是他的臂膀，好学生，他舍不得你啊！"秀姑笑嘻嘻地说。

古全和觉得娘说的有点儿道理，但是并不完全认可娘的想法儿，他觉得陈老师不会那样小气。

古世才听儿子叙说了陈昌老师的那些话，心里犯了思量。他有过妻子的那种想法儿，但是他很快就改变了。他觉得陈老师不是那种心胸狭窄的人，他一定是另有不便启齿的意思。

"你是怎么打算的？"古世才问儿子。

"我想去考。"

"去吧，"秀姑一边往炕桌儿上面收拾饭一边说，"管吃、管住、管穿，什么都管，还给零花钱，哪里有这样的好事儿！"

"下个星期天就考试。离现在还有六天。"古全和说。

"别错过机会，先去考了再说。"古世才沉思着说。

古全和报考松北联中的消息传到了刘广聚耳朵里。刘书成决定也让儿子去试试。

今天上午上课前，张阳春又到四年级一班来找古全和。

"怎么样，你去吗？"张阳春问道，"机不可失，失不再来啊。"张阳春说，"要不要我事先给他们那里管事的人打个招呼儿？"

"不用。"

"你对陈昌老师谈过这件事吗？"

古全和默默地看了张阳春一眼，觉得奇怪：陈老师关照过不要把他的话告诉张阳春，而张阳春也很关心陈老师对于这件事的态度，这是为什么？

"我对谁都没说过这件事。"古全和装着漫不经心地说。

张阳春说："我们都是大人了，得有自己的主意。"

这时，上课的预铃响了，张阳春匆匆朝老校跑去。

古全和望着张阳春的背影儿，想道："念松北联立中学好处那么多，他张阳春为什么不去？他想也许是他们家有钱，用不着贪图这点儿小便宜，也许是因为念正规中学更体面，更自由，更舒服？"

当天下午放学后，赵永凯来找过古全和，问起他报考松北联中的事。古全和说他决定去考。赵永凯说："我们班也有几个人去了，高二（1）班也去了几个，都是张阳春推荐去的。高二的学生入学免考。张阳春对于干这件事儿特别热心，"然后又阴阳怪气地说道，"无利不起早啊。"

古全和说："你怎么不去？"

赵永凯没有回答古全和，而是念殃儿说："好货不便宜，便宜没好货啊。"

古全和断定赵永凯也知道松北联中的事，而且他本人并不想去，意思也不同意他去。他觉得赵永凯虽然爱出风头，女里女气的，但是他知道好多官府和上流社会的事，并不糊涂。古全和认为松北联中这件事情里头一定有一些他还不知道的东西，必须谨慎对待。不过，他不想错过这个时机，仍然决定先亲自去看看，参加入学考试，至于考取后是否去报到，另作考虑。管吃管住管穿管用……这对他说来，实在是太重要了，他不能错过这个机会。

109

松北联中入学考试的科目有国文、算术和《三民主义常识》。古全和相信，国文和算术他不怕考，相信宋德勤能考过，他就能考过。可是《三民主义常识》他没有学过，心中没底。他备考主要是备《三民主义常识》。

张阳春送给古全和一本16开白纸本不带封面的薄薄的《三民主义问答》。古全和把课余的时间都用在背《三民主义问答》上了。每天天蒙蒙亮他就起床，趴在窗前，借着淡淡的晨光念《三民主义问答》。下午放学回来，就坐在院子里念，直念到天黑得什么也看不见了为止。考试的前一天是礼拜六，他几乎一夜没睡，反反复复地背诵《三民主义问答》。他娘嫌他点灯费油，也怕累着了他，一次次地催他睡觉，他也不听，直折腾到天亮。他想，将来去不去报到另说，但是既然要考，就一定要考取。

考试是在凤城别墅的一个大厅里进行的。参加考试的约有一百多人。考场很乱，没有人监考，考生可以乱串。他想有这么多的人来参加考试，不会是个骗局。政府有贪污犯，也不会连一件好事都不办。

几门课程的试题都出乎意外地浅，而且也很少，他都是只用二十几分钟的时间就答完了。他估计，算术会得100分，国文不会低于90分。《三民主义常识》的答案他反复检查过六遍，没发现错误，分数儿也不会太低，他肯定自己能够考取。想到自己就要当中学生了，心里有些兴奋。他离开考场，在凤城别墅里游逛，观赏坐落在凤凰山前的这座豪华的别墅，希望能碰见宋德勤或是别的熟人，了解一些松北联中的情况。这时，正在进行军训的一队男生，呼喊着"戡乱建国"等反共口号儿，从大厅前面的广场上"唰唰唰"地跑过，顺着下坡路，朝着小山后面跑去。他们穿的都是用废旧棉花和破旧的棉制品回炉纺织成线而后织成的"更生布"缝制成的蓝灰色的制服衣裤，剃着光头。古全和看着他们，又想到了陈老师阴沉的脸色，心里浮起了一丝疑惑。管吃、管穿、管住，什么都管，还发零用钱，那政府为什么要这样办呢？难道仅仅是出于对江北那些流亡学生的关心吗？既然这样，他们为什么又要鼓动本地学生去报考呢？政府骗人的事，古全和听说过不少，陈老师对这件事的态度他不能不考虑。他想到张阳春的举动和他爹抓人、关人和杀人的职务，觉得张阳春热心办这件事好像是别有用心。他这样想着，疑云又从心中升起，离开考场时的那股子兴奋劲儿又消失了。

他和刘广聚约好一起回家。刘广聚几乎是最后离开考场的。

刘广聚反复估算着他可能得到的分数，他能不能考取松北联中，还一次次地让古全和表态，说说他认为自己能不能考取，希望古全和为他说些吉利话，而古全和却一再说，他不知道。这使刘广聚很不高兴。

"你为什么不高兴？"刘广聚问道。

古全和没有回答他，觉得和他说不清，也不便对他说，总不能说政府骗人吧。

一个礼拜后发榜。发榜的前一天夜里，天不亮古全和就醒了。他的心情依然很复杂。想到自己就要进中学，心里有些激动。可是想到陈老师、赵永凯的那些话，想到那些进行军训的学生，就又动摇了。他想，不管怎样，都得去看看考试的结果。榜上有名，总是让人高兴的事。

今天是个大晴天。刘广聚一大早就来到古全和家。古全和匆匆吃了几口饭，就和他一起动身进城了。他们赶到凤城别墅的时候，榜文已经贴出来了，下面拥挤着几百人，显然，连有些考生的家长或亲属也来看榜了。

榜文很长，榜上的人名儿也很多。

这时，松北联中的学生正在上军事体育课。女生队不时呼喊着口号儿从来看榜的人们的背后跑过。古全和希望能见到宋德勤，可是他没有发现她。男生持枪排成两列横队。教官在前面讲解射击要领。

奇怪的是榜文上面没有标明考生的名次，不知道榜文上的名字是不是按照考试的成绩排列的。古全和见自己名字列在前十名以内，仍然感到高兴。他爹希望他考试名列前茅。

"嘿，他奶奶的！俺考上啦！"刘广聚高兴过了头，说了粗话。好些人把目光投向他，弄得他有些不好意思。好在此时此刻这里狂喜的人不只他一个，人们并不怎么注意他的失态。

古全和连续看了几遍榜文，数了数上面的人数，总共101名，和那天参加考试的人数差不多。他想，既然刘广聚能考取，那就没有几个人会落榜，也就是说，可能凡是来参加考试的，都在榜上了。既然如此，那为什么还要考呢？说不定考试是个骗局。旁边进行军训的学生的"杀杀"声，让古全和忽然联想道，政府这不是在变着法儿招兵吗？想到这里，他的心冷了，心事重重地走下凤城别墅广场的高坡儿，叫上刘广聚，转向回家的路。

凤城别墅离宋家屯镇约有15里路，古全和他们都没有要坐车的意思。一路上古全和一直在想着那些持枪的和徒手的男生和女生在别墅里高高矮矮的空地上呼喊着口号儿跑来跑去的景象。一百多人参加考试，一百多人被录取，那不就是来一个就收一个吗？考试不是假的吗？他觉得陈老师、王老师和赵永凯一定知道有关松北联中的更多的事情，那些事情是他们不能公开对他讲的，他们不赞成他去念这个中学是对的，是为他好。

"考上了吗？"古全和刚刚跨进家门，秀姑就问道。

古世才看着儿子，在等他说话。

"考上了。"古全和无精打采地说。

"以后念书就不用花钱了，还能带走一张嘴。"秀姑笑着说。

古世才看了秀姑一眼，嫌她话多，不让孩子喘口气儿。

"那你是打算去念了？"古世才见儿子神情犹豫，便问道。

"看你说的！孩子好不容易考上了，能不去念吗？再说，到哪儿去找这样的好事儿啊！连这件棉袄也可以省下了。"秀姑坐在炕上，一边给儿子絮棉袄，一边不假思索地说道。

"天底下没有那么多的好事儿。白吃、白住、白穿、白花公家的钱！高君迈这一类的官员会给老百姓办这样的好事吗？"古世才冷冷地自言自语。

"你是说，根儿不去啦？"秀姑停住手里的活儿，着急地问道。

古世才没有理睬秀姑，接着说道："管吃，管住，管穿，管用，要是再管发一套军装，发一杆枪呢？你要不要？……到了那个时候，你想不要都不行哟！"

"你是说，他们会让孩子当兵？！"丈夫的话把秀姑吓了一跳，她立刻停下手里的活儿，求救似地呆呆地看着丈夫和儿子。她最害怕的就是儿子会被弄去当兵。俗话说："好汉不当兵，好铁不碾钉嘛。"

古全和没有去念松北联中。在张阳春问他为什么没有去报到，是不是陈昌老师不同意他去的时候，他只淡淡地说，他娘舍不得他离开。

刘广聚按时到松北联立中学去报到。刘书成觉得儿子总算走到了古全和的前面，心里感到很得意，刘广聚他媳妇儿也为她的丈夫念上了中学而感到光彩。

江城眼下没有战争，但是也不能说是和平。报纸和电台天天说战争。有关前线的消息如刮风一样地天天都有。报纸和电台说国民党军队节节胜利，不日占领哈尔滨，而老百姓听到的消息却是国民党军队仍然在松花江南转磨磨儿，看到的是国民党军队的伤病员像潮水一般地从北面涌到江城来。宋家屯镇满街都是伤兵，他们无缘无故地打人，骂人，抢劫老百姓的财物。抓兵的风潮一波接着一波。家有适龄男丁的人家都为躲避抓兵犯愁。社会乱了，人心也乱了。

山东庄懂事儿的大人们，常常聚在一起诉说心中的苦恼，寻找生活的出路，而出路是不多的。这里原有的那些杀猪的、淘粪的、开煎饼铺的，自然还是有活儿可干的。到乡下去给财主抗活也能勉强挣碗饭吃。一时找不着活儿干的，只能卖瓜、卖菜，勉强养家糊口。孩子们也做些小生意，或是打个短工儿，挣几个钱，补贴家用。深秋时候，山东庄的妇女和孩子们就成群结队地到乡下财主们的菜地里去翻腾他们秋收过后残留在地里的土豆儿，拣他们扔在地里的白菜。财主们只收二级以上能够贮存卖钱的白菜，二级以下三四级半心儿的白菜，都扔在地里，任人捡拾。山东庄人们就把这样的白菜拣回家，有的腌成酸菜或是咸菜，冬天吃；有的晒成干菜，留作第二年春天做菜团子吃。山东庄人家吃的菜几乎都是这样拣来的。秋冬春三季吃秋天捡来的菜，夏天吃树头和野菜。一般人家儿一年吃不上几顿炒菜或熬菜。山东庄，除了卢子堂家外，一年四季很少有谁家花现钱买菜吃。

由于战争，附近的煤矿几乎全部停产。交通阻隔，外地生产的煤炭运不进来。市场上没有煤和焦炭供应。而铁匠炉的师傅们必需的焦炭断了来源，不得不用孩子们拣来的煤核儿代替焦炭炼铁，打锄头、镐头、镰刀、菜刀、马蹄铁之类的小东西。煤核儿因此而奇贵，一斤煤核儿能卖两毛钱，可以换到一斤最好的磨光儿大米。这种特殊的需要，促使山东庄的人们开创了一条新的生路，那就是成群结队地去拣煤核儿。

煤核儿不是随处可拣的。江城市只有像火车站、发电厂、煤气厂、国家机关和几所大学和中学有锅炉，有锅炉的地方儿才有煤渣儿倒出来，有煤核儿好拣。往常拣煤核只是小孩子们干的营生儿，而现在却是大人孩子齐动员，都去拣煤核儿了。不过大人们不是去火车站、发电厂、煤气厂和机关学校的锅炉房，那些地方儿现在仍然是孩子们能够去的地方儿，他们是去远在郊外的多年来堆积起来的山一样的垃圾场。到这样的地方儿拣煤核儿，是又脏又累又冷又危险的营生儿。冬春两季，要先用十字镐敲开垃圾堆上面厚过几十厘米的冻土层，挖到一个半人深里面不结冰的坑，然后进到坑里去用铁钩子翻动垃圾，从垃圾里把煤核儿拣出来，然后再把拣过的垃圾用铁锹清理到垃圾坑的外面，加深和扩大工作面儿。垃圾坑越翻越深，就变成了垃圾洞，人在垃圾洞里翻拣煤核儿。垃圾洞随时可能坍塌，危险随之而来。人们就这样一天天地在洞里吃洞里干，安全卫生，无从说起。

道士、有富等孩子们在光复的那会儿到处"捡洋落儿"，越跑心越野。如今他们有时进城做些小生意，有时就去拣煤核儿。他们人大了，心眼儿也多了，想的就是多挣钱，挣到的钱并不都交给父母，而是把里面的一部分留给自己花。手里有了钱，在外面自由自在，吃吃喝喝都随自己的便，越吃越馋，哪里还有心念书呢？听说他们还去过城里的赌场和"枪房"呢。古全和觉得他们和自己离得越来越远，也就不再和他们来往了。

如今社会混乱，生活艰难，人们心情烦躁，山东庄三天两头儿有人吵架，闹得最凶的是黄自成夫妇。老家山东招远的黄自成是山东庄和整个儿的宋家屯镇有名的木匠，在建筑行业里是把好手，现在也无事可做，今年冬天也参加了拣煤核儿的大军。他老婆苟志兰天天骂他没有出息，说她当初一时糊涂，听了她爹和他哥哥苟志芳的话，嫁了他这么个没有能耐的"臭山东棒子"。

苟志芳在伪满洲国时是日本人小林一郎的狗腿子，派出所所长齐怀远的好朋友，当时算得上是宋家屯镇的一个人物儿。光复后，他走国民党"建军"的路子，联络了一些伪满洲国军警宪特的残余分子，混了一个国民党军队的连长，现在仍然是个惹不得的人物儿。苟志兰敢于欺负黄自成也就是由于她有这样一个哥哥。苟志兰走进黄家也并非偶然。要论长相儿，苟志兰是一点儿值钱的地方儿都没有：猪眼儿，大长下巴，上嘴唇上长了一个豌豆大的黑痣，黑痣上面还长着一丛长长的黄毛儿。她不仅样子难看，性情也古怪。她迟迟没能嫁人，除了她相貌不佳之外，还因为她要价儿太高。她总以为自己是个当太太奶奶的材料儿。她迟迟到28岁上才下嫁给黄自成是因为时光不饶人，出于不得已，也因为黄自成相貌出众，性情温顺，手艺超群，是"武道局"第一流儿的工匠，而且也是她一相就答应了的。可是婚后，她常常折腾黄自成。道士他娘好心劝她，刚说到黄自成脾气好，一表人才，又有手艺，是个难得的好人，苟志兰就瞪起眼睛说道："你喜欢他吗？那我就把他让给你吧！"从那以后，就再也没有人敢掺和黄自成家的事了。

人们走投无路了，也就不安分了。江城广播电台天天骂共产党，说他们"杀人放火""共产共妻"。共产党是不是"杀人放火""共产共妻"人们不知道，但是很多穷人对于"共产"有兴趣。山东人流落关外，多数是因为他们没有土地，或是失去了土地。有地可种，当然是好事。本来怕战争的老百姓现在开始梦想战争会让世道变一变，给自己带来一条生路。这几天风传八路军在江城西南方的什么地方儿和国民党军队打了一仗。有人还说八路军正在向江城地区逼近。而且事实上从江北逃过来的富人也越来越多。这里的财主们开始发慌，琢磨着如何保护自己的家业和性命。大户人家儿往关里转移财产，他们的有些儿女也悄悄地去了关里，到那里去避难念书。连煎饼铺的谈掌柜也把他在城里念书的儿子送到北平去念书了。一些自以为聪明的小户财主开始向江城或是江城近郊移动。宋家屯镇因此而突然显露出空前的繁荣景象。

111

晚饭后，古世才家来了一位着头戴水獭皮的俄罗斯式窝瓜帽儿的不速之客，和他同来的是一位体态窈窕、服饰入时，但是并不算美丽的年轻的太太。

"您就是古世才师傅吧？"客人站在古世才家临街的门外笑着问道。

"是的，俺姓古，先生贵姓？"古世才打量着来人问道。

"免贵姓姜，姜承仁，炮手屯的杨光文是我的表兄，是他介绍我来拜访古师傅的。"姜承仁又指指同来的女人说道，"这是我的内人，姓徐，徐淑媛。"

"哦，你是杨东家的亲戚，欢迎啊。"古世才笑着说。

"屋里说话方便吗？"姜承仁有礼貌地说。

"快请进！"古世才急忙作个带有俄罗斯风格儿的手势说道。

客人和年轻的太太先后走进古世才家。秀姑把女客让到炕上。

姜承仁身材高大，有一双鹰隼一样的眼睛，长着本地人中比较多见的那种鼻梁儿隆起的鹰钩儿鼻子，缓慢的举止中透露着本地土财主特有的那股子傲慢劲头儿，即使在他的笑容里也缺少谦和。古世才一眼就看出他不是个普通的人。

姜承仁，江城远郊白龙镇大家子弟，家传汉医，毕业于南满医科大学，伪满洲国时曾在伪军"铁石部队"当过少佐军医，深得日本长官宠信。徐淑媛是他的同乡，家里也是财主，读过国民高等学校和护士学校，曾是姜承仁的助手，后来做了他的情妇，最终成了他的小老婆，现在是他合法的妻子。光复后姜承仁跑回老家白龙镇，本想在当地开店行医。1947年春，共产党占领了白龙镇以北地区，开展土地改革。姜承仁眼见斗争要波及他的家乡，听说共产党会追究像他这样在伪满洲国时期和日本人关系密切、干过危害国家勾当的人，十分恐惧，想到江城有他家的一块商业用地和一家店铺，就趁当地混乱之机，逃来江城，计划在江城办个医院，维持生计，等待时局变化，重返家乡。杨大琢磨对他说，古世才是个经多见广的手艺人，经多见广，老实厚道，在山东庄最有人缘儿，可以委托他帮忙张罗在宋家屯镇落脚儿的事情。

"冒昧登门拜访，是有事请教。"寒暄之后，姜承仁说，"大杂院儿对面的那几十亩地是我家准备盖房设店用的。我想在你们这里开一个中西合一的医院，不知道是不是可行，想听听您的意思。"

"俺是个手艺人，不懂医道。"古世才不想贸然多话。

秀姑正在和徐淑媛说话，听姜承仁说到医院就插话说："俺们这里有一个药房，医生姓王，是汉医。"

"我认识王凤池先生，"姜承仁说，"我想开的是中西医合一的医院。"

"俺看……行。"古世才说，"不过这里没有适合做医院用的房屋。"

"你说得不错，我就是想按照医院的要求，现盖房子。"姜承仁笑着说。他觉得古世才很有想象力，的确很聪明。

古世才听姜承仁这样说，心里很高兴。在这里盖房子，乡亲们就有活儿干了。

"那你们是要搬到这里来住？"秀姑问姜夫人。

"是的。"徐淑媛说。

"我想盖一座砖木结构，面积在百平方米上下的简易二层楼房，楼下开店，楼上住人，居家和医院兼用。古师傅能不能帮我操办这件事？"姜承仁说。

古世才爽快地说："可以，我们这里工匠齐全，建筑图我可以找人去画。"

"图纸我带来了，是我自己设计的。"姜承仁说着就把图纸递给古世才。

古世才认真地看了看，说："行。俺明天就去张罗这件事。"

姜承仁盖的是一座面积比较小的楼房，山东庄的工匠齐上阵，1947年春动工，秋末一座红砖砌墙、面积一百多平方米的二层小楼儿就立起来了。这是本镇的第二座楼房，地处本镇西郊偏僻的地方，在落成的当时，就获得了独一无二的美名："小红楼儿"，并立即扬名全镇。"承仁医院"能在此后短短半年的时间里就名扬江城西北郊，与这座小楼不无关系。古世才认为姜承仁是个有头脑会做生意的人。如果他盖的不是楼房，而是平房，承仁医院就不会这样招人儿，他的生意就不会这样快就红火起来。

说起来小红楼的确简易。小楼四面的承重墙都是单砖的。楼顶的防雨层用的是黑色的油毡纸，虽然三五年内不会漏雨，可是它毕竟不是永久性的工程材料。姜医生说，他盖这样简易的楼房是因为他急于开张营业，而古世才却怀疑姜医生是对时局的发展不大乐观，害怕国民党军队在这里站不住脚儿。

小红楼方方正正，坐北朝南。门开在南面的东半边，隔着楼前的马路和路南的三个大杂院儿相望。大门旁边的墙上挂着上面写有"姜宅"两个字的白地儿黑字的长方形的木牌儿，木牌用透明漆漆过。医院的标志"承仁医院"的匾额高悬在二楼的屋檐下。在小红楼东侧二层高的位置上，挂着一块单人床板那么大的崭新的木制匾额，上面刻着"杏林春暖"四个阴文金字，表明这里有名医。小楼儿的内部格局很适用，进门有木楼梯直通二层，楼梯旁有便门连接一层。一层门内是一大一小两个房间。大间做诊室和药房，小间做厨房。二层的西南角上有一个只能放一张床、一张三屉桌儿、一个书架儿，西边开有一个窗户的小小的袖珍书房。显然，这是姜承仁读书休息的地方。姜承仁夫妇的卧室在二层的南窗下。

姜承仁很欣赏古世才的才干和为人，而徐淑媛也很喜欢秀姑。他们很想请秀姑帮助他们料理家务，但是秀姑婉言回绝了他们。她虽然知道像姜医生这样的两人之家，活儿不会太多，无非是打扫卫生，买买菜，做做饭，一个月10元的劳金也很不少，可是她不喜欢给人家当老妈子。山东庄的中青年女人，都不愿意给人家当老妈子。没听说江城谁家的保姆是山东人。她们很怕伤害了自己的名誉。除非走到了绝路，谁也不肯干这种营生儿。

姜医生接诊不挂号，中西医都看，兼做助产业务，算是本镇第一所真正的医院。有些本地人知道姜承仁是汉医世家出身，又念过医科大学，曾经是铁石部队的少校军医，慕名而来。来姜承仁医院就医的人越来越多。病人不仅有本镇的，也有外地的。有坐车来的，有骑牲口来的，也有走着来的，抬着来的。山东庄的人，原本有病不进医院，眼前有了医院，也有人到姜医生这里来看病的。渐渐地，山东庄竟因此而热闹起来。但是古世才家的人从不进承仁医院。他们不愿意沾别人的便宜。

姜承仁的大老婆在土地改革中被划成地主，姜承仁前窝儿的三个儿子也受到牵连，一家被扫地出门。姜承仁听到这个消息一连几天大骂共产党和穷光蛋，胸中怒气难消。有一件事让他感到不解：他老婆被划了地主，而他却没被追究，不知道共产党葫芦里卖的是什么药，为什么这样对待他。不久前他偷偷地回了一趟老家，想和他老婆办离婚手续，原本以为这件事情难办，而他老婆却乖乖地在他写好的离婚书上按了手印儿。但是说好她离婚不离家，仍然和他的三个儿子住在一起。从那以后，每隔一段时间他的前妻就到宋家屯镇来一趟。有时她自己来，有时还会带上一个儿子来。每来一趟，必大打一场。每逢这时，外面只听他的前妻大骂姜承仁，说他是陈世美、丧良心，说她同意和他"打八刀"是出于无奈，说原本他们夫妻和美，事情出在姓徐的那个狐狸精的身上……但是人们从来听不见徐淑媛和她对骂。时间长了，周围的人就开始同情姜医生和徐淑媛了。

姜医生觉得古世才是个懂事的人，由于寂寞，闲暇时常来找他唠嗑儿，谈论内战和时局。古世才发现，姜医生特别关心国共两党的斗争，每谈时局，总是一边倒，不谈国民党的祸国殃民，专讲共产党的残酷无情，说共产党在农村斗财主，搞"流血斗争""白骨斗争"，他盼望蒋委员长来统治东三省等等。和姜医生这样有学问的人来往，古世才觉得很拘谨。他心里明白自己和姜医生不是同类，知道姜医生当过汉奸，他对姜医生并无好感，他觉得和姜医生交往，说多说少都不好，一不谨慎，就会得罪人。所以古世才常常是听着姜医生说，而心里却并不完全同意他的意思。他在"光复"的那会儿认为国民党是正统，中国该由国民政府管理，盼着中央军来。可是中央军来了，事情并不见好，就像老百姓骂的那样："想中央，盼中央，中央来了更遭殃。"后来他发现，张罗着打内战、让社会不得安宁、让他回不了老家的，竟是蒋委员长。他还发现，本市的国民党军队越来越像当年山东老家的那些投靠日本人、祸害老百姓的国民党散兵游勇。当官的贪污成风。百姓一度敬仰的市长高君迈竟是个大赃官，连他玩的那杆猎枪都是大汉奸、伪满洲国皇帝康德的御用品。所以百姓不再叫他"高君迈"，而是叫他"高无赖"了。后来高无赖走了，可是他的坏名声儿留下了，人们常常说起他。至于国民党官员中娶小老婆或是拉姘头的，更是数不胜数。古世才是个工人，讲究实际，他认为对老百姓不好的党派就不是好党派。他对国民党感到失望。每当姜医生和他交谈，都是姜医生说，他听。姜医生也意识到古世才是有话不想说，或是不敢说，时间一长，他们的来往也就少了。

112

1947 年中秋以后，关于战局的传闻多起来。从北面过来的人说，共产党的军队正在向江城这边推进。与此同时，沟子南的国民党军队增加了一个旅的驻军，据说是从山东开过来的，编制是保安 17 旅。古世才感觉好像又要打大仗了。

承仁医院刚刚兴旺起来，姜医生就说要收摊儿。阴历冬月初的一天晚上，姜医生夫妇一起来到古世才家。他们的话不多，神情有些沮丧。徐淑媛没有坐下，一直靠着房间的门站着。秀姑几次让她坐到炕上，她都苦笑着摆摆手谢绝了。秀姑也只好陪她站着。姜医生坐在炕沿上。古世才坐在姜医生对面南窗下的小方凳儿上。

"古大哥，我们要走了。"姜医生说，语调有些凄凉。

"医院开得好好儿的，为什么要走呢？"古世才感到意外。

姜医生长叹一声，没有说话。古世才也不好再问。

"要回白龙镇老家吗？"秀姑低声问徐淑媛。

"不……"徐淑媛支吾着说。

"古大哥，咱们相处的日子不多，可是我知道你是个好人，无偿地帮过我们很多忙。现在我们又要给你们添麻烦了。"姜医生说着难为情地笑了笑。

"不必客气。只要是我们能办的，一定帮忙。"古世才说

"我们走后，想请你们搬进小红楼去住，帮我们照料一下房子和医院的那几块牌匾。"姜医生说，同时以询问的眼光儿看着古世才，期待着他的允诺。

"那……你们什么时候回来？"古世才试探地问道。他听出姜医生的意思是，他们的承仁医院还要办，姜医生他们还要回来。

姜医生看了徐淑媛一眼，苦笑着说道："现在还说不准，不会太久。"

"好吧。房租按这里的行情算，等你们回来一起付。"古世才说。

"能帮忙照料房子，我们就很感谢了，谈什么房租啊！"姜医生赶

紧说。

"你们什么时候走啊？"秀姑问道。

"明天，明天一早你们就搬过去吧。"姜医生神情黯然地说。

徐淑媛把钥匙交给秀姑，就和姜医生一起告辞了。

第二天早饭后，古世才和秀姑赶到小红楼的时候，见楼门紧闭。锁头挂在镣吊儿上，但是没有合上。他们打开门，楼上楼下，走走看看，见屋里的陈设基本没动。厨房里锅碗瓢盆都在。那块上书"杏林春暖"四个阴文金字的大匾和"承仁医院"匾牌都靠在二层楼的东墙下。但是药柜和里面的中西成药都不在了。古世才断定姜承仁在本地还有亲戚朋友，值钱的东西都转移到他们那里去了。房子挪不动，也没有人肯给他们管，他们才找他们帮忙照料。他不知道他们为什么走得这样急，是不是为了躲避仇人？

秀姑说："锅碗瓢盆都没带。他们到了新地方儿怎么吃饭啊？"

古世才没有回应妻子。当天，他们就离开大杂院儿，搬进了小红楼儿。

1947 年秋，古全和初小毕业，秋季开学后，升入本校高小一年级。新任的训育主任董文华老师对陈昌老师说，他准备让古全和接替校学生会主席靳玛丽的班儿，竞选下一届的校学生会主席。陈老师向古全和透露了董文华的这个意思，古全和没说什么。

在经历过报考松北联中这件事情之后，古全和突然感到自己长大了，和周围的环境不协调了。他已经 14 周岁，可是刚刚初小毕业。班上年纪最小的马鸣川同学小他三岁多。他的个头儿比有的老师还高，在教室里坐最后的位子，排队总是他打头。按照他的年龄和身高，他现在应该念初中二年级。而他现在还在小学五年级里面摇晃，考个第一也不算光彩。而重要的是他这样念下去将错过自己念中学和念大学的机会。他想到他娘正在张罗着给他说亲，要是他成了亲，还能继续厚着脸皮念书吗？他想必须尽快完成小学阶段的学业，升入中学。他不想在柳影路小学按部就班地念下去，因此想到了跳级。他觉得这件事应该和陈老师商量。

今天下午，古全和又去了陈昌老师家。

"老师，我想跳一级。"古全和坦率地对陈老师说出自己的打算。学校不提倡跳级，学生会的头头儿跳级影响不好，跳级不成会招人笑话，他觉得这件事可以瞒着学校和同学，却不应该瞒着陈老师。他感到陈老师和王秋兰老师一样地关心他，爱护他，值得他信赖。

"去吧！"陈昌老师爽快地说道，"跳一级好，我像你这么大的时候，已经快国高毕业了。那时中学的学制是四年。"

陈老师的鼓励坚定了古全和跳级的决心。

"你准备去什么学校？"

"二里沟区中心小学。"

"不要张扬。"

第二天早饭后，古全和请了事假。他赶到二里沟小学的时候，那里正在上第一节课。教务处的一位老师问明他的来意后，就把他领进六年级一班教室。班主任牛老师正在给同学们上算术课，讲的是分数的加减法，顺手在黑板上写了一道分数题：四分之二减二分之一。古全和接过牛老师的粉笔，在众目睽睽下在等式的后面划了一个"0"。同学们交头接耳。牛老师愣愣地看了他一刹，面带笑容说道："找个地方坐下吧。"

古全和做梦也没想到让他苦恼了好些日子的难题就这样轻而易举地解决了，转眼之间他就从柳影路小学的五年级跳到了二里沟小学的六年级，简直像做梦，他甚至不敢相信这是真的。

第二天，柳影路小学就不见了古全和的踪影。

插班生在初进新校的时候算是生人。如果班里没有熟悉的老师或是同学的引荐和保护，在一段时间里，往往会受到歧视或是冷遇。即使他所在的班级班风健康，里面没有帮帮派派儿和钩心斗角的人群，要融入一个新的集体，也要有一个过程。古全和在柳影路小学的经历就是这样。在二里沟小学古全和只有身强力壮、精神饱满这样一个好条件，此外就什么有利条件都没有了。他进入二里沟小学的时候，别的同学已经开始穿夹袄了，而他还穿着他仅有的那上面带有许多补丁的黑布单裤褂儿。别人一看就知道他是个穷孩子，而穷孩子在有些人看来，是不必尊重的，所谓"敬衣不敬才"。

古全和进入二里沟小学，转眼就过了一个多月，他并没感觉到在学习上有什么困难。可是感到孤单，想念那些曾经和他朝夕相处的亲密的伙伴儿。在柳影路小学，他一呼百应，处处有友情和温暖，连初丽云和苗三儿现在也是他的好朋友。而在这里，他感到陌生。他很想回柳影路小学去看看他的那些小伙伴儿，可是陈老师劝他不要去。

进入十月，西北风就刮起来了。教室里得生火了。

人人有表现自己的愿望。有人从真善美的角度表现自己，有人从假丑恶的角度表现自己，所谓"不能流芳百世，也要遗臭万年"。这一类的学生古全和在古家庄小学和王万伯私塾都见过，其中有些人心地不善，把欺负人、捉弄人，当成是一种乐趣，把能欺负人看成是自己的一种本事。六年级一班的宋德福就是这样的人。他家庭富有，个头儿高，身体壮，但是不爱学习，而喜欢搞恶作剧，欺负人。现在他就把捉弄的目标儿定在默默无闻的插班生傻大个儿、穷小子古全和的身上。

这里十月中旬就开始生炉子，直到第二年的三月中，取暖的时间长达半年。每个教室都得生炉子，每班都要有一个"炉长"。"炉长"不是官儿，而是"苦力"。他时刻跟煤和煤灰打交道，只有吃苦受累给大家生好炉子的义务，而没有任何权利。"炉长"总是由那些年龄大、学习差、身体好、家里穷、地位低的男生担当。这是一个要经常遭受责难的角色。不管屋里的温度高低，都会有人非议他，说教室里不暖和。

宋德福属苗三儿之类。但是他和苗三儿有所不同。苗三儿是浑，而他是坏。苗三儿使坏，不论对方穷富，而宋德福家是惠德县的大财主，歧视家境贫寒的同学。他蓄意要把炉长推到古全和身上、把他变成六年级一班的"劳工"。他私下里到处活动，要同学们选古全和当炉长。有些女生反对他欺生，可是她们人少，也没有像初丽云那种敢说敢干有威信的人物，控制不了全班的局面，而班长偏偏是很会做人的耿立德。

选"炉长"既不要投票，也没有人竞选，甚至也不用举手，常常是在嘻嘻哈哈的笑谈之中进行，只要有人提出某个人名儿，大家一哄，就算定了。

"同胞们！同胞们！你们看，咱们的新同学古全和是不是个'炉长'的理想人选？"宋德福朝吴家宝等几个学习和人品都不怎么样的学生挤挤眼，嬉笑着提议说。

"英雄所见略同，赞成！"吴家宝挥舞着双手嚷道。

对于谁当炉长，班里没有人关心。只要有人按时生火添煤、保证教室里暖和就行。吴家宝配合着宋德福一嚷嚷，别人不说话，炉长就算选出来了。

古全和静静地看着面前发生的故事，知道宋德福和吴家宝在捉弄他。他不想把事情说破，而是故意装糊涂。他希望尽快融入这个新环境，也愿意为班上的同学们干点好事。

宋德福要班长耿立德表态。而耿立德就是不说话。耿立德常常利用宋德福这样的闹将达到自己的目的。他属于那种喜怒不形于色的人物儿，崇拜《三国演义》里的刘备，年纪虽小，计谋颇多。他家是二里沟当地的大户。从前清，经中华民国、伪满洲国，到如今，代代有人当官，他耍人的本事是家传。现在他家国共两党的官都有。他今年刚刚 12 岁，就已经习惯了察言观色、剖析人生、见风使舵了。武官是玩儿命的，文官是玩儿人的。中国真正能够纵横捭阖、到处逢源、永远不倒的文职官员，大多来自这种家庭。这是一批能维护现存秩序的人。他们永远为既得利益集团服务。因此他们自己也是既得利益集团的一部分。他们不讲操守、没有信念，唯一崇拜的是实际利益。你可以说他们成熟，也可以说他们无耻。在动荡的年代，他们会利用自己的政治经验，在一日万变的社会中，捷足先登，及时抢占有利地位，至少维持既得利益，进而改善自己的处境，获得更大的好处。耿立德知道宋德福在捉弄古全和。但是他已经感觉到古全和不是等闲之辈，不想和宋德福这些没有什么价值的人一起捉弄他。他爹说过，"'人不可貌相，海水不可斗量'，'三十年河东，三十年河西，现在是风云多变的时代，不可轻易树敌。"

"你说话啊！班长班长，一班之长，一锤定音！"宋德福嚷道。

"大家说谁当'炉长'好啊？"耿立德把球儿踢给全班同学。

"古全和！"宋德福嚷道。

"宋德福！"一个路过高二（1）班教室门前的女生笑嘻嘻地说道。后来古全和知道她叫巫衍芳，是高二（3）班的班长。

"瞧！连外班的同学都拥护古全和！"宋德福捏造巫衍芳的话胡说。

"古全和，你愿意干吗？"耿立德微笑着说。

古全和笑了笑，没有说话。他不想给人落个毛遂自荐的把柄。

"当仁不让，就是他啦！"宋德福手舞足蹈地说。

"既然大家都没有意见，就是古全和啦。"耿立德说。

于是，古全和的座位儿就从最后一排调整到教室中间靠近火炉的地方儿。

年近60岁的班主任牛连阁老师听说了这件事，知道宋德福欺生，很生气。可是既然事情已经定了，炉长也总得有人当，他也就不想再说什么了。

10月15日，学校统一安装炉子。古全和说宋德福个子大，热心班级工作，有生火的经验，请他帮忙。全班同学以鼓掌和欢呼表示赞成。下午放学后，宋德福只好留下。

古全和整天不说一句话。但是教室里的温度却比哪个教室都稳定。同学们开始喜欢他。宋德福的恶作剧反倒给古全和融入六年级一班提供了一个机会。

期中考试，古全和名列第八，同学们开始意识到他不是个差生。期末考试，古全和名列全年级榜首，所有的同学都感到惊讶，开始对他另眼相看。

114

进入1947年的秋末，江城市政治流言四起，地处西北郊的宋家屯镇处在风雨飘摇之中。有消息说，八路军正在逼近江城。关心时政的人都明白，国民党军队的所谓北上消灭共产党的图谋失败了，江城地区很快就要成为他们的前线。地处江城西北门户儿的宋家屯镇，驻军一增再增。1946年宋家屯镇没有国民党驻军，1947年初驻有一个团，现在增加到两个旅，共近万人。其中的一个旅是由伪满洲国的国军和伪宪特警以及社会闲杂人员拼凑而成的暂编保安16旅，另一个旅是从山东调来的保安17旅。现在他们正在忙不迭地干着两件事，一件是抓夫赶修防御工事，一件是四处抢粮食和老百姓埋在雪里的冻猪肉及其他可吃的东西，露出了他们土匪的凶相，成了名副其实的"刮民党"。

军事形势的变幻，带来社会的动荡。远近郊区有些有见识的财主，意识到国民党军队的情况不妙，各自做着应急的打算。某些政治嗅觉灵敏的大官僚地主在悄悄地往关内转移财产和人员；但是多数财主，不愿意相信国民党军队会败北，八路军会占领他们的家乡和土地。他们担心的只是战事会阻碍货物流通，所以从 1947 年秋天开始，成群结队地赶着大车、拉着爬犁，老鼠搬家似地到城里来购买布匹等各种工业品，使得宋家屯镇的经济在短短几个月的时间，突然经历了一个空前大繁荣的过程。

已经适应了战争和社会动荡的山东庄的孩子们并不在意这些社会变化。古全和的心情没有因为社会动荡而有所波动。他心情愉快，充满希望。二里沟中心小学的同学们接受了他，而且承认他是个好学生，让他感到兴奋不已。1948 年春季开学的头一天，宋德福一见到古全和就阴阳怪气地说道："嘿，真是'真人不露相儿啊'，没想到你还真是个人物儿呢！"古全和不知道他这样说是什么意思，好像是自己掌握了他的什么机密，又要搞什么小动作。不过古全和并不害怕。古全和的性格儿有点儿像他爹，外表上绵软，骨子里刚强。在事情没有发生之前，他会小心谨慎，避免对自己不利的事情发生；而在事情不可避免或是已经发生的时候，他就什么也不怕了。

已是阳历三月，外面还是银色世界。古全和依然当着六年级一班的"炉长"。不过这会儿他已经是名副其实的"炉长"了：在他的周围形成一班"人马"：不少同学主动帮他往教室里运煤，照看炉子，清理炉渣和火炉周围的垃圾。

有些人自来熟，到了一个地方儿，转眼间就和周围的人成了朋友；但是如果他离开了，那就会和他来的时候一样，人们很快就会把他淡忘。而古全和不是这种人。他并不随和，凡事有主见、讲是非，不肯轻易赞成什么，或是反对什么，说某人好或是不好。他初到一个新环境，往往是人们议论审视的对象。他是那种需要人们慢慢了解、接受和信任的人。他与人相处，总是先注意别人的长处，然后渐渐地深入全面地了解对方，直到形成一个他认为比较实际的认识。一个学期的时间，同学们看见他好学、宽厚、直率、关心班上的事情，现在他的威信超过了班长耿立德。因为有古全和对比，同学们才意识到耿立德心眼儿太多，对人有失真诚，更重要的是他对人缺少善意。要是新学期班里改选班主席，古全和很可能取代耿立德。不过，古全和不想当学生头儿，他要念书，还要帮助父母做豆饼生意挣钱养家。1946年和1947年上半年，大豆大批量地从乡下往城市流动，而此刻在诸多乡下的财主抢购的货物中，豆饼算得上是一个大项，宋家屯镇黑狗大街因此而出现了一个豆饼市场。秀姑看准了这个机会，让丈夫扔下掌鞋的箱子，和她一起做起了买卖豆饼的生意，派古全和进城趸豆饼，她和丈夫在镇上摆摊儿卖，一时间他们家也"财源滚滚"。

宋德福的威胁，他并没放在心上，而当班主任牛老师通知他说，训导主任李殿芳老师找他谈话的时候，他猜不透是祸是福，心里多少有点儿发毛。在校生跳级虽然不是什么大错误，可也不是正大光明之举，如果古全和当时说明他是柳影路小学的学生，是那里的学生会副主席，那二里沟小学是不会给他插班考试并录取他的机会的。而假如跳级的是特长生，比如是区级甚至是市级体育竞赛项目的冠军，那还会有个校际关系的问题，接受学生的学校有"挖墙脚儿"之嫌。古全和在竞技方面没有特长，但是他作为柳影路小学校学生会副主席和下一届主席的选择对象而跳级到了二里沟小学，也不是一件无关紧要的事情，这也就是陈昌老师不让他去看望，以免影响两个学校关系的原因。这一点，古全和心里也明白。

古全和只在每周一次的周一的朝会上从远处看见过训导主任李殿芳，听过他的讲话。李老师是个细高挑儿，方圆脸儿，留中分头，头发墨一般地黑，戴黑边儿眼镜儿，衣着整洁，走路迈方步儿，表情冷峻，举止威严，目不斜视，更无笑容，出语缓慢而讲究抑扬顿挫，带有"满洲国"留下的"官料儿"的一切特征，透着本地某些政界人物特有的那种呆板、空洞、虚假、自负、装腔作势的风格儿，一举一动、一言一行，都好像是事先排练过的。他自视甚高，本想在"满洲国"里发达，可是"满洲国"没了！在前年秋天国民党军队到来之前兴起的那一股子"地下建军"风里，他心里也热乎过一阵子。遗憾的是肯追随他的人几乎都是学生，而且为数儿不多，对于当兵打仗也不热心，他费尽口舌才拉拢了11个人，仅够他去换一个班长当，而他对于"班长"这样一个小角色还看不上，最后就来到了二里沟小学当了教员，并且很快就参加了国民党，当上了管政治的训导主任，期望在"为党国效劳"的呼号声中飞黄腾达。不过老师们认为他只是个伪满洲国国高毕业生，没有专长，只会贩卖"三民主义"，不是个正经教师，心里没有他，不愿意接近他。然而对学生说来他却是个可怕的人物儿。有学生给他起了个吓人的外号，叫"李阎王"。实际上他也的确是个不可小觑的角色。他是二里沟小学的大拿，还可能是校长的接班人。老校长戴轩石是大清国末代举人，本市教育界的四朝元老，有类似马光复那样的经历，如今年事已高，只是个礼仪性的摆设儿，并不管学校里的具体事务。副校长暂缺，管理学校的就是训导主任李殿芳。去年秋天，市府当局倡导组织学生自治会，遗憾的是李殿芳老师政治认识跟不上，重视不够，抓得不紧，没有物色到得力的人才，勉强拼凑起来的二里沟的校学生会没有活动，名存实亡。在这件事上，他让柳影路小学的马光复校长抢了先。今年开学之初，市教育局下达文件，表彰了柳影路小学，并督促各校完善学生自治会，还责令各校组织"儿童法院"。李殿芳不想失去这个创造政绩的机会，立即开始物色人才，并且注意到了六年级一班的插班生古全和。他听说他去年期末考试名列全年级第一名，又听有人说他曾是柳影路小学的学生会副主席，觉得他是个可用之才。

"李老师，您找我？"古全和走到李殿芳的办公桌前，心里有点儿不安，先向他行了一个鞠躬礼，然后说道。

"你是从柳影路小学来的吧？"李殿芳开门见山。他嘟着嘴巴，板着面孔儿，两只并不近视的眼睛，透过没有度数的装饰性的所谓的水晶"养目镜"，直逼古全和。

古全和猜不透李殿芳的心思。听他说自己来自柳影路小学，断定自己的具体情况他肯定是知道了，反而觉得坦然了，便冷静地回答道："是的。"

"我们学校要改选学生自治会，还要建立儿童法院，我们想让你出来竞选学生自治会主席和儿童法院院长，你看怎么样？出山吧？"李殿芳面带笑容，而口气却是命令式的。

古全和问道："您说的'出山'是什么意思？"

"'出山'，就是出来参选学生会主席和儿童法院院长啊。"李殿芳难得一笑。

古全和不假思索地说："我是个插班生，来校的时间短，和同学们不熟，也没有这个能力，负不了这么大的责任，请您从老同学中物色合适的人吧。"

"从哪里选人、选谁，这是学校领导的事。你既然能当柳影路小学的学生会主席，为什么就不能当二里沟小学的学生会主席呢？"李殿芳的两只眼睛一眨不眨地死盯着古全和。

"李老师，我们家的生活很困难。我每天放学后都得进城，第二天一大早赶到铁道北油坊去趸豆饼，雇车运回家，交给我爹娘在市场上卖，然后我才能赶来上学。我哪有时间当学生会主席？您还是另选别人吧。"古全和恳切地说。

"如果这样，你就回柳影路小学吧。那里离你们家近，你可以更好地帮助你爹妈挣钱养家！"李殿芳冷冷地要挟说。这时古全和意识到人们为什么背地里叫他"李阎王"了。

古全和目不转睛地看着李殿芳，心里在想："若是我不干这个学生会主席，李阎王可能报复我，找个理由儿把我赶出二里沟小学"，便说道："学生会主席要经过全校学生选举……"

"那是我们的事。"李殿芳的面色由冷转暖，而且好像又笑了。

古全和去冬今春过的是"半学半商"的日子。他每天下午放学后，都要骑上道士借给他的破自行车，从二里沟这里进城，第二天一大早摸黑到铁道北油坊去趸豆饼，再雇大车运回宋家屯镇交给他爹娘在黑狗大街和兴隆大街的交叉路口上的豆饼市场上叫卖，他回到家里匆匆吃过早饭再赶到学校去上课。他实在无力当学生会主席。但是二里沟小学的校学生会主席和儿童法院院长，还是通过并不民主的民主选举产生了。古全和当选校学生自治会主席兼儿童法院院长，六年级三班的班长巫衍芳当选副主席兼儿童法院的副院长，另有学习、文娱和体育部长各一人，干事若干。但是古全和没有时间开展工作，学生自治会成立后，他只召开过两次会议，就不再管学生会的事情，心里有些犯嘀咕，担心李阎王对他不满，可是他发现李阎王在上报学生会选举结果后也没有再过问学生会的活动，古全和意识到，李阎王建立学生自治会是为了给他的上级领导看的，也并不想开展什么实际工作，心里也就踏实了。

让古全和感到高兴的是他因为当选校学生自治会主席而结识了山东老乡巫衍芳和巫衍梅姐妹二人。巫衍芳她爹巫承福和她的叔父巫承禄十几岁时从山东招远来本市学生意，后来有了自己的买卖"福禄粮油店"。巫衍芳她爹于 1944 年冬病故，她叔父就把她的堂姐巫衍梅母女和巫衍芳母女一起从山东老家接来本市。巫衍芳和巫衍梅在山东老家入学晚，在她们被接来本市的时候刚刚初小毕业，可是她们都已经是半大姑娘了，满口招远乡音，不好意思插班进城里的小学，和那些比她们小四五岁的孩子们在一个教室里念书。巫承禄考虑再三，想到郊区学校的大龄学生多，有人和她们做伴儿，就送她们到地处近郊的二里沟中心小学来念书，并给她们配备了自行车做交通工具。如今巫衍梅虚岁 18，巫衍芳和古全和同岁，虚岁儿也已 15 了。巫衍芳姐妹知道古全和是山东胶东人，又是老师和同学公认的好学生，对他很有好感。巫衍芳被选进校学生自治会之后，和古全和接触多了一些，彼此亲近了一层。

　　巫衍芳姊妹天天骑车上下学，经常和古全和同路。

　　一天，在放学回家的路上，巫家姐妹和古全和同行，巫衍芳问古全和说："你城里有家吗?"

　　"没有。"

　　"那是有亲戚?"

　　"也没有。"

　　"那你天天进城干啥?"

　　"趸豆饼。我晚上进城，第二天后半夜起来排队趸豆饼，天亮后雇车把几百块豆饼运回宋家屯镇，交给我爹娘在市上卖，我再来上学。"

　　巫衍芳沉默了一会儿又问道："那你晚上住在什么地方儿?"

　　"在油坊仓库。"

　　"冷吗?" 巫衍芳关切地说。

　　"有点儿，不过还行。"古全和随便说道。

　　一辆马车带着滚滚烟尘，风驰电掣地从他们身边飞过。

　　"生马!"古全和随口说道。

　　"什么叫生马?"巫衍梅笑着说，"难道马还有熟的吗?"

　　古全和给她讲了马车夫郭金城师傅驯服生马的故事。

　　古全和和巫衍芳姐妹俩放学回城的时候常常把放牧归来的牛群赶到一起。吃饱喝足的大小牛只，不讲交通规则，不慌不忙，漫街游荡。古全和骑着他那辆几乎天天都需要维修的破旧的日本宫田牌儿自行车，飞快地在车马、牛群和行人间游蛇般地自由穿梭。年轻好胜的巫衍芳姐妹紧跟其后，因为参与这种飞车冒险活动而感到兴奋不已，增强了她们对古全和的好感。

"你这样劳累，时间长了会生病的。"巫衍芳气喘吁吁地边蹬车边说道。

"习惯了，没事儿。"古全和笑着说。

巫衍芳看了古全和一眼。见他正奋力驱动着自行车飞快地前行，夕阳衬出他健壮的侧影，一派无所畏惧的姿态，全无痛苦和不快，心中感到有些鼓舞和激动。

巫衍梅听着妹妹和古全和断断续续的对话，不禁心有所动，别有用心笑着说道："让我这个好心的妹妹给你想个法子吧……"

"你瞎说些什么呀！"巫衍芳意识到她姐姐在取笑她，有些不好意思。

"'老乡见老乡，两眼泪汪汪嘛！'有难处就要互相帮助嘛。"巫衍梅笑嘻嘻地说。她早就意识到妹妹对古全和有好感，而且觉得大娘和妹妹和自己住在一起，虽然衣食无忧，一家和睦，毕竟不是长久之计。妹妹已满15周岁，眼见就到出嫁的年龄，书她最多能念到初中，也许高小毕业后就不再念了。如果她能看上一个自己喜欢的男孩子，那就再好不过了。她觉得古全和聪明，体面，又是老乡，对于妹妹的人生可能是个机会，妹妹能和他走在一起，也算是个不错的结果，就决定促成这件事，便说道："到我们家去住吧。我们家在铁道北工业区，离油坊很近，你来去都方便。"

"那怎么好啊！"古全和赶紧说，他感到很意外，"那就太麻烦你们啦！"

巫衍梅猛蹬两下儿自行车，赶到古全和身边，认真地说道："我们家房子多，睡觉的地方，写作业的地方都有。晚饭你就在我们家吃。你要是不好意思白吃，也可以交点儿饭钱。"

巫衍芳听姐姐这样说，忘形地说道："这是个好主意！"

巫衍梅听巫衍芳这样说，哈哈大笑。巫衍芳意识到姐姐在笑自己，觉得自己失言，怕落下话把儿让姐姐取笑，便板起面孔儿说道："你是姐姐，家里的事连俺叔叔婶婶都听你的，你说请古全和来家住，我能反对吗？"

"既然你不欢迎，那就算啦！"巫衍梅忍着笑，故意挑逗巫衍芳。

巫衍芳赶紧说道："你关心同学和老乡，我怎么好反对呢？"

巫衍梅哈哈大笑。

巫衍芳意识到自己再次上当，不好意思，猛蹬自行车，冲到前面去了。

巫衍芳家住的是铁道北闹市区的一座独立的中等规模的两层楼房。一层是福禄粮油店的门市、仓库、伙房以及店里几个伙计的宿舍；厨房、餐厅和客厅也在一层；卧室和客房都在二层。古全和被安排在东南拐角儿上的一间客房里，隔着马路，和对面的军官俱乐部相对。古全和每周两三天在这里吃晚饭和过夜。

巫衍芳的叔叔巫承禄沉默寡言。平时他们屋里屋外到处是女人的声音和气味儿。忽然有一个生气勃勃的大小伙子在家里出进，响起一个男孩子粗重响亮的声音，家里陡增许多阳刚之气。巫衍芳她娘和婶婶面对这样一个男孩子，心头更有一番感慨。她们曾多么盼望自己能有一个儿子、延续巫家的香火啊。巫衍芳她娘一见古全和就动了心。他是老乡，又是女儿的同学，人也体面，健壮，美中不足的是他是独生子，不能入赘巫家，而且他家太穷。

巫承禄是从穷小子走到粮油店大掌柜这个位置上的，他偏爱有出息的穷小子。关于巫家的未来，他也曾有所考虑，无非是给女儿招个养老女婿，借女儿的力量接续巫家的香烟。古全和的突然到来虽然也使他心有所动，可是他并不很热心，因为古全和没有三兄二弟，不可能入赘他家。不过他喜欢古全和，愿意成全孩子们帮助有难处的乡亲和同学的善举，不反对她们和古全和交往。

巫家姐妹下午放学后和古全和一同进城引起了一些同学的议论。个别痞里痞气的男学生背地里甚至说巫衍梅姊妹是古全和的"大婆小婆儿"，宋德福和吴家宝嚷得最欢。豁达的巫衍梅姐妹，对于同学们的指指点点不理不睬，巫衍芳甚至感到高兴。她喜欢和古全和亲近。而古全和却有些心虚，他确实喜欢巫衍芳。早在去年插班到本校以后不久他就听说巫衍芳姊妹是山东人。他发现巫衍梅举止豁达，颇有男子气概，并写得一笔好毛笔字。巫衍芳学习成绩出众，举止大方，言谈文雅，微微上吊的双眼，笑起来非常好看，整个儿的形象都让他觉得喜欢。他住进巫家后，巫衍芳曾悄悄地对他说："俺娘和俺婶婶都喜欢你。俺叔叔问俺：'念个大学要用多少钱？'看来他有意供你念大学。"

也许是由于巫家的三个大人思想开通，也许是由于他们过于偏爱男孩子，也许是由于他们觉得古全和还小，也许是他们想让自己的女儿们在学习上得到古全和的帮助，也许是他们还有别的打算，反正他们不像许多山东人那样限制自己家的女孩子和古全和交往，而是认可了两个女儿让古全和到自己家里借宿的承诺。

福禄粮油店的对面，是伪满洲国时本市最讲究的一个理发店"共荣理发店"。1946 年初夏，国民党军队占领了本市。他们借口"共荣理发店"的经理曾经当过相当于古家庄一带只管十几户居民的保甲长的伪班长，理发店以日本人为主要服务对象为由（不是事实，共荣理发店也为其他人服务），硬说他犯有"汉奸罪"，把他的"共荣理发店"定为敌产充公，然后把它改建成一处国民党军队的"军官俱乐部"。从那时起，这里的景象大变，也不再太平。每天晚上"军官俱乐部"都是舞女成群，鼓号齐鸣，天天闹到后半夜，有时通宵达旦。同时附近的暗娼也活跃起来。一个个可怜的妓女，像鬼魂儿一样，在十字路口儿附近的阴暗的角落里游荡，有的站在电线杆子旁边，有的躲在墙根儿下，有的猫在某个角落的阴影里。不久，这些军官和妓女就招来许多小贩儿，楼下原本清静的十字路口就变成了为军官们服务的闹市。每天掌灯过后，这里就到处是一盏盏发着咪咪的响声的瓦斯灯，空气中弥漫着浓重的瓦斯燃烧时散发出来的恶臭气味儿。卖香烟、花生、瓜子、糖果和各种点心，以及时鲜果品的货摊儿，摆满十字路口儿，叫卖的吆喝声不断，扰得四邻不安。巫承禄规定，巫衍梅姐妹每天放学后不得在外面逗留，必须按时直接回家，然后不再出门，每到夜晚还要挂好窗帘儿。即使如此，她们俩也曾不止一次地遭遇过那些醉醺醺的国民党军官和伤兵的骚扰。

虽然已经是春末夏初时节，屋子里依然冷飕飕的。他们曾要给古全和的房间生火，古全和谢绝了。而巫家姐妹，对于这样的室温，有些不习惯，她们的房间里依然燃着火炉，她们本来可以在自己温暖的房间里学习，可是却喜欢和古全和一起复习功课，说闲话，听他讲一些她们不知道的穷乡亲们的故事，只要古全和在，他们就来古全和的房间里来上自习。

古全和和巫家姐妹常常从窗帘儿的缝隙里朝对面俱乐部里张望。那是两个连通的大的房间。靠东面的一个房间里摆放着两张巨大的绿色的长方形的桌子，桌子的中央横向里支着一张长长的网子，每张桌子的两端都有人手持小拍子，把一个白色的小球儿打来打去，周围的人在喊叫着什么。靠西面的那个巨大的房间的一角有几个人在擂鼓吹号，咕咕嘎嘎的喇叭声震耳欲聋。屋子里面挤满穿戴时尚的男男女女，有的在吃喝，有的成双成对儿地抱在一起，不停地旋转。古全和和巫家姐妹都是第一次看见人们跳交谊舞，误以为那是下流活动，古全和还曾经用弹弓打过国民党军官俱乐部的玻璃。

巫承禄感觉到了侄女对古全和的好意，也看古全和是个聪明好学的孩子，有意出钱培养他成才。可是社会动荡日渐严重，八路军逼近本市的消息连续不断，物价天天飞涨，"东北九省流通券"越来越不值钱，粮食生意越来越难做，无心考虑侄女儿的终身大事。乡下有钱的人开始往市区流动，宋家屯镇的虚假繁荣不再，豆饼市场萎缩，古世才不再做豆饼生意，也不需要再进城住在巫家。

古全和只先后在巫家借住了五六个夜晚，到 1948 年三月中下旬解放军开始围困江城，二里沟中心小学放了长假，他就永远地离开了巫家，以后再也没有见过巫衍芳，而他对于她的怀念却持续了整整一生。他和许多女生擦肩而过，而她是他一生中唯一无保留地爱过的一个女生。

117

在姜承仁离开小红楼后不久的一天傍晚，有人敲古世才家的门。古世才打开门，见站在门前的是杨大琢磨和他家的长工老梁，他们的身后是一辆胶皮轱辘儿平板大马车，车上装着花花绿绿的日本大倭瓜，便笑着说："哦，是杨掌柜和老梁兄弟啊，快请进。"

梁永财笑笑说："我在外面看着车。辕马不大老实。"

"这是？"杨大琢磨指指秀姑问道。

"这是俺孩子他娘。"

"啊，是弟妹！你好你好！"杨大琢磨热情地招呼道，然后又对古世才说，"咱们弟兄们多年不见了。……听说'满洲国'那会儿，是你们拼上命，搭上家里所有的积蓄，指点凤山兄弟逃脱了日本人的追捕，救了他一命，成全了他们一家，你真仁义啊！很了不起！"杨大琢磨激动地说着，以亲切的目光注视着古世才和秀姑。寒暄过后，杨大琢磨就跨进大门，走进一层原先姜医生的诊室，现在古世才家的餐厅兼客厅，坐到古世才指给他的一张方凳儿上。杨大琢磨始终面带微笑，随便扫视了一遍屋里的简单陈设，显得很亲热，像是好朋友久别重逢。

"山东庄这里的乡亲们都好吧？"

"嗨，瞎混吧，有口饭吃就是了。"古世才说。

"平安就是福啊。民以食为天，有饭吃就好。"杨大琢磨连声说。

古世才不是那种一两句好话就能哄动的人。他想，杨大琢磨是个无利不起早的人，不会无缘无故地来看望他这个穷光蛋，准是有求于他。

"杨掌柜是来办事，还是走亲戚？"古世才随便问道。

"也走亲戚也办事，"杨大琢磨说，"来看看老弟兄们，这不就是走亲戚吗？你记得吧，我老家也是山东啊（古世才记得杨大琢磨曾经说他老家是河北芦台）。"停了停又说："几年不见了，想念大家了，去年的瓜菜长得不赖，我特地带来了一些日本倭瓜，让大家尝尝。日本人人性不好，可是他们的倭瓜不错，连皮儿都能吃，面儿大，又香又甜，当菜当饭都行。"

古世才说："我代表乡亲们谢谢杨东家。"

秀姑把茶水送到杨大琢磨的面前。杨大琢磨赶忙接过，并表示谢意。然后又说：

"丫蛋儿大了，嚷嚷着还要念书。炮手屯那疙瘩太闭塞，学校也办得不好。我打算搬进城里来住，送丫蛋儿进这里的学校念书。我呢，也想到镇上来开个铺子，做点儿生意。"杨大琢磨显得很诚恳，像是在不经意地说一件平常的事。

古世才看着杨大琢磨，点点头儿，表示他在认真地听他说话。乡下的财主进城开买卖，或是城里的买卖人发了财再到乡下买地当财主，这是常有的事。古家庄附近的几个村庄有好几家财主在青岛、长春、天津和哈尔滨有买卖。但是事情出在杨大琢磨身上，古世才就不能不琢磨了。他怎么突然想到进城呢？为什么早不进城来做买卖呢？他真的那么关心他侄女儿的学习吗？古世才认为他说的都是假话。

古世才的怀疑不错。杨大琢磨是从他在共产党里干事儿的表弟姜承仁的弟弟姜承礼那里得到消息，说江北实行了土地改革，财主的土地和浮财都分了，地主一个个给斗得死去活来。可是共产党保护工商业，财主在城里的商号、房产和浮财都受保护。他还说，看来国民党军队是不行了，江城早晚也得落到共产党的手里，劝他赶紧把土地折腾掉，把财产转移到城里。杨大琢磨翻来覆去地"琢磨"了他二表弟给他透过来的这个重要的消息。他不愿意相信世道会大变，共产党会得势，舍不得卖掉土地，但是也想，好汉不吃眼前亏，担心真的打过来，就决定把家里的浮财转移进城里，在工商业方面插一脚，给自己弄个人身和财产"保险"，再等待时机，返回老家，继续当他的财主。

"姜医生他们好吗？"古世才问道。

"哦，好，很好！"杨大琢磨赶紧说。他觉得自己在这件事上有些失礼，按说他应该先就古世才帮助他大表弟姜承仁修建小红楼儿又帮助他看管房子的事对古世才表示感谢，从这个话题入手，提出自己想在城里置产的意思，因为一时疏忽叫古世才抢了先，就略带歉意地说道，"他们能在这里办起个医院，全靠老弟你帮忙，我真是太谢谢老弟啦！"

"不值一提，你太客气了。"古世才说。

"我想在这儿买栋房子，老弟能帮忙吗？"

古世才猜想，这可能是杨大琢磨真正的来意，便说道："我可以帮你打听打听。"

"丫蛋儿这个孩子任性，急着要进城来念书，闹得我心里很烦。她爹妈不在了，我有什么办法儿？这件事越快越好。最好前面能有个门脸儿，后面带个院落。价钱你和卖主商量。老哥不会亏待你。"杨大琢磨说得很诚恳。

"带门脸儿的房子，在这一带，怕是不好找。"古世才思忖着说。

"价钱好说，你看着办。"杨大琢磨说着就站起来。

"过两天你来听信儿吧。"古世才说着也站起来。

　　山东庄很多人都知道世界上有个杨大琢磨，不过对他的看法并不好，因为在伪满洲国的时候，他让山东庄的爷们儿吃过不少亏，先后截走乡亲们的粮食上万斤，人们还怀疑当年在贩粮食时被抓走的那些劳工和他有关系。听说杨大琢磨到山东庄来找古世才，都感到奇怪。他有什么要紧的事要从大老远的炮手屯赶到镇上来呢？富人爱记仇，有谁得罪了他们，为了复仇，他们不惜把穷人赶尽杀绝。而穷人爱记恩，容易受骗，几句好话或是点滴恩惠就能让他们把过去的一切忘得干干净净。财主们能剥削压迫穷人几千年，这也是一个重要原因。所谓"滴水之恩当涌泉相报"，讲的实际上是穷人的恩怨观。倭瓜在乡下是人吃的东西，也是喂猪的东西，不值钱，一车倭瓜换不到十块钱。但是礼轻人情重，山东庄上的老老少少，特别是女人们，看着杨大琢磨送来的这一车老大老大的花花绿绿的倭瓜，还是心怀感激。"杀人不过头点地"，杨大琢磨作恶的事情毕竟是过去了，何况有关劳工的事只是大家的一个猜测呢。许多人都觉得，一个财主，能这样对待自己，就不错了。

　　如今的局势是：乡下的财主往镇上跑，镇上的财主往城里跑，城里的财主往关里跑。三个大杂院儿的房东都住在城里，有的正在准备往关里转移，有意卖房变现。杨大琢磨买房的事，很快就办妥了。古世才不想从中获利，更不想遭杨大琢磨误解，就介绍买卖双方当面议价。杨大琢磨买了大杂院中院的那一排房子。杨大琢磨喜欢的是北院儿，可是王凤池先生的"凤池药房"就开在北院临黑狗大街的门市房上，杨大琢磨就买了中院儿，中院儿那排房子，南北两头儿各有一个拐把儿。南面临黑狗大街的那个拐把儿是一套三间，可以做生意。眼下那里是个杂货油盐店。杨大琢磨说，他愿意以优惠条件入股，资金短缺的店主强玉昆表示他愿意考虑。北面临后街的那个拐把儿的三间，杨大琢磨自己住了。中间部分仍由原来的住户租用，租金不变。办过过户手续之后，杨大琢磨送给古世才半爿猪肉和50元钱做谢礼，古世才死活不收。

　　房子的过户手续刚刚办妥，杨大琢磨就派人来整修房屋。首先用铁门更换了中院儿的大门，同时还更换了杨大琢磨家临北街的门窗，然后就日夜在屋里倒腾，谁也不知道他们在里面干什么。刘书成跟踪关注杨大琢磨家的装修活动，发现他们把装修挖出来的黑土，趁着黑夜运到五里多路以外的野地里。半个月后，杨大琢磨全家就住进了大杂院儿。他的侄女儿丫蛋儿也来了。她剪着一头短发，几年不见，已经长成大姑娘了。

杨大琢磨搬家的一辆辆大车，总是夜里来。他们搬来了一些什么，只有刘书成一个人知道。他以前和杨大琢磨没有打过交道，但是对杨大琢磨的到来非常注意。他常常在夜里靠到杨大琢磨正在整修的房屋的北墙下窃听里面的动静儿，肯定他们是在挖地洞藏东西。他相信他们是逃八路的，猜想乡下现在离城五十里的白龙镇一带那里已经不太平了。

118

杨大琢磨搬来山东庄不久，他连襟苗遇春一家四口儿也搬来了。他买的是大杂院儿的南院儿。他家里有一个在念初中的男学生，叫苗得雨，一个女孩儿小名儿叫二丫儿。苗遇春想把儿子送进关里去念书，可是他的财力不够，只能把他送进城里的一所中学，让女儿在柳影路小学念三年级。

杨雅范来到山东庄以后，最想见的就是她当年在她家牲口棚里见过的那个小崽儿。他给她的印象很深刻。她做梦也没想到，会有那么小的小孩儿，在大冬天，跑那么远的路，到远离城市的乡下去背粮，她感到那是不可理解，难以想象的。当时她曾吃惊地看着灯影儿里的那个古全和，感到他非常可怜，就不假思索地白给了他一个大饼子。她曾经想过他可能没有爹娘，如果有，那他的爹娘的心也一定是特别狠。在她的记忆里，古全和是一个脸上没有表情、一句话都不说的木木的小男孩儿。前些日子，她听她大爷说，他们进城将和那个小崽儿家做邻居。她恨不得立刻就见到他，看看他现在是个什么模样儿，他的爹妈都是些什么人。在他们搬来山东庄的第二天早饭后，她就一个人出了院门，直奔小红楼。小红楼的门开着，从外面就能看见通往楼上的坡度很大的木楼梯。

"谁在屋啊？"杨雅范大模大样儿地站在小红楼的门口叫道。她和许多富人家孩子一样，天生不惧怕和穷人打交道。

"闺女你找谁？"秀姑应声走出来，打量着杨雅范问道。

"古全和在家吗？"

秀姑问道："你是他的同学吧？"没等杨雅范回答就对楼上叫道，"有人找。"

古全和听见有人找他，就从楼上下来了。

杨雅范惊讶地看着从楼梯上跑下来，站在自己面前的一个细高细高的男生，不相信他就是当年在她家马棚里灯影儿下的那个"小崽儿"。他已经长成了一个高大的男子汉了。她兴奋地从头到脚反复地打量着面前的这个快乐自信的年轻人，脱口问道："你，你就是那个，那个'小崽儿'吗?!"

古全和愣怔片刻，忽然想起素桂对他说的杨大琢磨有个爹娘都死的侄女儿叫"丫蛋儿"，便脱口叫道："你是杨东家的丫蛋儿吧?! 我听说你来啦，请你原谅，我不知道你的大号，那会儿我素桂姐姐告诉我说，你叫'丫蛋儿'。"

杨雅范笑得前仰后合。除了她大爷和大娘，以及很亲近的长辈，现在已经没有人叫她的小名儿了。可是她喜欢古全和这样叫她，忙说："对！我就是丫蛋儿！大号杨雅范！"

"你都长成大人啦!"古全和说着也笑起来，"还没出阁吧?"

"去你的吧！怎么一见面就瞎说啊!"杨雅范有些不好意思。

童年朋友，不计穷富，不论尊卑，没有隔阂，即使曾只是一面之识，甚至当年彼此相处得并不融洽，再度相逢，也会倍感亲切。而且，学生就是学生，他们的思想、心情和目光，都是单纯的，坦然的，善意的。

古全和那对透着深沉、自信、坦然和专注的眼睛，凝视着杨雅范，而她也在聚精会神地打量着古全和，搜索着新的印象。她觉得古全和跟她乡下的那些男女同学不一样。他显得比他的年龄大，更像个大人。"难怪大爷老在夸奖他有出息，现在是二里沟小学的学生会主席呢。"杨雅范是以少女的眼睛来欣赏面前的这个身材还显得有些单薄的小伙子。她来见古全和原本是出于好奇，想以大人的身份来看看当年那个让她感到吃惊的"小崽儿"如今长成什么样儿了。而此刻她却觉得古全和比她更懂事，更成熟，至少可以和她平等交往。

"请进来坐吧!"古全和说。

秀姑见杨雅范长得俊秀，大方，壮实，看着儿子和她说得那么热乎儿，又想到了她儿媳妇儿的事。从古全和长到14岁的时候起，秀姑看见哪个长得有模样儿的正派的女孩子都会联想到她儿子的亲事。听儿子往家里让客人，赶紧闪到一旁，给杨雅范让路。

古全和把杨雅范带到楼上，秀姑也跟着上了楼。

杨雅范走到南窗下古全和的写字台前，见上面整齐地摆放着课本儿、笔墨砚台和一张字迹没干的大字，知道古全和现在还在学习，心情有些感动，便问道："这是你写的大字？"

"写得不好。"古全和说。

"这会儿你还在念书呀？"杨雅范说。

"要是不经常看看这些课本儿，时间长了，就生了，忘了。"

杨雅范看着古全和的写字台，很久没有说话。她知道古全和是个爱学习的人。

"你该初中毕业了吧？"古全和说。

听古全和这样说，杨雅范的脸立刻挂搭下来，笑容也消逝了，满脸的不愉快，有些伤心地说道："我高小毕业后只念了不到一年的初中，俺大娘就不让念了。她总唠叨说，女孩子念书白搭钱，没什么用处。"

"还说'女孩子是赔钱货'……"古全和接着说。

"你说什么呀，难听死啦！"杨雅范做出厌恶的表情，"嗳，我问你，你们学校好吗？我们那里的学校忒差劲，我想再念一年高二，然后……"

"好！很好！它原先是俄国人的子弟学校，比柳影路小学大得多，校舍高大结实漂亮，光校舍的地基就有半层楼那么高，跨七八个台阶儿才能走进教学楼。教室的窗户很大，窗台很宽，有单人床那么宽，上面能睡觉。夏天满园都是玫瑰花，阴雨天儿，香气沁人。"

杨雅范笑了。她欣赏古全和的口才，和当年那个木木的"小崽儿"判若两人。

"站着干什么？坐吧。"秀姑对杨雅范的印象不错。她不喜欢娇里娇气的姑娘。她是用儿媳妇的标准衡量面前的杨雅范的。

"等你们安排下来，我带你去二里沟小学看看。"古全和说。

"再说吧，得和俺大爷商量商量，我大妈未必会同意。见到你很高兴，以后再来找你玩儿，我得回去啦！"杨雅范站起来要走。

"再坐会儿吧。"秀姑撂下手里的活计挽留道。

"不啦，大妈。改日再来看望你老。"杨雅范说着噔噔地跑下楼去了。

秀姑目送杨雅范跨过门前的马路，朝对面跑去。

"你听，她叫俺'你老'！多会说话儿啊！她要是个山东人该有多好!"秀姑说。

"你知道她是谁吗?"古全和笑着说。

秀姑看着儿子傻笑,迟迟疑疑地说道:"她不是你的同学吗?"她不认识杨雅范。

古全和皱起眉头有些不满地说:"娘,你现在心里只有儿媳妇儿,逮着谁算谁,只要是个女的就行,这多叫人难为情啊……"

"也不是,"秀姑说,"结过婚的俺就不要!"

古全和说:"生过孩子的您要不要?"

秀姑装出生气样子说:"净胡说八道!"

119

近半年来,宋家屯镇的局面多变,先是大豆成灾①,弄得本镇到处是大豆,以至于大豆的价钱落到劈柴价儿以下,一斤黄豆几分钱,一斤豆油几毛钱。一向把粮食当成命根子的老百姓不得不忍受着因为糟蹋粮食而可能会遭受天谴的那种深重的犯罪感,把大豆当柴烧。然后是乡下的财主们进城来抢购布匹、日用品、药品等工业品,引出了数以百计的小商贩,在东西向的黑狗大街和南北向的兴隆大街交叉的十字路口一带,造出了一个熙熙攘攘的大市场。秋末冬初,更在黑狗大街紧南头儿靠近城边子的地方儿,冒出了一座能容几百人的简陋的戏园子。日本人没盖成电影院,中国人却盖起了戏院。人们感到新鲜,骄傲,兴奋,觉得宋家屯镇上升了一个等次,更具城区模样儿。甚至从河北省请来一个以扮演包公出名的女艺人张雅仙带领的评剧班子。他们在这里唱了几个月,什么戏都唱,《铡美案》呐,《乌盆告状》呐,《大劈棺》呐,《铁公鸡》呐……戏码儿不下几十个。演出《天河配》时,让真牛上台,演出《千里送京娘》时,有真马上台,轰动一时,镇上的人很热闹了一阵子。遗憾的是好景不长,进入春末,本镇突然转入萧条,紧接着,热闹一时的市场消失了,黑狗大街上的戏园子,突然倒闭了。简陋戏园子的建筑还在,但是张雅仙老板不在

---

① 编者注:东北大豆以出口日本为主,日本败退出东北后,销路堪忧,导致大豆成灾。

　　了。她原本以为本镇会有她更多的观众，可是事情并不像她所希望的那样。在她带着人马离开宋家屯镇之后不久，这里就涌起了财主们往城里搬家的热潮。好像富人天生怕共产党，远近郊区的有钱人，潮水般地涌进宋家屯镇，短短的半个月，镇上的人口就增加了一倍，据说当时人口已近三万了。

　　江城周围县乡村镇的财主们带到宋家屯镇来的骡马大车和爬犁到处都是，比往年的此刻不只多上十倍。所有的大街小巷都挤得满满的。往年是只有新年前后才有类似的景象。那是些乡下的财主们进城来走亲戚拜年的，是欢天喜地地来，高高兴兴地回。今年不同，他们个个脸上透着愤怒、仇恨、愁闷、苦恼、心神不定的神色，哭哭啼啼的也不在少数。往年财主们到城里拜过亲朋好友，最多是住上一两天、三五天，就回去了，而今年他们来了就住在城里不走了。那些大车、爬犁和牲口也和它们的主人一起留在了镇上。镇上虽然有一些大车店，可是怎么能容得下这么多的车马呢？数以千计的牛驴骡马，只能在露天地儿里喂养过夜。镇上到处是拴在大车和爬犁上的牲口，喂牲口用的草包子、料袋子和牲口槽子。牲口粪的臊臭气息弥漫全镇。这些牲口粪，往年是宝贝，能够换大钱，而如今却无人问津。这些来自乡下的富人们时刻盼望着回家，可是他们知道，家眼下是回不得了，那里已经被八路占领了。

　　宋家屯镇满街都是闲人，房价和房租一日三涨。

　　有失意的，就有得意的，最得意的可能就包括杨大琢磨。他又"琢磨"对了。他先走了一步，在宋家屯镇安了家，还运来了金银财宝和粮食，入股开了店，吃住不愁，安全有保证，心里踏实。别人看着粮价飞涨心慌，而在他看来，这是他暴富的机会，恨不得粮价不断翻番。

　　财主们拉家带口跑到镇上来，都是逃避八路的。他们的行动告诉镇上的人们，八路军正在朝本市靠过来，而且好像已经离这里不远了，时局就要发生变化。

　　一场春雪过后，天气骤然变冷。财主们从乡下带来的牲口草料吃光了，周围的道路都被八路封锁了，没有地方弄到草料。会算计的财主们开始忍痛宰杀牲口。数以千计的牛驴骡马一匹匹、一头头被杀掉。骡马牛驴肉大量上市。肉价猛然下降，直落到和大米白面的价钱差不多，甚至更贱，能吃上饭的人家儿，锅里常常炖着牛驴骡马肉。菜市场大街两旁出现了数十个食品摊儿，专门制作和叫卖一种空前绝后、独一无二的薄皮大馅儿的厚厚的肉饼。师傅们把豆油当水用，把牛马驴骡肉当蔬菜用。那肉饼的皮儿薄得透亮儿，而肉却多得出奇。师傅们做肉饼不是像往常那样用锅煎，而是用温油轻炸。镇上日夜飘荡着浓烈的肉香味儿。数以千计的骡马牛驴，就这样一匹匹、一头头地都被赶进人们的嘴巴，穿过人们的消化道，变成粪土，回到大自然。山东庄的老人们嘴里咀嚼着香喷喷的几乎是白捡的牛驴骡马肉和肉饼，而心里却在发愁。他们在想，牲口都杀光了，以后怎样种地？种不上地吃什么！

失去了土地和财产的财主们无时无刻不在咬牙切齿地咒骂"共匪"，日日夜夜祷告上天保佑"国军"消灭"共匪"，让他们快快重返幸福家园。而穷人们却期待着社会能够变一变，让自己也有一个喘息的机会。可是到底明天是阴是晴，是福是祸，谁也说不清楚。人们怀着不同的期待朝前张望。可是他们都看到了什么呢？

120

宋家屯镇沟子南的高地，面积不过半个平方公里，可是上面驻扎着上万的国民党军队，天天在抓民工赶修防御工事。沟子南的人不够用，就跑到沟子北面来抓。

江城的包围圈儿在一天天缩小，保安旅的防线在节节后移。听说宋家屯镇西、东、北一二十里路的范围内都有八路军在活动，保安旅抢粮的活动已经被迫停止，连大白天他们也不敢到沟子北边来活动。

今天傍晚，一支保安旅的队伍忽然开到沟子北，黑狗大街一带到处都是他们的人。本地的保安旅穿的是黄军装，而他们穿的是半新的灰军装，操山东口音，听说是从胶东开过来的，番号是保安 17 旅。说是一个旅，实际只有五六百人，旅长竟是都鸿勋！古世才早就听说，抗战胜利后，山东老家一带的汉奸队和土匪游击队，都被中央政府收编了，都鸿勋的队伍也被改编成中央军，可是他不相信，认为中央政府不会收编那些认贼作父的汉奸队，而都鸿勋竟真是成了国民党军队，而且也来打八路了，这让古世才更加看不起国民党军队。

保安 17 旅的一个营被派驻在黑狗大街一带，他们的工事也修到黑狗大街北面庄稼地的边上，看来他们是要和八路军对阵。

山东庄驻扎着 17 旅的一个连，古世才原先住过的大杂院儿涌进去一个班，就住在萧耀庭家，他家里屋外屋都是兵，连卧室的地上也睡着四五个。他们放下背包就抽烟，不一会儿屋里就烟雾腾腾了。

一个留着分头的小个子笑眯眯地说道："班长啊，你何必和俺们一起在地上滚呢，这家的男人不在，炕上有地方儿，挤一挤还能睡一两个人，你就睡到炕上去吧。"

那个被称为班长的人没有说话。坐在他身边的一个有点儿年纪的士兵训斥留着分头的小个子说："你快别胡咧咧啦，你缺德不缺德，人人都有父母姐妹！"

萧耀庭媳妇儿今年 18 岁，小名儿叫粉儿，山东庄的长辈们都这样叫她，或是叫她"屎腚他娘"。她的儿子"屎腚"刚满周岁。粉儿猜想那个有点儿年纪的士兵可能就是班长。虽说他没有同意那个小个子的坏主意，可是她想，即使班长是个好人，也难保别人不会干坏事。

后来粉儿发现有点儿年纪的那个人不是班长，而被称为班长的那个人笑笑自我介绍说："俺姓贾，是这个班的班长，听口音咱们是老乡啊。能在这里见到老乡，真不容易啊。"

粉儿胆怯地问道："你们是哪里的人呀？"

班长说："多数儿是山东平度人。听口音大妹子好像是潍县人。"

粉儿说道："就算是吧。俺是寒亭人。"

贾班长说："离俺家不远，俺是浑河人，离你们那里步行是一天的路程。"他越说越近乎儿，"从俺家到潍县就经过你们寒亭。俺去过寒亭。你家都有什么人儿？你掌柜的呢？"

"进城了。"

"他什么时候回来？"

贾班长问她丈夫什么时候回来，粉儿的心忽然狂跳不止，想到丈夫进城做工要到明天才能回来，家中只有她和一个刚满周岁的儿子，身边却睡着五六个兵，心里很害怕。她没有回答贾班长的问话，借故说孩子有病，抱上孩子来到隔壁的凤池药房，对王凤池先生诉说了她的担心。王先生在伪满洲国是这里的班长，现在还是这里的头面人物儿，不过改叫甲长了。

他为粉儿的事着急，可是他面对保安旅无法无天的行动无能为力，就安排粉儿呆在他的家里，悄悄地去找古世才和刘书成。古世才不在家，他就去找了刘书成。

刘书成已经想到了这件事，立刻打发广聚媳妇儿悄悄地把孙孝友、狗儿他娘、秀姑和黄自成等一些山东庄有头有脸儿的人请到自己家里来商量这件事。

人差不多齐了，刘书成心情沉重地说道："南屋屎腚他爹萧耀庭进城了，今天回不来。他家住进一个班的队伍，屋里屋外的地上住的全士兵。屎腚他娘太年轻，又带着个吃奶的孩子，叫人不放心，要是出点儿乱子，咱们做长辈的对不住他们一家，得想法子保护好屎腚他们娘儿俩。照说这些兵原本都是庄稼人，又是咱们的山东老乡，不该有什么越轨的举动。可是人一穿上军装就不一样了。打了胜仗的兵要脸，好侍候，犒劳犒劳就行了，而打了败仗的兵，常常是抢男霸女无所不为。人一当了兵，就贱了，坏了！咱们得想个法子，保护耀庭家人财不失。"

到场的人都同意刘书成的意思，都说应该保护好萧耀庭的媳妇儿和孩子。可是该怎么办呢？大家一时想不出一个妥善的办法。

"叫屎腚他娘儿俩到俺家来住。"道士他娘爽快地说。

"那他家的东西呢？"狗儿他娘说。

"倒也是。'穷家值万贯。'"道士他娘说，"那就连人带东西都搬出来算啦！"

她的话把大家逗笑了。

刘书成瓮声瓮气儿地说道："得给那些当兵的留个面子。连人带东西都弄出来，那不就明明是把他们当贼防了吗？他们可是惹不起呀。这都是些败兵，正不知道朝谁发火呢。要是和他们抓破了脸，他们会连人带东西都祸害。"

"这就难了！"道士他娘有些着急。

虽然大家都知道萧耀庭明天才能回来，可是还是希望他今天能回来。而天渐渐地黑下来了，并不见萧耀庭的人影儿，还是得大家想办法儿保护"屎腚"娘儿俩。

"我有一个主意，看行不行。"苟志兰说。她知道自己在这群山东人眼里的地位，知道大家对她不看好。今天刘书成请她来商量对付保安旅的事，她受宠若惊，很想贡献点儿有用处的意见。"这些当兵的没见过萧耀庭，咱们能不能派个大男孩子冒充萧耀庭去陪伴萧耀庭他媳妇儿？"

"那怎么行啊！亏你想出这么个好主意！"道士他娘连想都没想就嚷了起来。

狗儿他娘说："这也不失为一种办法儿。"

道士他娘说："往哪里找合适的人呀。"

"合适的人倒是有一个。"刘书成不动声色地说道。

"大哥说说看？"狗儿他娘说。

"世才大哥家的根儿。"刘书成肯定地说。

"瞧你说的，根儿都是个一把摸不着的大汉子啦！说话都仓了声！屎腚他娘今年才18，两个孩子在一个被窝儿里……"道士他娘的话没说完就哈哈大笑起来。

"俺看行，"孙孝友不同意老伴儿的话，"论个头儿，根儿都像个大人，可是他心里还是个孩子。叫他去陪伴屎腚他娘俺放心。"

狗儿他娘表示同意孙孝友的意见。

这时，迟到的古世才夫妇进来了。

刘书成对他们述说了大家的议论，征求他们的意见。

古世才对秀姑说："你看呢？"

秀姑担心根儿这样做有风险，可是想到粉儿的安全，就说道："只要对'屎腚'娘儿俩好就按大家的意思办。俺觉得这件事还得和耀庭媳妇商量商量。"

刘书成说："那就这么办。古大哥先跟根儿谈谈，让他有个准备。"

狗儿他娘说："万一那些东西撒野胡来怎么办？"

刘书成说道："应当想到这一层。今天夜里我在耀庭家北窗外放哨。一旦有事，我就敲锣报警，咱们大杂院人的人齐集耀庭家去和他们大闹，把'屎腚'他们娘儿俩接出来。"

掌灯以后，古全和就按着大人们商定的办法儿，冒充萧耀庭，大模大样儿地"回到"了萧耀庭的家中。屋里点的是洋油灯，灯光闪闪，朦朦胧胧。

萧耀庭媳妇儿按照大人们嘱咐的办法儿问道："你回来啦？"

古全和没说话，只是按照大人们的嘱咐，点点头儿。

"吃过饭了吗？"

古全和再点点头儿，还是不说话。

"劳累了一天啦，那就歇着吧。"

事先准备好的对话表演完了，古全和就钻进了被窝。像许多缺铺少盖的穷苦人家的睡法儿一样，古全和和萧耀庭媳妇儿打通腿儿，就是两个人睡一个被窝儿，被窝儿的两头儿一头儿一个。这样睡，省被子，又能互相取暖。萧耀庭媳妇儿和儿子屁腚朝炕里睡，古全和朝炕外睡。

古全和一夜没醒。第二天天不亮，宋家屯镇西北方向响起一阵激烈的枪炮声，保安17旅接到开拔的紧急命令，等古全和醒来的时候，他们已经集合队伍出发了。丢下的是满地的谷草。据说他们的任务是到本镇近郊一些屯子"征集"粮食。所谓"征集"就是抢劫。而他们的先头部队一出宋家屯镇就遭遇八路军的阻击。听说双方的激战发生在潘家油坊一带，保安旅被八路军重兵包围，激战三个小时，17旅的几百人全军覆灭，旅长都鸿勋被打死。有败兵说，都鸿勋是在溃逃中被一颗60炮弹击中头部毙命的。他的半个头和右臂被炸飞，他的副官都本初抢走的是他不完全的遗体。都鸿勋的部队死的死，逃的逃了，大部分被俘，没有几个人回到沟子东，国民党防务当局不把都鸿勋的遗体当回事儿。都本初想把都鸿勋的遗体带回山东老家安葬。但是他的上司顾不上这件事。后来听说，当年和国民党保安17旅遭遇的八路军是都鸿勋的二儿子都本雄所率的一个旅，他们的任务是最后封死江城包围圈儿，偏巧和国民党保安17旅遭遇。

都鸿勋多年来一直在到处打听都本雄的下落，不幸，神差鬼使，父子二人在战场上刀兵相见。古世才得知这个消息，很有感触，不禁想到了人们常说的那句老话："善有善报，恶有恶报。不是不报，时候不到；时候到了，一切都报。"他并不同情把他一家弄得家破人亡的都鸿勋的可悲的下场，不过鸿勋偏巧死在他亲生儿子的手里，还死得太惨，心里觉得不是个滋味儿。可是，有什么办法呢？这也是他自作自受！他想，即使不是这样，都鸿勋也没有好下场。他在山东有很多命案和罪行，即使他侥幸活下来，老百姓也轻饶不了他。

121

从八路军包围圈儿外面传来消息说，八路军已经近在眼前，在宋家屯镇的东西北三面，都出现了八路军，而保安旅在保安 17 旅遭八路军围歼之后，八路军就再无动静儿，好像无意进占宋家屯镇。保安 16 旅等部，一直龟缩在沟子南临时建成的简易工事里，不敢再过古老的河道，而只是不时朝北面打冷枪冷炮，袭击的对象不是他们看不见、打不着的八路军，而是出现在马路上的任何人。在许多无辜百姓遭冷枪冷炮袭击身亡后，宋家屯镇所有南北向的街道上都很少见到有行人走动，偶尔有人过街，也多是匆匆跑过，有些谨慎的人，干脆贴着地面儿爬来爬去。

保安旅自己给养不足，可是还在到处抓兵。身高已过五尺的古全和，曾先后被抓放过三次。近来二里沟区中心小学六年级的几个班里，突然多了一些身材高大、胡子拉碴的男生。古全和听说，他们都是本校前几年的高小毕业生，他们重新返校复读是为了躲避抓兵。政府有规定，不得到学校里抓兵。

1948 年 4 月初的一天，二里沟区政府借二里沟区中心小学的小礼堂召开全区的"募兵"宣传动员大会。只容纳四百多人的礼堂，挤进了五百多人，他们成纵队一行行地挤站在高高的小舞台前，所有的人都必须站得笔直，而且无法随意挪动。古全和感到心里紧张，担心他们"募兵"的对象就是高年级的男生，而他并不想加入国民党军队。山东庄的人，除开杨雅范她大爷外，没有一个大人说国民党军队好。他担心区政府的人和募兵工作队有勾结，阴谋变相抓兵，因为在场的都是高年级的同学，而且李殿芳老师平时一再号召高年级同学投笔从戎，戡乱建国，也有高年级的同学报名参加国民党军队离开了学校。

在小礼堂舞台上就位的有本区的官员和本校校长戴轩石，以及训导主任李殿芳。参加大会的还有市和区的募兵办公室的工作人员。他们就围站在师生们的周围。

大会由二里沟区区长冷云主持。东道主、本校校长戴轩石首先应邀讲话。李殿芳搀扶着颤颤巍巍的戴校长登上设在小舞台上的主席台。政客的腔调儿就好比是女人的时装，与时俱变。戴校长自然要用国民党称兄道弟的那种假平等的腔调儿讲话。他喘息了一小会儿以后，就嘶哑地嚷道："兄弟，我，戴轩石，热烈拥护政府……"

他想说拥护"募兵"和"戡乱建国"之类的话。但是这时礼堂外面起了骚动。人们的声音里透着惊恐，轰然议论说，好像听见了炮声，而且说炮声是从飞机场的那个方向传来的。有人说不是炮声，是雷声。接着就有人反驳说，现在是阳历四月初，这个时候江城这里不可能有雷声。大家争执不休，无法再专心听戴校长的高论，都在等待着事情的发展，想听清楚到底是什么声音。

戴校长的讲话被不明的声音打断，他习惯地张开不大管事的眼睛朝外面张望，也想弄清楚发生了什么事情。

隆隆声消逝了，李殿芳老师说请戴校长继续讲话。戴校长从头儿念讲稿儿说："兄弟，我，戴轩石……"

隆隆声又响起，而且连续不断，确实来自飞机场的方向，而且肯定是八路军的炮声，一个判断在许多人的心头闪过：八路军进攻江城的战争开始了。人们感觉突然，市里的广播电台和报纸事先都没有透露过八路军进攻江城的消息。

"隆隆声"时高时低，清晰可辨，几年来的几次战争都是从飞机场打起。有人揣测，八路军是打算从飞机场那里进攻江城。而让人们感觉意外的是此刻西北方向的宋家屯镇响起了爆豆儿般的机枪声。会场失去控制，人们骚动起来。

李殿芳高喊："秩序！秩序！"

冷云也嘶哑地高喊："秩序！秩序！"

六年级一班的宋德福也跟着高叫："秩序！秩序！"

骂共产党是宋德福近来的口头禅，他当场报名参加国民党军队，要去打共产党。

但是李阎王们的喊叫和威严敌不过人们求生的愿望，会场的秩序还是乱了，最后总算靠荷枪实弹的国民党军队控制住了局面。戴校长第三次开始讲话。但是"咯咯咯咯"的机关枪声突然在宋家屯镇和二里沟之间响起。所有的人都被这近在眼前的机关枪声惊呆了。当局"反共""北上""胜利"地大喊大叫了二年多，而八路军的枪声竟突然在自己的身边响起来了！人们还能相信什么？

小礼堂里一时鸦雀无声，所有的人都满面惊恐、不知所措。戴轩石甚至没有意识到要把自己张开的嘴巴合上。接着，人群里突然爆发了嗡嗡声。没有人宣布散会。但是"募兵"大会崩溃了：意识到战祸就在身边的人们，不听从任何人的招呼，一个个发疯一样地从小礼堂的前门、后门，和原本密封着，现在被人从里面砸开的一个个双层玻璃窗户冲了出去。

人们拥到校园里，在惊慌中互相探听和传播着并不确切的消息。

枪声响成一片。古全和跑回教室取出自己的书包，回头遇见了巫衍芳，突然停住脚步，目不转睛地看着她。她也在看着他。然后，他们突然走到一起，两双手毫无顾忌地紧紧握在一起，久久不放。他们心里都有话要说，可是谁都没说。最后古全和坚决地说道："再见！"

"再见！"巫衍芳同样激动地说。

他们彼此难舍难分地缓缓地放开了对方的手。

古全和目送巫衍芳推着自行车走出校门，又停住脚步，回头张望。古全和朝她挥挥手，再次和她告别。这时，巫衍梅赶到巫衍芳的身边，拉上她，跳上自行车，飞驰而去。

巫衍芳走后，古全和把家住宋家屯镇的十几个同学召集起来，要求大家听从指挥，一起行动，以便互相有个照应，遇上麻烦也好统一和有关方面交涉。然后他们排成一路纵队朝宋家屯镇跑去。跑到宋家屯镇沟子南，正准备下古河道大堤，越过面前宽阔的大沟，就看见面前的地面上飞起成片的土花儿。古全和知道，那是机枪子弹击起的土花儿。很显然，子弹是八路军从北面打过来的。

"趴下！趴下！"一个国民党军队军官挥动着双手对古全和他们高喊。

古全和赶紧指挥同学们就地趴下，然后又带领同学们爬到路旁的一座空房子里。一刻钟后，枪声停了，好像八路军是有意给走路的人们一个离开这个死亡之地的机会。于是，马路上又出现了来去匆匆的行人和车辆。古全和带领着住在沟子北的同学们，顺着兴隆大街朝北飞奔，在宋家屯镇派出所前匆匆握别，各自回家，而他们再次相聚是在半年之后，有的竟成了永别。

谈家贵的煎饼铺供应小米儿煎饼、高粱米煎饼、摊煎饼和和刮煎饼等各种煎饼，同时供应黄酒、白酒和时令小菜儿。爱喝酒的穷人，到这里来，在长条儿木桌前一坐，打上二两酒，称上半斤煎饼，要上一盘醋熘土豆丝儿，或是素炒芹菜，或是盐卤芹菜，或是五香黄豆芽儿，或是从家里带来几棵剥得干干净净的大葱，就吃喝起来。有的时候，穷哥们儿碰到一起，还会吆五喝六地吼上一阵子。人们边吃边喝边吼边唠，东南西北、本市外地、家长里短、党政军民，无所不谈。

郑祥麟还住在煎饼铺，但是他从不参加这里人们有关政治形势的议论，有时还提醒别人"莫谈国事"。有人背地里笑他，说仗都打到家门口儿了，不知自己将死在哪个早晨或是晚上，他还说这些没有用的话，真是个死脑筋。郑祥麟一直是山东庄的人们褒贬的对象，在戏说他风流的同时，有时也说他几句好话，比如说他痴情，因为他除了和狗儿他娘要好之外，并不理睬别的女人。他听了人们对他的议论，也只是笑笑，并不反驳。不过人们都说，郑祥麟除了那点儿花花事儿以外，没有别的毛病，而且乐于助人，正经是个好人。

近来有关共产党的传闻把宋家屯镇上有钱的人弄得人心惶惶。但是山东庄的多数人并不那么害怕共产党，也不大关心"共产"的事，因为他们没有什么"产"好"共"。心里多少有点儿不安的是刘书成。他不知道共产党会怎样对待他这样的人。而真正感到不安的是煎饼铺的谈掌柜，这会儿又加上杨大琢磨和苗遇春。谈掌柜没有多少金银财宝，可是他有几处不怎么值钱的房产，还有这个煎饼铺，外加一头小毛驴儿。至于坏事，谈掌柜并没有干过。这一点，郑祥麟和乡亲们都可以作证。不过他还是有点儿害怕。他的这种心情和忧虑，怕被"共产"，也学着有钱人，把儿子送到北平去念中学。每当谈老板惴惴不安地谈论到他的忧虑的时候，郑祥麟总是笑嘻嘻地对他说："你不就是有这么一个小小的煎饼铺子、一头小毛驴儿和几间房子吗？你的这点儿玩意儿算不得什么，我敢给你打包票儿，共产党一准儿看不上你的这点儿东西。听说哈尔滨的那些大买卖照旧开门营业。和那里的那些有钱的人相比，你这点儿东西算个啥？"郑祥麟说得咯叽脆，谈掌柜听了，心里松快了不少。

杨大琢磨有时也到谈家煎饼铺里来，他是来打听国民党军队援军行进的消息。可是他一来人们就不说了。昨天晚上他忍不住问郑祥麟："郑先生，听说共产党不会伤害做生意的人，是这样吗？"

郑祥麟不动声色地听着，他只是笑笑，并不回答他的问题。

"听说哈尔滨的大买卖这会儿都照旧开着？"杨大琢磨又说道。

"听说是这样。我在菜市街上听见有人这么说的。"郑祥麟心不在焉地说道。

杨大琢磨见郑祥麟不愿意理睬他，便讪讪地走了。

谁都知道本市已经被八路军包围了。现在可能发生的事，第一是城里的国民党军队把围城的八路军赶走。人们认为这样的可能性不大。道理很简单，如果国民党军队有能力把八路军赶走，它就不至于被八路军包围起来。第二是城里的国民党军队冲出去，逃离本市，把城市留给共产党。人们认为这也不大可能，因为老蒋舍不得把江城送给共产党，八路军也未必肯放他们走。第三是中央军派援军来，和城里的国民党军队里应外合，夹击和消灭围城的八路军，恢复和扩大国民党的占领区。这是杨大琢磨等人烧香拜佛、梦寐以求的前景。他们日日夜夜盼望援军到来，打垮八路军，保住他们的土地和财产。

广播电台关于国民党军队北上的消息是没有了。不过听起来他们的底气依然挺足，基调儿是两个。一个是："本市城防，固若金汤，围城共军无奈我何！"一个是："'国军'大批援军正在源源开来，不日到达本市，将与我守城大军里应外合，消灭共匪于凤凰山下和乌鸡河畔"。

山东庄不把围城的人民解放军叫"共匪"，而是习惯把他们叫"八路"，连杨大琢磨也跟着这样叫，而且他在公众场合从不说共产党的坏话。现在虽然共产党就在百步以外的庄稼地的战壕里，可是这里的人们，好像既不关心共产党如何，也不关心国民党怎样，让他们发愁的是家里的粮食不多了，饥饿的威胁正在逼近，吃饭成了问题了，而和平遥遥无期。

驻守在沟子南高地上的保安旅，加修了数不清的暗堡。暗堡上的射击孔儿，像恶魔的眼睛，瞪着对面的人们。他们发射的炮弹不时飞往八路的阵地，落进镇上的居民区。而沟子北的八路却潜伏在"鬼屋"以西近一里路的田野里，既不放枪炮，也不现身。两军之间是一条现在被人们称作"沟"的基本上没有水的宽大的古河道。八路军只在围城之初夜间袭扰过南边高地上的保安旅，算是火力侦察，以后对他们就不理不睬了。

沟子南和沟子北相距几百米，在这之间的土地上，住着几万居民，他们日夜生活在火线上。枪炮声时刻在响，死人的事常常发生，可是习惯成自然，现在谁也没有想到挖个掩体来保护自己，人们照旧说说笑笑。也许是因为人们无力自保吧，所以大家既不注意枪炮声，也不很看重自己的生命，像玩命的人常常说的那样，国民党和共产党"爱咋咋的"。

本镇有两座高层建筑。一座在本镇中心地带，是一处二层的红砖砌墙的有几十个房间的大楼，即"协和饭店"。这是伪满洲国时代本镇各界伪头面人物聚会的地方，当年是本镇的政治中心。一座地处本镇西部边缘，就是古世才家现在住的这座袖珍式的二层小楼——"小红楼儿"。它和协和饭店一起，算是本镇标志性的建筑。小红楼儿的高度和地理位置此刻特别引人注意。人们理所当然地认为，它是保安旅观察八路军阵地的一个理想的瞭望台，而八路军也的确曾一度把它列为摧毁的目标儿，可是古世才以及周围的人都没有意识到这种危险。古世才是个军工技师，而不是军人，没有意识到他一家处境的危险。

保安旅的人没进过小红楼儿。这可能是因为小红楼儿离八路的前沿阵地太近，腿快的小伙子在半分钟的时间里就能从八路军潜伏的庄稼地跑到小红楼儿。保安旅的人怕被八路军堵在小红楼儿里跑不了。而八路军却真的以为小红楼儿是保安旅的瞭望哨，对他们是个威胁，常常透过望远镜朝小红楼儿这里张望，注意着小红楼儿的动静儿。考虑拔除这个据点儿。一天夜里，他们在离小红楼儿不到一里路的几个人家儿聚居的天井里，架起了60炮，准备把小红楼儿轰倒。这可吓坏了当地的老百姓，他们齐声说，小红楼儿里住的是良民，是铁匠古世才。八路军半信半疑，继续监视小红楼儿的动静儿。

阴历六月初五是全和的生日。秀姑说，家里还有一斤小黄米，把它做成粘饭，给他过生日。火炉就安在二楼上的北窗下。在饭就要做好的时候，北面响起了一阵冲锋枪声。

"蹲下！"古世才发觉冲锋枪好像是朝自己这里打来的。

古全和刚刚蹲下，又一排冲锋枪弹飞过来，后来古全和发现，有几个弹头儿嵌进了南窗上面的墙角上。若是当时古全和没有蹲下，那些子弹正好打中他的上半身儿。古世才猜想八路军误以为小红楼儿上有保安旅的人，觉得楼上不能待了，招呼秀姑和古全和赶快下楼。

第二天一大早就有人来叫门。古世才透过门缝儿看清是一个年轻人，他做好自卫的准备后，就示意秀姑开门。

"大娘，给碗水喝吧。"

古世才见小伙子个头儿不高，面善，岁数不大，但是身体健壮，满面红光，断定他是从镇外来的，可能是个八路。眼下包围圈儿里已经没有这样体态健壮丰满的人了，即使是保安旅的人，也个个面黄肌瘦。

小伙子不看古世才和秀姑，却在朝屋里张望。

"给碗水喝吧。"小伙子重复着这个要求。

古世才更加怀疑他是八路，是来查看小红楼儿的，便痛快地对他说："屋里坐吧。"

小伙子跟着古世才走进来，四处张望。

古世才有意让小伙子看个究竟，便说："楼上坐吧，上面凉快。"说着，先上了楼。而小伙子竟也跟着他上了楼，一到楼上就站在北窗前面朝北张望。这更加证实了古世才的猜测，小伙子一定是八路，他是来看小红楼儿的。

小伙子笑笑说："从这里朝北看，一望无边啊。"

古世才深深地叹了一口气说道："饭都吃不上，谁还有心思看风景儿啊。"

小伙子回头看见坐在南窗下三屉桌前正在聚精会神地写大字的古全和，便走过来看，见桌子上整齐地摆放着课本儿和文具，墙上还贴着一张学习日程表儿，感到新奇，说道："这会儿还学习？"

"不学习干啥？"古全和站起来看着小伙子说道。

"你真行！"小伙子以赞叹的口气说。

"坐吧。"秀姑说。

"不啦，大妈。喝口水就走。"小伙子和善地笑着说。

小伙子喝过水，说声谢谢，下楼走了。

"你怎么敢把生人领到楼上来？"秀姑埋怨丈夫。

古世才笑了，说道："你猜他是什么人？"

"俺怎么知道?!"秀姑愣愣地看着丈夫。

"他是这个!"古世才说着,用手做了一个"八"字。

"瞎说!"秀姑不以为然。

"你想想,有大清早上就到别人家里来找水喝的吗?镇上的人有这样红润的脸色吗?这些日子你见过他这样强壮的年轻人吗?"

秀姑想了想说道:"是啊,那咱们快搬家吧!"

古世才说:"他们来看过了,咱们就用不着搬了。"

秀姑同意丈夫的说法儿,她觉得丈夫凡事都看得透,真不是个凡人。

一切都停顿了,如今生活的内容就是战争,老百姓关心的大事就是吃饭。原先在乡下给财主们扛活的,早就跟着财主们回来了。小生意没法儿做了。学校停课了。所有的人都闲在家里,只有女人们照旧忙忙碌碌操持家务,蛮有兴趣地说闲话,传闲话,打情骂俏。

道士和有富等所有的男孩子原先从事不同的活动,现在他们无事可干,常常聚到一起下棋,摔跤,打架,说笑,玩耍。古全和已经和他们有了距离。他对于打纸牌、下五道儿、掷骰子、和女孩子打打闹闹,都不感兴趣。他的心思仍然在念书上。除了念书,就是造枪。

这会儿最难受的是刘广聚他爹娘。在刘广聚刚进松北联中的时候,他们一家人骄傲过一阵子。可是现在,别人家的孩子都在身边,而他们的亲人却被困在城里,连一点儿消息都打听不到,他们怎么会安心呢?要是儿子真的有个好歹,他们就后继无人了。广聚他娘无条件地服从了广聚他爹半辈子,这会儿也不顾一切地对他说些埋怨的话,埋怨他总惦记着让儿子成龙成凤,鼓动他念了松北联中。

保安旅白天常常派小股部队蹿到镇子的北部,但是从不越过小红楼儿。从小红楼儿往北,是一片开阔地,直到镇北的高粱地。高粱棵子已经长到能够掩护里边潜伏着的八路军了。有时保安旅的人就把轻机枪架在小红楼儿旁边的断墙上,毫无目的地朝着远处的高粱地扫射,好像他们不是来打仗,而是奉命到这里来放枪的,放光了他们带来的成箱的子弹,丢下成麻袋的弹壳儿,就回去了。有时八路军也照顾他们一下儿,让他们留下几具尸体或是几个伤兵。

123

在阳历四月，国共两军在江城飞机场一带大打过一仗之后，江城的战局就趋于平静。一段时间，外面的人进不来，里面的人出不去，内外水泄不通。在阳历五月以前，普通百姓没有在意这种局面有多么可怕。后来国民党军队的政策改变成只许出、不许进，八路军的政策变成只许进、不许出，一些人家贮存的粮食吃光，人们才真正意识到"民以食为天"是怎么回事，渐渐地意识到前景的凶险与可怕。

乡下人但凡生活能够自给的人家一般都有房屋、天井，磨坊，牲口棚，厦子等，有地方儿储存粮食和生活用品，而城镇上的人家儿，就没有这样的条件，因而也没有养成这样的习惯。宋家屯镇的居民，除了像山东庄这些进城不久的农民还保留着贮存粮食的习惯之外，一般人家儿的粮食，都是现吃现买，围城后不久，这些人家儿就开始感受到饥饿的威胁了。

从早春到初夏，镇上上千头的骡马牛驴都被人们吃掉了。现在镇上连一条狗也见不到了。猫本来是可以好好儿地活着的，这会儿它们也被提升为人们肉食的来源，于是猫也不见了。老鼠和麻雀儿倒是有，可是捉只老鼠或是麻雀，谈何容易。所以姓"肉"的突然和本镇的百分之九十以上的人们不告而别了！也许很富有的财主家里会有"肉"，不过那一定是腊肉或是咸肉。

平时只有穷人赖以为生的野菜，如今突然备受人们的普遍青睐，身价日日见长，灰菜和苋菜等野菜以空前尊贵的姿态登场。五月中，野苋菜每斤 500 元，而且价钱迎风暴涨，接着就 600 元，700 元，800 元，1000 元……。到七月中，随着八路军封锁的加强，它们也从人们期待爱恋的目光中消失了，昙花一现的黑狗大街的野菜市场，也随之消失。

江城地区，耕地富裕而肥沃，盛产大豆高粱，很少有天灾，即使偶遇天灾，穷人也不至于饿死。而如今人们眼睁睁地看见死神追随着人祸步步逼近自己而无可奈何！现在人们的心里和眼里只有粮食。而粮食越来越少，也越来越珍贵。乞丐没有了，因为没有人有东西可以施舍给他们。由于饥饿而跌倒在路旁的人，一动不动地躺在那里，不声不响地等待着最后的时刻。有的头天晚上还在那里蠕动，次日一早就停止了呼吸。善良的人们，面对生命垂危的人，心中难过，表示同情，却又爱莫能助，他们的心灵也就在痛定思痛之后而麻木了。

国民党军队继续驱赶老百姓出城，而八路军不许包围圈儿里的老百姓离开。少数财主手中有粮，不愁吃喝，跷着脚儿朝南张望，盼望着国民党的援军早日开来解江城之围，而濒临死亡的普通百姓，此刻不再关心"国军"和八路军的谁是谁非、谁胜谁负，在谩骂国民党的同时也开始怨恨八路军。他们质问：八路军为什么不给他们留一条生路，放他们逃出包围圈儿，保住自己的性命？

现在聚集着几万人的宋家屯镇只有保安旅枪口下的菜市街还有一个畸形的、日渐萎缩、正在消亡的市场。它就在保安旅的眼皮底下，但是惯于掠夺百姓的保安旅却没有打扰它，因为他们也可以用即将作废的东北九省流通券从这个市场上套购一些可以充饥的东西。这里表面上依然熙熙攘攘，实际上可买可卖的东西很少。鸡鸭鱼肉早已不见了。姓"肉"的只有要价昂贵、切成细丝儿的一小盆儿乃至一小碗儿像粉丝一样柔软的、半透明的猪皮。这些猪皮是用猪皮制成的皮鞋、皮带等等用品炮制而成的。这里的野菜市场暂时还算兴旺，但是也已临近货源枯竭。野菜都是那些近乎绝望的人们冒着生命危险从本镇包围圈儿附近的一些地方采来的。包围圈儿里的野菜采光了，它的市场也就不存在了。杂物市场最大。衣服家具，种种旧物，市场上应有尽有，件件售价低廉，近乎白送，但是有货无市，无人问津。食物和生命之间的关系赤裸裸地摆在人们的面前。现在人们注意的只有粮食和可以充饥的东西。几斤高粱米就可以换到一架半新的德国造钢琴。在江城城里的繁华地段，40斤高粱米可以换到一座有二十几个房间的砖瓦结构的三层居民楼。一个金戒指只能换到一个窝窝头，而且这样的交易最后不成，往往是因为手中有粮食的人放弃了交换。

菜市街上的粮店没有了，大宗的粮食买卖也没有了。残存的粮食市场上只有几十个卖主，每个卖主面前的粮食口袋也都很小，小到有的只有几斤，最多的也只有十几斤。粮食市场的景象，类似于小孩子过家家儿。即使这样，每宗粮食的卖主也不是一个人，而是两个，甚至三四个人：一个人在应对买主，照顾生意，另外的人手持棍棒，以防遭抢。

大豆仅在一两年前还曾比柴草便宜，如今也贵如金银了！

走过"粮"市的人，多数是问问，看看，成交的不多。即使成交，也多是买一斤、二斤。买三斤的就算是大宗生意了。就是有钱，也不敢露富。抢劫之风已经吹起来了。有些人已经张开了贪婪的眼睛。

秀姑把家里的十几斤大豆拿到市上，想卖了大豆，换些便宜的麦麸、豆皮、米糠一类的东西，一家人能够靠着它们多维持一些日子。古全和手持一把他当年从"武道局"大院儿拣来据说是用楸木制作的日式战刀，站在秀姑的身后保护。

市场上没有往日那样嘈杂。人们像游魂一样走来走去。他们都好像得到了不准说笑的禁令。无数的脚和腿无声地在古全和的面前晃动。

忽然有一个女人撕心裂肺地叫起来："抓住他！抓住他！他抢了我的猪皮！他抢了我的猪皮！"女人哭喊着，拼命地追赶一个半大男孩子。那孩子一边跑一边往嘴里塞着什么东西。那个孩子从古全和面前跑过，有很小的一块儿东西掉到他的面前。古全和看到那是真"猪皮"。眼下这是贵重的东西。古全和吃过这种猪皮。几天前，他娘看见有人卖"猪皮"，在那里站了很久，最后才下定决心花五千元给他买了一两。那时东西还多，也算便宜。

那个男孩子在拼命地逃，那个女人拼命地追。但是没有人帮助那个女人。显然，人们同情那个遭抢的女人，也同情那个可怜的孩子。那个女人终于停住了脚步，因为她发现那个孩子已经把他抢到的猪皮吃完了。

古全和忽然发现，有一只乌黑的小手儿沿着地面，在人们的腿脚间摇动，把拣到的什么东西放进嘴里，而且他的手正在朝自家的粮袋子伸过来。他立刻盯住那只乌黑的小手儿。他发现那小手儿是一个蹲在地上头发很长的男孩子伸过来的。那只小手儿并没有伸到他娘的粮食口袋上。他不是要偷谁的东西，而是在拣拾落在粮食口袋周围的几粒粮食。他拣起一粒大豆，立刻放进嘴里咀嚼起来。古全和吃惊地看着这奇特的景象。他甚至不敢相信自己的眼睛。生大豆怎么可以吃呢？难道这个人的嘴和别人不一样？他记得奶奶给他讲过，有人能吃活蝎子、活长虫。难道也有人能吃生大豆吗？

那只小黑手儿缩了回去。他抬起头，用手揉眼睛。古全和吃惊地认出，那竟是他的同窗好友商继盛！他一时难以接受面前的事实。事情怎么会这样呢！这才几天啊！学校停课后他去看过商继盛，那时他不是这个样子，他为什么变成这个样子？他不由自主地惊叫："商继盛！"

在古全和心中，商继盛是一位心地善良、忠厚老实、勤奋好学的好同学，是他最好的朋友。商继盛家住在黑狗大街的西头儿镇子的边缘上的一个小院子里。在念四年级的时候，他们上下学几乎天天同来同往。去年秋天古全和还在他家吃过饭呢。古全和发现他黑啦，瘦啦，小啦，迟钝了！他怎么突然变成这个样子了！古全和看着眼前的老同学，心里非常难过。

商继盛呆呆地看了古全和一眼，面无表情，迟疑片刻，好像不认识他，不声不响，转身就走。古全和站起来，赶上去，一把拉住他，慌忙说道："商继盛，你怎么啦？生黄豆能吃吗？"古全和心慌意乱，不知道该对好朋友说点儿什么，无意中把自己心里的疑问脱口说出来。

"能——吃。"商继盛低声说。他目光呆滞，对他陌如路人。

古全和很想帮他，可是一时想不出个帮法儿，突然想到了面前的大豆。他拉开商继盛上衣的口袋，一大把一大把地给他往口袋里装大豆。装满了左边的口袋，又装右边的口袋。商继盛像要推辞，可是他终于没有推辞。古全和直到把他的两个口袋全都装满，才住手。商继盛依然自尊。他的脸上不时浮起为难和羞愧的神色。

秀姑理解儿子的善意，也想帮助儿子的好朋友。但是她心疼她的大豆。她有丈夫、儿子，有一个家，她也要活命啊！

商继盛平时礼让、谦和，可是此时他却没有说一句拒绝和感谢的话，对他老早就认识、常常见面的长辈秀姑，也没有一句敬语。他看了一眼古全和和秀姑，什么话也没说，转身就走了。古全和觉得他的性情也变了！

"商继盛！等等！"古全和喊道。他想起家里存放的豆饼，想领他回家，让他扛走一块，再维持一些日子，等待新的生机。

商继盛站住，侧了一下身子，但是他没有转回来。

"明天你到我家来找我！"

商继盛再次停住脚步，又回头看了古全和一眼，没有点头儿，也没有摇头，呆呆地站了一会儿，伸手摸摸自己的口袋，走了。古全和感到他突然变成了一个无礼的陌生人，竟连看都没有再回头看他一眼。

古全和伤心地目送商继盛渐渐消逝在人群中。一种生离死别的痛苦涌上他的心头。那么善良、那么正直、那么朴实、那么礼让、那么敢于主持正义、那么好学的商继盛，怎么会变成这个样子呢?! 难道饥饿会改变人性吗?（十几年后，古全和肯定地回答了这个问题，那时他目睹了饥饿改变人性的更多的事实，也读到了古人的名言："饥寒至身，不顾廉耻"。）他流着眼泪，目送商继盛离去。

秀姑安慰古全和说："孩子，没法子啊，都是命，落难的人成千上万，咱们是帮不过来的! 说不定明天咱们也……嗨……"她也很伤心。

124

古全和的大豆一粒也没卖出去。秀姑母子闷闷不乐地回到家中。

古全和心里放不下商继盛，他黑瘦麻木的模样儿一直停留在他的心里。

古全和在插班到二里沟小学之后，只到商继盛家去看望过他和他家的婶婶两三次。他去了二里沟小学，商继盛仍然留在柳影路小学。商继盛上学是从西北往东南走，而古全和却是从东北往东南走，古全和天天上学要早走半点钟，下学回到宋家屯镇又晚半点钟，有时还要进城，而不是直接回家，所以他们极少在上下学的路上相遇。但是古全和常常想念商继盛。

第二天一早，古全和又说要亲自送一块豆饼给商继盛。秀姑和古世才都不表态。他们不仅心疼豆饼，也怕暴露自己家有豆饼，招灾惹祸，更担心儿子来去经过南北的大街有危险。

平时人们用豆饼当饲料喂牲口，当肥料肥田，如今豆饼也升格成宝贵的粮食，救命的宝贝了，它可以炒着吃，拌着吃，还能干啃着吃。有豆饼就饿不死人。豆饼不管怎么个吃法儿，都得炮制一番。先把豆饼立起来，夹在两腿之间，双手推刀，把豆饼切成薄片儿，然后放入水中泡散，再用手捏碎、一遍遍地淘净里面的泥沙，拣出里面的杂草，把多余的水分挤净，接下去就可以吃了。现在秀姑天天干炮制豆饼的这个营生。

古全和一直惦念着商继盛，晌午饭没吃什么东西。下午也没念书写字，这在古全和是少有的事情。秀姑知道儿子重友情，惦记着商继盛，心里难过，一边涮洗豆饼，一边想着怎样安慰儿子。可是她想不出个好主意。

"商继盛和他家的婶婶可能要饿死啦！"古全和呆呆地坐在炕沿上伤心地自言自语。

秀姑也想帮助商继盛，可是家里除了豆饼，没有别的东西。豆饼现在也不敢轻易送人。谁知道什么时候仗才能打完呢？连自己一家三口儿到头来是死是活都很难说，怎么能顾得上别人呢。这会儿就是兄弟姊妹都不能相顾，更不要说同学和朋友了。从夏初到今天，已经过了三个多月。粮食所剩无几，豆饼也吃了十几块。

"咱家也没有粮食了。"秀姑宽慰儿子说。

"不是还有豆饼吗？"古全和说。

"豆饼也不敢轻易送人。谁知道这个仗要打到什么时候？"

"就给他一块，接济他们一把吧。"古世才叹了一口气说道。

秀姑没有理睬丈夫，而是教训儿子说："这么大的事，能由着你吗？"

古世才又说："商继盛是他的好朋友，不能伤了孩子的心啊。"

秀姑反驳丈夫说："这会儿没有别的粮食和野菜掺和着吃，干吃豆饼，一个月要吃两三块，剩下的豆饼不多了，到时候没有东西吃怎么办？"

古全和见爹娘争执起来，找出了他去野外剜菜用的小铁铲子，抓了一个柳条筐就往外跑。

"你到哪去？！"秀姑喊住了古全和。

"到后院儿里挖苋菜。"古全和赌气说。

秀姑知道儿子是要挖些苋菜给商继盛送去。

古全和无意间在小红楼儿后面培育了一个"苋菜园儿"。去年秋天，古世才一度想养几只羊，就和儿子一起用板皮在小红楼儿的背后围起了一个约有两三分地的院子。后来羊没有养成，院子就空在那里。今年夏初，围城开始，大家憋在家里，无事可做，古全和一时高兴，就在院子的北头儿种上了两行苞米，其余的地方都撒上了他头年秋天采集的苋菜籽儿。当时饥饿还没有逼近，也不知道战争会持续多久，更没想到会有成千上万的人死于饥饿，所以不少的人都笑古全和古怪。道士对他说："苋菜野地里有的是，你种它干什么？！"古全和说："我喜欢吃苋菜。"夏天雨后，苋菜猛发，一垄垄，一行行，满地都是，十分茂盛。阳历六月，饥饿有如潜伏着的恶狼，撕扯人们的生命！苋菜竟上了市场！而且身价倍增！

"快去快回！"秀姑不耐烦地说道。这种时候，谁都不想让孩子离开自己半步。

"还是送给商继盛一块豆饼吧。"古世才说。

秀姑有些犹豫，但是仍然不肯松口。

古世才说："真到了无路可走的时候，咱们总有办法儿逃出去！没有不透风的墙。封锁线挡不住不要命的人。"古世才有偷渡国境的经验，他不相信八路军能把宋家屯镇围得水泄不通。

秀姑说："八路不放人，你怎么逃?!"

古世才说："当年咱们不是从都鸿勋的堵截中逃出来了吗？伪满洲国时，咱们不是穿越警察的堵截把粮食背回来了吗？是网就有眼儿，有眼儿就能钻！谁也拦不住。八路想得天下，也不能不顾人心，他们能眼睁睁地看着老百姓都活活儿地饿死吗？那还会有人拥护他们吗？"

"要是八路军像你说的这样，他们就不该卡着人不往外放！"

"那你是铁了心不想给这块豆饼了吗？"

"你看着办吧！"秀姑总算松了口。

"这就对了。"古世才笑着说。

古全和采回来了一筐苋菜，站在门外说："我给商继盛送去。"

"不行！"秀姑大声说，"你哪儿也不能去！"

古全和气愤地说道："豆饼你不给，野菜你又不让送……"

从小红楼儿到商继盛家要横过好几条南北向的马路，每条马路的南头儿的高地上都有保安旅的碉堡。保安旅的人常常从那里朝北打冷枪。从八路军围城以来，不知有多少人被他们打死打伤。

秀姑说："你不是约商继盛到咱们家来吗？"秀姑说，"等他来了咱送给他一块豆饼。"

古全和高兴地说："我替商继盛谢谢你啦！"

"别来这一套！俺不兴这个！"秀姑笑着说。

古世才说："就是晚上也不敢扛着个50斤的大豆饼在街上走，那不是招贼吗？这会儿凡是进口的东西都惹人注意。等商继盛来了，在咱们家吃过晚饭，我送他把豆饼弄回家。"

"行！"古全和用感激的目光看着爹娘。

想到商继盛，古全和心里就难过。现在的商继盛和过去不一样了。饿死的人多起来，古全和担心他会饿死。前些日子，街上有了"路倒儿"，好心的人们还会把他抬到镇西郊的野地里埋了。这些日子，死的人多了，就没有人再管了。怎么管得起呢？除了家里有钱有粮的，人们的肚子都空空的，哪有气力去做这样的好事？活着的人都顾不上管，哪里还会去管死人呢！想到商继盛会死，古全和就想哭。

古世才发现儿子和自己年轻时一样，轻易不交朋友，一旦和谁要好，就真心相待。他理解儿子，为儿子重情重义感到高兴。他想起了他当年和孙兰亭交往的那段经历。孙兰亭是山东即墨人，破落户子弟。和古世才不同的是，他念过几年书，写一笔好字，也能说一口流利的俄语，跳舞、唱歌，一学就会，当时在俄国经商，是伯力、崴子一带公认的美男子。尽管俄国人歧视中国人，认为俄国女人嫁给中国男人是下嫁，就好比是嫁给了猴子，但是他还是使许多有身份的俄国女人神魂颠倒。后来他混入了俄国上流社会，成了那里面的红人。可是古世才和他分手了。古世才发现漂亮的孙兰亭曾给沙皇俄国当局当密探，他们共同的好朋友祖连升就是被他害死的。祖连升在红党，是列宁派。古世才没有参加红党，可是他同情红党。导致古世才疏远孙兰亭的还有一件事，那就是他背叛了他的俄国妻子叶琳娜。叶琳娜是俄国贵族，念过大学，1915 年和孙兰亭结婚，生有一女。十月革命后，叶琳娜抛下亲人跟着他回到山东。可是孙兰亭回到山东老家后，屈于他娘和家族的压力，又娶了一房中国妻子，把叶琳娜变成了他的小老婆。这是笃信俄国东正教的俄国女人所绝对不能容忍的，是对叶琳娜无情的摧残。那时的沙皇俄国已变成了"穷党"的苏联，她是逃亡在外的白俄，已经无家可归，无力反抗了。为了女儿，她只好忍气吞声。

"唉……"古世才想到这件让他伤心的往事，不禁长叹。

"爹，你是舍不得那块豆饼吗？"古全和关切地问道。

"怎么会呢！你关心同学是好事。"古世才说。"我想起了另一件事。"

"是玛莎吗？"古全和笑着说。

古世才摇摇头，坦然说道："商继盛让我想起了孙兰亭。"

秀姑笑眯眯地瞅了丈夫一眼，说："你把那个玛莎带回来就好了，咱们也和孙兰亭一样，一个大婆儿，一个小婆儿！也生几个杂毛儿！"

"你瞎说些什么呀！我和玛莎一家是好朋友，"古世才不想让儿子误解自己，"孙兰亭不仁不义，毁了人家叶琳娜一辈子！咱们怎么能跟他

366

古　全　和

学呀。"

　　古全和从中午等到太阳落山，一次次地站在门口朝西张望。可是商继盛没有来。古全和想，商继盛是个自尊心很强的人，即使处在这样艰难的时刻，他仍然不肯给别人增加负担。

　　"我自己去送！"古全和说。

　　"不行！"古世才严厉地说道，"我去送！"

　　"谁都不能去！"秀姑有些蛮横地说。

　　无论怎么说，古全和他爹娘都不让他去给商继盛送豆饼，而古全和也不敢让他爹娘去冒险。这样，商继盛也就没有得到那块宝贵的豆饼。虽然古全和知道一块豆饼救不了商继盛和他家的婶婶，可是他却总是想，也许商继盛他们得到那块豆饼的接济就能够活下来，他应该不顾他爹娘的反对，拼上命把那块豆饼给商继盛他们送去，而他没能那样做。为这件事，他后悔了一辈子。

125

　　进入阳历八月，骄阳似火。大田里的高粱已经长过一人高。站在小红楼儿上朝北望去，一片黑绿，预示着秋庄稼将是一个大丰收。夜深人静的时候，能够听得见微风吹动着宽大的高粱叶子发出来的唰啦唰啦的响声。

　　往常繁华的菜市街，此刻像一处历史的遗迹，整天空无一人。

　　保安旅的碉堡成排地蹲伏在沟子南的高地上，监视着菜市街以北的大街小巷。一个个射击孔儿像魔鬼的眼睛，死死地窥视着每一个从它前面经过的人。他们和老百姓为敌，视一切人为八路，不断地朝北边放冷枪，射杀任何横过马路的人。从围城至今，不知有多少无辜的人被他们罪恶的子弹打死打伤。现在有谁不得不横过马路，都要像过街老鼠一样，战战兢兢地贴着地面爬过。即使这样，也经常有人被打死打伤。

　　市场没了。人们像传说鬼怪故事一样地传说着着粮价。普通高粱米，从围城前的每斤几角钱涨到如今的几万几十万元一斤。即使最愚昧的人也明白，粮食就是生命，而粮食已经没有买卖，偶尔会有一两份野菜摆放在黑狗大街中段房屋密集、保安旅的枪炮不容易打到的横街上。卖主也像保护珠宝一样保护着他们面前的那点儿野菜。那是他们冒着生命的危险爬到八路战壕的前面去采集回来的。

纸币已经消失，东北九省流通券只配当手纸，买卖支付要用银元。

现在老百姓唯一的祈求是一家老少能够活下去。只有那些财主们还顽固地梦想着国民党军队获胜。

从城里逃到本镇来的难民多起来。在本镇没有亲戚的人都只能睡在大街上。

天天死人。没有人有能力做善事把死者的遗体掩埋。死尸就在路旁腐烂、发臭，数不清的绿头红眼睛的绿豆蝇在那上面飞舞，繁殖……古全和突然感到生命竟是这样的脆弱，生和死、所谓的阳世和阴间竟离得这样近。

通往八路占领区的卡哨还是不开放。但是隐约听说有人开始向八路军占领区偷渡。

山东庄的居民，虽然都不富裕，但是由于他们珍视粮食，平日能够精打细算，有存粮的习惯，又能节俭度日，多数有些存粮，暂时还有点儿可以入口的东西。贫穷的古世才，现在意外地变成了富裕户儿，不仅有东西充饥，还有能力接济穷亲友，因为他家有一些存下来的豆饼。围城前夕，豆饼天天涨价，今天赚到的钱就被明天的涨价抵消了，买卖豆饼赚到的只是白忙活。尺寸和颜色有点儿类似美钞、面值为百元的"东北九省流通券"，百张为一万元，被捆成一捆，重量刚好是二两五钱，四万元刚好是一斤。在一块豆饼卖几百元的时候，收款的时候要一张一张地数；在一块豆饼涨到几千元的时候，收款的时候，只能一捆一捆地数；而在豆饼价格过万的时候，就得论斤称了！负责进货的古全和对他爹说："咱这样买进卖出不是白干了吗？"务实的古世才，听了儿子的议论，就把剩下的三十几块豆饼，堆到楼梯后面存起来，想等物价稳定了，有利可图的时候再卖出去。可是几天之后，围城就开始了，而这些豆饼竟意外地变成了救命的宝贝。他们一家三口儿就是靠着这些本来是用来喂牲口和肥田的豆饼熬过了那些艰难的日子，还帮助了一些穷亲友。

如今，"东北九省流通券"，已经因为没有任何价值而失去了它应有的功能，出现在形形色色的简陋的露天茅房里，和屎尿相伴。每有风起，它们就携带着臊臭的气味儿漫天飞舞。宋家屯镇暂时退回到没有纸币也没有市场，连物物交换也罕见的时代。

山东庄不愁吃喝的有三家儿：牛占德家、杨大琢磨家和苗遇春家。他们好像彼此商量过一样，都是在深夜里蒸馒头。常常有烹制鸡鸭鱼肉的香味儿在深更半夜从他们的家里飘出来。他们家的人也很少出来见人。大家知道，杨大琢磨和苗遇春家有粮食，说不定还有咸肉。可是牛占德家呢？他们家的精米白面和鸡鸭鱼肉是从哪里来的呢？古世才断定有人在从包围圈儿外面往里面走私粮食和鸡鸭鱼肉！而这也就是说，封锁线是不难穿越的！他开始悄悄地串联众乡亲，准备在无路可走的时候，穿越封锁线，向八路军占领区偷渡。

刘书成为众乡亲琢磨的是另一条出路。他一直在盯着杨大琢磨家的地下粮库，曾多次指着杨大琢磨的住处，对古世才嘟囔说："那里有粮食！"古世才知道，他是要抢杨大琢磨。古世才虽然也心有所动，可是没有应和刘书成的提议。他担心这会引出想象不到的严重后果。国民党保安旅就住在沟子南，杨大琢磨的女婿是保安旅的军官，他随时都能带着军队扑过来。山东庄的乡亲能制服杨大琢磨，可是对付不了保安旅，弄不好会引来杀身之祸。他认为，偷渡到八路占领区的办法儿更稳妥。

围城之初，古世才经常和山东庄的男人们谈论国共两党之争的是与非，揣测着时局发展的方向和双方胜负的可能。他对国民党早已不抱幻想，也不相信他们所谓共产党"共产共妻"的宣传。他知道中国共产党就是当年俄国的"穷党"。但是现在他也开始怀疑共产党。他反复想着一件事：共产党眼睁睁地看着老百姓活活饿死在城里而不肯放他们出去，这样的党会是个好党吗？！他现在不再关心国民党和共产党的谁是谁非、谁胜谁负，而是厌恶这场战争。他现在关心的是人们怎样逃离这个因牢，活下去。他对郑祥麟说过他的这些想法儿。可是郑祥麟没有正面回答他，而只是好像心不在焉地说道："我想八路军对江城采取围而不打的策略，也许就是为了少死人吧？江城周围有密密麻麻的钢筋水泥碉堡，外面有几丈宽的护城河，有宽大的地雷区，有几十万军队。八路要是硬攻，那'国军'、共军和老百姓都少死不了人，很可能比饿死的人更多……当然，咱们是平头老百姓，不懂军事，只是在这里瞎琢磨……古世才觉得郑祥麟说得有些道理，但是他并不完全赞成他的说法儿。他认为，八路军不肯放人到城外，显然是为了让老百姓和国民党军队争粮，制造老百姓和国民党军队的冲突。而老百姓赤手空拳，能是国民党军队的对手吗？这不是眼睁睁地让老百姓遭殃吗！他开始怀疑郑祥麟的身份。他想，从"满洲国"到现在，郑祥麟从来不谈论政治问题，而这会儿他明明是在替八路军说话。这是为什么？古世才还注意到，围城以后，别人都无事可干，而郑祥麟反而到处跑，特别忙。他忙什么？他靠什么维持生活？他为什么面无菜色？他怎么会知道江城城防的情况？古世才怀疑他就是八路军的密探。

古全和也是山东庄的一个忙人。他天天温习功课，练毛笔字，制造火枪，看他收集到的闲书。六年级的国文课本儿他都背过了。算术习题他演过几遍。大火枪已经试放过，小火枪也已造好。黑色火药他有很多，但是弄不到"红药"，也就是发火药。他就用火柴头儿代替。他把火柴用水泡过，轻轻地把火柴头儿取下，再加水合成药糊儿，点进他用自制的模具冲压成的引火帽儿里晾干，引火帽儿就制成了。古世才见儿子在乱世还不忘念书，造出的火枪能打下落在屋顶上的鸽子，感到很高兴，相信他长大了会有出息。

126

宋家屯镇的几万老百姓生活在国民党保安旅和八路军两军对峙的火网下。可是他们至今还没有见过八路军。保安旅经常朝这里打炮，朝庄稼地放枪，偶而来骚扰，但是不敢在这里停留。宋家屯镇的大部分地区形成了权力真空，歹人便乘机泛起，于是抢劫之风刮起来。进入阳历八月中，深夜里常常听到遭抢劫者被折磨的惨叫声，求饶声。从乡下逃来的财主大多有枪，有防卫能力。遭抢劫的大多是普通百姓。一些遭抢的人，劫后诉说着抢匪的残忍。他们无情地折磨落到他们手里的每一个人，连妇女、孩子和老人也不放过。用鞭子抽，用棍子打，用火烧，逼迫他们说出金银珠宝和粮食藏在什么地方儿。无论遭劫的人家是否有这些东西，他们都要往死里折腾这些遭难的人。

近来常常有生人到山东庄这里来闲逛。刘书成提醒大家说，歹人开始打山东庄的主意了，得组织起来，保护全庄的老小儿！刘书成的眼睛依然红得烂桃儿一般。可是人们相信，在这种混乱的时候，他的眼睛最好使。

让大家感到遗憾的是手里只有棍棒，没有火器。

围城之初，刘书成为儿子的事，很苦恼了一阵子。广聚被围在城里。虽然近在眼前，却音信全无。后来听说松北联立中学的学生都发了枪，被改编成青年军和学生少年兵团，派到对抗八路军的火线上，他害怕极了。他原本盼望儿子中学毕业，能有个升迁的机会，混个一官半职，而并不想让儿子去冒这么大的风险。幸运的是前些天广聚从城里逃出来了。

刘广聚听他爹念叨说缺少火器，就说："根儿有枪，是他自己造的。"

刘书成笑了笑说道："根儿是个娃娃，他能造什么枪。我知道他会打弹弓儿。弹弓也是武器。"

刘书成领教过古全和的弹弓儿。围城前，有一天的傍晚，他端着一根尺把长的竹竿儿旱烟袋，和古世才、孙孝友等几个人站在小红楼前的国际电话线杆子旁边说闲话，见根儿手持弹弓从他们面前跑过，忽然心血来潮，便说道："根儿啊，都说你是个神弹弓，你要是能打着我的这个烟袋锅儿，我就服你。"他的话音未落，他的烟袋锅儿就被根儿打来的弹丸儿从烟袋杆儿上齐齐地打落到地上。在场的古世才很难为情，可是刘书成却高声给古全和叫好儿，说他"真是百发百中"。

刘广聚见他爹不相信他的话，又小心地说道："爹，根儿真会造枪啊。"

刘书成看着广聚认真地说道："你亲眼见过？"

"见过！能打死落在房上的鸽子！"

刘书成自言自语道："能打落房上的鸽子，就有用了。你陪我去看看。"

广聚受宠若惊，他爹很少这样平等地和他说话。

古全和从小儿就爱好制作各种玩意儿，和许多男孩子一样，喜欢刀枪，小的时候曾经用秫秸棒棒瓤制作盒子炮，6岁时做成过能打响的小小的火枪。1947年夏天，他又生出了造枪的兴趣，先后造过一杆长枪和一枝短枪。

刘书成原本也是个穷庄稼人，由于他当过上百人的胡子头儿，后来又当过张作霖属下的连长，养成了一种大人物儿的派头，平时从不串门，对孩子更是威严。在路上遇见孩子们，无论对方是不是问候他，他都不抬头看他们。要能对谁哼上一声，表示他听见了对方的问候，那就算是他很看得起对方了。这会儿他能亲自到古世才家来看一个孩子做成的玩意儿，连广聚都感到新鲜。

晚饭后，天还亮着，刘书成就和他儿子来到古世才家。

"哦，是书成兄弟，快快请进！"秀姑欢欢喜喜地招待他。几年前，她无意中戳到了刘书成的痛处，当众出过他的丑，她总觉得对不住他，今天他突然来访，她觉得是她和他改善关系的机会，有意好好地招待他。这个年头儿不能轻易得罪人。

刘书成微微一笑，点点头儿，慢声慢语儿地说道："我是来看看根儿造的枪。"

古世才听说刘书成的来意，心里很高兴，但还是谦和地说："这么一点儿小事儿，还值得你亲自来跑一趟？叫孩子来说一声儿，叫全和把枪给你送过去不就行了吗？"接着就对楼上喊道："根儿，快把你的枪拿下来，给你刘叔叔看看！"

广聚和古全一起下了楼。古全和小心翼翼地把一枝样子很像马步枪的火枪交给刘书成，说道："刘叔叔您看。"

刘书成把枪接到手里，细细地检查着枪上所有的部件儿，见枪托儿是用"武道局"木枪改造的，击发部件儿是用灭火器上的击发部件改造的，外观上像支马步枪。

"枪管用的是什么材料儿？"刘书成问道。

"无缝钢管儿，原来是汽车上方向盘的轴心儿，是我从废品市场上买来的，加工成枪管之后，做过多次抗爆试验，没出过毛病。"根儿像背书一样说。

"每回都能打响吗？"刘书成问道。

"试放过 10 回，回回都响了。"古全和恭恭敬敬地说。

"能打多远？"

"没试过，"古全和说，"能打死落在楼上的鸽子。"

刘书成笑了笑，自言自语道："效能和俄罗斯的马铳子差不多。"

"'马虫子'是什么？"刘广聚小心地问道。

"是俄国造的一种手枪。"刘书成说。

刘广聚高兴地连连点头儿。

刘书成说："能打下鸽子就能打伤人啊。听说你还有手枪？"

古全和笑着摆摆手说："手枪不顶事儿，只能放个响儿吓唬人。"

"能吓唬人就有用啊！"刘书成高兴地笑着说。

刘书成看过枪，古全和与刘广聚又回到了楼上。

刘书成对古世才说："大哥，看来情况有些不妙。有人到咱们这里来踩过点儿。"

秀姑半懂不懂地笑着听男人们说话。

古世才说："造几支枪容易，就是眼下找不到材料和工具。"

刘书成悄悄地对古世才说："估计杨大琢磨有枪。过去这里土匪很多，财主家没有不养枪的。火枪他们肯定有，有没有快枪就不好说了。"

"就怕他们不露啊。"古世才说。

"到时候不怕们不露。"刘书成自信地说。

古世才虽然对刘书成仍然另眼看待，但是对他已经没有戒心了。他想胡子也不是都不好。古时候水泊梁山上的那些英雄好汉不也就是胡子吗？当过胡子的人也未必永远是胡子。刘书成本来也是庄稼人，这几年帮着大家干过很多好事。

127

围城不久，宋家屯镇就断了电，夜里照明只好恢复点油灯。而豆油现在也成了稀罕物，因此山东庄多数人家晚上不点灯，少数有粮又有油的人家儿，不想露富，也不敢点灯。太阳一落山，山东庄就一片漆黑了，唯一的一点儿亮光来自小红楼，那是电灯。古全和用再生电池照明。在围城前夕，古全和上下学天天路过保安旅废弃的战壕，先后从那里捡回来许多军用通讯器材上使用过的完整的大电池，经检查，里面都有残留的电力，能带动手电筒用的电灯泡。古全和在大电池的顶端钻开一个小孔儿，注入盐水，使之再发出其中剩余的部分电力，这时古全和就用这些更生的废电池和他自制的微型儿灯具照明。

晚饭后过了好一阵子了，杨雅范见古全和二楼南窗仍然亮着，古全和在灯影里晃动，正在那里忙碌着什么，就提着一个小布包儿，飞快地越过小红楼前面的小马路，悄悄地闪进小红楼，直接快步上了二楼，见古全和正在摆弄他的火枪，便说："还在弄你的枪啊？"

古全和抬头对她笑笑，点点头儿，没有说话。

杨雅范随口说道："你这杆枪赶不上俺们家的那些长。"

古全和想起了刘书成叔叔的话，便问说："有快枪吧？"

"没见过。"杨雅范说，"你千万别对别人说俺们家有枪。"

古全和认真地点点头儿。

杨雅范有点儿不好意思地说："我带来了一些粘饽饽，给你和叔叔婶婶尝尝，我大爷和大妈都不知道，他们不让我往外拿吃的东西，"然后又有些羞涩地说，"在俺们这里，女孩子给男孩子送粘豆包儿犯忌呀①……"

"犯啥忌？"

杨雅范不好意思地说："反正是犯忌，而且是犯大忌！啊呀，你什么都不懂！"

古全和愣愣地看着有些难为情的杨雅范，不再追问，而是小心地接过她递给他的一包黏豆包儿，一再说谢谢。这会儿这是最珍贵的礼物，是有钱也买不到的东西。这件事让古全和联想到杨雅范当年送他贴饼子的往事，更加感到杨雅范心地善良，在不知不觉中缩短了他和她的距离，增加了对她的好感。

杨雅范身材高大，壮实，秀姑心里已经有了她，还常常对丈夫夸奖杨雅范俊秀，伶俐，大方，心眼儿好。古世才知道她是想让杨雅范当儿媳妇儿，不过他认为她这是一厢情愿。杨雅范是财主家的女儿，不可能嫁给一个穷孩子，就是她自己愿意，她大爷大娘也不会同意。秀姑不赞成丈夫的说法儿。她说这会儿不是太平盛世，谁贵谁贱也很难说。杨雅范是个孤儿，富家儿女一旦落魄，还不如穷家的孩子，小姐嫁给叫花子的故事戏文里有过，女人要是迷上了一个男人，就会和疯了一样，什么都不顾。王宝钏不是就不顾她宰相爹的反对，跟了薛平贵进了寒窑吗？祝英台不是和梁山伯一起变成了蝴蝶吗？说眼前的，小凤儿她娘当年不就是杀了她家看家护院的伙计，带着小凤儿她爹私奔了吗？《大劈棺》里的那个女人为了给和她相好的治头疼病，不惜抡起斧头劈开棺材，把她死去不久的丈夫的脑

---

① "豆包儿"代表女性，女人送豆包儿给男性，暗含着"自荐枕席"或是"倒贴"的意思。

子挖出来给那个人吃……杨雅范是个大姑娘了，到了想男人的时候了，而儿子呢，也已经是五尺多高的大汉子了。秀姑不像古世才那样热衷于回山东老家，她也不歧视本地人，对杨雅范有意，很想让古世才认可自己的高论，便继续说道："你觉得我说的不对吗？"

古世才觉得秀姑说的都是一些不着边际的歪理，不耐烦地说道："你就快别瞎唠叨啦，人家杨雅范就在楼上，你让人家听见了该有多么不好啊！"

秀姑固执地说："有什么不好，又不是说她的坏话，哪个闺女到了时候不想嫁人？"

不过说起来，在山东庄，爱念书、书念得好，能和女学生说上话的，也只有古全和一个人。涉世不深的好学生，在学校这个环境里，在学习的问题上，无论他们是男是女，家境怎样，都比较看重学习。而杨雅范所看重的，正是古全和好学上进的精神。他在炮火连天、不知何时就可能一命呜呼的危急时刻，仍然能够坚持和痴迷于学习，这在本镇可能是绝无仅有的，当然让也是好学上进的杨雅范敬佩。

128

杨文光"琢磨"了多半辈子，"琢磨"的就是钱，捞钱就是他人生的目的。他已经习惯了从钱眼儿里看人，对于钱财以外的事情，他并不怎么关心。穷人想弄到钱是为了远离饥寒，过上不缺吃少穿的好日子，而杨大琢磨没有吃穿用方面的难处，他是为弄钱而弄钱，他关心的是钱的数目儿，是靠着钱数儿夸富，和傲视他人，而不是钱的实际用处。

杨文光名不虚传，从中华民国，到"伪满洲国"，再到今天，几十年来，在钱财的事情上，他从来没"琢磨"错过，而在1947年秋冬期间，他们一家带着家中的浮财进城的这一回，他觉得自己又"琢磨"对了。他是白龙镇最早携带着部分家产浮财搬进宋家屯镇来的，还廉价买下了几十间房子，先后用参股和高价收购的办法盘下了黑狗大街上的一家杂货店，在城里置下了资产，把自己变成了地主兼工商业者。他觉得自己奔着山东庄和古世才来也是一步好棋。他认为山东人老实，重感情，知恩图报，能为他所用。最让他感到得意的是他带来了几万斤粮食，现在粮价是折着跟头不断地往上涨，给他提供了一个千载难逢的暴富的机会。他就像在天上展翅翱翔的老鹰盯着地上的猎物一样盯着粮价神奇的变化，等待着有利时机，把粮食抛出，大捞一把，再把他捞到的纸币换成银元，等太平了回到白龙镇，再把银元变成大片的土地和成群的骡马，抬高他在全县的地位。

　　杨大琢磨深信蒋委员长的雄才大略，相信"国军"必胜，八路军必败，战事一过，他就会城里生意兴隆，乡下土地翻番。万一共产党一时得势，暂时占领本市，他也会因为自己是工商业者而得到保护，不至于落到贫雇农手里挨折腾受罪。他觉得自己有远见，连足智多谋的县商会会长曾昭明也比不上他。他想，他曾昭明就没有想到共产党会来得这样快，他是在八路军围城前夕才仓皇搬进本镇来的，他没有来得及变卖家产，把浮财带出来，进城买房又多花了成儿倍的价钱，损失了那么些大牲口，吃了大亏。

　　这些日子，逛市场是杨大琢磨每天的一大乐事，他天天奔菜市街去打听粮价和金银价，有时上下午各一次，因为粮价时刻在变，扶摇直上，高粱米从3月18日八路军突袭保安旅那天到现在，在短短几个月的时间，就从每斤几毛钱涨到三百元，按照眼前的粮价，他三万斤粮食能卖到九百万元，可换成铮铮响的三万多块现大洋，能买好地百垧和成群的骡马，每回想到这个前景，他都激动得坐立不安，整宿整宿地睡不着觉。而何时抛售粮食也是他的一块心病。他担心出手早了吃亏，又担心错过了最好的出手的时机遭受损失，面对不断变动的粮价他不知如何是好。在高粱米每斤涨到五百元时，他曾经很冲动过一回，准备出手了，可是他担心粮食还会涨，又犹豫了。而在三天之后，高粱米每斤突然暴涨破千元，他决定抛出粮食的时候，宋家屯镇传说发生了一件大事，听说在头一天的夜里本镇一连发生了几起持枪破门入户抢劫案，抢劫的主要目标儿就是粮食和金银珠宝。这件事让宋家屯镇的居民意识到自身的孤立无援和新的危险。八路军在镇外的庄稼地里，保安旅偏踞本镇南的一角儿，他们中间是真空地带，几万居民就住在这里，他们的人身安全和财产得不到任何保护，而粮食和金银珠宝变成了危险物资，可能引来杀身之祸，粮食市场因此而突然开始萎缩，大宗粮食无法上市，金银市场也随之萎缩和终于消失，东北九省流通券迅速贬值，而且瞬间变得一钱不值，成为废纸。杨大琢磨的如意算盘也变成了一个梦，粮食也变成了他捧在手里的一个刺猬。他为错过了暴富的良机而感到后悔莫及，他既舍不得把粮食送给他女婿所在的保安旅，更不想送给山东庄的穷人。但是他需要靠身边的这些老实的山东人来保护他一家的平安，于是就决定收买山东庄的头面人物儿，首先就是有威望的古世才和城府很深的刘书成。事不宜迟，天黑以后，他就派杨雅范请刘书成和古世才到他家里来坐坐。

刘书成在去杨大琢磨家之前，先到小红楼儿和古世才一聚，商量对策。他们估计杨大琢磨在这个时候找他们，和近来宋家屯镇发生的一些抢劫案有关，他是担心有人打他家的粮食和财产的主意，想借他们的力量来保护自己。古世才和刘书成也想利用这个机会摸摸杨大琢磨家是不是有枪，有多少粮食，他肯不肯出点儿血，拿出一些粮食来接济山东庄的众乡亲。

杨大琢磨不想张扬这件事，所以并没有到大门外去迎接古世才和刘书成，而是在客厅里等候他们的到来。杨大琢磨家的住房是一套三大间，两间坐北朝南，其中的西屋是客房兼他小外甥的卧室。东屋，也就是中间的那个房间，是客厅。杨大琢磨和他的夫人武桂贤住在连接着客厅的那个坐东朝西有南窗的套间儿里。杨大琢磨选用这套房子是因为它临街有门直通大院儿外，出进可以躲过大院儿里的人的耳目，活动方便。他从乡下运来的粮食和其他财物就是在夜里从他家临街的北门运进来的，他挖地窖挖出来的土，也是在夜里悄悄地从北门运走的。

刘书成落座后就微眯他那双红肿的眼睛，从地面到天棚，窥视周围的一切，能看的地方儿他都看过了。实际上他是来踩点儿的，他打算端杨大琢磨的老窝，抢劫他所有的粮食分给山东庄的穷乡亲。他断定：杨大琢磨的秘密地窖口儿就在杨大琢磨和他夫人武桂贤住的套间里，他依据夜里听来的情况判断，杨家整套住宅的下面都是地窖，存粮至少有两万斤。

杨大琢磨安排古世才和刘书成就座寒暄过后，就朝里屋喊"上茶。"

苗遇春的女儿二丫儿给古世才和刘书成送上热茶。

杨大琢磨亲切地笑着说："俺们搬来山东庄快半年啦，总想和兄弟们坐在一起喝一杯，好好儿地唠扯唠扯，表示表示俺们一家对于乡亲们的谢意，可是一直没得空儿坐下来，很对不住大家。说起来咱们还是乡亲，我老家也是山东，听说是在清朝乾隆年间，一位老祖宗带领着俺们全家从山东利津逃荒来到关外的，至今该有二百多年了。"

刘书成不了解杨大琢磨，点点头儿说："原来杨掌柜老家也是山东呀。"而古世才微微不语。他记得他听梁永财说过，杨文光老家是河北芦台，他们祖上流落到这里不过五代，他假称自己老家山东，是想和他们套近乎儿，本地的许多财主都知道流落在外的山东人大多重乡情，古世才猜想杨大琢磨一定是有求于他们。

杨大琢磨说："咱们山东人重乡情，讲义气。古时候梁山一百单八将为什么要在咱们梁山泊聚义？就因为咱们山东人重义气。现在岁月艰难，就更要讲义气。近来本镇刮起抢劫风，咱们得联合起来保护自己。"

刘书成笑了笑，瓮声瓮气儿地说道："抢匪不会光顾穷人，他们要抢的是有钱的人，"然后故意吓唬杨大琢磨说，"我发现，抢匪已经盯上咱们这里了，已经有人到咱们这里来踩点儿了！"

刘书成这一番话让杨大琢磨感觉灾难就在眼前，抢匪是冲着他来的，这里的大户就是他和苗玉春两家，他怀疑抢匪和山东庄的人有联络，有人向抢匪透露了他家的底细。这时坐不住的还有杨大琢磨的夫人。她从套间跑出来，惊慌地拍着手说："这可怎么好啊！得想法子防范他们呀！"

古世才在杨大琢磨一家刚来的时候见过武桂贤。当时她就很胖，肚子挺得高高的，上面像倒扣着一口锅。来到这里，又处在围城时期，她没有亲戚朋友好走动，和大院儿里的邻居又没有什么来往，整天窝在屋里围着锅台转，就更胖了，胖得行动都有些困难了。杨大琢磨觉得她这般模样儿太显眼，容易招贼惹祸，劝说她节食减肥她不干，这些日子干脆就不让她出门儿了。

杨大琢磨企图把抢匪对他们的威胁说成是山东庄所有居民的威胁，怂恿古世才刘书成出面组织山东庄的人起来自卫，实际上主要是保卫他和苗遇春家，就说道："是得想法子防范他们。俗话说，'东三省的胡子不讲理'，这些人不论穷富，有谁落到他们手里，不死也得脱层皮。"

刘书成说："抢匪要抢的是粮食和金银珠宝，穷人没有这些玩意儿。要防范抢匪并不难，难处是这会儿大家伙儿肚子里都没有正经粮食，没有力气，而且手里除了棍棒，又没有顶用的家什，拿什么去防范他们？"

杨大琢磨明白，刘书成的话一针见血，他是要粮要枪。要粮可以商量，而他有枪的事情不能外露。他担心枪落到这些山东人的手里，首先威胁的就是他自己。就在盘算着怎样回应刘书成的时候，耐不住性子的武桂贤冒出了一句话："家什倒是有啊……"

刘书成紧跟问道："有快枪吗?!"

杨大琢磨抢先插话说："她说的'家什'是大刀长枪。没有枪也不要紧，只要大家就行。抢匪的手里也未必有枪。"然后又挂搭个脸子冷冷地对武桂贤说道，"我好不容易有个机会和两位兄弟坐下来好好儿唠唠，你来瞎掺和什么？你啥也不懂，赶紧回屋里去吧。"

武桂贤不知道自己说错了什么，但还是乖乖地离开堂屋，回到了套间儿。

刘书成和古世才都断定杨大琢磨家有枪，而且可能有快枪。杨大琢磨贬斥武桂贤啥也不懂，说她说的'家什'是指大刀长枪，意思是否认他家有枪。刘书成本来希望杨大琢磨能说实话，拿出些粮食来接济众乡亲，众乡亲就可以在维护自己安全的同时维护杨大琢磨和苗遇春两家的安全，见杨大琢磨太不仗义，不能以诚相待，不肯说向山东庄的众乡亲发放口粮，还不肯承认家里有枪，居心不良，想让他们赤手空拳地去对付抢匪，很生气，便以公事公办的语气说道："杨掌柜，咱们就说到这里吧，你要是没有别的事情，俺们就不打扰了。"说着，就站起来，古世才也站起来。

杨大琢磨慌忙说道："别介呀，兄弟们好不容易凑到一起，多坐一会儿嘛。"

古世才不想把事情弄僵，只好又坐下，刘书成也跟着坐下。

杨大琢磨认为刘书成是由于没得到他的馈赠而表示不满。他想，他毕竟是穷人，笑他小气，便笑着朝套间儿招呼道："喂，把东西拿出来吧。"

武桂贤和二丫应声儿每人吃力地提着一个面袋子从套间里走出来，并分别把他们放到古世才和刘书成的面前。杨大琢磨宽容地笑笑说："一点儿大黄米，拿回去蒸点儿米糕吃把。山东庄的安全的事，希望两位多操心。"

刘书成笑着说："多谢杨掌柜，我们还能对付，大黄米你们自己留着吃吧。"

古世才拒绝杨大琢磨的馈赠，让杨大琢磨感觉意外。他认为在现在这个时候，几十斤大黄米算得上是大礼了，而且他也没说对于他们的馈赠仅此一次，照说古世才他们应该高兴地接受，并表示感激才是，那他们为什么不肯接受呢？是要面子假装清高呢，还是嫌少呢？他想，他们肯定是嫌少。他笑他们贪得无厌，便笑着说："先拿回去吃着。"意思是说，以后还有。然而古世才和刘书成依然不动声色，不说接受，也不说拒绝。杨大琢磨更加迷惑不解。他过去经常利用这种办法儿来笼络他家的长工替他出大力气。比如送给某个长工一件旧衣裳，或是一顶旧帽子，一头病死要扔掉的死猪，几斤粮食，等等，得到馈赠的长工莫不对他表示感激，并且更卖力气地给他干活儿。看起来古世才和刘书成和他的那些长工不一样，他想用这点儿东西来笼络他们是打错了主意，感觉像他们这样的人不是几句话、一点东西就能哄得住的。

于是，他改变主意，改用收买和抬举两种手段，让他们替他出力。他用称赞他们急公好义、关心乡亲们的安危来打动他们，说不管是什么人，一旦落入抢匪手中，都会被他们折磨得死去活来，不能看着乡亲们有危险而无动于衷等等，想用这样的办法儿来激发和秀导他们起来维护山东庄一带的平安，而山东庄平安了，他杨大琢磨一家也就平安了。杨大琢磨的这种用心古世才和刘书成都懂。古世才半认真半玩笑地说道，山东庄的乡亲们什么都不怕，能混就混下去，实在混不下去了，他就带领着大家伙儿偷渡到八路军占领区去。而这是杨大琢磨没想到的，也是他最怕的。山东庄的穷人都走了，留在这里的只有他杨大琢磨等几户富户了，会完全暴露在抢匪的面前。杨大琢磨必须想法儿阻止他们去偷渡，便造谣说，八路军的封锁线很严密，听说他们对于偷渡的人格杀勿论，逃不出去。古世才笑笑说，世界上没有过不去的封锁线，是网就有眼儿，有眼儿就能钻。在伪满洲国那个时候，你家女婿马希升警长和他的那些棒子队员们构筑的封锁线不是就很严密吗，可是俺们还不是照旧自由来往？杨大琢磨感觉他笼络不住他们，可是他仍然不肯说，拿出粮食来接济山东庄的穷人。他宁肯捧着这个"刺猬"冒险、受罪，也不肯放手。他幻想这个"刺猬"说不定有一天能变成金"刺猬"。而且不止如此，她还开始担心古世才和刘书成，以及山东庄的穷苦人打他粮食的主意，在活不下去的时候抢他的粮食，而开始防范他们。他防范措施之一就是让他家里人，包括他的夫人和外孙，不和外面的人来往，限制杨雅范的活动，只准她每天一次去古世才家探听消息，而且千叮咛万嘱咐，不要泄露了他的秘密。

杨大琢磨和古世才他们的"兄弟般的交谈"不欢而散。在古世才和刘书成走出中院大门后，刘书成回头又看了一眼，怒气冲冲地说道："哼，想用几粒粮食收买咱们？让咱们替他当看家狗，那是做梦！说不定什么时候我给他连锅儿端啦！他地窖里估计至少有两万斤粮食，够咱们吃几个月的。"

古世才没有对刘书成的话做出反应。这样的话，刘书成对他说过不止一次。他明白刘书成是想鼓动他起来带领山东庄的老少爷们儿抢了杨大琢磨，分了他的粮食。刘书成知道，山东庄有些人知道他当过土匪，杀过人，对他有戒心，不愿意和他搅和到一起，他号召不起全山东庄的人，要抢杨大琢磨，必须由古世才这种有威信的人站出来带头干。可是古世才不想违背他娘"饿死不偷，穷死不抢""外财不富穷人命"的教导，而且他认为眼下国共两党的争斗胜负难说，杨文光的女婿是保安旅的校级军官，他近在眼前，随时可能带兵冲过来报复大家，这件事包含着很大的危险，有可能给乡亲们惹来灭顶之灾，所以他始终不肯接刘书成的话茬。

杨大琢磨拉拢古世才和刘书成不成，就觉得自己一家的安全没有保障，开始怀疑他留在江城和宋家屯镇是不是对头，觉得可能还是曾昭明高明。他三月初来到本镇，在共军的包围圈儿还没有来得及收紧，交通还没有中断，就带领全家溜出本市，去了关里，而他却像搁浅在断流的河段里的鱼一样，被困在这个小小的宋家屯镇，动弹不得。他想过投奔女婿，觉得那更不安全，也不愿意寄人篱下。

129

在姜承仁把小红楼委托给古世才看管的当时，古世才家左邻右舍的人们都觉得他们家走好运，拣了一个大便宜，羡慕不已。在穷苦百姓的心里，住楼房，"楼上楼下，电灯电话"是富人的生活，天堂生活。山东庄的老百姓没听说有谁进过楼房。所以在古世才一家搬进小红楼的头半个月里，山东庄的人几乎都到小红楼来参观过。小红楼方方正正，坐北朝南，独处一角儿，门前是笔直的马路，背后是占地十几亩的草场，越过草场是无边的庄稼地，安静，宽敞，干爽，通风透光好，住着舒服，更让大家伙儿看在眼里的是，不用交房租。这一项一年就是五六十块钱呀。

然而八路军围城之后情况变了，此刻，高高的小红楼变成了多方关注的危险之地。潜伏在它西面不远处的野地里的八路军关注它，担心和怀疑它被保安旅用作瞭望台，从这里窥视他们的阵地，曾经考虑炮轰它，把它摧毁。近来猖獗一时的抢匪们肯定也关注它，把它看成是他们横扫山东庄，抢劫杨大琢磨等富有人家儿的障碍，一定要拔掉小红楼这个钉子，刘书成发现抢匪已经派人来踩过点儿，他建议古世才立刻搬家，说小红楼儿东西南北四不靠，一旦有事，大家难得越过马路来照应他们。秀姑听说住在小红楼儿危险，也张罗着要搬家。可是古世才坚持不搬，他说，八路军已经派人来小红楼儿侦察过，知道住在这里的是老百姓；而抢匪一般不会冒险来抢劫他们这样的穷人。没有人会想到的是，向来谨慎的古世才，会冒险留在小红楼儿，不知道他这样做的考虑之一，是这里宽绰，敞亮，空气好，桌椅板凳齐全，住在这里有利于他的宝贝儿子念书学习。古世才当然知道住在小红楼儿有危险。因为八路军可能换防，新来的人可能怀疑小红楼儿是保安旅的瞭望哨儿，再打小红楼儿的主意。小红楼儿的对面所是三个大杂院，好比是守护三个大杂院的岗楼，如果抢匪想进大杂院，就不能不顾忌到有人会从小红楼这里袭击他们。所以他认真地采取了防范措施。他砌死了一层前后的两个窗户，又从里面用角铁和厚木板加固过。在大门的上中下加了三道铁木结构的腰杠。在二层南面的两个窗台上堆积了大量的半头砖，意思是警告抢匪他有防范他们的准备，他们不能轻举妄动。他把古全和先后收集的伪满洲国警察和日本宪兵的佩刀各一把，立在门后备用，把古全和收集到的日军的战刀和"武道局"生产的一把木刀立在二层的楼梯口儿，准备用来堵截抢匪。古全和制造的火枪被安放在二层靠西面的窗口上，正对南面的三个大杂院儿。另外，他相信杨雅范的话，断定杨大琢磨和苗遇春家都有枪，到时候他们不能不露。

到现在为止抢匪都是在夜里作案。山东庄的老百姓在国民党保安旅不放枪放炮的时候，过的是战时的和平的日子，家家门户大开，人们和平时一样来往，并无防范抢匪的心理。而让人们想不到的是，山东庄在大白天就遭受了一次抢劫案。

今天傍晌儿，刘书成悄悄地来到小红楼儿敲门，告诉古世才说："中院进去了生人。"

"几个？"

"俩。"

"有家伙吗？"

"走在前面的人拿着木棍，另一个腰里像是有短家伙。"

"怎么办？"

刘书成说："收拾他们！"

古世才说："好，我去前院儿通知大家！你在后院儿等我的号令。"

刘书成说："我回后院儿招呼人。"

古世才嘱咐古全和关好门，怀里揣了一柄短刀，悄悄地去了前院儿，把他和刘书成商量的办法儿通知了孙孝友和桂云暖等人，并要他们惊动一下在中院儿作案的抢匪，然后离开南院儿，躲在大院外公共茅房的短墙后面观察抢匪的动静儿。

刘广聚叫开了古全和家的门，拿走了根儿的长枪，然后闪到小红楼儿东边那幢无人居住的破旧的平房儿里。有些激动的古全和，忘记了他爹的嘱咐，提着他的那把日本宪兵的佩刀，跟着刘广聚，来到平房儿，站在刘广聚的身边。

道士和有富按照古世才的吩咐，站在有富家的后窗前轮番高喊"抓贼啊……"他们的喊声惊动了正在中院儿作案的抢匪，他们情急之中想从中院儿的后窗跳进后院儿，然后从后院儿逃走。可是他们朝窗外一看，见后院儿里的男女老少手持菜刀、棍棒、镰刀、斧头等，虎视眈眈地盯着他们，就赶紧缩回来，改从中院儿大门原路逃走。一个吃力地背着小半麻袋东西跟跟跄跄在前面跑，一个手持木棍左顾右盼地断后。

古世才断定抢匪没有枪，就高喊："打！"

"嗵！"一声，刘广聚的枪响了，一股黑色火药的气味儿扩散开来。断后的抢匪被打中，伤在脚上，在一瘸一拐地顺着中院儿的西墙根儿拼命朝东跑。在他们经过后院儿大门外的时候，埋伏在那里的刘书成突然伸出扁担把跑在前面的抢匪绊倒，他扔下粮食，爬起来和后面的抢匪一起继续朝东跑去。广聚和古全和等猛追不舍。郑祥麟高喊："穷寇莫追！"

古世才注意到，郑祥麟神出鬼没，有些日子没露面了，听说他仍然住在谈家煎饼铺，但是从谈家煎饼铺关张儿以后古世才就没见过他。今天碰上这样的事，他却突然出现在大家面前，而且高喊"穷寇莫追"。古世才心中不禁有些起疑：郑祥麟为什么要这样做？是为了保护刘广聚等那些孩子们呢，还是为了保护那两个抢匪？他该不会和抢匪有勾搭吧？

这件事总算让杨大琢磨出了一点儿血，他委托古世才和刘书成给山东庄每家送去了20斤高粱米。他用加倍的高粱米酬谢古世才和刘书成，笼络他们，但是俩人只收了20斤高粱米。

抢大户这类勾当，在刘书成当土匪的时候，不知道干过多少回，他总惦记着抢杨大琢磨。山东庄的有些人家儿眼看就要断顿儿了，曹小个子地里的那些西葫芦秧子都吃光了，往后的日子更难过了。古世才目睹乡亲们的这种处境，面对刘书成的怂恿也曾心有所动，萌生过抢杨大琢磨的粮食接济大家的冲动，而当他想到这可能导致严重后果的时候，又冷静下来。他觉得这件事和保安旅有关，没有八路军的支持是干不得的。他的心思又回到琢磨偷渡上来，决定自己尝试着偷渡一次，摸摸偷渡的路线和具体情况。

第二天一早，郑祥麟突然来到小红楼儿。这是他第一次到古世才家来做客。郑祥麟名声儿不大好，平时他只和男人们交往，不和狗儿他娘以外的女人交往，也极少到有年轻妇女的人家串门儿。所以他的到来让古世才感到新鲜。郑祥麟在古世才心里是个有学问的人，一向对他另眼相看。

郑祥麟笑着说："我是来看看根儿造的火枪。"

有学问的郑祥麟欣赏自己的儿子，让古世才觉得骄傲，连忙朝楼上喊道："全和，你郑叔叔来啦，要看看你的枪。"

古全和应声从楼上跑下来，高兴地把枪递给郑祥麟。

郑祥麟摆弄了一会儿说道："好，长大了就去造枪炮保卫国家。"

古全和说："我想造原子弹！"

郑祥麟高兴地说："那就更好了！有了原子弹就没有人敢来欺负咱们啦。"

古世才怀疑郑祥麟的来意，他想，全和造枪的事儿山东庄早就无人不知，他为什么到现在再来看呢？自从郑祥麟对他谈论过围城的事，含蓄地替八路军说好话以后，古世才就觉得他不是个不关心时局的人。

古全和带着他的枪回到楼上后，古世才说道："大兄弟，还有别的事吧？"

郑祥麟笑笑说："没有。"说着，就站起来告辞，边走边说："八路军要开放卡哨了。"

古世才关切地问道："消息可靠吗？"

郑祥麟说："可靠。"口气很肯定，好像是来通知他的。

郑祥麟走后，古世才仍然在琢磨他的来意，联想到他近来的表现，感到郑祥麟是有意来向他报告这个消息的，目的是阻止他组织山东庄的老百姓偷渡。意思显然是说，既然八路军的卡哨就要开放，那你就没有必要冒险组织偷渡了。而且郑祥麟还说到偷渡，说偷渡很难，就是成功也只能出去一个人，一张嘴，衣裳被褥，锅碗瓢盆儿等，都带不走，到了外面吃什么，用什么，怎样生活？而走卡哨就能带走很多东西。郑祥麟的这些话让古世才感觉，郑祥麟想得周到，他了解山东庄，关心山东庄的乡亲，也相信他的为人。郑详麟好像知道古世才和刘书成近来在对待杨大琢磨和组织偷渡方面的活动，他是个琢磨不透的好心人。他怀疑郑祥麟可能和八路军有关系，说不定他就是个秘密八路。这种时候，没有人肯替八路军说好话。

130

宋家屯镇抢匪的活动日趋猖獗。

古时候的绿林好汉替天行道，杀富济贫，如今宋家屯镇的抢匪不分穷富，通统都抢，也把黑手伸向无助的老百姓。太阳落山之后，这里就成了魔鬼的世界。每个夜晚都能听到被害者此伏彼起的凄惨的哭叫声和撕心裂肺的求饶声，从夜幕降临，到第二天的黎明，通宵不断。抢匪闯进谁家，无论他们是否有钱有粮，折磨和逼问都遍及家里所有的人，连孩子也不放过。关于抢匪作恶的传闻不断，这些传闻比保安旅放冷枪冷炮更让人们感到可怕。秀姑再次提出搬家，而古世才仍然不同意。

刘书成报告说，这几天不断有贼眉鼠眼的生人到这里来转悠，他怀疑是来踩点儿的抢匪，说不定什么时候就会闯进来，呼吁大家行动起来，保护自己。古世才了解刘书成的过去，相信他的经验。现在山东庄的老百姓连战争中炮火喘息之下暂时的和平的日子也没有了，家家门窗紧闭，夜夜有人打更。古世才家也真的成了守护山东庄的炮娄儿了。

围城前古世才一家住在楼上，图的是清爽，敞亮，安静。围城后，保安旅的炮弹横飞，不时落到什么人家儿的屋顶爆炸，他们又搬到楼下，图的是安全，即使炮弹落到楼顶也有望保存自己的性命。如今抢匪猖獗，他们又搬到楼上，图的还是安全。住在楼上，抢匪的枪打不着，即使他们闯进门来，他们也能在楼梯口上堵截他们，鸣笛报警，等待援助。现在他们一家三口儿分住在二层的三处。秀姑睡在东边的南窗下，睡的是用姜大夫"杏林春暖"的厚厚的大匾搭成的板床上，监听着楼下大门的动静儿。古世才睡在西南角儿的袖珍书房里，监听着西北两边的动静儿。古全和睡在西边的南窗下的木床上。他为了磨炼意志，提高警觉，按照王海潮老师的教导，用两块砖当枕头。窗台上有他用砖砌成的像城墙垛口儿那样的矮墙。装好弹药的火枪，就靠在他的床边。

今晚是个月黑夜。凄惨的哭叫声此伏彼起，比往天夜里更甚，而人们无力去援救那些惨遭不幸的人家儿，空怀对他们的同情，而只能为他们感到焦虑和痛苦。古世才夫妇每夜都是很晚才能入睡。今天他们在后半夜才入睡。

秀姑在后半夜朦胧中觉得好像楼下的门响，门外有人在活动，就欠起身，侧耳静听。"咕咚，咕咚！"有人在撞门。她想，在这样混乱的时候，半夜三更来撞门，肯定不是好人，说不定就是抢匪。她悄悄移动身子，让自己的头离开窗口，高叫："谁！"她本想怒吼一声，震慑对方，可是由于她是突然被惊醒，事出偶然，她有些紧张，她的声音有些嘶哑，反倒透着一些惊恐。回应她的质问声的是"啪"的一声枪响。接着就传来了充满威胁的声音："别出声儿，快开门！"秀姑知道站在门前的就是抢匪，一股怒火冲上心头。

秀姑的喊声和枪声惊醒了古世才。他听出刚才响过的是三号撸子之类的很小的手枪，射程很小，快步赶到南窗下，站在秀姑的身边，屏息细听窗外的动静儿。

"快开门！"一个男人压抑的恐吓声。

古世才高声叫骂："你真是他娘地瞎了狗眼，敢来招惹山东庄！"说着，把大门上头窗台上的一些半头砖推落下去，紧接着就听到有人从门前跑开。

被惊醒的古全和第一次听见他爹这样粗野地骂人，觉得这会儿他有些英勇，很像舅舅。

楼下沉寂片刻。门又嗵嗵地响起来。古世才想，大门短时间他们弄不开，担心他们会在一层的前后窗上打主意，必须尽快把他们轰走。遗憾的是他和刘书成等没有约定互相救援的信号儿，没有办法儿求得他们的帮助。

在小红楼儿门前马路的西半边儿，在斜对着小红楼儿门窗的地方，立着一根通往莫斯科等地的国际电话线杆子，上面架有 28 条电话线。古全和听见电线杆子周围有人活动发出的窸窸窣窣的声音。他透过砌在窗台短墙上留出的垛口儿聚精会神地朝那里观看。外面漆黑，什么也看不清。过了一会儿，他仿佛看见了，准确地说是感觉到了，在电线杆子周围有一些影子在活动，至少有三五个，他们开始喊喊喳喳地说什么。他轻轻地把枪管儿伸到窗外，对准了电线杆子周围那片稍显浓重的黑影儿，对他爹说："我要开枪啦。" 就在他准备扣动扳机的时候，古世才走到他的床前，低声命令道："把枪口抬高！"

"为什么？"古全和不解地问道。

"听话！"古世才不容反驳地低声说。

古全和抬高枪口，扣动了扳机。枪"轰"的一声响了。

外面的人齐声惊叫："有枪！"古世才从叫声中判断抢匪不下五个人。紧接着是这些人轰然散开跑动的脚步声。杂乱的脚步声从楼前转到楼后的院子里，接着北窗外面的苋菜地里响起了唰拉唰拉的声音。古世才估计他们在打后窗的主意，便命令古全和再朝北窗外放一枪。古全和立刻对准北窗开了一枪。几乎与此同时，对面的中院儿和南院儿同时响起了"嗵嗵"火枪声。古世才知道，这是杨大琢磨和苗遇春两家开的枪，证实了杨雅范和刘书成所说的话，他们的确有枪。

小红楼儿背面的草丛里"呼啦"一声，过后，杂乱的脚步声渐渐地消失在远处。

抢匪逃跑了。三个大杂院儿的男人们和一些半大小子都出来了。大家兴奋地说笑议论了一阵子刚刚发生的事情，就各自回到家中，山东庄又恢复了平静。但是古世才一家非常兴奋，毫无睡意，激动地诉说和议论着事情的前前后后。

古世才用古全和的电池灯照着查看了抢匪开枪留下的痕迹，吃惊地发现，枪弹穿过枕头的边缘撞上天棚，如果秀姑没有躲开，正好命中她的头顶，有生命危险，一家人都感到庆幸，感谢神佛保佑。

古全和想到抢匪的可恨，差一点儿要了他娘的命，就说："爹，为什么不叫我朝着抢匪开枪？"

古世才思忖着有些伤感地说道："你知道他们都是些什么人，里面有没有无路可走的穷人？咱们不知道。这个年头儿，就是对待坏人，也不敢赶尽杀绝结仇呀。"

古全和表示理解他爹的意思。

天蒙蒙亮了。古全和发现从东面走来一个人。他背着一个麻袋，佝偻着身子走在小红楼儿前。

"站住！"古全和喊道。

那人乖乖地站住了。

"干什么的?!"古全和问道。

"过路的。"

"爹，截下他的东西吧?!"

"不，放他走！"

古全和说："为什么？"

古世才没有回答儿子。

秀姑严肃地对儿子说："听你爹的！"

131

在山东庄，穷苦人家儿，能吃的东西都吃完了，有些平时不能吃的东西也能吃了。小财东儿曹小个子夏初在他的那块方方正正的空地上种上了十几亩西葫芦。曹小个子家侍弄这片西葫芦的长工在山东老家时是菜农，由他经管的西葫芦，秧苗儿很快就缓过劲儿，接着就迅猛生长，甩出蔓子开花儿坐瓜。曹小个子想一定能卖个好价钱，捞上一笔。可是围城后不久，有些穷人吃饭就成了难事，接着，曹小个子一家就去向不明，他西葫芦也就无人管顾了，从西葫芦长到手指头那么大的时候就被人摘下来吃。

西葫芦没得吃了，人们采西葫芦叶和西葫芦秧吃。古全和生吃过西葫芦，发现它有甜瓜的味道，这时他才体会到商继盛为什么会有滋有味儿吃生黄豆，他想饥饿会改变人们的味觉。

山东庄所有的穷人都熬不下去了。古世才家有个把月不见油星儿，一心只顾护持着丈夫和儿子的秀姑得了雀蒙眼（夜盲症），太阳一落山她就看不清楚东西了。郑祥麟说八路军不日开放卡哨的消息不实，至今没有什么时候开放卡哨的准确消息。谈掌柜说，郑祥麟已有好几天没有回煎饼铺，他的去向不明。古世才想，如果现在不偷渡，以后就没有力气走动，只能眼睁睁地饿死在这里。偷渡成了山东庄的人们议论的主要话题。古世才决心一个人悄悄地尝试着偷渡，悄悄摸一摸偷渡的路线和应该注意的事情。

"国军正源源开来"的消息，电台依然时有报道，有钱和亲国民党的多数人仍然相信，希望那是事实。但是也有一些人感到失望，对于国军不再信赖，在他们的话语中"蒋委员长"变成了"蒋介石"。至于普通百姓，他们一向就不关心这些消息。在这暑热将逝的九月，人们除开对于八路军什么时候开放卡哨和某人一家逃出了八路的包围圈儿，或是某人遭抢之类的消息外，什么消息都不想听了。

杨大琢磨从暴富的美梦中醒来，感觉他仓库里存粮是定时炸弹，威胁着他一家的生命，认为山东庄两次遭抢都和他有关，出手粮食是他的当务之急。杨雅范说杨大琢磨开始在家里骂街，骂国民党，骂蒋介石，连天天光顾本市的"国军"飞机他也骂，骂飞行员怕死，不敢低飞，把空运的粮食大部分都投到了八路军的阵地上。这些日子，杨大琢磨常会不由自主地想到曾昭明。他曾经觉得曾昭明迟了一步，可是他发现曾昭明后来居上，全家逃到了北平，而他杨大琢磨现在时刻都可能落到共产党的手里！想到这里，他的心都会不由自主地颤抖。他怀疑共产党会保护工商业者。这些日子他很想尽快把地窖里的粮食运出去，摆脱危险，求得平安。他盼望着他的女婿马希升来给他透个消息，想个妥善的办法儿，而马希升一直没来。

杨大琢磨还在"琢磨"他侄女儿丫蛋儿的婚事。他想侄女儿虚岁18，已经到了出阁的岁数。要不是赶上围城，他早就把这件事情办了。杨大琢磨的三弟杨文明从日本回国后就声明说他不要家产。他的四弟入了日本籍，也和遗产无关。现在的家产有他二弟杨文斌的一半儿，他侄女儿杨雅范是他唯一的继承人。可是，田产是他一手经管的，要把家产的一半分给杨雅范，他心有不甘。他觉得趁着现在时局混乱，周围没有亲戚朋友替他侄女儿说话，悄悄地把丫蛋儿嫁出去最好。等太平了，丫蛋儿已经出阁了，丫蛋儿的姥姥家又没有有实力的人，谁会来计较这件事呢？可是他也不忍心太亏待了他的丫蛋儿，随便把她嫁个什么人，总想给她找个合适的人家儿。

武桂贤看透了丈夫的心思，说道："你不就是要趁摸个小伙儿吗？"

杨大琢磨说："可是眼前没有合适的人儿啊。"

"怎么没有？"潘月英说。

"你看上了谁？"

"古铁匠家的那个儿子啊。俺觉乎着丫蛋儿已经恋上那个小子了。"

杨大琢磨说"古世才的儿子还小呢，再说……"

武桂贤笑嘻嘻地说道："小什么呀？一准儿能弄出一窝小崽儿来！"

杨大琢磨摇摇头，长叹一声，没有说话。

132

上午，午饭前，杨雅范给古全和送来一些书。里面有《西游记》《三国演义》、白话《聊斋志异》和彭公案等。古全和如获至宝，反复翻阅，爱不释手，兴奋得忘记了对杨雅范表示谢意。古世才见了，忙问这都是些什么书。古全和以实相告，古世才知道这都是人们常说的"闲书"，心中感到不安。他听有人说"少不看《三国》，老不看《西游》"，担心儿子看闲书着迷，将来耽误功课，更担心他学坏。但是想到书是杨雅范好意送来的，也拿不准人们的说法儿对不对，自己的担忧是不是有必要，所以也就没有当场就这件事说三道四，横加干涉。杨雅范走后，他才试探地问道："看闲书不会耽误功课吗？"古全和说："不会的，这都是好书。"古世才点点头儿，表示放心。

这时，站在窗前的秀姑激动地喊道："快来看哪！"

古世才和古全和立刻赶到南窗前，见楼下有一些他们从来没见过的兵。他们的穿着、举动、神采都和保安旅不一样，他们像一条线儿一样，是一溜儿十七八岁的小兵儿，个个都穿着黄中透绿、干干净净、大小合体的军装，手里提着安装着刺锥而不是刺刀的步枪，彼此保持着一定的距离，猫着腰，顺着墙根儿，由东朝西飞跑。他们一样的年轻，一样地洒脱，一样地英武，一样地敏捷，一样地全神贯注，一样地一往无前，没有声音，也不停顿，像一阵风，像一串影子……朝西飞去，像是要赶着去办一件要紧的事情。

"八路！"古世才兴奋地自言自语，立刻想到郑祥麟说的八路军就要开放卡哨的话，激动地说，"快啦！这就快啦！"

"你说什么呢呀？"秀姑问道。

古世才无心回答她的问话。

这是围城以来古世才一家第一次看见八路军。他们你看看我，我看看你，都不说话，但是都很兴奋，好像漂荡在海上而看到了岸，看到了自己一家和山东庄所有的老少爷们儿的生的希望。

"都是些小孩儿呀。"秀姑说。她联想到了她的根儿，联想到了这些小兵的爹娘，心中油然生出了对这些小兵的怜爱。

"他们比我大不了多少。"古全和激动地说。

"快了！这就快了！"古世才说。

"什么快啦？"秀姑问道。

"快摊牌了！卡哨就要开放了。"古世才兴奋地说。

小股儿的八路军大白天突然出现在黑狗大街一带，成了惊人的新闻。八路军露面了，苦难到头儿了！垂死的人们心里升起了这样一种模模糊糊的生的希望。普通老百姓，对于国民党和共产党之间的谁是谁非，本来就是既不了解，也不关心。他们不喜欢贪污腐败的国民党，因此也不大相信国民党关于共产党的宣传，但是也不了解共产党，说不出共产党的好或是赖，他们期盼的是和平。他们对共产党感到不满，也仅仅是因为他们不肯开放卡哨，放他们出去逃生。

八路军在镇上出现之后，镇上抢匪的活动立刻销声匿迹，恢复了战火下的太平。八路军的露面儿镇住了抢匪，也吓着了杨大琢磨和苗遇春。他们好像天生就怕共产党，怕落到共产党的手里，遭遇亲友们对他们诉说的那些关于流血斗争、白骨斗争的厄运。杨大琢磨觉得山东庄的这些穷人也未必都是顺民。刘书成就不让他放心。杨大琢磨发现刘书成常常盯着他的后窗看。古世才也未必能靠得住。在钱财的事情上，他不相信任何人，更不用说如今都被卡在要命的这个节骨眼儿上的这些穷人。虽然他表弟对他说过，共产党保护工商业，他现在也算是个工商业者，可是他还是害怕。他恨共产党，要不是共产党作乱，他也不会扔下那么大的一个家业逃到城里来受这份儿罪。他后悔自己没有琢磨到会有今天。要是当时想到有今天，他就带领一家奔关里了。他承认自己比不上曾昭明，知道世界上也有他琢磨不透的事情。前天上午，杨大琢磨的小外孙拿着雪白的馒头跑到街上，被别的孩子们抢走。杨大琢磨担心走投无路的穷人，会砸开他家的门，冲进他家的地窖，抢走他的粮食，打死他们一家人，觉得必须立刻逃离山东庄。可是往哪里逃呢？进城吗？有女婿帮忙，他们能进城，可是粮食呢？他的那些值钱的东西呢？他能把粮食和那些值钱的东西都弄到城里去吗？不然的话，他到城里怎么生活？还有，丫蛋儿怎么办？她是杨家的后代，总不能随便打发了她吧？现在他琢磨不出个满意的主意。

武桂贤想尽快丢开杨雅范这个累赘，一再对杨大琢磨提古全和的事。杨大琢磨说："丫蛋儿还小，她的婚事以后再说吧。"武桂贤说："小什么？你娶我的时候我才15，丫蛋都18啦。"杨大琢磨说："人家古家未必愿意。"武桂贤说："我看他们是求之不得！多给他们一点儿好处嘛。"杨大琢磨知道武桂贤急于甩包袱，而他不想做得太对不住他死去的弟弟和可怜的侄女儿。

杨大琢磨经反复琢磨过后，下定决心把粮食送给保安旅，一为支持女婿，支援"国军"，也是自己寄居保安旅的晋身之礼。可是，这么多的粮食，怎么运出去呢？他盼望着马希升来一趟，想个妥善的办法儿。而在几天之后马希升也真的来了。他是大白天来的，穿的是便衣。

过去，马希升一向佩服他的岳父，听从他的指点。光复前夕，杨大琢磨就曾经对他说，那些家里有人被他抓了劳工的山东人，一旦"满洲国"垮台，他们就一定会来找他算账。他还说，马希升在1944年秋告发过一个抗日分子，后来那个人被日本人处死了，这件事一旦被查出来，他会有性命的危险。因此他建议马希升回盖平老家躲一躲。马希升按照他的指点，带着妻子悄悄地潜回了盖平，在那里躲了将近一年。1946年春，伪国军"铁石部队"被国民党收编，变成了"国军"，同时"国军"在江城开展建军活动。杨大琢磨立刻把马希升叫回本市，马希升又按照杨大琢磨的指点，把本市宋家屯镇以北的伪满洲国的那些罪过比较大的军警宪特和不务正业的棒子队员联络起来，拉起了一个连，在国民党军队里混了个连长。保安16旅的旅长汪大用是马希升小学的老师，为壮大自己的势力，他封马希升为营长。都鸿勋的独立旅开来本市，改编成保安17旅，奉命协同保安16旅驻守本镇。都鸿勋死后，汪大用把他的残余部队二百多人编成16旅的一个独立团，任命马希升为该团的团长。保安17旅，骨干多为伪军警出身，从日伪时期到现在一直和关内外的共产党、八路军作对，他们比正牌儿的"国军"更仇视共产党和八路军。

"你怎么大白天就来啦？"杨大琢磨说。

"共军夜里开进镇上巡逻，晚上来可能和他们遭遇。"马希升说。

杨大琢磨点点头儿，说道："你看战局怎么样？"

马希升轻蔑地说："能怎么样？完蛋啦！这个蒋光头，真他妈的无能！打日本不行，打共产党也不行，纯粹是个窝囊废。"

杨大琢磨又问道："'国军'的援军？"

"全是他妈的骗人！"马希升骂道，"从夏初到如今，一兵一卒也没派出来！派来空投的飞行员，个个贪生怕死，不敢低空飞行，生怕叫共军的高射炮打中，他们越飞越高，总是从高空往下扔东西，风又大，空投的东西大部分都飘到共军的阵地上去了！"

杨大琢磨确信"国军"的处境不妙。

"你们那里怎么样？"

马希升沮丧地说："能怎么样？沟子南驻地的老百姓已经跑光了，士兵每天连半饱也吃不到，马都杀着吃了，留下来的只有拖炮车的十几匹马，也瘦得走起来直打晃儿了，也变成了吃货。烧的是从老百姓的房子上拆下来的木料。天天有人开小差儿，枪毙也不管用。"

武桂贤叹了一口气说道："这可怎么好啊！"

"希升，你看，咱们该怎么办？"杨大琢磨无计可施。

"粮食不能留给共产党！"马希升恶狠狠地说。

"我决定把粮食送给你们。可是这么多粮食怎么运出去呢？"

"我派人来运。"马希升说。

"你妹妹的事，你也得上心。"武桂贤说。

"这好办！找个男人还不容易。"马希升说着，朝里屋看了一眼。

杨大琢磨猜想马希升可能是想把他的丫蛋儿嫁给随便一个什么男人，心里感到不安。马希升看出了他岳父的心思，就笑嘻嘻地说道："一个乡下丫头，有什么了不起？难道给'国军'军官当老婆，还算委屈了她吗？总比叫共军拉去'共妻'好吧?!"

杨大琢磨没有说话。他对女婿轻浮的腔调儿很反感，感觉他变了，有些玩世不恭，不把丫蛋儿当回事儿，担心他对自己的女儿也不会好，觉得眼前的"国军"连"满洲国"时的国兵都不如。

城里传来消息说赵凤山被抓走了，罪名是他聚众抢劫空投物资。乡亲们听说事情涉及军粮，嘴里不说，心里都觉得他这回是活不成了。古世才一直惦念着赵凤山一家，期待着能传来赵凤山得救的消息。

今天一大早，素桂和她娘突然来到山东庄。

赵凤山对山东庄的乡亲们有大恩。要在平时，老邻居们都会热情接待素桂母女。可现在谁有东西拿出来给他们吃呢？家家人命如游丝，亲兄弟姐妹都难以相顾，他们能给她们些什么照顾？安慰的话没有用，就是舍弃自己的性命，把口中的糠菜掏出来给她们吃了，又能维持几天？死亡淡化了人之常情。苦难把人们折磨得麻木了，冷漠了。

素桂娘儿俩是奔着古世才来的。秀姑一见素桂娘儿俩的模样儿就哭了。她看见素桂她娘眼窝深陷，颧骨突出，发如蒿草，面如金纸，呼吸短促，步履艰难，人瘦得变了形儿，与其说是个人，不如说是个骷髅。人们记忆中的那个健壮、精神、勤快、风趣的女人不见了！素桂也两眼无神，面皮油亮，胳膊溜细，皮色枯黄，象大病过一场，原先秀美的模样儿一点儿都不见了。人们几乎认不出她们母女二人了。

古全和听说赵婶儿和素桂姐姐来了，立刻从楼上跑下来。一见她们，吃了一惊。迟疑片刻，才迎上去叫道："大婶儿，素桂姐！你们逃出来啦！"

秀姑把素桂她娘搀进屋里。众乡亲个个愁容满面，齐集在门外，伤心地朝她们张望。

素桂她娘抬起头，看看秀姑，摇摇头，怪样儿地笑笑，然后叹了口气，耳语般沙哑地说道："大嫂，大哥，咱们又见面了。十里路走了两天，才来到这里，能把素桂带出来，见上你们一面，就心满意足了。"

"快上炕躺下歇着吧。"古世才面带深重的伤痛招呼道。

秀姑把素桂她娘扶上炕，给她脱了鞋，让她躺好。

两家人彼此看看，心里什么都明白，各自的艰难困苦，都不必说了。

"素桂姐上楼吧。"古全和扶着素桂的胳膊说，"先到楼上躺着歇歇。"

素桂她娘用力抬起头，睁大无神的眼睛，看着根儿，脸上浮起一丝微笑。

"躺一会儿吧。"古全和把素桂拉上楼，让她躺到自己的床上。

素桂笑了笑，闭上眼睛，静静地歇息了一会儿，然后慢慢地坐起来。她看着古全和，眼睛周围浮起一片细细的皱纹，展示出一丝伤感的笑意。此刻，她最强烈的感觉是饿。除此以外，她什么都不关心。可是古全和竟把他造的火枪拿给她看。她看过火枪，夸奖古全和能干，手艺好。

素桂心里放不下她娘，在楼上歇了一会儿，又回到楼下。

"城里活不下去了……"素桂她娘喘息了一会儿后说道。

"但愿咱们能逃过这一劫。"秀姑凄凉地说。

"难……啊！千错万错，错在晚走了一步。"素桂他娘喘息着说。"围城前俺已经和你大兄弟说好，一起回山东老家。可是几天以后就围城了。俺们又想，等等吧，等太平了再走。可是太平一直没有来。不久前，你大兄弟被他们抓走了。起初听说关在江城督察处，后来就没有消息了。俺们等啊等，一直等到前天。听说被抓进督察处的人，有进无出，估计他是不在啦……"

"凤山命大，但愿老天保佑。"秀姑宽慰素桂她娘说。

"嫂子，"素桂她娘停下来喘了口气，指指站在炕边的素桂说道，"俺拼着命爬出来，为的就是这个丫头……俺心里明白，俺是不行了。"

"别这样说，让孩子们听了心里难受。"秀姑说，"你歇着，俺去弄饭。"

素桂她娘没有说客套话。

平时文静的素桂，不断往厨房的那个方向瞅。

"吃饭。"秀姑端上来热气腾腾的拌豆饼。

素桂她娘的两只眼睛直直地盯着食物，控制着自己贪吃的欲望，使自己不致失礼。可是她只吃了几口，就满脸虚汗，身不由己地躺下了。她连吃饭的力气都没有了。

135

秀姑说楼上清爽、安静，让素桂母女住到楼上。

晚饭后，素桂下楼来请古世才和秀姑上楼，说她娘有要紧的话说。

素桂她娘躺在古全和的床上。见古世才夫妇来了，想坐起来。

"躺着！"秀姑赶忙上前扶住素桂她娘，问道："好些了吗？"

素桂她娘无力地笑着点点头儿，算是回答，意思是宽慰秀姑。

"休息几天就会好起来的。"古世才站在秀姑的背后说。

素桂她娘没有说话，只轻轻地点了点头。

秀姑发现素桂她娘已经走了像，多半是活不成了，想到这里，心里非常难受。

"我请哥哥嫂子来，是想和你们商量一件事。"

"只管说。"秀姑说。

"俺——是不行了！"

"别这样想！"秀姑打断素桂她娘的话，止不住的泪水把她下面的话噎住了。停了停，她接着说："有俺们一家在，就有你们娘儿俩！根儿他爹正在琢磨偷渡到那边去，咱们都能活下去。"

两滴浑浊的眼泪从素桂她娘枯干的眼睛里渗出来。她把她枯柴一样颤抖的手伸给秀姑。秀姑赶紧抓住它，忍不住哭出声来，泪水滴湿了衣襟。

"大哥大嫂，你们的恩德，俺们一家都记在心里。在'满洲国'的那会儿，你们舍上全家的性命，拿出家里所有的钱，冒死帮着素桂她爹逃脱了日本鬼子的追捕，待俺们母女和亲人一样，今天又收留了俺们，"素桂她娘断断续续地说。"俺心里明白，俺真的是不行啦，俺觉着俺的肠子都贴到一起了，吃不进东西去啦……"

"别灰心，家里还有点儿小米儿，俺这就去熬米汤给你喝，咱们一定能逃过这一劫！"秀姑想不出有什么更好的话可以拿来宽慰这个垂危的姐妹。

"你听俺说，你们听俺说，一定听俺说……"素桂她娘急不可耐地说，"俺不放心的就是这个丫头啊……"她想举手指指素桂，可是她的手没能举起来。"你们就再救救她吧。不要嫌弃，就让她给根儿做媳妇儿吧……这是俺和凤山的心愿。"

"素桂是个好闺女，是你们的闺女，也是俺们的闺女。等太平了，咱们再说这件事。"秀姑说。

"啊呀，俺等不到那个时候了……请你们看在咱们好兄弟好姐妹一场的情分上，收下这个可怜的孩子吧！"素桂她娘说着，拼命从床上爬起来，跪在秀姑面前哀求道。

秀姑看了古世才一眼。古世才立刻连连朝秀姑点头儿，意思是答应素桂她娘的要求。秀姑慌忙把素桂她娘抱起来再放倒在床上，然后说道："照你说的办！就照你说的办！"

素桂她娘的脸上露出了欣慰的笑容，自言自语道："这就好了……"

三天过去了，素桂她娘安静了，但是身体状况丝毫没有好转。这两天，她只喝一点水，而不肯喝米汤，她的精神开始有些恍惚，呓语不断，偶尔清醒，对一直守护在她身边的秀姑说上一两句感激的话。从昨天晚上到今天早晨，她连水也不肯喝，一直一声不响、一动不动地闭着眼睛，躺在床上。晚饭后，她忽然有了精神，急不可耐地把秀姑和古世才叫到面前，恳求他们让素桂马上和古全和圆房。

这让秀姑和古世才很为难。这是大事，不能草率从事。再说现在让他们成亲，也不是个时候。可是面对垂危的好友，他们不能不有个表示。

"素桂她娘，容俺商量商量吧。"秀姑说着，把古世才拉到楼下。

"你看怎么办？"秀姑说。

"还能怎么办？！不能让她带着心事走啊。"古世才说。

古世才把素桂拉到一边对她说："孩子，让你们圆房是做给你娘看的，不算数儿，你明白吗？"

素桂什么话都不说，只是呜呜地哭。

要圆房得先拜堂。根儿和和素桂按照大人的要求，跪倒在素桂她娘的面前，给她磕头，就算是拜堂成亲了，然后他们就回到楼下去"圆房"。素桂她娘面带微笑，目送素桂和根儿离开楼上，安详地闭上了眼睛。

秀姑和古世才轮流护理着素桂她娘，直到深夜素桂她娘安静下来。

素桂睡在一楼的炕上，根儿睡在地上。

素桂说："这件事，你愿意吗？"

根儿说："只要能让婶婶和姐姐活着，我什么都愿意！"

素桂默默地流下了感动的眼泪。

入夜，远处又传来阵阵凄惨的哭叫声。根儿告诉素桂，这是不幸落到抢匪手中的人们在受难。他说，听说八路军夜里来扫荡抢匪，现在好多了，偶尔听见哭叫声，前些日子整夜这里那里都有人哭叫，土匪还光顾过山东庄。

不时有步枪冲锋枪声传来。一颗炮弹带着尖利的哨声从空中飞过，然后是一声震得人心发颤的爆炸声。古全和说，说不定又有谁在爆炸声中离开了这个世界。素桂有些害怕。可是她感觉根儿好像满不在乎。

素桂毕竟年轻，吃过几顿饱饭，精神明显见好，她辗转难以入睡。她想她娘睡着了。几天来，她的心，第一次平静下来。她很希望根儿能对她说些什么。她侧转身，朝向根儿睡觉的地方，发现他已睡着，从他那里传来的是舒畅均匀的呼吸声。素桂已17岁，根儿也已像个大人。她喜欢他。要不是她娘命在旦夕，自己落到这步田地，在这样的夜里，两个人在一起，又有了这种关系，她也许会和他做些什么。她从那年冬天在潘家油坊警察派出所一起熬过的那个夜晚起就对根儿有了好感。她愿意和他在一起。但是这样的念头儿只在刹那间掠过她的心头，接着就消失了。她很想悄悄地走到楼上，睡在她娘的身边。她怕，怕明天醒来娘就不在了。但是她不能上楼，那会让娘伤心。虽然疲乏无力，可是她却久久不能入睡。天亮的时候，她睡着了，梦见爹回来了，娘很高兴。他们在谈论给她说婆家的事。可是未婚夫并不是根儿，而是一个她素不相识的人。她感到很失望。

"素桂，快醒醒！"秀姑跨过睡在地上的根儿，走到炕前叫道。

"俺娘怎么样了?!"素桂猛地坐起来，眼睛还没有睁开。

"快上楼！"秀姑声音里充满哀伤。

秀姑又对沉睡着的根儿说："醒醒，快起来！"

三人走到楼梯口的时候，秀姑叫住素桂和根儿，对根儿说道："听着！见了你婶儿要叫娘！记住！"又对素桂说道："你也要叫俺和你大爷爹娘，懂吗？是做你娘看的。"

素桂在黑暗中习惯地点点头儿，说她明白。

素桂她娘仰卧在床上，双眼微闭，呼吸微弱，一动不动。当她在小电灯散播的淡淡的光亮下看见到秀姑、古世才和素桂等都在她跟前儿的时候，便吃力地说道："嫂子，素桂就托付给你啦。你就当亲闺女养着她吧。"素桂她娘喘息着断断续续地说道，她的声音勉强可以听到。

"素桂她娘，你会好的……。"秀姑伤心地说。

"不——行——了……"素桂娘苦笑着耳语般地说道。她的头不再转动，她的眼珠儿好像凝固了，眼仁儿放大，在微弱的灯光下，辨不清是蓝色还是黑色，也并不朝向着和她说话的人，而总是朝向一个方向。她已经看不见了。秀姑坐在她的身边，预感到姐妹们要分手了，胸中涌起无限的哀痛。她想到，姐妹们欢欢喜喜聚在一起说笑的那些日子，好像就在眼前。可是，她，她现在要走了！

"素桂……有你们照料，俺也……"

秀姑什么安慰她的话也说不出来。

古世才见素桂她娘奄奄一息，心中非常难过。

"大哥在这里吗？"素桂她娘看不见人，但是还能听见声音。"拖累你们……"她的话没有说完，就停止了呼吸，眼睛里含着一滴没有溢出的浑浊的泪水。

"娘！娘啊！你可不能走啊！"素桂扑到她娘的身上，"你怎么能把俺一个人扔下不管呢！你不是说咱无论如何都要等俺爹回来一起回山东老家吗！"

素桂她娘带着一个空空瘪瘪的肚子和深深的孤独凄凉地走了!

"这能怪谁呢?是谁不让这一家人团聚呢?是谁不让这个善良的女人活下去?!"古世才在狭窄的屋里转来转去,心中愤愤地想。他憎恨这个社会,憎恨这场战争!痛骂祸国殃民的国民党,也怨恨指挥围城的八路军的头头儿!骂他们糊涂,无能!不该不放老百姓出城逃难求生!

"孩子,不要哭坏了身子,"古世才哽噎着说,"这个世道不喜欢只会哭的人!咱们一定要活下去!听大爷的话,有俺们就有你!咱们要活着走出这个人间地狱!"

"大爷!你老就是俺的亲爹!"素桂扑到古世才怀里,放声大哭。

秀姑对素桂说:"从今以后,你就是俺的亲闺女!根儿的亲姐姐!"她不想乘人之危把素桂弄成自己的儿媳妇儿。

"俺喜欢根儿!"素桂哭泣着说。

根儿难为情地站在一旁,不知说什么好。

第二天蒙蒙亮,一队保安旅的兵就好像是来给素桂她娘送葬的炮手,蹿到了山东庄,把机关枪架在小红楼儿的北面,朝着北边的高粱地开了火。两挺轻机枪轮着打,从清晨打到傍晌,丢下一麻袋子弹壳儿,匆匆离去。

保安旅刚走,古世才就去请来了老邻居刘书成、孙孝友、桂云暖等,一起来操办素桂娘的丧事。郑祥麟突然出现在送葬的行列中。他和赵凤山是好朋友。赵凤山在这里的时候,他们来往密切。他很伤心,不停地叹气,自言自语地说:"我来晚了!我来晚了!"显得非常后悔,好像他早来一些时候素桂她娘就不会死似的。

郑祥麟的样子变化不大,还是那么文质彬彬。自从一个多月前狗儿他们母子二人忽然失踪以后,他有好些日子没有露面儿。现在谁都无事可干,而他却好像很忙。谈掌柜说,郑祥麟的行李还放在他的煎饼铺里,有时他还回到那里过夜。谁也不知道他到什么地方去了,去干什么,靠什么活着。这个可怜的人忽然让人感到有些神秘。

秀姑把她过年过节穿的衣服给素桂她娘做了寿衣,用姜医生留下的上面画着牡丹、挂了天然漆的一个长长的满洲大炕柜盛殓了她,埋葬在小红楼儿北面的那块空旷草地的中央。为了他们和赵凤山往日在生死线上结下的深情厚谊,为了纪念这个善良无辜的女人,为了可怜的素桂,男人们拼上仅有的力气，给素桂她娘修筑了一个坟墓。女人们也来哭丧。如今送葬吹吹打打的执事早就没有了，能给死者一口棺材，把死者用黄土埋起来，为死者筑起一个坟头儿，就算是整个儿宋家屯镇最隆重的葬礼了。许多死者都被拖到西郊荒凉的野地里，浸泡在污浊恶臭的泥水中，任风吹雨打，野狗撕啃，蛆虫啃食！

137

素桂以为自己就是古全和的人了，而古全和不认为她是自己的媳妇儿，他连和素桂结婚的念头儿都不曾有过，他依然认为素桂是他的姐姐，觉得他和素桂的拜堂、圆房就好比是小时候过家家儿一样儿，是表演给可怜的赵婶儿看的，是不算数的。

秀姑也不曾公开说素桂是她的儿媳妇儿，而心里却已经认为素桂是她的儿媳妇儿了。古世才和她的想法儿不一样，他认为儿子和素桂能不能成为夫妻，要看他们自己的意愿，有一点他心里很清楚，无论如何都不能委屈了素桂。他不许素桂叫他爹，也不许秀姑让素桂叫她娘。

古世才一家在自己朝不保夕的时候收留了素桂母女，山东庄的人都称赞他们仁义。

素桂她娘走后，素桂整天躲在楼上她住的那间袖珍小屋里哭哭啼啼。秀姑怕她哭坏了，就劝她出去串个门儿散散心。山东庄的大娘婶子们问到她娘去世前后的情况，素桂都如实相告，并说感谢古世才大爷大娘收留照顾，人们也就听说了素桂和古全和成亲圆房的事。刘广聚、道士、有富等一群小伙子当面开古全和的玩笑，叫他"小女婿"，问他新婚之夜是怎么过的。古全和矢口否认他和素桂有夫妻关系，一再真诚地告诉他们说，他是为了让赵婶儿安心才在赵婶儿面前表示同意和素桂姐姐成亲圆房的，那是做给赵婶儿看的。他的话有人相信，有人不信，他们想，在这自身难保的艰难时刻，谁会白白地养活一个孤苦无依的闺女？有人甚至说，古世才夫妇是乘人之危，白捡了一个好儿媳妇儿。秀姑对于这些议论满不在乎。可是古世才在意，心里觉得窝囊，可是又没有办法儿洗白自己，只好硬着头皮顶着，心想只要大家不死，事情总有清楚的一天。他明白，人们之所以关心这件事，就是因为素桂是个好闺女，都巴不得能拣到素桂这样的好媳妇儿。有的人想到素桂她娘在古世才家没住几天就离开了人世，后悔当初自己没有把素桂母女接到自己的家里。

关心素桂和古全和婚事的还另有人在；他们就是杨大琢磨和他的妻子武桂贤，还有杨雅范。这两天武桂贤不停地数落杨大琢磨，说他净瞎琢磨，琢磨过了头，错过了时机，误了丫蛋儿的终身大事。杨大琢磨闷闷不乐，也有些后悔。在山东庄的七八个半大小子里，只有古全和念过几年书，和杨雅范有来往，而他竟突然之间就有了主儿了。

自从杨大琢磨收买古世才和刘书成不成之后，他一度不准杨雅范外出，而在他有意把她嫁给古全和之后他又改变了主意，允许她晚上到古全和家去串门儿。杨雅范喜欢和古全和交往。古全和的言行激起了她重新回到学校的热望。古全和也愿意和杨雅范来往。他们都是学生，喜欢念书，有共同语言。杨雅范为念书的事，曾经和她大妈争吵过多次。初小毕业后，她大妈就不想让她念了，是她的几个舅舅坚持让她升入了高小。高小毕业后，她大妈怎么都不让她继续念书了，是她自己去县立中学报了名，念了一年初中。为这件事，杨大琢磨家大吵大闹过好几回，最后她大爷也对他大妈妥协了，不再支持她继续念下去。从杨雅范辍学离开中学，她大妈就张罗着给她说亲，恨不得立刻把她从家里赶出去。大娘一次次地领着她去相亲，可是无论她大娘给她介绍谁，她都说看不上。近来她发现她大爷和大娘又在嘀咕她的婚事，对象就是古全和，她有些犹豫。她发现古全和一家是另一种人。他们关心的是国家的命运，重视学习。即使炮弹从屋顶上划过，在身边爆炸，小红楼儿的外面机枪咕咕狂叫，古全和也在坚持看书、写字。好学的古全和感动了杨雅范，让她开阔了眼界，决心围城解围后就去找她三叔，要他供她念书，完成中学的学业，还要报考大学。杨雅范对古全和的态度从佩服发展到有好感，到喜欢。有时她想，自己已经辍学两年，混乱的时局不知何时结束，谁都不知道明天会怎样，书也未必能念得成，而她已老大不小，出阁是早晚的事，碰上古全和也算是个机会，言情小说里穷男富女和富男穷女恋爱的故事多的是。即使以后回学校念书，也不妨碍她和古全和交朋友。她也想过自己大古全和3岁，有点儿遗憾，不过周围女大三的夫妻也不算稀罕。每当她这样想的时候，她就想应下这门亲事，至少可以先做朋友，围城过后再谈是继续念书，还是结婚。在她难以入睡的夜晚，或是提早醒来的清晨，她常常躺在床上，一遍遍地编织她和古全和的爱情故事。而就在这时，她得知古全和已有所属，他和素桂成亲了，不禁感到若有所失，这时她才意识到她是多么喜欢这个善良、率直、淳朴到原始状态的古全和，错过了人生一个重要的时刻，不禁情绪低落，悔恨不已，一连几天没去找古全和。

正在杨大琢磨家吃晚饭的时候，外面有人叫嚷，说一颗炮弹落到小红楼后古全和家院里露天厕所的附近，一块弹片儿打中了正在大便的古全和的屁股。杨雅范听到这个消息，扔下饭碗，不顾一切地往小红楼儿跑，发现古全和伤得不重，只擦破了左侧臀部的一块皮，他正侧卧在床上念书呢，她悬着的心才落到实处。这件事再次让她意识到，古全和在她的心里占有多么重要的位置。可是已经有人捷足先登，她的浪漫故事编不下去了。

138

围城已近七个月，如今已是中秋时候。在山东老家，秀姑重视节令儿，逃到江城以后就顾不上这些了。1945 年光复那年中秋节时，他们买过一个月饼。今年她连提都没提过中秋节的事。在山东庄，家家儿都为糊口奔波，除了新年，人们什么节都不过。

这两天沟子南的保安旅又开始胡乱打冷炮。炮弹东一个西一个地落到什么人的头上。所有人的生死都在一瞬间。但是没有人为生命会在轰然一响中突然消逝而感到不安。既然无处躲避死亡，人们也就不再躲避了。死神在人们的头上飞舞，而人们经历过恐惧和慌乱之后，现在不再注意她的存在。

保安旅丧心病狂地祸害老百姓，让老百姓的日子不好过，而他们自己的日子也并不好过。他们得到的补充只有城里国民党嫡系守军的两三成。有消息说，他们吃不到蔬菜，粮食也不多了，每人每天只配给三两粗粮。做饭用的烧柴是从老百姓房屋上拆下来的木料。逃兵天天有，有的沦为抢匪，有些士兵已经走不动路了。

杨雅范对古全和一厢情愿的好感结束了，但是她和古全和之间的友谊并没有完结。在她冲出个人感情的迷雾，更加理性地观看古全和的时候，她发现古全和惊人地单纯，他心里想的就是学习，悲观、消极、怠惰、都与他无缘。饥饿和死亡的威胁也没能改变他的追求，他天天高高兴兴地学习，时刻为继续念书做准备，就好像平时等待寒暑假结束后的开学一样地等待着重新跨进校门，开始新学期的学习。杨雅范觉得她爱往古全和家里跑，不仅是由于她和他有共同语言，和他交谈能驱散她的寂寞，还因为她能从他那里受到启迪和鼓舞。

今天一大早，杨雅范来到古全和家，见秀姑在给素桂梳头，就问道："大婶儿，古全和在家吗？"秀姑笑着指指楼上，古全和也在楼上说他在。杨雅范对秀姑和素桂笑了笑，上了楼。她忽然觉得自己又成了小说里的一个人物儿了。她想到在她和素桂以及古全和之间存在着言情小说里写的"三角关系"，不由地笑起来，说不清楚自己是喜悦还是悲哀。自己的爹妈都死了，素桂的爹娘也都不在了，自己和素桂一样地不幸。她寄食在大爷家，遭受大妈的冷眼，除了大爷，没有人疼爱，看不见生活的希望，而素桂却嫁了这样一个好青年，有古世才叔叔和婶婶的关怀，有这样好的一个归宿。

古世才欢迎杨雅范和儿子交往，是因为他觉得杨雅范是个好孩子，念过中学，能帮助儿子学习进步，而他并不知道，像古全和这种好学、有个性、喜欢独立钻研的学生，不会轻易接受别人的指点，而且要论才智、毅力和决断精神，古全和比杨雅范强，他当选过两所学校的学生会主席。古世才也不懂，在母系社会过后，在男人和女人的自然关系中，男人总是主导的一方。女强人的婚姻大多不幸就因为她们在家庭夫妻生活中也要做女强人。除了男妓和面首以及弱智的男人，没有哪个合格儿的男人在两性关系上会甘心情愿地听从女人摆布，甘当带把儿的太监，这类男人不是正常的女人所喜欢的。

杨雅范来到楼上，见古全和正在重新装修枪机。

古全和见杨雅范来了，对她笑笑说道："快来帮忙！"

杨雅范几步跨到古全和的跟前儿。

古全和说："攥住枪筒儿！"

"攥住啦！"

"使劲儿！"

"瞧好儿吧！"

杨雅范和古全和面对面。急促的呼吸把各自的气息吹向对方。她满怀爱心地瞅了他一眼。

"好啦！"古全和大喘一口气高兴地说道，"累出了一身汗，多亏你帮忙。"

"别客气。"杨雅范兴奋地笑着说。

她转身看到古全和的书桌兼工作台上放着打开的《西游记》，知道他正在阅读，感慨地说道："我很久没动书本儿了！学如逆水行舟，不进则退。不读书，不写字，这样下去，几年之后，我又会变成文盲！"

古全和说："我也半年没上学啦。住在城里的同学该都上中学了。我手里只有这些课本儿。天天念，念来念去，都能背下来了！多亏你给我送来了《西游记》和《聊斋志异》，特别是这些中学课本儿。我担心复课后会跟不上那些没有辍学的同学。"

杨雅范说："不必担心，初中一年级头一个学期，主要是复习小学学习的东西。"

古全和看了杨雅范一眼，想起她念过初中。

杨雅范故意突然问道："听说你结婚啦。"

古全和毫不在意地笑着说，"和谁结婚？和你吗？"

杨雅范听古全和这样说，脸腾地红了，心中一阵激动，说道："难道不是吗？"

"你怎么这样轻信？要是有人说：'古全和怀孕了'你也信吗？"

杨雅范兴奋地说："你瞎说什么呀！街上的人都这么说嘛！"

"都这样说的事就是真事嘛？街上有人说，'国军'大批援军北上，不日到达江城，你信吗？"

意外的惊喜使杨雅范的脸红到脖梗子。不过古全和并没注意，他的心思在他的枪上。

古全和停下手里的活儿，有点伤感地说道："这件事情也有点儿影子。赵婶儿病危时，对素桂姐姐放心不下，希望亲眼看着素桂姐姐有个着落，就要求我爹和我娘同意我和素桂姐姐成亲。我们答应了，也照办了。不过这件事就和咱们小的时候过家家儿一样，是玩给赵婶而看的，素桂姐姐还是我的姐姐！"

"要是素桂愿意呢？"

"她对你说过吗？"

"要是你也愿意呢？"

"你听谁说的？"

杨雅范满心欢喜地离开了小红楼。

139

保安旅和八路军炮火下面的宋家屯镇，表面上死水一潭，事实上仍然天天在变化，而且充满生机。山东庄的知名人物狗儿他娘和狗儿忽然不见了。这让大家觉得狗儿他娘不是个一般的人物儿。其实，古世才等老早就觉得她和郑祥麟的故事有些蹊跷，狗儿他娘一脸正气，不像个不规矩的女人；郑祥麟文质彬彬，也不像有花心。可是郑祥麟为什么要在夜里跳墙去狗儿家呢？

饥饿，死亡，和枪炮声，现在已经变成了山东庄人生活中少不了的声音，哪天没有枪炮声他们反倒会觉着缺少了点儿什么。除去饥饿，人们不怕什么，只要有口气儿，人们的脸总是朝向未来，朝向希望，朝向欢乐。身负重任的成年人为吃饭发愁，但是孩子们依然各有各的迷恋和幻想。古全和痴迷于念书、写字和制作，收集保安旅丢弃的机枪子弹。他把子弹头儿拔下来，取出弹壳里的火药，收集起来，然后引爆弹壳上的顶门火儿，把弹壳儿也收集起来。他处理过的子弹已不下千粒，收集到的火药估计不少于一斤。道士和有富他们挣过钱，抽过香烟，喝过白酒，觉得自己是大人。现在他们白天就聚在一起下五道棋，吹大牛，述说自己往时的种种骄傲和恶作剧，还赌博。现在没有可赌的东西。金银他们没有，纸币"东北九省流通券"贬值成废纸，勉强可以用作手纸，身价低于冥币，赌博变成了真正纯洁的游戏，赢者可以命令输者学狗叫等，以显示自己是胜利。不参与赌博游戏的男孩子，除了古全和，就是刘广聚。刘广聚进过松北联中，后来被编进学生军，如今他是逃兵，是国民党军队追捕的对象，不敢得意忘形，随处乱跑。

死亡在空中飞舞，而孩子们心里的情爱照旧在生长。春意萌动的少年男女们的眼睛在寻觅自己喜欢的人。一些男孩子喜爱的素桂，虽说没有和古全和结婚，也算已有所属。不过兰兰和小菊等一些女孩子都已经长成半大姑娘，进入了男孩子们的视野。杨雅范是外来的，是学生，是有钱人家的闺女，她只和古全和一个人来往。山东庄的其他男孩子也没有人打她的主意，不邀她参加自己的活动。小凤儿也是男孩子们喜欢的女孩儿。她开朗大方，喜欢和男孩子们说笑，打闹。虽然那些当娘的不许自己的儿子和小凤儿接触，而孩子们并不奉行她们的政策，照旧秘密地和小凤儿来往。有谁有幸在黑暗的角落里，闪电般地亲了她一下儿，或是拉了拉她的手，就会在伙伴们中间显摆好几天，直到别人不再理睬他。可是活泼大方的小凤前些日子就不见了，去向不明，不知道她以后是不是还会回来。

山东庄的少年男女们没有现代的交往方式，极少参与文化娱乐活动，吹拉弹唱都不会，有些人连电影都没看过，交谊舞更和他们无关，古全和从远处见识过国民党军官俱乐部里的舞会，但是他认为那是龌龊的、下流的、堕落的，是好人不能参与的。山东庄的孩子们有他们自己原始的娱乐方式，如骑马打仗、摔跤、下五道棋、猜谜、赌博和藏猫猫儿等等。山东庄唯一现代文明的活动就是打康乐棋，这是道士从城里买回来的，也由道士负责管理。

围城前，道士等很少来找古全和。他们喜欢谈论怎样挣钱和花钱，谈论吃吃喝喝，有时还谈论一些邪恶的勾当，而古全和以谈论那些话题为羞。道士他们羡慕古全和书念得好，又看不起他，觉得他呆，不能挣钱，不懂得生活的快乐。围城前他们各干各的，彼此很少来往。围城以后，大家都被囚禁在山东庄这个狭小的圈子里，彼此才又有了来往。道士他们常常来找古全和玩耍。古全和爱动脑筋，康乐棋玩得好，每打必胜。

"喂，根儿，玩儿去！"晚饭后有富和道士来约古全和去玩"藏猫猫儿。"

古全和说："黑灯瞎火的，我不去。"

道士厚着脸皮神秘地说："黑灯瞎火的才有意思呢！"

古全和说："碰上保安旅就麻烦了。"

有富说："咱们就在几个大院里玩儿。"

秀姑劝说道："去吧，叫上素桂，一起去吧。"

道士听秀姑这样说，喜出望外，说道："对！让素桂也去！"他希望素桂能和他们一起玩。自从他知道古全和和素桂是假结婚，就又对素桂产生了幻想。他觉得自己能挣钱，素桂会更喜欢他。

素桂在楼上说道："大娘，俺不想去。"

素桂很为难。她想娘，无心玩乐，更不想玩藏猫猫儿那种游戏，觉得自己是古全和的媳妇儿，不便再和那些半大小子搅和在一起，可是她又不想违背"婆婆"的要求。

古世才觉得秀姑是出于好意，想让素桂出去散散心，可是她的话说得不合情理。素桂她娘刚刚去世，她还戴着孝，怎么好要她去玩呢，便笑笑插话说："不勉强，愿意去就去，不愿意去就不去吧，你就由着孩子们吧。"

秀姑猛醒，明白丈夫的心思，意识到自己的话不妥，立即笑着附和了丈夫的话。

古全和勉强跟上道士他们来到了大杂院的南院。兰兰和小菊等十来个少男少女已经等在那里。藏猫儿的游戏马上就要开始。抓阄儿的结果是兰兰"找"，其他的人"藏"。人们散开之后，古全和就悄悄地回到家里。他玩过藏猫猫儿。在去年阴历11月初的一个没有月亮的夜晚，他目睹过道士和小凤儿在秫秸垛里推推搡搡、搂搂抱抱……他回家对他娘说过这件事，而他娘只是看着他笑，并没说他们不对。从那以后，古全和就不再玩藏猫猫儿了。后来他也曾想过，也许大孩子玩藏猫猫儿就该是这样，他爹娘年轻的时候也这样玩过，要不为什么她娘不把他们鬼鬼祟祟的活动当回事呢？

140

自从八路军在本镇露面以来，本镇的夜晚就渐渐地平静下来。

八路军活动的范围在不声不响地向南伸展，保安旅活动的地盘儿在一天天地缩小。如果夜晚突然响起猛烈的枪声，那就是夜间巡逻的八路军和保安旅的人在什么地方狭路相逢了。第二天人们就有可能看见保安旅留下的伤兵或是尸体。古世才猜想八路军可能要采取新的行动，也许要夺取沟子南保安旅的阵地。他希望这样。只要八路军过来了，卡哨就会随之朝南移动，黑狗大街以北的住户儿就有救了。不过他的估计和希望没有变成事实，白天八路军仍然潜伏在郊外的高粱地里，没有夺取沟子南保安旅阵地的意思。

白天保安旅有时派小股儿部队到镇子中央地带来骚扰，表示他们的存在，但是他们很少越过黑狗大街。这样，地处黑狗大街以北的山东庄就太平了。但是保安旅的冷枪冷炮还照旧打，这一带依然是死亡地带。射击无辜的人，消耗弹药已经成了他们的任务。

这两天保安旅的人白天不来了，不过他们的便衣还处处可见。半年来，老百姓已经养成了在自己住地附近活动的习惯。没有什么人会无缘无故地远离自己的住地百米以外。人们注意到，那些穿着整齐、行走有力、贼眉鼠眼，在大街小巷溜来溜去的人，多半就是保安旅的便衣。如果谁不长眼，不小心触犯了他们，就有生命危险。好在经历过生生死死的百姓们，大多能分辨出他们的尊容。

阳历九月中旬一天的晚上，古世才一家聚集在楼上铺了凉席的地板上，摸着黑儿悄悄地说闲话，一直说到深夜。素桂诉说了她爹遭国民党军队抓捕的经过。

古全和忽然低声说："外面好像有人！"

"你说什么呢，吓死人啦！"秀姑说。

古世才说他也听到了什么，并低声提醒古全和，不要说话！离开窗口。

从楼下传来了大牲口喷鼻子和倒动蹄子的声音。

"牲口就停在马路上。"古全和对他爹耳语道。

"听见了。"古世才蹲在古全和的床边低声说。

秀姑悄悄地到周围的窗口听了听，说道："小红楼儿的周围没有动静。"

对面忽然响起了杂乱沉重的脚步声。

古世才说："有人在从中院儿往外搬东西。"

"打吧?!"古全和说着就把枪口伸到窗外。

"不许乱动！"古世才说着把枪从古全和的手中夺下。

古世才发觉中院儿和前院都有动静儿，他根据停留在小红楼前面的牲口发出的动静儿判断，感觉门前的马路上有车马。来回奔跑的人至少在十个人上下。他觉得这些人不像土匪，土匪不可能有这么多车马，估计是杨大琢磨的女婿带领保安旅的人来运粮食。他感到后怕，觉得即使在现在，杨大琢磨也得罪不起。要是听了刘书成的话，把杨大琢磨的粮食抢了，分了，他女婿就不会善罢甘休，说不定会给乡亲们惹来杀身大祸。没有八路军的支持，杨大琢磨是动不得的。

"怎么办?!"秀姑问道。

"打吧!"古全和激动地说。

"不能打!"古世才严厉地说。

面前的景象足足持续了半点多钟，然后大车无声地起动了。车辆和马蹄声响了好一会儿。古世才估计，刚才停在小红楼前的是胶皮轱辘大车，至少有四五辆。

第二天一大早人们就拥出大杂院儿，七嘴八舌地诉说和议论昨夜发生的事情。

刘书成说："总共来了八辆大车，运走的粮食有几万斤。来的军队不少于一个连。"

古世才猜想刘书成目睹了昨天夜里发生的事情，庆幸昨夜自己没有头脑发热，让儿子开枪! 要是他开了枪，一家人就完了。一包炸药就能让单砖砌墙、油毡封顶的小红楼儿粉身碎骨，把他们一家四口送上天。

杨大琢磨和苗遇春两家都带着粮食和金银财宝逃走啦，但是刘书成并不后悔他没抢下杨大琢磨那几万斤粮食。他认为古世才是对的，这个年头干事不可莽撞。

秀姑忽然想起，杨雅范昨天晚饭后匆匆忙忙到小红楼来了一趟，送来了一些大黄米，还一再问古全和去了，好像有话要对他说。她没等到古全和从广聚家回来就急匆匆地走了。她想，杨雅范昨天晚上是来向古全和告别的。杨大琢磨前天曾经托苗遇春来给古全和和杨雅范说媒，秀姑有意应下来，可是古世才不同意，他说素桂的事儿还没有了结，不好再扯上个杨雅范，弄不好会伤害三个孩子的心。秀姑也觉得杨雅范命硬，妨死了她爹，又妨死了她娘。这会儿她知道杨雅范一家都走了，思前想后，觉得杨雅范对根儿是一片真情，根儿好像也喜欢她，要是她知道杨大琢磨一家要走，她会到广聚家去把根儿找回来和她见见的。

几天后，刘书成对古世才说，晚了一步，意思是他后悔没有招呼山东庄的乡亲们抢了杨大琢磨。但是古世才说他不后悔，他说："这个年头儿，平安就是福。"

"什么晚了一步？"道士他娘不明白刘书成的意思。

刘书成没有回答道士娘，回身走了。他不愿意和女人过话。

刘书成走后，有些尴尬的道士他娘不满地说道："他说话总是阴阳怪气的！"。

秀姑对道士他娘说："别在意，他就是这个脾气，是人就有脾气。"

刘书成的眼睛不好，但是他的耳朵很灵，听秀姑替他说好话，心里很高兴。

141

古世才有在国内外偷渡走私的经验，他不相信八路军的包围圈会密不透风。他认为既然有生意人能穿越封锁线做生意，他就能够带领乡亲们偷渡出去。他迟迟没有带领乡亲们偷渡出去，是想等待八路军开放卡哨。就像郑祥麟提醒的那样，偷渡只能逃出去一个人，而不能随身带出去各家的穷家当，而从八路军开放的卡哨出去，乡亲们能把家里的被褥衣服等值几个钱的东西通通带走。而且偷渡毕竟要冒风险，不到山穷水尽的地步，不能走这条路。这些日子他常想到赵凤山，赵凤山熟悉这里的地形和路线，组织偷渡比他有办法。

能吃的东西都吃完了，连前些日子拖回来的西葫芦秧子都快吃光了。古世才觉得偷渡的时刻到了。他多次找刘书成、桂云暖和孙孝友等商量偷渡的事。不过他在孩子们面前还是不动声色。

秀姑有些受不住了。她焦灼的心情常常在言谈之间有所流露。聪明的素桂看在眼里，知道家里已经到了山穷水尽的地步了，是自己连累了古全和一家，不然的话，古大爷一家人还能混一些日子，想到这里，心中十分难过。

本镇的卡哨就设在黑狗大街的东头儿，设在从宋家屯镇通往国家营子的大路口上。那里戳着几个用木头和刺儿鬼做成的像屋顶一样的大家伙，挡着人们进出的道路，一些端着枪的兵在卡哨的外面游动。过了卡哨，往前走一步就是八路军占领区。卡哨儿就是阴阳界。只要是晴天，古全和天天爬过兴隆大街，到卡哨上去打听消息，卡哨上的那些士兵都认识他，向他问长问短，和他开玩笑，可就是不肯放他出去。

古全和知道抗日战争时期的八路军坚决打日本，他对那个时候的八路真心佩服，可是对于现在的八路军，他说不清是好是坏。他爹有时也骂八路，骂他们见死不救。围城前，李殿芳老师说"共匪"来了要杀念书的人，共产党卖国，要把老毛子引进中国来，大鼻子和小鼻子都不是好东西，等等。初丽云也骂过共产党。宋德福还说，他们家就是让共产党给毁了的，每说到共产党他都恨得嘴里冒白沫儿，说共军把女人抓了去送给老毛子……当时古全和回到家里把这些话学说给他爹听，他爹对他说："现在谁的话也不要听，不是亲眼见的东西，就不要相信。共产党怎么样咱们不知道，'国军'是些什么东西咱们是见识过了。"古全和没见过共产党，说不出共产党哪儿不好，但是，他对八路军不肯放人出城，把老百姓憋在城里挨饿等死感到不满。他也盼望着八路军早日开放卡哨放人出城。

古全和边走边想心事。走到离家不远的地方，有一个身穿黑色衣裤、脚穿黑面儿布鞋、头戴麦秸编的草帽儿的中年男人，从他的身边匆匆走过。古全和在黑衣人刚刚超过自己的一刹那，突然不假思索地赶前几步，追上他问道："叔叔，你听说什么时候开放卡哨儿吗？"那人没有止步。而在古全和赶上去问他第二遍的时候，他猛地停住脚步，回转身，几乎和古全和面对面，两只凶狠的眼睛，死死地瞪着他，低声威吓道："你跟着我干什么？！小心我毙了你！"黑衣人突如其来的这句话把古全和吓了一跳，他的心立刻紧缩起来。围城以来，因为说错了话而被保安旅的人捉走、丢掉性命的传闻太多了。他和黑衣人素不相识，他为什么对他这样凶狠？不过只过了片刻他就明白了：站在他面前的一定是保安旅的密探，只有他们才这样恶，这样恨要投奔八路占领地区的人。他不敢再说什么，只是聚精会神地注视着他，看他还会干什么，期待着这时会有什么人经过这里，帮他摆脱这个凶狠的家伙。

"小心你吃饭的家伙儿！"黑衣人恶狠狠地说着，扭头儿匆匆地走了。

古全和回到家里，抬头看见了素桂。她依然愁容满面。

古世才和秀姑都把素桂看成是自己的女儿。切豆饼等费力气的活儿他们都不让她干。秀姑派给她的家务活，就是打扫她自己的房间。可是素桂一闲下来就想娘，一个人待着的时候，常常偷偷地流泪。古世才夫妇从没说过她是古全和的媳妇，古全和象往常一样叫她素桂姐姐，可是她觉得古家帮着她发送了她娘，给她饭吃，使她活下来，她就是古家的人了。

晚饭还是拌豆饼。不同的是外加了一锅稀稀的大黄米米汤。

没有东西用来照明，秀姑眼睛不好，晚饭后大家说说闲话儿就睡觉。

"大爷大娘，俺想出城。"素桂晚饭后突然说道。

"那怎么行?!"秀姑没想到素桂会有这样的想法儿，"好歹咱们在一起，实在混不下去了，咱们一起走。"

"请二老放心，不管走到哪里俺都是古家的人!"素桂悲泣着说。

"你娘临终前说的话都不算数!你是姐姐，根儿是弟弟!你就是俺的亲闺女!"秀姑说得斩钉截铁。她在想，"是谁，在什么地方，不小心委屈了孩子，让她生出这样的念头儿来。"

"俺知道，大爷大娘是把俺当亲闺女，"素桂说，"可是家里眼看就没有吃的了!为了保住根儿，俺也该走这一步，就是爬不出去，死在路上，俺也心甘情愿!"

"不行!你要是有个好歹，俺怎么对得起你爹娘!"秀姑说。

"俺和素桂姐姐一起走!"根儿说。

"你怎么也跟着犯飙啊?!谁也不能走!"秀姑瞪了古全和一眼。

"孩子，你记住，只要我有一口气，就一定把你交到你爹手里!"古世才发誓般地说。他这样说，是想让素桂有个想头，鼓励她活下去。他最怕的是素桂想不开寻短见。

"大爷!"素桂激动地抽泣起来。

142

一个不幸的消息在山东庄传开：郑祥麟在菜市街被保安旅抓走了。隔天又听说他逃出来了，接着就传来消息说，他中了枪伤，躺在菜市街西头。孙孝友得到这个消息，就叫上古世才和于清海，冒着生命的危险，急忙往菜市街赶，找到了他。郑祥麟伤在背部，后脊梁被横着打了一枪，子弹从左侧穿到右侧，看来他是在爬行横过街道的时候中弹的。他流血过多，神智有些模糊。孙孝友他们把他抬回煎饼铺的时候，他已经奄奄一息。古世才想，菜市街那一带是去不得的，没有什么人会无缘无故地去菜市街。他断定郑祥麟是八路军的探子，是到菜市街去侦查保安旅的布防时被冷枪打伤的。

多年来山东庄的人都知道郑祥麟是为逃婚才跑到关外来的，说他的妻子守在山东老家。可是，在郑祥麟被抬回山东庄的当天，忽然来了一中年女人，自称是郑祥麟的妻子，说是来照料郑祥麟的。不久狗儿他娘也来了，人们都以为郑祥麟的妻子和狗儿他娘会争吵，可是那样的场面并没有出现。相反，她们俩都挤住在煎饼铺里，一起照顾郑祥麟，起初他们说是要把郑祥麟抬走，后来又改变了主意，决定暂时留在山东庄。山东庄的几乎所有的人都轮番来看望过郑祥麟，他的房间时刻都有来看望他、护理他的人。

郑祥麟脸色苍白，双眼微闭，气息奄奄。

"叔叔……"古全和伤心地哭泣道。

"是根儿吗？"郑祥麟闭着眼睛说。

"是我，叔叔，我来看你了。"古全和哭着说。

"小伙子，你赶上好时候了，准备造原子弹吧。"一丝笑意浮上他的嘴角儿，"快了……这就快了……"郑祥麟的话没说完就停止了呼吸，那笑意依然留在他的脸上。

有求必应的好人郑祥麟就这样走了。人们感觉他和他的老婆以及狗儿他娘都不是凡人。郑祥麟的妻子和狗儿他娘说就地安葬郑祥麟，乡亲们花大力气把他的遗体和素桂她娘并排埋在那块草地上。

郑祥麟他老婆和狗儿他娘都很伤心，但是她们都没有大哭大叫，收拾好了郑祥麟的遗物就离开了山东庄。古世才认为郑祥麟和他老婆以及狗儿他娘可能都是共产党，郑祥麟和狗儿他娘的花花儿故事也是他们故意编造出来迷惑伪满洲国和国民党的警察和宪兵的。

143

孙孝友的本行是木匠，也能干瓦匠活儿，擅长盘炕和垒锅灶。山东庄各家的锅灶都是经他亲手调理过的，节省柴草煤炭，上火快，不倒烟，热效高，深受乡亲们欢迎。亲朋好友左邻右舍垒灶盘炕，整修家具，他都是随叫随到，分文不取。围城后他也没少干这些营生。郑祥麟下葬后第三天的上午，他帮家住柳影路和菜市街之间的一家山东乡亲去调理锅灶，在回家的路上过横街的时候，一时大意，被保安旅的冷枪打中，伤在大腿上，子弹还留在身上。古世才得到这个消息，立刻叫上桂云暖等几个人赶去把他抬回山东庄。

"怎么样?!"古世才焦急地问道。

孙孝友说："还能站，好像没伤着骨头。"

古世才说："这就好。"

人们聚集到孙孝友家，七嘴八舌地议论着救治的办法儿。

"伤并不太重，取出子弹，就能好。"古世才说。

"可是这会儿到哪里去找医生！一旦化脓就不得了。"刘书成焦急地说。

赶车的郭金城师傅听说孙孝友受伤，赶来看望他。他说强瞎子会治枪伤。

道士哭丧着脸说；"郭叔叔，您说说郭医生住在什么地方，俺去请他。"

古世才说："你留在家里帮着你娘照顾你爹，还是我去吧。"他想孙孝友家一连三年出了几件大事，道士他二姐变在伪满洲国时期被打残，光复那年闹瘟疫病死了，他大姐夫去年秋天被保安旅抓了兵，至今下落不明，如今孙孝友又受了枪伤。要是道士再有个好歹，那他娘可怎么活啊！

郭金城说："我陪你去。"说着就带领古世才离开了孙孝友家。

郭金城和古世才爬过兴隆街等几个大小十字路口，走到黑狗大街的尽东头儿。在离八路军的卡哨不远的地方，有一排红砖平房，红砖房的东半段已被炸塌，西半段里面好像也空无一人。郭金城带领古世才钻进尽西头的一个门洞。屋里光线暗淡，但是肉香酒香味道浓烈。北墙下靠着一张黑色的八仙桌，八仙桌上立着一个咖啡色的玻璃瓶子，玻璃瓶子旁边还有一个玻璃杯子，旁边坐着一个头发灰白的胖老头儿，他身边站着一个十多岁的小姑娘。

郭金城悄悄地对古世才耳语道："这就是强瞎子。"然后向前说道：

"强先生，我的一个朋友受了伤，请你去给看看。"

"行。"强瞎子爽快地答应道。

"那咱们就走吧?"

强瞎子说："你知道规矩吧?"

"什么规矩?"郭金城不解地问道。

强瞎子说："十块银元。"

"好说，走吧!"

"先交钱，后看病。"强瞎子一动不动地坐在那里，不紧不慢地说。

郭金城着急地说："你还信不过我吗? 人命关天啊! 再说哪有先要钱后看病的呀! 钱到了地方儿就给你，我担保，一块不少。"

强瞎子摸索着倒了一杯酒慢慢地喝起来。

郭金城气愤地说："你倒是去不去?!"

"先交钱，后看病。"强瞎子慢悠悠地说。

郭金城愤怒地骂道："你真缺德，这点儿交情你都不讲! 回去取钱，要过几个十字路口儿，爬来爬去，多危险，你忍心吗! 受伤的是俺的老乡!"

强瞎子说："我和病人素不相识。要是你中了枪伤，我白给你看。'抽大烟，拔豆根儿，一码归一码。'"

郭金城气愤地说："你就不怕枪子找上你?!"

"那我就回去拿吧!"古世才说着，就走出了红房子。

"祸不单行，千万小心!"郭金城说。

"我会的。"古世才说。

"十块大洋，又够我吃喝几天了!"强瞎子得意地自言自语。

只过了一袋烟的工夫，古世才就回来了。他把十块银元递给郭金城，郭金城把它甩给强瞎子。强瞎子接过银元，一块一块地敲敲打打吹吹听听，检验过后，说道："你们都出去。"

郭金城看看古世才，一起走出房间。

"你也出去!"强瞎子对小女孩嘟囔道，"你到我这里来了这么多日子，怎么还不懂规矩?"

小女孩也出去了。

郭金城对小姑娘说："强瞎子又在闹什么鬼?"

"藏钱呢。他收到钱就埋起来。"小姑娘说。

"他吃喝的酒肉是从哪里弄来的？"古世才关切地问道。

"有人从外面给他送。"

古世才心有所动，联想到偷渡，说道："那他为什么不跟上来人走啊？"

"为了在这里挣钱呗。"

古世才又问："找他的人多吗？"

"多着呢，隔一两天就有一起。"

这时强瞎子手里攒着两个小玻璃瓶子出来了。

郭金城和古世才带领强瞎子和小女孩直奔山东庄。

强瞎子摸索着孙孝友的伤口，凑上去闻了闻，然后就像很多过路大夫一样故弄玄虚地一遍一遍地唠叨说："啊呀呀，老弟呀，晚了啊！你走运碰上了我，"接着就用他那可能是几个月都没有洗过的又黑又脏的右手食指，把从两个玻璃瓶子里弄出来的药膏儿搅和到一起，再一点一点地捅进孙孝友大腿上的伤口里，然后让道士他娘用破布包裹起来，最后又摸了摸，说道："放心吧，一定能好。两天后我来给他换药。"强瞎子说完就站起身走了。

"我送你回去。"郭金城急忙说。

"用不着。"强瞎子说着，就和小女孩一起走了。

傍晚，孙孝友的伤口开始往外流黄绿色的脏水。第二天早起，一块寸把长的黑色硬块儿从伤口里滑落出来。古世才一看，见好像是变小了的七九步枪子弹头。他为孙孝友感到庆幸。要是这粒子弹炸开了，孙孝友的这条腿就废了。

夜里，孙孝友开始退烧，大家伙都松了一口气。

第三天一大早道士他娘就打扫干净了屋子，等着强瞎子来给丈夫换药。可是直到太阳快要落山强瞎子也没来。

古世才说："我去接他。"

"也好，耽误不得。"刘书成说。

古世才找到了他昨天来过的地方。可是那里现在是一片瓦砾。昨天见过的那个小丫头一个人在废墟上找什么。今天他才看清楚，小丫头儿是个头小，实际上和他家根儿的岁数差不多，也有十五六岁了。

"强先生呢？"

"你不是看见了吗？叫炮弹炸死了，尸首儿都找不着了，一定是就埋在这些破砖烂瓦里面。"小丫头指指面前的废墟说。"他不姓强，姓姜，"她补充说。

"你是他的什么人？"

"什么人也不是，俺是他雇的，俺给他做饭，他管俺吃。"

"他的药在哪里？"古世才急切地问道。他关心强瞎子的药，不仅是要用它给孙孝友治病，更想到这种药在国防上将有特殊用处。他认为只要能找到这种药，将来交给政府，就能知道它们是用什么东西调配制作的。

小丫头摇摇头说："不知道。药他都是自己配，配药的时候，他就把俺支得远远的。他的药和大洋都埋在这一排房框子里的什么地方儿。用的时候，他自己就找出来。他记性好，从来没丢过。"

"你没偷看过他……配药？"古世才半开玩笑半认真地说道。

"他的耳朵灵着哪！能听出俺在什么地方，没法儿偷听。"

古世才看看面前的这一排十几间房子的废墟，知道药就埋在这里面，可是现在要把这种药找出来是不可能的。工作量太大，人人肚子里没有食，谁都没有力气和时间翻动这样一大堆砖瓦石块。

"你家在镇上吗？强先生死了，你怎么办？"古世才随便问道。

"俺家原先在镇上，房子上落了炮弹。俺爹当场炸死啦。俺娘伤在肚子上，是姜大爷给治的，没治好。娘死后姜大爷就收留了俺。他和俺说好，他有个好歹，外面会有人来领俺出去。"

"那姜先生有亲人吗？"

"不知道。大概是有。他挣的钱过一段时间就会有人来取走。"

古世才为孙孝友的伤病感到担心。而孙孝友最后也真的是没能全部康复，留下了残疾，走路有点儿踮。好在他是个木匠，用不着走远路，不会影响他挣钱养家。

强瞎子死了，他祖传的神奇秘方也和他一起消逝了。这件事让古世才深感遗憾。他常常想，要是弄到强瞎子的药方，对于国家该有多大的用处，战时能救多少伤兵！虽然秘方的失落与他无关，当时他也没有任何可能从房屋废墟里翻出那两个药瓶儿，可是他仍然为自己错过了为国家办好这件事的机会而深感愧疚。后来他甚至想过，为什么当时没想到趁机偷他一点儿药呢？

144

　　山东庄的人大部分住在大杂院里，也有一些人家住在鬼屋等分散在附近的一些简陋的房子里。这些房子都是财主们为出租牟利修建的，大多是小三间一套，每套里住两家儿，各住一间，共用一间堂屋做厨房。只有牛占德一家单独住在大杂院前面的大车店里。大车店的院子占地几十亩，南临黑狗大街，两辆大车可并行出进的大门朝南开，南西北三面有高高的木板墙围绕，东面是一趟一字形的低矮的东厢房，大多是一室一厅的上等客房，也有里面盘有满洲炕即通铺的几间下等客房，另有三间一套的常规居民住宅两套，一套归大车店掌柜一家专用，另一套就被牛占德家租用。牛占德家刚来山东庄的时候，大杂院里还有空房，林奶奶好心登门劝说他们住到大杂院里来，说乡里乡亲的也好有个照应。可是牛占德他娘谢绝了林奶奶的好意，硬是住进了大车店。林奶奶觉得奇怪，就说："大车店里来往人杂，骡马成群，乱糟糟，臭烘烘，有什么好，不如住到大杂院。"牛占德他爹只好说："先住下，以后再说。"

　　牛家是有意和山东庄的乡亲们保持距离。牛家出入走大车店的南门，而大杂院的人出入大都走北门，牛家的人和大杂院的人轻易碰不到一起。不过大车店的住房的后面就是大杂院的前院，牛家有人高声说话，大杂院里的人就能听见，人们关于牛家的事情有些就是这样听来的。

　　在1947年秋到1948年春本镇"兴旺"的那会儿，大车店的生意兴旺过一阵子，出进大车店的牛驴骡马大车和爬犁成十成百，院子里乱糟糟，闹哄哄，牛占德他娘嫌大车店里太乱，牲口粪味儿臊臭难闻，曾说要换个地方，找一个体面的独门独院住，可是不久大车店的生意又萧条了，最后伙计散了，东家进了城，掌柜的一家一走，里面常常空无一人，也就变成独门独院儿了。围城开始，特别是艰难的日子到来之后，他们为了一家吃喝能避开众人的耳目，也就不再考虑搬家了。

　　牛占德家的人很少出来，偶尔有谁出来也总是独来独往。他们在本地好像也没有亲戚。平时要不是牛占德常常出来和小孩子们打架闹纠纷，这里就好像没有他们这样一个人家儿。山东庄的人，对于他们都另眼看待，觉得他们不像庄户人。

在围城后的头一两个月里，牛占德家和别的人家没有什么不同。牛占德的父母和平时一样，还是从不上街。牛占德有时出来玩耍。人们偶尔能见着他姐姐或是姐夫单独一个人出来采买吃的用的。不久，人们就只能偶尔见到牛占德和他姐夫露面，而见不到他家里其他的人了。牛占德说，他娘不让他出来。

在人们渐渐变得形容枯槁、面露菜色的时候，牛占德和他姐夫依然体态饱满、面色红润。后来古世才发现，牛占德他姐夫常常到黑狗大街上转悠，偷偷地用银元从封锁线外面爬进来的农民手里换吃的东西。他断定他家有金银珠宝等值钱的玩意儿。

前些日子八路军大白天进城的消息吓着了牛占德他娘。几年来一向无声无息的牛家，突然发生争吵，引起他们后院住户儿的注意。住在大杂院前院的道士和桂有富都说，昨天晚上牛占德他娘又大发牛脾气，吵闹的声音整个前院都能听见。他们不知道牛占德家为什么争吵，只听牛占德他娘说她要朝北走，到北边的深山老林去。可是牛占德他爹说要回山东老家。牛占德他娘大哭，叫着名字骂牛占德他爹没安好心，想出卖她，讨好八路军。牛占德他姐姐小声哀告她爹娘不要争吵招惹是非，有事好好商量，等等等等。

后来人们才知道，牛占德一家逃来关外，不是由于天灾人祸和贫穷，而是另有原因，事情和牛占德他娘有关。牛占德的祖父牛鸿宾是山东莱阳的一个大户，有好地百亩。牛占德的外祖父初振廷也不是一般人物，不仅家境富有，还是当地的名人，清末民初他曾当过山东省禹城县县长。初家的名望和势力都比牛家大。当年牛占德他娘初鸾乔许配牛文山属下嫁，陪嫁丰厚。牛文山性情绵软，而且"驸马爷"得听"公主"的。牛占德他娘在牛家从来都是说一不二。

山东莱阳在全面抗战后不久就变成了八路军的根据地。牛占德他爹牛文山，响应抗日政府的号召，献出家中的枪支，支援抗日，得到政府的褒奖，算是开明士绅，他姐姐牛占坤当时念中学，也积极参加抗日活动，是牛占德他娘，打死了他家的一个丫鬟，改变了他们一家的命运。

牛占德他娘初鸾乔是她的三妈所生，在她以前出生的都是哥哥，她爹娘都特别疼爱她。别人是一切为着她，而她是一切为自己，养成了主观武断，唯我独是，为所欲为，自私残忍，蛮不讲理的古怪性格。奴隶制早已从中国的历史上消失了，但是它的残余在有些地方仍然存在。初鸾乔从小就使用丫鬟。抗日民主政府不许养家奴。可是她不理睬政府的法令，不顾丈夫和女儿的劝阻，照旧使唤着两个十几岁的丫鬟，一个叫花儿，一个叫翠儿。她说丫鬟是她爹花钱买的，硬是不肯让花儿和翠儿自由。她还偷偷地抽鸦片。她说："枪俺交了，日俺抗了，租俺减了，八路还要管俺什么?! 长工是俺花钱雇的，丫鬟是俺花钱买的，俺爱怎么使唤就怎么使唤，谁也管不着!"她极难伺候，经常无故折磨花儿和翠儿，硬说八路军到她家里来起枪是她们俩告的密。她把她对当地政府实行减租减息给她家造成"损失"的气，都发到她身边的两个丫鬟身上，在他们一家动身逃来本市的前几天，她用鸦片烟签子刺伤了翠儿的脸，又用烟枪猛击她的头，失手把翠儿打死了。她本想让她丈夫和女婿花钱去把事情平息。牛占德他姐姐和姐夫都对她说，如今不同往常，八路军不吃这一套，杀人得偿命。她当然不肯认罪服罪，又哭又闹，要死要活，最后提出要下关东。一向懦弱的牛文山说他陪她带着儿子外逃。牛占坤夫妇不放心他们二老一小，只好陪他们一起来到江城。如今八路军就在本镇周围，进占本镇和江城是早晚的事。初鸾乔害怕落到八路手里，丢了性命，又要继续往北逃跑，逃到渺无人烟的深山老林里，更名换姓，躲起来。牛占坤夫妇一再劝解她，说北面的深山老林早就由八路占着，事情已经过了好多年，她也不是蓄意杀人，自己主动认罪，八路不会要她的命。可是她不听，还是大哭大叫，要死要活，顽固坚持要北上躲避八路。

145

　　北面的八路白天仍然鸦雀无声。而南边的保安旅枪声又多起来，炮也打得勤了。东一炮，西一炮，毫无目的。某某家被炮弹击中，家里死了什么人等消息时有传闻。现在除了饥饿，人们什么都不怕。枪声过后，有时会引起争论：你说是三八大盖儿，他说是七九步枪，第三个人说是美式趴管儿……听各种步枪、冲锋枪、机关枪、六〇炮、野炮的轰鸣声，看大大小小的飞机在空中盘旋，观赏地空人机大战，成了这里许多男人，特别是男孩子们的一大爱好。

开始围城的时候，来江城侦查的是两个肚子的飞机，飞得挺快，但它不是天天来，来了既不扔东西，也不放枪炮，围着江城转上两圈儿就走了。阳历五月以后，来江城的飞机就多起来，进入阳历八月，它们天天来，有时一天来几批，而且多种多样儿。古世才说，这些飞机有的是来观察战场形势的，有的是来给国民党军队运送给养的。他说，看起来国民党军队的日子不好过了。

古全和特别爱看飞机。现在，他除了念书，练字，制作小玩意儿，就是看飞机。听到飞机的马达声，他就冲出门外，站到小红楼儿旁边的那段矮墙上，或是那幢无人居住的低矮的小平房的屋顶上，循着飞机马达的声音，朝天空张望。

下午，古全和听见有两个肚子的飞机的声音，立刻蹿上小平房儿的屋顶，用眼睛跟踪着它围着江城转圈儿。近来，两个肚子的飞机，来得也频了，几乎天天来。古世才说，两个肚子的飞机上面坐的是大官，是来侦察的。

进入阳历九月，来江城的飞机更多了。除了两个肚子的侦察机以外，还有一种肚子很大的飞机和一种肚子很小的飞机。大肚子飞机晴天儿几乎天天来，有时一天来好几拨儿。它庞大、笨重、飞得慢，不放枪，也不放炮，来了，转几圈儿，就开始往下扔东西。在它飞过之后，无数个上面坠着东西的雪白的降落伞就在空中随风飘荡，像朵朵牵牛花儿，非常好看。不过古全和不喜欢看这种飞机，他嫌它笨重，傻气，而喜欢看那种小飞机和两个肚子的飞机。它们飞得快，好看。

小飞机有点儿像玩具，头上有一个螺旋桨，翅膀的两头是齐齐的，头向上昂着，尾巴朝上翘着，飞得低，飞得快，叫唤的声音给人一种撕心裂肺的感觉，很难听。它们来了就朝地面上扔炸弹，放机关炮，放完就走。

古全和给各种飞机起了他自己喜欢的名字，把两个肚子的飞机叫"一对儿双儿"；把一个肚子的大飞机叫"大笨蛋——怕死鬼"或是"里通外国"，因为它不敢低飞，带来的大米白面和各种吃的东西，大部分都投给了八路；小飞机叫"小野马""机灵鬼""瞎咕咕"，因为它灵、快，来了就咕咕咕地放机关炮，可是从没见它打着过什么，只是"瞎咕咕"。

老百姓不喜欢国民党，如今天老爷也不喜欢国民党。今年秋天，江城几乎天天刮大风，弄得贪生怕死的"国军"飞机驾驶员不知道怎么空投好。"大笨蛋"一来，八路就对着它放高射炮。成串的炮弹飞上天空，像鞭炮一样噼噼啪啪地炸响，响过以后，天上就现出了由炮弹化成的朵朵不断变化着的白云。"大笨蛋"怕八路的高射炮，不敢低飞，胡乱丢下东西就跑。

下午四点多，日头儿偏西。三架"瞎咕咕"掠过小红楼北面的庄稼地。它们飞得很低，翅膀儿几乎挂上红红的高粱穗子。在它们从庄稼地上空飞掠过几次以后，就对着庄稼地的边缘猛烈地扫射。飞机上的机关炮低沉的咕咕声像老年男人在说话，机关炮弹打折高粱竿子的嚓嚓声在小红楼儿这里就能听见。高粱地里有人朝飞机打机关枪，那枪炮声就像在人们的身边响。

小平房屋顶上的人越聚越多。人们像平时看光景一样观赏这天地之间的搏斗，一张张瘦脸上展露出难得一见的开心的笑容。

有一架小飞机一头栽到附近的什么地方儿，接着是震耳欲聋的爆炸声。

"爹，快看哪，飞机打大车啦！"古全和站在平房顶上朝东北方向张望。

"下来！快下来！"秀姑命令古全和。

"飞机打大车啦！飞机打大车啦！快来看哪！"兴奋的古全和没有听见他娘的话。

"管管根儿！叫他下来！"秀姑生气地对古世才嘟囔。可是性情豪爽的秀姑对于这样的景象好像也很着迷，她也站在小平房的旁边看起来。

"飞机离这里远着呢，足有五里路，机关炮打不到这里。"古世才不错眼珠儿地望着远处，满不在乎地说。他并不反对儿子在这里看光景。

原本站在地上看的一些人呼啦一声上了小平房，指手画脚地嚷嚷起来。

人们发现，在东北方，在国家营子通本镇的大路上，跑着四辆马拉的胶皮轱辘大车，上面装着麻袋，看来是八路的运粮队。运粮队离这里约有两三里路，在西下的阳光照耀下，人们看得清清楚楚。两架小飞机在运粮队的上空飞来飞去，轮番朝运粮队扫射。那四辆大车的老板挥舞着长鞭，驱赶牲口，朝前奔跑。小飞机放光了子弹就飞走了。而运粮队的大车照旧前进。

人们从小平房上跳下来，像看过一场马戏表演，兴高采烈地议论着。在这被围的城市，人们什么也看不见。而今天见到八路打飞机和飞机打大车，人们觉得很新鲜，很开心。

没有人看见有人和牲口当场倒下。但还是很惦记着那些被扫射过的人和牲口。直到傍黑，听从国家营子卡哨辗转传来的消息说，有一匹骡子被打死了，人们都忍不住笑了。笑什么呢？笑飞机，都说飞机是些没有用处的东西。两架飞机，发射了数不清的机关炮弹，只打死了一匹骡子！不久，山东庄就出现了这样一句歇后语："飞机打马车——瞎咕咕！"

146

山东庄的人吃光了曹老二地里的西葫芦秧子，继续留在这里是等死。而出路只有一条：偷渡，去撞击八路军的封锁线。这些日子，古世才天天和乡亲们议论偷渡的事。

古世才一个人试着偷渡过一次，并埋伏在封锁线上的庄稼地里观察过封锁线上的情形。封锁线上部署的士兵并不多，彼此的距离过百步，夜里可以穿越的空当儿不小，八路军对待被拦截在封锁线上的人员不仅不开枪，而且态度和蔼，只是劝说他们原路返回。古世才出进封锁线很顺利，还背回了一些生苞米。他深信他能够带领山东庄的乡亲们穿越封锁线。

素桂说她想偷渡出去。她想，就是自己在偷渡中被打死也比眼看着古全和一家人被自己拖累死要好。今天晚饭后，她忍不住就把自己决意偷渡的打算说了出来。古世才和秀姑听了都很着急。

秀姑说："你怎么又想偷渡？"

素桂说："俺偷渡出去就带走一张嘴，家里的人能多熬几天，熬到卡哨放人。"

秀姑说："孩子，听话，咱们死活都在一起！等着和大家伙儿一起偷渡吧！"

古世才说："偷渡不是好办法儿，偷渡只能逃出去个人，其他什么都带不出去。那咱们出去穿什么，吃什么，用什么？怎么过冬？应该尽量等八路开放卡哨放人。那时咱们可以把能带的东西都带上。你放心，咱们都能活着出去！你爹不在这儿，你得听我的！要逃一起逃！"

素桂止住哭泣，看着古世才，点点头儿，平静下来。

一连过了几天，仍然没有开放卡哨儿的消息。进入阳历九月中旬，眼看着没有吃的东西了，古全和也不再念书写字，素桂又起了偷渡的念头儿。晚饭后，她见古全和去了大杂院，就对古世才和秀姑说道："大爷大娘，俺还是想逃出去，在外面等你们。俺已经联络上道士他们了，今夜就走。"

古世才和秀姑见素桂走意坚决，面面相觑，不知如何是好。最后，古世才说："这样吧，容俺和你大娘商量商量。"

古世才和秀姑一时不知怎样打消素桂偷渡的念头儿。

古世才说："看来孩子是铁了心了。"

秀姑说："素桂是个大人了，有自己的主意，硬是不让她走，会遭人误解，以为咱们担心跑了这个白捡来的儿媳妇儿！"

古世才说："可是，咱们的孩子不去偷渡，让素桂一个人去冒这个险，也不好，有人会以为咱们容不得她，逼迫她去偷渡，她一旦有个三长两短，咱们怎么见凤山？"

"那你是说让根儿和她一起偷渡？"秀姑吃惊地说，"她一个人走就够让人揪心的了，怎么好再搭上一个呢?!"

"宁可让自己的孩子去冒险，也不能让别人说闲话。名声儿比性命重要！"古世才斩钉截铁地说。"素桂已经联络上了道士和广聚，就让根儿也去吧。这样咱们心里踏实，万一出点儿岔子，咱们也不后悔。"

秀姑说："要不你带他们出去？"

"不妥。万一到时候我被拦在封锁线外，或是被八路军关起来，谁带领大家偷渡？"

"你说的倒也是。那俺去给他们准备吃的。"。

古世才说："每人给他们带上 10 块大洋。"

第二天晚饭后，古世才把素桂、道士、广聚、有富和根儿召集到小红楼儿，还请来了刘书成和孙孝友，商讨和嘱咐素桂他们偷渡时应该注意的事情。

天阴得乌黑，是要下雨的样子。秋雨伤人，秀姑看看天气，感到有些不安，虽说有古世才偷渡成功的经验，如今孩子们去偷渡，仍然让她有一种生离死别的痛苦的感觉。丈夫说八路军的哨兵态度和蔼，不开枪，可是未必所有的八路哨兵都和蔼，都不开枪，可是十个指头不一般齐，要是孩子们碰上那些二五眼的，态度不好的，开枪的怎么办？她有些犹豫了，说道："看样子是要下雨，今天还走吗？"

"走！"素桂偷渡心切，她这样说，男孩子们就不好意思再说别的了。

刘书成说："刮风下雨天，倒是有利于偷渡。"古世才和孙孝友连连点头儿。

刘书成详细地给素桂他们讲解了偷渡时应该注意的事情，如根据星座辨别方向，几个人要拉开距离、成一条线前进，但是不能失去联络，以及怎样用火和怎样用掩蔽物儿等等。素桂他们认真地听着，而实际上并不都懂。

古世才说："你们都是些孩子，不会有人怀疑你们的身份，出了包围圈儿就没有人管了，可以直奔炮手屯，去找你们梁永财叔叔，他会照顾你们，素桂、根儿和梁大叔认识。我们出去后到那里去和你们聚齐。"

素桂他们都带了一些银元，但是都拒绝带吃的，说能吃的东西要留给家里的人。

在男孩子里面广聚最大，又当过兵，自然就是这些偷渡客的领袖。他第一个走出小红楼儿。后面的人一个跟着一个，顺着小红楼儿前面的这条不宽的马路，直奔西郊。虽然现在是夜里，沟子南的保安旅看不见他们，但是谁都知道，如今保安旅，放枪打炮毫无目的和章法，高兴了就放几枪，打几炮。所以他们每过一个十字路口儿，都是按照老人们的嘱咐，一个一个地沿着地面儿爬过去。

这条无名的小马路的尽头儿是一大片涝洼水草地。穿过这片涝洼水草地，就是邓家窝棚。这里常年积水，水草茂盛，平时没有人来这里。围城以后，进入六七月后，宋家屯镇西半部的人死了，无力埋葬的人家，都把尸体扔到这里，从老远的地方就闻见了让人感到窒息和恶心的尸臭味。今夜刘广聚他们就要从这里穿过，个个心里犯嘀咕，都不由得放慢了脚步。急于出逃的素桂第一个踏进了涝洼地。其余的人跟在她的后面。

古全和一只脚陷进泥里，一只鞋被留在了烂泥里。他弯下腰去摸鞋，发现他踏进的是一个死人已经腐烂的胸腔，他一把抓起来的是几根弯弯的肋骨。他赶紧扔下它们，光着一只脚离开那里。他觉得他在通过这片涝洼地的时候，踏进过好几个死人的肚子，还踩翻过几个死人的头骨，有一次还曾跌到烂泥里。

他们总算穿过了涝洼地，走进了高粱地。古全和知道，从这里奔西北，走不过二里路，就是邓家堡，那里有他的一些同学。他去过邓家堡，希望能碰上他的同学。

刘广聚摸着黑儿，小心翼翼地朝前走，随时注意周围的动静儿，心思全在寻找那条他们要穿越的封锁线，因而迷失了方向，也没了主意，几个人就滞留在高粱地里。

"咱们该朝哪走？"道士说。

素桂指指西北方向说，"我感觉那好像是西北。"

这时，下雨了，而且越下越大。雨点儿打在高粱叶子上，声音震耳欲聋，他们说话不得不提高嗓门儿。高粱地里的积水眼见就没过了脚脖子，还在沿着小腿儿往上涨。古全和想，刘书成叔叔说得不错，有这个声音的掩护，大家容易逃出封锁线。可是，天上没有星星，广聚也不知道该朝哪里走。他们都站在高粱地里，淋着秋雨，冻得嗦嗦发抖，不知如何是好。

古全和说："我看咱们就朝着一个方向走，这样有一半冲出去的可能。"

刘广聚立刻反驳说："瞎撞怎么行？"

道士说："那你说怎么办？"

刘广聚说："我们就躲在高粱地里等，等天亮了，辨明了方向再走。"

古全和说："天亮了，咱们看清楚了八路军的哨兵，他们也就看清我们了，不如现在撞撞大运。撞对了，咱们就出去了；撞错了，咱们认倒霉，比待在这里傻等好。在这里傻等肯定是逃不出去的。"

素桂同意古全和的主意，但是广聚坚持己见，有富和道士也同意在这里等。

雨不停地下，他们的衣服都淋透了，个个冷得缩成一团儿，直打哆嗦。

总算盼到了东方发白，古全和发现他们就在邓家窝棚附近，连他同学家的房子都能看见了。如果他们按照他的办法儿，朝前走几百步，就越过封锁线，进入邓家窝铺了。就在他们要穿越封锁线时，远处有人朝他们挥手喊话了：

"喂，老乡们，回去吧！"

古全和他们循着传来喊话的方向一看，发现在不远的地方，站着两个八路军的战士，他们的旁边还有一些老百姓，都在笑嘻嘻地看着他们，指指点点。那里面竟有他柳影路小学的同班同学邓叶云。她认出了他，连连朝他挥手。这时，古全和低头一看，发现他的裤子上到处是不停地蠕动着的大白蛆。他再看看别人，发现个个如此。他知道，这都是从那片涝洼地里带出来的。

大家都在看古全和，意思是希望他去跟八路军求情。古全和没有满足他们的愿望。他不想去对八路低三下四。他在这次偷渡中长了见识，决心回去稍做休息，再次偷渡。他相信他一定能带领大家偷渡出去。他第一个走出高粱地，跳进路边的水坑里洗涮抖落身上的蛆，然后朝着宋家屯镇的方向走去。

一夜的劳累、紧张、饥饿和失败的挫折，使古全和筋疲力尽，回到家里，洗了个澡，换过衣服，饭也没吃，就上床睡下了，一觉睡到第二天的中午，打算晚饭后联络道士等伙伴，商讨再次偷渡的事。他决定毛遂自荐，自己带领大家偷渡。

148

偷渡失败让刘广聚等山东庄的年轻人长了见识，次日下午他们不约而同地凑到小红楼儿来商量再次偷渡的事，决定第二天夜里再次偷渡，并公推古全和为带头人，而古全和早有思想准备，也当仁不让，接受了大家的委托。

早饭后，道士来找古全和，邀他出去玩儿。古全和说他正在考虑外逃的事，不想出去，可是经不住道士一再央告，还是跟上道士走了。道士提议和他一起到八路设的卡哨前去打探卡哨什么时候开放，古全和表示同意。

道士和古全和沿着黑狗大街往东，直奔黑狗大街和兴隆大街的十字路口儿。道士婉转地笑着说："要是前天夜里听了你的话，这会儿咱们就在白龙镇吃大米饭了。"他这是在向古全和道歉。不过古全和并不在意，他说："那也难说，说不定会选错了方向碰上八路呢。"古全和压根儿就不认为道士有什么错，即使道士错了，那也是已经过去的事。他爹说过，别人做错了事，只要他已经知道错了，他就会吸取教训，别人不该再去数落他。他爹最讨厌揭人家的短儿。

在道士和古全和爬上十字路口的时候，他们吃惊地发现，沿着兴隆大街，从南向北走来一群人，显然都是城里来的人。让他们感到奇怪的是保安旅竟没有朝他们开枪。兴隆大街的尽南头儿，有保安旅成群的碉堡。从围城开始，他们还是头一次看见有人大摇大摆地在兴隆大街上走动，而保安旅不开枪，目睹这种景象，古全和也大着胆子站起来朝对面走去。在他和道士走到大街中间时，从南面走来的人群中，有一位脸色苍白的中年女人朝他们走来，并且问道："小朋友，你知道解放军的卡哨在什么地方吗？"

"你们要出城吗？"古全和愣了一会儿反问对方儿。

中年女人笑着点点头儿。这时，人群里面的一位老人回答说："是的。"

"你们是老师吧?!"古全和把自己的感觉说了出来。

"是的，你怎么知道？"老人笑眯眯地说。

古全和说："我就这样觉得，"心里立刻升起了对他们的敬意。

"卡哨还没开放呀，八路能放你们出去吗？"道士问道。

"试试看吧。"老人笑着说。

"我带你们去！"古全和高兴地说。

"根儿，那我就不去啦。"道士见了老师就觉得拘束。

"咱们一块儿去吧。"古全和对道士说。

"不啦，我先回去了。晚饭后再去找你。"道士说着转身走了。古全和一直盯着道士的背影儿，担心保安旅的人会朝他开枪。但是他们没有开枪。他想："保安旅怎么不开枪打人了？"他想不出个道理，觉得事情可能有了变化。

"念过书吗？"老人边走边问古全和。

"念过。"

"念几年级？"

"高小二年级，也就是六年级。"

"要不是打仗现在该念中学了吧？"

"嗯。"

"现在在家里干什么？"

"念书，写大字。"

"念什么书啊？"

"念我们的课本儿。"

"还念什么？"

"《西游记》《聊斋志异》《三侠剑》《彭公案》，逮着什么念什么。"

老人沉思地走着。那些中年人和年轻人跟在他的后面。

"老师，你们怎么没把家里的人都带出来呀？"古全和问道。

那些人听了古全和的话都笑起来。古全和不知道他们笑什么，觉得有些难为情。老人看出古全和的心思，就说道："你问得很对。如果有家在城里，当然必须把他们带出来。不过我们的家都在外地。我们这就是要回家啊。"

老人平等地和古全和谈话，回答他的问题，让他感到高兴。他恭敬地对老人点点头儿，手指着前面的铁丝屋顶说道："前面就是卡哨。"

"站在原地！不许靠前！"当他们走近卡哨时哨兵严肃地命令道。

"我们是江城大学的教员，要去解放区。"那位女老师走上前高声对那些哨兵说道。

"对不起，我们没有得到放行的命令。"哨兵和善地回答道。

"那就请你们的首长出来说话。"老人平静地说道。古全和感觉老人并不怕哨兵。

"这是江城大学的顾云复教授。"中年女教师指着老人对哨兵说道。

哨兵迟疑了一会儿，和他身边的人说了些什么，然后说道："请稍等。"其中的一个哨兵说着，回身转过高粱地，消失在青纱帐的后面。

大约一刻钟后，一个腰里别着短枪的军官走到铁丝屋顶前，冷静地说道："老师们，对不起，请再忍耐一些时候，我们还没有得到上级放行的命令。"

顾云复笑笑说："没有饭吃，没有地方儿住，怎么忍耐？国民党军队把我们赶出来，你们又不放我们走出去，这不是要把我们这些人困死在这里吗？人民解放军的使命是解放人民。请你立刻回去问问你们的上级首长，这件事可不可以见见国内外的报纸？"顾云复有些生气。

"嗬，真有胆儿大的，敢对当兵的这样说话！"站在卡哨附近的人群中有人嘀咕道。

"等着瞧吧，敢这样说话的，一定不是凡人。没有金刚钻儿，不揽瓷器活儿。"等在卡哨前面的人群中的一个中年男子说。

古全和好奇地看着老人。他也没见过有人敢对当兵的这样说话。

"老先生，请您理解，这是上级的命令。"那个军官说。

"出不了你们的这个卡子，我们就得饿死在这里。你们这样做，我没法儿理解。"老人冷冷地说，"你说了不算，请你们政委出来说话！"

那个军官看着老先生，摇了摇头，笑了笑，走了。

又过了一刻钟，一个腰里别着更小的短枪的军官走出来。

顾云复没等来人说话就开了腔："国民党军队把城里老百姓仅有的一点粮食抢光。老百姓无路可走，才出城来找活路儿，而你们却不肯放人出城，这不是要把老百姓逼死吗？内战是国民党挑起的，他们有罪。可是把老百姓包围在城里，不肯放他们出城逃生，这就是你们的问题了。打开你们的党纲看看，共产党的宗旨是什么？是全心全意为人民服务！城里饿死了多少万人你们知道吗？！我们必须出城！如果你解决不了这个问题，就请你们立即报告你们的上级，直到你们的党中央，毛泽东主席！我相信这不是你们中央的政策！"

"先生贵姓？"新来的八路军官问道。

"顾云复，江城大学教员！"老人高声回答。

"啊呀，您是顾老师啊！"新来的军官激动地惊叫道。

"你是?!……"

"刘先声，您的学生刘先声啊！听说当年你老为庇护我们那些同学还坐过牢呢。"刘先声激动地说着，冲到顾云复的面前，双手紧握老人的手。

"你是'一二·九'后逃到解放区去的那个刘先声吗?!"老人也激动起来。

"是啊，你老的记性真好，还记得我的名字！"刘先声说道，"顾老师，请您稍等，我马上向上级请示。"他关照士兵给顾云复一行送来了开水和贴饼子。

顾云复拉住全和的手说道："谢谢你啊，小朋友。"

古全和对老人笑笑说："不谢，"同时竖起大拇指说道，"你老真厉害。"

顾云复送给古全和五个贴饼子，并说道："喜欢吧?"

"太喜欢啦！谢谢老师！"古全和高兴地把饼子抱在胸前，后悔道士回去了。

"我该谢谢你啊，是你把我们领到这里来的呀。"顾云复笑着说。

古全和突然问道："老师，我要是念大学，可以去找你老人家吗?"

顾云复感到惊讶，其他的老师也好奇地看着古全和。在这种时候，这样一个只穿着一条小小的黑乎乎的白布短裤，有着一个成年人的细高的身材和小孩子的脸的穷孩子，本来就让人感觉滑稽可笑，而他在这个个人生命朝不保夕的时刻，竟然还惦记着念大学，不能不感觉意外，好笑，而又有些感动。顾云复毫不犹豫地大声回答说："当然可以！"并郑重其事地强调说："你要是愿意就报考我的专业吧！"

"什么叫专业?"古全和小心地问道。

他的话又引起了一阵笑声，但是老师们不知道怎样给他讲解"专业"的概念。那个脸色苍白的中年女老师忍不住笑着反问古全和道："你想学什么?"

古全和脱口说道："原子弹，学习制造原子弹！"他的回答让所有的人感到惊愕。

"为什么?!"顾云复认真地问道。

"为了让我们的国家不再受别人欺负！"古全和严肃地说。

　　顾云复吃惊地张大眼睛，就像面对着一道难解的数学题，一时间不能理解面前的这个几乎是赤裸着身子的孩子，为什么会说出这样沉重的话，他怎么会想到要学造原子弹。原子弹是凶险的东西，离他太远太远，也并不好玩儿，难以想象是一些什么严重的事情让他形成这样的心愿。他脱口说出这样的话，显然是因为这个心愿在他的心里生根已久。面对这个天真的孩子，他说不清自己是个什么心情，但是他为这个孩子赤诚的爱国心和伟大的抱负而感到骄傲。

　　"原子弹可不是个好玩儿东西呀！"老人严肃地低声说。

　　"知道，原子弹厉害，能炸掉一个城市！日本的长崎和广岛都被原子弹炸没了。我们有了原子弹，谁敢来欺负咱们，就给他一家伙！叫他粉身碎骨！"古全和目光炯炯地说。

　　"原子弹可不能随便扔……"女教师说。

　　古全和不满地看了她一眼，没有理睬她，心里在想："这还用你说？"

　　"你是怎么知道这些事情，决心想造原子弹的？"老人又问。

　　"我爹和郑叔叔说的！他们说英国人、美国人、大鼻子、小鼻子，所有的外国强盗都欺负过我们！日本人要灭亡我们。老毛子占领了我们大片的国土，他们杀害过我们数不清的老百姓，抢劫我们无数的财物！"古全和不假思索地愤愤地说。

　　"你父亲是干什么的？"老人问道。

　　"铁匠。"

　　"他认字吗？"老人问道。

　　"不认字。"

　　"郑叔叔是干什么的？"

　　"代书，在菜市街给人家写信，前些日子被人放枪打死了。"

　　"你叫什么名字？"老人认真地问道。

　　"古全和。"

　　顾云复老人含着眼泪说："古全和同学，咱们约定：解放后你一定来找我！"

　　"什么叫'解放'？"

　　"解放军占领了本市，就叫'解放'！"女老师说。

　　"会吗？"

"一定会！"老人坚定地说。

古全和留给老师们的是一种近乎滑稽的复杂矛盾的印象。论个头儿，他已经是个大人了，可是他明明是个天真的孩子。他几乎浑身都赤裸着，头上却戴着一顶半新的日式学生制帽儿。他关心国家命运的赤诚让老师们感动，而他要造原子弹的愿望却又显得虚妄可笑。很明显，他只听说过原子弹厉害，却不知道原子弹是怎么回事儿，造原子弹有多么艰难。在围城这种环境里，人的生死是瞬间的事，而他仍能想到国家，能坚持学习，梦想着念大学，也不是一般孩子能够做得到的。在老师们的眼里，他是个可爱的怪学生。

"怎么样？到时候来找我吗？"老人笑眯眯地对古全和说。

"一定！"古全和认真地说。

古全和小心地把五个饼子装进他的脏帽子里。

"你怎么不吃啊？"老人问他。

"这会儿这是稀罕玩意儿，有好久没吃了，我得带回家去，和俺爹俺娘和俺姐姐一起吃。"他说着，转身给老师们鞠了一个大躬，又后退了几步，抱着贴饼子，拔起脚撒着欢儿地飞跑，赤裸着的双脚踏起一溜烟的浮土。这时，他在老师们的眼睛里就完全是个孩子了。

149

古全和一直惦记着那些老师。今天一大早他又偷偷地爬到卡哨前去看看他们是不是还滞留在那里。老师们不见了，可是卡哨还是不开。他问过卡哨上的八路。那个八路只对他笑，却不说那些老师到什么地方去了。他想，那个大官儿是那位老先生的学生，他不会不放他的老师出城，可是他仍然为那些老师的安危担心。

山东庄的老百姓没有什么吃的东西了，烧的也没有了。秫秸之类的柴草和木柴早就烧完了。多年积累下来的煤渣儿也快烧完了。人们到了生死关头。求生成了所有成年人的话题，偷渡是唯一的出路。古世才、刘书成和孙孝友等多次在小红楼儿聚会，商议外逃的事。

古世才考虑到老老少少上百人偷渡，非同小可，决心再次亲自去探路。在素桂他们偷渡失败后的第二天的夜里，他一个人悄悄地摸出了八路的封锁线，摸清楚了八路军封锁线布哨的间距，选定了偷渡的路线和突破口儿。他把他两次偷渡的经过告诉了大家，说："八路的哨兵布置得不算稠密，封锁线是单层的，只要越过封锁线，就算进入了解放区。"

"什么时候走？"孙孝友说。

古世才说："我想咱们做好准备，再等一两天。根儿说他亲眼看见卡哨上放走了一些老师，也许就要开放卡哨了。偷渡只能逃出去几个空行人儿，到了外面吃什么，穿什么，用什么？只要可能，咱们就走卡子口儿，无路可走才偷渡。"

所有的人都连连点头儿，表示同意古世才的办法儿。

"那就再等几天！"刘书成说。

隔天古世才等再次集会小红楼，商讨偷渡计划，孙孝友说："得马上行动了，拖到大家伙儿都爬不动的时候，想逃也逃不出去了！咱一回不行，来第二回！一定要逃出去！"

刘书成点头儿表示同意孙孝友的意思，他说："得组织起来。分成几个梯队。把队伍分成几个小组，拉成一条线。派几个机灵的打前哨，探路，后面的跟进，前面的被截住了，就留一两个人和哨兵纠缠，吸引他们离开哨位，后面的乘机从旁边冲出去。这样，他们截住的只能是少数人，大多数人能够逃出去。不必怕八路军开枪，枪打死和饿死都是个死！"

古世才说："那就后天晚上行动，风雨无阻，我们一家三口儿带上素桂打前阵。"

众人散后，刘书成把古世才留下。

"还是我在前面探路吧。"刘书成说。

古世才说："你的眼神儿不大好，夜里行动不便。还是我们打头阵吧。一旦被八路拦住，你就带领大家伙儿乘机冲出去。"

刘书成说："不瞒大哥，我带兵打过仗，干这种营生儿内行。广聚他娘身体还行，有广聚他媳妇儿照顾。这回咱们一定得把素桂带出去。她娘没了，她爹生死不明，咱不能让这个孩子有闪失。不然咱们对不住凤山两口子。"

古世才听刘书成这样说，很感动，但是仍然坚持说："你尽管放心，路线我熟，一旦我和八路军的哨兵遭遇，你就带领大家跟进，顺便把素桂领出去。"

刘书成感动地点点头儿，不再和古世才争执。

山东庄家家户户都在做外逃的准备。秀姑把能穿的衣服都收拾出来，打成四个包裹，每人一个，每个包裹里面都装上一些银元，以备一家跑散后好变卖了维持生计。

生的希望和死的悲哀又一次笼罩着曾经温暖的古世才一家。早饭时秀姑劝素桂和古全和两个人吃了一些豆饼，古世才也吃了几口，她却什么也没吃。她心里很难过。七年前一家人被日本鬼子和汉奸逼得离家出走。女儿，弟弟和弟妹都死在路上。婆婆也伤心地死在这里。如今又得逃亡，还一家打头，最可能被八路军截住！她恨这场可恶的战争！

150

"放人啦！放人啦！卡子上放人啦！"古全和和道士挥舞着双臂飞跑着喊叫。

"真的吗？！"秀姑不敢相信。

"是根儿在喊呢。"素桂说。

"爹！放人啦！"古全和气喘吁吁地跑进屋里说道。

很多人表示怀疑，但是消息很快被证实，过路的人说，卡哨前面人山人海。

秀姑激动地对素桂说道："孩子，咱们有救了！"

素桂含着眼泪点点头儿，想到娘没能活到今天，心里感到无限的遗憾和悲伤。

山东庄突然活跃起来，到处是欢声笑语，家家忙碌着做出走的准备。

古世才忙着修理他去冬今春贩卖豆饼时置办的那辆手推车。秀姑和素桂忙着收拾可以带走的东西。秀姑说："穿的戴的用的，锅碗瓢盆儿，炊帚疙瘩，都带上。带出去，能用的用，能卖的卖。"

山东庄的老老少少，在封闭中度过了半年多，有些人连初一、十五都分不清楚了，只约略地意识到现在好像是阳历1948年的9月中旬。

今天，天气清朗。聚集在卡哨前数以万千计的人们，虽然个个面黄肌瘦，形容枯槁，却都面带笑意，喋喋不休。这些一度垂死的人们发出的声音竟大于平时的闹市。人们期待着一步跨过面前的阴阳界，从死亡跨入新生。他们为自己获得生的机会而庆幸，为因饥饿和疾病死去的亲人没能获得这样的机会而深感惋惜。

古世才和儿子一推一拉把满载杂物的手推车弄到了卡哨前等待开放的时刻。秀姑在家里烧水做饭，素桂在两地之间来回跑动联络，送水送饭。一家人随时准备着离家出走。

这里是保安旅的步枪和机关枪打不着的地方。不过大炮可以打到这里。但是他们没有朝这里打炮。也许他们的炮弹打光了，也许是他们饿得打不动大炮了，也许是他们良心发现了，想给老百姓留下一点儿好印象，也许是因为在外逃的人们中有他们的许多老弱残兵？这些老弱残兵，个个军容不整，颓然坐地，或是干脆躺在地上，合着两眼，紧张地倒气儿。他们这样进入解放区，算是起义，算是逃跑，或者算是投降，对于他们说来都已经无所谓了，这会儿对他们说来，活着就是一切。古世才想，他们饿得连路都走不动了，怎么能逃出来呢？他猜想，一定是保安旅的军官们为卸包袱、吃空额而有意放他们出来的。

卡哨前，一个八路军战士手持喇叭筒反复高喊：

"老乡们！欢迎你们进入解放区！"

"我们在老乡们经过的路上，设置了一些粥站。每隔两三里路，设一站。咸菜和大米绿豆粥都是免费的，大家可以随到随喝。请不要一次喝饱，免得伤了肠胃。还要提醒大家，胃肠不大好的老乡，进入解放区后，不要买路边卖的贴饼子、窝窝头，特别是黏豆包儿、年糕等不好消化的东西吃，免得吃下去，消化不了生病，那会有生命危险。"

原定上午 10 点开放卡哨。由于发生意外，卡哨开放时间推迟一点钟，引起众人的一阵喧哗。片刻之后，一辆美式中吉普从远处开来，上面坐着几个军人，其中的一人穿着国民党的将校服，古世才看出他是个中将，一个国民党军官，指着中吉普上的军官惊叫："军长！军长！他是我们军长！"

"谁是军长？"一个老头儿问道。

"坐在吉普车后座儿上的那个！"军官说。

"他投降啦？"老头儿说。

"不，是起义。"军官纠正说。

"说着好听，其实起义也是投降，打输了就是打输啦，都这会了，还要什么面子呀！"老头儿不屑地瞪了那个军官一眼，嘟囔道。

中吉普过去了，铁蒺藜房子立刻被完全移开，人群争先恐后，海潮般涌出卡哨。出走心切的人们，喘息着，彼此搀扶着，恨不得一步跨出这个人间地狱。

古全和拉车，古世才推车，秀姑护着车子，素桂流着泪，像姐姐牵着弟弟一样，拉着古全和的手，同时帮着他拉车。古世才一家随着人潮，涌出卡哨。获得了再生的素桂，并不感到高兴。占据着她的心灵的是深深的遗憾。她一直在想："为什么不早一些开放呢？那样娘就死不了啦！"

封锁线好比阴阳界。有些人拼上最后的力气走出封锁线，就走不动了。他们横七竖八地躺在路边的空地上喘息，其中多数是保安旅的士兵。

在离开封锁线不远的路旁，就摆放着长长一列地桌儿，桌子上摆放着一碗碗的大米绿豆粥，古世才招呼山东庄的乡亲们沿路坐下喝粥。他们一家也在一张远离大路的空着的地桌前面坐下。这是古世才一生中头一次吃不花钱的饭，心中说不清是个什么滋味儿，觉得白吃白喝有点儿不好意思。他迟疑了好一会儿才端起饭碗。

饭后大家又一起上路。

在一些叫卖贴饼子的小贩的附近，仰面朝天四仰八叉地躺着一些保安旅的士兵。他们个个挺着圆圆的肚子，一动不动，和死了一样。古世才知道，他们是吃撑了，撑坏了，不能动了，解放军顾不上照顾他们，他们中间有的人大概是要撑死了。但是人们并不同情他们。有人从他们身边走过时骂道："没有出息的东西！"

封锁线外沿路到处有叫卖食品和瓜果儿的小贩。在第二次歇息的时候，古世才走到一个卖西红柿的地摊儿前停下来休息。秀姑去买回了足有七八斤晚熟的西红柿。古全和一个人吃了一半儿，说："娘，这个西红柿特别好吃！"

秀姑说："这就叫'饥了甜如蜜，饱了蜜不甜。'"

每隔一段路，就设有粥锅和成排的小地桌。有人把一碗碗稀稠适度的大米绿豆粥晾在桌子上，还有切得细细的红红的胡萝卜咸菜丝儿。路过那里的人们，可以随便喝。

秀姑笑眯眯地对素桂说："孩子！咱们活啦！"

素桂点点头儿，脸上露出来的是苦笑。

"命啊！人争不过命！"秀姑说，她是想宽解素桂的心。

古世才抬头看看偏西的太阳，笑着说："今天天气真好！"

151

山东庄的老老少少逃出了地狱，解放军说让大家奔白龙镇以北的地方儿。古世才考虑，黄自成的岳父家住白龙镇，他可以投奔亲戚，可是其余的老老少少怎么办？他们到哪里落脚儿？古世才和刘书成、孙孝友、桂云暖等人想来想去，也没想出个准主意。他们觉得他们眼下能够投奔的只有两个人。一个是杨大琢磨过去的长工，山东老乡梁永财。他在白龙镇炮手屯娶妻生子落户了。可是听说他的日子过得并不富裕，又是个外来户儿，没有能力招待他们这上百口子人。再者，炮手屯是个只有不到百户人家儿的小屯落儿，地处偏远，乡亲们到了那里无事可干，谁知道江城什么时候才能解放，他们要在外面等多久？日子长了，坐吃山空，无法维持生活。另一个人就是黄自成他老丈人苟凤梧老人。他是白龙镇的老住户儿，交游广泛，为人忠厚，乐于助人，在当地有一定的影响，和山东庄的秀姑等人有过生意上的交往。最好是去投奔他。不过这件事首先得征得黄自成夫妇的同意，然后才好由他们出面去和老人商量。

六里屯儿是古世才他们去白龙镇的最后一站，在六里屯休息的时候，古世才提出了他们到哪里落脚儿的问题。大家七嘴八舌，意见不一。有人说去投奔梁永财。有人说先奔白龙镇，到了那里再说。有人说走到哪里算哪里，实在没法儿就去找解放军。不过务实的成年人大多还是想到苟凤梧老人那里落脚儿，所以都在等着苟志兰和黄自成说话。

苟志兰正在那里给毛丫儿梳头，什么话都没说。黄自成知道大家的意思，也认为大家应该到他岳父那里落脚儿，这件事应该由他或是苟志兰出面去联络，可是苟志兰不说话，让他感到很为难，迟疑再三之后，还是鼓起勇气说道："那咱们就奔毛丫儿她姥姥家吧。"

听黄自成这样说，大家都感到意外，立刻去看苟志兰的脸色，因为连山东庄的孩子都知道，在黄自成家，当家做主的是苟志兰，黄自成怎么敢说这个大话呢？更让大家感到意外的是，苟志兰居然没有让黄自成当面难堪。她看了看黄自成，什么都没说，意思是默认了黄自成的承诺。

黄自成这次敢当家做主有多种原因。首先是黄自成在受尽多年屈辱之后，心里终于生出了一种反抗的渴望。平时苟志兰不给他个好脸儿，对他说骂就骂，说打就打，让他在山东庄的乡亲们面前丢够了脸，受尽了气，他已经忍无可忍了。他毕竟是个健康的男人。围城让他半死了一回，他的胆子也大了，就横下一条心，要当一回老爷们儿。另一个原因是苟志兰的处境和性情有了变化。伪满洲国垮台了，国民党也垮台了，她哥哥彻底倒霉了，她那些混伪事儿的亲戚朋友失去了地位，她也就没有了仗恃和脾气。再说她也长了几岁，懂得了一些人生的道理，多了一些人性和女性的情怀。此消彼长，阴衰阳就盛，黄自成也就长了精神。另外，大家投奔苟老爷子，也不过是请他老人家，帮着大家张罗张罗，找个地方儿，安顿下来，并不要他出什么钱物。

古世才出于尊重苟志兰的考虑，又说道："毛丫儿她妈，你看行吗？"

苟志兰瞪了黄自成一眼说道："那有啥不行的？行。"

"啊呀，这就再好不过了。"大家七嘴八舌地说。

古世才心里说："老黄总算当了一回家！"

有了落脚儿的地方，大家的心里也就踏实了。

白龙镇离宋家屯镇50里，古世才估计下午两三点钟就能到达。可是他们走走歇歇，直到太阳将要落山他们才赶到白龙镇的东门外。

经过白龙镇的国道从白龙镇东侧经过，白龙镇城的东门离国道只有几十步。当山东庄一行人要进城的时候，他们被拦住了。守门的人高喊：城里人已经住满，不再往城里放人。古世才他们只好在白龙镇的东门外大路旁暂时住下。这里已聚集着好几百人，躺着的，坐着的，睡着的，醒着的，男男女女，老老少少，什么样儿的都有。

白龙镇是江城西北远郊白龙河边的一个大镇，呈东西长南北窄的长方形，方圆约一两千米，镇上只有一条东西向的大街，从东门直通西门，叫白龙街。在白龙街的两侧，是一些短短的小胡同儿。白龙镇周围有土筑的城墙，城墙又高又厚，年代久远，据说20世纪初白龙镇一度升格儿为白龙县的时候，她曾充当过县城。如今城门没有了，城门的两块巨大的基石还在。古世才估计这里出过豪富人家儿，闹过土匪，不然用不着修筑这样高大厚实的城墙。

孙孝友对黄自成说："你去和苟大叔说说，看他老人家能不能把咱们接进城？"

古世才说："请毛丫儿她妈去吧。"

刘书成说："顺便把毛丫儿带上。"

黄自成对苟志兰说："你去和老人说说吧。"

苟志兰不冷不热地说："谁去不是一样？毛丫儿她姥爷稀罕你。"

黄自成觉得她说的实话，这是给他面子，心里高兴，坚持说："还是你去吧。"

苟志兰没有再说什么，领上毛丫儿走了。

过了两袋烟的工夫儿，苟志兰一个人回来了。她说镇上有空闲房子，住处不成问题，说这会儿是看城门的民兵和儿童团都六亲不认，她爹和他的那些朋友都说不上话，没有法子把大家领进城里去，很对不住大家。

古世才代表大家对于苟凤梧老人和苟志兰表示感谢，他对苟志兰说："你和毛丫儿和姥爷都尽心尽力啦，请你转达乡亲们对你家大叔的谢意。那你就先回去吧，免得让老人惦记着，等安顿下来我们就进城去看望两位老人家。"

"自成兄弟也一起走吧。"刘书成说。

黄自成说："我留在这里，说不定有用得着我的地方儿。"

苟志兰说："我也不走。"

古世才感觉苟志兰变了一个人，她成了山东庄的人，山东庄的乡亲们也认下了她。他为黄自成一家的这种变化感到高兴，想到是苦难的共同生活拉近了大家的关系。他一再劝说苟志兰回到城里照顾孩子和老人，免得他们惦记着她，而苟志兰坚持要留在城外照顾大家，乡亲们都很感动，一再对她表示感谢。

古世才说："天冷啦，这儿夜里的气温该在零度以下了。说不定还会下雪结冰。在外面过夜，老人和孩子们受不了，一旦生病就麻烦了。从城里逃出来的这条命，怎么也不能再扔在这里。"

"咱们是不是可以分散开，找一些小屯子落脚儿？"孙孝友说。

"还是在一起好，彼此好有个照应。"刘书成说。

古世才说："既然大家不愿意分开，那咱们就做长期打算，安排一下儿，第一件事就是安排住处，赶紧搭窝棚和地铺。请孝友兄弟作指导，大家一齐动手。今晚睡觉前无论如何都得搭好一些窝棚和地铺，先把老人、孩子和女人们安置好。自成兄弟辛苦一趟，到附近的屯子里去买几车高粱秸，用来搭窝棚，再买几车谷草，用来搭地铺。广聚带领着几个小兄弟去采买粮食和油盐等吃的东西，所需开支先曰我垫支，将来按人头儿分摊。"

黄志兰说："这儿我熟，我和毛丫儿她爹一起去买秫秸和谷草。"

古世才高兴地说："那就太好啦，人熟地熟好办事！"古世才继续说："第二件事是赶紧把锅灶垒起来烧开水给大家喝。这会儿是秋天，正是痢疾、霍乱流行的季节，一定要让大家都喝上开水。这件事，得孝友兄弟亲自动手，让广聚带领他的小兄弟们给你打下手儿。"

"瞧好儿吧！"广聚兴奋地说。他喜欢当头儿。

古世才最后说："所有的人都听自成和孝友调遣，大家一齐动手，务必在天黑前喝上开水，吃上热饭，把老老少少安顿下来。"

152

孙孝友在大路旁大田泄水沟的沟帮上，巧妙地切割出几个灶坑。刘广聚带领古全和等一些孩子，架火烧水。开水很快烧得，人们喝上热水，紧张焦虑的心情有所缓解。

秫秸和谷草都买回来了，孙孝友又指挥着大家搭建窝棚，铺设地铺。这些被饥饿折磨了几个月、刚刚摆脱了死亡，只是在路上喝了一些大米粥的人们，精神虽然有所好转，可身子还是虚弱的，加上长途跋涉了五十多里路，干起活儿来都感到力不从心。

太阳落山了，气温骤然下降，看着面前坐着、躺着的老人和孩子，古世才心里着急。好在晚饭前就搭好了两个窝棚，把老人、孩子和女人们安顿下来了，大家总算可以喘一口气儿了。

古世才对黄自成夫妇说："天黑了，今天就这样吧，你们也该回去歇歇了。明天怎么办，看情况再说。能进城，当然最好。进不了城，咱们再想别的法子，也许得再往北走一程。不过就是要走，也得先在这里歇几天缓缓劲儿。好在天气还不算太冷，吃的睡的事都有了着落，老人和孩子们都安排下来了，也就不着急了。"

荀志兰说："古大哥，你们多受累，俺们再想办法儿，一有好消息我就来接你们。"古世才连连说好。他发觉毛丫儿她妈变了，为他们夫妻和好家庭和睦感到高兴。

广聚和道士一起按照古世才的嘱咐买回了豆油、咸盐和蔬菜。秀姑、道士他娘、广聚他娘、道士他大姐和素桂等一齐上灶，晚饭很快做好。山东庄几十家儿男女老少有生以来头一次一起吃了一顿团圆饭。

饭后，古全和说："娘，我想去转转。"

秀姑说："天快黑了，人生地不熟的，走丢了怎么办！"

"我都15啦，怎么会丢了呢！"

素桂说："大娘，俺陪他去。"

"还是俺陪他去吧。"道士笑嘻嘻地说。

"我也去！"刘广聚和桂有富等男孩子也来凑热闹。

"你们去算怎么回事儿？"兰兰也来帮腔儿。

"那咱们一起去。"素桂笑着说。这是她娘死后她脸上露出来的第一丝笑容。

秀姑不想让素桂难堪，就放他俩走了。

153

古全和和素桂顺着国道和城墙根儿往北走，然后再往西拐，转到了白龙镇的北门。北门也是有名无实，只是一个一两丈宽的大豁子，行人和车马都能自由进出。后来古全和听说，这里就叫"豁口儿"。在豁口儿的东面站着两个手握红缨枪的男孩子。一个圆脸，约有十多岁，是个小胖子。一个长脸儿，约有七八岁儿。古全和想，他们就是毛丫儿家婶婶说的儿童团，显然是在那里站岗。在豁口儿东面一两丈远的城墙里面的高地上，有一幢用泥坯筑成的小房子，上面的门和窗户都没有了，门窗的部位只是几个方方正正的窟窿。但是有屋顶，能避雨，也能挡一些风，里面亮着一盏保险灯。灯头儿很大很亮，那里聚集着几个孩子，有男孩儿，也有女孩儿。看来当年城墙完整具有防御功能的时候，这里是一个驻扎守卫人员的地方。

"过去看看，看他们能不能放咱们进去。"古全和说。

"别去招惹他们吧。"素桂胆怯地说。

"不要紧。"古全和边说边朝北门走去。

"站住！"那个小胖子朝古全和他们冲过来。

古全和看着他那郑重其事的样子，心里觉得好笑。

"站住！"两个男孩儿同时端起了红缨枪，对准了古全和，"路条！"

"我们刚从城里逃出来，哪有路条？"古全和说。

"没有路条，不许进城！"两个男孩儿朝前逼近一步，枪尖儿抵住古全和。

小房子里的孩子们听到外面有人争吵，一个个跑出来，走到豁口儿前，站在古全和和素桂的周围，打量着他们。

"你们是城里来的吧？"一个长得白净的小女孩儿问道。

素桂对她笑笑，点点头儿。

小胖子警惕地围着古全和素桂转了一圈儿，像是要从他们身上看出可疑的地方。

"你叫什么？是干什么的？！"小胖子逼问古全和，他对素桂并不在意。

小女孩儿指着小胖子骄傲地对古全和说："他是俺二哥，是俺们的团长。他逮住过特务，立过功呀。俺大哥没来，他昨天到俺姥姥家去了，俺妈说，姥姥病啦。"

"去去去！净说废话！"小胖子申斥道。

"你凶！你凶！看俺回家给你不告诉妈，叫妈揍你！"小女孩儿一点儿都不怕他。

"我叫古全和，从宋家屯镇来。"古全和笑着说。"你的大号能告诉我吗？"

"你是干什么的？"小胖子不肯说出自己的姓名。

"学生。"古全和说。

"你多大了？"

"15岁。"

"撒谎！15岁能长这么高吗？！"

"他是15岁，在念高小。"素桂证明说。

孩子们彼此看看，在想什么。

小女孩儿指着持枪的小胖子说：。"他念三年级，小名儿叫虎头，大号叫汤学恒，外号儿叫肥子，俺妈说，他是因为嘴馋贪吃才长得这样胖的。"

"多嘴！"小胖子把小女孩儿扒拉到一边。他听说古全和念六年级有些气馁。

"你爹是干什么的？"虎头换了一个话题。

"铁匠。"

虎头听古全和说他爹是铁匠，立刻减轻了对古全和的怀疑和敌意。他在想，"铁匠"算个什么成分？相当于贫农，还是雇农？他不知道。但是他知道"铁匠"肯定是贫雇农一伙儿的。他巡视了一番他的部下，回身朝小房子走去。那些孩子跟在他后面，也朝小房子走去。他边走边想着古全和的家庭成分。"铁匠"到底是个什么成分，他还是想不明白。但是他知道"铁匠"是干活儿的，和地主富农不一样。他忽然想到，他表叔就是"铁匠"啊！工作队杨叔叔说他比贫农更革命。虎头想到这里停住了脚步，回头对古全和说："过来！"

古全和没把这些小孩子放在心上。他本来就想到小房子看看，说服他们放人，听见虎头喊他们，就加快脚步登上高坡，跟上来。素桂拉了拉他的衣襟儿，意思是不让他跟着他们走。古全和没有理睬她。她也只好跟上他朝前走。

小房子的地面儿是土地，炕是土炕，炕上什么也没有。

虎头和他的伙伴们有的坐在炕上，有的坐在没有窗子的窗口上，有的站在地上。古全和就站在门口儿，素桂站在古全和的背后。

虎头和他的伙伴儿们对城里的孩子们都很感兴趣。古全和一一回答了他们的问题。虎头渐渐地觉得自己只是一个三年级的小学生，远比不上古全和。而当他听素桂说古全和是二里沟区中心校学生会主席的时候，就更加觉得自愧不如了。

古全和说："我们家的人都待在东门外，有老人和孩子，现在天冷了，说不定什么时候下雪，老人和孩子在露天地儿里过夜会生病，镇子里的苟凤梧老爷爷是我们的亲戚，住的地方儿也已经给我们找好了，你们能不能放我们进去？”

"你认识苟凤梧？"虎头忽然抬起头问道。

"他是毛丫儿的姥爷！"古全和大声说，他觉得事情有门儿。

虎头看看他的小伙伴儿，没有说话。

"我们不会住很久，城里一解放我们就回去。"素桂说。

"喂！你们说，行不行？"虎头对他的部下说。

"行！"小女孩儿抢先说道。

虎头搡了小女孩儿一下说道："你懂个屁！"

"就懂就懂！"小女孩儿毫不相让，"这会儿他们在野地里过夜多冷啊！"

孩子们连连点头儿，表示同意小女孩儿的意见。

"那，好吧！"虎头慷慨地说。

"谢谢，谢谢！我们一会儿就带家里的人过来！"古全和拉上素桂，兴冲冲地离开了小房子，转过城墙东北角儿，撒腿就跑。他喜欢虎头和那些孩子，觉得他们善良，有同情心，同时也想：解放后就是虎头这样的人说了算，那会怎么样呢？

154

古世才听说秀姑放古全和和素桂出去闲逛很生气，担心他们会遇到危险，特别怕素桂出事。当着众人，他一忍再忍，还是忍不住，就数落了她几句。秀姑知道自己错了，又是当着众人，没有说话。就在这时，黄自成夫妇俩又回来了。他们心里放不下露天住在城外的老邻居。苟志兰说，他们在毛丫儿她姥姥家附近找到了一处闲置的院落，有正房五间，西厢房三间，中间是一个大天井。房主是个财主，听说是进关了。毛丫儿她姥爷说，借住那个院子的事，他可以做主，老人正在想法子让他们进城。黄自成夫妇还给老邻居们带来了成桶的豆油和一钵子荤油，以及大酱、葱、姜、蒜等，大家都很高兴，齐声表示感谢。

黄自成夫妇的到来也救了秀姑一驾。古世才心里的气消了许多，不过他还是不想放过儿子，准备等他回来狠狠地教训他一顿。他不断朝古全和回来的方向张望，不见古全和与素桂回来，就又回过头来唠叨秀姑。正在这时，古全和同素桂回来了。

"你瞎跑到哪去啦?!"古世才把火儿转到儿子身上。

"到城北去转了转。"古全和低声说道。

训儿子等于训秀姑，秀姑只能听着。

"我是想……"古全和说。

"你想什么？你想过大人担心吗?!"古世才见儿子辩解，气更大了。"广聚，道士，都帮着大人忙活，你却出去闲逛！你对吗?!"古世才越说越气，连解释的机会也不给古全和。古世才平时尊重儿子，今天他实在是火儿了。

素桂觉得古世才数落古全和，也是在数落她。她是姐姐，应该承担责任，就小心地说道："大爷，这件事怪俺，是俺说陪他去的……根儿是想去看看，是不是可以从别的地方进城。"

古世才的口气缓和下来，对素桂说："这是他一个孩子能办的事吗？你黄婶儿是本地人，苟爷爷是这里的老住户儿，都没法子，他能有什么办法儿?!"

素桂把过错往自己身上揽，古世才就不好意思再训斥儿子了。他放缓口气说道："要在平时，你们爱上哪去上哪去。眼下乱哪，咱们又是初来乍到，人生地不熟，我是怕你们碰上坏人哪！"

"让大爷着急啦，我们以后注意，"素桂恭敬地说，"根儿把守北门的那些孩子说服了，他们同意让咱们从那儿进城。"

"你说什么?!"古世才以为自己听错了。

古全和把自己和素桂到城北门的经过对爹娘和叔叔婶婶们说了一遍。大人们听过之后，都不由自主地看素桂。大人们都信奉"嘴上无毛，说话不牢"的老话。虽然素桂和古全和都是老实孩子，可是素桂比古全和大几岁，他们更愿意相信素桂的话。而古世才连素桂的话也不敢相信。老少近百口儿，劳累一天，现在刚刚安置下来，又是在晚上，怎么敢轻举妄动？

"机会不可错过，试试吧。"刘书成缓缓地说。

"古大哥，不妨试试……"孙孝友也说。

苟志兰说："这么办，俺和毛丫儿她爹留在这里看家，占着地方，你们到北门去试试。北门离这里不远，不行再回来。要是能行，就让毛丫儿她爹在这里过夜，明天再处理这里的这些东西。"

"还是毛丫儿她妈想得周到！"于奶奶称赞道。

古世才不敢轻易相信儿子的话，是怕给大家增加麻烦，弄不好惹大家笑话。可是刘书成、孙孝友和苟志兰都说试试，于奶奶也说了话，他不能不同意试试。

古全和把山东庄的老老少少领到白龙镇的北门。

虎头一伙儿已经站在豁口儿上。

"汤学恒同学，我们来啦。"古全和高声对虎头说。

"啊呀，这么多的人哪！"虎头连连摇摇头，感到后悔，有些犹豫。

古全和赶紧说："俺们都是多年在一起住的老邻居老乡亲啊！"

过了一会儿，虎头才挥挥手说道："进去吧！"

虎头和他的部下，站在北门豁口儿的高高的断墙上，看着这些疲惫不堪的人们在黑暗里从自己的脚下走过，涌进城里，为自己为大家伙儿干了一件好事而感到高兴。古全和也不再为爹冤枉他而感到委屈。他真心感谢他的这些新朋友，觉得他们是一些善良的穷孩子，从他们的行动中认识了什么是解放区的儿童团，心里也萌生了参加儿童团活动的念头儿。

155

古世才一行的临时住处是苟凤梧家斜对门儿的一个大院子，百十号人把所有的房子都挤得满满的。古世才把有老人和小孩子的人家儿都安排在炕上。其余的人家儿，包括他自己家，住用秫秸和谷草搭建的地铺，虽然有些拥挤，可是因为乡亲们多年聚在一起，又共过患难，大家都不愿意分开，没有人嫌这里而想搬到别处去住。

大院儿的几间正房每个房间的后墙上部都有一个尺见方儿的小窗户，因为此前无人居住，至仅还没有封，寒冷的西北风直扑进屋里，冻得大人们一夜没得安睡。第二天一早苟老先生就派人给他们弄来了修房用的封窗纸和糨糊，帮助他们封好所有的窗户。荀志兰不断地来看望大家，张罗着烧炕驱寒取暖，借来了一个大茶炉子，交给刘广聚和素桂负责管理，让他们安排小兄弟们轮流值班，保证充分供应大家开水，俨然是这里的当家人，乡亲们没想到她会这样热情，这样能干，都很感激她。这个大院儿围城前是房东大地主荀志文家的一些长工和他家的油坊和烧锅伙计们的宿舍，不曾起火做饭，大家也不知道仗会打到什么时候儿，自己将在这里住多久，没打算置办炊事用具起火做饭，暂时所有的人都是到街上买现成的东西吃，对付着混日子，因此，在这个季节，开水的供应就非常重要。

白龙镇和这里所有的屯子一样，最缺的就是布匹、衣服等工业品。这会儿山东庄的人就靠着变卖旧衣物维持生活。一件半新的衣服换来的钱三口之家也能维持好几天。可是谁家能有那么多的衣服好卖？折腾完了这些东西以后的日子怎么过？古世才等考虑得另谋出路。他和桂云暖跑过好些屯子找活儿干。可是这里已经实行了土改，财主跑光了，没有人雇工。古全和为一家的生计发愁，用一个破洋铁桶制作了一个小炉子，和素桂一起到街上去摆摊儿卖炸鸡蛋，一天挣几毛钱，补贴家用。

天冷了，昨天飘了几个雪花儿，冬天怎么办？困在城里的时候，人们盼望着逃出来；如今大家又盼望着江城解放，早一天回到城里。

大批城区难民处境艰难，但是他们的到来却改变了白龙镇的面貌，改善了白龙镇人的生活。在短短十几天的时间里，镇上的人口翻番，经济突然大繁荣，原有的店铺生意兴隆，饮食业大发展，数以百计的人，走上街头，摆起饭摊儿，白龙大街中段两侧突然出现了成十成百的饭摊儿，供应大米绿豆粥、肉包子、烧饼、黄米切糕、油煎黄米糕饼、锅烙儿、烧麦、豆腐脑儿、面条儿等等，应有尽有，价格儿便宜。稠稠的大碗大米绿豆粥，外带一碟儿香油拌咸菜，一毛钱一大碗。油煎的大黄米糕饼三毛钱一斤。

白龙镇的估衣市和金银市应运而生，估衣市在白龙街的东段，金银市在白龙街的西段。城里人带来的旧衣物把白龙镇周围几十里以内各个屯落的庄稼人吸引到这里来。从早到晚，人来人往，叫买叫卖，讨价儿还价儿，熙熙攘攘，热闹空前。

金银市是富裕人家儿活动的地方儿，买主和卖主都没有吃饭的人，个个儿衣帽整齐，神情坦然，步履从容。他们有的是卖出银元，换解放区的纸币，购买生活用品；有的是要把自己的余钱换成银元保值。少数人是经营金银的生意人，要在金银价格儿的波动中谋利。这里到处可以听见银元碰撞的清爽的声音和低低的"大头大头"的叫卖声。

白龙镇人的心理也发生了急剧的变化。往日白龙镇人在城里人面前觉得低人一等，而如今他们是这里的主人，可以傲视城里人，对城里人指指点点，说三道四，数落某些城里人对乡下生活的无知，心中有一种身份陡然提高的得意的感觉。所有的外地人也都会因为他们能有一个本地的亲戚或是朋友，包括新结识的朋友，而感到得意和有所仗恃。

156

古世才一家在白龙镇停留了一个来月，中秋节前夕江城解放，他们立即回到宋家屯镇。和他们一起回来的有刘书成、孙孝友、黄自成等人家。时近中午，山东庄上空的炊烟并不多，也很少听见拉动风箱的咕哒咕哒的声音。多数人家儿还没有回来。但是谈家煎饼铺那里烟气浓重，"山东大煎饼"的幌子在他们的门前飘扬，谭家煎饼铺已经生火开业了。

宋家屯镇虽然不是自己的故乡，一旦活着回来了，古世才一家人的心情还是很不平静。如今的山东庄面目皆非，到处是炸弹坑，和被炸得七零八落的房屋。听说解放军开放卡哨过后不久，保安旅垂死挣扎，曾疯狂地炮轰过柳影路以北的所谓的共军活动区。

东边的"鬼屋"不在了，此刻那里是几个彼此连环着的大坑，古世才认为那是同一门大炮在同一个时间，按照同样的指令发射的许多颗炮弹炸成的。他想："国民党胡作非为，祸害百姓，他们怎么会不垮。"

古全和担心谭景珠一家的安危，不知道他们家最后是不是出城了，现在在什么地方儿，一家是不是平安。谭景珠家在抢匪猖獗时曾经遭抢，谭景珠被打成重伤。

和小红楼隔马路相对的大车店北边的木板围墙被炸开一个大口子，那里面的平房所剩无几，听说牛占德和他的爹娘都被炸死了，他们的坟墓就在小红楼北面的空地上。保安旅炮击时，他姐姐和姐夫外出探听出逃的消息，幸免于难。

到处是枯黄的野草。空旷的山东庄变成了动物活跃的世界。一度绝迹的狗、猫和老鼠,到处可见。兔子成群,多到碰腿,有时会突然从身边的草丛里蹿出来一只,连蹦带跳地逃走。偶尔还会看见火红色的和蓝灰色的狐狸。谁也说不清楚它们都是怎么在短短一个月的时间里是从什么地方来到这里的。

"爹,咱们才离开这里一个月,怎么会有这么多的野物儿?"古全和问道。

古世才说:"人多了,野兽就少了。人少了野兽就多了。这些东西有的是这些日子从外面跑进来的,有的是就地繁殖的。兔子整年繁殖,一月一窝,一窝最多能抱十几个呢,一个月就能抱出一大群。"

古世才回来时,小红楼门上的锁已经不在了,门大开着。秀姑跨进门槛儿,楼上楼下看了看,见所有没带走的家具都在,连留在家里的一些锅碗瓢盆都不少。楼上好像也不少什么东西,唯独古全和制作的长枪、短枪和几把军刀,以及一部分钳工工具不见了。那些工具是古全和光复后从各处拣来的,也有的是别人送给他的,都是他的心爱之物。古全和很难过,庆幸他离开这里的时候带上了他的那把崭新的德国造的克丝钳子。老工匠古世才理解儿子的心情,一再劝说他不要着急,可以到处找一找,实在找不着,可以再慢慢地淘换。

素桂没和秀姑他们一起回到小红楼,而是径直地朝她娘的墓地疾走。她站在草场上,弄不清哪是她娘的坟墓。她记得他们离开这里时,这里只有她娘和郑祥麟叔叔的两座坟,而现在这里增加了几座新坟,有的好像是新近修起来的。郑祥麟叔叔的坟墓仍在,但是她娘的坟墓不见了。那里现在是一个炮弹坑!在炮弹炸翻起来的土堆上有盛敛她娘遗体的炕柜的碎木块儿。她知道她娘的坟墓被炸掉了。目睹这个景象,她觉得天旋地转,终于失去知觉,跌倒在地。

秀姑楼上楼下地看过一遍之后才发现素桂不见了。

"根儿,你素桂姐姐呢?"秀姑说道。

"是啊,素桂呢?!"古世才也说。

古全和说:"准是到俺赵婶儿坟上去了!"

"赶快去把她叫回来!快,都去!"秀姑他们说着就赶到房后的草场上,发现素桂趴在草地上。当她看到面前凄惨的景象时,心里什么都明白了，立刻跑过去，把素桂抱起来。

"孩子！你醒醒！"秀姑摇动着素桂呼叫道。

"掐人中！"从后面赶来的古世才急忙说。

素桂睁开眼睛，看见抱着她的是秀姑，扑进她怀里放声大哭。"娘没有啦，俺没有娘啦！"素桂疯了一般地反复重着这样的话。

秀姑抽泣着骂道："该死的保安旅，连入土的人他们也不让安生！临了儿还干出了这种伤天害理的勾当！他们活该叫八路和解放军打败！"

古世才劝说素桂："孩子，不要哭坏身子，咱们一定重修你娘的坟墓。"

素桂哭诉道："娘在哪里？娘没有啦！"

古世才看了看周围，不见有素桂她娘的遗体，但是有装殓素桂她娘的炕勤（一种安置在土炕一侧的衣柜）的碎块儿，这表明素桂她娘的遗体可能是被炸飞了，散落在地面上的尸块儿被野狗拖走了。想到这里，他的心里感到很凄凉。他希望事情不是这样，希望素桂她娘的遗体压在翻起的泥土里。可是他不能说服自己，炕勤炸成碎块儿，装在那里面的尸体不可能单独完好地埋在土里。但是他没有把自己这个想法儿说出来，而是对素桂说，"你娘的遗体一准儿是压在翻起来的土里了，咱们一定要把她请出来重新安葬，给她修新坟立石碑！"

素桂愿意相信古世才的话，希望给她娘重新修坟立碑，跪在地上哭诉道："俺给大爷大娘磕头，你和俺大娘救了俺一家三口儿，这个恩情俺一辈子也报答不完！"

秀姑赶来扶起素桂，同时说道："咱们是一家人，说什么报答！"秀姑把素桂接回小红楼，送到楼上她的房间，安排她休息。

乡亲们听说素桂她娘的坟被炸，都来安慰她，痛骂国民党保安旅没人性，该死。

山东庄的乡亲们多数陆陆续续地回来了。

一个身穿大人军上衣的男孩儿站在小红楼的门口，笑嘻嘻地朝屋里张望。古世才突然发现他竟是碗儿，一阵惊喜，说道："是碗儿?！解放军放人的那天，我们到处找你！急死人啦，你到哪去啦?"

碗儿笑着说："解放军放人前的头两天狗儿家婶婶就把俺接走啦。"

古世才说："你怎么不对我们说一声儿，让我们着急！"

碗儿说："狗儿家婶婶不让说。"

古世才确信狗儿一家不是普通老百姓。他说："没走的几家也都好吧?"

碗儿说："牛犊子家没走。你们走后的第三天，保安旅朝这里打了好一阵子炮。牛占德和他爹娘都炸死了。他姐姐和姐夫回老家了。王凤池爷爷家的奶奶死啦，也是叫炮弹炸死的。王奶奶被炸断了腿，后来死了。鬼屋老谭家落了炸弹，谭景珠她爹娘都炸死了，谭景珠被她舅舅接走啦。"

古世才想起黄巢造反的故事，感叹道："真是在劫难逃啊！"

碗儿走了，古世才回到屋里。这时门外有人说话："胡嫂，你们都回来啦?"

秀姑见是一个身穿军装的中年女人，有些面熟，过了好一阵子，才惊讶地认出来对方是谁，扑上去拉住她的手，大笑着说道："啊呀呀，是狗儿他娘啊！你当解放军啦?！"

狗儿他娘说道；"我本来就是解放军。"狗儿娘说着，拉过她身边的一个小伙子，指指秀姑和站在门里的古世才说，"这是古大爷和古大妈，都是咱们的基本群众，以后有事就找他们。"她又指指小伙子对古世才夫妇，说，"这是马德安同志，是咱们黑狗大街街政府的街长。"

秀姑呆呆地站在那里，怎么也不能把往日大大咧咧的狗儿他娘和眼前的这个威风凛凛的解放军女干部联系在一起。听了狗儿娘的介绍竟不知道对"马德安同志"说什么好。

小伙子自我介绍说："我叫马德安，以后有事就找我。今天来看望二老，顺便给你们送点儿粮食来救急，你们先吃着，过两天咱们的运粮队就把粮食运进来了，粮店就开始营业了。"马德安说着，就把他背来的半布袋粮食交给了古世才。

"要交多少钱?"古世才看着马德安问道。

"这是救济粮，不要钱。"马德安谦和地笑着说。

秀姑满面疑惑，转身看看古世才。古世才也正在用同样的神情看她。

从他们记事儿的时候起，都是当兵的和当官的向老百姓要粮要钱，如今竟是当兵的和当官的给老百姓送粮食，事情实在是出乎他们的意外。他们不知道这粮食该不该收。

狗儿他娘认真地说："大哥大嫂，愣着干什么，就收下吧，这是政府发的救济粮。"

"那我就谢谢马街长了。"古世才笑着对马德安说。

"不用谢我，我是执行人民政府的政策，要谢就谢人民政府。"马德安谦和地说道。

这时秀姑终于如梦初醒，接受了狗儿他娘是老八路的这个事实，激动地说道："说狗儿他娘啊，俺是怎么也没想到你是个八路！你可真会装，一装就是十来年！"

马德安听秀姑这样说，忍不住笑起来，指着狗儿娘说道："她是谢富珍同志，是咱们宋家屯镇的镇长。"

秀姑两手一拍哈哈大笑，对马德安说："那会儿俺们就叫她'狗儿她娘'，连她姓啥都不知道。"她又转向谢富珍说道："好家伙，原来你姓谢呀！还有个大号！"

谢富珍风趣地说："你还叫俺'狗儿他娘'吧，'狗儿他娘'也是真的。"

秀姑说："俺可不敢，你这会儿是个共产党里头的大人物儿啦！"

谢富珍笑笑说；"共产党里没有大人物儿，你我还是好姐妹，和过去一样。"然后认真地说，"以后再唠，我们得到处走走。"说着，就和马德安离开了古世才家。

秀姑看着谢富珍的背影对古世才说："她和郑祥麟的故事看来也是编的，他郑叔叔也是八路。看起来狗儿爹也是他们一事的。当年他祥麟叔半夜三更爬墙到北院儿里去，一准儿是去开秘密会议。可是当时谁都没往这个方面儿想。"

面对眼前的事情，古世才倒并没有像秀姑那样感到意外。他对狗儿他娘和郑祥麟的故事，本来就不大关心。至于狗儿他娘曾经是暗藏的八路，他也不觉得奇怪。让他感到新鲜的是街长马德安。当官儿的送粮食给老百姓吃实在新鲜。马德安送来的粮食就在眼前，到现在也不知道这粮食自己该不该吃。

第二天一早，葛永德来看望古世才一家。

"永德，你也当解放军啦?"秀姑上下打量着葛永德惊讶地说道。

"谁，是谁当解放军啦?!"古全和在楼上问道。

"你永德哥!"秀姑说。

古全和几乎是飞下楼来的，一见葛永德这个样子，他愣怔了一会儿。葛永德原本是个在家里磕头烧香修行的道士，却忽然穿上了军装，让他感到非常惊讶，便说道："永德哥，你也当兵啦?!"

"没有，我只是穿了一身军装。"葛永德笑着说。

古世才端详着葛永德说："开放卡哨前，忽然发现你们不见了，我就想，你娘真是个有本事的人，不声不响地带领你们兄妹偷渡出去了。"

"是俺爹的朋友派人来把俺们接走的。"葛永德憨厚地笑着说。

葛永德对他们述说了事情的经过。

当年葛英海牺牲后，小凤她娘出于一家逃避鬼子汉奸迫害的考虑，就带领葛永德兄妹俩离开了伊春地区，悄悄地来到了江城，落在宋家屯镇。光复后小凤儿她爹的战友们一直在打听他们一家的下落。耳闻他们好像南下了，却始终弄不清楚他们流落到什么地方儿。他们派人到山东掖县打听过，没有结果。直到江城围城时，他们才听人说他们要找的人在江城一带。但是江城人口几十万，到哪里去找？事有凑巧，围城时，当年葛英海的部下柳依兰率领的一个团就驻扎在江城西北宋家屯镇一带。郑祥麟在一次向他汇报宋家屯镇一带敌情的时候，柳依兰在聊天时偶然提到了他的老上级葛英海的故事，说到他听说葛英海的妻儿们可能就在江城一带，郑祥麟向他述说了小凤儿一家的情况。柳依兰要求他做进一步的调查，后来证明小凤儿一家正是他多年四处打听的葛英海的家属，他要求郑祥麟把他们接出城。可是几天后，郑祥麟就牺牲了。等他再派人找到小凤儿一家的时候，已经临近解放了。

江城解放后人们才弄清楚了郑祥麟和狗儿娘的故事。狗儿他爹娘，郑祥麟夫妇，马车夫郭师傅都是共产党。地下党的电台就设在狗儿家。狗儿他爹也不是死于外伤，他是在执行任务时牺牲的。

乡亲们听说小凤儿她爹是打日本牺牲的，是烈士，也就改变了对他们母女的态度，不再把小凤儿她娘和她爹私奔当成丢人的事，而是当成和《梁山伯与祝英台》一样的动人故事，到处传扬。部队还把他们的故事编成话剧演出，扮演小凤儿她娘的就是小凤儿。小凤儿后来参加了部队文工团，当了演员。

最让山东庄的乡亲们痛心的是素桂她娘。翻拣寻找素桂她娘坟地的活动没让素桂参加。山东庄的乡亲们翻遍了素桂她娘的坟墓以及它周围被炸弹掀起来的土堆，也只找到了她的遗体的一些碎块儿和衣裳的碎片儿，根据头发认定了她的头骨。大家猜想，坟墓遭炮击炸开后，炸碎的遗体肯定是被野狗拖走了……周围有一些人骨头，但是无法确认是否素桂她娘的，不敢并入，乡亲们慎重考虑过后，只好把素桂她娘的头颅和衣裳的碎片收集起来，装入棺材埋葬，并堆起高高的新坟，又立了石碑。素桂她娘的棺木是古世才出钱打造的。

素桂扑在新坟上痛哭了一天一夜，谁劝也不肯离开，后来是大娘婶婶们把昏厥在坟前的素桂抬回小红楼。此后一连几天，素桂天天到坟上去哭，后来她病倒了，一病就是十几天。此后一个多月，她一言不发，每顿饭经一家人劝说才勉强吃上一点儿。秀姑怕她落下毛病，就带她到处游玩，直到她从她心理阴影中出来。知道有消息说赵凤山可能还健在，她的心情才渐渐地平静下来。

158

回到宋家屯镇，古全和第一个想见到的就是商继盛。从困城之初在菜市街见过商继盛一面之后，古全和就再也没有见到过他，可是他一直惦记着他，希望他和他家婶婶也逃到了解放区。他还曾经幻想会在解放区碰见他。在白龙镇的那些日子里，他每次上街都注意周围的人，希望商继盛会突然出现在他的面前。有多少回他梦见了商继盛。

古全和一到家，撂下行李，和爹娘一起安顿下素桂，就往商继盛家跑。他越走越快，最后不知不觉地跑起来，恨不得一步赶到商继盛家，见到他和婶婶。而在他赶到商继盛家的那个小胡同口的时候，他又犹豫了，而且停住了脚步。他的心在怦怦地跳，既兴奋又害怕。他渴望见到商继盛，又怕碰到他不愿意看到的结果。围城一别，阴阳两隔的人不是个别的。他镇定一下自己的精神，一步步走进他熟悉的那条窄窄的、夹在两面青砖墙之间的小胡同，跨进他熟悉的那个不过百平方米的小四合院，压抑着心跳，慢慢地把目光转向他熟悉的那三间用青砖砌成的、坐北朝南的、矮矮的小平房。门上还象往年的夏秋时节一样挂着上面带有彩色蜻蜓荷花图案的竹帘子，门前还是那么干净。他想，"现在已是深秋时节了，苍蝇蚊子早已销声匿迹，为什么还挂着竹帘子？"他心里闪过这样一丝疑惑，感到有些恐惧。他希望听到屋里有人说话或是活动的声音，听到鼻音挺重的商继盛的声音。可是里面没有任何动静。

"商继盛！"他站在门前，有些胆怯地低声叫道。

屋里没有人答应。古全和的心紧缩起来。

"大婶在家吗？"他鼓起勇气再次高声叫道。

屋里还是没有人应声儿。古全和感到恐惧。他僵立在商继盛家门前，心狂跳不止，涌起一种生离死别的感觉。"也许他们现在还没回来？或是出去串门儿去了？"他宽慰自己说。

这时，从西厢房里走出一位老奶奶。他认识，是英奶奶，是商继盛的同乡。老人操着唱歌儿般的乐亭口音问道："你是来找铁头的吗？"铁头是商继盛的小名儿。

"是的，英奶奶……"古全和不知该怎么说。

老人长叹一声，一副伤心的样子，摇摇头。古全和意识到不幸的事情多半已经发生，一股让他感到眩晕的伤痛从胸中涌起。

"铁头没啦，他们一家都没啦！可怜啊！"老人凄楚地说。

"英奶奶，您是说……"古全和希望老人再次证实她说的话。

"娘儿俩直挺挺地躺在他们家东屋的炕上……等俺们发现的时候，他们都已经不行啦！……他们家的人，从来不叫苦，不给别人添麻烦。"老人伤心地摇摇头。"他们城里有亲戚，说是来清理他们家的东西，可是一直也没有来，不知道他们是不是也……嗨！"

古全和强忍着悲痛，谢过英奶奶，小心地掀起竹门帘儿，穿过堂屋，走进西边商继盛的卧室。里面一切如旧。北墙下是商继盛的床铺。南窗下的两屉桌上整齐地摆放着商继盛的文具，他的黄布书包还挂在老地方儿。他又走进商继盛的母亲住的东屋。屋子里依旧干干净净，炕上依旧铺着半新的苇席。炕的一头儿放着上面绘着象征富裕尊贵的鲜艳的牡丹花儿的

"炕勤"。古全和记得，去年的这个时候，商大婶儿留他在家里吃过饭，那天吃的是小米儿干饭和鸡蛋黄瓜汤。

一切都没有变，只是人不在了。

古全和忍不住伤心地啜泣起来。他哭够了，擦干眼泪，慢慢地走到院子里，走到老奶奶家的门前问道："奶奶，商继盛埋在什么地方儿？"

老人挥手朝西一指，说道："就在房后。"

古全和告别了老人，走出小胡同儿，转到这座位于本镇最西边的小四合院的后面。他没发现有坟墓。放眼望去，远处是数不清的一根根白骨，有的露在外面，有的部分嵌在泥土里。古全和偷渡的那个夜晚经过这里，他知道，在围城的后期，在人们无力也无心为死者按照常规办理丧事的时候，黑狗大街一带饿死的和病死的人都被扔到了这里。古全和的心情万分沉重。他在往回走的时候，发现四合院西面不远的地方，有两个矮矮的小土包儿，他想那大概就是英奶奶所说的商继盛和他母亲的坟墓。古全和知道，商继盛家在江城没有要紧的亲戚，这两个小土包儿无人祭奠，是新坟，也是野坟。他站在小土包儿前，恭恭敬敬地向它们鞠了三个大躬。他和商继盛相处的那些日子的往事历历在目。商继盛并不聪明，他的学习成绩也不算很优秀，然而他忠厚善良真诚耿直，在古全和的心里，商继盛是一个十全十美的好同学。

"商继盛啊，你和婶婶都太老实啦！你们就住在镇子的边上，朝西走几百步就是高粱地，为什么不逃呢？难道你真的相信八路军会朝偷渡的人开枪，或是包围圈儿是不可穿越的吗？即使是那样，又有什么可怕呢？总不能等死啊！你为什么不拼命外逃呢?!"古全和深感遗憾。古全和想到了他的舅舅。舅舅在紧要的关头敢拼命，连手里有枪的败兵都怕他。他想："人生是应该有点儿勇气啊！既然已经面对死亡了，就不应该再怕死。"

古全和伤心地离开那可能是商继盛一家的墓地，漫无目的地走着。他本想回家，朝东走，却迷迷瞪瞪地走错了方向，来到了菜市街。他第一次体会到什么是神魂颠倒。

菜市街上的一些店铺已经开门营业。但是人还不多，买卖并不兴旺。他想到了初丽云，就想到她家的店铺去找她。她家的店铺没有开张。他有些扫兴，决定回家。这时，突然，人群中一个年轻女人从他身边一闪而过。他感觉她的身影有些熟悉，不由地停住脚步，回头观望，只能见到她的背影儿。她高高的个子，身材有些单薄，梳着已婚女人的"疙瘩髻儿"，右臂上拐着个菜篮子，正朝着一个菜摊儿走去。他想，她好像是初丽云，可是初丽云没有结婚呀，那她是谁呢？他灵机一动，冒叫一声："初丽云！"那女人猛回头，飞快地朝古全和闪了一眼，然后加快脚步，离开菜摊儿，继续朝前疾走。古全和从那个女人的敏捷的动作断定她就是初丽云，便大声喊道："喂！初丽云，你站住，我是古全和啊！"同时疾步从后面追上去。

初丽云侧过身子看了古全和一眼，不好意思地站住了。

古全和忍不住大笑。而初丽云羞得满面通红。

古全和笑着问道："你怎么这个打扮儿？"

初丽云羞涩地咬着嘴唇，不好意思地低声说："我结婚啦！"

"你，你……你为什么要结婚啊？"话一出口他就后悔了，感觉初丽云肯定是遭遇过他想象不到的苦难，便匆匆转变话题说："那你还念书吗？"

初丽云摇摇头，伤心地说："我还念什么书啊！"说着，哭起来。

古全和说："那你为什么要结婚？"

初丽云无奈地说："谁愿意结婚，为了活命……"

"你们家不是挺有钱吗？"

"围城的时候，除了吃的，什么都不值钱。店里的那些玩意儿白给都没有人要。"

古全和点点头儿，明白了初丽云不幸的原因。

他们面对面尴尬地站着。

过了好一会儿，初丽云才说："同学们的情况你知道些什么？"

"商继盛死啦！"古全和伤心地说，忍不住又流下了眼泪。

"宋德勤也死啦。"初丽云也说。

"是吗?! 听谁说的?!"古全和吃惊地问道。

"围城的时候，宋德勤在松北联中，后来被编进青年军，她知道上当受骗后，在夜里逃跑时被那些坏蛋开枪打死了！"

古全和心里非常难过。宋德勤也是他特别看重的一位好同学。他感谢陈昌老师和王海潮老师的指点，感谢他爹的开导，庆幸自己没有落入松北联中的骗局。

"有时间来玩儿吧。我们家还在老地方。"初丽云淡淡一笑。

"你喜欢你女婿吗?"古全和突然无理地问道。

初丽云说:"说什么喜欢不喜欢,嫁鸡随鸡,嫁狗随狗呗!"

"你女婿是干什么的?"

"杀猪的!是你们山东人,老光棍儿,四十多岁!比我爹还大一岁。"

"你干嘛要找个爹呀!"

"你以为我愿意吗?!"初丽云恼怒地说。"……围城初,沟子南的那些家伙蹿过来抢他东家圈里喂养的猪。他东家也是你们山东老乡。他一怒之下就举起了粪叉子和他们拼命,杀死了一个当官的。那些坏蛋对他开了枪,杀了他们一家三口儿。六头肥猪都被他们赶走,剩下的是仓库里的那几千斤的猪饲料高粱米糠。当时谁也没把这些米糠当回事儿。可是三个月后它们就成了宝贝了!"

"高粱米糠能吃。我们家吃过。第三遍的米糠就是细细的高粱米面啊。"

"他用那些喂猪的高粱米糠救了我们一家,我也就成了他的老婆!他大字不识,不讲卫生,满身猪粪味儿,你说我喜欢不喜欢他?"

"他对你好吗?"

"你听说过这段顺口溜儿吗?——'黎明的觉,半路儿的妻,羊肉饺子,清蒸鸡。'我就是他的'羊肉饺子''清蒸鸡'啊!你说他对我好不好?我的好兄弟啊!我今生今世的好时光就算过去了!"她说着,委屈得呜呜地哭起来。

"你叫他供你念书!他要是不同意就和他分手!"古全和说。他很难过,说不清自己为什么要挑拨初丽云和她丈夫的关系,是他恨初丽云的女婿吗?好像不是。可是古全和也不同情他。他心里涌起了一股要拆散他们夫妻的强烈的愿望。他觉得初丽云她男人拯救了初丽云一家,却害了初丽云本人。他帮助初丽云一家不是出于善意,而是乘人之危强占了初丽云,不值得感谢和同情。

听古全和这样说,初丽云停止了哭泣,显露出她当年争强好胜的神情。

"是的,你一定要去念书!"古全和激动地说。

和初丽云分手后,古全和就往家走,心里想的仍然是商继盛和宋德勤的死以及初丽云的不幸。走了几步，他又回转身，追上初丽云，像下命令一样激动地对她说："你一定要去念书！一定！有恩是要报，可不是这个报法儿！你这不是把自己卖给他了吗？！你甘心情愿当高粱米糠吗？他这样的买卖不能和他做！和他吹！"

初丽云瞪大眼睛，感激地看着他，重重地点了点头儿。没有人对她说过这样犯忌、招恨和"不道德"的话。她从古全和的言语和神态里感觉到的是同胞兄弟般的爱。她想，只有像古全和这样耿直、善良、勇敢的好同学才能这样无所顾忌地对她说出这样的话。1949 年春，初丽云报考了江城新华簿记学校，学制六个月，毕业后被分配到江城玻璃厂，当了会计。婚姻法公布的当年，她就和她的丈夫办了离婚手续。她边工作边补习中学的功课，1954 年，以同等学历的资格儿，报考了中国人民大学历史系。

初丽云和古全和的这种兄妹般的亲密关系保持一生。

离开初丽云后，古全和又去看望了陈昌老师。陈老师对他说，王海潮老师不在了。

"是饿死的吗？"过了好一阵子，古全和才问道。

"不，他是被保安旅杀害的。"陈昌老师难过地说。

"他们为什么抓王老师？"

"因为他是共产党员。他是在侦察敌情时被捕的。"

"您也是共产党员吧？"古全和突然问道。

陈昌笑了笑，说道："你看我像吗？"

古全和告别了陈老师，闷闷不乐地回到家里。

"见到商继盛了吗？"秀姑问道。

"他死啦，他家的婶婶也死啦，王海潮老师也死啦！"古全和伤心地说。

"嗨，这场战争，死了多少人啊！听说有几十万呢！"秀姑感慨地说。

古世才想到郑祥麟关于围城的议论便说道："别跟着人家瞎说！围城期间死的人怎么可能是几十万呢？江城的人口总共也不过几十万。"

"十万八万总会有吧？"秀姑有些不服气。

古世才说："打仗嘛，难免死人。要是解放军强攻江城，死的人也许会更多。"

"那你是说老百姓就该死吗？！"秀姑气愤地说。

"老百姓和当兵的，谁都不该死。可是有什么办法儿呢？这是战争。"古世才说。

"你不是一直对解放军不满吗?!"秀姑说。

"我现在也不满。可是江城不是已经解放了吗?! 你这会儿唠叨这些事情还有什么用处？真是个死脑筋。你整天地跟着你那个马街长跑，好像挺革命的，可是你连这点儿道理都不懂，还革什么命啊！"

"就你懂，你进步，你革命，你是个老八路！"秀姑嚷道。

"别吵了！"古全和不满地说，"死啊死啊地唠叨个没完，多让人难受啊！"

古世才想到儿子为失去了好朋友和好老师而感到伤心，不再和秀姑争吵。

159

一位留着长长的胡须的邮递员在小红楼前高喊"信！古世才先生的信！"

古全和拿回来的是一封揉皱了的信，信封是用旧信封翻制的。秀姑急切地凑到古全和跟前说道："快看看是谁来的！"古全和说："是舅舅的信，是从白龙镇那里转来的。"秀姑激动地说："别啰唆，快念！"古全和念的是信的正文：

> 来信尽悉。得知你们一家安全逃到解放区，甚是欣慰。值此艰难岁月，能得一家平安，实属万幸。家乡已实行土改。你家属一般中农，房屋土地都无变动。土地暂由我经管。房屋我已前去做过部分修葺，西山墙脱落的墙皮已挂上，回来就可入住。世友弟房产土地归属之事，目前还无定论。一说他已亡故，他名下的土地房屋应归公，一说土地房屋应由根儿继承。结果如何，尚不定论。如有消息，会及时奉告。望早日返乡，共话别情，至盼至盼！

> 又及：今年八月十五你嫂嫂生了个男孩，母子平安，胡家后继有

人，起名儿"中礼"，意思是上天在中秋佳节时给咱们一家送来的大礼。

特地相告，同喜。

信念了三遍。秀姑得知哥哥全家平安，嫂嫂添了晚生的儿子，娘家有后，满心欢喜。为了弄明白信里的意思，她还让儿子给她讲解了"尽悉""欣慰"和"至盼"等几个词语的意思。

古世才虽然并不担心家中的房子土地被"共产"，可是心中仍不踏实，如今得知它们依然都在自己名下，心里还是高兴，恨不得立刻背上老娘的遗骨，奔回老家，重振家业。对于弟弟的遗产，他也有想法儿。房屋是祖宗留下的，理应由根儿继承。土地是他和弟弟一起置办的，也应由根儿继承。不过他也知道，土地的事得由政府按政策决定，个人说了不算。

秀姑并不在意自己生活在什么地方儿，只要丈夫和儿子在身边，日子过得好，她就欢喜。她有时也想家，那也主要是思念她的哥哥嫂子和侄儿侄女儿。而古全和关心的就是念书，而并不在乎在什么地方念书。他生在古家庄，他的幼年和童年是在那里度过的，那是他的故乡，他怀念那个地方儿。然而他在老家只念过几天书，他的老师和同学都在江城，现在他就要进中学了，不知道家乡的中学在什么地方儿，是个什么样子，回到家乡能不能继续念书，所以他对于回老家也并不热心。

对于素桂，古世才一家三口儿的想法儿仍然不一样。秀姑已经把素桂看成自己的儿媳妇儿了，觉得素桂已经是个大姑娘，根儿也十五六岁，他们马上就可以结婚。这件事她对丈夫说过几次，但是古世才都不同意。古世才仍然坚持认为，围城时素桂她娘虽然有过话，素桂和根儿也圆过房，不过情况特殊，不能算数。素桂愿不愿意嫁给根儿，根儿愿不愿意娶素桂，要听听他们自己的想法儿。就是他们都愿意，这会儿他们也不能结婚。根儿还小，他要念书。古世才认为人结了婚，脑筋就散了，就念不好书了。他把根儿的念书看得比抱孙子更重要，不同意根儿和素桂现在就结婚。他说服妻子最大的理由是要等赵凤山的消息，听听他的意思。要等赵凤山有个准确的消息，再考虑素桂和古全和的婚事。至于古全和，他从来就没想过要和素桂结婚。

素桂的心情很乱。她想娘，也惦念着爹，盼望着再出奇迹，他爹又能得到好人相助，死里逃生。不过这只是她的心愿，不敢抱多大的希望，大家都说，不管是谁，即使无罪，也不是共产党，一旦落到江城国民党督察处，也一定是有进无出。素桂感到不安的另一件事是眼下大爷无事可干，一家人靠吃救济粮，以后的日子怎么过？至于她和根儿结婚的事，她也不是不想。在她的眼里，根儿已经是个成年男人。她喜欢根儿，愿意嫁给他。可是她觉得自己和他好像不是一路人。根儿关心的是念书，而且一直叫她姐姐，也真的把她当姐姐。她打定主意，这件事她遵从古家的意思。如果大爷和大娘要她和根儿结婚，她就照办。

早饭后，马德安街长来了。他笑着说："古大叔，请您填个登记表儿。"

秀姑看着马德安挂破的上衣说道："马同志，你的褂子破了，快脱下来，我给补补。"秀姑喜欢这个年轻人，因此也喜欢解放军。

素桂说："俺给马大哥补吧。"

马德安说："谢谢，不好劳动大妈、大妹妹，我自己会补。"

素桂连说带拽把马德安的褂子脱下来，很快补好。

马德安问道："大叔，解放前你老是干什么的？"

古世才说："打过铁，掌过鞋，做过小生意，混饭吃呗！"

"他会造枪炮！"秀姑笑着说道。

古世才瞪了秀姑一眼，对马德安说："别听他瞎说。"

马德安高兴地说："太好啦！咱们兵工厂正缺像你老这样的人才！"

古世才说："那都是八百年前的事了，现在什么都不会了。"

古世才没有按照马德安的意思填写登记表儿。马德安先后三次登门请他到兵工厂去上班，他总是推三拖四不肯答应。秀姑觉得眼下关里还在打仗，城里乱糟糟的，找个工作不容易，他为什么就不肯去呢，便训斥他说："你也是，属倔驴的，牵着不走，打着倒退，你是要人家用八抬大轿来抬你吗？"

古世才讨厌妻子多嘴，气愤地说："你少掺和！你以为自己跟着马街长跑了一些日子就革命啦？你懂什么啊！"

古世才在抗战时期对八路军有过好感，他对解放军的印象也不错，他身边的共产党，像郑祥麟、狗儿他娘和郭师傅，都是好人，可是他对共产党还是有保留，不愿意和官方打交道，觉得官方儿和百姓就好比是老子和儿子，一旦发生冲突，不论过错在谁，老百姓总是不对。过去他和国民党政府保持距离，现在对共产党也想保持距离。古世才不想靠拢共产党还有一个深层的原因。他历来厌恶和外国人有勾结的政治势力，而共产党和俄国人有勾结，他们把俄国人捧上天，听俄国人摆布，而他对俄国人满怀警惕。兵工厂是共产党的要害部门，因此他也就不想去到那里干活儿。他认为秀姑不懂政治，街政府和马德安对她好，给她送粮食，她就拥护他们。

160

　　这几天古全和帮着素桂打扫和布置了房间，今天早饭后就赶去二里沟区中心小学，去看看劫后的母校，打听同学们的去向和情况，了解学校怎样处理他们毕业班的学历问题，打听一下今后自己将到哪里去念书。

　　围城期间，二里沟学校驻扎过国民党保安旅的骑兵，校园到处是马粪，到处弥漫着马粪马尿的腥臭气息。许多教室玻璃都被打破了，整个儿校园被糟蹋得破乱不堪。工人们正在忙着整修校舍，做复课的准备。

　　古全和在教务处见到了值班的云老师。她告诉他说，围城后，学校又断断续续地上了几天课，到校的是二里沟本地的学生和家住城里的部分学生，不过不久就又停课了。学校根据市教育局的通知，决定高小和初小，1948年夏天的应届毕业学，通统提前按时毕业，毕业成绩参照上学期期末考试的成绩酌定。云老师还说，围城后，家住城里的高小毕业生，继续念书的是少数，大都进了市立第一中学。

　　"巫衍芳她们来过吗？"古全和关切地问道。

　　云老师翻动着那些毕业证书说，"没有。她们的毕业证书还在这里。"

　　古全和感到失望。他三月和巫衍芳握别的场景如在眼前。他很想见到她。

　　古全和从云老师手里领到毕业证书后，就直奔市立一中。

　　市立一中坐落在江城东南角儿的高地上，离凤城别墅不远。学校规模很大，建筑规格很高，伪满洲国时是一所日本中学，校园、教室、实验室、操场、室内外体育设备，都属一流。校舍是一座坐北朝南的半"工"字形的二层红砖楼。主楼前面是个中西合璧的精致的袖珍花园，花园里有几何图形的甬道、花坛、树木，中心部位有一座中式凉亭。三面围绕着袖珍花园的就是教学和办公两用的教学大楼，而连接在主楼正后方的是一座兼有大礼堂功能的大型室内体育馆。体育馆内，篮排球场、单双杠和垫上运动设备一应俱全。体育馆的后面是一个设备齐全的标准操场。操场很大，位置比主楼和体育馆低近三米，联结主楼和操场的是一组高约三米宽近 10 米的石砌台阶儿。在国民党统治时期她被改成一所初级中学，即江城市一中。

市立一中刚刚开学，校园内外人来人往，乱糟糟闹哄哄。古全和在学校的铁栅栏大门外站了很久，希望能遇见个熟人，打听一下学校的情况。云老师说二里沟的高小毕业生继续念书的大多在市立一中，可是他连一个也没有见到。

中学是古全和日夜向往的地方。他渴望成为这所中学的学生，可是他现在还不是，因此不敢贸然跨进校门。他发现进出校门的一个女生都没有，知道这原来是一所男校。

校门口的人越来越少，终于只有他一个人了。古全和觉得自己窝囊，竟连面前的这个门槛儿都不敢迈过去。他鼓励自己说："我进去参观参观总行吧！"古全和这样想着，鼓起勇气，瞪起眼睛，跨进了一中的校门，穿过袖珍花园儿，朝教学大楼的正厅走去。他忽听有人说道："古全和，你小子还活着哪？！"

古全和抬头一看，是吴家宝，非常高兴，激动地说："是你啊！"

吴家宝显得特别亲热，好像他从没给古全和使过坏，他问："见过别的同学吗？"

古全和也淡忘了吴家宝曾经配合宋德福捉弄他，高兴地说道："云老师说咱们的同学大都在这里。可是我一个也没见到。"

"你这不是见到我了吗！"吴家宝说，"围城时咱们的同学升入中学的不多。有的死啦，有的就业啦，有的进技术学校了。在这里的只有七八个，有的还没来，也不知道他们是死是活。"

"哦原来是这样啊。"古全和点点头儿说。

"你在哪班？"吴家宝紧握古全和的手，很有"他乡遇故知"的亲热劲儿。

"我刚从白龙镇回来，还没有班呢。"古全和悄悄地低声说道，有些心虚。

"那你想上哪班?!" 吴家宝说,这件事情好像是他说了就算数儿。

听吴家宝这样说,古全和有点儿不知所措,担心喜欢搞恶作剧的吴家宝说的是假话,又在耍他,心想自己能进入一中就满意了,哪敢挑三拣四?而且他不相信吴家宝会有这么大的本事,能让他随便进哪个班。

"哪班都行……就到你们班吧。" 古全和大着胆子说。

"那好!" 吴家宝把嘴巴凑到古全和的耳朵上悄悄地说:"这会儿乱着呢。校长和班主任大都是新来的,校长来自老区,是个老抗联,老头不错。班主任是个大学刚毕业的毕业生。只要有人证明你是本校的学生,就可以来念书!我给你做证!"

古全和犹豫了。他想,"这不是撒谎骗人吗!再说也不能牵连上人家好心的吴家宝啊!"他一时想不清自己该不该听吴家宝的。

"你嘀咕什么呀!反正要经过考试!念书嘛!又不是干坏事!你太死心眼儿!" 吴家宝说着,拉上古全和就走。

吴家宝的"你太死心眼儿"这句话,古全和记了一辈子,直到晚年他才确认了吴家宝对自己的这个评价,意识到念书考第一不等于懂事和会办事,"死心眼儿"也不等于正直和诚实,而且诚实不是在任何时候都值得称赞,重要的是走正道儿,把事情办好。可是他久久不觉悟,说了半辈子老实话,也被捉弄了半辈子。

渴望念书的古全和,怀着"做贼"的忐忑心情,跟着吴家宝溜进教学大楼,跨进人声鼎沸的一年级一班的教室,先察言观色,看看有没有人注意他,才悄悄地坐在吴家宝旁边的空座位上。

吴家宝眉飞色舞地对耿立德说:"喂!你看这是谁?"

耿立德对古全和并没有像吴家宝那么热情。耿立德算是个好学生,而古全和对于某些好学生并无好感,他注意到,好学生往往对人缺少热情,有的还不大诚实,而对人热情诚恳、讲义气的,往往是那些考试成绩中不溜儿、爱说爱笑爱打爱闹的一般的学生。

耿立德冷着面孔儿,以质问的口吻说道:"解放前你就来到一中了吗?当时在哪班?我怎么没见过你啊?"耿立德知道吴家宝说的是假话。他不想得罪古全和,也不想给古全和作证,不想帮助他进入市立一中,特别不想和他在一个班。1948 年秋末冬初,古全和插班进入二里沟小学,转眼间就取代了耿立德在六年级一班的霸主地位，还当选校学生会主席，成了班里同学的核心。他因此而对古全和心怀嫉妒，不希望古全和来市立一中。

吴家宝有些不满地耷拉着脸说："现在你不就见过了吗！"他显然对耿立德不满，"听着！配合着哥们儿把他安排在咱们班！我这个人浑，什么坏事儿都敢干，你可别惹我不痛快！"

耿立德深知吴家宝的为人，知道爱护自己的皮肉，不敢坚持说他没见过古全和。他想现在学校正乱，凡事都没有人做主，是非难辨，他的话未必有人相信，这会儿和吴家宝叫板不是时候，他总有一天能证明古全和不是一中的学生，不想现在和吴家宝对着干。

古全和看着吴家宝霸道的样子觉得好笑，发现他干坏事整人有一套，干好事帮人也有一套，认为他这也是一种本事，也许世界上有时最需要的就是这种人。

一年级一班教室所有的座位都有了人。有几把椅子上还挤坐着两个人。古全和想，围城时的一班，不可能有这么多的学生，看来在座的学生中有不少人和他一样，是冒牌儿货。他想，反正要考试，这样做不算弄虚作假，不丢人，他这样想着，心情就踏实了。

上课铃响过，一位个子不高，身着藕荷色面料儿的宽大贵重的狐皮大衣，长着一张丰满细嫩的娃娃脸儿的年轻的女老师出现在教室的门口，快步走进教室，轻盈地跳上讲台，笑眯眯地扫视着大家。

耿立德一声"起立！"全班同学都站起来。教室里鸦雀无声。

古全和看着她，心里在想：她多饱满，肯定是从外地来的。

师生互相问候、彼此敬礼过后落座。

女老师自我介绍说："同学们，介绍一下：我姓贝，叫贝岫元。"贝老师把自己的名字写到黑板上。字写得漂亮而独特。然后说她毕业于江城大学社会系，奉孙为校长之命，来做一年级一班主任，最后笑着问道："你们欢迎吗？"

接着是一阵吼声："欢迎！"然后是一阵掌声。

古全和听贝老师说她毕业于江城大学，立刻想到了顾云复老人。

古全和觉得在贝老师的笑容里包含着快乐、天真和自信，从她的口音和神态中，他断定她是本地人，因此也认为她必定是出自大户人家儿，甚至是官宦人家儿，不然她不可能在围城半年之后能有这样丰满的体态和红润的面色。他不敢聚精会神地看老师，怕老师发现他是生面孔儿，把他从教室里赶出去。他感觉贝老师说话的时候一再看他，他感到她可能是注意了他，心不安地跳起来。"她会不会把我赶出去？"他想。后来他发现，贝老师在讲话的时候看过每一个同学，而并没有多看他，他感觉她总看他是一种错觉，是因为他心虚和神经过敏。古全和从不说谎，心里容不得虚假。

贝老师说："在座的同学中，有些人住在郊区，有些从外地回来，由于战争的原因，没有机会参加本年度初中入学考试。家在城里的，有的也没有办理入学手续。孙为校长指示，我们要进行一次测试，合格的，留在本校学习；不合格的，请再参加即将创办的其他中学的入学考试。我们现在就进行考试。请大家把书籍和笔记都收好。"贝老师肯定了全班所有的人都有资格儿参加入学考试，古全和就不再紧张，也不再羞愧。他记得杨雅范说过，初中一年级学习的主要是小学教材的内容，因此中学入学考试不可能考初中的教材，而对高小的教材，他自信很熟，有把握得到好分数儿。

考试的科目是国语和算术。试卷是油印好的，试题既少又简单，两门课的考试只进行了两节课。每科古全和都是用一刻钟答完，第一个交卷儿。他每次交卷儿，贝老师都看他一眼。他觉得老师的目光是善意的，他的心里既自信又高兴。

考试过后，古全和天天按时到校上课，焦急地等待着公布考试的结果。课余时间就到学校锅炉房外边拣煤核儿。

就要放寒假了，班里的学生在减少，可是考试的结果还没有公布。古全和虽然相信自己的试卷不会有大错，更不会不及格儿，可他还是有些担心。他觉得这段时间什么事情都会发生，只要自己的名字还没有写到江城第一中学初中一年级一班的学生名册上，事情就不能算是定下来了。他急切地期待着看到自己考试的成绩。

临近寒假了。贝老师天天到班里来讲时事政治，活页文选，有时一天来几次，可就是不谈考试成绩的事。

今天下午放学前，贝老师又来了。她说："同学们！现在我宣布入学考试录取名单。如果有人觉得自己的成绩有出入，课后可以来找我查对试卷。"

贝老师神情严肃。教室里鸦雀无声。

古全和信心十足，认为自己的名字肯定会在被录取的名单里。

贝老师清晰地，不紧不慢地念着学生的姓名。

古全和心平气和地等着老师念到自己的名字。

参加考试的是 66 人，录取 50 名。贝老师已经念到第 40 几名了，还没念到古全和。他的心情开始紧张起来，心渐渐地提到嗓子眼儿了，怀疑出了什么差错。他发现吴家宝眉头紧皱，好像也很着急，竟跳到讲台前，从老师的侧后方看了一眼老师手上的名单。

教室里开始骚动。有的人无声地退出教室。有的摔摔打打地离开教室。

古全和不相信自己会落选，可是名单快念完了，却还是没有念到他的名字！他感到不妙。他记得他爹常常说，"想不到的事，不公道的事，总是会有的。"他有大祸临头的感觉，"也许一分钟后自己就不得不离开这个教室！"他看看身边的吴家宝。而吴家宝跟没事人儿似的，正笑眯眯地看他呢。

在贝岫元老师要念最后一个名字的时候，古全和心里说："完啦！"确信自己要被逐出这个教室了。他想，贝老师是按照考试的成绩念的名单，最后一名肯定是个最高分儿，而那肯定不会是他。他的成绩不可能是最好的。吴家宝在对他笑，而古全和感到很失望，开始怀疑老师工作有疏漏，也担心有人背地里对贝老师说了他的瞎话。就在他胡思乱想的时候，贝老师念到了他的名字："古全和！"还特地加上了一个说明："国语 100 分，算术 100 分！双百！古全和默写的《卖柑者言》，一字不错！连标点符号都是正确的！"

吴家宝笑嘻嘻地捅了古全和一拳。

教室里轰然一声惊叹，所有的目光都投向古全和。

听到自己的名字，古全和觉得头脑发晕，有一种死里逃生的感觉。

放学后，古全和几乎是跑着走完了从城里到宋家屯镇的这段路程。一进门就向他爹报告了他考试的成绩是两个一百分，已经被市立一中录取了。他很兴奋，话非常多，不停地说笑。秀姑从没见儿子这样高兴。她对儿子能不能进中学念书不感兴趣，甚至希望儿子落选，好让他去学手艺。

161

秀姑成了街长马德安不在编的"部下"，天天往街政府跑。她不识字，只能干些出力跑腿传递消息的活儿，而她很为自己和狗儿他娘一样成为公众人物而感到高兴，而催促丈夫参加兵工厂的工作是她的任务之一。古世才不好意思辜负马德安的好意，也经不住秀姑的唠叨，最后还是进了铁道北的解放军兵工厂。秀姑热衷于政治活动，家务也就落到素桂一个人的身上了。

古全和天天早出晚归进城念书，常常是直到掌灯后才背着一天在学校锅炉房旁边拣到的几十斤煤核儿赶回来，回到家里说的全都是学校里的新鲜事，难得和素桂单独说上一句话。素桂感觉她和古全和离得越来越远。她感觉古全和心里没有她，两位老人也不提他们成亲的事，觉得自己在这个家里，女儿不是女儿，媳妇不是媳妇，保姆不是保姆，处境难堪，感觉孤独。每当这种时候，她就想娘，惦记着她爹，想离开古家，回到城里，或是回山东老家。可是，这一切怎么好对二老说呢？他们会同意吗？

晚上，道士来找古全和，说是有人在城里见过赵凤山。

素桂听到这个消息立刻从楼上跑下来。

古世才不相信。他觉得他和赵凤山的交情不一般，而且素桂在他这里。他要是回到江城，一定会先到他这里来。

道士坚持说："是真的，我亲眼见过赵叔叔。"

古世才相信了道士的话，感到很高兴，也有些不安。他想，赵凤山回来为什么不先来看他和素桂呢？他担心赵凤山听信了什么谣言，对他产生了误会。

素桂看出古世才和秀姑的心情，觉得爹回来不先到这里来看望大爷和大娘是失礼，让她脸上也不好看。不过她相信她爹是个豁达人，但是并不糊涂，他不会这样做，这中间一定有误会，也许她爹还不知道大爷大娘已经回城，不知道她在这里，不知道她和她娘的不幸遭遇。

"你在哪上班？"秀姑问道士，她是有意转换话题。道士的话让她感觉难为情。

"卢子堂大叔介绍俺到铁路上去学徒。"道士说。

秀姑听道士这样说，兴奋地睁大了眼睛，问道："学什么手艺？"

"说是先干着，念着夜校，学什么技术以后再说。"道士说。

"还要人吗？"秀姑问。

"要！"

"根儿去行吗？"

道士说："当然行！根儿和俺不一样。他有高小毕业证书，一到了那里就可以学专门的技术，学成以后挣钱也多。"道士很想让古全和到铁路上去学徒。他爹总拿古全和敲打他，数落他。根儿要是去了，他有个伴儿，他爹也就不会再借古全和唠叨他了。

"根儿，你去试试？"秀姑笑嘻嘻地试探说。

古全和没有说话，连看也没看他娘。他觉得他娘俗气。古世才不满地看了秀姑一眼。他觉得儿子和道士不是一路人，道士不是念书的人，他们可以去学徒，而自己的儿子书念得好，有天分，将来要当大人物儿。

"大哥大嫂在家吗?!"门外有人欢快地高叫。

"啊呀，是凤山！"古世才惊喜地说着，跳起来就要往外跑。

这时赵凤山扑进来，"扑通"一声跪倒在古世才夫妇面前。

"你这是干甚么！"古世才赶紧上前搀扶起赵凤山。

"大哥大嫂！你们对俺们一家恩重如山哪！"赵凤山激动地说。

"自家弟兄，不必这样！"古世才拉赵凤山坐到炕沿上。

"几个月没有消息啦。素桂娘儿俩是死是活俺全不知道。昨天早晨回到城里，回到家里，见屋里空空，心里非常难受。后来才听说……大哥大嫂收留了素桂。俺后半晌儿急忙把老家的乡亲们托俺捎来的东西一家一家地送过去。下半晌儿去打听了一下工作的事，今天一早就跑来了。"赵凤山说。

"爹！"素桂眼泪汪汪儿。

"孩子，俺什么都知道啦！"赵凤山眼睛潮湿，爱恋地看着女儿说道。"你大爷大娘收留了你，保住了你这条小命儿……"赵凤山再次眼泪汪汪儿地说道。

赵凤山在问候过古世才夫妇的安好过后，就在古世才夫妇和素桂的陪同下，带上香纸去祭奠了素桂她娘。古世才安慰他说，"在过去的这半年里，江城的老百姓遭受了大难，饿死、病死、被国民党军队打死的人，成千上万，许多家庭失去了亲人，残缺不全，有的满门被国民党的炮弹炸死，你逃出了国民党督察处鬼门关，给素桂保住了一个爹，是不幸中的万幸，是素桂的福气啊！"

赵凤山连连点头称是，也说自己幸运，一再说是古世才夫妇救了素桂一命。

古世才渐渐把话题扯离痛苦的往事，说道："你是怎么逃出来的？"

"嗨，死里逃生啊！俺被抓走后，关进了美国领事馆后面的督察处那个带花园的楼群，被折腾了一气。他们硬说我是共产党。他们拿不出证据，我也不承认，可是没有用，他们还是把我关起来。难友们对我说，督察处办案是只抓人不放人，凡是被抓进来的，不管是不是共产党，一律处死，连十几岁的孩子也不放过。他们这样做，一是要证明自己正确，拿老百姓的性命冒充他们的功劳，求官求赏，而更重要的是他们害怕把人放了会泄露他们的机密。我一听，心想，这回算是完了。临近九月中的一天深夜，他们把我和几十个难友一起拉到督察处的大花园里，被押解到一个长方形儿的土坑的边上，成一排站着。枪一响，我就脸朝下扑倒在面前他们事先挖好的土坑里，其他的人也咕咚咕咚地跌进土坑。当时我也不知道自己是不是还活着。后来感觉他们就往我们身上扔土，知道我还没死。他们走后，周围安静下来了，我觉得自己身上没有疼痛的地方儿，好像没有中弹，便试着朝上拱了拱。多亏我是趴着的，手脚儿能使上劲儿，落到我身上的土也不太多。我听了听，周围没有动静儿，就使足了劲儿，慢慢地爬起来，悄悄地翻过督察处后面花园的花墙，逃出来了。我没敢回家，连夜逃出城区，越过南郊，进了解放区，赶回了山东老家。听说江城解放了，我就往回赶……"

"又拣了一条命！"古世才无限感慨地说。

秀姑把赵凤山父女安置在二楼，让他们说说父女离别之情。

第二天，赵凤山又到素桂她娘的坟前转了转，走访了山东庄的众乡邻。

午饭后，赵凤山把古世才夫妇和两个孩子召集到二楼，议论古全和跟素桂的婚事。最后他说，"什么时候给孩子办事，俺全听哥哥嫂子的。"

古世才恳切地说："当时是为了安慰他婶子，才说下他们俩的亲事。现在解放了，那会儿说的都不算数，得重新商量。要是你和素桂愿意，根儿也愿意，就办；不愿意，就不办。不论办不办，咱们都是一家人。根儿是你的儿子，素桂是俺们的闺女，这个亲情永远不变！"

"俺也是这个意思。"秀姑连连点头。

"就按素桂她娘说的办！"赵凤山坚持说。

素桂看了古全和一眼，见他毫不羞怯，神情坦然，知道他根本没想过和她结婚。

古世才认真地说："这件事等你们父女安顿下来再说吧。"

"你在这里住些日子吧。"秀姑对赵凤山说。

"俺住不下。城里的一个朋友给俺介绍了工作，说好叫俺去看看，要是合适，俺就去上班了，一会儿俺就得走。"赵凤山真诚地说。

秀姑说："素桂呢？先住在这里？还是和你爹一起回家看看？"

素桂说："俺听大爷大娘的。"说着，看了古全和一眼，见他仍然无动于衷，不禁有些伤感。

古世才想，在半年多的时间，赵凤山一家，经历过生离死别，大灾大难，他们父女一定有很多话要说，而素桂她娘有言在先，说素桂是古家的人，就是素桂想跟她爹回家，这样的话她也不便说出来，而且赵凤山也不好意思一把素桂从这里薅走。想到这些，他就说道："素桂先跟你爹回去，帮着你爹收拾收拾，安顿下来……你爹上班，家里总得有个人儿照料。"

秀姑明白丈夫的意思，立刻说道："这样也好！"

古世才一家一直把赵凤山父女送到一里路外的菜市街巴士站。而赵凤山父女这一走竟改变了古全和和素桂的人生，留下了诸多遗憾。

1994 年初动笔。初稿完成于 1995 年 7 月。

第一次修改，完成于 2007 年 11 月。

第二次，2008 年 3 月。

第三次，2008 年 9 月。

第四次，2009 年 2 月。

第五次，2009 年 10 月。

第六次，2012 年 2 月。

第七次，2013 年 2 月。

长篇小说《古全和》第三册

象牙塔之梦

傅希春 著

中国社会科学出版社

1

　　"大白楼"在解放前是江城市新城区地标性的建筑，它周围一带地方俗称"窑子街"，又名"欢乐地"，是江城妓院集中的地方，臭名远扬的"芙蓉堂""万花楼"等江城市的八大妓院都集中在这里。

　　大白楼的前面和后面各有一条近百米的小胡同，每条小胡同的东西两侧各有十几幢以青砖灰瓦筑成的低矮的小平房。每幢小平房门前的扇形地面都是用彩色的马赛克铺就的。小平房的门脸都被用上面带有各色鲜艳花卉图案的浅浮雕瓷砖装饰得花里胡哨。每到掌灯时分，这些小平房的门里门外都灯火辉煌，留声机不停地播放着《何日君再来》《千里送京娘》《五月的风》和《蔷薇处处开》等诉说情爱的、烦人的、浪声浪气儿的流行歌曲。一些衣着艳丽，涂抹浓重，举止夸张，妖声妖气，扭捏作态，神色间透着疲惫的女人，在门前搔首弄姿，招摇说笑。

　　大白楼的前后，还有一些和妓院伴生的商店、酒楼、浴池，以及为满足穷嫖客需要而兴办起来的小饭馆，还有兼售劣质白酒、廉价卤黄豆芽、芹菜等小菜的山东人开的煎饼铺。日伪当局只配给中国人粗高粱米，按规定煎饼铺也只能供应高粱米煎饼，但是几乎所有的煎饼铺都同时供应小米儿煎饼，而煎饼铺用来制作小米儿煎饼的原材料小米和黄豆则要靠粮食贩子走私供应，这是公开的秘密，警察不追究煎饼铺的小米和黄豆的来源。古世才认为这可能是敌伪当局为麻痹中国人而对中国居民饮食习惯的一种妥协。

　　在伪满洲国时期，正儿八经的人都不到大白楼这一带不干不净的地方来转悠。不过古世才那时却经常带领着他的儿子根儿在这些小胡同里穿梭，把小米和黄豆背到这里偷偷地卖给煎饼铺的掌柜，而且他们从没被抓被罚。古世才认为，这可能是由于到这里来寻欢作乐的日伪警察，不愿意张扬他们眠花宿柳的勾当，不想让老鸨子和妓女们目睹他们抓捕象古世才这样一些本小利微、无油水可榨的穷粮食贩子，因为他们背的粮食本利合在一起也不值几包大前门烟钱。

　　很少有人光顾大白楼，从外表上看，它很像一家顾客寥寥，经营不善的高级宾馆，而实际上它是一家秘密的日本妓院。从正面看大白楼是三层。一层的北边紧临繁华的白山街，是一处开设店铺挣大钱的好地界，可是大白楼临街的墙上却没有开门，而只开了一溜儿窗户，窗户很小，位置很高，从街道上看不见楼内的景象。熟悉大白楼的白山街第38居民组组长王长顺说，当时临街的这些房间都是贮藏室，大白楼一层西北角上还有一个三四平方米见方的小房间，里面有一口用高标号的水泥筑就的战备用的深井。

大白楼一层西南角上有一个形制近乎梯形的大房间，面积约有40平方米，是妓院的"大堂"。大白楼的正门就开在这个房间里，门面很大，也很壮观，据说当年那些日本嫖客就是从这里堂而皇之地进出大白楼的。和这个梯形大房间连在一起的是一层西侧南面的两个串联在一起的小套间儿，据说它们当时一个是办公室，一个是专门为日本嫖客和妓女服务的秘密医院，院长叫章伯春，毕业于日本东京帝国大学医学院，回"国"后曾在伪"国军""铁石部队"当军医。据说他擅长看花柳病，1943年秋被调任这所医院的院长。

大白楼的主要部分在二层，总共有12个微型单元房。单元房的结构、形制和面积基本相同，都是18平方米，中间有一个用二厘米见方儿的小木方子和褐色的高丽纸精制而成的隔断，隔断的外面是一个面积只有四五平方米的微型客厅，里面放有一个小茶几和一对儿小沙发。隔断里面是卧室。这12个单元房由一条"口"字形的环形走廊联结在一起。环形走廊的中心，是妓院的伙房和餐厅。王长顺说，那时每个单元房都住有一个日本妓女。

1945年东北光复后，日本妓院消失，不过中国人开的"芙蓉堂"等八大妓院依然生意兴隆，只是嫖客变成了主要是国民党的大小官员。这种情形一直延续到1948年江城解放。

大白楼里的秘密医院并没有随着日本妓院的消失而消失，而是从秘密转为公开，挂出了"伯春医院"的招牌，扩大了经营的范围，除眼科和骨科外，内、外、妇、儿科样样都看，看花柳病更是章大夫的长项。他已经是这一带的名医，常有外地的花柳病病人远道来就医。在国民党接收大员满天飞的时候，章大夫曾想依靠他当国民党某团团长的妹夫的权势把大白楼变为他个人的私产，可是江城解放打破了他的这个美梦。

现在住在大白楼里的都是像古世才这样一些一家三四口人的小户穷苦人家，还有一些经人民政府教育，并帮助她们治好了性病，而后从良，有的还安排了工作的妓女，以及曾经为妓院服务过的个别人员。现任白山街第38居民组大白楼居民小组的小组长洪绣花洪大嫂，就是从良的妓女。她的丈夫洪江海当年是专给妓女们裁制时兴儿衣裳的裁缝。现任第38居民组大组长王长顺一家住的是当年芙蓉堂的房子，当时他是大白楼和八大妓院的电器维修工，经常进出各个妓院。

王长顺老家河北昌黎，小时候在老家念过两年私塾，能看平安家信，写几个常用字，16岁来到本市，托亲戚帮忙，进了这里的电业局，当了勤杂工。电业局的头头儿是河北滦县人，和他是半个老乡，见他机灵，勤快，听话，会来事儿，就派他学了电工，出徒后被安排在"欢乐地"，一干就是十来年，这里家家户户他都熟。他习惯了点头哈腰，溜须拍马的那一套，名声儿挺臭，有人公开叫他"大茶壶"。江城解放后不久他就加入了中国共产党，可是人们还是不把他当个正经人，当面笑称他"王同志""王师傅""王组长"，而背地里仍然叫他"大茶壶"。有人说他长过杨梅大疮，新近搬来的人不知道是真是假，不过他说话的声音倒是和正常的人不一样，总是夹带着"哝哝"的浓重的鼻音。他自称曾经患有鼻窦炎，但是许多人怀疑那是他曾经患过杨梅大疮留下的后遗症。

大白楼现代化的程度很高，自来水、电、暖气和煤气设备齐全，这在江城的非日本人居住区是头一份儿。现在古全和已经把自来水、暖气管道和煤气都修通了。暖气锅炉是现成的，要是肯花钱，冬天可以用来取暖。不过眼下这些设施都没启用，连吃水都是从楼内的水井里取。

大白楼应该是富有人家住宅的首选。但是讲究体面的人家儿，特别是有小儿女的人家儿，都不愿意来这种地方居住。古世才一家肯搬进大白楼，住进过去日本妓女住过的单元房间，主要是因为穷，具体有三个原因。第一是图省钱。大白楼是敌产，但是产权至今没列入市政府的账目，眼下还不收房租，仅这一项古世才家每年就能省出两个月的伙食费。大白楼内有水井，吃水方便，不用花钱，又省一笔钱。第二是图儿子上学方便。宋家屯镇离市立一中有十多里路，冬天古全和上学早晚不见日头儿，碰上大雪天，雪深过膝时，得在雪地上爬来爬去，而大白楼离江城一中不到一里路。第三是因为这里离铁道北兵工厂和粮库近，古世才和秀姑上班方便。还有一个原因，那就是他们相信自己一家的人品，不会遭人误解，相信古全和也不会学坏。

古世才原本没有进城里的打算。他时刻惦记着他在老家的房产和土地，从江城解放的那一刻起，他就唠叨着要回山东老家，可是秀姑不同意。她在老家的那些年，地里、场里和家里的活儿，一年四季，风里雨里，她干够了。她想在江城落户。其实早在1948年解放军围城的那个时候，她就有这个意思，她想娶杨大琢磨的侄女儿杨雅范做儿媳妇，就是因为她想在这里落户。她说城里的活路多，好挣钱。她劝说丈夫搬进城里也是因为她想在江城落户。

对于落户江城还是回山东老家，古全和并不关心，他关心的就是学习。只要有书念，他不在乎留在江城，还是回山东老家。当然，他也愿意进城。冬天从宋家屯镇进城上学，天天要在天蒙蒙亮的时候爬行经过人烟稀少，狐狼出没的飞机场，费时费力，还要冒生命危险，并不是一件愉快的事。搬进城里，特别是搬进大白楼，他简直是一步登天。在这里，他第一次有了自己的"房间"，有了一个安心念书的好地方儿。

大白楼从西、南两面看是三层，而实际上它的三层只有西南角儿上一个大房间，余下的部分都是向内倾斜的屋顶。三层的这唯一的一个房间的格局和面积大体和一层"伯春医院"的候诊室相当。王长顺说，这是当年妓女们唱歌跳舞玩乐的地方儿。如今这个所谓三层楼大房间的地板还在，但是门窗都已经被特别爱家又特别喜欢破坏的中国人拆走当劈柴烧了，这个房间也不能住人，就空在那里，古全和常常到那里去远眺，散心，练习拳脚儿。

在二层和所谓"三层"之间，有宽大、正规和讲究的木楼梯相连，在楼梯的下面就有一个"空间"。这个"空间"，里面有门，外面有窗。从走廊里看，它是一个房间，从外面看，它的窗户和其他房间的窗户并无二致，表明它也是一个正规的房间。然而这个"房间"的实际面积约为四五个平方米，它的顶棚一半是楼梯的背面，另一半是抹着白灰的正常的顶棚。"房间"里存放着一张大得无法从房门搬出来，配有墨绿色油漆布面儿的半新的大写字台，据说这个写字台当年就是拆下窗户运进来的。王长顺说，当年这里是勤杂人员住的地方，也有人说它是贮藏卫生用具的地方。章伯春说写字台是他们家的。而好心的洪大嫂不客气地反驳他说，这个"房间"连同里面的写字台都是日本人留下来的，明确地说，归古全和使用，于是这个"房间"就成了古全和私人的卧室和书房。洪绣花鼓励古全和好好儿念书，将来为建设新国家出力。

从古全和走进校门儿到如今，不仅没有过自己的房间，连写作业用的桌子都没有，从小学到现在，除开在小红楼儿那些日子，他一直是趴在他娘装衣裳的那个没有油漆过的木箱子上面写作业。现在，他有了自己念书、写字和睡觉的地方，觉得自己像个学生了，非常高兴，一年四季都不肯离开这里。他把这个小房间叫作"冰洞"，因为这里没有取暖设备，冬天也不生火，室温常在摄氏零度以下，墙上挂霜，屋里所有"姓水"的东西在冬春两季都结冰，是名副其实的"冰洞"。但是古全和喜欢这个地方。他本来就喜欢冬天，说冬天头脑清楚，好念书。所以不管天多么冷，他娘怎样唠叨着劝说他回到生着炉子的里家去住，他都不肯离开这里。至于夏天，这里当然就更是个理想的休息和学习的地方儿了。这一年他的学业长进比较快，这也是一个条件。

古世才从懂事儿的时候起就梦想着发家致富，就是在伪满洲国那会儿他也没断了这个发家致富的念头儿。他在古家庄的那三间草房和九亩地就好像是长在他的心上。"八一五"光复的那会儿，他就急不可耐地张罗着要回山东老家，只是由于战乱不断，交通阻隔，才没能成行。1948年江城解放不久，他就背上老娘的遗骨，动身往山东老家赶。当时辽沈战役结束不久，关内的仗还在大打，铁路和公路还不太通畅，一路上他有车坐车，没车步行，从江城到古家庄平时是三天三夜的路程，而他艰难跋涉了20多天。那次他在古家庄住了一个来月，隆重地安葬了老娘和弟弟、弟媳，亲自赶集买了麦秸草，雇人重新披了老屋，给老屋的外墙挂上了墙皮，修补了院墙，然后才把土地和房屋托付给他的内兄胡大珂，恋恋不舍地回到江城。他人回来了，可是心却仍然留在古家庄，整天琢磨的还是怎样把他的那三间草屋翻建成砖瓦房，再新建起南屋，置上几亩好地，拴一挂大车。他手里没有现钱，也知道新中国可能和革命后的俄国一样，未必允许私人买卖土地，可是他心里还是痴迷地这样想。他没把这个梦想立即付诸行动，有两个原因，一个是他不知道老家那里有没有像江城一中这样好的学校，怕回到老家，耽误了儿子的学习和前程，一个是他先前分两次先后在 1942 年和 1948 年寄放在青岛李宝堂的裕记洋行那里的两笔款子还没有到手。后来古世才听说他们县立第一中学全国有名之后，就一再劝说秀姑和儿子跟他一起回老家，而秀姑就是不愿意，推说让他先走，等他回去准备好过日子用的桌椅板凳锅碗瓢盆，她再和儿子一起回去。夫妻俩为这件事闹了好些日子的不愉快，古世才只好又一个人回了山东老家。

　　秀姑解放初跟随宋家屯镇黑狗大街街长马德安义务干了几个月的群众工作，加之又受了狗儿他娘的影响，长了见识，有了仗恃，对于古世才不再像过去那样言听计从，有时也闹着当家做主，和丈夫的争执也就多起来，有一回她心里竟有过想和丈夫离婚的冲动。她佩服马德安，信赖共产党，愿意跟着马德安到处跑，为老百姓办事，而古世才则对共产党有所保留，怀疑共产党是不是爱国，反对她和共产党走得太近。对于儿子的前途，他们的想法儿也不一样。古世才一个心眼儿地鼓励儿子念书，期望他能和他的祖父和曾祖父那样，成为一个有学问对国家有用的人才。而秀姑并不想让儿子报效国家，建功立业，执意让儿子去学手艺，将来能有一技之长，不愁吃穿。近来她还开始忙着张罗儿子的亲事。她眼看着根儿的伙伴儿道士、望兴和有富等一帮孩子，都娶了媳妇儿，有的还添了孩子，而她的根儿连个对象都没有，觉得脸上无光。她想，过了年根儿就 17 岁了，可是他什么手艺都没有，谁家的闺女愿意嫁给他这样的人呢？无论如何都不能再让儿子荒废时光了，想趁着丈夫不在江城的这个空当儿，把儿子的事管起来，送他去学徒，给他说亲，把生米做成熟饭，到时候丈夫回来，拿她也没有办法儿。

古世才回山东老家带走了家里积攒下的为数儿不多的大部分积蓄，这会儿秀姑和儿子在江城只能现挣现吃。解放了，天下太平了，穷苦人用不着担惊受怕了，然而日子并没有好过多少。江城的工厂本来就不多，有些工厂还没有开工，秀姑又不识字，没有社会上急需的手艺，找不到挣钱多的工作，只能继续在铁道北的国家粮库里挑拣出口给老毛子的黄豆。她每天都是从早起忙碌到黄昏，躬腰曲背地盘腿坐在凉地上，伸长着脖子，全神贯注，两眼聚精会神地盯着面前的那一片让人眼花的黄豆，双手左右开弓，鸡叨米似地把那些合乎老毛子的混蛋要求的、没有虫眼儿的，饱满滚圆的黄豆，一粒一粒地捡起来，放进面前的筛子里。拣一斤给一分钱。一天干下来，累得两眼昏花，双手肿胀，浑身酸痛，也挣不了几个钱。她常常在儿子面前骂街说："这些老毛子，真他娘的不是玩意儿，买咱们几斤豆子也这么折腾人！"古全和讨厌老毛子，长时间解不开在中苏关系问题上的思想疙瘩，这也是一个原因。

秀姑整天待在粮库里，而她的心却时刻都在惦念着她的儿子，怕他累着，怕他发生意外。每天下午一放工，她就快步往家赶。如果儿子还没回家，她就匆忙安排好晚饭，然后赶到离大白楼不远的黑水路和白山大街的交叉路口，躲在白山派出所旁边的那个墙角儿里，聚精会神地注意着过往的行人，等待她的儿子放学回来，直到亲眼看着儿子从她身边走过，她才不声不响地跟在他的身后走回家。她不愿意和儿子走在一起，怕自己穿的破衣烂衫给儿子丢人。古全和偶尔会发现他娘，就走到她跟前，和她一起走回家。要是古全和在学校里有事回来得迟了，她会站在那个墙角儿里等上一两个钟头，一直等见到儿子才回家。古全和劝过她多次，让她好好地在家里休息，不要到那里去等他，可是她就是不听，还是去等，风雨不误。有时她也会对儿子解释说："俺不是去等你，而是到外面去散散心，看看大街上的光景。"

今天晚上秀姑不舒服，没有去接儿子，晚饭后也没收拾碗筷就歪到床上歇着了。古全和收拾好碗筷，提上书包，准备去"冰洞"看书写作业。

这时秀姑叫住他，说道："根儿啊，今天俺累了，你替俺到楼下开会去吧。"

古全和说："好，"从书包里取出一本书，拿在手里，然后把书包放回床上说："那您就歇着吧。"

这些日子居委会的会总是开得很晚，有时开到后半夜。他爹在家时，为了不耽误他学习，从来不叫他去开这种会。他爹不在的时候，都由他娘去开，也很少让儿子替她。

在古全和就要出门儿的时候，他娘叫住他嘱咐他说："估计还是说买公债的事，昨天晚上的会一直开到后半夜。'大茶壶'欺负人。他不说让章伯春那些有钱的人家儿多买公债，专为难咱们这些穷苦人，硬要俺认购两份儿。两份儿就是咱们娘儿俩一个月的日子呀，咱拿不出这些钱。俺说没有钱买，他就伸长脖子朝俺大声嚷嚷，说：'要是你们家没有钱，古大哥怎么能一趟一趟地往山东老家跑啊？你是不是怕人民政府说话不算数儿，骗老百姓的钱啊？'俺说：'俺不是不相信政府，俺真的是没有钱呀。'他说：'新社会总比旧社会好吧？你能说现在你们家的生活赶不上旧社会吗？'这个混账王八蛋净拿歪理儿为难俺，叫俺当众难堪。要不是看着共产党的面子，俺真想当场给他一飞脚，叫他趴在地上起不来！"

秀姑这样对儿子诉说昨晚开会的情形，是担心王长顺会纠缠古全和，给他出难题，让他受委屈，赌气认购下那两份公债，或是和他顶撞起来，得罪了他。秀姑知道新社会和旧社会不一样，可是她觉得老百姓还是惹不起当官儿的。在克丝钳子的问题上，她替王长顺说过好话，不过现在她已经知道王长顺不是个好人了。

古全和宽慰他娘说："您就放心吧，国家发行折实公债有政策，像咱们这样的人家儿，吃饱饭都不容易，可以不买。"古全和边走边说。

古全和想到王长顺就有气。在他们刚搬到这里来的那会儿，王长顺就骗过他一回，骗走了他心爱的那把德国造的崭新的克丝钳子。"八一五"光复的那会儿，道士、望兴、刘广聚等许多人都到处捡"洋捞儿"。粮食、布匹、木材，他们弄回家不少。而古全和从不参与那种事。他自己不愿意去，他爹说，"捡洋捞儿是抢国家，抢自己"，不让他去，只有一两次是例外。一次是经不住他娘唠叨，他到康德制粉厂去"抢"过一次面粉，从半路上捡回来一袋子白面。那是因为抢制粉厂的人抢多了，扛不动，扔在半路儿上的。另一次是他听说飞机场仓库里有很多手枪，就兴冲冲地赶到那里，而等他赶到那里的时候，手枪早已被人们抢光了。于是他就从那里捡回来那把德国造的崭新的克丝钳子。那不只是他制作火枪时应手的工具，更是他喜爱的玩物儿。平时，过些日子他就拿出来看一看，摩挲摩挲，玩一玩，擦擦油。1948 年他们一家逃往解放区，成箱的钳工工具，他什么都没带，连他费尽心力制造的长枪和短枪他都没带，却带上了那把克丝钳子。可是它竟叫王长顺给骗走了！这件事让他耿耿于怀，也影响到他对共产党的认识。当时他娘一再劝他说："你王大哥是电工儿，喜欢这些玩意儿，这件事就算了吧。"古全和说："这不是一把钳子的问题。他要是央告我，朝我要，我也许会把那把钳子送给他，可是他撒谎，骗人，耍弄我，我咽不下这口气。"

那件事情发生在古世才一家搬进大白楼以后不久。一天，王长顺到他们家来检查电路。当时秀姑一个人在家。王长顺见在古全和"冰洞"的写字台上放着一把擦得乌黑铮亮的德国造的克丝钳子，立刻瞪大了眼睛，就说，借去用一用。秀姑说，那是她儿子的爱物儿。王长顺说，第二天他就还回来。秀姑想，王长顺是大组长，和派出所的人有来往，自己一家初来乍到，不好不给他这个面子，就让他拿走了。古全和放学回家后，听他娘一说这件事就急了，立刻跑到王长顺家去要。王长顺支支吾吾地说，钳子让别人借去了。以后几天，古全和天天去要，最后王长顺说丢了，说他愿意赔，要钱给钱，要钳子就给他一把崭新的日本造的克丝钳子。古全和非常生气。为了不让他娘难受，他只好不再提那把钳子的事。古全和本来就讨厌王长顺点头哈腰的那副下贱样儿，如今他又骗走了他心爱的钳子，他就更讨厌他了，认为他不是好人。他想："共产党是个为人民服务的党，不拿群众一针一线，那他们为什么要吸收王长顺这种狡诈肮脏的人入党呢？"

5

白山街第 38 居民组开会的地点在伯春医院的候诊室。这里宽敞，临街，住在大白楼里面的人可以走候诊室开向楼内的便门儿；住在大白楼外面的人走候诊室临街的大门，进出都很方便。

候诊室只亮着一个 20 瓦的灯，房间大，电力不足，光线暗淡。古全和到场的时候，人只到了一多半儿。他利用等人的时间，借着微弱的灯光，吃力地辨认着书上的文字，复习功课。等了足足有半个小时，人才稀稀拉拉地到齐。来得早的坐在候诊室的一条条长椅上，来得晚的，有的坐着自带的小凳儿，有的就靠墙站着，三四十号人，挤满了一屋子。烟民大都是男人，有的在抽烟卷儿，有的在抽自己在现场制作的大炮。几个上了年纪的女烟民坐在长凳上，每人扛着一支杆儿长过三尺的旱烟袋。屋里烟气弥漫，咳嗽声不断，让人感到喘气儿都有些困难。可是聚在一起的左邻右舍男女老少，虽然经常见面，却好像多年不见，照样家长里短，吵吵嚷嚷，喊喊喳喳，唠叨个没完。

王长顺为表现自己政治上积极，讨好派出所的所长党建人，借他的力量当上在编制、有级别、拿干部工资的专职干部，包揽回来的公债指标比别的居民组高过一倍，有 60 份之多。而第 38 居民组的住户，大多是近一两年从四面八方搬来的穷人，没有能力多认购公债。而原先就住在这里的有钱人，相信共产党的不多，有的还是土改时把浮财转移到城里来的地主，或是敌伪军警的家属，他们不敢不认购公债，但是绝不甘心多认购公债去支援共产党继续进行解放战争。这些情况王长顺心里都清楚，他知道应该动员这些有钱的人多认购，可是他不敢。现在，在老百姓的心里，敌伪人员不香了，也不可怕了，但是变成了共产党员的王长顺还是怕那些有钱有势的人。他怕惯了，特别怕伪满时在这一带说一不二的章伯春，不敢动员他多认购，而是一个劲儿地朝着口袋空空的穷人要威风，想迫使他们多认购。而穷人没钱买。所以认购公债的会虽说已经开了四个半宿，好听的话，难听的话，讽刺挖苦的话，吓唬人的话，他都说过了，可是至今认购的数目还不到一半，而且会越开越僵，王长顺的脾气也越来越大，他的话也越来越离谱儿。

王长顺在人到齐之后，就扯着沙哑的嗓子喊道："哎，人到齐啦，咱们开会啦！今天开会，还是为公债的事。完不成任务，就得开会。俗话说，'国民党的税多，共产党的会多！'今天什么时候完成了任务，什么时候散会。哈哈哈哈……"

角落里有人嘟囔道："共产党的税也不少。"

王长顺朝着传来声音的方向吼道："谁？是谁在胡说八道？能说公债是税吗?!简直反动！"王长顺名义上是共产党，而骨子里还是个伪满洲国时代的班组长或是国民党时代的保甲长，以为他可以迫使老百姓干这个干那个，而不把他们当成新社会的主人。像王长顺这样的干部眼下并不少见。

角落里有人说："反正是叫老百姓掏钱。"

王长顺忽地站起来，挥舞着手臂嚷道："有胆量的站出来！反动！"

没有人站出来。王长顺也没有再追究下去。他这是虚张声势，吓唬老百姓，是伪满和国民党的那一套。其实他知道说话的人是谁。那是他惹不起的一个主儿——大白楼居民小组的小组长洪绣花。他这是在拍打桌子吓唬猫呢。

王长顺和往常一样，坐在挂号台后面的那把靠背儿椅子上。那是他专用的宝座，没有人这样规定，可也没有谁敢去占用那把椅子。解放已经两年了，伪满和国民党时代的那些有权抓人、打人、关人、杀人的军警宪特，以及他们的牙牙爪爪早就完蛋了，个别罪孽深重的还被治了罪，管制起来了，杀掉了，民主教育也进行了不少。可是38居民组的居民们在精神上还远没有转过这个弯儿来，没有意识到如今是人民的天下，自己已经是国家的主人了。他们中间的多数人还是怕，怕官。在他们心里，王长顺还是个官儿，和伪满洲国时代的"班组长"或是国民党时代的"保甲长"没有多大的区别。而这也就是王长顺可以站在他们头上吆五喝六，迫使他们在这里通宵达旦地开会，利用他们的容忍和退让为自己创造政绩往上爬的真正的社会历史原因。

王长顺收起凶相，展出笑脸儿说道："为公债的事，咱们开过几次会，可是成绩不大，咱们落后了，哈哈哈哈。新社会人民当家做主，解放全中国，建设新国家，人人有责！章大夫一家就认购了4份儿！大家伙儿都得向章大夫学习，多多认购啊！咱们全组平均一家认购两份儿就能超额完成任务。"王长顺一边说一边巡视着会场上的众人。章伯春跟着王长顺的目光，笑眯眯地巡视着大家。他们的目光所到之处，有些人低下头，担心王长顺点到自己的名字，再损上几句，让自己当众露丑。

王长顺说："听说古世才师傅家的日子过得不错。古世才师傅可不是个普通的老百姓啊。他特别爱国，当年他是因为不肯帮着日本鬼子造枪炮打中国人，才更名换姓，抛家舍业，从山东老家逃到本市来的，路上还失去了弟弟、弟媳和女儿……喂，古师傅，继续发扬你老的爱国精神，多多认购啊。古师傅来了吧？"王长顺张大眼睛在会场上寻找古世才。

"古师傅回山东老家啦！"有人没好气儿地冒了一句。

"啊呀呀，你看我这个木头脑袋，我把这个茬口儿给忘了！昨天晚上不就是古师母来开的会嘛！"王长顺拍着自己的脑袋解嘲说，"古师母，古师母来了吧？您想好了吗？认购几份啊？"王长顺四处寻找秀姑。

"古师母病啦！"是一个操山东腔儿的女人的不满的声音。

王长顺说："晚饭前我还在白山大街和黑水路拐角儿的那个地方见过她的呀，她怎么说病就病了呢。"他想到他在昨晚的会上奚落秀姑的情景，语调儿里透着怀疑和不满。

"生病还分时候吗？俗话说，病来如墙倒。"说话的还是那个山东女人。

"什么了不起的大病，这么重要的会都不来参加！"王长顺嘟囔道。

"再重要的会也顶不上人命重要！'牙疼不是病，疼起来要命。'再说人家古全和大兄弟不是来了吗！政府又没限定来开会人的老少公母儿！"洪绣花板着脸，朝着王长顺嚷嚷道。

王长顺不满地看着洪绣花说道："我说你就别信口开河啦，你是你们大白楼的小组长，不动员你的居民积极认购公债，反倒鼓吹落后，你这是什么意思呀！你可不要忘记了自己的身份！"王长顺一语双关，想用戴高帽儿，说她是居民组长来约束她，用揭老底儿，映射她过去是妓女来压制她，让她给他帮腔儿。

王长顺的话音儿没落，洪绣花就跳起来，蹿到王长顺的面前，挥手直指王长顺的鼻子，嚷道："好你个杨梅大疮'大茶壶'哟！你敢和老娘我叫板？！你说的不错，我洪绣花儿啥时候儿都忘不了自己的身份儿。我13岁被卖到芙蓉堂当窑姐儿，和千千万万的乌龟王八蛋男人睡过觉！可那是旧社会造的孽呀！共产党，毛主席，把我救出火坑，给我治好了病，帮着我安了家，教育我重新做人！我现在是新中国的公民，我的身份不比你差！你'大茶壶'是不是看着我翻身解放心里不舒服啊？"

在第38组，不买王长顺的账的头号人物儿就是洪绣花。她见王长顺过去拍汉奸日本鬼子的马屁，现在又拍派出所所长党建人的马屁，打心眼儿里瞧不上王长顺的那份儿奴才相儿。她还不满 30 岁，可是牙已经掉光了，说话嘴巴漏风，看起来不下 50 岁。像她这样的人，按理说应该避讳涉及男女之嫌的话题，可是她却偏偏特别关心男女之间的那些勾当，对于规规矩矩的男男女女，她真心敬重，而对那些在男女关系方面不大干净的人，毫不留情，那些人也真怕她，因为她不讲情面，不知羞臊，不分场合，床上床下，鸡巴卵子，赤裸裸，血淋淋，什么难听说什么，会弄得对方儿寒碜得抬不起头。她最了解王长顺的底细，王长顺也最怕她，遇事总让她三分，大白楼里的居民选洪绣花当组长，一是看好她心地善良，心直口快，热心为大家办事，二是看好她不怕事，连派出所所长党建人她也敢顶。今晚王长顺一时激动，惹恼了她。

"算啦，没有人爱听你那些磕碜话！接着开会！"王长顺皱着眉头摆摆手说道，后悔触犯了洪绣花，想赶紧摆脱她。

"你说算了就算啦？没门儿！'来而不往非礼也！'老娘还要说！"洪绣花撇一撇她没有牙的瘪瘪的嘴。"说到身份，姑奶奶我还得说两句。那会儿你是'大茶壶'！我是窑姐儿。咱们是'土豆儿熬倭瓜'，一个样儿他妈的鸡巴色儿！"

"你……"王长顺窘得不知道说什么好。

"我怎么啦？我不能说话吗?!"

"好男不和女斗，我不跟你计较。"王长顺在"欢乐地"周旋过多年，经多见广，表面上是粗瓷茶碗，心里却很有些为人之道。他担心和洪绣花纠缠下去，她会说出一些更让他下不来台的话，把会给搅啦，赶紧改变话题，转脸朝着古全和站的方向高声说道："古全和兄弟来了好。古全和兄弟是革命青年，受党的教育，思想进步，热爱共产党，拥护人民政府，那就拿出革命的行动来，带个头儿，认购几份吧。"

"我们没钱认购。"古全和的目光在书上，连看也不看王长顺，随便地说道。

王长顺威胁说："小兄弟啊，你可是个中学生啊。"

古全和说："这和中学生无关。"他仍然没理睬王长顺。

王长顺说："那你做得了主吗？"

古全和说："我说过，我们今年不买。"

王长顺有些恼火。他说："你娘得的是什么病？有医生证明吗？"

古全和说："不看病哪来的证明？"

王长顺火儿啦，质问道："有病为什么不去看？"

古全和放下书，抬起头看着王长顺说道："你给报销医药费吗？"

王长顺嚷道："你这是什么话！"

一个中年妇女的声音："穷唠叨什么呀，困死啦！"

"干吗要跟个孩子过不去，没有成色！"角落里有人说。

"是谁！"王长顺东瞅西望，怒气冲冲，见无人出头，更来劲，站起身，气势汹汹，四处寻找顶撞他的人，露出了国民党时代保甲长的那副面孔儿，一语双关地说，"别给脸不要脸！"

"你骂谁？"古全和站起来吼道。"我告诉你，现在是共产党领导的新社会！劳动人民是国家的主人，说话注意分寸！我再说一次，我们家没钱，今年不买公债！"

"你敢！公债是共产党和人民政府发行的，你敢破坏认购公债吗？！"面子上受到伤害的王长顺怒不可遏，不加思索地破着嗓子喊道。王长顺本来就对古全和有气，为那把德国克丝钳子，古全和跟在他屁股后面，死皮赖脸地跟了他一个多月，他一直想找个机会治治他。此刻古全和公然站出来拆他的台，他怎么能放过他呢。

"政府有政策，认购公债是自愿的！"古全和一字一句地顶撞道。

"自愿认购不等于不买！"王长顺说。

"你是大组长，有钱就带头儿多买嘛！"古全和说。

没有人敢站出来替古全和说话。人们不把王长顺当回事儿，可是谁都知道，站在他背后是党建人，是能抓人、关人的派出所所长党建人呀。很多人都知道他和白山派出所所长党建人是好朋友，他经常在家里招待党建人吃喝。

"解放前咱们这儿叫什么地方儿来着？"角落里有人故意低声打岔搅局。

"'窑子街'嘛！这你都不知道？"另一个声音答道。

"'大茶壶'是个什么意思？"

"就是'老鸨子'的狗腿子嘛！"

会场上响起了喊喊喳喳的议论声。在场的成年人都知道这些对话的用意。王长顺心里也明白话都是冲着他来的，但是他知道自己不能接这个话茬儿。

"天天开会，一开就是半夜！怎么受得了啊！有钱的人站出来行行好儿，把王组长趸回来的那 60 份公债都认购了吧！"这时传来一个老人不顾一切的声音。

"开会是好事。"王长顺故意曲解老人的意思。

"开会好你就自己开嘛。"灯影儿里有谁低声说道。

这时，角落里站起来一个人，说道："我认购 4 份儿。"

这个人让王长顺大吃一惊，他竟然是新近搬来大白楼暂住的钱松林，心里扑通一声，本能地跳起来满脸堆笑，朝对方儿点头儿哈腰儿。他怎么都没想到，像钱松林这么大的干部也会来开这些平头老百姓的会。

会场上先是一阵嗡嗡声，接着就安静下来，等待听钱松林说下去。

钱松林从容地说道："发行折实公债，是为了发展生产，支援前线，解放全中国，建设新国家，造福人民，是利国利民的大好事。有条件的老乡，都要积极认购。家里有余钱的，可以多认购。共产党说话算数儿，到期一定本利一起按实物折价归还。古全和兄弟说得不错，认购公债要自愿。古世才师傅家是不是要认购一些呢？请古全和小弟弟回去跟大娘商量。要是能够认购就认购，但是也不必勉强。这是我个人的理解，说得不对的地方，请王组长纠正。"钱松林说完，又躲进灯影儿里。

钱松林这是在替王长顺做宣传，帮他解围，也是在教育他。

在场的人只有王长顺和古全和两个人认识钱松林。钱松林临时住进大白楼是白山派出所委托王长顺安排的。他就住在古全和家隔壁的隔壁。他了解古全和家的情况，欣赏古全和好学上进敢说敢道的劲头儿。古全和也觉得钱大哥待人和气，爱说爱笑，有学问，还会弹六弦琴，打心眼儿里喜欢他，平时只要有机会，他就往钱松林家里跑，去听他说话弹琴。

"哪里哪里！"王长顺忙不迭地说道，"钱局长的指点非常重要，还给大家带了一个好头儿，是我们学习的好榜样！感谢钱局长对我们工作的关怀和指导！嘿嘿嘿！"王长顺满脸是笑。

人们见王长顺点头哈腰地称说话的人为"局长"，才知道在场的原来还有一个大人物儿。"局长"，在无知无识的市井小民心里，是个大得说不上有多么大的干部。人们的目光马上集中到钱松林的方向。但是钱松林隐没在灯影儿里，没有人看见他是个什么模样儿。

　　钱松林是本市新任电业局局长，他和他的夫人念心媛刚从哈尔滨调来，住房一时安排不下，临时住在大白楼。王长顺后悔自己粗心大意，没有发现钱松林在场，当着他的面儿发了脾气，说了那么多难听的话，担心他会到派出所去向党建人所长反映他今天晚上的丑恶表现，断送他的前程。王长顺从没被人当成个人看待过，他迷恋自己现在的这个角色，期望前进一步，弄个正式的差事干干，担心会失去这个地位，此后好些日子，想到这件事情心里就惴惴不安。

　　共产党员王长顺的表现让古全和联想到他们班的班长耿立德和团支部书记张伟。他们都是团员。耿立德谨慎，凡事留有余地，固守班长的宝座。张伟嘴巴大，好说，外号儿蛤蟆嘴，他为人和气，可是学习不算好，威信也不高，却自以为是个人物儿，可以对于班里的某些人吆五喝六，而仗恃的就是他是个团支部书记。古全和发现，现在的学校不同于解放前。解放前学校里评判学生的标准虽然说也是品德和学习，但是品德好是虚的，有弹性的，只要不违反校纪国法，不打架闹事，就算品行好，那时学习好实际上是好学生的唯一的标准。现在评判学生的标准表面上还是品德和学习，但是更重视品德，而所谓品德又主要是政治表现，也就是口称拥护共产党，因此声称拥护共产党就成了衡量学生优劣的主要标准。这样的标准轻而易举地就能达到，而一旦达到，就有权在众人之前说三道四。张伟能在同学们面前吆五喝六就因为他政治上的所谓进步。而古全和却不以为然，他认为张伟等人的进步是说出来的，是嘴巴上的进步，认为突出政治进步的风尚潜藏着鼓励政治投机的弊端，认为评判学生优劣的主要标准还应该是学习，即学习态度好，考试成绩好，而道德标准也不应该仅仅归结为歌颂共产党。他认为爱国、爱自己的民族才是一个人政治进步的永恒的标志。所以当年团支部书记张伟一再动员他参加青年团，说青年团是共产党领导的进步青年组织，而古全和根本就不理睬他，因为他对共产党是不是爱国仍然心存疑惑。

　　古全和从走进学校的那天起，一直是学生中的头面人物儿，班长、班主席、校学生会主席、副主席，他都当过。而且他好胜，看重同学们的尊重和信任，愿意为同学们办事，把为同学们办事看成是一种乐趣、一种荣誉，现在他也很想投身到班级活动中去，不过他不想贸然参加青年团之类的社会政治团体。

6

1949 年秋季开学已经过了 1 个多月，而古世才还没有从山东老家回来。古全和母子俩的生活，仍然靠秀姑到铁道北粮食仓库给公家挑黄豆挣来的那点儿钱勉强维持。秀姑累得天天唉声叹气，不断唠叨让儿子去学手艺，有时说让他去学瓦匠，有时又说让他去学木匠，还不时拉上他去相亲，弄得古全和心神不定，在苦恼得难以解脱的时候，头脑中偶尔会闪出退学就业挣钱养家的念头儿。然而他实在是太喜欢念书，太留恋学校生活了，觉得世界上最好的事情就是念书，最好的地方儿就是学校，只有在学校里才有平等，有自由，有尊严，有快乐，有希望。

晚饭后秀姑又对古全和唠叨起给他说亲的事。她说："根儿啊，你也老大不小啦，书也念得不少啦。从你老爷爷算起，到你这一辈儿，咱们家就你这一条根，要不你奶奶为什么给你起名儿叫'根儿'呢？要不是咱们逃难在外，要是奶奶还在世，这会儿你就该是几个孩子的爹啦！明年你就 17 啦，该成亲啦。"

秀姑急于让儿子成亲，不光是为了给古家传宗接代，也是为了她面子上好看。古全和小时候的伙伴儿都成亲了，急得她夜里睡不着觉，这些日子到处张罗着给儿子说媳妇儿。古全和的亲事是古世才家的一个老话题，从他奶奶在世的时候说起，一直说到现在，围城时期还闹过一回和素桂假结婚的故事，打过杨大琢磨的侄女儿杨雅范的主意。而古全和至今没有结婚的意愿，因为结婚就意味着他必须离开学校，结束学习生活，他总是千方百计地回避去相亲。可是他不能违背他娘的意愿，因而又不得不一次次违心地跟着他娘到处去相看和羞辱那些没有念过书的倒霉的姑娘，每次当然都是不欢而散。他娘不止一次地质问他说："你到底喜欢什么样儿的闺女？"古全和搪塞说："我也不知道，这得看缘分，说不定哪天就会碰上中意的。"

古全和想念大学和他爹也有关系。古世才没有念过书，但是他以他爹和他爷爷都是古家庄有名的读书人而感到荣耀。他还知道学校有小学、中学和大学之分，大学以上还有研究院和出国留洋，常常发誓般地对儿子说，"只要你书念得好，回回儿考第一名，我就想尽一切办法儿，供你念大学。"而秀姑却一直认为念书是有钱人家孩子们的事。当年儿子进古家庄小学，她也高兴过，那是因为她觉得念书体面。在一家流落到本市，特别是在儿子做小生意、当小工儿挣了钱以后，她就不想再让他念书了。可是那时儿子天天没命地嚷嚷着要念书，丈夫和婆婆也支持他念书，她拗不过他们，只好由着他们去瞎折腾。但是到儿子于 1948 年进中学的时候，她就公开反对他继续念书了。她想，一个大小伙子，干点儿什么营生儿，一年都能挣个三头二百的。念书不光不挣钱，还得交书本费、纸笔钱和学杂费。她怎么也想不明白，念那么多书有什么用处。她认为男孩子的正道是去学个手艺，早早成家，生儿育女，一家和和乐乐地过日子。可是儿子像是中了邪，上了瘾，就是想念书，越念越糊涂。这些话，她不知道对儿子唠叨过多少回，而儿子只是听，什么话都不说。她也曾经想过，干脆狠一狠心，训斥儿子一顿，明明白白地告诉他说："你不能念书啦！学手艺去吧！"可是她懂得"好者不恶"的道理，儿子已经迷上了念书，猛然对儿子这样说，会伤了他的心，丈夫也不容她这样干，她不想和丈夫顶牛儿，也不想伤了儿子的心。她送儿子去学徒的事情就这样拖下来了。不过近来她的想法儿变了。她想，俗话说，"惯子如杀子！"宠着儿子，任他痴迷在念书里，不会有好结果，不能再由着他，儿子的事还是得由当爹娘的做主。这些日子她带着儿子去相亲没有结果，她的心思又转到送儿子去学徒上。她想儿子的婚事不顺利，就是因为他没有手艺。她想，有模有样儿的闺女谁会看得上个书虫子？所以她打定主意马上送他去学手艺。她对儿子说："根儿，咱们家的情况你都看见了，你的书是念不下去了，你就去跟着你孙孝友叔叔学木匠吧。"

古全和无奈地点点头儿，表示同意，想到要离开学校，他觉得像有漫天的乌云朝头顶上压下来，有生以来第一次体验到什么叫作绝望。他痛苦地想，他大学念不成了，现在连中学也念不成了。他多么想念书啊。吃什么，穿什么，别人怎样看他，他都不在乎，只要有书念就好。可是他偏偏不能像有钱人家的孩子那样按部就班自由自在地念书。他小学总共念了三年另两个月，先后进出过 7 所学校，时间最短的只有几天，因为这个原因，在小学时期他没结交上几个好朋友，现在经常和他来往的小学同学超不过 20 个人，几乎都是柳影路小学的同学。

　　就在古全和娘儿俩斗法的这个节骨眼儿上，卢子堂的媳妇儿的一个举动，改变了秀姑让儿子去学木匠的主意。

　　卢子堂是古世才一家在宋家屯镇山东庄的老邻居。江城一解放他们就从宋家屯镇搬来了大白楼。古世才一家就是经他们介绍而搬到大白楼来的。现在他们两家住隔壁。卢子堂解放前在特快列车的餐车上当服务员，是山东庄唯一的体面人物儿。解放后，铁路局领导考虑到他工作表现好，已年近40，继续做餐车服务员，不分日夜地在铁路上奔波，不太合适，就调他进江城铁路食堂西餐部当主任。铁路食堂西餐部的主要任务是接待外宾，所谓外宾主要是老毛子。在供应他们的菜肴中，肉食和奶食比较多。中国人厚道，供应老毛子的饭菜质高量足，他们每餐都会剩下很多。穷惯了的餐厅员工觉得扔了可惜，经领导秘密开会研究决定，把各种剩菜分类收集起来，分给职工，每小桶儿二三斤，象征性地收1毛钱，算是职工的福利，但是事关中国人的面子，领导关照大家保密。卢子堂隔几天就带回一小桶儿肉菜。他们一家3口儿吃不完，好心的卢奶奶说要送一些给古全和家尝尝。卢子堂说不好，都是外国人吃剩的东西，不好拿来送人。他娘说，你古大哥是咱们的乡亲，老邻居，不是外人。他媳妇儿也说，你不好意思去送，俺去。说着就提上半小桶儿剩菜来到古全和家。

　　"古嫂在家吗？"

　　"是他卢婶儿吗？"秀姑答应着赶忙开了门。

　　"送一点儿菜来给你们尝尝。"卢子堂媳妇儿说着就进了古全和家。

　　"总让你们惦记着，真是太谢谢啦！"秀姑说着，就从卢子堂媳妇儿手里接过那个小木桶儿，顺势闻了闻，把菜折到一个蓝花儿大碗里，装了满满的一大碗。

　　"谢什么呀，又不是什么好东西。"卢子堂媳妇儿没说菜是外国人吃剩的。

　　秀姑见菜里面净是香喷喷的牛肉，还有胡萝卜，土豆儿，感到奇怪，心想：这一定是人家从铁路食堂买回来的，自己不能白吃，将来得找个机会回报人家，就装着随便的样子问道："他婶儿，他叔叔从单位上买这些肉菜，得花很多钱吧？"

　　"只收一点儿钱，这样一桶收1毛钱。"卢子堂媳妇儿没做解释，但是秀姑猜想这是铁路食堂外国客人吃剩的。可这是好东西，也真便宜，简直是白给！心想，要是自己家有人在铁路食堂工作那该有多好。这时，她突然想到了儿子，便试探地问道："他叔叔那里还招人吗？"

"招啊！江城是个大站，路过这里的外国人越来越多，西餐部要扩大。"

"你看俺家你大侄子行不行？"

"俺想指定能行！他一表人才，聪明，老实，能干，念书多，文笔好，会老毛子话，站在外国人面前体面。再说，俺家你大兄弟是那里的主任，根儿去了也能有个照顾，让他先当跑堂儿的，干几个月，就派他去学西餐手艺，一两年出徒，专门伺候老毛子，一个月怎么还不挣他个百儿八十的！"

听卢子堂媳妇儿这样说，秀姑喜出望外，头一次想到儿子念的书还能变成钱。"百儿八十块"可不是个小数儿啊！如今一家三口儿，每月吃喝拉撒的开支是十几块钱。儿子到铁路食堂一去就能带出一张嘴去，家里还能吃上差不多不花钱的肉菜。这样一来，她和丈夫一个月的开销有四五块钱就够了！而几年以后，儿子学成手艺，日子就更富裕了！再说，厨子是个好事由儿，俗话说"大旱三年饿不死厨子"。她拿定主意，一定要让儿子进铁路食堂西餐厅去当学徒！一定要趁丈夫不在这个空当儿把这件好事办成！她恨不得立刻把儿子送进铁路食堂。

7

今天古全和放学回家，在向他娘报告过他放学回来了之后，见家里无事可干，就到他的"冰洞"里去看书写作业，直到他娘叫他吃饭才又回到他们南屋的家里。

秀姑笑呵呵地说："今天晚饭有你喜欢吃的菜。"她想，儿子喜欢吃肉，这些肉菜一定能够打动他，让他愿意到铁路食堂西餐厅去工作。

古全和看着面前盘子里的熟菜觉得新鲜，不知道他娘怎么会舍得做这样好的肉菜，就夹了一块肉慢慢地咀嚼，然后说道："味道不错，好像是馆子里做的。"

秀姑得意地说道："不错，就是馆子里做的呀，好吃吧？"

古全和点头儿说："好吃，不过味道很怪，又咸又甜又香，像是南方菜。"

秀姑摇摇头神秘地说："你猜这菜是哪儿来的？"

古全和看着他娘说道："从馆子里买的吧。"

秀姑笑着说："不是，是隔壁你卢婶儿送来的，这是你卢大叔从他们铁路食堂西餐厅带回来的，一小桶儿有好几斤重，净是肉，才1毛钱，简直是白给。"

古全和立刻放下筷子，嘟囔道："肯定是老毛子吃剩的！"

秀姑辩解说："吃剩的怎么啦?！谁家不吃剩菜？再说是好东西，便宜呀。"

古全和没有跟他娘争辩，但是他不再吃那些菜了。

秀姑本想借这个茬口儿说服儿子同意到铁路食堂去学徒，没想到儿子会这样挑剔，后悔自己打错了主意。不过她决心让儿子到铁路食堂去工作。她想，这么好的事由儿到哪儿去找！于是就板起面孔儿认真地说："根儿啊，你爹今年快50啦，身上还有残疾，干不了重活儿，以后就得靠你挣钱养家了。"语气里带着恳求和哀伤。"你念了这么多书，如今看书，写信，算账，都行了，知足吧。在咱们江城的乡亲里，你算是个有学问的人啦。道士他们谁念过你这么多的书？论学问哪个比得上你？这会儿他们都参加了工作，广聚还当上了副科长，一个月挣50多块。念书是有钱人家孩子们的事，你是该去学手艺工作了。"

古全和不满地说："就是工作，我也不去伺候老毛子。"他想到自己将不得不辍学，离开心爱的学校，感觉眼前一片黑暗。

秀姑蛮横地说："伺候老毛子怎么啦，老毛子也是人，现如今讲中苏友好嘛。"

古全和知道，他娘的这些进步的嗑儿都是从马德安叔叔那里学来的，其实她根本不知道中苏友好是怎么回事儿，所以他任她唠叨，而不再说话。

秀姑继续开导儿子说："说起来，如今你学手艺已经有点儿晚了。你解放前十三四岁儿的时候就该去学徒，那这会儿该出徒挣钱啦。都怪你爹给耽误了。他总鼓捣着你念书。你爹没念过书，六七岁就去给孙春杨家放猪，13岁就跟上你卢师爷学打铁，16岁上独自一人下了关东，后来又去了俄罗斯挣大钱。你能念这么多的书就该知足了。你去铁路食堂，一上班儿就带出去一张嘴，每个月食堂还能发8块零花钱，你去了铁路食堂，咱们全家的生活就有了着落儿了。"她很想再夸夸便宜菜，可是知道儿子不爱听，话到嘴边儿又咽回去了。

古全和注意到，他娘说到他出徒后每月有百儿八十块钱的收入的时候，眼睛瞪得大大的，很激动。不过古全和知道，最让他娘动心的就是那些土豆儿胡萝卜炖牛肉。他理解娘的心情，这样好的菜，即使是过年他们家也吃不上一顿。他是应该挣钱养家了。

秀姑继续教训儿子说："书能当饭吃吗？一个男人得有个手艺。大师傅这个手艺不错。你看大师傅个个儿都那么胖，为什么？就因为他们吃得好啊。你就去学这个手艺吧。你天分好，准能学成个好厨子，说不定也能像广聚那样当上个副科长呢。"

秀姑越说越兴奋，而古全和什么都不说。他在考虑，自己能不能利用寒暑假、节假日和课余时间去给人家打工挣钱来养家。秀姑见儿子不言语，误以为他听从了自己的劝说，就尝试着说道："你要是同意去铁路食堂，俺就去给你卢婶儿打个招呼儿，叫你卢叔叔明天带你去上班。"她见儿子仍然不说话，放下筷子就要往外走。

这时古全和说道："这件事关系着我的一生，还是等俺爹回来再说吧。铁路食堂我是不去，就是工作我也不会去伺候老毛子。他们抢占了我们的土地，杀害过我们的同胞，光复后抢劫了我们的东北，至今还占领着我们的旅顺和中东路，我讨厌他们，不想伺候他们。"

古全和说完，撂下吃了一半儿的那个棒子面儿窝窝头，起身离开饭桌，回到他那个已经有些寒意的冷屋子，趴在写字台上伤心地流泪。他从没这样在他娘的面前发脾气。

儿子饭没吃好就悄悄地走了，让秀姑感到不安。她知道儿子在学校里是个学生头儿，老师待见，同学佩服，是个有主意的人，要是硬叫他去干他不愿意干的事，说不定会把他折腾出毛病来，那时后悔就来不及了。她记得在根儿念小学三年级的那会儿，他有一个外号儿叫杜小辫儿的男同学，跟家里闹别扭，一气之下离家出走，他家里人到处找他，还在报纸上登过寻人启事，后来听说他是上吉林北山去找老道学武艺。1948年江城解放，才知道他当了解放军。如今丈夫不在家，要是她硬逼着儿子退了学，到铁路食堂去上班，他转不过这个弯儿来，一气之下上山当了和尚，或是当了解放军，远走高飞，丈夫回来朝她要人她怎么办？常言道，儿大不由娘哟，看起来她是管不了他了。想到这里就赶到"冰洞"，换了口气，笑着对儿子说道："铁路食堂咱们就先不去，等你爹回来再说。"

当天夜里，古全和久久不能入睡，总想去铁路食堂西餐厅学徒的事。他不想离开学校，可是家里的生活实在困难．他应该挑起养家糊口的重担。他不愿意当厨子，不愿意伺候老毛子，然而铁路职工有乘车免票等很多特殊福利，去铁路食堂他可以凭免票回老家看望舅舅和舅母，把娘从劳役般的苦日子里解脱出来。他在这种矛盾的心情中进入梦乡，梦见自己跌落进黑咕隆咚的无底深渊，虽经他拼力挣扎，仍然不得升到地面，又梦见考试答不出试题，名落孙山，在悔恨中惊醒。

秀姑不明白，她的儿子为什么不像他的那些同伴儿那样讲究吃喝穿戴而去做工做生意挣钱，而是痴迷在念书的事情上，她想念书对于有些人一定是一种比吃喝玩乐更有意思的事。

古全和的书念得也的确很苦。他们家一年吃3斤豆油，三两斤肉，偶尔吃一次不值钱的鲫鱼拐子，平时一连几天吃不上一顿熟菜，一天三顿就是靠老咸菜、自制的豆酱和大葱、大蒜下饭。古全和家住宋家屯镇，他在二里沟小学念高小和解放初在市立一中念书的时候，他都是每天早晚各吃一顿饭。早饭在早5点半以前，晚饭在晚6点以后，午间只能饿肚子，直到他们家搬到大白楼，他一天才能吃上3顿饭。他连学校里规定要用的作业本儿和笔记本儿都买不起。他用的作业本儿全是自家裁制装订的，他小的时候，由他爹给他裁制，后来是他自己制作。每个学期开学前他都要花一两天的时间自制各科的作业本儿和笔记本儿。冬天古全和也只能穿一双老百姓叫作"水袜子"的并不很保暖的棉胶鞋过冬。他童年下乡背粮时留下的冻疮年年复发，可是他从没去医院治疗过，也没想过要到医院去就诊。每天早晨起床时，经常要鼓足勇气，忍着剧痛，把肿胀溃烂的双脚硬塞进鞋里；晚上又得要忍受着巨大的痛苦，把粘在鞋上的伤脚生生地从鞋上撕下来。这一切他都已经习惯了，并不觉得多么苦。他从来不注意别人穿什么、吃什么、用什么，而去和别人比，也不关心别人怎样看待自己。他觉得他的生活本来就应该是这样。他甚至喜欢寒冷的冬天，说冬天头脑清楚，有利于学习。他从没有因为要忍受这样的艰难痛苦而想过离开学校。只要能念书，他什么痛苦都愿意忍受。他喜欢学校。学校里的人们不分贫富贵贱，身份地位。学校里的多数老师和同学，都不看你穿得怎样，吃得怎样，家里是不是有钱有势，而是看你的学问和人品。在学校里才让他感到有平等，有尊严。他从没有因为自己家贫和衣帽不整而自惭形秽，也不认为自己的爹娘没有文化、没有钱而不如别人的父母。每当有人问到他爹的职业，他都会坦然地告诉对方，说他爹是铁匠，或是皮匠。这也是古世才看重儿子的地方。他学习努力，考试成绩好，尊敬老师，爱护同学，办事公道，能打能斗，敢于主持正义，因此老师器重他，同学们选他当学生头儿。而这一切却并不为学校以外的人们所普遍看重。在校外，人们奉行的是"敬衣不敬才"的规矩，是用金钱和地位来衡量一个人的价值。在山东庄，人们事实上也并不看重他的学习。他们赞扬他学习好，是和夸他的弹弓打得准一样的。只有他爹、狗儿家婶婶、刘书成叔叔、葛永德哥哥，和已故的郑祥麟叔叔看重他的学习。而现在连这样的学习生活也要和他分手了！他怎么能不噩梦连连呢？他第一次感到世界不公平。有些公子哥儿和小姐妹子有书念而不知道用心！而他却要因为贫穷而辍学！

　　寒暑假和星期天，古全和经常跟着他娘到铁道北的国家粮库去拣黄豆，深知那里劳动的艰苦。想到他娘两眼直直地盯着面前麻麻点点的黄豆，拇指和食指像鸡啄米似地把一粒粒合乎老毛子的标准的黄豆，从成片的黄豆里捡起来，丢进筛子里，累得眉头紧皱，直不起腰，手指常常抽筋儿的那痛苦的样子，他心里就难受，骂老毛子不是玩意儿，这件事也影响到他对共产党和新社会的态度，古全和他叔叔在世的时候，经常和他爹谈论老毛子，在他们的谈论中，老毛子和日本鬼子没有区别。他爹告诉他说，老毛子屠杀了东三省无数的中国人，把许多中国人发配到俄国的中亚地区去当苦力，强占了中国比东三省还大的大片的国土，还曾图谋侵吞中国的东三省，把她变成他们的"黄俄罗斯"，爱国的中国人没有不恨老毛子的。在东北光复的那些日子里，古全和亲眼目睹了老毛子疯狂掠夺东北的机器、粮食、布匹、木材、纸张等各种物资，苏联红军士兵抢劫中国人的财物，强奸中国妇女的恶行也多有传闻。古全和从懂事儿的时候起就讨厌老毛子，怨恨中国政府无能，容忍自己的人民这样任人驱使。他不明白，中国共产党为什么要和可恶的老毛子搅和在一起，为什么要听老毛子摆布，为什么称落后野蛮的老毛子为"老大哥"！他爹说，霍爷爷说过，在一千多年前中国已经是世界上头号儿大国的时代，世界上还没有这个老毛子国，老毛子国是在中国的宋朝和元朝以后才开始成为一个国家的。

古全和感觉他大学是念不成了。从现在到大学，中间隔着初中和高中，算起来，即使他像这样念下去，他高中毕业时该有 23 岁，而念大学还得四五年，他怎么能再拖累爹娘这么多年呢？看起来他连初中也念不完了！想到他将离开学校，他感到自己的前途一片黯淡。

今天是礼拜天。古全和母子二人刚刚放下饭碗，素桂就来了。

自从 1948 年冬素桂糊里糊涂地跟着她爹从宋家屯镇山东庄小红楼儿离开古家，后来又糊里糊涂地和刘广聚结了婚，她就再也没有到过古家。古世才一家想不出他们在什么地方儿对不住素桂，让她匆匆离去，一去不回头。秀姑问过赵凤山，赵凤山只是摇头叹气，说都怪素桂多心，误会了根儿，以为根儿进了中学，她和根儿不般配，她不想拖累根儿。

秀姑见到素桂心情很复杂，有怨恨，有惋惜，有遗憾，有疼爱，有欢喜，她一连声儿地说："啊呀，素桂啊！你这个狠心的闺女，怎么这么长的时间没来看望你大娘啊?！你可把俺想死啦！"说着眼泪就扑簌簌地流下来了。她怎么能不遗憾呢？要是当年她不离去，而是和根儿成了亲，说不定他们的孩子如今都满地跑了，根儿也早就学成手艺了，家里一定是另一番景象。如今素桂突然出现在她的面前，积攒在她心里的委屈和不满都消失了，心头涌起的只有他们一家在围城最艰难的时刻和素桂母女共命运的那些景象，和她对于素桂的那种亲娘一般无私的爱。她双手抓住素桂的双肩，把她紧紧地抱在怀里，好像生怕她会突然跑掉。

素桂也很激动，连连说："俺也想你们啊！天天想，白天黑夜地想！就是不好意思来看望您和大爷。"素桂想到在围城的那些日子里发生在宋家屯镇小红楼儿里面的往事，悔恨和遗憾都涌上心头，泣不成声。

秀姑渐渐地平静下来，问道："你爹好吗？"

"好，谢谢大娘惦记着。他一直唠叨着要来看望你们。平时天天上班，去年又崴了脚，一直不大好。医生说，他脚踝骨脱臼的毛病已经是习惯性的了，一不小心就犯，前些日子又犯了一次，下不了地了，要不他今天也就和俺一起来了。他常常念叨你和大爷对俺们一家的恩情。"

"傻孩子，咱们是谁跟谁啊，说这些干什么？"

"你爹还是不想寻个人儿做伴儿？"秀姑擦干眼泪问道。

"他怕俺受委屈，就是不肯再娶。"

秀姑发现，素桂有点儿心神不定，她猜想她是想见根儿，就推开房门，大声嚷道："根儿啊，你素桂姐姐来啦！"

古全和答应一声，立刻回到南屋的家里。尽管古全和从来都没把素桂当成自己的未婚妻，可是毕竟是有过那么一段故事，如今二人都大了，懂事了，她突然到来，既让他高兴，也让他有些难为情。

素桂和古全和没能结为夫妻，主要原因在古全和，他从来就没想过和她结婚。围城时，素桂母女在生死一线的艰难时刻，逃出江城城区，来到宋家屯镇，投奔古世才一家，而古世才一家又不顾一切地接待了她们，当时素桂她娘已生命垂危，恳求把素桂许配给古全和，并要求他们当着她的面拜堂成亲，古世才夫妇出于对素桂的疼爱和对素桂娘的同情，答应了素桂她娘的要求，但是他们一家各有各的想法儿。秀姑认为素桂就是她的儿媳妇儿，素桂认为自己是古家的人，古世才答应素桂她娘的要求是权宜之计，不想让乡亲们误解自己，说他们乘人之危白捡一个儿媳妇，而古全和始终无意和素桂成亲，他口头上表示同意和素桂成亲，和她拜堂，就是为了救他的素桂姐姐。那时，除非自己的父母子女，谁都顾不上谁，就是兄弟姐妹也难以相顾，他怕他不同意娶素桂，他爹娘不肯收留素桂。不过他从来都不觉得这对素桂是什么恩典，而要素桂姐姐报答他和他们一家，他认为他理应拯救素桂姐姐。

江城解放后，古世才一家生活大变。秀姑热心于帮助黑狗大街街政府的马德安街长做群众工作。（马德安有意培养她成为专职街道干部，无奈她不识字，后来马德安也调离宋家屯镇，古世才一家也搬进城里。）古世才到城里的兵工厂做工。古全和忙于拜访他的老师和同学，打听他怎样继续念书，前后折腾了半个多月，才混进了市立一中，接着就起早贪黑地奔波在上学的路上，一天和素桂在一起待不了几分钟，说不上几句话。白天素桂一个人待在家里，到晚上一家人才能在饭桌上说上几句话。古世才等待赵凤山的消息。古全和根本没想过和素桂结婚，对素桂并无姐弟感情以外的表现，无意间冷淡了素桂，使她误以为他上中学了，嫌弃她不识字，有意冷落她。恰在这时，道士他娘在议论道士夫妇感情不和时，说道士媳妇儿比道士大一岁，说"女大一穷到底"和"鸡猴不到头"之类的迷信说法儿。说者无意，听者有心，寄人篱下的素桂误以为这些话是说给她听的，是秀姑嫌弃她和古全和不相配，在赶她走，促使素桂下定离开古家的决心。只是后来在素桂嫁给了丧妻的刘广聚之后，才知道是她误解了古全和及他娘，后悔莫及，没有脸面再走进古家，可是她没有一天不惦记着古全和他们一家。她觉得，除了他爹，世界上最亲近的人就是古世才一家。而古全和听说素桂嫁给了她根本不喜欢的刘广聚，心中也感到失落。就这样，两个一度走得很近的年轻人天各一方了。时隔两年后的今天，大家忽然再次相见，心情都很复杂。

"啊呀，你可来啦！"古全和兴奋地说着急匆匆推门进来。

"刚才你在哪儿？"素桂上上下下地打量着古全和，恨不得里里外外地把他看个够，心里不禁一阵酸楚，激动地想道："两年不见，他长成一个强壮的大汉子了！他本来应该是她的丈夫啊！"

"在我的书房，去看看吗？"古全和笑着说。

素桂站起来，跟着古全和来到他的住处。

古全和推开房门，走进小屋。素桂也跟进来。两个人紧挨着站在门里，古全和一回头，两个人就脸对脸了。他们"结过婚"，"同过房"，如今都已长大成人，素桂已婚，身处这种境地，心情都不平静，彼此都有些难为情，古全和说："你坐啊！"

素桂面对面地看着古全和笑着说："你让我在哪儿坐啊？"

古全和意识到屋里没有地方儿好坐，也笑了。接着，他就双手按着写字台的一角儿，纵身一跃，越过写字台，飞坐到楼梯下面的床上，说道："现在好啦，请坐吧！"

素桂笑着坐在写字台前的那张方凳儿上，四处打量，见楼梯从屋顶西半边儿一侧穿过。楼梯的背面儿构成天棚的一半儿，木床就放在楼梯的下面，睡觉时人就躺在楼梯底下。大写字台紧靠着床，一头儿顶着南窗，比床短不了多少。除去木床和写字台，其余的空地儿就只有素桂现在坐的那不超过一个平方米的地方儿了。但是房间的窗户很大，跟古全和家客厅的那个窗户一样大，不小于一个平方米。

古全和突然随意问道："那年冬天，你怎么一声不吭就走了？"话一出口，他就后悔了，如今素桂已经是广聚的妻子，往日的情意都不应该再提。

素桂迟疑半天才长叹一声说道："这都是命啊！"她能说什么呢？说当年是因为自己误会了他，不想拖累他吗？说她婚后生活不幸，现在她很后悔吗？她什么都不能说。

"天冷了，该生炉子了。"素桂关切地说。

"没有炉子。"古全和坦然说道。

"冬天也这样吗?!"素桂有些吃惊地问道。

古全和点点头儿说："去年冬天就是这样过的。"

"多冷啊！"素桂紧皱眉头心疼地说道。

"冬天我就戴着皮帽子，披着被子，把双脚伸进装满麦秸草的木箱子里，就和咱们小的时候，睡在杨大琢磨家的牲口草池子里那样取暖。冬天这里不能用钢笔，我就用铅笔写作业。"

"那怎么受得了啊！"素桂面露痛苦的表情。

"怕冷是个习惯。不怕冷也是个习惯。越怕越冷。不怕也就不冷了。"

"你这样会生病的啊。你的冻疮去年冬天没犯吗？"

古全和没有回答素桂，只深深地叹了一口气，有些伤心地说道："只要能念书，再冷也不怕。可惜，连这样的日子也快过不成了！"

"什么意思？人家不让你在这里住啦？"素桂说。

古全和伤心地向素桂诉说了家中的困难，说他娘要他到铁路食堂去工作。

"那你去吗？"

"有什么办法儿？爹娘都老了，我爹身体不好，我也该挣钱养家了。要不是等着听听俺爹的意思，这会儿我就已经端着盘子在铁路食堂的西餐厅里来回奔跑着伺候老毛子了。看起来我连中学也念不完了。我这一辈子算是完了！"

古全和说出这样伤心的话，让素桂心情沉重。她知道古全和爱念书，就是在 1948 年围城时人们朝不保夕的那些炮火连天的日子里，他也没有停止过学习。她记得那年的阴历六月初五是古全和 15 岁的生日。那天，沟子南保安旅的一小队人冲到小红楼下，在小红楼的西墙外安了一挺轻机关枪，从早起七八点钟，到下午 3 点多，一直"咕咕咕"地朝北面的高粱地里放枪，丢下的子弹壳儿足足装了一麻袋。而古全和那天除了吃饭，一直坐在窗下念书，写毛笔字。现在他不能念书了，心里该有多么难受啊！可是她没有办法儿帮助他。她没有钱，也没有工作，即使有钱有工作，她也不能帮助他。她和古全和有过一段人所共知的故事，而她现在是广聚的媳妇儿。要不是这样，要是她是古全和的老婆，她可以去做工挣钱养家，帮助他念书。而这是不可能的。想到这些，想到她不能帮助他，深深地叹了一口气。

秀姑突然想到儿子和素桂是"合过房"的夫妻，素桂已经结婚，根儿也大了，害怕他们做出出格儿的事情，毁了两个孩子，也对不起广聚一家，立刻撂下手上的活儿，赶到"冰洞"，见素桂和古全和两个人眼泪汪汪儿，一东一西地对坐在那里，吓得她的心怦怦直跳，也很伤感，强作微笑地说道："这里凉，回南屋去吧。"说着，转身就走。素桂和古全和也跟着回到南屋。

素桂从不掺和别人家的事情，可是她觉得古全和不是别人，他曾经是她的亲人，就是现在，在她的心里，他仍然是她最亲近的人，忍不住想劝说秀姑让古全和继续学习，便拐弯抹角儿地说："大娘，咱们山东庄就出了根儿这么一个会念书的人，大家伙儿都夸他书念得好。现在解放了，很多孩子都进了学校，我都想去念书。"

秀姑知道素桂的意思，她看了她一眼，不留情面地说道："书念多了没有用，中学大学不是咱们这样的人念的。男人要紧的是得有个手艺，及早成家立业。"

秀姑没有说她要把儿子送到铁路食堂去伺候老毛子的事。她知道人们都瞧不起厨子，馆子里的跑堂儿的是侍候人的，更下一等，更让人看不起。

素桂不想让秀姑生气，便顺着她的意思说："根儿兄弟这会儿在念初中一年级，听说中学是 6 年，离中学毕业还有 5 年。他是要像俺隔壁老方家的儿子方达人那样就好了。方达人今年也 17 岁，可是他已经念高中了，听说他 19 岁就能进大学。要是根儿这会儿也进了高中，那该有多好啊。"

秀姑沉着脸儿说："什么高中矮中，都赶不上去学手艺实在！"

素桂知道她为替古全和说话而触犯了秀姑，但是她并不后悔。

秀姑和古全和一再留素桂吃饭，而素桂还是走了。她觉得她人嫁给了广聚，而她的心还在古全和身上，她和古全和之间什么隔阂都没有，他们之间什么事情都可能发生。而现在她是什么事情都不能做，就是接触多了，也会遭人们非议，因为她是刘广聚的老婆。她后悔当年自己走错了一步。她心疼古全和，可怜古全和，替他难过。想大哭，而在这里她是不能哭出来的。

古全和在他家附近的白山麻经厂找到一份用双脚蹬踏作动力的半机械化的木机纺麻经的工作，每纺 1 斤麻经给 3 分钱。好心的厂长为他的孝心和好学的精神所感动，同意他的劳动时间可以灵活安排。古全和算起来靠寒暑假和节假日纺麻经挣的钱够他一半的生活费，加上他冬春两季在学校的锅炉房拣煤核儿，除了解决做饭和冬季取暖用煤外，还能卖掉一部分挣钱。现在焦炭奇缺，打造农具等铁器用具的小铁匠炉就靠孩子们拣的煤核儿来维持生产，煤核儿很值钱，和最好的大米一个价儿，两毛多钱一斤，而且供不应求。古全和就想这样来减轻他娘的负担，维持他自己的学习生活，等待他爹回来。

秀姑想不出儿子照这样学习下去能有什么结果，铁了心要送儿子去学手艺。可是她发现她说让儿子去铁路食堂学徒以来，他整天闷闷不乐，特别让她不放心的是他的饭量在减少，人也明显地在瘦下来，有时早起眼睛还有些肿胀，她担心这会让儿子憋闷出毛病来，不敢再提让他去铁路食堂学徒的事。

素桂那天关于方达人的那几句话是随便说的，而它们却像一粒潜力巨大的种子一样在古全和的心里发芽儿生长，搅扰得他心神不宁，让他的心里生出某种希望。他想，"如果我现在是个高中生，两三年后就能进大学，那爹娘就会同意我继续学习了。"他认为他娘要他去学手艺不光是由于家里的日子过不下去，还由于她觉得念书要花钱，是个无底洞，到头来白花钱，一无所就，错过了学手艺的时机。可是他现在是初一的学生，离高中差两年半，离进大学还差 5 年多，现在还只能勉强望见大学的影子，爹娘怎么会同意他继续念下去呢！想到这里，他倍感无奈和绝望。

然而素桂的那句话像魔咒一样活跃在古全和的心里，挥之不去，终于诱发了他再次"跳级"的野心。他想："我既然能从开始念书 3 个月跳到 2 年级，从小学 4 年级跳到 6 年级，我为什么就不能从初中一年级跳到高中一年级呢?！何不拼命一跳呢！"想到这里，他感到天开地阔，眼前一片辉煌。可是几天之后，他又放弃了这个念头儿。章伯春的小弟弟章伯楠正在市立中学念高中。他说：从初一到高一，中间有初二和初三两个年级。初一主要是综合温习小学所学，新增的教学内容不多。初中主要的教学内容都在初二和初三。初中的新课，除开生理卫生设在初一外，像代数、几何、物理、化学、动物、植物等新课，都开在初二和初三这两个年级。要想在几个月的时间里自学好这么多的课程，和应届初中毕业生去争取高中的位子，是不可能的。古全和觉得章伯楠说的是实情，代数、几何、物理、化学、动物、植物等课程，他连它们的名称都只是刚刚听说，对于它们的内容他一无所知，想要在初一余下的这半个学期，一边念初一的课程，一边自修初二和初三两个年级的课程，并达到通过高中入学考试的程度，是不可能的！想到这里，他又沉浸在失望和无奈的痛苦之中。可是他多么渴望能变成一个高中生啊！多么想念大学啊！幻想和实际，冷静和狂热，希望和失望，在他的心里颠来倒去。他胸中希望的烈火总是熄灭之后而再次复燃，而且越烧越旺，直到把他烧得发狂。他悲愤地想："现在摆在我面前的只有两条路：一条是永远离开学校，一条是跳级，念高中，念大学！创造自己的人生！"绝望中的狂热推动他冲出了常规的思想牢笼，横下一条心，选择了跳级这条老路。他激励自己说："我能用 3 年半的时间念完小学，为什么就不能用半个学期加上一个寒假的时间念完初中！"这样，一个近乎荒唐的期望竟变成了他舍命攻击的光辉的目标。决心一旦确立，他就不再犹豫，不再动摇，不达目的，誓不罢休。但是"跳级"的事，他不能对任何人讲，因此也不能公开地向老师求助，因为这样做违反校规，而且也会惹人说他狂妄，一旦失败还会成为某些人的笑料儿。

　　至今，古全和还没见过初二和初三的教材，连怎样弄到这些教材他都不知道。他开始悄悄地在初中二三年级的同学中交朋友，翻阅他们的教材，用闲谈的方式向他们打听他们学习的情况。现行的初中二三年级的教材不公开发售，他买不到，他就到破烂市、旧书店去收集伪满洲国和国民党时期留下来的初中各科教材，还找来了包括范氏大代数、查理斯密小代数和密尔根盖尔物理学等许多他用得着和用不着的著名的数理化等教科书。可是怎么学呢？所有的教材他都尝试着浏览过。动物和植物课本他能看懂，国语是他的长项，而物理、化学、几何、代数，他几乎一点儿都看不懂。他想到过请人帮助，可是拿不出酬金。区文化馆只有数学辅导班，而且只有以高中生为对象的中级班，而没有古全和所需要的初级班。他曾对章伯楠抱有幻想，希望他能发发善心，给他一点儿启蒙。但是章伯楠只是对他笑笑。他感觉章伯楠是笑他痴心妄想，也无意帮他。古全和知道，他不可能得到任何人的帮助，而只能靠他自己钻研。

　　每天晚饭后古全和就钻进他的那间一天比一天冷的小屋，先完成课后作业，然后就聚精会神地研读那些教材，揣摩那里面的每一句话、每一个字和每一个标点符号，反复琢磨教材里的那些定义、定理和例题及其说明文字，直到他对那些定义、定理和例题能倒背如流，在心里反复玩味消化它们。国语和算术是他的长项，这对于他读懂数理化教材有很大的帮助。他最先冲破的就是代数和几何的大门，并开始比照书中的例题作教材里的练习，步步深入。然后又冲进了化学课本儿、物理课本儿。每遇动摇，他就把目光投向他写在门后的那几个一尺见方儿的大字上："辍学——绝路！"为了改变命运的这一跳，他甘愿忍受一切苦难！他认为世界上没有什么灾难比失学更可怕。

　　冬天，小屋子里滴水成冰。而古全和并不感觉寒冷，因为在他的心里有一团熊熊燃烧着的烈火。没有暖瓶，从傍晚到深夜，他连一口热水都喝不到。每一个夜晚他都是靠着晚饭时吃下的两个窝窝头、两碗玉米面粥和几块老咸菜度过的。进入严冬之后，他穿起全部防寒的衣服，戴上皮帽子，穿上水袜子，依然冻得他难以支持，只好再蒙上棉被，把双脚塞进装满麦秸草的木箱子里面取暖。

　　秀姑见古全和每天晚上撂下饭碗就不声不响地钻进他的那个小屋，灯光天天亮到深夜，整天若有所思，念念有词，就像当年魔魔道道的葛永德那样，痴迷了一般，整天不说一句话，她担心他变成一个魔怔，后悔不该在丈夫不在的时候要他去学徒。夜晚她一次次地去敲他的门，督促他早睡，儿子也答应着说他就睡，可是小屋里的灯依然继续亮着。她知道她已经约束不了儿子了，不敢再提让他去学徒的事，盼望丈夫赶快回来，商量儿子的事。

这些日子，除了学习，古全和什么都不想，也不再顾及他爹娘将怎样决定他的前途，心里只想一件事，那就是他一定要在明年春天考上高中。他每天都学习到深夜，到 1949 学年结束的时候，他自学了初二和初三的全部课程，并在本班的学年考试中获得班上的第一名，被授予学习模范的称号。他感觉自己长大了许多。

1950 年，江城市的中小学寒假，因为取暖用煤供应紧张而延长半个月，春季开学时间推迟到阳历 3 月中旬，这又增加了古全和备考的时间。教材里的试题他都做过了，相信自己能够通过考试。可是他不敢放松，因为这是他的最后一搏，落榜就意味着辍学，而辍学是他所不能接受的。他决心拼命一跳，即使这样做违背校规，遭人非议，最后会因事情败露而被赶出学校也在所不惜。他安慰自己说，爱学习不是过错，凭自己的能力考取高中并不可耻。

1950 年，江城有 3 所中学招收高中生，省立师范学校，江城市立中学，和市立女子中学。面对省立师范和市立中学，古全和举棋不定。他想报考市立中学，从那里毕业后可以报考大学。但是他也愿意报考省立师范学校。省立师范，学制 3 年，相当于高中，毕业后到小学或是中学服务，但是未必能有机会再念大学，这让他感到有点儿遗憾，但是念师范不要钱，而且管吃，管住，发书籍文具、衣服和零用钱，因此他娘有可能同意他去念师范。可是他又不敢报考师范，因为师范招生名额限定为 60 人，而据说现在报考师范的学生已过三百！他想肯定有很多和他一样的穷学生想走这条求学之路，凭他一个初一的学生，很难和应届初中毕业生去竞争。报名截止的时间日益临近，而他还在犹豫。

秀姑见儿子日夜不要命地念书，担心他的身体吃不消，每天早晨都切一小碗儿白菜心儿，滴上两滴豆油，撒上几个葱花儿，几粒盐，蒸了给儿子下饭。古全和知道娘没有改变让他去学徒的主意，她这样做只是怕累坏了他的身体，即使这样，他心里仍然感觉非常温暖。

阳历年过了，旧历年也过完了，而古世才还是没有回来。市立中学报名截止的日期已经到了，不能再迟疑，他就求道士以"古汉民"这个假名儿，到宋家屯镇黑狗大街街政府打来一个"同等学历"的证明，怀着既理直气壮，又有点儿做贼心虚的矛盾的心情，偷偷地到市立中学去报了名。

今天是 2 月 22 日，离市立中学入学考试的日期还有 3 天，而古世才依然没有回来！古全和不再考虑他爹娘将来会不会让他继续念书，而是一门心思地进行考前的准备，期待着即将到来的生死一拼。他毫不怀疑自己会成功。

明天就是 2 月 25 日，是他考试的日子。他家里没有钟表，事情又不能让他娘知道，也没有人会按时叫醒他，他只能凭着感觉估算时间。他记得关于夜里的时间，有"大毛愣跑，二毛愣踮，三毛愣出来明了天"的说法儿，也知道毛愣星的位置，可以靠星星判断时间，可是窗玻璃上结着冰花儿，窗户冻结在窗框上，打不开，没有办法儿看见天上的星星。他担心睡过了头，耽误了考试，留下终生的遗憾，夜半一觉醒来过后就不敢再睡，在浏览数学练习本儿的同时，谛听外面的动静儿。当他听见对面儿胡同里穆大叔豆腐坊的吹风机响起的时候，知道天快亮了，就开始收拾文具，然后悄悄地走回家里，从饭筐里摸了一个冷窝窝头，站在楼梯口吃了，走下楼，朝市立中学走去。

天还不亮，街灯的灯光里行人稀少，偶尔有公共汽车从他的身旁开过，他知道此刻 5 点刚过。几乎没有风。空气干冷干冷的，吸进肺里好像是根根钢针。每次吸气都得小心翼翼，缓缓地把刺鼻的冷空气吸进体内。想到考试顺利，自己将被市立中学录取，他热血沸腾，感到面前一片光明，忍不住笑起来；而当他想到自己可能名落孙山的时候，绝望的痛苦就掠过他的心头。每当这种时候，他都立即甩开这种消极的念头儿，让自己重新振作起来。

古全和赶到市立中学的时候，东方刚刚冒红儿，市立中学校园的铁栅栏大门已经敞开。在铁栅栏校门和学校教学大楼之间的空地上，筑有两个胖大的雪人，都有真人的两倍大。东面的那个笑呵呵的，而西面的那个却满面愁容，古全和联想到考生，他们好比是一个被录取了，而另一个名落孙山。

古全和头一个到校，一个人在教学楼兼办公楼正厅外面的雪地上来回踱步取暖。过了好一会儿，才有另一个中等身材的男生无声地走进校门，并且主动和古全和搭讪："也是来参加考试的吧？"

让古全和感觉惊讶和离奇的是这个男生没戴帽子，而是披着一头长发，戴着兔毛护耳，围着一条贵重的厚厚的毛茸茸的大围巾。古全和头脑中闪过一个猜想，那个男生不戴帽子可能就是为了展示他的这一头长发，心想好美也要有一点儿牺牲精神。男生双手插在马裤式棉裤的裤袋里，无理地瞅着古全和，等着他回答。

古全和说："是的。你也是来考试的吧？"

对方没有回答。古全和感觉他有些傲慢。不过此刻古全和心里想的是往日考试的经验和教训，和自己应该怎样应对面前的考试，以便不留悔恨和遗憾，而并不想和对方儿交谈。

"我姓董，董成立。"对方儿说着，大方地把手伸给古全和。

古全和赶紧有礼貌地上前握着对方的手，再次感到惊奇和好笑，他发现董成立的手又小又软，像一只小女生的手。没等古全和回答，董成立继续说："我在围城期间从这里的初中部毕业，在家里闲待了一年多，近来想到这里来念高中，然后报考北京大学考古专业。"口气斩钉截铁，就好像是在陈述既成的事实。

古全和不知如何看待董成立，相信他有这样的本事。

董成立说："敢问贵姓，怎么称呼？"

"好说，姓古，古汉民。"古全和说，同时借着朦胧的晨光，打量着对方，见他双唇瘪瘪的，像个女人，声音也像女人，觉得他有点儿好笑，但是仍然不怀疑他说的话，相信他能考取市立中学和北京大学考古专业。

董成立耸起双肩，点点头儿，悠悠地重复着"古汉民"3个字，傲慢地一笑，说道："男生念高中，只能来这里。市立中学是本市唯一的一所完全中学。听说正在筹办省立高中，不过今年他们怕是来不及招生了。"

"什么是'完全中学'？"古全和随口问道。

董成立无声地淡然一笑，用教训人的口气说道："同时有初中部和高中部的中学，就叫完全中学！这就和同时有初级小学和高级小学的小学叫完全小学一样。"

古全和点点头儿，董成立的回答让他头脑中闪过人们常说的"城里的孩子乡下的狗"那句话，城里的孩子懂事儿，胆子大；而乡下的狗厉害，会咬人，自己竟在这个刚刚认识的董成立面前露了怯，丢了人，觉得有点儿不好意思。

"听说报考的人已过60名，可是只取3名，不过本人不担心落榜！"董成立说。

听董成立这样说，古全和的心里不由地紧张起来。他没听说报考的人这么少，更没听说只取3名，便反问董成立说："消息可靠吗？"

董成立说："当然，就是20比1！我家有朋友在这里工作。"

董成立的回答加重了古全和的紧张情绪。他想，总共取3名，而董成立在这里有熟人儿，说不定他就是内定的一名，那实际录取的可能是两名，要是再有一个考生在这里有熟人儿呢？"他不怀疑董成立的消息，但是仍然发誓般地鼓励自己说："就是只取一名我也要争取！到了黄河我也不死心！"

董成立双肩耸起，在雪地上晃来晃去，一派满不在乎的样子。他说："这回招的是插班生，要求很严。要不是想念大学，我就报师范了。"

古全和感觉诧异，试探地问道。"师范不是更难考吗？"

"那怎么会呢?!"董成立不以为然地瞅了古全和一眼，脸上又露出了乡下人叫作"懂二大爷"或是"明白二大爷"的那种好为人师的神情，"市立中学是本市乃至全省最好的中学！师范学校算个啥？'师范学校就是吃饭学校'嘛，念不起高中的人才考师范呢！有希望念大学的，谁会去报考那个毕业后要当'孩子王'的破师范呀？师范名额多，要求的分数低！师范要收60人，小学教师奇缺，肯定还会扩招一些学生。"

古全和相信董成立的话，很后悔。"我为什么就不到处打听打听呢！为什么就想当然地认为师范学校难考呢！"而当他想到省立师范学校考试的时间比市立中学晚一周的时候，心情又平静下来，心想："再到街政府开一封证明信，去报考师范！"

"冷吗？"董成立问道。

"还好。"古全和说。

董成立毫不紧张，古全和相信他学习成绩好，在市立中学有熟人，不担心落榜。古全和想到自己还可以报考师范，也不再担心在市立中学考试失利，开始一心一意考虑怎样面对眼前的考试。

随着太阳的升起，教学办公大楼门前的人渐渐地多起来。一个女生悄悄地朝董成立走来。她头戴针织的红色绒线帽儿，身穿鹅黄色的栽绒大衣，脚登鹿皮棉鞋，举止潇洒自如。董成立迎上去说："郜艳华？你怎么也来啦？为什么不在你的母校升高中？"

女生淡然一笑，说道："市立女中阴气太重，是非太多。"

郜艳华的到来让董成立活跃起来。他对古全和说："活动活动，掰个活腕子吧！"

"什么叫'掰活腕子'？"古全和问道。

"嗨，真是个书呆子，"董成立故作亲近地说，同时透露出他对古全和的轻视，"坐着靠在桌子掰的是死腕子，站着自由掰的叫活腕子。掰死腕子凭的是力气，掰活腕子得讲究技术，一力破千斤，要用对方的力量战胜对方。来，我来教你。"

古全和无心玩乐，可是董成立的盛情难却，周围又有几十名男女同学等在那里看热闹，他不想在一大群男女同学面前当孬种，只好应战。他把注意力转向对方，认真地打量着已经拉好教师爷架势的董成立，估计他的体重至多不过百斤，心里不免觉得好笑，不由地想道："技术得有力量作基础，就凭你这点儿分量也敢当别人的教师爷？"他按照董成立的指点，两脚一前一后站成丁字步。当他握住董成立伸给他的女人般的软软的小手儿的时候，差一点儿笑出声来，相信失败的一定是面前的这个"教师爷"。

"记住：脚不能动！动了就算输！"董成立一再强调胜负的标准。"好！开始啦！用力！用力！哎……你的脚动了，你输啦！"董成立得意地哈哈大笑。

小个子赢了大个子，周围一片掌声和喝彩声。郜艳华也笑了。

"再来，再来，3次定胜负！"得胜的董成立连连叫板。

董成立咄咄逼人的叫板转移了古全和的注意力，让他从报考省立师范学校和市立中学利弊得失的考虑中摆脱出来，开始打量他面前的对手，看着董成立单薄的身体，细细的脖子，细细的胳膊腿儿，决心战胜他。他想起曾经在惠民国民学校任教的李老师。李老师老家河北沧州，是有名的武术家。他说，当年他老家设擂比武，胜者竟是一个只练过12趟潭腿中的前4趟的农民。为什么？因为他练得精，基本功到家，体力强。古全和有所感悟地想道："决定胜负的是实力。考试、掰活腕子也是一样。就凭你董成立这点儿分量，还谈什么技巧？我一用力就能把你从地上提溜起来，甩到空中。"他拉出一个介乎丁字步和马步之间的架势，用铁钳般的大手抓紧董成立软软的小手儿，彼此就较起劲来。古全和稳如泰山，用力顶住董成立的左右晃动和前后拉动，最后把董成立用力的方向全部吸引到朝右的方向上来，然后突然往右猛地一带，董成立就飞一样地朝着那个愁眉苦脸的雪人扑过去，一头扎进雪人里。古全和虽然相信自己能战胜董成立，却没有想到董成立这样无能。他赶紧过去把董成立从雪人中拉出来，帮他拍打身上的雪，连连说自己失手，一再表示道歉。

周围一片叫好儿声，郜艳华大笑着拼命鼓掌。

"没关系。"董成立有些不好意思。"来，再来！"

"歇一歇，准备考试吧。"古全和说。

"我能问一个问题吗？"郜艳华走近古全和说道。

古全和点点头儿。这时他才看清楚她有一张圆圆的脸，瞳孔儿比较小，而眼白儿却显得比较大，有一点儿像蛇的眼睛，叫人看着不舒服。她正在直直地注视着他，继续说道："有什么窍门儿吗？"

古全和摇摇头说："可以说没有。"

"那你是？"

古全和不想让董成立难为情，就说道："所谓技巧，或者说'四两拨千斤'是有条件的，那就是自己得有驾驭千斤的力量。要论技术，我远不如董同学。我是靠块儿大取胜，并不光荣。"

女生连连点头儿，说道："经典，太经典啦！"

像董成立这种志大才疏的同学，在公子哥儿中并不少见。

插班生考试在市立中学教学和办公大楼二层高一（3）班教室进行。教室里的考生坐得满满的，前后都加了桌椅，古全和估计考生不止60人，如果只从这些人中录取几个人，那自己考取的机会就很小了。这个念头儿，只在他的头脑中一闪，就被他压下去了，但是怯阵的念头儿还是干扰了他的精神。第一节考数学。当一张油印的16开的试卷发到古全和面前的时候，他忽然觉得自己的头大了，心也嘭嘭地乱跳，撞击得胸膛隐隐作痛。耳朵里在嗡嗡地响，眼前雾蒙蒙模糊一片，辨认不清试卷上面的字迹，只能看出试卷上面有用汉字标志出来的4道试题，其中的两道附带有几何图形，那当然是几何题，另外两道应该是代数题。但是他看不清楚卷面上面的文字。他不知道自己为什么会这样，以前他从来没有过这样的经历。他想这可能是因为几个月来他太累了，加之昨夜没怎么睡，一时紧张，精神失控。不过他顾不上探讨自己失态的原因，而是想如何让自己冷静下来。可是他偏偏就是冷静不下来。时间在一秒一秒地过去。别人已经开始答题，而他还处在懵懵懂懂的状态。他有些害怕，担心自己会失去理智，晕倒在考场，被抬出考场，类似的场面他曾经目睹过，如果那样，那就全完了！他感觉监考的老师好像在朝他这个方向张望，担心被老师误解，误认为他违纪或神经不正常。他警告自己："不能晕倒！不能失去这个机会！这是关乎你能不能继续念书的一次考试！为了迎接这次考试，你已经奋战了一百几十个日日夜夜！"他这样想着，心情渐渐地平静下来。

监考的是一位40来岁儿的男老师，中等身材，四方脸儿，五官端正，但是不修边幅，鼻涕沟儿附近总是不大干净，好像随时都会有鼻涕从鼻子里流出来，滴落到地上。他天生喜相，总是笑嘻嘻的，像在跟谁开玩笑。后来他才知道他姓刘，叫刘长林，是三角老师，一个善良的、了不起的人物儿。

刘老师看着古全和，口中念念有词："'冷静出智慧！'哈哈哈哈……"然后又好像是给他的这句话作注解："这不是名人名言，是我本人的高论！考试就是写作业，要相信自己。假如不相信自己你来到这里干啥呀？"他慢慢地走到古全和身边，笑嘻嘻地看看他，把一只手放在他的背上，轻轻地拍了拍，说道："不要着急，一字一句地把题意看清楚，切忌张冠李戴。"他看看古全和卷面上的署名，说道："'古汉民'？老古家的小子，大汉民族的良民？有气魄！"古全和感觉刘老师的手好像带电，他的爱抚和说笑，使古全和完全感觉到了自己的存在，眼前清朗起来，迅速地浏览了一遍卷面儿，发现试题很容易，便警告自己不可轻敌，力求答得完美，争取高分，并开始审题答卷儿。

答卷儿要求用钢笔，古全和没有自来水笔，他用的是他用箭杆儿和笔尖儿自制的蘸水钢笔。他自制的钢笔水瓶是他揣在怀里带来的，靠着他的体温使它处在可用的液体状态。但是当他把钢笔水瓶从怀里掏出来，放在课桌上，由于室温低于摄氏零度，墨水瓶里就开始出现丝丝缕缕的冰碴儿，他一次能从钢笔水瓶里蘸出来的墨水很少，严重影响他答题，一时着急，用力不当，笔尖儿就掉进墨水瓶里，箭杆儿也劈开了。他想，完啦！立刻急出一身冷汗。他举手请求老师允许他用铅笔答卷。

刘老师快步走到古全和面前，毫不犹豫地从上衣口袋里掏出他心爱的花杆儿的"派勒得"金笔，递给古全和。古全和面对这支金笔，迟疑了一会儿，站起来，怀着感激的心情，小心翼翼地把金笔接到手中。

一个上午考了4门课程：数学、物理、化学和国语。每份试卷都是16开的一张纸，答题的时间都是一节课。古全和每次都是第一个答完，在无数次的审核验算无误之后，最后一个交卷儿。

"难吗？"在理化考试将要结束时，刘老师走到古全和面前问道。

"还行。"古全和满怀敬意地站起来回答道。

刘老师俏皮地说："市立中学没有容易题。"

古全和站在那里，不知道自己该说什么好。

"不要急，还有几分钟呢。"

"我做完了。"古全和双手恭恭敬敬地捧着试卷，递给刘老师。

刘老师聚精会神地浏览过古全和的试卷，满脸堆笑地看了古全和一眼。古全和从他的神情里看到了希望。他见刘老师的鼻涕在他的鼻孔儿里颤动，担心它会跌落下来。但是他担心的事情并没有发生，刘老师及时地把它们收回去了。

古全和把刘老师的金笔还给他，说道："谢谢您！"

刘老师似有深意地说道："我的这支笔今天又为学校立了一功！"

古全和呆呆地看着刘老师，猜不透他这是什么意思。他想他可能浏览过他的那些试卷，已经知道了他的成绩，暗示他会被录取，想到这里，心潮汹涌，有一种要哭出来的感觉。

"老师，您老贵姓？"

"本人不贵，贱姓刘，历来姓刘，和汉高祖刘邦是本家，嘿嘿！"

古全和憨然一笑，不知道该说什么好。

考试过后，古全和直奔火车站，托道士再给他开了一张学历证明信。第二天一早又到师范学校去报了名，几天后又参加了那里的入学考试。

14

3月7日，是市立中学发榜的日子。穆大叔豆腐坊的吹风机响了，窗外还黑咕隆咚，古全和就爬起来，空着肚子，冒着严寒，直奔市立中学，赶到学校的时候天刚蒙蒙亮儿，校园的大门还没开。他隔着铁栅栏门，从远处见有人在教学和办公大楼门洞儿里的东墙上张贴什么东西。门洞儿里光线很暗，看不清张贴的是什么东西。

"你来啦？"董成立从背后拍了古全和一巴掌说道。

"你早。"古全和回头对董成立说。

"我家离这里很近，"他回身一指说道，"看见了吗，就在河边桥头。"

古全和发现董成立言不由衷。他嘴上说不在乎是否被录取，而事实是他也很在意考试的结果，否则，他不会来得这么早。穷人爱面子，富人更爱面子。

太阳渐渐升起，校门口的人越聚越多，有男生，也有女生，还有一些成年人，估计不下百人，古全和想，来看榜的人中间肯定有考生的家长或亲戚朋友。

学校的铁栅栏门终于打开了，人们潮水般涌进大门。古全和被挤在外围，从远处看见张贴在墙上的东西是半张报纸那么大的一张红纸，上方有横写的"通知"二字，正文看不清楚。所有人的目光都投向那里，有人开始大声嚷嚷，他想那就是新生录取通知。他看见那"通知"下面只有用毛笔竖写的寥寥几行字，录取的人数儿很少，证明董成立所言不虚，心里开始打鼓，一种混杂着失望、失落和伤感的复杂的感情控制了他。这时有人叫道："谁叫'古汉民'！古汉民是谁？"

古全和忽然想到古汉民就是他自己！心不禁突突地跳起来。他推开正在散去的人群，靠前几步，瞪大眼睛，注视榜文，见左数第一行，也就是第一名，就是"古汉民"，他被录取了！他为之奋斗的目标儿实现了，不禁感慨地想道，一个人选定了一个有望实现的奋斗目标儿，只要他一往无前坚持不懈地奋斗下去，就有可能成功，即使从初中一年级，跨越初二和初三两个年级跳到高中，也是可能的！

录取的 5 个人里面没有董成立，他想董成立此刻一定很难受，想去安慰董成立。这时，有人从背后拍了他一巴掌，说道："你小子还行。"古全和回头一看，就是董成立。董成立仍然在嘻嘻地笑，毫无失落不快的神情，古全和难为情地看着他，为他的大度感到宽慰。

董成立说："我报考市立中学也是有一搭无一搭的事儿，就是考取了，我也不一定来念。我准备去报考军医大学，毕业后当个军医也不赖。"

古全和想到董成立曾经说过他要报考北大考古专业，他看着董成立，说不清自己心里是个什么滋味儿。他感觉董成立人不错，但是他华而不实，好面子，功夫全在嘴上，像个假人儿。

这时，郜艳华笑着向古全和伸出了手，说道："祝贺你，古汉民同学！"

古全和立刻把手伸给她，笑着回敬她说："谢谢，也祝贺你！"

郜艳华说："咱们是同学啦。"

"很高兴和你做同学。"

"在校园里走走好吗？"

"对不起，我家里有事。"

15

古全和欣喜若狂的好心情在回家的过程中沿路减退，等他回到家里已经消失殆尽，随之浮上心头的是苦闷和忧愁。他知道，即使他半工半读，自己养活自己，他娘也仍然会让他去铁路食堂西餐厅学徒，他被市立中学录取，对于他娘说来并不是一个好消息。

"娘，我回来了。"

"天这么冷，一大早你到哪去了？"

"去了一趟市立中学。"

"去那里干什么？"

"看录取通知。"

"什么录取通知？"

"我报考高中的录取通知。"

这时，秀姑才知道儿子参加了什么学校的入学考试。她注视着儿子的神色，揣测着他考试的结果，但是并不问他是否被录取，而是等着听他说落榜了。而当古全和说，他以第一名被录取的时候，她失望之余就想到了素桂，怪她多嘴多舌，在去年秋天来看望她的时候，提到了他们邻居家的儿子方达人是高中生的那些废话，引逗起根儿报考高中的邪念，搅合了她送儿子去铁路食堂学徒的打算。她没好气儿地对古全和说："什么高中矮中，都不能当饭吃！要吃饭就得有手艺！"

因为伤心和失望而愤怒的古全和数落他娘目光短浅，麻木不仁，心里只有铁路食堂里的那些老毛子吃剩的便宜菜。他有生以来第一次对他娘表现不敬，以为他娘会大发脾气，然而他娘并不恼怒，反而拍着巴掌笑得前仰后合，她为儿子有了男子汉的脾气而感到高兴。秀姑不喜欢性情绵软的男人，嫌儿子缺少男子汉的脾气，空有一对公牛一样的眼睛，不是个敢说敢道的男子汉，今天见儿子有了男子汉的脾气，心里很是激动。

一周后，古全和得知他又以前几名的好成绩考取了省立师范学校，心里踏实了许多。他想，他娘有可能同意他去念师范，因为念师范不要钱，还发钱发衣裳，待遇和学徒差不多。念师范比辍学当学徒好，说不定将来还有机会念大学。

这几天古全和天天不声不响地跟着他娘到铁道北国家粮库去挑豆子，饭前饭后空闲的时间他还去楼下的麻经厂干活儿，而他心里想的却是他能不能继续学习。市立中学和师范学校报到的日子一天天逼近，他娘不同意他去报到，而他爹又迟迟不回来，他仍然可能失去继续学习的机会。

秀姑想到古全和同时考取了两家学校，一定会让丈夫发飙，纵容着他去念高中，决心抓紧丈夫没回来以前的这个空当儿把儿子送进铁路食堂。晚饭后，她又提起了这件事，说："你卢叔叔说，铁路上有工人夜校，道士就在那里念书，那里也有中学，将来还办大学，领导鼓励职工们学习，不收学费，对学习成绩好的职工还有奖励，毕业后按照考试成绩长工钱。你到那里学徒又能学手艺挣钱养家，又能念书上进，工作念书两不耽误，有多么好啊。"

古全和说道："那还不如去念师范呢。"

秀姑听儿子这样说，脸立刻就耷拉下来，想发脾气，来硬的，可是想了想，又改变了主意，想听听念师范是不是上算，便和颜悦色地问道："念师范能挣钱吗？"

古全和说："念师范管吃，管住，发文具，发衣裳，还发零用钱，毕业后当老师，一个月的工资有几十块。要是工作的时间长了，有了进步，能教上中学，挣的还多。我们数学老师高老师每月的工资 120 多块呢。"

秀姑听了有些动心，但是也有怀疑，说道："有这样的好事儿？"

古全和趁势说道："招生简章上这样写着呢。"

秀姑认真地盘算了一会儿，摇摇头说道："赶不上去铁路食堂。铁路食堂福利多，探亲还有免票，学成手艺后每月能挣个百儿八十的，比当老师挣得多。"

古全和赌气说："我看您就是惦记着铁路食堂的那点儿剩菜！"

秀姑说："看上那些便宜菜有什么不好？"

古全和想，真是"人穷志短，马瘦毛长"。过去他并不认为人穷一定志短，现在他仍然这样认为，但是开始想到这句老话里包含着某些真理。穷人没有受教育的机会，远离社会文明，时刻面对的是饥饿和寒冷，是为活着而挣扎，积聚在他们心里的只有对于温饱的乞求，久而久之，他们就失去了远大的人生追求，沦落为"志短"之人。娘不就是这样的人吗？她担心的就是一家的吃、穿、住。

秀姑铁了心要送儿子进铁路食堂。可是丈夫不回来，儿子不点头儿，她也只能干着急。她为了劝说儿子同意去学徒，特地亲自去参观过铁路食堂，回到家里一再对儿子说铁路食堂的饭厅多么高大敞亮，地面多么光洁，西餐厅里摆放的都是崭新的洋式桌椅，在那里用饭的老毛子多么体面，还说要带着儿子到铁路食堂去看看。可是她一提到铁路食堂，古全和就一声不吭，让她又急又气又无奈，她想不出把儿子弄到铁路食堂去的好办法儿，唯一能干的就是两条，一条是口头儿咬定不同意他继续念书，一条是想尽办法儿不让他到市立中学或是师范学校去报到。她想，报到买书一定要用不少的钱，他没有钱就没有法儿去报到。错过报到的时限，念书的事也就吹啦。

16

市立中学和省立师范学校新生报到的截止日期都是 3 月 20 日。古全和能不能继续念书就决定在这几天。他知道他娘一门心思地逼他去学徒是为他好，是为了让他一辈子都能有碗饭吃，她的主意不会改变，眼前就是去铁路食堂学徒的关口，因此他能不能继续念书就要看他爹的态度了。爹同意他继续念书，那他娘至少会同意他去念师范。因为在家里说话算数儿的是爹，而念师范家里不用花钱，毕业后当老师，有事干，能挣钱养家糊口，娘在念师范这件事情上可能让步。可是他爹至今没有回来。

古全和去市立中学和省立师范学校去打听过新生报到的情况。两所学校的新生报到都已经开始。两个学校的通知上面都写着，不按时报到，按自动放弃入学资格处理。而报到截止的日期都快到了，他的心情一天比一天紧张，夜里常常做梦，梦见的净是不顺心的事，每次都是在悔恨自责的痛苦中醒来。

市立中学和师范学校截止报到的日期还有 3 天，古全和的心里急得火烧火燎，不得不把两所学校报到截止的日期告诉他娘，说去师范报到不要钱，希望他娘能同意他去师范报个名，他念不念师范等他爹回来再说。秀姑听了心里暗暗高兴，希望丈夫暂且不要回来，断了儿子上学的念头儿。儿子年少无知，她当娘的不能不懂事儿。

古全和眼看着他升学的机会就要被断送，他该怎么办呢?! 他想先借钱去报到。可是能向谁借? 穷人最缺的就是钱。市立中学的报名费不多，可是书钱不少，再说背着娘出去借钱，娘总会知道，会让她生气伤心，他于心不忍。

古全和每天晚上都悄悄地到火车站去接他爹，希望能先见到他爹，把自己心里的话说给他听，得到他的支持。他每次都是一直等到见过列车上走下来的最后一个客人，北上的列车开走才怏怏不乐地走回家。秀姑提醒他说："天这么冷，你天天往车站跑什么？"古全和不知道他爹回来的日期，可是他还是天天都往火车站跑。

今天，古全和忽然想到：为什么不给爹写封信呢？他后悔没能早几天想到这个主意。从本市到古家庄，一封信要走一个星期，有时要耽搁半个月，还可能寄丢。现在给爹写信，爹未必会按时收到，不过他还是给他爹写了一封信，报告他同时考取了市立中学和省立师范学校。

明天就是 3 月 20 日！今天晚上古全和仍然没有接到他爹。梦是心头想。夜里他不止一次梦见他爹回来了，有时他竟分不清是梦是幻。有一次他在睡梦中冲出"冰洞"的房门，而当他进入走廊的时候，忽然醒来，发现走廊里静悄悄的，可以听见隔壁卢叔叔沉重的鼾声，意识到自己是在梦游，又灰心地回到他的"冰洞"。

秀姑注意到儿子近来魔魔道道，担心他犯病。她记得 1948 年秋天他们一家和山东庄的乡亲们逃往解放区的那天，儿子偷渡解放军卡哨失败，一天一夜没睡，回来后发过一次魔怔。他精神恍惚，整天昏睡不醒，连自己的家都不认识了。她担心儿子再次发魔怔，传扬出去对于他的婚事不利。没有人肯把自己的闺女嫁给一个魔怔。可是她还是咬紧牙关，不说让儿子去报到。她埋怨丈夫纵着儿子，让他迷上念书这一道。

虽说古全和知道他娘是为他好，可是这些日子他的心里也渐渐地生出了对他娘的不满和反抗的念头儿。因为报到的时限一过，他的人生将会是另一种样子。机不可失，时不再来！他得给自己做主了，按时去报到！不然留给他的只能是终生的悔恨！他决定出去借钱。可是向谁去借？他第一个想到的就是赵凤山叔叔。可是现在赵叔叔跟刘广聚一起过，这会让广聚和素桂为难。他又想到了他在王万伯私塾时的好同学崔汉民。他家有钱，他家的叔叔婶婶开明，称赞他是个好学生，他相信他们会帮助他。

17

早饭后，古全和说道："娘，我出去转一转。"

"天这么冷，你出去做什么？"秀姑关切地说。

"去崔汉民家，一会儿就回来。"

古全和回到他的房间，拿上帽子，准备动身。一出门儿，见门前站着一个面熟的女生，她眼睛含笑，直直地看着他。他忽然想到，"这不是杨雅范嘛！两年不见怎么变成这个模样儿了！"不禁兴奋地脱口喊道："丫蛋儿，是你啊！"

杨雅范放声大笑："你让我好找啊！"

古全和说："对不起，你是姐姐，我不该叫你的小名儿！"

杨雅范紧握古全和的手，坦然说道："高兴你这样叫我，多亲切呀！"

杨雅范大古全和3岁，已经是个健壮、丰满、漂亮、成熟的大姑娘了。从1948年秋杨大琢磨一家突然从山东庄消失，古全和就再也没见过她，也没有得到过她的消息。古全和觉得杨雅范豁达，诚恳，善良，同情穷人，没有小姐脾气。不过他没想到，她的突然出现，会让他这么高兴，没想到她在他的心里竟占有这样重要的地位。

古全和把杨雅范让进屋里，请她坐。

杨雅范坐到古全和空出来的那唯一的一张方凳儿上，隔着写字台，深情地望着在围城时鼓励过她、安慰过她、劝说她继续上学念书的好伙伴儿。那时，古全和还是个瘦瘦长长、不知羞臊的大男孩儿，整天穿着那件脏兮兮的白布短裤儿，赤着脚儿，光着脊梁，或是坐在家里念书写字，或是跑来跑去地制造火枪，而现在他已经是个高过一米七几的大男人了！她发现古全和也在看她，有些不好意思，就开始巡视这个小小的房间。

"真冷！怎么这么早就撤了火呀。"杨雅范耸一耸双肩说。

古全和没有正面回答她，而是笑笑说："我已经习惯了。"

"门上写的'冰洞'是什么意思？"杨雅范问道。

"这里不就是冰洞吗？"古全和笑着说。

这时，杨雅范才注意到屋里根本就没有取暖的设备，不禁惊讶地问道："你冬天也在这里住吗？！"

古全和笑着点点头儿。

杨雅范轻轻地咧一咧嘴，说不清掠过她心头的是敬佩还是可怜，便喃喃低语："这哪儿是人住的地方啊！你妈怎么忍心把你搁在这样的地方儿啊！"

古全和很想对她说，穷人和富人一样疼爱自己的儿女。他的爹娘也很疼爱他，可是穷人不可能像富人那样疼爱儿女。有些事情在富人看来是不可理解的，而在穷人看来是正常的。他觉得这个道理杨雅范未必能够理解，他也不好意思教训她，只好保持沉默。

"你妈为什么不给你生上个火？"杨雅范说，长长地叹了一口气。

古全和没接杨雅范的话茬儿，而是改变话题说道："前年秋天你们走后，一直都没有你们的消息，你们到哪儿去啦？"

提起往事，杨雅范有些伤感，她说道："那年秋天，我姐夫勾搭我大爷，把家里的几万斤粮食运到了沟子南，送给了国民党保安旅，我们也跟着去投奔了他们。刚到那里不久，我大妈和我姐姐就打我的坏主意，嘀咕着要把我嫁给保安 17 旅的少将参谋长。他是个山东人，已经有 3 个老婆。我大妈和我堂姐想乘机甩掉我这个包袱，吞掉我名下的那部分家产。可是我大爷不肯。他悄悄地对我说：'丫啊，这会儿大爷管不了你啦！你自己去找个生路儿吧！是死是活那就要看你的造化了！'我明白，大爷的意思是让我逃走，去城里找我三叔，可是他又担心我三叔当时未必还活着，或是已经逃到城外去了，那我到了城里，无依无靠，就会饿死。可是我不能任凭我大妈和姐姐摆布。在我大爷死的当天夜里我就逃离了保安旅。

"你大爷是怎么死的？"

"他是叫国民党空投的麻袋给砸死的。你记得那年秋天国民党飞机给江城守军空投过东西吧？有和好的面，拌好的饺子馅儿，大米，白面……因为风大，加上解放军不停地朝天上打炮。炮弹够不着它们，可是飞机不敢低飞，那年秋天风大，好多东西都随风飘到解放军的阵地上了。偏偏有一个口袋朝着俺们住的天井落下来，吊着口袋的降落伞上的绳索偏巧被解放军的炮弹打断了，那个口袋飞快地朝着我们的院子落下来。我大妈见天上掉下了'馅儿饼'，激动得失声叫好儿。可是谁能想得到它会砸到我大爷的头上呢！当时我大爷正在低着头扫院子，那个麻袋，以每秒几百米的速度，几千斤的重量，闪电般地落到我大爷的后脑勺儿上，我大爷一声没吭就像一只粮食口袋一样咕咚摔在地上，他的头被粮食口袋齐刷刷地从脖梗子上砸下来，就跟用刀砍的一样，滚出去老远。我大妈面对这个突如其来的场面，心脏病突发。等到大家清醒过来去照顾她的时候，她已经停止了呼吸。军医说她死于心脏破裂。"

古全和摇摇头，心想："老人事事为自己打算，琢磨了一辈子，到头来竟落得了这样的一个结果。"这是他心头上闪过了老人们在遭遇不幸的时候常常爱说的一句话，这就是命啊。想到杨雅范的父母老早就故去了，她最亲近的大爷也不在了，他就想到围城时山东庄的大娘婶子和老奶奶们背地里都说杨雅范命毒的话。他想，当时他娘对于和杨雅范结亲不大热络可能和人们的这些说法儿有关系。他不知道人们的这些说法儿灵不灵，有没有道理。

杨雅范见古全和发愣，说道："想什么呢？"

"啊，没想什么，那你是怎么逃出来的？"

"我就是在那天夜里趁乱逃走的。一路走漫地儿，连滚带爬地进了城。我是拣了一条命啊！当时沿路都是国民党埋设的地雷，有很多人被地雷炸死了。幸运的是我三叔还在城里。他是个有名的医生，是战时少不了的角色，生活有保证。"

古全和想象着当时的惊险场面很久没有说话。

杨雅范说："我大爷很看重你们一家。"

"你堂姐他们呢？"

"不知道。可能死了，也可能逃到台湾去了。"

"你三叔是什么医生？"

"眼科医生，是明明眼科医院的院长。"

"你是怎么找到我这里来的？"

"你们考试的那天我看见有一个人像你。"

古全和惊讶地说："你也在市立中学？！"

"是啊，这要感谢你啊。"杨雅范说，"你好学的精神感动了我，启发了我，鼓舞了我，使我重新下定了继续念书的决心，当年进城后就插班进了一中，初中毕业后，报考了市立中学。"

"太好啦！我真替你高兴！"古全和兴奋地说。

"你们考试的那天我去找你的时候，你已经走啦。后来见榜文上有一个叫古汉民的。我想姓古的不多，怀疑古汉民就是你的假名儿，就跑到教务处去查，发现古汉民的住址是宋家屯镇黑狗大街山东庄，就断定古汉民是你了。这几天我天天到新生报到处去打听，可是古汉民一直没去报到。眼见截止的日期就要到了，而古汉民还是没有来报到，我开始着急，担心古汉民要真是你，会错过这个机会，就利用礼拜天到宋家屯镇去找你。在那里见到了道士他们，知道你们已经搬到这里来了，就赶来看个究竟。今天就是报到的最后一天，你怎么还不去报到？"

"你真行！毕业后当警察去吧，当个神探。"古全和说。

杨雅范笑了笑，知道自己当不了警察，而古全和这时还不知道新社会的这个规矩。

古全和想到他和杨雅范只在围城期间相处了短短的那么几个月，她就这样关心他的学习，跑几十里路来找他，觉得她是个有情有义的好姑娘。他还想起了1942年冬天的那个寒冷的夜晚，她还曾经送给他一个棒子面儿的贴饼子，1948年围城时她曾偷偷地送给他那么多的黏豆包儿。古全和想到这些往事，更觉得杨雅范天生善良，从小儿就同情穷人。可是，关于他迟迟没能去市立中学和师范学校报到的原因，他还是不好意思对她讲，不想让她为难。

"怎么？对我还保密吗？"

"不，"古全和赶紧说，"是这样的……我怎么跟你说呢？"

"实话实说嘛！"杨雅范意识到古全和有难言之隐。

古全和想了想，就平静地对杨雅范述说了他们一家的处境，最后说道："市立中学和省立师范都录取了我，可是我能不能继续念书还在两可。我娘要送我去学徒。现在我正在人生道路的三岔路口儿上。我可能去做工，可能去念高中或是师范。这得等我爹回来才能定。我想先到市立中学和师范学校去报到，即使将来我念不成书，也不会由于现在的失误而感到悔恨。"

"念什么师范啊，念高中，毕业后考大学。可以申请助学金嘛！"

古全和听说有助学金一说，可是他想国民党和共产党都不会白白地管你衣食住行而无求于你。当年国民党的松北联立中学的学生最后还不是都被他们改编成了军队吗？

"先报到，别的事等大叔回来我对他去说！实在没有办法儿，我就求我叔叔供你。"

"我正准备出去想办法儿呢……"

杨雅范猜想古全和缺钱，低声说道："我陪你去，一切都包在我身上。"

18

3月20日晚，古全和没有去火车站，而他爹就在这一天的晚上回来了。

在古全和惶惶不可终日地期待着他爹归来的这些日子里，古世才正在千里之外的山东老家怀着对于自己小康生活的向往忙着规划他兴建南屋的事。房基地的四至已经秘密地请高家庄的风水先生帮着划定，砖瓦木料的价钱也已打听清楚，所用款项也计算过了，唯一让他感到遗憾的是钱暂时还不大凑手，青岛的李宝堂至今拖着不肯还钱。这时，他接到了儿子的来信，得知他同时考取了两所全省有名的学校，从初中跳进了高中，欢喜得不知道如何是好，而当他想到儿子报到截止的日期是阳历3月20日，不按时报到等于自动放弃入学资格，而秀姑又硬要让儿子到铁路食堂西餐部去当学徒的时候，急得直跺脚，忍不住骂道："真他娘的是'骒马上不了战阵'，'女人当不了家'！这不是要毁了孩子的前程嘛！"可是离报到截止的日子还有3天，即使他赶回江城恐怕也来不及！不过他还是决定立即动身赶回江城。他想，他就是去给校长和老师磕头作揖也要帮助儿子挽回败局。他恨不能插翅飞回江城。那天夜里，他翻来覆去怎么都睡不着，干脆不睡了，从炕上爬起来收拾行李。为能在浑河镇赶上烟台开来的头趟长途汽车，三星正南他就和对门儿刚刚从苏联中亚地区某共和国逃回来的堂弟王世春打了一个招呼儿，委托他代为看管家里的事情，匆匆离开古家庄，直奔浑河镇，天蒙蒙亮他就赶到浑河镇，顺利地登上东来的头一趟长途汽车，奔潍坊而去。

古世才在潍坊换了火车，一路上惦记着儿子报到的事，琢磨着他将怎么向学校的领导说明情况，恳求学校照顾。一路上没吃没喝，3月20日晚，在江城站下了车就往家跑，赶到大白楼，跑上楼梯，直奔古全和住的小屋，见了儿子就气喘吁吁地问道："报到了吗?!"

古全和怀着不安的心情说道："报到啦！是杨雅范陪我去的。"

"好儿子，好丫蛋儿！"古世才激动地说。

古全和听他爹这样说，欢喜的眼泪就流下来了。

秀姑听见外面好像有丈夫的声音，便推门朝外张望，见走廊里没有人，正要转身回屋，听见从儿子小屋子那里传来了丈夫的声音，就三步两步赶到"冰洞"，一看，果然是丈夫。他正站在小屋的门外，拉着儿子的手，眼泪汪汪地说笑呢，心里咯噔一下，猜想儿子已经去报到了，丈夫也同意儿子继续念书，她几个月的心思白费了，感到窝火，又无可奈何，凑到"冰洞"门外，装出若无其事的样子对丈夫说道："你回来啦？家里的事都料理好了吗？"

古世才气哼哼地说："多少人做梦都想着让孩子念高中，念大学！跳过初二和初三，考上高中，多么不容易！儿子一步跨过两个年级，考取两所有名的学校，这是多么体面的事，给家里省了多少钱哪。有这种天分的人，百不挑一、千不挑一啊！整个儿的江城市也未必能有第二个！可是你呢？你差一点儿误了大事！断送了孩子的前程！"

"什么前程后程？不就是念书吗！"秀姑气愤地说，"你把个孩子鼓捣得神魂颠倒，屁事儿不懂，十七十八了还不知道干点儿正经营生儿！人家道士、广聚，个个儿都在工作，钱也挣啦，亲也成啦，儿子也有啦，官也当啦，可是根儿呢？他什么都没有，到如今上门儿提亲的没有几个像样儿的闺女！谁愿意找他这样手不能提、肩不能担的人呀，都是你把孩子给耽误了！"

"你懂个屁！道士他们哪一个有咱们根儿这个天分？不是谁都有天分的呀！高中大概相当于前清时省里的一个举人，至少也能顶得上县里的一个秀才，你个老娘们儿，整天瞎叨叨儿媳妇。根儿大学毕业了，弄个媳妇还不容易？到那时上赶着求咱们娶的好闺女有的是，不用花钱。"

秀姑不以为然地说道："痴人说梦！天底下哪有你说的那种傻丫头！谁能看得上个书虫子？你就好像是吃了迷魂药了，一条道儿走到黑，就知道鼓动孩子念书！天分有什么用？根儿他爷爷有天分，他怎么样了？是做官啦还是为宦啦？挣了几亩地？几间房？攒了多少银子？还不是流落关外，受了一辈子穷，最后把尸骨扔在了东三省！男人就得有个能挣钱的手艺！要不靠什么养家糊口？"

"别吵啦！"古全和说，"娘也是为我好。"

"你听见了吗？孩子比你懂事儿！"秀姑听儿子替自己说话，感动得眼睛发酸，心里痛快了许多。"看你那个架势！一进门儿，张口就兴师问罪，好像俺是有意要害自己亲生的儿子！是谁把孩子毁啦？是你！是你！是你耽误了孩子！如今你还痴迷不悟！"

古世才心情好，见妻子那个激动的样子，忍不住笑了。

"进门儿就吵，还好意思笑！"秀姑说着也笑了。她想到丈夫千里迢迢赶回来，一路上走得难免有火，不敢再惹他邪气。他要让儿子念书，她也只能由着他。她忽然想到，根儿去报到是从哪里弄到的钱？便问道："你去报到是从哪里弄到的钱？"

古全和说："是杨雅范给垫的。"

秀姑觉得杨雅范心眼儿好，想到了围城时她和儿子的交往，至今有情有义，出钱帮助儿子报名念书，后悔当年没应下杨雅范这门亲事，问道："你说的是老杨家的丫蛋儿吗？她在哪里？你去找过她？"

古全和说："是她自己找来的，她现在就在市立中学念书，和我一个年级。"接着他就述说了杨雅范找他的经过和他们一家的遭遇。

秀姑有些感动，说道："难得这个孩子这样有情有义。"

古世才关照古全和说："赶紧还人家的钱！好好儿谢谢人家。"

古全和见爹娘的火儿都消了，便说道："这里冷，回家吧。"

古世才和秀姑跟着儿子回到家里。秀姑立刻挑开炉子做饭。她知道丈夫从来不舍得在火车上买饭吃，总是吃随身带的干粮和咸菜，这会儿一定又冷又饿。

19

市立中学位于江城市南郊的乌鸡河南岸不远的地方，景色优美。伪满时期，这里也曾经是一所高标准的日本中学，科学实验和文化体育设施齐全，当年能进入这所学校的"满洲"学生——中国人，只能是极少数省市级的大汉奸的子女。

市立中学办公与教学一体的校舍是座半个"工"字形的灰色的3层的楼房，规格类似市立一中。大楼中央对着学校正门的是个高大宽敞的大厅。大厅东侧是学校党政工团、教务、总务的办事机构；西侧是完备的理化实验室和宽大的仓库、图书室。教室都在二三层。穿过一楼大厅，就进入连接在大厅后面的一座面积数千平方米的多功能、高标准的体育馆兼礼堂，里面设有单杠、双杠、鞍马、跳箱，以及篮、排球场等体育设施，体育馆的底部是一座高约 1 米、宽深都过 10 米的高标准的木结构舞台。体育馆的东西两侧各有一个安全大门，后面是一个标准的带有看台的标准的露天体育场。

市立中学三分之一的教师是留日归国学生，少数是由于战乱而滞留在这里的几所国内名牌大学的文学、地理、生物和音乐等专业的教授，师资队伍强大。

伪满洲国时期，日本人只为所谓"满洲人"设立了江城男中和女中两处规模不大的所谓国民高等学校，也就是中学。1946 年国民党军队占领江城。他们关心的是搜刮民财，收罗散兵游勇，扩编反动军队，推动反人民的内战。他们的"建军"活动搞得乌烟瘴气，折腾了 1 年多，收编伪军、伪警察、土匪流氓，及社会闲杂人员，拼凑起了 1 个保安旅。而对于教育事业他们并不关心。在他们统治本市的 1946 至 1948 年的两年间，除将原江城男中改为江城一中，在原江城北区的一所日本中学的旧址上建立了第二中学外，又把原江城南区的这所日本中学改为江城第三中学，全市总共有男女 4 所中学，另有一所用来收容从解放区逃来本市的学生的松北联立中学，而松北联立中学实际上是一所军校，解放后就自消自灭了。

江城解放后，人民政府先是大量增加了市立一中、二中、三中和女子中学的班次，接着又新建了四中、五中、六中等中学，把市立三中改名为市立中学。

人穷志短，国家也是这样。伪满洲国的学制自然是学日本人，中小学校实行春季始业制。1946 年，国民党军占领本市后，又学美国人，一度改为秋季始业制，而今年不知道又在学谁，又改回春季始业制。所以市立中学本应于今年秋季毕业的两个初中班提前在春季毕业，加上新招的 5 名插班生，组成两个高中班。加上由去年秋季初中毕业生组建的两个高中班，市立中学高一就有了 4 个班。原有的两个高中班，被列为一班和二班，新增设的两个班，叫三班和四班。一、二班比三、四班高半个学年，所学的课程也比三、四班多，人们叫它们"快班"、重点班、加强班。"快班"在学习教育部规定的高中教材的同时，加开若干数理化方面的学习内容，所以又叫"理科班"。相比之下，新成立的两个班，自然就是

"普通班"了。普通班只学习国家规定的高中教材。

按照学校的规定，插班生只能进"普通班"。但是由于古汉民和部艳华二人入学考试成绩优异，被编进"理科班"的一班，等于又让古汉民多跳了一个学期，这在别人看来是求之不得的好事。当时"学好数理化，走遍天下都不怕"这个带有双重意义的战略性质的口号正响遍全中国。这是国家民族的需要，也是某些社会阶层的需要。在人民革命胜局已定的时候，中国旧有统治阶级中的那些不满国民党腐朽统治，看清了时局，决心走历史必由之路的人们，脚后跟一拧，一个向后转，抛弃了他们的蒋委员长，国民党，三青团，乃至中统特务组织，站到了人民一边，有的还加入了革命组织，成为青年团员，共产党员，革命干部。而其余的那些被历史的车轮硬生生地拖进新时代的地主、富农、资本家、官僚，和其他寄生者，以及他们的代表人物，突然失去了财产、权力和社会地位，被滞留在中国大陆，在经历了一阵子惊慌，愤怒，叫骂，幻想和绝望的挣扎之后，有些人就慌忙把自己受过教育、有些姿色的女儿，嫁给了共产党的干部，把自己变成他们的岳父岳母，有的住进了县委、地委、省委和军队大院儿。与此同时，他们又为了在新社会求得一个较好的生存和东山再起的条件，而利用自己在文化教育方面的绝对优势，及丰富的政治经验，提出了一个非常现实的战略口号："学好数理化，走遍天下都不怕！"不怕谁呢？答案自然是：不怕共产党不给饭吃。而这个口号刚好跟共产党建设新国家的需要一致，一经提出，就响遍新中国。这样的历史机遇，在几十年前大清国灭亡的时候，中国的封建地主阶级曾经有过，遗憾的是那些腐朽无能的王公贵族们没有这样的政治头脑，没有创造出这样的战略口号儿来鼓舞和凝聚自己的力量。不过古汉民不了解这些社会历史背景，也不懂这些政治权谋，更无意响应这个口号儿，不看重几乎人人重视的"理科班"。他喜欢按照自己的能力和意愿做事，相信他的恩师陈昌先生的教导：学习不能偏科，要全面发展。他只在高一（1）班待了两个多星期，就向教务处提出请求，请求并转到了普通班。他的这个怪异的举动，再次在高中部引起人们的议论和猜测。反常的事物，即使是好事，也会让人感到奇怪。对于古汉民的这种举动，只有少数老师欣赏，而同学们则大多觉得不可理解，误以为他这样做是因为他数理化的基础差，担心自己跟不上理科班教学的进度。

古汉民一跳蹿进了高中，感觉已经望见了大学的曙光，心中自然得意，但是也有让他感到不安的事情。他感觉共产党特别重视纪律，担心这件事被市立一中或市立中学的老师和同学发现，再把他押回市立一中。不过当他想到市立一中在城东北，而市立中学在城东，两地相距十多里路，他上下学起早贪黑，路上几乎碰不见熟人儿的时候，心里又感到踏实了一些。不过他不敢对任何人说起自己在什么地方念过书，每天都早出晚归，一进入市立中学校门，他的心就全放在学习上了。

古汉民平时随堂测验的成绩让那些原本以为他是由于担心跟不上重点班教学进度而要求转到普通班的人改变了看法儿，但是他们仍然觉得古汉民不可理解。全班48人，有46人是从本校初中部升上来的，竟赶不上一个插班生，这件事让个别老生心里觉得不是个滋味儿。第一行政小组的团小组长王殿芳就常常念姎儿说："乌鸡河风水不好。高一（3）班里只有一只凤凰，还是一只野凤凰，这也真他妈地叫绝！"

20

一件偶然的事再次让古汉民引人注意。他入学不久，就赶上学校团总支和学生会联合主编的大型墙报《火热的青春》创刊，张贴出征稿启事，呼吁全校同学积极投稿。古汉民为巩固自己在市立中学的地位而积极响应团总支和学生会的号召，写了《新苗》和《劳动者之歌》两首抒情诗，竟获一等奖，因此而引起全校同学的注意。"人怕出名猪怕壮"，结果事与愿违，在受人称赞的同时也遭人嫉妒。江城市有崇尚文化艺术活动的传统。早在中华民国和后来的伪满洲国时期，中学和师范学校就都有自己的文艺刊物，有的是季刊，有的是月刊，有手抄的，也有油印和铅印的。市立女中办的《惠文季刊》创刊于中华民国，篇幅很大，是铅印的，是时髦青年知识分子的必读之物。某个学生在刊物上发表了一篇文章，一首诗，一则故事，或是在比较重要的文艺活动中成功地演唱过一两首动人的歌儿，或是跑得快，或是跳得高，荣获冠军，都会在全校乃至全市的学生中引起轰动，让人另眼看待，甚至成为名人。高一（3）班的蔡新三就是由于善跑，加上人也好，而闻名全市、全省的。他曾经获得过小学和中学省市多种径赛项目的冠军，他被选为市立中学校学生会主席和市学联副主席，就和他是体育名人有关。

古汉民两首诗招来了同学们更多的注意，经常有人在课间跑到高一（3）班教室门口朝里面张望，为的是来看看古汉民是什么模样儿。不久他"诗人"的雅号儿就被制造出来，并被传开了。他本想潜伏，却反而浮上水面，凸显了自己，这件微不足道的小事竟影响了他的中学生活、大学生活，和他的一生。

古汉民在小学和初中是个爱说爱笑的人。进柳影路念小学三年级下学期那段时间，无官无位，无所顾忌，随心所欲，常出洋相，曾有"滑稽大王"的外号儿。他胆大包天，敢和董老师对抗，和马校长讲道理，而又是一个尊敬师长、爱护同学、守规矩的好学生，所以同学们选他当头儿。而现在他表现得谨言慎行，避免和同学密切交往，除去回答老师的提问，很少说话。这和他现在的处境和心情有关。跳级一事让他深感不安，他的心情是矛盾的。他认为他跳级进入市立中学凭的是实力，是通过严格的考试进来的，在这里念书理直气壮；而另一方面儿他又感觉心虚，他是未经领导同意，利用假证明，更改名字混进市立中学的，担心一旦被发现，就会被赶回市立一中，那他的学习生活就告一段落了。其实，班上的同学并不关心他来自什么地方，是怎么来的。偶尔有人问到他初中毕业于什么中学也是出于好奇，随便问问，并不是怀疑他的来历，但那还是让他感到紧张。他时时告诫自己，少说话，多念书，响应学校和班上的号召，为同学们办好事，每轮到他值日，或是参加义务劳动，他都主动积极，卖力气。

古汉民跳级成功的欢乐在不知不觉之间由于担心自己的秘密被暴露而消失了。他觉得他不仅改换了名字，也变成了另一个人。他的心情不再坦然，不再平和。过去他敢于无所顾忌地面对一切人，而现在他说话办事都不能不谨小慎微。他心里一再为自己辩护，说自己是凭本事考进市立中学的，他的好朋友杨雅范也这样劝慰他，可是他仍然认为自己是做了弄虚作假违反校纪的事，心中有愧，羞于见人，有时甚至后悔自己错走了这一步。他就在这种矛盾痛苦的心境中打发日子，老师的表扬，同学的称赞都不能改变他的这种心情。可是他又没有向老师和同学们坦白这个错误的念头儿，不能摆脱这种痛苦的心境，而不得不察言观色，提防着那些可能威胁着他的人，比如班长苟大川。他早就认识苟大川。知道苟大川他爹苟志芳在伪满洲国时曾经是宋家屯镇日本"武道具工厂"的头头儿小林的狗腿子，而苟大川当时是宋家屯镇黑狗大街一带的恶少，1944 年初夏时，他曾经伙同宋家屯镇派出所所长的儿子齐进才和几个日本孩子大闹过王万伯私塾，对王秋兰老师动手动脚耍过流氓。光复后古汉民插班进入柳影路小学，一度和苟大川是同学，但是他们彼此差两个年级，苟大川不认识他。杨雅范和章伯楠知道他跳班的秘密。杨雅范支持他跳班，章伯楠不是那种嫉贤妒能的人，如果章伯楠想坏他的事，事情早就败露了。古汉民认为有一个人知道他的秘密，可能给他使坏，她就是靳湘柳。古汉民和靳湘柳也是柳影路小学的同学，而且彼此认识，一起工作过，还打过架。更重要的是古汉民知道她嫉妒心重，不能容忍别人比自己好，她已经得意地暗示过古汉民，意思是她知道他的秘密。古汉民感到她对他是一个威胁。

21

　　靳湘柳在宋家屯镇柳影路小学时叫靳曼丽。她在柳影路小学的时间不长，总共不满两年，1948 年解放军围城时她就和她弟弟靳长起不声不响地离开了柳影路小学。靳曼丽能歌善舞，能说会道，着装时尚，长于交际，而又好学，在学校高年级引人瞩目，常常手不释卷，走路也看书。她打扮不俗，在柳影路小学是独一份儿，深受一些女生的羡慕和嫉妒，传说她每天换一次装，每次都是从头换到脚，件件更新，回回不同，所谓随俗雅化，不违时尚。和她来往密切的女生说，她下午放学回家后还要换一次装。靳曼丽的风度在柳影路小学也绝无仅有。她上下学走在路上，从不左顾右盼，也不结伴，更不和人打招呼儿，即使见到一般老师也视若无睹，好像世界上只有她一个人。她不用书包，而是用一块崭新的蓝地儿白花儿的印花儿布，方方正正地包裹着她的书籍、笔记和文具，用左手端在胸前。她的生活透着富有，高贵和神秘。她家住在黑狗大街西段比较荒凉的地方，他们的住处是座院墙高过两人的宽大的独门独院儿，家中只有爷爷、母亲和她的弟弟靳长起，外加保姆和她的一个十多岁叫连成的男孩儿，他们不与任何人来往，她家的情况都是连成说出来的。至于靳曼丽的父亲是谁，他们祖孙 3 代为什么落在偏远的宋家屯镇，他们的生活来源是什么等，无人知道。邻居们只能依据偶尔见到的保姆和连成的口音判断他们可能是河南人。

现在出现在古汉民面前的靳湘柳全然不同于当年柳影路小学的那个靳曼丽，古汉民甚至怀疑她是不是靳曼丽。当年的靳曼丽说话带河南口音，而眼前的靳湘柳操带有上海官话味道的北京话，打扮也和靳曼丽不一样。靳湘柳穿的是做工讲究的家织布的棉装，脚上穿的是家做的黑布面子的棉鞋，乍一看，像个江南村姑，跟当年豪华风流的靳曼丽判若两人。可是古汉民相信，她就是当年的那个靳曼丽。

古汉民和靳曼丽是在柳影路小学学生会选举中认识的。1947 年秋季，江城大中小学推行学生自治运动，喜欢追逐新潮流的马光复校长奉命在柳影路小学校推行民主选举学生自治会的活动，选出了学生自治会。靳曼丽由于形象独特出众，学习成绩优异，深得马校长欣赏而当选为学生自治会主席，而古汉民则以优秀班主席、有反奴化教育的突出表现和四年级会考第一名而被选为学生自治会副主席，分管检查全校的卫生和风纪。在一个星期六的下午，靳曼丽的弟弟，古汉民的同班同学靳长起在校园假山后面的小树林里和几个一年级的小同学赌博，骗取他们的钱，被古汉民当场捉住，没收了他的赌具和几毛钱，上交校部。靳曼丽受她弟弟的蛊惑，自恃是校学生会主席，而古全和只是个低年级的穷学生，根本没把他放在眼里，以为她大喝一声，他就会乖乖地就范，对她认错儿道歉，便在第二天一早亲自带领她弟弟，找到古汉民家，堵在他家门口儿，要他返还他没收的赌具，退回他没收的钱。而古全和根本不买她的账，说她弟弟赌博违反校规，赌具和没收的钱已经上交学校，因此彼此争吵起来，靳长起还动手打人，结果她和她弟弟一无所得。在靳曼丽心里，古汉民这样的穷小子在自己面前应该唯唯诺诺、低眉顺眼，才属正常，而古汉民竟这样傲慢，完全不把她放在眼里，曾多次寻机报复他，均未得逞。不久，古汉民就不见了。转过年的 3 月初，在解放军围城前夕，靳曼丽和靳长起也离开了柳影路小学，逃进关里念书去了。

靳湘柳是上学期末从上海转来市立中学初三（1）班的，今春开学随班升入高中。她因故迟到，今天是第一天来上学。她一眼就认出了古汉民，而且立刻猜到他是跳级进入市立中学的。在古汉民考虑怎样应对她的时候，她已经主动走近古汉民和他打招呼儿说："咱们又是同学了！"说着，向古汉民伸出了手。古汉民也慌忙上前和她握手，表示问候，并不由自主地开始担心她会坏他的事。

　　隔天下午放学后，靳湘柳在离学校不远的学生宿舍门口儿拦住了古汉民，笑着对他说："还记得咱们吵架的事吗？"说着把一只手搭到古汉民的肩上。古汉民知道南方同学文明开通，她这是在向自己表示友好，不过他仍然感到不自在，可是他想躲闪既不礼貌，也不文明，只好装出若无其事的样子由着她，并且笑笑说："怎么会不记得呢？那是1947年秋的一个晴天，太阳还没出来，我刚起床，你就堵在我家门口叫板，说：'古……你给我滚出来！'"

　　靳湘柳神秘地一笑，说道："干吗要躲着我呀？有什么秘密吧？"

　　古汉民知道她说的秘密是什么，干脆坦然地对她解释说，他跳班是出于家庭和个人方面的种种不得已，意思是希望得到她的理解和同情，不要把这件事给他张扬出去。

　　靳湘柳说："放心吧，我不会对人说的。我是赞成跳班的呀。"

　　古汉民不敢相信靳湘柳的承诺，但也无可奈何，只能豁出来，由她去说。

　　"好啦好啦，再见啦。"靳湘柳说着，优雅地扬一扬手。

　　古汉民也无意识地和靳湘柳一样地扬一扬手，说"再见"。

　　靳湘柳朝学生宿舍走去。古汉民望着她的背影，感觉她特意在路上拦住他，不是为了来向他保证什么，而是来警告他，让他知道，他有小辫子在她手中，要他对她的态度好一点儿，不要在班里说她在柳影路小学的风流往事。她知道，世界变了，往日的富有，阔绰都不是光彩的事。古汉民认为靳曼丽"江山易改，本性难移"，她可以改变自己穿着打扮，可以喊共产党万岁，加入青年团，却难以在短时间内改变她的阔小姐的灵魂，变成一个与人为善的人，她的保证可能是"此地无银三百两"，将来透露他的秘密的说不定就是她。靳湘柳成了他最大的一块心病，想到她可能使坏，给他添麻烦，心里就发堵，不愉快。

22

　　秀姑感觉儿子进了高中后，离她越来越远，什么事儿都不对她说，觉得她在儿子的心里不算个啥了，而他和他爹的话却越来越多，解放军在南方打仗的事，学校里的事，本市街面儿上的事，老毛子的事儿，学习俄国话的事儿，等等，什么都说，总也说不完。儿子说他想学乐器，他爹马上就说好，还说自己小的时候也喜欢乐器，会品箫，会吹《苏武牧羊》，还是古家庄头号儿鼓手，每年庄里高跷队里少不了他。秀姑想，她和他结婚几十年竟不知道他还会玩这些把戏。儿子说喜欢气枪，他就说他也喜欢打枪，说有一年秋天，他一枪打下两只老鹰。而且第二天就到老毛子开的秋林公司去看过气枪，本想给儿子买一支，说那里有德国造的长苗儿气枪，能用来打兔子，可是要价 120 元，买不起，空着手回来了，显得很遗憾。这时她才明白，为什么儿子小的时候造枪，玩弹弓儿，他只嘱咐儿子不要伤着人，不要打坏了人家的窗玻璃，而并不毁坏他的小火枪和弹弓。秀姑不禁有些伤心地想，做娘的，在儿子小的时候有儿子，疼他，爱他，盼着他长大，等他长大了，她就没有儿子了，真是像有些人说的那样，生男不如生女好，女儿是娘的小棉袄儿啊！

今天吃晚饭时古汉民又说："爹，你教我说俄语吧。"

古世才不以为然地随便说道："说几句给我听听。"

古全和背了一段俄文的课文儿。

古世才点点头儿说："还行，正规，是按照俄文字母拼出来的，老毛子能听懂。"但是他并不教儿子学俄语，而是说："政府为什么规定学生学俄语，不学英文？俄语只在他们本国有用，在国际上没有地位，学俄语白搭工。"接着就把话题转到中苏关系上，断言说道："老毛子办事反复无常，个人是这样，国家也是这样，只讲'利'，不讲'义'，中苏友好长不了。"他很关心儿子的学习，但是他始终不肯教儿子学俄语。

古全和进入高中，古世才就把他当个大人看待了，对儿子简直有点儿崇拜。秀姑一直叫古全和的小名儿"根儿"，而古世才开始改叫儿子的大号"古全和"了，对儿子说话的态度和口气也有了变化，不再命令他干这干那，而是改用商量的口气，平等地和他讨论问题，而且还常常和他逗趣儿，说笑话儿，就像对待哥们儿弟兄一样，有时讨论问题甚至会吵起来。古汉民把他从薛暮桥编写的《政治经济学》上学来的马克思的"剩余价值"学说拿来和他爹讨论。讨论发展成争论，争论持续了好些日子。古全和说"农民养活地主，工人养活资本家"，还以他给田园酱园苗大伯家踩麴子为例加以说明。而古世才说"是地主养活农民，资本家养活工人"，还举自己扛活、学徒、做工的例子来证明自己的说法儿。当争论涉及古世才的师傅卢宝善老人，儿子说卢爷爷当年也剥削他的时候，古世才生气了，摆出老爹的架势，愤怒地斥责儿子不孝，结果是不欢而散。不过第二天吃早饭的时候，古世才就头一天晚饭后对儿子发脾气的事对儿子表示歉意，说自己不该对他发脾气，不过他也批评儿子，说儿子不该说那些对卢爷爷不敬的话，说卢爷爷对他们一家有大恩。秀姑嘲讽他对儿子低三下四不像个爹，他也不在意。古全和表示他理解他爹的心情，说："我知道卢爷爷是好人，他并不是有意剥削他的徒弟，而只是照老规矩办事。可是老规矩里面就规定了师傅要剥削徒弟。你想想看，学徒 3 年零 1 节，白给师傅干活儿，这里面没有剥削吗？我不是对卢爷爷不敬，我讲的是这个理儿啊。"

古世才忍不住反驳说："卢爷爷一天管俺三顿饭，还提前给俺开了劳金。"

古全和说："卢爷爷提前给你开工资，那是因为他老人家善良，同情奶奶和咱们一家，他对别的徒弟也是这样吗？"

古世才撂下饭碗，开始考虑儿子说的道理。

秀姑见古世才父子争论，心生嫉妒，气愤地说："饭都堵不住你们的嘴！这会儿就是你知道了你师傅剥削你，又能怎么样？能到他的坟里去向他讨要吗？看你对儿子的那个殷勤劲儿，哪里像个爹呀，简直就像个哆里哆嗦的琴童儿！"

古世才笑着说："人家俄罗斯人还兴许儿女叫爹娘的小名儿呢。"

秀姑气愤地说："你是老毛子吗?! 当爹的就该有个当爹的样儿！"

秀姑最不满意的是丈夫有时用"伙计"这个称呼来称呼儿子。其实，她也知道，古家庄一带有这样的叫法儿。在女人之间，或是男人之间，表示亲热，关系不同一般，彼此都可以跨越辈分儿，互相亲昵地称"伙计"。她顶撞丈夫是因为她看着他们爷儿俩亲亲热热心里有气。秀姑觉得儿子进入高中后，他少年时在她面前的那种温和，顺从都不见了。在他的言谈举止里，渐渐地显露出的是健壮男人的自恃和傲慢。她训斥了丈夫还不解气，又朝着儿子发火儿，在儿子的眼睛上说事儿，指着古全和那一对平和中略带怒意的有神的大眼睛，对丈夫说："你就夸他，宠他吧，我看他长大了也不会是个善良之辈！你看看他那双凶巴巴、怒冲冲的大眼睛，多么像公牛的眼睛！"

古世才听秀姑这样说，高兴得忍不住一拍大腿高声说道："嗨，这回你算说对了！'大人物儿'的眼睛都是这样儿的！我在俄罗斯见过很多大人物儿，他们个个长着公牛一样的眼睛！俄罗斯女人就喜欢这样的男人！"

"又是你的俄罗斯！你的玛神卡！这里是中国，不是俄罗斯！……你都多大岁数了？！说这些话也不嫌丢人！"秀姑口头儿上顶撞丈夫，心里却很得意。丈夫说儿子有女人喜欢的眼睛，她听了高兴。

儿子没能去学徒这件事一直让秀姑感到窝火。她担心呀，担心儿子到头来什么手艺都没有，吃穿没有着落，娶不上好媳妇儿！可是有什么办法呢？忍不住嘟囔道："念书！念书！什么好差事都给耽误了！广聚又升了科长！工钱也长了十几块，可是根儿呢？什么也不是！什么都没有，这怎么能不叫人着急呢！"

古全和每天上学都要从城东北走到城东南，要穿过整个儿市区，来回20多里路。这条路上没有顺路的公共汽车，坐有轨电车得绕远儿，还得花车钱。他现在仍然像当年从宋家屯镇到市立一中上学那样，天短的季节每天都是天不亮就从家里动身，满天星斗才能回到家里吃晚饭。这件事很让秀姑心疼。她担心这样下去，会把儿子累出毛病来。古世才也觉得儿子每天把3个钟头的时间扔在路上可惜。他想让儿子住宿，可是拿不出每月3块多的伙食费。寄存在青岛李宝堂那里的钱至今没到手，能挣到的钱只能勉强维持一家的生活，想来想去只能叹气。古全和提过申请助学金的事，古世才立刻表示反对。他想，国民党的饭不能白吃，共产党的饭也不能白吃。他觉得共产党会笼络人，担心儿子被共产党拐走。

秀姑夫妇担心的事情终于发生了：古全和开始咳嗽咯痰，闹得整宿不能安睡，近来又发展到胸闷。古世才说儿子这是感冒了，到澡堂子里洗个澡出身透汗就好了。而古全和的病越洗越厉害，常常咳嗽得通宵不能入睡，夜里只能靠在墙上打个瞌睡，第二天照旧上学。秀姑后悔自己去年秋天没有狠一狠心，抢先把儿子送到铁路食堂西餐厅去学徒。现在儿子得了咳嗽气喘病，就是想去人家也不会要了！

23

古汉民打从上小学的时候起就一直是学生头儿，班长，班主席、校学生会副主席、主席都当过。他喜欢热闹，珍视荣誉，乐于助人，愿意替同学们办事，不过在解放后进入初中一年级以后，由于他不肯靠拢青年团，谢绝干校学生会的工作而离开了学生运动的主流。班上的团支部书记张伟多次找他谈话，动员他参加青年团，出来当班长，他都不予理睬，而且反问张伟，为什么要参加青年团？张伟说，为了更好地为人民服务。古汉民说，我不是团员，我为人民服务做得比你好。事实也是如此，古汉民为班级服务从不惜力，他当时是班上除开体音美等课程外，其余所有课程的"小先生"。"小先生"是老师教学的帮手，相当于大学里面的助教。他天天利用课外活动时间解答同学们提出的各种问题，还经常给小同学们讲当年他老家八路军打日本的故事。古汉民不看重青年团是因为他不了解青年团，也因为他看不起班上的那些团员。他评价学生的标准是学习成绩的优劣，而不是嘴巴上表现出来的政治态度，而当时他班上的几个团员，包括支部书记张伟在内，都是二三流的学生，入团前不显山，不露水，都是白丁儿，入了团，就成了进步分子了，而古汉民不认可这样的进步和荣誉，所以在初中时一直不看重青年团，更无意参加青年团。但是进入市立中学之后有所变化，因为现在在江城拥护中国共产党，歌颂新社会，追求政治上的进步，已经是青年运动的大潮，面对这个大潮，古全和有些冲动，可一时又不知如何是好，他知道怎样认识和对待共产党和共产党领导的新民主主义青年团是横在他前进道路上的一道坎儿。他意识到新社会比旧社会好，共产党抗日救国有功，英雄伟大，但是又对于共产党多有怀疑。因为共产党和老毛子好，而近百年来老毛子抢占了中国大片的土地，苏联红军抢掠东北的物资，至今还不肯撤出旅顺口，因而他厌恶老毛子，而共产党和他们称兄道弟，他怀疑共产党对于国家和民族的忠诚，怀疑他们是在为老毛子谋利益。另外，他也怀疑共产党的有些宣传，说只有共产党坚决抗日，而国民党则投敌卖国，但是他知道，虽然当年国军有许多队伍投降日本，可也有国军抗日的好多事例。他认为一个人不真诚就不可信，一个党不真诚也是这样。他内心的这种纠结迟滞着他前进的脚步。

古汉民感觉学校里的是非标准在变化。过去评判学生优劣的标准主要是诚实，好学，成绩好，而现在虽然所有的人依然认为这是好学生的标准，但是也已经有一些人把学生的政治态度列在首位。而古汉民较少从众意识，习惯于独立思考，求真务实，而不是人云亦云，仍然认为衡量学生优劣的主要标准是学习成绩，而看不起口称革命但是学习成绩在二三流儿的团员。这是他不看重青年团的重要原因。然而形势强于人，他也不可能不为滚滚向前的社会思潮所动，开始感觉到处身时代政治大潮之外的孤独，内心涌起向前跨进一步的冲动。不过他现在不想贸然行动，担心暴露自己违纪报考市立中学的错误，被遣返回市立一中，而是想在市立中学稳定下来之后再做进一步的考虑。不过他的如意打算没能实现，学校的团组织已经在研究怎样帮助他思想进步的问题。古汉民在班上是唯一的新同学，没有朋友，也没有敌人，和所有的人保持等距离，大家都能客观公正地看待他，而他的优点是显而易见的，公认的。他老实憨厚，学习好，会写诗，关心班集体，主动地为班级做好事，参加义务劳动不惜力，而更重要的是他是班上唯一的一个工人家庭出身的学生，虽然古汉民没有提出入团申请，团总支书记、来自老解放区的毕淑芝老师也指示把他列入高一（3）班本学期重点发展对象。

21

高一（3）班，现有团员6人，占班上人数的八分之一，多数来自农村，家庭成分大多比较高。支部书记代耀人，组委线淑平，宣委韩岫，支部面临的重要任务是发展壮大团组织。但是申请入团的人不多，高中两年零一个学期，总共发展了3人，究其原因主要是，大多数同学来自剥削阶级家庭，有意无意地奉行"学会数理化，走遍天下都不怕"的战略，虽然他们中间的大多数对于国民党卷土重来不再抱幻想，口头上表示欢迎新社会，拥护共产党，也在转变立场，但是仍然和党团组织保持着距离。另有一些人不想申请入团，是因为他们不愿意接受团组织的束缚，而那些学习成绩太差，思想作风方面有某些瑕疵，不具备入团条件的，团组织暂时也无意发展他们。

本人没有提出入团申请，而团支部就给他安排了入团联系人的发展对象，古汉民是班里的第一例。组织委员线淑平自告奋勇作古汉民的入团联系人，接着，团支部书记代耀人做了他的第二个联系人。代耀人这样做是出于工作的考虑，是为了落实团总支书记毕淑芝的要求，也有他个人的打算，他在暗恋着线淑平，作古汉民的联系人，能使他多一些和线淑平个别接触交谈的机会。他知道线淑平无意于他，他相信摩擦生热的道理，认为多多接触久能生情。

周末早起第一堂课前，班上的大人物儿，团支部书记代耀人就约古汉民下午放学后留下，陡然使古汉民感到紧张，他担心东窗事发，一整天心神不定。一直等到下午放学同学们都离开教室，代耀人笑眯眯地向他走来，并没提他跳班的事，他疑神疑鬼的紧张心情才松弛下来。代耀人笑着说："让你久等啦。"

古汉民说："没什么，大家也都刚刚离开教室。"

代耀人解释说他刚才去团总支汇报支部的工作，所以来迟了，说着，就倒坐在古汉民对面的一把椅子上，关切地问道"你来到咱们班有些日子了，怎么样，习惯吗？"

古汉民笑了笑，说道："习惯，学生本来就是学校里的动物嘛，没有不习惯的问题。"

代耀人笑着说："精彩，经典！"然后说道，"有什么打算？"

古汉民严肃认真地说："加倍努力学习。"

代耀人说："还要争取进步啊。"

古汉民笑笑附和道："当然，争取进步，学好本事，建设国家，保卫国家。"

代耀人笑笑进一步提醒说："学习要进步，思想也要进步呀。"接着就讲起了新青年的社会责任，以及关于青年团的大道理。这时，古汉民立刻联想到张伟，明白代耀人的意思，代耀人是在启发他的觉悟，动员他申请入团，所不同的是张伟当时和他是平等相待，而代耀人则是在居高临下地开导他。对于代耀人的说词，古汉民没有摇头，也没有点头，只是静静地听他说。他现在还不想参加青年团。

古汉民对于参加群众团体的态度很慎重，几年来，他目睹江城的潮起潮落，见识过那些由于贪图私利而随风起舞栽了跟头的人。在那些人鬼难辨，动荡混乱的岁月里，一个个社会政治文化组织和宗教团体，如国民党、三青团，以及孔孟大道、青洪帮儿、一贯道等，曾先后粉墨登场，向青年学生招手，古汉民就曾险些误入松北联立中学，被国民党编入少年兵团。而这些团体和组织现在都被定性为反动和反革命组织。爱国家和爱中华民族是古汉民从他父辈那里继承下来的人生的大原则，他不能为了在人前招摇，出廉价风头，而追风赶浪，轻率表态，糊里糊涂地踏入某种政治团体。他怀疑共产党，但是他更看好共产党，只要他确信中国共产党忠于自己的国家和民族，他就将和她共命运。而且他认为自己入团也不需要什么人来启蒙，青年团是公开的政治团体。介绍团的知识的小册子到处都是，一看就懂，没有什么学问，只要他愿意，说几句时髦儿的话，填一张入团申请书，就可以入团。代耀人这样的夸夸其谈对他说来纯粹是多此一举。

代耀人对于古汉民的宣讲有呼无应。他在短短一个月内先后约谈古汉民 3 次，每次都是话不投机，他最不能忍受的是古汉民不尊重他，没有进步的愿望，意识到古汉民表面上言语不多，老实厚道，性格随和，而实际上他对于政治问题满有主意，不是那种轻易认可别人主张的人，认为本学期不可能解决他入团的问题，不想在他身上浪费时间，他决定继续作古汉民的联系人，只是想借此保持他和线淑平个人交往的由头。而古汉民也认清了代耀人，认为他是个夸夸其谈的空壳儿，根本不是个正经学生，巴不得代耀人不来打扰他。

代耀人在和古汉民谈话的当天晚上就约线淑平交流情况，说古汉民的问题不像事先估计的那么乐观，他觉悟很低，只关心学习，没有政治进步的要求，工作有难度，你和他谈过以后咱们再交换意见等等。

线淑平对古汉民讲的也是革命大道理，但是古汉民知道她看重学习，而且成绩不错，又是个女生，她讲的大道理也不错，古汉民对她多一份尊重，遗憾的是，她既不结合自己思想进步的实际，也不接触古汉民存在的问题，她要"启"古汉民政治上的"蒙"，却并不知道古汉民"蒙"在何处。

古汉民认真地回味了代耀人和线淑平与他的谈话，心中有些混乱，认为他们讲的道理不错，为什么自己就不愿意听呢？几经思索整理，他发现他之所以听不进他们的高论，原因有三。第一，他们讲的都是老生常谈，毫无新意，却郑重其事地拿来兜售。第二，代耀人和线淑平自以为先进，是在居高临下地开导他，而他并不承认自己落后，他认为自己对于八路军共产党有感情，在班上的地位远高于他们，而不受尊重的教师的教学效果自然不会好。

古汉民认为学生的层次，他们在学生群体中的地位，是依据他们学习成绩的优劣自然划定的，古今如此，即使官宦富贵人家的儿女，也很难逾越这条界限而受到额外的尊崇。所以古汉民认为如代耀人者，来教育他这样的学生是可笑的。古汉民并不反对他们对他学说的那些革命真理，而是不相信他们本人政治上的进步，不相信一个学生在短时间内，比如几个月，乃至一个月，会由于参加了某个政治团体，比如青年团，就"成仙得道"，变得聪明而与众不同，因而有资格、有能力居高临下地教训别人。

第三，他认为代耀人和线淑平不真诚，言不由衷，他们是靠着唱这些革命的调调儿来抬高自己，使自己漂浮在众人之上的。古汉民认为，代耀人和线淑平，乃至他所有的同龄人，都生活在东北这块土地上，经历过同样的社会动荡，面对过同样的历史事件和社会现实，代耀人还曾站在国民党反动派一边，敌视过中国共产党，逃到关内去避过共产党的难，而线淑平作为地主小姐还曾经遭受过土地改革风暴的冲击，说不定还帮助她的地主分子的父母转移藏匿过浮财，他们和许多东北知识青年一样，对待国共两党和老毛子有过类似的政治态度，因此他们都有一个思想的转变的过程，而且这个过程应该更艰难、更曲折、更复杂，而不可能在转眼之间就接受革命，爱上他们曾经仇视和畏惧过的中国共产党，成为先知先觉的先进分子。他们是背负着这些问题参加青年团的，他们的政治进步是虚假的，嘴巴上的，假如有那么一天，国民党卷土重来，他们也可能会像抛弃国民党那样闪电般地抛弃共产党，而回归到国民党的旗下。所以当线淑平以平和的口气对他说，苏联是中国人民的伟大朋友，是中国的老大哥的时候，他就压抑不住内心的愤怒，冷冷地看着她，心里在想：苏联人拉走了我们无数的机器、木材、粮食、布匹等等，把中国当战败国来抢劫，你就不心疼不愤怒吗？苏联士兵强奸中国妇女，抢劫中国百姓的财物，强迫中国人接受冥币，你就不感到愤慨吗？你还记得我们被沙俄掠夺去的那过百万平方公里的富饶的国土吗？到现在老毛子还占领着我们的旅顺口，而你却在这里和老毛子称兄道弟，你还算是个中国人吗？古汉民想，肤浅的代耀人和线淑平有可能还没有形成国家民族意识，根本就不关心国家民族的荣辱，没有考虑过这些重大问题，甚至连爱国主义都不具备，而古汉民认为，爱国主义是中国人一切进步思想的基础和前提，一个人不爱自己的国家和民族就谈不上政治上的进步。他爹说过，一个人最可悲的是不知道热爱和保卫自己的祖国。古汉民感觉，在代耀人的心里，至高无上的是他的青年团和他的那个团支部，而在古汉民的心里，无上崇高的是国家和民族。古汉民不相信代耀人和线淑平他们的真诚和进步，因而也不相信他们的说教，他在继续走着自己的精神探索之路。

25

线淑平是杨雅范的表妹，古汉民听杨雅范说，线淑平一家 1947 年秋天从老家黑龙江宁安逃来江城，一度寄居在杨家，线淑平曾经在白龙镇念过书，她爹是汉医，她妈是地主，现在她本人积极要求进步，江城解放后不久她就参加了青年团。杨雅范也对线淑平讲起过古汉民的故事，说他人好，聪明，好学，有毅力，建议她向他学习。

杨雅范说线淑平有个姐姐叫线淑和，姐妹俩都经历过土地改革的风暴，深感地主家庭出身这个政治包袱有多么沉重。她姐姐中学毕业后，含泪抛弃了青梅竹马的男友，违心地嫁给了一个解放军的老团长，对方帮助她入了党，当上了小学教员，后来还升任了小学校长，并让她们的妈妈住进了军官宿舍。而线淑平没有学她姐姐样儿，而是决心改造自己，从灵魂上告别她的地主阶级家庭，和劳动人民站到一起。线淑平在第三次和古汉民谈话时就对他诉说了她政治上转变和觉醒的过程，说她参加青年团最初的动机就是获得青年团员这个政治符号，以摆脱地主家庭出身的牵连，说她在成为青年团员之后，周围的人们立刻就改变了对她的态度，她本人也感觉到了这种社会政治效应，就连曾经斗争过她爹妈的有些贫雇农对她也另眼相看。不久，政府又给她爹落实了政策，摘掉错戴的地主分子的帽子，划归自由职业者，在县医院给他安排了工作。这件事给了线淑平很大的鼓舞，增加了她对党和新社会的感情。线淑平的坦诚感动了古汉民，拉近了彼此的关系，使他愿意和她交往谈心。

线淑平并不像某些团员那样看重团员的称号，她知道，团员的称号和团干部的头衔儿都是年轻时的荣耀，人们真正看重的是高尚的人品和真才实学，她欣赏"学好数理化，走遍天下都不怕"的口号，认为政治上好，当个团员，谁都能做到，无非是听领导的话，好好表现。而学习好，要学好数理化，就需要才能、毅力和艰苦的劳动，是有条件的，不是谁都能够做到的。她看重古汉民，乐于和他交往，一是因为她看着他顺眼，喜欢他，一是感觉他正派，家庭出身好，聪明好学，深信他一旦觉悟，就会腾空而起，品学兼优，前途无量。不过她渐渐感到，古汉民并不像大家想象的那样是个思想单纯的顺民，而是个性很强，很自信，不轻易听从什么人的说教，也不把入团当作一回事，以至于她对他的工作无法推进，因而一度产生畏难情绪。可是团总支书记毕淑芝老师特别关心古汉民的进步，经常问到古汉民的情况，常常让线淑平由于工作没有进展而感觉难堪。

古汉民在入团的问题上总是"启而不发"，可是在他埋头学习，渐渐地淡忘了可能被驱逐出市立中学的恐惧之后，心情舒展开来，常常在《火热的青春》上发表一些歌颂劳动和劳动人民的诗歌，感情真挚，语言生动，显得思想很进步。他描写1949年全市人民群众国庆提灯晚会盛况、题为《金色的火龙》的抒情诗，发表在本市中学生文艺杂志《中学生文艺园地》上，并获一等奖，是原北京燕京大学教授、现任高一（3）班国语课的王维周老师推荐给《中学生文艺园地》的，王老师居然把他的那首诗拿到课堂上，掺杂在活页文选里一起讲，他"诗人"的雅号儿因此而更加响亮，连初中部的有些小同学也知道了。

培养古全和入团的问题已经列入高一（3）班团支部本学期的发展计划。代耀人原打算提前在本学期就发展他入团，但是在几经试谈之后，发现古汉民表面上谦和，骨子里傲慢，主意太大，并无进步和入团的要求，更不拿他这个团支部书记当作一回事儿，便放松了古汉民的工作，无意在本学期内发展他，只是为了线淑平而硬着头皮继续约谈古汉民。

线淑平发现古汉民并不认为自己落后，不肯和她交心，不欢迎她对他说三道四、帮助他进步，而只是把她当成一个和他平起平坐的好同学应她约谈。她约他谈话，他不拒绝，但是从不主动约她。在谈话时，如果她不引导他，他决不主动触及政治问题，而只谈学习，说闲话，开玩笑。在前些日子古汉民由于闲谈中称颂淞沪抗战和台儿庄大战，被有些人说他替国民党蒋介石评功摆好遭受批评和指责过后，他一连几次谢绝线淑平的约谈，此后虽然又应约和线淑平交谈，但是总是有意回避谈政治问题。

　　线淑平发现古汉民并不像他表面上给人的印象那样，他并不那么单纯，而是思想比较复杂。他懂的事情很多，比如市面儿上的物价，社会上的传闻，人情世故，风土人情，历史掌故，他都懂，远非一般中学生所能比。偶尔谈及政治问题，他仍然是只提问题，不谈观点。不过他们的关系还是渐渐地发生了变化，在不知不觉之间就从一般的"我说你听""我打你通"的模式，变成了一般同学朋友之间的平等的交流。这时，古汉民才开始对线淑平敞开心扉。他诉说了他们一家从山东老家流落到江城的前前后后，和他童年的苦难经历，说他1941年的冬天曾经到过杨雅范家，见过杨雅范，知道她小名儿叫丫蛋儿，印证了她表姐杨雅范给她的介绍。关于山东流民的苦难经历，线淑平从前闻所未闻，她难以想象一个八九岁的孩子能在零下40多摄氏度的雪夜里负重几十斤，跋涉几十里。如果没有杨雅范作证，她不会相信人世间会有这样的奇闻。线淑平为古汉民的真诚所感动，在不知不觉间也放下了团支委的架子，诉说了她作为一个从黑龙江逃亡到江城来的地主小姐在生活和思想方面所经历的巨大波折，无意间拉近了她和古汉民的距离。线淑平开始认识到，在古汉民老实厚道外表下有着复杂的人生经历和丰富的内心世界，而不再以为他就像他们在团支委会上一厢情愿地议论的那样，认为他在政治上是个空白地带，而认为他比她周围所有的人都更深沉，更丰富，他的问题远不是某个权威用三言两语就能够解决的。线淑平本人从政治报告、报纸杂志和政治常识小册子里得来的那点儿时政新闻和党团知识对他毫不新鲜，发挥不了什么作用。她认为自己应该真心实意地和古汉民做朋友，否则，古汉民不会和她交心。

　　今天线淑平又约古汉民谈话。可是，下午放学的铃声一响，古汉民就背起书包往外走。线淑平赶到校门口儿喊住了他。古全和突然意识到自己失约，难为情地说："啊呀，全忘记了，真不好意思！"

　　线淑平宽容地笑着取笑他说："人上了年纪，记性也就差了。"古全和不好意思地摆摆手，跟着线淑平走出校门。

　　线淑平体谅古汉民的难处，知道古汉民放学回家要干家务，他的多数作业要在学校里完成，时间宝贵，总是把和他的谈话约在放学后，在他放学回家的路上，边走边谈，一直把他送到乌鸡河边。这也是古汉民对她产生好感的一个原因。

线淑平和古汉民日益融洽的交谈引起了爱好窥视别人私密的王殿芳的注意，他阴阳怪气儿地放风说，线淑平对古汉民的工作是"公私兼顾"，是"谈思想"和"约会"相结合。此话风传到代耀人的耳朵，让他感觉惊讶和不安。

下午放学铃响了一会儿了，同学们多数已经离开学校，只有三三两两的同学漫步在学校内外。线淑平和古汉民二人并肩走在经过学生宿舍区前面通往乌鸡河的大路上。线淑平说道："你的家务事儿多吗？"

古汉民说："也不算多，就是洗衣裳做饭之类的琐事。"

线淑平误以为古汉民爱好诗歌，就想从诗歌儿谈起，便说道："你的诗写得不错啊。"

古汉民摇摇头不好意思地笑笑说："不错个啥呀，胡诌呗。"

线淑平说："你是怎样学会写诗的？"

古汉民说，他没学过写诗，也不知道怎么写诗，只是想怎么写就怎么写。然后就简略地述说了他是如何从他娘背诵的佛经和家乡的童谣里悟到了韵文的特点而开始胡诌韵文写起来。线淑平认为古汉民聪明，敏感，在诗歌写作方面有特殊的悟性。

线淑平和古汉民他们不知不觉来到滚滚东去的乌鸡河岸，越过乌鸡河，能望见远处的电车的南关始发站。近来古汉民上学步行，下学时感觉体力不支的时候有时就坐电车。

线淑平提议坐一会儿。古汉民表示同意。于是，他们走到乌鸡河边，并肩坐在河边的一条隆起在地面上的一条大柳树的龙一样粗大的树根上。

线淑平说："你为什么想到写诗？"

古汉民说："因为有了写诗的愿望，也为了响应团总支和学生会的号召。"

线淑平说："你赞美劳动和劳动人民的诗歌很感人，"然后突然把话题转到政治上，笑着说道："你考虑过入团的问题吗？"

古汉民没有回答。他不把青年团当回事儿，他考虑的是怎样认识中国共产党。在他没有弄清楚共产党是怎么回事之前，是不会靠拢青年团的。

而这样的话他现在是不能对人说，而只能说他条件不够，入团的事以后再说。

线淑平注意到古汉民对于入团问题态度冷淡，为避免彼此尴尬，只好改变话题，就说道："听杨雅范说，你们家原先住在宋家屯镇山东庄。"

"是的，"古汉民说，"我们在那里住了好几年，和杨雅范家做过邻居。"然后瞅了瞅线淑平的神态，忽然有些冲动，继续说道，"站到我们门外的高地上，目光越过我们前面的那条古老的大河沟，就能看见沟子南中东路高高的路基，在苏联红军占领江城的那些日子，南来北往的火车日夜不断地从我们的眼前隆隆通过。从北面开来的货车都是空载，而从南往北开的货车就都是超载。那上面装的物资堆积如山，粮食、布匹、木材、机器和纸张等什么都有！许多车皮上面连帆布都没有顾得上遮盖，一台台的机器，一袋袋的粮食，小山一般裸露在货车上！直到他们把全东北可运的物资都运光！"然后痛苦地说，"那都是我们中国劳动人民的血汗啊！"

线淑平感觉古汉民很在意这件事，谨慎地说道："你怎么看这个问题？"

古汉民忽然感觉自己失言，机敏地反问线淑平说："想听听你的看法儿。"

这是古汉民第一次向线淑平透露他关注的重大的政治问题。她当时在老家宁安乡下，没有亲眼看到过苏联抢劫东北物资的事实，但是领导的报告中讲到过这个问题，由于事情和她本人没有直接的利害关系，她没有认为这是一个重要的问题，而古汉民却这样重视这个问题，肯定是有他的道理。可是她该怎样回答他呢？担心言语不当触犯古汉民，破坏了她好不容易和他建立起来的比较融洽的关系。可她是团员，是干部，得讲原则、守纪律，不能随声附和古汉民，而必须有所表示，于是就转述了领导报告里面关于这个问题的提法儿，说道："……如果苏联当时不拉走沈阳兵工厂的那些机器，它们就会落到国民党手中，国民党就会利用那些机器设备，生产和维修武器，用来进攻解放区。那我们的损失会更大。"

古全和愤怒地猛地一拍那条树根吼道："笑话！那粮食呢？木材呢？布匹呢？"然后改用缓和的语气补充说，"再说国民党军队的装备有美国人供应，孙立人的新一军，廖耀湘的新六军，全部是美式化的装备，他们根本就用不着小日本留下的那点儿破烂玩意儿……"

古汉民说的是事实，线淑平无言以对。

古汉民余怒未消，有些悲怆地说道：“我们可不是战败国啊！”

线淑平鼓足勇气，继续按照宣传材料说服古汉民。她说在解放东北，消灭日本关东军的作战中，苏联出兵百万，在人力物力方面付出了很大的代价，做出了巨大的牺牲……

古汉民立即反驳说：“他们有功，但是消灭日本法西斯不是中国一家的事，难道你所说的这些能算是他们抢掠盟友的理由吗？那还说什么中苏友谊？”但是他认为线淑平说的是事实，不想让她难堪，就没有说下去，而只是摇头微笑不语。

线淑平猜不透他是在笑苏联人，还是在笑她为他们所做的蹩脚儿的辩护。现在她知道古汉民对苏联不满，这可能是古汉民在中苏关系问题上思想转变中的一个节点，不过她现在还说服不了他，只好暂且回避矛盾，回头做些准备，另找时间和他讨论这个问题。

古汉民也觉得自己失态，不该对线淑平发脾气，担心线淑平把他们的谈话汇报给他们团支部，惹得有些人找他的麻烦，便站起来说道：“同学之间讨论问题，哪儿说哪儿了……好啦，我该回家啦，明天见。”

线淑平也站起来若无其事地笑着说：“明天见！”

古汉民说着，转身走了。线淑平站在乌鸡河的南岸，望着古汉民走过乌鸡河上简易的木桥，朝电车站走去。她心潮起伏，有一种送别亲人的感觉。她为终于摸着了古汉民思想转变中的一个节点而感到高兴，为古汉民信任她，肯对她说真话，把她当成朋友，在走近她，而感到幸福。她意识到，古汉民对待政治问题的态度严肃认真，既不能用歪理搪塞他，也不可能用纪律来约束他。可以用纪律约束一个人的言行，却不能约束一个人的思想。况且他非党非团，没有义务遵守党团组织的纪律。而且中苏关系问题，很多人都有疑惑，古汉民有，她本人有，当代关心国家命运的东北知识青年都有。所不同的是古汉民敢于面对这个问题，并要在认识上解决这个问题，而包括她本人在内的多数人则是隐瞒了自己这方面的真实思想，说着官话、假话，进入新社会，参加了青年团，乃至共产党，又返回身来教训别人。她觉得古汉民是从更高的层次，更深的角度考虑这个问题的，他追求的是真正的进步，他对苏联和中苏关系的认识虽然有片面性，有悖党的主张，但是他考虑的是国家和民族的利益，他的出发点是对的。她认为古汉民是工人子弟，他和新社会没有利害冲突，他肯定会觉醒，会进步。她把她今天和古汉民的谈话看成是她工作中的一次成功，认为她现在才真正地接近了古汉民，她对古汉民的工作今天才算真正开始。

古汉民今天是步行回家的，一路上回味着，检点着他对线淑平说的话，为对她说了他在中苏关系问题方面的心里话而感到有些不安，担心她四处张扬，影响他在市立中学的安全。他说不清楚当时为什么会那么信任她。他认为线淑平的辩解缺少说服力，站不住脚，他认为假如当时中国共产党当政，有能力控制东北，他们是不会任凭老毛子在东北那样放肆的。他忽然觉得自己可笑，一边怀疑共产党对于自己国家和民族的忠诚，却又不由自主地替共产党开脱，感觉自己在思想感情上正在不知不觉之间向共产党靠拢。

高一（3）班多数同学已经接受了古汉民，但是对他的看法儿并不一致。线淑平等少数人认为古汉民在积极追求进步，而代耀人却对古汉民感到失望和不满，特别让他不能忍受的是古汉民不尊重他，没有进步的要求，再次产生了放弃他的念头儿。王殿芳煽起的阴风在班里散布开来，代耀人担心古汉民插足在他和线淑平之间，搅了他的"爱情"故事，重新抓起了古汉民的工作，他要在线淑平和古汉民之间打上一个楔子，以防止他们朝着他不愿意见到的前景发展，入团入党的联系人和联系对象走到一起，成为恋人的事例并不少见。现在代耀人关心的不再是怎样帮助古汉民入团，落实团总支的发展计划，而是如何阻止他入团。代耀人认为团员是一种身份，一种政治资本，古汉民入团会抬高地位，增加与线淑平谈情说爱的砝码儿。

26

三角是高一（3）班的新课，已经进行了近一个半月，任课的是班主任刘长林老师。今天又有刘老师的课。他穿的是一身新做的蓝卡其布的干部服，不过对于刘老师，衣裳无所谓新旧。他这件新衣裳刚刚穿过几天，上面就已经沾上了粉笔灰和别的什么东西。但这并不会影响同学们对他的尊敬和好感。因为在他身上，邋遢也变成了一种美，一种让人向往的风度，一些学生效仿的对象。他的滑稽、和善和严厉都是全校有名的。他是全省公认的三角教学的第一把手，有名的"刘三角儿"，学生和教师对他无不敬佩。同学们说，听他的课不仅是一种理性的洗礼，更是一种艺术的享受。即使那些由于学习态度不够端正，或是学习不够刻苦，学习成绩欠佳而挨过他训斥的学生，也会以他们是刘长林老师的学生、曾经受过他的训斥而感觉荣耀，会得意地对人们炫耀说，"刘老师还训过我哪。"开课前，高一（3）班的同学们听说他们的三角儿课由刘老师担任，无不喜形于色，竟然在教室里齐声欢呼起来。

刘老师受人尊敬不仅是因为他有学问，爱学生，课教得好，还因为他人品好，有一颗真诚的爱国心。刘老师在二十世纪二十年代末留学日本东京帝国大学。"九一八"事变后，他毅然中断学业赶回祖国，悄悄地到黑龙江依兰一带去找抗日义勇军，不幸在一次战斗中落到敌人手中，被投进密山煤矿。极度的劳累和营养不良，使他的身体健康受到严重损伤，几乎死在密山煤矿。家里的人知道他已经回国，可始终得不到他的消息，以为他不在人世了。半年后，他在日本东京帝国大学的同学吉野一郎，被调到哈尔滨一所日本中学任教。吉野一郎经多方努力，打听到了刘老师的下落，费尽心机，把他从密山煤矿救出来，留在那所日本中学教数学。江城解放后，刘老师随解放军南下，回到本市，被分配到当时的市立三中，即现在的市立中学担任数学课，主讲三角。

刘老师在课下说说笑笑，鼻涕邋遢，像个顽童。但是一上讲台就变得非常严肃。他每课必备，备课极其认真，上课不带教材，不带教具，只是手握一把杂色粉笔。讲课时全神贯注，表情生动，声音洪亮，抑扬顿挫，节奏鲜明，有如歌唱；炯炯的目光在同学们面前飞快地闪动，一字一句，边讲边写，从黑板的左上角儿写起，一直写下来，粉笔用完，黑板写满，下课铃响。基础好的学生听着轻松愉快，基础差的学生也能听懂！省里经常组织全省的数学教师观摩他的课。本市刚刚成立的东湖师范学院和其他一些高等院校，多次请他到他们那里去任教，他都婉言谢绝了。他说他和中学生有缘。

今天下课前一刻钟，刘老师进行了第一次平时测验，试卷儿上只有两道题。在测试的过程中，刘老师浏览了一些试卷儿，面带疑惑，默默无语，不断摇头。下课前他问同学说："我讲的课你们听得懂吗？""懂！"

同学齐声欢笑着答道。"习惯听我讲课吗？"他又问。"习惯！"同学又齐声答道。刘老师眉头紧皱，连连摇头。

课后，三角课代表汪智公布了三角课堂测验的成绩：全班48人，34人及格，过90分的只有古汉民一人。教室里一片嗡嗡声，有些同学不由自主地朝古汉民那里张望，有些人在抢着看他的试卷儿。外号"红苹果"的胡伯君拘在古汉民的肩膀上，推搡着他说："古汉民，快讲讲你的经验吧！"

胡伯君今年17岁，在班上的同学们中并不是老小儿，但是她的心理并没有按照常规长大，仍然保留着小姑娘儿的习性，爱和男生拉拉扯扯，而古汉民并不了解她的这个特点，不习惯让她勾肩搭背。

胡伯君显小和她的家庭环境有关。她父亲是有名的汉医，开着一家不大的中药房，家庭生活很富裕，夫妻俩捧着他们的这个宝贝的独生女儿。

本市解放后不久胡伯君就参加了青年团，算是本市元老级的青年团员。她身材偏矮，相貌平平，但是很爱打扮，结果常常适得其反。因为她经常面如熟透的红玉苹果，而得了个"红苹果"的雅号儿。

古汉民急于摆脱胡伯君，便说道："上课用心听讲……"

胡伯君不满意古汉民的回答，她要的是考高分的诀窍，气愤地说道："废话！还保密呀！"然后又在古汉民的背上重重地打了一巴掌，嘟囔着离去，让古汉民感觉难堪。

助人为乐是古汉民的家教，帮助同学学习是他的习惯。他这样对待胡伯君并不是因为他自私保守，而是因为他认为每个好学生都有自己合理的学习经验，这样的经验都是他们自己摸索出来的，带有个性特征，可以参考，不能移植，末流学生难以借助别人的学习经验成为上流学生的原因就在这里。他认为自己学习好是因为爱学习，听课专心，爱动脑筋，能吃苦，有自学的锻炼，而这些条件不是人人都能具备的，不可能嫁接到胡伯君这类怕苦怕累，不求上进的同学身上。

27

近来，一切平安无事，古汉民心情愉快。他已经在市立中学安定下来，有了一些可以谈心的好朋友。经过课内外的政治学习，领导的教导，和同学们的交往，线淑平的帮助，特别是周围一些共产党员的影响，促使他思想活跃起来，在有关中国抗日战争和中苏关系，以及所谓解放军围困和解放江城期间数十万或是十数万百姓伤亡等问题的认识方面，有所进展，正在考虑申请助学金。就在这时，班里刮起了一股小风儿，有人在议论古汉民的来历，触及他报考市立中学弄虚作假等问题，这股小风儿彻底破坏了古汉民的好心情，再次使他担心自己能不能在市立中学待下去，不过一段时间过后，这股小风儿没有加大，一般老师和同学对于他的态度也没有明显的变化，唯独靳湘柳对他的神态有些异样，躲躲闪闪，冷热无常。古汉民怀疑可能是靳湘柳泄露了他的秘密。

古汉民的感觉不错，古汉民的秘密就是靳湘柳泄露出去的。古汉民在柳影路小学时低靳湘柳两个年级，这会儿突然出现在市立中学高一（3）班，而且成为明星般的人物儿，靳湘柳感觉不舒服，担心他会对班上的同学们宣扬她解放前的娇小姐生活。

靳湘柳早在柳影路小学时就看着古汉民不顺眼，觉得古汉民是个不伦不类的学生。他穿的是日本人扔的军用破皮靴，有时上学还穿呱嗒板儿——木屐，穿别人扔掉的伪满洲国汉奸头目儿的制服"协和服"，是校园里穿得最破最烂的学生，但是他不以为贱，而且趾高气扬，坦然自信，敢和音乐老师闹对立，大闹过教员集体办公室，逼走了英俊威武，曾经是伪军教官的谷建城老师。靳湘柳看不起穷学生古汉民，可是她又嫉妒古汉民，因为他有反日本帝国主义奴化教育的好名声儿，马光复校长看重他，他是年级会考第一名，有一伙子有活力的同学围绕着他。靳湘柳想到他破衣烂衫还趾高气扬的那个样子就讨厌。而这个古全和如今更名古汉民竟混进市立中学，和她同班上课，成绩比谁都好，让她心里就感到不舒服。她容不得古汉民在她的周围晃来晃去，担心他会在班上宣传她在柳影路小学风流小姐的故事，就萌生了把古汉民的这个秘密公开，把他从自己的身边赶开。可是她知道人们认为告密是一种下贱行为，担心事情一旦暴露，自己面子上不好看，迟迟没敢动作。在古汉民三角测试成绩领先，成为全班同学瞩目的人物儿后，她就用称赞的口气把古全和更名古汉民跳级考入市立中学高一年级的"好消息"告诉了她在一中教务处作杂务的老同学潘自立。而潘自立也是靳湘柳柳影路小学的同学，他曾多次听孙为校长念叨在去年整修解放公园时受伤的古全和，打听他的去向，为流失了古全和这个好学生而感到遗憾，得知靳湘柳的这个消息，立刻报告给了教导处李主任和孙校长。这个消息很快又从一中传回市立中学，传进了班主任刘长林老师的耳朵，刘长林老师立刻找古汉民个别谈话。古汉民不想欺骗好心的长辈刘老师，就原原本本地述说了他跳级的真实想法儿和事情的前前后后。这时刘老师才知道，原来古汉民只是个初中一年级的学生，而他这样有才能，感到有些惊讶。这件事很快在市立中学高中部引起轰动，大家对待古汉民的态度发生了变化，佩服他的人更多了，但是公开称赞他的人几乎没有了。古汉民毕竟有弄虚作假欺骗领导的错误。代耀人和班长苟大川等人议论说，古汉民欺骗组织，问题严重，为了严肃学校的纪律，稳定学校的秩序，应该把他退回市立一中，再由市立一中给予适当的行政处分。但是多数人认为他是凭实力考进市立中学的，学校既然允许具有同等学历的人来报考，那就应该认可古汉民考试的结果。刘长林和王维周等老教师私下里也都认为应该让他继续留在市立中学学习。

古汉民面对这个局面，苦于无法对大家述说自己的心曲，以求得大家的理解和同情。他有生以来干过3次这样丢人的事，都是为了学习。第一件是1947年秋天他从柳影路小学不告而走，偷偷地插班进二里沟小学高小二年级，第二件是1948年秋冬间，他冒充市立一中的学生混入一中，现在是第三件。这一件和他的命运关系最大，要是学校强行把他遣返回市立一中，他的学习生活就将告一段落，他的大学梦也就做到头儿了。但是他至今不悔自己走了这一步，不甘心不声不响地离开市立中学。秘密公开了，他的心情反而变得平静了。他承认私自办理假证件越级报考市立中学违反了学校的纪律，可是他也想，如果他事先向学校提出申请报考市立中学，学校领导也不会批准。他家庭生活困难，他的年纪大了，他为了念大学，有一千个理由这样做。他这样想着，照旧按时上下学，坚持学习。他愿意认错儿，愿意接受处分，但他认为自己是凭能力考进市立中学的，如果学校把他退回一中，他就到市教育局去说理；如果教育局决定把他送回市立一中，他就以不再念书对教育局的决定表示抗议！

进入市立中学以后，古汉民话就不多，这两天他更加沉默寡言。有什么好说的呢？既没有人质问他，他也没有机会为自己辩解。他是插班生，和班上的同学交往浅。现在他更是每天上课来，下课走，独来独往，连线淑平也不再约他谈话了，大家都在等着学校领导表态。

一周的时间过去了。班主任，教务处都没有再找过古汉民，同学们的议论也平息了，事情好像已经过去，只是靳湘柳有意回避他。古汉民和她打招呼，她总是假装没听见，匆匆躲开。原本靳湘柳想得很简单，一中派人来市立中学说明情况，把古汉民领走，事情就完了，没想到事情会引起这么大的动静儿，有那么多的老师和同学站在古汉民一边，呼吁把古汉民留下。而一中也并没有派人来领古汉民，更让靳湘柳感觉自己告密的举动性质严重，一旦暴露，定将遭大家谴责，她将无地自容，忍不住要试探一下古汉民，看他是否有所察觉。这天下午放学的时候，古汉民和靳湘柳在校门口走了个碰头。靳湘柳主动和古汉民打呼。古汉民也坦然对她道别说再见。靳湘柳忽然关切地悄声说道："知道是谁把你的秘密给捅出去的吗？"她想，如果古汉民大发雷霆，指桑骂槐，那就是他怀疑她。而古汉民心平气和地说道："管他是谁呢，人家说的又不是瞎话。"

古汉民的回答并没有解除靳湘柳的精神负担，他的大度使她感觉意外，只好讪讪地笑笑，对古汉民挥挥手，说一声"再见"，悄然朝学生宿舍走去。

靳湘柳的举动证实了古汉民对她的怀疑，不过他并不怨恨她。他知道她傲慢，爱出风头，不想成全他，而他弄虚作假，欺骗老师和同学就是不对。古汉民知道靳湘柳讨厌他，他想当初要是留在高一（1）班，不整天地在靳湘柳的眼前晃来晃去，这件事情也许就不会发生。

28

古汉民出了问题，代耀人心中暗自高兴。古汉民并没有招惹过他，只是没有像有些人那样把他当支部书记来尊重。在古汉民心里，团支部书记就相当于一个班长，是个很一般的学生头儿，何况在古汉民心里代耀人还是个不称职的团支部书记，不是个好学生。更让代耀人感觉不可容忍的是古汉民威胁着他和线淑平的恋爱关系。这几天他连连找古汉民谈话，了解他违纪报考市立中学的动机和经过，以及他想到的其他问题，为处理古汉民搜集材料，严肃地对古汉民说，他背着学校，伪造假证件，改了名字，报考市立中学，是弄虚作假，欺骗组织，性质严重，按规定要从学校除名，或是退回他原先所在的学校，还要受处分。古汉民自知有错，认为代耀人是团支部书记，了解领导的意图，是奉命前来向他吹风，为处理他的问题做准备的，感觉市立中学是待不下去了，想到自己的前途，非常难过。

政治上过敏的代耀人想到，古汉民弄虚作假，欺骗领导，不会仅表现在这一件事情上，可能有更严重的问题，他不相信一个初一的学生能靠在短短几个月的时间里自修初二初三的课程而能够以高分考取高中，在三角课课堂测验中考了全班最高分，怀疑古汉民在别的学校念过高中，可能有不可告人的秘密，灵机一动，想到古汉民曾经对他说过，他曾经报考过松北联中，恍然大悟，断定古汉民在松北联中念过高中，而松北联中是一所国民党的军校，围城时期它的学员都被编进国民党军队，成年学员编成正规军，未成年的学员被编进少年军，看来古汉民大讲淞沪抗战，台儿庄大战，替国民党蒋介石评功摆好儿不是偶然的。代耀人在团支委会上发表了他的这一高见，得到王殿芳和靳湘柳等人的附议，王殿芳说类似的案例在江城解放以后发现过多起。解放初，江城曾大张旗鼓地清理过国民党遗留下来的党团宪特散兵游勇，被揭发出来的暗藏的反革命分子数以千计。市立中学原数学教师初蔚森就是一例。他毕业于日本东京帝国大学，代数教学效果一流，备受学生推崇。而他竟是从某市潜逃来江城的一个血债累累的国民党督察处处长！后被判处死刑枪决。代耀人的高论经王殿芳的演绎和解说，使古汉民的问题陡然从违纪和弄虚作假升级为政治问题，人们的神经立刻紧张起来，一致认为应该全面审查古汉民，而古汉民是否会继续留校学习的问题退居其次。

高一（3）班团支部召开团支委扩大会，凑一起研究古汉民的问题。到会的是3名支委和两名团小组长王殿芳和靳湘柳。班主任刘长林老师列席。会议由代耀人主持，他首先发言，阐述了他对古汉民政治面貌的怀疑。他说："革命战争还在进行，本市阶级斗争形势也很严重，反革命破坏事件屡屡发生，保持革命警惕性，对我们每个人都非常重要。我们必须联系当前的斗争形势来考虑古汉民的问题。发生在我校的初蔚森一案是不久以前的事。古汉民的问题，未必只是个弄虚作假、违背校纪的问题。一个初一的学生怎么可能用两三个月的时间就能把初中的六七门课程自学完，而且以第一名考入我校？这是不是太神了？他来校前的学历到底是什么？是初中还是高中？为什么全班只有他一个人三角考试成绩过 90 分？他是不是以前在某个学校，比如在解放前的江城松北联中，或是其他学校学习过三角儿等课程？这都是问题。重要的是这些问题背后的问题：他到底是什么人？"

线淑平坐在教室后排光线较暗的角落。代耀人把古汉民和初蔚森一案连在一起让她深感不安。假如古汉民真是又一个初蔚森，那她的过错可就大了。不过她不相信古汉民是代耀人和王殿芳所想象的那种人。代耀人怀疑古汉民隐瞒年龄，线淑平感觉古汉民是有点儿显老，不过杨雅范不会说谎，她说古汉民比她小 3 岁，江城解放时 15 岁。不过这些话现在她不能说，不能和代耀人唱反调儿，以免妨碍对于古汉民的审查，落个替古汉民辩护的罪名。

会议的气氛很紧张。多数人附和代耀人的发言，认为应该全面审查古汉民，不过没有人提供事实来证实代耀人的分析，就连讨厌古汉民的王殿芳在这方面也说不出个子午卯酉来。线淑平保持沉默。她想古汉民是否有问题要看审查的结果。这时代耀人突然把矛头指向线淑平，严肃地说："线淑平，你是古汉民的入团联系人，和他来往密切，你发现了他的什么问题？"

线淑平对代耀人的举动深感意外。她想，她和代耀人都是古汉民入团的联系人，在古汉民的问题上负有同等责任，为什么古汉民出了问题之后，他说她和古汉民来往密切，这不是在把责任往她一个人身上推吗？难道这就是他对她的好感吗？她有些不快地说："古汉民的情况我都及时向团支部汇报过了，没有新情况。"

王殿芳念殃儿说："不能感情用事啊。"

线淑平知道王殿芳在敲打自己，她既不澄清，也不反驳，不想配合他整自己。

班主任刘长林一直没发言。他认为代耀人看法儿也只是一种怀疑，而不能作为处理问题的依据。他仍然认为古汉民只是个违纪的问题，凭这一点就让这样一个有培养前途的学生离开市立中学没有道理。

"刘老师，您谈谈？"代耀人笑着说。

代耀人对于学校里的老教师一直保持着距离，因为老教师多数儿有这样那样的问题，最近本市高等学校教师思想改造运动兴起，代耀人更加注意他和老教师的关系。代耀人敌视过共产党，出身也不算好。他欣赏共产党主张的"重在表现"，总是故意表现得特别激进。"表现"和"表演"仅一字之差，而"表现"过头就是"表演"，"表演"少不了虚构，而虚构就不免要说假话。代耀人走的就是这样的路，他团支部书记职务就是他"表现"——"表演"的成果。老教师问题是代耀人当前准备表演的一个题目，不过刘长林老师是个例外。刘老师是全省的名人，重要的是党支部正在研究他入党的问题，而且刘老师是他的班主任，是给他的鉴定写评语，管得着他的人。

刘长林老师没有就代耀人发言表态。他说："古汉民老家山东，但是家在本市，来校已经两个多月了，如果他有政治问题，总该有所暴露。我建议大家冷静地想一想，他这段时间说过什么，做过什么，和什么人来往过，有什么可疑的地方儿。先在班里摸摸情况，然后再到他以前生活过和学习过的地方调查，把这些问题都落实了，他真实的面目也就清楚了。"

线淑平表示同意刘长林的发言，其他人也没有表示反对意见，会场气氛开始降温。

代耀人把会议的情况向刘雨新校长和团总支书记毕淑芝做了汇报。刘校长责成毕淑芝具体负责审查古汉民的工作，并指派刘长林老师配合她工作。

毕淑芝调阅了古汉民的档案，那里面只有一张古汉民报考本校时填写的表格，还有一份宋家屯镇黑狗大街街政府开具的证明材料。在他个人履历一栏里记载着他念过的学校：田庄镇古家庄小学、柳林庄小学、浑河镇小学、本市宋家屯镇王万伯私塾、宋家屯镇私立惠民国民学校、宋家屯镇柳影路中心小学、二里沟区中心小学等，总共 7 所，而关于初中的情况居然什么都没写。毕淑芝算了算，古汉民实际上只是跳来跳去地念了三四年的书！这些情况，当时负责报名工作的老师竟没有发现！而他也居然以高分儿考取了市立中学。这些情况让她感到吃惊，同时也增加了她对古汉民的同情和好感。

毕淑芝为弄清楚古汉民的情况，从城里到城外，一连跑了几天，走访了白山街派出所第 38 组居民组长王长顺和大白楼居民小组长洪绣花。王长顺说，他没听说古汉民和他们家有什么问题，而洪绣花则不住嘴儿地夸奖古汉民爱学习，还领着她到古汉民的"冰洞"看了看。毕淑芝到宋家屯镇中心小学、二里沟区中心小学，向曾经担任过古汉民所在班的班主任陈昌老师——现在是该校的校长兼党支部书记，等调查过古汉民的情况。所有的老师都说古汉民是个好学生，建议对他违纪的错误从宽处理。

学校领导听取过毕淑芝的汇报并进行研究后，责成高一（3）班班主任刘长林老师找古汉民谈话，面对面地核实情况。下午三节课后，古汉民怀着不安的心情准时来到数学教学组办公室。办公室里只有刘长林老师一个人。他神情严肃地看了古汉民一眼。古汉民猜想老师要谈的可能是学校有关他去留问题的决定。古汉民由衷地信赖和尊敬刘老师。在他可能被迫离开这所学校的时候，他很想对他说些感谢的话。可是他不想让老师误解他，以为他是为了让自己继续留在市立中学而不顾廉耻地讨好他，哀告他。他不想留给刘老师这样一副低贱的可怜相儿。他静静地坐在刘老师的面前，等待着他宣布学校的决定。

刘长林不动声色地说道："古汉民，刘校长委托我找你谈话。请你谈谈你的家庭和个人的情况，不要有什么顾虑，什么都可以谈，越具体越详细越好。这件事关乎着对你的处理，对组织要忠诚老实。"

古汉民从刘老师的问题中听出，他的问题，学校还在调查，心中升起一线希望，就平静地说道："我对你老说过，我来市立中学以前在市立一中念初中一年级。我用来报考的身份证明是我求人到我们家曾经住过的地方儿的派出所开的。我有违反学校纪律和弄虚作假的错误，我愿意接受学校的处罚。事情暴露后，我也曾想为自己的前途争一争，斗一斗，如果学校把我从市立中学除名，我将上告教育局。如果教育局支持学校把我除名，我将以辍学来抗议学校和教育局对我的处理。因为我不是混进来的，我是凭本事考进来的。可是现在我不那样想了。抗议有什么用，谁会把一个普普通通的穷中学生当回事儿？算啦，我想开啦，认啦！世界上公道的事情本来就不多。如果不能继续留在市立中学，我就只好告别学校，去工作挣钱养家，孝敬爹娘，在工作中继续自学。也许学校的规矩会变，那时我就凭同等学历去报考大学！"古汉民神情黯淡，一副临刑囚犯的样子。

"高兴点儿嘛，有啥说啥。年龄啊，个人历史啊，家庭情况啊，都可以谈。"刘长林说得很认真，一反平时的诙谐随和。"学校会根据你的具体情况处理你的问题。"

古汉民又从刘老师的话里听到了希望。他说："除了'古汉民'这个名字，我过去写的和说的情况都是真实的。我知道学校不允许跳级，一中的老师这样宣布过。可是我就是想念大学。到去年7月，我就满16周岁了。我家生活困难，没有条件让我按部就班地念到高中毕业。摆在我面前的只有两条路：一条是辍学就业，一条是跳级进入高中，缩短我和大学的距离，减少我爹娘的负担，让他们看到希望，同意我继续学习。我选择了跳级这条路，报考了市立中学。我蒙骗了学校，犯了错误，但是我一点儿都不后悔，我没做坏事，不觉得丢人。我成功了，从中受到很好的锻炼。"

"还有什么遗漏的吗？我听说你解放前报考过松北联中？你在松北联中念几年级，待了多久？后来被编进哪连哪排哪班？是否有人证明？"

"我报考过松北联中，图的是那里管吃管穿管住，也被录取了，但是我没有去报到。我爹不同意我去，我当时的班主任陈昌老师也不同意我去。没有人能证明我念过松北联中。这件事情陈昌老师知道。他会为我作证。"

就在古汉民紧张地等着刘老师宣布学校对他的处理意见的时候，刘老师忽然说道："就谈到这里吧。有什么要补充的，随时来找我。"在古汉民懵懵懂懂地站起来准备离开数学教学组办公室的时候，刘老师又补充说："饭得吃，觉得睡，学习耽误不得，回一中也没有什么了不起，无非是多念两年书嘛！"

古汉民听刘老师这样说，心中一阵伤感，但是仍然说道："谢谢老师的教导。"深深地向刘长林鞠了一个九十度的大躬，忍着眼中的泪水，快步冲出数学教学组办公室。

"真正的山东棒子，一句求饶的话都不肯说！"刘长林心中说，他欣赏古汉民的个性。

古汉民在数学教学组办公室门外碰见了线淑平，她关切地问他："你怎么啦？"

"没什么。"古汉民说着，急忙擦干眼泪。

线淑平宽慰他说："大不了就是回一中，回一中也不可怕，多念两年也不是坏事。"

　　线淑平的话触发了古汉民的联想，刘长林老师刚刚说过的话，代耀人说他将会被赶回一中，还要受处分，他们三个人的话同时闪现在他的心里。一个是班主任，一个是团支部书记，一个是团支委，他们的话相互印证，说明学校领导已经研究过他的问题，并且决定送他回一中，而好心的刘老师和线淑平和不怀好意的代耀人是奉命给他下毛毛雨，让他有个思想准备，以免惹出乱子让领导被动。古汉民想，与其让人们像对待一个逃犯一样地把自己赶出市立中学，押回一中，不如自己主动大大方方地离开这里！他回到教室，收拾好书包儿，匆匆离开教室，朝校门走去。他走出校门后，忽然停住脚步，回想起两个月前的那个早晨，他发现他榜上有名时的那种欢乐的心情。那时，许多人投他以羡慕的眼光。他非常兴奋，是小跑着回家的。可是现在他得离开这里了！而且将最终结束学校生活，走进铁路食堂的餐厅和伙房，穿起白色的制服，戴上那顶高高的帽子，在餐厅里跑来跑去，伺候那些老毛子！想到这里，他伤心地流下了眼泪，看着校门，喃喃说道："再见了，市立中学！再见了，不合理的教育制度！为了跨进这个门槛儿，我苦苦奋斗了一个冬春，度过了许多不眠之夜！我的梦本来就要圆了，但是它又破了，再见吧，大学梦！"

29

　　古汉民不记得他在回家的路上走过一些什么地方，走了多少时间，是怎样回到家的。往常古全和回到家里，都是先向父母报告他回来了，然后就把书包放回他的所谓房间，如果有家务要做，就做家务，不然他就在他的房间里看书，直到吃晚饭。今天他到家的时候天就已经黑了，他一回到家里就把书包儿扔到卧室里的床上，一个人坐在用条凳和木板搭成的床边发愣。

　　"你怎么这会儿才回来，不知道家里惦记着吗？"秀姑埋怨说。

　　"以后就不用惦记了。"古汉民自嘲地说。

　　秀姑不解地看了儿子一眼，说："你这是什么意思？"

　　古世才发觉儿子眼睛红红的，有些反常，关切地问道："有什么事吗？"

"没什么。"古汉民无精打采地说。

古世才放好吃饭用的地桌儿，秀姑拾掇上晚饭，一家的晚饭就开始了。往常古全和在吃晚饭的时候常常要讲一些学校内外的见闻，和他爹议论一些政治问题，而今天他一声不响，古世才猜想儿子碰上不顺心的事了。他正想问问他，古全和突然说道："娘，我明天就去铁路食堂上班。"

秀姑满脸疑惑，看着儿子，不知道发生了什么事，儿子这样说是什么意思，她看看丈夫，又转向儿子，试探地问道："你说什么？"

古全和说："我偷偷报考市立中学的事有人报告给学校领导了，领导要把我送回一中，我的书是念不成了，从明天起，我参加工作！挣钱养家，到铁路食堂去当跑堂儿的，学当厨子！"

秀姑先是怀疑，再是有些难过，然后脸上渐渐地露出谨慎的喜色，心里说，"老天保佑，把儿子引上这样一条正路！"然后压抑着内心的喜悦，和颜悦色地安慰儿子说："学手艺才是条正道儿！你放心吧，我一直让你卢叔叔给你留着那个差事呢，我这就去对他说，让他明天带你去上班。"秀姑说着，撂下饭碗就往外跑。

古世才吼道，"站住！听风就是雨，慌什么！你知道是怎么回事？"

"你又要来瞎搅和？"秀姑气愤地说。不过她还是站住了。

古世才问古全和说："到底是怎么回事儿？"

古全和诉说了事情的经过，说团支部委员线淑平，团支部书记代耀人，和班主任刘长林老师，都暗示他，说市立中学要把他退回一中，一中还要处分他。然后说，与其让别人强行赶出市立中学，还要遭受处分，就不如自己主动走人。他还说，大学他是念定了，他要一边工作挣钱养家，一边自学高中的课程，到时候再以同等学历的资格报考大学，他相信他一定能成功。现在以同等学历招考学员的学校多得很。他的口气强硬，而眼睛却在流泪。

古世才不了解学校里的事情，不知道儿子说的是不是事实，但是儿子不屈的意志，远大的抱负，让他感到宽慰，他相信儿子不会泄气，无论如何，都会继续奋斗。他鼓励儿子说："好样儿的！爹支持你，卖房子卖地也要供你念书，爹相信你一定能念上大学。"

"不让念正好！咱们还不稀罕呢！"秀姑好像在和谁赌气。

古世才觉得儿子考入高中是他们一家的荣耀，乡亲们都很羡慕他们。

如今忽然说这不算数了，他心里怎么会不难受呢？他试探地说："咱们去哀求哀求刘老师怎么样？"

古全和说："这件事刘老师说了不算，再说我也不想去哀求谁！磕头也未必有用。"

古世才双手捧着脸，无声地蹲在地上，伤心地说："命啊！又是半途而废。你老爷爷是这样，你爷爷是这样，你又是这样！祖上无德，后生无福啊！"过了好一会儿，他又说："难道就没有法子补救了吗？"

古全和面露笑容说道："爹，请您相信，我不会半途而废。"

"爹相信你！"古世才斩钉截铁地说。

秀姑趁古世才父子谈论的这个空当儿去过一趟卢子堂家。

"说好啦！"秀姑满面喜色，"明天就去上班！用不着去求谁！"

古世才看着妻子，气愤地连连摇头，说道，"你简直是个糊涂虫，孩子遭遇这样大的挫折，你还能笑得出来！麻木不仁！你知道孩子这会儿心里是个什么滋味儿吗？"

"就你知道！你懂孩子的心，我麻木不仁。要不是你总撺掇着孩子一个劲儿地念书，他能有今天这个坎儿吗？"她本想说"下场"，但是没说出口。

古世才觉得跟秀姑说不清，不再理睬她。

这一夜古世才一家谁都没有睡好。秀姑高兴得睡不着，儿子总算要去学徒了，他一上班，就能挣钱，吃上便宜菜，过一两年还能挣大钱，那时就给儿子成亲，她也好抱孙子。让她感到不安的是担心丈夫会琢磨出什么歪点子来，再鼓动儿子改变主意，破坏了她的好事。古世才望子成龙，眼见儿子进了高中，用不了几年就能进大学，如今却变成了一场噩梦。他苦苦琢磨，总想能找到一个挽救的办法，可是他不懂学校，无权无势，毫无办法。

"睡吧，不能一条道儿走到黑。儿子大了，该去学手艺了，你像根儿这个年纪不是已经出了徒，下了关东，到了老毛子国挣大钱去了吗？"

古世才说："那是什么年月儿？如今要成就一番事业不念书是不行的。儿子难过得眼睛都哭红了，你反倒高兴！你那里像个当娘的！当厨子有什么好！只要有条路好走，没有哪个手艺人愿意再让自己的儿女学他的样儿，和他一样去耍手艺！"古世才不耐烦地说。

秀姑说："人生在世，为了吃穿。干什么都一样。"

"你不懂。"古世才不想和妻子斗嘴。他想不出有什么法子能保住儿子在市立中学的那个位子，就决定让儿子回一中继续学习。

古全和一夜没合眼。他感到自己好像突然被抛弃在一个渺无人烟的旷野里。大学一度离他很近，现在突然消失了，他不得不面对又一个人生。

天不亮秀姑就到"冰洞"去叫古全和起床做去铁路食堂的准备。

吃早饭的时候，古世才说："念不成市立中学就回一中吧。"

"回一中是浪费时间。我要去工作。"古全和说。

秀姑说："就听孩子的吧。"

秀姑张罗着催古全和吃饭，又让他换新衣裳。古全和只喝了一碗玉米面粥。

"你还是回一中吧。"古世才再恳求说。

古全和看着他爹伤心的样子，装出满不在乎的样子笑着说："人不能一辈子待在学校里。大学毕业了，也要工作。有卢叔叔照顾，当个厨子也不错。再说，我将来一定要去念大学。听说大学里人人有助学金，不用申请。"

"你听，孩子多明白！"秀姑乐得合不拢嘴。

"我走啦。"古全和说着，一只脚迈出门外。

"等等，"古世才忽然想到，开除一个学生是大事，班主任说了不算数儿，学生说了更不算数儿。儿子说他们是在给他下毛毛雨，可是毛毛雨并不就是学校的正式通知。所以他问儿子说："是学校领导委托刘老师正式通知要你回一中的吗？"

古汉民一脚门里一脚门外地说："我想刘老师他们是在向我透露领导的意思。"

古世才忽然想到，学校里决定事情是校长，便兴奋地说："除了校长，谁的话也不要听，只要校长没正式通知你离开学校，你就照常去上学。"

秀姑不耐烦地数落古世才说："没老就糊涂了！唠叨个没完儿！连学校门儿都没进过，大字不识半升，瞎巴巴个啥，难道根儿不比你明白？"

古世才没有理睬妻子的唠叨，而是催促古全和赶紧去上学。

古全和忽然醒悟，觉得他爹说得有道理，心中闪出一线希望，捞起书包儿，飞一般地冲出家门，"噔噔噔噔"下了楼，飞一般地往学校的方向跑去，不由地想道："但愿爹是对的。看来教育程度和办事的能力不一定成比例。爹没念过书，可是他比我懂事。"

被冷落在一边的秀姑嘟囔道："挺好的个事儿又叫你给搅和了！"说着，赌气把她专为儿子上班缝制的蓝卡其布的新上衣扔到床上，长长地叹了一口粗气，一屁股跌坐到床上。

古汉民一路奔跑着赶到市立中学校门外时，上课的预铃刚刚响过，他气喘吁吁地赶到高一（3）班教室时，国语课王维周老师已经踏着上课铃声进了教室。古汉民觉得如果他跟着王维周老师进入教室会惹得同学们哄笑，破坏教室严肃的气氛，就悄悄地靠在教室的窗外，偷偷地透过没有刷过白石灰粉的玻璃窗的上半截儿，观看室内的景象，听王维周老师讲课。线淑平发现了他，微笑着向他点头儿，意思是让他进去。他心中一阵喜悦，相信他的处境没有变化，他还是市立中学的学生。他朝线淑平摆摆手，意思是，他不想打扰王老师讲课，就站在教室外面听。

教室里传出王维周老师苍老、动情、古色古香、唱歌儿般抑扬顿挫的声音。他今天讲读的是"活页文选"上的一篇特写《库里申克大队长》。文章记述的是苏联英雄飞行大队长库里申克率领他的飞行大队帮助中国抗击日本帝国主义的英雄故事，写他在保卫大武汉的战役中和日本空军血战，立下赫赫战功，最后壮烈牺牲的英雄事迹。古汉民觉得今天王老师的声音特别动听，文章中的故事特别感人，有力地冲击和动摇着他对老毛子——苏联人，由来已久的恶感。

王维周老师在诉说故事背景的时候，以悲怆的声调儿，说到苏联百万红军在打败德国法西斯之后，未经休整，立刻从柏林城下挥师东向，来帮助中国抗日军民消灭日本关东军，牺牲的官兵过万人，在人力物力方面都付出了巨大的代价。这时，古汉民对苏联人民的感激之情压倒了对他们的愤怒和怨恨，觉得苏联人掠夺中国的物资虽属罪过，但也是可以原谅的。这时，他脑海中浮现出 4 年前他目睹的一个难忘的场面。1945 年深秋的一天，一个细雨蒙蒙，冷风阵阵的上午，在二里沟东的野地里，5 名脱掉军装、只穿着衬衣衬裤的苏联士兵，沮丧地低垂着头，排列在一个新挖好的长方形的土坑前面。一名苏军大校眼含热泪下达了枪决他们的命令。那天，在回家的路上，他问他父亲说："爹，枪毙那些兵的时候，那个当官儿的老毛子对你说了些啥？他为什么哭啦？"他爹心情沉重地说："那个苏联军官说，那 5 个被枪决的苏联士兵，都是身经百战，死里逃生的老兵。他们从莫斯科，一直打到柏林；战胜德国法西斯后，马不停蹄，立刻奉命来帮助咱们消灭日本关东军。可是，他们犯了错误，有的犯有强奸罪，有的犯有抢劫罪。苏联红军最高统帅部，为了抚慰中国的受害者，维护中国和苏联的友好关系，不得不下令枪毙他们。那个大校说，他们也有家，有父母，有妻子儿女……"

教室里鸦雀无声。王维周老师语调低沉。古全和回忆着当年枪决苏军士兵的景象，想到王维周老师所说的苏联军队为消灭日本关东军付出的巨大牺牲，想到线淑平前天对他说的那些道理，觉得自己不该对苏联人的错误耿耿于怀。他想，俄国人，苏联人，和许多国家的人一样，不懂孔子的教导，不讲仁义道德，而只讲利害得失，因此他们干出点儿不仁不义的勾当并不奇怪，更何况苏联人还舍生忘死地帮助过我们……不过他的这种好心情没有继续多久，眼下摆在他面前的是他能不能继续留在市立中学。他觉得即使他误会了刘老师、代耀人和线淑平的话，也不等于他就能够留在这里。他这样想着，一颗心又揪起来。

下课了，王维周老师从教室里走出来。他眼圈儿发红，神情激动，默默无语，连看也没有看古汉民一眼，就从他的身边走过去了。这让古汉民感到心惊。王老师平时很喜欢他，现在为什么不理他呢？王老师是不是也听到了有关他的问题的风声儿，对他的人品有了不好的看法儿，不愿意搭理他了呢？也许王老师也已经知道了学校将要遣送他回一中的决定了吧？他心里嘀咕了好一阵子，直到线淑平把他拉进教室。

古汉民小心地观察了一番周围的景象，觉得并没有什么异常，便坐到自己的座位上，怀着不安的心情，打开书包，借来蔡新三的笔记本，补国语课的笔记。

"刚才你怎么不进来？"线淑平笑眯眯地说道，语调委婉，神态和悦，显得比平时更亲切，完全没有对他另眼看待的意思，他的心情立刻缓解下来。他说："我怕打扰王老师讲课。"

第二天，古汉民仍然按时上下学，不安地等待着可能发生的事情。一天过去了，什么事情都没有发生。他渐渐地从绝望和沮丧中挣脱出来，紧张的心情也松弛下来，心中生出了希望，庆幸自己听了他爹的话，没有贸然到铁路食堂去上班。他又想到学历和能力不是一回事的道理。每到紧要关头都是他爹指点他摆脱困境，这就是人生经验，就像俗话里说的，"姜还是老的辣"。

31

古汉民原先所在的江城市立第一中学校长孙为搞教育工作是半路出家。他老家四川达县，早年毕业于山东齐鲁大学，大革命时代参加共产党，"九一八"事变后奉派到东北发动抗日斗争，是抗联的老战士，曾配合苏联红军打回东北，后来因伤病和工作需要，从部队调入地方的教育部门。1948年随军来到江城，同年冬调任一中校长。他患有严重的风湿性关节炎和鼻窦炎，说话鼻音很重，略带四川口音。但是师生们喜欢听他做报告。他讲话从不念讲稿儿，不拿腔拿调儿，就跟唠家常一样，娓娓动听。在市立一中，他起得最早，睡得最晚。每天校园里熄灯后，他都在学校的里里外外到处转一圈儿，做一次全面的安全检查。平时他常到各个教室听课。在学生宿舍，操场，饭厅，在校园的各个角落，都能经常见到他的身影。他常说："学校的主人是学生，没有学生也就没有老师、校长和学校。校长和老师都是为学生服务的。关心学生，是校长和老师的第一要务。"

现在，孙为校长正在和教导主任李文和议论古全和的问题。

李文和说："我派人到市立中学从侧面去核对过，古全和的确在那里的高一（3）班上课，改名古汉民，这件事在老师和同学间传开了，影响很不好，少数学生也跃跃欲试准备效仿他，要是由着古全和这种无组织无纪律的学生乱来，还有什么正常的教学秩序可言？今天有一个古全和，明天就会有一个金全和，如果不对古全和这样的学生严加惩戒，说不定明年就会有一堆古全和跳班，您看是不是派人去把他领回来？"

　　孙为校长沉思着问道："你认为会有那么多的古全和吗？"

　　李主任想了想有些犹豫地试探着说："难说，不过我想……"

　　孙为放下手里的文件说道："纪律不能没有，可是一切有关学校教育的规章制度，也包括纪律，都是为学生服务的。有利于学生全面发展是这些规章制度和纪律存在的前提，不利于学生全面发展的规章制度和纪律就得考虑怎样进行改革。我们反对某些学生盲目地跳班、串校，是为了维护正常的教学秩序，以便大批量地、不受干扰地、顺利地培养一般学生，但是不排除对于个别特殊学生网开一面。"

　　李文和疑惑地看着孙校长说道："您的意思是放过古全和？"

　　孙为说："恢复国民经济到处急需人才。早出人才，多出人才，出优秀人才，是形势对教育的迫切要求。古全和靠自修，在不到半年的时间里，在出色完成课堂学习任务的同时，完成了初二、初三两个学年的学业，以高分考入市立中学，这就表明他不仅聪明，有头脑，有追求，而且有毅力，能吃苦，是个人才，理应得到支持。他既然能念高中，我们为什么要把他拉回来继续念初中，虚度年华呢？这对国家、家庭和他本人有什么好处？"

　　"如果不追究古全和的违纪行为，以后再遇到这种问题怎么办？"

　　孙为校长微笑着说："您以为在学生中真的会有很多的古全和吗？我们要实事求是。不能容忍学生乱来，但是对特殊问题要特殊处理。能力和毅力超常的学生是个别的，学生升留级本来就不应该一刀切。要承认差异。孔夫子早在两千五百年前就注意了这个问题，提出了'因材施教'的教育原则，从理论上解决了这个问题。既然学习成绩差的学生要留级，那么为什么学习成绩超常的学生不可以越级呢？我看不准跳级的规定得改一改。如果初中一年级的学生都能像古全和这样一步跳到高中一年级，那我们既能早出人才，又能节约国家对教育的投入，那该有多么好啊！当然，学校的秩序一定要有。学校的秩序相对稳定是必要的。但是这个秩序不能是死的，而应该是活的，有利于学生全面发展的。"

　　"您是说，古全和可以留在市立中学吗？"

　　"先听听市立中学那面的意见。市立中学的刘雨新校长是位教育专家，我想他不会强行把古全和这样的好学生遣送回咱们市立一中。现在他们那里还没有动静儿，咱们就等等再说吧。他们不退，我们就不去领。"

李主任会意地点点头儿走了，而孙为校长仍然在考虑古全和的问题。他只见过古汉民一面，谈过一两句话，而古汉民留给他的印象却很深刻。他是在去年整修解放公园的劳动的现场偶然认识古全和的。那时候古全和还在江城一中读书。

32

江城解放公园地处市中心的闹市区，修建于二十世纪三十年代初期，是在一条天然小河沟儿的基础上人工开挖筑成的，占地超过万亩，是市区唯一的游览娱乐场所。公园的东西南北四面纵横交错的交通要道把公园构成一个不规则的多边形，周围有形制考究的砖石水泥钢筋结构的栅栏围网，围网的里侧是环绕全园的杨柳间杂的、宽宽的林带。公园的东北角儿上有一个带阶梯看台的足球场。足球场的前面是一个标准的运动场。运动场的前面是一个电动木马儿童游乐园。公园里有一些猴子、老虎、棕熊和鸟类等观赏动物，亭台景观散在四处，幽幽曲径四通八达，夏秋时节，林木葱茏，绿草遍地，鸟语花香，游人如织，每逢节假日，常有大型群众文体活动。

公园的中央偏西部位是一处自西北而东南呈葫芦形的半天然的人工湖。人工湖是在穿过公园的那条长流不息的小河沟儿的基础上人工开掘并在下游筑坝而成的。湖面数百亩，水源充足，沿岸是数不清的株株垂柳，是解放公园最富诗意的地方儿。

在伪满洲国时，解放公园叫"黑田公园"，据说是日本人为纪念他们一个被打死的姓黑田的屠杀中国人有功的将军而修建的。在公园进门处显要的地方，曾筑有一座两米多高、五六米长的黑色大理石贴面儿的高台，高台上面立着"黑田大将"比真人还大一倍多的青铜塑像。他骑在飞奔的战马上，耀武扬威，不可一世。"八一五"光复当天的夜里，即日本天皇宣读无条件投降书过后一点钟，江城的有些老百姓就自发地携带炸药、工具，闯进公园，把黑田大将的铜像和他跨下的铜马炸碎，砸烂，把公园改名为"中山公园"。本市解放后，人们又自动把她改名为解放公园。

国民党统治时期，解放公园几乎为国民党的大小官员和他们的太太奶奶以及情妇所独占。那些操南方口音，高叫"抗战八年"的二十多岁儿的"老子"们，常常带着他们的正式的和非正式的老婆或是情人姘头，在湖面上泛舟游荡，吃喝玩乐，酒醉之余，常常把罐头盒子、破酒瓶子、枪支、子弹、手榴弹、刺刀、匕首等丢进湖里，对于游人的生命构成威胁，湖底也慢慢地淤积起来。1949 年暑假期间，为改善公园的环境，保证人民的安全，江城市人民政府决定发动全市青年开展义务劳动，疏浚人工湖出入的河道，清除湖里的淤泥和危险物品，全面整修公园，号召全市青年积极参加。市立一中是男校，离解放公园最近，有幸被安排在第一批劳动，具体时间定在暑假开始后的第一周，全校师生都感到特别光荣，人人报名，个个争先。

古全和的暑假活动原本已有安排，他和宋家屯镇田园酱园的老掌柜说好，利用假期到他们那里去踩麹子挣钱补贴家用。但是班主任赵治军老师希望班上的同学全员参加疏浚。初一（3）班的同学都知道古全和家庭生活困难，替他向老师说情儿，劝他不要报名参加，赵老师也说他的情况特殊，可以不参加，而古全和却说："公园是大家伙儿的，修整公园儿我怎么能不参加？"

整修解放公园的头一天早晨开工前，孙为校长在动员大会上详细讲解了这次义务劳动对于改善全市人民文化生活和同学们锻炼成长的重要意义，介绍了解放公园的情况，特别提到湖底的淤泥里有当年国民党军官们扔到里面的破酒瓶子、刀、剑、枪支和手榴弹之类的危险物品，告诫大家劳动时一定要听从指挥，服从领导，注意安全。

古全和在班上年龄大，个子高，为保护小同学们的安全，他主动参加掏淤泥的劳动。湖水还没有完全放干抽净，掏湖泥的劳动就开始了。古全和第一个走进齐腰深的黑乎乎臭烘烘的湖水中。他和高年级的几个高个子同学，一锹一锹地把淤泥挖出来，再磕到就近接应他的同学的铁锹上，排列在后面的人，再一锹一锹地接力运到岸上，最后装进柳条筐里抬走。

广播里轮番播放着《没有共产党就没有新中国》《中国人民解放军进行曲》《三大纪律八项注意》《咱们工人有力量》和《解放区的天》等振奋人心的歌曲。上千名学生在工地上奔跑。欢笑声响彻整个解放公园。有生以来第一次参加这种正儿八经儿的集体体力劳动的同学们，都很兴奋。虽然大多笨手笨脚，可是个个喜笑颜开，争先恐后。

　　市解放公园整修义务劳动指挥部的领导考虑到第一批参加劳动的都是初中学生，年纪小，只安排他们劳动半天。说好，一中师生的劳动从上午9点到上午11点半，中间休息1次。

　　一周的时间很快过去，今天是一中同学义务劳动的最后一天。太阳开始偏西，劳动就要结束，同学们个个满身大汗，说笑声渐渐少了，来回跑动的速度慢了，只有古全和等几个来自劳动家庭，有劳动习惯和劳动技能，又大几岁的同学，依然在不紧不慢地从湖里一锹一锹地往外掏运淤泥。

　　"手榴弹！"古全和忽然惊叫道。大家看到，他正用铁锹端着一个甜瓜形儿的手榴弹。就在这时，古全和觉得他的右脚大拇指的上方一阵剧痛，好像被什么利器重重地割了一下，疼痛难忍，接着血花儿就浮上水面。他猜想那利器可能是碎玻璃，也可能是把锋利的刀子。鲜血漂到水面上，漾成一片，而且不断扩大。他忍着剧痛，两眼死盯着铁锹上的那颗手榴弹，站在泥水中，一动不动，等待有经验的人来接应他。

　　周围的人嗡啦围上来，紧张地注视着他铁锹上的手榴弹。

　　孙校长、李主任和初一（3）班的班主任赵治军老师闻讯拼命朝这里奔跑，同时发现古全和用铁锹托着一颗48瓣儿手榴弹。

　　"血！血！他受伤啦！"一些同学指点着古汉民齐声惊叫。

　　古全和两眼注视着那颗手榴弹，一动不动地站在水里。血继续从下面涌上来，血花儿继续在水面上扩散，刺激着人们的眼睛和心灵。

　　孙校长和李主任跑得气喘吁吁，几步蹿到水边。

　　"闪开！"孙为校长高喊着，跳进水中，伸手拿起那颗手榴弹。

　　李主任也扑进水里，把古全和抱出来。

　　古全和面色苍白，右脚大拇指右上侧部位有一道一寸多长的口子，两侧的皮肉朝外翻着，鲜血从脚动脉血管儿泉涌般地咕嘟咕嘟地往外涌。

　　"怎么样?!"李主任问道。

　　"好像是被什么东西划破了。"古全和心情有些紧张。

　　孙为校长解下围在脖子上的雪白的毛巾，扎在古全和的伤脚上，高喊："送医院！"

　　赵治军老师背起古全和，李主任随后保护，许多同学尾随，飞奔市立医院。

时间紧迫，手术是在没有麻醉的条件下进行的。

可能是由于失血过多，也可能是由于疼痛难忍，古全和休克两次。

"不做啦！"古全和疼得难以忍受，醒来的间隙，忽地坐起来说道。

"小同学，不做你就残废啦，会变成瘸子！"医生和蔼地说。

"听医生的，做吧。"孙为校长亲切地低声说。

古全和再次躺倒在手术台上。

手术做完了，古全和脸色煞白，疲惫地坐在手术台上。

孙为校长和蔼地问道："你挖到手榴弹的时候不害怕吗？"

"怕，很怕。"

"为什么？"

"我碰上过两次手榴弹爆炸，都炸死了人。一次是我在山东老家的时候看到的。有一天，我和小朋友们在浑河镇鲤鱼河里洗澡，有同学摸到了一个这种甜瓜型的手榴弹，一定是驻扎在那里的日本人扔的。一个同学想把那里面的火药拆出来，装进自己做的小手枪里放着玩儿。可是手榴弹爆炸了，他的头被炸烂了，血把河水染红了一片。他周围的几个小朋友也受了伤。第二次是发生在两年前。1947 年的秋天。那时我在二里沟小学念书，是那里的学生会主席。下午放学后我检查室外环境卫生的时候，见一些小同学在操场上围在一起玩一个什么东西。第二天上学听说有人被手榴弹炸死了。我到操场上一看，见昨天那些小同学玩儿的地方炸出了一个坑，周围是一个直径两三米的血染的圆圈儿。听当时在场的同学说，被炸死的那个同学的肠子被炸出来了。他痛苦得围着那个炸成一个坑的地方翻滚，他流出来的血就画出了那个血的圆圈儿。这时我才知道他们头一天下午在那里玩儿的是手榴弹，后悔当时没有发现制止。"

"哦，是这样的呀！"孙为校长心情沉重。"你为什么不把手榴弹扔了逃走？"

"周围都是人呀，往哪儿扔？"

"那你就不怕伤着自己吗？"

"也怕。"

"那你为什么不把它扔啦？"

"手榴弹在我的铁锹上炸了只能炸死我一个人。要是扔到岸上，会炸死好些同学呀。"

孙为校长不由地心生敬意，问道："你爹是干什么的？"

"铁匠，也当过皮匠。"

孙为校长连连点头儿，心想："爹是好样儿的！儿子也是好样儿的！"接着问道："你叫什么名字？"

"古全和。"

"哦，古全和。"孙为校长反复地念叨着这个名字。

第二天，孙为校长请来初一（3）班的班主任赵治军。

孙校长问："古全和是干部吗？"

"不是。"

"是团员吗？"

"也不是。"

"他的学习成绩怎么样？"

"上学期考试成绩是全班第一名。"

"为什么没发展他入团？"

"他没有入团的要求。"

孙为校长点点头儿，感到奇怪。

33

1949 年秋季开学后，孙为校长再次把赵治军老师请到办公室。

孙校长关切地问道："古全和的伤怎么样？"

赵老师说："完全好了。"

"在义务劳动过后他有变化吗？"

"没有。还是上学来下学走，课间就到锅炉房去拣煤核儿。"

"他家生活有困难吗？为什么不给他办助学金？"

"提醒过他，他不申请。"

"为什么？"

"不知道。"

"谈谈他的基本情况吧。"

"古全和好学，成绩也好，有组织能力，解放前念小学时一直是班长，班主席，先后在宋家屯镇中心校和二里沟中心校当过校学生会副主席和主席。我动员当班长，他不干；介绍他到校学生会工作，他也不干。"

"为什么？"

"不清楚。不过要说他思想落后好像也不是。他经常给班上的同学讲当年他们家乡八路军抗日的故事，对公共事务也很热心。同学们推举他当国语、算术、生理卫生和俄语等几门儿课程的'小先生'，类似大学里的助教儿，他都高兴地接受了，天天下午自习课时给同学们解答学习中的问题。他很会讲话，就是不愿意谈思想，不想入团。团支部书记张伟动员他入团，他无动于衷，还嘲笑张伟是假革命，假积极。"

"他的群众关系怎么样？"

"和一般同学处得不错，班上多数儿同学围着他转。他要是捣乱，班上就没法儿管了。可是他跟团支部书记的关系不好，看不起团支部书记张伟，讽刺他学习不努力，爱出风头，说他假积极。"

孙校长笑笑说："哦，还是个闹将呀。爱学习是一大长处。学生嘛，当然要关心学习。爱帮助同学也好。可是他为什么不靠拢组织，还要和干部作对儿呢？他的问题在什么地方儿？你们研究过吗？"

"古全和很自信，他不赞成的事怎么说他都不干，有时无组织无纪律，为所欲为，连老师也不放在眼里。听说他念小学的时候就曾经和有的老师打过架，还逼走了一位老师。有一次他把我的国语课给搅了。"

孙为校长忍不住笑了，说道："有意思，能谈谈这件事吗？"

赵治军老师述说了古全和上学故意迟到和他捣乱的事。

孙为校长听了大笑不止，然后说道："老赵啊，我看你采取的那个办法不大好啊，人家是被你逼上梁山的哟。个别学生经常迟到，就应该了解一下原因，看他是思想问题呢，还是有实际困难，然后有的放矢地加以解决。学生迟到了，你就把人家赶到走廊里趴在窗户上听课，那怎么行？那不是让人家出丑，剥夺人家学习的权利，给自己找麻烦吗？硬性惩罚不是解决学生思想问题的好办法，和学生对立起来，事情就不好办了。你剥夺人家学习的权利，人家当然要造你的反喽。增强学生的纪律观念，让他们按时上学，主要是要解决他们的实际问题。他们思想通了，自然就不会迟到了。古全和家住在宋家屯镇，离学校十多里路，大冬天上学要路过积雪过膝、荒无人烟，狐狼出没的飞机场，碰上下雪天路更难走。人家是冒着生命危险在没膝深的雪地上爬着来学校念书的呀。你规定迟到的人不许进教室，只能在走廊里听课，而迟到的又只有他古全和一个人，你这不明明是要整治他、羞辱他吗？他表示反感，采取对抗的态度，造你的反就在所难免了，这就叫‘官逼民反’哪，哈哈哈哈！”

赵治军也不好意思地笑了，说道：“您说的有道理。那天是下大雪，他气喘吁吁地闯进教室的时候，满头满脸冒热气，棉袄都湿透了。我把他赶出教室，他坐在教室外面的走廊里，拉开窗户听课，教室里笑声不断。他国文基础好，读音准，朗读能力强，能发现同学们在识字和发音方面的细微的错误，他故意不停地提问题，给读课文儿的同学纠错儿，闹得课没法儿上，很多同学替他求情儿，最后，课没法儿上了，我不得不亲自出去把他请进教室。”

孙为校长笑着说：“这就对了嘛。”

过了一会儿，孙为校长认真地问道：“他有什么落后言论吗？”

“那倒没有。”

“有什么家庭和社会背景吗？”

“也没有。他父亲是工人，社会关系也很简单，都是工农劳动群众。”

“老赵啊，你一定要好好注意这个学生。他是个人才。看一个人的政治态度，要听其言观其行，看本质，看主流，主要是看他的行动。”孙为校长一字一句地说，“古全和平时关心同学，帮助同学，劳动中挑最脏、最累、最危险、别人最不愿意干的活儿，关键时刻能挺身而出，保护别人，表明他的个人品质很好。讲到党内的思想倾向，我们大家爱讲‘左’与‘右’，其实最重要的是‘公’与‘私’。共产党的本质就在于她的大公无私。资产阶级和一切剥削阶级奉行利己主义，而我们提倡集体主义和利他主义。古全和在生死关头，本能地想到的是他人的安危，这就是‘公’，是大公，是全局观念，是整体观念，是献身精神，是牺牲精神，是真正的政治觉悟和思想进步。成熟的干部的第一个条件就是他有全局观念和整体观念。没有全局观念和整体观念的干部，不管他的职务多高、资历多深，都不能算是合格的干部。有些人当了一辈子干部都没能养成这种宝贵的全局观念和整体观念。他们的个人主义、本位主义、地方主义就是从这里产生出来的。一个省，可以搞本位主义，一个生产班组，也可以搞本位主义。中国是个小生产的汪洋大海，这些主义有市场。俄国人有一句谚语，叫'人人顾自己，上帝管大家'，类似于中国的'只顾自扫门前雪，莫管他人瓦上霜'。俄国和中国有些相似之处，小生产意识根深蒂固。中国的情况比俄国更严重。俄国小农经济的历史仅仅有百多年，而中国的小生产历史有几千年。这是我们的干部难以养成全局观念和整体观念的社会历史原因。这个历史包袱反映在一切方面，将长期严重地影响我们工作的各个方面，严重的时候，还可能影响中国的政局。国家分裂、军阀混战，它们的思想根源就在这里。总之，古全和顾全大局的思想苗子非常宝贵，要启发他的觉悟，提高他的认识，慎重地对待这个难得的好学生，帮助他顺利地成长起来。"

赵治军说："同意您的意见，一定抓紧古全和的工作！"

"你准备个意见，咱们再找时间具体谈谈，好不好？"

"好的！"赵治军高兴地说道。

孙为校长约过古全和，但是他没有赴约。而在孙为校长于1950年新学年开学后亲自到他们班上去找古全和的时候，他已经不知去向了。他为自己没能抓好古全和的工作，让他从自己身边流失辍学而自责失职。

34

毕淑芝和刘长林一起向党支部汇报了古汉民问题的审查结果，说除了开具假证明违纪报考本校之外，没有发现其他问题，考虑到他学习努力，成绩优异，对于所犯错误有认识，建议让他继续留校学习，并免予处分。刘校长责成教导处把古汉民的问题通报市立一中，说听听他们的意见，然后决定他的去留。

市立一中教导主任李文和及时把市立中学关于古汉民问题的处理意见报告给了孙为校长，孙校长听了高兴，说："尊重市立中学刘校长意思，古全和就留在那里吧。"

几天后，孙校长在李文和主任陪同下走访了市立中学的刘校长，听取刘校长关于建设和管理高中的经验，市教育局决定明年把市立一中升格儿为完全中学，顺便约谈了高一（3）的干部，向他们介绍了古全和在一中的表现，也了解古全和在市立中学的表现。刘长林老师提议他见见古全和，孙校长为维护古全和的面子，说来日方长，而谢绝了刘老师的好意。

这几天古汉民虽然依然按时上下学，却也在不安地等待着可能发生的事情。难熬的日子一天天过去，不过什么事情都没有发生，他的心中渐渐地生出了希望，他想也许学习生活就这样继续下去了，在暗暗地庆幸自己听了爹的话，没有贸然到铁路食堂去上班，又想到学历和能力并不一致的关系，每到紧要关头都是他没念过书的爹指点他摆脱困境。

周末的中午，刘长林老师约古汉民下午放学后到数学教学组办公室找他，刘老师态度严肃，脸拉得很长，全无笑容，古汉民看了，心情沉重，他想，"最后的时刻到了！"在下午的班级生活会上，他一言不发，散会后怀着一颗不安的心，按时来到数学教学组办公室，见刘长林老师满面笑容，心情忽然松弛下来。

"坐吧。"刘长林老师指着他对面的椅子，嘻嘻地笑着说。

古汉民没有坐，而是愣愣地站在刘老师的面前，等待着判决。

"一中的李文和主任来过了，见过咱们刘校长！"刘长林嘻嘻哈哈地说，"他们同意把你留在市立中学。古汉民，你小子真行啊，竟惊动了久经考验的老革命孙为校长，孙校长很关心你，是他同意把你留在这里的！"

古汉民听说孙校长过问了他的事，激动得两眼模糊。

刘长林说："你的真名儿叫什么？"

古汉民讷讷地说："古全和。"

刘长林笑着说："好啦！以后就用你的真名。朗朗乾坤清明世界，大丈夫何必隐名埋姓？"

古全和眼含激动的泪水频频点头儿，感觉自己好像是死过一回，恨不得大哭一场。

刘长林老师怪模怪样儿地说道："人啊，也真怪。难受了，要哭；高兴了，也要哭！好啦，我不陪你了，想哭就回家去尽情地哭吧，我放你的假，不过你只能哭一个礼拜，因为我只有权给你开7天的假。超过这个时间，你就得到教导处去请假了！"说完，嘻嘻地笑着，对他摆摆手，提起公文包走了。

古全和目睹离去的刘长林老师，心里有一种感觉，对于他继续留在市立中学学习这件事，刘老师好像比他本人更高兴。这让他再一次体会到刘老师对于学生的爱，和师生之间的真情，这种真情他早在王万伯私塾的王秋兰老师那里，在私立惠民国民学校的刘惠民老师那里，在柳影路小学的陈昌和王海潮等老师那里，都体会到过。老师对于学生的这种无私的爱，可以和父母子女之间的爱相媲美，甚至比父母子女之爱更高尚，更无私，更纯洁。这让他真切地体会到人们常说的"师徒如父子"那句老话的真实含义。

35

插班生古汉民弄虚作假，欺骗组织，因而有人怀疑他可能有其他不轨的言行，这很正常，而代耀人把古全和的问题和反革命问题拉到一起，提出对他进行全面审查，就有点儿离谱儿了。毕竟古全和只有16周岁，也算是在江城土生土长的，并有章伯楠和杨雅范等人作证。代耀人这样做不是出于对于革命事业的关切才要弄清楚古全和的问题，而是要显示他自己政治上的敏锐，这在敌我生死斗争的年代是极其重要的政治品质。代耀人这样对待古全和，还因为古全和对他不敬，和古全和插足在他和线淑平之间，结果事与愿违，反而让组织和同学们对于古全和有了进一步的了解，巩固了他在市立中学的地位，推进了线淑平和古全和的关系，而代耀人的所谓政治敏感则变成了神经过敏，无事生非。而更让代耀人后悔不已，深感不安的是，在审查古全和的过程中，他发现原来古全和一家曾经住在宋家屯镇山东庄，是他们家的邻居，因此他可能知道他是谭家贵的儿子，是今年重新开张的春城饭店的少东家，有可能向领导揭发他隐瞒家庭经济状况重大变化的问题。这件事让他日夜不安，不得不时刻注意古全和对他态度的变化，直到他确信古全和并不认识他，他的心情才渐渐地安定下来。虽说如此，古全和仍然是他的一块心病。

代耀人在古全和问题上的表现引起了线淑平对他的注意。线淑平性情绵软，为人和气，对谁都友好，对团支部书记代耀人更有一层对待团组织的尊重。而代耀人暗恋着线淑平，把线淑平对他的友善和尊重误认为是对他有意思，几次想把他和线淑平的关系朝前推进一步，只是每当这种时候，线淑平都是既不接他的话茬儿，也不冷落他让他难堪，以维持着他们之间平常的同学关系。当代耀人经王殿芳的提醒，发现古全和和线淑平来往密切，相处融洽，怀疑线淑平对古全和有那么一点儿意思的时候，他的心里就感觉酸溜溜的，不过他不相信线淑平会和古全和走到一起，因为他认为他们不在一个档次上，线淑平不可能看上一个思想落后的非团员。在代耀人心里，班上的同学分三六九等，各属不同档次。第一类是党员，班上只有一个蔡新三，第二类是团支部委员，首先是代耀人，第三类是一般团员，第四类是争取入团的积极分子，第五类是一般同学，第六类是所谓落后分子。他认为古全和在五六类之间。不过他觉得古全和一表人才，学习好，担心线淑平一时糊涂，和古全和走到一起。王殿芳说过，很难说热恋中的女人会干出什么荒唐事。

　　私心重的人最爱的是他自己，紧要关头，谁都可以出卖。代耀人在怀疑古全和有问题的时候，就企图把团支部在古全和问题上失察的过错推到线淑平一个人的身上，以逃避自己的责任。而线淑平正是从这件事上认识了代耀人，发现他人品不好。线淑平认为她和代耀人都是古全和入团的联系人，对古全和负有同样的责任，而代耀人是支部书记，如果古全和政治上有问题，代耀人理应首先站出来承担失察的责任，可是他却企图把责任一股脑儿地推给线淑平，并指责她政治上迟钝，以衬托他政治上的敏感。

　　几天前，一中的孙为校长来校和刘校长谈工作，会后特地约见高一（3）班团干部，侧面了解古全和在市立中学学习和生活的情况。孙校长就代耀人说古全和思想不进步的胡言乱语发表的那些关于看人论事的见解，线淑平一直铭记在心，并和代耀人的表现作对比，心中有豁然开朗之感，进而突破了她思想中以团员和非团员为绝对界限评判一个人，开始从本质上辩证地看人，对于代耀人和古全和都有了新的认识。以前她是带着偏见，居高临下地看待古全和，只因为他口头上不谈政治进步，不表示争取入团，而认为他不觉悟，不求上进。可孙校长说，一个人不谈政治，不等于他不关心政治，高喊政治口号儿，也不等于他政治上进步。她更加意识到自己的不足，觉得自己只是在形式上比古全和多一个团员的称号，而在本质上远不如古全和有觉悟。她觉得她对古全和的所谓政治优势是虚浮的，表面的，非本质的，而古全和的进步主要表现在行动上。他学习刻苦，成绩优异，关心同学，关心国家和民族的命运，面对死亡首先想到的是保护他的老师和同学。而这都是她做不到的。她对于劳动人民的态度和感情更不如古全和。古全和与劳动人民在思想感情方面保持着天然的联系。而她自己至今还和自己出身的那个地主阶级家庭在思想感情上有着千丝万缕的联系。当年父母被斗，土地财产被分，一家被扫地出门，沿路要饭来到江城，那时他们对共产党曾有过多少仇恨，骂过多少娘啊！她承认古全和不相信她真心革命，不承认她政治上的优势。古全和根本不看重一个人口头儿上说些什么。她自己虽然在江城一解放就积极要求进步，申请参加青年团，是本市最早的一批团员，可是那时她入团的动机是什么？不就是为了摆脱自己地主家庭出身的牵连，不致和自己的那个家庭一起沦落吗？如果不是土地改革，革命胜利，自己会走上革命的道路吗？现在自己积极争取入党，还不是因为党员比团员更吃香？在自己进步的追求中，为公为私各占多少比例，自己心里有数儿。她认为古全和不把一个人是不是团员当作一回事是有道理的。事实上，并不是所有的团员在所有的方面都比非团员优秀。古全和暂时还不是团员，但是他不比谁落后，他心里有国家，有民族，有工农劳苦大众。他肯定会觉悟，会提高政治认识，成为真正的革命战士。她觉得杨雅范称赞古全和，劝她向古全和学习，是有道理的。今后自己要做古全和的工作，也要向他学习。前一段时间，自己以教育者自居，以"我打你通"的态度对待古全和，一厢情愿地对他讲一些人所共知的道理，以为这样就会解决古全和的问题，动员他提出入团要求，该有多么不切实际！她决心放下架子，推心置腹地和古全和交朋友，诚恳地向他学习，和他共同进步。

现在古全和留校了，线淑平很想找他谈谈，向他诉说自己的这些心得体会。可是代耀人捷足先登了，他要和古全和改善关系，随时保持着和古全和的联系，了解他的思想动向，注意他是否意识到自己是谭家贵的儿子。春城饭店是去年3月重新开张的，代耀人知道家庭经济状况的重大变动应当及时向组织汇报，可是他不愿意有一个富有的家庭出身，也舍不得那份一等助学金，就没有汇报，事情过了一年多，现在就成了问题。他在争取入党，想隐瞒下去，以维持自己忠诚老实的面子，又担心古全和知道了这件事情，有意无意间给他捅出去，这几天他的心里就这样打鼓，弄得心神不定。

36

高一（3）班团支部研究组织发展工作的支委会原定在五一国际劳动节前召开，因为古全和问题而被推迟到六一儿童节之后。列席会议的有学校党支部青委、团总支书记毕淑芝，和团总支委员蔡新三，还有两名团小组长王殿芳和靳湘柳。虽然古全和有违纪问题，他本人也没正式提出入团请求，发展他入团的问题不像前些时候那么迫切，他入团的问题仍然被列在会议的议程之内。

每当有领导列席支部会议，代耀人都要唠叨上几句，表示欢迎和感激，今天也不例外。他说，今天有党支部青委、团总支书记毕淑芝老师和团总支委员蔡新三同志参加会议，说明领导重视团支部的建设工作，代表大家表示热烈欢迎。配合他的讲话的是一阵半认真半玩笑的笑声和掌声。然后，代耀人继续说，他们班的团员仅为全班人数的六分之一，壮大团组织的队伍是目前面临的重要任务，今天支委会的内容就是总结前一段的工作，研究今后一段时间的组织发展工作。

原计划在本学期发展的积极分子有3人，即古全和、张宪周和乌桂贤。张宪周是东湖师范学院中文系教授张紫晨的小儿子，乌桂贤是来自远郊区县富农家庭出身的一个女生。团支部原来认为古全和的条件最好，计划优先发展他。现在张宪周和乌桂贤两个人的问题都已经解决，而古全和的问题反而显出它的复杂性，成了团支部发展中的一个难点。

线淑平介绍了当前团内的思想状况，过后，会议就转向关于古全和问题的讨论。

本学期开学之初，团支部一致认为古全和条件好，计划突击发展他，一度全员出动，支部书记、组织委员和宣传委员齐上阵，找古全和谈话，而古全和总是启而不发。后来大家渐渐发现古全和远非他们想象的那样单纯，他个性很强，没有权威意识和组织观念，跟谁都讲平等，对谁都有看法儿，不轻易相信人，很难教育等等。他跳级的问题暴露后，问题一度更显复杂，谁都不知道他还有些什么问题，他和代耀人在线淑平问题上的误会又使他的发展工作带上个人恩怨的成分，现在没有人敢说什么时候可以发展他入团了。代耀人的态度变化最大，现在实际上他并不想发展古全和，他之所以仍然把古全和入团的问题拿到扩大的支委会上来讨论，是因为学校党支部和团总支以及线淑平等干部重视培养古全和的工作，毕淑芝经常让他汇报古全和的情况。

代耀人和古全和谈话的次数儿不少，而古全和打心眼儿里看不起他，不肯和他交心，因此他并不真正了解古全和，讨论古全和的问题，他都是让线淑平主谈。现在线淑平对于代耀人的人品有了新的认识，不再对他唯命是听。她皱了皱眉头，心想，启动发展古全和的工作之初，你代耀人最积极，处处抢先，恨不得立刻把古全和拉进团支部，而现在古全和的问题遇到困难了，你又点名叫我汇报，好像古全和的事情迟迟没有进展，是我个人的责任，这算什么德行！想到这里，便冷静地说道："你是支书，是古全和的第一联系人，和古全和谈话的次数儿很多，掌握全面，你先谈吧，我补充。"

代耀人嬉皮笑脸儿地说："还是你先开个头儿，我来补充吧。"

线淑平不想和代耀人闹僵，只好先讲。她讲述了她和古全和交往的一般情况，然后说，她一度感觉古全和对思想进步，是否入团，不感兴趣，近来发现，事实并非如此。古全和对日常琐事，小是小非，个人荣辱，别人对他的看法儿，都不在意，但是对关乎国家民族利益的重大问题还是很关心的。他关于抗战问题，中苏关系问题，江城解放过程中的问题，即所谓饿死几十万人的问题，以及个别党团员表现的问题，都很关心。

代耀人插话："能谈得具体一点儿吗？"

线淑平说："很难举例说明。他常常只是提问题，不亮观点。只有一次谈到苏联红军在东北的表现动了感情，但是也仍然只亮出他自己的问题，而不谈自己的立场，要我谈对问题的看法儿。"

代耀人又插话："没有立场也是立场啊。"

线淑平没有理睬代耀人鹦鹉学舌，故作高深的插话，继续说道："古全和没有组织观念，不把团支部当回事儿，不主动汇报思想。每次谈话都是我找他。最初他不主动说什么，都是我问他答，后来是互有问答……"

王殿芳打断线淑平插话，阴阳怪气儿地说："关系不错啦……"

韩岫气愤地斥责王殿芳说："这是组织会议，严肃点儿！"

线淑平没有理睬王殿芳的挑衅，继续说："有时他还有些不耐烦。谈到政治问题，他的态度常常是模棱两可。比如谈到抗日战争，他讲八路军怎样打日本，讲平型关大捷，也讲国民党战场上的'淞沪抗战''八一三'抗战、血战台儿庄等。谈到中苏关系，他讲苏联红军的违纪行为，也讲苏联红军帮助我们收复了东北。近来他对苏联的态度有明显的变化，学习《库里申克大队长》一文，特别是王维周老师关于课文的背景介绍，对他触动很大，他一再说，苏联人为了我们，死了一万多人，损失了大批物资。看起来他很感动，也不再提苏联红军的不法行为，反而给我讲述了他目睹苏联红军执法队枪决苏联违纪士兵的景象，流露出对那几个被枪毙的苏军战士的同情。"

代耀人对王殿芳说："古全和是你们行政组的，你接着谈谈吧。"

王殿芳摇摇头说："古全和太神，拿不准他是个什么鸟儿，不敢忘加议论。"

王殿芳自以为他是班上的一个人物儿，他有点儿小聪明，学习不大用功，成绩中等偏上，能言善辩，是市立中学学生中的三大铁嘴之一，与人交谈，常常面带玩世不恭的笑容，有时回答老师的课堂提问也是这个德行。他喜欢读历史书、历史题材的文学作品和武侠小说儿，自称熟读《资治通鉴》，爱品评历史人物儿，喜欢从坏处琢磨人；爱背地里传别人的闲话，扬言毕业后非北大历史系不考。论心计，论口才，他当个团支部书记或是班长绰绰有余，他也很想当班头儿，曾经有人提名他当过班主席和团支部书记候选人，可是每次他都只能得几票。团支部安排他当了个团小组长，他也不正经干。

"有话就说，卖什么关子！"韩岫不满地说。

王殿芳说："那就请你先讲。"

线淑平说："冷静地想一想，和一般同学相比，古全和并不落后。学校和政府号召干的事他都积极参加。听说1948年冬天，他在一中时，参加过市政府组织的测量房地产的义务劳动，在整修解放公园的劳动中表现很好，来咱们班后，主动要求给大家读报，积极参加义务劳动，经常在《火热的青春》上写诗，歌颂劳动，劳动人民和新社会。"

王殿芳突然说道："容我冒昧地说一句吧，古全和是对共产党有看法儿。"

王殿芳的一句话中断了大家的发言，会场沉寂一段时间过后，线淑平犹疑地说："也许王殿芳的说法儿有道理，中苏关系就跟对于共产党的态度有关。但是我感觉也不好说他对共产党不满。他谈到方志敏、杨靖宇、赵一曼等革命先烈和他身边的有些共产党员总是满怀敬意。听说他在一中时经常给同学们讲八路军打日本的故事。他写的诗歌儿也都是歌颂新社会的。我感觉他的问题不那么单纯。他可能对党有看法儿，有怀疑，有保留，但是具体内容是什么呢？思想上的结在什么地方儿？现在还不大清楚。"

毕淑芝听着线淑平等人关于古全和问题的汇报和议论，头脑中渐渐地形成了有关古全和思想特点的一个想法儿，认为线淑平和王殿芳的看法儿有道理，古全和可能在某些重大问题上有些认识问题。她感觉古全和有点儿像她父亲一代的爱国的东北老知识分子，是从国家民族利益的立场看待中国共产党的。这可能和他的家庭和个人经历有关。她的父亲和叔叔都曾经是旅俄华侨，抗日战争期间不肯给日本人工作。毕淑芝不认为在中苏关系等重大问题上有一个认识过程是什么大不了的错误，对于重大的政治和历史问题抱严肃的态度是对的。一个人要真心实意地从理论和实践上理解共产党并不是轻而易举的事，她本人就有这样的体会。

这时，靳湘柳说："我和古全和是小学同学。那时他就与众不同。"接着，她就夸张地述说了古全和当众动手和音乐老师董文华打架，后来又大闹校长和教师办公室，向校长告状、迫使马校长表态，事情闹得轰动一时，最后砸了谷建城老师的饭碗，然后说："这是我到柳影路小学后听说的。他因为闹事，被马光复校长树成反日本帝国主义奴化教育的英雄，在学校里很有名，后来还当选了学生会副主席。"靳湘柳知道在国民党统治时期当学生头儿不光彩，没有提她自己当选学生会主席。她继续说："我听一中的老同学说，解放初古全和曾经公开反对游行时举列宁和斯大林的画像，还把苏联叫老毛子，说老毛子从中国掠夺去了过百万平方公里的土地，光复后又从东三省掠夺走了大量的物资……"

毕淑芝问靳湘柳说："你说的是什么时间的事？"

靳湘柳说："应该是1948年冬天吧。我也是听说的。"

蔡新三结结巴巴地说："古全和的本质是好的，属于我们党的基本群众。即使他对党存在一些糊涂认识也不影响我们帮助他进步。好人并不等于没有错误。我们自己对于党组织不是也经历过一个认识过程吗？处在现在这个历史巨变的时代，有些人在一段时间在这个或是那个问题上有些糊涂认识，是难免的，接受一种政治主张，接受一个政党，对于一个有头脑的人说来，是一件大、大、大事。"·

代耀人赶紧附和蔡新三，说道："老蔡的意见很重要。"只要是领导讲的话，代耀人都会这样无条件地附和；如果他的意见和领导的说法儿不一致，那他马上就会来个急转弯儿，放弃个人意见，曲就领导的说法儿。这是代耀人思想进步的主要表现，也几乎是所有的领导人都喜欢的，因为多数儿领导都要尊严，在他垮台之前都不认为自己有错误，或是不愿意承认错误。代耀人能在入团不久就当了支部书记，而且从初二一直干到现在，靠的就是这一套。他好像已经悟到了在中国从政的诀窍。蔡新三虽然是他本班的同学，但是他很不一般。他爷爷一辈儿是山东流民，家庭成分雇农，他本人是江城市呱呱叫的名人，在江城家喻户晓。他从小学一年级到现在，先后是江城市小学、中学的 100 米、200 米、400 米、800 米、1000 米和 1500 米记录的保持者，还是江城市运动会成人组 5000 米的第一名，10000 米的第一名和省运动会万米长跑的第二名。他的知名度在教育界，特别是在大中小学生中，高于包括江城市长、市委书记在内的任何干部。现在是校学生会主席，市学联和青联的副主席。他的党龄比刘雨新校长还长两个月，前途无量，是代耀人现在和将来用得着的人。

代耀人说道："毕老师，请您谈谈？"

毕淑芝说："听大家的发言很有启发，我基本赞成蔡新三的意见，东北地区有特殊性，东北地区的知识分子也有特殊性。帝俄侵略过中国，侵占了我们大片的领土，事过仅仅半个世纪，人们记忆犹新，痛定思痛。老百姓对沙皇俄国的仇恨殃及苏联，这不难理解。伟大的苏联红军，为帮助我们战胜日本帝国主义，做出了巨大的贡献和牺牲。但是在苏军占领东北期间，个别士兵也有些不良表现，在群众中产生了某些消极影响。老百姓一时分不清楚帝俄和苏联的关系，产生糊涂认识并不奇怪。国民党反动派在这方面的反动宣传的影响也不可低估。一些关心国家命运的知识分子在如何对待苏联和中苏关系的问题上，在一段时间有些糊涂认识，并不奇怪。新解放区的知识分子更是这样。要不然党中央为什么要宣传'一边倒'，大力地进行这方面的教育呢？我感觉不好理解的，是这类问题一般存在于成年人之中，而江城解放时古全和刚满 15 周岁，像他这个年龄段的人有这样的问题，比较少见，也许他在政治上早熟，或是受过大人的影响？我认为，古全和思想历程与众不同，不等于思想落后，更不能看成政治上反动，当然，我们不能把所有有类似错误思想和错误言论的人都说成是认识问题。有些反苏的人可能同时也是反共的，不过我认为大多数人是认识问题，经过教育，他们是会改变看法儿，转变立场的。实际情况也是这样。古全和本人和他的一家，以及他的亲友，都是日本帝国主义和国民党反动统治的受害者，是我们的基本群众，他没有反党反苏的政治思想基础。所以我认为，古全和在这个问题上的错误属于认识问题，也许现在他的这个问题已经不存在了。他 1948—1949 年有过这个问题，不等于他现在仍然有这个问题。再说这些问题别的同学也未必没有。没暴露出这方面的问题，不等于没有这方面的问题。暴露出这样的问题也未必比根本没考虑过这些问题的人落后。关心国家大事，关心错了，可以改正，这样的人比那些根本不关心国家大事的人更爱自己的国家。我们应该辩证地认识问题，积极做好他的工作。在古全和的问题上，你们团支部，特别是线淑平同学已经做了很好的工作，建议你们把古全和的问题摸清，有针对性地开导教育他，帮助他提高认识，等条件成熟了，就发展他入团。"

线淑平和韩岫表示同意毕淑芝的发言。代耀人和靳湘柳不置可否。王殿芳阴阳怪气儿地说："这就要看线淑平同志的工作了！"

线淑平在古全和的工作中确有个人考虑，但是她自信自己公私分明，对于王殿芳含沙射影的人身攻击深感不满，然而她不想挑起争端让领导为难，对王殿芳的挑衅置之不理。

毕淑芝耳闻线淑平和古全和关系不错，认为即使确有其事，也没有什么不好，对于线淑平面对王殿芳的挑衅时表现的大度很欣赏，在会议结束前再次发言，表扬线淑平工作主动，肯动脑筋，有创造性，鼓励她继续努力，做好古全和的工作。

在古全和入团的问题上，高一（3）班团支部，从意见一致而发展为意见不同。支部书记代耀人表面上态度不明朗，实际上反对。和他持同样态度的是两位团小组长。这就是说，古全和入团的问题遥遥无期了。组织发展理应按照团章办事，而事实并非如此，人际关系在发展中有影响，有时会起决定作用。

37

　　考试总是名列前茅的学生要具备许多条件，其中的一条是精细。思想作风粗枝大叶的学生可能有许多长处，但是他不可能在考试中名列前茅。而总考第一的学生往往也有毛病，其中之一就是有些人遇事有求全责备和过于自信的毛病，他们认识到自己的这个弱点并成功地克服，往往比他们考试名列前茅更难，会影响到他们的学习、工作、生活和思想的方方面面，乃至决定着他的命运。

　　人的优点和缺点对于其一生的意义只有在特定的社会条件下才能显现出来。优点未必使他光荣幸福，而缺点也未必让他耻辱不幸。代耀人智力平平，是非观念淡薄。这在社会相对稳定、是非标准相对明晰的社会条件下，不是他的长项。而在社会剧变，强调在政治上表态站队的社会条件下，对于他的飞黄腾达就是一大优势了。代耀人在短短一年之间，从反对和逃避共产党，到拥护共产党，参加青年团，成为团支部书记，凭的就是他的这种性格和他什么话都可以说的一张嘴。不过变的是代耀人的社会角色，而不是他的灵魂，他依然是那个代耀人。古全和认为他还会为追求私利而继续变下去。所以古全和瞧不起代耀人。古全和不能忍受代耀人还因为他无知和霸道。这时的古全和还没意识到"服从"是在中国从政的第一"美德"，正如"造反"是中国人的头号儿罪恶一样。中国的长者和权贵，在指控其晚辈和下属时所用的最凶狠、最上纲的语言就是："还反了你了！"在中国，凡有独立思想的人，无论他在什么朝代，都难免成为有争议甚至不幸的人物儿。古全和小小的年纪就已经带有有争议的人物儿的某些特征了。

　　代耀人本名"代要人"，解放后自己改名代耀人。他是宋家屯镇黑狗大街山东庄小财东儿谭家贵的独生宝贝儿子。"代要人"这个名字是他已故的姥爷代文成给他起的，意思是期望他替代家养育雄性后代，以延续代家的香烟。

　　代耀人的老爹谭家贵老家山东昌邑。昌邑人长于木机纺织。闯荡到江城的昌邑人大多从事半机械化的木机纺织业。谭家贵幼时先后失去父母，跟着他独身的叔叔长大成人。他念过几年书，能写会算，14 岁告别叔叔，只身闯关东，落脚儿江城。本想投奔亲戚学习木机织布的手艺，但是他过不惯学徒的苦日子，经人介绍，到江城城郊的宋家屯镇小有名气的春城饭馆当了个跑堂儿的。春城饭馆掌柜的姓代，叫代文成，"满洲"人，夫妇俩只有一个女儿，叫代淑媛，已年过 20 岁。代文成的妻子那瑞兰见谭家贵无父无母，人长得高大体面，老实厚道，就想招他做养老女婿。代文成也有此意。起初，谭家贵并不同意，他不喜欢那个又娇又泼、脸上还有一些浅麻子的老闺女代淑媛。可是他细心一想，自己身无分文，混碗饭吃都不容易，以后未必能讨上个老婆，更何况她还带有不小的一份家产呢，也就将就了。当年代文成向谭家贵提出的条件比较宽容，说好，如果他们夫妇生一对儿子，第一个得姓代，第二个可以姓谭；如果他们只生一个男孩儿，那他就必须姓代，为代家接续香烟。那时谭家贵年轻，不懂得"不孝有三，无后为大"的重要意义，心想，既然要当倒插门儿，就顾不上那么多，再说，他和代淑媛总不会只生一个儿子，就答应了。而当他婚后几年，只生了一儿一女。及至叔叔终身未娶，谭家香烟无继，谭家长辈骂他不孝的时候，他才体会到事情的严重。但是木已成舟，不能改变了。这件事让他很伤心，因此而懊躁得生过一场大病。好在代淑媛是那种对别人凶狠泼辣、对丈夫百般体贴的聪明女人，她把夫妻情分看得比接续代家的香烟还重，为了丈夫，她可以对不起她的祖宗，就偷偷地怂恿谭家贵说，等代耀人的姥姥和姥爷过世后，就再让儿子改姓谭。妻子的好意让谭家贵感到宽慰。不过他在岳父母去世后，没有让儿子改姓谭，他觉得那样做对不住死去的两位老人，也会让疼他爱他的妻子心里不痛快，说不定还会因为他行事不端而遭神佛怪罪，给他们一家降灾。他想，有了儿子就不愁孙子；儿子是一个，孙子可能是一群，如有必要，还可以给儿子多娶几房媳妇儿，到那时可以让他们中间的谁姓谭，不也就两全其美了吗。

谭掌柜亲身体会到读书识字的好处，重视儿子的教育，在儿子满 6 岁那年的春天，他就备了重礼，托了人，决定把儿子送进本镇唯一的公立学校柳影路小学校。当时有明白人指点他说，宋家屯镇地处郊区，消息闭塞。不要说没有戏园子和电影院儿，连个听书的茶馆儿都没有。柳影路小学校的多数老师文化程度不高，有的只有小学程度，学校设备也不齐全，只有一个巴掌大的小操场，还是把孩子送进城里念书好。谭家贵觉得人家说得有道理，就把代耀人寄住在城里的表姨父罗大成家，花大钱把儿子送进本市最好的胶州路小学就读。1946 年，代耀人小学毕业，又被送进能寄宿的市立一中。1947 秋，不断有共产党的队伍打过来的消息，他又慌忙把儿子送到北平念书，直到 1949 年春北平解放，江城的社会秩序安定下来，他才又把儿子招呼回江城，进了当时的市立三中，念初中二年级。谭家贵只是个小财东儿，可是代耀人过的却是少爷的日子。遗憾的是代耀人智力平平，又不能吃苦，虽然他心眼儿不少，嘴上的功夫又还行，但是学习成绩却并不尽如人意，一直风光不起来，从来都没有当过学生头儿出头露面。

代耀人进城念书的时候古全和家还没来到山东庄。而代耀人也只是在寒暑假时到山东庄的家里来住上一些日子，而且谭家贵在一群山东穷乡亲中算是富人，和他们有距离，他的儿女也不和山东庄的野孩子打交道。山东庄的乡亲们都以为代耀人是谭掌柜家的亲戚，而不知道穿戴考究的代耀人是谭掌柜的儿子。1949 年春，古全和家搬进城里，就更没有机会认识代耀人了。

代耀人从北平回到江城，进入市立三中，从解放前"哈"家境富有的阔学生变为"哈"老解放区来的青年团的干部并参加了青年团。因为他机灵，和气，听话，还当上了团干部。谭掌柜对于儿子投靠共产党这件事一度坚决反对，可是凭生意人的头脑，他很快就发现，儿子入团对他是一件好事。如今谭家贵和人交往，只要有机会，就会巧妙地让对方知道，他儿子是个团员，还是个干部儿。解放前谭家贵害怕共产党会没收他的房子和铺子，而这样的事情并没有发生，解放后他还重振了他岳父春城饭馆的事业，在协和饭店那座大楼春城饭店旧址重新打出"春城饭店"的招牌。一度担任过宋家屯镇副镇长的共产党的干部马德安，还不时到他的春城饭店来坐坐，问问他的生意做得怎么样，工作中有什么难处。如今儿子是共产党的人，他的生意越来越红火，他自然也就不再畏惧共产党了。

谭掌柜的发迹给代耀人出了难题。解放初他家只有一个煎饼铺，几处房产，他可以勉强把自己的家庭成分说成是小业主，属城市小资产阶级，是劳动人民，以他家是"城市贫民"申请了助学金，而在他爹开起春城饭店之后，他的家庭成分就属资产阶级了。他知道应该把这个情况汇报给领导，但是担心这会影响他入党，想如果领导追究起来，他可以打马虎眼，装糊涂，说自己没能及时了解家庭经济情况的变化。现在他的心病加重，担心古全和知道了他是谁，把事情报告给领导，那可就麻烦了。他现在还吃着一等助学金呢。

38

1950 年暑假期间，古全和先到宋家屯镇，给田园酱园儿踩了两周的麯子，接着又到铁道北粮库拣了两个多星期的黄豆，后来又承包了每天 8 毛钱工资清理天津路小学操场杂草的活路儿，攒够了新学期的书本费和学杂费。

假期的晚上，古全和大多都是在区文化馆度过的，在那里浏览《中国青年》等报纸杂志，阅读《新儿女英雄传》等新书。在这里，他怀着无比激动的心情反复阅读了方志敏烈士的《可爱的中国》，每次阅读都为烈士对祖国的赤诚的爱所感动，止不住热泪盈眶。他还阅读了杨靖宇和赵一曼等先烈的英雄故事，许多革命先烈的英雄形象活跃在他的心中，他知道，他们所有的人都是伟大的爱国者，他要报效国家，就得学他们的榜样，心中萌生了参加共产党的冲动。暑假期间他还阅读了《共产党宣言》，开阔了眼界，提高了认识，懂得了全世界工农劳动群众是一家，马克思、恩格斯、列宁和斯大林是全世界无产阶级和劳动人民的领袖，并开始阅读《资本论》。

秋季开学的当天，古全和早早地来到学校。新学期班里重新排定座位，代耀人私下里关照苟大川把古全和和线淑平分开，把他和蔡新三排成同桌。古全和跟蔡新三同桌的第一天，就以闲谈的口气向蔡新三打听入党的问题。蔡新三不知道古全和所为何意，不过他还是认真耐心地给他讲述了入党的条件和程序，谈到青年人入党一般要先参加青年团，在团内接受教育，经受锻炼，条件具备了再申请参加共产党。古全和知道，他入党也得走先入团这条道路。

上学期之初，古全和无意参加青年团，而代耀人等干部急于发展他入团，而在他此刻产生了入团的意愿，走到青年团的门口儿的时候，代耀人等却没有意识到他政治思想中发生的这种变化，当线淑平在团支部会上，汇报古全和假期的活动和思想变化，提到他在暑假期间阅读《共产党宣言》和《资本论》的时候，靳湘柳撇了撇嘴，王殿芳忍不住说，古全和连团员都不是，念什么《共产党宣言》和《资本论》呀，这不是隔着锅台上炕，狂得没边儿吗。代耀人忍不住微笑着连连摇头，心里在想，"好高骛远！连个团员都不是，念的什么《资本论》呀！王殿芳鄙夷地说："他念的什么《资本论》呀！就连政治课老师都未必念过《资本论》，他是在显媚自己！傻瓜才听他的这一套呢。"说着，瞅了线淑平一眼。韩岫反驳王殿芳说："念《资本论》有什么不对？马列经典谁都可以念！"王殿芳说："那也要看他的动机！连团都不想入，还念什么《资本论》啊！"

　　古全和在读《资本论》的事在班上引起各种议论，抱欣赏和嘲笑态度的都是少数，多数人感觉意外，或漠不关心。就在同学们议论纷纷的时候，几名年轻的教师来到市立中学高中部，他们是东湖师范学院政治教育系的实习老师。第二天早自习时，刘长林老师陪伴一位实习老师来到高一（3）班，并介绍说，这位实习老师姓孙，担任本班实习老师，兼任高一（3）班的副班主任。

　　孙老师叫孙宝藏，黑龙江佳木斯人，20多岁儿，中等身材，长方脸儿，有一双坚毅明亮的大眼睛，和略显突出的白净的前额，他曾经是共产党建立和领导的抗大式的革命大学东北大学的学生，参加过土改和剿匪斗争。1948年江城解放，东北大学随军来到江城，不久和原江城大学等几所旧大学一起合并成东湖师范学院，孙宝藏被编入三年制的政教系本科二年级，现在念大三，从东湖师范学院来参加高中段的教育实习，实习的内容包括教学实习和班主任实习两部分。教学实习的任务是组织一次时事政治问题讲座，讲题由东湖师范学院和市立中学双方的指导教师结合当前的政治形势选定。班主任实习的内容包含两项，一项是全面地做一个教学班的班主任工作，一项是做一个特殊学生思想研究和转化工作。前者要求写出完整的班主任工作计划，后者要求最后写出分析研究的专题报告。

　　所谓特殊学生按一般人的理解就是落后学生，高一（3）班团支部推荐给孙宝藏的特殊学生是古全和。代耀人认为古全和确实落后，而线淑平和韩岫则认为古全和的确特殊。刘长林老师指定由代耀人和线淑平二人向孙宝藏介绍古全和的情况，并按照实习指导小组的要求，关照大家，这件事不得告诉古全和本人。

孙宝藏分别认真地听取代耀人和线淑平关于古全和情况的介绍。代耀人向孙宝藏介绍了古全和的年龄、政治面貌、家庭成分和社会关系等基本情况，然后着重陈述了他个人对古全和的看法儿，主要是说古全和政治上不求进步，思想比较复杂，言行有些怪异，不靠拢团组织，在中苏关系、抗日战争、江城围城死人等问题有过错误甚至反动认识，和学校里个别有政治历史问题的老教师关系密切，和他们思想界限不清。当孙宝藏问到古全和的学习情况时，代耀人说古全和学习好，但是他只顾学习，不讲政治，而且好高骛远，孙宝藏请代耀人举例说明，代耀人举了古全和读《共产党宣言》和《资本论》的例子。孙宝藏不置可否。古全和政治上不求进步，却读《共产党宣言》和《资本论》，孙宝藏感觉奇怪。代耀人说古全和思想不纯、无组织无纪律，说他是靠弄虚作假混入市立中学的，还含糊其辞地说，班上有人反映古全和有道德作风问题。

孙宝藏问道："你是否就古全和读《共产党宣言》和《资本论》的事和他交换过意见？"

代耀人不屑地撇一撇嘴说："工作很忙，哪有闲工夫去听他扯闲篇。"

孙宝藏若有所思地看着代耀人，点点头儿，在笔记本儿上记了一些什么。然后抬起头笑着说："你的介绍对我很有帮助。古全和同学是我要在实习期间重点研究和帮助的一个学生，我希望能对他思想进步发挥一点儿积极作用。不过实习的时间只有短短的一个多月，做到这一点不容易，希望能得到你和你们团支部的配合和帮助。"

代耀人谦恭地说："这不成问题，您帮助古全和就是帮助我们团支部，我们一定积极配合您的工作。"代耀人不相信孙宝藏能让古全和在政治思想方面有什么变化。

孙宝藏从线淑平的汇报中得到的情况和代耀人大同小异，所不同的是线淑平是从肯定的角度介绍古全和的，她讲述了古全和的性格特点和他思想的发展变化，说他为人正派，学习刻苦，成绩优异，对待政治问题态度严肃，积极追求进步，思想发展变化有特殊性，即他是从爱国主义和民族主义的角度评价和认识共产党的，他的问题主要集中在对中苏关系、抗日战争等问题的认识方面。她认为，经过课内外的学习和思考，他在这些方面的问题大多已经解决，对于党的认识和感情有了很大的变化，暑假期间为深入了解党的理论基础，主动地阅读了《共产党宣言》，现在正在读《资本论》，阶级意识逐渐觉醒，行动上也有积极表现。

孙宝藏问道："他为什么不靠拢团组织？"

线淑平说："不清楚。我感觉他根本就不把团组织当回事。"

孙宝藏插话说："你注意到他思想发展变化的特殊性，说明你对古全和的思想有深刻的认识，这对我了解和帮助古全和很有帮助。请问你和古全和交流过阅读《共产党宣言》和《资本论》的体会吗？"

孙宝藏见线淑平面带羞愧，沉默不语，猜想线淑平没读过这些经典著作，孙宝藏意识到自己失言，让她感到难为情，立刻改口说，"我的意思是说，古全和有没有对你谈过他阅读这些经典著作的心得体会？"

线淑平连连摇头，然后说，古全和谈到过他阅读《共产党宣言》时很兴奋，说全世界的无产阶级是一家，资产阶级是一家……具体内容不记得了。孙宝藏心想，看起来政治上落后的可能不是古全和，而是你们这些团的干部，特别是支部书记代耀人。

线淑平补充说，古全和经常在团委和学生会办的《火热的青春》上写一些赞美新社会和劳动人民的诗歌儿，有一首还被国语老师推荐到《中学生文艺园地》上发表。线淑平说古全和个性很强，遇事较真儿，不轻易接受别人的意见等等。

孙宝藏又约谈了蔡新三、苟大川、王殿芳和靳湘柳等班上有代表性的人物。他发现同学们对于古全和评价不一。苟大川对古全和有褒有贬，王殿芳则有贬无褒，说古全和城府很深。但是所有的人都说古全和学习好。孙宝藏感觉古全和长处明显，个性突出，因一时不为大家所了解而成为班上有争议的人物。他发现，类似的现象在人群中并不少见。他喜欢古全和这个棱角儿鲜明，个性突出的研究对象。

怎样接触古全和是孙宝藏反复考虑的问题，最后决定学习线淑平，和古全和交朋友，彼此平等相待。他和古全和的第一次个别交谈，就设计在和古全和放学回家的路上偶遇。他事先等在校门外，然后和走出校门的古全和一路同行，边走边谈，从学习到生活，随兴所至，并无中心。孙宝藏问古全和家里都有什么人儿，老家是什么地方儿，都在哪些学校念过书，对班级工作有什么看法儿，中学毕业后有什么打算等等。古全和一一回答。当孙宝藏问到古全和有什么特长时，古全和迟疑了。他从没想过自己有什么比别人好的地方儿。他想了想，然后思忖着说，他好像没有什么特长。孙宝藏说，听说你是以第一名考入市立中学的，你学习好，你的三角儿学得好，诗写得不错，外号诗人，怎么能说没有特长呢？古全和摇摇头说，学习好是应该的，班上学习好的同学很多，写诗是随心所欲地胡诌，都算不得什么特长。孙宝藏发现古全和并不骄傲，就夸他谦虚，他连连摇头摆手。接着，古全和忽然兴奋地说出了他的特长，说他的弹弓儿打得好，说 10 米之内打麻雀儿，能做到 3 发两中，若是打落在屋顶上的鸽子，能做到百发百中，还兴奋地补充说，他念小学 4 年级时，有一次，在放学回家的路上，他打中过一只栖在 50 米开外的一幢灰瓦平房的屋脊上的麻雀儿，弹丸儿在空中划了一个弧，不偏不倚地击中麻雀的头部，然后有点儿不好意思地说，那次是带有蒙的成分，说着就掏出别在腰里的弹弓儿给孙宝藏看。孙宝藏接过弹弓，发现那弹弓是用厚约 1.5 厘米宽的载重汽车内胎制成的强力弹弓，如果使用钢铁质的弹丸儿，能致人命。古全和补充说，他还能够大撒把地骑自行车，能在自行车上吃饭……孙宝藏看着古全和天真的样子，乐得笑弯了腰，觉得身高过一米七十的古全和，童心仍在，认为王殿芳说他城府很深，不是事实。孙宝藏夸他聪明肯干越级考入市立中学，古全和听了连连摇头，说丢人的事情老师就别提啦，说那是不得已，是夺路求生的苦斗。

孙宝藏和古全和说说笑笑走到了电车站。这时古全和才知道孙老师并不是进城和他同行，而是专为送他回家的，心中有些惶恐，不知道对老师说什么好。

在从电车站回家的路上，古全和一直沉浸在他和孙宝藏的愉快谈话的回味之中。回到家里他忙不迭地告诉他爹娘，说班里又来了一位年轻漂亮的好老师。

孙宝藏几次和古全和畅谈过后，对于古全和的性格特点和问题所在，有了一个大致的认识，但是他始终没有对他做过长篇大论的说教，他对古全和的工作是在你来我往的讨论和争辩中进行的，讨论的不都是古全和的问题，也有孙宝藏个人及其他人的问题，有正面的经验，也有反面的教训。孙宝藏在和古全和第二次交谈时就对古全和如实地诉说了1946年他在国民党和共产党之间动摇不定以及后来他思想转变并走上革命道路的经历。

一连几天，每天下午孙宝藏都送古全和到电车站，他们一路走一路聊，以至于让古全和感到不好意思，在不知不觉中消弭了他和孙宝藏身份和年龄的距离，把他的孙老师当成无话不说的好朋友，对他敞开了心扉。古全和感觉孙宝藏的谈话照亮了他解放以来观察、学习和思考的许多问题，廓清了他面前的迷雾，让他看清了他前进的道路。古全和感觉孙老师和毕淑芝老师一样地可亲，所不同的是孙老师更懂道理。现在只要有时间，他就往实习生办公室跑，去找孙老师聊天儿。这让旁观者代耀人感到不可理解，他不明白，初来乍到的孙宝藏有什么魔力，能和古全和一拍即合，是由于"物以类聚"呢，还是因为"一物降一物"。好奇心折磨着代耀人，但是直到他们高中毕业离开市立中学，这对他都是一个不解的谜。代耀人不懂得尊重人，他自以为高贵，而他在古全和的心里只是一个不学无术的空壳儿，一个学生混子。他以教育者自居，而古全和根本就不拿他当个交谈的对手，不肯和他推心置腹。

对于孙宝藏说来，古全和也是他在政治生活中遭遇的一个很有趣的怪现象。古全和从小儿就对共产党领导的八路军有好感，早在解放前国民党大肆进行反共宣传的时候他就自觉自愿地在小同学中讲当年八路军和老百姓同甘共苦吃糠咽菜、艰苦奋斗打日本的英雄故事，而在共产党胜利地掌管了国家大权之后他又怀疑共产党对于国家和民族的忠诚，而在怀疑共产党的同时，他又为共产党的前途命运担忧。持这种奇怪政治态度的人他只见过这样一个。而古全和在江城解放的时候只有15岁，他的这种政治态度是怎么形成的？他曾经请教过毕淑芝，她只说古全和政治上早熟，却没有说明他早熟的原因，直到后来孙宝藏弄清楚了古全和一家几代人流离失所的悲惨遭遇，特别是他父亲和叔叔的苦难经历和爱国壮举，才找到了对于这个问题的合理解释。而这是代耀人等自以为高明的人所难以想象和理解的。

孙宝藏很少专门和古全和讨论什么问题，比较集中讨论过的问题是党的阶级路线。话题是由古全和对苟大川等人的非议引起的。古全和说苟大

川他爹是日本人的狗腿子，曾经伙同当时宋家屯镇的警察派出所所长诬陷
祸害过山东庄的乡亲，把赵凤山叔叔送了劳工，险些把他害死在密山煤
矿。苟大川本人从小儿就品行不端，曾经在王万伯私塾对王秋兰老师耍过
流氓；1948 年在二里沟召开的国民党的募兵大会上高喊过反共口号儿，
还要求参加驻地的国民党保安旅；江城解放后他摇身一变，就混进了青年
团，成了学生干部儿，他不相信苟大川的思想进步。孙宝藏认为古全和是
怀疑某些出身剥削阶级家庭的人革命的动机，怀疑他们对国家和人民的忠
诚，表明他有朴素的阶级感情和唯成分论的错误思想，不知道革命是一个
大浪淘沙的过程。这种现象在家庭出身好的人中间并不少见。他对古全和
说："苟大川这一类的人在历史上是有过的。从奴隶制到封建制，从封建
制到资本主义，从资本主义到社会主义，每个时代都有这样的一些从没落
阶级分化出来的人物儿。英国作家伏尼契在她的长篇小说《牛虻》里就
描写过这样一个激进的资产阶级革命青年的形象。书中的主人公亚瑟就是
这样的一个典型。亚瑟的生父蒙泰里尼是代表黑暗的封建势力的红衣大主
教。亚瑟为了实现资产阶级的革命理想，放弃了他和琼玛纯真的爱情，背
叛了他的生父和老师蒙泰里尼，忍受非人的痛苦，坚持革命到底。这个形
象感动了很多革命者，包括某些无产阶级革命战士，如保加利亚人民的革
命领袖季米特洛夫等。在中国新民主主义革命和社会主义革命中，这种现
象也是存在的。"

古全和插话说："您说的亚瑟和苟大川不一样。苟大川是在革命胜利
后投机革命的。"

孙宝藏笑笑说："那你认为苟大川应该怎么做？让他跟着日本人、美
国人或是国民党反动派逃走，或者组织反革命阴谋集团来和新生的人民政
权作对？"

古全和摇摇头，说不出个道理。说他只是怀疑这些人对国家和民族的
忠诚，共产党不应该让这些人参加自己的队伍。孙宝藏说："你的担心是
不必要的，也是不科学的。中国革命是一个惊天动地、轰轰烈烈的伟大的
过程，在这个过程中，随时会有人投入进来，也随时会有人止步、落荒、
反水、叛逃。中共一大的代表总共有 12 个人，坚持马克思主义，革命到
底的也只是其中的一部分。一大广东代表陈公博在一大开会第一天的夜里
就溜走了，后来堕落成大汉奸。张国焘也曾是一大的重要人物儿，曾经当

过红军的总政委，后来成了国民党特务。陈独秀也没能革命到底。但是中国革命依然汹涌前进，赢得一个又一个的胜利，创建了伟大的人民共和国。这是一个大浪淘沙的过程。刘少奇同志在《论共产党员的修养》一书里讨论过这种政治历史现象。如果从这样的历史观点看待苟大川，我们就应该肯定他，信任他。他正在作为一个青年团员，班长，为同学和老师服务，至于他是否忠诚，会不会革命到底，那要看他的行动。他可能沿着革命的道路走下去，成为坚定的革命者，也可能半途而废。这种事情不仅在苟大川这些出身剥削阶级家庭的人中有，在出身工农劳动人民家庭的人中也有，不能机械地看待个人的家庭成分问题。"

孙宝藏现身说法。他说，他老家山东招远。他父亲十几岁时逃荒到了黑龙江。因为认识几个字，"九一八"事变后，让日本人看上了，被迫当了县长，后来他爹真的变成了汉奸，先后娶了3个老婆。他的生母是他爹的第三个老婆。1945年东北光复，八路军开到他们那里。当时他也曾犹豫彷徨过，面对两条道路的选择。一条是和反动家庭站在一起，投身国民党军队，与人民为敌；一条是背叛反动的家庭，投身革命，走向光明。他选择了后者，在党的教育下，提高了思想认识，和反动家庭划清了界线，在剿匪和土地改革的斗争中得到锻炼，走上了革命的道路，参加了共产党。他的同学大多数儿出身地主、富农和官僚家庭，这些人也几乎都选择了革命的道路。这本身就是革命的胜利。

古全和不知道孙宝藏出身反动地主汉奸官僚家庭，孙宝藏的坦白诉说既让他感动，受启发，又让他感觉有些难为情。他有些尴尬地对孙宝藏笑笑，点点头儿。

40

今天是周末，下午放学早。古全和不忍心劳累孙老师浪费时间送他放学回家，就提前来到实习生办公室找孙老师。在办公室的两位实习老师见古全和来找孙宝藏，主动离开，把办公室让给孙宝藏师生。他们这次谈话是在办公室进行的，谈的问题很多，包括抗日战争问题，不过最后孙宝藏还是和往常一样，和古全和边走边聊一直把他送上电车。

　　古全和在坐电车回家的路上，一直在情不自禁地回味孙宝藏刚才和他的谈话。谈话围绕着怎样看待国共两党在抗日战争中的地位和作用，话题是古全和提出的，他说，他承认共产党抗战最坚决，是抗日战争中的中流砥柱，但是总的说来是国民党在正面战场上抗击日本强盗，共产党在敌后抗击日本强盗，都对抗战做出了自己的贡献，可是中国革命史的教材和老师在课堂上的讲授都简单地讲共产党坚决抗战，国民党妥协投降，而且对于正面战场上的斗争并不展开介绍，分析评论，而是一提而过，这样讲不公平，不客观，缺乏说服力，因为像淞沪抗战、上海"八一三"和台儿庄大战等战役是历史事实，许多人都知道。孙宝藏说，他的说法孤立地看，有一定的道理，但是认真地分析就不够科学了。国统区的抗战不能不加分析地归功于国民党，而应该归功于国统区的爱国军民。即使没有国民党和国民政府，中国人民也是要抗战到底的。说国民党在抗战问题上动摇、妥协、投降并不冤枉它。蒋介石奉行不抵抗主义，本质上就是投降主义。国民党的汪精卫等一些大头目和骨干投降了日本人，国民党的大批军队变成了伪军，把枪口指向爱国的八路军和新四军，他们破坏抗日民族统一战线，制造了皖南事变，一次次地掀起反共高潮，说国民党反动派在抗日战争中妥协投降一点儿都不冤枉它。最后孙老师说，现在我们的历史任务是把革命进行到底，彻底消灭国民党反动派、巩固新生的人民政权，揭发和清算国民党反动派的罪行是我们斗争的一个重要内容，在这种时候难道我们能把国统区人民抗日的功劳不加分析地归之于国民党，替国民党反动派评功摆好儿吗？全面客观地描述抗日战争，具体研究抗日战争中一个个的战例，界定抗日战争中的各种人和事的时候是会有的，不过那不是现在，而是在将来，当这种界定变得对国家和人民有利的时候。下面这段话留给古全和的印象最深刻，孙老师说："看待社会历史问题，要有一个正确的立场。立场不同，认识就两样。在政治问题上，纯客观的态度是没有的。即使在日常生活中，矛盾对立的双方也没有谁愚蠢到替对方评功摆好儿的地步，更何况是国共两党的生死斗争。"孙宝藏最后的这段话惊醒了古全和，让他刻骨铭心，牢记终生。

　　有一个问题，古全和没有得到孙宝藏老师的解答。古全和说，他自信中国是一个有着辉煌历史、独立于一切国家的独特文化的伟大的国家，可是近代她却变成了一个陀螺，被一条条外国的鞭子抽打得团团转，一些社会精英，信心全失，丧魂落魄，把中国说得一无是处，连中国的文字也成了他们辱骂的对象，有人企图证明，有着汉唐历史辉煌的五千年文明史的中国本身就是个错误，一会儿张罗着模仿日本，一会儿张罗着模仿美国，一会儿张罗着模仿什么人，用各种不同国家的标准和尺度来剪裁中国，把中国涂抹得处处不如人，甘愿随人仰俯。这样的怪事是怎样发生的。孙宝藏没有接触这个严肃的话题，这已经不在孙宝藏老师实习任务的范围之内。而古全和认为这不是谦虚，而是国格儿的沦丧。他认为中国有辉煌的过去，也必将有辉煌的未来，她不应该任人褒贬，而应该肯定研究发扬自己的传统，走自己的路，他认为，一个人、一个民族、一个国家，如果甘愿当孙子，他就永远是孙子。

41

孙宝藏在着手撰写关于古全和问题的调查研究报告之前，把他对古全和问题的看法儿向班主任刘长林做过汇报，并特请团支部的干部参加，听取他的批评意见，在汇报中肯定了毕淑芝、蔡新三和线淑平在古全和问题方面的工作成果，说他们关于古全和思想性格特殊性的观点对于他的工作很有帮助，古全和的确是从爱国主义和民族主义的立场出发观察、评价、认识新社会和共产党的，他对党的感情和态度是复杂的，有一个认识和变化的过程，他阅读《共产党宣言》和《资本论》，就是想从理论和根本上认识共产党。孙宝藏还提出了促使古全和继续前进的建议，建议表扬古全和自觉阅读马克思主义经典著作的积极性，团支部和班委应该创造条件，让他在社会工作中接受锻炼。他说古全和很有能力，他从小儿当学生干部，认识提高过后有发挥自己作用的要求。代耀人插话说，班上曾经让他当学习班长，他不干。孙宝藏说，此一时彼一时，那时他不干，不能说他现在也不干。刘长林赞成孙宝藏的提议。而代耀人坚持说，古全和在班上工作缺少群众基础。

代耀人不知道高傲自负的古全和怎么就服了孙宝藏，而孙宝藏为什么偏偏欣赏古全和，他没感觉到古全和有什么变化，古全和对他依然不理不睬。他不想让古全和在班上红起来，担心这会有碍他和线淑平的恋爱关系。会后他特地到实习生办公室找孙宝藏，提醒他不要在课堂上和群众中表扬古全和，免得让他更加忘乎所以，目中无人，妨碍团支部继续对他进行教育。但是孙宝藏没有满足代耀人的要求，他已经感觉到代耀人是个不称职的支部书记，而且和古全和个人有过节，他还是在班会上宣扬了古全和积极探讨革命理论，利用课余时间阅读《共产党宣言》和《资本论》的事迹。

代耀人知道孙宝藏和毕淑芝是同乡同学，关系不错，不想触犯孙宝藏。可是他怎么都不能理解和接受他对古全和的评价，认为他抬高了古全和就等于贬低了他代耀人，有碍他在同学们中间的威信，影响他的工作，考虑再三，还是决定找孙宝藏谈谈自己的想法儿。他来到实习生办公室，刚好办公室里只有孙宝藏一个人。他故作谦恭地笑着说道："来向您反映些情况。"

孙宝藏让代耀人坐，笑着说道："好啊，请讲。"

代耀人笑着称赞了孙宝藏深入细致的工作作风，然后说他对孙宝藏在课堂上表扬古全和有些担心，说古全和谁都看不起，这样一表扬，他将会更忘乎所以，他的工作也就更不好做了，等等。

孙宝藏耐心地说："你的提醒很重要，年轻人容易骄傲。不过我觉得咱们不好随便说某某同学是落后生。这样说显得对同学不够尊重，会挫伤他们追求进步的积极性。都是同年同岁的同班同学，先进与后进能有多大的差别？再说先进与落后只是比较而言，即使有谁暂时有点儿落后，他也不会一无是处。是否要求入团，是否高喊政治口号儿都不是说某人思想进步或是落后的根据。咱们班总共48人，团员10人。同学中提出入团申请的有4人，两部分人加在一起是14人，不到全班人数儿的一半，能说38名同学政治上都落后吗？你只知道古全和没有提入团申请，可是你知道他正在考虑申请参加共产党吗？"

代耀人愣愣地看着孙宝藏，感觉难以理解，忍不住说道："凭他？参加共产党？哼！"

孙宝藏严肃地说："只要条件具备，谁都可以参加共产党。革命有早晚，进步有快慢，'士别三日当刮目相看'。革命不讲论资排辈，事物的发展总是后来居上，今天我是你们的老师，明天我就可能是你们的学生。这种事例并不少见。"

孙宝藏担心自己的话说得太直白，触犯了代耀人，给自己的工作带来麻烦，便改以委婉的口气说道："我教育实习的一个项目就是了解古全和，帮助他认识自己，促使他思想进步。不过我的工作是临时性的，对古全和的认识也可能有片面性。有关他的经常性工作，要由刘长林老师和你们团支部做，我讲的只是个人的认识。"

代耀人笑着说："您的工作深入细致，给我们做出了榜样。"

代耀人没能说服孙宝藏改变他对古全和的态度，闷闷不乐地离开实习生办公室。他在回学生宿舍的路上，头脑里忽然闪出一个念头儿，也许孙宝藏能让古全和发生一些变化，外来的和尚好念经嘛。而当他想到线淑平可能由于孙宝藏的掺和而继续走近古全和的时候，心中不禁又泛起一阵酸楚和焦虑。

孙宝藏所在的东湖师范学院市立中学教育实习小分队按计划完成了任务，离开市立中学胜利返校。孙宝藏撰写的题为《一个阅读〈资本论〉的后进生》的教育实习报告，得到实习指导老师们的一致好评，认为典型抓得好，问题抓得准，解决问题的方法儿对头，工作的效果显著，对于做特殊学生的思想转化工作，有重要参考价值，被评为优等。而孙宝藏本人也作为一个优秀的共产党员，留在了古全和的心里，成为他仿效的又一个好榜样。古全和认为，柳影路小学的陈昌老师，市立一中的孙为校长，以及孙宝藏老师，都是他人生道路上的指路人。在东湖师范学院实习小分队返校的那天，古全和坚持背着孙宝藏的行李，提着他的洗漱用具，把他送回东湖师范学院东湖学生宿舍，以后每遇节假日，他几乎都去东湖师范学院看望他的孙老师，向他汇报思想，请教疑难问题，听取他的指点，直到孙宝藏毕业离校。

市立中学校学生会有一支小乐队，自命"轻骑兵"，它只有一张手风琴，两把小提琴，两把南胡儿，一支横笛儿，一面定音鼓，总共七八个人，谈不上规模和水平。但是它特别活跃，能演奏许多中外有名的歌曲，到处演出，在本市中学乃至某些党政机关的俱乐部小有名气。这要归功于热爱此道的队长肇瑞芳。

肇瑞芳是高一（3）班的学生，祖籍浙江绍兴，生长在重视文化艺术的哈尔滨，小学毕业后，随做生意的父亲一家搬来江城。他身材高挑，眉目清秀，面色白皙，有一双灵动的眼睛，不乏英俊少年的勃勃生气，加之他聪明好学，多才多艺，为人随和，能用小提琴让胡伯君等一些多情的女生感动得落泪，是一些风流女生心目中的美男子。体音美等副科有特长的学生，正课成绩往往平平，乃至较差，而肇瑞芳是个例外，他正课的成绩也很出色。王殿芳嫉妒他，嘲讽他女里女气，但是多数同学都喜欢他。在高一（3）班上的团员中，是古全和看得起的唯一的一个，他和古全和相处得也最好。肇瑞芳欣赏古全和有个性，不随人仰俯，说他早晚会成为一个人物儿，一再动员他加入他的小乐队，而古全和说自己在音乐方面没有特长，有一把吉他也刚刚开始学习，不配和他们在一起活动。

今天是周末，下午放学后，肇瑞芳又拦住古全和，拉着他的胳膊恳求说："你老兄得帮忙啊！有了你的吉他，咱们的小乐队儿就更棒啦！"

古全和推托说："我住家离学校远，回家还得干活儿。再说吉他我刚开始练习。"

"打节奏嘛！打节奏嘛！打节奏总行吧？'吉他'的声音就好比是炒菜用的'味之素'，甩袖汤里面的'芡粉'，打卤面里面的'卤儿'，乐队里有了'吉他'，味道就大不一样了！"肇瑞芳激动地挥舞着秀气的双手不停地嚷嚷。

"我得回家干活儿呀。"

"前天你还说要住校呢，家里的活儿怎么会靠你呢？"

"我没和你们合练过呀。"古全和犹豫了。

"一边演奏一边练，我一百个相信你。老大哥，我这里给你作揖啦！你就成全了小弟吧！"肇瑞芳不停地朝古全和作揖。"今晚是去给团市委周末舞会伴奏，这是毕老师接受的政治任务。你说良心话，毕老师对你怎么样？不错吧？看在毕老师的面子你也得去啊！"

肇瑞芳提到毕老师，古全和只好答应，就请章伯楠给他娘带信儿，说晚上学校有活动。

团市委机关在一般的青年团员看来，是自己上级的上级的上级，是个神圣的地方，能有机会给他们的舞会伴奏，当然是莫大的荣耀。但是古全和此刻还没有这样的感情。他跟他们没打过交道。

　　乐队一行8人兴高采烈，在肇瑞芳的带领下，排着整齐的队伍，喊着"一二一"，步行去团市委俱乐部。人们平时难得有机会见着个乐队，他们一路上备受周围的人们的关注，不止一次有人嬉笑着对他们高喊："来一个！"于是，肇瑞芳就命令手风琴手拉着进行曲，让乐队踏着节拍儿行进。

　　江城市南部老城区街道的格局是纵横交错的棋盘街，而北部新城区的街道则是以广场为中心的放射型的格局。团市委俱乐部在本市的新老区交界处的一个十字路口儿。从这里朝南走200米，是市政府四层高的方方正正的大灰楼。在市政府大楼西面百米的地方，就是在伪满洲国时期修成的钢筋水泥结构的银行大楼。从十字路口儿往东北走200米，是胜利电影院；往北300米，就是可怕的伪警察第二分局，而它的旁边就是本市伪满洲国时期森严的日本关东军的一个司令部，也是后来的国民党城防警备司令部。团市委俱乐部就在它的斜对面儿。据说它和警备司令部、人民银行都有地下隧道相连，隧道宽过10米，修得富丽堂皇，里面可以开汽车，四通八达，在西郊和北郊的群山里有秘密出口。

　　肇瑞芳他们赶到团市委俱乐部的时候这里已经有人出出进进了。

　　一个身穿崭新海蓝色列宁装留着齐耳短发个子高挑、俊秀自信的姑娘，站在俱乐部的大门外，见肇瑞芳他们来了，踩着咯咯的皮鞋声，扭扭嗒嗒快步迎上，老远就极富夸张地向肇瑞芳伸出双手，大声说道："啊呀，你们可来啦！我正等得着急呢！生怕你们来不了，那可就惨啦！感谢感谢！非常感谢！"

　　"怎敢不来？"肇瑞芳紧握对方的手。

　　"'天有不测风云嘛！'里边请！"姑娘身子闪到大门旁边，让肇瑞芳他们鱼贯走进大厅。

　　古全和觉得这个姑娘面熟，可她是谁呢？一时想不起来。他听她用并不熟练的俄语说"多谢"，心里很反感。他从懂事儿的时候起，就憎恶赶时髦儿。中国话里表示"感谢"的说法儿多的是，干吗非用俄语表达呢！

　　"她是谁？"古全和指指迎接他们的女生问道。

　　"金静啊！给咱们做过报告的呀，你不记得啦？"肇瑞芳说，他忘记全和不是团员。

　　"她是干什么的？"古全和又问。

"团市委宣传部长！"肇瑞芳满怀敬意地说。

古全和点点头，不再说话。

现在的团市委俱乐部曾是伪满洲国关东军高级军官俱乐部，后来的国民党警备司令部的俱乐部。在伪满洲国和国民党统治时期，古全和就曾多次路过这里。那时他只能假装看风景边走边朝这里瞟一眼，不敢直眉瞪眼地朝这里张望，更不要说走进这个俱乐部，或是在它的前面逗留了。古全和是头一回走进这个让他感到既壮观又恐怖的地方儿。一种好奇心使他不停地东张西望，审视这个和无数的罪恶联结在一起的豪华的所在。这是一处带有小型舞台的椭圆形的歌舞厅，东西长约 40 米，南北宽约 30 米。地面用光滑如镜的大理石铺就，拱形的彩色顶棚下悬挂着成套的精美灯具。上等核桃木的护墙板从地面向上高过两米。落地窗上的紫红色的窗帘儿直垂到地面。俱乐部北面四分之一的地方是一座小巧的舞台。台高一米上下。台口呈浅弧线形，宽约 7 米，深也约 7 米。两侧悬着紫绒帷幕。这里既可以演出中小型的文艺节目，也可以做舞厅，在举办舞会的时候，舞台就是安置乐队的地方，台下就是舞池。舞池的周围是一张张在灯光下闪亮的、日本关东军和国民党高官先后坐过的紫红色的皮沙发。

金静从舞台前飘来飘去，是会场上最忙的人。她说笑着，挥舞着，里里外外地张罗着。古全和猛然想起，她不就是曾经住在宋家屯镇协和饭店后面金家大院儿的金铭、金鹏举、"金老爷子"的宝贝女儿金顺子吗！

金鹏举是本地人，他父亲就是远郊金家堡的大财主，解放前在江城市区和宋家屯镇开有店铺。金鹏举留学日本，曾任本省建设厅副厅长，"康德"十年退休后，为图清静，回到宋家屯镇，在协和饭店后面自家店铺的旧址附近修建了一处带有车库、花园的巨大宅院。古全和 9 岁那年，曾受雇给他们家打扫过院子，每天早晚各一遍，月薪两元，不影响他做小生意，算是个好差事。他就是在那时认识金顺子的。她那时正在读高小，对于古全和这个扫院子的小勤杂工儿，可能连看也没看过一眼。

金鹏举当伪满洲国"国军"的大儿子金敬德在追随日军进攻晋察冀解放区时被八路军击毙，二儿子金敬言在北平做官，三儿子金敬功在天津做官。金顺子是"金老爷子"夫妇身边唯一的宝贝女儿，他们舍不得让她一个人在十里外的城区念书，就把她送进柳影路小学。学校离金家不到一里路，可是她上下学天天有专人用汽车接送。

在金鹏举做本省建设厅副厅长的时候，金顺子穿和服、拖木屐，天天和建设厅厅长日本人大平直的女儿大平英子一起玩耍。"金顺子"这个名字就是金鹏举在那个时候仿照日本女孩儿的名字给她起的。金鹏举的一个姓"左藤"的日本朋友在伪满洲国"满映"株式会社任职，他看上了金顺子，说金顺子有表演天才，把她带到"满映"去当"童星"，来去都是汽车接送。遗憾的是金顺子没来得及在银幕上红起来，日本人就投降了。一年后，国民党带着美国人来了。在本市日本人的聚居区原德国领事馆的旧址设立了美国领事馆。

外国人在中国称霸百年，繁殖出了一些"洋奴世家"。这些洋奴，已经丧失了中国人的人格儿。他们卖国成性，鼻子特灵，对于外国主人的气味儿惊人地敏感，能在瞬间嗅出新主人的所在和需要。当时正在市立女子中学念初中三年级的金顺子16岁，不经任何人的启示和开导，就意识到东洋的主人已经走远了，西方的主人来了，立刻改名"金玛丽"，转眼间就变成了本市有名的"吉普女郎"。于是，市立女子中学校园的大墙外，就常常有美国领事馆和国民党军官的吉普车停靠在那里。市立女子中学的师生员工，谁都知道他们是为谁而来。有人羡慕，有人贱视。中国人敢爱敢恨，但是多数人不敢说，没有人站出来说三道四。

1948年春天，江城被人民解放军包围。金玛丽在和美国人和国民党军官们的接触中，嗅到国民党的统治即将瓦解的气息，而且确信中国的内战必将以共产党的胜利而告结束。她惧怕这个结果，却又不能不面对这个结果，于是改名金静，依靠她跟国民党上层的关系，假报学历，混入了江城大学，插班进入外语系英语专业，攻读第二外语。在那里，她接触了江城大学的地下党。凭着她的机敏和对于国民党军队内幕的了解，在为共产党侦察国民党军队布防图的活动中做出了"贡献"，先参加民主青年联盟，不久就被吸收进共产党，并被派进本市国民党警备司令部做打字员。本市解放时，她就是共产党接受江城大学的工作人员。她的容貌，她的机敏，她的口才，她的风骚，她的交际手腕儿，她对工作的热情，都引人注意，再加上她这段惊险的地下工作的经历，使她很受江城大学领导的重视。但是由于她父亲曾是本省知名的大汉奸，而且在押，她本人经历复杂，一直没敢让她进党委机关。1949年秋，金静和驻校军管会主任况雨亭恋爱，她便被选拔进校部，先任校保卫科长。转年春，江城大学与其他几所大学合并成立东湖师范学院，她被任命为政治教育系党总支书记，3个月后，被调团市委，任宣传部长。

现在是个讲究效率和守时的年代。稍有头脑的人都知道，宴会或是文艺演出前，人们最讨厌的是领导人车轱辘式的讲话。聪明的团市委书记原鹰懂得人们的这种心理。他讲话只用了一分半钟，接着就宣布舞会开始。这时正好是晚上7点整。

第一支曲子是苏联歌曲《红梅花儿开》。人们陆续走进舞池。舞厅里暗淡的灯光，使古全和联想到当年国民党军官俱乐部里的那种拉拉扯扯、搂搂抱抱、奇形怪状、群魔乱舞的丑恶景象。而这里的景象迥然不同。十几对儿年轻男女，随着舞曲的节奏，伴着低低的说笑声，悠悠儿旋转，好像漂浮在雾霭之中。这是古全和第一次身处这种完全陌生和富丽堂皇的场合，第一次面对这样多的市、区一级的青年团的干部，他有点儿紧张，而更多的是新奇。他扫视着舞池里旋转着的人们，又用眼睛的余光儿注意着肇瑞芳的手势，为小乐队打着节奏。他觉得他们演奏的舞曲，经过扩音设备扩放共鸣之后，变得非常优美，吉他的和弦使乐队旋律显得丰满、和谐、抒情。他想这和舞厅的结构有关，当年日本人一定是动用了最有学问的设计师，使用了最好的建筑材料，修建了这个俱乐部！古全和这样想着，连他自己也说不上他是在赞美呢，还是在诅咒。

舞曲大多是苏联和东欧社会主义国家的作品，也有东北民歌。在经过了几个轮次的集体舞和交谊舞以后，古全和在不知不觉间适应了这里的环境和气氛，开始从容地观赏舞池里男男女女的舞姿和风采。一对对男女，合着舞曲的节拍儿，协调地前进后退，轻风一样地旋转，在舞池里飘来飘去；在他们经过舞台的时候，时不时飞来一两句对话和愉快的笑声。

古全和熟练地弹着吉他，思绪不由地沉入了往事的回忆。他见过这样的场面。1948年初，他借住在巫衍芳家，曾和巫氏姊妹一起，站在她们家临街的窗前，透过对面国民党军官俱乐部涂抹过石灰浆的玻璃窗上半截空白的部分，观赏过国民党军官舞会里的活动。但是眼前的景象和当年的国民党军官舞厅大不相同。那些国民党军官所展示出来的是粗俗、笨拙和色情，而面前这些男男女女跳得花样繁多，多姿多彩，如诗、如画、如梦，他感到新奇，又觉得感到异样，心情复杂。

舞会是在晚10点准时结束的。会后有夜宵。肇瑞芳一再劝说古全和吃过夜宵后再走。可是古全和怎么都不肯留下。他觉得他没有理由在这里吃饭。他想回家。

古全和提着吉他，沿着中山大路宽阔平整的人行道，慢慢地走着。深秋的冷风吹过，刚刚过去的景象又浮现在他的眼前。"这些人大多二三十岁，都是共产党的重要干部，是为劳动人民服务的。可是他们是些什么人呢？恐怕大多是金玛丽的同类。要练好这些舞蹈比练熟一种武术套路更难，他们能跳得这样自如，就因为他们大多来自金鹏举那样的家庭！他们曾经是人上人，有条件、有时间、有必要学习这套玩意儿！如今，他们一转身，一变脸，又唱着《没有共产党就没有新中国》，成群结队地拥进了青年团和共产党，成了共产党和青年团的骨干，控制着这些组织。难道这些富人的子女会替劳动人民着想吗？当这些人多起来的时候，共产党将会怎么样呢？"心中不由地闪出孙老师讲的革命道理，想到孙老师就出身于这样的人群，钱松林大哥也是官僚地主子弟。这时，他心里涌起一种他从没有过的、连他自己都觉得奇怪的念头儿："我现在连个青年团员都不是，为什么会关心中国共产党的兴衰呢？"他想，这可能是因为共产党的存亡关乎着国家和民族的命运，而他关心自己的国家和民族，因而也就关心起中国共产党的兴衰来了。他意识到他的思想和感情在发生着变化，他的心里已经有了共产党的位子。这一天的夜里，古全和庄重地写出了第一份入团申请书。

1950 年的夏天，美帝国主义伙同他的一些仆从国家，发动侵朝战争，美国空军骚扰的范围扩大到江城地区。战火很快燃烧到鸭绿江边，在江城引起骚动，严峻的斗争考验着每一个人。

古全和积极参加抗美援朝的各种活动，为志愿军的每一个胜利而欢欣鼓舞。在班上他第一个参加输血队，第一个报名参加运送志愿军伤员的担架队。他每天中午给同学们读报，重点读朝鲜战场的新闻报道。魏巍的《谁是最可爱的人》，他是流着激动的热泪，哽咽着，给同学们朗读了 3 遍。中国人民志愿军的胜利使他无比骄傲。他不顾爹娘的劝阻，报名参军参战，无奈他的体检不合格儿，医生说他肺部有毛病。

古全和突出的表现引起同学们的注意，线淑平和韩岫及部分团员建议抓紧发展古全和。但是代耀人和王殿芳等人说不能看古全和一时的表现，他有过弄虚作假欺骗组织的行为，要经历一定时间的考验，而且他的思想变化太快，又刚刚提出入团申请，需要观察一段时间。就在这时，同班同学王殿臣向领导反映了一个重要情况，说古全和向他散布恐美情绪。

王殿臣的爷爷王大鹏是白龙镇的一个大地主，死于土地改革，他的父亲王子衡伪满时期当过白龙镇警察派出所副所长，"八一五"光复后，在江城国民党"建军"风起时，曾活跃一时，纠集一些伪满的警宪人员和伪铁石部队的散兵游勇，拉起了一支近百人的队伍，被国民党任命为保安14旅3团的一个连副，半年后他又弃军从政，混进江城市政府，当上社会局的一个科长，大量贪污救济粮款，解放后被作为历史反革命处理。王子衡对共产党一直耿耿于怀，常对王殿臣述说他家过去有多少垧地，多少处房产，多少挂骡马大车，多少长工，多么富有，还曾经悄悄地带领王殿臣回到白龙镇，偷偷地"视察"过他们土改时被分给了贫雇农的土地，日夜盼望着变天。朝鲜战争爆发后，他活跃起来，认为共产党不是美国人的对手，国民党将打回大陆，对王殿臣说，世道要变了，要王殿臣在学校里联络一些人准备应变。

古全和跳级的错误暴露后，王殿臣主动靠拢他，经常向他请教数学问题，有时下午放学后约他和自己结伴儿同行，说些不满班干部的话。在古全和因所谓给国民党"评功摆好"遭一些团员的批评和指责后，他对古全和说了好些同情的话。1950暑假期间，王殿臣邀古全和去过他家，见过他爹。王子衡那张阴沉的脸，让古全和感到恐惧和厌恶。这时古全和听别人说他爹是汉奸反革命，就没有再去过他家，并且渐渐地疏远了王殿臣。昨天古全和从东湖师范学院看望过孙老师后的返校路上，偶遇王殿臣。王殿臣灵机一动，想拉古全和一把，便和古全和聊了一会儿。他问："你去哪儿啦？"古全和说他去看望孙老师了。王殿臣便讨好儿说："孙老师人不错。"三言两语过后，王殿臣就把话题转到朝鲜战场的形势上。他凑近古全和，装出深沉的样子，诡秘地眨动着眼睛，低声说道："孙老师谈到过朝鲜那边的消息吗？"古全和说，"当然，这是当前最大的问题。"王殿臣面露恐惧地说道："情况有点儿不妙啊。美国人和联合国军厉害啊！听说已经打到鸭绿江了，看起来朝鲜是顶不住了。"然后对古全和耳语道，"你知道'金日成'是什么意思吗？"

古全和不解地反问王殿臣说："你说什么意思？"

王殿臣悄悄说："你想想看，'金日成'三个字反面的意思是什么？"

古全和不解地看着王殿臣，等待王殿臣解释。

王殿臣神秘地说："'金日成'反面的意思，就是'明日不可'，平壤已经失守，朝鲜完啦。美国人马上就打过来了。"

古全和听王殿臣这样说联想到他爹王子衡，怀疑王殿臣是有意散布反动言论。不过怀疑并不是事实，古全和既不便纠正王殿臣的错误，更不便把自己的怀疑说出来，就装出心不在焉的样子笑着说："这是迷信，'金日成'是人名儿，和'明日不可'没有对应关系。"

王殿臣见古全和不响应他的宣传，就担心他到领导那里去揭发他，便假装糊涂，含糊其辞地说道："这只是最近民间流传的说法儿，我只是随便说说玩儿的，其实我也不相信。"王殿臣这样搭讪着和古全和分手。

王殿臣意识到自己选错了煽动的对象，为掩饰自己的反动行为，恶人先告状，当天晚上就去向代耀人揭发古全和，把他的反动宣传转嫁到古全和的身上，说古全和对他说"金日成——明日不可"，……说美国必胜等等。

对于王殿臣和古全和所做的汇报，干部们的看法儿不尽相同。王殿臣是入团的积极分子，不过包括他的堂兄王殿芳在内，高一（3）班的干部都不认为古全和会说出这样反动的言论，他也不会迷信到听信"小人谗言"的程度，线淑平和韩岫还列举古全和在抗美援朝斗争中的积极表现，证明王殿臣反映不实，很可能是王殿臣误听误报，然而事关重大原则问题，当前斗争复杂，谁都不敢把话说死。团支部收到了古全和的入团申请书，正待研究他入团的问题，而王殿臣投放到古全和身上的这条阴影破坏了古全和近期入团的可能。

44

寒假第二天，古全和就跟着他娘去铁道北粮库去挑黄豆。一个5尺多高的大汉子，窝成一团儿，趴在地上挑黄豆，一天下来，脖子发僵，眼睛发涩，腰背酸痛，浑身没有一点儿好受的地方儿。

几天后的一个晚上，古全和收到他大舅胡大珂发来的电报，说他爹病重。秀姑感觉意外，丈夫虽然身上有小时候留下的残疾，可是他从不生病，前几天来信还说他一切都好呢，怎么忽然就病重了呢？不过她也想，天有不测风云，人难说什么时候来个三灾八难，人命关天，不敢大意，决定立刻带上儿子回家看看。古全和说，他和娘一起走，来回的路费得五六十块钱，时逢年关，车票难买，买不着坐票就得在车上站两天两夜，不如他一个人先回家看看，去的时候从江城背上 50 斤白糖，回来的时候从济南背上 50 斤鲜姜，来回的路费就赚出来了。要是他爹真是病重，他在打电报告诉他娘。秀姑觉得儿子想得周到，就同意了他的意见。

古全和考虑到车票难买，即使买站票年前也赶不到家，索性买了除夕夜的车票。

除夕夜，车厢里空空荡荡，一百几十个座位只有寥寥几十个人，大家都可以躺在长椅上睡大觉。但是古全和难以入睡，他担心他爹会发生意外。他爹常说，一辈子没生过病。当然，这不是事实。爹身上有残疾，冬天还常常感冒。不过他爹说的也不是假话，因为在穷苦的劳动人民心里，没有病倒在炕上，就不算病，带病劳动是平常的事。现在舅舅说爹病重，准是他病得真的是不轻。

古全和是在 1951 年阴历大年初一天蒙蒙亮儿，人们开始互相走动拜年的时候赶进古家庄的。他发现他家天井里没有灯火，好像一处无人居住的空院落，担心他爹出事了，不由地紧张起来。他推门走进天井，才听他爹问"是谁？"他说："爹，是我！"他摸着黑走进西间屋，他爹已经点亮了煤油灯，见他爹披着棉袄，坐在炕上，那样子好像他根本没睡。古全和心里疑窦丛生，问道："怎么回事儿，舅舅怎么去电报说您病重？"

古世才哭丧着脸说道："孩子，咱叫人家熊着啦。孔夫子教导咱们怎样讲仁义，做好人，可是他老人家没有教导咱们怎样对付坏人哪。李宝堂那个坏种仗着自己有钱有势，到处胡说俺根本没在他那里存过钱，说是俺讹诈他的钱财，俺丢不起这个人哪！你要是不回来咱们爷儿俩见不着啦。"

古全和知道，他爹把名誉看得比性命都重，经常教导他做人要光明磊落，凡是亏待别人的事，拿不到桌面儿上的事，都不能做。显然他爹是蒙受了委屈，有苦说不出，想以死表明自己无辜。他耐心地问道："爹，您说说事情的经过吧。"

古世才说，他筹划好了翻修老屋和新建南屋的计划后，就再次赶到青岛去找李宝堂讨要那两笔钱。一笔是他在 1941 年逃难时寄放在他那里的那七百块银元。那是他变卖粮食牲口换回来的钱。另一笔是他在 1948 年江城围城时卖 8 百斤玉米换回来的那 8 千万元法币。当时他和李宝堂说好，收到那笔汇款立刻买上双飞龙白布。可是李宝堂说，那七百块银元在解放前夕遭国民党匪帮抢走了，那 8 千万元他根本就没收到，不仅分文不给，还反诬陷他说瞎话，讹他的钱财，毁坏他的名誉，要求他请客吃饭，当众向他赔礼道歉，给他恢复名誉。李宝堂家是柳林庄一带的大户，在天津和青岛都有生意，家大业大，亲朋好友多，很多人相信李宝堂，替他说话，让他有口难辩，没脸见人，连大年都没有心思过，想一死算了，又怕给儿子留下骂名……古全和想，一准儿是他舅舅担心他爹出事，才给他娘发了电报。

古全和宽慰他爹说："爹，您不用害怕，现在是新社会，事情一定能弄清楚。"

古世才摇摇头说："难哪，他们把这件事张扬得无人不知了。"

古全和说："不怕，有人民政府做主，什么冤屈都能弄清楚。"

古世才将信将疑，心情有所好转，拿出了两份文件。一件是李宝堂收下那七百块大洋开的收条儿。一件是江城中国建设银行开的汇款凭证，说道："中国建设银行是国民党开的，国民党逃跑了，中国建设银行也就不在了，咱们能去找谁？这件凭证还有什么用处？那七百块大洋他说被国民党兵抢走了，也无法追回了。"

古全和听他爹这样说，忍不住笑了。他说："中国建设银行还在，银行的凭证还有用。凭汇款凭证就能查到收款人，证明李宝堂说谎。那七百块银元遭抢，责任也在他身上。李宝堂的脏水泼不到咱们身上。吃过饺子，您就领着我去认识认识老少爷们儿，给长辈们拜个年，正月初三一早我就动身去青岛找李宝堂算账。"

古世才穿好衣裳，下了炕，点上正北供桌上的那一对儿蜡烛，给财神、灶神和天地门神发了纸，奉上香，煮上对门儿古世春送来的饺子。天蒙蒙亮儿，接待过前来给他拜年的晚辈，就领着儿子去拜见和认识古氏本家的长辈。

正月初三早晨，吃过古世才亲手包的饺子，古全和说："爹，我得走了，您就放心大胆地在家里等我的好消息吧。"

古世才脸上露出并不舒展的笑容。

古全和边打行李边说道："最多一个星期。"说着，把那两张文件小心翼翼地装进上衣口袋，再把口袋的扣子扣好，伸手摸摸，背上行李，跨出家门。古世才怀着希望和不安的心情把儿子送到村外。

古全和步行 20 里，赶到古家庄以东的场里村时，天已大亮。他原本想步行去青岛，可是那要用 3 天的时间，中间还得住店，费钱误时，身体也吃不消，就决定雇车。这里是青岛连接山东半岛北部的交通要道，但是没有公路，也不通公共汽车，而只有"二等"。所谓"二等"就是用自行车载客的脚夫。这是这里唯一载人的交通工具，平时从场里村到青岛要付费 3 元。除开职业"二等"，还有顺路捎脚儿的兼职"二等"。他们是些家在山东半岛北部黄县、掖县等地而在青岛工作的职工，在节后骑自行车返青时，沿路揽客，挣些外快。古全和用两元钱雇了一辆兼职"二等"。

古全和赶进青岛的时候，马路上已经灯火辉煌。古全和打听着找到家住临清路 7 号的表哥胡学信家，在他家和邻居共用的厨房里的吊铺上睡了一夜，险些中煤气送了命。

胡学信夫妇是 1949 年秋天搬来青岛的。那年秋天他们 16 岁的宝贝儿子胡宝文死于霍乱，他们不愿意继续留在失去爱子的江城。他们离开江城也是因为胡学信光复后这几年混坏了名声儿。1945 年东北光复后，胡学信曾经拉拢十几个人参与国民党的建军活动，混了个班长的头衔儿和一身军装，一度得意忘形，仗势欺人，鱼肉乡里，讹诈过许多乡亲的钱财，在江城混不下去了，这才跑到青岛，投靠李宝堂，做了李宝堂裕记洋行的副经理，这些情况古世才都知道，他之所以让儿子去投奔胡学信是因为他觉得胡学信总不至于六亲不认，不肯接待帮助古全和。可是他高估了胡学信的为人，胡学信得知古全和是来找李宝堂打官司的，就毫不客气地摆出自己的难处，拒绝留他在自己家暂住，还替李宝堂说好话，说什么大家都是乡亲，李宝堂和胡大珂是多年的好朋友，不要撕破脸皮经官，在青岛玩儿两天就赶紧回家吧等等，第二天天一亮他就毫不客气地把古全和送到了旅馆，回头就去把古全和来青岛找李宝堂打官司的事报告给李宝堂，而且说古全和手里有官方文书。李宝堂关照胡学信注意古全和的活动，有情况及时向他报告。

古全和只从家里带了4块钱，已经在路上花掉两块，这会儿口袋里只有两块钱。可是为了他爹和他们一家的名誉，为了不使黑心的资本家的阴谋得逞，他必须留在这里，把事情搞清楚。现在是正月初四，新年还没过去，银行不办公。他只能等。他一个人睡在旅馆冰冷的大炕上。旅馆假期里没有饭，他只能在街上的饭摊儿上买着吃，每餐只吃一个二两重的火烧，一把五香花生米，忍受着饥饿，等待着银行上班。

这两天，古全和走遍了青岛的市区，到处能看到一份份镇压反革命的公告，那上面罗列着一个个罪大恶极的反革命分子的血淋淋的罪行。其中竟有汉奸、恶霸地主、还乡团头目儿古廷辅，和有血债的汉奸高树芬。古全和看着这些处理反革命分子的公告，感受到人民政权的强大，社会的清明，相信他的事情也能办好，呼吸都感到格外的舒畅。

两块钱眼看就要花完了，好在总算等到了正月初六。古全和一大早就等在中国建设银行的门前。银行一开门儿他就第一个闯进去，站在高高的华丽的柜台前，递上那张汇款的单据，要求查对青岛方面的收款人。一个和他年纪相仿身穿深色制服的女职员说，他们的单据在解放前夕都打包运去台湾了。古全和深感失望。他久久地站在柜台前沉思。一位中年男职员走来问他有什么事。他心情沉重地诉说了他遭遇的艰难和委屈，说事关他老爹的名誉和性命。男职员说："所有的文件都已经打包。有的已经运走，没有运走的那里面也未必会有你要的文件。我给你找找看吧。"

有李宝堂亲笔签名的那份提款单居然查到了！胡学信探得这个消息，立刻报告给了李宝堂。李宝堂感到事情不妙，立刻赶到旅馆来看望古全和，摆出长辈的架势，责备他来到青岛不到他家住，让他在他舅舅胡大珂面前没有面子。古全和没有理睬他的花言巧语，也没去李宝堂的裕记洋行，而是依然留在旅馆，准备到法院去起诉李宝堂。

45

胡大珂放心不下为人耿直的妹夫古世才，怕他一时想不开干出蠢事，大年初三一早就赶到古家庄，一进村儿就听说，外甥根儿回来了，知道妹夫无事，才放下心来。听妹夫说外甥去青岛和李宝堂打官司，他的心又悬起来。他知道李宝堂在青岛经营多年，和三教九流都有来往，诡计多端，心狠手黑，一辈子靠吃人过日子，牵涉钱财，六亲不认，这会儿他已经和妹夫杠上，骑虎难下，外甥去和他打官司，捅他这个马蜂窝，他可能会给外甥亏吃，说不定孩子会有危险。再说，他已故的老爹在世时给李宝堂家扛了一辈子大活，他和李宝堂一起长大，表面上称兄道弟，要是撕破了脸皮，今后也不好相处。想来想去，决定亲自跑一趟青岛，保护外甥，妥善处理这件事情。

胡大珂没在古家庄停留。他起早贪黑步行了3天，到正月初六晚上赶到胡学信家。胡学信说古全和已经查到了李宝堂签收到那8千万元的单据，第二天就要上告法院，劝他平息此事。胡大珂要到旅馆去见外甥。胡学信担心胡大珂和古全和通气儿对李宝堂不利，就强留胡大珂在他家住下，偷偷前往李宝堂的店里报告胡大珂来到青岛的消息。李宝堂大吃一惊。当年他用古世才汇到他名下的8千万购进双飞龙白布240匹，如经法院判他如数交付给古世才，他不仅名誉扫地，生意也就完蛋了，他立即赶到胡学信家来找胡大珂，装出无辜的样子，说都是亲戚，有话在家里说，不要经官，丢人现眼。

胡大珂严肃地说："宝堂兄弟，你也太不仗义。秀姑他女婿是个老实人，他怎么会赖你的钱呢？你骗了他的钱就罢啦，为什么还要毁坏他的名誉呢？要是闹出人命来，你有什么面目去见秀姑妹子？!"

李宝堂捶胸顿足，装出悔恨万分的样子，说道："都是我的错儿，我糊涂，我混蛋，没想到事情会弄到这个样子，我愿意向世才妹夫赔礼道歉！"

胡大珂说："光认错儿不行，你得吐出你吞下的钱财。"

但是李宝堂不谈赔偿的事，而是反复地说，那七百块大洋叫国民党土匪抢走了，那8千万他收到后没有来得及按照妹夫的要求变成双飞龙布，那些钱都毛成废纸了，等等。

胡大珂说："你必须如数赔偿！"

李宝堂哭丧着脸高叫道："俺这就要破产了，你让俺到哪里去弄这么多的钱哪，你就一刀把俺杀了吧！"说着，呜呜地哭起来。

胡学信帮腔说:"宝堂叔说的是实情。"

胡大珂说:"那你说怎么办吧。"

李宝堂诉苦说:"我用那笔款子总共买进24匹双飞龙布。"

胡大珂说:"你说了不算,根儿正准备要到青岛纺织厂查他们的销售记录呢!"

李宝堂连连恳求胡大珂帮助他平息这件事。

胡大珂长叹一声说道:"你说个实在数目吧。"

李宝堂琢磨了一会儿说:"俺只能拿出30匹。"

第二天,胡大珂到旅馆去见了古全和,谈了昨夜李宝堂在胡学信家的表演。古全和埋怨舅舅怕事,说就应该让李宝堂破产。胡大珂说:"得饶人处且饶人吧。他讹下咱们的那些钱富不了,咱们少了那些钱也穷不到那里去。眼下社会还乱,这种人咱们惹不起。"这时古全和看到了胆小怕事的舅舅。30年后,那时舅舅已不在人世,他自己也年届知天命之年,才把英雄的舅舅和胆小怕事的舅舅统一成一个舅舅,并且理解了舅舅,觉得在中国做人不容易,舅舅在十里八乡的威望,来自他和败兵和恶势力的英勇搏杀,也来自他对乡党陋习的妥协退让。他不想学习后一个舅舅,不过他一生也没有混出舅舅那样的人缘儿。

古全和急于把事情的结果报告给他爹,可是古家庄不通电话,信走得不如人快,他只能怀着急切的心情和舅舅一起日夜兼程地往家赶。直到正月初十才赶回古家庄。他担心他爹不满意他和李宝堂斗争的结果,而他爹对于事情的结果竟也很满意。他想他爹可能也有他舅舅那样息事宁人的愿望,而并不那样看重金钱。

古世才心疼地看着儿子疲惫的样子,说道:"你长本事了,比爹强。"

古全和说:"这都是当学生头儿锻炼出来的。"

古世才点点头儿,意思是他懂了儿子的话,他想,儿子当班长、学生会主席,为大家做事,也许比念书更有利于他的长进。过去他觉得儿子出头露面感觉光彩,也为儿子为公共的事占用了念书的时间而感到可惜,因而曾经委婉地表示他不希望儿子在学校里担当太多的差事。他感觉世界变了,官府和有钱有势的人欺压穷苦人的时代过去了,他没有再嘱咐儿子离共产党远一点儿。

古全和回到江城的第二天，就是市立中学开学的日子。高一（3）班升为高二（3）班，改选后的班团支部没有变化，支部书记还是代耀人。

古全和的气喘和咳嗽始于1950年春初的一次重感冒，当时他曾经按照他爹的说法儿，试用过烫澡发汗、早起空腹吃冰糖蒸白梨、空腹吃高粱醋蒸肥猪肉等偏方儿，可是一直不见好转。夏天见好，秋冬转重，严重影响他的睡眠和饮食，人也开始消瘦，每天上下学来回步行20里，已感有些吃力。秀姑心里着急，担心儿子病倒，就想让他住校。市立中学规定，远郊县区和家远过单程10华里的同学，经审查合格儿，住宿免费，但是每月得交3元2角钱的伙食费。秀姑写信给丈夫，让他想办法儿。古世才说，李宝堂只交付了10匹双飞龙白布，其余的死活赖着不交，已经到手的布匹，大部分分散给了亲友，剩下的只够变卖了用来翻修旧房，南屋暂时建不成了，也没有钱往江城寄，后悔儿子当初没起诉李宝堂。古全和说他要申请助学金，秀姑表示同意。

申请助学金的主要条件是家庭生活困难。这个条件古全和具备。但是还有一个参考条件，那就是思想进步。这个条件古全和眼下还不完全具备，至少团支部书记代耀人这样认为。因此古全和有些犹豫，担心学校不批，他是在线淑平和杨雅范的督促下才递交了申请助学金的报告。他仍然担心代耀人等人从中作梗，学校不批，让他面子上不好看。

古全和的助学金很快就批下来了，是三等，金额是3块2毛，刚好够交伙食费。他曾想凭他家赤贫的条件，他可以拿一等助学金，除免伙食费，还会发点儿零用钱，发几件换季的衣服，特别是棉衣，而学校批给他一个三等，显然是由于他政治上不够条件。不过他喜欢这个结果，这既解决了他的燃眉之急，也不让他心中太感到不安。解放战争还没打完，抗美援朝正在进行，国民经济恢复建设刚刚开始，国家经济上有困难，到处需要钱，一分钱都是宝贵的。

第二天一大早，古全和就把简单的行李夹进市立中学的学生宿舍。他被分配在男生第六号儿房间。来自远郊区的同学苗金发热情地接待了他，把他安排在南墙下的那面通铺的紧西头儿，挨着代耀人的铺位。

　　苗金发比古全和大3岁，属班上的特大龄同学，从他的穿着打扮儿、举止言谈，就知道他来自远郊的乡下。他已婚，妻子是父母包办的，有一个两岁的女儿。由于对自己的婚姻不满，很少回家，即使寒暑假，也总是迟回早归，不肯在家里多住。他为人和气，劳动表现好，学习刻苦，成绩平平，对古全和一直很友好，即使在他的秘密暴露，面临被学校除名的时候，他对古全和友好的态度也没有变化。古全和听说他有意离婚，幻想从女同学中做个新的选择，因此喜欢在女同学面前表现自己，虽然年龄偏大，不善文艺，也不风流，却争当文娱委员。班上的王殿芳等个别同学对他缺乏善意，常常捉弄他。一次，他带领同学练歌儿，在唱"4－3－2"几个音符的时候加了滑音，语调儿近似"法国来"，王殿芳给他起了一个外号儿叫"法国来"。不过苗金发并不在意，仍然认真地教唱校团委和学生会推广的歌曲。古全和发现苗金发虚荣心比较重，爱表现自己，他很想提醒他，但是考虑到苗金发比自己年长，还是个团员，不好意思开口给他指出。这让他在苗金发后来郊游时野泳溺水遇难之后深感后悔。

　　市立中学的学生宿舍离教学和办公大楼不远，中间隔着一大片农田，是在原先的庄稼地上新盖起来的三排红砖红瓦的简易平房儿。中间一排安排住女生，宿务办公室、厨房和食堂也安排在这里。食堂里只有餐桌，没有坐凳儿，所有的人吃饭都得站着。其余南北两排住男生。学生宿舍没有室内厕所、浴室和洗手间。厕所是露天的。宿舍里不能洗澡。早起洗涮都在室外的空地上，用的是凉水，即使在北风呼啸、雪花儿飘飘的隆冬季节也是这样。

　　女生宿舍里有火炉，每人一张木床。男生睡的是纵贯整个儿房间东西的"满洲"炕，同学们睡觉时一个个象煎鱼儿一样地排列在炕上，冬天用学生食堂和水房的余热把宿舍里的土炕烘热。

　　学生宿舍吃包饭，不分等级，所有学生的伙食标准都是3元2角。从周一到周五，加上周日，每天早饭都吃玉米面儿窝窝头，高粱米稀粥，萝卜咸菜或芥菜疙瘩咸菜。中饭和晚饭经常是高粱米干饭，素熬大白菜，或素炖土豆儿，素熬萝卜，偶尔是荤菜，里面也只是多少有点儿肉。周末晚饭改善生活，吃一次馒头，副食是"甩袖汤"。馒头不限量，"甩袖汤"每人只有一大碗。这是一周内最好的一顿饭。所谓"甩袖汤"就是用鸡蛋、荧粉、肉丁儿、木耳碎块儿、黄花小段儿和胡椒粉等制成的胡辣汤。如果细心，眼睛又好，能在汤里发现几个细小的肉丁儿、蘑菇丁儿、木耳儿和切成小段儿的黄花菜。每到周末，有些嘴馋脸皮厚的男同学老早就张罗着要"撮"这顿美餐了。古全和是个不爱张扬吃喝之类俗事的人，可是他一点儿都不少吃，至少要吃上每个二两重的十几个馒头。头几个馒头是"干吃"，吃到第五六个才开始享受喝汤，吃到最后，汤还有剩，可以再美美地喝上最后几口，解解馋，留下个美好的记忆。对古全和说来，学生食堂天天有熟菜，偶尔还有点儿肉，每周末还有一顿美食，比家里的吃喝儿好得多啦，他很满意。

住集体宿舍，古全和是第一次。而吃公共食堂却是第二次。早在1948年寒假期间，他和一些同学响应市政府的号召，义务帮助市政府测量过国有房地产。那些日子他天天在宋家屯镇城区之间来回奔跑，前后干了一个多月。那是义务劳动，但是公家管饭，用饭的地方儿是市政府饭厅。早饭是馒头、大米稀饭和咸菜；中饭和晚饭是大花豆高粱米饭和熟菜，菜里有少量猪肉。每周末都正儿八经儿地吃一次肉。吃饭的时候放音乐，天天如此，他觉得很新鲜。不过那时的饭菜是对他们劳动的奖励和酬劳，吃得心安理得，而现在他吃的是党和政府的关怀。3块2毛钱不多，可是却很宝贵，这里面有共产党和人民政府对自己的爱护和期待。

抗美援朝的胜利消息一个个传来，古全和经常处在精神振奋之中，胜利的消息常常激动得他热泪盈眶。伟大的中华民族能和强大的美帝国主义及其仆从对垒，并且能够战而胜之，中国人民真的站起来了，他每天最关心的就是来自朝鲜前线的报道，给班上的同学们朗读这些胜利消息，有时还激动地加上他的赞美和评论。他有气喘咳嗽的毛病，冷风一吹就咳嗽，可是在学生宿舍值夜班巡逻他一次不拉。他热爱新中国，热爱伟大的中国共产党，《没有共产党就没有新中国》的歌声从他的内心深处响起，参加中国共产党，成为她的一员，为建设新国家而奋斗成了他人生的追求。

47

《江城日报》关于江城东湖师范学院等高等院校开展教师思想改造运

动的报道一天比一天多，调子越来越高，终于上了头版头条，出现了
"脱了裤子割尾巴"等等一些让有些人感到不雅的比喻和提法儿，引起了
市立中学一些中老年教师的关注和不安。在公开场合，没有人议论这件
事，更没有人说教师思想改造运动有什么不好，但是在私下里，在老教师
中间却议论纷纷，担心思想改造之风会吹进市立中学，吹到自己的头上，
让自己在学生面前丢丑，将来没有脸面见人，影响自己的工作。

在市立中学的教师里，解放后新进的教师不多，只有毕淑芝等少数几
个从老解放区来的年轻人，他们担任学生思想教育工作，有的还兼任一点
政治理论课。他们虽然也大多出身于非工农劳动人民家庭，但是因为他们
年轻，是从伪满洲国直接进入革命队伍的，和国民党没有瓜葛，基本没有
个人政治历史包袱，又有参加土改或是剿匪斗争的光荣经历，属革命干
部，而中老年教师，几乎都出身于剥削阶级家庭，为旧社会服务过，有些
人还或多或少或轻或重地有一些政治历史问题。虽然他们在会上谈到外面
的教师思想改造，都会说自己欢迎思想改造，可是想到要像近来《江城
日报》上说的那样，要在大大小小的会议上，在众多同事乃至学生面前，
抖落自己的家庭和历史上的某些丑事和隐私，进而撕破脸皮，大呼小叫指
名道姓地去触动别人的灵魂，毕竟会感到难堪和痛苦。仅仅登在《江城
日报》上叫得很响的"脱了裤子割尾巴"那个粗俗的口号儿就够叫人难
受的了。好在眼前大学里教师思想改造的风潮还没有涌进市立中学校园，
一般学生的目光还没有转向自己的老师。不过个别政治上过敏的学生已经
开始关心高校的教师思想改造，开始把自己身边的某些老师和报纸上报道
的人物和事例对比了。代耀人就盯上了国语老师王维周。

"师徒如父子。"尊师是中国教育的传统，不过也有的学生由于学习
成绩不佳，或平时行为不轨，或老师教导无方，为师不尊而对老师怕而不
敬，代耀人就是这样的学生。

大多数痴心教育事业的老师关注的是学习比较好和比较差的学生，而
不太关心学习成绩中不溜儿又不招惹是非的学生，这就好比做父母的特别
关心大儿子和小儿子而容易忽略他们家的老二一样，代耀人从小儿就不是
老师喜欢的学生，他也没有遇见过偏爱他的老师，老师们不怎么爱他，他
也不怎么爱老师。现在他是班上进步学生的首领，懂事的教师大多给他面
子，比如课堂上不提问他，但是也有对他不予理睬的。国语老师王维周就

常常在课堂上敲打他，而他对王维周老师也心怀不满。

王维周老师信奉"严师出高徒"的古训，对学生的要求严格得不近人情；作文中的一个错别字最高要扣到 5 分，一篇作文里出现 20 个错别字，其成绩就是"0"分儿。他批评不求上进、屡教不改的学生不讲政治、不分场合、不看对象、不留情面，敢把嘲讽的矛头对准任何人，包括党团干部。在他的面前，无所谓男生、女生、党员、团员、干部、群众，是褒是贬，一概实事求是，一视同仁。他表扬好学生时内心的喜悦溢于言表，而他申斥不求上进的学生则不留余地。他曾不止一次地就代耀人作文中的错别字大发议论，数落他学习态度不端正，不专心，不用心，知错不改，作文中的同一个错别字，一错再错，连错数次。代耀人的作文的分数有时是"负数"。代耀人认为王维周是故意出他的丑，有损他的威信，影响他的工作，对他非常不满。他希望教师思想改造之风吹进市立中学，届时好好儿教训教训这个不食人间烟火的王维周。

王维周老师是东北人，叔父曾经是张作霖的高参。1945 年光复前，他曾在内地一所大学任教。光复后他回到本市，在江城大学任教，曾兼任过《江城日报》《江城晚报》《江城潮》等几家报刊的记者，写过不少抨击国民党当局的杂文，1948 年围城时，一度被抓进本市督察处，几乎死在那里，巧遇北京师范大学毕业的一个警察给予营救，才死里逃生。他虽然不是党员，学校和市教育局的领导却都很尊重他。学生们对于他的学问和为人评价不一。大多数学生理解他的一番苦心，少数人对他有怨言。

王维周作文扣分是标准逐步升级。开学初，一篇作文中有一个错字或别字，扣 1 分；期中，扣两分，然后是 3 分，4 分，现在已经扣到 5 分儿了！经他批改的作文，及格的就算好文章。个别国语基础差又不很用功的学生，常常得负分，在作文讲评中遭王老师挖苦。个别作文不好的同学常常因此逃课。

今天又是王维周老师的作文讲评课，同学们见他嘟噜着个脸，就感觉有些不妙，教室里的气氛立刻紧张起来，猜想又有谁要倒霉了。

王维周老师先表扬了一些作文认真、文章也写得比较好的同学。然后就举例批评那些写得不好和不认真写作的同学，张三李四点了好几个，最后盯上了胡伯君，并把她当了反面典型。

"胡伯君！站起来！"王维周老师面带怒意。

胡伯君战战兢兢地站起来。

"念念你的大作！"王维周严厉的目光，越过老花镜，投向胡伯君。

上周作文写的是记叙文，记一次郊游，胡文的第一句是写景。她声音颤抖地念道："阳光灿烂，天气情（晴）郎（朗）"。

王老师继续命令道："停！把你作文的第一句话原样儿写到黑板上！"

胡伯君走上讲台，把她作文里的"……天气情郎"4 个字写到黑板上。教室里响起哄然大笑。胡伯君的脸红到脖子，头垂到胸前，泪如雨下。

王维周说："你老大不小了，转眼就高中毕业了，心里想什么呢！"口气像老子训教儿子。

作文讲评课后，胡伯君一直哭，中饭也没回家吃。这件事引起了代耀人的注意，立刻联想到大学里的教师思想改造，说这是一个政治事件。他的这种说法儿在同学们中引起了争论。多数同学对老师和胡伯君持各打五十大板的态度，说王维周老师要求学生过于严苛，教育方法儿也有待改进，批评教育学生应该讲究场合、对象、方法和效果，但是也认为胡伯君对待学习的态度有问题，王老师对她大喝一声，引起她的注意，对她大有好处，因为胡伯君类似的笑话儿不止闹过一回，最有名的是"马卵子"事件。在一次生物课，她忽然向老师提出了"马卵子"问题。她说："老师，什么叫睾丸呀？"课堂上发出一阵压抑的笑声。

在初中一年级的生理卫生课本里面有人类生殖器官的图画和说明，那时给他们上课的常静老师，上课时还带着生理解剖学的大型挂图给他们讲解，念过生理卫生课的人没有谁不知道睾丸是什么的，胡伯君提出这样的问题，让许多人感觉莫名其妙。

主讲生物学的邓老师大学毕业不久，而且未婚，理论上知道应该以科学的态度对待和性有关的问题，但是也还没有完全摆脱封建影响，面对一个女学生这样当堂发问，还是有些害羞，不好意思回答，就装没有听见。

胡伯君因为老师慢待她而感到不满，再次发问："邓老师，睾丸是什么？"

邓老师有些难为情地瞅了胡伯君一眼，愣了一会儿，还是没有说话。

课堂上哄笑声起伏不止。胡伯君不知道同学们笑什么，感觉自己受到邓老师的冷遇，自尊心受到伤害，第三次向邓老师提出她的问题。这时，邓老师才温和地对她说道："回去翻翻你初一时念过的生理卫生课的课本儿，那里面有图谱和答案。"

胡伯君不满意地嘟囔道："您在这里告诉我不就结了嘛！"

这时，王殿芳突然冒了一句："'睾丸'就是'马卵子'！"

满堂上压抑的笑声突然变成哄然大笑。这时胡伯君也想起了"睾丸"是什么，羞愧得低下了头，此后好长一段时间羞于见人。

"睾丸"事件发生在上学年的生物课上，那时大学里还没有兴起教师思想改造的运动，邓老师是年轻人，大家说笑一阵就过去了。而这一次的情况不同，教师思想改造运动之风已经在市立中学的校门外"打旋儿"了，王维周是老教师，思想改造的对象，事发当天的上午，代耀人就把王维周老师在课堂上批评胡伯君的事作为教师的思想动向反映给了党支部。党支部领导也已经意识到正在江城各高等学校兴起的思想改造运动。

耿直的王维周老师解放前有过批评国民党的进步的表现，但是也有某些不光彩的历史。他叔叔当过张作霖大帅府的参议，他本人在国民党孙立人的新一军乍到江城时，写过几篇赞扬"国军"抗战有功的颂词，称孙立人是常胜将军。代耀人把他批评胡伯君这件事提升到他"打击进步同学"的高度，和正在高等院校开展的教师思想改造运动相呼应，说王维周蓄意丑化革命青年，是政治性质的错误，是某些旧知识分子不满现实的一种反映，要求他当众向胡伯君本人和高二（3）班现全体同学道歉，并作深入的思想检查！

高二（3）班的同学们本来只是把这件事看成是发生在教学过程中师生之间的一件平常的事，在代耀人把这件事提到政治问题的高度之后，大家就分成两派，多数同学仍然坚持认为这是一般的师生关系的问题，胡伯君对待学习的确缺少刻苦认真的态度，王老师批评她是怒其不争，想给她重重一击，促她猛醒，让她留下深刻印象，改掉马虎作风，而并无恶意，老子打儿子，老师训学生，都是天经地义的事。可是平时经常被王维周老师敲敲打打的少数学生，一时激动，接受了代耀人的观点，认为王维周老师应该向胡伯君道歉，并作深入的思想检查。古全和是多数派的代表。他不同意代耀人的说法儿。他认为学生的学习态度和学习成绩是评价所有学生的主要标准。学生的政治进步应该表现在他的学习态度和学习成绩上，就像劳动态度和劳动成果是评价工人劳动的主要标准一样。胡伯君把

"晴朗"写成"情郎"表明她拿作文当儿戏，在老师当堂指出她的错误之后，仍然满不在乎，这种态度应该受到批评，促使她纠正。当然，王老师帮助胡伯君同学改正错误的做法儿有简单化的偏差，有伤同学的自尊，应该总结经验，吸取教训，加以改善，但是不能说王老师丑化和打击革命同学。王老师批评过的同学不只胡伯君一人，胡伯君也不等于革命同学。多数同学倾向古全和，后来有些人意识到事关重大，就选择了保持沉默。代耀人驳不倒古全和，就祭起了"政治帽子"和人身攻击，说古全和为王维周辩护是因为他和王维周有特殊关系，因为王维周特别欣赏他，给他向《中学生文艺》推荐他的诗歌儿，古全和跟王维周在思想上有共鸣，进而要求古全和跟王维周划清政治思想界限，站出来揭发王维周。古全和对于代耀人的挑衅嗤之以鼻，讽刺他像个"武大神"①，思想混乱，胡言乱语。代耀人非常恼火，两个人的关系更趋恶化。

王维周本打算退休后在家乡安度晚年。"胡伯君事件"迫使他改变了主意。

代耀人唯恐"胡伯君事件"不能闹大，就打着保护青年团员的旗号，把事情宣扬到全校。刘校长自知自己也属旧知识分子，不想受到牵连，为平息事态，劝说王维周满足学生的要求，就教学态度和教学方法问题，向胡伯君本人和高二（3）班的同学认个错儿。可是王维周坚持认为他没有错误，既不肯向谁道歉，也不作检讨，而是请求调离市立中学，虽经刘雨新校长再三挽留，他还是离开了市立中学，去北京的一所大学任教去了。刘校长和许多教师都为王维周的离去而感到不平和惋惜，意识到"脱了裤子割尾巴"的思想改造之风已经冲进了市立中学。

代耀人把王维周的离去说成是他的胜利，说王维周是由于拒绝思想改造，坚持错误立场，没有脸面在市立中学待下去，才不得不灰溜溜地离开这里的。代耀人说，古全和替王维周辩护，表明他在思想上和王维周有共鸣，应该提高认识和王维周划成界线。王殿芳也当着古全和的面念叨说，这样的人不应该享受人民助学金，周围的人都知道他在说谁。古全和听了心里觉得很难受，一度产生过放弃助学金的冲动。

---

① 指萨满教之类的手舞足蹈胡言乱语的神汉。

18

今天是星期天，道士一大早就来到古全和家。他是奉他娘之命来问候秀姑的。秀姑问道："你爹娘都好吗？"道士说："谢谢大娘关心，他们都好。"秀姑又问："你在铁路上做什么营生？"道士说："暂时在货栈上扛大个儿，跟凤山叔在一起。"秀姑问道："当初不是说叫你去学手艺吗？怎么弄到货栈上去啦？"道士说："原先是那么说的。可是我没有文化，干不了技术活儿，就先分配我到货栈，说等我从职工夜校高小毕业后再分配我去学技术。我已经通过了初小的毕业考试，现在正在念高小，高小毕业后就可以去学技术了。"

秀姑心想，没有文化是谋不到好差事，又说道："山东庄的老邻居们都好吗？"道士说："好，不过还住在那里的不多了。狗儿家大婶子也走啦，说是进关了，狗儿也跟着他娘去了。马德安叔叔离开黑狗大街后，当了一段宋家屯镇的镇长，白龙区的副区长，这会儿回部队了。望兴还在发电厂，他爹在黑狗大街大车店前面摆了个修鞋的摊子，收入也不少。"

古全和问："煎饼铺的谭掌柜一家还在吗？"道士说："在，这两年他混阔啦，煎饼铺，扩展成饭店了，谭掌柜雇了他的一个老乡给他管着，他自己在协和大楼管理他的春城饭店。他家的花儿也上了中学，听说他有个儿子在城里念高中。谭掌柜一家的日子过得不错。"

古全和说："谭掌柜有儿子？没听说呀。"道士说："听说他从小儿就寄养在城里的他表姨父家，在城里念书，逢年过节回家住几天。咱们来山东庄的时候他已经进城了。要不是这两年谭掌柜常常夸耀他有一个思想进步的好儿子，是青年团员，还是支部书记，正在念高中，谁也不知道他还有一个有出息的大儿子。谭掌柜的儿子姓代，他不说，别人怎么会知道他是谭家贵的儿子呢？你记得当年寒暑假来谭掌柜家的那个洋学生吗，那就是谭掌柜的儿子。"古全和问道："他为什么要跟着他娘姓代呀？"道士说："谭掌柜是代家的养老女婿呀，你不知道？"

古全和跟他娘都说没听说这件事。古全和心里想，姓代的不多，谭掌柜的儿子是不是就是代耀人，便问道："他叫什么？"道士说："不知道，听说好像叫什么'仁'……"古全和说："是代耀人吧？"道士说："好像就是。"

古全和留道士吃过午饭，送他回了单位，回到家里，又想起代耀人，想到代耀人家开着大小两个饭店，他还吃一等助学金，很不应该，他一定是对领导说了假话。古全和早就怀疑代耀人不诚实。他觉得事事哈着领导的人，大多不诚实，两个人的头脑，怎么可能事事都想得一样呢？

星期天晚7点，古全和按时回到学生宿舍，发现他枕头旁边儿上有一张16路的公共汽车票，16路公共汽车通宋家屯镇，他立刻联想到这可能是代耀人回家用过的，便试探着问道："这是你的车票吧？"代耀人不假思索地说是，接着又改口说："哦哦，不是。"并反问古全和："你问这个干什么？"

古全和没有回答代耀人。他想，苗金发睡在他的左边，但是他城区和近郊区没有亲戚，他寒暑假都常常不回家，回家也要乘长途车，这车票不可能是苗金发用过的，这车票肯定是代耀人扔的，就是说，他就是谭家贵的儿子，而他拿一等助学金，说明他申请助学金时，说了假话。

苗金发不知道古全和和代耀人关系不睦，好意把古全和安排在代耀人的身边，意思是让他有更多的机会和团支部书记代耀人交往，求得代耀人的帮助，而这反而增加了古全和代耀人发生摩擦的机会。

车票的事让代耀人心惊肉跳，担心古全和扯着这个话题捯饬出他是谭家贵的儿子这个事实，为打断古全和的这个思路儿，慌忙间扯出古全和跳级的事，想借此转移古全和的注意力，便对古全和说："你能继续留校学习，我真替你高兴。你犯了那么大的错误，领导都不计较，还批给你助学金，你应该感激和报答领导对你的关怀。"

古全和看透了代耀人的鬼把戏，毫不客气地回敬他说："我'跳级'的事，已经过了一年多，领导已经处理过了，你还唠叨的个什么劲儿？学校招插班生，我来报考，凭考试成绩进入市立中学，并不丢人。"

代耀人宽容地笑眯眯地说："提醒你一下有什么不好啊？"

古全和有些气恼地说："还是多想想自己吧。"

代耀人受不了古全和的教训，脸上有点儿挂不住，说道："难道你不应该感谢领导吗？"

古全和回敬代耀人说："我感谢共产党和人民政府，而不感谢任何个人。"

代耀人怀疑古全和已经知道他是谁了，愣怔片刻，一时无语。同学都围拢过来观战劝和。代耀人意识到在助学金问题上和古全和纠缠是愚蠢之举，想绕过助学金这个话题，就壮着胆子说道："你刚刚检讨了弄虚作假，欺骗领导的错误，转脸就趾高气扬不认错了，就凭你这个态度，怎么争取进步？如果你不改变这种错误态度，只要我还是团支部书记，你就别想跨进青年团这个门槛儿！"代耀人盛怒之下脱口说出这样的话就后悔了。

古全和笑了笑，说道："我相信你会这样干。"古全和已经注意到，在班主任刘老师不是党员，团总支书记毕淑芝老师不能越俎代庖的条件下，团支部书记就有可能在班上拉帮结伙儿，控制舆论，称王称霸，左右同学们的政治生命。但是他不想屈从代耀人的威胁，便笑笑说道："相信你说的是心里话，这只能说明你这个团支部书记不合格儿。"

古全和和代耀人的矛盾公开化了。团员中无声地出现了在他们之间站队的现象。王殿芳硬说古全和是王维周老师的同党，公开在古全和助学金的问题上做文章，冷嘲热讽地唠叨某人厚着脸皮白吃老百姓的血汗，羞辱古全和。古全和入团的事情带上了更多的复杂性。古全和觉得助学金问题影响班级同学团结，让领导被动，决定退回助学金。

高一上学期，团支部急于发展古全和入团，而他迟迟不醒悟；今天他觉悟了，写了入团申请书，决心参加青年团，而他入团却成了问题。不过古全和仍然是高二（3）班团支部在册的入团积极分子。

人们口头儿上都标榜自己公平正义，而事实上没有谁处理人际关系不在有意无意间掺杂个人的好恶乃至利害盘算。王殿芳反对发展古全和就是一例，他公开的理由是说古全和傲慢，无组织无纪律，思想品德和政治立场有问题，吹捧王维周，和王维周臭味儿相投，而实际上是古全和挑战他在班上第一铁嘴的权威。古全和公开说王殿芳玩世不恭，旧习气太重，功夫全在嘴上，不像个新青年，特别是指责他帮着他爹给粮食"洗脸"，坑害老百姓。所谓给粮食"洗脸"，就是往高粱、玉米和小麦等粮食里掺水，具体做法是用湿毛巾摩擦粮食，使毛巾上面的水分慢慢地渗进粮食里，增加粮食的重量。冬季可增重20%，除去大豆等粮食都可以这样掺水。王殿芳的家庭成分是地主兼资本家，解放前，他家乡下有几十垧土地，雇佣一个半长工，城里有粮店。土改时他家的土地被分配给无地和少地的农民，他爹就在市区继续做粮食生意。

代耀人不肯放过古全和起先是因为古全和不尊重他，后来又认为古全和威胁着他和线淑平的"关系"，现在更担心古全和揭发他在家庭成分和助学金问题上的错误，所以古全和越是进步，他就越是不想发展他入团。他整天提心吊胆，随时准备抢先向领导"汇报"他家庭经济情况的变化，争取主动，而让他感觉奇怪的是古全和并没有揭发他。他暗笑古全和不懂政治斗争，而古全和则认为个人的问题应该由自己解决，他在等待代耀人自觉向组织坦白呢。

线淑平和韩岫都认为古全和进步很大，列举他在抗美援朝的各种活动中的突出表现，已经具备了团员的基本条件，建议把他列入新学期的发展计划。王殿芳则旁敲侧击地说，组织发展是严肃的政治问题，不能掺杂个人感情，含沙射影地把矛头指向线淑平。他不仅在团的会议上反对发展古全和入团，还在会下散布流言，说国家把助学金发放给某人是个浪费，胡说线淑平作古全和的联系人是"公私兼顾"，提议更换古全和的联系人，而代耀人对于他的这些非组织活动保持沉默，这让线淑平进退两难，放弃作古全和的联系人，那王殿芳就得逞了；而保持沉默又好像默认了王殿芳的指控。最后选择了不理不睬的态度，按照既定约定，下午放学后和古全和交流思想。她在和古全和一同回学生宿舍的路上，高兴地说道："住到学生宿舍方便多了吧？"古全和也高兴地说；"当然，现在用不着在上下学的路上奔波了，节省了体力，还能省出几个小时的学习时间，很感谢学校，现在全国人民在为恢复国民经济而奋斗，内地还在进行剿匪的斗争，抗美援朝也在进行，国家用钱的地方很多，在这种条件下，国家拿出钱来帮助生活有困难的同学坚持学习，的确让我很感动。"

线淑平趁机开导古全和说："不能辜负国家的期望，要争取进步。"

线淑平把助学金和他的政治进步联系起来让古全和感到她粗俗。他想，不吃助学金我也不能辜负国家的期望啊，联想到王殿芳等人私下里叫嚷取消他的助学金的鼓噪，对于线淑平的说教有些反感。他讨厌像生意人那样把政治进步和物质利益相联系，不能容忍别人把助学金当成一个砝码儿来要求他这样那样。他政治上的进步并不是因为他吃了国家3块2毛钱，而是他两年来观察、学习、思考，特别是孙为校长、毕淑芝老师、孙宝藏等领导和老师的教导，线淑平等同学帮助的结果，认为王殿芳等人在他的助学金问题上的鼓噪是在践踏国家设立助学金的善意，也是对他本人的污蔑和羞辱，是要把他丑化成唯利是图的势利小人。他认为爱国是无条件的，从他懂事儿的时候起，他爹和他叔叔就这样教育他。他们一家就是为了不给敌人干事才背井离乡流落到江城的。他叔叔、婶婶、姐姐和刘伯伯都是为爱国而死的。他奶奶也是因为追随爱国的儿孙们才流落到关外，死在江城的。他认为国家的恩情是报不完的，即使学校没有批给他助学金，即使国家委屈了他、慢待了他，他也照旧会为国家的利益去奋斗牺牲。他认为他生在这块土地上，这块土地和她的人民把他养大成人，他就应该爱这块土地和她的人民。他从来没把个人恩怨和对国家的忠诚联系起来。在他的心里，最神圣的就是国家。他在共产党的面前久久踟蹰不前，就是因为他一时看不清楚共产党对于国家和民族的态度。现在他认清了，共产党是为国家为人民的利益而奋斗的伟大的党，是工人阶级和劳动人民的党，立志追随共产党，在共产党的领导下，学习劳动，建设国家。而代耀人和王殿芳等人竟像债主一样不断地利用助学金问题来骚扰他，就好像那3块2毛钱是他们家出的，这让他深感恼火，现在线淑平也来凑热闹，让他感到忍无可忍，终于下定了放弃助学金的决心。他冷冷地说："没有政府的资助我也会努力奋斗。存在于国家和公民之间的不是买方和卖方的关系。一个人对于自己国家和民族的义务是与生俱来的，爱国是无条件的。即使只靠父母成才、自学成才，也应该无条件地爱自己的国家，为保卫国家和建设国家服务。无数革命先烈都是这样做的，他们中间可能不曾有人吃过助学金！"

线淑平感觉古全和的情绪不对，意识到自己不该用物质利益来激励他，准备进行补救，而倔强的古全和却独自一人回到了宿舍。

当天晚饭后，古全和没有去教室上自习，他不能忍受一些人像债主一样地数落他，羞辱他，也不想让支持他申请助学金的老师和同学跟着他丢人，考虑再三，最后决定放弃助学金。他把写好的声明放弃助学金的报告书放在自己的铺位上，夹起简单的行李卷儿，不声不响地离开了市立中学的学生宿舍。

古全和的情绪让线淑平感觉不安，回到宿舍后心情久久不能平静。吃晚饭的时候她没有见到古全和。晚饭后她仍然在琢磨她和古全和的谈话，相信是在助学金问题上触犯了古全和的自尊心。线淑平知道个别团员对学校批给古全和助学金不理解，在王维周老师的事情发生以后，王殿芳等人公然说古全和和王老师划不清思想界限，扬言要求学校领导停发他的助学金，而她忽视了这些情况，想借助学金问题激发他感恩的思想，推动他进步，勾起了他在这件事情上的不满。她立刻赶到男生宿舍，发现古全和的铺位是空的，就问苗金发说："古全和呢？"

苗金发说："晚饭前他就回家了。这是他留的字条儿。"

线淑平展开字条儿一看，是留给刘老师的，上面寥寥数字，语气平和，但是涉及的问题严重，是退回助学金，搬出学生宿舍的声明。

苗金发问道："他怎么啦？"

线淑平无心给苗金发解释，只对他摆摆手儿，就匆匆离开男生宿舍，赶到毕淑芝的住处，沮丧地对毕淑芝说："古全和回家啦，行李也带走了，声明退还助学金。"同时把古全和留的字条儿递给毕淑芝。

毕淑芝认真地看过之后问道："怎么回事儿？"

线淑平如实地对毕淑芝述说了事情的经过。

毕淑芝安静地说："我对你们说过多次，不要在助学金问题上做古全和的文章。古全和不是那种为某些物质利益而改变自己的信念的人。他爹和他叔叔宁肯抛家舍业，冒死逃亡，都不肯替日本人干事儿，古全和从小儿受的就是这样的家庭教育。政府批给他助学金，帮助他改善学习条件，他肯定心有所动，但是如果认为3元2角钱就能改变他的政治态度那就错了。对普通百姓讲讲报恩思想，可能有立竿见影的政治效果，而对于知识分子，特别是像古全和这类惯于从理性上接触某种主张的人，就未必会有积极作用。你们借助学金问题开导他的用意是好的，可是文不对题。他从小儿就当学生头儿，从班长到校学生会主席他都干过，学生工作里边的事情，他什么都明白，并不认为自己比谁低下落后，根本不把团员当回事儿。他对你们的尊重是礼节性的，是把你们当作组织的代表来对待的。他不是那种没有自己的主张，一说就服的学生。他没想明白的道理，谁说他都不会接受。做他的工作，要平等相待，积极主动，更要有耐心，要尊重他的思想过程，不能操之过急。他为什么佩服刘长林老师和孙宝藏老师，和他们处得那么好？就因为他佩服他们，信任他们，而前提条件是刘老师和孙老师能理解他，知道他的问题在哪里，能把话说到他心里去。孙宝藏老师很欣赏古全和。他认为古全和去读《共产党宣言》和《资本论》是为了了解共产党的根本，了解和认识共产党。孙宝藏老师深入浅出地给他讲过很多道理，孙老师和他的交往对他的影响很大。从他近来的表现看，我认为他现在已经转变到正确的立场上来了。他不告而走是一时激动。他的工作不难做，你不必着急，他会回来的。"

线淑平又说了一些自责的话，毕淑芝笑着说："你是不是很在意古全和呀？"

线淑平连说"也不是……"但是她的脸红了。

毕淑芝笑了，说道："关心自己分管的积极分子是应该的嘛。"

线淑平不知道自己该说什么好，而她的脸更红了。

毕淑芝想，是时候儿了，到了敲打敲打古全和，向前猛推他一把的时候儿了，便认真地说道："明天我找他谈。助学金他有权放弃。但是作为受党教育两年多的一个高中生，这样无组织无纪律，应该受到严厉的批评。我相信，他会接受组织的约束。"

51

古全和主动放弃助学金，搬离学生宿舍的消息，第二天一大早，就在班上传开了。王殿芳异常兴奋地张扬苗金发带来的这个消息。对于古全和为什么放弃助学金搬离学生宿舍，关心班级生活和古全和本人的同学有不同的猜测。多数人相信古全和家有了新的生活来源，日子好过了，所以他主动地放弃了助学金，对他表示肯定。而王殿芳则猜想和王维周的问题以及他在这个问题上的鼓噪有关，古全和放弃助学金，搬离学生宿舍，等于承认他在王维周的问题上犯了错误，王殿芳甚至认为是学校取消了他的助学金，古全和不得不搬出学生宿舍。

线淑平今天提前来到班上，想和古全和谈一谈，劝说他不要放弃助学金，搬回学生宿舍，可是古全和来到班上的时候已经是上早自习的时间，她知道古全和讨厌别人打搅他学习，这个时候约他谈话，难免闹个不愉快，就打消了这个念头儿。

课间操后，线淑平终于找到了和古全和交谈的机会。课间操后，她走近古全和，悄悄地对他说："昨天下午的事儿是我不对，不过我……"

古全和笑着打断线淑平说："不怪你，谁都没错，放弃助学金，就天下太平了。"

线淑平说："还是搬回来吧。"

古全和说："助学金的事儿到此为止。"说着，就一个人回教室了。

午休时，毕淑芝来到高二（3）班，态度冷淡地把古全和叫走。古全和乖乖地跟随毕淑芝来到团总支办公室，没等他坐下，毕淑芝就讽刺他说："听说你老人家昨天晚上一怒之下就打道回府啦？怎么连个招呼儿都不打呀？你这样做有点儿不够朋友吧？住旅馆要离开也得办个退宿的手续吧？看起来你应该在你申请助学金的报告上写上一个条件：'本人接受助学金、住学生宿舍的条件是来去自由！'"

毕淑芝从没有这样冷嘲热讽地对古全和说话，古全和有些意外，同样意外的是对于毕淑芝的讽刺挖苦，他既没生气，也无意反驳，而是感到亲切和温暖，意识到毕老师很看重这件事，感觉他不经允许就放弃助学金，离开学生宿舍这件事可能是办错了。不过他仍然感觉委屈，觉得自己有理，想申辩，嘟囔道："宁愿忍受生活的艰苦，也不愿意忍受别人的羞辱。"

毕淑芝严厉地说："你不能忍受别人的羞辱，却要羞辱别人，羞辱组织和领导，羞辱关心你帮助你的同志！助学金是谁批给你的？是王殿芳或是别的某个个人吗？不是，是学校领导，是党组织，是人民政府！你这是在以你自己的造反行动证明领导批给你助学金，把你请进学生宿舍是错了，犯了官僚主义的错误啦！"

　　事情关系到党组织和人民政府，古全和有些紧张，心虚地说，"也许我不对……"

　　毕淑芝严肃地说："不是'也许'你不对，就是你不对！你抛弃的不是3元2角钱，而是政府和人民对你的关怀。学校是培养一代社会主义新人的地方儿，是有组织有纪律的地方儿！而你说来就来，说走就走！像话吗！你接受共产党的教育也已经有两年了，总该有点儿长进吧！你有自尊心，别人就没有自尊心吗？你是怎么对待线淑平的？她是代表组织和你谈话的，而你不尊重她，让她难堪，弄得她苛责自己工作没做好，昨晚和今天早上都无心上自习！一大早就来到班上，等着向你老人家赔礼道歉，你了不起啊！"

　　古全和有些手足无措，但是仍然替自己辩解说："学校资助我念书，我很感激。可是王殿芳和代耀人一再像债主一样拿助学金问题来唠叨我……"

　　毕淑芝没容古全和说下去，而继续严厉地说道："现在我批评的是你！助学金是人民政府发的，别人无权说三道四。你的自尊心是不是也太强了一点儿啊？连这点儿委屈都受不了，将来怎么团结群众，建设国家？"

　　古全和听毕淑芝这样说，心潮起伏，真诚地说："我对不住线淑平，让她难堪……"

　　毕淑芝打断古全和，说道："你何止让线淑平难堪，你让我们所有的人难堪，是我们这些人代表党和政府决定批给你助学金的，可是你不领情，不珍惜，说扔就扔，这合适吗！代耀人和王殿芳他们也不是没有缺点，不过你应该承认他们的进步。不管他们当初参加革命的动机如何，有一点你得承认：他们比较早地接受了革命，参加了革命的青年组织，在党团组织的领导下发挥着作用。你是个务实的人，应该能同意我的说法儿吧？"

　　毕淑芝的话让古全和冷静下来。他说："接受您的批评。"

　　毕淑芝说："要树立整体观念和组织观念，有事要按组织原则办，不能为所欲为！有想不开的问题找组织。我相信你会成为一个好战士！"她说着，善意地笑了。古全和也舒心地笑了。

　　"搬回来吧。向线淑平道个歉！"毕淑芝说，像对待一个小兄弟。

　　古全和立刻点头儿。他对毕淑芝的训斥不仅没有抵触，反而觉得顺耳、亲切、温暖，意识到在他和毕老师之间生出了一种新的，让他感到鼓舞的关系。

　　古全和在进入高中以前，不理解音体美这些副科在塑造一个人的人格儿方面的重要作用，盲目地认为它们不是学问，不值得为它们花费时间和精力。这和他的家庭环境有关。在一般穷苦劳动人民看来，体育、音乐、美术活动是奢侈，他们送儿子进学堂念书是来学习认字写字的，并不关心他们对于这些课程的学习，也没有能力为他们提供学习这些课程的衣帽鞋袜、乐器、文具等物质条件。秀姑反对儿子打球、瞎跑是因为那会费衣裳鞋袜。那时古全和是为获得考试的好成绩而去上体育、音乐和美术课的。直到1949年春，他结识了钱松林，听他弹吉他，受他的影响，才悟出了音乐的美，爱上了音乐，想学习一种乐器。他喜欢的乐器是小提琴或是手风琴，可是这些乐器最便宜的每件都在四五十元，他买不起。钱松林就陪他走过几个乐器店，最后花两块两毛钱买了一把日本造的中号儿的六弦琴，也就是吉他。琴是破的，琴盒儿也是破的。吉他三分之一的肤板已经脱胶开裂。吉他盒子是由一块块厚纸板黏合而成的，几块纸板也已经散开，不成其为吉他盒子，无法使用了。古全和买了皮胶和麻绳等材料，自制工具，花了几天的课余时间，把琴和琴盒子都修好。现在他可以用吉他弹奏歌曲，还参加了肇瑞芳的小乐队。

　　古全和在私立惠民国民学校念书时学过武术。古家庄是武术之乡，他爹娘都会武术。去年秋天，他又意识到现代体育的重要性，喜欢上了足球。足球运动的壮美和英雄气概，都让他着迷。从去年秋天开始，只要有时间，他就到解放公园运动场上去看足球赛。江城市有足球运动的传统，足球爱好者多。江城的明星足球队是身穿红色短袖衫和白短裤儿的"劳友"足球队。其成员几乎全都祖籍山东，而且都在印刷行业工作。"劳友足球队"全省闻名，曾参加过全国的足球赛，并获得过好成绩。

　　市立中学的学生足球队在江城也小有名气。中学校际足球赛，几乎每月都有。校内足球赛更是每周都有。体育课上常常讲足球，练足球。几乎每天下午放学后操场上都有足球活动。校足球队长聂德隆是古全和的同班同学。他学习成绩很差，但是为人忠厚，听说古全和请求参加足球队，心中暗暗发笑。他知道古全和有气喘和咳嗽病，不适合足球这种猛烈的运动。不过他还是把古全和收下了。市立中学足球队的队员学习成绩个个欠佳，有的就是球皮子，心中只有足球，无心学习，他们的风采全在绿茵场上。因此有学习成绩优秀的同学参加，有助于改变他们"球皮子"的不雅的形象。聂德隆说，古全和参加足球队，至少能帮助他们打开水，看衣裳。

　　足球竞赛的规矩不难掌握，老师在体育课上反复讲过，大家也都练过。古全和入队当天的下午就上场踢球。遗憾的是他的足球运动史像闪电一样的短促，开始的时候也就结束了。他在球场上奔跑了不到半个小时就喘不出气了，而且感到胸部阵阵剧痛。校医王老师怀疑他肺部有毛病，给他开具证明，让他立刻去市立医院做 X 光透视检查。

　　给古全和做检查的是市立医院留用的日本医生著名的小林雄一大夫，经 X 光透视，确诊古全和患有早期肺结核，要求他休学治疗休养。而休学对古全和说来近乎死亡，是最可怕的事情，对古全和简直是晴天霹雳。他是为了缩短他和大学的距离而报考市立中学的，而病魔突然出现在他的面前，挡住了他的去路。

　　古全和从小儿就知道"痨病"可怕，曾经目睹过痨病患者的惨相，和他们怎样慢慢地死去，只偶尔有个别人由于说不清楚的原因而侥幸活下来。他也知道"痨病"是传染病，富贵病，他治不起也养不起。他悲痛地问自己："现在活着都成了问题，何谈念大学?! 入党还有什么意义？感觉自己的前景一片黯淡。他怀疑这是他去冬今春过度劳累又缺少营养的结果。但是他不后悔。当时他没有别的选择，事实上他是成功了。

　　古全和拷问自己："难道我的一生就这样完了吗？"他心有不甘。两年前他曾面临着继续学习或是辍学的选择，他选择了继续学习，如今他离大学校门近在咫尺，又面临着是放弃学业或是放弃生命的选择。而不同的是，即使现在他放弃了学业也未必能保住生命。他家里没有钱，治不起也养不起这种病。他想兼顾养病和学业两个方面。可是这可能吗？他不知道，不过他决心再和命运搏斗一回。经过反复认真的考虑，他决定把对学习的要求放到最低点，保证门门课程考试及格儿就行，而把尽可能多的时间和精力让给和疾病所进行的生死斗争。

让古全和感到宽慰的是小林医生说古全和的病暂时还不传染。为了减少和同学们的接触，避免感染其他同学，减轻大家的心理负担，古全和毫不犹豫地放弃了助学金，自动搬出学生宿舍，重又开始在上下学的路上来回艰难地奔波。

同学们听说古全和患了肺结核，都来安慰他，连王殿芳也面露善意。线淑平连连找他谈话。代耀人鼓励他和疾病做斗争。苟大川代表领导，把从学校退出的每月 3 块 2 毛钱的助学金交给古全和。杨雅范赶到他家里看望他，鼓励他好好养病，说她会在钱财上接济他，并给他留下 1 百元钱和几盒葡萄糖钙。古全和跟秀姑深表感谢，但是只收下了她带来的葡萄糖钙注射剂。古全和知道，她大爷大妈都死了，是她叔叔供应她念书，他不能拖累她。古全和觉得，除去巫衍芳，和他靠得最近的就是杨雅范了。但是每当他有这种感情流露的时候，杨雅范都是摆出姐姐的姿态应对他。

53

和疾病做斗争，古全和首先想到的是用药。他听校医王老师说，目前治疗肺结核的特效新药是一种西药，叫雷密风，但是价钱极其昂贵，不是他能买得起的，据说这种药也不是绝对有效。即使每支一毛几分钱的溴化钙、氯化钙和葡萄糖酸钙他也买不起。养病要讲究营养，要吃鸡鸭鱼肉糖等有营养的东西，而他也没有这样的条件，一时不知如何是好。

秀姑完全知道痨病的厉害，担心儿子小命儿难保，愁得吃不下睡不着，后悔前年秋天不该由着儿子那么用功念书，以致累出这样要命的毛病来。治病养病都要用钱，可是家里除了几件破旧的被褥和衣裳，没有任何值钱的东西可以变卖，想不出给儿子治病的法子。她想过写信给丈夫，让他卖地卖房，凑钱给儿子治病，可这关乎一家人的生活，非同小可。再说土地如今已经不能买卖了，三间草房也值不了几个钱。她埋怨丈夫不该总恋着那个老家，把为数儿不多的几个钱都扔到来回的路上，花费在翻修房屋上。

古全和依然每天坚持上学，同时也在琢磨着自己的生路。他不甘心白活一场，只要还有一口气儿，就要为康复而斗争。他采取的第一个措施就是按照他的计划降低对学习的要求，不求名列前茅，只求考试及格。他整天不说一句话，午饭时也不再给大家念报，唯一不变的是他仍然非常关心朝鲜前线的消息，天天浏览《人民日报》上有关朝鲜前线的报道。再就是，支援朝鲜前线的活动，除输血之外的活动他都坚持积极参加，去火车站接运志愿军伤病员，一次不拉，即使大家劝阻他，好心地指责他不实事求是，他也坚持要去。他说志愿军在前线拼命，他应该在后方拼命。

刘长林老师得知古全和被确诊患有肺结核之后，立刻约他谈话，问明情况之后说道："你打算怎么办，健康重要，还是按照医生的要求休学吧？"

古全和摇摇头说："不！我反复考虑过，对我说来，休学就是辍学。离开学校，我就再也回不到学校里来了。小林大夫说，我的病现在还不在开放期，不传染，所以我要做到学习治病两不误，继续准备考大学。"

刘长林理解古全和的心情和愿望，知道他不会轻易放弃深造的机会。但是他也知道他家庭经济情况不好，怀疑他能不能同时达到治病和念书两不误这个目标。要是两头儿都耽误了那就惨了。想到这里，他心情沉重，关切地说："身体是革命的本钱，保住健康，才能谈前途，还是休学一年吧。"

古全和有些悲怆地说道："谢谢老师的关怀。为完成学业而去战胜疾病，这会是我战胜疾病的动力。再说，休学一年，病也未必能够养好，我也不愿意病病快快苟延残喘地活在世上，不甘心一辈子一事无成！"

"那好，我相信你，支持你，祝你成功！"刘长林坚定地说。"我月薪120元，家里人口儿不多，有能力从经济上接济你，用钱就说，说借也行。"

"谢谢老师。"古全和感动地说。不过他不想连累老师。从他懂事儿的时候起，他爹就教育他，有难处自己想办法，不能给别人添麻烦。但是刘老师无私的关怀还是使他感到温暖。

古全和按照他的设想放松了学习，但是他的病痛并没有因为增加了休息的时间而有所减轻，相反，他感觉他的各种症状反而加重了。浑身无力，面部潮红，有时胸部隐隐作痛，每天下午两点前后开始低烧，每夜都出盗汗，食欲不振。他娘为他炸了辣椒油帮助他下饭，而他的饭量仍然在减少。

生和死，现在是古全和经常考虑的问题。从江城北市区到南郊的市立中学，往返约有20里路，中间要穿过"棺材"街。"棺材街"不是这条街的本名，它的本名叫三道街。"棺材街"是老百姓送给它的一个诨名。这是一条南北向的，垫过沙石之后没有再铺沥青或石板路面儿的土路，是江城老城区的一条老街。街道两旁是历史悠久、色彩黯淡的一幢幢青砖平房儿。十几家棺材铺，一家挨着一家，一线排列在街道的东侧。一口口大大小小涂着油彩、画着图案的棺材就陈列在卸下门板的敞开的店铺里，棺材头上的文字和画面儿，路过那里的行人从外面就能看得清清楚楚。古全和往常从没注意过它们，而如今他觉得它们特别惹眼，总是不由自主地去看它们，有时甚至停下脚步，站在那些棺材前，细心地看着那上面的图案和文字，不禁悲哀地想道："难道我就要被装进这里面去吗？我这一辈子就这样结束了吗？"他心里说，"不！不会！"

医药、营养，什么条件都没有，连个鸡蛋都吃不上。在几乎是一无所有的绝望中，古全和想到了他在1948年解放军围城时在侦察国民党保安旅军事部署时牺牲的小学体育老师王海潮老师。王老师是地下党员，这是解放后陈昌老师告诉他的。王老师在一次体育课上讲过他和肺结核斗争并战而胜之的成功经历。他说他在伪满洲国念国高一年级时得了肺病而不得不休学。休学期间他整天和篮排足球为伴，就这样度过了两三年，而他的身体竟奇迹般地完全康复了。可是他接受学校教育的机会也错过了，索性就当了体育老师，当年谷建城老师就是因为他学历浅而看不起他，经常挖苦他，嘲笑他。古全和想："王老师能够靠体育锻炼战胜肺病，那我为什么就不能呢?!"想到这里，他心中猛然涌起一股希望的热潮和为战胜结核病而战斗的冲动。

54

秀姑想到儿子性命不保，心乱如麻。家里只有她一个人的时候，常常流泪。她知道"痨病"是要命的病。懂事的人都劝她送儿子进医院。可是哪里有钱呀，就是卖了老家的房子能凑到几个钱？她越想心路儿越窄。她想过写信让丈夫赶快回来。可是丈夫回来就能有钱吗？她劝儿子不要念书啦，就在家里好好养着吧，愿神佛保佑，能一天天好起来。而儿子把念书看得比性命还重。他已经是一个一把摸不着顶的大汉子了，事事都有自己的主意，连丈夫都尊重他，她怎么能强迫他不念书呢？可是人得了"痨病"会死的啊！在她的记忆里，柳林庄和古家庄得了"痨病"的亲友没有一个活下来。刚强的秀姑一筹莫展。

"娘，我回来了。"今天古全和一进门儿就笑着对他娘说。

秀姑见儿子的脸上有了笑模样儿，心中一喜，高兴地说："好点儿吗？"

古全和宽慰他娘说："好多了。娘，我的病能好。我小学时的王老师得过这种病，后来他养好了，还做了体育老师。"古全和见他娘的眼睛总是红肿着，知道他不在家的时候她经常哭。

"有神佛保佑，你的病一定能好！"秀姑赶忙笑着说。她盼望儿子这样想。

"还有一个好消息，学校把我的助学金发给了我。刘老师说他会帮我。"

"刘老师真是个好人哪！你替俺谢谢他。不过咱们不能拖累人家。"

1951年国际劳动节过了，古全和继续坚持上学。他放松学习以后，平时测验的成绩仍然大多在80分以上。他的病情虽然不见好转，也没有继续恶化。他认为这表明他顶住了疾病的进攻，进入了和疾病的斗争的"相持阶段"。往年他想到漫长的寒暑假就感到腻味，而今年他希望暑假快快到来，让他能全力以赴地和疾病做斗争。有消息说明年大中小学改行秋季始业制，他们将提前半年高中毕业，算起来现在离高考只有一年的时间。如果届时他体检不合格儿，就没有资格报考。他希望利用暑假这两个多月，在健康上翻一个身，争取消除主要症状，达到基本康复，能够通过高考体检。遗憾的是他的营养条件太差。牛肉两毛1分钱1斤，羊肉两毛钱1斤，鸡蛋3分钱1个。但是这些东西他都吃不起。他娘每天给他的"营养费"只有5分钱。他每天用4分钱买1块大豆腐，把省下来的1分钱攒起来，隔几天去喝1碗加糖的豆浆，吃1根油条解馋。

古全和盼望已久的暑假终于到了。暑假里的第一个早晨，清晨3点多钟古全和就按计划走到室外，呼吸新鲜空气。路灯还亮着，周围一片朦胧。他先在楼前空空荡荡的马路上漫步，然后就开始演练他少年时学过的武术套路 12 趟潭腿和春阳拳。当马路上闪出人影儿，东方冒红的时候，他就走进马路对面小胡同里穆师傅开的豆腐房。那里早已灯火通明，热气腾腾。穆师傅和他的伙计们正在忙碌着。浆锅上冒着浓浓的热气，豆浆在锅里翻腾，周围弥漫着一股浓浓的豆香味儿。一版版雪白的豆腐整齐地摆放在湿漉漉的案板上。

"那不是根儿吗？大清早上你跑出来干什么？"穆师傅说着，转过脸，眯缝起眼睛，透过蒸汽看着古全和一眼。

穆师傅叫穆春山，是山东招远人，做豆腐是他家传的手艺。

"是我，早起锻炼身体。"古全和说。

穆春山说："光炼不行，还得吃药啊。"

"豆腐就是药！大叔，给我 4 分钱的豆腐。"

"买什么呀，叔叔没有钱帮你，豆腐管你吃！"说着，走到热气腾腾的豆腐前，顺手切下一块足有一两斤重的厚厚的豆腐边儿，递给古全和。古全和把滚热的豆腐托在手上，趁穆春山不注意，顺手把 4 分钱放在案板上，返身就走。

穆春山看着古全和丢下的那 4 分钱嘟囔道："和他爹一样，总怕别人吃亏。"

只要不下大雨，古全和每天都是早晨三点半前后起床，迎接着每一个晴天的日出，坚持锻炼。早饭后，他就去解放公园，白天他几乎都是在解放公园的湖边和树林里度过的。那里草木茂盛，空气新鲜，平时游人不多，还经常有足球赛，他几乎每场必到。他喜欢"劳友队"，特别喜欢他们中间的那个中俄混血的"二毛子"。听说他姓崔，父亲是山东人，母亲是俄罗斯人。他身材高大，年过 40，连鬓胡须很重，双颊和下巴总是刮得青青的。他性情温和，即使有人当面叫他"二毛子""二串子"，他也不恼。他是队里的中锋，会踢各种姿势好看的球儿。古全和特别爱看他的倒钩进球。"二毛子"知道人们喜欢他这样踢，也常常这样玩儿，虽然并不总是成功，但是只要他成功一次，人们就会发狂似的朝他欢呼，津津乐道好些日子。

解放公园吸引古全和的地方还有那里的读报栏。这是本市唯一有露天读报栏的地方。古全和时刻挂在心上的就是朝鲜前线的消息。就是在他心情最不好的时候，他也惦记朝鲜前线的志愿军。志愿军胜利的消息总是让他欢欣鼓舞，激动得热泪盈眶。自己的国家和民族遭受凌辱的年代太久太久了！一旦扬眉吐气，激动的心情就有如狂潮汹涌，不可自制。他把魏巍的《谁是最可爱的人》和方志敏的《可爱的中国》装在上衣口袋里，随时拿出来朗读。他渴望中华民族复兴，有朝一日失去的国土能一同回归祖国的版图。

古全和怀着必胜的信心顽强地和肺病搏斗。他不再去感受病痛，而是有意细心地去体察自身哪怕是微小的康复的信息，激励自己继续奋斗。

从入夏到初秋，几个月过去了，暑假也已过半，古全和开始感觉到他的病情逐渐有所好转。咳嗽的次数在减少，低烧在减轻，体力也在恢复。他开始小心翼翼地加大锻炼的力度。

暑假即将过去，1951年秋季开学在即，古全和感觉恼人的低烧和盗汗在不知不觉中消失了，他两颊的红晕也消退了，食欲增加，胸肌、背肌和双臂上的肌肉重新明显地鼓胀起来。

在秋季开学的前3天，古全和到市立医院做了一次复查，结果是肺部的阴影已经消失，连一般肺结核患者常有的钙化点儿都没有留下。医生问他是怎么康复的，他回答说靠体育锻炼，每天吃一两斤豆腐的经验，说人的潜能是无限的，只要他还活着，就有康复的可能，即使他患的是绝症。

古全和跟疾病所作的斗争磨炼了他的意志，丰富了他的人生，让他懂得了生与死的辩证法。他把自己战胜疾病的方法儿归结为"鸡狗疗法儿"。他说，鸡和狗等动物靠自身的能力去治病疗伤。穷苦人有病没有钱求医服药，和鸡狗的处境颇多相似之处，一般也是靠自身的能力战胜疾病，他爹说他自己从来没有得过病，那意思实际上是说，他从来没看过医生，而他本人和肺结核儿的斗争只是重复了千千万万劳动人民靠自身的能力和疾病斗争，并战胜疾病的过程。古全和在后来在六七十年代又靠自身的潜能战胜了浮肿、肝炎、高血压、神经官能症等多种疾病。所以他终其一生都不迷信医生和药物，相反，他对医院和医生始终保有戒心，除非不得已，绝不进医院看医生，他认为医生难以真正理解病人，他们看病经常带有猜测的成分，他们在诊断和用药方面犯错误带有不可避免的性质，而自我康复则是安全的康复之路，穷其一生，他只有过3次注射药物的经历：1955 年冬因为流感高烧 41．7 度打过一针退烧药，由于同样的原因在 1958 年春又打过一针退烧药，每次都是半夜入院，次日清晨离开。再就是 1960 年冬天因肝炎和浮肿打过一针肝精。

55

　　暑假期间，古全和再次阅读了奥斯特洛夫斯基的《钢铁是怎样炼成的》等一些新书。《钢铁是怎样炼成的》的主人公保尔·柯察金，出身工人家庭，本人也曾经是工人。他为无产阶级的解放事业而献身的精神，钢铁般的革命意志，让古全和感到亲切，给他以鼓舞。他把作者的相片和保尔·柯察金的画像挂在"冰洞"最显眼的地方儿。现在他坚信，爱国就得入党，就得像保尔那样，参加无产阶级的有组织的先进的队伍，遗憾的是他觉醒得晚了，而且现在是假期，无法和线淑平等同学交流。想到团支部书记代耀人对他有成见，而改善与他的关系几乎是不可能的，他认为在中学阶段入团已经没有希望，能做的只有按照党员的标准要求自己。不过他并不沮丧，他想，既然道路已经选定，有什么必要去计较在什么时候和在什么地方儿入团入党呢？沿着这条光明的道路坚定地走下去就是了。

　　近来古全和常常为两年来，特别是在高一时怠慢线淑平而感到抱歉。现在他对线淑平革命的真诚虽说仍然有所怀疑，但是他相信她帮助他是出于善意和公心，承认她认可和靠拢共产党比自己要早。他想，如果不是他对线淑平抱着怀疑的态度，和过于计较代耀人个人的品行，他入团的问题可能早就解决了，那样他就能在班集体中发挥积极作用，得到锻炼，受到考验，入党的时间也会早日到来。

　　基本康复了的古全和，精神振奋，满心欢喜地盼望着新学期的到来。据说刘校长因为在揭发和批判所谓的"毕淑芝非组织活动"中犯了宗派主义的错误，主动请求调离了市立中学，毕老师得到解放，还当选了党支部书记，他替毕老师高兴。上学期喧嚣一时的"毕淑芝非组织活动案"也曾把古全和卷进去。代耀人在这个事件中再次充当了冲锋陷阵的角色。他说毕淑芝拉帮结派，偏爱古全和等后进生，她还曾经想让古全和去担任《火热的青春》的主编，古全和也只听毕淑芝个人的话，并且要求古全和站出来揭发毕淑芝，而古全和断然否认代耀人等人的指责和要求。非党非团的古全和，到现在也不知道"毕淑芝的非组织活动"是怎么回事儿，只耳闻事情和刘长林老师入党的事情有关。刘雨新校长是学校的党支部书记，毕老师是团总支书记兼党支委。刘校长认为刘长林老师暂时不具备入党条件，不能发展，而毕老师认为刘老师入党的条件已经成熟，应抓紧发展。蔡新三同意毕老师的看法儿。毕老师为准备发展刘老师的材料先后召开过教师和同学的座谈会，听取意见。这本来是正常的组织工作，而刘校长认为毕淑芝不尊重他，是在进行非组织活动，在架空党支部，并把情况反映到市委中学部。中学部来人调查，命令毕淑芝暂停工作，说明情况，接受审查。事情牵涉到少数师生，其中就有古全和。

新学期最让古全和感到高兴的是孙为校长调到市立中学来了。孙校长来校后，从初一（1）班开始，逐一视察各班，每到一个班级，都耐心地和同学们交谈，听取他们对学校工作的意见。今天上午一二节是新任国语课的高也平老师的作文课。课间体操后，孙为校长来到高二（3）班看望同学们。他一走进高二（3）班，就看见了坐在南窗下的古全和，便高兴地笑着说："又见到老朋友了。古全和同学，你好啊？"

"孙老师好！"古全和慌忙站起来，向孙为校长鞠过一个90度的大躬，然后毕恭毕敬地站着，等着孙校长问话，心情非常激动。

"听说你的身体有些欠安啊，好些了吗？"孙校长笑着说。

孙校长竟然知道他闹过病，这让古全和感动得说不出话来，磕磕巴巴地说道："谢谢你老的关怀，已经好啦，老师您坐。"

"你也坐下吧。"孙为校长对古全和摆摆手说。

"您坐，孙老师！"古全和闪到一边，让出自己的位子。

代耀人以责备的声调儿低声提醒古全和说："是……孙校长！"

古全和看了代耀人一眼，没有理睬他，他觉得叫老师更亲切。

孙为校长说："叫老师好啊。校长也是老师。旧时讲'天地君亲师'。老师的地位高啊，和'天地君亲'排在一起，地位还不算高吗？"孙为校长笑着看看代耀人，走到古全和跟前儿继续对古全和说，"校长、老师和学校里所有的工作人员，都在以自己的劳动和言行为培养学生成才而努力，所以他们都是老师。校长首先是老师，然后才是校长。校长是什么？校长就是'老师中的小头目儿'嘛。"

孙为校长的话，在同学中，激起阵阵欢笑声。

孙为校长坐到古全和让出来的座位上，和蔼地扫视着在场的每一个人。同学们围绕在孙为校长的周围。闻声从外班赶来的同学又围在高二（3）班同学的外面，有的站在椅子上，还有站到桌子上的，一层层地把孙为校长围在当中。

"孙校长，您早就认识古全和吗？"韩岫说。

"是啊，老朋友喽。他是个不法分子，是从我当时工作的市立一中'逃亡'到咱们市立中学来的！属于地下活动分子，是你们刘雨新校长把他从'地下'转到'地上'来的！"孙为校长笑眯眯地说道。

教室里又是一片开怀的笑声。

"古全和啊，你不够朋友啊。那年你连个招呼儿都不打，就偷偷摸摸地从一中溜走，报考了市立中学，你让我好找啊。我到处打听你的下落，也没有找到你的踪迹，最后才得知你窝藏在市立中学。现在怎么样？还是那么无组织无纪律吗？"孙为校长笑眯眯地看着古全和说。

古全和难为情地傻笑，最后冒了一句："……那会儿也是'逼上梁山'。"

孙为若有所思地点点头儿，意思是同情古全和，但是没有说话。

"古全和有进步！能听批评意见啦。"韩岫笑着说。

"进步不大……"古全和不好意思地低声说道。

"事情都有两面性。你少念了两年初中，提前上了高中，给国家省了两年的教育经费，自己也可以提前两年参加祖国建设，倒也是好事。成绩怎么样？"

古全和抬头看了孙为校长一眼，又不好意思地低下头。

"他是我们班的学习尖子！就是闹肺结核的那段时间，他考试的成绩也没出过前10名。"胡伯君看着古全和说。在古全和替王维周老师说过公道话之后，古全和几次主动和胡伯君说话，她都不肯理睬他。近来他们的关系有了一些改善。

孙校长认真地说："学制将有些改变，将从春季始业改为秋季始业。也就是说，再过半年多你们就毕业了。国家等待着你们到大学里去深造呢，你们准备得怎么样啦？"

"你老就瞧好儿吧！"站在后排的王殿芳说。

"你有什么打算啊，王殿芳？"孙为校长说。

王殿芳听孙校长叫出他的名字，有些吃惊，心情激动，觉得自己是孙校长都知道的人物儿，不禁骄傲起来，发誓般激动地高声说道："祖国的需要就是我的志愿！"

"好！说得好！好青年志在四方！祖国的需要就是我们的志愿！在这一点上，我可以和你们共勉。"孙为校长说着，转向古全和，说道："刘长林老师说你要报考哈尔滨工业大学？"

"我要向王殿芳同学学习……"古全和说。

这时，第三节课的预铃响了，孙为校长也已经站起来。

上午的课程结束后，古全和照旧不吃午饭，午休时间到学校前面的花园里去散步。他在这里遇见了毕淑芝老师，立刻迎上去和她打招呼儿。他一直惦记着领导对她审查的结果。

毕淑芝依然穿着她的那身洗得发白的旧军装，戴着据说是她在解放上海的战役中牺牲的丈夫留给她的那顶半新的军帽儿，只是今天没有扎裹腿。

"高考你有什么想法儿？"毕淑芝关切地问道。

"我想报沈阳医学院。"古全和说。"不过现在离毕业还远，到时候再说吧。"

"你不是要报考哈尔滨工业大学电机系吗？"

"那是以前的想法儿。"

"报医学院也好。"

"毕老师，您的事完了吗？"

毕淑芝笑笑说："听说也牵连到了你？"

"我是个平头百姓，无所谓。"

"报志愿首先要考虑国家的需要。"毕淑之故意回避谈她的问题。

"刘校长怎么能那样对待您？神经过敏。"古全和仍然为毕老师感到不平。

毕淑芝收起笑容，严肃地说道："误会，懂吗？是误会，不要再提了，好吗？刘校长是个好同志，现在是你初中时的母校的校长。"

56

　　寒来暑往，高二学年的两个学期匆匆过去。古全和学年考试的成绩也恢复到了班级的前三名。1952 年的春天，古全和的中学生活进入了高三的第一个学期，也就是他中学的最后一个学期。按照新改的学制，市立中学的高三的（3）、（4）两个班，和 1949 年秋季建班的高三的（1）、（2）两个班，今年将同时毕业，也就是说，高三的（3）、（4）两个班，他们的高中只有 5 个学期，他们是提前半年毕业，参加高考。

　　新学期开学后，高三（3）班政治气氛有些淡化，学习气氛转浓，教学几乎变成了班级生活唯一的内容，同学们谈论的都是关于学习和高考的话题。班干部也不再在上课的时间外出开会谈话了，代耀人面对高考这个"龙门"忽然悟到分数的重要，也开始用心念书了。他高唱说抓紧团的组织发展，而实际上是抓而不紧，团的发展工作已经陷于停顿。古全和从中看到了在干部们的心里，"公"和"私"各自所处的位置，感觉他们中间的有些人最关心的还是个人的利益。

　　新学期开学后不久，校长办公室收到一封由江城市黑水区发来的公函，收件人是"市立中学校长办公室"，公函的正文是这样写的：

　　贵校学生古全和，在寒假期间应邀参加我区国有房地产测量的义务劳动，并担任测量队的副大队长。该同学工作主动积极、认真负责、善动脑筋、吃苦耐劳，双手双频冻裂后仍然坚持工作，带领本区内 18 位高初中同学，奋战 20 天，提前 6 天圆满完成了测量任务，为国家节省了过千元开支，表现了新中国青少年的优秀品质和实际工作能力。特此致函贵校领导，表示感谢……

　　孙为校长反复看过公函后，交毕淑芝处理。毕淑芝找到高三（3）班班主任刘长林，征求他的意见。刘长林说："这是件好事。面临毕业，大家都忙于温课，准备毕业和升学考试，而古全和能在这种条件下接受他们区政府的任务，冒着严寒，完成了房地产测量任务，值得大家学习。我建议把这件事作为毕业教育的一个内容来安排。"

"您看具体怎么落实?"

"先在班干部里讲讲这件事,统一认识,然后向全班同学宣读黑水区政府的来函,号召同学们向古全和同学学习,学习他一心为公的思想,吃苦耐劳的品德,艰苦奋斗的精神,宣传他服从国家需要的好思想。"

毕淑芝说:"古全和是群众,把他树为典型,同学们会有什么反应?"

刘长林说:"表扬信是黑水区政府发来的,估计同学们都会承认古全和的进步表现,愿意向他学习。古全和的积极性带有一贯性,他在抗美援朝以来,一直表现很好。"

刘长林的估计太过乐观,代耀人和王殿芳及靳湘柳对于毕淑芝和刘长林的意见有保留。王殿芳说,古全和在毕业前夕,不用心温习功课,准备高考,而是制造出这样的幺蛾子来,肯定是动机不纯,他的意图,有待观察。靳湘柳表示附议,而代耀人则说,先进的典型应该从团员中间选,而不能选一个群众,这样做影响不大好,有伤团组织的威信。线淑平支持毕淑芝和刘长林的意见,她说要发展地看问题,从本质上看问题,古全和的进步和积极表现正是党的教育和他自己努力的结果,是团的工作的成绩,选定一个群众做先进典型正表明高三(3)班同学的普遍的进步。王殿芳说,线淑平坚持要树立古全和这个典型是不是有个人考虑。韩岫反对王殿芳,指责他进行人身攻击。

毕淑芝向孙为校长汇报了她和刘长林老师商定的意见,并汇报了发生在高三(3)班团支委扩大会上的争论。孙为校长说:"树立个先进群众的典型有什么不好?这恰恰证明同学们政治觉悟普遍提高嘛。就按照你们的意见办吧。一定要大张旗鼓地表扬古全和,把这件事和应届毕业生的教育结合起来。号召同学们学习古全和一心为公的好思想,在报考志愿的时候,把国家和人民的需要放在前面。"他最后说,"毕淑芝同志,你看能不能在毕业前发展古全和入团?"

毕淑芝说:"看来有困难。个别干部认识不到或是不愿意承认古全和的进步。这有古全和自身的原因,他爱坚持己见,不为某些同学所容忍。"

孙校长说:"坚持个人意见未必是缺点。'墙头草,随风倒'就好吗?也不好。只要方向对头,坚持个人意见就不是坏事,错了也不要紧,坚持真理，修正错误嘛。从旧中国到新中国，从旧社会到新社会，这是翻天覆地的变化，人的思想也必然要经历一个翻天覆地的变化。一个人的世界观没有经历过这样的过程那才是怪事呢。古全和关心苏联和中苏关系问题，关心国共两党在抗日战争中作用的问题，关心组织发展的阶级路线，关心党团组织里个别人的表现，表明他对于政治问题采取的是一种认真的态度，即使他在这个过程中犯一些主观片面的错误也不应该指责他。至于他能不能在中学毕业前解决组织问题，并不重要。优秀分子大都将汇聚到我们党的队伍里来。"

毕淑芝说："您说得很深刻。我也认为古全和已经完成了这个思想转变的过程。他已经多次口头表示了入党的意愿。现在他入团的问题的关键已经不在他自己身上，而在他们班里个别干部身上。您看，对古全和这个问题，我们是不是可以干涉一下儿，促一促？"

孙为校长沉思片刻后说道："促一促，也未尝不可。不过越俎代庖不大好，还是顺乎自然吧，是否发展古全和入团，什么时候发展，还是由他们班上的团支部决定吧。存在决定意识，要等待古全和的觉悟，也要等待代耀人和王殿芳等少数干部和团员的觉悟呀。"

57

表彰古全和的活动开展得很顺利，给市立中学高中毕业生的教育增加了一个鲜活的材料，为同学们树立了一个正确处理公与私、国家的需要与个人的意愿的关系的标杆儿，唯其古全和是个普通群众，他的这种榜样的作用才让大多数同学心服口服。当然，口服心不服，心口都不服的人也有。

1952 年高考是新中国高校第一次统一招生，几乎所有的应届高中毕业生都不知道，由于旧中国教育太落后，而新中国高等教育迅猛发展，生源奇缺，当年的高中毕业生，几乎都能被录取，后来的事实是就连以同等学历报考的个别初中生都录取了，而同学们几乎都不了解这种情况，都把高考看成是鲤鱼跳龙门，如临大敌，担心自己名落孙山，因此对古全和考前不全力以赴地备考，而是去参加测量房地产的义务劳动，有各种想法儿。老实厚道的胡伯君认为古全和学习好，不担心考不上大学，所以敢在这种时候放松学习去做好事。王殿芳开始怀疑他对古全和的所谓的认识，觉得古全和很怪，他越来越看不透古全和，既弄不懂两年前古全和为什么会无偿地给一个素不相识的穷三轮车工人输血，也弄不懂他对朝鲜前线的消息那么关心，现在他又想不通古全和又为什么在面临高考的紧要时刻义务去给他们区政府测量房地产。他想来想去，认为古全和这样干可能是想用这样的一些极端的行动出风头，换取领导的好感，毕业时闹个好鉴定，为高考录取创造条件。而代耀人则认为古全和这样做是想在毕业前解决他入团的问题。不过所有的人，包括代耀人和王殿芳，在会上谈到向古全和学习时，都一边倒地称赞古全和一心为公的好思想。但是谁都没想到，古全和这是在从思想上入党，以实际行动践行共产党员的标准。

转眼就过了"五一"国际劳动节。高考报志愿的日期临近了。高三（3）班的同学们天天谈论的都是报考什么大学和什么专业的话题。班主任刘长林在逐个儿地找同学谈话摸底，给大家介绍高考的形势，国家的需要，渗透领导的意图。这时，学校收到了市政府人事局的一份文件，内称：市政府要从本校应届高中毕业生里选用一批学生，充实市政府的财政、教育和公安干部队伍，高中4个班，原则上每班选两名，全年级共选8名。这件事立刻在应届高中毕业生中引起强烈反响。思想波动最大的是学生干部，他们有工作锻炼，更符合市政府工作的需要，应该做群众的榜样，而他们也都想念大学，如今要他们在是否服从国家需要的问题上说个"诺"或是"不"，都不容易。

在公布市政府留人通知的当天下午，团总支召开了高三年级团小组长以上的干部会，毕淑芝亲自动员，要求干部发挥模范带头作用，带头落实市政府的要求，到会的干部纷纷表态，响应领导的号召。高三（3）班的线淑平和韩岫当场报名。苟大川、王殿芳和靳湘柳没有表态。平时以政治上敏感自诩的代耀人没有表态。而他是支部书记，几年来大道理讲得多，应该第一个报名，而他却按兵不动。这时，线淑平想到古全和常常说代耀人不诚实，是个假革命的那些话。韩岫会后也发牢骚，说代耀人个人考虑多，符合他个人利益的时候，他就积极；而不符合他个人利益的时候，他就是另一副面孔儿，给团组织丢人！

　　代耀人的表现也让领导被动。毕淑芝虽然早就注意到代耀人私心比较重，爱出风头，在助学金问题上说过假话，有时言过其实，学习态度不够端正，但是认为他工作热情，积极主动，没想到他面对这样的考验会止步不前。

　　市政府选用8名毕业生的通知，是校领导口头儿向所有应届高中毕业生下达的，只笼统地说明了原则要求，如思想进步、作风正派、身体健康等一般条件，而没有公布报名的具体要求。学校领导也是把这项工作作为毕业教育的一个环节来抓的，他们这样做，也是有意考验和教育所有的毕业生，给报考高考志愿造气氛。

　　面对市政府的要求，古全和思想斗争激烈。几天来，他一直在念书和工作之间不停地动摇。他太想念大学了。这是他多年来为之奋斗的理想。而当他想到郑祥麟叔叔，王海潮老师和无数革命先烈为革命不惜流血牺牲，许多共产党员正在为建设国家和保卫国家而奋斗，就觉得自己应该投身进他们的行列，可是想到自己不能念大学又感到非常遗憾。他思来想去，思想归结在一点上，念大学不也是为了工作吗？革命不能停留在口头和思想上，而要有行动。既然自己已经选定了革命的道路，以共产党员的标准要求自己，就不能挑三拣四，现在市政府需要人，自己就应该报名。于是，他郑重其事地送交给刘长林老师一份表示应聘市政府工作人员的申请书。刘长林老师看过之后，就把它转给毕淑芝。毕淑芝虽然知道古全和不属于市政府选人的范围，但是心里仍然感到高兴。这让她想到孙校长和孙宝藏关于古全和的评价。

　　古全和的申请书是这样写的：

刘老师，并请转呈 毕淑芝老师和

党支部：

　　江城解放3年多了，我们的国家发生了天翻地覆的变化，抗美援朝取得了伟大的胜利，一雪百年耻辱，让伟大的中华民族扬眉吐气。我在党的教育下，经过学习和思考，也有了一些进步，深信有毛主席和共产党的领导，我们的国家和民族一定会强大起来！

　　我渴望念大学，但是学习是为了工作，因此我响应市政府的号召，学习蔡新三、线淑平和韩岫等同学，把国家的需要放在首位，甘愿放弃念大学的机会，参加革命工作！我的身体已经完全复原，当会计、当教师、当警察都可以，无条件听凭组织的选择！

补充一点：我念私塾的时候练过一年武术，会点儿拳脚儿，当警察有有利条件。

　　此致

革命敬礼！

高三（3）班学生　古全和　敬上
一九五二年五月十六日

毕业教育组公布了古全和的应聘申请书。

古全和非党非团，为念大学曾不惜违纪作弊跳级，他连报考的专业都想好了。生病前说要报考哈尔滨工业大学电机系，生病后改说报考沈阳医学院。而且他学习成绩好，除体育、音乐、美术等类专业外，报考什么专业都能被录取，那他为什么要冲到前面报名应聘呢？

古全和行动的影响很快就显示出来。在古全和的申请书公布的当天，代耀人就报名应聘，接着，其余的几个迟迟不肯报名的团员也都报了名。始终不肯报名的团员和团小组长只有靳湘柳。她怨恨古全和多此一举，让她孤立难堪。

王殿芳感觉古全和让人琢磨不透，常常出人意料地弄出些"幺蛾子"来，叫人大吃一惊。现在古全和又报名应聘市政府的工作，他弄不清楚古全和为什么这样干，不过他断定古全和定有所图，有可能是他家生活困难，书念不下去了，想提前就业，乘市政府招人之机捞一个好名声好职业；也不排除古全和从线淑平那里摸到了市政府用人的要求，相信领导不会录用他，故意在毕业前表演一番，捞取政治资本。不过他也知道线淑平为人谨慎，不会冒泄密的风险这样干，可是他又认为，女人一旦迷恋上了一个男人，命都可以不要，什么蠢事都干得出来。王殿芳高一时看不起古全和是个插班生，后来嫉妒古全和学习好，怨恨古全和对他不友好，出他的丑，现在他弄不清楚自己该怎样看待古全和了。不过有一点他心里清楚，他对古全和的进步表现，特别是他应聘市政府工作的表现，只能赞美，而绝对不能说三道四，因为那等于和领导顶牛儿，给毕业教育刮冷风，没有好下场。

代耀人在应聘市政府工作人员这个考验面前跌了一个跟头，跌灭了他进步的光环，威信大减，成了工作的阻力，团总支不得不指示线淑平和韩屾把高三（3）班团支部的工作一起抓起来，这等于是对代耀人的严厉的处分。

58

古世才对儿子念大学的事放心不下，千里迢迢从山东老家赶回江城。古全和为让他爹有个思想准备，在他返回江城家中的第二天就把他报名应聘市政府工作人员这件事告诉了他，以防领导一旦批准他的申请，他爹会受不了，让他懊躁出毛病来。古世才听了儿子的说辞连连叹气，长时间沉默不语。他知道应该尊重儿子的决定，但是仍然心有不甘，希望儿子改变主意。他看重儿子念大学不仅是因为他大学毕业后能挣更多的钱，更是因为他把儿子念大学看成是他一家的莫大的荣耀，所以想到儿子又要像当年他爷爷和他老爹半途而废，慨叹自己祖上无德，后代无福，祖坟风水不好。

秀姑听说儿子要参加工作，还是进市政府，格外高兴。她想，市政府是江城市最大的衙门，平常的人进不去，儿子能到那里面去工作，不光体面，钱也不会少拿，"朝里有人好做官"，以后亲朋好友办事儿也方便了。马德安当个黑狗大街街政府的街长就能呼风唤雨，管辖一方，受人尊敬，市政府管辖几十万人口，到那里工作该有多么光彩呀！这一回她是真真切切地感受到了儿子念书的好处了，觉得丈夫在这件事上比自己有眼光儿，不再为当年儿子没去铁路食堂感觉后悔了。再说儿子工作了，也就该结婚了，她抱孙子的时间也就不远了。

秀姑不是个爱张扬的人，可是儿子要到市政府工作，实在让她太欢喜了，恨不得让全世界的人都知道，只是因为儿子曾经千叮咛万嘱咐，说事情要经领导批准才能定下来，他能不能去市政府工作还在两可，要她不要到外面去乱说。秀姑强压下自己显示一番的愿望。虽说如此，她还是对居民小组长洪大嫂说了这件事。她想，洪大嫂一直很关心根儿，对根儿抱着很大的希望，应该让她高兴高兴。洪大嫂也是个不爱传闲话的人，她也只是忍不住自己的高兴，才把这个好消息告诉了她的一两个好朋友。然而结果是，古全和要到市政府工作的消息很快就在第 38 居民组传开了，传来传去竟变成了古全和已经在市政府工作了。大白楼一带臭名远扬，解放后虽然妓女从良，老鸨子被教育改造，"大茶壶"改行，他们都变成了自食其力的劳动者，这里又有外地的许多"良民"搬进来，人们对于"欢乐地"的印象也有所淡化，可是住在这里的人仍然觉得不大体面。现在出了一个市政府的干部，人们自然高兴。

古世才一连几天不说话，不断唉声叹气。秀姑看着丈夫这个模样儿觉得不吉利，担心会影响儿子的前程，就对着他嚷道："你整天地唉声叹气干什么！？儿子到市政府工作，这是多么体面的事啊！你到街上去听听，谁不说好？！"

古世才惊讶地说："你说什么？街上的人是怎么知道？！一定是你到处嚷嚷的吧？要是事情不成，儿子去不了市政府，你让儿子怎么收场！"

秀姑用力地"呸"了一声，气愤地说："你净说些不吉利的话！儿子怎么会去不了市政府呢？谁瞎嚷嚷啦？俺只对他洪大嫂一个人提过这件事儿。"

"那别人是怎么知道的？！"

"俺怎么知道？就是知道了又有什么不好，又不是偷谁抢谁做贼养汉。"

"要是孩子去不了呢？"

"你怎么还说这种丧气话！你是盼着他去不了吧？"

几天之后，古世才的愁闷和秀姑的欢喜同时消失了。古全和落选了。古世才感到无比高兴，忍不住唱起了河北梆子"小老妈儿在上房自怨自叹……"秀姑觉得丧气，忍不住嘟囔道："都是叫你给妨的！把儿子挺好的个事由儿给糟蹋啦！"事后的好些日子，秀姑都不好意思上街见人。

高三全年级报名参加市政府工作的有近 60 人，团员基本上都报了。刘长林老师代表学校领导在高三（3）班全班大会上郑重宣布：高三（3）班将去市政府工作的毕业生是：

代耀人，去市政府教育局。

李树清，去市政府公安局。

　　会上，靳湘柳尴尬地微笑着，窥视着人们的神色，揣测着人们对她的态度，不停地鼓掌，好像很为李树清和代耀人二人感到高兴。高三（3）班的团员中，只有她一个人不肯报名应聘。线淑平和韩岫轮番找她谈话，说作为一个团的干部，要起表率作用。毕老师也曾做过她的工作。而越是这样，她就越是不肯松口儿，因为她误以为学校领导已经内定派她去市政府工作了。她撒谎说，她念书是她叔叔资助的，她叔叔不同意她中断学业。其实，同学们都知道，她爹解放前是上海的珠宝商人，经营西洋珠宝。解放后，西洋珠宝业萧条，她爹卖掉了他上海的珠宝店，离掉了她因现行反革命罪而被捕的小妈，来到江城，和她亲妈复婚，进入江城的银行业，做了职员。她家原本就很有钱，她爹在银行工作月薪一百多元，根本用不着她叔叔资助她念书。而当她得知市政府要的是男生的时候，后悔极了，觉得自己在这件事上的表现太离谱儿，不仅让她在全班、全年级的老师和同学们面前丢了脸，还担心她在这件事上的表现会被记入她的档案，影响她升学和入党。平时她常常以自己入团早而感到骄傲，几年来一直站在人前讲革命道理，和她在这件事情上的表现形成鲜明对比，她深感失策。

　　毕淑芝有意在毕业前突击发展古全和入团，线淑平和韩岫都表示赞成，团员中也有人附议。可是代耀人、王殿芳和靳湘柳都不同意。王殿芳说，古全和毕业前夕的表现很突然，有待继续观察。代耀人说，组织发展是严肃的事，毕业前的杂事儿太多，来不及广泛征求同学们的意见，草率从事，效果恐怕不好。

59

　　应聘市政府的工作人员的考验过去了，报考大学志愿的考验又摆在同学们面前。热门儿的专业是某些理工科和医科，冷门儿的专业则有农业、水利和师范等。国家急需大量高质量的教师，师范院校的名额也多，而第一志愿报考师范院校的人则寥寥无几。苟大川数理化课程差，又是团员和学习班长，经刘老师动员，同意以第二志愿报师范专业。

面对高考，古全和的心情也不平静。他真正喜欢的是机械制造类的专业，比如电机专业。从懂事儿的时候起，他就爱好制作，他所有的玩具都是亲手制作的，15 岁时就造成过能实用的火枪，围城时用它吓唬过抢匪。可是他又惦记着报考医学院，去研究肺结核。肺结核几乎夺走了他的性命，还正在继续威胁着很多人的健康。而领导号召大家报考师范。他又想他应该带头儿报师范专业。

刘长林老师不断地找干部谈话，要求他们发挥模范带头作用，带动同学们报考水利、农林和师范等冷门儿专业。线淑平响应号召，说她将报考师范专业，并来做古全和的工作。下午放学后，线淑平约古全和谈话。他们一起来到教学楼前面的小花园儿，坐在玫瑰花盛开的栅栏墙下的长椅上。线淑平首先表明态度，她决心服从国家的需要。她说她本想当一名医生，现在改报水利、农林或是师范。然后问古全和道："你有什么打算？"古全和说：他想报工，又想学医，专攻结核儿，也考虑过师范。线淑平说："你就报师范吧。你口才好，一表人才，知识面儿宽，生活经验丰富，操作能力强，将来一定能成为一位名师。"古全和笑了笑，说道："说心里话，我最适合念工科。我从小儿就喜欢制作，有这方面的爱好和锻炼。要不我小的时候怎么会想到要去造原子弹呢。"

"造原子弹的人也是老师教出来的。"

古全和说道："我的思想工作你就不用做了。我早在一年前就在孙校长的面前，借王殿芳的话表过态，'祖国的需要就是我的志愿'，我向你学习，服从国家的需要。"

"肯定？"

"当然！"

线淑平知道，古全和说话算数儿。但是她也明白，他多年养成的爱好很难割舍，不过她相信，他既然在应聘市政府工作时肯于忍痛放弃念大学的机会，也就能够放弃他热爱的专业而去选定国家需要的专业。线淑平这样想着，动情地看着古全和。古全和有些难为情，便笑着说："看什么？相姑爷儿吗？"

"胡说些什么呀！"线淑平有些不好意思，而心里却希望自己将来能够有这么一天，相上古全和这个好姑爷。她觉得现在她和古全和之间靠得很近，彼此没有任何隔阂，随时都有可能站到一起。他感觉古全和此刻可能有和她一样的心情，要不然他为什么要和她开这样的玩笑呢？

60

　　高三的全部课程都已结束，应届高中生的毕业教育进入了个人"定终身"的关键时刻，《毕业生登记表》已经发到同学们的手中。数理化成绩及格线以上的同学，绝大多数报的都是理工医科，古全和报的是沈阳医学院。报考师范等专业的人远远满足不了领导的要求，动员同学们报考师范等冷门儿专业成了领导工作的难点。刘长林老师和班团干部天天找同学们谈话，讲国家建设的大局，动员大家报考师范等专业。

　　每个周末的下午都是全校法定的政治学习和党团活动时间，学校经常利用这个时间举办报告会，请人来校作政治时事报告，或是其他内容的报告。报告人有时是市里的领导，有时是战斗英雄，有时是劳动模范，有时是文化名人，也有时是本校的领导。一般听过报告，要联系实际布置学习讨论。今天是周末，又有报告会，但是报告的内容不是政治时事，占用的不是周末的下午，而是星期六的上午，听报告的不是全校的师生员工，而只是高中应届的4个毕业班的学生，报告人是个大人物儿吴斯人。他是大区教育部的一位领导，是同学们熟悉的著名的青年问题专家，常在《中国青年》和《中国青年报》等报纸杂志上写文章，谈论青年问题，给人印象深刻的是他发表的那几篇讨论青年婚恋问题的专论，文章务实开放，盛赞思想解放，自由恋爱，然而据说他本人的老伴儿是父母包办的大家闺秀，"三寸金莲儿"，而他们夫妻相处得却十分恩爱和美。解放后他教他的老伴儿学文化，引导她参加革命工作，现在是他所在机关幼儿园的阿姨。

　　吴老同志是来到市立中学的最大的干部，当他在孙为校长陪伴下走上主席台时，台下响起一片掌声。同学们都好奇地注视着令人尊敬的吴老，期待着他给大家带来有关青年问题的新思想新观点，最好能谈谈婚恋问题。

　　吴老同志身材高大，举止从容，满面慈祥，两道花白浓密的寿眉象镶嵌在他两眼上方的两把长长的毛刷儿。一副西北人的容颜，在江城像这般模样儿的人并不多见。

"喂，你猜猜看，这个老头儿会讲些什么玩意儿？"王殿芳无理地问古全和。

"听过就知道了。"古全和不愿意理睬王殿芳，讨厌他无礼地称报告人为"老头儿"，说他将"讲些什么玩意儿"。他也不喜欢王殿芳遇事胡乱揣度耍小聪明的坏习气。

"废话！你猜不着就是了。"王殿芳有些扫兴。过了一会儿，又忍不住说道："一准儿不是恋爱问题，这会儿不是谈情说爱的时候儿。我告诉你吧，他是来动员你报考他老人家的师范学校的！你信不信？"

古全和觉得王殿芳的话有道理，不过他还是不愿意搭理他。

吴老同志说笑着和孙校长一起坐在用几张方桌临时拼成上面蒙着白布的讲台的后面。他的坐姿很特别。开始是正襟危坐，然后是盘腿大坐，后来是交替着把一条腿压在身下坐。古全和猜想他可能来自农民家庭，或是长期和农民生活在一起，盘腿坐惯了。

孙为校长介绍过报告人之后，报告就开始了。

吴老同志像好心的老爷爷一样和蔼慈祥，长时间笑眯眯地地巡视着整个儿的会场，目光扫过每一个人。过了好一会儿，才操陕甘一带的口音朗声说道："老师们，同学们，你们好啊？"

会场上是一片掌声和嗡嗡的说笑声。

"毛主席教导说，我们的工作路线是从群众来，到群众中去。我这个人哪，官儿不大，谱儿不小，有点儿脱离群众。像你们市立中学这样在全区有名的学校我也是头一回来，真有点儿不好意思呀。"他稍作停顿后继续说道："'无事不登三宝殿'呐，我今天来，一是来看望老师和同学们，一是来和你们谈谈我国目前教育战线的形势和问题。"

"听吧！这就开始啦！"王殿芳得意地嘟囔道。

教导主任给吴老同志换了一杯茶。

"党中央制定了我国过渡时期的总路线。这是我们发展经济、建设国家的伟大纲领，是我们争取新胜利的保证。我国面临着百废待兴的大好局面。各行各业都急需人才啊。"

吴老同志没有讲稿儿，说话很慢，既不激昂，也不慷慨，更没有莫名其妙的手势，就象在唠嗑儿，不时换一换压在他身下的那条腿，有时又会像乡下的老奶奶一样盘坐在椅子上。他兴奋地介绍了全国教育工作大发展的喜人形势之后，眉头紧锁地说道："同志们哪！我们缺教师啊！太缺啦！奇缺啊！"他激动起来，列举了有关数字证明他的论点，然后说道："同学们，我们的大中小学学生成倍地增加，连年翻番！这是天大的好事啊，是我们中华民族大发展大兴旺的好事，你们说是不是啊？"全场轰然答道："是！"接着又是如雷般的掌声。"可是这也给我们带来了难以克服的困难啊！现在我们有些地方连识字的和尚和尼姑都请出来教书了！"惊叹声，哗然的议论声，"而且问题不仅是教师的数量严重不足，教师的质量也远远满足不了工作的要求！吉林省四平市有一位小学老师，连'详细'两个字都不认识，把'详细'念做'洋油'！人称'洋油老师'！"经久不息的笑声，然后是鸦雀无声的沉默。"可是，有什么办法呢？我们没有那么多称职的教师嘛！有些地方，连'洋油老师'也请不到啊！"

会场陷于长时间的深深的沉默。

古全和没有笑。"洋油老师"这4个字像重磅大锤那样突然砸到他的心上，使他激动得热血沸腾，他原有的爱好和愿望都突然消失，心里留下来的只有"教师"两个字。他从来没想到国家这样缺少教师！"怎么会这样呢？"他心中不断地重复着这句话，想象着大中小学生连年翻番和严重缺少教师的窘困景象，既兴奋又难过。吴老同志后来讲的话没有给他留下什么印象。

报告结束了，古全和同大家一起离开会场。但是吴斯人老人那苍老、激动、急切、沉重的声音，他那渴切期待的眼神儿，和他痛苦地说出来的"洋油老师"那4个字，始终盘距在古全和的心上。他想，自己不就是由古家庄的陶贵民老师、王万伯私塾的王秋兰老师、惠民国民学校的柳惠民老师、柳影路小学的陈昌老师、东湖师范学院的孙宝藏老师、去关内工作的王维周老师，和眼前的孙为老师、刘长林老师和毕淑芝老师等培养出来的吗？无数革命的先辈为国家的独立和民族的解放而献出了一切，自己作为后来者，还有什么个人的利益和爱好是不能放弃的？他决定报考师范专业。在吴斯人同志报告后的第二天一早，古全和就到数学教学组找到刘长林老师，要求修改毕业生登记表，说他要改报考师范学院。

刘长林欣慰地说："重填一张吧。"说着，从抽斗里拿出一份登记表，递给古全和。

古全和在志愿报考学校一栏里只填了一所大学："东湖师范学院"。有人问他，怎么不报考北京师范大学？他说，北京师范大学也是师范院校，何必舍近求远呢？古全和在专业栏里填上了数学、物理、生物和地理等几个专业。最后在"是否服从统一分配"一栏里认真地写上了"服从"两个字，就离开了数学教学组。

刘老师看过古全和的登记表，又去找到他，说道："你国语不错，诗写得也好，为什么不报考中文专业呢？中文专业最缺人呀。"

古全和不假思索地接受了刘老师的建议，天真地想道："念中文专业也好，我主修中国语言文学，自修数理化，毕业后当个万能的中学老师！"兴奋地说道："那就请您再给我一张登记表！"。

古全和实践了王殿芳对孙校长的保证："祖国的需要就是我的志愿！"他的行动最终改变和统一了班上同学们对他的看法儿，连王殿芳也不敢再对他说三道四。古全和不是团员，但是所有的人都不得不承认，他是正确地处理了祖国的需要和个人的志愿之间的关系的典范，实践了他对孙校长许下的诺言。

在毕业前夕这一两周里，所有的同学都经受了考验，显示出自己的真实面貌。让大家刮目相看的，除了古全和之外，还有3个人：代耀人，王殿芳和靳湘柳。代耀人革命的光环淡化，不过人们还是肯定了他的革命行动。王殿芳并没有实践他对孙校长的保证，没报考国家急需的专业，也没报考平时他就心向往之的北京大学考古专业，而是报考了属理工类的省轻工业学院。人们平时不看好他，认为他言行不一，因此此刻对于他的表现也不感到意外。但是大家对靳湘柳就不那么宽容，她既不肯报名应聘市政府的工作，也不肯报考国家特别需要的冷门儿专业，只是在群众强大的压力下才战战兢兢地在"是否服从统一分配"一栏里，填上了"服从"两个字。

61

今天是高三（3）班的最后一次班会，明天大家就将各奔西东，回家温习功课，准备参加升学考试，以后就很难说能不能再次相聚了。

　　在过去的两年半里，古全和在班里感受到过善待和关怀，也遭遇过诸多不愉快的事情，在大家即将告别母校，分道扬镳的此刻，他仍然有些恋恋不舍，打心底感谢教导过他的老师和关心过他的同学，特别是刘老师、毕老师和线淑平。

　　散会后古全和一个人离开学校，走到校门口儿，忽然停住脚步。他不知道为什么止步，是因为留恋母校，或是有什么事情没有办妥，还是要等谁？他想他是在等线淑平。他觉得线淑平是他高中阶段最好的朋友，想再见她一面，说点儿什么。想到他事先不曾约她，她可能已经走了，以后难得再见，心里不禁感到有些失落。他就怀着这种心情，回忆着他和线淑平相处的种种往事朝乌鸡河走着，不觉来到河边。过去他放学回家，线淑平常常送他到这里。他不由地停住脚步，朝他和线淑平谈话的地方瞅了一眼，惊喜地发现线淑平正站在大柳树下朝他这里张望，不由地一阵激动，快步朝她走去。

　　线淑平看见古全和朝她走来，心跳加快，突然意识到古全和对她的重要，决心对他说出老早就聚集在她心里的那些爱慕他的话。

　　"你还没走？"线淑平明知故问。

　　"有事吗？"古全和言不由衷。

　　"要分手了，总要道个别吧？"

　　"谢谢你几年来对我的帮助。"古全和真诚地说。

　　"我也感谢你。我从你身上学到很多。你对政治问题严肃认真的态度，你言行一致的作风，你刻苦学习的精神，都深深地教育了我。你使我重新考虑自己的人生，把自觉革命变成自己终生的事业。"

　　"太夸张了，让人不好意思。"

　　"傻站着干啥？坐一会儿吧。"线淑平说着，朝他们常坐的那条龙一样隆起到地面的大柳树的树根走去，和古全和并排坐在上面。

　　古全和伸手从岸边掐了一朵苦菜花儿，送到线淑平的面前，说道："你闻闻，一股子清香味儿。"

　　"什么意思，不会是爱情吧？"线淑平取笑说。她想就此透露自己的心事。

　　"何故如此敏感？是谁正爱着谁吧？"

　　"胡——说！"线淑平的脸红了。

"不必紧张，恋爱又不犯法。"

面对透露自己心声的机会，线淑平又退缩了，反而问古全和道："你恋爱过吗？"

古全和坦然说道："不知道，也许有过吧。我念高小的时候喜欢过一个女生……"

"啊呀，小屁孩儿就恋爱啦？真新鲜！"线淑平笑着说道。

古全和真诚地诉说了他和巫衍芳姐妹的友好交往。

"后来呢？"

古全和叹息道："没有后来！1948 年初夏，解放军围住了江城，接着就发动了对江城的第一轮儿进攻。学校停课了。我回到了宋家屯镇，她回到城里，从此彼此便没有了消息。我一直惦记着她，解放后到她家去找过她。可是她家的房子原址已经是一个大坑，一片瓦砾。我心里很难过，不知道她是逃走了，还是遇难了……后来听说她在逃往解放区的路上被国民党军队埋的地雷炸死了……"

线淑平看着古全和伤心的样子，便问道："你现在还想她吗？"

"想，很想，常常想。我每次上街都注意周围的人，希望出现奇迹，能够遇见她。有几次看错了人。我总共念过不到 3 年小学，先后换过 7 所学校。在每一所学校里待的时间都很短，多的一年，少的只有几天，所以留在我记忆里的同学很少。而她是我最想念的一个。我们共过事，一起学习交谈过，出现在我们之间的，可能就是人们所说的初恋……也许根本就不是，只是喜欢，或是好感。不过我相信那是少年男女之间最珍贵最纯洁的感情。那里面没有任何利益的考虑，更没有虚情假意，有的只是人对人的无条件的认同和好感，是彼此无私的喜爱。"

线淑平谛听着古全和说的每一句话，为他的真情所感动，心中不时涌起一股酸楚的滋味儿。她没想到在古全和严肃呆板的外表之下，竟有这样细致深沉的感情，这样珍视同窗情意和男女之间的朦胧之爱。

"听说你还有过一个'妻子'？"线淑平笑着说。

古全和笑笑说："是杨雅范对你说的吧？那不是真的。"古全和又如实地述说了他和素桂的关系的前前后后，顺便提到发生在他和杨雅范之间的故事。

线淑平有些遗憾地说："你要是早就这样坦率该有多好啊。"

古全和说:"坦率是有条件的,现在我能对你开诚布公,谈思想,谈感情,是因为我们同窗3年,彼此了解,没有像王殿芳那种人无事生非了。在别人把你看成落后分子,搜集编造你的材料儿的时候,你坦率得了吗?那时连你也受到牵连,王殿芳说你做我的工作是'公私兼顾',在那样的条件下,我怎么能够坦率得了呢?"

"有些传闻也未必都是空穴来风……"线淑平又想对古全和透露自己的真情,而在古全和注意她的刹那,她又改变了主意,有些伤感地说道:"在分别之前,能坐在这个熟悉的地方儿聊一聊,告个别,也很难得。谁知道我们能不能考上大学,今后还能不能再凑到一起畅谈呢?"

线淑平来到这里的时候,曾经决心表露她对他的心曲,刚才几次话到嘴边她都没有说出来。不过她不想放弃古全和,在即将分手的时候,她在提议今后和古全和保持联系时很激动,声音有些颤抖。古全和说,她的通信处他已经记下,还笑着说,他们都表示了服从统一分配的决心,说不定能分到一个学校一个班,那时她还做他入团的联系人,他一定积极配合她完成团组织交给她的任务。线淑平若有所思地说:"但愿如此。不过那时很难说谁做谁的联系人!"古全和知道,她是在说,他将先于她入党。

线淑平的心思古全和完全明白,也看重她的感情,感激她,只是此刻还无意和她一路同行。他要学习,也不知道能不能和她一路同行走到底。

62

古世才本想等儿子大学考试有个结果后再和妻子一起回山东老家,可是他想到要在这里无所事事地等上一个多月的时间就改变了主意;在古全和高考过后不久,就带领妻子离开江城赶回了老家。

对于高考的结果,古全和并不担心,他考试前甚至没有温习功课,连生物学的教科书都丢了,不过心里多少还是有些不踏实,凡事总有个万一,从中学到大学,毕竟是人生的一个大坎儿啊。

古全和利用等候高考结果的这段时间,到附近的天津路小学校去找了点儿活儿,就是清理他们操场上的杂草,工钱是每天8毛,一干就是20几天。活儿干完了,他的乏劲儿也就反上来了,昨夜一觉睡到大天亮,早饭也没吃，10点多了，还躺在床上，睡梦中听见好像有人在叫他的名字，醒来一听，好像是章伯楠在叫他。

"什么事儿？"古全和从南窗户探头问道。

"报纸！报纸！"章伯楠仰着头，挥动着一张报纸。

"谁的报纸？"

"发榜啦！！"

"你去过学校吗？"

"榜文登载在《东北日报》上！"

古全和赤着脚儿飞跑下楼，转到大白楼的南面，接过章伯楠递给他的《东北日报》，找到"东湖师范学院"一栏，在"中国语言文学专业"栏下，找到了自己的名字，一颗悬着的心才算是放下了。

章伯楠好奇地看着古全和说："怎么，不高兴？"

古全和没有回应章伯楠，心想，有什么值得高兴的？考取的又不是我喜欢的专业。

章伯楠说："第一名！"

古全和说："难说，这个名单未必是按照成绩排列的。"

章伯楠说"报纸你拿去看吧"，说着，就像孩子一样地跑跳着走了。他考取的是他喜欢的专业，东湖师范学院艺术系。

古全和回到家里，反复看了报纸上他不曾谋面的新同学，总共是73名，从姓名判断，女生约占四分之一。让他感到意外的是苟大川的名字也在其中。古全和记得苟大川报的是沈阳医学院，想必是由于成绩欠佳被统一分配到师范学院的。苟大川当过两年班长。在古全和查出患有肺结核后，班上先后有6名同学查出患有肺浸润。面对这种情况，苟大川心惊肉跳。不怀好意的王殿芳恐吓他说，像他那种枯干瘦弱，面皮发黄的人，最容易得痨病，说他天生就是个"痨病腔子"，吓得苟大川惶惶不可终日，总怀疑自己患有肺结核，在半年多的时间里，先后7次到市立医院去进行X光透视，结果都说正常，可是苟大川不相信检查的结果，整天愁眉不展，闷闷不乐，时刻注意体察肺结核的症状，班长就干不下去了，考试的成绩也更差了，常常在及格线上起伏。

"总算考上啦！"古全和对自己说，好像历经艰难跋涉，终于到达了彼岸。他坐到床上，想了想，觉得现在要做的第一件事就是马上写信把这个消息告诉爹娘。他知道，他爹最放心不下的就是他能不能考上大学。

　　古全和独自一人待在空无一物的家里，想象着即将开始的大学生活。他对于中文专业毫无所知。有人告诉他，念中文系很享受，天天看小说儿。不过他估计不会只是看小说儿，因为"中国语言文学"里面还有"语言"两个字。他觉得天天看小说会很无聊，捣饬"语言"同样无聊，将来的学习可能很没有意思。想到数理化和理工农医，他感觉条理清楚，秩序井然，亲切熟悉，而想到文科则感到混沌一块，后悔走上这条不怎么需要智慧的人生道路，只能以这是国家的需要来安慰自己。

　　古全和在数着日子等待到东湖师范学院去报到。现在离规定报到的日子还有近半个月。习惯了学校生活的古全和，感到寂寞，盼望着早一天走进新的学习环境。今天一觉醒来，他忽然想到："为什么不可以提前去报到呢?"他匆匆吃过早饭，把大小两个房间彻底清理擦洗一番，告别了洪大嫂和众邻居，告别了他喜爱的"冰洞"，把仅有的一条不够尺寸的紫色面料儿的薄薄的旧棉被和一条同样不够尺寸的煎饼一样薄薄的褥子打成一个小小的行军包，把他高中的课本儿和准备报考市立中学时买来和念过的《密尔根盖尔物理学》《查理斯密小代数》和《范氏大代数》等教材和参考书，都装进柳条箱，背上行李，提上柳条箱，走出他们一家住过3年的这个房间。站在房门口儿，回头观望，房间里除了南窗下用硬杂碎木板拼凑的大床和床上的那领破席，墙上挂书包和衣帽用的几个锈蚀的铁钉，砖垒的炉灶，炉灶上那口镉过的小铁锅，一些破旧的炊具，几只粗瓷饭碗，就什么都没有了。几年来，他们一家就是在这样的环境里，靠着这些平时他没有注意过的家具，艰难地度过了千百个日日夜夜，而此刻他却感到这些陪伴他们一家度过这段艰苦生活的东西特别亲切。他想："我能念上大学，你们也有一份功劳啊! 谢谢你们啦!"心中不禁涌起一股依恋的激动。他把门掩上，朝前迈出两步，站到楼梯口，迟疑片刻，又返回门口，拉开房门，朝里面张望了一会儿，心里说"再见了!"才依依不舍地离开。

从黑水路到东湖师范学院，先后要乘两段有轨电车，从城北到城东，叮叮当当轰隆轰隆地走了半个多钟头，在东湖站下车，在站台上四处张望，不知道学校办公大楼在什么地方，应该到什么地方去报到。这时，一个男生站到他的面前，打量着他，面露笑容，显得很亲切，问道："你是新同学吧？"

古全和抬头一看，见他中等身材，穿日式黑色学生服，浓眉毛大眼睛，方脸盘儿，体态偏壮，口齿清楚，态度和蔼，一看就让人喜欢，便点点头儿，高兴地答道："是的，我是来报到的新生。"

"是本市的吧？"

"嗯。"

"哪系的？"

"中文系。"

"我就是中文系的呀，我叫刘乾生！你叫什么名字？"

"古全和。"

"古全和？"刘乾生沉思片刻，觉得这个名字好像听谁说过。

"以前来过师范学院吗？"

"来过。经常来看望孙宝藏老师。"

"政教系的孙宝藏吗？"

"是的，你认识他？"

"他毕业了，现在齐齐哈尔工作。我带你去报到吧！"刘乾生说着就来抢行李。

古全和赶紧说："不，不麻烦你，告诉我到什么地方就行了，我可以自己打听着去办，免得误了你的事情。"古全和由衷地感激这位刚刚结识的老同学。

"没关系，就跟我走吧。"刘乾生说着，伸手去抢古全和的柳条箱。

古全和赶忙说："柳条箱太重，我提吧！"

"来吧！"刘乾生把古全和柳条箱抢到手中，同时说道："你来得早，迎新工作还没有全面展开。我先带你在校园中心区转转，然后把行李放到宿舍，就带你到学生餐厅去吃饭，午休后再带你去办手续。"

"好，谢谢！"

刘乾生的行动让古全和联想到他的孙宝藏老师，而他们都是东湖师范学院的学生，他从他们身上看到了东湖师范学院，感到这里会是一个温暖进步的地方儿。

"咱们学校是一所没有围墙的大学，办公楼，教学楼，图书馆，教工宿舍，学生宿舍，大礼堂和小礼堂，学生餐厅，大小操场，附中，实验小学，幼儿园，托儿所，校医院，商店等等，散布在东湖附近的中山路和自由大路交叉路口的这一带，大得很呀。"刘乾生朝眼前的这一大片地方挥舞着手臂说。"这会儿只能先看看学校的中心区。明天我再陪你到处转转。"

古全和想："这里的同学真热情。"他听孙宝藏老师说过，东湖师范学院的学生大部分来自老解放区的东北大学，东北大学是一所共产党办的抗大式的革命大学。古全和从来没想过自己会念师范，师范学院并不是他想来的地方儿。可是热情的刘乾生让他感到自己开始融入这个新的学习环境了。

东湖师范学院地处本市东郊方圆数十公里的东湖之畔，建筑用地数千亩。旧有的少量校舍是原伪满洲国时期的一所高等工业学校的旧址。国民党占领江城时，利用这所学校的旧址，建立了性质类似于当年的松北联立中学的江城大学，专门招收来自松花江以北解放区的所谓"流亡学生"。古全和初中一年级时的班主任赵治军老师就曾经是江城大学社会系的学生。临近解放时，国民党当局强行把江城大学没有来得及逃走的学生编成国民党 39 军的一个团，赵老师曾在 39 军的那个团二营特务连当过文书。江城解放后的第二年，即 1950 年，江城大学和其他几所高校合并，改建成东湖师范学院，下设教育、中文、政教、历史、俄语、物理、化学、数学、生物、地理、体育和艺术等 12 个专业，外设三所附属中学和两所附属小学。

从东湖师范学院往东，穿过东湖学生宿舍区，就是南北向的滨湖路，跨过滨湖路，就是东湖大堤。堤高数丈，在临湖滨路的一面长满杂草和灌木丛。宽过数丈的大堤上是一行行高大的杨树和柳树。站在东湖的大堤上，越过波光闪闪的湖面，朝东望去，可以看得见对面远处的茂密的灌木丛和片片村舍。那里有黑熊、狼和狐狸等野兽出没。早晨这里是看日出的好地方。

东湖师范学院新建的办公大楼和一系列教学大楼，以及其他一些辅助建筑都集中在南北向的中山路和东西向的自由大路交叉路口的西北角儿一带，校部办公大楼的正面，是一条笔直的柏油路。马路的两旁是两块修剪得整整齐齐的绿地，还有两行修剪成伞状的五角枫。孩子们把它们叫作"飞刀树"。眼下树上一簇簇嫩绿色的"飞刀"已经成形。马路的最北头儿是四层高的办公大楼。这是前两年扩建时建成的一座砖木结构的坚固却有些笨拙的青砖楼。办公楼的后面，呈梅花形展开的是一个由新建的 6 座规格基本相同的教学楼组成的新的楼群。每幢教学大楼都是四层。物理楼上有观测天体的太阳塔。学院总务处下属的总务科、铁工房、木工房、油漆房、电工房等教学服务部门位于教学楼群的后面。在教学楼群和办公大楼之间是新建的高大壮观的图书馆，图书馆前面是一个面积过万平方米的平整的广场。这里是全校师生员工集会的场所之一。

刘乾生带着古全和转过以校部办公大楼为主的楼群之后，就把他带到北区的东湖学生宿舍。这是一处规模很大、布局独特的宿舍建筑。她只有一个朝北开的大门，进入大门是一条南北向的宽大的通道，连接在通道两侧的是左右展开的 6 排长长的两层楼房，宿舍设计巧妙，大多数房间向阳。

刘乾生看过放在宿舍传达室办公桌上的新生名单，就带领古全和顺着通道往南，然后再往东，登上二层，走进走廊中段一个门框横梁儿写着208 的房间。

"你先住在这里，过几天，学生来齐了，会统一调整宿舍。"刘乾生说着，就把古全和的行李放到南窗下的一张空床上。

古全和高兴地看着这个房间。光亮的红地板刚刚漆过，墙壁也刚刚粉刷过，油漆和涂料的气味儿还没有完全散尽。门窗都敞开着，室内光线充足。靠墙摆放着 4 张钢丝弹簧床，每张床上都铺着崭新的、厚厚的铺盖。房间的中央是一张特大的四屉桌，桌子上摆放着两个暖瓶。古全和不由地想道："学校的领导想得真周到啊！"他心里很感动，觉得就好像是到了家。

"你先睡在这张床上。"刘乾生指着放有古全和行李的床位说。

"行！哪儿都行。"

"现在咱们吃饭去吧。"

"您……先去吧。"

"你还有事吗？"

"我到外面去吃。"

"干么要到外面吃呀？"

"食堂能用现钱吗？"

刘乾生哈哈大笑，说道："这里吃饭不要钱，住宿不要钱，夏天发制服和帽子，冬天发棉衣棉裤，家庭生活困难的还有助学金，一等的两块，二等的一块五，三等的一块，特殊困难的特别补助。你不知道吗？"

古全和不好意思地笑了。

古全和在食堂前面站住了。高大宏伟的大餐厅吸引住了他。他参加过两次房地产测量，根据他的经验，他估计大食堂门厅深过6米，高在4米上下，面积不少于40平方米，水磨大理石地面儿，一尘不染。刘乾生告诉他说，餐厅的主副食制作间位于大餐厅的中央，联结着东西南北4个大餐厅，总面积不小于一个足球场，地面全是人造水磨大理石铺就的。古全和从来没有见过这样巨大豪华的餐厅。

"走，进去！"刘乾生拉着古全和走进已经启用的西南角儿的那个大餐厅。

刘乾生不断地和熟人儿打招呼，向他们介绍古全和。这时古全和才知道，他是个班长，这里的同学对他都很热情。刘乾生把古全和带到一张方桌前，对周围的同学们说道："这是咱们的新同学，叫古全和。"

所有的人都上前来和古全和握手问好，表示欢迎。一位年纪偏长、长着络腮胡子的男同学还扳住他的肩膀摇了摇，说："行，是条好汉。"

学生食堂用饭的办法是8人一桌，自由组合，洁净的餐具就放在餐桌上，炊事员把菜盆和饭盆分送到餐桌上，由用餐人把菜分成8份。今天的主食是高粱米大花豆干饭，副食是海米熬白菜和熘肉段儿，一荤一素。每份熘肉段所用鲜肉估计在4两上下。菜每人一份，喜欢吃肉的和不喜欢吃肉的，可自由调剂，饭不限量。

午休后，刘乾生又带领古全和到各个科室去办理各种入学手续。

"这里吃饭比过年都丰盛。"古全和这样想着，忍不住把话说出来了。他觉得不好意思。可是这顿午饭留给他的印象实在太深刻了，除了赴宴，他从没吃过这样好的饭菜。

"你吃不惯高粱米饭吧？"刘乾生关切地问道。

"不，不，吃得惯，我们市立中学也吃高粱米饭。"古全和赶紧说道。

"你是市立中学的?!"刘乾生兴奋地说，"咱们是校友啊。"

"那你是老大哥啊!"古全和再次紧握刘乾生的手。

刘乾生把古全和送回宿舍。

古全和在送走刘乾生之后，坐在床边，心情久久不能平静。他做过工程师和医生的梦，最终走进了师范学院。可是他并无悔意。他爹常常对他说："为了国家，死都值得!"而他不过是为国家放弃个人的一个愿望，有什么好后悔的呢? 王殿芳的话说得不错，祖国的需要就是我们的志愿，对于共产党员说来，更是这样。

64

工人要起早，吃过早饭要去做工；农民要起早，吃过早饭要下地劳动。出身工农劳动人民，特别是出身农民家庭的人，除去个别的，很少有人有睡懒觉和不吃早饭的不良习惯，古全和也是这样。到师范学院第二天天蒙蒙亮儿他就醒了，洗涮之后走出宿舍，围着东湖走了一圈儿，总共用了一个半小时，回到宿舍，已经是开早饭的时间了。

早饭后，他用整整一个上午的时间，走遍了学校的每一个角落。下午起床后，他擦过宿舍的门窗玻璃，打扫过房间就无事可做了。他很兴奋，无心看书，很想干点儿什么事情，就去找刘乾生，对他说道："刘大哥，你能不能派点儿事情给我做?"

"想看书吗? 我这里有。"刘乾生亲切地看着古全和说，"《红楼梦》《西游记》《安娜·卡列尼娜》《高老头》《约翰·克利斯朵夫》……你想看什么?"

"我能不能参加迎新工作?"古全和有些不好意思地说。

"当然能啦!"刘乾生兴奋地说，"以新迎新，最好!"

"那你看我去找谁?"

"我带你去传达室看看，说不定那里有迎新的材料。"

"你告诉怎么办就行了，我自己能去。"

刘乾生带着古全和来到东湖宿舍传达室，要到上面写有"迎新"字样儿的绸条儿，给古全和别在胸前，说："你就到电车站去接新同学吧！"

"我就去接我们年级的同学，我有他们的名单。"

"好主意！在中学当过学生干部吧？"刘乾生高兴地说。

古全和摇摇头，不好意思说自己在中学是个白丁儿。

刘乾生说："要不要我带你到院部儿迎新办公室去和他们接个头？"

古全和说："我自己去。"

古全和知道刘乾生没有迎新的任务，昨天上午他们是偶然相遇，而刘乾生放下自己要办的事，陪了他一整天，他觉得刘乾生可敬，是和孙宝藏老师一样的好同学，表明师范学院的风气好，说不定刘乾生也是共产党员。

"你在中学当过干部吧？"刘乾生再次这样问道。

古全和笑笑，想对他实话实说，说中学时有人说他是落后分子，他不想和班上的某些干部合作，但是他没有说出口。

古全和在电车站一连等了3天，都没见有新同学到来。但是在第四天他总算迎着了一位新同学。他提着大皮箱，挎着浅绿色的帆布书包儿。古全和迎上去问道："你是来报到的吗？"

对方说道："你是迎接新生的吧？"

"是的，你贵姓？是哪系的？"

"凌，凌国玉。中文系的。"

"啊，太好了，我也是中文系的。"

"你叫什么？"凌国玉瞪大眼睛有些无理地看着古全和说。

"古全和。"

"哦，知道！"凌国玉认真地打量着名列第一的高大健壮的古全和说。凌国玉给古全和的第一个印象是傲慢，没有教养，不像个好学生。

凌国玉把沉重的行李推给古全和，就好像古全和是他的仆人，而他自己只背着个瘪瘪的帆布书包，跟在古全和的后面甩着手走。

凌国玉一走进208房间，就仰面朝天、四仰八叉地躺到床上，同时放肆地大喊一声："啊呀，可把我累死啦！"

古全和把凌国玉的行李放好后，从他的书包里取出搪瓷茶缸儿，给他倒上开水，送到他的面前。过了一会儿，凌国玉翻身从床上坐起来，连看也没看古全和，更不说谢谢，端起搪瓷茶缸就咝咝啦啦地吹着喝起来。

"你是本市的吧？是团员吗？"凌国玉喝足了水，头也不抬地问道。

"是的，……现在还不是团员。"古全和有些不好意思地说。

"没关系，争取嘛！"凌国玉显得很得意，"报到的人多吗？"

"你是第二名。估计明后天会多起来。要不要我带你去办手续？"

凌国玉摆摆手说道："这里我熟。"

午饭后，凌国玉没回宿舍，晚饭后也没回宿舍，一连几天他都没回宿舍。不过古全和经常在餐厅里看见他。古全和感到奇怪，他想："你既然不来学校住，何必提前来报到呢？既然来了，就该干点儿什么，不能光吃不干哪。"古全和也只是这样想一想，并没把凌国玉的事放在心上。

到8月27日，中文52级前来报到的新生已过50人。

今天是8月29日，一大早就有人赶来报到。古全和帮着他们安顿下来，又带领他们去学生餐厅用过饭，一直忙到上午十点多。接着，他又把前两天来的新同学组织起来，参加迎新活动。

下半晌，两辆笨拙的俄式四轮大马车来到东湖学生宿舍门前。古全和听说是中文系的新生，立刻跑到门外去迎接，见大马车高高的行李山上坐着一些男女同学。他们是来自广东、福建、浙江、江苏、四川6省的新同学，总共12人。他们兴致勃勃叽叽喳喳地说笑，见有人来欢迎他们，都满面笑容，频频挥手致意。马车一停，他们就纷纷从车上跳下来。

"你是谁？"一个圆脸短发、体态小巧匀称、举止轻盈的小个子女生，坦然地看着古全和，操着广州官话问道。

古全和第一次接触南方的女同学，一时弄不清她问的是什么，觉得可能是问他叫什么名字，便说道："我叫古全和。"

"啊呀，知道的，知道的，你就是古全和同学！榜上头名的呀。你好高啊。"小个子女生欢跳着，嚷着，热情地和古全和握手，同时自我介绍说："我叫黄伯芬。"

"你姓王？"古全和问道。

"不是的，不是的。我不姓王，我姓黄。"

古全和觉得奇怪，她明明说自己姓王，怎么又说不姓王？由于他想赶快把新同学们安顿下来，又是初次见面，不好意思多问，就没再和她说什么。

"我叫梁秀梨，你是本地人吗？"一个脑后扎着两条粗黑短硬的羊角辫儿的白净瘦削两眼神采飞扬的中等身材的广东女生问古全和。

古全和对她点点头儿，但是没有回答她的问话，而只是善意地对她笑笑，忙着安排新同学。他高声对大家说道："请大家注意：新来的男同学先住到 206 房间，女生到 106 房间，暂时先住下，等一两天人来齐了，再统一分配房间。男同学跟着何成扬同学走，女同学跟着马淑兰同学走。现在咱们先卸车。注意安全哪！小心受伤。"

可能是由于从南方到北方，到了一个新地方，处处感到新奇，女同学们一边一趟趟地搬运小件儿行李，一边不停地叽叽喳喳地说笑。

"这是谁的皮箱？装的是啥玩意儿？怎么这样重，是来念书呀，还是在搬家呀？"来自哈尔滨的男生何成扬嚷道。他正在搬动的是一个足有 1 米长的红色大皮箱，看样子好像很重。他看看皮箱上面的标签儿，然后大声念道："张康庆！喂，谁叫张康庆呀?! 赶紧来搬你的行李！"

"是我，是我！谢谢，谢谢，对不起，对不起！"一个胖胖的老男生说着跑过来。他年纪比较大，估计有二十七八，听口音是归国华侨。

"这里面装的是啥？"何成扬有些厌烦地问道。

"奶油，炼乳……"张康庆诚恳地说。

"你真行！念书还带着炼乳。"何成扬挖苦他说，"带奶嘴儿了吗？"

张康庆眨眨眼睛，显得有些难为情，什么也没说。

"大家都是同学啦，友好一点嘛，干吗要挖苦人呀?! 喝牛奶又不犯法！"瘦高的广东女生梁秀梨板着脸，低声嘟嚷道。显然，她对于何成扬讽刺挖苦张康庆感到不平。

"那就请广东女大侠来扛这个大皮箱吧！"何成扬说着跳下马车，拎起一个手提包溜溜达达地走了。

女生们用不满的目光谴责着远去的何成扬。

"什么态度！见面就吵，不像话！"来自四川的一位身材丰满结实的女同学低声说。古全和知道，她来自四川自贡，叫邓春梅。

扛的扛，抬的抬。男生搬重的。女生搬轻的。车上的行李很快就卸得差不多了。留在马车上的是几个大家伙。其中的那两个大皮箱，一个是张康庆的，另一个是梁秀梨的。古全和本想找个人和他一起抬。他看了看，身边的男生，只有昨天刚到的 36 岁的男同学黎才栋。他又高又瘦，背已经有些驼，干柴一样的手指焦黄，显然是个烟鬼。而且他面色潮红，很像患有肺结核病，古全和不忍心劳累他，决定自己一个人搬。他先伸手拉了拉张庆康的皮箱，试试它的分量，估计在百斤以上。然后身子靠紧马车站稳，双手抓紧皮箱上的一条皮带，接着就憋足气，猛一发力，同时一转身，就把那个红皮箱举过头顶，顺势让它落到右肩上，一声不响，一步一步缓慢地朝宿舍的大门走去。

"啊呀，好厉害哟！"黄伯芬吐了吐舌头，惊讶地喊道。

"厉害"在江城当地人的用语中此刻还是个"贬"词。说狗厉害，意思是它能咬人。说人厉害，意思是他凶、狠、坏。但是古全和相信，她们这样说不会是出于恶意。

65

送走了车夫，安顿下新来的十几位新同学，古全和又马不停蹄地带领着同学们到餐厅去用饭。饭后，古全和回到 208 房间，把自己的行李也搬到 206 房间。206 是个大房间，估计不小于 40 平方米，从残留的设备看，它原来是个公共洗衣室，已到校的大部分男生暂时都住在这里。房间的东南西北四壁墙下都是临时搭建的"满洲"铺，同学们的被褥一件件地排列在上面。古全和见只有靠门的那个地方儿有块空地儿，就把行李放上去，然后通知大家到楼下 106 集中。

106 房间和二层楼 206 房间是楼上楼下，格局和面积基本一样，不同的是，女生人数少，地方显得宽松，安放的不是"满洲"铺，而是一张张铁制的钢丝床。此刻已报到的男女同学几乎都在这里。凌国玉也在，他正斜倚在一个女生床铺的行李上。少数人坐在床上，大多数人靠墙站着，还有一些人挤在门口儿。女生多数在喊喊喳喳地说笑，而男生大多显得有些拘谨，互相好奇地打量，房间里洋溢着一派青春的气息。

"你还没有回答我的话呢。"梁秀梨把脸凑近古全和笑嘻嘻地问道。

古全和不好意思地后退一步，说道："我是本地考生，老家山东。"

"你是山东妈呀！好厉害呀！"梁秀梨做出一副吃惊的样子。

古全和想："我怎么成了'妈'啦？她为什么叫我'山东妈'呀？我又没有惹你们，干吗说我厉害呀！"心里有点儿不快。他觉得对方并无恶意。很久以后，他才从比较中悟到，她们的所谓的"厉害"就是"能干""有力气"等等的意思。

黄伯芬在小心翼翼地切"桔子"，把一个个比鸭蛋大些的"桔子"切成许多薄片儿。然后分给大家，笑嘻嘻地说道："大家都来尝一尝呀。"

古全和也分得一片。他把薄薄的一片"桔子"拿在手里，不知道该怎么吃，他怕丢丑，不时看看别人，见梁秀梨和黄伯芬都在用舌头舔，心里觉得好笑：心里说，"真小气！为什么不每人分给一个呢？难道这种东西就是叫人舔着吃的吗？"不过他一直没有舔，而是把它带到外面扔了。事后他才知道那不是桔子，而是柠檬。

到开学的前一天，中文52级的新同学已经报到的有71人。还没报到的是两位云南的纳西族同学，他们来了电报，说正在来校的路上。

8月30日，也就是开学前两天，中文系办公室秘书兼团总支组织委员王春泽在106房间召开了中文系52级第一次全年级大会，代表系行政和团总支宣布说，中文52级总共73人，就建成一个班，任命凌国玉为临时团支部书记，负责组建临时班级干部队伍，安排班级的工作，班团干部的民主选举，将在学期中同学们彼此熟悉之后再进行。古全和感觉凌国玉不是应届高中毕业生，还有点儿邪气，不知道系里为什么让他组建年级的干部队伍。大家都想当然地以为古全和是领导指定的班干部，而且是个党员，在系秘书宣布班级干部名单时才知道，他既不是干部，也不是党员，连团员都不是，不过大家对他的好感反而因此而增加了。他就带着同学这种好感，从中文52级的表面上陡然消失，沉入人群的底层而默默无闻。

凌国玉在短短几天的时间就把班级组织建立起来了。团支部书记当然是凌国玉，组织委员邓春梅。邓春梅身高不过1.5米，来自四川自贡，圆头圆脑，家庭出身城市贫民，自命老团员，信心十足，说话办事有横扫一切的派头儿。宣传委员是温文尔雅的广州姑娘黄伯芬，家庭出身也是城市贫民。班长是苟大川，据说在高中当过班长的独此一人。生活班长是毛遂自荐的江西老表龙秋生，是班级干部中唯一的群众。

多数干部是应届高中毕业生，都曾经在中学担当过班长、团支部书记和委员之类的干部儿，只有龙秋生和凌国玉是社会青年。古全和想，在中学是官，现在还是官。将来的正式选举也要由他们这些人操控，类似于封建世袭权力的传承。古全和认为学生干部的确定，依据的应该是众人的意见，而现在依据的只是所谓的政治条件。这样下去，官永远是官，民永远是民。但是他说不清楚这是不是正常，毛病在哪里，利弊得失如何。

经同学们推荐，凌国玉任命古全和为小组长，下辖十几个平头百姓，和班级大员龙秋生。

古全和念中学时，不想参与社会工作，不关心班级干部的选择。现在他按照党员的标准要求自己，很想发挥作用，也相信自己有能力管理好一个班，开始关心班级干部的配备和他们的实际表现。他感觉王春泽任命凌国玉做团支部书记是个错误。他确信凌国玉不是个正派人。他是第二个报到的，可是迎新的事儿他一点儿都不沾，表明他没有为大家出力的意愿。他提前来报到的目的就是为了找个吃白饭的地方儿。古全和认为，一个不想为众人办事的人，在什么时代都不会是个好鸟儿。古全和不是那种给个菩萨就拜的人，他已习惯了遇事要问个为什么。连伟大的中国共产党他都是在观察思考了两年之后才最后认可选定了的，他怎么会随便认可一个像凌国玉这样的团支部书记呢？凌国玉说这里他熟，古全和就怀疑他和中文系团总支的干部有不正当的关系。

古全和看到，现在，一个人，即使他再能干肯干，如果他不是党团员，没有党团组织的任命和支持，也难以发挥自己的作用。而中学生的经验告诉他，要入团入党，第一重要的是正确地对待像张伟、代耀人和眼前的凌国玉这一类的团支部的把门虎，他们在是否允许某人入团这个问题上有八到十成的决定权。领导是依据他们的汇报来看人论事的。表面上看是领导领导张伟、代耀人，而事实上往往是张伟和代耀人领导他们上面的头头儿，就像某些时候太监左右皇帝一样。如果按古全和高中时的脾气，凌国玉无疑是他揭发和嘲笑的对象，但是现在他的想法儿不同了，凌国玉是代表团组织的，是他和党团组织联系的唯一通道。他可以讨厌凌国玉这个人，但是不能因此而不靠拢党团组织。凌国玉就是他前进路上的一座桥；而如果错误地对待他，凌国玉就肯定会成为他前进道路上的一堵墙。线淑平早就说过，自己就是古全和与团支部之间的一座桥梁。凌国玉现在既然是团支部书记，是团支部的把门虎儿，他古全和要参加青年团和共产党，就只能冷静地把他当成青年团的代表来对待！这件事再次让古全和感到党团的组织形式和制度里包含着难以解决的矛盾，也就是存在着某些人独断独行、称王称霸，而你又不能随意向他们的霸权挑战的局面，能干的人可能落到窝囊废的控制之下。然而他需要党组织的教导和支持。如果代耀人不是团员，他就不能当支部书记，不能左右高三（3）班，号令众人。共产党是国家社会权力的核心，无数英雄聚集在共产党周围，要献身国家和民族的复兴就一定要参加共产党，而正确对待代耀人和凌国玉这类有毛病的党团干部是一个重要条件。

66

晚饭后，古全和回到 206 宿舍，迎接他的是同学们一片神秘的嬉笑声。他站在房间的门口儿自己的铺位前，愣愣地看着大家，不知道发生了什么事，大家为什么笑他，他从头到脚地看看自己，也没发现有什么好笑的地方儿。

"重要文件！"何成扬挥舞着一个彩色信封，在古全和的眼前晃来晃去。

除了来自辽宁的老大哥 37 岁的黎才栋，所有的人都在交头接耳饶有兴趣地看着古全和喊喊喳喳地说笑。古全和断定大家在说他，秘密在何成扬手里的那封信上。可是谁会给他写信呢？他想到了线淑平和他们分手时的景象，估计可能是线淑平写信来报告她高考的消息，可那算什么秘密呢？莫不是她在信里写到了个人感情问题？可是何成扬拿的不是明信片，而是一封信呀，他不可能知道信里写的是什么。古全和断定何成扬是在捉弄他，抓他的大头，讹他出钱请吃。古全和讨厌这种低级玩笑，也不喜欢何成扬这个人，短短几天，古全和就发现何成扬不地道，他天天喝张康庆的炼乳。古全和对他不理不睬，不声不响地坐在自己的铺位上，看何成扬怎样继续表演。

这时，何成扬走近古全和说："是女士的来信，请客！二斤炒花生，我帮你操办！"

古全和更加认为写信的是线淑平，认为何成扬在捉弄他。他认为何成扬不可能知道线淑平在信中写了些什么。他站起来朝何成扬靠近半步，伸手去夺那封信。

何成扬躲过古全和，大声说："哈哈，心虚啦，不打自招啦，狗急跳墙啦，要动手抢啦！加重惩处，罚二斤花生米，拿钱来吧！"

"请客吧！"几个人七嘴八舌地笑着说。

"您听好，我可要念啦！"何成扬拿捏着女人的声调儿说。

何成扬强硬的态度让古全和想到线淑平信里说不定会有抒发同窗好友的感情的文字，脸上有点儿挂不住，自己刚跨进大学的校门儿，课还没开始上，也还没来得及向党团组织汇报自己的情况，递交入团申请书，就被人误解为陷入恋爱故事，很不光彩。这时他突然想到，会不会是巫衍芳还活着，从《东北日报》上得到了他的消息，写信来和他联系？想到这里，他的心情陡然激动起来。可是转念又想，即使是巫衍芳，她也不会给他写情书，他们不曾恋爱过，便笑着说："念，念吧。我没有女朋友，我的老同学苟大川可以作证。"

苟大川赶忙插话说："我只能证明你高中时在班内可能没有女朋友，班外有没有谁知道？她人都来过3次啦，你还瞒的个什么劲儿？"

办事认真的古全和自知没有女朋友，不想让大家误解，不肯对何成扬妥协，而何成扬的招数儿也使完了，面对古板的古全和，不知所措。玩笑开不下去了，众人也感觉无趣。好心的老大哥黎才栋出来解围，笑着说："算啦，把信给他吧，怪可怜的。"

何成扬气恼地把信丢给古全和。古全和见信封是崭新的，而信是刚刚被撕开的，断定是何成扬干的，何成扬已经看过信，便愤怒地瞅了他一眼。

古全和抽出信纸，信纸也是彩色的，上面印有鸳鸯戏水的彩色插图，散发着浓郁的玫瑰花香，是专为那些风流男女谈情说爱制作的，文字不多，用笔潇洒，字迹娟秀，字体在楷书和艺术体之间。

信的全文是这样的：

全和，你好！

我从报纸上得知你考取了中文系。真为你感到高兴！祝贺你啦！

我也被弄来了师范学院。遗憾的是我不幸落到了生物系。天哪！让我念生物系，就像让林妹妹念体育系哟！我怎么能跟那些虫虫草草的玩意儿相伴终生呢？真恐怖！

　　我来找过你三趟了，是来向你讨主意的。却总是碰不上你，这是不是暗示着我的命运欠佳呢？但愿不是如此！告诉你吧，我决心转来中文系！和你在一起：一起听课，一起温书……现在我特别需要你的支持！

　　人哪，是需要一点儿温情的！我永远都忘不了 1950 年早春时候的那个寒冷的黎明，那么多的考生聚集在市立中学大楼的门厅里，怀着急切的心情，翘首等待着看榜的那个时刻。我们胜利了，你是第一名……我们互相祝贺，欣喜若狂。

　　在专业的问题上，我决定听你的。你说不转，我就死守那些虫虫草草儿到终老！

　　渴切的恭候着你的判决！

华　即书

　　古全和做梦也没想到写信的是郜艳华。他和郜艳华并无恋情，而何成扬也没有瞎说，这的确应该说是一封情书，而且彼此是共命运的老情人儿，古全和感觉十分意外。"怎么会是她呢？"他想，"我只和她同学过一个星期，彼此说过一两句话，何谈感情？"她留在他心里是她在学校的一次文艺晚会上的一次表演。她扮演的是解放前上海的一个资产阶级小姐，其中的一个场面是她叫马车。她脚登高跟儿鞋，肩挎美容包儿，朝着远处，挥一挥手臂，娇滴滴地高叫："马—车—!"逗得全场大笑。她留在古全和记忆里的就是这个印象。不久，古全和离开了高一（1）班。又过了一些日子，郜艳华也不见了，她转去了匆忙上马刚刚成立的省立高中。以后他们不曾相见。她怎么突然跑到自己的面前，以命相托，把他当成她的恋人呢？就在古全和左右为难不知所措的时候，来自四川内江的大龄同学岑云鹤低声说道："来啦，来啦，她又来啦！"

　　古全和猛一转身，见站在门外的正是他高中的同学郜艳华。

　　"全和！你好啊？"郜艳华满面春风。

　　"哦，你好！"古全和惶惑地站起来说。虽然他已经知道写信的人是谁，可是郜艳华突然出现在他的面前，他还是有些慌张，指着自己铺位说，"请坐吧。"

　　人们的目光都投向郜艳华，前来串门儿的女同学邓春梅也在笑眯眯地注视着她。

郜艳华没有坐，而是说："天色还早，到外面走走不好吗？"

"那好。"古全和心乱如麻，巴不得赶紧摆脱这个让他觉得说不清道不明的尴尬场面。

古全和本想以党员标准要求自己，努力学习，积极追求进步，争取早日入团入党，而郜艳华的突然出现撞乱了他关于大学生活的单纯设想。虽说大学生可以谈恋爱，有些同学也羡慕校园里的那些成双成对的男男女女，但是多数人心里又对他们另眼看待。有人宣扬恋爱学习可以两不误，说恋爱能提高学习积极性，恋爱和学习可以互相促进，而事实上多数谈情说爱的学生都游离于班集体之外，学习成绩不怎么好，有的精神状态也不怎么正常，谈成了的有，谈崩了的有，谈疯了的也有，谈死了、谈残了的偶尔也有，除去当事人自己，人们大多并不看好那些成双成对，形影不离，哭哭啼啼，打打闹闹，在校园里游来荡去的、活着的梁山伯和祝英台。中文系三百多学生，成双成对儿的不超过五对儿，都在高年级，而像古全和这样携带着爱情进大学的，目前中文系还是头一份儿，他感觉压力很大，很不光彩，想尽快摆脱郜艳华给他带来的麻烦。而让他被动的是何成扬当天晚自习就把古全和恋爱了，对象是生物系的女生郜某的新闻，张扬得全班无人不知，还极力渲染郜艳华的风流新潮，使古全和再次引起同学们的注意，从以为他是一个老实淳朴的男生一变而为深藏不露的风流人物儿，他早在中学就谈情说爱，把恋爱带进大学，让古全和无从解释，而只能听之任之，等待舆论的烟雾散去，让时间恢复他本来的面貌。

67

古全和从在系公告栏里公布的各个年级的课程表了解到中文系本科开设的全部29门儿课程，1952级第一学年第一学期的课程有中国革命史、心理学、教育学、文学概论、现代汉语和古代汉语。他不知道这些课程都包含一些什么内容，对它们也没有什么兴趣和期待。他现在关心的是向团支部汇报个人的情况，提出入团申请，学好功课，当好行政小组长，早日摆脱郜艳华给他造成的干扰。他冷静下来过后，觉得郜艳华问题对他也是

一个考验。他并不怨恨郜艳华，相信她对他是善意的，这中间可能有误
会，他不能为了洗白自己而慢待她，损害她的尊严，而是像一个共产党员
那样善意地谨慎地处理好这件事情，小心地摆脱他和郜艳华的这种被动的
局面。

郜艳华经常来宿舍找古全和，有时一天几次，每回都约古全和到校园
里散步。两个新面孔儿，经常肩并肩地进出东湖学生宿舍，引人注目，古
全和迎新时留给班上同学的好印象因此而大打折扣，对古全和有些好感的
女生也不再惦记着他。古全和与郜艳华的交往还影响到他和高年级一些老
同学的关系。刘乾生突然对他变得冷淡，古全和跟他打招呼儿，他也不再
理睬他，刘乾生班的同学也投他以蔑视的目光。古全和不知道他在什么地
方儿得罪了他们。

中文 52 级是一个特殊的年级，首先是同学们的年龄差异很大，从教
育岗位上考来的黎才栋 37 岁，来自哈尔滨的独臂英雄柳士杰 33 岁，年龄
在 25 岁以上的，占三分之一。应届高中毕业生多在 18 岁上下，而广东姑
娘梁秀梨和苏州姑娘徐奥卉都刚满 17 周岁。其次是同学们的教育程度和
文化基础差异比较大。应届高中毕业生约占 50%，同等学历的社会青年
和部队复原转业人员也占 50% 左右，其中有往届高中毕业生，高中各个
年级的肄业生，个别初中生。个别同学入学考试的总成绩不满百分，每门
成绩不满 20 分。同学们的社会角色也不尽相同。来自社会青年的同学大
多工作过，老大哥黎才栋和"独臂英雄"柳士杰，都已娶妻生子。岑云
鹤的妻子是在他考取大学之后上吊自杀的。来自上海的红脸胖姑娘羊修仙
和从空军文工团转业来的廐家璧两位大姐已有未婚夫。同学们在政治态
度、思想观点、生活方式和趣味爱好等方面的差异更大。应届高中毕业生
都不抽烟，而社会青年中的男生，大多数抽烟。中文 52 级是一个情况复
杂，难以管理，又缺少管理人才的年级。这是个混合体，而且始终没形成
一个"化合体"——团结友好的革命的集体，少数人一直游离在班集体
之外。

大龄同学大多文化基础较差，但是社会经验多，注重个人利益，刚入
学就打听有关毕业分配和待遇问题。他们中间的少数人想把班级弄成一个
适合他们生存的环境，因而他们和班级的党团组织潜藏着矛盾。他们羡慕
学习好的应届高中毕业生，又认为他们是一些小孩子，蓄意捉弄他们。班

里第一次调整宿舍，二号儿大龄学生柳士杰就以自我为主，借口大龄男生抽烟的多，不习惯严格的作息制度，有的有失眠等慢性病，需要照顾，鼓吹在住宿的事情上，"自由结合"，结果破坏了系里要求按照同学们的政治、学习、健康和地区等条件进行行政编组安排住宿的计划，趁机抢占了几个通风采光最好，出进比较方便的房间，给中文52级的政治生活留下了隐患，调整宿舍以后不久，班里就形成了一个以203房间为核心、以柳士杰为首的少数大龄同学的团伙儿，除去上课吃饭外，他们各行其是，起居不定，作息无度，房间里常常烟雾弥漫，上到国家大事，下到单位党团组织，任课老师，男女同学、大事小情儿，他们无一不加以点评非议，排斥班上的团组织，企图主宰班级活动，在助学金评定、任课教师的选择，年度学生鉴定，乃至未来毕业分配等方面，影响领导的决策，从中牟取个人利益，凡有妨碍他们的，即被他们当成丑化孤立的对象。

　　古全和既不是团员，又不是班上的重要干部，也很少说话，本不是柳士杰等人活动的障碍，柳士杰只把他当成小弟弟。可是古全和积极靠拢团组织，听团支部的招呼，还当上了行政小组长和俄文课代表，因而也就被柳士杰等人列为嘲弄的对象。他们散布流言，污蔑他假积极。古全和心里明白，他们是要逼迫他向他们靠拢，或是对于他们的活动保持沉默。而古全和根本就不把柳士杰一伙儿放在心上。他想，这里是学校，学校里的主要活动是教和学，谁优谁劣，一年半载就见分晓，他旗帜鲜明地站在团支部一边。不过他也知道班里情况复杂，自己在班上只是个小组长，没有能力和柳士杰这样的一些在社会上混了多年的大龄同学周旋，因此他选择了和他们保持距离的立场，尽量避免和他们发生正面冲突。

68

　　开学前一天，郜艳华还没能调入中文系。这几天她天天来找古全和，聪明的郜艳华有意把"转系"和"恋爱"这两件事捆绑在一起，一再对古全和说："转系的事，我听你的。你说转，我就转，你说不转，我就不转。"面对这样的问题，无论古全和怎样回答都等于默认他们之间存在着特殊关系，而这是古全和所最不愿意面对的事。每当郜艳华让他表态，他总是说："选择专业，是人生大事，得你自己拿主意，免得将来后悔。"

在举行开学典礼的当天，郜艳华终于如愿以偿地转进了中文系。她之所以能转来中文系，还真的是和古全和有关。好心的系主任相信她和古全和有恋爱关系，有意成全他们，特批同意她转入中文系，但是有言在先，不能保证毕业分配时照顾他们的这种关系。

1952 年 9 月 3 日，东湖师范学院正式上课，中文 52 级的同学的第一门课是中国革命史。这是全院文科专业新生合上的一门公共政治课，地点在数学楼 201 的两百座大教室，一起听课的同学超过二百人，座位不够，要求党员和团干部自带板凳。

郜艳华对古全和影不离，只是始终没对他说出一个"爱"字，而古全和也没有机会明确地对她说类似他"不爱"的话。但是郜艳华时刻注意表现她和古全和的关系特殊，在公共场合总是想方设法儿和古全和同起同落。吃饭，走路和上课都和古全和摽在一起，让古全和很被动。他唯一能够采取的办法儿就是小心翼翼地回避她，既不伤害她的自尊心，又让她意识到他有意和她保持距离。

昨天古全和在东湖学生宿舍大门口儿撞上了老大哥刘乾生，发现他神情麻木，眼神儿呆滞，好像变了一个人。古全和上前和他打招呼。他看了古全和一眼，好像不认识他，接着就转过脸，跟古全和擦肩而过。这种难堪古全和已经遭遇过多次，他相信刘乾生是有意这样对待他，可是他弄不清楚刘乾生为什么这样，就想到可能和他刚刚进校就谈情说爱有关，刘乾生可能误以为他胸无大志，没有出息，不愿意和他交往。他理解刘乾生的心情，也认为一个学生进校后的头一件事就是谈情说爱，这样的人当然会让那些积极上进努力向学的人瞧不起。

古全和谨慎地继续淡化他和郜艳华的关系。他每餐都迟到一会儿，在郜艳华选定餐桌和用餐伙伴儿之后，才走进餐厅，以摆脱和郜艳华同桌而食的窘境。听课也是这样，尽量避免和郜艳华坐到一起。除非路遇，一般古全和都以有事为借口，谢绝和郜艳华一同外出散步。他相信郜艳华明白他在冷落她。

今天中饭吃面条儿，副食的汤和菜仍然由炊事员一盆盆送上餐桌，8 个人分而食之，但是面条儿要个人到放在餐厅中央的一排大锅里去捞。在古全和到锅里捞面条儿的时候，郜艳华靠到他身边低声埋怨道："你为什么总躲着我呀？"声音里透着凄凉。古全和听了很难过，说道："咱们是新生，应该努力学习，积极追求政治进步，总在一起，脱离群众，影响不好。"

"饭后你干什么？"

"小组开会。"

这样过了一个多月，郜艳华终于失望地离开了古全和。中文52级的同学们也渐渐地明白了事情的真相，再次改变了他们对于古全和的认识和态度。

古全和始终想不明白，对于家境富有，聪明伶俐的郜艳华，他连一件换洗的衣裳都没有的古全和，能有什么迷人的地方儿，她为什么对他这样痴情。他猜想她可能是由于误解，才迷上了他。

69

由于柳士杰等少数儿大龄同学的干扰和阻挠，系行政的52级宿舍调整计划没能落实，通风透光好，进出方便的几个房间都被几个趣味相近的大龄同学占用。古全和按系里的要求，和江西来的龙秋生、福建来的叶沧海、哈尔滨来的宋廷谋和黑龙江来的陈连琪同住208号房间。陈连琪是团员，龙秋生和古全和是入团积极分子，其余二人是一般群众。因为房间里多了一个人，还增加了一张弹簧床。住在他们斜对面的203号房间的是柳士杰、黎才栋、牛子奇、张康庆和何成扬。古全和认为何成扬拉张康庆到203就是因为他惦记着张康庆那一皮箱炼乳和奶油。

上课后的第一周过去了。在所开的课程中，古全和感兴趣的只有现代汉语和文学概论，对于必读的某些文学作品，例如《白毛女》和《王贵与李香香》等，他不感兴趣。他把课余的一部分时间用在自修数学上，另一部分时间用来为大家服务。

念中学时古全和不关心班里的事情，而只是对于班干部的言行品头论足，讽刺挖苦。现在他把班上的事情当成他个人的事情来关心，希望他们把班级的工作搞好，更希望早日入团入党，自己在班级建设工作中发挥积极作用。

在开学前夕秘书王春泽老师宣布凌国玉为临时团支部书记的当天，古全和就约凌国玉汇报思想，凌国玉说不急。那些日子，凌国玉几乎天天进城看望亲戚朋友。古全和向凌国玉汇报的事一直拖到开学后的第三个周末。上午第一节课前，古全和又找过凌国玉，要求找他谈谈，凌国玉答应了。

当天晚饭后古全和去凌国玉房间找他。凌国玉不在，和他同住的张卫光说他可能在203。古全和又赶到203。203房间弥漫着一股甜丝丝的炼乳的清香味儿，凌国玉和何成扬两个人正在有说有笑地喝着张康庆带来的炼乳。凌国玉用的是他自带的那个容量不小于500毫升的大搪瓷缸子，正在咝咝啦啦地吹着喝，估计短时间喝不完，古全和只好耐着性子坐到张康庆的铺位上听他们闲扯。凌国玉对古全和说："喝完就走。"

古全和想，几周前，何成扬还曾因为张康庆带来炼乳和奶油而嘲笑过他，问他为什么没带奶嘴儿，如今却在这里贪婪地喝人家的炼乳，而且看起来这不是头一次。而凌国玉失约，表明他不重视群众政治上的进步，他也不应该占群众的便宜。大白楼的王长顺就是因为勒索群众的财物，遭人恨，触犯党的纪律，才被赶出共产党的。

"你要吗？"张康庆瞪着单纯的大眼睛，指指他的那个里面装满炼乳和奶油罐头的大皮箱。

古全和摆摆手低声说："不不，谢谢！"

古全和原本以为一身洋装的张康庆是个阔少，见他有一双粗糙的大手，感到奇怪，就关切地问道："你的手怎么啦？要不要到校医院去看看？"

张康庆笑笑说："没关系的。我家开了一爿鞋店。我念中学的时候，课余时间就跟着叔叔学制鞋，中学毕业后在店里干了十来年，直到回国前。"古全和恍然大悟，原来张康庆在印尼是个工人，而且还是个老工人！

"走啦走啦！"凌国玉说着，站起身，用手掌擦一下红红厚厚的嘴唇。

古全和跟着凌国玉走出203房间。

"这小子很有钱！他带的炼乳一年也喝不完！"凌国玉说。

古全和随凌国玉来到东湖学生宿舍前面的小操场，边走边谈。古全和准备汇报的内容包含3个方面：表达他请求参加青年团的愿望和决心，汇报他的基本情况和思想转变的过程，顺便澄清一下他和郜艳华的关系，以消除这件事情对他入团的不利影响。

凌国玉不断打断古全和的汇报，插话炫耀他在江城解放前夕革命斗争的光荣历史，说他参加过反对国民党反动统治的游行示威。古全和从凌国玉东扯西拉的闲谈中，得知他是黑龙江人，1947年底逃来江城，混进了江城大学国文系，和王春泽曾经是同班同学，江城大学合并进东湖师范学院时，他离开了江城大学，在南关广场附近的私立中华簿记学校学习半年，和古全和的小学同班同学初丽云同班，从中华簿记学校毕业后，和初丽云一起分配到江城玻璃厂，他做会计，初丽云当出纳，他在玻璃厂入了团，因为他曾经是个大学生，还当了工会的宣传干部。

凌国玉喋喋不休，古全和很难插嘴，只好等他说够了再说。

他们离开小操场，越过湖滨路，登上东湖大堤。凌国玉双手叉腰，目视远方，感慨地说道："啊，多美啊！"一副心满意足的样子。"坐一会儿吧，"凌国玉说着就先坐到湖边的一块大石头上，脱掉鞋子，把双脚伸进水里。一条条原本像一根根半尺多长的朽木棍儿一样，一动不动地漂浮在湖边浅水中觅食的小狗鱼儿，受到突然出现在它们中间的两只大脚的惊吓，闪电般地逃走了。

古全和坐在另一块石头上。

凌国玉欣赏过湖上黄昏的景色之后便说道："你接着谈吧。"

这是古全和第一次郑重其事地向团组织汇报思想，是他生活中的一个新的开端。他语气平和地说道："我觉悟得比较晚，在中学没能入团，落后了……"

红红的大太阳在湖面上跳动。恼人的闷热正在消散。微风刮过湖面，湖水涌起层层细浪。波浪一轮轮冲到堤岸，激起阵阵浪花儿，飞溅到古全和的腿上身上。

古全和从幼年谈起，谈了自己一家流落到本地和自己学习和觉悟的过程。当他说他会按照共产党员的标准要求自己的时候，凌国玉不加掩饰地流露出他的嘲笑，意思显然是说："就凭你？连团员都不是，还说什么按照共产党员的标准要求自己！"

古全和恳切地说："请团支部研究和批准我的申请。"然后郑重其事地把一份入团申请书交给凌国玉。凌国玉说："好嘛。你是班上第一个提出入团申请的同学，表现不错。"

"希望团支部经常给我提出要求。我会努力去做。"

"没问题，一定给你锻炼的机会。"凌国玉很高兴。他听荀大川说，古全和思想不大灵光，但是学习不错，会写诗，外号"诗人"，这样一个高大健壮、聪明能干的人，居然要受他的支配，向他求助，让他感到很得意。他听人说过，人的权力就是支配人的权力。

"有女朋友吗？"凌国玉突然问道。

凌国玉的问话让古全和突然，一时拿不准应该怎样回答，是如实地汇报他在这方面的情况呢，还是暂时不汇报这些容易被误解的情况，就在他犹豫不决的时候，凌国玉嘻嘻地看着古全和说："别不好意思呀。"

凌国玉的前额高而窄，鼻子很大，嘴巴突出，上唇很短，他一笑，血红的牙龈就暴露出来，古全和看了感到不快。古全和本能地感觉面前的这个人不可信赖，断然说道："没有。"

"不会吧？大家都说你和郜艳华在中学就是一对儿嘛！"

古全和严肃地说："我和郜艳华高中同学的时间不长，总共说过两三句话。后来她突然转到省立高中，我们就没有联系了。我和郜艳华始终是一般同学，只是在她转系这件事上她经常来征求我的意见，这件事已经过去了。"

"哎，你说实话，在咱们班的女生中，你看上谁啦？"凌国玉饶有兴趣地说。

古全和说："没想过这个问题。"

"怎么会呀！女生们正在一个个地研究男生呢！"

古全和笑了，说道："有这种事儿？"

"人猿你是看不上的。她岁数儿大，模样儿也不怎么样。"

"谁是人猿？"

"嗨，你真木！连人猿是谁都不知道。"

古全和想了想，凌国玉指的可能是从浙江来的那位女同学。

"你说的杨杏燕吧？"

"英雄所见略同！"凌国玉兴奋地说，"她的外号儿是何成扬给她起的。名如其人。"

古全和摇摇头，没有说话。

"说呀，你喜欢谁?!"

"我没想过这个问题。"古全和诚恳地说。

"怎么能没想呢? 印象总会有吧?"

"大家都是好同学，印象都不错。"

凌国玉哈哈大笑，说道:"野心真大，简直是个贾宝玉!"

古全和问道:"贾宝玉是谁?"

凌国玉听古全和这样说，面露不屑，大笑不止，眼泪都笑出来了，然后又放肆地说道:"你连贾宝玉是谁都不知道，简直就是一个文学盲，还来念什么中文系呀!"

古全和从没被人这样奚落过，有些不满地看着凌国玉，等着他说下去。

凌国玉笑着说:"贾宝玉是中国古典文学名著《红楼梦》里面的一个人物儿! 他爱大观园里所有的美女，而大观园里所有的美女也都爱他。"

古全和感觉凌国玉情调儿低俗，把他比做贾宝玉，传扬开来影响不好，很想谈谈他报考师范学院中文专业的思想过程，但是立刻又打消了这个念头儿，担心凌国玉有可能曲解他，说他吹牛，想回敬他几句，又觉得他是团支部书记，不想第一次谈话就把关系弄僵，就以玩笑的口吻说道:"我会认识贾宝玉的。念过《红楼梦》不就知道他是何许人也了吗?"

凌国玉对于古全和的委婉反驳并不在意，他的兴趣仍然在男女关系上。他笑嘻嘻地说:"你既然不想和鄂艳华好，就去追我们当家子吧!"

"你说的是谁?"

"凌伊文哪! 她爹妈都是烈士，她念师范学院是组织保送的，她曾经跟随她爹娘坐过牢，很快就能入党，说不定还会被送去留苏，前途无量呀!"

凌国玉把纯洁的爱情和肮脏的利益图谋混为一谈，低俗得出了格儿，让古全和丧失了对他起码儿的尊重，可是他是支部书记，是他和团组织联系的通道，只好忍下了他对凌国玉的不满。

中文52级临时班干部，虽说不是选举产生的，但也不是凌国玉个人任意安排的，团员们还是参与了干部班子的组建活动。团支部的其余两个委员邓春梅和黄伯芬都是经团员们推荐而后进入团支委会的。邓春梅和黄伯芬都是应届中学毕业生，在中学都曾是团干部。凌国玉曾经指定何成扬担任学习班长，说他有魄力，遭多数团员抵制，凌国玉不得不用苟大川把他换掉。在入学体检中，发现苟大川患有肺结核儿，凌国玉又不得不走马换将，换上团员徐奥卉。徐奥卉中学时当过团支部书记。在班团委一层干部中，只有生活班长龙秋生是凌国玉强行任命的。龙秋生是班团委层干部中唯一的一个群众。

在迎新的那些日子里，中文 52 级最引人注意的人物儿是古全和，现在古全和已经沉到群众之中，班里的红人儿是正在升起的生活班长龙秋生。他是班上提出入团申请的第二人。他腿勤嘴勤，对谁都笑脸相迎，听从所有人指挥，事无巨细，有求必应。从东湖学生宿舍到办公大楼，来回足有半里路，他一天不知道要在这条路上跑多少个来回。

龙秋生，身高一米六七，干瘦干瘦的，长着一张蟹壳脸儿，面皮紧绷干涩，略带土红色，一对彼此靠得很近、有些"逗"的、圆圆的、机敏的小眼睛，直直地盯着谈话的对方，憨憨地微笑着，随时准备附和对方的意见，满足对方儿的要求。他说他是江西婺源人，现年 22 岁，中学毕业后回家务农 3 年，来校前是社会青年。古全和感觉他勤快得过分，不大正常，也不像个 22 岁的人。龙秋生算不得体面，但是他谦和，勤快，不讨人烦，不到一个月，他就把自己弄成了班里不可缺少的人物儿。

古全和是群众，凌国玉只让他当行政小组长，管十几个人，是班干部中的第二个群众。不过不久古全和就成了班上的忙人。从南方各省来的同学，中学学的都是英语，社会青年出身的同学根本没学过俄语，而古全和的俄语学得好，俄语老师指定他担任俄语课代表。他说话比较接近普通话，是南方同学学习普通话的帮手。古全和把不少的课余时间都用在帮助同学们学习上。不久，徐奥卉说她看过新生档案，说古全和高考分数最高，理科的成绩全在 70 分以上，这又让大家对他多了一份尊重。他的恋爱风波一过，大家又恢复了他在迎新工作中留给他们的好感，个别女生也又开始注意他。不过仅此而已，他在班里也只能做点儿好事，对于整个儿的班级影响有限。

开学后不到两个月，36 岁的老大哥黎才栋就悄悄地退学了。他退学的原因据说是家庭经济生活有困难。30年后，即在1983年秋，古全和到大连参加和主持中央广播电视大学外国文学辅导教师培训，意外地在课堂上碰见了前来听课的黎才栋。当时他已经退休，但是仍在工作，是中央广播电视大学辽宁省锦州地区的一位外国文学辅导员，他是来接受培训的。交谈中黎才栋悄悄地告诉他说，他当年贸然退学的真正原因是他担心受柳士杰等人的牵连再犯政治错误。他说他在旧社会为生活所迫参加过国民党。调整宿舍时，他被柳士杰拉进203，不久他就发现柳士杰为人不地道，历史有问题，他和何成扬等人组织小集团儿，和班上的团组织和系领导对抗。他担心受到他们的牵连，引起领导的误解，到头来说不清楚，落个现行反革命的罪名，祸及一家老小儿，就假说家庭生活有困难，离开了他好不容易才考取的师范学院。

中文52级的大学第一个学期的教学活动在混乱中进行。所有的课程都没有正式的教材。有的是授课教师临时编写的油印教材，随讲随发。有的只是授课教师临时编写的讲授提纲，也是随讲随发。部分课程没有任何教材，像哲学和后来的外国文学，连讲授提纲也没有，上课就是教师讲，学生记。文化程度低和学习能力差的同学整天疲于奔命，叫苦连天，第一次摸底考试成绩不及格的占四分之一强。到1953年春大一下学期开学时，中文52级的同学，已从73人锐减为58人。退学的同学中，部分因病，部分因家庭生活困难，部分因考试和考查的课程成绩有4门以上不及格，失去了补考和留级的资格。和古全和同住208房间的陈连琪所有的课程考试和考查的成绩都不及格儿，只是考虑到他出身贫农、来自人民解放军，而仍然破例允许他继续跟班学习，以观后效。来自河南淇县的赵崇良入学当年冬天自动离开学校竟是因为他想念新婚不久的妻子。

中文52级成员在年龄、教育程度、个人经历、政治观点、思想意识、人生态度、道德素养、生活习惯等方面差异很大，加之班级没有众望所归的老大哥或是老大姐掌舵，至今仍然是个是非不分，舆论不一，混沌一团的乌合之众，而没有形成一个革命的集体。现在，同学们彼此之间都有了不同程度的了解，开学初时那种你好我好大家都好的关系已经过去，彼此间真实的爱憎、好恶、利害、得失的关系渐渐地显露出来，个别"能人"开始为满足个人的私利和虚荣心而行动起来，班内的矛盾冲突不时发生，武斗的事情已经发生过多次。何成扬甚至打到外系外班，引起系际的纠纷和校领导的注意。

　　和蔼的老大哥黎才栋走后，33 岁的柳士杰就是班上的老大哥了。但是他为兄不尊，到处演绎自己的英雄故事。不知道是谁和怎样传开来的，说他的右臂是在朝鲜战场上失掉的，称他是"独臂英雄"。现在 203 房间已经变成班中之班，住在 203 房间的几个人成了一个抽烟、喝酒、自由散漫、作息无序、嘴无遮拦的小圈子，是班级种种谬论的中心，不断有关于班级内外一些问题的议论从这里传播开来，在一些问题上和团支部形成对立。柳士杰还想利用民主选举，把他喜欢的人推进班团组织，替他们说话，为他们办事。生活班长龙秋生因为站在团支部一边，不听他们的招呼，不肯为他们谋利，就成了他们第一个攻击和图谋打倒的对象。柳士杰借助学金问题大做文章，把事情闹到公共政治课中国革命史的大课堂上。柳士杰当着几百名外系同学，不阴不阳地数落龙秋生办事不公，仗势欺人，发放助学金偏向干部，慢待一般群众，并举古全和为例，说古全和父母年老多病，家庭生活十分困难，他连袜子都穿不起，冬天也赤着脚儿穿毡疙瘩上体育课，而龙秋生只给他办了个二等助学金，每月只发一元五角钱。可是团支部委员邓春梅有崭新的皮鞋和手表，却享受一等助学金，每月两元，还有衣物和被褥方面的补助，这样的生活班长必须下台，等等！

　　事关邓春梅本人利益，她不便说话。学习班长徐奥卉担心落个官官相护的罪名，让事情更复杂，不好说话，凌国玉不想得罪柳士杰，不敢说话，班干部没有人站出来替龙秋生说话，弄得龙秋生哭笑不得，只好赔着笑脸儿装孙子。

　　梁秀梨站起来说："有话回到班上去说！不要影响大家上课。"

　　何成扬气势汹汹地说："我就要在这里说，让全中国的人都知道！"

　　黄伯芬也说："有意见向系领导反映！在这里解决不了问题。"

　　何成扬嬉皮笑脸儿地说："嗬，你这是官官相护，要宗派主义啊！"

　　柳士杰指着古全和说道："古全和同学，你怎么不说话？"

　　古全和不看好龙秋生，对柳士杰也没有好印象，本不想搅和到他们中间，可是柳士杰等人是冲着团支部来的，想用他这块石头打龙秋生，通过龙秋生打击团支部，他应该站出来表明自己的立场。而正当他要说话的时候，柳士杰又以讽刺挖苦的口气说："古全和怕得罪龙秋生，听说他正在积极要求入团呢。他不敢主持正义是假积极。"

何成扬也骂道:"姓古的,你他妈也真不知好歹,别人替你抱不平,而你连个屁都不敢放!一个男人,窝囊到这个份儿上,还活着干啥呀,一头撞死算啦!"

古全和从座位上站起来,走到何成扬的面前说道:"你骂谁他妈的?"

何成扬张狂地说:"骂你又怎么样?!"

"马上道歉!"古全和厉声命令道,说着逼近何成扬。

"呸!你也配!"何成扬说着就伸右手揪住古全和的衣领儿。何成扬是中文52级篮球队的队长,课余时间经常泡在东湖学生宿舍前面的临时篮球场上,很多人都认识他,也算是东湖学生宿舍区的一个人物儿,已经和本系和外系的同学打过几架,打过本班的时俊茂和宋廷谋,系领导找他谈过话,批评过他,而今天他竟敢在课堂上,在几百个同学面前撒野,眼见可能又是一次打斗,让初次遭遇这种场面的许多人感到震惊。

古全和厉声说道:"松手,道歉!不然我会让你难堪。"

何成扬哼了一声,然后嬉皮笑脸儿地说道:"就凭你?哼!"

古全和出左手卡住何成扬的右手腕儿猛一发力,出右手掐住他的喉咙,何成扬就"哎哟哎哟"地叫着,跪倒在古全和的面前。

古全和命令道:"道歉!说'下不为例!'"

何成扬连连说:"哎呀哎呀,下不为例,下不为例……"

古全和松开何成扬,并把他从地上拉起来说道:"告诉你,我对助学金没有意见。二等助学金是我自己申请的。我高中时吃过三等助学金,国家每月给我支付3块2毛钱的伙食费,帮助我完成了中学的学业。大学里我的衣食住行国家全管,我感谢学院领导,很知足!"

这是古全和在班级的争斗中第一次公开站在团支部一边。

中文52级学生大闹公共政治课的恶名很快传遍全院,引起中文系领导的注意,意识到52级的干部不得力,问题严重,决定提前在国庆节前民主选举班团干部。

71

从高中二年级下学期开始,古全和随着他阶级意识的觉醒和政治认识的提高，对于班级和社会工作，心中常常有一种站出来，为班级、学校和同学们做些事情的冲动，而这也就是他慨然答应毕淑芝老师的要求，愿意担任《火热的青春》的主编的主观原因。遗憾的是由于诸多原因他的这种愿望没能得以实现。但是这种冲动仍在，而且在日益增强，他一进入大学，就主动找事干，积极参与迎新工作，目睹班级的混乱状况，他的这种冲动更加强烈。他想如果他是个党员，哪怕只是个团员，他就有可能进入班级核心，发挥积极作用。他相信自己有这样的能力。现在他急于参加党团组织，把入党入团当成头等大事，盼望着团支部讨论通过他入团的申请，然后他好申请入党。可是一个学期即将过去，他入团的事全无消息，连个入团的联系人也没有给他指定。寒假前夕，有消息说，团支部讨论发展团员，他以为可能要解决他的问题，而这样的事情并没有发生。放寒假的前一天，在东湖学生宿舍门厅里的提示板上，贴出了院团委写在大红纸上的通告，公布了本学期发展的新团员名单，里面有中文52级的和华奇。古全和为他感到高兴，同时也感到困惑，他想，为什么班上第一个发展的是和华奇而不是他呢？和华奇是摩西族，家庭出身好，为人老实，在班里没有社会工作，显不出他的进步和先进。老实是做人的基本条件，但并不是团员的条件，团章里没有这样的内容，青年团不是老实人的团体。他想来想去，觉得他的条件比和华奇好，那团支部为什么不先发展他呢？觉得团支部办事不公，这件事让他失去了努力争取入团的方向，认为在发展团员的问题上，干部的好恶有重要的作用。干部不喜欢的人就难以入团。代耀人说过，只要他当团支部书记，他古全和就永远别想入团。他怀疑凌国玉也是这样的人。在这种条件下，一个人的某个或是某些长项未必是他入团的有利条件，忠诚老实、积极上进并不是在任何条件下都被看成优点，他进而认为，班级的权力有可能落到个别人的手中，而这会造成许多不公。代耀人的表现就带有这样的性质，凌国玉未必比代耀人好，至少代耀人没有凌国玉这样俗气和邪性。

凌国玉发现古全和并不幼稚，他为人正直，不怕事，乐于助人，办事公道，主持正义，人缘儿好，关键时刻敢出手，因而他有可能变得不可控制，威胁到他在班上的地位，他暂时不想发展古全和入团。

古全和在入团问题上的不快几天之后就过去了。他想入团和入党不是目的，何必耿耿于怀。即使像现在这样，他也能发挥自己的一些作用，重要的是把自己的事情办好，具体说是努力学习，当好行政小组长和俄语课代表。他想起了他奶奶常常说的有关行善修好的一句话："常穿长衫，不怕碰不上亲家"①。他想争取政治上的进步也应该抱这样的态度，经受住考验，更何况他本来就不很看重入团的问题。过了 24 岁，他就可以直接申请入党了。他想当然地认为，入党比入团更严肃，因此会更公道。

中文系团总支提前在国庆节前民主选举班团干部的指示迟迟不能落实。凌国玉一再强调说 52 级情况特殊，说同学们来自天南海北，四面八方，年龄、经历和学力等情况都比较复杂，彼此熟悉要有一个比较长的过程，民主选举的条件现在还不成熟。但是中文 52 级班团干部的民主选举还是在国庆节前如期举行了，凌国玉以为院部和系里和班上都有人支持他，相信自己会继续当选，而结果他是落选了。系领导接玻璃厂公函，说凌国玉在玻璃厂工作期间有生活作风错误，同时有女生反映他动手动脚。和他一起落选的还有邓春梅。邓春梅的落选和 203 房间的活动有关。班上第一个对柳士杰的光荣历史表示怀疑的就是邓春梅，因此柳士杰不能让邓春梅继续待在团支委的宝座上。他借她姐夫为祝贺她考取大学给她买了一双水牛皮皮鞋和一块手表，制造和散布流言，说邓春梅和她姐夫有染，她的家庭成分有问题，何成扬和牛子奇等人也跟着柳士杰起哄鼓噪。

当选的 3 个团支委是胡玉斌、梁秀梨和黄伯芬。他们的分工是：

书记：胡玉斌

组委：黄伯芬

宣委：梁秀梨

学习班长和生活班长的人选不变。

胡玉斌上台后宣布的第一件事就是调整宿舍，落实大一时由系行政拟定的宿舍人员搭配方案，矛头所向是拆散 203 等几个大龄同学集中的宿舍，重新按照政治、文化和地区等诸多条件调整各个房间住宿的人员。但是因为遭遇柳士杰等少数大龄同学的反对，加之思想工作不力，有些高中毕业生不理解领导的意图，讨厌和烟民同住，而胡玉斌顶不住这些压力，调整宿舍的工作半途而废。

---

① 胶东民谚。短打扮的一般是种地的穷人，穿长衫的一般是不从事体力劳动的富人。这则谚语的意思是：一个人总做好事，总会被别人认可。

凌国玉在团支部落选后不久就离开了东湖师范学院，原因不详，去向不明。有人说他是因为作风问题，对女生无礼，而被学校勒令退学的。也有人说，他是自己觉得没有脸继续在学校里混下去而自行溜走的。直到1955年肃反，才有可信的消息说，凌国玉在1948年江城围城期间和国民党特务有瓜葛，一度被公安部门儿审查，后来被取消学籍，但是他去了什么地方儿，没有准确的消息，大家也不再关心他的去向。

72

团支部的干部名单一公布，古全和就约团支部书记胡玉斌谈话。胡玉斌很热情，当时就和他约定谈话在第二天，在自由大楼第十六教室。第二天是星期天，上午 8 点，胡玉斌如约来到自由大楼，古全和已经等在那里。教室里有几个人在看书，他们就悄悄地离开那里，走出自由大楼，走上自由大路。路上没有车辆，行人也少，他们边走边聊。这会儿刮的是西北风，很冷，但是空气新鲜，阳光明亮，周围很安静，他们谈得很愉快。古全和说："我在去年开学前夕，曾经向当时的团支部书记凌国玉汇报过自己的情况，提出了入团的请求，送上了一份入团申请书。现在再向你汇报一下我的情况，请你批评指导。"

胡玉斌笑着说："别这样严肃，随便唠唠，互相启发，共同进步。"

胡玉斌温和谦恭平等的态度让古全和立刻联想到代耀人和凌国玉，他们都摆着先知先觉的架势，以教育者的姿态对待所谓后进的同学，而胡玉斌没有这样的毛病。

胡玉斌来自黑龙江的佳木斯，是应届高中毕业生，出身铁路职工家庭，中等身材，体态略显臃肿，眼睛很大，大得有点儿显傻，同时也透着坦率，善良。他心脏有点儿先天性的毛病，容易激动，言语不很利落，情急时有些结巴。他喜欢喝酒，但是见酒脸就红。可能是受身体状况的限制，他学习不大刻苦，考试成绩平平，专题课堂讨论很少发言，作为一个男人，他没有什么魅力可言。可是他待人诚恳，作风朴素，比跛扈的凌国玉更有人缘儿，多数团员看好他，柳士杰等人也能容忍他，认为他是个可以操纵的角色。

　　古全和把他对凌国玉说的那些话又对胡玉斌说了一遍，接着补充了他半年来的一些想法儿，表示自己要努力学习和工作，在实践中锻炼自己，最后也透露了一些他对于团的发展工作的不满。

　　胡玉斌说："你一入学就找组织，提出入团申请，这很好。我们支委会一定会认真研究你的问题。你自己也要积极努力争取，搞好学习，当好小组长和俄文课代表，好好儿为大家服务，我们会尽早解决你的问题。"

　　胡玉斌的一席话让古全和感到鼓舞。谈话将结束时，古全和随便问道："凌国玉哪去啦？"

　　胡玉斌迟疑片刻说道："不知道。有人说他回原单位了。"

　　"为什么？"

　　胡玉斌没有回答他。

　　古全和跟胡玉斌分手后，就去找刘乾生。他很看重他和刘乾生的友谊，不愿意失去这个好心的老大哥。他怎么都想不明白他在什么事情上得罪了刘乾生，刘乾生为什么不肯继续和他来往。他走到刘乾生住的 120 房间，房门开着，他站在门外朝里面张望，除刘乾生外，宿舍的其他人都在。他问道："刘乾生大哥不在？"

　　120 房间里的 3 个人都面无表情，没有理睬他。

　　古全和提高声音问道："请问刘乾生大哥到哪去啦？他什么时候回来？"

　　满脸络腮胡须的季资深头也不抬地说道："刘乾生进四平精神病院啦！"然后又气恼地发着狠有些伤感地补充说，"他也许再也回不来啦！"

　　古全和听说刘乾生得了精神病，心里非常难过。他想季资深等老同学这样冷淡他，也是因为他们为刘乾生大哥发了精神病而感到难过。他觉得奇怪，他想，"刘大哥很豁达，怎么也会得这种病呢！"他想坐火车去四平看望刘乾生，便问道："请把刘乾生大哥的地址告诉我，我想去看看他。"

　　"那就免了吧。你去了会加重他的病情！说不定他已经不认识你了，"络腮胡子不冷不热地说，"小同学，不要光念书，还要学做人。我们未来的职业是人民教师，对于人民教师来说，道德素养是第一重要的。一个人民教师起码儿不能干损人利己的勾当。孔夫子说：'己所不欲，勿施于人。'请记住这句话吧。"

古全和看着络腮胡子，心里纳闷儿："他为什么这样不友好？"

大一第一学期在班级主要干部的不断变动中过去了。学期考试的成绩也已经公布。现行的考试制度由考试和考查两种方式构成。考试有笔试和口试，成绩有优良中差之分。考查由学生听课的情况决定，成绩不分等次，只有及格或不及格之分。所谓考试的成绩主要是指笔试和口试的成绩。本学期中文52级考试的课程有3门儿，即中国革命史、现代汉语和文学概论。古全和考试的成绩分别是4分、5分、3分，即良好、优秀和及格，在班里居中等偏上，让古全和大吃一惊。他从来没有过这样糟糕的成绩，使他不得不重新考虑自己的大学生活。他报考师范学院原本不仅是想成就一名一般中学语文教师，而是梦想当一名除了体音美之外，各门课程都能教的"万能的中学教师"，而这次考试的成绩告诉他，凌国玉嘲笑他无知是有道理的，念好中文专业并不容易。文学概论的试题之一是《略谈〈白毛女〉的艺术成就》，而《白毛女》这个剧本儿他就没有读过，考试时他只能就电影《白毛女》留给他的印象发发议论，因而落了个及格儿。他该读而没读的文学作品还很多，这样下去，他连合格的中学语文教师也当不成，何谈万能教师。他决定放弃当万能中学教师的幻想，把国家规定的中文专业所设课程都学好，争取门门优秀，至少做到优多良少、消灭3分儿！

大一第二学期开学后，古全和行政小组长的权力逐渐被削弱。大一第一学期时，他的权力很大。按照班上也许是系里的规定，小组的成员都必须在指定的宿舍里集体上晚自习，古全和行政小组的11名男女同学，每天晚上都挤在208号房间上自习，连上厕所都得请假。本学期情况有变，个别同学开始以生病和身体不适等理由请假留在自己宿舍里上晚自习，但是大部分人仍然集中在208房间。没过多久，请假到别处上晚自习的人多起来，理由多半是说，要到图书馆阅览室去查阅报刊资料。有的干脆说208狭窄，挤在一起互相干扰，影响学习效果，要求回自己宿舍去上自习。古全和曾经就这件事请示过第三任学习班长徐奥卉，徐奥卉支支吾吾，没有给他一个明确的答复。古全和想来想去，觉得阅览室人多，热闹，桌椅宽大，整洁光亮，有各种报纸杂志好看，既然班长都不置可否，自己也不该和同学们顶牛儿，只好一一同意放行。于是，同学们就都到图书馆阅览室上晚自习去了，这也算是中文52级的一次解放，而这一解放正是从古全和的第一行政小组开始的。实行了一个多学期的集体上晚自习的规矩，就这样废除了，古全和小组长的权限也大大缩水，近乎被免职。现在经常留在208上晚自习的只有古全和一个人了，这对于他来说，也是一种解放。他习惯于一个人读书学习。

忠于小组长职守的古全和并没有让同学们放羊，他亲自到阅览室去观察过同学们学习的情况，发现多数人都在那里聚精会神地看书，看笔记，翻阅杂志报纸，但是也有人的眼睛不很规矩。宋廷谋就不时睃一眼坐在他斜对面儿的那个身材高挑、面色白净、留着齐耳乌黑短发的漂亮的女同学。后来古全和听说，那个女同学是中文系专科一年级的新生，叫高毅，来自山西临汾，曾经是临汾刘村中学的校花儿，说话带点儿甜丝丝的醋味儿。

古全和习惯于一个人念念有词地读书、读笔记、参阅参考资料，然后把心得体会和发现的问题，一条一条地写到他特地在笔记本儿的一侧留出来的空白上。他的这种习惯是在长时间的自学过程中养成的。他感觉这样学习有助于集中精力、加强记忆、提高语文水平和说话的能力。现在宿舍里经常只有他一人，他可以不必分心，一心一意，自由自在地边看边念边想边记复习笔记了。

74

今天又是周末。上午下了一场小雪，晚上有点儿冷，但空气格外清新。

晚饭后不久，大餐厅就飘出了校管弦乐队演奏的舞曲。欢快的匈牙利三人舞曲，抒情的《红梅花儿开》和《喀秋莎》，以及哀伤沉重的《马车夫之歌》，一支接着一支，轮番上演。古全和想，此刻同学们正三三两两说说笑笑成群结队地拥进兼有舞厅功能的学生餐厅。古全和不爱好跳舞，但是院团委和学生会一再号召同学们参加周末舞会,并把这件事当成同学们政治进步的一种表现。中国流行什么都是一阵风儿,跳舞也是这样。古全和也应该到大餐厅去点个卯,表个态。

大餐厅的人造大理石地面擦洗得光亮如镜,里面灯火辉煌,人山人海,热气腾腾。每到周末或是节假日的晚上,这里都是欢歌笑语的所在。无数的笑脸彼此辉映,欢乐的人们谈笑风生。在大餐厅的一角设有临时小卖部儿,那里供应糖果、汽水、点心。不过那是为家境富有的同学和老师们准备的,和古全和之类穷学生无关。古全和在大学本科4年总共吃过两块上海产的大白兔奶糖,那是逻辑学老师李志才结婚发的喜糖。

舞会已经开始,交谊舞、集体舞交替上演,层次不一的舞者各得其乐,各显风流。新学期开办的中学教师短期培训班,有近千名来自上海周边的学员,他们都是当地闲散的知识分子,彼此的年龄差别很大,年轻的只有20多岁儿,而年长的则有年过50的。他们的舞姿形形色色。有推推拉拉的,有团团旋转的,有扭扭答答的,有亦步亦趋的,有翩翩起舞的,也有彼此脸贴着脸睡梦般在舞厅里缓缓移动的,为往时古全和所不曾见过,给他开了眼界,知道世界上还有这样不要脸的交谊舞。

中文52级的同学几乎全都在场,古全和明白,很多人前来的原因和他一样,是为了响应团委和学生会的号召,表示自己不甘落后。但是,他们大多数儿来自中小城市和乡镇,个别同学来自偏远的山区和农村,此前没有几个人见识过男男女女在大庭广众之下这样搂搂抱抱推推拉拉团团转的场面,也不认为这是多么进步的文明的活动。江城本地的男生,曾经和女生手牵过手的都未必会有。他们第一次面对这种交谊舞的感觉是新鲜,刺激,不好意思。在中文52级的同学中,来自北京、上海、广州、成都等大城市的人屈指可数。即使在他们中间,会跳交谊舞的人也很少,长于此道和爱好者更少。即使有谁的舞跳得好,也不会因此而受到多数同学的尊敬。因为人们评价同学的标准不是他会不会跳舞,舞跳得怎么样,而是他政治上是不是进步,是不是党团员,他的学习成绩怎么样。更何况现实生活中的舞迷几乎个个学习成绩都不怎么样,其中有些人还给人以举止轻佻的印象。事实上看重男舞迷的主要是女舞迷,而看重女舞迷的又主要是男舞迷;他们互为欣赏的场合儿也只限于舞厅。不过舞迷确实也有,中文52级称得上舞迷的就有3位,何成扬,宋廷谋,郜艳华。何成扬和宋廷谋都来自哈尔滨，跳交际舞成瘾，每有舞会必到，而且从每周的周三起就手脚发痒、心神不定，浑身不自在，期盼着周末快快到来。平日，只要有机会，他们就会在教室里抱上一张椅子，或是在宿舍里抱起一张方凳儿，或者只是端起怀抱女伴儿的一种空架势，口里喊着"嘣恰恰"，狂热地转悠起来。郜艳华平时没有舞迷症状儿，但她是市级舞迷，每到周末就全市乱窜，各大学和大机关的舞厅她大都光顾过，团市委的舞会上也曾显露过她的身影。古全和不敢恭维她，接受她的好意，和她走在一起，这也是重要的原因之一。古全和骨子里就厌恶交谊舞。当然，这样的话他不曾对别人说过。

古全和小时候接受过武术训练，对于人体动作的协调和平衡有特殊感受力，而跳舞和武术动作有某些内在联系，都讲究平衡、协调和节奏。他发现，在舞厅里真正长于交谊舞的人很少，达到团市委那帮子少爷小姐堪称优美水平的人更是寥寥无几。在中文52级，他认为何成扬跳得不错。不过有一个人的舞姿让他感到奇怪，他就是龙秋生。龙秋生说他来自江西婺源农村，平时表现土得掉渣儿，可是周末舞会他回回必到。他很少下场，但是面对狂放的舞厅，他显得压抑不住的激动，每次下场都装出初学乍练的架势，但是古全和发现他的动作轻柔自然处处到位。他想："他一个干过3年重体力劳动的人，怎么会有这两下子呢？"他怀疑龙秋生不诚实。

上海姑娘羊修仙每次舞会都是在开始的时候到舞厅点个卯，然后就悄悄地溜走。她心里有她亲爱的姑表兄，不愿意和别的男人接触。有人说她封建，她并不辩驳，而只是神情模糊地微微一笑。

古全和发现站在舞厅西北角儿上的宋廷谋一直目不转睛地盯着那个天真烂漫的高毅，高毅转到哪里，他就追到哪里。像他这样的男生不止一个。一曲终了，宋廷谋就毫无顾忌地快步朝高毅奔去，但是每次他总是迟了一步。看来是他的那些竞争者熟悉舞曲，早就计算好了乐曲结束的地方儿，提前等在那里了。

古全和在舞厅里站了一会儿，亮个相儿，就悄悄地回到宿舍，开始翻阅笔记。宋廷谋为追逐高毅而来回奔跑的那个狼狈相儿一再在他的头脑里闪现。他觉得找人陪着跳舞并不错，可是宋廷谋为什么一定要找一个漂亮的女生呢？他忽然想到宋廷谋在阅览室里看高毅的那种眼神儿，他相信宋廷谋是看上高毅了，正在追求她呢！

75

　　熄灯铃准时在 9 点 3 刻响过，同学们大都在开夜车复习功课，准备考试，还没有回到宿舍。不断有舞曲传来，古全和估计宋廷谋还逗留在舞厅，他一个人儿先睡下了。朦胧中，"嘭"的一声巨响把他惊醒，灯接着亮了，古全和见宋廷谋气急败坏地站在面前，知道他刚才是用脚把门踢开进来的。宋廷谋粗野地自言自语道："真他妈的倒霉！邪了门儿啦，一个晚上连一回都没轮上！"说着，猛地把自己扔到床上，连连唉声叹气。稍后又怪腔怪调地说："她也真他妈地漂亮！脸白得像雪！细得像高丽棒子制作的江米凉糕'磨吉'！"说着，忽地从床上爬起来，发誓般地说道，"不行！还得去！我他妈的就不信我就这样倒霉！"宋廷谋说着，冲出宿舍，走廊里传来一阵渐渐远去的急促的脚步声。

　　忧伤的《马车夫之歌》的旋律从大餐厅那里传来，古全和在音乐声中再次睡去。不知道过了多久，宋廷谋又跑回来了，赌气拉亮了电灯，同时骂道："嫌弃爷爷？哼！"

　　"还是为专科的那个女生吧？"被惊醒的古全和问道。

　　"他妈的，不识抬举！"宋廷谋没有回答古全和，愤愤地说，"老爷子哪儿配不上她？"

　　古全和劝解他说："她不愿意和你跳，你就去找别人嘛，还愁找不到个舞伴儿？"

　　宋廷谋怒气冲冲地顶撞古全和说："你懂个屁？"并恶意挖苦古全和说，"连个团都入不上，还好意思给爷爷指点江山，说三道四！"他把满肚子的怨气都发到古全和身上。

　　宋廷谋出口伤人，让古全和有些恼火，想回敬他几句，转念一想，这会儿的宋廷谋不理智，容易发飙干蠢事，就没有发作，也不再搭理他。

　　宋廷谋失去了攻击的对象儿，余怒未尽，从床上坐起来，说道："你少管我的事！"说着，神经质地抄起窗台上的一个 A 字牌儿的蓝黑钢笔水瓶儿，意思是要朝古全和打过来。古全和立刻从床上坐起来，注视着宋廷谋的举动，同时平静地提醒他说："你干吗要拿我出气？别犯糊涂呀，打架你可不是我的对手。"

宋廷谋突然扑倒在床上，放声号啕大哭。

古全和平静地说："你要是喜欢那个女生，就去找她谈谈，或是给她写封信，我愿意给你当'红娘'。她若是有意，你们彼此就可以来往……"

宋廷谋没有说话，没脱外衣就睡着了。古全和悄悄地起来，走到宋廷谋床前给他脱衣裳。一股酒气混杂着他长时间不洗澡身上发出的那种恶臭朝他扑来。他小心地给他脱掉鞋子，轻轻地把他的被子从他的身下轻轻地抽出来盖到他的身上。

宋廷谋现年 24 岁，来校前是社会青年，祖籍山东掖县，祖父一代流落到黑龙江，他已经是地道的东北人了。他父亲小的时候在山东老家念过几年书，劳累一生，积攒了几个钱，伪满洲国末年，在哈尔滨道外开了一家小油盐酱醋杂货铺，惨淡经营几年，积累不多。1945 年东北光复后，八路军开到哈尔滨，他的生意大有起色，家境渐渐富裕起来。宋廷谋有 6 个姐姐，他是老七，他父母希望他长大后能出人头地，光耀门庭，从小儿就不让他做一点儿店里和家里劳动的事，满足他的一切要求，以至于养成了他贪吃，贪玩儿，懒散，任性，懦弱，心中没有别人，凡事只想自己的自私自利的人生态度。宋廷谋的嘴出奇的馋，经常下小馆儿喝酒，入学一年来，能卖的衣物全被他换钱买酒喝了。前天他从宿舍的安全梯下到楼外，要变卖他最后的那件半新的黑呢子外套儿，被古全和发现，赶走收废品的。宋廷谋不能吃苦，但是爱想入非非，幻想出人头地。他懒到不经常洗脸的地步，爱穿灰色的衣裳，因为灰色的衣裳不显脏，可以长时间地不洗。他只是在周末舞会前才认真地洗一次脸，精心打扮一番。他身上总有那么一股酸溜溜臭烘烘的气味儿，让人不敢靠近他。古全和猜想，高毅躲避他，说不定和他个人的卫生状况有关。宋廷谋对美也有误解，以为留胡须是男人的一美，他说他刚过 21 岁就留起了胡子，每当周末洗脸，都要对着镜子，反反复复地梳理他的那一片并不茂盛的黑乎乎，毛茸茸，稀稀拉拉的小胡子。

宋廷谋幻想获得两大幸福：结识一位容貌出众、风流多情、家境富有的女生。专修科新生高毅是他的偶像。他认为她人长得美，她家开着大饭店，有汽车，每和高毅跳一次舞，都会手舞足蹈地兴奋好几天。他追求的另一大幸福是能成为世界著名的诗人，有大笔的稿费收入，无数美丽多情的少女为他痴迷癫狂。中国的李季他看不上，田间也不行，赵树理更不在话下，艾青和郭沫若勉强可以，他比较喜欢郭沫若的那股子狂劲儿。他梦想与之比肩的是被斯大林同志称赞过的苏联无产阶级革命诗人马雅可夫斯基，其次是智利革命诗人聂鲁达。马雅可夫斯基在伟大的列宁逝世后不久就写出了不朽的抒情叙事长诗《列宁》，震惊世界。他也想在毛泽东逝世后完成他的长诗《毛泽东》，以和马雅可夫斯基并列为世界两大无产阶级伟大诗人。他不止一次地透露过他的这个梦想，也正在做着写作《毛泽东》的准备。每当他沉浸在成功的幻想中，得意洋洋地谈论他这并不存在的长诗《毛泽东》，露出对于获得这一创作机会的期待的时候，都让人感到他是在为自己的成名而诅咒毛主席。这时，同住 208 的龙秋生会两眼露出异样的光芒，而龙秋生的好朋友叶沧海就会默默摇头，表示不安。许多人都觉得宋廷谋的想法儿不健康，不礼貌，认为他不该为了个人成名而对伟大领袖毛主席心怀不敬。但是很少有人愿意触犯他。每当这种时候，古全和就悄悄地提醒他说，不可以这样想问题。在宋廷谋心情好的时候，他能理解古全和的善意，有所收敛，接受古全和的好意提醒。在全班同学中，他几乎谁都不尊重，连同是来自哈尔滨的柳士杰、何成扬，他也不把他们放在眼里。但是他尊重古全和。他认为古全和善良、正直、好学，要求自己严格，言行一致，真心爱护他。他曾多次真诚地对古全和说："你一定能成就一番事业，因为你正直，有伟大的意志，决定干什么就一往无前。"他昨夜准备对古全和动武是一时冲动。

中文 52 级沿用了中学的某些考核管理办法儿，包括期中考试。五一过后，期中考试的时间也就到了。期中考试的成绩是期末考试成绩的构成部分，大家都很重视，宋廷谋理性上也是这样，但是由于他经常处在想入非非的精神状态，缺乏自制力，又不务正业，不能吃苦，实际行动跟不上。班上和他为伍的只有那个来自部队、天真烂漫、不知道愁闷为何物的陈连琪。陈连琪考试门门不及格儿，可是他照旧在那里练他的那个弯弯长长的洋喇叭"撒气漏风"——萨克斯。

今天叶沧海和龙秋生提前起床，早饭后直接去了阅览室。

古全和早饭后依旧回宿舍复习功课。他见宋廷谋还在沉睡，推推他说道："醒醒吧。"

宋廷谋翻了一个身，勉强睁开眼，嘟囔道："几点了？"

"9 点差一刻。"

宋廷谋猛地从床上坐起来埋怨道："怎么不叫我啊？！"

古全和笑笑说："叫过你的，你就是不动嘛。"

"早饭也吃不成了！"

"饭我给你打回来了。"

"谢谢！"宋廷谋匆匆穿好衣裳，狼吞虎咽地吃过早饭，拎上书包儿小跑着离开了宿舍。

"得抓紧复习啦！"古全和在宋廷谋的后面督促说。

"放心吧！"宋廷谋在走廊里应道。

208 房间又只有古全和一个人了。不过古全和的心思没有马上转移到复习功课上，他感觉恋爱之风已经悄悄地在班上刮起来。牛子奇就像凌伊文的影子。胡玉斌在小心翼翼地走近凌伊文。何成扬在物色目标儿。时俊茂的目光常常聚焦在郑玉英的身上。

76

昨天晚上，熄灯铃已经响过，208 房间的同学们正在准备睡觉，有的已经躺到床上，时俊茂忽然闯进来，冲到古全和的面前，拽上他就往外走。

时俊茂老家河北乐亭，幼年随家人流落到哈尔滨，中学毕业于哈尔滨第三中学，是古全和的好朋友。他平时不苟言笑，走路胸脯挺得高高的，两条胳膊紧贴在裤线上，从头到脚上下笔直，让人联想到俄国作家莱蒙托夫在《当代英雄》里描写的那个俄国贵族青年彼巧林。不过他不是贵族，而是平民。他虽然出身劳动家庭，但是毫无体力劳动的锻炼，在中学军训进行队列训练时，齐步走有时还顺拐。他从没打过架，也不会打架。何成扬不怀好意地给他起了一个带有侮辱性质的外号儿——"僵尸"。

时俊茂学习努力，期末考试成绩中上。他没当过学生干部，不善交际，虽然多情，却很怕羞。他喜欢朗诵，一旦登台就无所顾忌，只是那声音显得过于苍老，缺少现代气息，像上了年纪的守旧的文人，带有一点儿酸腐的味道。他喜欢艾青的诗，独处时常常朗诵《大堰河，我的保姆》给自己听。他崇拜郭沫若。郭老去莫斯科开会时曾经在江城停留，并在这里发表过讲演，给他留下了深刻的印象。他常常高昂着头，模仿郭老讲话的声音和姿态。著名播音员夏青和齐越也是他崇拜的对象儿，常常模仿他们播音时的开头语。他也在积极要求入团。古全和很看重他和时俊茂的友情，认为他为人耿直。时俊茂也欣赏古全和，把古全和看成信得过的好朋友，愿意和他交心。

时俊茂一直把古全和拖到东湖宿舍前面的小操场。古全和强行停住脚步，有点儿生气地说："你半夜三更地把我弄出来干什么，是什么大不了的事儿，让你这样着急啊。"

时俊茂话也不说，径直把古全和拉到小操场西北角儿，走进那片小树林，然后停住脚步，吞吞吐吐扭捏了好一会儿才说道："你帮我个忙吧。你，你一定得帮我……这个忙！"

"什么事嘛！"古全和有些不耐烦。

"你得给我保密！"

"好，我给你保密。"

"怎么说呢？"时俊茂吞吞吐吐，"我……我喜欢郑玉英。"

古全和猜到了时俊茂的心思，便笑着对他说："那你就找上门去，学着咱们阿Q爷爷当年对吴妈说的那些话，对郑玉英说，'郑玉英啊，我要和你困觉'。"

"哎呀，老哥，别取笑我，说正经的，你帮帮我。"

古全和认真地想了想，觉得时俊茂和郑玉英好像还般配。他们都不爱交际，不善言谈，老实好学，也许他们能合得来，准备当一回"红爷"。

郑玉英，辽宁铁岭人，个子不高，不算漂亮，但是她淳朴，温柔，爱笑，形象近似村姑。她自幼爱好文艺，散文写得好，朗诵也不错，多次受到主讲"语文及习作"课的李之宝老师的表扬。

古全和严肃地说："你自己去对她说不是更好吗？"

"我…不好意思…，我怕她……还是你去吧。"

"好吧，我去通风报信儿，捅破这张窗户纸，然后你们直接会谈。"

"只要她有意……"

"我明天就去说。"

然而时俊茂和郑玉英没能走到一起。第二天早饭时，何成扬突然当着中文系一二百同学的面儿，公开宣布，他和郑玉英确定了"恋爱关系"。

很久以后，人们才弄清楚，何成扬突然向郑玉英发动进攻事出偶然。原来头天晚上时俊茂和古全和在小树林里的秘密谈话被在小树林里撒尿的何成扬偷听了。他知道郑玉英高中时谈过恋爱，对方因为她报考了师范专业而和她断绝了关系。她此刻正处于感情的空白状态，容易接受别人的同情和好感有可能接受时俊茂。何成扬本来无意于郑玉英，但是他喜欢恶作剧，不愿意成人之美，就想在他们之间插上一脚，把他们的好事搅黄，就抢先一步跑去向郑玉英求爱。郑玉英此前并不大注意何成扬，只觉得他的一头天生的卷发很可爱，冰滑得不错，舞跳得好，人也聪明，但是也知道他性情有些顽劣，好打架，上学期因考试作弊而被全院通报批评，不敢对他许诺什么。可是面对突然跪在自己面前的风流的何成扬，她感到自尊心得到了满足，心里涌起了对他的感激，又不忍心断然拒绝他，也不想贸然许诺他，让他感到自己轻贱，慌乱中对何成扬说，她愿意考虑他的要求。让她万万没有想到的是何成扬竟在第二天吃早饭的时候当众宣布，他和郑玉英相爱了！毫无准备的郑玉英羞愧难当，晕头转向，想声明说她和何成扬之间没有恋爱关系，担心这会伤害何成扬，永远失去他。她在羞愧、犹豫和沉默中挨过了决定命运的几分钟，给人的印象是她默认了何成扬所说的话。而何成扬并不喜欢郑玉英，他讨厌她有那样一段恋爱史，本意只想给时俊茂和郑玉英搅局，事到如今也骑虎难下，终于弄假成真，而不得不在此后的一段时间，吃饭，走路，上课，一直追随在郑玉英的身边。而在郑玉英反复权衡过何成扬的方方面面，特别是考虑到他曾多次参加打架斗殴、考试作弊之后，确信自己不该接受何成扬，然而事情已经无可挽回了。她知道，一个人，特别是女人，在感情上朝三暮四，是人们最看不起的，只好吞下这个苦果，而这个妥协竟毁了她的一生。

时俊茂心里编织了几个月的美梦，被何成扬一脚踹碎了。他很伤心。古全和也替他难过，就用他娘常说的一句话去宽慰他："不是一家人，不进一家门。"他还对时俊茂说，郑玉英能容忍何成扬，愿意和他走到一起，说明她未必像他想象的那么聪明可爱。时俊茂觉得古全和的话有道理，然而他一生都没有忘记郑玉英，特别是在她终年遭何成扬污蔑抹黑抛弃，不幸孤独地惨死在回老家铁岭的火车上之后……他怪自己懦弱，当年没和何成扬去争。

　　古全和遵从父母和老师们的教导，要求自己严格，不过他也不是那种独善其身的人。他从小儿就当学生头儿，服从领导，关心他人，念好书，做好社会工作，生活在同学们中间，已经成了他的一种生活方式和思想习惯。念中学的时候他拒绝当学生头儿那是受政治立场和政治认识所限，现在他觉悟了，想为党工作，为集体服务，目睹班级的乱象感觉着急，后悔自己在中学时主观任性，和代耀人作对儿，没能入上团，以致现在看着班级的乱象而无能为力。他看得清楚：现在，一个人如果不是党团员，即使他有天大的本事，也不能获得发挥自己积极作用所必需的所谓的"势"，即权力，或者岗位，而有所作为。他也越来越清楚地感觉到，这样的社会结构和组织原则存在着很大的弊端和危险，会窒息一批忠于国家民族而又能干却不是党团员的人才，同时还可能诱发一些利禄之徒和无能之辈觊觎党和国家的权力的卑劣的欲望。现在党团组织控制着群众，个别干部控制着党团组织，这就造成了一种可能，就是个人控制着群众，实行某种程度或是某种形式的独裁。就中文52级来说，团支部书记是班级和系领导联系的主要承担者，系领导头脑中的中文52级和她的一个个成员的形象，在很大程度上是由凌国玉、胡玉斌这样一些团支部书记给描绘上去的，在有些时候和有些问题上，团支部书记可能是团总支书记事实上的领导者。由班级少数人决定班级事务的体制就已经不公道了，而让团支部书记大权独揽简直就是一种危险。古全和感觉学生中的很多问题就发生在团支部书记这个环节上。在没有党支部或是党小组的班级，团支部书记影响着，左右着每个同学的命运。在民主缺失的条件下，一个学习好，品行端正、实事求是、办事公道、有能力的团支部书记，几乎就等于一个好的班集体。而如果支部书记是凌国玉之类的人，那必然是另一番景象。他听说教育系的党员团支部书记布康就是这样的好团支部书记。布康是复员转业军人，上过朝鲜战场，作风正派，办事公道，是教育系52级自然形成的团结的核心。可是，古全和感觉现在自己班还没有出现这样的好书记。能够产生这种好干部的有效办法儿就是把管理班级的权力还给全体同学，实行民主，把真正能干和肯干的同学，不管他们是不是团员，选进班级领导核心，而现在权力只在少数人——团员，乃至少数团干部之间流动转移，因此中文52级只能继续这样混乱下去。

古全和对于团支部的新班子抱有希望，想在国庆节后再向胡玉斌作一次思想汇报，听取团支部对他的批评和建议，催促团支部尽快解决他入团的问题，顺便尝试着谈谈他对班级工作的建议，帮他出出主意。不巧，胡玉斌过早地迷上了恋爱，爱得像一只春天屋顶上哇哇直叫唤的发情的野猫，整天和凌伊文走在一起，吃在一起，听课时坐在一起，形影不离，只差睡在一起了。近乎癫狂的胡玉斌，明明知道国庆节只放假一天，学生一律不得离开学校，而被爱情冲昏头脑的他，竟胆大包天，不顾影响，不告而走，带着凌伊文回了他黑龙江的老家，去向他的父母和亲友展示他大学生活的最新成果——恋上了一个四川的女大学生，而且一去就是三天，旷课两天后才回到学校。他这种无组织无纪律、不顾大局、不顾影响的行为激怒了系领导和班上的一些同学。住在203的牛子奇第一个跳出来发动"倒胡"风潮。

牛子奇老家四川，为人坦率热情，头脑简单，自以为很革命，但是他思想混乱，比如他好像真诚地拥护共产党，热爱新中国，以老团员自居，却不知道团员要遵守团的纪律，还公开遗憾地说，四川解放得太早了，使得他没有能享受够地主少爷的优裕生活，公然称颂封建帮派哥老会，以他们家乡出了一个远近闻名，连蒋介石都曾经登门拜访过的"龙头大爷"而感到骄傲，激动地称赞他的地主爷爷多么善良，多么慈祥，多么了不起，他爷爷和龙头大爷的交情有多么深，多么铁，等等。他身高不到一米六十，体重刚够45公斤，然而敢说敢干敢玩命，连何成扬都不敢招惹他，他恼怒发狠的时候爱说的一句话是——"老子咬死你个龟儿子。"

牛子奇带头儿反对胡玉斌不全是出于公心，而是公私兼顾。他恨胡玉斌玩忽职守，更恨他夺其所爱。他和凌伊文是同乡，是和她一路结伴儿从四川老家来到东湖师范学院的，一路几天，同吃同住同行，无所不谈。他爱上了凌伊文，想当然地以为凌伊文也爱上了他，来院之后他们仍然经常来往，上下课、进出餐厅，他常常找机会和凌伊文结伴儿同行，还请凌伊文进城看过 3 场电影，进江城四川饭店吃过红油饺子，内心里感觉凌伊文就是他的女朋友，她已经属于他，感觉自个儿生活在甜蜜的幸福里，并以此傲视班里的某些男生。正当他跃跃欲试，准备朝凌伊文跨进一步，向她求爱，并向全班公开他和凌伊文的爱情的时候，胡玉斌突然横刀夺爱，拉上凌伊文跑到胡玉斌家认公婆去了。这突然的变故，让牛子奇醋意爆发，火冒三丈。对凌伊文他无可奈何，也不想伤害她，便把报复的邪火烧向胡玉斌。他不好说胡玉斌夺他所爱，只能狂热地指责胡玉斌无组织无纪律，私自回家探亲，不配当支部书记，呼吁罢免胡玉斌。而这正适应了柳士杰等人的需要。胡玉斌调整宿舍的工作虽然半途而废，但是他声言那只是暂停，调整宿舍的工作要推迟到暑假前进行，因此对于在住宿方面占到好处的某些大龄同学仍然是个威胁，是对柳士杰等人的挑战，牛子奇"倒胡"的叫嚷正好适应了他们的需要，"倒胡"之风立刻就从 203 刮起来。

迎风而起的还有一个能人，她就是中文 52 级的"潜龙"，平时很少说话的上海姑娘，只有一年半团龄的老团员羊修仙。她一个人悄悄地跑到系里直接找到党总支书记杨以臣，按照她的需要汇报了班上的情况，说问题十分严重，团员们普遍要求改选团支部。杨以臣接受了羊修仙的建议。结果，上台只有短短一个月的胡玉斌落选，新的团支委会由羊修仙、黄伯芬和梁秀梨组成。羊修仙为书记，黄伯芬和梁秀梨分别为组委和宣委。古全和注意到，班团干部在短短几个月间，有 3 班人马登台表演，突然改选就有两次，牛子奇能公开刮起"倒胡"之风，表明班里的情况极其复杂混乱，知道中文 52 级今后的几年也不会太平。

羊修仙的脸上整天堆着莫测高深的笑容，对于班级内部的是非从不表态，古全和感觉她好像躲在阴影里，面对何成扬无故打伤时俊茂和宋廷谋等恶行也不表态，这样的人怎么能当团支部书记呢？古全和不赞成羊修仙当团支部书记还因为她的学习成绩太差。第一学期的 3 门儿考试课程中，她有两门是经补考才通过的。在过去半年多的七八次专题课堂讨论中，她从没主动发言，更不参加争论，只有一次经老师点名，她才做过一次补充发言，也只是寥寥数语，还语无伦次。古全和固执地认为，学校不是政治团体，不等于共产党或是青年团。学校的主要活动就是老师教、学生学，学生头儿的首要任务就是带领同学们把学习搞好，因此学生头儿的条件是学习好，政治上也好，才能带动大家搞好学习。遗憾的是古全和只能这样想一想，却不能阻挡羊修仙当团支部书记。

古全和感觉大学和中学有所不同。中学离现实社会生活远，同学们较少个人利害得失的考虑，比较诚实淳朴；而大学紧连着社会，大学生介入社会生活比中学生深，个人的利害考虑比中学生多，这在大龄同学中的表现更为明显。班上的有些大龄同学入学伊始就开始考虑毕业分配问题和工资待遇。柳士杰等鼓动"倒胡"，就是担心胡玉斌将继续推行调整宿舍的计划，威胁着他们自由的生活方式。而羊修仙也是工作过的大龄同学，有着和柳士杰等人同样的经历、心理和利益诉求。

78

羊修仙，现年22岁，往届高中毕业生，有一个胖墩墩的一米五几的身材，一张红红的圆脸，一对细细的眼睛，在中文52级的女生中毫不显眼。她原籍江苏常州近郊，父亲是个乡镇杂货店小业主，在旧社会一家生活勉强维持，每逢社会动荡，都面临破产的威胁。羊修仙作为一个女孩子，能念到高中毕业，和她富有的姑姑有关。她姑姑喜欢女孩儿。姑姑有3个儿子，却没有女儿。羊修仙是在她姑姑家长大成人的。她从高小一年级就寄居在上海她姑姑家。她姑父是上海一家大纺织厂的襄理，收入不菲，为人和善，长于变通，三教九流，党团宪特，无所不交。羊修仙和比她年长的几个表哥一起长大，高中毕业后，她的表哥们继续升学，而她参加了工作，并在工作岗位上入了团，后考取东湖师范学院。她智力一般，成绩较差，大学入学考试的平均分数是31分，只有国语的成绩在及格线以上，如果不是目前大学生源奇缺，凭她的才智和成绩不可能考入高等学校。大一上学期文学概论考试成绩不及格的班上有6人，其中就有她。补考后仍然不及格。她是登门恳求任课老师照顾，老师不得已发了善心，给了她一个3分。常年寄人篱下，仰人施舍的生活，养成了羊修仙惯于察言观色，揣摩他人心理，笑口常开，表情模糊，出言谨慎，话语不多的性格特点，关心个人安危和得失是她唯一的考虑，而并不在意事情的是非曲直，是否会损害他人和公共利益，更不会为仗义执言而树敌历险。她能登上班级团支部书记的位置，和她的这种性格和班内风气不正有关。健康的团体中容不得她这样的角色，此类人常常是在混乱中，从矛盾的夹缝中走上领导岗位，而由这种角色执政的单位往往会更加混乱，而混乱也成为他们得以生存的条件。

团支部组织委员黄伯芬出身于广州城区的市民家庭，学习成绩中常，为人善良，温和，关心同学，办事公道，是班里大多数团员和非团员都认可的人选，她后来得以连选连任，一直是团支委会的成员。

梁秀梨生长在香港，父亲是开明人士，年轻时参加革命，有革命的心，缺少革命的胆，后来弃政从商，但是同情革命，悄悄地和共产党保持着联系，用经营医药产业所得大力资助革命，解放后立即把香港的大批产业移回内地，并无偿地献给国家，梁秀梨也随家内迁广州。梁秀梨学习好，为人正直，有鲜明的民主意识和斗争精神。

新一届团支部宣布成立的当天下午，古全和就约羊修仙汇报思想。羊修仙笑眯眯地说，支委会还没有研究过他入团的问题，等研究过后她会找他谈的。几天后古全和再约羊修仙谈话，她说没有时间。转眼到了学期末，羊修仙还没有应邀和古全和谈过话。古全和开始怀疑羊修仙不想发展他入团。

古全和的感觉不错，羊修仙就是不想发展他入团。她从入学的那天起，就开始观察班里同学们的表现，从她的需要出发，在心里把同学们分类排队，柳士杰、何成扬、宋廷谋、时俊茂、龙秋生、蔺丽莲、牛子奇、邓春梅、梁秀梨和黄伯芬等都是她注意的对象。她对古全和很在意。她知道他家庭出身好、文化基础高、有能力、有头脑、有胆量、有魄力、潜力大，可能成为班上的一个人物儿，不能轻易放他进入青年团。

期末前，团支部发展了老家湘西的张湘魁，而仍然没发展古全和。古全和头脑里产生了质问团支部的冲动。他认为，党团组织是公众的团体，在团的发展过程中，团支部和申请入团的人有同等权利，申请人具备了团章规定的条件，团支部就必须发展他。如果不能发展，团支部得向申请人说出正当的理由。他提出入团申请已近一年，团支部从没对他说过他在哪些地方儿不够条件，应该怎样创造条件，而团组织连入团的联系人都没给他派一个。团支部第二次改选也已过了半个多月，他已多次约羊修仙谈话，而羊修仙总是推托。从高中时古全和的心里有了这样一个解不开的疙瘩：为什么常常让无能的人掌控能干的人？也许这是规律？《西游记》里最有能耐的是孙悟空，可是他得受无能的唐僧的辖制。羊修仙明明是个末流儿的学生，而她却是团支部书记，是班上说话算数儿的人，影响着，乃至左右着几十个人的命运。更让古全和感到不平的是，羊修仙等人不等于唐僧。唐僧是个好和尚，他一心向佛，能秉承观世音的指点和皇帝的旨意，掌握着前行的大方向，为大众的福祉去西天取经，而羊修仙之类的人连个好学生都不是，根本就不配当班里的头头儿。古全和感觉向一个自己并不尊重的人报告自己的思想，这已经是一种耻辱和痛苦，而这种病态的状况竟是常态，让他感到非常气愤和不平，再次触发他关于班级组织弊端的思考。

周末晚饭后，古全和把羊修仙拦在食堂门口儿说道："你现在有时间吗？"

羊修仙笑眯眯地说道："我现在是很忙的呀！"说着就要走。

古全和拦住她不客气地说道："你的事情不就是教育和发展团员吗？我一进学校就提出了入团申请，先后向团组织做过多次思想汇报，我提出入团申请快一年了，团支部连个入团的联系人都没有给我指定，弄得我不得不一次次地找支部书记汇报，这种情况正常吗？"

羊修仙板起面孔语气平静地说道："那时的团支部书记不是我，我不知道。"

古全和反驳她说："青年团是一个，前任书记的问题现任的书记也有责任去解决。你当选支部书记后，我也已经多次约你谈话，汇报思想，听取组织意见，排队也该轮到你听听我的意见了吧？我要不要去找团总支书记汇报思想？"

羊修仙面露惊讶，无言以对，没想到还有这样争取入团的人，敢和支部书记讲条件，要闯关进入青年团。可是她不能说古全和的要求不合理。如果她再次拒绝和他谈话，他可能把她的表现嚷嚷出去，反映给系领导，让她被动，这样的蠢事她不能干。不仅如此，她还得撇清自己，说明团支部在古全和问题上的失误和她无关，便笑笑说："过去的事我不知道的呀。你这个人可真有意思，约人谈话怎么好强人所难呢？"

古全和不客气地说："我是约团支部书记谈思想，这叫积极要求进步，怎么能说是强人所难呢？如果你不是团支部书记，我是不会麻烦你的。"

羊修仙确信古全和不是善茬儿，便笑眯眯地说："好啦好啦，不要说啦，谈就谈吧。"

他们的谈话是在公用水房里进行的，一个不愉快地说，一个不愉快地听，前后半点钟。

3天后，羊修仙又约古全和谈话。通知他说，团支部派梁秀梨和邓春梅两位同学做他入团的联系人，并笑眯眯地说道："你还有什么意见吗？"

古全和真诚地说："感谢组织的关心。"

五一前夕，古全和再约羊修仙谈话。她推托说："等我们研究过你的问题再说吧。"

班里的团支部每换一次，古全和都及时向新任书记汇报自己的情况，听取他们的批评指正，但是他就是过不了入团这一关，每次找羊修仙汇报，她都推托搪塞。她对他的表现和汇报，既没有批评，也没有表扬，不说他不够条件，也不说什么时候发展他。古全和认为，如果他够条件，团支部就应该发展他；而如果他不够条件，团支部就有义务给他指出努力的方向，他们无权这样对他不理不睬。他不明白为什么不发展他，难道仅仅是因为他曾经让她难堪过吗？在这以后，古全和有很长一段时间都没有考虑入团的问题。他发现有的团员个人政治素质很差，可是他们对要求入团的同学却很苛刻，牛子奇就是这样。中文52级团组织的发展很慢，团员和非团员的比例长时间滞留在1比8这个坎儿上，直到毕业前夕才又发展了时俊茂等3人。古全和怀疑，是不是有些干部和团员这样做是出于利己的考虑，要保持自己在政治上的优越性。现在，政治面貌是用人单位考虑的首要条件。

79

想到入团的问题，古全和心里就觉得发堵。从理性上说，他可以暂时不考虑这个问题，而只是想按照党员的标准要求自己，把学习搞好，把社会工作搞好。可是他又不能不考虑这个问题，因为它是他人生道路上的一道大坎儿，过了这个坎儿，他才能全面地发挥自己的作用。而现在站在这个坎儿上的偏偏是对他并不友好的羊修仙。他发现羊修仙念书不行，做人很有一套，好像是本地人所说的那种喜欢耍人的人。她能漂浮在矛盾重重的中文52级的几十个男女同学之上，绝不仅仅是因为她比来自应届毕业生同学年长那么三四岁，而是有他现在还说不清楚的原因。

羊修仙的父母都是小镇子上无知无识的凡人百姓，但是在她姑姑家的亲朋好友中不乏上海商界、政界、军界、学界，乃至地痞、流氓和特务之类。她属大龄学生，在腐败的社会环境之中窥视过人生，渴望出人头地，过体面富有的生活，较早地悟到了旧世界寄生阶级"人不为己，天诛地灭"的古老教条，并奉之为自己人生的圭臬，把念大学当成她游戏人生、改变命运的过程和机会。

羊修仙报考东湖师范学院不是由于她有志于人民教育事业，想成为一名合格的中学人民教师，而是想在大学毕业后留校任教，或是念研究生，将来当大学教授，出大名，挣大钱，享乐人生。抱有这样明确的人生目的的人，在中文52级的五十多名新生中，除她之外，未必还有第二个人。

羊修仙进入师范学院之后不久就打听清楚了，中文系的青年教师都是最近一两年留校的，部分还是所谓"吃青儿"干部，即提前毕业留校的，几乎都是党员。这就表明学校急需教学和研究人才，她认为自己有机会实现自己梦想。

羊修仙没有当代女性的浪漫气息，但是她务实，有自知之明，深知自己才智平平，容貌一般，念书不行，仅靠学习成绩不可能留校，要留校只能另辟蹊径，走以政治开路的办法。为了达到这个目的，她需要有良好的人缘儿和共产党员的称号儿。她早在工作时就已经注意到某些党的干部有宗派主义，偏爱和重用党团员，特别是党员，她发现东湖师范学院也是如此。她认为只要自己能接近领导，当上干部，解决了党籍问题，毕业后留校就有可能。她决心为自己留校创造条件。首先是营造和睦友好的人缘儿。为此她回避班里的一切矛盾，讨好一切人，以好心的老大姐的姿态出现在同学们面前，同时又时刻关注接近领导的机会，不断巧妙地向系秘书王春泽老师反映班上的情况，并在第二次团支委改选中登上了团支部书记的宝座，拓展出她政治表演的空间，开始编制自己入党、留校和当教授的美梦。中文52级的同学，没有谁会想到学习成绩像她这样差的人会有这样的野心，但是她相信自己的美梦能够成真。

羊修仙做的另一件事情是摸排全系青年教师的情况，发现他们大部分人都是从老解放区来到东北大学转进东湖师范学院后于 1950 年毕业的，小部分是近两年毕业留校的，个别的人，比如文学理论助教乐毅，古代汉语助教强文洋等，是"吃青儿"干部——提前毕业留校的。所有的青年教师都是共产党员，她认为入党是留校的第一个条件，而党员条件不难具备，只要淡化在姑姑家的那段生活，强调自己小业主的家庭成分，顺从领导，给领导唱赞歌儿，在人前积极表现，就一定能够达到目的。

羊修仙还发现，有的教研室，比如外国文学教研室，儿童文学教研室等，都只有一名教师，中学语文教材教法教研室甚至空有设置和编制，而没有教师，说明东湖师范学院中文系教师奇缺。而东湖师范学院中文系是全国重点师范院校的重点学科，师资还这样严重缺编，一般师范院校，特别是那些如雨后春笋般新建的一般师范学院，师范专科学校，师资缺编的情况可想而知。她想她毕业留高校深造和工作的机会很多。

羊修仙当然知道，大学教师是业务干部，学习成绩的优劣也是留校的一个条件。她知道自己在学业上做不到出类拔萃，就考虑怎样压制别人，削弱她的竞争对手，开始留意同学们的学习情况。她把来自社会的同学排除在外，因为他们中间多数超过了入团的年龄，在大学期间入党的可能几乎没有。他们的专业基础大多一般，所以无论在政治还是专业上都不可能成为她的竞争对手，她认为她竞争的对手集中在应届高中毕业生中的那些家庭出身好、学习成绩优秀，可能在大学期间入团入党的同学中间，其中就包括古全和和时俊茂等少数男生，如果把这些人卡在团的大门之外，他们就失去了在大学本科毕业前入党的机会和跟她竞争的条件。而这就是古全和越是积极，她就越是不想让他入团的真实原因。

羊修仙特别注意古全和还另有考虑。她发现古全和个性强，有主见，有能力，一旦入团，就会对她支部书记的宝座构成威胁，而如果她失去支部书记的宝座，她就什么优势都没有了。古全和之所以在大一时失去了留苏的宝贵机会，就因为他不是党团员。大一第一学期中，中文系有过选派一名留苏生的任务，领导曾经考虑过派古全和。因为古全和入学考试的数理化成绩突出，家庭出身好，身体健康，喜欢制作，有过研究原子弹的想法儿，可以去学理工，符合选拔条件。而他是因为不是团员而落选的。在选拔的过程中，心地善良的胡玉斌替古全和争取，为古全和感到高兴，一时激动，曾经对古全和说："喂，小伙子，准备到苏联去吃面包吧！"后来被派往苏联的不是数理化成绩好的古全和，而是中文专修科的一位叫白俊耀的党员同学。这件事很快在系内外传开。胡玉斌在这件事上犯有泄密的错误，这也是他落选团支部书记的原因之一。

羊修仙担任支部书记已经有些日子，古全和想暑假前再约她谈谈，让她进一步地了解自己，给自己提点意见和要求，而主要的是摸摸她对自己的看法儿，妨碍他入团的都是些什么问题，说心里话，他不认为羊修仙能说出超乎他想象的什么真理。他认为，按照团章的要求，审查、培养、吸收他入团是她的工作，或者说是她的义务，而不是她的特权。几天后就放暑假了，他得赶在放假前和她谈。听说课外活动时间团支委在羊修仙宿舍里开会，他就找上门去，和羊修仙约定谈话的时间。羊修仙笑了笑，说道："我们在开团支部的会的呀，另找时间吧。"

古全和笑着说："我不是说现在谈，而是和你约定个时间。"

羊修仙收起笑容认真地说："那就以后再约吧。"

羊修仙推三阻四，古全和有点不高兴，便说："我一进大学就提出了入团申请。大一的上学期过去了，下学期也即将过去，团支部始终没就我的申请提出过批评指导意见。眼看就要放暑假，一放暑假你就回山西探亲，那我们的谈话就得推迟到下学年了。"

羊修仙的表哥是羊修仙姑姑的小儿子，是她的未婚夫，复旦大学毕业生，现在太原某厂的工程师。羊修仙很为他感到骄傲，不过班上懂事的人都不以为然，认为这件事表明他们两家人，包括她的表哥，都很愚昧，因为谁都知道他们的婚姻有悖时代精神，散发着封建包办婚姻的陈腐味道，无可称道之处。

羊修仙觉得古全和是在羞辱她，忍不住冷着面孔儿说道："有话好好说嘛。"

古全和笑笑说："我请求团支部告诉我，按照团章的要求，我距离团员的标准还有多远，表现在哪些方面，我应该怎样努力争取。"

羊修仙不耐烦地说："不要说啦！谈就谈吧，你可真厉害呀！"

梁秀梨和黄伯芬感觉难堪，黄伯芬看看梁秀梨和羊修仙，说道："我跟他谈谈吧。"

羊修仙笑眯眯地说道："还是我谈吧。"

古全和走后，羊修仙不满地嘟囔道："真狂，真傲慢。他这哪里是申请入团呀，简直是强行闯关嘛，竟敢要求团组织给出没有发展他的理由。我从来没见过他这样的积极分子，一点组织观念都没有，明明是入团动机不纯呀，这样的人怎么好发展他入团呢？"

黄伯芬说："他并没有要求我们发展他，而只是要求我们给他提意见，指出努力方向。我觉得他的要求是合理的。他入学一年来，一直积极要求进步，学习努力，工作认真负责，积极主动，而我们既不发展他，又没有指出他的不足，他有些想法是可以理解的。"

梁秀梨连连点头说有道理。

羊修仙冷着面孔说道："古全和的不足就摆在那里，他目无组织，生活作风也有问题，弄得高年级的刘乾生同学发了神经，住了精神病院，影响很坏。"

梁秀梨笑笑说："对组织有意见不等于目无组织。现在已经清楚，所谓古全和的作风问题，是郗艳华一厢情愿造成的，是误会，刘乾生的病也和古全和无关。"

羊修仙感觉梁秀梨自由主义严重，而且咄咄逼人，公开替古全和辩护，如果黄伯芬发生动摇，那她在支委会讨论古全和问题时就是少数，说话就不算数儿了，考虑在下学期开学后改选团支委时把梁秀梨选掉，换一个听话的。

晚饭后，羊修仙如约来到俱乐部，笑眯眯地跟已经等在那里的古全和打招呼儿。古全和觉得这次羊修仙接受他汇报是逼出来的，当时他觉得自己理直气壮，认为团支部有义务回答他为什么不发展他，而事到临头他又觉得自己那样做带有强人所难的性质，有点儿后悔，便对羊修仙进行了解释，表示了歉意。羊修仙显得很宽容，一再说没关系。

古全和真诚地汇报了近来的思想，包括对待入团问题上的思想活动，又扼要地重复了他的基本情况和他政治上觉醒的过程，最后表示，希望团支部严格地要求他，及时指出他的缺点、错误和不足，督促他改正。

羊修仙的样子好像很耐心，但是她不断看表。古全和很想听听她的意见，可是她并没有就他入团的问题表态，而只是要求他加强组织观念，还向他提出了一个不伦不类的问题，问他是否结过婚。古全和猜想是有人把他和素桂的故事传到中文系来了。不过他不想对羊修仙述说那段说不清楚的往事，便说，他连女朋友都没有，何谈结婚。

羊修仙笑着问古全和，他是不是不太容易相信人。古全和说，他只相信他信得过的人，并反问她说，"难道你不是这样吗？"还说，除去精神不健全的人，所有的人都是这样。他不明白羊修仙为什么关心这样的问题。

在沉默片刻过后，羊修仙笑眯眯地问道："你还有别的问题吗？"

古全和看着羊修仙，什么也不说。他想："我提出的问题你不回答，不谈肯定我的进步，也不谈我的不足，我还提什么问题？"他觉得羊修仙无才无德，而他却得向她汇报思想，抖搂自己的灵魂，听她训教！深感有点儿滑稽。

羊修仙笑着说："今天咱们就谈到这里吧。"说着，站起身，走了。古全和有一种被愚弄的感觉。他一直受老师和同学尊重，如今却要受这样一个《记分册》上红灯闪闪的末流女生遏制和轻视，心中极度不平。他想："她为什么敢这样对待一个要求入团的人呢？不就是因为她站在团组织的大门口儿吗？!"古全和越来越感觉羊修仙是蓄意把他挡在团组织的大门之外。可是他想不出她为什么要这样做。

大一即将过去，古全和入团的问题全无希望。两个联系人只听汇报，不解决问题。他不知道该怎样让团支部了解他这种被压抑的感觉，气恼之余心里就产生了丢开入团问题，等待入党。而这只是他一时的冲动，为尽早能发挥自己的作用，他还是积极争取早日参加青年团，羊修仙不能一手遮天。她只是团干部中的一员，上面还有系党总支和团总支。不过他没有再找羊修仙汇报过思想，也没再要求团支部对他说明不发展他入团的原因，而只是继续以党员的标准要求自己，努力学习，积极工作，提高政治认识，为入团入党创造条件。

81

古全和大一学年考试的成绩是三优一良，居年级之首。他的社会工作也得到他小组成员和班上的同学们的普遍肯定。在本学年最后一次团支委会上，他的联系人提出讨论古全和入团的建议，羊修仙明确表示反对，说青年团是政治组织，不是好学生团体，入团也不是升学考试，学习成绩好坏和入团之间没有必然联系，古全和骄傲自满，组织观念差，思想意识毛病多，在大课堂上打架，逼迫同学给他下跪，克服这些缺点错误，要经受长时间的锻炼和考验，不能操之过急，犯重"才"轻"德"的错误，要成熟一个，发展一个，再说暑假临近，事情很多，等秋天新学年开学之后，再从容考虑他的问题，等等。要按组织原则办事，在决定团内事务时，支委们的权力是平等的，每人一票。然而在实际政治生活中，事情并不经常如此，支部书记一票往往大于一票，有时甚至具有决定意义，更何况羊修仙工作过，年长黄伯芬4岁，大梁秀梨5岁，是名副其实的老大姐，有倚老卖老的资格，一通连珠炮就否定了黄伯芬和邓春梅的提议。

一年级提出入团申请的同学共有6人，发展3人，第一个提出入团要求的古全和不在其列。凌国玉看不起古全和，胡玉斌没来得及考虑古全和，羊修仙不想发展古全和。此刻古全和反而不急不躁了。入团是早晚的事，不影响他学习和工作，不能让羊修仙当猴儿耍。因此他不想再理睬羊修仙。羊修仙感受到了古全和态度的这种变化，有些不安，担心敢说敢道的古全和察觉到她的意图，那她就被动了，团支部书记的宝座保不住，入党也无从说起了。可是她仍然不肯放古全和入团。利益所在呀，她不得不如此。古全和的学习成绩名列年级之首，工作表现越来越被大家认可，是班上再再升起的一颗新星，教授现代汉语的杨老师经常表扬他，主讲逻辑学的李志才老师公然在课堂上说，古全和是他教过的最聪明的学生，所以古全和入团只是个时间问题，而他一旦入了团，然后再入了党，那他就不可阻挡了。她早就向党总支呈上入党申请书，她相信，只要她能保住团支部书记的位置，和党团组织领导，特别是和党总支书记杨以臣保持良好关系，大学毕业前她就一定能解决自己的党籍问题。如果能把古全和入党的时间推迟到大学毕业以后，那就消除了他对她留校的一个威胁。现在团员多了，团员作为留校的政治条件已经无足轻重，留校的政治条件主要是党员。

暑假前 3 天，院团委和学生会发出通知：暑假期间，具体说是 7 月 16 日到 19 日，举行全院学生军事野营，要求全体同学参加，没有特殊情况，不得请假。

解放战争只完成了解放大陆部分的任务，朝鲜前线的斗争还没有真正结束，很多任务还摆在全国人民的面前，所有的爱国青年都关心军事问题，重视军事，乐于参加军事野营的活动。可是羊修仙是个例外，她铁了心地要在暑假开始的 7 月 15 日当天离校，理由是她表哥病了，她要赶去太原照料他。她提前买了车票，给系领导写了假条儿，请黄伯芬代交。黄伯芬和梁秀梨都劝她，说野营活动是院团委和学生会组织的全校性的大型政治军事教育活动，领导要求所有同学都参加，而她是支部书记，不好不参加。但是溺于感情的羊修仙不为所动，坚持要走，7 月 15 日一大早，她就像疯了一样，提上旅行包，匆匆向宿舍大门走去。何成扬在门前把她拦住，当着几十名本系和外系同学的面儿，怪腔怪调地朗诵了匈牙利诗人裴多菲"生命诚可贵，爱情价更高；若为自由故，二者皆可抛"的诗句，然后说道："时代变了，诗歌也要改造。裴多菲的诗应该这样改："生命诚可贵，野营价更高。若为表哥故，二者皆可抛。"羊修仙听后，嫣然一笑。何成扬继续说："联系到你老先生，得补上两句：'补考通过后，爱情才美好。'我看你还是补考及格以后再走吧。要不然，你怎么向你的'老公'汇报啊？"

何成扬的揭露和嘲讽让羊修仙难堪，好在她脸色偏紫，善于自控，没有暴露出内心的恼怒，而是淡然一笑，保住了面子。走是走不了啦，只好暂时先回宿舍。

何成扬当众嘲笑羊修仙并非为了伸张正义，响应院团委开展军事教育的号召，而是另有原因。今年春天开学之初，何成扬返校迟到一周，羊修仙在班上公开批评他无组织无纪律，没能摆正个人利益和国家利益之间的关系。这件事让何成扬耿耿于怀，蓄意报复。巧的是他报复羊修仙的举动赶在点儿上了。羊修仙作为团支部书记而不响应院团委的号召不得人心，她表哥的病也生得太有计划，并且无凭无证。柳士杰甚至说，她和她表哥可能已秘密结婚，忙着回去干某种勾当，说不定家里还有孩子呢。何成扬的人缘儿欠佳，但是在这件事上站在他一边的人还是比较多。他为抓住了一个报复羊修仙的好机会而感到惬意。

羊修仙没有走成。何成扬的报复活动没有停止。他把羊修仙不想参加军事野营活动这件事报告给了中文系党总支，杨以臣立刻赶到东湖学生宿舍，指出羊修仙这样做影响不好，说军事野营只有3天，严令她必须参加。

羊修仙没有走成，而何成扬却走了。他手持他家里发来的加急电报来找班长徐奥卉请假，说他娘病重，要见一见未来的儿媳妇。而何成扬是群众，而且谁都不敢说他的电报是假的。在军事野营大队人马出发后，何成扬就带着郑玉英欢欢喜喜地回了哈尔滨。而郑玉英的厄运也就从这个假期开始了。正是在这个假期里，何成扬让她怀上了他们的第一个孩子，弄得她不得不提前和他结婚。

后来羊修仙查明，何成扬是打长途电话要求他家的人给他发来母亲病重的电报，后悔她自己没想到这一招儿，不仅没能走成，还遭何成扬的奚落和党总支书记杨以臣的批评，而这对于她入党很不利。

82

东湖师范学院的军事野营活动安排在本市西南郊约30华里的著名风景区金鸡岭。金鸡岭占地只有两个多平方公里，主峰金鸡峰海拔只有700多米，但是由于它从江城城西南平原拔地而起而显得格外高大雄伟，加之山上原始林木茂密，鸟兽繁多，西面的山脚下还有一处水平如镜、形似弯月、深不可测的天然湖泊，人称月牙湖，传说湖里有数百斤重乃至过千斤重的黑鱼精而更加显得神秘莫测，遐迩闻名。

东湖师范学院校舍分散。虽然南校和北校都有正规的标准大操场，但因相距较远，全校师生极少集中，参加野营的队伍也只能在各自宿舍附近的小操场或宿舍前的空地上集结队伍，等候出发命令。指挥部的命令则靠传令兵骑自行车四处穿梭传达。

7月16日，东湖学生餐厅提前在早晨5点开饭。5点3刻，中文、政教、历史、俄语等系的队伍按时在东湖宿舍前面的小操场上集合完毕。6点整，近两千人的队伍，准时按照指挥部的命令，以四路纵队，开上教学楼前面的自由大路，在行进中逐渐和其他各个系科的队伍汇合。全院近4千人，连接成绵延近两公里的队伍，朝金鸡岭进发。

每系为一个大队，年级为中队，班级为小队。古全和所在的中文52级只有一个班，编为一个中队，队长龙秋生，指导员羊修仙，卫生员张楣光。

古全和发现龙秋生响亮地喊着"一二一"，队前队后地奔走，队伍带得很有章法，颇有军人气度。中文大队教导员、总支书记杨以臣多次表扬52级。古全和怀疑龙秋生受过正规的军事训练，又联想到龙秋生可能不诚实，怀疑他的年龄和他的过去。

矮胖的张楣光，身背统一配发的木制保健箱，甩动着两只小得出奇的胖胖的小手儿，走在队伍的旁边，不时关切地给谁送上仁丹或是十滴水儿。

《三大纪律八项注意》《中国人民解放军进行曲》《团结就是力量》等歌声此伏彼起，被期末考试折磨了半个多月的同学们，重新焕发了青春的活力，上路之初，谈笑风生。

野营总指挥、团委书记张桃芳几次走过中文系队前，鼓励大家奋勇前进。

江城是避暑胜地，夏日白天炎热，入夜凉爽。此刻太阳升上蓝天，天气渐渐热起来。少数同学，在走过几公里之后，就说笑不再，步履蹒跚，而古全和等一些受过苦和来自山区的同学却感觉是在散步。古全和在八九岁时就曾有过一气儿连续行进几十华里路程的锻炼，后来念书又常常走读，走远路已经习惯了。

傍中午的时候，大队人马进入金鸡岭地带，周围凉风习习，灼人的烈日被浓密的树冠屏蔽，失去了威风，人们的精神为之一爽。

"我的妈呀，总算到了！"郜艳华第一个跌坐到草地上。

"累死啦！"王美福笑着说。

男子汉们没有人叫苦，大多不声不响地仰面躺在草地上喘息。还有力气搭帐篷的就只有古全和、龙秋生、时俊茂等十几个男生。半小时后，16架简易的帐篷就搭好了。但是没有人进到帐篷里面去。一些人依旧仰面朝天躺在草地上从高大浓密树冠的缝隙中看蓝天上的片片白云。另一些人则在稍作休息之后到处去观赏金鸡岭的景色。

金鸡岭的形状并不像金鸡。附近的老乡说，金鸡岭是因为这里曾经是野鸡成群出没的地方而得名，早先这里就叫野鸡岭。现在这里也还是成群的野鸡出没的地方。

金鸡岭群峰环绕，主峰在东南侧。诸峰围绕着的是高低起伏的草木葱茏的中央谷地。师范学院四千来人的队伍，就集中在这片方圆一千米多的谷地上。这里有数不清的涓涓溪流。最小的细如游丝，伏下身子，才能看得清它在流动；稍大一点儿的宽不过尺，一步可以跨过；大一些的溪流上，架有小小的原木小桥儿。溪流出自各个山峰的脚下，彼此纵横交错，最后汇聚到西边的月牙湖。

音量巨大的播音器材"九头鸟"响了，回声阵阵，空谷齐鸣，让人想到童话世界。喇叭里传出了一个女生带有湖南长沙官话味道的普通话：

同志们！战地广播站，现在开始播音！下面发布指挥部命令：

各大队长、教导员注意，请按原定计划就地扎营，一切就绪后，立即来指挥部报告！请你们管好队伍，切实保护好林木，注意防火和人身安全！午饭后，休息一小时。下午两点一刻，进行"攻碉堡"竞赛！播音完毕。

伙食科按大队分别设灶。谷地里炊烟弥漫。

稍事休息，同学们恢复了体力和精神。所有的人都行动起来。有的在四处浏览风景，有的人在作素描，有的人在斟酌诗句，有的人在往帐篷里搬运行李。

龙秋生在本队营地上四处奔走，指挥着全队安排住处。

张楣光在询问每一个同学，给他们的伤处敷药，挑脚泡。

这时，指挥部下达了开饭的命令。

83

午休时间没有人睡觉。个别同学因脚伤行动不便而留在帐篷里歇息，其余同学都到处游玩，漫山遍野，都是年轻的欢声笑语，一只只野鸡被惊起，扑喇喇展翅高飞，吓人一跳，然后是一阵开怀的笑声。

在金鸡岭主峰金鸡峰的南侧，古全和意外地碰见了刘乾生，心中一阵惊喜。他们彼此同时全神贯注地驻足相望，然后又不约而同地快步相向疾走。古全和忘不了他和刘乾生的友谊，希望能消除误会，重叙友情。这时，刘乾生大笑着朝他跑起来，边跑边高喊古全和的名字。古全和好像受了感应，也兴奋地朝着刘乾生跑过去。两双手紧紧握在一起。刘乾生气喘吁吁地说："我听同学们说你找过我，还要去四平街看望我，他们对你不友好，我心里很难过。"

"没什么！你康复了比什么都好。"古全和高兴地说。

"我是前几天回来的，一直想找你聊聊，向你道歉。"刘乾生真诚地说。"丢人啊，一个共产党员，没想到自己这样经不得风雨，在个人问题上栽了跟头，给组织和同志们添了麻烦，造成不良影响，嗨，真没脸见人！"

"你康复了那就是经受住了考验。"古全和极力帮刘乾生解脱。

刘乾生和古全和相视而笑，两双手久久握在一起。

古全和试探着问道，"你们宿舍的同学为什么怪罪我呀？"

刘乾生急忙说道："误会，误会，完全是误会，和你没有任何关系！"

古全和说："到底是怎么回事儿？"

刘乾生渐渐地冷静下来，缓缓地说："事情和郜艳华有关。"他拉古全和坐在草地上，语气平和地说，他和郜艳华有一段不同寻常的感情纠葛，古全和恍然大悟，意识到事情的确和自己有关系，是他在无意中被充当了一次插足者！

刘乾生继续说："我们家和郜艳华家是世交。当年我爷爷和她爷爷都曾经在张作霖手下做过参议,两家儿一直有来往。我和郜艳华从小儿就常常在一块儿吃,一块儿玩儿,一块儿睡。两家的老人都希望我们长大后结为夫妻。到我们念中学时,两家的大人和亲朋好友就都认定我们是未婚夫妻了,我也这样认为。不怕你笑话,我和郜艳华只差没有那个了……她去年高考报名,还是和我一起商量决定的呢,她的第一志愿是沈阳医学院药学系。可是高考的结果她根本就没告诉我。我是从《东北日报》上得知她考取了咱们学校的生物系。我到她家和生物系去找过她,给她留过字条儿,她都没有回应我。我开始感到她好像在躲我,觉得有些奇怪,我们之间好像发生了什么事情。后来才知道她和你有来往。当时我痛苦极了,恨她见异思迁,也恨你不道德。可是我们奉行恋爱自由的原则呀,我和她没有订婚,她也并没有许诺过我什么,我不想伤害她,更不想把事情弄大,丢人现眼。这种痛苦我能对谁去说呢?事情太意外太突然,我吃不下饭,睡不着觉,跳不出这张感情的罗网,在极度苦闷中度过了一两个星期,后来课也不知道上了,等我清醒过来,发现自己在四平精神病院了,知道我一度精神错乱,是组织上把我送到四平精神病院的。"

古全和连连宽慰他说:"康复了就好,康复了就好!"

刘乾生真诚地说:"我们都错怪了你,真对不起。"

古全和宽解他说:"我不在意,看见你康复了,我很高兴!"

刘乾生沉思着说:"你为什么不愿意和她交朋友呢?"

古全和思忖良久然后说道:"我也说不清楚,没有思想准备,自己没想恋爱,心里没有这个郜艳华,也不知道郜艳华怎么看上了我,天上掉下来一个林妹妹,而我觉得自己和郜艳华不是同类,走不到一起。不过我知道她是出于好意,很感谢她。回想起来,当时我根本就没想过爱不爱她,而只想怎样在不伤害她的条件下摆脱她。"

刘乾生认真地琢磨着古全和的话,他和郜艳华不是同类,想到俄国伟大的革命民主主义者车尔尼雪夫斯基在《生活和美学》里阐发过的关于美的阶级性的学说,意识到郜艳华和古全和的确不是同类,很有感慨,认真地说:"老弟,你是个有头脑讲原则老实厚道的人哪!有你这样的朋友,我感觉骄傲。"

"大哥,你怎么看这件事?"

刘乾生说："现在看来，我和郜艳华一起长大，但是并不真正了解她，经历过这场感情风波，想了很多，才认识了郜艳华。凭良心说，她并不是个轻率的人，也不能说她抛弃了我，因为现在看来她从来就没有爱过我。其实我早就应该意识到这一点。她初中毕业后，本应该继续在女中念高中，或是报考正在筹办的省立高中，因为当时我已经在那里的实验班，而她偏偏报考了远在南郊的市立中学，现在看来她的目的就是拉大和我的距离，慢慢地疏远我，冷淡我。当时我根本没往这里想，是她家的叔叔婶婶有所察觉，发觉她在考取市立中学以后，回到家里常常兴高采烈地述说一个叫古汉民男生的事情，担心她移情别恋，就迫使她转学进初创的省立高中，让她和我在一个学校，保持密切接触。她扑向你并不是心血来潮。她热爱文学，看重才气，喜欢有个性的人。而我出身地主资产阶级家庭，虽然文质彬彬，但是既不风流，也无才气，更不是那种能打能斗的男子汉。而你出身劳动家庭，生活经历丰富，表面上憨厚，骨子里风流，有才气，有棱有角儿有个性。她喜欢你这样的男人，把你看成《钢铁是怎样炼成的》里面的保尔·柯察金式的人物儿。她有一个同乡，是你小学时的同学，姓宋，叫宋德纯，她们很要好，经常在一起谈论你。那位宋同学夸你念小学时学习好，敢作敢为，敢和办事不公的老师作对，敢当着全校老师的面儿和校长讲道理，当过学生会副主席。郜艳华夸你聪明，诗写得好，一跳就从初一跳到高一，而且是以第一名被录取。你发表在《中学生文艺》上的那些诗她都很喜欢，抄录在自己的日记本儿里，而且能背诵。看起来早在高中时她就对你有好感了。当时，我以为她只是对某个同学有好感。现在看起来，一个女孩子盛赞一个男孩子，那离她爱上他就不远了。"

古全和说："郜艳华也是误解了我。我并不是她想象的那种人，没有她们说的那些优点。我尊敬老师，至今和老师路遇还给老师让路，向老师行鞠躬礼。念小学和初中时和老师斗嘴是因为老师办事不公，跳级是出于无奈。如果我有儿女，他们有条件按部就班地念书，我不会让他们去跳级的。我高中时写诗是响应领导的号召，也是一时心血来潮，有的诗是我的课堂作文。我报考师范学院中文系不是因为我爱好文学，而是为了满足国家的需要。我真正喜欢的是理工科和各种制作。"

刘乾生点点头儿，心想："古全和是个老实人，有工农子弟的优点，但是他太单纯，太直率，太刚强，他的人生道路也未必会一帆风顺。"

下午军事野营的主要活动项目是抢攻堡垒竞赛。中文系大队参与攻垒的尖刀班由 4 个年级的 15 名壮汉组成。刘乾生、时俊茂、古全和都名列其中，健壮的古全和为旗手。大队指导员杨以臣站到队前进行战前动员。他说："同学们！攻碉堡的战斗就要开始！这是一项有意义的军事活动。能文能武是党和人民对我们的要求。美帝国主义不甘心灭亡。他们卵翼下的蒋介石残余势力还盘踞在台湾，叫嚷反攻大陆。我们必须时刻准备着战胜敢于来犯的一切敌人，解放祖国宝岛台湾！抢攻堡垒比赛是一项集体活动。要比个人的能力，更要比集体的力量。'尖刀班'的勇士们，你们要紧密团结，协同作战，力争第一个把胜利的旗帜插到金鸡岭的主峰！胜利属于最勇敢的人们！出发！"

这时，野营总指挥张桃芳匆忙跑来，连连问道："谁叫古全和？他在哪里?！"

杨以臣说："你找他干什么？"

张桃芳拍拍杨以臣的肩膀儿说；"你就告诉我古全和是谁吧！"

这时，张楣光指着远处队列里的古全和说："他就是古全和嘛。"

张桃芳跑近中文系尖刀班，拉上古全和边走边说："去写朗诵诗！"

古全和说道："我不行，您去找高年级的周凯山，他发表过童话诗《小蜜蜂侦察记》。"

张桃芳说"我找的就是你，快走！"

野营指挥部原计划在抢攻堡垒竞赛的过程中播送革命歌曲配合。临近竞赛，来自志愿军的中文系专修科的学生、学院广播站播音员吴敏提议说应该在竞赛过程中穿插上一些激动人心的朗诵诗，突出思想性，起画龙点睛的作用。张桃芳认为她说得有道理。这时，抢攻堡垒的竞赛就要开始，有人说，中文系的古全和能写诗，外号儿"诗人"，文思敏捷，立马可待。张桃芳立刻来揪古全和。古全和不负所望，在短短一刻多钟的时间里，就口授赶写了五六段朗诵用的短诗。

推荐古全和的是线淑平。一年前，线淑平从《东北日报》上得知古全和考取东湖师范学院中文系，想到她和他分手时在乌鸡河畔依依惜别的难忘的情景，心中激动不已，在她报到后的当天晚上就跑到东湖学生宿舍来找古全和。而当她听说并且目睹古全和已经和郜艳华走到一起的时候，心中感到非常失落。此后她再也没有和古全和联系过。

杨以臣早就知道52级有个学生叫古全和，羊修仙在汇报里提起过他，说他学习不错，但是骄傲自满，自由散漫，生活作风不够检点，给杨以臣留下了这样的印象。他觉得这很自然，是有点专长的某些知识分子的通病，他不看好古全和。但是能写诗，这在中文系是一大长处，杨以臣心中生出了见见古全和的愿望。今天他知道古全和确实有才，但是并不像羊修仙描绘的那么傲慢张狂。

"九头鸟"放大音量，播放《中国人民解放军进行曲》。雄壮的旋律震荡着金鸡岭。不时有受到惊吓的野鸡扑棱棱地从这里那里飞起。小小的山雀们惊恐地东瞅西望，不知道这里发生了什么事情。

扩音器里发出了吴敏带有湖南官话味儿的斩钉截铁的声音：

攻垒战斗现在开始！各就各位！听命令！预备——

随着信号枪清脆一响，金鸡岭主峰周围响起了一片喊杀声。12面红旗在山间和树丛中挥动飘扬。数百健儿的身影在绿树丛中隐现。《中国人民解放军进行曲》激荡着年轻人的心。音乐减弱，吴敏高声朗诵：

同志们，
敌人就在前方！
前方就是胜利！
冲啊！

《中国人民解放军进行曲》乐声高扬！

吴敏激动的声音：

杀声阵阵！

战旗飞扬！

几千颗年轻的心在跳荡！

几千双眼睛注视前方！

几千个喉咙在呐喊！

呐喊声呼唤着胜利和荣光，

尖刀直指敌人心脏！

"九头鸟"传出院广播站另一位播音员印莉莉标准的北京话：

红旗，

革命的旗，

战斗的旗，

血染的旗，

飘过两万五千里的旗，

高扬在宝塔山上的旗，

插上南京总统府的旗，

横扫一切反动派的旗，

百战百胜的旗啊！

同志们！

前进，把红旗插上敌人的堡垒！

……………

山上山下，绿树红旗如画。

呐喊声、乐曲声、朗诵声、欢呼声，震撼着金鸡岭。

第一面红旗出现在峰腰！旗手是时俊茂！

物理系的健儿们最先冲到峰顶，发出阵阵欢呼——"我们胜利啦！"

攻垒比赛胜利结束。

数学系第二，中文系名列第三。

古全和回到自己的队伍，高兴地向时俊茂祝贺。

张楣光对古全和说："你可真是'立马可待'呀！"透着对于古全和的羡慕。

眨眼之间，古全和就成了众人瞩目的人物儿。他有几年没有被这样欣赏和尊重了，心中有一种突破重围，眼前一片光明的感觉。而他没想到，这件偶然的事情竟然使他在不知不觉中经历了另一次人生道路的巨大转折，后来承受了诸多光荣和耻辱。

团委书记张桃芳跟着古全和来到中文系大队的驻地，和杨以臣耳语了些什么。然后走到古全和面前对他说道："名不虚传、写得好、有激情，立马可待！"

杨以臣问张桃芳说："你是怎么知道他会写诗的？"

张桃芳说："地理系52级团支部书记线淑平推荐的，她当时在野营宣传组。"

"线淑平？！"古全和突然惊问。

张桃芳说："是啊，怎么，你们认识？"

古全和连连摇头。

张桃芳走近古全和，拍拍他的肩膀儿，说道："小伙子，到院学生会来搞宣传吧。你现在是一年级，开学后是二年级，干到毕业，能干好几年呢，怎么样，愿意吗？"

古全和摇摇头说："我……恐怕不合适。"

"为什么？"张桃芳不解地说。

"他不是团员。"羊修仙赶紧解释说。

张桃芳瞪大显得有些天真的眼睛，看着羊修仙，不加思索地说道："这和团员有什么关系？学生会又不是团委会！再说，团可以入嘛！团员都是非团员变的。"然后又指着杨以臣问道："喂，老杨，他怎么不是团员？"

杨以臣笑着说："我怎么知道？"

"官——僚！"张桃芳说着，恬然一笑，转身走了。

一直站在张桃芳身边的黄伯芬和梁秀梨几乎同时看了羊修仙一眼。

古全和喜欢张桃芳坦荡热情的性格儿，雷厉风行的作风，认为革命是进攻的事业，共产党员就应该旗帜鲜明，无所畏惧，充满激情。他觉得张桃芳有点儿像他的孙宝藏老师，不过他们各有千秋，张桃芳不像孙老师那样深沉和稳重。

《江城日报》连续报道了东湖师范学院暑期军事野营的活动，上面有记录张桃芳、杨以臣等人说笑的照片。在一张照片上，龙秋生站在张桃芳身边。十几天之后，东湖师范学院党委收到一份匿名信。信中说，站在团委书记张桃芳同志身边的那个人很像他认识的国民党某部中尉军官林树生。领导对于这封匿名信很重视，反复进行过认真的研究。但是考虑到信中所指林树生年龄应该在 30 岁上下，而龙秋生只有 23 岁，两者差距太大，不大可能是同一个人，而且信是匿名的，无从作进一步查对，事情便成为悬案。这件事在中文 52 级的学生中只有羊修仙一个人知道。她开始为自保而疏远龙秋生，但是不久又恢复了她对龙秋生的友好的态度。

85

在学院大多数学生的心里，统帅全院的党委书记莫文林好比是庙堂里朦胧的神圣，而活跃在他们眼睛里、心里和生活里的，则是团委书记等青年团的干部。张桃芳是全院青年学生的头号儿领袖，她对古全和在大庭广众面前的推崇一下子就把他放到了抢眼的亮处，使古全和在中文 52 级同学中间骤然升高了几个台阶，引发人们普遍的关注，突破了羊修仙的掌控。她眼睁睁地看着古全和冲破了她苦心编织的牢笼，腾空而起，心里慌张，不知所措。她知道张桃芳是个在学院里说话算数的人，古全和将被重用，古全和入团的问题不久就会解决，现在她担心的不是古全和能不能入团的问题，而是她阻挡古全和入团的图谋会不会暴露，她会不会落个什么罪名。

关心古全和处境突然变化的还有他的一位入团联系人邓春梅。她一直在暗恋着古全和，而且确信他是她的囊中之物，她希望他入团，但是不希望他现在就入团，而是希望他在和她确定了恋爱关系之后再入团。现在她认为自己比古全和高一个等级，如果他入团他就和她平起平坐，没有政治优势了，他们的爱情很可能就无从谈起了。对于邓春梅心中的小九九儿，古全和茫然无知，对于她的这种美好的意愿毫无察觉，让她有话说不出，焦躁不安。

邓春梅从她坐在俄式四轮大马车和同学们来到东湖学生宿舍前第一次见到古全和的刹那就对他产生了好感。而她身高刚满1.5米，相貌平平，学习一般，和身材高大健壮的古全和并不般配，在文化教养方面差异就更大。然而她自视很高，深信她和古全和一定能够走到一起，特别是在她被指定为团支部委员以后的那些日子。旧社会男女讲"门当户对""郎才女貌"，如今也是一样，不同的是男女婚配有了新的内容，工农家庭出身，党团员的称号儿都会抬高一个人的身价。大白楼第38居民组大组长王长顺早就知道了这个道理，他在给他儿子说亲时，曾特地嘱咐媒人告诉对方儿家长，说他是共产党员。邓春梅信奉这种崭新的婚恋观，认为自己出身赤贫家庭，是共产党的嫡系，是团龄满一年零三个月的老团员，还是团支委，而古全和则是群众，政治上低她一两个等次，她相信古全和有和她一样的想法儿，一定会主动向她靠拢，争取进步和爱情，一直等古全和开口，而古全和对于她的善意麻木不仁，毫无反应，这让她恼怒。现在团委书记看上了古全和，她担心古全和很快就能入团，那时他们的身价会从"阴贵阳贱"一变而为"阳贵阴贱"，古全和还可能扶摇上扬，那时对她说来，古全和就望尘莫及了。她急于在暑假期间把她和古全和的关系定下来，就不断找古全和汇报思想，等他说出那句关于"爱"的话。而蒙在鼓里的古全和完全不知道配合她，邓春梅就大发脾气。现在向邓春梅汇报已经变成了古全和的精神负担，他不知道她的情绪为什么这样阴晴不定，他错在什么地方儿。

军事野营过后的第二天一早，邓春梅又嘟噜着个脸子到208来找古全和谈话，地点仍然是东湖宿舍楼群中间的那片草地。她认为在这里谈话，能给周围宿舍里的同学们造成一种他们是在谈情说爱的景象，给古全和制造压力。

"你有什么打算嘛？"邓春梅冷冷地说。她问的是古全和对于他们之间的关系有什么打算，而古全和并不理解她的意思，便说道："我打算利用暑假这段时间总结一下一年来的学习，然后再到外面去找点活儿干干，看能不能挣个路费，寒假回老家看看我的爹娘，再就是到宋家屯镇去看看我小学的老师和同学，看一些必读的中国现代文学作品，为新学年学习中国现代文学史做准备。"

　　他的这些想法儿前些日子已经向邓春梅汇报过。

　　"你到底有没有朋友?!"邓春梅两眼斜视着古全和质问道。

　　"从小学到中学,我走过9所学校,只有高中念满了两年半,处得好的同学不多……"

　　"你是不是拿我不当回事儿?!"邓春梅有些恼怒地说。

　　"那怎么会,你是团支部的代表!"

　　"你到底有没有女朋友?!"

　　古全和不知道邓春梅为什么总问他这个问题,仍然回答说"没有。"

　　"那你对我有什么看法儿?"邓春梅紧张地注意着古全和的神态。

　　古全和认真地说道:"你生活俭朴,学习努力,关心同学……"

　　邓春梅突然站起身,什么话都没说,转身一晃一晃地走了。

　　古全和愣怔了好一会儿,头脑中泛起邓春梅近来的一些反常的举动,猛然想到邓春梅是不是对他有好感,在等待他就这个问题表态,所谓明确彼此的关系。他怎么都没想到她对他会有这样的想法儿。

　　从古全和前天意外地听说线淑平也在本院,他心里装的就是线淑平,考虑他要不要立刻去见线淑平。邓春梅走远了,消失在前面楼房的拐角儿,古全和的心思又回到线淑平的身上,心中浮起他们在乌鸡河边话别的温情难忘的景象。

　　去年高考发榜的时候,古全和翻遍了沈阳医学院所有专业的榜文,没见有线淑平的名字。他非常着急。线淑平是他高中时期最要好最知心的同学。她对他的善意和好感让他难忘。可是她榜上无名。她怎么啦?是落榜了吗?他想不可能。那是统一分配到其他院校了吗?他翻遍了《东北日报》的全文,仍然不见线淑平的名字。去年分手时他们乌鸡河边有过保持联系的约定,可是也不见线淑平有信来,他感觉失望和难过,心中走马灯般地反复浮现出各种可能。他不怀疑她对他的友谊,但是担心她遭遇了什么不幸,而从没想过她就在本院,而且还曾经来找过他。不过此刻他不想去找线淑平。他想线淑平肯定是早就知道他在本院,而没有来和他联系,这就是说,她放弃了他们在乌鸡河边的约定,不想和他保持联系,也许到了新环境,结识了新朋友,说不定已经恋爱了,他不想介入她新的人际关系,干扰她的新生活。

86

在野营归来的路上，张楣光一直伴行在古全和的身边，不停地和他闲聊，聊她老家成都的小吃儿，什么担担面呀，红油抄手儿呀，红油锅贴儿呀，夫妻肺片儿呀，叶儿粑呀，等等等等，聊得津津有味。队伍走近东湖学生宿舍附近解散后，张楣光又跟随古全和走进东湖宿舍，在宿舍的大门里，她忽然低声对古全和说道："想和你聊聊，有时间吗？"

古全和不假思索地回答说"好啊。"

古全和一直当学生头儿，经常和女同学打交道，但是他除开在小学时曾经为做生意应邀借住在巫衍芳家，和巫衍芳姐妹有过短暂的个人密切交往之外，从没和女同学个别交往过。即使现在也是这样。但是他发现南方男女同学之间的交往比较解放。北方男女同学彼此拉拉手都是问题，个别接触就意味着他们的关系不一般，往往被人们认为其中有恋情。而南方同学开放，不存在这个问题。福建来的女同学方静葆夏天的时候常常光着双脚，和随便哪个男同学勾肩搭背，无所顾忌地说笑着在大街上一路同行，进出餐厅宿舍。北方同学不敢轻易向异性说出一个"爱"字，而南方同学——主要是男生，就不是这样，他们往往越遭拒绝越来劲，有的不惜自虐，一直死皮赖脸，穷追猛打，直到对方和别人定情结婚。中文52级的岑云鹤就是这样，他离家后他的妻子上吊自杀，他一进大学就追逐蔺丽莲，一直到大学毕业，才各奔东西。古全和不假思索地答应张楣光还因为他对于包括邓春梅在内的四川女生印象不错。他感觉她们生活俭朴，来校时穿的都是自家缝制的蓝色家织棉布的衣裳，没有性别差异的黑色厚底儿大头皮鞋，性情开朗，学习用功，待人热情，来自成都一带的张楣光等同学说话像唱歌儿，很好听。古全和还想张楣光是团小组长，说不定她是有意见要对他说。

张楣光说："那就明天？"

"好，就明天。"

第二天晚饭时，张楣光走到古全和的身边对他耳语道："和平街，不见不散！"

　　张楣光神秘的举动引发古全和的思忖，他想："为什么要这样神秘？张楣光属第二行政小组，平时她只是经常借用我的笔记，并无更多交往，她和我有什么好聊的？"心里有些嘀咕，联想到郜艳华给他造成的麻烦，担心张楣光是郜艳华第二，心里生出爽约的念头儿。可是又想，大家已经同窗一年，好比兄弟姐妹，一起谈谈思想和学习也很正常，再说定下的事情无故爽约，影响同学关系。饭后他就怀着这样一种犹豫矛盾的心情离开学生餐厅，沿着餐厅前面的南北向的小路儿朝和平街走去。从学生餐厅到和平街只有几步路。

　　太阳还老高，但是热度已经开始减退，偶尔有凉风吹过。三三两两的学生在和平街上散步。和平街是一条联结着东湖东边的湖滨路和自由大路的东西向的沙石铺就的小路，长度不过一华里，两边是人工培植排列整齐的高大的杨树，杨树的后面是天然生长的杂乱的柳树和榆树，树间是半人高的蒿草。平时这里很少走汽车，连马车都少见，在这里漫步不必担心交通安全。

　　古全和看看西方耀眼的大太阳，意识到自己来早了。可是张楣光说的是晚饭后，既然来了，也不想再回宿舍，就一个人在街上闲溜达，想到张楣光有可能和他谈感情，把他扯进恋爱风波，后悔考虑不周，答应了她的约定。

　　古全和在自由大路同和平街相交的丁字路口儿碰见了宋廷谋，见他的脸红红的，脸上的油汗在夕阳下闪光，神情模糊，略有醉意，知道他是从便宜坊吃喝回来。宋廷谋问他在这里干什么，他如实回答，宋廷谋笑嘻嘻地对他点点头儿，挥挥手，摇摇晃晃地朝东湖宿舍走去。

　　古全和不知道自己在和平街走了多少个来回，悔恨自己粗心，没问清楚约会的具体时间，落得一个人在街上出洋相，偏巧又碰上了喜欢多嘴的宋廷谋，不知道他回去会对同学们说些什么。

　　太阳开始在远方的地平线上颤抖，天空依然明亮。

　　太阳终于落山了，和平街尽头儿的自由大路上亮起了路灯，不时有电车闪着电光隆隆地从电车站那里通过。这时，和平街上只有古全和一个人在来回地傻走，而张楣光却仍然没有露面儿。古全和开始怀疑张楣光是不是有意捉弄他。柳士杰说过，"女人的心思让人猜不透。"古全和此前从没有关心过"女人的心"，此刻他想，也许张楣光并不像他想象的那么坦率，她真的是在耍他。

天完全黑下来了。没有路灯的和平街已经沉入黑暗之中。古全和断定张楣光失约了。他怪张楣光做事马虎，把这件事忘记了，但是他也想过她是有意这样做，她可能是个恋爱的老手儿，喜欢玩弄别人的感情，那问题就严重了。不过他想，张楣光是应届高中毕业生，不至于这样。

东湖学生宿舍一个个房间的窗户陆陆续续地亮起来，古全和想张楣光肯定是不会来了，心里既有受骗的沉重，也有解脱的轻松，就朝连接着和平街和东湖学生餐厅前面的那条小路儿的丁字路路口儿走去，想回宿舍上晚自习。而就在这时，他发现从路边那棵大柳树下的蒿草丛中站起一个人，并朝着他发出咯咯的大笑声，而她正是张楣光。古全和并不觉得这有什么好玩儿，而是觉得自己被愚弄了。他在和平街上展览，张楣光在草木和夜幕的掩饰下看他出洋相！他感觉张楣光不再单纯，自己上当了，开始提防她。

"等急了吧？"张楣光笑得前仰后合，"哪有光天化日之下约会的呀？哈哈哈哈！"

古全和注视着张楣光模糊的影像，没有笑，觉得张楣光不具备和他开这种玩笑的交情，猜想她这样捉弄人未必是头一回。

张楣光的确有这种耍人的恶习，不过她约会古全和是出于真情。古全和个人的体积、质量和雄性特征都很让她动心。去年的此刻，她坐着俄式四轮大马车前来报到，没下马车就被站在东湖学生宿舍门外台阶儿上迎接他们的古全和的壮美所震惊。她目睹他轻松地抓起过百斤重的皮箱，轻松地搭在自己的肩上，一步步从容地向宿舍的深处走去，那景象深深地刻印在她的心上，她恨不得高声为他叫好儿，对他表达崇拜之情。但是她并没有立刻向古全和靠拢。郜艳华的活动拉低了古全和的身价，而她张楣光本人也是时代的产物，不能不顾及自己的虚荣心。新社会讲政治，而古全和的政治条件不行，他不是团员，她不能降低身价向古全和示好。可是现在不同了。郜艳华风波已经过去，古全和的学习在班上名列前茅，老师和同学都对他另眼相看，团委书记张桃芳当众给他标上高价，预示了他美好的政治前景，不久古全和就要进院学生会，肯定也会加入青年团，甚至加入共产党，留校深造也是可能的，她必须抢先约会他。不过她并不想现在就和古全和谈朋友，她只是先挂他一个号，和他"耍"起来，然后再走着瞧。她相信自己的手段，古全和也不会让她失望。

张楣光回味着她刚才的杰作，得意地朝东湖的大堤走去，边走边和古全和天南海北地瞎聊。她认为对于有情人所有的废话都是情话，都动听。她没有越过湖滨路登上高高的东湖大堤，而是沿着湖滨路的土路朝北走去，到湖滨路的北头儿才登上堤岸，坐到大堤林间一条木制的靠背长椅上。心有芥蒂的古全和没有和她坐在一起，而得意的张楣光并没有察觉古全和态度的这种变化。

天上群星闪烁，湖边凉风习习，湖面微波起伏，波声依稀可闻。

"真凉爽啊。"张楣光快活地说道。

古全和说："我都感觉有点儿凉了。"

张楣光说："你是北方人，为什么反倒怕冷？"

古全和说："南方人比北方人扛冻。"

"为什么？"

"北方人寒冷时候的体温靠取暖、增减衣服等人工条件维持和调剂，而黄河以南，特别是长江以南的人靠自身的能力维持和调节体温，适应外部环境的能力比较强。"

"哦，有道理。"

张楣光想听的不是古全和讲的道理，而是带有感情色彩的话语，是古全和对她的赞美。而古全和无意满足她的这种愿望。她就诱导他说："你对我有什么看法儿呀？"

古全和一本正经地说："你各方面儿都很好。"

这话张楣光喜欢听，但是并不满足，说道，"那怎么会呢？"

古全和说："你生活俭朴，学习用功，思想进步，各方面都不错。"

张楣光感觉满意，但是她真正需要的不是这些，她笑着说："你咋子这样说话嘛，我又不是要你来给我作鉴定的！鉴定也不能光说好话嘛！"

古全和意识到，张楣光要听的可能不是这些，而是对她思想性格的称赞。比如温柔、可爱、聪明、淳朴之类的一些温情的话，可是他并不真正了解张楣光，类似的话他也说不出口，不想说，便语气平和地笑笑说："咱们平时接触不多，我说的只是个人的印象。"

张楣光意识到古全和无意和她谈感情，便换成平和的语调儿说："请你多多批评哟。”

古全和认真地说:“你是不是有点儿优越感?”

张楣光感觉古全和不知好歹,和她玩起了批评自我批评,很恼火,忍不住连珠炮般地吼道:“有嘛,有嘛!我是团员,就是有优越感嘛!”

张楣光忘乎所以地耍起了小姐脾气,使得古全和对她原有的好感消失殆尽。古全和一直以为张楣光来自知识分子家庭,性情温和。3 年后,才听岑云鹤说,张楣光生长在成都,她老家是内江,内江的一个大家族,清朝康熙年间发家,大富过百年,一直到解放。解放前,他们家经营土地、航运、酒类和糖业,是内江头等大户。古全和认为张楣光这种阴晴不定的小姐脾气,和她小手小脚儿的生理特征可能和她的家族有关。一个家族,如果连续多代脱离体力劳动,他们的生理功能就会退化,而张楣光小得出奇的小手儿可能就是她家族历史的产物儿。古家庄流行的所谓“大手抓草,小手抓宝”的顺口溜讲的就是这个道理。法国的拉马克,苏联的米丘林都有这样的主张。劳动人民,由于从事健康的劳动,肢体得到锻炼,手脚发育正常,都是粗手大脚,而常年脱离正常的体力劳动的寄生虫则发生退化,包括手脚变小。剥削阶级的人物儿颠倒了这种关系,编造出这种写实的同时又是颠倒是非的顺口溜儿,为他们的剥削、寄生制造虚假的理论根据。

张楣光发现和古全和“耍”不下去了,感觉失望,就站起来,故作亲热地笑着说道:“有些凉了,咱们回吧!有时间再聊。”

“好的。”古全和像得到了解放,也站起来和张楣光一起离开了大堤。

古全和回到宿舍,庆幸事情就这样平安无事地过去了。然而事实并非如此。

第二天,张楣光就离开江城回四川内江老家去了。

暑假回家探亲的是少数家庭经济条件比较好的同学,多数学生仍然留在学院里,校园里依然熙熙攘攘,并不寂寞。古全和外出打过两周的短工,暑假很快就过去,转眼进入 9 月,不久就开学了。

开学后的第二周,张楣光还没有返校。宋廷谋故作神秘地问古全和:

"喂，张楣光为什么还没回来上课呀？"古全和知道宋廷谋是在暗示他和张楣光关系不一般。这是古全和最不愿意听见的话，便冷静地回敬他说："我怎么会知道她为什么没回来上课。"

开学后第三周的周日，张楣光终于回来了。她是班上返校最晚的。团支部公开批评她无组织无纪律，她辩解说她是因为帮助她男朋友护理他生病住院的妈妈而耽误了归程。

几天后，班上有人说暑假期间古全和追求过张楣光，遭到她的拒绝。时俊茂马上把这个消息报告给古全和，时俊茂说，他曾经就这件事问过张楣光，张楣光不置可否。他问古全和，有没有这回事。古全和说没有，只是张楣光在军事野营返校后约他聊过一次。时俊茂劝古全和少去招惹那些南方的丫头。

按系里的教学计划，中文 52 级的现代汉语课开 3 个学期，新学期继续开。本学期新开设的课程有逻辑学、政治经济学、中国现代文学和中国古代文学。现代文学和古代文学都是重头戏，课时多，必读的文学作品也多。古全和决心全力以赴地学好这些课程，争取考试成绩全优。

古全和发现张楣光吃饭、上课、走路都有意躲着他，意思是表明她和古全和没有关系。一天的课间，张楣光当着教室里许多同学的面儿，递给他一个折叠成精致的小方块儿的便条儿。古全和感到奇怪，同学间有话说在当面，有什么必要传纸条书儿？打开一看，上面写着这样一些文字：

古全和同学，你好！

那天我们谈得很好。你的意见对我很有帮助。你诚恳、善良、好学、积极要求进步，是个很好的同学，值得我学习。希望能经常得到你的帮助，特别是在学习上。

我在中学时有一个好同学，他叫谌来清，现在四川师范学院中文系念三年级。此次我回内江，就是由他陪同我度过了愉快的假期。我们的关系就到此为止吧。再次谢谢你对我的帮助。　祝你

健康，幸福！

尊敬你的同学　张楣光
一九五三年九月二十八日

古全和反复看过张楣光的便条儿，目光最后落在"我们的关系就到此为止吧"这样几个字上。古全和想，字条儿的"所谓'我们的关系'显然是指'恋爱关系'，可是我既没有向你求爱，你也没许诺过我什么，何谈'到此为止'？她这不是蓄意往我脸上抹黑吗？她为什么要这样做？"他开始怀疑张楣光的为人。

古全和追求张楣光遭拒绝的事因为张楣光说她有男朋友而变得有些严重。张楣光拒绝古全和，表明她感情专一，受人称赞，而古全和追求张楣光则落得了一个"插足者"的罪名。古全和感到恼火，而事情又没有人当面对他说，他无由站出来洗白自己；即使他站出来澄清，两个人的事，也是说不清道不明，除了"插足者"，还会落个赖皮的坏名声儿，只好暂时忍气吞声。他想"路遥知马力，日久见人心"，大学生活还有3年，总有水落石出的那一天。

关心古全和的人不少，他本人愿意息事宁人，但是有人不甘寂寞。第一个站出来掺和这件事的是柳士杰。他对古全和说："老弟，你叫人家给'涮'啦，跳进黄河也洗不清喽，团组织听张楣光的，而不会听你的。你'插足者'的罪名是逃不掉了，这回你算是栽啦。"古全和对他笑笑，没有说话。他知道柳士杰是非多，班上的好多矛盾和他有关，他这是在挑拨他和团组织的关系，不能上他的当。

最关心古全和"插足"问题的是羊修仙。她在得知这个消息后连夜找古全和谈话，要求他详细交代事情的经过。古全和如实对她述说了事情的经过。羊修仙说，怎么会这样简单呢？人家是有男朋友的呀，这件事影响很坏，按中国传统的说法儿，是"朋友妻不可欺"，新中国的青年要讲道德呀，有了错误要勇于面对，对组织要忠诚老实，这是组织的考验。古全和说，他讲的是实话，组织可以审查。

让古全和感到奇怪的是，在班上跟班听课的一个病病歪歪的旁听生也来掺和他的事。他在课间悄悄地来询问他的这件事。古全和觉得他多事，本不想理睬他，考虑到他比自己年长，也可能是出于好奇，就悄悄地对他述说了事情的来龙去脉。他点点头儿，安慰他说，"不必把这件事放在心上。一次约会构不成恋爱，更无所谓'插足者'。即使真是恋爱也未必就是错误。求爱和被拒绝都是正常的。恋爱自由嘛。要相信组织，相信群众，事情会弄清楚的，不要影响学习。无论是否恋爱，无论成不成，都不是错误，但是因为这种事影响学习那可就是错误了。"古全和发现对方谈吐很不一般，问他贵姓，他说姓秦。

88

团委书记张桃芳在暑期军事野营当众说要让古全和到院学生会去工作，这件事让羊修仙很揪心。放飞古全和到院学生会工作，她对他就失去了控制，他入团的事情她将难以阻挡，他在大学期间入党也是可能的。不过开学已过三周，团委和学生会都没有派人来谈调用古全和的事。她以为张桃芳只是一时心血来潮，随便一说，这样的干部并不少见。想到这里，她揪着的心就放了下来。而就在这时，张桃芳亲自到东湖学生宿舍来找羊修仙谈古全和的事了。羊修仙同宿舍的人，见团委书记来谈工作，都主动离开了宿舍。

张桃芳要和羊修仙谈的不只是古全和工作的问题，还有他入团的问题。羊修仙在张桃芳说明来意后说道："我们是不同意古全和现在就去学生会宣传部工作的。他是个群众，骄傲自满，组织观念淡薄。"

张桃芳说："古全和是不是团员关系不大。尖子学生在政治上成长的某个阶段往往有骄傲自满、自以为是、脱离群众和自由散漫等毛病，这就好比草原上的野马都有脾气一样。我们就是要把他们驯服成服从号令、能征惯战的战马。我选的是能干工作的干部，不是道德模范。让古全和到学生会去工作，就是要用其所长，促使他在实际工作中锻炼成长。"

羊修仙说："古全和有生活作风问题，大一时闹过一次恋爱风波，惹得高年级的刘乾生同学发了神经，暑假期间，他又去招惹我们班的一个有男朋友的女生，遭人拒绝，影响很坏。我们认为离开班集体不利于他成长。"

张桃芳手里正在玩弄着谁的一把精致的牛角小梳子，听羊修仙这样说，立刻把小梳子放回原处，认真地问道："有这种事？情况属实吗？"

有野心的人往往胆子也大，羊修仙夸张地说："我找他谈过，千真万确。他承认和那位女同学约会过，但是他的态度不好，不承认是插足别人的恋爱，不肯交代事情的细节，我准备再找他谈谈，帮助他端正态度，认识错误，必要时要他在班上做个检讨。"

张桃芳思忖着说："是个问题……不过年轻人制造一点儿风流故事，只要不违法，也不是什么大事。"然后又断然说道，"这样吧，先让古全和到学生会去工作，关于他入团的事，我们尊重你们团支部的意见，请你们认真研究研究，下周一给我们个意见。"张桃芳说完，站起来，一阵风儿似的走了。

张桃芳盯着古全和不放，亲自过问他的问题，急于解决他入团的问题，是因为他从线淑平那里了解过古全和的情况，知道他家庭出身好，社会关系清白，学习好，有文采，活动能力强，现在刚进入二年级，有培养前途，有可能成长为下届学生会主席的候选人，至少能担当学习部长或是宣传部长。

羊修仙知道她不可能强行把古全和留在班上，她能做的就是推迟古全和入团的时间，她不仅担心古全和脱离她控制，更担心暴露了她阻挡他入团的活动。但是她仍然要竭力推迟古全和入团的时间。因为她听系秘书兼团总支书记王春泽私下里对她说，到中文52级毕业时的1956年，系里教师缺编的情况将会缓和，上级反对'近亲繁殖'，本院所需教师要尽量从兄弟院校调入，本系留人比例将很小，也许每届只留一两个人。羊修仙想，古全和的学习成绩越来越好，越来越显突出，如果那时他已经是党员，而留校生只有1个名额，那就是他了！想到这里，她感觉心慌，心中升起一种绝望的痛苦，决心不惜一切推迟古全和入团的时间，以便让他失去在大学毕业前入党的机会，以保持她自己在政治上的优势。她确信，有王春泽和杨以臣的支持，她一定能在毕业前入党。

团委书记亲自到中文52级来过问古全和问题，并要求他们团支部就古全和入团问题拿出个意见来，羊修仙不得不召开有团小组长参加的团支委扩大会，研究古全和入团的问题。事情涉及张楣光，她没有列席会议，列席会议的团小组长只有邓春梅一人。

黄伯芬说，古全和各方面儿表现都很好，具备了团员的基本条件，认为可以在近期讨论他入团的问题。梁秀梨表示附和黄伯芬的意见。但是古全和的另一个联系人邓春梅保持沉默。她的心情很矛盾，她希望古全和入团，但是不想他在这个节骨眼儿上入团，也就是不想放弃她对古全和在政治上的优势，而是幻想在此期间古全和会有所醒悟，确定和她的恋爱关系。

大家发言过后，等待羊修仙表态。羊修仙面无表情地坐在那里，过了好一会儿，才说道："你们听说过古全和和张楣光的事了吧？"

黄伯芬明确地说："这不算问题，不影响古全和入团。我了解过，事情是张楣光本人张扬出来的，是张楣光约谈古全和谈话，而不是古全和追求张楣光。即使他们真是谈情说爱，古全和真的向张梅楣光求过爱，张楣光真的拒绝了他，古全和也没有什么过失。恋爱嘛，可能成，也可能不成，不牵涉道德品质问题。"

羊修仙坚持说："张楣光可是有男朋友的呀！"

梁秀梨说："谁知道她说的是不是真话。她的信件最多，也许男朋友也少不了。"

两个支委同意发展古全和。邓春梅没有表示异议，按说团支委可以进行表决了。可是羊修仙还是说："慎重一点地好呀。一年级的时候，古全和跟郜艳华闹得糊里糊涂，弄得郜艳华的男朋友刘乾生发了神经。现在又有张楣光的问题，在班内外影响很不好，还是先认真地弄弄清楚，对他进行一段时间的教育，等他有所认识，然后再发展他。"

黄伯芬说："怎么能把刘乾生的问题算到古全和的头上呢？在这个问题上，古全和没有过错。大家也都已经知道了事情的真相。"

羊修仙有些不满地说："怎么能说和古全和没有过错呢？他明明是事情的一方嘛！还是再调查一下，等把他的事情弄弄清楚，请示过团总支再说吧。"

梁秀梨说："古全和入团的问题早就应该解决了，连外班的同学都在替古全和鸣不平。有人问我：'古全和学习好，工作积极，为什么不是团员？我也不好回答。"

黄伯芬和梁秀梨都感觉羊修仙对古全和有成见，她就是不想发展古全和。但是她们不知道她为什么要这样做，因为没有人想到学习成绩如羊修仙这般的同学会有留校，或是念研究生和当教授的野心。

89

东湖师范学院学生会宣传部是学生会内部最大的一个机构，下设编辑组、通讯组、时事组、播音组和板报组，全员30多人。编辑组是宣传部的核心，它把其他各组联系成一个有机运转的整体。

宣传部长滕飞是地理系三年级的学生，党员，干部子弟，父亲是高级民主人士，住过延安，滕飞的童年是在延安度过的，在延安时，他经常见到毛主席。滕飞才智不高，也不算能说会道，但是为人和善，老实厚道，作风民主，工作踏实，和古全和一见如故，他安排古全和担任了编辑组长。编辑组总共有6人，多数来自中文系53级。古全和的眼界、胸怀、才智、经验和实干精神，很快就在工作中展现出来。

古全和到院学生会工作不久，羊修仙就到宣传部找滕飞了解他在宣传部工作中的表现，她和腾飞谈了些什么，古全和一无所知，不过经验告诉他，她不可能是出于善意，古全和已经意识到羊修仙有意阻挡他入团，想到这个问题他就觉得心烦。他想入团本来是一件光明正大的事，怎么会弄得这样说不清道不明呢，羊修仙为什么要这样干。

本周一中文52级又来了一个旁听生，是个女生，叫臧淑贞。高高的个子，圆圆的脸，留着乌黑的齐耳短发，二十四五的年纪，面皮稍嫌粗糙，像常在野外活动的那种人，给人的印象是朴实，健壮，大度，随和。她爱说爱笑，看着就让人喜欢。她只是先后在中文52级十几名旁听生中的一个，而她很快就成了全班同学的领袖人物儿，连大权在握的羊修仙也不得不对她笑脸儿相迎。王春泽说，她是黑龙江鹤岗人，是原东北大学学生会领导人之一，1948年冬随解放军和东北大学来到江城，在东北大学于1950年合并进东湖师范学院后，她曾经做过东湖师范学院第一届院学生会主席。解放初，东北大学和后来的东湖师范学院学生会，经常奉命组织讲演团和宣传队在江城的城区和郊区开展讲演、文艺演出等各种形式的宣传工作，宣传党的方针政策，和人民革命在各条战线的胜利。由于日夜操劳，积劳成疾，脑神经受了严重的损伤，一度完全丧失了记忆，既不能继续工作，也不能坚持学习，只好休学疗养。她和另一个姓秦的旁听生一样，也是试着在中文52级做旁听生，如果能够坚持下去，就想跟随52级完成大学本科的学业。几乎所有的女生都劝说她加入52级，和她们一起学习，背地里还嘀咕说，她要是加入52级，就选她当团支部书记。羊修仙目睹班上的同学像众星捧月样地围绕在臧淑贞周围，深感嫉妒，而在听到有人要把臧淑贞留在班上，并选她当团支部书记时，深感不安，非常不满，批评说这些人是在进行非组织活动。不过臧淑贞没有在中文 52 级待多久，两个月后，她就不声不响地离开了。没有人知道她到什么地方去了。可是大家都很惦记她，常常打听她的消息。有人还千方百计地从自己的家乡打听到了给她治病的一些偏方儿。

臧淑贞走后不久，秦中州也走了。秦中州来旁听中文 52 级的课程早于臧淑贞，但是他不爱说话，担心别人忌讳他患有传染病，而不主动和同学们来往，所以他没有臧淑贞那么好的人缘儿，他的离去没有引起同学们的注意。然而几周后他又回来继续听课。来自电影制片厂等文艺单位的旁听生，一般只听文学理论或现代汉语等一两门儿课程，而秦中州是听全部课程，旁听专题课堂讨论，后来又听说他将和中文 52 级的同学们一起完成学业，传闻说他是党员，是系党总支书记杨以臣亲自送来的，学院总务处还给他安排了住处，并安排他在学院病号儿灶用饭。王春泽说他叫秦中州，是原东北大学学生会的主要领导人，解放初江城高校学生运动中的头面人物儿，张桃芳和杨以臣都是他介绍入党的，有些同学开始对他另眼相看，一些关心政治的人开始注意他。

秦中州身高不过 5 尺。面容清瘦，神态严肃，面色中透着病容，言谈举止有点儿像朝鲜人，瘦削的脸上泛着淡淡的红晕，闪动着一双明亮专注的大眼睛，有些拘谨，很少说笑，听说他祖籍山东平度，父亲少年时流落关外，落脚儿延边，曾在林区伐木，是抗联的战士，1941 年冬，牺牲在现在的黑龙江尚志县，是他朝鲜族的母亲把他养大成人。1947 年，不满 17 岁秦中州就参加了共产党，土改剿匪时，遭敌人暗算，失掉了右臂。后来进入东北大学，又转入东湖师范学院，不久得了肺病，至今没有完全康复。他上课时一个人独自坐在教室西北角儿上的一张课桌前，课间一个人默默地坐着，听周围的人说话，从不插嘴，也不打听班上的事情。

有一天，在逻辑学的课堂讨论过后，秦中州突然向羊修仙问到古全和的情况，羊修仙立刻警觉起来，说他学习不错，但是思想比较复杂，作风也有些问题。

过了一些日子，秦中州又离开学校回延吉了。羊修仙估计是他的病情恶化，不能坚持学习，不会回来了。可是不久秦中州又回来了。系秘书王春泽正式通知羊修仙和徐奥卉，秦中州是 52 级的插班生，参加班上的活动。

几天后，羊修仙得知中文52级和53级建立了联合党支部，秦中州当选支部书记，后来又说由于身体原因改做组织委员。秦中州住的东湖学生宿舍209房间立刻变成了一个闹市区，想入党并认为自己有条件入党的同学纷纷进出209号儿房间。龙秋生天天往209跑，有时一天几次，问询秦中州有什么需要。邓春梅、张楣光、黄伯芬、牛子奇、蔺丽莲和羊修仙等，几乎所有的老团员都经常往209房间跑。大龄同学岑云鹤和柳士杰也拜访过209房间。这样的景象持续了一个多月，情况渐渐地发生了变化，觉得有望入党的少数人，如龙秋生、羊修仙、黄伯芬等继续往209跑，而觉得无望入党的那些人就渐渐地离开了209房间，接着班里就刮起了一股小风儿，说秦中州精神状态不好，他单独住一个房间是在搞特殊化，他学习不用心，关心的是空谈人生价值，谈情说爱，正在追求某某女生。古全和心里为秦中州感到不平，认为有人在想利用秦中州的时候，天天往209跑，而当他们发现自己的目的达不到的时候，就冷淡人家，说人家的瞎话，这样的人连好人都算不上，还谈什么入党！

其实，秦中州住的209房间只是楼道拐角儿上只有一扇窗户的小屋子，只能容一张单人床，一张学生课桌。虽然有房间的编号儿，却不算正规的房间，类似当年古全和在大白楼里的冰洞。东湖学生宿舍曾经是伪满洲国的官员宿舍，209房间当年是分管宿舍清洁卫生的勤杂人员的住处，在秦中州进住前，是堆放扫帚等清洁卫生工具的地方儿。院卫生科长担心秦中州的肺结核可能传染，危及公众安全，才建议总务处把他安顿在这里。

古全和住的208房间和209房间只差一号，却在不同的楼道里。209房间在走廊的拐角处，而208房间则在同一条走廊的深处。古全和进出宿舍经常从209房间前经过，偶尔会碰见秦中州。每次相遇，秦中州都对他笑笑。古全和也报以微笑。他们至今还没有过过话。

前天中午，古全和在从教室到餐厅的路上碰上了秦中州。秦中州对他说："你就是古全和同学吧？最近写诗了吗？"他态度和蔼，话语清晰，神态从容，面部肌肉偶尔会抽搐一下。

古全和点点头儿说："你叫秦中州？"

秦中州点点头儿说："是的，听说你在学生会工作？"

"刚去不久。"古全和随便说道。

"滕飞好合作吗？"

"他人不错，你认识他？"

秦中州点点头儿，然后说道："有时间聊聊。"

古全和没有回应秦中州。他想自己没有什么话要和秦中州说。

今天是星期天，陈连琪终于离掉他的所谓封建包办的妻子，带着他新近结交的女友中文专科胖墩墩的小赵儿一起逛街去了。龙秋生和叶沧海结伴儿去了阅览室。宋廷谋昨夜直折腾到后半夜舞会结束才回到宿舍，此刻还睡在床上。古全和给他打回来的早饭放在桌子上，赶去宋家屯镇去看望他小学的班主任陈昌老师。

秦中州先后来 208 房间 3 次，见宋廷谋一直在昏睡。午饭前他在走廊里碰见宋廷谋，问他古全和在不在，宋廷谋说古全和到宋家屯看望他小学的老师去啦，估计晚饭后才能回来。秦中州请宋廷谋转告古全和，说他找过古全和。宋廷谋说一定转达。

现在中文 52 级有两个残疾人，两个英雄人物儿。一个是柳士杰，他失去了左小臂。一个是秦中州，他失去了整条右臂。班上的同学们已经知道秦中州是党员。他入党早，参加过土改和剿匪。他没能满足一些人追求进步的愿望，却也还没有触犯到什么人的利益，个别人对他不满，也只能在背地里制造和散布一些流言蜚语，表面上对他还是尊敬的。党员公开的时间不长，党员的人数儿也不多，他们几乎个个严格自律，事事注意发挥先锋模范作用，很像是特殊材料制成的，一般人对于党内生活知之甚少，党员对于多数同学还有点儿神秘。秦中州插入中文 52 级后，来找他谈入党问题的人不少，而他主动找别人谈话的事例还不曾有过，他亲自到 208 找群众古全和谈话就成了班上的头条新闻，当天就在班里传开，反应最大的是羊修仙。她想古全和学习好，秦中州可能是请他帮助他补课。可是当她想到，秦中州可能要插手班上的工作，而不找她这个团支部书记，却找非团员古全和了解班里的情况的时候，感觉问题严重。她知道古全和对于班上的工作和她本人有看法儿。

对于秦中州的到来感到不安的还有龙秋生。

晚饭后，古全和才回到宿舍，宋廷谋说秦中州找过他。古全和喝过一杯水就去找秦中州。

209房间的门开着。秦中州正在和黄伯芬谈话。秦中州见到古全和，立刻站起来，有点儿神经质地高兴地笑着说："来，快来坐！"

古全和说："你们谈，我过会儿再来。"

秦中州和黄伯芬同时站起来。秦中州说："我们谈完了。"

但是古全和还是退出，回到208。

龙秋生关切地问道："他找你干什么？"

古全和看也不看龙秋生，说："不知道，也许是谈学习吧。"

古全和刚坐在自习桌前翻笔记，秦中州就来叫他了。

古全和随秦中州来到209房间，见黄伯芬已经离去，便说道："有事吗？"

"没什么要紧的事，随便聊聊。"

古全和坐在刚才黄伯芬坐过的地方。

秦中州笑着说："听说你学习好。我参加了逻辑学课的专题课堂讨论，你的发言最精彩，连李志才老师都夸你。李志才是我的老同学，眼眶子很高，他可是很少夸奖人的。"

古全和真诚地说："说不上，只能说我的考试成绩还行，要说中文专业，我算是刚刚入门儿。我在文学方面没有什么修养，一点儿文人习气都没有。琴棋书画样样儿不通，会扒拉两下儿吉他，还是半路出家，自学的，来大学前只是囫囵半片地念过《西游记》《新儿女英雄传》《钢铁是怎样炼成的》等少量正经的文学作品，连《红楼梦》《三国演义》这样一些文学名著都没看过。像普希金、巴尔扎克、托尔斯泰，我都没听说过。念小学的时候，我看过一些武侠小说。《三侠剑》《小五义》《彭公案》和《施公案》都看过，还看过《聊斋志异》。书都是从同学手里借的。同学有什么，我就看什么。看得多了，书里的故事就联结到一起了。"

"你怎么看待自己？"秦中州突然问道。

"没想过，怎么说呢，算是个老实人吧。"

秦中州笑了，又说："除了写诗，你还有什么爱好？"

"爱好制作，我所有的玩具都是自己制作的。"

"写诗算是你的特长吧?"

古全和摇摇头说:"不算,能写诗的人多的是。我真正的特长有两项。一项是骑自行车,我能坐在飞驰的自行车上吃饭,弹琴,打瞌睡。一项是打弹弓,十米之内,指哪打哪。不过这件事你可不要对别人说。"

秦中州发现古全和童心犹在,忍不住会心地笑了。

"听说你在争取入团?"

秦中州真诚善意的目光鼓舞了古全和,他坦率地说道:"别提了!想到入团的事,我就觉得恼火。"古全和毫不掩饰他的不满,"我来校后做的第一件事是参加迎新工作,第二件事就是向团支部提出了入团申请,到现在已经一年多了。第一任团支部书记凌国玉对我不理不睬。第二任团支部书记胡玉斌没来得及帮助我入团就下台了。羊修仙对于我入团的申请从不表态,不说我够条件,也不说我不够条件,反倒经常向我提出一些莫名其妙的问题。有一次竟突然问我是不是已经结婚了。难道结婚与否关乎着团员的条件吗?团章里没有这样的条款。我认为入团是公对公的事情,够条件团支部就得吸收。"

"你怎么看咱们班?"

古全和想了想说道:"乱,班中有班,邪气太重,一片散沙。"

"能谈谈你个人的情况吗?"

古全和说:"我的情况很简单。我爹是工人,他16岁流落到东北,后来又去了俄罗斯,在那里经历了俄国十月革命。回国后仍然是种地做工。1942年冬,他因为不肯给日本人干活儿,丢下老家的房子地,更名换姓,带领我们全家逃到关外来。那时我老姑和两位表叔在伊春,我爹听说那里有抗日队伍,我的两个表叔都在抗联,计划投奔到那里去。可是路过江城时已经是年关,奶奶生病,路费用光,只好留在本市。后来听说伊春等地也被日本人占领了,就落在了江城。1952年夏天,我父母回了老家。解放以来,我通过学习和参加社会斗争,认识到中国共产党是为劳动人民的解放奋斗的党,就决心做一个共产党员。可是入党得先入团,所以我一来到咱们学校就提出入团的申请。没想到入团竟成了一件麻烦事儿,实在没有意思。我都想暂时不考虑入团的问题了,努力学习,完成领导交付的任务,等过了25岁,直接申请入党。我相信党组织办事会比较公道。我感觉羊修仙不按团章办事,她歧视学习好,又不听她摆布的同学，而只发展听她招呼的人。我认为她不是个好学生，不配当团支部书记。"

秦中州忍不住笑了，说道："你认为羊修仙为什么不想发展你？"

古全和说："说不好，不敢瞎猜，可能因为我不顺从她吧。"

"你很健谈啊，可是我发现平时你很少说话，为什么？"

"看对谁，没有用的话，说它干什么？"

秦中州认真地说道："你的情况臧淑贞和腾飞对我谈过。他们都说你积极要求进步，学习和工作都很好。我想，只要你严格要求自己，继续努力，你入团入党的愿望都能实现。"

古全和离开 209 房间的时候，心里感到几年来从没有过的痛快。白天下过一场小雪，此刻寒风阵阵，而他感到心里很热。他没有回宿舍，而是走到宿舍外面去吹风。秦中州使他想到孙为校长、毕淑芝老师、孙宝藏老师。他相信秦中州是一个欢迎大家进步的真正的共产党员，觉得班上增加了一个他可以畅谈的人。

91

中文系团总支要求 52 级团支部总结组织发展方面的经验和教训，适应形势的发展，加快组织建设的步伐。列席的有两名团小组长和中文 52、53 级党支部组织委员秦中州。

羊修仙首先发言，说明会议的主旨，然后回顾了一年来的发展工作，特别强调了高标准严要求稳步发展的重要性。秦中州听羊修仙嘟嘟囔囔说话很吃力，头脑里闪过一个念头儿，担心她毕业后工作会有困难。

梁秀梨补充发言说："在发展工作中也有不足，主要是有些抓得不紧，缩手缩脚，在时俊茂和古全和的工作中都有这个问题。我们不解决他们的问题，又不能给他们一个实事求是的说法儿，他们难免有些牢骚，工作不好做。"

梁秀梨的话音一落，羊修仙就柔声反驳道："这正说明他们经受不住考验，不具备团员的基本条件嘛。无条件地服从组织是一个团员最起码儿的条件。比如古全和，骄傲自满，自以为是，组织观念薄弱，这些毛病早在中学就存在。苟大川说，他在高中的时候常常和班上的团支部闹对立，他的错误带有一贯性和顽固性，需要经受长时间的考验，更何况他还有一些其他问题，需要弄弄清楚。我还是认为，应该成熟一个发展一个。古全和学习好，有活动能力，工作也不错。但是青年团是政治组织，学习好、有能力并不是团员必备的条件。"

黄伯芬说："即使苟大川反映的是事实，那也是几年前的事了，更何况古全和跟中学团支部闹矛盾，孰是孰非咱们无从了解。我们要从发展的角度看问题，主要看古全和现实的表现。"

秦中州插话："苟大川是谁？"

黄伯芬解释说："苟大川是咱们班的一个同学。第一学期入学体检，发现他患有开放性的肺结核，病休啦，至今没来复学。"然后说，"我到市立中学了解过古全和高中时的情况。他们现任的党支部书记毕淑芝同志说，古全和学习用功，为人诚实，在高中阶段对党团组织的认识经历过一个思考和认识的过程，但是在抗美援朝、三反五反、应聘市政府工作、参加义务劳动，特别是在高考填报志愿这个关键的问题上，表现都不错。"

秦中州插话："只要够条件，即使高中时有过一些问题，也不影响他入团。我们要看一个人的过去，更要看他的现在。学生会宣传部的老滕说他工作责任心强，刻苦，很能干。"

羊修仙面无表情，谁也不看，好像在想什么。

"还有什么问题？"秦中州扫视着3个支委和团小组长们说。

羊修仙抢先说道："古全和同学在生活作风方面有些情况也还有待于搞搞清楚。黄伯芬，请你再找郜艳华等有关的人谈谈，我也再找张楣光谈谈。然后咱们再开会研究。如果没有新问题，就找古全和谈话，考虑发展他。你们看怎么样？"羊修仙这样做的目的是想把她图谋阻止古全和入团弄成一个工作问题，以掩饰她蓄意阻挡他入团的非组织活动。

秦中州发现羊修仙虽然方音难改，呢喃不清，但是头脑清楚，颇通权谋。她在古全和问题上的策略是：先推开她在有关古全和发展问题上应负的责任，给自己留出转弯儿的余地，然后继续拖延古全和的发展工作。如果党支部出面干预，她就可以在尽可能短的时间里发展古全和入团，同时倒打一耙，告党支部或是秦中州本人越权干预团的正常工作。他感觉羊修仙可笑，古全和的进步和突出表现有目共睹，团委也已经注意了他，你羊修仙能阻挡他多久？

"秦中州同志，你有什么指示？"羊修仙恭谨谦和地笑着说。

秦中州指指黄伯芬和梁秀梨说，"她们两位好像还有话说。"

黄伯芬有些气愤地说："古全和和郜艳华的事情全班同学都清楚，不必再去了解。古全和跟其他女同学也不存在恋爱关系。即使有恋爱关系也与他入团无关，没有必要再去了解。"

秦中州说："我谈点儿意见供你们参考。组织发展，是要做好准备工作。成熟一个，发展一个，强拧的瓜不甜，这些话都是对的。但是，事情还有另一面，那就是掌握好时机，及时发展。冒进不好，保守也不好，不能眼睁睁地看着熟透了的瓜烂在地里。如果一个积极分子条件具备了，我们迟迟不发展他，会挫伤他的积极性，妨碍他发挥作用，还可能使他对组织产生怨气，犯错误。这是个人意见，仅供参考。"

羊修仙面无表情，一言不发。她曾经设想，秦中州可能会命令他们团支部发展古全和。那样她就可以向杨以臣告状，说秦中州干涉他们团支部的正常工作，借故把古全和的发展工作搅和成班上的干部在是否发展古全和入团问题上的意见分歧，使问题复杂化，继续阻挡古全和入团。遗憾的是秦中州有言在先，他谈的他个人意见。

但是古全和入团的问题依然没能在他大二头一学期解决，还是被羊修仙作为中文52级团组织发展工作中的问题，和在这个问题上干部以及干群之间的矛盾，弄上了中文系党总支的会议。当有关的各种矛盾一一弄清，中文52级讨论古全和入团问题的团支部大会召开的时候，已经是1954年的春天了。

1954年5月4日，院团委又在各个教学楼和宿舍区张榜公布了院团委新近批准的团员名单，其中就有古全和的名字。这一年，"中国新民主主义青年团"更名为"中国共产主义青年团"。古全和是共青团员了。就在这天夜里，古全和给秦中州送去了他连夜写成的入党志愿书。他这种反常的举动在中文52级和整个儿中文系引发各种议论，其中包括种种误解和非议。这并不奇怪，刚被批准为团员就申请入党，这在东湖师范学院还没有先例。

92

　　和往常一样，晚饭后，208 房间的人，大多去阅览室和教室上自习，只有古全和一个人留在宿舍里复习功课。进入大二第二学期以来，古全和在学生会的工作占了他太多的时间，已经有 3 天的课程没有及时复习了！这是他进大学以来从没有过的事，心里不禁有些发慌。大一讲授心理学的杜老师说，当天的功课当天复习，从课堂上获得的记忆能够全部在脑海中清晰复现，有利于消化和记忆所学；第二天、第三天……再来复习，复现的比例依次递减，复习的效果随之降低；复习得越晚，遗忘得越多；一周后再去复习，差不多就等于自学了。古全和学习的经验恰好证实了杜老师所说的这条规律。社会工作挤占了他大量的学习时间，为了践行杜老师的教导，提高学习效率，现在他不得不常常利用周末、周日和开夜车的办法儿来保证及时复习功课。

　　学院周末舞会已经开始，不断从学生大餐厅那里传来管弦乐队演奏的乐曲声，时强时弱。古全和的心思在乐曲声中渐渐地集中起来，一行行认真地阅读着笔记，脑海里再现着老师讲课时的情景。他念念有词地在笔记上划着各种提示自己注意的记号儿，把老师教学的要点和复习中发现的问题一一记在笔记上留出来的空白处。就在他聚精会神研读笔记的时候，线淑平悄悄地走进 208 房间，突然发话："周末也不休息，不要命啦？"

　　古全和突然听见线淑平的声音，猛然回头，见线淑平站在身后，心里立刻涌起一波热浪，就像见到久别重逢的亲朋好友，立刻站起来笑着说："没有办法儿，落下了功课……"让他感到奇怪的是，他和线淑平近两年不见，彼此竟没有丝毫疏离生疏之感，就好像他们不曾分手，不曾误解，也无意了解两年间他们都发生了什么事情。

　　线淑平发现古全和大变了，变得开朗了，成熟了，谈笑风生了，像个大男人了，便关切地笑着说："听说你很忙，不过也得劳逸结合呀。"说着就坐在古全和对面龙秋生的位子上。古全和提醒她说，不要碰着龙秋生的东西，他的东西都有记号儿，一动他就能察觉。线淑平惊讶地看看古全和，心想，世界上还有这样猥琐小气的男人。

　　线淑平把一个包裹得见棱见角儿的牛皮纸包儿捧到古全和的面前真诚地说道："衷心地祝贺你啊！——祝贺你成为一名光荣的共青团员，也预祝你早日如愿成为一名共产党员！"

　　古全和表示谢意，然后忙着打开包裹，见是一套大32开的《志愿军英雄传》，上下厚厚的两大本儿，灰色绢面儿，烫金精装，扉页上写着："贺古全和同志参加中国共产主义青年团。"落款儿是："老同学线淑平。"古全和小心地翻阅着，连连说道："太珍贵了！太珍贵了！太谢谢啦！"他知道，线淑平还记得他对志愿军深厚的感情。当时，抗美援朝的每一个胜利都使他激动不已。他们谈话时他谈得最多的是志愿军胜利的消息。现在他依然惦记着志愿军。

　　古全和真诚地说："感谢多年来你对我的关心和帮助。"

　　线淑平说："我也很感谢你。是你让我懂得了什么叫真正的思想进步。你对待政治问题的真诚、务实、求真的品格，深深地触动了我，促使我严肃地考虑自己的人生。我入团早，但是我当年参加青年团并没有像你那样探讨过那么多的问题，是你帮助我补上了那一课。你比我踏实，学习是这样，做人也是这样。老实说，我是被历史的大潮赶进革命队伍的。当年我参加青年团就是为了摆脱那个垂死的地主阶级。我对党的认识是在入团以后慢慢地解决的。你天生具有的东西，我一生都未必能够拥有。我的确应该向你学习。"

　　古全和认真地说："你的经历也教育了我，帮助我在克服小农意识方面有所进步。局限在小农的眼光看问题也是偏见，也不是马列主义。你那么早就意识到地主阶级是个垂死的阶级就很了不起，告别那个阶级就是革命行动。你觉悟得比我早，走在我的前面。你是我入团的联系人，我是在孙校长、毕老师、孙老师和你的帮助下逐渐觉醒的。"

　　线淑平一番推心置腹的话，让古全和联想到金静，认为或许金静也是经历过线淑平这样的思想过程而后走上革命道路的。但是他觉得线淑平不同于金静。金静本人和她的家庭，曾经跟日本帝国主义、美帝国主义和国民党反动派有过紧密的联系，很难真正转变到劳动人民的一边。她留在大陆是不得已，就像退潮后搁浅在一汪汪积水里面的鱼，暂且滞留在这里，一旦潮起，她就会随着潮涌回归到反动派和帝国主义一边。他相信他爹的话，他说有钱的人是不会轻易放弃自己的权利的。

　　古全和和线淑平久别重逢，往日的点滴误解和不快踪影全无，涌上心头的全是美好的记忆。高中毕业时，他和线淑平曾依依惜别，同时表示过，希望都能考上大学，分配到同一所学校，继续做好同学。

　　"你怎么没去跳舞？"古全和说。

　　"不喜欢。"

　　"我也是。"

　　"一直没见苟大川呀，他怎么样？"线淑平说。

　　"他入学不久就休学了，至今没来复学。"

　　线淑平点点头儿，怪苟大川粗心。她在发现古全和和郜艳华走在一起后，离开了古全和。后来想到古全和不是那种薄情寡义言而无信的人，就又找苟大川核对。而苟大川无意中造成了她和古全和的误会，害得他们一年多不来往。要是苟大川不休学，这个误会也早就解除了。多亏靳湘柳偶然谈到了古全和，不然他们各自结识了新朋友，就无缘继续交往了。想到这里，她又感到庆幸。她问到苟大川休学的原因，古全和说，苟大川总怀疑自己有肺病，念高中时，到市立医院去检查过六七次，每次检查的结果都正常。而在入学体检时，却发现他真有肺结核儿，而且是开放性的。古全和说，苟大川的病是他自己吓出来的。

　　线淑平说："你不喜欢苟大川，是吗？"

　　古全和说："不错。他从小儿就不是个正经人。他家在宋家屯镇，他念小学时我就认识他。他家是大地主。伪满洲国时，他爹是日本人的狗腿子，曾经伙同宋家屯镇派出所所长盗窃日本人小林电影院工地上的木材，还嫁祸于我们山东庄的老乡，抓走了我赵凤山叔叔，把他送到密山煤矿去当劳工，差一点要了他的命。苟大川从小儿就不干好事，1944 年夏天，他狗仗人势，勾结几个日本孩子到我念书的王万伯私塾去搞破坏，对我们王秋兰老师要流氓。后来他去了二里沟中心校。在江城围城时他大骂共产党，还报名参加保安旅。像他这样反动的人，喊一声共产党万岁就革命啦？鬼才相信呢！他江城一解放就混进青年团，有什么思想基础？怎么让人相信？孙宝藏老师就苟大川的事例开导过我，我也赞成他讲的道理，但是感情上总转不过这个弯儿。"

　　线淑平感觉古全和不是从党的政策的立场，而是从穷苦工人和农民的感情出发看人论事的，是一种直觉，他不肯和代耀人、王殿芳他们妥协，真正的原因可能就在这里。他是嗅到了王殿芳等人身上的异己的味道。她觉得她和古全和之间也存在着这样的隔阂，古全和肯定也曾经怀疑过她革命的诚意。

线淑平告诉古全和说，王殿芳帮着他爹造过假账，偷税漏税，情节严重，1952年高考政审不合格儿。他堂弟王殿臣在抗美援朝初期组织过反革命小集团，受到了法律制裁。听说王殿芳第二年报考了北大历史系。

古全和说："见过老代吗？"

"他先去教育局，不久又去了市女中，在教导处，担任副主任。"线淑平笑笑说，"有一个人的情况你可能不知道，靳湘柳也在咱们学校，就住在我们那条楼道。"

"她不是死活不肯报师范吗？上公共课的时候我怎么没见她呀？"

"政教系的政治课单独上，她也有意躲着咱们。有几次我在路上碰见她，她扭头儿就走。你知道吗，她入党了，听说她还是学生会主席的候选人呢，说不定不久就要当选学生会主席了。"

古全和摇摇头说："活见鬼！"

线淑平说："入团后有什么打算？"

古全和说："我已经向年级党支部递交了入党申请书。"

线淑平看着古全和，愣怔了片刻，心里在想："这就是古全和！他认为该做的事情就会义无反顾地去做，而不管别人怎么想，怎么看，怎么说。"他在入团的当天，就写了入党申请书，类似于他当年从初一跳到高一。她相信他也能达到目的。她欣赏他的这种一往无前的性格和作风。她发现，那些强壮能干的人往往都野心勃勃，敢于无所顾忌地亮出在常人看来，应该留有余地，因而要藏而不露的奋斗目标儿。他们毫不怀疑自己为之奋斗的事情会成功，敢于把自己的奋斗目标儿公之于众。但是她不是那样的人，没有那种自信，她害怕别人非议。

1954年5月22日，也就是在古全和交上入党志愿书三周后一天的晚上，52 级发生了又一个奇迹：秦中州找古全和，代表 1952—1953 级联合党支部，正式通知他：经中文 1952—1953 级联合党支部研究，认为他已初步具备了中共党员的基本条件，决定近日召开支部大会，讨论他入党的问题，要求他按时填写好入党志愿书，做好准备。

古全和感到突然，震惊，一字不落地听取了秦中州的传达，并且恍恍惚惚地回味着他一生中最重要的这一句话，战战兢兢地接过沉重的入党志愿书。他曾经想从团员到党员，有一个锻炼成长的过程，先当民兵，再当正规军，而现在是一步到位，马上就把他编入正规军，一副重担即将落到他的肩上。他感到振奋，也觉得沉重，担心辜负了党的信任，负不起这样重大的责任。

"你有意见吗？"

"没有！"古全和像军人一样答道。

"认真填写好入党志愿书，本周内交还给我。"

"好的！"

古全和回到 208 房间，心情难以平静，想得更多的是责任。他面对困难一向信心十足，有生以来第一次怀疑自己的能力。他本来计划复习今天的功课，而他头脑里转的却是他能不能当好一个合格儿的共产党员，无法把注意力集中到笔记上。上自习的同学们都回来了，熄灯铃也响过了，寝室里所有的人都睡下了，古全和也躺下了。然而他毫无睡意。他想到那些革命的先辈光荣地为人民贡献了自己；想到他敬仰的孙为校长、毕淑芝老师、陈昌老师和孙宝藏老师等无数共产党员正劳动和战斗在自己的岗位上，而自己即将正式步入他们光辉的行列，为建设祖国、解放全人类而斗争。他悄悄地从床上爬起来，离开宿舍，走到大盥洗室，在那里像宣誓一样一笔一画地填写好入党志愿书，然后坚持复习完当天的功课。

但是，中文 1952—1953 年级联合党支部讨论古全和入党问题的大会没有如期召开。秦中州说大会延期，但是没说延到何时，和延期的原因。古全和并没有因此而感到失望，反而感觉忽然解脱了身上的重负，轻松了许多。他是按照共产党员的标准要求自己，但他毕竟还不是共产党员，不知道怎样做一个真正的共产党员。

滕飞是地理系 1954 年的应届毕业生，新学期他得集中精力进行野外考察和撰写毕业论文。团委决定让古全和接替滕飞宣传部长的工作。古全和更忙了。他把全部课外时间和部分课内时间都投到工作中去了。每天早晨醒来先看南窗，判断时间，起床铃响之前半小时就悄悄起床，提上书包儿，跑步赶到自由大楼学院播音室，安排早晨的新闻广播，然后跑回大食堂吃早饭，利用吃饭的时间部署一天的宣传工作，或是审查广播、板报等拟用的稿件。

团委和学生会决定，从本周末起，要组织学院舞会的现场宣传，主要内容是以简短的电报式的语言文字，穿插报道全国各条战线的喜讯和院内的好人好事。今天古全和安排好舞会现场的宣传工作，在舞会进入高潮时，就不声不响地回到宿舍复习功课。他发现他的床上有一个方方正正的牛皮纸包裹，打开一看，里面是厚厚的一摞蓝皮儿的笔记本，上面搁着一张便条儿，没有抬头，也没有落款儿，上面写着：

　　姐姐送我的笔记本儿，我用不完，送给你用。
　　我搬家了，现住南院第 6 宿舍 330 室。来玩吧！

古全和从字迹判断出便条儿是线淑平写的。他抚摸着这厚厚的一摞十几本儿带蓝色厚纸封面儿的整齐的、散发着淡淡的纸香味儿的笔记本儿，既高兴又不安。他知道这些笔记本儿不是线淑平她姐姐买的，而是线淑平本人特意给他买的。前些日子她曾经翻动着他用片叶纸自制的一本本 16 开的笔记本儿发感慨说，他的笔记本儿纸太薄太脆，不好用，不好保存。他知道线淑平这样做是出于同窗情谊和对他的好感。当年王殿芳说她做他的工作是"公私兼顾"并不错，早在念高中的时候，他就感觉到了她的这种感情，在高中毕业分手时她曾有明显的流露。进入大学这段时间，由于误会，她和他中断了来往，现在又走到一起，线淑平的这种感情更加明显，有意把彼此的关系朝前推进一步。而他从来没想过和她发展超越同学关系的个人感情。他担心线淑平和他越走越近可能产生他负责不起的结果。他是一个不愿意委屈别人的人，到时候难以说出让线淑平这样的好同学好朋友失望伤心难过的话。

古全和的心情刚刚静下来，宋廷谋就跑回宿舍，见古全和在宿舍看书，说道："你又临阵脱逃。你言行不一，光说不练，鼓动别人参加舞会，而自己却猫在宿舍里念书。"

古全和诚恳地解释说："没办法，落下的功课太多，不补实在不行啦。"

"你还好意思叫苦？借口！"

宋廷谋驴饮般喝足了水，要回舞厅。他让古全和想到高毅。宋廷谋有很久没有提高毅了，随便问道："专修科的高毅该毕业了吧？"

宋廷谋气呼呼地说："她连小崽儿都弄出来啦。"

"她结婚啦？"

"未婚先育！"

"和谁？"

"音乐系的那个小白脸儿。"

"是章伯楠吗？"

"不是他是谁！她迷上了他的小提琴。"

"现在他们怎么样了？"

"一个判刑进了监狱，一个就要成为孩子他妈，滚回太原去了！"

古全和看着宋廷谋凶巴巴的神态，感觉他对高毅的怨恨犹在，觉得他太无情，太狭隘，不禁替那些风流女生感到伤心。一个有点儿姿色的女生，常常成为那些浪荡男生追逐的猎物，而她一旦失足，就会被他们弃之如敝屣。章伯楠犯骗奸罪坐牢罪有应得，可是这能弥补高毅所受到的损害吗？她的学业半途而废，爱情无从提起，就是常人所有的家庭生活对她也成奢望。人生短促，有些事情，选择只有一次，一旦失误，就会导致终生遗憾，所谓"一失足成千古恨"。

"你可怜那个丫头吗？"宋廷谋不屑地说。

古全和坦然说道："这有什么奇怪，面对这样的事谁会高兴？她是咱们的同学，我为她的失足感到难过。你曾经崇拜过她，难道对她现在的处境就不同情吗？"宋廷谋无言。古全和继续说，"当年我曾经替她说过公道话，还险些因此遭人用'A'字蓝墨水瓶袭击，但是我至今不悔。遗憾的是这对于高毅已经毫无疑义了。"

宋廷谋知道古全和是在揭他的老底儿，面露羞涩说道："我知道好歹，你那是为我好，我也是一时激动，我哪能和你动手？"

古全和在变，宋廷谋对待古全和的态度也在变，现在他对古全和的批评很少反驳。他喝过水就急匆匆地离去。古全和想，他可能又选定了新的追逐目标儿，在和他的那些同类制造着某个女生的新的不幸。

古全和本来是想回宿舍复习功课，可是高毅的不幸闹得他心绪不定，加之长时间严重缺少睡眠和极度疲劳，注意力难以集中，索性丢开笔记，任思绪无序流动。他又想到线淑平，想到她多年来对他的好意，不知道自己和她相处该前进一步呢，还是就此止步。在郜艳华闯入他的生活之前，他没有认真地考虑过婚姻问题，也不知道什么是爱情。他对线淑平有好感，多半是感谢她对他的关心和帮助，并没有和她走到一起的渴望，总觉得在他们之间还有说不清楚的隔阂。这种隔阂在他和巫衍芳之间并不存在。如果不是线淑平主动和他交往，他只能和她保持好同学这个层次上的关系。

入党的事也让古全和犯思量。他现在有了充分发挥自己能力的条件，整天忙得很，入党的问题对于他的学习和社会工作没有影响，他并不像此前入团那样急于入党，但是希望秦中州能够对他讲一讲，为什么临时取消讨论他入党申请的党支部会，让他心里明白，他好配合组织扫除掉他入党的障碍。而秦中州对他的态度一如既往，什么也不说，每次听完他定期的思想汇报，就说一些表扬和鼓励的话，然后就转而和他交流班内的情况，分析研究班内的问题，和应对的办法儿，从中了解古全和的立场观点，思想方法儿，和他对班级矛盾的认识，并纠正他某些错误和片面的看法儿，为在新学期放古全和担任团支部书记做思想准备，而不提有关党支部讨论他入党的问题。

95

今天古全和收到家信，得知去年家乡秋庄稼收成不好，而统购粮食的额度不减反增，农民的大部分粮食都被村干部儿强行卖给国家，今春庄里的口粮严重不足。古全和担心爹娘挨饿。和家信一起收到的还有一个用从旧衣裳上拆下来的蓝布片儿缝制的小包裹，他打开一看，见里面包的是两双用细细的针脚儿密密纳过的袜底儿的白色的棉线袜子，另有约一斤多重的一小包儿花生米。他看着这些东西感觉心酸，知道父母在家乡的日子过得很艰难，这双袜子和这点儿花生米是他们能够拿得出来寄给他的最好最多的东西！去年秋天，他爹娘曾经给他寄过7元5毛钱——这是他大学期间收到的唯一的一次汇款。当时，他的目光透过泪水，凝聚在汇款单上的"七元五角"那几个字上面，泪如雨下。他知道，7块5毛钱是他爹娘尽其所能硬凑起来的，连8块钱这个整数儿他们都没有能够凑齐！而今年连1块钱都拿不出来了！因为没有钱可寄，才捎来了这两双加固过的白色的棉线袜子和一小包儿花生米。信里还说，他爹犯过咳嗽病，一度挺厉害，这会儿已经好了等等。他知道爹的咳嗽病，就是家乡的人们所说的"饿痨"，是爹小的时候长时间的饥饿所致，多由饥饿和寒冷诱发。爹娘信中很少说到他们的病，偶尔说到，总是像现在这样说，他们前些日子病过，现在好了，为的是既让他知道他们老了，又不让他过分担心。信里还说，青岛的那个黑心的资本家李宝堂自杀了，他欠的那十几匹双飞龙布也追不回来了，这样，他爹建南屋的打算也落空了，这对于他爹说来是个沉重的打击。建起南屋是他爹半生的梦想。古全和心情沉重，很想回家看看。可是到哪里去弄这笔往返几十元的路费呢？现在假期留校的同学多，院学生会和平常一样有活动，他不可能利用假期出去打工挣钱。好心的线淑平、杨雅范和梁秀梨都说愿意帮他，可是他不想麻烦别人。从他懂事儿的时候起，他爹就教育他，轻易不要给别人添麻烦。现在他能做的只有给父母写一封平安家信，说一些让他们宽心的话。

线淑平经常来看望古全和。她发现他的被褥又窄又薄，尺寸也不够，夜里睡觉身体不得伸展。她从宋廷谋那里打听到，古全和冬天每夜把棉衣加盖在身上保暖，有时半夜冻醒，就把褥子从身子底下抽出来，加盖在身上，半裸着身子睡在席子上。她还听说他没有绒衣和毛衣。每年换季几乎都是从冬装直接换成夏装，或是从夏装直接换成冬装，每当春夏和秋冬交替时都感冒发高烧。大家劝他申请一等助学金，申请补助，他不肯，说自己困难，国家也困难，他已经习惯了。有一次闲话，线淑平说他爹娘心狠，让他受这样的罪。她的话激怒了他，他严肃地说，他的爹娘是世界上最疼爱儿女的爹娘。他们已经为他做了他们能做的一切，他们是忍受着艰难困苦，把他这个壮劳力舍出来，让他念中学，念大学的，这就是他们对他的最大的疼爱，他不羡慕什么幸福生活，能念完大学，就谢天谢地，他感觉难过的是在爹娘需要他赡养的时候，他却无能为力。他说他甚至萌生过中断学业去挣钱养家的想法儿。

线淑平知道 208 宿舍的同学，除去古全和，都不在宿舍上晚自习，在今天晚自习时给古全和送来一床用日本花布缝制的宽大厚实的棉被，可是她推门一看，见宋廷谋等几乎全在，感到很难为情。古全和也觉得很尴尬，他想他要是拒收这床被子，会辜负她的好意，让她进退维谷，无地自容，而他要是收下这床被子又担心在同学间引起一次新的恋爱风波。这时，线淑平坦然地笑着说道："蔡新三托我给你捎来一床被子。"说着，大大方方地把被子扔到古全和的床上。

不知所措的古全和如获解放，也说："请转告老蔡，代我谢谢他！"

宋廷谋对谢沧海等挤挤眼睛诡秘地说道："线淑平同学，你说的老蔡是古全和常说的蔡新三吧？听说他现在沈阳军区体工队，远在千里之外还惦记着老同学的冷暖，实在是难得呀！"然后又嬉皮笑脸地说："'多余的人'们，咱们该上自习去了！"

龙秋生、宋廷谋和叶沧海等一起离开了 208 房间。

宋廷谋等走后，线淑平问道："'多余的人'是什么黑话？"

古全和说："'多余的人'是俄国 19 世纪文学中优秀贵族青年的一系列典型形象，宋廷谋自比'多余的人'，是提醒龙秋生他们赶快离开这里，把地方儿让给咱们说话。"

线淑平说："你们中文系的故事还真不少！"

古全和看着线淑平说道："你总惦记着我，我该怎么报答你啊！"

线淑平高兴地看着古全和，笑而不语。她给古全和送被子之前经历过思想斗争。她姐姐嫌古全和家在农村，还有年老贫穷的父母要赡养，不让她接近他。线淑平也怕有人笑她一厢情愿，担心古全和好面子不肯领她的情，拒绝她的帮助。可是她觉得古全和实在太苦了，忍不住还是要帮他。而古全和并不像某些男生那样，唯恐接受女人的东西有伤个人的自尊，而是大大方方地笑纳了她送来的被子。她觉得古全和大度，不俗。不过她不想唠叨被子这个敏感的话题，就说道："你入党的事有进展吗？"

古全和说："我没问过。申请入党是个人的自由，批准个人的申请是党组织的事，个人能做的就是接受党组织的审查和考验，按照组织的要求，好好学习，努力工作，锻炼自己，提高自己，准备接受更重要的使命。"

线淑平说："你说得很对，我在争取入团的时候，就没有这个觉悟，曾经为一时入不了团而苦恼。当时我急于入团，就是因为急于逃离那个没落的人群。我姐姐匆忙嫁给我姐夫，也是出于这样的动机。"

"你姐姐不也是党员吗？"

"她那种党员白给我都不要。我父母在四十岁上生了我姐姐，她从小就什么愿望都能得到满足，久而久之就养成了心里只有她自己的人生态度，连和我她也争吃争穿，什么好吃好穿的得先由她挑，不然就要使性子使脾气。她不相信共产主义，也不学马克思主义，除了鬼神什么都不信。她衡量一个人的进步和成功的标准就是自己捞到了多少好处。你不是常常谈论金静吗？我姐姐可能就是一个金静。她不相信同志，没有朋友，她说朋友都是工具，交朋友就是为了利用他们。我姐夫也是她利用的对象儿。如果我姐夫现在不是师级干部，掌管着白龙区的教育大权，凭她初中的学历，怎么能当上他们小学的领导？她连小学高年级的课程也上不了，竟当上了小学校长。"

古全和欣赏线淑平的这种是非分明的态度，认为线淑平的这番话揭发了她姐姐的利己主义的人生观，也表明了自己对这种人生观的批判的态度。他问道："你和你姐姐处得怎么样？"线淑平说："能怎么样？前年她要求我报考医学院。我妥协了，但是第二志愿我报了师范，并表示服从统一分配。我被分到咱们学校，她就停止了在经济上对我的接济。现在我很少到她那里去，偶尔去也是为看看我母亲。我爹是中医，政府给他落实了政策，安排在我们县医院工作，工资挺高。"

96

古全和的大学生活转眼过去了一半儿。两年来，中文 52 级的政治核心经历了凌国玉阶段、胡玉斌阶段，现在是羊修仙阶段。羊修仙"执政"也已过一年，而中文52级至今仍然没有形成一个团结向上的革命集体。

中文52级通过羊修仙和系党团组织保持联系，而羊修仙的汇报只讲她的政绩，报喜不报忧，系领导并不真正了解52级的真实情况。秦中州发现班里问题严重，问题在于支部书记羊修仙安于现状，不求进步，对于落后势力采取妥协退让的态度，导致班上是非不清，班风不正，因此要解决问题首先就要调整干部，把称职的团员选进支委会。但是总支书记杨以臣不同意这样做，他说羊修仙组织观念强，反映情况及时，贯彻领导意图坚决，没有明显的错误，不宜更换。秦中州坚持更换羊修仙，杨以臣说，那就用秦中州替换羊修仙，而秦中州的病情不稳，随时可能出状况，坚持学习已属不易，不宜接手团支部书记的工作，问题又这样耽搁下来。不过秦中州没有放弃整顿中文52级的努力。他要做的第一件事是按照学院定期调整宿舍的规定，调整宿舍。重新搭配政治力量，改变班级的局面，首先要拆散制造和散布歪风邪气的核心203团伙儿。203房间整天烟雾腾腾，牌局不散，黄话不断。丑化干部、老师和积极分子的谣言、闲话，不断从这里散布开来，弄得班里是非混淆，矛盾不断，打架斗殴的事也时有发生。说女人是203房间的保留话题。晚上熄灯后，色情夜话就开始，经常说到深夜，隔壁房间的人深夜里常常听到他们狂野的笑声。他们夜里说，有时白天也说，从宿舍说到教室。有一次，学习班长徐奥卉到203房间去传达系里关于期末考试的通知，何成扬故意说些污言秽语，弄得徐奥卉羞愧难当，三言两语把话说完就匆匆逃出203房间，她背后响起的是一阵放肆的浪笑。从那以后，即使大白天女生也不敢进203房间。对任课老师评头品足、说三道四，也是203房间的乐事。何成扬对老师采取"看人下菜碟"的态度，常常当面嘲弄人望一般、不善管理课堂的老师，出他们的洋相，弄得有的老师惧怕到52级上课。主讲语文及习作课的李老师，年过50，有上课不停地喝水的毛病，每次上课都提着一个老大的黑色的铁水壶，有一次何成扬故意把他的铁壶踢翻，扬言"谁把尿壶带进教室！"折腾得李老师当堂放声大哭。秦中州来到52级，班上有了党员，柳士杰曾有所收敛。扑克牌局撤了，熄灯后的神鬼色情夜话声音小了。但是过了一段时间，又一切照旧。柳士杰说："老秦待不长。看他那个熊样儿，能好好地活着，熬到毕业，捞到个毕业证书混饭吃就不容易了，哪里顾得上管咱们的事儿？再说，他是个老光棍儿，又是个痨病腔子，能不趁着现在班里只有他一个党员这个好机会解决他自己的人生大事吗？他的心思不在咱们这里。"

胡玉斌当团支部书记的时候，就已经意识到 203 房间的危害，曾经向系里反应过，想以调整宿舍的名义，把 203 房间的人员打散，重新搭配班里的政治力量。可是柳士杰和何成扬等人大造舆论，强调他们的特殊性，说他们已婚的多，抽烟的多，失眠的多，和高中生住在一起彼此都不习惯。他们一嚷嚷，班上没有人站出来响应胡玉斌，他就动摇了，不久他就下台，事情就搁下来了。

来自高中的同学渐渐注意到 203 房间的问题，大多讨厌柳士杰和他那一伙子人，一再向团支部反映他们的问题。羊修仙知道 203 房间的一伙儿人不得人心，也曾想压一压他们的风头，显示一下自己的威力，稳定班级的秩序，但是她有顾虑，担心事情闹起来，打破了班上现有的格局，动摇了她团支部书记的地位，切断她和党总支领导的联系，那她就什么优势都没有了。

秦中州曾经打过来自部队的几位复员军人的主意，希望从他们中间选拔得力的人，取代羊修仙，然而他失望了。包括牛子奇在内的几个复转军人，对班里的问题有一定的认识，但是没有能力号令群众。穆建功和牛子奇参军时中学没毕业，在部队里生活的时间不长，只是两个任性的中学生，牛子奇和柳士杰混在一起，只有年纪较大的况松涛比较懂事，学习成绩也还算好，只是老于世故，不肯出头。其余的人都不堪大用。于是秦中州就把目光投向班里积极要求进步的群众，发现古全和入学以来，积极要求进步，学习好，有见解，有能力，是个潜在的干将，决定培养他。这就是他特别关心古全和入团和入党问题的原因。但是古全和刚刚入团，在团内还没有威信，他入党的问题又耽搁下来，团员们未必会想到选他出来担任支部书记。即使经过工作把他选进支委会，有些倚老卖老的所谓老团员也未必服他，让他出马的条件还不成熟。前天，张桃芳又来捣乱，说团委和学生会研究过下一届学生会主席的人选，比较一致的意见是推荐现任宣传部长古全和参选接任。对于张桃芳的议论，秦中州一言不发，他还是想把古全和留在班上使用。

97

　　大二学年第一学期的期末考试临近。中文 52 级一切如旧。团支部书记还是羊修仙，支部委员还是黄伯芬和梁秀梨。学习班长还是徐奥卉。生活班长还是龙秋生。同学们还是有话憋在心里，一日三餐，上课下课。整个儿班级的生活了无生气，好像凝固了一样。

　　接任了宣传部长的古全和，天天在学院的南区、北区、宿舍、教室、餐厅和广播站之间往复穿梭，忙得不可开交，连吃饭的时间也用来召开会议，处理广播和院学生会黑板报稿件。本周他亲自构思和制作的一幅标题为《超轴》的漫画在近期学生会宣传部的黑板报上刊出。宽 3 米、高 1.5 米的大型黑板报立在东湖学生餐厅大门厅中央的架子上，刊头下面写着《超轴》两个篮球般大的美术字，版面中心部位上是一个漫画化了的男生的形象，该生学生装上下衣的所有的大小明暗的 6 个口袋，都夸大成口袋状，里面插满白薯，该生的双手里还挥舞着白薯。讽刺画儿的标题之所以叫"超轴"，是因为当时全国铁路系统正在轰轰烈烈开展多拉快跑的超载运动。铁路工人开展超载运动是为公，而黑板报上的所谓的"超轴"是为私，两相对比，凸现了某些学生的狭隘和自私。《超轴》在学生中引起轰动，从餐厅往外带白薯和带其他熟食的浪费现象戛然而止。不过也有人表示反对，在黑板报的空白处批道："江城地区不产白薯，饭后带几个回宿舍当零食何罪之有？"争论在黑板报上展开，争论进行了数日，延伸到中文 52 级和古全和本人，柳士杰等人说《超轴》的炮制者古全和夸大其辞，小题大做，丑化革命同学，当面指责他的立场和感情有问题。不过这种指责随着班上发生的一些事故而退居第二位并渐渐地被人们淡忘了。

　　班上先后发生的事故有，郑玉英在生下一个女儿，做了妈妈后，又回到班里一起来上课了。传说龙秋生在秘密追求班上的一个女生，好事的人正在追查那女生的姓名。一度自认为通过秦中州能顺利入党的有些老团员，在失望之余，开始疏远他，209 房间从门庭若市，一变而为门可罗雀，继续往 209 房间跑的只有羊修仙、龙秋生和黄伯芬等少数人了，人们揣测他们 3 人就是秦中州选中的培养对象儿。一些同学改造 52 级的热情又起，况松涛在和秦中州谈话过后，几次建议团支部报请系行政下命令调整宿舍，拆分203房间。梁秀梨和黄伯芬也连续在支委会上反映同学们对柳士杰和何成扬等人的不满。部分团员提议罢免第二团小组长牛子奇，说他和柳士杰沆瀣一气，丧失立场，还说他无组织无纪律。牛子奇在凌伊文和胡玉斌交好后就瞄上黄伯芬，黄伯芬拒绝和他交朋友，他就声言不向组织委员黄伯芬汇报工作，而只向团支部书记羊修仙个人汇报工作。黄伯芬把这个问题提到支委会上，羊修仙不批评牛子奇违反组织原则，而说责任在干部，要求黄伯芬改进工作作风，和牛子奇搞好关系，等等等等，乱糟糟，闹哄哄。

敏感的羊修仙认为班上的骚动和秦中州的到来有关。他一住进209房间，班里就开始四处冒泡儿。她心情烦躁，深感不安，害怕变动，希望维持现状。她不敢，也不想去触动203房间，不想调整宿舍，担心那会造成混乱，导致干部大换班，她会失去团支部书记的位子。她明白，靠学习能力她是不可能留校的。要留校，她必须在毕业前入党，要入党她就必须有所表现，而团支部书记就是她唯一可能扮演的角色，而要确保团支部书记这个角色，就不能打破班级现有的平衡。所以她不仅不想带头儿去触动203房间，还要给203房间的同学打掩护。前不久她还代表团支部在全班同学的会上，笑眯眯地称柳士杰为"老大哥"，让他给班上的小弟弟、小妹妹们做个榜样。而柳士杰对于团支部的几个干部，也采取区别对待的办法儿。他散布黄伯芬的坏话，说秦中州爱上黄伯芬了，黄伯芬就要入党了，丑化秦中州和黄伯芬，挑拨曾经追求过黄伯芬的牛子奇等男生与党团组织之间的关系。他注意到梁秀梨敢说敢道，一再触动203房间的问题，就给她起了个外号，叫"南海夜叉"，并秘密开展"倒梁"的活动。

团支部的3个支委对待班上存在问题的意见分歧日趋表面化。黄伯芬对柳士杰散布的有关她本人的谣言非常愤慨，认为系行政应该出面责令柳士杰当众检讨，澄清事实，给她恢复名誉。梁秀梨认为支部太软弱，这种状况必须改变，牛子奇闹个人义气，无组织无纪律的行为必须受到批评，柳士杰、何成扬等人的错误言论和行为必须受到遏制，他们危害班集体的生活方式和思想作风必须改变。而羊修仙笑眯眯地说："我知道你们都有委屈。谁听到别人说对于自己不好的话也不会愉快。不过不要把个人恩怨和工作混在一起。柳士杰这个人嘛，年纪大，经历复杂，旧思想多一些，

经把矛头指向秦中州，牛子奇把他[
他们的教训，而不考虑自己的处境[
变班级的局面。

　　"事情已经到了不可容忍的地[
局面不能继续下去了。这对大多数[
人改正错误更不利。"

　　羊修仙知道秦中州要有所行动[
没有一呼百应的威信，多数同学不[
所动作，必须依靠团支部，而团支[
半也是得听她的。所以她认为秦中[
病，说不定什么时候就会躺倒。柳[
羊修仙不想替秦中州冒风险打先锋[
认为羊修仙私心太重，短时间难以[
依靠她开展工作的打算。

[，秦中州不可能不知道胡玉斌[
[羊修仙确信秦中州没有办法改[

[中州胸有成竹地说道，"这个[
[习和进步不利，对于柳士杰等[

[认为秦中州在班上没有职务，[
[去冲击柳士杰一伙人。他要有[
[她，她听杨以臣的，杨以臣多[
[动这个班。而且他三天两头闹[
[是拍拍桌子就能被吓跑的猫。[
[坐钓鱼台，相机行事。秦中州[
[消了在大学期间培养她入党，[

　　"有觉悟"，这是领导者用人首[
大、个人色彩很浓重的条件。有权[
为非，在封建影响深重的中国尤其[
就是有觉悟的。"这就是有些人的逻[
这样想，这样做。他们往往把老实[
高的标准。平常所谓"听话"本意[
的方针和政策的话，而事实上往往[
是听党总支书记杨以臣同志的话。[
时，贯彻他的指示坚决，看着顺眼，[
干部也未必人人都欣赏，而人人欣赏[
职守、没有是非的沙和尚。能独立思[
遭非议，有"犯上"嫌疑的人，多[
视创新。但是秦中州有点儿另类，[

[条件。然而这是一个弹性很[
[大多自以为是，而很少自以[
[是正确的，因而服从我的人[
[没有人这样说，然而很多人[
[顺溜儿作为衡量一个人觉悟[
[话，听党章、党的路线、党[
[司的话，具体到中文系，就[
[来，羊修仙汇报班级情况及[
[，就是有觉悟的人。再好的[
[是真正的好干部，而是忠于[
[见的干部，往往是有争议、[
[而生畏。中国保守的传统敌[
[立思考和创造精神的古[

和。他急于解决古全和入党的问题。可是古全和就是不肯接触他爹的政治历史问题。有关他父亲的揭发材料写得很清楚,他爹参加过日伪军。他不交代清楚这个问题并有足够的认识,就不能考虑他入党的问题。事关是否对党忠诚,不能不弄清楚。

上周末,秦中州在听取古全和汇报的时候,曾严肃地批评了他忽视学习的错误思想倾向。他说,学习和工作都是党交给他的任务,同样重要,不可偏废。一个学生党团员,第一要紧的是把学习搞好,并用实际行动带动周围的同学们学习好。古全和表示接受秦中州的批评,决心端正学习态度,摆正学习和工作的关系。在谈话的最后,秦中州忽然又要求他再谈谈他的家庭情况,特别是他爹的经历,比如他在解放前是否参加过什么军政组织等等。

古全和迟疑片刻,觉得秦中州好像怀疑他爹有什么政治历史的问题,就再次重复说道:"我爹是工人,我娘是农民,我所有的亲属都是工农劳动群众。我爹曾经劝我参加'在家理',可是他本人没有参加。"

秦中州追问他说:"家里是不是有人参加过什么社会政治组织?"

古全和摇摇头,说:"没有。如果说有,那就是佛教。在我家户口本儿上'宗教信仰'一栏里填的就是'佛教',是我爹让我这样写的。实际上我爹和我娘都不是佛教徒,也没参加过宗教活动。我奶奶在世的时候信观世音,吃过花斋。"

秦中州严肃地看着古全和,一字一句地说道:"每一个要求入党的同志,对党都要忠诚,请你想一想,在你的汇报中,在这个方面有没有什么遗漏?"秦中州几乎点到了古全和的问题,有点儿有悖组织原则——他急需古全和的协助啊。

这时,古全和才意识到秦中州和党支部是怀疑他爹有政治历史问题,便强调重复说,他爹小时候儿要过饭,七八岁开始给地主放猪,13岁开始学徒,16岁离家出走,下过关东,去过俄罗斯,回国后在家种地,偶尔也做些铁匠活儿。1941年冬,曾经被当时驻扎在浑河镇的大财主、伪军头目儿都鸿勋派人把他和叔叔绑架到浑河镇枪械修配所,他爹不肯给日本人干活儿,就更名换姓,带领全家逃到关外,原本想去黑龙江……"

这次谈话使古全和认为阻碍他入党的就是他爹的所谓历史问题。可

是，是谁，出于什么目的，胡说他 历史问题呢？这个问题困扰了
他一辈子。他厌恶这种打黑枪害人 认为有话该说在当面，党组织
也应该提醒当事人，以便及早把事

秦中州的身体状况很不稳定， 出于各自的动机劝说他不要为
班上的事情操心，而要安心学习， 完成学业。可是秦中州觉得自
己既然生活在这个班里，发现了问 问题严重，他不能不管，决心
要整顿中文 52 级。古全和的组织 ，他就将发动群众把古全和
选进团支部，有他在团支部里顶岗 ，即使他因病离开班级一时
半会儿也不会影响工作。他建议党 报告组织部，发函外调古全和
父亲的历史问题，同时继续启发古 识，交代问题。

不懂组织工作规程的古全和很 组织弄清楚他爹的问题。在他
和秦中州谈话后的第二天，他就自 古家庄党支部书记赵凤藻大
叔写了一封短信，请求他就他爹的 湖师范学院党委写一份证明
材料。

古家庄党支部的回信很快就转 师范学院党委组织部。全文
如下：

> 东湖师范学校党支部：
>
> 贵校学生古全和之父古世 人（老百姓的意思），这人
> 在旧社会没参加过什么政治团 941 年冬天，他和他兄弟古
> 世友一起被盘踞在浑河镇的都 奸队派人绑架到浑河镇去干
> 活，都鸿勋叫他们给他办兵工厂 干，就一家更名换姓逃去了
> 关外。特此的证明。

中文系党总支研究了这封证明 信中的"东湖师范学校"是
"东湖师范学院"之误，"党支部" "之误，内容可信。但是，
这不能作为正式的证明材料，解决古 题还必须等外调的材料。就
在这时，有关高饶事件的文件下达本 开展政治教育，外调人员没
能及时派出，古全和入党的问题又拖

党组织让古全和与黄伯芬参加了 问题的传达报告会。这是古
全和第一次参加这样机密的会议。他 名共产党员坐在一起，其中

有些是曾经为新中国的创立奋斗过，而他将成为他们的同志，感到很光荣，也很兴奋。由于高饶离他太远，他对有关高饶问题的背景和来龙去脉并不了解，只记得高岗生活作风不好，而并没能领会报告的精神，糊里糊涂地在大礼堂里傻坐了一个多小时。

中文 52 级的现代汉语课先后上了 3 个学期，大二上学期才结束，不过对于现代汉语的学习和研究并没有完全从中文 52 级的学习生活中消失。杨峻章教授建议在中文 52 级建立现代汉语研究小组，培养学生的独立研究能力。系领导很重视他的这个建议，在中文 52 级组建现代汉语研究小组的同时，在全系大二以上的各个年级都建立起了专业课的课外研究小组。

古全和喜欢现代汉语和逻辑学等思辨性比较强的课程，在中文 52 级开设过的课程中，他感觉自己学得最好、最实用、最有利于健全头脑的，就是现代汉语和逻辑学，他也是杨峻章教授和逻辑学讲师李志才老师最欣赏的门生。李志才老师有时甚至把计课中的例题写在黑板上要古全和讲解，并派古全和当他的课代表。

在中文系的师生中，对于杨峻章教授的现代汉语教学褒贬不一。多数人脱离语言实践，从纯学术的角度评价他的教学，而嫌他的教材只有二百几十页，单薄，教条，浅显，缺少学术味道，而古全和从实用的角度评价杨峻章教授的教学，认为他的现代汉语课是独创，充分体现了理论联系实际的原则，是非常成功的教学。杨峻章教授授课采用的是讲练结合的方法，每次课两节，一节讲授教学内容，一节进行当堂操练。在操练中，图解法儿，改错儿，提问，造句，形式多样，每次书面练习都要批阅评分，并作为学期考试成绩的重要构成部分。此外还有课外作业。杨峻章教授要求学生掌握的不仅仅是语言知识，更是他们处理语言文字的能力。他认为现代汉语对于语言学家是科学问题，而对于使用语言的大多数学生来说，是技能技巧问题，重在实用。古全和感觉杨峻章教授的教学是其教育思想和教学方法儿的一个宝库，使自己终身受益。

杨峻章教授建议由古全和担任
件事引起了班上某些有心人的注意
教做准备。因此有同学给古全和走
弄得羊修仙儿夜不能安睡。她现代
好的，获得良、中和优等各一次，
语的助教或是研究生，因而很想参
小组政治领导的理由抢占研究小
件。然而杨峻章教授已经把古全和
现代汉语研究小组调开，又担心杨
会让她在同学们面前丢脸。可是事
了。她想把古全和弄到文学理论研
论研究小组的组长岑云鹤。

代汉语研究小组的组长。这
为杨峻章教授是在为他留助
"教授"的外号儿。这件事
的成绩，在所有课程中是最
也就是毕业后留校做现代汉
语研究小组，以加强对研究
立子，为毕业时留校创造条
个位置上！她想把古全和从
不同意，事情万一办不成，
的前途，她也就顾不上脸面
就到男生宿舍去找到文学理

岑云鹤，25 岁，四川内江人，爱说大话，课堂讨论中爱引经据典，平时爱模仿大人物儿，醉心于文学理论问题，特别热衷于研究和宣扬胡风的文艺思想，是大龄同学中学习成绩最好的一位同学，主讲文学概论课的姜希金教授欣赏他，指定他做文学理论研究小组的组长。岑云鹤在他入学后不久就开始追逐本班同学蔺巨莲、黄伯芬等女同学，但是都因为他的年龄过大，非党非团，生子死巴不明等原因而毫无结果。在个人问题上，他很想得到羊修仙的支持。

羊修仙把岑云鹤叫到走廊，笑眯眯地说："我给你推荐一个人。"

"谁？"

"古全和。"

"他不是在现代汉语组吗？"

"他也喜欢探讨文学理论问题呀！"

"他愿意来吗？"

"我去对他说嘛。"

羊修仙在去食堂的路上向古全和提出了她的这个建议。

古全和问她："是支部的意见？"

羊修仙没有回答古全和的问题，而是说："文学理论是党性很强的一门课程，研究小组组长岑云鹤是个群众，你去可以把握研究的政治方向，体现党的领导。"

古全和想了想，说道："我和岑云鹤的观点不一样。"

"所以你就该去帮助他嘛。"然后笑着讨好地说，"就这样说定了吧。"

羊修仙就这样硬着头皮挤进了现代汉语研究小组，但是她没有因为自己是团支部书记而当成组长。杨峻章老师指定时俊茂担任汉语研究小组的组长。

羊修仙在研究小组里并不愉快。她怕杨峻章教授。杨峻章教授的作风有点儿像当年江城市立中学的语文教师王维周。他重才，对学生要求严格，批评学生不讲场合，不分对象，不管政治，不讲情面，曾多次让羊修仙当众难堪。他在讲新课前都要就上一堂的教学内容提问同学，以巩固所教知识，开启新的讲题。有一次提问到羊修仙，问题是："什么是句子形式？"羊修仙答不出，又不想丢面子，便笑眯眯地说道："杨老师，这个问题，我说不太好。"杨老师瞪了她一眼，知道她在耍小聪明，便嘟囔道："那就坐下吧！"几天之后，杨老师再次提问羊修仙，问题是："递系句的特点是什么？"羊修仙迟疑片刻后，又笑眯眯地回答说："老师，这个问题，我说不太好……"有些恼怒的杨峻章教授认为她是在耍他，愚弄老师，便不留情面地说道："那你就把你'说不太好的'说一说吧！"同学们听了哄堂大笑，被戳穿的羊修仙狼狈不堪，一句话也说不出来。杨峻章面向全班同学说道："孔子说：'知之为知之，不知为不知，是知也。'毛主席说，学习是老老实实的事，不要不懂装懂！人品比面子更重要。"然后又对羊修仙说："以后回答问题，会就回答，不会就说不会。这是课堂，不是社交场所。坐下吧。"

不过在羊修仙当了团支部书记以后，杨峻章教授就再也没有提问过羊修仙，羊修仙也知道其中的原因，她现在仍然是团支部书记，但是她仍然很怕他。

100

古全和有散步的习惯，在晚自习之后，喜欢到僻静的地方走走，舒展舒展胸怀，抻巴抻巴筋骨。今天是周末，晚饭时，舞会开始前，他给播音组的同学们布置好周末舞会上的宣传工作，就一个人悄悄地离开大餐厅。

他想到和平街走走，然后回宿舍复习功课。他想，此刻舞迷们的心思都在即将开始的舞会上，而相爱的人们则大多在东湖大堤的树林里游荡，也有少数人光顾僻静的和平街。

江城的夏天，白天烈日高悬，天气炎热，而在日落之后气温就迅速下降，晚饭后凉风习习，入夜睡觉还要盖薄被子。放下了学习和工作，古全和头脑里的种种思绪渐渐地活跃起来。第一个浮上心头的是他入党的问题。他不知道老家的党组织是不是给系里来过信，信是怎么写的，为什么事情又拖下来。他有点儿着急，转眼就是大三，52—53 级党支部是个跨年级党支部，了解他的只有本班的秦中州，一旦秦中州病休，这件事情就会耽搁下来，毕业后到新岗位一切又要重新开始。不过他知道，急也没有用。他这样一想事情也就过去了。

天渐渐地黑下来，偶尔有人和他擦肩而过。

从大餐厅传来了几声黑管儿"嘎嘎"试音的响动。他想，舞会就要开始。他感到有些累了，就坐在路边可能是筑路时遗弃的一块还有些温度的石料上休息，想过一会儿，练练拳脚儿，舒展舒展筋骨，就回宿舍去复习功课。

远处传来了轻轻的脚步声和女人低声细语的说话声，两个女人的身影渐渐地从黑暗中显现出来。一个女人说，"你们马上就要念大三了，你怎么还不谈朋友啊？"

古全和听出来了，说话的是政教系三年级的车前子，她是调干生，来自空政文工团，四川成都人，和班上的蔺丽莲是同乡，中学的同学，经常来找蔺丽莲玩耍。她说话像唱歌儿，身材高挑面容姣好，举止风流，春秋时爱穿一件从国民党军队缴获来的美式草绿色军官服。她曾多次在全院文艺晚会上表演舞蹈，是全院引人注目的人物，留给古全和印象最深的是她表演的苏联的《马刀舞》。古全和知道她有一个院外的身材高大，穿着讲究，年龄较大的男朋友，他经常到学院里来找她。古全和听说那是她在文工团工作时的同事。每当他来看她，她都闷闷不乐，看样子两个人的关系不太协调，显然是车前子不满意她的那个男朋友。

"不急嘛。"是蔺丽莲自信的声音。

蔺丽莲说的不是心里话，她早就在物色自己的对象儿。班上有点条件的男生她都琢磨过。她听过来人说，大学阶段是解决个人婚恋问题最好的时期，同学间彼此了解，思想都比较单纯，利禄考虑较少。但是信心满满的某些女大学生大多两眼朝外，望着他们想象中的那个五光十色的外部世界，以为她们的如意郎君就在那里。蔺丽莲的心态也是这样。在班上她勉强看得上眼的只有一个正在上升的古全和。

"你要抓住这个机会哎，尽量在毕业前解决。毕业后到社会上去解决就难了。同班同学，相处几年，知根知底，不容易看错了人上当受骗。大学里的男生喜欢在学校里面找女朋友，而女生的眼睛大多朝外瞅。她们爱幻想，不实际，总觉得身边的男生不如意。其实外面的男人也是男人，一点儿都不比她们身边的那些男生好。到社会上去找一个科长不难，找一个情投意合的男人就难了。"

车前子和蔺丽莲说着，缓缓地从古全和的面前走过。他们谈话的声音渐渐地消失在远处。真如俗话所说："当道儿说话，草窝儿里有人听。"车前子和蔺丽莲不知道在路旁的黑暗里坐着一个古全和，而她们虚头巴脑的瞎扯竟影响到一对男女的命运。

从餐厅那边传来了热烈欢快的匈牙利集体舞曲。古全和想象着舞厅里狂热的场面。他觉得有些凉了，站起来，准备活动活动，然后会宿舍看书，发现蔺丽莲和车前子又转回来了。他不想让她们发现他，只好继续坐在原处。

"有目标儿吗？"车前子说。

"没有。"

"为什么？"

"没有合适的嘛。"

"你们班的古全和就不错嘛。"

"谈朋友可不是买扫把呀。"蔺丽莲伪装傲慢，意在满足自己的虚荣心。

"古全和不错嘛，你怎么好说他是扫把呢？"

"他性格呆板。"蔺丽莲言不由衷，意在抬高自己的身价。

"他那不是呆板，而是稳重。懂事的女人看重的是稳重可靠的男人。"

"那我就把他介绍给你吧！"

"下辈子吧。我已经没有这个资格喽！"

"老齐不错嘛，你还想什么？"

车前子说："责任担在肩上，轻重自知。"

蔺丽莲和车前子说着，从古全和面前走过。

蔺丽莲和古全和都是中文 52 级考试成绩数一数二的好学生，二人常常交流笔记，彼此都很尊重。蔺丽莲心里早就有古全和。而古全和也很看重蔺丽莲，觉得她勤奋好学，生活简朴，不惹是非，对她有好感，没想到她会这样看待自己，嫌他性格不好，把他比作"扫把"。他想，人可以改正错误，却难以改变性格儿，更不能为达到个人目的、讨好谁而改变自己的性格儿。他很讨厌"追求爱情"的说法儿，认为爱情不是追来的。伪装自己，讨好对方儿，穷追猛打追对方，那不是恋爱，而是狩猎，得到的也不是爱情，而是猎物。从此，蔺丽莲作为他看好的女生就从他的心里消失了。

古全和一直和蔺丽莲保持距离还有一个原因，那就是岑云鹤一直在穷追猛打蔺丽莲。蔺丽莲为满足虚荣心而在车前子面前，毫无根据，随心所欲地非议的所谓性格儿，阻断了她和古全和的交往，也改变了她自己的人生，让她后悔了一辈子。爱人不能定制，偶尔相逢，相知，相爱，是一种缘分。蔺丽莲留校后，再也没有遇见过类似古全和这样的"扫把"。系里年长的和同龄的同事，或是已婚，或是不如"扫把"。学生大多比蔺丽莲年轻，而师生恋，或是下嫁小女婿不体面。时间一天天急匆匆地过去，蔺丽莲已年过 25 岁，婚恋的春天已过，到了她不能不嫁的时候，经人介绍，嫁给了教务处的一位年长她 5 岁的丧偶的副科长。在蔺丽莲的心里，他可能是真正的一把"扫把"。

101

中文 52 级第二学年第二学期的期末考试结束了，古全和 4 门课程的考试成绩全部是优秀，创造了中文 52 级入学以来第一个"满堂红"。

大学入学之初，古全和给人们的印象只是老实，强壮，纯朴，办事认真。郜艳华一度使他遭人误解，认为他还有风流的一面。大一暑假军事野营活动中，由于张桃芳的赏识而偶然露峥嵘，又在后来的院学生会工作中大显身手。现在他是中文 52 级学习方面的排头兵，在全院也小有名气，连一直胡说他"假积极""假革命"的柳士杰和何成扬等也不敢对他胡言乱语了。

羊修仙注意到，班上的同学有的跑步前进，有的漫步走，两年过去，彼此拉开了距离，政治上学习上都是这样，竞争的格局基本形成，虽然她是支部书记，人们也不会把她排在古全和等学习好的团员的前面，入党已经是她保持某种优势唯一的选择，为了达到这个目的，她得讨好杨以臣，还得讨好秦中州。她已经意识到秦中州不待见她，听关于高饶反党集团问题的传达报告，他就没有让她参加听，她记恨秦中州，认为他可能是她进党的阻力，但是她还是天天到209房间去问候他，像专职护士一样关心他。

对于古全和的"雄起"感觉不安的还有龙秋生。他发现古全和有时用异样的眼神儿审视他，对他是个威胁，心中偶尔会涌起想除掉他的恶念和冲动。他注意到下午课外活动时间，古全和经常去湖畔杨树苗圃打麻雀，他曾经偷偷地去侦查过他的行踪。

暑假前，系行政照例部署全系各年级学生进行一年一度的学年思想鉴定。因为鉴定材料要归档，关系着个人的前途，所以同学们很重视，都希望能得到一个好鉴定。对于个别思想作风有毛病，或是学习不够努力，成绩也不好，特别是那些在这一年里犯过错误的人说来，学年鉴定还是一关，参加学年鉴定是他们的一个精神负担。

今年学年鉴定的方法和去年一样。先是个人在小组会上做自我评估，然后就个人评估在小组内部开展批评和自我批评，再由小组长综合群众的批评意见写出评语在会上宣读，本人表示认可，或是写上保留意见后，由班主任审查签名认可。

中文52级的鉴定分4个小组进行，3个团支委羊修仙、黄伯芬和梁秀梨，加上学习班长徐奥卉，各参加一个小组。羊修仙参加古全和所在的第一行政小组。

每年鉴定之前，领导都说要和风细雨，实事求是，知无不言，言无不尽，有则改之，无则加勉，而事实上在鉴定的过程中，唇枪舌剑、剑拔弩张、不欢而散的场面也是有过的。多数人能够从容对待鉴定，也有人巧用心思，文过饰非，贬低别人，抬高自己。这等人往往会在鉴定的程序上动脑筋。他们不想头一个发言，因为头一个发言可能遭遇畸轻畸重的批评；也不想末一个发言，因为末一个发言可能遭到个别人无所顾忌的报复性的批评。有人在批评别人时有顾虑。说得轻了，显得自己没有水平；说得重

同于羊修仙，她接受了党的教育，努力抛弃旧的思想，确立新观念，终于走上诚心革命的道路，并且还在继续前进。古全和把她归在毕老师、孙宝藏老师和钱大哥一类。而羊修仙则不同，她好像是怀抱剥削阶级的人生观不放，处处为个人私利巧用心计，古全和认为她是一个混革命的人。古全和把她归在金静一类。羊修仙，凌国玉，柳士杰和何成扬等这样一些人物在古全和的头脑中盘旋。他感觉他们是在蚕食班级的权力。他很想把他的这些印象和感受写出来，让大家研究思索。不久，他也真动手写起来，题目就叫《校园春秋》。一周的时间他就写了 4 万多字。他反复阅读过之后，感觉很失望。想的有声有色，而落到纸上却苍白空洞。他想，连自己都感动不了的东西，又怎么能去感动别人呢？他觉得自己的生活经验太少，不具备写小说的条件。

晚饭后，黄伯芬到 208 宿舍来看古全和。

"你暑假不走啦？"她说。

"不走啦。"

黄伯芬入学以来也不曾回过家，有和古全和类似的心情。她见古全和面前摆着厚厚的一沓稿纸，便问道："这是什么？"

"别看，看了会伤眼睛！"古全和慌忙把那些稿纸藏起来。

"是情书吧？"黄伯芬说着坐回到龙秋生的床上，继续说，"喜欢谁就当面讲，写什么情书呀，浪费些纸张。"

黄伯芬也在争取入党。班里有人说秦中州在追求她，所以古全和不想和她谈论婚恋这样的话题，怕逗来逗去，说不定会说出不该说的话，影响同学关系。

"秦中州没找过你吗？"

"没有。"

"他回延吉了。"

"听说啦。"古全和说，立刻想到黄伯芬和秦中州的关系不同一般。

"听说团委有意让你竞选下届院学生会主席？"

古全和听黄伯芬这样说，先是一怔，然后说道："不知道，也不想参选，院学生会的工作也不想干了，开学后就 3 年级了，得好好儿念书了。"

"张桃芳来过，他跟羊修仙谈过这件事。"

"团支部的意见是什么？"

"下级服从上级。你的意思呢？"

"我能有什么意思？"

古全和想，假如他真被选成院学生会主席，他念书的时间就更少了，毕业后未必能去当教员，他的人生道路说不定又得改变方向。

新学期开外国文学、苏联文学两门儿新课，涉及的文学作品很多，古全和计划利用暑假这段时间多读一些作品，他假期学习计划的中心内容就是阅读规定必读的文学作品。

104

秦中州只在家里耽搁了一周的时间就赶回学院，一回到学院就赶来208宿舍来找古全和。他惦记着班上的工作，担心张桃芳会利用他不在学校的这段时间把古全和抢走去进行培训，最后把他弄成院学生会主席的候选人，那事情就无可挽回了。他了解张桃芳，他工作热情，积极，主动，雷厉风行，但是有时感情用事，犯本位主义的毛病。

古全和说："你妈的病怎么样？"

秦中州脸色阴沉地说："糖尿病，眼睛、肾脏都出了问题，没有特效药，没有希望了，挨日子，受罪吧。"说着，眼圈儿就红了。古全和也很难过，不知道怎么安慰他。

"你一直没离开学校吗？"秦中州说。

古全和点点头儿。

秦中州瞅着古全和被露水打湿的裤腿儿，裤腿儿上面粘着草叶儿，沾满泥浆的鞋子，笑着说道："假期你还是每天早晨围着东湖走一圈儿？

古全和笑着点点头儿。

"团委的人找过你吗？"

"没有。"

"团委要调你去参选下一届的学生会主席。"

"黄伯芬对我说过。"

"你有什么想法儿？"

"服从需要。"

秦中州欣慰地点点头儿。过了一会儿,说道:"开学后咱们就是大三了。班里的问题很多。团的组织涣散,无权无威,班风不正,主导班级舆论的不是党团组织,而常常是 203 的柳士杰等人,连调整宿舍这样一件平常的事情都办不成。这样下去,问题累积到毕业,问题就严重了。到那时,毕业鉴定、工作分配都有可能发生一些想象不到的麻烦。必须加强班里的工作。我征求过多数团员和同学的意见,大家都希望你进团的支委会,你有什么想法儿?"

古全和没有立刻表态。他想他不可能不担任社会工作,拿班级工作和学生会的工作相比,学生会的工作比较单纯,他也已经熟悉,有团委指导,能充分地发挥自己的作用,而班级工作则需要从头儿做起,矛盾很多,困难较大,但是他却毫不动摇地表示,服从组织决定,愿意留在班上。

"很好!"秦中州说,瘦削的脸上泛起红晕,接着是一串咳嗽。其实秦中州这样做心里也很矛盾。他认为把古全和放到全院范围里去锻炼,对于他个人的成长和党的工作都更有利,说不定他还能成为党团委的专职骨干,而把他留在班上有点儿埋没人才。可是班上实在需要他这样的一个学习好,头脑清楚,是非分明,又有威信,有整体观念,敢说敢干的人。

外面有人敲门。没等古全和去开门,张桃芳就一阵风似地推门进来了。他看看秦中州,说道:"我是来通知古全和去开会的,偏偏碰见你,不吉利!怎么样,你的病好些了吗?"

"时好时坏。你总来闹腾,我的病好得了吗?"秦中州笑着说。他想,张桃芳果然是来抢古全和的。他也正想找张桃芳商量这件事。

张桃芳坐在宋廷谋的床上,说道:"说正经的,开学后院学生会就进行换届选举。我们决定推荐古全和参选,这件事我们和你们班团支部说好了,党委也同意了。"说着,转向古全和说道:"你们团支部告诉你了吗?你没有意见吧?"

古全和看看秦中州和张桃芳说道:"我服从组织决定。"

秦中州沉思片刻,认真地说道:"古全和的确是院学生会主席的合适人选。不过我们班有实际困难。眼看就大三了,班上的问题成了老大难,不抓不行了。我们准备让古全和参选团支委,争取让他担任支部书记。"

"这怎么行！古全和是共青团员，是我的部下，属'公有财产'，团委有权调用他！而且这都是早就说好了的事！我和羊修仙谈话的时候，小黄和梁秀梨都在场！她们可以作证。你老兄怎么能越俎代庖，反复无常呀。"张桃芳跳起来，搓着双手，原地转来转去，显出一副焦急的样子。"眼看就要开学啦，学代会的文件都印好了，你叫我怎么办？！好啦好啦，局部服从全局，你们就让让路吧！我知道，你们班有人才，你老兄肯定有办法儿。'老将出马，一个顶俩'嘛，有你在班上，什么事都好办。"

秦中州认真地说道："张桃芳，你别发火儿，也用不着给我戴高帽儿，咱们好好儿商量。我这不是本位主义，我们班实在有困难。你想想看，你们可以从全院各系选拔人才，可是我们呢？我们只能就地取材啊。你说我们怎么给你们让路？"秦中州恳切地说。"我们班三年下学期，也就是明年春天，就得拉出去进行初中的教育实习，接着是高中的教育实习，然后是毕业分配，问题很多，再不整顿，拖下去，到头来事情就不好办啦。如果别的选择，我们是会主动推荐古全和给你们的。我知道，他到院学生会工作，肯定会成长得更快，你想，我能轻易放过让他锻炼的这个好机会吗？"

张桃芳无奈地瞪着秦中州，一句话也说不出来。过了好一会儿，长叹一声，说道："这样吧，你帮助我过好这一关，先把古全和借给我一用，让他参加学代会。两个月之后我再把他还给你。会议文件已经下发，不能延期，后天就开会，学生会主席候选人的名位空缺不好，临时换人已来不及，只好这么办。"

秦中州忍不住笑着说："你老毛病没改啊。这不是办法，会让事情拖泥带水更复杂。"

张桃芳无奈地说："你呀，真是本性难移！挺好的个事儿，叫你一掺和，就吹了！真糟！糟透了！"说着，站起来，摇摇头，匆匆地走了。

黄伯芬和古全和看着张桃芳的背影直笑。

秦中州笑着说："只有张桃芳想得出这样的馊主意，相姑爷有冒充的，学生会主席候选人也有冒充的，真是闻所未闻。不过这不说明张桃芳幼稚，他这是效法刘备借荆州的故事。古全和一旦当选，事情就不可改变了。真是'江山易改，本性难移，'还是本位主义！"

黄伯芬古全和点头儿，相视而笑。古全和没想到，豁达的张桃芳还会玩儿这种小把戏。

第二天一早，秦中州又急匆匆地返回了延吉。他放心不下他垂危的老娘。

中文 52 级新选出来的团支委是羊修仙、黄伯芬和古全和。新支委会的第一次会议照例是讨论支委的分工和新学期团的工作。支委会在 209 召开。秦中州的病情由于感冒风寒而加重。他是躺在床上列席会议的。

羊修仙抢先发言。她笑眯眯地说："我提议由古全和同志担任书记。新人新气象嘛！"她已经从杨以臣那里得知党团领导关于 52 级新的团支委分工的意见。但是古全和是全票当选的，秦中州又倚重古全和，她不能不摆出这样的高姿态。

古全和坦然说道："我是个新兵，没有经验，只能当个'见习八路'。"

黄伯芬说："我继续做组委，古全和同学做宣委。"

羊修仙没有谦让，但是她建议让古全和做组委。新的团支委会就这样顺利诞生。

关于新的团支委怎样分工，秦中州曾经考虑过一步到位，让古全和担任支部书记。这样，一旦他的身体支持不住，不得不离开这个年级，古全和会把他的工作接下来。可是杨以臣不太同意这个方案，他说古全和缺少锻炼，而羊修仙稳重。秦中州没有坚持自己的意见。他也担心突然把古全和推到支部书记这个位子上，羊修仙和少数所谓老团员不服，可能给古全和制造麻烦，古全和在工作中一旦发生失误，而不得不下台，会导致整个工作的失败。而先把他放在支委的位子上锻炼一段时间，熟悉熟悉环境，做出成绩，获得群众的普遍认可，然后再让他接替羊修仙更为稳妥。这样，古全和有黄伯芬配合，再加上年级党支部的支持，即使他不当支部书记，他的意见，只要合乎实际情况，羊修仙也不敢轻易否定。羊修仙不会不知道破格使用古全和是党组织的意思，团委对于古全和的重视她也不能不考虑。

羊修仙意识到她的权力受到限制，感到有些失落，但是她支部书记的宝座保住了，她悬着的心也就落到了实处。她说："会后我把咱们支委会的分工汇报团总支，如果他们没有意见，我们再向全体团员和全班同学宣布。"

支委分工过后，就讨论本学期工作的重点，早有准备的古全和首先发言。他建议新学期重点办4件事。第一件是调整宿舍。调整宿舍有三个目的。第一是显示班团组织掉控班级活动的力量。第二是落实学院的规定，改变不合理的居住状况，让住在采光差一些的同学住到光照比较好的房间。第三，这是主要目的，把203等几个房间的人员拆散，重新搭配政治力量。这项工作先在团内统一思想，然后召开全班大会进行动员，重申定期调整宿舍是学校的一项规定，再从保健的角度，讲讲调整宿舍的必要性，做好大家的思想工作。

"第二件事是摸清楚班级同学的政治思想情况，为毕业分配和组织发展创造条件。特别是要弄清楚柳士杰、何成扬、叶沧海等几个人的政治思想情况，如柳士杰是不是去过朝鲜，他的左臂是怎么失去的，他到底是个什么人。

"第三件事是在团内开展一次团章的教育，着重抓组织纪律教育，反对自由主义，增强支部的团结统一。

"第四件事是狠抓团的组织发展，全面梳理一次适龄同学的情况。对于写过入团申请的同学，只要条件具备了，就抓紧发展；对于没有写申请的，启发他们的觉悟，引导他们追求进步。"

羊修仙和黄伯芬表示同意古全和的建议。羊修仙说，会后她会把支委会讨论的意见向团总支汇报，如果领导没有意见，就根据这个意见拟定本学期的工作安排。然后她转向秦中州问道："秦中州同志，你还有什么指示吗？"

秦中州淡然说，没有，然后认真地说，"这次团支部改选，梁秀梨同学没能当选，要做好她的工作。近两年来她做了不少的工作，这次落选，主要是由于她工作方法比较简单，少数人对她有意见。建议羊修仙同志找她谈谈，充分肯定她工作的成绩和积极性。帮助她正确对待这次团支部的改选，继续在班级整顿建设的工作中发挥骨干作用。"

羊修仙说秦中州想得周到，然后突然说道，"邓春梅的事你们知道吧？她在宿舍里宣布说，她和龙秋生确定了恋爱关系。"

黄伯芬不以为然地说："没想到他们俩会走到一起。"

近来班上风传龙秋生有了女朋友，但是当大家听说她是邓春梅，都感到有些诧异。邓春梅一向自视很高，在交朋友方面很挑剔。而龙秋生其貌不扬，学习一般，样子显老，她怎么会突然和龙秋走到一起了呢？古全和担心邓春梅犯了郑玉英的那种错误，是失恋后，感情失去了寄托，不顾一切地接受向她扑来的龙秋生。古全和怀疑龙秋生的为人，替邓春梅的未来担心。人是感情的动物，而感情常常给人带来灾难。

106

调整宿舍的工作并不像羊修仙渲染的那么可怕。在团内统一思想后，团支部就通过班委召开了全班大会。古全和受班长委托，在会上讲解了调整宿舍的必要性。他首先申明，定期调整宿舍是学校的规定，让过去光照少的同学换到光照比较多的房间，体现同学们互相关心、互相爱护的精神，是保证大家身体健康的措施之一，我们必须无条件地实行。然后说，调整宿舍有助于扩大同学们彼此交往的范围和机会，有利于大家互相学习。他说同学们来自全国各地，带来了各地区各民族的风俗民情和生活经验，学习这些风俗民情和生活经验，对于学习社会科学和文学艺术的人有特殊的意义。调整宿舍，换换环境，住起来也会感到新鲜。调整宿舍的计划已经广泛征求过同学们的意见，也已经系行政批准，要求大家听从统一安排。团员在这次调整宿舍的过程中要起模范带头作用。这是一条纪律，不能讨价还价。

柳士杰被分到古全和所在的 208 房间，睡陈连琪的床位，和古全和头顶着头。时俊茂调到 203 房间，和何成扬面对面。其他男生也按照调整宿舍的规定做了相应的安排。女生宿舍没有大的变化，只是住在半阳和全阳面的同学互相对换。全部工作只用了 3 个半天。

调整宿舍的效果立竿见影，不仅瓦解了柳士杰小集团，结束了他们的"色情夜话"和烟雾世界，由原 203 房间策动的地下舆论中心也随之消失，显示了团支部在班级活动中的核心作用，大大增强了团员和同学们改变班级落后现状的希望和信心。

入学之初，象古全和这样一些应届高中毕业生，在柳士杰等大龄同学的眼里，是一帮小孩子。柳士杰曾扬言："我在哈尔滨的南岗一跺脚儿，黑龙江和松花江里的水都会翻起大浪！在哈尔滨，一提我柳某人，没有不知道的，要人有人，要钱有钱。一些中学毕业的小孩子算什么？"可是现在不同了。他的独立王国瓦解了，日夜不散的牌局撤了，色情夜话没有人说了，流言蜚语的源头切断了，中文52级的空气清爽了，同学关系、师生关系都变得和谐了，中文52级前进的步伐迟滞两年多，现在终于走上了正道，遗憾的是，亡羊补牢，为时已经有些晚了。

古全和的工作并非一帆风顺。新组建的第三团小组长牛子奇故技重施，扬言他不向古全和汇报他团小组的工作，而坚持说他只能向支部书记羊修仙个人汇报。理由是古全和是个新团员，不配听他汇报工作。古全和不气不恼，不吵不闹，而只是对牛子奇说，第三团小组的工作，他必须向他汇报，这是组织纪律，至于牛子奇个人的思想，他爱向谁汇报就向谁汇报。但是牛子奇没有理睬古全和，仍然坚持向羊修仙汇报，而古全和也不再理睬牛子奇，而是专心抓团的组织发展工作，想在毕业前把被羊修仙挡在团的大门以外合乎条件的那些积极分子都发展进团内，否则，他们就超出入团的年龄，没有机会参加共青团了。

在研究团的发展的过程中，首先碰到的就是老积极分子时俊茂。时俊茂也是大一开学时就提出入团申请的，古全和认为他已经具备了团员的基本条件，应该考虑发展他。但是羊修仙有不同意见。她说："时俊茂的问题，过去研究过多次。一直没有发展他，因为群众对他的意见太大，他私心太重。"

古全和说："对于群众的意见要作具体分析。据了解，骂时俊茂自私的是何成扬，是因为这样的几件事，一件是入学之初，男生大部分临时同住206大房间。一次何成扬晚上洗脚用时俊茂擦脸的毛巾擦脚，时俊茂表示不满，说何成扬缺德，何成扬不仅不承认错误，还骂时俊茂'自私'，打了时俊茂一个耳光。另一件是何成扬从时俊茂的艺术日记本儿里撕下一张纸来给什么人写便条儿，时俊茂艺术日记是他考入大学的纪念，他指责何成扬自私，不懂感情，何成扬不仅不承认错误，反而到处散布说时俊茂自私，小气，为一张破纸而大发脾气，是欠揍，又要动手，经大家劝说才

作罢。关于时俊茂自私的瞎话就是这样制造和传开的。在这两件事上，自
私的不是时俊茂，而是何成扬。"

羊修仙赶忙说道："这些情况我怎么都没听说的呀。"

牛子奇顽固地坚持向羊修仙个人汇报工作，扬言在支部改选时，他没
投古全和的票，而羊修仙也照旧默默地接受牛子奇的汇报，意思是显示她
在团员中的威望和地位，暗含着在向古全和示威，表明她才是班上的老
大。黄伯芬说这种反常的事情不能继续下去，建议羊修仙拒绝接受牛子奇
的汇报，命令他按照组织原则办事，否则就执行纪律，撤他的职，改选小
组长。而羊修仙却说："不要那么简单生硬呀。古全和是个新同志，而且
刚进入支委会，牛子奇一时接受不了，也是可以理解的嘛。威信是在工作
中树立起来的，你不是也经历过这样一个过程吗？我倒觉得，古全和应该
向你学习，主动地去和牛子奇搞搞关系，给他讲讲道理，听听他的意见，
做做他的工作。牛子奇住过203，和柳士杰他们在一起混了一些日子。他
这个人没有立场，是属兔子肉的，靠上什么肉就是什么味道，古全和对他
有些看法儿，他们的关系本来就是不大好的呀。"

羊修仙容忍并配合牛子奇这样做，是想让牛子奇给古全和一点颜色看
看，挫挫古全和的锐气，然后在适当时机出面做做牛子奇的工作，让牛子
奇同时向她本人和古全和作汇报，一方面满足牛子奇以自己是羊修仙的嫡
系，在团内地位特殊的虚荣心，另一方面也使古全和感觉是她把他扶持起
来的，以巩固她在团内的特殊地位。而让羊修仙失望的是古全和本不在乎
牛子奇和羊修仙玩的这一套。古全和认为在这件事情上犯错误的是牛子奇
和羊修仙，而并不是他，面对牛子奇和羊修仙的挑战，他毫无被动难堪的
感觉，根本就不理睬他们的这些小动作。他没有去找牛子奇谈话，而是提
议把牛子奇的问题和团的发展工作结合起来，在团内开展一次团章学习，
帮助大家明辨是非，促使牛子奇端正态度，改正错误。

团章教育没有收到预期的效果。牛子奇依然向羊修仙个人汇报工作，
羊修仙也依然接受牛子奇的汇报。黄伯芬再次提议以支部的名义命令牛子

奇向古全和汇报。而羊修仙则把难题踢给古全和，继续说干部的威信是在工作过程中养成的，这个问题得由古全和自己去解决。古全和说，下级向上级汇报工作是团章规定的，跟干部个人的威信无关，牛子奇不按团章办事表明中文52级的团支部是个可以无视团章的世界。羊修仙意识到问题严重，赶忙替自己洗白，笑眯眯地说道："你说得太严重了，牛子奇就是任性，脾气不好。"

古全和说："是团章管'脾气'呢，还是'脾气'管团章？牛子奇平时就常常以肯定的口气谈论他们家乡的哥老会，盛赞'龙头大爷'的威风，他是不是把革命的共青团当成'哥老会'，把你当成'龙头老大奶奶'了？这就不是资产阶级自由化，而是封建地主阶级的横行霸道了。"

古全和把羊修仙和牛子奇的行为同资产阶级自由化和封建帮派"哥老会"联系在一起，让羊修仙感到震惊，她慌忙解释说："不好胡乱比较的呀。怎么能把等待一个同志的觉悟说成是帮派活动呢！暂时让他向我汇报。等他思想搞通了，再让他向你汇报，这有什么不好的呀？"羊修仙摆出一副老大姐的派头儿，极力回避牛子奇和她的非组织活动。

古全和冷静地说："我建议把牛子奇的问题拿到团支部大会上去，在全支部开展一次大辩论，认真地进行一次团的基本知识的再教育。"

羊修仙感到古全和咄咄逼人，发言带有浓重的火药味儿。黄伯芬的腔调儿也不再温和。羊修仙意识到古全和"加盟"团支委会的确是改变了她在团内的地位，害怕古全和把"资产阶级自由化"和"龙头老大"这一类的帽子扣到自己的头上，想表白她和牛子奇并无特殊关系，但是怕越描越黑，只好硬装超脱，保持沉默。她开始感受到古全和的锋芒，明白秦中州为什么那样器重他，意识到她在中文52级的地位动摇了，她的支部书记可能当不长了，而这是她不能接受的。于是她就加紧了跑杨以臣家的步伐儿，经常帮杨以臣家干家务。杨以臣的岳母病重住院，她主动和杨以臣的家人轮流到医院里去陪住，杨以臣本人和他的夫人一再表示谢绝，而她照去不误。事后她又巧妙地在班上宣扬她去市立医院陪护杨以臣岳母的辛劳，给人造成一种印象，她和杨以臣一家的关系非同一般。

粘住杨以臣不放，是羊修仙最后的一招儿。

108

古全和考虑到，龙秋生是班上有影响的人物儿，是自己工作中的伙伴。龙秋生政治上有疑点不等于政治上一定有问题，他在鉴定会上给古全和抹黑，对古全和个人不友好，不等于就不能和他合作共事。古全和要顺利地开展团的工作，少不了他的配合，因此必须和他搞好关系。龙秋生是团员，他是团支委，古全和应该主动和龙秋生改善关系，于是主动约龙秋生谈心，而这恰恰是龙秋生所期待的。大二学年鉴定会后，龙秋生一直为自己在鉴定会上轻率地冒犯古全和而感到不安，担心古全和向秦中州汇报自己在鉴定会上的表现，引起秦中州的注意，影响他入党，他认为古全和主动约他谈心是对他示好，要和他改善关系，让他悬着的那颗心落到了实处。

龙秋生和古全和有说有笑地走出东湖学生宿舍，穿过小操场，越过滨湖路，登上东湖大堤。但是龙秋生只字不提他和古全和的矛盾，而只等古全和开口，以摸清他的态度。古全和主动说："那天我在鉴定会上发言，是想开解你因为时事考试成绩不理想而产生的不愉快，是出于好意，请你相信。你想，我为什么要讽刺你呢？我那次时事考试的成绩和你一样啊，也是勉强及格儿。"

龙秋生听古全和这样说，心中窃喜，而他那张绛紫色的脸反而耷拉下来了，装出满心委屈地说："是不是讽刺我，你自己心里明白。"意思是揪住古全和不放，无意和解。

古全和重复解释说："是你多心，我真没有讽刺你的意思。"

龙秋生得寸进尺，蛮横地说："你既然不承认错误，那就什么都别说了！"说着，就从长椅上站起来，拉出要离开的架势，向古全和示威。

古全和不想和龙秋生僵下去，说道："退一万步说，就算我的发言有欠考虑，让你产生了误解，我在会上对你和同学们说明白了，事情不也就清楚了吗？"

龙秋生见古全和在他画的这个圈圈儿里跳，心里偷偷地乐，笑古全和幼稚，装出生气的样子朝回宿舍的方向大步走去，心里在想："你想和我搞好关系？可是我就是不给你这个机会，你小子就背着这个为人不诚实，对人缺少善意的恶名着急去吧！"

古全和和龙秋生的第一次谈心不欢而散，他一个人憋着一肚子气回到宿舍。但是事情总要解决，不久，古全和第二次约龙秋生谈心，龙秋生摆出受害者的冤样儿，说没什么好谈的，古全和再次约他的时候，才勉强同意。他想古全和仍然想解开他在鉴定会上给古全和结成的那个疙瘩。他暗笑古全和幼稚，想继续牵着古全和的鼻子走，给古全和制造麻烦。

古全和和龙秋生说笑着肩并肩地走出学生宿舍区，越过湖滨路，登上东湖大堤。湖对面的一个个屯落隐约可见，一辆马拉的铁轮大车正远远地从湖对岸赶过来。湖堤上成片的杨树和柳树的叶子已经落光，游人屈指可数，多半是那些内心热烈、不畏严寒的痴情的恋人。

古全和走上冰面，考虑怎样说服龙秋生。而龙秋生沉默不语，有意避开古全和感兴趣的话题，偶尔说上一两句，也是说他如何争取入党，请团支部和古全和多多帮助他等等。古全和只好开门见山。他说："我很想和你把话说开。"

龙秋生便装出宽容的样子说："我这个人心宽，不计较你，只希望你改正错误，善待同志。现在你是班上的主要干部，更应该善待大家。"龙秋生的意思很明确：古全和讽刺过他，但是他大度，不计较古全和！

古全和见龙秋生无意和解，是蓄意给他抹黑，即使他委曲求全，龙秋生也不肯跟他和解，决心不再和龙秋生纠缠，看他怎样动作。他淡然说道："开晚饭了，咱们回吧。"不等龙秋生说话就站起来，默默地走下湖堤，朝着回东湖学生宿舍的方向走去。

龙秋生见古全和态度冷淡，不想和他玩下去，有点儿着急。他知道古全和在班上举足轻重，是秦中州信任和支持的人，古全和的作用将越来越大，他不能和古全和结怨太深，就赶紧朝正在远去的古全和说道："那就算我们中间有些误会吧。"

古全和听龙秋生这样说，心中又泛起了和解的希望，便说道："这就对了嘛！我无意讽刺你，而你就是不相信，难道你想让我向你赌咒发誓吗？同学之间，连这点儿信任都没有，还有什么话好说！我们同学两年多，同学之间彼此都有个了解，谁是什么人，大家心里都有数儿，不是你说什么别人就信什么，我敢说，你我都没有这样高的威信！有了误会，说开了就过去了，怎么能不依不饶呢?"

　　龙秋生笑着说道："我相信你说的是真话。"

　　古全和说："那你为什么不肯和解?"

　　龙秋生神秘地说："我喜欢这样!"

　　古全和有些惊讶，反问龙秋生道"你什么意思?"

　　得意忘形的龙秋生重复说道："我就喜欢这样。"

　　龙秋生1952年进入东湖师范学院，三年来过得平安而荣耀，连选连任生活班长，大一就加入了青年团，大二被评为学院的模范学生干部，现正在积极争取入党，有望在大学期间入党，他最近的大喜事是收获了爱情，寻得了自己的女人。他正在筹划着，毕业时，请求领导把他和邓春梅一起，派到云南、贵州、新疆等边远地区，到一个小县城，甚至乡镇中学，在那里度过自己平安幸福的一生。三年来成功的表现筑就了他对于自己的信心，相信他是自己铸就的生存环境的主人，羊修仙、杨以臣和班上的同学都拥护他，连班上的新星古全和也来向他讨好求饶，正是这样的心态，促使他冒出了让古全和感觉震惊的那句话："我就是喜欢这样"，意思是喜欢给人制造小辫子，然后揪住不放。古全和从龙秋生身上露出的这个细小的裂缝，看到的好像是另一个龙秋生，一个灵魂阴暗、图谋私利的龙秋生，而这又让他联想起两年来龙秋生留在他心里的诸多疑问和《江城日报》那张新闻照片。龙秋生自称他中学毕业后在家务农三年，可是身上没有留下农业劳动的痕迹；他热衷交谊舞，每有舞会必到，而且动作规范；在前往军事野营的路上他带队有方；实弹射击成绩好，是天生的，还是有过训练?来院近三年他从没回家探亲，是由于缺少路费，还是另有原因?今年夏初，古全和给解放军输血后，按照医生加强营养的嘱咐，曾经到电车站附近的方便居吃过几次馄饨，他每次都碰见龙秋生在那里吃喝，足见他有钱，那么他的钱是哪来的?龙秋生从没离开过学校，也没有人来找他。没见他给什么人写信，也没见他收到过信，不见他对外有任何联系，难道他没有亲属和朋友?古全和觉得龙秋生可疑之处比较多，他可能隐瞒了什么，便在周末召开的团支委会上，汇报了他和龙秋生产生矛盾和跟他交换意见的前前后后，以及他对龙秋生的怀疑。黄伯芬说，她也觉得龙秋生唯唯诺诺、上下讨好儿不正常。羊修仙认为古全和的怀疑有道理，但是她不希望龙秋生出问题。龙秋生当生活班长是凌国玉指定的，在胡玉斌担任支部书记期间连任，羊修仙也提名建议评他做全院模范班干部。如果他有政治问题，她不可能摆脱用人不当的责任。她说，不能随便怀疑一个同学，也没有必要为这种说不清道不明的事情去惊动领导。龙秋生的问题就这样压下来了。

两周后，古全和在向秦中州汇报工作时，又原原本本地汇报了他对龙秋生的怀疑。秦中州严肃地批评他说："你为什么不及时汇报？"古全和说，他向团支部汇报过这些情况。秦中州又问："这件事只有你们三个人知道吗？"在他得到肯定的答复后，他要古全和马上通知羊修仙和黄伯芬到209房间来开会！

秦中州在会上只说了一句话："这件事绝对保密！这是纪律。"

第二天上午第一节课，秦中州直接去了党总支，向杨以臣汇报了古全和反映的情况，并联系那封群众来信，共同研究了龙秋生的问题，怀疑龙秋生可能有重大历史问题。杨以臣当即指示王春泽，立刻通过党委组织部给婺源发函，外调龙秋生的家庭、历史和社会关系等问题！

这件事改变了杨以臣对古全和的看法儿。

109

大一暑假，张楣光继郜艳华之后，给无知的古全和制造的第二次恋爱风波早已风平浪静。古全和是团支委，张楣光是团小组长，他们相处得坦然而友好，课间或课余时间，她经常邀古全和一起在自由大楼前面的宽阔的自由大路上散步，谈学习，谈思想，谈工作。今天吃早饭的时候，她又约古全和在上午课间操后听她汇报他们团小组的工作。

头两节课是李中玉老师的外国文学课，上课的地点在自由大楼第16教室。外国文学课没有教材，也没有任何教学材料，教学的形式就是老师讲，学生听。李老师刚刚从北京师范大学进修回来，他的讲课是现趸热卖，语速很快，陌生的作家姓名、作品标题、文学术语等倾盆大雨般从老师口里喷出来，同学们感觉新鲜而陌生，课堂气氛紧张，多数同学都忙于记笔记，两堂课下来，疲惫不堪，下课铃声一响，同学们就涌出教室，到自由大楼的外面放松自己。

张楣光和古全和边走边谈，张楣光简要地汇报了他们团小组在调整宿舍、整顿课堂秩序、改善师生关系、增强团员的组织观念、组织发展和积极分子培养等方面的情况和问题，说他们团小组的战斗力明显增强，大家学习的自觉性也有提高。

20分钟的课间操很快过去，第三节课的预备铃响了。同学们纷纷往楼内走。张楣光和古全和并肩走进自由大楼，朝楼梯走去。当他们走到从一楼到二楼之间的平台时，张楣光突然停住脚步，看看周围，低声对古全和说："我有一件有关个人问题的事，想听听你的意见。"

"快说，马上就要上课了。"

"我有一个中学同学一直在追求我，近来又一再写信给我，要求和我确定恋爱关系，以便我毕业后可以调到他那里去工作。我拿不定主意，很苦恼，想听听你的意见。"

"谌来清吗？"

"是的，就是他，他一直在纠缠我。"张楣光皱起眉头显出苦闷的样子。

古全和问道："你们不已经是朋友了吗？"

"我有过这样的考虑……"

古全和说："先上课！"说着就急匆匆回到教室。

张楣光心不在焉地听完了上午的两节课。下课铃一响，就来招呼古全和，等同学们走后，就约上古全和一起离开教室，朝餐厅走去。路上，张楣光羞答答地说："你看我怎样回答他呀？我听你的！"

"我听你的！"古全和记得大一时郜艳华对他说过这样的话，导致他的好朋友刘乾生发了神经。如果他回答说"和谌来清吹了吧"，那就意味着他愿意接替谌来清的角色。想到这里，他心中暗笑，觉得自己的身价已经从当年"驴的价码儿"涨到"马的价钱"了，而谌来清，在张楣光看来，却已经从当年的"马的价码儿"降到"驴的价码儿"了，张楣光是要"弃驴换马"了。可怜的谌来清啊，你怎么交上这样的朋友啊！女人最坏的品质就是轻浮！而男人最大的不幸就是落到这种女人的手里！可是古全和不想介入别人的感情纠纷。

"你说话嘛！"张楣光装出急切的样子，娇滴滴地说。

古全和说："个人问题，只要不涉及原则，组织上一般不过问。请你自己拿主意。"

　　大一时，张楣光轻率地挑逗过古全和，尔后又轻率地冷淡了他，还利用他把自己弄成情圣，看来张楣光相信自己的魅力仍在，想旧话重提。而古全和只用几句官腔就打发了她。古全和猜想，类似的故事张楣光不会只编织过一个，也未必会到此为止。

　　张楣光朝三暮四，游戏感情，没有给她带来幸福。她的轻浮使她失去了一个女人最宝贵的东西，毁坏了自己的人格儿，在她做了几个儿女的母亲之后，报复心重的谌来清，还常常揭她的老底儿，不止一次地动手打她。

　　在短短三年间，古全和目睹了凌国玉的下流，何成扬的恶行，郑玉英的不幸，羊修仙的诡计，梁秀梨的单纯，黄伯芬的善良，秦中州的执着，张桃芳的热情，杨以臣的主观，时俊茂的古板。这都加深了他对人生的理解。他两次被卷入婚恋故事，因而感受到婚恋问题的严肃性，其中包含着重大的社会责任，在婚恋问题上不可以轻诺，避开了张楣光丢给他的钓钩。

110

　　郑玉英第二次休学了。她在 1955 年国庆节后伤心地，恋恋不舍地离开了她热爱的东湖师范学院和中文专业，离开了同情她、关心她的众多的同学。古全和和黄伯芬一起送她到自由大路电车站。郑玉英不幸的今天和她让人深感忧虑的未来，给古全和的刺激特别深重。此时此刻，他预感到郑玉英未必能再次回到校园，他对她怀有一种诀别的心情。

　　大一时腼腆怕羞的郑玉英生活得很愉快，常常因为记叙文写得好而受到主讲语文及习作课的李老师的表扬。她平时极少说话，总是笑嘻嘻羞答答的。她算不得俊秀，但是可爱，连高年级的有些男生也曾为她倾倒着迷。可是她竟因为一时糊涂，为何成扬滑冰时的好看的姿势和他的一头天生的卷发所迷惑，在他突然袭击的面前不知所措，而陷入了他的圈套儿，落进未婚先孕、被迫和何成扬结婚的困境，最后不得不休学回家生产……大二下学期，她高高兴兴地回到学校，渴望完成大学学业，可是不久她又怀上了孩子，不得不再次休学。在她这次离校前，古全和曾特地找她谈过话，劝她留下，说团支部一定会发动同学们帮助她完成学业。他问她说："非走不可吗？"

"有什么办法呢？！我还有脸留在这里吗？谁像我这样没有出息啊？！"她几乎是哭泣着说，"国家出钱培养我，那是让我读书成才而后为国家出力，而不是让我一个接一个地生孩子啊！我怀第一个孩子的时候，就有人当着我的面骂我不要脸！我无话可说。"郑玉英浑身颤抖，泣不成声。

古全和知道，骂郑玉英不要脸的就是邓春梅。当时她是团支委。

"她那样说不对，你不要在意。"

"不怪她，我该骂！不好好学习，大一就怀孕，难道还不该骂吗？"

"可是你怎么又……"古全和小心地问道。

"一步错，步步错！这就像俄罗斯谚语里说的那样，'一爪落网，全身被缚！''一失足成千古恨'，我是摆脱不了他啦！这次回来，我决心不和他同房，想好好念书，和大家一起毕业，参加工作，报答国家。可是他不停地骚扰我啊，骂我无情，说我不和他同床，是想和别人私通！"郑玉英抽泣着说。"我为什么要恋爱结婚啊！为什么要爱上这个何成扬啊！他说怀孕是我的错，骂我是老母猪，一弄就怀上！有什么办法？这是命啊！嫁鸡随鸡，嫁狗随狗吧！但愿他大上几岁之后会好起来。古全和，那时你为什么不把我介绍给时俊茂呢？都是我的错！我痴情，我软弱，我糊涂，我虚荣，可是，这一切都不可挽回了！"

"我们研究过你的问题，系领导也很关心你。我们的意见是你留下。团组织会发动全支部、全班的力量做何成扬的工作，帮助你顺利地生下孩子，完成学业。"

"非常感激组织和同学们的关怀。可是我不能留在这里了！你看看我这个模样儿，在教室里，餐厅里……到处是人们异样的眼光！全院头一份儿，丢人哪，给中文52级丢人！给中文系丢人！给东湖师范学院丢人！我宁愿死也不能再留在这里丢人了。"

国庆节后，郑玉英冒着初冬的寒风走了，永远告别了她热爱的母校东湖师范学院和她的学生生活！第二年、第三年，她连生一子一女，成为3个孩子的母亲。何成扬毕业后分配到哈尔滨某高校任教。他把孩子都推给郑玉英。而郑玉英靠她在哈尔滨师范学校任教的报酬，把两女一儿养大成人。在她老年将至的二十世纪八十年代，何成扬弃教从商，倒腾宜兴陶器，发了大财，然后又开了几处饭店，成了万元富翁，同时在外面勾搭上了别的女人，不仅无情地抛弃了郑玉英，还强迫她和他离了婚，并把婚姻破裂的责任都推给她，污蔑她行为放荡，从初中就开始谈恋爱，一直有作风问题，说她的儿子是她和别的男人所生，她的两个女儿的生父也未必是他。郑玉英遭受半生折磨，又遭诬陷，无处诉说，被迫离婚，无所归依，悲愤难忍，不久就得了青光眼。她决定摆脱世人的耻笑，离开让她感到伤心的哈尔滨，回到老家，向唯一的老哥哥诉说自己的不幸，在那里消磨余生。可是她没有能够回到故乡，见到她的哥哥，对她哥哥诉说。她在南下的路上突发心脏病，惨死在从三棵树到济南的特快列车上。

　　郑玉英死后，她的 3 个儿女不肯认他们的这个父亲，拒绝他的赠予。孤独的何成扬一个人回到山东老家，不久，和当地的一个丛姓老姑娘结婚。婚后不久，他又胡说对方婚前和别的男人有染而抛弃了她，离开老家，到了河南某地，重新回归教育部门，在某师范专科学校任教，开始和一单姓的中学女教员来往，并准备和她结婚。单姓寡妇有一女儿，正在念高中。何成扬在给单姓寡妇女儿做高考辅导的时候，又生出了对她的邪念。单姓寡妇发觉后，拒绝和他来往。绝望的何成扬精神有些失常。1993年暑假，59 岁的何成扬独自一人徒步旅行，直奔新疆，想累死饿死在沙漠里，了却自己的一生。路过陕西时，他曾拜访过在甘肃天水任教的郜艳华，在那里逗留了一周。以后就没有了他的消息。大家都认为他已不在人世了。

　　人们常常用"头发长，见识短"来嘲弄某些女人。古全和觉得这种说法儿不无道理。郑玉英的悲剧让他产生了一种想法儿，觉得在某些时候，有些女人头脑中可能真少一根弦儿。世俗的女人看重男人的社会经济价值，风流的女人欣赏男人的生物学意义上的品质。她们甚至顾不上认真地看看她们所爱的是个什么东西，就丧魂落魄地扑到他们的身上。古全和憎恨何成扬。他极端自私，心中没有国家，没有他人，为了满足私欲，轻率地毁了迷恋他的郑玉英，让他亲生的儿女不幸福，最后也毁了他自己。古全和觉得眼前的邓春梅好像就在重复郑玉英的故事。她是在另一种情况下丧失理智，匆忙和龙秋生走到一起的。古全和想让邓春梅有个思想准备。可是秦中州说他不能把他对龙秋生的怀疑告诉别人，这是纪律。如果龙秋生真有严重问题，他察觉自己暴露了就会逃走，逃到别的地方去骗人，把政治包袱留给我们的公安部门和邓春梅。古全和没有办法去帮助邓春梅，由于这样的考虑，他又希望龙秋生不是坏人。

111

　　凛洌的西北风日夜不停地呼号，东湖周围人烟稀少，东湖师范学院校园里行人来去匆匆。秦中州的病情日渐加重，他已经不能坚持正常的学习，几乎每周都要请一两天病假。院卫生科的大夫多次建议他休学疗养。面对这种状况秦中州很犹豫。他想，他这是第二次复学，很难有第三次复学的机会，能不能完成大学的学业成了问题。而且眼前班里的秩序刚刚整顿好，党团发展工作也在顺利地进行。如果他休学，至少中文 52 级党的发展工作会受到一定的影响。而现在学生党员太少，教育界到处缺少党员教师和党员干部，本支部急需加强党的发展工作，一些有条件入党的同学，如果现在不及时发展，等到他们毕业后，到了新单位，党组织又要经历一个重新审查的过程。如果现在他休学，古全和与黄伯芬的组织问题在他们在校期间肯定就解决不了。这不仅会耽误对他们的使用，也会给他们将来的新单位增添许多不必要的麻烦。发展黄伯芬的准备工作已经做好，材料也已准备齐全。古全和的问题只等派去山东外调的同志回来，把他的材料最后核实上报党委组织部。他想来想去，还是想坚持学习，至少把班级党的发展工作抓到底，做到休养、学习、工作三不误。

　　古全和能理解秦中州此刻的矛盾心情。他给秦中州介绍了他和肺病做斗争的经历，说秦中州现在的条件比他当年好。他当年既无医药，也无营养。他建议秦中州以养病为主，兼顾其他。学习只求通过考查和考试。如果这样做仍然力不胜任，可以暂时放松甚至放弃个别课程，以后通过补考获得成绩。古全和战胜疾病、完成学业的先例让秦中州感到鼓舞，认为古全和的主意可行，心情为之一爽，决定留下来，继续学习和工作！

　　中国现代文学上三个学期，本学期期末考试的课程仍然有现代文学。古全和想到主考老师许郑州老师心里就有些犯嘀咕。上次考试郑老师由于误解而捉弄过他一回，他担心这次考试郑老师还会故伎重施，再给他

"小鞋儿"穿。

许郑州，四十多岁，副教授，河南郑州远郊人，出身小土地出租家庭，三十年代初，毕业于北京师范大学，抗战时期曾在西南联大任某知名教授助教，熟悉中国文学，是本校中文系现代文学教研室主任，某民主党派江城市主委。同学们佩服许老师的学问，但是对于他的为人和教养多持保留态度。比如，他不讲卫生，把带皮的花生、瓜子和没有包装的块儿糖混放在同一个盒子里拿给前去拜访他的同学们吃；上课大声擤鼻涕，把鼻涕甩到地板上，或是擦在衣袖上；他爱喝酒，有时通宵达旦地喝，常常喝醉，带醉上课，讲课时醉眼蒙眬，偶尔还说醉话。

古全和从小就养成了尊师的习惯，至今虽已年过 20，身高过 5 尺，路遇老师还站在路边，给老师让路敬礼。虽然许郑州老师的文明程度让他感到不快，但是他没有因此而对许老师不敬。学院领导和秦中州都对他说过，年岁大的老师，都来自旧社会，他们身上不可避免地会留有一些和新社会不协调的东西，不能用现在的标准要求他们。他们绝大多数爱国，有学问，值得我们真心实意地向他们学习。古全和不知道自己怎样得罪了许老师，许老师为什么在上个学期期末口试中给他穿了小鞋儿，折腾了他一回，无理地压低了他考试成绩的等级。古全和估计许老师是误会了他，但是不知道问题出在哪里，怎样消除误会。

许老师在上个学期末的一次课前大醉，昏睡一夜过后，第二天早起没有完全醒透就赶到教室来上课，把杜甫的诗句误诵为"朱门'狗'肉臭，路有冻死骨"，引得同学们哄堂大笑。同学们知道他是口误，无意对他不敬，而只是觉得杜甫问题专家误读杜甫名句特别好笑。可是许老师却误以为同学们是有意嘲笑他，哄他，勃然大怒，睁大蒙眬的醉眼，愤怒的目光横扫整个儿教室，向同学们示威，故意反复高声念诵："朱门'狗'肉臭，路有冻死骨！"意思显然是在向同学们表示："我就是要这样念，你们能把我怎么样?!"许老师课前酗酒，课上出笑话儿，又倚老卖老，知错不改，向学生示威，与学生为敌，让同学们觉得反感，认为他这是仗势欺人，有损师德。何成扬当堂冷笑，出怪调儿，表示不满。课后，唯恐天下不乱的何成扬，又把这件事闹到系领导那里，控告许老师为师不尊。这本来只是师生关系中的一个小插曲，无人当作一个问题，本来可不了了之，但是师生间的隔阂却形成了。事有凑巧，上学期临近期末考试又发生了第二件小事儿。在现代文学课结束时，许老师动员大家认真复习，迎接期末考试，说过一句有伤同学们尊严的话，他说："你们可要好好地复习功课哟，一定要考个好成绩。要是考试不及格儿，那就连当一个中学'小教员儿'的资格都弄不到手了！"他说这番话的时候，特地在"教员"的前面加上一个"小"字，又在它的后面缀上一个"儿"字儿，给同学们的感觉是他贱视中学教员这个职业，当时课堂上就响起了一片嘘声。遗憾的是几天后又发生了第三件小事儿。许老师为了显示他教学的成果，考前特地为同学们拟定了 40 道复习题，还不厌其烦地强调说："我考试的题目都在这 40 道复习题里。如果你们按照我的辅导答对了，就是满分儿。"许老师到东湖宿舍来做辅导的那天晚上，他为了保证让所有的同学都能听到他的辅导，就点了一次名，发现古全和不在。他问学习班长徐奥卉说："古全和为什么没来啊？！"

徐奥卉赶忙替古全和解释说："古全和从来不听辅导。我记得他只听过一次政治经济学课的辅导，而且还是中途退场的。"

徐奥卉说的是实话。古全和几乎从来都不听辅导课。他中小学艰难的学习条件使他养成了听课精神高度集中的好习惯，对课堂教学的内容他都能有较好的理解和记忆。他觉得听辅导课浪费时间。自己要问的可能只是一个问题，而不得不听老师对于诸多问题的解答。而且文科不同于理科，文科问题的答案不像理科那样绝对和唯一，只要笔记记得完整，或是有教材可看，即使有些疑难问题，自己也能弄懂。对于独立钻研过数理化教材的古全和更是这样。徐奥卉说得不错，几年来，古全和只听过一次政治经济学的辅导，还中途退场。辅导老师是一位从中国马克思主义理论教师头号儿大熔炉的中国人民大学进修回来的女教师，她没能够弄清楚古全和的问题之所在，因而也没能解除古全和的疑惑。古全和听说许老师违背学校关于考前老师不许给学生出复习题和进行辅导的规定，就更不想去听他的辅导了。但是许老师误解了古全和，他恼怒地想，"这个古全和，真狂妄，他这明明是藐视我呀！"他联想到那天发生在课堂上同学们对他"起哄"和嘘声四起的场面，怀疑领头儿的就是这个古全和，心里生出报复古全和的恶意。师徒如父子，同时也是对立面儿。老师整学生的故事为数不多，但是并不少见。大学有，中学有，小学更甚。这种生活甚至影响到部分教师的思想性格儿。个别小学女老师主观武断的异常性格儿，就是在她们常年任意对待学生的过程中形成的。老师整治学生的办法儿很多。其中最让学生有苦说不出、有冤无处诉的，就是在学生考试的成绩上做文章，而利用口试压低学生成绩的等级又是整治学生最安全有效的办法儿。许老师考试喜欢用口试。用口试可以免除阅卷之苦，可以比较自由地评定学生的成绩，即使和个别学生发生争执，也容易保持主动。在师生矛盾中，只要可能，包括老师讲歪理，领导总是站在老师一边的。

中国现代文学课先后上三个学期。上学期是第二次考试，考场在自由大楼的第 16 教室。像往常一样，一小部分同学在教室外面的走廊里准备，不安地等待着老师的呼叫。考场里，除去主考许老师，还有两个学生。一个在回答问题，一个抽签后坐在一旁做答题的准备。

古全和抽到的试题是一大一小儿。大题是："试分析《阿 Q 正传》中阿 Q 的形象及其典型意义。"小题是："略述鲁迅由学医转而学文的思想历程。"

古全和小心翼翼地坐在许老师面前的那用两张课桌拼成、上面蒙着雪白的桌布的桌子前面。许老师眯着眼睛，一声不吭，好像睡着了。古全和等了他好一会儿，也不见他睁开眼睛，命令自己回答问题，就小心地问道："许老师，我可以开始答题了吗？"

许老师哼了一声，意思是他醒着呢，但是眼睛依然没有睁开。

古全和按照许老师讲课的思路、内容和材料，结合《阿 Q 正传》中的细节描写，全面地回答了第一道大题，又回答了那道小题，确信自己回答得比较完美，等待许老师给他划个高分。这时，许老师哼了一声儿，睁开了眼睛，说道："你为什么不回答第一道题啊？"

古全和大吃一惊，他想老师刚才是睡着了。漏答问题，即使重答正确无误，也只能得"良好"的成绩。他立刻小心地解释说："许老师，我是按照顺序，先回答第一道题，然后又回答第二道题的！"

许老师不回答古全和的问题，而是严厉地命令道："回答第一道题！"

"许老师，第一道题我回答过了！"古全和大声说。

许老师终于睁大了眼睛，说道："你要放弃第一道题吗？！"

口试有规定：拒绝回答试题不给成绩。考场是老师的地盘儿，种种考虑闪电般地在古全和的头脑里飞旋，选择只能是一个：屈从老师的无理要求，重新回答问题！

"不错。"许郑州神秘地微笑着在古全和的《记分册》上"考试科目"一栏里,写上了"中国现代文学"6个字;在"成绩"一栏里,写上了一个阿拉伯数字"4"。

事后古全和在向秦中州汇报中提到了这件事,他说许老师不负责任,竟在考场上睡着了。秦中州微笑不语。这次考试前,古全和又提到这个问题,担心许老师在本学期考试中再出这样的问题。秦中州提醒他说,许老师可能误解了他,以为课堂上有人闹事是他领的头儿,他这次考试应该有个思想准备。古全和恍然大悟,意识到许老师肯定是错怪他了。他想,许老师会不会继续惩罚他呢?他想,不能掉以轻心,既然你许老师搞恶作剧,我也只能和你对抗一回了!古全和下定了这样的决心,还把自己的想法儿汇报给了秦中州,求秦中州配合他。秦中州听了忍不住哈哈大笑,联想到古全和在小学和中学同老师作对的往事。

大三上学期期末考试的第一门课程就是现代文学。考试仍然在自由大楼的第 16 教室进行,主考教师仍然是许老师,考试的方式仍然是口试,仍然是一部分同学在教室外面的走廊里等候呼叫,考场里一个人坐在老师面前答题,一个人坐在考场的一个角落里做准备,试题仍然是一大一小。古全和借口说秦中州身体不好,需要他照顾,请学习班长徐奥卉把他和秦中州安排在一组,在古全和答题的时候,秦中州被叫进考场抽签准备回答问题。

古全和这次抽到的大题是"试论抗日战争时期'国防文学'和'人民大众文学'两个口号之争的实质及其意义";小题是"略谈长篇小说《暴风骤雨》中老孙头的形象的艺术特点"。古全和走到许老师面前答题的时候,秦中州正坐在教室东北角儿上临窗的课桌前、侧对着许老师和古全和的地方儿,做答题的准备,心里在偷偷地笑。

许老师仍然闭着眼睛,面无表情地坐在那里。古全和预感到上学期的故事要重演,便小心翼翼地坐到许老师的对面,低声说道:"许老师,现在我可以回答问题了吗?"

　　许老师哼都不哼。古全和更加感觉不妙，心里又气又急又好笑，便吼道："许老师，现在我可以回答问题了吗?!"他的声音震得空空的教室嗡嗡作响。秦中州听着古全和的吼声低下头，差点儿笑出声来。许老师被惊得睁大了不断眨动的眼睛，坐直了身子，愣愣地看着古全和，那样子好象并不认识古全和。当他看到教室的角落里坐着的是秦中州的时候，就意识到古全和是有备而来，心想："你还真有两下子呢，居然还安排了一个党员做'证人'!"便笑笑说："可以回答问题。"

　　古全和答题过后，许老师笑笑，在古全和的《记分册》上写了一个"优"字。

　　古全和跟许多年轻人一样，有好胜的毛病。他由于顶住了许郑州对他毫无道理的"报复"而感到得意。可是后来发生的事情却让古全和深感悔恨。许老师听说古全和是个规矩学生，带头儿起哄的不是他，而是何成扬等人，感觉冤枉了古全和，很内疚。两年后，1957年的夏天，发生了一场翻天覆地的政治风潮。许老师在运动中，附和过"教授治校"和"民主办校"的主张，对于党的知识分子政策也有所非议，不过还算平安地度过了那场风潮。1958年春天，东湖师范学院又兴起了席卷全院的反保守反浪费的"双反"和此后的"交心"运动。许老师在会上真诚地暴露和检查了他捉弄学生的错误，而结果却被一些有整人瘾的人用来做为打击他的材料，联系他在1957年鸣放中的"问题"把他补划为右派分子。

　　30多年后的1989年6月，古全和应邀到山西某师范学院去主持两个硕士生的毕业论文答辩。听说许老师在那里工作，一到该校他就赶着去看望他。当他走进许老师的房间，打量着面前身体微微前倾、满头白发的许老师的时候，心情非常激动，赶忙立正，深深地向老人鞠了一个90度的大躬，然后快步上前，紧握老人瘦削干枯的双手，笑着说道："许老师好!"

　　"啊呀，古全和! 难得一见啊，谢谢你来看我。"许郑州兴奋地说。

　　"你老的记性真好! 还记得我。"

　　"怎么能忘呢? 我无缘无故地整了你一回，你又事出有因地耍了我一回。这么有趣的往事我能忘得了吗? 那天你还把你们班的党员同学秦中州搬到考场上来帮你坐镇，助威，当证人。"老人笑容满面，眉飞色舞。

　　"对不住你老人家呀。那时年轻气盛好斗!"古全和向许老师道歉，说自己当时不该耍小聪明捉弄老师，当时只是觉得老师错怪了自己，委屈，心里有气。

老人笑嘻嘻地说道："过错在我。我为师不尊，理应受罚。是我先捉弄了你，你才耍笑我的嘛！错的是我呀，是我委屈了你呀！"说完放声大笑。

许郑州老人亲切地拉古全和坐在自己的身边，说道："那时我确实生你的气。我想，你是干部，不该在课堂上带头儿哄我，冷落我，向我示威，决心整治你一回，给你个教训。"

"您老人家冤枉好人啦！我是尊敬您的呀。'朱门狗肉臭'的那件事和我没有关系，当时我没笑您。而且当时大家发笑并没有恶意，就是觉得你老研究了多半辈子中国文学，还写过杜甫的专论，对于杜甫的作品熟而又熟，背错他的名句好玩儿。后来我不听您那次辅导，也不是因为我不尊重您，向您示威，而是因为我几乎从来都不听辅导，谁的辅导我都不听。我认为为了解决个把问题耽误一个晚上不合算，更何况经过努力自己的问题是能够解决的。"

许郑州听了古全和的解释，有些不好意思，说道："我那次在课堂上倚老卖老，恐吓同学，也不好。那是在旧社会养成的坏习气。在旧社会，一个教师，能在课堂上站住脚儿，保住饭碗，不容易……不过我也为自己的那些毛病付出了惨重的代价……好在都过去啦。"许郑州老师有些伤感。

113

中文 52 级进入第三个学年，陈连琪被除名后，留系办公室做杂务，郑玉英退学后离校，现在中文 52 级全员 51 人。经过团支部改选、调整宿舍、学习团章和围绕着班内几个问题的大辩论，班风和学风都明显好转。面对班级迟来的欣欣向荣，羊修仙心情复杂。班级内部和谐了，舆论健康了，打架闹事等不健康的现象消失了，同学们大多积极向上，羊修仙作为团支部书记，按常理说，应该高兴，然而她高兴不起来，因为她所失比所得要多。她心里明白，班级的积极变化是党支部和秦中州领导古全和、黄伯芬、徐奥卉和梁秀梨等团结全班同学共同努力取得的，是清算凌国玉和她羊修仙工作中的错误和偏差后取得的，是整顿班风和学风的结果。在这个过程中，羊修仙失去了权力。现在，在中文52级，她不再说一不二，她政治上的优势消失了，中文52级的形象不再由她一人给系领导任意描绘，她留校或是念研究生的希望变得更加渺茫。现在，她唯一的希望就是杨以臣书记的关怀和照顾。因此，她跑总支汇报工作更勤了。前几天风闻杨以臣将调江城市委，羊修仙心慌了一阵子。她知道，假如没有杨以臣同志的庇护，她毕业后，不可能留校工作，也不可能进研究班深造，她将被分配到她表哥所在的山西省，那里教育部门定将依据她的成绩单，把她分配到某个平平常常的单位，比如山西太原市郊区的某所普通中学。

　　古全和在同学们心目中的地位随着他本人学习和工作的进步而不断变化。现在，连脾气暴躁的牛子奇也到处说古全和是他的好朋友，并把他的秘密也告诉古全和，说他喜欢过三个女生：凌叶云、黄伯芬和邓春梅，曾经怀恨过三个男生：胡玉斌、秦中州和龙秋生。现在他甚至有点儿迷信古全和，开始默默地模仿古全和。他见古全和弹吉他，就想到自己也要学习一种乐器。古全和说他的手指又细又长，适合学小提琴，他就报名参加了学院的管弦乐队，开始练小提琴。他原本留的是偏分头，还曾经嘲笑过古全和留背头，说他颓废，如今他也学着古全和留起了背头，说背头很美，甚至猜想古全和学习成绩好，说不定和他的发式有些关系。何成扬问他："喂，牛子奇，你怎么留起背头来啦？不怕别人说你颓废吗？"他撇一撇嘴，不屑地说道："老子喜欢嘛！"何成扬又说："你是学古全和吧？"牛子奇说："学古全和又怎么样了呢？老子愿意，关你屁事?!"在中文52级，牛子奇是何成扬唯一不敢招惹的人。牛子奇打架敢玩儿命。他心爱的宝贝是一把磨得锃亮的蒙古刀。

114

　　郜艳华是中文52级第一批递交入团申请书的学生之一，因为入学之初在个人生活方面遭遇误解，又有欠检点，伤害了往日的男友刘乾生，引起班内外同学的公愤，而面对大家的非议和误解，她不是认真地说明情况，求得群众的理解，而是采取对抗的态度，简单地对同学们说，她和刘乾生本来就并无恋爱关系，因此也不存在谁抛弃谁的问题，刘乾生的病应该由他自己负责等等。同学们不理解她，不相信她的说辞，批评她用情不专，作风轻浮，为人不诚实。而这在那个崇尚诚实和纯洁的时代都是不可原谅的错误。当时的团支部书记凌国玉不关心同学们的痛痒，继任的团支部书记胡玉斌，能力不济，粗心大意，上台不久就热衷于编织自己的恋爱故事，没有注意到可怜的郜艳华。第三任团支部书记羊修仙内心深处还是一个大清国时代的女德的王国，她认为郜艳华就是个坏女人，对郜艳华不理不睬，任其沦落。郜艳华入团的问题也就无从提起了。傲慢的郜艳华没有向集体靠拢，而是采取了破罐子破摔的态度，别人不理睬她，她也不理睬别人，交际范围越来越小，最后只和不嫌弃她的柳士杰和何成扬等几个人过话，每天上下课独来独往，吃饭和外班外系同学拼桌，周末上午的课程一完她就离开学校，只是和生活班长龙秋生等少数同学有些来往，像个旁听生。大学两年就这样过去了。

近来有一个消息惊动了中文52级的同学们，有人说郜艳华怀孕了。消息出自柳士杰，开始大家不敢相信，以为柳士杰旧病复发，又在散布流言蜚语，但是不久，校医院的一个护士就证实了这个消息。

住在东湖学生宿舍的是政教、历史、俄语、教育和中文等文科系的一千几百名男女同学。中文52级由于未婚先孕事例创纪录而特别引人注意。第一个未婚先孕的女生郑玉英一度在东湖宿舍引起轰动，第二个未婚先孕的女生郜艳华再次引起轰动。东湖师范学院校园里有已婚和做了妈妈的女学生，有女学生在校读书期间结婚怀孕，对于这种现象没有人赞美，但是也不违法，添人进口是喜事，然而，未婚先孕不是体面的事情，当事人也不会觉得自己有多么光荣。人民政府拿出大笔的劳动人民的血汗钱，把同学们招进大学，不是让他们来生孩子的，这种事情全院至今只发生了两起，都在中文52级，足见这个年级内部有多么混乱，中文52级的同学们感到脸上无光。一度被冷落的郜艳华因此而再次引起了同学们的注意。有些同学意识到自己在郜艳华的事情上好像做错了什么，对她的前途负有责任。团支部先后派黄伯芬和蔺丽莲去找郜艳华谈话。蔺丽莲说事情和她无关，拒绝团支部的派遣。黄伯芬一个人去了郜艳华家。她问郜艳华怀孕的情况，郜艳华拒绝和她交谈，不肯说男方是谁。有人说可能是她旧日的男友刘乾生，但是这个说法很快被否定。系里说刘乾生毕业后去了广东的蕉岭，先是在那里的一所中学任教，后又调到华南师范学院。有人说，那个男人可能是外边的。大家觉得这种说法儿有道理，因为没有人见她在东湖宿舍周围和什么男生有来往。

　　古全和虽然听刘乾生讲到过郜艳华对自己的崇拜，但是仍然觉得她大一时突然扑向他是个谜。她怀孕的事启发了他，他想郜艳华可能就是人们常说的那种既离不开男人又用情不专的女人。按照刘乾生的说法儿，郜艳华从懂事的时候起就生活在她的那些吃饱喝足的父母和七大姑八大姨等长辈们喋喋不休的感情噪音中，知道她爸爸和她舅妈有染，她舅舅在国泰电影院看电影时耍流氓被抓等等。她上学识字后又浸泡在言情小说中，感受男女情爱的刺激，并在异性玩伴儿的陪同下长大成人。爱情或者情欲在她的精神世界中占有突出的地位，而且她是偏重于从性爱的角度来观察和评判男女关系和男人的。她的家庭和社会联系使得刘乾生成为她青梅竹马的玩伴儿，当刘乾生从男孩儿变成男人，她也从女孩儿变成女人的时候，她和刘乾生在感情生活方面的距离就表面化了，他们幼儿开始的"拜堂成亲入洞房"的游戏也就结束了。于是，她离开了他，把目光投向她认为富有个性的男生，其中包括他古全和。而事实上她追逐的可能也并不是古全和，而是古全和在她心里激发出来的那种她关于理想男人的想象。她这样做不仅给古全和制造了麻烦，还险些要了刘乾生的命。郜艳华也因此而被看成为女生中的异类，失去了招惹一般男生的条件，一度陷于不知所措的孤独。她曾经注视过带有英雄传奇色彩的柳士杰，而柳士杰是有妇之夫。于是她的目光就越出了中文52级，越出了中文系，投向了体育系的师生。最早得知此事的是何成扬，他发现郜艳华和体育系的篮球教练杜大海有来往。而杜大海是何成扬的球友。何成扬把这个消息告诉了柳士杰。柳士杰听说郜艳华怀孕了，就想到了杜大海。杜大海是校园里有名的风流人物儿，不仅球打得好，人也长得帅，但是名声不好，绯闻不断，因此就更有名。

　　郜艳华的言行诱发了古全和对于男女婚恋问题的关注，头脑中生成了这样一种看法儿，传统的女生向往的是德才兼备、忠实可靠的男生，而富有、风流而又任性的有些女生所关注的则往往是有质有量，有体积有高度，雄性特征突出的男生。古全和注意到，在东湖师范学院校园里，把求偶的目光投向体育系师生的几乎都是这一类女生。她们为数儿不多，但是很执着，文科理科都有。中文系三例，物理系一例。他联想到，当年宰相的女儿王宝钏们爱上穷小子薛平贵，可能就是由于这种自然的原因。

115

　　1955 年秋季开学后，东湖师范学院呼应部分学生的要求，进行了学生伙食管理工作改革，在坚持以包伙制为主体的同时，开办了餐厅式的小炒部，学生可以自由选择用餐方式。选择吃小炒儿的同学的伙食费如数儿发给学生本人，由他们自由支配。

　　小炒儿部主食的花样儿繁多，副食单炒，分荤素冷热，烹炒煎炸，几十种，甲乙丙丁 4 等，学生可根据个人的经济条件和喜好，在小炒儿部预定主副食。家庭富有的同学可以吃得更好，而家庭贫穷的学生则能从伙食费中省出一些钱用在别处。古全和就选择了小炒儿。

　　郗艳华是东湖师范学院为数儿不多的自费生，学生伙食改革给身处困境的她提供了一个在吃喝上找精神寄托的机会，中饭和晚饭在学校吃，每餐两菜一汤，菜是甲菜，汤是好汤，一个人躲在大餐厅远离人群的某个角落里悄悄地吃，每餐都剩菜过半，在挥霍金钱，享受口福中淡忘现实的苦恼。好吃的宋廷谋几次故意经过郗艳华用餐的角落，发现她吃的都是像川菜摊黄菜、熘三样儿、炒腰花儿、熘肝尖儿、熘肚丝、宫保鸡丁儿之类的甲菜，最便宜的也是一个麻婆豆腐，有一餐居然还订有一个昂贵的红烧甲鱼。

　　郗艳华越放肆就越羞于见班上的同学，越远离班集体，除非赶上坏天气行动不便，否则她绝不在东湖学生宿舍过夜。除了课堂和餐厅，人们极少见到她的身影。近来听课也是三天打鱼两天晒网，有时干脆不来上课，面临被学院除名的危险。柳士杰说，郗艳华打算提前结业，找一份工作，挣钱把孩子养大。

　　古全和总觉得自己对不住郗艳华，又说不清楚自己错在什么地方。有一点他始终很清楚，虽然郗艳华当年给他造成了很大的麻烦，但是她是出于真情和善意，他当年不应该为了洗白自己而那样简单生硬地对待她，辜负了她对他的一番好意，伤害了她的自尊。他当年那样做是由于幼稚，而结果却是严重的，他感觉郜艳华的厄运就是从那件事情之后开始的，他有责任帮助她摆脱困境。郜艳华未婚先孕，她的处境将比郑玉英更惨。郑玉英已婚，她的孩子有合法的父亲，女儿有何成扬的父母给他们抚养。而郜艳华的孩子没有合法的身份，连孩子他爹是谁她都不敢公开。她远离集体，遭人误解，内心的痛苦可想而知。他认为团支部应该把郜艳华的难处摆在全班同学面前，发动大家帮助她摆脱困境，完成大学的学业，作为一个合格的大学生走上工作岗位，而不能让她像郑玉英那样半途而废。前去看望过郜艳华的黄伯芬对他说，郜艳华已经意识到自己错了，有改正错误、重新融入班集体的愿望。古全和提议班团组织专门研究一次郜艳华的问题，帮助她振作起来，而不能眼睁睁地看着她落到郑玉英那个下场。羊修仙蔑视郜艳华，认为她行为不端，罪有应得，古全和多事，不赞成抓郜艳华这件事。但是古全一经提出，她也不想作恶人，表示同意召开行政小组长以上的班团干部会，讨论郜艳华问题。

　　同学们毕竟长了几岁，经历了一些生活的曲折，又经过了整顿班风和学风等的教育，对于集体和同学的责任感普遍有所增强，大多数同意帮助郜艳华。当然，公开唱反调儿的也有。邓春梅反对兴师动众地抓郜艳华的问题，她说郜艳华为人轻浮，用情不专，谈朋友朝三暮四，害得刘乾生发了神经，又跟人乱搞，怀上了野孩子，完全是自作自受，不可挽救，没有必要为她去费心费力动脑筋。黄伯芬说，郜艳华是有错误，而且很严重，她的工作，前景不妙，但是正因为这样，她才需要我们的帮助。郜艳华聪明好学，是个人才，我们不能让她成为废品。大家不理睬邓春梅所唱的反调儿，继续七嘴八舌，讨论怎样帮助郜艳华，邓春梅也不再坚持己见。

　　古全和为减少某些干部对于郜艳华的误解和恶感，特地转述了两年前郜艳华有关她和刘乾生关系的谈话，说郜艳华确有思想意识和生活作风方面的问题，但是不能说她道德败坏，说导致刘乾生发病的原因不全在郜艳华身上。刘乾生和他们双方儿的父母都把她当成是刘乾生的未婚妻，而在郜艳华的心里她从来都没有爱过刘乾生。这一点后来刘乾生也意识到了，原谅了郜艳华。当时刘乾生误解了她，我们大家也误解了她。

　　牛子奇突然插话说："让她怀孩子的那个狗男人是谁？"

　　张楣光说："她不说，谁知道。"

时俊茂说："孩子他爹是谁早晚会知道，现在不忙去追究，我们马上要做的是帮助郜艳华站起来，走到我们中间来，建议大家在这方面多出主意。"

古全和说："很赞成时俊茂的意见。我想我们应该做的是两件事。一件是指定适当的人，耐心地去跟郜艳华谈谈，听听她的想法儿，另一件是发动全班同学一起来做她的工作。"

牛子奇说，"我同意古全和的意见。郜艳华都快变成妈妈了，我们还不知道娃儿他爸爸是啥子东西。郜艳华独来独往，情绪低落，谁知道她想些啥子事情，很难说还会出啥子事情，要是她有个三长两短，我们就对不起她了。"

羊修仙说："大家看谁去找她谈谈？"

黄伯芬对羊修仙说： "你去最好。支部书记出面，表明团组织重视她。"

羊修仙暧昧地一笑，没有说话。

古全和知道羊修仙不会放下架子去和她认为低贱的郜艳华谈话，郜艳华也未必愿意和她交心，让她去有可能把事情搞砸，所以就对黄伯芬说："你去吧。你们住一个宿舍，你和她关系不错。我们双管齐下，你去摸摸她的想法儿，咱们同时发动全班同学，要求大家都主动和她打招呼儿，都来关心她和她的孩子，用同志的真情把她包围起来，温暖她，鼓舞她前进。"

羊修仙机械地说："那我把大家的意见汇报请示总支……"

牛子奇打断羊修仙的话说道："这样的事情用不着去系里汇报。"

黄伯芬补充说："按照大家商量好的意见分头抓紧去办就是了。"黄伯芬怀疑羊修仙到系领导那里去邀功。大家齐声附和黄伯芬，都说系领导不会同意大家帮助郜艳华。不过羊修仙还是悄悄地到杨以臣那里跑了一趟，说她正在发动和组织同学们帮助郜艳华回归班集体。杨以臣听了连连说好。

116

郜艳华的身子越来越重，心情也显得越来越孤独，经常不来上课，系办公室已关照学习班长徐奥卉开始记录和统计她缺课的次数儿。徐奥卉把郜艳华可能被取消学籍这个情况带到班团干部会上，说学院有规定，无故缺课三分之二，取消学籍，郜艳华这样下去，离被学校除名就不远了，而一旦被除名，她的大学梦就做不下去了。这个消息让古全和和黄伯芬等都很忧心。古全和建议徐奥卉立即把这个情况通知郜艳华本人，而羊修仙却冷冷地说，"这样的道路是她自己走出来的。我们去做过她的工作，可是她不听招呼呀，至今也不肯说出那个男人是谁，还对同学们不理不睬，在餐厅里故意大吃大喝，显得她有钱，向大家示威，毫无悔改的表现，让别人怎么帮她呀？"她的厌恶之情溢于言表。

古全和说："郜艳华不肯说出那个男人是谁，肯定是有她的难言之隐，她大吃大喝表明她精神上没有寄托，正需要我们大家去温暖她，启发她，帮助她，鼓励她摆脱孤独无依的精神状态。郜艳华是个聪明人，她误入歧途多半是由于一时糊涂，上当受骗，相信她会觉醒，能重新站起来。"

羊修仙对于古全和的反驳不予回应。她常常这样做，当自己的观点被证明是错的，她往往是既不承认，也不收回，用这种态度保持她一贯正确的虚假形象。然而在领导面前她则总是抢着检讨，替领导承担责任背包袱，帮助领导摆脱困境，维护领导一贯正确的形象。

郜艳华又有一连几天没来上课了。黄伯芬受团支部的委托，专程赶到郜艳华家里去看望她，发现她病了，医生说她有流产的迹象。黄伯芬向她转达了同学们对她的关心和希望，说古全和在干部会上澄清了有关她的一些不实的传闻，劝慰她好好保养身体，争取尽早回校上课。郜艳华听说她可能被取消学籍，也很在意，同时也感受到了同学们对她的好意，知道同学们没有抛弃她，说她感谢同学们的关心，病好后一定按时去上课。在黄伯芬离开郜艳华时，她透露了让她怀孕的是体育系的杜大海。

郜艳华身体初步康复后就回校上课。班干部们考虑到她怀有身孕，建议她暂时只听课，不参加班级的其他活动。但是郜艳华不愿意搞特殊，总是尽量参加班级的集体活动。这天是周末，下午开班会，听取同学们对于外国文学和哲学等课程教学的意见和建议，徐奥卉就没有通知郜艳华参加。会上同学们的意见主要集中在教材问题上。在会议即将结束时，时俊茂说，他听体育系的一个老乡说，诱骗郜艳华上当的是体育系教师杜大海，而且至今还不肯和她结婚。这个消息像一颗炸弹爆炸，被激怒了的同学们，齐声声讨流氓教师杜大海。

牛子奇怒不可遏，高叫："杜大海这个龟儿子！欺负到我们姐妹头上来了！老子要正告诉他，我们班里还有男人哟！老子要去教训教训这个狗屁篮球教练，把他剋了！"说着就挽起了袖子。

何成扬轻蔑地瞅着他说："你哪是他的对手！"

牛子奇怒视着何成扬吼道："老子就是咬也要咬死这个龟儿子！"

何成扬冷冷地瞥了牛子奇一眼说道："你充什么大头蒜？人家是自由恋爱，两相情愿！你能说得清楚是谁上了谁的当吗！"

牛子奇怒不可遏，高叫："好你个吃里爬外的何成扬！杜大海是你篮球场上的狐朋狗友，说不定你也参与了杜大海的阴谋勾当！要不是你，他姓杜的怎么能把手插进我们班?!现在郜艳华被弄成这个样子，你小子还胆敢帮虎吃食！你等着吧，整完了杜大海就整你这个该死的龟儿子内奸！"

何成扬感觉众怒难犯，也知道牛子奇是个激动起来不要命的家伙，不想惹火烧身，担心牛子奇的牛脾气上来了，给他一刀，就不敢再去撩拨他了。

"有种的跟我走！找姓杜的算账去！"牛子奇跳起来，蹿到教室门口。

教室里充满火药味儿。一些男生激动地站起来。女生也开始骚动。羊修仙一再看秦中州的眼色，生怕事情闹大，希望他站出来说话。羊修仙后悔自己向杨以臣说帮助郜艳华的工作是她提议和发动的，急切地算着她该如何表态，怎样推卸责任。

这时，一些为郜艳华不平和不愿意被说成孬种的男生，也齐声呐喊着朝外冲，有些女生也站起来，朝教室的门口移动。体育系公共体育教研室在自由大楼旁边，几分钟就能赶到，眼看冲突马上就要升级。羊修仙有点儿心慌，不断地拿眼睛睃秦中州，等待他站出来收拾局面。

郜艳华午睡醒来，发现宿舍里一个人都没有，想到今天是周末，班上可能有集体活动，就穿好衣裳，草草收拾了床铺，赶来中文52级专用教室自由大楼第16教室，刚好赶上这个火爆的场面。这么多同窗好友，好同志，为她而激动，而愤怒，而要去为她讨公道，她激动不已，但是担心事情闹大，闹出人命，本能地张开双臂上前拦截，哭诉道："都是我不好，都是我的错。"

　　在周围几个教室里学习和活动的学生，听见第 16 教室的吵闹声，都涌出来，凑到 16 教室门口看热闹，整条走廊到处是人，议论纷纷，场面有如闹市。

　　龙秋生目睹眼前的局面不声不响，既不参与，也不劝阻。他喜欢班上有人闹事。不过他对于班里的是非纠纷从不表态，而总是在事情的是非明朗之后，站在强势的一方，含糊其辞地敷衍几句，表明自己正确，满足强势一方的要求，而又不至于得罪暂时失败的一方。今天的事涉及中文和体育两系，属全院性质的事件，他希望大打出手，闹出人命，闹到全院。他站在牛子奇的身后，偶尔附和着牛子奇一句半句，煽风点火。而当院刊的记者赶来拍照时，他立刻退避到后面，并把脸转向后方。他这种反常的表现引起古全和的注意，联想到龙秋生一向规避集体照相，三年来他只在 1953 年暑期军事野营活动中和中文系攻垒小分队拍过一张合影，那张合影后来刊登在《江城日报》上，里面有杨以臣和张桃芳等党团领导干部。古全和在想："龙秋生为什么这样害怕照相呢？"

　　秦中州并没有参与郜艳华问题的谋划，但是他知道并支持帮助郜艳华的工作。他没想到事情会闹成这个样子，以至于严重地干扰了正常的教学秩序，还有可能失控向恶性事件方向发展，造成更严重的后果。他站起来，走到教室的门口儿，冷静地说道："同学们，一定要保持克制，不能把事情闹大，破坏了学院正常的教学秩序。杜大海这样对待郜艳华同学是不道德的，不负责任的，违法的。但是打人不是解决问题的办法。要相信中文系和体育系的领导会依据院规国法妥善处理这件事，杜大海一定会受到应得的惩罚。郜艳华同学也会从中受到教育，积累起人生的经验，成熟起来。俗话说：'骂人无好口，打人无好手'，事情闹大后果不堪设想，谁都负不起这个责任，大家各回各位，继续讨论解决问题的办法。"

　　秦中州没有去疏散围观的人，也没去安慰郜艳华。52 级的班会继续进行，不过主题变成了怎样解决杜大海的问题，围观的人群慢慢地散去，一场有可能演变成恶性事件的风波平息了。古全和目睹秦中州临危不乱，胸有成竹，镇静自若的举动，想象到他当年在土改、剿匪斗争中的表现和领导学生运动的风采，心生敬意和羡慕。

　　散会时秦中州把班干部留下，关照羊修仙向党总支汇报今天下午中文

52 级发生的事情，羊修仙推说头疼。徐奥卉说自己是班长，这项工作是古全和倡议、由自己主持的，她愿意和古全和一起去向系领导汇报。

第二天，中文系办公室把由古全和撰写的有关杜大海诱骗郜艳华致使其怀孕的材料转交体育系党支部。体育系领导十分重视，立即进行研究，并找杜大海谈话，要求他交代事情的经过，并做出深刻的书面检查，听候处理。杜大海为逃避法办，一再表示愿意和郜艳华结婚，遭到郜艳华的严词拒绝。不久，院办对杜大海做出公开处理：杜大海因犯有"有悖共产主义道德和《婚姻法》的严重错误，丧失了为人师表的资格，经院办研究决定取消其人民教师资格。其余问题，报请有关司法机关依法处理"。

117

郜艳华回归班集体后办的第一件事就是再次向团支部提出入团申请。团支部专门研究了郜艳华的培养工作，古全和自告奋勇做郜艳华入团的联系人，推荐黄伯芬和他一起做郜艳华的工作，并请支部出面征求郜艳华本人的意见，如果她同意，就这样定下来。

古全和毛遂自荐做郜艳华的联系人，是因为他总觉得他辜负了郜艳华对他的好意，想利用做联系人这个机会做些补偿。按照刘乾生的说法儿，当年郜艳华对他表现出来的是一往情深，而不是一时心血来潮，更不是出于轻浮，而他却由于无知和急于摆脱她而无意中伤害了她，想起来总觉得惭愧，渴望能有个改正错误的机会。

怎样越过他和郜艳华感情纠葛的这个坎儿，和郜艳华恢复老同学关系，做到彼此信任，无所不谈，是顺利开展对于郜艳华工作的前提，古全和这几天来反复认真地考虑过这个问题。他想他应该怀着谦卑感激的心态和她接触，感谢她当年对他所表达的那种真诚和信赖；然后在适当的时候检讨他由于无知和自私而对她做出的莽撞的言行，求得她的谅解，在这个基础上，消除隔阂，创造一个彼此信任，友好相待，互相帮助，共同进步的新关系。

古全和想过工作可以从约郜艳华一起去电影院看一次电影开始。两张电影票他还买得起，问题是他担心郜艳华看过电影要到就近的饭馆儿去吃饭，她的用餐要求高，他掏不起饭费，到头来必然是由她掏腰包儿。再说郜艳华行动不便，只好作罢。最后决定和她约定在一个周末的晚上聊聊。

现在在东湖师范学院，跳交谊舞和看跳交谊舞已经成为一种风尚，节假日和周末的文化娱乐活动就是跳交谊舞。这天又是周末。晚饭后中文52级的同学们大都去了大餐厅。古全和如约来到郜艳华的宿舍。怀孕数月的郜艳华活动已经有点儿不太灵便，但她还是站起来欢迎古全和。三年来他们都经历了很多，盲目的爱和盲目的排斥都已成过去，个人的胸怀和心情都已不同于往昔。

古全和站在郜艳华宿舍的房门口儿，面带微笑，望着郜艳华，轻轻地敲着敞开着的房门，那意思好像在问："喂，欢迎吗？"而对方发自内心的笑容好像也在说："欢迎，请进吧！"古全和走进房间，坐在郜艳华的对面。郜艳华把沏好的茶端到古全和的面前。古全和表示谢意，然后说道："要不要我陪你到舞厅去看看？"

郜艳华摇摇头，脸上浮起苦涩的笑容。当年她就是在舞会上结识的杜大海的，杜大海舞姿优美，什么都会跳。如今由于怀孕和处境不同，她已经不像过去那样迷恋于交谊舞了，很少踏进舞厅。

郜艳华发现，古全和含蓄了，谦和了，他原本隐约可见的那种淳朴原始的野性不见了。她说不好他是成熟了，还是世故了，不过她仍然更喜欢当年的那个淳朴、原始、野性和锋芒毕露的古全和。

古全和在急切地考虑谈话的切入点。他曾经长时间地，认真地，像准备课堂讨论的发言稿儿那样准备出来的谈话的腹稿儿突然乱了，他拿不准谈话该从哪里开始。

郜艳华静静地坐在那里等待古全和开口。古全和突然说道："在团支部讨论派谁做你入团的联系人的时候，我毛遂自荐要求做你的联系人，也不知道你是不是欢迎。"

郜艳华高兴地说："当然欢迎，非常欢迎！希望你作我入团的介绍人！"

古全和紧张不安的心情陡然消散，兴奋地说道："好！我们共同努力！"

郜艳华说："有你和黄伯芬的帮助，我有信心重新振作起来，完成学业，加入共青团。过去的两年好像是一个梦，幸运的是党团组织没有放弃我，帮助我总结经验教训，重新走上正确的道路。我现在的心情比以往任何时候都好。我会努力奋斗，追上大队的。"

古全和说："教训人人有，我中学走的就是一条曲折的探索之路，回想起来，感觉那也带有某种必然性，而且也不能说是坏事。"

郜艳华有些失落地说："当年，我们同时走进东湖师范学院，同时提出了入团申请，现在你是班上学习的尖子，已经入团，正在争取入党，而我呢？犯了这样的错误，远远地落后于大家了。"

古全和说："你说的是表面现象。其实我们大家仍然都在同一条起跑线上。我们都没有经历过大风大浪的考验，很难说谁是真金，谁是废铁，我们之间的差距只在脚前脚后，而且所有的人都处在进退之间，谁能说自己走在前面？"

郜艳华认真地说道："你说得真好，简直是经典，很受启发。"尔后她突然笑着说道，"在入学之初，我来找你，咱们谈得很好，但是后来你就疏远我，冷淡我，为什么？是因为刘乾生吗？在我心里，刘乾生始终是个男孩儿而不是男人，当我成年以后用女人的眼睛看世界的时候，他仍然是一个温顺的男孩儿。在我们之间存在的是童年玩伴儿的感情。"

古全和难于启齿的话题，郜艳华抢先提出来了，古全和觉得这在郜艳华的心里也是一个问题，一道坎儿。他真诚地说道："这也是几年来我一直在考虑的一个问题，总觉得自己对你做错了什么，却说不清楚错在哪里，后来明白了，我在无意中伤害了你，应该真心实意地向你赔礼道歉。"古全和说着，站起来恭恭敬敬地向郜艳华行了一个鞠躬礼。

郜艳华慌忙站起来说道："不是这样的，不是这样的，我不是这个意思！"

古全和坚持强调说，他说的是心里话。当时面对郜艳华的善意和信赖，他心慌意乱，不知所措。他感谢她对他的好意和信赖，但是当时他没考虑过个人问题，毫无谈恋爱的精神准备，他想的是怎样搞好学习，怎样争取入团入党，毕业后当个万能的中学教师，怎样尽快摆脱个人问题，免得影响大家对自己的看法儿。而根本没想过、也没有意识到那会严重地伤害到她，慌乱之中就采取了疏远和冷落那些简单生硬近乎野蛮的做法儿。当时心中也曾感到有些不安，觉得辜负了她的好意，后来也意识到那对她是一种伤害，觉得对不起她，总想能有机会向她道歉。现在总算有了这样的机会，等等。

郜艳华坦然说道："莽撞的是我，那时你并不了解我，而我已经迷上了你。不怕你笑话，我不喜欢董成立那一类彬彬有礼，轻飘飘的阔少年，而喜欢有个性的男生。你怎么都想象不到，我最初对你产生好感是在1950年3月25日那个朦胧的早晨，在我们等候参加市立中学入学考试的前夕，在你和董成立角力掰活腕子的那个时刻。寒酸的衣着掩饰不住你健美的身姿，你专注的目光，稳重的举止，让我对你产生好感。你轻而易举地把董成立摔进雪人儿里面，你战胜董成立的动作是那么强而有力，那么敏捷，那么干净利落，那么美。那个景象我至今记忆犹新。我感觉你是一个有个性的男生。而你以第一名被录取，又被破格儿分配在高一（1）班，则显示了你非凡的才能，后来听说你是从初一跳级进入高一，更让我感觉惊讶不已。当时所有的人都向往理科班，我也为自己被分到理科班而感到骄傲，而你却与众不同，主动要求从理科班转到普通班，众人感觉难以理解。而我却非常欣赏你的选择，认为你很有个性，而个性是理性的产物。只有具有独立见解的人才可能有独立的个性。《中学生文艺园地》连续刊出你的诗歌儿之后，我就对你着迷了。后来我还从老同学那里听说过你好多不同凡响的故事，包括你对抗老师的无理惩罚，在全校老师面前和校长讲道理、论是非。那段时间我常常在家里谈论你。这件事引起了我父母和刘乾生父母的担心，他们怕我移情别恋，就迫使我转入当时刚刚成立，还没有正式招生的省立高中。可是我仍然惦记着你，从老同学杨雅范那里打听你的消息，几次想效仿俄罗斯少女达吉雅娜①给你写信，对你诉说我心中的感情，又几次羞于动笔。当我从《东北日报》上发现你被东湖师范学院中文系录取，而我也被东湖师范学院录取的时候，我欣喜若狂，以为是老天帮忙，报到之后我就跑去找你，你以老同学的态度接待了我，但是后来又断然回避我的感情诉求。我看重你的真诚，却又倍感失落和痛苦，这时又遭受了由于刘乾生病倒住院而引起的人们对我的误解和非议，好像幸福生活之路到这里就是尽头儿。这种心情持续了数月。直到1953年秋天我结识了杜大海，而这又让我落入了另一个噩梦……我几乎就那样堕落下去。"郜艳华摇摇头，流露出了自嘲的神情。

---

① 达吉雅娜：俄国作家普希金所著长篇诗体小说《叶甫盖尼·奥涅金》的女主人公。

古全和心情沉重地说道："感谢你对我的好意，真心实意地向你道歉。"

郜艳华慌忙说道："错的不是你，是我一厢情愿，打扰了你！"

古全和真诚地说："其实你误会了我，你喜欢的是你自己的想象，我并不像你想的那么招人喜欢。当时我和你保持距离的一个原因就是我自知和你不般配。你的父母都是有文化的人，而我的父母亲友都是文盲，我就在他们中间长大成人。我的父母亲友都反对我和有钱人家儿的女孩儿成亲。讲故事的时候，他们喜欢讲王宝钏的故事，讲穷小子娶了个如花似玉的娇小姐，生活一步登天，而在现实生活中，他们反对他们的儿女和富有人家的儿女成婚。懂事的贫农愿意把女儿嫁给中农或是富裕中农，而不肯把女儿嫁到地主家。他们不愿意让自己的女儿被人贱视。他们的这种观念当时对我有影响。事实上，我也不像你认为的那么招人喜欢。"

郜艳华聚精会神地听着古全和陌生而新奇的诉说和议论，无法判断其中的真伪是非，不置可否，忽然提出了另一个话题。她问道："你还记得你小学的同学宋德勤吗？"

古全和惊喜地说："你说的是老家辽宁盖平，说话带曲母菜味儿的那个宋德纯吗？当然记得，她现在哪里？！"

郜艳华说："我和宋德勤是同乡，一直有来往，经常谈论你。她总夸你聪明，学习好，爱抱不平，很会打架，是模范班长，校学生会主席。"

古全和与宋德勤同岁，同是年级里的大龄同学，感情很好。他记得宋德勤身体很单薄，走路脚步快捷而轻盈，象京戏舞台上的花旦，双脚平行朝前移动，着力在双脚的外侧，很好看。她的脸很白，白得透亮水灵，像日本人叫作"磨积"的那种江米凉糕。一绺细柔的黑发，常常会遮住她右边的小半个脸。她俭朴，温和，理智，文静，懂事，学习用功，成绩也好。她比同年级的女同学更成熟，更懂得生活的艰难。古全和上下学经常路过她家的门口儿，一眼望去，她的家里空空荡荡。当时宋德勤报考松北联中图的就是那里一切都免费的。解放后他一直打听她的下落，有消息说她围城时被地雷炸死了。

郜艳华说："宋德勤现在就在本市。江城解放前，松北联中的学生都被编进青年军，宋德勤也被编进少年兵团，她被迫嫁给了一个姓梁的尉级军官，随军逃到沈阳。沈阳解放后，他们又回到江城。她现在的丈夫陈焕章，黑龙江人，技校毕业，原本是个技术兵，没有什么罪恶，现在是一个工厂的工程师。宋德勤在那个工厂当会计。"

古全和急切地问道："那她弟弟呢？"

郜艳华神色黯然，说道："宋德友也去了松北联中，也被编进'少年兵团'，解放后下落不明。有人说他去了台湾，也有人说他逃跑时被打死了，也许他已经不在人世了。"

古全和点点头儿，显得很难过。他想，如果郜艳华当初说她和宋德勤是同乡，是朋友，他们就会有许多共同的语言，他也许不会那样简单粗暴地对待她，她也不会走到今天这一步。他心情沉重地说："都过去了。记得有一部德国人制作的电影里有这样一句话：'向前走，前面是光明大道！'"

古全和和郜艳华顺利地超越过横亘在他们中间的那道坎儿，重新走到一起，而且成了无话不谈的知心朋友，他们经常交流思想，互相帮助，互相鼓励，郜艳华在黄伯芬、古全和和全班同学真诚的鼓励和热情的帮助下，顺利地生下了她的女儿，她给她起名"难难"，意思是她给妈妈带来了诸多艰难。黄伯芬和古全和觉得这个名字太沉重，建议她把"难难"改成"楠楠"。

在毕业前夕，郜艳华参加了共青团，主动要求去西北工作，被分配到甘肃天水的一所中学。1960 年 6 月，她作为甘肃省的模范教师，到北京参加了在人民大会堂召开的群英会。会后她特地跑到千里之远的江城去看望过古全和及所有留校工作的同学。1987 年，古全和到兰州开学术会议，郜艳华和她的丈夫，带着已经做了母亲的楠楠，赶到兰州去看望他。郜艳华对女儿说："楠楠，这就是妈妈经常对你说的古全和舅舅。"说着，流下了激动的泪水，又对古全和说："楠楠从甘肃师范大学毕业后执意要求回天水零零中学任教。"

古全和看着长得像杜大海的楠楠，心中百感交集，他想："楠楠啊，你就是你妈妈的'难难'啊，当年你和你那个混蛋爸爸给你妈妈制造了多大的艰难啊！好在你没有辜负你妈妈的期望，如今长大成人，也成了我们一个战壕里的战友——人民教师。"

杜大海犯强奸罪，被判刑 6 年半，出狱后在一家体育用品公司工作，一直未婚。"文化大革命"中，他是江城有名的造反派"八一八"的一个大头头儿——听说是副总指挥。1968年秋天他曾经去过天水。那时楠楠正在念初中。他执意要强行带走楠楠，遭到郜艳华的坚决反对，是驻天水零零中学的工人解放军毛泽东思想宣传队和零零中学造反派维护了郜艳华母女，杜大海的图谋才没能得逞。

"爱得越深也恨得越深"的"真理"没有出现在古全和与郜艳华之间。他们的爱情自然地转化成了亲情。他们之间的兄妹真情绵延一生，楠楠认定古全和是她的亲舅舅，每逢出差，只要可能，她们母女就会弯到江城去探望她们的这个亲人。

古全和认为，真诚的爱和恨无关，所谓"非爱即仇"那只是恶人作恶的借口。

中文52级初中阶段的教育实习是在1955年初夏时节进行的，实习结束不久就是暑假，秋季开学他们就进入大学的最后一个学年，毕业生工作已经提上日程，落实少数学生的政审问题也迫在眉睫。叶沧海和岑云鹤的外调材料回来了，他们的问题没有进展。叶沧海的老同学台湾饶某没有消息。岑云鹤妻子自杀的原因仍然不详。而龙秋生、柳士杰和何成扬的外调材料没有回函。领导怀疑他们提供的通讯地址不准或是不实，就再次按照他们填写的其他地址发出外调信函。

中文52级最初的73名同学，经自然流失、考试淘汰而留下来的51名成员，在历经三年的马拉松长跑之后，在班集体中的位子大体已经排定，多数人对自己毕业后的去向也都有了一些想法。少数学习尖子想留校深造，多数人则多想回到自己的家乡，班上变动不定、祸福难测、牵动人们神经的是几出处在进行时的恋爱故事。

中文52级有的恋爱活动带有明显的"乱爱"的性质，也没有激动人心的故事。开篇第一章，古全和和郜艳华的恋爱是个误会，导致刘乾生发了神经，影响波及全系。第二章，岑云鹤对于蔺丽莲三年的执意追求至今没有结果。第三章，何成扬把感情生活当儿戏，断送了郑玉英的学业，毁坏了她的一生。而传得沸沸扬扬的所谓秦中州在追求黄伯芬一事，也是一个谣传。大功告成的只有胡玉斌和凌伊文平淡无趣的故事，另外就是多数人并不看好的龙秋生和邓春梅正在发展的恋情。古全和认为中文 52 级的恋爱不兴盛不热烈不健康，和大龄男女同学多，入学时教育程度差距太大以及班风长时间不正有关。中文 52 级没有激动人心的爱情，而未婚先孕的故事却名扬全院。东湖师范学院近年未婚先孕的事例有三次，全发生在中文 52 级。虽说大家公认恋爱自由，但是同学们对于班上恋爱故事还是有所褒贬。比如有人就说龙秋生和邓春梅的结合好比是把马和牛套到同一辆车上，说他们年貌不相当，性格儿不相当，爱得突然而没有道理。不过这并没有影响获得爱情的龙秋生欢喜的心情，邓春梅也不听古全和的提醒而和龙秋生形影不离。不久龙秋生和邓春梅就实行了层次高于"互助组"的"初级合作化"，伙食费统一使用了，一日三餐，同桌而食，龙秋生喜不自胜地对周围的同学们说："合作就是比单干强啊！"

岑云鹤一直倾慕蔺丽莲。他敢说敢干，前后三年，屡挫屡战，穷追不舍。有的北方同学笑他"不要脸"，而他自诩说那叫"执着"。早在 1952 年秋入学不久，他的妻子无故自杀身亡过后，他就瞄上了蔺丽莲，平时走路啊，吃饭啊，看电影啊，郊游啊……只要有机会，他总要黏着蔺丽莲。而蔺丽莲对他的殷勤，不理不睬，听之任之，但是一再明确表示，她在学生时代无意谈个人问题，意思是不让岑云鹤对他抱幻想。可是岑云鹤百折不挠，一往情深，三年一贯制。近来他突然加大了攻势，原因有二：一是他听说古全和跟蔺丽莲有来往，而且他听说蔺丽莲对古全和有好感，感到古全和对他是一种威胁。岑云鹤比蔺丽莲大 6 岁，而古全和与蔺丽莲是同年同月生，都生于 1933 年的闰 5 月，古全和还是个未婚，学习成绩比他好，有望毕业前入党，加之他身材高大健壮，有体积，有质量，一表人才，岑云鹤想加紧攻势，力争速决，以防夜长梦多。岑云鹤冲劲儿猛增的另一个原因是他觉得自己的身价陡然升高，染上了专家色彩。具体地说是他花了三年的时间，引述斯大林、毛泽东和胡风等有关民族形式的论述，掺杂上他自己的主观臆断，拼凑成的题为《论文学的民族形式》一文，在全系论文比赛中获三等奖，得奖金人民币 12 元整。钱数不多，但是他是全班的唯一！他相信好学生蔺丽莲对此不会无动于衷。近来，他还着意在文艺学课堂讨论中，挑战古全和，大讲胡风文艺思想，俨然是胡风的信徒，目的自然是在抬高自己，贬低古全和，就像公鸡在母鸡们面前展示自己美丽的羽毛儿一样表演给蔺丽莲看的。不过效果不尽人意，也缺少针对性。古全和对蔺丽莲并无什么表示，也无意和岑云鹤竞争。在婚恋问题上，古全和奉行缘分说，守株待兔，不想追求谁，更不想和谁去争一个女生。古全和曾经对蔺丽莲有过好感，但是无意向她靠拢。在听说她非议自己的性格之后，古全和就断了对她的念头儿，他发觉岑云鹤硬要把他拉入"三角儿关系"，当成情敌之后，就有意疏远蔺丽莲。

古全和注意到，岑云鹤这类学生，在文科院校系科并不少见。他们既没有自己的实践，也没有自己的理论，而是在别人的思想里爬来爬去。因为他们悬在空中，没有根底，不知深浅是非，又自命不凡，所以容易接受各种时髦儿思潮，变成某种时髦儿思潮的应声虫儿和传声筒，而且标榜那是自己的创造。有人甚至把外国著作翻译过来稍加修饰冒充自己的著作发表。这一类人的共同特点是他们在中小学时，对数理化课程没有兴趣，学习成绩也差，或是天生就缺少数的概念和思辨能力，因而逻辑思维能力较差，惯于胡思乱想，迷恋中国旧文人习气，而社会科学问题中的是与非大多一时难以判别，这又给他们留下胡言乱语、固执己见的余地。他们谈人论事，常常只讲言之成理、持之有故，而不讲实事求是、客观标准，人前人后夸夸其谈、自命高深，喜欢接受和贩卖那些似是而非、糊里糊涂的所谓理论。各种左得出奇，右得要命，红极一时的弄潮儿，多出于此类角色。古全和不喜欢这些人。这也是他一向坚决反对高校分文理科招生的原因。他认为一个人真正的智慧主要表现在他的数理化水平和思辨能力方面。

岑云鹤得奖后，走路的姿态，说话的调门儿，都有变化，俨然是东湖师范学院的一位年轻的文艺学家，暗自把自己与蓝翎和李希凡相比。小地主家庭出身的他，解放前也不过是吃饭有点儿保证，没见过几个大钱和大世面。在他的心里，12 元人民币，算是个不小的数目儿。怎么保存和消费这笔奖金让他很伤了一番脑筋。他把它们小心翼翼地装在制服上衣口袋里，觉得不妥，又把它们装进制服里面的口袋里，牢牢地扣上扣子，不时地摸一摸，看它们是不是还在。他曾决定用这 12 元钱，买一件有纪念意义的东西。先是想买一块手表。他走遍了江城的大小商店，看过许多手表，最便宜的是瑞士的"飞乐"表。镀金壳，个头儿偏大，听说走得挺准，质量不错，但是售价 25 元，而他只有 12 元。想买个二手的手表，又怕上当受骗，就懒洋洋地回到学院。第二天他在东湖师范学院商店"寄卖部"发现了一条很新很新的银灰色的凡尔丁毛料儿的男裤，一试，发现肥瘦长短都合身儿，标价不多不少，正好12元，他喜出望外，马上买下。在此后相当长的一段时间里，每有机会，他都会用他被香烟熏黄的右手的两个手指，小心地捏起一条裤线，抖一抖，动情地说道："你知道吗？这是鄙人用论文的奖金买的！真正的凡尔丁哟！"不过有一点他从来都不说：那就是他的那条高贵的凡尔丁是他从学校商店的"寄卖部"买来的估衣。而最让他感到遗憾的是"凡尔丁"没有改变蔺丽莲对他的态度。蔺丽莲是大家子弟，虽然眼下衣着俭朴，那是为了赶时尚，她绫罗绸缎见得多了，哪里还在乎个什么"凡尔丁"呀。

随着报刊上纷纷刊出批判胡风的文章，岑云鹤追随胡风的态度为之一变，在文艺学的课堂讨论中，对于胡风的文艺观点，由"褒"而"贬"，而且腔调儿激昂，好像他从来不曾崇拜过胡风，与此同时，他开始引用黄药眠的《论食利者的美学》一文里面的某些议论，并对蔺丽莲说，他毕业后一定要报考黄药眠的文学理论研究生。

在揭发批判胡风的风潮后，岑云鹤依然有兴趣对某些人抖动他的那条凡尔丁裤子，说那是他用论文的奖金买的，但是绝口不再提他得奖的论文《论文学的民族形式》了，因为那里面掺杂着胡风的观点，担心会因此受到牵连。当学术和盈利结亲的时候，它和真理就不相干了。

119

中文52级第三学年上学期的课程有马克思主义文艺学、苏联文学、中国古典文学、哲学的历史唯物主义部分，和半学期的拉丁化汉语拼音方案教学。期末有高中阶段的教育实习，实习的单位在外地，初步考虑安排在吉林二中和吉林师范。

马克思主义文艺学是一门儿新课，据说在全国也是首次开设，是学习苏联的一个结果。

主讲文艺学的是东湖师范学院中文系文艺理论教研室主任姜斯金教授，他的讲稿是他编译的《文学原理》，《文学原理》的作者是苏联著名的文艺学家和文学史家季莫菲耶夫，当时《文学原理》还没有中译本，而姜教授没有说他的讲稿的来源，同学们以为是他个人的研究成果，他用他那两只干枯细长被香烟熏得发黄的手指做着手势，讲得津津有味，而学生听得云里雾里，在第一次题为"文学形象的定义"的文艺学专题讨论中，只有古全和一人让姜教授感觉满意，但是没有人怀疑著名的姜教授讲得不好，而只能是觉得文艺学太深奥，自己接受不了。

古全和能听懂姜老师的文艺学，不是因为他学习好，接受能力强，而是因为他知道姜教授讲稿的出处。1955年夏天，古全和被借调到江城团市委主办的临时性的暑期学生刊物《我们的夏天》担任主编，编务之余先后三遍认真地研读了刚刚翻译出版的中文版的《文学原理》，并认真地写了详尽的提要和读书笔记，熟悉《文学原理》的程度不低于姜教授。而同学们听不懂姜教授的文艺学，除开因为《文学原理》的作者是从一个个新的角度讨论文艺问题外，还由于姜教授对于原著消化不良，又故作艰深，译文中含有大量的俄化句式，有的句子长过百字，其间经过多次转折，让学生们听起来费力费神，难以把握。姜教授制造的玄虚随着中文版的《文学原理》出现成为过去，同学们关心的不再是姜教授的教学问题，而是他和胡风的来往了。不久，肃清反革命的风潮涌进中文52级，同学们的目光就投向自己身边政治上可疑的人，如有特嫌的叶沧海；平日标榜自己佩服胡风，好像和胡风有联系的岑云鹤；在解放战争期间逃到北平，在那里鬼混了好几个月的何成扬；可疑的"独臂英雄"柳士杰。柳士杰突然说他爹病了，未经请假就悄悄地带着行李离开了学校。秦中州关照古全和与黄伯芬提高警惕，注意有些人的动向。

午饭后，秦中州亲自到208房间通知古全和，下午4点到党总支办公室开会。

下午4点差5分，古全和到达总支办公室，见所有的总支委员都在，另有各个学生党团支部书记和委员，他第一次参加这样重要的会议。

下午4点，准时开会。杨以臣站起来首先就说："不许记录。"他说，"学院要开展一次肃清反革命分子的斗争，这是一场严肃的阶级斗争。要放手发动群众，彻底肃清一切暗藏的反革命分子，以巩固我们的人民民主政权！下面，各个支部书记，按照总支的部署，把本单位的干部带到指定地点继续开会，分析敌情，落实任务。52级的同学留下。"

在各个年级的干部离开总支办公室后，杨以臣说，"你们年级情况复杂，本学期工作的重点就是肃反。柳士杰的材料已经来了。他1947年从哈尔滨逃来本市，本市解放前夕又逃到北平，在那里接触过一些人，北京解放后又回到哈尔滨。他的政治面貌不清，需要认真审查。何成扬的历史也不清楚。岑云鹤是否和胡风有联系有待审查。最重要的是龙秋生。江西婺源回函，查无此人。他填写的其他通信处也不实，就是说，他可能有重大问题，是审查的重点。我们正在通过公安系统继续调查他的问题。"

"你们班的肃反小组就由你们4人组成，秦中州同志任组长，古全和同志任副组长。事关党的方针政策，工作必须小心谨慎，绝不可马虎从事。一定要加强组织纪律！要多汇报，多请示，保护好审查对象，严防发生意外事故，特别是要避免发生伤人和死人的事故。"

羊修仙听说副组长是古全和，脑袋感到忽悠一下子，像有一盆冰水从头淋下，浑身一阵紧缩。她想，她被从班级核心排除了！政治上退到古全和的后面，留校没有希望！会后一连几天心神不定，无心学习和考虑肃反问题。

晚自习后，中文52级肃反小组在秦中州房间开会，研究落实本班工作。秦中州首先发言。他说："初步考虑需要审查的是柳士杰、何成扬和龙秋生三人。我们要做的第一件事是确定他们三人的监护人。大家考虑，看怎么安排。"

"柳士杰和我同住一个宿舍，由我监护。"古全和说。

秦中州说："龙秋生谁管？"

古全和说："时俊茂行不行？"

秦中州对羊修仙说："你的意见呢？"

"我看可以。"羊修仙说。

秦中州说："何成扬由谁监护？"

羊修仙说："牛子奇怎么样？"

秦中州说："牛子奇脾气不好，有时说话办事没有准头儿，换王松柏吧。"

"下面研究第二个问题，工作怎样开展。"秦中州说。"这3个人我们不能同时审查，可以先审查龙秋生和何成扬，等柳士杰回来，再解决他的问题。具体办法是先在班里动员，宣传这次肃反斗争的重大意义和方针政策，惊动一下有问题的人，让龙秋生他们在全班同学会上谈谈自己的历史，给他们施加一点儿压力。然后再针对他们的交代和外调材料深入研究他们的问题。既要抓紧，又不能操之过急，要注意政策，避免意外，绝对不能发生伤人、死人的事。还有意见吗？"

古全和补充说："要防止他们自杀，也要警惕他们杀人。"

秦中州在反复征求过大家的意见后，说道："明天下午第三节课后开团支部大会，晚饭后召开全班大会，把工作推到群众中去。会后，由我出面分头找龙秋生和何成扬谈话，向他们交代政策。大家注意，在明天的会上，调子不要太高，还是作为内部问题对待。龙秋生的问题，有揭发材料，但是现在情况不清，要等待外调材料。何成扬的问题主要是他在1948年秋天到1949年北平解放前夕那段的时间的情况不清楚。在那个期间，他结交了许多人，其中有些人现在已经查明是国民党特务。他本人是不是有更大的问题，现在还不好说。他解放以来填写的6份个人简历和思想汇报，一份一个样儿，矛盾很多。明天我到总支把他的档案拿来，我们具体研究一下。大家看清理何成扬档案的工作由谁来做？"

羊修仙说道："古全和文字能力强，由他做吧。"这是羊修仙第一次当众称赞古全和。她担心这项费时费力的任务落到她的头上。她感觉留校无望，听说学校要建立研究生部，就想报考研究生，抓紧时间做准备。

秦中州对古全和说："你和黄伯芬一起干吧。"

古全和点点头儿。他喜欢和黄伯芬合作，觉得她是班上最善良的女生。

120

在中文52级没有龙秋生参加的团支部大会过后，以肃反小组的名义召开全班大会，秦中州宣布肃反运动开始，并宣讲了肃反的政策，然后就以突然袭击的方式，要求龙秋生向大家讲述他的历史。全班同学愕然，龙秋生也有些惊慌，但是他立刻又镇静下来，背书一般滔滔述说了他的家庭和个人历史，所作交代和他档案里填写的材料并无二致。他面露不悦，好像蒙受了多大的委屈。其实，在中文52级，龙秋生是最早嗅到肃反运动的气息并有所准备的。

虽说龙秋生面带无辜，也没有暴露出什么问题，但是肃反小组的这个举措还是惊醒了大家，好像突然揭破了龙秋生优秀班干部的面纱。龙秋生的问题一经被点出，人们对他的怀疑立刻浮到面上，除开怀疑他的年龄外，有些人还觉得他过分地积极，过分地顺从，过分地勤谨，过分地简朴，过分地没有脾气，因此秦中州的话音一落同学们便排炮般地向龙秋生发难，而龙秋生也有问必答，并不惊慌。不过他意识到他肯定是在什么地方儿暴露了自己，或是有谁揭发了他的问题。但是他注意到会上所提问题都不及要害，认为现在共产党还不清楚他是什么人，他还是安全的。

审查龙秋生的会只进行了两节课的时间，在班会结束前，主持会议的古全和发言，要求龙秋生就同学们提出的问题写出交代材料，也可以找党支部的领导面谈，龙秋生面带微笑，诺诺连声。

会后，龙秋生一如既往，积极抓生活班长的工作。但是他确信自己一定是在什么地方儿露出了马脚，平安无事的日子可能已经结束，和邓春梅一起到偏远地区去过好日子的美梦多半是做不成了。他想过逃跑，但是认为风险太大，一跑就露馅儿，逃跑等于通知共产党自己有问题。再说能逃到哪里去呢？台湾和香港去不了，大陆地区都已经解放，考虑再三，仍然决定暂时冒险留在这里，相机行事。

龙秋生的问题对邓春梅说来是一个噩梦。她一向以自己家庭出身好，个人历史清白而傲视那些家庭成分高，个人或是家庭有政治历史问题的同学。她当团支委的时候对待何成扬等人之所以态度蛮横，就是由于她觉得自己比谁都革命，有资格敲打别人。现在龙秋生被拉到大会上去审问，命令他交代历史问题，让她感觉特别难堪。她相信组织，认为龙秋生肯定有问题，急于和他划清界限，会下立刻去找秦中州谈话。她沮丧地哭诉道："我瞎了眼，撞上了龙秋生，想一想，他有什么地方儿让我动心呀？我坚决和他分手！"秦中州既没安慰她，也没批评她，但是也没同意她和龙秋生一刀两断，而只是说，要相信组织，帮助组织做好龙秋生的工作。秦中州已经从黄伯芬那里听说她怀上了龙秋生的孩子。

从前遭受过邓春梅批评和嘲弄的何成扬、宋廷谋和牛子奇等人，开始以蔑视的眼神儿扫荡她。她担任团支委时骂邻艳华喜新厌旧，骂郑玉英是老母猪，现在她也被别人奚落了。最让邓春梅感觉难堪的是她已经怀上了龙秋生的孩子。何成扬心中有鬼，不敢放肆地嘲笑邓春梅，但是他还是忍不住当着同学们的面儿扬言，说："喂，你们看见吗？咱们团支部的老支委胖了，中文 52 级圈里的老母猪不止郑玉英一头。"然后对邓春梅扮个鬼脸儿。邓春梅想，何成扬是结过婚的人，肯定是察觉了她怀孕的秘密，他是在报复她，而她现在也未婚先孕，怀的还是一个政治上可能有严重问题的龙秋生的孩子，太丢人啦！她感到无地自容。对于邓春梅的处境，有人同情，有人可怜，也有何成扬等人趁机报复。这些情况，秦中州和古全和都看在眼里，他们一再关照黄伯芬关心保护邓春梅。

最让邓春梅感到苦恼的是她不能理直气壮地参与肃反斗争，她入党的事情也将会因此而变得遥遥无期，深感悔恨和痛苦，觉得自己的前途一片渺茫。秦中州担心邓春梅想不开，特地亲自找她谈话。他老大哥一样的关心和安慰，让她感动和宽心。秦中州对邓春梅说："不要在意个别人说三道四，党组织信任你。在龙秋生的事情上你没有过错。龙秋生蒙骗了所有的人，过去谁也没有怀疑过他有问题。"秦中州要求邓春梅保持镇定，稳定龙秋生的情绪，注意他的动向，防止他发生意外。

宣布审查龙秋生当天的晚饭后，龙秋生紧跟邓春梅离开食堂，结结巴巴地说："你放心，我向你保证，我绝对没有问题。"邓春梅按照秦中州的嘱咐说："我希望你没有问题。"可是她想到自己有孕在身又火了。"你甜言蜜语地弄得我怀了娃儿！让我多狼狈！你把我害苦啦！"龙秋生不敢回敬邓春梅说干那种事是她主动的，而一味检讨自己，说"我对不住你，请你原谅。"龙秋生现在担心的并不是邓春梅是否离他而去，邓春梅对他已经不重要了。他是想通过邓春梅摸一摸，共产党是不是已经掌握了他的问题，将怎样处理他，他能不能保住自己的性命。邓春梅不顾秦中州的要求，忍不住说道："以后你不要来找我了！"说着扭身离开了龙秋生。

古全和听说邓春梅和龙秋生闹僵，立刻找她谈话，要求她配合组织对龙秋生的审查，继续和龙秋生保持联系，随时了解龙秋生的想法和情绪，及时向组织汇报，防止发生意外。

何成扬在肃反斗争开展之初心情紧张，言行有所收敛。当班上斗争的矛头指向龙秋生，风平浪静过后，又松了一口气，张扬起来，找各种机会敲打嘲笑邓春梅。这时，秦中州约他谈话，要求他就他当年在北平的活动老老实实地写一份材料，何成扬的心情立刻又紧张起来。

龙秋生一案惊动的另一个人是叶沧海。几年来，叶沧海和龙秋生形影不离，给别人的印象是他们的关系很铁，肯定是彼此无话不谈，许多人发言要求他站出来大胆揭发龙秋生。而他竟无话可说，惹得大家不满，也让叶沧海心里发急。叶沧海甚至怀疑自己的命不好，解放前夕倒霉遭遇饶某，现在又黏上龙秋生，而他们又都有重大的政治问题，让自己说不清道不明跟他们的关系，非常苦恼。团小组长梁秀梨说要找叶沧海谈话，促使他揭发龙秋生，但是秦中州劝阻她说，叶沧海身体不好，精神负担重，学习很吃力，据他了解，叶沧海和龙秋生结伴儿，主动的一方是龙秋生，说不定这是龙秋生掩饰自己的一种手段，龙秋生虽然嫌疑很大，但是现在还不大清楚，非不得已，就不要去惊动叶沧海。

121

古全和和黄伯芬一时找不到能够满足保密要求工作的地方儿。东湖学生宿舍连一个闲置的房间都没有。他们想过到教室里开夜车，秦中州不同意，说工作不是一两天能够完成的，白天上课，夜里搞专案，影响健康，档案材料背来背去也不安全。最后就找了东湖学生宿舍安全门的一个过道儿。这个过道儿里外各有一个门，里面的门朝里开，通宿舍的走廊，外面的门朝外开，通宿舍外面的校园。在两个门之间是有 4 个台阶相连的上下两个小平台。上面的平台的面积小，呈方形，约有一个半平方米，下面的平台大，呈长方形儿，面积过两平方米半，再往下经过七八个台阶儿，连接着宿舍地下的暖气沟，工人师傅维修供暖设备就从这里进出。暖气已开放，包裹着暖气管道所用的材料是稻草帘子，过道儿里很温暖，但是有些潮湿，弥漫在过道儿里的是潮湿的草帘子散发出来的一股子带点儿霉味儿的甜丝丝的稻草味儿。过道儿里的两个平台的上方有一盏 15 瓦的电灯，照明条件很差。古全和把黄伯芬安排在小平台上，小平台离天棚近，光照好一点儿。两人各用一套学生课桌椅，工作就这样开始了。每到课外活动时间，他们就到这里来，一件一件地反复翻阅核对何成扬的多达六七份的档案材料。这些材料就像何成扬一样地脏乱。他们从何成扬亲笔填写的表格和一份份自传材料里发现了 16 处在时间、地点、活动内容和参与人员都大有出入的地方。在何成扬结交的人物儿中，有 6 人不知去向，其中 3 人已经查明是国民党特务，3 人有特嫌。小组在请示过系党总支后，决定让何成扬就发现的诸多问题在全班大会上作一次交代，并要求他再写一份自传材料，以促使他考虑和交代问题。

审问何成扬的全班大会在自由大楼第 16 教室进行。何成扬被命令站在讲台前面。平时伶牙俐齿，胡搅蛮缠的何成扬此刻说话磕磕巴巴，语无伦次，不敢正眼看人，一副罪犯的模样。他的回答和他的档案材料一样的乱七八糟，说不清他是有意胡搅，还是记忆不清，思想混乱。

何成扬是班上的一个闹将，对老师和同学，都不尊重，谁他都嘲弄，害郑玉英辍学，大家拿他没有办法儿。如今暴露出问题，谁都想质问他，训斥他几句。他听到当年他在北平结识的那些狐朋狗友的名字，并听说其中不少是国民党特务，心里就发抖，而更重要的是这些人中有的去了台湾，有的不知去向，他说不清楚跟他们的关系，他的回答常常被斥之为"胡说"和"不老实"。他越想越怕，担心被开除，被逮捕，去坐牢。

时俊茂质问何成扬说："李春林是什么人？你和他是什么关系?!"

何成扬嘟嘟囔囔地说："不知道。"

牛子奇跳起来说："胡说！你和他一起耍了几个月，怎么会不知道他是什么人？"

何成扬赶忙改口说："当时不知道，后来听说他是个特务。"

张楣光说："你和他一起干过什么坏事？"

何成扬急忙说："没……没……没干过什么，当时不知道他是特务。"

王松柏质问他说："1948 年 7 月，你都和哪些人有来往？"

"记不清楚了……"

况松涛说："你当时已经是成年人，能为自己的行为负责，为什么一问三不知？"

何成扬说出一些人名儿和往事。

古全和问："你们住在什么地方？"

"说不准，常常住城墙洞儿。"

张楣光说："什么叫城墙洞儿？"

何成扬说："就是在北平城墙根儿上面挖成的洞儿！"

黄伯芬继续追问道；"和你拜把子的那个哈尔滨的学生叫什么？"

"真是记不得了。"何成扬为难地说。"那时，在北平有亲戚朋友和有钱的人，有饭吃，有地方儿住，有书念。像我这样的人就像丧家犬，到处流窜，没有一个固定的住处。大家相处，谁也不关心对方是什么人，整天想的就是找吃的。今天在一起，明天就分道扬镳了。很多人彼此连姓名都不知道……哦，我想起来了，那个学生叫麻兴府！是哈尔滨一中的！他比我小一岁，更不懂事儿。记得在北京解放的时候，他家里派人去把他找回家去了。说实在的，我逃到北平就后悔了，当时是有家难回……后来就盼解放，解放了好回家呀。"

秦中州说："你好好地想一想，老老实实地写一份交代材料。明天交给我。"

何成扬谦卑地说："我写！我写，一定老老实实地写，就是通宵儿开夜车我也把它写好，明天一早我就交给组织！"他的脸上露出一丝讨好儿的笑意。

审问何成扬，没有问出什么问题，唯一的收获是迫使他改变了对领导和群众的态度，使他目无法纪，目无他人，张口骂人，举手打人的恶习有所收敛。

122

黄伯芬和古全和继续清理何成扬的档案材料。在他们工作的过程中，郜艳华给了他们很多帮助。郜艳华也曾逃亡北平，在北平平安里的一所中学念书，1949年暑假后才回到江城。郜艳华给他们讲述了当时逃亡到北平的东北学生的一些情况，有助于他们判断何成扬所写材料的真伪。

黄伯芬和古全和都有这个安全门洞儿的钥匙，有时他们结伴儿一起来，更多的是一个人先到，而后另一个人才来。这些日子的课余时间，他们几乎都在这里工作，休息的时候他们就聊天儿，谈思想，拉家常。这时黄伯芬才真正了解了古全和，了解了他家的贫穷，他苦难的童年，他为念书所经历的艰难困苦，知道他为什么表情严肃，很少笑容。班上有人说古全和学习好是因为他聪明，现在黄伯芬知道，古全和学习好，不仅仅是因为他聪明，更因为他刻苦，认真有毅力。黄伯芬也曾觉得古全和性格儿古板，不好接近，现在她发现，他也喜欢说笑，是个很有幽默感的人。她问他，他为什么平时很少说话。他说那是因为班上的情况复杂，他不想招惹麻烦。她为有机会接近古全和，和他一起工作而感到高兴。

关于何成扬的审查报告已经完成，今天是古全和与黄伯芬一同工作的最后一个晚上，他们的心情都有些激动。黄伯芬突然发现她已经爱上了这个有着特殊气味儿的过道儿，爱上了和古全和一起学习共同讨论的这种学习生活，实际上是爱上了古全和，而这是她事先不曾想到的。她在中学时有过男友，是她们学校的团委书记，叫乔亮。乔亮因为她报考了东湖师范学院，而不是广东的某所理工科高校而和她分手。这件事伤了她的心，让她厌倦了情爱故事，而此刻她发觉她心有所动，想密切和古全和的交往，并把自己的这种心情和意愿表现出来。黄伯芬学习成绩一般，但是她性情温和，作风正派，同学们都喜欢她，团支部改选连选连任团支委，连柳士杰、何成扬和宋廷谋等人也不曾顶撞过她。古全和也认为她是班里最好的女生，在共同工作密切交往的这些日子里，他心里也曾浮起过对她的好感乃至爱意，也曾经动过把自己的这种心情向她表述的意愿，但是他没有这样做，原因有四。一是线淑平的友情屏蔽着他，他忘不了她对他的关心和爱护。他不想和线淑平结婚，也不忍心冷落她。二是据说秦中州在追求黄伯芬，他不愿意做第三者，在感情问题上参与竞争。三是他不很满意黄伯芬的形象。此刻他理解的男女关系就是婚姻关系，而他想象中的妻子是像他的母亲和婶婶们那样高大、健壮、憨厚、淳朴的女人。而黄伯芬身材娇小，体重不过 40 公斤，有悖于他对于妻子的预期。四是他有自知之明，知道自己未必是黄伯芬喜欢的人。有人说，爱是无条件的，没有道理的，而古全和则始终认为那不是事实，不符合辩证法，纯属精神失常的人的梦话，他们所说的不是人对人的爱，而是兽对兽的"爱"，是牲口的恋爱观，是一种自然的冲动。他认为相爱的人应该相伴终生，白头到老。中国传统是这样，西方传统也是这样。和所有的社会问题一样，爱是有条件的，有道理好讲的，它涉及经济、政治、道德、文化等许多社会的和自然的条件。其条件随社会条件的变化而变化。对于劳动农民，身强力壮就是条件之一。这是生存的条件，也是生育的条件。爱情并不总是等同于婚姻。婚姻在很多时候带有交易的性质。有些婚姻就是买卖。这种交易直到人类从偏见和物质条件的束缚中最后解放出来才会结束。到那时，才会有普遍的、真诚而自由的男女之间的爱。

　　何成扬的历史问题理清了，古全和和黄伯芬的工作就要结束。以后他们再也不可能这样亲密相处，自由聊天儿了。黄伯芬和古全和都留恋这个弥漫着略带霉味儿的、潮湿稻草的、气味儿的、美好的、安全门的过道儿，留恋他们相处的这些美好的日子。

　　"明天还来吗？"黄伯芬低声问道，声音有些颤抖。

　　古全和明白，他的回答将是一种自己未来的选择。他们都有这个过道儿的钥匙，他们可以到这里来上自习。古全和愿意来，他相信黄伯芬也愿意来，一起学习，一起聊天儿。可是理智告诉他，事情该结束了，明天不能再来了，不然就不能回头了。他违心地说道："就不来了吧。"

　　黄伯芬笑着递给古全和一张二寸黑白的标准像，说道："这是我高中毕业时的照片。"古全和发现，她的眼睛里透着期待和希望，希望古全和收下这张相片儿，说几句动情的话语，给他们的交往创造一个新的开端，最后能和她走到一起。古全和也意识到她的这种愿望，因为关于他们的关系，班里同学近来多有议论，希望促成他们的好事。他站起来，小心地接过照片，拿在手上，对着淡淡的灯光，认真地看着。相片儿上的黄伯芬，圆圆的脸，梳着短发，右侧的一缕头发是扎起来的，显得纯朴，可爱。他很想留下它，但是他没有这样做。他认为留下这张照片儿，等于在她的心里留下悬念，留下痛苦。于是，他笑着说道："照得真好，很漂亮。"然后小心翼翼地把照片还给了黄伯芬。他从黄伯芬的眼神儿看出了她的期待和失望。

　　古全和和黄伯芬共同工作的那些记忆，一直滞留在他的内心深处，鲜明，亲切，美好，难忘。直到多年后，他才真正意识到，当年他错失了多么好的一次人生的选择，犯了一个多么大的错误，意识到那时束缚着他的灵魂的不是别的，正是古家庄人关于女人、妻子和婚姻的古老的观念。那是他们从几千年的农业生产和农民本身再生产的过程中产生出来的关于女人、妻子和婚姻的观念，是劳动力再生产的观念。早在1953年暑假军事野营时他就和刘乾生讨论过这个问题，那时他的认识是朦胧的，而此刻是清晰的。他常常对学生们讲述自己在感情生活中的这个教训，说真正的爱情是可遇而不可求的，有幸遭遇，要知道珍惜，女人性格的美才是它她们的真正的美。

何成扬专案工作结束的第二天上午，课程结束后，羊修仙跟随古全和一起离开教室，朝学生餐厅走去。羊修仙悄悄地对他说："何成扬的历史总算理清了，你辛苦了。"古全和随口说道："没什么。"羊修仙突然问道："你和黄伯芬合作得好吧？"古全和说："好啊，很好。黄伯芬很好合作。"羊修仙笑笑说："那就好。"接着又对他耳语道："你知道吗？秦中州对黄伯芬有意思呀，他真的是在追求黄伯芬。他对人说，你要是和黄伯芬好，他就不介绍你入党呀。"羊修仙的话让古全和感到意外，他认为秦中州不是这样的人，就漫不经心地说道："有这种事？"古全和不相信羊修仙的话，因为是秦中州要黄伯芬协助他工作的，他们工作的地点也是秦中州安排的，他怎么会担心他和黄伯芬走到一起呢？他想即使他真的和黄伯芬要好，秦中州也不会这样对待他。那羊修仙为什么要这样说呢？她是在替他着想呢，还是在替秦中州说话呢？这件事他不能去找秦中州核对，也没有必要去核对。他相信羊修仙不会无缘无故地对他说这样严重的话，那她是为什么呢？古全和到老也没参透羊修仙的意图。他朦胧地感觉事情很可能与羊修仙和自己入党、以及羊修仙对秦中州的好恶恩怨有关，然而这只是他个人的一种猜想。

123

柳士杰擅自离校，算是自动退学了。迟到的回函说，柳士杰没去过朝鲜，也没有参过军。他的一只胳膊是他在拆卸飞机上用的炮弹时被炸伤感染而后不得不锯掉的。虽然没有发现他有政治问题，但是却查明他品质恶劣，进师范学院之前，曾多次因打架斗殴、猥亵少女、横行乡里而被派出所传讯拘留过。

龙秋生不交代任何问题，外调材料证明，他不是婺源人。解放初婺源邻县某鞭炮作坊曾经有过一个叫龙秋生的工人，30来岁，群众对他有过怀疑，可是不久他就离开了那里。从他到师范学院后的表现和他对抗审查的态度看，他好像是一个有斗争经验的人，可能有重大政治历史问题。最后决定暂时不再触动他，把他送到学院南区学生11楼，和所有一时不能定案的学生一起集中管理，等候审查有了结果，再作处理。他生活班长的工作就由时俊茂接任。

何成扬的问题主要是思想落后，道德品质不好，解放前夕在北平鬼混期间，结交了一些闲杂人等，里面有反动分子和一些政治面目不清楚的人，有过一些骗吃骗喝、小偷小摸的勾当，北平解放后就回到哈尔滨的家里。

肃反运动刚刚结束，秦中州就病倒了，不得不再次回家休养。

龙秋生和那些问题一时搞不清楚的学生一起放回本系，随班听课，他还和同学们一起参加了教育实习和期末考试。

邓春梅一向以自己家庭出身好，政治上一尘不染而傲视别人，因此不甘和有反革命嫌疑的人有瓜葛。虽然龙秋生已经回班学习，一再发誓赌咒，向她表白自己历史上的确没有问题，邓春梅也不肯再和他靠近，更不肯为了让孩子有个合法的身份而像郑玉英那样去补办结婚手续。她想龙秋生至少在年龄问题上欺骗过她，即使将来证明他没有政治历史问题，她也不想再和他发生任何关系。邓春梅甚至说孩子不是他龙秋生的。她信口这样一说给她带来了新的麻烦。何成扬重复柳士杰的老调儿，胡说她生活作风问题严重，必须在全班同学面前检讨，接受批判。在一次有教育、政治和历史等系参加的哲学大课上，何成扬大声嚷嚷说："邓春梅，你得交代！讲清楚你怀孕的前前后后，跟什么人，在什么地方，一一交代清楚！"一度和邓春梅闹矛盾的牛子奇也出来附和他，把同学们的注意力引到邓春梅身上。

团支部根据古全和的建议，召开了班团干部联席会，研究怎样处理邓春梅的问题。羊修仙在开场白里说："这些日子，关于邓春梅怀孕和她跟龙秋生的关系问题，大家议论很多。邓春梅是个团员，还当过一届团支委，干出这种事情，让我们很被动。大家考虑一下，看怎样对待她。"接替时俊茂、重新当上团小组长的牛子奇挥舞着拳头说："让她到全班大会上去作检查交代，开除她的团籍！"

梁秀梨也说："邓春梅应做出认真的检讨，至于处分，以后再说。"

羊修仙惦记着学习，急于结束会议，说道："我同意让邓春梅在班上做个检讨，这可以教育大家，也能为团组织挽回一些影响。"然后转向古全和说道："你是组委，说说你的意见吧。"

古全和说："邓春梅应该人做检讨。不过检讨的时机、范围和方式，得慎重考虑。她现在有 5 个月的身孕，又遭遇龙秋生的问题。要考虑大人和孩子的安全。她做团支委那段时间批评过一些人，有的做得对，有的做得不对，当事人不服，对她有气，想趁机整她出气。这些因素，在处理她的问题时都得考虑到。我们让她检查的是她未婚先孕的错误，目的是教育她，教育大家，挽回影响。其他诸如她过去工作中的问题，她和龙秋生的关系等都不在我们考虑的范围之内。但是在现在这个时候，会议一开，批评的范围和分寸就很难掌握，容易把上述各个方面的问题搅和到一起，引起意想不到的麻烦。比如有人对她有气，批评难免过火儿。我们要开的不是出气会，工作中的错误也不能都让她一个人背着。再比如有人可能把她和龙秋生的问题也作为批评的内容。可是在龙秋生的问题上，她没有多大的责任。在肃反运动以前，谁看出龙秋生有问题？龙秋生不一直是班上的红人儿吗？就是现在，我们也不能具体地说出龙秋生有什么问题。将来查明龙秋生有问题，那也是龙秋生欺骗了组织，欺骗了邓春梅，她是龙秋生欺骗行为的受害者，我们应该同情她，而不应该打击她。她未婚先孕不对，可是这已经是事实，孩子没有过错。在这种情况下，让她怎么检讨？我们能让她在这样艰难的时候带着身孕在全班同学面前做检讨吗？这是不是有些不近人情？等孩子长大了，他妈妈告诉他说，在娘胎里的时候就因为他或是她，而遭受过叔叔阿姨们的批判斗争，那时我们将对孩子说些什么？邓春梅现在检查，等于是两个人作检查，一个挨批，一个陪绑。"

"那你的意见是什么？"黄伯芬问道。

"我建议把邓春梅的事先搁置起来，检讨的时间往后推。现在她处境艰难，心情烦乱，留在学校里天天遭冷眼，也学不下去，大人孩子都受罪。而且咱们马上就要去吉林实习，一去就是一个半月，返校后要做实习总结，又得一周。邓春梅再过几个月要请产假。我的意见是让邓春梅提前休产假，或是干脆休学，把孩子生下来再说。"

黄伯芬说："这个办法好。"她想，古全和是个未婚的男人，考虑问题这样细致，替邓春梅想得这样周到，很感动。

羊修仙想着及早结束讨论，也说："我把大家的意见汇报给党总支和系领导。如果领导同意让邓春梅休学一年，我们再找邓春梅同学本人谈。"

系领导同意邓春梅休学一年。

古全和与学习班长徐奥卉一起把邓春梅送上南下的火车。

邓春梅含着眼泪对古全和说："三年前是你迎接的我，今天你又和奥卉一起来送我！你们想得太周到了。我感谢组织和同志们无微不至的关怀！"

"安心养好身体，把孩子生下来。不愉快的事总会过去。"徐奥卉说。

火车缓缓地开动了。邓春梅从车窗伸出双手，向送行的人们频频挥舞，含着眼泪对古全和说："你将来就做我孩子的干爸吧！"

"就这样说定啦！"古全和朝邓春梅挥舞双手，目送着她，高声说道。

124

中文 52 级大学最后一学期开学不久，有关毕业分配的消息就一波一波地传开来，撩动着同学们的心，触发了大家关于个人未来的学习、工作和生活的思考和想象。有消息说，系里将从中文 52 级留三名毕业生，文学概论、现代汉语和中国古典文学各一名。不久又有消息说，中文 52 级毕业生全部分配到基层，原则上是哪里来哪里去，特殊需要，个别调整。过了一些日子，又有传闻，说 1956 届毕业生一律全国统一分配，还说暑假后中文系要办两个研究生班，一个是现代汉语研究生班，一个是世界文学研究生班，都面向全国招生。不同的风吹动着不同人的心，有人高兴，有人焦虑。想回老家的，欢迎"哪里来哪里去"；不愿意回老家的人则又是一番心情。学习成绩好，有望留校或进研究班深造的，关心有关留校生和研究生的消息。也有无所谓的，那是少数去向已定的个别人，如来自湖南邵阳的王松柏，他已婚，有一对儿女，肯定要回老家。

古全和的心情很复杂。回想即将过去的大学生活，觉得他较好地完成了学业，也有诸多遗憾，主要是他入党的问题毕业前多半是解决不了啦。他爹的所谓历史问题是不是能弄清楚，秦中州的健康状况会不会逆转，会不会有节外生枝的事情发生，都是未知数。毕业后的去向也让他不安。他渴望念研究生深造，可是父母上了年纪，身体也不好，需要他工作挣钱赡养。留校工作的事他也考虑过。留校工作，可以教书，可以搞研究，学习的机会多。不过那得说服爹娘回到江城。他想白山派出所可能还保留着二老的户口。不过他更想回山东老家，他感觉奇怪，他有记忆和懂事后的近20年，大多数时间是在江城度过的，可是让他感觉亲切的不是江城，而是山东老家，是古家庄。

开学已经是第三周了，秦中州还没回来，也没有写信续假，同学们都认为他病倒了，回不来了。而就在这时，他竟回来上课了。他右臂上佩戴着孝箍儿，古全和知道他娘不在了。

秦中州返校后，古全和干的第一件事就是又向他宣传了一次"鸡狗疗法儿"，而且劝说照做，坚持以适当的力度作广播操，天天坚持到东湖散步，开始学习气功太极拳，逐步摆脱卧床静养的模式，转而开展康复运动。他的理由很简单：静养不是对付肺结核的积极有效的办法儿。秦中州经不住古全和的骚扰和纠缠，也有感于他的一番好意，就屈从于他的这种近乎野蛮的安排，天天跟着他转，两个月后竟开始跟着他围着东湖转起来，体会到"鸡狗疗法儿"的好处。

秦中州知道自己的身体状况不妙，返校后抓的第一件事就是建议杨以臣调整中文52级团支部的干部，免去羊修仙的团支部书记，指定古全和接替她支部书记的工作，为该年级的毕业鉴定和毕业分配做准备。杨以臣不同意秦中州的意见，说，团的工作要有连续性，支部书记不能换，古全和要抓发展工作，还兼着班里安全委员的工作，近来东湖学生宿舍连续发生失窃案件，弄得同学们人心惶惶，让古全和把安全保卫工作做好，以稳定同学们的情绪。

几乎在秦中州返校的同时，团支部收到了邓春梅的来信。来信包括一份思想检查和一份呈送系领导的请求书。检查长达五千多字，态度真诚，分析深刻，在几名支委传阅过后，古全和又在团支部大会上转述了她检查的主要内容，和她写给系领导的请求书，大意是说：她犯了错误，一个人待在家里，饱食终日，面对伙伴儿为建设伟大祖国而努力学习的热潮，深感惭愧，她请求领导同意她提前返校学习，跟上队伍，按时毕业，和同学们一起走上教育工作的第一线！

团支部和班委会开会研究邓春梅的请求。羊修仙首先发言，她说，给邓春梅写封信做做她的工作，让她安心把孩子生下来，明年复学后，跟着53级毕业。此刻的羊修仙，正在为她能不能留校或是念研究生而日夜焦虑，觉得邓春梅这是多此一举，故意给大家添麻烦。

黄伯芬说："邓春梅的检查是真诚的，深刻的，她想早毕业早工作的愿望也是好的。咱们应当慎重研究，只要有这种可能，就应该支持她。"

羊修仙不耐烦地说道："她早干什么去啦？为什么干事不考虑后果？给团组织造成了这么坏的影响，现在又要返校学习。她挺着一个大肚子回来，几个月后还要生产，大家都在忙着准备毕业考试，搞组织发展，协助领导作毕业鉴定，要做的事情很多啊，谁有时间去照顾她呀！"

黄伯芬说："邓春梅犯了错误，现在特别需要组织的关怀和同志们的帮助。她想早毕业、早工作的积极性应该肯定，我们应该帮助她实现这个愿望。问题是她的这个愿望是否现实，领导是否会同意，我们有没有能力帮她，怎样帮她。"

羊修仙气愤地说："她替自己想得不错，她为什么不替大家想想呀？"

近来羊修仙每天除了听课就是钻图书馆，连积极分子找她谈思想，她都推脱说自己身体不好，让他去找古全和。现在除了学习，她只抓住一件事不放，那就是到党总支去汇报工作。古全和感到奇怪，她不接触群众，不抓具体工作，同学中也没有什么新情况和新问题，她到党团总支去汇报什么？

古全和说："我赞成黄伯芬的意见。我们应该支持邓春梅的要求，发动全班的力量，帮助她实现按时毕业的愿望。早毕业早工作，对于国家和她本人都是好事。帮助邓春梅完成学业不一定让她立即返校上课。她仍然留在家里生产，我们可以把笔记的抄件寄给她，让她在家里自学，来一个'学习生产两不误'。"

大家齐声说好主意。羊修仙无话可说，沉默不语。

古全和继续说："不过邓春梅办理过休学的手续，她能不能以自学的方式完成学业得由系行政决定。我建议把邓春梅的请求和咱们班级的意见上报系里，请领导研究。如果领导同意她的请求，我们再具体研究落实帮助她完成学业的办法。"

"同意。"牛子奇不假思索地说，现在他有点儿迷信古全和。牛子奇追求过邓春梅，在被冷落后也曾怨恨过邓春梅，报复过她，但是现在他同情邓春梅，很想帮帮她。他自己说，他是爆杖脾气，见火儿就炸，是兔子肉一样的性格儿，靠着什么人，就学什么人。他现在爱听古全和的话，有时也难免有些盲从。

对待邓春梅请求的态度，三个支委两个人支持，二比一，列席会议的人也都同意黄伯芬和古全和的意见，羊修仙只能服从。但是她不想受到牵连，便对古全和说道："邓春梅的事，一开始就是你经手的，这回还是你到系里去请示汇报吧。我和你不一样啊，我的学习不如你，想争取报考研究生，再学习几年，充实自己，现在得多花些时间念念书，准备准备了。"说完，没等古全和说话，就站起来，一个人笑眯眯地离开了会场。

黄伯芬和几个小组长对羊修仙的态度都很不满。牛子奇冲着羊修仙的背影说："连向领导汇报这样的事她也要推给别人，她就是害怕占用她的时间，真不像话。"

古全和想，羊修仙不肯到系里去汇报班上准备帮助邓春梅的建议，是因为她害怕沾上这件费时费力费心的事情。黄伯芬赞成由古全和去汇报。她想，如果让羊修仙去办，这件事可能就吹了。现在是人生的关键时刻，羊修仙是不会拿出时间和精力去关心让她这个支部书记丢人现眼的邓春梅的。

125

古全和为说服系领导同意邓春梅的请求，很动了一番脑筋。杨以臣认真地看过邓春梅的申请报告，又听过古全和的汇报，沉思良久之后问道："你们给邓春梅抄笔记，让她在家里自学，她产后回学校参加毕业考试，这个工程可不小啊。这是谁的主意？"古全和听不出杨以臣是什么态度，以为他不同意邓春梅复学参加毕业考试，事情是他挑起来的，他应当承担这个责任，便说道："是我，是我的馊主意。"然后表态说："我们服从系领导的决定。"这时，杨以臣才笑笑说："小伙子，你行啊，很有创造性嘛。我支持你们。"古全和觉得心里一块石头落了地，又纠正补充说："这是大家的主意，这个方案是全班干部集体讨论后提出来的……"杨以臣满意地看着古全和，连连点头儿，觉得他心地好，不贪功，不透过，认为秦中州提出让古全和替换羊修仙可能是对的。

　　古全和认真地向干部和全体同学传达了杨以臣对于帮助邓春梅工作的指示，领导的支持鼓舞了同学们的积极性，团支部及时提出了"不让一个伙伴儿掉队！"这样响亮的战斗口号儿，一个帮助邓春梅完成学业的热潮勃然兴起。这是中文52级以前未曾有过的动人景象。

　　帮助邓春梅的活动由徐奥卉出面统一组织领导，下设工作组，组长况松涛，负责分配抄写笔记的任务、筹措邮费、收集和邮寄笔记抄件。梁秀梨和郜艳华都争着说，给邓春梅邮寄笔记抄件的邮费她们全包，系办公室说这笔邮费可到系里统一报销。但是大家还是以"有钱的出钱，有力的出力，有的既出钱又出力"的办法儿解决了这个问题。

　　所有的人都接受了徐奥卉安排给自己的任务，个别人有畏难情绪。徐奥卉把抄写哲学历史唯物主义笔记的任务落实给蔺丽莲、牛子奇和王松柏三人。哲学课每周一次，三人三周轮一回。牛子奇和王松柏都欣然受命，但是蔺丽莲表示异议，她说她粗心，怕办不好，直到团支部出面动员，她才勉强接受了这项任务。这件事教育了古全和。他原本对蔺丽莲的印象不错，觉得她直爽，淳朴，好学，考试成绩好，没想到她是一个只顾自己而不关心别人的人。这让古全和想起了湖北人爱说的那句老话："只看人对人，不看人对己。"蔺丽莲连处境艰难的同学和乡亲都不爱，她会爱谁呢？她没有爱，也就不可爱。

　　郜艳华在帮助邓春梅的热潮中表现得特别积极。她主动要求参加工作小组，负责收集和包装笔记抄件儿。徐奥卉劝郜艳华好好照顾孩子，不要参与这件事，可是她怎么都不肯退出。总共近百份的听课笔记抄件，一件都没有出差错。目睹全班大部分同学融汇在同窗之爱之中，古全和感到欣慰，然而一些人的冷漠也让他深感遗憾。他注意到少数来自社会的大龄同学对于郜艳华和邓春梅等人的事情冷眼旁观，个别人冷嘲热讽看笑话儿。何成扬对动员他分担抄笔记任务的徐奥卉说："邓春梅当年的英雄气概哪里去了？我帮她，谁帮我呀？"他们非党非团，除去和大家一起听课、在一个餐厅吃饭、在同一个宿舍里过夜，和大家就没有其他联系了。他们就好比是一群挂单和尚。中文52级工作难做，这是其中的一个重要原因。在203解散后，他们活动的圈子就是中文52级篮球队。篮球队由六七名男生组成。他们在篮球队里谈论班里的人和事，交流他们的思想，发泄他们的不满，通过篮球队和全校各系各班保持联系。这情况从凌国玉开始，经过胡玉斌，一直延续到羊修仙，现在虽然在淡化，仍然像影子一样发挥着作用。古全和深感遗憾的是毕业的时间临近了，没有可能把这些大同学融入班集体。

离毕业的日子越来越近了，找古全和谈话的人很多。有的谈思想，有的谈个人问题，有的表达自己有关毕业分配的愿望。昨天晚饭后，古全和一出食堂，就见时俊茂双手习惯地垂在裤线上面木偶一般呆呆地站在那里，正在等他。

时俊茂走到古全和面前，瓮声瓮气儿命令式地说道："到外头走走！"

他们习惯地朝东湖大堤走去。

时俊茂关切地说："系里留助教的事情有消息了吗？"

"风传留仁，谁知道真假，还有没有变化。"

时俊茂激动地说："老伙计，咱们是好朋友，你可不能忘了我呀！留校，当研究生，我都愿意！"他的声音有些颤抖。古全和从来没见过他这副模样儿。

古全和说："留校的事老师说了算。"

时俊茂说："领导还不是听干部的？你是班上说话算数儿的人，你得替我说话呀。这是人生的关键时刻呀！留校了，或是当上了研究生，那是一步登天哪！"时俊茂激动得语无伦次，神情也有些慌乱。

时俊茂的话一针见血，他的愿望，他的感情，他的为人，他的真实形象，一下子突显在古全和的面前，让古全和感到吃惊和陌生，联想到何成扬说时俊茂自私的那些话。时俊茂算不上聪明，成绩中上，课堂讨论发言也不精彩。他从没对古全和谈论过类似于个人前途的话题，而如今在面临毕业分配的关键时刻，他却说出了"一步登天"这样渗透着利己主义和等级观念的高论，真是让古全和刮目相看。古全他想，看起来私心也能出智慧。有些人智力不高，可是他日夜思虑，到头来也会把关系着他个人利益的事情想得清清楚楚。让古全和感到意外的是老实巴交的时俊茂也会挖门子，拉关系，不顾羞耻。看起来此刻他是不顾一切了！古全和不知道该怎么回答他。要批评他吗？有些不妥。他有权考虑自己的未来，说真心话，只要他能服从国家分配，他的什么要求和愿望都是可以说的。是不是要给他讲讲好男儿志在四方呢？古全和想大道理时俊茂肯定也懂。

"全和啊，你可得帮我啊！"时俊茂再次停住脚步，站到古全和的对面朝他作揖。

古全和含糊其辞地对他说:"想留校或是想念研究生都是好事。你学习好,有机会。我一定如实地向领导反映你的情况和愿望。"

时俊茂激动地说:"那我就谢谢你啦!"再次给古全和作揖。

时俊茂说出了心里话,并得到好朋友的许诺,如释重负,就想到了好朋友古全和的前途,他说:"你呢,你有什么打算?想留校,还是念研究生?"

古全和有些忧郁地说道:"我得工作了,想回山东。我爹离不开他的那几间草屋。"

时俊茂啧啧有声,露出深感遗憾的样子,然后突然问道:"你和黄伯芬怎么样?"

古全和认真地说:"我和黄伯芬没有什么特殊关系。"

"大家都愿意看见你和黄伯芬好。"

古全和严肃地说:"这种事不可以乱说。"

126

江城的春天像青蛙的脖子,短得分辨不出来,感觉不到,她到来的时候几乎就是她离去的时候。上周还飘过几个雪花儿,今天竟下起丝丝春雨。"春雨贵如油",不过这种湿冷的天气也真是让人感觉难受。

从东湖学生宿舍到学生大餐厅,有平整的柏油马路相通:出东湖宿舍的北门,沿着门前的马路东行百米,再南行几十米便是,两段路刚好构成一个直角儿,相当于直角三角形的两个直角边儿。按说规矩人应该走正路,走三角形的这两个边儿。但是两点之间直线最短的道理狗也知道。因此有些贪便宜的人不愿意走正道,而习惯于从宿舍门口,斜刺里穿越宿舍和餐厅中间的那块凹凸不平的矩形空地,沿着三角形的那个长边儿,来往于宿舍和餐厅。这块空地中的一部分已经平整完毕,上面还建起了一个临时篮球场和一个临时排球场,不过大部分都还荒在那里,有待整修和利用。同学们用双脚在这块空地上踩出来一条高低不平沟沟坎坎儿的羊肠小道儿,现在古全和就和他的一些同学说说笑笑,推推搡搡地走在这条被雨水淋得亮光光，滑溜溜；湿漉漉，难行的羊肠小道儿上。蔺丽莲腋下夹着她的那个黄帆布书包，缩着头，和张楣光合披着一块旧雨布，紧跟在古全和的后边。宋廷谋光着头，缩着脖子边走边嚷道："诸位，报告大家一条特大新闻！老古董儿时俊茂终于在上周的周末晚会上露面了！还下了舞池，转了一圈儿，跳的是独一无二的舞蹈——木偶舞！"

对于宋廷谋的讽刺，时俊茂毫不在意，而是老声老气地笑着说。"木偶舞也是舞。跳舞有啥了不起？老祖宗有话：'走为百练之祖。'正常的人都会走，会走就能舞！跳舞不过是走路的一种形式罢了。"

时俊茂曾经和宋廷谋发生过口角，两人还动过手，宋廷谋羞辱过他，但是时俊茂不记仇，依然和宋廷谋友好往来。

"这是你有生以来的头一回吧？"牛子奇对时俊茂说。

"凡事都有头一回，你就瞧好儿吧。"时俊茂说。

蔺丽莲笑着对紧跟在她身旁的岑云鹤说："这有什么奇怪？世界是物质的，物质是运动的，一切事物都处在运动和变化的过程之中。咱们古教授的性格儿不是也在变吗，而且越变越活跃，越变越风流。"

"教授"是古全和新近荣获的外号儿，多数同学认为他会留校。

近来蔺丽莲常常考虑她的个人问题，想到古全和。每当这种时候，她就后悔当年一时心血来潮，为满足自己的虚荣心，背地里非议古全和性格儿的那些话。那些轻率的话伤了古全和的自尊心，毁坏了她和古全和一度建立起来的良好的关系。在大一和大二时，很多课程没有教材，复习全靠笔记。古全和手快，他的笔记最完整，经常在同学们中间流转。蔺丽莲和古全和经常交换笔记，彼此来往很多，关系很好，交谈中常常触及个人感情，有人甚至认为他们在发展恋爱关系。蔺丽莲想，要是他们就那样走下来该有多好啊！四年来，古全和学习好，进步快，更显优秀，现在蔺丽莲很想纠正错误，改善关系，重修旧好。她曾多次在黄伯芬面前称赞古全和，请她向古全和转述她对他的歉意和好感，老实厚道的黄伯芬也原原本本地向古全和转达了她说的这些话。此刻蔺丽莲当众称赞古全和的性格儿，意在向他示好。

但是，蔺丽莲依然是只顾个人学习的那个蔺丽莲，而古全和从懂事的时候起，心中就有了国家和民族，现在心中正在滋长共产主义。他和蔺丽莲之间已经有了距离，这个距离不是几句好话所能够缩短的。古全和认为，一个心里只有自己的人，不可能对别人有什么真情实感。情欲人人都有，而爱是有爱心的人所独有的。大学生活即将结束，即使蔺丽莲决心改造自己，奇迹也不可发生了。古全和仍然佩服蔺丽莲，她学习用心，考试成绩好，但是他和她不可能一路同行。所以古全和回应蔺丽莲说，他感谢她的鼓励，但是他的性格儿要变也难，俗话儿说，"江山易改，本性难移"。

127

羊修仙总算把同学们毕业后的去向打听清楚了：东北地区的学生，原则上在东北地区分配，根据需要合理调配；关内的学生，原则上回关内各地，同样也是根据需要适当调配；要选留三名助教。羊修仙心里明白，留校她毫无希望。即使杨以臣肯替她说话，老师们也不会留她。她只能在研究生这个方向上找出路。系里明确宣布，经教育部批准，1956 年暑假后学校将开办两个研究班，一个是三年制的现代汉语研究班，一个是两年制的世界文学研究班。后者与苏联合办。两个研究班都面向全国招生。本系应届毕业生自愿报考，择优录取。报考研究生有一些严格的条件，其中包括：报考研究生的学生，在本科四年的学习过程中，所有考试课程的成绩，都必须在及格线以上，其中"及格"，即 3 分的，只能有一门儿。而羊修仙考试的成绩大多是良好和及格，在及格儿线上的有 4 门儿，其中的两门儿是经补考而后及格的，就是说她没有考研的资格。这个消息几乎把她击倒。她四年来日夜琢磨、苦苦追逐的目标忽然消失得一干二净。她心急如焚，吃不下，睡不着。然而，羊修仙终于发现了一条生路，她从研究生招生简章中发现了一个至关重要的短语："原则上"这样 3 个字！在"特殊情况"后面还有"组织推荐"4 个字！天哪！这是多么美好的几个字啊！真是"天无绝人之路"呀！她想，我苦苦追随杨以臣同志 3 年多，他总不会不推荐我一回吧！自古华山一条路，她决心咬紧牙关，拉下脸皮，到杨以臣那里去磨！磨！磨！哭！哭！哭！不达目的，誓不罢休！决心下定，立刻行动！她先后找过杨以臣 6 次。每次都是借口汇报工作，最后说到她的去向，表示无条件地服从组织需要，然后就检讨说，自己辜负了组织的教育，几年来没能摆正学习和团的工作的关系，把大部分精力和时间都用到社会工作上去了，学习成绩受到严重影响，以致有 4 次考试的成绩是及格。她很想能有个深造的机会，以便以后能更好地为党工作，可是……杨以臣知道她想说什么，意识到秦中州两年前对他说过的话，羊修仙私心太重，学习不好，不宜继续做团支部书记。近来杨以臣听说，羊修仙对团支部工作不管不顾，只顾自己学习，把团的工作推给其他两名支委，团员对她意见很大，有人要求更换团支部书记。杨以臣考虑 52 级毕业在即，事情还关系到他个人的威信，不能临战换将。现在他后悔当时没有接受秦中州的建议，把羊修仙换下来，以致造成现在这种被动的局面。羊修仙留校是不可能的，哪个教研室都不会要她。推荐她念研究生也不行，她的条件太差了。

羊修仙第 7 次到杨以臣家，进门就号啕大哭，泣不成声。

"你这是怎么啦？坐下说。"杨以臣的妻子谢玉清担心羊修仙家是不是有人死啦。

"不要哭嘛，有话好好说。"杨以臣感到厌恶，又不得不耐心劝说。

羊修仙说："我辜负了组织的培养和期待，想到过去没能理解您的教导，心里就悔恨难过！"说着又哭起来。"我为什么就那么糊涂呢？为什么就没有摆正学习和工作的关系呢？为什么没有抓紧学习呢？现在，要工作，专业准备不足；想再念几年书，又没有资格！心里怎么会不难受！我谁都不怪，只能怪自己太糊涂！"而她的潜台词是：你总支书记杨以臣同志也有责任。

杨以臣知道羊修仙还想说什么。他认为羊修仙想念研究生无可厚非。不过她说她学习成绩不够好是她担任团的工作所致是没有道理的。担任班级干部的不是她一个人。古全和、梁秀梨、黄伯芬、胡玉斌、徐奥卉，邓春梅，都先后当过 52 级的主要干部，他们为什么就能获得好成绩呢？再说她从来都说担任社会工作能促使她努力学习啊。报考研究生是有条件的呀，她是没有资格参加研究生入学考试的。当然，党组织有权推荐个别学生进研究班，可是羊修仙的成绩实在太差啦！推荐她这样的学生进研究班，肯定会给系里的工作造成极大的被动。他左思右想，总觉得自己难以满足她的这个要求。他耐心地开导她说："几年来，你做过很多工作。这一点，在你们的毕业鉴定里会有反应。至于你进研究班的事，总支不宜出面说话。行政方面的工作，党组织是不好过多干预的。你是个干部，这个道理你一定明白。还是吸取教训，今后通过别的途径继续努力提高吧。"

"我懂，我知道，我不怪组织。我知道组织出面推荐一个研究生不容易。我一点儿都不怪领导。您一直教育我们团干部要在学习上带头，说带领广大同学搞好学习是团干部的重要任务。可是我没能遵照实行。我今天这样被动，责任全在自己。我悔死啦，悔死啦！我希望您把我的这个教训告诉我的学弟和学妹，让他们抓紧学习。我只是向您说说自己的心里话，说过了，心里也就痛快了。"

羊修仙纠缠不休，这时杨以臣才发现羊修仙的真面目，为念研究生，她不再温文尔雅，而是不顾一切了，他后悔没有接受秦中州的提醒，及早调整52级的干部，以至于落到现在这样被动的局面，可是他想到羊修仙几年来言听计从鞍前马后的也不容易，她痴迷在研究生这个问题上，这样纠缠下去，说不定会闹出什么乱子，比如神经错乱等等，干扰破坏52级毕业分配工作这个大局，那事情就大了，便有些犹豫地自言自语道："你要明白，在毕业分配这个关头，推荐一个学生不是小事儿，涉及方方面面啊……"

羊修仙从杨以臣"推荐一个学生不是一件小事儿，涉及方方面面"的话里听到了杨以臣内心的矛盾和动摇，听到了希望，立刻连声说道："知道的，知道的，知道的，知道领导的难处！感谢组织的关怀！只要能有机会，我一定吸取教训，把学习的成绩好好地搞上去！"此刻，羊修仙有一种死里逃生的感觉，眼含兴奋的热泪，感激地频频点头儿，生怕自己言多有失，便诺诺连声，晕头晕脑地告别了杨以臣夫妇。她是哭着来的，却是笑着走的。

羊修仙回到宿舍。几天整夜没能安睡，怀着希望和失望的矛盾心情，时刻等待着来自杨以臣决定她命运的喜讯或是噩耗，在毕业考试结束后的第三天的晚上，系办公室新任秘书张之强单独通知羊修仙，系行政决定推荐她进将在新学年开学的现代汉语研究班学习，并说这件事暂时保密，不要张扬。羊修仙心花怒放，连连默念阿弥陀佛，她感觉美中不足的是，这个通知来得太晚，让她多受了半个多月的煎熬。她的这种悲喜交加的心情只延续了半个多小时，她就对周围的人张扬说，系秘书张之强正式通知她，她已经被推荐为现代汉语研究生。她这样做的目的是制造群众舆论，让领导失去改变这个决定的可能，她把这个消息公开了，闹得尽人皆知，成为不可改变的事实。她知道这样做会激怒杨以臣，但是她顾不得这个了，这是她最后一次利用杨以臣，以后她就用不着对他低三下四说小话儿了。不过她想，为了巩固她的既得利益，她还有一出戏要唱。她要到杨以臣家痛哭一场，检讨一番。

羊修仙被推荐念研究班的消息，震惊了中文52级，许多同学齐声指责系领导官僚。杨以臣原想先安定下羊修仙，在中文52级毕业分配结束过后，再宣布系里的这个决定，而她突然捅出了这个消息，让他很被动，严重地干扰了该年级的毕业分配工作。秦中州非常恼火，立刻登门质问杨以臣为什么要推荐羊修仙，事先为什么不征求年级党支部的意见。杨以臣自知理亏，无言以对，只能说他和系里有难处。秦中州甚至怀疑杨以臣和羊修仙有不正当的关系。杨以臣发誓赌咒来证明他的清白。就在秦中州和杨以臣争吵得不可开交的时候，满脸是泪的羊修仙闯进杨以臣家，哭诉说，她犯了严重的错误，由于得知组织推荐她念研究生过于激动，没有听清楚张秘书要她保密的嘱咐，而犯了泄密的错误，给工作造成被动，不可原谅！

秦中州愤然离开杨以臣家，怀疑杨以臣和羊修仙的个人品质。他记得当年杨以臣入党时，同志们就批评他爱拉个人关系，并因此被延长预备期一年。时过多年，他的老毛病仍然不改，实在可气。

128

经过两个多月的治疗和锻炼，秦中州的病情明显好转，脸上透出了喜人的血色，他说他的饭量在不断地增加，两个月增加体重两公斤多，体力也有所加强，显得有精神，也愿意活动了，对于练气功和太极拳也有了兴趣，在天气好的时候，每个周日他都和古全和一起围着东湖走圈儿。

晚饭后，秦中州到208房间找古全和，把他带到209房间，严肃地通知他说："党支部决定这个星期六下午两点在自由大楼党总支会议室讨论你入党的问题。"

古全和得到这个通知，心里一阵激动。这是他等了很久的一个迟到的好消息。能在毕业前解决入党问题，迈过这个门槛儿，一到新的工作岗位，就能以一个党员的姿态投身新的工作，让他心里感到很高兴。他看得出来，秦中州也为他感觉高兴。古全和又想到了匿名信和保密的利弊得失，不明白党组织为什么不可以正面指出他的问题，那他入党的时间就不必拖几年了。

秦中州面带笑容继续说道："在党支部大会上和你一起讨论的还有黄伯芬。她是个好同学，对你的印象很好，常常在我面前夸你工作主动，踏实、有创见。"

古全和想，秦中州为什么要对他说到黄伯芬对他有好感呢？这和他和黄伯芬入党有什么关系？他想秦中州可定是误会了他，以为他和黄伯芬之间真有恋情，秦中州称赞黄伯芬，说她对他印象好，显然是想促成他们。这证明羊修仙前些日子对他说的那些话是不实之词。这件事增加了他对羊修仙的怀疑，怀疑她说那些话可能是别有用心，同时也加深了他对秦中州的了解和尊敬。

近来班上一直有围绕着他和秦中州跟黄伯芬的关系的议论。大家说秦中州在追求黄伯芬，而秦中州却主动给古全和让路，这让古全和感动，联想到俄国车尔尼雪夫斯基在他的长篇小说《怎么办？》里描写的那些革命民主主义新人对待感情生活的崇高胸怀。他们奉行合理利己主义的婚恋观。当革命新人罗普霍夫发现他的妻子薇拉·巴甫洛夫娜只是尊重他、忠实于他，而并不爱他，而她和他的同志和好友吉尔沙诺夫之间却存在着真挚热烈的爱情的时候，他就自责自己太迟钝，没有及时发现他们的这种感情，而主动伪装投水自杀，远走国外，以这种举动成全了薇拉和吉尔沙诺夫的爱情。秦中州的行动体现的正是这样的一种进步的和革命的恋爱观。

古全和回避秦中州关于黄伯芬对于他的好感的话题，以表明他和黄伯芬没有特殊关系。但是秦中州显然很关心这个问题，继续笑着进一步说："要是你不想当和尚，最好是在毕业前解决个人问题。黄伯芬对我说她对你有意思，你没考虑过她吗？她的学习成绩差一点儿，但是人品好，性格儿也不错。"

古全和意识到他对于这个话题不能继续采取回避的态度，只好明确表态说道："我不想在大学期间解决个人问题，在这件事上，要对自己负责，更要对别人负责，不能贸然行动。黄伯芬是个好同学，她曾经建议我找蔺丽莲谈谈，说蔺丽莲对我有意思，我也曾经对于蔺丽莲有过好感，不过总觉得彼此之间有些距离，现在的心情仍然是这样。看起来我的个人问题要等到毕业后再说了。"古全和有意借他和蔺丽莲的关系澄清他和黄伯芬的关系。这时，他发现秦中州微蹙的双眉缓缓展开，脸上浮起了一抹儿淡淡的红晕。他断定，秦中州的确在追求黄伯芬。

古全和站起来告辞。秦中州嘱咐他说："有人对你入党有意见，53级的党员们不太了解咱们班的情况，估计会上可能有不同意见，你要有思想准备，经受住组织和群众的审查，做好党支部大会通不过的思想准备。"

古全和迟疑了一会儿。他没想到会有这样的问题。他没听说过党支部大会讨论入党问题有通不过的先例。他说："谢谢你的提醒，即使通不过，我的情绪也不会有波动。参加共产党的这个选择，我是经过多年的学习、观察和考虑而后做出的。这条路我在高中毕业时就认定了，任何事情都不会影响我沿着这条道路前进的决心。"

秦中州大声说："我相信你！"他明亮的大眼睛闪闪发光。

在古全和离开209房间的时候，秦中州站起来和他握手。这郑重其事的握手是他们交往中的第一次，意思好像是说："欢迎你，同志！"而另一个则说："谢谢你的指点和帮助！"

129

星期六下午两点，52—53级联合党支部大会按时在党总支会议室召开。主持会议的是联合党支部书记、纺织女工出身的芮福珍。8名党员全部出席。列席会议的主要是中文52级积极要求入党的二十几名同学，也有53级的少数同学到场旁听。

古全和坐在会场上，心情既兴奋又沉重。他有生以来从没经历过这样庄重严肃的场面。他知道，在这个大会之后，他将可能是伟大的中国共产主义大军中的一名战士，毛主席统帅下的一个列兵，正式走上一条充满艰辛的光荣的道路。他想到未来，就想到无数先辈的奋斗牺牲，英雄榜样，想到身边的很多党员坚守自己的岗位，勤勤恳恳，尽职尽责，为建设和保卫新中国而奋斗，他将正式投入他们的行列，在党的统一号令下，努力奋斗。

开会的时间到了。芮福珍站起来高声说道："同志们！开会了！今天支部大会的内容，是讨论黄伯芬和古全和两位同志入党的问题。先请黄伯芬同志的入党介绍人秦中州同志发言。"

黄伯芬的入党申请顺利通过。然而在古全和的问题上发生了争论。发难的是羊修仙。

秦中州作过有关古全和的审查说明，并表示他和古全和入党的另一个介绍人支部书记芮福珍建议通过古全和的入党申请之后，羊修仙抢先站起来发言。她说："我和古全和同学共同学习四年，和他一起做团的工作也有将近两年，本着对党组织和古全和同学本人负责的精神，反映一些情况，发表一些个人意见供大会参考。介绍人所说古全和同学学习好、能力强，工作努力，是全班同学公认的优点，值得我们学习。但是作为共产党员，我认为古全和同学的条件还有些欠缺。主要是他的群众观念有些淡薄，群众关系不够好。一个人的优点和缺点往往互为条件。古全和聪明，能干，能力强，学习成绩优秀，但是他骄傲，主观，自负，做事武断，说得多，做得少，有时言行不一。比如他兼做治安委员，可是班上连续发生失窃事件。他接受组织交给他帮助陈连琪学习的任务。古全和考试成绩年年优秀，而陈连琪同学考试的成绩门门儿不及格，以至于陈连琪连留级的资格都没能保住，流着眼泪恋恋不舍地离开了学习岗位。陈连琪同学是部队保送来的，家庭出身贫农，念大学的机会对他非常宝贵，中途流失实在可惜。在这件事上，我也有责任，陈连琪本人有责任，古全和同学也有责任。想到这件事，我就难过。还有，古全和同学的生活作风也不够稳重，在婚恋问题上在群众中造成了一些消极影响。他和郜艳华的交往导致郜艳华的男朋友刘乾生同学精神失常，对此群众一直有议论。总起来说，我认为古全和同学优点突出，缺点明显，入党的条件还不够成熟。"

羊修仙的发言让秦中州感到震惊。羊修仙平时对于班里的是非之争态度暧昧，从没像今天这样旗帜鲜明、侃侃而谈，这是不顾一切地想把古全和拦截在党的大门之外。看来她老早就意识到古全和对她是个威胁。大二前她阻止古全和入团，现在她又想利用53级的有些党员不大了解古全和，阻止他入党。她是嫉妒古全和，也是报复古全和，因为是古全和揭露了班里的矛盾，揭破了她深藏不露的私心，打破了她的一统天下，在客观上使她失去了虚假的政治优势和入党的机会。所以她想,我入不了党,你也别想入党。

羊修仙发言后,53级的朱纯志立即表态说:"羊修仙同学的发言涉及一些原则问题。骄傲自满,群众关系不好,言行不一,生活作风不检点,都是大问题,原则问题。群众路线是党的基本路线。群众关系不好的人,暂时不能入党!"

朱纯志是党员,联合党支部宣委,他家庭出身好,来校前曾担任省军区首长勤务兵,是部队保送来院深造的,在53级同学中有威信。他发言过后,周正逵立即表示附和。

羊修仙和朱纯志等发言后,会场出现短暂的沉寂。

羊修仙的发言让古全和联想到当年龙秋生在大二年级鉴定会上的发言。他们发言的方法儿和切入问题的角度,以及所谓事实,大体一致。羊修仙抛出的是一些有影无形似是而非的观点和证据。她这次发言不再模糊朦胧,吞吞吐吐,而是锋芒毕露,伶牙俐齿,杀气腾腾。古全和想,这是党组织和群众审查他的党支部大会,而不是一般的生活会,除非大会的主持人提问,否则他不便主动进行申辩,不过他相信党组织和同学们会正确对待羊修仙的发言。

芮福珍不动声色地说道:"继续发言。欢迎列席的同志们发表意见。"

会场再次活跃起来。接着站起来发言的是牛子奇。他开门见山,说道:"羊修仙的发言不都是事实。古全和同学是不善交际,但是不存在羊修仙说的那种群众关系问题。两年前,古全和是被全票选进团支部的,今年他再次全票当选团支部委员。两年来他在团章教育和组织发展方面做过很多工作,还倡议并带领大家解决了一些实际问题。邓春梅同学怀了孩子,班上有些人要批判她,而古全和提议保护她,建议她休学一年,避开让她伤心的环境,在家里待产,生下孩子。后来又带领大家帮助邓春梅在家自学。在郜艳华同学回归班集体的过程中,古全和也发挥了积极作用。古全和帮助陈连琪尽心尽力,有目共睹,怎么能说他言行不一呢?现在团支部的工作主要是由古全和与黄伯芬在那里顶着嘛!"

黄伯芬说:"羊修仙的发言和实际情况有出入。肃反运动时,我和古全和在一起工作。他做事认真,政治上敏感,分析问题实事求是。古全和平时不善言谈,但是他心地好。陈连琪中途流失的责任不在他身上。陈连琪入校前文化基础太差，来校后又太贪玩儿，学习不用心。"

牛子奇又站起来补充说："陈连琪被除名是因为他自己不好。他不好好念书，不是拉提琴，就是吹他的那个破玩意儿。而且他忘本，抛弃了家里的老婆，又让专修班的那个姓赵的女生怀上了孩子！古全和当治安委员很负责。他天天睡觉前一个一个地关水龙头儿，查看门窗。冬天听到大风把窗户刮开的声音，不管天多冷，他都要披着衣裳出去把窗关好。女同学宿舍走廊里丢了东西怎么能怪他呢？他能在半夜三更跑到女生那边去巡逻抓贼吗？那该有人说他耍流氓啦！"牛子奇的发言引起同学们的阵阵笑声。

古全和请求发言，说道，"我在联系群众方面是有缺点。有同学说我性格儿古板，不招人喜欢，这是事实，这对于一个共产党员来说的确是大毛病，今后我要努力改正。顺便说一点，邓春梅和郜艳华同学的工作，一靠她们自己努力，一靠系领导的关怀和支持，一靠全班同学共同努力，是我们团支部和全班同学一起帮助她们摆脱困境和完成学业的。"

批评引发了反批评，时俊茂、宋廷谋等纷纷发言，意见一边倒，一致肯定古全和。

"同志们继续发表意见。"芮福珍微笑着环视会场说道。

朱纯志声明放弃自己刚才发表的意见。

周正逵也说，没有意见啦，表决吧。

会场后面有人说，没有意见啦。

"好，进行表决，同意接受古全和同志入党申请的同志请举手！"芮福珍在数过人数之后高兴地宣布："一致通过！"

会议室里响起一片掌声和祝贺声。

秦中州看着羊修仙，心中多有感慨。他想："看起来，大学四年，她根本就没有想过要改造思想，整天琢磨的就是追逐私利。她人并不笨，也爱动脑筋，为什么不用心学习，琢磨点儿正经事儿呢？"秦中州发现羊修仙很有心计，懂得在古全和公认的优点方面做文章，肯定古全和学习好、能力强，然后从他的优点推导到它们的反面说他骄傲自满，进而说他群众关系不好。又比如，陈连琪确实因为学习成绩不好离校了，而古全和也确实曾受命帮助过他，因此她把陈连琪离校的原因归结到古全和的身上，以混淆视听。又如治安工作做得好的最高标准是平安无事，而平安无事从表面上看等于没有成绩。而且安全工作常常是无形的，古全和检查安全隐患大多在晚上和夜里，不为人们所注意。所以说古全和这个治安委员无所作为，从表面上看并无大错，更何况班上还有人丢过东西。秦中州想，如果集中讲一个人的缺点和错误，并加以夸大，而不讲他的成绩和优点，多好的干部都可能被搞垮。羊修仙正是想利用这样的一些方法儿，把古全和说成一个优点突出、毛病很大，不够党员条件的人，而把他阻隔在党的队伍之外。这也许是当前和今后党内斗争的一种常见的现象。可是她为什么不把聪明才智用在正经事情上呢？这也许和她的经历有关。她出身小市民家庭，自幼寄居姑姑家，总要看人家的眼色行事，却又心有不甘，久而久之，就养成了这样一种阴暗、诡诈、自私、嫉妒、争功透过等这样的心理。看起来，她的这些毛病要改也难。可是无论如何她都必须改。不然她会终生不幸！秦中州感觉自己太迟钝，没能及早发现羊修仙的问题，及时给她指出，帮助她改正，就想离校前找她好好地谈一次。而让他感到遗憾的是，他的这个愿望没能实现，羊修仙公然拒绝和他谈话。秦中州明白，她认为自己研究生当上了，念大学的主要目的达到了，而入党的问题在大学期间肯定是解决不了，那秦中州这个即将过期的党支委，对她还有什么用处呢？

52—53 级党支部发展会后，秦中州再次找杨以臣谈话，重申他反对推荐羊修仙念研究班的意见，说劳动人民的血汗钱不能花在她这样的人的身上。杨以臣承认推荐羊修仙念现代汉语研究班是个错误，但是说事已至此，不好挽回。如果现在改变做法儿，一旦羊修仙采取意想不到的行动，制造事端，影响会更坏。杨以臣关心大事小情对党的工作的影响，他和羊修仙清清白白，完全是工作关系。但是他怕，怕羊修仙说他和她……那她就把他给毁了。

130

关于中文本届毕业生留校生的名额，说法儿不断变化，一会儿说是三名，一会儿又说是两名，十几名有关的同学因此而心神不定。不过有关现代汉语研究班和世界文学研究班的消息始终没有变化。现代汉语研究班招

20 名，全国招生，世界文学研究班招生 30 名，全国招生。中文 52 级有条件的同学，都想深造。在学习成绩平平，无望留校和念研究班的同学中，来自内地的，愿意回家乡，或是离家乡比较近的城市，少数抱着无所谓的态度。只有来自云南瑞丽的摩西族同学钱国英等取向明确，他们是代培生，要回云南老家发展教育事业。老家湖南的王松柏想得最具体，他铁定了要回湖南邵阳老家和一家老少团聚。

负责中文 52 级毕业分配工作的王春泽老师在一个个地找同学们谈话。况松涛、黄伯芬、梁修梨、张楣光、蔺丽莲、岑云鹤、胡玉斌、凌伊文、古全和、时俊茂等，都谈过了，说是听取他们有关毕业工作的意见，其实，大家心里明白，他这是在为留助教摸底，所以被找过的人，都认为自己是领导看好、有望留校的，心里生出了几分希望。

班里心中最得意最踏实的就是羊修仙，她好像已经是现代汉语研究班的学员了，可是她又担心她念研究生的事终将成为泡影，因为她的学习成绩太差，反对推荐她进研究班的人太多，而杨以臣只是口头儿上许诺推荐她去念现代汉语研究班，她还没有取得研究生的资格儿，任何一件意外的事情都可能改变杨以臣的想法儿和她的命运。

准备报考研究生的同学也各有各的想法儿。大家普遍看好文学类的专业，而不大喜欢比较枯燥、较少时代气息的语言类专业。蔺丽莲打算报考世界文学研究生班。跟学理工的学生相比，念文科的人，在政治上朝三暮四摇摆不定的比较多。一度崇拜过胡风的岑云鹤，在反胡风的风潮中担心被弄成胡风分子，现在又标榜自己是最早察觉胡风反马克思主义的，说胡风的文艺思想是唯心主义的，说他毕业后将报考文艺理论研究生，而且非北京师范大学黄药眠先生的研究生不考。宋廷谋当众嘲笑他骑墙，动摇，没有信仰，不讲气节。而岑云鹤则嗤之以鼻，不予理睬。东湖师范学院将举办现代汉语研究班和世界文学研究班的消息传出后，岑云鹤不再说非北京师范大学黄药眠教授的研究生不考了，而是说他对现代汉语和世界文学也很有兴趣。

蔺丽莲除了决定报考世界文学研究班外，还希望争取获得优秀毕业生金质奖章。这是今年国家鼓励优秀人才的一个举措，早在毕业考试之前就明文公布于众了。在中文 56 届的毕业生中，有条件获此荣誉的只有蔺丽莲和古全和，是他们俩竞争的一个项目。论政治思想条件，古全和领先于蔺丽莲。但是如果古全和毕业考试出点儿问题，那优秀毕业生的金质奖章就有可能落到蔺丽莲名下，因为优秀毕业生的第一个必备条件就是他们毕业考试的成绩全部都是优秀。她想，现在古全和事儿多，没有足够的时间温课，毕业考试很可能会出错儿。从他进入团支委会以来，他考试成绩一直是5、5、5、4，再也没有过全优，而她则全部都是优秀。

这时，古全和接到邓春梅的电报，说她将于今天下午两点整到达本市。黄伯芬在今天上午安排好了邓春梅的住处。古全和到奶站给她的孩子预定了牛奶，买好了奶嘴儿。午饭后，他喝了一杯水，就和黄伯芬、徐奥卉等人往火车站赶。

南来的火车徐徐进站。古全和眼睁睁地盯着每一个车窗。当邓春梅从敞开的窗口向他们招手的时候，他才确信邓春梅真的回来了。

"你们都来啦？"邓春梅笑着哭啦，跳下车厢的阶梯，和黄伯芬、徐奥卉、古全和拥抱。

"女儿呢？"古全和问。

"哪敢带她来呀！"

"古全和还给小家伙儿订了牛奶，买了奶嘴儿。"黄伯芬说。

邓春梅听黄伯芬这样说，泪水再次夺眶而出。她深情地看着前来迎接她的兄弟姐妹。

"走吧，这会儿电车正空。"黄伯芬说。

路上，黄伯芬把毕业考试的科目、学院要办两个研究班等情况告诉了邓春梅，鼓励她先休息几天，然后全力以赴地准备参加毕业考试，争取考个好成绩。

131

大学最后的一次温课考试进行了12天，最后一门课马克思主义哲学的历史唯物主义部分，形式仍然是口试。试题仍然是一大一小儿两道试题，主考教师是哲学主讲刘云山老师。他毕业于中国人民大学，今年是他第二轮儿系统讲授马克思主义的历史唯物主义。

古全和对大题的回答刘老师很满意。

　　小题的题目是"中国过渡时期社会的特点"。古全和只答对了该题标准答案中三点中的两点，怎么也想不起第三点是什么。他清楚地记得，答案在笔记背面的右上角儿，闭上眼睛仿佛就能看见，可就是想不起来那是什么。

　　刘老师翻看古全和的《记分册》，见已经考过的3门儿课的成绩都是优秀，如果哲学也是优秀，那古全和就有获得优秀毕业生金质奖章的机会。刘老师想，古全和平时重视哲学课，能够学用结合，想成全他，就说道："请你再回去准备，再来回答。"

　　古全和重新回到教室的角落里那张课桌前，他想了又想，怎么也想不起那第三点是什么，后悔自己复习得不够细致，也怪羊修仙提前住进研究生宿舍，把班上的许多杂事都放到他的头上，弄得他心神不定，影响到他温课的效果。

　　羊修仙得到她被保送现代汉语研究班的正式的通知，张扬得无人不知之后，仍然怕事情有变，离开哲学考试试场后，立刻赶回宿舍收拾行李，顶着人们的非议和蔑视，提前搬进研究生宿舍。临走前，她匆忙找到古全和，一改模糊表情，喜笑颜开地对古全和说："我得去研究生宿舍了。你知道，我的学习不算太好，'笨鸟先飞'嘛，听说现代汉语研究班要提前开课，我得预先做些准备，把过去学过的现代汉语和古代汉语复习复习。班里的事，你就和伯芬多管管吧。"说着就提上行李离开了东湖宿舍。四年来，羊修仙和谁都要好，同时又和谁都保持着一定的距离。她既没有知心好友，也没得罪过什么人。如今这位很少说话，表情朦胧的上海姑娘，突然露出了她清晰的轮廓：她四年的所作所为都是为她自己，为入党，更是为当大学教授！古全和感到疑惑的是：系领导为什么会重用她这样的一个人，花钱培养这样一个全心全意为自己的人？而这正是让杨以臣深感懊恼后悔羞愧狼狈而又无处诉说的事情。

　　"古全和同学，请来回答问题吧。"

　　古全和从沉思中惊醒，站起来走到刘老师的面前说道："刘老师，谢谢您给我改正错误的机会。可是我实在想不起来了。"他忽然想到，问题出在给邓春梅抄笔记的时候，牛子奇等人用的原稿儿是他的听课笔记，那笔记曾经被分段撕开，分散在几位同学手中，有关的部分可能失落了，在备考的过程中，由于忙乱和心神不定，没有及时发现，现在是无论如何都想不起来了。

刘老师遗憾地摇摇头，说道："按照学校的规定，考试课程中有一门儿的成绩是良好，可以复试。你来复试吧！下午就来，到教研室来找我，好吗？"

古全和说："谢谢刘老师！"但是他没有对刘老师的提议表态。他不想让同学们误以为他是为获得金质奖章而向去刘老师讨分儿，又不想辜负刘老师的好意，所以他什么都没说就离开了考场。很多同学劝他去复试，而古全和始终摇头，他认为，为了获得优秀生金质奖章去复试不光彩，那样获得的金质奖章含金不纯，会遭人非议。他宁可要一个真实的良好，也不去讨一个不够成色的优秀。

第二天下午，古全和路过东湖学生宿舍和学生餐厅之间的那块空地，见刘老师正在和何成扬和宋廷谋他们一起在那里打篮球。刘老师发现古全和，就嚷道："喂，古全和！过来过来！"

古全和走到刘老师面前。

"为什么不来复试？"

"不麻烦您啦，谢谢。"古全和说完，回身就走。

"就在这儿谈谈嘛。"刘老师从背后喊道。

古全和回转身对刘老师笑笑，行了一个鞠躬礼表示感谢，就离开了。

"真是个怪人！"刘老师不无遗憾地连连摇头。

132

古全和回到宿舍，见邓春梅坐在他的床上，问道："有事吗？"

邓春梅有些不好意思地说道；"你看……我能不能报考研究生？"

古全和断然说道："当然能啦！"

邓春梅说，她犯过错误。古全和说，"错误已经检讨过了，没有人计较你，再说报考研究生的条例里也没有这样的规定。"邓春梅激动得眼圈儿发红，兴奋地说："那我报考世界文学！"

古全和犹豫地说："龙秋生同意吗？"

邓春梅气愤地说："这关他屁事！和他无关！他欺骗了我，把我弄得人不人鬼不鬼。我不能和骗子生活在一起！我上了他的当，就当是被毒蛇咬了一口！再也不想看他一眼！"

古全和也认为邓春梅不该和龙秋生生活在一起。他想，龙秋生能不能毕业都是问题。

"孩子怎么办？"

"我妈代我养着。"

"也是个办法。"

"那你呢？"邓春梅关切地问道。

古全和笑笑说："我能念完大学就算幸运了。要不是有父母的支持和国家的培养，我连中学也念不完，念到大学毕业，我已经很知足了。我得工作报答国家，挣钱赡养父母。"

邓春梅为古全和感到惋惜，说道："那就争取留校吧。"

古全和说："再说吧。"

邓春梅刚离开，牛子奇就来了。

"你叫老子好找哟，你流窜到哪里去了？"牛子奇对古全和说，"我在门外碰见了邓春梅。她又怎么样了？是为龙秋生的事吧？龟儿子！他可把邓春梅害苦啦！她要是和我好了，就没有这种倒霉的事了。"

"她是来找我商量报考研究生的事的。"

"啊呀呀，我找你也是商量这个事哟！"

牛子奇本来没有报考研究生的打算。这些日子关于报考研究生的事，班里闹得沸沸扬扬。连羊修仙也当了研究生，牛子奇觉得自己的学习成绩比她好，心里突发奇想，也打算报考研究生。他说："你说，我能报考研究生吗？"

古全和肯定地说："能。"

"你不是和我说着耍的吧?!"

"这样的事怎么好说着耍？你具备报考研究生的条件。"

"这就好了！"牛子奇兴奋地拍着巴掌在屋里扭动着唱起了他从四川老家带来，他唱了四年的"太阳出来了……"然后说道："你说，我该考个啥子专业呀？"

"当然是现代汉语啦！"

"好！老子就报考现代汉语喽！"牛子奇高兴得不知如何是好。

"不过你不能报考本院的研究生。"

"为啥子呀？"

"你想，杨老师能收你吗？"

牛子奇立刻想到了那个不讲情面的杨峻章老师。杨老师不止一次地在课堂上嘲讽过他，便说道："杨老头儿不讲情面，当他的研究生不是好要的哟！"

"你就报考武汉大学的研究生吧。"

"对头！那里离家近！哎，那你得帮帮我哟！"

古全和的哲学，逻辑学，现代汉语、文学概论和文艺学等得都学得比较好。他帮助牛子奇复习现代汉语和古代汉语。在大一和大二学习汉语课程的当时，古全和感觉课程的内容很庞杂，可是现在回过头去看，一切都显得简单明白，感觉笔记和讲义都变薄了，都从笔记和讲义中转化到他的头脑里。他认为这和他的学习方法科学合理有关。在古全和的帮助下，牛子奇复习汉语课的成效显著，他考取研究生的信心一天天增强。

世界文学研究班招生简章公布的当天，秦中州来找古全和谈话。

秦中州几乎是用命令的口气说道："你报考研究生吧。"

古全和反问秦中州说："你怎么样？"

秦中州说："我希望留校或是到附中去干点儿党政工作。"

古全和说："你的身体状况明显好转，也没有牵挂，为什么不念研究班？"

秦中州笑笑说："我不够条件。"

古全和不无情绪地说："你不比羊修仙差，而且有潜力，为什么不能保送？"

"算啦，影响不好。你呢，你怎么样？"

"我的父母年纪大了，身体也不算好，只有我这样一个儿子，他们舍出我这个劳动力，让我念完了中学和大学，就不容易啦，我不想再让他们为我受累了。在工作中也能继续学习嘛。要能留校，我就再把他们接回江城。要是能分配回我老家那就更好了。"

"念研究生也能养家。研究生有助学金，每月有46元。"

"是一吗！"古全和喜出望外，激动地睁大了眼睛。有46元的助学金，他的学习和他父母的生活就都有了着落。他心里由于不能念研究生而感到的遗憾和郁闷为之一扫。

"党支部希望你深造。"

"那我就试试。"

"要注意影响，要考就认真地考，以优异的成绩考取，而不能试试！"

古全和知道秦中州考虑的是党的影响，严肃地点点头儿说："我会尽最大努力。"

结束毕业考试后的第三天，就进行研究生入学考试。考试的科目比毕业考试多一门，是5门：中国革命史、政治经济学、马克思主义哲学、文学概论和外国文学。这些课程是在不同的学习阶段学学过的。中国革命史和政治经济学是大一时的课程。幸运的是古全和学习踏实，笔记也在。他一面协助党组织给同学们写鉴定草稿，一面翻一翻这些笔记，很快就恢复了记忆，最后以5门课平均85分的高分被录取。和他同时被录取的还有岑云鹤、况松涛和邓春梅。秦中州也以工作需要，被保送进世界文学研究班。

蔺丽莲报考世界文学研究班落选让古全和感到意外。她为这件事找过系领导，查过试卷，大哭过一场。她曾希望到研究班里去继续和古全和做同学，争取和他走到一起。这时古全和才想起心理学杜老师所说的人的"记忆品质"有差异的问题。邓春梅平时考试成绩居中等偏上，她被录取了，而蔺丽莲考试成绩绝大部分是优秀，却落选了，说明她的记忆品质不太好，也就是她的遗忘率比较高，记忆不够持久，这和先天条件有关，但可以有意识地补救。

原定7月初宣布分配方案，7月中公布分配结果。因为世界文学研究班招生工作推迟，整个的分配工作也推迟3周。古全和利用等待分配的这段空闲时间，回山东老家看望了爹娘。他已有整整四年没有见到爹娘了！他古家庄住了22天。家乡到处是繁荣昌盛、蒸蒸日上的景象，让他深受鼓舞，更想回家乡工作。

古全和回山东探亲返校后得到的第一个消息就是秦中州和黄伯芬宣布

他们确定了恋爱关系，并请大家吃过喜糖，但是大家的心里都不看好他们的关系，有些人连他们的喜糖都不肯吃。他们认为秦中州没有彻底康复，不应该向黄伯芬求婚。古全和听到这个消息，心里也不是个滋味儿，替黄伯芬的未来担心。可是又觉得这是两相情愿的事，秦中州追求黄伯芬也没有什么错儿，心情也就渐渐地平静下来。

当天的晚饭后，秦中州约古全和到他的 209 房间，说他有话要对他讲。古全和随秦中州来到他的房间。古全和以为他要告诉他他和黄伯芬订婚的消息，但是秦中州闭口不提这件事，古全和知道秦中州自己也不认为他和黄伯芬走到一起是值得祝贺的喜事。

秦中州和古全和的交谈从古全和的回乡见闻谈起，古全和兴高采烈地述说了他家乡的大好形势，着重描述了田庄集市的繁荣景象。之后秦中州就把话题扯到古全和的个人问题，他说，梁秀梨在古全和回老家期间找过他，她对他说她对古全和有好感，建议他找她谈谈，说以后各奔东西，再见面也难，不要错过这个机会，等等。

古全和说："梁秀梨的确是个好同学。她学习好，政治上积极，是我入团的联系人和介绍人，我很看重她，但是谈朋友不合适。她生在香港，长在广州，家庭极其富有，而我是在极度穷困的生活环境中长大的，在进大学之前，过的是吃饭都没有保证的日子，睡的是土炕，喝的是生水，玩儿的是泥巴，夜里一家人往一个尿罐儿里撒尿，彼此生活差异太大，心理和习惯方面的差异太大。在学校里大家是好同学，在政治活动和专业学习中有共同语言，而要走进同一个家庭，朝夕相处，共同生活，那就是另一回事了。有人说，爱是无条件的，而我始终认为那是疯恋人的疯话，是歇斯底里大发作，世界上的任何事物都是有条件的。爱的基本条件就是门当户对，或者叫作平衡。没有平衡就没有平等，没有平等就没有爱。如果说有，那也只能是主人对于宠物的所谓的爱。世上凡是不平衡的事物都不稳定，没有好结果，感情生活也是这样。梁山伯和祝英台活着的时候没能走到一起，就因为他和祝英台的家世不平衡。如果我和梁秀梨保持现在这个距离和关系，我们一辈子都是好朋友，我会想念她，她也会想念我，也许还会为彼此没有能够走到一起而感觉遗憾。而如果我们走到一起，就很可能是个悲剧。当年我不肯接受郜艳华的好意也是基于这样的考虑。我不想做让别人感到后悔的事情，所以我也反对'追求爱情'一说儿。爱要两相情愿，水到渠成。婚姻则是另一回事。我家住在本市大白楼的时候，有一对年轻的夫妻。丈夫老家是山东利津，在老家念过几年私塾，是个生意人，开了个兼卖白酒小菜儿的煎饼铺，小有资产。妻子是江城本地人，出身小知识分子家庭，念过几年中学，他们是半包办半自由的婚姻，婚后经常争吵，女方经常张罗着要离婚，最后还是分手了。以爱为基础的家庭好比合作社和互助组，但是又不同于互助组和合作社。合作社或是互助组可以自由进出，而夫妻们半路上分道扬镳往往就是悲剧。我想找一个和我门当户对、彼此终生相伴的女生做伴儿。她得不嫌弃我的父母，当然也得不嫌弃我本人，包括光着身子睡觉，蹲在凳子上吃饭。"

秦中州佩服古全和考虑问题周到和他奉行的利他主义，但是也觉得他想得太多，所以就有些不以为然地说道："你在这个问题上顾虑太多，太理性，会让个人问题变成'老大难'的。"而他也觉得和古全和相比自己有些惭愧。他在个人问题上有私心，他想的就是要得到黄伯芬，而根本就没有想过这对于黄伯芬是不是幸福。这也就是同学们不看好他和黄伯芬的关系的一个原因。

古全和同意秦中州的批评，承认自己在婚恋问题上顾虑太多，但是他不同意秦中州把他和罗亭①相比。他认为他缺少的不是行动的勇气，而是关于婚恋问题的清晰的认识。多年之后他才意识到，当时他正处在从古家庄的婚姻观到革命的恋爱观的演变的过程之中。正是这个原因让他错过了真正爱他的一个个女友，以至于他大学毕业还孤身一人。但是他不后悔，他就是这样一个人。

134

中文52级和东湖师范学院52级的文科各班都有所不同。其他各班没有出现并存在两年之久的203这样的舆论中心，和不受班团约束的篮球

---

① 罗亭：屠格涅夫的长篇小说《罗亭》中的主人公，优秀俄国贵族知识分子的典型形象，思想进步，会想能说不能做，是语言的巨人，行动的矮子，这种性格集中表现在他的爱情生活中。

队，没有走马灯般地不正常地更换团支部书记，没有出现过一个个未婚先孕的女生，没有因此而造成种种矛盾和混乱。而如果不是有共产党员臧淑贞和秦中州先后来到中文 52 级，难说这个班级会混乱到什么程度，怎样收场。可是，为什么会这样呢？是因为来自四面八方的同学们在教育程度、年龄等方面参差不齐吗？古全和感觉似乎是也不是，因为其他文科各班存在同样的问题。他想来想去就想到了凌国玉、胡玉斌和羊修仙。凌国玉自身邪恶，胡玉斌趣味低下，羊修仙关心的是她个人的利益。她笼络一部分人，排斥一部分人，压制不同意见，控制班级的舆论，连团的发展也是她称王称霸的手段，在班里制造和掩盖了许多不满、怨恨和矛盾，而这些不满、怨恨和矛盾，就是政治风波中的可燃物，一旦接触火种就会暴燃起熊熊大火，导致难以预测的后果。而羊修仙之所以能够这样，则是因为系领导的主观主义、宗派主义和官僚主义。羊修仙就是利用杨以臣的权力控制中文 52 级的。在这里古全和再次朦胧地感觉到通过党团组织控制班级的某些弊端。在现在这种体制下，同学们只有服从，而不能提出不同意见，不能靠集体的力量纠正错误的班风和学风，使得凌国玉和羊修仙等人的为所欲为成为不可能。回想过去的四年，古全和感慨良多，有让人感动的诸多往事，也有让他感觉不堪的痛苦记忆，虽然中文 52 级不是一个让生活在其中的所有的人都感觉温暖和幸福的集体，然而在大家告别母校，各奔东西的时刻，仍然痛感难舍难分，连有些男生也都眼含着惜别的泪水离去。他想，集体和个人一样，个人难得十全十美，集体也是一样，也许中文 52 级算得上是一个美和丑兼而有之的正常的集体。

黄伯芬被分配到沈阳医学院。古全和知道她并不爱秦中州，她是可怜他，同情他。古全和亲自到火车站送黄伯芬去沈阳。临别时，他们久久紧握双手，深情凝视，默默无语。古全和觉得她和他那样地亲近，他是那样的喜欢她，好像他们随时都可能彼此拥抱在一起。如果说他和蔺丽莲由于彼此间有着古全和说不清楚的某种隔阂而不能走到一起的话，那么这样的隔阂在古全和和黄伯芬之间是不存在的，妨碍他们走到一起的是滞留在古全和灵魂深处的农民关于婚姻的某种残余意识。他们的关系此刻仍然能够改变，可是他没有向她再靠近一步。他不敢迈出这一步，因为他不知道那可能是幸福还是悔恨。多年后，他曾受命带领本院的招生人员去黄伯芬所在的地区招收新生，顺便再见黄伯芬一面，而当他突然出现在黄伯芬面前的时候，她竟由于过度的欢喜和激动而晕倒在她家自制的沙发里，醒来后就像接待亲兄弟一样地接待了他。那时，秦中州已经离开了人世，而古全和也已经是别人的丈夫。

秦中州利用研究生班开学前的这段时间回延吉料理家务。

古全和最后送走的是龙秋生。他被分配到哈尔滨的一所中学。

"再见。"古全和从站台上向已进入车厢的龙秋生招手。

龙秋生对他招招手，笑了笑。古全和感到他那是嘲笑，意思好像说："老子也分配了工作，你们能把我怎么样?!"

古全和想："他也许是在笑我愚蠢。他曾经捉弄过我，我还一再去求他原谅。"古全和认为龙秋生不该对学校隔离审查他有怨言。他毕竟是隐瞒了自己的年龄，欺骗了组织，到现在他的问题还是个悬案，学校对他的处理很宽容。他和大家一样分配了工作，他工作的地点和单位也是很多同学都愿意去的。

1952年秋天迎接中文52级新同学的工作是古全和组织的，今天送别离校远行的同窗好友的仍然是古全和。他组织留校工作的时俊茂、梁秀梨、张楣光，和考取了研究班的徐奥卉、邓春梅、岑云鹤、况松涛等把同学们一批批、一个个地送上马车、电车、汽车、火车，分赴全国各地。想到不知道何年何月能够再次相见，也许今生不能再见，大家的心情都有些伤感，常常是含着祝福和惜别的泪水，彼此挥手告别。

留校或继续深造而没有参与古全和组织的送别活动的，只有羊修仙、秦中州和蔺丽莲等人。羊修仙在分配方案下达之后就借口探望她生病的表哥去了太原，秦中州回了延吉料理家务，蔺丽莲对有些人在评定她金质奖章问题上的态度耿耿于怀，不肯参与给同学们送行的活动。

135

古全和不断地收到同学们诉说他们对于新的工作和生活如意和不如意的来信。这些来信不断地强化着他关于同学们的记忆。他们在远离江城的天涯海角，而他们留在古全和心里的影像反而活跃起来。在同学们朝夕相处的时候，他从来没有特别注意过谁，而此刻常常有某个同学的影像会从他的记忆里跳出来，激起他的思念，有时会因为想见到他们而不可得而让古全和感到焦虑和痛苦，连大学生活中的有些不快，此刻也变成了美好的回忆，真的是像俄国诗人普希金说的那样，过去了的便成为美好的回忆。

毕业分配工作全都过去了，报平安的信件也渐渐地少了，同学们都踏上人生的新的征途，古全和的心情也渐渐地平静下来。他忽然想到这些日子他一直没有见过留校工作的蔺丽莲，他想她可能是回四川老家探亲去了。可是时俊茂告诉他说，早晨还在校园里见过她，她情绪低落，连招呼都没打。古全和说，可能和她研究生入学考试落榜有关。时俊茂还说，不仅如此，也许还和评议优秀毕业生的班会有关。古全和觉得时俊茂说得有道理。

早在毕业考试前，系里就曾郑重宣布说，1956 年度，学院设立了为优秀大学毕业生颁发金质奖章的制度，条件是受奖者必须学品兼优，必备的条件就是毕业考试的成绩要全优。荣获金质奖章不仅是荣誉，也是财富。有望获得这个荣誉的同学都曾暗暗发力争取。

蔺丽莲在以优秀成绩通过全部毕业考试，并得知古全和的哲学考试失败后，就确信金质奖章非她莫属了。同学们也这样认为。蔺丽莲已经把自己获得金质奖章的好消息写信报告给了她的父母和一些亲朋好友，她这种沾沾自喜的情绪，和她对古全和毕业考试中的失误所流落出来的幸灾乐祸的态度，引起一些同学的不满。而就在她急切地期待着学院给她颁发金质奖章的时候，她忽然得到班长徐奥卉的通知，请她参加评议优秀毕业生的班会。这时她才想到优秀毕业生实际上是有两个条件：学品兼优，还要通过群众评议。

古全和此前不知道优秀毕业生要经群众评议，也没想过优秀毕业生在品德方面的要求，认为蔺丽莲是班上唯一具备优秀毕业生条件的同学，优秀毕业生金质奖章当然应该归她，而评议只是走走形式，因此没把评议会当回事儿，团支部和班委事先也没研究过评议会怎样开，可能发生什么问题，应该怎样应对等。

班会是在自由大楼第 16 教室举行的，会议由老班长徐奥卉主持。徐奥卉以为评议会只是走走形式，在她说明开会的宗旨之后，大家举手通过，事情就完成了。然而事情并非如此，在她要求举手表决的时候，竟没有人响应。

徐奥卉巡视大家之后笑笑说："大家没有意见那就算通过了。"

这时，何成扬油腔滑调地说："瘸子里面拔将军，就把金质奖章发给蔺丽莲吧！"

牛子奇说："你胡说些个啥子呀，金质奖章是可以随便送人的吗？"

宋廷谋含含糊糊地说："蔺丽莲同学学习好，但是思想品德条件好像不大够。她只顾自己学习，为大家服务的事几年来她好像一件都没干。班里把帮助陈连琪的任务交给她，她不干，说学习是学生自己的事。大四帮邓春梅抄笔记，她也不干，后来勉强抄过一次，还漏了一大段……"

蔺丽莲气愤地反驳说："帮陈连琪，帮邓春梅，说的就是自愿嘛！"

牛子奇吼道："你是共青团员，你就该有这个自愿！"

蔺丽莲怒视着牛子奇，吼道："我就是不自愿！"

时俊茂在会场沉寂片刻过后口气委婉地说道："蔺丽莲同学没有什么出格儿的毛病。我同意授予她金质奖章。"其实时俊茂并不同意把金质奖章发给蔺丽莲，可是他想到他和蔺丽莲都是留校生，将来要一起工作，得注意和她搞好关系。

然而对于他的好意蔺丽莲并不领情，她怒视着时俊茂说道："我出格儿的毛病多着哪，我不配得金质奖章！金质奖章我不要了总行吧！"

反对时俊茂的还有平时极少说话的绍兴姑娘张杏燕。她不以为然地说"时俊茂，你搞搞清楚嘛！条件是'学品兼优'啊！品行要优良嘛！能说没有什么出格儿的毛病就算品行优良吗？金质奖章能掺假吗？"

反对把金质奖章授予蔺丽莲的意见竟占了上风。古全和想，蔺丽莲四年来的确只干了一件事，那就是勤勤恳恳地念书，而为集体，为他人的事，她只勉强干过一件，那就是帮助邓春梅抄过一堂课的笔记。这样的人，当然不能说品行优良。所谓品行好，就是为大家服务的精神好。不过他觉得蔺丽莲学习成绩好，品行方面也没有不可原谅的错误，不能让这枚金质奖章从中文52级溜掉，想到这里，他悄悄地示意徐奥卉休会。他把黄伯芬和徐奥卉叫道一起说道："我想'品学兼优'中的'学'有硬性标准，而'品'就不好说有什么绝对的标准，蔺丽莲同学基本够条件。她获得金质奖章也是咱们全班、全系的光荣。"

徐奥卉和黄伯芬都同意古全和的意见。但是当古全和把这个意见到会上说出来的时候却引起了大龄同学况松涛的反驳。他说："我反对古全和的说法儿。没有绝对的标准，那相对的标准总该有吧？总得有一点儿为人民服务的精神吧？蔺丽莲同学在四年的大学生活中，关心过班上的什么事？为班级干过什么事？她不就是天天在那里弄她自己的学习吗。一个事事只关心自己的人，能说他'品行优良'吗？我不反对把金质奖章授予蔺丽莲，但是有一个条件，那就是她要写一份四年的思想小结，就她缺乏为人民服务的精神和共青团员的模范作用这个缺点做个自我批评，表明她认识了自己的不足。认识了，就等于改正了一半。"

况松涛轻易不对班上的是非表态，是受尊敬的大龄同学。他的话得到许多同学的认可。

同学们的争论使得古全和对于蔺丽莲和许多同学的认识有了一个升华。蔺丽莲曾经是同学们公认的好学生，为什么突然间他们又对她改持批判的态度，不同意把这枚奖章发给她呢？而且意见竟是这样地一致，不是弃权，就是反对，有人同意把奖章授予她，也提出了让她难以接受的附加条件？古全和一向对蔺丽莲有好感，即使她在背地里非议他的性格有缺陷，也没改变他对她的这种态度，而此刻大家几乎是众口一词地、清晰地、肯定地指出了她不关心集体、不关心他人的缺点，而这是一个人最大、最本质的不足，正如人们常常说的，群众的眼睛是雪亮的。过去他总觉得自己比一般同学高明，现在他才真正地认识到，群众才是真正的英雄，而我们自己则往往是幼稚可笑的这个真理。平时又混又横的牛子奇，弱不禁风的浙江绍兴娇小姐张杏燕，沉默寡言的况松涛，都不糊涂。而蔺丽莲的傲慢和蛮横也让古全和感到意外。

评议会开始的时候，蔺丽莲有说有笑，期待着同学们对她的肯定和赞扬，一致同意把金质奖章颁发给她。而此刻她却变成了同学们指责和否定的对象儿，连牛子奇这个愣头愣脑的家伙也敢对她说三道四！她满心委屈，几次想站起来，冲出这个会场，扬长而去。

评议会开成了批评会，古全和担心蔺丽莲没有思想准备，承受不住这个挫折，考虑怎样纠正会议的偏差。就在这时，牛子奇高叫："领导为啥子这样机械嘛！有一门成绩差一点儿有啥子不得了嘛！我提议：推荐古全和当优秀毕业生！古全和四年来一贯努力追求进步，积极为大家服务，入了团，当了干部，为大家办了好些好事，学习成绩一贯不赖！"

一些人默默地点头儿，表示附和牛子奇。

古全和立刻站起来说道："评选优秀毕业生是一件非常严肃的事。考试成绩全优是个刚性条件。我不在优秀毕业生的评选之列。我认为，蔺丽莲同学基本具备了优秀毕业生的条件。我同意评选蔺丽莲同学为优秀毕业生。"

徐奥卉和黄伯芬立刻表示附和古全和的发言。会场再次陷入沉寂。

四年来，蔺丽莲，躲在书本儿中，没受过表扬，也没受过批评。她从不怀疑自己的道路的正确性。她的父母就是这样教育她的。她是来念书的，是来接受赞扬和祝贺的。她小学是这样过的，中学是这样过的，她认为事实证明她是正确的。而现在她遭受了几乎是众口一词的批评，她转不过这个弯儿来，受不了这样的羞辱，终于忍不住，愤怒地站起来，号啕大哭着冲出会场。

古全和和徐奥卉跟着追出教室。黄伯芬和梁秀梨也跟着他们追出来。

古全和耐心地对蔺丽莲说："听听大家的议论有好处。"

蔺丽莲哭泣着说："金质奖章有什么了不起？我不要就是了！"

"提个意见就不得了啦！算啥子老团员！"牛子奇站在走廊里高声嚷叫。

徐奥卉拉着蔺丽莲说："你知道牛子奇的性格儿，他自己就说他是爆杖脾气。"

"奖章我不要了！"蔺丽莲一扭头，飞快地朝学生宿舍跑去。

古全和望着蔺丽莲的背影，心想，他平时为什么就没有注意到她的这些问题呢，可能就是因为蔺丽莲一直在那里默默地念书，没给班级招惹过麻烦。他想自己当组织委员也已经一年多了，竟没有注意到她的问题，提醒她注意，觉得自己失职，对不住她。

徐奥卉如实向系领导汇报了优秀毕业生评选的情况，给蔺丽莲争取过金质奖章。但是系领导说，要尊重群众的意见，品德优秀是优秀毕业生不可缺少的条件，而优秀毕业生金质奖章也并不是平均分配的。

蔺丽莲留校后的工作还算顺利，但是个人生活很不如意。她再也没有遇见过类似古全和这样的"扫把"。周围的同事，或是已婚，或是远不如古全和，学生大多比她年轻，而且师生恋，或是下嫁小女婿儿又不体面。恋爱的季节就要成为过去，选择的余地越来越小，她转眼已年过 28 岁，到了不能不嫁的时候，她只能从介绍给她的对象中选择一个。他是教务处的副科长，复转军人，比蔺丽莲大 3 岁，山东蓬莱人，人不错。

蔺丽莲在 1957 年整风鸣放时，因为在金质奖章问题上遭受挫折而对中文系的党团工作大放厥词，在反右派斗争中遭受批评，险些被戴上右派帽子。9 年后的 1966 年，她吸取整风"反右"派斗争的经验，一个人走上街头，大讲反对资产阶级右派分子，又落了个"老保"的帽子。不过她的劳动得到了应有的回报：在八十年代教学职称评定制度恢复后，她被评为教授。古全和认为蔺丽莲自幼走进书本儿，此后再也没能从书本儿里走出来，以至于既没有找到她理想的个人幸福，也没有在学术方面有所建树，只成了一个教书匠。

羊修仙如愿以偿地混进了现代汉语研究生班。不过在现代汉语研究班的生活对她说来并不是一件愉快的事。研究班主任杨峻章教授公开讲她没有培养前途。她追逐的是物质利益，而并不是知识和学问。最让她感到怵头的就是不讲情面的杨峻章教授，担心他会刁难她，出她的洋相。

杨峻章教授出身满族贵族家庭，曾经是老东北大学英语专业首届一指的高才生，东北男子篮球代表队的主要成员，九一八事件国联调查团的英文翻译，学问一流，脾气也一流，有时说话不分场合，不看对象，虽经思想改造运动的洗礼，老毛病仍然偶有发作。他曾经在系务委员会上说，做学问是有条件的，有些行当的人还得讲究个天分。早在两千多年前就有人发现了这条教育规律。孔子"因材施教"的教导说的就是这个规律，羊修仙头脑不清，业务基础太差，不适合学习像哲学、逻辑学、汉语语法类专业，坚决反对接受羊修仙。一年后，他又在整风座谈会上重提羊修仙的问题，指责中文系党组织在这个问题上同时犯有主观主义、官僚主义和宗派主义，因此在反右派斗争和后来的教育大革命中遭受批判，被扣上唯心主义天才论的帽子，险些被补划成右派分子。

羊修仙小媳妇儿般地在现代汉语研究班艰难度日，随时等待杨峻章老师的讽刺挖苦。可是不久她发现，杨峻章教授根本就不注意她，课上课下连看都不看她一眼。她的作业交由他的助教批改。羊修仙乐得这样。她关心的是脸面和研究生的身份。她认为自己熬过3年，就能顺着助教—讲师—副教授这个阶梯，登上大学教授的宝座。

羊修仙进现代汉语研究生班后，依然和杨以臣一家保持着经常的联系。她几乎每个星期天都去帮助杨以臣的妻子料理家务。她不是感恩，而是另有所图，希望把她和杨以臣的关系带进研究班，依靠他，在念研究生期间解决入党问题。遗憾的是，她和杨以臣的关系没有继续下去。杨以臣从不过问她在研究班的事情。羊修仙在班里没有任何社会工作。领导没有安排她，同学们也没有选举她，她成了真正的平民百姓，入党的目的没有达到，毕业前夕，她一再表示愿意留校，杨峻章教授说，现代汉语教研室不缺人。最后，学院领导照顾她的家庭关系，把她分配到了她丈夫工作的地方儿——山西某专科师范学院中文科。羊修仙并不情愿，但是也只得服从。

羊修仙来自国家重点大学，导师是全国著名的现代汉语专家杨峻章教授，科领导非常重视她，她到校后的那个学期就被安排担任了中文专业1959级新生的现代汉语课。羊修仙不是个热爱学习学有专长的人，因而在专业方面也缺少自知之明，加之没有教学经验，不懂得教学是一门深奥的综合艺术，作为一个好教师，必须有足够的专业准备，有马克思主义的修养，有教育学和心理学理论方面的武装和合理的知识结构，有管理学生的能力，有丰富的教学经验。对于一个合格儿的教师，每一节课都是新鲜的，独创的；每次课前都要做充分的准备，即使是师范院校的优秀毕业生，没有十年八年的苦心探索，也不可能成为一个合格的教师。成就一个优秀教师并不比成就一个艺术家更容易。有些教师一辈子都不能领会教学的奥妙和乐趣，一辈子都是在粉笔灰里面挣扎的教书匠。可是羊修仙对教学工作的甘苦毫无感觉，盲目地以为她"出身名门"，是国家重点东湖师范学院现代汉语研究班的毕业生，有7年的专业学习，特别是有3年研究生学习的积累，有杨峻章教授的讲义和大量配套的练习题在手。她认为，在师范专科学校这样末流儿的高校任教，对付这些末流儿的高中毕业生，轻而易举，只要带上杨老师编写的教材和练习，登上讲台去宣讲就是了。她甚至没考虑过要试讲，不知道她掺杂着浓重的上海话的普通话会成为横在她和学生之间的一道屏障。由于她根本不了解大学教师是怎么回事儿，因此她相信何成扬经常挂在嘴上的那句话："大学教师比中学教师好当。他们要干的就是东拼西凑成一篇讲稿儿，到课堂上去大声念就是了。"

1959 年 9 月 1 日是师范专科学校秋季开学的日子。中文 1959 级新生的头一门儿课就是现代汉语。羊修仙按时走进教室，信心十足地站在讲台上，接受同学们的问候，并向学生还礼。可是当她面对几十双好奇的亮晶晶的眼睛，开始讲课的时候，她的心脏忽然背叛了她，像受了惊吓的野马，莫名其妙地狂跳起来，她竟拿不准第一句话该说什么，接着，脑袋一阵眩晕，两眼开始模糊，她赶忙低下头来看讲稿，以便掩盖自己的窘态，趁机恢复平静，找到那开头儿的第一句话。可是讲义上面密密麻麻的字忽然躲闪她，她一个字也看不清楚。而时间在一秒秒地过去，她的心越跳越快，学生们的眼睛里飞出来的不再是好奇，而是问号儿。她的汗水从所有的毛孔涌出，终于站不住，晕倒在讲台上。等她清醒过来的时候，发现自己躺在校医务室的病床上。好心的系秘书告诉她，她由于一路劳累、带病工作，晕倒在课堂上了，说系领导官僚主义，感到很抱歉。1959 级的现代汉语课，由于老师病倒，暂停一周。

在中文 1959 级新生的第二次现代汉语课前，羊修仙进行了包括试讲在内的充分的准备。然而她再次走进中文 59 级一班的教室的时候，不再信心百倍，满不在乎，而是战战兢兢地站在教室的门口儿，窥视着学生的神色，揣摩着学生的心理，最后谨慎地跨进教室。她集中精神，咬紧牙关，操着基本没变的并不地道的上海官话，呢呢喃喃地念了一章杨老师讲稿中的绪论部分，如释重负地逃回宿舍。

这里的学生大多来自本市周围的县区，适应外地口音的能力比较差。而羊修仙要改变口音，谈何容易，她后悔当年没听老师和同学们的提醒，认真学习普通话。而当她第三次怀着不安的心情走进教室的时候，她发现教室里只有 6 个学生！其中的 3 个女生是来听课的，另外的 3 个男生都在津津有味地念小说。她心中不由地惊呼"糟了！学生罢学了！"她的课讲不下去了！她五光十色的教授梦顿时破灭。

关于羊修仙的教学工作，系行政的第一个措施是做学生的工作，批评他们不尊重老师，勒令他们必须按时到课。然而事情并没有朝着对羊修仙有利的方向发展。那些受到领导谴责因而蒙受冤屈的学生，不顾遭受处分的风险，把状告到教务处，还惊动了校党委。羊修仙是解放以来第一个分配到本校的现代汉语研究生，她的导师是著名的语言学教授，领导不敢马虎对待。院长责成教务处和中文科召开学生座谈会，听取意见，同时组织资深教授深入课堂，考察羊修仙的教学情况，并提出改进教学工作的意见。教务处上报给校党委有关羊修仙教学情况的考察报告的结论是：羊老师业务水平较差，口语表达困难，暂时不宜担任教学工作，建议另做安排。不久，羊修仙就接到了她最不欢迎的决定：调离中文科，安排她到师院附中任教。羊修仙从教授梦中醒来，足足伤心痛苦了几个月，每次想起这个挫折都忍不住会流泪。

古全和从黄伯芬的信中得到关于羊修仙被学生赶下讲台的消息时，心中感慨颇多。他觉得造成这种结果的原因是多方面的。客观原因是，她进入东湖师范学院时的文化基础太差，她是因为当时大学生源奇缺而被破格儿录取的。其次，她对于学习没有兴趣，不肯在学习上下功夫，而是把精力用在拉关系、找门子、琢磨人情世故和政治表演上，而没有用全力学好专业。第三，像杨以臣这样的一些喜欢奉承的干部给她提供了投机钻营、进行政治表演的机会。

羊修仙没能在师专附中停留。学生听她的课有困难，她教学中的常识性的错误比较多，解决这些类似夹生饭的问题需要漫长的时间。最后，她去了她表哥所在工厂的子弟学校，并在那里入了党，先后担任了那里的副教导主任，教导主任和校长。幸运的是她的表哥宽容大度，既重亲情，也有爱情，他们的一对儿女发育正常，智力一般，虽然都没能考取大学，但是都很孝顺，后来从商赚了很多钱，羊修仙晚年生活得很幸福。

东湖师范学院在总结现代汉语研究班工作的时候，汲取了在培养羊修仙方面的教训，坚决废除了推荐研究生的办法。杨峻章教授说："'因材施教'反映的是教育工作中的客观规律，不是一切人都有可能培养成专门人才的，这和天才论无关。"

137

秦中州的病情一天天稳定下来，想和同学们住到一起，以利工作，但是院卫生科仍然要求他暂住东湖学生宿舍 209 房间。而古全和、岑云鹤、况松涛和邓春梅则先后搬进新建的研究生宿舍楼，古全和、岑云鹤和况松涛三人住在四层的 401 房间。岑云鹤和况松涛已先行占据了房间南边临窗的东西两个安静敞亮的床位，把靠门的床位留给了古全和。这个位子是进出房间的必经之地，冬天冷，不利于学习和休息。况松涛自知个人风格不高，保持沉默。岑云鹤既要好床位，又要面子，辩解说，古全和肯定会有社会工作，常常早出晚归，住在门边，进出方便。古全和对于自己睡在什么地方并不在意。面对好处，先人后己，这是他爹对他的教导，再说他是党员，也应该照顾非党同学，即使他先搬进来，也不会抢占好床位。他所到之处同学们都把他当好朋友，选他当头头儿，不仅是因为他学习好，有能力，更因为他不与人争利，肯为大家办事。在他入团前在东湖学生宿舍，他睡的就是靠门的床位，当时他还不是班级的干部。

古全和在总结本科阶段生活时，感觉主要不足就是进入大三以后念书太少，想在念研究班期间静下心来多念点儿书。不过现在他满心都是刚刚离去的那些同学们的音容笑貌，有几位同学至今还没有信来，他不知道他们的身体如何，工作是否顺利，生活是否满意，一直惦念着他们，等待着他们的好消息。

世界文学研究班的成员来自全国各地，多数是应届大学本科毕业生，也有少数是往届本科或是专科毕业后工作过几年的在职的大中学教师，绝大部分通过了入学考试，少数是推荐保送的，原定招收学员30名，实际招收29名，其中，男生20人，女生9人，除岑云鹤一人外，都是党团员。其中党员8人，包括古全和等3名预备党员。秦中州被指定为临时党支部书记。组委华希九，28岁，已婚，妻子和一对儿女都在河北乐亭老家。他生活俭朴，为人谦和，东北师范大学中文专科毕业后，没有回老家和妻子儿女团聚，而是留在了江城第18中学，他就是从那里考入本班的。宣委卞一蓝，28岁，军干子弟，上海某外语院校本科毕业，性格豪爽，敢说敢道，热情大方，很快就成了女生的核心。

研究班的班、团组织也已经建立起来，干部也都是临时指定的。团支部书记罗元辉，来自河南大学；组委白成云，来自西安师范学院；宣委武念慈，是本院俄语系应届毕业生；学习班长马修瑞，来自山东大学；生活班长胡大光，来自天津师范学院。而古全和没有社会工作，感觉一身轻松，庆幸有时间多念点儿书。他认为在研究班短短几年的时间里，能多念几本书，多思考几个问题，增进一些文学艺术等方面的知识，成为一个初步合格儿的大学外国文学教师就不错了。新中国还没有设立学位制，没有学士、硕士、博士之类的头衔儿，他认为研究生也就是在本科毕业后接下去再学习几年，如此而已。

古全和清闲的日子只有短短的几天。东湖师范学院的大大小小的研究生班和进修生班已经增加到37个，人数儿少的几个人，多的几十人，为便于管理，学院成立了独立于教务处之外的研究生部，由党委常委汤敏任主任，同时决定成立进修生和研究生班联合会，由院团委负责管理，和院工会和学生会横向联系，主要负责组织研究生和进修员的文娱、体育、生活和宣传教育活动，内设主席、文娱、体育、生活和宣传委员各一人。

这天一大早张桃芳就来找古全和。见面就埋怨说："这几天我来找过你好几趟，你溜达到哪儿去啦？"

古全和说："刚刚送走了最后的几位同学。"

张桃芳说："羊修仙呢，她干什么，为什么不让她干？"

古全和不想说羊修仙早就溜走了。

张桃芳说道："要成立研究生和进修生班联合会啦！你知道吗？"

古全和看着张桃芳摇摇头，说他不知道，感觉有点儿不妙。

"你有什么打算？"

古全和说："想抓紧研究班这段时间多念几本儿书。本科阶段，先是在院学生会工作，后来是在班上的团支部工作，大三大四两年没能好好儿地念书。有些必读的书都没来得及读，想利用这两年补补课。"

张桃芳不以为然地说道："你发什么牢骚呀，要革命就别想清闲，更不能打个人的小算盘儿。让你念研究生就算便宜你了。对于你的工作，我们研究过了，也征求过你们党支部的意见，你出来当班联会的主席吧，是临时指定的，以后民主选举。"张桃芳眉飞色舞地说，像是征求意见，实际上是在下命令。

古全和想了想认真地说："研究生里有入党早、威信高的同学，从他们中间选一个吧。"

"不要推辞了！说实话，在大学本科的时候，要不是秦中州那个老家伙硬把你扣在班上，我早就把你抻出来去竞选院学生会主席了！要是那样，你就得接我的班儿，那你还能念研究生吗？做梦吧！老弟哟，知足吧，知足者常乐呀！个人的小算盘儿打不得。我再告诉你一个秘密，你报考研究生的时候，党委宣传部副部长袁竞良就曾经要求把你调到他们那里，是我劝说他改变主意，放你去报考研究生的。"

古全和突然发现张桃芳像个爱翻小肠儿的孩子，就开玩笑说："那我还得感谢你呢。"

"你就看着办吧，反正这个班联会主席你得先当着。这是头一届，先来点儿'法西斯'！期中或是下学期开学再实行民主选举。你要是不要脸，可以耍赖，可以消极怠工，千方百计地争取落选！"张桃芳说着就站起来，像来的时候一样，风一般地消失了。

古全和原本对张桃芳没有好感，觉得他身上有些少爷气。听说他出身大官僚地主家庭，确实曾经是个少爷。可是他发现，他从不考虑个人得失，心里只有工作，就改变了对他的看法，相信他不是金静之类，而是和孙宝藏老师一样的人，在真诚地干革命。

第二天，张桃芳就亲自来研究生宿舍楼来召开和主持了东湖师范学院研究生进修生班联会第一次会议，并宣布了班联会的组成：

主　　席　古全和（世界文学研究生班）
体育委员　权　重（普通物理研究生班）
文娱委员　赫连松（世界教育史研究生班）
生活委员　黑　亮（俄语教学法进修班）
宣传委员　马　根（数学分析研究生班）

研究生在报考和录取的过程中，都经过严格的审查，绝大多数是品学兼优的好学生。进修教师都是所在单位推荐来的，一般都比较优秀。进研修班的干部又大都有学生工作经验，所以古全和工作起来很顺利。他每周召集委员们开一次会，传达院学生会和院工会的活动安排，研究和部署一次工作，然后大家分头去做，平时注意督促检查，所以他读书的时间比本科的时候要多，能够较好地念好各种课程。

世界文学研究班是中苏两国政府有关部门合办的培训世界文学研究和

教学专门人才的机构。研究班的主任由东湖师范学院院党委常委、院研究生部主任汤敏兼任，副主任是福鉴明副教授。福鉴明生长在哈尔滨，小的时候是俄罗斯保姆带大的，精通俄语。汤敏是挂名的主任，研究班的实际工作由福副主任具体负责。

　　世界文学研究生班的主课有四门，即：欧洲文学史、十九世纪俄罗斯文学和苏维埃俄罗斯文学、亚非文学和马克思主义文艺学，此外有俄语和马克思主义美学专题讲座。欧洲文学史、俄苏文学史和马克思主义文艺学，都由苏联专家格拉西莫夫教授主讲，主讲亚非文学的是福鉴明副教授。

　　苏联专家安德烈·安德烈耶维奇·格拉西莫夫是犹太裔苏联人，革命烈士遗孤，父母在苏联第一次卫国战争中牺牲，他的童年是在高尔基工学团度过的，二战前是苏联莫斯科大学俄罗斯语言文学系三年级的学生，战争爆发后，他勇敢地走上前线，随军打到柏林城下，获炮兵少校军衔，战后再进莫斯科大学完成了学业，获文学副博士学位，并留校任教。格拉西莫夫对中国人民和中国文化怀有真挚友好的感情，是苏联鲁迅研究专家。他为了培养中国的世界文学专家，到校后立即投入工作。他用打字机写作，指头都打肿了，至今还没有到过他向往已久的北京，游览过让他肃然起敬、蕴含着中华民族神奇力量的伟大的万里长城。他深受同学们的欢迎和尊敬。

　　每月46元的助学金，对于古全和说来，是一笔名副其实的巨款，一下子解决了他全部的后顾之忧。不过他仍然在学生灶吃包伙。每月交12.5元的伙食费，给父母寄20元，还剩余十多元，就用来买专业书，为将来的工作做准备。这些日子，他感到从没有过的富有、轻松和安定。学院专门为研究生和进修员建立了研究生进修生餐厅，简称研究生餐厅。餐厅的主副食标准不低于专营的餐厅，而且每个研究生和进修员都有伙食补贴。早餐主食有脂油包儿、果酱包儿、五仁饼、麻酱火烧、油酥火烧、馒头和大米粥等，花样儿总在五六种以上，用餐的人可以自由选用，另外还供应风味儿小菜儿10余种，一分钱一个。午餐和晚餐，主食有米饭和多种面食，副食是四荤四素两汤，可以任意选购。但是古全和没有立刻进研究生餐厅，而是仍然继续留在远离研究生餐厅的学生大餐厅吃包伙。他这样做，一是学生餐厅副食由炊事员送上桌，饭自己可以从饭盆里打，省时间，而在研究生餐厅用饭，要自己到伙食科办公室去换饭菜票儿，打饭菜还要排队。他这样做的另一个考虑是为了继续坚持艰苦朴素的生活方式。然而某些精明人儿却另有想法儿，胡说他留在学生食堂是要沾本科生的便宜，脱离群众。这些议论不是事实，因为学院给研究生餐厅的补贴比本科生餐厅多得多，但是古全和仍然很重视少数精明人的非议，认为他们的非议中有道理，他不在研究生餐厅用饭对于他了解研究生餐厅的伙食质量和大家用餐的情况不利，立刻离开本科生餐厅，转到研究生餐厅来用餐。

新的生活已经开始，本科生活的印象在淡化，古全和憋足了劲要好好地念点儿书。可是这两天他总觉得好像有一件什么重要的事情没办，又想不出是什么事。而在他准备坐下来念书的时候，忽然想起他在忙乱中忽略了一件他最不应该忽略的大事：他没有去看看他的好同学线淑平，问问她分配到什么教研室。从高中到大学本科，7年来，在他所有的同学中，线淑平是最关心他的人！她关心他的思想和生活，不避人们的非议，给他送来文具和被子，还曾经多次执意要在钱财上支援他。而他呢？平时忙学习和工作，很少去看望她。毕业分配时听说她留校了就想忙过眼前的这一阵子再去看望她，结果竟把这件大事给淡忘了，现在他连她在哪里都不知道！想到这里，他拔腿就往南院线淑平的住处跑，他要当面向她道歉，倾诉他对她的谢意。他赶到线淑平宿舍门口儿，并没有像往常那样耐心有节奏地敲门，而是重重地砸门。走出来的是线淑平的同班同学，线淑平的好友，老家山东临沂的亓贵贤。门半开了，亓贵贤一反往日的热情，满脸冰霜，满是不屑，堵在门口儿，无意让他进房间，以蔑视的目光逼视着他，冷嘲热讽地说道："请问老大贵姓？你找谁?!"

"对不起，对不起，线淑平在吗?!"古全和满怀歉意。

"她在齐齐哈尔，你到那里去找她吧!"亓贵贤说着，"嘭"地把房门关上了。

亓贵贤的回答让古全和感到意外，心中闪过深深的失望，很久没有说话。亓贵贤重重地把门关上之后，他才慌忙说道："开门！请你开门！我有话问你！"

"我们无话好说。"稍后，哭泣着说道，"共产党也是讲人情的呀！"

"亓贵贤同学，误会，请你给我一个说话的机会。"

亓贵贤停止了哭泣，房间里仍然没有动静儿。

　　"我听说线淑平留校了，所以没有急着来看她。我大学四年没回家。在等分配的时候，抽空儿回山东老家看望了我家的两位老人。返校后又忙着送走了我所有的同学，迎来研究班的新同学，忙糊涂了，送旧迎新的工作前两天才结束，心刚刚静下来，就想到自己忽略了我最好的同学，就赶紧跑过来看望她，了解她分配到哪个教研室。"

　　过了好一会儿，房门缓缓地开了。亓贵贤满脸泪痕，伤心地坐在她自己的床上。

　　古全和走进房间，站在线淑平的床前。

　　亓贵贤见古全和满脸是汗，一副疲惫难过的样子，渐渐地平静下来。

　　"不是说线淑平留校了吗？"古全和说。

　　"有个同学原本分配到黑龙江，他家庭有困难，需要照顾，线淑平就替他到齐齐哈尔去了。她去的是一所新建的初级中学，在齐齐哈尔的郊区。"亓贵贤说，神情仍然凄凉。

　　"她……怎么没对我说一声儿呀……"

　　亓贵贤说："她找过你，听说你回老家了。她对你一片痴情！从中学到大学，初衷不改，能不让人感动吗！"亓贵贤说着，又抽泣起来，"她离开学校前的那两天，一分钟都不肯离开这个房间。她家多次来电话让她回家团聚，她都没有回去，一直坐在宿舍里等你，每天都等到半夜。早饭匆匆吃过就跑回宿舍，中饭和晚饭她怎么都不肯去吃，她怕错过和你一别的机会。饭都是我代她去打回来的。她从来都没有这样不理智。可是你，你，你呢，却一直没有来！"亓贵贤说着放声大哭。

　　"我的错，都是我的错！"古全和惶恐地连连低声说道。

　　"那两天线淑平一再自言自语说：'见不着啦！他这是有意在回避我呀。'"

　　"她还说过什么？"

　　"在她动身去齐齐哈尔的那一天，她的神智有点儿不大清醒，竟然说，你可能在那一天坐从济南到三棵树的特快列车回江城，而她将乘那趟列车去哈尔滨，幻想能和你在江城火车站相遇，见上一面……那天是我送她上火车的。她站在月台上，迟迟不肯上车，痴迷地注意着从那趟特快列车下来的每一个成年的男性乘客，直到最后一个！当然，她失望了。我们分手前，她两眼红红地苦笑着对我说：'老天不佑，见不着了！'接下去赶忙补充说，'如果他来找我，你就说谢谢他还记得我……'她没说过一句埋怨你的话！"亓贵贤再次哽咽。

古全和心情激动。亓贵贤述说的景象和她转述的线淑平的那些话，突然把他和线淑平拉近，构成了他们之间的一种特殊的联系。线淑平幻想她能在火车站见他一面的那句人们只有在睡梦中才能说出来的伤感动情的话，深深地刻印在他的心里，最后突破了他和线淑平之间的同学友谊的界线。他觉得，除开巫衍芳，线淑平离他最近。对他最好，而巫衍芳没有消息，即使她还活着，恐怕也未必还记得他，说不定也已经嫁人做了妈妈。多年以后，古全和才意识到，突破他和线淑平之间同窗关系使他们走到一起的契机之一，是他对线淑平善待他、钟情于他的那份痴情的由衷的感激，而并不是两性之间的那种爱，因而他得到是半世俗的婚姻，而并不是爱情。

"有她的地址吗？"

亓贵贤从笔记本里取出一张卡片儿，递给古全和，说："这是她寄来的。"古全和见那上面写着："齐齐哈尔市吴村中学史地组。"

"谢谢！谢谢你把这一切都告诉了我！"

亓贵贤友好地送走了古全和。

当天夜里，古全和以空前亲切的口吻给线淑平写了一封长达五六页的长信。抬头用了"亲爱的淑平"，详尽地述说了他毕业前后的情况和他对于她的感激之情。古全和跟一般念文科的人不一样，很少写信，偶尔要写，也一般不过三四百字，也就是一页稿纸。

139

在世界文学研究生班开课的那个夏天，赫鲁晓夫在苏共 20 大上作反斯大林的秘密报告，之后又发生了匈牙利事件。这一波反斯大林、反社会主义、反马克思主义的思潮也影响到世界文学研究班，引发部分同学的思想波动。研究班的党团组织按照党委的部署，先后引导大家学习和讨论了《人民日报》发表的《论无产阶级专政的历史经验》和《再论无产阶级专政的历史经验》的长文，绝大多数人同意《一论》和《再论》的观点，拥护苏联出兵镇压匈牙利反革命暴乱，但是个别人有所保留，对于学院的政治生活表示质疑，围绕着民主问题，即民主是"目的"还是"手段"的问题发生了争论。多数人认为民主是手段，借以达到集中的目的；少数人认为民主是目的，而且和现实生活相联系，认为在现实的中国的政治生活中缺少民主，言外之意是要向共产党争取民主，代表人物儿是团支部宣委武心慈。古全和第一次面对同学们在重大政治问题上出现的这种分歧和争论，感觉有些意外。后来，他联系到哲学历史唯物主义课里面讲到的中国过渡时期社会的特点，才渐渐地意识到这种现象和当前中国社会的阶级、阶级矛盾和阶级斗争有关系，人们站在不同的阶级立场上看问题就会得到不同的结论，而武心慈所要的民主实际上就是"我说了算"，否则就是不民主，就要感觉精神郁闷、压抑，就要发牢骚，对抗、造反，这事实上既不是资产阶级的民主，更不是无产阶级人民大众的社会主义民主，而是一种彻头彻尾的个人的专制，皇权意识。武心慈说她在东湖师范学院校园里生活精神上感到压抑和苦闷，因而认为东湖师范学院，特别是东湖师范学院俄语系没有民主恰恰表明她毫无任何民主意识，而古全和感觉生活充满阳光，东湖师范学院一片光明。

世界文学研究生来自本院的共有 8 名。中文系 4 名，秦中州是保送的，其余 3 名经考试择优录取。来自俄语系的 3 名是武心慈、朱志超和冯明德，都是俄语系英语专业的应届毕业生，也都是保送进研究班的。古全和感觉他们的思想情绪有点与众不同。武心慈总是闷闷不乐，上下课，进出餐厅总是独来独往。朱志超沉默寡言，面带失落，埋头学习，他几乎天天来找古全和请教俄语方面的问题。他老家浙江，中学念的是英语。冯明德身材矮小瘦弱，却透着一股子藐视一切的傲气。开学已有 3 周，古全和没听见冯明德说话，也不知道他是哪里的人。古全和听说，武心慈、朱志超和冯明德都是解放初入团的，念本科时曾经写过入党申请书，武心慈和朱志超现在仍然是入党积极分子，而冯明德来研究班后就不再参加积极分子的党章学习了。

苏共 20 大和匈牙利事件的风波对世界文学研究班影响不大。研究班的成员大部分业务水平比较高，政治上抗风浪的能力比较强。而更重要的是，世界文学研究班的教学计划是由中苏双方有关部门商定的，这个计划具有法律的性质，必须按时有序向前推进，所以 1956 年的秋天和冬天研究班都在紧张的教学活动中顺利地度过。

寒假一过，转眼就到了 1957 年的春天。格拉西莫夫教授提出并开始落实他培养第一批中国世界文学副博士的计划。苏联不设硕士学位，他们的副博士就相当于中国的硕士。这在新中国教育界算是一件大事，对于研究班的同学是一大喜讯。不过古全和对于这个计划有所保留。他觉得办世界文学研究班的真正目的是培养国家急需的世界文学教师，在短短的两三年间，能把大学世界文学教学需要的内容过上一遍就不容易了，而且研究班的学员大多来自中文专业，不具备直接使用外文资料的能力，研究工作无从谈起，如果再从这两三年中抽出一年的时间写副博士论文，花一两个月的时间进行答辩，那上课的时间就没有多少了。他口头儿上不说反对搞副博士，却并不想为弄个副博士的虚名儿而浪费宝贵的学习时间，决定消极应付，把主要的精力和时间，用到世界文学课程的预习上。

1957 年 4 月初，专家办公室正式部署研究生副博士论文写作计划。第一个步骤是选定副博士论文的题目，程序是先由研究生本人自选，然后经专家办公室初审平衡，最后由专家批准。

学院研究部决定，为保证将来所授学位的权威性，论文指导应以格拉西莫夫教授为主，学位论文的题目也应从苏联专家所授的十九世纪俄罗斯文学和苏维埃俄罗斯文学中选择。

落实副博士论文写作计划，要求在 4 月底以前完成，而现在已经是 4 月 28 日，而古全和还没有选定自己的论文题目。明天是最后一天，古全和终于想到了一个题目：屠格涅夫研究。可是格拉西莫夫专家看了直摇头，原来格拉西莫夫认为屠格涅夫不属于真正的俄国革命民主派作家，他主讲的十九世纪俄国文学中也不包括屠格涅夫的专题。因此他对于古全和选择屠格涅夫感觉奇怪。他问福鉴明说："古全和这个学生怎么样？"

福鉴明副教授说："他是个好学生，我教过他，写过列宁论列夫·托尔斯泰和关于肖洛霍夫《被开垦的处女地》的论文，很有见地，得过奖。"

"他为什么要选择屠格涅夫？"

"他说他喜欢屠格涅夫。"

"是共青团员吗？"

"不，是共产党员，是本校进修班和研究班联合会主席。"

"哦，是这样的。"格拉西莫夫不解地微笑着摊开双手，耸耸双肩。

为了让学生收集论文写作材料、撰写论文提纲和草稿，世界文学研究班决定停课两个月。接着所有的同学都全力以赴地投入了学位论文提纲或是初稿的写作。但是好心的苏联专家创造中国第一批世界文学副博士的计划没能变成现实。一个巨大的、轰动全国、震惊世界、留下诸多经验、教训、悲剧和遗憾的政治风潮扑面而来，冲垮了格拉西莫夫教授和他的中国弟子们的副博士梦。

1957年4月27日，中国共产党中央发出了《关于整风运动的指示》，文中说，我们的国家已经从革命的时期进入了社会主义的建设时期，正处在一个新的剧烈的伟大的变革中，社会的关系根本变化了，人们的思想意识也在随着变化。我们的党和工人阶级要能够进一步地更好地领导全社会的改造和新社会的建设，要能够更好地调动一切积极力量，团结一切可能团结的人，并且将消极力量转化为积极力量，为着建设一个伟大的社会主义国家的目的而奋斗，必须同时改造自己。但是，党内有许多同志，并不了解或者不很了解这种新情况和党的新任务。同时，又因为党已经在全国范围内处在执政的地位，得到了广大群众的拥护，有许多同志就容易采取单纯的行政命令的办法去处理问题，而一部分立场不坚定的分子，就容易沾染旧社会国民党作风的残余，形成一种特权思想，甚至用打击压迫的方法对待群众。《关于整风运动的指示》据此写道："几年以来，在我们党内，脱离群众和脱离实际的官僚主义、宗派主义和主观主义，有了新的滋长。因此，中央认为有必要按照'从团结的愿望出发，经过批评和自我批评，在新的基础上达到新的团结'的方针，在全党重新进行一次普遍的、深入的反官僚主义、反宗派主义、反主观主义的整风运动，提高全党的马克思主义的思想水平，改进作风，以适应社会主义改造和社会主义建设的需要。"

世界文学研究班的行政管理归口儿在学院研究生部，而党团组织的关系在中文系党团总支。世界文学研究班党支部按照党委和党总支的部署连续召开各种形式的学习会、讨论会和座谈会，发动群众鸣放，给党的支部、总支、党委提意见。会开得和风细雨，和谐顺畅。研究班的学员大多来自本地和外地的兄弟院校和研究机关，来院的时间都比较短，和学院的党政工团、干部群众没有多少关联，所提意见极少涉及学院的人和事，只是有少部分学员半玩笑半认真地表示，希望师范学院的老师、同学和干部，不要以宗派主义的态度对待来自兄弟院校的同学。党支部听说来自本院俄语系英语专业的几位同学的意见比较多，但是他们根本就没有在会议上发言。几次会后，研究班的整风运动就过去了，所有的人重又沉浸在副博士梦中，连政教系贺守节教授在柳树林贴出的轰动整个儿校园的那份小字报也没能够把他们惊醒。直到事情发生后的第三天，岑云鹤在研究生餐厅里如此这般地大肆张扬过那张小字报之后，才有少数学员利用饭前饭后散步的机会，绕道到柳树林，有一搭没一搭地看了看那张 16 开大小的小字报，凑凑热闹。

柳树林东面是教学楼区，南面不远的地方是学生餐厅和东湖学生宿舍，面积近乎一个足球场那么大，呈不规则的长方形儿，一条小溪穿过其间，联结在小溪上的水泡子有鱼可钓，原先是一个名叫吉家窝铺的小屯落前的一片柳树林，师范学院本部扩建时，占去屯子的大部分，但是保留下了这片柳树林，后经整修，增设了 3 座凉亭和两座古色古香的小木桥，一排布告栏，一处商店，建成了依然保留着浓厚乡野情趣的一个景区，师生员工都喜欢到这里来散步、购物，党委书记莫文林有时在课外活动时间也拉上他的那些西北老乡聚集在某个凉亭里，伴着高亢的板胡儿，喊叫郿户，届时，一些来自部队文艺单位的学生和爱好郿户的师生也来凑热闹，把个凉亭围得水泄不通，一派动人景象。书商们也常常到柳树林来兜售各种专业书籍和报纸杂志，大道和小道儿消息也在这里集散和传播。

晚饭后岑云鹤拉上古全和来到柳树林，见公告栏前面层层叠叠地站满了人，都在翘首引颈朝里张望。身材矮小精干的岑云鹤机灵地挤进人群。古全和站在圈儿外，越过人群见公告栏上贴着一张 16 开的白报纸，上面用毛笔写着几行文字，标题是：《阳光下的黑暗》。标题的下面是一首打油诗：

　　莫大官人多风流，
　　不是淑女也强逑，

寻得锦城窈窕女，①
夜半越墙乐悠悠。

末尾没有署名，但是有日期：5 月 16 日。

古全和听身边的人议论说，和莫文林有勾结的女人是政教系的青年教师。男女关系不属于此次整风要整的官僚主义、宗派主义和主观主义，但是它比什么主义都更有爆炸力，更能臭人，更何况事情发生在既是整风运动的领导者，又是整风运动的首要对象儿的党委书记莫文林身上，他本应该是学院师生员工奉行共产主义道德标准的模范，却干出了这等卑鄙龌龊伤风败俗的勾当，这样的丑事在整风运动的紧要关头揭露出来，等于点燃了爆杖的药捻子，刹那间轰动了整个儿的校园，让所有的人都感到震惊。

据说莫文林的妻子要今杰是和他共过生死的老共产党员，他们是在抗战末期在吉林四平一带从事地下工作时相爱并走到一起的，而如今他竟背叛了她，他的错误是不可原谅的。然而人们对于这件事的态度却各有不同。有人幸灾乐祸，唯恐天下不乱。这种人为数不多，群众中有，党内有，党委内部也有。也有人感到惋惜，担心这件事将严重干扰东湖师范学院的整风运动。

莫文林夫妻不睦争吵闹离婚的事，在学院中上层干部中早有风传，而莫文林有外遇则是近来的事，传说女方是本院政教系本科毕业留校的青年教师，来自某部队文工团，是歌舞演员，现任公共政治课教研室中共党史课的教师。古全和认识她，她就是在学院文艺晚会上跳过苏联《马刀舞》和《红旗舞》的那个高高的女生，是蔺丽莲的同乡和好友，叫车前子。

"哼，把狗爪子伸到女学生身上了，无耻！"一个男生的声音。

"是女教师，不是女学生。"有人纠正说。

"反正是女的。"有人说。

一个男生不屑地嘟囔道："废话！要是男的那不就是同性恋了吗！"

"堂堂党委书记竟干出这等肮脏勾当！没想到。"另一个男生的声音。

古全和相信小字报揭发的事情是真的，为党委书记干出这等败兴的事情，损害党的荣誉，感觉难堪。可是作者是谁呢？他为什么不署名，不把

---

① 锦城，即四川成都，因产蜀锦得名。

问题汇报给上级党组织，不在鸣放会上揭发，而要把这件丑事公之于众呢？他断定作者这样干肯定不是为了推动党的整风运动，而是为了图报复，泄私愤，因此他也不会是个顾大局，识大体，关心整风运动的善良之辈。古全和这样想着，一个人溜达着回了宿舍，见岑云鹤还没回来，况松涛正在聚精会神地看报，就说道："岑云鹤呢？"

况松涛头也不抬地说："他不是和你一起走了吗？"

"他早就该回来了呀。"古全和说，"柳树林里有小字报儿，你怎么不去看？"

"不看也知道。"

"作者是什么人，他为什么要这样干呀？"

况松涛放下手里的报纸，笑笑说："还不是为了争名夺利！打油诗的作者是政教系教授贺守节。政教系评定教师职称时，他被定为三级教授，他不服，而要当一级教授。事情闹到院部，找到院长兼党委书记莫文林。莫文林和贺守节是同乡，都是陕西人，平时常常凑到一起到柳树林的凉亭里喊叫秦腔。莫文林过问了贺守节级别的事。经和各方反复协商，改定贺守节为二级教授。贺守节仍然不满，继续折腾，骂莫院长'护犊子'，搞宗派主义，偏向党员教师。最后两个人说僵了。莫文林为了让贺守节冷静下来，全面地看待自己的问题，善意地提醒他不要忘记了他三十年代的问题。他说：'你知道，按照你过去所犯的错误，严格地说，你是不宜做政治教师的。党委和院办是在政策允许的范围内从宽处理了你的问题。如果你闹下去，硬要评一级教授，别人不服，再引发争论，把问题摆到桌面儿上，反映到上级，算你的老账，党委就不好说话了。'贺守节认为莫文林是在威胁他，愤然离开院长办公室。从那以后，他就恨上了莫文林，处处和他作对。"

"你是怎么知道的？"

况松涛笑笑说："政教系有我的一个老乡。"

况松涛在整风鸣放会上从不发言，古全和认为他不关心整风运动，但是他天天翻阅报纸，特别是《文汇报》和《光明日报》。他关心的是在整风运动中揭发出来的有关镇反和肃反问题的报道和讨论。

晚自习前岑云鹤才回来，他显得特别兴奋，不停地唠叨，阐述他有关贺莫事件的种种高论，说贺守节的小字报里提到的那个女的是蔺丽莲的同乡和好朋友，叫车前子，成都人，政教系公共政治课教研室教师。她有男朋友，是某文工团的演员，等等。他唠叨得津津有味，而况松涛和古全和却无动于衷。

141

世界文学研究班的29篇副博士学位论文题目，经苏联专家审定后都确定下来。古全和喜欢屠格涅夫，特别喜欢他的爱情描写和景物描写，本想写《屠格涅夫的爱情描写》，可是他觉得自己对于什么是爱情缺少应有的认识和体验，就改变主意，选择了另一个题目：《屠格涅夫的景物描写》。

在中国未来的世界文学副博士们开始草拟论文写作提纲和草稿儿的时候，校园里已经大乱了。贺守节先生的一张小字报引出了成批的大字报。东湖学生宿舍、自由大楼、院部办公大楼、学生大餐厅内外、柳树林的公告栏，到处是大字报。听说南院理科各系的宿舍区、餐厅和教学区等地也到处是大字报，东湖师范学院整风运动的局面因此而突然发生了变化，从有组织地开座谈会听取意见变为无组织地张贴大字报；从和风细雨地开展批评和自我批评变为群众性的大鸣大放大揭发；从揭发和批判官僚主义、宗派主义、主观主义，变成讨伐莫文林的桃色事件，进而波及院党委的几名主要领导和党委工作的方方面面。

始初阶段的大字报，多数沿袭贺先生的小字报儿，文中多有"鸳鸯""蝴蝶"之类的词汇，讽刺挖苦，渲染夸张，编排虚构的东西也不少见。接下去大字报潮就呈横扫之势，短短几天贴遍校园，矛头上指党委的某些部门及其某些领导人，对下扫荡到一些基层党组织和党的基层干部。学生的大字报多和他们切身利益有关，涉及重大政治问题的不多。而青年教师的大字报有的则触及职称评定、级别待遇、党团发展、民主、自由、真理、肃反之类的问题，个别大字报锋芒毕露，指控某共产党员是罪人，呼吁在东湖师范学院实行"民主办校""教授治校"，其中有的含有削弱，乃至取代或是部分取代院党委领导之意。

在被点名揭发批判的党委领导干部中，首当其冲的当然是党委书记莫文林，其次是和师生切身利益相关的党委常委、总务长姜添富，还有党委常委教务长王原平，以及被认为和莫文林关系比较密切的一两个党委委员。从远及近，从上到下，涉及学生个人利益的班级内部的矛盾也渐渐地浮出水面，学院内部的矛盾渐渐全面暴露出来。

总务长姜添富是老资格儿的共产党员，但官僚主义严重，还有损公肥私，玩忽职守，不务正业和道德败坏等错误。他还爱吃狗肉，爱喝老酒。冲锋在前揭发批判姜添富的是学生社团"理疗社"的学生。有的学生渐渐地忘记了共产党整风的宗旨，把文人的浪漫习气带入严肃的政治斗争，结合整风运动，进行起了文艺创作，把姜添富的一件件生活小事演绎成一篇篇轰动一时的故事。其中之一是《丑连成打狗孝主，姜添富饕餮有加》，渲染的是总务处有个青工叫连成，从宋家屯镇买了一条狗，在宋家屯镇求人杀了收拾利落了拿来孝敬姜添富。

大字报指控王原平态度恶劣和校园里骤然刮起过的一阵"停课风"和"减免考试风"有关。少数厌学和喜欢热闹的学生要求"停课整风"，在师生中引发起争论，教师普遍不赞成停课，多数学生也表示反对，呼吁停课的学生要求王原平表态支持他们，而王原平坚决反对"停课整风"的要求，只在减免考试科目的问题上做了一些让步，有些学生不满，就把矛头指向王原平。而王原平为人正派，作风简朴，无可指责，这些学生只能在他对待群众的态度上做文章，历史系学生社团"解剖刀"揭露他的大字报的标题就是：《教务长王原平何故如此嚣张？！》。

面对失控的政治局面，党委急忙召开全院教职员工大会，宣传党整风运动的精神，呼吁按照"团结——批评——团结"的原则，和风细雨地进行整风，力图拢住局面，继续整风。而全院师生员工大会的会场，被汤敏等人操纵的少数学生社团搅得混乱不堪，火药味儿十足，有人站起来，直呼莫文林其名，要求他当众详细交代个人私生活的细节，意在让他当众出丑，大会无法进行下去，只好提前收场。

校园风潮突变，来势凶猛，是非开始混淆，少数党员张皇失措，个别党员张贴大字报声明退出共产党，有几名女学生党员以为天下大乱，曾经在一天的黑夜里躲到东湖学生宿舍附近的小操场上的一个角落里抱头痛哭。

革命胜利、新中国成立至今，还不到 7 年，人们是在"共产党像太阳，照到哪里哪里亮"的欢呼声中度过这些蒸蒸日上的一个个日日夜夜的，而忽然有人在整风运动中，向院党委的领导地位提出挑战，致使院党委瘫痪，丧失了领导整风运动的能力，使整风运动陷于混乱，面对这种突如其来的巨变，古全和感觉吃惊，难以理解，不由地联想到了1956年秋天研究班里同学们在学习《一论》和《再论》时发生的意见分歧和争论，想到本科毕业考试时他没答出的那道口试的小题《中国过渡时期社会特点》正确答案中的第三小点内容：过渡时期存在着阶级、阶级矛盾和阶级斗争。他感觉，群众对待莫文林的态度不尽相同，有人恨他辜负了党的信任，损害了党的利益，要求党组织从严惩处他，以使整风运动继续顺利进行；而有人幸灾乐祸，唯恐天下不乱，妄图揪住莫文林的生活作风问题不放，丑化他的一班人，把事情闹大，把学院搞乱，以达到某些人的某种目的。

142

院内外整风鸣放的种种消息通过报纸杂志、人员来往流传进东湖师范学院校园，校园里的各类人等也纷纷发声，大字报的内容日见多样，除开和师生员工利益相关的各种实际问题外，还出现了叫嚣把所谓"不学无术之徒"赶出高等学府等杀气腾腾的标语和大小字报。与此同时，党委内部的团结统一出现松动，个别委员开始指责落水的莫文林，试图与之划清界限，拉开距离，撇清自己，进而脱离党委的团队，自行其是。首先暴露离心倾向，向莫文林发难的是党委常委、研究生部主任兼世界文学研究班主任汤敏，给汤敏敲边鼓的是党委宣传部长张扬。她们说党委被动的局面完全是由莫文林个人造成的，齐声要求他到全院师生员工大会上去做认真的交代和检查，以挽回影响，争取主动。张扬还重复少数学生在大字报上的报导，指责党委副书记、教务长王原平对革命学生耍老爷作风，并用嘲笑的口气对姜添富说："老姜啊，你是个老同志了，就不能不吃那些臭狗肉吗?！像连成那种拍马溜须的势利小人，你留着他干什么呀?！把他开了算啦！"

老资格儿的姜添富为自己辩护，说狗肉就是好吃，还有显著的医疗保健作用，全世界吃狗肉的不只是他姜添富一个人，高丽人吃狗肉，中国也有一些地区的群众有吃狗肉的习惯，说狗肉本来就是一种吃货，曾经是中国祖先肉食动物的一种选择，在中国古代杀狗曾经是一种正当的职业，汉朝开国皇帝刘邦的妹夫樊哙就从事过这种职业，不能说西方人不吃狗肉，全世界的人就都不能吃狗肉。他理直气壮，振振有词，等等。

自以为文明进步的汤敏对姜添富振振有词地说："俗话说，狗是人类的朋友嘛！"

姜添富反驳说："那是西方人的说法儿。难道吃狗肉还要得到西方人批准吗？在中国，除开猎人和某些少数民族群众，没有几个人甘心和狗交朋友。你愿意和狗做朋友吗？狗在中国的文化中是最下贱的东西，在骂人的话里，带'狗'字的数不胜数，比如'狼心狗肺''狗仗人势''猪狗不如'等等。在六畜中狗位列第五，地位仅高于猪，它们在中国从古代就是吃货。你能想出一个赞美狗的成语吗？"

莫文林不耐烦地打断姜添富说："不要在这些无关紧要的问题上争吵啦！愿意吃你就继续吃吧，赶紧研究一下怎样把握整风的大方向，把整风运动搞下去。"

汤敏冷着面孔儿说："要做的就是你到大会上去交代问题，化解群众的愤怒。"汤敏确信莫文林的东湖师范学院党委书记是当不成了，她乐得见他继续在师生员工面前出丑。她对莫文林的怨恨由来已久。事情和党委对她四十年代脱党问题的处理有关。1937 年抗战爆发后，汤敏曾经要求去西南联大学习，党组织不同意，她就脱党去了昆明。在五十年代初的整党过程中，清理过她脱党的问题。她是 1936 年入党的，由于她曾经脱党，她的党龄从她恢复组织关系的 1945 年算起。汤敏不服，迁怒于党委书记莫文林，一直耿耿于怀。

汤敏曾经先后担任过历史和政教两系的党总支书记，整风运动开始后，她跑到历史系 1953 级蹲点，背着党委，另搞一套，在学生中宣传说，她在解放前如何利用学生社团反对国民党反动派，说整风中学生社团这种方式也可以用，并且具体动员和指导历史系 1953 级的 3、4 两个班，分别建立了"解剖刀"和"无情棒"两个学生社团。这是师范学院最早出现的学生社团，此后中文系 1953 级 3 班的学生社团"理疗社"，以及其他各系的学生社团，都是在汤敏和历史系学生社团的影响下建立起来的。

莫文林说："我有严重错误，给党造成重大损失，我很惭愧，我可以到全院大会上去作交代，接受群众的批评和组织的处理。但是这样做就能把整风运动引上正确的轨道吗？上次的全院群众大会不是就不欢而散吗？"

汤敏板着面孔儿说："那是因为你缺乏诚意。群众要的是脱了裤子割尾巴。"

宣传部副部长计方平说："现在大字报冲击的已经不是某一个人的具体问题了。"

汤敏反驳说："事情就是由莫文林引起的嘛！这个问题不解决，群众的气儿不顺，这个风还能整得下去吗？！错了就要面对，逃避不是办法！"

省委驻点干部，省委宣传部理论处处长步行健说："我看可以按照汤敏同志的意见办，要作检查，但是也得注意分寸，要保护受这件事牵连的人，不能跟着某些群众跑。应当看到，现在运动触及的已经不仅仅是老莫的生活作风问题，而且生活作风问题也不宜在广大群众面前过细展开，莫文林同志在检讨中要谈个人问题，严肃地表个态，也得回应群众的其他要求，表明我们把整风运动进行到底的决心。会上再由组织部的同志出面就莫文林同志的问题讲一讲，表明党委将严肃处理这个问题，以满足群众的要求，减轻莫文林同志的压力。我的意见是请老莫先考虑个意见，然后拿到常委会上慎重地议一议，再拿到全院师生员工大会上去和群众见面。"

莫文林说："就这样办吧，我去准备。"

莫文林和步行健都认为，为了把握好整风运动的大方向，保证日常的教学工作顺利进行，有必要请民主党派的朋友们出面做些教师和学生的工作。会后，他们一同去拜访了学院民盟的负责人——中文系的许郑州副教授。

许郑州听说党委领导来访，立刻整理衣冠，走到门外，双手捧在胸前，双肩微耸，双眉微蹙，那姿态好像站在凛冽的寒风里，谦恭地说道："啊呀，是莫书记、步同志啊，请，快快屋里请。"

莫文林笑着说："有学生来访问过许老师吧？"

"啊呀，来人不断哪，刚走了一拨儿。"许副教授面带笑容说道。

莫文林落座后说道："明天学校召开全院教职员工大会，我将代表党委部署下一段整风的工作，届时想请许先生到会上对全院的师生讲几句话，稳定群众的情绪。有些学生在鼓吹停课停考，我们认为应当稳定学校的教学秩序，做到整风教学两不误。"

许郑州副教授摊开双手，露出为难的神色，无奈地说道："在这种时候，我们也不好站出来说话呀……还是等等上级的精神吧。现在群众提出了很多新问题，我想上级在研究过这些问题之后，会有新的政策和部署下达的……"

院党委的号令在党内还行得通，但是已经不能下达到非党的广大师生员工之中，个别党员也出现动摇和离心倾向。以历史系 1953 级 3、4 两个班的学生社团"解剖刀""无情棒"和中文系 1953 级 3 班的学生社团"理疗社"为代表的学生社团，以大字报、小字报、群众论坛、街头辩论、广播宣传、文学小品、群众论坛、号外快报、油印出版物等舆论手段影响着广大师生员工。面对这种局面，古全和感到迷惘，不知道整风运动将怎样进行下去。他一边起草论文草稿，一边利用休息时间到校园里浏览大字报，想理解面前正在发生的一切。他注意到，大字报的内容多种多样，涉及学院生活的方方面面，但是大多关乎院内问题，涉及党群关系、干群关系和党团组织发展工作，包括那些遭受过不公平的待遇，或是个人认为自己受到过不公平待遇的人和事。在有些单位，主要的党团干被排挤在学生社团之外，被吸收进社团的干部也形同靠边儿站，主宰一切的是"解剖刀""无情棒"和"理疗社"等社团的头头儿。古全和感觉，好像平时是党团干部管辖和教训群众，现在则是群众折腾干部。有意思的是，"解剖刀"等社团的一些骨干大多在运动前也都是学生干部和党的积极分子。这种情况也发生在古全和所在的班级世界文学研究班。他弄不清楚为什么会出现这样的一些怪现象，少数要求入党的积极分子竟干扰党委对于整风运动的领导，有的甚至离谱到公开强令党组织满足个人的如入党等某些不合理的要求。

今天一大早，古全和吃惊地发现了一条悬挂在同学们戏称为"老爷庙"即新建的男生宿舍大灰楼正面的足有十米长的巨大的标语，它是昨天夜里挂出来的，是用十几张整张的旧报纸粘连而成的，从四楼的凉台一直垂到一楼的窗户中间，那上面就用重墨写着几个特大的楷体字：

把不学无术之徒从神圣的高等学府赶出去！

古全和在这条杀气腾腾的大标语前伫立很久。他想，作者是什么人？他指的"不学无术之徒"是谁？是指莫文林吗？应该不是，莫文林并非不学无术之徒，他曾经是清华大学的高才生，在老解放区管过教育。那是指党委的几位副书记吗？好像也不对，他们都有大学本科的毕业或肄业的学历。王原平是北平师范大学中文系的学生，大二时参加"一二·九"运动后到解放区参加革命。古全和认为大标语作者指的不是某个个人，而是东湖师范学院党委一班人，是共产党的领导。同时，有人在校园里的大字报和《东湖师院》上的文章中列举共产党在知识分子政策、统购统销、肃反镇反，乃至土地改革等方面一系列失策，说共产党的治国办法是"党天下"，并提出"民主办校"和"教授治校"等等的主张。古全和感觉这些人不是在帮助共产党整顿宗派主义、官僚主义和主观主义等思想作风，而是在清算刚刚执政几年的共产党，把中国共产党驱逐出师范学院，进而取代共产党，是整风运动中的一股逆流。

第二天上午，古全和又在历史系教学楼一二层之间平台的北墙上，发现了一张让他感到触目惊心的大幅宣传画儿。宣传画儿用两张白报纸连缀而成，在画面儿左上方三分之二的部分，画有肩并肩站立在一起的高大健美的一男一女两个大学生。他们愤怒地手指着画面儿的右下角儿，那里是用墨笔勾画成的在阴暗背景下的几个萎缩不堪、丑陋渺小、惊恐万状的小人物儿，他们卑微地仰视着左上方的那两个愤怒的青年，做出认罪求饶状。他们的旁边有一个用毛笔写的小注儿："共产党员"。整个画面充满着正义与邪恶的对立。而共产党员是邪恶的一方。画面儿的右侧是用墨笔竖写成的几个不太规整的大字：

喂，老实交代你的罪行！！

古全和气愤地想，好嘛，有些人把共产党员看成罪犯啦！共产党员为人民服务，何罪之有。这张杀气腾腾的宣传画，使他联想到悬挂在男生宿舍楼前的那条同样杀气腾腾的大标语，联想到岑云鹤所说的，地理系有人贴出大字报，要求把土地归还地主，有人替在镇反运动中被镇压反革命分子鸣冤叫屈，少数大字报里面的恶意嘲讽和不实之词，开始感觉有人不怀好意。这些人混迹于群众善意的批评声浪之中，对于共产党在东湖师范学院党的领导提出挑战。他认为这不是整风运动中应有的现象，是对于整风运动的干扰和破坏，是不能容许的。没有共产党就没有新中国。回顾历史是这样，展望未来更是这样。只有中国共产党能够领导中国人民从胜利走向胜利，把中国建成一个伟大的社会主义国家，为劳动人民赢得幸福生活，共产党的领导不容挑战，共产党员应该站出来维护党委对于整风运动的领导，坚持整风运动的大方向。他渴望把自己的这种感受告诉大家。

144

　　校园里波涛滚滚，而研究生大楼和宿舍区仍然风平浪静，这主要是因为研究生和进修员与东湖师范学院校园里的利害、是非较少关联，不过少数思想活跃想一展身手的研究生也开始朝校园里探头探脑地张望，有意弄潮，其中就有岑云鹤。他开始利用饭前饭后的时间到校园里浏览大字报，继而放松了副博士论文的写作，转而研究校园里斗争的形势。岑云鹤很看重副博士的头衔儿，但是也爱出风头凑热闹。念本科时他在课堂讨论上发言，就总是摆出一副专家和大人物儿的姿态，引经据典，夸夸其谈，不过由于他并无什么高见，大家并不看重，他自己也为众人不欣赏而感觉遗憾，大学本科四年他一直没有出头露面的机会。他不甘像龙秋生那样听人吆喝，而是替大家出力换取众人的好感。他也曾想用自己历史上的光荣来打扮自己，对同学们炫耀说他在国民党反动统治时期曾经参加过反对国民党反动当局的学生运动，但是苦于无凭无据，没有人相信，构不成他的政治资本。他虽然提出了入党申请，也多次找秦中州汇报过思想，可是由于种种原因，特别是他的妻子死得蹊跷，所以暂时不具备入党条件，他忽然发现现在是他崭露头角的时机。前几天他还嘲笑古全和不抓紧时间写论文，在外面瞎跑，是不务正业。而这几天他也开始不时离开书桌儿，到校园里去看大字报，参加群众论坛，和古全和讨论整风运动的问题了。

岑云鹤晚饭后回到宿舍，见古全和在，就考问他说："你天天在外面看大字报，请问你对校园里的形势有何高见?"古全和知道他又想显示自己，不想和他比高低，只说自己也就是随便看看，谈不上有什么高见。岑云鹤微微一笑，以大人物儿的口吻说道："我看是形势大好嘛!"

校园里的政治氛围使得401房间里的三位老同学之间的关系也发生了微妙的变化。一向稳重的老大哥况松涛近来有些心神不定，他平时话就不多，这几天简直就不说不笑，也不看书，论文写作抓得也不那么紧了。他除了反复阅读《人民日报》《光明日报》和《文汇报》之外，就是偷偷地写什么材料，而且写过又撕，撕后又写，写了又撕……每次都把他写的东西撕得粉碎，碎到无法复原辨认的地步。古全和想，况松涛可能是恋爱了，在写情书呢。可是又想，没发现他有女朋友，再说他已经年近三十，出身官宦人家儿，当过兵，见过大世面，脸皮老厚，谈恋爱应该不会觉得害羞，写情书也用不着背人呀。过去况松涛对他和岑云鹤之间是等距离，还稍稍偏向于他，这两天况松涛明显地在向岑云鹤靠拢。岑云鹤好吃、嘴馋，进了研究班，有了助学金之后，他几乎每天晚自习中间休息时都到研究生餐厅的小吃部去吃夜宵，有时吃汤面，或是馄饨、面条儿，有时吃酱猪蹄儿，有时吃松花蛋。以前他常常约古全和同去。古全和没有吃零食的习惯，也不舍得花钱，又不想沾别人的便宜，总是谢绝他，而岑云鹤有时就捎猪蹄儿或是松花蛋回来送给他吃，说在他们四川老家松花蛋叫皮蛋，很便宜，几分钱一个。古全和过意不去，只好陪他一同前往。但是这两天情况有变。岑云鹤总是只招呼况松涛和他一起去，而不再招呼古全和。还有，古全和晚上开会回宿舍有时很晚，过去他们都不说什么，还关切地嘱咐他注意劳逸结合。可是近来不同了。每逢古全和在熄灯铃响过后回到宿舍，岑云鹤都会对他念殃儿，表示不满，说他回到宿舍弄出动静儿，影响他们休息。其实古全和的举动和过去没有什么不同，他每次回来都非常小心，不开灯，尽量不惊动他们，夏天有时和衣而睡。古全和认为，他们态度的这种变化和当前校园里的政治气候有关。

晚饭后古全和回到宿舍，刚跨进门口，岑云鹤就把一张用黄色报纸抄写好的大字报推到他的面前，以带点儿命令的口气说道："喂，来，签名!"

古全和展开大字报，草草地浏览了一遍，见标题是《"民主办校"好!》，副题是"谈研究生部的管理体制"。古全和问岑云鹤说："什么叫'民主办校'？它好在哪里？难道能说现在党委通过院委的管理体制不民主吗？"

岑云鹤说："实行'民主办校'能发扬民主，集思广益！"说着，把一枝蘸足了墨的毛笔递给古全和。古全和看着大字报上的文字，下意识地把毛笔接到手中。

岑云鹤催促说："快！我还要去找别人签名呢！"

古全和摇头说道："我现在还没意识到民主办校有什么好，你去找别人签吧，我就免了。"

岑云鹤不满地嘟囔道："胆—小—鬼！"

古全和笑笑说："见解不同而已，和胆量大小无关。"

145

6月4日早饭后，团支部宣传委员武心慈跑到进研班联会办公室通知古全和到女生宿舍230开会，说有关整风的重要事情要一起讨论，人都到齐了，就缺他一个人了。古全和立刻赶到研究生楼二层230女生宿舍。会议还没有开始，古全和就感觉气氛有点儿不对。会场上没有人像往常那样说笑，有的女生哭丧着脸，有的人还面带泪痕。班上的8名党员都面带尴尬地呆坐在那里，局面好像大家刚刚吵过一架，此刻正是休战的间隙。古全和不知道这是个什么会，是谁组织的，在他到来以前这里发生过什么事情。他小心地扫视了一眼会场，只有武心慈的床空着。他知道武心慈有洁癖，不喜欢别人坐她的床，每有谁不知趣在那里坐过，事后她会嘟囔着一遍一遍用力地打扫。古全和只能小心翼翼地把武心慈床尾外侧一角儿的床单儿掀起来，让半个屁股坐在床板上面，弄得武心慈有点儿不好意思。

古全和刚刚坐稳，武心慈就说道："今天我们几个积极要求入党的同学，自动召开这个座谈会，想就我们班的党的组织发展工作向党支部和全体党员同志提意见。我们这些人都是一解放就参加了青年团的，多年来一直积极要求入党，来研究班也已经将近一年了，可是一直没有被接纳。这是为什么?"武心慈说着,眼圈儿就红了。"当然,这里面有我们主观上的原因,我们努力不够。但是有没有工作上的问题呢?我们认为也是有的。我们这些人,在中学和大学本科都曾当过班干部,有的也做过团的工作,提出入党申请,做党的积极分子,接受党课教育,也都多年了,难道我们中间就连一个够条件的都没有吗?为什么一年来,我们党支部一个党员都没有发展呢?不客气地说,我们中间的有些同志并不比某些党员差,那为什么他们是党员我们就不是呢?这和党的发展中的官僚主义、宗派主义和主观主义有没有关系?我们的回答是肯定的。因此我们要求党支部借整风这个机会,积极改进工作,尽快解决我们的组织问题。我希望在整风的整改阶段能把解决我们的组织问题的议题列入党支部的工作议程。"

古全和听说过在整风运动中,有些班级的同学就党的组织发展工作提出过意见和要求,这个问题在大字报上也有所反映。古全和感觉,同学们的愿望无可厚非,但是这种做法儿未必得当。他们之所以这样做,和当前校园里的政治风潮有关。平时是"三娘教子",即是党组织教育积极分子;而现在是"子教三娘"了,即是积极分子教育党的干部。可是能靠向党组织施压解决问题吗?入党是有条件的,个人服从组织是民主集中制的内涵之一。武心慈等同学的这种做法儿带有一点儿向党组织施压的成分,是要不得的。古全和是武心慈入党的联系人,他想会后好好儿跟她谈谈这个问题。

武心慈,南京人,中等身材,圆乎脸儿,微胖,短发,面色白皙,眼睛大而明亮,体态端庄丰满,气质文雅,打扮入时,能说会道,一笑一颦都中规中矩,像一件精美的艺术品。她在家里是父母溺爱的小女儿,住幼稚园时,是教养员的宝贝儿;念小学时是班主任的宠儿;念中学时是学校里的一枝花;曾经在班际、校际、区级和市级一些讲演比赛中获过奖,还曾经给蒋介石献过花儿。南京一解放,不甘人后的她就加入了青年团,大学本科毕业于本院俄语系。但是她只是善于察言观色,深知为人进退之道,并无多大的智慧,学习成绩一般,不过这不妨她自我感觉良好,而且已经习惯了被人称赞和欣赏,然而人们欣赏的习惯随着个人条件、社会环境和审美标准的变化而变化,进入大学后,武心慈已经是成年人,在众多优秀同学的比照之下,不再鹤立鸡群,而开始淹没在芸芸众生之中。然而,她难忘自己昔日的辉煌,仍然自以为不同凡响。研究班党支部指定她担任团支部的宣传委员而不是团支部书记，只指派预备党员古全和做她入党的联系人，而不是由党支委或是正式党员来抓她的培养工作，至今没有发展她入党的意思，很让她有意见。她已经习惯了出人头地，认为入党是改善她的处境的重要条件。在她的男朋友陈秋士去年入党之后，她就更加急于解决入党的问题。但是她缺少自知之明，认识不到自身的不足，而认为自己早就具备了党员的条件，即使向古全和汇报思想，她也不谈自己政治思想问题和在这个方面的不足，怎样改造思想，提高政治认识，而是沾沾自喜地述说她小学和中学的荣耀，以教训的口气教导古全和怎样提高自己的个人修养，怎样搞好学习。古全和感觉她就好像是一个玩偶，一架飘在空中的美丽的风筝，一时无法帮助她落到地上。她之所以组织一些入党积极分子向党支部施压，也表明她对于自己和党组织的关系没有应有的认识，而不知道她进行的是非组织活动，是不合时宜的。

武心慈的哭诉引起了多数女生的共鸣，她们也都嘤嘤地啜泣起来，连无意强行入党的邓春梅也跟着哭起来，好像受了天大的委屈，然后她们也唠唠叨叨地重复武心慈说过的话，无非是要求党组织及早发展她们入党。

同学们的哭泣鼓舞了武心慈，她板起面孔儿说道："你们入党就不管我们，这不公平！"

"为什么迟迟不解决我们的问题？"来自甘肃的姚远哭诉道。

"我们哪儿不够条件？说出来听听嘛！"平时和善的伊淑雅也愤怒了。她来自长春。

"你们说吧，什么时候发展我们入党？！"刚满 20 岁的江苏姑娘汪宁噘起小嘴儿说道。

党员们一言不发。这样的场面此前谁都没有见识过，也无权许诺她们什么。古全和在想自己应该说什么。他觉得自己是个预备党员，无权就组织发展问题表态，希望党支委们站出来安抚这些同学，结合眼前的情况，给她们提出几点要求，而不要让她们在这种时候犯错误。他认为谁都不能强迫党组织发展自己入党。如果一个人还不是党员就对党组织指手画脚，企图让党组织服从他个人的意愿，那还有什么党的纪律？即使党的组织发展工作有缺点，在组织工作的岗位上出现了羊修仙那样一类的人物儿，延误了发展自己的时间，要求入党的人也不能这样做。

会上有两个人始终没发言，一个是团支部副书记田同菊，一个就是邓春梅。田同菊不赞成武心慈的做法儿，事先劝说过武心慈不要召集这样的会，邓春梅觉得自己刚刚犯过错误，家里还养着她和政治上可能有问题的龙秋生的孩子，不具备入党的条件。

正式党员们都低头不语，连经验丰富发展过几十名党员的秦中州也不知所措，看来谁都没想到过会发生这样的事情。最后还是秦中州说了话。他说："同志们积极要求加入党的队伍是好事。党支部也一直在做这方面的工作。工作中有缺点，欢迎大家批评。我们将认真地研究大家的意见，采取改进措施，主要是多和大家交流思想，条件成熟了，就积极发展。支部加紧工作，同志们也积极努力，争取加快我们支部发展的进度，在研究班这段时间，希望能有更多的同志加入到党的队伍中来。党支部将安排党员同志分头和大家交换意见。"

面对会上同学们提出的要求，古全和不知道他该不该发言。他觉得在校园里有人声明退党的条件下，大家在这里要求入党，无疑是好事，对于党的组织发展工作提出批评，要求改进组织发展工作也是可以的，可是因为不能如愿以偿地入党就大哭大闹，指责党组织不关心他们入党的问题，说自己比某些党员更合乎党员条件，进而迫使党组织吸收他们入党，这就不妥了。现在入党积极分子应该积极帮助党整风，而不应该趁机向党组织提出有悖党的组织原则的要求，制造混乱，干扰整风运动的大方向。他感觉武心慈等同学不是把入党看成是对人生道路的一种重大的选择，而是把它看成是一种从中获得某种好处和名号的活动，得到了就兴高采烈，得不到就心怀不满，而根本没有考虑过入党是对于无产阶级和劳动人民的一种承诺，一种以整个儿的生命相许诺的全身心的投入。共产主义事业不会一帆风顺。这样的人在他们面临革命的巨轮转向及个人的生死关头的时刻将如何反应是很难说的。这也许是党的建设和发展工作中最大的问题。最后他想到自己是预备党员，在这样的问题上他能说的只是怎样做好入党积极分子的联系人，同学们知道他在党支部里的地位和所能发挥的作用，不会在意他说不说话，说些什么，他决定采取旁观的态度，听党支部书记秦中州的招呼儿。要是秦中州让他表态，他就敷衍几句。而秦中州并没有要求他发言。

女生 230 宿舍的鸣放会不欢而散。邓春梅和古全和先后离开会场。古全和问邓春梅说："你为什么要参加这个会？"邓春梅答道："武心慈说是整风座谈会，我以为这是团支部组织的活动，就来参加了。"古全和又问："你对这个会怎么看？"邓春梅说："说不好，这样做好像不大合适。"古全和点点头儿，表示同意邓春梅的意见。

出席女生会议的总共是 8 名女生。邓春梅没有发言，因此而在整改阶段被党支委们定为左派，这是莫大的光荣，然而这对邓春梅并不是一件好事。"一好遮百丑"，偶尔飞来的"左派"桂冠让邓春梅满心欢喜，因而旧病复发，忘记了自己过去所犯的种种错误，却记起了她家庭出身的优势，从自卑一变而为自满，在后来的反右派斗争中，发言积极，调门儿高，锋芒毕露，这种思想和情绪再也没有离开过她，直到她的这笔政治资本荡然无存，并因此最终沦落。

古全和说："龙秋生有消息吗？"

邓春梅脸上的笑容马上消失，冷淡地说："他来过好多信，我都没回他。他说他先被分配在哈尔滨市区的一所中学，后来又被调整到齐齐哈尔郊区的一所中学，他向学校领导交代了他参加三青团的历史问题，领导鼓励他努力工作，积极改造，争取进步。"

"你打算怎么办？"

"能怎么办？跟他断绝关系！"

古全和沉思着说："要是龙秋生只是参加过三青团，那倒也不算什么大问题。"

邓春梅看着古全和认真地说："你是说他还有更大的问题？"

古全和说："我想，如果龙秋生只是参加过三青团，他用不着隐姓埋名。"

邓春梅点点头儿，认为古全和的怀疑有道理。不过她希望龙秋生没有更大的问题。这并不是因为她爱龙秋生——她从来都没爱过他，而是因为她不想让她和她的孩子受到龙秋生更大的牵连。

国庆节前夕得到消息，龙秋生的问题已经查清，他的真实姓名叫暴学斌，江西兴国人，曾经是国民党军队某部上尉连长，有血债，曾亲手杀害过我三位同志，已被公安部门逮捕。到六十年代初，国家经济生活遭遇暂时困难，蒋介石叫嚣反攻大陆，龙秋生趁机鼓吹变天思想，煽动同狱反革命分子暴动，重伤我狱警一人，龙秋生被判死刑，立即执行。

1958 年 9 月，邓春梅从研究班毕业，兴冲冲地荣归四川故里，和老母、姐姐等一家团聚，被分配到重庆地区的一所师范专科学校——后升格儿为师范学院——中文科任教。

在邓春梅的心里，"左派"的桂冠，不仅是一种骄人的荣耀，还是一个人社会等级的标志，一种和社会物质利益相关联的条件，一笔潜在的物质财富。再加上她贫苦的家庭出身，就更让她感到自己高人一等，以为在她入党、提职和分房等方面，领导都亏待不了她。她计划一年入党，两年评上讲师，再给孩子找上一个如意的爹，过好自己的小日子。

一所偏远地区的新建的师范专科学校能分配到一名重点大学毕业的稀有专业——世界文学专业的研究生是一件大喜事，是该地区独一份儿，校长特派人事科长和中文科主任到车站去迎接她。党总支书记看过邓春梅的档案，更加重视这个又红又专的年轻专家，第二天晚上就偕同校长一起登门看望了她。

邓春梅到师范专科学校报到时，恰逢该校秋季开学初职工分房。分房的方案是早在上学期就确定了的，和邓春梅无关。邓春梅的住处，学校房管科也早就给她安排好了，按照讲师的标准，让她和一位老讲师同住一套两室带有一个小饭厅和壁橱的单元房。那位老讲师只在有课时在这里午休，这处单元房事实上是邓春梅一个人住。房产科长还特地就新房分配的情况向她做了详细的说明，并许诺她明年建了新房，将首先考虑改善她的住房条件。可是邓春梅认为自己是研究生，是革命左派，家庭出身好，新房分配她应有份，强烈要求参与新房分配，被领导婉言拒绝后，她大发脾气，让领导和群众感到失望，她左派的光环也因此而有失。

无独有偶，次年，即 1959 年，国家一度恢复教学职称评定。邓春梅认为她有研究生的学历，而且学校独此一份儿，理应评她为讲师。但是评委们鉴于她来校时间不长，教学工作量太少，就没有评她，她就更加不满，公然指责学校领导压制革命左派，掌握评定职称标准有偏差。她的表现引起公愤，有人因此送她一个外号儿叫"辣奶奶"，她"革命左派"桂冠的光环黯然失色。讲师的职称吹了，入党的事情也无从提起。她开始和领导对立，以拒绝工作相刁难，中文科主任奉命安排她暂时到资料室上班，邓春梅气恼成病，精神有点儿失常。

邓春梅的个人生活也不顺心。初到师范专科学校时，有许多同事忙着给她介绍对象。可是她的要求很高，比如，要有大学本科的学历，要是党员，还得是学理工的，可以是已婚，但是不能有儿女。几年之后降低了标准，党员的条件依旧，专业不再限制文理科，对方可以有一个孩子，年龄可以过 30 岁，但是不能超过 35 岁。古全和和黄伯芬都很关心邓春梅的生活问题，写信劝说她在婚姻问题上要实事求是，而不要苛求，但是她不听劝说。又过了几年，她的条件再度放宽，但是她已疾病缠身，精神也不大正常，就无人光顾了。幸运的是她有一个好女儿，邓桂花性情温和，聪明好学，又很孝顺，高中时就参加了共产党，本院中文系毕业后因学品兼优而被留校任教，伴她的母亲走过她无所事事的后半生。

邓春梅始终都觉得是别人对不起她，一辈子没能跳出小市民狭隘的精神牢笼，而在她开始意识到错误的时候，她已处在不惑之年。不久她就无声无息地离开了人世。她也是一个一生都没能登上讲台的研究生。

邓春梅在回到四川之初的那段时间，经常给古全和写信。师专的领导怎样到车站迎接她，学校的领导怎样器重她，她计划如何争取入党等等，都是她写信告诉古全和的。但是后来她的信就少了。古全和给她写信，她也不回。她后来的情况都是岑云鹤告诉他的。岑云鹤有个同乡和邓春梅是同事。这个同乡是数学科的，因为邓春梅折腾得挺凶，师专的教职工不多，邓春梅的故事和不幸的遭遇闹得无人不知。

古全和常常想到邓春梅和她的一生，想到他自己和其他一些同学的遭遇。他意识到，每一个人的灵魂都浸润着他所由出身的那个家庭和社会环境形成的美德、偏见和恶念，这些无形的、魔鬼般的偏见和恶念像绳索和符咒一样地在冥冥中捆绑着他或是她的灵魂，左右着他或是她的言行，决定着他或是她的人生。人们感慨人的命运难以预测，其主观原因就在这里。而要意识到这些偏见和恶念，特别是摆脱这些潜伏在灵魂深处的偏见和恶念的束缚和支配，却并非易事，那是真正的思想革命。而多数人终生都是这些偏见和恶念的奴隶。共产党倡导思想改造，在改造客观世界的过程中改造主观世界，是改变人们对于这些偏见和恶念的盲目性的革命的举措。邓春梅的悲剧就在于她一直深陷在小市民意识的盲目性之中。她心胸狭隘，目光如豆，凡事都在个人考虑中打转转，连当年党支部莫名其妙地丢给她的那顶"左派"的桂冠，也被她换算成她个人的财富，而且还顽固地坚持要变现，最后滑落歧途，糟蹋了国家和人民花在她身上的血汗钱，也毁灭了她自己。每当这种时候，古全和都会联想到汉朝人晁错在他的《论贵粟疏》里说的"饥寒至身，不顾廉耻"那句至理名言，意识到穷贫并不就是美德和进步。有时古全和还想，也许当年研究班党支部不给她套上那个"左派"的光环，而仍然让她背负着未婚先孕和曾经与反革命分子龙秋生——暴学斌有过恋爱关系的那架精神枷锁对她会更好。古全和断定他自己肯定也处在某些盲目性的束缚之中，也许几年，几十年之后，他也会为自己的这种盲目性付出代价，感觉悔恨。

　　古全和感觉多数人的精神世界在人生的某个阶段就凝固了，而人的主观世界和客观世界的矛盾却是和他的生命同在的。所以有人发出"活到老，学到老，革命到老，改造到老"的人生感慨。事实上所有精神正常、有所作为的人都在不断地调整、改造自己的世界观。孔子说的三十而立，四十而不惑，五十而知天命，六十而耳顺，七十而从心所欲不逾矩……说的就是人的主观世界和客观世界和谐一致的过程。"三十而立"说的并不是成名、成家、发财、致富，而是说一个人初步确立人生观，而他所说的"七十而从心所欲不逾矩"则只是人生修养的最高境界，能做到这一点，达到主客观高度统一，言行高度统一，未必会有几个人。从理论上说，这只能是一种理想。把思想改造作为一个重大革命举措提出来，把人类有史以来一直在盲目进行的思想改造变成自觉的思想改造，并和改造世界的伟大事业相联系，这是中国共产党的一大创举。"脱了裤子割尾巴"的说法未免不雅，但是思想改造确为人生之必需，遗憾的是有的人至今仍然视思想改造为羞耻，仇视思想改造，而愚昧地深陷在对待人生的盲目性之中。

147

　　东湖师范学院的进修员都工作过，都有几年、十几年的教龄，深知进修的机会的难得和宝贵。这样的机会，在他们一生中，未必再有第二次。还要按时完成学业，通过考核，获得学历，一旦失去这个机会，将是终生的遗憾。学院的整风运动对他们来说多少带有一点儿事不关己的性质，所以他们面对整风运动多持观望的态度。

院党委在群众中的威信近乎扫地，党支部在有些人的心中也不再那么神圣，以"解剖刀"等社团为代表的少数群众和党委领导继续处在对立状态，有些师生员工心存疑惑，多数人在观望。整风运动向何处去的问题摆在大家的面前。

院党委内部的矛盾开始表面化，党委常委汤敏基本不参加党委的会议，而是在历史系应届毕业生中间活动。"解剖刀"出版了用黄色的大字报纸刻板油印的刊物，篇幅不定，名为《江城师院之怪现状》，在校园里发售，每期5分钱，部分赠送兄弟院校。"无情棒"也出版了他们的"机关刊物儿"《无情胜有情》，刊头语就采用了新建男生宿舍"老爷庙"上的那条大标语的意思："专打无廉无耻不学无术之徒"。

汤敏把历史系搞得热气腾腾，或者叫作乱七八糟。目睹党委书记莫文林的狼狈处境，她心中暗自得意。想到莫文林在五十年代初整党时，抹掉了她那段时间的党龄，降低了她的待遇，她就恨恨不已。她估计这一回莫文林至少得背上包袱换个地方儿了。

现在主导师范学院校园舆论的不再是院党委，而是"解剖刀""无情棒"和"理疗社"等三大社团及其领袖人物儿杜贵龙、鄂新华、危约翰等人了。学院广播站已被三大社团为主的社团联强行占领，不时播放院内外整风鸣放的消息。汤敏正在背着党委策划一个全院性的大型活动，贺守节的"血泪控诉"。

中午，研究生餐厅大门外的墙壁上又贴出了有关"群众论坛"的海报，内容说，下午两点，在第一阶梯学术报告厅，举行第三次"群众论坛"，政教系贺守节教授将在论坛上发表题为《我的血泪控诉》的演讲。海报横七竖八的"血泪控诉"几个大字标题，是用大红的广告色喷溅而成，给人一种血腥和恐怖的感觉。岑云鹤看过海报，兴高采烈。他本来有午睡的习惯，平时雷打不动，而今天他毫无睡意，急切地等着去参加这个悬念多多的"群众论坛"。

岑云鹤感觉周围正在发生重大变化。他不知道结果将会如何，但是他喜欢这种变化，认为变比不变好，变就有显示自己的才智、改变自己的命运的机会。他家解放前是小土地出租户，爹妈无力供他念大学。中学毕业后他就失业在家，和父母以及包办的妻子一起过起了平淡的日子。新中国成立后，让他有机会参加工作，念了大学，现在又在念研究生。他高兴，但是并不满足，觉得这些变化没有给他出头露面的机会。他没能入团，入党更谈不上，连个班上的行政小组长都没有当过，颇有怀才不遇之感，渴望一显峥嵘。他妻子自杀身亡之后，他没了包办婚姻的包袱，本来有机会追逐象蔺丽莲、黄伯芬这样一些让他感觉如意的新欢。而他只是个群众，虽然他穷追不舍，仍然毫无所获……他希望这次变化能给他带来新的契机，让他能够一显风骚，向上一跃。他认为自己现在是班里头脑最清醒、思想最解放的人。他正在焦急地等待着去参加贺守节教授的演讲会，相信那一定会很精彩，说不定他还会有一个在现场表现的机会，发表点儿感慨。岑云鹤健谈，有过演讲的训练，讲话有派头儿。

面对校内骤起的风潮，况松涛也一反常态。他天天看报，心神不定，常常愣神儿。他也暂停了副博士论文的写作，偶尔还低声和岑云鹤嘀咕些什么，而对古全和却变得更加冷淡。古全和感觉他对自己有所防范，而这是以前他所不曾有过的感觉。况松涛既不参加外面的会议，也不写大字报，而是继续在偷偷摸摸地写着什么。古全和猜不透，况松涛能有什么秘密好保。

岑云鹤整个儿的人都处在亢奋和期待之中，刚过下午一点半，他就催促古全和说："喂，时间到了，走吧！"然后又转向况松涛说："走，咱们全员出动。"

况松涛面无表情，沉默不语。

古全和坐起来，愣愣神儿，说道："急什么？还早呢。"

"先去占个得看得瞧的好地方嘛！"岑云鹤说。

古全和说："是去听演讲，又不是看话剧，位置好坏没有什么关系。"

148

岑云鹤和古全和到达会场的时候，七百座的第一阶梯学术报告厅已经座无虚席，大厅左中右三条通道的台阶儿上也开始坐人了，而人们还在继续朝里面涌。精明的岑云鹤发现第六排中间还有两个空位子，他凭着小巧精干的身段儿和灵敏迅疾的动作，冲进去抢占了那两个座位，然后回头招呼古全和挤进去。他们坐定后，岑云鹤得意地笑着说："六排，得听得瞧，好嘛！"

古全和不愿意和岑云鹤一起活动，而岑云鹤每次参加"群众论坛"都拉上古全和。在 9 年后夏天的另一次翻江倒海的政治风潮——"无产阶级文化大革命"中，他才写信告诉古全和说，他在 1957 年整风鸣放时拉他参加各种活动，是出于政治上安全的考虑。当时古全和是公认的好学生，预备党员，学院里学生中的大头头儿，他们一旦犯了错误，在处理上，领导会保护古全和，因此也不得不保护他。

下午两点整，汤敏同志小心翼翼、毕恭毕敬地搀扶着既不比她老，也不需要搀扶的贺守节教授来到会场。同情弱者和蒙冤受屈的人，是人们的一种普遍的心理，在场的人几乎没有人知道贺先生冤屈的真相儿，但是出面主持会议的是党委常委汤敏同志，所以贺先生在汤敏的陪同下一亮相儿，就激起大厅里一片经久不息的暴风雨般的掌声，直到贺先生和汤敏落座，汤敏一再向大家挥手示意安静，群众才渐渐地平静下来。

目睹眼前的景象，古全和有一种感觉，这几天有的人一听说共产党有错误就感到兴奋，他不知道为什么短短的几天会发生这样大的变化。平时师生们那样尊重党的组织，为什么仅仅一张小字报和一批大字报就改变了一些人对待共产党的态度，这种天翻地覆的变化是怎么发生的？他想，有些人在这里鼓掌欢呼所表达的，可能不仅是对于报告人贺先生的盲目同情和支持，更是他们自己在平时的工作和生活中积累起来的不满的发泄。这些不满有的有客观原因，是党团干部工作不到家，有失误，乃至犯了错误；但是可能也有的是当事人自己没有自知之明，知错不改，无理怪罪他人。

贺守节教授大大方方地坐在讲台上，得意扬扬地俯视着他面前众多的崇拜者和同情者。他是陕西人，年过不惑，身体枯干，身材高大，脸很长，下巴很尖，留着山羊胡子，神态举止透着傲气，在刷子一样的重重的花白眉毛之下闪动着的是一双鹰隼一样的眼睛，看起来他可能曾经是一个精力充沛胆识过人的人。

现在报告厅所有的地面儿上都站满了人，连报告厅东西南北四面的墙根儿上也站满了人。主席台上也只给报告人和主持人汤敏留有一两个平方米的活动的空地儿，其余的地方儿也都坐满了和站满了人。报告厅南北两面的八个窗户外面也趴满了人。近千双怀疑或是同情的眼睛注视着贺先生，好戏就要开场。

会场安静下来，汤敏开始讲话。她说："同志们，为配合党的整风运动，我们有幸请到政教系贺守节教授给我们做报告。他报告的题目是《我的血泪控诉》。大家欢迎！"她说着，带头高高地举起双手，用力鼓掌。接着就是来自大厅四面八方的一阵热烈的长时间的暴风雨般的掌声。贺守节教授从容地站起来，拱手作答，开始讲话。他说："我今天讲话的题目是：《我的血泪控诉！》我要控诉莫文林对我的残酷迫害，一吐压在我心头多年的委屈和怨愤，恢复我的名誉！"

贺守节教授的声音很大，嘶哑、凄惨，还带有一些苍凉。他把"血泪控诉"4个字音，拖得很长，里面充满着仇恨、愤怒和杀气。古全和听着他的声音，注视着他的举动，心里有一种毛骨悚然的感觉。复仇的渴望，使得贺守节教授的声音渐渐地变成怒吼。大厅里一次次响起暴风雨般经久不息的掌声。

贺守节教授讲述的大意是，他1926年参加中国共产党，三十年代初曾担任西北某省省委秘书长，1933年6月被捕，同年9月被释放……后来又做过很多重要的革命工作。他说他揭发莫文林道德败坏的恶行，并不是因为他在乎职位的高低，他要的是公平，对他说来，级别既不是待遇，也不是荣誉，而是人的尊严。他吼道："莫文林抓住我的历史问题不放，硬说我有变节行为，压低我的教学级别，撤掉我教研室主任的职务，使我的名誉受到莫大的损害。肃反运动中，他再次煽动群众，抖搂我的所谓历史问题，让我在群众面前名誉扫地，使我不能在建设新中国的伟大事业中充分发挥自己的作用，想更好地为人民服务而不可得。莫文林这是犯罪！我控诉！我声讨！我抗议！"

贺守节稍作喘息，继续吼道："莫文林是个什么东西？！他是道德败坏份子！他必须从神圣的高等学府滚出去！"由于仇恨、愤怒、激动，他常常声嘶力竭，喘息不定。古全和听着他的声音，看着他在讲台上跳来跳去的怪异的动作，思索着他讲话中披露的"事实"，心中疑窦丛生。

古全和认为贺守节教授真正要达到两个目的。一是争一级教授，一是翻历史的旧案。他不了解贺先生，不了解教学职称评定是怎么回事，不知道贺守节教授该不该评一级教授，也不知道他该不该翻案。但是古全和想，贺守节教授被捕过，尔后又被释放了，党组织就他的历史问题做过结论，说他有变节行为，这都是事实，是他本人说出来的。而三十年代是蒋介石对共产党宁可错杀三千也不放过一个的血腥岁月，那贺守节教授为什么能够幸免呢？而且像他这种级别的干部，他的问题不是师范学院党委和莫文林个人所能够处理的，他要做翻案文章应该按照组织程序，向上级党组织提出申诉，而不应该利用整风的机会借题发挥，煽动群众，向师范学院党委施压，迫使师范学院的党组织给他翻案。这本身就是目无组织的活动，表明他翻案心切，不顾常识，说明他不是个循规蹈矩的老实人。所以古全和一直静坐观望，没有鼓掌。岑云鹤多次用胳膊肘拐他，提醒他鼓掌，而古全和根本就不理睬他，让岑云鹤很是恼火。

汤敏也觉得自己有冤屈，和贺先生同病相怜，贺先生结束报告时，她含着眼泪，哽噎着接过话筒，先给贺守节教授三鞠躬，然后紧握他的双手，向他道歉，并且沉痛地说道："同志们，我感到惭愧。错误地处理贺守节同志的问题，我也有份儿。我向贺守节同志道歉！"说着，再次转身朝贺守节鞠躬。

这时台下有人高声发问："汤敏同志，你的表态有党委的授权吗？"

台下的质问带来的是一片嘘声。而汤敏并没有回应台下的质问，这等于默认了台下的质问，她是代表党委表态的，肯定了莫文林和党委的罪名，抹黑了党委的形象，误导了群众，使一些人，特别是历史系和中文系的应届毕业生，在接下去的鸣放中犯了无可挽回的错误。

论坛结束了。古全和和岑云鹤在人们沸腾般的、嗡嗡的议论声中走出大厅。

岑云鹤忍不住质问古全和："你为什么不鼓掌？你是铁石心肠吗？"

古全和反问岑云鹤说："我为什么要鼓掌？"

岑云鹤气愤地说："难道你没有同情心吗？"

古全和冷冷地说："你让我同情谁？同情什么？你知道贺先生说的是真是假吗？像贺先生这样老资格儿的大人物儿，东湖师范学院这样的司局级单位的党委，和莫文林这样的干部有权处理他的政治历史问题吗？"

"偏见!" 岑云鹤感觉古全和的话好像有些道理,语气中透着些犹豫。

古全和说:"你念过《弟子规》吗?《弟子规》里有这样两句话:'未见真,勿轻言;知未的,勿轻传。'不能听风就是雨。你知道贺守节教授被捕的前前后后吗?你知道党组织是怎样处理过他的问题吗?他当过省委秘书长,曾经被捕过,后来被释放了,党组织说他有变节问题。这都是他本人承认的事实。可是你应该知道,那时被捕的白莽和柔石等所有的共产党员都被杀害了,而贺先生被放出来了,你能保证他没有问题吗?我们应该相信党组织呢,还是相信某一个当事者个人呢?这是大是大非的问题,不可马虎对待。连谁死了都不知道,就号啕大哭,有这个必要吗?"

岑云鹤无法反驳古全和,但是他的同情仍然在贺守节教授一边。他觉得他和贺先生一样,也是一个不被重用的人。每想到这些,他心中就会涌起对羊修仙和秦中州等人的不满。他想,要是他们不是总怀疑他的妻子死得不明不白,说不定他在本科时就能入团,他现在的处境就不会是这样了,也许他已经被蔺丽莲或是黄伯芬接受了。他决心在这次运动中好好表现,争取能有一个一展峥嵘的机会,使自己的前程锦上添花。

149

眼下东湖师范学院里的政治形势可以用"沸腾"这样的字眼儿来形容。院党委的号令仍然不能下达到师生员工之中,连全院师生员工大会都开不成。古全和感到困惑,他想,贺先生的小字报能有这么大的魔力,人们会这样看重莫文林个人的堕落行为?他感觉事情好像并不这样简单,这应该是种种矛盾累积发展的结果。他想到了日常的党团工作,想到了代耀人,凌国玉和羊修仙,想到保送羊修仙进现代汉语研究班的杨以臣,想到他们对待群众的态度,感觉正是这样一些党团干部,在日常工作中,在政治运动中,违背党的组织原则和工作作风,脱离实际,侵害了群众的利益,或是没能满足群众的合理要求,造成了一些人对于党团组织的不满和怨恨。当政治气候适宜,人们有机会说话的时候,他们就轰然而起,造成了当前的这种政治局面。这至少是事情的一个原因,整风的必要性也在这里。他想,如果事情发生在他念高中的那个时候,他就可能站出来炮轰本班的团支部和代耀人。他认为在"群众论坛"上鼓掌的人不一定相信和同情贺守节教授，有些人也是在为自己鼓掌，在发泄他们胸中的不满。武心慈她们不就是因为不满党组织的发展工作，或者说因为党组织没能满足她们的愿望而召开了"控诉"党支部和党员的鸣放会吗？然而有些人可能是别有用心，比如炮制和悬挂出那条上书"把不学无术之徒赶出神圣的高等学府"的大标语的人，还有制作和张贴出那张杀气腾腾、无端指控共产党员为罪人的宣传画儿的作者，以及叫嚷着要求把土地归还地主的个别人。这些人关心的可能不是怎样帮助共产党克服官僚主义、宗派主义和主观主义、提高马克思主义的理论水平，而是在发泄他们对共产党的不满，表达他们政治上的诉求，想跟共产党一试身手，取共产党的领导而代之，历史系杜贵龙不是就扬言他要在 35 岁前当国务院总理吗？面对这种局面，古全和无心再去编写那篇无聊的副博士论文了。

柳树林原本是同学们饭前饭后闲逛的地方，现在变成了东湖师范学院的闹市区。最新的大字报大多出现在这里的公告栏和商店以及体育用品室的墙壁上。以历史系的"解剖刀""无情棒"和中文系的"理疗社"为主的"社团联"在夺得院广播站后，把学校里功率最大的"九头鸟"大喇叭悬挂在靠近东湖宿舍的那棵高大的老柳树上。"九头鸟"号召停课和免考在学生中引起过一阵骚动。

下午 3 点多，中文 53 级"理疗社"的社长危约翰在"九头鸟"里激动地高喊："全院师生员工同志们请注意！全院师生员工请注意！稍后有重要消息播报，稍后有重要消息播报！"

危约翰，师范学院的风云人物之一，出自戏剧世家，曾经是院话剧团的团长，他健谈，喜欢夸张，总是那么激动，那么急不可耐，是校园里到处打招呼儿，满天飞的人物儿，他自我感觉非常良好，而口碑褒贬不一，党团干部都不看好他，大一时就写了入党申请书，至今入党的事还没有消息，背地里说党支部书记芮福珍不识货，颇有一点儿怀才不遇的感慨。

危约翰反复在广播里说，他们走访过省团委书记，将有重要消息发布。

柳树林里的人越来越多，个个面带殷切的期待，站在仍然强烈的阳光下，等候重要消息。

"现在播送最新消息！现在播送最新消息！"是杜贵龙的声音。他是历史系的应届毕业生，53 级三班团支部副书记，"解剖刀"社长。他喊道，"我们走访了省团委书记马骏同志，马骏同志说，东湖师范学院党委已经瘫痪！群众团体可以联合起来，推动整风运动！"面对杜贵龙的喊叫，人们面面相觑，彼此询问，半信半疑。古全和不相信杜贵龙宣布的消息，认为一个省团委书记，无权向东湖师范学院这样一级党委发号施令。

"九头鸟"播放着《团结就是力量》的歌曲，声音被放大到极限，震荡着一颗颗困惑不安的心。古全和感觉，校园里混杂着各种声音和诉求。他认为整风应该在党委的领导下进行，要整掉的是党委的官僚主义、宗派主义和主观主义，而不是共产党的领导。院党委已经被架空，东湖师范学院的整风运动好像出现了偏向，这种时候，共产党员们应该勇敢地站出来说话，维护党委的领导，坚持整风运动的正确方向，把整风运动进行到底。

150

晚饭前，古全和得到口耳相传的秘密通知，说今晚 7 点，在院部办公大楼中文系党总支办公室开全系党员大会。这是贺守节教授贴出小字报后师范学院校园陷于混乱以来中文系党总支召开的第一次全体党员大会。

中文系党总支办公室也是个套间。里间约 19 平方米，是书记办公室，有房门通走廊。外面的大房间约近 40 平方米，是总支办公室，南窗下放着一个大写字台和几把规格各异、新旧程度不一的椅子，都是从被合并进师范学院的各个院校承继下来的。办公室里用来照明的只有一盏瓦数很小的吊灯和写字台上的两盏台灯，此刻亮着的是吊灯。

会场里人头攒动，但是鸦雀无声。由于这里平时不是个开会的地方，所以没有开会需要的座椅等相应的设备，党员们也无心坐下，除去几位上了年纪和体弱多病的同志外，几乎所有的人都站着，只有外国文学教研室的青年教师滕腾悠然自得地坐在写字台的一角儿，两条腿垂在写字台的旁边，像淘气的孩子那样来回游荡。他显然一点儿都不紧张，不关心当前正在发生的事情。正当人们注意他怪诞反常的举动时，吊灯的灯泡憋了，屋里一片黑暗，接着就开启了写字台上的台灯。台灯照亮了写字台周围的空间，同时留下其余地方的黑暗。

"各支部清点人数！"杨以臣声音干脆而严肃。

黑暗里响起一阵点名和应答的低低的声音。在终于重新平静下来之后，杨以臣说道："人到齐了，开会！校园里鸣放的情况同志们都看见了，面对复杂的形势，党委没有具体要求，整风运动继续进行，同志们要独立观察分析形势，个人对组织和自己的言行负责，硬着头皮听意见。"

大家都在等着杨以臣说下去，而杨以臣说会就开到这里，宣布散会。

"党委有什么具体要求？"黑暗里有人问道。

"没有。"杨以臣斩钉截铁地说。

没有几个人退场。大家认为面对当前校园里的混乱局面，党委总该有个分析判断，给大家提点儿要求，以便大家有个遵循，好去开展工作。然而杨以臣什么也没有再说。这种情况以前从没有过。人们在沉默和期待中度过了短短的几分钟，才无望和无奈地纷纷离去。

古全和跟所有的党员一样，希望听到领导对校内形势的分析和评估，得到行动指示，而总支什么指示都没有。他感到奇怪，有那么多的人，贴了那么多的大字报，说了那么多的好话、坏话、难听的话、挑衅的话，总支书记杨以臣为什么全无回应呢？

中文系党员大会之后的第二天一早，古全和匆匆吃过早饭，就赶到柳树林一带去看大字报。他听说有一张大字报，公开鼓吹"反党不是反革命"的谬论，古全和四处寻找，没有找到。古全和感觉有些大字报披露的事情、发出的议论，越来越让人难以置信。那些只有结论而并无事实根据的大字报更不可信。有些大字报所列事实不及要害，无关政治，旨在丑化某人，有悖整风的要求，好像不是在反对三大主义，而是在反对学院党委或是党委的某个个人！另有一部分大字报的作者是在趁机展示自己的文学才能，这样闹腾，整风运动如何按照中央的精神开展下去？在这种混乱的情势下，一些不坚定的党员，思想动摇，乃至有人声明退党，并不奇怪。这类人视党员称号为个人政治资本，平时自以为优越，批评这个，教导那个，遇到风浪，一旦触及个人的利益，就左顾右盼，动摇落荒，他们本来就不是合格的党员，如果形势这样发展下去，这类角色可能会多起来，导致更大的混乱。想到这里，他又产生了站出来说话，维护党委的领导，维护整风运动的大方向的冲动，而且说干就干，立刻写了一篇题为

《把整风运动引向深入》的千把字的短文，反复看了几遍，改了几处，决定投给院刊。他带上稿件，疾步走到一楼大厅里设置的院刊稿件箱。不过他没有立刻把稿件投进去，而是怀着矛盾的心情又回到宿舍。他总觉得杨以臣在党员大会上的讲话里有文章。他讲的是废话，等于什么都没讲。那为什么要开会？他怕由于自己政治上无知，盲目行动会打乱党委的工作部署，负不起这样的责任。

晚饭后，古全和信步在校园里随便浏览大字报。有一张用四开的白报纸写成的小大字报引起了他的注意。写大字报用的纸张都是由总务处供应的，分黄绿两种，没有人用白报纸，更没有人这样节约用纸。大字报的标题是《我也有职无权》，他看到大字报的落款时，忍不住笑了。作者竟是他的老同学靳湘柳！古全和和靳湘柳都住在东湖学生宿舍，但是一直没有联系。古全和觉得她不诚实，跟她无话可说。而她呢，走红的时候不搭理古全和，倒霉的时候没有脸来找古全和。她因故休学两年，现在插班念三年级，是应届毕业生。从大字报看，她是班上的干部，看到外面的报纸上有人批评共产党的领导是"党天下"，感觉自己也有职无权，也想赶时髦儿，以此表明她要和他们党支部划清界限。古全和发现不少大字报上有她的签名。

天黑下来了。路灯很暗，许多地方的大字报都看不清楚了。古全和回到宿舍。这时，岑云鹤和况松涛在小餐厅吃过夜宵也兴致勃勃地说笑着回到宿舍。就在这天晚上，古全和听岑云鹤说，况松涛在偷偷地给中央某个专设机构的一位姓黄的领导人写申诉报告，为他的父亲和叔叔鸣冤，要求政府替他被镇压的父亲和叔叔平反。这让古全和感到震惊。他知道，况松涛的父亲解放前是他们县公安局的局长，镇压过革命，有血债。后来他叔叔接替了他父亲的职务，继续做他们县公安局的局长，也有血债。他们都是在五十年代初的镇反运动中被人民政府镇压的，不存在平反的问题。况松涛从大学本科时就积极争取入党，他父亲和叔叔的问题是他入党不可逾越的障碍。古全和说不清楚况松涛要替他父亲和叔叔翻案的真实动机是什么，是为了入党呢，还是他根本就不认为他父亲和叔叔犯有反革命罪、人民政府镇压他们是犯了错误呢？但是不论是哪种可能都说明他与他父亲和叔叔没有划清政治思想感情方面的界线，都是严重的问题。他很想提醒况松涛注意自己的行动。可是况松涛有意回避他，这几天的政治气氛也不对，古全和不好主动找他谈这样严重的事情，因为中间还牵涉到岑云鹤。

古全和感觉现在有些人关心的不仅仅是、甚至根本就不是反对官僚主义、宗派主义和主观主义，而是各自从自己的立场观点、政治主张、利益诉求出发，评估共产党的治国实践，有人是在挑战党的领导，师范学院的整风已经脱离了党中央关于整风运动的指示，坚持整风的大方向是当务之急。他认为这种时候党的干部应该站出来发动大家替党委说公道话，维护党委的领导，维护整风的大方向。而本单位党支部书记秦中州虽然口头儿上表示同意他的想法儿，却没有采取行动。然而他想到总支书记杨以臣说的类似"人自为战""文责自负"的话，就不想再去麻烦别人，而决定各人干各人的了。而当他想到学校里有几百名党员，其中有一些同志是抗战时期和解放战争时期入党的老同志，而他们中间并没有人站出来说话，他又有些犹豫。他怕自己也可能给党组织造成麻烦，糊里糊涂地犯错误，受处分，被取消预备党员的资格，可是又想："怕什么呢？做错了不就是取消预备期，发配回老家去种地吗！老一辈的同志死都不怕，我怕什么！"于是，鼓起勇气，赶到楼下，毅然决然地把写好的稿件投进院刊《东湖师院》的稿件箱。

151

院刊《东湖师院》在《看到就说》这个并不重要的栏目里，登出了古全和的那篇题为《把整风运动引向深入》的短文。文章在肯定广大师生员工帮助党整风的政治热情和积极表现之后指出，有些批评党委领导同志的大字报，所论不实，其中有的是"可笑的歪曲"，不利于整风运动的健康发展，呼吁端正态度，改善文风，实事求是，以理服人，强调指出，整风要整掉的是共产党的官僚主义、宗派主义和主观主义，而不是党委的领导。短文产生了古全和想象不到的巨大作用，它打破了校园里舆论一边倒的格局，开了一个反批评的头儿，让群众开始用怀疑的目光独立地审视校园里正在发生的一切，表达了部分师生员工的心声。许多师生员工，特别是许多党团骨干，也感觉校园里的气氛不正常，不满意某些人信口开河，意在挑战、瘫痪党委领导的言行，只是不敢轻举妄动，没有把自己的怀疑说出来。见到这篇署名短文，公开与以校园里的三大学生社团为主的一些社团唱反调儿，感觉精神为之一爽。古全和文中的"可笑的歪曲"这个短语，由于搭配新奇，有针对性，迅速地在校园里传开。面对这种决堤之势，杜贵龙、鄂兴华、危约翰等连夜在柳树林开会，商讨如何修补被古全和无意间捅破的这个管涌造成的缺口儿，对策包括寻衅闹事，制造斗殴事件，给古全和制造罪名，以达到丑化其人、消除其短文的影响的目的。但是他们没能把这个策划付诸行动。因为次日一早，在柳树林的那块曾经张贴过贺守节教授的小字报的揭示板上贴出了一张用宣纸抄写的魏碑体的中字报，篇幅只有一整张白报纸那么大，书写工整，字迹近乎秀美，标题是《进攻纪略》，署名"观察家"，全文不过千字，文中没有提名道姓，但是矛头所向是"解剖刀""无情棒"和"理疗社"的社团头头儿，文中说《把整风运动引向深入》一文触到了少数几个人的痛处，揭破了他们攻击党委、干扰整风运动的手段，因此他们对那篇实话实说的短文的作者恨得咬牙切齿，就开黑会，搞阴谋，决定采取流氓手段，制造事端，加害作者，混淆视听，以恐吓敢于站出来说公道话的人……

人们从古全和的那篇短文和观察家的《进攻纪略》，感觉师范学院校园里的风向有些变化。杜贵龙、鄂兴华和危约翰等也意识到他们昨夜召开的秘密会议混入了对方的卧底，而抄写中字报的是院办的职员誊写员赵鸿儒赵老先生，而能支使赵老先生的只能是院部的领导，因此"观察家"绝非等闲之辈，这意味着党委里有人站出来说话了，而他们的计谋已经被揭穿，他们制造事端的计划只好作罢。

下午课外活动时间，岑云鹤回到401房间对古全和说："外面有人贴你的大字报！标题是《古某人为何蛊惑人心？》，大字报的周围聚集了好些人，在那里争论呢。"岑云鹤想看古全和的笑话儿，他估计古全和未必敢面对面地去和反对他的同学们争论。古全和问明张贴大字报的地方，就离开了房间。岑云鹤也尾随而去。

离柳树林老远，古全和就看见大柳树下聚集了数十上百的人。

一个女生指着远处的古全和说："你们看，他来啦！"

一些人把古全和围起来。"无情棒"的鄂新华迎上去质问古全和："你为什么造谣？！"

古全和没有理睬鄂新华，而是聚精会神地看他们贴出的大字报。大字报里有这样的文字："诸位，你们知道古全和是何许人也吗？他曾经是院学生会的宣传部长！小有诗名，有笔如刀，惯于蛊惑人心，如今又以革命群众为敌，把群众帮助党整风的大字报诬蔑为'可笑的歪曲'！……我们强烈要求他站出来澄清事实！还我们一个清白！"落款是："东湖师范学院联合打假特遣小分队。"

古全和笑着说道："有话好说，不要攻其一点不及其余嘛。我那篇短文里不只有'可笑的歪曲'那样 5 个字。难道可以说管理着师范学院的党委领导是一群'不学无术之徒'，师范学院的共产党员都是'罪人'，东湖师范学院的整风运动要由群众社团领导吗？可以这样对待学院的整风运动吗？"

"你造谣！"一个愤怒的男生逼近古全和。

"有人造谣，但不是我，"古全和笑着说，"我可以举一个例子满足你的要求。《丑连成打狗孝主，总务长饕餮有加》里面的连成事实上并不丑，他是总务处的一名漂漂亮亮的普通工人，9 岁跟随在一个富裕人家做佣人的寡母从河南孟县老家来到本市，后来就落户本市郊区宋家屯镇，他15 岁进咱们学校总务科当工人。两年前，他曾受姜总务长之托，从宋家屯镇给他买了一条狗。而《丑》文的作者却一笔抹黑了这个无辜的工人，骂连成是'势利小人'，叫嚷把他清洗出员工队伍。这里面有没有'歪曲'？是不是'可笑'？"

一个小个子男生朝古全和冲过来，操四川成都一带的官话嚷道："你胡说！"说着就凑近古全和，对着他挥舞起了拳头。

古全和想到《进攻纪略》，笑着对他说："你看过那份中字报《进攻纪略》吗？"

小个子装聋作哑，回避古全和的问话，挥舞着手臂嚷道："你为什么要写那篇狗屁文章？"

古全和退后一步，以玩笑的口气笑着说道："阿 Q 爷爷有话，君子动口不动手。大鸣大放嘛，写篇狗屁文章谈谈个人的看法儿，有什么不可以？你也可以写狗屁文章来反驳我呀。"

小个子男生跟进一步嚷道："你那是胡说八道！"

古全和发现"解剖刀"等几个重要社团的主要头头儿都在场，古全和跟他们都很熟，便转向众人笑着说道："我在那篇短文里说的是个人的看法儿，未必合适。我想说的主要意思是，党中央要求我们帮助党委整掉的是党委的官僚主义、宗派主义和主观主义，而不是整掉院党委领导。整风运动要讲究团结—批评—团结，实事求是，要在院党委的领导下进行。而我们这里有人说东湖师范学院的整风运动要由学生社团领导，说这是团省委马骏同志的意思，他们强行占领和控制了学院的广播站，还企图强占院党委的机关刊物儿《江城师院》，有人还要把'不学无术之徒赶出神圣的高等学府'。这不是整风，而是整共产党。"

众人交头接耳热议。杜贵龙、鄂兴华和危约翰等人飞快地交换着眼色，面露慌张。

小个子同学高叫："你胡说，胡说，胡说！"

一个穿列宁装，身材高挑的女生，挤到小个子面前，微笑着说道："小同学，要摆事实讲道理，否则，你指责别人'胡说'就等于自己胡说。"

高挑女生的发言激起一阵零落的掌声，有人高喊："'四凤她娘'说得好，经典！精彩！"

高挑女生继续说："我不反对古全和的文章和他刚才的发言，也不完全赞成他的说法儿，但是我认为他有权写文章，贴大字报，表达个人的意见。百花齐放，百家争鸣，有批评就有反批评。这才公道合理嘛。"

古全和认识高挑女生，她是中文54级的学生，叫吉梦寒，学院话剧团成员，扮演过《雷雨》里的四凤她娘。她跟古全和很熟。她的装束特别，眼下女生兴穿花布衣裳，像花布衫、花布布拉吉等，而古全和从没发现吉梦寒穿花布衣裳，她经常穿的是苏式女性制服，很少说笑打闹，留给他的印象是她文静而理性，透着不同一般的鲜明个性。大二时吉梦寒参加了话剧团。当时古全和念大四，也在话剧团。吉梦寒对古全和说，她参加学院话剧团，扮演角色，是为了通过艺术实践体会文艺理论，她的意思是向古全和表白，她参加话剧团不是出于爱好，不是为了展示个人的风采，而是为了更好地学习。古全和注意到，吉梦寒严格要求自己，重视别人对她的看法儿，因而对吉梦寒另眼看待。所以此刻吉梦寒站出来，当众主持正义，替古全和辩护，古全和并不感到意外。他认为她的发言反映的是在场许多人共同的心理。

的确有这种情况，有的时候，人们心里有话，苦于一时找不到恰当的表述方式清晰地表现出来而陷于迷惘，一经有人清楚地把这样的思想表述出来，他们会忽然醒悟，感觉"我本来就是这样想的嘛。"师范学院大多数人都认为东湖师范学院的整风运动要由院党委领导，整风的目的是要整掉党委工作中存在的官僚主义、宗派主义和主观主义，而不是要整垮、整掉党委领导，这本来是明明白白的道理，但是有些人在大鸣大放的轰鸣声中忽略了这个基本事实，而古全和发表在院刊上的短文和他的辩词，以及高挑女生刚才的讲话所引发的就是人们这样的一种心理过程。吉梦寒的发言发挥了给争论降温的作用，不过仍然有个别的人怒气冲冲，武斗的气氛仍然没有完全消散。这时，一个梳着两条毛刷发辫儿的中等身材的女生凑到古全和的身边，拉拉他的衣袖，意思是提醒他要冷静，然后悄悄地离去。不一会儿，院治保会来人劝散了人群。古全和知道那个女生是担心争辩可能导致有人动手动脚，激化矛盾，让古全和吃亏，特地去叫来了治保会的人。她的举动让他感到亲切。人群散去之后，古全和问那个女生的姓名，她说她叫佟金凤，是历史系1953级四班的，和鄂兴华同班，"无情棒"就是他们班的社团。

古全和注意到，岑云鹤也在争论的现场，他并没有站出来维护他，而是躲在远处看热闹。

古全和头脑里又浮起了那个老问题：面前的这些同学，包括杜贵龙、鄂兴华和危约翰，和要对他动手脚的个别同学，他都认识，整风前都是些规规矩矩的学生，是一些听党的话的青年团员和革命群众，有的还是共产党员，团的干部，争取入党的积极分子，学院文艺社团的骨干，他们为什么突然间就变成了眼前这个模样儿了呢？他们要干什么？是要表现自己呢，还是有什么不满和要求？他又想到了武心慈同学。她联合班上少数申请入党的积极分子，把党员叫到女生宿舍，哭诉她们的愿望，指责党支部不讨论她们入党的问题，要求党支部尽快地吸收她们入党。那么杜贵龙、鄂兴华和危约翰这些人呢？他们要求的是什么？他们为什么要暴力抢占机要单位院广播站和院刊？难道他们不知道抢夺舆论工具是"造反"夺权的严重错误吗？有一点他头脑中渐渐地清晰起来：那些恶意把共产党员描画成丑类和罪人，扬言"把不学无术之徒赶出神圣的高等学府"，鼓吹"教授治校"，大声疾呼要求把土地归还地主的人，绝对不是要帮助党改正错误，提高马克思主义水平，带领人民群众推进祖国社会主义的建设事业的，他们是另有所图，他们揪住莫文林的生活作风问题不放，进行旨在蛊惑人心的宣传，喊出杀气腾腾的政治口号儿，都很难用政治上的无知和思想偏激来解释。看起来整风可能是一场混战。

152

　　古全和与他的两位室友的关系在持续发生着微妙的变化。岑云鹤和况松涛同岁，今年都是 27 岁。在念本科时，由于古全和与他们的年龄和经历差异大，性格也不一样，与他们之间几乎没有纯个人的交往和友谊，来研究班后，同室而居，彼此朝夕相处，接触自然就多，思想也有了一些浅层次的交流。但是近来他们中间又拉开了距离，而且有越拉越大的趋势，并且渐渐地带上了好恶和对立的色彩。

　　岑云鹤念本科时一直追逐蔺丽莲。而蔺丽莲一度跟古全和走得很近，大一和大二时，她经常和古全和一起对笔记，称赞他写字快，能吃苦，有毅力，笔记记得全。岑云鹤担心古全和跟蔺丽莲发展个人感情，曾经把他看成是他潜在的情敌。为阻止蔺丽莲接近古全和，他蓄意贬低古全和，古全和性格古板一说就是他制造出来的。这种情况一直持续到大三。事实证明古全和无意于蔺丽莲，岑云鹤便觉得自己曾经恶意贬斥过古全和而有点儿于心有愧，进入研究班之后便开始以老大哥的姿态关心古全和的生活，常常约古全和到研究生餐厅的小食堂去吃夜宵。整风运动中，他经常拉着古全和去参加一些"群众论坛"。但是在古全和拒绝在他起草的大字报上面签名，以及对部分"群众论坛"的态度冷淡，不肯给贺守节先生的讲演鼓掌等，促使岑云鹤开始指责古全和主观武断，思想僵化，缺少同情心，对贺先生有偏见。古全和也毫不客气地回敬他说，还不清楚谁死了就哭爹，是不明智的表现。他们之间的关系又开始降温，渐渐地拉大了距离。岑云鹤开始向况松涛靠拢，常常背着古全和跟况松涛嘀嘀咕咕。古全和猜他们嘀咕的说不定就是他，无非说他僵化之类，古全和也不在意。从本科到现在，古全和没和况松涛说过几句话，更很少谈及个人的思想。古全和觉得况松涛是个大人，经多见广，有点神秘，和自己较少共同语言。进入研究班之后，他们仍然保持着彼此敬而远之的关系。但是，古全和在

《东湖师院》上发表的那篇短文竟激怒了他。他第一次对古全和变脸，指责古全和给群众的革命行动泼冷水，激动地说："大鸣大放嘛！各放各的，你怎么能说人家的大字报是'可笑的歪曲'呢！你有没有群众观点呀？"

古全和认真地说："我那篇短文中不仅仅有'可笑的歪曲'那五个字吧？要百花齐放，也要百家争鸣，有批评，也要有反批评，有来有往，平等交流，才算正常。我无非是就整风的现状谈了一点个人的看法儿，提了一点儿建议，怎么就成了给谁泼冷水，没有群众观点呢？群众观点不等于尾巴主义，你也可以写文章反驳我呀。"

况松涛激动地说："会的，我会的！难道贺守节教授遭受的那种残酷的迫害不应当揭发、批判、给予平反吗？如果有必要，我当然会写文章替贺守节教授主持公道！"

古全和不知道况松涛为什么这样激动。他质问况松涛说："你听过'我的血泪控诉'吗？知道贺先生的问题的来龙去脉吗？凭什么说他遭受过残酷的迫害？你认为是谁迫害了贺先生？是国民党，还是共产党？"

古全和把贺守节的问题和国共两党的斗争联系起来，让况松涛感到震惊，显然不能说迫害贺先生，但是仍然板着面孔儿说："你怎么知道我没听过他的血泪控诉？"但是态度有所缓和。这时，古全和才发现况松涛很关心整风运动。他想况松涛一向沉默寡言，为什么现在忽然变得这样旗帜鲜明，锋芒毕露，不留余地地反对他那篇短文，以致不惜和老同学翻脸呢。五年来他从没这样和他争辩过。前几天他还说贺守节贴莫文林的小字报是为了争权夺利，现在为什么又把贺先生说成是蒙冤受屈的人了呢？现在，古全和对于他和况松涛在年龄上的差异不再在意，觉得自己也可以开导开导老大哥况松涛，便以平和的口气说道："你了解贺守节教授的历史吗？知道他是怎样被捕又怎样被释放的吗？能证明他是被冤枉的吗？要知道，贺先生历史上有变节行为是上级党组织给他做的结论，贺先生在群众论坛上讲的是一面之词。你想一想，在你并不了解贺先生的前提下，在贺先生和党组织之间，你应该相信谁？"

况松涛听古全和这样说平静下来，但是仍然强辩说："党组织也有搞错的时候。汤敏同志不是当众代表党组织给他道歉了吗？我相信贺先生是被冤枉的！"

古全和说："你为什么不想这样重大的问题不大容易搞错呢？"

况松涛不可理喻的态度让古全和感觉困惑。他想，况松涛1948年参军，受党教育多年，居然毫无根据地怀疑党组织给贺先生做的结论而相信贺先生个人的诉说。古全和认为况松涛一反在政治问题上的中庸作风，极力替贺守节先生说好话，怀疑与他父亲和叔叔被镇压有关，担心他在这个问题上滑下去犯大错误，决定从旁提醒他一声儿。当天晚上熄灯后，他以很随便的语气无所指地议论道："现在是百花齐放，但是每个人都要对自己的言行负责。立场不同看法儿两样儿，失之毫厘，差之千里。在贺先生这样重大的问题上，不可以想当然。如果他真有冤情，他应该按照组织系统申诉，而不应该利用整风运动兴风作浪，搞什么'血泪控诉'。他控诉谁呢？仅仅是莫文林个人吗？在这样的问题上，应该站稳立场。"

况松涛感觉古全和已经知道他在替他父亲和叔叔写翻案文章，是在提醒他不要在这样的问题上犯错误，就改变了对古全和的态度，不再提贺先生的事，也没有再写替他父亲和叔叔翻案的材料。

旁观者清。对于况松涛和古全和的争论，爱发高论的岑云鹤一直保持沉默。他站在古全和一边。下午他目睹了古全和跟一些同学的辩论，认为古全和关于整风的那些议论合乎逻辑，东湖师范学院的整党运动当然要由学院党委领导，杜贵龙、鄂兴华、危约翰等人抢占广播站，试图抢占院刊，是夺权性质的行动，他们搅乱全院师生员工大会，压制不同意见，也有悖中央整风的精神，不是小事儿。

153

在古全和放松和放弃副博士论文写作，和同学们争论的时候，心里并不踏实。世界文学研究班的教学活动按中苏双方签署的协定进行，教学计划按时完成，不受当前的整风运动和其他任何事情的影响，他缺少了副博士论文可能被算作没有完成学习任务而不能毕业，研究班的学习将半途而废。他现在是个预备党员，自知年轻幼稚，缺少斗争经验，既不真正懂得中国社会，也不真正懂得党内生活的规矩，盲目性大，容易感情用事。而他又感觉面对校园里的混乱局面，共产党员应该站出来说话，揭发三大主义，批驳错误言论，维护党委领导，坚持整风运动的大方向。

古全和尊重党支部书记秦中州，又因为他按兵不动，继续在那里炮制那篇毫无用处的副博士论文感到不满，忍不住决定去促一促他，让他站出来发挥模范带头儿作用。

古全和来到秦中州的住处，对他说道："我对你有意见。"

秦中州放下手里的笔，抬起头，坐直了身子，打量了古全和一番，发觉古全和脸色不大好看，就用手指指床铺，让他坐下，笑笑说道："那你就朝着我鸣放嘛。"

古全和说："学校里乱成这个样子，有人把共产党说成'罪人'，扬言把共产党从高等学府赶出去！你为什么不站出来说话，维护党委的领导？那篇副博士论文就那么值钱?！念两年书，拼凑一篇文章，就是个副博士，这种廉价的副博士有什么用处?！党支部应该发动党员起来维护党委的领导！"

"原来如此，"秦中州说道，"好，接受你的批评。你在院刊上发表的那篇大作我拜读过了，写得不错，只是有点儿偏激，肯定的少，指责的多，口气不怎么和气。应该看到，大多数大字报的内容是好的，积极的，有助于党改进作风，应该充分肯定。"

古全和打断秦中州，说道："同意你的意见，我批评的不是大多数儿。"

秦中州继续说："关于'副博士'的问题，我得严肃地提醒你注意，不要再信口开河了。想问题不能以个人的好恶为转移，心中要有组织观念、整体观念、政策观念、群众观点。写副博士论文、授副博士学位，是格拉西莫夫老师提出来的，是他的一番好意，是一件大事，我们应该感谢他，带头落实他的计划。这件事是经研究生部汤敏同志同意、院部批准，上报教育部备案的，事关国家计划和中苏关系，再说，同学们想弄个副博士当当也无可厚非。你非议这件事是对抗上级领导，和大家唱对台戏，不得人心。"

古全和表示接受秦中州的批评。

秦中州说："你要我站出来说话，有什么具体建议？"

古全和高兴地说："咱们也办一个社吧？"

"好啊，你领导，我参加！"

"不，你当社长，我当主编。"

"社长还是你来当吧，你的名气大。我给你当'狗头军师'！咱们也得有个名号吧？"

"大鸣大放嘛，就叫'大家放'吧！"

秦中州说："好！就叫'大家放'。"

古全和高兴地离开秦中州，回到401房间。他见岑云鹤正在伏案写什么，以为他又在炮制什么鼓吹民主办校之类的大字报，没有理睬他，而是回到自己的位子上，打开笔记本，准备草拟在进研班联会上讲话的提纲。

岑云鹤凑到古全和跟前儿笑嘻嘻地说："捏造啥子呢？"

古全和头也不抬地说："一会儿班联会开会，写个发言提纲。"

岑云鹤说："下午我在柳树林听了你的发言，讲得不错。"

古全和注意到岑云鹤的态度有变化，说道："我看见你鼓掌了。"

岑云鹤说："我也写了一个大字报稿儿，你给我看看好吗？"

古全和高兴地说："好啊。"说着接过岑云鹤的稿件，见标题是：《坚持整风的大方向》。

岑云鹤急切地问道："怎么样？"

"行！太长了，删去一半儿。"古全和说，"秦中州说，咱们也办一个社，你参加吗？"

"参加！"岑云鹤毫不犹豫地说，显得非常高兴。

古全和说："你这篇大作就登在《大家放》的第一期上。再写一篇文章，题目可以叫《大字报巡礼》，全面评论一下校园里的大字报。怎么样，你来写吧？"

"好嘛，马上就写！"岑云鹤说着，就回到自己的座位上，展开了面前的稿纸。

这时，况松涛进来了，笑着说道："在说什么呢？"

"在谈写大字报的事。"古全和笑着说。

"写什么大字报？"况松涛凑到岑云鹤跟前儿看着说。

古全和说："咱们也成立了一个社，叫'大家放'。岑云鹤在赶写创刊号儿用的稿件。"

况松涛立刻表示他也要入社。古全和表示热烈欢迎。

154

进研班联会只开了不到一个小时，到会的除进研班联会的主席和委员外，还有各进研班的几十名班长。古全和在会上部署了本周的工作，听取了大家有关研究生餐厅工作的意见和要求，顺便向大家报告了世界文学研究班成立了"大家放"社团的消息。

第二天，"大家放"创刊号大字报出现在学生大餐厅正面的砖墙上，因其是第一个由研究班的同学所创办，又第一个刊载有评论整风运动的专论而特别引人注意，吸引了大批的读者和观众。

第三天，由哲学等进研班创办的"火箭炮""千里眼""学习社""向日葵"等社团的大字报也出现在校园里，东湖师范学院校园里有"放"无"争"、一家独唱的局面被冲破。

研究生几乎都是党团员，许多人在念本科时都担任过党团班级干部，政治素质、文化水平和活动能力都远高于本科生，在校园里是"稀有动物"，对本科生有很大的影响。仅仅过了一天，追随在研究生社团后面的本科生的社团先后亮出了自己的旗号。"解剖刀""无情棒"和"理疗社"等社团本来就已经无话可说了，在"大家放"等社团的冲击下，只经过短短几天的工夫就偃旗息鼓了。当天古全和就带领一些学生社团代表赶到自由大楼，从社团手里夺回学院广播站，社团代表中就有 54 级的吉梦寒，她担任播音员，后来还参加了古全和反右派期间执导的独幕剧《无头苍蝇》①的排演，扮演戏中的女记者。反右派之后，她仍然留在广播站，直到她本科毕业。

吃午饭的时候，汤敏风风火火地赶到研究生餐厅，当众申斥古全和说："你是怎么搞的呀?! 为什么要策动研究生和进修员起来围剿本科生的社团啊？"

古全和说："有些人连院党委的话都不听，我能策动谁呀？而且根本

---

① 独幕话剧《无头苍蝇》，编剧王命夫，描写 1957 年整风鸣放和反右派斗争的景象，人物儿和场面多讽刺和夸张，类似活报剧，带有浓重的荒诞色彩。

就不存在谁围剿谁的问题。中央号召大家帮助党整风，谁都可以发表意见，百花齐放、百家争鸣，真理面前，人人平等，有的社团建立起来，有的社团解散了，这很正常。社团无所谓本科生和研究生之分，他们各有自己的主张，形形色色，并不一样。"

汤敏说："各放各的嘛！你们干吗要对别人的鸣放说三道四?!"

古全和说："百花齐放、百家争鸣，只许自己放，不准别人争，哪有这样的道理?"

汤敏气愤地嘟囔道："无组织无纪律！你是班联会主席，你要负责任！"

古全和说："我们进研班联会不管整风鸣放的事，我没有这份儿责任。"

汤敏原本想向古全和施压，而古全和根本不听她的。她无奈，只好愤然离去。汤敏的种种表现诱发古全和开始琢磨"老革命"问题。他原本像敬重父母一样地敬重老同志。但是汤敏等个别老同志的言行让他发现"老"和"革命"之间并没有必然的联系。"老革命"贵在"革命"，老而不革命，就无"贵"可说。

就在全院"保字"号的学生社团兴起，"反"字号的社团溃散的时候，《人民日报》发表了题为《这是为什么?》的社论，校园里风云突变，一时间东风劲吹，西风不再，让所有的人目瞪口呆，不知所措，接下去就是"资产阶级右派分子"的帽子满天飞，杜贵龙、鄂兴华、危约翰等一度左右校园舆论的活跃分子，如梦初醒，大惊失色，而他们的命运却已经是不可改变了。与此同时，类似那几个曾经在深夜里躲在操场角落里抱头痛哭的所谓的共产党员，和许多一度被冷落的党团员干部，又在院党委的统帅下，以反右派斗争积极分子的英雄姿态杀上斗争的第一线。他们中间的有些人几天前还曾经是杜贵龙等人的追随者，如今脚后跟一拧，脖子一转，又把矛头指向此刻垂头丧气、痛哭流涕，频频检讨，表示认罪，而仍然不被放过的杜贵龙们了。标榜自己是"保"字号儿，争取"左派"桂冠，又成了少数聪明人奋斗的目标儿。而更可怕的是，有些人唯恐漏掉谁，落个右倾的政治鉴定，影响自己的生财之道。

面对这种突然变化，古全和又从整风鸣放那些日子里的困惑一变而陷入无法解脱的另一种困惑。他想："难道莫文林和姜添富等人的堕落和丑行、群众对党委的某些人的揭发和批评，又都不算数了吗？难道批评党员干部个人，批评某个党组织就是反党吗？为什么突然到处都是敌人？说右派可按人民内部矛盾处理，可是性质是敌我矛盾啊！"这个弯儿来得太快，太急，太猛，太没有道理，让他感到无法适应。几天前非党的荀副校长在整风座谈会上发表了有关党的知识分子政策的意见，他的发言还刊登在院刊的头版头条，后被《江城日报》转载，而现在他竟被说成那是向党进攻了。怎么会这样反复无常呢?！两天来，已经有六篇点名批判"右派分子荀一笋"的文章了，古全和一直扣着不播，因为他不相信荀一笋副校长会反对共产党。他在旧社会是个师范学校的穷教员。他子女多，生活艰难。新社会人民政府承认他在普通物理学研究和教学法方面的成就，把他请进大学，让他当了大学教授、副校长，使他生活富裕，备受尊重，他干吗要反对共产党呢？那不是否定他自己吗！可是这些批判文章古全和不能不播。一周前还极力反对进修生和研究生批评"解剖刀"等社团，亲自赶到研究生餐厅来向古全和兴师问罪，诬指他发动研究生和进修员"围攻""解剖刀"们的汤敏同志已三次以院党委的名义派人来催促他播发批判右派分子荀一笋的文章！而且警告他要服从命令，遵守纪律。古全和想"党委的决定，当然要执行"，只能违心地让播音员播发了批判荀副校长的三篇稿件。

古全和整天盯在广播站，晚上也不得清闲。在《人民日报》社论发表以前的那些日子里，他曾经做过一些"反"字号儿学生的工作。那些学生都是党团员。经古全和说服，学生们意识到自己一时头脑过热，把政治运动当儿戏，言行有悖党团员的政治责任。可是现在他们都面临着被划成右派分子的危险。中文系的王受天、马龙，教育系的丛坚等几十个人所在班级的党支部，先后派人来找古全和，了解这些人在鸣放时期的表现，要古全和提供证明这些学生们是右派分子的材料。古全和一律回答说：学生们早在《人民日报》社论发表以前就已经认识了自己的错误。古全和想，即使有些学生发表过一些错误言论，只要能认识，肯改正错误，就不算问题。而不幸的是这在后来也成了他为右派分子辩护的"罪行"，1959年的反右倾和1964年的四清运动中，有人用他的这些话来证明他"替资产阶级右派分子辩护"，是货真价实的右倾机会主义分子。

155

反右派的高潮只有短短个把月，其间古全和一直在院广播站工作，几乎没有参与过包括本班在内的第一线上的反右派斗争，对于划定、批判、处理右派的详情细节，斗争右派分子的具体场面，形形色色的人物在斗争中的表现，同学关系和师生关系的变化等，都没有实际感受，事实上他是错过了那个认识人生、接受教育的大好时机，班里反右派斗争的情况，大多是岑云鹤等同学会后对他学说的，对于反右派斗争中"断章取义""胡乱联系""无限上纲"和强加于人等荒诞离奇的做法儿，他是在几十年后清理整风"反右"一案时，阅读一个个案例的时候才了解到的。他觉得这对他是一大损失，以至于他在以后遭遇类似右派分子的命运时，毫无精神准备，无所措手足，没有能够从容应对，留下了诸多遗憾。

在整风鸣放期间，世界文学研究班，没有人到校园里去张贴过大字报，但是班里也出现了右派分子，一个是朱志超，一个是冯明德，二人被划为右派分子东湖师范学院俄语系内部矛盾的产物儿。另有三个疑似右派分子，他们是岑云鹤、况松涛和武心慈。古全和被叫回党支部参加会议，是因为在讨论岑云鹤和况松涛是否右派分子问题时发生了意见分歧，而古全和是岑云鹤和况松涛本科的老同学，整风鸣放期间又和他们同住一个房间，了解他们的情况。

朱志超来自本院俄语系英语专业，本科毕业后留校工作。去年成立世界文学研究班，又被保送进研究班学习，学成后回系建立外国文学教研室。整风鸣放期间他和同班同学冯明德一起回到俄语系参加了系里56届留校青年教师座谈会，在会上大发雷霆，猛烈攻击他们本科时的党支部书记廖梅初，说俄语系英语专业党组织有严重的宗派主义，纵容党员抢男霸女，和旧社会的贵族恶霸没有什么区别，而俄语系的党组织却听之任之，置若罔闻，实际上是放任纵容他们作恶。他还说，在派留苏生的问题上，俄语系也有宗派主义，派出的是廖梅初的男人欧阳勤奋。朱志超发言记录被转到世界文学研究班党支部，上面附有俄语系党组织的按语，说朱志超是右派分子，研究班党支部认可俄语系党总支的意见，组织全班同学，对他进行了批判。

平时朱志超和古全和接触最多。研究班新开的外语课是俄语，而朱志超老家江苏，中学学的是英语，俄语是他的第二外语。古全和的俄语好，朱志超经常到401来向他讨教俄语问题。古全和发现他情绪低落，总是阴沉着脸，很少说话，好像遭遇过多大的不幸。

在是否划朱志超为右派分子的问题上，党支部意见不一。组委华希九一反平时的温和宽容，声色俱厉，说朱志超攻击党的支部书记就是攻击党的领导，力主定朱志超为右派。

古全和认为朱志超攻击的不是共产党，而是党的某个干部，而且事出有因。他以商量的口气发表了自己的意见。华希九立即不指名地表示反驳，提醒他注意自己的立场。古全和并不害怕，只是感觉很不愉快，猜不透华希九为什么突然变成这般模样儿。

秦中州对于古全和和华希九在朱志超问题上的争执保持沉默，但是卞一蓝发言支持古全和，明确表示不赞成划朱志超为右派分子，她说据她了解，朱志超对于他们年级的调干生党支部书记廖梅初的误解和成见事出有因，他们最早的思想疙瘩结在大学一年级。那时院部要从他们班选择一名留苏预备生，朱志超在备选之列，有望入选，但是最后选定的是廖梅初的男朋友欧阳勤奋。（欧阳勤奋去苏后移情别恋，先后和几个俄罗斯少女关系暧昧，影响极坏，受了处分，被中途遣送回国。）这件事本来和廖梅初无关，但是朱志超认定是廖梅初从中捣鬼。彼此结下疙瘩。使朱志超和廖梅初的关系进一步恶化的是朱志超在感情生活方面遭受的沉重打击。卞一蓝说，朱志超念本科时的女友张幼兰是他中学时的同班同学，他们于1952年一起考入本院俄语系英语专业，从大一到大三，一直公开保持着恋爱关系。大三暑假，俄语系体面风流的党员教师本市富家子弟齐兴家突然插进他们中间，口头儿许诺张幼兰毕业后留校工作，从朱志超身边把张幼兰拉走。这件事让朱志超痛不欲生，对齐兴家恨之入骨，当众大骂齐兴家夺人所爱，不道德，还和他大打过一架，把齐兴家打得头破血流。廖梅初不仅不体会朱志超失恋的痛苦心情，出面做朱志超的工作，化解矛盾，还说这完全是张幼兰个人的自由选择，和齐兴家无关，并指责朱志超干涉别人恋爱自由，因而激怒了朱志超，他怒斥廖梅初搞宗派主义，护犊子，大骂她是师范学院的"西太后"，和廖梅初结下了死疙瘩，还因此改变了他对于党组织的态度，撤回了他的入党申请书，声言永远不参加有廖梅初的共产党。卞一蓝认为，朱志超心胸狭窄，个人主义严重，错误地把个人不幸的原因归结到个别不道德的党员身上，又把对齐兴家的怨恨扩大到对于党的干部和党组织的不满，趁整风之机，大放厥词是错误的，但是这不能算是反党反社会主义，因为他来研究班之后又重新向党支部交上了入党申请书。卞一蓝主张严厉地批判朱志超的个人主义，但是不要把他划成右派分子。华希九坚持己见，力主落实俄语系党总支的意见，秦中州保持中立，其他几个党员附和华希九和秦中州，朱志超右派分子的罪名就这样被初步确定了。

　　冯明德一案和朱志超有点儿关联。廖梅初的外号儿"西太后"就是他给她起的。但是在划冯明德为右派分子的问题上，党支部没有异议。因为冯明德在整风鸣放会上公然声称他要建立一个人民党。他不曾解释他为什么要建立人民党，但是当社会上有人指责共产党的领导是"党天下"的时刻，他发表这样的言论，在别人质问他意欲何为时，又既不解释，也不收回，更不检讨，而是淡然相对，不能不遭人怀疑他是要和共产党作对。确定冯明德是右派分子的另一个罪状是他也辱骂过他们专业的党支部书记廖梅初。反党反社会主义是划定右派分子的主要条件。有人说"反对党员个人就是反党"，那丑化党支部书记当然也是一桩罪名。冯明德还有其他不满他们本科班级生活的言论。

　　据卞一蓝的调查，冯明德在大学本科也曾提出过入党的要求。他们班上的党小组和年级党支部根本就没有注意过他。冯明德身材瘦小，有点儿佝偻，体重不过七八十斤，走路脚步很轻，像个幽灵，毫不引人注意。古全和从没听见他说话，课堂讨论，即使主持讨论的人点到他，他也不发言。古全和感到奇怪，俄语系英语专业为什么要保送这样的人来念研究班，他毕业后怎么能胜任教师的工作。冯明德的事例让古全和联想到1952级学生的特殊性，冯明德可能也是由于当时生源奇缺而被拉入大学的，只是他没有羊修仙那样一些人的"智慧"。

　　冯明德按时于1958年8月和他研究班的同学一起结束学业，被分配回宜昌老家，在一所师范学校总务科工作。他没有结婚，始终孤身一人。八十年代中期，冯明德的右派问题平反，但是他已经不能从事教学工作了，连小学都教不了。以后就没有了他的消息。古全和始终怀疑，冯明德当年发表错误言论是不是和他的精神健康状况有关。

这些日子古全和感觉发生在眼前的这些颠三倒四的事就好像是一些梦幻。他感觉有些事情是那样地不合常情，那样地突然，那样地似是而非，那样地让人难以信以为真。有些人突然就稀里糊涂地变成了阶级敌人。

在况松涛、岑云鹤和武心慈等人的问题中，党支部首先讨论的是和武念慈有关的 5 月 30 日 230 女生宿舍会议的问题。华希九开场就断言，230 女生宿舍会议是有组织有预谋的反党性质的黑会，会议召集人武心慈是反党反社会主义的右派分子。其他的党员态度不一。古全和感觉华希九在反右派斗争发动以来好像变了一个人，非常偏激。反右派之前他经常是满脸堆笑，是温和宽容的老大哥，而今变得杀气腾腾，唯恐有谁漏网。古全和认为，同学们在 230 女生宿舍会议上的发言中，只对党支部的组织发展工作提出了一些不切实际的要求和批评，谈不上反党。然而出乎他的意料，多数党员附和华希九的发言，揭发清算 230 会议竟成了世界文学研究班反右派斗争的重要内容，批判并处分了与会的好几个人。

秦中州和卞一蓝默认了华希九对 230 女生会议是反党会议的定性，但是不赞成定武心慈为右派分子。秦中州肯定武心慈在整风过程中召开那样的会议是错误的，干扰了整风运动，暴露了她在入党动机方面的错误，但是属人民内部问题，应交全班同学批判，并建议撤销武心慈团内职务作为处分。一些党员又返回来附和秦中州的发言。

这时古全和还不懂得政治上被绑架一说，不知道秦中州和卞一蓝为什么要跟着华希九跑。但是不久他就意识到在政治斗争中唱高调的妙处。华希九唱出了高调儿，别人如果不肯附和他，就有可能被说成右倾，而右倾是可怕的错误。院党委刚刚大张旗鼓地通报批评了历史系 53 级党支部马奉真等人的右倾温情主义的错误，解散了他们的党支委会，从政教系调入哲学教研室的共产党员潘振雄等三同志，重建该年级的党支部，坐镇指挥"解剖刀"和"无情棒"所在的历史系应届毕业生的三、四两班的反右派斗争。这个通报震惊了所有在第一线上指挥反右派斗争的干部，古全和估计秦中州和卞一蓝对于华希九发言表示沉默可能与此有关。而华希九唱出高调儿也是为了保持他在政治上的主动地位。古全和开始重新认识华希九，感觉他心地不善，他的行为类似于对武心慈等同学政治上的杀害。

党支部会后，在全班范围内展开了对于右派分子朱志超、冯明德和5月30日230女生宿舍会议及其参加者的严肃的揭发和批判，批判会先后进行了七天，最后宣布了撤销武心慈团内职务的处分。

福无双至，祸不单行。在武心慈遭受批判处分悔恨痛苦不堪的时刻，传来了她男友陈秋士被划为右派分子的消息，怎样对待陈秋士的考验又摆在了她的面前。团支部书记罗元辉找她谈话，暗示她应该和右派分子陈秋士分手，而武心慈内心矛盾重重，最后做出了背上右派分子家属的罪名，去安慰和温暖处境比她更惨的爱人。

在划不划岑云鹤和况松涛的问题上，党支部内部意见分歧很大。华希九调门儿不减，坚决主张把他们划成右派分子。他激动地说道："况松涛胆敢怀疑伟大的镇反运动，趁整风之机，为他血债累累的反革命的父亲和叔叔翻案，露骨地暴露了他反党反社会主义的反动立场，他就是个右派分子。岑云鹤出身地主家庭，整风鸣放时跳得最欢，到处煽风点火，写大字报鼓吹民主办校，替叛徒贺守节鸣冤叫屈，他老丈人是个逃往台湾的国民党少将军官，岑云鹤是个货真价实的右派分子！"

卞一蓝和古全和不赞成划岑、况二人为右派分子。古全和说："况松涛是在解放战争还在进行的时候参加人民解放军的，表明他那个时候就在革命和反革命之间做过选择，背叛了他剥削阶级的反动家庭。在校园里一片混乱的那段时间，他思想上有过动摇，偷偷地写过替他父亲和叔叔翻案的申诉信。他写了撕，撕了又写，反反复复，表明他思想里有矛盾斗争。他并没有否定整个儿的镇反运动，而只是对他父亲和叔叔的案件有所怀疑，准备向党和人民政府申诉，也就是说，他承认和信赖党和政府。最后经过思想斗争，认识了自己的错误，主动放弃了翻案活动，并向组织汇报了事情的经过，进行了自我批评，请求组织处分。所以我认为况松涛有严重的错误，但他不是右派。岑云鹤一贯自命不凡、爱出风头，这是岑云鹤的老毛病。在整风鸣放期间，他曾经同情过'民主办校''教授治校'等错误言论。但是他在《人民日报》'六八社论'发表以前就参加了咱们班的'大家放'社团，还写了几篇批驳错误言论的文章。有一件往事我想有必要在这里向大家汇报。1955 年的秋天，岑云鹤暑假回四川探亲。在老家见到了他的一个老同学，他是个国民党特务，是从台湾潜回大陆来进行策反活动的。岑云鹤回校后，那个特务写信给他，策动他外逃香港。岑云鹤立刻把特务的那封信交给党组织，并配合公安部门抓获了那个特务。这件事情证明他的敌我界限是清楚的，是靠拢党的。我认为岑云鹤在运动初期的错误言行也不属反党反社会主义。他的家庭出身和跟他毫无联系的老丈人，以及他妻子的前夫，和是否定他右派分子无关，不能混为一谈。"

古全和是个预备党员。他之所以敢于无所顾忌的发表意见，一是他的性格使然，一是因为他在《人民日报》"六八社论"发表以前就在院刊上发表了《把运动引向深入》那篇短文，表明自己是站在党委一边的，因此没有人会把右派分子的帽子扣到他的头上。但是他也不是毫不担心遭遇厄运，可是他不能不为老同学主持公道。否则他将没有脸去面对他的那些兄弟姐妹般的同窗好友。

况松涛和岑云鹤逃过了他们的一次人生的大劫难。岑云鹤不曾意识到自己处境的严重，但是况松涛却惴惴不安地度过了上百个日日夜夜，担心党支部会追究他的错误，给他戴上右派分子的帽子，直到反右派的风潮全部过去，双反运动结束，他那颗悬着的心才放下来。他猜想古全和替他说了好话。毕业前夕，他特约古全和和岑云鹤在 401 房间的门口儿合影留念。

况松涛和岑云鹤毕业后都在外国文学的教学和研究方面做出了贡献，并先后在八十年代初期参加了中国共产党。岑云鹤晚年终于得到了他一展风采的机会。他在二十世纪最后一年的春天，被选进他所在的四川某师范学院中文专业的党总支，并担任总支书记，直到他于 2007 年因发糖尿病并发症不治离世。

163

在反右派斗争短短的一两个月里，东湖师范学院经历了天翻地覆般的巨变，有过百的师生被划成右派。整风运动正在转入整改阶段，不过偶尔还能听说某某被补划成右派分子的消息，有些人依然惴惴不安。这种状况一直持续到 1958 年的春夏之间，学院转入双反交心运动和教育大革命之后。

每当想到反右派斗争，古全和的心情都感觉有些迷惘和复杂。他觉得反右派斗争来得太仓促、太意外、太可怕。它就像一次惊天动地的海啸，突然来了，又突然去了，留下一片模糊、狼藉和困惑，让人难以完全相信和接受它的真实性。最让古全和心中感到困惑和不安的是历史系 1957 届三班和四班的那些倒霉的冤大头。他们几乎都是被蛊惑、被怂恿而跌落进右派分子的泥淖的。班上有约 25% 的人被划成右派分子，另有约 25% 的人犯有程度不同的右倾错误，合起来人数儿过半，而所谓革命的左派，听说班上没有几个，连政治上属中左的都不多，以至于他们中间没有几个人有资格儿撰写和整理犯错误的同学的鉴定材料，而不得不从中国古代史研究班调研究生党员来充实他们的专案组。

反右派斗争胜利了，狂极一时的杜贵龙等人，他们曾经抢占和控制过学院广播站，企图抢占院刊《江城师院》，并向共产党员问罪，声言要把不学无术之徒赶出神圣的高等学府，干扰和挑战院党委的领导。现在他们得到了应有的惩罚，院党委恢复了对于东湖师范学院的领导，但是古全和总感觉这个胜利不那么单纯和实在，让他想到那些在鸣放中说过错话，办过错事，但并不反党反社会主义，而且表示后悔，而最后仍然被弄成右派分子的可怜的熟悉的同学，因而心中感觉不那么踏实。在周围的人看来，反右派胜利了，而他走在运动的前头，早在《人民日报》"六八社论"发表之前就敢于对有些人说"不"，他应该感到骄傲，欢欣鼓舞，而事实上他并没有那么高兴，在他胜利的感觉之中夹杂着某些疑惑和凄凉。

一段时间曾经有人说，右派分子错误的性质是敌我矛盾，按人民内部矛盾处理，学生中的有些右派分子还有机会回到学院来完成学业，这让古全和感觉宽慰，然而后来的事实并没有像传说的那样，在东湖师范学院，几乎所有的右派学生都没有获得重新返校学习的机会，有些人还被送去劳动改造。这样的结果也让古全和感觉遗憾。

反右派的结果使历史系四年级原党支部书记马奉真和她的同志们深感委屈和羞愧，因为正是他们党支部这个战斗堡垒所在的地方儿出现了这么多的右派分子，不过他们心里明白，原因并不是他们平时工作不力，也不是由于他们那两个班的同学思想多么落后，而是因为有党委常委汤敏插手他们年级的运动，是她煽动一些同学成立了三班的"解剖刀"和四班的"无情棒"，忽悠得一些同学忘乎所以，迷失了方向，铸成大错。有一些同学的错误不是由于他们反对党，而是因为他们相信党，具体地说，就是相信了党委常委汤敏。这种情况上下左右的人都知道，但是没有人敢于面对这个事实，处理这个问题，还那些倒霉的同学一个公道。现在汤敏躲藏在院党委里，是反右派斗争的领导者之一，投鼠忌器，现在揭发追究汤敏的问题要冒反党的风险。这样的冤屈马奉真和她的那些落难的同学们无处诉说，而只能以戴罪之身听凭从政教系调入的潘振雄等"钦差大臣"的处理，而在反右倾的风潮中被派进历史系的潘振雄时刻注意的是防右，也很难实事求是地处理他们的问题。

整风运动进入党内开展批评和自我批评阶段，每个党员都要检查自己在整风"反右"斗争中的表现。古全和在党支部会上汇报了他这段时间的思想和活动情况，检查了自己的不足，如实地汇报了他当时思想的矛盾斗争。党支部的同志肯定了他在运动中的表现，但是华希九含糊其辞地谈到了他的不足，意思是他对于有些右派分子在思想感情上界限不够清楚。秦中州不同意华希九的发言，但是也只是说，古全和在反右斗争中的政治立场基本坚定，这就是说，他在政治方面还是有问题的。古全和相信秦中州的批评有道理，但是他并不理解他批评的具体含义，猜想秦中州可能也是对于他在反右派斗争期间替班内外某些右派分子和疑似的右派分子进行过辩护有意见，不过古全和并不后悔，遗憾的是他没能替那些同学讨得公道。

164

今天早起，古全和在盥洗室碰见历史系中国古代史研究班的班长邢文曾，他像平常那样和邢文曾打招呼儿，而好心的邢文曾却无言地连连对他摆手儿，然后凑近他，低声苦笑着说道："我被划成右派分子啦。"意思是提醒他和他保持距离。古全和感觉吃惊，问他为什么，邢文曾只是指指自己的嘴巴，就匆匆离去。

　　整风鸣放之后，古全和与他本科同学们的联系就中断了，这些日子他一直期盼着同学们的来信，盘算着他们中间有谁可能会出事。他最担心的是牛子奇等四川和湖北的那几个男同学。湖北的苗耀华，四川的代代超，都是抗美援朝参军参干的初中生，1952年由组织保送师范学院深造。他们文化水平低，脾气暴躁，念本科的时候就爱吵爱闹爱惹是生非。

　　牛子奇感激古全和鼓励并帮助他考取研究生，在他被武汉大学录取后，就把古全和当成他的铁哥们儿，跟古全和兄弟相称，与他保持着密切的联系，一般隔周就有信来。但是从反右派斗争以来，他们就失去了联系。牛子奇任性、暴躁、思想片面、立场模糊，封建残余意识也比较浓厚，对于土地改革有意见，笑谈土改过早地结束了他地主少爷的享受的生活，一直没能划清某些政治思想界限，而且遇事混不论，在吉林高中教育实习时，在课堂上讲到美帝国主义侵略朝鲜的罪行时，一时激愤，当堂大发雷霆，当着学生和听课的一些教师，大骂"狗日的美帝国主义"。牛子奇在入党的问题上对秦中州不满。他自以为已经达到了党员的标准，认为秦中州是故意把他卡在党外，目的是为了把他正在追求的黄伯芬从他的身边抢走。古全和担心他可能把这些乌七八糟的东西抖落到鸣放会上。

　　国庆节后，古全和陆续得到了同学们的来信，不幸的消息一个个传来。苗耀华、代代超都出了问题。牛子奇被划成极右分子，送山区劳动改造。被划成右派的还有宋廷谋。宋廷谋毕业后，被分配到成立不久的省立实验中学，到校后不久就被临时借调到四平师范专科学校工作，直到1957年深秋才回到省立实验中学。这时，整风鸣放阶段已过。实验中学党支部书记斯一心担心自己单位弄不出个右派来被领导给戴上"右倾"的帽子，他书记宝座将难保，就想弄个右派上报。他想来想去就想到了宋廷谋。宋廷谋生活上邋里邋遢，不关心政治，喜欢吃点儿喝点儿，哼哼几句歪诗，群众口碑不佳。可是宋廷谋没有参加实验中学的鸣放，四平师专也没有转来对他有用的材料，宋廷谋是游离于激烈的政治斗争之外，怎么好把右派分子的帽子扣到他的头上呢？聪明的斯一心想到了宋廷谋说他要效仿马雅可夫斯基创作不朽的革命诗篇《列宁》，创作《毛泽东颂》，诬说宋廷他要写不朽的《毛泽东颂》的话题，诬说宋廷谋对毛主席不敬，给他戴上了右派分子的帽子。而远离政治的宋廷谋，不知道右派罪名的厉害，更不知道怎样保护自己，就糊里糊涂地接受了斯某人"授予"的右派分子的帽子，被送到省筑路队接受改造，一干就是二十来年！

古全和认为，在他们本科班里最容易沦为右派分子的就是狂妄自负、品格低下的何成扬，而他却他平安无事。他被分配到哈尔滨某师范学校后，仍然我行我素，不关心政治，背着历史包袱，对于共产党有戒心，在整风鸣放期间，既没有在鸣放会上发言，也没写大字报阐述己见，还借口回老家看望他病危的奶奶，在整风鸣放的高潮中，回老家烟台逍遥了一个多月，当他返回学校的时候，左右两派斗争正酣，根本没有人注意到他的归来和存在，他不仅没有沦为右派，而且没有任何错误，幸运地躲过了这一劫。然而这对于他的妻子郑玉英和他们的儿女却并不是什么好事。

让古全和感意外的还有贺守节的结局。他的一篇小字报，一首打油诗，催生了东湖师范学院的大字报潮，冲晕了许多天真纯洁的学生，其中有些人落入右派的泥淖，而他老人家本人却平安无事。他的历史问题仍然是历史问题，他依然是他，但他不是右派分子，他就像暴雨前的一个炸雷，一道闪电，他引人注意，但是转眼就从偶然同情过他的那些人们的视野中消逝了，只是他在整改阶段调离了东湖师范学院，这是因为他的确不适合从事教书育人的神圣事业。

165

在周围的人的心目中，古全和属于在整风"反右"斗争中，立场坚定、头脑清醒的共产党员，然而事实并非如此，他只是在整风鸣放的有些时候、有些事情上头脑清醒，立场坚定。现在，反右派斗争即将过去，而整风"反右"留在他头脑里的思想疙瘩依然存在。他是东湖师范学院校园里开展反右派斗争之前就站出来维护党委领导，对于杜贵龙等人挑战党委领导的人说"不"的，可是他并没有觉得自己政治上有多么坚定，华希九和秦中州也这样说过他，相反，展望未来时他反而多了一分犹豫。在整风鸣放和反右派斗争之前，他深信只要他按照党章办事，服从领导，勤勤恳恳为党工作，他就永远都是合格儿的共产党员，而反右派斗争却动摇了他的这种自信，头脑中第一次闪过一种"人生无常"的感觉。在反右派斗争中，他眼睁睁地看着一个个党团员糊里糊涂地沦为资产阶级右派分子。其中的有些人的遭遇留给他的不是他们应有的结局，而是疑问。

古全和拥护党在整风的过程中发动的反右派斗争，他坚信只有社会主义能够救中国，没有共产党就没有新中国，共产党的领导是千千万万革命人民在党的领导下历经艰难困苦、牺牲奋斗得来的，共产党对于师范学院的领导地位不容挑战，对于那些敢于反党反社会主义的个人和势力应该坚决予以打击。可是他觉得被划成右派分子的有些师生并不反党反社会主义。他们批评党的组织和党的干部，态度和意见可能不对，但是不等于反党。有的人是由于偶然的失误，因为一两句错话就沦为右派分子。朱志超由于被人夺去所爱，而看不见张幼兰用情不专，片面地把全部仇恨指向齐兴家，而又不知道投鼠忌器，把惩罚的鞭子抽打到共产党的支部书记廖梅初的身上，骂她是西太后，因而被说成反党，被推进右派分子的泥淖，离开了他所热爱的世界文学专业。假如朱志超清醒一点儿，他就不会那样仇视齐兴家，把攻击的矛头指向党组织的负责人廖梅初，落到那样的下场。冯明德可以对于他所在单位的党组织不满，可以发牢骚，可以骂人，然而他有什么必要晕头晕脑地说大话，以自己要建立一个莫名其妙的人民党去威胁什么人呢？他骂廖梅初是"西太后"，而对方儿就祭起了"反对党员就是反党"的定罪标准，这也是他被网进右派分子队伍的罪名之一。

古全和不理解华希九为什么唯恐朱志超和冯明德等人不是右派，他也不知道学院唯一的学生党委委员褚明清是怎样被划成右派的。他和褚明清共过事，知道他是解放前入党的，曾经为解放江城勇敢地战斗过，因为表现好才成为党委里面的学生党员代表，他没有理由反对共产党，而他却被划定为右派分子。古全和感觉有些人沦为右派分子带有偶然性。有人沦为右派是由于张狂、轻信、虚荣心重。有的人只是因为喜欢文艺，不知死活地写了一点儿小文章。武心慈是因为急于入党而落了一个反党阴谋的策划者的罪名，险些沦为右派。有些人善意地指出党的缺点错误而被误认为是反党。古全和自问，这样的偶然性，这样的言行失检，这样的傻女婿行径，这样的性格缺憾，他自己有没有呢？他想是有的。他的过于认真和自信就有可能导致可怕的政治灾难。他相信自己主观上永远不会背弃他选定的革命道路，永远不会反党反社会主义，但是他不敢保证自己能永远牢牢地坐在伟大的中国共产党这艘迎风破浪、左右摇摆、颠簸起伏的巨轮上，不敢保证他不会被什么人推下波涛滚滚的大海。他想客观原因无法规避，唯一能做的是警惕自己灵魂中的魔鬼，谨慎再谨慎，克己再克己，夹起尾巴做人。即使这样，他也没能避开所有的凶险，左派和右派他都当过。他在整风鸣放和反右派斗争中的"英雄行为"曾经是有些人嫉妒和仇视他的原因，并曾经被有心人说成投机和罪恶。

近来校园私下里口耳相传着一种说法儿，说中央有划定右派分子的比例，这个传闻又引起了心情远未平静下来的古全和的思忖。他不知道这个传闻是否真实，不过他不大相信这种说法儿。因为这和他眼见的事实不符，因为东湖师范学院各单位各年级的右派就很不成比例；这种比例说也不见于党的文件和上级的正式传达，而且没有任何人能够现身说法证实这种比例说的存在。比如历史系应届毕业生共有四个班二百多人，他们同是1953年秋季来自全国各地，男女生比例相差也不大，绝大多数是当年的应届中学毕业生，按比例右派分子的人数儿也应该差不多。但是"解剖刀"所在的三班和"无情棒"所在的四班，右派分子都占班上总人数儿的25%，而一班和二班则一个右派都没有。类似的情形在各系科各单位之间也存在。和历史系1953级形成鲜明对比的还有中文系。中文系1953级也是四个班，他们年级右派分子不及历史系的十分之一，而且都出现在"理疗社"所在的三班。古全和认为，具体到一个班级，一个单位，落入右派分子泥潭的人数和各单位的日常工作、内部状况和干部的素质以及外来影响之间有因果关系。古全和听说，江城各高校的情况类似师范学院，在不同院校之间，在同一所高校内部，情况也千差万别，因此，他认为中央划右派有比例一说，没有根据。他感觉这一波政治风浪多半又是产生于某些人的政治经济利益的需要，是党内某些聪明人玩的一种鬼把戏，他们企图用混淆视听的老办法儿，"上蹿下跳"把他划定右派的责任蹿给党组织，以逃避他自己的政治责任。这类人在反右派斗争高潮时唯恐自己管辖的单位没有右派分子，自己落个右倾的罪名，政治上被动，还可能失掉自己的权力和经济利益；而他们在反右派斗争之后又不肯承担责任，为讨好某些持右派立场，或犯有右倾错误和同情右派的群众，编造出"比例说"，把得罪人的事推给上级，推给中央，自己溜之乎也，以保住自己在整风"反右"运动后期的组织建设中的选票。古全和知道一些这样的事例，其中的一个就是他的老同学宋廷谋的遭遇。无独有偶，1984年古全和在吉林松花湖的外国文学研究会上发现了另一个事例。中南地区某大学的一个单位的领导，在本单位找不到右派分子，又要表明自己并不右倾，就临时派人去顶替右派分子。当年被派去充当右派分子的王老师，山东广饶人，此刻是某大学的一位副教授，学术会议期间和古全和同住一室。幸运的是王老师政治上有些锻炼，在进入劳改队之后就发现右派分子的帽子戴不得，经过坚决的斗争，才甩掉了右派帽子，回到人民内部。古全和认为斯一心等人损人利己的所作所为和图财害命并无太大的不同，都是拿别人的政治生命制造自己的政绩。

关于反右派斗争，古全和有过许多想法儿，他觉得也许在东湖师范学院整风"反右"的过程，院党委事先没想到在师生员工中会有人敌视共产党，挑战党对于学院的领导，而后来落入右派泥淖的有些师生也没有想到自己的言行会被领导和那些挑战党的领导的人们的言行混为一谈。而当这两个"没想到"在那个炎热的夏天突然遭遇时，就改变了整风的大方向，在敌我矛盾和人民内部矛盾这两类性质不同的矛盾的交界上，造成了一场昏天黑地的遭遇战，而结果就是眼前的这个局面。有一种感觉不时浮现在古全和的心中，挥之不去，觉得被定成右派分子的人多数是他们对具体的党的组织和干部的某些言行不满或是有意见，而不满的原因，有的在他们本身，有的则在干部身上。诱发他们不满的也多半是和他们本人利益有关的一些具体的事情，如单位内部的党群关系、干群关系、帮派矛盾、权力纷争、嫉妒报复、争风吃醋、组织发展、职称评定、助学金评定、政治运动遗留问题等，而较少有人把矛头指向学院党委，上升到党的方针政策的高度。像"民主办校""教授治校"等都不是由一般学生提出来的。有的来自报纸杂志，有的出自个别对现实不满的教师。而有些教师附和这些口号儿，大多也和他们的职称和工资级别的评定有关，真正与共产党较量的人似乎并不多。即使有关在肃反中被错批错斗等的人，他们一般也都把账算在班内的某些党团干部身上，而请求院党委站出来给他们一个公道。古全和不止一次、天真地想过，假如反右派斗争只是把右派分子的帽子派给那些敌视、挑战东湖师范学院领导权的少数人该有多好。不过，他只是这样想一想，而不打算把这样的想法儿说到会上，让华希九这样的人胡说他右倾，政治立场不坚定。在古全和的头脑里，整风鸣放和反右派斗争就像一团理还乱的乱麻，到现在他也没有清理出一个他感觉满意的头绪。

166

东湖师范学院整党的整改阶段，古全和奉命到中文 1957 级指导该年级党支部做新生入学的思想教育工作，具体说是对学生进行反右派斗争的补课教育。被安排在中文系 1957 级作反面教员的是历史系"解剖刀"社的政治指导员李杏春。李杏春每天按时到新建的男生宿舍"老爷庙"来向年级党支部书记乔家槐报到，然后轮流在全年级 5 个班交代自己的罪行，在 1957 级中文系新生面前现身说法，说明自己是怎样沦为右派分子的。

李杏春，跟古全和很熟，湖南邵阳人，曾经在院学生会文娱部和宣传部工作过，能说比较标准的普通话，做过院广播站的播音员。她爽快、热情、多才多艺。古全和认识"解剖刀"社的头头儿杜贵龙，知道他在整风鸣放期间张狂一时，野心勃勃，无视党委领导，在全院师生员工大会上起哄，暴力抢夺和操控学院广播站，抢夺党委机关刊物儿《江城师院》未遂，挑战院党委的领导，古全和认为像他这样的人，沦为右派分子不奇怪，而像李杏春这样岁数儿比较大，工作过，为人谨慎的好学生堕落为右派分子，让他感觉不可理解，很想了解李杏春是怎样一时发狂失足落水成为右派的，想推心置腹地和她谈谈，以解心中的困惑。

在下午课外活动时间，古全和一个人来到李杏春呆的房间，见她目光暗淡，表情僵滞，面露羞愧，往日神采飞扬的样子连一点影子都没有了。她见古全和进来了，先是一惊，然后就用警惕、疏远、羞怯、悲哀、疑惑的目光审视他，显然是在揣度他的来意。当她意识到他并无恶意的时候，就流下了伤心的泪水。李杏春知道自己现在不再是和他平等交谈的好朋友。古全和的心也立刻紧缩起来。"多好的一位女同学！有多少男生和老师欣赏过她！而她现在竟变成了这个样子！"古全和这样痛苦地想着，想和往常一样对她一笑，算是对她的安慰，可是他笑不出来。他发现，李杏春正在以陌生的目光审视他，好像担心他会给她带来灾祸。

"你好……"古全和终于这样说了。

李杏春痛苦地摇头，眼泪再次夺眶而出。她知道自己现在的角色。

"前几天就听说你在这里，就想来看看你，和你聊聊。"古全和总算笑了。

李杏春仍然不说话，脸上透着戒心，无意接受他的好意。

古全和只好小心地在房间里仅有的一张小方凳儿上坐下。他看着李杏春，再次诚恳地说："李杏春，你是个好学生，正在争取入党，听说运动前你们党支部已经准备讨论你入党的问题，你为什么要反对共产党呢？"

李杏春停住啜泣，冷静下来，长叹一声，想大声说话，然后摇摇头，什么都不说。要在过去，爱说爱笑的李杏春，会呱呱呱地和古全和谈起来。可是现在她不能不怀疑古全和是否别有用心。从5月中旬到现在，特别是《人民日报》"六八社论"发表前后，人们的面孔儿和腔调儿变化得多么快啊，像做梦，像川剧里的变脸，她一步步被裹胁进可怕的右派的深渊。平时称她"杏春大姐"的调干生党员同学老黄，还有那些小弟弟小妹妹，反右派斗争展开后，突然都指控她反党，是反党反社会主义的右派分子！在发生了这样的一些事情以后，她还能相信谁呢？她不只是不敢回答古全和的问题，也不知道怎样回答，因为她自己也不知道她是怎么就成为右派分子的。古全和看着李杏春，恳切地说："你们班有那么多同学变成了敌人，我很想弄明白这是为什么。"

李杏春开始凝视古全和，神情渐渐地平和下来。她在考虑古全和是否值得信任，然后茫然地长叹一声，伤心地摇摇头，说道："我冒险对你说实话，我也不知道自己是怎么变成右派分子的。我是党团组织培养起来的，我为什么要反党呢？整风初期，大家响应党的号召，在班里给党支部提意见，我在会上发了言。贺守节的小字报和他的血泪控诉让一些人感到震惊，有的人就不再相信莫书记和党委的一些人，出现了怀疑党委领导和对党支部不满的苗头儿。这时，汤敏同志到我们年级来蹲点，发动我们给党委提意见，给我们讲述她解放前闹学潮反对国民党反动派斗争的经验，说那些斗争形式和经验现在还可以使用，动员我们建立学生社团，有组织地帮助党整风，鼓动我们建立起了倒霉的'解剖刀'社。我年龄比较大，工作过，是同学们公认的老大姐，大家推举我当'解剖刀'社的指导员。可是我在社里没有起草、修改和审定过一篇稿件、一个口号儿，我只是个挂名的指导员。社长杜贵龙平时就很傲慢，整风鸣放时头脑膨胀得要爆炸，他能听谁的？'解剖刀'社事实上几乎和我无关。这些情况同学们都知道，反右派之初没有人认为我是'解剖刀'的领导。当时大家只认为杜贵龙和他的那几个闹得凶的同伙儿是右派分子。他们平时就挺张狂，对于党支部不吸收他们入党很不满，杜贵龙还声言他要在 35 岁上当国务院总理，整风鸣放一开始，他就跳出来折腾。除去杜贵龙和他的那几个人，大家没想到还有谁是右派分子，就连在鸣放期间受到排斥的年级党支部书记马奉真也没说我是右派分子。可是党委领导，又是汤敏，说我们年级党支部右倾，马奉真有温情主义，并给我们派来了工作组，组长就是教导我们处理问题要'实事求是'的马克思主义哲学老师潘振雄，接下去我们班就满眼都是右派分子了。除去当时被排斥在'解剖刀'之外的马奉真等一些党员班干部，和平时就不关心政治的少数同学之外，几乎人人在劫难逃，不是右派分子，就是犯有右倾错误，在这种情况下，我能幸免吗？我毕竟有个'解剖刀''指导员'的显赫头衔儿啊。开始，别人说我是右派分子，我不服，曾经争辩过，抗拒过。为了表明心迹，证明我是真心实意地帮助党整风，我特地交出了我写给我在湖南邵阳老家工作的未婚夫的信。他当时在报社工作。我在信中介绍了咱们师范学院群众帮助党整风的盛况，动员他积极参加运动，帮助党整风，在运动中经风雨见世面，提高觉悟，争取火线入党，而这竟成了我到湖南老家去'煽风点火'向党进攻的罪证！我的未婚夫也被我拖进苦海，被划成了右派。我相信我不是敌人，但是现在我不能说我不是右派，否则我就会被打成极右分子，受到更严厉的惩罚。我倒霉就倒霉在我是历史系 1953 级三班的学生，倒霉在我们班先后来过汤敏和潘振雄这样的共产党员。汤敏把我们成群地领进泥潭，而潘振雄唯恐我们中间有谁不是右派。"李杏春越说越激动，脸上终于露出了她往日那种爱憎分明的豪爽的神情。

李杏春停下，伤心地抽泣起来。过了一会儿又委屈地自言自语说："我怎么会反党呢？难道我疯了吗？我是真心实意地响应党的号召帮助党整风的啊。"她委屈无奈地看着古全和，脸上一片无助和茫然。

古全和相信李杏春说的是实情，可是他不知道怎样宽慰她。他感到整风鸣放和反右派斗争中充满凶险。古全和想起在整风鸣放反右派斗争时担任院学生会主席的谷风（教育系大三学生，上海人，反右派斗争后他被分配去了新疆）在反右派斗争之后，曾经心有余悸地对他说过，他也险些在为教育事业鸣不平的活动中被弄成右派分子。当时古全和认为谷风言过其实，是说笑话儿。他是学生会主席，是组织信任的人，怎么会被弄成右派分子呢？可是现在，在听过李杏春的诉说之后，他的想法儿变了，感觉一个人沦为右派分子有一定的偶然性，即使是他，也未必能绝对幸免。如果他不是在整风的鸣放阶段，在《人民日报》"六八社论"发表之前，出于维护院党委领导、维护整风运动大方向的考虑而写了那篇短文，后来又批评过鸣放中的某些错误倾向，并因此而发生过和某些学生就整风问题的争论，在不知不觉中亮明了自己的政治态度，就凭他在反右派斗争中给那么多的右派分子辩护的言论和行动，就有可能被划成右派分子。他忘不了华希九瞪他的那双无情的眼睛。现在他才意识到，秦中州说他"政治立场基本坚定"，不是一点儿道理都没有。

平静下来的李杏春心情沉重地说："平时我和班上的同学们相处得不错，但是班上也有不喜欢我的人。我平时文静，可是我也是个湖南侉子，吃辣椒长大的，有脾气，有时也很泼辣。只要事情不公，我就要说。这是同学们喜欢我的原因，也是有的人不喜欢我的原因。"

古全和说："我能理解。"

古全和在反右派斗争阶段一直在广播站忙碌，没参与过和右派分子的面对面的斗争，不了解反右派斗争的真实情况。他相信李杏春的话，但是也不敢否定她是右派，因为右派分子都是经过党组织审查批准的。他和李杏春谈话没能解除他心中的困惑。在他准备离开的时候，李杏春居然笑了。她说："有些日子没有人像今天这样平心静气地和我交谈了，这些日子响在我耳边的就是质问，嘲弄……谢谢你对我的好意。我相信总有一天党组织会帮助我获得解脱！但愿你不会再一次让我对于人的真诚和善意感到失望。"

古全和理解她的顾虑，严肃地说："请你放心。"

167

二十世纪八十年代，古全和参与了重新研究 1957 年反右派斗争一案，看过几十份"右派分子"的档案材料，其中就有历史系李杏春一案的材料，包括那封让她和她的未婚夫倒霉的信，以及对于当时划定右派分子的一些具体情况，感到非常吃惊。当时划定李杏春为右派分子的依据就是她的那封信中转述的别人的几句话和别人加给她的"解剖刀""指导员"的头衔儿。更让古全和感到震惊的是李杏春竟是一个难得的才女！她的文字简洁透亮，既有女性的温婉秀丽，又带有男性的刚健挺拔，书法造诣也很深，不禁使他联想到俄国作家普希金和美国作家海明威。而她的这种才情，她的一生，全被那场狂风巨浪给毁了！历史系的人告诉古全和说，李杏春和她的未婚夫当年都被划成右派，因为互相埋怨而没能一道继续走下去。她下嫁给老家河南的一位同事谢文杰，生有一男。她的未婚夫康宇光也经历了和她类似的命运，并生有一女。而当李杏春听说康宇光的妻子病故，康宇光病重，目睹康宇光父女二人生活的艰难，初恋的真情从李杏春内心深处涌起，她毅然决然地离弃了自己的丈夫，带着儿子回到康宇光的身边，和康宇光父女合成一个家庭。康宇光在李杏春的温暖呵护下，渐渐地恢复了健康，从破镜重圆中找到了残余的幸福。

1984 年春天的一个上午，古全和到历史系去请教一个有关的世界近代史的问题，在文史教学楼一楼的走廊里，巧遇李杏春。她认出了古全和，古全和也认出了她。他们都感到惊喜和激动。四目相对，凝视片刻，都伤心地笑了。古全和赶紧走上前去和她握手，同时无限感慨地说道："委屈你啦！"

李杏春凄凉一笑，说道："我始终相信会有这么一天。我在得到平反通知后办的第一件事就是重新向党组织递上了我当年准备在讨论我入党问题的党支部大会上用的发言稿儿。我不怨恨谁，这也许是革命前进应该付出的代价吧。唯一感到遗憾的是，这一天来得太晚了，让我荒废了半生的美好时光，我本来是可能干更多的事情的……"

古全和说："来日方长！你文笔好，能干的事情还很多！"

李杏春会意地笑了，说道："我一直记得那年秋天我们的畅谈，那次交谈使我感到还有人把我当人看，想理解我的不幸遭遇，让我感到宽慰，增强了我做人的勇气。"

古全和说："你为什么不给我写信？"

李杏春先是低头不语，然后笑笑说："不想给你添麻烦。"

此后，古全和和李杏春一直保持着通信联系，他常常在课堂上讲述湖南才女李杏春悲凉的故事，提醒学生们工作后一旦掌权，一定要善待每一个人的自由、尊严和生命。

和李杏春的偶遇让古全和联想到他的一些老同学的境遇。但是他始终没有得到苗耀华、代代超和牛子奇等人的消息。他想他们也许已经不在人世，也许是处境不好，不愿意和老同学恢复联系。倒是研究班的朱志超给古全和写过一封只有几百个字的短信，提到当年他们切磋俄语学习的趣事，告诉他，他平反了。

宋廷谋平反后被安排在哈尔滨某教育机构任教，有幸碰上一位好心又有钱、从事医务工作近二十年的老处女，和他结为夫妻，他们还领养了一个女儿，建立了一个幸福的家。他的妻子利用半生的积蓄，带领他游遍了祖国的山山水水。宋廷谋从苦难中认识了社会，懂得了人生。他怨恨斯某人害人缺德，但是依然感谢祖国培养他念了大学，决心利用余年，拼命讲课，编讲义，报答国家，报答妻子，培养好女儿。常常工作到深夜，偶尔会伏在写字台上睡去，不止一次被燃着的香烟烧醒。他曾经高兴地把他编写的古汉语讲义一节一节地寄给古全和，显示他工作的成绩，让老同学为他高兴。遗憾的是好景不长，由于他在劳改期间营养不良，在有机会为国家做些事情的时候又急于事功，劳累过度，过早地离开了人世，当时他还不满 45 岁。他留给古全和很多关于人生的思考。宋廷谋在大学时代算不上是个好学生，可是古全和常常想到他，认为他是个任性的人，单纯到政治上无知的地步，以至于任名利之徒斯某利用共产党的名义任意提弄，毁掉了他的一生。

邢文增比宋廷谋幸运一些，他被遣返回江城近郊的家中，由群众监督劳动改造。他家庭成分中农，已婚，有五个儿子，他最小的儿子在他被划右派时刚刚满月。他回到家乡后，在邢氏本家老少爷们儿的庇护下，在农村度过了近二十个年头儿，平反改正后，恢复党籍，返回师范学院历史系。不喝酒的古全和为欢迎他重返校园而喝了满满的一杯茅台。邢文曾的专业已经荒废，他在系办公室做行政工作，直到退休。提起 1957 年的往事，邢文曾毫无怨言，往往会逗趣地笑笑说："这是革命的代价，就好比我死了一回，能把我的问题弄清楚就不错了。遗憾的是荒废了我的专业，浪费了我那么多的好时光。"

不久，古全和在一次全国性的学术讨论会上遇见了当年230女生会议的参加者姚远和汪宁。姚远在甘肃某大学任教，和在西安某大学工作的汪宁同住。古全和高兴地上前问候她们说："你们都好啊？"汪宁对古全和点头儿微笑，而姚远却满怀敌意地挖苦他说："背着处分的人能有什么好呀?!"古全和说道："没听说你受过处分呀。"姚远继续恶狠狠地说道："鞭子打在谁的身上谁知道疼。"古全和相信姚远不会瞎说，便真诚地说："我回校后立刻去查对这件事！"姚远对古全和爱搭不理，说道："不必了，谁知道本人还能活几天！"古全和意识到姚远旧恨难消，怀着委屈的心情离开了姚远和汪宁。他觉得姚远不应该这样对待他，因为揭发批判230女生座谈会的事跟他无关。可是他想，姚远是对于党组织不满。现在秦中州不在了，华希九成了废人，卞一蓝不在场，姚远就只好拿他出气，因为他是那个党支部的党员。因此他想，由于1957年的事而误解和怨恨他的人不只有姚远一个人。

参加这次学术会议的研究班的老同学有十多名。古全和立刻去找和他住隔壁的白成云，他当时是研究班团支部组委，白成云断然说："当时批判过姚远，但是考虑到她岁数儿小，政治上幼稚，检查深刻，没有处分她。"

古全和带着姚远的问题回到江城，觉得姚远的话有道理，第二天就去问当时的团支部书记罗元辉。罗元辉的回答和白成云一样。古全和断定是姚远弄错了，或者是她故意恶作剧，戏弄他。可是几天后，他又想到了姚远的那句话，"鞭子打在谁的身上谁知道疼"，就跑到中文系总支去查对档案。档案里也没发现有姚远的材料。他心里的一块石头落了地，断定是姚远弄错了。可是，几天后，他突然想到材料也许存在院部档案室，就又去翻阅存放在那里的1957年反右派一案的材料，居然从中发现了关于姚远处分决定的正式文件，是打印件，警告处分。他立即汇报总支，给姚远所在单位发出给姚远平反的文件。让古全和感到意外的是姚远是在她收到那份文件三个月之后，据说后经某老同学提醒，才给他回了一封短信，内称，"信收到了，不过现在它对我已经没有意义了"。

这件事让古全和思忖良久，意识到姚远与研究班党支部和党员，包括古全和本人，结怨之深，事过几十年，仍然耿耿于怀，不肯谅解，即使对于不曾伤害过她的党员也是如此。而更让他感到吃惊的是，在世界文学研究班结业 30 周年的聚会上，姚远听说秦中州自杀身亡时，竟高兴得跳起来，拍手叫好儿，高喊"活该！"华希九的堕落、犯罪、成为废人，也是她在会上津津乐道的一个话题。华希九从东湖师范学院世界文学研究班毕业后，要求留校工作，但是领导希望他回河北省，和家人团聚，他执意不肯，一再恳求留在江城，最后既没回河北老家，也没留在东湖师范学院，而是去了江城中等技术学校。第二年华希九因为跟该校校长的妻子私通而获刑 12 年，刑满释放后，他已经是个废人，只能干杂务，后发现他患有癌症，他的儿子把他接回了老家。

古全和觉得姚远缺少一个正常人的同情心。她受的委屈是微不足道的，而且事出有因，在 1957 年夏天那种政治气候下，召开女生会议，向党支部施压，迫使党支部发展自己入党，不是一个共青团员应该做的事情。而秦中州蒙受的是天大的冤枉，应该得到同情。事过几十年，人人有进步，连受尽委屈痛苦的宋廷谋，都能不计个人的恩怨，用他残余的生命报答培养他成才的祖国；邢文曾亦能善待整过他的人，笑谈往事；李杏春感觉遗憾的是她错过了为国家做贡献的好年华；而姚远却仍然滞留在往事之中而不能解脱。

1957 国庆节后的第四天，秦中州通知古全和：经党委批准，党支部决定在本周末下午两点，在研究生楼 101 小教室讨论他转正的问题。

预备党员按期转正这本来是平常的事，但是在 1957 年的夏秋时节转正却是一种特殊的光荣。东湖师范学院在这次风浪中被取消预备党员资格的不是一两个人，延长预备期的党员也不少。世界文学研究班有三名预备党员，按期转正的只有古全和一个。古全和也没想到他能按期转正。他想，整风运动仍然在进行，组织未必有时间考虑预备党员转正的事。而且秦中州说他政治立场不够坚定，自己也认为将被延长预备期。

讨论古全和转正的党支部大会，如期在1957年10月的第二个周末的下午如期召开。党支部表示欢迎所有同学参加。经历了整风鸣放和反右派斗争考验的同学们更加关心政治，入党的积极性也空前提高，认为讨论古全和转正是自己学习党章的一个好机会，全班的同学都参加了这次会议。秦中州宣布开会。他说："今天会议的内容是讨论古全和同志转正的问题。先由古全和同志汇报他一年来的思想，对自己做一个剖析和评价。"

古全和简要地述说了他一年来的学习、工作和思想过程，着重讲述了他最近几个月来的情况，特别是自己的不足，如组织观念不强，处理问题比较主观等等。

7名党员都发表了意见，一致肯定古全和在整风鸣放和反右派斗争中的表现。会议的后半段，是党员和非党员交叉发言，也几乎都是肯定的意见。直到临近表决，岑云鹤才要求发言。他不改一贯的大人物儿姿态，高声说道："请允许我发表一点粗浅的意见。"稍作停顿后继续说，"对立统一是物质运动的基本规律。我们的祖先早在《易经》时代就捕捉到并生动地表述了这一伟大的真理。方才同志们从各个方面讲述了古全和同志的优点，我完全同意。我要讲的是古全和同学另一个方面，即问题的方面。具体地说，就是提出一个问题请古全和回答。这个问题是：古全和同志，你在整风鸣放阶段就看出了资产阶级右派将要向党进攻的阴谋，勇敢地站出来维护党委的领导，坚持整风运动的大方向，这是难能可贵的。但是我想问你：你在站出来反驳右派分子错误言论的时候，在你的思想深处有没有矛盾斗争？有过什么样儿的个人考虑？具体地说，你反对右派分子的指导思想是不是包含着某些个人英雄主义的成分？希望听到你坦诚的自我剖析。"

岑云鹤发言之后，得意地坐回自己的位置。

岑云鹤这样讲的目的有三，一个是展示他的哲学修养，扯到对立统一的规律，表明他对于《易经》有研究；一是贬低古全和，说明他不是完美无缺的，以求自己心理上的平衡；一是显示他的与众不同。

秦中州看着岑云鹤，心想："古全和在关键时刻把你拉进'大家放'，又冒着犯右倾错误的风险在党支部会上替你辩护，保证说你不是右派，而你小子却鸡蛋里找骨头，硬说他有个人英雄主义！"

对岑云鹤的这种表现，况松涛和邓春梅都感觉习以为常，但是其他同学则不以为然。来自天津师院的谷日新站起来表示反对，他说今天不是给古全和同学做鉴定，你提这种莫名其妙的问题是什么意思？古全和连学位论文都放弃了，你能说他关心整风是出于个人英雄主义吗？

岑云鹤笑嘻嘻地辩解说："我只是提出问题，有则改之，无则加勉嘛。"

邓春梅说："没有根据的话就别说！"

岑云鹤长叹一声，摇摇头，像是受了很大的委屈，但是不再争辩。

秦中州说："欢迎大家继续发言，什么问题都可以提。"他扫视一番会场，估计会议的高潮已过，他提议古全和发言对于大家的批评和建议表个态。

古全和站起来说道："感谢大家的鼓励和批评。岑云鹤同学说得不错，我在整风鸣放和反右派斗争中的确经历过思想斗争，有过个人的考虑。"然后如实地讲了他写作和发表那篇短文的真实过程，说他怕干扰党委的部署，怕犯错误，怕被取消预备期等等。然后继续说，"不过岑云鹤同学说我在整风鸣放阶段就觉察到右派进攻，那不是事实。我没有那样清醒的政治认识，我在政治上还很幼稚，当时我想的仅仅是怎样维护党委领导，坚持整风运动大方向。今后我要继续学习党的知识和革命理论，增强党性锻炼，希望大家继续帮助我进步，使我能逐渐成为一个合格的共产党员。"

党支部大会一致通过了古全和的转正报告。大家以热烈的掌声对他表示祝贺。

古全和最后一个离开会场。这时他才注意到黑板上用彩色粉笔书写的两条特大的标语，标语，那是岑云鹤的手笔，用红色的粉笔写成，字写得大气，美观，是标准的柳公权，充满整个儿的黑板，看起来让人感觉振奋：

唯有社会主义制度能够救中国，
没有共产党就没有新中国！

　　古全和伫立在讲台前，久久地凝视着黑板上的两条大标语，心里响起《社会主义好!》那首响遍中华大地的歌曲，他想道，"是的，唯有社会主义制度能够救中国，没有中国共产党就没有新中国；社会主义制度反不得，中国共产党的领导反不得。这就是同学们通过整风'反右'这场混战而被明确和深化了的宝贵的政治认识和政治经验。"

　　　　　　　　　1995 年 1 月 1 日动笔于北京师大，同年完成初稿。

　　　　　　　　　第一次修改，2005 年 3 月，完成于昌平寓所。

　　　　　　　　　　第二次，2005 年 5 月，昌平。

　　　　　　　　　第三次，2008 年 5 月，北师大。

　　　　　　　　　第四次，2008 年 6 月，北师大。

　　　　　　　　　第五次，2009 年 3 月，北师大。

　　　　　　　　　第六次，2009 年 4 月，北师大。

　　　　　　　　　第七次，2009 年 9 月，北师大。

　　　　　　　　　　第八次，2011 年 7 月，昌平。

　　　　　　　　　　第九次，2011 年 8 月，昌平。

　　　　　　　　　第十次，2011 年 10 月，北师大。

　　　　　　　　第十一次，2012 年 11 月，昌平—北师大。

长篇小说《古全和》第四册

风雨人生

傅希春 著

中国社会科学出版社

　　东湖师范学院办公大楼的前面，有一条重新整修过的宽阔的柏油路，直通三百米外自由大路古老的有轨电车站。柏油路两侧是移栽过来修剪成伞状、高过三四米的枫树。枫树的东西两侧是两块呈矩形的，每块约八百平方米的平整美丽的草地。夏秋时节，深灰色的壮观的办公大楼和人工修剪的草地，和大路两旁两行枫树互相搭配，构成东湖师范学院校园的一景，经常有本院师生或游览至此的人们在这里摄影留念。

　　办公大楼的前面，是连夜突击树立起来的一列标语牌。标语牌用三角铁骨架牢牢地固定在地上，呈"八"字形展开。每块都用红油漆漆得红彤彤，亮闪闪。平整如镜，上面用鲜艳的米黄色油漆赫然写着一个个丰满大气的仿宋体大字，每个字都不小于一米见方，这些大字是：教育为无产阶级政治服务，教育与生产劳动相结合。

　　昨天晚上从北京开会回来的新任学院党委书记兼院长步行健同志连夜向全院师生员工传达了中央领导同志关于开展教育大革命的动员报告，并代表院党委号召全院革命师生员工立即行动起来，以无产阶级的革命精神，大破资产阶级的少慢差费，大立无产阶级的多快好省，落实党的教育方针，在全院掀起了一场轰轰烈烈的教育大革命。

　　在步行健书记传达报告后的当天夜里，总务处党总支奉命紧急召开有该处各科室党支部书记和科长参加的扩大会议，讨论如何落实党委关于教育革命的部署，研究实现学院环境革命化的举措。党委常委、总务长兼党总支书记姜添富提议，发扬延安大生产的革命传统，把全院除操场以外的大部分土地，尽可能地都开辟成菜地，种上萝卜、白菜、芥菜、土豆儿等蔬菜，力争在校园内基本解决师生员工吃菜的问题，如自给有余，还可以供应市场。总务处的工人和干部，绝大多数家在农村。有的虽然本人已经算是城里人了，但是他们的父母或是祖父母、外祖父母仍然在农村，或是农村里有姑舅姨等要紧的亲戚，因而不同程度地保留着农民的思想观念、审美情趣和生活习惯，对于种菜既不陌生，也不反感，因此会议顺利地通过了姜总务长的提议，只是关于要不要把办公大楼前面大路两旁的那两大片侍弄得很好的人工草坪也改造成菜地的问题上，个别人有过不同意见。具体地说，就是分工负责校园绿化工作的青年工人连成认为绿地应该保留。但是姜添富说，办公大楼前面的那两块草坪，位置显要，一定要把它铲光，打造成门面菜地。他还说，花大钱养花弄草反映的是一种寄生阶级的腐朽的生活情趣，必须改变。既然领导说事情牵涉到寄生阶级的生活情趣，别人也只能保持沉默了。其实像这样的事情，连成说了也不算数儿，更何况他也并不那么喜爱草坪。他反对铲除草坪仅仅是因为那是他劳动的成果。

总务处党总支秘书王礼周按照姜添富的要求，连夜把总务处党总支扩大会议关于校园革命化的决定和实施意见，整理成题为《东湖师范学院总务处关于创建革命化新校园的设想和实施计划》的报告，连夜上报院党委办公室。党委办公室副主任阎一松又按照步书记的要求，连夜把总务处的这份报告呈报给党委书记步行健，步行健连夜审阅了这份报告，并于凌晨三点召开党委紧急扩大会议，讨论并原则上通过了这份报告。

在反右派斗争之后，极少有人对于党委的决定提出不同意见。在党委讨论这份报告的过程中，只有列席会议的历史系主任顾教授一人对这份报告持部分保留态度。他住过延安，参加过大生产，并不反对在校园里种菜，但是反对破坏办公大楼前面的那两片草坪。他说，延安的精神要继承和发扬，但是不能照搬延安的某些做法儿。不过他的意见没有引起人们的注意。

党委扩大会议散会的时候，东方已经发白。一天等于20年，只争朝夕。阎一松按照步书记的要求，在早饭后整八点，召开了全院党支部书记会议，把《东湖师范学院总务处关于创建革命化新校园的设想和实施计划》，部署到全院各个单位，并限在两周之内全面落实。

2

党委领导把办公大楼前面的草坪改造成菜地的光荣任务落实给学院的两大主力系，即中国语言文学系和政治教育系。中文系分工经管路东的那块草地，具体由系里临时组建的青年教师突击队负责。政教系分工经管路西的另一块草地。他们把任务落实给青壮年教师集中的公共政治理论课教研室。党委指示，将出现在办公大楼前面的两块菜地是学院的门面工程，不仅要增产，而且还要求美观，不可马虎对待。

早饭后，中文和政教两系的近40名男女中青年教师就投入了铲除草坪、深翻土地、打造菜畦的战斗。总务处派来指导他们生产劳动的连成要求他们：土地要深翻五尺，把地表下面深处的"肥沃的新土"翻到地面上来，以增强地力，创造高产。他说，深翻增产这是全国的新经验，这个经验是上了报纸和党的文件的。[①]

深翻土地的劳动从两块草坪的北端开始。连成要求在办公大楼前面的东西两侧，各先挖出一道1.5米宽、1.5米深的东西向的大沟，给深翻工作开拓出一个工作面儿。然后，人就可以跳进大沟里，把大沟南侧的土地，一锹一锹地依次翻到大沟的北侧，就这样从北向南步步推进，直到全部翻完。

在深翻土地的劳动现场，最耀眼的明星就是公共政治课的青年教师戴国民。

戴国民26岁，已婚，生有一女，老家河南，自称家庭成分雇农，小的时候儿曾经跟着他娘讨过饭，至今腿上还留有被地主家的恶狗咬伤留下的疤痕，1954年高中毕业后，被保送来本院政教系学习。因为是党员，大学一年级上学期，党总支临时指定他担任班级团支部书记，但是在期中正式选举时，因为学习吃力而落选，此后一直默默无闻。戴国民内心里追求的就是门门课程考试及格儿，三年后按时拿到大学毕业文凭，回到家乡，在县里或是镇上的中学，当个初中政治教员，一家老少有个好日子过，至于留在大学里当教员、著书立说，飞黄腾达之类的事，他连想都没有想过，觉得那和他无关。而他竟被留校了，还被留在新建的马列主义公共政治课教研室。提议把他和他的同班同学吴好德留在马列主义公共政治课教研室的，是教研室主任金祥。金祥教过戴国民，明知他不宜留校，当不了大学教员，他把戴国民吸纳进公共政治课教研室，和反右派斗争有关。金祥发现，在被划成右派分子的教师和学生中，大多数家庭成分都比较高，而现

---

① 深翻土地，是当时的一种增产措施。事实上这样做会破坏土地表层有利于植物生长的原有的结构，不利于增产。

在马列主义公共政治课教研室的成员，都出身于剥削阶级家庭，社会关系大多比较复杂，有的还有海外和港台关系。他本人的父亲在敌伪时期就曾是江城市长，囚死在监狱里，他个人的历史也不大干净。公共政治课教研室的教师，除靳湘柳一人是政教系党总支书记贺连弟保荐来的之外，其余的都是经他提名配备的。他想，就凭当前公共政治课教研室人员的家庭出身这件事，假如以后遇见某个大的政治风浪，强调用人的阶级路线，追究起来，用人不当的责任他是跑不掉的，这个问题他不能不事先有所考虑。金祥明白，戴国民不是理想的人选，但是目前他没有别的选择，要改变公共政治理论课教师队伍的阶级构成，保持自己在政治上的主动性，就必须这样做，即使将来戴国民他们不能胜任教学工作，被学生轰下讲台，调离公共政治课教研室，那主要责任也不在他身上，他重视留人的阶级标准不会错，到时候谁都没有理由在这个问题上对他说三道四。

戴国民考试的成绩不好，文化基础很差，但是并不糊涂，心里明镜儿似的。他清楚，留在大城市，当大学教师，钱不少挣，在亲戚朋友中说起来好听，站在人前体面好看，当然是好事。不过他比古全和大学本科时的老同学何成扬懂事。何成扬曾经扬言，说大学老师比中学老师好当，敛一些材料，拼凑一个讲稿儿，就能上台去对学生瞎白话一通儿。戴国民并不这样认为。他知道登上大学讲台不是好玩儿的，能在讲台上站住脚儿更难。他知道领导为什么把他放在这个岗位上。面对教研室曾经教过他的老师和他的高年级同学，他心里很不踏实，怕别人看不起，到头来自己上不了讲台丢人现眼，与其如此，不如及早体面地走人。所以他一再要求领导把他分回河南老家。他想那里大学毕业生少，说不定还能闹个一官半职。在东湖师范学院他是条虫，回到老家是条龙。为这件事，他曾三次找金祥汇报思想，要求回老家。金祥严厉地批评他小生产意识浓厚，目光短浅，胸无大志，个人考虑太多，辜负了组织对他的信任和期待，要求他下定必胜的决心，争取在最短的时间里登上讲台，为无产阶级和贫下中农占住讲台，为党和劳动人民争光，为表示他对戴国民的信任和重视，金祥还特地把他分配到一般人认为专业性比较强的哲学教研组。戴国民想，既然金老师执意挽留，这又是个人人求之不得的美差，再说自己作为一个党员也不能不服从组织分配，也就留下了。为了能在公共政治课待下去，早日成才，他总是谨小慎微，笑脸儿面对教研室里的每一位领导和同事，包括和他关系并不算好的老同学靳湘柳，生怕得罪了谁。教研室的日常杂活儿，如打水、扫地、打苍蝇、灭蚊子、捉老鼠、打麻雀之类的事，他都抢着干。他们教研室的卫生工作评比从来他到来之后都是优等，挂红旗。即使后来他一度登上讲台，开始给学生讲哲学辅导课了，他在教研室里的同事们面前也仍然战战兢兢。那时的戴国民还是有一些自知之明的。

教育大革命以来，领导特别强调生产劳动，主要是工农业的体力劳动。文件里这样写，领导也这样讲，劳动创造世界，也创造了人，到处盛赞体力劳动。劳动进了大学，进了教学大纲、进了教学计划和教学过程。学生班级，行政科室，都设了劳动委员。既会念书又会劳动的工农子弟开始香起来。而那些只会念书而不会劳动的学习尖子，主要是来自剥削阶级家庭的同学，不再备受尊重，有的甚至被斥之为"白专"而被批判。戴国民干体力活儿不怕脏，不怕累，会干，肯干，能干，谈到劳动，信心十足，神采飞扬。在步行健传达过中央领导同志有关教育大革命的报告后的第二天下午，一向注意紧跟政治形势和领导工作部署的金祥，就不失时机地召开公共政治课教研室座谈学习步书记传达报告体会的全体会议，会议结束时，大家一致推选戴国民为本教研室的劳动委员。戴国民自信称职，欣然受命。从此，他就又有了号令众人的权力。这是他走进大学校门以来唯一一件感到扬眉吐气的事。

大汗淋漓喜笑颜开的戴国民倡议，大干 24 小时，把草坪改造成标准的菜地，并以此为条件，向中文系青年教师突击队提出挑战。中文系的老师们自然不甘示弱，当即热烈响应，坚决应战。

深翻土地说说容易，干起来就难了。翻地本来就是个重活儿，现在要深翻五尺，劳动量翻番几十倍，即使对于戴国民这样能干的人也不算是家常便饭。不过戴国民毫不畏惧。论干体力活儿，不要说在公共政治课教研室，就是在全院也未必能有几个人比得上他。政教系分管的地段工作面儿，就是他带领着他的老乡和同学吴好德开辟出来的。

今天公共政治课教研室的劳动任务是两项。除了深翻土地，还有积肥。戴国民在开辟出深翻土地的工作面儿之后，就转到积肥工作上，和他搭伙儿的是吴好德和靳湘柳。靳湘柳是主动要求参加积肥劳动的。她爱出风头，干什么事儿都爱拔尖儿，认为积肥是最脏最累最能突显她工农化精神的活路儿，仅仅"女大学教师掏大粪"这八个字本身就算得上是东湖师范学院校园里的一桩新生事物。

办公大楼化粪池的出口儿就在楼前路西一侧的角落里。平时卫生队都是利用节假日和夜间来清理这里的垃圾和粪便，没有人注意到化粪池的味道。现在铁木结构的化粪池盖子一打开，附近立刻臭气四溢，路经这里的人个个蹙眉掩鼻而过。而戴国民却若无其事。五月的江城，背阴处的积雪还没有化净，天气还冷，而干得欢实的戴国民已经甩掉棉上衣，要了单儿了。他兴奋，得意，自如地挥动着大马勺，一勺一勺地从化粪池里往大粪桶里掏粪，然后和吴好德搭伴儿，一前一后抬起来，一溜儿小跑儿，把一桶桶散发着恶臭气息的大粪汤子抬到学院西南角儿上临时开辟出来的化粪场。按说靳湘柳是积肥小组的成员，应该和戴国民他们一起淘粪抬粪。可是她万万没想到，从化粪池里冒出来的味道会这样难闻，弄得她连大气儿都不敢喘，巴不得立刻逃离劳动现场。她本能地把手伸进制服裤子口袋去掏手绢儿捂鼻子，但是她意识到这样做影响不好，又悄悄地把手缩回来。然而她实在闻不得这股子恶臭味儿。正在她心慌意乱不知所措的时候，好心的戴国民发现了她的尴尬，就改派她到远离化粪池的上风头儿去给大家看管衣裳、打开水、搞宣传。靳湘柳如释重负，打心眼儿里感激戴国民，很想称赞他几句，想了想，就高声喊道："嗬，好样儿的！什么叫劳动人民的本色？！戴国民就是个好榜样！"

靳湘柳说的是事实，大家齐声附和靳湘柳，戴国民高兴得咧着嘴笑。

靳湘柳除了给大家看管衣裳、打开水之外，还给院广播站写宣传稿儿。她在描写积肥劳动场面的报道里，盛赞戴国民和吴好德，也写进了女教师积极参加积肥劳动的字样，巧妙地提到了她自己的名字。

靳湘柳和戴国民在念书的时候彼此没有什么来往。戴国民学习差，没有特长，恪守家乡习惯，不肯随俗打扮自己，也不善交际，只跟吴好德等少数几个来自农村的同学来往。而靳湘柳眼眶子高，交游广，她的朋友多是外系外班的高年级的同学，眼睛里根本就没有戴国民。面对风流潇洒的柳湘柳，戴国民感到自卑。现在靳湘柳当众赞美他，写广播稿儿表扬他，让他感到受宠若惊。

忙中有错，干得起劲儿的戴国民，一时失手，把马勺抡过了头，把一些黄绿色的，散发着恶臭味儿的粪汤子甩出去老远，甩到了几个过路人的身上。路过这里的古全和，也被甩了一身，他刚刚换上的白衬衫上弄得到处是黄绿色的斑点，臭气烘烘。古全和停住脚步，对戴国民说："老戴啊，悠着点儿，你看，弄了我一身！我得回去换衣裳，开会要迟到了。"

"啊呀，古大哥，对不住，对不住！"戴国民赶忙挥手打躬慌乱地表示道歉。

戴国民和古全和是在去年大鸣大放时认识的，以后路上碰见了，戴国民总要和古全和打个招呼儿，偶尔还停下来，随便聊上几句有关整风鸣放反右派的话题。后来戴国民见古全和在全院大会上受党委表扬，被授予优秀研究生的称号儿和优秀研究班毕业生奖章，政治上好，学习也好，是校园里的风云人物，更打心眼儿里佩服他，而戴国民的朴实和谦和也给古全和留下了好印象，愿意结识他这个朋友。

古全和看看自己身上的粪汤点子，迟疑片刻，就返身往来路上疾走，回宿舍去换衣裳。靳湘柳目睹这个场面，多年积聚在她心头的对于古全和的嫉妒之心勃然一动，想趁机敲打古全和几句，就笑嘻嘻地扬言："啊呀，真没想到，古全和同志会这样娇气。怎么不学学我们的戴国民呢？他不怕脏，不怕累，这才是真正的劳动人民的思想感情呢！"

古全和看了看靳湘柳，明白她这是趁机嘲讽他出身劳动人民家庭却没有劳动人民的感情。整风"反右"前，同学们不大重视家庭出身，而现在家庭出身好，在有些人看来，是一种政治上的优势。她在这个问题上做文章，意在用戴国民压他，意思是批评他不具备劳动人民的思想感情。古全和知道靳湘柳虚荣心重，爱显示自己，不能容忍别人比她好，这是她的老毛病，念小学时就这样，特别不能容忍曾经低她两个年级，政治上一度比她落后的古全和比她好。古全和有意敲打敲打她，可是觉得她是个女同志，爱面子，不想当众奚落她，只是有些不满地看了她一眼，并没有说话。而靳湘柳误以为她"将"住了古全和，很开心，就嬉皮笑脸儿地继续说："老同学，有何高见呀？那就说吧！"

古全和心中有气，想了想，说道："老同学，你大概以为劳动人民香臭不分吧？那你就错了。劳动人民和你我一样，也喜欢干净，整洁，漂亮，不愿意把大粪汤子弄到自己的身上。他们说'大粪是个宝'，那仅仅是因为'庄稼离不了'。不然的话，戴国民为什么要向我道歉？有些人误以为劳动人民香臭不分那是因为他们根本不了解劳动人民，是一种剥削阶级的偏见。"他说完了这几句话，回身就走。

靳湘柳没想到古全和反应这样快，倒打了她一耙，给她扣上了一顶"剥削阶级偏见"的帽子，而这恰恰是她最忌讳的。她脸上得意的笑容立刻化成愠怒，凶巴巴地瞪着古全和的背影儿，一时说不出话来。直到古全和走远了，她才愤愤地说："东湖师范学院谁不知道你有一张能言善辩的铁嘴？！"她这是说给周围的人听的，想用抬高对手的方法儿来贬低对手，用人身攻击来掩饰自己的被动。

深翻土地的劳动是真正的新鲜事物，从前谁都没有干过，它并不像戴国民预想的那么容易，中文和政教两系的教师都没能在 24 小时内完成任务。他们从大干白天到挑灯夜战，几十个人日夜轮番上阵，直到第三天中午才把菜畦打好。公共政治课教研室和中文系老师们的挑战和应战，以不分胜负而告结束。

菜畦打好了，但是公共政治课积肥小组的任务还没有完成。不过这和靳湘柳无关了。头一天下午，她就悄悄地去过院卫生科，从石云辉大夫那里开具了一张诊断书，证明她对氨水的气味儿过敏，长时间接触，会导致神经性休克。她就这样名正言顺地逃离了积肥小组的劳动。

从院党委批准总务处校园革命化的计划到今天，仅仅过了不到两周的时间，东湖师范学院的校园就"焕然一新"了。校园里三分之二的草坪和空地都变成了一畦一畦整齐的菜地。尖尖的菜苗儿纷纷出土，日日见长。据总务处的统计，全院总共播种各种蔬菜近四百亩，预计全院师生员工今年秋冬和明年春天三季的用菜，富富有余，计划拿出其中的四分之一到三分之一供应市场。

反右派斗争后，东湖师范学院党委的组成基本没变。原党委书记莫文林，因为生活作风问题而在整风和反右派斗争中闹得声名狼藉，无法继续留在师范学院，被调到内蒙古某高校任党委书记。有些人说他这是升了，感到愤愤不平。也有人说他是降了，感到解气。而熟悉中国党政官员等级制度的秦中州却说，莫文林是平调，说莫文林有生活作风方面点点滴滴错误，但是他在反右派斗争中立场坚定，表现好。古全和相信秦中州的说法儿，不过心里也觉得纳闷儿。他想，像莫文林这样无视党纪国法，破坏别人家庭，败坏党风政风，影响恶劣的人，就是开除党籍也不为过，为什么只是给他换个地方儿工作就算了事呢？古全和认为，共产党员犯有以下四种错误是不可原谅的：第一种是叛变投敌；第二种是乱搞男女关系；第三种是贪污受贿；第四种是蓄意诬陷他人。他的理由是：犯有这四种错误的人，都是明知故犯，必须重办，直到开除党籍。但是对于古全和的这番高论，秦中州笑而不答。过了好一会儿，才含糊其辞地说，生活作风问题很复杂。

新任党委书记步行健原本是省委宣传部理论处的处长，整风"反右"前在师院蹲点，运动后就留任师范学院。秦中州每次说到步行健都眉飞色舞，说步行健行政上相当于正厅级，四川人，资格比莫文林老，文武双全。他只念过小学，是自学成才，16岁开始在老家的地方报刊上发表时事政治评论，抨击国民党，去延安前已经很有名气，21岁到延安就享受特殊待遇。他当过抗大的理论教员，做过战地记者，写过政治评论，还带兵打过仗。

步行健上任后抓的第一件工作就是教育大革命，而改变师范学院面貌的第一个动作就是在校园里大种蔬菜，实行校园环境革命化。紧接着，就在全院范围内掀起了一个以批判资产阶级教育为主题的第三次大字报高潮。批判旧教育的保守落后、少慢差费，这样的大字报铺天盖地。年前反右派、年初"双反交心"和"红专大辩论"时贴满校园的大字报残迹统统被呼唤教育大革命的大字报盖起来。贯通办公大楼前后的宽阔的柏油路面儿也都贴满了大字报，只有大路中间一米多宽的地方可以过人。包括13个系和总务、教务等院内的二十几个单位的教育革命誓师大会一个接着一个。喧闹的锣鼓声，激昂的口号声，嘹亮的歌声，不时从这里那里响起来。在批判会上，"大破资产阶级的陈旧落后，大树无产阶级的革命权威"，"提倡多快好省，反对少慢差费"，"红青年一定胜过白专家"，"知识分子劳动化，劳动人民知识化"，"工厂办学校，学校办工厂"等口号震天响。"一天等于二十年"，跃进年代喜事多，向党委报喜的锣鼓声日夜不断。

校园里大种蔬菜的高潮刚刚过去，工业建设的热潮又接踵而来。在短短的十几天内，学院西南部偏远地方原本满目蒿莱的那片空地就各有所属了。政教系在办人造石棉厂，物理系在办磁铁厂，俄语系在办油毡厂……

中文系原党总支书记杨一臣同志因反右派斗争表现坚决而被上调江城市委机关，接替他担任中文系党总支书记的是来自老解放区的吴月英。吴月英出身官僚地主家庭，伪满时国民高等学校毕业，曾经担任过哈尔滨市某小学校长，工作积极，上进心强，事事不甘落后，来师范学院进修时被留校，人送外号"拼命三郎"。她在前天召开的全院师生员工教育革命誓师大会上，代表中文系全体师生员工表态，要白手起家，大干一个月，创建上规模的红旗耐火砖厂。全系师生员工表示坚决支持。会后总支连夜开会研究建厂规划，天一亮她又带领总支委员和支部书记们到学校划给他们的建厂地段上去丈量土地、清除杂草，放线打桩。紧接着，高年级的同学就来到工地，开挖厂房地基的沟槽。

吴月英眼看着政教、历史、物理、俄语等单位走到自己的前面，而中文系的耐火砖厂却八字刚刚有了半撇儿，心中着急，几乎日夜泡在工地上或是研究办厂问题的会议上。事情卡在建厂资金上。吴月英因此而大上其火，满嘴燎泡不断，虽然连连服用维生素 B2 和黄连上清片，仍然不见好转。

"白手起家，大办工厂！"是院党委提出的口号儿。对于这个口号，惯于独立思考的古全和不以为然。他想，办工厂和在战场上去夺取敌人的武器不同，俗话说，"巧妇难为无米之炊"，没有钱，没有材料，只凭空空两手，怎么能办起工厂呢？实际上只有政教系的人造石棉厂多少有点儿"白手起家"的意思。他们生产人造石棉用的主要原料是江城红旗钢铁厂的炉渣，是同学们分文不花用排子车从 30 里外的钢厂拉回来的。不过他们建厂用的木材、砖石和生产用的煤炭以及鼓风机等材料和设备也还是从学校锅炉房等单位借来的，或是抄来的。其他像俄语、物理等系办厂用的设备和原材料都是校产，都不能算是"白手起家"。所以他发牢骚说："这哪是'白手起家'，明明是'黑手起家'嘛！"吴月英听他这样说，先是吃惊地看了他一眼，然后就悄悄地把他拉到一边，严肃地批评他，说他不该对于"新生事物"指手画脚。古全和知道吴月英批评他是出于好意，但是仍然怪她胆小怕事，不敢说真话，不以为然。这时古全和还不懂，反对新生事物是一大政治忌讳，不管什么东西，即使是一件旧货，一个荒唐的倡议，一旦在某种风潮中被定性为"新生事物"，它就和革命挂上了钩，就摸不得，碰不得，神圣不可侵犯，如有谁胆敢冲撞它，就难免撞个头破血流。

院广播站整天反复播送着《社会主义好!》《中国人民解放军进行曲》《三大纪律八项注意》《中国人民志愿军战歌》和《歌唱二郎山》等革命歌曲。被称为"九头鸟"的那个由九个扬声器组成的功率过五百瓦的大扩音器，就安放在学院自由大楼的楼顶上。它把歌声和乐曲声传遍整个儿的东湖地区，即使远在东湖对岸的小村庄，也听得清清楚楚。广播站除了每天早中晚三餐全院连线播送院内外新闻外，还常常随时打开喇叭报告种种振奋人心的喜讯。如某系某班在某乡或某厂办起了农民红专学校或工人红旗大学；某专业科研放了"卫星"；学院里的某厂出了新产品；某某人连续奋战几昼夜，完成了什么特殊任务；某系师生和他们所在农业生产高级社的革命群众一起制定了1959年亩产小麦百万斤的跃进计划……此刻正在一遍遍播送的热门儿话题是公共政治课教研室青年女教师共产党员靳湘柳不怕苦、不怕脏、不怕累，在政教系人造石棉厂连续奋战两昼夜，最后晕倒在炉前的英雄事迹。

一些精神亢奋的大学生早已忘记了寒暑假、周末舞会和星期天。他们的心思全在革命上。当然，并不是所有的学生都这样激奋，也有一些人仍然在暗暗地留恋着往日平静温馨的学习生活，盼望着眼前这种动荡狂热的生活早早结束，幻想着能像过去那样按时放寒暑假，参加周末舞会，歇礼拜天儿，度节假日，外出探亲访友，花前月下，林间湖畔，谈情说爱。不过谁都羞于把自己的这类愿望当众说出来，因为这等于公开宣布自己惧怕艰苦，政治上不求进步，留恋小资产阶级情调儿，只要上级不说放假，谁都不会去提放假的话题。"打破常规干革命"嘛！从1957年夏天至今，几乎所有的节假日都取消了。

校园里已经没有昼与夜的区别。学生食堂日夜供应饮食，汤面，馄饨应有尽有，有谁饿了，随时可以去吃。夜也已不再宁静。教室、宿舍，到处彻夜灯火通明。一些由激进的学生刚刚组织起来的"《红旗》学习小组"，大多从午夜零点开始活动，直到深夜两点结束。每天都有人在午夜或是黎明前，为通过"劳卫制"的考核而在大操场上练长跑。有些有头脑的学生，包括一些共产党员，明明知道伟大导师列宁的教导：不会休息就不会工作，知道长时间地"连轴转"，连续开夜车，不是科学的工作方法和生活方式，知道超负荷的体育锻炼有害健康，但是他们绝对不会把这些话说出来，而是会半醒半睡地陪着那些激进的同学，喊着他们的口号，和他们一起耗时间。没有人愿意被人说成政治上落后或是右倾。

世界文学研究班的 29 名同学等待毕业分配，但是他们仍然积极主动地投身到教育革命的大潮中，参加了中文系本科同学的教改活动，帮助他们查阅资料，提供参考意见，撰写和修改稿件。轰动全院的教育革命成果《中国民间文学史纲要》，就是中文系 1956 级，即本科二年级的学生在几名世界文学研究生的帮助下，突击百日，编写而成的。这是中文本科高年级的法定教材，是 56 级同学向党的生日"七一"的献礼。院党委宣传部、中文系党总支的干部和省市报刊记者，都来帮助他们总结经验，认为低年级学生给高年级学生编写教材是一项成功的革命创举，是革命的新生事物，而且说，低年级的学生之所以能够编出高年级学生用的革命的无产阶级的《中国民间文学史纲要》，主要经验有三条。第一条是有党的坚强领导，是反右派斗争和教育革命的重大成果；第二条是低年级同学较少封建的和资产阶级的影响，头脑里没有框框儿，思想解放；第三条是群众运动大兵团作战。这三条经验已上报省市委，也已见诸报刊。当然，教师和世界文学研究生们对本科 56 级学生的帮助这条经验，为了突出低年级给高年级学生编教材这个革命的特点，而就被人为地给省略了。

世界文学研究班的同学个个日夜奔忙，就连在整风鸣放反右之前每个周末都要想方设法到江城省市级机关单位或是一些高等院校去跳舞的舞迷徐菊和晏秋燕，也都不敢或是不好意思外出跳舞了。在全班 29 人中，只有古全和一个人孤零零地躺在床上养伤，他能做的只能是着急上火和帮助别人改改新教材的稿件。党支部书记秦中州一再劝他安心养伤，他也一再向党支部表决心，要积极配合医生的治疗，争取在毕业分配前基本康复。可是他的心里却像是着了火一样地焦躁不安。

古全和受烫伤是一件很偶然的事。上周末，古全和按照进修班研究班联合会和研究生餐厅达成的协议，带领研究班、进修班的徐菊和晏秋燕等七八名女同学去研究生餐厅帮厨，主要是择菜。就在他和大家一起在副食案板前说笑劳动的时候，坐落在他们对面高高的水泥基座上的大蒸气粥罐突然发生意外，大粥罐上的木栓儿意外脱落，滚烫的米粥挟着高压高温的蒸气，像一条白蛇，猛地朝着副食案子这个方向喷来，古全和下意识地闪身去掩护他身边的几个女同学，米粥就直射到他的臀部和赤裸着的小腿儿上。事后他赶紧脱掉长裤，可是臀部已被烫得红肿一片，赤裸着的左腿的小腿肚子受伤最重，大片表皮被烫烂，眼看着皱缩，一块块脱落，露出里面的真皮和鲜红的嫩肉，由于伤到了神经，疼痛难忍，他在短短几十秒钟的时间里就失去了行走的能力。餐厅里的师傅和同学们立刻把他送到院卫生科。虽经医生处理，仍然疼痛不止。受伤后的头几天他不能行动，连食堂都去不了。那几天天气正热，又面临毕业考试，他只能侧卧或是俯卧在床上复习功课，靠同学们打饭给他吃，忍痛复习功课。世界文学研究班是中苏合办的教学单位，主讲教师是苏联专家，他的讲座每周一次，即使整风鸣放和反右派斗争高潮中，也不曾停顿，毕业论文答辩和毕业考试也如期进行。古全和是由同学们轮流背着他去参加毕业考试和毕业论文答辩的。现在最痛苦的时间已经过去，但是行动仍然不便，基本上是卧床休养。

今天早饭后，党总支书记吴月英又赶来看望古全和。

"怎么样，好些了吗？"吴月英轻轻地解开古全和腿上的纱布，眉头紧皱，细心地观察着说道，"创面儿好像不见收缩，你是怎么搞的？又下地瞎折腾了吧？"

"哪敢呀，您看，这不是好多了吗？什么痛苦都没有，能架着拐到食堂去吃饭了，这点儿伤算什么，我的头脑清楚得很，比平时都清楚，就跟寒暑假返校后的那种感觉一样。"

"瞎说，岑云鹤说你夜里疼得直哼哼，还说梦话。"

"瞎说，是他在说梦话吧。"古全和说着，下意识地伸出舌头舔了舔干裂的嘴唇。唾液沾到嘴唇上的溃疡处，一阵剧痛使他不由地皱了皱眉头。

吴月英看着古全和的狼狈相儿，忍不住笑了，然后板起面孔儿说道："看起来你是有话要说，那就直说吧！"

古全和讨好地说道："您能不能找点儿小事儿给我干干？"

"你就别胡思乱想了！石大夫说，你至少得半个月后才能下地活动。毕业分配之前你能像个人似的走路就不错了。肯定得留下一个挺大的疤。多亏不在脸上，要不然就没有哪个姑娘肯嫁给你了。听医生的话吧，争取早日康复，顺利地走上工作岗位。"

"医生也不是神仙，不能什么都听医生的。"古全和笑嘻嘻地说。

"难道要听你的吗？"吴月英说："照照镜子，看看你那副尊容吧！"

古全和笑嘻嘻地看着满嘴燎泡的吴月英说："您就先照照自己吧！"

吴月英一笑，满是溃疡的嘴唇疼得她难以忍受，赶紧把收紧的双唇放开。

古全和恳求说："吴老师，您替我想想，大伙儿都在忙，我能安心吗？"

"你的心情我能理解。"

"那就太好了，您说吧，派点儿什么事儿给我？"

吴月英认真地说："就派你养伤！"

他们的话谈不下去了。瞬间的沉默。

古全和忽然说道："吴老师，咱们系工厂办得怎么样了？"

提到办厂，吴月英愁上心来，忘记了古全和要求她给他分配工作的事，紧皱眉头说道："已经动工了，可是卡在资金上了。估计启动资金至少得一两万。"

古全和兴奋地说："组织人出去挣嘛！劳动创业才是真正的白手起家。"

"到哪儿去挣啊，"吴月英不假思索地说。她从没往这个方面想，别人也没提过这个办法。"总支正在研究这个问题，肯定会有办法，你就好好地养伤吧。"

吴月英觉得自己好笑。她原本是来劝说古全和安心养病的，怎么竟对他叫起苦来了呢？就说道："好啦，好啦，我得走啦，得回去看家啦。总支的同志们都到下面去了，办公室在唱'空城计'呢！喂，记住：'既来之则安之'，这可是毛主席的教导啊！"

吴月英说着，急匆匆地走了。

"我到总支办公室去值班行不行？"古全和喊道。

吴月英在走廊里回答他说："别胡思乱想啦！"

革命需要防"左"，但是革命者本质上就姓"左"。真正意义上的"左"在本质上就是超前，没有哪个真正的革命者不希望革命早日成功。"左"给革命带来灾难，但是多数革命者本性难改，更何况如今是"一天等于二十年"呢。现在，激进的人们常常连走路都是小跑着的。1956年的春天，中国人民"跑步进入社会主义"，现在又有些人要跑步进入共产主义了！改造客观世界要跑步前进，改造主观世界也要跑步前进。激进的师生在东湖师范学院修建老爷岭水库的劳动大军在誓师大会上喊出的口号儿就是："把资产阶级个人主义埋葬在老爷岭水库的工地上！"

6

吴月英看望过古全和后的第二天早饭后，古全和架着双拐一步步地挪动到院部办公大楼，又艰难地一个台阶一个台阶地爬上三楼，走进中文系党总支办公室，见屋里只有吴月英一个人，正在低着头聚精会神地写着什么，她听见有脚步声，抬头一看，见气喘吁吁、满头大汗的古全和站在门口儿，正笑嘻嘻地看着她，便皱起眉头不满地质问道："你怎么来啦?!你来干什么?!"

"来值班呀。"古全和说着就走进办公室，径直走到总支统战委员兼总支秘书度月川老师平时坐的位子前，放好双拐，大模大样儿地坐到那张可能是大清国时代遗留下来的高背儿红木椅子上。"值班不就是接电话、听汇报、作记录嘛，是个人儿就干得了。"

"胡闹！无组织无纪律！"吴月英气愤地说，"也许明天你们毕业分配的方案就下来，你这个样子怎么毕业？你这样蛮干，到时候伤好不了，不能按时到新的工作岗位去报到，谁负责?!"

"我只是暂时有点儿小毛病儿，不愁没人儿要。"古全和笑嘻嘻地说。

"能不能按时毕业，你说了不算！"吴月英的脸上一点笑模样儿都没有。

"吴老师，您该替我想想，周围的人都在热火朝天地闹革命，我好好的一个大活人，天天吃饱了饭，躺在床上瞪着两只眼睛看天花板上有几只苍蝇，够多难受啊！我不就是腿上有点儿小毛病，行动不太方便？！可是我的脑子没有毛病啊。我坐在办公室，听听汇报，接个电话，做个记录，上传下达，有什么不可以？再说，我也不是完全不能走路。我这不是自己来了吗？我还会骑自行车。我敢说，要论骑自行车的技术，系里没有人能比得过我。我能放开车把，让自行车在马路上拐弯抹角儿自由飞奔，能在飞跑着的自行车上吃饭，演奏乐器，打瞌睡……您信不信？您给我点儿事儿干，我心情舒畅了，腿部的功能恢复得会更快……卫生科的医生也是这么说的，我说得不对吗？"

古全和的心情，吴月英能够体会。像古全和这种一贯积极上进的学生，处在现在这种政治气氛下，让他一个人躺在床上什么都不干，也不是好办法。让他干点事儿，散散心，对他可能会更好。她心里这样想，但是脸色依然是冷冰冰的，装出很勉强的样子说："你既然已经来了，就先坐下吧，不过下午就不要来了！你啊，净给我添麻烦！"

古全和满意地点点头儿，没有说话，开始收拾办公桌儿。

下午，吴月英上班时，古全和已经坐在办公室了。吴月英不满地说："真是得寸进尺！你怎么又来啦？不是说好你只来一个上午吗？！"

古全和笑着说："那是您说的，我并没有同意。您说什么都行，反正我是不走了。除非您派人把我绑回宿舍。"

"真拿你没有办法儿！"吴月英想到总支办公室的确需要有人值班，就没有再说什么。这样，古全和就赖在党总支办公室，代替被派去全面抓办厂工作的度月川，做了党总支临时秘书。

办厂资金的问题仍然在困扰着中文系党总支的一班人。这个问题，总支讨论过多次，一直没有讨论出个妥善的解决办法。有人提议，号召系里的干部捐献。可是因为所需资金数目太大，多数干部的工资一般只够维持一家老小儿简单的生活，没有余钱，靠干部捐献不现实，也不符合"白手起家"的原则。今天下午的总支委员会，还是研究怎样筹措办厂资金的问题。吴月英首先发言。她说："今天咱们继续研究办厂资金的问题，请同志们发表意见，献计献策。我想我们总能想出解决问题的办法！"

"我还是主张发动群众捐献。干部的人数很少，潜力有限，可以发动全系师生员工捐献。每人捐一点儿，积少成多。"度月川旧话重提，而且提出扩大捐献的范围。发动干部捐献的主意，就是他在上次会议上提出来的。

"我还是不赞成度老师提出的办法。教职工大多没有积蓄。学生没有收入。动员学生家长出资，师出无名，影响也不好。再说，咱们提倡的是'白手起家'，集资办厂还能叫'白手起家'吗？"总支宣委梁爱华说。

"向银行贷款怎么样？"度月川说。

没有人附和他的意见。贷款也不能算是"白手起家"。

"我可以发言吗？"古全和问道。

"说吧！"心急如火的度月川越俎代庖，不假思索地插嘴表态说。

"有话就说吧，免得把你憋出什么毛病来。"吴月英忍着笑，板着面孔说。

古全和信心十足地说："出去挣啊！组织几百人，拉出去，干上一两个月，闹上两三万，问题不就解决了吗！我们伸出去的是几百双空空的'白手'，捞回来的是几万元的现钱，肯定符合'白手起家'的精神！"

让师生们到社会上去挣钱？没有人往这方面儿想过。总支委们面露疑惑。有的沉思，有的点头儿。度月川连连摇头，说道："让学生出去挣钱？这恐怕不合适吧。社会上会怎么说？学生和家长们能愿意吗？学生是来念书的，不是来做工的啊。"

不过吴月英开始考虑古全和的提议。

古全和继续说道："我们是用学生劳动挣来的钱办工厂，建设国家呀。我相信，有爱国心的家长都不会反对。至于同学们，他们准会同意我的意见。让学生亲身参加国家的社会主义建设，到生产第一线上去向工农劳动群众学习，实现知识分子劳动化，这也符合党的教育方针嘛！我建议把这个问题交给学生讨论，听听他们的意见。"

"我看古全和的意见……可行。"梁爱华认真地说，"同学们不是已经在校园里种了几百亩的菜吗？学校的环境卫生工作不也主要是由学生来分工做的吗？问题是到什么地方去找那种既能挣到钱，又是学生干得了的活路儿。"

古全和见有人支持他，说话的口气更冲了："大学生是国家的后备干部，大家毕业后参加工作是为人民服务，现在参加生产劳动，挣钱办厂也是为人民服务。我相信我能反映大多数同学的愿望，他们肯定愿意这样干，而且大多数家长也不会反对。教育革命人人有责，家长们也是要革命的嘛！"

总支委员们的注意力渐渐地转到古全和的提议上来，开始喊喊喳喳地议论他的提议，慢慢地统一了认识，倾向于接受古全和的这个办法。但是院党委会不会同意这么办呢？家长们会不会反对？这样干可能出现什么问题？社会上会有什么反应？将会产生什么影响？这件事情该从哪里着手？这些具体问题，大家还没有来得及深入交换意见。

古全和激动地提出了他具体的建议，说："先派人出去侦察一番，联系好劳动单位，然后开个全系动员大会，队伍就组织起来了。"他不明白，这明明是一件好事，为什么老师们还这样犹豫不决。

吴月英最后发言，严肃地说："古全和同学的提议使我很受启发。毛主席号召我们解放思想。看来我们是得打破常规考虑问题，发扬敢想、敢说、敢干的作风。把成百的男女学生拉出去，投到生产劳动战线上，这已经不仅仅是我们积累建厂资金的办法，而是让学生和工农群众相结合，接受劳动人民教育，实现知识分子劳动化，全面落实党的教育方针的一个大动作了。当然，在工作中可能遇到各种实际问题，我们必须慎之又慎，但是大方向是对头的。会后请大家再认真地想一想，明天上午我们再议一次，提出一个具体的工作建议和详尽的计划安排，报请党委研究批准。"吴月英精神振奋，信心十足，目光坚定。

7

党委批准了中文系党总支关于组织学生到生产第一线上去创收，为办厂积累资金，进行劳动锻炼，接受工人阶级的教育，落实党的教育方针的报告。正像古全和所说的那样，同学们得知这个喜讯纷纷写请战书，表决心，积极争取奔赴生产劳动第一线，和工人师傅们一起战斗，向工人师傅们学习。任务最后落实到中文系1956和1957两个年级，他们宿舍的走廊里立刻一片欢腾。当天夜里，一支二百多人的学生劳动大军就组织起来了。

队伍组织起来之后，面临的新问题是：到哪里去找适合学生参与的劳动任务。吴月英首先想到派总支的干部去解决这个问题。可是总支的干部都来自非劳动阶层，平时跟生产劳动部门没有联系。教师的情况大致也是这样。最后她想到了学生，想通过学生的家长或亲友来帮助联系劳动单位。而学生中的大多数儿也来自非劳动家庭，少数来自工农家庭的学生多数家在外地。她当然也想到了古全和，可是古全和面临毕业分配，腿上又有伤，怕他来往的路上遭遇意外，影响他毕业分配。最后决定派度月川到市政府的劳动部门走走，看他们能不能给他们安排一些活路儿。

古全和近日站着、坐着和走动的时间比较多，很少卧床，血液循环受到不利影响，伤腿浮肿加重，局部开始化脓，鼠蹊部位的淋巴结肿成鸡蛋那么大，引起体温上升，行动开始有些困难。吴月英发现了他的这种情况，心里非常着急，立刻把他赶出办公室，赶回宿舍，卧床休养。可是躺在床上的古全和，一直惦记着办厂的事，听说系里组织起了外出劳动大军，非常高兴，一再打听学生外出劳动的时间、地点和具体任务。可是几天过去了，一直不见有什么动静儿，直到今天吃晚饭的时候，他才听说，事情碰上了麻烦，学生外出劳动的事，由于找不到接收单位而被耽搁下来，晚饭后他就架着双拐直接到教工宿舍吴月英家去找吴月英。

吴月英见古全和一瘸一拐地跑来，很恼火，忍不住对他嚷道："你怎么又跑出来啦！石大夫的话你没听见吗？天这么热，你的腿伤这样反反复复，弄不好，感染了，是要截肢的呀！你想落个瘸子吗？！还想不想按时毕业啊？！"

古全和满不在乎地说："我的伤没有大夫说的那么邪乎，病人也不能全听医生的。善意地吓唬病人是医生常用的伎俩，动不动就叫人家'准备后事'。有些医生喜欢夸大其词。不就是巴掌大的这么一块烫伤吗？有什么了不起的？！石大夫是军医出身，截肢的活儿干得多了，动不动就吓唬人，说什么截肢啊！"

"你怎么这样对待石大夫？人家是专家呀！"吴月英严肃地说。

古全和赶紧解释说："我是说着玩儿的。"

吴月英接过古全和的双拐，命令他坐到床上。

"让我出去找活儿吧，会有希望的。"古全和说。

"这件事用不着你。你就好好养伤吧。我们已经派人和市劳动局联系了。"吴月英不假思索地说，"你跑到总支办公室来值班，弄得腿伤加重，消息传到步行健同志耳朵里，他很生气，批评我们关心同志不够。你们研究班是中苏两国政府合办的，步行健同志很关心你们班的同学，你又是因公受伤……"

古全和笑着说："他不了解情况。"

"你今天是怎么啦？怎么净说些不着调的话？能这样对待领导的关怀吗？"

古全和意识到失言，不再辩解。

"你们的分配方案一下来，你就得去报到。你现在这个样子，谁愿意要你？实话对你说吧，你现在还算不上个合格儿的毕业生！你能不能参加毕业分配还在两可，身体健康是毕业生的重要条件，弄不好你可能得推迟一年毕业！"

"现在我不是好多了吗？"古全和说着就解绷带，"您可以看嘛！"

"别折腾了！我不爱看！平常看你挺老实的，这会儿怎么净讲歪理，你这是怎么啦？"吴月英装出生气的样子。其实，她心里特别喜欢古全和。她觉得古全和像她。"那我问你！你能架着双拐到处跑吗？"

古全和站起来，激动地说："当然能啦！再说我干吗要架拐呀，我可以骑自行车嘛！"

"骑车不行！"吴月英无计可施，受古全和的激励和蛊惑，已心有所动。

古全和从吴月英的语气中感受到鼓舞，立刻眉飞色舞地说："吴老师！您见过我骑自行车吗？有机会我表演给您看，那简直就是艺术啊！我能倒着骑车，您信不信？能大撒把在街上跑，在市立一中念书的时候，'别车'，赛车，我都是全校第一！"

吴月英冷冷地打量了古全和一会儿，笑着说："看起来你从小儿就不是个善良之辈，老实学生谁干这种事儿！"

古全和有些不好意思，说道："各有所好嘛！赛车也是一种竞技活动……"

吴月英看着古全和滑稽可笑的样子，咯咯地笑起来，然后说道："古全和啊，今天我算开了眼了！真没想到你老实巴交还这样能说会道儿！难怪有那么多的女孩子喜欢你呢！"

古全和笑着说："那都是一些傻丫头……只要您同意我出去试试，您就是把我说成是个骗子也行。"

"你呀，真是为了达到目的不择手段啊！"

"那您是同意啦?!"

吴月英沉思片刻后，谨慎地试探着说："你心里有个谱儿吗?"

"当——然!"古全和又兴奋地从座位上站起来，"我想先到火车站去看看！我念小学和中学时，寒暑假期间，常到火车站锅炉房去拣煤核儿，了解那里的情况。那里的装卸任务很重，经常招收大批临时工。我小时候儿的一个好伙伴儿道士在那里工作，还是个小头头儿，他肯定愿意帮我，说不定那里会有适合同学们干的活儿。我还有一个小时候儿的伙伴儿，叫桂有富，在发电厂工作，我也想去看看。我爹的好朋友赵凤山叔叔是个瓦匠，也干过搬运。他现在回山东老家了，不过我可以去找他那里的那些叔叔大爷帮咱们想想办法！"

"别激动，坐下说!"吴月英说，"这件事非同小可，我得和总支的同志们商量商量再定。如果大家觉得可行，我就雇一辆三轮车，派人陪着你出去跑一跑。你明天早饭后在宿舍里等我的消息吧。"

"吴老师，您真开明!"古全和兴奋地说。

"谢谢你的吹捧!"吴月英笑着说。

古全和没有当面拒绝吴月英雇车派人陪他外出的安排。他知道，她同意派他外出找工作是出于不得已。派一个等待分配的有伤的优秀研究生外出联系工作，她自己要负多大的责任，一旦他有个闪失，责任就全落在她的身上，到时候即使他想要分担她的责任都不可能。她之所以要雇车派人陪同他外出，就是为了以防万一。她是总支书记，她应该这样考虑问题。她做出这个决定不容易，可能只有她这样把党的任务和革命的荣誉看得比个人前途重的人，才肯去冒这样大的风险。可是古全和不想让吴月英老师背这个包袱，担这个风险，决定自己一个人去办这件事。他这样做，还另有考虑，担心自己的谱儿摆得老大，坐着三轮儿，有人陪伴，兴师动众，张扬其事，到头来事情办不成，惹人笑话。他从来都不干这种没有把握的事，也从来没丢过这份儿人。

第二天一大早，古全和就提前到研究生餐厅吃过饭，赶在人们上班前悄悄地来到院部办公楼大厅，找到中文系办公室的那辆"白山牌"的自行车。像大多数公车一样，这辆自行车上面的车灯、车铃儿和车锁都没有了，车闸也已失灵。在这辆车架子的正前方，镶嵌有"白山牌"自行车的白色的、设计粗糙的标志牌儿。古全和听说新中国成立前我国连自行车都不能生产。据说"白山牌"自行车是新中国成立后出产的，是手工制作的。车架子是用自来水管儿制成，是国产自行车的祖师爷，造车圈用的材料有我们在解放战争中缴获的美国汽油桶……

　　古全和小心地尝试着把这辆"四无"自行车推到办公大楼外，尝试着蹁上一条腿，再把双拐交到左手，用右手扶把，小心翼翼地蹬动自行车。车子松松垮垮，跑起来哗啦哗啦直响，却并不难骑。他心里一阵欢喜，就试探着加力蹬踏，提高车速。他想好了，先去火车站找道士。他和道士已有多年不见了。

8

　　1948 年冬，古全和进了市立第一中学。道士经当时在特快列车上当餐车主任的卢子堂大叔介绍，进了江城铁路局机车车辆厂。古全和每天早出晚归，和道士见面的时候很少。第二年春天，古全和一家搬进城区，道士一家仍然留在宋家屯镇山东庄，他们的来往就更少了。以后古全和考入南城的市立中学。那里离宋家屯镇有 20 多里路，古全和只有在每年过年，代表他爹娘到宋家屯镇去给那里的几位老人家磕头拜年的时候，才能和道士等伙伴儿们见上一面。而在古全和考进东湖师范学院以后，他们就没有什么来往了。要不是系里办厂筹措资金，古全和也想不到要去见道士。

　　道士听说有人来找他，立刻赶回办公室。他目睹穿戴寒酸的古全和，推着着一辆破烂不堪的白山牌儿自行车，架着双拐的这样一副惨象儿，十分惊讶，立刻联想到去年的反右派斗争，担心古全和被打成右派分子了，心里感到一阵凄凉。他心里的古全和是个聪明正直的人，他怎么会弄成这个模样儿呢？！

　　就在道士犹豫的刹那，古全和笑着说道："怎么，不认识啦？"

　　"你还……好……吧？"道士无心瞎逗，不安地问道。

古全和上上下下地看看自己说道："怎么，有什么问题吗？"

"你没出什么……事儿吧？"

古全和坦然说道："我能出什么事儿？你这是怎么啦？"

"还是党员？"

"什么话呀！"古全和猜到了道士担心的事情。去冬今春，赵凤山叔叔连续给他寄过三封挂号信，信里说，他和素桂听说大学里被打成右派分子的学生和老师成堆，很为他担心。想到这里，古全和笑了，便说道："我一切都好！"

"这就好，这就好！"道士说，又关切地问道："腿怎么啦？"

"不小心受了点儿伤。"

古全和见道士头戴深蓝色的新制帽儿，身穿合体的深蓝色的斜纹布的铁路制服，脚蹬一双崭新的半高腰儿的时兴的齐头黑皮鞋，神采飞扬，很是得意。

"几个孩子啦？"道士一边忙着给古全和倒水一边问道。

"连孩子他娘还不知道在哪里呢。"

"别瞎扯啦！蒙谁呢！"

"大学毕业后我又念了两年研究生。"

"怎么，大学里不让结婚吗？"

"不，不是。"

"那是为什么？"

"没有人肯嫁给我呗。"

"瞎说，你从小儿就招媳妇儿。杨大琢磨家的丫蛋儿喜欢过你，素桂喜欢过你，还和你'圆'过'房'呢。乐亭老谭家的那个闺女给你打过伞，听说你在二里沟念高小的时候还交过一个女朋友，现在研究生都念过了，怎么会没有人肯嫁给你呢？"

听道士唠唠叨叨，古全和心里就想，中国人见面最爱说的就是结婚生孩子、挣多少钱之类的话题，忍不住笑了。

"你笑什么？"

"没什么。"

"哎，你是无事不登三宝殿，有事吧？"

"我是来向你们求援的。"

"瞎扯！你是个大知识分子，我是个'老勃代'，你怎么用得着求我们呀！"道士不相信古全和说的是真话。

"真的，不开玩笑，想求你们帮我们挣点儿钱。"古全和认真地说。

听古全和说到挣钱，道士忍不住大笑，说道："你小子打小儿就是个书虫子，穷得叮当响的那会儿你不关心挣钱的事儿，现在革命了，怎么反倒想到钱了呢！"

"不是我想挣钱，是我们单位要办工厂急需资金。毛主席号召我们进行教育革命。工厂要办学校，学校要办工厂。办工厂得有资金呀！"

"不错，你们学校的学生来帮我们局办了一所'红旗大学'。我现在也是大学生了。"道士打断古全和的话说道。"你说吧，只要我孙乃松办得到的，一定照办！咱们是患难之交嘛！要不是你小子胆子大，脑子快，能说会道儿，1942 年冬天的那一宿，咱们仨都得挨饥困！粮食说不定也就叫那个小崽子警察给没收了！"道士笑嘻嘻地说。

"就是求你想法儿帮我们挣点儿钱。"

"我们姓'铁'，只有火车和铁路，哪来的钱？"

"我们想派些学生到你们这里来干活儿……"

"不开玩笑吧？"道士嬉皮笑脸地说。

"开什么玩笑啊，什么活儿都行！"

"你们那些少爷小姐能干个啥活儿？"

"革命了吗，啥活儿都能干！"

"干装卸行吗？！"道士的口气里透着对学生们的不信任。

"当然行！"古全和兴奋地说。他想，装卸活技术含量低，学生们都干得了。

"那你的问题就算解决啦。不过你先别说行，你得好好地考虑考虑，然后再说行不行。在铁路上干装卸，可不容易。钱是不少挣，活儿也真苦。第一是任务不分昼夜，风雨无阻，装车卸车都要卡时间，一分钟都不能耽误。第二是危险！很危险！非常危险！弄不好会出人命！你得好好儿地想一想，你们那些公子哥儿，小姐妹子们，个个从小儿娇生惯养，能干得了这种活儿吗？！"

"你说说看，给多少钱吧！"

"又是钱！"道士一阵大笑，"真没想到你也会变成财迷！开口闭口都是钱！钱的事情好说，计件工资，按国家规定办！付现金！一分钱不会少！"

"你们要多少人？"

"你们有多少人？"

"一百？"

"行！"

"二百？"

"行！"

"三百？"

"行！"

"下周来上班？"

"行！"

"你说了算数吗？"

"算数儿！老哥我现在是调度室副主任，货栈的事我能主一半儿！而且现在进出站的车辆和货物一天比一天多，货车压站的事常常发生，严重地影响着运力的发挥，我们正缺少人手儿，你们来也是对我们的支援，来帮助俺们人民铁路运输大跃进呀。"

"那好！我这就回去了！"

"急什么，吃过饭走嘛！我请客！"

"今天免啦！"

古全和谈成了工作，感到浑身轻松，乐得合不拢嘴，连疼痛也淡忘了。他告别了道士，翻身上车，穿过昌邑街，冲上中山大路。笔直宽阔的中山大路上，老远不见个人影儿，他猛蹬几脚，车子飞奔，他不由地唱起来："社会主义好，社会主义好。社会主义社会人民地位高。反动派被打倒，右派分子想反也反不了……"

古全和回到学校时，已是午饭时候，他忘了饥饿，直奔办公大楼。现在学院里所有的机关都是 24 小时办公，他估计这会儿中文系那里也许还会有人，说不定吴老师也在那里。他想赶到那里把这个好消息告诉老师们，让大家高兴。

古全和把自行车放回原处，兴冲冲地登上三楼，赶到总支办公室门口，一抬头，见站在他对面的竟是吴月英老师。她直直地站在那里，对他怒目而视。

"你是咋整的?!"吴月英生气地说。

满头大汗的古全和,笑着看了吴月英一眼,没有回答她的问话,而是走到办公桌前,把双拐靠到墙上,捞起桌子上的一只搪瓷茶杯,看了一眼,见里面有水,就咕嘟咕嘟地喝了一气,抹抹嘴,长长地出了一口气,兴奋地自言自语道:"啊呀,真把我渴死啦!……事情办成啦!"

吴月英被愤怒所控制,不想听古全和说什么,继续质问他:"我问你,今天上午你到哪儿去啦?!上午八点,度老师准时带着雇来的三轮车到你宿舍去找你,可是没见到你的人影儿!你办事怎么这样没有个准头儿?!你知道做人要讲诚信吧?!"

"是我无组织无纪律!我检讨!"古全和连连笑着说。

"你快算了吧!"吴月英见古全和认错儿,没有再训斥他,而是平静地对他说,"下午度月川老师到你宿舍去接你!"说完,拿上手提布包儿就要离开办公室。

这时,古全和才有机会插话说:"活儿谈成了!到江城火车站货栈搞装卸!下午上班的时候,您给铁路局的孙乃松同志打电话联系,落实劳动的具体安排。孙乃松是调度室的副主任,他的电话号码儿是2214。"

吴月英一怔,心中一阵激动。让她和总支一班人日夜发愁的难题竟这样轻而易举地就解决了!后悔自己不该不问青红皂白地数落古全和。她看着面前这个憨厚、纯朴、聪明、顽强,拖着一条病腿跑去找工作的年轻人,兴奋地想道:"他竟办成了这件大事!"可是她没有夸奖他,依然装出生气的样子,继续说道:"你这是蛮干!不值得表扬!"她声音有些颤抖,自己也说不清她是在批评他呢,还是在表扬他。

"是我的错儿,让您失信于人,请您原谅。我是不想让您和总支的老师们冒这个风险,背这个包袱。我为自己负责。"古全和难为情地解释说。

吴月英听古全和这样说,心里非常激动。她想:"多好的同志啊!他这样做就是想由他自己把责任担起来!"可是她什么话也没说。她认为对这样的好同志,感谢和表扬都是多余的,因为他不是为了获得感谢和表扬才去受苦受累冒险的。她记得,在他在庆祝"七一"的全院生员工大会受到党委表扬之后,在接受记者采访的时候曾经说过:"当模范本质上是在承担一种宣示某种主张的政治任务，而并不仅仅是个人的光荣。"吴月英知道，古全和是个心中有全局和他人的人，是个难得的好同志。

9

当天下午，吴月英就和孙乃松取得了联系。孙乃松在电话里说，江城火车站领导同意了他和古全和口头儿商定的意见，欢迎东湖师范学院的同学们到江城火车站，参加建设人民铁路的劳动，愿意在人力和物力方面支援中文系创办耐火砖厂。双方敲定，师范学院的师生将于 7 月 12 日上午八点准时到达火车站货场的劳动现场。

中文系有学生参加铁路战线劳动的消息很快传遍全院，在全院师生中引起很大震动。各系领导和师生也都行动起来，把目光投向院外，四处联系生产单位，积极组织学生奔赴生产劳动第一线，去创造财富，和工农劳动群众相结合，接受工农劳动群众的教育。

中文系党总支连夜开会，研究学生劳动大军的干部配备、组织领导、安全保卫、饮食卫生等方面的具体问题。关键的问题是派谁做领队。党总支的委员们都认为古全和是最佳人选。他熟悉那里的环境，活路儿是经他联系的，那里有他的熟人儿，他有威信、有能力，能带好这支队伍。可是谁都没提他，因为他腿上有伤，行动不便，面临毕业分配，领队只能在总支委员和其他党员干部中间选择。总支委员们都愿意去带这支队伍，还因此而发生了争执。最后争执不下的是两个人，一个是梁爱华，一个是度月川。梁爱华说，度月川年纪大，日夜操劳，吃不消，而她年轻，她去最合适。度月川说梁爱华家里有孩子需要照顾，而他是男同志，有体力劳动的锻炼，经验也多，应该让他去。

古全和已经睡下了，可是心里老是觉得不踏实。多年学习、工作和生活的经验，使他养成了一种思想方法：凡事都要事先想周全，穷尽事情所有的可能性，特别是最坏的可能性，最后把心思用在争取实现最好的可能性上。他办事成功率大与此有关。他最担心的是这件事情吹了，其次是担心队伍不能按时组织起来、按约定的日期到达劳动现场。他越想越兴奋，越想越担心，怎么都睡不着，索性从床上爬起来，架上双拐，赶往院部办公大楼去看看总支是怎么安排的。

虽然时间已近夜半，可是办公大楼所有的窗户都亮着。中文系党总支办公室里人影晃动，他断定那里正在开会，说不定就是在讨论学生赴火车站劳动的问题。他一步步地爬上三楼，走到总支办公室门外，站在那里喘息。听度月川老师正在讲话，强调他去铁路劳动现场的理由。接下去是团总支书记李军的发言。他说："你们都别争了，我去最合适。我是男的，年轻。"梁爱华说："这和是男是女不相干！"度月川说："你家里有小孩子，离不开，还是我去好。"梁爱华说："孩子我可以送给她姥姥带。"

这时，古全和一步闯进总支办公室，说道："不要争了，我去最合适。那里的环境我熟悉，有我的熟人，有事好商量。至少我可以先到那里去跟方方面面建立起联系，开个头儿。再说，去的也不是我一个人，还有56、57两个年级的党支部一班人。57级的党支部书记乔家槐是调干，他是抗战末期参加革命的老同志，工作经验丰富。56级的党支部书记徐文良在部队当过连指导员，带过上百的战士，带兵有方。有他们带队，老师们还有什么不放心的？我去只不过是发挥个联系人的作用。再说，我这算什么病？'一天等于二十年嘛！'现在谁不是日夜奋战？我为什么不能干点儿力所能及的事？我一个人躺在宿舍里，心里也并不轻松！"

"你得准备迎接新任务。"度月川说。

古全和说："能干几天就干几天。有一两天的时间就能把队伍安顿下来。有三两天的时间工作的局面就展开了。我随时可以回来，到那时，再请一位老师去接替我，这不是个两全其美的办法吗？"

古全和连珠炮似的申述了自己的理由，见老师们沉默不语，就又笑着说："咱们不是常说轻伤不下火线嘛！我这点儿毛病连轻伤也算不上吧？"

时间已是后半夜，可是由于古全和的突然到来和他发表的一番高论，总支委员们都显得很兴奋。他们喊喊喳喳地议论了一阵，然后就把目光集中到吴月英身上，那意思好像在说："古全和是你的爱将，他毕业后的去向也许你已经知道，那你就看着办吧。"

吴月英说："如果大家不反对，我看就按照古全和同志的意思办，让他以党总支代表的身份去领导这两个年级的学生。再请老度关心一下这方面的工作。大家看怎么样？有不同意见吗？……那就这样定了！"她转向古全和说道："古全和同志，有几个问题我必须提请你特别注意。第一，教育革命刚刚开始。我们这将是全市第一支走出高等学校参加工业战线劳动的学生队伍。去挣钱办厂是我们的直接目的，而去接受工人阶级的教育才是我们的根本目的。所以你一定要教育同学们真心实意地向工人师傅们学习，积极进行思想改造，迈出知识分子劳动化的步伐，做到劳动思想双丰收。其次，你们的行动关系着教育革命的声誉，一定要注意群众影响，为教育革命做正面的积极的宣传。第三，在铁路线上劳动，有很大的危险性，不能出问题，特别是不能出人身安全方面的问题。以上是我向党委汇报时步行健同志当面关照我的几个问题！你都听明白了吗？"

"明白！保证落实领导的要求！"古全和严肃地答道。

院党委授予由中文系的劳动大军一个光荣而又响亮的称号儿："李大钊创业大军第一军第一师第一团"，简称"李大钊创业一团"，又称"李大钊团"。

1958年7月12日早7点，东湖师范学院"李大钊团"二百多师生在东湖师范学院北院的东湖学生宿舍前面的小操场上集合完毕。中文系党总支的成员全部到场送行。到场送行的还有中文系其他年级的一些老师和同学。总支书记吴月英在队前做了简短的讲话，再次强调了党委书记给他们提出的三点要求。之后，队伍在乔家槐和徐文良的率领下，成四路纵队，高举上书"李大钊创业团"字样儿的红旗和一面面彩旗，浩浩荡荡地走上自由大路，南行几百米后，拐上江城第一大路——中山大路，直奔江城火车站。一路歌声，一路欢笑，上午八点，准时到达目的地，二百多人的队伍集结在江城火车站货场站台前的空地上，迎接他们的是提前到达的古全和，跟和他站在一起的两个干部模样的年轻男人。古全和站在队前高声说道："同学们，辛苦啦！你们是我们学院，也是我们全市第一支为落实党的教育方针，开展教育大革命而走出校门，踏上钢铁运输线，接受产业大军教育的大学生队伍，是走在时代前面的人，无比光荣，无比幸运！我衷心地祝贺你们！"

如潮的掌声和"向工人阶级学习！"的口号声响彻江城火车站。

古全和继续说："下面，我介绍大家认识两位师傅。"他先指着他身边的那个身穿深蓝色铁路制服的高个子高声说道："这是火车站货栈的苗主任，苗望秋，苗师傅！欢迎苗主任讲话！"

苗望秋上前一步高声说道："同学们！教育革命的春风吹到我们铁路上来啦！欢迎你们来和我们一起建设人民铁路啊！"苗望秋满面笑容地向同学们挥手说，"货场是这里最繁忙的单位，活儿很累，生活条件也赶不上你们学校，你们能勇敢地来到这里和我们一起战斗，值得称赞。我代表这里的全体职工，向你们表示热烈的欢迎，预祝你们劳动、思想双丰收！"

接着又是一阵热烈的掌声和口号声。

然后，古全和又指着他身边的道士笑着说："这一位是江城火车站调度室的孙主任孙师傅。孙师傅是我小时候的伙伴儿，大号叫孙乃松，他的小名儿和出家人有关联，不过在这里我就不介绍啦。"

古全和的玩笑话在学生中引发哄然大笑，然后是长时间的说笑声。

古全和继续说道："我们要在苗师傅和孙师傅的直接指导下工作。下面，就请孙师傅给大家讲话！"

孙乃松笑眯眯地说道："同学们，我和你们古老师是打小儿的伙伴儿。他的大号你们都知道了。他的小名儿你们肯定不知道，要是说出来，准会让你们笑上半天。在这里我也就不说了。"

孙乃松的话在学生中诱发起"说呀说呀！"的爆炸般的欢笑声。

道士接着说："你们古老师从小儿就聪明好学，心眼儿也多。在伪满洲国的那会儿，他还捉弄过伪警察呢。他的故事多着呢，我在这里也不多说了。"

"说！说！说！"同学们七嘴八舌地说笑道。

"欢迎你们来和我们一起建设人民铁路啊！"道士强忍住笑，说到了正题，"你们来了，就住在我们铁路小学的教室里。现在孩子们放暑假了，教室都空出来了，也已经给你们打扫干净了。你们吃饭就在铁路子弟学校马路对面儿的铁路员工食堂，饭票到伙食科办公室去换。个人买、集体买都行。早饭六点，午饭十一点，晚饭下午五点。都听明白了吗？"

道士在得到同学们的回应后，继续说道："本站所有的货车都在这里装卸。货物五花八门儿。钢铁、水泥、木材、砖石、煤炭、粮食、矿石、锅碗瓢盆儿、废旧物资，什么都有。车一到站就得卸，不能耽误时间。一年四季，一天24小时，不分日夜，风雨无阻，只要货场一个电话，装卸工人立刻就得赶到现场，准时把货物装上火车，或是从火车上卸下来，整整齐齐地码放在指定的地方，一分钟都不能耽误。压住一个车皮就是压住一列火车，一条线路，影响整个运输系统的运转。这是大局，人人都得知道，都得在意。同学们，我必须特别对你们说的是在铁路上干装卸，不光很辛苦，也很危险。死人的事，断胳膊断腿儿的事，这里都发生过。不过你们也用不着害怕，像原木、机器等大件儿的货物，有我们专业装卸队的师傅们装卸。同学们负责装卸的主要是散装的小件儿货物。只要大家听指挥，按照规矩行事，安全是有保证的。"说到这里，道士动了动自己的胳膊腿儿笑着说："我当过装卸工，你们看，我身上不是什么零件儿都不少吗？不过你们千万要严格遵守操作规程。铁路上的操作规程是全世界无数铁路员工用生命和鲜血换来的，每一条规程后面都有一些血淋淋的故事，你们绝对不能拿它们当儿戏。"

人群中鸦雀无声。

道士最后说道："我天天在这里，有问题随时找我。"

同学们以热烈的掌声和口号声表示了他们对孙乃松的感谢。

会后，道士带领同学们参观了所有的六个站台，又去铁路小学参观了同学们临时住宿的教室，最后带领他们到铁路食堂用餐。

下午，全队学习讨论苗师傅和孙师傅的讲话和有关劳动安全的规章制度，以及注意事项。

7月13日上午，56级的同学在第一货场参加了卸水泥的劳动。四个车皮共180吨水泥，限一小时内卸完。57级同学在第二货场参加了卸矿石的劳动。六个车皮共300吨矿石，限两个小时内全部卸完。

当天夜里下起瓢泼大雨。黎明前，电话铃响，说装有废旧金属的六个车皮停靠在第三货场，限两个小时内卸完。任务非常艰巨。56级和57级同学闻风而动，冒雨跑步奔赴现场。在这些废旧金属中，有废旧暖气片儿，各种废枪支，主要是猎枪的枪管儿，各种敌伪军人用过的军刀、刺刀，以及形形色色的破铜烂铁，有些必须一件一件地往下卸，费时费力。两个年级的男女同学，在探照灯下，不停地在车皮和栈台之间奔跑。考虑到时间紧迫、工作量大、劳动强度大、场地狭窄这些条件，古全和命令把队伍分成 10 个人一组的劳动小组，轮流上岗，六个车皮同时开花，每拨儿突击 20 分钟，二百人足足奋战了两个小时，才把那些废旧金属卸到了规定的地方放好，按时完成了任务。许多同学的手上、身上都留下了一道道的擦伤和划伤，卫生员忙着给大家清洗伤口，上药治疗，但是没有一个人叫痛。他们第一次体会到工人劳动的艰苦和胜利完成任务后的喜悦。当他们排着整齐的队伍，骄傲地跨着英雄的步伐，高唱着《三大纪律八项注意》走回驻地的时候，东方已经发白，火红的太阳就要升起。

带有战斗性质的劳动，让同学们感到新鲜、振奋和骄傲，而让他们感到难以忍受的是夜里数不清的蚊虫的轮番叮咬。货场的北面是一大片半人多高的蒿草地和臭气熏天的片片沼泽，那里面栖息着无数的蚊子和其他各种靠吸食人血生存的小动物儿。太阳一落山，它们就迫不及待地涌进作为学生宿舍的每一个教室，发出吓人的嗡嗡声，把吸血的脏嘴，插进每一个人的脸上、手上、身上，咬得同学们的身上到处是红肿的大包小包儿，奇痒无比。同学们谁都没有遭受过这种痛苦，闹得许多人整夜不能安睡。但是，为了教育革命，为了积累办厂资金，为了在劳动中改造自己的世界观，锻炼自己的革命意志，实践自己在"双反交心"中制订的"红专规划"①。大家都心甘情愿地忍受一切艰难困苦。

11

7 月 14 日早饭后，按照古全和的提议，两个年级的党支部召开联席扩大会议。会议由 57 级党支部书记、"李大钊创业团"政委乔家槐主持，有班团干部参加，古全和与孙乃松师傅列席。古全和首先讲话，他先祝贺大家首战告捷，旗开得胜，肯定大家经受住了生活和劳动两个方面的考验，出色地完成了铁路部门领导交给的光荣任务，赞美了同学们不怕苦、不怕累的革命英雄主义精神，然后说道："现在我们面临三个难题：第一

---

① "双反"，1958 年初开展的一场以反保守反浪费为主要内容的思想教育运动。"交心"指向党组织汇报思想。"双反交心"是继反右派斗争之后在 1958 年初开展的一次小规模的政治运动。师生在双反交心的基础上制定了个人的"红专规划"。"红"指思想进步，"专"指学有专长。

个难题是伙食问题。铁路食堂办得很好，领导给了我们很多照顾。但是铁路食堂只能按照铁路职工的需要，一天三顿按时供应饭菜，可是我们的工作不分昼夜，命令一到，就得上阵，每天 24 小时，风雨不误，随叫随到。所以我们吃饭的时间不可能固定在一日三餐上，而必须是每天 24 小时随时都能开饭。其次，现在正是伏天，冒雨抢装抢卸货物是经常的事，预防中暑和伤风感冒是重要问题。所以我们必须能随时供应开水和姜汤等驱寒保暖的饮料。这就是说，我们既要完成劳动任务，又要保证和增强同学们的身体健康，做到劳动、思想、健康三丰收，因此我们必须单独起火，自办伙食，做到随时有饭吃，随时有开水和红糖姜汤喝!"最后，他忍着笑说:"在我们完成任务离开这里的时候，我希望我们每个同学的体重至少得增加两公斤! 完不成这个任务不许回学校!"

"赞成! 多吃鸡鸭鱼肉!"许多人齐声嘻笑着说。

"对! 办个'红专食堂'吧!"团长徐文良说。

"就叫'李大钊食堂'吧!"列席会议的 57 级 1 班团支部书记王璐说。

"这个名字不大好。"56 级党支委小马儿说，"李大钊同志是革命领袖，不好把他的名字和吃饭联系起来。"

"还是叫'红专食堂'好。"徐文良说。

许多人看好徐文良的意见。

乔家槐说:"咱们正走在红专大道上，就叫'红专食堂'吧!"

徐文良注意到古全和站在那里，便说道:"古同志，你坐下来说。"他不知道该怎样称呼古全和。叫他"同学"吧? 觉得不合适，他是即将走上工作岗位的研究生，是党总支派来的代表。叫他"老师"吧? 他还没毕业。想到他是总支代表，就叫他"古同志"吧。他这样一叫，别人也就跟着这样叫起来。

"坐下说。"人们齐声对古全和说。

王璐赶紧挪来一把椅子，接过古全和的双拐，让他坐下。

古全和坐定后继续说:"第二个问题是蚊子问题。"

他的话音刚落，会场上就发出一片嗡嗡的叫苦声。

古全和激动地说:"蚊子成了我们的大敌! 成千成万的蚊子，咬得大家满身是包，睡不好觉! 这不是小事儿，而是大事，一定要解决!"古全和挥动着攥紧的拳头激动地说。"今天之内必须解决蚊子问题！"古全和从来没有像现在这样仇恨蚊子。

"好！"同学们轰然一声，热烈鼓掌，一齐叫好。

"第三个问题是床铺的问题。它也直接关系着同学们的身体健康。大家睡在青砖铺就的潮湿的凉地上，时间长了，容易生病。我们必须想办法解决这个问题！要去弄谷草，弄席子，搭地铺。我的三个问题说完了，请大家出主意想办法儿吧。"

徐文良站起来激动地表示："我去找灭蚊药！跑遍全城，跑断腿，我也要在天黑以前找到灭蚊子的药物！一定要保证让所有的同学都能睡好觉！"

"铺板、炕席和谷草的事，我包了！保证在今天睡觉前给同学们搭好地铺！"道士胸有成竹地说。他喜欢这些朝气勃勃的年轻人，也想帮帮自己的老伙伴儿古全和。他记得这些东西仓库里都有。

古全和被大家的豪情壮志所鼓舞，非常兴奋，坚定地说道："我和大家一起办食堂！每班选派一位身体比较弱的同学，最好是女同学，组成伙食班，如果大家拥护，我就当伙食班长！"

同学们齐声欢笑着表示"热烈拥护"。

"锅碗瓢盆儿我去借！我去请人来帮着你们搭锅灶！"道士兴奋地说。

"谢谢！谢谢孙师傅！"乔家槐和徐文良都激动地上前和道士握手。

会场响起阵阵掌声和欢笑声。

蚊虫之灾当天就解决了。

地铺的问题也在当天晚上睡觉前就解决了。

革命化的"红专食堂"第二天中午就出现在铁路小学教学楼后面的高大的杨树林里。"厨房"和"餐厅"用杉木和苇席搭成。"餐桌"是同学们按照巧妙的规划和设计一锹一锹就地精心修建起来的。"餐桌儿"和"坐凳儿"都是用土筑就的。先在草地上作两个同心圆。外圆直径两米，内圆直径一米。然后把两个圆之间的泥土挖掉，挖成一个40多厘米深的圆形壕沟。修整得平整光滑的壕沟沿儿就是"坐凳儿"。再把从壕沟里挖出来的土堆到内圆上压实，就打造成了"餐桌儿"。这样，由席棚和几十张"餐桌儿"组成的"餐厅"就造成了。这是人们从没见过的"餐厅"，是这些年轻人珍爱的革命的创造。

但是"红专食堂"的工作并不顺利。副食好办，按照东北满族的饮食传统，除开鱼虾之类，可以多吃炖菜和拌菜。小鸡儿炖蘑菇，牛肉炖土豆儿，猪肉炖粉条子，猪肉炖扁豆茄子，凉拌黄瓜粉皮儿等等，轮流着吃。因为学院对"李大钊创业团"有伙食补贴，红专食堂的副食特别丰盛，然而主食的问题就不那么容易解决了，最难的是蒸馒头。在炊事班的务虚会上，女生们个个信心十足，说自己在家里做过饭，会做包子、饺子、馒头、面条儿。可是谁都没有想过，在家里做的都是几个人的饭，十个八个的馒头，是在室内操作，而如今蒸的却是二百多人吃的成百上千的馒头，是在三伏天烈日当空的半露天下操作。发好的面，使过了碱，时刻都在不停地继续发酵！第一锅馒头又白又大又甜，第二锅馒头白里透紫，第三锅馒头呈淡淡的紫色，而后面的馒头便越来越紫，越来越小，越来越酸，终于酸得让人不敢碰它们了！

同学们对着眼前的"彩色馒头"发愁。

主食班的几个女生躲在角落里默默地流泪。

有人悄悄地说："扔了吧，另做呗。"

但是有人唱道："锄禾日当午，汗滴禾下土，谁知盘中餐，粒粒皆辛苦！"

两个班的党支部书记交换意见，讨论馒头问题。乔家槐说："这是几十斤白面，不能扔。吃了它。党员带头儿！"另一个支部书记说："对，吃了它！"

党支委们一致同意支部书记们的意见。十几名党员都默默地吃起了酸馒头！

古全和一次从饭笸箩里抄起两个酸馒头，转身就狠狠地咬了一口。

所有的团干部也跟着吃酸馒头，大家都抢着吃酸馒头。一大笸箩酸馒头转眼间就吃光了！

古全和想，炒菜，炖肉，煮稀饭，熬姜汤，都不难，难的是蒸馒头。他知道问题在使碱上，使碱必须考虑到气温的变化和时间的长短。可是怎

么才能掌握好这个火候儿呢？光靠摸索试验是不行的。不能天天号召大家
吃酸馒头。他准备派人回学校去求援。不知是谁把这件事传到铁路食堂。
帮助他们搭过席棚、垒过炉灶的铁路食堂的那朝柱师傅听到了这个消息，
立刻跑来。他说："听说你们做出了'酸馒头'？"

　　他的话让大家听了苦笑。

　　那师傅说："大热天儿蒸馒头难的是使碱。这要靠经验，你们一时掌
握不好。这好办，我来教你们。"那师傅剃得精光的头，在中午的阳光的
照射下闪闪放光。"你们到铁路上来干这么危险这么累的活儿，为啥？还
不是为了建设咱们的国家嘛！你们还为俺们修了通往货场的煤渣路，俺们
得谢谢你们呀！帮你们办好伙食是俺们分内的事儿！"

　　在那师傅给伙食班的同学们讲解发面的技术时候，王璐朝古全和跑
来，随手递给他一张报纸，说道："上面有重要社论！"

　　古全和见报纸的头版头条的通栏大标题是：《做党的奋发有为的驯服
工具》。他觉得新奇，便认真地看起了它的正文。看过之后随口对王璐说
道："'驯服工具'？什么意思！人怎么能是工具呢！即使是个比喻，也太
消极了。"古全和虽然已经是正式党员，也经历过反右派斗争和双反交心
的锻炼，却还是缺少一些组织观念。他认为，凡是错误的东西，不论出自
哪里，出自什么人，都在可以批评之列，而他不知道，世界上有些东西，
有些人，即使是错误的，事实上也是不可以随便批评的。在中国，几千年
来都是这样。

　　"小声点儿！"王璐提醒古全和，"听说这篇社论是刘少奇写的。"（这
是当时的一种传闻，未必属实。）

　　古全和想，　"真理面前人人平等。刘少奇有错误也不是不可以批
评的。"

　　王璐的父母都是老红军，牺牲在抗日战争的末期，他是由他叔叔和婶
婶抚养成人的。他叔叔是国防委员会的委员。王璐政治上积极要求进步，
学习成绩中常，生活上邋里邋遢，即使在夏天也常常穿着他叔叔送给他的
那件宽大的将校呢的旧军上衣。他中学毕业于江城市立中学，是古全和校
友，因此觉得和古全和特别亲近，加之古全和是党员，年级的领导，政治
上可靠，便经常向他透露一些他从他叔叔那里听来的小道儿消息。比如说
刘少奇结过几次婚，彭德怀的脾气大，等等。

　　古全和相信社论是刘少奇写的，不过这没能改变他对"驯服工具论"的看法儿，他认为那篇社论不符无产阶级的民主精神。他想，共产党是个创造新世界的党，共产党员是开创新生活的战士，是一个个活生生的人，怎么能要求把他们变成工具呢？这不是在鼓吹比奴性更甚的奴性吗？封建帝王也不曾这样公然要求过他的臣子呀。他认为所谓"奋发有为"是一句废话，因为它是以无条件地服从为前提的。而共产党员不应该无条件地服从任何个人。那样一旦党的权力落到个人手中，那共产党员不就变成个人的工具了吗？古全和自以为他一辈子都没有认可过"驯服工具论"，而在多年之后，他才吃惊地发现，他实际上奉行的也是"驯服工具论"。

　　李大钊创业团的同学们不分日夜地进行着紧张、艰苦、危险的劳动。他们吃喝睡眠不能定时，十几个人一组像煎鱼一般睡在一个个地铺上。这对他们几乎所有的人都是头一次。他们感觉新鲜、有趣、快乐，在短短的几天里就适应了这种火热的生活。57级1班的团支书王璐同学已经开始创作题为《风雨铁道线》的剧本儿了。他的创作活动启发了古全和。古全和利用劳动的间歇，给同学们讲世界文学常识，并倡议、组织和出版了16开的油印刊物《铁道线上》，隔天一期，发表同学们即兴创作的诗歌、散文和小故事，并在这个小小的刊物儿上开展文艺评论，把劳动锻炼、思想改造和专业学习结合起来，鼓舞了同学们的劳动热情，培养了同学们的专业思想，活跃了同学们的劳动生活。

　　转眼间两周过去了，同学们吃得好，睡得好，劳动好，学习好，按时出色地完成了所有的任务，得到铁路局领导的赞扬，个个心情愉快。不过这段时间古全和的心情从来都没有平静过。他一刻也没有忘记吴月英老师向他转达的步行健书记的三点指示，念念不忘劳动安全问题。同学们每次执行任务，无论是白天还是黑夜，晴天或是雨天，他都在劳动的现场，目不转睛地注视着车皮进站、打开的每一个环节。他知道，绝大多数同学不仅没有在铁路线上劳动的经验，即使一般工农业劳动的经验他们也没有，不能理解当前的劳动有多么危险。而他念初中寒假时曾经在这里拣过煤核儿，不止一次地目睹过发生在铁路线上的流血惨案，知道一旦发生人身安全事故，对刚刚开展的教育革命会有多么严重的消极影响。所以他连觉都不敢踏踏实实地睡，甚至没有在宿舍里给自己留下床位，一天24小时，只是夜里偶尔忍受着蚊虫的叮咬，躺在露天的"红专食堂"里的那条没有油漆过的旧槐木长凳上打个瞌睡。

今天下午四点，古全和随同 57 级同学到第三货栈卸矿石。

每逢卸矿石，古全和都站在靠近站台的车帮一边，小心地扫视着车厢下面是否有人，盯着乔家槐或是徐文良打开车厢的每一个动作。因为此时此刻最容易出现伤亡事故。自重数吨车皮，即使空载，即使以每秒几厘米的速度运行，也足以把阻挡它的人在刹那间撞倒在地。另外，当装载着四五十吨矿石的车皮，打开车厢一侧挡板的时候，那用沉重的山榆等硬杂木制造、又用沥青浸泡过、自身重达数百公斤的车帮，在几十吨矿石的侧压下，突然落下来的刹那，它的力量不下万斤，不管是谁，只要稍一和它接触，都会粉身碎骨。所以古全和强行规定，并反复强调，打开和关闭车帮的活儿，一律由乔家槐和徐文良亲自指挥操作，其他任何人不得插手。今天，在打开第一个车厢时，平时爱说爱唱、自由散漫的娄倩倩正站在车帮的下面忘形地说笑。而当指挥放下车帮的乔家槐发现她突然跳进危险地带的时候，车帮已经带着可怕的动静和巨大的力量朝她的头上砸去。眼见她就会脑浆迸流，一命呜呼。周围的人个个惊得目瞪口呆。虽然能救她的人就在一米的距离之内，可是没有人能在十分之一秒内完成把她从险境中推出去的动作。一个年轻的生命就要结束。这时，一直全神贯注地盯着卸车过程的古全和，突然挥起一支拐杖，横扫娄倩倩，把她扫倒在地。她跌了一跤，摔破了胳膊肘，却拣了一条命。娄倩倩不理解她的麻痹大意可能导致的严重恶果，还嘟嘟囔囔，说古全和大惊小怪，多此一举。这件事让古全和意识到，有些同学仍然缺少安全意识，收工后立刻在现场召开全团大会，再次强调劳动安全问题的重要性，严肃地重申这样的一条劳动纪律：任何人不得站在即将打开的车厢的五米之内，打开车皮的活儿只能由两位支部书记亲自负责，其他任何人不得擅自接触车厢的开关，开车厢前一定要反复提示，上下呼应，认真检查，确保车帮下面没有人。

13

同学们已经熟悉了劳动和生活的新环境，他们的组织性、纪律性、安全意识和劳动能力都有所增强。但是古全和却开始感到浑身无力，视物模糊，听力下降，头脑迟钝，注意力很难集中等征候。有时听别人说话，能听见他的声音，却把握不住对方的意思，即使一段只有几行的文字，他连看几遍，也常常不能全面地理解它所包含的内容。有两次外出竟找不到回铁路小学的路，连当天是几月几日都说不准。他本想给同学们多讲点儿文学常识，可是感觉力不从心，只好作罢。他记得，在1948年他们全家逃往解放区的前夕，他曾经犯过这样的毛病，最后闹到视野狭窄，连东西南北都分不清楚，以至于回不了家。他知道这和睡眠不足有关，很想回学校去好好地睡一觉，可是他放心不下这里的学生，担心他们会出安全事故。娄倩倩的教训他难以淡忘。

7月28日午饭后，乔家槐到"红专食堂"通知古全和、吴月英老师要求他立即返校汇报工作。古全和也觉得自己该回去看看了。他立刻向乔家槐和徐文良交代了工作，嘱咐他们时刻瞪起两只眼睛盯住劳动安全问题，绝对不能发生事故。乔家槐说他要亲自把古全和送回学校。古全和笑笑说："有自行车呢，我可以骑车回去。"乔家槐不以为然，摇头笑笑，没有再说什么。

古全和早在反右派斗争时就认识乔家槐。去年秋天处理右派阶段，党组织派古全和到乔家槐所在的57级蹲点，协助他们年级党支部开展对新生的反右派斗争的补课教育。那时乔家槐是党总支指定的年级临时党支部书记。他们彼此尊重，经常谈心，虽然相处的时间不长，却成了好朋友。乔家槐喜欢出身好，学历高，工作热情，能吃苦的古全和。而古全和也喜欢忠厚老实、谦虚谨慎、工作踏实的乔家槐。要论眼下的地位，古全和在乔家槐之上。他是党总支的代表，是即将毕业的研究生，可以做乔家槐的老师。而乔家槐只是一个工农速中的毕业生，大学一年级的新生。可是要论年龄、资历和政治素养，那乔家槐又远高于古全和。他比古全和大六岁，1944年入党，曾经在河北省平谷县当过小学教师和校长，解放战争时支过前，上过战场，去年工农速中毕业后被分配来师范学院中文系学习。所以，要论革命锻炼、工作经验和对人情世故的了解，乔家槐又远比古全和要成熟。

这些日子乔家槐亲眼目睹了古全和的为人。他关心同学、忠诚党的事业，工作中能吃苦，讲实事求是，敢于负责，无论白天黑夜，风里雨里，每次执行任务，他都架着双拐亲临现场，靠前指挥，目不转睛地关注着每一个同学，随时提醒大家注意安全，乔家槐认为全团平安无事，和古全和坚持不懈的宣传教育和现场督促是分不开。他发现古全和思想活泼，有创造性，他们到达劳动现场的第二天，他就抓了灭蚊、改善大家睡眠的条件和自办伙食这样三件大事，而且雷厉风行，说干就干，立竿见影。他还创造性地把劳动锻炼、思想改造、体育锻炼、专业学习和专业思想的培养巧妙地结合起来。乔家槐还发现，古全和有整体观念和全局观点，好像他就是铁路的主人。可是他也注意到，古全和不知道保护自己。他白天黑夜连轴转，几乎见不到他睡觉，只是偶尔见他躺在厨房旁边的那张上面裂痕无数的老槐木长条凳上打瞌睡。这几天，他发现古全和有时走起路来身子歪歪斜斜。他知道古全和睡觉太少，太累，担心他会病倒，影响到他的毕业分配和即将开始的工作，认为他必须回到学校休息几天。可是他觉得古全和是总支代表，算是他的上级，他无权干涉他的活动。他是在几经考虑，又和徐文良商量，并和他取得一致意见之后，才把古全和的健康情况和他的忧虑汇报给党总支书记吴月英的。

古全和骑着他从学校带来的那辆"白山牌"的自行车，上了通向中山路的昌邑街。这里是一条临时突击修成，上面只盖了一层薄薄的沥青的低等级柏油路，路面不平，没有人行道，也没有机动车和非机动车道之分。在路上来往穿梭的主要是装载着各种物资来往于火车站和远近郊区之间的胶皮轱辘大马车，偶尔有一辆载重汽车从他身边开过，留下一股子难闻的汽车屁的气味儿。

古全和顺着昌邑街朝前骑，准备到前面拐上中山大路往学校赶。他上车的时候就感到头脑昏昏沉沉。他抖擞精神，睁大眼睛，扫视周围的光景，可是就是睁不开眼睛，想聚精会神，反而觉得眼前一片昏暗，什么都看不清楚了，接着就什么都看不见了，心里不禁有些发慌。他骑在车上，听得见从自己身边跑过的马的有节奏的蹄声，马笼头上丁零丁零的铜铃声，车老板子的吆喝声，偶尔能看见一个马头从他的眼前一闪，知道不断有马车从他身边跑过，但是却看不见整个儿的马匹和马车，看不见面前声音嘈杂的繁忙景象。他吃惊地意识到：他已经近乎失明！他的视野小到只能看到几十厘米以内、几十厘米大小的东西，有时忽然什么都看不见。他觉得自己好像是在暗夜里，在梦中，连东西南北都不知道，不过还有判断力，知道自己不仅必须立刻返回营地，而且必须有人送他回学校，否则后果严重。想到这里，他立刻小心翼翼地下了自行车，准备回到铁路小学，然后让乔家槐派人把他送回学校。可是铁路小学在哪里呢？这是什么地方儿，离开营地多远，自己身在何处？他觉得自己好像已经远离了铁路小学，不知道怎样才能回到那里。他命令自己原地不动，以免在朦胧中被车马撞倒。他听得见，周围人声嘈杂，不时听到一两个熟悉的声音，有某个熟悉的人影儿在面前一闪。可是他不知道那些声音是从哪里传来的，看不见说话人的身体和面容，不知道人们在说什么，更叫不出他们的姓名，一切都像在梦中。然而，他确信自己不是在做梦。一个念头凝结在他的心中：他必须立刻离开这里，回到铁路小学。

"喂，请问铁路小学在哪里？"他高声叫喊，但是没有特定的对象，而只是在盲目地试探着发问，招引人们来注意他，帮助他。

"古同志，您不是回学校了吗？"古全和听见有人这样回答，精神一振，听出说话的人是王璐，而且发现王璐就站在他的面前，"铁路职工食堂"长大的横匾牌就高悬在离这里不远的地方。

"咱们的宿舍在哪儿？"古全和问道。

王璐不解地回身一指说道："那不就是吗？"

古全和顺着王璐的指向一看，原来他刚刚离开铁路小学不过一二百米。

"你领我回去。"古全和自己回不了铁路小学。

"您怎么啦？"

古全和没有回答王璐。

"您病了吗？"王璐感到奇怪，为他担心。

"你领我去见乔家槐，徐文良也行。"

王璐把古全和领到"李大钊创业团"团部，也就是铁路小学的教导处。

王璐走后，古全和对着乔家槐的耳朵悄悄地说道："老乔，我好像有点儿糊涂了，你派人送我回去吧。"

乔家槐笑着说："这就对了！我亲自送你回去。"

古全和在乔家槐的陪同下上了电车，一落座就靠到乔家槐的身上沉沉睡去。

14

古全和一走到研究生楼前就清醒了，便对乔家槐说："辛苦你了，我自己能回宿舍，你赶紧回去。你们是新生，老徐和你们不熟，他跨年级管理你们的学生多有不便，那里一刻也离不开你。"

"那好，我这就回去。今天是星期六，你先睡一觉，再洗个澡。晚饭后到操场上去看个电影儿，轻松轻松，然后安心地睡上一宿，明天一早到系里去汇报工作。"乔家槐像老大哥一样嘱咐过古全和，转身就往回走。

"注意安全啊！要反复提醒同学们，遵守操作规程，不要喝生水，不要随便吃瓜果儿，还要关照厨房，严格检查买进来的鸡鸭鱼肉，看是否新鲜，严防食物中毒。"古全和在乔家槐的背后说。

"放心吧，我们会注意的。你要好好儿休息。"乔家槐回转身高声说道，心里很感动，觉得古全和作为一个学生出身的人，在神志不清的时候，还念念不忘工作，不忘同学们的安全，很难得。

古全和送走了乔家槐，转身走进研究生楼。他想先去看看住在二楼230大房间的女同学。可是230，打扫得干干净净，空无一人。他感到奇怪，心想："搬家了吗？"他忘记了他已经离开这里有两个多星期，在他的意识里，这些日子被压缩成了几天，也忘记了他们面临毕业分配，心里只有那些学生和他们的安全。他经过三楼，登上四楼，一路走过，见他们班的男生宿舍也都房门大开，空无一人，同样打扫得干干净净。他想他们肯定是调整宿舍了。他早就听说，新学年研究生要扩大招生，这是要给新生腾房呀。

他走进自己的房间，见也是空的。岑云鹤和汪松涛的书架和床铺都空了，而他的书架、床位都收拾得整整齐齐，干干净净。线淑平送给他的那床蓝地儿白花儿的旧印花儿棉被叠得整整齐齐，放在床头上。他仿佛记得，他出发到火车站的那天早晨，是匆匆离开宿舍的，没有来得及收拾床铺，这一定是爱整洁的岑云鹤给他叠起来放好的。想到这里，他有些激动。在去年整风鸣放的那些日子里，他和岑云鹤一度发生过意见分歧，后来岑云鹤转变立场，他们才又走到一起。

古全和仍然没有清醒，他自言自语："搬到那儿去了？为什么不通知我。"他坐在自己的床上，头脑渐渐地清晰起来，想到他离开宿舍好像有些日子了，猛然想到了毕业分配！"一定是毕业分配的方案已经下达，同学们都已经离校啦！"他被自己的这个发现吓了一跳，痛苦地想道，"都走啦！肯定是都走啦！"心里说不出的难过，好像突然被同学们抛弃了。为了证实自己的这个想法儿，他再次来到各个男生宿舍。当他在对门儿402 房间看到摆放在那张大六屉自习桌上的六个竹皮暖瓶和那下面压着的一张用毛笔书写在半张黄色的大字报纸上的留言的时候，忍不住流下了眼泪。

> 亲爱的小鸟儿：
> 左等右等，也没把你等回来！多么想再见你一面啊！
> 我们走啦！不知何年何月才能再相见！
> 把这些暖瓶留给你作个纪念吧！
> 亲爱的小鸟儿！再见啦！

最后是 27 人的签名，时间是 1958 年 7 月 25 日。

古全和看着这些竹皮暖瓶和留言，责备自己糊涂。"我怎么会把毕业分配这件大事忘记了呢？秦中州夸我学习专心，批评我工作单打一，难道我真的是这样吗？"他反复重复着这句话，感到泪眼模糊，头脑发胀，忍不住啜泣起来。

最后一个在留言上签名是晏秋燕，想到晏秋燕在他去火车站前一天的晚上和他友好的谈话，后悔他曾经批评她太迷恋跳舞，说她在学院内部跳不够，还跑到院外的机关和学校里去跳，暗含着批评她生活作风不够严肃。他觉得不该那样批评她，很想向她道歉，可是她走了，也许再也见不着她，再也没有机会向她道歉了！

他流着眼泪回到 401 房间，感到浑身无力，头脑眩晕，就势蹲在地上趴在床上。他已经有些日子没有上床了，很想躺到床上去歇一会儿。可是他没有气力，也懒得挪动，想先趴在床边儿上歇一会儿，然后再到一楼淋浴室洗个澡，吃过晚饭后就去向吴老师汇报工作。不过他没能去洗澡，也没能去吃晚饭，更没能去向吴月英老师汇报，他就蹲在地上趴在床边上睡着了。他不知道自己睡了多久，醒来的时候发现窗外光线暗淡。他想："天黑下来了，淋浴室肯定是已经关了，澡是洗不成了，得赶紧去吃饭，饭后去吴老师家汇报工作！"他这样想着，想站起来。可是他不知道自己的腿在什么地方，怎样才能站起来。过了好一阵子，终于清醒了，想到这是因为自己蹲得太久了，两条腿麻木了，失去了知觉，不听使唤了，就靠双手支撑，缓缓地站起来。过了好一会儿，才感觉到自己双腿的存在。他发现屋里的光线越来越明亮，有如朝霞的光辉。隔壁的水房里也没有同学们晚上睡觉前盥洗时的那种喧哗声。

走廊里有人问："今天是星期几？"

有人回答说："星期天呀！怎么，你过糊涂啦？"

古全和听了他们的对话，心里觉得好笑，心想："今天明明是星期六，他却告诉别人是星期天，还说别人过糊涂了，真是好笑！"这件事很让他有些感慨，他想："世界上说别人糊涂的人往往是自己糊涂！做人真地是不可以过于自信。"他站起身，挥动了一下腿脚儿和双臂，感到浑身酸懒，到处疼痛。而当他想到离他而去的同学们的时候，心里突然升起一种绝望的感觉，觉得他再也见不到他的那些同学了，又伤心地哭起来。他感觉奇怪，为什么突然这样疲倦。他想靠到行李上歇一歇，然后去吃晚饭……却又在不知不觉中睡着了。

安装在对面新建的学生宿舍楼顶上的一个大喇叭刚好斜对着研究生楼401房间。它嘎啦嘎啦地响了。古全和知道这是广播员在做播音前的准备。不一会儿，喇叭里传出了学院广播站的开始曲《社会主义好！》，声音很大，震耳欲聋。古全和被惊醒，心想："奇怪啊？晚上为什么要播开始曲呢？播音员也糊涂啦？！"古全和没能继续想下去，就又沉沉睡去。梦中到处找地方撒尿。当他再次醒来的时候，满屋子都是阳光。他确信，此刻是星期天的早晨！他想，"那我是整整睡了一宿啊，竟把正事儿给耽误了！"想到自己从来没有干过这种离谱儿的事儿，觉得有些不好意思。

他仍然觉得很困倦，可是他不敢再睡了，饥饿也冲淡了他的睡意。他赶到研究生食堂。早饭已经开过，食堂里空无一人。爱说爱笑的袁文海师傅在打扫餐厅。他从袁师傅那里要了12个脂油包儿，狼吞虎咽地吃了，过后又回到宿舍，打了一个呵欠，很想再睡。可是他想不能再睡了。有几件事必须马上去办。一件是向总支汇报工作，一件是问一问自己分配到什么地方儿，什么单位，什么时候去报到，行前要办哪些手续。

古全和走在通往办公大楼的水泥路上，感觉特别清爽。阳光很强烈，弄得他睁不开眼睛。他特地拐到建厂工地去看看。十几天前他离开学校的时候，这里只有政教等几个系的工厂在施工，大部分是空地，如今这里已经呈现出工厂区的雏形儿。政教系的人造石棉厂小高炉儿的鼓风机呜呜地叫着，周围烟气弥漫。师生们有的在那里粉碎大块儿的炉渣，有的在向炉膛里填料，有的在炉前炉后跑动。雪白的石棉丝在炉顶飘动，*丝丝缕缕*，悠悠飞舞。俄语系的铸铁厂的上空烟雾腾腾，也已经在进行试生产。远处是中文系的耐火砖厂，制坯厂的厂房正在封顶。面前的景象又把他拉回现实生活，也冲淡了他对同学们的沉重的思念。

15

中文系党总支办公室只有吴月英一个人。古全和进来的时候她刚放下电话。

"吴老师，您好，对不起，我来晚啦。"古全和晕头晕脑地说。

吴月英见古全和神色疲惫，心中有些自责，觉得自己对他和他率领的那两百多学生关心不够，一直没有抽出时间到火车站劳动现场那里去看望大家，以至于让他劳累到这种地步，同时他也为他的英雄行为感到骄傲，就有些抱歉地笑着说："总算把你老人家请回来啦！怎么样，睡得好吗？"

古全和难为情地笑笑说："本来打算昨天晚饭后来汇报的，不知怎么，竟糊里糊涂地睡着了，一睡就是一宿，真不好意思。"

吴月英宽容地说："今天来也不迟。眼睛怎么啦？"

古全和听吴月英这样问，不好意思地低下了头。

吴月英看着古全和说："乔家槐把你送回宿舍以后，又到我这里来过，告诉我你回来了，我马上就到宿舍去看你，见你正趴在床边儿上呼呼大睡，就没有惊动你。第二天，也就是星期天早晨，我又去看你，见你靠在行李上傻睡。叫不醒，推不动，只好由着你继续睡。"吴月英说着，忍不住善意地笑起来。

古全和愣怔了一会儿，说道："我是星期六中午回来的，先去各个宿舍看了看。"他想到同学们已经离去的情形，觉得眼睛发酸，眼泪又忍不住要流下来，只好停下，然后擦干眼泪，低声说道："我想先去楼下淋浴室洗个澡，等吃过晚饭就来汇报，不知怎么就趴在床上睡着了，连晚饭也没去吃。"古全和仍然显得有些不好意思。

吴月英忍不住笑着说："你也太谦虚了。哪是一天一夜啊，那是两夜两天呀，创纪录啦，今天不是星期天，而是星期一呀！"

古全和笑了，想到宿舍里那两位同学的对话，说道："是您糊涂了吧？"

这时，度月川从办公室的套间儿里走出来，笑着说："今天真是礼拜一！"

古全和惊讶地看看吴月英和度月川，相信他们不是在和自己开玩笑，不好意思地笑笑说："同学们突然都走了，我的心情不好……"

吴月英温和地转变话题说："你们在铁路线上奋战的情况我们都听说了。你主要是睡觉太少，太紧张，太劳累了，好好地歇几天吧。同学们相处多年，又一起度过了整风'反右'、双反交心和教育革命这样一些热火朝天的日子，突然分手，心里肯定会难受。这是人之常情。可是你也应该想到，同学们胜利地完成了学业，经受了斗争的考验，走上了工作岗位，这是大好事啊，应该高兴。苏轼有词说：'人有悲欢离合，月有阴晴圆缺，此事古难全。'古人早就知道人生的这种际遇在所难免。这是生活的规律。革命者四海为家，分分合合是自然而然的事情。"

古全和默默地点点头儿，表示理解吴月英的劝慰。但是他心里依然放不下他的那些朝夕相处两年乃至更久的同窗好友。想到那些竹皮暖瓶和全班同学署名的留言，他的眼泪又潸然而下，觉得对不起晏秋燕……

古全和半睡半醒，满脸犹豫，竟忘记了问一问他最应该关心的事情：他被分配到什么地方、什么单位，什么时候前去报到，行前要办些什么手续……

吴月英说："你怎么不问问你分到什么地方？"

古全和恍然大悟，急切地说："是啊，我分到什么地方？是山东吗？"

吴月英认真地说："很遗憾，你暂时回不了山东，你留校了。我们没有叫你回来参加毕业分配，就是由于这个原因。这件事我考虑不周，没有让你回来和同学们道个别，很抱歉，请你原谅。"

古全和真诚地说:"不,都怪我思想片面,顾此失彼,忙于眼前的事情,忘记了毕业分配这件大事,错过了和同学们告别的机会。"接着又关切地问道:"我们班留校的还有哪些人?"

吴月英说:"只有你和你们班的团支部书记罗元辉。"

听吴月英这样说,古全和听了心里略感宽慰。

度月川笑着说:"和老朋友分手,会结识新朋友。"

渐渐冷静下来的古全和,认真地说:"感谢老师们的教导,我会努力工作的。"

接着,吴月英有些遗憾地说:"我要通知你的第二件事是,领导点名要你到党委机关去工作。我们很想把你留在系里。你的工作我们都考虑过,也做了安排,准备组建一个写作教研室。可是我们党有个规矩,下级服从上级呀。明天一早你就到院党委办公室去报到吧。这是党对你的信任,也是我们中文系的光荣!"

吴月英的这番话让古全和心潮起伏,他说不清楚自己心里是个什么滋味儿。他感觉意外,首先是他根本就没想过他会留校,因为大家都知道,外国文学教研室超编,即使留人,那他也不是首选,因为他本科念的是中文专业,外语能力平平,而班上有好几位来自国家重点外语院校的同学。他也感到兴奋,因为留校意味着党组织对自己的信任,是莫大的光荣,在反右派斗争之后尤其是这样。然而他也感到有些茫然,因为他没有想到领导会分配他去做专职党的工作,两年来他一直惦记着毕业后能到一所新办的师范学院或师范专科学校,例如青岛师专或是烟台师专去教世界文学,兼搞研究和写作,而且已经为这个目标儿做过两年的准备,他的助学金,除去伙食费和寄给父母的20元生活费,都用来买中外文的专业书籍了。而最让古全和感到意外的是他突然发现他竟爱上了语言文学的教学和研究工作。在这以前,他从来没有过这种感觉。过去他喜欢的都是理科和制作类的活动。有人问他有什么特长,他会爽快地回答说,他的特长是制作、打弹弓和骑自行车,而从不说他喜欢语言文学。高中毕业时他报考师范学院中文专业,是为了响应领导的号召,满足国家建设的需要,后来他安心准备着当教师了,是因为他别无选择,而只是把教师当成自己的职业。他对待语言文学专业,就好比是他对待父母包办的妻子,毫无感情。而现在他忽然发现,他原来已经深深地爱上了外国文学的教学和研究工作,对它有了真挚的感情，割舍不下了。这是他接受党委机关工作的最大的障碍。可是他明白，个人服从组织是党的纪律，党的专职工作只能由党员来做，既然组织选定了他，他就别无选择。这一条，打从他在七年前决心参加青年团的那一刻，他就明白了。他经历过几天心烦意乱和思想斗争之后，才于1958年8月1日上午八点，到办公大楼二层的220党委办公室，向党委办公室副主任阎一松同志报到。阎一松热烈地欢迎他。他们早就认识，一起工作过。

　　吴月英在通知古全和到党委去报到的时候，说过一句非常重要的话，即他是借调到党委机关工作的，他的编制仍然留在中文系，而心情烦乱又缺少行政工作经验的古全和，竟没有注意到这句对他的一生至关重要的话，而他的这一疏忽和无知，使得他归队的时间推迟了好多年。他本来是早在三年困难结束的时候，即1961年就可以申请回系工作的。有时一个人会由于错过一步而改变了自己一生的命运。

16

　　古全和被分配到党委宣传部，接待他的是宣传部新任部长计方平。

　　计方平，河北乐亭人，乡音不改，说话像唱歌儿。他中等个头儿，四十多岁儿，国字脸儿，面色红润，性情温和，举止从容，据说即使走在大雨中，他也照旧会优哉悠哉地迈方步儿。同志们善意地送他一个雅号："计老太太"。党内外老少同志只有在严肃的场合才称呼他的大号，平时都叫他"计老太太"，或是简称"计老"。

　　"啊呀，古全和同志，你可来啦！"计方平见古全和走进来，立刻站起来，满脸堆笑，真诚地看着古全和，前行几步，紧紧地握着古全和的双手，"你导演的话剧《无头苍蝇》，你指导排练的一些文艺节目，你写的长篇朗诵诗，我都看过，很不错呀。你懂文艺，这对于咱们的宣传工作非常重要。我代表组织，对你表示热烈的欢迎！"计方平的那种能够突破一切障碍，直达对方内心深处的真诚和热情让古全和感到很亲切。

　　古全和坦率地说："到党委机关工作，我入党时间短，没有党的工作经验，怕难以胜任这里的工作。"

"经验会在实际工作中积累起来。谁的经验都是从无到有，从少到多的嘛。在干中学嘛。你身体好，学问大，能力强，又肯干，一定能干好！"计方平语气恳切，态度坚定，信心十足。

古全和真诚地说："请您多多指导。"

"指导什么呀，互相学习嘛。以后别对我您啊您的！就叫我'老计'！叫我的外号儿也行！"计方平笑着说，话语里有客气，而更多的是真诚。

古全和到党委机关后不久，就听到了有关计方平的一些近乎传奇的故事。他出身河北乐亭大地主家庭，少年时曾就读于河北保定第二师范，在那里接触到共产党的教育。"七七事变"后，全面抗战爆发，计方平立即返回老家，谢绝亲友们的多方劝阻，卖掉了他们大家庭财产中属于他的那近20亩的好地，所得数千银圆，全部上交党组织，投身抗日斗争。他到过延安，后又奉派回到唐山一带，在敌占区做过地下工作，打过游击，在冀东一带曾是鬼子汉奸闻风丧胆的抗日英雄。抗战胜利后，他随部队转到东北战场，1948年秋末冬初，江城解放，他被留在江城做地方工作，1950年初，来师范学院，做青年团工作。古全和以前就认识计方平。古全和1957年夏天在全院批判原党委宣传部副部长袁竞良的大会上的发言，就是计方平当面布置给他的任务。那时老计刚刚接替原宣传部长张扬的职务。

8月2日上午，"老计"召开了宣传部新学期的第一次部务会议。

"同志们！开会啦！"计方平脸上洋溢着喜色，兴奋地说，"现在咱们宣传部是人丁兴旺啊！"他笑眯眯地一遍遍地扫视着他周围的一个个新面孔。几个大学毕业生同时来到宣传部，显然让他喜不自胜。"宣传部除了我和齐苋芬同志，都是新同志。宣传部的队伍空前壮大！这是反右派斗争胜利的成果，也说明党委特别重视我们宣传部的工作。"

新同志们彼此看看，相互点点头儿，就算是认识了。

"我是中学生，你们都是大学生，老古同志还是大学生。眼下咱们这里是'学生领导先生'。不过将来肯定是你们这些先生领导我这个学生呀。"计方平兴奋地说。

古全和看着计方平，觉得他就是那种心口一致、忠诚坦白、一目了然的人。看得出，他热爱党的宣传工作，为党的事业的兴旺发达而由衷地高兴。他是老一代同志的代表。古全和喜欢他，尊敬他。他心中的不安和不快因为计方平的真情而有所消减。

"都认识了吧？……还是我再来介绍一下吧。"计方平说，然后指指一位中年女同志说，"这位是齐苋芬同志，是咱们院刊《东湖师院》编辑室的副主任。她身体不大好，现在病休在家。今天是特地来和大家见见面的。"

古全和看着齐苋芬，热烈鼓掌。齐苋芬缓缓地站起来，对大家微微一笑，点点头儿，算是自我介绍。古全和注意到齐苋芬还很年轻，体态丰满，行动自如，谈笑风生，不知道计方平为什么说她身体不好，病休在家。古全和跟一般工农一样，认为一个人，只要能吃能喝能睡能说能动，就算是没有病。古全和还注意到，齐苋芬的眼睛很特别。她的眼睑会突然放大，状若惊讶，然后又慢慢地缩小，就像演戏一样。

计方平指着他身边的一个面带微笑、微露谦卑的男同志说："他是蓝秀花同志，是政教系的毕业生，暂时在院刊编辑室工作，主要负责采访和全院各系各单位通讯员的组织工作。蓝秀花同志擅长摄影，《江城日报》上还发表过他的摄影作品哪。"

蓝秀花微笑着站起来，双手交叉在小肚子上，微耸右高左低的双肩，上身前倾，类似打躬，显得恭顺而和善，淡淡地笑了笑，没有说话。蓝秀花有一张上阔下窄的脸，颧骨很高，鼻子偏小而鼻梁扁平，鼻头儿近乎圆形，眼睛大而圆，闪闪发光，从头到脚穿着打扮儿都很讲究。古全和认识他，经常见他背着个照相机在校园里转悠，爱和女生打连连。古全和感觉他面相不善，满身公子哥儿气。今天他才知道他也是个共产党员，还被弄进宣传部，这让他感到难以理解。

计方平拍拍古全和的肩膀儿说："古全和同志，大家都认识吧？咱们学院世界文学研究班的应届优秀毕业生，1958年春，中文系党总支曾授予他'革命红旗手'的称号。今年'七一'，院党委在全院大会上又授予他'优秀研究生'的称号和'优秀研究生奖章'，他可是咱们学院的名人哟。我想请他分管学生政治理论教育工作，跟团委和院学生会打交道，兼管群众文化和广播宣传方面的事情，同时联系物理系、俄语系和中文系。"计方平说着说着忍不住高兴得哈哈大笑。他的情绪感染了在场的人，大家都跟着他笑起来。

古全和站起来，给大家鞠了一个大躬。

"她是佟金凤同志，"计方平指指坐在古全和对面的女同学说道，"历史系应届毕业生。暂时坐办公室，当咱们的'国务总理大臣'，处理日常事务。分管联系体育、政教、历史和教育等系。"

佟金凤从容地站起来，微微一笑，向大家一鞠躬。她身材修长，举止文雅，神态安详，只是站立和走路的样子有些特别。她是用脚的外侧走路的，行走时脚尖儿微微内扣，两只脚近乎平行着朝前移动，行如流水，轨迹近乎两个平行的"一"字，有如京剧舞台上的花旦。古全和早就认识她。去年6月4日下午三点多，校园里最乱的时候，古全和被几十个右派社团的人围住，就他在院刊上发表的那篇语调儿温和的短文儿和他写的那份为王原平同志辩护的大字报，争论不休。有些人火气很大，不断朝他挥舞拳头。佟金凤当时就站在古全和的身边，见文斗要变成武斗，就悄悄地拉拉古全和的衣裳，意思是提醒他冷静，然后挤出重围。不久治保会的人就来给他解了围。她的机警和果断，给古全和留下了很深的印象，对她抱有好感。后来他们常常在校园里相遇，每次见面都是彼此笑笑。很久以后他才听有人叫她佟金凤，又听历史系的人说，她出身大户人家儿，祖上曾经有人得到过大清皇上的封赏。她爷爷是江城的文化名人，她的家庭和社会关系很复杂，亲友中有国民党，也有共产党，还有汉奸。她的一个叔叔和一个哥哥是共产党员，是党的高级干部。她父亲在家中排行老大，年轻的时候是个阔少，本市著名的京戏票友儿，他继承家传医术，兼营中西药房，政治上开明，在敌伪和国民党统治时期，掩护过我党的很多干部。步书记和佟金凤的一个叔叔曾是同事。党委机关的老人儿，都知道她的家庭背景儿特殊，对她另眼看待。

"这是江涌同志，打虎英雄武松的老乡，是从山东调来的，准备请他跟院工会和院办打交道，兼管教师的理论学习和思想教育工作。同时分工联系其余各系。"计方平指指一直不说也不笑的江涌说道。

江涌站起来给大家行礼，嘿嘿一笑。古全和看着江涌那张干瘦粗糙的蟹壳儿脸，微微耸起的尖削的双肩，和他那嘿嘿一笑，以及他那短得只有两个逗点儿一样的罕见的奇特的眉毛，觉得他有些面熟，好像在什么地方见过。"可这怎么可能呢？他从山东来，我怎么会见过他呢？"不过他还是竭力搜索记忆，然而怎么也想不起他是谁或是他像谁。

兴致勃勃的计方平，一直欢喜得合不拢嘴，有时简直不知道说什么好。他扫视一遍他的部下，笑眯眯地说道："古全和与江涌同志是山东人，齐苋芬同志是河南人。蓝秀花和金凤同志是本地人，我是河北人。咱们六员大将，算是'冀鲁豫关东混编纵队'，我暂时当司令，以后论功行赏！"

计方平高兴，其余的人也都笑容满面。

"我对大家工作的安排，纯粹是主观主义，大家对分工有什么意见随时可以提出来，咱们可以随时调整。"计方平在详细地介绍过宣传部的日常工作和当前的中心任务后，用商量的口气说道，"要是大家暂时没有什么意见，咱们就先这样干起来。分工是暂时的，相对的，合作才是主要的，绝对的。哈哈哈哈！"

17

古全和按照领导的要求参加各种会议和活动，渐渐地建立起了和方方面面的的联系，熟悉了工作的环境。在这个过程中，他突出的感觉是陌生。党委机关的人和事，和他刚刚告别的学生生活大不相同。在学生生活中，最大的话题就是学习。而这里恰恰相反，最大的忌讳就是谈论学习，特别是专业学习。古全和有一种感觉，这里的人，包括一些领导干部，有一种不成文的共同认识，那就是学习和工作是人生的两个截然不同的阶段，学生时代结束了，学习也就结束了，此后想的、说的和做的都应该是工作，而不应该再是学习。即使你读马克思主义的著作，如果超过了领导和群众认可的范围、内容、数量和时段，带有研究的倾向，也会有人用异样的眼光儿看你，怀疑你不安心党的工作，作党政工作的专业思想不巩固，进而提醒你注意摆正学习和工作的关系。在上班的时间，即使无事可做，也不能看书，特别是看和专业问题沾边儿的书。工余时间可以下棋、打扑克、扯闲篇，就是不可以进行研究性质的学习。这里只能学习与工作有关的文件，读上级规定的某些必读的文章和书籍。而古全和已经习惯了读书学习，认为学习和工作一样，都是一个人一生的事情。伟大革命导师列宁也要求共产党人要用人类历史上积累起来的全部知识武装自己。没有人公开否认列宁的教导，但是这里的舆论和列宁的教导不一样。在这里，好干部的标准是，绝对服从领导，心无旁骛，寡言少语，起早贪黑，忙忙碌碌。至于工作是否有效并不重要。古全和有一种窒息的感觉，开始痛苦地意识到，他要继续在这里工作，就必须重塑自己，而这是很难办到的。

古全和还发现，这里的人们对待高学历的心态很复杂。真正重视高学历的人不多，懂得高学历干部用处的人更少。多数人的想法儿是，大家干的是一样的事情，一样地听汇报、作汇报，彼此没有什么不同。有些人对于研究生比本科生的工资高一级也有非议。他们说，这样的规定不公道：国家花大钱供研究生多念了几年书，他毕业后还多拿工资，哪有这样的道理？有些人口头儿上重视大学毕业生是因为舆论重视大学生。有些参加革命早、学历低的人认为高学历和思想复杂有关。而他们参加革命早，经受过斗争的考验，是革命的正统，文化水平低也并没有什么不好。这样的人爱讲思想改造，也说既要改造客观世界，也要改造主观世界，不过他们认为需要改造的是大学生，而不是他们自己。在他们和大学生之间偶有分歧时，他们习惯于从大学生一方找错误，找大学生们的资产阶级或是小资产阶级的思想情感，认为大学生必须"夹着尾巴做人"，偶然有哪个大学生流露出"用非所学"之类的思想情绪，就会有人站出来重弹有些知识分子其实什么知识都没有之类的调调儿。

古全和有一种怪诞的想法儿，觉得自己保持着工农劳动人民的本色，一向以劳动人民子弟自居，在实心实意地干革命，可能不算资产阶级或是小资产阶级的知识分子，不过他觉得别人未必这样看他，也不知道自己的这种想法儿对不对，所以也不曾对任何人透露过自己的这种想法儿。

党委机关只有宣传部是近乎清一色的大学生。其他像组织部、办公室和统战部等，多数是中小学生的天下。个别来自老解放区的同志，只有高小或初小的学历。有些同志是所谓"吃青干部"（即提前毕业参加工作的大学生），他们名义上是大学生，实际上只念过一两年大学，只有高中甚至初中的文化程度。而且他们在念书的时候，都是所在系科、年级的政治骨干，关心的是自己的社会工作，而没有养成学习的习惯，并不留恋学习生活，已经习惯了听汇报、做汇报、上传下达的那一套，满足于完成领导交给自己的具体任务，发挥驯服工具的作用，认为那就是党的政治思想工作。

党委机关不重视文化，乃至歧视文化的风气让古全和联想到1957年整风鸣放时悬挂在办公大楼前面的那条上面写着"不学无术之徒从神圣的高等学府滚出去！"的巨大的标语。他毫不怀疑，那条大标语的作者对于共产党的领导不服、不满，有意取而代之，挂出那条大标语的目的就是想鼓动群众起来造反。但是现在他觉得那条大标语里面也包含着某些真理。师范学院党委的一班人中，除开步行健和计方平等少数人之外，没有谁意识到自己对于办高等教育是外行，有必要使自己成为马克思主义的教育专家，的确"不学无术"。他们不重视读书学习，不深入研究教育工作内在的规律，盲目地认为自己正确，误以为从政治上把师生员工管好就算完成了任务。而这是一种严重的盲目性。

古全和感到从学生到机关干部有一个不小的跨度，这个跨度好像并不是轻易就能够越过的。他是政治思想战线上的一个新兵，还拖着一条长长的研究生的尾巴，人微言轻，不能张扬，只能多听、多看、多想、多干、少说。能不能适应这里的工作，他不知道。但是他绝对不想变成一个毫无创意的传声筒，一件任人操弄的"驯服工具"。他想，共产党本质上就是一个创造新世界的无产阶级的战斗的政党，共产党员只要还活着就要创造性地生活和战斗。

18

院部现在只有古全和这么一个研究生。按照学院的规定，他可以按讲师待遇搬进单身教工宿舍，房产科也已经给他准备了住处，但是他没有去住，而是继续留在研究生楼401号儿，为的是能继续和学生保持着密切的联系。他的这种做法儿，得到计方平的肯定和表扬。这件事触动了蓝秀花，他也想去住学生宿舍，而且要求和古全和同住。古全和不愿意接纳他，可是计方平替蓝秀花说情，古全和不好驳计方平的面子，就答应了蓝秀花的要求，而这竟铸成大错，影响了他一生。

古全和不愿意接纳蓝秀花是有原因的。在古全和做学生的时候，党委机关在他的想象中，是一个神圣的所在，党委机关的工作人员都是一些毛主席在《纪念白求恩》一文里所说的那样的高尚的人。可是他来到党委机关不久就发现，事实并不完全和他想象的一样。党团委机关的确有许多好同志，但是也有少数猥琐不识大体的势利小人。近来他从计方平几次与他的谈话中发觉，有人在背地里对他搞小动作，造他的谣，说他的瞎话，告他的冤状，他断定干这种勾当的是江涌和蓝秀花。蓝秀花表面上一再盛赞古全和在整风鸣放和反右派斗争中政治立场坚定，自己要好好地向古全和学习，而在以后发生的许多事情却证明，他嫉妒和怨恨的正是古全和在整风鸣放中的表现。蓝秀花在整风鸣放中险些沦为右派。古全和意识到，蓝秀花要求和他同住并非出于见贤思齐的良好意愿，而是想借此抬高自己的身价。蓝秀花内心是敌视古全和的，因为古全和是反右派的急先锋，蓝秀花认为正是古全和等反右派斗争的积极分子迫使自己为逃避右派分子的帽子而向他们班的党支部书记涕泪滂沱，哀哀哭泣，恳求大家饶过自己。蓝秀花不相信古全和是真心革命，认为自己与他没有什么不同，古全和革命的言行也都是装出来的，之所以成为反右派斗争的英雄，只是瞎猫碰上了死耗子。他要求和古全和同住的真实动机之一，就是要看看古全和如何表演。敏感的古全和知道到蓝秀花和自己不是同类，但是不知道蓝秀花对他怀有这样深重的怨恨，而且后来他更发现，这样看待他在整风鸣放中的表现的，不只是蓝秀花等个别人。

古全和看不惯蓝秀花还与其生活作风有关。他早就注意到蓝秀花爱和女生打连连。现在蓝秀花经常把女生带回宿舍里来说笑打闹。蓝秀花和她们交往的时间一般都不长，短的两三周，长的个把月，内容无非是在宿舍里鬼混，在街上瞎逛，到外面吃饭、照相、看电影。蓝秀花和她们的关系，恋人不像恋人，朋友不像朋友，闹腾一阵子就分道扬镳。起初古全和误以为蓝秀花眼眶子高，在恋爱问题上太挑剔，是他看不上那些女生，疏远和甩了她们，后来才听蓝秀花可怜巴巴地说，是那些女生抛弃了他。古全和感到奇怪。他想，从世俗的眼光儿看，蓝秀花的条件不错，怎么就没有女生喜欢他呢？蓝秀花该是恋爱结婚的岁数，古全和有意和他探讨一番，给他一些忠告，帮助他解决个人问题。可是古全和发现，蓝秀花表面上谦虚，遇事好像没有主张，连说话都慢声细语女里女气的，而骨子里却傲得很，事事都有自己的主意，听不得不同的意见。古全和认为改变一个人的某种认识是可能的，而改造一个人的立场和感情却很难，想到这些，只好作罢。

19

计方平经常到研究生楼来看望古全和，了解他的生活情况，给他讲解政工干部工作中应该注意的事项。古全和早就注意到，关心群众生活是许多老同志都有的优良作风。而计方平与众不同，他更主动，更真诚，更热情，更有针对性。今天是周末，计方平又来看望古全和。他一进门儿就坐到古全和的写字台前，随手翻阅了几页古全和摊开在写字台上的《苏联文学艺术问题论文集》，随便说道："我是路过这里，顺便来坐坐，看看你老古头儿，你有什么安排吗？"

古全和忙说："没有，不影响，欢迎您常来。"他知道计方平一定是有要紧的话要对他说。

古全和刚满 25 岁，又刚毕业，在党委机关属"小字辈儿"，按说老同志们应该叫他"小古儿"，或是直呼其名古全和。可是不知道为什么，他竟被人们列入了老字辈儿。古全和记得，最先叫他"老古同志"的是党委副书记、教务长王原平，随后大家跟着就这样叫起来。后来不记得是谁又改叫他"老古头儿"，最后又简化成"古头儿"，现在是"老古同志""老古头儿"和"古头儿"混着叫，连党委书记步行健同志也这样叫他。他这个近似外号儿的称呼儿就这样叫开了，一叫就是几十年。他离开党委机关后，老伙伴儿仍然这样称呼他。古全和感觉奇怪，他想，为什么我走到哪里都有外号儿，而且多和"老"字有关呢？念初一时同学们叫他"古老道"，念高中时有人叫他"老佛爷"，现在大家又叫他"老古头儿"。难道自己真的是老气横秋？这让他联想到念本科时，蔺丽莲曾经背地里说他性格古板，一度因此扬言不愿意和他谈朋友。不过古全和不认为自己古板。他小学时还有一个"滑稽大王"的外号儿呢。这件事他并不很在意，对于别人送给他的外号，他从来都是来者不拒，听之任之。

计方平接过古全和双手捧给他的茶水，笑着说道："来党委有两个月了吧，习惯吗？"

古全和点点头儿，笑笑，但是没有正面回答计方平的问题，而只是含糊其辞地说，"还好"。计方平知道，古全和还没有完全适应这里的工作。

他想，古全和念了六年大学，成绩优异，学有专长，让他扔下他喜欢的专业，来党委机关工作，本来就有些勉为其难，他有一个适应机关工作的过程，是很自然的事。昨天，蓝秀花曾经悄悄地告诉计方平，说古全和近来经常到政教系去听马林教授的马克思主义经典著作讲座课。这件事引起了计方平的注意，因为古全和曾经要求兼任政治理论课。计方平想，古全和去听马林的课是不是和这种打算有关系？特地来找他聊聊，开导开导他，让他尽快地安心本职工作。计方平慢声细语地说道："做好党的宣传工作很不容易，再大的学问也用得上。即使全力以赴，也未必能把工作做好。从课堂走进社会，从学生到干部，中间有一个过渡，重要的是摆正学习和工作的关系。咱们中国没有博士学位制度，你念的研究班现在就是我们国家最高的学历了。研究班毕业了，书就算是念到头儿了，以后就是工作了。你觉得我这样说对不对？"

古全和仍然没有正面回答计方平。他明白，计方平是在提醒他注意处理好工作和学习的关系。也就是说，计方平要让他放弃研究性质的读书学习，全力以赴地做当前的工作。但是古全和不赞成计方平把工作和学习截然分成两段，把二者对立起来的说法儿。他认为工作是人一生的事，学习也是人一生的事，不坚持学习，就不能干好工作，宣传工作干部尤其如此。不过他不想和计方平争论。他理解计方平为什么会这样看待工作和学习。老同志们从战场上和地下斗争中走来，过去一切都是为了消灭敌人，夺取政权，无所谓专业和爱好的问题。他们习惯的生活方式就是认真地琢磨文件，然后按照文件的要求行事。他们认为这就是革命，就是工作，他们就是这样战斗和生活过来的，他们今天的荣誉、级别、职务、待遇，都来自这样的工作和生活。他们中间的多数人没有学习的兴趣和习惯，闲暇的时候多半是看武侠小说，看连环画儿，下棋、打牌、喝酒、抽烟、侃大山、回忆往事。如果不是领导要求他们学习某一本儿书或是某一篇文章，他们中间的多数人都不会主动地去读那些理论著作，包括马克思主义的著作。至于专业书籍，他们根本就不想去接触。他们虽然身居高等学校的领导岗位，做的是教育工作，却无心关注教学和科研问题。如果不是工作需要，他们是不会走进课堂的。按照他们的理解，党在高等学校的工作只局限于发展和管理党团组织，从政治的角度做群众的思想工作，传达上级的精神，了解和反映群众的思想动向，组织方针政策和时事政治教育等。也就是说，他们没考虑把党的思想教育工作深入到教学和科研领域，因而也就没有必要去研究专业问题。党委的工作，事实上就是这样周而复始地进行着。古全和已经熟悉了这一套，也厌倦了这一套。但是老计毫不怀疑自己是正确的，他就是要按照自己的样子让部下古全和抛弃与此无关的一切，"成熟"起来。古全和认为计方平是听了什么人的瞎话，误以为他去政教系哲学研究班听马林教授的专题讲座是因为他想钻研哲学，也就是说，他从事党的工作的专业思想还不巩固。其实，上周古全和去听马老师的课程完全是为了工作。他听说，有些学生对于马老师的教学有意见，想去听听，帮助马老师了解情况，看看问题出在什么地方儿。

计方平注意到古全和对于他的提醒没有反应，担心蓝秀花汇报的情况不实，就没有继续这个话题，在询问过古全和的父母生活的情况之后，就离开了401房间。

老计走了，可是他把问题留给了古全和。古全和猜想，这件事可能和蓝秀花有关。宣传部只有蓝秀花知道他在听马老师的课。他感到奇怪，蓝秀花为什么不把精力用到工作和学习上，而偏偏要两眼死死地盯着别人的脚后跟呢？难道这是共产党员该有的作风吗？他感觉蓝秀花不怀好意，他所谓汇报让他联想到国民党特务的盯梢。

古全和敬重计方平，把他看成自己做人的榜样。但是他也认为，时代不同了，党的任务也不同了，高等学校的工作有特殊性，不能一切照旧。要有新思想、新方法儿、新作风，而不能不求上进，甘当"大老粗儿"。他确信，高等学校终将不容"大老粗儿"。

古全和心里清楚，他还没有树立起全心全意从事党的思想政治工作的专业思想。他习惯独立思考，而不愿意盲目听从什么人的指挥。他甚至在考虑如何改造师范学院的政治思想工作。他知道这不是现在应该做的事情，可是他身不由己。他在熟悉了一件事情之后总会萌生出改造那件事情的冲动和渴望。

古全和平时很少坐办公室。他有一半的时间消耗在中文、物理和俄语等系党总支办公室的那些马拉松式的会议上，一半消耗在和学生交往的过程中，包括参加院学生会的会议，列席学生班级的学习讨论会，和学生进行个别谈话，审查和修改院广播站的稿件，指导院文艺社团的活动等等。学院里到处能见到他的身影。计方平目睹古全和迅速进入工作状态，非常高兴。不过古全和的心情仍然没有完全稳定下来，他经常为不能发挥自己在专业方面的所长而感到郁闷和遗憾。

计方平有些日子没到研究生楼来看望古全和了。古全和想，这可能是因为计方平认为自己已经能够独立工作，可以放他单飞了。这天，古全和一上班，佟金凤就忙不迭地让他去见计方平。

古全和走进计方平的办公室，正赶上他在聚精会神地看一份红头儿文件，他挥手示意古全和先坐下。古全和发现，今天计方平不像平时那么和蔼，脸上也没有笑容，预感到他要谈的可能是严肃的话题，或者是要向自己交代什么重要任务，也可能是要指出自己工作中的失误。

计方平放下手里的文件，平静地看着古全和，认真地说道："古全和同志，我应该向你检讨啊。我对新同志关心不够，工作粗枝大叶，不深不细不具体，有些问题没有反复强调，或是强调得不够，交代得不够清楚，今天我想再给你讲一讲，咱们宣传部在党委工作中的地位和作用。"

计方平的这番话让古全和感到莫名其妙。

计方平从容和蔼地说："宣传部是党委的一个办事机构，是党委决策的参谋部门和执行部门。所以未经党委授权，我们不能代表党委讲话。这个问题关系着党委领导的集中统一，党委意图的正确下达，是个组织观念问题、纪律问题，我们必须严肃对待。"

古全和说："我明白，您在部务会议上反复强调过这个问题。"

计方平继续说："深入群众是你的一大优点。党的政治思想工作，主要是群众工作。脱离群众就谈不上党的思想政治工作。不过在我们到群众中去了解群众、发动群众、组织群众、引导群众前进的时候，必须注意一个原则问题，那就是我们既代表党委，又不代表党委。说我们代表党委，是因为我们是党委机关的干部，群众会把我们看成是党的代表。从这个意义上说，可以说我们代表党委，因此必须事事处处谨言慎行，注意政治影响，不能说违反党的政策和原则，有损党的形象的话，不能做违背党委决议的事。那为什么又说我们不代表党委呢？因为我们只是党委的一般工作人员，没有党委的委托和授权，是不能代表党委就某些问题表态的。处理好这个关系，对于积极发挥我们部门和个人的作用，都非常重要。你看我说得对不对？"

"对！"古全和肯定地说，同时在想："他到底想说什么？"

"前天你参加过院学生会的常委会吧？"计方平的脸上终于有了笑容。

古全和恍然大悟，说道："是的。"

"你在会上讲过话吧？"计方平继续和蔼地笑着说。

古全和坦然说道："是的。他们征求我的意见，我表示赞成他们的工作计划。不过我发言前曾明确表示，我讲的是个人意见，只供他们参考。我知道，党委是委托院团委管理院学生会的，学生会的工作计划要由团委审定，然后报请党委批准的。"

计方平意识到，他得到的有关古全和的汇报和事实有出入，看来古全和并没有做错什么，自己对他的批评可能是无的放矢，就不再继续这个话题，而是委婉地说："从学生到党政机关干部，要有一个熟悉工作的过程，谁都是这样。当年我离开保定二师，到了延安，也经历过这样的过程。这不算什么问题。谁都有个学习锻炼的过程。"

古全和点头儿表示理解，没有做进一步的表白。这件事再次让他感到党委机关真的不像他原先想象的那么神圣，这里也有人捣鬼。那可能是谁呢？他为什么要这样做？偏偏把他作为诬陷的目标儿？他记起，那天蓝秀花到过院学生会拍过照，不过并没有在那里停留，拍了一张照片就走了。那蓝秀花为什么要对计方平说古全和代表党委讲话呢？古全和更加感觉蓝秀花不怀好意，可能是出于嫉妒。

"你做得对，以后就这样做，把个人意见和党委的意见分开。"计方平说，"你是个好同志，组织对你寄予着很大的希望，希望你能尽快地把自己锻炼成一名职业的无产阶级革命家！"

计方平最后的话，在古全和心里一闪，好像照亮了他前进的道路。他从计方平的神色和语调中清晰地感受到计方平作为一个老同志对他的希望，胸中涌起一股热潮，这热潮涌到喉咙，涌上鼻腔，使他感到眼睛有些模糊，同时默默地下定决心，要尽快把注意力全部转移到当前的工作上来，争取把自己锻炼成一个计老太太所说的"职业革命家"！

晚饭后，古全和回到宿舍，又想起计方平的谈话。他想，计方平是代表党来教导他的。他所讲的都是党内生活的规矩。计方平之所以这样急于找自己谈话，是出于关怀和爱护，担心他犯错误、被误解、遭非议，张扬开来会让他被动。不过他的心里还是觉得有些委屈。他在院学生会上的发言，从内容到形式，都没有不妥，在场的人不会误解他，如果不是别有用心，不会有谁到领导面前去告他的冤状。他反复考虑过后，认为这件事肯定是蓝秀花干的。古全和感到蓝秀花不正派。他在恋爱问题上不正派，对待同志的态度也不正派。蓝秀花是在蓄意抹黑他。

计方平经常在会议上表扬古全和，说他进入角色快，专业思想巩固，工作积极主动，深入群众，值得大家学习。古全和感谢计方平的鼓励，决心向计方平学习，做一个职业革命家。而不甘心做一个只会听汇报、做汇报的"驯服工具"。古全和对政治工作有自己的理解。他要学习，观察，思考，钻研马克思主义的经典著作，不断充实自己，为把自己锻炼成既有系统的理论武装，又有丰富的实践经验，既能解决实际问题，又能进行马克思主义宣传的名副其实的职业革命家。他觉得自己好像已经找到了自己在党的宣传工作中的位置。

古全和渐渐地形成了他对于师范学院党委机关的一个初步的印象，感觉这里好像存在着明争暗斗，不过和学生生活中的争斗不同。在学生里竞争的内容主要是一个人的智力、毅力和劳动态度，具体表现在考试成绩上，是硬碰硬的竞争，公平的竞争，正大光明的竞争，竞争的结果一般和物质利益没有现实的直接关联，不可能导致彼此的伤害，而在党委这里的竞争中，彼此的伤害往往是必然的。组织部长郭剑飞患有肺结核，但是他仍然带病上班。古全和好心劝他抓紧治疗修养，还向他介绍了自己和肺结核儿斗争的经验。但是郭剑飞没有听从他的劝告。组织部的海英林悄悄地告诉他说，郭剑飞担心夏曦在他养病期间取代他组织部长的位置。古全和发现，郭剑飞小心翼翼地在几位书记之间游走，和他在党委机关的地位有关。

21

中文 1956 和 1957 两个年级的二百多名同学，在铁道线上奋战了一个多月，创收现金两万元，筹足了办厂的资金，健健康康欢欢喜喜地回到学校。但是中文系的耐火砖厂在盖起一个有待加瓦的制坯车间之后就停顿下来了。江城高等院校的办厂风，来得快，去得也快。六月刮起，七月刮大，八月达到高潮，九月就偃旗息鼓了。一度熙熙攘攘的师范学院"工厂区"现在到处是半截子工程和残砖碎瓦，一片狼藉。眼下只有政教系的人造石棉厂还勉强维持生产，但也已不似前些日子那般红火了。轰轰烈烈的办厂运动，在耗费了许多人力、物力和时间之后，无果而终。办厂运动真正的成果是为筹集资金使得全院近两千名同学上过生产第一线，经受过生产劳动的锻炼，接受过工人阶级的教育，而且没有发生什么严重的安全事故。不过古全和的遭遇是个例外。他在劳动中留下的贪睡的毛病越来越严重，而且开始出现记忆衰退、思维迟钝、精神不振、感情淡漠，心情烦躁等令人担忧的征候儿，影响到他的工作、学习和生活。近来他整天都处在瞌睡状态，即使睡醒了，只要继续躺在床上，哪怕只有几秒钟，他也会再次突然沉沉睡去。他多次因此而上班迟到，遭到个别人的非议。现在，他早晨一醒，哪怕是在清晨三点钟，也不敢再睡，而是立即就跳起来，穿衣下床，等待着吃早饭上班。最让他感到忧心的是他的记忆力的衰退、思维迟钝和精神不振等症状呈现出日渐加重的趋势，有时他面对乔家槐和徐文良等非常熟悉的人竟叫不出他们的名字来。

计方平担心古全和到处跑不安全，就安排他在办公室代佟金凤值班。

这天上午 11 点半前后，新华社驻本市特派记者傅平同志来采访学校教育革命的新闻，古全和在宣传部办公室接待了他。他接过傅平的介绍信看了看，用商量的口气说道："傅平同志，现在 11 点半了，马上就要吃午饭，你看咱们午饭后谈好不好？"

"好啊，"傅平爽快地说，"那介绍信呢？是我带着，还是留在你这里？"

"就放在我这里吧。"古全和说着，顺手把傅平的介绍信放进他办公桌右手儿的抽屉里。同时，从衣袋里抓出一把混杂在一起的员工餐厅的主副食饭票儿递给傅平，说道："这是我们员工餐厅的饭票儿，你拿去用，剩下的再退给我。"

"谢谢，我有。"傅平说着，先离开了宣传部办公室。

现在党委机关，除开机要室等少数几个房间外，各个办公室的门都不锁。北京市委书记彭真同志说要把首都建成夜不闭户、路不拾遗，水晶石、玻璃板一样透亮安全太平的模范城市。江城市也在学习北京。而东湖师范学院倒也没有发生过失窃事故。午饭后，古全和按时回到办公室时，傅平已经坐在宣传部办公室里等他了。

古全和看着傅平，问道："同志，你有什么事？"

傅平感到诧异，对古全和笑笑说："我是新华社的记者，是来了解你们学校教育革命的经验的，上午就来了，咱们见过面的呀，你不记得了吗？"

"你是？"古全和问道。

"我叫傅平！"傅平感到莫名其妙，笑着说。

"你的介绍信呢？"

"给你啦！"

古全和笑了，说道："你记错了吧？"

"怎么会呢！介绍信就在你的抽屉里！"傅平指指古全和的抽屉说。

"是吗？"古全和皱起眉头，极力回忆着说。

傅平笑着拉开古全和办公桌右手儿的抽屉，把介绍信拿给古全和你看。

古全和拍拍脑袋，又不好意思地摇摇头，笑着说："啊呀，我这个人，记性真的是不行了！老傅，对不起！实在是对不起呀！我忘得干干净净！"

"没关系，没关系！"傅平宽容地笑着说。

这件事让古全和意识到，他真的是病了。干外勤领导不放心，内勤也干不好，这不是变成废人了吗。他开始感到心慌。他想，"现在是一天等于20年，我这个样子怎么行？！"更让他觉得难堪的是他的毛病集中表现在精神方面，其他方面基本正常。他想："我能吃，能喝，又能睡，却不能干事，这怎么行？！父母为我念书吃了那么多的苦，党和政府培养我这么多年，我一旦成为废人，能对得起谁？！"这让他想起了他念本科大三时班上来的那个老大姐臧淑贞。她就是因为劳累过度、严重缺觉而丧失了记忆力的。他害怕自己也会成为她那样的人，决定去请教医生。

院卫生科最有名的医生是石云辉大夫。他是四川人，是身材高大，仪表堂堂。他的中医是祖传的，西医毕业于北京协和医学院，医术精湛，经验丰富，曾在国民党军队任少将军医。古全和跟他很熟，八月份儿学院推行运用气功进行慢病快治的实验，他配合石大夫搞过宣传。古全和专门挂了他的号。

"古同志，你感觉怎么不好？"石大夫关切地问道。

古全和详细地讲述了自己的病情。

石大夫认真地问道："过去有过这种情况吗？"

"有过。"古全和又对他叙述了他1948年秋天发病的前前后后和具体的征候。

"看来你得的是抑制性的神经官能症，这可能是第二次大发作。"石大夫肯定地说："起初是嗜睡，然后是健忘，再后来是智力减退，发展下去有可能丧失劳动能力……"

古全和听石大夫这样说，又想起了臧淑贞大姐。从外表上看，臧大姐体格健壮，精神饱满，衣食住行，说说笑笑，毫无异常。可是她的记忆力、思考力几乎完全丧失了。他感觉他的症状比臧大姐多，他贪睡的症状也比臧大姐重。他想了想，问道："大夫，能治好吗？"

石大夫遗憾地摇摇头说："难啊，彻底治好，不大可能……"

古全和不知道石大夫的话是否科学。不过他想，要是自己的病治不好，他就只能回老家种地了，十多年的书就算白念了！可是他不想屈服。五十年代初，他得过肺结核，当时市立医院的日本小林大夫也说他病情严重，要他休学疗养。可是他没有休学，而是靠着吃豆腐和坚持体育锻炼战胜了肺病，恢复了健康，并在第二年秋天顺利地考上了大学。他确信，从辩证法的观点看，不管什么病，即使是绝症，只要人还活着，就有康复的可能，更何况他还年轻呢。他反复考虑过他得病的前前后后，认为他致病的原因主要是长时间的紧张劳累和严重缺少睡眠。在诸多症状中，主要症状是贪睡，既然如此，我为什么不可以反其道而行之，迫使身体状况朝相反的方向转变呢？于是，他横下一条心，要战胜贪睡的毛病，夺回健康，夺回他爹娘和国家对他的期待。他这样想着，就毅然站起身，对石大夫表示过谢意，转身朝诊室的门口走去。

"古同志，拿上你的药方儿！"石大夫在他背后喊道。

"不用了。"古全和回头说道。

"吃一点儿药有助于改善症状。"石大夫说。

古全和没有回去拿药方，而是到学院柳树林后面的合作商店买了一只双铃马蹄表。这只马蹄表，在夏天大家都开着门窗的时候，闹起来，半个研究生楼都能听得见。

古全和开始在闹钟的严格管制下过日子，坚持按时起床、按时吃饭，按时上班。开头儿有几次，闹钟响了，他也醒了，在他准备起身的刹那，闹钟响完，他又沉沉睡去，一直睡到吃午饭。古全和吸取了这个教训，以后闹钟一响，他就跳起来，穿衣下地。这样做很痛苦，可是他知道他必须坚持这样做。一个月后，他的病情开始逆转，记忆力开始恢复，精神状态也开始朝着好的方向变化。他相信自己一定能战胜疾病，恢复学习和工作能力！

22

高级农业生产合作社，像一阵风，转眼之间就变成了人民公社。早在农业合作化之初，古全和的父亲古世才就曾经说过，农业合作化办不成，因为农民古往今来都是一家一户地过日子，各有各自过日子的来头儿，各有各的打算，亲兄弟还要分家，外姓旁人怎么能弄到一起？这就像俄罗斯人说的，"个人管自己，上帝管大家"。然而中国的农业合作化事业却成功了，而且走到了苏联人的前面，发展成一大二公、工农兵学商五位一体的人民公社，创造了人类社会生活的新模式，开辟了通往共产主义的新道路。古全和想，他爹没有念过书，不认识汉字，不懂得革命理论，目光短浅，看不清楚历史发展的道路，对农业合作化的道路认识不清楚，不过他相信，他爹面对眼前的这个蓬勃向前的现实，思想一定也会有所变化。

超英赶美的响亮口号激荡着每一个爱国者的心。大学在社会变革的大潮中激变，教学不再是学校生活惟一的内容，校园里也不再只有书声琅琅，而是纳入了生产劳动，师生们散布到四面八方。到工厂农村去办学，到田间去劳动，到山区去植树造林。教育为无产阶级服务，教育与生产劳动相结合，生产劳动成了学校教育的重要内容。

有人说，当今钢产量是一个国家国力的主要标志。于是 1958 年国家计划年产钢 1070 万吨。这个宏伟的目标鼓舞人心。党中央号召钢铁生产走群众路线，大小高炉，遍地开花。炼钢风也吹进东湖师范学院校园，所有的单位，包括党委机关，各系科室，也都建立了炼钢小组。不久前废弃的工厂区再次热闹起来，变成了大炼钢铁的场地。

党委办公室主任阎一松从内地参观学习回来，亲自动手，绘制了"小高炉"的图样儿，带领党委办公室的干部，率先突击建成学院第一座小高炉儿。随后各系各单位的一座座小高炉也拔地而起。电动鼓风机嗡嗡的大合唱响彻原先是蒿莱遍地，后来又到处是残砖破瓦的工厂区，如今则是小高炉林立。"小高炉儿"呈锥体状，炉底面积约半个平方米、高约两米，用旧砖砌成，有炉条，但是顶部没有烟囱，烟气从炉顶散出。炼钢用的原料是学院里的废旧暖气片儿、铸铁炉子；用作燃料的是木柴和煤炭。

古全和看着面前突然出现的小高炉儿和忙碌的人们，感觉好笑，想不出这样荒唐的事情为什么会发生在全国著名的高等学校。他念高中时，用的是苏联的物理学教科书，那里面明明写着，炼钢要有摄氏一千几百度的高温，而在这样的"小高炉儿"里，用这样的燃料和设备，最高也只能弄出几百度的炉温，连生铁都融化不了，怎么可能炼出钢来呢？古全和感觉奇怪，阎一松是个精明的老实人，虽然他大学念的是教育系，可是这样的物理常识他也总该会有吧？那他为什么会干这种事呢？在计方平向古全和交代炼钢任务的时候，他对计方平说："这样的条件是炼不出钢来的。"计方平认真地看了他一眼，但是没有说话，只是严肃地命令他说："党委指定你做咱们单位的炼钢组长！"之后，二话没说，就离开了现场。这时，古全和想起了吴月英老师前不久对他的批评，想到了"新生事物"，心里忽然感到恐惧和悲哀，头脑里油然闪现出了"指鹿为马"的成语，和"皇封""钦定"之类的词汇，想到新生事物摸不得，碰不得，神圣不可侵犯的革命道理。

东湖师范学院大炼钢铁的热潮只持续了两三周就悄悄地停止了。听说是物理系的老师们提出了反对意见，步行健书记叫停了校园里的大炼钢铁。古全和佩服步书记的政治勇气，敢在全国到处热火朝天地鼓吹神奇的"小高炉儿"的时候，让师范学院的"小高炉儿"下马。不过此后"小高炉"成了校园里的一大避讳，明白人谁都不谈大炼钢铁这个敏感的话题。不过也仍然有不懂中国政治的人在转年秋天由于非议"小高炉"和大炼钢铁的话题而遭遇不幸，捞到了类似"右倾"乃至"右倾机会主义"之类的政治帽子，其中就有政治上还"不成熟"的古全和。

23

周末的下午是法定的党团活动时间。宣传部的党小组生活会在下午两点按时开始，生活会由党团直属党支部临时指定的党小组长江涌主持。江涌第一个发言。他口气谦和，面带笑容，一件不漏地列数了他在近两周来所做的全部工作，赞扬了领导对他的关怀和指导，并说他热爱党的宣传工作，在宣传部工作心情愉快，希望大家多多批评帮助等等。他低调儿的发言和有些土气的姿态，加之他是外来的干部，党龄和工龄都比较长，留给大家的印象不错。

紧接着发言的是齐苋芬。她是在反右派斗争结束后离职休养的。她哀哀地汇报了自己的病情和治疗的情况，含着眼泪感谢了领导对她的关心，并为自己不能和大家一起为党的事业奋斗而感到惭愧，表示要遵循毛主席给王观澜同志题词"既来之，则安之"的精神，积极和疾病做斗争，争取早日康复，重新走上工作的第一线。

古全和是第二次见到齐苋芬，听她诉说自己的病情，知道她在离职休养，心中仍然感觉奇怪。他见她体态丰腴，面色有红似白，行动自如，表情丰富，不像有病。在古全和生活的工农劳动群众的圈子里，病人要具备这样一些征候儿，比如面黄肌瘦、行动艰难、饮食不进、高烧不退、疼痛难忍、卧倒在床等，一句话，是部分地乃至全部地失去生活能力和劳动能力。没有哪个工农劳动者不曾为了生存而带病工作过，有时为了保住自己的饭碗，不得不对雇主隐瞒病情。而齐苋芬没有这些征候儿，所以古全和认为她得的如果不是一种怪病，就是她根本就没有病。古全和跟一般劳动人民一样，认为一个人能劳动而不肯劳动是可耻的。他进大学七年来，病倒过三次，都是流感高烧过摄氏 42 度。1958 年春天的那次，他是被抬进校卫生科的，但都是当天夜里打过退烧针后，第二天上午就照旧去上课，或是工作。

轮到古全和发言的时候，他只是简略地汇报了自己工作的情况，如实汇报了他至今还留恋自己所学的专业，表示今后一定严格要求自己，努力改造世界观，安心宣传部的工作，把自己锻炼成一个计方平同志所说的职业革命家。计方平频频点头儿，他想古全和是党委机关惟一的一个研究生，像这样学有专长的新党员，能放弃自己的专业和爱好，服从党的需要，投身党委机关的工作，在一段时间思想有些波动也很自然，不算问题。

佟金凤、蓝秀花也先后发言，他们在汇报个人的工作和思想之后，也称赞了古全和，说他深入群众，积极主动，严格要求自己，表示要向他学习。

江涌在会议将近结束的时候，再次发言，专谈古全和问题。他说，"古全和同志的优点大家都谈到了，我想给古全和同志提点儿小小的参考意见。"接着他就提到古全和在接待新华社特派记者傅平时的失误，并就此得出结论，批评他工作不负责任，给学校造成不好的影响。他还指责古全和上班"常常"迟到，经常不在办公室，并就此得出结论，说他组织纪律性比较差。最后还提出一个疑问：怀疑古全和不安心党委机关的工作，质问他平常是不是经常猫在宿舍里看专业书。

江涌望风扑影，肆意推论，有辱古全和人格的发言，引起在场的人的注意。从古全和进小学到如今，对他的人格表示过怀疑的人有两个，一个是研究班时的岑云鹤，一个就是江涌了。古全和觉得这是对自己莫大的侮辱，觉得无法忍受，准备解释和反驳。

佟金凤听江涌无理指责古全和，并怀疑他的人品，深感不平，示意计方平，要求发言，想替古全和说公道话。计方平知道她的意思，不动声色地对她摆摆手，意思是让她少安勿躁。

一丝隐约可见的笑意浮现在齐苋芬的眉眼儿之间。她认为江涌胆敢在党的生活会上把矛头指向风头正盛的古全和很不简单，怀疑江涌很可能是盯上了宣传部副部长的空缺，把古全和当成了竞争对手。她想，江涌只有地级师范学院的大专学历，人也土里土气，土腔土调，刚刚调来师院不久，居然有这样大的野心，这样急不可耐，感到难以理解。她认为江涌的举动表明他了解党委机关某些领导干部的心理。这些干部大多文化水平不高，对于高学历的年轻人，怀着矛盾的心情，随时注意着他们，看他们是否尊重自己，是否翘尾巴，是否骄傲自满，是否自由散漫，而根本不把干部的学历和文化水平当作提拔干部的重要条件。他们还常常把思想不纯、做党政工作的专业思想不巩固、政治上容易动摇等政治品质方面的毛病与高学历相联系。齐苋芬认为江涌就是想利用这样的一些领导干部的思想局限和习惯心理来贬低古全和。上几次会上江涌就曾一再莫名其妙地提醒古全和一定要戒骄戒躁。江涌这样做能够产生一种心理暗示的作用，让人们在无意中产生一种错觉，好像古全和真的有骄傲自满的毛病。按照人们的习惯心理，像古全和这种春风得意，领导和群众普遍看好的年轻干部，最容易犯的毛病就是忘乎所以，因此骄傲自满的帽子最容易戴到这类人的头上。齐苋芬认为江涌这是有意抹黑古全和，长此以往，古全和就不会像现在这样干干净净、光芒四射了。那时，古全和对他的威胁就不存在了。齐苋芬心里说："真是'人不可貌相，海水不可斗量'！"

齐苋芬对于江涌的表现这样敏感是因为她也曾觊觎过宣传部副部长的位置，还曾经接近过这个位子。在 1957 年的夏天，她按照她老公的嘱咐，在整风鸣放期间一言不发。在后来批判原党委宣传部副部长袁竞良的斗争中，她的揭发材料具体而有用，斗争表现积极。当时曾有领导暗示她，准备让她接替袁竞良的工作。可是她得意忘形，竟在批判袁竞良的发言中，糊里糊涂地追究起把袁竞良从团委副书记破格儿提拔到宣传部副部长的岗位上的政治责任，无意间把矛头指向党委书记莫文林和其他几位相关的领导，特别是组织部长郭剑飞。莫文林臭了，而他的左膀右臂并没臭，副部长的桂冠就这样从她的头上飞走了。

古全和要求发言，而江涌故意不给他发言的机会。计方平担心发生争吵，有伤党内团结，闹得不欢而散，影响不好，便要求发言。计方平首先充分肯定了大家的工作，然后检讨说，自己带兵无方，关心新同志不够，希望大家今后严格要求他，经常提醒他，批评他，帮助他做好工作。接着他就列数大家的长处，着重讲到古全和。说古全和工作主动，严格要求自己，专业思想巩固，经常深入学生群众，有时带病坚持工作，好学上进值得大家学习。还说古全和在总路线宣传中，指导同学们编排了《传喜讯，奔红专》等一组大型文艺节目，使得师范学院在全市高校宣传总路线的文艺竞赛中名列前茅，给学校争得了荣誉，步行健书记在全院总支书记会上也称赞过古全和，说有优秀的研究生进入党委机关，标志着党的工作队伍的构成发生了历史性的积极变化。他这样讲是有意抵消江涌发言的影响。

　　古全和开始怀疑江涌的为人。他想："江涌为什么要这样对待我呢？是他的思想方法儿有问题，还是别有用心？或是两个问题都有？大家都知道我有抑制性的神经官能症，院卫生科也给我开具了病休证明。前几天步行健书记在列席宣传部的部务会议时，曾当众警告我说：'古全和同志啊，你不能马马虎虎地对待自己的健康问题。我们的身体不仅属于我们个人，你要对党负责。我命令你，从明天起，暂停工作，去逛公园儿，什么时候养好了病，什么时候回来上班！'当时大家都在场，那江涌为什么要把我在傅平同志一事上的失误说成不负责任呢？即使我没有病，出了这样的事，也不过是个疏忽，他怎么好给我扣上个'工作不负责任'的大帽子呢？至于我不经常坐办公室，这不是缺点，计方平还表扬我深入群众，他江涌怎么能扯到组织纪律性上去呢？他还怀疑我躲在宿舍里看书，这简直是污蔑！"古全和不明白，他和江涌共事只有两个多月，他为什么要这样对待他。

24

　　在宣传部党小组生活会当天的晚饭后，计方平又到研究生楼401来看望古全和。他是想来听听他对党小组会的反应，开导开导他，让他学会正确对待不公正的批评，也想来看看他业余生活是怎么过的，他到底在宿舍里看些什么书，因为江涌一再对他说，古全和在宿舍里看一些讲"美学"的乱七八糟的书，追求穿戴打扮，最近一次就买了两条时兴的蓝家织布的制服裤子，计方平听了半信半疑，有些担心。学生毕业前后，有了工资收入，思想和生活方式发生变化的，不乏其人，特别是女生。"美学"在二十世纪五十年代，在中国对于非专业人员说来，还是一门儿鲜为人知的学问。江涌望文生义，把美学和讲究穿着打扮，追求资产阶级生方式相联系，并不奇怪。

　　计方平走进401房间，问寒问暖之后，就把话题转到党小组生活会的问题上。他以询问的口气说道："古头儿，你觉得小组会开得怎么样？"

　　"还好吧。"古全和迟疑片刻后淡淡地答道。

　　"你对江涌的发言怎么看？"

"您的意见呢?"古全和多少带点儿情绪。他对计方平压制党内民主,剥夺他的发言权感到不满。他认为党章上有话,在党的会议上可以进行反批评,计方平无权这样压制他。

计方平虽然感到古全和有情绪,但是仍然心平气和地笑着说道:"在现实生活中,完全正确的批评是没有的。所谓'知己知彼',只能是一种理想。所以我们祖先才创造了另一句名言,叫作'有则改之,无则加勉。'你赞成这种说法儿吗?"

古全和笑笑说:"只要不是别有用心就好。"

计方平知道古全和对江涌还是有意见,但是他不想继续纠缠这个话题。其实他也不同意江涌的发言,怀疑自己推荐江涌做党小组长是否妥当。他推荐江涌当临时党小组长只因为他觉得江涌解放战争年代上过前线,火线入党,比部里其他的几个人入党都早,参加工作也早,经验多,没有专业思想问题,人好像也还老实。计方平现在也拿不准江涌为什么这样对待古全和。

"宿舍里冷吗?"计方平说。

"暖气忽冷忽热,很难受。晚上入睡时,室温高达摄氏 33 度,和夏天一样,暖气包上能烤熟鸡蛋,睡觉只能盖被单儿。可是夜里最低会降到十度以下,盖着棉被还冷。不过我不怕冷。我喜欢冬天。冬天头脑清楚,学习效率高。"古全和说着,脸上有了笑容。

计方平默默地点点头儿,不禁想道:"有谁喜欢冬天呢?可是他喜欢,就因为冬天学习效率高!看来他的确是爱学习呀,也许我应该让他留在系里搞他的教学和研究。"

计方平见古全和不想接触党小组生活会的问题,就把话题往"美学"上扯。他说,一个人要为共产主义事业奋斗,就要讲艰苦朴素,勤俭节约。这不仅是因为现在我们的国家还比较穷,更因为我们是社会主义国家,在社会主义社会里,节约的成果属于全社会,属于每一个人。我们提倡艰苦朴素,提倡"新三年,旧三年,缝缝补补又三年",不是权宜之计,而是要培养节约的社会风气,为节约资源。在资本主义社会,资本家追求的是尽可能多的利润,他们只管自己挣钱,不管是不是浪费社会的资源。

古全和觉得计方平关于艰苦奋斗和勤俭节约的议论很精彩,讲到了问题的本质。他高兴地说："您把勤俭节约和艰苦奋斗这个问题说透了，说到家了，我完全同意。艰苦朴素、勤俭节约是我们中华民族的好传统，即使到了共产主义，我们也要坚持这个传统。"不过他想，计方平不会是为了对他讲艰苦奋斗才到这里来的，因此说道："如果您发现我在这方面有做得不够的地方，就随时随地提醒我。"

计方平注意了古全和的制服裤，发现那是很平常的家机手工织的天蓝色的平纹儿布，很便宜，江涌的说法儿不实，便放心地说道："你做得比我好。去年秋天，我被安排在宣传部长这个岗位上。有些人就说：'老计啊，你当了部长了，要代表学院跟兄弟单位打交道，在穿戴上该有一些变化吧？有个部长的样子嘛。'老伴儿也这样劝我。我听了这些议论，居然心有所动。当时我不知道是为了工作的需要，还是出于个人的虚荣心，就糊里糊涂地去做了一身毛哔叽的中山装，可是在我往身上穿的时候，忽然想到了旧书里写的'满朝朱紫贵'这句老话，心想，难道当了部长，就得换装吗？这不明明是封建等级观念在作怪嘛！革命几十年，没想到在自己头脑里还潜伏着这样的妖魔鬼怪！"

古全和说："工资增加了，生活富裕了，交往也有需要，穿得好一点儿也是应该的。不过我不喜欢穿新衣裳，觉得新衣裳束缚人，穿上新衣裳，招人注意，坐立行走都不自由。一旦弄脏了还得挨我老娘的数落。"

计方平认真地说："问题不在于穿什么，而在于指导思想。"

古全和神秘地笑笑，逗弄计方平说："您不必为这件事犯难。咱俩的身材差不多，您就把您的那套官服匀给我吧，工本费照付。"

"送给你，你也不会要啊。都叫虫子给嗑啦！到处是窟窿！"

古全和哈哈大笑。

"哎，我听说你在念'美学'？"计方平趁机把话锋一转，亮出了他关心的话题。

计方平提到美学，古全和感觉突然，想到可能有人向老计报告过他念美学书籍的问题，记得江涌上周来 401 时，曾经翻阅过他的美学书籍和学习美学的笔记，他胡说他猫在宿舍里看书可能就是指这件事，想趁机对计方平谈谈这个问题，便坦然说道："我经常翻阅一些哲学和美学方面的著作。我念书的时候不偏科儿，但是还是比较喜欢理科和包含有思辨内容的课程。在文科的课程里，比较喜欢哲学、美学、逻辑学、心理学、文学理论、现代汉语语法等这些和思辨有关的课程。一般文人喜爱的那些东西，所谓琴棋书画、抽烟、喝酒，哼哼呀呀，我都不喜欢。我念中文系是误入歧途。我本来是应该去念理工科专业的。"

"那你怎么关心起美学来了？"计方平面露疑惑。

古全和猜想计方平没接触过美学，至少是不真正知道美学，他可能把美学和人们平时常说的爱美混成一个东西，误以为美学和穿戴打扮之类的俗事以及资产阶级生活方式有关，所以他才和他谈论勤俭节约、艰苦朴素的问题。古全和感觉计方平就像他小学时的陈昌老师那样关心着他的成长，随时注意着他的思想动向。他有必要向计方平汇报自己的想法儿，让他放心，并求得他的理解。可是怎样开口呢？担心出言不当会让计方平感觉难堪，最后装出不在意的样子，谨慎地说道："我喜欢美学和我喜欢哲学有关。美学原本属于哲学，到 18 世纪，才从哲学分化出来，成为一门独立的学科。马克思、恩格斯、列宁、斯大林和毛主席都有关于美学方面的经典论述。毛主席《在延安文艺座谈会上的讲话》就是实践性很强的马克思主义美学方面的经典著作。我们日常的工作、学习、衣食住行，都和美学有关。美学研究不限于民俗小事。它研究的是哲学意义上的美，是艺术地反映社会生活的规律。将来条件具备了，咱们学院的政教、中文、体育、艺术和教育等系，肯定都要开马克思主义美学课。美学和人类活动的所有领域都有关系。就是数学也和美学有关。"

听了古全和的这番话，计方平恍然大悟。他想，既然美学是革命导师们关心的学问，那当然不会是有害的东西，便谦和地问道："那美学是一门儿什么样儿学问呢？"

"美学是研究美的本质、审美的规律、审美的形式和美与艺术的关系等的科学，所以有人说美学是'艺术的哲学'。关于美学的许多问题，学术界观点不一，三言两语说不清楚。"

"哦，还挺深奥嘛！"计方平自言自语。

"您怎么关心起美学来啦？"

"学习学习嘛，和你聊聊，很有收获。"计方平看着古全和，心里踏实了，说着，就站起来说："走，到员工餐厅吃夜宵儿去！那里馄饨、面条儿都有，还有松花蛋和酱猪爪儿呢，我请客。"

"您自己去吧。我再看会儿书。"

计方平走了。古全和久久想着计方平说的话。心里想："多好的老同志！他关心大家的生活和工作，更关心大家的思想。他虚心好学，谦和谨慎，忠心耿耿，满怀善意，他是个好同志，我就应该做他这样的人。"

多年后，古全和从吴月英那里听说，当年就是计方平硬把他从中文系弄到党委机关的，让他遭遇了很多不愉快，但是古全和并不怪他，他知道，他那样做完全是为了党的事业。类似的故事在革命的历程中比比皆是。阶级要解放，民族要独立，总得有人去做那些他不愿意做的事。已经有无数的先辈这样做了，有些人已经为此献出了生命，有许多同志正在这样做，今后也一定会有更多的人继续这样做。

25

计方平走了，但是他的话仍然像父兄的嘱托一样萦绕在古全和的心中，久久不去。闹钟的短针滑过九点，古全和觉得房间里有些憋闷，想到外面去吹吹冷风，散散心。

古全和戴上帽子，走出研究生宿舍楼的南门，来到研究生宿舍楼的北面，就听见从学院北区学生大餐厅那个方向隐约传来的管弦乐合奏的舞曲声。先是低沉的俄罗斯的《马车夫之歌》，接下去是节奏欢快的匈牙利三步舞曲。他想，平时舞会都是在周末，而今天是周日，不知道为什么要在今天举行舞会。几个月来，师生们散布在室内外的工厂农村，四面八方，已经很久没有举行舞会了，他想舞迷们一定都齐集在大餐厅，此刻那里肯定是人山人海，欢声笑语，人声鼎沸。

古全和头脑中残存着男女授受不亲的封建意识，和女生相处，特别谨慎。他也不喜欢某些玩乐，包括跳交谊舞。他甚至连扑克都不玩儿，更不相信下棋会增进智慧。他在院学生会宣传部和进研班联合会工作期间，组织过无数次舞会，每周至少一次。但是他本人很少跳舞。他喜欢中国的武术。现在武术被某些向西方看齐的人看成是中国封建社会留下的旧物，远不如苏联的"乌克兰"时兴。（二十世纪五十年代，中国风行苏联歌舞，其中包括"乌克兰舞"，有人戏称"乌克兰舞"。）武术在体育课里没有地位，偶尔看到的武术表演也大多是舞蹈化了的货色。有些人以西方的标准，评说和取舍中国文化，在他们看来，除去四大发明，中国文化几乎一无是处，连伟大的中国的语言文字也在他们的嘲笑之列，有人以极其憎恶的态度轻浮地说，"中国文字的起源是极野蛮，形状是极奇异，认识是极不便，应用是极不经济，真是又笨又粗，牛鬼蛇神的文字，真是天下第一不方便的器具"。这曾经是中国近百年来少数精英的共识，这股西风，一刮就是百年，至今余威仍在。体育也是这样。今日的中国武术像被阉割了不再具备打斗厮杀的本质功能，它们常常不是出现在竞技场上，而是作为一种舞蹈化了的好看的玩意儿，出现在文艺晚会上。可是古全和仍然喜爱真正的武术，常常在晚自习后到操场上练拳脚儿。在念本科的时候，爱闹事的何成扬不敢招惹他，这也是原因之一。

古全和在操场的一角儿打了一趟黑虎拳，就开始在操场上走圈儿。他喜欢一个人散步，在散步的时候检讨思想，消化功课。这是他多年养成的习惯。他念小学和中学时，家里没有读书写字的地方儿，也没有时间让他念书。直到高中，他才有了一个鸟笼般的"冰洞"和一张借用的写字台。在小学和初中，他的作业基本是在学校里完成的，至今他也没有养成按部就班读书写作业的好习惯。他考过一些期考、年考和会考的第一名，但是从没参加过作业展览。他不是一个规矩学生，更算不上是个文人坯子，文人的志趣他一点儿都没有。现在他上自习仍然是坐坐走走。除去下雨天和大风天，每个晚自习他都到外面散步。他觉得散步时可以随心所欲地思索。他在大学本科和研究班时课堂讨论上用的发言提纲和发言稿儿，几乎全是他在散步的过程中编写的。在散步的时候，他一边回忆课堂的景象，老师的音容笑貌，回忆教学的内容，一面围绕着课堂讨论的题目梳理思路儿，口里念念有词，反复斟酌，经过一个个反复斟酌的过程，一篇条理清晰的发言提纲就成竹在胸了。回到宿舍，匆匆几笔，记录下来就是一篇比较成熟的文稿。他课堂讨论的发言之所以比较精彩，得到老师和同学们的赞许，原因之一在此。

借着宿舍里透射过来的微弱的灯光，古全和看见一个个身影儿在操场的跑道上闪动，有男生，也有女生。他知道他们都没有通过"劳卫制"测验，是在练长跑，准备迎接又一次的测验。从他身边跑过的一些熟悉的学生不断和他打招呼儿。他一圈儿又一圈儿地走着，近两个月来累积在他心头的种种印象油然浮起在他的脑际。他想到了他觉悟的过程和他现在对于共产党的认识。

　　他认识共产党是由近及远、从了解一个个共产党员的英雄事迹开始的。他小学的班主任、地下党员陈昌老师，牺牲在解放战争最后时刻的三姨姥姥家的表叔，浑河镇上的福来哥哥和刘伯伯，山东庄的郑祥麟叔叔和狗儿家婶婶，黑狗大街街长马德安大哥，大白楼的钱松林大哥，市立一中的孙为校长，还有他衷心敬仰的那些先烈如方志敏，杨靖宇等等，都曾经作为一本本活的党章展现在他的眼前，并且铭刻在他的心上，吸引他义无反顾地跻身到他们中间。他在课堂上学习的中国革命史、社会发展史、政治经济学，以及有关党的文件，帮助他从理论上认识了共产党，懂得了共产党的世界观。但是，他在党委机关几个月来的观察和感受向他证实，现实的共产党，和党章里勾画出来的共产党有所不同，就像生活中实际存在的"圆"和几何学中讲的"圆"有所不同一样。神圣的党委机关里也有利欲熏心的小人，党的组织也不是个个儿都纯洁坚强。他认为这是正常的，但是也让他感到有些遗憾。

　　古全和认为物理系党总支就是一个从来都没有解放过的"白区"，或是解放之后形成的"新白区"。他们的党总支书记新某就是一个挂着共产党员招牌的土皇帝。他是大清国的皇族，大房产主，至今仍然在收房租。他的祖父曾经是大清国的一个王爷，伪满洲国皇帝康德的亲属。新某本人曾经是原江城大学社会系的研究生，江城解放的前夕入党。他身材魁梧，营养良好，声音洪亮，霸气十足，两眼无所顾忌地看人，目光像锥子一样直逼对方的眼睛，透着藐视一切的霸气。物理系党总支委员会就是他的小朝廷。党总支开会时，如果没有党委的主要领导在场，新某人多半是半躺在沙发里，两脚搭在面前的茶几上，并且有节奏地抖动着，放肆地夸夸其谈，一副掩饰不住的封建王侯的丑态。古全和认为这是他在旧时养成的恶习。古全和感到难以想象，在无产阶级先锋队里竟有新某——新元太这样的货色，而且还身居要职。古全和认为新某主持的物理系党总支委员会不是共产党，而是新旧世界之间的一个灰色地带。它的旗号是新的，队伍是旧的，权力不属于共产党。古全和曾经气愤地对熊可宽副书记说："物理系的党总支委员会，往好处说，充其量也不过是一个小资产阶级知识分子的俱乐部儿。"熊副书记吃惊地看着他，严肃地批评了他，说他不可以这样评价党的一级组织。古全和明白，党的组织、党的主要领导，在它垮台之前是不可以怀疑的。而这也就是刘青山和张子善这类的人终于堕落、个别党支部、党总支，乃至某个党的县委、市委整个儿在他们烂掉之后才被人们发现的根本原因。

古全和头脑中关于物理系党总支的印象像一片浮云滑过天空，消失了，接着浮现出来的是刚才计老太太的来访。"看来计老太太是来了解我对党小组生活会的反应和我的业余生活的。可是他连美学是什么都不知道，怎么会无缘无故地来和我谈论美学，又为什么要从艰苦朴素和勤俭节约谈起呢？"古全和相信又有人打了他的小报告儿，说他在偷偷地研究美学，而且看起来打小报告儿的人也不懂美学，多半是把美学当成追求梳洗打扮、穿衣戴帽、缺德臭美的资产阶级的东西了。"可是打小报告儿的人是谁呢？"他想不会是蓝秀花。他和蓝秀花谈论过美学，蓝秀花知道什么是美学。他记得前几天江涌来过 401 房间，翻动过他写字台上的那些美学著作和他的学习笔记，还曾鄙夷地说："你，你，你怎么看这些乱七八糟的破烂玩意儿？！"

古全和发现，江涌看起来很老实，他从不叫他的外号，会上会下都称他的全名儿，还常常在他的名字的后面缀上"同志"二字，显得既亲切又尊重，而他却能当面造谣，背地里告他的黑状。古全和不知道江涌为什么要这样对待他。古全和告别学生生活还不满半年，想的就是革命工作。有关个人的职位、级别、待遇这样一些世俗的考虑，他还没有。他在《千字文》《弟子规》和《增广贤文》之类的书里念到过类似"人言可畏""众口铄金"之类的话，但是他现在还不理解它们的真正含义，不知道有些人不喜欢任何完美的东西，不喜欢别人比自己好，即使他们面对的是属于别人的一个精美完好的瓷碗，都会嫉妒得难以忍受，只有把它打碎，或是把它弄残，他才会感到满足和舒畅。古全和现在还不知道，说话办事要考虑对象、场合和分寸，考虑个人的利害得失。他只想说他该说的话，干领导交给他的事情，坚持真理，主持正义。他十几年的学生生活他就是这样度过的。对他说来，人生还有太多的未知数儿。

可是江涌这样的人就不同了，他们心中的生活不再是英雄主义，不再是多彩的梦。他追逐的就是更高的级别和职位，能够挣到更多的钱，吃得更好，穿得更好，住得更好，站在人前更体面。如果有谁妨碍他得到这一切，即使对方无意，他也会像打碎和弄残那个无罪的瓷碗一样把他"弄残"，搞臭。而且他的欲望是无限的。

26

谈思想进步都会联系到家庭出身。出身劳动人民家庭的人要谈他如何
提高阶级觉悟和政治认识，保持劳动人民的本色；出身非劳动人民家庭的
人要谈他如何脱胎换骨改造思想，和剥削阶级家庭划清政治思想界限，站
到无产阶级和劳动人民一边来。但是江涌是个例外，关于他的家世，从时
间上说，他只说到土地改革；从家族辈分说，他只说到他的养父雇农王老
六。谈个人历史，他只说他在 1948 年支前时火线入党，再就是他曾经在
浑河镇区政府当过通信员，人称"区爪子"，再后来就谈他被先后保送县
立一中、吴城师范学院，毕业后留校，先后在校部几个科室工作，直到随
爱人仉明珮调来江城。但是他不谈他的生父、祖父、曾祖父，不谈他实际
上是在富裕中农乃至富农的生活环境中长大成人，不谈他怎样入党，怎样
因骗婚暴露而被迫离开吴城师范学院，不谈他的真实思想。经过这样严格
的选择和巧妙的组合，他的家庭出身和个人历史就干干净净，闪烁着红小
鬼和少年英雄的光彩了。

其实，江涌的家庭成分和个人经历并不这样简单。他祖籍安徽亳州，
他曾祖父因经商失利，无颜返回老家而落户山东昌邑，在昌邑经营过纺织
业，但是也并不成功。江涌的曾祖父死后，他祖父被迫带领全家流落关
外，多年后，混阔啦，又带领一家返回山东，但是他们没有再回昌邑，而
是到离昌邑县城几十里外的浑河镇兴建宅院，置办田地，成了浑河镇上一
个暴发的富户。当年浑河镇上曾经有人怀疑他们一家来路儿不正，可能是
靠着当土匪或是贩烟土发了横财。后来没发现他们有什么异常，也就不在
注意他们了。

江涌的父亲早逝，他由寡母一手抚养成人。1948 年土地改革时他家
还有好地 28 亩半，大车一挂，长年雇工一人，在当地算得上是个小富户，
按土地改革的政策应划为富裕中农或是富农成分。但因他娘在解放前夕公
开下嫁给他家的长工王老六，他家的人口从两人变成三人，王老六又是土
改时的镇贫协负责人，他家就落了个贫农成分。

　　江涌不爱学习，念过十年书，勉强小学毕业，16 岁那年因为偶然参加过一次支前工作，回乡后又被留在镇政府做通讯员，入了党，后被以"思想进步"保送县立一中学习，1953 年中学毕业，又被保送山东吴城师范专科学校——后升格儿为吴城师范学院中文科，毕业后留校，先后在院房产科、人事科工作，最后落实到学生科，在学生科工作期间，认识了他现在的妻子仇明珮，并对她产生好感。

　　仇明珮祖籍山东吴城，出生在江城，小学和初中都是在老家江城念的。初中毕业后，她父亲特地把她转到远近闻名的全国教育大县吴城县第一中学学习，高中毕业后考入吴城师范学院的中文系本科。她是个容貌姣好、身材苗条、性情爽直的山东—东北姑娘。而江涌双肩高耸，细腿伶仃，蟹壳儿瘦脸无肉，长相儿奇特，和仇明珮门不当，户不对。但那是个崇尚政治进步，重视家庭出身，崇拜英雄的时代。江涌家庭出身好，有"少年英雄"的故事好讲，是党员干部。他的这些条件足以和仇明珮家的高成分、她本人的高学历和好容貌构成带有时代特征的综合性质的相对平衡，门当户对。江涌谎称领导正在考虑提拔他做学生科长，并请他的一些朋友出来帮他诓骗仇明珮，证实江涌的谎言，江涌甚至许诺让仇明珮毕业后留校任教。仇明珮相信了他的话，在毕业前夕，贸然把她和江涌的交往作为恋爱关系填进了《毕业生登记表》。而结果她并没有留校。她本来可以回母校吴城一中任教。但是学院负责毕业生分配人员，出于避嫌的考虑，特地临时把她分配到吴城偏远郊区的一个叫作三十里堡的镇店，到那里的一所新办的初级中学任教。仇明佩为这件事和江涌大闹一场。可是《毕业生登记表》是她自己填写的，江涌也已指使他的朋友们把她和江涌是未婚夫妻关系的"事实"张扬得全院无人不知。中国有男人可以有三妻四妾的传统，而女人是不可以朝三暮四的。仇明珮有苦说不出，只好怀着懊丧的心情和江涌结婚。1957 年整风鸣放期间，几个曾经仰慕和追求过仇明珮的学生，为仇明珮鸣不平，返校把江涌骗婚的丑事写成大字报捅出来，在吴城师院引起轩然大波，给当时处境艰难的学院领导造成了很大的麻烦，引起他们对江涌的不满。好在反右派斗争接踵而至，有人说那些揭发江涌的学生是别有用心，是在借机攻击党的领导，用这顶大帽子把那件事情生生地给压了下去。但是江涌在领导和群众心里的形象却大打折扣。上当受骗、悔恨沮丧的仇明珮对江涌更加厌恶，几经思想斗争，决心和他分手。在整风的整改阶段，她以父母年老多病需要照顾为由，要求调回江城。学院领导立刻表示同意。江涌看出仉明珮是想利用工作调动之机把他甩掉，也觉得他在吴城师范学院已经丧失了继续发展的可能，担心领导会因此而对他进行审查，牵扯出他在家庭成分和入党方面的问题，也想趁机换个地方，甩点这段历史，便请求领导同意他和仉明珮一起去江城工作。学院领导正想甩掉他这个包袱，立即同意了江涌的申请。仉明珮回到江城后，被分配到她的母校江城市立女中任教。江涌以自己曾经在高等师范院工作过为由，请求去东湖师范学院。当时东湖师范学院专职政工干部缺编，他又有在大学里工作的经历，就把他分配到东湖师范学院党委机关了。

仉明珮有"夫荣妻贵"的老思想，而她从山东老家带回来的女婿却是一个无官无财的丑男人，无颜让他面见自己的亲朋好友。可是既嫁中山狼，又能怎么样？"好马不配双鞍，好女不嫁二郎"，想"打八刀"又怕丢人，而且自己已有身孕，只能"嫁鸡随鸡，嫁狗随狗"。仉明珮在痛悔、羞愧之余就想出了一个摆脱困境的办法，那就是由她承担全部家务，让江涌准备报考东湖师范学院的研究生。她听说，研究生毕业后百分百留高校工作。若是江涌能当上个大学教师，她的头也就能抬起来了。可是江涌根本不是块念书的料，他视读书如下地狱，而且他看重的是职级和工资，而并不把脸面和学问当成一回事儿，更不甘听老婆摆布。仉明珮在失望之余，心中再次萌生了和他分手的念头。

江涌进入远比吴城师范学院层次高得多的副部级的东湖师范学院，心中窃喜，颇有"塞翁失马"之感。但是妻子的冷眼，人地生疏，前途渺茫，又让他感到灰心。他开始注意周围的环境，寻求自己的出路。计方平在一次部务会议上半认真半玩笑地笑嘻嘻地称他是"解放战争时期入党的年轻的老同志"，党团直属党支部书记指定他当临时党小组长，这些偶然的事情，引燃了他心中的野火。他发现，在宣传部，要论年龄和工龄，他仅次于计方平，而且他是火线入党，身上有一抹儿英雄色彩，而宣传部副部长的位子现在空缺，他认为这对他是个机会。他相信现在有些人爱说的一句话："不怕做不到，就怕想不到。"可是他发现这里的党委机关和吴城师院有些不同。吴城师范学院的机关干部大多出身好、党龄长、学历低，而师范学院宣传部的干部几乎都是大学本科毕业生，还有研究生，因此单凭学历他不容易出头露面。不过他想，没有几个领导干部重视学历，而且这里的干部多是新党员，家庭出身不好的多，而他在这些方面有优势，他还有别人没有的"红小鬼""区爪子"的光荣革命历史，宣传部要提拔干部，他也应该是个选择的对象。想到这里，他心中又涌起了希望。在经过一段时间的观察思考之后，他发现他的竞争对手有两个。一个是齐苋芬。她有大学本科的学历，行政上和他平级，她丈夫是高干，但是她出身不好，入党晚，人缘儿不济，经常不上班。不在职的干部一般是不提拔职级的。她对他不构成现实的威胁。另一个是古全和。他是全院的知名人物儿，现在正红，在家庭出身、个人历史、学历和能力，以及政治表现方面，都不逊于他，要按常规，讲论资排辈儿提拔干部，他比古全和有优势；而要是讲破格提拔干部，那古全和就有优势。他很担心古全和会捷足先登，抢占宣传部副部长这个位子，因为现在反右派斗争刚过，正是破格提拔干部的时机，而古全和又正是破格提拔的首选对象，连党委书记步行健都常常表扬他。

　　想到这些，江涌的情绪又开始消沉。不过他想到古全和刚刚转正不久，还在试用期，就是破格提拔，也不会把一个只有一两年党龄、处在试用期的人提拔到副处级领导的岗位上，更何况在破格提拔干部的问题上，领导内部不可能没有争论，所以他又认为古全和被破格儿提拔的可能性不大。他认为，只要宣传部副部长的位子空着，他就有机会。再说，古全和的纯洁无瑕和英雄色彩也是暂时的。古全和现在政治上没有包袱，和周围的人没有矛盾，可是随着时间的推进，优势会慢慢地消失，他的问题会渐渐积累起来。到那时，在选择干部的紧急关头，自己再抛出几个让古全和说不清道不明的"问题"，就能把他堵在提升的半路上。江涌打定了这个主意，就开始全神贯注地盯着古全和，留心积累他的失误，并及时汇报给计方平。他相信，只要有心，不怕找不到对手的问题。而且问题不论大小，也不管是不是鸡毛蒜皮，只要是问题，就有用处。图画是一笔一笔地画出来的；人是一笔一笔地抹黑的。江涌决心利用一切机会，不断地在领导的耳朵根子上嘀嘀，在群众中散布。他相信，时间长了，"鸡毛蒜皮"就能变成大刀长矛，领导和群众对古全和的看法儿就会改变。古全和不香了，自己提升职级的机会就到来了。他想："机会总是会有的，当年俺能在火线上入党，凭的不就是抓住了那个机会吗？"

除了计方平，没有人想到在江涌平庸的躯壳儿里包含着这样大的野心。

古全和不见于医学经典、独出心裁的"闹钟疗法"的效果日见明显。他贪睡的毛病有所减轻，记忆力在慢慢地恢复，头脑渐渐地清晰起来，对于周围的感觉不再那么混混沌沌，朦朦胧胧，康复信心大增。不过他仍然感觉容易疲劳，贪睡，早晨和午休偶尔还有睡过的时候。

党委的工作随着社会政治形势的变化而变化，不分日夜，不分平时与节假日，有时节假日比平时更忙。古全和在党委工作的后果之一，就是他没有养成一般教职员节假日的观念，节假日他照常工作，有些文稿就是他在元旦或大年初一动笔写的。古全和除联系物理、中文和俄语系、分管包括预定周末和节假日的电影、组织节假日文娱活动、指导学院学生文工团和美工宣传队等的群众文化活动，分工负责学院的广播宣传工作外，还不时配合院卫生科开展慢病快治气功疗法儿等突击任务，所以他比宣传部其他的人更忙。一些老同学路过江城，特地回到学校来看望他，他也只能陪伴他们到往日大家一起去过的净月湖、黑松林、乌鸡山等风景区旧地重游，参观本市新起的标志性建筑，到方便居去吃顿饭，回忆一番往日同窗们一起学习玩乐时的趣事，彼此通报一番各自工作、学习和生活的情况，为走运的同窗高兴，为遭遇不幸的同窗唏嘘，然后匆匆分手。

可能是由于古全和的党性增强了，也可能是由于他无可奈何，反正他的心思是渐渐地落实到党委的工作上来了，他初来党委机关时的那种"误入歧途"的感觉渐渐地淡漠下来，好像他真的是愿意做一个计方平同志所说的"职业革命家"了。不过，他的情绪仍然不太稳定，思想上仍然有矛盾，生活仍然不习惯，觉得党委机关同事之间的关系和同学关系太不一样。学生时代，无论是参加课堂讨论，还是做社会工作，有什么见解大都可以像解答数学题一样地说出来。可是在党委机关不能这样。他感觉在党委机关，表面上大家一团和气，人人高唱马列主义，而事实上大家并不都姓"马"，个别的人入党奔的就是一份好工作，一个饭碗，说话办事考虑的就是怎样对自己有利。在学生中基本上没有阴谋家和野心家活动的市场。对于一个学生说来，只要他为人正派，学习努力，成绩优异，尊敬老师，爱护同学，办事公道，就会得到大家的信任和尊重，大家就会称赞他。如果他有能力，又愿意为大家办事，在正常情况下，大家就会选他当组长，班长等等的干部。学生之间有嫉妒，但是因嫉妒而加害别人的事例并不多。在一般情况下，没有谁想打倒谁，也没有谁能够打倒谁。那里基本上是"1＋2＝3"的世界。而在党委机关，有人言不由衷是常见的现象，"1＋2"的结果经常是个未知数。古全和甚至发现，这里有的人好像能够信仰任何主义，拥护任何领导，只要能带来好处。古全和非常重视汇报制度，并对汇报制度有了新的看法儿。汇报制度本来是一种保证个人和组织的联系、保证组织了解社会民情的一种科学的制度。可是近来他发现，有些人正在利用汇报制度嘀咕人，以达到个人的目的，把汇报制度变成让人感到恐惧和不安的东西。他感觉江涌和蓝秀花就正在盯着他的脚后跟，窥视他的思想和言行，寻找他的"问题"，打他的小报告儿。他不得不像防贼一样地防着他们。想到这些，他感到有些厌烦，不得不横着身子，有所防范，头脑中偶尔会闪现出请求调离党委机关，换个地方儿工作的念头。但是他也想，说不定其他的单位也是这样。

28

古全和没有理睬江涌在党的生活会上对他的所谓批评，改变自己的工作方法儿，而是照旧经常不坐办公室。他认为党的思想政治工作不在办公室，不在会议上，而是在群众学习、工作和生活的地方。他还先后住过物理、中文和俄语系的学生宿舍，返回到学生食堂用饭，即使江涌背地里非议他去学生灶吃饭图的是占学生伙食补贴的便宜，他也不予理睬。

这天是 9 月 21 日，佟金凤去北京听有关领导关于国际形势的报告，说好由古全和到宣传部办公室替她值班。古全和上班的时候在楼道里碰见提前上班来搞卫生的阎一松。阎一松说有古全和的电报，就放在他的桌子上，让他赶紧去看看。

古全和听说有他的电报，心情立刻紧张起来。他害怕收到电报，因为给他发电报的只能是他的爹娘和舅舅，而电报带给他的一定是坏消息，不是他爹病重，就是他娘病重，甚至是两人都病倒了。

古全和慌忙跑回办公室，拿起搁在他办公桌上的电报，抽出电报纸，见那上面有几个可能是译电员写得工整淡雅的软铅笔字："母病危，速归。父字。"古全和的头立刻就大了，相信他娘的病情很严重，想到他不能再见他娘一面，忍不住伤心得流下了眼泪，心想，要是他在青岛或是烟台工作，就不会遭遇这种事情了。从古全和懂事儿的时候起，就不喜欢听娘的话，他的想法儿也常常和他娘不一样。1945 年东北光复的那会儿，因为娘赶着他到日本人留下的仓库里去抢东西，他和娘闹过一阵子别扭。解放初，他娘坚持要他去学徒，差一点儿断送了他的前途，也让他很不愉快。可是他明白，他娘那都是为他好。现在，当他娘的生命垂危的时候，他是多么害怕她会有个三长两短啊！想到自己进入高中以后，他陪伴爹娘说话的时间太少，大学四年和研究生两年不在爹娘的身边，只在 1956 年夏天本科毕业，参加过研究生入学考试过后，在等待毕业分配和研究生考试结果的时候，回过一次老家，在家里住了 22 天。从那以后他又有两年多没有见过爹娘了。他记得 1956 年秋天他返校前头一天的晚上，娘曾经像孩子一般可怜巴巴地试探着恳求他说："根儿啊，你不能再多在家里住几天吗？……一天也不行吗？"那时他不懂老娘的心，只想赶紧返回学校，迎接来自全国各地的研究生新同学，而没能满足她娘的这个微不足道的愿望，此刻回想起来，他非常后悔。"那会儿我为什么就不能多在家里住几天呢?！难道工作真的那么重要吗?！接待新同学的事会有别人去干吗!"现在他决定立刻向领导请假，赶回古家庄，争取和老娘见上最后一面！

"怎么啦?"阎一松见古全和眼睛通红，满脸泪水，关切地问道。

古全和把电报递给阎一松。阎一松急切地说道："赶紧走！老计那里我去说!"

从三棵树到济南的特快列车路经本市。古全和必须在这趟列车到来之前，交代好工作，做好离开学校的准备，赶到江城火车站。他在给老计的留言里一一说明了他负责的国庆筹备工作，然后又跑步赶到修建科，向木工、铁工和油漆工师傅们交代了有关国庆仪仗制作的要求和注意事项，接着就跑回宿舍，抓上一件外衣，提上挎包，匆匆离开房间，朝大礼堂赶去。

今年是新中国建国的第 10 个年头儿，是新中国的头一个大庆，国庆筹备活动早在国际劳动节之后就开始了。游行用的仪仗的设计和制作，群众游行队伍的编排和操演，文艺节目的编写和排练，一齐上马。代表宣传部参加国庆筹备工作的仍然是古全和，于是他就又不分日夜地忙碌起来。

今天中午院文工团合唱团和乐团在大礼堂联合彩排准备在国庆节演出的《黄河大合唱》，说好由他到场审查。他来不及到学院商店去给爹娘买礼品，来不及吃饭，一口气儿赶到学院大礼堂。二百多人的合唱团和乐团已各就各位，正等在那里。古全和一到，彩排立刻开始。

古全和手上抓着一件制服外衣，站在舞台前，观看了《黄河大合唱》的彩排。然后高声对大家说："同学们，大家平时排练付出了辛劳和汗水，今天的排练特别用心，比较好地表现了《黄河大合唱》的丰富内容。国庆节正式演出，效果一定会更好！不多说了！我有急事要离开这里，祝大家节日演出成功！"

古全和是凭站台票上跳上火车的。他刚登上车厢，车轮就缓缓地转动起来。

当天夜里，他在济南转乘胶济路的火车，第二天蒙蒙亮，在潍坊站下车，准备换长途汽车直奔浑河镇。他感到心慌，浑身无力，忽然想到，他从昨天上午到现在，一直没有吃过东西，就赶紧走进潍坊火车站前的一幢独立的红砖平房。那里是一家有名的生煎包子铺。店里用饭的人很多。他坐在包子铺靠近门口儿的一张漆成暗红色的八仙桌前，梦游般地要了一斤生煎包子，一碗大米绿豆稀粥，一小碟儿胡萝卜咸菜丝儿和一头大蒜。心里惦记着老娘，嘴里不知道是什么滋味儿。他期望老娘平安，却不时有不祥的念头在他的心中浮现。吃过几个包子，觉得心不慌了，才注意到有几只小手儿伸在他的眼前。他发现他的对面站着几个五六岁的脏兮兮的孩子，有男孩儿，也有女孩儿，个个面无表情，不说话，也不像旧社会的乞丐那样呼爷爷叫奶奶地乞求施舍，而只是呆呆地把手伸向他，目不转睛地盯着他面前盘子里的那些包子。他开始清醒，看看周围，发现周围的有些饭桌儿前也有这样的孩子，即使吃饭的人呵斥他们，他们也不离开。潍坊是胶济路上的一个大站，这里有这样多的乞儿让古全和感到惊讶和不解。他想，"今年农业大丰收，怎么会有这么多要饭的孩子呢?!"他想过这可能是敌对分子蒙骗一些小孩子出来制造麻烦，丑化大跃进的大好形势。但是他立刻就否定了这种想法儿。他想："谁有本事组织这么多的小孩子出来搞政治破坏?"转念又想，也许这里情况特殊，在解放战争中，潍坊战役是一次重要的攻坚战，打得很惨烈，潍坊老县城的城墙上弹痕累累，大批的国民党军队被消灭在这里，到处能见到他们丢下的军犬，所以残留在这里的国民党的散兵游勇肯定不少，是不是他们在搞破坏?他想也不会。解放十多年了，经过镇反、肃反、反右派斗争，那些国民党的党团宪兵特务、散兵游勇也会转变，即使有人顽固不化，他们也不敢公然和人民政府为敌。古全和也想过可能是由于这里特殊，农业歉收。可是，他想，报纸和电台都说今年山东农业大丰收呀。那到底是为什么呢?他找不到满意的答案。当他看清孩子们干涩的小脸儿和瘦弱的身子的时候，他确信孩子们真的是在挨饿，禁不住眼睛发酸。他有过挨饿的痛苦经历啊。不过这样凄惨的景象他已有多年不见了!他把盘子里的包子，一个不留地分发给孩子，带着深深的疑问，起身离开包子铺，直奔长途汽车站。

山东胶东的公路，宽阔平整，保养上乘，全国有名。马力强劲的长途汽车飞驰在平整如镜的烟潍公路上，轻轻摇曳，有如摇篮，使人产生睡意。而古全和一昼夜没有合过眼，吃的东西也不多，但是此刻他却毫无睡意，也不再感到饥饿。那些孩子们的影像一直停留在他的眼前，挥之不去，想到他们他心里就难过。他确信，他们是饥饿的一群，这里肯定是发生了他想象不到的事情。但是，那会是什么呢?他不知道，也想象不出来。

汽车在宽阔平坦的公路上飞奔。深秋的田野从车窗旁边飞快地闪过。家乡的景物让古全和感到亲切。他虽然八岁离家，在外地长大成人，可是他从没忘记过自己的家乡，并且以自己是山东人而感到骄傲。说相声儿的人，在表现诚朴、无知、傻气和"老杆"的时候，常常模仿山东腔儿，拿山东人当笑料儿，但是这丝毫没有改变他对家乡的热爱。家乡是产生了世界级文化巨匠孔子、孟子、墨子、孙子和王羲之等的地方，家乡人的忠厚、仁义、善良、勇敢、勤劳、简朴，总让他感到骄傲。即使看体育比赛，只要对手不是国家队和解放军队，他也总是希望山东队打赢。往常乘车回家，同行的乡亲们喜欢叽叽嘎嘎地说笑，他也忍不住爱用家乡话和他们交谈，而此刻车里鸦雀无声，人们不说也不笑，好像个个都有心事。

古全和怕不能再和他娘见上一面，而那些脏兮兮的孩子的影像冲淡了他的这种恐惧的心情。他一再想，"报纸上天天说经济形势大好，吃饭不要钱，可是这里却有这么多的孩子在乞讨！为什么会这样？报纸的记者和编辑为什么要说假话？这些事情都是怎样发生的？"一路上，他一再向自己提出这同一个问题，而答案却是没有的。他相信面前的一切是真实的，但是他想不出这是怎样造成的。他有被蒙在鼓里的那样一种苦闷难耐的感觉。

古全和在他熟悉的浑河镇下了汽车。他曾经在这里念过几天书，这里有他的同学和老师，有他许多童年的记忆，1956年夏天，他路过这里时，就曾经去看望过他的班主任解玉环老师。可是现在他没有这样的心情，恨不能插上翅膀儿飞到他娘的身边！

从浑河镇到古家庄有40华里的路程。平时这里有"二等"，出几块钱，雇个"二等"，几十分钟就能到家。可是现在这里什么交通工具都没有，听说"二等"们都被强行派遣到外地修水利去了。古全和不得不步行往古家庄赶。

往年的此时，田野里一片欢腾，到处是大呼小叫地张罗着刨地瓜、收花生的人们。而如今地里空空荡荡，没有人，也没有庄稼，有的是远处近处的一个个方圆不一、大小不等的土堆。他记得秦始皇墓残存在地面上的建筑是个长方形的巨大的大土丘，但是面前的这些土丘不像坟墓，因为个人的坟墓没有这么大，这里也不兴圆形以外的坟墓。而且如果不是突发的灾害，也不可能有这么多的人同时死去。他很想亲自走到近前去考察一番，可是他不敢停留，他惦记着他病危中的老娘！

在乡间的土路上，不时有车马来往。一辆缓慢行进的骡马胶轮大车，一度和古全和并行。车上装的是煤炭。赶车的是一老一少。老人坐在车夫的位子上，小伙子走在大车的旁边。两个人都无精打采，沉默不语。

"老乡，你们这是从哪里来？"古全和问道。

"坊子。"年轻人毫无表情地答道。

“到哪去？”

“田庄。”年轻人爱答不理地说。

古全和从年轻人的谈话中得知：这里实行男女青壮年劳力的远距离的大调动。把甲地的劳力调到乙地，乙地的劳力调到丙地，丙地的劳力调到甲地，据说目的是开阔农民的眼界，克服和淡化他们的乡土观念，集中劳力干大工程。古全和想：“这不是瞎折腾吗？！会给老百姓增加多大的负担，给国家造成多大的浪费！为什么要这样干？！”

路旁有一匹残缺不全的死马。它的身上麇集着成片的懒洋洋的红头绿豆蝇，有成群的乌鸦在那里飞起落下，窥视着路上来往的行人，小心翼翼地啄食牲口身上的腐肉。

古全和指指那匹死马说：“怎么牲口死了也没有人管呀？”

“活人都没有人管，谁还去管那些死牲口啊！”年轻人愤愤地说。

老人瞪了年轻人一眼，怒气冲冲地说道：“怎么，你是怕把你当哑巴卖啦？！”

古全和忧心忡忡地说道：“大牲口死得多吗？”

“不少，估计有三四成吧。”年轻人说，然后指指车上的辕马继续说，“你看见了吧，活着的也磕打成这个样子了。人民公社化了，牲口归了大堆儿，没有人疼，没有人爱，没有专人喂，人都没法儿活了，谁还管它们的肥瘦死活呀！”

“死了这么多的大牲口，以后的日子怎么过呀！”古全和关切地说。

“说什么以后啊，现在就没法儿过啦！”老人终于忍不住，愤愤地插话。

年轻人微笑着看看老人，好像在说：“看来你老人家也不想当哑巴呀。”

古全和相信他看到的是这里的真实的生活。

古全和满怀愁苦地自言自语道：“大牲口没了，怎么耕地呀。”

老人愤怒地大声嚷道：“哪怕什么呀？咱们有的是大活人呀，把老婆孩子都套上当牲口使唤嘛！”然后不顾一切地破口大骂：“奶奶的，这不明明是在折腾老百姓吗？！是谁这样胡来？！老人家知道不知道？！他为什么不出来管管这些败家子呀！”

运煤的铁轮大车沿着去田庄镇的大道赶去。古全和跟那一老一小分手后，就离开通往田庄的大道，朝东拐上越过高家庄的庄南，通往古家庄的田间小路儿。他发现，路上和地里到处都散落着零零散散的花生。他从没有见过这样的情景。他记得，小的时候，在地里的花生收过之后，就有成群结队的孩子拥进花生地，去拾那些没有收干净的花生，然后再用小镐头翻动土地，去寻找那些残留在地里的花生，当地把这叫作"盗花生"。收过和"盗"过的花生地里，几乎就没有花生了。而现在连路上都到处是花生，这是为什么？人们为什么不把好不容易种出来的花生收拾干净呢？有什么事情比收秋更要紧呀？

古全和继续往前走，远处地里的一个个不规则的大土堆再次引起他的注意。他想："这里面到底埋的是些什么东西？"好奇心终于诱使他离开小路儿，走向较近的一个大土堆。离大土堆十几步远就闻到一股子苦瘆瘆的坏地瓜刺鼻的气味儿了。他屏息走近大土堆，用手扒开薄薄的土层，发现里面埋的就是地瓜，而且已经开始腐烂！他的心情不禁沉重起来。他想，把成千上万斤的地瓜埋在一起，这不明明是在沤粪吗！用不了多久它们就会烂成一堆臭泥！一年的辛苦就又交回给大地了。而地瓜可以生吃、熟吃、煮粥、烙饼、擀面条儿、包包子，都离不开它，它是这里老百姓多半年的口粮，糟蹋了这么多地瓜到时候叫老百姓吃什么！那不是要挨饿吗！这是严重的犯罪呀！

从潍坊下火车，一路上的见闻，一次次地冲淡着古全和对老娘安危的关切。此刻他走在高家庄南面的小路儿上，心思全部转移到他老娘的身上，不由地加快了脚步，最后竟跑起来。这里离古家庄只有两三里路，几分钟就跑到了古家庄。他气喘吁吁地跨过古家庄西北角儿上的那座小石桥儿。忽然心中一愣，停住了脚步，发现这里不像古家庄。他想，为什么小石桥儿前面是一块空地？那里原本有一座有着高大青砖围墙、有正殿和偏殿的古老的大庙呀。在大庙的东南角儿的钟楼的旁边还有一棵高大繁茂的千年古槐呢。它们都哪儿去了？他四处张望，远近到处是光秃秃的，庄前的那一大片高大茂密的杨树林，孙春杨后天井里的那两棵参天的白杨树也都不见了。他怀疑自己在慌乱中走错了方向，因为庄后有石桥的不只是古家庄一个。他站在小石桥儿上，犹疑片刻，然后静下心来，前后左右巡视着，他看到，从这里看，西北方是高家庄，东北方是傅家庄，傅家庄后面是姜家庄，从这里朝西南看是小古家庄儿，朝东南看是白家庄……他确信，这里就是古家庄！他怀着恍惚烦乱的心情走进他仅只别过短短两年的古家庄。街上没有人，一个人也没有。也没有平时此刻到处随时都能见到的鸡和狗。一只鸡、一条狗都没有。天已经傍晌，往常此刻到处是妇女们赶做晌午饭而拉动木制风箱的呱嗒声。可是现在这里周围静悄悄的，既没有风箱声，也不见村庄上空平时此刻到处都是的袅袅的炊烟。

古全和怀着苦闷疑惑的心情朝自己家的方向走去，头脑里忽然又浮起无数的问号：潍坊包子铺里讨饭的孩子，倒在路旁没有人理睬的死去的马，马的尸体上空成群飞舞着的乌鸦，他和一老一少的对话，烂在地里的地瓜，散落在地上的花生，消失了的杨树林和大庙，可怕的寂静……这一切让他有一种天翻地覆的沉重感觉。他在原来大庙和关帝庙前的丁字路口停住脚步，朝着古家庄西头儿那条南北向的街道往南望去，他发现，除开不见了庄南的那大片的树林，一切都照旧。街道两旁依然是从他记事的时候起，几十年不曾变过的一幢幢草房，依然只是在街道的南头儿有一处高大的砖瓦房，那是古天琦老爷爷的产业，古家庄小学就曾经设在那里。他站在被拆除了的关帝庙的残留的基座儿上朝东望去，看得见的也只有在半截子街的尽头儿的孙春杨和王文举两家地主的高高的砖瓦老宅，其余的也全是草房。1942 年他离开家乡的时候是这样，1956 年夏天他回来看望爹娘的时候是这样，现在依然是这样。在此期间，古家庄生长出整整一代人。他不禁想道："建设新生活是艰难的，也许要经过许多代人的奋斗。"目睹眼前的景象，他心里感到有点儿异样儿。是失望？是惭愧？是不满？他说不清楚，也许只是困惑，反正觉得有什么不对劲儿的地方儿。

古全和顺着古家庄的后街朝东走，然后拐进他家所在的那条无名的小胡同儿。在路过他叔叔留下的北屋的时候，他听见里面有女人放肆的说笑声，闻到一股子饭香，见屋顶上有一缕淡淡的炊烟，猜想有谁住进了叔叔留下的房子。他快步走过叔叔家的门前，站到自己的家门口。单扇的白板木门是合着的，他迟迟不敢上前叫门，希望里面能传出来一点什么动静来。他知道爹不喜欢养狗，可是娘喜欢养猪养鸡啊，家里总不会什么都不养吧？为什么里面一点儿动静儿都没有呢？他战战兢兢地向前敲门，发现门是虚掩着的。他轻轻推开门，走进天井。天井里很凌乱，没有鸡，没有猪，也没有狗，只有几只麻雀儿带着它们晚生的儿女们在梧桐树上叽叽喳喳地跳来跳去。他想他们是在演练求生的本领呢。

"娘！"他站在堂屋门口儿嘶哑地叫了一声。屋里没有人答应。他有些害怕，心立刻揪起来。他小心地走进堂屋，发现东面灶上的那口铁锅不见了，现在那里是一个让人看了感到凄凉的大黑窟窿。但是西面的锅灶还在，上面盖着锅盖，不过锅盖上面落满灰尘，表明它也有些日子不用了。他习惯地走进爹娘住的西屋，见他娘蒙头躺在炕上。长长地出了一口气，心里一块石头落了地。

"娘！"他在娘的耳边低声叫道。

秀姑缓慢地掀开被头，睁开眼睛，朝古全和站的方向瞅了好一会儿，然后惊叫道："根儿啊?! 俺的儿啊，你可回来了！"秀姑张大眼睛，惊喜地看着她日夜思念的儿子，哭了。

"您别哭，我这不是回来了吗？俺爹呢？"

"到庄南的埠上打石头去了。"秀姑说着就要坐起来。

"别动！"古全和给他娘盖好被子，同时问道："打石头干什么？"

"听说是炼钢用。"

古全和记得炼钢要加石英石。

"娘，咱家东边灶上的锅呢？"

"叫那些混账东西揭走了！"秀姑气愤地说，透着她对于某些人的不满。

古全和说："您是说让干部们揭走啦？他们揭人家的饭锅干什么？"

秀姑气愤地说："说是拿去炼钢，谁知道他们弄去是干什么。"

古全和摇摇头，觉得为了炼钢去揭老百姓的饭锅，这种做法儿很荒唐。在古家庄，揭人家的饭锅意思是不让人家过了，是一种不可饶恕的罪恶，而且饭锅并不是废铁。他说："娘，您歇着，我去把俺爹找回来。俺爹在哪儿？"

"听说是在南面的埠上。就是你小的时候去赶过庙会的那个地方儿。"

"记得，那里有一座红墙大庙，周围长着大片的马尾松。"

"这会儿大庙没啦，马尾松也没啦。"

"您放心，我能找到俺爹。"

秀姑嘱咐儿子说："少说话！这会儿的干部个个儿都像凶神恶煞，无事生非，什么坏事都干，和解放前国民党那会儿的保甲长没有什么两样儿，打人、骂人、抓人、捆人、关人是他们的家常便饭。区里的王副部长，是个老八路，打过日本鬼子，打过老蒋，打过美国鬼子，受过好多伤，立过功，人也和气，见人不笑不说话，两次在咱家吃过派饭，俺做什么，他就吃什么，从来不说咸啊淡的，总夸俺做的饭菜好吃。前几天他被人家拔了'白旗'①。听说是因为他不同意说一亩地一年能打三千斤粮食。谁知道是怎么回事儿！……这会儿他被弄到水利上挖河去啦。那里的活儿很苦，吃的也不好。他身上有伤，俺和你爹都很惦记着他。这个年头儿，有些人转眼之间就变得不说人话，不办人事儿了！这是怎么了啊！"

"您放心，我知道怎么做，不会惹事儿。"

古全和走出家门，顺着古家庄的前街往西走，几步路后往南拐。过去，在夏秋时节，有庄前茂密的树林遮挡，从这里看不见南边的田庄和田庄西边埠上的大庙和马尾松林。现在庄前的树林没有了，庄南无数的老坟也都平掉了，抬头就能看见南面埠上的景象。那里的大庙没有了，大片的马尾松林也没有了，有的是烟雾之下的一个个凌乱地矗立在那里的碉堡一样的东西。古全和见识过那种东西，知道那就是被记者们描写得神乎其神的小高炉。他想，师范学院校园里的炼钢失败了，难道这里的小高炉会有特殊之处，能炼出钢来？他不相信。不过眼见为实，他仍然想看个究竟，于是就加快了脚步，直奔南面的高地。

高地的下面到处是一个个砸石头的小摊子，老远就能听见铁锤敲打石块噼里啪啦的声音。砸石头的大都是中老年人，每人一摊儿，没有人说

---

① 拔白旗：指由于所谓政治上保守、右倾等原因而被批判撤职、变相劳改等，当时叫作"拔白旗"。与此相对应的是"插红旗"。"红旗"大多插到那些能吹大牛的人的头上。

笑，都在机械地敲打着面前的石头。砸好的石块儿像核桃般大小，堆放在每个人的面前，看样子是有定额，计量的。古全和注意到，人群里有古家庄的人，而更多的是他不熟悉的面孔。他想起了他在路上碰见的那一老一小儿，想到了他们关于劳力胡乱调动的说法儿，估计其中有外来的人。

往常古全和回来，叔叔大爷、大娘婶子、哥哥嫂嫂、兄弟姊妹们见了都主动和他打招呼儿，问长问短，有说有笑，而今天他们好像都有心事，没有谁大大方方地看他一眼，有的对他点点头儿，算是打招呼儿，更多的是不理不睬。他感到奇怪，也有些疑惑。他想："这是怎么啦？难道是爹娘做了错事，得罪了他们？……应该不会啊。"

高地上到处是横躺竖卧，七长八短，种类不同的原木，有梧桐，有洋槐，有榆树，有柳树，也有臭椿，而更多的是杨树。它们散发着新鲜木材那种略带苦涩的好闻的甜味儿，有些木头上还残留着一些树枝和绿绿的树叶儿，说明它们是刚刚被砍伐下来的。古全和想，其中有些木头说不定就是从他们村前的那片杨树林里砍来的，心中不免有些可怜它们，觉得它们是被谋害的。说到古家庄的景物儿，古全和最爱的就是他们庄前的那片高大茂密、生机勃勃的杨树林，那些挺拔的白杨好像就长在他的心上。想到家乡他就想到那片杨树林，想到他当年跟着姐姐在树林里挖知了猴儿、采蘑菇的有趣的往事。姐姐早就不在了，如今杨树林也不在了！

古全和数了数凌乱地散布在高地上的"小高炉"，总共好像是33座，形制和东湖师范学院校园里的小高炉大同小异，不同的是这里的小高炉的体积更大，但是比师范学院校园里的小高炉更简陋，里面居然没有炉条。人们正在它们的周围忙碌着。有的在装炉，有的在用蒲扇给"小高炉儿"煽风助燃。山坡上烟雾腾腾，弥漫着燃烧新鲜木头的水气和烟雾。古全和确信它们炼不出钢来，心疼那些被糟蹋了的人力和物力。他想："这里的干部为什么要弄这些无聊的玩意儿呢！难道仅仅是因为无知吗？全县人口过百万，各级干部上千，里面就没有一个合格儿的中学毕业生吗？！为什么就这样一哄而起，把树木砍光，把人家的祖坟扒了，把人家的饭锅揭了，这样干老百姓想得通吗？！在老百姓的心里，'摊坟揭墓'、揭人家的饭锅，和'犯上作乱'都是万恶不赦的罪恶啊！毛主席教导说，干工作要遵循'从群众中来，到群众中去'的原则，这里的领导是怎么干的？他们心里还有党和群众吗？！"这时，他忽然想到经过潍坊时的见闻，竟想到大炼钢铁的一大好处。原来古城潍坊的周围，曾经有过千百年来积累下来的、密密麻麻的、像一个个码放整齐的馒头一样的、数以万计，大多是无主的老坟，这些坟墓构成一个宽过百米的圆环，把整个儿的潍坊城和住在其中的十几万活人紧紧地包围在里面。他每次路过潍坊，看到这种景象，心中都会涌起一种古老、悲哀、寂寞、窒息和痛苦的感觉，印象深刻，久久难忘。这一回，大跃进的人们把这些千百年积累下来的老坟清理得干干净净，让他的心里有一种获得解放的清爽的感觉。这是此行唯一让他心里感到有些畅快的事情。

　　古全和走到一座"小高炉"前，见铁匠崔德昌大叔正在那里生火，他原本因眼疾而红肿的眼睛，被烟熏得不停地流泪，就问道："德昌大叔，看见俺爹了吗？"要在往常，崔德昌会欢欢喜喜地对他说："大侄子，回来啦？外头的人都好吧？"然后热情地回答他的问话。可是如今他什么也没说，只是抬起头来看了古全和一眼，朝着西南方努了努嘴。事后古全和才听说，在这里，人们不能质疑领导的做法儿，失言会招来打骂，因此没有人爱在众人、特别是在干部面前多说话。这让古全和联想到他小的时候在这里见识过的国民党的保甲长。共产党的干部会打骂老百姓，他是刚刚听他娘说的，而崔德昌叔叔的表现证明他娘说的是实情。他想，这些干部的恶行就是从国民党那里学来的，看来共产党和国民党之间也没有一条不可逾越的鸿沟。国民党永远不可能变成共产党，而共产党却很容易变成国民党。国民党和共产党的根本区别就在他们对待人民群众的态度上。那些欺负老百姓的所谓共产党，从他们的所作所为来看，他们实际上就是国民党。这时，他联想到城里那些修建得富丽堂皇的党政机关的建筑，认为支配着那些衙门里的老爷们的头脑的正是国民党官僚们的偏见。

　　古全和顺着崔德昌用嘴给他指示的方向望去，发现了他爹，就在不远的地方。现在已近阴历八月末，天凉了，可是他爹仍然光着头，赤裸着双脚，穿着一件短袖儿的黑上衣，半裸着臂膀，坐在地上，聚精会神地、有节奏地、优美地挥舞着手中的铁锤，准确无误地、噼啪噼啪地敲打着他面前的石块儿。古全和看着这种景象，不由地笑了。他想到他爹是铁匠出身，对铁锤有特殊的感情，所以才打得这样潇洒。他走到他爹的跟前儿，弯下腰，低声叫道："爹——"

　　古世才听到叫声，先是一愣，然后猛抬头，见站在面前的是自己的儿子，就会心地笑了，但是他没有说话，而是站起来，对儿子摆摆手，使个眼色，意思是让他跟着自己走。古全和猜想他是去向什么人请假。

古世才在前，古全和在后。在接近高炉区的地方，他们见到了村党支部书记赵凤藻。赵凤藻一解放就当干部，是古世才的好朋友。他见了古全和，笑着问道："大侄子，什么时候回来的？外头的人都好吗？"这是古全和回到古家庄后看见的第三张笑脸：第一张笑脸儿是他娘的，第二笑脸儿是他爹的，第三张笑脸就是这位赵凤藻大叔的。赵凤藻是土地改革时的老干部，一直担任村党支部书记，有时会计出了毛病，他还兼着会计。他是庄上没有经济问题和作风问题、办事公道、人们信得过的几个干干净净的干部中威望最高的一个。

"大叔好，我刚到。"古全和笑笑说。

"世才哥，你就回去吧，这两天就别来了，在家里陪孩子说说话儿，拉扯拉扯咱们这里从没有过的大好形势！"古全和感觉赵凤藻说话的腔调有些怪异。赵凤藻转向古全和，深深地叹了一口气，说道："孩子，你就好好儿地看看咱们这里吧！"

离开人群，走在回古家庄的路上，古世才前后左右看了看，对儿子说："孩子，家里没法儿过了！如今地没了，牲口没啦，不让养鸡，不让养猪，不让种树，连生长在自家天井里的树和祖宗留下来的房子也都不是自己的啦，老百姓已经一无所有啦，日子没法儿过啦！"

"房子是怎么回事儿？"

"不知道是哪个狗娘养的混账王八蛋，琢磨出了一个馊主意，说老房子上的土坯能当肥料用，要拆老房子。摊坟揭墓、拔锅拆房，这不是不让人过了吗！事情还不止这样，有些私心重的干部借机勒索群众，公报私仇。他们看着谁不顺眼，就扬言要拆谁家的房子！"

"个人的住房属生活资料，归私人所有，受国家法律保护。"

"他们心里哪里还有国家的法律呀！他就是法律！"

"群众同意吗？"

"他们的眼睛里哪有群众啊！说拆就得拆啊。你叔叔家的房子过几天就拆，咱们家的房子，要不是你凤藻叔拦着，也早就拆了。你凤藻叔说，我和你娘上了年纪，你娘身体不好，你又不在身边，要他们照顾……乱了套了，有门路儿的人家都逃走了。有去新疆的，有去东北的。你崔德昌叔叔家的望兴和望起兄弟俩都逃到东北去了，好像也在江城。你把俺和你娘也带到江城去吧。说不定江城那里还保留着我们俩的户口呢。嗨，当年真不该回来！都怪我，恋着这块故土，惦记着发财！"

古全和沉思片刻后说道："按政策你和俺娘可以去江城，不过这也不是个好办法儿。要是有出路儿的人都走了，那些走不了的人怎么办？人都走了，地谁种？不种地吃什么？不会总是这个样子，上级肯定会过问咱们这里的工作的。"

古世才继续说："这会儿见天夜里有人往外逃啊！领导派民兵站岗拦也拦不住。连有的民兵也逃跑了。"古世才皱着眉头说，"咱庄逃走的半大闺女小子不下三成！在水利工程上的闺女好多人例假不正常。公社和大队派人带上公文，千里迢迢地到东北和新疆去抓人。"

古全和惊讶地问道："去抓什么人?!"

古世才说："抓逃走的那些闺女小子啊。"

古世才的话让古全和感到震惊，不禁想到俄国 19 世纪的农奴制。在俄国 1861 年废除农奴制以前，俄国的农民没有人身自由，是奴隶，属地主——农奴主所有，一旦逃亡，农奴主就派人去追捕。可是我们是共产党领导的社会主义国家呀，劳动人民是国家的主人啊！共产党为什么要干这种丢人现眼的蠢事呢?! 他突然感到新社会也有不新的地方儿。

古世才嘿嘿地笑笑说："派出去的人都是空着双手回来的。"

"为什么?"

古世才笑眯眯地看着儿子说："你说呢?"

古全和知道，他爹又在考他。从古全和懂事儿的时候起，古世才就经常这样考儿子，促使他想问题。古全和的"九九歌儿"就是他爹这样"两个加两个等于几个?"一步一步地考出来的。古全和三岁能数到一百个数儿，五周岁能背诵"九九歌儿"，形成了千百的概念，他数学见长，喜欢思辨，这是一个重要的原因。古全和想，我们在千百年严酷的封建统治的基础上，在多年的对敌斗争中建立起来的户籍制度非常严密，一切坏人都难有藏身之地，没有什么外逃的人是抓不到的。而派出去抓人的干部居然空手而归，那原因就只能有一个，就是他们根本就不想去抓那些逃跑的人。他把自己的这个想法儿告诉了他爹。

古世才得意地哈哈大笑，骄傲地想："我的儿子就是有天分！"

古全和心情沉重。这里的老百姓和干部，对立到这种程度，完全出乎他的想象。这是悲哀的，危险的。从清朝到民国，直到日伪占领时期，老百姓闯关东从来都没有人管。清朝还曾大力组织过从山东往关外移民，东三省的老百姓有七八成是山东移民的后代。辽宁南部甚至有胶东方言区，那里的一些州县行政上曾经属山东管辖。东北方言中含有大量的山东方言词汇、语法成分和表述形式。千百年来，关里和关外的人都是自由来往。解放初年人民政府也曾鼓励内地的人到新疆、东北等边疆地区去参加那里的生产劳动，为什么如今要派人到关外去捉拿闯关东的人呢?! 人民捉人民——怪事! 古全和觉得这里真是乱了套了，乱到了让有些人昏头昏脑，敌我不分，与人民为敌的地步，这是很危险的。

31

古世才父子回到家中的时候，秀姑已经穿戴整齐下地了。

"娘! 您怎么起来啦?!" 古全和又惊又喜又担心。

古世才笑着说："治你娘的病，你比医生和药更有用。你看，她见了你，病立刻就好了一大半儿了。" 古世才感到很欣慰，他想，儿子见了电报，就马不停蹄地往家赶，表明他心里有爹娘。不过这也是他意料之中的事。他知道儿子孝顺，相信儿子于公于私，干什么事都不会失体出格。去年夏天反右派斗争的风浪那么大，人们到处嚷嚷着某某家的儿女沦为右派分子的消息，很多人都为自己在机关学校工作的儿女和亲朋好友的命运担心，怕他们被打成右派分子，可是古世才就不怕，他相信儿子从小儿爱国，是个真正的共产党员，说话办事不会离谱儿。

古全和从挎包里掏出几个出口苏联转内销的大猪肉罐头，有些抱愧地对爹娘说："见了电报我的心就慌了，匆忙交代了一下工作就往家赶，什么东西也没有顾得上买。路过潍坊才利用等汽车的空当儿，跑到潍县旧城的商店里去买了三个猪肉罐头。这些罐头原先是准备向苏联出口的，不知道为什么又转内销了，还销到了潍坊这样的中小城市。"

古世才从儿子手里接过一个罐头，掂了掂，就看那上面的俄文标签儿："猪肉，2公斤，中华人民共和国"，然后高兴地说："一个足有四斤重。一斤鲜猪肉能做六两熟猪肉，四斤罐头肉，折合七斤鲜猪肉。三个罐头能顶二十多斤鲜猪肉，足够俺和你娘吃半年的啦！这会儿咱们这里最缺的就是油水啊！城里的人得了肝炎忌吃肥肉，我得了肝炎，是用了一个偏方儿，吃了三斤肥猪肉治好的。你买罐头比买什么都好！"接着，他又关切地问道："潍县的旧城还在吗？"

"在，县城的地势很高，城门高大壮观，高过七八层楼，城墙基本完整，城门上方满是大大小小的弹坑。城里街道房屋整洁。路面儿由大石条铺就，估计只能对走两辆老式铁轮马车。一幢幢青砖平房儿，建在大路两旁的高台上，整个儿的小城洁净雅致，像是明清时代的一幅幅图画儿。在街里一走，就像回到了明清时代。爹，您去过潍县旧城吗？"

"去过。你师爷的家就在县城里。我从俄罗斯回来的那年，去看望过他老人家，逛过潍县城。在那以后的几年，我年年去看望你师爷和师奶。当时那里还很热闹。你师爷师奶故去后，我就再也没去过那里。"提到恩师，古世才的怀念感激伤痛之情溢于言表。

这时，秀姑指指灶火门儿对古世才说："你把那个东西弄出来，杀了炖给孩子吃吧。"她看看儿子又小声儿地解释说："现如今，咱庄儿上的狗都杀光了，说是因为狗和人争食。鸡也不叫老百姓养啦，都抓到队里去，归了大堆儿。这只鸡是西屋你天骥老爷爷见俺有病，帮着俺藏起来的，是只老母鸡。老人九十好几啦，为了帮着俺捉住这只鸡，还摔了一个跟头，摔伤了膝盖骨。俺想起这件事就觉得对不住他老人家。"秀姑见儿子在发愣，就问道，"你在想什么？"

古全和赶紧回答道："您说的母鸡在哪里？"

"你可不能把鸡送到生产队去啊！那些干部馋着哪。"秀姑担心地说。

"不会的。"古全和宽慰他娘，"可是鸡呢？"

古世才神秘地笑着指指西边的灶火门儿。

古全和意识到鸡就藏在炕洞里。他怎么都想不到，忠厚老实、耿直得出名的天骥老爷爷，会为了让侄孙子媳妇儿养病，而去偷一只鸡，而爹和娘也会弄虚作假，偷偷摸摸地把鸡藏进炕洞里！老实人被逼到无可奈何的地步也会变得不老实！他想到爹娘一年见不到几滴油水，有时连饭都吃不饱，还要把仅有的这只鸡弄给他吃，心里很感动，也很不安。他曾经想劝说他们按照公社的要求，把鸡送到生产队里去，可是转念又想，政府没有不许农民养鸡的政策，也不可能出台这种荒唐的政策。古往今来，历朝历代，从来没有不许农民养鸡这类愚蠢的勾当。农民养鸡，生蛋换钱，换油盐，合理合法，杀了自己吃，也没有什么不对。再说娘在病中，身体虚弱，急需补充营养，这会儿鱼和肉，都没有地方去淘换，只能吃这只鸡了。想到这里，就说道："鸡就留着吧，做给娘吃，我在江城不缺这些东西，那里什么都有。"

"你娘叫你吃，你就吃吧！"古世才笑着说，"你吃了，你娘一高兴，她的病就全好了。你要是不吃，你走后她想起来心里就会难受，说不定又会生病。你想想看，是不是这个理儿？再说，要是一不小心让鸡逃跑了，那可就谁也吃不成了……要是让干部们知道咱们藏过鸡，说不定俺们还要挨批判被罚款呢！"

古全和发现他爹言语流畅，思路清晰，感到他还不算老，心中很高兴。

"那怎么把鸡弄出来？"古全和问道。

"它自己就会跑出来，你信不信？"古世才又在考儿子。

古全和知道他爹又在考他，稍一迟疑，就说道；"信！"

"为什么？"

"鸡会奔着亮光儿走。"

"着啊！"古世才高兴地说着，就关上房门，防止鸡跑掉，再挪开挡在灶火门儿前面的那块废旧的切菜板儿，炕洞里立刻就有了响动。过了一会儿，就从灶火门儿里探出一个鸡头，警惕地东张西望。就在它准备走出灶火门儿的时候，古世才一把抓住了它的脖子。

"也许咱们该把这只鸡给队里送去……"古全和犹豫地自言自语。

秀姑断然说道："傻话！把它送到队里去，也是叫干部们吃了！"

古全和颇有感慨地摇摇头，相信他娘说的话，又想到了国民党的保甲长。

古世才说："你在家里多住些日子，就什么都明白了！闹闹哄哄的，干的就是两件事儿，一件是胡吹，一件是胡来。现在兴吹，能吹的就是好干部儿。你敢说亩产五百，他就敢说亩产一千；你敢说亩产一千，他就敢说亩产一万。谁能吹谁'革命'；谁'革命'谁升官；官越大，好处越多。胡来的勾当更多。什么他娘的革命，都是为自己！树都砍啦！坟都平了，庄稼烂在地里，一口口好好儿的铁锅被折腾成铁疙瘩，弄得家家妻离子散，老百姓根本不在他们的心里。这会儿又说吃饭不要钱啦，简直荒唐得没有个边儿了。从古到今，没有谁干过这等伤天害理的缺德勾当！我看有些人是疯啦。等着瞧吧，等粮食糟蹋光了就该吃饥困了！今冬明春的日子就够过得去的，弄不好就得死人。毛主席是个明白人儿，他老人家知不知道咱们这里的这些混账事儿？为什么不出来管管呀？日子实在是没法儿过了！"古世才越说越气，越说越伤心，又提出了要跟着儿子去江城的事。

"难道这些问题就没有人向上级反映吗？"古全和说。

古世才气愤地说："反映?！谁敢?！得势的干部儿个个都是土霸王。区里的王副部长说了几句实话，就被人家拔了'白旗'！实话告诉你吧，咱们庄上的党员，除了你凤藻叔他们那老哥儿几个，剩下的差不多都是些假党员！"

古全和对于他爹的这番话很不以为然，担心这些言论给他招来麻烦，严肃地反驳他说："爹，您怎么好这样说呀！党员都是经过党组织长期培养教育考察尔后吸收到党内来的，怎么会是假党员呢？"他记得他爹早在1956年就说过类似的落后话。那年他大学毕业，回来探亲，晚上和他爹睡在一个蚊帐里。夜里他们就围绕着村里一些共产党员的表现、中苏关系和农业合作化等问题争论过。他爹坚持认为有些党员名不副实，说老毛子对中国没安好心等等。

古世才并不认可儿子的话。他说："俺不管他们是怎么入党的，也不想听他们说些什么话，俺只看他们的行为举止。照我说，凡是心里没有老百姓，遇事先替自己打算，想沾老百姓便宜的人，都是假党员。咱们大队这几年的四任会计都是党员，结果怎么样？上去一个烂掉一个，再上去一个又烂掉一个！没有一个不往自己家里搂钱搂东西的。这样的人能算是共产党员吗?！队里分东西，常常是干部和党员先挑，真正的共产党员能这样干吗？老八路是这样做事的吗？公社订跃进计划，有些党员昧着良心说瞎话。咱们这里，好地好年成亩产最高不过四斗，接近四百斤。而有的干部却胡说亩产一千斤，两千斤，三千斤。上级要什么他们就说什么！你说说看，连句实话都不敢说的人，能算是共产党员吗？在制定咱们大队跃进计划的时候，你凤藻叔狠了狠心，赶了一回时髦儿，说亩产八百斤，就被那些假共产党员狠批了一顿，要不是他人缘儿好，有老百姓维护着他，恐怕他也早就被拔了白旗了。"

古世才对于当前农村形势和党的干部的这种偏激，乃至不满和错误的态度和认识，古全和能够理解，他爹并不完全赞成农业合作化，而只赞成合作化的互助组阶段，因为互助组时土地还是他自己的。办初级社时，他勉强参加，因为初级社土地和牲口仍然是他自己的，而且是按股分红。而高级社，人民公社，他和他的土地和牲口就归了大堆儿，都不是他的了，他就不能接受了。1956 年他随大流儿勉强参加高级社，是因为是大势所趋，也是因为他不愿意让他的宝贝儿子有一个落后的爹。古全和知道，他爹从小儿渴望得到土地，一生为得到土地和发家致富奔波，土地就是他的命，失去了土地，再失去祖宗留下的老屋，他就一无所有了，生活没有奔头儿，混不下去了，于是想到了再下关东，跟着儿子度过余生。古全和相信，类似他爹这种思想情绪的农民绝不仅仅是个别的。古全和不赞成他爹对于农村形势和古家庄党组织的错误看法儿，但是他同意他爹关于共产党员的说法儿，认为，心中没有老百姓，事事都替自己打算，打骂欺负老百姓的人，不管他们入党的手续多么完备，党龄多么长，都不能算是真正的共产党员。共产党员最本质的使命就是为人民服务。

后天井里突然响起胡乱敲打铜洗脸盆的"噎噎噎噎"的声音，打断了古全和的思绪。接着就听见一个老年女人的尖利嘹亮的喊叫声："开—饭—啦！快来领饭哟！"

秀姑说："根儿，你去打饭吧。在那里做饭的都是你的大娘婶子和老嫂子们，说不定她们会多给你拣上一些干粮呢。"

古全和兴奋地说："咱们这里也有公共食堂啦？"

党的文件和报纸杂志以及领导的讲话，都盛赞公共食堂，说公共食堂是新生事物，是新农村的一个标志。古全和听说自己庄上也有了公共食堂当然高兴。而古世才却怒不可遏地骂道："好他娘的个屁——穷折腾，折腾穷！"

古全和吃惊地问他爹："爹，您不赞成办公共食堂吗？"

古世才说："公共食堂是一些半吊子煽呼起来的，正经过日子的人没有谁赞成办公共食堂这个熊玩意儿！亲兄弟都要分开过，二四旁人怎么能在一个锅里摸勺子呢?! 丰收的秋庄稼没收拾起来,地瓜大部分烂在地里,这会儿又叫唤着放开肚皮胡吃海塞,粮食很快就会折腾光,以后一个冬春几个月的日子怎么过? 真是他娘地作死! 就等着挨饥困吧! 到时候不饿死人才怪呢。这不是过日子,这是拿着老百姓的性命打哈哈儿啊! 人命关天哪,古往今来没有谁这样作践老百姓!"

古全和谨慎地说:"有这样严重吗?"

古世才长叹一声说道:"等着瞧吧!"

秀姑说:"咳,我说你就别生这份儿闲气了,你说这些话,除了得罪人,招惹是非,还能有什么用处? 有些大干部都因为说实话叫人家给撸了,你个小老百姓又能怎么样?"

古世才不服气地说:"我是个老百姓,我怕什么?!"

秀姑这会儿关心的是怎样让儿子多从食堂领回一些吃的,不想和老伴儿争论,便转向儿子嘱咐说:"带上锅台上的那个大筊子。"

古全和说:"用不着,三个人的饭,一个笊篱就装下了。"

秀姑坚持说:"不行,一定要带上大筊子! 好多装些地瓜回来。分口粮按人头儿,食堂里发饭也按人头儿,不论大人孩子,一个人给一个玉米面儿饼子。就是刚出世的孩子也是这样。不够的就添地瓜。"

古全和插话:"这不合理呀。按劳付酬,多劳多得嘛。"

古世才气愤地说:"不合理的事多着呢,要不怎么有人说:'男人撅着腚在地里干,不如老婆在家里下个蛋'呢!"

秀姑不满地指责古世才说:"你就少嘟嘟几句吧!"然后又嘱咐儿子说:"记住:要是她们多给你玉米面儿饼子,你就拿着,别不好意思。再就是一定要尽量多拿一些地瓜回来。千万别忘了啊!"

古全和说:"记住了。"他发现他娘也没有把公共食堂当成自己的。

古全和怀着烦乱的心情走进叔叔家的院子,叔叔家的堂屋门里热气腾腾,看不见屋里的人,只听见从朦胧的烟气中传出来的女人们斗嘴的声音,和她们放浪的笑声。一个中年女人说:"听说你家的那口子天天黑夜里不歇工?!"另一个女人说:"啊呀呀,谁比得上你呀? 俗话说,'四十五,赛老虎'! 你能饶得了他吗,还不把他给活吃了呀!"前面的那个女人又说:"你这张臭嘴放不出个好屁来!"

古全和听大娘婶子们斗嘴取乐儿,说的都是些男女之间的勾当,感到不好意思，就在他进退两难之时，天骥家老奶奶发现了古全和，高声报警，说道："根儿啊，你是什么时候回来的呀？"

烟雾里响起女人们压抑的笑声。

古全和说："老奶奶，大娘婶子，老嫂子们，你们都好啊，我是今天头晌儿回来的。"

女人们七嘴八舌地说道："都好啊，好得没法儿说啦！大跃进啦，大丰收啦，大炼钢铁啦，大办食堂啦，大家一起过啦！吃饭不要钱啦……能不好吗？"听得出，回答里充满着怨气。

老奶奶说："别说这些没有用的啦，快给孩子拾掇饭吧。"

崔德昌家的大婶子给古全和拾上了六个玉米面饼子，边拾边说："根儿念了大学，在城里当了大干部儿，给咱们古家庄争了脸，多赏他几个饼子。"

"应该！"烟雾里有人应和说。

"地瓜你自己随便拣。"崔德昌家婶婶说。

"地瓜就不要了，光饼子就够吃了。"古全和说。

崔德昌家婶婶说："那你就不要地瓜啦？"

"不要了。"古全和说着，慢慢地离开了伙房。他在天井里听见屋里有人说："听说他挣的钱还不如古廷辅他小儿子狗子多呢，每月六十块出头儿。狗子在新疆干泥瓦工，一个月的各种收入和到一起，快70块呢。"

古全和把领回来的干粮交给他娘。

"地瓜儿呢！"秀姑关切地问道。

"光这些饼子就够吃了。"

"啊呀，孩子，你傻呀！"秀姑显得非常失望，"现如今咱们这里没有像你这样傻的人啦！这会儿谁不想方设法儿从食堂里多弄回些地瓜，晒成干地瓜，存起来，预备着明年春天缺粮的时候救急呀。今年的地瓜一大半儿都烂在地里了，队里只有那么点儿粮食，你爹说，咱们队里缺一多半儿的口粮呢！这会儿在家里吃饭的都是些老人和孩子，饭量小，吃不了多少。等到冬天挖河修水利的那些青壮年人都回来了，粮食唰唰地就吃下去了。眼前不攒下一些地瓜，明年开春儿吃什么？"

古全和默默地听他娘这样说，心里替乡亲们发愁。他一路上听到的和看到的都是一些让他感到不安的事情。报纸上天天说形势大好。说天津有一个地方水稻亩产 13 万斤，报纸上还登了照片。虽然有些报道他并不完全相信，可是说今年庄稼丰收了他是相信的。有什么事情比把一年风里雨里辛辛苦苦种出来的粮食收起来更要紧呢？难道土生土长的农村干部连这点儿道理都不懂吗？这时他想到了苏联肖洛霍夫的《被开垦的处女地》。他在书里描写的农庄主席梅谭尼科夫是一个熟悉生产的中农。而我们对于中农心怀警惕，农村的主要干部大多数是不熟悉生产的贫下中农。这可能是一些人在生产中瞎指挥的一个重要原因。他的头脑中渐渐地形成了一个强烈的愿望：一定要按照毛主席的教导，返校后立刻向上级党组织反映这里工作中的这些严重的问题。

32

田庄镇在古家庄以南，离古家庄三里路，有过千户，在周围十几个村庄里，算得上是个大镇，每逢三、八有集。今天是阴历八月十三日，田庄有集。古全和要去田庄看看，赶个田庄集。

人们习惯说，田庄离古家庄三里路，其实不到三里，而只有二里多一点儿。走出古家庄，抬头就是田庄镇。解放之前田庄是田庄镇的镇政府所在地，解放之后改称田庄乡，乡政府就设在田庄。现人民公社化了，田庄公社的党政军的办事机构也设在这里。田庄镇远近闻名是因为它是个大集，北到莱州湾，南到胶州湾，东到烟台，西到潍坊，方圆千里的货物在这里集散。

秀姑舍不得让儿子离开自己。眼下她最大的心愿就是让儿子待在她的身边，让她看得见，摸得着，一分钟也不要离开，即使儿子什么话都不说，她心里也觉得温暖和满足。她知道，儿子是要到田庄儿集上去买吃的用的东西来孝敬她的，但是她还是劝阻他不要去。她说："还是不去吧，家里什么东西都有，再说，如今集上也没有什么东西好买……"

古全和看着他娘笑了，他笑她说的不是实话。

秀姑也不好意思地笑了，她知道如今家里几乎什么都没有。

"还是不去吧，"古世才也劝说儿子，"眼下留在家里的劳力，不是在水利上，就是在炼钢工地上，没有闲人去捕鱼、捉蟹、钓蛏子、收山货，整个儿的胶东都是这样，田庄儿街上，除了一家国营商店和一家国营饭店，没有人做生意，你去赶集，是白跑一趟。听人说过些日子要实行共产主义，集市就要取消了。"

古全和用商量的口气对爹娘说："我去看看就回来。"他理解爹娘的心情，愿意相信他们说的是实话，不过他还是想去田庄看看。他想象不出两年前人山人海、百货齐全、喧闹一时的田庄集怎么会突然变得像他爹娘说的那么萧条。

秀姑不想扫儿子的兴，便说道："实在想去就去看看吧，去去就回。"

"带上这些钱。"古世才把一叠纸币递给儿子。

"我有。"古全和拍拍自己的挎包说。

"你念研究生的时候，把吃饭剩下的助学金都邮回家里来了，现在刚刚开始工作，在城里交往多，耗费也大，能有多少余钱？"古世才坚持让儿子收下他递过去的钱。古全和从来不当面违拗父母的意愿，便接过他爹递给他的那些纸币，走过天井，出了大门。

古全和不是个馋人。可是不知道为什么，此刻他忽然想吃田庄集上的水煎包儿了。他小的时候常常跟着爹娘去赶田庄儿集，几乎每次都能在集上吃到用竹签儿穿成串儿的、扁扁的、味道鲜美的水煎包儿。水煎包里肉不多，但是味道鲜美。两年前他在赶田庄集的时候也没有忘记尝尝田庄集上的好吃的水煎包儿。

1956年夏秋的田庄集留给他的印象儿太深刻，太美好了，至今历历在目。他记得那是阴历六月底七月初的一个响晴的天儿，集上人山人海，讲买讲卖，欢声雷动。在纵横交叉的两条十字大街上，摊位一个挨着一个，从庄外摆进十字路口儿，又从十字路口儿摆到庄外。客商来自青岛、烟台、潍坊、掖县、黄县、高密、昌邑、胶县、即墨、莱阳、平度等许多城乡县市。集市上，粮食、布匹、烟酒、饮食、肉类、鱼类、水产、禽蛋、山货、服装、鞋帽、家具、书籍、文具、猪崽儿、羊羔儿、牛、驴、骡、马，各种农机具和车辆，总之凡是生产和生活需要的，无所不有。人们熙来攘往，谈笑风生，各得所需，满载而归。那天古全和买的是一斤鲜猪肉、一棵洋白菜、五斤浑河镇特产的蛏子。他娘每年夏秋时节都要做一两顿蛏子熬圆白菜，配以小米干饭的好饭食犒劳大家，这几乎成了他们家的蛏子节。

　　古全和走出古家庄，见南面埠上依然烟雾缭绕。但是通往田庄儿的路上却行人寥寥。这让他联想到他爹娘刚才对他说过的那些话，赶集的人真是不多。他一个人默默地走着，心里又转起了他几天来的见闻，回忆着1956年夏天田庄集市的繁华景象，不知不觉间，田庄儿就在面前了。

　　一阵南风吹来，从田庄儿飘来阵阵肉香，古全和心头一喜，兴奋地想道："事情也许不像爹娘说的那么萧条。他们那么说是想把我留在他们身边和他们说话，不让我到集上来花钱。"他这样想着，就加快脚步前行，而当他走进田庄儿，站在十字路口的时候，见两年前集日里人声鼎沸的田庄儿镇空空荡荡。没有密密麻麻的大小货摊儿，也没有好吃的水煎包儿。除一家国营饭店和一家国营百货商店外，什么都没有。那让他感到振奋的肉香竟是来自那些悲惨死去的可怜的大牲口，他的心情就又变得沉重了。

　　国营饭店里也没有几个顾客，供应的主食也只有火烧和炖肉。不过这不是本地正宗的杠子头火烧。本地的杠子头火烧，远近闻名。正宗的本地火烧老秤十六两秤四两一个，用头罗白面精心揉制、模压、用饼铛定型、烘炉烤制而成。烤好的火烧，扁圆形的上盖儿呈浅咖啡色，造型周正秀美，外焦里嫩，香气诱人，可热吃，可冷吃，可加肉加菜烩着吃，长时间保存也不易霉变，是出外远行携带的方便食品。而现在的火烧是用一罗到底磨成的粗面烤成的，呈淡褐色，带着一股子麦麸子味儿。更让古全和感到吃惊的是，这种火烧也不能随便买，而是一个火烧要搭配上一碗牲口肉。牲口肉一毛五分钱一碗。爱吃肉的古全和，看着这些牲口肉，就联想到那些无人疼爱、惨遭饥渴虐待而不幸夭折、又被随意抛弃在随便什么地方儿的牲口，心里不禁感到深深的悲哀。他想，火烧配搭牲口肉卖，说明牲口损失多，也表明粮食供应开始紧张了。这让他联想到1948年江城围城期间的凄惨景象。江城十几万或者是几十万老百姓就是由于粮食严重短缺而悲惨地离开人世的。那一年大牲口的损失也很多。宋家屯镇的百姓也曾经大吃大嚼过廉价的大牲口肉，不过那是战争带来的灾难！而且那也仅仅是少数地主、富农的牲口，而不是广大农民的牲口，是大牲口的一小部分。而眼前却是社会大发展造成的灾难，是大批牲口的非正常死亡。这些牲口原本都是属于农民的，是他们生产的帮手，心爱的宝贝，后来被强行收进高级农业合作社和人民公社，变成了无人管顾的生灵。这些可怜的牲口是饿死的、累死的、病死的，被活生生地折磨死的！它们悲惨地死去了，以后有谁来帮着农民种地呢?！他可怜这些牲口，更替农民和国家犯愁。

古全和呆呆地站在田庄儿空空荡荡的十字路口，四处张望了很久。两年前的那种繁荣景象毫无踪影！他想，这是大跃进还是大跃退？这里的发展和创造表现在哪里？事情怎么会是这个样子？人们为什么会这样愚昧？古全和本想买些火烧带回家补贴爹娘的口粮，可是饭店的伙计怎么都不肯只卖火烧给他。这再次让他感到饥饿的威胁。他只能沮丧地空手而归。

古世才知道儿子关心国家大事，他看到田庄儿集那个荒凉的样子，心里一定会很难过，特地提前来到庄前来等着迎接他，宽慰他。他见到儿子后，根本不问田庄集怎样，而只是温和地说："旁的集市也是这样。"并且言不由衷地说："快回家歇息歇息吧，以后会好起来的。"

古全和惆怅满怀地自言自语： "大牲口损失得这么多，明年怎么办?！"

古世才长叹一声，无奈地说道："有什么办法儿呢？懂庄稼的人不在位，不敢说话，不懂庄稼的人在那里胡说，咱们这里早就是这个样子了。咱们这里适合种花生和棉花，可是政府就是不让种。难过的日子还在后头呢。以后总会好起来的。"他说的是违心的话，但也是实话。真正的工农劳苦大众对于生活永远不会绝望。

古全和说："这里大牲口的损失比 1948 年的江城更严重。江城围城的时候，糟践的只是地主老财的那一小部分牲口，而且江城只是个局部。而这会儿糟践的是农民的牲口，损失牲口太多，说不定全省都有这个问题！"他想到他在回家的路上遇见的那一老一小，想到老人愤怒地说，要把妻子儿女都套在犁耙上当牲口使唤……心情更加沉重。

古世才父子二人一前一后回到古家庄。

秀姑听丈夫和儿子在街上说话，立刻站起来，靠在堂屋门上，朝院门的方向张望，看着他们爷儿俩一前一后地走进天井，又忙着去给儿子倒茶，然后笑着端给儿子说："走了这么远的路，累了，喝口水吧。"

古全和双手接过他娘递给他的已经不怎么热了的热茶。

古世才为了帮着儿子排解从田庄儿带回来的懊恼，又做起了猪肉罐头的文章。他打开了一个罐头，递给儿子看，并且说道："咱们中国人办事讲信用。你看，这个罐头，里面一滴水都没有，上面的三分之一是大油，余下的三分之二是肥瘦均匀的好肉。有了这些罐头，俺们就有肉吃，也有油吃了，这仨罐头俺们半年也吃不完，够吃一年的了。"

古全和知道，他爹小农意识很重，但也是个有爱国心，关心民族命运的人，现在家里、队里、社里，到处乱糟糟，男男女女，老老少少，你东我西，一点儿往常好日子的样子都没有，眼看着饥饿在逼近大家，心里一定也不是个滋味儿，他谈笑风生夸罐头，是在有意逗他高兴。

秀姑往打开的罐头里撒上了一大把大粒海盐，然后就要求古全和把那只炖在锅里的鸡吃了。她劝他，恳求他，命令他，最后对他发脾气，古全和都不肯吃。古全和哪能吃得下那只鸡呢？她只好把炖好的那只鸡也腌起来，为有这样孝顺的儿子感到高兴，得意地说道："咱们这一带就你一个人在大学里工作。"

古全和装出认真的样子说道："您不用着急，我正在请求领导同意放我回到咱们古家庄小学校来教书呢，说不定我回去的时候领导就批下来了，我办完了手续就回来。"

古世才瞅着儿子偷偷地笑。

秀姑赶忙着急地说道："你可别这样呀！不要回古家庄来工作，俺这会儿知道城里的大学和咱们古家庄的学校不一样。只要人家要你，你就别回来。在大学里工作，挣钱多少不说，站在人前体面。过年的时候，连县里的教育局长听说你回来了都来看望。"她发现丈夫在笑她，知道儿子是在揭她的短儿，和她开玩笑，也不好意思地笑了。

古全和见娘长了见识，能舍出他在外地工作，感觉很高兴。

古世才想用一些家长里短儿的话题分散儿子的注意力，让他暂时淡忘他一路上碰到的那些不痛快，便说道，"你还记得浑河镇上的江大娘吗？"

"怎么会不记得？咱们到浑河镇之初，每逢吃饺子，您都要指使我到她家去借家伙。江大娘是个寡妇，有个儿子，比我大三岁，叫小顺子，当时念三年级，爱在汽车站上做小生意。他家还有一个长工，姓王，江大娘叫他王老六，我叫他王大叔。"

"咱们离开浑河镇不久，你江大娘就和王叔叔成亲了。"

"她怎么肯嫁给长工王叔叔呢？"古全和说。

古世才说："寡妇人家的事儿，外人谁说得清楚？在八路军赶走了日本鬼子后，又和国民干了几年，浑河镇就解放了，接着就成立了农会，实行了土地改革。王叔叔本人孤身一人儿，地无一垄，房无一间，人缘儿也好，就当选了农会的主席。要论家当，你江大娘家该划个富农或是富裕中农成分，因为她和王叔叔结了婚，家里多了一个人，王叔叔又是个农会的干部，她家就划了个贫农成分。听说后来小顺子念中学念大学，都沾了你王叔叔的光。"

秀姑插话说："小顺子和你一样，也在党了。"

古世才不屑地朝秀姑摆摆手儿，不耐烦地说道："提他干什么！他怎么能和咱们全和比？他那个党员扔到大街上都没有人儿喜得拣，说起来都叫人觉得埋汰！咱们全和入党就好比是明媒正娶，他小顺子入党连搭伙都算不上！"

秀姑不以为然地说道："看你说得有多难听啊。"

古全和注意到，他爹关心共产党的纯洁性，进步了，而且在他的心里，共产党员还有真假之分。解放初，他爹曾经怀疑共产党吃里爬外，和老毛子有勾结，出卖国家利益，反对他向共产党靠拢。现在，他爹对苏联的态度没变，但是对于中国共产党的态度变了。他便故意跟他爹开玩笑，说道："爹，你说新社会好，还是旧社会好？"

古世才听儿子这样问，想起解放初他反对儿子参加青年团和共产党，说过一些落后的话，不好意思地笑了。他没有正面回答儿子的问话，而是神色庄重地笑着说道："毛主席一表人才，很慈祥，是个大福大贵，有人说他也是真龙天子。"

古全和哈哈大笑。古世才自己也不好意思地笑了。

农业合作化以来，古世才一直为不拖累儿子而跟着运动走，从互助组跟到高级农业合作社，但是他的心情一直是矛盾的。人民公社化之后，古世才的心情反倒踏实下来了。因为这时他一无所有了，绝了发财致富的念头，觉得自己的日子过到头儿了。古世才从懂事儿的时候起就梦想着过上不愁吃穿的好日子，立志发家致富。为了发家他山南海北地奔波了多半辈子。二十世纪二十年代，他有过一个在苏联发财的机会，后因中苏交恶、苏联的政策也发生了变化而落空。1945 年东北光复时，他有过一个发大财、发横财和暴富的机会。当时苏联红军驻江城司令部曾经派人请他去给他们当翻译，许诺他们可以用汽车给他家送伪满洲国的绵羊票儿。所谓绵羊票儿就是伪满洲国伪币中的百元大钞。伪币被运到苏联是废纸，而在苏军占领下的东北期间它仍然在流行，可以用来购买金银珠宝、汽车轮船、房地产等任何东西。一张绵羊票儿的币值，核实物相当于一千斤高粱米，或是三千个鸡蛋。如果古世才肯为苏联人服务，他能在瞬间成为江城的首富，富可敌城。可是他信奉老娘"外财不富命穷人"的教导，不想占国家的便宜，就毅然放弃了那个难得的机会。从 1948 年到 1950 年，他仍然惦记着发财，先后多次从江城赶回古家庄，想重整家业，拴车、盖新房，偏偏又赶上农业合作化。现在他的土地没有了，牲口没有了，如今连祖宗留下的老屋也不属于他了，他已经一无所有，没有奔头儿了。现在唯一让他感到宽慰的就是他的儿子。他的儿子爱国、孝顺、能干，是研究生，在全县也是独一份儿。他想，要是在前清那会儿，他儿子的职位恐怕不会小于州官或是县太爷。让他感到美中不足的是，他儿子至今不肯娶亲，他没有个孙子，让他在庄上的老少爷们儿面前感到脸上无光。

秀姑没有丈夫这么多的苦恼，她关心的就是过好眼前的日子。前些年她惦记着让儿子回到古家庄小学来教书，守在她的身边。现在她明白了，这是不可能的，也是不可取的。她知道儿子的学问大，他教的都是大人，是老师的老师，古家庄小学容不下他。这次儿子回来的当天晚上，庄上学校里受人尊敬的马老师就跑来看望他，口称儿子老师，虚心向他请教。连县教育局长都来看望过他。她觉得儿子是个了不起的人物儿。不过她心里也有些不如意的事。一件是儿子至今没有成亲，她没有孙子好抱。古廷辅是被人民政府处决的，他的大儿子比根儿大两岁，六年前就成了亲，如今他的儿子都上学念书了。她一再对儿子说，城里有钱人家儿的闺女靠不住，也养不起，要从家乡给他找一个念过几年书的正派闺女。可是儿子总说不急。她担心儿子是在外面找不着媳妇儿。可是儿子说，愿意和他成亲的好闺女多的是。她也不知道儿子说的是不是真话。

让秀姑心里犯疑的还有一件事，那就是儿子寄回家的钱不如古廷辅的小儿子小狗子多。古家庄评说在外工作儿女是不是有出息，是不是孝顺，主要是看他们挣钱多少，寄给爹娘的钱多少。只要不是偷的抢的，挣钱越多越光彩。她怀疑儿子没对她说实话。她想，小狗子只念了两三年书，是个泥瓦匠，怎么会和儿子挣的差不多一样多呢？马老师说儿子算是"大知识分子"，月工资至少在二百元上下。那他为什么不多寄一些钱给她呢？她关心的不是钱的多少，而是儿子的心里是不是有她，只要儿子有孝心，对她说实话，即使他一个钱都不寄，她也欢喜。她总想弄清楚这件事，而在见到儿子的时候，她又不好启齿问他。她也曾想求人写封信，试探他，也觉得家丑不可外扬，怕冤枉了儿子，让儿子为难。万一儿子真的是只挣那么几个钱呢？那不就委屈了孩子吗？她不明白丈夫为什么总是那么相信儿子。他从来不怀疑儿子。现在她看着儿子穿的是半新的学生装和补过的旧皮鞋，心里也想，儿子从不说谎，他说的大概是真话。这回她生病，儿子慌忙赶回来看望她，打消了她心中的疑虑，她的心也就踏实了。

秀姑说浑河镇的江大娘进城顺便来看望过他们，说她家的小顺子也在江城的一个大学里工作。秀姑问古全和是不是见过小顺子。古世才说："你问得真蹊跷。江城那么大，有那么多大学，每所大学都有成千上万的人，全和怎么会见到小顺子呢？再说，就是他们面对面也未必会认识。"

秀姑说："那倒也是，他们有二十多年没见了。"

古全和说："江城市比解放以前大多了。你们离开的时候，那里的人口不过三十万，现在已经过百万了。宋家屯镇也变成市区，在那里新建了好几个大工厂。"

"你还记得你刘伯伯的小儿子福来吧？"古世才说。

"当然记得！"古全和兴奋地说。他没见过福来，但是在他的心里，刘伯伯和福来哥哥都是英雄。从解放以后他念初中一年级的时候起，他就向小同学们编演讲述刘伯伯和福来哥哥的英雄故事。福来是把他和共产党连结到一起的第一个人。他靠拢共产党，就是从他敬仰抗日英雄刘福来哥哥和刘伯伯开始的。

古世才说："你福来哥哥那年从地里出走后就投奔了八路军。你刘伯伯也是八路的人。福来打过很多仗，是军区首长的警卫连长。1948 年在一次战斗中受了重伤，失去了一条胳膊，伤后就转业到地方，回到浑河镇，当了镇长。镇上的人都很敬重他。他每次进城开会都来看望我，夸我和你叔叔是好样儿的。"

古全和忽然想到小顺子，便问道："爹，你说小顺子入党是怎么回事儿？"

古世才说："不提也罢，说起来都让人感到恶心。"过了好一会儿才又说道："听说事情是这样的。1947 年，解放军打柞山，那年小顺子 16 岁，也参加了支前队。"

古全和说："他很有觉悟呀。"

古世才冷冷地说："觉悟个屁！当时镇上征用了他家的大车。他娘是派小顺子跟着支前队去保护他们家的那辆大车的！他就是在那个时候入党的。"

古全和听说小顺子是火线入党心生敬意，想和他建立联系，便问道："知道小顺子在江城的什么大学工作吗？"

古世才没好气儿地说道，"听说是在一天的夜里，小顺子发现他们支前队的队长、党支部书记都本河和他的未婚妻拣花睡在一起。在那种时候，这是不得了的丑事。小顺子吓唬都本河说，他要给他们张扬出去，让全镇的人都知道。都本河和拣花给他下了跪。小顺子对都本河说：'你让我入党，我就给你们保密。'他就是这样火线入党的。支前回来后，都本河为了堵住小顺子的嘴，对人说他是火线入党，是少年英雄，安排他在镇政府干了点儿小差事。不过他还是害怕小顺子言而无信，或是再讹诈他，就推荐到外地念书去了。他贫农家庭出身，是火线入党的少年英雄传扬开来。"

古全和觉得这件事离奇。可是他想，当时共产党正在领导人民和国民党反动派进行生死搏斗，而小顺子在那种时候要求参加共产党，足见他相信共产党必胜，也算站在革命人民的一边，有先见之明。

34

今天是古全和到家的第三天。他见他娘的病情已经好转，就想尽早返校。学校里有好些事情等着他去处理。秀姑看出了儿子的心思，显得心神不定，她总想对儿子说点儿什么，又总是欲言又止。古全和知道他娘想多留他住几天。

晚饭后，古全和对他娘说："娘，我准备回去了。"

"哪天动身？"她不安地颤声问道。

"后天吧。"古全和试探着说，语气有些犹豫。

秀姑用乞求的目光望着儿子，眼睛里闪动着泪花儿，没有说话。

古全和很难过，不知道自己该怎样宽慰娘。

在古全和动身返校的前一天，秀姑用恳求的语气说："能再多住几天吗？"

古全和看着他娘那难过的样子，不忍心说不能。

他娘勉强装出笑容，可怜分分地恳求道："两天也行……"

"嗨，他忙，你就叫他走吧。"古世才低声说，语气中透着不耐烦。

"就你懂事！你进步，俺是块木头！思想落后！"秀姑把气使在丈夫身上。

古世才尴尬地笑笑，轻轻地摆摆手儿，不再说话。

古全和委婉地说："学校里事情多，以后我会经常回来。"

秀姑伤心地微笑着，不说话。她相信儿子说的是心里的话，他愿意常常回来看望她。可是从江城到古家庄，路途遥远，他没有那么多的时间，也花不起那么多的路费，他不可能常常回来看望她。

"再住一天？行吧？"秀姑可怜巴巴地瞅着儿子恳求道。

"行！再住两天！"古全和说，"学校里的事情真的是很多啊。"

"知道，知道，俺知道！俺知道！"秀姑高兴得像孩子一样，激动的泪水唰地下来啦。

古全和动身的头一天，秀姑显得很难过。她忙着给他弄吃的，却一句话也不说。古全和知道，她期望他能再住几天，哪怕是一天。可是她没有再提这样的要求。古全和知道，他娘是一位懂事的母亲，她知道儿子属于国家。

这里到关外去的人，都是天不亮就动身。在旧社会，老辈儿的人下关东赶早离开村庄，是怕被人们看见，难为情。在那个年月儿，只有走投无路的人才肯背井离乡下关东。而古全和要赶早动身是为了到40里外的浑河镇去赶乘路过那里的头班长途汽车，以便提前赶到潍坊去转换乘北上的火车。

古世才和秀姑坚持要一起送儿子上路。古全和一再说早起外面凉，劝他们不要去送。秀姑答应了儿子的要求，可是古世才还是坚持要去送他。

早晨，天阴得乌黑，下着蒙蒙细雨，道路一片泥泞。古世才穿着他那件黑色的旧短袖衫，敞着怀，赤着脚儿，光着头，单裤挽过膝盖，手里挑着那个重新糊过无数次，漂洋过海下过关东，又被带回古家庄的木制骨架儿的古老的纸灯笼，把儿子送到村西北的小石桥儿。

古世才站在深秋的寒风里，黄黄的灯光撒在周围。

"爹，外面冷，回去吧。"古全和说。

"不冷。"古世才嗫嚅道。1956年儿子离家返校时他没有这样伤感。那时日子好过，他的心情也好。这会儿他的心里有一种生离死别的滋味儿。

古全和知道，自己不走爹是不会回去的，爹也想和自己多待一会儿，但是他担心爹着凉。便按照当年陶老师的教导，倒退几步，转身朝高家庄走去。

"过年能回来吗？"古世才的声音里充满期待。

"能！一定能！"古全和不加思索地回答道。其实，他并不知道过年的时候他能不能回来。过去的这半年发生了多少事情。年初是反右派补课，接着是双反交心，然后是教育大革命……谁知道在春节前的这几个月里还会发生什么事情呢？可是他觉得他必须这样回答他爹。

"等着你回来过年！"古世才激动地说。

"一定！"古全和说的是他的心愿。

古全和走远了。古世才看着儿子的背影儿消失在黎明前的黑暗中，再次朝着他离去的方向喊道："过年一定回来啊！"

"一定！"古全和说。想到眼前家乡的景象，想到面对艰难的孤独的爹娘，心情沉重。他很想带爹娘一起离开这里，但是他知道自己不该这么做。

古全和走出很远，停住脚步，回头朝爹站的那个地方望去。那盏纸灯笼依然在那里，但是他爹的影子已经看不见了。他想象着爹穿着短衫，敞着怀，光着头，赤着脚儿，单裤挽过膝盖，淋着蒙蒙秋雨，站在冰冷的泥水里，在朝着他的这个方向张望。这一切，深深地印在他的心里，成了他永恒的记忆。

国庆节的前一天，古全和赶回了学校。他直接来到办公室。刚好赶上宣传部党小组在过组织生活，古全和突然闯进来，办公室里立刻热闹起来。

"有什么特产，通统拿出来！"佟金凤说笑着就来夺古全和的挎包。在翻动过古全和的挎包之后说道，"哼，什么都没有，真小气！"

古全和显得很疲惫。他长叹一声，面无表情地坐到身边的椅子上。

"老人怎么样？"计方平关切地问道。

"我娘的病基本好了。"古全和轻声说。

"好，这就好。"计方平真诚地地说。

"那你为什么不高兴？"佟金凤冷静下来。

古全和沉默不语。

"为什么？"江涌问道。

古全和没有回答江涌。

计方平说道："你回来得正是时候，咱们今天会议的内容就是交流大家的社会见闻，畅谈大跃进的大好形势。你跑了一趟山东，路过很多地方儿，见闻一定不少，就请你做中心发言人，详细地谈谈你的见闻和感受吧。"

党委机关的人听说古全和回来了，都拥到宣传部听他讲述他山东之行的见闻。

古全和感谢过大家对他家老人的关心，接着就如实地汇报了他回乡期间的见闻和他的感受，并请求组织把他反映的情况和问题及时汇报给上级党组织。旁听他们党小组会的组织部的干事甄惠羊，也激动地列举他河南老家的问题，给他做了补充，他说他们家乡已经有人饿死了，而且听说有人吃人的事！

古全和的汇报和和甄惠羊的补充，给在场的人的心罩上了一片阴云。他们相信古全和的为人，心情都很沉重，惟独江涌无动于衷，一直在紧张地作记录。古全和感觉奇怪，心想，我汇报的既不是上级的精神，也不是理论问题，只是老家工作中的一些情况和问题，他记录这些东西干什么？难道是为了表现他虚心好学吗？他只是这样想了想，事情也就过去了。

古全和在党的会议上，郑重其事地汇报了他回乡的见闻和他对那里工作中一些问题的意见和建议，觉得自己为党、为家乡父老做了一件好事，尽了一个共产党员应尽的义务，如释重负，立即投入了国庆节的活动，连夜——认真地检查了国庆节当天群众游行所用的各种车辆，第二天一早，就带领学院游行队伍中的文艺大军参加了国庆群众的大游行。国庆节后立即转入了经常性的工作。

古全和回到研究生楼自己的房间，发现他的床铺拾掇得整整齐齐，干干净净，感到奇怪。古全和进师范学院时带来一套被褥，一身单衣，一身棉衣，一身单衣穿到深秋换冬装，一身冬装穿到第二年的初夏换夏装，没有换季用的毛衣或是绒衣，由于没有什么衣物好整理，加之他不拘小节，没有养成整理衣物的好习惯，一年四季天天都是扒扒窝起床，扒扒窝儿睡下。他不敢和家庭成分高的女同学谈感情，这是重要原因之一。那么是谁好心给他收拾的床铺呢？难道是蓝秀花？他想不会，他比他更懒散，不会帮他收拾床铺。那是谁呢？他想到在他离开房间的这些日子，有人在他的床上睡过。晚上，古全和撩开被子，闻到一股子化妆品的味道，断定在他的床上睡过的是个女人。第二天早晨，他又在枕头下面发现了女人用的东西：一个黑色的钢制小发卡儿，半支淡颜色的口红。校园里平时没有人用口红，因此他断定在这里睡过的是个风流的女人，而且不只在这里睡过一夜，否则她用不着带化妆品。事关他本人的声誉，他不能不关心这件事，便装出随便的样子问蓝秀花："在我回山东的这几天里有人借住过咱们的房间吧？"

听古全和这样一问，蓝秀花大吃一惊，意识到古全和发现了什么，但是想蒙混过关，便故作惊讶地说道："没有呀?!……不过这也难说，咱们宿舍的门日夜都是开着的，我有时睡在学生宿舍，说不定会有什么人进来睡过。这种事儿现在并不少见……前些日子，化学系有个男生，居然晕头晕脑地跑进一个女生宿舍里睡了一夜，第二天他才发现自己睡错了地方儿。"

古全和知道，蓝秀花所说的情况是存在的。近来大批学生上山下乡下厂，打乱了生活的常规，个别学生跑到别人宿舍里去睡觉的情况并不新鲜。但是男生糊里糊涂跑进女生宿舍去睡觉在师范学院仅此一件，而女生糊涂到跑进男老师宿舍睡觉的还没有先例。古全和把发卡和口红拿给蓝秀花看，并且说："你看，这是什么？"

蓝秀花看了发卡和口红，又是一惊。他两眼发直，愣在那里，不知道该怎样辩解，长时间语塞之后才露出尴尬的笑容，结结巴巴地说道："哦，我想起来了，你走后的第二天，也许是第三天，我大姑在你的床上睡过。那天她来看我，被大雨耽搁在这里了。"

古全和认识蓝秀花的大姑，她已年过半百，是一家副食商店的一般职工，为人朴实，不好打扮，不可能带着口红来看望她亲生的侄子。古全和断定在自己床上住过的不是她，而可能是蓝秀花招来的某个女学生。平时蓝秀花就爱往宿舍里招女学生。如果真是这样，那问题就严重了。

第二天，古全和在阅览室翻阅《江城晚报》，发现他离校的这些日子，江城地区天气一直晴好，断定蓝秀花说的是假话，觉得事情发生在401，一旦弄出问题，对于蓝秀花和那个女生都不好，还会牵连到他自己，玷污党委机关的形象。莫文林的生活作风问题给师范学院党的工作造成极大消极影响，反右派斗争刚过，师生员工对于生活作风问题特别敏感。而蓝秀花结过婚，生过子，平时就喜欢和女生打连连，闹出点儿名堂来并不奇怪。古全和怀疑在他床上睡过的可能是吴歌。这些日子蓝秀花和吴歌打得火热。吴歌是俄语系高年级女生，祖籍江城，现在家住本市，但是她出生在北平，在那里念过小学和初中，说一口标准的北京话。她身材细高细高的，脸色和举止有点儿像日本的歌舞伎，笑容里隐含着一点儿神秘和妖冶，说话拿腔拿调儿，带有旧时北平女国音的味道。她的面容不算姣好，但是自以为美，讲究穿戴，是校园里惹人注目的一个女生。古全和觉得她虚假轻浮，不可接近，而蓝秀花却对她特别着迷，一再忘情地对古全和说，如果她肯嫁给他，自己情愿给她当牛做马，伺候她一辈子。

发卡和口红问题暴露后，蓝秀花一连几天没回401房间。他既害怕，又恼火。他主观上并不认为留宿吴歌是什么问题。认为男女关系就是那么一回事儿，他焦心的是这事暴露了，而且暴露在古全和的面前，而古全和是一个特别古板的人。古全和没干涉过他和女生们的来往，但是他和女生同居，古全和是肯定不会认可的。这件事情张扬出去，党组织可能会处分他，把他逐出党委机关，说不定还可能以诱奸女学生的罪名法办他。那时，他就名誉扫地，工作和生活就都成了问题，想到这里，他心中涌起了对于古全和的怨恨，后悔搬进了他的 401 房间，便恶狠狠地想道："你回来干啥？你他妈的为什么不死在山东！"不过他仍然存在着侥幸心理。他知道古全和心软，好说话儿，说不定会放他一马。

蓝秀花想不出他该怎样拉拢和软化古全和。他自己好吃，也认为别人也好吃。他想和古全和一起过个周末，在吃吃喝喝中，恳求古全和帮他隐瞒这件事。不过他也做了另一手准备：一旦古全和要揭发他，他就倒打一耙，把屎盆子扣到古全和的头上，说那个发卡和口红是古全和的女朋友落在他的床上的，混战一场，弄他一身臊。那样，学院领导为了保护反右派斗争的积极分子，革命的红旗手古全和，可能不会张扬这件事，他就可以趁乱逃之夭夭了。主意已定，马上行动。周末的傍晚，蓝秀花带着一只沟帮子烧鸡，和两瓶果酒回到 401 房间，说这些东西是他姑姑让他带回来和古全和一起过周末的。

蓝秀花打开包裹烧鸡的油纸，把烧鸡撕开，摊放在他的写字台上，又给古全和跟自己倒上果酒，然后说道："来，咱们也来享受一回！周末快乐！"

古全和也举起茶缸子笑着说道："周末快乐！"

果酒含酒精量只有百分之几，但是喝多了也会醉人。两瓶果酒下肚，蓝秀花的舌头就不怎么听使唤了。他嘟嘟囔囔地说："有一件事我得对你说实话。你回老家的那会儿，在你床上睡过的不是我大姑，而是吴歌。你走后的那个星期天的晚上，吴歌按照学院的规定，准时在晚上七点前返回学校。她想先到我这里来坐坐，然后再回女生宿舍。可是那天我们聊得高兴，不知不觉就聊过了 11 点。女生宿舍的门锁了，她回不去了，只好回到这里来过夜。不过我发誓：我们什么事也没干！吴歌很清高，这件事张扬出去，她肯定是扛不住，说不定会闹出什么乱子，后果就严重了。事情发生在咱们宿舍，说起来咱们脸上也不光彩。我保证今后再也不会发生这种蠢事……"

古全和点点头儿，默认了蓝秀花的说辞。古全和不喜欢吴歌这样的女生，但是她明年毕业，如果事情张扬开来，弄得满城风雨，让她无地自容，寻死上吊，后果就严重了。至于蓝秀花怎样对待这件事，他什么时候向组织交代检讨，应该由他自己去向组织交代检讨。

蓝秀花希望古全和明确表态，说道："我的话你相信吗？"

古全和再次点点头儿。实际上古全和并不完全相信蓝秀花。

蓝秀花又说："你说，我有必要向支部汇报吗？"

古全和说："你自己拿主意。"

蓝秀花尴尬地对古全和笑笑，说："再来一杯！"

蓝秀花表面上央求古全和帮他掩盖错误，而心里却对他又恨又怕。他嫌他太敏感，怪他好管闲事。蓝秀花装出一副可怜相儿，诉苦说："我都25岁了，个人问题还没有个归宿！和我好过的女生也不少，最后都没弄成。这几天吴歌也不来找我了。我去找过她，她不肯见我。昨天晚上，她托她班上的一个女生给我送来一个便条儿，说让我和你一起到他们家去串门儿。你陪我去她家一趟吧，好吗？他们家不远，就在六马路的北口儿，有公共汽车。你陪我去吧，我请你到六马路热市去吃盆儿糕。"① 古全和听说过有陪读的，可是没听说有"陪恋"的。他想吴歌向蓝秀花提出这样荒唐的要求可能别有用心。他摇摇头说："我和她不熟，怎么好贸然去打扰人家？"

古全和发现蓝秀花的恋爱总是有始无终。他认为按照世俗的标准，蓝秀花谈婚论嫁的条件不错。他没有"啰唆"（这是有些人对于对方有义务抚养的兄弟姐妹的称呼儿），也没有"废品"（这是有些人对于对方有义务赡养的祖父母和父母的称呼儿），他独身一人，生活富裕，穿戴时髦儿，文质彬彬，有共产党员的称号儿，有摄影的特长，可以用来招引女生，他为什么就不招人喜欢呢？有一天，他问蓝秀花说："你想过没有，那些女生为什么离开你？"

蓝秀花眉头紧皱摇摇头沮丧地说道："我也不知道。每回开头儿都挺热乎儿。像也照了，公园儿也逛了，电影也看了，饭也吃了，礼物也送了，最后还是离我而去！"

---

① "热市"，某些地方对于城区夜市的一种叫法儿。营业的高潮一般在晚上。"盆糕"，一种地方小吃儿，因用泥盆儿蒸制而得名。具体做法儿是：将适当容积的陶制泥盆置于大蒸锅里，将干黄米粉一次次一层层地撒进泥盆里，伴以一次次的搅拌，干蒸而成，调以白糖或蜂蜜食之，口味极佳，是江城名吃之一，但制作颇费工本。现在已不多见。

古全和猜想，蓝秀花肯定有讨人嫌的地方儿，可是那是什么呢？

蓝秀花说："你没去追求过谁，可是想和你好的女生却挺多，是不是有些女人犯贱，你越是不爱搭理她，她就越是喜欢你？"

古全和说，他不知道，也没考虑过这个问题。古全和在个人问题上的处境并不比蓝秀花好。他也已经年过 25 岁，个人问题也没解决。蓝秀花和女生交往过于随便，而古全和在这方面儿则过于谨慎。他认为男女的感情交往，一旦开始，就应该成婚，白头到老，否则就是不负责任，就不要交往。所以对于那些表示过喜欢他的人，他不敢轻易表态；而对他喜欢的人，他又不敢去向人家袒露胸怀。他害怕自己被人家错爱了，耽误了人家的终身大事；也害怕自己错爱了别人，负不起这份儿责任。就连线淑平这样和他交往这么久这么密切的人，他也没跟她谈论过个人生活问题。就这样，他和一个个本来可能和他走到一起的好心的女友擦肩而过。近来他常常拷问自己："难道我错了吗？"但是他不能回答。不过近来他在回忆往事的时候，常常有一种遗憾和悔恨的感觉，开始怀疑自己在个人问题上的想法和做法，可能不切实际。他不认为自己在恋爱问题上比谁高明，不知道别人为什么喜欢他，所以在个人生活的问题上，他也没对蓝秀花说三道四。

蓝秀花说："那你就没爱过什么人吗？"

古全和想了想说道："那倒也不是。爱不爱不好说，反正我喜欢过一些女朋友。比如我念高小的时候，就喜欢过一个叫巫衍芳的女同学。她老家山东招远，那年 15 岁，我也 15 岁，都是年级里的大龄学生，都在校学生会工作。我是学生会主席兼儿童法院院长，她是副主席。我喜欢她，我知道她也喜欢我。1948 年春天解放军围城，枪炮声一响，学校停课，我们就分手了。她回到城里，我回到宋家屯镇。此后我们就再也没有见过面。我一直惦记着她，解放之后到处偷偷地打听她的消息，也到她家去找过她。他们住的那幢二层小楼儿已经不在了，那里是一片瓦砾和一个大炸弹坑。有人说，围城不久，国民党军队就军管了他们家的粮店。直到1951 年初，我才得到一个消息，说她在江城解放的前夕逃往解放区的路上，被国民党军队埋设的地雷给炸死了。不过也有人说在解放区见过她，可是我一直没有得到她的确切消息。我想如果她有幸活下来，也已经是孩子他妈了。"

古全和还对蓝秀花谈过他和黄伯芬等几位同学相处的故事，检讨过他带有封建色彩的农民的婚恋观，说实际上正是这种落后的婚恋观让他和一些好朋友擦肩而过，至今仍然孤身一人。让古全和万万没想到的是，他的这些同志间的坦率的谈话，在后来的政治运动中，都被蓝秀花炮制成用来证明古全和流氓成性，污蔑解放战争，说人民解放战争破坏了他的爱情幸福等等的证据。这当然很荒唐，遗憾的是这种荒唐事在某些政治气候下并不少见，而在特定的社会条件下，从政治上毁掉一个人并不需要多少证据。

今天早晨一上班，佟金凤就关照古全和，说党委办公室主任、党团委直属党支部书记阎一松找过他。古全和立刻去见阎一松。阎一松爱干净，正在忙着搞室内的清洁卫生。

"你找我？"古全和站在党委办公室的门外说。

"对，稍等，我有话对你说。"正在忙着擦窗台的阎一松说。

古全和坐到办公室里一张样子很像儿童玩的滑梯那样的木制的没有油漆过的旧躺椅上。这张躺椅的材质似乎有点儿特殊，好像是铁梨木的，但是要论它的造型和式样儿，一般人恐怕都会认为它一无可取，扔到街上，如果不是有人要把它当柴烧，也未必会有人去拣它。可是阎一松喜欢它，拿它当宝贝，搬到哪儿都带着它，经常宣传它的长处。他说它合乎人体力学的要求，肯定是有人专门量身定做的，估计它原先的主人和他的身材差不多，因此也就等于是专为他定做的，坐上去很舒服。阎一松比古全和大三岁，是本地人，他父亲曾经是原江城大学社会学系的教授。1946年夏天，正在念高中的阎一松，因与继母不合，在人民自治军即八路军第一次路过本市时参军。东北解放之后，他去了西北，不久就被保送西北某师范学院教育系专科学习，毕业后回到江城。他有点儿像古全和，喜欢理工科，却念了文科。他经历过战火的考验和实际工作的锻炼，已经适应了党的机关的工作和生活。

阎一松涮过抹布，回到办公室，把抹布搭到窗台下面的那根暖气管子上，回头对古全和说："找你来谈谈你的工资问题。"

古全和随便说道："工资由领导定，还谈什么。"

阎一松笑着说："得按照政策和制度办事。"

有关工资的规定，古全和一无所知，也不关心，每月发56元，他就拿着56元。他不讲究吃，不讲究穿，不喜欢玩儿，生活上要求很简单，早在他念研究生的时候，拿到每月46元——后来是54元的助学金，他就觉得他个人的生活和他养家糊口的问题已经解决了。工作以后，增加到56元，他就更不关心钱的事了。其他如干部的工资分多少级，他自己的工资属于哪一级，别人的工资都是多少，他更不注意。每月发下工资，他先拿出20元，寄给爹娘，留下15元，12.5元交学生灶的伙食费，2.5元零用，其余部分随手丢进不上锁的抽屉里，需要的时候，随时到那里面去拿。攒钱呐，结婚呐，居家过日子呐，他连想都没有想过。他想的就是工作和念书。他唯一感到遗憾的是他不能干他熟悉和喜欢的教学和研究工作。

阎一松听古全和这样说，不由地笑了，心想："小伙子现在光棍儿一条，无牵无挂，不知道生活的艰难。"然后认真地对他说："你是研究生，比本科生高一级，试用期的工资是每月56元，现在转正了，是62元，你有意见吗？"

"我能有什么意见，没有。"古全和说完就告别了阎一松。

阎一松站在办公室门口儿，目送古全和，摇摇头，笑笑，自言自语道："单纯，真单纯！人就应该这样。有多少人为了一级工资而闹得死去活来啊！"

古全和想到阎一松对他的态度，心中涌起一种说不出来的滋味儿，说不清是为自己的单纯而感到得意呢，还是因为自己的"无知"而感到羞愧。他知道阎一松对他的微笑是善意的，也知道自己在这方面和那些从实际工作中锻炼出来的同志有一定的距离。可是他并不看重这个距离，认为这都是一些枝节俗事，这些东西对他说来，原本是不需要的，无聊的，即使现在也不是什么要紧的事情。每当这种时候他都会想："领导为什么不用我的所长，而偏偏要用我的所短呢？能胜任我这种工作的人多的是，为什么偏偏要我抛弃学习了六年的专业来重新学习这些具有高中、初中、甚至小学教育程度的人都能够掌握的行政常识呢？"古全和虽然在努力完成领导交给他的各项任务，强制自己适应党委机关的工作，但是心里却越来越自信地认为，党委用人不当。他想，"我并不要求领导给我提级加薪，而只想发挥我的长项，这有什么不对！战争年代，一切服从对敌斗争的需要，很难做到发挥个人所长，可是现在是和平年代，在进行经济建设，有条件，也需要发挥每个人的所长。"他向领导提出过回系工作的要求，但是没有结果。现在他只能把自己的这种想法儿放在心里，因为这里除了佟金凤以及他的好朋友乔家槐等个别人之外，几乎所有的人都不会支持他的这种想法儿。反右派斗争之后，无条件服从领导的调调儿喊得更响了。至少在表面上是这样。这里的多数同志没有古全和这样的问题，也不理解他的苦恼。他们已经习惯了这里的这种周而复始的工作。在他们看来，开会，听汇报，作汇报，打电话，完成上级交给的任务，一天天，一月月，一年年，欢欢喜喜地过日子，这就是革命，就是一切，而并不想去研究什么，改变什么，贡献什么。如果谁有别的想法儿，那他就会被说成是不安心党的工作，是个人主义，甚至有野心。而有野心是很危险的。所以古全和体会到："在实际生活中，早就有'驯服工具论'了！"有时古全和也很想忘记自己的专长和爱好，无条件地服从领导，"驯服"地工作！可是他头脑中经常会冒出一些想多干点儿什么，干点儿自己喜欢干的事情的念头。让他感到苦恼的是，他的这些想法儿没有人可以诉说，说了也没有用，反而会遭人非议。

国庆节后，古全和又回到日常工作中，第一件事就是回到宣传部办公室来收拾他的办公桌。他发现他在回老家探亲前放在桌子上的几份学习材料不见了，其中包括周扬、林默涵和陈荒煤等同志在北京大学所做的关于马克思主义美学问题报告的记录稿。那是中文系的老师们辗转从北京大学弄来打印件复制的，吴月英同志知道古全和在研究美学，希望他能利用空闲的时间为回系工作做些准备，特地托吉梦寒给他送来的。这些文件，古全和已经认真地看过几遍，在上面写了许多批语。在周扬同志报告上写的批语最多，有十几条。看书报写批语是他在念大学本科和研究生时养成的一个习惯，习惯在读书、读文件、读笔记的时候，把自己的体会、问题和不同的意见顺手用铅笔记在属于他自己的书籍、文件或是笔记上，反复揣摩体会。可是有谁能想得到他的这个习惯会给他带来那么多的麻烦呢？

"谁收拾过我的桌子？"古全和有些不满地自言自语。

"我没注意，"佟金凤说着就走到古全和办公桌前，"少了什么？"

"周扬同志的那份关于马克思主义美学讲话的记录稿不见了，"古全和说，"我离开办公室的时候，是把三份讲话稿和几本书一起放在桌子上的。林默涵和陈荒煤同志的报告稿跑进了我的抽屉，而周扬同志的报告不见了！"

"那会是谁拿走了呢？"佟金凤说。

古全和嘟囔道："要看就说一声儿嘛！怎么能随便把别人的东西拿走呢？"

这时，江涌走进办公室。

"老江，你见过我放在桌子上的文件吗？"古全和说。

"什么文件？没见过呀，怎么，不见了吗？前些日子卖过废品，是不是当废品处理了？"江涌若无其事地说着，转身走了。

古全和问过所有经常来宣传部办公室的人，他们都说没见过。

佟金凤思忖着说："我有个印象，好像江涌翻动过你的东西。"

古全和想了想，摇摇头心想："不会是他，他不关心美学问题。"

37

大跃进的 1958 年，在喧天的锣鼓声中过去了。东湖师范学院的教育大革命从年初的轰轰烈烈转而变成为年末的犹疑不前。虽说此刻仍然有一些师生依然在往工厂、农村跑，但是在东湖师范学院教育革命应该向何处去的问题上却出现了意见分歧。少数人认为，东湖师范学院应该去掉她的师范性，变成综合性大学，更名东湖大学，以提高各系科的学术水平和在全国高校中的地位。然而大多数人仍然强调师范性，主张依照老样子办下去，他们的根据很简单，因为教师是个特殊职业，培养教师需要特殊的教育机构，而这就是师范院校。他们还说，培养教师的特殊教育机构和特殊的课业设置，并不是中国独有的。这一争论没有继续下去，毛主席说，师范大学还要办，算是这段时间有关争论的结论。

1958 年年初补划过少数右派分子，就进入了以反浪费、反保守为号召的双反交心运动，师生们都制定了个人的"红专规划"，过后就进入了教育大革命。其间，师生们进工厂，下农村，与工农相结合，轰轰烈烈，热气腾腾。然而政治气候多变，1959 年伊始，人们忽然发现，校园生活，在转了一圈儿之后，似乎又在向原点回归。院党委提出了整顿教学秩序的口号儿，要求教育革命要从"大轰大嗡"转向"精雕细刻"。于是，师生们参加工农业劳动的时数减少了，后来终于没有了，校园里又书声琅琅，回到了以教学为中心、以教师为主导的老路子，而且各系都还先后组织了一系列规模空前的学术报告会，促成了一个学术活动的小高潮，一度被说成"白专家"的某些教授和讲师，也因此而获得了一个再显风骚的机会。然而好景不长，进入本年度的秋天，风向又猛然为之一转，刚刚鼓吹和实行了半年的"精雕细刻"忽然被说成是右倾机会主义，于是，另一场猛烈的政治风暴——反对右倾机会主义的斗争又轰然而起，横扫师范学院校园，不少忠实的共产党员被迎风扑倒在地。

古全和对于当前院党委的思想政治工作有一个初步的评价，认为有些规定和做法儿是过时的、脱离实际的、形式主义的，其中"管"的成分多，而"导"的成分少；这样的思想政治工作，不仅不能有效地帮助师生员工前进，而且在某种程度上妨碍大家解放思想，发挥创造精神。他感觉反右派斗争前，党群关系比较平等，干群关系也比较融洽，有问题党内和班内可以讨论，没有人随便给别人扣帽子。而现在所有的人在口头儿上都特别强调党委的领导，在总结工作、谈论成绩的时候，都要生硬地挂上这样一个短语——"在党委的正确领导下"。古全和认为这不利于调动群众的积极性和创造性，作为基层党组织的院党委，也并非无处不在，事事正确。党委应该管的是方向、路线和方针政策，是向师生员工灌输马克思主义，而不是统管一切。

现在，实际存在于党委的干部和师生员工之间的，不是平等的朋友关系，而是管理者和被管理者的关系，党的工作对于提高师生员工的思想觉悟和理论素养，没有像有些人说的那么意义重大。古全和认为，学院的主体是学生。教师是为学生服务的，党政干部是为学生和教师服务的。学院的主要活动是课堂教学和科学研究，党委的政治思想工作应该与教学和科研相结合。而现在学院的政工干部中的多数不懂专业，也不关心专业问题，和师生较少共同语言，不能把党的领导和思想教育工作深入到他们的主要活动领域。反之，多数师生也并不真正尊重某些党的政工干部，他们之所以不得不听取那些老生常谈，是因为政工干部左右着他们的命运。而当这对儿"管"与"被管"的矛盾加剧的时候，校园里就不太平了。古全和认为，1957年整风鸣放时，贺守节先生的一张小字报，能够引出那么多的大字报，并不表明那些大字报的作者都同情贺先生，否认其政治历史问题、支持他为争名夺利而去揭发莫文林的丑事，而是因为他们自己就对于党的某些组织、某些干部和某些做法儿不满，所以当政治风浪涌起的时候，他们就乘势而上，群起而对某些政工干部、乃至整个儿党的组织指指点点，大诉其怨，大光其火，大骂其人，甚至有人图谋取而代之，闹得鸡飞狗跳，让党委陷于孤立和被动，失去核心领导作用。在战争年代较少这样的矛盾。那时基本没有外行领导内行的问题。政委和司令员都是战士，司令员可以当政委，政委也可以当司令员，身兼政委和司令员的也不是没有。林彪元帅就曾经是四野的司令员兼政委，整个儿东北党政工作一把抓。而现在，把政治干部和业务干部的分工绝对化，专业化，使得政工干部和专业干部，变成两股道上跑的车，他们之间的距离越来越远，彼此越来越不了解，于是，"外行领导内行"的弊端就出现了，瞎指挥也就难免了。

古全和认为，如果政工干部不能在专业知识、理论素养和道德面貌方面走在师生员工的前面，他们就不可能受到工作对象的尊重，不能透视其心灵，发现和理解其需求，帮助和引导他们前进。解决这个矛盾的唯一的办法儿就是消除政治干部和业务干部之间的人为的隔阂和对立，使他们能够彼此向着自己的对立面儿转化，都成为内行，至少现在就应该在部分有条件的教学和政治干部之间，实行这样的转化。解放初，任何一个来自老解放区的干部，哪怕他只有初级小学的学历，是个文盲，只会唱《解放区的天》和《没有共产党就没有新中国》，也有资格给大学教授们作政治报告，提高他们的政治认识，并使他们感到满意，因为他来自一个新世界，那里的一切对于新解放区的人们来说，都是新鲜的、进步的、令人鼓舞的。可是现在师生们的革命启蒙阶段已成过去，他们对于党的政治工作有了更高的要求，不可能设想一个大学教师能真诚地去听一个中学生给他们重复革命的甲乙丙丁。而有些政工干部本来就不具备和师生平等对话的条件，却自以为有权在手，高人一等，可以教训人，管控人，当然会招人反感。

　　古全和认为 1957 年师范学院的某些右派分子贴出"把不学无术之徒从神圣的高等学府赶出去"的大标语，如果抛开他们幻想把共产党赶出高校的政治图谋不提，而只从正面去理解那条大标语，应该说，那条标语里面也包含着一些真理。从长远的角度看，"不学无术的人"不可能永远留在师范学院党的政治工作干部的队伍里。因为让这样的人掌管师范学院，他只能瞎指挥。有人戏称政工干部是"万金油"，事实上，有些干部连"万金油"的作用都发挥不了。古全和认为改革党的工作势在必行，他认为自己有条件先行一步，成为新型的政工干部，也就是计方平所说的"职业革命家"。可是当他把自己的这个设想汇报给计方平的时候，计方平只是善意地笑笑，表扬他关心工作的大局，肯动脑筋，但是批评他的想法儿不切实际，提醒他不要到处宣传他的这些想法儿。但是古全和毫不怀疑自己是正确的，决心从自己做起，还提出了合格儿的党的政工干部的主要条件。第一，工作在高等学校的"职业革命家"，不应该是像现在这样的不看书、不读报、不学习、不研究，而只是上传下达、两眼盯着师生们是否"驯服"、是否安分守己的事务主义者，而应该是热爱党的教育事业、热爱学生、思想品格高尚、求真务实的人。第二，合格的政工干部首先必须是某一专业的合格的教师，能登台授课，动笔写文章，既能当"政委"，也能当"司令员"，能在教学岗位和党政机关之间自由流动。第三，他应该初步通晓马克思主义的基本原理，有革命的实际工作经验，能解决实际问题，对国内外政治形势和校园里群众的思想动向时刻保持着清醒的认识，能有针对性地进行马克思主义的理论宣传，能参与批判错误思潮的斗争，并能坚持正确的方向。古全和请求领导批准他兼任外国文学、文学概论、马克思主义哲学课。计方平没反对，但是他迟迟没有答复他。

　　一件微不足道的鸡毛小事儿，加深了古全和对于改造师范学院党的政工干部队伍的迫切性的认识。上周三下午，古全和在党委直属党支部讨论政治时事问题的会上的发言中指控美帝国主义的反动叫嚣时，用了"蛊惑人心"四个字。统战部新来的干事缪文逵当场就以嘲笑的口吻说，请他给他讲一讲，什么叫"蛊惑人心"，弄得古全和哭笑不得。会后缪文逵还心有不平，不屑地对周围的人唠叨说："什么'蛊惑人心'！无非是要显示一下他念过研究生，记住了几个嘎里嘎气的怪词儿罢了。有什么了不起?! 大学老子也念过几个!"古全和怎么也没想到，几个汉字会招来这样的麻烦，他觉得缪文逵简直是仇视文化。这件事既让古全和体会到改造政工队伍的迫切性，也让他意识到这一工程的艰巨性。他想他仍然得和包括缪文逵在内的这些同事们一起，在这同一个磨道里转圈圈儿。不过他决心在这条道路上走下去。不久，他就怀着一种类似于诀别好友的心情，清理了他积累多年的近千本中外文的专业书籍，只留下马克思主义经典著作和有关美学的书籍，以及世界文学名著，把其余近八百本书籍以每公斤八分钱的价格，一次性地"卖"给了经营旧书的中国书店，给自己的过去，做了一个历史性的了结。他决心做好组织交付给他的每一件事情，但是要坚持学习，既学习马克思主义，也学习专业知识，把自己锻炼成一个合格儿的职业革命家。

这时，古全和以为自己的双脚已经落在了师范学院的土地上，而事实上他仍然漂浮在东湖师范学院政治生活的云雾中，对于真正的东湖师范学院，和活跃在其中的形形色色的人们，仍然是一知半解，甚至可说是茫然无知。

38

在1959年国庆节后第一周周一的上午，师范学院党委召开了书记碰头儿会，列席会议的有党委常委、总务长姜添富，党委委员、教务处长张扬，党委委员科研处长汤敏，宣传部长计方平和党办主任阎一松。会议由党委书记步行健亲自主持，内容是讨论党委和院委几个部处单位干部配备的问题，议案和相关人员的资料已经由相关单位分发给与会的每一个人。会议原定在国庆节前开，因为节前事情太多，没能排上日程，顺延到今天。

教务处和总务处拟议提拔的两位副处都是本单位的中年干部，属正常提拔，没有争议，需要讨论的是准备破格儿提拔的古全和。

破格儿提拔古全和的建议是由计方平在征求过一些同志的意见之后提出的，党委书记步行健和党委党团工作专职副书记熊可宽同意把这个问题提到书记碰头儿会上去议一议。

自学成才、少年得志、文武兼备的步行健偏爱敢想、敢说、敢干、敢闯和有才气的年轻人，打心眼儿里喜欢古全和，破例在讨论古全和一案一开始就发表了他个人的意见。他说："古全和是个人才。去年整风鸣放期间，他是最早察觉运动有偏差，第一个站出来批评大字报潮中的错误倾向，替党委说公道话，维护党委对于整风运动的领导的。小伙子政治上头脑清楚，思想活跃，业务上学有专长，工作积极主动，有独立工作能力，很有培养前途。他发表在院刊和学报上的文章和院内文艺刊物儿《向阳花》上的诗歌儿，我都看过，立意高，文字好，有意境，都不错。"

步行健的讲话并没有得到与会者的积极响应，会场陷于短暂的沉寂。把转正一年不到的一个新党员，破格提拔到副处级的领导岗位上，这在和平时期毕竟是一个罕见的特例，在场的人需要认真地想一想，是很正常的。

教务处长张扬打破了沉默。她对步行健的发言不置可否，而是吞吞吐吐地说道："现在就破格儿提拔古全和担任宣传部的副部长是否合适？这个问题，我说不准。"这等于说她反对提拔古全和。

接着表态的是总务长姜添富，他附和步行健对于古全和的肯定评价，称赞古全和是棵难得的好苗子，然后就含糊其辞地亮出了他的真实态度。以商量的口吻说道："现在就让刚刚转正的古全和同志挑起宣传部副部长这副重担，他是不是显得嫩了一点儿？"他特别强调了"刚刚转正"这四个字。

爱才心切的步行健激情不减，笑着说道："古全和已经 26 周岁了，不年轻了！红军时代，熊厚发 18 岁当师长。我在抗战时当团政委的那年也只有 24 岁，我们旅长马殿忠只比我大一岁。我们俩率领两千人马在晋察冀和鬼子周旋了一年多，闹得他们六神不安。"讲到往事，步行健目光炯炯，神色间透露出他往日战斗的风采。

姜添富又低声说："有人反映说，古全和很骄傲啊。"

古全和此刻正红，谁都可以对他挥舞"骄傲自满"的这顶弹性很强的大帽子。汤敏立刻附和姜添富，说她也听有人这样议论古全和。而张扬则说，对于古全和的骄傲自满，她有亲身体会！说古全和连老干部也不放在眼里。不过她没有做具体说明。

步行健说："年轻人嘛，只要政治上可靠，正派，能干，有培养前途，有点儿骄傲，不算大毛病。我就骄傲过。成功铸就信心，自信过了头就会骄傲。骄傲的本质是摆不好个人和群众、主观和客观的关系，是一种思想上的幼稚病。有了经验教训，知道火能烧死人，水能淹死人，革命不容易，懂得了群众伟大，摆正了个人和集体的位置，他就会成熟起来。得给年轻人一个实践的机会。无论是谁，特别是那些有才能的人，在他成长的道路上，经验和教训都是少不了的。"

在理论上，党委书记是党委会里的一员，他和其他委员是平等的。然而在实际生活中，事情往往不是这样。因为党委书记是党委里面的"第一把手"，是党委一班人里面的"班长"，是为党委的决策拍板儿的人，是"民主集中制"里面的那个"集中"。所以步行健坚持要提拔古全和，又是在反右派斗争之后，而古全和在反右派斗争中表现又好，谁还好意思再发表和他相反的意见，和他唱对台戏呢？会场因此而再次陷于沉寂。

"怎么样？还有不同意见吗？"步行健问道。

"古全和是刚刚转正吧？"姜添富说。

古全和转党的日期和他工作转正的日期，都写在他的专题材料儿里，而专题材料儿，与会者人手一份。姜添富是故意用这样一个疑问句来强调他所说的古全和"嫩一点儿"的这个不足，变相儿地表示他反对提拔古全和。

姜添富和张扬等人的发言，让计方平多有感慨。古全和年轻，锻炼不够是事实。但是姜添富等人反对提拔古全和的真正原因不在这里，而是因为古全和曾经冒犯过他们，伤过他们的自尊心，触犯过他们的利益。他记得在战争年代，面对干部提拔的问题，大家考虑的是党的事业，是被提拔的同志是否忠诚，是否勇敢善战，是否能带领大家去争取胜利，而面前的这几个人在提拔古全和问题上，考虑的却是个人的恩怨得失。这不是一个共产党员应有的胸怀。

姜添富和古全和的疙瘩是在反右派斗争中结下的。当时，计方平曾经奉命组织古全和在批判原宣传部副部长、右派分子袁竞良的全院大会上发过言。发言稿儿是计方平指导古全和准备的。古全和在那次发言中，在肯定群众在整风鸣放阶段帮助党整风中所做出的贡献时，着重肯定了群众对于两个院级领导干部的揭发和批评，一个是当时已被桃色事件弄得狼狈不堪的党委书记莫文林，一个就是名声儿不香的总务长姜添富。在整风鸣放期间，矛头指向姜添富的大字报的数量仅次于莫文林，影响比莫文林更大。莫文林的问题是一个单纯的生活作风问题，而姜添富是百病齐发。群众揭发他利用职权毁坏国家文物，把学院从伪皇宫流散出来的名贵大红木八仙桌，挖去中间部分，装上玻璃，改造成他拓画儿用的工具；揭发他工作不负责任，对总务处的家底儿知之不多，不仅不知道学院养着多少头猪，甚至也不知道学院总共有多少栋教职工和学生宿舍。他每年的工作总结报告都由别人代笔。在整风的整改阶段，他做过一次检查，发言弄错了页码儿，闹了不少笑话儿。最让人哭笑不得的是他竟不知道自己是在作检查，直到他磕磕巴巴地念到讲话稿儿最后的一句话："以上就是我的检查，请同志们批评指正"，才恍然大悟，知道他是在作检查。有大字报还揭发他道德败坏，曾经猥亵过总务处的某女工，和校医院某男护士搞同性恋。在整风的"整改"阶段，党内外有许多人提议免掉他党委委员和总务长的职务。古全和在批判袁竞良的发言中简要地提到了他的这些问题。姜添富对此耿耿于怀，流露过他对古全和的不满，公开反对调古全和到党委机关工作。计方平知道，有些犯错误又讳疾忌医的人，不喜欢那些疾恶如仇、锋芒毕露的人。

熊可宽支持步行健的意见。他说："党龄短、经验少，当然是缺憾，但不是实质性的问题。只要肯干，经验可以积累。关键是基本素质要好，有工作能力。古全和政治上表现好，群众认可，到宣传部一年多，表现也不错。他主抓的总路线宣传，'五一'劳动节和国庆活动，都搞得很出色，受到市委的表扬。"

党委副书记邬伯涛说："古全和的确是个人才，很有发展前途，应当好好培养。"不过他没有针对争论的问题表态，事实上是他不赞成破格儿提拔古全和。

古全和在整风鸣放时期曾经写大字报替党委副书记、教务长王原平辩护过。但是王原平没有发言。他认为让古全和锻炼几年再委以重任更稳妥。匆忙把他提拔到领导岗位上，一旦他栽了跟头，挫伤了他的积极性反而不美。

汤敏以提问题的口吻对计方平说道："听说古全和生活作风不够检点。你了解古全和这方面儿的情况，能具体谈谈？"

"是的，我也听说过这方面的一些传闻。"张扬立刻呼应。

扯到男女关系的话题，姜添富精神亢奋。他笑眯眯地说："听说他收到的情书数以百计，用的都是带有插图的特制的好信纸，古全和把它们装订成册，到处炫耀。老计，有这么回事吗？"

计方平气愤地说："纯粹是胡说八道！"他意识到张扬、汤敏和姜添富铁了心要阻挡破格儿提拔古全和，现在又抛出了所谓生活作风问题，事情就更扯不清了。既然提拔古全和的方案通不过，他对这个问题也就不感兴趣了。不过他还是要主持公道，替古全和说话，尽量保护他。他严肃地说道："追求古全和的女生的确不少。有的女生还曾经托我本人和我们家的老舒给她们保媒呢。听说有的女生还托步书记做媒。不过这不是古全和的过错。他没有办法不让别人对他有好感。但是，据我所知，古全和除了工作需要，从不和女同学交往。有些人甚至认为他奉行独身主义。他偶尔在宿舍里会见女同学、女教师，也一定要敞开房门避嫌。他只和地理系的一个女生有过比较密切的来往。那个女生姓线，是他中学时的同班同学，现在齐齐哈尔一所中学工作。我认为有人愿意嫁给我们的同志是件好事。我们共产党并不像有些人诬蔑的那样是和尚党。我们的同志也有个男大当婚、女大当嫁的问题。无论是男同志，还是女同志，都有权恋爱结婚。苏联有个哥萨克地区，那里有一种风俗，一个男人，爱他的女人越多，人们就越认为他优秀。女人也是这样。我国有的地方也有类似的习俗。我觉得这很有道理。不管男女，被爱不是过错，只要他们不乱爱就无可指责。古全和未婚，一表人才，思想进步，出身好，学历高，前途远大，有人喜欢，这算什么问题？我们是在选拔干部，而不是在剃度和尚。要是谁都不喜欢我们的古全和，那我到哪里去给他找对象？"

计方平的发言引起一阵开怀大笑。

"啊呀，真没想到，老计还是个恋爱专家！"汤敏笑着说。

"说得好，思想解放！"姜添富笑眯眯地说，他感到计方平是在批评他。

"是的，有人爱不是缺点。"步行健笑着说，"关于古全和的生活作风问题，我们就不谈了。再回到我们讨论的主要问题上来，请继续发表意见。"他转向计方平说道："老计，你再谈谈吧？"

计方平确信破格儿提拔古全和已无可能，摆摆手，表示不再发言。他深感现在的党内生活不正常，有人竟为一己之私，把有关一个同志的流言蜚语拿到党的会议上来当笑话儿说，抹黑别人，公报私仇，太不严肃。现在只要有谁提出某人有"问题",不管是历史问题、现实问题、政治问题、工作问题,还是生活问题,也不管是不是有那么一回事,只要有人提出来,就没有人敢站出来替当事人说公道话。他记得在战争年代,同志间为了明辨是非,常常争论得面红耳赤。他觉得现在人们坚持真理的勇气小了,个人得失考虑多了。这股歪风会把有作为的干部卡住,卡死。

步行健沉思良久问道:"其他同志有要说的吗?"

没有人发言。

步行健很想早点儿把古全和提拔到领导岗位上锻炼培养,他确信这是正确的,对党的工作有利的。但是既然大家的意见不能达成一致,而且分歧比较大,连副书记邬伯涛和王原平都持保留态度,他就只能把这件事暂时放一放。提拔干部不是他党委书记一个人说了算的事。这不仅关乎党的组织原则,还牵涉到他个人的政治责任。"用人不当"和"在用人问题上不民主",也是他作为党委第一把手不能不设法避免的非议。一言堂不可取。强行通过提拔古全和的提议对工作不利。反正古全和还年轻,再等一等,对党的工作和古全和个人的发展,都不会有什么影响。于是他淡淡地说:"宣传部的问题以后再考虑。"

准备提名古全和做宣传部副部长的事,古全和一无所知。在宣传部的新同志中,计方平只和江涌就这个问题交换过意见。他觉得江涌入党早,工作时间长,又是外来的干部,和古全和的提拔没有矛盾,就想听听他的意见。现在计方平怀疑,姜添富和汤敏提出的有关古全和骄傲自满和生活作风的问题,有可能与江涌有关。古全和收到的情书多这件事,只有宣传部的人知道。佟金凤崇拜古全和,她不会说古全和的瞎话。齐觅芬基本不来上班,不知道这些事。蓝秀花在婚恋问题上朝三暮四,不会把这种事当作缺点放在心上。那剩下来的就是江涌了。江涌分管联系教务处和总务处,和姜添富等人联系比较多。计方平怀疑是江涌把这些子虚乌有的说法儿透露出去的。因此他也就开始想到江涌可能对宣传部副部长的职位有所觊觎。他想,如果事情属实,就凭这一条儿,就不能提拔江涌。他怎么可以这样对待同志呢?这是诬陷,是非组织活动!

江涌听说破格提拔古全和的事吹啦,长长地出了一口气,庆幸他的"冒叫策略"成功了。所谓"冒叫策略",就好比人们正在排长队等着上公共汽车。一个人正站在车门的阶梯上,再跨上一步就能登上汽车,而这时有人冒叫他一声,在他回头寻找叫他的人,或者询问对方叫他所为何事的时候,车就开动了,他也就错过了这趟公共汽车。这是有些邪恶的人在阻挠他人升迁时,经常采用的手段。实行"冒叫政策"的办法儿很多,如散布谣言、挑拨离间和写匿名信等。

3.9

今天午饭时间,计方平亲自到学生第一食堂,通知古全和下午两点到自由大楼小礼堂听重要报告,强调说,不能请假,不能迟到,并递给他一张油印的入场券。古全和感觉计方平说话的样子很严肃,给他造成这样一种印象,下午的报告非常重要,他想,是什么大事能让一向老成持重的计老太太变得这样神经兮兮的。

下午两点,古全和准时赶到小礼堂会场。小礼堂有四个门,两个通校园,两个通楼内的走廊。现在中文系放教学电影,也用这个小礼堂。平时开会、放电影,常常是四门大开,今天只开了一个由走廊进入的小门儿,而且有双人把守,认真验票放人入内。小礼堂周围还有游动哨,警卫人员不苟言笑,一副大敌当前的架势,类似于几年前他旁听有关高饶反党集团问题传达报告时的那种情形。那时他还不是党员,是入党积极分子,而这一次前来开会的都是党员,没有入党积极分子,每一个党员都验明正身,凭票入场。显然,这次会议保密的程度比那一次更严格。

古全和走进小礼堂,发现礼堂内部所有的照明设备都打开了,所有宽大的防空窗帘儿也都放下来了。这些防空窗帘儿是十多年前日伪时期日本鬼子垮台前夕,他们为防范美国和苏联飞机轰炸而制造的,一律用红黑两种颜色的厚厚的棉布制成,五十年代初抗美援朝时用过几回。

会场上,有少数人在神秘地耳语。古全和猜想,那些窃窃私语的人,多半又是那些耳朵长,身份特殊,爱显示自己的人。他们可能已经从家人或是亲戚朋友那里打听到了有关会议的内容,此刻正在那里积极兜售,以显示他们的通天本事呢。

古全和胡乱地想着,随便在前排靠边儿的一个位子上坐下。他的屁股一着长椅，瞌睡就猛然袭来，而且驱之不去，主席台上的景象也开始变得模糊不清，似是而非。

古全和见熊副书记站在讲台前，知道会议就要开始。

平时主持全院党员大会的多半是党委办公室主任阎一松，而今天则是党团专职副书记熊可宽。熊副书记谨慎地清了清嗓子，神情严肃地说道："同志们，开会啦！今天的会议很重要，内容是由步行健同志传达中央会议的重要精神。报告的内容保密，不准记录，不得外传。现在就请步书记作传达报告。"

平时步行健书记喜欢在讲话中穿插一些革命的往事、趣闻、掌故和笑话儿，以活跃会场，使得严肃的政治问题显得不那么沉重。有一回，他还穿插进了一段儿京戏清唱《空城计》，逗得与会者说笑热议了好一阵子。但是此刻他神情严肃、语调低沉、用语谨慎、一字一句、一丝不苟，就像在念讲稿儿。他的讲话进行了一个多小时。会议结束的时候，熊副书记布置了学习讨论的要求和安排，并再次强调，报告的内容不得外传。散会时，许多人面露狐疑，神情凝重。谁都没想到彭德怀、张闻天和黄克诚等这样的一些党中央的要员会反党反毛主席。

散会时江涌在小礼堂的门口儿碰见古全和，他看了古全和一眼，神色中透着得意。

步书记的报告，留给古全和留下的印象不多，也不清楚。古全和知道，在这么重要的会议的会场上打瞌睡是丢人的，会被认为精神状态不好，政治上落后。所以古全和是怀着羞愧和无奈的心情，挨过那难耐的一个多小时的。步书记的报告一开始他就睡着了。他一次次地挣扎着摆脱睡魔，又一次次被睡魔拖回梦乡。他感到步书记好像浸在水里，他的面影时隐时现，不断地波动变形，分不清是真是假，是梦是幻。他看见步书记的嘴巴在不断地张合，也听得见他发出的断断续续的声音，但就是不能把他的那些声音连贯起来，把握其中的意思。熊副书记说不许记录的要求他没听见，他一直在记，想用这种办法儿使得自己不至于沉沉睡去。事后他去翻阅笔记，发现那上面只有天书一般爬满纸面的横七竖八的笔道道儿，并没有多少可以辨认的文字，全是梦中的杰作。他实在是太累，太困了。几个月来的国庆筹备活动，特别是节前的突击活动，弄得他疲惫不堪。他抑制性的神经官能症的后遗症这段时间也有所加重，加之近来他又连续在党委办公室值夜班，夜里经常不得安睡。昨天的前半夜，他在党委办公室突击审查了文工团曲艺团的说唱节目儿《乌鸡山下好风光》，帮助他们重新修改了脚本儿。后半夜电话不断。午夜三点，物理系半导体研究所生产出了新产品，敲锣打鼓地前来党委办公室报喜，折腾了一气，大家兴奋了好一阵子。后来是俄语系的一对儿小夫妻吵架。妻子鞠令仪，二十多岁儿，非党英语教师，天津市人，会唱西河大鼓，嘴上的功夫了得，说话像开机关枪，有名地厉害，是俄语系女教师中的四大金刚之一。丈夫钱忠厚是党员，俄语翻译教研室副主任，辽宁岫岩人，人如其名，忠厚老实、不善言谈。古全和认识他们。他听明白了，是钱忠厚在"文斗"中败北，被咄咄逼人的鞠令仪所激怒，动了手、伤了人、输了理，妻子鞠令仪才连夜把他拖到党委办公室来告状。古全和本人也被鞠令仪胁迫到院卫生科值班室去当证人看医生给她验伤。鞠令仪高叫着要和钱忠厚离婚……古全和陪他们折腾了一两个小时，他们走后，天就亮了。早饭后，古全和赶到修建科，查看部分国庆仪仗保存的情况。他很关心那些仪仗，为的是转年"五一""十一"加工改造后再用，省钱。午饭前他在学生饭厅的饭桌儿上召开了一个学生文工团的干部碰头儿会，研究国庆节后学院群众文化活动计划。然后就抓了几个馒头和一块芥菜疙瘩咸菜，边走边吃地赶到小礼堂，落座后就被睡魔推入梦乡。

　　古全和是从大家讨论传达报告的发言中大致了解了步行健书记报告的内容。不过他并不很看重这个传达报告，他认为彭德怀等人高高在上，离师范学院很远，和自己没有多大的关系，他并不关心，他的心心思仍然在眼前的工作上。

　　这几天，古全和召开过广播站编辑组、通讯组和播音组的会议，和文工团各分团的干部一起讨论和部署了新年前的工作，选订了10月份计划放映的电影。今天他一早就赶到宣传部办公室，想向老计汇报近来的工作，听听领导的意见。在来办公室的路上，他遇见了江涌。他和他打招呼儿，江涌没有回应他，就钻进了办公大楼。古全和以为江涌没听见他和他打招呼儿，随后也进了办公大楼。古全和在走廊里听见江涌在办公室里高声说道："小凤儿，你怎么来得这么早啊？"那声音显得很亲热。江涌平时从不大声说话，也不曾这样亲热地称呼过佟金凤。党委机关的人都知道江涌的妻子仇明珮一直和他闹离婚，所以古全和心里闪过一个念头，江涌是不是对佟金凤有些想法儿？他这样想着走进宣传部办公室。

佟金凤不冷不热地对江涌说道："早什么？你看看表，什么时候啦？"

江涌看了一眼墙上的电表，自嘲地笑笑说："啊哟，九点多啦！"

佟金凤看不惯江涌在领导面前唯唯诺诺的样子，在工作上她和他公事公办，个人之间没有来往。反右倾开始后，佟金凤临时调任党委扩大会议的记录，目睹了江涌在会上的表现，对于江涌有了进一步的了解。江涌是列席党委扩大会的人员，没有参与批判发言的任务，而他却一再争取发言，声嘶力竭地指责王原平反对党的建设社会主义的总路线，反对三面红旗，和彭德怀相呼应，推行右倾机会主义路线，破坏师范学院的教育大革命。而佟金凤认为王原平是党委副书记，教务长，和宣传部没有关系，江涌批判他，是帮虎吃食，是用别人提供的武器朝他开火，动机不纯。

古全和对江涌说："你的嗓子怎么啦？感冒了吗？"

江涌待答不理地说："谁知道呢？也许是吧。"

佟金凤想到江涌批判王原平发言时声嘶力竭的那副丑态，说道："他哪是什么感冒呀？他的嗓子是喊哑的，"又不无讽刺继续说，"有理不在声高，有话好好说嘛，干吗要大喊大叫呀！"

江涌说："这叫感情，阶级感情！"

"跟谁喊叫？"古全和摸不着头脑。

江涌和佟金凤儿都没有接古全和的话茬儿。

江涌觉得无趣，只在办公室停了一小会儿就走了。

古全和感觉今天办公大楼里的气氛有点儿特别。平日这时人来人往，已经热闹起来了，而今天这里很少有人走动。他问佟金凤说："老计呢？"

佟金凤耷拉着个脸子说道："开会去啦"。

"开什么会？"

佟金凤不耐烦地说，"能是什么会？党委扩大会嘛。你呀，可真木，整天瞎忙，怎么连反右倾运动这么大的事情都不关心呀?！"佟金凤说着，瞪了古全和一眼。

"你瞪我干什么？"古全和不解地说。

"你就该挨瞪！你知不知道，党委工作的重心变了！"

"当然知道，可是反右倾是领导的事，和咱们这些干事有多大的关系？咱们应该做的就是努力干好自己本职的工作，不给领导添麻烦。"古全和认为，对他说来，反右倾已经过去，而根本没意识到这波狂潮正朝他扑过来。

"你真是个糊涂虫！"佟金凤气氛愤地嘟囔道，她了解反右倾斗争的来龙去脉。

古全和心里笑了，想道："前不久她还夸我头脑清楚，为什么现在又说我是糊涂虫呢？"他这样想着，就离开了办公室，急匆匆地走出办公大楼，忙他的事情去了。

在宣传部，要论个人感情，数佟金凤和古全和最好。他们都看重学问和人品，思想观点也比较接近。古全和不抽烟、不喝酒，没有不良嗜好。他在去年整风鸣放阶段的表现，给佟金凤留下了深刻的印象。一起工作后，她发现古全和从不讲他在整风"反右"时的突出表现，没有研究生架子，生活俭朴，工作主动，顾全大局，很能吃苦，也很好合作。计方平也多次称赞古全和，说把任务交给古全和他放心，说古全和爱动脑，工作有创造性。这都不断加深着她对古全和的好感，喜欢和他在一起，爱听他说话。他们之间好像不存在任何隔阂。这在她是有生以来的第一次。她想这大概就是诗人们痴情歌颂的爱情吧！而这种感情在她和她远在列宁格勒师范学院学习的未婚夫丛一相处中从来就没有感受到过。他在她的心里始终是一位好同学。可是她知道，她不能认可她对古全和的这种感情。因为她和丛一之间有"准夫妻"的关系，那种关系是有组织保证的，这种组织保证比民间的三媒六证订下的婚约更有效。封建的包办婚姻可以依法废除，而要背弃这种有组织保证的"婚约"却会遭受政治和道德上的谴责。还有一个因素也影响她和古全和的交往，那就是古全和他的一个叫线淑平的老同学保持着经常的联系。没有人说他们之间有恋爱关系，但是她不能不慎重考虑这个因素。她不想在无意中伤害到别人。

佟金凤和丛一是中学时的同学，他们都曾经在校团委工作。丛一高佟金凤两个年级，是团委组织部长，而佟金凤是组织部的干事，平时彼此接触比较多。在丛一高中毕业前夕，他被推荐为留苏生。在他离校前夕，他忽然向佟金凤求婚。佟金凤毫无精神准备，她不知道什么是爱情，也没想过要谈恋爱。可是她不想让好心的丛一大哥难堪，而且校长和团委书记等人也都来促成这件事美事，被弄得晕头晕脑的佟金凤就糊里糊涂地点头儿答应了丛一的请求。

佟金凤担心古全和被卷进当前的这场政治运动中，因为江涌前天曾经对她吹过风，说自己有材料证明，古全和有很严重的政治问题，提醒她注意古全和的反应，及时汇报他对运动的反应。佟金凤认为整风"反右"和一系列政治运动刚刚过去，古全和表现很好，经受过严肃的考验，她不相信他会有问题。可是她也想到，江涌参加了党委扩大会议，说不定他已经从会上弄到了古全和的什么材料。她哥哥对她说过，在政治运动中，不能给任何人打包票儿，在中国这是政治常识。

师范学院的反右倾运动在党的中上层干部中开展两周过后，就在全院范围内展开了，校园里的政治气氛随之也就紧张起来。古全和感到了这种变化。他注意到，平时和蔼可亲的王原平教务长，神情沮丧，面带愠怒，见谁都不打招呼儿。熊副书记生长在上海，念的是清华大学，曾经在部队搞过文化艺术工作，在抗战胜利后国共和平谈判期间担任过我代表团的英文翻译，组织上因为工作需要而曾经给他配备过一套行头，其中就包括一身考究的西装。解放以后他曾任某大军区文化部副部长，后调来师范学院任党委副书记，专职负责党团委工作。熊副书记喜欢洋玩意儿。他骑的是英国凤头牌儿的变速自行车，用的是著名的派克对笔，逢年过节还偶尔穿穿西装，在全院群众集会上露面。他说这些洋货是他那些在我驻外使领馆工作的老战友送给他的，既好玩儿又好使。有一回他还曾笑谈穿西装的好处，说人穿西装显得精神。不过这几天他不说这一类的话了。带调速器的英国凤头牌儿自行车不骑了，改为天天步行上下班。派克笔不用了，换成了朴实憨厚的国产大金星。西装他本来就很少穿，这几天连新做的那件藏青色的毛哔叽中山装也不穿了，而是换上了他那件半新的草绿色的美式军官服。那是解放战争的战利品，能显示出他光荣的历史。古全和目睹熊可宽的这些变化，心中感到好笑。他想，连"三八式"都这样紧张，可见反右倾斗争不同于一般的政治学习了。不过他仍然无动于衷，觉得反右倾和他没有多大的关系。他刚刚开始工作，无权无威，只是个大头兵，离彭老总远着呢，根本没想到，政治斗争险恶，他早就被人瞄上了。

　　副处级以上干部的整风学习还在继续，批判的主要对象仍然是王原平同志，斗争好像很激烈。党委扩大会议所在的党委第一会议室偶尔会传出的吼叫声，在走廊里就能听得见。古全和不知道为什么要批王原平。他想今年春夏间整顿教学秩序，推行"精雕细刻"不是王原平个人的独创，事情应该由党委集体负责。此刻古全和还不懂党内凡有工作错误或是错误思潮，必有代表人物的教条。而且这种代表人物往往不是党内的"第一把手"，而是他的副手，如果以省级单位说，那就是省委副书记、副省长、省长，而绝对不是省委第一书记，等等。古全和为王原平不平还因为其光荣的历史。他听说，王原平在革命年代曾经和刘少奇同志一起工作过。那时，即使和刘少奇同志有不同意见，他也敢面对面地和他争论，讲是非，论短长。解放战争时期他曾任某军师政委。50 年代初他担任过本省副省长，以公正不阿、清正廉明、雷厉风行著称，曾经主持过省里的三反、五反运动，督办过几个大案，是一位敢说敢干的老同志。1956 年为加强高等院校的领导力量，从省府机关调任本院党委副书记，分管教务。今年上半年整顿教学秩序的工作，党委分工由他主管，其间，大幅削减了学生参加生产劳动的时数，恢复了正常的教学秩序，成绩显著，学院的工作重又走上正轨。然而现在这一切都被说成是右倾机会主义，而且都记在他的名下，并和彭德怀反党集团的反党活动挂钩，说他是彭德怀右倾机会主义路线在东湖师范学院的代理人。古全和感到不公，他认为即使工作中有问题，也不应该完全由他个人负责。

　　那些由领导从上面发动起来的政治运动，往往轰然而起，席卷一切，广大群众无所谓是否愿意参加。不过安分守己的人大多不喜欢政治运动，因为指导政治运动的有些人，不是实事求是，民主平等，而是大轰大嗡，弄成一部分人整另一部分人，奉行矫枉必须过正的哲学，弄潮儿红极一时，横行无忌，到头来总要伤及无辜。比如三反、五反，有重大成就，也发生了一些令人痛心的冤假错案，使个别人死于非命，在同志间结下疙瘩。不过也有人喜欢政治运动，比如江涌之类。他们对于政治运动有自己的理解，认为政治运动是权力和利益的再分配。运动一起，天下大乱，江涌之类就乘风而起，大展拳脚儿，满嘴冒泡儿。去年春节聚会，江涌大醉后，在古全和宿舍对古全和透露过他的政治生意经，得意地说："政治运动就好比是俺们家乡男孩子们爱玩儿的那种叫作'赶球'的游戏。"① 而江涌就是像对待"赶球"游戏一样地对待党内严肃的政治生活，一步步地混到行政 18 级。古全和认为，江涌是把眼前的反右倾斗争看成"赶球"游戏，要趁机登上或是接近宣传部副部长的位子。

古全和早就感觉江涌心地不好，但是不知道他还有野心，正在打自己的坏主意。古全和在历次政治运动中，既没有被别人批斗过，也没有批斗过别人，没有整人的经验，也没有挨整的经验，更不曾落入过政治斗争的漩涡儿。人们说古全和是反右派斗争的英雄，其实，那并不是事实。他在 1957 年的整风鸣放和反右派斗争中，只在鸣放阶段在院刊上发表过一篇题为《把运动引向深入》的只有几百个字的短文，对于鸣放中的某些现象表示质疑，写过两张内容类似的不长的大字报，就整风的目的和领导权的话题和某些同学争论过，对于当时校园里的政治气候产生过一定的影响，但是他并不知道会有后来的反右派斗争，他在反右派斗争中，也不曾揭发过任何一个右派分子，还曾不知死活地替某些不幸的同学辩护过，就连批判他们本班的两名右派同学的会议他都没有参加。古全和不相信党内会有人不讲道理，不知道失控的政治风潮会有多么可怕，不能想象那些政治运动中的弄潮儿会有多么自私、多么愚蠢、多么无耻、多么没有操守。对于他们说来，党章、国法和马克思主义都是无足轻重的，面对他们以党组织和革命的崇高名义整人，那些挨整的人会有多么无奈！挨整的人们有时为顾全大局不得不"投鼠忌器"，违心地束手就擒。更主要的是古全和还并不真正了解诞生和战斗在半封建半殖民地的古老的中国的中国共产党，就像阎一松说的那样，他太单纯，太幼稚。

---

① 赶球：山东胶东一带有男孩子参与的一种乡土文体竞技活动。具体玩法儿是：游戏的场地可以是一块百多平方米的平整的土地。场地的中心挖一个直径大约 15 厘米的圆坑，叫作"王城"。在以"王城"为中心的圆周上，挖若干个比"王城"略小的圆坑，叫作"公国"。如果是六个人玩儿，就挖五个"公国"；七个人玩，就挖六个"公国"，以此类推。运动的器械是人手一根长杆或是类似的东西，如搂草筢子的木柄，或是粪叉子杆儿。所谓的"球"，是一个直径大约 5—10 厘米的石球或石块儿。游戏开始时，那个没有自己"公国"的人要"造反起义"打天下，赶着石球进攻"王城"。其余有自己"公国"的人要奋力保卫"王城"，阻止"天下大乱"，同时保卫自己的"公国"，免被攻城的人乘机抢占。当石球被赶进"王城"，也就是"王城"终于被攻陷的时候，就算是"天下大乱，改朝换代"了。于是夺权全面开始。所有的"公国"的拥有者都必须离开自己原有的"公国"，去抢占其他的"公国"。没能在"天下大乱"中抢占到"公国"的人，就变成了新的造反攻城的人。于是，游戏重新开始。

41

中午，江涌哼着小曲儿，高高兴兴地跑到古全和宿舍来通知他，说晚上七点半到党委第二会议室开会。古全和问他会议的内容，他想了想支吾道："交流整风学习的心得体会。"古全和说："要通知蓝秀花吗？"江涌说："不用。"说完，就乐颠颠儿地匆匆离去。

古全和发现，江涌近来心情特别好，猜想这可能和他家庭的矛盾有所缓和有关。仇明珮好像有些日子没来党委办公室找领导吵着要和他闹离婚了。

古全和没有午睡，而是忙了整整一个下午，晚饭前还赶到大礼堂去审查了俄语系师生排练的准备拿到全市高等院校文艺演出会上去的新编女生歌舞小演唱《十送红军》，然后才到学生食堂，抓上几个馒头，边走边吃，往办公大楼赶，赶到会场的时候，人已经到齐了。他在会议室门口儿的一张靠背儿椅子上坐下，咽下最后一口馒头，抬起头来朝周围看了看，发现会场上党委各部的人都有，算得上是个党团委党支部大会，只是没有中层以上的干部参加。

江涌在煞有介事地扳着指头儿点人数儿后宣布开会。他说："同志们，开会了。大家已经听过步书记的传达报告，阅读了有关的文件，初步交流过学习的心得体会，对于反右倾斗争有了一定的了解，"然后提高嗓门儿激动地说道，"反对彭德怀反党集团的斗争，是一场大是大非的路线斗争，关系着党和国家的前途命运，它的伟大意义怎么估计都不会过分。上午，熊可宽副书记又召开了党委机关的干部会，宣布党委机关分成两个整风学习小组。副处以上的干部，包括个别科级干部，为第一组，先走了一步。科级以下干部为第二组，整风学习从本周开始。党支部指定我负责第二学习组的工作。今天是咱们小组的第一次学习会，内容是联系实际交流个人学习的心得体会。我的开场白就说到这里，大家积极发言吧。"

这时，古全和才明白江涌近来为什么洋洋得意，他不理解阎一松为什么就看上了江涌，把他扩大进党委扩大会，让他到那里去发飙，又指定他当第二学习小组的组长。

　　古全和忽然想到国庆仪仗的保存工作有些事情考虑不周，没交代清楚，必须立刻去一趟修建科，跟有关的师傅谈谈，便慌忙站起来对江涌打招呼儿说："老江，我得离开一小会儿，去一趟修建科，跟那里的师傅交代一下封存国庆仪仗的一些注意事项，我跑步去，马上就回来。"

　　江涌很想当好这个小组长，在运动中有一个突出的表现，把第二组的会开好，弄出点儿火药味儿来，在领导和群众面前表演一番，引起大家的注意。有权就有胆。古全和在会议一开场就请假，江涌心里不由火起，忍不住立愣起眼睛，瞪着古全和说："现在有什么事情能比反右倾更重要呀?!"然后以命令的口气说道，"先开会，别的事会后再说!"

　　古全和说："那就晚啦!"

　　江涌冷冷地说："那你就看着办吧!"

　　古全和冷静下来，耐心地对江涌，也是对大家解释说："每年'五一''十一'制作仪仗的开支都过万元，是培养一个大学生的费用。有些仪仗保存得好，隔年经过改造还能用，能省一大笔钱，要是保存得不好，就变成垃圾了。"

　　江涌不放古全和。古全和觉得江涌不通情理，转身离开会场。

　　江涌愤愤地嘟囔道："哼，犯了那么严重的错误，还这样张狂，真是不知天高地厚!"

　　在场的人听江涌这样说，不知他是何意，面面相觑，好像都在问，古全和犯了什么严重错误？在场的除开佟金凤和齐苋芬，谁都不知道江涌为什么这样说，佟齐二人也不相信江涌私下里对她们说的是不是事实。

　　半小时后，古全和满头大汗地赶回会场，他善意地看了江涌一眼，笑着自言自语道："好了，这会儿我就放心了!"显然，他是想用这样的行动和表白来缓和他和江涌的关系，对江涌表示歉意，求得大家的理解。

　　江涌面无表情，利用反右倾这个老天爷赐给他的好机会整垮古全和是他既定的决心。这件事他蓄谋已久，也做好了准备，自信有必胜的把握。

　　在政治运动的开场，人们在公开的场合儿，大多会表示积极拥护领导提出的口号，而在事实上他们的态度千差万别。真正理解和关心并积极参加争取运动成功的，是那些关心革命事业的人。一般平头百姓关心的多半是运动和他本人及其家族亲友的利害关系，如何自保平安无事等等。而像江涌之类的弄潮儿并不关心运动的成败，路线是非，他们是抱着个人的目的投身运动的，江涌大骂彭德怀反党集团，声嘶力竭地批判王原平，是为了实现他抢占党委宣传部副部长的宝座的野心。开展政治运动旨在解决问题，在一般情况下，是好人整坏人，坚持正确路线的人教育推行错误路线的人，正派的人矫正不正派的人。虽说如此，有些人还是惧怕政治运动，即使不是坏人，不是执行错误路线的人，不是不正派的人，不是在家庭出身、个人历史、工作态度、生活作风和社会关系等方面有问题的人，也是如此。因为运动常常轰然而起、突然展开、骤然升温、狂风大作、飞沙走石，弄潮儿迎风而起，假借革命的名义，兴风作浪，干出一些有悖党章、有悖国法、有悖事实、有悖人伦、有悖常情，带有叛卖性质的罪恶勾当。在这种无法无天的条件下，谁敢保证政治斗争的野火不会误烧到自己？又怎么会不心有所悸呢？事实上，每次政治运动都免不了有人为流弹所伤，成为个别人阴谋诡计的牺牲品。

江涌来东湖师范学院刚满一年，师范学院不了解他，他和师范学院的人和事毫无牵连，可以轻松上阵，折腾一番。他庆幸逃离了他的"麦城"——山东吴城师范学院，并且有机会在东湖师范学院这个于他有利的政治舞台上进行表演。他若是滞留在山东，可能是挨整的对象，躲不过反右倾运动，他的家庭问题，火线入党问题，骗婚的问题，都有可能被抖搂出来，而在这里，他是冲锋在前整人的人，无牵无挂，自由表演，前景光明。江涌知道，每次大的政治运动之后都会有一次干部队伍的调整，有一些人会失去自己的地位和权力，而另一些人则会得到地位和权力，就像"赶球"游戏那样。江涌决心紧跟领导，迎风而上，在当前的运动中积极表现，抹黑古全和，把他排挤出党委机关，扫清自己前进的道路。

42

江涌急于开好小组会，给领导一个好印象，而小组会偏偏就开不起来。其实这很自然。彭德怀和张闻天等都是大人物儿，离大家太远，而事情又来得这样突然，就好比是大晴天冷不丁地响了一个炸雷，大家思想上转不过弯儿来，除了表态拥护党中央有关的决定，一时无话好说，连号称党委机关"第一发言人"的彭其寿都没有开腔儿。

彭其寿是党委办公室的干事，天生爱说话，只要有他在，什么会都不会冷场。许多会上都是他打头炮。他祖籍河北衡水，生长在江城。他的父母在三十年代中期逃荒来到本市，苦苦挣扎多年，在三道街开了个夫妻杂货店儿，经营油盐酱醋茶等日常生活用品，一年四季，笑迎左邻右舍男女老少顾客，童叟无欺，公平买卖，从不曾与人争吵计较。彭其寿就随他的爹娘。他念书时，成绩居中，没有特别的爱好和特长，不属于班上的任何团伙，参加工作后服从领导，随风转舵，而又绝无投机取巧之意。他没有雄心，也没有野心，不是政治斗争中的骨干，却是少不了的角色。他不是别人羡慕的对象，也不是别人嫉妒的人物儿，不是个人人爱，也不招什么人恨。在现在生活中，有些人，说什么话都招人琢磨，而有些人说什么都不引人注意。彭其寿就是后一种人。即使在严肃的政治斗争中，他也敢开玩笑。他的发言既原则又空洞，无所谓真知灼见，听不听一个样儿，他说错了话人们也不计较。如果有人给他指出，他说错了，他就嘿嘿一笑，说道："错了吗？不算数儿，重说。"1957年整风鸣放时期，他附和过"教授治校""民主办校""党天下"等不少的右派言论，还触及过特别敏感的肃反问题，然而没有人想到要划他为右派分子。他从来没有由于说话而招来过什么灾祸，因而也不能体会什么叫作"祸从口出""众口铄金"之类的"至理名言"。他于1955年由于肃反工作的需要而提前从教育系学校专业大二毕业，调院部儿来做专案工作，肃反时搞外调，跑遍全国，养成了随时都能睡觉的特殊本事，就是走着路也能睡着。起初他的编制在人事处，肃反结束后被调来党委办公室。他喜欢党委机关这种受人尊敬的单位，满足于这里忙忙碌碌的生活，习惯了跟着形势和领导的意图转。

今天的学习心得交流会，事关江涌的前途，而会议一开始就冷场，江涌心里很着急，为掩饰他的孤立、无能和窘态，他从裤线笔直的制服裤袋里掏出一块已经变得近乎灰色的白手绢儿，把手绢儿的一角儿缠到右手的食指尖儿上，在舌尖儿上轻轻地沾上一点儿唾沫，小心翼翼地擦掉他新布鞋脚面子上的一个小灰点儿，然后又从容地把手绢儿叠好，装进裤袋，接着抬起头笑笑说："同志们，积极发言呀，"还特地转向古全和，说道："老古，你是太学生，大理论家，就带个头儿吧。"古全和笑着说："有'第一发言人'呢，我不急。"

古全和的话，让江涌感到扫兴，便把目光投向彭其寿。彭其寿没有辜负江涌。他在发言中重复了步行健书记传达报告中的一些内容，然后就翻来覆去地讲反对彭德怀右倾机会主义斗争的重大意义，表示坚决拥护党中央关于彭德怀反党集团问题的英明决定。他发言后，人们就按照他的调调儿说开了。但是古全和没有去重复大家说过的话，他认为共产党员拥护党中央的决定是理所当然的事。而江涌则想利用古全和这种天真的态度做文章，引导他犯错误。他巡视着会场说道："都讲讲，有问题和不同意见也可以讲。"然后三次点名催促古全和发言，而古全和仍然不讲。江涌认为古全和无视他的权威，就虎着脸儿说道："每个人都得发言，总得有个态度嘛。"

对中央关于彭德怀反党集团决定表态的高潮过去了，会议又陷于冷场。

古全和在考虑一个问题，彭黄张周都是中央级的老干部儿，彭德怀是现任国防部长，他们跟随毛主席，枪林弹雨几十年，为什么在现在这个时候站出来反对毛主席和党的政治路线呢？他想不通，希望领导能出面给大家讲讲这个问题。当江涌再次略带讽刺地对他说："古全和同志，你这个太学生总该说点儿什么了吧？轮也轮到你发言了！"

古全和沉思着说："我想讲的大家都讲过了，不想重复，我完全拥护中央关于彭德怀反党集团问题的决定。但是有一个问题我想不明白，像彭黄张周这样一些战功赫赫、职位极高的老同志，他们为什么要反对毛主席，反对党的政治路线呢？我们应该从中吸取什么教训呢？我建议党委请人来就这个问题给大家做一次辅导报告。"

古全和的发言让江涌内心里暗自兴奋不已，心想，"总算抓住你啦！"古全和的话音刚落，他就厉声质问古全和说："你什么意思？怎么能说他彭黄张周战功赫赫，你这不是替反党分子评功摆好吗！革命胜利是伟大领袖毛主席领导人民取得的，和这些反党分子有什么相干？你的立场和感情有问题！"

古全和在这里提出的是一个党内普遍存在的问题。但是在这个时候，有政治经验的人都不会把这种想法儿说出来，因为这可能被理解为对于中央的决定有怀疑，而这是天大的问题。古全和发言过后，会场的气氛立刻紧张起来，人们既不敢贸然站出来替古全和解套，也不敢反对江涌对于古全和的指控。江涌觉得这是古全和自投罗网，得意地看着古全和，别有用心地继续说："你这明明是怀疑党中央的决议嘛。"

古全和不满地反驳说："我的问题是我们应该怎样深入理解这个事件，从中汲取经验教训，防止以后发生这样的事情。这和立场和感情有什么关系？"

江涌揪住古全和不放，煞有介事地说："我劝你端正态度，认真检查自己的思想感情，我严肃地告诉你，你的问题不是偶然的，而是有深刻的阶级和思想根源的。"

佟金凤认为江涌是有意曲解古全和的发言，担心江涌对于古全和不怀好意，便鼓足勇气笑着插话替古全和开脱说："老江，你列席党委扩大会，闻道在先，你就给大家讲讲古全和提出的这个问题吧。"

组织部的干事海英林怀疑江涌的用心，认为反右倾要解决的主要是领导干部的问题，而古全和是一个刚刚开始工作的干事，自己应该站出来主持公道，维护古全和，就附和佟金凤说："是啊，老江，你早学习了一周，就给大家讲讲这个问题吧。"

江涌没有理睬佟金凤和海英林，仍然追着古全和不放，质问他为什么还称彭德怀等反党分子为"同志"。古全和说，中央文件里就是这样写的！江涌厉声说："反党就是反革命！"海英林又笑着解释说，在党内生活中所说的"反党"一般是指反对党的路线，属党内斗争，和我们平常说的政治上的反动派和反革命有区别。他建议江涌把古全和提出的问题汇报给党委整风领导小组，他相信党委会正确处理这个问题。江涌无话可说，他本想抓住古全和发言中称彭德怀等为"老同志"，说他们"战功赫赫"等"失言"，大做文章，突然袭击古全和，让他无所措手足，在慌乱进行辩解，发生失误，他就可以趁机抛出有关古全和的材料，把问题闹大，把古全和和彭德怀拴在一起，而古全和不吃他的这一套，佟金凤和海英林又站出来替古全和说话，而佟金凤和海英林又都是他惹不得的角色。佟金凤出自本市有名的革命家庭，是本院的毕业生。海英林来自晋冀鲁豫老解放区，家庭出身贫农，母亲是全国闻名的子弟兵母亲，他本人14岁参加共产党，是年轻的老革命，更重要的是江涌听说党委正在考虑安排海英林担任党委组织部副部长。

江涌没能在党委第二整风学习小组第一次学习会上把古全和孤立起来，不过他仍然给古全和扣上了同情彭德怀等人的帽子，说他替彭德怀喊冤叫屈不是偶然的，他和彭德怀的右倾机会主义有同样的思想基础，等等，给在场的人留下疑问和悬念。齐觅芬想，古全和是党委的红人，江涌不会轻易把矛头指向他，他很可能掌握着古全和的重要材料，并且已经向领导做过汇报，引起了领导的重视，她想到自己平日在一些场合儿对古全和多有赞许，这会儿得和他拉开距离，以免受到牵连。

在古全和面临被江涌拖进反右倾斗争漩涡儿的紧要关头，东湖师范学院校园里又传开了另一条儿有伤于他的尊严的坏消息，说他的女朋友线某某把他给甩了。这条消息的新鲜之处在于，此前虽然校园里常常有某系某女生或某女教师追求古全和未果的说法儿，却没有人说过古全和有女朋友。有些关心古全和的好心人悄悄地询问他，这个消息是否属实，古全和不知如何应对。他和线淑平的同窗情谊很深，也不能说其中就不包含男女之情，但是此刻他们之间还不存在公之于众的恋爱关系，因此也就无所谓谁甩了谁，所以面对这类的询问，古全和只能苦笑着说，他无可奉告。

线淑平早在念高中的时候就喜欢古全和，她对他可以说是一见钟情。插班考入市立中学高中之初，古全和在班上香过一阵子，后来被团支部书记代耀人和班上的有些人说成是个只会读书，不求进步，骄傲自大的落后分子，还曾经有人怀疑他思想反动。而线淑平并不认同他们的这种看法儿。她不只是从古全和对待班上团支部和支部书记的态度，而是从他是否积极要求入团，是否主动向团组织汇报思想，是不是对某些政治问题有糊涂认识等等方面看待古全和，她看重的是古全和整个儿的人，他的学习、品貌、个性和发展前景，认为他是个可亲可爱可以有所期待的好男生。她认为一个人对待团组织的态度可以转变，古全和也是这样，青年团、共产党，只要有心，坚持修养锻炼，条件具备了，就可以加入，而与生俱来的聪明才智、品貌、性格则是不能改变，或是难以改变的。线淑平喜欢古全和，寄希望于他的未来，因此主动要求作古全和入团的联系人，即使王殿芳等人散布她的闲言碎语，她也仍然坚持和古全和交往，鼓励他争取进步，并虚心向他学习，同时有意积累彼此的感情，这个过程直到高中毕业。她高考的志愿从沈阳医学院改报东湖师范学院，主要是为了响应领导报考师范院校的号召，发挥干部的模范带头儿作用，也因为古全和报考了东湖师范学院，她想到大学继续和他做同窗，最后能和他走到一起。高中毕业前最后一次班会之后，她和古全和在乌鸡河畔分手时，她就曾经产生过对古全和透露她这种心声的冲动，因为事到临头，羞于出口，而改变了主意。高考过后，她有过学着俄国作家普希金笔下的俄罗斯少女达吉雅娜①的榜样，给古全和写信诉说自己的心愿，无奈她没留有他的通信处，只好期待着暑假快快过去，他们都能考取东湖师范学院，那时她将勇敢地向他表达自己的心意。当她看见古全和在东湖师范学院榜上有名的时候，高兴极了。她来东湖师范学院报到后，就兴冲冲地跑一两里路赶来学院北区东湖学生宿舍来找古全和。而古全和的同学们告诉她说，古全和跟他的女朋友郜艳华一起外出散步去了。线淑平认识郜艳华，记得她曾经是古全和在高一（1）班时的同班同学。这个消息像一盆冰水泼到她的心上，扑灭了她心中的爱的火焰。她悔恨自己错过了在乌鸡河畔那个袒露心扉的良机，此刻心乱如麻。她恍恍惚惚地离开古全和宿舍，走出东湖学生宿舍，走向东湖大堤，在东湖周围游荡，直到夕阳西下。

当时，旧时代遗留下来的多妻制的残余在中国仍然偶尔可见，不过"小三儿"这个品种还没有成为社会问题，在恋爱问题上没脸没皮，死缠乱打，追掠异性的言行也为要尊严的人们所不齿，插足别人的感情生活，被认为是一种缺德的行为。线淑平和许多进步青年一样，在恋爱问题上，奉行一种后来被称作"合理利己主义"的人生哲学，不屑于干损人利己的勾当，而崇尚做既有利于他人、又符合个人利益的事情，尊重别人的选择，尊重别人的感情是大多数进步青年在恋爱问题上的共识。线淑平无意打扰古全和与郜艳华的感情生活，她效法俄国作家车尔尼雪夫斯基在他的长篇小说《怎么办？》里描写的革命民主主义新人罗普霍夫、吉尔沙诺夫和薇拉·巴甫洛夫娜等的榜样，成全了古全和和郜艳华。②

---

① 达吉雅娜：普希金诗体长篇小说《叶甫盖尼·奥涅金》中的女主人公，曾经写信对奥涅金诉说她的爱。

② 罗普霍夫和薇拉是《怎么办？》里描写的一对革命夫妻。罗普霍夫发现薇拉爱上了他的战友吉尔沙诺夫，而吉尔沙诺夫也爱上了薇拉。但是吉尔沙诺夫不想破坏罗普霍夫夫妇的生活，有意疏远罗普霍夫一家，而薇拉则愿意牺牲自己的爱情而维持她和罗普霍夫的夫妻关系，罗普霍夫以伪装"跳水自杀"而离家出走国外进行考察，成全了薇拉和吉尔沙诺夫的爱情。

　　线淑平决心离开古全和，可是她放不下古全和，经常通过老同学苟大川打听古全和的情况，听说郜艳华因为和古全和的关系而从生物系转进了中文系，确信古全和已经和郜艳华走到一起了，就默默地告别了古全和。在苟大川病休后，她也就没有了古全和的消息，渐渐地敷平了自己的伤痕，而淡忘了古全和。

　　线淑平到东湖学生宿舍看望过古全和的当天，古全和同宿舍的同学就告诉他说，有一个女生来找过他，只是不清楚来人是谁。古全和以为他们又在取笑他，没有在意这件事，没想到来人会是线淑平。他以为线淑平考取了沈阳医学院，她不给他写信是因为她的思想感情有了变化，而不想和他保持联络。一直到大一学期中，有一次线淑平到北院学生大餐厅吃饭，他才惊讶地发现她也在师范学院，立刻赶过去和她打招呼，而线淑平态度冷淡，礼貌而又有分寸，显得很生疏，和他寒暄数语过后就匆匆离去，全不像暑假前他们在乌鸡河畔分手时的那般模样。他想，线淑平变了，觉得这不难理解，在长达两个多月的暑假和等待高考发榜的这些日子里，大家离开了课堂，没有了作业，一身轻松，有充足的时间走亲访友，到处游荡，说不定线淑平在此期间结交了新朋友。但是古全和仍然感觉有些迷惘和失落，没想到线淑平对他的态度变化得这样快。他很想知道，这个期间，在线淑平的生活中发生了什么事情，不过他知道自己无权提出这样的问题。在之后的整个儿的大一学年，他和线淑平都没有再来往过，直到线淑平再去看望养病的苟大川，听说了古全和和郜艳华所谓恋爱闹剧的真相，1953 年暑期军事野营活动中，他们重新走到一起。

　　1954 年"五四"青年节前夕，院团委公布了一批新团员名单，里面就有古全和的名字。第二天，线淑平就兴冲冲地给古全和送上了大礼：一部银灰色绢面儿，精装儿，大 32 开，分上下两部的《志愿军英雄传》。她知道，古全和最看重抗美援朝的伟大胜利，特别崇敬那些让中国人民扬眉吐气的志愿军英雄。

　　在线淑平和古全和消除误解重归于好的 1953 年的春天，线淑平有意确定她和古全和的关系，而古全和认为大一就谈恋爱不是一个追求进步的好学生应该做的事，更不想因此而让同学们再联想起刚刚平息下来的他和郜艳华的那场恋爱风波，影响学习和进步，而且他也不敢轻易地跨过横在他和线淑平之间的从同窗好友到恋人的这道高坎儿。古全和的思想还没有解放到坦然地谈情说爱的地步，而是把他和线淑平的关系理解为婚姻，认为婚姻是很严肃的事情，和线淑平确定关系就是定亲，之后就要不离不弃，风雨同舟，白头到老。他珍视线淑平的友情，感激她的好意，然而至今仍然感觉二人在思想感情、趣味爱好和生活习惯等方面，还有一些不协调的东西，担心可能因此而半路上散伙，这样的事例在这些年，特别是在刚刚过去的政治风浪中，并不少见。他和线淑平这种若即若离的关系一直持续到1959年的今天，所以即使线淑平和他分手，也不存在谁甩了谁的问题。不过古全和相信，线淑平不会离他而去。他感到奇怪的是为什么偏偏在这种时候出现这种传闻，它和当前的运动是否有关？线淑平那里到底发生了什么事情？

不久，古全和听说这个消息来自地理系，而且说线淑平已经嫁给了当地的一个县委书记。古全和将信将疑，急于弄清消息的虚实，但是他没有脸去地理系打听这件事，即使线淑平离他而去也有足够的理由，她等得太久了，想到这些，他非常愧悔，深感失落，意识到他又错过了一个获得个人幸福的机会，怀疑自己在婚姻恋爱方面存在着还没有意识到的错误和不合时宜的择偶标准。他想自己已经26岁，恋爱结婚的好时光即将过去，他现在已经处在只能"种荞麦"的时节了！计方平的夫人、学院工会主席舒大姐，在督促古全和早日成家的时候，喜欢用种庄稼的道理打比方，说："头伏萝卜二伏菜，三伏过了种荞麦。"

44

江涌迷信，信鬼、信神，连所谓的"胡三太爷"——狐狸，和"黄三太爷"——鼬鼠（俗称黄鼠狼、黄皮子），他都信，每遇大事他都会偷偷地去求神问卜。反右倾运动全面展开的前夕，他就曾经跑到城西八里堡，找到已经转入地下的算命先生刘铁嘴儿，给他算过一卦。卦上说他有官运，几天之后，阎一松就通知他，由他担任党委第二整风学习小组组长，江涌认为刘铁嘴儿的卦应验了，暗自欣喜，就以"赶球"游戏的心态关注着东湖师范学院反右倾运动的进展，计算着那些可能落马的人。他认为王原平的党委副书记和教务长是当不成了，说不定得离开师范学院，和他有关联的干部，有些人的职务也会有所变动。其他像公共政治课教研室主任金祥，中文系党总支书记吴月英等一些中上层干部的位子也难保，全院会腾出一些部处级的职位——也就是"赶球"游戏里的"公国"，说不定其中就有他的机会。他祷告神佛保佑他得到宣传部副部长的位子，让党委中的稳健派主持运动后期的组织建设，他也要千方百计迫使古全和离开党委机关。

江涌知道要抹黑古全和，就要把他弄成运动的重点，把他弄成重点，要经整风领导小组同意，他挖空心思地编排了关于古全和问题的要点，添油加醋地向党委整风领导小组做了汇报，把古全和的问题和彭德怀一案挂拉上，提议第二学习小组重点帮助古全和。

步行健认为古全和的发言没有问题，对于像彭德怀这样一些老干部反对毛主席，反对党中央的路线，人们感到难以理解是正常的，要求领导出面就这个问题进行辅导也是合理的。不过他并没有立即表态。运动刚刚起来，不好泼冷水，想先听听大家的意见，并对下一段的工作提出意见和建议。

熊可宽的想法儿和步行健不谋而合，也认为有必要在适当的时候组织一次辅导报告，解答群众在学习和讨论过程中提出的问题。其他几位副书记和常委以及列席会议的同志都表示同意熊副书记的意见。

步行健说："那就请省委宣传部的同志来讲讲。他们来不了，我就讲。"

熊可宽对计方平说："老计，那你就跑一趟省委宣传部吧。"

这时江涌贸然插话说："古全和不这样单纯，他拒绝帮助，群众意见很大。"

熊可宽对江涌说："先把古全和同志的问题看成认识问题，找他谈谈，摸摸他的具体想法儿，看看他的疙瘩结在什么地方儿。古全和是个新同志，他书念得不少，但是党内生活时间不长，不够成熟，想法儿多，爱钻牛角尖儿。"这时，熊可宽想到了古全和关于物理系党组织的大胆议论，不由地笑了。

步行健说："大家看怎么样？"

几位副书记和常委都点头儿表示同意。

"我再补充几句！"江涌不顾一切地大声插话，"古全和发表这样的言论是有深刻的阶级根源和思想基础的！类似的言论，早在去年他就公开散布过。他在回乡探亲返校后，在党的小组会上，发表了大量抹黑农村干部和农村形势、反对大炼钢铁、反对三面红旗的右倾机会主义言论，我认为他反映的是农村富裕中农阶层的思想情绪和政治要求，和彭德怀的右倾机会主义如出一辙，性质严重。我这里有他所谓汇报的记录。"

在领导已经就讨论的问题达成一致意见，做出决定之后，作为列席会议汇报工作的一个学习小组长，再提出反对意见，这种情况，在以前的书记碰头儿会上还没有过。看来江涌是不顾一切了。因为江涌的发言涉及古全和的"富裕中农情绪和右倾机会主义"，跟彭德怀一案有关，书记们也不敢马虎对待。步行健笑着说："哦，有这么严重？那你说说看。"

江涌翻动着他的小小的笔记本儿，以批判的口吻列数了古全和所谓反对三面红旗，污蔑农村干部，抹黑大好形势的右倾机会主义言论，而且强调指出，在时间上，他早于彭德怀，进而说明，古全和对中央的决议有抵触，有怀疑，不是偶然的，他还说，古全和的家庭成分是中农，他父亲一生都惦记着发家致富，他来过关东，跑过俄罗斯，对农业合作化一直有抵触情绪。另外，古全和的狂妄自负也是人们难以想象的。他竟敢攻击中央领导。他在周扬同志去年在北京大学发表的一份关于马克思主义美学问题报告的记录稿儿上，狂妄地写了多达 12 条的批语，攻击和怀疑周扬同志的马克思主义的美学观！

江涌提到古全和批评周扬的问题，震惊了所有在场的人。从理论上说，党章里有关于党内民主的规定，党有百花齐放、百家争鸣的政策，党员在理论探讨中可以有不同意见，然而在现实生活中，人们记得的和奉行的是"服从"。这是革命年代斗争的需要，也是中国封建专制传统的遗留，持不同意见和所谓"抗上"，是所有的领导干部都特别重视的问题，矛头向上是政治生活中的大忌，在反右派斗争之后更是这样。"驯服工具论"出现在反右派斗争之后，并非偶然。在这个背景上，小小的行政 21 级的干事古全和挑战党在意识形态领域的主要代表周扬同志，真是非人所思，的确狂妄。

江涌一件件地演绎评论古全和的错误，足足讲了一刻钟。最后把一份打印的文件呈给步行健，装出愤慨的样子说道，"我认为古全和怀疑党中央的决议和他攻击周扬同志的马克思主义的美学观有内在联系，都表明他目无组织，狂妄自大。"

　　在场的人心情复杂，沉默不语，思忖着江涌的汇报和古全和的问题。步行健有些激动。他欣赏古全和在理论问题上的勇气，认为从原则上说，周扬同志也不是不可以批评的，不过在实际工作中，怎样对待周扬同志，又作别论。古全和在党的会议上汇报返乡见闻，即使有不妥之处，也算不得什么问题，但是现在江涌把他的问题扯进运动，和彭老总的问题挂钩，他就不敢按常规处理了，认为他不能站出来保护古全和，伤害群众的积极性，而得在运动中解决这个问题，教育古全和。

　　计方平听了江涌的汇报，深感不安，没想到古全和思想解放到去触动像周扬同志这样的高层的领导同志，敢跟周扬同志唱对台戏，让他没有办法儿替他说话。

　　江涌话音一落，教务处长张扬抢先愤愤地说道："古全和竟敢对周扬同志指指点点，太傲慢，太狂妄，无组织无纪律，闻所未闻，见所未见，东湖师范学院党委机关竟有这样不知天高地厚的人物儿，得好好地整整他！"

　　研究生院主任汤铭立刻表示附和张扬，说："同意张扬同志的意见！"

　　张扬和汤铭的发言都带有个人情绪。古全和冲撞过张扬，也冲撞过汤敏。中国官员的灵魂里几乎个个儿都带有铲不除、刮不掉的封建等级意识。有些共产党的干部也不例外。他们口头儿上说，人人平等，而事实远非如此。在张扬和汤敏心里，像古全和这种近乎白丁儿的小干部儿，只有服从的义务，而没有跟她们讲平等的权利，而古全和不讲尊卑，认死理儿，浑不论，惹不得，竟敢对她们表现不敬，这会儿有这样整整他的机会，她们当然不想放过。

　　汤敏曾经兼任过世界文学研究班的班主任，和古全和很熟，但是彼此并不友好。汤敏是黑龙江依兰县人。"九一八"事变后，跟随她哥哥转到关内，参加了共产党。"七七事变"后，全面抗战开始，她忽然心血来潮，要念大学，党组织不同意，她就私自跑到西南联大去做旁听生，一度脱党，解放初重新入党。古全和早就对她有看法儿。1957年整风鸣放时，汤敏怀着报复莫文林的错误态度，介入历史系学生的整风运动，向学生推荐解放之前革命学生建立社团反对国民党反动派的斗争经验，鼓动历史系1953级学生组织了"无情棒"和"解剖刀"等反动社团，影响波及全院，导致大批学生误入歧途，使"解剖刀"和"无情棒"所在班级25%

的毕业生沦为右派分子，另有大批学生犯了政治错误。在反右派斗争期间，党委一致认为汤敏是右派分子，并把这个意见上报市委，但是上级没有批准，原因不清，据说和她哥哥有关。

汤敏不学无术，既不能登堂授课，也没有文章问世，只能讲点儿当年西南联大名人的故事，却要摆老资格儿，以党内专家自居，高谈阔论，奢谈学术问题。她还爱垄断人才，喜欢把才智高的教师和学生拉到自己身边，并使之为我所用，垫高自己的身价。古全和在本科二年级第二学期期末考试崭露头角，考试成绩列年级之首，更有"诗人"之名，引起了她的注意。她曾派人约古全和到她宿舍去讨论诗歌问题。古全和没有赴约。他不喜欢和与自己的学习和工作无关的人来往，更不喜欢眼睛朝上，交往老师和领导，脱离群众。这件事让汤敏感到难堪，开始对他心怀不满。时隔四年，1958年春，古全和在全院学生论文比赛中宣读了他题为《试论〈被开垦的处女地〉中的梅谭尼科夫形象的典型意义》[①]。这是他研究生的毕业论文。他是从生产关系和生产力的独特角度切入这个文学问题的。他说，在农村，地主占有土地，但是他们脱离生产，不了解生产过程，因此不可能积累起生产经验；雇农参加生产，但是他们没有土地，无缘参与经济管理和竞争，除《红楼梦》里的焦大之类的糊涂人以外，都不关心生产的结果和生产经验的积累；而中农则既占有土地，又参加生产，而且处在可上可下的严酷的生存竞争之中，所以他们关心生产，熟悉生产，是农村里唯一富有生产经验的阶层，从中得出结论，说作家肖洛霍夫把梅谭尼科夫这个中农写成集体农庄主席的典型，表明他对于他生活的苏联顿河地区农村的生产和生活有比较深入的了解，《被开垦的处女地》中体现的这种历史内容和人生经验值得我们中国注意，等等。苏联专家和评委们对他的论文的评价是：论点不俗，论证有力，行文质朴，可谓独创，授一等奖。古全和因此而再次引起汤敏的注意。不久，她听说中文系内定古全和留校，就想把他拉到自己身边，安排到她主管的学报编辑部。为这件事，她再次抢先约古全和谈话，要求他修改他的毕业论文，用斯大林《胜利冲昏头脑》一文的精神规范自己的论文，然后送到学报去发表。古全和

[①] 《被开垦的处女地》，又译《新垦地》，苏联作家肖洛霍夫的代表作品之一，描写的是苏联集体农庄运动。

表示感谢，但是没有接受她的建议。他说文艺评论虽然和政治问题关系密切，但它不是政治，不能把文学问题硬塞进政治问题的框架儿里。汤敏非常生气，以后就到处散布说古全和狂妄。现在她附议张扬"帮帮"古全和的提议，就是要借机煞一煞古全和的傲气，出出她胸中的这股恶气。

步行健最后笑着说："这个古全和啊，还真有点儿想法儿呢。"他想到了他少年时代在家乡的报纸上发表政论文章，指天说地，议论是非的往事。他看看他的同事们说，"既然没有不同意见，那就按照张、汤二位的提议，帮帮这个古全和吧？"然后又转向江涌，严肃地说："要注意方法和分寸哟，不能挫伤了他肯于独立思考的积极性。"

整风领导小组做出"帮帮"古全和的决定，等于授予江涌整治古全和的尚方宝剑，他欣喜若狂，心说"神佛保佑！"一离开领导小组，他就忍不住在会议室的门外撒了一个欢儿。

45

"帮助"古全和的预备会，定在晚上七点半，而江涌不到七点就勒着细嗓儿哼着《李二嫂改嫁》里面的唱段来到党委第二会议室。他感觉等了很久，却不见有人来，怀疑他的表停了，看看手表，不到七点，用力摇了摇，放在耳朵上听了听，手表在滴滴答答地走着。

开会的人提前到齐了，离开会的时间还差五分钟，江涌就急着宣布开会。

海英林说："时间还不到，再等等吧，古全和还没来。"

江涌断然说道："今天是预备会，古全和不参加。"

江涌的回答引人注意，在政治运动中停止某人与会是一种非同小可的举措。

佟金凤想到上次会上江涌和古全和的争执，担心事情与此有关，脱口问道："为什么？"同时飞快地看了海英林一眼，发现海英林的目光也在询问他。佟金凤担心江涌对古全和不怀好意，向领导告了古全和的冤状，去年他就曾经在一次党的小组生活会上抹黑过古全和，还在背地里说过古全和的瞎话，而且在步书记的传达报告之后，江涌曾经对她说过，古全和有严重问题。

齐苋芬断定古全和出事了，江涌个人无权叫停古全和参加会议，事情显然是党委整风领导小组决定的，而党委是不会轻易触动古全和的。反右派斗争等一系列的政治运动刚刚过去，古全和表现一向很好，党委曾多次在全院的会议上表扬过他。颁发给他优秀研究生奖章，授予他革命红旗手的称号儿，把他树为全院青年学生的榜样，又红又专的标兵，破格儿安排他兼任党委常委和书记碰头儿会秘书，如果他没有严重的问题，党委不会自打嘴巴，毁坏自己刚刚树立起来的先进典型。她认为古全和可能要栽，在师范学院的校园里，一个跟头跌落尘埃的风云人物儿并不少见。在肃反运动中，在反右派运动中，都发生过这样的事。原宣传部副部长袁竞良在反右派斗争前最红，到处发表讲话，深受学生欢迎，可是转眼之间就跌落进右派的泥坑，变成了阶下囚。中文系 1957 届的毕业生卓越，是带工资的调干生，1948 年入党，曾经是师范学院党委唯一的学生党委委员，整风"反右"派之前，其发展前景不逊于古全和，不是也在整风"反右"时被划了右派、弄到青海劳动改造去了嘛。齐苋芬认为，假如古全和被抛出来，那他的问题就小不了，她曾经称赞过他，得和他拉开距离，划清界限，以求保全自己。

海英林也感觉江涌要整古全和。因为按照常规，要郑重其事地批判一个人，事先总要召开预备会，统一思想、统一步骤、统一行动。这种预备会，当事人是不能参加的。可是海英林不明白，古全和只是个刚刚转正的新党员，一个干事，年龄也不大，而且只在会上提出了一个问题，为什么要拿他开刀呢？他联想到上次会上江涌对待古全和的粗暴的态度，江涌和古全和的争论，估计江涌有可能在党委整风领导小组的会上告了古全和的冤状，蒙骗了领导，得到了领导的什么指示。江涌这样胆大妄为，让海英林感到吃惊。他很替古全和不平，替他感到惋惜。俗话说，"动了剪子是估衣"。一个人被批判过，不管其原因和结果如何，都将是他历史上的一个污点。更重要的是和这个污点一起留在他身上的还有某些不负责任和别有用心的人泼到他身上的污泥浊水，他的历史从此就不再清白了。有些人之所以极力装出革命的样子，力争回避落到被批斗的地步，还有一个原因，那就是，一旦被推到挨"整"的地步，除了交代问题和检查错误，就别无选择了。不错，党章有规定，说被批判的人可以替自己申辩，还可以保留自己的意见，但是在实际生活中这条规定常常是不能兑现的。在某些人的潜意识里，党章的内容实际上只有两个字："服从"或是"顺从"。当事人的反驳，申辩，会被一些人说成反扑、狡辩、态度不好、拒绝帮助、坚持错误和党离心离德，和群众对立等等。在反右派斗争以后，在师范学院，被批判的人很少敢于理直气壮地站出来为自己抗辩。一抗辩，问题就升级。有些极右分子就是他们抗辩的结果。面对冤屈，大多数人会为自己落得一个"态度好"和"从轻处理"的结果，而不得不做违心的检查。古全和会怎样对待他的这次遭遇呢？他是会抗争呢，还是妥协呢？不管怎样都不会有好结果。

到会的人大多有和齐苋芬和海英林他们类似的猜想，但是谁都没有把自己的心里话说出来，连平时爱说话的彭其寿也欲言又止。因为大家心里都知道江涌这样对待古全和肯定是经过整风领导小组同意的，自己不想落个政治上迟钝和右倾保守的帽子。再说，谁敢保古全和没有问题？现在的党内斗争中，一个人一旦落到挨整的地步，就没有人替他辩护了，至少反右派斗争以来是这样。最不能犯的错误就是右倾。右倾是立场问题。从右倾到右派只差一小步。

现在会场上心情最好的就是江涌。他庆幸抓住了古全和的小辫子，就像当年他在解放战争的战场上抓住了都本河和拣花的小辫子一样。都本河一案让他捞到了一张"党票儿"和少年英雄的美名，一帆风顺地进了大学。他希望古全和这一案也能让他好好儿地表现一番，捞到一个副部长的位子，至少也能把古全和逼出同他争夺宣传部副部长这把交椅的角斗圈儿。

"帮助"古全和的"预备会"开得很长。江涌在会上有选择地传达了党委步书记和熊副书记关于帮帮古全和的指示，但是只字没提他们特别提醒他要注意的那些事项。他边玩弄着手中的那个小笔记本儿，边念道、议论数落着古全和的错误，竭力把他的错误和彭德怀的问题挂钩，给帮助古全和的批判会定调儿。最后又拿出周扬同志的报告稿儿，一条条地念叨着古全和写在那上面的批语，胡乱地进行着演绎，而也正是古全和批判周扬的这项罪名震惊了所有在场的人。反右派刚过，反党是最可怕的罪名，有人甚至说，"反对党员就是反对党"。这种说法儿虽然未能见诸党的文件，但是也没有人站出来说这有什么错误。而周扬是全党全国全世界知名的共产党的高级干部，是党在文化艺术领域的主要代表，反对周扬当然是天大的错误，因此在这个问题上，没有人会同情古全和，更无意替他辩护。

佟金凤联想到江涌平时对待古全和的态度，断定江涌打击古全和早有预谋，周扬同志的讲话稿儿肯定就是他偷走的。江涌不懂美学，但是他肯定知道周扬同志是批不得的。1958年他记录古全和从山东老家返校后在那次党小组会上的汇报发言，他在党小组会上污蔑古全和，都是别有用心。她知道此刻谁都不可以抵制江涌。因为运动刚刚开始，站在江涌背后的是党委整风领导小组。党组织的支持，就好比是尚方宝剑，江涌挥舞尚方宝剑，没有人敢说"不"。不过佟金凤相信，"路遥知马力，日久见人心"。江涌早晚会暴露出他的真面目。

"打了骡子马惊。""帮帮"古全和的预备会吓坏了组织部的干事甄惠羊，他曾在1958年的秋天回过一趟河南老家。古全和汇报他家乡山东胶东一带工作中的某些情况和问题，列席宣传部党小组生活会的甄惠羊主动给他作补充，说他们家乡情况比山东更严重，那里干部儿打人骂人是家常便饭，老百姓早就挨饿了，有些老人和孩子饿死了，还发生了人吃人的严重问题。他感觉这会儿江涌列数古全和的问题，就是在揭发批判他，心惊肉跳，担心自己也被列为批判的重点，戴上右倾机会主义的帽子，那自己的前途就全毁了。他可怎么过这个关呢？他想来想去觉得还是得采用贼喊捉贼、假装积极，抢先站出来发言，狠批判古全和，当批判古全和的积极分子，以掩饰自己的错误，蒙混过关。他有这方面的成功经验，他1957年就是这样干的。在1957年整风鸣放时，他曾经表示反对统购统销，有人因此而被划了右派，他也险些栽了，他就是用大声批判那些和他犯有同样错误的人才混过了那一关，还捞到了一个反右派斗争积极分子的好评语。

今天是党委机关第二整风学习组的第一次正式会议。江涌急于开展工作，把火点起来，把古全和树为批判的靶子。他在开场白里强调说，大家发言要联系工作实际，还要联系个人的思想实际。他边说边看古全和，恨不得立刻把矛头指向他。

在场的人并没有按照预备会的部署，立刻起来按照江涌部署发言，把矛头指向古全和。大家对待古全和各有各的想法儿。彭其寿是江涌会前指定的重点发言人，但是他没有带头儿发言。他想，古全和是刚刚过去的反右派斗争的英雄，是学院的优秀研究生，是教育革命的先锋，学生参加工业劳动的倡议就是他提出的，并亲自带病带领中文系学生到江城火车站去当装卸工。他怎么会突然就右倾了呢？向党组织汇报家乡的问题也没有什么不对。不过他也在按照江涌的要求朝另一方面想。他想彭德怀是元帅，不久前还是国防部长呢，也说是给党提意见，现在不是也成了反党分子了吗？想到这里，他又觉得古全和犯右倾的错误也不是不可能的。现在反对右倾机会主义的斗争的风潮乍起，运动处在发动阶段，自己不能犯糊涂，和领导唱反调儿，当运动的拦路虎和绊脚石。而且古全和也确实有错误，他反对周扬同志不就是反党嘛，这要是放在前年的整风"反右"斗争中，肯定得把他划成右派分子。他这样反复考虑过后，准备说点儿什么，敲打敲打古全和，发挥党委机关"第一发言人"的作用。

其他的人也都有自己的想法儿。多数人在观望。有人要批一批古全和，展露一点儿自己的峥嵘，捞个政治立场坚定，斗争勇敢之类的好评；有人想按预备会的要求发言旨在掩饰自己的错误；有人精神麻木，一贯听喝儿，领导指向哪里，他就打到哪里；有人全无廉耻，把整人当儿戏，只要领导一声令下，他就会把脸一变，蜂拥而上，信口开河，胡说八道，事后证明整错了，他也毫无歉意，再把脸一变，笑对被他折腾过的无辜的人；有的人只求自保，只要领导不点名，他就不发言。

江涌意外地发现，连他会前指定的发言人都没配合他，只好拿出最后的办法儿，示意彭其寿讲话，但是彭其寿装傻，避开了他的目光。江涌心里发急。他想，无论如何都得把会开起来呀。

古全和感觉不断有人瞅他，而当他回望他们的时候，那目光又嗖地转向别处。他感觉会议的气氛有点儿异常，事情似乎和他有关。不过他只是这样想一想，仍然没意识到在反右倾运动中会有人打他的主意，还在盘算全市高校文艺会演的准备工作。本年度全市高校文艺会演由东湖师范学院负责组织，具体负责人就是古全和。他要准备参演的节目，还要协调几十所高校的节目的安排。

会议冷场，江涌无奈，不得不点名叫人发言，对彭其寿说："喂，该你发挥作用啦。"

彭其寿点点头儿，看看大家，笑呵呵地说道："在上次会上，古全和同志谈到如何总结路线斗争经验，有人说古全和同志这样提出问题是因为他对于中央关于彭德怀问题的决议有怀疑。我说不好是否应该这样看待这个问题。不过我感觉老古头儿在这方面是有点儿问题。我觉得你去年秋天从山东回来反映的那些情况，跟彭德怀的言论有一致性，应该怎样理解这种现象？是巧合，还是你和彭德怀在思想上有共鸣？希望你好好儿考虑。"

彭其寿把古全和1958年秋天返校后的汇报和彭德怀反党问题扯到一起，让古全和大吃一惊，一时间恍惚觉得彭其寿的发言有道理，他汇报的内容的确和彭德怀的言论有许多一致的地方儿，讲的都是大跃进中的农村问题。现在彭德怀的问题被定性为反党集团，那他在这个问题上是不是也有错误呢？不过他很快就冷静下来，认为他的汇报和彭德怀的汇报不同。他反映家乡工作中的问题是为了帮助党改进工作，而彭德怀提出类似的问题则旨在反对毛主席，否定党的路线。他想有必要就彭其寿的发言做些说明，表个态，而就在这时，齐苋芬悠悠地站起来了。

齐苋芬抢先发言，首先是为了自保，和古全和拉开距离，划清界限，还因为她有在政治风潮中显示自己的水平和辩才的癖好，也不乏在职务上更上一层楼意愿。她是高干家属，背景特殊，较少顾虑，每有政治运动都要登台表演。她在党委机关资格儿不算老，级别不算高，却不是一个平常人物儿，她丈夫臧田野是省委办公厅的副主任。"夫荣妻贵"本来是封建社会的遗物，但是旧世界不会戛然而死，这些东西也不会从人们的灵魂和习惯里消失。虽说臧田野不是东湖师范学院的顶头上司，不曾管过师范学院的工作，也没替齐苋芬对学院领导说过什么，可是人们对他的夫人齐苋芬还是另眼相看，就连党委书记步行健见了齐苋芬也总要止步向前，主动上前和她打招呼儿，请她代为问候臧田野主任。她能小病大养，这也是一个原因。她名义上是院刊编辑室副主任，但是她很少上班，常年在家养病。但是政治运动她回回儿不拉。

齐苋芬在政治运动中积极表现，还有一个重要原因，那就是淡化她的历史问题。她认为妨碍她升迁的就是这个历史问题，她在国共生死决战的

1948 年的春天，在校刊上发表过一篇题为《我为什么要去卖血?!》（一说是《我为什么会贫血?》）的长文，在文中指名攻击中国共产党发动的土地改革运动，咒骂她家乡的贫苦农民，说实行土地改革，分了她家的土地，断了她的经济来源，致使她不得不靠卖血维持她的大学生活。文章轰动一时，获学院当局重奖。可是几个月之后，她所在的那座城市就解放了，她的大作就变成了她历史上的一大污点。不过这个污点没有影响到她当首长夫人。当时女大学生奇缺。解放之后她就嫁给了解放军某师政治部副主任臧田野，不久还参加了中国共产党。1949 年底齐苋芬随丈夫来到本市，被安置在当时的江城大学文学系。1950 年初，江城大学并入东湖师范学院，齐苋芬被安排在院刊《东湖师院》做了编辑，后任编辑部副主任。但是她始终难忘那个历史污点，总想淡化它，时刻注意摆出一副中间偏左的姿态，唯恐犯右的错误，牵扯出她的历史问题。她现在的心态也是这样。因为齐苋芬平时不来上班，党委的工作无论是"左"了还是右了，都和她无关，因此她一身轻松，可以唱高调儿，可以抢起棍子打人，积极表现自己，而结果总是适得其反，她的口碑越来越差。

　　齐苋芬用奇特的目光看着古全和，矜持地笑着说道："古全和同志，彭德怀一案涉及大是大非，和彭德怀划清思想界限关系重大。据我所知，你出身小资产阶级家庭。小资产阶级和资产阶级，从世界观上说，没有本质的区别。动摇性是小资产阶级知识分子的特点，在复杂的斗争中，一时迷失方向，发生动摇是难免的。有必要特别提醒你的是，你的错误言论在先，而且发表在大跃进的高潮中，带有原发的性质。人贵有自知之明，有错误不可怕，可怕的是不敢面对。毛主席说，一个人犯了错误，认识了，改了，就是好同志！希望你能正确对待自己的问题。"齐苋芬面带满足的微笑结束了自己的高论，坐回到自己的位子上，看看周围，意思是观察一番她发言的效果。

　　平时齐苋芬和古全和关系不错。这是他第一次领教齐苋芬的高论，发现她拐弯儿抹角儿地就把小资产阶级的动摇性和他的问题比彭德怀更彭德怀这样两顶政治帽子扣到了他的头上。他还发现，她和江涌、彭其寿的调门儿一样，都接触到他去年探亲返校后的那次汇报，都把他往彭德怀问题上拉，呈群起而攻之势，他怀疑他们是有预谋的，自己不能保持沉默，于是反驳齐苋芬说："我母亲是农民，我父亲也算是农民，可以说我出身于小资产阶级家庭，但是能不能说，出身于小资产阶级家庭的人就一定是小资产阶级知识分子，而小资产阶级知识分子就一定有政治上的动摇性，这种动摇性就一定会和彭德怀有联系，而且还比彭德怀更彭德怀呢？这恐怕就难说了。我去年秋天从山东回来，向组织汇报了我老家一带工作中的一些情况和问题，为的是帮助党改进工作，我是遵照毛主席的教导做的，和彭德怀的反党活动毫不相干。"

齐觅芬是第一次遭遇古全和。古全和劈头盖脸、冷嘲热讽、毫不客气地把她得意的高论原封退回给她，连"有则改之，无则加勉"都不讲，她觉得他不可理解。在政治运动中，被审查批判的人，没有谁敢用质问和嘲讽的口气来反击揭发批判他的人，即使揭发是错误的，批评是毫无道理的，也不可以这样做，特别是在运动的初始阶段。齐觅芬抡起棍子打人已成习惯，从没遭人反击过，她忍不下这口气，丢不起这个脸，稍作迟疑之后，就冷冷地盯着古全和扬言："一个人，特别是一个共产党员，有了错误，唯一正确的选择就是改正哟！"

古全和冷冷地回敬齐觅芬说："道理不错，和我无关。"

被激怒了的齐觅芬不再斯文，冷笑着夸大其词地说："我参加过许多政治运动，从来没见过像你这样批评不得，刀枪不入的人。不过我也并不感到意外。一个连党中央领导同志都敢批的人，他能在乎谁呢？！"

古全和断定齐觅芬提到的"中央领导同志"是周扬同志，说明她看过那份文件，是她偷走了那份文件，这会儿拿来作为他反对周扬同志的证据，进而说明他胆大包天，怀疑中央关于彭德怀决定，是有思想渊源的。可是他转念又觉得偷文件的不是她，因为当时她在家养病，又怀疑文件可能是江涌偷走的，她是从江涌那里看到那份文件的。古全和认为在理论探讨中，没有谁是不可以批评的，不过他无意批评周扬同志，在自己的书籍或文件的空白处记心得，写批语是他的习惯，是写给自己看的，此前，除开对他本人，这些批语是不存在的。但是现在被齐觅芬公之于众，说不清，道不明，问题闹大了。他想现在他能做的只能是耐心解释，求得理解和谅解，便耐心地解释说："我知道齐觅芬同志指的是我在周扬同志报告记录稿儿上面写的批语。那是我学习的一种习惯，在学习的过程中，把心得体会和问题写在自己的书籍和文件上，是供自己参考，而不是给别人看的，在你今天提到这件事情之前，它们一直是对我自己才存在的。你不应该不经我同意就把文件拿走，更不应该又在会议上散布我在那上面写的批语。"

古全和注意到，在他说文件是齐苋芬不告而取从他那里拿走的时候，齐苋芬不断地瞅江涌，江涌无法躲避，只好硬着头皮说那份文件是他在打扫办公室的时候在地上拣的。古全和毫不客气地指控他说："我到处找这份文件，也问过你，你当着我和佟金凤同志说，你没看见，而文件在你手里，你为什么这样做？"江涌无话可说，便要赖道："我就是从地下拣的，也不记得有谁找过这份文件。"然后转变话题说："你不要转移目标儿、回避问题，这和你反对和怀疑周扬同志的讲话无关。"

古全和坦然说道："批语是我写的，但是跟反对和怀疑周扬同志的讲话无关，造成不良影响的是偷走文件的人，现在我要求你不要继续折腾这件事，把周扬同志报告的记录稿上报党委，请领导处理这个问题，我愿意接受组织的批评教育。"

古全和想到江涌偷走周扬同志报告的记录稿儿，并在这个时候抖搂出来，拿他探亲返校后在党小组会上的汇报做文章，现在又曲解他的发言，明明是别有心，蓄意整他。但是他想批判谁这样的大事不是江涌这样的学习小组长能够决定的，那就是说，整风领导小组知道这件事，如果是这样，事情就麻烦了，这种情况他不能不考虑，如果是江涌谎报军情，蒙骗领导，领导对这件事点过头儿，事情就不会半途而废，而总得有一个让领导体面的结局。1957年整风鸣放冲击了党的领导，一度降低了党委的权威，而反右派斗争之后来了一个反弹，特别强调党的领导的正确性，这也是当前政治生活中的一种新的倾向。

江涌要抖搂抖搂古全和，把他推到被动挨整的位置，出乎他的意料，古全和并不畏惧，反而站出来抖搂出江涌偷走他的文件，并密藏一年，这会儿拿出来整人的这种不光彩的行为，江涌后悔小看了古全和，没想到平时他言语不多却会这样强硬。江涌的经验是，挨整的人没有谁像古全和这样针锋相对地对待揭发和批评。有的人是忍气吞声，任人数落折腾，等待组织审查，直到水落石出；有的是违心地举手投降，作个言不由衷的检查，吃点儿小亏，求得解脱；有的是避过锋芒，接过对方的指控，委婉地进行辩解，巧妙过关；有的是装死躺下，博取同情，蒙混过关，等等。而古全和则是个罕见的例外。他眼牙相对，死不就范。面对这种局面，江涌心里懊躁不已，欲罢不能，情急之下，就想到了撒野，恐吓古全和道："古全和，你不要摆'左派'的架子。听说你在整风'反右'斗争中表现不错，是左派，可是你要知道，事物是发展变化的，左派不是永恒的。昨天的左派可能变成今天的右派！彭德怀就是一例！你必须端正态度，面对自己的错误思想和言行！"

古全和毫不迟疑地反驳说："我从没说过自己是左派，也不认为像你说的那样，一个人的政治立场会一日三变，一会儿是左派，一会儿是右派。你也无权定谁是什么派。我要求你把这里发生的问题汇报给整风领导小组，请求组织派人来审查我！"

会场上形成江涌和古全和对立的局面，海英林和佟金凤等保持沉默，连齐苋芬也不肯再掺和在他们中间。江涌首战遭挫，信心不再，觉得他未必能把古全和排挤出党委机关，担心他揪着古全和不放，脱离群众。但是江涌不想这样放过古全和，决心揪住他在探亲返校汇报中的问题，追他的动机，给他扣右倾的帽子；揪住周扬问题不放，打他的气焰，给他扣狂妄自大，无组织无纪律，反对中央领导的帽子，他再善辩也难以洗白。总之，得给他抹一脸黑，擦掉他身上模范人物儿纯净的光环，迫使他认错儿，否则他江涌"帮帮古全和"就师出无名，倒霉的就是他了。

现在是周三下午，党委机关第二整风学习小组照常开会。

江涌想到他手里有古全和在周扬报告上的那12条批语，有古全和在去年回山东探亲返校后在党小组会上所作汇报的详细记录；有当前反右倾的大好形势；更有党委整风领导小组帮帮古全和的指示，不怕镇不住古全和。想到刘铁嘴儿说他"有官运"不由地喜上心头。

面对当前的局面，古全和在想，如果没有反右倾运动，他按照毛主席的教导，返乡时调查家乡工作的情况和问题，返校后及时向党组织汇报，属共产党员的模范行动，应该受到表扬。事实是古全和在汇报的当时就曾经受到同志们众口一词的赞扬。即使有反右倾运动，假如没有江涌别有用心的操弄，生拉硬扯地把他的汇报和彭德怀反党问题挂钩，他也不能把他弄成运动中批判的靶子。看来江涌偷走周扬同志的报告稿，记录他在党小组会上的汇报是别有用心。"汇报"的内容有真伪，"汇报"的动机可能正确，也可能错误，可以解释和辩白，而所谓批判周扬的问题，在一般人看来是他赤裸裸的错误，因为周扬根本就批不得，在中国"犯上"无论在家庭生活中还是社会生活中，都是遭人恨的错误言行。这种状况一百年也未必能够彻底改变。古全和意识到事情要有麻烦了，开始考虑如何应对。他首先反复检查自己，认为他的"汇报"在动机和内容方面都没有错误。他在周扬同志的问题上实际上也没有错误。他认为在学术问题上，只有真理与谬误的区别，而没有论者高低尊卑的不同。不过他也知道，在现实生活中，在真理面前人人平等只是一句空话，人微言轻，这几乎是人们的共识，在周扬同志的问题上，没有道理好讲，他只能耐心地解释，然后任人指责，嘲笑，而保持沉默。

　　这两天古全和头脑中生出了许多问号儿。问号儿之一就是，江涌和他是同乡，他去年也曾回过老家，对于山东胶东一带工作中的问题，不可能一无所知，那他为什么要睁着眼睛说瞎话，污蔑他抹黑大好形势、丑化农村干部、反对三面红旗呢，难道他不怕承担责任吗？这时，他想到了所谓保护积极分子一说。早在念初中的时候，他就注意到有所谓保护积极分子的做法儿。不过那时江城刚解放，社会还处在动荡之中，有些人对国民党反动派还抱有幻想，那些觉悟早的师生，有时会遭到落后分子和反动分子的冷嘲热讽、打击报复，党团组织站出来给他们撑腰是必要的。但是到念高中的时候，他对"保护积极分子"的做法儿就有了保留。那时，共产党已经被广大人民群众所认可，靠拢共产党不仅光荣，而且有利可图。大白楼第38居民组的大组长王长顺给他儿子说亲都特地请求媒人不要忘记向对方儿的亲友说，他王长顺是共产党员。个别品行不端的人，开始利用共产党，打击别人，抬高自己，图谋名利，因此保护积极分子的做法儿就不合时宜了，无论是谁都应该对自己的言行负责任，那些揭发批判别人的人，有义务为自己的言行举止负责；如果做不到这一点，他就应当受到党纪国法的惩罚。而事实并非如此，在后来的历次政治运动中，积极分子仍然不必为自己的虚假不实、别有用心的言行负责。那些品行不端的人，政治运动中的弄潮儿，正是利用保护积极分子的政策作掩护，伪装积极，在政治运动中兴风作浪，祸害良善，这是导致冤假错案的一个非常重要的原因。后来古全和意识到，保护积极分子的做法得以延续，除开认识上的原因，还因为它含有保护领导的重要作用。积极分子是领导者发动起来的，是在他们的指挥下冲锋陷阵的，追究积极分子的责任，就必然要追究到领导者的头上，而有的领导者自诩是党的化身，把党组织当成他保护自己的盔甲，他的责任是追究不得的。他想，今天江涌之所以敢这样胆大妄为，就是因为他懂得这一套，知道他能得到领导的庇护。

古全和并不惧怕挨批，让他感到惊讶的是，关心党的工作，向党说真话可能被认为有罪，这让他大感意外，感到委屈，让他联想到党史资料里记载的那些遭受过残酷斗争、无情打击、蒙冤惨死的革命先辈，意识到，他落到被整的境地，一怪自己政治上无知，一怪党内有江涌之流，一怪共产党内生活有毛病。其实党是阶级斗争的产物儿，党内斗争是社会阶级斗争的反映，党是成熟的，又是不成熟的，是纯洁的又不是纯而又纯的，这些政治常识他都知道。但是知道不等于真懂。他心情沉重，悲观的阴影飘过心头，感觉在按照干部的级别分配物质利益的现实条件下，说假话已经是一种必然要出现的社会现象，浮夸风的根源也在这里，共产党员襟怀坦白、实事求是成了问题，对党说实话也不再是无条件的。中国共产党是崭新的无产阶级的革命政党。但是她不是天上掉下来的，不是生活在真空里，离不开中国的历史和现实。因此他想，也许所有熟悉中国现实政治的人，都不会像他这样痴迷地谈论政治问题。回想历史，在中国，古往今来都不可以对当政的个人或是政治集团说他们治下的社会不好，即使无意，也不可以。那些大权在握的人大都神经过敏。就全国来说是如此，就一个单位来说也是如此。不管谁当皇帝，当头头儿，主持工作，也不管工作中发生了多大的错误，只要皇帝或是领导者的地位不变，他们还没有沦落到倒霉垮台的地步，还能控制局面，人们都得说"天下太平""形势大好"。古全和知道在对敌斗争中要分清"延安和西安"，却不知道在革命队伍内部还要按照"九个指头和一个指头"的哲学说话。他在汇报里说的就是"一个指头"的问题，是党需要改正的错误，而江涌和齐苋芬却要按照"九一哲学"来要求他，胡说他否定一切，反对党的路线，并且把他和彭德怀反党集团挂钩。他想，在政治运动中，党章还算不算数儿？还要不要诚信做人？要不要对党忠诚老实？如果回答是否定的，那还谈什么实事求是和为人民服务？古全和从懂事的时候起就懂得做人要诚实。父母是这样教育的，老师也是这样教育的，党章里也是这样写的，为什么现在这一切都不灵了呢？为什么忠诚老实成了错误？

　　古全和感觉他好像体会到了历史上的那些蒙受冤屈的先辈们的痛苦和遗憾，意识到他们是怎样丢掉尊严和性命的。他也渐渐地明白为什么同志们没有站出来主持公道，替他说话。1957 年个别的右派分子就是因为替他们沦落为右派分子的好同学、好朋友，丈夫或妻子说公道话，受到牵连而被划为右派分子或是背上个右倾的政治包袱的。他意识到，在眼前这种沉重的政治气氛下，人们只能打顺风锣，按照领导的调调儿唱。如果有谁敢唱反调儿，至少要落个思想右倾，也许会被说成是阶级感情乃至政治立场有问题，说不定会从批判者变成被批判者。而且不仅在批判的过程中人们必须这样做，就是批判过后，事实证明批判错了，也只有大权在握的人才有资格评判其中的是非曲直，当事人及其同情者也不可以掉过头来对于错误的批判说三道四，算旧账，追究当事人的责任。要替被错误批判的人平反更是难上加难。算旧账，等于迫使那些批判者放弃他们从受害者的苦难中获得的名利地位。"秋后算账""反攻倒算"，会被说成向党讨账，与党离心离德，是阶级立场和思想感情问题。古全和有一种感觉，好像在某些人看来，以党的名义作践人是他们的权力，是党内生活的常态。所以他感觉，在眼前这种场合儿下，佟金凤、海英林等同志的沉默，就是对他的一种保护，就连有分寸地批判他，所谓高高举起，轻轻放下，也是对他的一种保护。面对不公正的批判，要保持沉默，都需要很大的勇气。即使是那些由于轻信别人的"揭发"，一时糊涂，而胡乱给人上纲上线的人，也是情有可原的。只有那些为图谋私利，昧着良心，不顾事实，蓄意害人的人，才是必须倍加警惕，不可饶恕的。

　　古全和记得在电影《武训传》里有这样一个场面：筹得了一些办学资金的武训笑着坐在地上，无知的人们踢他、打他、奚落他、羞辱他，然后扔给他一些小钱儿取乐儿。武训不仅不羞不怒，反而高高兴兴地唱道："踢一脚，三分钱，办个义学不犯难！"古全和猜想，江涌是不是就是想把他弄成"武训"那样的一个任人踢打、羞辱的人呢？可是江涌为什么要这样干呢？古全和说不好，不过他不是武训，也不想当武训，他要抗争到底，他的性格就是这样。

今天是党委机关第二学习小组的第三次会议，会场改在宣传部阅览室。古全和提前来到会场。阅览室里只有佟金凤一个人坐在北窗下，她在埋头写什么。古全和凑到她的跟前儿，轻声问道："忙什么呢？"

佟金凤停住笔，抬起头，关切地打量了古全和一眼，见他面带笑容，心里踏实了许多，笑着说道："整理新华社傅平同志关于国际形势报告的记录稿，怎么来得这么早？"

古全和说："早饭后这么点儿时间，回宿舍干不了什么事儿，到这里来翻翻报纸。"说着，走到书报架前，随手拿起一份《江城晚报》，翻了翻，浏览了一遍标题，又放回报纸架子，心里忽然生出一种过去从没有过的伤感的心绪。几天前他还是众人称赞的模范人物儿，现在突然跌落尘埃，变成了有罪待查的人了，而其间他本人并没有任何变化，这怎么不让人感觉人生无常呢。不过他心中坦然，自信没有错误，可以和批判他的人争辩，可是他认为事情显然是跟领导有关系，投鼠忌器，他不得不摆出一副挨整的架势，任人怀疑、质问、申斥、数落、嘲笑。

佟金凤比古全和小两岁，她出身政治世家，家族亲友中，国民党，共产党，敌伪高层人员都有，比古全和懂事。她认为古全和批判周扬同志是错误的，只能认错。在所谓的汇报的问题上，结果如何这会儿还很难说，不过她本人毫不怀疑他对党的忠诚，认为江涌是别有用心，故意整人。她很想帮助古全和脱困，就悄声地问他道："你打算怎么办？要不要说点儿什么，至少在周扬同志的问题上得认个错吧，在汇报问题的时候，你也不能说一点儿错误都没有。"

古全和认真地说："我就是没错呀！"

佟金凤低声说道："顶牛儿不是个好办法，谁都不能说自己一点错误都没有，思想上的片面性总会有吧？组织观念淡薄的缺点总会有吧？"

古全和摇摇头，看着佟金凤忍不住笑了。佟金凤觉得莫名其妙，说道："笑什么？"

　　古全和好容易忍住笑，说道："笑你小心翼翼的样子，好像在做地下工作。"他早就注意到，有些党团干部彼此交谈时，常常是先警惕地看看周围是否有人，然后才用耳语般的声音嘀嘀咕咕，即使周围没有人，也这样说话。古全和猜想，这可能是在严酷的对敌斗争中养成的习惯，可是他想，现在大家面对的不是敌人，而是自己的同志和革命群众，为什么不能坦坦然然，大大方方地说话，而还要神神秘秘地嘀咕呢？他认为除开对敌斗争的需要，一切都应该亮在明处，摆到桌面儿上。这样，那些喜欢告密、爱背地里嘀咕人，搞小动作，制造麻烦，破坏团结的人，就没有活动的余地了，党内外的生活就会更加光明了。

　　听古全和这样说，佟金凤也笑了。

　　这时，彭其寿进来了，他大大咧咧地笑着说："嗬，还有比我早的呀！"

　　跟在彭其寿后面的是组织部的海英林、甄惠羊和统战部的缪文逵。海英林满怀同情地对古全和点点头，然后坐到自己的老地方。缪文逵谁也不看，一来就坐在角落里抽烟。他也回过安徽老家，知道那里的问题不比古全和的老家少，相信古全和说的是实话，不想和江涌和齐苋芬那些人搅和到一起，一直保持沉默。团委的几个干部一直在观战。

　　江涌最后一个到场。他来了，会议就开始了。今天他有所收敛，类似"反对三面红旗""反党"之类的调调儿没有再重复，也不再用彭德怀问题这张大网来网古全和，但是仍然坚持要古全和承认他在汇报中有意夸大了他们家乡工作中的问题，丑化了农村干部，抹黑了山东农村的大好形势，是从右倾机会主义的立场和感情看待农村形势，在客观上反映了富裕中农的政治要求和思想情绪。

　　今天会上发言的比上次多。佟金凤和海英林也说了几句类似于"严格要求自己""有则改之，无则加勉"的套话。其他人的调子大体也是如此。蓝秀花仍然一言不发。他怀疑古全和坏过他和吴歌的好事，也嫉妒古全和太红，希望他倒霉，栽跟头，但是他担心激怒了古全和他会抖落他留宿女学生的丑事，不敢伙同江涌一起围剿古全和。唯独齐苋芬的调子有升无降。组织部的甄惠羊也掺和进来朝古全和开炮。

　　齐苋芬心情复杂，她和古全和没有矛盾，平时彼此关系不错，她数落古全和只是为了显示自己的理论水平，现在她注意到，懂事的人，比如海英林等，都按兵不动，觉得古全和也许没有什么问题，后悔自己贸然冲击了古全和。可是她对于古全和在前天的会上抢白她，心中有气，想找回面子，而且"帮帮"古全和是党委整风领导小组定的调儿，既然古全和的会还在继续开，那就是说古全和的事情还没有完。江涌的话音一落，她就抢先故作矜持地开了腔儿："共产党员在政治上成熟的标志之一，就是他能够自觉地进行批评和自我批评。我认为古全和在这方面还有欠缺。应该说，古全和的问题是严重的，组织观念淡薄在对待周扬同志问题上已经有露骨的表现，怀疑党的路线，抹黑大好形势也都是严重的错误。"

古全和和齐苋芬接触不多，只见过几面，对她既无好感，也不讨厌。周围的人说她平时很少上班，运动来了就整人，他半信半疑，怀疑她会不会那样不要脸，现在终于领教了她的厉害。他感觉齐苋芬的发言总是居高临下，挟枪夹棒，巧妙地把政治帽子扣到别人的头上。她刚才的发言就是这样。她说"怀疑党的路线……是严重的错误"，就给人造成了这样一种印象，即古全和怀疑党的路线，如果古全和保持沉默，这顶帽子就会在不知不觉中飘落到他的头上。古全和认真地瞅了齐苋芬一眼，说道："齐苋芬同志，请你澄清一下，你在批判谁？是在说我吗？那你就文不对题了！我不怀疑党的路线，也没抹黑大好形势。"

齐苋芬疑惑地看着古全和，感觉不可理解，不知道古全和那里来的这么大的胆量，敢针锋相对地驳斥对他的批判，揭破她的鬼把戏。

在政治运动中，没有人说不要实事求是，但是把运动之火燃烧起来是运动成功的首要条件，在运动的发动阶段和高潮中，起作用的指导思想是矫枉过正、放开手脚、大胆揭发，包括道听途说、望风扑影、怀疑猜想、主观臆测，乃至造谣生事、污蔑诽谤，屎盆子尿盆子都可以往别人的头上扣，批判对象的人格儿和尊严都不在考虑之列。这是运动的弄潮儿显山露水、大展拳脚、惹是生非、制造麻烦的时刻。在运动的领导者看来，只要最后的结论不出大格儿，就算是正常的、正确的、无可指责的，而并不把运动中对于当事人的诽谤、羞辱和伤害当作一回事儿，就好比爹妈责打自己的儿女，打对打错都没关系。这是中国封建时代留下来的黑暗传统之一。皇帝可以任意处罚臣子。在皇帝面前，臣子总是无理，任何时候都没有道理好讲，更没有所谓的个人的尊严。这是"忠君"和"孝亲"的首要内容。这个传统也延伸进共产党的生活之中，不仅没有人反对，甚至无人质疑，造成很多罪恶，伤害很多同志。但是古全和不能容忍任何人侮辱他的人格，对他胡说八道。他的父亲尊重他，对他平等相待，注意培养他独立思考的精神，他在学生生活中又发展了这种思想性格，他把人格和尊严看得像生命一样宝贵。

　　古全和从人们的发言中认识了一些人的真面目，见识了党内生活的陋习，意识到为什么在党的历史上会有那么多的冤假错案，有些冤假错案为什么那么离奇。他认为段德昌等优秀红军将领惨遭杀害和抗金名将岳飞的惨死有同样的原因：那就是害人之人的帝王意识作怪，被害人的忠臣意识作怪。

　　甄惠羊的心情一直很紧张，时刻关注着会场的风头，担心火会烧到自己。他觉得他的问题比古全和严重，他曾经说他们家乡饿死了很多人，他们那里发生过人吃人的现象，而且不只一两件。他感觉会议在升温，就抢先发言说，他完全同意江涌和齐芫芬等同志的发言，说古全和就是从小资产阶级和富裕农民的立场抹黑我国当前大跃进的大好形势和农村干部，得出错误结论，与彭德怀的反动言论如出一辙，是阶级立场问题。他声音颤抖地发言过后，又小心翼翼地偷看了一眼周围的人，直到确信没有人站出来抖搂他的问题，一颗心才恢复了平静。

　　古全和鄙视甄惠羊，知道他是在用批判的行为来掩护自己，是一个活不起的胆小鬼。古全和早就感觉甄惠羊不地道。他发现甄惠羊特别爱忆苦思甜，每有忆苦会，他都抢着发言，平时和人聊天儿，也爱说他在旧社会生活多么苦，说他小的时候要过饭，没吃过几顿饱饭，没穿过像样儿的衣裳等等。古全和认为他这样做是要强化他在家庭出身方面的优势。可是古全和不相信他说的是真话。他认为甄惠羊如果在旧社会生活得那么苦，他不可能上学念书，更不可能在解放之前就小学毕业。古全和记得，甄惠羊还说过，他家有樟木箱子和装有穿衣镜的核桃木的大衣柜。古全和知道，这都是一些材质高贵的家具，不是一般人家所能有的。甄惠羊那胖乎乎儿红通通的圆脸蛋儿，厚厚的湿润的嘴唇，闪闪烁烁的眼神儿，走起路来近乎女性的扭扭搭搭的姿态，都表明他没有参加过多少体力劳动，他就是农村的那种"穷少爷"。这种穷少爷往往比富少爷更少爷。他们没有文化，缺少教养，缺少毅力，缺少对于现实生活的感受，说话做事无法无天。在古家庄就有这样的人。古家庄古姓的"世"字辈儿里，唯一打爹骂娘的古世贵，就是这种穷少爷。古世贵兄弟二人，哥哥古世宝，为发家致富，16 岁下了关东，流落到海参崴，后来被沙皇当局遣送到俄国的中亚某地，音信皆无。古世贵因此更显其贵，从小儿娇生惯养，长大后，好吃懒做，游手好闲，最后变成了一个打爹骂娘的畜生。师范学院中文系 1958 级新生杜某也是此类的穷少爷。他是吉林近郊人，上有姐姐六人，他是家中的老小儿，是全家的宝贝，自幼就说不得，碰不得。考入师范学院不久的一个晚上，他要他同宿舍的舍长林某到水房去给他打洗脚水。好心的林某满足了他的要求，此后天天晚上给他打洗脚水。杜某不知好歹，得寸进尺，竟认为林某应该侍候他，进而要求林某给他洗脚。忍无可忍的林某一怒之下，端起洗脚水泼到了他的头上身上和床上，而杜某竟向领导状告林某不关心同学，扬言要杀死林某。事情惊动了学院治保会。治保人员趁杜某上课时派人检查了杜某的床位和物品，发现杜某枕头下的确藏着一把磨得锃亮的杀猪刀，相信杜某扬言杀人不是瞎说，只好勒令他退学。古全和认为甄惠羊就是古世贵和杜某之类的穷少爷。《三字经》里说，"玉不琢，不成器。人不学，不知义"，古全和认为，如果人不在社会文明的熏陶下长大成人，而是自由生长，就有可能变成兽，甚至比兽更兽，因为兽只凭本能活动，而人是有思维有私心，会搞阴谋诡计的，他会干出野兽干不出来的种种卑鄙龌龊的勾当。

会场仍然冷清，古全和一案没有进展。古全和的"罪证"就那么两件。江涌和齐苋芬等人据此说他怀疑和反对党的政治路线，古全和坚决否认。没有人站出来揭发他的新罪证，齐苋芬等人的批判发言只是一顶顶的政治帽子，不能据此定古全和的"罪名"，眼看着古全和就要"无罪释放"了。

争斗越来越带个人色彩，多数人不肯介入，连彭其寿也不再说话。古全和感觉，他的"罪行"就这么多了，江涌奈何不了他，但是他的心情仍然很沉重。这件事破坏了他对于师范学院党委的信任，不再觉得这里光明正大。他想，如果党内生活如此，那还有什么党内民主、同志信任、实事求是和真理正义？短短几天的经历让他长了见识，也发现了党内生活中的某些阴暗面和陋习。

49

古全和的心情难以平静。对于反右倾运动，他没有任何精神准备，更没有想到运动会触及他，把他弄成批判的靶子，让他不得不认真地应对。他并不害怕江涌等人，只是感到委屈，窝囊。有关线淑平的传言也让他感到不安。他不相信线淑平变心，但是认为无风不起浪，担心她那里发生了意想不到的事情。

晚饭后，古全和回到宿舍，习惯地翻了一会儿书就上床了。可是他没有睡意。想到佟金凤建议他在会上说点儿什么，海英林也对他说过类似的话。奇怪的是齐苋芬也给他出过这样的主意。他该怎么办呢？他越想心里越烦，索性不睡了，到外面去走走。

这里是江城的东郊，白天行人就不多，太阳落山后，路上行人更少。古全和一个人在静悄悄的自由大路上闲逛。这里没有路灯，大路两旁一幢幢教工宿舍的窗户，散射出浓淡不一的灯光。偶尔有个把行人和他擦肩而过。他的头脑慢慢地静下来，上午会议上的一个个场面和人物在眼前闪现。现在，古全和知道党委机关的老同志为什么不喜欢齐苋芬了。她平日不来上班，运动来了就整人，会上一套，会下一套，毫无原则，把政治问题视同儿戏。她在会上批判他，调门儿很高，帽子很大，而会下又故作亲近，给他出主意，帮助他脱困。古全和感觉她是想两面讨好儿。她不是为革命，而是为自己。今天会后，她就把他拉到走廊的尽东头儿，关切地开导他说："小伙子呀，说几句夸大之词有什么关系？运动过后谁还记得？不然你就过不了关。"古全和不知道应该怎样对待齐苋芬。

"怎么办？"古全和又一次问自己。他觉得连真话都不能说，还革的什么命！他决定明天带着八大文件上会场，去和江涌等人讲道理。

古全和在自由大路上来回走了无数趟，一直到后半夜，累了，也拿定了主意，才决定回到宿舍睡觉。他推门开灯，发现蓝秀花面壁睡在床上，立即又关上灯，蹑手蹑脚儿地摸到自己床前，摸着黑儿轻轻地铺好被褥，上床睡觉。

蓝秀花有好些日子夜不归宿了。古全和估计，他又去他姑姑家蹭吃喝去了。蓝秀花月薪 56 元，一个人用，亲友还有补贴，可是他总觉得钱不够花，常常到亲友家去蹭吃蹭喝。

蓝秀花突然说道："半夜三更干什么去啦！"

"影响你休息了。"古全和赶紧低声说。

蓝秀花以不屑一提的口气说道："干吗把问题看得那么重，连觉都睡不踏实。有什么了不起的？被一个水性杨花的女人甩了算什么？'女人好比墙上的泥，去了旧的换新的。'不就是被批评了几句吗？认个错儿，不就得了嘛！"

"问题是我没错。"古全和近乎本能地反驳说。

蓝秀花嘿嘿一笑说道："你以为只有犯了错误的人才认错吗？天真！"

这是蓝秀花搬进 401 房间一年来第一次这样坦率地跟他说话，说的是心里的话，但是话里有话，他是在告诉他，有人在政治运动中靠假检讨过关。古全和认为蓝秀花敢大着胆子对他说心里话，是认为他倒霉了，沦落了，和他平等了，而且比他更狼狈。

古全和说道："总得实事求是呀。"

蓝秀花笑出了声儿，然后说道："别折磨自己啦，明天到会上去认个错儿吧。不就是个右倾吗？右倾的人多了。没有谁一贯正确，人不能总当英雄。女朋友跑啦，批判也挨啦，还要什么面子呀！"

古全和不想回敬蓝秀花对他的羞辱，也不想和他争辩，只是有些不满地说道："有错误当然要检讨。问题是我没错。"

蓝秀花一阵冷笑，忍不住坐起来，打开台灯，开导古全和说："实话告诉你吧，谁都不会像你那么谈论农村形势！为什么江涌要记录你的汇报？他早就发现你犯了错误！"

古全和坚持说："可是我说的是事实啊！"

蓝秀花嘲笑说："你认为彭德怀说的都是假话吗？我告诉你吧，实话也不是可以随便说的！你说你们公社的形势不好，就等于说你们县的形势不好；再往上一推，就等于说你们省的形势不好，再往上推……不就跟党的路线联系上了吗?！难道不应该这样看问题吗？你啊，一点儿辩证法都不懂！"

古全和认为蓝秀花说的，并非真理正义，不是共产党员应该做的，然而他猜想，像他这样应对政治运动的共产党员不只有他一个人，也许他得按照佟金凤的提示，给自己戴上一顶"片面性"的帽子。想到自己按照党的教导干好事，到头来却要去说假话作检讨，感觉羞愧，他从来没干过这种违心的事，他不知道他现在是成熟了呢，还是堕落了。

今晚的会，江涌最后一个到场。他在经过古全和身边的时候，还轻轻地在他的肩头上拍了拍，意在对古全和示好。古全和心里不由地生出了一丝轻松的感觉，接着又泛起了一阵对自己的蔑视，他没想到自己会在意江涌这样的一个小动作，意识到这是这些日子的批判会留在他心上的阴影，也是他意志薄弱的表现。这让他联想到那些蒙受深冤大屈，又无望解脱的人经历过的内心痛苦。在历次政治运动中，有过这种遭遇的人肯定不是一两个人。

江涌闷闷不乐地坐到北窗下的那把靠背椅子上，刚刚架起二郎腿，又慌忙放下来，他发现会场上多了一个人，党团直属党支部书记、党委办公室主任、党委整风领导小组秘书阎一松在场。整风领导小组的干部，深入运动第一线，了解情况，指导工作，这很正常。但是江涌心里涌起了一种挥之不去的畏惧，默默地祈祷，保佑他在整治古全和这件事上能有一个于他有利的结局。

对于阎一松列席会议，佟金凤、海英林、齐苋芬和甄惠羊等人，各有各的猜测。佟金凤和海英林曾经先后去党委整风办反映过古全和的问题，他们估计阎一松是来纠"左"的，而齐苋芬和甄惠羊则认为阎一松是来反右的。齐苋芬认为古全和的问题僵持在这里，古全和可能有意想不到的重大问题，会议可能要升温，后悔她给古全和出过帮助他摆脱困境的主意。甄惠羊的心止不住地嗵嗵直跳，担心批判古全和过后就轮到他，急切地琢磨着怎样逃过这次劫难，蒙混过关。

江涌看看手表，又看看阎一松，高声说道："同志们，开会了。今天到会的有党委整风领导小组的阎一松同志，大家热烈欢迎！"说着带头鼓掌。然后说道："按照上次会上的布置，先请古全和同志作检查。"

齐苋芬注意到江涌在"古全和"三个字的后面又加上了"同志"两

个字，还在他的名字的前面加上了一个"请"字，又感觉古全和可能没有新问题，阎一松也许是来反"左"的，或者他什么都不反，而只是来了解情况的，一时拿不准自己该如何表态。

古全和在听过佟金凤、海英林、齐苋芬和蓝秀花等人的提醒之后，决定在今天的会上违心地表演一回，讲讲佟金凤帮助他杜撰出来的"片面性"，承认自己在党小组会上的汇报发言，在客观上有以偏概全的毛病，引发大家误解。他发现阎一松来了，就改变了主意，想听听阎一松说些什么，江涌将如和表演。

江涌意识到他不大可能整垮古全和，不过他想，只要古全和表示认错儿，那他就算成功了。可是古全和就是一言不发。会场上，你看我，我看你，最后把目光投向阎一松。而阎一松静静地坐在那里，什么都不说。会议僵起来，弄得江涌很狼狈，忍不住以挑衅的语气说道："古全和，你是不是对领导有意见？"

古全和反问江涌说："你说的领导是谁？是指你吗?！"

江涌无法回答，只好温和地说："大家花了很多时间来帮助你，而你总是不肯面对自己的问题，不肯暴露思想，难道你是想要领导和群众向你认错儿吗？"

江涌的话激怒了古全和，他不顾一切地吼道："该认错儿的是你！我给整风领导小组提个建议有什么错儿？我向党组织汇报思想算什么错误?！我和彭德怀八竿子扒拉不着，你为什么硬要把我和彭德怀挂钩?！我要求你把从我这里偷走的周扬同志的讲话记录稿儿还给我。我要亲自寄给周扬同志，让他看看我的批语，请他处分我！"古全和激动地说出了他憋在心里的话，胸中的郁闷之气为之一扫，想到他舅舅当年赤裸的身体，在熊熊火光的映照下，挥舞铡刀追杀败兵的景象，感觉特别舒畅，心想："我宁肯去死，也不受你江涌这种小人的气！"

古全和的发言让有些人吃惊，他这简直就是反扑，对待运动不能抱这样的态度。不过江涌心虚，他怀疑古全和发现了他的什么问题，担心他会站出来揭发他，不敢再刺激他，但是仍然虚张声势地扬言："一个人有了错误，最好的选择就是勇敢地面对。"

人们的目光再次齐聚在阎一松的身上。阎一松仍然面无表情，一言不发。

　　齐觅芬目睹会场的形势，思绪飞旋，弄不清楚阎一松到底是来干什么的，她想历次运动都反右，古全和的汇报和彭德怀的言论如出一辙，当然在被反之列，断定阎一松是来反右的，便慢条斯理地说道："古全和同志，你可不能有'自来红'的思想，不能背以往表现好的政治包袱，而应该不断革命。无产阶级要在改造客观世界的过程中改造自己的主观世界。对自己的问题有一个认识过程是可以的，但是不能自我封闭，抗拒批评，拒绝帮助，更不能用攻击别人来掩饰自己。别人的问题他自己会检查，反右倾的斗争还在继续嘛，他还有检讨的机会。你要敢于面对现实，正确对待自己的问题。对党要忠诚老实，如果有什么过去没说清楚的问题，无论是家庭问题，社会关系问题，还是个人历史问题，思想问题，都可以说清楚。革命不分早晚，把问题交代清楚就好嘛。"

　　齐觅芬的发言冲淡了会议的火药味儿，改变了会议的方向，重新把会议拉回到古全和汇报的问题上来，江涌也装出高姿态，沿着齐觅芬的思路儿说道："希望古全和不要迷信自己。大家承认你在反右派等斗争中表现不错，但是，一个人的立场，就像一个人的血压一样，不是永远不变，而是随着种种主客观条件而不断变化的。人的历史是一个不断站队的历史。一个人在反右派斗争中是左派，在反右倾斗争中就未必不是右派。像陈独秀，'五四'时代是个先进分子，还曾经是共产党的领导人，可是后来他走到了'取消'主义。眼前的彭德怀也是一个活生生的例证。不能说自己在以往的政治运动中表现好，就认为自己没有政治立场问题。你应该严肃地对待自己的问题，做出深入的检查。"

　　古全和无所顾忌地嘲讽江涌说："我一辈子就站一次队，站在中国共产党和工农劳动人民一边，从前是这样，现在还是这样，的永远是这样。我的血压和你不一样，经常在 80 和 120 之间！"

　　古全和的发言引发一些人哧哧的笑声。

　　江涌想摆脱被动，便转向海英林说道："海英林同志，你谈谈？"

　　海英林连连笑着摆手摇头，没有说话。他在等阎一松表态。

　　这时，阎一松站起来平静地说道："我说几句吧。"

　　在场的人都松了一口气，目光集中到阎一松身上。

　　阎一松说道："我事先没有和古全和同志交换意见。对情况了解得不多。古全和是个新同志，在党内生活的时间不长，对于某些事情有些认识问题是很自然的。领导接受了他请人来学院做学习中央会议精神辅导报告的建议，已经派人到省委去请报告人了。"他转向古全和说："古全和同志，建议你会下多和同志们交换意见，提高认识，增强全局观念。"

齐苋芬眯缝起眼睛，逐字逐句地琢磨着阎一松的发言，又感觉阎一松是来反"左"的。阎一松的话音一落，她就笑着说道："同意一松同志的意见。对新同志的要求不能操之过急。当然，严格要求也是对新同志的一种爱护。"她矜持地笑着，时大时小地闪动着她那双眼白儿略带蓝色的眼睛，揣度着人们对她表演的反应。她并不把阎一松个人放在眼里。阎一松在1947到1949年间曾经担任过她丈夫臧田野的勤务兵，那时，他就是他们家的保姆，她家洗洗涮涮的活儿，他什么都得干。当年是臧田野批准并保送他到西安某师范学院教育系学校教育专科学习的。齐苋芬认为阎一松能有今天，她丈夫功不可没，她家对于阎一松有恩。在齐苋芬心里，她和阎一松仍然是主仆关系。

古全和觉得阎一松是在开导他，他应该说点儿什么，便趁势说道："我的情况大家都知道，学生出身，没有党的工作经验。去年秋天我回山东老家看望病危的母亲，返校后把在老家的见闻向党小组做过汇报。我反映的情况是真实的，动机是积极的。不过现在看来，我的汇报也有缺点，就是没有自觉地从整体上观察问题，犯有片面性的毛病，难免遭到误解。这是个教训，在今后的工作中一定注意改正。"他第一次朝自己的脸上抹黑，心里很不是个滋味儿，不知道该怪谁。

江涌心有不甘，不无讽刺地说："难道你的错误就仅仅是一个片面性吗？"

阎一松打断江涌说道："人们看问题总是从比较的片面到比较的全面，这要经过一个学习和锻炼的过程。全局观念，整体观念，主要是对领导者的要求。对于一般同志，特别是新同志，不能要求过高。江涌同志，大家要学习的内容还很多，你看古全和同志的问题是不是就到这里啊？"

齐苋芬确信阎一松是来反"左"的，抢先说道："同意一松同志的发言！"

古全和的问题就这样不了了之了，而它给古全和在心理上和政治上留下的伤疤，却影响了他一生，他右倾的历史从这里开始，此后每有政治运动都必定要反他的右倾，直到几年后的无产阶级文化大革命。反周扬、

"抗上"的印记烙在他的身上，使他变成了另类，即使在周扬被打倒以后，人们也没有忘记他身上的这个烙印。有头脑的人，心中赞美他的胆略，欣赏他敢对周扬的观点表示异议，而嘴巴上却不得不说他狂妄。东湖师范学院党委的有些领导深知他对党的忠诚，可靠，干练，总是把重要的任务交给他，然而即使是爱才的步行健也不敢提拔他。和战争年代不同，和平时期说不清道不明的事情太多，一个人是否忠诚谁都不敢给他打包票儿，更何况这种责任总是和个人的物质利益相关联。

反右倾改变了古全和的颜色，由"火红"变成了略带一点儿灰色的暗红色。

会议结束前，江涌宣布，下次学习会由齐苋芬同志作主要发言人。这出乎她的意料，是她到师范学院工作以来的头一回，江涌的话音刚落，她就大声叫嚷："我身体不好，要经常去医院打针取药，我有困难！"

齐苋芬在政治运动中从来没有作过认真的思想检查。她是运动别人的人，习惯了听别人检查，而她总是在运动结尾，讲一些空话敷衍了事，而这一次江涌事先没有和她商量就安排她第二个作发言，她一肚子气，心想，她有什么好检查的，她不明白江涌为什么和她过不去。齐苋芬看着阎一松，期待他替她说情儿，而阎一松什么也没说，就离开了会场。无助的齐苋芬又转向江涌，恳求他把她安排到第三个发言。

江涌说："齐苋芬同志，这个安排是经领导同意的。"

齐苋芬听江涌说领导安排她第二个发言，心里发慌，感觉奇怪。学习会并没规定发言的顺序，古全和第一个发言是因为他有问题，而她并没有问题，那为什么要安排她发言呢？她忽然想到，臧田野曾经是彭德怀的部下，她曾经在一些场合巧妙地炫耀过他们一家和彭德怀大元帅不同一般的关系，还说彭德怀的夫人浦安修同志曾经到他们家做过客。想到这里，她的头轰然一声，感到天旋地转。心想，"糟了！领导肯定是要我交代和彭德怀一家的关系，揭发彭德怀，我怎么就没有想到这一层呢？干吗要来参加这个倒霉的反右倾呢！"

臧田野的确曾经是彭德怀的部下，但是他只是个校级军官，是彭德怀麾下万千将校级部下之一，跟彭德怀并无直接接触，齐苋芬一家和彭德怀一家也没有交往，彭德怀的夫人叫浦安修，齐苋芬是从报纸上看到的，她无从揭发彭德怀，到头来她只能暴露她自己，现在她唯一的选择就是先行缓兵之计，然后称病逃之夭夭。她再次恳求说："江涌同志，我有两年多没工作了，对单位的情况不了解。我想先听听同志们的发言，受些启发，补补课，然后再谈，你看好不好？"

江涌坚持要求她做第二个主要发言人。

彭其寿大大咧咧地说道："先谈后谈一个样，你先谈，再听别人发言，受到启发，有了新的感受就再谈，互相促进，螺旋上升，不断提高嘛。"

齐苋芬悔恨自己虚荣心重，种下了这样的恶果，若是大家知道她过去说的和彭德怀两家交往都是瞎话，她还有脸待在这里吗？！可是她想不出脱困的理由，恨不得放声大哭一场。

彭其寿笑着提醒齐苋芬说："喂，到时候你可别生病不来了呀。"

彭其寿的话引起一片压抑的笑声。称病逃会是齐苋芬常玩儿的把戏。

古全和瞪了彭其寿一眼。彭其寿不解地看看古全和，问道："你瞪我干吗，我说错了吗？"古全和摆摆手，不想对彭其寿解释。

佟金凤知道古全和不想让齐苋芬难堪，但是她气呼呼地低声说："活该！"

51

党委机关第二整风学习小组的学习会，原定周六下午被全院整风学习辅导报告所占用，而改在周末的晚上，地点也改在党委大会议室。晚饭后，与会的人陆续来到会场，一个个散乱地仰坐在中央部位的一圈儿呈"口"字形摆放的沙发上，轻松地说笑，谈论的话题是，齐苋芬会不会称病逃会。

开会的时间是七点，现在已过七点半，而会议的主角儿齐苋芬还没有到。

江涌对佟金凤说："改过的会议时间地点，通知她了吗？"

佟金凤说："打过电话，是她本人接的。"

彭其寿说："等着吧，舞台上的主角儿都是最后出场。"彭其寿对谁都没有恶意，不过今晚他很想看齐苋芬的笑话儿。齐苋芬总标榜自己一贯正确，从来不犯错误，不做检查，遇事总能找到给自己辩解开脱的理由儿。这回彭德怀出了问题，她平时总说她家和彭德怀一家有来往，想听听她怎么说，会不会说她和彭德怀一案毫无牵连，会不会装病逃会。

佟金凤显得特别活跃。她调皮地问古全和："你说，齐苋芬会不会来？"

古全和不喜欢瞎琢磨，说道；"我哪知道。"

"你猜呀！"

"不会猜。"

"书呆子！"

佟金凤又去问甄惠羊："你说齐苋芬会不会来？"

甄惠羊把他的那张淡咖啡色的胖胖的圆脸转向古全和，谦卑地指指古全和说道："他是太学生，都猜不着，我就更不行了。"显然，他是想讨好儿古全和。

"喂，你说！"佟金凤又转向海英林。

"能来。"

"为什么？"

"她是共产党员。"

"我看就不一定。"佟金凤说。

"我说她一定会来。"海英林说。

"打赌！"

"赌什么？"

"我要是赢了，你得给我磕三个响头！"

"可以。那你要是输了呢？"

"你说吧！"

海英林笑着说："那你得保证每星期给列宁格勒的那个傻小子写一封情书。"

"赌！"佟金凤红着脸儿说。她知道海英林是在提醒她保持她和男朋友丛一的恋爱关系。党委机关的许多人都知道他们的关系不稳定，也都希望他们继续好下去。有组织保证的婚恋关系比由父母之命、媒妁之言敲定的婚恋关系更牢固，不能随意解除，弄不好有过失的一方是要受处分的。师范学院已有先例。生物系的青年教师陈某在留苏期间背弃组织认可的恋爱关系，和另外一个留学生好，就受了处分，取消他的留学生资格，命令他提前回国，并给以党内警告处分，迫使他恪守原有的恋爱关系。

时间在人们七嘴八舌的闲谈中溜过。墙上的电表显示已近八点。

缪文遂不满地说："摆的什么谱儿啊，八点了还不来！"

缪文遂的前妻翁媛，解放初扔下他和孩子，投靠了一个级别很高的干部，伤了他的心，影响了他对于某些高干和他们的夫人的看法儿。

"叫我说着了，齐苋芬不敢来了。"彭其寿横躺在沙发上笑嘻嘻地说，很得意。

开会的时间过了整整一点钟，而齐苋芬还是没有来。

"喂，海大哥，准备磕头吧！"佟金凤说。

"还是你准备吧。"海英林笑着说。

"别耍赖呀，磕头，磕头，就在这里磕！"佟金凤指着她的跟前儿说。

这时电话响了，学院东大门传达室的值班员老牛在电话里嚷道："你们单位的齐苋芬同志晕倒在这里啦！快来看看吧！"

古全和听说，三步两步跳下二楼，撒腿往传达室跑。一大群人跟在他的后面。

大家见齐苋芬躺在传达室值班员的床上，双眼紧闭，眼皮不停地颤抖。

"感觉怎么样?!"古全和问道。

齐苋芬没有说话，两滴眼泪从眼角儿涌出。

"送卫生科！"古全和说着就伸手去拉齐苋芬。佟金凤和办公室的力槐青把体重过百斤的齐苋芬抉到古全和的背上，三个人一起把她送到院卫生科。

齐苋芬这一病就是四五年，直到又一次政治运动闹起来。

52

东湖师范学院的反右倾运动不同于新中国成立以来该院历次政治运动。在反右倾运动中被卷入斗争漩涡儿的，敢说真话的多，家在农村的多，罪名几乎都是否定大炼钢铁、抹黑大跃进的大好形势、反对三面红旗

　　等等，全是莫须有的，甚至是是非颠倒的。反右倾之后，在党内说真话成了一些人的禁忌，可以说，反右倾严重地破坏了党内民主，制造了某些党员对于党组织的离心倾向。学院短命的反右倾只持续了一两个月，而它给党的事业造成的影响却极其恶劣。

　　每次大的政治运动，不管实际情况如何，是功是过，是得是失，都要有个胜利成果，反右倾也不例外。东湖师范学院反右倾仅有的成果就是分管全院教务工作的党委副书记王原平等个别同志被戴上右倾机会主义分子的帽子，调离师范学院。王原平的主要罪名是在1959年上半年在师范学院校园里刮过一阵子右倾翻案风，具体地说是减少了学生参加工农业劳动的时数儿，拆除了1958年夏秋大办工厂仅存的成果——政教系的人造石棉厂，全面整顿了学院的教学秩序，组织各系热热闹闹地开展了学术讨论和学术争鸣。虽说整顿教学秩序的决定有上级的精神作依据，又是经过党委讨论通过的，但是一种思潮总得有个代表人物儿吧？那在师范学院的适当人选就是兼任教务长的党委副书记王原平了。王原平同志离开了师范学院，但是师范学院党委并没有纠正他的右倾机会主义错误留下的"错误"：政教系的人造石棉厂没有重建；校园里的菜地没有恢复；师生们没有再次大批走向工厂农村；教学秩序没有再次打乱；随着此后不久国家经济暂时困难时期的到来，完全取消了学生的生产劳动，教学和科研活动再次变成了学校工作的主要内容，一切都又回到了教改以前状况，比王原平同志的右倾机会主义更加右倾机会主义。不过王原平同志的命运并没有因此而有所改变，他还是得离开师范学院，听说是去了黑龙江齐齐哈尔的一所高等工业院校，担任了那里的党委副书记兼副院长，还是主抓教务工作。事实上王原平同志的调动只有一个作用，那就是证明师范学院的反右倾斗争是必要的，正确的，有成果的。

　　在反右倾斗争的高潮中，党委为教育干部，曾特许党委机关的部分一般干部列席过几次批判王原平的会议，留给古全和印象最深刻的是缪文逵和江涌两人在会上的疯狂表演。

　　党组织保送缪文逵念过好几个大学，但是都没念完。不过他和彭其寿不同，彭其寿是"吃青干部"，提前毕业，有大学本科毕业文凭。缪文逵只有一张大学肄业的证书。他调来党委机关之前在公共政治课教研室工作。先做教员，由于不能胜任教学工作而改干行政。那时古全和就知道公共政治课有缪文逵这样一个年纪不大、级别不高、架子不小的同志，但是和他并没有说过话。他给古全和的印象是，言语不多，独来独往，一副老干部的派头儿，连咳嗽都装得那么郑重其事，给人一种深不可测的感觉。1959 年春，缪文逵调党委统战部，古全和才和他有了交往，无非是见面打个招呼儿。在江涌折腾古全和的过程中，缪文逵一直保持沉默，古全和觉得缪文逵为人还算正派，到了批判王原平同志的党委扩大会上，古全和才惊讶地目睹了他平时从没显露过的、罕见的峥嵘。按照党委的要求，列席会议的人没有发言的任务，而缪文逵和江涌都先后急不可耐地抢着发言。缪文逵的发言给古全和留下了难忘的印象和疑问：他不明白，缪文逵为啥这样多此一举。

党委统战部的部长历来由一名分管统战工作的党委副书记兼任。反右倾前兼管统战工作的就是王原平同志。不过他是个挂名的部长。统战部的日常工作由统战部副部长文廷栋具体负责。缪文逵和王原平接触不多，而在批判王原平的时候，缪文逵却跳过进退有度、事事留有余地的文廷栋，声嘶力竭地朝王原平吼叫，胡说王原平是在师范学院疯狂推行彭德怀右倾投降主义统战路线的马前卒和急先锋，是资产阶级的代表人物儿，是政治野心家。每当古全和想起当时的情景，心里就会涌起一种窒息的感觉。人所共知，王原平同志的所谓错误在于他分工负责的教育革命，而教育革命和彭德怀无关。缪文逵要求王原平交代他和彭德怀的黑关系。古全和在想，缪文逵为什么要把王原平和彭德怀硬拉到一起呢？不错，王原平在抗战时期曾经是彭德怀的部下。但是谁能证明彭德怀的部下就一定要反党呢？王原平同志曾经是彭德怀的部下，而彭德怀是毛主席的部下，那王原平同志不也就是毛主席的部下了吗！这是 A ＝ B ＝ C 的简单逻辑，缪文逵怎么能在短短几天的时间里就突然变脸，一反往常，把自己崇敬的上司说成是反党分子呢？古全和生长在工农劳动人民中间，一直认为农民老实。平时缪文逵也爱讲自己出身穷苦农民家庭，中学的学业是靠家境富有的亲友接济完成的。古全和过去也感觉缪文逵还算淳朴，怎么都没想到他灵魂的深处还有这样黑暗的一面。

江涌的表演更是不遗余力，嗓子都喊哑了。想到缪文逵和江涌，古全和就想到无耻。人会堕落到这种地步是他不曾想象到的。他们的批判不是摆事实、讲道理、以理服人，而是罗织罪名、大泼脏水，是污蔑、是仗势欺人、是以势压人，不是说服，而是压服。可是为什么要这样干呢？

列席批判王原平同志的会议，并没有像领导预期的那样，帮助古全和提高思想认识和阶级觉悟，相反，是加深了他关于党内生活不健康的印象。重在从思想上建党，这不是进口货，而是在儒家思想影响下形成的中国宝贵的优良传统，中国共产党因此而特别坚强，而所用的方法有时却好像是法家的。用法家的办法，解决儒家的问题，这中间就存在着尖锐的矛盾。强制能迫使人口服，却不能让人心服，结果往往会适得其反。古全和相信，王原平同志和自己一样，他的检讨也是假的，违心的。能把共产党员的忠诚活生生地歪曲成为蓄意反党，世界上有这样荒唐的勾当，而它就出现在师范学院反右倾的斗争中。

古全和参加党委扩大会的收获，使他部分地恢复了心理的平衡。不幸的人常常爱用"比上不足，比下有余，别人骑马，我骑驴"这句饱含阿Q主义味道的话来宽慰自己。古全和忽然发现自己的灵魂里也有这种宝贵的中华垃圾。他想，像王原平同志那样久经考验、功勋卓著的老同志都难免被这样折腾，那他这个现在还只配称"见习八路"的行政21级的新党员所蒙受的冤屈又算得了什么呢？可是他弄不懂，一个朝气勃勃的革命党，为什么要制造这样一些悲剧呢？为什么要玩弄这种七斗八斗的把戏呢？这不是共产党内应有的思想斗争，而是一种思想暴力。在战争年代，有些时候可能有这种必要，可是现在是和平时期啊，可以坐下来摆事实，讲道理，慢慢地交流呀。古全和认为造成师范学院反右倾这种局面，党委有责任，更有党内缺少民主的原因，而江涌之类别有用心的政治弄潮儿的疯狂表演也是一个不可忽视的因素，因此，他又想到了所谓的保护积极分子，他认为应该追究像江涌、缪文逑等人的政治的、法律和道德的责任，对他们严惩不贷。

师范学院反右倾运动的风潮过去了，可是它并没有在古全和的心里画上一个句号儿。每当他想起那些无视人的尊严、不讲真理正义、令人恶心的场面，想到江涌的挑衅，想到甄惠羊的言不由衷，想到齐苋芬的肆意表演，想到批斗王原平同志的那个野蛮的场面，常常会联想到古家庄街上的狗打架：一条狗被咬败了，所有的狗就都跟着它扑上去咬，使它没有还口的机会，直到它嗥叫着，回击着，抵抗着，夹着尾巴逃走。在反右倾运动中的有些场面里，有类似的现象，善意、尊重、民主、平等、求实，都没有了，有的就是望风扑影、想当然，乃至个别人别有用心的胡斗。有些人标榜马克思主义，而事实上一点儿马克思主义都没有。有时他甚至怀疑反右派斗争中是不是也有类似的弊端，也会有类似江涌、缪文逵和甄惠羊这样的角色兴风作浪，有些右派分子是不是也是这样弄出来的。不过此刻的古全和有了经验教训，不会把这样的想法儿说出来了。

　　古全和感觉，在东湖师范学院反右倾这样的环境里，一个人落入昏昏然的领导和江涌之流弄潮儿的手中，落到被错误批斗的狼狈境地，不管他曾经多么受人尊敬，多么正直善良，多么聪明雄辩，是否有问题，都会失去自由和尊严。没有人敢站出来替他辩护，谁都可以"揭发"他，批斗他、数道他、奚落他、怀疑他、诽谤他、辱骂他，朝他身上泼脏水，把他骂得一无是处。古全和觉得自己的遭遇好于狗打架，因为有海英林和佟金凤等维护他，有阎一松保护他，而王原平同志的遭遇还不如古家庄街上被咬败的倒霉的狗。狗可以抵抗，可以回击，可以夹起尾巴逃掉，而王原平却不能抵抗，也无处可逃。本来党章里是有规定的，被批评的党员有权为自己申辩，还可以在服从党的决议的前提下，保留自己的意见。而实际上这样的权利在有些时候，比如现在，并不存在，存在的是斗争现场领导者的决断。如果谁敢冒"态度不好"的罪名起来抗辩，那他很可能落得一个加重处分的结果。正所谓"问题不在大小，关键在于态度"。这句名言在处理党内问题上，其重要性和对待刑事犯人和反革命分子的"坦白从宽，抗拒从严"不相上下。面对这样的局面，至今还没被驯服的古全和是个例外。不过他也由于不肯就范从俗，而是坚决抵抗某些人的诽谤和污蔑而被列入了异类，赐予了他一个足以丑化他的"铁公鸡""瓷公鸡"的雅号儿，意思是他不接受任何批评。这个罪名也不小。他怎么都想不通，世界上最讲道理的应该是用马克思主义的科学世界观武装起来的共产党，可是东湖师范学院共产党内的生活为什么就这样不讲道理?! 如果容许江涌、齐苋芬、甄惠羊等这样一些人胡说八道，如果对党说实话，向党反映真实情况，阐述自己对于党的工作的意见和建议，会被视为错误、甚至罪行，拿来批斗，那还有什么党员对党的信赖和忠诚? 还有什么党内民主? 还有什么马克思主义的政党?! 想到这些，他深感忧虑。

在反右倾斗争中，古全和常常会不由自主地联想到在土地革命时期蒙冤牺牲的那些可敬可悲的先辈。被混进革命队伍的异己分子张国焘冤杀了的、包括师团级干部在内的数以千计的红军干部。某中央特派员在洪湖地区冤杀了包括红军名将段德昌同志在内的无数红军官兵。据说有的同志，白天被找来谈话，晚上就拉出去杀掉，不需要审判和证据！古全和认为，造成这些悲剧的根本原因是在革命队伍内部有这样一个本质上是封建专制主义的黑暗传统。几乎所有的党史专家都说土地革命时期的那些问题是"左倾"的产物儿，而古全和却认为，那里面还包含着极右的恶风。没有民主、没有法律、没有公正、没有实事求是，个人可以决定成千上万人的命运，这是封建专制主义，是赤裸裸的皇权。张国焘在本质上就是个身上涂抹着革命油彩的封建皇帝！他右得不能再右，右到封建专制主义，还谈什么"左倾"？或者可以这样说，这类的人在政治路线上是"左倾"的，而在组织路线上是右倾的。难道用封建专制主义处理党内问题还不算右倾吗?！遗憾的是这个可怕的噩梦至今还没有完全成为过去。

53

党委领导没有就古全和反右倾斗争中的问题给他做过政治结论，也没有人公开说他犯有右倾机会主义的错误，从表面上看，他的问题就这样不了了之了。然而事实并非如此，此时的古全和，已经不再是彼时的古全和了，反右倾运动已经在人们的心里和古全和的身上，留下了第一个鲜明的右的印记。东湖师范学院 1959 年的"跃进奖"，别人发的都是每人 50 元的一等奖，而唯独他获得的是 40 元的二等奖。接踵而来的是第二件事：他党委常委秘书和书记碰头会秘书的职务，不宣而免了，这就是说，他已经被排斥在师范学院的权力核心之外了。他感到委屈和困惑。他听说，几位书记和副书记并不在意他返校汇报的问题，他们在意的是他在周扬同志报告稿儿上写的那 12 条批语，担心他可能在将来的某个时候再次发飙，重复这样的错误，甚至触犯更重要的中央领导，而那将是政治事件，整个儿的党委都会受到牵连。现在不是战争年代。战争年代人们对于个人利益看得比较淡，大家随时准备为人民牺牲一切。现在是和平时期，按级别发工资，靠工资吃饭，多数人都会考虑自己的名利地位、工资待遇，一家老小儿的生活问题，并不是所有的人都准备坚持真理、保护同志，古全和这种奉行"1＋2＝3"的形式逻辑的人，即使再忠诚、再能干，也不敢重用。这时，古全和又想到了"驯服工具论"，意识到，所谓解放思想是有条件有限度的，人人平等也只是一个口号儿，在资本主义国家是这样，在封建主义阴霾笼罩下的现实的中国在一定程度上也是这样，在可见的未来，中国仍将是驯服工具论的天下。党章里没有这样写，但是现实生活中有这种潜在的规则。其实，古全和早就知道，在中国，"抗上"和"造反"历来是要命的重罪、死罪，遗憾的是他不知道革命的共产党也不能免俗。他意识到，他已经没有条件去考虑改革师范学院的政治思想工作，而只能和大家一样跋涉在师范学院现有的政治思想工作的"磨道"里。古全和认为，党章里写的东西在现实生活中，特别是在政治运动中，不能完全兑现，能够兑现的是服从。

计方平为古全和遭遇的挫折感到惋惜，为自己没能用好、培养好和保护好他而感到内疚。他从不在任何有古全和在场的时候提及反右倾的话题，而是一如既往地把重要的任务分配给他去完成，而且常常让他独当一面，放手开展工作。反右倾运动结束不久，计方平就派古全和带领学院美工宣传队和来自各系的三十几名师生员工，用将近一年的时间，先后在校内外、省内外，设计和制作了三个特大型的《东湖师范学院教育革命成果展览会》，其中的第三个展览会在北京的中央宣传部举办，是1960年夏季在北京召开的群英会的项目之一。就在学院领导陪伴中央宣传部的领导验收过那个大型的教育革命成就展览会之后，苦战过几百个日日夜夜的古全和病倒了。他的抑制性的神经官能症再次复发，严重到使他近乎丧失记忆和思维能力的地步。一条总共只有百十个字的展品说明，他要看上十几遍才能弄清楚它的意思。古全和又想起了他念本科时遇见过的那位臧淑贞大姐。他不知道她此刻是否已经康复，正在干什么，担心自己也会成为她那样的废人。不过他并不悲观，做好了回乡种地，孝敬父母，为国家生产粮食的思想准备。然而他毕竟年轻，经过了一两个月的调整和锻炼，他竟神奇般地恢复了工作能力。国庆节前夕，他兴致勃勃地向计方平报到，要求分配新任务。

54

在办展览的九个多月里，古全和心里只有工作。展览主题的确定，场地的选择，展览的总体设计，千百件展品的收集整理，文字说明的草拟和审定，无数图表的绘制和照片的拍摄，院内外各个部门间的协调等等，把他的头脑塞得满满的。父母、女友，一切都被挤到脑后了。在新旧任务衔接的间隙，他有时会想到他远在家乡的父母，也想到了线淑平，感到很内疚。他想："线淑平不给我回信，那我为什么不去看看她，问个究竟呢?!"他想，现在这样做也许已经晚了，可他还是想马上去一趟齐齐哈尔，看看线淑平那里到底发生了什么事情。

古全和和线淑平都不是那种感情上腻腻歪歪的人，来往的信件不多，大多很短，一般每月一封，报告彼此的工作、思想和生活情况。但是从去年反右倾之后，他就再也没有接到过她的信件。他先后给她写过十几封短信，也没有得到她的回信。不久，校园里就发生了线淑平把他甩了的那些传闻。古全和不大相信，可是线淑平毕竟是没有信来了。他想到，这几年人与人的关系的变动比较多，夫妻和恋人由于政治原因而分道扬镳的屡有发生，而他和线淑平之间现在还没有经过组织认可的恋爱关系，她离他而去的可能性是存在的。不过他深信线淑平的为人，她不会像缪文逵的前妻翁媛那样出于追逐名利地位和物质享受而去依傍别的男人。

今天古全和一上班就发现在他的办公桌上有线淑平的来信，心中又惊又喜。信是保价的。他匆忙打开用高级牛皮纸特制的那种非常结实的保价信封，发现里面果然有全国通用粮票儿，还有一张脏兮兮的信纸。信纸上的文字总共只有短短的四行共几十个字。第一行是称谓，写的是"全和同学"，称谓下面没有"你好"之类的问候语。正文的第一句是："对不起!"然后说"我很好，你不要惦记我。"最后说，"很遗憾，我不能再回江城看望你了，你也不要来黑龙江看望我。切切。"结尾只有"祝好"两个字，语气略带伤感。落款儿是"老同学线淑平"。这封短信给古全和的感觉是冷淡，疏远，有意和他拉开距离。这让他想到了那个传闻和去年的反右倾，他想她可能已经得到了他在反右倾中挨批判的消息。这也许是线淑平改变主意的原因，线淑平在意人们的政治状况，棒打鸳鸯两离分的事，在师范学院反右派斗争以来发生过多起。党团机关的袁竞良，中文系的教师汪斌，他研究班的同学武心慈等，都和他们的男女朋友分道扬镳了。

第二天上午，古全和到计方平办公室去向他汇报工作。计方平不在，古全和回到宣传部办公室，发现他桌子上又有他的信，这回是双挂号，是线淑平寄来的。他拿上挂号信，急匆匆地赶回宿舍，一进门就急不可耐地撕开信封儿，抽出信纸。信纸和上次的一样，还是近一两年出产的那种一张灰白色的粗糙的公文纸，而且已经揉搓得皱皱巴巴，好像曾经湿过而后又晾干的。信纸上面有多处反复修改涂抹过的痕迹，涂改都很彻底，无法辨认原文是什么。他小心翼翼地一点儿一点儿地把皱皱巴巴的信纸展开抚平，聚精会神地看起来。让他感到吃惊的首先依然是冷淡疏远的称谓"全和同学"。这是他们在1956年秋天彼此默认恋爱关系之前的称谓。这个称谓给他的感受是线淑平冷冷地把他从自己的身边推开。信的正文是这样写的：

> 你的信我都收到了，总共12封，我看过无数遍，一直没有给你回信，请多原谅。
>
> 算起来，我们相处有将近十年了，彼此有过争论，有过误会，但更多的是理解和关心。我为有你这样的好同学好朋友而感到骄傲，没有第二个人像你和我靠得这样近了！你是我的亲人，这是永远都不会改变的，即使今生我们不能相伴，我的心也将永远永远属于你。

古全和的目光长时间地停留在"即使今生我们不能相伴"这十个字上，心里感到很凄凉，想不出这样的事情是怎么发生的，自己错在什么地方儿。他继续看下面的文字：

> 现在我不能不很遗憾地告诉你一件事：我结婚了！我的丈夫是我的一位同乡，是我们这里的一位县委书记。他家庭出身雇农，1946年参军，在林彪司令员的统帅下，从黑龙江打到海南岛，屡立战功，转业时是副营级。他曾经是我姐夫的部下，我们是经我姐夫介绍认识

的。他人很好，我们一家都很喜欢他。我相信，你会为我高兴。

深信你前途无量，一定会有成功的事业和美好的人生！

我们是中国人，要恪守中国人的规矩。我已属他人。我们的联络只能到此为止了！遗憾，真遗憾啊！此后我们只能是兄妹了。

真切地恳求你忘掉我，不要再写信来，更不要来看望我让我难堪！这是我对你，我最好的同学和兄长，最后的恳求！

"为什么事情会这样呢?！"古全和精神恍惚，头脑里反复闪动着这句话，呆坐在写字台前，头脑中飞舞着无数个飘忽不定的问号儿。这封信他从头到尾反复看过多次，确认是线淑平的亲笔。他想线淑平可能遭遇了天大的不幸。种种猜测走马灯似的在他的头脑中闪过。它们互不连贯，彼此矛盾。他一再问自己："难道她真的嫁给了县委书记？"他忽然有些冲动地决定，到齐齐哈尔去看个究竟，可是又觉得他这样做有悖线淑平的意愿，想找个人商量商量，就想到了佟金凤。第二天早饭后他就赶到办公大楼。

"你怎么这个模样儿？病了吗？"佟金凤吃惊地看着古全和说。

古全和把线淑平的挂号信递给佟金凤。

佟金凤看着线淑平的信，流下了眼泪，哽噎着说："你打算怎么办？"

"想去看看她。"

"她不是关照你不要去看她吗？你向老计汇报过这件事吗？"

"还没有。"

"先跟老计谈谈吧。在这些事情上，老同志们有经验。"

古全和到计方平的家里找到了计方平，把线淑平的信给他看过。

"你要去齐齐哈尔，我可以批给你一个星期的假。"

古全和说："您看我应该怎么办？"

"你把这件事交给我，我和阎一松商量商量，看是否先通过组织了解一下线淑平那里的情况。如果她已经结婚，咱们就祝贺人家生活幸福。如果情况不是这样，咱们再考虑你是不是去她那里和她谈谈。你看怎么样？"

古全和点头儿说："这样最好！"

吉梦寒于 1958 年夏天本科毕业后留校，分配在文艺理论教研室为助教。

午饭后，她在穿过柳树林通往单身教职工宿舍的林中小路儿上悠闲地走着，忽然惊奇地发现，走在前面不远地方的好像是古全和，不由地心头一热。从她毕业前夕对于古全和的示爱遭受婉拒而离开广播站之后，她就很少和古全和来往，可是她一直忘不了他。去年秋天，她听说古全和在反右倾运动中挨了批，女朋友线淑平也离他而去，很为他惋惜和难过。反右倾后不久她在校园里就不见了古全和的身影。有人说他被戴了右倾机会主义分子的帽子，和教务长王原平等一些犯了同类错误的干部一起离开了学校，一说是去了学院的劳动锻炼基地，一说是调离了师范学院。

吉梦寒和古全和一起经历了整风"反右"斗争，深知他的为人，不相信他右倾，后来她曾经就这个问题问过吴月英，吴月英只是面无表情地对她说，相信组织。为古全和的不幸遭遇，吉梦寒难受了好些日子，很久以后才渐渐地淡忘下来，此刻她意外地在这里偶遇到他，忍不住加快脚步，想赶上去和他打个招呼儿，问问他是否仍然在师范学院工作，对他说点宽慰温暖的话，可是转念一想，这样做有点冒昧，有欠自重，就克制住了内心的冲动，放慢了脚步，和古全和一前一后保持着几十米的距离。

吉梦寒爱古全和，并非灵机一动，心血来潮，早在 1956 年春天全院论文竞赛会上她就注意了古全和。当时她正在念大二上，所学课程有杨峻章教授的现代汉语，是该课的第三个学期。古全和在那次会上参赛的论文题目刚好是《试论杨峻章先生的现代汉语教学》，这是他本科的毕业论文。当时中文系师生对于杨老师的教学评价不一，有些同学说杨老师的讲义内容比较单薄，偏向实用，理论性较差，等等。而古全和对于杨老师的教学充分肯定，盛赞杨老师教学方法儿的独创性，特别是它的实践性，对于听众的质疑，他依据斯大林的《马克思主义与语言学问题》关于语言问题的论断，做出了令人信服的回应，吉梦寒感觉新奇，深受启发，欣赏他的文采和论证的方式，开始注意他。让吉梦寒感受到古全和的才气的还

有他在 1956 年中文系师生员工为庆祝党的生日编写和排练集体朗诵诗
《把颂歌献给党》中的表现。那是全系党政工团和师生员工代表集体的创
作活动，吉梦寒是学生代表之一。编导和执笔人就是古全和。吉梦寒记得
那次活动是在数学楼 101 大教室进行的。古全和手执彩色粉笔，站在大黑
板前，坐在大黑板前面的代表们兴致勃勃地发言，提供诗句或是素材，由
古全和当场编写成成行、成节的诗歌，又随时听取大家的意见进行修改调
整，旁边有人随时笔录下来，刻板印刷，一首近五千言的朗诵诗，在短短
半天的时间就完成了，参与表演的人，人手一份，真可说是"立马可
待"。她觉得古全和是个奇才，他"诗人"的雅号名不虚传，而这也就是
她明明知道古全和和线淑平走得很近，却肯冒被指责为第三者而向古全和
示好的一个重要原因。

　　吉梦寒在 1957 年整风鸣放反右派前夕，追随古全和等人从社团联手
中夺回学院广播站，并参加了广播站的工作，其间发现古全和改稿审稿既
快又好，工作能力特别强，注意力能像乐团指挥那样高度集中，听力视力
并用同时审定三名播音员试播稿件，并能立即一一指出和修正他们试播中
的错误。

　　二十世纪五十年代，大多数知识分子重视政治进步，品德才华，艰苦
朴素的生活作风，而并不认为个人或是家庭富有或是曾经富有过而值得夸
耀，至少在公开场合是这样，相反，有些人以自己贫穷或是曾经贫穷过为
荣的时代，吉梦寒不仅不在意古全和简单得出格儿的穿着，反而看重他朴
素的生活作风，心中常常以《钢铁是怎样炼成的》里面的俄国林务官家
的小姐冬妮娅自比，而把好学上进，政治上进步，工作雷厉风行的古全和
比作保尔·柯察金。吉梦寒一天三次到广播站播音，天天和古全和接触交
谈，对于古全和的了解越来越多，她对于古全和的欣赏和佩服在不知不觉
之间转化为爱恋，萌生出了一种希望时刻和古全和在一起的愿望。古全和
几乎天天晚自习时间到广播站处理第二天早间播出的稿件，而吉梦寒也天
天晚自习都到广播站去复习功课，为的是和古全和在一起，听他说点儿什
么，原本有些自负和傲慢，很少佩服过什么人的她，在古全和面前渐渐地
变得有些自卑。

　　古全和感觉到了吉梦寒的好意，也有些心动。吉梦寒毕竟是校园里要
才有才，要貌有貌，少有的好女生。她好学，有教养，学的是中文专业，

和自己有共同语言，很想回应她，但是他也知道吉梦寒来自社会上层，她祖籍吉林市，她的高曾祖父一代进京为官，此后家中代代有人做官，至今不乏高官名人。吉梦寒本人生长在北京，在物质生活条件极其丰富的家庭环境中长大成人，属于摆脱了物质生活条件束缚的那种女孩子，她选择男友不在乎对方的贫富，而只关注对方的个人条件。但是古全和知道，现在她看到的只是他光彩的一面，她想象中的自己，而远不是真实的自己，可能难以容忍自己来自贫穷生活的种种习惯。他不能辜负她的信任，对于她一次次善意的表白只能装作懵懂不知。妨碍古全和接受吉梦寒的好意的，还有线淑平对他多年一贯的同窗情谊和她对他的期待，不敢任由自己一时的冲动轻率地和吉梦寒发生感情纠葛。

1957年全院国庆晚会之后，吉梦寒在回宿舍的路上，发现广播站房间的灯亮着，想到古全和一定在那里，心情激动，就快步朝广播站走去，发现古全和一个人在研读苏联学者安德列耶娃的一篇美学论文，一边阅读，一边作摘录。见她进来，对她笑笑，说："这么晚啦，该休息啦。"吉梦寒笑笑说："你呢？"古全和说，"这本论文集到期了，节后得还图书馆，抓紧时间看完。"然后继续看书作摘录。吉梦寒也坐下来，从书架上拿起一本《中国青年》看起来。而她的心思不在杂志上。她想，古全和一定明白她的心情，希望他能在国庆之夜对她说点儿什么。然而直到天明他们离开，古全和什么都没说。吉梦寒失望地离开广播站，但是没有去餐厅吃早饭，而是回到宿舍，倒头便睡。然而她怎么都睡不着，她不明白，古全和为什么对她不理不睬，嫌她落后吗？而她比古全和早一年入党。嫌她家庭出身不好吗？他不会这样狭隘。她想不出古全和冷落她的原因，但是她不想放弃古全和，索性从床上爬起来，去找总支副书记吴月英老师，向她透露自己的心愿。吴月英说古全和很看重吉梦寒，珍重她的友情，他保持沉默，可能是不敢高攀，你不妨主动一点儿。吉梦寒在毕业前夕，托吴月英把她的日记转送给古全和，那里面记述着她对他的爱。古全和明白吉梦寒的意思，当即托吴月英老师把吉梦寒的日记原封不动地退回给她本人，并请吴月英转达他对她的感激，说吉梦寒是一位少有的好同学，好同志，和她一起工作非常愉快。吉梦寒失望地离开了广播站，她始终不明白古全和为什么不肯和她结伴同行。

1959年，反右倾运动开始。不久，吉梦寒听说，古全和在运动中遭批判，同时又风传他的女友线某抛弃了他。这反而增加了她对他的同情，曾经多次找他谈心，而古全和除了对她表示感谢之外，依然毫无表示。不久，古全和就从校园里消失了，此刻他突然出现在她的面前，让她难以抑制内心的激动，不由自主地追上古全和，兴奋地喊道："古老师！"

古全和停住脚步，转身见是吉梦寒，高兴地说道："少见啊，你好吗？"

"谢谢，我很好，"吉梦寒走近古全和，然后脱口问道："您到哪去了？"

"到院外工作了近一年，办了几个展览。你留校啦？"

"嗯，"吉梦寒说着，关切地上下打量着古全和，见他瘦了，但是依然生气勃勃，看不出政治上的打击和生活问题上的挫折留在他神态上的痕迹，又感觉宽慰。

古全和笑着说："咱们是同学，别叫我'老师'，就直呼其名吧，叫外号儿也行。"

吉梦寒看着古全和，舒心地笑了，关切地说："古老师，您瘦啦。"

古全和笑着说："人上了年纪大多会瘦。瘦好啊，'有钱难买老来瘦'嘛！"

吉梦寒哈哈大笑，发现古全和依然幽默，而且显得更成熟更稳重了。

吉梦寒说："有时间一起聊聊好吗？"

古全和笑着说："求之不得。"

一波喜悦漾过吉梦寒的心头。

56

第二天吉梦寒就忙不迭兴冲冲地到古全和宿舍拜访了古全和。

研究生楼 401 房间的门是开着的，古全和端坐在写字台前看书。吉梦寒轻轻地敲敲门。古全和回头见是吉梦寒，立刻站起来，笑着招呼她进屋，就座。吉梦寒左顾右盼，毫不见外地问道："哎，你的书呢？你的那些书都放到哪儿去了？"

古全和笑着说："卖了，八分钱一公斤，整整装了满满的两手推车，是蓝秀花帮我去卖的，"然后又指着房间里仅有的一架书籍说道，"留下的都是世界文学名著、马克思主义经典著作，和一些哲学和美学的专著。"

吉梦寒瞅着古全和问道："为什么卖书，缺钱吗?"

古全和没有对吉梦寒诉说他处理这些书籍的真实想法儿，而只是说了一些次要原因，说他太忙，没有时间看，书多了占地方儿，搬家、搞卫生、夏天灭蚊子，都不方便。

"可惜啊!"

"这学期有课吗?"古全和说。

"刚留校，还没有资格儿开课，在汉语教研室帮忙呢。"

"你不是分在文学理论教研室，做蒋老师的助手吗?"

吉梦寒听古全和这样问，心里很高兴。她没想到古全和还这样关心她，领导安排她在文学理论教研室担任蒋老师的助教这件事，是前不久才通知她本人的，而他也已经知道了。她补充说："临时在语言教研室帮忙，帮杨老师批改作业。"

古全和高兴地说道："啊，太好啦，你可以利用这个机会提高自己的语言能力。"

吉梦寒不以为然地说："跟着杨老师，干的是耗时费力的体力活儿，学不着什么东西，连专修科的同学们都说杨老师的课和中学语文课本儿里的汉语语法儿常识差不多。杨老师的讲义总共不到三百页，基本上是吕叔湘和朱德熙先生那个本子的翻版，谈不上什么学术性，而且他的作业和练习特别多，有堂上的，有课后的，卷子都是事先油印好的。堂上的作业，当堂作，当堂批，当堂讲评，当堂宣布成绩，弄得师生们都很紧张。"

古全和笑着说："杨老师的课程好就好在这里!"

"你什么意思?"

古全和说："我认为在咱们中文系的28门课程中，最成熟、最具创造性的就是杨峻章老师的现代汉语。编一本厚厚的现代汉语教材或是专著不难，无非是多收录和解释一点儿语言现象，多用几条例句，而编写一本简洁实用、有针对性、有助于提高学生语言文字能力的教材就不容易了。现代汉语课教学的主要目的，是提高学生运用汉语的能力，主要不是一门儿知识课，而是一门儿实践课，是讲说话和做文章的'操作规程'的，只有让这些'操作规程'烂熟于心与手，变成近乎自己本能的东西，才算学好了现代汉语课。形式逻辑课的任务是规范学生的思维，现代汉语课的任务是规范学生语言文字表达方式。杨老师的教学就抓住了现代汉语教学的实践性这个本质，并创造性地采用了'精讲'和'多练'的教学方法。当然，研究现代汉语另当别论。汉语教学和汉语研究不是一码事。我处理文字的能力比较强，要归功于杨老师的培训。我喜欢汉语、逻辑和哲学，要不是那年学院建立了世界文学研究班，秦中州鼓励我报考了世界文学研究班，说不定我就去给杨老师当助手了。我曾经想研究山东胶东方言。胶东方言融汇了古今汉语的精华，非常丰富。"吉梦寒注意到，古全和见解独特，不同一般，说到家乡，满面笑容，透着他对于自己家乡的热爱。

让吉梦寒感到有些惊讶的是他对杨峻章老师不加掩饰的赞扬和尊敬。她想，中文系敢这样称颂杨峻章老师的，可能只有他一个人。这又让他联想到他反周扬的错误。吉梦寒也认为古全和质疑周扬同志是不可原谅的错误，而他赞美资产阶级的权威同样有风险。杨峻章教授出身满洲上层贵族，是解放以前东北大学英语专业的高才生，还擅长三大球运动，当年是东北地区体育名将，家庭和社会关系都非常复杂，在 1957 年整风鸣放期间发表过错误言论，是全院知名的"资产阶级白专家"，没有谁肯这样赞美他。吉梦寒想到自己刚刚留校，不想和古全和继续讨论这一类敏感的话题，便把谈话转到她最关心的话题上，说道："你和老同学们还有联系吗？"

古全和连连摇头说："越来越少了，几乎所有的老同学都成家立业了，肩负着社会和家庭两副重担，顾不上经常写信交谈了。空闲的时候，我常常会突然想起某个同学，渴望能见上一面，可是有些同学相隔千里，没有时间，也没有路费，不能如愿。每当这种时候，我会感到很痛苦。我常常想，单就个人的感情生活而论，可能人生活在旧中国的那种宗法制的社会里会更幸福。亲朋好友都在百十里之内，想见谁几分钟、最多一两天愿望就能实现，而不必遭受思念之苦。可是现在呢？父母兄弟姐妹亲戚朋友，天各一方，想见一面，势比登天，一旦分手，终生难得再见！思念之苦，无由解脱。我有时会由于思念一个同学不得相见而至于彻夜难眠，感觉自己就好像被整个儿世界抛弃了，那种孤独和痛苦让人感到恐怖。"

吉梦寒深情地注视着古全和。她在想，坐在她面前的这个平时经常在大会小会儿上板着面孔高谈阔论，谈思想，讲革命大道理的人，表面上冷淡无情，而内心里却竟是这样多情。

吉梦寒笑着说："那你怎么还不成家呀？"

古全和沉思良久之后摇摇头说道："一言难尽。响应晚婚的号召，想无牵无挂地念几年书，工作几年，28 岁再结婚。恋爱结婚是很严肃的事，一旦入党，就要革命到底；一旦相爱结婚，就要白头到老。怕耽误了自己，更怕耽误了别人，就在这样的恐惧忧虑中，眼睁睁地和许多善待我的好心的女同学擦肩而过，至今仍然是孤家寡人。"

"和线淑平同学还有联系吗？"吉梦寒突然问道。

古全和摇摇头，没有说话。他觉得线淑平的事情他说不清楚。

吉梦寒认为古全和被线淑平甩了的传说可能不实，但是她仍然说："你不怪她吗？"

古全和坦率地看着吉梦寒，笑笑说："我为什么要怪她呢？她又没干对不起我的事。我们只是中学的同学，七八年的好朋友，彼此并没有许诺过什么，她结婚与否和我有什么相干？即使有组织认可的恋爱关系，那也不是买卖合同。男女交往，有合就有分，朋友是这样，恋人也是这样。在感情问题上，得'合'得起，也得能'分'得起。何况我们之间还没有这种关系。"

吉梦寒注意到，古全和始终不肯说他和线淑平是恋爱关系，回避线淑平甩掉他的传说，不想把过错推给线淑平。吉梦寒想让古全和透露出他在这件事情上的真实思想，便说道："人们常说，'爱得越深，恨得越深'，你怎样理解这句世界名言？"

古全和听吉梦寒这样说，面露不悦，不屑地说道："荒唐，这种腔调儿，和爱情无关。'爱得越深，恨得越深'是流氓语言，土匪逻辑，它的本质是'我不能占有你，我就毁了你。'奉行这种哲学的人本质上应该算是坏人。恋爱不是狩猎，爱人也不是猎物。一个正常的人，他爱一个人，就意味着她尊重他，善待她，希望对方幸福。对方爱他时是这样，对方离她而去时，也是这样。如果彼此分手能够达成这样的目的，分手也是一种可取的选择。即使是夫妻，假如没有了爱，只要分手不会给对方造成伤害，也应该好说好散。在这个问题上，我拥护合理利己主义。线淑平中断我们的友谊，离我而去，无非是因为她嫌我不够朋友，不如意，这都不是过错，不妨碍我们仍然是好同学，好朋友。"

"那你们还能破镜重圆吗？"

古全和笑着说："我和线淑平之间没有什么'破镜'，因此也不存在'重圆'的问题。我不知道她那里发生了什么事，我们的友情还能不能继续下去。不过不管怎样都和'破镜'无关。"

吉梦寒第一次面对面地，自由平等地，坦然地和古全和畅谈工作之外的话题。她觉得古全和的确很有个性。他真诚、善良、勇敢、坚强。他不是那种人云亦云的俗人，而是一个能按照自己的是非标准和道德信条谈人论事、求真务实，对自己、对别人负责任的人。他对于婚姻、恋爱、家庭、学问、教学和人生，都有他自己的理解。他的心里没有权威，也不讲俗套，毫无市侩习气。他竟敢欣赏封建宗法式的家族生活方式，敢赞美资产阶级教授，毫无怨尤地默认线淑平对他的背叛，还真诚地为她辩护。吉梦寒认为，正是他的这种独特的思想和性格使得他敢于不知死活地去批判中央领导同志。这在现在的中国不是小事。这一切在她的心里引发的不仅仅是她关于爱情问题的思考，更是她关于人生的想法儿。她原本觉得她离古全和很近，只要线淑平离开了他，她就将抢上一步去宽慰他，争取他，拥抱他，然而现在她感觉俩人之间有很大的距离，而且还不真正知道这个距离究竟有多大。她想，古全和早就明白这个距离的存在，这可能也是他回避她的一个原因。她依然爱他，但是已经不再像以前从远处张望他的时候那样对他着迷了，意识到她和他走在一起需要一点儿勇气，冒一定的风险。

57

有消息说，院党委决定本学期要下放一批干部，据说名单里有古全和。这个消息自然会让人们把古全和在反右倾运动中遭受批判的事情联系起来，古全和当然也心知肚明，感觉不痛快。劳动创造世界，劳动创造人类，劳动光荣，劳动神圣，这是马克思主义的一个基本观点，在讨论干部下放劳动锻炼这种问题的时候，谁都会这样说，而且除去个别不求进步、不要脸面的人之外，谁都会积极报名，争取下放劳动锻炼的机会，然而在事实上，在内心世界，很少有谁真心实意地想去接受这样的劳动锻炼。这不仅是因为眼下绝大多数知识分子干部都没有体力劳动的锻炼，有些人视工农业体力劳动为畏途，更因为几乎所有的人都认为下放劳动锻炼不光彩，因为被下放的人，除去少数骨干和管理人员之外，都是在政治、经济、思想或生活作风等方面有过这样那样的错误的人，而且经历过劳动锻炼的人员，在劳动锻炼后，未必都能回到他们自己原来的单位和岗位，有的降格使用，有的会被调离原单位，还有个别人会被清理出师范学院。1958 年春夏间，师范学院曾经有上百名教职工被下放到当时还很荒凉的东湖师范学院拉拉屯儿劳动锻炼基地。他们几乎都是在 1957 年整风鸣放和反右派斗争中犯有右倾错误的人，还有个别从轻发落的右派分子，后来多数回到学院，少数人被调离师范学院。所以如今的劳动锻炼在某些人的心中已经不再是让干部接触实际，锻炼意志，熟悉工农业生产，学习劳动技能，与工农大众相结合的一种方式，而是惩罚犯错误的干部、调整干部队伍的一种手段。

是否下放古全和，在党委内部是有争论的。计方平反对下放古全和，他表面的理由是说古全和分管广播宣传、学生政治理论教育、院学生文艺团体等许多方面的工作，还联系院学生会、中文系、物理系和俄语系等单位，有时还得执行党委临时分配给他的任务，他一走，有些工作，比如群众文化工作，无人能接替，而他反对下放古全和的真实动机是他不想让古全和再次受到伤害。步行健和熊可宽理解计方平的用心，同意他的意见。但是张扬和汤敏等人却坚持下要放古全和，总务长姜添富也积极附和她们二人的建议。

张扬建议下放古全和的理由有五：一，古全和出身工农家庭，接受劳动锻炼有助于他保持劳动人民的本色；二，古全和在反右倾运动中的问题集中表现在他对农村的大好形势缺乏正确认识，对于农村干部缺乏正确的理解，有必要让他深入农村锻炼一段时间，促使他端正和提高对农村工作的认识；三，古全和一直在学校里念书，生活一帆风顺，有人反映他有骄傲自满情绪，应当让他到劳动中去磨炼，帮助他摆正个人和群众的关系；四，近来又有传闻，说古全和在生活作风方面有欠检点，把和他相恋多年远在黑龙江边远地区的一个女友甩了，和中文系新留校的一个女教师吉梦寒来往密切，让他到农村的劳动中去冷静一下，提高道德素养，以正确对待个人问题，消除他在群众中造成的不良影响；第五，这批下放干部名额过百，又是独立在远离院本部几百里之外山区的劳动锻炼基地独立活动，听说当地社会政治情况比较复杂，解放的前夕国民党和地主还乡团活动猖獗，必须派得力干部前去领导他们，古全和一直做学生工作，曾经带领几百名学生到铁路战线上去进行过劳动锻炼，有管理生产劳动和大队人马的经验，管理这批下放干部他是适当人选。

　　在座的人只有计方平知道张扬和汤敏要求下放古全和的真实动机。事情和前年的整风"反右"有关。当时张扬是党委宣传部长，古全和曾经触犯过她，而张扬是个个人意识很强、报复心很重的人。事情发生在校园里最混乱的 1957 年的五月底六月初。此前不久，张扬曾经脱离党委集体领导，自作主张，亲自组织和主持了贺守节的所谓《血泪控诉》的群众论坛，并代表党委当众向企图为自己历史上的变节行为翻案的贺守节赔礼道歉，在群众中造成极大的混乱，迷惑了许多人，使他们在鸣放中犯了错误，其中不少的人后来沦为右派分子。在《人民日报》"六八社论"发表前，古全和曾在院刊上发表了题为《把整风运动引向深入》的短文，正面批评"无情棒""解剖刀"和"反到底"等右派社团某些歪曲事实的错误言论，呼吁坚持整风运动的正确方向，接着又贴出了内容类似的大字报，后来还和一些右派分子就整风的问题进行过面对面的辩论，引起党委和全院师生员工的注意。张扬关照研究生部和中文系党组织通知古全和到宣传部向她汇报研究生和进修生的思想动向，而在古全和向她作汇报的时候，她却谈笑风生地和在场的汤敏聊闲天儿，炫耀她 1948 年跟随她丈夫在江城做地下工作时的一件往事。古全和本来就对她在群众论坛上的表现有意见，现在又见她拿十分严肃的工作当儿戏，目无下级，非常生气，没等她对他所作汇报做出批评或是指示，就愤然站起来，离开了宣传部。这完全出乎张扬的意外，让她难堪，对汤敏说道："你看你看，这个古全和，多么狂妄！一点儿党性都没有！一个预备党员，怎么可以这样对待领导呢?!"汤敏立刻表示她有同感，说古全和一贯这样傲慢无礼。更让张扬恼火的是古全和在前年年初的"双反交心"运动阶段，又把这件事用大字报给她公开了，标题就是《张扬是马克思主义者吗?》。党委在处理右派阶段研究张扬在整风鸣放阶段所犯严重错误时，又有人引述了古全和在那份大字报上揭发的张扬在整风鸣放时的表现，张扬就记了古全和一笔，现在她想借机报复古全和。在张扬的意识里，党性就等于服从，具体说，就是服从她本人；在她的潜意识里，不服从她的党员，就不是合格儿的党员。

计方平不便在党委会上抖落张扬的图谋。其他人虽然不完全赞成张扬所说的种种理由，但是多数人同意张扬提出的第五条理由，认为拉拉屯儿劳动锻炼基地远在百里之外，上百名党员干部和教师，需要有个得力的干部去组织管理，认为古全和学历高，在教师中有威信，他年轻、身体好、有劳动锻炼经验、责任心强、工作踏实，曾经多次带领大队外出执行任务，有独立工作能力，派他去领导这一摊子人，可以放心。下放古全和的事就这样决定了。党委指定计方平把这个决定通知古全和本人，并做好他的思想工作。

计方平知道，对于领导分配的工作，古全和从不讲条件。若在平时，他三言两语把任务交代给他就行了。可是现在下放他去劳动锻炼，难免引起他思想的波动，怎么把党委的有关决定通知他，就成了一个需要斟酌工作方法儿的问题。计方平决定请古全和到他家里过周末，在饭前饭后的闲谈中，把领导的决定透露给他，万一他想不通，有畏难情绪，找借口推托，他就再把他的情况和意见反馈给领导，请领导重新研究，改派别人。

古全和在计方平家过年过节过周末，这不是头一回。今天他顶着冷飕飕的西北风，准时来到计方平家，离老计家老远就闻到了随风飘来的一股子秋韭菜拌海米鸡蛋的饺子馅儿的味道，他想，今天又是吃饺子。

迎接古全和的是计方平的老伴儿舒兰芳。她举着两只沾满湿面的手，满面春风地招呼道："小古儿，来来来，插把手！"在师范学院的校园里，只有舒兰芳一个人不叫古全和的本名和外号儿，而叫他"小古儿"。她说叫"老古头儿"显得老气，会把个年纪轻轻漂漂亮亮儿的小伙子给叫老了。

古全和高兴地说："有饺子吃，我能不来吗？我是闻着三鲜饺子馅儿的味儿来的。"说着，就走进计方平家只有四平方米大小的日式的小客厅，笑着对舒兰芳说道："说吧，派我干什么？还是擀皮儿吗？"

舒兰芳说："老差使，你擀皮儿，我和老计包。"

　　计方平见古全和欢天喜地，觉得自己的担心是多余的。

　　古全和一边擀着饺子皮儿一边说："据说饺子最早出现在你们老家的河北一带，现在是北方人最喜欢的吃喝儿，俗话说，'好歇不如倒着，好吃不如饺子'。我最爱吃饺子。"

　　舒兰芳笑着说："那你就赶紧成家吧！"舒兰芳是院工会主席，特别关心群众生活，爱给人说媒拉纤儿。她不知道线淑平已经和古全和吹了。计方平给他使眼色，示意她别唠叨结婚的事，可是舒兰芳正在兴奋头儿上，根本不注意计方平的提醒，依然喋喋不休。

　　古全和并不在意舒兰芳说什么，笑着说："我跟谁成家？"

　　舒兰芳笑着说："你就别谦虚啦，谁不知道你招媳妇儿啊？有人还托俺把她说给你呢。听说中文系有一个姓傅的女生迷上了你，找媒人找到步行健书记的头上，有没有这个事儿呀？"

　　古全和笑着说："难免有人错把我这个庄稼佬儿看成梅兰芳。"

　　"结婚是人生大事，耽误不得。"舒兰芳越说越兴奋。"俗话儿说：'头伏萝卜二伏菜，三伏过了种荞麦。'种庄稼讲个节气，结婚也有个节气。过了这个村儿就没有这个店儿了！你今年26岁，已经是'种菜'的季节，现在还不结婚，难道要等到七老八十吗？赶紧叫线淑平来结婚吧。我给你们操办！新房就安在我家。"

　　计方平忍不住气愤地高声打断舒兰芳，说道："你就别唠叨啦，赶紧下饺子去吧！"

　　这时，舒兰芳才发现计方平的情绪不对，猜想自己的言语有失，不好意思地笑笑说："你们聊，我这就去下饺子，瞧好吧，说话就得。"

　　舒兰芳走后，计方平对古全和说："党委决定，本学年度要下放一批干部。"

　　古全和平静地说："听说了。"

　　"名单已经定下来，总共142名，男同志99名，女同志43名，加上留守在拉拉屯儿那里的工人和干部，总共是150人，组建一个大队，下设三个小队。人数可能还会有变动。基地离院本部比较远，又是山区，交通不便，冬天大雪封山，有时一两个月，人出不来，也进不去，生产生活条件都比较艰苦，工作难度较大。为加强领导，党委决定在那里建立临时直属党委的党支部，派你去担任那里的支部书记，副书记由金祥同志担任，你有什么意见？"

古全和依然平静地说："什么时候出发？"

"9 月 14 日。"计方平说着，把一张公文纸递给古全和，说，"这是名单。"

古全和接过名单，浏览了一遍，发现里面的人他都认识，有党员 66 名，多数家在农村，几乎都在反右倾运动中被敲打过。他想金祥行政的职级比他高，资格儿比他老，而他被指定为副书记，显然是因为他戴了右倾机会主义分子的帽子。他想了想说道："支部书记改派一个在反右倾运动中表现好的同志担任吧，对工作有利。"

计方平看着古全和说："这是党委决定的，不好变动。"

古全和想："看来领导并没有对我另眼看待，我也不能自外于党委领导。对于共产党员说来，有什么比组织的信任更宝贵的！"他默默地点点头儿，没有坚持自己的意见。

佟金凤听说领导要下放古全和，先是替他抱屈，后来听说让他担任那里的支部书记，组织仍然信任他，又转而为他感到高兴。她打心眼儿里关心古全和的痛痒和荣辱。她觉得她和古全和之间的距离是"0"，比兄弟姐妹都亲近。古全和也看重她，有事也总找她商量。她很看重古全和对她的友谊。

江涌问佟金凤："古全和对下放劳动锻炼有抵触情绪吧？"

佟金凤瞪了江涌一眼，不客气地嘲讽他说："你以为他是你吗？！"

江涌落了个没有脸面。不过他从不顶撞佟金凤，知道佟金凤出身革命家庭，家里有好几个老干部儿、大干部儿，院领导也和他们家有来往，她在江城和东湖师范学院的根底比他牢靠，更何况她还伶牙俐齿，什么话都敢说呢。

佟金凤念小学和初中时一直生活在吉林通辽她爷爷奶奶那里，老人对她宠爱有加。她生活优裕，从来都不关心柴米油盐等世俗小事，解放之前她家有权有势，解放以后仍然有权有势，因此没受过社会巨变的冲击，养成了她较少计较个人得失的大气的性格和敢想敢说敢干敢爱敢恨的作风。有一阵子，有几个女同志背地里隐隐约约地嘀咕说，她和古全和关系暧昧，对于她远在列宁格勒师范学院学习的未婚夫丛一不忠。这件事要是落到别的女孩子身上，会羞得抬不起头来，可是佟金凤听到这些议论过后，公然在一次党支部大会上把这件事挑开了。她当众说道："有人在背地里嘀咕说，我喜欢古全和。不错，我就是喜欢古全和。师范学院喜欢古全和的女学生不止我一个，我喜欢男生也不只是古全和一个！别说我和丛一没有结婚，就是结了婚，还可以离婚嘛！婚姻可以从一而终，也可能半途而废，不然为什么婚姻法里有离婚的条款呢？有些人整天地嚷嚷着婚姻自由，爱情宝贵，好像解放得不得了，怎么一到具体的事情上就缩回到封建时代去了呢？口头儿革命派！叶公好龙！"她把事情摆到桌面儿上正大光明地一说，就再也没有人敢在背地里嘀咕她，说三道四了。

59

可能是因为缪文逵在反右倾运动里积极批判王原平同志表演有功，在统战部副部长文廷栋去市委党校学习期间，他受命代理统战部工作，得意了好一阵子。而江涌在反右倾运动中费尽心思积极了一回，却一无所获。古全和却仍然留在党委机关。步行健在反右倾总结报告中表扬了院部机关的几个整风学习小组长，其中没有提到江涌，意思自然是江涌在运动中的表现无可称道之处。

江涌听说党委决定下放古全和，心中窃喜，觉得他在反右倾运动中没有白折腾，认为他下放过后未必能够再回到党委宣传部，精神为之一振。而当他听说党委指定古全和担任下放干部大队临时直属党支部书记的时候，又认为党委还是重用古全和，又大失所望，情绪再次低落。

下放拉拉屯儿的干部大队按原定计划在1960年9月14日早饭后乘大卡车出发。古全和这几天打电话，看材料，找人谈话，开座谈会，和相关单位落实相关事宜，一直很忙，连他要带的洗漱用具都没有顾得上去买。现在已经是9月13日午夜，他躺在床上，最后一次全盘考虑了下放的工作。让他感到不安的是大家的生活问题，特别是吃饭的问题。干部的口粮标准都是按照脑力劳动制定的，而在拉拉屯儿大家要从事的主要是体力劳动，应该按轻体力劳动配发口粮。可是这个问题一直没能解决。如果这个问题解决不了，没有粮食补贴，副食再供应不上，那下放干部的健康就没有保证。他昨天第三次打报告，请求领导按轻体力标准给大家发口粮，男同志每月每人 35 斤，女同志每人每月 30 斤。事关一百几十条人命，这个问题让他深感不安。

除了粮食问题，一切都考虑过，也都准备妥当了。他没有了心事，想打个盹儿。这时，咚咚的敲门声把他惊醒。他以为自己睡过了站，担心误事，猛地一个鲤鱼打挺儿，从床上跳起来，借着楼道里的灯光，朝外面一看，发现站在门外的竟是计方平，感觉奇怪，半夜三更，他来干什么。他急忙打开台灯，见写字台上的闹钟的短针正在午夜三点附近。他迎着计方平问道："什么事儿？"

计方平说："真是计划赶不上变化呀，拉拉屯儿你去不成了。"

古全和不解地问道："为什么？"

"党委决定改派你带领工作组去伙食科。"

"我去伙食科干什么？"

"当然是去抓伙食，"计方平有些沮丧地说，"上级的文件里说，今年的灾情比想象的严重，加上老毛子捣乱，我们在生活用品方面发生了一些问题。七分天灾，三分人祸呀。当然，困难是暂时的，是可以克服的。当前，抓群众生活，团结广大人民群众度过暂时的困难，是头等大事。这是中央的精神。党委决定派一个工作组深入伙食科去抓伙食，人员正在配备，这项工作就由你具体负责。"

古全和心里咯噔一声，心想："这件事让老爹说着了，大家要挨饿了！"

老计说，造成这种局面的原因，是"七分天灾，三分人祸"，而古全和认为事情并非如此，造成暂时经济困难的主要原因不是天灾，而是人祸。中国幅员广阔，水旱虫风雹灾年年不断，只要不是全国性的灾害，不会造成这样严重的后果，更何况这几年还风调雨顺，连年丰收呢。不过即使对计方平，他也不想把自己的这个真实的想法儿说出来。他说："我的工作就别变动了。今天大队就出发，干部不好再换。党委可以调动的人很多。缪文逵、江涌、彭其寿、陈英、力槐青、佟金凤、甄惠羊等都行。系里还有很多干部可用。"

古全和这样说是为了工作，也有他个人的打算。他想到乡下去，静下心来，好好地想一想，他遭遇的这一切都是怎么发生的，今后应该怎样工作和生活。

"你去伙食科是步书记亲自点的将。"

古全和听计方平这样说，没有再说什么。

计方平走了，古全和的心情久久不能平静。在解放军1948年围困江城期间，他曾经亲身感受过饥饿的恐怖，目睹过饿死人的惨象。他的好友商继盛一家都饿死了！他太知道为什么说"民以食为天"啦！食品短缺威胁着人民的生命和人民政权的安危。早在1958年冬天就不断有消息说有些地方的农民没饭吃。甄惠羊说河南有饿死人和人吃人的传闻。本市也早就出现了某些商品短缺的现象。前年秋天，中国还处在大跃进热潮的笼罩之中，公共政治课教研室政治经济学教学组的景文山，就曾经在课堂上，抖动着他掉了一个扣子的衬衣，说他到处买不到配套的扣子，从而得出结论说，中国国民经济比例失调。他的高论被汇报到党委和市委，激起一次不小的政治风波。公共政治课教研室奉命对景文山进行过严厉的批判，靳湘柳、戴国民等人都蜂拥而上，高调儿指责景文山别有用心，同时高唱工农业生产大好形势。他们说景文山是站在右倾机会主义的立场上看问题，污蔑国家的大好形势。在随后到来的反右倾运动中，景文山再次遭受严厉的批判，并被戴了右倾机会主义的帽子，这次下放人员的名单中，也有他的大名。

古全和想到，党中央对于这场灾难似乎也早就有所察觉。早在去年上半年，上级就宣传计划用粮。师范学院还采取自报公议、领导批准的办法，确定了全院所有干部和家属的粮食定量。但那时饥荒还没有波及江城市区，蔬菜供应还充足，鸡鸭鱼肉蛋油还不限量，人们没有感觉到生活困难。到1960年初，虽然开始按个人定量分发粮票儿，人们仍然没有感觉到巨大的困难正在逼近，没有人把粮票儿当作一回事儿。然而到今年夏天，员工餐厅就开始凭粮票儿换购餐厅内部主副食的代金券，凭代金券购买餐厅里的主副食，粮票儿开始发挥作用。但是由于那时副食供应充足，人们仍然没有意识到粮食的重要，除了像古全和这种每月口粮60多斤的大肚皮，几乎所有的人都没有粮食短缺的感觉。而古全和的吃饭问题，也因为有佟金凤、力槐青等女同志的接济而没有受到影响。今年夏天，师生员工的口粮标准重新修订时，所有的人都积极响应党的号召，尽量压低自己的口粮标准。文职人员男性最高口粮标准是32.5斤，而且是粗细粮食搭配，与此同时，蔬菜鸡鸭鱼肉蛋油糖等的供应也开始出现了问题。蔬菜每人每天只有半斤，油每人每月四两，肉半斤，鱼依供应情况酌情供应，口粮问题就凸现出来了。对于缺粮是怎么回事儿，它会导致多么可怕的后果，在江城人民的心里保有特殊惨痛强烈的记忆，对于饥饿的恐惧刹那间弥漫全城。

市委正式下达文件，把抓群众生活、保护劳动力，团结人民群众度过暂时困难，作为党的首要政治任务。关心群众生活是党的优良传统。但是把伙食工作和群众生活问题排到中心工作的地位，拿到党委会上去研究，在师范学院还是头一次。平时，师范学院包括伙食工作在内的总务工作，都由总务长姜添富同志全权负责，具体工作党委从不过问。现在党委责成党委专职副书记熊可宽亲自挂帅管伙食，并指定党委常委、纪委书记夏曦同志具体负责，同时从全院各个单位抽调得力党员干部共15人，组成党委伙食工作组，由古全和带队，下放伙食科，计划首先抓粮食和财务管理，查漏洞、堵漏洞，然后再转向改革伙食管理体制，全面抓改善伙食质量的工作。

伙食工作是经常性的工作。党委从没专门研究过伙食工作。院领导对伙食工作的关心，一般只是表现在党委书记莫文林等学院领导有时到某个食堂或是餐厅去走走看看，帮着大师傅给学生们打几勺菜，和师生员工一起吃顿饭，听听他们对伙食工作的意见和要求，然后向在场的总务处或是伙食科的负责人下达一些改进伙食工作的原则指示。只要不发生伙食安全问题，只要能保证师生员工按时用饭，保证学院的各项工作正常运转，党委是不去具体过问伙食工作的。即使在1955年肃反时在伙食科的工人中间闹起了"反革命小集团"的大风波，党委也没有把它当作一件大事去抓，而只是派当时担任党委办公室主任的计方平同志去批评了一些人，安慰了一些人，就不了了之了，以至于留下后遗症，影响伙食科内部的团结。有关伙食管理的学问，党委没有人专门去调查研究，党委对于伙食科的情况更是若明若暗，不甚了了。

伙食工作解决的是师生员工一日三餐的问题，一年365天，天天如此。从表面上看，拉拉杂杂，琐琐碎碎，平平淡淡，而实际上它是既非常重要，又很复杂，直接关系着学院工作的方方面面，关系着师生员工的身体健康，思想情绪，而且学问很大，要做到伙食安全卫生，满足师生员工一日三餐的要求，并不容易，而且不出问题便罢，一出问题就可能伤人死人，惊天动地。在旧社会，学校的伙食问题常常是革命师生反对反动当局斗争的一个重要的突破口。现在粮食和副食材料短缺，做好伙食工作就更难，而一旦伙食工作发生失误，就可能引发政治问题，所以现在做好伙食工作意义特别重大，党委把当前的伙食工作列为"机要工作"，并非偶然，面对伙食工作，古全和感到任务艰巨，精神紧张，心中无数。

　　古全和对于包括伙食科在内的总务部门儿并不陌生。他在学生时代吃过六年食堂，在担任进修班和研究班班联会主席期间，组织过无数次帮厨活动，经常和研究生餐厅的师傅们打交道。

　　学院总务处管理的工人不足二百人，其中的一多半儿集中在伙食科。伙食科的中老年工人几乎个个出身穷苦。少数几人的手艺是家传的，大多数人是学徒出身。他们在旧社会挨过冻饿，受过苦，遭人歧视，有钱人叫他们"臭厨子"，因而他们热爱新社会，信赖共产党，工作认真负责，为师生员工吃饱吃好日夜操劳。但是事情也有另外一面。许多老师傅在旧社会都曾经直接或间接地为官僚、地主和资本家服务过，有的自己开过饭店。有一位老师傅曾经是"御厨"，还曾给国民党江城城防司令做过饭。在旧社会他们关心的是怎样把主副食做得色香味俱佳，满足雇主和东家的要求，保住自己和一家人的饭碗，而并不考虑营养配餐、科学管理和节约原材料等等的问题。相反，糟蹋东家的原材料，常常是他们发泄对雇主和东家不满、报复雇主和东家的一种手段。有的师傅说："我能用手里的这把勺子，一勺一勺地把东家的万贯家产给他造光了！"所以有些师傅在不知不觉中养成了挥霍原材料，顺手抓来东西乱吃等不良习惯，并把这些习惯带进了新社会。比如，学副食的徒工们练习刀功，如果师傅们看着他们切出来的肉丝、肉丁儿或是肉片儿不合要求，看着不顺眼，抓起来就往徒弟的脸上扔，或是丢进地沟里冲走。食堂和餐厅附近的地沟里常常会流出大量的猪肉、牛羊肉和整条整条的黄花儿鱼。再如，各大食堂的大粥锅，每次下米百斤，若是粥熬得让分管主食的师傅觉得不如意，他就打开汽锅的龙头儿，把熬好的粥放进地沟里，重新再熬一锅。再如在旧社会，偷东家的东西不算毛病，个别职工也把这个毛病带进了新社会，有时偷偷地从食堂里往自己家里顺包子、馒头等熟食。在伙食管理方面问题也很多，造成的浪费也很严重，要堵塞伙食工作中的漏洞，杜绝浪费，改变少数师傅的不良习惯，做到科学管理，提高伙食质量，并非易事。

为了减少党委伙食工作组和伙食科职工之间可能产生的误解和矛盾，党委指示，伙食工作组不以党委派出的工作组的名义，而是以下放劳动锻炼干部的名义进入伙食科，也不提查漏洞、堵漏洞的口号儿。

伙食工作组和伙食科全科职工第一次见面是在 1960 年 9 月 15 日，在工人师傅们吃过早饭之后小憩的那段时间，即上午九点半前后，见面的地点在员工餐厅。总务长姜添富责成伙食科长兼党支部书记耿一憨同志把全院各个伙食单位的管理员和工人共 123 人全部集中在这里，逐一向他们介绍了 15 名下放干部，并代表全科干部和工人对他们的到来表示热烈欢迎，欢迎他们到伙食科来劳动锻炼。古全和也代表“下放劳动锻炼干部”讲了话，表示一定努力向工人师傅们学习，在劳动中锻炼改造自己，争取劳动思想双丰收。虽然工人们为古全和的讲话鼓了掌，可是他们投向“下放干部”的却是一道道警惕的目光，因为他们已经听说古全和等是到伙食科来找问题、查“漏洞”的。多数干部和工人都不希望自己工作的单位被监督审查，个别平时手脚不大干净的人，担心会查到自己的头上，查出自己的问题，面子上不好看，说不定还得要自己赔偿，甚至可能被开除出伙食科，对下放干部抱防范心理。

下放干部和工人师傅们的见面会正在进行，还没有来得及坐下来面对面地交谈，外面就有人高声喊叫：“喂！面——来——啦！有胳膊有腿儿的滚出几头来，卸车喽！”

听到有人呼喊，青壮年男师傅都站起来朝餐厅大门外走。古全和等下放干部也跟着他们穿过大餐厅，来到餐厅的西门外。一位师傅笑嘻嘻地靠近古全和说道：“古同志，你们来干什么呀？这点儿活用不着你们上手。”他五大三粗、眉眼儿活泼、神色诡秘。古全和认识他，他曾经在研究生餐厅干过，叫袁文海，本地人，家住城乡接合部，为人爽快，爱说爱笑，爱和吃饭的人们打交道，也爱搞小动作，惹是非，当年制造伙食科反革命事件的就是他。但是古全和没和他打过交道。

古全和笑着说：“劳动锻炼嘛，不劳动怎么锻炼？”

"说的倒也是。"袁文海说，然后就自我介绍说："我姓袁，袁世凯的袁，文明的文，大海的海，"然后诡秘地一笑，补充说，"不过我得告诉您，袁世凯可不是我们的本家儿。我们袁家不出袁世凯那种丢人现眼的熊玩意儿。他一定是我们家老爷子从野地里捡回来的一个野种，哈哈哈哈！"

古全和笑着说："您不必为贵府有个袁世凯而觉得不好意思。其实袁世凯不傻也不乜，算起来也算是个优良品种，他是后来当了官，叫慈禧那个老婆子给带坏的。"

"高见，真是高见！谢谢您替我们老袁家说好话。"袁文海善意地挤挤微微斜视的眼睛，"我早就认识您，您那会儿是进修班研究班联合会的主席，在研究生餐厅吃过饭。"

袁文海口齿伶俐，表情生动。古全和想，别的师傅都跟工作组的人员保持着距离，唯独他朝我靠拢，他想干什么？难道仅仅是因为他早就认识我吗？

古全和见袁文海左手的食指裹着纱布，就关切地问道："手怎么啦？"

"没什么……"袁文海面露尴尬，说着就把左手藏到身后。古全和知道，炊事员切菜受伤是技术欠佳的表现。他记得袁文海在研究生餐厅时在副食组，经常伤着手。那里的管理员曾经对他说，袁文海干活儿肯卖力气，但是刀工不太过关，常常伤着手，还总是伤左手的食指尖儿。

袁文海为避开让他感到难堪的话题，故意转移古全和的注意，朝他身边的一个高高的姑娘喊道："喂，毕秀芹，今天运来多少？"

"二百个！"对方答道。

员工餐厅是1958年新建的，规格比较高，设备也比较好，餐厅、售饭间、操作间等全都是人工大理石地面。一进门是面积两千多平方米的大餐厅，餐厅里纵横成列整齐地摆放着暗红色的方桌，方桌四周摆放着条凳。在南北两片餐桌之间，留有一条人行通道。穿过餐厅就是售饭间。售饭间上开有六个朝西的售饭的窗口。穿过售饭间就进入了主副食操作间，操作间的后面就是贮藏室。贮藏室的旁边是粮库。从卡车上把粮食运进粮库，要穿过大餐厅、售饭间、操作间和贮藏间，然后进入粮库，总共有近七八十米的距离。

袁文海一直在古全和身边转悠。

"古同志，那您真是要练练喽？"袁文海靠在汽车旁，诡秘地笑着说。

古全和意识到袁文海要考他，便点点头儿说："是的，练练。"

"来一个？"袁问海举起一个指头说道，"50 斤，怎么样？"

当时，师范学院的大多数教职员都来自非劳动人民家庭，他们只在大跃进的 1958 年参加过一些体力劳动，对于他们中间的多数人说来，扛一袋子白面也不算是个太轻松的活儿。古全和猜想，袁文海这样说是想取笑他和下放干部。

古全和微笑着说："少了点儿吧？"

"那就俩？一百斤！"袁文海收起笑容，认真地举起两个指头。

古全和只是看着袁文海微笑，并不说话。这时，一些年轻的工人围过来看热闹。古全和知道，在工农大众中有比体力、比饭量的爱好。他小的时候，常常看见爷爷、叔叔、大爷，以及大哥哥们比摔跤、比顶拐、比顶头等等。而力气和饭量密切相关，饭量大的人一般力气也大，因此饭量也是他们比赛的一个内容，比如比吃油条，比吃炒花生，比吃火烧等等。他还听道南井台后边崔家的老奶奶讲过一段真实的往事。她说她的老公公是个远近闻名的铁匠，力大无穷，武艺高强，反长毛儿时，他手使一杆长枪，把一队长毛儿挡在古家庄外。她说那位老爷爷的力气大，饭量也大，一顿能吃一升十来斤粮食。老爷爷到北海去贩私盐，在返回的路上遇见了盐警。为逃过盐警的抓捕，惊慌之余，他一手捞起装有几百斤盐的独轮车，一手把拉车的小毛驴儿夹到腋下，慌忙躲进路旁的高粱地里。他留在地上的脚印儿足有一寸深。盐警赶到跟前儿，发现人不见了，感到奇怪，循着老人的脚印儿找到高粱地里，发现了老人、独轮车和毛驴儿，心中大恐，误以为老人有妖术，声音颤抖地问道："你说，你是怎么进来的？"老人以实相告。盐警不信，便说道："若是你能把牲口和盐车再弄到大路上，我就放了你！"老人按照盐警的要求做了。盐警吓得悄悄地走了。从那以后，再也没有人敢拦截老人的盐车了。盛赞老人的力量和饭量的这段故事至今仍然在古家庄一带流传。古全和猜想，袁文海就是要用比力气来显示他的优势，于是说道："还是少了一点儿？"

"仨！怎么样？仨！150 斤！"袁文海开始瞪大眼睛。

古全和认真地打量着袁文海的身材笑着说："这样吧，袁师傅，您扛多少，我就扛多少。"

"那就四个！"

"行！"

袁文海迟疑片刻，然后用力张开一个巴掌，激动地说："五个！五五二百五！"

古全和认真地说："好！咱们就当一回'二百五'！"

围观的人热烈鼓掌，哈哈大笑。

古全和扛上五袋面粉，紧跟着袁文海，小跑着，穿过餐厅，送进粮库。

这次的即兴"考试"无意中缩短了古全和跟工人们的距离。当天晚饭后，袁文海就悄悄地把伙食科的一个秘密告诉了古全和。他说伙食科的干部和工人提防他们是因为耿科长事先给他们打过招呼儿，说，党委工作组不是来劳动锻炼的，而是来伙食科查漏洞的，要他们注意检点自己的言行，不要随便跟工作组的干部说话。古全和听了，意识到他们的工作可能会有麻烦。

61

古全和在伙食科还有一个熟人，他就是员工餐厅副食组的徒工连成。

连成原先在总务处总务科绿化组，1957年整风鸣放时，受到总务长姜添富的牵连，被中文系一个喜欢舞文弄墨却不知事情就里的女学生写进了标题为《丑连成打狗孝主，姜添富饕餮有加》的大字报，被写成一个拍马溜须的势利小人。古全和在1957年底整风的整改阶段的一张大字报里，谈到姜添富的问题时，说当年连成是受姜添富之托，从他家所在的江城西北郊宋家屯镇给爱吃狗肉的姜添富买过一条狗，他和姜添富的关系仅此而已，并不存在他给姜添富拍马屁的问题，替连成说了公道话，认识了连成，并和他成了朋友。1958年，师范学院大兴种菜之风，校园里的人工草坪被破坏，总务科绿化组也被取消，连成想远离倒霉的总务科，学一门手艺，就要求转到伙食科，师从江城南北满汉菜名厨、员工餐厅的白文驹白师傅学红案。连成在古全和带领党委工作组开进伙食科的当天晚上，就悄悄地向他证实了袁文海透露给他的那个消息。古全和感到意外和吃惊。

　　"江山易改，本性难移。"古全和虽然曾经因为他在 1958 年秋天向党组织反映他家乡工作中的问题，而在反右倾斗争中招致质疑，批判，蒙受冤屈，可是他说真话的习惯一时难改，似乎也无意改，面对原则问题还是不肯沉默，对他在伙食科工作的顶头上司、党委常委姜添富的非组织活动，仍然忍不住要对抗，要揭发，要批评。他认为姜添富是有意制造伙食科的工人和干部跟党委伙食工作组的对立，给工作组制造麻烦，破坏伙食工作改革，这是姜添富头脑中的本位主义作怪，他不能容忍别人插足他的伙食科，即使党委派来的伙食工作组也不行。这件事让他认为在他们这些人的头脑中都残存着浓厚的封建割据意识，把他们管辖的单位看成是自己的领地，把他们管理的干部看成私有财产，乃至奴仆。古全和认为这并不奇怪。他想，辛亥革命推翻了帝制，土地改革运动消灭了封建的地主土地所有制，皇帝没有了，地主也正在改造，但是封建的皇权意识仍然滞留在所有人的灵魂里，不同程度上支配着人们的头脑，使得他们有意无意把自己管辖的单位和地区看成是自己的领地，割据一方，称王称霸。古全和认为张扬和汤敏都有这样的毛病。他认为平时被人们轻描淡写地说成"一言堂""家长作风"等所谓的"小毛病"，在本质上就是一种改头换面的封建专制主义。有"一言堂"和"家长作风"的地方就没有群众的民主；而没有民主的地方就没有民主集中制；阉割掉"民主"的所谓的"集中"就是货真价实的封建专制主义，法西斯主义。中国是个有两千多年封建专制主义历史的国家，在旧中国人们从来不知道民主为何物，新中国刚刚迈进社会主义的门槛儿，影响着中国人头脑的在很大程度上是封建专制主义，而封建专制主义是实践马克思主义的最大障碍，可是为什么我们上上下下都以为严重地威胁着我们的封建主义已经是遥远的过去，为什么"一言堂"和"家长作风"无处不在，即使提到它们也只是被看成如伤风感冒之类的小毛病呢？这是不是就是所谓久入鲍鱼之肆不闻其臭呢?! 他很想找一些人讨论这个问题，可是他想不出诉说的对象。古全和的头脑一路这样激动地翻腾着，来到了夏曦同志的办公室，把姜添富泄密的行为郑重其事地汇报给她，说姜添富这是非组织活动，是在搞本位主义，是他的封建意识在作怪。夏曦听着古全和的汇报，一脸茫然，无意把他的这些话当成一回事。而当古全和说到"一言堂""家长作风"等是封建专制主义的表现时，夏曦先是一愣，然后微微一笑，显然是笑古全和小题大做，说话不靠谱儿，觉得在国家面临严重困难的时候，党委不应该把全院的伙食工作交给他这样一个神经兮兮的书呆子去管。

古全和也看出来了，夏曦同志关心的只是党委交给她查"漏洞"的任务，把查到伙食科的"漏洞"看成是她本人工作的成绩，而并不关心怎样搞好伙食管理，怎样提高伙食质量。古全和当然不会像三年前对待张扬那样对待夏曦，反右倾之后，他不再践行共产党员"襟怀坦白"这个要求了。他不说假话，但是有些真话，对有些人，他也不说了。他相信党中央，相信毛主席，相信马克思主义，相信计方平，相信佟金凤，相信海英林，但是不敢无条件地相信师范学院党委的某些领导和"革命同志"，即使对于大权在握的纪委书记夏曦同志，他也不敢把他的某些超越常规的想法儿说给她听。他不相信这些人的能力，也不相信他们的人品。他早就意识到守旧是许多中国人的通病。有文化的人是这样，没有文化的人也是这样。改变一件旧物很困难。他娘疼爱他，特别关心他的饥饱冷暖。但是当年她宁肯让他挨冻也不肯接受他的建议，破除祖宗留下的常规，改变棉袄的传统做法儿，而只是在经他无数次的恳求之后，她才勉为其难地按照他的要求改变了棉袄的做法儿，在对襟棉袄的中间，加上一条超过古家庄公认的宽度的挡风的"舌头儿"。这在古家庄的棉袄制作中算得上是一次"造反"和"革命"。

在伙食工作组进入伙食科第一个周末的晚上，古全和在党委会客室召开了工作组的第一次碰头会，汇集和交流一周工作的情况，研究下一步工作怎样展开。除公共政治课教研室的靳湘柳之外，其余的 14 人都到了。

全院各个餐厅、食堂，包括回民餐厅和研究生餐厅，都是早四点上班，晚十点以后才能离开工作岗位。工作组的成员除去和工人师傅一同劳动外，下班后还要参加一些会议，加之一日三餐不能准时，中午不能休息，一周下来，个个都很疲惫。但是他们理解当前的形势，和自己肩负的政治任务，个个神情专注，认真地听着古全和简要的开场白。古全和说，现在摆在大家面前的主要问题是情况不明，而要摸清情况就得和这里的干部和工人师傅打成一片，可是现在伙食科的干部和工人师傅有顾虑，和咱们保持着距离，现在第一重要的是必须深入群众，和工人师傅们搞好关系。

来自中文系的青年教师郑新生说："老师傅们有意躲着咱们。我向白文驹师傅请教怎样磨刀，他在左顾右盼之后说道：'把刀放平了，跟磨刀石保持着一个适度的夹角儿，每次都要把刀刃推过磨石的尽头儿，就这样使劲儿地磨。'说完急忙转身离去。"来自教育系的女教师林强也说："副食组的组长艾修全老师傅今天吃早饭的时候大声地嚷嚷说：'俺们员工餐厅不缺人手儿，你们来这儿干啥呀？'他这是说给我听的。"其他各灶都碰上了这样的问题。海英林沉思着说："咱们刚到这里，是来劳动锻炼的，是工人师傅们的帮手，他们为什么要躲着咱们呢？"

古全和在肯定大家的努力之后，说道："看来我们融入伙食科，还需要一段时间，得有耐心，不能操之过急。'欲速则不达'。咱们先积极参加劳动，向师傅们学习，尽快熟悉这里的各种活路，用实际行动改善群众关系，促使情况向有利于我们工作的方面转化。从今天起，咱们每天晚饭后在这里碰个头，交流一下情况。会后我去向夏曦同志汇报，听取她的指示。"

这时，夏曦同志从会客室的门前匆匆走过。她除周日周末外，一周五天，每天晚饭后都来办公室工作，直到熄灯铃响才离开办公室回家。她住省委大院儿，离这里不远。

在古全和准备宣布散会，去向夏曦同志汇报，夏曦同志又返身回来了。她站在会客室的门口儿，朝里面张望，有些不满地问道："你们在开什么会？为什么不通知我？"

古全和站起来解释说："我们想先凑凑情况，研究考虑出个意见来，再去向您汇报请示。我正准备去向您汇报呢。"

夏曦没有回应古全和，沉默片刻后，神色严肃地说道："你们进入伙食科已经一周多了。一周就是七天哪。'一天等于二十年。'七天能干很多事情呀，那你们是怎么工作的，查出了多少'漏洞'？"

古全和谨慎地站着回答说："情况还没有摸清楚，正在考虑下周的工作怎样开展呢。"

　　夏曦打断古全和，有些神经质地摇着头，不容反驳地说道："不要强调客观嘛！为什么不积极向工人们靠拢？你们的任务就是查'漏洞'嘛！要有成果！天天都要有成果！"

　　古全和耐着性子继续说："'漏洞'只能通过管理人员和工人师傅查。他们暂时对我们还有误解，和他们搞好关系，还需要一些时间。我们想先积极参加劳动，熟悉伙食工作的过程和各种活路，和管理人员和工人师傅打成一片，摸清情况，然后逐步展开下一步的工作。"

　　夏曦只关心"查漏洞"。她气愤地说："查账嘛！有账可查嘛！"

　　夏曦粗暴的态度让古全和感到难以接受，但是他考虑到她是代表党委来领导伙食工作组的，是个老同志，又当着这么多来自各个单位的同志，不能对她不敬，就耐心地笑着解释道："伙食账是豆腐账，很乱，光靠查账不行，还必须盘点实物，听取群众的反映。再说现在伙食科的干部和工人对我们还有戒心，要立刻就去查账，会让他们反感，对于下一步的工作不利。'查漏洞'仅仅是我们的一个次要任务，我们的主要任务是发动管理人员和工人师傅起来改进伙食管理工作，提高伙食质量，适应当前形势的需要……"

　　夏曦再次打断古全和说道："不要说得那么复杂！我要的是成果！党委派你到伙食科，是让你带领大家去解决问题的，看来你的思想还是右啊！进入伙食科这么长时间了，你还不能和伙食科的工人和干部打成一片！你的工作是怎么搞的?！"

　　古全和冷冷地看着夏曦，心里在想，大家苦干一周，面对的困难很多，造成困难的主要原因你又不是不知道，你连一句宽慰的话都没有，开口就说要成果，你算什么领导！他认为她就是想要拿下属的劳动成果到党委领导面前去表功。一股怨气直往上冲，他很想说："你嫌我右倾就换人吧！"可是他控制住了自己的情绪。他想："我不是为你夏曦工作的，我要完成的是党委交给我的任务！"想到这里，他严肃地说："夏曦同志，我们理解自己的任务，会抓紧工作的。"说完就坐下了，不再理睬夏曦。

　　夏曦愣怔地看了古全和好一会儿，想到古全和也不是个好打的瓜，就面无表情地冷冷地说："决心你就不要表啦，我要的是成果！"说完，转身走了。

　　夏曦，上海人，40多岁，初中学历，抗战后参加革命，师范学院建院时她就来到这里，是这里的老人儿。她是党委纪委书记，以往和古全和没有直接的工作关系。她给古全和的印象是艰苦朴素、勤奋刻苦，心里只有工作。她连走路都是小跑着的。古全和偶尔在走廊里碰见她，满怀敬意地向她问好，她每次都是面带笑容，目不斜视，点点头儿，急匆匆地和他擦肩而过。她丈夫是省委统战部副部长。不过夏曦家庭出身不好，她奶奶开过妓院。但是这并没有影响到古全和对她的敬意。他认为她毕竟是面对过敌人的屠刀。只有一点古全和看不惯，她对一般干部态度冷淡，对党委主要领导却倍加尊敬，在党委主要领导面前是一副谦卑、恭顺的样子，听领导讲话满嘴就是一个"是"字，像学生在听老师的教训那样。古全和曾怀疑她人格儿有问题，有看人下菜碟儿的恶习。后来发现是他误解了她。她就是那种"驯服工具"式的人物，心中只有上级和上级交付的任务。

夏曦走了，人们把安慰的目光转向古全和。古全和很生气，感到他早晚得和夏曦发生冲突，不是领导更换夏曦，就是把他调离伙食工作组。

海英林替古全和抱不平，想说点儿安慰他的话，却想不出从哪里说起。他想了想，笑着说："夏曦同志在我们组织部党小组过组织生活，我了解她，她就是这个脾气，对谁都这样，你不要在意她说的话。"他指指周围的人笑着说，"我们大家都支持你！"

"对，咱们继续开会！"郑新生等齐声说。

古全和理解大家的好意，笑笑说："同志们！咱们是受党的委托来完成这项政治任务的。当前，全党抓群众生活，伙食工作关系着我们全院师生员工的健康，关系着党群关系，关系着我们政权的巩固和国家的安全！伙食工作中的漏洞要堵，可是我们不能把这里的管理人员和工人师傅们都看成'漏洞'，那就站错了立场，草木皆兵了！管理员老杨是抗日战争时期参军的，刚从部队转业。他曾经是许世友同志警卫营的机枪连长，打过日本，打过老蒋，身经百战。管理员老常是市级劳动模范。这里的多数老师傅都是学徒出身，在旧社会受过苦，热爱新中国，对党有感情，是我们依靠的对象。这是我们工作的基本出发点和有利条件。我们不能辜负党的信任，要以不怕苦、不怕累、不怕埋怨、不怕委屈、不怕死的精神，不折不扣地完成党交给我们的任务！最后，有一个问题，我想有必要特别提醒大家注意，这就是咱们一定要管好咱们的嘴，不要在吃饭的问题上犯错误。现在，吃饭问题最敏感。我们在伙食科工作，容易被人误解。我相信大家不会多吃多占。问题是我们如何避嫌，注意瓜田李下。现在这是个政治问题，原则问题，信念问题，工作权的问题。一旦被人误解，就有口难辩，只能背着多吃多占的黑锅离开这里。我们要自觉地接受群众的监督，凭餐厅内部粮票和菜票儿，按定量用餐，不能接受师傅们的照顾，不能多吃一口。我们必须有这个自觉性。这是纪律，是我们能在伙食科开展工作的前提条件。即使我们规规矩矩，也难免遭受误解。我们得有被群众误解又无法解释的思想准备，要任劳，也要任怨。好了，大家共勉吧。我的话太啰唆，请大家理解。"

大家的心情都很激动，纷纷表态，坚决完成任务，颇有点儿赴汤蹈火的意思。

最后，大家商讨了工作的分工。15 名工作组员分成七个组。五个学生食堂各二人，回民食堂一人，员工餐厅规模大，情况复杂，配备三人：数学系的张叔稷，中文系的郑新生，公共政治课的靳湘柳。古全和不安排固定工作单位，平时在员工餐厅蹲点。研究生餐厅是独立核算单位，由古全和兼管。

63

两周后，古全和第三次向夏曦同志汇报工作。他刚走进夏曦同志的办公室，还没来得及和她打招呼儿，夏曦同志就急不可耐地瞅着他问道："怎么样，工作有进展吗？发现了什么问题？"

夏曦同志见到前来汇报工作的古全和，不是先招呼他坐下，然后询问工作进展的情况，遇见了什么问题，是怎么解决的，同志们的身体健康、思想和工作情况怎样，等等，而是劈头一句就是"发现了什么问题"，让古全和很反感。他想，难道只有查出"漏洞"才是工作的成果吗？难道伙食科不是党委领导下的一个单位，在那里工作的不是我们的同志？伙食科没有问题不是更好吗？他强压着心中的不满，汇报了他事先准备好的内容。他说，他们和伙食科的干部和工人师傅们的关系有所改善，各个食堂和餐厅的账目和仓库都已经查过，没发现大的问题。伙食科的浪费现象一度很严重，现在这方面的情况有所好转。个别工人有小偷小摸的行为，工作组不想去触动这些人，以避免干扰改革管理工作的大局，将通过日常的正面教育，提高他们的阶级觉悟和思想认识，完善管理办法，从根本上解决这个问题。

夏曦的注意力在"漏洞"上，她不相信伙食科没有问题。她在听古全和汇报的时候连连摇头，几次想插话，忍不住自言自语道："不正常，老大的一个伙食科，管五六千人的吃饭问题，天天和钱粮打交道，会没有经济问题?!"

古全和说，伙食科的队伍比较好，复转军人多，科长老耿和管理员杨景良等同志都来自部队……夏曦无理打断古全和的话说："不能搞形而上学。历史功绩不等于现实表现。刘青山、张子善，参加革命比他们早，地位比他们高，战争年代表现比他们好……我说的是现在!"

古全和对于夏曦的说法儿不以为然，嘟囔道："我们还没发现他们有什么问题。"

夏曦再次打断古全和，不满地说道："没发现问题不等于没有问题!"

古全和立刻附和说，"我会如实向大家传达您的指示，注意继续查'漏洞'。"

夏曦的主观自恃让古全和联想到张扬和汤敏。他感觉不尊重下属，不能平等地对待下属是师范学院相当一批身居要职的干部的通病。夏曦连续打断古全和的话，激怒了他，他强硬地说道："党委交给我们的主要任务是改进伙食管理工作，提高伙食质量。查漏洞仅仅是我们改革伙食管理工作的一个准备，既然现在还没有发现什么关乎全局的大问题，那我们是不是应该把工作的重心向改革伙食管理，提高伙食质量的方面转移? 当然，像您说的，'漏洞'还要继续查下去。"

夏曦依然放不下查漏洞的问题，她武断地说："管好钱物是第一重要的事情。我认为伙食科不可能没有经济问题。我要求你们集中力量查漏洞是有根据的。国家粮食的情况你当然清楚。一粒粮食也不能丢失。多吃多占，小偷小摸的问题也要查、要管、要批评、要处分。从现在起，熟食都要严格地管起来! 要入库，要上锁，要把钥匙掌握在可靠的人的手里! 最好是你们亲自管起来。"

古全和再次说："伙食部门儿有些特殊性。师傅们随手抓点儿东西吃的习惯，是他们在学徒的时候就养成的，他们不认为这是问题，我们也不好突然硬性命令他们立刻改掉，而只能耐心地给他们讲政策，讲原则，讲道理，提高他们的认识。他们是有觉悟的，我相信，他们是会改好的。"

夏曦不容反驳地说，"我刚才说过了，能随手抓来吃的熟食，都要锁起来。有一位中央领导同志说过，工人阶级也不是在什么时候都可以依靠，只有把他们教育好了才可以依靠，更何况炊事员还不算产业工人，又是处在现在这个特殊的时刻。我要提醒你，不能麻痹大意，不能婆婆妈妈，要保持警惕，防止右倾麻痹，防止敌人破坏！"

"是的，我们一定保持警惕。夜班我们都安排党员带班儿。"古全和说，"夏曦同志，我和老耿同志说好，今天下午两点半，在伙食科办公室，召开全体管理员以上的干部会，下放干部都参加，由耿一憨同志全面介绍伙食科的情况，和关于下一步工作的设想，希望您能亲自到会指导。"

夏曦说："我太忙，就不参加了，要是没有别的事儿，你可以走啦！"

夏曦横竖看不上古全和，准备建议党委撤了他，换人。

古全和听夏曦催他走，立刻逃离了纪委书记办公室。

64

古全和赶到伙食科办公室的时候，开会的人已经等在那里了。

"啊，老古同志来了，马上开会。"耿一憨满面笑容。

两周来，伙食工作组的干部起早贪黑，积极参加劳动，虚心向工人学习，不谈查漏洞的问题，不触动个别工人小偷小摸的枝节问题，和科里党员干部一起，悄悄地检查过伙食科的账目和各个库房，没有发现重大问题，老耿放松了对于工作组的戒备，缩短了他和工作组之间的距离。不过在他的神色中，仍然透着不安，担心工作组还会查出什么问题来，也担心他的下属在这个节骨眼儿上会给他弄出一些什么事故来让他丢脸。

耿一憨在介绍过伙食科的历史和现状之后，不无骄傲地说道："党委交给俺们伙食科的任务就是勤俭节约办伙食，让咱们全院的师生员工吃得饱，吃得好，吃得安全，为教学和科学研究服好务。党委是这样要求俺们的，俺们也是这样做的。师范学院连续五年伙食工作无事故，被授予全市高等学校模范伙食单位的光荣称号，还给俺们颁发了奖状。这是俺们伙食科全体同志在党委正确领导下创造出来的成绩。"老耿双手笨拙地比画着，好像一个商人在热心地兜售自己的商品。他有些激动，继续得意地高声说，"俺们还节约了几十万斤粮食、几十万元现金，支援了学校其他部门的工作。咱们学院春季和秋季运动会的奖品都是用俺们伙食科的钱买的。步书记搞学生作文比赛，用的奖品也是俺们伙食科出钱买的，算起来这个数目不小啊。就连咱们学院在拉拉屯儿的干部劳动锻炼基地，也是用俺们伙食科的钱修建的。仅这一项，俺们就替院部支付了 10 多万元哪！"老耿高高地举起一个手指头，显得异常兴奋。"咱们粮库里有余粮，银行里有存款，吃不了，用不了，日子越过越宽裕。这就是我们勤俭办伙食的成绩呀！"

老耿兴奋得像喝醉了酒，得意地扫视了一下会场，笑眯眯地瞅瞅古全和，那意思好像在说："老古同志，怎么样？俺耿一憨不含糊吧？"

古全和笑着对老耿点点头儿。他理解老耿此刻的心情。一个革命者，忠心耿耿地为党为人民工作，做出了成绩，心里当然高兴。不过他也感到遗憾，老耿现在还没有意识到，在他所谓的成绩里面也包含着某些盲目，不足和错误，而导致这些盲目，不足和错误的一些做法儿正是现在要革除的东西。

师范学院总务处的工作存在严重的问题，这是早在 1957 年的整风鸣放时就被群众揭发出来了。整风鸣放初起时，校园里引人注意的是两个干部的问题，一个是莫文林的生活作风问题，一个就是总务长姜添富的种种问题。在总务处的问题中，群众最关心的就是伙食科的浪费和总务科冬季取暖工作中的欺骗行为。有的大字报说，师范学院的市冬季取暖节煤模范是假的，是总务科用上万名师生员工和员工家属挨冻换来的；说伙食科学生灶的地沟里流出来的有整条整条的黄花鱼、带鱼和大块儿的肥猪肉。伙食科另一个问题是克扣学生的伙食费。这些问题在反右派时，都被说成是对党的总务工作的攻击和污蔑而被掩盖下来。古全和是在准备批判袁竞良的发言时发现这些问题的，现在问题仍然存在，而且比他当时所了解的更严重。总务科的确是用降低供暖标准和间歇性供暖等弄虚作假的手段"节煤"，骗取市里的节煤模范称号儿和奖励的。伙食科的问题不仅仅是浪费，更有在学生伙食费的使用和粮食节约方面违反财经制度的问题。古全和对于要不要现在就触动这些问题，有些犹豫。他知道，这些问题牵涉方方面面，现在就抓这些问题，老耿和伙食科的同志们肯定会想不通，有抵触情绪，院部那里也会有阻力。然而要讲政策，讲科学管理，讲改善伙食，讲伙食民主，改革伙食管理工作，提高伙食质量，就必须从这里开刀。他斟酌再三，决定趁老耿现在心情好，先接触一下这两个问题。于是就笑着说道："几年来，伙食科的同志们用辛勤的劳动落实了党委让全院师生员工吃饱，吃好，吃得安全，保证了学院各项工作的顺利开展的要求，这是了不起的成绩。特别应该提到的是我们的伙食卫生工作。我们学院几年来没有发生过任何食物中毒事故，这很不简单，说明我们在科学办伙食方面下了大功夫，做出了很大的成绩。"

老耿不眨眼地竖着耳朵聚精会神地听古全和发言，生怕漏掉一个字。他原本因为不知道古全和可能会说些什么而绷得紧紧的脸绽露出了由衷的喜色。心想："你这么说就对了嘛！"老耿知道党委伙食工作组和一般下放劳动锻炼的干部不同，他们是代表党委来抓伙食工作的，但是他认为他们的主要任务是来查伙食科的漏洞，既然没有发现什么问题也就该撤出伙食科了。他感觉古全和的发言就好比是他们审查伙食科工作之后做出的一个结论，悬着的一颗心完全放下了。

古全和继续说："我们学院伙食工作的创造性也值得肯定。全市有几十所高校，第一个能满足全院数千师生员工需要的、上规模的、半自动化的面包制作车间就出现在我们师范学院伙食科！今年全市高等院校秋季运动会是在我们学院的大操场举行的，所有的人吃的都是我们自己现烤出来的面包，个个赞不绝口，羡慕我们，来向我们取经！我们学院的师生员工为此而感到很骄傲！"

老耿听着古全和称赞，乐得合不拢嘴，说道："在这件事上，汪科长有大功劳！面包房是汪顺华同志亲自规划设计，带领修建科的同志们一起建造的。"

副科长汪顺华赶紧说道："不，不，主要是党支部领导得好！"

汪顺华，高中毕业，文质彬彬，聪明能干，喜欢钻研技术，伙食科的面包制作车间、高压粥锅、箱式大容量高压蒸汽笼屉等技术改革项目，都是在他的倡导和主持下设计完成的。过去汪顺华喜欢炫耀自己，爱表功，有点骄傲情绪。他在前年的整风鸣放期间，在倡议民主办校的大字报上签过名，因此受了免除他团支部副书记职务的处分，入党的希望也变得遥远了，从那以后，他说话的底气就不足了，办事缩手缩脚，处处显得谨小慎微，凡谈到科里技术改革的成绩，一定不忘把成绩归功于党支部的正确领导。可悲的是他始终没能从那次挫折中振作起来，五年后再次受到冲击而发抑郁症，久治不愈，过早地离开了人世。

接下去，古全和就说道："当然，按照高标准严要求，也有不足之处。"

耿一憨的眉头立刻皱起来。

古全和以平淡的口吻继续说道："是什么问题呢？我觉得主要是两个问题，一个是如何使用学生的伙食费，一个是怎样节约粮食。"古全和笑着巡视一下众人继续说："什么是节约呢？我想节约就是精打细算地用好钱粮和各种人力物力，换句话说，就是不浪费。从这个意义上说，我们伙食科仓库里积压下那么多的粮食，银行里存下那么多的钱，就是个问题了。那些粮食不应该算是我们节约下来的，而应该说是我们吃不了剩下来的，也就是说，是国家多调拨给我们的。另外，我们存在银行里的那几十万元钱，和我们为支援学院其他单位的建设而代为支付的那几十万元，应该算是成绩呢，还是问题呢？我看也值得研究……"

伙食科的干部听完古全和的这段发言，面面相觑。首先对古全和的发言表示异议的是副科长汪顺华。他微笑着用试探的语气小心翼翼地反驳说，"伙食科增添设备开支也不小啊……创建面包房就用了一万多元。学生的伙食费，总不能吃光用净不留余地吧？"

耿一憨也激动地插话："是啊，伙食费用在伙食科的基建和学院公共建设上有什么不妥？"

郑新生说："置办厨房设备用钱，应该从学院的行政费用中开支。"

古全和提出的问题搅乱了老耿的思路儿。他从没想过在粮食和财务管理上有问题，因为伙食科一直是这样做的，其他兄弟院校也是这样做的。但是他曾经是部队的后勤股长，懂财务，知道专款专用的规矩，理解古全和话，意识到这的确是个问题，确如古全和所说，伙食科的粮食和存款，都不能算是节约下来的。可是这件事关系着伙食科在院内的地位，关系着科内外的方方面面，关系着他老耿的面子，一些单位有求于伙食科就因为他们有钱，连步行健书记和熊可宽副书记都向他们借过钱，这让他脸上有光，也给姜总务长长脸，他不愿意贸然接受古全和的这种说法儿，心里为自己辩护说，银行的存款，仓库里的余粮，仍然是国家的财产，用在学校的建设上也是为公，全市的兄弟院校都这样做，院领导也没说这是问题。可是老耿是个老实人，他只能在心里这样宽慰自己，不好意思当众把自己的这种想法说出来。

65

耿一憨现年49岁，老家山东泰安，复转军官，抗战初期，参加党领导的泰安地区的抗日武装暴动，从民兵到正规军战士、班长、排长、连长，成长为副营级干部，多次负伤立功，曾任济南军区某团后勤股长，1954年秋转业来师范学院，任伙食科科长，他耿直、勤恳、倔强、听话，能吃苦，不占不贪，每天夜晚工人下班后，他都到各个单位认真巡视一遭，检查安全隐患，不分节假日，风雨不误，干部佩服他，工人尊敬他，姜添富把他当成是他的得力干将。古全和在干部会上的发言让他进退两难。他觉得古全和的发言有道理，可是他又不愿意接受。总务长姜添富曾经告诫过他，叫他多给党委伙食工作组的干部派活儿，让他们没有闲工夫儿在科里到处瞎转悠，打乱了伙食科的工作秩序，而耿一憨觉得党委伙食工作组是上级派来的，古全和他们不是外人，没有理由变相地限制他们的活动。今天古全和突然在钱粮管理问题上朝他开炮，把他原本认为是成绩的东西说成是问题，让他不知如何是好。不理睬古全和不行，因为他讲得有道理，再说他们是党委派来的；要接受他的意见，改变原来的做法，势必引起伙食科内外上下左右关系的变化，不知道会弄出什么麻烦，只好去找姜添富汇报要主意。

姜添富从来不上总务工作第一线。他迷恋的是拓画作画，和江城市的末流画家交往，互相吹捧，一块儿吃喝。他关心的就是把总务处的各科，特别是油水最大的伙食科，置于他严格的控制之下。他听过耿一憨的汇报过后，眉头微皱，但是没有品评古全和的发言，而只是含糊地说："古全和他们都是些书生，不了解伙食工作的复杂性。江城有几十所高等院校，大家都是这样办伙食的，难道说大家都错了吗？对于古全和的意见，只是听听，不必在意。你是伙食科的科长兼支部书记，主持伙食科工作的是你，而不是古全和，伙食科工作出了问题，我要找你，而不会去找古全和。过些日子他们拍拍屁股走了，他们闹出什么乱子还得你去收拾残局，你心里得有个数儿。"

耿一憨原本心存矛盾，摇摆不定，听了姜添富这一番话，两个巴掌一拍，说道："着呀！俺也是这么想的！东西都是国家的，又都用在国家的事业上，一个大子儿、一粒粮食也没装进个人的口袋，这算什么问题！？总不能都吃光分净吧？！"

姜添富还嘱咐老耿说："古全和这个人爱钻牛角尖儿，有些偏激，是个天不怕地不怕的角色，对科里的工作有些看法儿并不奇怪，你们不要和他顶牛儿，要安排他们到生产第一线，帮助他们把思想落到实处。古全和对你印象不错。你们还是老乡嘛。"

老耿带着姜添富的一番话离开了总务处长办公室，可是他的心里仍然不踏实。他知道古全和说的有道理。江城市各个院校的伙食工作都这样办不等于做得对。古全和是个正派人，他对伙食科的工作提出看法儿是为了工作。耿一憨的思绪就在姜添富和古全和之间摇摆，最后还是决定按照总务长说的办。他想，伙食科的上级"首长"是总务长，而不是古全和。他决定按照伙食科的老办法儿干下去。

古全和理解老耿的心情。这些钱粮是他一年年积攒下来的，他认为这是他工作的成绩，现在突然有人说这是问题，是错误，他当然想不通。在这个问题上应该给他一个转弯儿的时间，也不要去和他算旧账、论是非，只求和他一起提高认识，把违背政策的做法和不科学的管理方法改正过来，然后大家齐心合力地推进伙食管理工作。他想说服老耿，老耿也想说服他，一时间谁也说服不了谁，伙食管理工作的改革也迟迟不能向前推进。

在如何认识伙食科在钱粮管理的这个问题上，工作组内部的意见也不一致。来自公共政治课教研室的靳湘柳，很少上班参加伙食科的劳动，也不关心工作中的是非。她说，他们是来劳动锻炼的，不应该去触动伙食科原有的秩序，担心在这个问题上和伙食科的干部们闹僵，到头来大家不欢而散，可能影响到他们劳动锻炼的鉴定，现在特别强调党的领导，如果耿一憨在他们的劳动鉴定上，写上他们不尊重伙食科党支部领导这样的文字，那问题可就大了。

海英林不赞成靳湘柳的说法儿。他说，伙食工作组的同志们来伙食科，有劳动锻炼的任务，但是主要任务是代表党委来加强伙食管理工作，而钱和粮是伙食工作的两大物质基础。钱粮管理的问题不解决，改革无从谈起。现在每人的粮食定量都打得很紧，计划用粮对于个人和伙食科都是现实问题。国家下拨的粮食谁都不能乱动。如果不抛弃过去的所谓'节约粮食'的错误观念，计划用粮就无从谈起。在伙食费用的问题上也是这样，不能继续把克扣学生伙食费当成节约，学生的伙食费应当专款专用。

大多数同志同意海英林的意见，靳湘柳也没有坚持个人意见。她关心的是她个人的利害得失，而不是如何落实党的政策，办好伙食。而且她也不经常来参加伙食科的劳动，很少在餐厅里用饭。她国内外的亲戚不断地把营养品和保健品给她寄来，她没有生活用品匮乏的感觉。再说虽然粮食定量减少了，副食的供应也有限，但是市面上有高价食品供应。高价餐馆儿不要粮票儿，供应各种荤素菜肴和果酒。所以只要有钱，不愁买不着东西。至于别人的痛苦和困难，她根本就不放在心上，她关心的是怎样混过这一年或是半年，捞个劳动锻炼的鉴定，为她提级提职创造条件。靳湘柳不肯经常参加劳动还有一个她说不出口的原因。冬季厨房内外温差常常高过三四十摄氏度，她听说在厨房里劳动，很容易得风湿病，女人患风湿病的概率比男人大，而且事实上伙食科的女工得风湿病的人就是比其他单位的人多。

经过几次讨论，工作组内部的意见基本达成一致。最后，古全和强调说，"看来怎样按照党的政策管理钱粮，是伙食工作中的一个老问题，带有普遍性，全市各兄弟院校大都存在这个问题，老耿不想面对这个问题，估计还有他思想方面的障碍，他担心我们否定伙食科工作的成绩。管理员中也不同程度地存在这个问题。我们要比照国家的政策，在充分肯定伙食工作成绩的前提下，有分寸地指出伙食科在钱粮管理方面存在的问题。改善全院的伙食管理，提高伙食质量，主要得靠伙食科的干部和工人。我们的任务就是做好他们的思想工作，自己在各项工作中起模范带头作用。为了推进这一工作，我想有必要再开一次工作组和伙食科的干部联席会，继续和伙食科的同志们交换意见，争取尽快统一认识。

郑新生表示赞成。他说："统一认识迫在眉睫。现在员工餐厅的工人师傅仍然坚持用粮的旧观念，馒头、米饭、窝窝头下料都比较随便，而且经常偏少。按照咱们改革粮食管理的设想，掌控好粮食，做到确保大家都能吃足定量，就必须控制好三个数字。一是出库粮食的数字；一是收回食堂内部代金粮票的数字；一是所余熟食的数字。把这三个数字加以比较，就能准确地掌握每个员工用粮的准确数量。现在工人师傅们坚持老办法，不肯计算回收的内部粮票儿，使我们无法掌握每天实际消耗粮食的数量，因此也就无法计算出每人每天实际吃进肚子里的粮食的数量。保证每个教职工吃足定量，是党委对我们提出的最低、也是最主要的要求，我们必须尽快落实这方面的措施！如果意见一时难以统一，我建议把问题汇报党委，采取组织措施，尽快解决！"

海英林说："必要时也可以采取组织措施。不过咱们争取不这样做，应尽量就地解决问题，搞好和伙食科同志的关系，少给领导添麻烦。在这个过程中，平等地对待伙食科的同志很重要。我们应该像刘少奇同志教导的那样，力争做到，既在群众之中，又能领导群众前进。咱们是党委伙食工作组，伙食科的同志会把咱们看成党委的代表，所以在讨论中，时刻不能忘记肯定伙食科工作的成绩。我们只是党委的派出组织，和伙食科没有领导和被领导的关系，不能给伙食科下命令。解决伙食科干部中存在的问题，只能采取说服的办法，在讨论的过程中，只能讲认识，不能戴帽子，不能强加于人。一次统一不了思想，就讨论第二次，第三次，第四次……"

古全和肯定海英林的发言。他说："海英林同志的意见很好，大家一定要时刻注意摆正咱们和伙食科党组织的关系，注意搞好和这里的同志们的团结。在讨论中要以理服人，要有耐心，不能急于求成。还是那句老话，欲速则不达。"

虽然工作组和伙食科的干部都有解决问题的意愿，但是干部联席会场上的气氛仍然不那么协调和融洽。耿一憨仍然想说服古全和，让他面对现实，认可许多高校现行的伙食管理办法，让师范学院伙食科的工作照老样子顺顺当当地走下去。而古全和则琢磨着怎样说服耿一憨同意工作组改革伙食管理工作的意见，科学办伙食，适应形势的需要，落实党团结群众度过暂时困难的战略部署。

耿一憨见人到齐了，就对古全和说："老古同志，开始吧？"

"好，开始。"古全和说。

耿一憨笑着对古全和说："你水平高，你来主持吧。"

古全和用山东胶东方言说："您是土地爷，会议得由您主持。"

"那俺就服从领导的命令了，"老耿说，"你先谈谈吧？"

"不，不，您说，还是您先说。"古全和笑着说。

"那好，俺就先啰嗦几句，"老耿说，"今天咱们开的是个交流意见的会。在上次会上，老古等同志指出了咱们伙食科工作中的两大问题，一个是管钱的问题，一个是管粮的问题。咱们先就这两个问题交换意见。老古同志，你看这样开行不行？"

"行，就这样开。"古全和爽快地说。

第一个发言的是员工餐厅的管理员复转军官杨景良。他是山东荣成人，一年前转业来师范学院，操胶东口音，笑起来很天真，但是不笑的时候却常常面带愁容，好像有过苦难的经历。他说："我在部队里管过连队的伙食。伙食账就是他娘的豆腐账、狗肉账，扯不清楚。管伙食是个麻烦事儿。咱们伙食科的钱，说来说去都是国家的，伙食科的粮食，说来说去也都是国家的。照我说，只要东西没跑到个人的腰包里，没糟践了，就不必分得那么清楚。钱攒下来一些总比花光了好，粮食攒下来一些总比吃光了好。管伙食和居家过日子一样，也得思前想后，有个打算。俺们家乡有话：'吃不穷，喝不穷，算计不到就受穷。'咱们耿科长办事好就好在他会算计。"

管理员们纷纷点头儿，表示认可杨景良的发言。

耿一憨得意地看着杨景良，心里在想："这个小子的脑袋瓜子好使唤，嘴巴子也利落！是个当科长的材料儿！"他希望杨景良的这一番话能够改变古全和及工作组同志们的态度，不再搅和粮和钱的问题。

老耿看看大家说道："谁再接着谈？"

海英林笑着说："老杨的话有一定的道理。咱们过去这样处理学生的伙食费和粮食问题，从主观上说，也是一心为公。但是现在认真地想一想，还是有些不妥当的地方儿。问题在哪里呢？问题就在于我们没有能够让国家下拨的助学金和粮食充分地发挥它们的作用，没能完全落实国家有关的政策。"

杨景良不以为然地笑笑反驳海英林说："钻什么牛角尖儿呀？粮食大家伙儿吃了，钱大家伙儿用了，剩下来的钱粮也没进入个人的腰包儿，有什么不妥当的地方儿？"

有些激动的郑新生说："要是钱和粮食落到私人的腰包儿，那问题就大了。"

杨景良冷笑着说："你就别吓唬人了！"

古全和见杨景良情绪不对，郑新生也不够冷静，赶忙打断他们的争吵，笑着说道："老杨说得不错，钱和粮食的确没有落到个人的腰包里，从这个意义上说，谁都没错。但是要用高标准衡量我们过去的工作，咱们还是有一个政策落实不完全到位的问题。"

耿一憨明白古全和的意思，但是他不想公开承认，便硬着头皮强辩说："哎，我说老古同志呀，你别'咱们咱们'的，'错误'出在俺们伙食科，是俺们的问题，俺不敢把你们下放干部也牵连到俺们的错误里面！"

"干吗火气这么大呀？"古全和笑着对老耿说。

"伙食科嘛，火气能小得了吗?！"老耿说。

古全和跟老耿的对话引起一阵哄笑。

"我说老乡，您可真是个山东'杠子头'！"古全和指点着老耿说。

老耿笑眯眯地说："俺也不敢和你攀老乡，俺现在是犯了错误的人啦。"

老耿的话又引起大家的一阵哄笑。

杨景良不满地嘟囔道："本来没有问题，你们来了就成了问题！粮食是学生吃不了剩下的，存在仓库里。钱是节省下来的，存在银行里。肉烂在锅里，就是你们说出个大天来俺也不认为这里面有什么问题！"

古全和见老耿不肯面对现实，杨景良火气挺大，其他管理员保持沉默，担心彼此闹僵，影响团结，便说道："老耿同志，咱们的会今天就开到这里吧，会下大家再琢磨琢磨，交换交换意见，另安排时间讨论。"

老耿着急地说："哎，别价呀！你接着说呀！"耿一憨是个老党员，他心里明白，他有义务配合党委工作组开展工作，不想因为自己的原因而让会议不欢而散。要是连个干部联席会都开不下去，那党委领导追究起来，他将怎么答对？所以他连连对古全和说："你说，你说。"

古全和笑笑说："那好，我就试着讲讲自己的看法儿，供大家讨论。咱们先设想一下，如果我们用'肉烂在锅里'的这个道理去说服学生和他们的父母亲友，让他们同意我们截留学生的部分伙食费和口粮，他们会赞成吗？"

没有人就古全和的问题表态。

古全和继续说："现在，吃饭问题是头等大事。群众信赖我们党，相信我们党会带领他们度过暂时的困难。即使这样，我们也不敢麻痹大意。帝国主义和各国反动派虎视眈眈地盯着我们，蒋介石叫嚷反攻大陆，我们内地也不能说是太平无事。在这种情况下，要是有人挑动学生借伙食问题闹起来，那就不单纯是个生活问题了！钱粮管理问题，其他院校也存在。但是这不能证明大家都这样做就是对的。"

古全和把问题和当前形势和国家安危联系起来，让老耿和管理员们心有所动。上级传达过由伙食问题引发学生闹事的事例。解放以前这种事例很多，解放以后个别学校也发生过这种事。谁都不愿意在现在这种时候在自己管理的单位发生这样可怕的事情。

古全和继续说："我们伙食科在钱粮管理方面的问题是过去留下来的。由于伙食工作有大家所说的特殊性，以前我们谁都没有注意这些问题的存在。党委也没把这件事情作为一个问题提出来。现在是困难时期，粮食和副食品供应短缺，问题就凸现出来，要求我们把伙食管理工作提高一步，进一步科学化。

"学生的伙食费是政府批下来的，这是党和政府对年轻一代的关怀，我们应该不折不扣地把它们用在学生身上，让他吃得好，身体好，学习好，将来好好地为建设国家服务。可是我们把其中的一小部分钱落到我们伙食科的账上了，日积月累，攒成了很大的一个数目儿，而且用在了别的地方儿，这就是问题了。这不是节约，而是'截留'，是挪用。应该说，截留下来的不仅仅是学生每人每月的一两块钱，而是国家对学生的爱护和关怀！

"再说说粮食问题。我国人口众多，吃饭历来是大事，所谓'民以食为天'。我们的粮食并不富裕，每一粒粮食都应该用到最需要的地方。国家调拨给我们的粮食吃不了，说明我们的用粮计划脱离实际，应该及时调整，并上报国家，减少调入粮食的额度，而不应该继续超额调入。把国家粮库里的粮食倒进咱们学校的粮库里来，从表面上看，咱们粮库的粮食还姓'公'，还是国家的财产，只是换了个地方儿，而事实上这里面包含着很大的浪费。为什么这样说呢？

"第一，把粮食从国家粮库运到咱们学院粮库，有耗损，是浪费；

"第二，运输粮食要消耗人力和物力，是浪费；

"第三，把新粮变成陈粮，降低粮食的营养价值，是浪费；

"第四，粮食积压在仓库里，要场地人工，要去湿、灭虫、防鼠，是浪费；

"第五，让粮食积压在我们仓库里，使它们不能参与周转，是浪费；

"第六，让粮食在我们的仓库里霉烂变质，更是不可原谅的浪费。这样霉烂变质而不能食用的粮食我们年年都有，而且数量不小。光这几年里霉烂变质的大豆就过 10 万斤，相当于几十亩好地一年的收成！现在这都是爆炸性的新闻，在群众中连提都不敢提。一旦外泄，会轰动全市。我们应该看到，在粮食管理问题上，我们的确存在着小家子气和一些糊涂观念。"

学生一食堂管理员常绍新插话："在钱粮管理上是有不到位的地方。"

古全和继续说："现在粮食短缺，形势严重。过去我们有富裕的粮食可以贮存，虽然有浪费，还不会影响到师生员工的身体健康。现在国家是按照师生员工新近自觉压低了的口粮标准给我们调拨粮食，如果我们再继续盲目地沿用过去的办法儿'节约'粮食，那就不是把国库的粮食搬到我们学院的粮库里，而是从师生员工的嘴里掏出粮食存入我们的粮库里了，会直接危害到师生员工的身体健康！所以我们必须改变原来的观念和做法，科学管理粮食，努力做到让师生员工把自己定量中的每一粒粮食都吃到嘴里。这是现在党对于我们的伙食管理工作提出的最基本最重要的要求。"

耿一憨和管理员们默默地听着古全和的话，无人表示反对。

　　古全和继续说："我认为，学生的伙食费要全部用到学生身上。在粮食问题上，我们不仅要斤斤计较，而且要两两计较、钱钱计较！要让所有的师生员工都能吃足自己的定量，吃得有营养，有滋味儿。这就是我们提出这个问题让大家讨论的目的。现在，内外敌人蠢蠢欲动，群众的生活问题关系着我们国家政权的巩固。落实党的政策，把每一分钱的伙食费，每一粒粮食，都用在师生员工身上，抓好群众生活，把伙食工作做好，团结群众度过困难，这就是党对我们的要求。我们都想把工作做好。我相信，只要把问题说开了，我们大家的认识就一定会统一起来。"

67

　　党委伙食工作组和伙食科的干部统一了认识，伙食管理工作改革提上日程。姜添富担心这将动摇他在师范学院的地位，扰乱了他神仙般的生活，立刻赶去找夏曦告状，说古全和没有组织观念，不尊重伙食科党支部，否定伙食工作成绩，动摇了伙食科多年来行之有效的管理制度，干扰了伙食科的正常工作，引起伙食科的干部和工人的不满，建议党委立即把古全和调离伙食科。夏曦表示同意，把问题反映到熊副书记那里，熊副书记立刻派秘书找古全和和耿一憨谈话。耿一憨说，他和古全和有过意见分歧，不过问题已经解决了，现在他们合作得很好。

　　工作组和伙食科的干部统一认识之后，伙食科就召开了全体员工大会，由老耿在会上宣读了伙食科和党委伙食工作组一起制定的伙食工作改革计划，要求管理科学化，专款专用，主食制作要做到两两计较、钱钱计较，量准量足，粮食出入库要笔笔有账，每天收回的饭票要一一认真清点，加上剩饭估数儿，和当天出库的粮数进行对比，做到出库的粮食和收回的内部粮票跟剩饭之和二者的数量尽量接近，饭菜要做到主副食搭配，花样翻新，精做细做，粗粮细作，干稀搭配，色香味俱佳，等等。接着，工作组又落实了党委关于发动群众民主办伙的要求，提出并建立了有全院各单位代表参加的学院伙食工作管理委员会，简称"伙委会"。从此，伙食工作不再仅仅是伙食科的事，而是全院师生员工大家的事了。

　　事情并不顺利。清点每天回收内部粮票的要求仍然没能落实。有些工人师傅嫌清点回收的内部饭票儿麻烦，说没有必要花很多时间去点那些废纸。为解决工人的思想认识问题，干部们分头到各灶耐心地向他们说明了这一工作的重要性，这个要求也得到落实。仅员工餐厅第一天清点内部粮票的结果就让师傅们大吃一惊：仅有一千七百人用饭的员工餐厅，当天就盈余粮食176斤，也就是说，在一天之内就少给了在这里就餐的教职工十分之一的口粮。按照这个数字计算，员工餐厅每月少给用餐人的粮食是5280斤！这样算来，面对这个事实，工人们关于清点内部粮票的认识一下子就统一了，清点内部粮票儿的制度顺利建成，粮食管理进入合理、有序、可控的流程，初步从制度上解决了主食供应量足量准的基本要求。

忽然，在员工餐厅吃饭的有些教职工指责伙食科工人干部多吃多占之风悄然兴起，说餐厅里的馒头、窝窝头等主食分量不足，很少见到鸡鸭鱼肉蛋，是由于伙食科的工人和干部多吃多占，意见一出，便边倒，风越刮越大，古全和出面解释，因此受到牵连，也成为指责的对象，有些人指责下放干部多吃多占。意见分歧也出现在下放干部中，靳湘柳、郑新生等认为，伙食科的管理人员和工人师傅也是国家公民，面对临时困难，应当和其他教职工一样，同甘共苦，按个人定量吃饭，否则群众的工作没法儿做。工人按轻体力标准，每月35斤，管理员和下放干部一样，按职员标准用餐，男性一般30斤上下，女性一般27斤上下。郑新生反复强调说，如果工人吃饭不限量，外面的工作不好做。

古全和跟海英林不同意靳湘柳等人的意见。古全和说，要从大的方面看待和处理伙食科工人用餐的问题。他说，保证工人师傅们情绪安定、身体健康是保证全院师生员工和家属伙食安全和身体健康的一个前提条件。不仅要保证工人师傅们吃饱，还要保证他们吃好，具体说，就是照顾他们每天多吃一次面食（在当时江城居民粮食供应中粗粮占80%，大米和白面各占10%，米面属稀罕之物），并经常组织他们进行体检。群众在管理员和工人师傅吃饭的问题上有意见，是因为他们不了解伙食科工人和干部用餐的实际情况，可以通过伙委会做他们的工作。一定要告诉大家：第一，要相信师傅们的觉悟，他们会正确对待吃饭问题。第二，食堂的工人并不像有些人想象的那样，个个都是大肚皮。由于职业的关系，几乎所有的中老年师傅的饭量都不大。我认真观察过，他们中间的多数人连自己的定量都吃不完。做副食的老师傅厌油厌肉，早晨吃的是咸菜，中午吃的常常是花椒油拌葱花儿、豆腐。全院炊事员和用餐人的比例大约是1∶70，即使他们吃饭不限量，估算他们每月多吃的粮食，落实到每个用餐人的名下，也不超过1—2两，微不足道。第三，灾年往往和疾病相连。现在浮肿病已不少见，肝炎发病率在逐日增加。如果工人师傅营养不足，体质下降，有人得了传染病，一旦传开，会在师生员工中引起恐慌，甚至会导致全院工作停顿，成为影响全局的政治问题，后果不堪设想。第四，退一万步说，也没有谁能管住工人师傅的嘴。老话儿说："大旱三年饿不死厨子。"所以无论从哪个角度说，我们都要保证工人师傅们吃饱吃好。这是大局，在这个问题上，不能犯糊涂。不过像鸡鸭鱼肉蛋油糖和大米白面，以及某些临时性的特供，工人师傅们也不能特殊。这也要做好他们的工作，帮助他们提高认识，增强他们的主人翁责任感和荣誉感，让他们和大家一条心，团结一致，共渡难关。我相信，工人师傅们能够严格要求自己。这件事必须慎重对待，我们内部可以争论，但是不能把分歧张扬出去。咱们讨论个意见，报党委研究审定，然后再公开宣布，具体落实。

在怎样管理熟食的问题上，在工作组和伙食科的干部以及工人之间，意见分歧也很大。工作组和管理员中的多数人主张主副熟食一律归库上锁严加管理，夏曦同志也曾这样指示过。库房的钥匙由下放干部直接掌管，理由据说是现在全市兄弟院校熟食库房大都这样管理，据说这是因为工人和管理员人心不齐，难保有人多吃多占。古全和说，伙食科的工人师傅平时是伙食科的主人，暂时困难时期仍然是伙食科的主人，把熟食仓库的钥匙拿在下放干部手里，那不就等于锁工人吗？不可取。海英林坚定支持古全和的意见。老耿夸古全和跟工人一条心。经过反复争论，干部思想也基本达成一致。古全和与老耿一起，把这些日子工作组和伙食科主要干部议论的意见归纳成以下八条，上报党委：

一，确保主副食供应量足量准；

二，按国家供给标准安排集体户口师生员工的伙食；

三，切实搞好食堂卫生，确保伙食安全；

四，熟食仍然由各灶管理员指定专人负责管理；

五，工人师傅用餐不限量，早饭可吃面条儿；

六，鸡鸭鱼肉蛋糖油和大米白面，所有人员一律按定量食用；

七，下放干部凭内部饭票按个人定量在餐厅用餐；

八，值夜班人员午夜加餐一次，下放干部补助粗粮二两。

68

古全和向夏曦同志汇报了伙食工作组讨论拟定的"八条"，夏曦反复认真地看过之后，忍不住发作起来，说道："我不是说过吗，鸡鸭鱼肉馒头米饭等熟食都要锁起来，钥匙要掌握在可靠的人的手里，你为什么不执行？再说伙食科的工人和干部，不能特殊化，要和大家同甘共苦，吃饭要按照粮食供应标准，他们也不能多吃面食。拿回去修改过后再送来。你可以走啦。"说完就不再理睬古全和。

古全和没有走，他耐心地说："夏曦同志，请您听我汇报一下我们讨论'八条'的过程。"

夏曦头不抬，眼不睁，面无表情，不置可否。

古全和汇报了工作组讨论"八条"的情况，说到伙食科工人健康的特殊性，说把熟食锁起来，钥匙由下放干部掌控，等于把伙食科的干部和工人都当成监控对象，会伤害他们的主人翁自尊心，打击他们参与民主管理的积极性，说这件事牵涉到对待工人的态度，说应该相信伙食科的干部和工人，相信他们的觉悟和管理能力，鸡鸭鱼肉蛋和馒头米饭等熟食平时由伙食科的干部和工人管理，现在应该一如既往，仍然继续由伙食科的干部和有关的工人师傅负责，强调说，熟食仓库上锁是防坏人，不是防伙食科的干部和工人，等等。

夏曦听过古全和的诉说，抬起头说道："知道啦。"

前些日子夏曦告过古全和一状，建议党委撤换古全和，结果没有下文，心里很不痛快，而这会儿这个古全和竟敢面对面地反对她的指示，跟她争辩，教训她，不由得怒气冲冲地说："就这样吧，你把'八条'留下，就走吧，以后不必来汇报伙食科的工作了。"

古全和一走，夏曦就气冲冲地去找熊可宽书记告状。熊可宽听过她的汇报，反复认真地看过八条之后，平静地说："这份材料就留在我这里，你去忙吧。"

第二天上午，熊副书记的秘书郭定达到员工餐厅找到古全和，说熊副书记要他把"八条"退给他，古全和见那上面批有铅笔书写的"试行"的字样儿和熊副书记的签名。郭定达还转告古全和说，熊可宽同志要他通知他，近来夏曦同志工作很忙，身体也不太好，没有时间关照伙食工作组的事情，以后有关伙食工作的情况，可直接向熊副书记本人汇报。古全和明白，夏曦同志不再管他们的工作了，心里很高兴，感到这是他的一大解放。

院党委及时批准了伙食管理工作的"八条"。伙食工作立刻转入全力抓财务和粮食管理办法的改革，发动全院师生员工群众办伙食，抓主副食的量足量准，花样儿创新，主食的干稀搭配和粗粮细做，还在各个餐厅和食堂设立了伙食工作"意见簿"，收集群众的意见。

古全和责成来自中文系写作组的郑新生在员工餐厅创办并主编了刊名《迎春》的黑板报，每周一期，刊登交流做饭人和吃饭人的思想感情、鼓舞大家的斗志的经典语录、名人名言、诗歌、简讯，宣扬餐厅内外的好人好事，互相鼓舞，齐心协力，迎接国家经济状况好转的"春天"。接着，各个学生食堂，也先后出版了名为《团结》《光明》《中流》和《迎春花》等的黑板报。研究生餐厅原有的黑板报，也把宣传的重点转到讲团结、讲艰苦奋斗、讲勤俭节约的方面来。

学院伙委会推举古全和担任院伙食委员会主任，伙委会每周开会一次，辅之以不定期的临时专题会议，汇集群众对伙食工作的意见和建议，研究改进伙食工作、提高伙食质量的办法，还以"帮厨"的形式组织教职员工轮流进餐厅和食堂，帮助师傅们择菜、洗菜、卖饭、卖菜，淡化做饭人与吃饭人之间的传统矛盾，增进彼此的了解，使得餐厅内外，心心相连，热气腾腾，让做饭和吃饭的过程同时具有了群众自我教育的功能，各灶的面貌发生了从没有过的积极变化，餐厅里涌动着欢乐融洽的友好气氛。

食不厌精，群众对伙食工作的要求永远不会满足，伙食工作必须不断改进，这是伙食工作的一条规律。可是应该从哪里入手发动群众，提高伙食质量呢？古全和跟伙伴们根据以往工作从发动学生和青年教师入手的经验，决定发动伙食科的青年工人带头实行改革，于是就召开了伙食科青年工人座谈会。青年工人热烈响应领导的号召，但是会后工作并不见起色。

不久，古全和就发现，在伙食科，主导各项工作的是师傅，而不是徒弟。然而在老师傅中，除了班长雷光胜和从部队转业来这里工作的几个党员外，大都不向下放干部靠拢。古全和感到奇怪，就向连成请教。连成说，他说事情可能和1955年的肃反运动遗留问题有关。有些老师傅见古全和跟袁文海来往密切，误以为工作组站在袁文海一边，而袁文海是当年制造伙食科"反革命集团"的罪魁祸首。古全和恍然大悟，明白了袁文海主动向他靠拢的用意。

师范学院的炊事员，一多半来自城区，余下的来自江城远郊的安农县，个别人来自其他县份和关里的山东、河北等外省市。城区的老师傅几乎个个家境贫寒，都是学徒出身，少数人个人经历比较复杂，有的来自曾经富有过的破落户，有的本人开过饭馆，当过老板，有的为混饭吃在解放以前参加过国民党，或是反动会道门儿，有的当过御厨，有的给国民党江城警备司令当过厨师。但是技艺高超的师傅大多集中在他们中间。而来自远郊安农县的炊事员大都出身穷苦农民，几乎都是土地改革等社会革命的受益者，个个历史清白，但是他们大多数的手艺都是家传的，非科班儿出身，技艺平平，过的是亦厨亦农的日子，在旧社会主要以"拉大棚"，也就是帮人家操办红白喜事、节庆宴会为副业。来自城区的炊事员彼此熟悉的多，平时多有来往，个别人还常常流露出看不起远郊工人的情绪；来自乡下的炊事员为自保也联络起来，对抗城区工人，为首的就是袁文海，渐渐地就形成了城区帮和农村帮。各灶主副食组的头头儿都是城市帮的，为首的是南、北、汉、满菜都拿得起来。全市闻名的白文驹白师傅，不仅技术高，脾气也好，高兴的时候默默地笑笑，不高兴的时候就把脸耷拉下来不言语，平时很少说话。乡下帮的头头儿袁文海能说会道，也能闹，讲义气，也带点痞气。1955年秋天师范学院肃反运动开始后，他觉得这是个整治和排挤城市帮的机会，就串联策动乡下帮，借口白文驹在伪满洲国时当过御厨，解放的前夕给国民党江城城防警备司令当过家庭厨师的由头儿闹起来，说白师傅和另外几位有历史问题的城市帮的老师傅是伪满洲国和国民党反动派的残渣余孽，企图把他们从主副食头头儿的地位上拉下来，最后竟把城市帮弄成了反革命小集团。后来事情闹大，城市帮的师傅们集体提出辞职，以致影响了各灶正常开饭，构成伙食安全问题，惊动了党委领导。经查，发现是袁文海等几个人在搞鬼，就批评了袁文海，给城市帮的师傅们平了反，教育引导两部分工人团结起来，努力搞好伙食，事情从表面上看就这样过去了。而事实上在乡下帮的一些人的心里，城市帮里的一些老师傅的头上仍然顶着"反革命分子"的帽子，白师傅常常因此而生闷气。有些乡下帮的人也有精神负担，担心院领导会在提薪、住房等问题上偏向城市帮。古全和他们来了，袁文海先入为主，主动向古全和靠拢，企图造成一种印象，工作组支持乡下帮。城市帮的一些老师傅看在眼里，对工作组心有疑虑，和他们保持距离，对于伙食科的改革采取观望态度。工作组就这个问题请示过熊副书记后，先后召开了党团支部联席会，全体员工大会，找个别人谈心等，进一步解决了肃反遗留下来的问题，白文驹等老师傅们才开始向下放干部靠拢。

69

炊事员吃饭的时间都在正餐过后。早饭在上午九、十点间，午饭在下午一点半到两点间，晚饭在晚上的7、8点间。师傅们吃饭没有固定的地方，大多数人在大餐厅里，三五人成桌，边吃边聊。有些老师傅图清净，喜欢一个人躲在某个角落里慢慢地吃。白文驹师傅在他分工负责管理的小餐厅里用饭，常常有徒弟作陪。他一辈子干副食，和鸡鸭鱼肉油蛋打交道，厌烦了荤菜，平日吃素，午饭经常是一碟儿花椒油拌葱花儿。陪他吃饭的是餐厅服务组的小刘。她是白师傅最小的徒弟，爱听白师傅讲旧日的趣事。

古全和天天吃饭打游击，经常在员工餐厅，有时也到各个学生食堂用饭，利用吃饭的时间和师傅们聊天，听取他们的意见和建议。今天他到小餐厅来凑热闹，想和白师傅聊聊，听听他对改善伙食工作的意见。见他们师徒俩谈得高兴，就开玩笑说："爷儿俩说啥呢？欢迎我参加吗？"

小刘说："不欢迎！您总拿人开玩笑！"

"恋爱结婚是人生大事啊，怎么叫开玩笑呢？"古全和说。

小刘说："你净瞎说！我才不结婚呢。"

古全和说："那你是想当尼姑了？"

小刘说："才不呢！"

古全和说："那是为什么？"

小刘说："不告诉你。你赶紧走吧。你来了白师傅就不给我讲故事了。"

"那好办，我和你一起听白师傅讲故事。"

"说着玩儿呢。"小刘以为古全和找白师傅谈工作，说着就要走。

古全和说："别走啊，请白师傅接着讲，刚才讲的是什么故事？"

白文驹憨憨地笑着说："这会儿没讲故事，在说毛线呢。现在国家有困难，政府还惦记着大家，发给每人四两毛线票儿。全市几十万人，每人四两，这可不是个小数目儿啊。小刘说，四两线，能织一双毛袜子、一副手套。我说，老了老了，倒能弄一双毛线袜子穿穿了。"

"听说是红色的，您喜欢吗？"古全和说。

"喜欢，"白文驹笑着说，"人老了，反倒喜欢个带色儿的了。"

这时，古全和才想起，白师傅是满族。

小刘指着白师傅说："哼，老头儿年轻的时候爱臭美着呢！您见过白师傅的照片吗？——穿着西装，打着领带，简直就像是个洋教授！"

白师傅笑着说："你这是怎么说话呢？怎么叫臭美啊？这会我也不丑啊！"

小刘说："当然，您的将军肚儿，就够让人瞧上一年半载的了！"

白师傅笑着说："这个丫头，就是嘴巴子上的功夫好，比刀子还厉害。"

白师傅和小刘关于毛袜子的玩笑话，让古全和联想到毛衣。他想："要是能给老人织一件毛衣，那他该有多高兴啊，"便不假思索地说道："小刘，白师傅织一件毛衣得用几斤线？"

小刘调皮地指指白师傅的肚子说道："至少得二斤半！这一疙瘩太费线呀！"

白师傅装出生气的样子说道："你这个孩子，心眼儿不好使，我哪儿丑你就偏说我哪儿，你怎么总在我的肚子上做文章啊！"

"你会织毛衣吗？"古全和问小刘。

"会一点儿，可是织不好，"小刘说，"你们的靳老师会织。"

"你怎么知道？"古全和追问道。

"我见她在餐厅里织过毛活儿。"小刘说。

　　古全和想到，耿科长反复强调，餐厅里禁止织毛衣，事关劳动纪律和饮食卫生。古全和准备在干部生活会上着重提提这件事。

　　在晚饭后的碰头会上，古全和顺便对郑新生和张叔稷提到了他想给白师傅凑件毛衣的想法。郑新生和张叔稷立刻积极表示赞成，并说好他们分头去找毛线票儿。

　　古全和说："凑齐了毛线票儿，我就去买毛线，放靳湘柳几天假，让她给织一织。"

　　张叔稷马上说道："你怎么敢打她的主意？分内的事她都不好好儿地干，她能帮着别人织毛衣吗？你把这件事交给她，说不定她会连毛线也给弄丢啦！"

　　古全和觉得张叔稷说得在理，不过他还是嘱咐他不要这样说，以免影响团结。

　　坐在小餐厅里的白文驹师傅断断续续地听见了古全和他们的谈话，心里很感动。前天下午，古全和亲自去天津路小学校找那里的校长，说服校长保留下白师傅他小孙子的学籍。他的小孙子前些日子跟同学打架，打破了对方的头，被重伤的学生家长坚持要求校方开除小孙子，学校也同意了家长的要求。为这件事白师傅找了古全和。古全和先后跑了三趟，作学生家长和学校领导的工作，解决了让他小孙子继续留校学习的问题。今天他又想到给他凑毛线票儿，更让他感动。

　　古全和送走了郑新生和张叔稷，来到小餐厅。

　　白师傅说："会开完了？"

　　古全和点点头，说："汇总一下今天工作的情况。"

　　白师傅移动着笨重的身子，喘着粗气，收拾餐桌。

　　古全和恳切地说："白师傅，我很想听听您老关于怎样度荒的意见。"

　　白师傅沉思了好一会儿，然后说道："你们几位来到员工餐厅，转眼间已有一个多月啦。我看出来了，你们是真心实意地想把伙食办好。"他抹好餐桌，放好抹布，继续说道，"说起来眼前这点儿困难也算不了什么。中国这么大，自古至今，天灾年年有，不稀奇，度荒也不是什么新鲜事。要说嘛，现在的口粮也不算少，就是细粮少了一点儿，副食差了一点。明年春暖花开，新菜、夏粮一上市，日子就好过了。"他坐到古全和的对面神情平和地继续说，"办好灾年的伙食，当然首先要厉行节约。这是领导提倡的，也是咱们中国的传统。我想说的是，东西越少，越要细做。要把主食和副食做得好吃，好看，有营养，有滋味儿，让大家伙儿看在眼里，吃到嘴里，记在心里，念念不忘。过去帮掌柜的开饭店，给东家做饭，靠什么？就是靠这个呀。要不哪有回头客啊？没有回头客你挣谁的钱呀？东家拿你当回事儿，给你开劳金，也就是因为你弄出来的玩意儿好吃好看呀。"

古全和，像体味文学名著里面名言佳句一样默念着白师傅所说的每一句话。对他所说的"东西越少，越要细做。要把主食和副食做得好吃，好看，有营养，有滋味儿，让大家伙儿看在眼里，吃到嘴里，记在心里，念念不忘"，深感新鲜，牢记在心中。他感觉白师傅深知"吃"的哲学，他的这番话道出了伙食工作的本质，带有经典的性质，证实了他的一些蒙胧的想法儿。这些日子，他也一直在琢磨"吃饭的学问"。他想，白师傅所谓"看在眼里，吃到嘴里，记在心里，念念不忘"，说的不就是吃饭中的生理问题、心理问题和审美问题吗？吃饭要解决的就是生理、心理和文化这几个方面的问题呀！而最让古全和感动的还是白师傅对于暂时困难的那泰然种乐观的态度。他非党非团，无意唱革命高调，与包括个别党政干部在内的少数面对暂时困难惊慌失措的人相反，根本就没把当前的困难当作了不起的事，放在心上，对于胜利度过灾年充满信心。

古全和打心眼里佩服白师傅的人品和才华。他听说，白师傅是本市八大名厨之一，满汉全席、南菜北菜，他都拿得起来。最让他佩服的是白师傅置办大宴席的特殊才能。他听说，只要主办方提出开办多少个席面儿，是什么规格，他就能在一两天的时间里写出所需的上百种主料、辅料的数量和所需经费，在宴会结束的时候，所有主辅材料和经费基本用完。宴会所用上百种原材料之间的关系纵横交错，它们的行情又在不断地变动，白师傅在拟定宴会计划的时候，要进行无数次的加减乘除的运算，而他没念过几天书，也不会珠算，全凭心算把这一切综合到一起，提出完整可行的方案。古全和对白师傅的这种才能和技艺怀有真诚的敬意。

白文驹师傅沉思着继续说："办好灾年的伙食，我想得注意以下八条儿：

"一，淘米只淘净沙石，不要扔掉淘米水。淘米水里有小半成的粮食。

"二，菜蔬一律改先切后洗为先洗后切，以保证菜蔬的养分不至于流失。

"三，蔬菜的下脚料，除腐烂变质部分外，一律不丢。白菜帮子、萝卜缨子等，可以剁细加盐调味，用来做玉米面儿菜团子。芹菜根、白菜根、菠菜根等，收集起来，洗净切细，精制成各式美味小菜，好吃，好看，好玩儿，一分钱一碟，优惠供应大家。

"四，大葱是好东西。葱皮、葱根儿有营养，能调味，可治病，统统要收集起来，洗净剁细，加盐加调料，用作辅料，掺和到玉米面里，制成五香窝窝头。

"五，每人每月半斤肉要搭配着吃。拿三两做肉末，分散在一个月里吃，平均每人每天一钱，营养身体。其余二两，每回用半两，掺上馒头或是米饭和调料，做成淮扬名吃"红烧狮子头"，每周一次，每次每人两个，给大家解馋。

"六，把一部分玉米面精制成油盐五香"两面儿焦"，粗粮细作，让大家当点心吃。

"七，每月每人的三斤白面全做成点心，或是精制成好吃好看的手揉馒头。

"八，艰难年月要吃硬饭。主食副食都要严格掌握好火候儿，做熟就得，尽量保持营养，不可以把食品做得过熟过烂。"

古全和怀着聆听名师授课的心情，听着白师傅的珍贵指点，一件不漏地牢记在心，并连夜追记到他的工作日记里，第二天一早就通报耿科长，召开干部会议，传达、讨论白师傅提出的建议，形成文字，印发全科，在全科范围内征求补充意见，最后拟成题为《东湖师范学院伙食科关于改善伙食质量的意见》的文件。三天后，召开全科干部工人大会，由耿科长，把这个文件在全科传达，号召全体干部和工人师傅，向白师傅学习，继续出主意，想办法，献计献策，为改善和提高伙食质量做贡献。

会后，白师傅招呼来几个徒弟，从仓库里搬出了两个用半截子美国汽油桶做成的大火炉子，和多年不用的两个大饼铛，花了整整一天的工夫，擦洗得干干净净，开始张罗着做"油盐五香玉米面两面儿焦"。

在白师傅的带动下，老师傅们也行动起来，各献绝技，主副食质量都有显著提高。东湖师范学院员工餐厅的手揉馒头、五香油盐玉米面两面儿焦、红烧狮子头、以胡萝卜丝和面糊儿为主要原料制作的炸素虾，百味小菜等，不仅在院内深受教职工的称赞，而且名扬全市高校。外校因公到师范学院就餐的干部，常常从这里买一些主副食带走。员工餐厅的手揉馒头一直是师范学院的名吃，后来这些年，几次有人提出改用机器制作馒头，都因为群众不肯认可而作罢。后来有人借口减轻工人劳动强度，手揉馒头一度为机制馒头所顶替。但是，运动过后不久，师范学院又恢复了手揉馒头的做法，东湖师范学院手揉馒头的传统一直延续至今。

70

大班长雷光胜来到副食操作间，对正在和工人们一起择菜的古全和说道："老古同志，院办那边来电话说，今天中午有北京中央教育部的两位领导同志在咱们餐厅用饭，你看怎么办？"

雷光胜是员工餐厅的大组长，是主食、副食、服务班组的总管，40多岁，表情木讷，不善言谈，笑起来像个小孩，但为人和气，技术全面，工作细致，擅长面食。他来自安农县，但是不曾介入帮派，在城市帮和乡下帮里都有人缘儿，唯耿科长之命是听，前些日子对工作组的态度是既不靠近，也不反对。近来情况有所变化，开始和工作组的干部商量工作。

"有人作陪吗？"古全和问道。

雷光胜说："电话里没说，我想不会有，这种时候，顾脸面的人，谁会来凑这个热闹？"

古全和想了想，说道："中央来的嘛，当然得好好儿招待招待了。"

"叫白师傅弄几个菜？"雷光胜说。

"好，您就去安排吧。"古全和说。

"还是您去说吧。"雷光胜认为白文驹属长辈，他从不命令他干这干那。

这时，白师傅已经挺着个大肚子慢慢地挪到小餐厅的门口，对古全和说："您找我？"

古全和迎上去，对白师傅说："雷师傅说教育部有两位领导同志来咱们学院视察工作，中午要到咱们这里来吃饭。我和雷师傅商量，想请您弄俩菜招待招待他们。"

白文驹想了想，有些为难地说："领导同志大老远地来了，应该好好地招待，只是这会儿没有什么新鲜玩意儿啊。"

"心到神知呀，尽咱们的所能吧。"古全和说。

"那就对付两条鱼，再配一个素菜、一个汤吧。刚才小李子拉回来两筐吉林松花湖的鲤鱼，我估摸着里面或许有能用的。"白师傅说着就走到副食间装鱼的柳条筐边，打量着筐里的鱼。最后选定了两条还没冻硬的鲤鱼拐子，每条约一斤左右，拿到手里摆弄了摆弄，掂了掂，说道："就是它们俩了。可惜的是死的，将就了吧。"

古全和请教白师傅说："白师傅，死鱼和活鱼，做出来不一样吗？"

"那—是—当—然—啊！大不一样哟！不用尝，一看就知道。"白师傅的口气近乎惊讶。他笑了笑说道："明年东西多了，我弄给您品尝品尝，比较比较。"

白师傅的话再次引起古全和的注意。白师傅不经意地说"明年东西多了"表明他确信明年形势会好转，在他的心里，暂时的困难，有如天气的阴晴雨雪，是生活中的常事，这和少数目光短浅、神经脆弱的知识分子不一样。有些知识分子，平日夸夸其谈，唯我独尊，英雄无比，而面对暂时困难，却惊慌失措，不见光明，只想黑暗，思想动摇，尤人怨天。这些人经常在餐厅里无所顾忌地大发牢骚，散布失败主义情绪，发泄对于党和现实的不满。

教育部的两位领导同志中午来小餐厅进餐的时候，古全和去回民餐厅检查工作，了解他们是否备齐了做抓饭用的胡萝卜，等他回到员工餐厅的时候，客人已经走了。桌子上留下了一斤全国通用粮票和两元钱。他们用过的餐桌，桌面干干净净，筷子横在饭碗上，摆得整整齐齐，碗里一个米粒儿都没剩。汤碗吃得光光的。一个菜盘子空了，里面连一滴菜汤也没留下，从残留在盘子里的味道判断，那是个醋熘白菜丝儿。可是那两条鱼还好好地并排地躺在大盘子里。古全和发现在其中一条鱼肚子的下方有一个核桃般大的缺口儿，显然是客人动过的地方儿。白师傅站在小餐厅的门口儿沉思，眼睛里含着泪花儿。古全和一时猜不透这是为什么。鸡鸭鱼肉蛋，现在是人们最求之不得的美食，他们为什么不吃呢？难道那鱼做得不合他们的口味？或许是他们都不喜欢吃鱼？可是这是不可能的啊。现在不吃这个不吃那个的人很少。前些日子，惦记着师范学院师生员工的前院党委书记莫文林同志，派人从内蒙古送来一千斤羊肉。古全和考虑到平时不吃羊肉的人比较多，为了给他们做些补偿，在做羊肉前做过一次摸底调查，结果发现在一千多集体户口的员工中，登记说明不吃羊肉，要求照顾其他食品的只有三人！这件事让他想到了他已故的小学同学商继盛。他在1948年春夏间解放军围江城时吃过生黄豆。当年商继盛能吃生黄豆是因为他饥饿难忍，以致味觉发生异常，如今平时不吃羊肉的人，没有其他的肉类可吃，羊肉也就成了他们的美食了。他走近餐桌，低头一闻，红烧鱼味道诱人，甜中带酸，酸中带甜，毫无腥膻之气，认为客人不可能不喜欢吃这样的美食，除非他们是素食主义者，或者是虔诚的佛教徒。

这时，白师傅回转身，小孩子一般嗫嚅着说："两位领导同志怎么都不肯吃这个鱼。我怎么劝他们都不肯动筷子，一再让我把鱼送给住在卫生科里的病号。直到后来我说：'你们不吃，就是嫌我老头子的手艺不好，招待不周，是跟我这个老头子过不去！'他们才在这条鱼的肚子上戳了一筷子。"他说着，声音哽咽，眼睛潮湿，终于流下了老泪。古全和也哭了。他激动地想："两位不曾谋面的领导同志，是在给我们上课啊！"心中不由地生出了对他们的深深的敬意。他想："有毛主席、党中央的领导，有领导同志们的模范行动，有全党全民的共同奋斗，有什么艰难困苦不能度过?!"而当他想到个别党员的不良表现时又很生气。大餐厅西南角儿上的几张餐桌周围聚集着政教、历史和院部等几个单位的一些教师和干部，其中就有江涌和蓝秀花，他们不顾自己共产党员、党政干部的身份和影响，常常高谈阔论，非议领导，一副离心离德的样子。历史系的中年党员教师张猛把国家用宝贵的外汇换回来的加拿大黑麦做成的馒头叫"小二黑"，挥舞着手里的馒头高叫："这些破烂玩意儿也是人吃的吗?!"古全和认识他，他祖上三代是矿工。古全和认为他也是一个"穷少爷"，没受过苦，不知道生活的艰难。在工农子弟中偶尔会见到这种人。他们虽然出身穷苦人家，但是本人却从小娇生惯养，养成了懒散、任性、自私、懦弱、狂妄等很多不良习性，比"阔少爷"更让人讨厌，因为他们具有一般"阔少爷"所没有的那种自私、狭隘、庸俗、无知和顽劣。

"古同志，尝尝我的手艺吧?"白师傅擦干眼泪笑着说。

"不，不！"古全和惶恐地连连说，"北京来的领导同志都不舍得吃的东西，我怎么好吃？就按领导同志的提议，晚上回回锅，给卫生科的病号儿送去，要不就留给步书记他们吃。他们年纪大了，身体不好，需要照顾。"

凑过来的雷光胜说："白师傅让您尝尝，您就尝尝嘛！也好给白师傅打个分儿！"雷光胜说着笑得眯缝起了眼睛，天真得和孩子一般。平时难得见他这样发自内心的一笑。

"好，那我就尝尝！"古全和小心翼翼地从客人已经夹开的那个地方夹了枣核一般大的一块鱼肉放进嘴里，站起身，聚精会神地品着，觉得鱼肉松软细嫩有如南豆腐，甜中有酸，酸中有甜，不腥不腻，鲜美异常，一点淡水鱼常有的那种泥腥味儿都没有。他从没吃过这样鲜美的淡水鱼。过去有人说，好吃的是河鱼，他不相信。他认为海鱼好吃。他家乡的人不认淡水鱼。白师傅的手艺改变了他的这种看法。他感慨地点点头儿，说道："啊！真是烹饪专家，名不虚传！同样是一条鱼，名师会把它调理成世间美味！太妙了！"他默默地想："一定要派人把老人的手艺学下来！"

"给个分儿吧？"围上来凑热闹的几位年轻师傅七嘴八舌地嚷嚷道。

"我哪有资格给白师傅打分？我当白师傅的徒弟都不够格。我只能说，这'红烧鲤鱼'做得好！好极啦！我从来没吃过这么好吃的红烧鲤鱼！"古全和兴奋地说。他看看白文驹，见白师傅正在笑眯眯地瞧着他。

"这是杭州西湖有名的楼外楼的醋鱼！"雷光胜说。

古全和哈哈大笑，说道："你看，我连菜名都不知道，哪有资格给白师傅打分？"

71

个人的心理品质对于人生的作用也有两面性，专注是宝贵的心理品质，能帮助人们成就伟大的业绩，但是它也潜藏着让人们犯"单打一"的毛病。从进入伙食科的那一刻起，古全和心里装的就只有伙食工作，连爹娘他都没有时间去想。每天早晨四点从床上爬起来就往员工餐厅或是某个学生食堂赶，大多是在每天的半夜以后才能回到宿舍。

转眼已近 1960 年的春节。古全和近来常常感觉浑身发胀，四肢无力，有时精神恍惚。今天早晨他鼓了三次劲才吃力地从床上爬起来，在镜子前面一照，发现自己的脸肿胖胖的，面色黄中透绿，表情呆滞，意识到自己的身体情况已经很不妙了。

伙食工作琐碎，但并不复杂，全院的伙食工作很快走上科学管理的轨道，耿一憨和古全和成了好朋友，各个食堂和餐厅内外，气氛融洽，熊副书记多次口头表扬伙食工作组和伙食科。

不断有兄弟院校人员来师范学院参观学习办伙经验，连江城市委大学部的领导都知道师范学院紧跟形势，伙食办得好，创造了新经验。耿一憨经常忙于接待前来参观学习的人。姜添富也淡忘了他对于古全和及工作组的戒心，开始夸他们有文化、爱动脑、会研究、办法多、能吃苦，说总务处缺少的就是古全和这种干部。他的这些话引起了耿一憨的误解，以为姜添富对他有意见，要让古全和留在伙食科，取代他的职务。姜添富发觉耿一憨情绪不对，就笑着宽慰他说："老耿啊，你糊涂啊，你以为党委能把古全和这样的人调拨给咱们吗？那是不可能的哟！他是全院干部中唯一的一个研究生，要不是赶上这个灾年和暂时的生活困难，党委是不会把古全和等这么多的好干部派到咱们这里来的！"

在伙食科工作，对于古全和来说，最大的困难就是吃饭问题。他力气大，饭量也大，每月要吃 60 斤粮食，而他的定量只有 32.5 斤，他顿顿吃不饱，天天挨饿。他是强忍着饥饿进行着超长时间、超强度的劳动和工作的。他在解放以前吃过豆饼、豆腐渣、豆皮、麦麸、米糠、野菜和橡子面儿等各种难吃的东西，但是，他没挨过饿，就是在 1948 年解放军围困江城的那些艰难的日子，他也没有挨过饿。而他在伙食科工作期间却遭遇了饥饿的折磨，使他的健康遭受了严重的损伤，在短短半年多的时间里，从一个少有的精力充沛的壮劳力变成了一个全院知名的病人，留下的后遗症和病痛折磨了他多半生，直到他离开这个世界。

古全和出生后不到两个月就断了奶，他是他娘用面糊糊和鸡蛋喂大的。他好心而无知的娘生怕他吃不饱，总哄着他多吃，他发育得好，食量也大，十五六岁时，能和他爹一起抬起 220 斤重的一麻袋粮食，早饭能吃用一斤荞麦面和白菜做成的一搪瓷盆汤面，晚饭也是这样一盆汤面。他念大学本科的时候，是全班第一大肚皮，中午吃高粱米大花豆干饭，向来是

系列长篇小说

250

古 全 和

三大碗，核一斤半粮食。在去年春夏间确定个人粮食定量时，他的口粮标准定的是32.5斤。在那以后的一段时间，他一直靠着党委机关的佟金凤等女同志们接济粮票，每月主食要吃够60斤，中饭和晚饭还得吃双份儿的副食。现在，每人的定量都是勉强够吃，谁也没有余粮接济别人。即使有人接济他，在这种时候，他也不会接受。他的定量只能满足他一半的口粮。而他的工作既有脑力劳动，又有体力劳动，时间长，负担重。现在领导提倡全院师生员工减少不必要的体力消耗。例行的周末舞会暂停举行。只在新年除夕，破例举办过一次舞会，还不是通宵。体育课的内容改成以技巧训练为主。可是古全和的负担却无限地增加了。他工作的时间不是每天八小时，而是十几个小时，有时是日夜连轴转，更有很多让他烦心、恼火、着急、生气的事。

从进入伙食科的那天起，古全和除去吃饭的那一会儿，就没有不饿的时候。他试过用吃粥求饱的办法儿。可那只能饱一会儿，而且饥饿反而来得更快。他天天饿着肚子工作。他不是没有办法吃饱，他可以托工人从农村给他代买吃的东西。可是他不想那么做，他要和大家站在一起，共渡难关。工人们听佟金凤等诉说了他的难处，每逢吃鱼、吃花样儿食品的时候，都会有人借口说自己不喜欢吃而悄悄地把自己的那一份送给他，而他总是婉言谢绝。他不想留下自己经不起困难考验的遗憾。员工餐厅的管理员杨景良数落他太认真，他对他笑笑，摇摇头，什么都不说。古全和知道，下放干部挨饿的不只他一人。为了工作，他得给大家做个榜样。他是工作组唯一一个带着多种慢性病离开伙食科的成员。

渐渐地，古全和开始感觉腿脚沉重，精神迟钝。风透过衣服，吹到他的腿上，他已经感觉不到了，伸手挠一挠，那感觉就好像是在隔着衣服挠痒。他知道这是由于营养不良末梢神经麻痹所致。他觉得面部皮肤发紧，洗脸之后这种感觉更明显。他的肝区和脾区开始有胀疼的感觉。他偷偷地去卫生科查过肝功，结果五个项目个个不正常，有的项目是两个加号，转氨酶超过正常值一倍多。他有过请求党委换人的念头。可是他知道党委没有人像他这样了解伙食工作，要换一个新同志，又要摸索一段时间，重新和伙食科的干部和工人搞好关系，那会影响工作。他相信，就像白师傅说的那样，春节过后，天气转暖，青菜上市，日子就会好起来。人们都说肝炎是传染病，不过古全和不信。他确信他的"浮肿"和"肝炎"都是饿出来的，等生活条件改善了，这些毛病自然会好。他打算坚持到夏秋时节形势好转。他想过，即使他的健康将来不能完全恢复，即使为五千师生员工的健康，为战胜暂时困难而牺牲了自己，也是值得的。前辈们不是有许多人都这样做了吗?! 然而恢复健康并不像古全和想象的那样，古全和在困难时期造成的高血压直到十年后的1971年前后才基本恢复正常的。而浮肿病几乎陪伴了他一生，每到秋风起时就开始有反复。他的肝脾区的胀痛，每逢劳累过度就有反应。他猜想他身体的构成已经发生了变化，缺少了某些物质。他从小儿就有吃生葱生蒜的习惯，但是困难时期过后，他吃生葱生蒜会严重过敏，直到他离开这个世界之前不久，他才重新恢复了吃生葱生蒜的能力。他猜想，这时他体内一度缺少的物质补充上了，这部分生理机能恢复了正常。

对于古全和说来，饥饿和病痛固然难以忍受，而更让他难以忍受的是来自方方面面的误解、非议和诽谤，令他感到意外的是，这些误解、非议和诽谤不是来自右派分子、右倾分子和所谓的落后群众，而是来自某些所谓的共产党员。这些党员又偏偏来自政教、历史等文科和院部机关，宣传部的江涌和蓝秀花也混迹其中。这些人平时大多站在人前，满嘴革命，而在暂时的困难面前，暴露出来的却几乎完全是另一张面孔，他们无视党组织的要求，不肯自觉地和广大群众共度时艰，而是因为他们个人在生活方面的要求一时得不到满足，而心怀不满，怨气冲天，对前途失去信心，把怨气和不满发泄在员工餐厅的广大群众之中。他们硬是污蔑员工餐厅的工人师傅和下放干部多吃多占，否定改革伙食工作的一切措施，影响很坏。蓝秀花不仅在餐厅里闹腾，还把他对伙食工作组的恶意带回宿舍。

从去年十月师范学院根据国家的形势全面调整过工作之后，校园里生活的节奏，除伙食科和保卫部等单位外，全面放慢。院刊《江城师院》从周刊改成双周刊。蓝秀花有足够的时间睡觉。他像一个贪吃的动物一样到院外去找好吃好喝的，吃饱了，喝足了，就回到宿舍制造事端，和古全和争吵，发泄他对现实的不满。古全和本来就少得可怜的睡眠，常常被他破坏。蓝秀花折腾够了，就念他的政治经济学，扬言他不想在党委机关给别人跑龙套，要回政教系去开课，创造他自己的事业。古全和感觉蓝秀花心里没有共产党，也没有共产主义，而只有他自己，他入党是为了满足虚荣心，在新社会争得一席生存之地。

为了摆脱蓝秀花的骚扰，古全和不止一次地想过请求领导出面约束蓝秀花，或者让蓝秀花搬出 401 房间。但是他想领导未必能理解他现在的处境，也不可能约束蓝秀花，那样一来，他和蓝秀花的关系会弄得更僵，闹成党团委机关内部的一个事件，有损党团机关的声誉。他后悔接纳了蓝秀花。这件事让他体会到什么叫"引狼入室"。

蓝秀花是本市远郊白龙镇人。白龙镇在江城东北 60 里，地处交通要道，曾经是土匪出没的地方，周围有高大坚固的土城墙，滔滔的白龙河从镇前贴着白龙镇流过。一条长街横贯白龙镇东西，过往客商很多，店铺林立，仅大小饭店就有五六家之多，是江城东北方向上的一个重镇。古全和和山东庄的乡亲们，1948 年秋天逃往解放区时，曾经滞留在白龙镇一个多月。

蓝秀花的爷爷叫蓝德福，据说也是山东移民的后代，外号儿"蓝大笆子"，长于敛财，解放以前在白龙镇开有布店、粮店，另有房产多处，在镇北老家蓝家窝铺还有好地几十垧，是白龙镇一等富户，是协和会会长兼镇商会会长。在国民党统治时期，蓝德福仍然是白龙镇商会会长。1945 年东北光复后，他还和他的老伴儿一起参加了一贯道，并担任坛主。他们一贯仇视共产党和人民政府。解放初，蓝秀花的奶奶曾经把上面印有毛泽东等共产党的主要领导人图像的画报贴到炉子上烤，以诅咒共产党，发泄她对于共产党的仇恨。

蓝秀花是蓝家的独苗儿。他爷爷给他起了个女孩儿的名字，据说就是为了好养。蓝秀花的母亲死于难产，四年后他的父亲也病故。蓝秀花是他爷爷和奶奶抚养成人的。在旧社会，白龙镇一带土匪多。为防被绑架，蓝秀花从初小到高小，一直有陪读和带枪的保镖，他和他的陪读和保镖很少在家里吃饭。他爷爷给他们在镇上所有的饭店都立了户头儿，办了用饭的折子，他们在镇上的任何一家饭铺吃饭都不必交现金，到时候由他爷爷派人带着折子统一到各个饭店去给他们结账。那时，蓝秀花是白龙镇上有名的浪荡少爷。他在 13 岁时和 18 岁的一胡姓女子结婚，次年生有一女。

1948 年夏，白龙镇解放，实行了土改。蓝箉子乡下的土地被分了，按政策，他镇上的店铺和房产仍然归他所有。随着一系列社会改革的实施，社会上的是非和美丑的标准发生了根本性的变化，官僚、地主、富农和资本家不香了，"少爷"和"小姐"变成了一个带有贬义的称谓。在学校里，靠拢青年团，追求思想进步成了一时的风尚。班上有人开始嘲笑蓝秀花，叫他小少爷，小女婿。他觉得难堪，就于婚姻法公布的当年，借口和妻子是封建包办婚姻而强行和胡某离了婚，并开始靠拢进步学生。他爷爷奶奶拼命反对他接近共产党，但是革命的大潮还是裹挟着不甘寂寞的蓝秀花向前运动。

蓝秀花从小儿爱玩儿，好玩儿的玩意儿他样样不少。早在念小学三年级的时候，他就背上了贵重的照相机，四处拍照。他不仅会照相，还跟照相师傅学会了洗相，初中二年级时曾在《江城日报》上发表过反映学校生活的摄影作品。在当时照相是一种技术，其神秘程度远大于汽车司机。做汽车司机要具备高小毕业的学历，还要念学制半年的汽车学校，而学照相要学徒三年。蓝秀花由于有照相的技术而成为班里、年级里，乃至学校里都用得着的特殊学生，他大学毕业留校主要就是因为他有照相的技术。

蓝秀花入团很顺利，不过他入党的过程很曲折。他念高二时提出入党申请，然后就继续积极地为班上、年级和学校办好事，主要是义务照相，同时还在各种会议上不停地骂他的一贯道坛主的爷爷和奶奶，声言坚决与他们断绝关系，划清界限。他所在的大学班级党支部书记是个来自山东农村的憨厚的调干生，这书记觉得蓝秀花历史清白，表现特别积极，人也谦虚谨慎，从念中学时就要求入党，就主持党支部大会，通过了他的入党申请，只是他的预备期曾一延再延，直到不能再延了，才稀里糊涂地通过了他转正的申请。

蓝秀花变成了共产党员，而他的思想和生活方式并没有变化。解放初他在白龙镇念小学，靠他爷爷奶奶供给。后来他进城念中学，和他爷爷奶奶"划清了界限"，但是他的生活所需仍然由他爷爷奶奶供给，所不同的，是假手他生活在城里的两个姑姑把钱转给他。大学毕业后他有了工资，从试用期的每月 46 元，到正式上班后的 56 元，再到后来的 62 元，全由他一个人支配，此外还有他姑姑们隔三岔五的地在财物方面的补贴，日子仍然过得随心所欲，潇洒从容。直到暂时经济困难的日子到来，许多贵重的生活用品从商店里消失，学院食堂里也不再不限量地供应鸡鸭鱼肉蛋，他才知道什么叫生活困难，缺钱是个什么滋味儿。在对现实不满，立场动摇的同时，他把心思转到追逐吃喝上。他经常到校外去打野食，吃高价餐馆，每周到六马路的回民餐厅去吃三次不收粮票的西安羊肉泡馍，还经常买高级糖和高级点心吃，连市面上供应的高价果酱和果酒他也经常买回来吃喝。他整天琢磨的就是吃，可是他的钱不够用了，常常发无名之火。古全和规劝他说，天灾有时是不可抵御的，困难是暂时的，要经受住考验，要讲革命的气节，和党、和群众一起度过暂时的困难。蓝秀花怒气冲冲地反驳古全和说："都饿得三孙子似的了，还唱高调儿呢！你们在食堂里吃啥有啥，哪里知道我们老百姓的苦啊?! 革命先得保'命'！'命'没了，还革什么命！"他的态度让古全和感到惊讶。

蓝秀花在恐慌和苦恼了一阵子之后，就开始打他奶奶的主意。新年前夕，他悄悄地买上沟帮子烧鸡和白酒，偷偷地跑回白龙镇，向他奶奶诉苦，并且从她那里讨得多于他一年薪金总和的现金八百元。为这件事，古全和严厉地批评过他，说他不应该去向一个地主和一贯道坛主求告。而蓝秀花却梗着脖子狡辩说，他奶奶的钱是剥削所得，是工农劳动群众的血汗，他用这些钱来保护他这个"革命的劳动力"，没有什么不好。不仅如此，他还无休无止地责怪古全和没有把学院的食堂办好，胡说国家调拨给师范学院的鸡鸭鱼肉都让他们下放干部和食堂的工人吃了。古全和耐心地向他解释，但是他不肯放弃他对于工人和下放干部的污蔑。古全和开始意识到，蓝秀花的问题不是自己能够解决得了的，不再和他争辩。蓝秀花也意识到古全和对他另眼看待，二人之间本来就不多的思想交流也就到此为止了，剩下的就只有蓝秀花蓄意挑起的争吵。

佟金凤在到员工餐厅吃饭的时候告诉古全和说，党团直属党支部注意到蓝秀花等人的表现，支部书记阎一松在组织生活会上严厉地批评了他，指出他在暂时的困难面前惊慌失措，立场动摇，在员工餐厅大放厥词，影响恶劣，问题严重，要求他认真写检查。阎一松还要求党委机关所有的干部支持古全和的工作。

蓝秀花在挨过党组织严厉的批评过后，在员工餐厅里的表现有所收敛，但是他在宿舍里的表现反而变本加厉。蓝秀花误以为他在员工餐厅里的表现是古全和向党支部汇报的，因而更加怀恨古全和，决心报复古全和。古全和断定是蓝秀花误解了他，曾经想过和蓝秀花把话说开，改善和他的关系，但是他没有这样做。古全和想自己不应该为了洗白自己而搞这样的小动作，而且即使这样做也未必能够解除蓝秀花对他的怀疑，更何况这样做还可能影响到向党汇报蓝秀花问题的同志。而且蓝秀花的不满主要不是由于古全和，而是因为蓝秀花对国家的形势、对党组织不满，而这样的问题不是轻易就可以解决的。

佟金凤还说，阎一松在党支部会上批评了江涌，说他情绪消极，工作疲沓，经常迟到早退，躲在宿舍里看武侠小说。后来江涌要求到党委办公室值夜班，领导以为他是接受了组织的教育，还曾经表扬过他。但是不久，江涌的妻子仉明珮就告到党委，说江涌因为怀疑他岳母、仉明珮本人和他们的儿子多吃了他的口粮才带着他自己的粮票和工资来住校的。这件事让党委机关所有的人都感到吃惊。古全和也想，一个人，面对眼前的困难，连自己的老人、妻子和儿子都不顾，而只顾自己，他还算个人吗？一个自私到这种地步的人，还能为人民服务吗？面对困难时期江涌和蓝秀花等一些人，古全和不再认为那些光荣称号和拥有它们的人的政治品质、道德素养成正比，不是所有的共产党员都是"特殊材料制成"的。在党的铁的纪律约束下，江涌和蓝秀花等人可以像舞台上的演员一样在现实生活中扮演特定的角色，而且常常表演得比真的更像，而他们的灵魂未必和他们的言行一致。

73

这几天蓝秀花没再往房间里带吃的东西。

这天晚上，古全和一推开宿舍门，就闻见满屋子都是油炸甜食的诱人的味道。他知道蓝秀花带回来了桃酥。桃酥是点心中的下品，平时蓝秀花根本不吃这种东西，现在它被升格儿为"高级点心"，市价比平时高近十倍，每斤三元。

古全和疲惫不堪，回到宿舍，还没来得及坐到床上稍作喘息，蓝秀花忽然在黑暗里开了腔，质问他说："古全和，我来问你，党委派你到伙食科去干什么？"

蓝秀花这是明知故问，显然在滋事，古全和没有理睬他，摸着黑儿上了床。

蓝秀花突然打开吊灯继续质问古全和："我们的猪肉都哪儿去啦？！"

古全和说道："跟你说过，当然是大家吃了。"

蓝秀花愤怒地说："我根本就没吃着肉，一个月就吃了几个掺和着破馒头的小丸子！"

古全和说："那并不是小丸子，而是淮扬风味儿的红烧狮子头。集体户口每周每人一份儿两个！一月总共八个，每个有鸡蛋那么大，平均每个内含猪肉两钱五，是白文驹白师傅亲自操办的。"

白师傅是名厨，蓝秀花认识他，古全和把白师傅搬出来，蓝秀花无话可说，然而仍然不肯罢休，又质问道："每月每人供应猪肉半斤，红烧狮子头用掉二两，余下的那三两肉呢？一千五百多人的猪肉，总数儿少说也有四百多斤哪！"

古全和说道："余下的三两，铰成肉末，分在 30 天吃，每人每天一钱，补养身体。这也是白文驹白师傅出的主意，经院伙委会讨论通过的。"说着，躺到床上睡下。

"哼，我就没见过菜里有姓肉的！"蓝秀花蛮横地说，"群众的眼睛是雪亮的！为什么你和餐厅里的那些厨子个个膘儿肥体壮？不到两个月你就胖起来了，"然后就吼道，"你们吃的是革命师生的肉啊！"

古全和严肃地说："希望你说话讲点儿原则！工人师傅用饭的标准是经党委讨论批准的。你不要把自己打扮成杨白劳！你怎么可以用'膘肥体壮'来侮辱工人师傅呢？什么人把工人看成牲口？！"

蓝秀花不敢反驳古全和，转而把矛头指向古全和个人："什么党委批准？！都是你的馊主意！全市高校就你个别！别的学校食堂二两一个的窝窝头，足有六两重，个头儿比你们整出来的那些破烂玩意儿大一倍，金黄金黄的，既好吃，又好看。你弄出来的那些窝窝头一丁点儿大！有人称过，二两棒子面儿一个的窝窝头只有三两八钱！你说，粮食你们都弄到哪去了？！"

古全和耐心地解释说，能用增量法加工的粮食主要是大米和玉米面，他们经过反复的试验，摸索出来了比较科学的主食的生熟食比例。二两一个的窝窝头熟食就是三两八钱，上下不差一钱。一两一个的白面蒸饼熟食的分量是一两半，上下也不差一钱。大米增量的幅度差异很大，有的只能增量一倍，有的能增量三倍，福建红格儿米一两米能出四两饭。他说增量的那种窝窝头和米饭他都见过，也吃过。增量会破坏粮食的营养，好看不好吃，也不抗饿。食品的口感很重要，吃饭有生理问题，还有心理问题，两个因素都不能忽视……

古全和说着说着，一阵朦胧，感觉自己跌落深坑，睡着了，接着又被蓝秀花的吼叫惊醒。

蓝秀花继续嚷道："都饿得三孙子似的了，还讲什么生理、心理！你呀，老毛病不改！说你主观都嫌太客气了，你简直就是个顽固派！反右倾批你算是批对了！全市全省全国都推行粮食增量，而你却硬顶着不办！你知道提倡粮食增量的是谁吗?! ……说出来吓死你！"

蓝秀花的话引起了古全和的注意，睡意顿消。他相信蓝秀花肯定是听到了什么风声，可能中央有什么人说过赞成增量的话。可是他想，吃硬饭，是劳动人民度荒的经验，不能凭小道儿消息办事，只要上级没有下达实行"粮食增量"的正式文件，他就继续抵制粮食增量，从实际出发，这是党和毛主席的教导。

蓝秀花冷笑着说："早先你狂妄地反对周扬同志，现在你又抵制粮食增量，你就和上级顶着干吧，你等着吧，到时候你连检讨的机会都没有哟！"

古全和认真地想了想，觉得自己没有错，就不再理睬蓝秀花。

蓝秀花折腾够了，关了灯，转身朝向墙壁，过了一会儿，就发出隆隆的鼾声。

在回宿舍的路上，古全和困乏得走不动路，恨不得就地儿躺倒就睡，而蓝秀花挑起的争论赶走了他的睡意，头脑中忽然涌起了杨景良透给他的一个消息。杨景良说，耿科长私下里对他说，科里要适当截留一点儿学生的伙食费，说这是姜总务长的意思。这件事让古全和感到恼火。他想，老耿明明知道克扣学生的伙食费是错误的，为什么还要那么做呢? 然而他的恼怒没有继续下去，觉得有人从背后重重地推了他一把，使他大吃一惊，跌落进一个无底的黑洞洞的大坑，见线淑平正从大坑的深处艰难地朝他跋涉。她满面愁容，脸特别大，而且越来越大，大得像食堂里的笸箩，眼睛鼻子都没有了，只有一张雪白的大脸。他吃惊地问她："你怎么啦?!"她泪如雨下，但是没有理睬他，从他的身边走过，他朝她追去，但是她忽然消失了。古全和从梦中惊醒，感觉自己的肩、背、脖子，全是冷汗，被头也湿了。他知道这是"盗汗"，七八年前他闹肺结核病的那些日子就有过这种情况，表明他现在身体很虚弱。他想到梦中的线淑平，心境难平，难再入睡。她在那封挂号信中说，她已经和他们的县委书记结婚了，是别人的妻子。事情已经过了几个月，可是他每每想到线淑平，仍然感到遗憾和忧伤。他为自己难过，也为线淑平难过。他不相信线淑平变心，假如她已经嫁人，那一定不是出于自愿。他想，她虽然已经不再是他的女友，但是她仍然是他的老同学，好朋友。亓贵贤说线淑平病重，他就想帮助她，给她寄点有营养的东西去。学院有多国留学生，留学生的生活用品由市里的特供点供应，鸡鸭鱼肉、糖酒烟茶、干鲜果品、牛奶咖啡，应有尽有。他曾几次冲动起来，想托采购员李小海师傅代他买两斤糖果或是别的有营养的东西给她寄去。据说一块水果糖的热量等于一个二两重的馒头。可是他知道特供点不是为中国人开的，他不能特殊，也担心他这样关心线淑平，这样做有悖线淑平的嘱托，让她丈夫产生误解，怪她旧情不断，给线淑平增加麻烦，影响他们的夫妻关系。然而他又想："关心生病的老同学不算过错！我就明知故犯地犯一回错误吧！"第二天，他就托李师傅帮他从特供点买了两斤蜜枣，用上好的牛皮纸一层层结结实实地包裹好，再用白布包起来，在包裹的封面儿上写上"黑龙江省齐齐哈尔市吴村中学史地组线淑平同志收。"在写寄件人姓名的时候，他犹豫了。他不想写他的真实姓名，但是又想："既然心中没有鬼，就应当正大光明！"他这样想着，就在寄件人的位置上，清清楚楚地写上了"江城市东湖师范学院党办古全和"等几个字。而这件事后来竟成了他违法乱纪、搞资本主义的一个罪证。

74

　　事实证明，杨景良所言不虚，各个学生食堂都反映说，他们的菜量减少了，质量下降了，古全和意识到伙食科是真的又开始克扣学生的伙食费了。他立即部署下放干部抽查各学生灶主副食的分量和质量，接着又召开院伙委会，听取群众的反映，结果证实，学生灶的副食质量确有变化。古全和立刻去伙食科办公室，找老耿交换意见。汪顺华副科长说，老耿去员工餐厅了。古全和又赶回员工餐厅，见老耿正在操作间里和雷光胜说话，见他来了，赶紧迎上来讨好儿说："正有个情况要向你通报呢。"他拉着古全和来到小餐厅，凑到古全和的耳边，悄悄地说道："伙计，咱们改革过头了，俺关照各个学生灶的管理员，稍微做了一点儿调整。这也是姜总务长的意思。"

古全和严肃地说："请示过熊副书记吗？"

老耿讨好地笑着说："这点小事用不着去麻烦领导。"

古全和说："这不是小事，而是人命关天的大事。"

老耿扭扭捏捏地说："科里总得有点儿机动性儿嘛……"

古全和质问老耿："您要什么'机动性儿'？"

古全和明白，老耿和姜添富想控制一部分伙食费，用来和领导和兄弟单位拉关系，借以保持和提高总务处和伙食科在学院里的地位，老耿要这个面子，姜总务长也要这个面子。

老耿笑着对古全和举起一个小指头，笑着说："只截留这么一丁点。"

古全和严肃地说："事关党的政策，一丁点儿也不是小事儿。"

这时，熊副书记和邬副院长一前一后缓步来到小餐厅。熊副书记走到老耿和古全和面前，笑着说道："你们在密谋什么勾当啊？"

老耿看看古全和说："老古同志，你说说吧。"

古全和摆摆手说："是您改了主意，您说吧。"

"那好，俺说！"老耿向熊副书记汇报了伙食工作的情况，最后才轻描淡写地提到他和古全和的意见分歧。他汇报过后，便用期待的目光，瞅着熊书记，说道："谁管伙食也不能一点不剩呀，总不能吃光花净吧？过去咱们没能完全专款专用，老古同志他们提出这个问题，经过讨论，咱们改了。现在看来，是矫枉过正了，得再往回改一改，少留一点儿，比方说，从每个学生每月的伙食费中留几毛钱……反正不留不行。您说是不是？各个兄弟院校都是这样做的嘛！"他相信姜总务长事先向熊副书记汇报过这件事，熊副书记会支持他。当年建设拉拉屯儿干部劳动锻炼基地，就是熊副书记亲自派人来向他"借"的钱。

熊可宽对老耿笑了笑，未置可否，又转向古全和。

古全和说："学生们严格要求自己，自定的粮食定量普遍不高，现在副食又顶不上去，卡路里和维生素及其他营养成分都不够。个别学生开始浮肿，卫生科已留观了几十名闹浮肿和肝炎的学生，如果再降低学生的副食标准，有些人的健康状况会继续下降，生病的人数会增多，后果严重。"

老耿打断古全和的话反驳说："你就别吓唬人啦！一会儿维生素，一会儿卡路里，一会儿营养成分，不就是吃饭吗？闹那么多名堂干啥呀？难道一定要把钱都花光吗?! 挺简单的个事，叫你一说就复杂啦！"

熊副书记见这一老一小互不相让，便笑着说："老耿属鸡；老古头儿也属鸡。一只大公鸡，一只小公鸡，碰到一起就斗。"

老耿和古全和都笑了。正在小餐厅吃饭的邬伯涛副院长也笑了。

熊可宽继续说："'坚持己见'本来不是个好词儿。可是你们俩'坚持己见'都是为公，是好事。老耿啊，群众的伙食问题，现在是头等大事啊，一分钱，一粒粮食也不敢马虎对待。虽说我们的困难是暂时的，是很快就能够战胜的，但毕竟是严重的困难啊。节约的好传统，我们要坚持，主食要节约，副食要节约，用水用电等各个方面都要讲节约。但是要讲政策，要正确理解节约，党对于师生员工的关怀不能节约，国家下拨给学生伙食费要全部用在他们身上。同学们正在长身体，我们要尽最大努力照顾好他们，让他们顺利成长！老耿啊，在这件大事上可不能犯糊涂啊。国家的未来靠的就是这些孩子们，他们正在长身体啊。会下你再和古全和同志好好谈谈吧。研究生可不是白给的哟！"

老耿憨憨地笑着连连点头儿，有点儿不好意思地说道："好，俺和老古同志好好谈谈。"

老耿是个老兵，三大纪律八项注意，以及下级服从上级这样的观念已经渗进他的灵魂。他无条件地服从熊副书记的指挥，师范学院伙食科在"节约"问题上的第二次风波很快就平息了。

有些面对暂时困难惊慌失措的人，迷信那些所谓的能够吃饱肚子的种种奇谈怪论。"粮食增量法"就是其中之一。近来校园里要求粮食增量的呼声越来越高，几乎是众口一词，连党委伙食工作组的部分成员也心有所动。古全和记得他奶奶说过，灾年吃硬饭，白文驹师傅也这样说。他认为老人们的话有道理，同一粒粮食，除非经过春种秋收，不可能变成两粒。他坚持按照常规制作主食，"古全和"保守的名声，被反映到熊副书记面前。熊副书记去征求生物系老师们的意见。生物系的老师们说，粮食增量的问题和生物科学无关。在多数人对于粮食增量抱有幻想的条件下，古全和只好同意一试。

其实粮食增量法很简单。能增量的粮食是大米和玉米面。

大米增量的做法是，先把大米放进笼屉里蒸过，然后再按照常规做成米饭。这样做出来的米饭，体积大，显数儿，好看，但是部分营养被破坏，吃起来没有咬劲儿，没有味道，不耐饿，群众并不欢迎，但是餐厅服务组的师傅们喜欢，因为增量的米饭松散，不结块儿，卖饭时盛起来方便，容易做到量足量准。

大米粥增量的办法更简单：只要把熬粥的时间稍作延长，在开饭前半个小时出锅，盛到桶里"蹲"半个小时，稀粥就能变成稠粥。但是这样的米粥，有如糨糊，吃起来没味儿，而且如果当顿吃不完，第二次加热后，就会变得稀汤寡水，无法出售，造成浪费。

玉米面增量的做法和大米相似，也是先蒸玉米面，然后把蒸过的玉米面再按常规加水合好做成窝窝头上锅蒸。增量的窝窝头，体积增加近一倍，重量也增加近一倍，而且颜色鲜亮诱人，但是吃起来口感发黏，没有咬劲儿，没有香味，也不耐饿。玉米面增量的做法只试验过一次，就被所有的师生员工一口否定了。

在试行过粮食增量法之后不久，又传来了油水混合炸油饼的神话。这个传闻让不少的人着迷，工作组和伙食科的干部认识不一，多数人不相信，少数人半信半疑，加之不知道具体怎样操作，因此无意试验。可是姜总务长命令试验。具体做法儿是：按一比一的比例把食油和水混合在一起，用这样的油和水的混合物儿来炸油饼。古全和说，食油的沸点比水高，而比重比水小，沸水上面的油只能达到沸水的温度，即摄氏一百度，只能煮面片，而不能炸油饼，但是姜总务长相信，坚持要试验。

油水混合炸油饼的试验是在早饭后员工餐厅进行的。老师傅们都拒绝参加。试验由姜总务长亲自主持。十几个人把脑袋探向油锅，像看变戏法一样地注视着锅里将要发生的神奇变化。

雷师傅端着面片站在"油"锅跟前，等候姜总务长的号令。

"看哪！油滚开了！快！下面片儿！"姜总务长兴奋地命令道。

雷师傅急忙把面片丢进锅里。面片儿在锅里翻滚，先是从柔软变硬挺，之后又从硬挺变柔软，最后捞出来的仍然是"煮面片"。

姜添富还带来了从玉米棒子和玉米叶子里提炼淀粉的神奇的方法。古全和认为既然有些庄稼的秸秆能够当牲口的饲料，那就说明那里面含有足以维持生命的碳水化合物。所以他赞成这个试验。但是试验也因为消耗燃料太多，收效太少而告终止。

粮食增量和油水混合炸油饼的两项的试验都以失败告终，证明古全和的思想比较实际，然而古全和保守和固执的恶名并没有从他的身上离去，他只能再次经受"任冤"的考验。

76

在员工餐厅用餐的人员情况比较复杂，挠头的事也比学生食堂多。粮食增量的争执刚刚过去，小餐厅又出现了新的纠纷，古全和也因此而背上了新的恶名。

小餐厅是在1960年10月初由工作组提出，经伙食科附议，由熊副书记批准而后开办的，设在员工餐厅管理员杨景良办公室的外间，外通校园，内连餐厅的操作间，兼有餐厅安全门过道的作用，总面积不过十几个平方米。小餐厅原本是专为院部的几位家不在院内，或虽然家在院区之内但是年纪比较大，身体又不大好，在家里用饭有困难的正副党委书记和正副院长开办的。小餐厅主副食都没有特殊供应，到小餐厅用饭的好处有三，一是进出餐厅方便，不用排队，能让领导同志多有一些休息的时间。二是可以电话预约饭菜，副食选择的余地比较大。三是副食由白文驹师傅单做，口味要好一些。

最初报名到小餐厅就餐的只有步行健书记、熊副书记和邬伯涛副院长等五六位30年代参加革命的老同志，他们都是只在这里用午饭，而且也不是天天都来。近来有几位年纪不算太大，资格不算太老，又并非院级领导的中层干部也挤进了小餐厅。其中的一位就是中文系的庞某，听说他也住过延安，还写过一本稍有名气的小说，原先在北京工作，跟周扬、丁玲等名人都有过交往，1957年犯过错误，之后就被派来师范学院工作，任中文系副主任。白师傅报告古全和说，新来小餐厅用饭的干部已过16人，人满为患，不得不分拨开饭，对于几位书记和院长的照顾多有不周。

古全和分析，这些干部各有各的想法，多数人误以为学院对于在小餐厅用餐的干部有补贴，想来占点小便宜，而有的则仅仅是为了满足虚荣心。人多了，事就多。订饭菜要打电话，改饭菜订单还得打电话。有的人一日三餐都来吃，白师傅一天要接打上百次的电话，极大地增加了他的工作量，使他不能把精力和时间都用在准备饭菜上，有些菜不得不从单炒变成大锅熬菜。步行健书记悄悄地不再来小餐厅。隔天邹伯涛副院长和熊副书记也不来小餐厅了。

古全和感觉，有些党员干部的私心越来越重。他记得解放初党员的大局观念和群众观念都比较强，争名夺利的人很少，现在有些人见了便宜就想沾，小餐厅这样一点好处也凑上来捞一把，实在不像样子。他认为科处级领导干部到小餐厅来用饭并非不可，问题是小餐厅不可能扩大，一是没有场地，一是按规定不可能给小餐厅配备更多的人手，而且在小餐厅用餐的人多了，就变成大餐厅，有悖办小餐厅的初衷。另外，照顾几位院级德高望重的老同志，符合群众的愿望，而如果范围扩大，难免又要引起一些人的攀比和争执，有碍同志团结。怎么处理好这件事呢？古全和一时想不出一个妥善的办法。他想过找有关院领导出面干预，觉得不妥。事关领导本身，他们不便说话。他也曾想过亲自出面劝说一些老同志离开小餐厅，可是他也不好把这样的话说在当面。

"您是在为小餐厅的事犯难吧？"白师傅笑眯眯地说。

古全和对白师傅点点头。

"得，交给我吧。"白文驹师傅说。

第二天，小餐厅里就挂出了一块牌子，标题是："小餐厅用餐人员名单"，下面写着在这里用餐的几位书记和院长的姓名。字写得老大，来来往往的人一眼就能看见。下面署名"东湖师范学院员工餐厅"。

"胖子，真有你的！"年近60的郗凌郗师傅说。郗师傅是白师傅的师兄。擅长面食，据说他一天能擀出一袋子面的其薄如蝉翼的馄饨皮儿，名闻遐迩，是江城餐饮业的一绝。

白师傅哈哈大笑，说道："要不我怎么能当反革命小集团的头目儿呢！"

白师傅的办法真灵。庞副主任等所有的同志都悄悄地不再来了，小餐厅又恢复了往日的平静。遗憾的是有人把白师傅的这个"杰作"，又记在了古全和的账上，成了古全和反对照顾老干部的又一项罪名。不过古全和并不在乎，这不是头一回，说古全和反对照顾老干部的舆论早已有之。早在两个月前，古全和就领教过某些党员干部的这种把戏。

上一年十月初，姜总务长指示：把从拉拉屯儿劳动锻炼基地养鸡场拉回来的几百只活鸡，分送给行政17级以上的干部，每人一只，余下来的照顾住院的病号。古全和同伙食工作组的同志们表示反对，提议把那些鸡加工成熟食冷藏起来，一部分用来改善院卫生科住院病号的伙食，一部分分发给体弱多病的老干部、老教职工。这件事引发某些干部的强烈不满。时隔不久，又发生了分鱼的事。总务处决定把从拉拉屯儿劳动锻炼基地鱼塘拉回来的冰冻大鲤鱼分发给行政17级以上的干部，每人一条，剩余部分送员工餐厅，供应集体户口的教职工。这个意见也遭到工作组的反对而没能实行。这两件事，使少数干部对古全和心怀不满，四处散布说，古全和的思想感情有问题，反对照顾领导干部。古全和发现，有些干部口头上讲为人民服务，而实际上他们看人论事的标准就是看事情对他个人是否有利。只要谁妨碍了他们的个人私利，不管你是否有意，你做得对不对，你是高尚还是卑鄙，他都会记你一笔账，并且伺机报复你。更可怕的是，他们奉行"君子报仇，十年不晚"的哲学，早晚会找到某个节骨眼儿，让你难堪倒霉。中国之所以历来少见冲锋陷阵的大批勇士，而盛产腐蚀社会的"老好人"，乃至贪污犯和汉奸，这是一个重要原因。"老好人"在中国往往是强者，原因也在这里。而心里只有自己及其家人，而没有国家和民族的人，就难免堕落成贪污犯和汉奸。想到这些，想到那些有关他的闲言碎语，他更加感到革命难。不过他也想好了：为了完成组织交给他的任务，为了维护绝大多数师生员工的利益，该说的话就得说，该干的事也得干，干到哪天算哪天！当牺牲品他既不是头一个，也不会是最后一个！实在干不下去了，就换个地方，没有地方好去，就回古家庄去教村里的孩子。教书不成，就去种地。他觉得，眼前的这个社会并不像某些诗人懵懵懂懂地赞美的那么光明和美好。旧世界的阴影拖得很长很长，覆盖着新中国的很多地方。

古全和的健康状况越来越糟。肝区胀痛在加重，浮肿更见明显。好在这些日子蓝秀花又进入了一轮新的恋爱过程，顾不上和他吵闹，让他安睡了几夜。古全和希望蓝秀花这次恋爱成功，尽快结婚，尽早离开 401 房间。

蓝秀花和很多娇生惯养的人一样，也很任性，他的情绪随着他的得失和好恶的变化而不断地变化。近来经舒兰芳介绍，他结识了市立妇产医院的一位小护士，突然亢奋起来，古全和就成了他在宿舍里诉说心曲，抒发感情的对象，经常向他透露恋爱的消息和感受。他说新结识的这个女孩儿姓苗，叫苗亚男，身高一米六七，今年 18 岁，刚刚从江城护士学校毕业，容貌好，身段儿好，很温柔，很大方，有激情，第一次约会，他就拥抱亲吻了她，说好他们"五一"结婚，到时候请古全和给他们当傧相。这对古全和是个喜讯，他当然欣然允诺，不过他对于蓝秀花的这段爱情并不乐观，因为类似的故事蓝秀花已经闹过好几回，而且第一次见面就跟素不相识的男人拥抱接吻的女孩，不是缺心眼，就是浪荡货，这样的女孩子可能靠不住。

古全和的担忧并非多余，蓝秀花的这一段恋爱故事也没能延续很久，一两周之后，蓝秀花的情绪就又陷入苦闷和懊丧。古全和断定蓝秀花的这段恋爱故事又以失败而告结束了，不过这次和往次大不相同，往次失恋后，他总是大骂好些日子，骂对方水性杨花，见钱眼开，追逐虚荣，骂够了，骂累了，事情也就过去了。而这次失恋后，他没有骂苗亚男，而是显得很伤心，总念苗亚男的好，开始在自己身上找原因。他一再伤感地问古全和："我为什么就这么不招女生们待见呢？谈一个就吹一个！"而这也正是古全和考虑的问题。

古全和想，师范学院女生占在校生的近四成，年年有新生补充进来，在成千上万的女生中怎么就没有一个人看得上蓝秀花呢？蓝秀花有身高，有模样，穿着时尚，有共产党员的光荣称号，一个人挣钱一个人花，还有亲友贴补，生活富裕，会照相，会跳舞，接触女生的机会多，为什么就没有人待见他呢？连护校刚刚毕业的小苗都不愿意和他走在一起呢？他猜想蓝秀花身上肯定有女学生们普遍不能容忍的东西。可是那会是什么呢？他想到蓝秀花结过婚，这肯定是一个原因。可那是多年前的事，是包办婚姻，有些具有新思想的女生未必在意。难道是嫌他浅薄，不经看，不经瞧？不错，蓝秀花的确没有关于人生的认真的思考，他感兴趣的就是吃喝玩乐。面对女生，他能做的就是请她们吃饭，带她们去看电影，给她们照相，如果可能，还和她们中间的某个傻丫头拥抱，亲吻。这个流程完结了，对方可能也就把他看透了，厌倦了他，他的恋爱故事也就结束了。可是古全和也想，女生就个个深沉，而没有他的同类吗？古全和有一种感觉，有头脑的女生爱的好像都是正派，老实，可靠，有主见，肯承担的男生。即使所谓的女强人，她们骨子里也想依附上一个可靠的男人。这有久远的历史原因，也是现实生活的需要，如今毕竟是男人的世界。有些身份、地位和学历高的女生之所以难以有理想的婚姻，原因之一就是她们念书太多，太不食人间烟火，太自以为是，太想主宰男人。其实，没有哪个男人甘心做女人的附庸。在真正的男人面前没有女强人，而在男人面前的女强人实际上是女呆子，女狂人。不招男人爱是女人的一大不幸。古全和只是这样胡思乱想，关于蓝秀花的婚恋问题为什么成为老大难，他并没有自以为正确的想法。

78

蓝秀花新一轮儿恋爱故事过去之后，又恢复了他的老样子。这几天他经常进城，有时还住在城里。他的一个姑姑，在七马路和三道街交叉路口上的一家副食店工作，商店经理为照顾员工，经常"处理"给他们一些鱼、肉、点心、糖果儿之类的东西。蓝秀花去他姑姑家就是为了蹭吃蹭喝。不过他的大部分时间仍然在校内，饭前在校园里转转，饭后就回到宿舍躺在床上想心事。他说他这是响应党委的号召，节约能量，为革命保护劳动力。

党组织的约束放松了，工作负担减少了一半，蓝秀花感觉轻松愉快。他不相信生活困难是暂时的，认为这样的日子还要继续下去，开始琢磨个人的出路。1959年恢复过一段教师职称评定，有人提了讲师、教授，他想那样的机会将来一定还会有，自己要有个打算，就打定主意回政教系搞教学和科研，积累自己的业务资本。

近来蓝秀花经常到政教系转悠，对他的好朋友们透露他的这种心愿，探听系领导的口风。昨天他游荡到政教系资料室，碰见袁竞良，赶忙上前打招呼。蓝秀花在1957年整风鸣放期间曾经追随袁竞良和文廷栋闹过民主办校和教授治校，袁竞良因此被划了右派分子，他则因为是学生而与文廷栋幸免于难。几年来他一直和袁竞良保持着距离，生怕有人说他和袁竞良思想界限不清楚。但是困难时期以来，蓝秀花对袁竞良的态度有所变化，开始和他来往。今天他是专程来找袁竞良聊天的。

"还不去吃饭？"蓝秀花对袁竞良表示关心。

袁竞良笑笑坦然说道："在赶一份材料。"

"什么材料？"蓝秀花下意识地探头去看。

"有关考茨基的材料。我分管共运史有关第二国际方面的资料，几年来一直在查阅、搜集、翻译和整理这方面的材料。"袁竞良指指案头上厚厚的几大本16开的打印资料，高兴地说，"重要的资料都在这里了，系里准备内部出版，作教学和研究的参考。"

蓝秀花听说，这些资料里边有些是他从德、俄和英文原文翻译过来的，感到吃惊，立刻问道："你的德、俄、英文都过关了吗？"

袁竞良随口答道："工作需要嘛。"

蓝秀花心潮起伏，羡慕不已。他想，袁竞良真了不起！还是搞专业好，能积累起自己的东西，手里有个抓挠儿，提级提职都有话说，心里踏实，忍不住称赞说："你真了不起，成就辉煌啊。"

袁竞良没有说话。他对于资料工作，乃至教学和科研工作，都不感兴趣。他虽然在当年批斗他的大会上接受了右派分子的帽子，可是内心里从来都没有认为自己是右派分子，他承认自己有些话说得不合时宜，但不承认主观上反党。文廷栋支持民主办校和教授治校，而袁竞良只是说民主办校和教授治校可以研究。文廷栋得到党委某些领导的庇护，顺利过关，而袁竞良就当了他的替罪羊。袁竞良一直梦想有着一日他能获得同志们的理解和党组织的宽恕，重新走上政治斗争第一线。每想到自己会有这样一天，他都会激动不已，而当他冷静下来，面对现实的时候，又不得不痛苦地承认，他的政治生涯可能已经结束了。

　　和袁竞良的交谈，强化了蓝秀花关于自己的前途的思索。当天夜里，他久久不能入睡。他想，从高中到现在，他积极了七八年，念了个政教系，没学到什么正经玩意儿，在党委机关跑了几年的龙套，两手空空，除了照相，毫无仗恃，而袁竞良虽然是右派，却在这短短几年的时间里掌握了英语和德语，变成了共运史方面的专家。蓝秀花知道，搞马克思主义不是共产党员的专利，非党人士也可以研究和讲授马克思主义。有些马克思主义的经典著作就是非党的专家翻译成中文的。现在讲授马克思主义经典著作的万辛教授就不是共产党员。袁竞良将来肯定能成为一名非党的马克思主义的专家。蓝秀花决心改变生活的方向，向专业进军，即使要受处分，不要共产党员这个称号，也要回系搞教学。蓝秀花想到几年来白白浪费了的大好时光，感到很后悔，而又为自己找到了奋斗的目标而感到心情舒畅。他给自己定位在非党专家的位子上，决定搞政治经济学。

　　今晚古全和又是在后半夜才回到401房间的。从员工餐厅到研究生楼，不足二里路。平时这点路对他说来不算什么，可是现在他要下个决心、鼓足勇气，才能够一鼓作气地走回来。他的浮肿已经发展到小腿，走路已经有些感觉沉重吃力。他记得老人们常说"女怕戴帽，男怕穿靴"，他想自己垮掉，爹娘该怎么办？他悄悄地推开房门，借着窗外透进来的微光，小心翼翼地蹭到床前，展开被褥，和衣躺下，头一挨到枕头就感觉"咕咚"一声跌落到什么地方睡着了。

　　"伙食办得一团糟，还有脸向别人介绍经验！为什么不出去学学别人的经验呀？！省委党校的伙食有名，为什么不去学学？"蓝秀花突然说道。

　　古全和被蓝秀花惊醒，便问道："你说什么？"

　　蓝秀花没好气地重复了一遍他刚才说过的话。

　　古全和解释说："出去学习过，省委党校也去过。省委党校实行预约订餐制，先用餐，后付费，每月一结账，我们的情况复杂，管理人员不够，学不了。其他兄弟院校的做法和我们过去的做法大同小异，咱们学院伙食工作的成绩里就包含着一些兄弟单位的经验和教训。"

"哼！刚给你提点意见，你就给打回来，你太应该认真地想一想自己该怎样做人了。线淑平和你交往了那么多年，对你那么好，都把你甩了！难道你不该好好地想一想，这是为什么吗？你现在已经四面楚歌了，为什么还不觉醒？"

线淑平甩了古全和这件事，让蓝秀花感到很开心。他为自己的恋爱屡屡失败感觉自卑，现在古全和也被线淑平甩啦，他的优势没有了，而在政治上，古全和是在戴罪立功，处境还不如自己。

向古全和发泄自己的不满已经是蓝秀花的一件乐事。古全和不在意蓝秀花对他的无理指责。他觉得自己问心无愧，他和他的伙伴儿，除去靳湘柳，所有的人都带病坚守岗位，无愧于党组织的信任。不过蓝秀花用线淑平恶心他，还是让他感到伤心。他觉得他的确没有认真地考虑过怎样善待线淑平。他们的交往的确是太朴实，太平淡，太少激情。在他们之间，连谈情说爱的信件都不多，里面也没有恋人们都爱说的那些梦话，疯话，像春天野猫在屋顶上叫春那样的麻人的话。除了线淑平见他被褥单薄送他一床棉被之外，他们彼此都没有出于讨好对方的动机而向对方送过什么礼物。他也不知道线淑平的生日，也没对线淑平说过他的生日。现在他也想不出他这样做有什么不对，不相信这是线淑平离他而去的原因。他了解线淑平，她不是那种世俗小女子，不会在意这些事情。古全和觉得，线淑平离他而去了，但是他们的感情并没有消失，而是"转化"成了"亲情"，她从他的恋人变成了他的亲人，依然生活在他的心里。他对她毫无怨恨，依然惦念着她，总想帮助她。可是他不能再去求李师傅从特供点给他买东西了。那是违纪的行为，而且是明知故犯。他的老同学蔺丽莲听说他患有浮肿和肝炎，特地从广州给他寄来了两大瓶鱼肝油，共两千粒，他还没舍得自己吃，就原封不动寄给了线淑平。

伙食工作组的干部，除开靳湘柳，个个先后都发生了程度不同的浮肿，而指责下放干部多吃多占的谣言却传遍全院，传进党委领导的耳朵，引起他们的注意。前天中午，步行健到小餐厅用饭时，曾用审视的目光看了古全和好一会儿，发现古全和已经浮肿，但是他还是问他说："你们在这里吃得饱吗？"

古全和想了想，认为对组织还是应该说真话，说道："工作组的同志，除一人不经常参加劳动外，都有程度不同的浮肿，主要原因是营养不够。这里的劳动强度不很大，但是工作的时间很长，一般都在 16 个小时上下。同志们都能严格要求自己，坚持按照定量用饭……"

步行健皱起了眉头，点了点头。

不久，党委调整了工作组干部粮食的定量，按轻体力标准，每人每月提到 35 斤。这对于古全和这个大肚汉，意义不大，而且为时已晚，但是党委对于下放干部的关怀仍然让他和同志们很感动。他想，他早就应该向党委反映同志们劳动和健康的情况，他承认，在这件事上他有错误，一辈子都觉得愧对工作组的那些信赖他支持他的同志和伙伴。

79

午饭刚开过一半，员工餐厅人声鼎沸。在餐厅的东南角，突然响起激烈的争吵声。平时少言寡语的郗凌郗师傅愤怒地叫嚷。天生喜欢看热闹的中国食客，像得到了紧急动员令，立刻停住嘴巴，睁大眼睛，满含莫名其妙的喜悦和期待，翘首朝传来争吵声的方向张望。有的甚至端着饭碗冲到现场围观，准备参与其中，评论一番。

正在服务窗口"卖饭"的古全和不知道发生了什么事，就赶紧把手头打饭菜的活交给俞姐俞凤羽，几步赶到争吵的现场，见又高又瘦满头白发的郗师傅，正在撕扯着一个人的衣裳把他往操作间里拽，而那个人竟是江涌！江涌慌慌张张地重复着说："老师傅，老师傅，误会！误会！您老别拽！有话好好儿说！"郗凌师傅愤怒地说："有什么误会?！……看起来你人模狗样儿的，竟干出这种不要脸的勾当来！"

江涌频频地叫着"老师傅"，打着趔趄往后退，急于脱身。

古全和赶忙上前去拉住郗师傅，低声说道："郗师傅，把他交给我……"

郗师傅仍然死死地薅住江涌的衣领不放，气喘吁吁地对江涌说："你想赖吗?！我告诉你，我眼睁睁地看着你一次次地从别人碗里偷走人家的蒸饼！"然后才转向古全和指着江涌说："他这不是头一回。有一次，他把从我手里接过去的小蒸饼，转身用嘴唇含着撕掉一块，弄成原本就残缺的样子，然后转回来说我给他的蒸饼少一块，要我给他换！您说他缺德不缺德！这么点儿便宜他都沾，他够多么让人恶心呀！"

江涌看看古全和，垂下头，不再狡辩，任郗师傅数落。古全和赶紧拉着江涌，挤出层层人群，穿过操作间，躲进管理员杨景良的卧室，对他说道："嗨，影响多不好！"

江涌可怜巴巴地看着古全和，想辩解，终于没有开口。

古全和想缓和气氛，便说道："你不是在家里住吗？怎么到餐厅来吃饭？"

江涌"嗨"了一声，欲言又止，最后还是没有说话。

古全和说："从这个便门走吧，你的餐具我给你带回去。"

江涌站在小餐厅便门门口，看着古全和不走。古全和明白他的意思，他是担心他向党支部反映他今天的问题。古全和说："汲取教训吧。这件事情就算过去了。"古全和想，事情发生在众目睽睽之下，还用得着别人去揭发吗？江涌自己就应该去向党组织汇报和检讨自己的错误。

江涌狼狈地溜出小餐厅通往校园的便门，再也没到员工餐厅来用过饭。

古全和目送江涌离去，心里又浮起了"穷少爷"的念头。他认为，一个人，从小就在一切欲望都能得到满足的条件下长大成人，养成了唯我主义的人生观，他的心里就只会有自己，当他的欲望不能按照正常的途径得到满足的时候，他就会采取非正常的途径去求得满足，包括偷、骗、抢、杀人、放火，等等，而且这种人往往还不以为耻。在这一点上，当年的阔少爷蓝秀花和穷小子江涌没有什么区别。

人们自私的程度和他们的穷困和富有并没有必然的联系。

严冬正在过去，新春即将到来，暖畦里生产出来的粗壮鲜美的韭菜和嫩绿嫩绿的菠菜开始小批量上市，人们的心情从沉重转为喜悦和轻松。东湖师范学院党委伙食工作组的人员开始陆续从伙食科撤离，已经有六人因病、因事、因工作需要而先后离开伙食科，返回了他们的原单位，或是离职休养，仍然继续留在伙食科的还有八人。

　　靳湘柳还是经常以孩子、老人、本人等的各种理由请假，她上班也是拈轻怕重，出工不出力，她的种种表现伙食科的干部和工人都看在眼里。老耿气愤地说，靳湘柳要是不能坚持正常的工作，就离开伙食科。杨景良当着古全和的面骂靳湘柳不要脸。古全和也曾好心地建议她提前撤离，回公共政治课去上班。他还曾私下里建议金祥把她调回公共政治课。可是靳湘柳就是不肯离开伙食科，说她要有始有终，坚持到最后。古全和不明白，她为什么既不肯经常到伙食科来上班，又赖在伙食科不走。

　　在伙食工作组的 15 名共产党员中，14 个人都是奉命前来的，只有靳湘柳是自告奋勇，为此当时领导还曾表扬过她，照理说她工作应该最主动最积极，而事实上她就好比是一个挂单的尼姑，经常请假，请假的理由多种多样，多到不顾脸面的地步。照顾孩子是她经常说的一个理由。照顾父母自然也应该是正当的理由。其他还有诸如感冒、例假、接待朋友、到外地去探亲等等。靳湘柳从不值夜班，理由是她胆小，受到惊吓后会全身抽搐。她还曾两次跑到上海去看望过她的姑姑，每次往返都是近一周，理由是她小的时候她姑姑抚养过她，她和她姑姑感情特别深。由于她常常是说走就走，即使她来上班，工作组也不便安排她顶岗劳动，她来上班也只是东抓一把，西抓一把，这里遛遛，那里转转，不能顶一个整人使用。工作组的人对于她的表现都心怀不满，怀疑她请假的理由大多是她编出来的。但是怀疑只能是怀疑。古全和也只能向她转达群众对她的意见，提醒她严格要求自己。她口头也表示接受，而行动上却依然是我行我素。古全和感到靳湘柳这个人难以理解，她好像特别爱面子，可是在谋取私利的时候又特别不要脸。他觉得她好像有和别人不一样的荣辱观，有的时候简直就不知羞耻。

　　春节快要到了。往年春节供应丰盛，今年鸡鸭鱼肉蛋，样样的数量都有限。但是党委指示，春节还是要好好地过。工作组、伙食科和伙委会专门开会研究了怎样落实党委的指示，怎样组织大家过一个欢乐的春节，各食堂和餐厅也都已经行动起来。留在科里的下放干部，都带病坚持工作。而靳湘柳却提出要带着孩子去上海陪她姑姑过年。古全和委婉地说，她在短短几个月的时间，两次跑上海，时间长达一两周的时间，群众有反映，影响不好，春节期间最好不要离开工作岗位，意思是不同意她去上海。她支吾说她去向公共政治课的金祥主任请过假。古全和对她说，下放期间她的组织关系在工作组。而靳湘柳竟不告而走。事后金祥说，他根本不知道这件事。

广大师生员工坚信党的领导，坚信困难定会过去，1960年的春节，依然过得很快乐。员工餐厅和各个学生食堂都组织了节日聚餐。员工餐厅集体户口员工，每人供应三菜一汤：炸黄花鱼一条，红烧狮子头一对，炸素虾一盘，甩袖汤一碗，外加果酒半斤。其他各灶也有类似的安排。在员工餐厅，除夕当晚，大家自由组合成桌，在欢声笑语中欢度春节。在员工餐厅用餐的散居户口（户口不在学院的教职工，他们的主副食供应不在学院伙食科）的教职工也发果酒半斤。大年除夕夜破例，舞会开到报春的钟声响起。钟声响起时，各个餐厅和食堂，到处响起欢呼声，全院一片欢腾。

阴历正月初六的早晨，靳湘柳兴致勃勃地来到员工餐厅。她精神饱满，体态轻盈，满面红光，营养状况极其良好，一进大餐厅的西大门，就笑眯眯地朝早饭后坐在餐厅里看报的古全和走来，从背后拍拍古全和的肩膀儿，亲切地说："喂，老同学，你好啊？"

"好，很好。"古全和神情平淡，目光没有离开报纸。工作组留在伙食科的时间不多了。古全和对靳湘柳不抱什么希望，也不再相信她会接受大家的批评，改正自己的错误。

靳湘柳笑嘻嘻地说："领导给我安排了教学任务！"

古全和撂下报纸，抬起头，冷静地看着靳湘柳，认真地说："我还没得到领导的通知。这件事你得跟老金说一声，请他给党委和伙食科党支部打个招呼。咱们得按照领导的指示办事，现在你还算是下放干部。"

靳湘柳板起面孔说："打什么招呼呀，我又不是卖给了伙食科！"

所有的人都看着靳湘柳，古全和没想到她会说出这样无原则没教养的话。

郑新生念殃儿说："组织纪律性总得讲吧？"

张叔稷也说："既然已经回单位了，还来干什么？"

靳湘柳示威般地冲着张叔稷说："我是来拿鉴定呀。"

古全和感到奇怪，问道："什么鉴定？"

靳湘柳理直气壮地说："劳动锻炼的鉴定呀！"

这时古全和才恍然大悟，明白靳湘柳当时为什么要主动积极报名参加伙食工作组，又为什么既不好好劳动，又赖在这里不走。他记得党委有一个关于政治理论课教师提级升职的文件，里面有一条硬性规定，都要参加一次为期半年或一年的工农业劳动锻炼，看起来靳湘柳就是来混这个劳动锻炼的鉴定的。他摇摇头说道："没听说过咱们还有个人的劳动鉴定。"

"怎么会没有呢？"靳湘柳着急地说，"下放劳动锻炼都应该有鉴定的呀！拉拉屯儿那里有，这里当然也应该有！"靳湘柳好像忽然发现自己丢失了什么贵重的东西，情绪很激动。

古全和示意靳湘柳坐到他的跟前，悄悄地对她说："下放伙食科和下放拉拉屯儿不一样。伙食工作组是党委临时组织的一个工作班子，名义上是下放劳动锻炼，实际上是来协助党委加强伙食管理工作的，整个的工作组会有一个工作总结，但是未必会有个人的劳动锻炼鉴定。提前离开这里的同志们都没有提出过这个要求。"

"别人要不要我不管，反正我要！"靳湘柳声色俱厉，显得很恼火。

古全和想了想，说道："这样吧，你先回去，请金祥同志向熊副书记打个招呼，就说你撤回公共政治课了，我也把你提出的这个问题汇报给熊书记，请领导研究。如果党委指示说咱们工作组有个人的劳动锻炼鉴定，到时候我就通知你来参加群众评议。"

"反正这一年我不能白干！"靳湘柳气愤地嘟囔道。

张叔稷笑着对郑新生念映儿说："是谁在这里干过一年呀？是你吗？反正不是我。就是咱们天天来这里上班的这些人，到现在也不到半年呀，更何况是那些三天打鱼两天晒网的人呢！"

郑新生笑笑说："算时间干啥？我们又不是来打工挣钱的！"

靳湘柳怒视着郑新生和张叔稷说道："我又没跟你们说话！"然后转向古全和说笑着说道："老同学，你是领导，你得帮帮我呀！"

古全和笑着说："我算什么领导？这里的领导是耿一憨同志。"

靳湘柳说道："那你就让老耿给我写一个嘛！"

古全和说："那可不行。现在我是老耿领导下的一个党员，不能对他指手画脚。再说劳动鉴定不是某个个人可以写的，而是要经过自我鉴定，群众鉴定，最后由领导签字认可的这样一个过程。鉴定的程序我想你知道。"

靳湘柳硬着头皮去找了耿一愍。三天后，她从伙食科党支部取走了一份文字材料，不过那不是劳动锻炼鉴定，而是她在伙食科劳动表现的详细记录，里面包含有她请假的次数、天数和理由，以及她没有值过夜班及其理由等具体情况，最后是几句简短的评语。评语是"一分为二"的，不过那里面肯定的话不多，"希望"她今后努力改进的话不少。

党委没有交代古全和在他们的工作结束时是否有劳动锻炼的鉴定，但是组织部和古全和等的所在单位还是关照伙食科党支部配合他们考核干部。员工餐厅的管理员杨景良特别讨厌光说不练的知识分子，早就注意到靳湘柳藏奸耍滑逃避劳动的种种表现，并一一作了记录。靳湘柳看过这个"鉴定"，火冒三丈。她做梦也没想到，老实巴交的老耿会这样有心计。不过她很快就把怀恨的目标转向古全和。她想，古全和曾经多次在干部会上批评过她，她怀疑这个鉴定是古全和炮制的，是由他起草、杨景良抄写、老耿署名的！她忿忿地想："你不肯给我写鉴定也就算了，不该借那个死老耿的手来整我！哼，走着瞧吧！"她这样想着，也就认为她所想的就是事实。念小学时，她瞧不起古全和，现在对古全和是既羡慕又嫉妒，如今又加上了一层怀恨，并且萌生了报复他的念头。

靳湘柳后悔在下放伙食科这件事上她打错了主意。她报名参加伙食工作组就是奔着劳动锻炼鉴定来的。她不肯报名去拉拉屯儿，而是报名到伙食工作组，是因为她估计伙食科的劳动条件好，劳动强度不大，请假也方便，混混一年半载就过去了，而到拉拉屯儿来回几百里，还是山区，公共汽车一天只有两三班，还常常半路抛锚，冬天若大雪封山，整个冬天都无法离开那里，想逃避劳动也难。她还认为到伙食科自己的肚子不会吃亏，而事实和她预想的很不一样。伙食科劳动的强度的确不大，但是时间很长。从清晨四点多上班准备早餐，到晚上八九点钟离开厨房，总共有十五六个小时。在这个时段里，要在餐厅、操作间和售饭处之间，水里泥里不停地奔走，而且一日三餐用饭的时间都错后一个多小时，影响食欲和消化。有的老师傅说，在这种环境里劳动很容易得风湿病，女性得这种病的可能性更高。而且在伙食科吃饭方面的好处并不存在。工作组一进伙房，死脑筋的古全和就宣布了严格的纪律，每人都得在众目睽睽之下，按规定进餐，谁都不许多吃。她只偷吃过一个油饼，还被负责采购的李小海师傅看见，弄得她不得不在工作组的生活会上作检讨，最后竟连个鉴定都没捞到，她觉得自己亏大发了，而她认为这都和古全和有关联。

靳湘柳回到公共政治课教研室上班的头一天，金祥就代表公共课党支部找她谈话，要求她谈谈她春节回上海期间进出天主教堂的情况，把她吓了一大跳。她不光担心暴露她天主教徒的身份，怕领导批评她迷信，更担心领导会怀疑她政治上发生动摇，把她的行动和她的家庭出身，她小妈的特务活动，蒋介石反攻大陆的叫嚣联系起来，追究她是否里通外国。她的这个包袱一直背到她离开中国大陆。

81

古全和值夜班的次数比谁都多。今晚又是他替别人夜值班，和他搭伴的是连成。连成来伙食科先后干过采购、清洁卫生，最后落实到副食组，先拜白文驹为师，后落实到副食组副组长李润周师傅的名下，现在他的具体活路是洗菜、切菜，为李师傅打下手。

晚饭后，工人师傅和下放干部都陆续离开了餐厅，管理员杨景良也歇下了。到晚上十点，留在操作间的就只有古全和跟连成了。古全和在检查和核对过近几天收回的内部餐券和出库的粮食做对比，核对两者之间的差额。连成在作切菜的准备工作。他先用心地给古全和磨过刀，然后又搬来盛菜的竹筐。他和古全和各占一个菜墩儿，大竹筐就搁在他们俩中间。

今夜的任务是切萝卜丁儿。这是既辛苦又危险的活计。要把整个的萝卜变成一个个1.5厘米见方的萝卜丁，要经过四道手续。先把萝卜洗净，去掉头尾，另作处理，然后把它们切成厚薄适度的萝卜片，再把萝卜片儿切成粗细适度的萝卜条，最后才能把它们切成萝卜丁。干这个活，费心，费力，稍不留神刀就会走到手上。袁文海师傅的刀伤大多是在切萝卜和土豆之类的菜蔬时留下的。

古全和对连成说："你的手艺差不多了吧？能独立操作了吗？"

连成笑笑说，"师傅说我能独立工作了，也独立干过，要在平时，我这会就能顶个人用了，可是现在不行。白师傅说现在东西少，得精做细做，都是几位老师傅亲自掌勺，我只能给师傅们打下手。"他看着古全和的动作说，"您的刀功也不错了。"

古全和笑笑说："至多能顶半个徒工，切菜对付，切肉还不行。"

"您这是谦虚。"

"听口音你好像是山东人。"

"不，我是河南人。不过也可以说是山东人。我们老家是河南范县。范县原先属山东，后来划归河南。我们那里上了年纪的人都不愿意说自己是河南人，而仍然说自己是山东人，不过我不在乎这个，反正山东人河南人都是中国人。"

"说得对，"古全和称赞说，"你是怎么来到咱们学院的?"

"是靳玛丽老师介绍我来的。"

"是靳湘柳老师吗?"

"是的。她早先叫靳玛丽。"

"你们是亲戚?"

"不，不是。俺娘给他们家当过老妈子。俺小的时候，有一年闹灾。俺爹病死了，俺娘带着俺流落到靳玛丽的老家。靳老师她爷爷收留了俺们。俺娘就做了他们家的老妈子，伺候她爷爷、她娘和她弟弟。"

"那靳湘柳她爹呢?"

"她爹那会儿在上海做买卖，开西洋珠宝店。先前他们一家都住在上海。后来她爹寻了个小老婆，她娘气不过，就和他爹离了婚，不过他们是离婚不离家，她娘带着她和她弟弟回了河南老家，和她爷爷住在一起。后来靳玛丽她爹又把靳老师接回上海，寄养在她姑姑家。她姑姑家在上海开银行，也是个大财主。"

"那他们怎么又来到江城了呢?"

"这和她爷爷有关。她爷爷是前清的举人，解放以前当过他们县的教育局长，在他们老家一带挺有名，人缘儿也不错，共产党和国民党里都有他的学生。解放以前河南闹土改，她爷爷在共产党里的一个学生事先偷偷地把这个消息透露给了他，劝他赶快把土地分散给穷亲戚或是变卖了。她爷爷照办了。他们家的成分本该是官僚地主，可是她爷爷家闹了个中农成分。后来事情透了风，那个学生被开除党籍。老人觉得自己营私舞弊，脸上无光，更怕共产党追究他破坏土改的罪过，就慌忙逃来

江城，投奔他在江城做珠宝生意的小儿子靳伯松。靳伯松就把他们安排
在江城近郊的宋家屯镇。靳老师家在宋家屯镇的那处坐北朝南独门独院
儿的房子，就是靳伯松给他们买的。靳老师在他们一家来到江城宋家屯
镇后，就进了宋家屯镇柳影路小学念书去了。1948 年春，解放军包围
江城的前夕，她叔叔又打发她带着她弟弟靳长起逃回了河南。他们家乡
解放前夕，靳玛丽就联络了一些同学，带着她弟弟，一起跟着国民党王
凌云的队伍朝南逃跑。听说他们是要去投奔靳玛丽的未婚夫的。她未婚
夫是他们的同乡，她和她未婚夫是娃娃亲。他未婚夫的父亲是外国一个
大石油公司在中国的代理人，也很有钱。当时她公爹打电报和他们家的
人说好，派人在境外接应她。靳玛丽从河南跑到湖北，又从湖北跑到湖
南，再从湖南跑到广西，在广西柳州被四野的解放军截住，送回了河南
老家。当时他们河南家里没有人，她就又去了上海。上海解放后，她就
奔着她娘和爷爷，来到了江城。”

“她是什么时候改叫她现在这个名字的？”

“不知道。肯定是解放以后。”

古全和从“湘”“柳”两个字推断，估计她现在的名字和她南逃的路
线有关。“湘”，自然是指湖南，而“柳”，显然是指广西柳州。

“您早就认识靳老师吗？”连成问道。

“我和她在小学同过学，不过时间很短，前后不到一年。那时我们家
也住在宋家屯镇，在黑狗大街后面的‘山东庄’，离靳湘柳家不远。靳老
师还到过我们家呢。”

“您瞧，一点多啦！”连成看着墙上的电表说。

“那就弄点儿吃的吧，你来做，我要尝尝的手艺。”

“还是素熬白菜吗？”连成忍不住笑着说。古全和有命令，值夜班不
许吃肉。

古全和知道连成在取笑他，便说道：“切上点儿肉吧！”

“切多少？”连成依然在笑。

“你就看着切吧，”古全和说。

“那就切半斤！”

“不，别超过二两！”

连成忍不住哈哈大笑，说道：“啊呀，二两肉还没有个老鼠大呢！你

真抠儿!"

他们吃过夜宵，重新开始工作时已过午夜两点。

古全和说："解放以后靳老师他们县政府没有追究过她爷爷破坏土改的罪行吗？"

"没有，老人解放初就去世了。"

"那靳老师怎么又回到江城了呢？"

连成说："1949年冬，也许是1950年初，靳玛丽她小妈的特务身份暴露了，被公安局逮走，她爹也和她小妈脱离了关系，加上解放以后西洋珠宝生意清淡，他爹索性盘出买卖，带着靳玛丽来到江城，投奔她叔叔靳伯松。经靳伯松和亲友们出面撮合，她娘和她爹重新和好，一家人就留在了江城。靳老师进江城市立中学念书。她爹考得了人民银行的工作，挣钱不少，月薪120多元。1957年她爹被划成右派分子，靳老师很难过。不过靳老师她娘很高兴。她说，靳老师她爹戴上了右派分子的帽子就不会再有女人搭理他了。"

"那靳长起呢，他现在哪里？"古全和关切地问道。

"他早就不在了，听说他病死在南逃的路上。靳老师她爷爷的死就跟靳长起有关。靳长起是他们家的独苗儿。靳长起死后，家里的人一直瞒着她爷爷。老人后来到底还是听说他的宝贝孙子死了，突然中风，第二天就去世了。"

听说靳长起死了，古全和很难过。靳长起比他小三岁。他任性，调皮，贪玩儿，可是他心地善良，是班上的小弟弟，同学们都喜欢他。

古全和很久没有得到线淑平的消息了，他们的友谊已经成为过去，现在没有谁怀疑古全和被线淑平抛弃了，而古全和本人却总感觉事情并没有过去。他怎么都忘不了他和线淑平友好相处的那些岁月，包括他们之间的误解和争吵。他总感觉他们还会走到一起，对任何人都不肯说他和线淑平的故事已经结束。蓝秀花恶意嘲笑他一厢情愿，说他不敢面对现实，低三下四不要脸，他也毫不在意。他多次有意写信给齐齐哈尔吴村中学党支部，问个清楚，可是他不想违背线淑平的意愿，打扰她的生活。

佟金凤对古全和的不幸遭遇心情复杂。她为古全和感到惋惜，也为他庆幸。她三姨家在齐齐哈尔，她自己也去过齐齐哈尔，了解那座偏远小城的自然和文化条件。她想，如果古全和和线淑平结婚，古全和十之八九得去齐齐哈尔，那师范学院就会失去一个好干部，她也会失去一个好朋友，而古全和的生活也将是另一番模样。

佟金凤三年前结识古全和，对古全和的好感与日俱增。没有人像古全和这样让她动心。她正是在和古全和的交往中才懂得了什么是爱情。她想，能无保留地喜爱对方，时刻惦念着他，想到他心中就充满喜悦，愿意为他做出任何牺牲，这可能就是爱情。而她对于她远在列宁格勒的未婚夫丛一，从来都没有这种感觉，一点都没有。在她的心里，他只是她的一个好同学，好朋友。虽然在他们之间有组织认定的婚姻关系，有友情，但是却没有爱情。她想到她和他的婚约，心里就有一种"一失足成千古恨"的痛悔。摆脱这种束缚，是她日益增强的一种渴望。

佟金凤是在她念初中的时候和丛一肯定婚姻关系的。那时丛一在念高三，她在念初二，他们一起在校团委工作。丛一当团委组织部长，而佟金凤是组织部的干事，彼此经常见面。丛一学习好，工作积极，人也体面，正在争取入党。在丛一高中毕业前夕，组织决定派他去苏联深造。这时，丛一突然向她求婚。在那以前，她从没想过婚姻恋爱的问题，也不懂得什么是爱情，面对丛一的请求，不知如何是好。可是他们的校长和团委书记，以及周围的一些好心人，都认为这是好事，都出面来鼓动她，怂恿她，撮合他们。她不好意思辜负校长和团委书记以及好心的人们的好意，也不想让她的老大哥丛一感到失望，就像允诺一个平常的恳求那样糊里糊涂地默认了丛一的求婚。在以后的几年间，她也一直在尽着一个"未婚妻"的义务，和丛一保持着礼节性的联系。丛一每周一信，她偶尔也回他一信。丛一的来信激情澎湃，而她和丛一保持的却只是一对好同学的关系。随着年龄和交往的增加，特别是在她结识了古全和并且和他一起工作，学习，交谈过后，她渐渐地意识到，她和丛一的隔阂和距离，好像也懂得了什么是爱情。有些人一见钟情，相见恨晚，而有些人即使朝夕相处几年也没有这种感觉。她感觉存在于他和丛一之间的就是这后一种情形。可是她却和丛一有婚约，而且这个婚约是经组织认定的，有所谓的政治保证，比之封建时代世俗的婚约更加牢不可破，如果她提出和丛一分手，那会遭受人们的一致指责，给组织造成不良影响。现在，这件事成了她最大的精神负担。可是她不想糊涂下去，即使她不能和古全和走到一起，她也要摆脱这种关系，因为维持这种关系对谁都不是好事。

　　蓝秀花总觉得古全和不可理解，觉得他假、怪、傻。江涌私下里也对蓝秀花说古全和是个怪人。蓝秀花觉得他的话有道理，比如，古全和谢绝了校园里一些优秀女生和女教师的追求，却偏偏要和远在北疆荒凉小城齐齐哈尔的线淑平谈恋爱。蓝秀花断定没有谁会这样干。事情明摆在那里，古全和和线淑平结婚，他肯定要被调往齐齐哈尔，而这对他的前途明明是十二分地不利。那他为什么要这样做呢？蓝秀花相信古全和一定有难言之隐，比如他可能对线淑平有越轨行为，而不得不吞下这个苦果。又比如，线淑平甩了他，这对他本来是一种解脱，而他却仍然对她恋恋不舍，还替她的背叛行为辩护。再比如，他自己得了浮肿和肝炎，病得快活不下去了，急需补充营养，还把那么多救命的鱼肝油寄给线淑平。这些不禁让联想到古全和推荐给他的一本俄国作家屠格涅夫的随笔《猎人日记》。作家在《猎人日记》的首篇《赫尔和卡林尼基》里描写了一个已经对于现实生活失去了实际感受、分不清是非美丑的小地主卡林尼基，他向省里所有未婚的有钱的小姐都求过婚，等到他被拒绝，人家连门也不许进，人也不许见了之后，伤心透了的他，还不知羞臊地向他所有的朋友和相识倾诉他的忧伤，不断地把他园子里出产的酸桃子和别的果子向小姐和她的亲眷们大批地赠送。蓝秀花感觉古全和就有点儿像卡林尼基，可是他和卡林尼基不同，他没有智力问题。又比如，古全和是优秀研究生，学有专长，他要是搞业务，1959 年就升讲师啦，那他为什么在党团委机关这里跑龙套，甘愿挨批，听别人驱使，受这个委屈，而不闹着回系去搞专业呢？蓝秀花最不能理解的是，古全和身在伙食科，大权在握，吃啥有啥，而他为什么被饿成这个熊样子？他很想弄清楚古全和心里到底是怎么想的，几次试探着把古全和引上这个话题，而古全和对于这样的话题毫无兴趣，这反而激发了蓝秀花的好奇心，今晚他又想再尝试一次，等古全和回来，再挑动他谈论这个话题。遗憾的是，现在已经是后半夜了，而古全和还没有回来，他只好郁郁不乐地睡下。就在他将进入梦乡的时候，古全和回来了。蓝秀花看了看他的夜光表，是凌晨一点一刻。

"怎么这会儿才回来呀！"蓝秀花的语气比往常和气。

"临时碰上了一件意外的事。"古全和边说边脱衣裳。

蓝秀花问道："什么事不能等到明天再办？"

古全和没有满足蓝秀花的好奇心。

蓝秀花说："你在想什么呢？"

古全和无心地回答说："没想什么。"

蓝秀花想挑逗古全和谈线淑平，便坐起来，笑着说："你是在想那个忘恩负义的线淑平吧？何必在意一个女人呢，再找一个不就得啦?! 女人这种玩意儿个个儿朝三暮四。线淑平和你好了那么多年，不是说甩就把你甩了吗？凭你的条件，找个女人算个屁事！"

古全和说："线淑平不是你说的那种人。"

"那她为什么把你甩了？"

"总有她的道理吧。"

"那你怎么这样痴迷不悟？"

古全和笑笑说："那你说我应该怎么样？号啕大哭吗？处对象就包含着两种可能性：或是好到一起，或是分道扬镳，彼此应该是能够'好'得起，也能够'分'得起。俗话说'不是一家人，不进一家门'，这很正常。人家有了更好的选择，要离你而去，你还去纠缠人家，那算什么人？我和线淑平同窗三年，我了解她，她不是那种见异思迁的人，不会无缘无故地离我而去。我为什么要垂头丧气，去责怪她呢？旧社会有些青年男女因为失恋而跳河、坠楼、上吊、服毒、寻短见，那是因为他们囿于狭隘的个人恩怨得失，心中没有他们对于国家和民族的义务感，看不见个人和国家的光明前途。而在新社会，失恋的男女极少有人自杀。咱们学院解放以后就没有发生过这样的事。前年，有上百的同学被划成右派，他们受到的冲击不能说不大，可是他们中间几乎没有谁想去自杀。（这个说法儿与事实有出入——作者注）为什么呢？因为他们毕竟是新中国的青年，心中有国家和人民，能够正确面对个人遭遇的挫折和不幸，还想为建设新中国做贡献。个别右派分子还用实际行动证明了他们对党和人民的忠诚，在劳动改造期间被摘掉了右派分子的帽子，有的还参加了共产党，成了模范人物。"

蓝秀花没想到古全和会说出这样一些离经叛道称赞右派分子的言论，把右派分子说成是新中国的青年，他们"心中有国家和人民，能够正确面对个人遭遇的挫折和不幸，还想为建设新中国做贡献"，还胡说他们中间有人最近参加了共产党，而上级说右派分子的案不能翻，更不能接受他们参加共产党。蓝秀花心中反复念叨着古全和这些言论，琢磨着古全和突然甩出来的这条小辫子，兴奋不已，生怕忘记。

起床铃响了，有人敲门。古全和打开台灯，见站在房间门口儿的是计方平，赶紧坐起来，忙着穿衣裳，同时问道："什么事？"

计方平说："早饭后到我家来一趟，有事和你商量。"老计说完就走了。

蓝秀花为计方平回避他而感到不满，嘟囔道："有什么秘密不能当着人讲？"

古全和离开房间后，蓝秀花赶紧在日记里记下了这样一段文字：

> 1961年2月21日（农历正月初七），凌晨两点，古全和在研究生楼401房间谈论到个人生活问题时，对蓝秀花说："1957年，咱们学院有上百的同学被划成右派分子，他们受到的冲击不能说不大，可是他们中间几乎没有人想自杀。为什么呢？因为他们是新中国的青年，心中有国家和人民，能够正确面对个人遭遇的挫折和不幸，还想为建设新中国做贡献。"

蓝秀花反复欣赏着他日记上面的这段文字，心里有一种说不出的满足。他想，谁能够想得到全院知名的反右派斗争的英雄，竟会发表这样反动的言论呢？他竟把右派分子列入"新中国的青年"之列，还说他们有志于建设新中国！

蓝秀花想了想，又在日记里补了这样一句，以为佐证：

> 是日晨六时许，计方平来401房间，约古谈什么屁事儿，此前不

久，古全和发表了上述反动言论。

这件事让蓝秀花兴奋了好些日子。几天后，他又在日记里写下了这样一些文字：

> 听到古全和的这些言论，和我有同感的，肯定不乏其人。有些人忘不了他在1957年整风"反右"鸣放高潮中在院刊上发表的那篇可恶的短文《把运动引向深入》。

84

计方平从不在家里谈工作，他约古全和到他的家去说事，这是头一回。古全和想不出他会和自己谈些什么。他怀着好奇心，揣度着计方平谈话的内容，提前到员工餐厅吃过早饭，向郑新生和张叔稷交代过工作后，就急匆匆地赶到计方平家，见舒兰芳也在家，才意识到今天是星期天。

爱说爱笑的舒兰芳今天没和古全和开玩笑，连寒暄问好的话都没有，他们夫妇俩的神情都显得很严肃，古全和坐定后，计方平就说道："我请你到家里来，是要和你谈谈线淑平同志的情况。"

古全和听计方平提到线淑平，立刻激动起来，心中充满期待，种种猜测在他的心头盘旋。他目不转睛地注视着计方平，渴切地盼望着计方平赶紧说下去。

计方平看着古全和平静地继续说："组织派专人去过齐齐哈尔，和线淑平单位的领导交换过意见，也见过线淑平同志本人。我们在听取过派出同志有关线淑平同志的情况汇报后，专门研究了你们的问题。组织指定我向你转达有关的情况和组织关于这个问题的意见。"

古全和听计方平这样说，断定线淑平没有嫁人，他苦闷、困惑、怀疑、沮丧和紧张了几个月的心情突然松弛下来，难以抑制的喜悦澎湃在心头。此刻他也才真正地意识到线淑平对他有多么重要，忍不住插话说："线淑平……她……身体好吗？"

　　计方平没有回答古全和，而是继续严肃地说道："线淑平同志并没有结婚。她初到齐齐哈尔的时候，的确有人向她求过婚，不过那不是他们的县委书记，而是她的一个姓哈的同事。哈老师教历史，和线淑平同志在一个教学组，当时大家不了解线淑平有男朋友。线淑平决定和你分手的真实原因是两个。一个是她预备党员的资格在反右倾运动之后被取消了。据说是因为她在1958年发表过诬蔑大跃进的错误言论，有人联系到她的地主家庭出身，土改时帮助她爹妈转移过浮财，说她是阶级异己分子，对她进行过批判，之后又取消了她预备党员的资格。另一个原因是她1958年冬天以来，先后患有风湿病、浮肿和肝炎等多种疾病，而且病情比较严重，有时走路得架双拐，上下课都需要学生帮扶护送。她决心和你分手就是为了不拖累你，不影响你的前途。"

　　古全和听着计方平的叙述，忍不住插话说线淑平"糊涂"！

　　计方平继续说："关于你和线淑平同志的关系，我们的意见是这样的：线淑平同志的预备党员资格是被取消了，这是那里的党组织做出的决定，我们不了解事情的来龙去脉，无权评说，但是据我们从地理系了解的情况，解放以后线淑平同志一直积极追求进步，注意思想改造，而且长期做团的工作，在高中时就提出入党要求，现在仍然带病坚持工作，应该说她是个好同志，她的问题不影响你和她的交往，你是否和她恢复或是建立恋爱关系，由你们自己决定。"

　　古全和想插话，请求组织同意他和线淑平结婚，但是计方平没给他这个机会，而是接着说道："下面，我再从老大哥的角度谈些个人的想法儿，供你参考。恋爱结婚是人生的一件大事，处理得好，对工作、学习和生活都有利，而处理得不好，就可能悔恨莫及，抱憾终生，所以你应当慎重再慎重。我认为你现在必须面对的是两个大问题。第一，如果你决定和线淑平同志结婚，那你就必须有婚后要两地分居一段时间的思想准备。而且齐齐哈尔是个边疆小城，那里科班出身的知识分子干部奇缺，内调线淑平的可能性不大，你得有去齐齐哈尔工作的思想准备。第二，线淑平患有多种慢性病，病情严重，她能不能康复，康复到什么程度，现在还很难说。而侍候一个慢性病人不是小事，如果你决心和她走到一起，也要做好这方面的精神准备。"

　　舒兰芳插话说："你是你们老古家的独生子，按照老规矩有传宗接代的义务。这件事你也得跟你家的老人们好好商量商量，得到他们的认可。而且肝炎、浮肿，特别是风湿病，都是严重的慢性病。肝炎有发展成肝硬化和肝癌的可能。风湿病要是发展到心脏，可能影响到生育能力。如果是类风湿，情况就更严重，可能引起骨骼变形，成为废人，人们说类风湿是不死的癌症，这个问题你也必须认真考虑，千万不能一是激动，感情用事！"

　　古全和理解舒兰芳的提醒，他在 1958 年曾经配合院卫生科搞过慢病快治的宣传，知道线淑平的健康状况十分严重，他和线淑平走到一起将可能承担的重大责任，很可能使他人生的道路发生难以预测的重大变化，计方平夫妇不赞成他和线淑平维持和发展恋爱关系。而古全和心里对于线淑平也并不是毫无保留，否则他们的关系也不会拖拉到今天。但是线淑平是和他交往的时间最长，走得最勤最近，对他最关心的女生，他对线淑平既有深厚的同窗情谊，也有某种程度的男女之爱，但是他总觉得他们之间有某些说不清楚的隔阂，因此始终没能向前跨进一步，确定他和线淑平的恋爱关系。在 1959 年反右倾时风传他被线淑平甩了，吉梦寒第二次对他示好的那会儿，他也有过顺其自然，脱离他与线淑平之间的感情联系的想法儿，然而他不忍心辜负线淑平对他多年来不变的一片真情，他忘不了，在线淑平 1956 年本科毕业后，满怀遗憾离开母校前往齐齐哈尔到后，他心怀歉意赶到线淑平宿舍去看望她的那个难忘夜晚，线淑平同宿舍的好友亓贵贤流着泪对他诉说的线淑平离开母校前往齐齐哈尔报到前的那几个日日夜夜所表现出来的对他的近乎癫狂和痴迷的深情。她是期待着古全和会到她们宿舍来看望她，对她说点儿什么，乃至确定他们的恋爱关系的。她痴等了他两天两夜，其间她一分钟都不肯离开宿舍，她的饭是她的好友亓贵贤给她打回来的，唯恐古全和到来时她不在，错过了见上一面的机会。为了这个，她甚至没有回家去参加她的亲人们给她操办的送行的家庭聚会，当她听说古全和回了山东，认为他这是有意回避她，一度感觉失望和伤心，然而她仍然爱着他，希望能够再见他一面，算是最后的告别。她竟痴迷到这种程度，她临行的那天，甚至幻想古全和正好从山东探亲回来，他所乘的"济南——三棵树"特别快车，正是她去齐齐哈尔要乘的那趟火车，她和古全和能在他们下车和上车的刹那见上一面！想到这些往事，古全和心潮难平，充满感激。更让古全和感觉心情沉重的是线淑平眼前的处境，想到她在 1959 年反右倾中政治上遭受严重的挫折，想到眼下她重病在身，想到她为了不至于牵连到他，影响到他的前途，而宁愿假称自己已经和县委书记结婚，忍痛中断和他的交往；想到她现在失去了组织的呵护，远离亲友，一个人生活在齐齐哈尔那个边疆小城，孤独无依；想到她可能由于失去他这样的感情方面的支持而沦落下去，毁掉她这样一个国家花重金培养出来的专业劳动力，想到这些，古全和顾不上考虑他和她在某些方面的隔阂，他可能为她承担怎样的后果，而毅然决定和她共命运。他心生这样一种奇异的感觉，仿佛他和线淑平的关系已经超越了一般少年男女的情爱，而转化成为一种与生命同在的亲情。这种从恋人到亲人的转化在有些夫妻那里终其一生都没有完成，他们的结合产生的是伙食和繁殖单位，终生同床异梦，各怀鬼胎，乃至半途而废，由爱成仇，互相伤害。

这时，舒兰芳又强调说："1945 年，我和老计从冀东调到齐齐哈尔，在那里工作了两年多。我在市立医院，老计在市政府。齐齐哈尔那里的气候条件，文化教育条件、卫生条件，和江城都不能比，冬天那里特别冷，常常在零下三四十度，结冰期长达半年多。"

古全和冷静地说："谢谢组织的关怀，也谢谢大哥大嫂的好意。现在我什么都不想，只想怎样帮助线淑平摆脱困境，重新站起来，继续工作。国家培养一名本科大学生要支付上万元工农劳动人民的血汗钱，不容易，线淑平不能垮。我请求组织同意我和线淑平结婚，并立刻把我调到齐齐哈尔去。听说那里也有几所高校。我可以去教书，也可以去做党政工作，如果没有合适的调入单位，我就去齐齐哈尔吴村中学搞教学。"

计方平和舒兰芳对视片刻，神情严肃地点点头儿，一字一顿地说："我们尊重你的意见，我会把你的意愿汇报组织，提请领导尽快研究，并把结果通知你。"

85

古全和告别了计方平夫妇，坦然地走在回宿舍的路上。他对自己的人生做出了一次重大的选择。他知道，这个选择带给他的肯定是艰难困苦，但是他没有别的选择。他宁可自己垮掉，也不能眼睁睁地看着线淑平垮掉。让他深感不安的是他这样做没法向他的爹娘交代，他爹娘一直催促他结婚，给他们生孙儿女。另外，他能不能和线淑平和睦相处，相伴终生也是个未知数。他知道，决定夫妻关系的不是愿望和决心，而是人生态度和思想性格，因为习惯不谐而不幸半路分手的也不少见。线淑平丢掉了党籍，同时也失去了党组织的教育和约束，她的思想性情将会怎样变化，他和线淑平在思想和感情上的距离会不会拉大也很难说。周围人们的婚姻生活告诉他，同志关系和夫妻关系是不一样的。同志关系讲原则，而在家庭生活中难得讲原则。多数人在恋爱时信誓旦旦，海誓山盟，而婚后生活另是一套，这种事例比比皆是。古全和浮想联翩，最后还是停留在怎样帮助线淑平摆脱困境上。他希望领导尽快批准他和线淑平结婚的申请，并尽快把他调往齐齐哈尔。

古全和在路上遇见了佟金凤。他告诉她，线淑平有消息了。

佟金凤关切地问道："是好消息，还是坏消息？"

古全和如实地对她述说了他和计方平夫妇的谈话。佟金凤心中涌起一种深深的失落感。她佩服古全和的为人，也担心线淑平会把他拖垮，使他深陷在生活困境之中，一生碌碌无为。她说："以后有什么困难只管说，我随叫随到！"

古全和向佟金凤表示感谢，并和她一起走进办公大楼。

第二天上班后，阎一松代表组织通知古全和，组织批准了他的结婚申请，并说江城的气候条件比齐齐哈尔好，建议他把线淑平接到江城来结婚，之后就留在师范学院这里治疗和休养，对于患有风湿类疾病的病人，异地疗养肯定有好处。古全和感谢组织的关怀，立刻去电报大楼给线淑平发了一封加急电报，全文如下：

一切尽悉。即携结婚证件来江。

一周后，齐齐哈尔吴村中学领导派人把线淑平送来东湖师范学院。

舒兰芳一再坚持说，要把古全和与线淑平的新房设在她家，婚礼由她亲自操办。但是古全和考虑到线淑平重病在身，起居行动不便，住在计方平家多所搅扰，不忍心麻烦老计夫妇，新房就定在研究生楼401房间。他们没有增添新的衣物和家具，也没有举行结婚仪式，唯一的喜庆标志就是每斤三元的几斤用花花绿绿的彩纸包裹着的水果糖。房间很小。来贺喜的人，都是陆陆续续地来，又陆陆续续地走。负责跑出跑进招待宾客的是彭其寿、蓝秀花、佟金凤和吉梦寒。行动艰难的线淑平是坐在床上向前来道贺的宾客们表示感谢的。

婚后的第二天，古全和再次向领导呈上请调报告，但是党委仍然没有同意放他，而是函请齐齐哈尔吴村中学从黑龙江省卫生厅办来了线淑平离职到江城异地疗养的证明文件，凭着这份文件，把线淑平的临时户口落在江城东湖师范学院，让她按国家政策得到江城的一份主副食供应。学院领导有意让线淑平以退职的方式留在江城疗养，等她康复后就地安排工作，线淑平和古全和谢绝了领导的好意，线淑平说，她是齐齐哈尔的干部，她的岗位在齐齐哈尔。初夏时，她的病情稍见好转，就告别了母校的领导和师友，带上她的户口和粮食关系，返回了齐齐哈尔吴村中学工作了。

线淑平走后，蓝秀花没有再搬回401房间。古全和感到这是他结婚的重要成果，对他是一大解脱。他痛切地感到，和一个在灵魂上和自己水火不容而又心怀敌意的人生活在一起，就好比是生活在敌占区，是莫大的灾难！

佟金凤没能和古全和走到一起。但是她真切地感受到爱是不能勉强的，认为结束她和丛一之间的准婚姻关系是一种幸福。她冒着周围众多党内外俗人的非议，主动提出并解除了她和丛一的婚姻关系，纠正了当年由于她年幼、善意和无知而铸成的错误。她深信，这对于丛一和她个人都是大好事。

86

市委大学部通知，三月下旬召开全市高校伙食工作会议，指定东湖师范学院的代表在会上作典型发言。熊可宽副书记责成计方平组织伙食科和党委伙食工作组合作起草一个发言稿，供党委讨论之用。计方平把这个任务交给了仍然滞留在伙食科的古全和。

1961年3月28日下午，江城高校伙食工作经验交流大会，在新建的豪华的市委大楼小礼堂召开。原定东湖师范学院参加会议的代表是耿一憨和古全和，古全和建议请伙食科副科长汪顺华一同参加。耿一憨坚持说要古全和代表东湖师范学院在大会上发言。古全和说，老耿是伙食科的党支部书记兼科长，是伙食科真正的代表，坚持让老耿到大会上去发言。

老耿的大会发言受到与会人员的一致好评。市委大学部副部长路勤一同志在大会总结讲话中高度评价东湖师范学院的伙食管理工作，并向全市高等院校推荐他们改革伙食管理工作的经验。会后老耿要求党委把古全和留在伙食科，接替他支部书记的工作。但是"五一"国际劳动节过后不久，党委就把古全和调回了党委宣传部。

古全和在伙食科工作的那半年多的日子，是在一些人的怀疑、非议、诽谤和称赞声中度过的。现在人们亲身感受到伙食工作的进步，从中得到了好处，理解、承认了古全和与伙伴们的劳动和贡献，古全和独立工作的能力和他勇于承担的精神也进一步得到了领导的认可。古全和不太在乎别人怎么看他。在他刚懂事的时候，他爹就教导他，为了国家，死都不要怕。他参加共产党最初的动机就是为了在党的教导下更好地建设自己的国家，为工农劳苦大众谋利益。

古全和工作的变动，牵扯着一个有心人的心，他就是江涌。在反右倾运动的高潮，江涌认为古全和会被调离党委机关，心里暗自高兴。可是反右倾之后，领导依然把古全和留在党委宣传部，让他围着中心工作转，而且常常独当一面。从1959年古全和挨批后到1960年夏秋，他独自率领一支几十人人马，转战市内外，省内外，直到北京，先后工作了近乎一年，校园里几乎见不到他的身影，让江涌深感失望。1960年9月底，党委决定下放古全和到拉拉屯儿劳动锻炼基地，江涌又高兴了几天，而当他听说古全和是去担任劳动锻炼队的党支部书记的时候，心里又犯了嘀咕。正在他心里七上八下神魂不定的时候，古全和又被留在了伙食科，担任了伙食工作组的组长，而这在当时是全党的中心工作，被提到机要工作的高度，表明领导非常信任古全和。不过顽固的江涌仍然没有放弃抹黑古全和的努力。他时刻注意收集有关古全和的流言蜚语，并巧妙地汇报给领导，同时在群众中散布。靳湘柳调来宣传部之后，江涌的心里又有新的考虑。他想，宣传部的定员是六名，现有的人员是计方平、齐苋芬、蓝秀花、佟金凤，加上新调来的靳湘柳和他本人就满额了，他想古全和可能将留在伙食科，或是回到中文系。而古全和却又回到了宣传部，而且受到大家的欢迎，重又走红，让江涌感到失望和恐惧。现在江涌排斥古全和不仅是因为他是竞争宣传部副部长位子的对手，还因为担心古全和一旦得势会寻机报复他，清算他在反右倾中欠古全和的那笔账，抖搂他困难时期的错误，也许弄出更严重的问题，把他从党团委机关赶走。江涌有时胆大包天，而有时又胆小如鼠。古全和注意到，私心重的人都有类似的性格缺憾，得势时狂极一时，而倒霉时就垂头丧气。

这天古全和回到宣传部上班，在宣传部办公室碰见了靳湘柳。他以为她是来联系工作或是串门的，随口问道："哎？你怎么到我们这来啦？"

"不欢迎吗？"靳湘柳有点做作地笑着说。

古全和说："怎么会呢！宣传部和公共课是一家人嘛，都姓马。"

佟金凤插话说："靳湘柳同志调到咱们宣传部来啦。"

古全和笑着说："好啊，宣传部又多了一员女将。"

古全和对靳湘柳说的是客套话，他对靳湘柳的印象一点都不好。他记得她在柳影路小学念书的时候就很傲慢，很爱出风头。念中学时，她给他使过坏。那时古全和就认为她是个假革命，人品不好。她大一时用不正当的手段混进党内，更让他鄙视。她在伙食科工作时撒谎，藏奸耍滑，逃避劳动，也给他留下了坏的印象。连成关于她追随国民党军队逃跑的经历的述说更让他感觉她不可接受。他认为她不适合在党委机关工作。

计方平安排靳湘柳分担了佟金凤的部分工作，具体说，是做原先由佟金凤分管的时事政治教育工作。时事政治教育，是反右派之后，整风整改加强党的领导和群众思想教育工作的重要措施之一，法定的时间是每周三的下午，届时或以班组、教研室为单位集体读报，或是指定的文件，或是举行全院的时事报告会。时事报告会，一般隔两周一次，由党委书记步行健，或是党团工作专职副书记熊可宽同志给作时事报告，如有可能，就请省里或是北京的领导或记者、专家来校作专题报告。有时请不到报告人，党委领导也没有时间，就放从外面借来的时事政治报告的录音，组织群众听，并进行讨论。现在靳湘柳的任务就是外出听时事报告，回校后整理时事报告的记录稿，并把它们改编成联系师范学院师生员工思想实际、适合领导需要的时事报告稿供领导使用。此外，及时收集并向上级汇报师生员工对国内外重大政治事件的反映也是她的一项任务。所以靳湘柳经常要外出参加省市委组织的时事报告会，有时还要去北京听报告。靳湘柳离开公共政治课，来到宣传部之初，一度深感苦恼，后悔1959年反右倾时上了政教系党总支书记贺连弟的当，在反右倾的斗争中，朝公共政治课教研室主任金祥开了第一炮，以至于没法儿继续在公共政治课教研室待下去，而被发配到党委宣传部来跑龙套，可是不久她就意识到这对她其实也不完全是坏事。宣传部是公共政治课教研室的上级机关，她在这里不必看金祥一帮人的冷眼，还可以自由自在地到处走走看看玩玩，买买东西，蛮不错的。

　　靳湘柳今天上午的任务是整理一份从北京听来的有关中印边境问题的报告记录稿。她抬头看见坐在自己对面的古全和，正在聚精会神地写着什么，灵机一动，就想到要捉弄一下古全和这个傻帽儿，便对他说道："喂，老同学，请帮个忙，这是我整理出来的一份时事报告记录稿，你文字水平高，劳驾你给我审查一番，美化美化。我有点急事得赶紧去办，拜托拜托！"说着，没等古全和说话，就把那份记录稿丢到古全和的办公桌上，扬长而去，接着就从走廊里传回来她的声音："你改好了就直接交给步书记吧，谢谢啦！"古全和摇摇头，不禁想到她在伙食科说假话，逃避劳动，藏奸耍滑的表现，意识到她是在有意耍他。这些日子古全和很忙。在他去伙食科工作期间，他在宣传部的那些工作由江涌和佟金凤等人分担着。佟金凤代他联系中文、物理和俄语等系，蓝秀花代他分管学生会和广播站的工作，江涌代他分管学生政治理论学习和学生文艺社团的工作。现在这些工作又都归古全和分管了。由于江涌不懂文艺，怕见群众，半年来他就没管过学生社团里的活动，院合唱团、乐团、说唱团、舞蹈团、话剧团和美工宣传队等学生文艺社团内部恋爱成风，思想混乱，矛盾重重，群众意见很大。个别学生之间的恋爱纠纷发展成打架斗殴，牵扯到学生家长，惊动了院党委。古全和接管后，立刻着手进行整顿，首先组织大家学习毛主席《在延安文艺座谈会上的讲话》，进行文艺思想整风，然后就组织各个文艺团体，配合政治宣传任务和节日活动，编排制作新的文艺节目和文艺作品，包括大型的时事宣传画展。近来工作刚刚有个头绪，领导又布置他修订新学期学生政治理论教育工作计划，而且要得很急，下周部务会议就要讨论。偏偏在这个时候靳湘柳杵给他这样一件额外的差事，让他感到很为难。他不情愿帮她这个忙。靳湘柳不老不小，身强力壮，不该把自己的任务推给别人，可是他也不好拒绝她，以后大家要一起工作，不能让她一来就感到难堪，还是决定帮她看看这份稿件。

古全和记得，靳湘柳在柳影路小学时，是个好学生，她高中时的作文在班上也居中等，他想她写的文字材料不会有太多的问题。但是他看了稿件之后感到很吃惊。稿件卷面字迹潦草，病句、错别字、特别是漏字之处比较多。古全和想，报告人是有名的国际问题专家，他的报告里不可能有这么多的语言文字毛病。造成这些文字毛病的原因不外乎两个，一个是靳湘柳的记录做得不好，一个是她工作太不负责任，也许两个问题都有。面对这篇文稿，古全和很为难。大改不好。读书人多数像鸟儿爱惜羽毛儿一样偏爱自己的文字，文字水平越低，越是这样，虽说他的"羽毛儿"并不美丽。而小改呢，又消除不了稿件里存在的毛病，斟酌再三，考虑到是在为步书记或是熊副书记准备讲稿，决定认真修改。记录稿的卷面本来就乱，他改过的地方又多，改后的卷面更难看，只好重抄一遍。他整整忙了一个上午，才把稿件弄好。照理他应该把这份稿子退给靳湘柳，由她过目后，送给领导。可是他不好意思这么办，担心这会有伤她的面子，就按照她的嘱托，直接送给了步书记。而古全和的担心是多余的。他发现靳湘柳的虚荣心并非无处不在，好像也不经常表现在枝节问题上。第二天，靳湘柳见到古全和的时候，满面春风，非常得意，欢欢喜喜地对他说："喂，老同学，你改的稿子步书记看过了，夸我整理得好呢，"并连连说"感谢感谢！"还深深地给古全和作了一个揖。古全和知道靳湘柳爱耍弄人、念高中时，她曾经愚弄过来自远郊区的同班同学武桂贤，哄骗着她给她洗袜子，洗手绢儿，那件事曾经引起全班同学的公愤。

今天上午，靳湘柳又拿来一篇时事报告记录稿，说是她从地质学院宣传部借来的，说熊书记下下周要用，请古全和他给看看，说着就把记录稿儿丢到他的办公桌上。古全和心里不禁想道："你这是盯上我这个劳动力，把我当成傻瓜了！"就毫不犹豫地说道："对不起，我得赶紧把学生政治理论教育工作计划写出来，计老太太急着要呢。"说着，就把靳湘柳的记录稿丢回到她的办公桌上。

"好啊，老同学，你连这点忙都不肯帮啊，算啦算啦！"靳湘柳用满不在乎和倒打一耙的办法来掩盖她的图谋被看穿后的尴尬。

88

古全和在赞扬声中度过了他艰苦而荣耀的学生时代，来宣传部工作的两年间，初试人生的冷暖。先是红极一时，前途光明；接着就被人为地蒙上一层灰色，前途黯淡。按照迷信的说法，人在走运的时候，鬼也不敢打他的坏主意。他认为他在伙食科期间，之所以有那么多的人把"反对照顾老干部"，"不尊重伙食科党支部"，"多吃多占"和"抗拒中央领导，反对新生事物"等等罪名随意地强加到他的头上，指责他顽固、保守，就是由于他头上飘动着一片右倾机会主义的疑云。这个罪名是有人以党组织和所谓的群众的名义强加给他的，是颠倒是非，混淆黑白，却又是个人无法谢绝和摆脱的。这是他有生以来蒙受的最大的委屈和羞辱。他就背着这个沉重的包袱，带领着他的那些伙伴儿完成了改革伙食管理工作的任务。这段时间的经历，让他理解了什么叫忍辱负重。人们常说，一切都会随着时间的推移而被淡忘。但是古全和在反右倾运动中遭受过批判这件荒唐事，已经成为历史，他第一次察觉党内生活中存在着过时的规矩、陋习和阴影，他对于党内生活的某些质疑就是从这里开始的。

古全和在伙食科的半年多，是在紧张、劳累、饥饿、困倦中度过的。他和工作组的伙伴，和伙食科的干部和工人师傅，关心和探讨的就是如何改善伙食管理和提高伙食质量，度荒抗灾，大家一条心、一股劲，一心一意要把伙食工作办好。这种同心协力的生活，净化了古全和的精神，温暖了他的心，造成了奋斗在伙食工作中的人们的真正的团结。古全和与员工餐厅的师傅们结成了终生的友谊。这种友谊和团结，是在他和江涌等人之间所没有、也是不可能有的，和工人师傅们在一起，古全和感觉心情坦然愉快。他没有提出留在伙食科工作的要求，仅仅是因为他不想降低对于自己的要求，辜负了党和人民出大钱出大力对他的特殊培养。

古全和在反右倾前，一帆风顺，从来不知道说话办事要察言观色，在意别人对他的态度，而此刻他是怀着不安的心情回到党委机关的。他不能忘记反右倾中对他的批判，也担心他在伙食科期间遭到的非议已经传到党委机关。而让他没想到的是，党委机关几乎所有的同志都对他笑脸相迎。他恍然意识到，暂时的困难教育了大家，使那些好心的同志们相信了他1958年探亲回来在党的生活会上所做的汇报，认可了他在伙食科工作中的表现，而并不相信他在伙食科有多吃多占、反对照顾老干部、保守、顽固等那些流言蜚语。面对这一切，他的心一下子就热起来，再次体会到毛主席的教导，我们要相信群众，我们要相信党。

反右倾过后，江涌对古全和的态度一直很怪异，毫无歉意。古全和明白，他是故意摆出这种姿态，暗示他在反右倾中的所作所为没有错误，但是现在江涌的态度也变了，从傲慢变为谦卑，恢复了对他不笑不说话的态度。古全和猜想，江涌是不想孤立自己，也怕古全和把他在员工餐厅偷吃别人蒸饼被捉等等的丑事汇报给领导。过去江涌爱坐办公室，现在有古全和在办公室的时候，他总是往外跑。古全和明白，他是不好意思面对他，江涌还知道羞耻，有向善的可能，古全和感到高兴，希望他能够改正自己的错误。

天气转暖，副食供应的状况不断改善。菠菜、韭黄、小白菜、小萝卜、生菜、芽葱——女孩儿葱等先后大量上市，鸡鸭鱼肉蛋的供应也明显增加。副食商场里出现了群众任意选购的平价的松花江大鲤鱼。一些人由于生活用品供应一时短缺而一度产生的那种紧张慌乱的情绪开始缓解，到处是初步渡过难关后的人们的笑脸。关心政治的人们又一次体会到中国人民的坚强，中国共产党的伟大，社会主义制度的优越。可是江涌乐不起来。他有一种大醉之后失态丢脸、丑态毕露、愧不如人的感觉。他觉得，过去的一年，他是糊里糊涂地度过的。面对仇明珊离婚的威胁，领导的批评，群众的冷落，他感到前途黯淡。反右倾时他感到他在接近自己的梦想，曾急不可耐地探问过计方平的口风，说宣传部的工作头绪太多，老计一个人忙不过来，建议他提请党委赶快给派个副部长来。长于知人的计老太太明白他的意思，但是他无意提拔他，而只是说他会把他的建议转达给党委领导。现在，江涌知道，他是没有资格再提这样的建议了，他已经是一个因为经受不住暂时生活困难的考验而思想动摇、在竞争宣传部副部长的角逐中被淘汰出局的人了，而经受了严峻考验的古全和却重新得到了领导和群众的信任。每当想到这些，江涌就悔恨不已。他自己也不知道他为什么会在类似吃喝这种俗而又俗的事情上神差鬼使地变得那样狼狈，竟至六亲不认，与老人和妻儿争食，甚至去偷一个只有一两多重的小蒸饼！

江涌仍然在院刊编辑室作采编工作。这是他最不愿意干的事情。深入群众采访，撰写和修改稿件都是他的弱项。他喜欢干那些指指点点说说道道的事，而不习惯枯坐在写字台前绞脑筋弄文字。而且院刊又从双周刊恢复到周刊，每周出刊前两天都非常紧张。审稿、校对、修版、补版，一次次找领导请示，一次次跑印刷厂，还常常要开夜车，有时不得不日夜连轴转。他受不了这个苦。最让他感到揪心的是仇明珮天天催促着他去街道办事处办理离婚手续，还威胁他说，如果他不肯协议离婚，她将到法院去起诉他。他已经是个三十好几的人了，至今一事无成，和仇明珮分手，再重新建立家庭，谈何容易。虽然领导给仇明珮做了工作，仇明珮这几天没有再追着他去办离婚手续，可是问题并没有解决。仇明珮已和他分居半年多了，他的婚姻已经名存实亡，离婚只是个时间问题。他感觉他随时都可能变成一个无家可归的人。

江涌仍然时刻注意古全和的脸色，担心他向领导揭发他的丑事。但是江涌的不安没有持续多久。当古全和草拟的学生政治理论教育计划在部务会议上通过之后，计方平就宣布说，古全和调党委统战部，在统战部副部长文廷栋的具体领导下，和统战部的干事缪文遝一起搞党外教职工的甄别工作，对于1958年以来在历次政治运动中批判过的党外教职工一一进行甄别。

古全和去了统战部，江涌的心里又升起了希望。他希望古全和留在统战部，或是在甄别工作结束之后调回中文系，最好是调离江城，远去北方边城齐齐哈尔，去和他的那个病鸭子老婆线淑平团聚。

89

东湖师范学院党外教职工的甄别工作持续了将近一年。凡在1958年以来的政治运动中被批判并被错戴了政治帽子的党外教职工一律平反。对于被批判教职工的问题，所在单位的党组织要征求当事人和有关各方的意见，慎重讨论研究，就当年批判的内容、形式和范围，重新做出结论，写出报告，报请党委批准，然后由当事人所在单位的主要领导人亲自出面，在原批判的范围内宣读，予以平反，并表示道歉。

党外人员的大部分甄别报告都是由古全和起草或是修改的，在甄别工作结束前，他还奉命撰写了一篇介绍东湖师范学院甄别工作的情况和经验的文章，发表在中央统战部的《统战工作》上。这是东湖师范学院统战工作第一次见诸中央机关刊物。

甄别工作使古全和接触了近百件冤假错案，其中多数案例让他感到震惊，而深为党组织勇于承担责任、严肃对待自己工作中的错误，并当众给予彻底平反的政策和做法而感到骄傲和鼓舞。他认为党中央英明，甄别工作意义重大，遗憾的是他自己 1959 年的问题，由于没作结论、没戴帽子——事实是有过文字结论的，只是由于某种原因而没有归入他的个人档案——而不在甄别的范围之内，因而不得平反昭雪，很久以后他才意识到，党组织不把他列入甄别对象是对于他的爱护。

在甄别工作中，最让古全和感到心情沉重的是，他发现，实际上只有少数儿冤假错案和当时的形势、风气、干部及群众的认识水平有关，难以避免，而多数冤假错案都和错误的指导思想和大轰大嗡的错误做法，以及个别不良分子在运动中兴风作浪有关，有的就是由别有用心的人蓄意制造的。他第一次感觉到政治运动很可能不是解决人的思想问题的好办法，因为这种办法只有笼统的框架，没有判别是非的可以操作的具体标准，给某些领导以随心所欲提供了可能；给政治弄潮儿在政治生活中兴风作浪、为非作歹、裹挟群众提供了可能，因而使运动发生偏差，古全和对于党政机关和党政干部队伍的认识也由于参加了甄别工作而有所变化。以前他曾经认为党政机关是神圣纯洁的，但是近三年来的所见所闻和亲身经历，特别是一年来的甄别工作，改变了他的这种看法。不错，从院部到系科，多数党的干部都在勤勤恳恳地工作，然而却并不是每个人都认可和践行马克思主义，奉行为人民服务的准则，按照党章办事，实事求是地处理问题。在革命年代，共产党员面对的是共同的敌人、共同的利益、共同的命运、共同的奋斗目标，即使是革命的同路人和投机革命的人，也要过生死关，因此那时革命者能够坚持真理、坦诚相待、团结一致。而现在是和平时期，敌人的形象淡化了、模糊了、抽象了、概念化了。现实的物质利益摆在每个人的面前。有些人就模糊甚至失去了人生的大目标，两眼只盯着饭碗，物质利益成了某些人追逐的主要目标。有些同路人也走到了他们理想的尽头，要与革命分道扬镳，大家的"志"不再相同，代之而起的是人们之间的利害之争，党政领导机关就是争斗的主要场所，因为现在社会物资利益的分配和权力紧密相连，级别和职务等同于荣誉和财富。有些人不再为真理而斗争，于是，实事求是不见了，种种偏差由此而生。古全和认为，如果每个参与批判的人都能出于公心，按照党章办事，实事求是地对待被批判的同志，大多数冤假错案都是可以避免的。完全由认识问题导致的冤假错案不多，也比较容易预防和纠正，后遗症也小。

古全和注意到，每次政治运动都是上面刮风，下面起浪，风助浪涌，浪助风狂。每当这种时候，那些所谓的积极分子，政治运动的弄潮儿，都疯极一时。他有一种感觉，在现在轰然而至的政治运动中，真正要落实上级精神，追求真理，考虑党的利益的人似乎不是大多数，有些人考虑的是他们个人的安危和得失。他认为这是造成冤假错案的一个深层次的原因。杜绝或是减少冤假错案的措施之一就是必须计较造成冤假错案的责任人，计较他们在政治、道德和法律方面的责任，特别是要追究那些在运动中信口开河、造谣生事、兴风作浪、浑水摸鱼、危害他人、破坏团结的弄潮儿的责任，暴露他们丑恶的嘴脸，并严加惩处，直到清除他们出党，并绳之以法。古全和认为，只要有那些利欲熏心的政治弄潮儿在，只要有"保护积极分子"的荒唐政策在，只要搞大轰大嗡的那一套，只要党内缺少民主，只要斗争不透明，一切冤假错案都会发生。他想，人们在报刊上写文章要讲文责自负，在法庭上不能作伪证，为什么在政治运动中就可以肆无忌惮、信口开河，大放厥词呢？每当这种时候，他就会想到教育系的党总支委雍乃英这个可恨可怕的角色。

雍乃英是原教育系党总支书记伊敏强的学生，他在学生时代就是系团总支的干部，1956 年本科毕业后留教育系心理学教研室，并被伊敏强推荐选拔进教育系党总支，分管学生工作。而正是这个红彤彤、亮堂堂、革命得不得了的雍乃英制造了伊敏强同志的人生悲剧，给党造成了重大损失。

伊敏强，大学毕业于南京金陵女子大学，1937 年入党，做过地下工作，抗战时期打过游击，是师范学院老干部中仅有的心理学专家。1958 年以前，她担任过教育系系主任兼党总支书记，在 1958 年初反右派斗争的所谓补课阶段，雍乃英揭发她曾经发表过"右派分子打人是心理问题"的错误言论，说她蓄意把政治问题说成学术问题，替右派分子开脱罪行。这件事轰动了教育系和整个儿的师范学院，引发了师范学院的一场对于伊敏强本人和她所从事的心理学研究的猛烈的批判。这一批判和内地一些高等院校开展的批判心理学的斗争相呼应，一度把心理学科打成伪科学，伊敏强也被说成反动学术权威，被迫离开了教育系的党政领导岗位。而事实是伊敏强根本没有说过"右派分子打人是心理问题"那样的话。她的这个罪名是雍乃英给她捏造出来的。1961年甄别查明，事情的来龙去脉是这样的：

1956年秋季开学初，教育系心理学专业来自黑龙江的新生张某和来自陕西的同班同学尧某口角，导致动手，张某野蛮殴打尧某致重伤，事情闹到教育系党总支，轰动全院。时任总支书记兼系主任的伊敏强在议论这个问题的时候，考虑到张某来自黑龙江，而尧某来自陕西，彼此素不相识，无仇无怨，那张某为什么会突然暴怒打人呢，是不是他在心理方面有什么毛病呢？

这件事情发生在1956年的秋天，而整风鸣放和反右派是1957年秋天的事，二者相隔一年，事情和反右派原本毫不相干。然而，张某在1957年的整风鸣放中叫嚷"要把土地归还给地主"，否定肃反，在反右派斗争中被划成右派分子。这些情况雍乃英完全清楚。但是他竟把张尧打架的事从1956年的秋天移到1957年的秋天，把学生打架的事和反右派斗争挂钩，给原话添加上一个"右派打人"这样一个主语，把疑问句改成判断句，就编造出了"右派打人是心理问题"的鬼话，并把它栽到他的恩师伊敏强的头上，挑起了师范学院出乎人们意料之外的对于伊敏强和心理学的大批判，制造了伊敏强连做梦也没想到的大冤案。次年反右倾，她再次遭受批判，并被下放到师范学院第一附属中学教务处。1961年甄别平反后，她被任命为师范学院第一附属中学校长。1966年，她的罪名再次遭到追究，最后被无知的学生活活打死在一附中的大操场上。

伊敏强的悲剧之所以特别让古全和感到痛心和愤慨，还因为在1961年给伊敏强甄别的时候，雍乃英毫无愧色，更无悔意，而是瞪着眼睛说瞎话，矢口否认他曾经捏造过伊敏强的鬼话，硬说他仅仅是向领导反映了群众的这样一种说法，即使面对证人，他也死不承认，使伊敏强一案失去根据，置错误地处理了伊敏强一案的教育系党总支和院党委于不义。古全和怎么都没想到，人会无耻无赖到雍乃英这种程度！共产党内竟有这种卑劣的货色！

古全和认为，"对于背离党的路线、方针、政策和其他行为规范的人，要批判，要斗争，但是必须与人为善、实事求是，奉行团结—批评—团结的方针。如果在党内生活中容忍造谣生事，胡说八道，诬陷好人等等的恶行，事后又不追究他们的责任，那就等于替坏人整好人创造条件！"他曾就此请教过计方平。计方平疑惑地瞪大眼睛看着他，沉默了好一阵子，才支支吾吾地说："有些事情要弄得公平合理是很困难的，'矫枉必须过正'嘛。"古全和觉得，计方平已经麻木了，习惯了七斗八斗的这一套。古全和想，这可能就像人们在浴池里赤裸着身子彼此都不以为羞是一样的道理。

在古全和完成了甄别工作任务，回到宣传部的当天，他的好领导、好榜样、好朋友计方平就被调离宣传部，当学院的副总务长去了。古全和有一种感觉，计方平走得好像不大愉快。按照计方平的习惯，他行前应该召集一次部务会议，跟大家告个别，听取大家的批评，并嘱咐大家今后工作应该注意的事项。可是他没有这样做。

总务处在办公大楼的一层，和党委机关的直线距离不过十几米，但那毕竟是另一个单位，有他们自己的业务，计方平去了总务处，古全和接触他的机会就少了，不能天天见面，无话不说了。1957年反右派斗争以后，特别是1959年反右倾斗争之后，在师范学院的政治生活中，形成了一个大家心照不宣的规矩，就是没有工作关系的人不宜走动得太近太勤，交朋友也成了一种有风险的活动，拜年的时候去谁家不去谁家也需要慎重考虑了。谁知道谁会在什么事情上和在什么时候遭遇政治风波，突然跌倒，或是被人打倒呢？到那时相关的同志和朋友就会受到牵连，就有了揭发批判他，和他划清界限的任务，还有可能被说成是他的同党，被拖进他的案件里去。那就麻烦了。古全和感觉，讲原则、论是非的人越来越少了，只求平安无事的人多起来了。

古全和猜想领导把老计调到总务处可能是为了加强党委对于总务工作的领导，准备让他接替年事已高、品行不端，也不称职的姜添富。在师范学院的干部序列中，总务长的地位高于宣传部长。直到在几年后，古全和才从甄惠羊的一张题为《步行健阴谋排挤异己！》的大字报里得知，计方平被调离宣传部是因为他对步行健书记不够"驯服"，在有些问题上和步书记持不同意见。大字报里列举了许多事例，其中有老计不赞成步行健书记在学生作文竞赛中提出的"重赏之下，必有勇夫"的口号儿。古全和认为步行健这是家长作风，而"家长作风"就是封建专制主义在党内生活中的表现，是中国现实政治生活中最黑暗的东西，它和党内民主、党的民主集中制，是水火不相容的。没有"民主"的"集中"在本质上就是"封建专制主义"，是活在现实生活中的皇权。一个奉行"家长制"和"一言堂"的省委书记或是县委书记，实际上就是一个挂着共产党员招牌的封建王侯。他认为人们之所以普遍不重视这个极其严重的问题，就因为大家都来自于同一个长达数千年、影响无所不在的家族政治社会，因为几乎所有的中国人都是在封建专制社会和宗法制的家庭里、在老爹和老爷爷的"统治和训教下"长大成人的。每个人的内心深处都潜藏着一个在封建和半封建半殖民地时代孕育而成的灵魂。这个灵魂有两面。一面是主人，一面是奴才；一个管服从，一个管主宰；顺时为主，逆时为奴，一旦大权在握，那个深藏在他灵魂深处的"主人的灵魂"就会蠢蠢欲动，蛊惑他飞扬跋扈，忘乎所以，独断独行，把他"统治下"的人们在事实上视为奴才，即使像步行健这样久经考验、聪明能干、经验丰富、豁达公道的人，有时也难以完全免俗。想到这些，古全和感到恐惧。他认为中国虽然打倒了皇帝，实行了土改，消灭了封建的地主土地所有制，可是浓重的封建阴霾如专制主义和宗法小农意识，仍然将长期弥漫在整个的中华大地之上，压制和束缚着无数中国人的心灵。"驯服工具论"之所以产生于中国，又被涂以革命的马克思主义的油彩，堂而皇之地推崇为几乎是至高无上的革命原则，其社会根源也在这里。依据这条原则，不管是谁，只要他不甘为奴，不肯盲目服从，就一定是打击的对象。封建时代是这样，在现实的政治生活中，有些时候、有的地方、有些事情上，比如在师范学院，比如在反右倾斗争中，比如在用人问题上，也是这样。毛主席号召我们解放思想，而事实上解放思想是有框框的，这个框框并不是党章和党的路线和方针政策，而是层层领导干部的个人意志，是党委书记、总支书记和支部书记的意志，也就是说，以马克思主义为指导的思想解放事实上一般可以说是并不存在。事情不应该这样，然而事情往往就是这样。

91

东湖师范学院党委宣传部的领导变动最勤，从 1955 年到现在，已经更换过多人。1957 年整风运动前的副部长袁竞良被划了右派，计方平接替他当了副部长。接着张扬因为 1957 年的问题被调离宣传部，计方平又接替了张扬部长的职务。老计被调离宣传部后，原统战部副部长文廷栋就来接替了他部长的职务。

文廷栋是 1948 年江城被围期间入党的，如果按江城解放为标准，他也算是个老党员。不过每当有人称他为"老同志"，他都会诚惶诚恐连连纠正说，"不，不，我是个新进党的人，在政治上还很幼稚，要努力学习，好好改造，欢迎大家多多批评"，等等。

文廷栋原籍吉林市，父母双双出身名门。他念小学时，上下学有包租的人力车接送。在文廷栋身上，儒、道、佛，三民主义，马克思主义都有。不过三民主义和马克思主义，对于他说来，都好比是女人的口红，起着政治化妆品的作用，构成他灵魂的还是旧中国的那一套。

文廷栋身高不足五尺，体质孱弱，性情绵软，言语不多，待人谦和，举止谨慎，凡事都留有余地。他曾经在吉林江边中学念过书，偶尔会装出很随便的样子微笑着说，他是朝鲜人民的伟大领袖金日成同志的校友，无意间抬高自己的身价。他念初中时，受过一位朝鲜爱国志士的影响，萌发了爱国激情。"九一八"事变后，流亡关内，一度寄读北平。中学毕业后，多次报考多所大学。从北平考到大西南，每回都名落孙山。不过他还是去了西南大后方，在那里依靠他时任国军空军少将的姑表叔那世俊的接济维持生活。他进不了大学，只好在西南联大旁听。1945 年抗战胜利，他姑表叔奉命前来江城公干，他又随空军的飞机来到江城，并且借助表叔的势力混进本院的前身江城大学。由于他数理化样样不行，只好勉强进入社会学系。江城解放的前夕，他表叔逃离本市。文廷栋意识到国民党大势已去，中国面临天翻地覆的变化，便开始接近进步同学，并在江城解放之前加入了中国共产党，在地下党组织的领导下，利用他上层的社会关系，参与了一些侦察国民党军队城防设施的革命活动。

文廷栋做人低调，擅长拨弄人际关系。研讨理工科的学问要有智慧，而研讨人生的学问需要的是耐心和时间。类似《增广贤文》之类的书籍，文廷栋无一不读，深知中华古老关系学的真髓，是"中庸之道"的化身。就社会地位而言，他原本属人上人，而就才智来说，他属人下人，文斗武斗都不是他的强项，没有资格和别人争短长，学生时代不曾风流过。他内心骄傲，外表顺从，而顺从，在中国是第一美德，正如"造反"和"抗上"在中国是第一恶德一样。有人嫌他窝囊，说他是个老好人，有市侩习气，也有人喜欢他。三年困难时期，党委曾经组织全院党员学习过一段时间刘少奇同志的《论共产党员的修养》，同时还曾经在某些有身份地位的老干部中间神秘地传播过手抄的据说是刘少奇同志为人处事的二十几条宝贵经验。在这次学习活动中，文廷栋被列为全院党员学习的榜样。没有人特别喜欢文廷栋，也没有谁敌视他。不过要论人缘儿，在党委机关，没有一个人比得上他。因为在和平年代，芸芸众生大多奉行"人不犯我，我不犯人；人若犯我，我必犯人"的原则，而文廷栋绝对是一个无害于任何个人的好鸟儿。所以，尽管文廷栋智力不高，出身不好，社会关系复杂，还出租私家房屋赚钱，在仕途上却一帆风顺。文廷栋时刻注意让自己处在矛盾斗争的夹缝中间，辅之以上纲上线的适度自我批评，而且决不锋芒毕露。1957年整风鸣放时，他附和过民主办校和教授治校的错误言论，在反右派斗争中，他是借助痛哭流涕的检讨平安过关的。解放之后，他就这样勤勤恳恳、哭哭啼啼地从团支部书记，到团总支书记，到团委书记，到院办副主任，到统战部副部长，直到今天的宣传部部长。和平的中国真正需要的正是文廷栋这样的人。他不是打造共产党员的"特殊材料"，却是制造"顺服工具"的最佳坯子。可以肯定，如果不出太大的意外，他肯定还会有辉煌的前途。

古全和觉得文廷栋和计方平太不一样。计方平一心一意为工作，而文廷栋则是千方百计为自己。文廷栋爱作检讨，爱给自己戴大帽子，但是他从不讲自己的过去，不暴露自己的真实思想。在工作中，文廷栋忠于上司，为人和气，作风民主，不显山不露水，不强加于人。他喜欢请示，可以说事事请示，有时请示得让领导心烦。他喜欢开会，宣传部的会既多又长，但是他从不就有争议的问题明确表态，不说他支持什么反对什么，支持谁反对谁。古全和觉得跟着文廷栋工作是一种痛苦。最让他感到恼火的是文廷栋从来不肯把话说明白。偶尔做个结论，也是模棱两可，比如他总是说："好了，就这样了，大家分头行动吧。"怎么行动呢？他不说，让人摸不着头脑。古全和不耐烦，几次提议，为节省会议时间、提高会议的效率，凡属部署工作性质的议题，请领导先提出个原则意见，然后让大家讨论，最后由领导概括出个一二三，大家分头执行。文廷栋连连说好，可是他就是不办。古全和想不出文廷栋为什么会这样顽固，是他水平低呢，还是胆小怕事。在很久很久以后，古全和才悟出了文廷栋这般行事的高明之处。现在政治运动不断，是非标准多变，任何明确的意见都可能被说成是问题，并因此遭到追究，被批判打倒，就像王原平同志经历的那样。文廷栋这样做可以规避政治风险。事情如果办对了，成绩当然主要归他这个第一把手；而如果错了，他可以上蹿下蹿，检讨一下自己的官僚主义，而官僚主义在中国即使再严重，也无关法制和纪律，不会因此而受到惩罚，甚至也不会影响到他升官晋爵、增加工资。

新领导到来之后，宣传部变化最大的是江涌。他好像变了一个人。他积极靠拢文廷栋，主动抓工作。古全和想，这可能就好像是一个犯过许多错误的坏学生面对新来的班主任，想从头做起，好好表现，把不光彩的一页翻过去，把自己弄成一个改恶从善的典型，趁机站起来，抢到老实人的前面去。文廷栋好像也很欣赏江涌。计方平在的时候，经常受表扬的是古全和，现在经常受表扬的是江涌了。"卤水点豆腐，一物降一物。"文廷栋在宣传部的一次聚会上的小醉之后，曾经得意地对他的下属透露过他的这种"牧人"的经验。他说："我喜欢用有问题的干部，有问题的干部听话。他急于摆脱困境，知道感恩，肯于出力。只要你给他希望，他就会拼命工作……"

92

文廷栋来到宣传部，不动声色地琢磨过宣传部的每一个干部。他认为齐苋芬虽然是个大学毕业生，入党也比较早，还是个副科级，但是不求上进，劳动态度不好，然而家庭背景特殊，不便严格要求，只能由着她，来就来，不来就不来，干多少算多少。佟金凤出身革命家庭，亲属中有大得吓人的干部，本人聪明伶俐，作风正派，没有是非，老实可靠，积极认真，谨慎细致，是管理办公室的合适人选。蓝秀花风流浮躁，毛病多，文笔一般，但是他有特长，是宣传部少不了的人物。江涌虽然入党较早，有火线入党和红小鬼的光荣历史，但能力一般，困难时期表现动摇，思想毛病多，口碑不大好，不过他听话，应拉近和他的关系，发挥他的作用，通过他掌握部里人员的思想动向。靳湘柳是被金祥从公共政治课排挤出来的，没有张扬的资本，但是她是贺连弟的好朋友，不可慢待，仍然让她分管时事政治教育。古全和学历高，能力强，多才多艺，工作主动，肯动脑筋，能吃苦，有创见，既能干也肯干，能给他创造政绩，但是他个性强，有抗上倾向，招惹过张扬、汤敏和姜添富，反对过周扬同志，他当然也不会把他文廷栋放在眼里，是个难于驾驭的角色，必须时刻防范他干出越轨的举动，给自己带来麻烦。

　　文廷栋接手宣传部的工作不久，就办了一件计方平想办而没有敢办的事：同意让宣传部有条件的干部兼授本专科学生的政治理论课。这个口子表面上是为宣传部所有的人开的，而实际上是专门为古全和一个人开的，是他用来笼络古全和的一种手段。文廷栋反复考虑过这个举措的利弊得失。首先，他认为这是他对古全和示好的最佳措施，满足了古全和的这个要求，古全和就会听从他的指挥。其次，他确信此举不会在院部机关引起混乱，因为可能和古全和攀比的只有靳湘柳，但是靳湘柳只有政教系三年制本科的学历，在公共政治课也只是做过中共党史和政治经济学课的辅导，而没有独立授课的资历。其他的人暂时都不具备登堂授课的条件。而且给学生开政治理论课，要经过公共政治理论课教研室的审核，目前能通过审核的，也只有古全和一人。第三，宣传马克思主义是宣传部的主要任务，在这件事情上，组织部、统战部和办公室，以及院部其他单位，也不会与宣传部攀比。不过文廷栋没有忘记给自己留有余地，他不说这件事情是他个人决定的，而是说这是计方平在向他交代工作的时候特地关照过他办的一件事。这样，一旦领导或是其他单位有人提出质疑，或是古全和在教学中出了什么纰漏，他可以把责任推到计方平身上。

其实，文廷栋误解了古全和，古全和建议党委安排有条件的干部兼任教学工作，并不是出于个人的爱好，而是认为这是改进党的思想政治工作的一种措施。传道授业解惑是中国教育固有的传统，教书育人是党对教师的基本要求。以教师的身份，透过教学活动有意识地对学生进行世界观、人生观的教育，可获事半功倍的效果。古全和认为，政工干部兼任教学工作还有助于提高他们的文化素养和思想水平。他到党委机关不久就曾经提出过改革党的政治思想教育工作的设想，主张党委机关有条件的本科大学毕业生都兼教学工作，把政治思想教育工作深入到教学过程中去。暂时没有条件兼课的干部，只要条件允许，就安排他们在职培训，脱产进修，为登台授课、参与社会思想斗争作准备，使党员教师和党的专职干部能够在教学岗位和党政机关之间自由流动，而不是彼此之间越离越远。他认为党的专职干部不具备专业知识和理论素养，就不能在教学和科研领域与师生们平起平坐，平等对话。他曾经对计方平汇报过这个思想。计方平认可他的这种主张，但是他说："这不是宣传部一个单位能够办成的事。"对此古全和百思不得其解，多年后，他才明白干部兼课的事情为什么那么难办。这里面有革命工作分工的问题，也和某些领导干部缺少远见和全局观念有关。他们不知道高等院校的政治工作不能脱离专业活动。脱离专业活动的政治是空洞无物的政治，是谁都不需要的政治。另外，小农意识，私有观念也是阻碍政治工作干部在教学和科研领域发挥作用的一个原因。有些领导干部不愿意让属于他们自己的劳动力去给别人拉套，就好比农民不愿意把自己的驴子借给别人使唤一样。个体农民关心的就是经营好他自己的土地，种好他自己的庄稼，聘出自己的闺女、娶进自家的儿媳妇，过好自己的小日子，而不会去关心他家门以外的事情，所谓"只扫自家门前雪，莫管他人瓦上霜。"古全和见过入党几十年，念遍了马克思主义的经典著作，能在课堂上夸夸其谈马克思主义，但是在精神上仍旧没能走出老家的那个村庄，甚至没能走出他家的天井的所谓的马克思主义理论家。听起来难以理解，而这是事实。这样的人充其量也不过是古全和戏称的"马贩子"。遗憾的是这样的人在现实生活中并不少见。没有全局观念，缺少整体意识、心胸狭隘、自私自利、目光如豆、言行不一，是中国有些官员和理论家的通病。有些干部，其思想狭隘到了常人难以理解的地步。中国的事情难办，腐朽的事物丛生，这也是一个非常重要的原因。

93

1964 年的春天来得早。进入阳历五月，校园里楼宇间向阳的地方就萌生出点点新绿。在迎春花一根根修长的枝条上绽出点点金黄。远道而来的机警的三道眉儿在高高的枝头上欢跳着啼叫。不久，早到的柳燕儿也开始在湖边微黄吐绿的柔软的柳丝中高唱穿梭。东湖西岸的大堤上陆陆续续地出现了踏青的人们。

从 1959 年反右倾算起，齐觅芬已经病休了四年多，今天她忽然来上班了，这在党委机关算是个不小的动静，引起了一些聪明人的普遍注意。有人背地里喊喊喳喳地说，大概又要开展政治运动了。果然，不久就有消息说，要开展整风运动，清理在三年困难时期以来党内积累下来的问题，东湖师范学院是省高校整党工作的试点单位。

为了给整党工作做准备，师范学院党委决定提前改选党团委直属党支部。让古全和没想到的是，党办、组织部、宣传部、统战部和武装部等各个党小组提出的候选人名单里都有他的名字，而且他几乎是全票当选为党团委直属党支部委员的，表示反对的只有刚从部队来到师范学院的复转军人苗逢春。苗逢春曾经是是四野的，在部队是副营级，现任师范学院武装部副部长，党的关系在党团直属党支部。这件事让古全和感到奇怪，他想，我和苗逢春同志素不相识，彼此连个招呼儿都还没有打过，他为什么要反对我进支委会呢？肯定是有人背地里对他说了我的瞎话。可那会是谁呢？他为什么要这样干呢？不过时过境迁，日子一长，工作一忙，他也就不再想这件事了。

新的党支委分工的结果是：支部书记仍然是党委委员、办公室主任阎一松，组委古全和，宣传委员是党办的力槐青。力槐青比古全和小一岁，但她是新中国建国之前参军的，1958 年来院前是某文工团的歌舞演员，民歌唱得好，跳舞也行，人也漂亮，写一笔好钢笔字，1958 年由部队保送师范学院中文系本科，1962 年毕业后留校。她念书的时候，经古全和推荐，担任过院学生文工团副团长。古全和偏爱来自解放军的同志。平时力槐青对古全和也是毕恭毕敬。

古全和进入党支委会接受的第一个任务就是代表组织找海英林谈话。

1959 年反右倾之后不久，党委组织部的干事海英林就请求组织放他回河南范县老家，理由是他的父母妻儿都在农村老家，二老年纪大了，妻子和三个孩子不可能调进江城，两地分居，困难很多，希望调回老家的中小学去教书，或是做地方党政工作。阎一松曾多次劝说他安心在师范学院工作，党委也在研究提拔他当组织部的副部长。可是海英林坚持要求回老家。阎一松听说海英林看重古全和的为人，就决定派他去说服海英林，争取把他留下来。

海英林属"吃青"干部。他 1955 年从工农速中毕业后被保送本院政教系本科学习，曾和靳湘柳同班一年多。由于工作需要，1957 年整风鸣放期间提前结业，留政教系党总支做秘书，不久，又上调党委组织部。

海英林住在教工三号楼，即师范学院男教职工单身宿舍，和女教职工单身宿舍"姑子庵"相对，人称"老爷庙"，离研究生楼比较远。晚饭后，古全和一路打听着找到了海英林的住处。

"就你一个人儿住？"古全和巡视着海英林的房间说。

"不，刘君汉同志也住在这里。他城里有家，只在这里睡午觉。"

"小屋子收拾得挺干净啊，你比我会过日子。"

海英林笑了笑，没有说话，忙着给古全和倒水。他欢迎古全和的到来。他和古全和在伙食科共同奋战了半年，和他建立了深厚的友谊。他对古全和的感情是喜欢多于佩服。他喜欢这个真心实意为党工作的好同志。

"听说你要求调走？"

"你是来劝我留下的吧？"

"是老阎派我来的，我同意他的意见。"

沉默片刻之后，海英林先开了口，坦然说道："说老实话，在大学里工作是不错，虽说挣钱不多，可是说起来好听，站在人前体面。不过这里不是我这种人待的地方。我和你不一样。你是科班出身，学历高，有专长，干什么都行。可是我呢？只匆匆忙忙地念了个工农速中，念了半个大学，根本就算不上个正经的知识分子，教学和科研都没有我的份，在这种地方没有发展前途，个人的问题也解决不了。现在领导重视我，就是因为我家庭出身好，入党早，工作早。可是，他们能把我的老婆孩子一家六口儿都调进江城来吗？"他摇摇头说，"不可能。像我这号人带不进来六个农村户口。想来想去,我还是得回老家。既然这样,那就不如趁早走人。"

"师范学院就缺你这种年轻的老干部。"古全和说的是心里话。

海英林听古全和这样说,哈哈大笑,说道:"谢谢你的抬举,我算什么老干部。这只是老弟你个人的看法,多数人不这样看。在有些人的心里,所谓政治上好是虚的,大学里真正重视的是业务。学校年年有毕业生,比我合适的人多的是。师范学院复杂,说不定什么时候,一不小心,在某一个门槛儿上磕掉几个门牙,不像个人样了,就得灰溜溜地走人。"

"留谁放谁是组织上的事,你总不能对党委领导摆摆手,说声'都是你大娘'(俄语'再见'的谐音),就走人吧?"

古全和这样说,等于批评海英林。但是海英林没有和古全和争辩。过了一会儿,他才沉思着说道:"你是个好同志,能独立思考,勇于承担责任,敢说敢干,实心实意干革命,将来肯定会积累起经验,为党做很多有益的事情。你在伙食科,就干得很出色。不过在师范学院这种地方混很不容易。去年反右倾,你的遭遇给我敲了警钟。当时你和我以及甄惠羊都可能被弄成靶子。你名气大,整了你,拔了你的尖儿,我和甄惠羊就逃脱了。我有一种感觉,反右倾整你不是党委的意思,但是一旦整起来,党委也保不了你。在师范学院,党委表面上好像权力很大,决定一切,而事实上党委只是飘在校园里的一面旗子,在师范学院的校园里,还有一股股一层层的政治势力。这些势力,由党内外具有类似思想感情和实际利益的人们构成,通过同乡关系、同学关系、同事关系、邻里关系等错综复杂的关系网联系在一起。它们没有组织形态,没有纲领口号儿,看不见,摸不着,但是它是一种真实的存在,它们跨越一切关系,存在于某些人的口耳之间,内心深处,影响着师范学院的方方面面。时机一到,就会轰然而起,把党委架空,1957年的风潮就是一例。你学习好,在1957年整风鸣放时头脑清醒,在反右派斗争中出了名,被封为'左派'。不过我告诉你,真心实意认为你是个英雄的人不多。对着你笑的人未必喜欢你。我们老家有一句话:'只看人对人,不看人对己。'我很喜欢这句话。在师范学院的校园里,整风鸣放时,观望的和跟着右派分子跑的人是多数。《人民日报》'六八社论'一发,那些跟着跑的人又轰隆一声往回跑的也是这个多数,他们高叫着反右派,唯恐自己不'左',这就叫小资产阶级的动摇性。现在右派分子没有力量反抗。但是那些在反右派斗争中受到冲击的人，那些和右派分子在思想上有共鸣的人，特别是那些持有右派观点和不待见共产党却没有鸣放的人，可能对你怀有敌意。他们肯定忘不了你。当然他们怨恨你并不是因为他们不欣赏你的学问和人品，不是对你个人有什么恶感，而是因为你站在共产党一边。反共是全世界古今中外所有寄生虫的本质共性。"

古全和插话说："你说的这些话我能理解。其实，我在整风鸣放和反右派斗争时并没想去触犯谁，也不认为自己是什么英雄。师范学院反右派斗争并不是我发动的，没有一个右派分子是我提议划定的，我还给一些后来被划成右派的同学辩护过，因此落了个在整风鸣放和反右派斗争中'政治立场不够坚定'的鉴定。我在整风鸣放时写文章，贴大字报，替党委的某个领导同志说公道话，批评某些人，只是为了把整风运动引向深入。我发表在院刊上的那篇短文的副标题就是《把运动引向深入》。"

"问题不在于你的动机如何，而在于你是否触犯了某些人的利益。"海英林说，"不过你可以不怕，你有专长，坚强，一旦落马，可以上讲台，当老师。我敢肯定，谁都不可能把你打成反革命。可是我呢？一旦落马就什么都不是了，只能去搞卫生、烧锅炉、打杂。可是我不想毁在这里。这里不好呆。有些人心存不轨，我一旦被提拔到领导岗位，就会成为某些人白天黑夜琢磨的对象。可是没有什么人能逃脱有心人的琢磨。对于那些出身不好和历史上有问题的人，他们可以拿家庭出身和历史问题说事，说那些人反动阶级本性不改，是阶级异己分子，线淑平就是一例，她就是这样被清除出党的。对于那些出身好，历史上没有问题的人，他们可以污蔑他忘本、背叛，这就更可耻。还可以制造历史问题，用种种办法抹黑他。你就是一例。你奶奶讨过饭，你姥姥也讨过饭，你姥爷当了一辈子长工，你爹是工人，社会关系干干净净，个人和家庭历史清白，他们还不是把你给整了一顿？要是有人下定决心整你，他早晚能逮着机会。不光是那些抱有剥削阶级偏见的人可怕，有些家庭出身好的人也够呛。一个人有没有私心，私心大小，和阶级出身关系不大。出身工农的人，私心未必比出身非劳动家庭的人少，他们中间的有些人，心胸狭隘、小气，爱搞小动作，报复心重，更让人讨厌。"

"你说的这些，我有同感。"

"可是，我回到老家能干很多事情呀，"海英林得意地说，"抗战时期我们那里属晋冀鲁豫解放区，我娘是我们那一带有名的老革命，认识好多从地方到中央的领导干部。农村的那套事儿我很熟悉。那里有我的家，有我的亲戚朋友，有我的老上级、老同事，有我的老师和同学，有我儿童团里的那些小伙伴。别说没有人整我，就是有人想整我，也整不成。你说我该不该走？"海英林说得眉飞色舞，"在这里，工农出身，光荣历史，忠诚老实，都没有用处。你就够单纯的了，他们不是照样朝你下手，把你抹黑？我们家乡有一句民谚：'叫贼想着比叫王八咬着更厉害。'要是有人下了功夫琢磨你，再好的干部也难保不被整死。防不胜防啊！你大概不知道，在反右倾时，齐苋芬曾在会下嘀咕过我，想冲着我下手。我在整风鸣放时参加过右派社团'扫荡队'。我也向组织汇报过我们家乡工作中的问题。要不是江涌盯上了你，阎一松替我说了话，我也逃不脱。有人专整没有问题的人，目的是把你抹黑，以便让你和他们一样的黑。这些人表面上'左'得要命，而骨子里右得出奇。这种人里面，有出身好的，也有出身不好的。很多事情都是被他们搅坏的。他们就是党内的搅屎棍。现在靳湘柳来了，我更得走。我和她在同一个支部一年多。我了解她。她是个'事儿奶奶'。听说她大一时是利用他们班的党支部书记柳建能入党的。她利用了他，又甩了他，逼得他打了她，犯了错误，受了处分，差点儿被靳湘柳给折腾疯啦。老同学都说她人小鬼大，总打擦边球，你明明知道她不是个玩意儿，可是你拿不住她。连金祥那样有城府的人都让她给整啦……"

"那你们为什么把她给了我们呢？"

"有什么办法儿呢？1959年反右倾时，金祥挨过她一闷棍。金祥从拉拉屯儿劳动锻炼回来之后，一再要求回系教书，死活不肯再在公共政治课教研室当那个主任。金祥说，如果政教系不需要他，他就请求调离师范学院。在这种情况下，离开公共政治课教研室的，当然只能是靳湘柳喽。而她无处可去，贺连弟建议把她调到宣传部，我们就把她拨给了你们。"

古全和没有再劝说海英林留在师范学院。他觉得海英林的打算很实际，对工作，对他本人都更合适。他回到家乡是条龙，而他留在这师范学院多半只能是条虫。

"领导希望留下我，我很感谢。你看重我，来劝我留下，我也很感谢。不过我告诉你一个秘密：我一定能走得了。"海英林的神情既天真又神秘。

"为什么？"

"知识分子下基层是党的政策所鼓励的。"海英林得意地笑着说。

古全和心里充满了对这位只比自己大两岁的老同志的敬意。他来自农村，没受过良好的教育，没有高深的文化，可是他既不自私，也不狭隘，更不愚昧。他聪明，心里有党，能恰当地对待组织和个人，好学上进，远比自己懂事。

"喂，记住，咱们是哪儿说哪儿了啊……"海英林诡秘地一笑。

古全和点点头儿，意思是他不会到处乱说。

第二天晚饭后，古全和再次来到海英林的住处。这次他不是来劝说他留下，而是来向他求教的。他向海英林提出的问题是：应该怎样对待类似于江涌、靳湘柳、雍乃英和蓝秀花之类的所谓的共产党员。

海英林说："你说的是个问题。"说着，从抽屉里抓出一把核桃，放在古全和的面前，笑着说，"新鲜的，我们老家出产的，是从新疆引进的新品种，三年结果，皮儿薄，仁儿大，味道甜，特别好吃。"然后笑着说，"我吃核桃不用锤子砸。"

古全和笑了，知道海英林还保留着工农劳动群众欣赏体力的习惯，也说道："我两手的握力都是80公斤。"说着，拿起两个核桃，放在手里，稍一用力就挤碎了其中的一个，剥着吃起来。海英林对他点点头儿，满意地笑笑。

海英林说："对于你说的这类党员，我也有过一个认识过程，现在也不能说这个问题已经解决了，至少在感情上是这样。你知道，人的思想和感情并不经常一致，对于有些问题，心里想明白了，可是感情上过不去……

"事物的纯与不纯是相对的。党也是这样。社会领域里的问题，党内都会有反映。对某些人的看法儿可以有，但是不能作为自己行动的依据。解决这类人的问题要靠实践、靠党组织、靠群众，即使某人确实投机革命，品质确实不好，问题也未必是敌我性质的。他可能向左变成革命者，也可能向右变成敌人，还可能落荒而逃。在党的历史上，这种事例都有。有一个党的一大代表就是在一大开会期间逃跑的。少奇同志在《论共产党员的修养》中就曾讨论过这类问题。现在党的威望很高，脱离党组织而去的也不是绝对没有。我有一个同乡叫周斌，祖上经营盐业，解放之前的几年败落了。周斌中学没毕业就辍学，进中药店学徒，1953 年报考我省师范学院历史系，他学习用功，为人老实，出身工人，不久入党，后被选为班上的党支部书记。1957 年整风鸣放期间，他劝说班上的同学不贴大字报，所以他们班上没有右派，是他们学校的奇迹，被全班同学尊称'大哥'，系里树他为革命青年标兵，不久又被选为党总支副书记。奇怪的是，三年后，周斌突然提出要求退党，党总支、党委组织部，乃至市委组织部领导先后找他谈话，班上有些小同学哭着恳求他们的'老大哥'不要退党，而周斌最后还是走了。有关周斌退党的原因，人们多有猜猜，认为他对社会和共产党一定会有很多想法，而他自己的说法，就是他想念书。多数人勉强认为他是想当教授，因为 1959 年一度恢复过教学职称评定。"

古全和问道："后来呢？"

海英林遗憾地摇摇头说："没有后来。他思路不清，讲课像说梦话，学生拒绝听他的课，他就被'干'在那里，无事可干，领导也拿不准该怎样处理他，而且在他有生之年我国没有恢复教学职称评定。后来他精神失常，不到 40 岁就病故了。"

古全和笑笑说："奇闻。"

海英林的话题又回到靳湘柳："我们班的党员都认为靳湘柳这个人不地道，我认为她是混进党内的。可是她为什么能顺利地进入党内、进入公共政治课和党委机关呢？原因很多。有她主观上的原因，也有客观上的条件。客观条件之一就是有柳建能和贺连弟等人的庇护。贺连弟把靳湘柳所有的错误都说成是认识问题、水平问题、经验问题、锻炼问题，而不是政治立场问题。

"我和贺连弟同乡，原来我和贺连弟家分属山东、河南两省，但是两个村相距不过三里路，中间只隔着一条河，范县划归河南后，我们就都是河南人了。我姥姥家是他们村儿的。我在他们村里念过几年小学，我当儿童团员时，她就是村里的民兵连长了。她是在前几年随着她上调省委农林厅的丈夫调来本市的。她喜欢讲姐妹义气，喜欢听顺耳的话，还有点爱小儿。看来靳湘柳就看上了她的这些特点。靳湘柳1952年念大一时，贺连弟在学生宿舍蹲点，就住在靳湘柳她们宿舍。靳湘柳总夸贺连弟和一般党员不同，她重感情，更有人情味儿，还经常送点小玩意、洋玩意给贺连弟，贺连弟的派克对儿笔就是靳湘柳送的。那段时间，她们不分彼此，好得像一个人，靳湘柳能够顺利入党，被推荐为院学生会主席候选人，这也是一个原因。在靳湘柳和柳建能的恋爱纠纷中，贺连弟的同情事实上是在靳湘柳一边，有些知情的同学都对贺连弟有意见，我担心贺连弟早晚会吃她的亏。"

古全和目不转睛地注视着海英林，琢磨着他说的每一句话。

海英林继续说："不管是谁，只要靠上权力，就等于掌握了权力。为什么中国的老百姓那么崇拜忠臣，憎恨奸臣？就因为这些人能左右皇帝。奸臣当道，就意味着皇帝是昏君，老百姓就必定遭难。这个传统不会因为我们搞了社会主义就突然中断。类似的现象上下都有。只要不讲民主，就会有奸臣活动的余地。

"对一个人的认识，涉及种种因素，比如远近、亲疏、利害等等。所谓旁观者清，当局者迷。金祥那么有城府，还不是被靳湘柳打了闷棍？难道贺连弟会比金祥高明？师范学院是由几个老大学凑成的，校园里精明人不少。王原平同志抗战时期在晋冀鲁豫根据地当过团政委，和我爹娘都熟。他那时是个多么英武的小伙子啊！可是在离开师范学院时他却伤心地对我说：'我得离开这个鬼地方了！有人平时总瞪着一双宦官眼，手里拿着个小本本，随时记录你的言行。运动来了，她就打开那个小本本，念念有词，给你戴帽子。谁能记住自己某年某月对某某说过什么话呀？面对他的搞突然袭击，你承认也不好，不承认更不好，弄得你不知如何是好。不管是谁，不想烂在这里，就得离开这里！'王原平同志已经被赶出了师范学院，可是他所说的那些手里拿着小本本的人，还在继续记录着好人的言行！一个人只要上了他的那个小本本，就算倒霉了！谁说话都不可能句句都是马克思主义，总有他的可乘之机，更何况他还可以断章取义，歪曲捏造呢！"

古全和忽然认真地说："我看你就别走了！"

海英林摇摇头含蓄地笑笑，没有说话。

海英林调离师范学院的事，前后拖了两年多。1965 年春末，在师范学院四清即将结束的时候，他到底离开了东湖师范学院。他先在老家县立一中任政治课教师，后任副校长，校长、党支部书记。1978 年改革开放之初，上级强调干部年轻化、知识化……他被调离教育口儿，先后任县委组织部长，地委组织部长，地委副书记、地委书记，省委副书记，最后从省纪委书记的岗位上离开，进入省政协系统，任省政协主席。海英林重感情，每次出差，只要有可能，总会想方设法弯到江城来看望古全和以及那些老师和同学们，而且每次都带着他家乡的大枣和铁杆山药等土特产来看望大家。

95

江城市立中学 1952 届高中毕业生考取东湖师范学院的有四名，即靳湘柳、线淑平、苟大川和古全和。靳湘柳在政教系，线淑平在地理系，苟大川和古全和在中文系。苟大川休学之后就再没有复学，在东湖师范学院完成本科学业的只有靳湘柳等三人，其中的古全和本科毕业后又报考了世界文学研究生。

五十年代初，大学生党员很少。古全和所在的班级在大三前没有党员，线淑平所在的年级一直没有党员。政教系学生党员最多，1952 级总共也只有党员七人，其中有三名还是预备党员。这些党员都有光荣的历史，有的还有战功，个个艰苦朴素，处处以身作则，为人谦虚，学习努力，重视发挥先锋模范作用，是追求进步的青年学生崇拜和效法的榜样，做个共产党员是莫大的光荣。

政教系 1952 级建立了年级党支部，年级的三名正式党员中党龄最长的是柳建能，当年 25 岁，湖南邵阳人，家庭成分中农，中师毕业后在邵阳近郊某村小学当过几年教师，来校前是该校校长，因为工作满五年，是带薪调干生，因其党龄长，年长而被指定为年级临时党支部书记。政教系的毕业生，毕业后大多要从事中学政治理论教育工作，政治条件要求比较高，其中的党员比例要求更大，然而现有的学生党员太少，远远不能满足工作的需要，所以学生党支部的首要任务就是大力培养和发展新党员，壮大党的队伍。

靳湘柳对于她被分配到东湖师范学院政教系一度很不满，后悔当年屈于班上的压力在毕业生登记表上填上了"服从分配"那几个字，被发配到师范学院的政教系。她不愿意当政治教师，入学之初就在考虑将来怎样跳槽。可是她渴望获得共产党员的光荣称号，得知党支部将积极发展党员的计划，忽然发现了奋斗目标，振奋起来，在全年级第一个向党支部写了思想汇报，汇报中学申请入党和追求进步的思想历程，同时递交了入党申请书，还恳求柳建能当她入党的联系人。柳建能立刻找她谈话，鼓励她努力学习，认真改造思想，争取早日入党。靳湘柳积极靠拢党支部，创造条件和柳建能接触，经常向他汇报思想，诉说她渴望入党的急切心情，巧妙地透露她对柳建能的好感。朴实的大龄同学柳建能惊讶地发现了靳湘柳对他的好意，喜出望外，第一个学期期中他就做梦般地和她一起落进了"爱沟"。之后，靳湘柳积极表现，柳建能积极主动培养，在大学头一个暑假的前夕，靳湘柳就光荣地加入了伟大的中国共产党，一举创造了两个第一：政教系1952级新生中的第一个共产党员；江城市立中学1952届高中毕业生中的第一个共产党员。"靳湘柳入党了"的消息立即传开，让她所有的老同学感到惊奇。线淑平高兴地把靳湘柳入党的消息告诉了古全和。但是古全和不以为然。他说，靳湘柳在高中的表现历历在目。她不肯放弃念大学的机会应聘市政府的工作，不肯报考师范专业，最后表示服从统一分配是出于不得已，这样的人，怎么可能在短短一年里就脱胎换骨，变成一个大公无私的共产党员呢？这中间一定有大家不知道的故事。线淑平虽然觉得古全和说的有道理，可是她心里还是羡慕靳湘柳，为她感到高兴，觉得她幸运，碰上了一个有党支部的好班集体和柳建能这样的好支部书记，大一就解决了组织问题。

靳湘柳顺利地入党后，精神亢奋了好些日子，每有同学聚会，或是在什么地方碰见了中学的老师或是同学，她都要谈论一番老同学们的政治状况，顺便就巧妙地透露说她已经是一个共产党员了，给同学们写信也不忘透露这个喜讯。

1953年秋季开学，院学生会改选。学生会主席和副主席候选人要从大二的学生中选，政教系团总支推荐的候选人就是靳湘柳，而新党员靳湘柳也就当选了东湖师范学院学生会的副主席。事有凑巧，"十一"过后不久，院学生会主席数学系的调干生许连有查出患有肺浸润，需要休养，靳湘柳就接替了他的工作，担任了师范学院学生会代理主席。靳湘柳除去1948年随国民党王凌云的部队南逃时当过号令几十人的学生头儿，在市立中学当过团小组长外，就没有当过更大的学生中的角色，现在居然担当了东湖师范学院学生会主席。此刻沸腾在她心中的除去兴奋还是兴奋，兴奋得她头昏脑胀，庆幸自己被分配来师范学院，有这样出头露面的大好机会，毕业后可能留校，不免想入非非，忘记了支撑她登高望远的人梯是土里土气的柳建能。她要展翅高飞，再攀高枝，就瞄上了新任团委副书记袁竞良。现在她几乎天天和袁竞良打交道。袁竞良，当年24岁，未婚，祖籍河北乐亭，生于哈尔滨，本科毕业于本院物理系，父亲是哈尔滨大罗新百货公司的一个大股东。袁竞良一表人才，多才多艺，是江城高校最年轻的中层干部，前途无量。

　　自幼一切愿望都能得到满足的人，往往认为世界是为他们而存在的，他们的一切愿望都应该得到满足，如果他们不能按常规实现自己的愿望，就采取非正常手段实现，包括作恶和犯罪。虽然靳湘柳身高不过一米六，只是大二的学生，她却觉得她一步就能跳到袁竞良身边，也不担心她摆不平柳建能。于是她开始对柳建能称学生会的工作忙，减少她和他的接触。故意推迟吃饭的时间，不再和柳建能同桌而食，上下课不再和柳建能一路同行，课堂上不再和柳建能紧挨着坐，课后不再和柳建能一起散步，不再接受柳建能的约会，就这样不声不响地拉开了她和柳建能之间的距离，淡出了柳建能的生活圈，以为她和柳建能的恋爱故事就这样结束了。而她万万没想到，"多情"的不仅有"湘女"，还有"湘男"！柳建能终于感到靳湘柳在冷落他，如梦初醒，大发脾气，质问靳湘柳这是为什么，拼命挽救他梦中的"爱情"。靳湘柳自以为她和柳建能的"关系"发生在口耳之间，在人们的视野之外，既无组织保证，也没有文书做证，柳建能没有办法证明她对他许诺过什么。可是被突然激怒了的柳建能连连约她谈话，哀哀地恳求她维持他们的关系，无果之后，他就和她大吵大闹，当众暴露他和靳湘柳相亲相爱的私密情景。靳湘柳承认她对柳建能有过好感，但是她说好感不等于爱情，是柳建能误解了她，把同志友谊当成了爱情，表示她愿意吸取教训，也希望柳建能够谅解她。不善言谈的柳建能把靳湘柳当成他的骄傲，是他大学生活的第一大成功，如今女友跑了丢了人，有苦说不出，不知道如何发泄他的失落和恼恨，忍不住使出全身的力气，当众给了靳湘柳一个大脖子拐，把她打倒在地，口鼻流血。而柳建能的这一个脖子拐结束了他们的爱情，也终止了靳湘柳短暂的辉煌，和他们原本幸福的大学生活。他的这一暴行也改变了人们对于他的态度，从同情一变而为谴责。这件事轰动了师范学院，靳湘柳的学生会代主席是当不下去了，她对未来的灿烂的憧憬只停驻于一个美梦，现在她不得不暂时从人们面前消失。她请她叔叔到市立医院开出了她得了严重的脑震荡的诊断书，办理了休学一年的手续。

靳湘柳原本并不想休学一年，而是想待她和柳建能的风波过后，再谎称病情有所缓解，提前返校复学。可是受了党内警告处分，被免除了党支部书记职务的柳建能情绪激烈。一个月后，她回到学院，柳建能立刻不顾一切地来羞辱她，纠缠她，她只好继续休学，而且知道她在师范学院的好日子永远过去了，后悔小看了土里土气的柳建能。

柳建能上当受骗，被靳湘柳甩了，受了处分丢了官，然而同学们的同情并不在他这一边，有些人背地里说他假公济私，也有人说他是癞蛤蟆想吃天鹅肉。

96

1953 年秋季开学的前三天，靳湘柳怀着不安的心情，到东湖师范学院办公大楼学生科办理了复学手续。她被编进政教系 1953 级 3 班。她害怕碰见 52 级的老同学，更怕柳建能来纠缠她。为不引人注意，她暂时住在家里，每天提前半点钟进教室，除开换课改变教室，她不到教室外面活动，最后一节课下课铃一响，就赶忙离开教室回家。一周平安无事，她试探着走出教室，联络她 52 级的一些要好的老同学。她曾经是师范学院突然亮起来的新星，她的恋爱故事更是轰动一时。虽说她回避熟人，但是她复学的消息还是传进了柳建能的耳朵。他一时激动，怒火中烧，不顾一切，得知消息当天上午课间操活动时间就冲进文史楼靳湘柳所在班级的 101 小教室，冲到靳湘柳的面前，挥舞着双臂，数落她品行不端，玩弄感情，并且咄咄逼人，还拉开武斗的架势。靳湘柳虽有思想准备，仍然猝不及防，无言以对，站在那里，本能地胡乱地挥舞双手抗辩。后经主讲政治经济学的万辛教授劝说，柳建能才恨恨地离去，但是声言他还会来。靳湘柳担心他无休无止地纠缠，决定继续休学。靳家人称靳湘柳旧病复发，头疼不止，来校给她办了第二次休学的手续。第二次休学期间，靳湘柳和团省委机关干部马家骏结了婚，还生了一个女儿。马家骏，江西人，共产党员，解放以前曾就读于江城大学社会系，后随江城大学合并到师范学院政教系，在校期间担任过政教系团总支书记，毕业后被分配到团省委工作。

靳湘柳在1954年秋季开学前夕，第二次来师范学院办理了复学的手续。柳建能在因恋爱事件连续两年两次受批评处分之后，终于觉醒，平静下来，对于二次复学的靳湘柳，不闻不问，不理不睬，让靳湘柳松了一口气，在政教系待了下来，念到1958年本科毕业。

院卫生科石云辉大夫受靳伯楠之托，在给靳湘柳开具的诊断书中说，她的脑震荡仍然处在恢复的过程中，时好时坏，需要一个安静的环境疗养，建议领导予以照顾。学院把靳湘柳安排在东湖学生宿舍一层东侧走廊拐角上的那个只有八九个平方米的半窗一门的小房间。好心的政教系党总支书记贺连弟还特地找柳建能谈话，警告他不得再去纠缠靳湘柳。靳湘柳的同班同学吴美霞表示愿意和靳湘柳同住。她正在争取入党，党支部分配靳湘柳做了她入党的联系人。吴美霞，唐山人，老实厚道，像许多来自农村的学生一样，称靳湘柳大姐。不久，两人就成了形影不离的好朋友。宿舍里像打水、扫地、抹玻璃等活计，吴美霞全包了，靳湘柳也常常夸吴美霞心眼好，勤快，不时送她一点女孩子喜欢的小玩意。

靳湘柳所在的1954级转眼进入第三学年的下学期。初夏时节，党中央发动了反对宗派主义、官僚主义和主观主义的整风运动。政教系贺守节教授的一张小字报，引发了师范学院校园里的大字报潮。游离于班级政治核心之外的靳湘柳，既不是群众冲击的对象，也不属冲击党委领导的主力，更没有条件充当弄潮儿，只能当个观潮派。她经常和吴美霞一起在校园里优哉游哉地浏览大字报，参加群众论坛，随心所欲地议论大字报和群众论坛上提到的人和事，以及各种政治观点。靳湘柳说党内宗派主义、裙带关系严重，历史、教育和俄语等好几个系的党总支书记都是省委或是市委领导的夫人，她们有的只有初中学历，个个不学无术。她说历史系的党总支书记胡小艾是个小学毕业生，在土地革命时期曾是安徽某县某局的一个管财务的小科员，是国民党一个尉级军官的小老婆。红军解放了他们那座县城，也解放了她胡小艾。她也就嫁给了红军的一个干部。靳湘柳还说外行就是不能领导内行，学院就该实行"教授治校"和"民主办校"。她说肃反扩大化，错误严重，伤了很多人，说苏联红军在东北强奸妇女，抢劫百姓，作恶多端，民愤极大，说统购统销弄得农村饿死人，说1948年解放军围困江城，饿死几十万人。天真的吴美霞不假思索地附和着她的高论。

　　几天后，《人民日报》发表了"六八社论"，师范学院校园里突然发生了狂风暴雨般的反右派斗争。靳湘柳大吃一惊。她比照《人民日报》社论和党委反右派斗争的动员报告，意识到她对吴美霞唠叨的许多话都属右派言论，面对校园里杀气腾腾的政治形势，她痛悔对吴美霞说了那么多犯忌的话。而她认为吴美霞性情耿直，要求进步，随着斗争的开展，她一定会站出来揭发她！想到这里，她如临深渊，六神无主，彻夜难眠。她想过和吴美霞订立攻守同盟，但是立刻觉得不妥，那等于提醒吴美霞站出来揭发她。她想伪装积极，以攻为守，在吴美霞面前大骂右派。可是她觉得这也不是万全之策，认为吴美霞随着运动的深入，总有觉醒的时候。她想来想去总觉得吴美霞是她身边的一颗定时炸弹，说不定什么时候就会把她炸得粉身碎骨。在这个生死关头，她想"嫁祸于人""先下手为强"，把她的一些议论扣到吴美霞头上，并为自己辩解说，"这也不算是冤枉她，她当时也同意我的那些观点嘛。"她觉得这是一个两全其美的办法。这个恶念一经生成，便挥之不去，她的心情也就平静下来。

　　1957年6月18日下午，政教系1954级在文史楼举行第二次揭发批判右派分子的大会。靳湘柳面对一张张真真假假愤怒的面孔，和一声声高呼"打倒反党反社会主义的右派分子"的吼声，惶恐万状，神情恍惚，担心吴美霞猛然醒悟，抢先站起来揭发自己。此刻她整个的人像绷紧的弹簧，随时准备跳起来"先发制人""揭发"吴美霞！这时，吴美霞欠了欠身子，举起了右手。靳湘柳突然站起，失声高叫："我来揭发！"她的声音嘶哑、癫狂，震惊全场。然而她发现，吴美霞在梳理过她的乱发之后又轻轻地把手放下。靳湘柳意识到她误解了吴美霞，然而她已经不能止步，就想："一不做，二不休，我就对不住你了！"她不忍心毁掉老实善良的吴美霞，临时改变主意，只揭发吴美霞曾经发表过反对党在农村统购统销的政策等方面的言论。而吴美霞毫无精神准备，甚至没能立刻意识到靳湘柳揭发的是她，而当她终于清醒过来，意识到事关自己的命运，要站起来为自己辩护的时候，她面对的却是潮涌般来自四面八方的质问声。她结结巴巴的表白被淹没在万炮齐轰的质问声中。那是一个对于揭发出来的问题宁可信其有的时刻！人们的耳朵几乎都朝向揭发问题的人，而不敢相信落水者为自己所做的辩解。革命者是这样，投机者是这样，担心自己落水的人更是这样。人们相信谁呢？靳湘柳有四年党龄，担任过院学生会副主席和代理主席，是吴美霞入党的联系人，和吴美霞朝夕相处，应该不会无缘无故说吴美霞瞎话。而吴美霞家在农村，很有可能对于统购统销政策不满。而吴美霞则想，她此刻站出来揭发靳湘柳，会被大家误解为报复，很难被人们相信，只好保持沉默，听凭组织审查处理。

靳湘柳在会上用突然袭击，嫁祸于人的手段剥夺了吴美霞的发言权。对此她并不感觉羞愧，还宽慰自己说，"有什么办法呢？我有孩子呀。而且父亲说过：'做生意有赚就有赔。他不赔你赚什么？'"

东湖师范学院的反右派斗争还在进行，到 1958 年春，还有右派分子被补划出来。吴美霞的问题迟迟没有消息，靳湘柳担心领导弄清楚事实的真相，自己难逃厄运。终于有消息说党总支已经把吴美霞定为右派分子上报党委了，而即使这样靳湘柳的心里也仍然惴惴不安。她不希望党委批准吴美霞为右派分子，而希望学院领导能像 1955 年处理肃反问题那样，把经审查没有严重问题的学生转移到另一所学校继续学习，把吴美霞转移到别的院校去。她害怕见到吴美霞。

吴美霞的问题拖延到反右派斗争的最后，被定为右派分子，但是她并没有调离师范学院，而是被留在政教系资料室，1959 年年底作为一个特殊问题给她摘掉了右派分子的帽子，实际上是给她平反。她是师范学院最后划定的一个右派分子，也是师范学院最先平反的右派分子，不过不能说"平反"，而只能说给她"摘帽儿"。和她同样被解脱的，还有物理系二年级的李文石。

在三年困难之后的 1963 年 5 月，吴美霞被批准加入了中国共产党。

狂风暴雨的 1957 年的夏秋季节过去了，但是师范学院的校园里并没有完全平静下来。面临毕业分配的靳湘柳时刻担心自己被补划进右派分子里，在惴惴不安中捱着日子，祷告上帝保佑她平安度过大学生活的最后时日，永远离开师范学院。不过她担心的事情并没有发生。她毕业前夕，她的好姐妹、政教系党总支书记贺连弟通知她到公共政治课教研室去报到。

公共政治课教研室是马克思主义理论教学单位，是1957年整风"反右"之后刚刚成立的，是师范学院整风整改的重大政治成果，那里的教师都是经受了反右派斗争考验的共产党员，进入公共政治课教研室，就意味着进入了政治上的保险箱。靳湘柳再次体会到权力的重要。她是依附着柳建能的权力进入共产党的，现在又依附着贺连弟进入公共政治课教研室。她认为这是历史的经验。靳湘柳一进入公共政治课教研室，就瞄准了新的依附对象——公共政治课教研室主任——金祥。

97

金祥，祖籍辽阳，生长于江城。从大清朝同治年间，到中华民国，他家代代有人为官，他的三亲六故也多和政治有关联，搞政治是他们的家传。他的父亲金中和曾经是伪满洲国江城市市长，因为在抓劳工、特别是杀害抗日志士等案中罪恶深重，"八一五"东北光复当天夜里畏罪服毒自杀。

金祥在念小学和中学时，天天早起都按照日本人的规定，朝着江城火车站南面那座占地过数百亩的巨大的日本神社遥拜，并虔诚地默诵日本人用来奴化中国人的《国民训》。那会儿他是江城有名的风流少年，人们经常见他身背篮球，引领一群官宦子弟，和一些陪伴他们玩耍的"球皮子"，活跃在江城的各个体育场馆。国高毕业后，他被选送日本人设在哈尔滨的秘密特务的俄语训练班，该班培养的是准备派往苏联远东地区的特工。八路军于1945年秋到达并占领哈尔滨之后，金祥逃回江城，一度担任过江城松北联立中学的政治教员，讲授三民主义，后入江城大学政治系，不久加入三青团。1948年江城解放的前夕，脱离三青团，参加中国共产党。

政治活动对于政治世家说来是一种谋生的手段。这类人可以给任何政治势力效劳。每当政局大变时，他们就会像被破坏了蚁穴之后四散奔逃的蚂蚁一样，去寻觅自己新的生路和栖息寄生的对象。在新中国，金祥追求的就是能够在新社会保有他人上人的社会地位和生活条件。他适应着共产党奉行马列、改造思想、批判剥削阶级的要求，在各种会议上不厌其烦地、有分寸地骂自己出身的那个官僚地主资产阶级家庭，誓言与剥削阶级划清界限，走历史必由之路，把自己塑造成告别剥削阶级的典型，屡受领导的表扬。他在政治上绝对不敢右倾，也不敢"中庸"，而总是坚守着中间偏"左"的姿态。他言行谨慎，循规蹈矩，即使在睡梦中也不会忘记自己扮演的角色。他说话写文章的基调永远来自《人民日报》、中央文件和马列经典，不多说一句，也不少说一句，件件句句有所依据，时时事事保持主动。服从权力是他们的家传。他从不讲有悖领导意图的话，而且总能给领导的主张、包括错误的主张，找到理论根据。正是这一经验使他顺利地适应了共产党内的生活，理顺了上下左右的关系，获得老实、谦虚、思想改造积极主动，政治上进步快，要求自己严格等等的好评。他是师范学院出身寄生阶级家庭的教职工走历史必由之路的典范。前任党委书记莫文林欣赏他，现任党委书记步行健也欣赏他，说他有才气，有大局意识。1957 年整风鸣放时，他保持沉默，批评领导的话一句都不说，在反右派斗争的风浪之后，步行健调他担任了整风后新建的马列主义公共政治课教研室主任。这在行政序列上属正处级。

靳湘柳已经做了孩子的妈，需要时依然能够显得天真烂漫，像个纯真的女孩儿。她到公共政治课教研室报到后的第一周周日，专程到家里拜会了她敬爱的金老师。寒暄过后，她就对金祥唱起了赞歌，说："您的大名我早在念初中的时候就听说过，看过您谈青年问题的文章，高中毕业时报考师范学院政教系，就是冲着您来的。当年听说我们的哲学课由您主讲，我高兴得不得了。我们班的同学都很崇拜您。前两天听领导说组织上把我分配到您的麾下，做您的一名见习战士，我高兴得一夜没睡好，睡梦中想的都是赶着来报到！我真是太幸福啦！只是怕自己胜任不了这一光荣的任务，辜负了组织的信任，给您添麻烦。"

靳湘柳的这一套，金祥懂。靳湘柳的为人他也有所耳闻。他想，如果靳湘柳昨夜真的没有睡好，那一定是另有原因，而绝不是因为他。然而他也没透漏出自己这样的心声，而是盛赞靳湘柳是"新生力量"，对她表示"热烈欢迎"，说他将全力支持她，相信她定能胜任新的工作，并做出出色的成绩。他不仅当面夸奖靳湘柳，还特地在教研室为靳湘柳等几位新教师组织了欢迎会，会后专门抽时间一一跟他们进行个别谈话，征求他们对工作的意见和听取他们的要求。这些礼仪性的程序，是金祥是绝对不会忽略的。讲究礼仪，注意进退，这也是他的家传；而讲究民主，走群众路线，则是金祥进入新社会之后养成的习惯。在这些方面，他不会给自己留下任何遗憾，丢掉一张选票。这恰恰是那些缺少教养和不拘小节的柳建能之类的人所常常忽视，甚至不屑为之的。

靳湘柳打定主意在马列主义公共政治课教研室待下去。马克思列宁主义是共产党的理论基础和世界观，教授马克思列宁主义受人尊敬，也有助于保持自己在政治上的平安，如果能学有专长、著书立说，就有可能获得教授的头衔。为了巩固自己的地位，她一改自己的清高作风，改善她的形象，善待所有比她来得早和她用得着的人，一律称他们为"老师"。对金祥，则时时处处称他"金主任"。

靳湘柳的党史辅导做得并不算好，但是这不妨碍她受到称赞。看人下菜碟儿是某些势力小人的恶习。靳湘柳是总支书记的好朋友，金祥主任也器重她，教研室的人自然不能不高看她一眼。而多数学生对待老师，有如大多数无知的病人对待大夫。名医固然让他们敬佩，而那些态度和善，工作耐心，能给他们多开一些无用的好药，多给他们开几天病休假条的庸医，也很招他们喜欢。老师只要能够善待学生，给他们一个好脸色、好分数和好评语，即使他教学水平不高，也会为中下等的学生所喜欢，至少学生在校期间会这样对待他，至于离开学校之后怎样评价他，那就难说了。

靳湘柳被安排在中共党史教学组。但是她认为中共党史几乎人所共知，不算学问，哲学和政治经济学才算专业。为了转到政治经济学教学组，她摆出了一副居高临下的姿态，在教研室的会议上宣布了她的"红专规划"，声言自己要在五年之内，把中共党史、政治经济学和马克思主义哲学，先教上一遍。这显然是一个符合当时风行的"不怕做不到，就怕想不到""人有多大的胆，地有多大的产"的精神，是她有革命抱负、有事业心的表现。而实际上这只是她脱离中共党史教研组，转到政治经济学教研组的一个策略。事实也是如此，仅仅过了半年，她就转到了政治经济学教学组。遗憾的是靳湘柳没能正式登上政治经济学课的讲台，因为聪明的她在不久突然到来的反对右倾机会主义的运动中干了一件让她遗恨终生的蠢事。

98

省政府大院在江城西区,离师范学院比较远,贺连弟上下班还要倒电车和公共汽车,很不方便,学院房产科在教工二楼 202 单元给她安排了一个房间,供她平日午休和特殊情况需要在校园里过夜之用。靳湘柳留校后,贺连弟给她在 202 安排了一个床位。她们并不经常在这个房间里午休,更很少在这里过夜。今天贺连弟匆匆来到这里,见房门掩着,推门见靳湘柳在,高兴地说:"太好啦,我还担心你回家了呢。"

靳湘柳说:"下午是法定的时事学习时间,我怎么能走呢?"

贺连弟笑着说:"有件事,我想听听你的意见。"

"你说。"这时靳湘柳已经躺在床上,她们姐妹相称,不分彼此,没有那么多的礼数儿。

"你对你们教研室的工作怎么看?"贺连弟突然问道。

靳湘柳看了一眼贺连弟,心里想道:"现在既不是开学之初要安排工作,也不是学期之末要总结工作,而且我也不是系里的干部,她为什么要向我提出这样儿的问题呢?再说,她是党总支书记,是公共政治课教研室的正管,教研室的情况她比我清楚,她为什么反倒来问我呢?是不是和目前正在开展的反右倾运动有关?"事关重大,她不想轻易表态,便从床上坐起来,含糊其辞地反问贺连弟:"你指的是什么?是说教学效果吗?"

贺连弟意识到刚才自己的话问得有些唐突,便说道:"当然也包括教学效果,不过主要是在方向路线方面有什么问题。"

贺连弟提到"方向路线",靳湘柳断定事情和反右倾斗争有关,神经立刻紧张起来,看着贺连弟说话,决心等贺连弟亮出她的底牌。

过了一会儿,绷不住劲儿的贺连弟说道:"能谈谈上学期你们批判景文山的情况吗?当时赞成景文山观点的都是哪些人?金祥的态度怎么样?"

贺连弟提到景文山问题,提到金祥主任,她立刻想到自己在那场斗争中的表现。开始,她站在景文山一边,同意他关于国民经济比例失调的论点,后来领导表态,她转而批判景文山。现在贺连弟旧话重提,说明这件事情还没有过去，便谨慎地说道："记不清楚了，好像最后大家都反对景文山，景文山本人也承认错误，在教研室的会上做了检讨。"

"那金祥开始时是什么态度？"贺连弟说。

靳湘柳听贺连弟这样说，断定金祥出事了。不过她不想就金祥的问题明确表态，便模棱两可地说道："记不清楚了，他好像也是反对景文山的吧。"其实靳湘柳记得很清楚。当时金祥既没说赞成景文山，也没表示反对景文山，他只是批评景文山小题大做，以偏概全，把重大的马克思主义的理论问题庸俗化。在受到党委领导的批评后，他才给景文山上纲上线，说他抹黑大好形势，是立场问题，感情问题，组织了对景文山的批判。靳湘柳告诫自己，事关大是大非和人际关系，说话得留有余地，不能在贺连弟面前把话说绝，对于金祥，既不能妄加贬斥，也不敢随便称赞。她记得她爸爸说过："如果你想保密，那你就不要把你的秘密告诉任何人。"她不敢说金祥的好话，也不想说金祥的坏话，担心有朝一日传到金祥的耳朵里，就含含糊糊地说："金主任批评过景文山……"

贺连弟见靳湘柳始终躲闪，启而不发，不肯明确表态，只好对于她的好姐妹说出自己的来意："明天上午八点，在系资料室批判金祥。我来给你打个招呼，你准备准备，争取积极发言！这对你是个考验。"她说出了她要说的话，起身走了。

贺连弟把难题留给了靳湘柳，使她陷入了激烈的思想斗争。总支书记来给她打招呼，要求她带头儿批判金祥，说明组织信任她，把她当成依靠对象，给她提供了立功的机会。她不能不响应领导的号召；但是又不想带头批判金祥，万一金祥批而不倒怎么办？她反复权衡利弊得失，折腾了整整一个中午，最后，她想到了某人说过的一句名言："宁肯犯政治错误，也不犯组织错误"，意思是，犯了政治错误，可以检讨，可以改正，而得罪了领导，失去了领导的信任和庇护，小鞋儿多多，寸步难行。靳湘柳决定站在贺连弟一边，朝金祥开炮。可是批他的什么问题呢？她急忙翻阅金祥编写的《政治经济学讲授提纲》，想从中发现一些问题。可是那基本上是一篇经典著作的引文汇编，她只好转回现实问题，回到景文山问题上来。

第二天上午八点，公共政治课教研室准时开会，靳湘柳带着矛盾慌乱的心情来到会场。在贺连弟宣布开会、发表过开场白之后，她就第一个站起来，声色俱厉地朝金祥开了一炮，借景文山的"扣子事件"大发议论，把景文山问题和教研室领导政治立场挂钩，说景文山的错误和公共政治课教研室的资产阶级自由主义的教学指导思想和政治氛围有关，决定性的条件是教研室的主要领导人金祥同志的思想严重右倾，把右倾机会主义分子的帽子，甩到了金祥的头上。

靳湘柳在教研室的批判会上杀气腾腾，冲锋陷阵，而她内心里却惴惴不安，担心金祥万一不倒，自己将怎么办，连晚饭都无心去吃，思忖再三，决定夜闯金宅挽回影响。那天她留在教工二楼202房间过夜，在路灯亮起之后很久，她才悄悄地溜进金祥家，对金祥和他的妻子黄秋菊痛哭失声。金祥对靳湘柳态度不冷不热，坐在那里低头不语。不知所以的黄秋菊反复劝说靳湘柳宽心，有什么为难之处只管说，也没能让她收住悲声。靳湘柳一再沉痛嘟囔的就是一句半话："我对不住金老师！可是我……"直到金祥长叹一声说道："不要难过了，事情过去了，我明白你的难处……"她才渐渐地止住悲声。

靳湘柳走后，黄秋菊问道："她这是怎么啦？"

金祥待答不理地说："没什么。"金祥从不对家人谈他工作中的问题。

黄秋菊说："她哭得这样伤心，总该有个原因吧？"

金祥担心被妻子误解，以为他得罪了她，就谨慎地谈了谈批判会的情况。

黄秋菊说："毛主席说，知错能改就好。你为什么不安慰她几句？"

金祥沉默良久之后才淡淡地说道："她用不着别人安慰。"

"那她哭啥呀？"

"她自己知道。"

黄秋菊不高兴地嘟囔道："你说话总是吞吞吐吐！"

金祥说道："你没有必要知道这些事。睡吧。"

靳湘柳回到宿舍饱餐了一顿面包和哈尔滨红肠，喝了一大杯炼乳。她哭累了，吃饱喝足了，部分地卸下了思想包袱，一夜睡得很香，第二天早起，又是一个新鲜的靳湘柳。

在反右倾斗争之后，金祥对靳湘柳的态度一如既往，就好像在他们之间什么事情都没有发生过。但是他相信了人们的传闻，确信靳湘柳是个人小鬼大，反复无常，无事生非，惹不起的可怕的角色，是个事儿奶奶，必须小心提防。

99

　　在群众中议论期待的整党运动，在两周之后，在东湖师范学院整党工作的骨干从市委党校整党培训班返校之后的第二天，步行健书记就在全院的党员大会上做了整党工作的动员报告，东湖师范学院的整党试点工作正式展开，校园内的政治气氛立刻为之一变。

　　贯穿整党运动始终的是马克思主义的教育。首先是学习规定的整风文件，听联系学院党员思想实际的党课，讨论党课，接下去就是对照文件和整风的要求检查自己，最后是整顿改进工作。

　　党课一般由党委书记或是副书记主讲，讲稿一律由宣传部负责组织有关单位的人员起草，最后由党委讨论定稿。部分党课的题目已定，第一讲是《为人民服务》，第二讲是《批评与自我批评》，都由古全和负责起草。第一讲的草稿已经写好，并经主讲人步书记看过，并提出了一些具体的修改意见。文廷栋通知古全和、江涌和佟金凤，今天晚饭后在文廷栋家里按照步书记的要求继续修改这份讲稿。

　　晚饭后，古全和准时赶到文廷栋家。江涌和佟金凤已经等在那里。江涌正在低声下气地和文廷栋闲聊。佟金凤在帮着文夫人干家务。古全和到了，报告稿的修改工作马上开始。

　　文廷栋传达了步书记有关修改讲稿的原则指示，说步书记认为稿子的大框架和基本思路是可以的，但是一些地方的提法和分寸有待增删调整。然后他就不厌其烦地一一重复步书记提出的几十处具体修改意见。这些意见都写在报告稿的边批和眉批里。最后，文廷栋强调说，《为人民服务》一稿今夜必须改好，明天一早送步行健书记过目，然后交党委常委讨论。

　　步行健爱好书法，自诩是师范学院的一家。文以人传，人以文传，而人又以权贵。所以师范学院的书法爱好者都盛赞步书记的字写得好，说他的书法功夫深，有特色，他是师范学院的头一把刷子。文廷栋家的小客厅里就挂满了步书记的草书作品。但是接触过步书记文字的人，都说他的字难认。这并不奇怪，步书记是自学成才，他的基础教育程度很低，又常年处在繁忙的工作中，缺乏有关文字和书法的基本训练。有些身居要职的中国人，不管他的教育程度如何，也不管他的字写得叫人看了有多么难受，只要他能拿住笔杆，就想挥洒几下，而且他们大多偏爱草书，喜欢追求独特，这就难免弄出一些离奇古怪的玩意儿，也就是所谓有特色的东西。既然"玩意儿"出自要人，别人当然只能赞美。

步书记爱用软铅笔写批文，近来偶尔也用进口的圆珠笔，喜欢笔走龙蛇。他涂抹在这份党课讲稿上的文字总共有 48 处之多，少则十几个字，多则几十个字，个别的百十几个字，其中不乏需要经过考证而后才有可能确认其"身份和含义"的文字。前半夜讲稿修改了两遍，每遍都曾长时间地卡在个别字句上。江涌是中文大专生，文廷栋念过古书和社会学系，佟金凤是历史系的本科生，也有古文底子，古全和是全院公认的优秀研究生，四个人面对这些文字反复揣测琢磨了无数次，还是有几个难点有待继续研究突破。

午夜，文廷栋的老伴儿给大家送来了夜宵，每人一碗荷包鸡蛋面。吃过夜宵之后，大家继续"研究"步书记的批文。天快亮了，有几处批语中的几个字还是没有大家都一致认可的结论。

古全和患过抑制性的神经官能症，不能缺觉，有些不耐烦地指点着稿纸第二页的一处说："我看这里的这几个字就是'基本宗旨'。联系上下文，这句话，应该是'我党的基本宗旨是全心全意为人民服务'。……肯定是这样！"

"耐心点儿嘛，再琢磨琢磨。"文廷栋微笑着提醒古全和。

"不会错！"古全和肯定地说，"其实这里面的'基本'二字可以不要。党的宗旨就是'全心全意为人民服务'，无所谓'基本'不'基本'。"

文廷栋吃惊地看着古全和，立刻联想到古全和反周扬，和在伙食科工作期间反对给科级以上的干部发鸡、发鱼，反对某些领导干部进小餐厅用餐等等"犯上"的言行，不满地说："啊呀，怎么可以这样说呀！步书记怎么会错呢？不能这样对待领导同志的批示呀！我们做具体工作的人，应该用心揣摩领导的意图，这是个组织观念问题，党性问题！"

古全和看了文廷栋一眼，觉得他太窝囊，全无开拓创新精神。

"再琢磨琢磨……"江涌附和文廷栋。

佟金凤赞成古全和的态度，但是她不想去触犯文廷栋和江涌。

　　古全和关心的是怎样按时完成任务，所以他继续说："五点多了，步书记也该起床了，打个电话问问，问题不就解决了吗？"接着又嘟囔道："字是写给人家看的，把字写得让人家不认识，多误事啊！几个字把大家折腾了半夜！多浪费时间啊。"

　　文廷栋慌忙说道："你，你怎么可以这样说呢？！这明明是咱们辨认字迹的能力不强嘛！怎么能怪步书记呢？他是书法大家。今后咱们要多学习，多比较，提高识别草体字的能力。这也应该是咱们的业务嘛。"

　　古全和忍不住顶撞文廷栋说："这是文件，不是书法！"

　　古全和的话把文廷栋弄得很尴尬，文廷栋心里愤愤地说："这样的人绝对不可重用！"

　　早晨六点刚过，古全和就拨通了步书记家里的电话。

　　文廷栋猛扑上去阻拦，同时急切地说道："怎么可以这样，怎么可以这样！"古全和本能地转身来防他。体重90公斤的古全和，把体重50公斤不到的文廷栋挡得倒退了几步。

　　"是步书记家吗？"

　　"是我，我是步行健，你是老古头儿吧？"

　　"是我。我们正在修改您看过的那份讲稿。有几个字想请教您啊。您在讲稿儿的第二页右侧的边批里写的是'我党的基本宗旨是全心全意为人民服务'吗？！"

　　"是的，是的。哎呀，对不住，实在对不住。我的书写习惯不好，一时疏忽，字写得不规范，给你们添麻烦啦！"步行健真诚地说。

　　"您看这里面的'基本'二字是不是以不要为好？"

　　"可以去掉，可以去掉！"步行健恳切地说，"喂，老古头儿，我的批语未必都对，只供你们参考，你们可以斟酌处理，不要受我的意见的束缚，要大胆地改。你们改过之后，我还要看，党委还要讨论嘛。"

　　古全和又向步书记请教了其余的几个疑难之处，然后说道："步书记，对不起，打扰您休息啦，谢谢您！"古全和撂下电话，自言自语道："问题这不是就解决了吗！"

　　"啊呀，你这是干什么呀！"文廷栋眉头紧皱，一副大祸临头的样子。

　　文廷栋之所以这样焦急，是因为他担心步书记可能误解他，以为是他唆使古全和给他打电话的，怪他做事不光明正大，影响他的政治前途！

古全和的这个夜晚的举动着实吓着了文廷栋。他清楚了古全和的胆大妄为和不可驾驭。所以尽管老计曾经多次建议他重用古全和，而他也认为古全和很能干，却始终没有考虑提拔古全和。他害怕古全和惹祸招灾牵连上他，让他落个用人失察的罪名，断送了前途。步书记曾经当众夸他是个"帅才"。

100

党团委直属党支部认真地梳理过本支部党员的情况，认为有两名党员可能涉及整党组织处理的问题，有待进一步审查。一名是蓝秀花，他在困难时期政治上表现消极动摇，曾经去投靠过他的一贯道坛主的地主奶奶，从她那里乞求得到大笔的钱财，用来维持他困难时期阔绰的寄生生活，性质严重。一名是靳湘柳，她的问题比较复杂，有家庭成分问题，有解放之前追随国民党王凌云部队南逃等的历史问题，还有在困难时期，思想动摇，进过天主教堂，有人怀疑她的这种表现和蒋介石叫嚷反攻大陆有关。此外，不少人反映她是漏网右派。

党支部考虑到古全和与靳湘柳是小学和中学的同学，三年困难时期又曾一起在伙食科工作，认为他对靳湘柳比较了解，就决定由他代表组织找她谈话，摸一摸她的情况，看看她的态度，听听她的想法。古全和认为由他出面代表组织跟靳湘柳谈话并不合适，但是考虑到自己刚刚被选进支委会，工作讲条件会让大家不愉快，就没有把自己的这种畏难情绪表现出来。

其实古全和和靳湘柳接触不多，相处得并不友好。靳湘柳对待古全和的态度是矛盾的，念小学时她瞧不起古全和，念高中时大体也是如此，不过由于古全和是越级插班生，而且学习成绩好，深受师生们器重，她对他又多了一层混杂着羡慕的嫉妒。靳湘柳进入大学不久就入了党，而古全和却迟迟没能入团，她的心理才达成短时间的平衡。不过这几年古全和念了研究生，入了党，成了全院的名人，又当选党支委，而她却连连走下坡路，被淘汰出公共政治课，落到党委机关来跑龙套，她们彼此的距离越拉越大，在她在伙食科工作期间，古全和还曾"小题大做"，为她多吃过一个油饼，在餐厅里织毛活儿，多请了几次假等她认为是鸡毛蒜皮的小事，在会上多次批评她，最后还唆使耿一憨在劳动锻炼鉴定的问题上耍笑她，所以此刻古全和留在她心里的就只有嫉妒、怨恨和报复的渴望了。

　　阎一松通知靳湘柳，支部决定在整党前，党支委分工就整党问题和所有的同志谈一次话，交流交流大家对于整风的认识，宣传部的同志找古全和。靳湘柳迟迟不和古全和约定谈话的时间和地点，而只给古全和撂下一句话，说她这几天中午在教工宿舍二楼 202 贺连弟房间，古全和只好在午饭后的时间去教工二楼 202 房间找她。靳湘柳的虚荣心得到满足，得意地笑着谎说，她正准备到他宿舍里去找他呢。

　　靳湘柳把严肃的谈话当成平时的聊天，从闲谈往事开始，谈到了他们小学和中学的某些老师和同学，说到漂亮的音乐老师董文华江城围城时死于国民党保安旅的乱枪下，代耀人当了市立女中的教导主任，他们高中毕业前一年的夏天，苗金发在东湖郊游时不幸溺水夭亡，苟大川的肺结核由于抗药性不断恶化康复已无望，等等，无意触及她的问题。古全和不得不谨慎地把话题拉到整党的问题上来，采用问答的形式和她交流，谈话因而变得严肃起来。古全和问到靳湘柳的家庭情况，问到她追随国民党军队南逃的经过等等，靳湘柳一律回避正面回答。关于她的家庭成分，她说她跟爷爷生活，所以填她爷爷的成分。只字不提她爷爷破坏土改，个别不法土改干部给他编造了个中农成分的问题。关于她追随国民党军队南逃的问题，她只说自己年幼无知，上当受骗，而根本不提她煽动裹挟同学们南逃的事实。关于她小妈的问题，她说她当时年纪还小，不了解大人的事。总之，该谈的没谈，不该谈的她谈得不少，谈到的问题也和海英林和连成说的有很大出入，显然是有意回避。谈话前古全和只是觉得靳湘柳思想意识问题比较严重，谈话中善意地向她转达了一些人反映她在政治上有投机行为的议论，供他参考，而没考虑到她在政治上有更大的问题，而现在他开始觉得她对组织的态度有问题，在一些问题上对组织有隐瞒。

　　古全和带着这样的问题离开了贺连弟的房间之后，靳湘柳开始回味古全和的谈话，考虑自己的问题，心里七上八下，觉得这次谈话不同寻常，古全和代表党支部，是有备而来，涉猎的问题都很重要，感觉党支部好像在审查自己。而当她想到这次整党有组织处理的重要内容，将把少数问题严重和长时间不起作用的党员清除出党，想到古全和的谈话就是围绕着这些问题进行的，想到她在家庭出身、个人历史等方面对于组织有所隐瞒，想到她父亲是右派，有人嘀咕她是漏网右派等等的时候，她的神经不由地紧张起来。她怀疑古全和看过她的档案，肯定还从连成和海英林那里了解了她的底细。她爷爷的问题肯定是连成对他说的，而她在整风鸣放反右派中的问题和反右倾中炮打金祥的事就一定是海英林对他说的。她想，从小学到现在，古全和太了解她了。现在他不仅是她嫉妒和怨恨的对象，更是对她政治安全的威胁。她担心失去党籍，到头来连自己的小家庭也保不住。几年来因为政治问题而离散的家庭，和分道扬镳的夫妻及恋人，不是很个别的，连袁竞良那么出色的男人在沦落为右派分子之后都没能笼络住他的女友杨丽莉。如果自己被清除出党，身为团省委干部的马家骏肯背她这个政治包袱吗？就在靳湘柳惶惶不可终日，担心被清理出党的时候，师范学院校园里的政治形势突变，整党试点工作一变而为全省高校四清工作的试点。四清的正式名称是社会主义教育运动，包括清政治、清经济、清思想、清组织，但是重点是整走资本主义道路的当权派，而不是清理一般党员的问题，这让靳湘柳松了一口气。不过她对古全和的戒心丝毫没有放松，因为四清中也有清组织的内容，而此刻古全和并没有意识到靳湘柳积累在心中的是对他的嫉妒、怨恨和报复的渴望。

101

古全和回到党委机关后也一直带病工作。他肝脾部位经常有鼓胀不适的感觉，劳累时偶感胀痛、刺痛。浮肿随着季节的变化和劳累的程度而时轻时重。每当秋风起时，浮肿的症状就会加重，这种状况一直持续了几十年，直到他70岁以后，浮肿才渐渐地消失。市立医院和市中医研究院的大夫都认为，古全和的肝炎仍然处在迁延期，存在着继续好转或是进一步恶化的可能。古全和已经认识到肝炎是一种传染病，但是他仍然坚持认为，造成他肝炎和浮肿的主要原因是长时间的营养不良，因此拒绝吃药打针，坚持服用大蒜炖猪肉、红枣赤豆汤等食疗和体育疗法进行调整。近来由于赶写党课讲稿，他的肝炎和浮肿都有所加重。转氨酶高过150个单位，其他四项也不正常。中医研究院的一位好心的大夫警告他说，他的肝脏已经中度硬化，还形象地对他解释说，正常的肝脏像人的舌头一样柔软，而中度硬化的肝脏就硬得像前额，建议他全休。刚好整党工作暂停，给了他一个喘息的时机。

这两天古全和感觉不大好，大部分时间在宿舍里卧床休息。他听说东湖师范学院从整党转为四清，好长时间不见动静，只是员工餐厅里突然出现了一些生面孔，有男人，也有女人，年长的不过五十岁，年轻的不多，大多数是中年人，个个神态严肃，独来独往，有点像电影里面描写的地下工作者。他想这些陌生人可能就是外来的四清工作队员。

古全和听说，领导学院四清运动的四清工作队是外来的，一经进入师范学院校园，党委机关的工作立刻停顿下来，除去师范学院的个别党员干部，如中文系的吉梦寒、党委机关的佟金凤等——由于一般人不知道的原因——在工作队进入师范学院的同时，就被吸纳进四清工作队，其余所有的干部都在被审查之列，一律靠边站。

这些日子古全和的大部分时间都待在宿舍里，偶尔在校园里逛逛。今天早饭后，佟金凤来古全和宿舍看望他，悄悄地对他说，四清工作队进校已经近两周了，四清已经开始，工作队的领导和队员正在四处秘密地找人个别谈话摸情况，院系两级领导都已经靠边站了。

古全和感觉四清运动和以前历次政治运动都不一样。往常的运动，有的是先下毛毛雨，然后慢慢地展开；有的是以大张旗鼓的宣传鼓动造势，然后就雷厉风行地展开。而这一次是不宣而战，四清工作队悄悄地开进校园，悄悄地进行活动。再者，过去的政治运动都是在本院党委的领导下进行，而"四清"运动的领导者却是外来的。古全和觉得现在的四清工作队很像当年的土改工作队。这一切使师范学院的四清运动带有一种神秘和恐怖的气氛。古全和不禁想道："师范学院的问题真有这么严重吗？在党委的主要领导干部中真有敌对分子吗？"他不相信，但是他知道，运动正在展开，这样的话是不能说的。运动初起，最忌讳的是右倾保守，现在人们对待运动中揭发出来的问题应有的态度是，宁可信其有，不可说其无。

院卫生科的科长卢大夫是参加过长征的老红军，像母亲一样偏爱古全和这个后生。老人神情凝重地反复看过古全和在市立医院和中医研究院的化验单和诊断书，连连摇头叹气，关切地对他说道："小同志啊，你得注意啦，你的情况不妙啊。健康不只是个人问题，身体是革命的本钱，一定要好好地治疗休养，要是闹到肝硬化的地步事情就不可挽回啦！"她又亲自给他开了诊断证明和病休三个月的假条，这也就是说，他可以不参加当前的运动。可是古全和还是想参加，他担心，如果不参加运动，好多事情和人的情况都不清楚，运动过后不好工作。

事实上，四清工作队用的正是当年土改时运用过的那种"扎根串联"的工作方式。古全和想，这就意味着四清工作队认为东湖师范学院有敌情，有夺权的问题。据说这是中央领导从前期在河北等地开展的"四清"运动中总结出来的新经验。新经验里说，毛主席"调查研究"的工作方法现在不适用了，解决"四不清"的问题要用"扎根串联"的办法，用这种秘密的工作方法重新组织阶级队伍。

佟金凤说，四清工作队到处瞎摸索，专门搜罗那些与院系两级领导干部有距离和对领导有意见的人，和这些人进行个别接触，诱导他们揭发领导的问题，然后召开小规模的座谈会，逐步扩展活动的范围。进入党委机关的四清工作队员是两位女将，组长叫黎树凡，组员叫宗淑玉。她们进入党委机关第一个接触的就是靳湘柳。靳湘柳很快就受到黎树凡的欣赏，成了她们依靠的对象。

靳湘柳自从和柳建能闹翻以后，一步错，步步错，一直跌落下来，离领导核心越来越远，如今得到四清工作队的欣赏，有机会重新站起来，狂喜之余就淡忘了她在1957年和1959年的教训，决心在运动中好好地表现一番，以改善自己的处境。她关心的不是党的事业，不是怎样把四清运动搞好，而是如何保住和改善自己的地位，争取在运动中捞一把。黎树凡说，四清也是整党。靳湘柳放心不下的是古全和。古全和不会放过她，他是她最大的威胁，她不能让古全和靠近工作队，因此就不停地对黎树凡夸大古全和在师范学院党委机关里的作用，竭力把古全和跟党委的领导捆绑在一起，把火引到古全和身上，把他孤立起来，排斥在运动的主流之外。

古全和认为四清工作队是上级党派来的，等待着他们通知他参加运动，在运动中受教育，决定去找工作队，看看像他这种状况该怎样参加运动。早饭后他来到办公大楼二层。走廊里很安静，有点像平时的节假日。宣传部办公室里没有人。其他办公室也没有人，他感到扫兴，只好返回宿舍。路上他碰见佟金凤，便问道："党委机关怎么没有人？"

佟金凤没有回答他，而是警惕地朝周围看看然后低声说道："工作队没找你谈话吗？"

"没有。"

佟金凤神情凝重，想了想，说道："工作队开进党委机关后，先后分头找过靳湘柳、江涌、蓝秀花、彭其寿、齐苋芬、缪文途、力槐青、甄惠羊等人，也找过我，这些日子江涌和靳湘柳很活跃，天天和黎树凡她们泡在一起，议论党委机关的人和事，即使在座谈会上，他们也不断喊喊喳喳地和黎树凡和宗淑玉咬耳朵。工作队显然是把他们当成积极分子和依靠对象了。"

"黎树凡是什么人？"

"是地院党委宣传部副部长，我认识她，她曾是我哥哥的部下，到我们家去过。她一来就把我当成了他们的积极分子。宗淑玉也是地院的干部，是干事。你的病怎么样？能参加运动吗？"

"医生说让我休息三个月。"

"那就好好休息吧，彻底把病治好。"

"我想参加部分活动。不然运动过后就不好工作了。"

佟金凤想了想，点点头说："倒也是，不过得量力而为。身体要紧。我哥哥说，工作队的主要领导都来自省市委机关，工作队员绝大多数是省内各高校的中层干部。你该去见见黎树凡和宗淑玉，汇报一下自己的情况，表明自己对待运动的态度。"

"我不想打扰她们，等她们来通知我吧。"

"你总得去跟她们打个招呼吧？你的大名靳湘柳天天挂在嘴上，黎树凡她们早就知道师范学院党委机关有一个大名鼎鼎的古全和了。"

"那好，我明天就去。"

第二天早饭后，古全和回宿舍躺了一会儿，感觉精神好了一些，就来到办公大楼。他在楼道里见到了靳湘柳。她一改前些日子消极沮丧的样子，神气活现。古全和想到了佟金凤关于黎树凡依靠上她和江涌等人的话。

古全和站在阅览室的门外，见坐在对面的是两个陌生的女人。一个40多岁，瘦长脸，面相不善，一言不发，两眼冷冷地上上下下地打量着他，像在看一个怪物。她的长相让他联想到1956年他在北京颐和园参观时见过的那幅画像上面的西太后，只是不如西太后长得好看。另一个年纪较轻，和古全和的年龄不相上下，中等身材，健壮，微胖，面色白皙，神情和善，两眼灵动有神，天生喜相，看着让人感到亲切，很像是四川成都一带的人。

"你就是古全和吧？"半老的女人首先开口。她神色冷峻，两眼逼视着古全和，无礼地用右手的食指，指点着古全和问道。

古全和还没有来得及回答，靳湘柳就笑嘻嘻地介绍说："他就是古全和呀，是我们师范学院鼎鼎大名的人物哟，名声比我们党委书记步行健还大。我们都管他叫'党委不管部部长'。他是我们宣传部的干部，可是他在统战部干过，在组织部干过，在伙食科干过，在院卫生科干过，是我们第四次党代会的代表，党团直属党支部的委员，党委整党核心小组的成员，一直围着党委的中心工作转。他还做过我们学院书记碰头会和党委常委会的秘书呢，是我们党委领导最重视的干部。"

古全和想，靳湘柳要强，嫉妒心重，轻易不说别人的好话，现在党委的领导都靠边站接受审查了，她却替他大唱赞歌，显然是要把他和党委领导拴在一起，把他推进"四不清"干部堆里，分"享"领导的错误。不过他这样的念头只在头脑中一闪而过。他是个干事，没有违纪的言行，不怕有人搞鬼。这时，靳湘柳用右手的手掌侧指着黎树凡对古全和说："这位是'四清'工作组驻党委机关工作组的组长黎树凡同志。"又指指另一位说："这位是工作组的宗淑玉同志。"

古全和坦然友好地朝她们笑笑。宗淑玉回报他一笑，而黎树凡的神态依然冷漠。

第一次见面，黎树凡就给古全和留下一个不愉快的印象。他本想约黎树凡谈谈，汇报一些他本人和党委机关的情况，见她这副模样，就打消了这个念头。他想，本来是你应该来通知我参加运动，不是我来问你，而你却摆出这样一副奶奶架子来吓唬人，我就没有必要对你说什么了。

"你有事吗？"黎树凡冷冷地凝视着古全和说道。

"来看看，看怎样参加学习。"古全和平静地说。

"等着吧，会通知你的。"黎树凡冷冷地说过，就不再理睬古全和了。

古全和兴冲冲地来，闷闷不乐地离开办公大楼。

古全和感觉自己腹胀如鼓，从镜子里看看自己，见嘴巴周围一片潮红，近来每天早起刷牙，即使小心翼翼，也会出血。他常常感觉眼睛酸涩，泪水不断，像刚刚哭过。中医研究院有一位医生说，他的肝大三指，属中度硬化，建议他离职休养。古全和不相信他的病有这么严重，仍然决定参加运动。

周六下午，四清工作队党委在院部大礼堂召开了全院师生员工大会，动员部署师范学院的社会主义教育运动。四清工作队的韩雨同志在会上做了关于在师范学院开展社会主义教育运动试点的动员报告，最后宣布了四清工作队主要干部的名单。古全和只记得其中的三个人：工作队队长兼党委书记韩雨同志，工作队副队长兼党委办公室主任路勤一同志，党委机关四清工作组组长黎树凡同志。

全院动员大会之后，古全和经常到办公室去看看，等待领导安排他参加活动，可是一连两天，四次去过办公室，都没有碰见什么人。偶尔在走廊里碰见谁，也多是匆匆擦肩而过。他想到阅览室去翻翻报纸，而阅览室的门是关着的。今天上午，他再次来到办公大楼，听见阅览室里有人说话，推门一看，见里面坐满了人。古全和见靳湘柳坐在黎树凡的身边，斜视着他，在眉飞色舞地在对黎树凡耳语着什么。黎树凡耷拉着个长长的瘦脸，冷冷地瞥了他一眼，并没有招呼他进去，而是把脸转到另一个方向。古全和感到大家好像在回避他，不知道这是为什么，自己该不该进去，犹豫片刻，就离开了阅览室。他想，在这短短的两周里，党委机关肯定是发生了什么事情。他不由地想到了 1959 年的反右倾，预感到工作队对他有怀疑。事情一定和党委机关人内部的人有关，"可能是谁愚弄了工作队？"他想到了江涌、蓝秀花和靳湘柳。

102

古全和有一种感觉，好像四清工作队在开进东湖师范学院之前就已经认定师范学院存在着反马克思主义的、走资本主义道路的势力，存在着马克思主义者和反马克思主义者夺权和反夺权的斗争，是抱着怀疑一切的态度来开展工作的。可是他想，土改时农村的阶级阵线比较清楚，工作队可以根据占有土地的情况准确地分清楚敌友我的阵线，把根扎在贫苦农民中间，而在东湖师范学院，面对的是知识分子，用什么标准来判别其中的敌友我呢？凭嘴巴说吗？如果分不清楚敌友我，把根扎错了，那不是会把敌友我的关系混淆了，颠倒了，造成混战和坏人斗好人的局面，越斗越不清吗？古全和怀疑黎树凡和宗淑玉对于党委机关的认识，不过他相信，随着运动的发展，她们一定会摸清师范学院党委的真实情况，纠正错误认识和做法，不过那就要等造成了损失，才能吸取教训了。

在整党的那些日子，靳湘柳整天惴惴不安，担心丢掉党籍，丢人现眼，以后的日子不好过。现在她巴结上了黎树凡，相信自己不仅能顺利过好四清这一关，还能改善自己的处境和形象。她认为四清是一场重大的阶级斗争，会触及师范学院的方方面面，运动之中，谁去谁留，谁升谁降，都很难说。金祥家庭出身不好，他本人有 1959 年反右倾的旧账，未必能保住他公共政治课教研室主任的位子。靳湘柳幻想工作队能把金祥调离公共政治课教研室，她能以四清运动积极分子的姿态，重回公共政治课教研室，去玩她的一把斧头五尺布，积累个人的业务资本。她实在不想在党委机关这里混了，她认为自己在宣传部是跑龙套，为他人作嫁衣裳，到头来最好能混个科级待遇。她不愿意在党委机关还有一个原因，那就是不想和古全和靠得太近。她感觉古全和太敏感、太教条、太较真儿、太无情，对她了解得太多太深。她没有根据说古全和会害她，但是她知道古全和对她印象不好。古全和在谈话中向她转述别人对她的意见，说有人说她有政治品质问题，那就意味着他认可别人对她的这种看法，而政治品质不好是非常严重的问题。她得防范古全和，在四清运动中得想办法把他"冷冻"起来，和工作队隔离开。可是古全和不馋不懒不贪不花，不干越轨的事情，要整古全和谈何容易。不过她还是想出了办法，那就是夸大古全和的优点，夸大他在党委机关的作用和影响，把他和党委领导捆绑在一起整，再唆使江涌和蓝秀花等人起来围攻他，把他孤立起来。于是她悄悄地对江涌说，得小心古全和啊，他说要和你算 1959 年反右倾运动的账。而这正是江涌所担心的。江涌已经知道古全和是谁了，就是十几年前住在他大爷房子里的古世才古师傅的儿子根儿，他担心古全和也已经知道他是谁了，有可能了解他的底细，在四清中站出来揭发他。靳湘柳又对蓝秀花说，古全和到处说他的坏话，把他留宿女生的勾当宣扬得无人不知，说吴歌离他而去也是因为古全和在背地里搞鬼，古全和跟吴歌有一腿；说蓝秀花 1960 年新年前夕买上烧鸡和酒，回到白龙镇去孝敬他奶奶，又从奶奶那里拿走八百元钱的事，也是古全和向领导揭发的；说他在困难时期在餐厅里和宿舍里的种种表现都是古全和向党支部反映的，等等。人的私心，就像人的痛感神经，极度敏感，一挑就动，一痛就晕，而把设计要弄他的人当知己，几乎人人如此。蓝秀花本来就嫉妒古全和，怀疑他给自己使坏，不相信他会那么正派，那么革命。听了靳湘柳的这套鬼话，立时火冒三丈，凶相毕露，发誓说，他一定要报复古全和，要置其于死地。

通常别有用心的人整人多用攻其一点不及其余，辅之以造谣、抹黑、制造悬疑等老办法，而靳湘柳整古全和利用的则主要是他的优点和成绩，这是她的一大创造。看来"恶"也能催生智慧。三人成虎，众口铄金。在一个只有十几个人的单位，只要有一个人暗地里时时刻刻挖空心思要祸害谁，那个在明处的谁就会防不胜防。而现在竟有三个人勾结在一起，图谋毁坏毫无防范的古全和，古全和的处境就可想而知了，更何况还有手握生杀大权的四清工作队以共产党和革命的名义给他们撑腰呢。而古全和还蒙在鼓里，正以"驯服工具"的诚意，等待着这个一开始就"四不清"的工作组长黎树凡通知他参加四清运动受教育呢。

黎树凡让大家推荐一个党委机关政治学习的负责人，协助工作队组织党委机关的日常活动。靳湘柳一时冲动，觉得是个机会，很想黎树凡能点她的将，可是黎树凡毫无这个意思，其实她个人也知道自己没有条件担当这个角色，就极力推荐江涌，说江涌家庭出身好，参加过解放战争，火线入党，入党早，工作早，和师范学院党委的领导没有什么牵扯。黎树凡接受了她的建议。

靳湘柳不停地在黎树凡和宗淑玉的耳朵根子上嘀嘀，极力夸大古全和在党委工作中的重要作用，说古全和不是一般干事，他在党委工作中的作用不下于一个副部级干部，党委也曾准备提拔他担任宣传部副部长，跟党委的某些领导关系很不一般，是党委书记步行健的亲信，步行健曾亲自派专人去齐齐哈尔解决古全和的个人问题，特批接古全和的未婚妻线淑平来学院长住养病，还破例把她的户口落在江城；说古全和参与过党委的许多中心工作，还常常奉命到外地、包括去北京执行重要任务；说步行健曾多次请古全和到他家谈文学问题，每逢年节古全和都到计方平家吃饭；党委曾经研究提升古全和做宣传部副部长的问题，等等等等。靳湘柳还就古全和的相貌、家庭、历史和生活作风等给他制造政治疑云，说她和古全和是高中的同班同学，古全和念高中时是班上的落后分子，一贯和班上的团支部闹对立；说他曾经在1959年反右倾运动中因为污蔑农村大好形势、丑化农村干部、反对三面红旗等一系列的错误而被批判过，运动后是步行健把他留在党委机关，并且照旧委以重任；说他老婆线淑平出身大地主家庭，是个阶级异己分子，一度混入党内，1959年反右倾时被清除出党，等等。靳湘柳和蓝秀花就这样把古全和渲染成打开党委机关工作局面的一个关键人物和突破口。而这刚好迎合了急于做出成绩的黎树凡的需要，认为抓住古全和是突破党委机关问题的捷径。这样，古全和还没有参加到运动之中去，就被预定为党委机关围攻和斗争的重点。

古全和终于得到黎树凡让他参加会议的通知。参加会议的前一天，古全和提前上床休息，第二天早饭后，带上文件和纸笔，准时来到会场。

四清政策学习的阶段已经过去。这是党委机关第一次揭盖子会。会议一开始就杀气腾腾。黎树凡板着面孔发表了开场白，反复强调东湖师范学院四不清问题严重，誓言一定要彻底揭开师范学院党委阶级斗争的盖子，解决四不清的问题，让马克思主义者重新占领东湖师范学院。宗淑玉说，揭发问题要实事求是，搞出问题是成绩，搞不出问题也是成绩。黎树凡面无表情地看着宗淑玉，认为她政治上幼稚，这种时候宗淑玉不应该说这样的话，而且毫不含糊地打断她说，"首先是揭发问题，揭发出问题，才能实事求是地解决问题。"黎树凡期望党委机关的运动走在前面，揭发出惊天动地的大问题，成为运动成功的典型，运动结束时，她能带着领导对她的肯定评价离开师范学院，希望能把她副部长中的那个"副"字去掉。

第一次揭盖子会，发言并不集中，触及党委工作的方方面面，但是没有人接触到党委的四不清问题。古全和没想发言，他是来听会学习的。可是在会议即将结束的时候，靳湘柳、江涌等人的矛头忽然集中指向他，轮番连珠炮般地唠叨他参与的党委的各项工作，齐声说他是党委工作的知情人，要求他站出来揭发党委的问题。接着，黎树凡就以命令的口气要求古全和站到党的立场上来，大胆揭发党委的问题。古全和毫无精神准备，不明白为什么靳湘柳他们把矛头指向他，也没想过在党委的领导中有谁有四不清问题，只能一言不发。靳湘柳就指斥他有私心，死保错误领导，抗拒四清运动。古全和要求和黎树凡个别谈话。黎树凡置若罔闻，命令他暂时不要参加群众活动，就待在宿舍里写揭发材料。她说，是疖子就得出脓，一定要把党委的问题搞个水落石出，谁也包不住，一副对敌斗争的姿态，古全和感觉黎树凡在向他施压，意思是迫使他为自保而胡说，起来揭发党委的问题。

暂时生活困难时期，江涌脸面丢尽，一度一蹶不振，近几年，在文廷栋的鼓励驾驭之下，努力工作，加之政党运动的促动，渐渐地恢复了自信。江涌喜欢政治运动，渴望在运动中表演，不过他原本无意在四清中触动古全和，也没有恢复争夺宣传部副部长位子的野心，起初他附和靳湘柳和蓝秀花围堵古全和仅仅是为了自卫。和往次面对重大政治运动一样，在四清开始时，他曾经偷偷地去城西八里庄，找神算刘铁嘴儿给他算过一卦。刘铁嘴儿看过卦相之后，故作惊讶，煞有介事地笑着对他说，哎呀，先生，祝贺您啊，您有官运呐。几天后，江涌就被选定为黎树凡的助手儿，当上了党委机关运动日常事务的总管。他认为这就是刘铁嘴儿的卦应验了，心中窃喜，生出了积极参与四清，再赌一把的雄心，他干的第一件事，就是毛遂自荐，去伙食科调查古全和困难时期的问题，他相信定有收获，因为他知道古全和是个大肚皮，平时每月要吃60多斤粮食，而他的定量只有32.5斤，他身在食堂，近水楼台，不可能傻到甘愿挨饿。困难时期副食供应少，按古全和每月多吃30斤粮食算，七个月就是210斤，那他的经济问题可以立案了。另外，当时古全和同伙食科领导闹矛盾的传闻很多，关系很紧张，古全和曾经大闹过总务处，官司打到熊副书记面前，他在对待伙食科党支部的态度上肯定有问题。想到古全和可能面对的局面，江涌心中虽然仍然有所顾虑，但是还是泛起了久违了的参与"赶球"争斗的渴望。

江涌从1960年冬天被郗凌老师傅揪斗出丑后，已有近五年的时间没去员工餐厅吃过饭。他记得古全和当年在员工餐厅蹲点，他多吃多占的问题应该是主要发生在员工餐厅。想到得见员工餐厅的炊事员，江涌有些发怵，特别怕见那个姓凌的老头儿。他想先去伙食科办公室，从那里收集到古全和的材料，带着古全和的问题到员工餐厅去发动那里的工人起来揭发古全和的经济问题。

江涌兴致勃勃地来到学生第一食堂二层楼的伙食科办公室。这是一个总共只有三十几平方米的套间。外间稍大，是伙食科办公室，办公人员在这里给教职工办理就餐的手续，兑换员工餐厅使用的代金券，里间较小，不过十平方米，是党支部办公室。科长耿一憨和副科长汪顺华坐在外间办公室柜台后面靠墙的简易沙发上低声地说着什么，见江涌来了，出于对党委机关的尊重，都站起来朝他微笑。

耿一憨走到柜台前说道："老江同志，是来换饭票吗？"

江涌笑着说："不，我想找二位了解点情况。换个地方谈好吗？"

耿一憨把江涌让进办公室的套间。汪顺华也跟了进来。落座后，江涌就对耿一憨说明来意。耿一憨和汪顺华听了，互相看了看，显得有些为难。江涌误以为他们有顾虑，就启发了他们几句，无非是讲讲社会主义教育运动的重大意义，四清要解决的问题和有关的方针政策，还说有上级派来的四清工作队支持，大家不必有什么顾虑。

耿一憨对汪顺华说："你先谈谈吧。"

汪顺华连连摇头摆手说："您谈，您先谈。"

耿一憨说："那好，俺先谈，汪科长补充。"

江涌掏出笔记本，准备记录。

耿一憨说："老古这个人不赖，责任心强，能吃苦，有头脑，有创造性，敢说敢干，敢顶歪风，在伙食科做了很多好事，伙食科管理方面的许多新规矩，都是他在这里的时候带领大家制定的，伙食科的重要文件，像《伙食科财务和粮食管理办法》《特殊时期伙食管理守则》《主副食操作八条》《各种粮食生熟食体积和重量对比一览》，都是老古同志亲自起草的。其他像困难时期伙食科的工人吃饭不限量，熟食不上锁，由工人管理，也是他的主意。全市几十所高等学校，只有少数几所院校这样对待工人。老古同志原则性强，要求自己严格，处处以身作则。那会儿他是饿着肚子在这里坚持工作的，最后落了一身病。他来的时候能扛上五袋子白面跑，可是他离开的时候连路都走不动了。俺失职啊，没能及时想到解决他们的粮食定量的问题，想起他来俺心里就觉得愧得慌！"

汪顺华接着说："老古同志知识面宽，会干活，动手能力强，十几种粮食生熟食品比例的数据都是他起早贪黑反复试验上百次摸索出来的。不同品种的粮食的重量和体积的生熟比例差别很大。像福建红格儿大米一斤出饭四斤二两多，而吉林、黑龙江等地的一些水稻一斤米出饭在二斤二三两，最多不过三斤。一般越是好米越不出饭。老古同志还亲手制作了称量湿玉米面的量器。他给伙食科带来了很大的变化。学院的伙食管理委员会，餐厅的意见簿和黑板报，都是他在这里的时候建立起来的。这些举措对完善伙食管理制度，提高伙食质量，解决吃饭人和做饭人之间的矛盾，端正我们办伙食的思想，都起了很大的积极作用。"

两位科长齐唱赞歌，江涌感到有些失望。但是他仍然想找出古全和的问题来，就提示耿一憨说："听说古全和对你们党支部不够尊重？能不能具体谈谈这方面的问题？四清嘛，就是要帮助同志进步！好同志也难免有缺点错误呀。"

汪顺华和耿一憨都笑了，但是谁都不说话。

江涌说："不要有顾虑，有问题就讲，谁都得接受党和群众的监督。四清是党中央发动的，工作队的领导是省市委机关派来的，就是咱们学院的党委书记，有问题也要揭发。"

耿一憨沉思着说，"在党委伙食工作组刚来伙食科的那段时间，我们和工作组是有过争执，不过那都是为了工作，是误会。当时有传言，说老古他们是来查我们伙食科的问题的，有些工人和干部听了心里不痛快，个别有毛病的人还有些紧张。不过那谈不上老古同志他们不尊重我们党支部。"

汪顺华接着说："其实问题在我们身上。以前我们从来没考虑过伙食工作要科学管理，成本核算，精打细算。古同志他们一来，先堵钱粮的漏洞，接着就抓科学管理，伙食质量，和我们原先粗放的工作路数儿不大一样，弄得我们手忙脚乱，一时不能适应。不过后来大家合作得不错。在老古离开伙食科的时候，我们耿科长一连三次打报告要求把他留在我们伙食科……"

江涌装出随便的样子诱导说："古全和吃饭也和工人师傅一样吧？"

"咳，要是一样就好了。"耿一憨说。

江涌兴奋地说："古全和饭量特别大，他肯定要比工人吃得多！"

耿一憨沉默很久，然后心情沉重地说："提到这件事，俺常常觉着对不住老古他们！俺们全科一百多号干部和工人都可以作证，老古他们在下放期间，除了公共课的那个女的表现差一点，多吃过几次油饼，没有一个人多吃过一口饭！他们不和俺们的工人一起吃饭。他们是按照自己的定量用餐。俺们科里的同志，从干部到工人，困难时期没有一个人病倒，可是党委工作组的同志们，除了那个女的，个个都闹浮肿。老古同志病得最重，除了浮肿，还得了肝炎、高血压。多亏步书记注意了这件事，临时提高了他们的粮食定量。可是已经晚啦！想到这件事俺就后悔。当时俺为什么就没有想到给他们办个轻体力呢?！每想到这件事俺就后悔得不得了!"

两位科长的话让江涌不忍心再从古全和身上找毛病。可是他在黎树凡面前说过大话，也想借着整治古全和这件事控制古全和，改变自己的命运，还是硬着头皮去了员工餐厅。而他在员工餐厅的工人座谈会上所听到的，仍然是他们对古全和众口一词的赞扬。江涌一无所获，只好不声不响地回到办公大楼。

104

古全和有在 1959 年反右倾运动中遭突然袭击，被迫给自己说瞎话的经历，意识到黎树凡等人对他施压，是在迫使他开口，起来揭发党委的问题，所以现在不是他想不想参加四清运动，而是他能不能不参加四清运动了，若是他拿出卢大夫开具的病假条，一走了之，那靳湘柳和蓝秀花等人就会污蔑他有四不清问题，是逃避运动，现在他已经不可能退出四清运动了。

佟金凤参加过党委揭盖子的预备会，知道黎树凡铁了心要砸开古全和这个缺口，担心古全和身体虚弱，受不了这种打击，第二天早饭时特地凑到古全和所在的餐桌上，向他透露说，晚上的会仍然要解决他对待运动态度的问题，劝他马上退出四清运动，古全和感谢她的好意，也很有感触。想到在政治上，佟金凤离他比线淑平要近，婚姻难得有十全十美，一旦成婚，就要负责到底，除非对方背弃承诺。这个念头在他的头脑中一闪而过。

古全和感觉 1957 年反右派，特别是 1959 年反右倾以来，党内生活越来越不正常，原则性少了，个人考虑多了，同志间彼此缺少信任，多有防范，除开少数利害相关、同一小团团儿里的人之外，一般都不能推心置腹、无话不谈，即使对党组织的负责人也不敢无条件地信任，因为今日的"真理"很可能就是明天的"谬误"，谁都难保自己在政治上不跌跟头。"揭发"你的常常是靠近你的人，党内出现了某些离心现象。

佟金凤的提醒以及几天来的遭遇，使古全和感觉自己处境不妙。四清工作队的黎树凡和宗淑玉至今不肯听取他的汇报。宗淑玉看黎树凡的脸色行事，而黎树凡对他很冷淡，只是要求他在宿舍里写揭发党委领导的材料。他想自己可能已经被打入另类了。

古全和对"揭盖子会"并不在意。搞政治运动当然要揭发问题，解决问题。所谓揭盖子，无非就是彻底地揭发问题，而问题是现在黎树凡错把他当成了党委机关的"盖子"，而他又不能证明他不是党委机关问题的"盖子"，于是，他也就成了运动的一个重点。

古全和本人不怕揭发，也无意包庇什么人，问题是他在认真地回顾过反右倾以来他所经历的，和耳闻目睹的党委的工作，没发现党委的领导人有谁有四不清的问题，在走资本主义道路，是夺权的对象。不过他不想把自己的这种认识说出来，他认为除了自己，谁都不能保，在政治运动进行的过程中，会发生各种各样的问题，即使某人没有问题，也有可能遭到打击。现在，古全和对于政治运动怀有一种不可知的矛盾心态。政治运动是党发动的，共产党员应该积极参加，在运动中发挥先锋模范作用。但是他眼睁睁地看到政治运动造成了那么多么冤假错案，比如，1959 年东湖师范学院的反右倾就只有错误，而没有成绩，严重地破坏了党内民主，使党的生活向专制主义回归了一大步，后果非常严重。历次政治运动也都不同程度地存在着类似的问题。每次政治运动都有某些所谓的积极分子兴风作浪。他们因为有领导的支持，有保护积极分子的传统，而有恃无恐，狂极一时，造谣、诬陷、夸大、歪曲、断章取义，打人骂人，什么都敢干，一场混战下来，人们的人格、尊严、诚信、善意、友情，都被撕扯得七零八落。古全和常常回顾六十年代初东湖师范学院的甄别工作，思索他经手的一些案例，发现没有几件是不可避免的。在政治运动中所谓的"放手发动群众"往往同时就意味着不三不四和别有用心的人也可以出来浑水摸鱼。一般的群众，也难免在混战中迷失方向，随波逐流，干出亲痛仇快的蠢事。历次运动无不留有遗憾。

师范学院函授处处长谌仲瑶，出身官宦人家，毕业于山东齐鲁大学，写得一笔好魏碑和一手好文章，抗战初期，投笔从戎，参加了共产党，在山东胶东地区担任过八路军的团长，三次负伤，解放以后被派到中央某部任司长。"三反""五反"时被当成"大老虎"打了，被折腾得死去活来，颜面扫地，关进了监狱，最后查明，他没有任何问题，连事出有因也说不上。他因此对共产党失去信心，要求退党，虽经许多老同志苦劝，他还是离开了党组织。谌仲瑶平反后被分配来东湖师范学院，任函授处处长。他是师范学院唯一的一位非党的处级干部。他对任何政治运动都不置可否。古全和每想到政治运动，就会想到谌仲瑶。他对谌仲瑶怀有一种复杂的感情。古全和尊敬他，因为他在民族危亡的时刻，奋起抗敌，是个英雄。古全和同情他，因为他无缘无故地蒙受冤屈，备受折磨。古全和为他感到惋惜，因为他没有能够经受住冤狱的考验，最终离开了党的队伍。古全和感到愤怒，因为那些诬陷过他、诽谤过他、侮辱过他和折磨过他的人，个个一身轻松，有的还高升了，享受着里面含有他的鲜血和苦难的"革命"成果。

古全和大学时的老同学王伟时的父亲王博的悲惨经历也让他难忘。王博是德国留学生，有两个工学博士学位，解放之前是中国某世界著名机车车辆厂的厂长。1948年国民党败逃台湾时，反动当局多次劝说他，要求他，命令他，胁迫他去台湾，而他坚持要留在大陆，建设新中国。可是他在"三反""五反"时被打成大老虎，最后含冤病死在监狱里，事情惊动了国家领导人，最后查明也是一个冤狱。秦中州的遭遇更让古全和感到痛心。他14岁参军，打过仗，受过伤，失掉了右手，靠着左手念完了中学、大学本科和研究生。他在学生时代，一直兼做党团工作，发展过几十名党团员，而他却在1959年的反右倾运动中被毫无道理地定为右倾机会主义分子，罪名据说是替彭德怀叫冤，因此被取消了登台授课的资格，赶出了大学，直到最近才平反。他的遭遇比谌仲瑶更荒唐。师范学院前教务长王原平，算是幸运的，他虽因所谓的右倾机会主义错误被调离师范学院，却有幸几经辗转，去了齐齐哈尔的一所重要的大学，担任了那里的党委领导。古全和有一种感觉，政治运动旨在解决党面临的问题，包括提高党的理论素养，端正思想作风，清理坏人等等，而且常常在一定程度上达到目的，但是却也常常是潜在的坏人、赖人、利禄之徒，糟蹋好干部的机会。他本人就有过这样的经验。当然，也有人喜欢政治运动，江涌在1959年反右倾斗争中像吃了春药，兴奋得不得了，简直像变了一个人，连说话的声音和身体的姿态都和平时不一样。他现在又混到了四清运动的第一线，并且靠上了工作组的黎树凡，掌握了权力，肯定又要表演。四清工作队是抱着怀疑一切的态度闯进师范学院的，他们关心的是挖掘敌我矛盾，是反夺权，而黎树凡等人依靠的偏偏是他们不应该依靠的人，难说他们会弄出什么可怕的故事来。

105

　　黎树凡禁止古全和参加群众会议，命令他在宿舍里写揭发材料，而古全和两天连一个字都没有写。他不是不想写，而是没发现谁有四不清的问题，没有可写的。而黎树凡认为古全和在对抗运动，挑战她的权威，怒不可遏，决心狠整古全和，整得他服服帖帖，老老实实地揭发问题。她的这种思想和情绪感染和鼓舞了在场的一些人，会议还没开始，会场的气氛就显得有些紧张。

　　古全和两手空空来到会场，心里有些不安，担心工作队误解自己，认为他态度不好。他到场的时候，宣传部阅览室已经坐满了人，在场的几乎都是一般干部，副处以上的只有党委副书记熊可宽和宣传部长文廷栋。古全和不由地想，为什么只有他们俩呢？他想不出理由。会场没有往常会前那种说笑喧闹，人们大多神色严肃，若有所思，就连平时无所顾忌爱说爱笑的彭其寿也一声不吭。

　　有些干部，天生知道尊重自己，工作组长黎树凡就是这样的人，她认为这里是她的王国，心安理得地坐在大阅览台北端中间的上座上。江涌坐在她的左手，靳湘柳坐在她的右手，就像哼哈二将，随时注意着黎树凡的脸色和动作，等待着她冲锋陷阵的命令。靳湘柳正在用一只小得跟壁虎的爪子似的小手遮着半个嘴巴，探着身子，贴在黎树凡的耳边上，两眼笑眯眯地斜视着古全和，嘁嘁喳喳地说着什么。咬耳朵根子表明事关机密，也说明谈话双方关系密切。古全和猜想，靳湘柳就是想给人造成这样的一种印象。他开始感觉靳湘柳对他不怀好意。

古全和注意到，熊副书记又穿上了他那件保存得很好的八成新的美式军官服，显然，他是想向工作队显示自己曾经是解放军的校级军官。古全和心里不禁暗暗发笑，认为他这是多此一举。熊副书记是江城市委管的干部，四清工作队的领导在进驻师范学院之前肯定是研究过党委主要领导干部的情况，知道他是军转高级干部。古全和想，这就叫当局者迷，从中也可见熊副书记是多么在意四清运动，四清运动多么重要。运动后古全和才听说，熊副书记曾经是彭德怀的部下，而且有过个人来往。

会场很安静，不时有人闪看古全和一眼，让他不由地想到佟金凤所说会议的内容和他有关的话。他拿不准同志们为什么这样看他，估计和当前的运动有关系。他想，他既没有在会上发言揭发领导，又不写揭发领导的材料，很容易被工作队误认为他是知情不举，有意保领导，怠慢运动，很想找黎树凡或是宗淑玉把事情说开，可是她们就是不肯给他这样的机会。

"老江，人到齐啦，开会吧。"靳湘柳笑着说，口气里透着自信，还带有一点儿命令的味道。古全和听佟金凤说，黎树凡把根扎在靳湘柳身上，以为靳湘柳是工作组指定的会议的主持人。但是江涌并没有理睬靳湘柳。他只是谦卑地看看黎树凡，然后又看看宗淑玉，最后讨好地笑着对黎树凡说道："黎树凡同志，开始吗？"

黎树凡耷拉着个瘦长的脸子，面无表情地点点头。这时古全和才知道，工作队指定的党委机关的小头目不是靳湘柳，而是江涌，他想，这可能是因为江涌出身好，有光荣历史，是外来的干部，和师范学院没有血缘关系，工作队用着他放心。现在江涌担任的角色和他在1959年反右倾时担当的角色差不多，不过权力没有那时大。那时他是独立主持会议，现在他的上头还有工作队的代表管着他。

江涌领得黎树凡的旨意，就宣布开会，并发表了长篇的开场白。江涌的文字能力不怎么样，但是嘴巴子上有功夫，念小学时有个外号"嘴子"。他说："关于这次社会主义教育运动的方针政策和具体部署，在上周的全院师生员工大会上，四清工作队队长兼党委书记韩雨同志都讲得很透彻了，中央有关四清运动的文件大家也都学习过了。近三周来，我们党委机关的革命同志，在工作组的正确领导下，以饱满的政治热情投入了这场伟大的社会主义教育运动。今天我们召开党委机关第二组的揭盖子会，就是要联系实际，揭发党委的问题。每一个共产党员都要有阶级斗争的观念，用高标准要求自己，积极发言，大胆揭发，下面就请大家发言。"

靳湘柳等少数几个人跃跃欲试，但是多数人彼此观望。虽然在此前的预备会上，黎树凡阐述了她关于打开党委机关运动局面的想法，讨论了如何迫使古全和站出来揭发问题，但是大家知道，社会主义教育运动要解决的主要是领导干部的四不清问题，而古全和并不是领导干部，不是运动的重点，对于搞古全和在思想上有保留，不想冲锋在前。这几年来的政治运动大多是上级发动起来的，但是真正关心、能正确理解并积极参加的人是少数，多数人都是被运动的浪潮卷进来，随波逐流朝前走的。他们主观上并不关心运动的成败和是非，也不想为运动做出什么贡献，只是跟着大潮走，演好自己的角色，求个平安无事，在运动中疯狂一时的往往是一些假积极分子。他们人数不多，能量不小，怀着种种私欲，冲锋在前，混迹于运动之中，推波助澜。他们批判别人是为了保护自己，实现他们个人的某种图谋。这些人在"左"的时候，"左"得出奇，右的时候，右得要命，矫枉过正恰恰符合他们的需要。他们总要把事情搞到极致，使之走到事情的反面，在运动中，装出激昂慷慨的样子，无中生有、夸大其词、望风扑影、断章取义、破口大骂、无限上纲，攻其一点不及其余，出卖、背叛等等的勾当他们都能干，只要有利可图，他们恐怕连汉奸都可以当。这些人是所谓"放手发动群众"的必然产物，没有他们就不成其为群众运动，不可能制造出那么多的冤假错案。一个人，私字当头，就没有什么坏事是他不能干的。古全和认为，四清运动中也少不了这类货色。

冷场的几分钟显得很长。江涌很想在工作队面前表现一番，长时间的冷场让他手足无措。急于打开局面的黎树凡也熬不住了，她压抑着内心的不满，耐着性子，拉着个长脸，慢腾腾地说道："动员报告大家听过了，文件看过了，务虚会也开过了，现在要行动，要揭发师范学院四不清的问题了，为什么没有人发言呀？"她提高嗓门指点着古全和继续说："我要求他写揭发材料，两个24小时过去了，他连一的字都没写！难道东湖师范学院党委是真金打成的吗？！师范学院就没有四不清问题吗？那是不是说中央对形势的估计不正确？省委选定师范学院作为全省高校开展社会主义教育运动的试点是选错了呢？"然后冷笑着说，"大家都是专职政工干部，用不着我一一点名轮流发言吧？"语气中透着不容反抗的杀气。

　　黎树凡只是地院党委宣传部的副部长，在人口过百万的江城，是个微不足道的副处级干部，而现在她身在其位，是这里号令一切的党的化身，就连 1937 年入党、行政十级、住过延安的熊可宽副书记也得听她嚷嚷。至于文廷栋，面对黎树凡的杀气更是猫儿一般地顺从。

　　古全和听着黎树凡的讲话，心里觉得很为难。他真心实意地拥护上级派来的四清工作队，想支持他们的工作，带头发言，帮助他们打开局面。可是他没有这个条件，没有工作队需要的东西。他想向黎树凡和宗淑玉解释，求得她们的理解，可是她们不想听。他该怎么办呢？

　　这时，靳湘柳站出来救场。她高声说道："我来揭发！"接着，就声色俱厉地数落文廷栋，说他在 1957 年整风鸣放期间，发表过大量的右派言论，是个不折不扣的漏网大右派！

　　文廷栋面露尴尬，不敢出声。古全和想："难道四清运动还要翻过去的老账吗？"古全和也听说文廷栋在 1957 年整风鸣放阶段附和过一些错误言论，但是他的问题已经有了组织结论，那靳湘柳为什么还要把它抖落出来呢？

　　"熊可宽的问题也不小！"直呼其名，朝熊可宽放这一炮的是蓝秀花。

　　宽容的熊可宽笑笑说："我的问题是秃脑瓜子上的虱子——明摆着的。"

　　要在平时，熊可宽的这句歇后语，会引得某些人出来捧场，说笑一番，但是此刻却没有造成那样的戏剧效果，人们好像根本就没有注意到他这句逗趣儿的话。

　　"严肃一点儿！这是政治斗争！"蓝秀花缩着脖子指责熊可宽道，语调很强硬，"你说，你花二百元钱给你反动的地主老爹大办丧事是什么问题？你肯为一个贫下中农出钱办丧事吗？我告诉你，你这是严重的阶级立场阶级感情问题！你以为你偷偷地派你的秘书梁静江去办这件事，就能掩盖你的错误吗？那是幻想！若要人不知，除非己莫为！你的这种行为表明你地主阶级的立场根本就没有得到改造！"

　　熊可宽脸上的笑容消失了，认真地说道："我检讨。"

　　古全和觉得面前的这个场面带有戏剧性。他想，熊副书记的父亲是地主，人所共知，他死了，要埋葬，丧葬费当然应该由他出，这是他的义务，无所谓错误，与阶级立场和阶级感情无关。难道他多的丧葬费能叫他所在的生产队负担，或是把他抛尸荒野吗？古全和认为真正的地主阶级的孝子贤孙恰恰是蓝秀花本人。平时靳湘柳和蓝秀花在党委领导面前，都是猫儿一般地温顺，运动来了，他们的面孔突然一变，立刻奉旨表演。他猜想，黎树凡一定向他们透露过熊可宽和文廷栋的问题，比如说他们是四清运动清理的对象，运动之后他们未必会继续留在师范学院党委工作等等，否则他们不敢这样放肆地对待自己的顶头上司。

在靳、蓝二人猛轰熊副书记和文廷栋之后，彭其寿接着发言，开始接触到党委领导工作中一些官僚主义方面的问题。党支部委员力槐青和缪文逑等人也结合自己的工作给他做了补充，但是都没有触及有关党委四不清的问题。事实上没有谁注意到党委领导有四不清的问题。

古全和看看手表，到了他到卫生科去打针的时间了，就想提前退场。这时，靳湘柳突然朝他开炮，她说："古全和，你最了解党委的情况，揭开党委阶级斗争盖子的光荣任务非你莫属，你就带个头吧！"

古全和看着靳湘柳，又想起了佟金凤在餐厅里对他说的那句话，会议和他有关。靳湘柳这是在和他叫板，不过他不想和她弄僵，便耐心地解释说："我现在还没想到有什么要说的，以后想到了就揭发。"

古全和的话音刚落，不甘寂寞的齐苋芬就开了腔："谁都知道你记忆力好，你还用得着想吗？那都是装在你心里的事，不要有顾虑，大胆揭发！"

古全和再次表态，说如果他发现问题，就一定会站出来揭发。

齐苋芬不肯罢休，笑眯眯地说道："那你是说，党委没有问题喽？"

古全和认真地说："我没有这个意思。"

齐苋芬在1959年反右倾中栽了，淡出党委机关活动近五年，此次再次出场，本性不改，继续矜持地说："你不可能不了解党委的问题，你曾经是党委常委会和书记碰头会的秘书，妨碍你揭发问题的肯定是因为你有顾虑。你是不是认为四清工作队是'飞鸽牌'的，而师范学院党委是'永久牌'的？怕得罪了师范学院党委领导，以后的日子不好过？你要知道，现在的四清工作队就是师范学院的党的领导！对待四清工作队的态度，就是对待党的态度，这是个立场问题，组织观念问题，阶级感情问题，大是大非问题。用宗派主义的态度对待四清工作队是要犯大错误的呀！"

古全和作党委常委和书记碰头秘书是多年前的事，可是他不想和齐苋芬纠缠，没有回应她。他不知道她为什么要这样咄咄逼人。会后他听说，齐苋芬正在和靳湘柳争风吃醋，她想取代靳湘柳，做黎树凡的头号积极分子，为此曾经亮过她的家庭背景，可是她到底也没有得到黎树凡的青睐。

黎树凡冷冷地看着古全和，面色中透着不满。

齐苋芬发言后，蓝秀花、江涌、甄惠羊，先后上阵，指责古全和的态度不端正，督促他起来揭发问题。党团直属党支部委员力槐青也小心翼翼地挤进了这些人的行列。蓝秀花特地说，他曾经和古全和同住一个房间近两年，深知古全和的秉性，说他顽固，自负，善于伪装，特会表演，他对抗工作队，抵制四清运动，死保党委，就是为了保他自己等等。

古全和渐渐地意识到，工作组错把他当成了他们工作的突破口，迫使他揭发问题是黎树凡既定方针，是有组织有准备的，他已经被拖进四清运动的漩涡。冲在前面的是靳湘柳等人，而站在他们背后的是工作队，事情有点麻烦。

这时，黎树凡微笑着缓缓地对古全和说道："古全和同志，你是党委机关的老人儿，党委机关的知情人，我希望你能积极参加到运动里来，带头揭发党委四不清的问题。"然后，扬起头，扫视了一遍会场，严肃地说道："对党中央发动和领导的社会主义教育运动，每个党员都有个立场和态度问题。有工作队做主，你们怕什么？难道你不相信上级派来的四清工作队吗？"

古全和知道黎树凡这是在敲打他，而他只能保持沉默。

已经过了打针的时间，古全和要求先走一步。江涌看着黎树凡。而黎树凡一言不发。显然，她是不同意古全和的要求，她想趁热打铁，迫使古全和开口。她微笑着说："革命年代有句无人不知的老话，叫作'轻伤不下火线'！"

蓝秀花最了解古全和的病情和致病的原因，却用蔑视的目光瞅着古全和说："装病！"

靳湘柳也嘟囔道："师范学院闹肝炎的人多着呢，有什么了不起？"

江涌讷讷地对古全和说："那你，你就再坚持一会儿吧。"

缪文遹用蔑视的目光瞪了江涌一眼，又转向蓝秀花，阴阳怪气地说："师范学院谁不知道古全和是个老病号？怎么能说他是装病呢？！嫌他还没死吗?! 有病就得治! 对日本鬼子和国民党反动派的俘虏兵还要讲优待俘虏的政策呢!"

彭其寿说:"让他走吧, 去晚了大夫就下班了。"

黎树凡清了清嗓子, 不冷不热地说道:"古全和同志, 回去好好地想一想, 要提高认识, 端正态度, 跟上形势, 积极地参加运动。"然后冷笑着对大家说道:"革命要靠自己。谁也别想保谁, 想保也保不成! 别人也要革命嘛! 要是有人硬要死心塌地地保什么人, 那他可就要小心自己变成社会主义教育的'绊脚石'了! 要知道, 对抗革命运动的人历来都没有好下场。"

谁都知道黎树凡在说谁。古全和再次请求黎树凡听取他汇报。宗淑玉看着黎树凡, 希望她能给古全和一个机会。她已经意识到会场的气氛不对头。没有证据显示古全和是运动的突破口, 或是他本人有什么问题, 工作队应该听取他的意见。但是黎树凡没有理睬宗淑玉, 而是冷冷地对古全和说:"以后吧! 以后!"她急于打开运动的局面, 对古全和这个"突破口"还抱有很大的期待。

古全和独自一人走在去院卫生科的路上, 疲惫的头脑里无序地翻腾着会上的景象。靳湘柳、齐苋芬和蓝秀花等人发言的腔调、姿态一一浮现。他觉得他们显露出来的完全是不同于平时的面孔。他们不是在搞社会主义教育, 而是在恶意整人。四清前不久, 靳湘柳曾经到处赞美他的阶级觉悟高, 阶级感情深, 她学都学不会。他"不管部部长"美称的就是她赐予的。类似的话齐苋芬也没少说。江涌和齐苋芬还曾为他们在 1959 年反右倾中所犯错误向他道歉。可是现在他们的话都不算数了, 都在忙不迭地朝着他的脸上抹灰。

106

古全和的肝炎和浮肿, 由于前一段时间日夜连轴转, 赶写党课讲稿, 疲劳过度, 加之近来心情不好, 而有所加重。平时他习惯于晚饭后在校园里散步, 和路遇的熟人聊聊, 回到宿舍翻翻书, 然后才卧床休息。今天晚饭后他直接回到宿舍, 想早早躺下休息, 静下心来, 想一想今天的遭遇，考虑一番明天怎样应对。他从老远的地方就发现他房间的灯亮着，以为是他早晨离开宿舍时忘记了关灯，便快步走进研究生楼，登上四层，来到 401 房间。发现房间的门开着，江涌坐在他的写字台前，正在翻动他兼有记事簿功能的台历，台历上记载着他的随想和活动安排，他立刻想到江涌的来意，觉得他对自己玩这一套有点可笑。

江涌回头，给古全和一个善意的微笑。

古全和走进房间，不客气地问他道："有何贵干？"

江涌笑着说："来看看你嘛老乡，不欢迎吗？"

关心政治的人都知道，1957 年反右派斗争以来，特别是 1959 年反右倾之后，在政治运动期间，没有人会无缘无故地和正在受冲击的人私下里来往，江涌显然是奉命而来。出于礼貌，古全和给江涌送上一杯白开水，不过他不想说话，以免给他提供立功的机会。

江涌耐不住冷落，装出恳切的样子说道："我知道你是个好同志。可是现在是运动时期呀，你是党委机关的老人儿，又是干部，你不站出来带头揭发问题怎么好？"

古全和冷静地说："蒙你夸，发现谁有问题我当然要揭发，但是得实事求是。人要活一辈子，而不是一阵子，说话办事都要负责任，要对同志负责，对自己负责，更要对组织负责。"

江涌说："你总不能和群众对立吧？"

古全和说："你说的群众是谁？我和什么群众对立？"

江涌装出一副无奈的样子说道："大家就是要促你革命嘛。"

古全和说："你的好意我领了。"

此后，古全和不再说话，江涌又呆坐了几分钟，只好摇摇头，尴尬地离开。

江涌走后，古全和连脱衣裳的力气都没有，没有关灯，也没有去掩门，和衣躺到床上，想先休息一会儿，喘顺了气儿，再考虑考虑运动的事，但是有人进来了。他听见动静，回头一看，竟是靳湘柳。她是头一次来 401 房间。他想，他们这是轮番上阵摸情况呢，还是担心我想不开寻短见？也许是兼而有之。

"老同学，怎么这么早就躺下了？"靳湘柳故作亲热，坐到古全和的床尾上，和古全和面对面。

古全和从床上坐起来，没有说话。靳湘柳站起来去掩上房门，古全和又下床去把门敞开。

靳湘柳注视着古全和的动作，笑嘻嘻地说道："嗬，你的规矩还不少呢。"

古全和说："我这个人封建，奉行'男女授受不亲'之类的老规矩，和女生同处一室，从来不关门。"说着，侧坐在写字台前，开门见山地说："你是个大忙人，'无事不登三宝殿'，有话快说，我累了，要早休息。"

靳湘柳装出关切的样子说道："能有什么事？就是来看看老同学嘛。"

古全和淡淡地说："那我就谢谢啦。"

古全和估计靳湘柳的来意有三。一是来看看他遭受突然袭击后的狼狈相，满足她的虚荣心；二是奉命来收集他的反应，为以后的会议做准备；三是来引诱他发脾气，说出一些过头的话，犯错误，借以给他制造罪名。类似的勾当从前有人干过，并不新鲜。但是古全和一言不发，靳湘柳无机可乘，就把话题扯到线淑平身上，说道："远方的老同学好吗？"

古全和不无讽刺地说："你说的是那个被开除党籍的阶级异己分子吗？"

靳湘柳听古全和这样说，知道有人把她在批判古全和预备会上的发言传给了他，不能再继续这个话题。但是她想自己不能白来一趟，就把话题转到熊副书记身上，企图引诱古全和说点替熊副书记辩护的言论，便装出颇有感慨的样子说道："革命不容易啊。熊可宽同志枪林弹雨几十年，担任过大军区文化部的副部长，还划不清楚他和地主阶级家庭的界线，像我们这些人，那就……"

古全和打断靳湘柳说："和运动有关的话题，拿到会上去说，对不起，我得休息了。"

靳湘柳一无所获，只能讪讪地离去。古全和看了看表，她在401停留的时间不满八分钟。

古全和谨慎地应对了江涌和靳湘柳，但是他的心里仍然不踏实，担心他们利用来过401这件事做文章。证明一个人有错误言论，乃至罪行，按说得有两个以上的证人，而事实上，在政治运动中，在斗争需要的时刻，即使是一个人的伪证，也足以把一个落网的好人搞臭。仅仅江涌和靳湘柳此时此刻来过 401 房间这件事情本身，就可能被他们利用来编造故事。他担心明天会上他们会利用这件事情做文章。

江涌和靳湘柳都走了，古全和觉得胸闷气短，两只眼睛火辣辣的疼，闭着眼睛难受，睁着眼睛也难受，不得已，就起来用温水敷过。眼睛的干涩疼痛见轻了，但是他的心情还是难以平静。他开始回忆自己几天来的遭遇，相信自己没有做过错事，说过错话，连有可能被利用的话也没有说。他告诫自己，要相信自己，相信群众，相信组织，实事求是，不能重复 1959 年反右倾中的错误，为了摆脱暂时的困境去俯就加害自己的人，编织类似"片面性"那样的政治帽子给自己戴。

党委机关的四清运动，从黎树凡把古全和当成运动的突破口至今，已经过了差不多一周，而古全和仍然一言不发，他既不揭发党委的问题，也不交代本人的问题。瞅着古全和这个难堪无奈无能的样子，靳湘柳等几个人兴高采烈，但是多数人保持沉默，他们不便替古全和辩护，又不想追随靳湘柳等人瞎起哄。黎树凡则又是一番心情，党委机关的运动迟迟打不开局面，她心急如焚，有点不知所措。

宗淑玉怀疑古全和能否成为运动的突破口，不赞成这样继续搞下去，建议黎树凡接受古全和的要求，听取他的汇报，进一步弄清楚党委机关内部的情况，广泛发动群众，多管齐下，打开工作局面。黎树凡也感觉到党委机关的情况不清，但是觉得改变做法，接受宗淑玉的建议，听取古全和的汇报，面子上过不去，对于宗淑玉的建议不置可否。她舍不下古全和这条可能成功的这条捷径。她想，工作已经推进到这一步，积极分子跃跃欲试，这时她若是犹豫动摇，突然刹车，等于承认自己错了，会丧失威信，涣散人心，导致混乱，说不定领导会让她中途打道回府，她不想接受这样的结果，认为事情还有希望，应该坚持下去，弄出一个结果来，而关键是让古全和开口。

佟金凤眼看着古全和由于肝病和浮肿导致的肿胖胖的脸和泪汪汪的眼睛，看着他天天要应对工作组和靳湘柳等少数人的冷嘲热讽，心里很着急。她记得，古全和刚来宣传部的那会儿，是个健壮、英俊、朝气勃勃的小伙子，而现在他目光呆滞，呼吸短促，任人践踏，孤立无援。她认为黎树凡错了，她的根扎错了，可是她不能站出来替古全和说话，因为那有可能被指责为和工作队唱反调，反工作队，是运动中的"逆流"，把事情弄得更复杂，更糟糕。不过她相信古全和能扛过去，只是担心他的肝病可能发展到不可收拾的地步。

古全和也已经意识到，他被黎树凡当成运动的突破口了。这个局面是靳湘柳等人和黎树凡一起造成的。靳湘柳等人说他知道党委的内情，黎树凡迫使他揭发问题，而他不知道党委领导中谁有四不清的问题，黎树凡又不给他解释的机会，他就这样被夹在他们中间受折磨，而他能做的只有等待上级领导来干预这件事。面对挫折，他联想到历史上的那些蒙受冤屈的革命先辈。他想，革命真的必须要付出这样的代价吗？为什么红军时代有这种悲剧，抗日战争时期有这种悲剧，历次运动中都有这种悲剧？为什么要这样对待自己的同志，而且这种荒唐的事情偏偏会屡屡发生在人类历史上最进步阶级的政党——以科学的世界观武装起来的无产阶级的政党之中呢？这种近乎滑稽的悲惨都是怎样发生的？它的根源是什么？为什么它会延续到"莺歌燕舞"的今天？！

熊副书记和文廷栋只参加过一次揭盖子会。古全和有一种天真的猜想，认为他们被拖到会上来扮演的可能就是相当于"鸡"的角色，黎树凡是把他们杀给"猴儿"们看的，意在震慑大家，正告在场的人：连统管师范学院全党事务的党委副书记熊可宽和宣传部长文廷栋都可以任意申斥，嘲讽，别的人又算得了什么？否则又该作何解释呢？

从 1959 年反右倾，古全和就感觉到了党内缺少民主，现在他更加深切地感到，不许被批判的人讲话，是党内最大的黑暗，是一切失误和悲剧的重要的根源之一，批斗会在有些情况下都不带有论辩的性质，不是摆事实，讲道理，追求真理，而是用群众的声势、语言的暴力，威胁和恐吓，迫使当事人服从某种主张，而这种主张未必是真理。它之所以常常能够成功，就是因为操持这种活动的人大权在握，斗争总是以革命和党组织的名义进行，事先都经过旨在迫使被整治的人就范的酝酿和操弄，所造成的形势足以迫使被整治的那些意志薄弱的人违心地就范。像古全和这种压而不服、批而不倒、把住实事求是的原则和党章不放，坚决抵抗的，是为数不多的例外。他也因此而获得了"铁公鸡"和"瓷公鸡"等一些不大体面的雅号。而这正是黎树凡所不能容忍的。她习惯了无条件地服从她的上级，也习惯了让她的下级无条件地服从她本人。这在有帝王思想的人看来是常规，而在古全和看来这是黑暗。

108

党委机关的四清运动，起初由于迅速抓住揭盖子的突破口而走在全院的前列，现在由于工作队内部产生意见分歧，黎树凡决策不当，迟滞不前，而成为落后单位。宗淑玉主张重新进行摸底调查，改变思路，广泛发动群众，这等于让黎树凡承认错误。黎树凡虽然也开始怀疑她把宝押在古全和身上的正确性，可是她依然怀着矛盾的心情守着古全和这个突破口不放手，不过同时她也已经在谋划着怎样全身而退了。

党委机关再一次揭盖子会就要开始。黎树凡坐在她的老地方，靳湘柳和江涌像哼哈二将坐在她的两边。靳湘柳不断地和黎树凡咬耳朵，显示她和黎树凡的关系不一般。而黎树凡只是面无表情地听她说，并不和她交流，她已经感觉到靳湘柳和古全和的关系不正常，怀疑她揭发古全和的动机和可靠性，有意冷淡她，在悄悄地跟她拉开距离。

古全和被安排在黎树凡的对面，像被审判的囚犯。他面部胖肿紧绷，GPT已高过二百多个单位。院卫生科的老科长卢大夫曾经特地赶到他的宿舍来提醒他，说GPT长时间居高不下，会导致肝脏组织损坏，这种损坏，不可逆转，可能发展成肝硬化甚至肝癌。古全和感激老前辈的关怀和爱护，可是他没有办法保护自己。共产党内的斗争，一旦疯起来，被批斗的人就连俘虏的待遇都不给，古全和猜想这就是党史上所谓的残酷打击，无情斗争。现在他面对的不是真理与谬误之争，而是亲仇恩怨利害得失之争，是阶级斗争！他从靳湘柳和蓝秀花等人的言行和情绪中，感受到的不是善意的帮助，而是刻骨的仇恨。面对他们的恶行，他本可以凭借卢大夫的诊断书，理直气壮地一走了之，但是他不想逃避，而是决心坚持参加运动，看看黎树凡和她的这几个喽啰到底能搞出什么名堂来。

江涌装模作样地检点过人数，就高声宣布开会。他瞪大他的那两只小虾米眼睛，把两块"点"字形的眉毛吊得高高的。这时，古全和突然又觉得他在什么地方见过他。

江涌说："今天会议的内容是继续揭盖子。"他的语气里透着一点犹豫。江涌完全清楚古全和是被冤枉的，不相信他会被打倒，他只希望利用四清工作队把古全和赶出党委机关，为他的仕途创造空间。可是他担心古全和会像1959年反右倾那样，运动过后继续留在党委机关，又红起来，因而他不敢把话说绝，把事情做绝，而不留有余地。

力槐青有些心慌，拿不准她该站在哪一边，低声问彭其寿道："古全和会有问题吗？"

彭其寿笑笑说："他是你们的'文艺司令'，你曾经是他的文工团长，又在一个党支部工作，你还不了解他？江城1948年解放，那会儿他才15岁，他能有啥事儿？"

力槐青点点头儿。她现在站在靳湘柳等人和古全和这两派中间，随时准备调整立场，重新站队。

古全和原本很看重力槐青，因为她是部队来的，人也聪明，又有特长。她是本市远郊米县东关人，她姥爷是汉族，姥姥是旗人。她嗓子好，身段儿好，人也机灵，16岁参军，在部队文工团是歌舞演员，1958年被保送来师范学院中文系学习。念大学时，经古全和推荐当过院文工团副团长，本科毕业后留校，辗转来到党委办公室。当时古全和正红，她到处炫耀她跟古全和老师的友好关系。现在古全和遭审查批判，她担心受到牵连，就极力和他保持距离。不过现在她的处境也不妙，运动刚刚开始，党委办公室的同志们就给她贴了一张集体署名的大字报，骂她是"黑狐狸精"。古全和不明白党办的同志们为什么要这样骂她，后来风闻她和分管院部运动的一个刘姓四清工作队的干部关系暧昧。佟金凤曾经提醒古全和跟力槐青保持距离。古全和猜想，佟金凤是要他注意避嫌，免得招来绯闻。古全和在学校是单身，而力槐青的爱人在部队，她也是单身。后来古全和才知道，佟金凤提醒他是因为力槐青家庭有问题。力槐青的父亲解放之前在江城西北郊区的虎山煤矿劳动，解放的前夕回到农村老家种地。古全和想，解放以后，一般是劳力从农村往城市流动，城市的工作和生活条件比农村好，工人的身份也比农民光彩，那她父亲为什么要离开城市，回到农村当农民呢？力槐青为什么不说家庭成分是工人，而说是贫农呢。后来古全和听说，她父亲以前在煤矿不是一般工人，而是工头或者矿方的狗腿子之类，参加过反动组织，干过不光彩的勾当。这也可能是她离开部队的一个原因。不过古全和认为这算不得什么问题。

"不要开小会儿！"江涌声色俱厉地警告彭其寿和力槐青。

江涌近来的变化让古全和感到权力能促生出一个人的魄力。江涌的派头随着他地位的变动而变化。他平时说话吞吞吐吐，显得有点愚懦，特别是在文廷栋担任宣传部长以前的那段时间。可是这几天江涌突然有了魄力。声音大了，手舞足蹈的动作多了，表情生动了，两块"点"字形的眉毛上下飞舞，引人注意。

江涌巡视一番会场，说道："大家继续发言吧。"

会议的气氛仍然不热烈，发言的人总是想法避开古全和问题。

黎树凡冷笑着说道："怎么没有人围绕着中心问题发言呀？要不要再酝酿酝酿啊？开展社会主义教育运动，让党的领导权牢牢地掌握在马克思主义者的手中，是头等大事，关系着党的事业的成败、人民政权的巩固，共产党员怎么可以漠不关心呢？！"

佟金凤想转移人们对古全和的注意，说党委对学生的马克思主义理论教育工作重视不够，政治理论课的教学有脱离实际的倾向，应该总结经验，加以改进。

靳湘柳瞅了佟金凤一眼，说道："应该关心方向路线问题。"

彭其寿笑着说："离开具体工作哪有方向路线问题？"

靳湘柳瞪着彭其寿说："你少打横炮！"

彭其寿不服气，说道："这怎么叫'打横炮'呢？"

靳湘柳瞪了彭其寿一眼，不再理睬他。

古全和听海英林说过，靳湘柳一贯爱唱高调。被批斗的对象的错误只要能沾上思想问题的边儿，她就绝不说那是生活问题；只要能沾上政治问题的边儿，她就绝不说那是思想问题；只要能沾上敌我问题边儿，她就绝不说那是人民内部问题。她认为在调子上居高临下，就有主动权。现在她把古全和的问题说成路线问题，就没有人能够超越她了。听说她在昨天的准备会上，还曾强调提高阶级斗争意识，说古全和解放前当过两个中心校的学生会主席和副主席，妄图给人造成一种悬念，古全和可能有政治历史问题。力槐青就是因此才问彭其寿，古全和会不会有问题的。

佟金凤有意把球踢给靳湘柳，说道："靳湘柳说古全和包庇党委领导，那你肯定是知道古全和包庇党委领导的内幕，你就应该站出来大胆揭发，揭发党委领导的问题，同时揭发古全和包庇领导的错误。"

彭其寿说："对，靳湘柳带个头吧！"

武装部副部长苗逢春和统战部的缪文逵也表示赞成佟金凤的提议。

任性的靳湘柳恶狠狠地瞪着佟金凤，不顾一切地吼道："这里不兴'单相思'！"

彭其寿说："哎，不要搞人身攻击呀！"

佟金凤大大方方地说道："'单相思'，即使有，也不是罪过。一个人能爱，是一种幸福。这和那些朝三暮四，损人利己，'骑着驴找马'，拿感情当牟取政治利益的手段的龌龊行为，不可同日而语。"

佟金凤触及靳湘柳不光彩的往事，靳湘柳不敢和佟金凤纠缠，就转移攻击的目标，失态地叫道："古全和，你不要太得意了。我问你，你昨天晚上在你宿舍对我说过什么？"

古全和轻蔑地看着靳湘柳不说话。

"你说熊可宽的问题不是阶级立场阶级感情问题！你说，有没有这回事！！"

古全和终于认清了靳湘柳的政治品质问题，她竟敢空口说白话，当面造谣。他轻蔑地瞅着靳湘柳说："这你最清楚啊。"

靳湘柳说："你敢否认你昨天晚上我去过你宿舍，你亲口对我说过这种话吗？"

古全和笑着说："我为什么要否认你昨天晚上去过我宿舍呢？"

靳湘柳挥舞着双手故作兴奋地嚷道："大家听见了吧？他承认了！"

古全和不无讽刺对靳湘柳说："我承认什么啦？你昨天晚上的确去过我宿舍，在那里停留了八分钟，可是这能作为你证明我对你说过熊可宽同志发送他爹，是，或者不是政治立场问题感情问题的证据吗？你的逻辑学不及格呀，真给逻辑课李志才老师丢人。"

靳湘柳虚张声势地挥舞着两只小手儿，嚷道："你想赖吗？！你想赖吗？！"

古全和把桌子一拍，站起来高叫："请你拿出证据来！"

靳湘柳嚷道："我发誓！"

古全和冷冷地说："我不相信鬼神，而法律只相信证据。"

靳湘柳无言以对。

黎树凡不耐烦地打断靳湘柳高声说道："不要吵啦！"她显然是在给靳湘柳解围。

古全和既不触犯工作队，又总是一言不发，党委机关的工作毫无进展，会议僵住了。

宗淑玉再次提醒黎树凡，说有关古全和的情况都是个别人秘密提供的，未必件件可信。她说她调阅了古全和的档案，和师范学院人事部门的同志交换过有关古全和问题的意见。据说，古全和八九岁时随一家逃难来到江城，11 岁开始念私塾，他的小学、中学、大学和研究生都是在本市念的，这里有他的许多老师和同学，没发现他有什么问题。他充其量也不过是个党委领导人重视的干事，他担任党委常委和书记碰头会秘书，是五六年前的事，后来的事情他未必知道，把他作为解决党委问题的突破口根据不足，再次提议由黎树凡出面，找古全和个别谈话，听取他的汇报。黎树凡知道宗淑玉的意见有道理，她可能陷入了师范学院党委机关内部的个人是非恩怨之争，靳湘柳等人是在利用四清进行个人活动。但是她也想，如果现在突然改变做法，摆脱靳湘柳等人，党委机关会大乱，靳湘柳等人可能反戈一击，把矛头指向她，而她不想接受这样的结果，所以她必须硬着头皮干下去，在运动中悄悄地纠正自己的错误，她相信自己有保护自己的能力。她对宗淑玉解释说，靳湘柳、蓝秀花和江涌等人都是师范学院的干部，了解师范学院党委机关的情况，要相信他们，依靠他们。她为排除干扰，就以宗淑玉对审查对象有温情主义，家中有生病的小孩子需要照顾等理由，把她退回了地院，她也改变了先前的做法，在迫使古全和揭发师范学院党委的问题同时，注意控制古全和，考虑自己的退路。

109

黎树凡没想到党委机关的运动会卡在古全和问题上，此刻她的心情从初来乍到时的得意扬扬、信心满满一变而为沮丧和焦躁。这会儿她不得不继续迫使古全和揭发问题，又必须要控制好古全和。她已经感觉到纠缠在古全和的问题上是个错误，不敢想望揭发出问题来立功受奖，不过也不再担心揭不出问题来自己落后。她以宗淑玉的说法宽慰自己，"揭发出问题是成绩，揭发不出问题来也是成绩"，期盼着尽早平安地离开东湖师范学院，而要做到这一点，就必须稳住古全和。现在，孤立、"冷冻"古全和已经成了她和靳湘柳二人共同的需要。

这会儿黎树凡呆呆地坐在她的位子上，脸拉得比哪天都长，透着杀气，意在显示她对古全和的高压态势，控制着会议的局面。她期待着出现一种契机，比如古全和再次提出要求她听取他的汇报，又比如有谁揭发出古全和的什么问题，总之是让她有理由平安地刹车转向。然而靳湘柳，特别是蓝秀花等人有他们自己的诉求。现在黎树凡需要的是退却，而他们需要的是进攻。

蓝秀花一直在等待着肆意攻击古全和的时机，他从黎树凡脸上看到的是古全和的问题要升温，准备向古全和发起冲击。蓝秀花的心里从来就没有党和党的事业，也不关心四清运动的成败，他头脑里沸腾着的是报仇雪恨，报复古全和，抹黑古全和，整垮古全和。想到古全和，蓝秀花想到是古全和说自己的坏话，破坏了他和吴歌的好事，他就恨，恨不得一刀杀了他。在前两次会上，他是猫在角落里观察形势，以给靳湘柳等人插话的方式，给他们帮腔，敲边鼓。这会儿他感觉对古全和发起攻击的时刻到了，就赤膊上阵，他说："我和古全和同住一个房间两年多，没有人比我更了解古全和，古全和的革命全是装出来的，他表面上道貌岸然，其实是一肚子男盗女娼。他像《红楼梦》里的贾宝玉，爱和女生拉拉扯扯，从小儿就不正经，念小学六年级时就开始玩弄女学生，住到人家的家里。在念大学本科和研究生期间，和许多女学生有不正当的关系。中文系的吉梦寒就上过他的当。他要人家，他有女朋友，不想跟吉梦寒好，却拉拉扯扯吊了人家好几年！"

蓝秀花继续说："古全和污蔑解放战争，说他和他第一个女友的爱情就是被解放江城的战争破坏的。

"他根本不是反右派斗争的英雄。1957年整风鸣放阶段，他和很多右派社团的头目有勾搭，还曾经在整风鸣放高潮时在柳树林里召集过右派分子的黑会！他掌握很多右派分子的罪证，可是反右派时他拒不揭发，还替他们辩护。反右派以后他还和历史系的'解剖刀'的头目儿极右分子李杏春有过秘密勾结。最让人不能容忍的是，在反右派斗争胜利之后，他还公开地美化右派分子，胡说他们也是新中国的青年，心中有国家和人民，想为建设新中国做贡献，还造谣说，有些右派分子改正了错误还入了党！① 古全和他们班的党支部书记秦中州就曾经说他在反右派斗争中有政治立场问题。

"古全和还颠倒阶级关系，公开替剥削阶级评功摆好，唱赞歌，说那些出身剥削阶级家庭的学生，特别是那些归国华侨，比我们的工农子弟更能吃苦，更革命，工农子弟应该向他们学习。他还说，资产阶级家庭出身的知识分子有教养、讲文明、讲卫生，比较理智，值得我们学习。古全和替熊可宽的错误辩护是有阶级和思想根源的。

"古全和满脑子封建迷信和奇谈怪论。他说蚊子比人聪明，从几公里外就能闻到人的气味，能一边对人体实行麻醉，一边吸血，说老鼠有定向功能，隔着墙就能准确地感觉到挂在墙背面的点心。古全和神神道道，封资修五毒俱全。"

最后，蓝秀花义愤填膺地说："正告你，古全和，你必须丢掉幻想，老实交代问题。能庇护你的四不清分子都靠边站了，现在师范学院是四清工作队和革命群众的天下，谁也保不了你！"

黎树凡听着蓝秀花的发言，长长地松了一口气，心想："古全和终于有了问题！有些问题的性质比较严重。他不是老虎，也算是个苍蝇，'清理'出他来，也算是歪打正着，'师出有名'了。"

蓝秀花的揭发在所有人的心里都划上了一些问号。有人唯恐他的揭发不真实，有人不愿意相信蓝秀花的揭发。蓝秀花的诚信度不高，有些话不近情理，但是不能通通不信。蓝秀花的揭发一下子把会议从揭发党委的问题而转移聚焦到古全和个人身上。而古全和也从中看见了真实的白龙镇阔少蓝秀花。

齐苋芬质问古全和说："古全和，你对蓝秀花的揭发作何解释？"

古全和坦然说道："这你得问蓝秀花。"

齐苋芬不屑地冷着面孔斥责古全和说："你这叫什么态度！"

①　古全和曾经听说《东北日报》有两个年轻人被划成右派，后来经过劳动锻炼，表现好，都参加了共产党。

古全和反问齐苋芬说："那你想让我怎样？"

齐苋芬厉声说道："当然是承认错误。"

古全和平心静气地说："有错误自然会承认。"

靳湘柳愤愤地说："你敢否认蓝秀花的揭发？"

古全和笑笑说："用不着我去否认那些不存在和被歪曲的东西。"

蓝秀花愤愤地说："你可真是'铁公鸡'！"蓝秀花瞪着充满仇恨的眼睛继续骂道，"古全和特会狡辩，有人夸他深入群众，会做思想工作。狗屁！他那都是'卖狗皮膏药'！"

黎树凡在蓝秀花骂古全和"卖狗皮膏药"时，皱了皱眉头。

古全和说："蓝秀花，你知道，什么人骂共产党的政治工作是'卖狗皮膏药'？"

极度亢奋的蓝秀花不顾一切，放肆地大叫："你威胁我？你在威胁我？我不怕！黎树凡同志说得好：'是骡子是马拉出去遛一遛！'面对轰轰烈烈的社会主义教育运动，革命群众欢欣鼓舞！可是你古全和却愁眉苦脸，顽固对抗！我要正告你，抗拒社会主义教育运动是敌我性质的矛盾，你是社会主义教育运动的'绊脚石'，是反革命！"

靳湘柳插嘴说："古全和一贯爱小题大做。我们在伙食科的时候，他经常粗野地指责同志们，就连有人多吃一个油饼，休息时在餐厅里打个毛线，他也要上纲上线，揪住不放。下放干部对他敢怒而不敢言，背地里骂他是'暴君'。"

面前的景象让古全和想到古家庄街上狗打架的景象。一条狗遭围攻，众狗就会追随强者，一齐扑上去撕咬它，那陷入群殴的狗左冲右撞，拼命抵抗，回击攻击它的群狗，最后落荒而逃。而在眼前的政治斗争中遭遇围剿的他，处境还不如遭遇围攻的那条狗。那条狗可以抗争，可以落荒，而他却不能，因为有一句名言挡在那里："问题不在大小，重在态度。""打态度"是一些人整人的拿手好戏。让有些人遗憾的是，古全和是个例外，他敢于反驳抵抗，也因为抵抗不公平的待遇而招致灭顶之灾。在混乱时刻，言不由衷，违心的"检查"，臭骂自己，成了某些人逃出困境的一种选择。想到这些，古全和心中涌起一种困惑，一种苦闷，一种不平，一种愤怒，甚至是一种绝望。他常常会想："难道我们党的生活应当这样吗？！党章还算不算数儿？！"更让他感到沉重的是，这样的苦闷他无处可以诉说。他觉得，新社会好像并不像他想象的那样处处莺歌燕舞，新社会只是向理想社会过渡的一个阶段。她有"莺歌燕舞"的一面，也有一些黑暗龌龊的角落。靳湘柳和蓝秀花之类的人，带着他们那个阶级的人生观，唱着革命的高调混进共产党。而深潜在他们灵魂中的却是剥削阶级的自私、凶残、疯狂和傲慢。他们从不把党组织和群众放在眼里。他们为利而来，也必将为利而去。这又勾起了他在四十年代末五十代初曾经有过的那个观念，认为有些人高唱革命、大讲马列，只是一种求生存的策略，只要条件成熟，他们就会露出自己的真面目。他们是极少数，但是他们有能量。他相信，不管是谁，哪怕他是个将军或是元帅，只要落入以党和革命的名义策动起来的围剿，个人就很难突围。即使将来事实证明这种围剿是错误的，当事人也很难得到公正的待遇。这主要是因为党内的民主生活不健全。解放之后，像六十年代初那种全面、认真、彻底的甄别也只有那么一次。想到这些，古全和心情沉重。1959年反右倾之后，他就常常想：党的纪委在同级党委领导之下，受党委的辖制，而且往往是受党委书记一个人或是少数几个人的辖制，有可能成为某个独立王国的一个部分，不能独立地执行纪律，难以避免冤假错案。他曾幻想过党内会有一个类似于法庭的机构，被审查或是被惩处的党员可以不受任何限制地，自由地陈述自己的意见，根据党章，为自己辩护。他想，总有一天党内会有这种讲民主讲道理的地方，封建专制主义的残余总会被彻底清理，马克思主义的光辉总会照耀到所有的共产党员。那时，类似于蓝秀花这样的人，如果他们不肯改造，也就难售其奸了。他认为，教条主义、修正主义都要反，但是最应该反的应该是有可能扼杀中国革命的封建主义。

蓝秀花的突然叫嚣打断了古全和的沉思。他说古全和满嘴革命词句，而干的却是见不得人的勾当，他说古全和下放伙食科期间手脚不干净，曾经利用职务之便平价从留学生特供点套购过蜜枣和鱼肝油等很多东西。他自己足吃，也给他那个病秧子老婆寄，说不定他还曾经拿到社会上去倒卖牟利，进行资本主义活动。他说古全和不仅在餐厅里多吃多占，还从那里往宿舍里带好吃的东西！他曾经从餐厅里往宿舍里带过月饼。

蓝秀花的这一揭发震惊了会场，此前没有人怀疑古全和在伙食科工作期间的清白。江涌得意地看了古全和一眼，认为蓝秀花的揭发证实了他早些时候对古全和的怀疑。他一直怀疑古全和有多吃多占的问题。靳湘柳得意地冷笑着数落古全和说，他在伙食科工作期间要求别人不多吃一口，而他自己却把餐厅里的东西偷回宿舍，他是一个十足的伪君子，要求古全和老实交代他所有的问题。

齐苋芬夸张地嚷道："没想到呀，真是没想到！比谁都清高的古全和竟然会干出这种可耻的勾当！看起来，当年校园里到处传说下放干部多吃多占并不是捕风捉影呀。《三大纪律八项纪律》说'不拿群众一针一线'，而你古全和却利用职务之便，从特供点套购平价商品，从餐厅里偷月饼。月饼，在那个时候可是好东西呀。你怎么解释都不能改变这个问题的性质。我敢说，你的问题绝不可能只是几个月饼的问题，你必须老实交代你所有的问题。"

古全和正式被认定为四不清分子了。黎树凡想，只要古全和有问题，不管是什么问题，那她审查他都是事出有因。如果查明古全和的问题和黑市活动有关，那就属于资本主义活动，是重大的政治问题，那揭发古全和就不再是她工作中的错误，而是她的成绩了。她急于坐实古全和的问题，一再追问古全和都从特供点套购过什么，从餐厅里带出过什么东西，这些东西是他自己吃了，还是他转送他人，抑或是到黑市上去变卖了，并且警告他说，要老实交代，认真检查，争取从宽处理。

在蓝秀花、靳湘柳、齐苋芬和黎树凡等人的一阵喧嚣之后，古全和坦然说道："对于蓝秀花的所谓揭发，我保留澄清和反驳的权利。现在我仅就我在伙食科期间的错误检查如下。不错，我曾经托采购员李小海师傅从特供点儿买过二斤蜜枣，悉数寄给了远在黑龙江的线淑平。当时她病得很重，我想帮助她，可是我想不出别的办法。这件事我知错犯错，也已经向组织汇报过，愿意接受组织的处分。不过那时线淑平并不是我的妻子，也不是我的女友，而只是我的一个老同学。除了蜜枣，我还给她寄过鱼肝油，共两瓶，两千粒。鱼肝油是我的一个在广东工作的老同学，听说我患有浮肿和肝炎，特地给我寄来的。"

古全和的说明让黎树凡感到失望。不过她仍然想让古全和替她背上她所犯错误的包袱。她相信她能够从古全和的身上找到她需要的东西，创造出一个"事出有因"的结果。"事出有因"，这是某些党性不纯和毫无党性的干部掩饰所犯错误时常玩的把戏。

古全和在经历过这些诽谤污蔑之后，已经挣脱了党内那些生活常规的束缚。他认为对待蓝秀花这类人的批评，奉行"有则改之，无则加勉"的古训是愚蠢的，面对诽谤污蔑必须回击。所以他认真地说明了所谓的月饼问题。他说，1960年的国庆节和中秋节离得很近，学院伙委会研究决定两个节日一起过。除去节日组织两菜一汤一杯酒的加餐外，吃集体伙食的师生员工每人还供应月饼一斤，一共四块。他领了自己的一份。员工餐厅的有些师傅争着要把自己的那一份让给他。他想，接受师傅们的馈赠等于变相地超定量用餐，因此都一一谢绝了。当天晚上下班前，党委办公室临时电话通知他，第二天国庆游行，学院的文艺大军仍然由他带队。他想国庆节当天早饭有必要多吃点东西，以免路上发生意外，就接受了员工餐厅服务组组长俞凤羽大姐送给他的那一份月饼，并把它带回宿舍，准备第二天游行队伍出发前吃。

古全和的话音刚落，靳湘柳立刻追问他和俞凤羽是什么关系。古全和不客气地对她说，"看来你对男女关系问题特别热心，你可以自己去调查。中国人并不都像有些人想象的那么不要脸。"

佟金凤记得，那年国庆的当天，古全和带领学院的文艺大军通过人民广场，他本人没有和文艺大军一起返校。他晕倒在返校的路上，倒在人民广场西面的市公安局的门前，是公安局派车把他送回学院的。院卫生科石大夫说，古全和晕倒是饥饿所致。她想，为什么古全和国庆当天早饭加餐吃过一斤月饼，还会因为饥饿而晕倒在返校的半路上呢？也许他根本就没有吃那些月饼。于是，她追问月饼的去向。她的质问惊醒蓝秀花。他一心报仇雪恨，竟晕头晕脑地揭发到自己的头上，便抢先站起来，想争取主动，激动地说："怎么处理那些月饼并不重要！"然后又胆怯地瞅瞅众人，失态地大叫："古全和狡猾，我糊涂，我丧失立场，上当受骗，我检讨！古全和，你阴险，你腐蚀人！"

面对蓝秀花的表现，众人先是面面相觑，然后不禁摇头叹气。缪文逵忍不住大叫："干吗要骂别人阴险呀，管住自己的嘴巴不就得了嘛！"蓝秀花搬起石头砸了自己的脚，威信扫地，也让黎树凡感到有些失望。

蓝秀花揭发受挫，但是他复仇的狂热不减，又在古全和的爱好上做文章。他说古全和困难时期精神颓废，醉心于弹吉他，经常在宿舍里哼哼呀呀地弹唱苏联歌曲，暑假时还曾和前来探亲的线淑平一起，在夜晚的柳树林里，弹唱《莫斯科郊外的晚上》……

　　在江城人们极少见到"吉他"。偌大的东湖师范学院只有两把。一把在音乐系，一把在古全和手中。一般老百姓，包括见闻不多知识分子，都不看好吉他这种乐器，把它和西方文化和资产阶级、小资产阶级情调相联系。蓝秀花就是想利用群众的这种无知和偏见来丑化和抹黑古全和。齐觅芬只在电影里见过吉他，笑嘻嘻地说："武大郎玩夜猫子——什么人玩什么鸟儿。"

　　古全和决定把蓝秀花的阴谋和齐觅芬的无知抖落给大家看。他以讲课的语调从容不迫地说道："'吉他'是一种古老的乐器，在世界上的许多国家到处可见。我们在苏联电影《萨特阔》里看见的是七弦琴，在《幸福生活》里看见的是六弦琴，都叫吉他。吉他音色优美、丰富、纯净，能独奏，能伴奏，包括贝多芬在内的许多大音乐家都喜爱它。如果有谁硬要追查吉他的阶级属性，我可以告诉他，吉他应该属于无产阶级，它曾经是穷苦人讨饭用的工具！"

　　黎树凡看清了，党委机关的四清运动，正在变成党委机关内部的思想斗争，而她要自保就必须站在靳湘柳和蓝秀花这些人一边。她命令古全和不要扯得太远，说这里不是他宣讲音乐问题的课堂！

　　古全和已经不再把黎树凡看成是党的领导。他无所畏惧地看着黎树凡，就像他当年在柳影路小学高二（1）班的那个教室里看着无缘无故侮辱他的董文华老师和他初中一年级的班主任赵治军老师那样。

　　复仇的渴望使蓝秀花疯狂，少爷脾气大发作，不再听从黎树凡的约束，凡是他能用来打击古全和的东西他都抛出来了，最后抛出来的是自己那双时髦儿的旧皮鞋，胡说古全和曾经穿着他的那双皮鞋去向女学生招摇，欺骗过线淑平。古全和嘲笑蓝秀花说，他和线淑平要好是从高中开始的，那时蓝秀花的那双破皮鞋还长在某一头牛奶奶或是牛爷爷的身上呢，弄得蓝秀花无言以对。

　　蓝秀花的无耻激发了筋疲力尽的古全和的灵感，使得他头脑中闪现出一个有趣的念头：他觉得蓝秀花抛向他的月饼、吉他、皮鞋、老鼠、蚊子之类，并非一些无关紧要的俗物，而是一件件具有杀伤力的武器，他把蓝秀花玩的这种把戏叫作"鸡毛蒜皮战术"，认为这种战术有丑化功能、抹黑功能、搞臭功能，能把一个并无过失的同志搞得面目皆非、威信扫地、臭不可闻，直到政治上死亡。这也算是他参加四清的一大心得。他不想退缩，而是决心要抗拒到底。

黎树凡感觉蓝秀花的揭发无助于她脱困，反而会让她更加被动，便说道："跟四清运动无关的话题就别提啦！"这是她头一次批评蓝秀花一伙儿，靳湘柳和蓝秀花等人都面面相觑，预感到事情有些不妙。

现在黎树凡很想找古全和谈谈，可是古全和没有再约她汇报思想。她感觉现在党委机关的运动就像一驾发了狂的马车，稍不小心，就会人仰马翻。她只能利用自己手中的权力，继续压制古全和，把她和古全和的矛盾控制在党委机关这个范围之内，相机全身而退。

古全和也感觉围剿他的把戏就要耍完了。他担心黎树凡会和靳湘柳等人勾结在一起，利用组织手段压制他。党章规定党员有为自己申诉的权利，而事实上这种权利经常是不存在的。蒙受冤屈或是持不同意见的党员，使用这个权利要冒巨大的风险，可能被污蔑为向党讨价还价，和党离心离德，被涂抹上政治上异己的色彩。现在这里的领导人就是黎树凡，和她对立就等于和党对立。古全和感到，笼罩在中国大地上的封建主义的阴霾十分沉重，看不出它们散去的时日。而封建主义和马克思主义是水火不相容的。他百思不得其解，为什么这样严重的问题，英明的党中央和毛主席就看不见呢。如果在1959年反右倾之前，他很可能郑重其事地把他的这些想法写成文件，请党委代他向上级反映，呼吁保证党内的民主生活。但是现在他不想这么做了。他不再无条件地相信东湖师范学院的党组织，也不想无条件地相信四清工作队。这是不正常的，悲哀的，而他只能如此。

110

上午会议的内容名义上仍然是揭发党委的问题，不过现在黎树凡真正关心的不再是怎样推进党委机关的运动，做出成绩，而是怎样控制住古全和，以便让自己能从眼前的困境中平安脱身了。

古全和相信党组织会还他一个清白，然而他也为事情最后的结果难以预测而感到担心。在政治运动中，出乎意料的事屡见不鲜。他本人就没有想到，听毛主席的话，利用回乡探亲搞社会调查，返校后向党组织汇报，会遭受误解、诬陷、打击和惩罚。类似离奇的事还有他本科同班老同学宋庭谋的遭遇。宋庭谋毕业后被分配在 1956 年年初新建的省立实验中学，到校后不久，就被借调到四平师范专科学校。他非党非团，不关心政治，四平师专又是借调单位，1957 年整风鸣放期间，他既没写大字报，也没在鸣放会上发言，跟整风"反右"不沾边，反右派之后就一身轻松地回到实验中学。而实验中学是新建单位，教职员工来自四面八方，校内的党群关系、干群关系尚未形成，因而无所谓敌我矛盾和内部矛盾，没有右派分子。可是学校党支部书记黄超尘不甘寂寞，担心领导会因此说实验中学党支部右倾而挨批丢官，决定弄一个右派分子出来应付上级，他就选中了自由散漫，不问政治，好吃好喝，脱离群众的宋庭谋。而宋庭谋并不真正知道右派分子是怎么回事，又有服从领导的好习惯，也就服从了领导的决定，认下了这顶右派分子的帽子。可是这顶帽子一旦戴上再要摘掉就难了，十几年后清理右派一案时，才发现他和右派无关。类似的荒唐事还有安徽某大学的王朔。王朔，山东广饶人，东湖师范学院毕业生，1957 年整风鸣放时是安徽某大学年轻的俄语教师。他所在的单位当然也有党支部，党支部里面也有黄超尘一样的党支部书记。他出于和黄超尘同样的动机临时派王朔去当右派，说好过些日子派人去替换他。王朔 1944 年 14 岁时穿过日本人的封锁线，进入解放区，有一定的政治素养，他进入右派劳改场所之后发现右派分子当不得，自己上当受骗，大闹一场，回到本单位。古全和在甄别工作中也发现过离奇的冤假错案，担心类似的事情发生在自己身上。佟金风对他说过，东湖师范学院的四清工作队级别高，主要成员都是省市委厅局处级的干部。这一方面让古全和觉得宽心，相信他们能主持公道，同时也让他担心，这样的工作队有如封建时代手持尚方宝剑的钦差大臣，能够一手遮天，如果他们不主持公道，事情就很难得到公正的解决。有时他也想，也许他不应该顶撞整他的人，而应该像 1959 年反右倾时那样，妥协退让，对黎树凡表示顺从，乃至装死躺下，任人污蔑谩骂而一言不发，等待组织出面帮助他解困。可是他忍受不了靳湘柳和蓝秀花这些人的践踏和侮辱。如果事情发生在他的少年时代，他肯定会不顾一切地扑上去，对他们拳脚相向，拼个你死我活。

　　会议已经失去了有意义的内容，一开始就是个僵局。古全和感觉靳湘柳等人的鸡毛蒜皮差不多抛完了，他们和黎树凡的把戏也该要完了。他们不能证明他本人有四不清的问题，更不能证明他知情不举。

靳湘柳也意识到情况不妙，显得有些不安，时刻注意着黎树凡的脸色。四清还在进行中，谁都不知道下一步怎么搞，搞到什么时候，她担心古全和一旦爬起来，肯定会向他们反攻倒算，因此想给古全和制造一些政治性的疑云，把他罩起来，让大家不敢替他说话，于是就渲染说，古全和在柳影路小学时已经老大不小，他曾经和一个叫张阳春的大龄男生有来往。她说张阳春高古全和两个年级，是她的同班同学，而张阳春的父亲就是国民党统治时期江城市督察处的处长，是个杀人不眨眼的反革命大头目。解放初，在督察处的后花园里，发掘出二百多具共产党员和革命群众的遗体，包括一个误入督察处的 12 岁的男孩儿，这些人有枪杀的，也有活埋的。她说张阳春天天带着手枪上学，是个特务。古全和与张阳春来往密切，形影不离，关系可疑。蓝秀花也补充说，古全和他爹去过俄国，和他的同乡杨明斋①曾经是好朋友。古全和的父亲古世才因苏维埃俄国不肯归还沙俄侵占的中国领土而不接受苏维埃俄国，和杨明斋分道扬镳，所以她说他爹肯定有政治历史问题。

人们并不在意古全和小学时做过什么，也无从证明他父亲古世才在俄国十月社会主义革命中的是非功过，疑云毕竟是疑云，只能迷惑人们于一时，不能长时间地蒙蔽人们的视听，构不成继续审查批判古全和的根据。黎树凡并不看重靳湘柳和蓝秀花的所谓揭发，但是她要利用这些材料做文章，压制古全和。她质问古全和，他有什么问题要向组织交代。古全和顶撞她说，他的基本情况都写在他的入团申请书里，他不认为他父亲有什么需要向组织交代的问题。黎树凡见古全和态度蛮横，灵机一动，就想在他对待四清工作队的态度上做文章，指责他既不交代自己的问题，又不揭发领导的问题，是在抵制社会主义教育运动，顽固下去对他没有好处！古全和气愤地说，他参加共产党就没想过他个人要得到什么好处！黎树凡恼羞

---

① 杨明斋（1882—?），山东省平度县西乡马戈庄人，学名杨好德，字明斋，农家子弟。当时平度有一段顺口溜儿："死逼梁山下关东，走投无路下崴子。"崴子即海参崴。杨明斋年轻的时候也走了这条路，到崴子做工谋生，并加入布尔什维克党，成为中国第一个共产党员，为培养中国共产党的干部和中国共产党建党做出了重大的贡献。见《中华魂》，2012 年第 1 期，第 40 页，《忠厚长者杨明斋》。

成怒，失态地一拍桌子吼道："你凶什么？我不在乎你！我警告你，你这样对待四清工作队是危险的！"古全和不顾一切地说道："按党章办事，不存在谁在乎谁的问题。"由于愤怒和激动，他感觉眼睛阵阵模糊，周围的一切都在旋转，头在嗡嗡地叫，不得不闭上眼睛，稍作休息。

黎树凡威胁古全和说："我告诉你，你说话要考虑后果！"说着，双手掀起她黑色人造丝的绸裙，用力地煽起来，不是为了降温，而是为了散发她胸中的怒火。

狗仗人势的靳湘柳挥手指着古全和吼道："不许乱说乱动！"

古全和轻蔑地说道："你没有这个权利！"

黎树凡想迫使古全和服软，厉声说道："你知道张阳春的身份吗，你和他是什么关系？"

古全和冷冷地说道："不知道。靳湘柳不是说他是个特务吗？"说着，一阵头晕，不得不闭上眼睛喘喘气。

蓝秀花指点着古全和骂道："装死，装熊！"

古全和怒不可遏，"呼"的一声，把省中医研究院肝炎研究小组开具的一份诊断书砸到桌子上，诊断书上写着：GPT 280，吼道："你们连科学也怀疑吗！"

黎树凡指着古全和别有用心地说："你敢污蔑工作队？！"

古全和不顾一切地高叫："你不等于工作队，你现在是东湖师范学院党委机关内部斗争的一方！"

靳湘柳愣怔片刻，叫道："你这是污蔑！"

黎树凡后悔激化了矛盾。她需要的是退却，而结果却弄成了进攻。

江涌提议剥夺古全和的发言权，黎树凡不置可否。

古全和掏出钢笔，打开笔记本，准备记录。

靳湘柳嚷道："你想要秋后算账吗？！"

古全和说："有必要等那么久吗？！"

靳湘柳硬着头皮说道："不许他记录！"

古全和冷冷地说："你心虚啦！"

靳湘柳跳到古全和跟前，来抢他的笔记本。古全和怒目而视，握紧了拳头。眼前的场景又让靳湘柳想到了当年发生在柳影路小学高二（1）班教室里的那个场面。当时只有十几岁的古全和就是这样对待身材高大的董文华老师的，她认为古全和是个浑不论的人。她这样想着，本能地往后退缩，同时叫道："你是反革命！"

古全和反击她说："你才是反革命呢！"

黎树凡不敢让事情从文斗变成武斗，把事情闹大，失去与古全和妥协的余地。不过她仍然相信她能够修补好自己的形象，驯服古全和，让他替自己背上她所犯错误的包袱。在这方面，她相信自己有丰富的经验，古全和终归会配合她做到这一点。

会是开不下去了，黎树凡示意江涌宣布散会。

这时，古全和站起来，冷静地对黎树凡说："黎树凡同志，现在我第七次，也是最后一次，请求你听取我的汇报。你是工作组长，你有义务听取群众的意见！"

古全和简直是以命令的口气要求黎树凡听他汇报，人们的目光同时转向黎树凡。靳湘柳急切地等待着黎树凡愤怒地"哼"上一声，然后拂袖而去。而黎树凡并没有那样做。她在久久地呆坐之后，微笑着对古全和点了点头。靳湘柳的一颗心立刻咕咚咕咚加快了跳动。

会散了。阅览室里只有古全和和黎树凡二人。古全和平静地向黎树凡汇报了他对党委机关运动的看法，他说有人把他说成是揭开党委阶级斗争的盖子的突破口是别有用心。他在党委的领导下执行过一些任务，但是他只是宣传部的一个干事，并不了解党委领导核心的四不清问题。黎树凡连连点头表示认可，然后说道："那你为什么不早向我们汇报这些情况呢？"

古全和觉得黎树凡问得离奇，他想她这是在给他设置台阶，让他承认自己有错误，表示检讨，把她的过错替她背起来。黎树凡怀着期待，默默地看着古全和，她相信他会这样做。她认为下级给上级背包袱，这是中国政治生活里的常规，几千年来都是这样的，古全和不会不懂这个官场的规矩。古全和愿意替党组织承担责任，但是他不想给黎树凡这种人当替罪羊。他毫不客气地反问黎树凡说："你给过我这样的机会吗？"

黎树凡无言以对，沉思片刻，摇摇头，勉强地微笑着说："那你想怎么办？"

古全和说："还我一个清白，严惩那些破坏社会主义教育运动的人！"

黎树凡想，她也该在被惩罚之列，便讪讪地说："咱们就先谈到这里吧！"

111

第二天一大早，古全和就到办公大楼一层四清工作队办公室，要求面见党委书记韩雨同志。接待他的是办公室主任路勤一，他和工作队几位负责人已经从佟金凤的汇报中了解了党委机关运动中的问题。

路勤一是江城市委大学部副部长，他认识古全和。1955 年的夏天，正在念大四的古全和曾经被临时借调到江城团市委，主编油印的综合刊物江城大中学生暑期活动通讯《我们的夏天》。当时路勤一是共青团江城市委宣传部长。

路勤一，武昌人，高中二年级肄业，解放战争末期参加革命。他留给古全和的印象是简朴、内向、低调、和蔼、好学。古全和还注意到他文笔不错，喜欢在报刊上写点小文章，爱探讨理论问题，但不善言谈。

古全和说："我有些情况要向韩雨同志反映。"

路勤一说："韩雨同志不在。"

古全和说："那你就帮我约个时间吧。"

路勤一笑嘻嘻地说："他很忙，和我谈谈怎么样？"

古全和迟疑片刻，没有说话，转身离开了四清工作队办公室。

路勤一看着古全和的背影儿，笑着说，"还是这么倔。"

路勤一对古全和的印象不错。他记得古全和在团市委工作期间，从不和周围的人闲聊，也很少参加团委干部的娱乐活动，除了吃饭，给《我们的夏天》编辑、通讯和出版组开会、审稿，就是一个人躲在闷热的阁楼上读书，记笔记。他记得古全和在那段时间反复阅读的是一本刚刚翻译出版的文艺理论著作，书名是《文学原理》，作者是苏联文学史专家季摩菲耶夫。路勤一发现古全和很欣赏那本书，在一个多月里反复阅读了三遍，每读一遍都写一本摘要加批评的读书笔记，三本笔记共十多万字。路勤一认真地翻阅过那些读书笔记，发现他先后提出了三十几个问题，其中有些问题是挑战作者的，他发现古全和有独立思考能力，逻辑思维能力、语言能力都很强，是个人才，曾经以团市委的名义致函东湖师范学院，商调古全和到团市委宣传部工作，东湖师范学院也曾考虑过他们的要求，后来因为古全和考取了世界文学研究班，这件事就没有办成。

午饭时，古全和在员工餐厅和黎树凡打了个照面，注意到她的脸拉得老长，而且满脸冰霜，他猜想她已经知道他去找过四清工作队领导，是和她杠上了。

下午和晚上古全和两次去找韩雨，路勤一都说他不在，或是正忙。

晚上没有会，古全和从四清工作队办公室直接回到宿舍。他感到今晚腹胀特别厉害，肚子像一面鼓，呼吸都有些困难，加上肝区无序的刺痛，弄得他心情烦躁。他本想浏览一下会议记录，考虑怎样应对明天会上可能碰到的问题，可是他实在是坚持不住了，就提前上床休息。由于腹胀，无法仰卧，只能像氽过的对虾那样蜷缩着身子侧卧在床上。

身体上的痛苦没能遏制住古全和对于他关于师范学院四清运动的思考。经过一个多月的观察，特别是近一周来的亲身体验，他认为四清工作队把师范学院当成"敌占区"，把广大干部当成怀疑对象，正是这种错误的定位搞乱了干部和群众队伍，给投机分子和某些不负责任的人提供了兴风作浪、胡乱整人的机会。黎树凡显然是知道自己错了，但是她不敢面对，还想嫁祸于人。

古全和想到，他一连三次去求见韩雨同志，每次都有路勤一出来挡驾，不是说韩雨同志忙，就是说他不在。古全和怀疑路勤一说的是假话，认为韩雨同志是有意回避他，也就是说，对于发生在党委机关的问题他知情。古全和的头脑中又颇有感慨地闪现出这样的想法，没有那么多的人讲党章，实践党章，有些人遇事都是首先替个人打算，一个人要昭雪不白之冤很不容易。那些直接或间接地给别人制造了冤案的人，为保有他们从批斗受害人的过程中所捞到的政治资本和物质利益，摆脱他们在政治、法律和道德上的责任，逃避组织的惩罚，会制造重重障碍，维持那些冤假错案。这是许多冤假错案长时间不得昭雪的真正原因。平反冤假错案本质上是残酷的斗争，其中不乏阶级斗争。韩雨对他避而不见可能玩的就是这类把戏。他想，六十年代初的甄别工作，如果没有党中央的坚决推动，不可能取得那么好的成果。在战争年代，大家面对的是同一个敌人，有着共同的奋斗目标，是一个战壕里生死与共的战友，个人之间的利害冲突不多。而如今是和平时期，实行的是工资制，个人利益有了比较大的扩展的余地，只有那些坚定的革命者能够坚持为共产主义的理想继续奋斗，处理问题讲究实事求是。即使这样的革命者，也都是来自旧社会，生活在现实生活中，有父母妻子儿女要赡养和抚育，参加社会财富的分配，有的人难免也希望自己分多得一些，日子过得好一些，面对某些是非，也难以无所顾忌地秉公处理。至于那些革命的同路人，特别是那些投机革命的人，更会把追逐物质利益作为他们一切活动的唯一目的。如今，政治上的所谓身份和荣誉，几乎就等同于行政上的级别，而行政级别又是干部参与社会物质利益分配的主要依据。10 级干部躺在床上每月也有二三百元的薪金和各种相应的优厚的待遇，而 20 级的干部，即使是孙悟空，日夜奔波，也只有 70 多元的薪金。所以保级别和职务就等于保自己的既得利益，争级别就等于争工资，争待遇。在这种条件下，人们的私心就生长起来了，出于公心，实事求是地面对工作和生活中的是非问题的勇气就小了，颠三倒四的勾当就在所难免了。"老婆孩子热炕头儿"的人生观就从许多人的灵魂深处渐渐地浮起，干扰着他们的言行，使一些人疏远了、远离了为人民服务的宗旨和实事求是的世界观。1958 年，在谈到有些干部说假话的根源时，计方平曾气愤地自言自语说："有些人为什么要说假话呢？在革命战争年代大家连死都不怕，为什么现在有些人连句真话都不敢说了呢？"想到这些，古全和就觉得心里憋闷得慌，感觉自己好像被密封在一个不透气，也不透光的黑暗的铁罐子里，窒息得连呼吸都感到困难，对于自己的问题能否得到公正的解决也产生了怀疑。而最让他感到苦闷的并不是他个人的处境，而是党的事业。他深信，在师范学院的四清中遭受冤屈的绝对不会是他一个人，因为哪里都可能有黎树凡、靳湘柳、蓝秀花、江涌这样的一些利禄之徒。

已经是后半夜了，外面的路灯都灭了，窗外黑洞洞的，一点光亮都没有。

古全和从小就习惯了仰卧着睡觉，但是现在他腹胀如鼓，不能仰卧，无法入睡。他希望能放几个屁，缓解腹胀和肝区的疼痛，能让他睡上一会儿，以便明天能有精神应对他可能遭遇的新的突然袭击。可是此时此刻他偏偏就是没有一个像样的屁。他后悔自己没有听卫生科卢老科长的话，没能保护好自己的身体，以至于弄得他今天无力应对黎树凡和靳湘柳等这样一些人的迫害，弄得他连觉都睡不成。

112

　　淅淅沥沥的秋雨断断续续地下了半天一夜，今天总算放晴了。但是黎树凡的脸色依然阴沉沉的。像黎树凡这样，有了错误而又不肯面对，反而要迁怒甚至企图嫁祸于受害人的半老的干部，古全和以前还没有见识过。他觉得认识到党内有黎树凡这种人，也算是他参加四清运动的一个收获，他认为黎树凡就是个四不清。

　　古全和听说，黎树凡出身大地主家庭，她的生母是她老爹的小老婆，在诸姨娘中排行老四，黎树凡小的时候在河北老家念过两年私塾，虽然在高等学校工作了许多年，天天教训中级和高级知识分子，她本人还算不上个知识分子。她有关党的生活的知识和经验都是从党内的实际生活中感染来的，里面掺杂着不少的儒道法佛以及小生产者意识的杂质。不过她认为自己的这一套是共产党的正宗，对于她的下级说来，她是党的化身。她不习惯听她治下的同志们说"不"，而习惯于听他们恭顺地向她报告自己的思想，然后再以久经考验一贯正确的老资格向他们表示某种怀柔，给他们指点做人的方向，显示她政治上的正确和优越。她的思想作风在1957年反右派斗争和1958年双反交心，特别是在1959年反右倾之后，又有所滋长。遭遇古全和是她有生以来的头一回，对她说来，古全和是一个罕见的例外，大草原上来的生马驹子。他不仅不肯顺从她，还敢向她要平等、要民主、要自由、要公道、论是非，当众顶撞她、藐视她，到工作队党委去告她的状，而这是她所绝对不能容忍的。此刻古全和对她说来不再是她打开党委机关运动局面立功受奖的突破口，不再是她怀柔的对象，而是她仇视的一个对象。如果解放了古全和，那就等于她犯了错误，而她是不能犯错误的。因此压制古全和，就成了她政治上的需要。现在她和靳湘柳、蓝秀花有了共同的利益和感情。她不明白，像古全和这样的生马驹子，怎么会混进东湖师范学院的党委机关。

　　今天黎树凡是最后一个到场的，她依然坐在她的老地方。她的神情有些不安，偶尔朝古全和这里瞥一眼。古全和注意到她的异样神态，他想，他碰上黎树凡倒霉；黎树凡碰上他也不能算走运。

　　靳湘柳突然夸张地瞪大眼睛盯上了黎树凡穿的那件已经穿了有些日子的黑色人造丝的裙子，故作惊讶地说道："啊呀，您这件裙子太漂亮啦！这叫什么料子啊？是从哪儿买的？我从没见过。"靳湘柳明知那是洋货，她不仅见过，知道它是什么玩意儿，而且还穿过不止一件。

　　黎树凡满足地一笑，说道："反正你买不着。"意思是说，那是进口的。

　　开会的时间到了。古全和展开笔记本准备记录。靳湘柳和蓝秀花同时朝他瞪眼睛。上次会上，江涌连续三次奉命提醒古全和不许做记录，而古全和一直不予理睬。靳湘柳注意到，江涌今天没有这样做，怀疑黎树凡对待古全和的态度有了变化，就想试探一下黎树凡的态度，便冲到古全和面前去夺他的笔记本。她想激怒他，让他动手，制造"右派打人"的事件，抬高自己的身价，打压古全和。怒不可遏的古全和忽地站起身，握紧了拳头，吼道："你想动武吗?!"靳湘柳面对愤怒的古全和，又想起了1946年春夏间，古全和暴力抗击音乐老师董文华的情景。她相信，如果她去抢他的笔记本，他肯定会对她动手。她听人家说过，"山东人吵架，越凑越近；天津人吵架，越骂越远。"她不想挨打，只好让步，就虚张声势地嚷嚷着，回到自己的座位。而黎树凡面对她和古全和的争吵，头不抬，眼不睁，一言不发。靳湘柳觉得黎树凡对待古全和的态度的确有了变化，心里有些紧张，担心她会抛弃她。

　　江涌讨好地看着黎树凡，故作亲热地说道："树凡同志，开始吧?"

　　黎树凡没有说话，连头也没抬。她在聚精会神地翻阅一份红头文件。

　　"黎树凡同志，咱们开会吧?"江涌再次笑着问黎树凡。

　　黎树凡仍然没有理睬江涌，而是笑着对大家说道："今天咱们学习新的中央文件。"

　　"原定的会咱们不开啦?"江涌想证实是否事情有了变化。

　　黎树凡点点头，继续笑着说："下面我就边读边讲解毛主席亲自主持制定的《二十三条》，这是指导咱们工作的主要文件。下一阶段我们将按照这个文件的要求，调整工作部署。"黎树凡想借着落实新文件的时机甩掉古全和这个包袱，掩饰前一段工作中的错误。新文件里不再大讲四清四不清的问题，而是有一个全新的提法，说社会主义教育运动的重点是整党内走资本主义道路的当权派。

黎树凡用了近一个小时的时间，宣讲了《二十三条》。

上次会散会前说，今天的会仍然谈古全和问题。而今天黎树凡只字不提古全和。靳湘柳表面上装得若无其事，不时和蓝秀花等人一唱一和，嘲弄古全和，维持着对古全和的高压态势，但是她的心里却在打鼓，担心黎树凡会改变她对待古全和的态度。

上午散会前，黎树凡突然对古全和说："下午你就不要来啦。"

黎树凡的话让靳湘柳心中掀起一阵惊喜，激动地想："好，要隔离古全和！"

黎树凡紧接着又对古全和说："四清工作队党委要选编一组马恩列斯毛主席论述社会主义教育问题的文件。你管过学生的理论教育，有这方面的经验，领导决定派你去完成这个任务。怎么样，有困难吗？"

靳湘柳一惊，心想："糟啦，要启用古全和啦！"

古全和不卑不亢地说："没有困难。"

古全和断定是四清工作队领导过问了他的问题。这是他们表态的一种方式，至于他们是否会彻底解决他的问题，现在还很难说。他身体不好，本来不想接受这个任务。但是他知道他必须接受这个安排，否则会犯下真正的错误。党员任何时候都不能拒绝党组织分配给自己的工作。拒绝工作就是一大错误。

正像古全和估计的那样，工作队无意彻底解决他的问题。黎树凡在第二天的会上，就像落后的农村妇女指桑骂槐一样，板着面孔，虎着脸，旁敲侧击地扬言："一个老大不小的共产党员，受过最高等级的教育，入党的时间也不算短了，竟会这样不懂人事儿，在运动中受了点磕磕碰碰，就不依不饶地纠缠不休。难道你是要求党向你赔礼道歉吗？要有点风度嘛！你就老虎屁股摸不得？我看折腾来折腾去，倒霉的还是你自己！"

黎树凡的这番话，再清楚不过地表明，她不想认错。古全和愤愤地想道："要求你承认错误就等于要求党承认错误吗？你自己犯了错误不肯承认，还要倒打一耙，你算什么共产党员！"

古全和此刻还不懂中国的为官之道。他是从新中国革命的课堂直接被抛进政治斗争的漩涡的。他习惯于用"1＋2＝3"的算术式的思维方法进行思考，凡事都要问一个"是与非""对与错""善与恶"和"为什么"？而很少去考虑事情对于他个人有什么利害关系。这在某些懂事的人看来，就叫作书呆子，政治上幼稚，不成熟。很久以后他才悟到，在政治斗争中，人们关注的几乎常常不是事情的"是与非"，而只是"利与害"。他还不知道，在中国错了的历来只能是臣子，是下属，而不能是上司，更不能是皇帝。有时彻底给一个蒙冤受屈的人平反昭雪必须要有特殊的社会政治条件，比如改朝换代，比如一条政治路线被彻底清算，至少是当事的官员彻底垮台。有些官员，如果他的错误和更高一级的权力有关，即使在他被撤职之后也未必能彻底查办。在现实题材的文学艺术作品里，犯错误的总是行政官员，而且是副职人员，比如副省长。如果暴露的是党的干部，那也一定是副职，比如省委副书记，而不会是党委书记。第一把手都是正确路线的化身，这几乎是规则。而事实上，问题大多出在第一把手，这也就是一个单位、一个地区党组织烂掉的真正原因。古全和原本认为，在党内，只要有理，什么事情都能说得清楚，即使在经受过1959年反右倾的挫折之后，他也没有放弃这个信念。而现在他开始意识到，最触犯不得的就是能决定你命运的顶头上司，比如眼前的黎树凡。人们所谓听党的话，在很多时候，在实际生活中，常常不是指听党中央、毛主席的话，党的路线方针政策的话，听党章的话，而主要是听你的顶头上司的话。具体到现在的古全和，就是要听黎树凡的话。如果你顶撞了顶头上司，或为顶头上司所不待见、所不容，无论谁是谁非，你的日子都不会好过。因为党总支听党支部的，而党委听党总支的，纪委按党委乃至党委书记的意图执行纪律，依此类推，反之亦然。如果党支部书记说你不好，一般地说，你是很难好起来的。在有些人那里，真所谓"说你对，你就对，不对也对；说你不对，你就不对，对也不对。"在现实的中国，只要有心，你到处可以看见形形色色、浓淡不同、大大小小的王侯的影子。在那里当家做主的，不是马克思主义，不是实事求是，而是家长制、一言堂。因此，顺从是一个人能够平安无事、一帆风顺的第一个条件。一般领导最看重的品质就是顺从。在有些人看来，做"驯服工具"是党性的最高标准。党章里说党员可以越级上诉，而越级上诉，类乎造反，而造反是中国古今所有当权者最憎恨的勾当。你造反等于拆人家的台，断人家的财路，砸人家的饭碗，人家怎么会饶过你呢？对于造反的人，他们恨不得要捕而囚之。派民兵拦截上访告状的人并不少见。封建时代是这样，今天有些地方、有些时候，有些干部，仍然是这样。他们把敢于上诉的人视为仇敌，用暴力手段对待他。一个党员，如果沦落到越级上诉的地步，那他就惨了！没有人喜欢越级上告的人。如果没有上级干预和群众压力，也没有人愿意处理越级上告的事。有的人越级上诉百次而不得洗冤，甚至越告越惨。这是祖宗留下的最可怕的遗产。"杨乃武与小白菜"的故事并没有完全绝迹，告御状的故事仍然在上演。一个党员，一群百姓，最幸福的是能碰上一个好书记；而最倒霉的就是碰上一个假党员，坏书记。那将是可怕的梦魇。

中午，四清工作队的叶英同志来找古全和，让他陪她一同去员工小餐厅吃饭。古全和很高兴。叶英同志是市委组织部办公室主任，"四清"工作队副队长，党委委员。古全和是在1961年搞甄别工作的时候认识她的。她在解放以前坐过敌人的监狱，险些被枪杀。她在去餐厅的路上和蔼地对古全和说："全和同志，你的情况我了解，你是个好同志，你们单位风气不好，人际关系不大正常，让你受了委屈。当然，在这件事上，我们也有责任。"

古全和恳切地说："感谢组织的关怀。"他知道叶英同志是奉命来开导他的，"有些人说了我很多瞎话，现在已传遍全院。我是个基层干部，时刻和群众打交道，个人清白是工作的先决条件。背负着这些罪名，我以后无法工作。我请求领导帮助我在群众中把这些问题澄清，就像前些年您领导我们在甄别工作中所做的那样。我还要求惩罚那些蓄意害人的人，给他们一些教训。"

叶英同志笑笑说："你的愿望我理解。不过事情涉及方方面面，没有你说的这么简单。我看党组织了解了事情的真相就可以了，个别人的意见你何必去计较呢？运动中难免出现一些不如人意的事情。"

多年后，古全和才理解了叶英同志的这番务实的话，意识到，他的问题，当时能处理到那种程度已属不易。而他那时却坚持要斗争到底，表明他真的是一匹生马驹子。遗憾的是他一辈子也没能让自己变成一匹适应中国政治生活的"识途老马"。有时他甚至觉得，奴隶制的残余仍然存在的中国，甘愿为奴可能是做一点事情的一个条件。他觉得在有些手握党权的人心里，党章的内容可能只有一条——"驯服"，而"民主集中制"也只有"集中"这样两个字。

113

古全和忍受着肝区的胀痛，如期完成了四清工作队交给他的政治任务，摘编成了《马恩列斯毛主席论社会主义教育》的文稿。正像他所猜想的那样，他摘编的这一组学习文件始终没有付印下发，他自己的处境也只是从被批斗而变成了靠边站。靳湘柳和蓝秀花等人秉承着黎树凡的暗示，不停地奚落、嘲笑他。除了彭其寿、佟金凤、苗逢春和缪文逵，没有人肯在大庭广众之下和他说笑。齐苋芬原本就认为古全和没有什么问题，她不断地敲打古全和为了满足虚荣心，现在古全和已经解围，面对靳湘柳等人的表演，她只是冷眼旁观，而不肯继续奉陪。纪委的甄惠羊和团委的几个年轻人，仍然以不了解情况为由，继续保持沉默。力槐青回归中立状态，无意向古全和靠拢。党委机关仍然是黎树凡及其积极分子的天下。

黎树凡和古全和没有个人恩怨，但是现在古全和要讨回公道，等于要黎树凡承认错误，有损于她的荣誉和经济利益。黎树凡的态度和靳湘柳等人的表演让古全和意识到自己的冤案不可能在党委机关这个范围内求得彻底解决，而只能寄希望于四清工作队党委。

靳湘柳这两天心神不定，后悔在古全和的问题上走得太远，她想如果让古全和得势，他第一个报复就是她。她祷告上帝，让黎树凡压制住古全和，让她平安地度过四清。她知道，只要运动一过，古全和再想翻案就难了。定案容易翻案难，这几乎是规律性的现象。四清工作队组建的东湖师范学院新党委不会去翻四清工作队的案。"秋后算账"是党内生活中的一大忌，是危险之举。靳湘柳认为，要紧的是拖过这最后的日子。她从黎树凡当众嘲笑古全和的那一番话，看清楚了黎树凡对待古全和的态度，她在古全和面前谈笑风生以掩饰她内心的恐惧。

今天古全和按时来到阅览室，坐到自己的老地方。靳湘柳一进阅览室就先朝古全和坐的地方瞅了一眼，然后对蓝秀花挤挤眼睛，笑眯眯地瞅了瞅古全和，说道："装革命也是一种本事！"蓝秀花说道："装也装不像，'砍的不如旋的圆'嘛！"

靳湘柳坐到自己的位子上，提高声音给蓝秀花讲故事，说中文系

1952 级有过一个男生，叫龙秋生，自称江西婺源人。入学后表现特别积极，毛遂自荐当上了生活班长，大一就被破格吸收进青年团，他在生活班长这个位子上，一干就是三年，得到全班同学的好评，多次受到系领导的表扬。肃反一查，天哪！他竟是个血债累累的反革命，是国民党的一个中尉！杀害过我们三个同志！公安机关把他逮起来，关进了监狱。可是他反动本性不改，在 1961 年蒋介石叫嚷反攻大陆的时候，煽动同狱的犯人暴动。好，新账老账一齐算，判了他个无期。她又别有用心地说，当年的龙秋生也是自称家庭出身贫农，也是一度红得发紫……真是知人知面不知心哪！她笑眯眯眦着古全和说道："古全和，龙秋生是你们班的吧？"

古全和笑了笑说道："不错，我们曾经还是室友，不过你说得并不准确，龙秋生判的不是无期，而是死刑，当时就被枪毙了。"

黎树凡不满地眦了靳湘柳一眼。她不希望她去招惹、激怒古全和。

苗逢春气不过，说："有话好好说，别指桑骂槐！"

靳湘柳摊开一双小手儿，满脸委屈地嚷道："我怎么啦？我说什么啦？狗拿耗子！"

苗逢春说："简直是小胡同里的落后的老娘们儿！"

靳湘柳冲着苗逢春嚷道："你怎么骂人啊？！"

心烦意乱的黎树凡厉声说道："别瞎嚷嚷啦！"

114

今天上午一上班，黎树凡就约古全和谈话，她面无表情地说："你对工作队有什么意见？"

古全和想了想，谨慎地说道："不了解情况，提不出意见。"

黎树凡沉了沉，然后舒心地笑了，高兴地说道："这就对了嘛！"她以为古全和"懂事"了，顺服了，愿意替她背这个黑锅了。

古全和接着说："那我的问题怎么解决？"

黎树凡脸色一变，故作惊讶地反问说："你有什么问题呀？"

"折腾了我七八天，怎么能说没有问题呢？"古全和不满地说。

"群众运动嘛，不就是有人向你提了几个问题，对你的态度不够好吗？组织又没给你作什么结论，那算什么问题呀？你是党支部的干部，心胸应该开阔一些嘛。"黎树凡振振有词。

"批斗会开了好几次，污泥浊水泼得我满头满脸，反革命的帽子给我戴上了，剥夺了我的发言权，能说只是有人向我提了几个问题吗？如果您处在我的位置上，你还会这样轻描淡写吗？！"

黎树凡气愤地说："我没有你那些问题！"

古全和气愤地反问说："请你指出，我有哪些问题？"

黎树凡无言以对，恼羞成怒，反打一耙，说道："难道你就没有缺点吗？"

古全和反驳说："有缺点就要批斗吗？中央文件是怎么写的吗？"

黎树凡无奈地说："那你说怎么办？"

古全和说："我已经说过，当众给我澄清一切！追究某些人的责任！"

黎树凡想了想，和蔼地说："古全和同志，我知道，你念书的时候是个好学生，工作后是个好干部，很有发展前途。四清工作队是要走的，这里的工作还要师范学院的同志们来做。这次批评你是错误的。这件事我也有责任。我再说一遍：我们走后，这里的工作还是要由你们来做，"接下去强调说，"你还是党支委，宽容一些嘛。"

古全和轻蔑地想，黎树凡是在和他谈条件，她保他的党支委，他替她背黑锅，然后坚定地说："运动后干什么，我听从组织安排。当不当干部不重要，重要的是还我一个清白。"

黎树凡认为古全和既清高又愚昧，把个人的清白和尊严看得比什么都重要。现在她既不能说服他，也不能压服他，他就像一帖狗皮膏药，粘在她的身上让她揭不掉，摆不脱。她笑了笑说道："全和同志，咱们就先谈到这里吧。"

古全和从黎树凡的言行中感到，在黎树凡看来，一个人被批来斗去不算什么，重要的是党组织怎样看待他和使用他。他相信像黎树凡这样看问题的人不在少数。这里面暗含着封建时代遗留下来的君臣关系和父子关系的因素。在皇帝眼睛里没有人，而只有臣子。在父亲的眼睛里也没有人，而只有儿子。做臣子的，不管受了多少委屈，只要皇上说一声"赦你无罪"，他就心满意足了，就是皇上要杀他的头，他也会高呼"谢主隆恩！"父亲打儿子，怎么打都有理，做儿子的都要挨着受着。在黎树凡的潜意识里，古全和不是独立的个人，无所谓个人的清白和尊严，她可以像皇帝对待臣子、父亲对待儿子一样地对待他，她错误地批斗了古全和，就好比是皇上错怪了臣子，父母错打了儿子，古全和就该替她背上她所犯错误的包袱，并对她的赐予表示感恩，而她也可以赐他运动后继续当他的党支部委员。可是古全和既不想当黎树凡的臣子，也不想当黎树凡的儿子，他要讲的是是非，要论的是曲直，因为无论是做教师，还是做党政工作，清白和尊严都是不可缺少的条件。而这又是黎树凡可能一辈子都无法理解的。这件事又让古全和想起了谌仲谣。此前他一直不理解谌仲谣为什么执意要退党。现在他觉得自己好像有所醒悟，意识到，谌仲谣出身书香门第，在齐鲁大学自由民主的氛围中接受的教育，养成了独立的人格。党组织告诉他，他在"三反""五反"中没有问题，让他官复原职，但是这不能追回他的尊严，也不能避免他再次蒙受羞辱，所以他就决心离开党组织。古全和认为，谌仲谣本来就不是一个共产主义者。他是为抗击日本帝国主义、保卫国家而参加共产党和八路军的，他并不想为工农劳苦大众、为全人类的解放事业忍辱负重。党内类似谌仲谣这样的前辈不是个别的，他们为保卫祖国和中国人民的解放事业做出过贡献，但是在新中国向何处去的问题上和共产党分道扬镳了。他相信，类似的现象在每个历史关头都会出现，在任何国家、任何民族、任何革命的变革中都会有这种现象。而他古全和并不想和共产党分道扬镳，不想让党组织向他赔礼道歉，而只是想请求党组织帮助他恢复清白，因为这不仅仅关系着他个人的尊严，更是他继续工作的一个重要的条件。一个党的工作者，如果他被糟蹋得灰头土脸，有如一只有残缺的茶壶茶碗，形象不雅，在群众中就没有威信，他就不可能在教化群众方面发挥先锋模范作用。经验告诉他，群众看重的，并不是政治干部的说教，而是他的为人，就像大家常说的，"榜样的力量是无穷的"。学院里所有的学生都称呼他"古老师"，说明他们承认他的为人配做他们的老师。

115

四清工作队领导早就听说过有关古全和的问题，知道驻师范学院党委机关的四清工作组选定宣传部的干事古全和作为打开工作局面的突破口是一个错误，但当时他们没有及时地弄清楚事情的具体情况，直到《二十三条》下达，工作队回顾前一段的工作，古全和连续到办公室来告状，他们才了解到所谓古全和问题中存在着原则性的错误，古全和既不是当权派，也不是四不清分子，而是个一般干部，把他作为工作的突破口，进而把他弄成斗争的对象，是很错误的，于是责成黎树凡提出解决问题的方案，妥善解决这个问题。黎树凡建议，以工作队的名义交给古全和一项重要的政治任务，以示工作队领导对他的态度，并在运动后期让他继续担任党团直属支部委员，用这种方法解决他的问题。韩雨同意了黎树凡提出的这个办法。假如古全和是个逆来顺受的人，或者黎树凡真诚地承认错误，在交付古全和摘编马恩列斯毛泽东语录之后不再搞小动作，不再打压嘲讽报复古全和，而是善待他，做些化解矛盾的工作，当众做点自我批评，口头儿含糊其辞地批评几句靳湘柳和蓝秀花等人，把古全和吸收进积极分子的队伍里来，问题也就解决了。

可是黎树凡不仅不公开当众承认错误，还怀恨古全和到工作队党委去告她的状，让她丢脸出丑，影响她的仕途，因而纵容靳湘柳等人肆意嘲弄羞辱打击报复古全和，她本人也像落后妇女一样当众旁敲侧击嘲讽古全和，伙同靳湘柳等人维持他们对古全和的高压态势，致使古全和忍无可忍，决心和她斗争到底，连续到工作队党委去告她的状，把事情闹大。工作队不得已，又责成工作队副队长叶英出面找古全和谈话，劝说古全和罢手。而古全和坚持要见韩雨同志，要求工作队当众把他的问题说清楚，还他一个清白，并追究包括黎树凡在内的某些人的政治责任。这时韩雨和工作队才感到事情有点儿挠头，担心弄不好会惹得古全和到处告状，惹出更大的麻烦来，影响工作队的声誉，就派人去查阅古全和的档案，找师范学院的人事干部姜明德和师范学院党委党团直属党支部书记阎一松谈话，调查古全和的家庭、社会关系、个人历史和日常表现，希望能找出一两个问题来，弄他个"事出有因，查无实据"，把他挡回去。可是结果发现，古全和是党委机关唯一的一个出身工人家庭的干部，在家庭、历史和社会关系等方面都干干净净，在历次政治运动中，特别是在抗美援朝、肃反、反右派斗争和教育革命中表现突出，受到过院系两级党政领导的多次表扬，被授予优秀研究班毕业生奖章，由于在暂时困难时期政治上表现坚定，工作中表现突出，而被选作学院党的第四次代表大会代表，并被选进党团直属支部委员会，整党核心小组，而四清运动偏偏毫无道理地批斗了这样一个人，错误明显，问题严重，事情闹大，张扬出去，影响不好，他就决定用一用他手中的权力，把事情压下去，特地派办公室主任路勤一出面，代表四清工作队党委，约古全和进行个别谈话。

路勤一和古全和的谈话是在工作队办公室进行的。他开门见山地对古全和说："全和同志，你的要求，我已经汇报给韩雨同志。他很重视这个问题，但是他很忙，挤不出时间接见你，特地委托我代表工作队和他本人，来和你谈话。"路勤一态度和蔼，一字一句地说，"你的申诉，我们研究过，我再次强调说：我们认为你是个好同志，组织信任你。你的问题，和你们党委个别部门风气不正有关，我们工作队的个别干部偏听偏信，也是造成这一错误的原因。"

古全和像聆听母亲的教诲一样聚精会神地听着路勤一所说的每一句话，每一个字。路勤一诚恳的态度，清晰的语言，有如一阵清风，吹散了集结在他心头的疑云，深信工作队领导会像当年搞甄别一样，出面帮助他解决问题。

遗憾的是路勤一接下去就来了一个"但是"，然后继续说道："古全和同志，你必须记住：这件事情到此为止。今后不得在任何场合、对任何人提起这件事！你必须这样做！否则一切后果都要由你自己负责！"

路勤一的这段话有如一盆冰水突然泼到他的身上，从头淋到脚，一直凉到他的内心深处，面前的"慈母"立刻变成了"狼外婆"。古全和知道工作队不想彻底解决他的问题！路勤一是在和他讲条件，"威胁"他！他感到无比"震惊"，没想到共产党内竟有这样"黑暗"的角落！这完全出乎他的想象，模糊了他关于新中国和旧中国、国民党和共产党之间的界限，感到精神有些恍惚，不敢相信自己的耳朵，怀疑自己听错了。他发现路勤一目光闪烁，神情紧张，急切地等待着他的表态。

古全和看着神魂不定的路勤一，想着黎树凡、路勤一以致韩雨这样干的考虑。他想他们口头上都会说是为了革命事业，为了党的影响，而事实上他们是为了掩饰自己的错误，为了保有和扩大他们的政治利益和经济利益。古全和感到困惑和无奈。他明白，如果他不接受他们的条件，跟他们撕破脸皮，那他的问题就得到江城市委去解决。可是江城市委会接受他这样一个小人物的申诉吗？他们肯这样做吗？他觉得，在有些人看来，左与右、是与非、美与丑，都不重要，重要的是个人的利益。这些人或者从没接受过共产党为人民服务的宗旨，或是淡忘了背叛了这一宗旨，或者他们本质上不是、不再是共产主义者，支配着他们的行动的是利己主义，和这样的人论是非会有预期的结果吗？这时，古全和又想到了《杨乃武与小白菜》的故事。他为新中国仍然有这样的问题而感到遗憾，感觉社会是夹带着血和泪，拖泥带水、曲折蹒跚地朝前行进的。

古全和相信路勤一曾经是个好人，也许现在他仍然是个好人。但是他肯定已经不再是 1955 年夏天的那个纯情的革命青年了。那时他刚刚离开供给制，开始靠工资生活，心里还残留着人人平等的意识，还有一点纯正的马克思主义，为人民服务的热望，公平正义的精神，而现在呢？看来他现在已经或是正在远离这一切。他是利益集团中的一员，是工具，身不由己。他让有些人羡慕，也让另一些人可怜。

古全和经过冷静的思考选择了妥协。他笑笑说："就按您说的办吧。"

"这就对了嘛！"路勤一如释重负，满脸是掺着尴尬的笑容。

古全和说："我请求领导把我院党委组织部长郭剑飞同志，党团委直属党支部书记阎一松同志，四清工作队党委机关工作组组长黎树凡同志，宣传部长文廷栋同志都找来，请您把您刚才说的结论给大家说清楚。"

路勤一——满足了他的要求。

古全和认为他的问题仅仅解决了一半。那些在运动中为非作歹，兴风作浪的人没有得到应有的惩罚。但是多年后他认识到，这件事情能有这样一个结果已经很圆满了。这是因为当今的中国当家的毕竟是工农劳苦大众，有党组织和革命群众的保护，也因为他本人没有那些别有用心的人可以利用的东西。古全和相信，蓄意残害过别人的人最惧怕给受害者平反昭雪，类似于叛徒惧怕革命成功。革命成功意味着叛徒身败名裂。给蒙冤受屈的人平反，牵涉到当事人的实际利益，影响他们的政治前途，而政治前途和经济利益密切相关。这就是平反之路坎坷艰难，平反的过程充满生死斗争的原因。谌仲瑶可能就是在这种处境下离开共产党的。古全和认为谌仲瑶犯了一个大错误：他错把黎树凡和路勤一之流当成了共产党。不错，共产党里有黎树凡，但是黎树凡、靳湘柳等人不等于共产党，他们只是飘浮在滚滚前行的共产主义历史洪流上面的一些泡沫儿和草芥。古全和很想谌仲谣和他分享这种认识和感受，遗憾的是谌仲瑶正病卧在医院的病床上。古全和去看望过他。看来他已经不久于人世了。

古全和没有给黎树凡面子。黎树凡也没有宽待古全和。她默许靳湘柳等人继续指桑骂槐，骚扰古全和。古全和认为黎树凡是一个入党很早而党性很差，乃至没有党性的党员。她作为一个不合格的共产党员留在了他的记忆里。

一次人为的政治围剿就这样告一段落。有人说古全和胜利了，而古全和却认为他失败了。他找不出理由来说服自己平心静气地接受这一切。他对国家和个人的前途都不再像以前那么乐观。他相信自己所遭遇的一切，会保留在人们混乱的记忆里，保留在一些轻信的人饭余茶后的闲谈中。它们会被有心人演义成善良的人们所想象不到的离奇古怪的玩意儿。那些不知情的人，和爱听闲话、传闲话的人，会由于无聊，作为乐事，透过他们的乡党关系、邻里关系、同学关系、同事关系，把这些流言蜚语在校园内外，在干部和教师乃至学生之间传播，为善良的人们所轻信。那时，偏见和谎言就变成了事实。这些表面上看不见、摸不着，像烟、像雾，似有似无、似真似幻，流传在人们口耳之间的所谓的事实，其威力有如千军万马、长枪利剑，能强而有力地把古全和，金全和或是赵全和等任何纯洁忠诚的革命者，包围起来，置于死地。而当那些天真痴情的革命者意识到自己已经陷入重围、感到呼吸困难的时候，他就没有任何办法解脱、洗白自己了。有些优秀的革命者的悲剧就是这样发生的。这样的悲剧并非到处都有，然而即使只有一件，就足以让人感到悲哀了！

造成冤假错案的原因很多，有的来自上头，有的来自下头。来自上头的带有外因的性质，而来自下头的则是内因。来自上头的政治风潮往往是下头的人用来解决自身矛盾的一种契机。所以一次政治运动留下的后遗症总要大于它应有的份额，这就好比是商业活动中的"配售"，你买的是猪肉，而不法商家却要给你搭配上一些猪下水。东湖师范学院的四清也是这样，四清工作队的作用是挑起了学院内部固有的恩恩怨怨和矛盾冲突，而学院党委机关的四清运动已经不像不法肉店老板，卖猪肉搭售猪下水，而是用猪下水冒充猪肉了，上头要求运动要解决四清四不清，或是清算走资派的问题，而党委机关的四清是"四不清"的人迫害"四清"的人。他们各怀鬼胎：心虚的靳湘柳要解决的是防范和打击古全和，以维护自己本

来就不存在的安全问题；蓝秀花要报仇雪恨，恨不得杀了古全和，因为他
误以为古全和向领导反映过他的错误言行，破坏了他追逐女学生的好事；
而江涌则是要求把古全和赶出党委机关，清除一个他所觊觎的宣传部副部
长宝座的竞争对手。黎树凡四清中在党委机关干的就是这样的一件事情。

　　每次政治运动的后果都比预期的要多。怀疑一切，无条件的揭发，矫
枉必须过正，以及不合理的保密制度，往往是缺少分析地保护所谓的积极
分子，特别是缺少乃至没有党内民主，缺少乃至没有实事求是的精神，是
某些人用来制造冤假错案的条件和机会。如果黎树凡和四清工作队，遵从
党章，按政策办事，讲自由民主，能实事求是，那古全和的问题可能就不
会发生。什么时候无产阶级社会主义民主的光辉才能照耀进东湖师范学
院，驱散漫长的封建时代遗留在师范学院党内生活中的专制主义残余的迷
雾呢？

　　1959 年古全和蒙受不白之冤，一度被糟蹋得灰头土脸。三年困难时
期过后，群众认可了他固有的革命本色，使他有可能发挥更大的作用。而
呼呼啦啦的四清运动再次把他糟蹋得灰头土脸无面目。东湖师范学院校园
竟这样地阴晴无常，是非混淆，一个活生生的具体的人，在短短的几个月
的时间，在众目睽睽之下，就被人为地改变着他的颜色和命运。同样是一
个古全和，一会儿红得发紫，一会儿黑得赛锅底，让人们怎样相信真理正
义的存在呢？

116

　　师范学院四清队，在春末夏初悄悄地来，到初秋时分悄悄地去，算是
胜利结束。他们来的时候，神不知鬼不觉，没有人欢迎；折腾了几个月没
有给师生员工们留下人们感觉得到的功德，所以他们离去的时候，除去如
江涌等既得利益的少数积极分子，也没有人去送。

　　不过说起来，东湖师范学院的四清运动比之 1959 年的反右倾运动要
好得多。师范学院的反右倾运动干的全是错事，蠢事，一无是处，它破坏
了师范学院党的民主集中制，强化了党内的专制主义倾向，伤害了广大党
员对党的信赖和感情，而留下来的全是埋怨和遗憾。四清却是有所成就

的，比如说，"清"出了几个过错不大的"贪污犯"。其中的一个就是院办的誊写员赵先生。赵先生叫赵鸿儒，是个遗老，出身高贵，按例国庆节后退休，是从江城大学留下来的老人儿。他平日不言不语，不颦不笑，喜欢喝一点儿廉价的二锅头，泡同样廉价的高末儿，偶尔还悄悄地溜达到六马路路东的小胡同里的小食摊上去吃碗卤煮火烧，或是二两盆儿糕，外号儿"孔乙己"，写得一笔规规矩矩的好魏碑，全市有名，是师范学院笔友中的第一把刷子，院部的公告全部由他誊写和张贴，那些文告就是他的书法作品。每当院办的告示栏里贴出院部的文告，总有院内外成群的书法爱好者闻声而至，聚集在那里欣赏，品评，揣摩，模仿，深夜里带着手电来观赏的也不乏其人，直到那文告破败不堪为止。公告被人在夜里揭走的事情也发生过几回。赵先生的罪名是，他从 1959 年———一说是 1958 年秋天以来，多次贪污公款，累计总额为 84.48 元。赵先生的贪污案惊动了全院，因为自从五十年代处决了大贪污犯刘青山和张子善之后，东湖师范学院就没有发现过贪污案件。不过赵先生没有什么民愤，因为他平时为人老实，工作认真负责，家中子女太多，老伴儿长年病卧床上，生活确有困难，而主要是他贪污公款的数额不多，认错态度很好，事发之后一度羞愧得试图自杀。很多人求他的字，他一向有求必应，而且从来不收润笔，而只接受几张对方敬献的宣纸。

在四清中清理出来的另一个"贪污犯"是个女干部，贪污的钱数更少，只有 78.5 元，刚好够买一块质量中等的飞乐牌的瑞士表，但是这个贪污犯却特别有名，因为她是党员，贪污的是团费，这个人就是教育系的团总支书记段仙桃。段仙桃，城西八里堡人，江城解放之后发展的首批团员，曾经在全市群众集会上代表全市青年学生发表过激昂慷慨的讲话。她因此被撤销了团内职务，并受党内警告处分。这一挫折断送了她的一生，不久患了癔症，在 52 岁上过早地离开人世。

离奇古怪的故事还有几宗，比如历史系的党员班主任贪污了班里学生捡拾废品换来的七块四毛六分钱，而他在解放之前竟是某省一个地主大家庭的三少爷；又比如中文系一党员教师把代领同事的工资据为己有，等等。

四清的另一项成果是清算了一个真正的四不清干部——总务长姜添富，没收了他据为己有的一些公物，并把他拉下了马，这是师范学院大快人心的一件事。被他毁改成拓画用具的那张从皇宫里流散出来的名贵红木写字台，无法复原，折价一千元，限他三年内偿清。对于他的一些下流行为，也在小范围内进行了揭发和批判。最后是以他官僚主义严重，错误多多，体弱多病，不宜留在总务长的职位上等理由而撤销了他总务长的职务，他从此也就从东湖师范学院师生员工们的视野里消失了。

四清工作队是拉着架势来夺权的，遗憾的是他们连一个夺权的对象——走资本主义道路的当权派——也没弄出来，甚至没有明确地说，师范学院的谁犯有走资本主义道路的错误。唯一从表面上看起来和清政治、清组织有点关联的就是四清工作队弄走了原党团专职副书记熊可宽同志。而熊副书记调离师范学院是个谜。有人说，事情和四清有关，他犯有资产阶级自由主义；有人说和四清无关，说熊副书记被调离师范学院是因为他和步书记在某些问题上意见不合，其中的一件事就是他不配合步书记倡导的学生作文竞赛，等等。工作队调走熊副书记这件事很不得人心，大多数中层干部和一般师生都喜欢熊副书记，他待人和气、平易近人、多才多艺、深入群众、办事灵活而又不失原则。而古全和觉得传闻不足信，认为熊副书记是正常的工作调动，熊副书记调入的新单位是一所军事学院，党组织不可能把一个有右倾错误的干部调入军事学院。

有的干部被调走了，有的干部被撤了，也有的干部被提升了。宣传部长文廷栋以党性强、工作勤奋、民主作风好、运动中表现积极而被任命为党委副书记，分管总务工作，但是仍然兼着宣传部长。文廷栋的高升使古全和想到了俄国作家列夫·托尔斯泰。他在他的长篇小说《复活》里所列俄国官僚的条件中，就包括有粗通文字、面对矛盾模棱两可这样的条件。古全和确信文廷栋是个无才无德无信仰的应声虫，伪劣的驯服工具，他的高升使师范学院党委领导核心里又多了一个表面上唯唯诺诺，实际上心机重重的机会主义分子。在中国共产党人带领人民为夺取政权而斗争的革命年代，是那些信仰坚定、旗帜鲜明、襟怀坦白、忠诚勇敢、视死如归的先辈们冲锋在前，而在如今的东湖师范学院，则是文廷栋之类的角色正行时。

在四清运动里得到提拔的还有江涌。他以在四清运动中表现突出而被提拔为宣传部副部长。靳湘柳不止一次地半玩笑半吹捧半嘲弄地对他说："江副部长呀，好好儿干吧，部长的宝座在等着你哪。"每当这种时候，江涌都会惶恐地连连摆手摇头说自己不行，而他心里却正希望有机会再跳一跳，弄个正处级呢。当官和包括盗窃在内的其他行业一样，有心是最重要的。日夜惦记着升官，处处考虑着升官，不择手段地追逐着官位，一般地说，升官的机会自然就会多。江涌的升官图就是一个例子。

事情往往是有得就有失。江涌在升任副部长的同时，就丢掉了他的妻子、儿子和家庭。江涌家里的纠纷由来已久，党委领导也没少给他们做工作，不过江涌和仉明珮离婚，党委机关的人并不感到意外，但是他们离婚的原因，人们大多不清楚。按照江涌的说法，是因为仉明珮另有所爱。而仉明珮却公开说是因为江涌太庸俗、太狭隘、太自私、太没人性。她说他们家的收入是夫妻分着的。仉明珮的父母由她一个人赡养，江涌有时连儿子的抚养费都不肯按时向家里交，他们的夫妻的关系连"搭伙"的都不如。① 仉明珮痛心地说，她和江涌结婚完全是"误嫁中山狼"。后来人们终于听说，导致江涌和仉明珮断然分手的竟是一件非常微不足道，非常偶然的小事。

事情是这样的，江涌高升副部长之后，在得意之余就想到带着妻儿到郊外去踏青，在众人面前展示一番他的辉煌，就在 1966 年春天的一个星期天带领妻儿一起去逛了一次金鸡岭。在回程的公共汽车上，仉明珮见江涌反反复复、聚精会神地一个个地数着女售票员找给他的几个一分的硬币，然后说售票员少给了他一分钱。售票员不承认，说肯定是他自己弄丢的。江涌骂售票员耍赖，售票员骂江涌穷不起，两个人争吵起来。后来有个乘客在江涌的脚下找到了那一枚一分的硬币。江涌为一分钱当众和售票员无理取闹，让仉明珮羞得无地自容。她劝江涌向售票员道歉，江涌对她怒目而视。仉明珮很生气，就威胁说，他要是不向售票员道歉，她就下车，带着儿子步行回家。江涌想到自己是东湖师范学院的宣传部副部长，不肯向一个小小的售票员道歉，还觉得妻子胳膊肘儿朝外拐，替别人说话，显得她自己高尚，而让他当众丢脸，一气之下就给了仉明珮一个脖子拐。仉明珮惊讶地看着江涌，半天说不出话来，后来就不顾江涌的拉扯和劝说，一言不发地中途下车，带着孩子，步行十多里路，回到家里，并且

---

① "搭伙"，旧时的一种可悲的事实婚姻形式，一般是寡居的母亲为养活儿女而与某个男人协议同居。

坚决要求和江涌离婚。江涌一再道歉，直到对她长跪不起，都没能改变她的离意，说如果他不同意协议离婚，她就向法院起诉。江涌看看无望，也不想上法院打官司丢人，只好表示同意协议离婚。但是他提出了三个条件。第一，他们离婚后，仉明珮立刻搬出师范学院教工宿舍。第二，儿子江重好——后改名仉解放，归仉明珮抚养。第三，补偿他因婚恋问题的部分经济损失。说着，就找出了他一直密藏多年的一个 64 开的绿色的硬皮本，那个小本儿的封面上缀有阳文"和平"二字，是抗美援朝时代的产物，里面一一记录着从五十年代中他们相识、相爱，至今七八年间他花在他和仉明珮两个人身上的钱，总共是 288.56 元。江涌慷慨地说，他负担其中的五分之三，其余部分要仉明珮赔他。江涌这最后的表演再次让仉明珮感到惊讶不已，发现站在她眼前的竟是一个国产的夏洛克。原本她最担心的是江涌会在他们儿子的抚养权问题上和她纠缠，而他居然没有提出这个要求。她立刻悲哀地苦笑着同意了江涌离婚的条件。为了稳住江涌，尽快达成协议，她还主动表示，家具全部留给江涌，买家具的开支，她也愿意分担一半。她在第二天，从街道办事处工作人员手里接过拿到离婚证书之后，当着几位办事员的面，心平气和地，高兴地对江涌说道："我落到今天这个悲惨的下场是罪有应得，是我的虚荣心、私念、无知和轻信蒙住了自己的眼睛。能用这点钱，赎回我的自由，我觉得值啦！其实，你的价码再高，我也会心甘情愿地支付给你的！我得谢谢你的宽容，谢谢你慷慨地放我们母子一条生路！一个连亲生的儿子都不放在心上的人，他的人性如何就可想而知了。"

为了纪念摆脱江涌的这个日子，仉明珮给儿子改名叫"仉解放"。后来人们都误以为"仉解放"生于江城解放的那一年，其实，仉解放生于 1957 年，正是他的到来打消了仉明珮和江涌分手的念头。仉明珮给他取名"重好"，意思江涌夫妻重归于好，就是为了纪念这件事的，而事与愿违，仉明珮和江涌没能重新好起来。

江涌和仉明珮分手前，阎一松曾代表组织出面给他们调解。仉明珮伤心地说："感谢组织的关怀。我宁可去死，也不愿意再和一个魔鬼生活在一起了。"这件事不只让江涌感到伤心，更让他觉得丢人。要不是众目睽睽，他真想跳起来，扑上去，把仉明珮撕个粉碎。

计方平接替姜添富，当上了总务长。古全和认为这是师范学院四清的主要成果，他替师范学院的师生员工和他们住在校区内的职工家属感到高兴。现在他们有望冬季不必再替姜添富等人的"节煤模范"受冷挨冻了。1957年整风时，群众写大字报揭发过这个问题，后来在反右派斗争中把这件事说成是向党进攻，不了了之。1960年古全和在总务处伙食科工作期间，也曾向党委反映过这个问题，姜添富背地里说他狗拿耗子，院部的有些领导也不愿意放弃节煤模范的荣誉，分管冬季取暖工作的总务科长裴兆英更不想多事，这一个错误仍然没有得到纠正。古全和相信，计方平一定会解决好这个问题，总务处的工作面貌将会有一个革命性的改观。

117

古全和没有和黎树凡做交易，也没能恢复他所期待的清白，黎树凡还是利用她手中的权力报复了古全和，让他替她背上了包袱。她操纵运动后期的党委直属党支部改选，拿掉了古全和的党支委，给对于党委机关运动情况不甚了了的人造成一种印象，好像古全和在四清中就是犯有错误，在四清中审查批斗他是"事出有因"，因为在政治运动中免除一个干部的职务，等于是一种处分，而且是一种较重的处分。这一点黎树凡心里明白，古全和心里明白，有点儿政治经验的人心里都明白。

江涌高升了，当上了他梦寐以求的宣传部的副部长。这种怪事只有在类似于四清这种运动中才会发生。工作队和黎树凡能够给江涌这样一个职务，但是却不能给他副部长的威信和能力。在师范学院党委机关，没有几个人认为江涌是个称职的副部长。江涌也心中有数，没有脸面对古全和，希望把古全和调离宣传部，几次试探文廷栋的口风。文廷栋是何等人物？他怎么会替暴发户儿江涌去做恶人？江涌也只能厚着脸皮和古全和合作。他自知能力有限、人缘不济，对古全和谨小慎微。他曾经想放低身段主动淡化和古全和的矛盾，先后三次约古全和谈心，都被古全和婉言拒绝了。古全和认为江涌人品太次，不仅没有党性，也缺少人性，心里连亲生儿子都没有，他算不上个正常的人，和他谈话不只浪费时间，还可能招致误解，惹来麻烦。他给自己定下一条原则：不和江涌进行私人交往，只在会议等公众场合和他打交道，而且只谈工作，一切公事公办。

最看不起江涌的就是他在四清中的好搭档靳湘柳。她认为江涌是个有奶便是娘的角色，他是靠着追捧黎树凡和整治古全和爬上副部长的位置的。所以靳湘柳认为古全和不会顺从江涌，而是会在工作中给他出难题，报复他，江涌肯定驾驭不了古全和。然而事情出乎她的意料，古全和好像淡忘了江涌对他的迫害，和江涌合作得不错。靳湘柳是个有仇必报的人，她无法理解面前的这个事实，就千方百计地想揣摩探听出个究竟，可是她没有得到一个她认为说得过去的说法。直到两年后，她才听齐苋芬说，她曾经问过古全和，古全和淡然说道，自己是在为党工作，和个人恩怨无关。靳湘柳听了恍然大悟，明白了为什么古全和在 1959 年反右倾中被误解、遭批判之后仍然在院内外，特别是在伙食科，玩儿命地工作，而且毫不消极自卑，依然锋芒毕露，在伙食科工作期间，不理睬一些人对他的非议，反对粮食增量，反对给 17 级以上的干部无偿地发鸡发鱼，拒绝派工人到步行健书记家去为他个人包饺子，为工作问题而和纪委书记夏曦和总务长姜添富这样一些学院里的大人物闹对立，争吵。她想，古全和关心的是工作，而不是个人的荣辱得失。

对于江涌被提升为副部长这件事，最感到心酸的是齐苋芬。她自信她的资历和能力，特别是家庭背景，比江涌强，她也已在校刊编辑室副主任的位置上待了多年，自己的位子理应朝前挪动挪动。四清时，她也曾有过一些想法，试图积极靠拢黎树凡，希望能得到她的赏识。无奈机敏的靳湘柳一直裹挟着黎树凡，把她隔离在黎树凡的骨干队伍之外，她只好自认倒霉。其实，在 1957 年整风"反右"时，她曾经接近过宣传部副部长这个位子，是由于她多话，而使它从她的身边飞走了。1959 年反右倾时，江涌和彭其寿让她当众出丑，弄得她没脸见人，而不得不装病逃会，以至于一连几年没好意思来上班工作，失去了在工作中表演一番的机会，丧失了她提职的机会。每想到评级提职，她都会想起她在 1948 年春末夏初发表的那篇倒霉的文章。那是国共两党生死斗争的关键时刻，而她却错误地站在国民党反动派一边，攻击共产党，特别是攻击共产党领导的土地改革。她想，如果没有那篇文章，凭她的条件，宣传部的副部长，甚至部长的位子，也早就属于她了。现在，副部长的职务落到江涌手里了，她失望之余，萌生了再混几年，提前退休的念头。

四清过后不久，她就不来上班了，不过工资她还是每月的五号按时直接到学院财务科去领。

齐苋芬知道古全和是个正派人，也很欣赏他的才能，主观上并不想加害于他。她在1959年的反右倾和刚刚过去的四清运动中批判古全和只是由于她不甘寂寞，要展示一番自己的理论素养和政治水平，满足自己的虚荣心。她知道江涌是踏着古全和的脊背爬上去的，也认为古全和会怨恨江涌，所以她听说古全和与江涌在工作中合作得不错，也感觉奇怪，猜不透古全和心里是怎么想的，他到底是个什么人。

本月发工资的那天，齐苋芬在办公大楼前刚好遇见了古全和，就主动站下，满面春风地和他打招呼，问他的肝炎和浮肿怎么样，线淑平好不好，工作调动有没有希望。古全和笑着对她说，自己的病时好时坏，线淑平的病情还算稳定，能够坚持工作，调动的事情还没有消息，并表示了对她的谢意。

齐苋芬不好意思地说："四清时我说过一些错话，当时……"

古全和不愿意重提旧事，赶紧打断她，说道："过去了，事情都过去了，不说它了。"他认为齐苋芬比江涌、靳湘柳和蓝秀花的人品要好。她不造谣，能认错，是第一个就四清问题向他道歉的人。

齐苋芬笑着问古全和："新副部长好合作吗？工作顺心吗？"

古全和知道齐苋芬想挑起这个话题，背地里和他一起发江涌的牢骚。不过他不想和她搅和到一起，就很随便地笑着说，"顺心，能有什么不顺心的？"

齐苋芬神秘地一笑，说道："那就好，那就好，为党工作嘛。"然后就像老大姐一样嘱咐他心情要平和，要多吃利尿补虚消肿的食物，保持足够的睡眠，尽量避免感冒，避免病情反复。她走进大楼后，站在楼梯上，还回头嘱咐古全和说，要尽量少吃生冷食品。

古全和看着身体微显肥胖的齐苋芬，心中颇有感触。他想，如果没有反右倾，没有四清运动，没有彼此伤害，而像毛主席在《纪念白求恩》里教导的那样，大家互相关心，互相爱护，互相帮助，一起工作，该有多么好啊。他觉得四清就好比是一场戏，大幕拉开，那些风派人物就争先恐后登场，表演就此开始。有些人不顾廉耻、不讲诚信、信口开河、胡说八道，毁坏同志感情，践踏人类尊严。运动结束了，各类人等卸妆下台，除去彼此结怨太深、心怀怨恨的人不相来往之外，表面上几乎所有的人都依然同志相称，照常往来，就好比是做了一个噩梦。可是为什么要这样呢？难道解决党内矛盾就没有别的方法可供选择了吗？什么时候才能摆脱这种恶梦呢？

四清后古全和在个人交往中不肯理睬的只有一个人，那就是蓝秀花。他不能容忍造谣生事恶意害人的人。在他的心中，蓝秀花就是一个恶习不改的少爷。

118

靳湘柳庆幸东湖师范学院整党转变为四清运动，庆幸师范学院的四清由外来的工作队领导，庆幸遇见了自以为是的黎树凡，否则她现在可能已经被清理出共产党了。不过靳湘柳心里并不在意她是不是共产党员，没想过要践行共产党员的义务，她是混共产党，而不是做共产党。她之所以担心丢弃共产党员这个称号，是因为它现在是她的社会等级身份的一个标志，是她身上的一条闪亮的油彩，是她的一条护身符，是她可以傲视芸芸众生的一个条件。

靳湘柳在进入师范学院之初，巧遇柳建能时，曾经有过勃勃野心和非分之想，但是在她意外地遭遇柳建能的阻击，反右派之后，就无意于政治上的升迁，而只求平安无事了。她感觉她和柳建能交往的那段日子可能是她一生中最辉煌的时刻，曾想展翅高飞，让所有的人羡慕，但是上帝不佑，派给她的柳建能竟是个丧门星，而且他并不像她主观想象的那么窝囊，她可以像对待一块手帕一样随手拿来使用，也能像丢掉一块抹布一样随手把他丢掉。他是一个无赖，一个泼皮，他不顾一切地纠缠她，让她名誉扫地，把她从天上拉到地上，迫使她不得不用休学和结婚这类荒废青春的举措来摆脱他给她造成的困境。她政治上的下坡路也就是从这里开始的，在她父亲被划为右派分子之后，她就从政治上的攻势转变为守势。遗憾的是她耐不住寂寞，在1959年的反右倾中又轻率地得罪了金祥，而不得不到党委机关来和生马驹子古全和打交道。

靳湘柳在四清运动中，伙同江涌和蓝秀花，打击报复了古全和，出了她早在伙食科时就憋在心中的那股子恶气，满足了她的虚荣心，增强了她的安全感。她曾经认为古全和四清后肯定要离开党委机关，他在遭受过反右倾和四清的打击过后，政治上很难再抬起头来。这就像一个人被诬说他做过贼，虽然没有人证明他偷过东西，但是人们却总会用异样的眼光看他，闻到他身上有一股子贼腥味儿，一旦有谁失窃，人们第一个想到的嫌疑人就是他，以后每有反右倾斗争，必定有人会想到这个古全和，古全和右倾的政治包袱将越背越重，他将一个跟头接着一个跟头地栽下去，最后变成没有人理睬的"狗屎堆"。那时，他的话就连狗屁也不顶了，就不会再对她构成威胁。可是她的兴奋劲没有持续多久。四清运动过后古全和依然留在党委机关，党委领导依然重用他，他依然兢兢业业地工作。这时她才意识到，她在四清中触犯古全和是一大失误，她对古全和的恐惧再次从心底升起，同时萌生了换个地方工作的念头。

文廷栋和江涌的升迁促使古全和在用人问题上的认识发生了一个变化。过去他认为，选用干部第一重要的是德，其次是才。这个经验，我们的祖先早在《资治通鉴》等许多著作里就说得很明白了。可是事实告诉他，事情并不想表面上看起来的那么简单，因为在人们的心里关于德和才的标准是各不相同的。现在文廷栋和江涌这样一些应声虫和马屁精行时。他们听话，不会给上司惹事。而古全和却认为，这些人最不听话，因为他们没有高尚的信仰，没有为人民服务的热望，没有实事求是的精神，而只有对于他们个人私利的追求。为了私利，他们随时都会转向和背叛。他们个个儿是红嘴八哥儿，什么话都能学说，但是有朝一日，在艰难时刻，背叛组织、盗窃国库的肯定就是他们这类的人。

四清期间和以后，江涌的神道儿意识有所增强。他更加信神，信命，连"黄三太爷"（鼬鼠）和"胡三太爷"（狐狸），都信。每遇坎坷，他都去算卦。他办公室的抽屉里有一个小红木盒子，里头供奉着一尊大拇指大小涂着金粉的佛像。

此刻的江涌，焕然一新。他的头抬起来了，腰直起来了，胸挺起来了，点字眉飞舞起来了。过去他很少有信件来往，现在他的信忽然多起来了。书信来自山南海北，四面八方，有时一天有好几封。有些信封上写着"江涌部长同志收"的字样。古全和想，江涌是把他升任宣传部副部长的消息通报给他的亲朋好友了。江涌挟党委领导干部的威风，私自通知总务处电话班给他安装了电话。副处级办公室不配备电话，他的秘密电话机就装在他办公桌的抽屉里。开始的时候，他的电话只能从里面往外打，后来才慢慢地公开了他的电话号码，从地下转到地上。领导默认，群众也就无话可说了。

　　有了副部长的头衔，有了个人的办公室，还有了私自安装的电话，江涌一反困难时期和整党前后的疲沓作风，每天都是第一个到办公室，最后一个离开办公室，从早到晚，除了开会，就是到各系、各办公室去谈工作。不过他跑得最多的是新从部队调来的党团工作专职党委副书记施梦麟同志的办公室，到那里去汇报工作，请示工作，主要是去联络感情。他的大部分时间都是在那里度过的，几乎就是施梦麟同志的专职秘书了，很招施梦麟同志喜欢。

　　新任党团专职副书记施梦麟，50多岁，山西临汾人，中等身材，花白头发，健壮，饱满，自信，穿将校呢军服，黑布便鞋或是军用黑皮鞋，讲究仪表，随时随地保持着衣帽整洁。从他的习惯和略显粗糙的面相不难看出他来自农民家庭。听说他中学毕业于汾河边上的刘村中学，抗战初期参加革命，原为省军区干部部副部长。他现在用的是二层楼尽东头原先熊副书记的办公室，就位后先听取党委机关各部门负责干部的汇报，到职一个半月之后，才在一个偶然的机会，面对面地见过古全和一面，和他说过几句话。

　　施梦麟喜欢在空闲的时候，一个人在走廊里默默地迈方步，从东头走到西头，再从西头走到东头。每天都这样走几个来回。昨天下午五点多钟，他走到宣传部办公室门口时朝里面望了一眼，发现有人，就走进去。

　　"下班了，该去吃饭了。"他关切地说。

　　古全和头也不抬地随口说道："处理完这个文件就走。"当他意识到和他说话的是个陌生人，抬头看时，才发现是新任党委副书记施梦麟，赶紧站起来笑着说道："施梦麟同志，您请坐。"

　　"忙你的，忙你的！"施梦麟挥手对古全和说，就便也坐在靠门的一把斜放着的椅子上，习惯地架起二郎腿，看着古全和问道："你怎么称呼啊？"

　　"古全和。"古全和恭敬地答道。

　　"哦，你就是古全和……同志啊！"施梦麟声调中略带意外，神色随着严肃起来，两只眼睛专注地审视着古全和，从头看到脚。古全和猜想他已经听说过他的情况，对他有看法，而且看法并不算好。

"施梦麟同志，方便的时候，想找您谈谈。"古全和总想洗白自己，希望得到领导的理解。其实，按照现行的政治标准，四清工作队基本上给他保留了清白和尊严。既然挨过整，身上留点儿脏，在所难免，可是古全和太看重自己的清白和尊严了。

施梦麟沉思了一会儿，慢慢地站起来，做出要离开的样子，同时不经意地说道："以后吧，以后找个时间谈谈。我刚来，事情很多。"说着，看也没看一眼古全和，就离开了宣传部办公室。

119

"四清运动"过后，东湖师范学院又开始沿着她的老路子踽踽前行，古全和也又不分日夜地追随着党委的中心工作而忙碌起来。不过反右倾和四清运动对他说来并没有完全过去。他越来越觉得那是一个有悖生活逻辑和无法接受的荒唐的噩梦。每当他工作告一段落，静下心来喘息时，他都会像反刍动物一样，不由自主地慢慢地咀嚼起他在反右倾和四清中的那些莫名其妙的遭遇，体味和寻求着那些噩梦中可能存在的真理。

现在反右倾和四清运动留在他心里的东西已经不再是当时的那些震惊，愤怒和委屈。那段让他深感苦闷的日子已经过去了。此刻积留在他心里挥之不去的是迷惘和困惑。他无法理解旨在反对资产阶级、资本主义势力和资产阶级思想作风，清算那些犯有此类错误的人的反右倾和四清运动的鞭子会抽到他的身上。他想，这一定有他自身的原因，虽然现在他还说不清楚那些原因是什么。让他感到难以理解的是江涌、靳湘柳和蓝秀花为什么会突然大变其脸，从笑容可掬，变成凶神恶煞，肆意污蔑他、诽谤他、迫害他。他们这样干的真实动机是什么，他暂时还不清楚，不过他确信他们不是出于善意，也不是要帮助他改正错误，否则他们不会造谣诬陷，那样仇视他。

佟金凤私下里曾经对他说，江涌、靳湘柳和蓝秀花那样对待他可能是出于嫉妒。古全和觉得她的说法有道理。在院部，他的学历高，政治条件

好，计方平等老同志都开玩笑叫他"太学生"，经常把重要的任务交给
他，经常表扬他。古全和也感觉江涌、靳湘柳和蓝秀花对他不怎么友好。
他记得早在1958年的一次党小组会上江涌就曾经给他脸上抹过黑。他们
平时都没少向计方平打过他的小报告。他感觉他们就是不喜欢别人好。类
似的社会现象也并不少见。比如一辆崭新的漂亮的小卧车停放在那里，有
人会用硬器在车身上划出一道道伤残，然后心满意足地离去。这不是因为
他和汽车的主人有仇，而是因为他看不得完美的东西。一扇完美的窗户，
会有人把那上面擦得光亮如镜的玻璃一块块地打破，然后畅快地笑着离
去。这不是因为他和窗户的主人有仇，而是因为他看着漂亮的东西心里不
舒服。路灯有助于人们夜间行走，除去偷情的男女，它不妨碍任何人，可
是总有人想法把那上面的灯泡一个一个地打破，怀着病态的快感偷偷地离
去。他想，也许他在江涌等人的眼里就好比是那汽车、玻璃和灯泡。现
在，他也已经被弄残了，弄脏了。不过他到现在还不能断定他们究竟为什
么那样仇视他，也不知道嫉妒心是不是能让人失去理性，生长出仇恨来，
他们为什么要这样对待他。

　　四清过后的这段时间，靳湘柳的脸上偶尔会闪露出得意的笑容。古全
和猜想她是在为自己在四清运动中获得的成功而窃笑。她在四清中又风光
了一回，显示了她在政治上的能量。

　　从初秋到深秋，几个月过去了，古全和的政治"反刍"活动有了进
展，他对于江涌、靳湘柳和蓝秀花等人有了一些新的认识。他认为江涌伙
同靳湘柳和蓝秀花迫害他，和江涌当时正在觊觎宣传部副部长的职务有
关，而靳湘柳和蓝秀花那样仇视他，和他们的政治立场和阶级感情有关。
古全和认为，在靳湘柳和蓝秀花的灵魂里保留着他们在旧世界的主人的地
位上养成的那种优越感和自信心。平时，他们以谦和、顺从，甚至自卑的
姿态示人，以革命的词句装扮自己，而在他们攫取和维护个人利益的时
候，会把妨碍他们达成目的的人视为仇敌，利用他们能够直接和间接利用
的政治权力，喊着革命的口号，把他弄残、搞臭。而他们之所以能够在东
湖师范学院的反右倾和四清运动中得逞，则是因为东湖师范学院党委的某
些人和四清工作队的黎树凡等人不讲党内的自由和民主，不讲实事求是。
如果黎树凡等人能出于公心，按照党章办事、讲民主、让人说话、实事求
是，江涌和靳湘柳等人的图谋就不会得逞。古全和感觉许多冤假错案就是

这样形成的。他强烈地感觉到党内不讲民主的危害性。他感觉党的组织原则"民主集中制"虽然写在党章里，却并没有充分地体现在东湖师范学院的反右倾四清运动中。黎树凡在党委机关的四清中奉行的是封建专制主义，她所谓的"民主集中制"是被阉割掉了其中的"民主"这个"民主集中制"的前提和精华的所谓的"民主集中制"。"集中"和"民主"是辩证的统一，没有"民主"无所谓"集中"。只有"集中"而没有"民主"的"民主集中制"，本质上就是涂着革命油彩的"皇权"。因此古全和认为在师范学院反右倾和四清运动中发生的某些偏差和错误带有某种必然性。他认为在中国，虽然皇帝已经被赶出龙庭，但是他们的阴魂不散，仍然滞留在中华大地之上，活在人们的灵魂里，潜伏在人们的内心深处，左右着人们的思想感情和实际行动。为官的是这样，为民的也是这样。这不是某个个人的过失，而是整个民族的问题，在这个问题上，任何人都不可能绝对地免俗。这个历史包袱，只能面对，不能回避。红军时代的张国焘等人就是凭着这种涂上革命油彩的皇权，利用人们普遍存在的皇权意识，随心所欲地——有时甚至不经审问就把怀疑对象拉出去枪毙，屠杀了成千上万忠诚的革命先辈，其中就有红军名将段德昌。在一定历史时期，混淆封建专制主义和无产阶级的民主集中制之间的界限，把封建专制主义当成民主集中制，带有某种必然性，实行民主集中制，讲民主，讲实事求是，之所以非常艰难，就因为这实际上是一场从根本上反对封建专制主义的革命斗争。他认为，按照党章办事，把一切都放到阳光下，实行完整的"民主集中制"，允许在党内为了真理而自由争论，在民主的基础上达成全党在思想和行动上的统一，那阴谋家和形形色色的皇权主义者就难有藏身之地了。想到这里，古全和有一种大梦初醒的感觉，感觉自己在成熟起来。不过他知道，这样的认识，现在只能想，而不能说，因为它可能比他所谓"反周扬"的错误更不被理解，更招人恨。

120

　　靳湘柳四清后高兴的时间不算长，随着党委的工作迅速走上正轨，人们摆脱了运动状态，各就各位，古全和依然活跃在她的身边，她又想到古全和太了解她，办事太认真，感到他对自己的威胁。她防范古全和的心理已经带有病态的性质。事实是古全和并没有害过谁，靳湘柳也没有事实证明古全和要害她。可是她还是怕，怕他报复她，揭她的老底儿，看着古全和心里就犯嘀咕，想到要换个地方工作，逃离古全和的视野。她首先想到回政教系，那里有她的傻大姐贺连弟。可是贺连弟说，政教系党总支的干部已经配齐了，她回系只能到总支办公室当秘书。靳湘柳不想给别人跑龙套，即使给贺连弟跑龙套她也不愿意。她又想要回系搞教学。但是她只是个成绩平平的本科毕业生，名声又不好，教研室主任们都不敢接受她。她也曾想过回公共政治课，不过她很快就打消了这个念头。她想，金祥他们既然把她赶出来了，就不会再接受她，去乞求他们是自找无趣，即使他们肯收留她，她在那里的日子也不会好过。教务处和总务处都说要人，可是她不愿意做行政工作，最怕去总务处和工人打交道。再说，换个工作只是她个人的想法，真要离开党委机关，还得经过组织的同意。她想了一圈，最后还是留在党委机关。这样，她就必须和古全和搞好关系，得想法儿让他淡忘了她在四清中对他的伤害。

　　古全和也有一个怎样对待靳湘柳等人的问题。他同意海英林的说法，解决靳湘柳这类人的问题，无论是帮助他们转变立场，成为名副其实的共产党员，或是请他们离开党的队伍，都不是个人能够办得到的事情，这要靠组织，靠革命实践。现在他只能把个人的想法儿放在心里，像对待江涌一样对待她，真心实意地跟她合作，一起干好党委交给大家的工作。

　　过了一段时间，靳湘柳发现古全和对她的态度和四清以前并无明显的不同，凡事都是公事公办，所不同的只是他老成了许多，不再像过去那样和她开玩笑了。

　　从初秋到冬初，日子转眼就过了几个月，宣传部的人也都沉浸在各自的工作中，四清已不再是人们的话题，靳湘柳揪着的心也放下来了。她想把她和古全和的关系再向前推进一步，尽量解除这颗定时炸弹的威胁，又试探着开始对古全和唱赞歌，和他拉老同学关系，套近乎。她曾先后三次前去古全和的住处看望古全和，但是每次都是走到401房间的门前就又原路返回。她害怕古全和冷淡她，把她拒之门外，把关系搞僵。今天是她第四次来到研究生楼401房间。她便鼓起勇气，大着胆子，以讨好的腔调问道："老古头儿在吗？"

古全和走出来欢迎靳湘柳，把她让进房间，安排她坐下，送上白开水。

靳湘柳在屋里东张西望，故作高兴地说："啊呀，你这里可真清静啊！"她走到写字台前，继续说道，"还在研究美学呀？"说着，就拿起苏联专家写的《马克思主义美学原理》随手翻阅。

古全和说："谈不上研究，随便翻翻。"

"大作都发表了，还说'随便翻翻'？！"靳湘柳抓住了赞扬古全和的机会。

古全和说："那只是学习心得。"

靳湘柳说："我很赞成你前两天在办公室发表的高论，知识分子的必备条件之一，是有读书的习惯，而且会读书；其二，有独立思考能力和独创精神。不具备这两个条件，即使他是硕士、博士、著作等身，也不算知识分子，至大是个知识贩子。"

古全和笑着说："那是信口开河，说着玩儿的，不算数。"

古全和不敢相信靳湘柳的好意，她吹捧他这不是头一回，她在伙食科和四清中的表演，留给他的印象太深刻了。他不敢在她面前说什么，即使她在他的宿舍里待得时间过长，他也担心她有着一日会就此大做文章害人，希望她尽早离开401。

"淑平有信来吗？"靳湘柳把话题引到轻松的生活问题上，"工作调动的事怎么样？齐齐哈尔那边肯放人吗？"

"我准备去齐齐哈尔，请调报告已经打过三次。"

靳湘柳恨不得古全和立刻被调走，而嘴巴上却说："领导不会放你。"

每想到工作调动，古全和就感到气愤。师范学院夫妇异地的教师和干部有近百人。两地分居给职工本人和家属造成很大的困难，引发许多纠纷，导致一些家庭的破裂。一年一次的探亲费也是国家很大的一笔开支。乘火车和长途汽车的，除外调人员，就是探亲的。他常常想，战争年代没有条件让夫妻们生活在一起，和平时期，国家基本统一，没有理由让这么多的人长期两地分居。更让他感到不满的是，在这种人之常情的事情上也有严格的等级之分。处级以上干部调动工作可以带家属，一般干部就不行，难道普通干部就不是人吗？他认为这是一项过时的、错误的和不得人心的、等级色彩浓重的政策，严重地危害着党群关系、干群关系，也不利于下一代的成长和社会安定。不过他不想把自己的这些想法对靳湘柳说。

靳湘柳只在 401 房间待了不足半点钟。

在四清中折腾过古全和的江涌等人都向古全和表示了歉意，唯独蓝秀花毫无悔意。蓝秀花恨他呀！想到古全和让他在大家面前丢人现眼，暴露了他在困难时期向地主、资产阶级乞讨的事，他就恨。至于他自己干的那些丑事，犯的那些错误，他连想都不想。实际上他并不认为那有什么错。而且他是个记怨不记恩的人。对古全和的嫉妒、怀疑和仇恨已经渗入到他的骨髓里去了。他决心和古全和对立到死。

121

秋收时节到了，早晚得穿绒衣了。市委大学部下达了高等院校师生去郊区人民公社帮助农民收秋的任务，分配给师范学院的任务是去远郊的云岭公社收玉米，劳动时间一周。经院党委研究决定派出中文、俄语、历史、教育等六个系的 1965 级新生共六百人前往，总领队古全和。江涌在向古全和传达过党委的决定后对古全和说道："怎么样，有困难吗？"

古全和沉思片刻然后问道："什么时间？"

江涌说："周四出发。"

古全和自言自语道："还有三天。"

佟金凤看看古全和关切地说："一个人行吗？"

古全和说："行。"

佟金凤对江涌说："我去帮他吧。"

江涌想了想说："你离不开，让靳湘柳辛苦一趟吧。"

正在翻阅《解放军画报》的靳湘柳，忙不迭地摆手说："不行不行，我这几天不大方便！"

佟金凤又提议让靳湘柳代她管几天办公室，她又说："我可当不了国务总理大臣。"

古全和说，"各系都有领队，年级主任和班主任也都跟着去，我一个人能够应付得了。"

江涌说："那你就辛苦一趟吧。看要做些什么准备？"

古全和说："得去一趟云岭公社，了解一下那里的具体情况。"

佟金凤眉头紧皱说道："那里是山区，来回几百里，不通公交，你怎么去？"

"骑自行车。"古全和淡然说道。

"那怎么行，你的身体吃不消啊。"佟金凤说。

"不就是收庄稼吗。有这个必要吗？"江涌迟疑地说。

古全和坚持说："非常必要。咱们谁都没去过云岭，听说云岭社会情况复杂，对那里的情况一点都不了解。六七百人，又都是新生，这个季节，山区气候多变，学生的穿戴、吃喝、住宿、医疗、交通、安全、劳动，都是问题。喝开水就是个大问题。每系去一个总支委，年级主任也得去看看。"

江涌迟疑片刻对佟金凤说："既然这样，你就通知下去吧。"

古全和说："早七点在办公大楼前集合，当天返回。带上半斤粮票和一块钱的伙食费。"

江涌想了想说："让院部派个中吉普吧？"

古全和摆摆手说：　"算啦，省点儿汽油吧。再说山区的道路不会好……"

第二天早七点，古全和等一行 13 人按时出发，当天掌灯以后从云岭赶回来，晚饭后接着开会，研究工作的部署。他们了解到，云岭是江城地区的贫困山区，解放之前那里土匪猖獗，解放战争时期还乡团势力很大，滞留在那里的国民党散兵游勇也多，困难时期反动流言不少。有的村庄有国民党历史问题的人比现在共产党员的人数还多。云岭公社山口大队总部所在地的杨庄，解放之前有国民党员 23 人，现在有共产党员 21 人。整个云岭公社的社会秩序都不太好，群众生活比较苦。为了减轻老乡们的负担，也为了保证学生的健康和安全，古全和同各系领队共同商量决定并汇报党委领导，秋收期间，师生们集中住当地小学，单独开伙，不经允许，任何人不得擅自离队。考虑到山区日夜温差大，早晨气温低，决定把劳动的时间安排在上午 9 点到 11 点半，下午 3 点到 5 点半，每天劳动五个小时，并制定了一系列的劳动保健措施，包括在休息时间安排学习和文娱活动，还组建了《秋收快报》的编辑、通讯和出版的班子，每天一报，保证各系队伍上下左右联系。

　　东湖师范学院师生在云岭公社干了六天，提前超额完成了任务。个别师生由于水土不服，一度泻肚，随队医生及时采取措施，返校时个个身体健康，心情愉快。

　　江涌把这次秋收义务劳动看成是他上台后的一大杰作。然而紧跟着这件事来的是让他扫兴的两件事。一件是在古全和带队前往云岭公社劳动期间，两家全国性的报刊几乎同时发表了古全和两篇讨论有关美的本质和美与艺术的关系的长文，引起了步行健书记等领导的注意。江涌不能公开说古全和发表文章不好，但是在背地里却散布流言，说古全和有关美学的文章是些花里胡哨的玩意儿，他写这些东西占的是工作时间，是不务正业，还嘟囔说，古全和发表文章事先没和领导——也就是他本人——打过招呼，有悖组织原则。江涌一连几天在办公室里嘟囔这件事。他原打算在古全和秋收回来之后找他谈谈，劝说他不要为写文章而分散精力，影响日常工作。可是这话他不好出口，因为古全和是利用业余时间写作的，并没耽误工作，另外重才的步行健重视干部的写作能力，他不敢和党委书记唱对台戏。于是江涌就想利用施梦麟遏制古全和。他相信当兵出身的施副书记会支持他。于是他就把自己的想法巧妙地汇报给施梦麟。施梦麟并没有说古全和不能写文章，而是建议他亲自找古全和谈谈。他说，一个部门的领导，要使用干部，还要培养干部，建议江涌提醒古全和把精力放到本职工作上。有了施副书记的尚方宝剑，江涌就到研究生楼401房间找古全和谈话。

　　"辛苦啦！这次劳动还顺利吧？"江涌笑着说道。

　　"还好。"

　　"收成怎么样？"

　　"估计平均亩产三百斤上下。在云岭算是个丰收年了。"

　　"师生们都好吗？"

　　"好，普遍感到满意。"

　　"太好啦！"江涌高兴地说。

　　江涌原本是来教训古全和的，而在面对古全和的时候，却觉得他没有理由反对他写文章。可是他还是心有不甘，总想数落古全和几句，便说道："你的文章发表了。"

　　"知道了。"古全和不经意地淡然地说道。

"以后有这种事，事先打个招呼……"江涌的口气透着不快。

古全和以质疑的目光瞅了江涌一眼。江涌感觉到古全和好像在说，"你懂吗?"脸腾地红了，不好意再继续这个话题。

接踵而来的是更让江涌感觉不快的一件事。

古全和说："我正有一件事情要向你汇报呢。我高中的一位老同学，鲁艺毕业后分配到部队，现在是省军区文工团的团长，他请我去给他们的歌舞团讲点马克思主义美学常识，每周一次，时间安排在礼拜天，是义务劳动，步行来去，连饭也不吃他们的。"

江涌原本是想来遏制古全和，把他的活动规范在他需要的范围之内，而他却向他提出了这种他意想不到的要求。他当然知道，建设人民军队，人人有责，古全和去为部队建设做贡献是好事，占用的又是公休的时间，他没有理由反对，可是他不甘心让古全和的这个让他的工作出彩的劳动力外流。

古全和强调重复说："用公休日，不影响日常工作，是义务劳动。"

江涌嘟囔道："星期天……也常常有任务啊。"

"我知道，已经跟他们说好，遇到这种情况他们的课程可以顺延。"

"谁说得好什么时候有任务呢?"江涌支支吾吾。

"我也考虑到这一点了，他们随时给咱们让路。"古全和保证说。

江涌想，文廷栋现在是党委副书记，他不会长时间地兼任宣传部长。无论如何都不能让古全和这个劳动力去给别人拉套，更不能让他把影响扩散到全院乃至院外去，抢占文廷栋即将腾出来的宣传部长的交椅。可是他不能禁止古全和去军区文工团讲课，因为他用的是工余时间，是为军队建设出力，这本来是不需要和他商量的。于是，他又想到了施梦麟，便说道："这样吧，这件事等我请示过施梦麟同志再定吧。"

古全和觉得沮丧，心想："这就叫'烧香引鬼!'这件事本来不必告诉江涌，而我却偏偏多此一举。现在江涌要打施梦麟副书记的牌，而他又不能不尊重施副书记的意见，自己把自己套住了!"古全和听说施梦麟同志是个循规蹈矩的人，对自己的印象好像也不大好，江涌又是先入为主，说一面之词，施梦麟副书记未必会支持他去给歌舞团上课。

古全和不想和江涌无谓地唠叨下去，就说道："还有别的事吗?"

江涌知道这是古全和的逐客令。他在镶嵌在房门上的那块半透明的乌玻璃上，贴了一张小小的公告，上写"闲谈莫过五分钟"。他的这个规矩熟人都知道。当然，他这是写给那些不珍惜时间的人看的，前来和他谈工作谈学问的人不受这个限制。

江涌赶忙说："哦哦，没有了，你好好休息吧。"但是又强调说，"你千万不要先答应人家去讲课的事，一定要等我请示过施副书记以后再说。"

江涌来的时候有话不好意思说，心里不痛快；回去的时候依然是有话不好意思说，心里更不痛快。而古全和后悔自己多此一举，错把江涌当了一回人。

122

佟金凤一大早就取回了报纸，对古全和说："有关于越南前线的报道，看吗？"

古全和说："看！"说着就站起来接过《人民日报》《光明日报》和《解放军报》，摊在桌子上浏览标题。他正在组织院美工宣传队筹办有关越南人民抗击美帝国主义斗争的大型街头宣传画展，展板和固定展板的支架已经做好。

这时，江涌进来了，见古全和在看报，就在古全和的面前晃来晃去。他想提醒古全和：现在是上班时间，不能看报纸。可是他不好意思明说。

古全和感到奇怪，看了江涌一眼，不知道他是什么意思。

"老古，你这会没事吗？"江涌实在忍不住笑笑说。

"我这不是在看报吗，有事吗？"古全和不解地问道。

"不，不，没有。"江涌说着，摇摇头快快地离开了办公室。

江涌走后，细心的佟金凤低声对古全和说："你啊，真木！"

"我又怎么啦？"古全和笑着说。

佟金凤说："他是对你在上班的时间看报纸有意见呀！"

古全和恍然大悟，说道："谁能想得到他会这样无知！读书、看报是咱们宣传干部的业务学习啊！不看报纸怎么知道国内外的大事？"

"你嚷什么？怕他听不见吗？！"佟金凤说。

古全和说："应该让他听见。"

古全和感觉，可能在江涌的心里，他的部属就好比是他的驴子。江涌是在以革命的名义驱使着他们为他创造政绩。江涌反对古全和写文章，反对他兼课，反对他看报，都是想让他把时间和精力都用在给自己创造他向上爬的垫脚石上。古全和认为，让江涌这种思想不纯、不学无术的人掌管宣传部门有些滑稽。他感觉党的干部管理机制有问题，德才兼备的干部政策没能完全落实，干部的"德"被曲解为"听话"，而干部的"才"不被看重，或是在当成拍马屁的本事。古全和欣赏陈毅同志在给应届大学毕业生讲话中打的那个比喻，说飞行员飞行技术不好，驾驭不了飞机；而政治上有毛病，把不住飞行的方向。没有德的才，危险；没有才的德，无用。而江涌是无才又缺德。

古全和对于党委机关的状况越来越感到不满。闲暇时他的头脑里常常会浮现出一些混乱奇怪的念头。他来这里工作之前，在他的心里，党委机关是神圣的，他每次去党委汇报工作，心里都有幼时大年初一进古家庄大庙给神佛们敬香时的那种庄严肃穆的感觉。他认为党的机关是最干净、最亲善、最光明、最神圣的地方。党委就是党员的家。他总是怀着诚惶诚恐的心情走进党委机关。留校之初他不愿意干专职的党务工作，仅仅是因为他留恋自己的专业，渴望走自己规划好并且已经做过准备的道路，而并不是因为他不看重党的工作。可是现在他发现这里并不像他想象的那么干净。虽然是高校的党委，却并不重视学习，日常干的几乎都是事务性的工作。平时一些人的任务是"下命令"，而另一些人的任务是执行命令。政治运动来了，一些人的"任务"是整人，另一些人的"任务"是挨整，而大多数人则是混运动。每次运动都有人落马。1959年落马的是王原平同志，1964—65年四清落马的是熊可宽同志。政治风浪一波又一波，一波比一波更凶险。现在党团委的干部都笑脸儿面对施梦麟同志，因为他来自部队，屁股上没有"屎"，没介入师范学院的利害关系，可是说不定他就是下次政治运动的替罪羊。王原平同志和熊可宽同志都来自部队，都曾备受尊敬，还不是被莫明其妙地淘汰出局了？古全和记得他入党的时候，党内的老同志之间还有不同意见之间的争论，有时争得面红耳赤。可是1957年反右派以后，特别是1959年党内反右倾之后，支部书记权力加大，党支部里面很少有不同意见，代之而兴起的就是批判和检讨。被批判者只有检讨的义务，而没有为自己辩护的权利，在支部生活中没有了你来我往的争论。蒙受冤屈的人常常连申诉都会被说成是错误。与此同时，在政治风潮中，撒谎、造谣、诬陷，不算犯罪、不受谴责，说假话已属常事，玩诡计的人也不少见。同志间的信任越来越少，彼此间的戒心越来越重，彼此关系紧张，互相提防，几乎没有来往，连过大年时拜年都成了禁忌。这两年又出了新花样，以"过个革命化的春节"之类的名义限制人们的世俗的交往，跟防贼一样防范同志间的接触。在彭德怀等高层老同志遭贬之后，没有谁能确保自己永不落水，即使地位很高的党委副书记如王原平和熊可宽也不能幸免。一些忠实的同志遭受袭击，蒙受不白之冤，而江涌等利禄之徒却乘机窃据要职。他们为私利而来，可能有朝一日也会为私利而去。近来古全和头脑中常常闪现出这样的念头：人们的精神世界远不像报纸、杂志和党的文件里宣传的那样美好。三年困难时期顺利度过，国家建设蓬勃发展，社会面貌日新月异。但是人们的精神世界并不见得有多大的积极变化，很难说是在前进还是在后退。在政治运动中的弄潮儿不见减少，他们的恶德不见改变。他忽然感觉，从精神的角度说，新中国和旧中国之间的距离并不像他过去想象地那么大。人们常常说，我们已经永远地告别了旧世界。可是古全和却越来越感觉在新旧世界之间并没有一条一刀两断的鸿沟，新旧世界之间的距离好像很小很小，就像从古家庄到小古家庄那么近，中间只隔着一条一步就可以跨过的"小泉沟"。从小泉沟往东，走几步，是古家庄；从小泉沟往西，走几步，就是小古家庄。他觉得江涌、靳湘柳之类潜藏在共产党内的野心家和异己分子有可能在某个时候，制造出足够的口实，把真正的共产党员逐出共产党，或者促使共产党转变到她的反面，变成社会民主党，变成事实上的国民党，让历史的车轮倒转。他有一种感觉，国民党永远不可能变成共产党，而共产党变成国民党的很大的可能性。即使现在，在大陆也有一些角落盘踞着打着共产党旗号的国民党。四清过去了，古全和反而想到了走资本主义道路的当权派，想到有些人在实施着形形色色大大小小的割据，谋划着把中国引向资本主义。他相信这不是杞人忧天，而是一种现实的威胁。每当想到这些，他的心情就会变得沉重起来。

东湖师范学院党委机关工作在新任专职党团工作副书记施梦麟同志的推动下又运转起来。宣传部的干部各就各位。佟金凤仍然负责办公室工作，兼管职工群众思想教育工作。靳湘柳从熊可宽同志的助手转为施梦麟同志的助手，具体工作仍然是到处听时事报告，替党委书记、副书记整理时事报告稿，新近又被迫勉强兼管了学生辅导员工作。院刊由江涌亲自挂帅，齐苋芬副主任具体负责，蓝秀花配合做采访、摄影等具体工作。古全和继续抓广播宣传、群众文化，联系中文、俄语和物理等系，兼管干部、教师和学生的政治理论教育，还要根据形势的发展，围绕党委的中心工作，完成一些类似秋收之类的临时性的任务。

文廷栋的精力和时间，基本用在总务处的工作方面，宣传部的日常事务由江涌负责。江涌是副部长，古全和是干事。但是在实际工作中他们之间的关系是颠倒的。通常是江涌先向古全和个人传达党委下达的任务，和古全和一起研究落实党委任务的想法，最后由江涌把他们的设想带到部务会议上去讨论，制定出具体的工作计划，大家分头去执行。对于古全和的意见，江涌几乎是言听计从。江涌爱虚名，也要面子，可是他更爱实际利益，借古全和的智力，创自己的成绩，他何乐而不为。而古全和觉得这是他发挥作用最好的方式。他不希望看着江涌进一步窃取党的权力，可是也明白这是势不可挡的事。如今最吃香的不是讲原则、说实话，敢斗争、办实事的干部，而是那些"要猪毛有猪毛，要狗毛有狗毛"的机会主义分子。既然敢在全中国全世界面前编造亩产13万斤粮食的鬼话，配上伪造的照片在报纸上刊登，还有什么瞎话是不可以说的？用这样的标准来衡量江涌，他还算得上是个老实人呢！

近来江涌到宣传部办公室来的次数越来越少，他的大部分时间都消磨在施梦麟的办公室，有时还代表施梦麟到市里去参加一些重要的会议，他几乎成了施梦麟的专职秘书了。他是在制造和施梦麟同志之间的亲密关系，温暖施梦麟同志的心。宣传部日常的具体事务全由佟金凤处理，其他人有时也是通过佟金凤和江涌保持联系。善观风向的靳湘柳认为江涌积极投靠施梦麟是想当宣传部长。不久发生的事情就证明她的高见，1965 年国庆节前夕，党委正式宣布，免除文廷栋宣传部长的职务，任命江涌为党委宣传部代理部长。江涌自然又要写一些寄给亲朋好友报喜的信件。他从小学到中学，直到大学，由于学习成绩很差，教养也不好，都不是让人看重的角色，连个行政小组长他都不曾当过。他能留校工作靠的是贫农的家庭出身，火线入党的光荣，和事事顺从领导的表现。而如今他青云直上，一步登天，当上了大学党委宣传部的部长，虽说还有个"代"字，其地位也接近于县长了，要是在大清朝时代，也算是个准七品了。穷汉得了个毛头驴，自然觉得格外荣耀。

关于古全和到部队去兼课的事，江涌说等他请示过施梦麟副书记以后再说，但是过了好些日子古全和也没有得到江涌的回应。他的老同学几次来电话催问，古全和都无法回答。他心里着急，而江涌却一拖再拖。其实，江涌说他为古全和的事去请示施梦麟只是一种托词。他的本意是想拖一些日子，再想法子给古全和加上几项任务，让他无心考虑外出讲课的事，事情就不了了之了。可是古全和很在意这件事，一再催促他给他一个回答，弄得江涌不得不去向施梦麟求助。

"梦麟同志，您看，古全和在院内兼任马克思主义经典著作讲座，现在又要到院外去折腾。这件事让我很为难，您看？"江涌的两点眉努力向一起靠拢，现出一副愁肠百结的样子。他有意不提古全和是给部队文艺单位讲课这件事。"古全和这个同志比较能干，可是他好高骛远，不安心本职的工作。文廷栋副书记管宣传部的时候，他就闹着要兼政治课，后来老文同志满足了他的愿望，批准他在院内兼政治理论课。现在他又提出要到院外去讲课，还写美学文章，这样下去他还算不算师范学院党委宣传部的干部儿？他这个人的想法儿很怪，叫人琢磨不透！我觉得很为难，您看？"

施梦麟像父亲对待儿子一样安详地教导江涌说："古全和同志有专长，想多干工作，动机是好的，应该鼓励他。知识分子的特点之一就是思想活跃。你要好好地和他谈谈，引导他安心工作。你告诉他，工作总要有个分工，这个道理他应该能理解。宣传部的工作是做不完的。你要做好他的工作，充分调动他的积极性。要给他创造发挥作用的条件。他秋收工作就组织得很出色嘛。"

　　江涌仍然没有原原本本地向古全和传达施梦麟的指示，而只是简单地说，施副书记不同意他外出讲课。古全和听了，很不高兴，什么话都没说。他想，我是利用业余时间工作，而且是给解放军讲课，本来是不需要谁批准的。他不相信施副书记会反对他去给人民解放军上课，就决定亲自去见施梦麟，汇报他兼课的想法，求得他的支持。

　　"来来来，快来坐。"施梦麟态度和蔼，对站在他办公室门口的古全和频频招手。他对古全和的态度大变。江涌和靳湘柳说，古全和学历高、傲慢、主观、自负，有抗上倾向。但是佟金凤等许多人却都对古全和赞不绝口，步书记有时也夸奖古全和有才。施梦麟从古全和组织师生参加秋收工作中发现他是个务实、能干、肯干、关心群众、有独立工作能力的好干部。

　　古全和走进施梦麟办公室，坐在他的旁边。

　　"身体怎么样？家里的人都好吗？"施梦麟关切地问道。

　　"好，谢谢您的关心。"古全和说。

　　古全和向施梦麟详细汇报了他分管工作的情况，特别强调了专职党政干部兼课对于干部成长和改善学生政治思想工作以及政治理论教育工作的好处。施梦麟认真地听取了古全和的汇报，然后说道："你的想法很好，干部上教学第一线，就好比是部队的指挥员亲临前线，靠前指挥，对于改进工作大有好处。不过要量力而为，适当安排，不要影响面上的工作。你们的主要任务是在政治理论和思想教育工作领域做党委的参谋和助手，落实党委在宣传教育方面的决策和部署。"

　　古全和高兴地说："我理解您的意思，今后一定注意。有一件和我个人有关的事，希望能得到您的支持和指点。我有一位高中时的老同学，鲁艺毕业后分配到部队文艺单位。前些日子来请我去给他们那里的歌舞团讲点马克思主义美学，说好是利用星期天的时间，每周一次，每次两个小时，是义务劳动，来回步行，不要他们的报酬，饭也不吃他们的，具体安排以我们的工作为转移，在时间上发生冲突时，他们给我们让路。我想去帮他的这个忙。"

　　施梦麟想了好一会儿之后，谨慎地说道："江涌跟我谈过这件事，院外的课，我想还是不要去讲吧。宣传部的工作头绪多，人手不够，力量不宜分散。你好好地对人家讲讲咱们的难处，是不是你就不要去了吧？"

"建设人民军队，这是咱们高校的一项义务，不好推托。"古全和故意这样说。"我18岁考入大学时，正是当兵的年龄，本想从学校里参军，因为那年大学生免征，我就没能如愿。我很想参与部队的活动。"

"你说的是部队文工团吗?!"施梦麟忽然睁大眼睛看着古全和说。

"省军区文工团歌舞团呀!"古全和觉得有门儿，兴奋地说。

"你的那位同学叫什么名字?"

"肇瑞芳。"

施梦麟瞪大眼睛说道:"大尾巴'肇'吧?!"

"是啊! 您认识他吗?"古全和高兴地说，觉得事情成了。

"啊呀，何止认识啊，太熟啦! 太熟啦! 那时我们经常见面。小伙子挺帅，聪明、漂亮，小提琴拉得好，好多女兵都喜欢他，后来做了我们马政委的女婿!"施梦麟连连亲切地拍打着古全和的手，兴奋地说道。

"您看……"

"去吧!"施梦麟爽快地说，"好好安排，不要影响日常工作。"

"一定不会。"古全和说着，站起身，兴冲冲地告别了施梦麟。他很久没有这样高兴了，他感觉在诸多工作条件中，没有什么比领导的理解和支持更重要。

日常的工作进入常态，有马克思主义经典著作好讲，能去给部队建设出力，他觉得生活很充实，慢慢地摆脱了前一段灰暗的心情，心中萌生了以自己的实际行动探索出一条党的政治思想工作的新路，他感觉自己又红了起来。

学院从福建请来一位林姓的肝病专家给党委副书记邬伯涛同志看病，邬书记特地关照他的秘书，电话通知古全和去他家看林医生就诊。他和邬伯涛副书记平时并无工作来往，接触也很少，而他老人家居然知道他，想到他，关心他的病情，让他心中感觉很温暖。

124

古全和的心情在和施梦麟同志谈话过后发生了很大的变化，四清积累在他心中的不愉快渐渐地淡化了，除了惦念着远在家乡的父母和患病的妻子，心中没有别的挂碍，他分工负责的日常工作，和他额外的马克思主义经典著作讲座、省军区文工团歌舞团的美学讲座都顺利开展，兴奋之余，他久已淡忘的改革党的思想政治工作的梦想又浮上心头，决心默默地摸索一年两年三年，总结出一个改革和建设政工队伍的方案，报请党委研究，假如能够为党委所接受，并逐步在工作中推开，那么若干年后，学校就能有更多的和他一样的干部。他们将和他一样，既能进行教学活动，又能进行思想政治工作，参加社会政治理论斗争，能在教学岗位和政工部门之间自由流动，使学院的面貌将焕然一新，遗憾的是他的这个美梦没能继续做下去，一场新的政治风暴扑面而来。

1965 年 11 月 10 日，上海《文汇报》在头版重要位置上刊登了颇有影响的文艺评论家姚文元题为《评新编历史剧〈海瑞罢官〉》的长文。文艺批评文章报刊上几乎天天都有，姚文也并不新鲜，文章发表之初在东湖师范学院并没有引起人们的注意。关心姚文的主要是中文和历史两系的少数师生及个别对于文学艺术和历史问题感兴趣的人。中文系的师生关注的主要是《海瑞罢官》的艺术评价，而历史系的师生关心的则主要是它在史实方面的真伪和对历史人物的品评。历史系师生关注姚文还有一个特殊原因，那就是近年来学术界围绕着历史题材的长篇小说《李闯王》和历史剧《海瑞罢官》，以及其他有关明史的问题进行过长时间的争论。

对于姚文反应比较大的是历史系中国古代史研究班的学生，其次是中文系的文艺理论研究班的部分学生。他们中间的多数人都对于姚文持保留和批判的态度。历史系中国古代史研究班的应届毕业生宛金平的看法比较集中地反映了他们班多数同学对于姚文的态度。他说，姚文把《海瑞罢官》和中国现实生活中的"单干风""翻案风"这样一些社会问题相联系是牵强附会，其中的后两段文字的调子也太高，可以说是罗织罪名，强词夺理。在姚文讨论的初始阶段，争论只局限在文艺和历史问题的范围，而没有触及姚文和《海瑞罢官》与当代中国政治生活的关联，所以讨论是自由的，发言是无所顾忌的。

古全和平时就关心社会科学的学术动态，但是对于历史题材的《海瑞罢官》和海瑞其人并没有什么研究，他对于《评新编历史剧〈海瑞罢官〉》的讨论也只是从工作的角度加以关注，觉得姚文把明朝的一个官员的沉浮和当前的具体社会问题直接挂钩没有道理，仅此而已。促使他关心

《评新编历史剧〈海瑞罢官〉》讨论的是施梦麟同志亲自找他谈话，命令他停止院内外所有的活动，全力以赴地抓《评新编历史剧〈海瑞罢官〉》的讨论，并及时向市委汇报群众对于这个问题的反应。这时古全和才意识到这可能不是一次一般性的文学艺术和历史问题的讨论。

　　几天之后，校园里开始流传一种小道消息，说姚文和几年前的庐山会议有关联，姚文是批判彭德怀和翻案风的。由于这条小道消息牵扯到1959年党内的那次重大的政治较量，立刻引起了人们的普遍注意。上级一再提醒和要求人们不要听小道消息，人们也知道不应该听小道消息，不能根据小道消息办事，可是小道消息还是不胫而走，时有所闻，而且有些人很关心小道消息。有的人，比如靳湘柳，简直就是小道消息"迷"。如果某个小道消息她没能及时搞到，会急得抓耳挠腮，坐立不安，就像犯了鸦片烟瘾一样惶惶不可终日。

　　不过小道消息也真的是听不得。前些日子，忽然风传本市大米供应短缺，说大米在口粮中的比例从下月起将恢复到困难时期的10∶1。一些爱吃大米的人相信了这个小道消息，慌忙去抢购大米，在江城引发一场不小的骚动。师范学院保卫科科长，精明的上海人斯万顺，听到这个消息，一天之内跑了六趟粮店，前后抢购大米180斤，连家里的枕头套都拆下来装了大米。但是当晚电台就辟谣说，市面大米供应比例照常。斯万顺因为信谣、传谣，抢购大米，影响太坏而被免除了保卫科长的职务，还受了党内严重警告的处分。当然，由于忽视小道消息而误事的事例也不是没有。所以有些人关心小道消息也不奇怪，因为多数小道消息后来都被证明不是空穴来风。社会上甚至有这样一种现象，有些人认为，一个人掌握小道消息的数量、质量、层级和机密程度，能从一个侧面反映出他的社会地位和交际能力。有些浅薄无聊之徒，为提高自己的身价，会故意神秘地透露一两个比较罕见的小道消息，以显示他的身份地位。比如，有些人只能获得有关周围俗人小事的小道消息，如谁爱上谁啦，后来又怎么吹啦，谁是谁的私生子，等等；有些人能得到本区本市的较有分量的小道消息，如某人要升科长或是处长，某人要降职了，谁跟谁关系暧昧啦，等等；而有些人，比如有些高干子弟和他们的亲属，能得到国家不同层次的机密消息。像中文系1957级的学生王璐，由于他叔叔是国防委员会的成员，甚至知道国家高层干部的某些故事，等等。似乎可以说，小道消息是现今中国的一大特产。既然有些关乎国计民生和个人命运的消息不能都通过政府文件、报纸杂志和广播宣传等"大道"下达或扩散，那么人们自然就要通过"小道儿"获得它们了。由于小道消息往往和政治运动、道德风尚和经济运作有关，而政治运动、道德风尚和经济运作又往往关乎着人们的切身利益，前途命运，所以习惯于猜测、想象和推理的一些小知识分子和小市民，就特别关心小道消息。因此有关姚文和庐山会议关系的小道消息一经传开，有关《海瑞罢官》的讨论立刻升温，并引起了师范学院某些政治嗅觉特别灵敏的人的高度关注。人们似乎从中嗅到了某种火药味。对于这种火药味，好斗的人喜欢，爱好和平的人厌烦。

历史系中国古代史研究生宛金平在《江城日报》学术版上发表了一篇题为《吴晗错在哪里?》的长文。文章的题目像是在批判吴晗，而行文却质疑姚文，为吴晗辩护。这件事把历史系师生关于姚文的讨论推上了高潮，两派人针锋相对，导致该班学生一分为二，多数人倾向宛金平，少数人站在姚文元一边。这件事引起了党委和市委的关注。宣传部代部长江涌，根据施梦麟同志的指示，急忙赶到该班讲话，说宛金平的观点是错误的，反动的。他的话一出口，原先倾向于宛金平的学生立刻转向，宛金平就变成了孤家寡人，批判反动学生宛金平的斗争也由此开始。对于宛金平的批判，断断续续地持续了几年，直到他毕业离校，批判的结论归档带去他工作的单位。这件事的后续发展跌宕起伏，牵扯到许多人的荣辱悲欢、升降起伏……

关于姚文和《海瑞罢官》的讨论，转眼间就从对剧本《海瑞罢官》的品评扩展到对作者吴晗本人——包括他的历史问题、学术观点和社会活动，特别是他的政治态度的清算，说吴晗是"政治投机分子""反共老手"。然后又从吴晗的问题扩展到历史研究、文学艺术和意识形态领域，不时闪现刀光剑影，终于从学术讨论变成政治斗争，不过基调仍然叫作学术讨论。

市委不断电话催促师范学院党委汇报群众对姚文和《海瑞罢官》讨论的反应。古全和也天天给市委大学部打电话汇报。事情来得这样突然，上级没有明确的指示，古全和不知道学院的学术讨论怎么个搞法，最后会有个什么结果，只能跟着领导的指示转。

市委机关报《江城日报》编辑部天天都用一两个版面刊登关于学术

讨论的消息和文章，市委宣传部还从师范学院的中文、历史和政教三系借调政教系的易先农等 15 名应届毕业生前去帮忙处理文稿，大学部也从几所高等院校抽调干部，组成联络组，以加强对《海瑞罢官》讨论情况的收集、整理和掌握。师范学院被抽调的是历史系青年党员教师彭朋。古全和不知道历史系的领导为什么要把彭朋这样的人推荐给市委。彭朋出身江城大富豪之家，曾经是师范学院的风流人物，他聪明会玩儿，多才多艺，唱歌、跳舞、打球、滑冰、游泳、说相声，样样行，因为他特别讲究穿着打扮，讲究仪表而获得了一个外号儿叫"人样子"，又因他对当年从江苏无锡前来江城看望姐姐的妻妹行为不轨，被妻子和妻妹在一天夜里联手痛打了一顿，打肿了左半边脸，半个多月没敢出门见人，连他担任的课程也耽误了一周多。好事不出门，坏事传千里。他的这段故事很快传遍全院，变得家喻户晓，其知名度不低于当时的党委书记莫文林。

古全和响应步书记的号召，写了一篇题为《论清官不清》的长文，从阶级分析的角度，指出清官只是封建统治阶级统治人民的另类工具，不值得过分肯定。他把稿件寄给《江城日报》，报社主编蒋其嘉立即电话约见他面谈，夸他的文字功底深厚，有独到见地，对于清官的本质说得透彻，但是认为所论稍嫌偏颇，对于清官的积极意义否定过多，希望修改后见报。古全和没有接受蒋主编的意见，谢绝发表，把稿件带回。文化大革命的风潮兴起后，党委机关齐苋芬等个别人为他感到惋惜，说如果他的那篇文章发表了，他会成为师范学院的急先锋。然而，事实上如果《论清官不清》发表了，古全和说不定就会被强行编排进某个政治派别之中，受到他们的牵连，变成个倒霉蛋。老实人有时吃亏，但是老实人常在。

彭朋每天一次回师范学院来听取古全和的汇报，还不时给古全和打电话，随时了解师范学院有关姚文和《海瑞罢官》讨论的部署和师生们的反映。彭朋工作积极，古全和改变了对他的看法，为配合他的工作，还曾根据他的要求，写过几份有关《评新编历史剧〈海瑞罢官〉》讨论情况的简报。

姚文发表过后一段时间，《北京日报》等报刊才转载，但是按语的调门各不相同。有的是纯学术的，有的则饱含杀气。转眼之间，批判的矛头就集中到北京市委的机关刊物《北京日报》和《前线》，学术讨论呈现出混战的局面，并迅速向政治斗争过渡。北京市委某些领导和吴晗自杀等消息连连传出。古全和看得眼花缭乱，莫衷一是，只能跟着运动跑，向市委汇报群众日益纷乱复杂的反应。

1966 年初，中央下发了《二月提纲》或叫《汇报提纲》，里面明确定性《海瑞罢官》的讨论是学术问题，并规定了一系列相关的政策界限，古全和受党委委托，向全院党总支（包括直属支部）委员以上的干部传达了这份文件，还奉命根据《二月提纲》的精神起草了师范学院学术讨论工作计划，后被师范学院的群众称为《二月小黑纲》。

《二月提纲》使工作有章可循，但是古全和仍然觉得文件里面有些提法不好理解。比如，文中有"真理面前人人平等"的提法，这显然是说，在当前的学术讨论中存在着不平等的现象，意味着一方在向另一方要求平等。那么是谁在向谁要平等呢？是无产阶级向资产阶级要平等吗？好像不是。在中国，无产阶级及其政党中国共产党是执政党，掌握着国家的政权，是除台湾之外中国大地的主宰，她有什么必要向资产阶级要平等呢？难道是党内的一部分人向另一部分人要平等吗？那问题可就严重了！

困扰着古全和的另一个问题是文件中所谓无产阶级要在学术上超过资产阶级的提法。古全和想：无产阶级手中有马克思主义，在学术思想上已经超过了资产阶级一个历史时代，那为什么还要这样说呢？难道这里说的是学术研究的技术问题？好像也不是。剩下的就只有学术研究中的资料占有问题了。可是中央领导不可能把这种枝节问题当成大事写进文件里呀。然而这总不会是一句空话吧？这些疑惑困扰了古全和很久，直到 1966 年 5 月 17 日中央发出"五一六通知"，他才悟出这些提法的真正含意。他恍惚感到文件中所反映的是党内尖锐的意见分歧。所谓"真理面前人人平等"就是党内的一部分人在向另一部分人要平等！这件事让他感到毛骨悚然。分裂是党最可怕的危机。

《海瑞罢官》的讨论演变成对于意识形态领域的全面清算，触及政治生活的方方面面和所有的社会科学问题。古全和的大部分时间都泡在各系师生们的讨论会上。除开 1958 年，这是他参加工作以来心里最糊涂和工作最忙乱的一段时间，连他生病的妻子和年幼的女儿的影子都从他的心里被挤走了。

坐镇办公室的佟金凤这段时间也忙得不可开交，她每天都要接待几起前来采访和约稿的记者。根据党委指示，院刊也从每周一期改成两期，中心内容是学术讨论问题。江涌的时间和精力，都用在院刊上。他和蓝秀花主要负责组稿、校对、分发。改稿和审稿的工作主要由古全和负责。每周七天，天天忙得不可开交。整天身背相机东游西逛逍遥惯了的蓝秀花，情绪低落，忍不住叫苦连天。

　　宣传部只有靳湘柳一个人清闲，因为周三的时事学习被学术讨论冲断了。江涌几次要求她下系去听师生们的讨论，协助古全和听取一些单位的汇报，她总是借故逃避。她盼望着学术讨论尽早过去，恢复时事政治学习，好让她重操旧业，四处流窜。现在她已经喜欢上了时事教育这项任务，因为这项工作单纯、自由，让她有机会跑外地，跑北京，能到处游玩，买东西也方便，还能经常在领导面前转悠，制造领导对她的好印象。她一和书记和院长们在一起，年龄就变小了，声音就变媚了，话也就变多了。古全和发现靳湘柳越是面对大人物，就越是谈笑从容。他想这和她小的时候见过世面有关。她说过，她小的时候非常可爱，她父亲常常带她去各地谈生意。大连、重庆、广州、成都、哈尔滨、长春、她都去过，江城她也来过。她说她还去过法国、英国和日本的一些城市。但是她从没说她去过美国，也没露过她会英语。不过她的俄语学得很好。在政教系的学生中，能和他们系的苏联专家对话的只有她一人。大家不知道她会英语，都说她有学习俄语的天分。

125

　　东湖师范学院院党委办公室接省委宣传部紧急通知，要求师范学院党委派一学院主管学术讨论工作的同志于次日上午九点准时去省委宣传部理论处汇报《海瑞罢官》讨论的情况。党委把这个任务下达给古全和。古全和说他已和文科各系总支宣委约好第二天上午开会，讨论下一步学术讨论的安排，建议江涌亲自去汇报，或是派佟金凤去汇报。靳湘柳立刻张罗着说她愿意去。她听说新建的省委大楼特别高级，想趁机前去参观一番。江涌说她不熟悉学术讨论的情况，坚持让古全和去，派靳湘柳代古全和去参加和主持文科总支宣委会。靳湘柳快快不乐，撅着嘴离开了办公室。

　　为了全面向省委领导汇报师范学院师生开展学术讨论的具体情况和工

作中碰到的重要问题并得到省委领导的指示，古全和用半天加一个晚上的时间，做了充分的准备，编写了详细的汇报提纲。

省委大楼位于中山路北段路东，离火车站不远，古全和经常路过那里。它的高大和豪华，总让他不由自主地联想到旧社会的官僚衙门，感到它和党的主张及性质有矛盾，和人民群众的现实生活不协调，看着它，心里就不舒服，就有气，就不理解。他不仅不喜欢省委大楼，而且不喜欢所有豪华的党政机关的建筑。每当他站在这类建筑面前，就会联想到依然贫穷的国家、更加贫穷的农村，想到二十多年来面貌依旧的古家庄。每当这种时候，他心中就会涌起一种莫名其妙的羞愧。古家庄解放二十多年，除土地改革前就有的，包括小学校占用的古天琦老爷爷那处院落在内的三四处地主、富农的宅院是砖瓦结构之外，没新建一处砖瓦房，家家住的都是老祖宗留下来的简陋的土坯草屋。有些人连温饱问题都没有完全解决，不断有人外出逃荒，逃关外，逃新疆。他想，当年党中央和毛主席在西柏坡的土屋里指挥了震惊世界的三大战役，现在我们为什么就不能在简易的平房里办公呢？国家还这样穷，老百姓的日子还这样苦，到处需要钱，我们的党政办事机构用得着弄得这样豪华吗？这符合党为人民服务的宗旨吗？简朴一些不是更好吗？难道党和政府的权威就一定要体现在豪华的建筑上面吗？这是谁的需要？是工人农民吗？他听有人炫耀说，省委大楼所用的建材和北京的人民大会堂是一样的。他就想，这怎么能相提并论呢？北京的人民大会堂面对的是全世界，体现的是国家的形象，应当豪华辉煌。可是省委、市委、县委等党政的办事机构面对的是万千穷苦的老百姓，为什么要向北京的人民大会堂看齐呢？是什么东西诱使官员们追逐气派和豪华呢？古全和想到了计方平被虫子咬坏的毛料子中山装。他想，他为什么要去做毛料子中山装呢？因为他升官了，要穿官服！可贵的是老计只是一时糊涂，后来他觉悟了。古全和认为党政机关之所以弄得这么豪华，可能主要是因为在许多干部头脑中游荡着的是封建地主阶级和国民党官僚们的阴魂。他们在想："你他妈的国民党豪华，我比你更豪华！"事实上，新中国党政机关的建筑远比旧中国同类建筑要豪华气派。古全和想，也许有些官员想用这些豪华的楼堂馆所来显示自己的地位，吓唬老百姓。他们是有意无意间把人民的政府当成旧时的官僚衙门了！

省委大楼离师范学院有三站路。公出可以报销路费，但是古全和没有坐车，他步行于上午八点半，提前赶到这里。约定的汇报时间是上午九点整。为了不干扰领导的工作，准时前去汇报，他在省委大楼外面的林荫路上来回踱步，等了将近半点钟。在接近九点时，他怀着庄重的心情，走进全省最高权力机关、神殿一样的省委大楼。他小心地踏着他非常讨厌的崭新的红地毯，穿过辉煌的大厅，踏着也是他非常讨厌的红地毯走上二楼，又踏着楼道里同样让他非常讨厌的红地毯，顺着二楼的走廊朝东走，边走边看房间的号码，终于走到了他要找的 222 号房间。

他在门外站了一小会，直到整九点，才上前去敲门。

"进——来。"一个低沉、自信、悠扬和戏剧化的声音从里面传出来。

古全和缓缓地推开高大厚重的俄式房门，谨慎地跨到门里。他感到房间很高很大，高大得让他感到眩晕，联想到二里沟中心校的俄式建筑。用调合地板漆漆就的红地板典雅庄重，一尘不染，光亮无比，四壁和顶棚，粉刷得雪白。一张巨大的，可能是仿红木的，也许是真红木的写字台横放在房间的东头。它的后面是一排摆满山墙的也像是红木的高大的书柜。在两个高高的落地南窗之间，立着一排报纸架子，上面挂着许多报纸。屋里没有沙发，只有一些摆放整齐的也像是红木的靠背椅子。

古全和抬头一看，见坐在大写字台后面的竟是他特别讨厌的那个路勤一，心里老大不痛快，头脑里不禁闪出了这样的一个念头："这个假模假式的假革命居然控制着一个省的理论阵地！像他这样连实事求是都做不到的人会搞马列主义吗?！"

路勤一是在师范学院四清后被从市委大学部调到省委宣传部理论处的。

路勤一也认出了古全和，他愣怔片刻，有些慌乱地站起来，故作亲近地说道："啊呀呀，是你啊，古全和同志！少见少见，请坐请坐！"

路勤一穿的不再是前年在师范学院搞四清时穿的那身洗得泛白的旧蓝色的干部服了，而是身穿笔挺的海蓝色的毛料中山装，领扣是开着的，显然是在模仿老八路的落后习气。他显得个子很高，很瘦，用中指、食指和拇指三个手指尖巧妙地抓着一枝燃着的香烟，站在写字台后面。

古全和笑了笑，没有说话，朝他走去。

"坐吧。"路勤一顺手指着他斜对面的那一排椅子说。

古全和坐在写字台一侧的一把椅子上，斜对着路勤一，掏出笔记本，准备汇报。

路勤一没有坐回他的座位，而是开始沉思着在不小于 30 平方米的长方形的空阔的办公室里踱步，不时吸一口烟，边踱步边提出了问题："关于《海瑞罢官》的讨论，你们学校的老师和同学们，目前都有些什么反应？"路勤一踱到古全和身边的时候，停住脚步问道。

古全和概括地述说了师范学院师生有关学术讨论的基本情况，说："学生的思想活跃，教师的态度比较谨慎。学术讨论之初，在中文和历史等文科系估计有一半的学生对姚文元的文章有不同意见。在批斗了反动学生宛金平之后，情况有变化，现在反面的意见基本没有了。"

"这不难理解。"路勤一沉思着说，重新开始踱步。

古全和想按照他准备好的提纲作系统的汇报。但是路勤一没有给他这个机会，而是长篇大论地唠叨起来。这种情形古全和以前见识过，有些领导干部就是这个德行。他们像自以为高明的末流医生不喜欢听病人自述病情一样，没有耐心听取下级的汇报，而是喜欢随心所欲地打断对方，想当然地高谈阔论，一副老爷派头。师范学院的张扬和汤敏都有这个毛病。古全和想，就凭这一条，就可以说他不懂马列。毛主席说，没有调查研究就没有发言权。

"全和同志，你说说看，《海瑞罢官》的要害是什么？"路勤一突然发问。

古全和沉思片刻说道："没考虑过这个问题。"

路勤一神乎其神地说道："《海瑞罢官》的要害是'罢官'！"

古全和立刻问道："为什么这样说？"

路勤一没有正面回答古全和，而是谈论了一气当前学术讨论的意义。

古全和说："请问，应该怎样理解《汇报提纲》里所说的'真理面前人人平等'？这里说的是谁跟谁的平等？文件里为什么要列出这样一条原则？"

路勤一迟疑了一会说道："既然是学术讨论，当然要讲究平等喽。"

古全和又提出了另外几个问题，路勤一也支支吾吾，没有正面作答。古全和觉得他到省委是白跑了一趟，汇报没做成，也没听到上级的新精神，心里很不痛快。不过他觉得路勤一的议论证实了一点：关于《海瑞罢官》的讨论本质上不是学术问题，而是政治问题。这和《二月提纲》

的精神有出入。

《二月提纲》并没有达到规范学术讨论的作用。1966 年 5 月初，《解放军报》《光明日报》发表了《向反党黑线开火》《擦亮眼睛、辨别真伪》等重要文章，否定了近年来文学事业的成就，让古全和感到吃惊。而随着"五一六通知"的发表，学术讨论工作戛然而止，古全和抓学术讨论的任务也就告一段落了。

126

1966 年 6 月初的一天，中央人民广播电台连续预告，今晚有重要新闻。关心时事的师生员工都在猜测，会是什么重要新闻？多数人认为是有关世界共产主义运动总路线的大文章，因为已经发表的关于这个主题的几篇大文章都是在这个时段首播的。

学生没有收音机，即使是教师，家里有收音机的也不多。平时师生员工们听新闻主要靠遍布全院各个角落的大喇叭。江城是避暑胜地，昼夜温差比较大。太阳一落山，习习的凉风即起，夜里睡觉要盖薄被。盛夏时节，晚饭后，边乘凉散步，边听新闻，也是一大乐事。此刻校园里到处是等候收听新闻的学生和年轻的教职工。

完全出乎人们的意料，今晚的新闻不是批评苏共修正主义路线的大文章，而是《人民日报》即将刊出的一张大字报，作者是北京大学聂元梓等七名教师，矛头直指北京市委，引人注意的是《人民日报》编辑部给这份大字报加的那段火药味儿十足的按语。

《人民日报》《解放军报》等大报在刊出北京大学聂元梓等人的大字报之后，就排炮般地发表了题为《千万不要忘记阶级斗争》《横扫一切牛鬼蛇神》《一场触及人们灵魂的大革命》等一系列的社论和重要文章，提法尖锐，来势凶猛，一个空前巨大、排山倒海、惊天动地、搅动了整个儿中华大地的暴烈的政治排浪突然耸立在亿万人的面前。

而就在东湖师范学院的师生们以震惊、迷惑和探询的目光，翘首向北京张望，窃窃议论聂元梓等人的大字报和《人民日报》的按语，揣度着事情还将怎样发展的时候，东湖师范学院的校园里也发生了一件解放 17

年来从没有过的大事，晚自习时在学生第一食堂东门外北侧一层和二层之间的青砖墙上，也出现了一张标题为《东湖师范学院黑党委何去何从?!》的大字报。大字报篇幅不大，只用了两整张绿色大字报纸，但是锋芒毕露，杀气腾腾，署名易先农等七人，都是前些日子曾被借调到市委宣传部和《江城日报》编辑部帮忙的学生。有人说，他们中间有人刚从北京回来，也有人说他们和省委宣传部的某些人有联系。

校园里出现了反党大字报的消息瞬间传遍全院，政治上处境不同的人们，怀着惊慌、不安、兴奋、窃喜和期待等种种矛盾复杂的心情，蜂拥到学生第一食堂来观看大字报，成百上千的人齐集到光线黯淡的食堂东门外，聚精会神地倾听着站在前面的人借着伙食科办公楼门前微弱的灯光，一遍一遍地高声念着大字报上的文字，然后又带着惊叹声、叫骂声、说笑声和内心的忧虑、喜悦和期待，一批批地离开现场，把议论和争辩带回各自的宿舍、教室和办公室等各个角落。

"反党就是反革命!"这是人们从九年前的1957年的反右派斗争中汲取到的沉重的政治经验，凡属对党不敬的话语和文字近年来人们都尽量回避，而易某人竟敢把矛头直指院党委，把院党委骂成反革命"黑帮"，如果不是有北京大学聂元梓等人的大字报和《人民日报》的编辑部的按语在先，此刻人们会毫不含糊地指控易先农等人是现行反革命，并立刻猛扑上去把他们抓起来批斗。然而现在人们感觉事情好像不那么简单，谁知道易先农有什么背景? 易先农大二时曾担任过师范学院的学生会主席，是学院知名的学生党员，政教系的应届毕业生，许多人都认识他。当年院学生会主席候选人名单上说，他是调干生，来校前曾是湖北某师范学校的团委书记。人们不敢对于这件事轻易表态。

易先农等人的大字报，使一些唯恐天下不乱和不甘寂寞的人内心里暗自高兴，忍不住吞吞吐吐地嘟囔出一些附和乃至支持易先农的大字报的呓语。不过这种情况持续的时间不长，转眼之间就有学生党团员骨干站出来，喊出了保卫院党委，打倒反动学生易先农的口号儿，接着，以物理系二年级三好学生、新近入党的夏三浩为首的数十名男女学生，自发地冲进政教系男生住的学11楼，涌进易先农的宿舍，把正在洗脚的易先农摁倒在地，用捆行李的麻绳把他捆绑起来，拉到校园里游街示众。有人把易先农的大字报撕下来，撕碎，用成桶的化学糨糊儿把大字报的碎片贴在易先农的头上、脸上、胸前、背后。面对广大师生激烈的举动，易先农神情恍惚、垂头丧气、一言不发，任人牵来牵去，打骂羞辱，给人的印象是他低头认罪了。在校园里游街示众过后，人们就把他带回学 11 楼，和反动学生宛金平关在一起，派人日夜轮流看守，等候党委研究处理。

党委机关的人，只有缪文逵在大字报现场大骂易先农反动，其他人都没公开表态，也没有人参与捆绑、游斗和羞辱易先农的行动。

党团委党支部书记阎一松带领党团委的干部回到办公大楼，连夜讨论师范学院当前的形势，讨论会一直开到后半夜。在场的干部纷纷发言，声讨反革命分子易先农。缪文逵一改平时的消极沉默，高喊誓死保卫院党委。他在大字报现场对易先农的大字报表态时，还曾要求古全和配合他。但是古全和什么话都没说。古全和记得中文系前党总支书记杨以臣老师在 1957 年 6 月初的那个夜晚的全系党员大会上曾经讲过的话，共产党员要对自己的言行负责。现在他不想附和任何人。他反对说师范学院党委是黑党委，认为党委是党的一级基层组织，是红是黑由上级党组织判定，其他任何人都无权说三道四。可是古全和也不想说易先农是反革命。他觉得易先农入党多年，不会无缘无故地反对党委，在情况没有弄清楚之前，他不想贸然对易先农和他的大字报表态，更不愿意糊里糊涂地和缪文逵站在一起。他忘不了缪文逵在 1959 年反右倾时批判王原平同志的党委扩大会上的那次言过其实、不怀好意的发言，感觉他的个人考虑太多。

由易先农的大字报引起的风潮在一两天内就平息了，党委重新稳住了阵脚，不过人们的疑虑和紧张的思考并没有停止。一些人开始把东湖师范学院和北京大学相比较，开始用怀疑的目光审视院党委。有头脑的人在盘算：易先农是调干，已过而立之年，他不可能胡来，他做出这样的大动作，一定有所依据。有些人即使在高呼"打倒易先农！"的口号时，心里也在犯嘀咕。真正打心眼里认为易先农是现行反革命的人不多，多数人都在心神不定地观望，等待着校园内形势的发展变化和上级党委的表态。

来自北京的电话、信件和人员，不断地把小道消息传来，说北京已经大乱，人大、北大、清华、师大等高等院校都出现了大字报和类似于易先农一样的人物，那里的高等院校党委全都被闹事的学生冲垮，党中央宣传部被公开说成是"阎王殿"，而且说，这话是毛主席说的。这样的消息来自党中央所在地，自然颇受尊崇。于是，来自"阎王殿"分殿的省委宣传部的现任党委书记步行健便成了一些头脑灵活的人们怀疑的对象。

院党委机关的人们习惯了"服从",由于突然失去了服从的对象,就不知道路在何方,也无法给师生员工们指点迷津。在等待上级指示的这段时间,为了避免群众问这问那,自己回答不当而犯政治错误,有些人干脆自动脱离群众,躲避群众,上下班也来去匆匆,避免和群众碰面,上班后就窝在党委机关的一个个办公室里讨论形势,话题是如何认识易先农和他的大字报,猜测易先农张贴大字报的动机和背景,估计校园形势发展的趋向。没有人公开支持易先农。多数人对于有人把党委说成是黑党委感到突然、离奇,不可理解、不可接受。有人在想,承认党委是"黑党委",那不就等于承认自己也是"黑党员"了吗?有这种思想的人只在这个意义上反对别人骂党委是"黑党委"。即使是内部讨论,大家对待易先农和他的大字报的态度,也很谨慎。

蓝秀花在1957年鸣放时发表过错误言论,挨过批判,险些和袁竟良一起被戴上右派帽子,而且他和易先农都是政教系的,平时和他有来往,担心受到他的牵连,再犯右的错误,急于和他划清界限,故意装出疾恶如仇的样子愤怒地说道:"我老早就觉得易先农这小子不地道。"

缪文遒一直抱着1957年反右派的经验不放,自以为站在保卫党委的第一线,是个英雄,谈到易先农时义愤填膺,激动地说道:"反右派斗争才过了几天呀,易先农这伙人就敢把矛头指向院党委,真是狗胆包天!"

易先农等人是经宣传部同意派往市委机关的,江涌担心领导可能追究他的责任,为解脱自己,装出一副无辜和无奈、上当受骗的样子,说道:"易先农家庭出身贫农,是个调干生,曾经担任过他们县师范学校的团委书记,谁能想得到他会是这样的一个人呢?"

靳湘柳知道江涌的心思,觉得他好笑。

齐苋芬若有所思地说道:"靳湘柳,易先农是你选送到市委和《江城日报》去的吧?"

靳湘柳猛然板起面孔,断然回敬齐苋芬说:"你这叫什么话?这和我个人有什么关系?!名单是他们政教系党总支定的,我根本就不认识易先农!"

齐苋芬冷笑着说:"你急什么,我又没说你是易先农的后台!"

"废话!你说得着嘛!"靳湘柳很在意齐苋芬的这些话。

　　不知好歹的甄惠羊附和齐苋芬，对靳湘柳说："你怎么会不认识易先农呢？前些日子你不是还说，易先农念大二是做院学生会主席候选人是你提名推荐的吗？"

　　甄惠羊弄得靳湘柳很尴尬，但是她还是回敬了甄惠羊一句："谁会记得那些破事！"接着，她就把话题丢给古全和，说道："哎，老古，你认识易先农，和他的关系不错，你怎么看待这件事？"

　　古全和从容地说道："不错，我认识易先农，和他有过有来往，还留他在家里吃过饭。但是对于他为什么会贴出这样的大字报，我说不清楚。我怀疑他的那份大字报不是他本人写的。他没有那样的文字水平。"

　　"那你知道大字报出笼的背景儿？"齐苋芬忍不住插话。

　　古全和摇摇头说："不知道。我是从大字报的文字做出这个判断的。大字报的行文和思路没有任何毛病，连标点符号都用得很讲究，就是中文系的一般教师，也未必个个都能写出这样干净的文章来。"

　　"那会是谁写的呢？"靳湘柳凑到古全和跟前儿问道。

　　"这你得去问易先农。"古全和笑着说。

　　师范学院校园里的形势瞬息万变。第三天早饭后，校园里传说，易先农在昨天夜里逃跑了。不久又有人说，易先农不是逃跑的，而是有人故意把他放走的。

　　第三天，易先农又神气活现地出现在校园里，并把他的那份炮打师范学院党委的大字报重新抄过，贴在老地方。新贴出的大字报上的签名增加了六个，多数仍然是从市委机关回来的人，但是特别引人注意的是其中有数学系的青年教师邝友贤。邝友贤，共产党员，本市人，家庭成分城市贫民，本人出身店员，担任过院学生会学习部长，毕业后留校任教，现在是数学系党总支委员，还是本届东关区人民代表，全院知名。他的署名改变了一些人的政治态度，使他们更加相信易先农的大字报有来历。有人传说，在过去的几天里，易先农去过北京。也有人说，是北京派人来江城和易先农交谈过。

　　校园里人心惶惶，如热锅上的蚂蚁。尽管革命的口号喊得震天响，但是除去少数天真的学生是出于真心外，要真心实意地保卫谁或是打倒谁的人并不很多。多数人是在窥测方向，忙着寻找对于自己有利的政治队列。校园里的"保"字号的人群，在东瞅西望地犹豫了一些时候之后，也开始左右摇摆，他们中间的少数人，开始向易先农靠拢。带头捆绑和游斗易先农的物理系学生夏三浩和易先农认了老乡。易先农重新贴出的大字报没有人再去撕扯，更没有人再去揪斗易先农。让广大师生员工立场动摇的重要原因是党委没有反击易先农一伙的挑战。一切都表明，人们普遍默认了易先农们作为一种政治势力在东湖师范学院校园里的存在。几天后，"黑党委"这个词组就变成了一些赶时髦的人们话语中的常用语，而且好像有谁不这样说，就有保守的嫌疑，景象类似于1957年整风鸣放高潮的那会儿，但是要比那会儿的情况更严重。在1957年整风鸣放期间，师范学院的共产党的队伍始终没散，党委的号令始终能在全党通行无阻，而此刻的党委已经失去了领导权。党委委员们整天集中在办公大楼二层的党委第一会议室里开会，实际上是在避难，在等待形势的变化和上级的指示。此时此刻，书记和委员们谁也不敢错迈一步，生怕失言招致政治错误，更可怕的是有个别委员如汤铭和张扬，已经在窥探方向，寻找个人的出路了。

127

东湖师范学院第一附属中学位于东湖师范学院大校区的中央部位，是一组单独设计修建的独立的特型砖结构建筑群。她的教学大楼和学生宿舍楼，都是用老百姓所说的高规格高密度的"钢砖"和其他上好的建筑材料建成的，高初中学生全部住校。全省县处级以上干部的适龄子弟，大都集中在这里，带有贵族子弟学校的性质。她因此而消息灵通，神经过敏，是本省本市政治气候的一个风向标，重大的社会政治风潮，往往首先从这里透出消息。

今天早晨，古全和晨练返回时，路过第一附中，发现有些学生的左臂上佩戴着上面缝着用米黄色的绸子剪成的"红卫兵"三个字的袖标。袖标是用红绸子制成的，比一般中学生值日生佩戴的那种袖标要宽一倍，近乎套袖。"红卫兵"三个字让古全和联想到封建时代皇帝的御林军，和苏联作家法捷耶夫写的长篇小说《青年近卫军》里面的那些少年爱国英雄。他想，"红卫兵"应该是保卫什么人、保卫什么组织，或是保卫什么事业的人，联系到当前的形势，他想他们应该是保卫毛主席、保卫党中央，保卫毛主席革命路线的人。他的这种猜想几乎在这同时就被一群路过这里的红卫兵呼喊的口号儿所证实。

仅仅过了短短的几个小时，到中午吃饭的时候，古全和见学生餐厅里也有少数大学生佩戴着红卫兵袖标，但是和附中学生袖标有所不同，他们的袖标是用普通的红色棉布制成的，"红卫兵"三个字是用米黄色的棉布剪成，尺寸也比较小，和值日生佩戴的袖标差不多大小。

晚上，听说江城的大中学校到处都出现了红卫兵。还听说，参加红卫兵的条件很严格，首要的条件是家庭出身要好，一般必须是出身工人、贫下中农和革命干部家庭，以及相当于此类家庭成分的人，所谓的"红五类"。和红卫兵同时出现的是另一个短语"黑五类"。

随着红卫兵的出现，一个响亮的口号"造反有理"响遍江城。

在中国，从来都是"造反有罪"，所以"造反有理"这个口号就显得格外不同凡响。和红卫兵和"造反有理"这个口号出现的，还有一幅类似顺口溜的对联。上联是："老子英雄儿好汉"，下联是："老子反动儿混蛋"，横批是："基本如此"。这副对联清楚不过地表达了"红卫兵"的社会基础和矛头所向，以及其强烈的排他的性质：其成员的"老子"是"英雄"，与其对立的是出身于剥削阶级家庭的"混蛋"。这副对联突然把学校里的师生一刀切成红与黑的两大块，搅乱了人们的思想，造成了群众在思想上和组织上的第一次分裂，加剧了在学生中正在形成的不同派别的对立。个别出身工农家庭但又缺少文化教养的学生和个别青年教师，突然意识到自己在家庭出身方面的天然优势，类似巫婆神汉忽然下了"神"，有黄三太爷，或是胡三太爷，或是别的什么"娘娘""附体"，而忘记了自己也是普通的青年，也需要进行思想改造，而是莫名其妙地骄傲起来，个别人两眼朝天、狂傲自负、唯我独"革"、唯我独尊，恨不得横着走路，把某些积留在自己身上的丑陋落后的东西，如随地吐痰、说粗话、骂人、打人，也当成了工农分子的本质和正宗。有些教育程度低的干部开始以"大老粗"自居，傲视那些教育程度高的人，以放肆地说粗话和装傻充愣来展示自己出身工农家庭，取悦人群，出现了仇视文化的怪异现象。比如，个别人故意把"反动透顶"说成"反动漏顶"，以显示自己没有文化。个别出身工农家庭的干部和教师，如甄惠羊等，甚至悔恨自己念了大学，落入了臭知识分子的行列。在短短几天的时间里，"大老粗"就被弄得等同于革命性了。"他妈的"渐渐地变成了许多人开口必用的"发语词"。政教系应届毕业班有一个来自张家口某地的庞姓已婚的男生，从早起醒来到他穿好衣裳，在短短十几分钟的时间，总共骂了 43 个"他妈的"，在提到他岳母的时候，竟也说"我岳母，他妈的！"因此被同学们戏称为"他妈的"世界冠军。

古全和想，这股突然刮起的"红卫兵"风不大可能是第一附中学生们的创造。果然，不久他就听说，红卫兵组织产生于清华大学附属中学。那里的一些来自高干家庭的学生，秘密地组织了红卫兵。在他们的影响下，北京地质学院附中、石油学院附中、北大附中和北京 25 中等相继出现了叫做"红卫兵"，或"红旗"，或"东风"名堂的一类的组织，并很快就风靡北京所有的大中学校，而他们佩戴的尺寸特大布料特殊的袖标是他们的一个标志。

红卫兵思潮和随之泛起的血统论在师范学院院部发酵。几名出身工人和贫农家庭的年轻的党委委员，身价因此而陡长。平时他们在党委会里的作用，类似于政权机构里的群众代表，对于党委工作中的决策，只起参考咨询的作用，如今他们却浮上台面，成了党委内部的香饽饽。惯于观风向的党委委员汤敏和张扬，向他们透露了一些通过电话获得的来自北京高层的消息，说要学习北京的经验，和他们联合建立战斗队。但是这些年轻的党委委员追随的是来自部队的党委副书记施梦麟同志，对于善变的张扬和汤敏的好意则不敢承受，在政治上始终和她们保持着距离。

江城的"红卫兵"在几天的时间内就变成了一股强大的政治势力。他们高呼着"造反有理"的口号，张大着怀疑一切的眼睛，用狂暴的行动横扫一切。"红卫兵"的称号一时间响彻云天，在有些人的心里，它比"共产党员"的称号更响亮、更革命、更光荣、更值钱。

一个惊人的消息发生在师范学院校区，并以爆炸的速度扩散到江城全市。一附中"红卫兵团"下属的初二（3）班的"战夜叉"战斗队，突然把他们的班主任老师，共产党员、江城市优秀教师郎俊兰从家里揪走，带到一附中的大操场，命令她踏着一张残破不稳的椅子，爬上一张三条腿的同样残破不稳的课桌上站着，七嘴八舌地数落着她往日的"劣迹"，也就是她平时对于某些有过失的学生的善意的规劝和批评教育，同时打她、骂她、羞辱她。她一次次地被从课桌上打落到地上，摔得遍体鳞伤。当天晚饭前，被折磨了一天，水米未进的郎俊兰已经陷入昏迷状态。在她最后一次从课桌上倒栽下来的时候，头部撞上硬物，颅骨破裂，当场死亡。这个令人恐怖的消息，震惊了整个师范学院，引发一波惊慌。但是没有人站出来阻止他们的暴行，也没有人追究事件的责任人。红卫兵暴烈的行动因此而更加肆无忌惮。

128

平日强大无比、备受尊重、号令一切、无所不能的东湖师范学院党委悄然失势，"黑党委"成了一些人口中新的称谓，受人尊敬的党委书记步行健的政治面目遭人怀疑，党委机关的干部，特别是那些有活力的骨干分子，也成了人们怀疑的对象。

江青、康生、陈伯达和戚本禹等参加了北京师范大学全校师生员工大会，他们中间有人在会上喊出了"有仇的报仇，有冤的报冤"的杀气腾腾的口号，这个口号传到江城东湖师范学院，强化了有些人复仇的狂热，少数平时不服管教和由于管理失当而心怀不满的学生已经把自己的级主任和班主任揪出来羞辱，批斗，打骂。与此同时，平时党团组织和班级主任们看重或是偏爱的学生积极分子也受到了他们的牵连，有的被戴上修正主义黑苗子的帽子，有的还被拉到会上去陪斗，校园里天翻地覆，是与非，美与丑，全然颠倒了。

到处响着破四旧的呼号，各路人等纷纷登台表演，恐怖气氛笼罩全城。被抄过的人家，到处是凌乱的书籍、纸张，杂物被扔得到处都是。有些被抄人家的许多银行存折不见踪影。有消息说，郊区有造反派乘机报私仇，杀害地富子弟……在东湖师范学院的群众大会上，有人高叫要"骂出一个红彤彤的新世界"！

一个个惊人的消息，在校园里传开。院卫生科的石云辉大夫与夫人从他们不久前刚刚分到的教工宿舍的凉台上坠下身亡。几乎就在同时，物理系的唐儒金教授和他的老伴儿工会干部在家里双双触电而死，留下两个不满十岁的女儿。校园里弥漫着浓重的恐怖和不安的气氛。

面对这种种景象，特别是石云辉夫妇的自杀，靳湘柳感到恐惧。她上下班选在街上人少的时候，而且来去匆匆，整天不说一句话。从 1957 年反右派斗争以来，每个政治风潮都让她心惊胆战。她下意识地觉得厄运正朝着她扑来。她看到，这次运动，既不像往常那样事先下达文件，也不像四清那样秘密"扎根串联"，而是像地震、像海啸、像飓风、像野火，突然间在面前爆发，把所有的人都置于无依无靠、孤立无援的境地。文化大革命带给她的是福是祸，她心中完全无数，她的心情比以往任何时候都更紧张、更恐惧、更无奈，觉得文化大革命可能要清算到她。四清时她苦心经营的阵线已不复存在。江涌现在是走资派，是"革命的对象"，她对他避之唯恐不及。蓝秀花的处境也不比她好，靠拢不得。甄惠羊因为家庭出身好而身价见涨，不肯和她为伍。彭其寿历来不和她打交道。佟金凤她高攀不上。唯一愿意和她聊聊的就是齐苋芬。她原以为齐苋芬家住省委大院，消息灵通，而让她失望的是对于正在展开的这场政治运动，齐苋芬和她一样摸不着头脑。惯于说瞎话而又多疑的靳湘柳不大相信齐苋芬，认为她肯定知道些什么，怀疑她是有意和她保持距离，对她封锁消息。她感到非常孤独。她不理解，为什么古全和仍然若无其事地在校园里游荡，和一些学生说笑。

师范学院除总务处之外的组织系统，都瘫痪了，有些党员和积极分子也不再相信党委。群众和党委机关干部联系的渠道就是电话。不断有抱有各种目的的群众给党委办公室打电话。他们不是来汇报工作和反映群众的思想动向，而是来质问他们，师范学院党委到底是不是"黑党委"。有些平时紧跟党委的师生希望证实师范学院党委不是黑党委，自己也不是修正主义的黑苗子。而那些平时和所在单位的党团组织关系不好的，在入党、入团、得奖、助学金，乃至婚恋等方面的诉求没能如愿，或是日子过得不大顺利的人，对于党团组织有所不满的人，则想证实党委是黑党委，因而他们的处长、科长、级主任或是班主任是黑的，平时对于他们的教导、约束和处分是错误的，是对于他们的迫害，而现在他们造反有理，是站在毛主席的革命路线一边的。师范学院的校园乱了，有些人的心也乱了。教育系有六名对于共产党浑然无知的所谓的共产党员，竟联名贴出大字报，发表"严正声明"，他们坚决退出刘少奇的修正主义的党，加入毛主席的马克思主义的党，暴露了师范学院在党的组织发展和教育工作中的严重问题。

　　上午甄惠羊又在电话里和物理系的一个女生吵了一架。那女生指斥师范学院党委是黑党委，而甄惠羊表示坚决反对。那女生指责他这是为了自保。家庭出身贫农的甄惠羊有恃无恐，愤怒地回答说："我就是为了自保，你能把我怎么样?!"对方愤怒地扔掉电话。

　　在校园里被学生碰见的党委机关干部，大都会被问到他对党委的看法，是否承认党委是黑的。古全和经常在校园里看大字报，了解群众的思想情绪，为上级精神下达后的工作做准备。他一天不知道要就这个问题表多少次态。午饭前他刚走出办公楼的大门口，就有两个女生拦住了他。一个长得饱满结实的女生问道："古老师，您对院党委怎么看?"古全和认识她，她是俄语系二年级的学生，吉林人，叫王敏福，会唱东北二人转，是院文工团说唱队的队员，文艺活动活跃分子。高喊要"骂出一个红彤彤的新世界"的就是她。古全和笑着反问她："你想让我怎样回答?"

　　"说心里话呗。"另一个女生爽快地说。古全和也记得她，她也是俄语系的，叫马淑兰，是吉林市人，她向古全和宣传过吉林的松花湖，说她家住在松花湖畔，松花湖很大，堪称中国第三大湖泊，总面积甚至比洞庭湖还大，那里有些地方冬天也能捕鱼，松花江里的大鲤鱼特别好吃，等等。

　　古全和想了想，耐心地说道："咱们学院的党委是党的一个基层组织。怎样看待党委，大家可以有自己的看法，但是到底是红的还是黑的，我们说了都不算数，最后得由上级党委来审定。"

　　"哎呀，您可真会说话!"马淑兰哈哈大笑。

　　"你这样说，不怕同学们围攻你吗?"王敏福笑嘻嘻地说。

　　古全和也笑着说："你们这不是正在围攻我吗?"

　　王敏福和马淑兰哈哈大笑，转身手挽手扬长而去。

129

　　东湖师范学院群龙无首，一片混乱，几天来连连死人，一片恐慌。学院党委被变黑，师生员工失去了团结的核心，这种状况自 1957 年以来还是第一次。所有的人都希望尽快结束这种混乱危险的局面。习惯了服从听话，思想上顾虑重重的党委机关干部在焦急地等待上级派人来，但是没有人想到主动去江城市委请求他们派人来收拾局面，倒是有许多一般干部和群众自动跑到市委去要求他们派人来领导学院的运动。而他们带回来的是更加让人心慌的坏消息：江城市委瘫痪了！师生们突然体验到"无所适从"是什么滋味，盼望江城市委尽快重建，早早派人来领导师范学院的运动。

渴望党的领导的人们，终于等来了好消息：江城新市委重新建立起来了！而且新的市委书记是落雄飞，他是抗战时期活跃在京东八县的抗日英雄，是江城解放时接管江城文教单位的军代表，还是组建东湖师范学院的主要负责人，一度担任东湖师范学院的党委书记，是中文系女教师吉梦寒的表哥。于是，一拨拨的党员和群众，再次自发地跑到新市委去请愿，请求他们赶紧派人来领导师范学院的运动。但是一连几天迟迟没有回音，师范学院的混乱局面在继续发展。有人听说落雄飞是中文系教师吉梦寒的表哥，就动员她和大家同去新市委请愿。

终于传来了好消息，说新市委工作组将在今天下午进驻师范学院。这个消息瞬间在校园里传开，一些党团骨干和积极分子兴奋不已，有的人连午觉都不肯去睡，午饭后直接赶到办公大楼前面的马路两旁，等待着欢迎新市委工作组的到来。

人们理解的工作组下午来，意思应该是他们将在下午上班的时间，即下午两点半来。可是上班的时间过了，而市委工作组并没有来，大家有些失望，但是并不灰心，前来欢迎工作组的人群在壮大，办公大楼前后都是人。前面大路两旁已经构成厚厚的夹道欢迎的人墙，所有的人都在不断地翘首向工作组来的方向——电车站那里张望。

办公大楼后面，图书馆前面的广场上欢迎的队伍也在壮大。

已经是下午课外活动时间了，工作组还是没有来。可是人们仍然在等。他们说，现在是非常时期，工作组是否能来，什么时候来，谁也说不准。有些人来了，又走了。但是多数人继续留在这里。

太阳转到办公大楼的西面。楼前林荫道两旁的树影在拉长。市委工作组还是没有来。失望的人们陆续散去，但是仍然有人在等，等工作组今天不来了的通知。

始终没有人说工作组不来了，许多人还在等。平时晚饭后学生都往图书馆和各系阅览室集中，去上晚自习，而今天那些地方灯光寥寥，许多学生都涌到办公大楼这里来欢迎工作组。办公大楼前面大路两旁欢迎的人群从里到外，层层叠叠，构成过百米的人墙，一直延伸到自由大路的电车站，规模和气势比任何一次迎接省市中央领导和外宾的都大，象盼亲人盼神灵一样地盼望着工作组的到来。

有人估计工作组会乘电车来，不断跑到电车站去探听消息。有人站在办公大楼高层的凉台上向远处张望。有些人担心错过迎接工作组的时机，连晚饭都没有去吃。太阳落山，工作组还没有来。谁也不知道发生了什么事情。但是多数人没有散去，原因只有一个，那就是院党委办公室没有得到新市委说工作组今天不来了的正式通知。

党委机关的办公室都空了，所有的人都在等待工作组。他们是最盼望工作组到来的人们。工作组会带来上级的指示，那时他们就不必躲在办公楼里回避群众，而是可以走到群众中去开展工作了。

以步行健为首的几位党委的正副书记和院长、副院长，带领部分中层干部到人墙靠近电车站的甬道尽头儿去恭候工作组，其余的党委委员在党委第一会议室恭候接待工作组。

古全和挤站在办公楼二层正面的平台上，俯视着面前黯淡的路灯灯光下的熙熙攘攘的人群。忽然，办公大楼后面的广场上有人狂呼："工作组来了！工作组来了！"聚集在办公大楼前面的人群，听到这一声呼喊，潮水般地朝办公大楼后面的广场上涌动。古全和也飞快地从办公大楼二层的前凉台跑到后凉台。

所有灯塔上的探照灯同时大放光明，广场上亮如白昼。接着就响起了山呼海啸般的激动的口号声。"欢迎新市委工作组！""无产阶级文化大革命万岁！""中国共产党万岁！""伟大领袖毛主席万岁！万岁！万万岁！"

欢呼声在夜空中震荡，但是很快就变成了嗡嗡的议论声。人们彼此询问，到处寻觅工作组。你以为工作组在我这里，我以为工作组在你那里。而当人们发现哪里都没有工作组的时候，欢呼就失去了对象，跑到办公大楼后面广场上的人们又失望地返回到办公大楼的前面。

有些人疲惫了，认为工作组不会来了，失望地离开了现场。

这时，站在办公大楼后面二层平台上的古全和，见一个人，披着一件棉军大衣，带领着几个人，从图书馆前面，绕道广场的西侧，朝办公大楼

的后门低头疾走，接着就在人群中消失了。古全和想，现在是盛夏，这个
人为什么要穿棉大衣呢？他这样想着，转身跳下晾台，准备回宣传部办公
大楼休息，却迎面撞上了那个身披棉大衣的人。只见他三步两步冲到二楼
后面的凉台，几经摇晃之后才在和他同来的人的扶持下站稳脚跟。他扫视
了一眼齐集在强光照耀下的广场上的人群，左手叉腰，右手挥动，操着南
腔北调的外地口音，拉着长腔儿，高声喊话：

> 同志们！
> 东湖师范学院的师生员工同志们！革命的战友们！你们好！
> 我叫李明斋！是新市委派来向你们学习，和你们一起闹革命的！

李明斋英雄般地站立在凉台上，豪放地挥舞着手臂。

站在办公大楼前面的人群听到广播，潮水般地朝办公大楼后面的广场
上涌来。与此同时，办公大楼的前后同时响起了群众的口号声——

> 欢迎新市委工作组！
> 无产阶级文化大革命胜利万岁！
> 中国共产党万岁！
> 毛主席万岁！万岁！万万岁！

欢呼声震动四野。聚光灯下人头攒动。

李明斋居高临下，平伸着双手上下挥动，意思是要人群平静下来。广
场上的声浪渐渐平息。李明斋学着江青同志和陈伯达同志的说法，高声
说道：

> 我是革命队伍里的普通一兵，一个小兵，一个小学生，一个小小
> 学生。群众才是真正的英雄！因此我没有资格接受你们隆重的夹道欢
> 迎，没有从正面，从你们的面前走过，而是从你们的身后绕道走到这
> 里来的！

李明斋的讲话在人群中引发的不是热烈的掌声和欢呼声，而是一片嗡

嗡的议论声，好像人们并不欣赏他的这种不必要的谦虚。古全和认为他的话不伦不类，因为群众欢迎的是上级党的代表，而不是李明斋个人。后来党委机关的人听说，李明斋当时正在发高烧，陪伴他前来的人里面有一名保健医生，他是在神志不清的状态下说那番话的。

李明斋没有就师生员工关心的，比如应该怎样对待师范学院的党委，步行健书记是个什么人，应该怎样对待易先农的大字报等现实问题表态，没能带领大家走出迷雾，因而让所有的人失望，欢迎大会虎头蛇尾。

站在欢迎人群最前面的步行健、施梦麟、邬伯涛和文廷栋及少数中层干部没有接到李明斋，听见他讲话时才急匆匆往回赶。步行健对于李明斋严重的不守时和他故作谦虚的作风都很反感。不过步行健还是带领众人赶来把李明斋接到党委第一会议室。

李明斋的几个随从始终一言不发，紧跟在他的身后，其中的保健医生悄悄地对步行健说，李明斋是临时受命，是抱病从疗养院赶到东湖师范学院来的。

130

党委第一会议室气氛紧张。办公室主任阎一松把李明斋让到平时步行健坐的那个位子上。党委委员们的目光都聚焦在李明斋身上，焦灼地期待着他讲解当前的形势，传达新市委的指示，回答大家关切的问题。

院部机关的一些干部和少数师生，怀着不同的动机，聚集在会议室的门外，希望能及早听到一点上级领导的精神，以便确定自己拥护什么，反对什么，虽然党委开的是秘密会议，阎一松也已经把会议室的门关上，从外面难以听得清楚从里面传出来的声音，可是他们还是不肯离去。要在平时，领导说声让他们离开，他们会乖乖地散去，但是现在党委没有这样的权威，群众也不那么听话。

心神不定的靳湘柳今天没有回家，也没有回到她教工宿舍二楼202房间，而是紧靠在党委会议室的门缝间，让自己的左右两个耳朵轮换着朝向传来声音的方向，聚精会神地捕捉着从会议里面传出来的片言只语。她听得见李明斋在有气无力地跟什么人说话，遗憾的是那些声音时高时低，断断续续，难以辨别清楚它们之间的逻辑联系，弄不清楚它们的确切含义，越听她的心里越着急，而越着急越是听不清楚。

李明斋在党委会上真诚地重复了他刚才在群众大会上说过的那些正在流行的，如"做群众的小学生，小小学生"等等的成套的革命的新词语，但是仍然没有触及当前师范学院面临的问题。这并不奇怪，因为他是省政府工业局的局长，是临时被派到师范学院来救火的，他对东湖师范学院运动的情况毫无了解，连谁是师范学院的党委书记他都不知道，他自己也属于运动冲击的重点对象，他进入师范学院只不过是使得师范学院的这口"热锅"上多了一只外来的蚂蚁，而等在他前面的是他所在单位——省工业局里的那口可能更热的"热锅"。

拥挤在会议室外面的人，由于听不见里面说话的声音而感到失望，有些人怏怏离去，也有一些人恋恋不舍，坚持在那里，希望有所收获，终于有听觉出众的谁听到了李明斋喊出来的"坚持党的领导""一个游鱼三个浪""抓游鱼"等沉重的片言只语。这等于肯定师范学院的党委，明确了当前的主要任务——反右派！重复1957年的故事！这就是新市委工作组带来的新精神！李明斋的这些话，在会议室内外激起一片喧哗。外面的人带着满意的嗡嗡的议论声轰然散去。会议室里的党委委员们都松了一口气，一张张紧绷着的脸舒展开来。不过人们对党委书记步行健的怀疑并没被消除，因为他是师范学院党委的第一把手，是从阎王殿中宣部在本省的"分殿"——省委宣传部来的，人们不可能轻易地放弃对他的怀疑。

靳湘柳心事重重地回到教工宿舍，心中七上八下。重复1957年的故事，抓游鱼，抓新右派，对她并不是个好消息。她政治上真正的下坡路就是从1957年的反右派斗争开始的。她爸爸因为在整风鸣放时说了几句错话，又受到他个人经历和她小妈问题的牵连，而被划为右派分子，受到降级降薪的处分。她本人虽然有幸逃脱了右派的厄运，靠着好姐妹贺连弟的保荐进入了公共政治课教研室，但是背地里说她是漏网右派的人不在少数。反右派后她感到自己的好时光已经过去，担心自己会被中国这辆不断颠簸的社会主义列车甩掉，失去自己在政治上的优势，成为默默无闻的角色。她不想继续"追求政治上的进步"，而是决定采取不求有功，但求无过的守势。然而江山易改，本性难移，当表演的机会来临时，她仍然忍不住要一展身手，在1959年反右倾运动中，她朝金祥开了头一炮，运动之后，被排挤出公共政治课教研室，落到了党委宣传部，失去了她个人的地盘，只能替别人跑龙套。现在她生怕管不住自己，再说错话、站错队，让自己更加被动，乃至一败涂地。

此刻靳湘柳有很多怕。她怕狭隘、固执、报复心重、做事不计后果的湖南侉子柳建能。他曾迫使她两次休学，不得不提前仓促结婚。柳建能在本市地质学院，她怕他再到师范学院来贴她的大字报，抖落她的丑事。校园里因为生活作风问题而被拉去游街示众的女教工已有好几个。她也怕吴美霞站出来揭发她是 1957 年的漏网右派。已经有一些人因为漏网右派问题而被批斗了。她还怕金祥会指使他的亲信借机整她。不过她最怕的是山东棒子古全和。她想，柳建能在地院，而且事隔多年，他已结婚生子，也许他已经淡忘了他们旧日的恩怨。吴美霞曾经是右派分子，她跳出来揭发她，别人未必会响应她。金祥家庭出身不好，他父亲是江城有名的大汉奸，金祥本人是走资派，自身难保，未必敢节外生枝。但是古全和不同。他就在她的身边，而且他家庭出身好，属"红五类"。更重要的是他了解她的底细，而且他敏感，办事较真儿，斗争性强。现在又特别强调人们的阶级出身，连有的中央领导同志在讲话中都以检讨和批判的态度查自己的三代，讲到自己的剥削阶级的祖父。在那幅横批"基本如此"的对联的发酵作用之下，师范学院校园里阶级斗争泡沫横飞，血统论猖獗，已经有三个系的党总支书记因为本人家庭成分不好，和所谓的歧视、迫害工农子弟的罪名而被批斗了，历史系党总支书记还被打伤。如果古全和说她在四清中利用黎树凡不知情，煽动一些家庭出身剥削阶级的人围剿迫害他，并把事情和当前嚷嚷得让人感到恐怖的阶级斗争问题挂钩，再联系上她的历史问题和家庭出身，给她上纲上线，把她在四清中要的鬼把戏弄成一个阶级报复的政治事件，那她就没有退路了。她鼓舞自己说，她绝不能坐以待毙，而且要先发制人，不惜一切地压制住古全和，可是她也知道，这谈何容易！

靳湘柳心虚的主要原因在她自身。心中有屈事，才怕鬼叫门。她当年入团时，由于动机不纯，虚荣心作怪，急于入团，而对组织隐瞒了自己的很多问题。她明明知道应该依据她父亲的社会经济地位来填写自己的家庭成分，而她父亲解放之前在上海经营西洋珠宝，他的成分应该是资产阶级，可是她没有这样填写，而是填写了她爷爷的成分，而她知道她爷爷的所谓的中农成分是伪造的，他不仅不是中农，也不是一般地主，而是不法官僚地主。她在个人历史方面也有隐瞒。她隐瞒了她解放前夕煽动一些同学追随国民党宋希濂——王凌云部南逃，想从中缅或是中越边境上逃到国外去，那里有她未婚夫的父亲——她未来的公公，派人接应。还有，她在南逃的路上加入三青团的问题，她也隐瞒了。她还隐瞒了她天主教徒的身份。她是打小就入了天主教的，1960 年春节前后曾经去过天主教堂。早在 1957 年反右派斗争时她就开始感到了这些政治包袱的沉重。在那之后，在双反交心中，在反右倾中和四清运动中，她都胆战心惊，也曾经想过向组织坦白，摆脱精神上的痛苦，又担心失掉党籍，被人们看不起。她的包袱越背越重，也越来越害怕被人揭发。她不敢妄想乘风而起，而只期望柳建能、吴美霞，特别是古全和，不来招惹她。

131

进驻东湖师范学院的市委工作组，是由省、市的一些机关单位的人员临时拼凑起来的，人数很少，只有二十几个人。院部的五六个单位，只派来一人。她是一个胖胖的中年女同志，操山东胶东口音，据说是省妇联的一位副处长，姓韩，人们都称她韩同志。直到她于 1966 年 7 月底工作组撤离师范学院后，古全和才听说她叫"韩冬柏"，抗战晚期参加革命，抗战胜利后，随八路军大队人马来到东北战场。

工作组开进师范学院之后秘密抓的第一件事是"抓游鱼"，而公开抓的第一件事是建立革命委员会临时筹备委员会，简称筹委会，后被造反派蔑称为"臭味会"。院部各单位的"筹备小组"，一般设组长一人，大单位加设一名副组长，要求民主选举产生。

筹备小组长是临时的行政职务，与行政级别和物质待遇无关，多数人不大关心。关心小组长选举的大体有三种人。第一种，是真正的积极分子，想选个为人正派的头头儿，把运动搞好；第二种，怕麻烦，选谁都行，只是别选上自己；第三种，自己有些问题，担心被弄成批判典型，想当上个小头头儿，依靠领导，了解上情，争取主动，拥权自保，避免落到挨整的地位。靳湘柳应该就属于第三种人。她很想当这个小头头儿，可是她知道自己个人条件不算好，未必有人选她，就很想重复四清的故事，把能代表她的人选上。可是推荐谁呢？佟金凤、甄惠羊、彭其寿、力槐青、苗逢春等，她都想过。甄惠羊家庭出身好，历史清白，可是他私心太重，胆小怕事，为人固执，不会听她嚷嚷。彭其寿人缘好，但是他的家庭出身沾点儿"黑五类"的边，耳朵根子软，办事没有个准主意，也未必会听她的招呼。最后，她想到了缪文遴。他家庭成分下中农，个人历史清白，解放战争后期参军，曾是党组织重点培养的对象。他自尊心强，爱摆老资格，好感情用事，怀才不遇的思想严重，有野心，渴望闹个一官半职，对于当前的社会动荡肯定有所期待，若能撩拨起他的野心，再挑起他和古全和的矛盾，也许会起到遏制古全和的作用，遗憾的是她平时和缪文遴来往太少，不知道怎么挑动起他的私心。

靳湘柳和缪文遴算是政教系的同学，公共政治课教研室的同事。他们在政教系时不是同一个年级，彼此没有来往，在公共政治课教研室时，他们的关系也不密切。缪文遴是由于不能讲课而被安排在教研室做秘书，管行政事务，靳湘柳心里认为他是个打杂的，没有前途，又牛皮哄哄，让人讨厌，没把他放在眼里，而以老革命自诩的缪文遴也不屑于搭理初来乍到的小丫头靳湘柳。

晚饭后，靳湘柳先回宿舍喝过一杯龙井，待到天黑下来之后，就悄悄地来到缪文遴家。在神秘莫测的紧要时刻，要避免私下里与人交往，这个道理靳湘柳懂，而她竟连个招呼都不打就贸然闯进了缪文遴家，缪文遴夫妇都感到突然。

缪文遴打量着靳湘柳不冷不热地说道："是什么风把你给刮来啦。"

靳湘柳挥动右手在面前画了一个大圈笑着说："龙卷风。"

"啊呀，你可是个大忙人，难得有时间到我们家里来，欢迎啊。"缪文遴的夫人邓倩笑着招呼道。她是缪文遴的第二个妻子，北京人，毕业于北京师范大学艺术系，现在是东湖师范学院一附中的美术教师。她觉得丈夫对客人太冷淡，有些失礼，有意做些补救。

靳湘柳在邓倩去厨房备茶的时候，对缪文遴说明了来意。

"屁大点的个芝麻官，指定一个就算啦，选个什么劲。"缪文遴心不在焉地说。

"好歹也是个'长'，当然得选。"靳湘柳坚持说。

"谁当都一样，我不想操这份心。"缪文逸仍然心不在焉。

靳湘柳说："工作组的老韩是外来的，管院部的五六个单位，两眼一抹黑，离开咱们学院的干部她没法工作，所以筹备小组长是院部各单位的实际领导，作用举足轻重。"

缪文逸觉得靳湘柳说得有道理，就随便问道："那你想选谁？"

"你是老同志，想听听你的意见。"

靳湘柳称缪文逸"老同志"让他心里高兴，周围没有人这样抬举他。他笑着说："选谁都行，苗逢春、古全和、彭其寿等，都行。"

靳湘柳不以为然地摆摆手笑着说："苗逢春不在被选之列。他是武装部的，不能介入地方上的文化大革命。古全和也不行，他太右，1959年反右倾时，他挨过批；1964年四清时，他又挨过批。咱们学院的学术讨论工作是他负责抓的，他和省市委宣传部都有直接来往，谁知道他跟他们之间有些什么猫腻呀，说不定他还是黑帮集团里面的人物呢。在现在这个时候，政治上小心点不吃亏。"

缪文逸想了想说："你有目标吗？"

靳湘柳断然说道："远在天边，近在眼前！"

缪文逸连连摇头摆手撇撇嘴笑着说："你快别逗了，我脾气不好。"缪文逸嘴上说不行，心里却感到满足。在他引为骄傲的漂亮的前妻翁媛离他而去之后，他事事不顺，步步走下坡路，到头来一事无成，已经很久没有人这样抬举他了，靳湘柳把他当个人物儿，他当然高兴。

靳湘柳装出认真的样子说道："重要的是政治条件。你出身好，上过战场，论资历、论能力，都合适！老实说，凭你的条件，不要说是当个党委机关的筹备小组长，就是当院筹委会主任也绰绰有余！"

靳湘柳的这些话让缪文逸感到很惬意。

靳湘柳注意到缪文逸心有所动，便信口编造说："我征求过大家的意见，你是众望所归。当然，也有个别人反对。这并不奇怪，毛主席说过，凡有人群的地方都有左中右。"

缪文逸一无所长，但是自视很高，很怕别人看不起自己，很想知道反对他的是谁，便忍不住急切地问道："是谁？！"

邓倩怕缪文逸出言不逊得罪人，赶紧来阻拦地说："问这个干什么？选举凭选票说话，选谁是每个人的权利。"

"嫂夫人说得对，没有必要生那份闲气。"靳湘柳装出失言后悔的样子。

缪文遂不顾妻子的规劝，激动地催促靳湘柳说："你说，他是谁?!"

"能有谁? 研究生呗!"

缪文遂早就觉得古全和爱卖弄自己，忍不住追问道："他是怎么说的?"

靳湘柳摆出不屑一提的样子说："你根本就不该把他的话当回事。他眼睛里有谁? 连中央首长他都批，还能在乎谁? 你根本不必生这份闲气。他说得太难听，我都不好意思重复……"

被激怒了的缪文遂焦躁地说："我就是要知道，你说嘛!"

邓倩走到缪文遂面前拦阻道："算啦算啦，到此为止吧!"她的话是对缪文遂说的，也是对靳湘柳说的。她讨厌靳湘柳背地里说人。

靳湘柳担心错过机会，便装出气愤的样子，连珠炮般地说道："他说你颓废，未老先衰，装腔作势，徒有其表，是个官迷……他根本不把你我这样的人放在眼里。"

"狗——屁!"缪文遂气愤地跳起来骂道，"他不就是多念了两年书吗? 有什么了不起的! 老子要是不念这倒霉的大学，现在至少也是个副师级!"

缪文遂在甄别时和古全和一起工作过。当时他表面上装大，对于古全和摆出一副冷面孔，而心眼儿里却很佩服古全和。他觉得古全和聪明、认真、肯干、能干。所以在四清中他没参与过对于古全和的围剿，有时还不阴不阳地给黎树凡他们打两发横炮。而他古全和竟在背地里说他的坏话，他怎么能不恼呢。他像许多个人意识重，既骄傲又自卑的人一样，一触到他个人的所谓尊严就跳，而一旦跳起来就忘乎所以，他放肆地骂道："古全和，你他妈的就是个小人!"

邓倩冷着面孔，劝慰缪文遂说："有话说在当面，不要在背地里骂人。"

缪文遂挥舞着胳膊高叫："他古全和为什么有话不说在当面!"

邓倩说："那是他的事。俗话说，'谁在背后不被说，有谁背后不说人?'这种事只要不是出于恶意，就不应该放在心上。人活着，就应该有勇气让人家说。"

靳湘柳装出愤愤不平的样子说道："他古全和怎么都不应该丑化老缪，给老缪起外号儿，叫他'人头儿太次郎'呀！"

靳湘柳的这句话让邓倩陷入沉思，她觉得古全和不应该这样对待同志，但是她怀疑靳湘柳说的是不是真话。对于靳湘柳的为人，她也有耳闻。

缪文逵怒不可遏，拍着桌子叫道："他的人头儿就好吗？他为什么一次次地挨批呀？他反对我当小组长，我偏偏要当！这件事没完！我倒要让他看看！谁的人头儿次！"

靳湘柳装出后悔的样子说道："咳，怪我多嘴。我这个人就看不惯背地里坏人的人。其实嘴长在他身上，他爱说什么，就让他说去，没有必要生他的这份闲气。"说着，就告辞了。

靳湘柳走后，邓倩对缪文逵说："你得小心靳湘柳。她这明明是在挑拨你和古全和的关系。我觉得古全和不是她说的那种人。"

"人心隔肚皮。"缪文逵余怒未息，此后几天他的心气儿都不平，决心报复古全和。

市委工作组是来"救火"的。建立筹委会只是他们"救火"的措施之一。他们不了解师范学院的情况，也没有谁想把这里的工作搞好。所有的人都想尽快离开东湖师范学院这个是非之地，回到自己的单位。因此他们并不关心师范学院干部队伍的配备，而党委机关的人也没有几个人把筹备小组长这个临时性的行政职务当回事。所以靳湘柳当众高声提名缪文逵，韩冬柏笑着点了个头，大家半真半假地一哄，就把缪文逵弄上了台。

韩冬柏在院部的几个部门间游荡，不管具体的事务。新成立的院筹委会没有权威。各单位的事务实际上是筹备小组长一把抓。要调查谁、审查谁、批斗谁、抄谁的家、专谁的政、劳改谁，他都有发言权。筹备小组长这个不起眼的官，居然一度让缪文逵大权在握，威风了一些日子，激起过他对自己未来的美好的梦想。

132

靳湘柳把缪文逵推上党委机关筹备小组长的位子，可是她的心情并没有轻松多少，担心文化大革命要算老账，扯出她漏网右派的问题，整天谨言慎行，紧张地关注着校园里的动向。今天她一到办公室就感到气氛不对。头头儿们个个神情严肃，步履匆匆，对她不理不睬，她立刻想到抓游鱼的问题，不由地紧张起来。她在宣传部办公室门口碰见江涌。江涌面无表情地通知她马上到组织部办公室开会。靳湘柳想到自己能参加干部会，意思是她并没被列入另册，长长地出了一口气，心情又安定下来。

　　组织部办公室也是一大一小的两个套间，里外间各有一部电话。里面18平方米的小房间是部长郭剑飞的办公室，外面近40平方米的大房间是干事们集体办公的地方。两个房间都有门通往走廊。靳湘柳紧走几步，赶到会场，见大小房间都人满为患，除步行健书记等少数几个主要领导干部外，所有的人都在场，工作组的韩同志横坐在两个套间中间的门边一把老式的高靠背儿椅上，神情安详。主持会议的是党委副书记施梦麟。施梦麟同志今天穿的是中山装，精神饱满，举止泰然。靳湘柳想，施梦麟副书记已经被市委工作组启用了，她希望自己也能像在四清时一样被启用，当上积极分子，那就太平无事了。

　　人一到齐，前后门立即关闭，施梦麟开始讲话。他神情严肃，一字一句地说道："同志们，我们校园里很不平静，各种人物都在表演。在我市各个高校，冒出了少数新右派分子。抓游鱼、抓新右派、维护党的领导，是当前阶级斗争的中心内容。我院从前市委和《江城日报》等单位回来的一些学生，有的表现不好。他们到处煽风点火，反对院党委，对抗市委工作组。党委机关也不平静。有人反映，易先农和院部个别人有来往。大家要有敌情观念，保持革命警惕，注意各种人的动向。"

　　在场的人都紧张起来，同时就不由自主地互相审视，都在想着同一个问题，和易先农有来往的人是谁？他是不是在场？

　　施梦麟继续说："今天到会的人都是个别通知的。会议的内容保密，不外传。大家要严守纪律，个人要为自己的言行负责。"

　　靳湘柳巡视会场，不见古全和，心中轰然一喜，断定施梦麟所说院部和易先农有来往的人中，肯定包括古全和。她知道古全和平时就和易先农有来往。易先农还在他家吃过饭呢。她这是听古全和自己说的。

　　施梦麟关于抓游鱼的讲话很简短，对抓游鱼的政策界限、具体举措、人员调配、时间安排和注意事项等都没讲，只是下达了展开对敌斗争的命令。工作组的韩同志也没作补充。这让大家感到有些茫然，不知道自己该如何行动。尽管如此，缪文逵还是激动不已，他相信自己站对了队，决心当好他的小组长，展示一番他的组织领导才能，在这场抓游鱼的斗争中好好地表现，争取改变自己的命运。他已经有好些年没有这样主动、风光、得意了，没想到自己无意间抓了一个头彩，这都和靳湘柳的推举有关。

靳湘柳想古全和可能栽倒在这场抓游鱼的斗争中，使得她减少一大威胁，心里感到宽慰了许多。她希望会发生这样的事情。她和所有居心不善、心中有鬼的人一样，经常患得患失，心神不定，喜怒无常，幸灾乐祸。

施梦麟最后说："大家要立刻行动起来，深入到群众中去了解情况，要特别注意那些在学术讨论中发表过错误言论的人，注意和易先农和宛金平等有关联的人。一定要把所有的新右派分子一个不漏地揪出来，把他们斗倒斗臭！维护好党的领导，把文化大革命进行到底。"这算是施梦麟关于抓游鱼仅有的一些较为具体的指示。

靳湘柳怀着近乎喜悦的心情回到宣传部办公室，忍不住忘形地对佟金凤说道："哎，你知道古全和去哪儿了吗？"

佟金凤待答不理地说道："古全和又不是个小孩子，你管他去哪儿干什么！"

靳湘柳说："哼，在这种时候，他还往学生堆儿里钻，他想干什么！"

佟金凤冷冷地说"他能干什么？无非是想了解一点运动的情况。"

靳湘柳假惺惺地说："但愿他平安无事！"

佟金凤不无讽刺地说："你用不着替他操这份心！"

靳湘柳想到佟金凤和古全和要好，后悔自己对她说这些话，惹得她冷言冷语。可是她心有不甘，还是想压一压佟金凤，忍不住继续说道："你没听见施梦麟同志的讲话吗？"

"他说什么啦？"

"他说有人和易先农有来往啊……"

"这能说明什么问题？平时和易先农有来往人多啦。我就和他有来往。"

靳湘柳不知道佟金凤为什么这样信赖古全和。

"抓游鱼"的斗争是1957年反右派斗争的翻版，是市委工作组控制

师范学院政治局面的主要手段，但是它和 1957 年反右派斗争的故事有所
不同。这次的反右派斗争是秘密进行的，花儿开得老大，气势也很猛，但
是却没有最后的结果。各系各单位上报"游鱼"的总数过百，右派分子
的帽子一度盘旋在某些人的头上，而在关键时刻，工作组突然命令停止斗
争，而且连新右派分子的名单都没有保留下来，关于抓新右派的种种谋划
都烂在极少数当事人的肚子里，以至于当事人都不知道自己曾经有过沦落
为右派分子的危险。流产的抓新右派斗争激化了工作组和易先农等造反派
之间的矛盾，使之带上了仇恨和不可妥协的性质。师范学院党委已经成了
死老虎，造反派就把斗争的矛头集中指向了现在当权的市委工作组，驱赶
工作组的风潮迅即由此展开。与此同时，师范学院的有些群众在经过小心
谨慎的观望之后，也开始向易先农和他刚刚成立的造反派组织"延安战
斗团"摆动。正在筹建中的筹委会刚刚有个框架就摇摇欲坠，环绕在她
周围的松散的群众组织新建的保字号儿的红卫兵师也开始瓦解。

133

缪文遂认为自己旗帜鲜明地反对过易先农，保卫党委有功，希望能在
"抓游鱼——反新右派"的斗争中大显身手，可是"抓游鱼——反新右
派"的斗争，还没有展开就偃旗息鼓了，而且参与其事的极少数人员都
守口如瓶，没透露出一点有关新右派的消息，很让他感到失望。

缪文遂难忘祖上的荣耀，渴望出人头地，怎奈他才智平平，不能吃
苦，没有创造出过可以傲人的资本，没有正儿八经地辉煌过，只碰巧短暂
地闪耀过两回，一回是在他参军的那会儿，党组织看他是个中学生，先后
送他去几所大学深造那些岁月，一回是他娶了天仙般美丽的前妻翁媛的那
个前前后后。而这都已经成为往事了。

缪文遂是安徽亳县人。据他自己说，他的曾祖父中过进士，在甘肃会
宁做过县官，他爷爷一代家境开始败落，到他父亲，他们家已经沦落为衣
食有些艰难的普通农民之家了。土改时他家被划作中农，还分得了少量的
土地。所幸他家还有几家好心的富亲戚。缪文遂能完成中学学业靠的就是
他舅舅一家的接济。

缪文逵从 12 岁进入中学就寄居在县城附近吴镇的舅舅家。舅母出身大户人家，念过书，规矩多，不肯让她的三个儿子和缪文逵混住在一起，而是把他安排在长工屋，和家里一老一小两个长工同吃同住，寒暑假时，还安排他跟着长工们一起下地干活，名义上说让他学点农活，实际上是把他当小长工使唤。缪文逵感激舅舅舅妈的救助之恩，也深感舅妈的歧视之辱，渴望出人头地，赢得尊严，幻想在学校里考个好名次，在学习上和表兄弟们比个高低。可是他在父母面前也是个沉浸在祖上的荣耀里的娇生惯养的穷少爷，吃不得苦，受不得累，几经挣扎，学习成绩仍然平平，只好继续安于舅舅家的食客和长工的地位。他参军的目的就是要改变自己的处境。高中毕业后，他不顾舅舅的阻拦，毅然参加了路过他们家乡的中国人民解放军。因为他有中学的学历，出身劳动人民，人也长得体面，还有点儿音乐天分，横笛吹得蛮好，能唱几段黄梅戏，算是个正经的知识分子，很受领导器重，解放战争还没有结束，他就被保送到四川成都的一所音乐学院深造。他的前妻翁媛就是他在音乐学院求学期间结识的。翁媛是苏州人，参军比缪文逵早一个月，是部队文工团的歌舞演员，是和他一起被保送进音乐学院学习的。遗憾的是缪文逵患了咽炎，久治不愈，不能学声乐，而要改学器乐他又没有必要的基础，就又被保送到南京去学飞机制造，不幸的是他三维空间的想象能力天生太差，又不得不转去东北师范大学学俄语，又因基础较差，急于求成而患了严重的神经衰弱，不能坚持学习，最后就转来师范学院政教系。就在这时，不甘陪伴他继续蹉跎下去的妻子翁媛，留下一个女儿，离他而去。缪文逵从此一蹶不振。不久，又由于家庭生活困难，他也无心继续学习，而不得不提前离开学习岗位，被安排在公共政治课教研室党史教研组。自视很高的缪文逵已过而立之年，锐气大减，本来就很朦胧的革命精神不再，只渴望自己能掌握个挣饭吃的本事。他要求讲课，善于知人的金祥知道他没有条件搞教学，但是碍于面子，安排他讲中共党史，但是由于他专业基础太差、生活阅历不多、表达能力欠佳，无法正确深入地阐释教学大纲，满足不了学生的要求，而被迫下台。领导就安排他做教研室的秘书。没有自知之明的缪文逵不愿意让别人指使，要求变换工作，最后被调离公共政治课教研室，安排到可以随便喝茶抽烟看报的党委统战部。此后，除去他在反右倾之后临时代理过统战部副部长的那段时间外，他的情绪一直很低落。他本来就没有树立起为人民服务、为共产主义事业献身的思想，追求的也不是革命的光荣，几经挫折之后，留在他心里的就只有他的父辈们追求过的那个饭碗了。他急于弄到一个一技之长，或是一官半职，有一个让他能够给他的一家老小挣饭吃的资格。

　　缪文逵和古全和一起搞过一年多的甄别工作。他了解古全和，虽然表面上在古全和面前摆老资格，而内心里却很羡慕古全和学有专长。缪文逵是统战部的专职干事，甄别是他的本职工作，而古全和是党委派来帮助他们做甄别工作的。可是在甄别工作中提出真知灼见的常常是古全和，在七十多份非党教师的甄别报告中，大部分都是由古全和起草或是改定的，发表在中央统战部内部刊物《中央统战工作》上介绍东湖师范学院甄别工作经验、让统战部出名露脸的文章，也是古全和撰写的。面对古全和，他感到自愧不如，又不肯承认。古全和称他老大哥，而他却不肯认下古全和这个小弟弟，不肯降低事实上并不高的身价和古全和交心，因而也就没有和古全和建立起彼此的信任和友谊。甄别任务结束后，古全和离开统战部，缪文逵不是感觉失去了一个好伙伴，而是觉得减少了一个压低他的身价的人，心情反而感觉轻松。靳湘柳之所以能够挑动起他对古全和的怨恨和报复心，不仅是因为他轻信，更由于他心里本来就有对古全和的嫉妒心理。

　　吃一堑，长一智。古全和经过 1959 年的反右倾和刚刚过去的四清的莫名其妙的打击之后，抛弃了自己关于党内生活天真的想法，不再认为凡有共产党员称号的人都是革命同志，不再盲目地信任什么人，而是开始自觉地考虑他应该如何应对他可能遭遇的冲击。

　　校园里出现了一些揭发古全和的大字报，有的说他反毛泽东思想，他是老右倾机会主义分子。这都是要命的问题。所以古全和估计他可能受到冲击，原因有四。一是师范学院的学术讨论工作是他负责抓的，《二月提纲》是他受党委委托向全院党员干部传达的，而文化大革命是从学术讨论开始的。在他抓学术讨论工作期间，他一直和旧市委保持着密切的联系，还奉命去省委宣传部汇报过工作，人们可能怀疑他和省市委当权派有秘密联系。二是 1957 年以来，学院的学生文艺团体和群众文化活动是由他负责管理和指导的，人称他是师范学院的"文艺司令"，既然全国的文艺走的是黑线，那师范学院的文艺活动当然也不会是红线，他也就是

“黑文艺司令”，因此也就一定在被清算之列。三是他有 1959 年反右倾和 1964 年四清被批判的所谓“前科”，而且早在四清中蓝秀花就说他是老右倾机会主义分子，这次运动当然会有人站出来算他的旧账、找他的麻烦。他估计大字报上说他是老右倾机会主义分子，其消息可能也出自党委机关。四是靳湘柳和蓝秀花等人，还有可能对他使坏。古全和认为，靳湘柳和蓝秀花都是一些戴着面具生活的人，他们追逐的就是私利，无所谓信誉尊严，只要有机会，他们就可能故伎重施，跳出来兴风作浪。政治斗争表面上是思想观点、政治主张、原则信念之争，但是归根到底是利益之争。

党委机关的运动和系里有所不同。系里有的是干群、师生，以及保与革的政治派别之争，而在党委机关的一般干部中没有成组织形态的保与革之间的矛盾，在这里存在的是自保和争夺权力的斗争。这种斗争往往表现为比谁的调门儿高、谁最神经过敏、谁更能上纲上线。古全和研究了原党委宣传部副部长袁竞良在 1957 年整风鸣放阶段的材料。他发现，袁竞良被划为右派分子，并不是因为他发表过比文廷栋等人更多的错误言论，而是因为他年轻有为、多才多艺、锋芒毕露，是个明摆在那里的师范学院新一代领导的苗子，是宣传部长和党委副书记的竞争对象。

134

东湖师范学院党委的地位和作用不同于以前的政治运动。她不像 1957 年整风“反右”派斗争那样，是运动整肃的对象，又是运动的领导者；也不像四清那样，是运动审查和甄别的对象；在这次运动中她在遭受过毁灭性的突然袭击，失去权力，中层以上的干部被迫靠边儿站了以后，就变成了一个无足轻重、无关紧要的单位，和学院内部的其他单位没有太大的差别。

会上首先发言的是筹备小组的组长缪文逵，他撇清自己说，他对这次运动思想准备不足，学术讨论搞了半年多，他连一篇有关的文章都没看过。其他人的发言和他大同小异，并无新意。

首轮末尾发言的是靳湘柳。在讨论重大的政治问题的时候，靳湘柳经常是最后一个发言，一般是巧妙地把别人发言的精彩部分吸纳和编织进她自己的发言中，所以她的发言往往容易被别人接受。她首先撇清她和学术讨论的关系，说她接触学术讨论工作不多，只是旁听了一些班级学生的讨论会，弄不清楚学术讨论怎么就变成了文化大革命。然后她就把矛头指向古全和，目的是把他推到被动的地位上。她说古全和负责全院的学术讨论工作，平时也喜欢探讨理论问题，学术讨论中还写过批判文章，一直和黑市委、省委保持着密切的联系，还去省委宣传部做过汇报，中央的《二月提纲》是他向全院党总支委以上的干部传达的，学院落实中央《二月提纲》的计划，也是他亲自草拟的，因此他对文化大革命认识应该比大家更深刻，请他谈谈他对这场运动的认识。

古全和由于有了反右倾和四清的经验，对于靳湘柳的为人已经有所了解，意识到她这样讲是想把火往他的身上引，便不动声色地回应她说："学术讨论是公开地在全国的报纸、杂志和广播等宣传工具上进行的，毫无神秘可言，宣传部所有的人都参与其中，人人了解学术讨论的情况，大家对于文化大革命的认识过程差不多，我也没有什么特别好谈的。"

缪文逵关注靳湘柳和古全和斗法，一心想报复古全和，当众出他的洋相，把"人头儿太次郎"的外号还给他。见古全和挡回了靳湘柳的挑衅，就气鼓鼓地质问古全和说："你去阎王殿分殿，他们向你部署了一些什么黑指示，总应该有个交代吧。"

古全和不知道靳湘柳和缪文逵有密谋，因此不理解缪文逵为什么和靳湘柳混在一起，竟毫无道理地要求他"交代问题"。他不想和缪文逵闹对立，就平心静气地解释说，那天听他汇报的领导大家都认识，是省委宣传部理论处路勤一同志。他只谈了大约一刻钟，接下去就是路勤一同志自己讲学术讨论的重大意义，最后还神秘地问过他一个问题，"《海瑞罢官》的要害是什么？"汇报过后路勤一同志没有给他布置什么任务。

市委工作组的老韩同志坐在靳湘柳旁边。她只是听古全和说，无意介入党委机关内部的争论。她名义上是院部的领导，实际上是一个旁观者。她对于谁黑谁红、谁是谁非、批谁斗谁，不感兴趣，而且她害怕陷入东湖师范学院这个她不知道深浅的泥坑里不能自拔，她最大的愿望是尽早离开师范学院这个是非之地。

靳湘柳神秘兮兮地冷笑着说道："怎么能只谈一刻钟呢？是不是有点不合逻辑？"

古全和想到了四清，感觉靳湘柳别有用心，笑着说："这是事实，和逻辑无关。"

缪文逵气呼呼地指责古全和说："你少花言巧语，你有义务交代清楚向省委宣传部汇报了些什么东西，他们对你做了些什么黑指示。"

古全和感觉缪文逵的态度莫名其妙，笑着说："事实就是这样。"

靳湘柳又说："你就把大家不知道的讲一讲吧。"

古全和听出靳湘柳的话中有话，便反问她说："你是在指责我隐瞒了什么？"

靳湘柳摆出一副无辜的样子，假笑着说道："啊呀，你也太敏感了，我只是担心有人犯包庇走资派和黑帮分子的错误。"

这时蓝秀花低声地嘟囔道："有的人一贯右倾，右倾有瘾。"

蓝秀花和靳湘柳站在一起俏皮他，古全和可以理解。可是他不明白，缪文逵为什么对他这样不友好。党委机关的干部都知道，领导派遣某人抓某一工作，只要接受任务的人不另搞一套，即使工作中出现一些偏差和问题，他个人也没有多大的责任。这个道理，缪文逵不会不懂，那他为什么要在这个问题上做文章呢？不过古全和并不把他们的这些小动作放在心上。他认为文化大革命不同于反右倾和四清，以及其他任何运动。在反右倾和四清中，一个人一旦被某些人以党组织和革命的名义推入被动挨整的局面，就意味着他失去了党章和宪法赋予的自由和民主的权利，那些弄潮儿就可以任意地污蔑、诽谤、羞辱他，而文化大革命不同，文化大革命实行大民主，谁都可以说话贴大字报，谁都不能一手遮天。

135

人们把政治斗争中的"突然袭击"当成一个重要的话题来唠叨，是从苏联人赫鲁晓夫突然袭击已故的斯大林开始的，而事实上此类勾当早已有之，而且毫不稀罕，并且随时都在发生。就在靳湘柳、蓝秀花以及缪文逵等人怀着各自不同的动机，谋划着突然袭击古全和的时候，师范学院院部就发生了一次出乎所有的人意料之外的突然袭击，袭击的对象是重病在身的纪委书记夏曦同志，而发动这次袭击的竟是曾经担任过夏曦同志的秘书、现任党委书记步行健同志的秘书，有名的老实人甄惠羊。

今天院部的党员大会，是院部文化大革命以来的第一次党员大会，会议是在院部办公大楼 314 会议室召开的。314 会议室是院部第二大会议室，是按照教室的格局布置的，里面成排成行地摆放着桌椅连体的扶手椅，学院中等规模的干部会议大多在这里举行。

院部的党政干部六十多人把这个 314 会议室挤得座无虚席，少数迟到的年轻人只能靠窗站着。浓重的烟雾充满并不明亮的会议室，影响到人们的视线和呼吸。烟民主要是武装部、保卫部、人事处、总务处等单位的那些六十年代初来院的转业军人和院部门卫以及传达室的工人党员。

踩着点儿来开会的古全和费了好大的力气才挤到会议室前西南角上靠近主席台的一把连体课桌椅上，坐定后才发现靳湘柳就坐在离他不远的地方。她正在和周围的人手舞足蹈地说笑。靳湘柳喜欢在人前说笑，即使心里在流泪，脸上也会笑。

会议的召集人是由院部各单位筹备小组长公推出来的缪文逯，会议原定的内容是交流学习近期中央报刊有关社论和重要文章的心得体会，计划在会上作重点发言的有六人。

在场的人各有各的想法。一些有这样那样大大小小的问题的人，心里惴惴不安，时刻注意着主持人的神色和会场的动向，担心这场野火会烧到自己。历史清白，还没有深入本单位人际关的年轻干部，大多满不在乎。旁观眼前发生的一切的，是六十年代初从部队转业来院工作的那十几名军转干部。他们都是上过沙场、立过战功、有伤在身的连营级干部，政治上干净，来院的时间不长，还没搅和进这里的利益关系，又有毛主席说的"全国人民学习解放军"的教导给他们撑腰，不担心有人袭击他们。他们认为文化大革命是知识分子的事情，和他们没有关系。现在他们正在无忧无虑、心满意足、有滋有味地品味着他们自己制造的烟臭呢。

市委工作组的老韩同志坐在讲台的正中。和她并排坐着的是缪文逯和院部其他单位的几个头头儿。缪文逯左手捏着一枝燃着的香烟，香烟空燃的时间比他吸食的时间要多，一派自以为美的烟民派头，他只是偶尔得意地眯缝起眼睛长长地吸上一口。看样子他心情很好。平时主持院部全体干部大会的，至少得是党委办公室主任阎一松，或者是院委办主任王雪南。现在当权派都靠边站了，偶然轮上缪文逯，他是第一次握有可以号令整个院部共产党员的权力，算是个临时性的大人物。此刻他神色冷峻、一副目空一切的样子，不时瞪大眼睛巡视一下会场，看那神态显然是在清点人数。而古全和知道其实他这只是一种姿态，一种表演，因为统战部和院部的多数部门没有工作上的联系，他平时又不爱交际，因此认识不了几个人，不可能发现哪些人没有到会。

晚七点半，会议按时开始。学院党委不在了，但是党员的心里依然有党，有党的观念，有党的纪律。缪文逵宣布开会，会场立刻就安静下来，恭候他发表主题讲话。缪文逵要求各部门重点发言的人坐到前面来。靳湘柳、夏远东等六七个人推开众人，陆续换到会议室的前排。

缪文逵清了清嗓子，好像是要发表开场白，宣布发言的次序。这时，甄惠羊突然跳起来不顾一切地大声嚷道："夏曦！你给我站起来！"

面对甄惠羊的喊叫，许多人都挺直了身子，把疑惑的目光投向甄惠羊和缪文逵，意思是在问：这是怎么回事？会议原定的内容不是交流学习中央报刊社论和重要文章的心得体会吗？甄惠羊为什么把矛头指向夏曦同志？

身体虚弱的夏曦同志神情恍惚，似乎也听见了好像有人在叫她、命令她站起来。她抬起头，四处张望，想证实是否真的有人在这样命令她。

这时，甄惠羊再次高叫："夏曦，我说的就是你！你给我站起来！"

甄惠羊不经允许，横插一杠子，破坏了会议原定的安排，有损缪文逵大会主席的权威，让他老大不高兴。但是他想甄惠羊不会无缘无故地这样干，也不敢贸然制止他。现在"造反有理"的口号响遍中国大陆，在东湖师范学院的校园里震耳欲聋，保走资派是最大的罪过。而且缪文逵听说夏曦的丈夫已经被省委机关的群众打倒，夏曦本人家庭出身不好，解放以前她还曾被捕过，现在又是当权派，无论如何她都保不得，既然甄惠羊已经把她抛出来了，就只能跟上他跑了。

大会的宗旨因甄惠羊的突然发难而临时改变，人们议论纷纷，但是大家不知道发生了什么事情，夏曦究竟有多大的问题，她本在走资派之列，因为离职养病，才混进平民百姓的行列。现在她认定甄惠羊在叫自己，就缓缓地站起来。

甄惠羊厉声质问道："夏曦，我来问你，你在平时，特别是在六十年代初的那次甄别工作中，包庇过多少牛鬼蛇神?!"

夏曦心里很乱，不知道甄惠羊为什么要向她发难，她该如何应对他。她认为自己是按照党的政策办事，不曾包庇过什么人，但是她知道现在不能对甄惠羊说"不"，不能说自己没有错误。她觉得她的头脑麻木了，里面有很多选项，可是她不知道自己该选什么，怎样回答甄惠羊。

甄惠羊曾经是夏曦的部下，他平时对夏曦百般尊重，连笑一笑都很谨慎。老实厚道是他留给人们的主要印象，没有人知道，他心里怨恨夏曦，他要报复夏曦的念头由来已久，而且起因是些无关大体的小事。

就个人条件而论，甄惠羊在党委机关是个微不足道的人物，平时言语不多，因此没有人知道他是个自尊心很强、主意很大的人。当初夏曦因为他老实，才把他调到自己身边做她的秘书，后来又把他推荐给步行健书记。她怎么都没想到，她竟在无意中伤了他的自尊心，使得他对她产生了很深的怨恨和报复心。

中国人的灵魂无不受到封建宗法意识的浸染。中国的官员对于自己的部属很少平等意识，大多有一种长者的情结，有意无意中把他们看成是自己的奴才、弟子或是儿女，而他们的部属一般也这样对待他们的长官，感激他们的知遇之恩，像尊重自己的长辈一样尊重他们，有的连首长和长官对他们的训斥也引以为荣，并夸大其词地对人炫耀说，某某首长或是长官"骂了我"！而首长和长官们提拔的也往往是那些被他们视为奴才、弟子或是儿女的部属，那些被提拔了的部属往往终身对首长或是长官感恩不尽。即使他退休了，儿孙成群了，隶属关系早已不存在了，也依然以首长或是长官的部属自诩，听从首长的调遣，甚至无视党纪国法地去为他们的老首长老上司效力，谋利益。而那些首长和长官们也能在退休后借此谋取私人利益，甚至会像不散的冤魂一样通过这种关系影响乃至左右他们工作过的那个单位——他们昔日的独立王国。

从当孙子到当爷爷，这是中国升官的一个常规的图谱。知恩不报乃至忘恩负义的人也有，但是为数不多，也不得人心。夏曦当年正是在无意中以这样的心理对待甄惠羊的。而且她对甄惠羊也是有恩的。然而甄惠羊是个只想当爷爷而不想当孙子的人。他表面上对领导驯服，内心里却从不把任何人放在自己的心上。他要求的不仅是平等，而且是无比的尊荣，而带有封建意识的夏曦却在无意中冒犯了甄惠羊的自尊心。问题主要出在当年的甄别工作中。

东湖师范学院六十年代初的甄别工作，分党内外两个部分。党外人员的甄别工作由统战部负责，党内的甄别工作由纪委负责。纪委书记是夏曦，甄惠羊是她唯一的助手。近四十名党员的甄别报告，都是先由甄惠羊搞调查，并和有关总支的干部合作起草甄别报告，然后送交夏曦审阅，听取她的修改意见，定稿后送党委审定，最后由纪委协同有关党总支在当年批判当事人的范围内，郑重其事地宣读。可是党内同志的甄别报告的讨论稿没有一件是一两次定稿的，一般都要经过三四次，甚至五六次的反复修改。夏曦对甄惠羊送上的每一份甄别报告都不提具体修改意见，而总是面带不快地说："不行！拿回去修改！"有时她还像训斥儿子一样地训斥挖苦他，拿古全和跟他对比，夸古全和工作态度积极，文字能力强，笔杆子硬，工作效率高，说党内甄别工作落后于党外的甄别工作，原因就在于甄惠羊工作抓得不紧。甄别工作进行了将近一年半，夏曦也就这样训斥了甄惠羊一年半，弄得甄惠羊心里窝火，偷偷地哭过无数次，觉得自己升迁无望，前途渺茫，从不满夏曦发展到厌恶夏曦、仇视夏曦，终于萌生了报复夏曦的恶念。他对于古全和的嫉妒心也是这样形成的。文化大革命把甄别工作说成是右倾翻案活动，是刘少奇反革命修正主义路线的产物，要追究党委领导的责任，夏曦自然首当其冲，于是，甄惠羊也就瞄上了她。不久，他从造反派的小报上看见有中央首长在北京师范大学群众集会上喊出"有仇的报仇，有冤的报冤"的口号，又听说夏曦的丈夫原省委统战部部长也已经被揪出来了，认为他报仇雪恨的时机到了，就谋划了眼前的这次突然袭击。

甄惠羊恶狠狠地说："有人说，师范学院'池浅王八多'，这话不错！"他的声音由于过分的激动而失声，有如嗥叫。"既然党委是黑党委，那么这个黑党委里面就一定有反党、反社会主义、反毛主席、反毛主席革命路线、反毛泽东思想的黑家伙！而夏曦就是这样的黑家伙。"

夏曦呆呆地站在那里，无助地左顾右盼，然后谦和地、断断续续地连连说道："我有错误，我有错误，我接受批评，愿意检查，愿意改正。"

"你说！你是人是鬼！？"甄惠羊嚷道。

夏曦把脸转向甄惠羊，不知道该怎样回答。她不敢说自己是人，也不甘说自己是鬼。只好喏喏地说道："请党和革命同志们审查。"

夏曦在1960年底到1961年初患了肝炎，可是她一直坚持工作，并带病完成了党内甄别的任务。她在全休养病期间，还经常主动协助党委工

作，曾参与 1963—1964 年学院第四次党代会的工作报告的起草工作。有
关纪委和甄别工作部分就是她带病撰写和修改的。她的病情因此而一再反
复。如今人们把党委说成黑党委，党代会的报告也就成了黑报告，协助党
委起草党代会的报告也就被说成是罪行了。但是，她对于会有人对她发动
突然袭击，而且发动袭击的是她当年的助手甄惠羊，毫无思想准备。她浑
身无力，思想迟钝，近乎枯竭的政治智慧和脆弱的神经，使她无力应对眼
前的局面。她知道此刻自己该多说一些认错的话，缓和面对的矛盾。可是
她头脑中只有闪闪烁烁的思想的片断，而不能构成条理清晰的话语，因此
她只是木木地站在那里，听甄惠羊数落羞辱。

"说！你是怎样炮制党代会的黑报告的！"甄惠羊声色俱厉。

"说嘛！"党团直属党支部支委力槐青也赶来凑热闹。她不想和夏曦
等走资派为伍，受到他们的牵连。现在古全和算是看透了她，认定她是一
个随风转舵，投机取巧，不讲原则的人。

夏曦讷讷地说："党代会的报告是我参与起草的，我有错误……"

"说具体的，别玩帽子底下走人的那一套！"蓝秀花装出愤怒的样子
冒了这样一句。其实经常玩帽子底下走人老一套的，恰恰是蓝秀花自己。
这些年蓝秀花的态度一直很谨慎，从不冲锋在前，只是抓住时机，敲敲边
鼓，小露峥嵘。1957 年他因为一时疯狂而吃过大亏，差一点儿滑落到右
派分子的泥坑里去。

"我……就是剪刀加糨糊……"夏曦僵直地站在那里含含糊糊地说。

"老实交代，不要耍死狗！"甄惠羊凶狠地骂道。

来自部队的姜明德不满地耷拉着个脸子指着甄惠羊说道："有话好好
说，嚷什么?！"

夏曦听见有人替她说话，不禁感动得流下热泪，突然瘫坐在椅子上，
失去了知觉。

"送医院！快！"苗逢春高喊。

"送医院！"众人呼啦一声站起来齐声附和。

古全和挤到前面，准备去背夏曦。可是苗逢春已经抢到他的前面。

缪文逵冲到夏曦跟前，翻了翻夏曦的眼皮，说道："没事儿！"

蓝秀花嘟囔道："装死！"

"放屁！你没有人性！"苗逢春愤怒地骂道，"你装一个给大家看看！"

"我当过卫生员！"缪文逮辩解道，语气中透着心虚。

苗逢春愤怒地说："缪文逮，我警告你！这件事你要负责任！"苗逢春说着，就伸手去拉夏曦。古全和赶紧从背后抱起夏曦，把她扶到苗逢春的背上，扶着她，和苗逢春一起冲出会场。

靳湘柳瞪着苗逢春和古全和的背影，嘟囔道："一对儿保皇党！"

真是祸从天降。谁能想得到院部运动的第一炮会打在平时不声不响、现在重病缠身的夏曦身上，而攻击她的又曾经是她心爱的秘书甄惠羊呢？

步行健经常夸甄惠羊，说他守纪律，保密意识强，称他是"口袋干部"。遗憾的是没有人注意到甄惠羊的口袋里装的是些什么东西，他会在什么时候打开他的口袋，抛出他的什么法宝，让谁目瞪口呆、狼狈不堪。

在政治生活中最可怕的角色就是甄惠羊这种人。

136

师范学院中层以上的干部都已经靠边站了。施梦麟同志在走廊里漫步的健身运动也停止了。他换上了将校呢的军装和军用的黑皮鞋，看来他也感受到了压力，想借毛主席"全国人民学解放军"的教导来保护自己。这让古全和想起了当年熊可宽副书记在四清中身穿美国军官服的往事。当时靳湘柳就曾经背地里取笑说，他那件美式军官服是他的"运动服"。遗憾的是熊副书记的"运动服"没能保住他在师范学院的职位，被作为四清工作队的政绩，以"莫须有"的理由调出了师范学院。有什么办法呢？四清工作队的几百名干部，从全省的四面八方呼呼啦啦地聚拢来了，一惊一乍地在这里折腾了几个月，假如师范学院一切照旧，怎么能证明他们的工作有成绩，上级关于四清的决策是正确的呢？那谁的面子上都不好看。总得有几个人做出点儿牺牲。那施梦麟同志是不是要成为"牺牲"呢？会不会像熊可宽同志那样倒霉，被清出东湖师范学院呢？

江涌前不久有幸捞到一顶宣传部代理部长的乌纱帽，很兴奋了一阵子，可是现在他却因为这同一件事而变成了一个孤独的不可接触者。他天天来上班，却总是一个人孤独地坐在他的办公室里，不安地等待着可能到来的厄运。他来办公室不是为了参加运动，他已经被文化大革命的狂潮冲到沙滩上搁浅了。他天天按时来办公室仅仅是为了偷听人们怎样说他，揣测人们会怎样对待他。他不敢期望在这次运动中能有新的斩获，比如去掉代部长里面的那个"代"字。运动前他期盼过这件事，相信为期不远，但是现在他不敢这样奢望了。他心里有数，凭他的资历、才智和德行，当个行政准正处级的宣传部代部长已经是侥幸了，若是他的西洋镜被戳破，他连党员这个称号也未必能够保得住。由于他总在宣传部办公室里面待着，所以办公室里也就总是没有别的人。人生有阴晴雨雪、春夏秋冬。彼一时也，此一时也。他捞到这个职务是四清的产物。现在四清变黑了，他也就变黑了。他四清时的战友靳湘柳、蓝秀花、齐苋芬等，都不声不响地和他保持着距离，连看都不愿意看他一眼，还常常阴阳怪气地嘲笑他，以显示他们和他之间的界线。

江涌认为这次运动中第一个站出来报复他的会是古全和。两次整古全和都以他为首。而古全和对他却一如既往，而且对他比平日更友好，还常常来宽慰他。江涌一直感到古全和是个怪人，现在更感到他怪。人们常说，有仇不报非君子。现在中央都有人公开号召"有仇的报仇，有冤的报冤"，而古全和为什么就不这样做呢？运动以来，古全和没写过揭发江涌的大字报，没提过他在 1959 年反右倾和四清中的问题。江涌想不通，担心古全和这样善待他可能是别有用心。

文化大革命杀气腾腾，不过古全和对于文化大革命仍然抱有希望，期待它在从思想上和组织上清理党的队伍方面能有所贡献。少数党员在三年困难时期的丑恶表现，留给古全和的印象太深刻了。他常常想：应该怎么认识党的现状呢？像靳湘柳、江涌、蓝秀花和甄惠羊等这样一些在政治立场、思想意识和道德面貌方面毛病很多的党员，党内究竟有多少？他们对于党的影响应当怎样估计？1964 年的整党说要解决这类人的问题，清除一批、处分一批、教育一批，结果有始无终。后来说四清也是整党，事实上四清也只是瞎搅和了一阵，没有解决多少问题。这几年政治运动像刮大风，被打击的往往是那些坚持原则、说真话、干实事的同志，越斗那些风派就越疯，是非界限也就越混乱。靳湘柳、江涌和蓝秀花这类人像游蛇，像河流上的浪花、泡沫和枯草败叶，他们会随波逐流，有时还会兴风作浪，党风越来越坏，长此以往，结果会怎么样呢？他确信"没有共产党就没有新中国"这个伟大的真理，如果共产党变质，那新中国将不复存在。那时，国内蛊惑人心之徒、"马贩子"、政治上的反水分子，将四处招摇，制造思想混乱，破坏党和人民的团结，中国将失去凝聚的核心，陷于四分五裂，外敌会乘虚而入，又会是军阀混战，八国联军乱中华，国家和人民又将遭殃！他希望当前的运动能让靳湘柳和蓝秀花这样一些人受受教育，给有些人换换工作，把个别人清除出党，在端正党风和纯洁党的组织方面有所收获。

靳湘柳知道文化大革命主要是整党内走资派，想到这里，她觉得坦然，庆幸自己无官一身轻，可是她也担心火会烧到她自己。"破四旧"的种种恐怖场面和传闻，石云辉夫妇的自杀，她爸爸的右派问题被重新抖搂出来，这一切对她的刺激太厉害了。这些日子她常常在学院里过夜，以便随时关注党委机关运动的动向，预防意外的发生，也等待表演的机会。四清的案翻了，古全和的案也得翻。要是有人翻腾出这件事，或者黎树凡在交代中抖搂出他们迫害古全和的内幕，给她扣上个阶级异己分子的帽子，事情就严重了。想到这些，她心乱如麻，后悔不该招惹不怕事的古全和。她像看待一颗定时炸弹一样，时刻注意着古全和，古全和越是若无其事，她就越是害怕他会跳出来报复她。她相信，一旦扯到四清迫害古全和的问题，蓝秀花、江涌和齐苋芬等人都不会替她背黑锅，而是会来一个变脸，反戈一击，揭发她在四清中的非组织活动。而黎树凡此刻远在湖北，没有人替她顶债，责任都会落到她一个人的身上。一旦出现那种局面，她所有的问题，都有可能被抖搂出来，那她就要全军覆灭了！想到这些，她不寒而栗，一再懊悔地责问自己："我为什么要去捅古全和这个马蜂窝呢？！谁都知道他是个不怕事的人哪。"

靳湘柳的父亲曾经建议她到石云辉那里开个证明，就写她神经官能症复发，请个长假，到上海她姑姑那里去躲一躲。可是，他忘记了，石云辉已经不在人世了。靳湘柳的叔叔靳伯松也曾去求过市立医院的朋友，但是现在他们也不想为靳湘柳而去冒这个风险。

137

靳湘柳一直心神不定，想到近来她在上下班的路上亲眼看见的一个个抄家的恐怖场面，心中总有一种挥之不去的可怕的预感，觉得说不定在哪一天的早晨或是晚上，就会有成群的中学红卫兵冲进她家，抄走她家里珍藏的那些珠宝和那 12.5 斤黄金，痛打她的父亲，把他们一家人都扫地出门。

　　人在走运的时候，容易夸大自己的所能和对未来的预期，忘乎所以，想入非非；而在倒霉的时候则往往会灰心丧气，悔不当初。靳湘柳近来常常会不由自主地想到她在 1948 年追随国民党的部队南逃的往事。她记得逃到广西柳州郊区时，遭遇解放大军而后不得不回到河南老家的。那时她就意识到国民党完蛋了，中国肯定是共产党的天下。每当想到这些往事，她就后悔当初由于舍不得爹娘和家乡而没有听从她未来公公的劝告，在内战初起的时候离开中国，前去英国学习，和她的未婚夫结婚，以至于落得像大潮退去时被搁浅在小水洼子里无助的鱼一样被搁浅在中国大陆上。当年她从柳州回到河南，又从河南前往上海，见到她父亲时，她父亲就曾经摇头叹气地劝慰她说，过去了的事情不可追悔，识时务者为俊杰，要面对现实。靳湘柳发现共产党并不是凶神恶煞，她又别无出路，便渐渐地从惧怕、仇视和逃避共产党，而转为顺从、歌颂和投靠共产党。她大胆地隐瞒了她的思想感情和个人以及家庭的某些不为新社会所容的问题，唱着《没有共产党就没有中国》和《解放区的天是明朗的天》的歌，参加了新民主主义青年团。三年后，在她念大学一年级的时候，又借力于柳建能，顺利地参加了共产党，在新老同学中荣耀一时，接下去就凭着她能说会道、能歌善舞，腾空而起，当选为东湖师范学院学生会副主席，不久又为代主席，江城市学联副主席，成为东湖师范学院的学生领袖和江城高校的学生领袖之一，在新中国的社会生活中抢占了政治和生活上的主动权，前景一片光明。遗憾的是她没能饰演好自己的角色，轻率地抛弃了柳建能，而执拗的柳建能也没有饶恕她，不顾一切地打断了她在学生会舞台上的表演，迫使她不得不休学两年。她于 1954 年秋第二次复学时，光彩全无，默默地完成了学业，1957 年毕业时遭遇了整风"反右"运动，她父亲被划成右派。她本人在整风鸣放时，信口开河，也险些跌入右派分子的泥坑，幸亏好姐妹贺连弟保驾留在公共政治课教研室。这时，她才意识到政治不是好玩的，意识到自己当年在一些原则问题上隐瞒组织问题严重，觉得那是些包袱，开始感到不安。她想，也许她当年就不应该说假话装革命，参加青年团和共产党；而应该做一个"学会数理化，走遍天下都不怕"的非党知识分子，凭自己的一技之长过平静的生活。然而一切都已过去，生活不可能重来，她只能吸取教训。但是她虚荣心重，在1959年的反右倾斗争中，又忘乎所以，炮打金祥，失去了最好的栖身之地。她认为公共政治课教研室对她说来是政治保险箱，人生远航的码头。讲马列主义受人尊敬，还有可能凭着"一把斧头五尺布"，捞到个教授的头衔和待遇，而她在党委机关是跑龙套，不能为自己做主，积累个人资本，谋得好处，而是为他人作嫁衣裳。为这件事，她后悔过，痛苦过，可是她没能止住下滑的脚步，又在四清运动中招惹了对她可能是个威胁的古全和，给自己制造了又一个对立面和精神负担。她人生的路子越走越窄，处境越来越被动，心情也越来越沮丧，终于厌倦了玩心计"耍人"的那一套鬼把戏。她想向善，竟爱上了一幅大年期间到处可见的春联："向阳门第春常在，积善人家庆有余"。可她还是怕，怕那些了解她的人，怕有人揭发她在家庭成分和个人历史方面的问题，怕古全和。古全和很了解她，她在四清中又害过他，怕他会报复她。

傍晚，靳湘柳在准备离开学校回家时，又听说中文系一级教授关文英在"破四旧"中被抄家。年过80岁的国宝级教授关老先生，为便于出进，便于保存他数量巨大的藏书，一直住在老平房里。平房区不通自来水，领导特地给他在他家的院子里打了一眼压水井，给他配备了水桶、水缸等提水和蓄水设备，而老先生就被人倒栽进他家的水缸里淹死了，他装满六个大房间的藏书大部分被抢光，他家所有的存折都不知去向。还听说师范学院第一附属中学的党支部书记拜林被学生打伤，还不许送医院诊治。被抄家、打伤的还有俄语系英语专业的马文伯教授。物理系教授林哨在家里触电身亡。靳湘柳头脑里装着这些可怕的景象离开了学院。她的家在北面，她却胡里胡涂地坐上了南行的电车。

138

世上没有不透风的墙。随着造反派声势的日益壮大，个别参与"抓游鱼"的干部思想发生动摇，私下里向造反派透露了"抓游鱼"斗争的某些内幕。现年 33 岁的易先农经历过 1957 年的整风"反右"斗争，知道当右派是多么严重的问题，因而更加敌视工作组，反工作组的斗争更加坚决，迫使工作组步步后退，从运动的领导者褪变为师范学院校园里斗争的一方，他们对造反派咄咄逼人的进攻，只有招架之功，没有还手之力，终于面临被边缘化的局面。工作组建立起来的院临时筹委会，本来就没有多大的权威，随着工作组的失势，也变得近乎虚设，被造反派和追随造反派的群众贬称为"臭味会"。工作组和院临时筹委会统帅下的庞大的师范学院的红卫兵师，也日渐涣散，倒戈后投向造反派的人数日渐增多。与此相反，以易先农为首的造反派组织"延安战斗团"则迅速膨胀，并且连连大操大办、大吹大擂、大庆大贺他们建团的"周庆""旬庆"和"月庆"，在所有的这些庆典中大讲他们战斗团只有几天到个把月"可歌可泣的光荣的历史"，到处张贴他们的那些"团龄"只有几天到个把月的"老战士"的光荣榜。这一切近乎儿戏，但是却有重大的政治效应：鼓舞了他们的士气，凝聚了他们的力量，是为赶走工作组、摧毁"臭味会"、打垮红卫兵师，独占师范学院政治舞台而进行的舆论准备。

院部办公大楼内外的政治气候相差悬殊。大楼以外热气腾腾，有如炎炎盛夏，大楼之内冷冷清清，有如早春时节。在各系的"革"与"保"和干群之间，已经阵线分明，厮打成一团，班级主任和党支部书记都已经靠边站了，而党委机关内部的矛盾还处在潜伏的状态。工作组开进师范学院之初，以缪文逵为首的党委机关坚决支持维护工作组，活跃过一阵子，现在也已和院部其他单位一样，变得纪律松弛，人心涣散，蹉跎在"革"与"保"之间。对于大楼之外的厮杀声，多数人无动于衷。校园里"誓死保卫毛主席"的口号喊得山响，而有些干部的心里盘算的却是怎样自保，不过这里党的组织还是健全的，内部的斗争还是以批评和自我批评的形式进行的。

这天上午党委机关的活动仍然是漫谈个人体会。大道理大家重复过几遍，严肃的话题不多，漫谈的内容主要是各种见闻，有大道新闻，也有小道消息，多数人感兴趣的是小道消息。在群众大会上，所有的人都跟着高喊打倒某某某，把文化大革命进行到底等，而事实上没有几个人真正关心文化大革命，多数人关心的都是和他们自己利害相关的那些事情。"只管自扫门前雪，莫管他人瓦上霜"几乎是所有中国人灵魂中的一个重要的内容。

党委机关没有形成公开对立的群众组织和政治派别，表面上大家都在跟随着革命的大潮前进，然而在事实上，这里也不平静。国家大事可以不关心，个人的恩怨难以忘记，所谓有仇必报。横亘在缪文遒狭小的心胸里的是报复古全和，出出他心中的那股子恶气，把"人头儿太次郎"的那顶帽子扣到古全和的头上。蓝秀花难忘古全和搅黄他和吴歌的好事，揭发他在困难时期的问题，在全院臭他。四清时他报复过古全和，可是四清后古全和仍然留在党委机关，仍然是红人。四清后他一直盯着古全和，收集他的材料，看他如何动作，寻觅打击报复他的时机。齐觅芬无心琢磨自己在会上如何表演，她现在关心的是她丈夫的安危。甄惠羊自我感觉良好，以为他突然袭击夏曦是打了一个胜仗。他怀疑步行健，拿不准他是人是鬼，担心他会牵连上他。力槐青军人出身，又是军人家属，不担心本人会遭遇什么麻烦，但是她担心他爹的历史问题被抖搂出来影响到她。靳湘柳顾虑最多。她想报复古全和，也担心古全和会先发制人报复她，决定抢先朝他开炮。缪文遒开场白的话音一落，她就以称赞的语气微笑着提议，让古全和谈谈他对当前形势的看法。她这样做是想把人们的注意力引到古全和身上，从古全和的发言中找到她进攻的缺口。就在古全和准备发言的时候，楼道里有人大喊："走啊，去图书馆看大字报去啊！"这一声喊在办公大楼里传开，牵动了所有人的神经，各单位活动全部暂停，大家纷纷离开办公室，涌出办公大楼，赶去图书馆内设的大字报区看大字报。

大字报在东湖师范学院并不是什么新鲜玩意儿。1957年的整风"反右"，1958年的"双反交心"和教育大革命，师范学院的校园里都曾出现过铺天盖地的大字报。不过那时人们张贴大字报在很大程度上都带有自发自愿的性质，既没有谁出面去组织，也没有谁加以限制，因此没有人觉得贴大字报是个问题。现在人们之所以关心大字报问题，是因为可不可以贴大字报这个问题，是易先农和市委工作组较量的一个焦点。市委工作组不准贴大字报，说有意见可以通过组织系统向上级反映。党团干部和大多数群众都拥护工作组的决定，但是造反派不信任上级机关和工作组，不买工作组的账，坚持要贴大字报。双方争斗的结果是工作组做出让步，说大字报可以贴，但是要内外有别，贴在图书馆指定的地方。

图书馆三层的大阅览室，面积有两千多平方米，1959年秋冬间，古全和曾经带领院美工宣传队和几十名师生，在这里举办过第一个东湖师范学院教育革命成就的大型展览会。

通往图书馆三层大阅览室的楼梯口上有保卫部的多名干部层层把守，参观者凭校徽或学生证、工作证入内。在二楼和三楼之间平台北侧的墙壁上，有以院筹委会的名义张贴的"参观注意事项"，其中明确规定：外国留学生不得入内；非本院师生员工不得入内；大字报的内容不得外传等共12条。古全和看过之后觉得好笑，心想："何必如此惊慌？未必能有几个人到这里来张贴大字报。"可是阅览室里的景象让他大吃一惊：在阅览室专为悬挂大字报而临时突击制作和设置的一排排木架子上，挂满了七长八短、花花绿绿的大字报，多到难以计数。这番景象让他感到难以理解：他想，是谁、是什么力量、由于什么原因，在短短几天的时间里，能够让平时顺从的师生员工们突然一齐开口，说出这么多的话来?！他还注意到，眼前的大字报和1957年整风鸣放时期的大字报有所不同。那时的大字报内容宽泛、庞杂，主题分散，夹杂着一些笑话和趣闻，公开向党的领导叫板的大字报不多，而眼前的大字报，矛头所向几乎都是院系两级的党的领导，所谈几乎都是政治思想类的问题，鸡零狗碎、取笑逗乐的无聊小事一件也没有。古全和想，这些大字报的内容是人们突然想到的呢，还是早有所思呢？他感觉党群之间有距离，有矛盾，甚至还可能有对立。他记得1957年整风鸣放时期也出现过这种现象，那时的大字报也好像是突然从地里冒出来的，刹那间贴满校园，原本很受尊敬的党团组织忽然被人冷落，乃至遭到某些人的攻击。有意思的是这种情形也出现在党的积极分子中间，而且并不是个别的。1957年整风鸣放阶段世界文学研究班女生宿舍会议就是一例。群众对于党组织的态度在运动前后决然不同，其中哪个是真实的，哪个是虚假的？在党的政策和党群关系方面究竟出了什么问题？

古全和认真地看了一些大字报，直到临近中午，才怀着复杂的心情，离开图书馆阅览室。他在返回办公室的路上发现，在办公大楼的西墙上贴了一份长长的大字报。他急忙赶去看过，发现内容和图书馆的大字报大同小异，不同的是，这些大字报是贴在工作组指定的地点之外，就是说，工作组"内外有别"的规定又被造反派突破了！东湖师范学院是一所没有围墙的大学，也就是说，师范学院的大字报已经上街。这样做的后果是什么？应该怎样理解当前的形势，怎样发挥自己的作用？有一点他心里清楚，那就是不能脱离群众。事实上他对于党的工作也有一些意见，他考虑要不要写一张大字报，表明自己和群众站在一起。他记起了海英林引述的一句饱含辩证法的名言：既在群众之中，又能领导群众。可是写什么呢？

午饭的时间快到了。古全和没有回办公大楼，也没回宿舍，而是去了员工餐厅，饭后回到宿舍，他仍然在想他是否有必要写一张大字报，对于大家关心的问题表个态。但是他想不出该写什么，而只是把浏览大字报留在头脑里的一个疑问拟成一个标题，顺手写在写字台上的稿纸上：《步行健是什么人？》他觉得这样做不大严肃，是为表态而表态。在他犹豫不决的时候，乔家槐和徐文良一前一后推门进来了。他们俩毕业留校后都被安排做学生的政治思想工作，分别担任中文1957级和1956级的党支部书记和年级主任，平时经常到古全和这里来讨论学生工作，包饺子改善生活。

古全和高兴地说："你们来得好，我正想找个人聊聊呢。"

徐文良笑着说："学生造反啦，我们都靠边站了。"

古全和认真地说："群众动起来了，咱们也不能旁观呀，应该和群众一起在运动中受教育。可是该做些什么呢？要不要写张大字报表个态？"

乔家槐打断古全和说道："还是不写好，免得叫别人抓住话把儿。"

古全和觉得乔家槐说得有道理。

古全和跟乔家槐他们一直聊到后半夜。他们走后不久，易先农来了。现在的易先农是全院瞩目的人物。在一些人的眼睛里他是英雄，而在另一些人的眼里他是魔鬼。他几次被抓、被斗、被关，被拉去游街，工作组认为他是新右派，许多人对他避之唯恐不及。在抓游鱼的那会儿，施梦麟同志就曾影射、提醒、警告过古全和，意思是让他不要和易先农来往。这种时候，易先农半夜三更闯进古全和房间，可能被人说成他们是在搞阴谋。按理说古全和应该把他拒之门外。但是古全和没有这样做。他记着孙为校长的教导，他说学校的主体是学生，教师和学校里所有的工作人员都是为学生服务的，作为教师他有义务关心所有的学生，了解他们，教育他们，在学校还没取消他们的学生资格之前，他们都不是不可以接触的。易先农也是这样。他坦然地笑着对易先农说："你半夜三更地到我这里来，就不怕别人说咱们俩在这里开黑会吗？"

易先农笑嘻嘻地说："您怕吗？"

古全和笑笑说:"有点怕,怕你给我惹麻烦。"

易先农摇摇头说:"没想到,您也有害怕的时候。"

古全和认真地说:"不知道害怕的只有死人。"

易先农注意到写字台上的稿纸,见那上面写着"步行健是什么人?"的标题,就兴奋地说:"这就对了嘛!您是应该表个态!就写:《打倒师院党委的黑帮头子步行健!》"

古全和摇摇头严肃地说:"人命关天,不能轻易地说'打倒'谁。"

易先农激动地说:"管他呢,先轰他一炮再说!"

古全和摇摇头,没有说话。

易先农站起来紧握双拳激动地说:"师院党委肯定是黑的!步行健肯定是黑帮分子。我的消息绝对可靠。您一定要站出来,和他们划清界限!您知道,我们这样做是为了'抢救干部'!"

古全和笑着说:"那你是来抢救我的喽?"

易先农得意地笑而不语。

古全和猜想易先农是听到了什么风声,他深夜来访是出于对他的关心,但是古全和认为自己只能听党组织的号令,而不能凭小道消息办事,黑帮分子的帽子不能乱戴,步行健是人是鬼要由上级判定。

易先农鼓动古全和说:"您就赶紧写吧,错过了这个机会您会后悔的!标题一定要醒目!就写'打到黑帮分子步行健',要冲锋在前,一鸣惊人!"

古全和感觉易先农不再像平日那么谦恭,而是变得凶巴巴的,有些发狂,有些陌生。现在他关心的并不是党的事业,而是个人怎样'一鸣惊人',怎样出风头。古全和记起1957年一些同学的遭遇,他很想给易先农提提这段往事。可是他又想,易先农经历过1957年的整风鸣放反右派,这样的教训他应该知道,此刻易先农以为自己把握住了历史的脉搏,是先知先觉的造反的英雄,是来给他指点迷津的,怎么会听他唠叨呢?

易先农急切地说:"您犹豫啥?胆小不得将军做,大字报明天一早就贴出去!"

古全和淡然说道:"谢谢你来'挽救我',容我再考虑考虑。"

易先农摇头叹气感慨一番,离开时还说欢迎他参加他们的"延安战斗团"。古全和想,易先农半夜来访也许还有拉他入伙的意思。古全和不想参加任何群众组织。1957 年有许多学生就是由于参加了右派社团而堕入右派泥坑的。他记得，俄国民主主义的革命家、作家车尔尼雪夫斯基在他的一本书里提出过一个忠告：大意是说，单独的一个人不容易上当受骗，而他一旦加入一个组织，就难免上当受骗。他认为，1957 年有些右派分子就是被这样裹挟牵连进去的，李杏春就是一例，当时的中文系的党总支书记杨以臣要求党员人自为战、个人对于自己的言行负责，很有道理。

139

师范学院党委机关往日是校园里最繁忙的地方，而此刻人迹寥寥。往常在党委办公室值夜班是件苦差事。有深更半夜前来报喜的，也有突发事件要及时处理的，一夜不知道会被叫醒多少次，有时通宵不得安睡。但是此刻不再有人来打扰值班人的睡眠了。

雨时紧时慢地下了一天又小半夜。平时，此刻校园里万籁俱寂，虫鸣声清晰可闻，而如今校园里到处有人走动，办公大楼周围也不平静。在党委办公室值班的古全和偶尔会听见那些灵魂被触及了的人们激动的争辩声。他还能叫出其中有些人的名字。

齐觅芬被大雨拦在学院里。她不经常来上班，所以校园里没有她的宿舍和床位，她只能在阅览室里过夜。此刻萦绕在她心头的既有担心，也有希望。她担心有人折腾她的历史问题。不过她也想到党的成分论，不唯成份论，重在政治表现的阶级路线，决心在眼前的风浪中好好地表现。夜已深，她有些困倦，就爬上高高大大的阅览台，但是辗转不能入睡，就又从阅览台上爬下来，走到窗前，见有人在办公大楼前游荡，不由地想道："真是触及灵魂的大革命啊。深夜里人们还在不安地走来走去，激动地争辩着什么。"她头脑中回旋着《人民日报》和《解放军报》等报刊社论和重要文章里的一些让她动心的语句，想着心事。她在想，现在保卫毛主席的口号儿响彻校园，她自己也天天在这样喊，可是人们真正想保卫的是谁呢？她相信有些还没有介入社会财富分配，不知道生活艰难的单纯的学生，是真心实意地要保卫毛主席，然而许多人，比如某些教师和干部，他们想的多半是怎样保卫自己，维护和扩大自己的利益。她自己就是这样的人，而且历来如此。她热爱毛主席，希望他老人家继续领导党，但是现在她想要保卫的是她和她的丈夫、家庭，希望丈夫能保住职位，步步高升，希望他们的一对儿女平安无事，顺利成长，希望他们的家境不会因为眼前的政治风浪而遭受什么损失。

齐苋芬也意识到眼前的无产阶级文化大革命不同于以往的任何一次运动，《人民日报》《解放军报》《红旗》杂志等报刊的每一篇社论和重要文章都让她感到震惊。前所未有的红卫兵，天不怕地不怕，突然出现在人们的面前，高呼造反有理，横扫一切，让人人感到畏惧。号令一切的师范学院党委，眨眼之间就被骂成黑党委，令人尊敬的步行健书记已被打倒在地，施梦麟等几位副书记也被押解到各个学生宿舍楼里去打扫厕所。种种离奇古怪、闻所未闻、令人恐怖的消息从四面八方传来。一件件惨案就发生在人们的身边，其中的每一件对她的心灵都是一次强烈的冲击。她预感到中国社会将发生巨变，人们会按照新的政治标准重新评价一切，因此她必须小心谨慎，好好地表现。三反、五反，反胡风，肃反，反右派，双反交心，教育大革命，反右倾，四清，都是这样，不是揭发别人，就是暴露自己。谁能揭、敢揭，敢批，敢斗，敢亮自己的灵魂，谁就革命，谁就是英雄，谁就会得到领导的信任和重用，文化大革命将是一次大揭发、大批判、大斗争，大改组，大变化的运动。要在文化大革命中表现自己，就得揭发问题。"一好遮百丑"，揭发就是"一好"。"浪子回头金不换"，露丑是自我革命的重要行动。在现实生活中，有人靠立功起家，有人靠检讨起家。如能在大揭发和大批判中表现突出，往日的一切过失都有可能不再有人计较，即使像她在解放战争时期所犯的那种政治错误，也可以被抵消。重要的是手中要有"材料"！她忽然想到了汉朝人晁错，想到了他的《论贵粟疏》，觉得现在有关走资派的"黑材料"就好比是当年晁错所说的"粟"。晁错说，粟，可借以赎罪，可借以升官，而现在的"黑材料儿"可以用来展示自己革命的决心。可惜，她长时间"病休"在家，脱离党委工作实际，手中几乎没有"材料"！她很想立功，以抵消她1948年春天发表的那篇倒霉的文章给她造成的罪过。她认为，她多年来不得升迁，那篇文章是个主要障碍。她的那篇文章刚好发表在国共决战的关键时刻，又那么爱憎分明、锋芒毕露，矛头直逼土地改革和共产党。在整党的时候，她曾向古全和述说过自己的悔恨和痛苦。古全和也曾真诚地宽慰过她，说她那时没有觉醒，不必为那件事耿耿于怀，误入国民党和三青团、甚至中统的人，如果转变后条件具备了，都可以参加共产党，你那个错误又算得了什么呢？他说自己就是解放以后很久才慢慢觉醒的。可是她心里仍然认为，要不是那篇倒霉的文章，凭她的学历和能力，以及家庭条件，她的处境不会这样狼狈。每当她想到这件事，就感到窝火。她怪自己，也怪鼓动她发表那篇文章的反动的校长，怪她爹在那种时候给她写了那封让她倒霉的信。她爹在那封信里说，他们家的 80 多亩土地都被瓜分了！他没有钱买鸦片了，也没有钱寄给她上学用了。她大哭一场，一怒之下就写了《我为什么会贫血？》的那篇文章。

　　天要亮了，齐觅芬还没有想到什么可以用来表现自己的"材料"。这时，她听见党委办公室那里有动静，知道习惯早起的古全和可能已经起床了，灵机一动，就想到她可以和古全和合作。古全和一直在第一线工作，和党委领导接触多，了解党委的情况。

　　不过齐觅芬并没有和古全和走到一起。党委机关内部的争斗不久就展开，她被推到古全和的对立面。她不想和古全和作对但是她需要在古全和的问题上展现自己的理论水平和政治上的存在，在心理上获得一点满足。

　　虚荣心，特别是可怜的女人的虚荣心，甚至会诱使人去杀人放火。

140

　　文化大革命的狂浪把江涌冲到远离潮头的沙滩上，后来又被勒令与施梦麟等人一起打扫各个学生楼的厕所。在震天的吼声响彻校园时他曾惊慌失措，一度悔不该当年挖空心思地去争夺那顶宣传部副部长的官帽，惊慌之余，他曾动过逃回山东老家避难的念头。不过在横扫的狂风过后，他总算冷静下来，渐渐地弄清楚了自己在师范学院的真实地位。他想，他的上头有党委书记、副书记顶着，中间有各部部长和几十名党总支书记做伴儿，而且他上台的时间不长，没处理过惹民愤的事情，而且经常围绕在施梦麟周围活动，和他打交道的只是各系的党总支委，他们现在都自顾不暇，不会把矛头指向他。重要的是他几乎没在师生员工大会上露过面，知道他是宣传部的头头儿、拿他当回事的学生不多，在师生员工中间，既没有他的铁杆儿朋友，也没有他的铁杆儿敌人，大字报上鲜见他的大名就是明证。想到这些，他的心跳也就恢复了正常。现在唯一让他感到不安的是听说施梦麟曾经是罗瑞卿的部下，担心自己可能受到他的牵连。他感觉自己前途未卜，曾经偷偷地谎称看病，溜出校园，到城外八里庄找过刘铁嘴儿，想请他给打一卦，问个吉凶。可是刘铁嘴儿已人去屋空，不知去向，有人说，他在破四旧的时候被游过街，以后就不见了，可能逃到外地去了，也可能被造反派打死了。现在江涌唯一能做的就是不断地对藏在抽屉里的那尊小金佛默祷，保佑自己平安无事。

江涌心情平静下来过后，又开始琢磨自己可能遭遇的前景，观察和欣赏中央和省市级干部走马灯一样的变动。他不喜欢学习，但是喜欢研究为官之道。他的这种爱好是打从他在浑河镇区政府当通信员——"区爪子"的时候开始的。起初是观察周围的人事变动，后来逐渐放眼全国。在他的头脑中，一直有一份不断变动着的中国高层官位变化图，省部级以上的干部的大名多列其中。近日中国官场的变化让他眼花缭乱，目不暇接。他感到面前发生的是一派地覆天翻、改朝换代的景象，一次规模空前的"赶球"运动，是那些有抱负的人升官晋爵千载难逢的好机会，遗憾的是他现在是沦落中的人物，已经靠边站了，是待判之囚，打扫茅房的清洁工，连冲出师范学院这个圈圈都不得不冒险说谎，根本就没到大风大浪中去一展自己的身手的机会。

一个人，即使他才智平平，只要他不要脸，有野心，死盯着一个既定的目标，长年累月不择手段地钻营下去，也会弄出一点儿名堂来。江涌就是一例。要论才智，只能说他不傻，而且还不爱学习。但是他有野心、有胆量、敢说谎、肯钻营、不要脸、没良心，做梦都想出人头地。早在浑河镇政府当通讯员的时候，他就眼馋那些有权在手，号令众人的人。他们能在人前说三道四，指东话西，主要是能捞到好处，他梦想自己也能成为那样的人。从那时起他就开始揣摸为官之道。世上无难事，只怕有心人，岁月辗转，他就总结出了具有中国政治文化特色的为官之道，即他所谓的秘不传人的《江氏"跟"字经》，并且付诸实践，也"跟"出了结果。"跟"能够决定你命运的权力。"跟"什么呢？具体地说，就是跟自己的顶头上司。江涌发现，真正决定个人命运的并不是远离个人的上级领导，也不仅是个人的努力，而是顶头上司。顶头上司说你好，你就好，不好也好；顶头上司说你不好，你就好也不好。江涌认定，紧跟顶头上司，是升官的捷径。具体说，就是：如果你是科员，你就跟科长；如果你是科长，你就跟处长，依此类推。在党的系统也是这样。如果你是普通党员，你就跟党支部书记；如果你是支部书记，你就跟总支书记，依次类推。你必须要做顶头上司的"驯服工具"，而不能有独立见解。几乎所有中国官员都讨厌独立人格。"跟"对了顶头上司，让他相信你是他的亲信，他肯往上拉你一把，是你能够扶摇直上的决定性的条件，即使你犯了错误，只要那不至于伤到你顶头上司，他也会给你打掩护，帮你解脱，因为救你等于救他自己。而得罪了顶头上司，你就举步维艰、寸步难行，倒霉大吉了。因为你的形象都是由他描绘出来的。有一个大人物说过："宁犯政治错误，也不犯组织错误。"所谓"不犯组织错误"，就是不冒犯自己的顶头上司。这样的经验在中国封建社会就有，所谓"一事不忠，终生不用"。从浑河镇，到吴城师范学院，直到东湖师范学院，江涌是一路"跟"下来的。开始是盲目地跟，后来是自觉地跟。他在四清中跟对了黎树凡，弄到了个副部长的位子，后来又跟对了施梦麟，弄到了个代部长的头衔，如果不是文化大革命，他会继续跟下去，他相信部长和党委书记也不是他跟不到的。虽然号召大家独立思考，遇事要问个为什么，但是在事实上，容不得独立思考，独立思考是一种危险的习惯，一旦思考撞线，可能身败名裂。独立思考的前提条件是自由和民主的环境，而你的思考不能独立于你的顶头上司和上司的上司不断变动着的独立思考之外。

生活在不停地变化，理论也要创新。个别烂掉了的县级、专区级党组织的事实都表明，《江氏"跟"字经》有局限性，跟着顶头上司栽跟头倒霉垮台的人并不少见，江涌本人就跟随施梦麟落了一顶"黑帮干将"的帽子，足见"跟"字经并非放之四海而皆准。并不聪明的江涌，由于专心致志，及时总结了新经验，修正了他的"跟"字经，在原版"跟"字的后面加上了一个"顶"字，把"跟"和"顶"辩证地结合起来，构成了江氏修正版的"跟"字新经，科学表述如下：对于顶头上司的态度，应当是"不能不跟，不能紧跟；跟而不紧，先顶后跟。"这样，在顶头上司行时的时候，他可以跟着顶头上司升官发财；而在顶头上司倒霉的时候，他就可以反戈一击，戴罪立功，更换"跟、顶"的对象，进入新的跟、顶流程。可惜，眼下江涌连行动的自由都没有，不能实践他的新理论了。

古全和对于师范学院校园里的政治风潮有新发现，认为东湖师范学院内部的种种矛盾是平时积累起来的，而矛盾的表面化和以派别对抗的形式表现出来，则是由市委工作组促成的。在市委工作组进驻师范学院之前，群众中只存在着保党委和反党委的两种不同的意见，并没有表现为组织形态。市委工作组进入师范学院大抓游鱼，抓新右派，大批大斗造反派，就斗出了一个"延安战斗团"，同时促使拥戴市委工作组和临时筹委会的群众建立了红卫兵师，造反派和保守派对立的组织形态随之形成，师生员工内部有组织的对立和斗争开始，一斗就是几年。

七月末，工作组撤出师范学院，师范学院校园里斗争的格局随之也发生了变化，失去工作组支持的临时筹委会和红卫兵师从攻方变成守方，而且日渐衰落，而造反派则咄咄逼人，继续进攻，不断壮大。他们在猛烈批判工作组执行的资产阶级反动路线的同时，又把主要的力量投放到对于保守派的斗争之中，内部矛盾骤然升级，形成混战的局面，造反派从矛头向外对付工作组，转而矛头向内，对付筹委会、红卫兵师，以及和他们的切身利益密切相关的班主任、级主任、党支部书记和党总支书记，即那些平时关心他们、爱护他们、教导他们、辖制他们、批评他们、处分他们，左右着他们的前途和命运的党的干部。造反派们高喊的是革命的口号儿，挥舞的是革命的旗帜，而他们中间的多数人真正关心的是他们个人的恩怨，是报复和抹黑那些他们不喜欢的人，打击、诽谤、丑化和羞辱那些"得罪过"他们的人。师范学院校园里的有些罪恶就是在这个时刻制造出来的。历次政治运动都包含着这样一些个人之间的冤冤相报的内容，这也就是所谓的有仇报仇，有冤的报冤。

靳湘柳目睹校园的乱局，见一个个总支书记和班级主任被造反的学生掀翻在地，就担心古全和乘风而起，冲到运动的前面，急于把古全和包围起来。她试图利用工作组的韩冬柏压制古全和，重复她和黎树凡的故事，而韩冬柏不肯为她所用。她唯一可以利用的就是对她并不是很友好的缪文逵。

缪文逵想到古全和背地里说他的坏话心里就有气，恨不得揍他一顿，发泄他胸中的积愤。可是一直找不到这样的机会。工作组进校之初，他曾经想利用抓游鱼的机会，追究古全和和易先农的关系，而游鱼并没抓起来，不久易先农就变成了连工作组都奈何不得的人物。后来想到他在抓学术讨论工作期间，和省市委有联系，就想在学术讨论问题上做文章，也没能整住他，现在他利用自己手中的权力命令古全和就学术讨论工作问题写揭发交代材料。

古全和早就有挨整的思想准备。在八年来的工作和政治运动中，他发现了一个带有一定普遍性的现象：那就是那些奋斗在第一线，平时敢想敢干、积极工作的人，运动来了往往就是清算批斗的对象。工作越积极，越有独立精神、越会独立思考、越有创造性、越有成绩、越与众不同，运动来了也往往就越得挨整。当年的王原平同志是这样，后来的熊可宽同志是这样，他自己在这方面儿也有一点体会。而且他不仅工作积极，参加过党委许多中心工作，抓过学术讨论和学院的群众文化艺术工作，他还有一个有心人可以利用的地方，那就是他念过世界文学研究班，而现在世界文学是一个危险的领域，所有的世界文学名著几乎都被列入"大毒草"的目录，连被伟大的革命导师列宁称赞为无产阶级文学最伟大的代表的高尔基也在被否定之列，说对高尔基也要"五五开"，整个苏联革命文学，只有马雅可夫斯基和尼古拉·奥斯特洛夫斯基是好人。他想，有人可能在这个问题上做文章。如果再有人在他身上涂抹上一抹桃色，那就更该斗他了。他想，靳湘柳等人虽然在反右倾或是四清之后都已向他道过歉，可是他不相信他们是出自真心，会改邪归正，因为他们是一些不知羞耻、不讲诚信、反复无常的小人，无论他们平日说过多少甜言蜜语，只要事关个人利益，该"变脸"时就会"变脸"。对于他们说来，谁都可以践踏，谁都可以出卖，只要对他们有利。他想，假如将来有窃党、窃国、窃民大盗，他们这类人一定身在其中。他越来越觉得他老爹关于共产党员的标准更实际，凡遇事只顾自己的人都不是真正的共产党员。如今的古全和已经看透了有些所谓的革命同志的假革命的本质，也不再迷信什么招牌，在意某些别有用心的人散布在他头上的阴云，而且有了应对他们的经验，不想再和

1959 年反右倾时那样委曲求全，也不想像 1964—65 年四清时那样为"顾全大局"、维护领导而妥协退让，假如再遭遇被围剿、诬陷、折磨的局面，他将坚持原则，针锋相对，放开手脚，奋起斗争。他这样想着，就感觉心情轻松，无所畏惧了。他想，最坏的结果也不过是被打回山东老家去种庄稼。能和爹娘生活在一起，也是一大乐事，更何况事情还不至于糟到那种程度呢。党组织不会容忍那些人为所欲为。想到这些，他的心里也就踏实了。

142

东湖师范学院的师生员工，已经习惯了惊涛骇浪，习惯了喧嚣的生活，有如战场上的将士们习惯了枪炮声，也不再对承载着死亡和暴力等离奇古怪的小道消息而感到震惊。在党委机关的会议上，小道消息就好像是中国古代话本小说里面的"入话"，一般的学习讨论会往往都是从交流来自四面八方的小道消息开始。小道消息说完了，会议的主持人就宣布会议正式开始。

师范学院里的政治气候在不断地变化。市委工作组撤离后，学院的临时筹委会也奄奄一息，名存实亡，但是仍在挣扎，保持着造反派和保守派并存的局面。

院部各单位各自为政。有些筹备小组长的权力因此而陡然升值。党委机关的缪文遴显得派头更足，连咳嗽的动静都变得比平时更有气势。古全和看在眼里，很有感触，觉得有些有权的中国人，很少有谁能平等待人，因此平等待人也就成了中国官员鲜有的一种美德。有了权就有了一切。文化大革命唤出了许多人灵魂深处称王称霸的古老意识，争权夺利是造反派斗争的主要内容。名义上是保卫无产阶级的红色江山，骨子里在堆砌自己的山头儿，树立自己的权威，连有些饭馆里的服务员和商店里的售货员也要要威风，创造出了饭馆和商店中亘古未有的创举。他们中间的有些人，感觉自己小权在手，也想一用。有些餐厅服务员不侍候顾客，而要顾客侍候他，像监工一样，蛮横地命令顾客自己端饭端菜，自己收拾餐具。有些售货员对顾客或是待答不理，或是冷嘲热讽，给顾客脸子看，强行搭配售货。他们都忘记了自己的本分，把自己的衣食父母看成是他们的奴才。他们如此热衷于这样的当家做主，以至于很久之后才被迫放弃了他们有幸在特殊条件下偶然得到的这小小的权力。而眼前的缪文逵，和那些不在干部行政序列的服务员和售货员相比，算得上是个大干部，自然也表现出类似于他们的那些征候。这会儿他双肩微耸，面色冷峻，神情中透着一股子装出来的杀气，有如鬼戏《钟馗嫁妹》中的鬼王钟馗，右手大模大样地翻动着面前的一些文字材料，左手举着带有"仪仗"功能的燃着的香烟，眯缝着眼睛，侧视着面前的文字材料，不时不友好地瞅一眼古全和。古全和越是没事人似的和大家说笑，对他不理不睬，他就越是感觉恼火，终于忍不住，高声说道："开会喽！"他声音低沉，俨然是个大人物。"《人民日报》社论里说，文化大革命是一场触及人们灵魂的大革命，每个人都应该勇于在灵魂深处爆发革命。可是看起来并不是每个人都有这样的自觉性呀。"缪文逵怒气冲冲地瞅着古全和高声说道："古全和就有这个问题。文化大革命是从学术讨论开始的，我们学院的学术讨论是古全和具体抓的。前几天我就要求他就他在学术讨论工作中所犯错误做出认真的交代和检查。"缪文逵说着，就拿起桌子上的那一沓子稿纸，连连哗啦哗啦地抖动着对大家说，"他写了这么洋洋四大篇，总共 24 页，而里面认错的话一句都没有，除了啰唆学术讨论工作的过程，就是谈所谓工作中的经验教训，根本不接触自己的灵魂，态度很不端正。"最后以质问的口气说："难道你古全和是神仙？是马克思再世？你就一点错误都没有？你还想不想革命呀?!"缪文逵越说越激动，调门越来越高。

古全和不明白缪文逵为什么把矛头指向他。但他还是笑着说道："我没背着组织干什么事情，没有什么要坦白交代的。检查工作要实事求是，要讲过程，只有把问题放在特定的过程和联系中才能说清楚它的本质。我在学术讨论工作中干的就是一件事，听汇报和作汇报，奉命行事，这些我都写在材料里了。"

靳湘柳冷冷地说："那就是你没有错误啦?!"

缪文逵怒气冲冲地说："你省委市委地跑了半年多，就没有错误!?"

古全和反驳说："在座的同志有谁和上级党委没有联系？那个不是奉命行事？去过省市委的人未必有错误，而没去过省市委的人也未必就没有错误。"

靳湘柳插话："现在谁敢说自己没有错误?!"

古全和笑了笑说道："不敢说没有错误不等于就有错误。"

心事重重的齐苋芬仍然不忘表演，低声嘟囔道："真是刀枪不入!"

古全和了解齐苋芬的为人，她说这些话，只是由于不甘寂寞，没有理睬她。

缪文逯想打古全和的态度，进而迫使他说几句认错的话，出他的洋相，可是他的头一炮就没有打响。就在他进退两难的时候，甄惠羊得意地微笑着站起来。显然他是有话要说。

甄惠羊是师范学院头号知情人，了解学院所有重要干部的情况和许多人的隐私。他独自一人突然袭击了夏曦，让在场的人大吃一惊，接下去又排炮猛轰步行健，在全院名声大噪，同时也吓着了一些人，担心他会抖落他们的隐私。现在，无论他走到哪里，都有人在背地里指点着他说："喂，你看见了吗？他就是步行健的秘书甄惠羊啊!"他是校园里一个令人生畏的角色。

143

甄惠羊，现年 31 岁，短粗身材，蟹壳脸儿，黑红面皮，鼻翅横宽，表情呆板，但是有一对鼓灵灵的杏核眼，显得很精神，1957 年毕业于本院三年制的政教系本科，后留党委组织部，先做干事，后做纪委书记夏曦的助手，六十年代初，甄别工作结束后，经夏曦推荐，任党委书记步行健的秘书，但组织关系仍然留在组织部党小组。他平时少言寡语，连笑都显得很节约，给人的印象是生活俭朴，老实厚道。他来东湖师范学院十多年，一直穿着家机布的黑色高吊阔腿儿裤，和长脸儿大口儿黑布便鞋，有人称赞他简朴，有人说他守旧，也有人说他这是故作姿态，显示他的苦出身，是别有用心。

甄惠羊的生父姓甄，在他七岁时，不幸早逝。他的第一位继父姓惠，又不幸早逝。他娘为抚养他成人，又走了第三家，继父姓羊。后来她娘就给他起了个大号叫甄惠羊，意在提示他不要忘记他三位父亲的生养之恩。

甄惠羊不爱与人交往，和古全和也没有来往。但是古全和对他的印象不好，主要是感觉他假。古全和相信"人不可貌相，海水不可斗量"的道理，但是他看人还是比较重视个人的直觉和初步的印象。他认为人的直觉是对事物的纯客观的综合性的认知。古全和发现甄惠羊喜欢忆苦思甜，一有机会他就要讲他的苦出身，不过他常常夸大其词，不近情理。比如他说，他从就小没吃过一顿饱饭，可是他发育良好，身体健壮，不像个受过苦的穷孩子。他说他从小没穿过新衣裳，但是他闲聊时又说他家有红木桌椅、樟木箱子和上面镶嵌着穿衣镜的核桃木的大衣柜，他亲爷爷是秀才，教他背过唐诗。最让古全和怀疑甄惠羊不诚实，认为他家并不像他说的那么穷的，是甄惠羊在解放之前就念完了高级小学。古全和感觉甄惠羊更像个从落魄的地主富农家庭走出来的人。这种人一般在解放以前、他们的祖父或是父亲一辈，由于天灾人祸或是经营不善而失去了财产和土地，沦落为穷人的，在土改中分得了土地，落得了一个贫农或是下中农的成分。这类人，富有过，也落魄过，因而有较为丰富的生活经验，更了解人生，更有心计，更会钻营，其中的有些人抱有恢复旧日辉煌的强烈欲望。其中有的人，在解放以后，凭着优越的家庭成分，祖传的政治经验，适应着新社会的需要，而扶摇直上，从旧社会的上层一跳而进入新社会的上层。

甄惠羊在文化大革命初，属铁杆保皇派，死保师范学院党委和步行健，经常在电话里和造反派的学生争辩、为院党委和党委书记辩护。古全和曾亲眼看见过甄惠羊在图书馆阅览室看大字报时和一些学生争吵。一个女生质问甄惠羊，"甄惠羊，你说，步行健是不是黑帮分子?!"甄惠羊愤慨地斥责对方说："你凭什么怀疑步书记?!"一个男生说，因为步行健来自省委宣传部，他和大黑帮陆定一有联系。甄惠羊怒不可遏地嘲笑对方说："笑话! 凭这点理由就怀疑步书记?!"说完，高傲地扬长而去。几天后，步行健就被打倒了，甄惠羊的身价因此而大跌，从校园里的"红人"一变而为遭人怀疑的"修正主义的黑苗子"，经常遭受群众的质问。几天之后，甄惠羊就一变保"步"而为反"步"，突然贴出了他揭批步行健的第一篇大字报《一揭黑帮头子步行健!》接下去一气儿就写了揭批步行健的十篇大字报，内容无所不包，包括类似于步行健和他老婆吵架，步行健吃饭挑剔，和他小姨子关系不大清白等这样一些似是而非的事儿，由于这一系列揭发出自步行健的秘书而具有极高的可信度，因而是对于步行健致命的一击。古全和怀着惊恐的心情认真地看过甄惠羊揭发步行健的所有的大字报，不禁联想到1959年被迫离开师范学院的原党委副书记、教务长王原平同志告别师范学院时，对海英林说过的那些话，体会到了"小本本儿"的威力！发现甄惠羊是一个喜欢窥视他人隐私的人。甄惠羊曾经假冒师范学院革命群众的名义，和缪文遽一起，把揭发步行健的部分大字报贴到师范学院的合作医院江城市立医院，上面还附有步行健的照片，勒令医生不得给黑帮分子步行健看病，以至于步行健即使更名换姓也无法到那里去就医，错过了癌症治疗的时机，过早地离开了人世。师范学院的中层干部普遍认为，步书记过早地离开人世，和甄惠羊对他的突然袭击，以及他后来对他的野蛮迫害有关。

　　古全和无法理解甄惠羊的为人，猜不透他是以什么样的心理炮制揭发步行健的大字报的，渴望弄清楚支配着他的行动的那颗可怕的灵魂，在他贴出他批判步行健的大字报之后，古全和曾经小心翼翼地向甄惠羊求教过他在对待步行健的问题上"思想认识和立场转变"的过程。他问甄惠羊说："到现在我对步行健的认识还有些模糊，你是怎样认识到步行健是黑帮的？"甄惠羊哼了一声，神秘地一笑，并没有正面回答他的问题，而是得意地说道："一个大活人不能在一棵树上吊死。我为什么要受他步行健的牵连，替他背黑锅，做他的殉葬品？"古全和看着甄惠羊满不在乎的神情，内心里说不出的震惊，原来他揭发步行健仅仅是为了自己！他觉得站在他面前的不是人，而是一个没有人性的恶魔！在这个恶魔的心里，步书记不是曾经爱护过他，培养过，甚至打算破格提拔他的长者，不是和他朝夕相处过的革命同志，不是曾经为国家和民族英勇奋斗、有过宝贵贡献的前辈，而只是他可以用来谋取私利的工具！如今党委变成了黑党委，步书记变成了黑帮头子，大树倒了，他要另寻其主，就忙不迭地反戈一击，以便从这棵大树轰然倾倒的过程中捞取一些好处，其心之愚之狠之毒之黑暗之无耻让他感到发指。他痛苦地想道，几年来步行健书记是在与狼共舞啊！一个看起来朴素的躯壳里面竟包裹着这样一个凶险的灵魂！他怎么都没想到，秘书有时竟是这样一种可怕的角色。

　　甄惠羊从保党委到反党委，而造反派并不欣赏他。他曾经去投靠易先农，要求他批准他当个红卫兵，发给他一幅红卫兵袖标，易先农不敢接受他。

　　谁都不知道甄惠羊为什么要掺和缪文遽和古全和的争执，他将会弄出什么名堂。甄惠羊在组织部，古全和在宣传部，他们彼此没有工作关系。没有人想到甄惠羊不满古全和跟夏曦同志有关，甄惠羊的嫉妒心很重。

甄惠羊智力平平，但是自视很高，有病态的好强心，嫉妒心重，不佩服身边的任何人，比他出色的，他嫉妒，比他差的他看不到眼里，就连党委书记步行健，他也不放在心上。他从来都不曾是个好学生，不知道什么是好学生，也不曾当过学生中的头头脑脑，打从他到党委机关，他就看着古全和这个"太学生"不顺眼，有时忍不住嘟囔说，他不就是多靡费了几千块人民币嘛。有啥了不起！他嫉恨古全和与六十年代初的甄别工作有关。当时，党内问题甄别工作的进度远远落后于党外问题的甄别，急于事功的夏曦曾经多次拿古全和敲打甄惠羊，夸古全和能干、肯干、刻苦，工作效率高，同时又数落甄惠羊工作不刻苦、效率不高，使得甄惠羊的自尊心受到伤害，甄惠羊在怀恨夏曦的同时也嫉恨上了古全和。他报复了夏曦，也不想放过古全和。另外，步行健称赞古全和有头脑的一些话，也强化了甄惠羊对古全和的嫉妒，甄惠羊便暗自较劲，要和古全和比个高低。甄别工作结束后，他就做了步行健的秘书，认为自己已经处在党委领导的核心，所有的人也都对他另眼相看，他在政治上比师范学院的任何人都更重要，古全和也不在话下。不过他觉得这毕竟不是那种自己一拳一脚把对方打倒在地获得的那种胜利，只相当于月亮的光彩。

此刻甄惠羊萌生攻击古全和的邪念，除去他依然觉得自己在师范学院校园里是个人物，还因为他发现校园里出现了大量的揭批古全和的大字报，其中的有些大字报提到他反毛泽东思想，而缪文逵等人追究古全和在学术讨论工作中的错误，对于他说来也是个贬斥古全和、抬高自己的机会。

144

市委工作组已经撤离师范学院，造反派还在不依不饶地批判市委工作组和他们推行的资产阶级的反动路线。从全院的范围说，保守派的好时光已经过去，不过学院筹委会的招牌还挂在那里，发挥着维持会的作用。而造反派还没有膨胀到足够名正言顺地号令东湖师范学院师生员工的地步，工作组和保守派的余威仍在，师范学院的政治局面带有过渡的性质。

党委机关还是保字号的天下，缪文逵仍然有施展手脚的余地，不过他和许多人一样，并不关心文化大革命，而关心的是他自己的利益和那些俗人小事，比如他心里总放不下古全和对他的羞辱，想把运动搞得有声有色，遗憾的是党委机关的运动总是热不起来，主要原因是缺少一个斗争的靶子。副处级以上的干部属走资派，百分之九十九被筹委会统一管起来了，他想把抓过学术讨论的古全和树起来，而古全和不听他嚷嚷。在他无计可施的时候，甄惠羊有话要说，他当然高兴。不过他不想和甄惠羊拉扯在一起。前些日子他曾经糊里糊涂地追随着甄惠羊到市立医院去张贴过揭批步行健的大字报，遭到许多人的非议，骂他对步行健赶尽杀绝。就在缪文逵举棋不定的时候，靳湘柳站出来帮腔。她鼓动甄惠羊说："甄惠羊，你是咱们学院的一等炮手，你就放手开炮吧！"

古全和看着靳湘柳，想到她在四清中玩过借刀杀人的把戏。

甄惠羊连看也没看靳湘柳。他瞧不起她。他得意地瞪起他那一对亮晶晶的杏核眼，煞有介事地说道："古全和，我提醒你，你的问题是严重的，往轻里说也属'推一推、拉一拉'① 的问题。必须老实交代，低头认罪。"

古全和想到他和甄惠羊极少来往，不明白他为什么这样出言不逊，把矛头指向他，怀疑背后有人煽动他，不敢掉以轻心，因为现在是什么事情都可能发生，说错一句话，都可能导致严重的后果。

在场的有些人听甄惠羊说要古全和"低头认罪"，也替古全和捏着一把汗。大家都知道，甄惠羊留校后就在党委组织部和党委纪委工作，后来又担任了步行健书记的秘书，一直生活在党委领导核心之中，他掌握着包括古全和在内的师范学院所有干部的情况，他很有可能在古全和身上做出惊人之举，再次轰动师范学院。

甄惠羊得意地笑着说道："古全和，你竟胆敢篡改毛主席诗词，真是狂妄至极，疯狂至极！你说吧，你是主动交代呢，还是等着我揭发？"

---

① "推一推，拉一拉"：指当事人处在人民内部矛盾和敌我矛盾之间，推一推，就是敌我矛盾；拉一拉，就是人民内部问题。

甄惠羊的话让沉着冷静的古全和心跳突然加快，胸腔被撞击得阵阵作痛。篡改毛主席诗词是不可想象的严重罪行。他目不转睛地盯着甄惠羊，不安地等待着甄惠羊把话说明白。

现在，有关毛主席、毛泽东思想和毛主席革命路线，是最敏感的话题。说某人"反毛泽东思想"，就等于在政治上判了他的死刑，即使出于疏忽或是无意而写出或是说出对毛主席或是毛泽东思想不敬的文字和言语，也难逃现行反革命的指控。这种事在师范学院已有先例。学院广播站的播音员数学系的学生张丽蕴，在全院师生员工大会上带领师生员工喊口号儿时，由于过于紧张和激动，误把"毛主席万岁"喊成"毛少奇万岁"就被做为现行反革命分子处理了。张丽蕴的父亲和哥哥都是铁路工人，她属红五类，这也不能减轻她的罪行。类似的事例在师范学院还有几起。

古全和自信他没有篡改毛主席诗词，连那样的想法也不曾有过。但是他也在想，八年来，他一直在第一线工作，在日常的宣传工作中，在办教育革命展览会和处理文艺节目的过程中，在他跟师生员工交往的无数次的谈话中，曾经成千次上万次地接触到有关毛主席、毛主席著作、毛泽东思想和毛主席诗词的话题，他还给学院文工团开过毛主席诗词讲座，他不可能毫无差错，难免留有被人误解和歪曲的余地。有些事情，平时看来不是问题，而现在就未必妥当了。他担心甄惠羊手里有这方面的材料，或是有人揭发过他这方面的问题。他告诫自己，必须百倍小心地应对面前的这个凶恶的甄惠羊。他对步书记都那样无情，他对自己也不会手下留情。古全和积极搜索自己的记忆，检讨自己可能遭到误解的言行，以争取主动。

甄惠羊说得不错，主动检讨和被人揭发，后果是不一样的。但是古全和想不出自己对毛主席的诗词有什么不敬的言行，他一向认为毛主席的理论著作是马克思主义的经典，他的文字是政论文中的典范，他的诗词博大精深，气势恢宏，无人能及，自己不会说出对毛主席不敬的话、写出对毛主席不敬的文字，更不会想到去篡改毛主席的诗词。古全和反复这样想过之后，心情渐渐地恢复了平静，开始聚精会神地应对甄惠羊的攻击。

会场上鸦雀无声，大家都在急切地等待着甄惠羊出牌。

甄惠羊冷笑着对古全和说："真够狂妄，敢篡改毛主席的诗词！"

古全和不敢正面否定甄惠羊的指控。他意识到，这对他是最严重的时刻。他一向自信，相信自己的记忆。可是此刻他不敢不怀疑自己。这在他几十年的生命历程中是第一次。他不敢轻易表态，而是耐着性子等待甄惠羊先亮出底牌。

在场的人也大都担心甄惠羊把事情闹大。人们之所以这样为古全和担心是因为他们都认为古全和爱"胡思乱想"，他连老鼠、蚊子都琢磨，还有过批判周扬美学思想的历史，说不定他就会去琢磨毛主席的诗词的遣词用字和表现方法，并有过出格的言辞和举动，把柄落在了甄惠羊的手里。面对这种天大的问题，既不会有人站出来替他开脱，也不会有谁敢怀疑甄惠羊的揭发，而只能采取等着瞧的态度。

缪文遄要报复古全和，让他出丑，发泄他对古全和的私愤，但是他并不想整垮古全和。而现在他又不得不跟着甄惠羊的调调唱，否则他就有可能落个政治上右倾，乃至包庇现行反革命分子的罪名。

有人喜欢这个局面。靳湘柳笑眯眯地看着古全和，等着看古全和怎样挣扎、怎样沦落、怎样被专政、怎样被交给群众监督劳动改造。

齐苋芬保持沉默，她不相信古全和会篡改毛主席诗词。

古全和一言不发，甄惠羊以为古全和吓傻了。他想，只要古全和开口检讨，哪怕他说要考虑他的揭发都等于认了罪。他对古全和说："交代吧！说说你的思想，是怎样篡改毛主席诗词的吧！"

古全和依然面无表情，一言不发，等待甄惠羊把他的底牌亮出来。

蓝秀花有 1957 年的教训，在重要的会议上，常常缩着身子坐在会场的角落里。这时他压抑不住心中的快乐，挺直了身子，得意地说道："我早就说过，古全和是个伪君子，怎么样？现在露馅儿了吧？假的就是假的，伪装应当剥去。我告诉你，古全和，你的问题不是偶然的。你的资产阶级右派思想是一贯的。1957 年你和一些右派分子勾勾搭搭，打得火热，1959 年反右倾挨批的有你！1964 年四清挨批的也有你！破坏学术讨论的还有你。你反对毛泽东思想是一贯的、是有历史根源的、是有言有行的，这个罪责你是逃不掉的！我还是那句老话，发昏当不了死，扛是扛不过去的！步行健怎么样？他还不是轰然倒地了吗？你？哼！小玩意儿！"

缪文遄装出一副严厉的样子说道："甄惠羊，揭发！"

甄惠羊没有理睬缪文遄，他在等待古全和自投罗网。而古全和决心等甄惠羊开口。他开始怀疑甄惠羊是虚张声势。而甄惠羊终于耐不住了，得意地说："还记得《东风颂》吧？"

古全和听甄惠羊这样一说感到一身轻松，笑着说道："当然记得，那是我们学院的师生为国庆节高校文艺竞赛排练的一个歌舞节目。"

甄惠羊说："那你就交代你是如何篡改毛主席的诗词吧！"

靳湘柳指着古全和说道："真是丧心病狂，竟敢篡改伟大领袖毛主席的诗词！"她相信，这回古全和放屁也不臭了，肯定会被群众拉去实行专政，别想翻身！她感到自己就好像是摆脱了监禁，从没有过的轻松。

古全和说道："《东风颂》是俄语系师生创作和演出的一个歌舞节目，获得了高校文艺会演的创作和表演的一等奖，不存在你说的问题。"

甄惠羊高叫道："笑话儿！你明明是把毛主席的《满江红·和郭沫若同志》里面的名句'四海翻腾云水怒，五洲震荡风雷激'弄成了'四海翻腾云水怒，世界人民斗志高'嘛，难道这不是篡改吗?！"

古全和从容地解释说："《东风颂》引用了毛主席描绘世界人民革命大好形势的名句'四海翻腾云水怒，五洲震荡风雷激'中的上句，配上表现世界人民斗争精神的下句'世界人民斗志高'，这没有什么不对。"

甄惠羊站起来，打断古全和，吼道："你胡说！你篡改伟大领袖毛主席的诗词的罪行铁证如山，罪责难逃！"他急于把这个吓人的罪名加到古全和头上，激动得嘴唇直哆嗦，两个嘴角涌出了泡沫儿，就像离水的活螃蟹那样。

古全和像在课堂上讲课一样从容地说道："引文可以是一段文字，可以是一句话，也可以是一个短语，乃至一个词。"然后又不无讽刺地继续说："粗通文字的人都懂这个约定俗成的规矩。"

古全和是中文系的毕业生，还是研究生，甄惠羊不敢再说他胡说八道。甄惠羊神色恍惚地站在那里，拿不准古全和讲的是写作常识，还是在愚弄他，怕自己当众露怯，不敢和古全和纠缠，会场的气氛随着甄惠羊的动摇和退却而骤然缓和下来。但是顽固的甄惠羊并没有善罢甘休，转而指控古全和反对宣传毛泽东思想。他举例说，古全和别有用心地砍掉了女声歌舞表演唱《毛主席的好工人时传祥》①里面毛主席语录牌。古全和承认甄惠羊说的是事实，解释说，把毛主席语录牌挂在大粪勺子上在舞台上摇来摆去有些不雅。甄惠羊虚张声势，大叫古全和别有用心，却没有再纠缠

----

① 时传祥：著名的环卫工人，全国劳动模范。

这个问题。几天后，周总理在一次讲话中说到，在公共厕所的墙壁上书写毛主席语录不妥，甄惠羊在这件事上的指控也就不了了之了。

古全和始终不知道甄惠羊为什么要这样害他。

文化大革命之火在全国各地燃烧："保定告急！""宁波告急！""西藏告急！"……一件件火急的通告发到师范学院"延安战斗团"总部，"延安战斗团"一件件的声援信又发往中国各地。许多地方文斗发展成武斗，江城火药味渐浓，校园里不乏厮杀争斗，党团委机关也不平静。靳湘柳窥视和防范着古全和，缪文逵惦记着报复古全和，甄惠羊没能整住古全和，感觉心有不甘。正派人视他为不可接触的危险人物，而甄惠羊本人感觉自己是个英雄，任何一阵小风都会把本未熄灭的余烬重新吹燃。

145

古全和摆脱了甄惠羊和缪文逵的纠缠，并没有立刻离开会场。他不明白甄惠羊为什么要往死里整他，缪文逵又为什么要趁火打劫，朝他身上泼脏水，每当有政治运动党委机关就会出现这类问题，难道自己多念了几年书，工作用心，领导表扬就招人恨吗？他想到四清时叶英同志说过，东湖师范学院党委机关风气不正，这让他想起了他和海英林1964年的那个晚上的那次谈话，海英林说，有些人内心里对于他在1957年整风鸣放时站出来写文章贴大字报维护党委领导的壮举并不欣赏，有的是出于嫉妒，有的是出于怨恨，有的说不定是出于仇视。他想靳湘柳和蓝秀花都是在1957年整风鸣放期间的有右派言论的人，海英林说的有道理，不无遗憾地想道："同志"是一个多么神圣的称谓啊！当年中文系党总支书记杨以臣代表组织和他谈话，宣布党委批准他成为共产党员，和他握手、称他同志的时候，他激动得热泪盈眶！可是他从甄惠羊、靳湘柳、蓝秀花和缪文逵这些人的身上看不见一点同志的影子。这些日子，他常常想到一些展示同志生死战斗友谊的景象和场面。近期展映的电影《东进》中的一个场面常常闪现在他的心头，让他激动不已：在新四军和敌伪顽强斗争的关键时刻，无数新四军的指战员，渡江北上，猛虎一般从高高的长江大堤上飞身而下，直扑顽敌，打击日本侵略军……每次回忆起这个场面，他都心潮起伏，忍不住流下激动的泪水。他想：那时，所有的指战员都是真正的同志！而眼前有些叫作"同志"的人却毫无原则，反复无常，随时为了某种卑劣的个人目的而突然扑上来，张开那个千百年来养成的自私自利的野兽般的嘴巴，撕你、咬你、抹黑你、羞辱你。而在疯狂地撕过、咬过之后，在他们需要的时候，又突然"变脸"，若无其事地走到你的面前笑容满面地称你"同志"！他到现在也弄不清楚甄惠羊为什么要把矛头指向他，缪文邃为什么企图抹黑他，也许他们仅仅是为了出风头？从反右倾算起，每次政治运动中都有这样的问题。每到这种时候，就有些所谓的积极分子好比吃过兴奋剂，歇斯底里大发作，政策原则、实事求是、同志友爱、通统不顾，露出来的是仇敌般的嘴脸。他常常想："一个人一旦为利禄心所掌控，他就是非不分、黑白不辨、不知羞耻，因而也就和共产党员这个称号无缘了！"

古全和怀疑有人背地里煽动缪文邃作恶，四清中就发生过这样的事情。挑动人们的私念是制造仇恨最有效的伎俩。私念是千年魔鬼，而魔鬼就藏在某些人的心中。

古全和离开会议室的时候午饭时间已过，他一个人孤独地走在通往员工餐厅空无一人的路上，他的思绪仍然沉浸在刚刚结束的噩梦中。甄惠羊的丑恶表演让他联想到一种社会现象，那就是家庭出身好并不意味着他就革命。在旧社会，富人因为他们富有和自以为高贵而蔑视劳动人民；在新社会也有类似的现象。有些劳动人民子弟，不以新社会的主人的高标准严格要求自己，为建设新社会多做贡献，巩固人民当家做主的红色江山，而是把自己的家庭出身当成个人谋取私利的政治资本，盲目骄傲、盛气凌人、不求上进、成事不足、败事有余，就像甄惠羊、缪文邃和江涌这样的人所表现的这样。

古全和不知不觉来到员工餐厅正门。门已经关了。他绕到餐厅的南面，从当年小餐厅的便门进入餐厅的操作间，又从操作间转到大餐厅，见师傅们正在吃饭，计方平也在。他跟大家打过招呼，就走到计方平跟前，坐在他的对面。俞凤羽师傅给他端来饭菜。计方平笑着说："党委机关那里热闹吧？没有人找你的麻烦吗？"古全和笑笑说："难免。"计方平很随便地说："这并不是坏事。现在你比我有名，到处有你的大字报，这说明你工作过，群众心里有你。"古全和看着计方平，体会他是在开导他，鼓励他，指点他正确对待群众。

"常给老人和线淑平写信，免得他们惦记着你。"计方平不动声色地说道。

饭后，古全和在回宿舍的路上反复思忖着老计的话，心中充满对他的敬意。他看问题透彻，办事周到。计方平现在不是他的领导，却依然关心他的思想和生活。老计配得上"特殊材料造成的共产党员"，值得他学习。

古全和没有按照老计的提醒，给老人和妻子写信，他担心信会寄丢，招致误解，惹上麻烦。过了几天，他去理了一个发，梳妆打扮一番，去照相馆照了几张四寸的相片，分别寄给老人和妻子，用这种办法向他们报了平安。

东湖师范学院大规模的批判资产阶级反动路线的斗争，已经处在落潮阶段，易先农和他的"延安战斗团"基本控制了校园里的局面，而院部各单位仍然风平浪静，偶尔有几个造反派红卫兵光顾这个运动的死角，潮涌从办公大楼外面打着漩滚过。这里不曾有过旗帜鲜明的造反派，也不曾有过顽固透顶的保守派。驻院部机关的工作组队员韩冬柏老大姐，在驻院期间，什么有用的话也没说，什么有用的事也没做，她不仅没有民愤，平安地离开了师范学院，还和这里的一些女同志交上了朋友，和她们切磋过织毛活的技艺。

失去了工作组支撑的东湖师范学院临时革命委员会筹委会就只存在于它的办公大楼一层的办公室，以及暂时还坐在那里面的几个一时不知如何进退的正副主任身上。筹委会已经是名存实亡了。院部各部门临时筹委会的小组长大多自动退位，弃官为民了，只有党委机关的缪文逵还不肯离开小组长的岗位。他在资产阶级反动路线行时的那会儿张狂了一阵子，配合着甄惠羊突然袭击过夏曦，差一点儿要了她的命；策动围斗过古全和。面对校园里批判资产阶级反动路线的思潮，他心有不安，感觉自己当着这个小组长，能号令大家，似乎有所仗恃，心里踏实。党委机关没有谁跟他计较，要求撤他的职，因为这里的活动总得有个人张罗，既然已经有了这么个缪文逵，他又没有表示辞职的意愿，那就让他继续干着吧，院部有什么会，仍然由他代表大家去参加。师范学院全院和党委机关是两种政治气氛，后者就好像是割据政权。

人数一度占学生总数百分之八九十的保守派组织红卫兵师，在"延安战斗团"的疯狂冲击之下，人心涣散，倒戈后投向"延安战斗团"的官兵与日俱增，但是它的头头儿们仍然在坚持着无望的抗争，把着师范学院这块地盘不放。

古全和冲破了缪文逵和靳湘柳等人的围堵，颇有一点得意，觉得自己比在反右倾和四清时有了进步，后悔当年自己没能这样做，以至于遭受了本来可以避免的那么多的委屈和折磨。

缪文逵是个好面子的人。但是他在古全和的问题上不仅没有出得了气，反而碰了钉子，丢了人，犯了执行资产阶级反动路线的错误。每当有造反派的学生光顾党委机关，鼓吹发动批判资产阶级反动路线的斗争，都让他感到害怕窝火，后悔听了靳湘柳的挑唆，当了这么个狗屁小组长，得罪了人。聪明人发现自己错了知道回头，而糊涂人则往往错上加错，越陷越深，越来越被动。缪文逵不仅不知道回头认错，接受批评、改正错误，还惦记着用压制古全和的办法掩盖自己的错误，混过批判资产阶级反动路线这一关。

古全和摆脱了围攻，让靳湘柳紧张起来。她爸爸给她出了个主意，让她给古全和弄出个把问题来，把他"挂起来"。这种鬼把戏四清时她玩过，很成功，曾经在古全和的家庭和个人历史的问题上做过文章。今天她在上班的路上琢磨的就是这件事，不过至今她还没有琢磨出什么点子。

靳湘柳每天坐电车来上班。今天她下了电车，从老远就望见在办公大楼南大门东侧聚集着一大群人。好奇心驱使着她加快脚步朝那里赶，走到跟前，就翘起脚尖朝里面张望，可是她什么也看不见，只能听站在里面的人念，听到了古全和的名字，就拼命挤进人群，见墙上张贴的是一份大字报，纸是黄色的，标题是《红色紧急通令》。这样的大字报，她还是第一次见。她抬头朝上张望，见那大字报是写给院部的牛鬼蛇神的，要他们限期到数学楼 101 "赤旗战斗队"队部报到，接受无产阶级专政，逾期不到，罪责自负。最后是这一类大字报上常见的那几个吓唬人的字："勿谓言之不预也！"落款是"红卫兵师·赤旗战斗队"。下面列出的是"牛鬼蛇神"的名单，里面确实有古全和的名字。靳湘柳激动得连连默念"感谢上帝"和"阿弥陀佛"！心中一块石头落了地。她想："你古全和进了劳改队，还能兴起什么风浪?!"这件事启发了她，觉得借学生的力量遏制古全和是个好办法，第二天她就悄悄地到数学系的学生里面去散布古全和的瞎话，说他问题严重等等。

靳湘柳饶有兴趣地默读过三遍《红色紧急通令》，然后就心满意足，步履轻松，蹿上了办公大楼二层的宣传部阅览室，见齐苋芬、彭其寿、佟金凤、缪文逵、古全和、言玉珍、甄惠羊等好多人都在，忍不住笑眯眯地说道："喂，办公大楼前面有新大字报呀，看过吗？快去看哪。"可是没有人理睬她。古全和正在聚精会神地看一张报纸，连头都没抬。面对众人的冷淡，靳湘柳猜想，别人可能都已经看过那张大字报了，而古全和很可能还不知道这件事情，否则他不可能那么若无其事。

缪文逵知道靳湘柳为什么这样兴奋，数学系一年级"赤旗战斗队"队长韦善美在拟定牛鬼蛇神名单时来征求过他的意见。缪文逵心情矛盾。他明明知道古全和不属敌我矛盾，可是他还是默许了"赤旗战斗队"劳改古全和的决定，为泄私愤，也为掩盖他执行资产阶级反动路线的错误。然而在他看过赤旗战斗队的《红色紧急通告》就后悔了，意识到他是错上加错。此刻造反派判资产阶级反动路线的怒潮在办公大楼前汹涌，随时都可能冲进党委机关，落到他的头上，他愁上加愁。

147

古全和浏览了当天的报刊，就离开办公室，想去看看让靳湘柳惊喜失态的那份大字报。他下到办公大楼一层，出北门，朝大字报集中的师范学院北院中心区柳树林一带走去。他在柳树林一带张贴大字报的席棚上没有发现引人注意的大字报，就穿过柳树林，来到靠近东湖学生宿舍的校园西区，见一群学生在彼此挥舞着拳头争吵，走近一听，知道是由张贴大字报引起的纠纷。大字报时时更新，而作者们都认为自己的大字报是杰作，很重要，希望它们的寿命更长久，得到更多的人欣赏，由覆盖大字报引起的纠纷时有发生。面前争吵的双方是中文系低年级的几个女生和数学分析研究班的几个男生，其中有的人古全和认识。中文系的苏晓鸣凑到古全和面前指着数学系的几个研究生对他说道："古老师，您给评评理，我们昨天夜里才贴出来的大字报，他们今天一大早就给覆盖了，您说这像话吗?!"

数学系的研究生面露歉意，七嘴八舌地笑着申辩说，中文系同学的大字报，篇幅不大，总共不到一千字，估计许多人都看过了，我们觉得没有必要继续保留，所以……

古全和迟疑片刻后，笑着对几个研究生说道："给小同学道个歉吧?"

研究生们都笑着对中文系的小同学说对不起，有人还说，要不要给她们重抄一遍。

苏晓鸣满意地笑着，带领着她的同学们走了。

古全和在西区也没有发现引人注意的大字报，就折回柳树林，又从那里转到东区。在靠近教学楼群的东区他也没发有现重要的大字报。他想："是什么大字报让靳湘柳那样兴高采烈呢?"时间已过十点，决定回办公室看看那里有什么事情。就在他浏览大字报的这段时间，在办公大楼的西山墙上贴出了一份大型的大字报，这会儿那里人头儿攒动，有如闹市，开心的说笑声阵阵传来。古全和想这可能就是靳湘柳说的那份大字报，紧走几步，走近人群，发现张贴在那里的是一份用黄色大字报纸制作的图文并茂的巨幅的大字报，可以说是一个诗画廊。这个诗画廊分上下两列张贴得很整齐，总长不下 50 米。刊头是篮球般大小的三个歪歪扭扭的大黑字：《百丑图》，全图共含 120 丑，显然是在模仿苏联革命诗人马雅可夫斯基"罗斯塔之窗"宣传画的形式，制作单位是"延安战斗团·历史系抗大战斗队"。古全和从《百丑图》的形制和风格断定，它的策划者和制作者里面肯定有历史系的助教亓岩松。亓岩松酷爱绘画，学生时代曾经是院美工宣传队的前身"学生美工组"的主要成员。1957 年毕业留校后退出美工宣传队。他在 1957 年反右派时，曾经带领着美工组的学生制作过这种形制的《百丑图》，上面画的是一百多名右派分子，是师范学院反右派斗争中的一大创举，轰动一时，引得院外的人也来参观，因此而名扬院内外。现在他又用这种形式来揭发批判修正主义路线和牛鬼蛇神走资派，再次引起轰动。

《百丑图》上的每一"丑"都贴有本人大小不一、形形色色的照片，配有勾画其脸谱、揭批其罪行的顺口溜式的讽刺诗。第一丑是党委书记步行健，第二丑是党委副书记施梦麟……党委宣传部代部长江涌图中无名，而干事古全和却名在其中，而且名列前茅，位居第十二，远在某些党委委员之前。这个景象让古全和感到意外。可能没有人喜欢上《百丑图》，但是古全和不以为羞，而是感觉光荣，认为这正像计方平所说，证明他平时干工作多，群众心里有他，是对他的工作的一种特殊形式的肯定。

　　古全和认真地看过《百丑图》，发现只有他那一"丑"上面没有照片，而代之以一幅蹩脚儿的水墨画像。他想，这或许是亓岩松手下留情？也或许是他不好意思来找我要照片，而保有我的照片的那些人又不肯把它贡献给他，因此只好用画像？不管是哪种情况都说明大家心里有他，有人惧怕他，有人保护他。想到这里，他感到鼓舞和欣慰。他怀着兴奋和满足的心情离开了《百丑图》，转过办公大楼的西南角儿，朝办公大楼的南门走去。他想回办公室看看下午的活动是怎么安排的。走到南门口，抬头见南门东侧聚集着一群人。他赶过去，发现了墙上贴着的那张《红色紧急通令》，副题是：《第一批劳改人员名单》，落款儿是："红卫兵师·赤旗战斗队"。通令全文如下：

　　　　喂！牛鬼蛇神们！支起你们的狗耳朵听着！
　　　　……本战斗队学习北京的战友们的经验，特组织"牛鬼蛇神劳改队"。现命令你们在 7 月 28 日下午两点整，准时到数学楼 101 本队部报到，接受革命群众监督，在劳动中改造自己，争取人民的宽恕，重新做人！逾期不来报到者，将按现行反革命论处！勿谓言之不预也！

　　附在《通令》后面的是"牛鬼蛇神"的名单，里面又有古全和，又是名列第 12。他想，这大概就是让靳湘柳欢喜雀跃的那张大字报了！不过《通令》和《百丑图》不同，并不让他感到些许骄傲。他认为接受劳改不是小事。

　　时间已近午饭时间，古全和没有回办公室，而是怀着紧张矛盾的心情，悄悄地离开《红色紧急通令》，沿着办公大楼前面的大路朝电车站的方向走去，边走边思忖他该怎样应对《通令》。他想，我去不去报到呢？

赤旗战斗队是数学系一年级的小同学，他们此举是和修正主义复辟势力做斗争，从这个意义上说，我应该去报到，支持他们的革命活动。可是共产党员不能随便接受什么人的劳改。而且，如果"牛鬼蛇神劳改队"的组织者政治上有问题，自己屈从他们的愚弄，会犯政治错误，落下笑柄。但是他也不能和群众闹对立，因为现在支配着多数学生行动的不是理性，而是狂热的感情。那我该怎么办呢？他想到请示上级，可是党委不存在了，工作组也已经撤了，院筹委会名存实亡。最后他想到了请示新市委，立刻回到办公大楼，跑进电话室，给新市委打电话。新市委办公厅的回答是，让他个人酌情处理。他不知所措。他想听听佟金凤和彭其寿等人的意见，可是他没有上楼，而是糊里糊涂地转到办公大楼的西头。这时，院广播站的喇叭响了，午饭的时间到了。他决定先去员工餐厅吃饭。他在路过《百丑图》的时候，见那里有两个女生在指手画脚地发议论。他认识她们。站在南面的那个矮胖子叫孙桂云，祖籍山东，生长在黑龙江。另一个高个子叫贺文玉，好像是延吉人。她们都是生物系高年级的学生。

孙桂云指着古全和那一丑说："你看，像不像古全和？"

贺文玉反问孙桂云说："你说呢？"

孙桂云摇摇头，说："不大像……也有点儿像。"

古全和笑着说道："像！很像！"

两个女生同时猛回头，发现站在她们身后的竟是古全和本人，不好意思地惊叫一声，转身大笑着撒腿朝学生食堂的方向跑去，边跑边说："都这个时候了，他还有心开玩笑……"

古全和想，她们会想，他真是个怪人。

148

古全和的健康状况逐年好转。夏秋时节，浮肿会减轻，如果不是特别劳累，一般只是在早起洗脸过后，他才会感到面部有些发紧。肝功基本正常，但是肝脾仍大，肝脾区的胀痛时轻时重。有的医生说，他的肝炎病就算是好了，肝大脾大、肝脾区有时胀痛等是所谓的肝炎后遗症。但是也有医生说，他的肝炎仍然处在迁延期，有恶化的可能，应该继续治疗和休养，不可麻痹大意。不过古全和对于医生的意见不很在意。他对于自己从一个壮汉衰落成一个病人的过程和原因，心里非常清楚，始终认为他的肝炎和所谓肝炎综合后遗症等多种慢性病都是他在伙食科期间过度劳累和营养不良造成的，因此补充营养和必要的休养及体育锻炼是康复的必由之路，想在短时间内通过药物治疗康复是不切实际的幻想。所以在治疗他的这些慢性病的过程中，既不用中药，也不用西药。院卫生科的卢医生特地给他开过七支肝精，算是特殊照顾，说每支肝精所含营养相当于七克鲜肝。古全和在打过一次肝精，并了解了肝精的营养含量之后，就谢绝再打其余的肝精。他说全部七支肝精所含营养总量不过鲜肝一两，对于一个体重过 70 公斤的人说来，这点儿营养没有什么意义。他认为人体潜藏着无限的自我修复的能力，只要生命尚在，就有康复的可能，而他要彻底康复得施行他当年用来战胜肺结核的"鸡狗疗法"，即长时间地坚持食疗和体育锻炼。所以平时他很注意饮食，有碍于康复的东西坚决不吃，比如他坚持不进冷饮，不吃含刺激性的食物，几十年不吃冰棍等；同时坚持服用赤豆汤、大枣汤等利尿、消肿、补虚等的食物。他念私塾时的武术老师曾经教导他说，"走为百练之祖"，他就坚持练走，同时练太极拳，练山东谷岱峰先生所撰《保健按摩》中记述的"床上八段锦"和"地上六段功"。夏秋时节多吃瓜果是古全和重要的食疗措施之一，即使在"红色恐怖万岁"的吼声响彻校园的那些可怕的日子里，他也不顾个别人非议他贪图享受，中午和晚饭照旧坚持吃甲、乙两个炒菜，每天吃一个小西瓜，或是别的什么有助于他的健康的瓜果。

　　今天午饭后，他回到宿舍，刚打开一个小西瓜，就有人来砸门。文化大革命以来，一直没有人到宿舍里来骚扰他。这让他感到宽慰。现在他有些紧张，怕来的是不速之客，特别是中小学生。这些日子，干部被突然闯进家里的红卫兵揪走，拉去审判、批斗、打骂的事情屡见不鲜。他担心自己会落到孩子们的手里。他们不懂事，不辨是非，打人又不知道轻重，一旦落到他们手中，后果难料。别有用心的人常常利用孩子作恶害人。这种事情在附中和附小都曾经发生过。实验小学校长范晓云就是这样被抓走，打伤致残，至今还躺在医院里。

　　"是谁?"古全和小心地问道。

　　外面没有回应，接下来的是更猛烈的砸门声，房门被踢得发出破裂声。研究生宿舍的房门都是用原木做骨架、用三合板包装而成的，不经踢。

古全和把门打开，见站在他面前的是一男一女两个陌生的学生。男生是个干瘦干瘦的高个子，正在用警惕的目光瞅着他。他穿戴不整，两眼内陷，头发蓬乱，穿着短裤，赤着双脚，看样子是广东或是广西一带的人。站在他侧后方的是一个年纪和他相仿，身高不过一米六的面色白净的女生。古全和估计她可能是江苏无锡一带的人。他认为他们是一年级的新生，因为二年级以上的老生，他大多认识，至少面熟，能辨认出他们是不是本院的学生。

赤脚男生挂搭着个脸子，操广西官话，蛮横地问道："你就是古全和吗？"

古全和谨慎地回答说："是的，我就是古全和。"

赤脚男生命令道："跟我们走吧！"

古全和问道："你们是？"

女生操无锡口音大声说："我们是'赤旗战斗队'的！"

古全和小心地问道："《通令》里面不是说后天报到吗？"

赤脚男生蛮横地说道："是你说了算，还是我说了算？"

古全和又小心地问道："现在就走吗？"

赤脚男生蛮横地说："怎么，你还留恋你这个狗窝吗？！"

古全和问道："要到哪儿去？"

赤脚男生不耐烦地说道："你废话怎么这样多，到了地方你就知道了！"

古全和感到他好像和他有深仇大恨。他只好跟着赤脚走出房间，随手掩上房门。赤脚男生在前，女生在后，古全和被夹在中间，三个人一起下了楼。

古全和跟随他们来到柳树林和生物园之间的体育馆。体育馆的大门前已经聚集着一大群人，古全和走近人群一看，发现被围在中间的是院部的一些领导干部和个别的几位有重大历史问题的老教师，估计有30多人。他想："看来这就是《通令》列出的第一批牛鬼蛇神了。"

"归队！"无锡女生命令古全和。

古全和顺势站在队尾。他个子高，站在排尾，更显其高。他发现围观的人大多是熟面孔，都在开心地指指点点，喊喊喳喳，好像是在看耍猴卖艺的。有人举起手臂，攥紧拳头，笑着朝古全和弯动自己的大拇指，意思是在和他打招呼，向他问好。也有人在指点着他，笑嘻嘻地说着什么。古全和想，他们可能觉得这些平日经常教训他们的人，如今一个个像绵羊一样地站在自己的面前任人摆布好玩。古全和发现靳湘柳和蓝秀花也站在人群里。蓝秀花正在开心地微笑着和他身边的一个小女孩说什么。

这时赤脚男生嚷道："夏曦！"然后挥手猛指体育馆正门前台阶一侧的那段一米多高、近两米长、60多厘米多宽的水泥门垛，命令道，"你给我爬到那上面去！"

夏曦年近五十，身患多种慢性病，不久前心脏病发作，经抢救得以死里逃生，现在面色蜡黄，衰弱无力，走起路来摇摇晃晃。她缓缓地离开队列，一步步登上体育馆门前的台阶，然后吃力地跨上台阶一侧的矮墙，努力站稳，昂起鬓发斑白的头，目光越过人群，严肃地看着远处。这景象让古全和联想到先辈们英勇就义的悲壮场面，不由地心情一阵激动，担心她支持不住，会从高台上跌落下来。

赤脚男生质问夏曦："你说！你是什么人！?"

赤脚男生的伙伴们齐声重复着他的质问。

夏曦一字一句地高声说道："我是中国共产党的党员，东湖师范学院党委委员、纪委书记！"她的声音有些嘶哑。强烈的阳光投到她没有血色的脸上和花白稀疏凌乱的头发上。古全和目睹此情此景，眼睛骤然发酸，想到她曾经面对过国民党反动派的屠刀，原先积留在他心里对于她的那些恶感，骤然烟消云散，留下来的是真诚的敬意和深深的感动。

"放屁！你算什么共产党员？!"一个外表挺秀气的高个子女生骂道。古全和认识她，她叫韩江萍，吉林市人，数学系二年级的学生，校园里有名的造反派。

"滚下来！"赤脚男生命令说。

夏曦又吃力地从台子上慢慢地爬下，沿着台阶走下来，回到队列里。

"江涌！滚上去！"赤脚男生嚷道。

江涌走出队列，没有经过台阶，而是双手扶着矮墙的顶部，纵身一跃，从外侧登上门垛。他耸着双肩，低着头，眼睛不停地溜来溜去，窥视揣测着台下的人群，紧张地等待着赤脚男生的发问。这时，古全和又感觉从前他在什么地方见过江涌。

"你说！你是什么人！"赤脚男生质问道。

江涌背书般流畅地回答道："我是混进共产党内的反革命修正主义分子！"

江涌的回答在人群中引发一阵哄然大笑。

一个剪着娃娃头的女生尖声问道："你混进共产党的罪恶目的是什么?!"

江涌高声答道："在中国复辟资本主义！"

人群中再次发出哄然大笑。

古全和知道，江涌这样糟践自己是为了讨好学生，避免遭打。

"滚下去！"喊叫的还是那个韩江萍。

赤脚男生高声命令道："邬伯涛！上去！"

邬伯涛善意地微笑着应了一声"是！"然后从容地离开队列，不慌不忙地经过一个个的台阶，最后稳稳地站到门垛上，巡视一番人群，然后和善地瞧着赤脚男生，等着他发问。

"哼，你还有心思笑？真是顽固透顶！有你哭的时候！"赤脚男生气愤地说。看来他是喜欢恐惧和求饶的姿态。"凡是反动的东西，你不打，它就不倒，这也和扫地一样，扫帚不到，灰尘照例不会自己跑掉。"

邬伯涛微笑着连连微微点头低声说道："我倒，我倒，我倒！"

他的姿态和话语引得围观的群众哄堂大笑。有人居然胡乱地鼓起掌来。

赤脚男生愤怒地申斥道："你反动到家了！'凡是反动的东西，你不打它就不倒'，而你竟敢说'我倒，我倒！'……"

"我有罪，我有罪！"邬伯涛连忙说，脸上仍然挂着善意的笑容。

"你说，你是什么人！"赤脚男生吼道。

"我是犯了错误的革命干部。"邬伯涛低声微笑着说道。

"胡说！"赤脚男生吼道，"你是走资派！"

邬伯涛面带微笑，沉默不语，不肯认可赤脚男生的指控。

"你说！你是不是走资派?!"几个人齐声质问。

邬伯涛依然沉默不语，表示对抗。

"回答！"赤脚男生和他的伙伴齐声怒吼。

我是个什么人，党组织和革命群众说了算。"邬伯涛依然谦和地微笑着。

"我们知道你是老运动员，在延安的时候就挨过整，真他妈的滑头！滚吧！"赤脚男生无奈地说。

"步行健！上去！"赤脚男生吼道。

步行健站在原地不动。

"你聋了吗⁈"赤脚男生怒吼着，走到步行健面前。

步行健神色平静，安详地说道："我有错误，但是我没有罪。如果你们认为我有罪，就把我送到司法部门去，我愿意接受法律的制裁。"

"放你娘的屁！"韩江萍吼道；"造反派的脾气就是法律！"

步行健始终没有上台。赤脚男生愤怒地盯着步行健，看样子很想对他动手。

赤脚男生飞身登上高台，胡乱地挥舞着双手，训斥道："你们都给我好好地听着！你们都是罪人！必须认罪服罪！现在由汤敏教你们唱《嚎歌》！要好好地学，认真地唱，唱歌的时候，要真心实意地忏悔自己的罪行！你们要学习汤敏。这支《嚎歌》就是她编写的。这表明她认罪服罪的态度好。"

古全和看了汤敏一眼，联想到她在1957年整风鸣放时在《贺守节血泪控诉》的《群众论坛》上的丑恶表现。她那次自行其是，当众向贺守节道歉，迷惑、误导和坑害了许多学生，使他们沦为右派分子，见她现在又在搞这种小动作，感到很厌恶。

汤敏小心翼翼地溜到"牛鬼蛇神劳改队"的前面，双手做出指挥唱歌的姿态，胆怯地说道："下面，我教一句，大家跟着我唱一句。"接着她就唱道："'我是牛鬼蛇神，我是牛鬼蛇神，我有罪'，唱！"

几十个男女声混杂、高低错落参差不齐的声音重复着同样的语句和腔调。

"'我有罪，我有罪'，唱！"

几十个声音又重复着同样的语句和腔调。

…………

古全和忽然想到老家的人对于这种不谐和的歌唱场面的一种形象的说法儿，叫作"蛤蟆老鼠一齐叫"，忍不住笑起来，而且竟笑出了声，诱发周围围观人群中的笑声，激怒了赤脚男生。他愤怒地吼道："你笑什么？想挨揍吗！"

古全和赶紧解释说："我忽然想起了我念小学时的一件往事……"

"你就想想你怎样重新做人吧！"无锡的女生说。

汤敏再次教唱时，古全和还是不唱。

赤脚儿蹿到古全和面前，吼道："你为什么不唱，你为什么不唱?!"

"……我不是牛鬼蛇神。"古全和认真地说。

"狂妄！你说了算数吗?!"无锡的女生说。

赤脚男生怒气冲冲地说："我看你是给脸不要脸，怪不得有人揭发，说你特别狂妄呢，你是想挨揍吧?!"说着，就恶狠狠地攥起了拳头。

一场拳打脚踢就要落到古全和的身上。古全和知道，对于面前的这些学生说来，打人、骂人，甚至杀人，不算一回事。他想："我该怎么办呢？"他想起了他当年和董文华老师的对抗，可是他现在面对的不是当年的董老师。

人群中忽然有人怪腔怪调地念诵道："伟大领袖毛主席教导说：'要一文一斗'！"赤脚男生四处张望，愤怒地嚷道："谁?! 是谁?! 是谁他妈地在这里捣乱?! 有胆量的站出来叫大家伙儿瞧瞧！"

赤脚男生是虚张声势。他知道，同学们并不怕他。

把三十几名"牛鬼蛇神"一一羞辱过后，院部牛鬼蛇神劳改队的建队仪式就算告一段落了。展览过"牛鬼蛇神"之后，队长赤脚男生训话，部署了次日的集合地点和劳动安排。师范学院第一支牛鬼蛇神劳改队的第一次活动结束。围观的人群也带着满足的议论声纷纷离去。

古全和从 1958 年被分配进党委机关工作，到现在已近十年，其间大部分时间他都是和学生一起度过的。他听同学们诉说，平等地和他们交谈，给他们讲人生的道理，指导他们学习，组织他们进行各种活动。这种生活在不知不觉中部分地重塑了他的思想性格。现在，不管他在什么地方，在什么条件下，也不管面对的是不是他的学生，只要他发现他们的言行有不当之处，就会去关心、开导、帮助他们。字面意义上的"好为人师"已经是他思想性格的一个重要特征。现在是"红色恐怖万岁"和"子教三娘"、人妖混杂、是非多变的时刻。多数干部考虑的是自保，对于造反派唯恐避之不及。而古全和曾经被几十份大字报点过名，被画上《百丑图》，已经身陷"牛鬼蛇神劳改队"，连自保都不能，但是当他面对"赤旗战斗队"学生的暴行时，首先考虑的仍然不是个人的得失和安危，而是他们可能因为无知和放纵而犯下不可饶恕的错误，断送了自己的前途。经验证明，每次政治运动都有人由于私念、无知、轻信，和一时癫狂而犯下无法补救的错误，因此而毁掉自己的一生。假如今天下午牛鬼蛇神劳改队集会时，夏曦同志从高台上跌下来致残、致死，那将来一定要追究赤脚男生等人的法律责任。古全和现在既然已经意识到这个问题，就不能视而不见，畏缩不前，而应该帮助他们避免类似的错误。第一附中已经有两位教师死于学生的拳打脚踢和棍棒。各系的班级主任挨打的也不少。古全和当然知道，批评这些学生类似于玩火，要冒难以预测的风险，很难说会有什么结果，但是他要尽力一试。

晚饭后，古全和赶往数学楼，找到了"赤旗战斗队"队部所在的一层西北角上的101教室。101教室能容纳二百名学生听课，是全院最大的四个教室之一，古全和念本科时曾在这里上过许多公共课。他站在教室门外朝里面张望，教室里灯光明亮，大部分课桌椅都堆放在教室的北半部分，"赤旗战斗队"总部占用的是教室的南半部分。在南半部分的东半边儿，摆放着几张学生用的旧木床，床上堆放着简单的行李。木床的前面，横向里摆放着十几套课桌椅。桌子上摆放着几把竹皮暖水瓶和一些搪瓷缸子。看来这里日夜有人值班。

从教室里传出有人在写黑板字的嗒嗒声。古全和朝教室的门口走近几步又停下，头脑中不由地浮起了人们在面对责任时常说的那句明哲保身的格言"多一事不如少一事"，萌生了往回走的念头，但是紧接着他就嘲笑自己自私和怯懦，鼓励自己继续向前。他这样想着，跨进了大教室，发现站在讲台上黑板前练习板书的正是赤脚男生。赤脚男生也发现了古全和；他冷冷地斜视了他一眼，瓮声瓮气地说道："有事吗?"

古全和笑笑说："路过这里，随便看看，我念书的时候在这里上过很多课。你是队长吧?"古全和说着走进教室，站在教室的门里，看着赤脚男生练板书。

"是，又怎么样?!" 赤脚男生待答不理地说，没有停下他的板书。

古全和认为中国人的感情世界好像是一个同心圆。处在中心部位的是亲情，然后是乡情、和爱国情怀。古全和决定从这个角度接触赤脚男生，削弱他的敌意，创造和他交流思想的条件。他走近赤脚男生笑着说道："敢问你贵姓，怎么称呼?"

"这和你有关系吗?!" 赤脚儿审视着古全和，用力扔掉粉笔头，拍拍手上的粉笔灰，走下讲台，朝教室的深处走去，在一张课桌前坐下。

古全和说："你是我们的领导嘛，知道了姓名，以后好称呼你啊。"

"姓韦，韦善美! 你叫我队长就行了。" 韦善美头也不抬地说。古全和理解他的回答，有活力的学生大多喜欢当干部。

"是广西人吧?" 古全和说着走到韦善美的跟前。

"广西人怎么啦?!" 韦善美瞪着古全和说，腔调仍然很蛮横。

"是壮族?" 古全和又问。

"是的。" 韦善美开始打量古全和，口气也略显缓和。

古全和朝周围看了看，说道："101 教室是数学楼最大的教室。这样大的教室咱们学院只有四个。一个在物理楼，一个在数学楼，另外的两个是阶梯学术报告厅，一个在南院，一个在图书馆。五十年代初，我念本科的时候，就经常在这个大教室上课。那时公共课的教师很少，大多数都上大课。全院所有同一个年级的文科各系的学生合成一个几百人的大班，理科各系的学生几百人合成一个大班。我们的中共党史、联共党史、政治经济学和马克思主义哲学等，都是在这里上的。给我们讲'学校环境卫生课'的老师姓隗，是四川人，山东大学毕业，很年轻，当时只有 20 岁，个头也小，脸很白，像个女生。他很和气，普通话讲得不太好，总把'细胞核儿'念成'细胞孩儿'，我们都笑他，有个调皮的同学善意地给他起了一个外号儿，就叫'细胞核儿'，竟叫开了。有时有的同学当面这样叫他，隗老师不仅不恼，还答应。现在同学们说起隗老师，几乎都不讲他的姓氏，而只说他的外号'细胞核儿'。"

"嘻嘻，'细胞核儿'!" 韦善美忍不住大笑不止，然后又饶有兴趣地问道："'细胞核儿'老师还在咱们学校工作吗?"

"早在十多年前就被调到第一军医大学去了。学校环境卫生课也不开了。当时我们都觉得他的课不重要，可是他留给我们的印象却最深刻。每次老同学见面，都会饶有兴趣地提起他。我们都喜欢他。他善良、和气、热爱学生，讲课特别认真。"

"你去过广西吗？"韦善美的神色松弛下来，主动地问道。

"没有。但是我有幸听过一位广西将军的报告。"

"是谁？！"韦善美瞪大眼睛急切地问道，同时挺直身子，兴奋起来。

"韦国清将军。听说他是一位英勇善战的将军啊。"

"你认识他吗？！"韦善美激动地站起来，凑近古全和，脸上露出骄傲的笑容。

古全和叹息说："能听上他的报告就够荣幸的了。"

韦善美兴奋地在古全和面前走来走去，得意地说："我和韦国清将军是同乡啊！我们是一个乡的。"他善意地看着古全和，希望他能再讲点有关韦国清将军的事迹。但是古全和没有再接触这个话题。

"你爸爸是干什么的？"韦善美忽然问道，神色中透着疑惑。

"铁匠，也干过皮匠活。在旧社会就业难，有活干，有饭吃就不错，多数人都不能始终干自己的本行。"古全和随便答道。

韦善美坦然地看着古全和，目光中透着同情和友善，指指他对面的一把椅子说道："坐，坐呀。"然后又问道，"那你为什么会犯错误？"

古全和摇摇头，思忖着说："不知道，可能就是因为思想改造得不好上了当吧。"

韦善美点点头，表示同意古全和的说法。

古全和试探着切入正题，说道："你们办劳改队跟上级请示过吗？"

韦善美警惕地注视着古全和说道："'造反有理'，革命不必向谁请示，也不必要由谁批准！革命就是造反，造反总是有理的！"

古全和笑着说："'政策和策略是党的生命'，强制劳动是专政措施呀。"

"这我们懂。"韦善美打断古全和，有些不满地说，"我们的'劳改队'是群众专政，是革命群众的首创！我们办劳改队就是为了挽救你们这些人！"

韦善美的话让古全和想起了易先农在文革之初的那天夜里说过的"抢救干部"，接着就问道："我们这些人的情况你都了解吗？"

"你想说什么?"韦善美面露不快。

"我们这些人的情况是很不一样的……"

"我们会进行调查研究,区别对待的!"韦善美冷冷地说。

古全和笑着点点头,说:"我完全相信,同学们一定能够掌握好政策。"

韦善美看着古全和,脸上又露出单纯的微笑。

古全和端详着韦善美,他在想:你的父母一定希望你成为一个善良美好的人,所以才给你起了这样一个名字。而你现在既不善良,也不美好。古全和不明白,这些平时天真活泼、纯洁善良的孩子,怎么会在转眼之间就变得这样野蛮。老师没有这样教育过他们,他们的父母也不会希望他们变成凶神恶煞一样的人。那他们骂人、打人、杀人的这些恶念和恶行是从哪里来的呢?总不会是从娘胎里带来的吧?这个问题,一直困扰着古全和。他有一种朦胧的想法:他们可能是在不知不觉中,从历史、现实、文化、艺术、习惯、传说等种种理论和实践中得到了这样一些罪恶的印象,也许还有野蛮时期留在人类灵魂深处的印迹。这一切,平时就潜伏在他们的灵魂深处,连他们自己也没有意识到它们的存在。现在,这些印象被"红色恐怖万岁"的呼号召唤出来,支配了他们,使他们制造出血淋淋的罪恶。古全和抬头看看韦善美,见他正在专心致志地玩着一个彩色的粉笔头儿,看起来毫无犯罪的愧疚。古全和想,他此刻已经麻木了,他的认识和感情都已经不正常了。不过他相信他总有一天会冷静下来,通过自己的经验教训恢复常态。他是可以教育的。他这样想着,心里感到了一些宽慰,准备离开这个随时都有可能发生暴行的危险的地方儿。

这时,韦善美笑着递给他一个物件,随便说道:"戴上,这是你的。"古全和把它接到手中,见是一个用崭新的漂白布手工制成的名签儿,篇幅约为15cm×7cm。周围是一个用墨笔涂成的宽宽的边框,类似于围绕在已故人像周围的那样的黑边儿。中间用两条横线把整个版面隔成三部分。在第一条横线的上面,用毛笔写着"黑帮干将"四个字。在第一条横线和第二条横线中间,前面写"姓名"二字,后面写他的名字"古全和"三个字。在第二条横线的下面,写的是"第12号"。古全和看着手中的名签,思绪回到二十多年前,即1946年的春天。那个春天,他高高兴兴地插班进入江城市宋家屯镇柳影路中心小学校三年级下学期六班。第二天,

班主任常老师就发给他一个名签。那个名签的格式是统一用印板和蓝色的
印油印制的，姓名和班级是用毛笔填上去的，没有编号。"古全和"三个
字是常老师写的柳体字，很漂亮。那时他是多么喜欢那个名签啊，因为它
意味着他已经是他久已向往的公立柳影路小学校的学生了！而他现在的这
个名签却是他的囚犯身份的标志。

150

　　在韦善美到党委机关找到缪文遝，通知他说，他们决定把古全和拉进
牛鬼蛇神劳改队的时候，党团委的许多人都在，缪文遝态度暧昧，但是没
有表示反对劳改古全和，当时报复古全和的恶念在他的心中打转转儿，并
占了上风，他就半推半就地同意放古全和进了牛鬼蛇神劳改队，不过韦善
美他们一离开党团委他就后悔了，因为他心里清楚，这是把古全和当成专
政对象处理了，混淆了两类不同性质的矛盾。他报复了古全和，也犯了错
误。几次动过去牛鬼蛇神劳改队把古全和拉回来的念头，只是面子上过不
去，也担心"赤旗战斗队"不肯放人。

　　党委机关的有些人，比如佟金凤和彭其寿等，对于靳湘柳、甄惠羊和
缪文遝等人折腾古全和，一开始觉得情有可原，而在甄惠羊袭击古全和受
挫后，认为古全和的麻烦就算过去了。想不到缪文遝竟然默许红卫兵把古
全和拉进牛鬼蛇神劳改队，但是事关红卫兵的造反行动，他们无力制止，
只能听之任之，而心生对于缪文遝的不满。

　　不过也有人支持缪文遝和红卫兵的革命行动。蓝秀花感觉大快人心，
靳湘柳满心欢喜，一身轻松。不过靳湘柳的好心情没有维持太久，当天中
午饭后，靳湘柳在从员工餐厅回办公大楼值班的路上，听见从柳树林大字
报区方向传来的断断续续的破锣声，知道又有人在游街。好奇心重的她，
很想看看这回被游斗的是谁。当她看见是古全和的时候，立刻心花怒放，
一扫自己几天来由于担心古全和将来归队报复她产生的郁闷心情。这是她
第二次看见古全和被拉着游街。见古全和身上挂着两块牌子。一块是布做
的小小的"名签儿"，别在胸前，上面写着他的姓名、头衔和编号。全院
所有的牛鬼蛇神都羞于戴着这种名签见人，一离开牛鬼蛇神劳改队或是集

训队，就脱下制服，把那个丢人的名签卷在里面，搭在肩上，或是挎在手臂上，唯独古全和随时都毫不在意地佩戴着它。有人问他为什么要这样做？他笑笑说道，"戴或是不戴都不会改变大家对我的看法。"

古全和胸前挂的另一块牌子是临时用一块破旧的三合板做成的，足有两个平方尺那么大，用一根脏兮兮的麻绳吊在他的脖子上，遮住他的多半个上半身，上面也写着他的姓名和头衔。和小名签不同的是，大牌子的上面的"古全和"三个字是倒着写的，那上面还用红广告色打着叉子。

古全和一只手推着上面装满唱片的手推车，另一只手胡乱地敲打着挂在车把上的那面摇来摆去的破铜锣。铜锣发出夹杂着噪音的嗡嗡声。靳湘柳看到这个场面，兴奋得瞪大了眼睛，心里不断地默诵着"上帝保佑！"

押解古全和的有四个学生，看样子都是低年级的，在靳湘柳赶到他们跟前的时候，他们正停在马路中间和古全和争吵。一个操苏南口音的小个子女学生气愤地命令古全和说道："你说：这些封资修的唱片是你有计划地买回来的，目的是要毒害青年学生，在中国搞资本主义复辟！'"

靳湘柳饶有兴趣地等着看古全和怎样屈服，但是古全和一言不发。

一个男生对古全和吼道，"你说！"

古全和依然一言不发。

那个男生愤怒地举起拳头威胁道："你是想吃这个吗?！"

古全和喊道："如果你们强迫我说瞎话，我可以重复你们的这些话；可是如果你们讲实事求是，要我说真话，那我负责任地告诉你们，这些唱片和我无关。"

"你胡说！"女生怒斥道。

古全和态度强硬地说："你们可以去电教科查账！当时我不在宣传部，而是在伙食科。"

几个学生交头接耳之后说道："你穷唠叨什么呀？快走！"

古全和满不在乎地胡乱地敲着破锣走起来。

这个场面让靳湘柳心生畏惧。她想，古全和连红卫兵都不怕，他能怕谁？他早晚会回到党委机关，那时我将怎样应对？想到这里，她兴奋的心情就消失了。

中饭后，靳湘柳在去党委办公室接替佟金凤值班，在办公大楼一层和二层楼梯拐弯的地方又和古全和不期而遇。古全和在下楼，她是在上楼。

靳湘柳一抬头，见古全和步履矫健、神色淡定、从容地走下来，毫无消极灰颓的样子，竟还低声地哼着语录歌，还对她微微一笑，她心头顿时一阵紧缩，慌忙低头和他擦肩而过。这一幕牢牢地刻印在她的心里。她不明白，古全和身陷劳改队，刚刚被游斗过，为什么还是那样满不在乎，难道他不知道恐惧和羞臊吗？她感觉，古全和对于她的威胁依然存在。

151

在古全和被强行拉进"牛鬼蛇神劳改队"之前，他经历过激烈的思想斗争，而在他进入劳改队之后，很快就意识到这里是他绝好的栖身之处。首先是因为这里的活路是清除校园里的杂草，属轻体力劳动，没有劳动定额，有利于他养病和锻炼身体。其次，是队长韦善美承袭了我们祖传割据一方、称王称霸的传统封建意识，把"牛鬼蛇神劳改队"看成是他个人的"领地"，把队里的成员看成是他的"臣民"，而不容许任何人插手队里的事务，无论是谁、什么组织单位，要提审或是批斗他的队里的牛鬼蛇神——他的"臣民"，都必须经过他个人的同意，而他为了显示自己的霸气和权威，常常故意刁难前来向他要人的个人和单位，把来人顶回去，在客观上发挥着保护干部的积极作用。古全和进入劳改队，就摆脱了缪文逑和靳湘柳等人对他的骚扰，可以安静地保养和锻炼身体，回顾往事，总结经验。第三，古全和对韦善美的教育开始发生作用。韦善美等人训人、骂人和打人的事大大减少，他们还封了古全和一个小头目，让他担任牛鬼蛇神劳改队的小组长，管十几个人，其中包括夏曦、施梦麟和邬伯涛等老同志，使得他有可能照顾和保护他们。第四，古全和发现"赤旗战斗队"的这些学生本质不坏，他们仇视的是试图颠覆人民政权的阶级敌人，而不是犯有一般错误的教师和干部，虽然他们表面上凶神恶煞般地蛮横，但是在他们内心深处还保留着他们在漫长的学习生活中养成的对于师长的尊重，对于学生出身、学有专长的年轻干部，怀有天然的好感，古全和本人在这里不仅安全，还有发挥正面作用的余地。他相信，只要注意工作方法，耐心地开导他们，就有可能诱使他们恢复理性，走上正路。他因为能在这种特殊的条件下为党做些有益的工作而感到得意。

师范学院"牛鬼蛇神劳改队"一经建立就被封为"新生事物",全院各系积极仿效,两天之后就都建立起了各自的牛鬼蛇神劳改队。不过系级劳改队不同于院部的牛鬼蛇神劳改队。院部劳改队的成员平时高高在上,极少和师生员工打交道,和他们较少个人恩怨,因此所受冲击较轻,受皮肉之苦和面对面的羞辱较少。而系级牛鬼蛇神劳改队里收容的是本系班主任以上的干部,他们平时天天和学生面对面,他们的言行和学生利害相关,在干群和师生中的误解和怨恨较多。如今干部和教师们沦为学生群众的阶下囚,挨打、挨骂、被羞辱,就成了他们的家常便饭。中文系文艺理论教研室青年党员教师杜子安,曾兼任1965级1班的班主任,工作积极,要求学生严格,有学生诬说他和班上某女生有不正当关系,逼迫他承认,拉他到校园里游街。他受不了羞辱,在研究生楼的一个男厕所里的水箱上上吊自杀了,留下了一儿一女和刚刚从沈阳调来的年轻的妻子。

两周后,韦善美接受古全和关于对劳改队人员区别对待的建议,在深入调查研究的基础上,改编了牛鬼蛇神劳改队,把它分成两个队。一个叫"集训队",一个叫"劳改队"。分在"集训队"里的是出身好、没有政治历史问题和重大"罪行"的一般干部,如党委党团专职副书记施梦麟、党委副书记副院长邬伯涛、纪委书记夏曦、统战部副部长刘君汉、团委书记贾大中、团委副书记刘琼、党委宣传部代部长江涌等,指定古全和做集训队的队长。"集训队"只在白天集中活动,下班后可以回家吃饭休息,算是"走读班"。而留在"劳改队"的属敌我矛盾,24小时集中关押,属"全托班"。《嚎歌》的作者汤敏讨好儿韦善美,以为自己会受到优待,分进"集训队",可是因为韦善美听说她是1957年的漏网右派而把她留在了"劳改队"。她感到沮丧,但是也不敢流露出对于韦善美的不满。

在宣布重组劳改队和集训队之前,"赤旗战斗队"在办公大楼院长办公室召开过最后一次的"牛鬼蛇神劳改队"全体会议。院长办公室占房三间,总面积不过60平方米。进门是个公共办公室,是院委办事人员和秘书们活动的地方。办公室的东西两边各有一个19平方米的套间,是主任和副主任室。韦善美说要节约闹革命,只许中间的房间开灯,所以办公室东西两个套间里光线很暗。近百人,盛夏时节,挤在三个不大的房间里,只能站着,不一会就个个大汗淋漓,闷得喘不过气来了。

古全和挤在通往西套间的门口。站在步行健和邬伯涛之间。

"怎么样？"步行健用臂肘撞了一下古全和亲切地低声问道。

"还行。"古全和悄声儿回答说。

"要吃好，沉住气，一切都会过去的。"步行健说。

"谢谢，您也多多保重！"古全和说，心中感到很温暖。

邬伯涛问古全和："你……为什么也来啦？"

古全和笑着说："怎么说呢？算是临时破格提拔吧。"

邬伯涛轻轻地笑了，后悔当年没有支持步行健，破格提拔古全和，然后自言自语道，"木秀于林，风必摧之！"

古全和悄声说道："谢谢邬老，您过奖了。"

韦善美一到，办公室里立刻鸦雀无声。

韦善美的训话只用了三五分钟，主要讲"牛鬼蛇神劳改队"重新分组和部分牛鬼蛇神将出席第二天晚上的全院群众大会，接受批判斗争的事宜，并宣布了将到全院大会上去接受批判人员的名单，里面有江涌，但是没有古全和。

152

东湖师范学院第一次全院师生员工揪斗牛鬼蛇神大会，仍然由奄奄一息的合法组织院临时筹委会主持。会前，院部的牛鬼蛇神被集中在柳树林里一个估计五六十平方米的高大的席棚里。这个席棚是临时搭建的，里面还散发着新鲜苇席好闻的草香味儿。席棚分里外两大间，各安装着一个五百瓦以上的大灯泡，照得里面亮如白昼。劳改队在里间，集训队在外间，中间有一道用苇席搭建的半截子隔断。

古全和见汤敏和张扬在席棚的进口处赔着笑脸和韦善美嘀咕什么。见汤敏把一个老式的双铃马蹄表递给韦善美，并讨好地说："这个小闹钟送给你，好掌握时间。"韦善美把那个小闹钟接在手里玩弄着，并无谢意，而是一言不发。汤敏讨好说："韦队长，现在分劳改队、集训队了，《嚎歌》的歌词要不要修改？"韦善美没有理睬她。过了一会儿，才说道，集训队不唱《嚎歌》。

一个时大时小变化不定的人影在席棚的北墙上一摇一晃地从里向外移动。

它让人联想到神话故事里面描写的魔影。古全和吃惊地注视着它，一时弄不清楚它是怎么回事。这时，一个肥胖的身躯，歪着身子从席棚的套间里朝他站立的地方缓缓移动，一边移动，一边用长把儿的笤帚扫地。他的白色背心被撕去了一个短袖，胖胖的肩膀露在外面，那样子让人联想到喇嘛。他斜垂着新剃的阴阳头①，晃动在席棚上的就是此人的投影。古全和不记得本院有这么一个人，小心地指指他，悄声儿问江涌道："那个人是谁?"

江涌胆怯地斜视着那个人压低声音说道："步行健嘛!"

古全和惊讶地凝视着步行健书记，痛苦地想道："怎么会是他啊! 昨天晚上他不是还好好的吗!"古全和由此断定在刚刚过去的这一天一夜里，步行健曾经被残酷地折磨过。看来他的右腿和右臂伤得很重，颈椎可能也有伤。韦善美这些人怎么把他打成这个样子啊! 他感到愤怒，为步书记伤心，也为那些作孽的学生伤心。他们打了他们最不应该打的人，不由地想起昨天晚上步书记对他的亲切的嘱咐。

一会儿，正处级以上的部分党员干部被牵走了。几分钟后，从大操场那边传来了"打倒反革命修正主义分子步行健!"等等的撕心裂肺的口号声，表明步书记等人已经被拉上主席台，批斗牛鬼蛇神的师生员工大会开始了。

大会持续的时间不长，但是惊心动魄，听说也出现过打人的事。在这个恐怖的夜晚以后，劳改队和集训队就没有再在一起活动过。后来古全和还见过两次步书记。其中的一次是在 1966 年的 8 月中旬的一天。那天很热，古全和在市立医院做一个小手术，切除右侧肩背部位上的一个反复发炎的小枣大小的囊肿。古全和估计运动过后很可能又要大批下放干部到生产第一线，主要是去农村劳动锻炼，而在劳动中无论是肩挑或是背驮，都得用肩膀，所以他决定趁早把那个囊肿除掉，为以后下放劳动做准备。给古全和手术的是医学院的一个应届本科毕业生。她健壮，豪爽，爱说笑，是那种大胆有余、细心不足、天生不适合当医生的野丫头。一个只需十来分钟的小手术，她竟用了半个多小时。古全和感觉血不停地顺着他脊背的右侧往下流。在缝合创口时，她一连弄断了三根针，还强词夺理，说过错不在她，而是因为古全和的皮肤太硬，像驴皮一样结实。这次手术让古全

---

① 阴阳头：剃掉一半儿头发，留着一半儿的一种发式。给被迫害的人剃阴阳头，羞辱人的一种恶行。

和深有感触，他认为医学院应该招收那些人格高尚，心地善良，性情温和，认真求实的人，文化条件应在其次。他确信，有些人绝对不适宜当医生。

古全和在被那个屠夫般的野丫头折腾够了过后离开医院时，看见一位头戴草帽、衣着不整的老者蹲在医院大门旁边的角落里。帽檐遮住了他的半个苍白的胖脸，但是古全和仍然感觉他面熟，走近一看，竟是步行健书记！他猜想他是来看病的，但是没被接诊。古全和记得，甄惠羊和缪文逶曾经到市立医院贴过步行健书记的大字报，冒师范学院革命群众之名，勒令医院不得给步行健看病。步行健是试图进入医院失败后在这里等待再次进入医院的机会。古全和想到这里，心中倍感凄凉。他想，步书记被折磨成这个子，连看病都不被允许！他是为抗击日本强盗、打垮国民党反动派、为建立新中国立过功勋的人啊！怎么可以这样对待他呢？面对眼前的景象，古全和感到心里非常痛苦，就本能地走近步书记，心神不定地说道："步书记！您？"

步书记头也不抬地说："你认错人了，我姓张……请你离开这里！"

古全和理解步行健这样说是不想牵连他。他只能遵命，含着眼泪从他的身边走开。但是他的这个经历深深地刻印在他的心上。他想，难道步行健连个日本鬼子或是国民党军队的俘虏兵都不如吗？为什么他连个病也不能看呢？！这时他想到了甄惠羊揭批步行健的大字报，想到秘书的可怕，想到了某位先人创造的一句格言：不认识字，能走遍天下；不认识人，寸步难行。可是谁能想得到在"同志"这个神圣的名义之下会有甄惠羊这样的人呢。

153

本周轮到靳湘柳在党委办公室值班，现在，在党委办公室值班是一件再清闲不过的事，整天没有人来。按规定，院部各单位下午六点下班，事实上每天下午四点半一过，院部的办公室就空了。现在东湖师范学院坚持八小时工作，还经常加班加点的单位只有计方平统辖下的总务处，现在的革命称号叫"后勤部"。

下午四点刚过，靳湘柳就开始收拾她的毛线活，做走人的准备。而就在这时却闯进来两男一女三个不速之客，把她堵在办公室，让她老大不高兴。而来人拿着她不当外人，连个招呼都不打就说笑着大模大样地自己找地方坐下了。靳湘柳以为他们是前来串联的，好奇地看着他们，感到有点莫名其妙。

"你们是？"靳湘柳忍不住问道。

一个高个子男人笑着说："是来串联的，也是来探亲的。"他的脸偏长，下半部有点朝左歪，身上斜背着一个半新的草绿色的帆布挎包，操的是带有浓重苏南口音的普通话，

坐在高个子男生旁边的是个瘦小秀气的女生。她笑眯眯地接着说，"啊呀，我认识你的呀，你叫靳湘柳，当过院学生会的副主席的呀……"

靳湘柳高兴地说："不错，你是？哦，我想起来啦，你是中文系的，做过团的工作，和古全和是同学，你怎么称呼来的？"

"黄伯芬，"女生自我介绍说。然后指着高个子男生说："他叫孙庭穆。"

靳湘柳笑着指指另一个戴深度近视眼镜，斜挎着一个上面用红绒线绣着毛主席手书的"为人民服务"字样的黄帆布军用挎包的小个子男生说："他是何方神圣？"

"王松柏，湖南侉子。"王松柏坦然笑着自我介绍说。

"你们都在一起工作吗？"靳湘柳问道。

"哪有这样的福分哟，能有幸在这里见上一面就阿弥陀佛了！"黄伯芬动情地说。"老孙在江西南昌师范学院，老王在湖南邵阳师范专科学校，我在华南师范学院。我们是在员工餐厅吃饭的时候偶然碰到一起的，幸运啊！"

"难得，真是难得！"靳湘柳也很感慨。

孙庭穆说道："古全和在这里吗？他好吗？"

提到古全和，靳湘柳的脸色马上阴沉下来。

"怎么，是外出串联去啦？"孙庭穆关切地连连追问。他担心古全和遭遇意外。王松柏和黄伯芬也都目不转睛地看着靳湘柳，等待着她的回答。

靳湘柳笑着说："现在是'人自为战'，咱们还是管好自己吧。"

"他是不是出事了？！"黄伯芬不安地讷讷地自言自语。

"算你聪明！"靳湘柳不耐烦地说。

"他怎么啦？你说，他怎么啦？"王松柏和孙庭穆同时站起来问道。

"死啦！"靳湘柳气愤地说。

"怎么死的?!"三个人齐声惊问。

"自杀啦!"靳湘柳赌气说。

三人先是惊讶，然后是沉默。黄伯芬伤心地摇头叹息，流下了伤痛的泪水。古全和是她唯一无保留地爱过的一个男生。不久前秦中州自杀了，现在古全和也自杀了。他们都是自尊心很强的人。在短短一两个月的时间里，她失去了两个亲人和朋友！怀着沉重的心情，她和伙伴们一起无言地告别靳湘柳，离开了党委办公室。

黄伯芬想起1955年秋冬间肃反时，她和古全和相处的那些难忘的日子。班上的同学们多以为古全和性格古板，过于严肃，但是在他们相处的那些日子里，古全和无拘无束，谈笑风生，说他之所以不愿意随便和班上的某些同学交往，是因为班上的情况太复杂，个别同学对人不怀好意，他不想卷入无谓的纠纷。他还曾经像讲故事一样地述说过他的家世，他的童年，他少年时代的理想，他怎样从立志造原子弹，到想当电机工程师、想当医生，最后报考了师范学院中文系。他还无保留地对她述说了他思想转变的过程。黄伯芬认为古全和是个政治上坚定，有理想、有抱负、有追求、头脑清醒、意志坚强的人。于是她想，"他受过那么多的苦而活下来，怎么会轻生呢？"她忽然停住脚步，把自己的想法说给了两个同伴听。他们立刻同意了她的怀疑，三个人一扫心头的悲哀，满怀希望，三步两步抢回党委办公室。

靳湘柳用怀疑的目光，愣愣地看着他们，好像在问：还有什么事？

"靳湘柳，你说，古全和到底怎么啦？"黄伯芬满脸不高兴。

靳湘柳冷冷地说道："……我是为你们好！古全和是全院公认的黑帮干将，揭发他的大字报满天飞，在《百丑图》上排名第十二，比走资派还走资派，挂了黑牌子，游了街，被群众揪进了牛鬼蛇神劳改队，你们找他，不是自找麻烦吗？"

黄伯芬不满地说："那是我们的事。你开玩笑也该有个分寸嘛！"

"什么分寸？古全和就是个反革命！"靳湘柳耷拉着个脸子说。

黄伯芬他们彼此异样地看了看，然后放声大笑。

"笑什么?! 有什么好笑的? 他已经被专政了!"靳湘柳说。

"笑话! 如果古全和是反革命,那这里就没有好人喽!"黄伯芬笑着说。

靳湘柳不得不告诉他们,古全和在牛鬼蛇神劳改队集训队。

"在什么地方?"王松柏说。

"生物园。"靳湘柳冷冷地说。

孙庭穆说:"是大操场后面的那个生物园吗?"

靳湘柳斜视着他们,点点头。

三个人兴冲冲地离开党委办公室,出办公大楼的后门,直奔生物园。

面对刚刚发生的事情,靳湘柳心潮起伏。现在没有人敢在政治上给别人打包票,而黄伯芬他们和古全和是十多年不见,又知道他正在牛鬼蛇神劳改队,却仍然无条件地信任他,可见他们的友情是多么地牢固,他们对他的信任是多么不可动摇! 想到这里,她心中不禁涌起一股对古全和的嫉妒之情。这样的信任和友情,她从来都没有得到过,她也没有这样信任过别人。她陷入沉思,在办公室里呆坐了很久,而当她准备离开的时候,古全和又带领着他的三个老同学赶来党委办公室。他愤怒地瞪了靳湘柳好一阵子,直看得她浑身发冷,然后才严肃地说道:"老同学,你搞什么鬼啊! 这样的玩笑你也敢开? 差一点儿让我失去一个和老同学们见面的宝贵机会! 你知道,这样的机会一生未必能再有第二次啊!"

平日惯于狡辩的靳湘柳,此刻木呆呆地坐在那里,哑口无言。

古全和转身对黄伯芬说:"怎么样,先找个地方喂喂脑袋? 想吃什么?"

"鸡丝馄饨!"孙庭穆兴奋地说。

"还是吃红焖肘子吧!"王松柏高叫。

黄伯芬也说:"记得的,记得的,那个饭馆叫'方便居'! 做鸡丝馄饨的是个瘦瘦的高个子老头,咱们毕业的时候在那里吃过饭的。那里的红焖肘子又大又香又甜又烂,要用羹匙舀着吃的呀! 味道好极了!"黄伯芬双手比画着,眉飞色舞,愁容全消,简直变成了个小女孩。

古全和看着黄伯芬,心里很难过。秦中州由于身体康复无望,也由于忍受不了某些人无尽头的折腾和羞辱,自杀了,现在黄伯芬无儿无女,孤身一人,得到许多好同志的关心和帮助,得以在秦中州去世不久就调回老家广州，和她的母亲和妹妹为伴。他想她现在的日子肯定很难过！他强装笑容说道："赶紧走吧，小黄的口水都要流下来啦！"然后又转向靳湘柳，笑着对她说："喂，一起去吧，我请客！"并对三位老同学介绍说："靳湘柳是我小学和高中的同学。念小学时，她曾经是我的顶头上司，她是学生会主席，我是副主席。"

靳湘柳怎么都没想到古全和会在这种时候做出这样的举动，面对古全和的邀请，她感到不知所措。她看着古全和那透着坦然真诚的眼睛，感到自己好像在做梦，说不出心里是个什么滋味，不由地想道，也许古全和对我根本就没有恶意，我在伙食科劳动的鉴定和他无关，他也不想报复我。她这样想着，心灵上的重负不再，感到一大解放，有如在春末夏初第一次脱掉冬装，换上夏装那么畅快，一时不知道自己该如何回应古全和，平时的巧嘴忽然僵滞，惶惑得连一句感谢的话都说不出来，直到古全和与老同学们离开了党委办公室，她才在他们的背后真诚地一连声地说"谢谢，谢谢"。

古全和带领着他的三位老同学，兴奋地说笑着走了。靳湘柳伤心地听着他们渐渐远去的说笑声，突然感到从没有过的伤感和孤独。她深信古全和永远都不会有她此刻的这种心情。他的同学们无条件地信任他，他们之间的同窗情意，即使远隔千山万水，即使十年不见，即使在眼前这种是非标准变幻不定、人鬼难分的时刻，也依然真诚如故。她羡慕他们，这样的朋友她一个也没有。她怀疑别人对她的善意，她自己也不信任别人。然而几乎在同时，她头脑里闪过曹操的那句名言和"防人之心不可无"的古训，心想："有谁知道古全和这样做是不是有意在麻痹我呢？"

154

按说，在轰轰烈烈的文化大革命中，没有谁愿意待在让人蒙羞的牛鬼蛇神劳改队里。但是古全和是个例外。他对于自己被写上大字报、挂了黑牌子、拉去游街示众、画上《百丑图》，以至于被关进牛鬼蛇神劳改队都不大在乎。别人怕大字报，他喜欢大字报。他还说，没有大字报的干部，除去已故的，都不会是好干部，因为既要积极工作，又能让各色人等都感到满意，这从理论上说，是不可能的，正像老计头说的，有人贴你的大字报，说明他心里有你，觉得你值得一贴。

前些日子，好心的佟金凤和彭其寿等都曾建议古全和向牛鬼蛇神劳改队队长韦善美和党委机关的临时负责人缪文逵提出请求，请求同意放他回党委机关参加运动。古全和对他们表示感谢，但是他没有提出这样的要求。他有与众不同的想法。他留恋牛鬼蛇神劳改队，他感觉这里对他说是避风港，比党委机关更自由。在这里，他除去韦善美的命令之外，不必听任何人的吆喝，也不必防范别有用心的人的突然袭击，而韦善美已经部分地恢复了他学生的本性，和他成了朋友。现在这里是他稍事喘息，养精蓄锐，锻炼身体，思考人生的理想的所在。1958 年 8 月参加工作以来，他从来都没有享受过这样的自由，除开进过为期一周的整党培训班，也没接受过什么培训。这让他联想到念党校。他想，念党校的作用就是摆脱烦冗，学习理论、总结工作、提高认识，而就反思往事来说，这里可能比党校更自由。在这里他可无所顾忌地，自由自在地翻检他经历的一切，把工作和斗争，从哲学的高度加以检阅和思考。他一边干活儿，一边思考，从小学、中学、大学、研究班，一直梳理到眼前；日常工作、政治运动，一一想过。遗憾的是有些事情，他既想不清楚，又无从求教。比如，怎样做才能算得上是真正的无产阶级先锋战士，一个计方平同志所说的职业革命家？为什么会众口一词地认定讲真话有罪？就像他在 1959 年反右倾中所遭遇的那样。反之，为什么不说假话也有罪？就像他在 1964—1965 年所遭遇的那样。为什么在党的理论和党的实践之间有这样大的差别？怎样估计中国共产党的现状？怎样认识无产阶级文化大革命？他认为党在任何时期、任何工作中都要讲群众路线，但是群众路线不等于党在特定历史时期的政治路线。解放初有过过渡时期的总路线，1958 年有过多快好省地建设社会主义的总路线，那么现阶段党的政治路线、革命路线是什么呢？它应该怎样准确表述？他说不清楚，也没见有谁专门清楚地表述过这个问题。他相信那些高喊誓死保卫革命路线的人也说不清楚，有些人甚至根本就没有想过什么是革命路线。那他们为什么还要盲目地胡喊乱叫呢？再比如，文化大革命的主要内容应该是左派反对右派，并打倒右派。那么什么是左派呢？划定左派的标准是什么？古全和感觉现在左派和右派都是个说不清道不明的问题。

让古全和感到意外的是他对师范学院造反派的新发现。他从"延安战斗团"在"周庆""月庆"和"百岁庆"的闹剧般的表现看到的是一伙心胸狭隘、目光短浅、自私自利的狂徒。他们近乎无耻的自吹自擂,晕头晕脑的自我膨胀,对于权力的渴望,明目张胆的占有欲和"老子天下第一,执掌师范学院大权舍我其谁"的野心,都暴露无遗。"延安战斗团"实际上是个利益集团。他们已经暴露出自己真正的追求。实际上,左右师范学院大局的易先农,已经占用了步行健的专车——苏制伏尔加卧车。他们的二号人物夏三浩以"借"的名义抢走了古全和的自行车,至今无意归还。夏三浩还把从俄语系马先生家抄家得到的布匹、西装、相机据为己有。据说易先农还有进北京参加中国共产党全国第九次代表大会,进党中央的野心。这使古全和想起了文化大革命之初,在学院治保会门前玩耍的那个光屁股的小男孩反复嘟囔的那句沉重的话:"现如今真心革命的人不多了。"他相信那不是孩子的创造,而是面对这一切的某个成年人发出的沉重的感慨。

155

师范学院的局势在不断地变化。控制权继续向造反派手中转移。"赤旗战斗队"中间的有些人脱离了红卫兵师,投向易先农的"延安战斗团",有些人则变成了逍遥派,从而壮大了校园里原始逍遥派的队伍。古全和的所谓原始逍遥派是这样的一群,他们的是非观念淡薄,不看重政治荣誉,也没有政治野心,不搞政治投机,既不反对共产党的号召,也不积极响应共产党的号召;坚持中庸思想,凡事只考虑个人的得失,常常游离于各种政治派别和思潮之间;多数是群众,也有部分政治上疲沓的党团员;在政治生活中,有他们不多,没有他们不少,他们不肯真正介入任何政治派别,少数介入政治派别的,也属摇旗呐喊之类,而不肯冲锋在前。

"赤旗战斗队"的队员不断流失,韦善美的态度在软化,他对于"集训队"的管理日渐松弛,"集训队"的活动从全天劳动改成了半天劳动、半天学习。今天下午"集训队"原本是政治学习,突然奉命加班,突击清除生物园苹果园里间种的豆地里的杂草。下午两点,古全和像往常一样提前一刻钟来到指定的集合场地第一篮球场。他发现周围的人都在神情严肃地驻足朝大操场的方向翘首张望。他也顺着人们的目光望去，发现步行健书记在烈日高照的操场上沿着跑道艰难地走圈。他赤裸肥胖的肩背上的汗珠在烈日下闪光。他脖子上套着一根粗铁丝，铁丝上拴着一段一尺多长的铁轨。铁丝深深地勒进他颈背部的肉里。驱赶他的是两个男生，其中的一个是韦善美。他们各手执一根从竹扫帚上拆下来的长长的竹条，潇洒地挥舞着，像赶牲口一样驱赶着步书记。韦善美还不时随意在步行健的身上随便什么地方抽打一下儿。由于铁轨沉重，步行健书记的头垂得很低，他的腰几乎弯到 90 度。他受伤的脖子仍然歪着，艰难地朝前移动着脚步，不时停下来，站起身，和韦善美争吵。争吵的声音很大，充满愤怒，断断续续地传来，但是听不清楚争吵的具体内容，好像仍然和司法有关。

古全和心里又浮起了一直折磨着他的那个老问题：这些孩子为什么一声"造反有理"就让他们突然变得这样麻木，这样粗野，这样残忍，这样没有人性！他深深地感到家庭教育、学校教育和党的政治思想教育的无能和无用，许多人都在跟着这场政治风暴朝前狂奔。古全和想到历史上和现实生活中的那些残忍的人和事，想到反映这些残忍的人和事的文学艺术作品，想到帝国主义和反动派曾经残忍地折磨过我们的先辈，想到这一切留在一些人灵魂深处的那些黑暗的记忆，想到这些记忆在这些孩子们心里的复活和恶变，终于幻化成以盲目、野蛮和残忍为特征的，所谓"造反派的脾气"！这种脾气又魔幻般地广泛传播到四面八方，蛊惑一些人作恶。他痛苦地默念着："韦善美啊，韦善美，你有一个多么好听的名字啊！可是你既不知道什么是善良，也不知道什么是美好！你残忍，你没有人性。你为什么会这样，为什么要折磨这个年过半百的老人？他是为我们的国家的独立、人民的解放而牺牲奋斗过的人呀！你韦善美能够走进大学校园，里面也有他的一份血汗功劳啊！"古全和这样想着，感觉心里发堵，眼睛发酸，感到自己无能，无奈，无比痛苦。

古全和从赤旗队员的闲谈中得知，步行健一直不肯低头认罪，一再要求把他送交司法部门。他被圈在牛棚里，不知道公检法部门也已经大乱，那里也有造反派，他的这种要求等于蔑视这些"革命小将"的权威，难免招致更多更重的痛打和凌辱。古全和注意到，面对"红色恐怖"，夏曦、邹伯涛、步行健、施梦麟、张扬、汤敏和江涌等，各有不同的应对方法儿。有的在暴力面前低三下四，以作践自己，投学生之所好来淡化他们对自己的关注，逃避打击，如江涌、张扬和汤敏等。有的逆来顺受，违心地接受造反派对自己的羞辱，以减轻他们对自己的敌视，以求自保，像施梦麟同志等。有的则仍然巧妙地坚持革命者行为的底线，不和红卫兵正面冲突，也不认可他们强加到自己头上的罪名，保持自己的气节，如夏曦和邬伯涛等。有的则不顾一切，坚持原则，和造反派对抗到底，即使招致无尽的痛苦也不肯妥协，如步行健书记。

步行健是在1969年的秋末冬初去世的。他的追悼会是在他死后十年的1979年的秋天举行的。原党委机关的人，包括已经调出师范学院的一些同志都参加了。关于步书记的后事，他的家属只提出了一个要求：坚决不允许甄惠羊和缪文逵参加他的追悼会。那时甄惠羊已经离开了师范学院，回了河南老家。颇感难堪的是缪文逵。他多次沉痛地表示愧悔。当时他已是新建的党委统战部的副部长，按说筹办步书记的追悼会他理应参与，而他却不能参加。步书记的后事是由新任的党委办公室主任彭其寿同志具体操办的。

"集训队"准时集合完毕。韦善美把步书记留给他的那个伙伴，自己哼着毛主席语录歌，悠闲地挥舞着他手中的竹条，来到"集训队"集合的地方。他说："喂，你们听着，今天下午的任务是突击清除苹果园豆地里的杂草，好好干，不许磨洋工！古全和留下！其余的人干活去吧。"

"集训队"的队员们顺从地离开篮球场，排队穿过跑道，朝生物园走去。

古全和在原地等待韦善美的发落。

"喂，"近来韦善美对古全和不再直呼其名，而是用"喂"代替，"你到研究生楼401房间去一趟！"

"什么任务？去找谁？"古全和问道。

"去了就知道了。"韦善美说着，神秘地一笑。

156

古全和一路猜想着韦善美叫他到研究生楼去干什么，不知不觉来到研究生楼四层，忽然想到，401房间不就是他自己的宿舍嘛。好奇心驱使他加快脚步，穿过长长的走廊，赶到走廊尽东头儿的401房间，见401房间的门开着，站在门口朝里一看，里面坐满了人。有的坐在椅子上，有的坐在写字台上，两张床上也坐满了人，有些人站着，有物理系的，有数学系的，有体育系的，多数是青年教师，也有几位中年教师和几个学生，整个儿的房间坐得满满的，总共有十几个人，所有的人都在对着他怪笑，注视着他的一举一动，像在欣赏一个珍稀动物。古全和想，此刻的他，在他们的眼里，也真是有点稀奇。平时他是站在人前讲革命道理的正面人物，而此刻他变成了革命的对象。

古全和惶惑良久才憋出了这样一句话："欢迎啊！"

他的话引发人们的一阵开怀大笑，和一阵喊喊喳喳的议论。

"少装相，你不欢迎我们也要来！"说话的是物理系青年教师童子明。

童子明家极其富有，破四旧抄家时从他家抄出28斤黄金。他有兄弟姐妹七人。他是爹娘的老生儿子，他上面有6个姐姐。古全和看了他一眼，不由得想起了他在三年困难时期在员工餐厅引发的那场风波。当时粮食就是生命，可是他在餐厅里吃馒头剥皮儿，引起所有的人的公愤，遭到群众自发的围攻和批判。他的态度很坏，公然高叫，馒头是他花钱买的，他爱吃就吃，爱扔就扔，谁也管不着。他的这句狂话差一点引来愤怒的人们的暴打，是古全和赶上去帮助他解了围。古全和当众批评他说，粮食是农民生产的，在今天更显珍贵，谁都应该珍惜，等等。对于群众七嘴八舌的批判，童子明无可奈何，可是他却把古全和善意的帮助作为对他的"训斥"而记在心里，此后不再跟古全和打招呼。古全和猜想童子明眼前这样对待他可能有两个原因，一个是报复他当年对他的"训斥"，一个是展现他造反派的脾气，表明他特别革命，跟他的剥削阶级家庭划清界限，冲淡他家被抄出28斤黄金对他带来的不利影响。现在这等"表演革命的"人物到处都有，唯恐自己表演得不"左"。

接着，一位留着短发的中年女教师语气平和地说道："我们是代表革命群众来命令你交代问题的。"听口气她好像是群众的代表，会议的主持人。

古全和认识这位女教师，知道她是数学系的，叫刘柳莺，共产党员，三年困难时期，曾经因为善于持家而一度名扬师范学院的家属区，院工会还推荐她介绍过她持家的经验，包括在凉台上的花盆里种小白菜等等。不过古全和并不欣赏她，认为她很俗，不像个共产党员。院工会推荐她介绍持家经验有些荒唐，1964 年整党时，她被数学系党组织列入消极疲沓不起作用的党员之列。

"明白。"古全和赶紧点头说。

会场总有人嘁嘁喳喳嘀嘀咕咕地说笑，估计是在评论古全和的表现。

童子明粗野地吼道："你回答！你是什么人?!"

古全和不想和他冲突起来，就说："我也……说不好。"

童子明骂道："你装什么孙子！平时你不是挺会嘟嘟的吗?!"

古全和明显地感受到他的敌意，瞪大眼睛看着他，直到看得他发慌。

刘柳莺委婉地说："古全和，你怎么评价自己?"

古全和想了想说道："我想自己是个犯了错误的一般干部。"

"哼，脸皮真厚，这会还不忘给自己涂脂抹粉！"童子明的语气满含轻蔑，"揭发你的大字报铺天盖地，《百丑图》上有你的尊容，黑帮干将的牌子现在就挂在你的胸前，游街也不止一次……还好意思说自己是革命干部！"

古全和没有理睬童子明。

童子明继续说："政治部早就有人说你是个老修正主义分子喽！"

古全和说道："愿意接受革命群众的审查。"

刘柳莺说："现在大家是要你自己表态！"

古全和说："刚才我说过了。"

"滑头！"童子明叫道。

刘柳莺说："大字报上说，师范学院抓学术讨论工作是你，《二月提纲》是你在全院传达的。你就交代一下《二月提纲》的内容吧！"

古全和想了想，说道："《二月提纲》是中央文件，现在还没有公开。你是 1946 年夏天民主联军路过江城的那段时间入党的老党员，你看我是不是可以公开这个文件的内容?"

刘柳莺没有坚持自己的要求。她没和古全和打过交道，而他竟知道她是 1946 年入党的老党员，心里不禁对他生出了敬意。佩服他深入群众的工作作风。

你一言我一语，嬉笑怒骂的审问持续了将近一个小时。古全和感觉，面前的这些师生，除去童子明，好像都不认为他是反革命修正主义分子。

在他们心里，他只不过是一个"假想敌"，就像是他们可以踢来踢去的一个皮球。他们拉他来审问，可能仅仅是为了找一个题目来玩一玩，有如打几轮扑克，下一盘象棋等等。他相信，许多批斗会都是这种货色。个别人在批斗会上骂人打人，可能是出于盲目的革命义愤，也可能是为了泄私愤，而更大的可能是要借以显示自己的革命精神，在众人面前为自己树立革命的形象。当然，也有野心家，他们参与这些活动是为了谋取政治利益。易先农和他的某些战友不是都已经得到了好处吗？现在师范学院的资产就由他们支配。有些人口头上高喊革命，其实那是为了自己。

古全和感到庆幸的是，这次突审活动没有中小学生参加，也没有人肯跟着童子明跑，大家演的是"文戏"，否则，他挨打的可能性也是有的。

韦善美说过，他去过401房间会后，就不必再回"集训队"了。不过古全和看现在还不到四点，而他自己是小组长，不该提前回宿舍休息，也怕集训队里发生意外，就直奔生物园。他赶到生物园的时候，"集训队"的人已经休息过一次，正重新开始劳动，劳动的内容仍然是清理苹果树林里间种的豆子里的杂草。落在最后的两个人是施梦麟和邬伯涛。他们年纪大了，施梦麟还患有肺气肿。古全和立刻加入到他们两人的小组，帮助他们赶上进度。

"怎么搞的！你不要命啦?!"江涌在申斥谁。

"什么事？"古全和跑到江涌跟前问道。

"你看，她拔掉了这么多的豆秧！会连累大家！"江涌紧张地说。

古全和是考虑到夏曦身体不好，才让她和江涌搭伴的。江涌要显示自己劳动积极，讨好韦善美，故意把夏曦甩在后面。夏曦要强，紧赶江涌。她生长在南方的大城市，分辨不大清楚哪是庄稼哪是草，忙中有错，误把豆秧当成杂草铲掉了。这要在平时，不算什么，而现在，人们唯恐事情不严重，很可能把它说成破坏生产的现行反革命行动。江涌担心被韦善美发现，借题发挥，抓夏曦一个破坏"抓革命促生产"的现行，牵连上他，才大发脾气。古全和想到夏曦同志刚刚大病一场，身体虚弱，受不得刺激，一旦旧病复发，就有生命危险。实验小学的校长范晓云就是因为在拔草的时候不小心碰掉了树上的几个青苹果而被一群小学生痛打得精神失常，一病不起。古全和考虑，认错检讨不是上策，只有冒险消除"罪证"，一旦被韦善美等人撞见，他就站出来顶替夏曦承担责任，无论如何不能让夏曦同志死在这里。主意已定，便对江涌说道："快，把豆秧埋起来！"几分钟后，豆秧就被埋起来了。一场大灾难就这样躲过去了，大家都松了一口气。

157

　　位于柳树林后面的东湖师范学院的员工餐厅始建于大跃进的 1958 年的春天，同年新年启用。当年是按照能够容纳一千人同时用餐的规模设计建造的，建筑规格略高于五十年代初兴建的东湖学生大餐厅。而现在每天轮流在这里用餐的人经常超过四千人，有时多达五千人，大多数人是全国各地来江城串联的师生。餐厅就餐高潮时，有些人不得不打上饭，到餐厅外面，蹲在路旁或是到柳树林里吃。一日三餐，外加夜宵，一天 24 小时，餐厅的工作日夜连轴转。

　　餐厅的售饭间，建在餐厅的东头，原设有一排六个规格划一的售饭窗口，现在这些窗口无法满足实际需要，只好停用，而在原来售饭窗口儿的前面搭建起临时售饭柜台。柜台用十张方桌拼成，南北长过十几米，上面设有十个售饭点，每个售饭点上配备两人，一位餐厅师傅，负责打饭打菜，一位是前来帮厨的教职工，负责收取餐厅内部的代金主副食餐券。在原有的六个窗口中，只保留了最南端角落里的那一个窗口，把它辟成"牛鬼蛇神窗口"，凡被收进劳改队和集训队，停发工资而只发 12 元生活费的人，都必须从那个窗口打饭。那里一日三餐只供应硬邦邦的玉米面窝窝头和大咸菜。

　　古全和整天挂着黑牌子进出餐厅，但是他从来不到牛鬼蛇神窗口那里去打饭菜。他不承认自己是牛鬼蛇神，餐厅的师傅们也不认为他是牛鬼蛇神，没有人强迫他到那里去打饭。不仅如此，他按照保健的需要，每天的中饭和晚饭都打两个好菜。有时是两个甲菜，有时是一甲一乙。他注意饮食卫生，餐具每餐洗刷两次，餐前一次，餐后一次。今天他从碗柜里拿到自己的碗筷，到水龙头下认真洗过，就赶到大柜台前排队。十条排队买饭的长龙，条条都甩到 30 米开外的餐厅的西门。古全和排在中间那一排的末尾。

老辈儿人有话："食不言，睡不语"，然而真正遵奉老人这一养生教导的人不多。可口的饭菜一进口，人就兴奋起来。每个人都有得自院内外的消息，不乏议论的话题和争相发表个人高见的欲望。用餐高潮时，餐厅里外，嗡嗡一片，有如闹市，以致人们面对面说话都难以听得清楚，不得不手舞足蹈，引颈高叫，以抢夺和占有自己的发言权，阐述个人的高见，抒发自己革命的豪情。

古全和排到柜台前，迅速把饭碗和菜碗一起放到柜台上，推给负责打饭菜的餐厅服务组的组长俞凤羽大姐，顺手把准备好的饭票和菜票递给收票人，看也不看地说："一个猪肉焖扁豆，一个馏肝尖儿，两个馒头。"这时，一个蛮横的声音突然响起："哼，你也配吃甲菜！"然后瞪着古全和，手指牛鬼蛇神窗口，高声嚷道，"你的'草料'在那里！"古全和猛抬头一看，是童子明！

童子明的叫骂声惊动了周围的人，附近的人们立刻安静下来。许多人发现有热闹好看，马上停住吃饭说话两不误的嘴巴，翘首朝传来声音的方向张望，想了解那里发生了什么有趣的事情。

这是突然袭击，古全和毫无精神准备，但是他知道事情关乎他的尊严和安危。所有他能想得到的应对办法闪电般地在他的头脑里飞旋，然而一时不知道如何是好。他想，如果他屈服于童子明的攻击，可能有人附和童子明，迫使他去吃牛鬼蛇神饭，今后在别的场合也会有人这样欺负他，羞辱他，骑到他头上拉屎撒尿，以至于威胁到他的安全。而如果他奋起反抗，又有可能激怒某些人，结果也会被动。是反抗，还是屈服？他必须当机立断，选择的机会稍纵即逝。他也想过对童子明说明他的病情，求得他的同情，然而这个念头只在他的头脑中一闪而过。他想，全院的老人都知道他有病。如果童子明同情他，他就不会在大庭广众之下袭击他。可是反抗的后果他也不能不考虑。导致郎俊兰被害的就是她不肯承认自己是"牛鬼蛇神"，不肯去吃牛鬼蛇神饭。此刻古全和的心情非常紧张，但是他注意到童子明的眼神也闪烁不定，断定他的心里也很紧张。古全和注意到没有人站出来响应童子明，大家都在观望。他相信餐厅里的工人师傅们会站在他的一边，而餐厅是工人师傅们的领地，现在他们是校园里最惹不得的一群人。古全和还想到，教职工不同于学生，他们会考虑自己行动的后果，即使有个别人对他不友好，也不会轻易地站到童子明一边来害他。

一种少年时代曾经有过的冲动，一种拼死一搏的强烈的欲望，促使古全和下定反抗的决心。他严肃地反问童子明："你有什么权力管我吃什么饭菜?!"

童子明没想到古全和会反抗，迟疑片刻过后才说道："你是黑帮!"

古全和毫不迟疑地回敬他说："你说了不算!"

饭厅里鸦雀无声。没有人支持童子明。

这时，餐厅大组长雷光胜闻讯赶来，立刻大声训斥俞凤羽说："大俞，你傻站在那里干什么?! 没看见在排大队吗?! 赶紧打饭!"

不知如何是好的俞凤羽，得到领导的命令，如梦初醒，兴奋地"哎"了一声，就把雷光胜的训斥转嫁给童子明，气愤地说："你愣在这干啥呀? 没看见后面在排大队吗? 不想干你就走人!"说着，抢起勺子，哐叽哐叽几家伙，给古全和盛上了两个甲菜。

童子明看看周围，无奈地收下了古全和的饭票和菜票。好戏的高潮过去了。

古全和如释重负，拿上他的饭菜，悄悄地离开了售饭处。

在和童子明僵持的那几秒钟，古全和担心的是他在平日工作中不慎触犯过的人会站出来响应童子明。但是那样的事情没有发生。孟广丰是政教系逻辑学教师，平时和古全和很少来往。此刻他特地赶到古全和所在的餐桌来陪他吃饭，和他说笑，安慰他。古全和从这次遭遇中悟到了一个非常重要的真理：群众中的绝大多数是识大体顾大局的。一个人，只要他真心实意地为群众办事，即使他一时失检，或是失态，办事不公，做了错事，他们也会原谅他。事实上他早就有过这样的感觉。他从小学到研究班，除开高中那段时间，一直是学生干部，年年是被人们选择的对象。有时他会感到不安，担心那些他得罪过的同学不投他的票，让他丢脸，可是他的担心总是多余的。现在他总算明白了这里面的道理。

这一夜，古全和浮想联翩，久久不能入睡。

158

城里的风潮，几乎同时汹涌扩展到广大的农村。古家庄有儿女亲友在城里念书或是工作的人家都慌了神。古家庄地处胶东偏远地区，1957 年的反右派和 1959 年的反右倾，没有谁家的儿女或是亲友被波及，但是有些右派分子和右倾机会主义分子曾经被下放到这里来接受监督劳动改造，他们见识过那些遭遇厄运的可怜的人。

在古家庄，人们习惯于把某人被定为右派分子说成是被"打成右派"。一个"打"字体现了古家庄人对于那场惊天动地的反右派斗争的黯淡的印象。古家庄人有关反右派斗争的情景，都是道听途说的，而"打右派"却是他们的独创，这和他们的见闻有关。不知道古家庄的哪个聪明人第一个把"打狗"和"抓右派"这两件事给联系起来，创造了"打右派"这样的说法儿。古家庄几乎家家有人下过关东，有的几代人先后多次下过关东。有家人或是亲友在关东的人家不在少数。凡是在伪满洲国时期在东北城市里生活过的人，都曾经见过高丽人"打狗"的凄惨景象：三五个身强力壮的高丽汉子，个个手持带有近两米长柄的尖利的二齿钩子，赶着一匹马拉的胶皮轱辘大车，车上装有容积足有一两个立方米可以密闭的大木箱子，在城镇的大街小巷里四处游荡，碰见无主的野狗就打。先用锋利的二齿钩子钩进狗身上的随便什么部位，然后用木棍猛打，最后把凄凉无奈悲鸣着拼命挣扎的狗塞进大木箱，再把箱盖盖上。在 1957 年夏天和 1959 年秋天的那两场政治风潮过后，凡有子女或是亲朋好友在城里的党政机关或是学校工作或是念书的，每遇政治风潮，他们都会想到反右派和反右倾，担心他们的子女或是亲朋好友被打成右派分子或是别的什么分子。

反右派和反右倾主要发生在城里和机关学校里，而文化大革命就发生在眼前。文化大革命骤起，城里乱了，古家庄也乱了。各种小报在古家庄的大街小巷漫天飞舞。有儿女或是亲朋好友在机关学校工作念书的人家儿又惶惶不安起来，最不踏实的就是儿子在江城的大学里工作的秀姑。她知道儿子为人耿直，做事认真，难免得罪人，说不定就会被人家打成右派。她担心儿子，也担心远在黑龙江的儿媳妇线淑平。不过古世才从来不担心儿子的安危，他相信儿子的人品和能力。但是文化大革命来势凶猛，波及面大，抓新右派的风声太紧，周围的人们嚷嚷得太凶，弄得他心里也有点打鼓。他相信儿子不会有事，可是他也知道，凡事都有个万一。过路的人被偶然从房上滑落下来的屋瓦打破头乃至打死的事也不是没有过，所以老人们教导儿孙不要贴着墙根儿走路，以防意外。意外遭难蒙冤受屈的人代代都有。他先后三次背着老伴儿，悄悄地到庄西头小学校里向那里的聂新生老师打听消息。

前天古家庄里出现了七八个从青岛和济南杀过来的红卫兵，有男的，也有女的，都佩戴着红袖箍。他们召集群众，在小学校的天井里发表讲演，鼓吹造反。今天一大早，古家庄就出现了革命的群众组织。住在村西头的古姓中的"大能人"古廷璞联络了一伙十几个人，成立了一个团体，叫"东方红战斗队"，简称"东方红"，高喊"造反有理"，说"舍得一身剐，敢把皇帝拉下马！"古世才想，"他认为古廷璞醉翁之意不在酒，他真正想打倒的是近在眼前的古家庄的党支部书记赵凤藻。"

古家庄的老人儿都知道，古廷璞和赵凤藻两人有过节，而且由来已久。

古廷璞是解放战争初期参军的，听说他作战勇敢，立过战功，后来从部队复员，自称副连级，庄里按政策每年给他钱和物的补贴。后来有材料揭发，说他只是个排长，他自己也承认了，给他的补贴当然也就取消了，还按规定追缴了他过去非法所得的那些补贴，让他在党内作了检讨，最后给了他一个党内警告的处分。古廷璞就把这笔账记到了党支部的老书记赵凤藻的名下了，他怀疑是赵凤藻揭发了他的问题，怨赵凤藻不讲乡情，不肯庇护他，让他破了财、丢了人、挨了处分，开始琢磨着怎样报复赵凤藻。

古廷璞怨恨赵凤藻还和古家庄的干部选举有关。古廷璞是古家庄的能人，他小的时候念过几年私塾，能读、能写、会算，参军前学过木匠手艺，是个小木匠，会打桌椅板凳。他爷爷是个亦农亦医的乡村医生，他也跟着他爷爷念过几本医书。复员后，回家务农做工，还借着他爷爷的名声，偶尔给左邻右舍、南庄北疃的人开个小药方。吃过他的方子不见效的，自然就不再来了；死了的是命该如此，俗话说，治病治不了命嘛；而好了的就给他传名。一来二去，他在古家庄一带就成了一个小有名气的医生了，连乡里县里也有人来找他看病。他爷爷当年是亦农亦医。他比他爷爷能干，是亦农亦工亦医。然而古廷璞并不满足，他还想闹个干部当当，弄个"亦农亦工亦医亦干"，具体说就是想当古家庄生产大队的党支部书记。不过他的名声不算好，人们背地里说他是个尖头，爱占小便宜，常为一些蝇头小利和群众闹纠纷，生活作风也有点问题，风传他和小古家庄的一个小名叫粉莲的年轻寡妇关系暧昧。在前年的党支部改选时，他报了名。赵凤藻考虑到他的条件，出于对他的爱护，私下里提醒他说，他不熟悉行政管理上的事，当庄里的一把手有难处，一旦落选，面子上不好看，劝他退选。可是古廷璞坚持参选，结果落败，败得很惨，得票不到赵凤藻的一成。去年大队长改选，他又参加了，也失败了。事后古廷璞到处说，他落选是因为赵凤藻在背地里捣鬼。古世才认为古廷璞挑头拉起战斗队，就是想趁机拆赵凤藻的台，争当大队的党支部书记，或是大队长。

在"东方红"成立的当天傍晚，就传来消息，说古家庄的庄东头也成立了一个组织，姓赵的年轻人几乎都参加了，号称一百单八将，比"东方红"的人数儿多几倍，打的旗号是"井冈山战斗团"，简称"井冈山"，领头儿的是老支书赵凤藻的侄子赵云山，声言"坚决保卫党支部！"实际上就是要保卫他的叔叔赵凤藻。两个战斗队成立的当天晚上就干起来了。此后，古家庄文斗武斗轮番上演，故事多多，有死有伤，而故事的中心情节始终是一个：打倒赵凤藻，或是保卫党支部——赵凤藻。

"井冈山"和"东方红"两派都说自己是造反派，天天对骂。"井冈山"仗着自己人多势众，挑起了第一次武斗。"东方红"的人被打得鼻青脸肿。后来"井冈山"从青岛弄回来一套广播器材，架起了广播站。当天晚上就遭古廷璞亲率"东方红"小分队的袭击，大喇叭被打哑巴了。赵云山还和外村的"井冈山"挂上了钩，横向里和他们联合起来；"东方红"也联络上了外村的"东方红"；于是，田庄公社内部的两大派随之形成。上级来人说叫他们联合起来抓革命促生产，他们也奉命谈判过几回，会上说得挺好，会后另搞一套，始终没能达成协议。现在，古家庄有两个政权。庄中间的十字路口以东，是"井冈山"的天下，以西是"东方红"的地盘，形成"一村两国"的格局，都有民兵武装，严重地影响到群众的生产和生活。当年土改时，贫协主席赵凤藻考虑到古家庄的土地有岗地洼地和肥瘦之分，庄里的土地是东西南北搭配着分配的。这会，庄东头的人到庄西的地里去干活，等于出国，可是没有办理出国护照的机关。庄西头的人到庄东去干活也有这个问题，因此常常引发矛盾冲突和小规模的武斗，探亲活动也都不得不选择了绕道来往的行动路线。两派的头目古廷璞和赵云山都是对方捕捉和制裁的对象，一般都不敢越出自己的势力范围。

为防被绑架，他们连集市都不敢去赶。

赵云山不断派人夜袭"东方红"的广播设备。到后来庄里实际上只有"井冈山"一家有广播站，他们不断报道城里的消息，说这些日子城里又像1957年那样，刮起了"打右派"的狂风，大学里抓了成千上万的新右派。有亲人和朋友在城里念书、工作的人家，又慌张起来。秀姑的两个眼皮一齐跳，说不清楚是跳灾还是跳财，生怕儿子会遭遇不幸，一连几天吃不下饭，睡不着觉。今天早饭古世才好说歹说劝说她喝了一碗高粱面的粘粥。她反复唠叨古世才说："俺一再说叫根儿回到咱们庄上来教书，你就是不帮着俺说话！还贬斥俺说'老娘们头发长见识短'，心里没有国家！要是咱们的根儿这会儿在庄里，俺用得着这样揪心吗?!"

古世才笑着回敬她说："大跃进的那会儿儿子回来看望你，你不是也说，孩子在城里工作体面，不愿意让他回来工作吗?"

听丈夫揭她的短儿，秀姑无话可说。其实她也知道，儿子是国家的人，他在哪里工作得由国家说了算。她说这些话，只是因为心里急得没法了，说一说，派丈夫一个不是，心里松快松快。

古世才说："你就放心吧，全和不会有事。"古世才并不认为所有的右派分子都是被什么人生生地"打"出来的，有些人被打成右派或是右倾分子，可能是事出有因。

"你还是去江城把他领回家里躲躲吧。"秀姑两眼红肿，嘴唇干裂。

"你又说糊涂话了，"古世才笑着说，"他是国家的干部，咱们能随便把他领回来吗？再说领回来他就平安无事了吗？咱庄上也分成两派。一派姓古，一派姓赵，他回来能天天猫在家里不参加庄上的活动吗?"

秀姑知道丈夫说得在理，可她还是说："俺说不过你！等孩子出了事儿，看你还有什么'章程'!"

古世才说："我心里有数!"

秀姑说："你坐在古家庄，心里能有个什么数?!"

古世才得意地说："咱们的孩子是真共产党，办事公道，不会有事。"

秀姑立刻不满地说道："哎呀，你可千万别再这么说了。按照你的这种说法，那有人就是假共产党啦？你这么说是要得罪人的呀!"

古世才不容反驳地说："走到哪里我都敢这样说，为国为民的是真共产党，事事处处都只为自己打算的人是假共产党。我看有些共产党员和国民党时期的保甲长没有什么两样！"

秀姑打断古世才，说道："行啦，你就说去吧，你是非要把人都给俺得罪光了不可呀！"

古全和笑嘻嘻地说："我这不就是在家里和你说嘛！"

"俺不愿意听！"秀姑不耐烦地摆摆手儿说，"你能，你是咱们全莱州府的头号明白二大爷！你就在家里等着吧，等过些日子就有人来接你去北京城帮着他老人家治理国家啦！"

古世才认真地说："你以为怎么样？庄稼人不糊涂。要是我说了算，由着庄稼人的意思种地，保准儿三年困难时期不会饿死那么多人。"

秀姑吃惊地看了丈夫好一会儿说道："你疯啦？不要命啦？！这些话要是叫干部们听见了，给报上去，就要了命啦！连根儿也得跟着你吃大亏呀！"

古世才很在意老伴儿的提醒，他不想牵连上儿子。当年他积极参加农民互助组、初级社、高级社和人民公社，都是为了儿子。他讨好地说："我这不是在家里和你说嘛……"

秀姑无奈地摆摆手，不肯再搭理古世才，担心他说出更可怕的话。

159

古全和他大舅胡大珂一路小跑着赶到古家庄，一头闯进古世才家的天井。秀姑和古世才慌忙站起来迎接，他们担心柳林庄那里发生了什么事。秀姑见哥哥满脸是汗，就赶紧打水去给他拿擦脸手巾。

胡大珂站在堂屋门口，下意识地接过妹妹递给他的湿毛巾，无心擦脸上的汗，而是急切地问道："听说城里又打右派了吗？根儿有消息吗？！"

秀姑说："没有啊！"然后指着古世才埋怨道："俺说叫他去江城看看，能不能把孩子叫回来避一避，可是他就是不去，总说根儿不会有事儿！"

古世才说："打右派又不是日本鬼子抓劳工，逮着谁算谁。全和听毛主席的话，和共产党一条心，不会干出格的事，他们为什么要把他打成右派呢？"

胡大珂摇摇头儿说："不怕一万，就怕万一啊，误打误撞的事也是有的！"

秀姑扶着胡大珂坐在锅灶前面的那张当年卢师傅送给古世才的小板凳上。

这时，住在井台南面的望兴他娘风风火火地闯进古世才家，秀姑赶忙站起来迎上去，笑着说道："望兴他娘来啦，屋里坐。"

望兴他娘没有回应秀姑，而是站在堂屋门前问道："根儿有信来吗？"

秀姑的心立刻揪揪起来，反问她说："你听到什么风声了吗？"

望兴他娘眼泪汪汪地说道："望兴媳妇回来了。"

秀姑急切地问："她说什么啦？！"

望兴他娘眼睛里溢出泪水，说道："她说根儿叫人家拉着游街啦！"

古全和他奶奶和望兴他奶奶是一辈子的好朋友。古全和小的时候常常吃住在崔家，望兴他娘拿他当亲生儿子对待。

秀姑听望兴的娘这样说，眼前一阵发黑，感觉头晕眼花，过了好一会，才缓过神来，含着眼泪问道："是望兴媳妇亲眼所见吗？"

望兴他娘止住哭泣说道："她是听他们邻居家的人说的。她邻居家有人在根儿他们的那个学校里工作，认识根儿。他说亲眼看见学生们拉着根儿游街。"

古世才心情沉重，知道儿子遇上了麻烦，但是他不想认可这条消息，以免惊吓着大家，特别是秀姑，便插话说："望兴媳妇什么时候回来的？"

望兴他娘说："有些日子了。"

古世才笑着说道："谣传！俗话说，十里路无准信儿。现在就是面对面也无准信儿。全和信里说他挺好，里面还有他新近照的相片呢，"说着，站起来，从正北供桌上拿来古全和寄来的那张四寸的照片给望兴他娘和胡大珂看。

望兴他娘接过相片，认真地端详了好一会儿，笑了，然后自言自语道："可把俺吓煞啦，孩子这不是挺精神的嘛，还透着一点笑模样呢，但愿老天保佑孩子平安无事！"

胡大珂猜到了古世才的用意，点点头，面无表情，没有说话。

秀姑擦干眼泪，无力地坐到蒲团上，长长地出了一口气。这时，秀姑才注意到，望兴他娘一直站在堂屋门外，觉得很过意不去，赶紧把她让进屋里坐。望兴他娘摆摆手笑着说:"孩子平安比什么都好。俺不坐了,家里还有事呢。"说着,匆匆离开了古世才家。

"世才,你还是去江城看看吧。"胡大珂认真地说。

"去也没有用,白糟蹋来回的路费。"古世才坚持说。他心里明白,就是儿子有事也得由他自己去扛,别人帮不了他。再说,这会儿村里很乱,谣言四起,他走了,把秀姑一个人扔在家里,说不定会发生什么事情。

胡大珂长叹一声,不再说话。他知道妹夫是个明白人,他一定有自己的盘算。

秀姑为儿子担忧是有原因的。她见识过那些遭遇不幸的人。1958年春,两个家在济南的孩子被从青岛的什么大学押送到古家庄,里面的一个女孩儿姓苗,叫苗玉,被派住在她家,由她负责监管改造。来她家之初,苗玉什么话都不说,只是天天跟着秀姑在地里场院里学着干农活儿,夜里常常偷着哭。区里的干部说,她是反党反社会主义的右派分子,得时刻盯着她,防止她进行破坏活动。秀姑见苗玉小小的年纪,人也和善温顺,不像个坏人。过了些日子,她就试探着和她拉家常,发现她还是个不懂事的孩子。秀姑可怜她,吃饭干活都照顾她,渐渐地和她亲热起来。这件事让她想到儿子在大学里工作不容易,弄不好也会叫人家打成右派分子,落到苗玉这样的下场。

1959年冬天,区里又给古家庄拨来一个叫敖玉刚的"右倾机会主义分子"。古世才认识他。当年他曾经带着县里的人来视察过古世才创办的古家庄养兔场,指导他总结经验,考虑在全县推广。古世才创办的养兔场是古家庄生产大队的副业,因管理有方而远近闻名,连省里都知道。后来因为生产队按半劳力给古世才记工分儿,他认为生产大队办事不公,一怒之下离开了养兔场。不久养兔场也就垮了。敖玉刚,莱阳人,是个老八路。听说他媳妇也是老八路,1945年春打日本牺牲了。他的独生儿子解放战争时战死在柞山战役里。老敖土改时在古家庄蹲点,和赵凤藻是好朋友。古世才家人口少,清静,秀姑会做饭,赵凤藻就把他安排在古世才家。区里的程区长和老敖是老战友,常常在天黑后一个人悄悄地来看望他,给他带来些好吃的。他说敖同志原先是县里的一个大干部,犯的是大罪。不过老敖同志没有在古家庄待很久,很快就被调到招远的金矿上去了。听说当年腊八那天的一大早，他突然发病，死在工地上。

每当听说城里起风潮，秀姑就会想到可怜的苗玉和老敖，想到她的儿子根儿也有可能会遭遇到那样的命运。

古世才到底也没有按照老伴儿和大舅哥的要求到江城去看望儿子。他相信儿子的人品和能力，他不会有事，再说，他一时也拿不出往返江城的那笔数目不小的路费。

晚饭后，夕阳如火。古全和走在回宿舍的路上，猛然发现公共政治课的戴国民走在他前面不远的地方。古全和见他潇洒地摆动着双手，得意地扭动着并不高大挺拔的身体，摇头摆尾地游荡在闹市区，好像还在哼唱着什么，那动作，那神韵，都显示着他的得意。现在的戴国民也真是今非昔比。公共政治课教研室也成立了叫作"红雷战斗队"的造反派组织，直属"延安战斗团"团部，全部由党员教师组成，队长就是戴国民。自然，有了权力也就有了信心和派头。现在的戴国民不仅是公共政治课教研室的大拿，也是东湖师范学院举足轻重的人物。

物理学上说，物体的形态和性状会因其所处环境的温度、湿度和压力等条件的不同而有所不同。古全和感觉这种现象在人类社会里也存在。一声"造反有理"和"红色恐怖万岁"就使得校园里一些人的人性大变。有些人随风仰俯，不停地变换着自己的面孔和腔调，追逐着各自的目标。有的是为了保官，有的是为了捞官，有的是为了平安，有的是为了复仇，而有的仅仅是为了满足自己的虚荣心。万变不离其宗，始终是"为自己"。戴国民也不例外。

戴国民和古全和是在 1957 年整风鸣放反右派的高潮中认识的。以前，戴国民一直把古全和当成他的好朋友，引以为荣。在古全和 1959 年反右倾挨批及以后的一段时间，戴国民疏远过古全和，但是六十年代初，古全和被选为学院第四次党代会代表、党团直属党支部委员、并被吸收进为整党领导小组核心成员后，戴国民又恢复了他和古全和的友谊。

古全和一直很关心戴国民。三年困难时期，戴国民闹浮肿和肝炎，一度灰心丧气，担心他的病好不了，将来找不着对象，戴家将后继无人，整天唉声叹气。古全和多次找他谈心，给他介绍自己治病养病的经验，向他传授过保健按摩和气功疗法，鼓励他和疾病做斗争。戴国民能够登台讲哲学辅导课，也和古全和的帮助分不开。戴国民哲学辅导课的辩证唯物主义部分讲稿是古全和帮助他撰写的。古全和还帮助他制定了进修计划，鼓励他争取用四五年的时间拿下哲学课。经过六七年的准备，1965年秋季开学后，戴国民开始给中文系三年级做哲学课辅导，一直到次年夏初。当时正值学术讨论的高潮，他在得意忘形之余，抛开讲稿，任意发挥，妄评《评新编历史剧〈海瑞罢官〉》，一时把握不住，落了一个不明不白的罪名。有些学生原本只是屈于系行政的压力，才勉强接受他的辅导教学，如今抓到了把他赶下台的借口，便把他告到了党总支。事关大是大非，金祥岂能替他背包袱，立刻停了戴国民的课，并要求他作深刻的检查。他痛哭流涕，跑到党委宣传部，找古全和诉苦求援。古全和问他："你一个大男人，有什么了不起的大事，至于这样哭哭啼啼？"戴国民诉苦说："古大哥，我犯错误啦！"接着就说他在哲学辅导课里联系实际时说走了板，领导停了他的课。古全和安慰他说，讲政治课联系实际是对的，有错误可以改正，鼓励他继续努力。事后古全和还找金祥交换意见，建议教研室帮助他早日重新登台授课。但是不久，文化大革命就开始了，所有的课程都停了。古全和没想到最早站出来贴大字报诽谤他的就是戴国民。他揭发古全和大字报的标题就是：《看！黑帮干将古全和是怎样打击一个出身贫农的革命教师的！》。他在大字报中说他在哲学课上联系实际分析时事，党委宣传部分管学生政治理论教育的古全和，依仗黑党委的淫威，剥夺了他批判资产阶级的权利，说古全和满脑子封资修，在三年困难时期公然向他传播封建迷信思想。古全和没想到戴国民会为了给自己制造政治资本而无耻到恩将仇报诬陷好人的地步。戴国民的恶行让古全和头脑里生出这样一种想法儿：一个人，如果心里只有自己，他是什么坏事都能干得出来的，这样的人和革命风马牛不相及。古全和认为戴国民的愚蠢、自私和目光短浅也是出了格的，竟不知道文化大革命是短暂的，它终将过去，而做人是一辈子的事。

古全和从懂事的时候起，就面对富人贱视、剥削和欺压穷人的不公的社会现实。人们常说"人穷志短，马瘦毛长"。而古全和过去只认可这则格言的后半句"马瘦毛长",而并不认可它的前半句,认为"人穷"未必"志短"。他本人和他周围的亲人没有谁为自己出身穷苦而感到自卑,在任何场合、对任何人,他都会坦然地说,他父亲是铁匠或是皮匠,他母亲是农民。而戴国民以及江涌和甄惠羊等人的表现动摇了他的这一信念。现在他开始意识到在"人穷志短"中的确包含着某些真理,理解了汉朝人晁错在《论贵粟疏》里写的:"饥寒至身,不顾廉耻"的真实性。面对饥寒,有人历尽艰辛,变得坚强;也有人不顾廉耻,堕落到汉奸、叛徒等猪狗不如的地步。

戴国民乘文化大革命之风一跃而成了师范学院校园里的红人,从以往被某些人歧视,一变而以为自己有资格歧视他人。他的举动、言谈和神情也都变了,展现出来的是原本就潜伏在他的躯壳里面的另一个戴国民。他常常像旧社会农村里的老地主一样,得意地倒背着双手,仰面朝天,在餐厅里、大路上,大摇大摆,高谈阔论文化大革命,颇有老子天下第一的派头。古全和开始质疑教育和思想改造在塑造人的灵魂方面的作用。无数教育史著作都讨论过这个古老而又新鲜的问题。古全和肯定学校教育和思想改造有助于人们灵魂的铸造、校正和净化,但是他感到它们在铸造人们灵魂方面并不是决定性的因素。刘青山、张子善等人的堕落,并不是因为他们没有受过党的教育,没有经受过革命的考验,而是因为在他们的骨子里有一个早已形成、根深蒂固、自私自利、低贱下流的灵魂。这个灵魂驱使他们去干那些寡廉鲜耻、卑鄙龌龊、危害人民的勾当。教育也许只能解决人们的认识问题,而不能从根本上解决人们灵魂的问题。灵魂也许早在娘胎里就已萌发,在幼儿时期初步定型,然后支配着影响着人的一生,就像民谚里所说的那样,"三岁看大,七岁看老",否则怎样解释一奶同胞在思想性格方面的巨大差异呢?所谓"江山易改,本性难移"说的就是这个意思。说不定科学家将来能够找到这种奇妙现象的原因。

古全和不想立刻回宿舍休息,就弯进路边的柳树林,绕过养鱼池,在林中小径上漫步。林间明亮而平静。从学生食堂方向传来阵阵声嘶力竭的口号声,那里正在开谁的批斗会。古全和索性坐在小路旁的长椅上想心事。他想,自从人类进入阶级社会以来,被剥削者总是被踩在社会的底层,他们为包括来自剥削阶级的那些富有人道主义精神的优秀分子在内的善良的人们所同情,更有许多来自剥削阶级的优秀分子参与了劳动人民反压迫反剥削求解放的斗争。这样的历史延续了千百年，终于有伟大的马克思总结历史的经验，给人类指出了一条求解放的科学道路。这条道路，从英国宪章运动的朦胧小路，到巴黎公社的伟大尝试，再到俄罗斯辉煌的十月，特别是中华人民共和国的胜利诞生，终于形成了强大的社会主义阵营，使雄壮的国际歌响遍全世界。可是靠戴国民这样的造反派能够把文化大革命进行到底吗？走资派有私心，应该批判，可以打倒，那易先农和戴国民就没有私心吗？他们的私心就一定比走资派少吗？现在大力张扬的是"公"，而无处不在的却是"私"。对于有些人，只要价码合适，不要说是朋友，就是亲爹他也会出卖。革命要改造世界，也要改造人。来自剥削阶级的人们要改造，来自被剥削阶级的人们也要改造，而有些人总是惦记着当改造者而不肯改造自己。从前是这样，现在还是这样。

161

午饭后，古全和一回到宿舍就打开一个西瓜，刚要开吃，就有人敲门。他慢慢地把门打开，站在门外的是两位不速之客，一位是历史系的青年教师彭朋，另外一位是个女生。古全和知道她是历史系三年级的，听过自己的马克思主义经典著作讲座，但是叫不出她的名字来。

古全和听说彭朋从旧市委联络组回到学校后，就投入了易先农的造反派，现属"延安战斗团·抗大战斗队"，而"抗大战斗队"是由历史系的师生混编而成的，全队只有二十多人，能量很大，《百丑图》就是他们的杰作，队长是亓岩松。古全和想，彭朋来干什么？头脑中浮起一则民谚："夜猫子进宅，无事不来。"

彭朋板着脸，一言不发，看也不看古全和，大模大样地闯进401房间。那个女生面带依稀可见的微笑，不声不响地跟着彭朋走进房间。

彭朋外号"人样子"，平时穿戴时髦，风流倜傥，满身少爷气息。如今平民化了，弄了一顶半新的军帽扣在头上，还染上了以蛮横放肆为特征的造反派的脾气。古全和把彭朋让进房间。彭朋不说话，他也不说话。他想看看此时此刻的彭朋将怎样表演。

彭朋坐到古全和的写字台前。那个女生站在南窗下，朝外张望。古全和坐在床边。他的右手儿是彭朋，对面是那个女生。这时，彭朋掏出纸笔，拉开架势，准备记录。古全和猜想彭朋他们是来为他们战斗队炮制大字报搜集材料的。

　　彭朋突然发话说，他们是"延安战斗团"抗大战斗队特遣第一战斗组，奉命前来提审古全和，要求他积极配合，老实回答问题。接着就看着手上的一张纸条，提出了所谓古全和剥夺公共政治课教研室戴国民讲授马克思主义的权利的问题。

　　女生转回身看着古全和说："你听清楚了吗？"

　　古全和面无表情地点点头说："听清楚了。"

　　这时，古全和想起，这个女生叫梁玉梅，吉林省前郭旗人，她对他说过，他们家乡江里的鱼很多。听老人说，早些年，行人乘船过江，江里的鱼会往船里跳，把船压沉。她说，他们那里卖鱼不论斤，而是论网，一网几十斤，只收几块钱等等。

　　古全和没有正面反驳彭朋，而是说道："你是老教师，应该知道，叫停一名教师授课的权利在教务处，而不在党委机关。"意思是说，叫停戴国民的课程的事情和他无关。

　　彭朋板着面孔继续说道："狡辩是没有用的，你威胁过戴国民，正确的态度是转变立场，承认错误。"接着又转变话题，质问古全和说："师范学院批判《海瑞罢官》的工作是你具体负责抓的。你就谈谈黑帮分子步行健是怎样破坏学术讨论的吧！"

　　古全和面无表情地看着彭朋。古全和鄙视彭朋，也可怜他。师范学院学术讨论的情况，彭朋比谁都清楚。彭朋重点联系师范学院，直接参加师生的讨论，天天听取古全和本人和各个党总支宣委的汇报，而他现在却在红卫兵面前装模作样地审问古全和，让他交代学术讨论中的问题！不过古全和还是装出公事公办的样子，简要地述说了师范学院开展学术讨论的全过程，其中也说到，步行健没有具体过问学术讨论工作，党委分管学术讨论工作的是副书记施梦麟。党委宣传部和他本人在学术讨论中做的就是两件事：一件是及时向上级汇报师生员工对待学术讨论问题的反应，一件是组织师生们写批判文章。

　　彭朋又装模作样地问历史系的宛金平的问题，问党委是怎样包庇反动学生宛金平的。古全和说："据我所知，党委没有专门研究过宛金平的问题，只是江涌按照党委副书记施梦麟的指示，到历史系中国古代史研究班去讲过几句话，说宛金平是反动学生。"

彭朋摆出造反派首领的架势，居高临下，故作姿态，教训古全和说："听说你出身劳动人民家庭，平时表现也还算好，要反戈一击，老实交代，争取组织和群众的谅解，早日回到革命群众中来。"

古全和知道彭朋这是表演给梁玉梅看的，本想抢白他几句，但是他不想图一时之快，惹是生非，就忍住了。深懂人情世故的彭朋，很了解古全和的为人，听得出是在嘲笑自己，脸上有点儿挂不住，不敢和古全和较真，怕在学生面前丢面子。彭朋知道在古全和这里会一无所获，他是奔着古全和的工作笔记来的。彭朋在听取古全和汇报的时候，看过他的工作笔记，知道那里面记录了许多师生员工的情况，还有一些古全和抒发感情、展现他的奇思怪想的诗词，拿到他的工作笔记，一定大有文章可作，说不定能有轰动校园的发现。他用命令的语气说道："把你的工作笔记交出来吧。"

古全和说道："我的工作笔记里面记录着一些人的私生活问题，我无权外泄。"

彭朋以启发诱导的口气说道："你得信任造反派，我们会掌握政策、注意分寸。你要有点造反精神，为文化大革命做贡献。施梦麟副书记和党委常委张扬、汤敏等很多走资派的工作笔记都交出来了，你还有什么顾虑？"

古全和笑着说："这个问题和个人的地位无关。现在是'人自为战'，个人对自己的言行负责，要对现在负责，还要对未来负责。我无权公开工作笔记。"

彭朋无奈，就给梁玉梅使眼色，意思是让她作恶人，以红卫兵的身份迫使古全和交出他的工作笔记。但是梁玉梅什么话也不说，她同意古全和的说法。

彭朋蛮横地命令古全和："你必须交出工作笔记！难道你要抗拒造反派吗？"

古全和强硬地说道："我只听党组织的命令。我的工作笔记只能交给党组织。"

古全和确信彭朋弄不到党组织的介绍信。因为学院筹委会已经奄奄一息，而且即便开具了介绍信，古全和可以不承认；而江城市委不会不问青红皂白地给某个单位造反派的小头头开具这样的介绍信。不过彭朋还是说他去想办法开具这种介绍信，他得给自己找个台阶下。彭朋走后，梁玉梅就恢复了她学生的本来面貌，小心地掩上房门，关切地问道："古老师，您还好吗？"

古全和笑笑说："还好。"

"我们班的同学都惦记着您。"

古全和高兴地说："你替我谢谢他们！"

"古老师，您不记得我啦？我是文工团的，听过您的课呀。"

"怎么会不记得呢？你叫梁玉梅，前郭旗人，爱唱二人转，是文工团说唱团的，你们老家江里的鱼很多，论网卖，很便宜，一网几块钱……"

梁玉梅高兴地点点头，关切地问道："有人到您宿舍里来闹腾吗？"

古全和笑着指指房门说："你看，我的房门不是还没有变成'狗洞子'吗？"

梁玉梅笑了。牛鬼蛇神劳改队里的人，他们的房门都被造反派用大字报制成的门帘给从外面罩起来，命令他们出进门不得碰坏了垂到地面的大字报门帘，弄得他们不得不小心翼翼地爬出爬进，他们的房门就被人们称作"狗洞子"。中国人重廉耻，现在类似的举动是糟蹋一个人的人格常用的一种手法。

梁玉梅说？"哎？怎么有一股子西瓜味呀？"

古全和笑着说："真是馋人鼻子尖，是有西瓜，黑帮的东西你敢吃吗？"

梁玉梅爽快地说；"怕什么？敢！"

古全和从饭橱里搬出半个西瓜，递给梁红梅，又递给她一把铝制羹匙，说道："快吃，别让那个'假革命'看见，添油加醋地满世界地去瞎嚷嚷我腐化堕落！"

梁玉梅看着古全和，忍不住笑起来。她一直觉得古全和很严肃，现在发现，他简直就像是个淘气的大孩子，居然这样信任她，敢当着她的面骂彭朋是假革命，还无所顾忌地跟她开玩笑，请她吃西瓜，便和他开玩笑说："您不怕我写大字报揭发您腐蚀造反派吗？"

古全和笑着说："半个西瓜就能腐蚀倒的造反派，还能叫造反派吗？"

梁玉梅因为得到古全和的信任而感到高兴。

正像古全和所预料的，彭朋没能弄到组织介绍信。事后古全和立刻就把他的工作笔记转移出去了。他担心彭朋恼羞成怒，怂恿人来抄家。

162

彭朋和梁玉梅走后不久，中文系的学生王宁和李颖就敲门进来了。她们俩不是头一次到古全和这里来。王宁和李颖知道古全和接待女生要开着房门，不过这时她们几乎同时去关门。王宁抢先把房门掩上，然后坐下。李颖关切地问道："古老师，您好吗？"

古全和高兴地笑着说："还好！谢谢。"

李颖又说："我们是'延安战斗团·向阳花支队'的，来核对一件事情。"

古全和说："你们'延安战斗团'胜利了。"

王宁沮丧地说："胜利了，又分裂了！有些人私心太重！争名夺利！"

李颖说："有人说，中国人天生爱闹分裂，您同意这种说法吗？"

古全和认真地说："当然不同意。历史事实恰恰相反，中国人最重视统一。没有哪个国家和民族像我们中华民族这样重视统一。统一是中国历史的主线，短暂和局部的分裂，只是向统一的一个过渡和间歇，所谓'合久必分，分久必合'。在中国的历史上，无论谁主宰中华大地，他干的第一件大事都是统一。秦、汉、唐、宋、元、明、清，直到今天，都是如此。世界上历史和文化五千年连绵不断的只有我们中国。正因为这样，'解放台湾'才是现在我们中华民族儿女最大的关切。"

李颖突然笑眯眯地问道："古老师，说老实话：您吹捧过什么人吗？"

古全和立刻认真地摇摇头说道："我想是没有。"然后又肯定地补充说，"我敢说从来没有吹捧过什么人，也没有贬斥过什么人。"

王宁从她的印花布的手提袋里抽出一本《东湖师院》1958年的合订本儿，翻到一个地方打开，指着上面的一首占了一个整版的长诗笑着对古全和说："这首长诗是不是您写的？"

古全和认真地看了看，笑着说道："啊呀，不错，是我写的。不过应该说是由我执笔集体创作的，是咱们系1958年为庆祝'七一'排练和演出的集体朗诵诗。参加那次集体朗诵诗的写作、排练和演出的，有党总支的代表、团总支的代表、工会的代表、老教师的代表、青年教师的代表和学生代表，总共50多人。朗诵诗的创作和排练是在数学楼101教室进行的。当时大家情绪振奋，欢声笑语，纷纷当场提供材料和诗句，我当场就把它们编写成一行行一节节的韵文，写在黑板上，继续讨论修改，整整折腾了一个上午才完成，然后刻板油印，人手一份，进行排练，直忙碌到第二天上午在全院师生员工大会上演出。不过我不知道后来它又被刊登在院刊上了。"

谈到1958年大跃进和教育大革命，想到当时全国人民团结一致、不计报酬、不讲条件、不怕苦、不怕累、齐心奋斗，超英赶美的那个火热的岁月，古全和仍然满面喜色，激动不已。

"诗里有热情赞美吴月英讲授《国际歌》的细节描写……"李颖提示古全和。

"不错，有这方面的细节。事情是这样的，在1958年教育大革命之前，外国文学课只讲西方资产阶级文学，而不讲东方文学。无产阶级文学也只讲俄国早期无产阶级文学和苏联革命文学。英国宪章派文学、法国巴黎公社文学和德国革命诗歌都不讲。1958年教育革命，提出要弘扬无产阶级文学，并把这些内容纳入教学大纲，吴月英老师带头讲了鲍狄埃的《国际歌》。在当时，这是一件新事物。因此我们就顺手把它写进朗诵诗。这是写实，是歌颂新生事物，不是吹捧。"

李颖对王宁说："情况都核对清楚了，让古老师休息，咱们走吧。"然后转身又真诚地关照古全和说，"古老师，您千万多多保重！"

当天下午课外活动时间，在柳树林闹市区的一段席棚上贴出了一份大字报，题为《看！黑帮干将古全和是怎样吹捧黑帮分子吴月英的！》，里面所有古全和的名字上面，都用红笔打上了大大的叉子。

古全和看着这份大字报，心里既觉得好笑，又感到可悲。他想，现在许多人说的都不是自己的心里话，而是在按照某种政治需要说假话。在师范学院的校园里，好像到处都是唯物主义；而在人们的实际上行动中最缺的又恰恰是唯物主义。好像所有的人都淡忘了共产党的思想路线实事求是。在师范学院的校园里，连真话都不能讲，何谈唯物主义？！古全和一点儿都不怪李颖和王宁。这样做的也不仅仅是她们二人。说假话已经变成了人们生存的必需，文化大革命正在变成说假话说大话说疯话的比赛。

院广播站在午饭和晚饭的时候反复广播筹委会的重要通知，说今晚七点半在大操场召开全院师生员工第二次批斗牛鬼蛇神群众大会。古全和想，他属集训队，不算牛鬼蛇神，该不会被拉去批斗。不过他想到校园里有靳湘柳、蓝秀花和童子明等人期待着他出丑，而这会儿有几个人，制造一点儿事端，再一煽动，有时就可能围斗某个人，所以他觉得挨斗的准备还是应当有的。他早早吃过晚饭，回到宿舍，吃过西瓜，耳朵朝向大操场，听着从那里传来的动静，等待着开会。

闹钟的时针已经走过七点半，西下的太阳威力仍然不减，此刻的401房间并不见多少阳光，但是里面依然蒸笼一般。古全和估计各系各单位的队伍此刻应该已经集结完毕。然而大操场那边却一点儿动静儿都没有，他想，事情也许会有变化。朝令夕改、变动不定，是师范学院当前政治生活中的一个常见的现象。古全和的神经松弛下来，打开收音机听新闻。

时间已近晚上八点，太阳就要落山，晚霞映亮了研究生楼东面新建的学生宿舍大楼雪白的西山墙。但是大操场那边还是没有动静。古全和想，大会肯定是不开了，大家可以躲过今天晚上的一羞、一险，甚至一顿暴打。而就在他躺到床上放松自己的时候，大操场那里传来了"咿咿呀呀"和"嘎拉嘎拉"的声音。他知道，这是电教科的工人老廖师傅在调试扩音设备，大会还是要开，他的心情不禁又紧张起来。他是一个坚强的人。但是几年来他多次遭受过莫名其妙的突然袭击，损坏了他的神经，现在一碰上突然的变故，哪怕是一件无关紧要的事情，比如发现丢了钢笔，他也会不由自主地紧张起来。他知道这是一种精神方面的疾病，只有改变生活环境才有可能逐渐康复。这也是他常常萌发调离党委机关，回系工作的一个原因。

从大操场传来了一个熟悉的声音："革命的同志们，战友们！东湖师范学院揭发批判斗争牛鬼蛇神的革命群众大会，现在开始！"

宣布大会开始的是院临时筹委会副主任、俄语系俄语专业的学生王敏福。虽然现在活跃在师范学院校园里的是"延安战斗团"，但是他们还没有得到上级党政机关的批准和全院师生员工的认可，院筹委会死而不僵，仍然在活动。古全和估计，这可能是王敏福他们的最后的一次表演了，今后东湖师范学院将是"延安战斗团"的天下。

王敏福宣布开会过后是一阵翻江倒海、杀气腾腾的口号声。

古全和想，大会已经开始，没有拉他上台，今晚没有他登台表演的任务了，心情渐渐地平静下来，但是仍然感到不安，担心会上会发生打人、伤人和死人的意外事故。

王敏福厉声喊道："把牛鬼蛇神都给我拉上来！"

接着，又是撕心裂肺、杀气腾腾、真真假假的愤怒的口号声。如果古全和在现场，他也得这样喊。喊"打倒步行健"的并不都要打倒步行健。古全和又想到了车尔尼雪夫斯基说的那段话：独立的个人不容易被骗，而当他介入了某种组织，则很容易被骗。

王敏福在文化大革命前原本是个默默无闻，朴实憨厚的女生，一件偶然的事让她美名远扬，浮上政治风暴的潮头。今年五月底她回老家吉林扶余去看望她病重的母亲，返校时突遭罕见的暴雨，山洪把沿途的许多路段都冲毁了，交通断绝。她为按时返校，赤着双脚，饥一顿饱一顿，日夜兼程，步行几百里，如期赶回学校。她的行动体现的正是一不怕苦，二不怕死，艰苦奋斗和遵纪守时的优秀品质，一经院刊报道，立即受到全院师生的好评。不久，学院成立临时筹委会，人们就把她推上筹委会副主任的宝座。上台不久，她又有了轰动一时的精彩表现：在全院第一次批斗牛鬼蛇神的大会上，创造性地喊出了"要骂出一个红彤彤的新世界"的经典。她的豪言壮语，震撼全院，传遍全城，响彻各个角落，她也成了江城的名人。

海涛般的口号声从大操场那里传来。古全和的心也飞到了大操场。他想象着备受折磨的步书记，这时可能正跪在主席台上。古全和平时和步行健没有个人来往，在党委机关内部无形的派系中，古全和不属于任何一方。可是他总惦记着步行健书记，因为他是长辈，他曾经和日本鬼子和国民党反动派拼过命，为创建新中国和社会主义事业立过功，不管他现在有多大的过错，至少他对革命的忠诚，他的历史功勋是不可磨灭的。

高音喇叭里传出院筹委会主任、政教系应届毕业生杨兴泉的声音。他扮演着"主控人员"的角色，历数着院级牛鬼蛇神和走资派的罪恶，他的指控不时被狂热的、海啸般的、混杂着真诚和虚假的戏剧性的口号声所打断。古全和心中忽然浮起一阵迷惘，感到世事真是变幻莫测。几年前人们奉行"反党就是反革命"的原则，有人甚至说"反对党员个人就是反对党"，而如今却把党委所有主要领导干部都拉到主席台上去批斗！古全和想如果江涌能预料到会有今天，在"四清"时可能就不会为了弄到一个副部长的职位而昧着良心去奉承"四清"工作组的黎树凡，害古全和了。

古全和站在窗前，透过株株柳树树冠之间的间隙，远眺位于强光下的大操场，隐隐可见部分模糊的场面，深感不安，担心处在这种激愤和惶恐之中的人们，会干出什么可怕的事情来。这些日子，院内外有人非正常死亡的消息不断。今天晚上这里会不会发生什么不幸的事情？他不知道，只希望所有被拉到台上去的人都能平安。人活着，做错了的事情以后可以改正，而如果人死了，那一切就都不可挽回了！别有用心的人将把造成这些罪过的责任都记到共产党的账上，损害党的威信。

一阵凉风吹来。一个女学生在激动地发言。古全和听得清楚，她在揭发江涌，说江涌在四清时窃取党委的宣传大权，在反革命修正主义分子施梦麟的卵翼下爬上宣传部代部长的位子，疯狂推行反革命修正主义路线，千方百计破坏学术讨论，亲手炮制了破坏师范学院学术讨论的《二月小黑纲》，罪该万死！接着就喊出了"打倒野心家江涌！""打死反革命修正主义分子江涌！"声浪层层涌进古全和的窗口。古全和想，所谓《二月小黑纲》只不过是学院"学术讨论工作计划"，是他根据中央的《汇报提纲》起草的。他得去说明事实真相，承担自己的责任！不能让别人替自己背黑锅。他这样想着，就冲出房门，快步从三楼跑到一楼。一出楼门口，就被两个黑影挡住了去路。他警惕地后退一步问道："你们想干什么?!"

"你要到哪去？"一个操辽宁口音的男生问道。

古全和再后退一步，没有说话。

"回答问题。"另一操湖南口音的男生问道。

古全和说："去大操场。"

"去干什么？"辽宁人说。

古全和说明了他的心情和打算。

两个男生躲到一边嘀咕了一会儿，然后劝说他不要去。而古全和坚持要去，他说他不能让别人替自己背黑锅，如果造成可悲后果，自己将终生不安。两个男生表示同意他去，但是嘱咐他说，不是他的错误不要往自己身上揽，不要乱给自己戴帽子。

古全和在两个男生的护持下，匆匆穿过昏暗的树林，朝大操场疾走。

在高瓦数的巨型聚光灯下，大操场亮如白昼，老远就能看清大操场东侧的露天主席台上跪着长长的几排人，几乎所有的人都跪得直直的，只有一个人卧跪在台上，他就是江涌。古全和不禁暗笑，觉得江涌跪得聪明。他这样跪扩大了身体着地的面积，减少了单位面积的压力，减轻了膝盖的负担和痛苦。

两个男生把古全和带到主席台的后面。这时古全和才看清他们的面容。

"走！"辽宁人拿出革命造反派的架势，厉声申斥古全和。

古全和发现这两个学生也有两副面孔，他们在黑暗里对他说的是真话，而在灯光下说的是假话。他想，有谁不是这样呢？古全和痛苦地想："现实迫使人们当两面派，革命变成了一种表演，这样会有什么积极的结果？"他感到深深的困惑。

湖南的男生找来了大会副主席王敏福。王敏福认识古全和，愣愣地看了他一眼，又转身和杨兴泉耳语了一会儿，然后厉声对古全和嚷道："回去吧，好好地考虑自己的问题！"

这个恐怖的夏夜永远留在古全和的心里。他期望不久之后能和这两位同学一聚，表达他对他们的谢意。遗憾的是他们都是应届毕业生，不久就如期参加毕业分配离校了。古全和从留校的文工团员那里了解了事情的真相。那天下午，文工团曾再次召开大会，会上再次发生争论。俄语系英语专业二年级学生、文工团乐团指挥朱文英说，党委机关的人说古全和是老修正主义分子，口头上说的是毛泽东思想，干的是反革命修正主义，提议要再次游斗他，抄他的家，封他的门。但是多数人反对朱文英。他们说，古全和在1961年夏天重新接管文艺社团之后，指导大家编写、排练、演出和制作了许多好节目和好作品，有的作品还曾经在电台录音广播，因此可以揭发批判他的错误，但是不可以抄他的家，封他的门。有人担心个别人擅自行动，特地派人来保护他。古全和想，他尖为什么认识那两位好心的男同学呢，他想他们可能是某队的新队员。

古全和告别两位同学，回到宿舍，顺手按下电灯的开关，见写字台上摆着一只没有开封的咖啡色的安瓿瓶，安瓿瓶的下面压着一张纸条儿，上面写的是几个漂亮的仿宋体字："保重！身体是革命的本钱！"古全和拿起安瓿瓶，见是一瓶口服的肝精。他知道这种药很贵重，院卫生科的卢大夫曾经给他开过几支针剂的肝精。他想送药的人可能是高干子弟。用仿宋体字留言是为了表达自己的诚意和在政治上自保。他们可能是谁呢？他猜不出来，估计可能是院美工宣传队的。美工队的同学都会写规范的仿宋体字。30年后，他才知道送药的人，那时此人已经是全国著名的画家，某省美术家协会的主席了。东湖师范学院学生文艺社团骨干毕业后改行从事专业的和业余的文艺工作的，并不是很个别的。

164

全院批斗鬼蛇神大会以后的第二天上午，公共政治课"红雷战斗队"派人来院部集训队，要求古全和到他们队部去接受审问，交代问题。"红雷战斗队"属"延安战斗团"，而"赤旗战斗队"属红卫兵师。韦善美因此拒绝了"红雷战斗队"的要求。但是他的女友，就是那个白净的无锡女孩，正动摇于红卫兵师和"延安战斗团"之间，他们的恋情也在分合之间，敦促他答应"红雷战斗队"的要求。

"文革"前戴国民和吴好德在公共政治课教研室都不被看好。戴国民有幸登台讲了几堂哲学辅导课。吴好德名列中共党史教研组八年来一直在备课，而事实上他经常的活动是在校园里闲荡。文化大革命潮起，他和戴国民一样，以反革命修正主义路线受害者的身份奋起造反，和戴国民一起控制了公共政治课教研室，进而影响着整个的"延安战斗团"，转眼之间，也就成了东湖师范学院校园里可以指天说地令人生畏的角色。

古全和按时来到办公大楼三层西头的公共政治课办公室。戴国民和吴好德都在。吴好德坐在南窗下的三屉桌前，对着一张稿纸发呆。戴国民的嘴上叼着一支从俄语系某教授家抄来的洋烟，倒背着双手，在狭小的办公室里装模作样地踱步。对于他们熟悉得不能再熟悉的、往日的好朋友、大活人古全和，他们视若无睹，连看都不看。古全和只好自己找个地方坐下。

提审古全和的活动没有按时进行。戴国民和吴好德在有一搭无一搭地顺着嘴胡咧咧。戴国民双眉紧皱，无奈地对吴好德说道："你说将来咱们怎么处理那些老家伙呀？"

古全和明白，戴国民所谓的"老家伙"，指的就是院级领导的那些老同志。戴国民认为师范学院的大局已定，"延安战斗团"大权独握，原师范学院党委的干部要由他们来处理，新的学院党政领导班子也将由他们来组建。

吴好德不假思索地说道："好办！家在农村的，遣返原籍回去种地或是养老；家在城里的，分到工厂去做工或是养老；身体不好的，提前退职回家；有罪的，送进监狱劳动改造！"然后侧转身，无理地朝古全和瞥了一眼，不屑地说道："倒是他们这样的一些半老不少的人是个麻烦事。"

戴国民胸有成竹地说："嗨，这也不难办，念过大学有专长表现好的，可以留用，让他们搞资料。解放初，对于旧社会留下来的人员，不就是这样处理的吗？1957年教职工里面的右派分子，大部分人也是这样处理的。那些身体好还可以派他们去充实后勤部门。"

吴好德点点头儿，表示赞成戴国民的说法。

听戴国民和吴好德像谈论废品一样地谈论着学院的干部，古全和心里觉得好笑，笑他们无知。他想，傻小子们，你们说错了，应该离开师范学院的是你们俩。让你们到基层去干点力所能及的事，对于国家和你们本人都是好事。若是让你们掌控了学院的权力，那你们肯定会把事情搞得一塌糊涂。不过这一点古全和并不担心，他相信党中央、省市委、上级教育领导机关不会把管理师范学院的权力交给他们这样一些不着调的人。

戴国民和吴好德在肆无忌惮地胡扯够了之后才想到房间里还有一个古全和。戴国民突然对古全和说："哎，我说古全和，你家庭出身不错，应该属于忘本变质的一类人，你还有回头的余地呀，'败子回头金不换'嘛！不过党委机关你是回不去了，党员也未必能当得成。你得有这样的思想准备。"

古全和心里发笑，面无表情，一言不发。

　　吴好德说："你个人的问题以后再说，重在政治表现，我们会考虑怎样安排你的。今天是叫你来揭发江涌，着重揭发他是怎样破坏学术讨论和无产阶级文化大革命的，越具体越好。这是你戴罪立功的机会，关系着你的前途，机不可失，时不再来啊，你可要大胆揭发呀！"吴好德的语气好像在哄孩子。

　　运动前江涌上台不久，整天围着施梦麟转，没有独立地处理过什么问题，群众对他知之甚少，校园里几乎没有他的大字报，只是在少数揭发施梦麟的大字报的字里行间提到他的名字。戴国民和吴好德想在江涌的问题上做文章，可是他们弄不到江涌的材料，就想到了古全和，想从他身上挤出一些东西来供他们使用。

　　古全和如实地述说了江涌的情况，说学术讨论工作是江涌具体负责的。

　　"你怎么现在还保他呀?!"戴国民气愤地说。

　　"我谁也不保。"古全和平静地说。

　　戴国民说："那你是说江涌没有问题喽?!"

　　古全和沉默不语。

　　"古全和呀，你可真蠢!"戴国民像长辈教训晚辈那样拍拍古全和的肩膀说道，"江涌在反右倾中害你，在四清里又害你，谁都知道他是踩着你的肩膀爬上去的，你怎么到现在还死保他呢？你这算是怎么的一回事啊!"

　　古全和不客气地说："还有别的事吗？我还得回去干活呢。"

　　"死脑筋，让他走吧!"吴好德不耐烦地说。

　　古全和转脸看了吴好德一眼，发现他面前的那张稿纸上有"野心家——投机分子——江涌"几个字，猜想他们是想从他身上挤有关江涌的材料，写大字报捞政治资本，便不由地想道，所有的造反派追逐的都是个人的好处。戴国民控制了公共政治课；易先农取代步行健，正在控制师范学院的一切；作战部长夏三浩洗劫了俄语系马文伯教授的家，把他从马教授家里抄到的洋烟留给他自己和他的战友们共享，把马先生的照相机背在自己身上到处招摇……这些人誓死保卫的不是别的，而是他们的山头儿，而归根追逐的是他们个人的私利。在以往夺取政权和保卫政权的斗争中，无论是武装斗争，还是地下斗争，革命的目标都是一致的。而文化大革命则不然，好像每一个人都有个人的目标，都想在混战中捞一把。在派别之间和派别之内，有的是基于眼前小集团私利达成的勾结，而没有真正的团结。革命的调门最高，革命的诚意最小。无信无义、言行不一、口是心非、实用主义，是它思想路线的特点。而所谓"造反派的脾气"事实上就是土匪流氓痞子作风。

165

东湖师范学院临时筹委会在全院第二次揭发批判牛鬼蛇神大会之后就结束了它先天不足的短暂的生命，各系各单位的筹委会大多也随之消失，但是院部的有些单位还滞留在工作组和筹委会当政的那个阶段。比如群众没有提出罢免缪文逵，缪文逵本人也不说他要辞去自己的这个职务，这样，党团委机关就变成了被批判资产阶级反动路线汹涌思潮中的一个孤岛，随时都有可能被这股思潮所淹没。缪文逵很怕这股狂潮突然蹿进党委机关，清算他的错误，让他出丑丢脸。他现在不想报复古全和了，而只是幻想人们忘记那些让他闹心的事，逃过批判资产阶级反动路线这一劫，保住自己的面子。

可是该来的事情总要来，批判资产阶级反动路线的浪潮，却在全院退潮的过程中光顾了党团委机关，"延安战斗团"的红卫兵小分队和组织关系挂在党团直属党支部，武装部副部长苗逢春和党委机关内部矛盾无关，而缪文逵偏偏冷落过苗逢春，因此认为自己是在劫难逃，认为自己将成为造反派批斗清算的对象，成为真正的"人头儿太次郎"，懊恼得寝食不安。

在缪文逵执政期间，党委机关发生过两件大事，一件是袭击夏曦，一件是审查批判劳改古全和。缪文逵认为夏曦的事好说，她是走资派，家庭出身不好，她丈夫是省里的大黑帮，他还可以把突然袭击夏曦的责任推给甄惠羊，再骂自己几声官僚主义，思想糊涂，就可以敷衍过去。可是古全和问题他就不是轻易能够滑过去的了，古全和是个干事，运动至今证明他没有任何政治问题，他组织批斗古全和，最后默许红卫兵把他拉进牛鬼蛇神劳改队是严重的错误。他不敢面对这个错误，又不能不面对，他想来想去现在能做的就是让古全和尽可能长时间地滞留在集训队，以拖待变，待机溜走。他不肯辞去小组长这个职务，就是因为他觉得小组长好歹还算是他手中的一根救命的稻草。缪文逵知道发昏当不了死，而他还是要扛，这就像赌输了的赌徒，知道赌下去会越陷越深，输个精光，可还是想再赌一把，幻想会出现奇迹。他很想给古全和弄出点问题来。靳湘柳有话："臭豆腐再臭也是美味；而白豆腐只要有一点馊味儿就算坏了。"只要能从古全和身上找到一半个问题，哪怕是流言蜚语，批判他也就算是"师出有名"了。可是到哪里去找这种问题呢？他想来想去又想到了靳湘柳说过的古全和的家庭、历史和社会关系，就决定亲自去外调古全和的问题。他先是想去古全和的老家古家庄，可是他想那里的干部说不定和古全和是同族同宗，不讲政策，有意庇护他，于是就决定改去山东郓城赵家庄，去外调古全和家的老邻居赵凤山。缪文逵心里明白，这种行为很肮脏，可是为了自己的脸皮和前途，也只好昧着良心这么干了。他宽慰自己说，他是不得已，而且他并不比某些人更坏。

山东郓城赵家庄党支部副书记赵文魁亲自到素桂家通知赵凤山，说大队里接到公社党委办公室的电话通知，明天有江城市东湖师范学院的人前来外调，让他事先做些准备。赵凤山听到这个消息，心里一惊，担心古全和是不是有麻烦了。不过想到他能借这个机会打听一下古全和的情况也是一件乐事。他已经有多年没有见过他的好侄子根儿了，生怕他再遭人陷害。

从江城解放到五十年代初，赵凤山一直在江城火车站货栈当装卸工，还在那里参加了共产党，被评为市级劳动模范。后因工伤造成踝关节脱臼，屡治屡犯，成为习惯性脱臼，不能负重，做不得装卸工作。站领导念他平日表现好，是个杀过好几名日本鬼子的英雄，是市级劳动模范，政治上可靠，就安排他在货场里打更，工资照发，外加夜班补贴，冬天还配发一套皮制防寒服装和一些白酒。一年后赵凤山忽然萌发了回山东老家的念头。素桂六岁离开山东菏泽老家，在江城长大成人，早已习惯了城市生活，不愿意回山东乡下。可是赵凤山思乡心切，决定一个人走，回老家跟着本家的侄子过。这让素桂很为难。事情拖了几个月。素桂见老人精神一天不如一天，就征求广聚的意见。广聚想，自己的爹娘已先后病故，岳父是自己唯一的长辈，无论如何都不能委屈了老人，便写信跟素桂老家的亲戚联系，素桂的堂兄在县城里的麻纺厂给刘广聚找到了工作。不久，刘广聚就带着岳父、妻子和儿女回到了山东老家。广聚在县城里工作，领导把他安排在生产科，做副科长，素桂他们就把家安在县城近郊的赵家庄，村里还给赵凤山等祖孙四人分配了土地。

提到要接待外调人员，赵凤山感慨颇多。以前他曾经接待过很多外调人员。其中的一次是在1951年夏初的一天上午，前来外调的是葛永德所在的江城市房管局的两个干部，名字他记不得了，只记得一个姓倪，一个姓邱，他们是来调查葛永德在伪满洲国时用强力弹弓射杀江城市警察第二分局日本局长黑田的事。赵凤山怀着激动的心情把事情的前因后果原原本本地对他们说了一遍，极力称赞葛永德是条好汉。倪邱二人也很激动，连连点头称是。半年以后，他听说葛永德参加了中国共产党，成了自己的同志，心里很高兴。第二次是在五年后深秋的一天。他记得那是个下午，天很凉，下着细雨，来外调的还是那两个人，一个姓倪，一个姓邱，还是调查葛永德打死日本鬼子警察局长黑田的事。赵凤山又高高兴兴地对来人复述了一遍，也说了许多称赞葛永德的话。但是倪邱二人什么话都没说就走了。转年春天他听说葛永德被打成了右派分子，发配到兴安岭深山老林里伐木去了。赵凤山去过那里，知道伐木很苦，很危险，听说还没有工资。这个消息让他后悔和苦闷了好些日子，怀疑是他说错了什么话，害了葛永德。很久以后他才听说，葛永德被打成右派分子另有原因。一件事是他在1957年整风鸣放期间揭发过他们维修科一个姓侯的党员科长有男女关系问题，反右派期间有人指控他揭发侯科长是别有用心，是丑化革命干部，反对党的领导。另一件事是葛永德曾说过，1948年人民解放军围困江城，战略部署有问题，以致活活地饿死了几十万普通老百姓，领导应该总结经验，吸取教训。有人批判说，葛永德这是造谣生事，替国民党反动派张目，攻击解放军，污蔑共产党。第三件事是说葛永德思想不纯，暗杀警察局长黑田是流氓无产阶级作风。赵凤山听了，连连替葛永德叫屈，不过从那以后他就不再责备自己了。

到赵凤山这里外调古全和也不是头一回。1955年有过一回，听说那是因为东湖师范学院党组织要发展他入党。1964 年底又有一回，听说是根儿犯了错误，说他反对四清工作队，破坏四清。外调人员不满意赵凤山的答复，惹得赵凤山跟他们吵了一架，不欢而散。今天是第三回有人来外调古全和。赵凤山相信根儿不会干坏事，可是心里还是不踏实。女婿宽慰他说，古全和心地好，人也聪明，不会有事。可是赵凤山总是放心不下，生怕他蒙受冤屈，遭受磨难，落得个和葛永德那样凄凉的下场，那他的书就算是白念了。

晚上赵凤山就关照女儿，第二天提前吃早饭。当天赵凤山起了个大早，屋里屋外都打扫得干干净净，早饭后就拎着小板凳，披着夹袄，在天井里西墙边上的那棵老梧桐树下坐着抽起旱烟。他恨不得立刻就能见到前来外调的人，得到根儿的消息。

日头儿老高了，外调的人还没有来。赵凤山心里着急，不时站起来在天井里来回走动，还到门外去张望过几次，每次都是不满地嘟囔着外调的人言而无信而回到老地方。

素桂搬出一张杌子当茶几，给她爹泡上花茶。她知道她爹像心疼儿子一样心疼根儿，一直后悔没能把他变成他的半个儿子。他的这种心情，即使在广聚面前也不避讳。素桂宽慰他说："爹，你别着急，根儿老实厚道，不会有事。天还早，你先喝碗茶吧。"

直等到中午也不见外调的人来。赵凤山有些生气，怪外调的人说话不算数。因为心里不痛快，马马虎虎吃过午饭，就上了炕。他刚睡着，赵文魁就把外调的人领来了。赵凤山不喜欢不守时的人，嘴里不满地嘟囔着从炕上爬起来，嘟噜着个脸子，磨蹭到天井里。

"叔，外调的同志来了。他们在公社里吃了晌午饭，耽误了一些时候，来晚了。"赵文魁指着来人说："这位是缪同志，这位是甄同志。"

"你们是从哪里来的？"赵凤山面无表情地问道。

"他们从江城来，是古全和单位的同志。"赵文魁代替来人回答。

"赵师傅，您好，"缪文逵端详着赵凤山说，"我姓缪，叫缪文逵。"又指着甄惠羊说，"他姓甄，叫甄惠羊。我们是来了解有关古全和的问题的。"

赵凤山阴沉着个脸自言自语地嘟囔道："古全和能有什么问题。"

"叔，你们谈吧，我还有事。"赵文魁对两位客人笑笑，走了。

赵凤山面无表情地指着放在他面前的两个蒲团说："坐吧。"

素桂又搬来一张桐木杌子，给客人送上两碗茶水。

缪文逶说："赵师傅，我们有些问题想请您给证实一下。"

赵凤山听缪文逶这样说，估计江城那里已经给根儿定了罪名，他们是到这里来找证据的。想到这里，他心里就有气。十几年来，前来外调的不少，他已经领教过有些外调人员的心思了。葛永德冒死杀死黑田，为玉屏报仇，为民除害，本来是件大好事，当年前来外调的倪邱二人也曾极力称赞他，可是后来这件事却被当成了葛永德的一件罪证。有些人是翻手为云，覆手为雨。他这样想着便懒懒地说道："问吧，俺一定照实说。"

缪文逶说："解放以前古全和家的日子过得挺富裕吧？"

赵凤山不客气地反问缪文逶说："你今年多大年纪？家庭是什么成分？"然后接着说，"在旧社会，哪个工人家的日子能说得上是富裕？能吃上碗饱饭就不容易了。古全和他爹是个了不起的铁匠，可是在伪满洲国时，为躲抓劳工，他不得不整天窝在家里。国民党时期工厂倒闭，也没有活儿好干。那会儿他们家是靠着他娘做小买卖、缝穷儿，挣点小钱勉强维持生活。古全和八九岁就跟着他爹冒险下乡去贩私粮挣饭吃！1942年的冬天特别冷，最低温度到零下40多度。他衣裳单薄，半天加一夜，来回在雪地里半天一夜奔波百里，冻得腮帮子上都开了花儿，像鱼鳞一样。但凡家里有口饭吃，谁舍得让自己那么小的独生儿子去受那份罪啊！哼，'挺富裕'的生活，从何说起呀！"

甄惠羊插话："'贩私粮'就是走私活动，那是犯法的呀！"

赵凤山轻蔑地说："犯谁的法？中国人谁承认日本人的法?！"

甄惠羊感觉自己无知失言，不敢再说话。

缪文逶插话："有材料证明，古全和他父亲给日本鬼子和汉奸修造过枪炮。您能具体谈谈吗？"

赵凤山气愤地说："胡说！根儿他爹古世才和他叔叔古世友都是有爱国心的人，他们就是因为不肯给日本鬼子和汉奸修造枪炮，才变卖了牲口、粮食，扔下家里的房子土地好日子，背井离乡，更名换姓，拉家带口，冒着生命的危险，逃到关外来避难的！根儿他叔叔、婶婶和姐姐，都是在外逃的路上死去的。他叔叔和婶婶是叫鬼子汉奸开枪打死的。他姐姐还没有咽气就被日本人从船上扔到海里去啦。是哪个丧尽天良的混账王八蛋这样污蔑好人?! 他要是在我面前说这种话，我非给他几个耳刮子不可!"

"赵师傅，按照您的说法，古全和一家是因为不肯给日本人干活才逃亡到东北来的。那他们为什么不去解放区找共产党呢? 当时东北是在日本人的占领之下的满洲国呀。"甄惠羊又找到了赵凤山话里的"矛盾"。

赵凤山说:"古全和他老姑一家早年闯关东落户黑龙江伊春。他们一直和古全和一家保持着联系。当时伊春那一带有抗联的队伍。在俺们密山煤矿的劳工的难友中就有被俘的抗联的官兵。古全和的两个表叔都在抗联。当年古全和一家就是去投奔古全和他老姑的。因为他们在青岛到大连时耽误了行程，等他们赶到江城的时候已经是年关。路费花光了，根儿他奶奶重病在身，他们就滞留在江城了。"

缪文逵说道:"赵师傅，您不要有顾虑。事情都已经过去了，在旧社会为了活命，一时糊涂，干点儿错事也是在难免的。"

赵凤山有点儿激动地打断缪文逵说道:"古世才可不糊涂，没有多少中国人像古世才那么明白。他爱自己的国家，宁愿家破人亡也不肯给日本人干事。当年俺被抓了劳工，后来俺锹劈了几个鬼子，冒死逃出密山煤矿，日本鬼子画影图形一路追捕俺。俺白天钻高粱棵子，啃青棒子，夜里奔家跑，一气儿跑了千把里路，逃回了江城。可是那时有谁敢招待俺? 是世才大哥和秀姑大嫂，看重俺有爱国心，是个英雄，半夜里开门舍命接待了俺，招待俺吃喝，把俺藏进顶棚里过夜，第二天天不亮，又拿出他们全部积蓄二百块绵羊票给俺当盘缠，指点俺逃回了山东老家，救了俺一命。古世才两口子是有胆有识的爱国英雄哪!"

缪文逵若有所思地笑着说:"古全和一家对您有恩啊。"

赵凤山激动说:"恩重如山哪。"

甄惠羊笑着说:"希望赵师傅不要感情用事……"

赵凤山不满地说:"这点儿觉悟俺还是有的!"

"赵师傅，古全和今年几岁?"甄惠羊说。

赵凤山说:"他比俺闺女小三岁，俺闺女属马，他属鸡，你算吧。"

"古全和在解放以前都干过什么?"甄惠羊又说。

赵凤山说:"他能干什么? 那会他还是个孩子。上学前贩过私粮，拣过煤核，打过短工，卖过烟卷，做过小生意，解放之后就是上学念书了。"

"他参加什么组织吗？"甄惠羊说。

"没听说。"赵凤山说。

甄惠羊有些不满地说道："赵师傅，您说的和我们掌握的有出入呀。"

赵凤山斩钉截铁地说："俺说的都是实情。"

"你敢保古全和没有问题吗？"甄惠羊说，"听说他爹给日本人干过事。"

赵凤山说："在伪满洲国，能给谁干活？再说，那会就是给日本人干过事也不是罪过。俺就给日本人挖过煤，你能说俺有错吗？要不怎么那会咱们叫亡国奴呢。"

缪文逵和甄惠羊互相看了看，都显得很失望。缪文逵说："赵师傅，您是老工人，应该知道……"

赵凤山笑笑说："这些道理俺懂，喇叭里天天讲。"

"可是您什么也没说呀?!"甄惠羊说。

赵凤山不客气地反问甄惠羊："你想要俺说什么?!"

甄惠羊和缪文逵交换了一下眼色，都没说话。

缪文逵说："赵师傅，那咱们就谈到这里把。耽误了您很多宝贵的时间。"然后把他们和赵凤山谈话的记录递到赵凤山的面前，指着一个地方儿说道：请您在这里盖个章吧，摁个手印儿也行。"

赵凤山稍作迟疑说道："俺不识字，得找个托实的人来念给俺听听。"

甄惠羊说："我念给您听。"

赵凤山说："不好劳动你，你们都有口音，俺听不懂。"

缪文逵和甄惠羊彼此对视，知道赵凤山不信任他们。

缪文逵说："赵师傅，我们要赶回江城的火车，您就给我们办了吧。"

赵凤山知道古全和平安无事，他也替古世才父子做了宣传，心情愉快，高兴地说："也好，那咱们这会就去找俺们党支部书记赵文魁，反正你们还得到那里去盖公章。"

167

现在校园里惹不得的人群是后勤部门的那几百名工人。他们是工人阶级的一部分，是维持师生员工日常生活正常运转的力量。但是他们也不是铁板一块、个个不为政治风潮所动，他们中间还有袁文海，有肃反留下的旧账，个别人参加了造反派。比他们更惹不得的是六十年代初来院工作的那几十名复转军人。当年他们是作为无产阶级的"沙子"被"掺"进资产阶级势力雄厚的师范学院来的。学院的党委、院委、武装、保卫、人事和总务等部门的关键岗位上都有他们监督把关。干部科科长姜明德，武装部副部长苗逢春，保卫部副部长老卫光，伙食科副科长兼员工餐厅管理员杨景良，印刷厂厂长侯景春等，都是复转军人。他们家庭出身好，历史清白，个个有战功，人人有伤在身，军衔最低的是副连级。而且他们来院的时间短，除去侯景春有点似是而非的作风问题外，都还没有被别有用心的人弄脏抹黑、陷进师范学院错综复杂的人际关系，在号召全国人民学习解放军的大气候下，即使造反派的头头如易先农也不敢招惹他们。而他们自己又都很谨慎，一直冷眼旁观，不入帮派，保持沉默，对于发生在周围的纠纷，不肯轻易介入，根本不关心批判资产阶级反动路线的事，然而他们中间却忽然有人关心起古全和的问题来了。这和武装部副部长苗逢春有关。

苗逢春祖籍山东省平度县，他高曾祖父年轻时只身一人逃荒来到关外，落户黑龙江伊春，在那里成家立业。苗逢春十来岁就开始给地主放猪，1945年冬参军，先后参加过三下江南、四保临江、围困江城、辽沈战役、平津战役等，一直打到海南岛，军阶到副营级。他参军后开始学文化，具有相当于高小文化程度，能够应付武装部的日常工作。他调入师范学院已有四五年之久，但是至今还是"沙子"，没有真正融入这个环境，和周围的大多数知识分子在思想和感情方面还保持着距离，只是和古全和合得来，说得来，成了朋友。而和他亲密无间的是他的那些老战友，他经常和他们相聚，一起喝酒、抽烟、下棋，回忆往事，吹大牛，聊大天儿。

苗逢春初到师范学院时，很想和早他几年来到师范学院工作的战友缪文遴交往，从他那里得到一些指点和帮助，尽早适应新的工作环境。可是缪文遴对他很冷淡。缪文遴觉得自己中学毕业，走过几所名牌大学，属知识分子行列，和苗逢春等大老粗交往有损他的身份，不愿意和他们为伍。苗逢春也意识到，缪文遴虽然曾经在部队里呆过一些日子，但是时间不长，也没打过仗，只能算是偶然落在部队里的文化人，和他们没有那种可以换命的生死交情，也就不再去强求他的友情了。

古全和对于古全和也有个认识过程。在1964年党团直属党支部改选时，蓝秀花曾背地里劝说他不要投古全和的票，说他是个研究外国文学的研究生，很狂妄，瞧不起工农干部。后来苗逢春听说古全和人不坏，就怀疑蓝秀花和古全和有过节，而他真正看好古全和是因为他们共同工作过几个月。

古全和在1965年秋因蒙受冤屈，过度劳累，心情不好，肝炎病情有所加重，遵照大夫的要求，病休过四个月。可是病休不久，他就觉得整天无所事事，心情反而不好，就请求组织找点他力所能及的事情给他干。支部书记阎一松经请示，派他临时担任师范学院民兵师副政委，协助苗逢春组织民兵训练，同时强调说，他要以养病为主，量力而为，还特地关照苗逢春，一定要照顾好古全和。苗逢春发现古全和学问很大，为人正派，工作认真，没有知识分子脾气，能平等对待工农干部，而且对于队列训练非常内行，很快就和他成了无所不谈的好朋友。

这期间党委机关唯一被冲击的一般干部就是古全和。他被画上《百丑图》，挂了黑牌子，拉去游街，还被送进了牛鬼蛇神劳改队，"待遇"和有些党委领导不相上下，苗逢春感到奇怪，他注意到，没有谁揭发出古全和有像样的问题。而几年来，古全和却是被用了批，批了用，用了再批，批了再用，批来批去也没有弄出什么问题来。他觉得这不正常，怀疑有人在背地里捣鬼，考虑再三，就决定去找缪文遹，建议把古全和从牛鬼蛇神劳改队要回来，参加党委机关的活动。但是缪文遹对他说，师范学院人际关系盘根错节，池浅王八多，古全和的问题复杂，牵涉方方面面，让他少管闲事，小心犯右倾错误。

苗逢春深为古全和感到不平，缪文遹越是阻拦他，他就越是想插手古全和的问题，便开始在他的战友中间议论这件事。他第一个找的是干部科科长姜明德。姜明德是苗逢春的战友，也是他的棋友，每有闲暇，两人就凑到一起厮杀。他们的棋艺都不高，由于旗鼓相当，互有胜负，所以就特别迷恋于这种势均力敌的争斗。

一段时间以来，民兵训练暂停，刀枪入库，由数学系的韦善美率领一群小崽儿日夜在那里看管，苗逢春很清闲。今天早饭后，他就来到姜明德家，一进门儿就嚷道："来，我今天和你大战三百回合，杀你个丢盔卸甲。"

姜明德说："吹牛不上税，你就吹吧。"说着就把棋盘推出来。

苗逢春落座后说道："少说废话，让你先走。"

姜明德说："你个臭棋篓子，手下败将，充什么好汉！"

这时，保卫部副部长老卫光闯进来了。老卫光老家广东蕉岭，他家属不在本市，常来姜明德家蹭吃蹭喝，除去春节回老家探亲，几乎所有的节假日都在姜明德家里过。

苗逢春说："你来得正好，我正有事要请你们帮着我参谋参谋呢。"

老卫光拿起棋盘上的大生产烟，点燃了，抽起来，问道："什么军机大事？"

苗逢春说："是宣传部古全和的问题。"

老卫光连连摇头，不以为然地说道："少惹麻烦吧！"

姜明德反问苗逢春说："你怎么看古全和？"

苗逢春说："你是干部科长，你怎么看？"

姜明德说："我当然有看法，想听听你的高见。"

苗逢春说："我感觉古全和这个人正派，有学问、没架子、能吃苦、好合作，会做思想工作，搞队列训练有一套，最重要的是他不歧视咱们这些人。伙食科的老杨和他一起工作过七八个月，他说古全和很关心工人，要求自己很严格。困难时期在伙食科工作，宁肯饿肚子，也不多吃一口饭菜。就凭这一条，我就觉得他是个不失工农子弟本分的好同志。"

姜明德说："那他为什么会总挨整？"

苗逢春说："问题就在这里呀。"

老卫光说："有些臭知识分子嫉妒心重，爱玩儿邪的，运动来了就整人，专整能干的，运动过后又腆着个脸去给人家道歉，再有运动来了再去整人家，叫做老账新账一起算。这种人也真不是玩意儿！"

苗逢春说："我们纵队是1948年中秋节前一天开进江城的。当时古全和才十几岁，他能有啥事？就是有点问题也不该没完没了地折腾人家呀，他只是一个干事嘛。听说四清时靳湘柳等人还怀疑他家庭出身是地主、富农、官僚家庭等等，这不是无中生有，明目张胆地糟践人嘛。"

姜明德朝里屋嚷道："喂，我说，给整点喝的来。"里屋没有人回应。姜明德嘟囔道："这老娘们，撂下饭碗就出去串门子！"

苗逢春说：“老娘们都是这个德行！”

老卫光说：“去劳改队把他捞出来不就得了嘛。”

苗逢春说：“捞出来不难。韦善美他们听我招呼。”

姜明德胸有成竹地说：“事情不这么简单。古全和家庭出身好，政治上没有问题，不是运动的重点，有人能一次次地整住他，说明那些整人的人不是等闲之辈，不把整人的人的真面目揭露出来，古全和的问题就解决不了。”

“那你说怎么办？”苗逢春说。

姜明德认真地说：“咱们没发现古全和有问题，不等于说他没有问题，不能冒冒失失地把他整回来。那样，万一他有问题，咱们就得跟着他粘包儿坐腊。党委机关的人不敢公开站出来替古全和说公道话，我想原因之一就因为他们担心古全和有问题。听说缪文逮和甄惠羊到山东外调去了，估计他们该回来了。如果他们在外调中没有新的发现，咱们就行动。这叫稳扎稳打。还有，我看古全和的问题在党委机关这个小范围内解决不了。宣传部的干部配备有问题，有悖毛主席关于宣传干部配备的教导。在这里围剿古全和的势力很大，要不然就形不成这样的局面。必须把他的问题提到院部的群众大会上去。到了那里，那些折腾古全和的人就是少数了。那时，咱们就可以从追究缪文逮的责任入手，逼迫他抖落出事情的内幕，一步步弄清楚事情的是非。这么干风险小，可进可退，万无一失，比较主动。”

苗逢春睁大眼睛看着姜明德兴奋地拍着巴掌说道：“哎呀，我说你这个姜明德呀，你小子这几年长见识啦！棋下得不怎么样，鬼点子倒不少，够得上一个阴谋家了！好，我服你，就照你说的办！”

168

缪文逮从山东外调回来后，一直不肯透露他们外调的结果。外调是相关党组织之间的活动，有保密性。虽说缪文逮不是法定的党政机关领导人，但是在当前的情况下，他可以这样做。靳湘柳断定缪文逮的山东之行一无所获，解放古全和势在必行，她现在唯一可以期望的，就是幻想出现奇迹，让古全和在这个节骨眼上出点状况。比如，冒出几句犯禁的话，落个现行；比如，有谁给他制造点绯闻；他爹娘或是老婆孩子突然病危；古全和本人遭遇意外伤痛或是他的病情加重，必须立刻离职住院治疗休养，等等，总之是让古全和继续滞留在劳改队，或是离开学校，不能回党委机关来参加运动。她此刻的心情就像怕疼的病人面对打针，明知道针一定得打，可还是希望能够推迟一些时间。

缪文逵知道他在党委机关无足轻重，可是他仍然不肯放下架子，面对自己的错误。尽管前几天《解放军报》发表了古全和控诉资产阶级反动路线的文章，这篇文章中央人民广播电台连续广播了一周，等于给古全和平反，按说缪文逵应该醒悟认错，向古全和道歉，把他请回党委机关来参加运动，然而他不肯这样做，因为他拉不下他那张本来就并不体面的老脸，而是采取鸵鸟政策，整天称病猫在家里不出来见人，幻想中央出什么新政，校园里形势突变，让他有个体面脱身的机会。

缪文逵今天出席院部党员大会，是第一次出门见人，虽说他还是党委机关的头头，但已不再是院部各单位拥戴的盟主，院部召开党员大会，事先没有征求他的意见，他也不知道会议的宗旨和内容。他参加大会的目的是来听风。他发现院党委的邹伯涛等几位领导也在场，知道在他去山东前后的这几天里，校园里发生了不小的变化，有些干部已经解放。当他发现主持会议的是苗逢春的时候，心里感觉老大不舒服。他和苗逢春的关系文化大革命前就不怎么好，在古全和问题上也发生过争执，担心苗逢春在会上提出古全和的问题，为难他。不过接下去他发现主持会议的并不是苗逢春，而是姜明德。市委工作组在师范学院期间，姜明德是人事处筹备小组的组长。缪文逵想，姜明德和古全和没有个人交情，他未必关心古全和的问题。而让他感到突然的是，姜明德在阐明了会议的宗旨之后，马上就提出了古全和问题，毫不含糊地说，院部批判资产阶级反动路线补课的斗争就从古全和问题开刀，缪文逵的心又吊了起来。姜明德还指名道姓地说道："缪文逵同志，我有一个问题向你请教，你们为什么批斗古全和，还把他送进牛鬼蛇神劳改队，至今还不让他回来参加本单位的运动？"

缪文逵迟疑良久之后，才硬着头皮磕磕巴巴地说："当时审查古全和……是因为学院的学术讨论工作是他抓的，中央的汇报提纲是他传达的，他和省市委宣传部的那些人有直接联系，对他有怀疑……"

苗逢春打断缪文逵，说道：　"有问题就要把他弄去牛鬼蛇神劳改队吗？"

缪文逵吞吞吐吐地说："把他拉去牛鬼蛇神劳改队的不是我……"

苗逢春说："你敢说古全和的事情和你无关吗？！"

缪文逵无奈地嗫嚅道："他们是来……找过我，但是……"

苗逢春说："你同意送古全和进劳改队！"

缪文逵不敢正面回答苗逢春。

姜明德说："我提议让古全和同志回来参加运动，弄清楚他的问题。"

靳湘柳说："他的问题没定性！"

彭其寿说："所以应该按人民内部矛盾处理。"

蓝秀花低声说："……得征得红卫兵的同意。"

靳湘柳和蓝秀花的插话鼓舞了缪文逵，他有些失态地说："学生给古全和贴了那么多大字报，他还上了《百丑图》，难道是偶然的吗？群众为什么没有这样对待别人呢？"

苗逢春反驳说："这能证明古全和应该被劳改吗？"

靳湘柳虎着脸，咄咄逼人地对苗逢春说："对待群众的态度，就是对待革命路线的态度！游斗古全和，给他挂黑牌子，把他画上《百丑图》，贴他的大字报，拉他进牛鬼蛇神劳改队的，都是革命群众，解决古全和的问题就得征得群众的同意。"

对于古全和的问题，院部其他单位虽有耳闻，但并不清楚，多数持观望态度。缪文逵感觉他的权威仍在，习惯性地拍了一下桌子，喝道："别吵啦！这是院部的党员大会，不是旧货市场！"

缪文逵想到自己将难免遭遇清算，感到很窝囊，后悔自己当了这个筹备小组长，整了古全和，以致落到今天这个结果，不知道该怨谁。他怨过靳湘柳，认为是她挑动他去争当这个狗屁个小组长，招惹古全和；他也怨过古全和，怪他背地里说他的坏话，会上又那么杵倔横丧，不给他面子，惹恼了他。

缪文逵的表现让姜明德颇有一些感慨。他在想，《解放军报》发表了古全和的文章，中央人民广播电台连续广播了一周，事实上古全和的问题已经清楚了，而缪文逵和靳湘柳等人竟还敢死咬着古全和不放，看来问题的确复杂，肯定和他们的切身利益密切相关。

有人说："表决吧。"

没有人反对，也没有人附议。

姜明德对苗逢春说："通知古全和同志，明天八点来开会。"

169

古全和回到本单位，参加了院部召开的第二次党员大会。

缪文逑怀着忐忑不安的心情最后一个走进314会议室。在市委工作组开进师范学院之初，在抓游鱼的高潮时，缪文逑曾以革命左派自诩，是院部各单位的盟主，活跃一时。那时他头脑中曾经出现过五光十色的期待，幻想自己能紧跟工作组，在抓游鱼中立功，重演江涌在四清中的故事，赢得工作组的欣赏。他曾经在这个会议室，配合甄惠羊突然袭击过夏曦，后来批判过古全和，并把他送进学院的牛鬼蛇神劳改队。然而校园里的形势瞬息万变。市委工作组杀气腾腾地来了，又灰溜溜地走了。易先农等造反派从右派变成了左派，批判资产阶级反动路线的大潮涌起，他的好时光转瞬即逝，从"左派"变成"右派"，成了院部资产阶级反动路线的代表人物，面临着群众的清算。这对于好面子的缪文逑来说，简直是大难临头，而恰在这个紧要关头，不知道是哪个不知死活的混账王八蛋，出于何种用心，竟把"坚决打倒疯狂推行资产阶级反动路线的缪文逑！"这样一条特大规格的标语，用成桶的化学墨汁刷在缪文逑上下班必经的那条去年国庆节前夕刚刚建成的、直通柳树林北面新建家属区的、整洁白净的水泥路面儿上，每个字都有柳斗那么大，标语全长估计在20米上下。偏巧在那以后的第三天下过一天一夜的绵绵细雨，那条标语经雨水浸泡之后，化学墨汁深深地渗进水泥路面儿，大标语更显其醒目且无法铲除，至今仍旧赫然在目。神经脆弱的缪文逑第一次看见这条大标语几乎当场晕倒，打那以后他一想到它就犯晕，每天上下班都绕道走林间小路。这时，他才意识到古全和有多么坚强。他1957年整风时因为写了那篇题为《把整风运动引向深入》的短文而遭右派分子围攻，1959年反右倾时遭江涌等"左派"分子围攻，在四清中再遭四清工作队黎树凡率领的江涌、靳湘柳和蓝秀花等革命"左派"围攻，而他竟坦然自若，形容不改，依然敢说敢斗，积极工作，几年来，在办展览、管伙食、搞甄别等工作中都做出了大家公认的好成绩，而眼前的这样一条大标语就把他吓得心惊肉跳。他承认自己在人格上远不如古全和，古全和叫他"人头儿太次郎"并不是一点儿道理都没有，后悔前段时间自己过于张扬，招惹了古全和，以至于连他正在实验小学念四年级的小女儿缪苗都数落他太张狂，念中学的大女儿缪菁根本就不搭理他。唯一让他感到宽慰的是他的妻子邓倩。邓倩曾在他得意时苦口婆心劝说他收敛，提醒他说话办事要留有余地，而在他落魄时她却连一句埋怨的话都不说，而是和往常一样无微不至地照顾他，每天都给他洗脚。

缪文遴心里很乱，害怕会上会抖搂他的问题，一个人孤独地坐在会场的角落里，低垂着头，不停地抽烟，浓浓的烟雾漂浮在他的周围，把他包裹在烟雾里，淡化了他在众人眼里的影像。

往常开会，靳湘柳经常是在会场上叽叽喳喳，说个不停，此刻她也默默地坐在缪文遴对面的另一个角落里，装出一副若无其事的样子，在专心致志地清理着她手掌上的死皮。

蓝秀花预感到古全和一案要翻，胆怯的目光在会场上飘来飘去，窥测着人们的神色，揣度着人们的心理，琢磨着自己的对策，考虑怎样伪装悔恨，逃避责任，蒙混过关。

齐觅芬在不停地翻动着她手上的那个咖啡色的 64 开的硬皮笔记本。

江涌低垂着头坐在那里想心事。

只有曾经妄图把反革命的大帽子加到古全和头上的甄惠羊，一如既往，好像事情和他无关。他在十批步行健的大字报问世后，以为自己是师范学院里的一个了不起的人物。然而他周围的人则一改过去对他的好感，对他厌而远之，即使和他走得面对面，都不愿意和他打招呼。

原属集训队的院级领导和几个红卫兵列席今天的大会引人注意。

主持会议的仍然是姜明德。他宣布开会之后，先请古全和发言。

古全和站起来，感慨地一笑，摇摇头，长叹一声，说道："我政治上很幼稚，几次遭围攻和批斗，自己被戴了不少的帽子，给领导和同志们添了麻烦，很抱歉。感谢同志们让我回来参加这个党员大会。"

"我的情况本来是很清楚的，可是几年来被人为地弄得成了问题，层层疑云渐渐地在我的周围升起，是是非非，变幻莫测，四清之后我就被弄成了一个可疑的人物了，连我的家庭出身也成了问题。有人说我出身地主家庭，有人说我出身富农家庭，还有的说我出身资产阶级或是官僚家庭。因此我想有必要重新向同志们汇报一次我的基本情况。这很可悲，但是看来很有必要。"

古全和简略地述说了他个人和家族的历史，然后说道，"遗憾的是我这样简单明了的家庭出身和个人历史却被人为地弄得疑点多多，以至于时至今日，缪文逵同志还不得不千里迢迢地跑到山东去外调我的问题。我认为自己是个讲党性、听党的话、学习努力、工作认真的人。那我为什么会遭遇这么多的故事呢？这里面肯定有我主观上的原因，首先是我政治上幼稚，而遗憾的是到现在我也没能总结出这方面的经验教训，希望得到大家的帮助。"

知情的人们认为长时间被压抑的古全和会激昂慷慨，愤怒控诉那些迫害过他的人，而古全和只是简略地汇报了自己的基本情况，提出了一个求助的希望，让大家深感意外。

古全和发言后，姜明德说道："古全和同志提出的问题，正是我们大家感到困惑的问题。为什么一个积极工作的一般干部，在无产阶级革命路线下要挨整，在资产阶级反动路线下也要挨整，是哪些人出于什么动机在这里面发挥了作用？"

姜明德的话音一落，齐觅芬就高高地举起手来，要求发言。

齐觅芬早在前几天听过中央人民广播台播出的古全和发表在《解放军报》上的文章，就断定古全和的案要翻，准备抢先一步，反戈一击，将功补过，争取主动，和某些人划清界限。她心情沉重地说道："我向大家检讨，向古全和同志道歉。1959年反右倾，我相信古全和同志在党小组会上所做的有关他家乡情况的汇报，因为我们河南老家一带的问题也很严重。但是我认为江涌同志是秉承党委的意图组织批判古全和的，就违心地参与了围攻古全和同志的活动，胡说古全和抹黑大跃进的大好形势，是右倾机会主义的表现。1964年四清，我追随黎树凡，给有些人帮腔，也打击过古全和。我这样做是因为我有私心，想表现自己，怕别人说我右倾。四清后我向古全和同志道过歉，得到了他的谅解。古全和同志进劳改队的事我不知道，不过我见数学系的红卫兵来找过缪文逵同志……"

　　彭其寿指点着齐苋芬说道："你可也真够呛，怕自己右倾，就胡说八道害人！"

　　姜明德马上笑着纠正彭其寿说："欢迎齐苋芬同志的发言，有认识就好。"

　　齐苋芬的发言简单而不及要害，但是它把笼罩在古全和问题上的黑幕撕开了一个口子，让人们看见了事情的内幕，对江涌、靳湘柳和蓝秀花等当事人都是一个震撼和压力。

　　党支部委员力槐青意识到古全和的案要翻，她必须转变态度，撇清自己，重新站队，拉大和靳湘柳等人的距离。她为表现自己，指责齐苋芬说："有认识当然好，但是重要的是行动，要揭发问题，在行动上和自己的错误决裂。"

　　力槐青几年来政治上投机取巧的表演让古全和看清了她的为人。

　　力槐青发言后，江涌慌忙站起来说道："我在古全和同志的问题上有错误，有严重的错误。我糊涂，上当受骗，奴隶主义，站错了立场，应当恢复历史的真面目。古全和是个好同志，是革命左派，他的问题应该彻底平反！"江涌给自己定的调子是"上当受骗"，也就是说，他是认识问题。

　　佟金凤质问江涌："江涌，你说你是上了的谁的当？"

　　江涌赶紧澄清，连说"不不"，又说自己是偏听偏信。

　　佟金凤说："四清时，靳湘柳胡说古全和为熊副书记的错误辩护，而他们谈话时你不在场，那你为什么给靳湘柳作证？这能叫偏听偏信吗？"

　　江涌讷讷地说："我糊涂……可是批判古全和同志是黎树凡决定的。"

　　力槐青趁机站到古全和一方插话："黎树凡是外来的，她怎么知道古全和是什么人？"

　　"我，我……"江涌讷讷地说，"其实，其实我是了解古全和同志的。四清时，在第一次批判古全和同志会后，我就赶到他宿舍去看望过他，对他说过，他是个好同志……"

　　力槐青马上打断江涌，声色俱厉地说道："你那不是去宽慰古全和同志，而是去摸他的底，为进一步迫害他做准备！你是阴一套阳一套，故意整人！"

　　力槐青为自己抓住时机，顺利地站到清算古全和一边感到得意。

　　彭其寿手指江涌说道："你知道古全和是好同志，为什么还要折腾他？"

蓝秀花企图转向批判者一边，小声嘟囔道："明知故犯嘛！"他想到自己 1959 年反右倾时没参与围攻古全和的斗争，自己又是个无足轻重的小人物，幻想人们会忽视他，让他从斗争的夹缝中逃之夭夭。

苗逢春指着蓝秀花说道："蓝秀花，我刚来的时候，你就对我说古全和同志的瞎话。听说你在四清时整古全和挺卖力气。今天你当着大家伙的面老实说，你在黑四清的时候揭发的所谓的古全和的那些嘎里嘎气的玩意，哪是真的，哪是假的？你为什么那么仇视古全和？"

蓝秀花恨不得把头缩进脖腔子里，还好，吃午饭的时间到了。

会议结束前，姜明德说道："蓝秀花同志肯定有话好说，留在明天吧。同志们，院部清算资产阶级反动路线的斗争，刚刚开了个头，党委机关资产阶级反动路线的盖子只是揭开了一道小缝儿。该说话的人大多还没说，说过几句话的也大多是浮皮潦草，没触及灵魂、揭开黑幕，谁是怎么回事，大家心里都有个数。正像蓝秀花在四清中说过的那样，'发昏当不了死'，'是骡子是马得拉出来遛遛'。该说的话总得说，晚说不如早说。不说是不行的。咱们的这个会没有时间限制，什么时候把问题弄清楚，什么时候算完。我奉劝有问题的人争取主动，尽早解脱自己。明天上午继续开会，时间地点不变。事假除非有生老病死的理由，一律不准。病假得有市立医院主治医生的证明。"

姜明德瞅了靳湘柳一眼，见她依然若无其事。

170

院部第三次党员大会，由于增加了几个红卫兵，而使得会场的火药味显得更浓。

靳湘柳不时闪电般地瞅一眼韦善美和他的那些伙伴，担心他们会突然站起来，揭发她在赤旗战斗队诋毁古全和的活动。让她感到侥幸的是，和她来往密切的那个叫钱令媛的无锡小女孩，也就是韦善美的女友，没有来。而曾经狂暴一时的韦善美也根本没有注意到她的存在。"赤旗战斗队"部分队员已经转向"延安战斗团"，钱令媛也已经转而参加了"延安战斗团"，同时宣布和他断绝朋友关系，韦善美心情不快，对于眼前的会议漠不关心。他是奉苗逢春之命带领着他的为数不多的队员来参加这个大会的。

江涌独自一人闷声不响地躲在角落里转脑筋，神色中透着焦虑和失落。反右倾、四清围攻古全和，都是以他为首进行的，他是为达到个人卑劣的目的，昧着良心，有意作恶的，这些恶行被揭发出来会让他无地自容，此刻他考虑的不是怎样认识错误，向古全和道歉，而是怎样比较体面地混过这一关，维护住自己的面子和地位。

缪文逵脸色阴暗，佝偻着身子，颓丧地俯伏在一张破旧的连体课桌椅上想心事。事情来得这样突然，弄得他没了主意。邓倩嘱咐他要实话实说，真诚地向古全和道歉。他也确实觉得自己对不住古全和，愿意向他道歉，可是他不好意思抖搂自己的那些肮脏的思想，而想要为自己辩护，一时间又想不出个道道儿来。他的整个的人都麻木了。

齐觅芬抢了个头牌，第一个放下了包袱，显得轻松得意，欣赏自己的聪明和果断。她在 1959 年反右倾和 1964 年四清中迫害古全和的活动中都不是主力，没有明目张胆地造谣污蔑过古全和，而只是追随着江涌、黎树凡和靳湘柳等人，给古全和上纲上线，扣政治帽子，昨天抢先一步承认了错误，解放了自己。

靳湘柳渐渐地感受到来自周围的压力。四清时，她深信能扳倒古全和，把他挤出党委机关，消除给她带来的威胁，而四清工作队并没有把古全和调离党委机关。她没想到文化大革命会有人出来翻四清的案，而且来势这样突然凶猛，不可抗拒，和她有牵连的人忙不迭地举手投降，把她暴露出来。不过她认为自己仍然有回旋的余地。她认为可以通过说四清决定批斗古全和的是黎树凡而不是她，为自己剖白。她说古全和有家庭和个人历史问题只是她个人的怀疑。她煽动蓝秀花、缪文逵、甄惠羊围剿古全和，都是在口耳之间的秘密勾当，没有第三者作证，有进行抵赖的余地。她这样一厢情愿地想过之后，认为能蒙混过关。

蓝秀花坐立不安。苗逢春已经点了他的名，他是溜不掉了。想到他在四清中曾经不顾一切地污蔑诽谤古全和，事后又到处散布古全和的瞎话，以至于现在没有回头和躲闪的余地，不得不在整个院部的党员面前出丑，有点后悔。可是古全和的案肯定是要翻，蓝秀花不得不低头认罪，混过这一关。好在这不是他头一回低头认罪，1957 年他是涕泪滂沱地混过那一关的。尽管四清后古全和跟他已经断绝了个人交往，他也不情愿向古全和低头，可是他还是连夜厚着脸皮赶到古全和宿舍，对他哭诉了他的"悔恨和歉意"。在交谈中蓝秀花得知困难时期党支部批评他，吴歌和他分手都和古全和无关。古全和坦率地对他说，当时确实曾经按照党委领导的要求向党委反映过少数党员在员工餐厅的错误言行，但是并没有专门反映过他的问题，蓝秀花留宿吴歌的事也不是他向组织反映的。这时蓝秀花知道自己上了靳湘柳的当。但是他并不因此而后悔攻击丑化过古全和。他就是讨厌古全和，他感觉自己站在古全和面前有压力，他希望古全和犯错误，希望他倒霉。

可能是由于有了准备，今天的会上，蓝秀花不再鬼头鬼脑，在姜明德发表过开场白后，他就抢先站起来发言，沮丧地说道："我的心情很乱。我在四清中参与围攻古全和，污蔑打击他，是因为我老早就嫉妒他。他出身好、学历高、能力强，又肯干，领导重视他，我感到比他矮一头，希望他犯错误，倒霉，有污点，和我一样，最好是比我更差。我报复他是因为四清时有人向我证实，三年困难时期是古全和向支部反映了我在员工餐厅的表现，党支部因此而严厉地批评了我，说我立场动摇。我还听说，古全和破坏了我和女友的关系，到处臭我，就决心报复他，想把他搞臭。可是因为古全和没有辫子好揪，我就只好说瞎话，在鸡毛蒜皮的小事上做文章。现在我知道自己上当了，给别人当枪使了，对不起古全和。其实，我是了解古全和的。我曾经和他同住一个房间。他好学，工作积极主动，认真负责。计方平同志说，把工作交给古全和放心。古全和常常独立外出执行任务。三年困难时期，他忍受着饥饿、误解，带病工作，差一点儿搭上了命。我敢说，古全和同志是革命左派，而且一贯是革命左派！我私心作怪，诬陷诽谤他，丧失了一个共产党员的立场。"

佟金凤打断蓝秀花质问道："蓝秀花，四清时你也说你最了解古全和，今天，你当着院部同志们的面儿表个态，你在四清时说的，哪些是真话？哪些是假话?!"

蓝秀花哽咽着说道："四清时我说的除了瞎话就是歪曲污蔑。我污蔑他作群众的思想工作是'卖狗皮膏药'，污蔑他美化右派分子，和右派分子有勾结。"

彭其寿指点着蓝秀花说："古全和从员工餐厅领到一份中秋节的月饼，自己饿肚子，舍不得吃，送给你吃了，而你小子竟诬蔑他盗窃员工餐厅的东西！你恩将仇报，可也真够缺德的。"

靳湘柳漠然地欣赏着蓝秀花的表演，脸上透着隐约可见的嘲笑，不慌不忙地撕扯着她小小的手掌心儿里因为患有鹅掌风而死掉的一片片灰白色的肮脏的死皮。

古全和不相信蓝秀会改恶从善。他认为一个下流到用造谣、污蔑、诽谤这样的手段去实现个人肮脏的目的人，他的恶有阶级根源，改也难，检讨只是权宜之计，一旦条件具备，还会卷土重来。古全和注意到，现在检讨已经失去了它总结经验、提高认识、改进工作的积极意义，检讨和假话一样，已经是当前中国政治生活中的一种把戏，是某些人逃避惩罚，蒙混过关的一种伎俩，连某些小学生都会写检查、玩这种把戏。

缪文遽右手托腮，愁眉紧皱，聚精会神地听着蓝秀花的检讨。在蓝秀花怒斥靳湘柳造谣的时候，他也曾恶狠狠地瞪了靳湘柳一眼，心里骂道："我也上了你这个小娘们的当！"他想自己应该有个认错的表示。可是他说什么呢？说自己被这个小女人耍了？说自己有意报复古全和？说自己想在运动中捞点什么好处？都感觉不好出口，有失身份，最后想到笼统地说自己水平不高。蓝秀花发言过后，他就以插话的方式，吞吞吐吐地说道："我在古全和同志的问题上也有错误，"接着又忍不住替自己开脱，把政治问题淡化成认识问题，说"那会儿我认为古全和在学术讨论工作中有错误……我偏听偏信，思想糊涂，中修正主义路线的毒太深……"

苗逢春打断缪文遽，说道："你糊涂吗？怎么谦虚起来啦，抓游鱼的那会儿你闹得比谁都欢。你说古全和和易先农有来往，想抓他的游鱼。还是晾晾自己的灵魂吧，说说你在资产阶级反动路线之下为什么那么兴奋，那么积极。说自己是上当受骗，谁信呀。"

姜明德接着说："老缪，你是应该触一触自己的灵魂啦！这段时间你折腾得够欢的。你肯定知道古全和的问题不属敌我矛盾，那你为什么煽动大家围攻他，批判他，把他送进牛鬼蛇神劳改队？你真实的动机是什么？"

缪文遽很想说，"我是上当受骗！"可是他没有勇气，而是嘟嘟囔囔地说道："我叫古全和交代问题，他不肯交代，还嬉皮笑脸地骂我是'右派头子’，给我起外号，叫我‘人头儿太次郎’！"

古全和插话："我没说过你是‘右派头子’，你‘人头儿太次郎’的外号我是第一次在这里听你说。我从来不恶意给别人起外号。"

缪文逵愤怒地瞪着靳湘柳，觉得自己一个大老爷们儿，竟叫靳湘柳这样一个小女人给耍了，心里感到恼火，窝囊，丢人！这都是因为自己虚荣心和报复心太重。而让他感到后悔莫及的是他亲口在群众大会上宣布了他"人头儿太次郎"这个外号，在这之前，只有靳湘柳和缪文逵夫妇他们三个人知道这个充满贬义的外号，这会儿大家都知道了。

苗逢春质问缪文逵："你为什么把古全和送进劳改队？"

缪文逵抵赖说："他不是我去送的……"

韦善美插话说："我们征求过你的意见。你同意啦，靳湘柳还我们要严加看管。"

韦善美突然点到靳湘柳在"赤旗战斗队"的活动，让她感觉自己好像突然被赤裸裸地拉到会上来展览，两只眼睛忙碌起来，查看人们的反应。她知道，在共产党的传统中，搞阴谋，进行非组织活动是大丑、大错、大恶。

姜明德说："缪文逵，你已经犯错误了，应该认真检查，吸取教训，别在蒙混过关方面转腰子了。你掩饰自己的错误就等于坚持对别人的迫害，这很不道德。你不远千里跑到山东去外调古全和，不就是想从中找出点问题来充当你的救命稻草吗？"

缪文逵的头几乎垂到胸前，不敢正面回答姜明德，而只是讷讷地嘟囔道："我有错误，我有私心，我听了别人的瞎话，叫别人给当枪使了，说心里话，我本来是很看重古全和的。"

古全和问题的轮廓渐渐地清晰起来。这是一个历时数年、贯穿三次政治运动，个别人有意策划的政治迫害事件。现在涉案人员多数有所检讨。靳湘柳感觉自己已经变成孤家寡人，抵抗只能激怒群众，招致狂风暴雨般的打击，那时将失去主动，很难说会落到个什么下场，被开除出党也是可能的。她认为现在应当主动应对，守住政治上安全的底线，保住自己共产党员的称号。不过她不想举手投降，因为现在阴谋迫害工农子弟是最能激动人心、引发公愤的问题。化学系的党总支书记刘依真不就是因为这个问题而遭毒打，几乎丢掉性命吗？想到这里，她的心几乎停止跳动。她思量再三，决定死守"思想意识不好，政治上有投机思想"这条线，在嫉妒心、报复心等道德意识问题的范围内做文章。可以骂自己，暴露自己的丑恶灵魂，但是不能触及自己欺骗组织、隐瞒个人政治历史问题、蓄意陷害古全和等这样一些政治立场和阶级感情等方面的问题。她认为主动撤退，一时丢人，比彻底垮台好。帽子可以多戴，事实要尽量少讲。帽子是抽象的，时过境迁，人们会淡忘；而事实是形象的，会长久地留在人们的记忆里。她决定撕破脸面，使出女人独有的看家本领，大放悲声、大流其泪，软化众人，博取同情。主意已定，她就开始认真地揣摩大会上人们的发言，斟酌着问题暴露的广度和深度，权衡着自己的攻防策略，编造着检讨的腹稿。她后悔自己不该神经过敏，防范意识太重，事实证明，古全和对自己也许并无恶意。不久前他还曾真诚地邀她和他的老同学一起去方便居吃饭。她怀疑是自己吓着了自己。然而她也想，既然已经害了古全和，和他结了怨，就不能不防范他。他从前无意害她，不等于现在和今后他也不想报复她。她怀疑眼前的院部党员大会就是古全和策动苗逢春、姜明德和佟金凤等发动起来的。她想，防人之心不可无。既然错了，就只能将错就错，错到底，即使被打倒在地，也要咬住古全和不放。丑化古全和就等于美化自己。抹古全和一脸黑，泼他一身脏，就是保护自己。她从来都不相信在"老三篇"里讲的中华民族共产主义道德经，而是喜欢罗贯中在《三国演义》里所写的曹操的那句"至理名言"。

171

靳湘柳和贺连弟是政教系众所周知的好姐妹。而文化大革命的风潮一起，她就成了政教系的造反派搜罗贺连弟"罪行"的重点对象。靳湘柳积极配合造反派，揭发了贺连弟那些不致牵连到她自己而又有助于撇清她和贺连弟关系的材料，其中的一条是，她说1961年1月的一天，贺连弟曾经在宿舍里对她说，"大跃进弄得全国人民挨饿，老人家也有责任。"贺连弟因此而遭造反派暴打。贺连弟被劳改后，靳湘柳就断绝了和她的接触，即使路遇，她也绕道避开。为躲避贺连弟，她不再去教工二楼202房间午休。前两天靳湘柳听说，政教系的劳改队从"全托"改成"日托"，贺连弟可以回家，就决定来看看，修补和她的关系。贺连弟头戴一项旧军帽儿，知道她剃过阴阳头，头发还没长齐。靳湘柳审视着贺连弟，揣度她是否知道自己揭发过她。贺连弟满脸高兴，笑着说道："你有些日子没来聊啦，真想你啊。怎么样，你好吗？老马和孩子也都好吧？"

"谢谢，你也好吗？"靳湘柳放心地笑着说，就势坐在自己的床上。

贺连弟说："现在好了，可以回家吃饭睡觉了，不过午睡我仍然在这里。你们那里怎么样？也在批判资产阶级反动路线吧？"贺连弟很关心这方面的情况。"这会儿缪文迤的日子不好过了吧？前段时间他也太张扬啦。"

靳湘柳"哼"了一声愤愤地说道："受不了也得受呀！有古全和在，谁都好受不了！"

贺连弟诧异地说："古全和怎么啦？他也是受害者呀。"

靳湘柳气愤地说："受害者也会变成害人者呀。他挨整要怪他自己和红卫兵，而不应该拿缪文迤出气。打倒缪文迤的大标语都刷到大马路上了！每个字都有好几个篮球大！你没看见吗？"靳湘柳显得义愤填膺，为缪文迤鸣不平。

贺连弟瞧着靳湘柳愤怒的样子，问道："知道大标语是谁搞的吗？"

靳湘柳装出怒不可遏的样子嚷道："还能有谁？真是没想到，外表上人模狗样，骨子里却这么阴！那条大标语吓得胆小怕事脸皮又薄的缪文迤上下班都不敢走大路了。"

没有人知道那条大标语是什么人刷的。但是靳湘柳用上一个反问句，再加上一句话里藏刀的议论，就准确无误地给贺连弟造成了这样的一个印象：事情是古全和干的，或者是他唆使什么人干的。贺连弟知道古全和本不是这种人，但是文革让人出乎意料的事儿太多。谁能想到老实得八杠子压不出一个屁来的甄惠羊会那样凶狠无情地对待那么看重他的步书记和夏曦同志呢？想到这些，她默默地点点头，自言自语道："真的是没看出来……可是他为什么要整缪文迤呢？"

"报复呗，还不是因为在运动初期缪文迤批评过他！"

贺连弟说："古全和的心胸这样狭隘？"

靳湘柳说："想不到的事情多着哪！"

贺连弟说："缪文迤也是，他招惹古全和干什么？"

"总是'事出有因'吧。"

"那你呢，你怎么样？"

靳湘柳说："古全和回到党委机关，整个院部就大乱了。他在背地里策动着几个傻大兵，组成一个小集团，奉行'顺我者昌，逆我者亡'，大刀一挥，横扫一切，迫使所有的人都承认他是无产阶级的革命左派，而且是一贯的无产阶级革命左派！蓝秀花、江涌，都不得不违心地胡说古全和是无产阶级的革命左派！"

贺连弟哈哈大笑。她承认古全和是个好同志，在历次政治运动中，特别是在整风"反右"斗争中表现好，可以说是革命左派，但是古全和迫使别人承认自己是左派就太不明智了。她看着靳湘柳，忍不住地笑着说："他怎么会这样呀？他疯了吗！"

"这有什么奇怪？现在发疯的人还少吗？想当左派的大有人在。我就背着打击革命左派的罪名，正在准备违心地到院部党员大会上去进行触及灵魂的深刻检查呢。"

"为什么？"

"不这样作践自己就过不了古全和这一关哪！"

贺连弟对于靳湘柳的话，半信半疑，惊讶之余就把它当笑话说给她身边的人听。她身边的人又把这个笑话说给他们身边的人听。而当第三个或者是第四个人转述这个笑话的时候，它就变成事实了。就这样，三天之后，这个虚构的有趣的故事就变成了对于当事人古全和的嘲讽，使得那些原本同情他，为他屡遭诬陷而深感不平的好心人为古全和的这种癫狂的举动感到遗憾。人们不禁感慨，文化大革命真的是让一些人失去了理性，就连古全和这样务实的人也中了邪，干出了这等荒唐的勾当！

更让人想象不到的是，靳湘柳编造的这则故事竟传扬到院外，传到江城地质学院等兄弟院校，并且出现了新的版本，把几年来一贯挨整的古全和说成是一个品行不端，一贯整人的人，而更让靳湘柳感觉离奇的是新版的古全和故事的编撰和散布者据说是金祥，靳湘柳感觉惊讶，她百思不得其解。因为院部的许多人都知道，金祥和古全和是好朋友，古全和每次路遇金祥都常常是从大老远的地方就伸出双手，满脸堆笑，快步前行，并且亲热地说："你好啊，小老弟？"

古全和猛然想起当年海英林曾经对他说过的话，并不是所有的人都欣赏他在当年反右派斗争中的表现，那些没有暴露的真正敌视党和社会主义的右派分子会记他一笔。古全和觉得冤枉，不觉得维护党委对于整风运动的领导有什么错误。

靳湘柳离开贺连弟，就赶去"红雷战斗队"，赶巧戴国民和吴好德都在。

戴国民在"文革"之初写大字报造谣言污蔑过古全和，前不久还和吴好德一起像训斥孙子似的训斥过古全和，那时他确信古全和将从此沉沦下去，他对古全和的污蔑将作为事实烙在古全和的身上。然而事情并不如他所愿，上级反复强调要落实团结百分之九十五以上的干部和群众的政策，古全和也已经回到党委机关，戴国民心生不安，担心古全和东山再起。见靳湘柳来了，急切地想了解院部运动的情况，特别是古全和的表现，便问道："听说古全和回去了？他怎么样？"

靳湘柳长叹一声，说道："他回去了，我们那里也就热闹了。"

"球！他一条小泥鳅，能掀起几个浪？"戴国民眼皮朝上一翻鼓足勇气傲慢地说。

靳湘柳夸张地说道："那你可就大错特错了，古全和已经把个院部机关闹得波浪滔天，连龙王爷都忙着说要搬家了！"

"他算个球？！"戴国民轻蔑地说，除了世界级的几位革命领袖，他谁都不服。

靳湘柳煽动说："古全和说，他是无产阶级革命左派，而且是一贯的左派。"接着，她就把她对贺连弟说的那一番话重复了一遍，然后说道："在师范学院，就没有古全和佩服的人，你我之辈在他的眼里都是'小人物'，更不在话下。"

戴国民放肆地吼道："球！还反了他啦，他敢这样当面对我说吗？！"

靳湘柳不屑地说："你快算了吧，他从来就不把你放在眼里。以前他到处拿你的丑事当笑话说，他说你头一次上哲学辅导课，急得满头大汗，连棉衣都湿透了，差一点晕倒在讲台上，离开教室时还晕头晕脑地错把粉笔擦装进了自己的上衣口袋，惹得学生们哄堂大笑。"

靳湘柳的话激怒了戴国民。他呼吸急迫，鼻翅不停地翕动，破口大骂："奶奶的！他古全和也太张狂了！他胆敢……敢拿爷爷我来开涮！"

靳湘柳继续撮火说："那你就等着瞧吧。他说你写大字报造他的谣言，说不定什么时候他就会冲到这里来找你算账。古全和是个有仇必报的人。老缪文革初批评过他，他现在把老缪整了个一塌糊涂。老缪已经是奔40岁的人啦，被他折腾得一把鼻涕一把泪，怎么检查都过不了关，就差给他下跪了。下一个就轮上我了！看起来我在党委机关也待不下去了。"

"球！他算个什么东西？"戴国民气呼呼地斜了靳湘柳一眼说道，"新党委谁走谁留，造反派说了算！他古全和算老几？！至大闹个留用人员。他给我做资料员，我都未必愿意要他！"

靳湘柳瞄了戴国民一眼说道："院部机关继续揭盖子，你要是有胆量不妨去开开眼界！不过，我看你还是不要去吧，免得让他当众弄你个鼻青脸肿，下不了台。"

"我怕谁？！"戴国民拍着胸脯儿说，"我就是要去会会他！"

戴国民曾经是资产阶级反动路线的受害者，按说他应当站在受害者一边。可是他恨的不是资产阶级反动路线，而是有伤他尊严的人。他胳膊一扬，高声说道："我肯定会去把你们的那个大会闹个天翻地覆！"

靳湘柳心满意足地站起来，离开了公共政治课教研室。走了几步又返回办公室，假意劝说戴国民："还是算了吧！免得让他把咱们一起打成政教系的'小集团'，给一勺烩了！"

戴国民嚷道："我偏要去！他竟敢和我老戴叫板，是可忍，孰不可忍！"

戴国民决心去参加院部大会，为的是去维护他个人的荣誉，至于这和革命路线有什么关联，他根本就没有想过。他从来都没有认真地想过什么是无产阶级文化大革命，什么是无产阶级造反派，什么是社会主义和共产主义，他关心的始终是他将从这场骚乱中捞到一些什么好处。

古全和现在开始有这样一种感觉，造反派中相当一部分都是在为自己造反，追求是个人的利益，或是宣泄自己的不满……当然，瞎折腾的也有，每次政治运动都有这种角色。其中有些人所追求的，和旧社会的很多人没有什么本质的不同，依然是体面、富裕，而说到底，就是虚荣心、级别待遇、物质利益、金钱。

第二天一早，靳湘柳就派人来学院代她向姜明德请假，说她得了急性肠胃炎，上吐下泻、腹痛难忍、汤水不进、浑身无力，折腾了一夜，下不了床。她没有任何证明，就是不来开会。姜明德能怎么样？会议只好延期。

三天后，靳湘柳按时到学院来上班，院部党员大会继续开会。大会主席姜明德回顾了上次会议的内容，宣讲了一番政策，警告有关人员主动交代问题，别想蒙混过关。

姜明德的话音刚落，靳湘柳就站起来了。她一改上两次会上若无其事的神态而为一副心情沉重、服罪求饶的样子。她并没有像有人设想的那样推三阻四为自己辩护，她还没说话，就双肩耸动，抽抽搭搭地啜泣起来。喧闹的会场在她伤心的嘤嘤的哭声中安静下来。她擦干眼泪，无声地沉默良久，意在诱发众人对她的同情和期待。

院部的干部大多知道有靳湘柳这么个人，但是了解她的人并不多，多数为她的悲情所打动，希望她幡然悔悟，回到正确的人生道路上来。党委办公室的接待员言玉珍，来自黑龙江老解放区，平时和靳湘柳没有来往，也不关心党委机关内部的斗争。她指指泪眼婆娑的靳湘柳，对身边的力槐青耳语道："那么个小玩意儿……怪可怜的。"说着，也抽抽搭搭地哭起来。力槐青什么也不说，她是不为靳湘柳所迷惑的少数人之一。

靳湘柳开始断断续续地诉说：

"我向毛主席请罪，向同志们请罪，向古全和同志请罪！"靳湘柳恳切地说，"古全和同志的宽容大度，让我深受感动。前不久，他还邀请我和他从广东、江西、湖南等地远道而来的几位老同学一起去方便居吃饭呢。回想起我的所作所为，我感到无地自容。是我以小人之心度君子之腹，误解了他。这两天，我吃不下、睡不着，无数次地对自己说：'不能再这样执迷不悟了！要袒露自己的灵魂，交代自己的问题，和旧我决裂！'"

靳湘柳涕泪交流，禁不住放声大哭，久久抑制不住。她的哭声冲击着人们的心灵，模糊了人们的是非界线，主宰了会议。她不是在作检查，而是在表演。人们常说"男儿有泪不轻弹。"事实也是如此。即使面对再大的艰难困苦，如果一个大男人像女人一样哭哭啼啼，也会让人感觉扫兴。而女人就不同了。女人的眼泪蕴含着强大的力量。它淹没了女人的智慧，却也能激发出人们的同情。千百年来，女人既是男人的附庸，也是男人的宠物。她们哀哀的哭泣，是她们在漫长的历史过程中无助的表现，是她们悲惨的历史地位的写照，是她们苦难经历的产物，也是她们谋求同情的强大武器。女人的眼泪能冲垮人们的心理防线。即使铮铮硬汉，有时也经不住女人撕心裂肺的一哭。靳湘柳的哭泣，她求饶的姿态，她虚假的坦诚，扰动了一些人的心灵，激起了一些女同志的共鸣。言玉珍平时大大咧咧，嘻嘻哈哈，这时也像中了邪祟一样，莫名其妙地跟着靳湘柳啜泣起来。俗话说，杀人不过头点地。人生在世，孰能无过？败子回头金不换。鲁迅先生有"打落水狗"的提醒，然而事到临头，善良的人们往往还是会扮演东郭先生的角色。当靳湘柳绝望地哭诉说，她没有脸活在世上，要不是她的孩子还小，她真想一头撞死在众人面前的时候，连受害者古全和也深感心动。他想，孩子比什么都重要，为了孩子，他宁愿蒙受冤屈。

　　靳湘柳不时瞅一眼会议室的大门，听着走廊里的动静，期待着戴国民和他的人马会突然出现在会场，冲垮这个倒霉的大会。而戴国民们并没有出现。她意识到政治气候变了，暗暗地骂戴国民只会说大话，不敢来冲击院部的党员大会。

　　靳湘柳收住悲声，继续喃喃地说道："我真不知道自己为什么会走到这一步。这些日子，我苦苦思索，发现原来我对古全和有偏见由来已久，责任全在我，是我多疑，是我恶意度人，是我发神经，是我的剥削阶级的思想在作怪，古全和无意报复我。"

　　她褒贬并用，小心翼翼地把她对古全和的迫害说成是个人恩怨。她说："细细地回忆起来，在念小学的时候我就讨厌古全和，讨厌他穿伪满洲国汉奸头目穿过的协和服，穿日本兵穿过的大号皮靴，讨厌他不尊重我，讨厌他好斗，敢和老师争短长，迫使马校长辞退了谷建城老师。我讨厌他，也嫉妒他，嫉妒他学习好，他是他们年级1947年秋季会考的第一名，遮掩了我在柳影路小学才女的光彩。他还因为对抗教音乐的董文华老师而被马光复校长说成是反对日本鬼子奴化教育的英雄。他连连跳级，从四年级就跳到六年级，隔年又从江城一中初中一年级跳进了市立中学高中一年级，成了我的同班同学。我出于嫉妒，曾经向一中告密，想把他赶回一中，但是没有成功。"

在场的多数群众不辨靳湘柳诉说的真伪，连古全和也拿不准她诉说的是不是她真实的思想感情，会场淹没在她编纂和讲述的关于她和古全和的恩恩怨怨的故事里，而淡忘了她是在作检讨。

靳湘柳继续说："我从嫉妒古全和发展到怀恨古全和，萌生了把他赶出党委机关的念头，这和我下放伙食科劳动锻炼那段生活有关。1960年冬，我主动请求参加党委伙食工作组，想混个劳动锻炼的鉴定。因为党委对于公共政治课教师有这样的要求。可是古全和说党委伙食工作组不算下放干部，没有劳动锻炼的鉴定。我认为这是古全和背地里搞鬼，和我过不去。在伙食科期间，古全和还曾多次当众批评我。1964年的整党期间，他批评我在1959年反右倾运动中见风使舵，有政治投机行为。我开始感到他对我是个威胁，心中生出了报复他、抹黑他、搞臭他的恶念。四清给我提供了这样的机会。我利用黎树凡，伙同江涌和蓝秀花极力夸大他在党委机关的地位，把他描写成打开党委机关阶级斗争盖子的关键人物，促使急功近利的黎树凡把他定为工作的突破口，对他进行围攻，迫使他揭发党委的问题。我还利用我曾经和古全和同学这个条件，在古全和的家庭出身和个人历史问题上散布疑云，让大家对他产生怀疑，不敢替他说话，把他推到被动挨打的位子上。"

言玉珍啧啧有声低声说道："这个靳湘柳，真是人小鬼大。"

靳湘柳说："文化大革命一开始，我就拉拢缪文逵，围攻古全和，煽动甄惠羊指控他篡改毛主席诗词，反对学习和宣传毛泽东思想，配合红卫兵把他弄进了牛鬼蛇神劳改队。"

靳湘柳始终在道德品质思想意识这个圈子里转磨磨儿，讲的是由嫉妒和误解造成的个人恩怨。古全和认为靳湘柳害他的真实原因可能是她听说整党时他可能看过她的档案，他从海英林和连成那里了解了她在家庭和历史情况，察觉她在家庭情况和个人历史方面对组织有所隐瞒，担心他揭发她的这些问题。其实，古全和从没想过要去揭发靳湘柳，因为他不知道海英林和连成所说的是否都属实，而且这一类的问题，一般应该由组织出面去解决，他无意触及她在这些方面的问题。

靳湘柳认罪服罪的姿态，悲悲切切的哭诉，消弭了人们追究她作恶的政治动机，使会议降温，掩盖了曾经发生过的血腥的争斗。

靳湘柳哭泣着说："同志们，我错啦，现在我才真正意识到，我受剥削阶级家庭的影响有多深。我一再问自己：我玩了这么多的鬼把戏，领导和同志们还会信任我吗？我告诉自己：会的，大家会帮助我痛改前非，重新做人。事实证明，古全和同志对我就没有恶意，我愿意写大字报在全院范围内给古全和同志澄清一切，恢复他的名誉！"

这时，楼道里突然响起了杂乱的脚步声。靳湘柳猜想戴国民来了。让她感到遗憾的是他们来迟了，使得她不得不进行这样一次表演。不过她仍然感觉得意，戴国民的到来至少能帮助她逃过人们无休无止的质问和羞辱。

戴国民率领着他的那七八个忘记了马列经典的喽啰，气势汹汹地冲开了314会议室的大门，戴国民两手叉腰，横眉立目，气鼓鼓地站在前面，一派造反派的脾气，傲慢地怒视着会场上的人们。

姜明德从容地站起来，迎上去笑着问道："老戴，你们来干什么？"

戴国民脑袋一晃，放肆地翻动着眼皮，怒气冲冲地说道："干革命！"

苗逢春说："回你们公共课闹去，到我们这里来捣什么乱！"

戴国民嚷道："哪里有反动路线，我们就战斗在哪里！古全和是全院公认的黑帮干将，老右倾机会主义分子，你们为什么把他弄成无产阶级革命左派？又为什么抓住个缪文逵不放？"

姜明德笑笑说："我们正在清算院部的资产阶级反动路线，并没有揪住谁不放，也没有把谁封为'左派'，'左派'不是封的，你们赶紧请回本单位闹革命去吧。"

戴国民愣怔片刻，又道："那你们怎么看待缪文逵？"

姜明德说："这是我们本单位的事，当然要根据党的原则处理。他执行了资产阶级反动路线，大家正在帮助他提高认识。"

戴国民回头看看他的部下，见他们神情犹豫，锐气不再。

苗逢春根本不把戴国民等人放在眼里，气愤地挥挥手说："赶紧离开这里！赶紧！"

戴国民上前一步，凶狠地嚷道："怎么，要动武吗？"说着，挽起了袖子，摆出了玩儿命的架势，放肆地说道，"火车站前'八一三'武斗，爷爷我是师范学院的前线总指挥！我怕谁？！"

苗逢春冷笑着说："当年我从黑龙江一路打到海南岛，刺刀捅弯过不止一把，我会怕你吗？！这里是东湖师范学院院部党员大会，不是你撒野的地方。"

恼羞成怒的戴国民突然朝苗逢春冲上来。

邬伯涛劝说道："戴国民同志，有话好好说，毛主席教导我们，要文斗。"

戴国民停住脚步，闪电般地瞅了邬伯涛一眼，收起了武斗的架势。他认为邬伯涛是个过时的人物，属处理的对象，但是，由于多年党内生活的习惯和敬老传统意识的影响，作为原党委副书记、副院长、革命长辈的邬伯涛，在心理上对于戴国民仍然有震慑作用。这就好比儿子面对亲爹，心里总会有点忌惮一样。

古全和伤心地看着戴国民的丑恶行径，感到悲哀，他记得戴国民的这种叛变行为，不是头一回。早在四清时靳湘柳和蓝秀花等人阴谋迫害他的时候，戴国民就曾落井下石，胡说他在困难时期向他散布过封建迷信。他后来又写大字报污蔑古全和利用黑党委的势力打击压制他这个工农子弟。现在他又在众多主持公道的同志们站出来帮助他平反的时候，跳出来捣乱，古全和感觉戴国民的自私、愚昧、狭隘和胆怯，都是出了格的，他没有教养、没有操守、没有人格，更无所谓信仰，一切都是为了他自己，而且目光短浅，急功近利，不计后果。戴国民的恶劣行径让他联想到二十多年前浑河镇上那些投靠大汉奸都鸿勋的穷苦农民。他们就是为了混口饭吃而去当汉奸的。他戴国民就是个汉奸坯子。他连句真话都不敢说，还能算什么共产党员。假如盘踞在台湾的蒋介石打回大陆，说不定他也会去卖身投靠。

戴国民不敢和姜明德和苗逢春等老兵对抗，就把矛头转向古全和。他煞有介事地责问古全和说："古全和，我问你：你为什么这样对待缪文逵？凭什么强迫别人称你是'左派'？！"

古全和说："我从没说自己是'左派'，更没强迫别人承认自己是

'左派'。我劝你看清形势，现在是'东风吹，战鼓擂，谁也不怕谁'的时代。我已经解放了，现在我和你是平等的，一样可以发言，写大字报，发表自己的言论。"

戴国民咄咄逼人，恐吓说："你再说一遍！你再说一遍?!"

古全和说："你太把自己当个人物了。我没有义务陪着你玩。"

戴国民挥舞着双手语无伦次地嚷道："你敢说江涌不是走资派?!"

古全和说："江涌是什么派是你我能定得了的吗?"

戴国民愣怔了一会儿，感到奇怪，几天前古全和还听他摆布，为什么忽然变得这样强硬?! 他不甘狼狈地离去，就虚张声势地嚷道："你的问题是严重的！揭发你的大字报无数。你说，你在困难时期向我宣扬过什么乌七八糟的东西?!"

古全和说："三年困难时期，我曾经向你介绍过气功疗法。"

戴国民嚷道："你胡说！你是宣传封建迷信!"

古全和说："气功是祖国的文化遗产。1958 年秋，上级有关机关曾在我院推行过慢病快治的气功疗法。党委派我参加了那项工作，我阅读过一些介绍气功的书籍，三年困难时期向你介绍过的气功疗法，内容见《保健按摩》一书，作者是山东的谷岱峰老先生。你不妨去翻翻那本小册子，了解一点祖国文化，这对你学习哲学有帮助。"

戴国民不敢和古全和谈学问，又回到"左派"话题，"你凭什么自称'左派'?!"

靳湘柳紧张地注意着戴国民和古全和的争论，生怕受到戴国民牵连。

古全和说："我是不是'左派'和你无关，不过我敢说你不是'左派'。我看你更像一个啸聚山林的山大王。《国际歌》说，无产阶级要自己解放自己。而你却要包打天下，跑到我们这里来捣乱。更可悲的是竟然有这样一些念过《共产党宣言》自称马列信徒的政治理论教师爷甘当你的喽啰!"

戴国民怒不可遏，骂道："你放屁!"

古全和笑着说："你现在这个样子就更像个山大王了!"

戴国民回头一看，发现站在他身后的只剩吴好德一人，骂道："奶奶的，这事没完，走着瞧!"返身拉上吴好德溜了。

古全和伤心地看着身材矮小，并不健壮，有些伛偻的戴国民，想到他小的时候曾经跟随着他老娘四处乞讨，吃不饱，穿不暖，以致发育不良，心里感到有些凄凉。眼前的戴国民又让古全和想起了鲁迅先生笔下的阿 Q。阿 Q 是半个世纪前中国农村无产者的文学典型。鲁迅先生把中国雇农的灵魂，他们的美德和丑行，他们和地主阶级在精神上的区别和联系，他们的悲惨处境，他们的可悲、可怜、可鄙，都综合于其中，铸造了世界文学史上独一无二的雇农的艺术典型。时间过了几十年，而阿 Q 仍然活在他的儿孙们的灵魂里。他的这些儿孙在倒霉的时候比孙子更孙子，而在得势的时候比爷爷更爷爷。古全和感到，在戴国民的灵魂里就生活着一个远不如阿 Q 的阿 Q。阿 Q 有毛病，有美德，他不坏人，而戴国民却恩将仇报，造谣害人。他自称无产阶级革命派，事实上和无产阶级毫无共同之处。在“延安战斗团”的骨干里，类似戴国民的这种角色不是个别的。作战部长夏三浩，是师范学院校园里造反派公认的闯将，而事实上他身上带有浓重的匪气。他喜笑颜开地“借”走了他的自行车，经常从他身边骑过，至今不还。他抄了俄语系马文伯教授的家，抄走马教授许多值钱的东西，都据为己有，还恬不知耻地制造革命派的新理论，说那些东西归了他，它们的性质就变了，变成无产阶级的东西了。古全和认为他事实上是个土匪。

院部批判资产阶级反动路线的斗争，由于戴国民突然从旁插了一杠子，且由于脆弱的缪文逵在戴国民大闹院部党员大会时突然发病，晕倒在会场，尔后住院抢救而草草收场。

正像古全和估计的那样，靳湘柳没有实践她的承诺，没有贴大字报在全院范围内给他恢复名誉。而让古全和连做梦也没想到的倒是，靳湘柳所编造的有关古全和强行迫使别人承认他是“左派”的荒唐故事却已经由于古全和跟师生员工有着广泛的联系而传遍全院，并形成了对于古全和的一种新的、无形的、打不破、消除不了的舆论包围。这样的故事人们当然不便于对当事人说，就如同妻子偷人，被蒙在鼓里的经常是丈夫一样。在很长的一段时间，古全和都不知道这件事。直到八十年代后，文化大革命已成过去，他回到系里工作很久之后，在一次老同学之间的闲谈中，他的老同学罗元辉拿这件事开他的玩笑，问他为什么会干出那种蠢事，他才如梦初醒。他断定那个故事是靳湘柳或是蓝秀花等人阴谋编造散布的。他感到气愤，又觉得无奈。当时，靳湘柳已远在美国，并且不久就去世了。而这个笑话也已作为一件不容怀疑、无法澄清的“事实”留在了千百人的

记忆里。有些人还会把它当成反面教材，作为笑料，讲给自己的好友和儿
孙们听。这块强行涂抹在古全和脸上的丑角的油彩，将陪伴他到他生命的
结束，还会比他的生命更久长。

　　黎树凡、路勤一、靳湘柳、蓝秀花、江涌、缪文逵、戴国民和甄惠羊
等人出人意料的表演，对于古全和说来，都是有关中国历史、中国现实、
中国革命和中国共产党的教材。这些人所表现出来的自私、狡猾、无耻、
愚昧，以及和他们的恶行相联系的党内生活中缺少民主、存在某些陋习的
状况，都远远超乎古全和的想象。

　　古全和很长的一段时间都想不明白，靳湘柳和蓝秀花等人为什么胆子
那么大，敢藐视党纪国法，在党内生活和革命运动中兴风作浪，他想到的
唯一解释是这和他们幼年、童年和少年时代的生活有关。他们曾经是那个
社会的主人，那时他们可以号令世界、为所欲为，久而久之就养成了他们
藐视一切、目中无人、顺我者昌、逆我者亡、肆意加害他人的野蛮心理，
并把这些思想和习惯带进新社会和共产党。

　　古全和也没想到戴国民等人会保留那么多落后习惯和落后意识，几十
年的党的教育竟未曾在他们的灵魂中留下什么痕迹。他想不到在党的生活
中理论和实践之间有这样大的差距，党内生活中的封建主义阴霾这样浓
重。他认为党内缺少乃至没有民主，是党内不纯分子兴风作浪、得售其奸
的重要条件。他开始意识到，新中国并非他想象的那么新、那么革命、那
么理想。在新社会，一般人追逐的仍然是私利，口是心非是普遍现象，差
别仅在于程度不同。对于某些人说来一个人出身如何，历史怎样，是否忠
诚、是否善良、是否廉洁、是否清白、是否高尚、是否博学、是否勤奋、
是否有成、是美是丑……常常都不重要，重要的是你是否触犯了他们的利
益。如果回答是肯定的，那么你的一切美德、一切善行、一切努力、一切
功绩、一切创造、一切牺牲……都是狗屁，都不妨碍你被涂抹成魔鬼，被
置于死地。这让古全和想到俄国作家契诃夫中篇小说《第六号病室》所
描写的那个因为说真话而被关进精神病院的人物。类似的社会现象在中国
也有。其实，古全和历次遭贬又何尝不是这样呢？构成他"罪证"的不
就是他该说假话的时候没有说假话，而不该说真话的时候他说了真话，遇
事较真儿嘛！古全和感觉，从精神世界的角度看，新旧中国之间的距离是
很小很小的，小到只有一步之遥，新旧社会好像重叠粘连在一起的，由此

前进是光明的未来；由此倒退则必然是黑暗的过去。他记得列宁阐述过这样的一个思想，由于旧世界遗留下来的强大习惯势力的存在，由于寄生阶级有广泛的国际联系，使得被打倒的资产阶级比刚刚获得胜利的无产阶级更为强大。资产阶级建立资本主义秩序，从文艺复兴算起，折腾了几百年，那么无产阶级建立共产主义的新秩序将要折腾多久呢？英国宪章运动标志着无产阶级和劳动人民的初醒，巴黎公社革命是无产阶级夺取政权的一次伟大的尝试，俄国的十月革命获得了辉煌的胜利，中国人民的解放改变了整个世界。然而社会主义的苏联已经陷入修正主义的泥潭，中国也在进行着反修防修的伟大尝试。不知道要经历多少挫折和苦难，我们才能摆脱封建主义和资本主义的羁绊，跨入上面书写着"公"字的光明幸福的新世界。

院部党员大会之后不久，姜明德就把从院部档案室清理出来的一份材料退回给古全和本人。这是四清时批判古全和的组织结论，内中所记罪状有反对四清工作队、破坏四清运动、包庇犯有错误的当权派等错误。上面的字迹像一只只小螃蟹，说明这份定案材料是江涌所撰，上面有黎树凡的签名，表明黎树凡所谓没有就古全和在四清中的问题作过结论的说法是骗人的。按照现在的说法，这就是黑材料。这件事再次让古全和感到党内民主缺失的可怕。如果不是姜明德在这种特定的条件下帮他查到这份材料，他一辈子都不知道他的背上还有这样一口黑锅。黎树凡这样做，显然是意识到这个案可能要翻，想先立此为证，用这份材料来证明她批判古全和是有根有据，完全正确的。这份材料的写法也很耐人寻味，每项错误都是先有一段简短的背景材料，然后引述用断章取义或是任意拼凑的办法弄成的当事人的似是而非的片言只语，即所谓的事实，接下去就是分析，即按照整人的意图和需要，进行有违逻辑规则的所谓推论，上纲上线，最后是他们需要的所谓结论。古全和知道，这种文风由来已久，早在六十年代初期的甄别工作中，他就见识过，真所谓欲加之罪，何患无辞，想起来都让人心惊胆战。古全和想，像他这样干干净净的人，他们都能有办法把他弄脏弄臭，还有什么人他们不能弄脏弄臭呢！

　　古全和认为，涂黑了的东西难以完全恢复它本来的色彩。靳湘柳和蓝秀花等人给他制造的谣言已经扩散到群众之中，要完全澄清这些谣言是不可能的，因为它关系到上下左右很多人的利益。这也就是他越来越觉得他应该换个岗位工作的主要原因。古全和知道，他的冤案能够解决到现在这样的程度，迫使江涌、蓝秀花、靳湘柳等人在院部大会上交代问题，承认错误，拨乱反正，应该算是一个奇迹了，因为靳湘柳等人是利用党组织和革命的名义进行活动的，如果不是大民主浪潮，剥夺了黎树凡、路勤一和韩雨等人维护他们的"胜利果实"的可能；如果没有这些复转军人的仗义执言和坚决介入；没有院部平时循规蹈矩的广大同志在特殊条件下的思想解放；没有这诸多条件的复合发酵，这个问题是不可能有这样的一个结果的。类似的问题，也只有在朝代更替，清算某种错误路线或是某个倒台领导的时候，才有可能得到比较彻底地解决。在漫长的封建时代，皇帝和大权在握的官员，是不会犯错误的，犯错误的只能是别人。一个家庭类似于一个王朝，内部的是非，也与老幼尊卑有关，儿孙们要为长者讳。现在皇帝没有了，但是皇帝意识仍然存在。科长有皇帝意识，科员也有皇帝意识，每个中国男人的灵魂深处都潜伏着皇帝意识。只要条件成熟，这种皇帝意识就会以适当的形式表现出来，支配着它的主人称王称霸，显示出封建帝王的某些特征，比如不讲民主、独断独行等等。"民主集中制"是党的组织原则。但是如果从中抽掉"民主"，那剩下来的就是货真价实的皇权，或是封建专制主义。形式变了，本质依旧。现在马克思主义在很多时候只是人们高谈阔论的一个话题，是装潢门面的金粉，真正把马克思主义当作行动指南的人并不很多。连说真话都不敢，还谈什么马克思主义！书本上讲马克思主义，领导讲话中讲马克思主义，而现实生活中，特别是在有的政治运动中，实际存在的常常是唯心主义、形而上学和诡辩论，是浓淡不一的皇帝意识。否则哪会有那么多的冤假错案？一面是臣民奴隶，一面是皇帝主人，历经数千年，渗透了整个民族的灵魂。有些好心的党员县长依然像封建时代那些官员一样，颠倒着官和民的辈分，以自己是人民群众的爹妈自居，懵懵懂懂地胡说自己是老百姓的"父母官"，他的执政的理想就是"为官一任，造福一方"。而老百姓也真心实意地称颂那些县长，把他们比作包青天，称颂他们是"青天大老爷"。其实他们是老百姓的儿子，或者说是老百姓的"长工"。

古全和像反刍动物一样地消化着他十几年来的经验和教训。他发现，某些人攻击和丑化他人的手段，除了诽谤就是罗列、拼凑和宣扬鸡毛小事。他发现，当鸡毛小事被作为武器使用的时候，它就是长枪大戟！这种鸡毛小事在扰乱视听、蒙蔽群众、丑化对手、贬损人格，搞丑、搞臭、孤立，乃至搞死一个人的方面，具有强大的杀伤力。有人造谣，你可以辟谣。而鸡毛儿小事往往给人一种似是而非的印象，让你无法回避，难于应对。一旦它被邪恶的人们作为法宝"祭起来"，就会蒙住人们的眼睛，误导人们的思路，使当事人精神紧张、神志不清、判断失误、苦于招架。对于某些人说来，多么完美的东西他们都能把它搞残，多么纯洁的人他们都能把他搞脏、搞臭。所以古全和认为，面对鸡毛儿小事，儿戏不得、糊涂不得、仁义不得、谦虚不得、退让不得、大方不得、君子不得，而是一定要针锋相对、坚决斗争。既然退缩的结果是死，那就不如迎风而上，坚决抗争，去争取胜利。他现在采用的就是这样的策略。让他感觉遗憾的是他认识这个道理太迟了。古全和觉得，他已经不再纯洁，也难以洗白，将背负着某些污秽，奋斗一生。

176

院部机关内部没有建立红卫兵组织，也没有巧立名目的战斗队。由于所处地位、年龄和职务的关系，院部的一般干部也不羡慕红卫兵。教务处的沙远东出身贫农，合乎红卫兵的条件，参加了学生的造反派，戴上了红卫兵的红袖标，在院部招摇了一些日子，后因遭众人嘲笑，而不得不悄悄地褪下红卫兵的袖标。但是院部也有"保"与"革"的意见分歧。个别对于师范学院工作感觉不满意，希望改变现状，如武装部的苗逢春等，他们的同情就在造反派"延安战斗团"一边；而缪文逵等大多数人则站在工作组、院临时筹委会及其红卫兵师一边，后来其中的少数人又退化为逍遥派。

古全和反对把师范学院党委定性为黑党委，但是他从反右倾和四清运动，以及日常工作中发现师范学院党内的确存在着某些需要改革的严重问题，他既不站在保守派一边，也不肯和造反派粘到一起，而是采取观望的立场。

市委工作组撤离师范学院校园之后，自我标榜为造反派的"延安战斗团"和濒临瓦解的红卫兵师开始了你死我活的斗争，不是为革命路线而斗，而是为争夺对于师范学院的统治权而斗。在他们斗得难解难分的时刻，中国人民解放军军训团开进了师范学院校园。表面上，全院师生员工莫不热烈欢迎解放军军训团，而事实并非如此。

进驻东湖驻师范学院的军训团是个师级单位，有师政委以下官兵百十人。政委姓李，人称李政委，河北沧州人，抗日战争时期参军，不到50岁，身材高大，健谈，爱说笑话，喜欢抽烟斗，抽得很凶。

军训团是来"支左"的。所谓"支左"，就是支持无产阶级的革命左派。据说易先农的"延安战斗团"和中央文革有联系，自诩是革命左派，他们相信军训团肯定会支持他们。而红卫兵师队伍庞大，人数数倍于"延安战斗团"，其成员绝大多数出身工农家庭，党团员多、干部多，他们认为自己是当然的无产阶级革命左派，相信军训团会支持他们。

在军训团进驻师范学院的当天下午，"延安战斗团"和红卫兵师，就各派代表团涌到军训团李政委的办公室，对军训团的进驻表示热烈的欢迎，同时也向他们汇报了各自的情况，期待着军训团在他们各自的战旗上加上"无产阶级革命左派"的印记。李政委热情地接待了他们，说军训团要先做些调查研究，然后才能表态。然而李政委说的不是真话，事实上军训团是奉命而来。他们在进校后的第二天下午召开的全院师生员工大会上，就郑重宣布，"延安战斗团"是革命左派，这也就是说，红卫兵师是保守派。"延安战斗团"欢喜若狂，而红卫兵师垂头丧气。古全和感到很神秘。他不知道军训团根据什么划定谁是革命派，谁是保守派。他看不出"延安战斗团"和红卫兵师有什么实质性的区别。"延安战斗团"高喊紧跟中央文革，而红卫兵师又何尝不是这样喊叫的呢？那为什么要说红卫兵师是保守派呢？而正是这个说不清道不明的褒贬导致东湖师范学院校园里师生员工彼此仇视，并导致数起大小规模的武斗。军训团对待师范学院群众组织的态度和市委工作组相反。市委工作组反对"延安战斗团"，把他们看成右派，而军训团则支持"延安战斗团"，封他们为左派，这种变化从反面加剧了师范学院师生员工的分裂，种下了师范学院动乱不止、死人伤人的祸根。

军训团的支持是"延安战斗团"迅速膨胀的重要条件,但是"延安战斗团"之所以得以迅猛膨胀,还有师范学院造反派的特殊性。师范学院的造反派不同于一般单位的造反派。一般单位的造反派,其头目往往是非工农子弟,平时不驯服,和领导有矛盾,遭某些领导的冷眼,而"延安战斗团"的中层以上的头头则是清一色的贫下中农和工人子弟,多数是党员,有的还是师生员工公认的名人,如数学系的青年教师邝友贤,就是区人民代表。这对于大多数出身于工农劳动人民家庭的学生有很大的吸引力。

庞大的红卫兵师在短短一两周的时间里就被"延安战斗团"冲垮了。他们中间的部分人转而投身"延安战斗团",余下的部分人,有的暂时游离于两派之间,有的就加入了校园里原始的逍遥派。所谓原始逍遥派指的是那些平时奉行"只扫自家门前雪,不管他人瓦上霜"、不怎么关心政治,没有介入任何派别,有他不多、没他不少,属于政治生活中的惰性人群。

解放军军训团把"延安战斗团"变成了师范学院实际上的统治者,让他们掌控了学院的物质资源。而就在他们欢呼胜利的时候,却发生了分裂。有几个核心成员因为家庭出身不好而被排斥出领导核心,引发内部人员的强烈不满。该团原副团长、俄语系二年级的女学生谷盛兰,一怒之下就带领着她的几十个志同道合的战友,高举革命造反的大旗,跑进大兴安岭,行前贴出《远征宣言》,声称要扎根山区,和贫下中农渔牧民相结合,在那里干一辈子革命。可是那里艰苦的生活条件和中秋节后不久的第一场狂风大雪就把他们吓傻了。他们不得不卷起红旗悄无声息地溜回师范学院,变成蜷缩在"延安战斗团"内部的一个有政治要求而没有组织形态的潜在的反对派。

易先农和谷盛兰曾经是"亲密战友",大串联时,他们一起走遍全国。易先农了解谷盛兰,知道她的心里没有任何神圣的东西,她就是那种怀疑一切,一反到底的真正的造反派,她什么人都敢反。和她在一起的那几个头头,个个野心勃勃,如果不安顿好他们,易先农在"延安战斗团"里的地位无法巩固。因此,他多次找谷盛兰交谈,答应重新调整"延安战斗团"的干部。谷盛兰认为易先农同意和她分权,而她自己处境被动,也只能接受易先农的这个妥协方案，等候易先农分给她一杯羹，然后伺机而动。

1967年春，上海一月夺权风暴过后不久，"延安战斗团"也在驻院军训团的大力支持下，敲锣打鼓地建立了东湖师范学院革命委员会，全面地掌握了师范学院的大权，并著文通电全国，纵情欢庆。瓜分权力，要论功行赏，革命委员会的主任自然是易先农，副主任和常委也都是"延安战斗团"的骨干，其中大多数是教师和干部。谷盛兰满以为易先农会在革命委员会里给她留一个副主任的位子，另加个把常委和委员。可是由于僧多粥少，易先农的战友们都深知"有权就有了一切"的真理，在权力面前互不相让，易先农无法给谷盛兰预留位子。被激怒了的谷盛兰在"延安战斗团"欢庆院革命委员会成立大会上，发表《严正声明》，退出"延安战斗团"，同时宣布成立以"反到底"为号召的"延安造反战斗团"，大旗一竖，支持者蜂拥而至。原红卫兵师的一些对"延安战斗团"怨气未消的散兵游勇，以及家庭成分较高为易先农所不容的人，还有个别特立独行的师生，迅速集结到"延安造反战斗团"的旗帜下，在师范学院的校园里建立起第二个政治中心。"延安造反战斗团"人数不多，但是能量很大，在师范学院的校园里掀起阵阵波澜，重新把师范学院拖进新的混战状态，闹得易先农们日夜不得安宁。

军训团支持革委会，而革委会实际上就是"延安战斗团"。他们幻想把全院的师生员工纳入左派组织"延安战斗团"的统治下，达成新的统一，这等于要求包括"延安造反战斗团"在内的师范学院的群众投降"延安战斗团"，而这是群众所绝对不能容忍的，因此军训团也就成了"延安造反战斗团"和她的盟友们攻击的对象，日子也不好过。

"延安造反战斗团"的主要成员是学生，也有少数教师和干部。这些教师和干部多是为其本单位所不容的人。兵团的核心人物之一麻老师就是一例。麻老师来自山东滨海地区，本名麻玉芝，解放之后自己改名麻解放，履历表上写的是纺织女工，事实上滨海解放时她只有14岁，只是个学徒工。她出身工人，表现积极，先后入团入党，并被调入滨海市委工作。1956年，她又被保送到江城师范学院政教系学习。她原本只有高小学历，大学期间，虽然得到组织和同学们的热情帮助，学习成绩仍然很差。毕业时，学院毕业生分配工作小组的意见是她专业基础较差，不宜留校任教，她有地方党政工作的经验，应该回滨海市委工作。可是她不愿意，扬言领导排斥工人出身的毕业生。虽然党委组织部知道她爹在城郊的老家麻盛庄有过几十亩土地，土改时被分配给了贫苦农民，他们在城里有二十几间平房出租，麻解放本人也算不上个真正的产业工人，可是用人的阶级路线谁敢马虎对待？他们出于不得已而把她留在了师范学院，安排在系资料室，边工作，边进修，准备创造条件，将来从事教学和研究工作。可是她仍然不满，领导无奈，就给了她一个助教的名义。毕业后的几年来，她一直在校园里闲荡，嫌领导不送她去中国人民大学进修，怨气很大，文化大革命风潮一起，她就站到易先农一边。但是易先农深知麻解放的底细，并不看重她，后来她就投靠了谷盛兰。而谷盛兰看重她的出身，拿她当宝贝，当旗帜挥舞，封她为"延安造反战斗团"宣传部长。麻解放文化水平不高，但是她见过世面，在大学里混了十多年，点子不少，是"延安造反战斗团"的智囊之一。抢占刚刚建成后待分配的第八号教工宿舍楼，并把它建成"延安造反战斗团"根据地和战斗堡垒，东湖师范学院的"第二都城"，在校园里实行割据，就是她琢磨出来的好主意。

在"延安战斗团"和"延安造反战斗团"之间，还有一个有思想、有主张、有言论、有行动而无组织形态的隐形的政治派别。这是一群卷着旗帜跪着造反的人，主要包括两部分人。一部分是"延安战斗团"内部的反对派。这一部分人在组织上属"延安战斗团"，而他们的同情却在"延安造反战斗团"一边，即所谓"身在曹营心在汉"。谷盛兰称他们为亲密战友，"延安战斗团"铁杆儿指责他们吃里爬外。一部分是原红卫兵师的人。这两部分人从历史文献里给自己选择了一个既新奇又暧昧的名称："新思潮"，人们也就这样称呼他们。校园里的权力之争由于他们的存在而更显其扑朔迷离，错综复杂。

江城所有的大学和有关单位都开进了军训团，所有的军训团都莫名其妙地支持其中的一派，并帮助他们建立了革命委员会，因此，所有的大学和有关单位里也都兴起了新当权派的反对派。而这些反对派立即实现了全市的横向大联合，形成全市性的对抗和斗争，使得江城市武斗流血事件不断，颠覆和反颠覆的斗争频频发生。古全和不理解，为什么要搞这种莫名其糊涂的"支左"呢？

新生的革命委员会要由革命小将、革命干部和军训团代表三方组成，曰革命的"三结合"。师范学院原院党委副书记施梦麟和副书记兼副院长邬伯涛是院级革命委员会的结合对象。而革命干部要进入"三结合"得先向全院的革命群众作触及灵魂的深刻检查，并取得他们的谅解。

邬伯涛是山东郯城人，少年时到江苏念晓庄师范，是陶行知先生的信徒，毕业后奔赴革命，在 40 年代的整风运动中曾遭诬陷蒙冤被审查过三年，后担任过武工队长、山丹县县长等职务，解放之后任华南某省党校校长等职，1959 年反右倾后从中央党校转来本院。他为人耿直，勤奋好学，见多识广，经验丰富，善于斗争。在他进入"三结合"的前夕，"延安战斗团"作战部长夏三浩亲自找他谈话。夏三浩认为东湖师范学院的红色江山，是他夏三浩等造反派打下来的，掌权的只能是造反派，革命干部只是革命委员会里面的一个点缀和配搭。他毫不客气地命令邬伯涛承认自己犯有走资派的错误，要求他进行触及灵魂的深入检查。但是邬伯涛并不把夏三浩当回事。他笑眯眯地对夏三浩说："进行触及灵魂的深入的检查，前提是得说老实话，我的觉悟低，现在还没认识到自己犯有走资派的错误，不具备参加'三结合'的条件，我的事往后放放再说吧。"

邬伯涛的话激怒了夏三浩，他想，"哼，真是给脸不要脸，缺了鸡蛋还做不成槽子糕啦！"冷冷地对邬伯涛说道："那你就慢慢地考虑吧！想通了再来找我！"心想，"我看你着急不着急！"

结合邬伯涛是江城市委的指示，东湖师范学院的这块"槽子糕"里面还真的是缺少不了邬伯涛这个"鸡蛋"。夏三浩不得不收起他造反派的脾气，憋着一肚子气，第二次来找邬伯涛谈话。这次他没提走资派问题，而邬伯涛却又笑眯眯地提出了新的建议。他说："思想检查未必都要兴师动众地到全院师生员工大会去啰唆，我就写一张大字报检查吧。"

夏三浩怒不可遏，心里大骂邬伯涛是个老滑头，可是他急于在江城高等院校中抢先建立革委会，只好忍气吞声和邬伯涛达成妥协，同意邬伯涛以大字报的方式进行检查。

邬伯涛的"认罪大字报"只用了两整张大字报纸，全文不过千把字，是古全和按照他的授意起草的，里面没提走资派，也没提路线错误，而只是笼统地说自己犯有严重的错误。夏三浩等人不得不把邬伯涛纳入革命委员会，但是认为邬伯涛对于造反派不驯服，没有阶级感情、造反精神，不肯给他实权，而只拿他当个摆设，只给了他一个暂时虚设的师范学院革命委员会"斗批改委员会"的副主任的空头衔。

施梦麟是四清以后来到师范学院的，时间不长，又是来自全国人民热爱的人民解放军，群众对他意见不大，他是否检查，如何检查，大家并不在意。但是他却按照夏三浩等人的要求，在全院师生员工大会上作了所谓的触及灵魂的检查。他夸大其词，上纲上线，把自己描画成一个革命动机不纯，错误很多，犯有走资派错误的干部，愿意在群众的监督下改正错误，回到革命路线上来，再立新功，等等。他的发言稿儿是由江涌代拟的，题目就叫《我的认罪书》。施梦麟的检查受到造反派的热烈欢迎，他被任命为院革命委员会第一副主任，参与院革委会和"延安战斗团"的决策活动，他也把自己塑造成一个和蔼可亲的老革命的形象，在大大小小的会议上不断地重复着他独创的一句名言："小将犯错误老将负责!"他连想都没有想过，那些野心勃勃的革命小将可能会犯什么错误，他能不能替他们负得起这个责任。

易先农一伙夸施梦麟是个"好老头儿"，而谷盛兰一伙和"新思潮"以及逍遥派们却给他起了一个外号儿"老阿斗"。这个外号形象贴切，几天的工夫就传遍全院，成为校园里的新词汇。为这件事，古全和曾悄悄地问过邬伯涛，他说："邬老，施梦麟同志总说'小将犯错误老将负责'，这合适吗？他为什么要这样低三下四地迎合易先农呢？"邬伯涛含蓄地笑笑，又想了想，然后对古全和耳语道："感恩嘛。"古全和当时心里并不认可邬伯涛的说法，他不相信一个1938年参加革命的劳动农民的子弟，打过日本鬼子，打过国民党反动派，半生在部队里度过，会这么糊涂，这么自私，这么狭隘，会为一个大学里的临时行政机构的副主任的头衔而去阿谀这些为所欲为的造反派。但是后来的事实证明，邬伯涛老人是对的。这件事对古全和的触动很大。他意识到，一个人要在灵魂上超越一个阶级的局限，具体说，一个小资产阶级知识分子要把自己改造成一个无产阶级的革命战士，有多么艰难！历经生死考验的施梦麟同志尚且如此，他自己怎么敢放松学习和改造！

　　施梦麟的外号还导致了一个人的不幸。他就是古全和研究班的老同学、中文系外国文学教研室的讲师罗元辉。罗元辉属"新思潮"派，因而也不喜欢施梦麟。罗元辉是广东东莞人，出身书香门第，自幼喜爱书法，平时手不离纸笔。旧报纸，香烟盒，随便什么纸头儿，都是他练字的材料。一时手头上没有纸笔，他就在自己的大腿上写。别人的裤子膝头和臀部先破，而他的裤子是右大腿的先破。一天，罗元辉在一次座谈毛主席"最新指示"的小组会上，信手在大自习桌上的一大张脏兮兮的道林纸上横七竖八地胡乱地书写了无数个大大小小的"老阿斗"。而当有人发现那张"废纸"的背面印有毛主席的木刻全身像的时候，所有的人都惊呆了。铁杆儿的"延安战斗团"分子，庆幸逮着一个"新思潮"，当场把罗元辉打成现行反革命，罪名是恶毒谩骂伟大领袖毛主席。谁都知道罗元辉冤枉，可是谁都不敢站出来替他辩解。"延安战斗团""延安造反战斗团"和他本人所属的"新思潮"的战友们，一齐朝他开火，并在全院范围游斗了他。古全和相信罗元辉不是反革命，但是在命令他写的关于罗元辉反革命罪行的材料上，他也只能这样写："罗元辉，家庭出身职员，个人历史清白，念初中时入团，高中时曾担任所在中学的团委宣委，1956年毕业于华南师范学院，即考入我院世界文学研究班，曾担任世界文学研究班的团支部书记，反右派斗争中表现积极，毕业留校后曾经担任过中文系的团总支书记，1959年反右倾没发现有什么问题。近来和他极少联系，当前情况不明。"

　　倒霉的罗元辉在劳动改造中度过了文化大革命余下的岁月，冬季烧暖气锅炉，夏秋时节在校园里搞卫生。古全和经常利用午间人少的时间去看望他。罗元辉有事则都是通过他爱人在晚上悄悄地到古全和住处去和他互通消息。古全和请计方平给罗元辉在锅炉房布置了一个房间，供他休息和学习之用。1973年放他回系监督改造，但是各个教研室都不敢接受他。直到古全和回到中文系，才接纳他进了"中国现代文选"小组，并和古全和一起参加了批儒评法的活动。但是罗元辉反革命分子的帽子一直戴到1978年冬天。

通往大操场的大路上响起撕心裂肺的口号声，同时伴有载重卡车的马达声。声音越来越近。古全和走到东窗前，见一辆大卡车正从北向南从窗前缓缓开过。车上押解的是吴斯人。高中毕业时就是他的动员报告打动了古全和的心，促使他报考了东湖师范学院。头发全白的吴斯人站在卡车车厢的中央靠前一点的地方，两个赤裸着上身的壮汉把他弄成一个喷气式飞机展翅高飞的样子。他的头垂得很低，看不见他的脸。他的周围站着几条壮汉，个个赤裸着上身，腰间扎着鲜艳的红绸子，双手叉腰，口刁雪亮的匕首，胸前的肉上别着毛主席像章，看样子是要把他拉到大操场去批斗。古全和回到写字台前，心里很乱，不知道吴斯人犯的什么错误，他该不该批斗。正在他无所适从地这样想着的时候，外面有"咚咚"的敲门声。古全和站起来把门打开，进来的竟是俄语系的学生谷盛兰。

谷盛兰是院文工团话剧团的成员，主演过《雷雨》中的繁漪，是全院师生员工瞩目的人物。去年"五一"国际劳动节，她曾经在人民广场的群众集会上大出风头，成为"五一"劳动节后一段时间校园里师生们议论的热门人物。"五一"那天，艳阳高照，但是背阴处的积雪还没有化，十几万与会群众大多数人穿的还是黑色或是蓝色的棉装，而谷盛兰却穿着鹅黄色的长绒毛衣，紫红色的长裙，梳着短发，扎着鲜红的大缎带蝴蝶结，真是万黑丛中一点红，吸引着广大群众惊讶的目光，有人羡慕，有人嫉妒，有人非议，轰动一时，成为去年人民广场群众大会上引人注目的一景。

古全和讲评过《雷雨》的彩排，认识谷盛兰，欣赏她的表演，但是和她没有个人的交往。他觉得她是另类。他不知道她为什么在校园里派别斗争激烈的时刻登门来拜访他，感到意外。

谷盛兰从容地，恭恭敬敬地向古全和行了一个俄式的浅浅的鞠躬礼，笑着说道："古老师，您好啊？"她说的是俄语，很地道。据说她的保姆是一位白俄退休的桥梁工程师，姓卡乌洛娃，早年曾经在江城市二道沟俄侨聚居区住过，江城的东大桥就是她设计和监修的。谷盛兰小的时候受的是汉俄双语教育，进大学前她就能说一口地道的俄语，阅读和口语水平都远高于他们系里中国的俄语专业老师。她念俄语系，一是为获得大学本科的素质教育，一是为学习俄语的语言知识，为毕业后从事俄语教学、翻译和研究做准备。

古全和用俄语回答了谷盛兰的问候，招呼她坐下，又去把房门打开。

"您身体好吗?"谷盛兰关切地问道。这会儿她说的是标准的普通话，毫无本地方言中的"大碴子味"，语调抑扬顿挫，透着三十年代中国电影里面小资产阶级知识分子女主人公对白的味道，透着自信、优雅、从容，多少还带一点做作。

"还好，谢谢。"古全和说着，注意到坐在写字台前的谷盛兰今天着装简朴，想起了她在去年国际劳动节集会上的表现，和人们关于她的种种传说。据说她家很富有，她父亲曾经是伪满洲国时期的一个高官，解放之前乡下有大片的土地，在哈尔滨城里有一家大型百货公司。她有四个妈，11 个兄弟姐妹。她的生母名列第四，她是她 11 个兄弟姊妹中的小妹，从小过的就是饭来张口、衣来伸手的优裕的日子，据说到现在为止，她还没有亲手洗过任何衣物。她在学校里用过的被单和穿过的衣物，包括袜子、毛巾和手帕，都随手扔进她床下的那个大皮箱里，到寒暑假时，家里来人托运回哈尔滨，由家里的佣人洗净、晾干、熨平，打包，托运回学校再用。每个学期都是这样。

古全和喜欢独立思考，常常想入非非，探讨一些在别人看来属于离奇古怪的问题，但是他在政治上是个遵纪守法和偏于保守的人，现在这种时候，他不愿意和谷盛兰这种校园里的文艺、交际和政治明星打交道。这不仅是因为她有风流的名声，更因为她正在和新生的院革委会和解放军军训团作对，图谋夺取学院的权力。而古全和尊重新生的江城市革委会，因而也尊重院革委会的。不过他还是真诚地接待了她。

谷盛兰一本正经地说道："古老师，我很喜欢听您对于文艺节目的讲评。那简直是一种艺术享受。像您这样有个性的人很少见，我听说过您许多有趣的故事。听说您在 1957 年整风鸣放时，是最早站出来反右派的；您早在 1958 年就批判过大名鼎鼎的周扬，早于姚文元批判周扬的文章；您坚决抵制师范学院的黑四清，是一位老造反派，您的理论水平，您的远见，您的造反精神，都值得我们大家学习。听说您在资产阶级反动路线下屡遭打击，蒙受冤屈，仍然坚持工作。我们大家都非常同情您，佩服您，为您感到不平，很想站出来替您说公道话！"

古全和淡淡地说："您过奖了，其实我是个糊涂人，从来不是一般意义上的造反派。在1957年的整风运动中，我只是写了一篇短文和两张大字报，替党委说了几句公道话。至于批判周扬，那不是事实。1958年我怎么会想到去批判党中央宣传部的领导周扬呢？我只是在学习他的讲话的过程中，对于他的一些观点有一些不同的看法……"

"您太谦虚了，"谷盛兰悠悠地说，"听说靳湘柳和蓝秀花他们到底也没有写大字报给您恢复名誉。所以我们拒绝接纳蓝秀花参加我们'延安造反战斗团'。我们认为您的斗争事迹应该让群众知道。这样才能杜绝那些居心叵测的人在时机成熟的时候再跳出来翻案哪！"

古全和谨慎地说："谢谢你的好意，事情已经解决了。"古全和认为党内的问题要在党内解决，不能把问题闹到群众中去。而且事情一旦介入派性，后果就很难说会怎样。他感觉政治上的冤案就好比是一件弄脏了的衣裳，再也不能让它洁净如初，只要群众知道有人害他，他被冤枉了就够了。近来他常常想，导致他遭受打击的主要原因可能就在他自己身上，包括他的优点和缺点，特别是政治上的幼稚和无知。古全和认为谷盛兰不会只是来谈给他平反的，她是不是要拉他入伙，或是求他帮助她招兵买马？他感觉她现在对他唱的赞歌，就好比是脚夫手里用来引诱驴子就范的那把青草。她连党委内部的情况都知道，足见她的手伸得有多长，思虑得多么周到。可是她是从哪里弄到这些情况的呢？难道党委机关里面有同情他们的人？那可能是谁呢？他想，文化大革命刚刚进行了一年多，这些同学就长了见识，学会了纵横捭阖、挑拨离间、拉帮结派、卧底刺探、收买人心等旧社会帮派斗争中常见的那一套了。

谷盛兰终于说出了她的来意。她甜甜地笑着说："我们都希望您能去指导我们的活动，顺便指导我们那里的文化艺术活动。您是咱们学院公认的'文艺司令'嘛，平时您不就常常领导我们进行各种文艺宣传活动嘛！我们不敢要求您加入我们的队伍，只求您能关心我们的活动，给我们一些指导。您和我们在一起，您的冤屈也就是我们的冤屈。我们可以发动全团的力量，运用各种手段，大张旗鼓地彻底给您平反。古老师，据我们了解，您和易先农有来往。易先农他们背地里和黑势力有勾结，您可不能和他走得太近哪……"

古全和平和地说:"谢谢你的好意。请你代我向'延安造反战斗团'的老师和同学们问好。我的路线觉悟不高,名声也不大好,刚刚离开牛鬼蛇神劳改队,不宜参加群众组织的活动。"

谷盛兰听古全和这样说,哈哈大笑。她当然知道古全和这是推托之词。古全和从谷盛兰的笑声里听到了她无所顾忌的放纵,理解了她为什么会成为"延安造反战斗团"的首领。他有一种感觉,好像现存的一切秩序都是她嘲笑的对象,所谓保卫革命路线,对于她说来,也只是她聚拢群众的一个口号,一块招牌。如果需要,她什么人都敢反,什么旗号都敢打,什么手段都敢用。她是真正的造反派。古全和不敢让自己的命运和这样的人联系到一起,对他说来,谷盛兰是一个不可接触者。

179

谷盛兰走访过古全和之后第二天的晚上,易先农来到古全和的房间。此次易先农夜访古全和,与六月初夜访古全和大不相同。那时易先农是地下造反派,是秘密潜入古全和房间,而现在他是师范学院的主人,全省知名的造反派,当代英雄。他身穿新军装,头戴新军帽,脚蹬新解放鞋,如果再配上领章帽徽俨然就是个现役军人了。

易先农,湖南浏阳人,1933年生,小古全和五个月,1966年政教系应届毕业生。他的同班同学大都已分配离校,他因为是造反派的大头头而暂时留在学校里参加运动。

古全和是在易先农大二上学期担任院学生会主席时因工作关系认识他的。不久,易先农由于受到他祖父当过土匪的历史问题的牵连而被政教系从院学生会主席的岗位上撤回班上,并不准他担任社会工作。古全和认为易先农是个人才,推荐他担任院美工宣传队队长。为此他曾经和当时政教系的党总支书记贺连弟发生争吵,官司打到党委书记面前。步行健支持古全和。在1965年秋的民兵训练中,古全和担任师院民兵师的副政委,易先农是他们年级的民兵指导员,他们又有一段比较密切的交往。那时易先农对古全和毕恭毕敬,听古全和说话时,连椅子都不敢坐全坐实,他以自己是古全和的学生和朋友而感到自豪。但是今天不同了。他一进屋就大模大样地走到古全和的床前，从容地脱下鞋子，随便仰靠到古全和床上卷起的行李上，双臂扣在脑后，双腿高高架起，两眼无所顾忌地瞅着古全和，嘴巴侃侃而谈，腔调和目光中流露着得意，那样子好像他和古全和不再是师生，而是同学，兄弟，甚至是古全和的上级。这并不奇怪。身居高位的易先农不忘旧日师友情谊，肯登门来拜访平民古全和就已经算是有情有义了。易先农话多，反复数落古全和胆小怕事，六月初的那天夜里他没有听他的话，没写成揭发批判步行健的大字报。他说，如果古全和当时写了那份题为《打倒黑帮头子步行健!》的大字报，抢先在干部中打响第一枪，那他现在就是干部中响当当的造反派，是革命委员会的常委，甚至是副主任，将来院党委重建，他至少能闹个党委委员。古全和看着易先农，想到了家乡的男孩子们玩的"赶球"抢地盘的游戏，想到了马克思主义经典作家关于小资产阶级的论述，想到了政治上的野心家，想讲讲自己此刻的感受和认识，提醒易先农几句，但是易先农滔滔不绝，不容古全和插话，话题从他院内造反的英雄事迹，转到他的全国大串联，说到他去过的北京、南京、上海、广州、长沙、成都、昆明、贵阳等地，说他怎样在昆明办报纸，鼓吹革命造反，如何受到革命群众的欢呼，说到串联路上的种种经历和见闻。他的谈话给古全和造成一种云山雾罩、吹五做六的感觉。他的谈话中古全和感受到的是陌生的易先农。古全和为他担心，想开导他，给他一些忠告，让他避免犯大错误。

在易先农高谈阔论尽兴之后，古全和便以讨论的口吻引述法国大革命和俄国革命的史实，就小资产阶级革命派、资产阶级革命派和无产阶级革命派的异同，谈了自己的看法。最后，古全和从书架上拿下一本中文版的斯大林的《列宁主义问题》，熟练地翻到一处说，斯大林同志在这里引用了革命导师列宁的一段话，大意是说：俄国当时是欧洲大国中最带小资产阶级性的国家。在这样一个国家中，汹涌的小资产阶级的浪潮浸没了一切，它非但在数量上，并且在思想上也压倒了觉悟的无产阶级，就是说，用小资产阶级的政治观熏染和笼罩了广大的工人阶层。然后，古全和就严肃地说道："我觉得中国无产阶级的处境类似于俄国，而且中国的无产阶级远不如当时俄国无产阶级那样强大和成熟，中国的无产阶级受小资产阶级的'熏染和笼罩'的程度，比俄国严重百倍，中国是一个小资产阶级的王国。俄国到 19 世纪中期才开始有成批的小农，而中国出现那种情况比俄国早两千多年，这种状况在很大程度上决定着中国的现实和未来。我的父母是农民，我本人生在农村，在农村度过了童年，在流落到城里来的农民中间长大，既受小资产阶级的'熏染和笼罩'，又有可能用残存在自己言行中的小生产意识去'熏染和笼罩'无产阶级和共产党。所以我很重视这个教导，常常翻出来念念，体会体会，和自己的言行对比对比，给自己敲敲警钟，期望尽早告别小资产阶级的消极影响。人呐，最可怕的就是在得意的时候陷入某种盲目性。鲁迅先生给中国和世界文学塑造了一个完美的雇农的典型形象阿 Q。阿 Q 在几乎所有的人的心里都是个可笑、可鄙、好玩的人物，然而许多人都不知道自己和他老人家有割不断的血缘关系。其实，没有哪个中国人敢说他不是农民的后代，在每一个中国人的内心深处，多少都留有阿 Q 的灵魂，包括他的美德和恶行。他能劳动，能吃苦。但是他所理解的革命就是他能扬眉吐气，傲视他人，抢点东西。只要你认真地观察和体验，你随时都能发现某些人言行中的阿 Q 的影子。你是念马克思主义政治理论的，马列的经典读得比我多，比我熟，你以为我对列宁的这些教导的理解是不是有些道理？"

易先农没有回答古全和的问话。但是他得意扬扬的那股子张狂劲消失了，放下了他架得高高的二郎腿，并且从床上坐起来，穿上鞋子，谨慎地接过古全和递给他的《列宁主义问题》，反复默念着书中所引述的列宁的那段话，然后认真地说道："老师，我会记住列宁的教导和您今天晚上说的这些话的。"

古全和为缓和谈话的气氛笑着说道："你有些日子没到我这里来啦。"

易先农理解古全和的意思，笑着说道："忙啊！要处理学院里的日常事务，要和本地和外地的造反派联系，要应对'延安造反战斗团'的捣乱，还经常要到市里省里去开会，实在太忙了。"这时，他又把对古全和的称谓从"你"恢复到往日所用的"您"。

古全和说："你们为什么不让'延安造反战斗团'的人吃饭？我亲眼看见你们的队员打落造反战斗团的学生手里的馒头。都是同学，何必这样？再说，学生的口粮和伙食费都是国家下发的，每人一份，任何人都无权不让他们吃饭哪。"

这时，造反派的神色重又浮到易先农的脸上，他愤愤地说："老百姓的粮食不是白给的，吃了饭要革命！要吃饭就得站到革命路线上来！"

古全和明白，易先农是想说，"延安造反战斗团"的人不革命，没有资格吃饭。而易先农所谓"站到革命路线上来"就是投降"延安战斗团"。古全和讨厌谈论路线觉悟，因为路线问题，在有些造反派头头的嘴里好像是符咒，倒霉的人个个路线觉悟低，走运的人个个路线觉悟高，连吃饭也和路线觉悟挂上钩。可是同一个缪文逵，前些日子得势时人们夸他路线觉悟高，转眼之间他就成了资产阶级反动路线的代表人物了。有些人，大事小事都要往路线觉悟上面扯，这几乎成了一种恶习。实际上没有谁能够说得清楚什么是路线觉悟。不过古全和不想和易先农辩论，他觉得这个时候的造反派都狂劲儿十足，脑袋膨胀得和柳斗一般大，以为自己就是神仙和皇帝。他们谁都不尊重，而只尊重自己，正常的人很难和他们说清楚一个道理。

"古老师，有一个问题，我一直搞不清。您出身好，历史清白，学历高，经验丰富，头脑清楚，工作积极，那您为什么会犯错误？"

"怎么对你说呢？如果群众批判我，让我表态，我会按照现时的风气，笼统地说，我犯了错误。现在你向我提出这个问题，那我就真诚地回答你：我不知道自己犯了什么错误。"古全和笑着说，"上级布置给我工作，我努力去完成，这就是我的生活。我认为，只要我没有独出心裁，另搞一套，即使出点毛病，也不是什么了不起的事。无论是谁，这类错误都是难免的。"

听古全和这样说，易先农心有所动。他想，在这种不能相信任何人的时候，古全和仍然拿他这个造反派的大头目当作可以信赖的朋友，对他说真话，敢否认自己犯了错误，敢批评、开导他这个造反派的头头，实在难得。

"古老师，我是来请您参加革委会的工作的。"易先农说出了他的来意。

古全和不假思索地说道："谢谢你的信任。不过我现在不能去院革委会工作。我是师范学院臭名远扬的'黑帮干将'，一度名列牛鬼蛇神第十二号，揭发我的大字报数以百计，我游过街，上过《百丑图》，挂过黑牌子，进过牛鬼蛇神劳改队，我是人是鬼在有些人的心里还不清楚，在这种时候参加院革委会的工作，可能会成为你们的负担，还是过些时候再说吧。"

　　古全和对待工作的这种态度，也使易先农感动。他相信古全和想进入新生的革命政权工作，因为这能有效地消除某些人对他的怀疑和误解，但是他考虑的不是个人的进退荣辱，而是革命工作的需要，他因此而更加敬重古全和。

180

　　一周后，党团委机关临时负责人通知古全和，说接院革命委员会办公室通知，要求他去院革委会报到。现在，最大的"新生事物"就是革命委员会，对待新生革命政权的态度，就是对待无产阶级文化大革命的态度，是立场问题，在这个问题上没有人敢不识抬举，古全和勉为其难，第二天一早就乖乖地去院革委会办公室报到。

　　东湖师范学院革委会是江城市革委会下属的基层政权。而"延安战斗团"是师范学院革委会治下的群众组织之一，它应该在院革委会的管理下开展活动。然而事实并非如此，在师范学院，发号施令的不是院革委会，而是"延安战斗团"，院革委会只是"延安战斗团"掌控下的一个办事机构。"延安战斗团"相当于文化大革命前的院党委，而院革委会则相当于院委办公室。就是说，东湖师范学院革委会事实上是被掌控在"延安战斗团"和易先农等人手里。江城市各高等院校的情况基本如此，也就是说，在这些单位，共产党已经部分地失去了领导权。这种状况不禁让古全和联想到了 1957 年 6 月初，悬挂在男生宿舍大楼前面的那条上写"不学无术之徒从高等学校滚出去"的大标语。

　　"延安战斗团"的头头差不多都认识古全和，对于古全和的人品和能力都有所了解。古全和一到革委会就被安排进革委会的常委会，交给他的第一项任务是主编"延安战斗团"的内部刊物《延安战斗团通讯》。这是一份四开的不定期的内部油印小报，发行范围限"延安战斗团"战斗队长和系革委会委员以上的干部，并发本市本派各院校和机关单位的主要头目。小报编辑部设在办公大楼二层原党委机要室，下设通讯员二人，编辑二人，出版二人，古全和任主编，全面负责。《延安战斗团通讯》编辑部属"延安战斗团"的核心机密单位。古全和被安排做这项工作表明易先农和他的战友们对他很信任。但是古全和只想做中央认可的江城市革委会属下的东湖师范学院革委会的办事人员,而不想和"延安战斗团"的活动搅和到一起,不想追随他们扶摇直上,也不愿意替他们承担责任。他只在《延安战斗团通讯》编辑部待了一天就去找易先农要求他给他调换工作。

"给我换个工作吧。"古全和有些难为情地说。

易先农早就领会了"有权就有了一切"的道理,理所当然地误以为古全和嫌给他的官儿小,不甘弄一张秘密小报,就笑着对他说,先请他熟悉一下"延安战斗团"的活动,然后将请他把战斗团和革委会的文秘和宣传工作都统一管起来。

古全和说:"我跟不上形势,只能在革委会里干点事务性的工作。"

易先农沉吟良久,想到古全和刚刚解放不久,路线觉悟不高,不想介入"延安战斗团"的活动,又不好勉强他,只好说道:"既然这样,那您就先去管宣传部办公室吧。"

古全和满意地连连说好,并说:"你得派一个人来领导我。"

易先农无奈地笑笑,答应了古全和的要求,同时不由地想到了他关于法国大革命和列宁论小资产阶级革命派的那次谈话,怀疑古全和对于他和他的"延安战斗团"以及整个的造反派有看法。他原本想古全和可信、可靠、能干,可以做他的军师,言听计从,和他一起走南闯北打天下,进省委,进北京,而现在他感觉古全和好像不想介入他的"延安战斗团",感到有些失望。第二天,易先农就给他派来了一个叫潘光梓的男生,并介绍说潘光梓是"延安战斗团"的老战士,是革委会的常委。

潘光梓身材高大,骨多肉少,背微驼,脸色苍白,戴黑色宽边大眼镜,走起路来不慌不忙左摇右晃,像个女生,一看就知道是个没有体力劳动锻炼,也不爱好体育活动的人。古全和认识他,他是生物系二年级的学生,山西临汾人,父母都是北京师范大学中文系的老毕业生,潘光梓中学毕业于他父母工作的临汾二中,爱好文艺,是院文工团说唱队的队员,饭余茶后,经常和他的那七八个山西同乡,聚集在柳树林的假山上的凉亭里,伴着刺耳的高胡,痴迷地吼叫他们家乡的楣户调儿。

潘光梓第二天一早就到宣传部办公室来上班。他学着文化大革命中兴起来的那种特别谦虚的风格，笑着说道："古老师，我是来向您学习的！"

古全和站起来嬉笑着说："哪里，你是我的领导呀！"

潘光梓不好意思地笑起来，红着脸说道："您千万可别这样说！"

古全和说："尊卑可以不说，上下关系还是要讲，我保证服从领导。"

潘光梓面露尴尬，一时不知道说什么好，只是连连摆手摇头。

古全和注意到，所有真正的造反派都有点疯狂，美其名曰"造反派的脾气"。但是潘光梓不狂，也没有那种驴脾气，眼睛里居然还有他这个老师，心里不由地生出了对他的好感，可是他仍然说："接待客人，通知会议，印发学习材料等日常事务我负责；重要的事情我一定会向你请示汇报。"

潘光梓不好意思地说："您是老师，经验丰富，请您多多指导。"

下午，易先农带来一个女生，说是派她来协助古全和工作。古全和吃惊地看着她，发现她就是在破四旧的时候曾经踏在关文博老先生还没有僵硬的湿漉漉的瘦小的遗体上面说笑跳跃的那个野丫头——韩江萍！年过八十的关老师是被人投进水缸里淹死的。

韩江萍是吉林人，数学系二年级的学生，曾经给在他们班上参加反修学习讨论的古全和讲过两个山东流浪汉进长白山挖参迷了路，惨死在深山老林里，变成一对形影相随，不停地叫着"王干哥——李五"的鸟儿的悲惨的故事。

"喂，不认识啦？"韩江萍注意到古全和异样的眼神。

"怎么会呢？"古全和意识到自己有些失态，笑着说，"你是吉林人。家住在小丰满水电站上面的松花湖畔，你曾经对我说，松花湖的总面积和洞庭湖差不多大，里面的小岛上到处是茂密的树木，夏秋时候到处是蘑菇，猴头蘑菇成双成对儿地长在树上，冬天吉林那段江面不结冰，松花湖里的大鲤鱼特别好吃！"

韩江萍高兴地说："啊呀呀，您的记性可真好！"她有时称古全和"您"，有时称"你"，就这样更替着持续地叫到古全和离开院革委会宣传部办公室。

古全和说："我曾经在1955年10月中旬到12月间，在吉林江南的吉林师范学校进行过高中段的教育实习。在实习期间游览过松花湖和小丰满水电站，还去欣赏过松花江上的神奇的雾凇。那些日子，我们几乎天天吃松花湖里的大鲤鱼，正像你说的，松花湖里的鲤鱼没有泥腥味儿，特别好吃。"

"啊呀，原来是这样呀！那会儿我妈就在吉林师范工作，教数学，我在师范附小念书。现在吉林师范改为吉林师范学院了，规模也扩大了。"

"可惜，那时咱们没有机会认识。"

韩江萍只在宣传部办公室待了不到一刻钟就走了。

下班前，潘光梓再次来到宣传部办公室，说道："小韩来过了吧。"

"是的，她只在这里待了一小会儿。"

"您对她的印象怎么样？"

古全和谨慎地说："不好说，她好像很能造反吧？"

潘光梓坐到古全和对面，悄悄地说道："她是来监视我的。"

古全和吃惊地看着潘光梓，不知道对他说什么好。"延安战斗团"的核心人物常委潘光梓这样信任他，把他和团里某些人的矛盾毫无顾忌地暴露在他这个黑帮干将的面前，让他感到意外。他从潘光梓的话里听出来他和韩江萍不属一派。古全和没想到"延安战斗团"内部的派别之争会这样尖锐。他告诫自己，千万不要介入他们的内部事务。

潘光梓又说："小韩是易先农的女朋友，给他怀过三个孩子，医生说，她不能生孩子了。"

"是嘛，"古全和惊讶地看着潘光梓说，他没想到易先农会这样放纵自己。

潘光梓又说："您肯定认识谷盛兰。她是话剧团的。"

"认识。"

"您对谷盛兰怎么看？"

古全和看着潘光梓，猜想他可能是个"新思潮"，他是在摸他的底，想替谷盛兰对他搞策反，便谨慎地说道："我看过她的排练和演出，讲评过她饰演的角色，但是和她不熟，看样子她好像是个很能干的学生。"

潘光梓点点头，没有说话。

古全和觉得潘光梓变化不大，不像个造反派。而易先农在几个月的时间里就暴露了某些邪恶的东西，不禁让他联想起了易先农当过土匪的爷爷，心想，是不是在易先农的思想性格中，有源自他家族的某些影响？有些土匪就有抢男霸女的恶行，他起来造反是不是和他当年被政教系党总支调离院学生会主席的职位有关？

东湖师范学院对内对外的宣传工作的大权都操在易先农和夏三浩等几个核心人物的手里，院革委会宣传部只是一个虚设的机构，只有一个办公室，办公室的工作就是接待来访人员，印发政治学习宣传材料等，而这也就是易先农派潘光梓来当这个角色的真正原因。即使这样，易先农仍然不放心潘光梓，特派他的亲信韩江萍来监视他。这让古全和想到了中国的政治文化。中国的专制统治者，历经数千年，积累了丰富的整人和治人的经验，即使无知的青年学生，稍一接触社会政治，便透出他们在使阴谋耍诡计方面的惊人的早熟。他觉得院革委会是个危险地带，必须尽早离开这个是非之地。

181

午饭前，韩江萍忽然来到宣传部，做着噤声的手势问道：“他来过吗？”

古全和知道韩江萍问的是潘光梓，却故意装糊涂，反问韩江萍说：“你问的是谁？”

韩江萍不满地瞅着古全和说道：“你这里还能有谁?!”

韩江萍感觉古全和不尊重她这个师范学院的“一品夫人”，他应该懂得她是来监督潘光梓的，可是他既不向她报告潘光梓的“问题”，也不向她请示工作，还常常对她待答不理，故意和她打哑谜，心里不痛快。

古全和说：“哦，你是说潘光梓呀，他来过，有事吗？”

韩江萍说：“随便问问。”

韩江萍的言行证实了潘光梓的说法。

韩江萍说着就转到古全和背后，伸长脖子瞅着他正在签署的一件介绍信，说道：“这不是介绍信吗？你还在上面写什么批语和签名呀？”

古全和没有理睬韩江萍，他站起来，把签好的那份介绍信递给坐在他斜对面儿的一个穿军上衣的中年男人，然后朝北一指，对他说道：“出办公大楼北门，下台阶，一直往前走，穿过广场，转过毛主席塑像，就是图书馆了。图书馆办公室在一层，进门就是，门上有牌子，那里会有人接待你。"

东湖师范学院是一所由几所解放之前的老大学合并而成的国家重点院校，图书馆馆藏的品种和数量在东北地区都占首位，敌伪时期的报刊尤为丰富。"文革"以来，几乎天天有本市和外地的外调人员到这里来查阅资料。办公室平时只有古全和一人，这件事情当然得由他来处理。

前来查阅报刊材料的人走后，韩江萍忽然灵机一动，想道，批转文件的权力应该归造反派所有，怎么能交给古全和这种人呢？这是个原则问题，就问道："到咱们这里来查阅报纸杂志材料的人多吗？"

古全和随便说道："多，天天有，有时一天几起。"

韩江萍问道："他们为什么不直接去图书馆革委会呢？"

古全和说："学院有规定，要由宣传部办公室把关。以前是这样，现在还是这样。不过那时是由党委办公室分管这件事，现在这个手续就落实在革委会宣传部办公室了。"古全和注意到韩江萍对于这件事情特别关心，便问道："怎么，你觉得这有什么不妥吗？"

韩江萍看着古全和不客气地说："你说呢？"

古全和说道："我听领导的，领导怎么决定，我就怎么执行。"

韩江萍笑嘻嘻地说："要有一点造反精神嘛。把这件事交给图书馆革委会不就得了嘛！"

古全和意识到韩江萍是来夺权的，便不冷不热地说："我没有这个权力。"

韩江萍觉得古全和的话无可反驳，就转变话题，低声问道，"这两天他说过什么？"

古全和说道："我是个留用人员，他能对我说什么？"

韩江萍恶狠狠地提醒古全和说："他是个阴谋家！"

古全和笑着说："小小的年纪，能搞什么阴谋？"

韩江萍说："他是个'新思潮'！是赫鲁晓夫式的人物！"

古全和不客气地反问韩江萍："那干吗还让他当革委会的常委？"

韩江萍无话好说，便哼着毛主席语录歌，一阵风似的离开了宣传部。

韩江萍刚走，夏三浩就闯进来，粗野地命令古全和说："喂，古全和，把这三份文件给我修改一下，口气要狠一点！"说着，不问古全和是否接受，就把几张稿纸扔到古全和面前。

古全和接过文稿,见是"延安战斗团"关于西藏问题、温州问题和保定问题的三份"严正声明"。便说:"领导给我的任务是管理宣传部办公室。再说,我对于学院以外的情况也不了解,恐怕改不好。是不是请战斗在第一线的人去修改啊?"

夏三浩立愣起眼睛说道:"你很让我失望。有人说你是东湖师范学院头号笔杆子,过去积极给修正主义路线卖力,给走资派唱赞歌,为什么还不戴罪立功为无产阶级服务?情况你可以去了解嘛!"

古全和强压着怒火自言自语道:"我只能在文字上下点功夫。"

夏三浩不耐烦地说:"少啰唆,过会儿我派人来取!"说完扬长而去。

夏三浩和古全和很熟。他是物理系三年级的学生,和易先农是同乡,贫农出身,"文革"前连续两年被评为三好学生。1963年古全和曾在夏三浩所在的年级蹲过点,和他们同吃同住,和夏三浩睡上下床。那时的夏三浩腼腆、听话、谦和、勤快,班主任说什么他就听什么,对古全和也尊敬有加,开口闭口古老师。一开始他曾死保过物理系党总支和市委工作组,批斗过易先农。在易先农第二次贴出大字报之后,他的态度忽然一变,不久贴出大字报表示支持易先农,成了物理系第一个起来造反的学生。院部牛鬼蛇神劳改队成立后,他立即效仿,在物理系建起了牛鬼蛇神劳改队,物理系党总支的男女正副书记都被他剃了阴阳头,所有的总支委员都被他拉进了牛鬼蛇神劳改队。培养和介绍他入党的年级主任田启和被他打掉了两颗门牙。他是师范学院最能造反的造反派。现在校园里关于他的传闻很多,据说他个人从"破四旧"抄家中捞到不少的好处,有的寄回老家,有的自己使用。

古全和没有按照夏三浩的要求修改那三份文稿。他不想介入院外的斗争,也不知道西藏、温州和保定那里的斗争是怎么回事,他只改动了其中的一些错别字和不大通顺的句子。后来这些文件是经刚刚根据施梦麟的提议被调入院革委会的江涌修改后发出的。

江涌进入革委会,又获得了奉行他的"跟顶经"的机会,但是他奉行的不是他的修正版的"跟字经",而是原版的"跟字经",即只"跟"不"顶",因为他没有胆量去"顶"造反派,而是充当了"延安战斗团"言听计从的秘书。此后"延安战斗团"对内对外的文件大多出自江涌之手。他起草和参与起草的文稿,有的牵涉到国家主要领导人和人民军队问题，他后来险些因此被公安机关逮走。

182

下午，临近晚饭的时间，韩江萍来通知古全和到四楼西会议厅开会。

古全和问："什么会？"

韩江萍神秘地笑着说："去了就知道了。"

古全和看看表，自言自语："一会儿就吃饭了，开什么会呀。"

韩江萍不以为然地说道："革命比吃饭重要！这样的会不是谁都能参加的。"她认为易先农允许古全和参加"延安战斗团"秘密的形势座谈会，对于他来说算是一种恩赐和荣耀，而他竟不领情，不高兴，不知好歹，不耐烦参加！她不明白，易先农怎么就看上了古全和这样一个政治上的老保和糊涂虫。

古全和收拾起办公用品，离开办公室，赶到四层西会议厅。二百座的会议厅已经坐满，到处是说笑和争论，一片嗡嗡声。他巡视了一遍，发现全院各单位的人都有，江涌也在场，他挨着施梦麟，坐在主席台的一侧，看样子很得意，还主动从远处挥手和他打招呼，古全和也对他点头儿，表示善意。

江涌始终感觉古全和是有点怪。四清后，他曾经担心古全和不跟他合作，文化大革命之初，他曾经担心古全和会利用群众革命造反的风潮报复他，可是那样的事情都没有发生，他心里很感动，也觉得古全和有点不可理解。俗话说，有仇不报非君子，难道古全和是个例外？他怀疑古全和有更大的阴谋，也怀疑他在待人处事方面是不是有点傻。

"这是什么会？"古全和低声问他身边的一个小男生。

"形势座谈会嘛！"小男生随口答道，然后用怀疑的目光看了他好一会儿，好像说，"你怎么连形势座谈会这样重要的会议都不知道？你是不是混进来的特务啊？"接着，他就跑到夏三浩身边，和他嘀咕了一会儿，然后又回到自己的座位上，善意地对古全和笑笑。古全和猜想小男生是去向夏三浩核对他的身份的，心想："在这些造反派看来，到处有敌情。"这时古全和才注意到，那个小男生佩戴的是东湖师院一附中的校徽，他可能是附中造反派的代表。

易先农没有出席形势座谈会，在主席台上就座的是施梦麟和夏三浩。夏三浩在聚精会神地翻动着一个揉搓得不像样子的 64 开的带红色封皮的小本子。

古全和认为形势座谈会是讲国际国内的政治形势的。平时学院的形势报告会都安排在星期三下午，主讲人是步书记，或是分管党团工作的副书记，偶尔是从外面请来的专家，或是上级单位的领导同志。今天恰恰是星期三。古全和想，现在步书记关在游泳池里，进入"三结合"的是施梦麟和邬伯涛。邬老不在场，报告人当然是施梦麟。但是讲话的不是施梦麟，而是夏三浩。他讲的既不是国内形势，也不是国际形势，而是本市各高校和部分文化教育机关单位内部两大派斗争的形势，兼及全国文化大革命的一些消息，如保定问题、宁波问题、西藏问题、军队问题等。古全和以为夏三浩是利用形势报告会前的一段时间讲一讲造反派的活动，作为时事报告会的楔子，正文将由施梦麟宣讲。可是他错了，夏三浩就是形势座谈会的主讲人，他讲的就是当前所谓阶级斗争的新动向，具体说，是江城各有关单位内部的情况。古全和觉得奇怪，中央文件和党报社论说得很清楚，群众要在本单位闹革命，把本单位的运动搞好，师范学院革委会为什么要去摸别人家的内部情况，干预别人家的事情呢？这时他才意识到，这是"延安战斗团"内部的秘密会议，让他参加这种会议是团部对他的特殊恩典，刚才那个小同学用怀疑的眼光看他，就是怀疑他的身份，担心他可能是混进会场的奸细。古全和想，他是革委会的干部，而不是"延安战斗团"的人，不应该参加这样的会议。会议开了一半，他就离开了会场，而且以后再也没有参加过这种所谓的"形势座谈会"。易先农听说了这件事，很为古全和的这种表现感到遗憾和失望。他没想到古全和会这样固执，头脑里第一次闪出放弃古全和的念头。

183

进入五月下旬，易先农和他的战友们就把操办"延安战斗团"建团一周年的"团庆"列为东湖师范学院的头等大事。"延安战斗团"的全体人马不过千人，仅占东湖师范学院师生员工总人数的六分之一，它的出现和消失对于师范学院来说都是鸡毛小事，而它的"团庆"只能是鸡毛小事中的鸡毛小事。然而"团庆"在"延安战斗团"的首领和骨干的心中却是天大的大事，比普天同庆的国庆节更重要更亲切，办"团庆"比办国庆更来劲，更热门，因为"团庆"是他们自己的，那里面有他们的利益。

一年来，"延安战斗团"闹腾过多次"团庆"。在"延安战斗团"成立六七天的时候，他们曾经大办过"周庆"，后来又有"月庆"，"百天庆"。每次"团庆"都张灯结彩，大肆张扬，自吹自擂他们辉煌的革命历史，标榜那些团龄不过一两周或是个把月的"老战士"，大歌大颂他们的赫赫战功。如今"延安战斗团"大权在握，能调动全院的人力物力，他们的"周年庆"当然要大办特办。为了欢庆他们的这个重大的节日，院革委会还专门成立了"团庆"筹备委员会，主任是易先农，副主任是施梦麟，常务副主任是夏三浩，下设组织、宣传、秘书等办事机构，江涌是秘书长。这会儿团庆活动已经全面展开。首先是大造革命舆论。校园里到处是"热烈庆祝'延安战斗团'建团一周年！"的大标语。有的标语每个字半米见方，长度横跨一面大字报席棚，用纸十来张。院广播站连续播送由易先农署名的"延安战斗团"团史系列讲话。校园里盛赞"延安战斗团"丰功伟绩的专栏、长文和诗歌，无处不见。有些文章的作者像老百姓赞美中国共产党那样赞美"延安战斗团"，用"万里长征"来比喻"延安战斗团"的革命历程，用著名的革命英雄比拟"延安战斗团"的所谓"老战士"。有些文章把"延安战斗团"的成就和东湖师范学院的新生相连，说东湖师范学院在"文革"前的历史是黑暗的，她真正的新生是从"延安战斗团"诞生之日开始的。

谷盛兰的"延安造反战斗团"也连续发表长文，回顾"延安战斗团"革命造反的光荣历史，标榜谷盛兰才是"延安战斗团"彻底造反精神的开创者和继承者，同时贬斥易先农之流是"延安战斗团"革命造反精神可耻的叛徒。

团庆专用的大型宫灯已经定制，为在团庆当天在办公大楼前面挂起这些巨型宫灯，修建科的师傅们正在忙着搭建悬挂红灯笼的脚手架。

筹备文艺晚会，编练文艺节目，自然也是团庆活动中的重头戏。为向古全和部署编演大型歌舞节目的任务，潘光梓提前半个小时来到宣传部办公室。

古全和说道："你早啊。"

潘光梓站起来说道："我也是刚到。"

"有事吧？"古全和瞧着潘光梓问道。

"有件大事要和您商量，"潘光梓说着，从上衣口袋里掏出几张折叠得整整齐齐的稿纸，展开在办公桌上，推到古全和的面前，说道："6月6日是'延安战斗团'建团一周年的日子，团部决定大庆大贺一番。到时候将请省市领导和兄弟院校代表参加。筹委会决定编创一个大型文艺节目，在节日当天的晚会上演。"

古全和感到奇怪。他记得，6月上旬学院里根本就没有群众组织，"延安战斗团"是市委工作组控制师范学院后出现的，团庆怎么会是6月6日呢？不过他很快就明白了，他们这是在编造历史，意在证明他们造反最早，革命的历史最长，资格最老，建团时间仅稍晚于北京大学聂元梓等人的大字报，因而他们更光荣，更伟大，应该得到最大的封赏。古全和摇摇头，想道，连自己的团史都可以伪造，那还有什么瞎话是他们不能说的呢！

潘光梓说："古老师，您是咱们学院的'文艺司令'，'团庆'的文艺活动就靠您啦。"

古全和自嘲地说："我是'黑司令'。"然后说道："有什么具体想法儿吗？"

潘光梓说："筹委会考虑编演一个像史诗《东方红》那样的大型歌舞，歌舞的题目就叫《延安风暴》，请您出马担任《延安风暴》的总编导。"

古全和想了想，问道："具体设想呢？"

"初步的想法是想通过这个歌舞大力宣扬我们'延安战斗团'的革命造反精神和英雄事迹，树立易先农等的英雄形象。文工团的管弦乐团、合唱团、说唱团、舞蹈团等一齐上，场面要大，气势要宏伟！计划在大操场的露天舞台上演出。届时外面的人也可以来看，准备连演数日，以扩大'延安战斗团'的影响。这个设想是江涌老师提出来，经讨论，大家一致同意的。"

古全和想了想，说道："规模是不是太大呀。《东方红》表现和歌颂的是伟大的中国共产党领导的中国人民革命，《延安风暴》不能和《东方红》相比。"

潘光梓难为情地说："这个方案是经筹备会一致通过的。"

古全和思忖良久过后谨慎地说道："用'延安战斗团'的革命事迹做素材，表现革命路线的胜利是可以的。不过规模不宜太大，更不能效仿《东方红》。也不能提名道姓地歌颂某一个群众组织，树立某一个人的英雄形象，那样做容易被人说成'王婆卖瓜'，遭人非议，效果会适得其反。"

潘光梓欣赏古全和的意见，但是他是奉命而来的。如果古全和拒绝接受这个方案，易先农会指责他贯彻领导意图不力，或是别有用心，所以他一再劝说古全和接受这个方案，接受这个任务。

古全和想，江涌这样干，明明是在拍易先农的马屁，替他创造政绩，而如果自己违心地接下这个任务，把事情办成，自己一方面会被他们捧成东湖师范学院的"革命的文艺司令"，同时也就会让他堕落成易先农和"延安战斗团"的吹鼓手，丧失自己的人格，遭人贱视。他委婉地说道："这个任务很光荣。我很想参与，可是我不具备编导这个作品的条件。毛主席说，生活是文艺唯一的源泉。'文革'以来，我连学院的大门都没出去过，还在牛鬼蛇神劳改队劳动了好些日子，太缺少具体感受了。请你向领导反映一下我的难处，另考虑适当人选吧……江涌老师已经有了明确的想法，就让他亲自挂帅吧。"

编导《延安风暴》是个光彩的差事，潘光梓原本认为古全和会欣然接受。可是他谢绝了，这对潘光梓是个教育。他从古全和对这件事的态度看出，古全和是个有信仰、讲原则的干部。他平时是这样，现在仍然是这样，只好说："那我就把您的难处和建议汇报给筹委会。"

古全和补充说："建议你找'延安轻骑'文艺宣传队的朱文英谈谈。他造反早，造反坚决，熟悉情况，编排过一些小型歌舞。可以请他协助江涌老师完成这个任务。"

潘光梓说："等写出脚本，请您参加讨论。"

古全和笑了笑，没有说话。他想，在这件事上得罪了易先农，该离开这里了。

184

易先农原本希望古全和能成为他得力的谋士，可是古全和始终和他保持着距离，不肯介入他的"延安战斗团"，替他效力。他让古全和做《延安战斗团通讯》的主编，他不肯做。形势座谈会，他不参加。围剿谷盛兰，他表示反对。现在他又借口不了解情况而谢绝做《延安风暴》的总编导。古全和的表现让他深感失望。韩江萍说古全和没有路线觉悟，是个"新思潮"，劝说易先农把他退回党委机关，易先农同意韩江萍的说法，但是认为古全和承认院革委会，反对谷盛兰反夺权，不是新思潮，而且赶走古全和不得人心，他也于心不忍。

易先农不肯放弃古全和主要是因为古全和对他有恩，他难忘这份情意，决定亲自出面，拉古全和一把，让他跟上革命的潮流，积极投身运动，再立新功。

这是"文革"以来易先农第三次光顾古全和的宿舍。古全和见易先农推门进来就想到他的到来和《延安风暴》有关，便和往常一样笑着对他说："你是来开导我的吧？"

易先农笑着说："您是我的老师，我哪敢开导您啊。"

古全和关于小资产阶级问题的谈话，留给易先农的印象很深刻。要教育古全和，给他上路线教育课，易先农还有些心理障碍。不过他想到自己现在是师范学院的一号，是"延安战斗团"的首领，师范学院的大拿，全市乃至全国有名的红卫兵领袖，江城市新市委书记的座上客，能呼风唤雨，叱咤风云，也就觉得有资格来开导古全和了。可是从何说起呢？他想，就从古全和对待工作的态度说起吧。于是说道："古老师，您对自己现在的工作满意吗？"

古全和笑着说："满意，很满意。现在的工作适合我。"

易先农的所问含糊不清，而古全和所答非所问。易先农想问的是古全和对于他自己在工作中的表现是否满意，而古全和回答的则是说他对革委会对他的安排感到满意。

由于几年来，易先农和古全和一直处在师生关系这个格局中，易先农不好意思正面教训古全和。他本想启发古全和说出他工作中的不足，做点自我批评，他也好把话题引导到路线觉悟上，说古全和中修正主义路线的毒太深，革命意志衰退，应该振作革命精神，提高路线觉悟，在大风大浪中立新功等等。而古全和毫无自我批评的意思，让他难以按照他设想的思路发挥，所以直到谈话结束前，他才鼓足勇气，以说笑话的口吻，把自己的这些意见说出来。古全和立刻表示同意他的批评，坦承自己路线觉悟低，革命意志消退。易先农劝他学习施梦麟和江涌，坚决跟着革命小将走，等等，而古全和只是点头微笑却并不说话。

易先农比古全和小几个月，按年龄说，他不属革命小将。在古全和的心里，他们既是师生，也是朋友。即使现在，古全和仍然认为易先农有他值得肯定的地方。比如，平时，他和易先农来往较多，易先农对他的了解也比较多，运动初期，易先农一度是阶下囚，当时肯定有人逼迫他揭发和他有来往的干部。那时，如果易先农像戴国民那样胡说八道，跳出来揭发古全和，那他所揭发出来的材料，无论真假，对古全和都有杀伤力。但是易先农没有这样做。在揭发古全和的大字报中，古全和始终没发现有易先农提供的任何有关他本人的材料。当时为一己之私而胡说八道的人比比皆是。江涌就曾经胡说古全和思想复杂，个人英雄主义思想严重，写美学文章，去给省军区文工团歌舞团讲美学都是为了出风头、挣钱。在六十年代初的甄别工作中，文廷栋担任统战部副部长，是古全和的顶头上司。古全和曾经变相地强迫他把一些人列入平反的范围，在统战部的右倾翻案风中起了推波助澜的坏作用。文廷栋因此说古全和为人霸道。戴国民更是颠倒黑白，恩将仇报。

相比之下，易先农的人品比这些人都好。他有胆识、肯承担，知恩图报。不过现在的易先农已经是个头脑发烫、霸气十足、目无法纪、野心勃勃、为所欲为、行为放荡的野心家了。古全和想，时势能造英雄，也能造罪犯。现在，人们的是非、美丑标准都乱了。从城市到乡村，许多人在彼此对立的团体之间左奔右突，胡喊乱叫，寻求着看起来对自己有利的位置。人人都在高叫革命，实际上有些人从来都没考虑过什么是革命。古全和感到，他在院革委会，说话难，做事更难，很想尽早安全地离开这个"光荣"的是非之地。

古全和天生偏爱出身工农家庭的人。可是积其十几年工作的经验，特别是目睹眼前的景象，他的这个信念发生了动摇。江涌、缪文逵、甄惠羊、戴国民、吴好德、夏三浩，以及易先农，都是工农子弟。可是他明显地感到，他们和共产主义的距离未必会比来自其他阶级的革命者为小。他们有限的文明程度，根深蒂固的私有观念，狭隘的心胸，短浅的目光，还有虚荣心、嫉妒心和报复心，某种程度的封建专制主义思想和神道迷信观念，严重地束缚着他们的头脑，使他们常常会干出一些不识大体、不顾大局、不计后果的勾当。如果他们自己无意改变这种精神状态，即使他们接受共产党的教育，拥有共产党员的称号，有造反派的光环，念一辈子毛主席语录，喊一辈子革命，他们的灵魂也难以走出他们生长于其中的那一个个小小的天井和低矮的门楼儿，一旦条件具备，他们就会露出他们来自秦始皇和阿 Q 爷爷们遗传基因中的那个大皇帝和小私有者的本来面目。如果条件允许，有利可图，他们中间的有些人，什么坏事都敢干。新社会和共产党使缪文逵和甄惠羊走进大学课堂，成就了他们大学生的身份和地位，对于他们有天大的恩典，可是他们毫不感恩。自从军训团开进学院以来，缪文逵经常怀着深深的遗憾和怨恨，重复着一句话："老子要是不离开部队，现在至少能混个上校！"而毫不感谢党和政府对他的殷切期待和苦心培养。甄惠羊则靠着出卖关怀他、爱护他、有恩于他的夏曦和步行健等老同志来捞取政治资本。古全和有一种感觉，只要价码合适，有些人谁都可以出卖。这时，他又想到了当年浑河镇上都鸿勋旗下的那些家境贫寒的伪军士兵。他们奉行的就是"好死不如赖活着"的腐朽的人生观，他们当汉奸，替日本人祸害自己的同胞，就是为了吃民族敌人给的那一口饭。

在易先农和古全和谈话后的第四天，潘光梓就给古全和送来了"延安轻骑"文艺宣传队的朱文英编写的《延安风暴》的脚本，并请他去参加修改脚本的讨论会。古全和借口他身体不好，谢绝了他们的邀请，这又得罪了朱文英，他声言要揭发批判他奉行的修正主义文艺路线的罪行。

朱文英是俄语系英语专业二年级的学生，天津人，身材细高，脖子细长，脑袋小而圆，聪明伶俐，酷爱音乐，擅长演奏小提琴，是院文工团管弦乐队的指挥，也是师范学院最早起来造反的学生，是"延安战斗团"属下的"延安轻骑"文艺宣传队的创始人和队长，是"延安战斗团"中最活跃的人物儿之一。但是他傲慢，自负，爱出风头，爱搞小动作，有些诡诈流气，而这又恰恰是此刻的风流人物所必备的一些条件。他早就想整整古全和，几次在全院文艺活动积极分子的大会上提议游斗古全和，抄他的家。古全和也横竖看不上朱文英，而革命的风潮又偏偏把他和朱文英弄到一起。古全和进革委会之初，曾受命兼管过"延安轻骑"和交响乐团。他对朱文英编排的那些里面只有弓步、马步、跑跳步、挥手和抖动前进等几个机械动作的所谓革命造反派的歌舞，提出过批评意见，提醒他们在注意作品的思想性的同时，也得注意作品的艺术性。朱文英对古全和的批评很不以为然，觉得他伤害了他在"延安轻骑"和交响乐团的权威，散布说古全和企图用修正主义的文艺思想改造革命的"延安轻骑"和交响乐团，提议开会批判"黑文艺司令"。不久，学院组织全院师生员工下乡助农劳动。朱文英借口要赶排交响乐《沙家浜》，提出乐团不参加，还要求古全和供应他们汽水和水果。古全和说，交响乐团也应发扬艰苦奋斗精神，没有满足他们的要求。朱文英认为古全和不给他面子，更加对他不满。现在古全和又拒绝参与和支持他《延安风暴》的编导活动，他就煽动少数人要求古全和到"延安轻骑"来向群众检查他修正主义的文艺思想。正在这时，朱文英收到他妈从天津发来的电报，说她病重，要他立即赶回天津。朱文英当天就动身往天津赶。两周后得到消息，朱文英回到天津时，他妈所在的单位，正在进行清理阶级队伍的斗争，他和他的母亲一起在家里割腕自杀了。后来听说事情和他母亲的特嫌问题有关。这件事让古全和很难过。朱文英有些思想毛病，但是他聪明，多才多艺，学习成绩也好，很有培养前途。

在《延安风暴》彩排前两天，古全和借口回本单位参加清理阶级队伍和重新登记党员的活动而逃离了院革委会宣传部，中断了他和易先农的联系。

185

驻东湖师范学院中国人民解放军军训团，给"延安战斗团"戴上了无产阶级革命左派的桂冠，帮助他们夺取了师范学院的权力，建立起了革命委员会，想当然地认为师范学院的师生员工都会顺从地向所谓的革命

"左派"即"延安战斗团"靠拢，实现在毛主席革命路线基础上的新的团结，共同行进在毛主席的革命路线上。然而这种美好的景象并没有出现。军训团不过是从另一个角度重复了市委工作组的错误，把东湖师范学院师生员工的分裂和对抗加深加重。市委工作组反对和打击的是易先农和他那一伙儿人，支持的是临时筹委会和红卫兵师，而军训团则支持易先农和他的"延安战斗团"，压制的是不顺从易先农和他的"延安战斗团"的广大群众。

古全和认为所谓的"革命左派"和保守派只是一种毫无根据的主观想象，一种没有确实根据的说法，一种典型的形而上学，军训团没能把易先农和他的"延安战斗团"作为学院师生员工团结的核心，兜售给东湖师范学院广大群众，使两派群众在毛主席革命路线的基础上团结起来，相反，是激化了矛盾，引发了一次次的流血冲突。

军训团支持了易先农，也就冷落了谷盛兰。军训团成为谷盛兰反夺权的主要障碍，谷盛兰恨不得立刻把军训团逐出师范学院校园，更换一个为其所需的军训团。而让军训团李政委和他的战友们想象不到的是他们一手扶持起来的易先农对于他们也并不感恩。在易先农依靠军训团的支持掌控师范学院的大权之后，军训团就转变成了易先农大搞派性、胡作非为的障碍。易先农私下里不止一次地扬言，说如果不是军训团束缚了他的手脚，他早就荡平盘踞在教工八楼的谷盛兰"匪帮"，把师范学院建成革命派的一统天下了。军训团以为自己完成了任务，实际上他们是处在两面夹击之中无所作为，留下的是更乱的乱摊子，而不得不悄悄地离开师范学院。

市委工作组走了，军训团也走了，他们制造和加深的矛盾却在不断激化。摆脱了军训团约束的师范学院立刻陷入了更大的混乱和流血冲突。易先农和他的战友们大打出手，日夜猛攻"延安造反战斗团"控制的教工八楼，而谷盛兰和她的部下则拼死抵抗，并向他们全市的同盟者求援。幸运的是这种局面没有持续太久。

军训团想当然地在师范学院的师生员工之间划分成"左派"和保守派，企图让造反派吃掉保守派而没能达到目的，而工人、解放军毛泽东思想宣传队当年秋天进驻师范学院的任务则是要把被分裂的师生员工群众重新联合起来。但是分裂容易，联合就难了。私心和派性有如魔鬼，一旦放出来，要再把它收回去，谈何容易。

驻师范学院的工人毛泽东思想宣传队由本市热电厂和铁路局两个单位派出的中老年工人组成。他们绝大多数是共产党员，有的还是本单位党委的成员，在本单位几乎都是保守派，进入师范学院就变成无产阶级的代表了。

解放军毛泽东思想宣传队是由省军区某部朴道一师政委率领的班长以上的一批中下级军官组成，是伟大领袖毛主席派来的，是革命队伍中正宗中的正宗。

表面上，对于工人解放军毛泽东思想宣传队，无人不敬，无人不爱，无人不服。而事实上，在易先农和谷盛兰心中只有利益，没有是非，更不尊重什么人。易先农寄希望于宣传队帮助他们吃掉谷盛兰，巩固和扩大他的山头，谷盛兰们则通过广播等手段大造舆论，说军训团是因为支持一派、压一派，背离了革命路线，犯了路线错误而被他们赶走的，而宣传队则是上级按照他们的请求派来解决师范学院的问题的。他们这样做的目的在迷惑群众，并向宣传队施压。

在宣传队进驻校园当天，谷盛兰就赶在易先农的前面，向工人解放军毛泽东思想宣传队汇报了师范学院所谓的真实情况，表达了他们重组师范学院革命委员会的诉求，希望得到宣传队的支持。军宣队的朴政委和军训团的李政委一样，也说他们要在弄清楚东湖师范学院的情况之后再回答他们的诉求。谷盛兰们怀着希望焦急地等待着宣传队表态。不过他们等待的时间不长，朴政委和李政委一样，也是奉命而来，他在进院后的第三天，就表明了自己的态度。他没再提"支左"的话题，也不否定军训团"支左"的结果，而是表示宣传队支持师范学院革委会。在谷盛兰看来，这也就是支持易先农和他的"延安战斗团"，她当然不能接受，立刻把宣传队摆到了自己的对立面。即使是对待"最可爱的人"——中国人民解放军，对待自己的亲爹娘，假如他们触犯了他们小团体的私利，他们也不会吝惜对于他们的污蔑和诽谤。谷盛兰立刻把"支派"和"挑动群众斗群众"的大帽子丢到宣传队的头上，向他们提出了一个又一个的声明和抗议。

一计不成，又生一计。谷盛兰灵机一动，想乘"最高指示""工人阶级必须领导一切"发布的东风，利用她的"工人独立支队"进行夺权斗争。"文革"之初，由总务处伙食科工人袁文海组建的"棒子队儿"①，曾经横行一时，镇压过易先农等造反派。在批判资产阶级反动路线时，遭到众人的谴责，一度销声匿迹。"延安造反战斗团"另立旗号后，袁文海就带领着他的"棒子队儿"投靠"延安战斗团"，遭拒绝后，就集体加入"延安造反战斗团"。谷盛兰如获至宝，封他们为"延安造反战斗团·工人独立支队"，袁文海被任命为支队长。

"为公"的道德热情难以点燃，而"为私"的邪火一点就着。袁文海早在1955年肃反时就搞过帮派夺权的活动，现在一经谷盛兰和她的高参的点拨，立刻提高了"路线觉悟"，燃起了争权的狂热。他甚至一度幻想过甩开谷盛兰和"延安造反战斗团"，依靠二百名后勤工人，独掌师范学院的大权。他仿效当年解放军军管会接收江城大学等高等院校的故事，组成了师范学院"工人独立支队接管师范学院工作团"，挟着一股子夺权的狂热，直扑师范学院工人解放军毛泽东思想宣传队驻地，高呼着"毛主席万岁"，强烈要求工人、解放军毛泽东思想宣传队落实"工人阶级必须领导一切"的最新指示，支持他们接管被易先农等人窃据的师范学院革命政权。与此同时，"延安造反战斗团"的大喇叭也突击特辟专栏，积极配合他们的行动，还不间断地播送"工人阶级必须领导一切"的语录和相关的专论。不过和工人、解放军毛泽东思想宣传队相比，袁文海和他的"师范学院的工人阶级——棒子队儿"连民兵的资格都不具备，更何况他们还曾经是武装镇压过革命群众的老保呢。师范学院的广大群众不支持他们，朴政委和他的部下根本也不听袁文海等人的嚷嚷。

谷盛兰在"工人独立支队"夺权失败之后，就号召全院工人大罢工，企图瘫痪师范学院的正常生活，然而她的这个举措遭到计方平统帅下的绝大多数工人的坚决抵制和全院大多数师生员工的谴责。谷盛兰和她的高参不得不扮上笑脸重新回来和宣传队谈判。而在谈判失败后，面临被进一步孤立，乃至有可能被宣传队和革委会强行摧毁时，谷盛兰和她的智囊团们就决定采取麻解放老师出的高招儿，巩固他们对于教工八楼的占领，实行

---

① 棒子队儿，是伪满洲国时日伪当局镇压人民的反动青年组织，以他们的武器是统一配发的棍棒而得名。群众把袁文海一伙人称为"棒子队"，有贬义。

"武装割据",迫使上级派人来解决问题。他们在短短两周的时间里就把新建待分配的教工八楼改造成可攻可守的坚固堡垒。一层的窗户全部用砖石和水泥牢牢地砌死。五个单元的门洞,只留中间一个作为进出口,其余四个全部用砖石和水泥牢牢封死,从一层到五层,全楼上下左右全部打通,楼内四通八达,新打水井三眼,囤积了大量的生活和医疗用品,还趁着黑夜从外面运进大量的砖石,堆放在大楼唯一的那个出口之上的二、三、四、五层的窗口,准备由上而下地袭击企图冲进大楼的人。他们的高音喇叭安装在教工八楼楼顶,在靠近电源的几个窗口,部署强力弹弓和气枪射手日夜轮流值班,随时准备攻击敢于爬上电线杆子去破坏电源的人。

易先农的人马多次猛攻教工八楼,均未得手。被激怒了的易先农等人大骂"哈尔滨资产阶级娇小姐谷盛兰"无视国法院规,公然破坏公物,和新生的革命委员会为敌。但是他们除了给自己制造了众多的伤员之外,毫无消灭对手的良策。而东湖师范学院校园里的"割据"的局面也就这样形成了。

"延安战斗团"和"延安造反战斗团"的头头们,都曾誓言,刀山敢上,火海敢闯,保卫革命路线。然而他们日思夜想的不是革命,而是如何夺取自己的利益。

186

谷盛兰和她的谋士们认为工人解放军毛泽东思想宣传队不可能为己所用之后,就开始搜集宣传队的所谓材料,制造事端,为驱逐宣传队造舆论。最容易制造,又最容易臭人的是绯闻。宣传队进师范学院不久,校园里就发生了工宣队副队长的桃色事件。

工宣队副队长,古全和少年时代的玩伴,老工人桂有富,共产党员,八级工,来自江城发电厂,在宣传队分管学院的后勤工作。近来校园里连续发生肠道传染病病例,在群众中引发恐慌。江城在1945年秋天流行过霍乱,死过几万人,给人们留下可怕的记忆。计方平建议桂有富副队长去院卫生科蹲点,以便及时掌控传染病发病的情况,并和市传染病防治研究所保持直接的联系,以便能够及时防止事态的扩大。

今天午饭前，桂师傅的老伴儿桂任氏突然风风火火地从宋家屯镇跑来学院找桂有富。她一进工人、解放军毛泽东思想宣传队总部办公室就控诉般地嚷道："谁不知道俺家孩子他爹是个老实人！他不可能干出那种丢人现眼的肮脏事儿！是哪个丧良心的坏东西这样糟践人，昧着良心朝俺家孩子他爹的头上扣屎盆子，叫俺没法儿做人?!"

朴政委听说来人是桂有富的家属，就向她做了自我介绍，请她坐下，然后又关照警卫员给她上茶，并派人去找桂有富，最后才若无其事地笑着对桂任氏说道："大嫂，你别生气，你说的情况我们都了解。你说得对，桂师傅是个正派人。有宣传队党委在，屎盆子扣不到他的头上，事情一定会弄清楚。"

桂任氏的怒气未消，气恼地嚷道："这会儿俺全山东庄都嚷嚷开了，都说俺孩子他爹在大学里和一个什么女人乱搞！你说，这有多么埋汰人哪！叫俺一家老小怎样见人哪！"

朴政委笑着说："大嫂，你相信桂师傅会干那种事吗?"

"相信个屁！俺和他过了半辈子，他是个什么人俺还不知道?"

"这不就得了嘛！"

一刻钟后，桂有富赶回宣传队办公室，皱着眉头问道："你怎么来啦?"

桂任氏气愤地诉说了宋家屯镇黑狗大街一带关于他的传闻，然后委屈地说道："这里不是咱们待的地方，你赶紧跟着俺回家！"说着，站起来，拖上桂有富就往外走。

桂有富说道："老娘们见识，俺怎么能说走就走呢?"

朴政委安抚桂师傅的老伴儿坐下，耐心地说道："大嫂，桂师傅是我们这里的主要领导，分管学院的后勤工作。他这样不明不白地走了，别人会以为他真的是干了什么不光彩的事，犯了错误，被宣传队给退回原单位了。那些造谣言的人就希望咱们这样干……"

桂任氏愣怔了片刻，说道："那你说怎么办?"

朴政委说："让桂师傅继续留在这里当领导，以表明组织上对他的信任，表明他是清白的，我们这样做，那些造谣生事的人的阴谋自然就落空了。"

桂有富的老伴儿想了想，点点头，接受了朴政委的意见。

朴政委和桂有富一起陪同桂任氏到员工小餐厅吃过午饭，由桂有富把她送到电车站，并告诉她从哪里倒换公共汽车回宋家屯镇。

经查，散布桂师傅和院卫生科采购员小陆的老婆田桂兰有不正当男女关系的谣言的是卫生科老护士唐某。谣言传回师范学院之后，曾经有人去找唐某核对。唐某态度暧昧，一言不发，给人的印象是确有其事。经调查发现，唐某本人有作风问题，破四旧时曾被易先农一伙人在她的脖子上挂上破鞋拉去游街示众。她怀恨在心，图谋报复，又受人挑拨，就把矛头指向支持易先农一伙的宣传队。朴政委认为，此事可能是谷盛兰等人策动的，意图有三。一是破坏工宣队的声誉，搞乱工宣队员们的思想，涣散工宣队的斗志；一是破坏工、军宣传队的团结，削弱宣传队的力量；一是诱使宣传队追查谣言，把事态搞大，制造宣传队和师范学院群众之间的矛盾。考虑到以上各点，宣传队决定：第一，对于这件事装聋作哑，不与理睬；第二，安排桂有富副队长在全院师生员工大会上代表宣传队作阶段性工作总结，亮明宣传队党委对于这件事情的态度，回击谣言的制造者。

一波未平，又起一波，故事出现在军宣队。事情和在党团委机关工作的唐玉才有关。唐玉才的妻子白秀英千里迢迢从河北乐亭老家前来江城探亲。计方平关照房产科安排唐玉才夫妇借住教工宿舍七号楼一单元。该单元四层有一两室的单元房。大房间住的是哲学系的麻解放老师。唐玉才夫妇就被安排在其中的小房间，事先已由房产科和麻解放老师打过招呼，麻老师满口答应，表示欢迎唐玉才夫妇进住。可是在小唐于第二天到那里去给他们收拾房间的时候，麻解放突然抓乱自己的头发，站在露天的凉台上泼命地大叫："解放军耍流氓啦！解放军耍流氓啦！"吓得小唐慌忙逃离现场。男女关系问题像一贴臭膏药，贴到谁的身上都难以擦得干净，是恶人糟蹋好人常用的手段，因此而蒙冤受处分，乃至被投进监狱，甚至丢掉性命。这种事情往往是越描越黑，军宣队不想张扬，只好把唐玉才夫妇安排在附近的市公安局招待所，并决定暂停家属来师范学院探亲的安排。麻解放诬陷丑化解放军的这个手段被谷盛兰一派的某些人称为"妙招"，传为美谈。在这两件事情发生的当时和事后，"延安造反战斗团"广播站连篇累牍地发表专论，大讲共产主义道德，含沙射影，矛头直指工、军宣传队，一再呼吁宣传队开展整风。谷盛兰还上书省军区，要求更换驻院工、军宣传队。

桂师傅和小唐的问题都没有演化成大的风波，谷盛兰围绕着这两件事的鼓噪没有收到他们预期的效果。于是脸色一变，又改用拉拢和软化宣传队的策略，说宣传队工作中的失误都是由于他们不了解师范学院阶级斗争的情况，缺少在高等院校工作的经验，而主要是由于受易先农一伙的蒙蔽所致，应总结经验，改正错误，回到毛主席的革命路线上来。他们还派出一拨拨的说客，轮番找宣传队谈判，一旦有机可乘，就歪曲、丑化、攻击宣传队，反复无常。在所有的尝试都一无所获之后，又改用静坐抗议的斗争方式对付宣传队和革委会。于是，院部办公大楼一层大厅里坐满了"延安造反战斗团"的战士，堵塞了进出办公大楼的通道。整个办公大楼大厅铺满了草垫子。上面横七竖八地躺着男女大学生，周围散乱地摆放着他们各式各样儿的鞋子。人们进出办公大楼必须绕道溜边而行。

静坐请命的表演，创造了师范学院校园里的一个新景观。静坐之初，招惹得成群的院内外群众前来观看。谷盛兰在组织静坐示威的同时，还以谈判骚扰、广播攻击、大字报轰炸和悲情诉说四合一的综合策略攻击宣传队。宣传队稍有疏忽，他们就加以利用，大做文章，使得宣传队寸步难行，他们推动师范学院师生员工大联合的政治任务无法完成。

187

驻东湖师范学院工人、解放军毛泽东思想宣传队，面对谷盛兰和"延安造反战斗团"花样儿翻新、无休无止的骚扰，决定抓舆论斗争，发动群众写大字报批评谷盛兰大搞分裂、对抗宣传队的活动。易先农们纷纷上阵，而响应宣传队的号召且能写出有分量的批判文章的教职工不多。如今是东风吹，战鼓擂，谁也不怕谁的时代，私心重的人，连最可爱的人也不爱了，对于有些人，自保是一切行动的首选。这是漫长的中国宗法社会和农耕生活方式的必然产物。一个姓氏、一个家族，一代、数代、几十代，生活在同一个地方、同一个村庄，一代人得罪了人，结下了疙瘩，往往几代人都解不开，成为世仇，祸及子孙，因此不得罪人是许多家教的重要内容。这种处世之道影响深远。现在，谁都知道，宣传队早晚要走人，而自己还要在师范学院生活几个月、几年、几十年，甚至一辈子，将面临沟沟坎坎，谁都不想得罪人，给自己找麻烦。而古全和认为自己有义务维护宣传队，替宣传队说话，从宣传队进校的那天起，古全和就在悄悄地为工宣队的队长孙乃松起草一件件的大会发言稿，不过他不曾对任何人提过这件本来是很光荣的事。古全和不喜欢装腔作势的唐玉才，可是他无保留地拥护和支持解放军毛泽东思想宣传队，他认为他们是伟大领袖毛主席派来的，是本阶级的代表，自己有义务支持他们，为此他愿意承担任何后果。他响应宣传队的号召，写了一篇署名"古全和"的大字报，题目是《两种总结观》，矛头直指谷盛兰关于要求宣传队总结经验的三个谬论。大字报贴在闹市区向阳面的席棚上，轰动了师范学院的校园，无数师生层层叠叠地拥挤在柳树林大字报席棚前观看，有人高声朗读这份大字报。当天夜里，有人偷偷地把《两种总结观》撕掉。但是第二天一早重新抄过的《两种总结观》又贴在了原处，不同的是，大字报的署名不再是"古全和"，而是"院部一排"了。院部一排是原党委机关的编号。古全和知道这是唐玉才搞的小动作，他这样做是为了争功，好把成绩记在他所领导的"院部一排"的名下，也就是他本人的名下。古全和窃想，唐玉才的私心并不比党委机关的一般干部为少。不过他认为这很正常。他了解某些穷小子的小心眼。他毫不怀疑，解放军是革命的大熔炉，但是这也不是说，从那里出来的就都是纯钢。

两天后，古全和又起草了另一篇不点名批评谷盛兰的大字报，题目是《三张王牌》，针对谷盛兰用来煽动群众反对宣传队的三个似是而非的口实展开批评。唐玉才不许古全和属他个人的名字。他把古全和找到办公室，用质问的口气对他说："用单位的名义有什么不好？你为什么一定要署你个人的名字呢？"

古全和不客气地说："你以为我是为了出名吧？"

"那你是为了什么呢？"

"为了负责任。"古全和说，"一个人做事要正大光明，我写的大字报我负责。再说即使不署我的姓名，师生们也会知道大字报是我写的，那我何必要躲躲闪闪、隐名埋姓，躲在集体的背后呢？"

唐玉才最后还是坚持给《三张王牌》署了单位的名称。

《两种总结观》和《三张王牌》，由于所论在理，竟没有引起谷盛兰和"延安造反战斗团"的反弹。他们中间反而有人称赞说，文章写得不错。

　　古全和的两篇大字报得到宣传队领导的高度评价。朴道一政委多次称赞院部一排的工作做得好。唐玉才也开始觉得大学里的知识分子并不都是"什么都不懂"的无能之辈，对待党委机关干部的态度有所软化，但是他不肯表扬古全和，因为他总感觉古全和瞧不起他，想找个茬儿教训他，制服他，显示自己的权威。几天后，他终于找到了一个机会。

　　古全和在院部刚刚出刊的墙报上发表了一首歌颂解放军的短诗，署名"列兵"。唐玉才立刻派蓝秀花把他找到办公室，不无讽刺地笑着对他说："我来问你，'列兵'是个啥意思？"

　　"'列兵'就是普通一兵的意思。"

　　"普通一兵就是普通一兵嘛！还搞什么'列兵'哟！"唐玉才带着他家乡乐亭方言调儿，唱歌儿一般地说，语气里满含嘲讽，不禁让古全和联想到几年前惹得缪文遽大发议论的"蛊惑"那两个字。

　　唐玉才以不容反驳的语气命令古全和把"列兵"改成"一兵"！

　　古全和笑看无知而又蛮横的唐玉才，一言不发。

　　"我的话，你听见了没有？"唐玉才冷冷地说。古全和不听他招呼，让他觉得面子上过不去。其实他已经明白了"列兵"的含义，知道古全和说得对，可是他要面子，一定得让古全和服从他，忍不住当众大声指斥古全和狂妄，说他耍知识分子脾气，要求他就对宣传队的态度做检查。古全和看了他一眼，转身离开了宣传队办公室。唐玉才眼睁睁地看着古全和扬长而去，用力丢掉手里的香烟，心想，"我看你狂到什么时候，我非制服你不可！"他就怀着这种矛盾的心情和古全和打交道，只要有机会，他就敲打古全和，而古全和始终不肯理睬唐玉才。

　　几天后，古全和突然接到线淑平病重的电报，决定请假去护理她，可是担心唐玉才刁难他，怀着不安的心情去向唐玉才请假。唐玉才认真地看过电报，然后冷着面孔质问古全和道："你是什么时候收到的电报？！"古全和说三天前。唐玉才气愤地申斥他说："那你为什么到现在才来请假？！"

　　唐玉才的斥责，让古全和感到意外，心潮起伏，倍感兄弟般的温暖，刹那间缩短了他和唐玉才之间的距离。他提出请一周的假，而唐玉才却挂搭着个脸子教训他说："什么病能限定时间好起来？你就放心地去吧，假期你自己掌握，把那里的事情料理好了再回来，免得来回长途奔波，耽误时间，浪费路费。"

古全和看到了另一个唐玉才，看到了他善良和务实的一面，觉得唐玉才年轻好胜，以为他管辖下的人就应该无条件地服从他，这在中国并不新鲜。在中国的历史上，只有过一种不需要服从别人的人，那就是皇帝。而在皇帝之下的，则是一个以"主与奴"这样两个环节，上下左右勾连在一起形成的一个网络结构。千百年来，每个中国人都处在这个网络之中，灵魂里都兼有"主人"和"奴才"这样两个侧面。有权的是主人，无权的是奴才。在"主人"面前是"奴才"；在"奴才"面前是"主人"。这种结构完全不同于美国的盲流文化。美国人不讲仁义道德，只讲个人利益，站在一个盲流对面的是另一个盲流，彼此刀枪相向，打不倒的就是朋友，以枪口相对保持着带有生物性质的血腥的平等，持枪制度是这种盲流文化的产物和表现。在这种社会结构中不存在主奴关系。而在中国的历史上平等则是一种奢望，不想做奴才，而只想做主人，那就会被人们看成怪物，千百年来，习以为常，陋习表现在方方面面，得意时为主，落魄时为奴。有些服务行业的人也忘记了自己是谁，忘记了他服务的对象是他的衣食父母，忘记了他的本职。有些商店的店员一时发狂，把自己当成主人，视顾客购物为乞讨。遗憾的是许多人没有意识到这个历史包袱的存在，以为一跨过 1949 年的 10 月 1 日，就告别了旧时代。不错，中国已经进入了辉煌的社会主义新时代。但是怎么可以梦想一个有数千年家族专制统治历史的国家，可能在转眼之间就焕然一新了呢？

唐玉才意外的善意深深地教育了古全和，让他发现自己仍然是个书生，不善知人、不善通融、不善妥协，感觉这可能是他不见容于某些人的一个原因。邬老所谓"木秀于林"是在含蓄地批评他，指的也许就是他在这个方面的不足。古全和感觉自己天生缺少从政的素质，缺少这方面的锻炼。

188

东湖师范学院的革命师生员工在闹闹哄哄中度过了几个不平凡的春

秋。近来古全和开始有一种感觉，好像惊心动魄的日子已经过去了。

一度亢奋现在失望的红卫兵纷纷离开他们的领袖，落入逍遥派。有些人怀念往日书声琅琅的日子，开始议论复课闹革命的话题。热衷于文化大革命的人当然还有，那是少数野心勃勃的造反派的头头。

易先农继续指挥着他的铁杆们围困窝在教工八楼里的谷盛兰。革委会的广播站天天发表声讨谷盛兰炮打无产阶级司令部的文章。而谷盛兰的大喇叭里播放的是同样的内容。他们双方用近乎相同的毛主席语录，来证明对方炮打无产阶级司令部那罪该万死的罪行。

校园里偶尔会有人因为自我管理不善和某种意外的变故而沦为阶下囚。类似的事情到处都有。传说沈阳有人因此获罪被判死刑。少数和共产党保持着距离，担心飞来横祸的教师和干部，把自己在政治学习会上的发言看成是一种精神负担，只要能不说话就不说；非说不可就尽量少说。他们不再考虑自己的发言是否个人见解，是否真实有用，是否能显示自己的理论水平，给自己脸上增光，而只考虑是否符合某些框框，政治上是否安全。而难办的是这样的框框常常变幻不定，所以为了万无一失，有人干脆用《人民日报》或是《红旗》社论里的语句拼凑自己的发言稿，或者干脆背诵《人民日报》或是《红旗》等党报党刊上的某些段落，算作自己的发言。一旦有人对他的发言提出异议，他便可以缩回到文字的出处，亮出自己的根据，以求自保。面对这种病态的景象，连不怕事的古全和也颇有感慨。他发现独立思考已成空话，事实是平时工作越多，越积极、越主动、越与众不同、越有独创性、越有成果，就越容易招人嫉妒，遭受别有用心的人的袭击。他认为自己屡遭打击，被画进《百丑图》，名列十二，原因之一也就在这里。事实上，此类现象平时就存在，只是正常的人没有意识到就是了。江涌和蓝秀花不是平时就盯着他的脚后跟积累他的材料吗。

西北风多起来了，几乎天天刮。东湖大堤上，校园内外，不时有片片败叶，在空中悠悠飞舞，无可奈何地飘落地上。暂时依然滞留在杨树枝头上的那些黄绿间杂的树叶，由于失去水分而在渐渐地萎缩，干枯，在阵阵秋风中，彼此不停地撞击，发出哗哗的巨响。每当这种时候，古全和就会想到他童年时代的古家庄，想到古家庄村前古老的坟地上的那一大片混杂着洋槐、梧桐、杨柳、榆树和臭椿等各种杂树的高大茂密的杨树林。在那里，春末夏初有雪一样晶莹、茉莉一样清香的洋槐花，既能吃，又好看；夏秋时节有采不完的蘑菇，万千蝉儿刺耳的聒噪和各种山雀悦耳的歌声。那是他童年时代最迷恋的地方！遗憾的是树林在 1958 年统统被砍光，烧尽了。每想到那里如今重新萌发出来的稀稀拉拉，任羊群啃食的杨树的嫩芽，他的心里就觉得凄凉。

今天一大早就刮起了西北风。古全和头一次穿上绒衣。目睹校园里冷冷清清的破败景象，想到天天在无聊的等待中打发时光，想到远在千里之外的孤独的妻子，和分散在山南海北的一家人，就感到心里不是个滋味儿。这种伤感的心情以前他从来都不曾有过。以前他一直以乐观的，充满希望的眼睛展望未来。他想，齐齐哈尔冷得早，不知道线淑平的浮肿和风湿病有没有加重，冬衣是不是已经备齐。

运动之初，古全和对文化大革命抱有希望，并没有像现在这样感到孤独。可是几年过去了，除了混乱，大话、空话、瞎话、破坏、恶行、枉死，他没有看到任何积极的结果。

189

师范学院校园里很少有新大字报，破损了的张贴大字报的席棚不再有人去修补。偶尔有几张新贴出来的大字报，也没有什么让人们关切的新意。看大字报也不再是关心院内外时政的人们的生活内容，经常在大字报区游荡的人屈指可数。小道消息也不再令人惊诧。大潮已过，校园里日渐平静。

不久前江城两大派在火车站前的那次血战，断送了几个年轻的生命，使得成批的革命小将终于醒悟，意识到分裂、对抗、武斗只是少数头头争权夺利的需要，因而纷纷离开他们的"领袖"，加入逍遥派的队伍。不过江城师范学院校园里两派对峙的格局依然存在，他们的高音喇叭依然在日夜不停地对骂。

易先农和他的"延安战斗团"及其控制下的师范学院革命委员会，渐渐地露出了狭隘利己"割据政权"的特征。他们既不买驻院工人解放军毛泽东思想宣传队的账，也不买江城市革命委员会的账，而是唯我独是、我行我素。工人解放军毛泽东思想宣传队要把分裂的师生员工联合到一起，而易先农则是要消灭谷盛兰和她的"延安造反战斗团"，打压所有反对他的人，要全院的师生员工在他的旗号下实行所谓的"大联合"。而谷盛兰和她的"延安造反战斗团"则在继续积聚力量，等待时机，冲出去瓜分或是独占师范学院的权力。

谷盛兰的"静坐"示威持续了数月，现在已经不再新鲜，也无人理睬。然而他们仍然在那里坚持。办公大楼近四五十平方米的大厅，如今变成了"延安造反战斗团"的教工八楼之外的另一处阵地。在那里，吃的喝的等日常生活用品应有尽有。参与静坐的人像一群难民，男男女女横躺竖卧地混杂在那里。即使在大白天也有人蒙在被窝里昏睡。几十双鞋散乱地堆放在大厅的周围。浓重的脚臭味等各种难闻的气味弥漫整个大厅，经过那里的人不得不掩鼻绕行。有些享受不了他们制造出来的臭味，干脆绕道走办公大楼东西两头的安全门，从那里的楼梯上下班。进入冬天，大厅竟生了两个一人多高的巨大的火炉子，据说每昼夜耗煤数百斤。火炉子上面坐的大铁壶日夜咕嘟咕嘟地开着，蒸汽弥漫在周围，大厅变得像个大厨房。

谷盛兰坚持静坐有两个目的，一个是进行悲情诉说，展示他们受压迫遭打击的悲惨处境，博取院内外人士的同情；一个是丑化东湖师范学院革命委员会和"延安战斗团"，让所有来参观和办公的人们都知道，东湖师范学院的革命政权不稳定，亟待变革。

静坐无效后，谷盛兰就发动了吓人的绝食斗争。人命关天哪！这一举动再次震惊了师范学院，轰动了全市，引起了省市革命委员会领导的高度重视，先后派员来调查了解情况。市立医院也立刻奉命派救护车来把几十名"气息奄奄"的"延安造反战斗团"的战士接进市立医院输液抢救。可是他们在对所有参与绝食的学生进行过全面的体检过后郑重向社会宣布，参与绝食学生的健康状况良好，也就是说，谷盛兰制造的绝食斗争是一个骗局。恼羞成怒的谷盛兰和她的"延安造反战斗团"的骨干，到处散发传单，贴大字报，大骂市立医院的医务人员在走资派幕后阴谋操纵下大搞派性，声言要揪斗市立医院革命委员会主任，严惩伪造体检结果的医生。不过谷盛兰并没有把她的威胁变成行动，挽回自己的面子。虽然现在到处有派性，到处有人说假话，但是人们还是比较相信市立医院的医生和护士，而不相信撒谎成性的谷盛兰之类的造反派。

自省的意愿和能力是一个人能够不断进步的决定性的条件。思想改造必须是自觉自愿的。一个人，如果他没有不断地抛弃旧我、塑造新我的意愿，他就不可能不断地认识自己、完善自己，求得进步，就像一个人不想学习就没有人能够迫使他获得系统的知识一样。遗憾的是缪文逯就缺少这样一个主观条件。他和有些人一样，思想性格过早地定型，习惯于文过饰非，从别人的身上去找自己失败和犯错误的原因。所以他总觉得组织、领导，和周围的同志对不起他，把他半生无所成就的原因归之于组织对他的安排不当，而不是他怕苦怕累，不求上进。他的前妻翁媛离他而去，他不检查自身的原因，而只是骂她水性杨花，嫌贫爱富、自甘堕落。他犯了错误，不认为那是由于他轻信、不辨善恶、私心太重、太好面子、报复心重、权迷心窍，而是怪市委工作组瞎指挥，怨靳湘柳欺骗了他，恨古全和不配合他的活动。他怨恨所有让他感觉不愉快的人，胸中积满了报复的渴望。在他跌落到人生的谷底，无望上浮的时刻，仍然不甘心，而是希望校园里风波再起，他能扶摇而上，捞回失掉的脸面。不幸的是东湖师范学院校园里再起风波，这样的机会让他等到了。他巧遇唐玉才。唐玉才看缪文逯出身好，当过兵，是个 18 级，为人老实，就让他做了党委机关群众政治学习活动的召集人。缪文逯就这样浮上了运动的潮头。

关心学院形势的古全和已经习惯了有事没事每天都到大字报区去转一转，看有没有新贴出来的大字报。晚饭后，他在从员工餐厅回宿舍时，又绕道到大字报区。他听见附近有激越的口号声，那声音是从大字报西区、东湖学生宿舍的方向传来的。心中徒然生出了一种莫名其妙的新鲜感。他有些日子没有这种感觉了。他紧走几步，穿过柳树林，转过体育用品处那座独立的红砖房，就看见一大群男女学生，挥舞着手臂，近乎疯狂地吼叫着什么，从东湖学生宿舍那个方向拥过来。走到近处，他才看清楚，人们是在游斗几个学生。这种场面也已经很久没见了。

被游斗的总共是三个人，都是女生，每个人都被两个高大强壮的女生从两侧后方死死地揪住她们的头发，攥住她们的手腕子，从左右两侧向后上方举起，造成一个"喷气式"飞机展翅飞翔的样子。被游斗的女生，头发散乱，头垂得很低，臀部撅得老高，显然非常痛苦。但是她们一声不响，好像是甘愿服罪认罚。她们的背后都贴着大字报，上面写着"小爬虫"三个歪歪扭扭的大黑字。古全和走到跟前儿，才透过她们散乱的头发，惊奇地发现那三个女生他都认识。一个是曾经审问过他的历史系高年级的学生梁玉梅，"延安战斗团"的老战士。一个是曾经访问过他的中文系的王宁，她也是"延安战斗团"的老战士，但是后来有"新思潮"倾向。一个是原院筹委会副主任、俄语系的王敏福，她原属红卫兵师，后来造反投靠了"延安战斗团"。她们都上过北京，去过四川，跑遍大江南北。她们既不求饶，也不辩解，任人踢打、推搡、谩骂、羞辱。古全和感到不解。他想，她们能有什么罪过？该受这样的折磨和羞辱？什么样的人才是真正的革命者呢？难道革命和反革命之间的距离会这样小？她们在一两天，甚至几个小时、一个小时之前，还是响当当的革命造反派，如今却突然变成了阶下囚！然而他也想，他自己的经历又何尝不是如此？而如果人人自危，那还谈什么自由，没有自由和民主何谈创造，没有创造何谈为真理而斗争，解放全人类？

古全和低声问他身边的一个女同学说："她们怎么啦？"那个女生气愤地说："她们把北京某学院一小撮自称是'五一六兵团'的坏人反对我们的大字报转抄回咱们学校……真是丧心病狂！"

面对这个群众暴怒的场面，古全和心情复杂。他猜想，促使她们采取此举的动机可能是一时糊涂，或只是想出风头。北京大学的聂元梓，本院的易先农，不都是靠着一张大字报扬名全校全国的吗？思想糊涂和虚荣心也会让一个人干蠢事呀。

梁玉梅等人一案引发了师范学院内部两大派又一轮儿的生死较量。两家广播站都增加了播音的时间。谷盛兰的"延安造反战斗团"在广播站连篇累牍地声称易先农和他的"延安战斗团"罪该万死。而易先农的"延安战斗团"和院革命委员会的广播站则一再严正声明：王敏福、梁玉梅和王宁等人早已被开除出"延安战斗团"，猛烈批判梁玉梅等人，调子比谷盛兰还高，称她们三人罪不容诛。

几天之后，一些油印和手抄的文字材料悄悄地传开，说，有一个叫

"五一六兵团"的穷凶极恶的反革命阴谋集团，妄图颠覆我国的无产阶级专政。紧接着，一场旨在横扫那些曾经横扫一切的新的横扫，就轰轰烈烈地在师范学院校园里展开了。这就是所谓的批判清查"五一"反革命阴谋集团的斗争，简称"批清"运动。就在易先农和谷盛兰，围绕着王敏福、梁玉梅和王宁等的所谓问题你撕我咬，掐得你死我活的时候，他们就一起被网进了清查"五一六分子"的学习班。与此同时，"延安造反战斗团"创纪录的静坐把戏也突然收场，一部分人被请进了"五一六学习班"，其余的也忙不迭地作鸟兽散。他们静坐过的场地，垃圾遍地，五味俱全，三位工人师傅和院卫生科保健医生一起，动用了消毒剂和洗涤剂，苦干了整整三天，才把大厅的地面洗涮干净，不过他们留在那里的饭味儿、菜味儿、汗味儿、尿味儿、脚臭味儿，以及由此混合而成让人恶心的说不清楚的气味儿，已经渗入大厅里的人造大理石地面和周围的墙壁，残留浓重，人们依然需要掩鼻而过，一连几年，每到夏秋时节阴雨天，大厅里都会散发出一股子难闻的气味儿，唤起人们关于谷盛兰等人编演的所谓静坐和绝食斗争的滑稽戏的记忆。

批清工作进行了很久，最后听说公安部门从学院带走了三个人，古全和估计里面肯定会有易先农，猜想批清可能是东湖师范学院文化大革命最后的一幕。

191

古全和说不清楚，他为什么一直惦记着易先农。他想公安机关逮走的那三个人中肯定就有易先农，他罪有应得，可是又有点替他感到惋惜。易先农出身贫农家庭，是新中国给了他念大学的机会，在他即将完成学业走上工作岗位的时候，发生了史无前例的无产阶级文化大革命，造反有理的风暴激起了久已潜藏在他内心深处的种种不满和勃勃野心，驱使他一步步地走向毁灭。

春节临近了。古全和有生以来第一次感到什么叫作凄凉。他曾经是个穷学生，忍受过饥饿和寒冷，但是他的学生时代是在老师和同学们的呵护和称赞中度过的，他从不曾感到过孤独和凄凉，甚至几乎不曾做过噩梦。

大学毕业后，他又日夜沉浸在忙忙碌碌的工作中，虽然遭受过诬陷和迫害，有时也感到委屈和孤独，但是也不曾感到过凄凉。他对文革还曾经抱有过希望，希望能把党整得更纯洁、更正确、更伟大、更光荣、更有战斗力。而他在"文革"中的日子则是在被冲击、被围剿、被劳改和紧张的思考中度过的，也无暇感受凄凉。现在，数千学生骤然离去，校园里空空荡荡，偶尔出现在校园里的是少数教职工和为数不多的留校的批清运动的积极分子，偶尔有野狗在校园里游荡，整个校园没有一点生气。他从没有像现在这样思念父母妻儿，期望一家团聚。他曾经厚着脸皮，一次次地去请求宣传队的领导放他走人，但是都没能如愿。往日忙于工作，没有时间读书，现在有了时间，却又没有心思读书了。

今天晚饭后，他一个人漫步在回宿舍的大路上，许多在运动中跌倒惨死的人浮现在他的心头。他忽然想到人们常说的那句老话："人贵有自知之明"。有多少人在这风云多变的几年里，疯狂一时，沦落毁灭。谁能说得清楚家庭、学校、社会、历史和自然给自己的灵魂配备了哪些精神元件，这些精神元件又怎样相互作用支配着他自己走过什么样的道路，落得什么样的结果呢？全人类都在探索这个秘密，然而至今这仍然是个愿望。刘青山和张子善都曾英雄一时，他们想到过自己会堕落为人民的罪人、死于非命吗？易先农、谷盛兰、夏三浩、戴国民等人都曾在过去的风潮中追逐过个人的梦想，到头来也都没能如愿。易先农没能当上师范学院的党委书记，更没能进军北京城，当上中央委员，而是沦落为党和人民的敌人。谷盛兰没有沦落到底，没有被逮捕囚禁，并不是因为她多么纯洁，多么高明，而是因为她的家庭成分不合乎政治潮流的需要，没有条件接触到省里市里乃至中央的那些大野心家，成为他们的马前卒，因而没有落水。所以古全和在想，一个人要相信自己，又不能迷信自己，而是要不断地审视自己，警惕潜伏在自己灵魂深处的那些异己的精神元件，避免让它们牵着鼻子把自己引向失败、犯罪，乃至毁灭！他相信"老实人常在"这句老话，认为一个人与人为善、实事求是、一心一意为人民服务是人生的正当选择。走正道，永远和人民在一起，即使偶尔失足，犯了错误，也不难纠正。人民是宽容公正的。

路灯早在晚饭前就亮了，但是路上仍然朦朦胧胧。古全和想着心事，走在通往宿舍的大路上。忽然有一个人猛地站在他的面前，挡住了他的去路，同时低声叫道："古老师！"

古全和听出好像是易先农的声音，猛然站住，定睛一看，果然是易先农。他既惊讶又兴奋，激动地说道："你怎么样？"他想易先农既然没有被公安局逮走关押，那他的问题一定不属敌我矛盾，他这是在问，易先农受的是什么处分。

易先农讷讷地说："留党察看……我辜负了您的教导！"

古全和真诚地说道："知错能改就好！要珍惜组织的挽救！"

易先农发誓般地说道："我会的，会的，一定会的！"

古全和开导易先农说："一定要辩证地看问题，不要丧失信心。从表面上看，你犯了错误，不再像过去那么体面，那么光彩了，而在事实上，现在的易先农比'文革'前的易先农要更真实，更进步。过去的那个易先农是盲目的易先农，灵魂里有妖魔鬼怪而不自知；现在的这个易先农是大病过后正在康复的易先农，比过去的那个易先农要好。重要的是正确地对待错误，向前看。恩格斯教导说：从错误中学习是最好的学习方法。"

易先农激动地说："一定牢记您的教导。"

古全和说："有什么打算？回湖南老家吗？"

易先农忽然振作起来，宣誓般地说："不，不回老家，去长白山，到那里落户，干一辈子革命。我和韩江萍结婚了。"

古全和听易先农这样说，连连说好。他记得潘光梓说过，韩江萍因多次流产已经失去了生育的能力。年近四十的易先农能够和传统观念决裂，不怕断子绝孙，不嫌弃韩江萍，而是担负自己的责任，跟她去她的家乡长白山区落户干革命，表明他的基本品质还是好的。

"老师，我在您家门前转悠过几次，都没好意思进去见您，可是我很想能在行前见您一面，听到您的教诲和鼓励。请您相信，我会改正自己的错误，努力工作。今后的易先农，一定会像您期待的那样，会比过去的易先农更好！"易先农心情沉重地握别古全和，缓缓朝员工餐厅走去。

古全和转身看着渐渐消失在灯影里的易先农，心里在想，他这么晚才来吃饭，多半是因为羞于见人。知道羞耻，就有希望。他和戴国民有本质的不同。古全和回头，见易先农走得很慢，背也有点驼，心里不由地想：他在挨过批斗、发过癫狂，批清运动中遭受过囚禁，一次次地大起大落，使得他不再年轻。古全和心中又浮起了那个老问题：这都怪谁呢？然而古全和又为那些说了错话干了错事的同学们感到庆幸。批清让他们恢复了理智，吸取了经验教训，党组织最后又把他们送上工作岗位，不禁让他想到了十几年前整风鸣放反右派斗争中的那些同学的不幸遭遇，想到了李杏春。他总也忘不掉李杏春委屈无奈的神情。他想，如果那时也有一个批清，清理一番整风鸣放中的问题，那李杏春他们的人生将会是另一种样子。他头脑中莫名其妙地浮起了这样的念头，"现在看来，1957 年挑战党委对于整风运动领导权的是个别的人，也许不该一竿子打翻一船人。"然而历史不能假设。他胸中涌起一波有些凄凉的遗憾。

192

　　撤销原政治部，重建党团委机构传闻已经流传了好些日子，今天朴政委终于证实了这个消息，具体负责这一工作的是原党委副书记、副院长邬伯涛，另有原党委办公室主任阎一松，原人事处干部科科长姜明德等人配合他。院系党政组织机构一律恢复"文革"前的名称。"文革"期间，"总务处"叫"后勤部"，现再仍叫总务处。原党委机关的干部都面临着去留的问题。

　　"文革"之后，师范学院的党委不再像 1957 年反右派之后"文革"之前那么神圣，政治和文化工作危险论在人群中广为流传，并不是原党委机关所有的人都想进入即将建立的新的党委机关。然而几乎所有的人又都表示希望进入新的党委机关，因为这等于是党组织对自己在文化大革命中表现的一个肯定，否则，就等于被淘汰出局，面子上不好看，对于自己的前途的影响也不好。

　　原党委政治部组织部和团委一班人全部进入新建的党团委。原宣传部的佟金凤任副部长，齐苋芬继续担任院刊编辑室主任。彭其寿任党委办公室主任。

　　缪文逵在"文革"的波峰浪谷中颠来倒去，死去活来，因为在担任过"院部五一六学习班"的负责人，最后一棒跑了个冠军，感觉自己有官做，一扫怨天尤人的样子，曾经偷偷地溜到六马路后面的那条半截子小胡同，秘密地找到了蛰居家中的"倪半仙儿"给他算了一卦，卦说"吉"，他满心欢喜，为讨吉利，还在那里有名的"年糕张"的铺子里吃了半斤盆儿糕，取"步步登高"之意。说来也巧，第二天他就接到通知，让他到新建的党委统战部去上班，担任副部长。

靳湘柳希望能进新党委机关，这并不是因为她热爱党的工作，而是因为这能表明她政治上坚定，在人前站着体面。另外，她已年近不惑，习惯了党委机关东跑西跶儿，松散自由，受人尊重的生活。她想如果她不能留在党委，最好的去处可能是再回公共政治课教研室，去教她的"一把斧头五尺布"，可是弄不好就得去打杂，那就得天天面对金祥一伙人的冷眼了。而备课，编写试卷，批改作业，弄文字活也是她所不愿意干的啰唆勾当。她最害怕的是被发配到总务部门，去跟那些文化层次很低的男男女女的职员和工人们打交道。她拉长了耳朵打听自己的去向，听说缪文逮将担任新党委统战部副部长，心生羡慕，但是关于她本人的去向却始终没有消息。而当她听说古全和将回新党委接手宣传部时，她的心就凉了。她想，要是古全和回宣传部，那她就无望再回党委机关了。靳湘柳终于得消息，通知她将回公共政治课教研室，心中不禁有些伤感。她曾以党委宣传部代表的身份到课堂上去听公共政治课教师讲课，去摸情况，对于他们的教学品头论足，所谓"指导"工作，而如今她却是被淘汰出党委机关，下放到公共政治课教研室的普通教师了。她当然知道，口头上谁都会对她说，这是"党的事业的需要"，但是"上调"和"下放"毕竟不一样！不过她觉得这可能是她最好的去处。她想，回公共政治课就得在金祥面前装孙子。她苦笑着自我调侃道："装孙子有什么不好?！所有的'爷爷'都是'孙子'变的。只有肯当孙子，才有望当爷爷。三十年河东，三十年河西，说不定几年后我就会翻身当上公共政治课教研室的主任。懂事的金祥组织公共政治课的全体人员热烈地欢迎了靳湘柳，当天晚上靳湘柳就登门拜访了金祥，一进门就泪水涟涟，金祥的夫人黄秋菊，目睹靳湘柳的这副模样，惊讶之余不知如何是好，慌忙迎着靳湘柳，并安排她就座，同时说道："靳老师，你这是怎么啦?"

"谢谢！"靳湘柳心情沉重地抽泣着说，"我对不住金主任，没有脸见人！"

金祥宽容地笑了笑。他知道靳湘柳的来意。他说："别这么说，不存在谁对不起谁的问题。社会发展太快，变动太多，谁都有转不过弯来的时候。你离开公共政治课是形势的需要，回到公共政治课也是形势的需要。说不定明天又会奉调到别处去工作。有一首歌儿唱得好：'毛主席的战士最听党的话，哪里需要哪里去呀，打起背包就出发。'"

平时金祥的话很少，难得对人讲这么多道理。他今天这样做是有意淡化他和靳湘柳的旧怨，他了解靳湘柳，不想自己身边有对立面。而金祥说的这些道理靳湘柳当然懂，不过此刻她喜欢听。她神情暗淡地叹息说："不管怎么说，我还是觉得自己辜负了您对我的关怀和培养……"

金祥说："对于往事，我们只应该记住其中的经验教训，求得进步，把以后的事情办得更好，而不必去计较个人的得失，一切都该向前看，这是我们对待往事唯一正确的态度。"

"那会我也是进退两难啊！"靳湘柳说着，声泪俱下。

金祥面无表情，她知道靳湘柳是想把她的过错转嫁给贺连弟。

"过去的事就让它过去吧。"黄秋菊糊里糊涂地劝解道。她根本不知道靳湘柳在什么事情上对不住自己的丈夫。

过了好一会儿，靳湘柳长叹一声，嗫嚅道："我整过人，也挨过整！"

金祥一言不发。他知道靳湘柳又在编造故事害人，他不想介入这种事。

靳湘柳走后，黄秋菊说："她说的是谁？真有人整她吗？"

金祥懒懒地说："她说的是古全和，可是她的欢迎会就是古全和关照我组织的。"

金祥很少在家里议论工作中的人和事，即使在至亲好友面前，也很讲原则。文革中几乎没有他的大字报，就连戴国民他们也没抓到他什么把柄。今天他公然当着妻子非议靳湘柳，替古全和说公道话，实属罕见。

黄秋菊说："那就离她远一点儿。"

"敢慢待她吗？你知道她明天可能是谁？这样的人咱们惹不起。古全和是铁杆儿的共产党，是共产党的亲儿子，出身好，学历高，又能干，干干净净，靳湘柳都能伙同个别人来围攻他。咱们是什么人？咱们只能算是共产党的干儿子，哪敢去招惹她这种朝三暮四的人呀。"金祥说到这里，发现黄秋菊在用异样的眼光审视着他，心里咯噔一下子，意识到自己失言。他知道，黄秋菊虽然出身官僚家庭，可是她的叔叔是卫立煌部的一位师长，牺牲在抗日战争中的忻口战役，人民政府承认他的烈士身份，黄秋菊引以为荣，跟共产党一心一德，而他竟当着她的面，说出了"亲儿子"和"干儿子"这样的混账话。

谨慎的金祥失言这是第二次，早在 1958 年毛主席下令炮击金门时，他就曾经当着黄秋菊发牢骚说，台湾只是弹丸之地，管它干什么！而他意识到他之所以有这样的念头，是因为他内心里留恋的是他当年作为伪满洲国江城市长少爷的那些难忘的时光，希望台湾"独立于"共产党的统治之外，最好是再让日本人治理。当他意识到他这种言论和想法的严重性时，就警惕地闪电般地瞅了新婚的妻子一眼，发现沉浸在新婚快乐中的黄秋菊并没注意他说了些什么，一颗心才重新放下。而这次失言表述清晰，性质严重，黄秋菊可能联想到 1958 年的往事，考虑他的政治态度，在政治斗争的关键时刻给他抖搂出去，那他可就惨啦。这种事情在反右派斗争，反右倾斗争，都曾经发生过。很多重大问题都是妻子、儿女、秘书揭发出来的，当事人有的致残，有的死于非命。他急于冲淡他留给黄秋菊的这个印象儿，就赶紧转变话题，故作感慨地说道："靳湘柳来了，我们教研室就不太平了。'江山易改，本性难移'呀。要不为什么有人说她是'事儿奶奶'呢。"

金祥没有就他的失言做任何进一步的解释，他知道这种事越描越黑。今晚的失言，就像一块大石头一样重重地压在他的心上。这一挥之不去的精神负担，直到黄秋菊不幸不久后离开人世，他才得到最后的精神解脱。

齐苋芬没能进新党委机关上班，她不幸在新党委机关正式宣布成立之前悄悄地走了。在闹"二月逆流"的那些混乱的日子，齐苋芬曾经劝说臧田野和本市高校造反派接触，臧田野向他们透露过一些内部消息，并因此而被调离省委机关，后来又被迫提前离休，一度非常苦闷，就迁怒于齐苋芬，在儿女面前出她的丑，她的两个儿女把老爸提前离休，失去了他们可以利用的价值而怨恨妈妈。齐苋芬患上了抑郁症，一天早晨发现她死了。有人说她是自杀，而臧田野一家则说她是由于服用镇静剂过量抢救不及时而失去了生命。

江涌因为在"文革"中追随造反派跑得太欢，犯的错误太多，有的性质严重，群众意见很大，加之山东浑河镇来江城的外调人员暴露了他是当年的小顺子和他所谓火线入党的鬼话，而没有被吸纳进新的党委机关。

193

原政治部大多数人员都已遣散完毕，待分配的只有甄惠羊和古全和二人。

甄惠羊在得知原党委机关将解散时，以为他家庭出身好，"文革"中没有错误，他会留在党委机关。直到多数人都有了归属，蓝秀花也回了政教系，而领导一直没找他谈他的工作问题，他才有些着急，而不得不拉下脸皮找古全和打听消息。古全和说他只管宣传部的事，让他去找姜明德。姜明德很大度，让他自择调入单位，达成一致后，再由组织出面给他办理调动手续。甄惠羊感到很高兴，当场表示愿意继续留在党委机关。姜明德摇摇头说，党委机关的人员已经安排好了。甄惠羊感觉很意外，只好自寻出路。他想去公共政治课教研室，而金祥借口说他们超编，连原有的戴国民和吴好德等人都不得不调离公共政治课。甄惠羊又去政教系党总支。政教系新任党总支书记刘君汉说，政教系总支的班子已经调整完了，不好再变动。甄惠羊又要求去政教系搞教学，刘君汉根本就没有理睬他的这个要求，因为他根本不具备从事教学和研究工作的条件。这时甄惠羊才意识到姜明德给他自由的用意，感觉有些紧张，表示愿意去教务处，姜明德说教务处没有编制，总务处总支要人，但是甄惠羊说他不想去。

文革后甄惠羊不再是领导所看重的人，因而也就不再是群众看重的人。他在文化大革命中的壮举吓怕了所有的头头。想到七八年又来一次，谁都不敢弄一颗定时炸弹放在自己的身边。

甄惠羊等待解决他工作问题的这段时间，就在党委办公室打杂。不过他最后还是离开了东湖师范学院，回河南老家。先在县立师范学校任教，后逢改革开放，领导重用知识分子干部，县领导考虑到他家庭出身好，有大学本科学历，曾经在东湖师范学院党委组织部工作多年，担任过学院党委书记的秘书，而把他调入县委组织部。先后任干事、副部长和部长。他本来还有升迁的空间，然而他却突然离开了县委机关，很久以后，才听有人传言他的离职和钱财的事情有关，说他曾经把县里的扶贫款挪作私用。

古全和奉命协助邬伯涛组建党政班子，许多人误以为他已经留在新党委机关。他本人也曾有过继续留在党委工作的冲动。不过最后还是决定离开党委机关。这件事他很犯了一番思量。他留恋党委机关，认为他在工作中积累起来的经验教训属于党，他应该把这些经验教训传授给年轻的同志，就像当年计方平对他所做的那样。但是他又觉得他不能恋栈，而应该离开这里。因为他知道，党的基层干部必备的条件就是言行一致，以身作则。而他的身体不允许他事事处处以身作则了，他也需要时间静下心来清理自己的思想，改善自己的健康状况和心理状态，因此应该回到比较宽松自由的教学和研究岗位，假如以后党政工作需要，他可以再应召归队。

为安排古全和的工作，姜明德先后三次和他交换意见，都没谈论出个结果。今天邬老亲自出马找他谈话。姜明德坚持要古全和留在党委机关，而邬老并不主张勉强古全和，他感觉古全和的长项可能在教学和研究方面。

邬伯涛老人开门见山说道："你到底是怎么打算的？"

古全和说他没有什么打算。

邬老有些不满，说道："怎么能没有打算呢？"

"希望去齐齐哈尔。"古全和笑着说。

"我对你说过，现在办不到！"邬老打断古全和，"现在有几个单位欢迎你去。首先是我本人希望你留在党委机关，管宣传部。其次，伙食科的老耿同志希望你去接替他伙食科党支部书记的工作。第三，中文系的吴月英天天来找我，要求你回中文系。她态度强硬，说你的编制一直在中文系，你是借调来党委机关工作的，现在旧党委解散，你理应回中文系。第四，政教系的贺连弟调走了，他们总支缺个副书记，哲学教研室和公共政治课教研室也都缺人。总支书记刘君汉想叫你去当他的副手，兼着管一下哲学教研室，再兼点儿课。情况就是这样，何去何从你自己拿主意吧。"

古全和说："容我再考虑考虑吧。"

邬老生气地说："你就别婆婆妈妈的啦。谈恋爱的过程可以拖拖拉拉，到了结婚的时候就得下个最后的决心啦！"

古全和忍不住哈哈大笑。

邬老有些难为情地说："你傻笑什么？"

"我笑你的比喻太风流！"

"别瞎逗了！"邬老也忍不住笑了。

邬老和他老伴儿是娃娃亲，老伴儿原来是三寸金莲，现在是解放脚。邬老结婚后不久就离家出走，参加革命，十几年后，回到老家，发现妻子仍然在家留守，双亲都已亡故，女儿已长大成人，他感念妻子替他侍奉和送走了二老，养大了他的女儿，有大恩于他，在那一阵少数干部换妻风劲吹的时候也没有离弃他的小脚妻子，没想到此刻自己竟会冒出这样一个风流的比喻。

古全和说："这样吧，邬老，过两天我找您汇报自己的决定。"

邬老断然说道："我不和你啰唆。我给你三天的时间，到时候你给我个肯定的答复。不过我把丑话说在前头，过了这个期限，我可要对你搞'包办婚姻'了，到那时，你可不要说我不讲民主！"邬老的脸上一点笑模样都没有，看也没再看他，转身离开了宣传部办公室。

老人不了解古全和此刻的心情。他虽然认为自己暂时应该离开党委机关，但是在感情上他还是留恋这个他在其中奋斗过整整15年的战斗岗位。现在他比任何时候都理解和看重党的工作。

往事走马灯似的在他的脑海中飞旋，古全和想，归结起来十多年来他干的主要的就是一件事：听汇报，作汇报，偶尔起草一两份并不重要的文件，编写一些配合时政宣传的类似宣传总路线的歌舞《传喜讯，奔红专》等小型文艺宣传品。让他略感宽慰的是他结识了众多的师生员工，向他们宣传过革命的道理，给过他们一些他以为有用的人生的忠告，得到过他们的爱护、鼓励、保护和温暖；他还带领一些师生员工成功地筹办过几个全院、全省和全国性的大型的展览会；在三年困难时期参与过改革学院的伙食管理工作，搞过60年代初的甄别工作……让他难忘的自然还有他遭受过的诽谤、诬陷和围攻。在这个过程中他部分地失去了健康，如今一家人分散在天南海北，度日艰难。他想他最好的年华就这样过去了。他认为，虽然经过文化大革命的冲击，东湖师范学院会有所变化，然而庙可能还是这个庙，神也难说就不是这样的神，他继续留在这里多半会重复往日的过程。

　　古全和深信东湖师范学院党内生活不正常，有些过时的行为规则，如所谓的保护积极分子缺少民主。1957年反右派，特别是1959年反右倾以来则日甚一日，不容人说不同于领导的意见和真话。1959年的反右倾，1964年四清，和正在过去的文化大革命，以及日常政治生活，都是这样，专制主义色彩浓重的"驯服工具论"代替了马克思主义的"民主集中制"，而"民主集中制"和"驯服工具论"是水火不相容的两种世界观，一个是民主主义，一个是专制主义。如果从"民主集中制"里抽掉了"民主"，那剩下的就是专制主义。他感觉，在黎树凡、路勤一和韩雨等人的头脑里，只有"集中"，没有"民主"。他认为，"民主集中制"不应该像人们所理解的那样，仅仅是个人服从组织、少数服从多数、下级服从上级、全党服从中央这样一个单向的链条，而应该是"民主"和"集中"上下流动的辩证的统一。讲"民主"旨在达成"集中"，而没有"民主"也就没有科学的"集中"，因而也就无所谓"民主集中制"，他认为，在东湖师范学院的校园里的政治生活中，某些身处领导地位的人，只记得"集中"，而毫不在意"民主"，他们只要求下属无条件地服从自己，而不接受下属对领导的监督，从而扼杀了共产党员们追求真理的勇气和热望。这是违反党章的，是反辩证法的。"民主集中制"不仅仅是组织原则，它同时是一种世界观，仅就组织原则而论，它在本质上也不是单向的服从。"个人服从组织"应该以组织尊重党章赋予党员个人的民主权利为条件；"少数服从多数"应该以多数尊重党章赋予少数党员的民主权利为条件；"下级服从上级"应该以上级尊重党章赋予下级的民主权利为条件；"全党服从中央"应该以中央尊重党章赋予全体党员的民主权利为条件。这样，我们所得到的才可能是真正的马克思主义的"民主集中制"，才有全党全民意志的真正的集中统一，才会形成生动活泼的政治局面，才能从根本上有效地杜绝重大失误和大多数冤假错案的发生。现在"驯服工具论"几乎统治着东湖师范学院所有共产党员的头脑。服从就是一切。他很想把他对于党内生活的这种思考告诉全党，然而他知道，这是不可能的。即使是为人宽厚的计方平和他的好朋友佟金凤，以及乔家槐、徐文良也会认为这是"错误言论"，怎么可以把党的生活和封建主义和法西斯主义联系到一起呢。他发表这样的言论，肯定会遭到江涌和蓝秀花之流的袭击，再有一两个"七八年"，他的一生就过去了。

　　古全和认为，他不应该继续留在党委机关，而应当回系搞教学和研究，在比较平静的条件下，改善自己的健康状况，消化自己的经验教训，整理自己的思想，以便将来有需要时再次回到党政机关。他深信，真正的马克思主义的"民主集中制"总会成为规范全党、全国，乃至全人类民主生活的伟大准则，毛主席描绘的那种党内政治生活的美好景象一定会出现，伟大的中国共产党将由此而更加伟大、更加光荣、更加正确，因而更加强而有力地把中国的社会主义—共产主义事业继续推向前进。

　　什么都想过了，古全和决定回系工作。

　　太阳偏西了，而阳光依然明亮。古全和走出家一样的宣传部办公室，从二层下到一层，在楼前西侧的那个用白色的人造大理石砌成的花坛边上坐了一会儿。他的心已离开党委机关，告别了过去。十多年来第一次感到无牵无挂，心平气和。他问自己，"我是成功了呢，还是失败了？"他不能回答，而只是想，他服从了党的需要，努力工作过了。他在历次政治运动中，没包庇过谁，也没诬陷过谁，虽然也在无法回避的时候说过假话，因而不能算襟怀坦白，却可以说没有做过危害组织和同志的事情。

　　古全和思绪纷乱地走在回宿舍的路上。他想他是望着无数爱国者先辈的背影走上革命道路的，想到教导过他帮助他的那些共产党员，想到孙为校长、毕老师、张桃芳和已故的秦中州。是张桃芳给了他一个偶然露峥嵘的机会，后来秦中州培养和介绍他参加了共产党，计方平又把他借调到党委宣传部，让他经历了那么多的事情。他想，如果把人生比作随波逐流的浮萍不免过于消极，因为个人毕竟还有自己能够做主的领域和时刻，比如，在怎样对待国家、民族和人民，要给自己铸造一个什么样的世界观、人生观和价值观，想走什么样的人生道路，怎样度过自己的一生等这样一些重大的问题上，个人有自由选择的权利。当然，要夸大这种自由就难免自寻烦恼。他记得五十年代中期在他的同龄人中流传过一种关于人生的公式，叫作自我设计、自我奋斗、自我完成或自我实现。这种说法很浪漫，很醉人，不过这在社会巨变的时代只能是一种愿望，难得如愿。事实上，任何一次社会动荡，人生的任何一步，生活中的任何一个偶然的事件，都有可能改变一个人的命运，使之跌宕起伏，或飞黄腾达，或一落千丈，或碌碌一生。此刻他选择了回中文系，可是谁能说得清楚他会在中文系停留多久？共产党员毕竟要服从党的需要。

古全和慢慢地站起身，抬头看看西下的太阳，走下花坛，加快脚步，离开了他曾经日日夜夜出出进进过千次万次的这座浅灰色的办公大楼。他在大楼西头的拐角稍作停留，记起这里的西山墙上曾经张贴过《百丑图》。如今《百丑图》不见了。创作《百丑图》的亓岩松也不在了。古全和认为，亓岩松本人就是一个真正的小丑，他利用别人的痛苦显示自己的存在，谋取个人的虚荣心。这也就是人们几乎立刻就把他淡忘的一个原因。世界上有诸多的恶，而人们愿意记住的永远是善行。

古全和站在办公大楼西山墙的南侧，不由地回头张望，心中骤然涌起一波沉重的依恋。他以后还会常常来办公大楼公干，然而他这样走出办公大楼毕竟也算是一种告别，他以后就不在这里办公了。他念念有词："我最美好、最宝贵的年华，最富创造性、最有价值的半生，我的健康、我的单纯、我的痛苦、我的思考、我的希望，都留在这里了！"他说不上此刻自己的心情是伤感还是自豪。

195

古全和原本希望回系后能重操旧业，研究和讲授外国文学，但是此刻世界文学名著几乎就都已经被列入了"大毒草目录"，外国文学课也已经以它传播封资修的罪名而停开，外国文学教研室也不复存在，他被安排在写作教研室。

广大师生期盼已久的复课闹革命终于到来了，恢复了总支书记职务的吴月英统帅的中文系师生先行一步，第一个宣布了复课闹革命的近期安排，计划招收的第一批学生是120名三年制本科的工农兵学员，在工农兵学员进校前，先举办远郊区县在职中学语文师资的培训班，古全和得到的第一项任务就是到远郊区县的几个教学点去给那里师资班面授现代文选课。"五一"劳动节学院放三天假，古全和就利用这个时间突击准备了有关鲁迅先生的几篇文章的讲稿。

1973年秋天开学，革命的工农兵学员终于呼呼啦啦地开进东湖师范学院，他们是来上大学、管大学、改造大学的，他们来自广阔天地，有的曾经是兵团战士，有的是曾经是插队知青，有的是郊区生产队的青年，成分复杂，程度不齐，其中个别知青是靠着请客送礼买通生产队干部走后门儿混进来的，这类学生比较世故，满眼黑暗，不相信党的教育。来自郊区的贫下中农子弟，多数是当地基层干部子女和亲属，教育程度不齐，文明程度偏低，多数有特权思想，说话带脏字儿，有的以丑为美，开口闭口都是脏话，个别人在课堂上抽烟，几乎所有的人都不以随地吐痰为羞，古全和曾经因为开会时把痰吐在手绢里而受到他们中间一些人的嘲笑。有的人因为无知而狂妄，不把教师和干部放在眼里，甚至强令党支部书记发展自己入党。然而现在他们是大学的主人，是上大学、管大学、改造大学的主角，说不得、管不得，一般教师和干部对他们唯恐避之不及。党总支特地派古全和去担任他们的级主任兼党支部书记，有人担心学员们会找茬折腾他，个别人在等着看他的笑话。

在工农兵学员班很快就出现了帮派，城市帮和农村帮各占一半，旗鼓相当。城市帮里多是干部子弟和可教育子女，他们调门儿不高，喜欢私下里嘀咕。农村帮自恃家庭出身好，多数自信张扬，以主人自居，造反派的脾气阴魂不散。第一次年级的党支部会上两派之间就火花四溅。在讨论发展工作的会上，农村帮要把自己看好的人列入发展计划，优先发展，和几个城市帮的党员发生争吵，古全和附和城市知青的正确意见，农村帮的头头相大有就唱起了"贫下中农上管改"的高调儿，威胁说，要贴大字报揭发批判古全和对抗党的上、管、改的政策。古全和毫不含糊地批评说他这是糊涂观念，说："你是共产党员，应该站在党的立场上说话，按照党的原则办事，不能以贫下中农自居，命令党组织干这干那，你只是贫下中农家庭出身的知识分子，无权对于党组织的发展工作指手画脚。"然后善意地笑笑说，"大字报不新鲜，假如你不怕丢人，就把你的这些糊涂观念写大字报亮出来，叫全院的老师和同学们见识见识。"面对强硬的古全和，相大有目瞪口呆，古全和趁势在支部内开展了一次重读党章的活动，古全和因为这番有原则的强硬的讲话和这次活动而把中文系工农兵学生党支部的党员聚拢成一个团结的整体，工作顺利展开。不久，徐文良来接替了工农兵学员党支部书记的工作。

虽然古全和是个逍遥派，在"文革"中没有对立面和过失，但是他真正融入新老派别林立的中文系，仍然面临诸多考验。古全和心里明白，"文革"的余波仍在，表面上大家都是熟人，一团和气，实际上，都有自己左中右的政治定位。古全和不搞派性，但是身不由己，理所当然地被列在以正副书记吴月英和乔家槐为代表的所谓的主流派之中，各色人等怀着不同的动机，关注着从旧党委淘汰下来的古全和，看他如何动作，这种状况，古全和心知肚明，并不介意，他知道虽然人们想当然地把他划分在以吴月英为核心的主流派一边，但是他们中的大多数人和他本人并无矛盾，多数人都会认为他是一个正派公道的人，联合党支部的党员选他担任支部书记就证明着这一点。古全和心中没有底的是专业问题。他毕竟是 15 年没搞专业，落后了，论年龄他是中年教师，而在中文专业教学的岗位上，他是个新兵，嘴巴上不好意思说泄气的话，心里希望领导照顾，给一点准备的时间。不巧的是，分管教学的庞副主任是吴月英的对立面，跟古全和本人也有过节，还怀疑三年困难时期是古全和把他赶出干部小餐厅，想报复一下他，出出他的洋相，先是安排他去给师训班面授，他想古全和可能有求于他，提出有困难，要求照顾。而古全和猜透了他的这种心理，按照他的要求完成了师训班的教学任务。

中文系工农兵学员上的第一门课是修正主义文艺思想批判，第一个讲题是"中间人物论批判"，主讲人古全和。这是个有风险的题目，一句话不当就可能就会招致大麻烦，面对这个任务古全和心有不安。拒绝讲课不可取，他曾经是研究生，是作为专业干部调回系里的，只好接受。

这是复课后的第一次正式上课。古全和推门走进阶梯教室，见二百人的大教室坐得满满的，坐在后面的三分之一是干部和教员，其中就有庞副主任等一些派别代表人物。乔家槐和徐文良也在场。古全和知道前来听课的教师和干部各有打算，有的是来鼓劲助威的，有的是来茬"踢场子"的。古全和故弄玄虚，针对多数教师和干部哲学和美学素养薄弱，在批判"中间人物论"时，故意引入一些陌生的哲学和美学概念，使得不怀好意的个别教师不敢轻易向他挑战。工农兵学员大多对于文学理论知之甚少，有的一无所知，也还没有来得及介入中文系已有的派别利益格局，对于古全和讲的文艺理论问题，似懂非懂，只感到新鲜，居然在课程结束时还起立热烈鼓掌。各派对于古全和的这一次专业考试也就这样平安无事地通过了。

1977 年恢复了全国统一高考，古全和奉命代表中文系参与招生工作。

这是一项严肃的工作。按学院的计划，中文系 77 级招收新生 120 名。在录取最后一个学生的过程中，遇到了麻烦。考生税光月，女，当年 27 岁，1966 年高中毕业，现任市立中学初中语文教师，是本市高考成绩最高分。但其母是日本人，已在五十年代初回国。在取不取税光月的问题上，招生人员内部发生意见分歧，大多数人出于政治安全的考虑，抱着多一事不如少一事的态度，反对录取税光月，而古全和主张录取她，理由是税光月是中国人，高考成绩好，27 岁是新生年龄的高限，如果本届不录取，她就失去了念大学的机会。事情闹到市招办，最后还是录取了这个学生。遗憾的是税光月念大学不求上进，学习成绩平平，政治上表现一般，毕业后不久就去了日本，以后就没有了她的消息。

外国文学课程恢复后，古全和归队，回到重建的外国文学教研室，庞副主任给他安排了教学任务，主讲 19 世纪俄国文学和苏联革命文学。轮到他上课的时间碰巧是 1979 年新年除夕夜通宵狂欢后的第二天。同学们在新年狂欢之夜唱累了、跳累了、说累了、乐累了，都准备到第二天上午的课堂上去打瞌睡。而古全和没有给他们这样的机会。他推门走进物理楼 110 阶梯大教室的时候，迎接他的是低低的齐声惊叹和百多双惊讶地注视着他的眼睛，接着教室里就响起嗡嗡的议论声。这个场面让古全和感觉有些意外，不知道自己的什么地方或是举动引起了学生的注意。不过跟学生交往半生的古全和并没有慌张，他相信他们不是出于恶意，事后他得知引发学生这种反应的只是他的面色出乎他们意外地白。

古全和喜欢面前这些经历过风雨的年轻人，深情地看着这些从广阔天地走进课堂的学生，想到他们来自四面八方，各行各业，多数人吃过苦，有的曾经是拖拉机手，甚至有的有 11 年的工龄。他们渴望学习，珍惜大学生活，是新中国成立以来最关心政治，最了解中国，最有生存能力，生活经验最丰富、最优秀，空前绝后的一批大学生。他相信，今后一段时间，国家各行各业的首脑人物和骨干多将从他们中间走出来。他深情地看着这些年龄普遍偏大、面带沧桑的可爱的学生，心情激动不已。同时，一百多双见过世面、有些世故、爱挑剔的年轻的眼睛也在好奇地审视着他这个蓝制服上衣的两肘和蓝制服裤子的双膝盖部分都打着用缝纫机踩出来的补丁，面带倦容的中年教师，看他如何动作，是何等人物，准备在满足了好奇心之后就在他的唠叨声中打瞌睡。不过他们的瞌睡没能打成，他们是在阵阵开怀的欢笑声中度过这两节外国文学课的。古全和讲解的是俄罗斯十九世纪的现实主义作家果戈理和他的代表作品讽刺喜剧《钦差大臣》和长篇小说《死魂灵》。他准确地描述和讨论了果戈理在特定时代、特定民族、特定家庭环境下形成的独特的世界观和创作个性，然后从容不迫地逐个儿绘声绘色地剖析了《死魂灵》和《钦差大臣》中的主要人物。他幽默的叙述，生动的描绘，独特的见解，透彻的剖析，引起了坐在教室里的这些人生经验丰富而又好学上进的大龄的同学们的共鸣，拉近了作家揭示的人生经验和他们个人生活的距离，启发了他们有关人生的思考。当教学结束时，学生们竟然不约而同地轰然起立，长时间地欢笑着热烈鼓掌，而古全和也就成了全年级同学课后热议的话题，以至于他们中间有人善意地给他起了一个外号——白俄罗斯夫斯基，并且还因此而受到中文系领导的批评。他们的年级主任乔家槐警告他们说，即使出于善意，也不许给老师起外号。

转眼古全和回系已经几年，他已经融入中文系。庞副主任也改变了对他的态度，还向学院给他申请了生活困难补助。其间，古全和先后参加了法国作家巴尔扎克研讨会和俄国作家列夫·托尔斯泰的研讨会等全国性的学术会议，多次被推荐为大会重点发言人。在托尔斯泰研讨会上大会发言的有两人，其中之一就是古全和。他的发言突显了他在理论和生活经验方面的优势，获得同行们一致的好评，增强了他做好教学和科研等工作的信心，使他清楚地意识到，他异乎寻常的成功，得益于他学生时代打下的坚实的专业基础，得益于多年党政工作的锻炼，得益于他在哲学、美学等方面的理论准备，得益于他本人对于生活的观察和体验。正是这样一些条件让他能够以更为宽广的视野和独特的视角去观察和认识文学现象，把握文学的本质。他认为文学史课在本质上就是以马克思主义的立场、观点和方法解剖文学现象和文学过程，重要的不是向学生展示多少文学材料，而是向他们昭示一种文学研究的科学的立场、观点和操作方法。

古全和顺利地融入了新的工作环境，他的身体健康状况也有所改善，心理趋于平和，同志们的鼓励，外国文学教学的成功，更坚定了他沿着这条道路走下去的决心。不过他心里仍不踏实。他不希望自己的生活在有变动。但是他和线淑平分在两地，他们的工作必将有变动。虽然邬老和吴月英都说内调线淑平，但是线淑平能不能调进江城还在两可。

196

邬老和吴月英没有说空话，东湖师范学院终于把线淑平从齐齐哈尔调回江城，安排在东湖师范学院第一附属中学，任高中地理课教师，兼做所在班的班主任。齐儿和东儿也先后来到江城，落户师范学院，古全和一家在唱过十多年的天河配之后终于团聚了。不久，齐齐哈尔吴村中学党支部致函第一附中党支部，改正了1959年处分线淑平的决定，并恢复了她的党籍。这天大的喜讯让受尽委屈和羞辱的线淑平欣喜若狂，立刻把这个好消息告诉了关心她政治生命的亲朋好友，此后的好些日子，她都处在狂喜、亢奋、多话，和近乎癫狂的精神状态之中。

转眼之间，古全和回系工作已过四年多。前几年，中文系有政治头脑的老人儿没有谁认为他会长时间地滞留在教学岗位上，不时有他要调离中文系的传闻。但是近来，特别是线淑平调来江城一家团聚之后，这类传闻少了，几乎没有了。现在他是党总支委，他所领导的联合党支部被评为学院先进党支部，他本人被评为优秀共产党员，是中文系公认的业务和政治骨干，现在已经没有人关心他调离中文系这样的话题了。当然，这并不意味着古全和的生活就没有变化了，总支书记吴月英就在打他的主意。吴月英的右腿在文革中被打伤，错过了治疗的时机，留下残疾，行动不便，想转到教学岗位上，研究和讲授她的儿童文学，而古全和就是她理想的接班人。她曾经向接替步行健担任党委书记的邬伯涛透露过这种想法，邬老听说笑了，说道："要不是你老捂住古全和不放，党委早就把他调上来干他的老本行管宣传部了。"吴月英争辩说："古全和回系已经多年，是系里政治和专业两方面的主力，不好再做大的调整啦。"邬老笑笑说："那得看工作需要。"二人互不相让，争辩没有结果。

1979年"五一"国际劳动节前夕，中文系党总支接学院人事处转来的省教育厅的公函，商调古全和去省厅工作。吴月英征求古全和本人的意见，古全和说容他考虑。他意识到他的工作和生活可能又面临一次大的变动。他想自己已经熟悉了教学工作，和系里的领导和同事建立起了和谐的关系，习惯了当前的生活，而且他已经年近五十，健康状况和家庭条件都不够好，应该留在现在的岗位上，可是自己是党员，不能不考虑党的需要。

省厅商调古全和的消息使线淑平深感不安，她珍惜一家的团聚，热爱夫妻天天聚首的温存的好日子，担心一家人再次各自东西。她希望古全和在教学中做出成绩，评上副教授和教授。她老早就听系里的人说，古全和在系里待不长，一直就心有惴惴，担心古全和的工作会有变动，最近心里刚刚踏实下来，又发生了省厅商调古全和这样的事情，深感不安，一再对古全和唠叨说，他还是留在师院好。古全和理解线淑平的心情，意识到她已经没有了年轻时积极向上的政治热情，个人考虑多，有些俗气。

这几天线淑平一直在不安地观察古全和，揣测着他对省厅商调函的态度，希望听他说不想去教育厅工作，可是古全和什么都不说。今天她忍不住试探他说："那你是不是准备去省教育厅报到？"

古全和想了想，说道："你还记得咱们念高二是王殿芳在报考大学专业时怎样回答孙为校长的问话吗？"线淑平想了想摇摇头说道："不记得了。"古全和说："王殿芳说：'祖国的需要就是我的志愿。'遗憾的是王殿芳言行不一。"

线淑平知道古全和是在提醒自己不要忘记自己当年的誓言，但是想到自己十几年来的遭遇心有不平，不无怨意地说道："一家四口儿刚刚聚在一起，两位老人还没有到，就又要分开……你在党委机关不分日夜地干了小半辈子，蒙受过那么多的折磨和冤屈，三年困难时期搭上了半条命，到现在身体也没完全复原，到头来谁说过你个好儿啊？他们连个科长的名义都没有给你！"

古全和看着面前有点儿陌生的线淑平，一时不知道说什么好，过了好一会儿，才慢慢地说道："当时心中是有些困惑和不痛快，不过我并不觉得组织欠我什么，蒙受冤屈的时候我的心情也是这样。事情都过去了，账不该记在组织的名下。"线淑平这样自外于党组织，让古全和感觉很意外，高中和大学时代的线淑平不是这样的。

1956年大学毕业后，她放弃了留校工作的机会，代替患有风湿病的翟春兰去了条件艰苦的黑龙江。而她现在考虑的不再是党的事业，而只是个人的利益和小家庭的得失。古全和还想到，她类似的想法和行动还多。

前些日子她曾说，她姐姐说，他们当年的婚礼办得太寒酸，古全和连一套
必不可少的绸缎被褥都没给她买，更不要说双人床和大衣柜了，说他们的
婚礼应该补办，该买的东西还得买。古全和认为线淑平转述的是她姐姐的
话，而实际这也是她自己的意愿。她明明知道双人床和大衣柜等东西都要
凭结婚证领券购买，而他们早就错过了领取这类购物券的机会，却还要唠
叨着让他想办法走后门儿淘换证券去购买。古全和感觉此刻的线淑平和她
姐姐没有本质的区别，她是在按照"嫁汉嫁汉，穿衣吃饭"的古老世俗
标准来要求他，意思是说，他欠了她，亏待了她，他无能。线淑平还偏爱
由姥姥、大姨抚养过的齐儿，而讨厌由爷爷奶奶抚养的东儿，嫌他脏，
黑，野，不愿意亲近他，不肯带他睡觉，埋怨爷爷奶奶没有用牛奶或是羊
奶喂养东儿，而根本就不考虑老人们用鸡蛋和面糊儿喂养带大东儿经历过
多少艰难困苦。古全和感觉线淑平有歧视工农劳动群众的坏思想。而且作
为母亲，她心中没有孩子应有的地位，以致和孩子争食。吃鱼的时候，她
总是先从公碗里夹一大块鱼肉存进自己的碗里，然后再去吃公碗里的鱼，
在公碗里的鱼吃光之后，她再慢慢地去吃她存放在自己碗里的鱼，别人都
吃完了，她仍然在那里吃，全不顾这种行为对孩子们的影响。朋友送来的
点心她总是要藏起来，一个人偷偷地吃。人们说母爱是天生的，而古全和
怀疑这种说法，他怀疑世界上可能有天生就不爱孩子的母亲。

　　线淑平的种种表现让古全和担心，线淑平也未必能够善待自己的父
母，他们家未来的日子未必融洽，甚至想到 1959 年吴村中学的有些人
说她是阶级异己分子也许并非都是无稽之谈，她在高中和大学时期表现
可能也是在扮演一种社会角色，而在当前有些人思想反水、政治立场动
摇的潮流中，她也就顺流而下了。不过古全和认为线淑平并非不可容
忍，不可教育。整个社会处在社会主义初级阶段，家庭也不例外。而家
庭不等同于社会。而且线淑平思想滑坡有一些客观原因。十几年来他们
夫妇天各一方，每年相聚一次，每次十天半个月，要忙大人、老人和孩
子的事，来去匆匆，相聚的时间总共不不满一两个月，夫妻生活缺少一
个磨合的过程。而线淑平从 1959 年秋天被逐出共产党，作另类对待，
失去了组织的关怀、教育和监督，放松了思想改造，难免接受来自她父
母、姐姐、亲友和社会的一些消极影响，发生思想变化，政治动摇可以
理解，他得帮她补上这个磨合课。现在线淑平恢复了共产党员的称号，

今后还要恢复共产党员的思想和信念。这是事业的需要，也是他们家庭生活的需要。他认为，他和线淑平组成的不是幸福的家庭，也不是不幸的家庭，同样的家庭未必会有，而类似的家庭比比皆是。国家将长期处在社会主义初级阶段，家庭也是这样，家庭矛盾也要以这样的思想原则为指导去耐心地解决。他相信，在是否去省厅报到的问题上，假如总支决定要他去省厅工作，他估计线淑平也不会坚决反对，她毕竟是个共产党员，得耐心地做好她的思想工作。

这几天古全和整天闷声不响，日夜突击赶写教材，线淑平急于知道他是不是去省教育厅报到，忍不住再次试探他说："你留在系里搞教学研究，再兼做一些党政工作，不是很好吗？一家人好不容易聚在一起，你去了省里，就身不由己，说不定又要……你都快五十了，身体又不好，再说省里也不会是世外桃源，你到了那里，脾气不改，说不定又会遭人围攻。到那时想再回来就难了。现在系里不是就有人说你有点儿'左'吗？这些闲话肯定会跟着你传到省里去，影响你在那里的工作。"

古全和坦然地笑笑说："怕什么？我就是有点儿'左'呀，应该检查纠正。从1957年反右派到三中全会，十几年来，有些人一直说我右，这会儿反'左'风起，又有人说我'左'了。这不奇怪，在现实的中国，只要你实事求是地思考和工作，你就没有办法满足各种时髦潮流的要求，难免落得个'左''右'不是人。现在我好像懂了，新社会和旧社会之间没有一刀两断的那种天差地别的不同。多数人在新旧社会里追求的是同一个东西，说到底，就是狭隘的个人利益，是钱，是较好的生活条件，有些人为此甚至不惜卖国求荣。与在旧社会不同的是，在新社会，有些人常常涂抹着革命的色彩，呼喊着革命的口号，说着革命的言辞骗人，这就是'左'的思潮的社会原因之一。只要你妨碍着这类人的这种追求，不管是由于什么原因，你都是他们诋毁乃至毁灭的对象。多年来，我就是在这样的人群中沉浮，一会儿被弄成优秀党员、红旗手、学习的榜样，一会儿又被弄成什么分子。说我'右'是不实之词；说我'左'是实话。我是个决心革命的小资产阶级知识分子，见习八路，天生就'左'嘛！不过，我是真'左'，即，对别人'左'，对自己也'左'。所谓真'左'就是思想和行动超前，脱离实际，脱离群众，但其中不包含利己的'故意'。而那些在政治运动中，别有用心地高喊'左'的口号争名夺利的人则是假'左',是在投革命之机,如毛主席所说,是'形左实右',是故意害人,是在政治上'杀人越货',许多冤假错案都和这类人的表演有关。中央做出中国处于社会主义的初级阶段的科学论断,把中国的共产主义运动从天上落实到地上,是世界共运史上的一大贡献。苏联共产党人没有领会列宁在这方面的超前提醒,盲目乐观,粉饰现实,就在他们张罗着向共产主义过渡的时候,滑落到修正主义道路上,并不可挽救地向资本主义滑去,而中国共产党人清醒地意识到并且科学地指出社会主义初级阶段的存在,创造性地开辟了中国特色社会主义的光辉道路。其实,在实际工作中,我曾多次感受到旧社会浓重的阴影在现实生活中的严重存在,怀疑过粉饰现实的宣传,也怀疑过自己,但是最终没能突破某些'左'的主流意识的局限。而社会主义初级阶段论的提出使我彻底清醒,思想获得一大解放,心服口服地意识到自己犯有'左'的思想错误,心中多年积累下来的疙瘩随之也就解开了,即使对那些出于自私的目的朝我舞刀弄枪的可怜可鄙的人,只要他不是坏人,我也不再怨恨他们。因为他们的存在是历史地合理的,我成为他们政治表演获利的由头怪我学习不够,对于社会现实缺少客观认识,政治上幼稚。"

线淑平打断古全和说道:"怎么能说你'左'呢?你是反'左'的英雄呀。东湖师范学院有谁能像你那样早就向党组织反映1958年中种种'左'的错误?有谁敢像你那样反对中国文学艺术最高权威周扬的美学观点?有谁有胆量对抗和抵制反右倾、四清中那些人对你的迫害?"

古全和急忙摆摆手严肃地说:"你千万别这样说,我根本就没有意识到自己反'左',甚至不曾意识到那个时候党有'左'的错误,现在也不想去赶反'左'的时髦儿。当前社会上的确应运出现了几个反'左'的弄潮儿,他们沾沾自喜地讲演、写文章、出书,喋喋不休地数落共产党的错误,标榜自己一贯反'左',把自己打扮成反'左'的英雄,好像他们比党更英明,接下去鼓吹歪门邪道,图谋误导广大共产党员和革命群众背弃社会主义道路。在革命征途上,必须时刻关注主客观两个方面的实际,摸索前进,在斗争中积累经验,百炼成钢。个人是这样,国家和民族也是这样。没有人能够准确地预设自己的生活轨迹。马克思主义给我们提供的是科学的立场、观点和方法,是革命的大方向和大原则，而不是现成的行动方案。具体的行动方案是革命者在马克思主义指导下摸索出来的。把方向和原则当成现成的行动方案，那就叫害人的教条主义。'摸着石头过河'一说形象地表述了人类认识和实践的这一规律性的过程。中国革命的全过程都是在'摸着石头过河'。民主革命摸了 28 年，摸出一个伟大的新中国。毛主席曾经说过，希望能再用28 年，摸出一套建设社会主义的成功经验。我们历经千难万险，付出了惨重的代价，终于成功地摸索出了中国特色社会主义道路。这不仅是中国人民的胜利，也是全人类的胜利，得到中华民族伟大文明和中国社会主义宝贵经验的滋养，世界共产主义运动必将再次涌起新高潮！这是确定无疑的！"

古全和激昂慷慨的一番言辞，深深地触动了线淑平，开阔了她的胸怀，唤起了她青春的记忆，觉得古全和没有私心，站得高、看得远、讲得透。他屡遭围攻、诬陷和打击，却毫不动摇，积极工作，甚至说别人整他有一定的合理性，是对他的一种教训，帮助他认识了处在社会主义初级阶段的中国现实。她朦胧地感觉到自己落后了，不由地回顾自己对待个人不幸遭遇的态度，考虑怎样正确地对待整过她的那些人。她想古全和一定会服从组织的需要，但是她仍然希望他能留在系里，忍不住打断他说道："那你是想去教育厅报到吗？"

古全和笑笑说："还是王殿芳的那句老老话，服从组织的需要。"

线淑平无奈地点点头，什么话都没有再说。她想去省里工作也是光荣的事，计方平同志是教育厅长，他总不会调古全和去当个跑腿干事，至少也会安排他当个科级，说不定还会让他当处长呢，那他就和姐夫是平级了，妈妈和姐姐就不会再说他没有出息了，这样想着，一波喜悦和满足的感觉漾过她的心头。遗憾的是她没有等到这一天。三天后的上午，古全和接到市立医院的紧急通知，要他立刻去看线淑平体检的结果。他怀着不安的心情，急匆匆地赶到市立医院，医生通知他说，线淑平患有肺癌，已经是晚期，必须立即住院。古全和感到非常突然，立刻想到线淑平这些年来的悲惨遭遇和孤独的生活。她是个要强的人，一直积极追求进步，在1958 年的高潮中被批准参加中国共产党，可是第二年的秋天，突然被某些人说成是阶级异己分子，并被取消了预备党员资格。这对她是天大的打击。此后的十几年，她是在困惑、委屈、羞愧、病痛、孤独而又无处诉说的苦闷中度过的。现在，她的党籍恢复了，她的心情舒畅了，一家团聚了，可是她的生命难保了！古全和想，如果她不曾遭受过那么多的委屈、痛苦和不愉快，如果不是他们一家常年分在各地，能互相惦记，也许这种不幸就不会发生！

线淑平是秋天走的。她走时，已经懂事的齐儿，哭得很伤心，东儿不明白妈妈是什么意思，没哭也没闹，他想念爷爷奶奶，关心他们什么时候到江城来。

线淑平走后不久，奶奶和爷爷就来到江城，古全和一家又围绕着奶奶融合在一起。第二年迎春花开，三道眉儿飞来飞去在枝头高唱的时候，古全和家中就又有了笑声。春季开学前，古全和陪伴爷爷奶奶，带着两个孩子，去宋家屯镇山东庄看望过他们的老乡亲，老邻居，一家人就又在江城安顿下来了。

线淑平病重和离世这段时间，谁都没有再提古全和工作调动的事情，他自己也很少说话，只是日夜赶写他分工编写的部分世界文学的教材，春季开学的前夕，古全和来到党总支办公室，汇报教材编写的工作。书记吴月英和副书记乔家槐都在。

吴月英说道："听说教材脱稿啦？"

显得有些消瘦的古全和点点头。

乔家槐说："听说工作中碰上了麻烦？"

古全和有些无奈地说："张老认为教材纳入的作家和作品不全面，太单薄，不肯署名担任主编，他说他丢不起这个人，不过他为教材的编写做了不少实际工作，欧美文学部分的稿件是请他审定的。"

吴月英说："教材完成了，张老的工作我去做，下面就谈谈你工作吧。"

古全和笑笑说："我的工作好说，我服从组织的决定。"

吴月英认真地说："组织部想听听总支的意见。我们拿不定主意。线淑平同志刚走，你家有老有小，有实际困难，系里的工作也需要你，是在不想放你，可是省厅又来函，这次是调令，计方平同志还亲自打电话找党委书记衰竞良要人……"

古全和听吴月英这样说有些激动，说道："服从组织调动，困难我自己解决。"

古全和按照领导的要求，按时去省厅报到，然后就是忙忙碌碌，天天按时上下班，齐儿和东儿上学，一家三代五口又围绕着爷爷和奶奶生活起来。

一天，古全和下班，回到家中，齐儿迎着他说："爸爸，广州的黄伯芬阿姨又来信啦。"她把信递给他，然后神秘地望着他看信的神情。古全和对她讲过他念大学的故事，知道爸爸和黄阿姨曾经在一个团支委会里面工作，后来又一起入党，她是爸爸大学时最好的朋友，妈妈走后，她常常有信来。齐儿见过黄阿姨的相片，她身材苗条，个子不高，圆圆的脸上洋溢着善意，显得很精神。她知道黄阿姨家的秦伯伯也已经不在了。

1994 年初动笔，秋天完成初稿。

第一次修改于 2004 年 10 月，昌平。

第二次，2005 年 12 月，昌平。

第三次，2006 年 5 月，昌平。

第四次，2006 年 8 月，昌平。

第五次，2006 年 9 月，昌平。

第六次，2006 年 12 月，昌平。

第七次，2007 年 1 月，北师大。

第八次，2007 年 2 月，昌平。

第九次，2007 年 3 月，北师大。

第十次，2008 年 8 月，北师大。

第十一次，2009 年 5 月，北师大。

第十二次，2010 年 2 月，北师大。

第十三次，2010 年 4 月，北师大。

第十四次，2010 年 6 月，昌平。

第十五次，2010 年 8 月，昌平。

第十六次，2010 年 12 月，北师大—昌平。

第十七次，2011 年 5 月，北师大。

第十八次，2011 年 12 月，北师大。

第十九次，2012 年 7 月，北师大—昌平。

第二十次，部分修改，2013 年 4 月，北师大。

第廿一次，部分修改，2016 年 9 月 28 日，北师大。